比较文学与世界文学
学科建设教材系列

国家社会科学基金重点项目(项目编号12AZD090)"'世界文学史新建构'的中国化阐释"
教育部人文社科研究规划基金项目（项目编号12YJA751011）"世界文学史重构与中国话语创建"
阶段性成果

世界文学经典
WORLD CLASSICAL LITERATURE

上

主编　方华文

编委　颜海峰　刘　伟　杨国华

李新红　顾淑勤　方华文

北京师范大学出版集团
BEIJING NORMAL UNIVERSITY PUBLISHING GROUP
北京师范大学出版社

图书在版编目(CIP)数据

世界文学经典／方华文主编.—北京：北京师范大学出版社，
2015.10（2017.9 重印）
比较文学与世界文学学科建设教材系列
ISBN 978-7-303-17584-0

Ⅰ．①世…　Ⅱ．①方…　Ⅲ．①世界文学－作品综合集
Ⅳ．①I11

中国版本图书馆 CIP 数据核字（2014）第 121685 号

营 销 中 心 电 话　010-58802181 58802123
北师大出版社高等教育教材网　http://gaojiao.bnup.com
电 子 信 箱　gaojiao@bnupg.com

出版发行：北京师范大学出版社 www.bnup.com
　　　　　北京市海淀区新街口外大街 19 号
　　　　　邮政编码：100875
印　　刷：北京京华虎彩印刷有限公司
经　　销：全国新华书店
开　　本：787mm×1092mm　1/16
印　　张：132.5
字　　数：3170 千字
版　　次：2015 年 10 月第 1 版
印　　次：2017 年 9 月第 2 次印刷
定　　价：198.00 元

策划编辑：马佩林　　　　　责任编辑：王一涵
美术编辑：焦　丽　　　　　装帧设计：焦　丽
责任校对：李　菡　　　　　责任印制：马　娶

编委会

总 前 言

方汉文

作为首部参照国际标准编撰的《世界文学经典》，同以往的同类教材与专著相比，主要有以下方面的创新：

第一，视域与原则的创新：本书的"世界文学名著"包括了世界各国家民族的文学，不同于传统的"外国文学史"，也不同于比较文学史，它既包括中国文学，也包括其他各国文学。我国传统的外国文学作品选只收入中国以外各国的文学，不包括中国本土文学。根据全球化时代国际世界文学经典编撰的体例，以上这种"外国文学作品选"已经不适用于全球化时的语境，欧美国家从21世纪初期就已经陆续出版了"世界文学史"，如瑞典国家学术委员会主持的大型课题"全球化语境下的文学和文学史"及其成果——四卷本的《文学史：走向全球化视域》都具有全球化的视域。

美国的情况更为突出，美国主要有四大"世界文学作品选"，即《朗曼世界文学选集》、哈泼·柯林斯出版社的《世界文学手册》、贝德福特出版社的《贝德福特世界文学作品选》与《诺顿世界文学作品选》，其中中国读者最熟悉的当然是发行较广的诺顿公司与朗曼公司的两种选本。但是所有这些选本在21世纪之前，基本上没有选入中国与多数东方现代作家的作品。诺顿选本自称是自1650年就发行了，但是几个世纪以来所选的主要是西方作家作品，即所谓"西方传统"。直到21世纪的朗曼公司选集中才开始选入鲁迅等东方作家的作品。而本书则同时收入东方与西方从古至今的优秀文学作品，按照历史发展的阶段顺序，保持各大文明体系的完整性与持续性，基本勾勒出世界文学的历史系统全景。

对于中国而言，编写包括中国文学在内的世界文学史已经成为21世纪20年代以来教学与研究的必然要求。因此，本书首次将中国文学与各国文学一同列入，完成了从全球化视域来研究世界文学，研究世界文学的共同规律与互相联系的宏愿。

第二，推进"世界文学重建"的新理论体系的建构，这是由本书所产生的语境与前提所决定的。从20世纪末期起，欧美各国就兴起了"重建"（以下简称"重建"）。"重建"的观念在欧美理论界极为风行，包括中国的鲁迅、埃及的纳吉布·马哈福兹在内的东方作家的文本被列入了西方的"世界文学经典"之中，这无疑是全球化时代西方世界文学经典意义深远的转向，这也表现出全球化时代中，西方学者理解东方文学的价值，摆脱传统西方文学史的欧洲中心的努力。

我们需要一种历史主义的"多元文明的世界文学史观"，全球化时代是多元文明并存的时代，所以世界文学史应当是世界多元文明的世界文学史。

世界文明之间的交往历史久远，公元前 3 世纪的希腊化时代完全可以看作是世界文学中东西方互相融合的例证，当时，从耶路撒冷到埃及的亚历山大里亚城，西方的希腊文化与东方的希伯来文化合流，代表性成果之一就是希腊文的《圣经》的翻译，七十二子翻译的东方经典进入希腊与罗马帝国，成为欧洲文学之源，改变了荷马史诗的文化倾向，为了表达这次东西方文学与文化的大结合，甚至创造了一个新词"融新"，这次 2000 多年前的东西方合流，可以为我们今天理解"世界文学"提供样板。希腊人的《荷马史诗》并非不能与希伯来人的《圣经》同样成为经典，凝结成新的具有东西方共同特征的文明很可能对未来发展提供新的选择。

环球航线开通之后，东西文学交流进入一个新阶段，特别是 17 至 18 世纪，中国文学被介绍到欧洲，使得西方产生了最初的"世界文学"观念。英国戏剧家威廉·哈切特改编中国剧本《赵氏孤儿》为《中国孤儿》，并且在献辞中写道：

> 异国的产品，地上长的也好，脑子里来的也好，只要有益或有趣，总能够得到人们的欣赏。多少年来，中国把它的农产品供给我们，把它的工艺品供给我们；这一次中国诗歌也进口了，我相信，大家也一定会感到兴奋。①

一部古老的东方戏剧在启蒙主义的欧洲，受到戏剧家与观众的热烈欢迎，正如马克思的《共产党宣言》中那段关于"世界文学"的名言中所说的，民族的片面性和局限性日益成为不可能，于是由许多种民族的和地方的文学形成了一种世界的文学②。

如果我们要对世界文学作一个简明的定义，可以表述为：世界文学就是各个民族和国家文学差异性和同一性的交合与融新，在此基础上，建立"多元文明时代的文学史观"就是必然的了。

所谓多元文明是指世界各民族和国家的文明差异性与多样性，这是无可怀疑的，无论是欧美亚太的小说，还是美洲印第安人神话、拉美魔幻现实主义小说、铭刻在泥板上的古代苏美尔史诗、波斯史诗阿维斯塔，都有其不可磨灭的艺术审美价值。

我们将世界文明划分为八大体系，兹简列如下：

1. 亚洲太平洋文明体系：也可称为环太平洋文明或亚太文明，包括东北亚的中国、日本、朝鲜到美国的西海岸，如今尚没有这种文明起源与迁移的具体路线，估计这种文明体系在亚洲大陆起源，在远古时代经过白令海峡到了美洲，另外它还分布于东南亚到南太平洋的广袤地区。

2. 南亚文明体系：从南亚到东南亚与亚洲太平洋文明体系交叉，以印度半岛与印度洋为中心的文明体系，它同样传播到东南亚地区，古代曾经有过较大影响，达到东亚与西亚的部分国家与地区。

3. 地中海大西洋文明体系：从地中海向北与向西，包括了东欧、北欧、西欧直到

---

① 转引自范存忠：《中国文化在启蒙时期的英国》，117 页，上海，上海外语教育出版社，1991。

② 马克思、恩格斯：《共产党宣言》，第一卷，276 页，北京，人民出版社，1995。

俄罗斯西伯利亚地区，这种文明起源于地中海，以后中心西移至大西洋沿岸，其中东西欧洲、南北欧洲都有一定的差异，但基本类型是相同的。

4. 中东阿拉伯文明体系：从阿拉伯半岛、西亚到欧洲的土耳其、东南亚部分地区与南亚巴基斯坦、伊朗甚至包括了阿富汗、埃及和突尼斯（它们在历史上与西亚和地中海文明有密切关联）等地。这是以伊斯兰教的传播为主要划分标准的文明体系。

5. 北美大洋洲文明体系：北美洲包括美国、加拿大到澳大利亚、新西兰，主要是由于16世纪以后海上交通发展形成的当地文明与外来文明相结合的文明，外来文明主要是欧洲移民所带来的地中海—大西洋文明传统，在北美地区这一文明占有主流地位。

6. 拉丁美洲文明体系：以拉丁美洲为主体，传统的美洲三大古代文明，玛雅文明、阿兹特克文明与印加文明被西方殖民主义者毁灭后，混合形成了一种新的文明体系。

7. 非洲文明体系：非洲古代文明历史久远，《圣经》中就已经记载了非洲的古代强国，北非文明也是世界上最早的文明之一，环球海上航线开通之后，东西非、南部非洲和中非地区，在古代文明传统与宗教、民族的同一性基础上形成了非洲的区域文明体系。

8. 犹太文明体系：以色列是古老的犹太文明重新建立的国家，这一文明以犹太民族与宗教为主要构成，除了以色列之外，尚有大量的犹太人分布于世界其他国家（主要是欧美地区），他们相当大程度上保持了犹太文明传统。①

世界文学当然是各大文明体系的文学的汇融，这种汇融建立于人类审美同一性基础上，反观的恰是民族文学的差异性即"同异交得"，世界文学就是这个"得"。得者德也，有德者必有言，无德者不必有言。所以，世界文学史当然是，也只能是各大文明的作家作品的共同历史，而不能只为某一种文化所垄断。中国、印度、阿拉伯、拉丁美洲与非洲作家与西方的优秀作家们将共同彪炳史册。

第三，编选目标与原则的创新是最基本的，世界文学名著选集的目标是再现作家文本的鲜活个性风貌与其对文明传统的继承与创造。在"经史子集"之中，我们追求"史"的经纬与"集"的文本代表性的统一。故此，无论是对西方文学史家所提出的浪漫主义文学"六大家"或是"意识流四位代表作家"、拉美文学的"魔幻现实主义代表作家"等，我们都在尽量考虑本土文化代表性的基础上予以取舍。而标准则是在体现个性与文明传承这个目标下，以文化传统与历史时代、文学审美观念、形式革新为三个主要评价准则。这一标准将在我们的概述与编选中得到体现。

第四，"经典融新"是本书在文学史叙述线索与断代观念上的原则，国内的外国文学经典与文学史论著多数是从古希腊罗马文学起到20世纪中期西方文学止，大约为2000多年的文学史。本书从公元前2500年前后的苏美尔人史诗《吉尔伽美什》起，到21世纪秘鲁作家马里奥·巴尔加斯·略萨等人，大约4500年的文学史。当然不仅只是时代更久与更新，而是反映世界文学历史线索的多样性与一体性。

第五，全球化时代的文学经典应当有多种语言文化的资料选辑，这对于传统文学

---

① 方汉文：《比较文明史：新石器时代至公元5世纪》，20～21页，上海，东方出版中心，2009。

史是相当困难的。本书力求反映多元化的批评观念与评价体系，特别是资料与史料要与时俱进，改变传统文学史陈旧的文献资料与过时的评价观念统治的局面。直到现在，多数文学史文献相当多地停留于 20 世纪 50 年代俄罗斯批评家与当时的国内理论文献为主的阶段。本书以 20 世纪 80 年代以后，特别是 21 世纪以来的文学批评观念为主导，作品与理论共同反映全球化时代的特性。

最后要说明的是，《世界文学经典》与《世界文学史》两书互为配套。以上所述，体现经史子集中的"史"与"集"的互补关系，也符合理论与实践相结合的精神，以期珠联璧合、相互辉映，为教学科研、文学研究和阅读欣赏提供资源。

我们希望国内外专家与阅读者不吝赐教，以利于本书在不断的修订中臻于完善。

编　者

2014 年 5 月

总 目 录

上卷 公元前 8 世纪到公元 16 世纪

中卷　17 世纪到 19 世纪

下卷　20 世纪到 21 世纪

目　　录

上卷　公元前 8 世纪到公元 16 世纪

上卷　公元前8世纪到公元16世纪

第一章　古巴比伦文学及《吉尔伽美什》

第一节　古巴比伦文学简介

古巴比伦文学是美索不达米亚（希腊文意思是"两河间的土地"）即幼发拉底河与底格里斯河两河流域文化最繁盛时期的文学。之所以称为"古巴比伦文学"，是因为公元前19世纪至公元前17世纪的古巴比伦王国一直是这一地区的经济、政治和文化中心。

古巴比伦文学源远流长，是世界上最古老的文学的一部分。它的起源可追溯至远古的苏美尔和阿卡德文明时期。苏美尔人和阿卡德人曾创造了丰富的古代文化。苏美尔人将自己发明的世界上最古老的图画文字符号，进一步演变成楔形文字。他们用三角形或方形的短小木棍、骨棒和芦苇秆作"笔"，以黏土制成的泥板为"纸"书写记录各种语言现象。因为书写时开始落笔的一端用力较大，笔画较粗，末尾收笔一端用力较小，笔画细得像条小尾巴，这样在书写过的泥板上就呈现出楔子形的文字符号，这种楔形的书写方式被称作楔形文字。泥板表面写满文字以后，首先晒干，然后再放到炉子中焙烧。这种写有楔形文字的泥板可以一块构成一篇独立的文献，也可以几块或几十块相连贯而组成一部书。这就是所谓泥板文献，或称泥板文书。至今出土的泥板中约有两万块与文学相关。

古巴比伦文学是在人民口头创作的基础上发展起来的，它与人民生活联系紧密。现在我们能看到的一些古巴比伦文学作品是苏美尔和阿卡德文学的继承和发展，它们都是靠刻在泥板上的楔形文字记载下来的。

就内容来说，古巴比伦文学大多与宗教有关。留传至今的文学作品有神话传说、英雄叙事诗、劳动歌谣、寓言、赞歌、祈祷文和箴言等。其中关于吉尔伽美什的英雄传说、关于大洪水的神话等，得到了广泛的传播，对两河流域一些民族的文学产生了深刻的影响。这些作品从不同角度反映了当时人们对宇宙起源、自然变迁、英雄业绩、善与恶以及生与死等问题的理解和探求。

在古巴比伦文学中，表现宗教哲理的箴言诗也具有一定的文学价值。这类箴言诗是格言和训诫的总汇，它往往通过论辩表现被压迫者和奴隶们的思想情绪和反抗精神。

古巴比伦文学以其古朴和丰富多彩著称，在世界文学中占着重要的地位。它对希伯来文学、波斯文学和阿拉伯文学产生了重要的影响，并辗转影响了欧洲文学的创作。

纵观古巴比伦文学长达三千年之久，它虽属于奴隶制社会的文学，也反映了氏族社会的残迹，从中可以看到人类走出童年及其发展的轨迹，并对附近国家和地区的文化发展起到难以估量的影响，意义重大。

第二节　《吉尔伽美什》简介

《吉尔伽美什》是古巴比伦文学的代表作，是已知的世界文学中最早的史诗。这部史诗的基本内容早在苏美尔时期就已初具雏形了，是古代幼发拉底河与底格里斯河两河流域神话传说精华的汇集。从它内容的丰富性和复杂性来看，显然不是出于一人之手，而是人民群众集体智慧的结晶，是在口头文学的基础上逐渐发展定型的。史诗共三千余行，用楔形文字分别记述在十二块泥板上。

关于史诗的情节，现代研究者一般把它分为四个部分。第一部分叙述史诗的主人公吉尔伽美什在乌鲁克城的残酷统治以及吉尔伽美什与恩奇都的友谊。第二部分叙述吉尔伽美什与恩奇都结成朋友之后，一同出走为人民造福，成为被群众爱戴的英雄。其中同芬巴巴斗争的场面以及杀死"天牛"的场面描写得比较精彩动人。这一部分实际上是史诗的核心部分，它的整个情调是高昂激越的，可是从这以后就转为低沉了。第三部分描写吉尔伽美什为探索"死和生命"的问题而进行的长途远游。第四部分（第十二块泥板）记述吉尔伽美什回到乌鲁克城后十分怀念亡友，祈求神的帮助，同恩奇都的幽灵见了面。而这种悲观的、屈从于命运的情调与前面高昂的战斗精神和英雄气概是很不协调的。故一些学者怀疑第十二块泥板为后人所加。

《吉尔伽美什》比较真实生动地反映了从原始公社制社会向奴隶制社会过渡时期的历史面貌，表现了古代两河流域居民的生活和斗争，无论在思想上还是艺术上都取得了很大的成就。最突出的是史诗热情地颂扬了古代英雄、英雄行为以及英雄间的友谊，并提出了为民建立功勋的重要思想。同时，也表现了古巴比伦人认识自然法则、探索人生奥秘的朴素愿望，歌颂了他们敢于违抗神意的积极进取精神。史诗在某些方面反映了人的主观能动作用，赞颂了吉尔伽美什不畏艰难险阻的英雄行为，这在宗教迷信思想占统治地位的远古时代确实是难能可贵的。

《吉尔伽美什》在艺术表现上也有不少可取之处，它在很大程度上保留了民间口头创作的特点。史诗的故事情节发展比较自由灵活，在长期流传过程中纳入了一些远古的神话传说。其中大洪水的故事具有很大的意义。这个神话传说通过乌特纳庇什提牟秉承神意造方舟躲避洪水、战胜洪水的艰苦过程，表现了古代人类征服大自然的朴素愿望和精神力量。它的影响极为深远，构成了以后《旧约》中大洪水故事"诺亚方舟救渡"的基础。

《吉尔伽美什》具有浓郁的浪漫主义色彩，它既写人，又写神，给人赋予神的特性，给神赋予人的感情。在吉尔伽美什、恩奇都以及众天神的形象描写和刻画上，既带有很大的传奇性，又充满了人间社会生活的气息，形成了现实主义和浪漫主义交织的风格。

作品还采取了联想、反复、排比、象征和夸张等艺术手法，生动形象地歌颂了英雄人物，表现了人物的思想行为和精神面貌。如多次通过梦境表现人物的内心活动，象征并预示即将发生的事件，通过哭泣的场面来渲染感伤的气氛等，都增强了艺术感人的力量。

《吉尔伽美什》的基调原为歌颂英雄，但在流传的过程中，由于受到宗教祭司的篡改和加工，在很大程度上变成了探索人生奥秘的宗教哲理诗，而探索的结果又导致了命中天定、死生无常的消极悲观的结论，这就不得不在一定程度上冲淡了歌颂英雄的主题。

第三节　《吉尔伽美什》选段

吉尔伽美什

第一块泥板

一（A）

此人见过万物，足迹遍及天［边］；
他通晓［一切］，尝尽［苦辣甜酸］；
他和［　　　］一同［　　　］；
他将睿智［　　　］将一切［　　　］。
他已然［获得］藏珍，看穿［隐］密，
洪水未至，他先带来了讯息。
他跋涉千里，［归来时已是力尽］筋疲，
他把一切艰辛全都［刻］上了碑石。
他修筑起拥有环城的乌鲁克的城墙，
圣埃安纳神苑的宝库也无非这样：
瞧那外壁吧，［铜］一般光亮；
瞧那内壁吧，任啥也比它不上。
跨进那门槛瞧瞧吧，是那么古色古香；
到那伊什妲尔居住的埃安纳瞧瞧，
它无与伦比，任凭后代的哪家帝王！
登上乌鲁克城墙，步行向前，
察一察那基石，验一验那些砖，
那砖岂不是烈火所炼！
那基石岂不是七［贤］所奠！

（以下约缺三十行）

补充（H）

自从吉尔美伽什被创造出来（？）
大力神［塑成了］他的形态，
天神舍马什授予他［俊美的面庞］，
阿达德赐给他堂堂丰采，
诸大神使吉尔伽美什姿容［秀逸］，
他有九［指尺］的宽胸，十一步尺的［身材］！

二（A）

他三分之二是神，［三分之一是人］，

他的身形 [

（三—七行残缺）

[   ] 如同野牛一般，高高的 [   ]，

他手执武器的气概无人可比，

他的〈鼓〉，能使伙伴奋臂而起。

乌鲁克的贵族在 [他们的屋] 里怨忿不已：

"吉尔伽美什不给父亲们保留儿子，

[日日夜夜]，他的残暴从不敛息。

[吉尔伽美什] 是拥有环城的乌鲁克的保 [护人] 吗？

这是 [我们的] 保护人吗？[（虽然）强悍、聪颖、秀逸]！

[吉尔美伽什不给母亲们保留闺女]，

[即便是武] 士的女儿，[贵族的爱妻]！"

[诸神听到] 他们申诉的委屈，

天上的诸神，乌鲁克的城主，[   ]

这头强悍的野牛，不正是 [阿鲁鲁] 创造的？

[他手执武器的气概] 无人可比，

他的〈鼓〉，能使伙伴奋臂而起。

吉尔伽美什不给父亲们保留儿子，

日日夜夜，[他的残暴从不敛息]。

他就是 [拥有环城] 的乌鲁克的保护人吗？

这是他们的保护人？[

（虽然）强悍、聪颖、秀逸（?）[

吉尔伽美什不 [给母亲们] 保留闺女，

哪管是武士的女儿，贵族的爱妻！"

[阿努] 听到了他们的申诉，

立刻把大神阿鲁鲁宣召："阿鲁鲁啊，这 [人] 本是你所创造，

现在你再仿造一个，敌得过 [吉尔美伽什] 的英豪，

让他们去争斗，使乌鲁克安定，不受骚扰！"

阿鲁鲁闻听，心中暗自将阿努的神态摹描，

[阿] 鲁鲁洗了手，取了泥，投掷在地，

她 [用土] 把雄伟的恩奇都创造。

他从尼努尔塔那里汲取了气力，

他浑身是毛，头发像妇女，跟尼沙巴一样〈鬈曲得如同浪涛〉，

他不认人，没有家，一身苏母堪似的衣着。

他跟羚羊一同吃草，

他和野兽挨肩擦背，同聚在饮水池塘，

他和牲畜共处，见了水就眉开眼笑。

一位猎人，常在这一带埋设套索，

在饮水池塘跟他遇到，

[一] 天，两天，三天都是在池塘（跟他遇到）。

猎人望望他，他脸色僵冷，

他回窝也和野兽结伴同道。

猎人〔吓得〕颤抖，不敢稍作声息，
他满脸愁云，心中〔烦恼〕。
恐怖〔钻进了〕他的心底，
仿佛〔仆仆风尘的远客〕满脸（疲劳）。

三（A）

猎人开口〔对其父〕言道：
"父亲啊，〔打深山〕来了个男妖。
〔普天之下数他〕强悍，
力气〔可与阿努的精灵较量低高〕。
他〔总是〕在山里游逛，
他〔总是〕和野兽一同吃草，
他〔总是〕在池塘〔浸泡〕双脚。
我〔害怕〕，不敢向他跟前靠，
〔我（?）〕挖好的陷阱被他〔填平〕，
我〔设下的〕套索被他〔扯掉〕。
他使兽类、野物〔都从我手中逃脱〕，
我野外的营生遭到〔他的干扰〕。"
〔其父开口〕向猎〔人〕授计：
"〔我的儿呀〕，乌鲁克〔住着〕个吉尔伽美什，
他的强大〔天下无敌〕，
他有〔阿努的精灵〕那般的力气。
〔去吧〕，你动身〔往乌鲁克〕去！
〔到那里讲讲〕那人的〔威力〕。
〔去跟他讨一名神妓领到此地，
〔用更强的〕魅力〔将他降制〕。
趁〔他给野兽〕在池塘〔饮水〕，
让〔神妓脱光〕衣服，〔展示出〕女人的魅力。
他〔见了〕女人，便会〔跟〕她亲昵，
山野里〔长大的〕兽类就会将他离弃。"
〔聆听了〕父亲的主意，
猎人便动身去找〔吉尔伽美什〕。
他启程，到了乌鲁克：
"〔　　〕吉尔伽美什！〔　　〕
有个人妖〔来自山里〕。
普天之下（数）他强悍，
〔他力气之大〕可与阿努的精灵相比。
他〔总是〕在山里游逛，
他总是和野兽一同〔吃草〕，
他总是在池塘〔浸泡〕双脚，
我害怕，不敢向他跟前靠。
〔我（?）〕挖好的陷阱被他填平，

［我设下的］套索被他扯掉，
他使兽类和［野物］都从我手中逃脱，
我野外的营生遭到他的干扰。"
吉尔伽美什对猎人说：
"去吧，我的猎人，把神妓领去！
趁［他］在池塘给野兽饮水，
让神妓脱光衣服，展［示出］女人的魅力。
见了女人他就会跟她亲昵，
山野里长大的兽类就会将他离弃。"
猎人领了神妓，
他们起身，照直走去。
三天头上他们来到预定的地点，
猎人和神妓便各自在暗处隐蔽。
一天，两天，他们坐在池塘的一隅，
喝水的野兽都到池塘来聚集。

四　（A）

野兽走近了，见了水就欢喜在心。
只见恩奇都——那山里来的野人，
和羚羊同把草吃，
和野兽同把水饮，
他也和动物一样，见水就亲。
神妓瞧见了（这个）莽汉，
就是（那个）来自遐荒的野人。
"是他！神妓啊，快把你那胸怀袒露！
张开你那秘处，让他承受你那魅力，
快把他的心攫住，切莫犹豫。
他瞧见你，就会凑近你，
脱去你的衣服，让他躺上你的身体，
原野里长大的那些野兽，就能把他离弃，
让那野汉被女人的勾当吸引，
他的心就会被你牵系。"
神妓袒胸露怀，张开秘处；他就消受了女人的魅力。
她毫不犹豫，立即把他的心攫住。
她刚脱去衣服，他就躺到女人身上，
野汉被女人的勾当吸引，
他的心被她吸引，
六天又七夜，恩奇都和神妓共寝。
她那丰肌润肤使他心满意足，
他抬头望了望野地的动物。
羚羊看见他转身就跑，
那些动物也都纷纷躲开了恩奇都。

恩奇都很惊讶，他觉得肢体僵板，

眼看着野兽走尽，他却双腿失灵，迈不开步。

恩奇都变弱了，不再那么敏捷，

但是［如今］他却有了智［慧］，开阔了思路。

他返回来［　　］坐［在］神妓的脚边，

望着神妓的脸，

并且聆听她的语言。

神妓对恩奇都说：

"恩奇都啊，你是个［聪］明人，如同天神一般，

何必跟野兽在荒野里游玩。

走吧，我领你到那拥有环城的乌鲁克去，

去到阿努和伊什妲尔居住的神殿，

去到那吉尔伽美什仗恃他的膂力，

像野牛一般统治人们的地点。"

如此这般一说，她的话有了效果，

他满心欢喜，正希望有人做伴。

恩奇都便对神妓说：

"走吧，神妓！听你的便，

去到阿努和伊什妲尔居住的神殿；

去到吉尔伽美什仗恃他的膂力，

像头野牛统治人们的地点。

我要向他挑战，并且［对他］高声地喊。"

五（A）

"'唯有我最强大'，我［要］在乌鲁克如此叫喊，

'［我］连命运也能改变！

生在原野的［人无比强］健。'"

"［那么走吧！为了使他］和你［见面］，

［我把吉尔伽美什的住处向你指点。］

［走吧，］恩奇都！到那拥有环城的乌鲁克（去），

到那穿着节日盛装的人们中间，

［那里每］天，都举行祭典，

那里［　　］小伙们［

还有姑［娘］们姿态的［　　　］

为魅力所诱［引　］而神怡心欢，

他们把大［车往大路］上［赶］。（？）

热爱生活的恩奇都啊，

让你瞧瞧吉尔美伽什那个快活的好汉！

你瞧瞧他，瞧他那仪表，

大丈夫气概，精力饱满，

他浑身都是诱人的［魅］力，

他比你力气更强健，

白天夜晚他都不休不眠。
恩奇都啊，要丢掉你的傲慢，
舍马什给予吉尔伽美什的厚爱，
阿努、恩利尔，还有埃阿把他的智慧增添。
说不定你从山野到此以前，
吉尔伽美什早就在乌鲁克把你梦见。"

第十一块泥板

一（A）

吉尔伽美什对遥远的乌特纳庇什提牟说：
"乌特纳庇什提牟啊，我在把你仔细端详，
你的姿态，和我简直一模一样，
的确，我和你简直也一模一样。
我还以为你满怀斗志，
[谁知] 你竟不知所为，闲散游荡。
[给我谈谈吧]，你是如何求得永生，而与诸神同堂？"
乌特纳庇什提牟对吉尔伽美什说：
"吉尔伽美什啊，让我来给你揭开隐秘，
并且说说诸神的天机！
什尔帕克，这是个你也知道的市镇，
它的位置在幼发拉底 [河滨]，
那是个古老的市镇，诸神都在那里存身。
是他们让诸大神泛起洪水，
[其中曾有]：阿努——他们的父神。
勇敢的恩利尔，他们的谏诤人，
尼努尔塔，他们的代表，
恩奴基，他们的领航人，
尼尼基克，就是那个埃阿，也没跟他们离群。
他们对着庐舍喊出他们的话语：
'庐舍啊，庐舍！墙壁啊，墙壁！
庐舍啊，你听着！墙壁啊，你考虑！
什尔帕克人，乌巴拉·图图之子啊，
赶快毁掉房屋，把船只制造，
点清你应拿的东西，去把命逃！
忘掉那些财宝，讨你的活命，
将一切活物的物种运进船中。
你们应该建造的那只船，
既定的尺寸，不容变通。
它的宽度必须和深度一致，
要像盖得上阿普苏 [那样才成]！'

我听明白了，就对我的主神埃阿说：
'［看哪!］我的主神啊，你所指令，
我唯命是从。
［可我］怎么回答那市镇、人们和长老诸公？'
埃阿开口讲起话来，
他跟我——他的仆从说明：
'你可以这样对他们讲清——
我知道恩利尔对我心怀不善，
（我）不能再住在你们的市镇之中，
而且也不能在恩利尔的领地里涉足，
我要到阿普苏去，和我的主神埃阿朝夕与共。
他将赐给你们物产丰盈，
［他将指出］哪里有［鸟或］鱼藏匿，
［他将使国土上］五谷丰登，
［　　　］〈库克〉［
［　　　］将奇布图恩赐给尔等。'
我趁［最早的］晨光，
就在［我的近旁］把泥土收拢。
（第五十一—五十三行残缺）
孩子们［取］沥青，
大人们把［一切］必需品搬送。
第五天我把船的骨架建成，
那船表面积一伊库，它的四壁各十伽尔高。
那覆板，各十伽尔宽，
我把它的骨架构造，使它成型，
然后把六块覆板，将它一一铺平。
在七个地方分成［　　　］，
把它分成九块舱面，
把木栓嵌进它的正中。
我为船桅，已经备足所需的材料，
我向炉灶倒进六舍尔的沥青，
将三舍尔的沥青注入［　　　］当中。
运筐的人们运到三舍尔的油，
一舍尔的油在［防水上］用净，
两舍尔的油储存［在］水手手中。
我为［人们］宰了群牛，
每天还宰些羊。
葡萄汁、〈红葡萄〉酒、油，加上白葡萄佳酿，
我给他们［喝肉］汤，简直像河水在淌，
他们都吃得饱饱，就像正月那样。
我打开涂油［的　　　］注入我手中，
第七天船已竣工。

［这船的下水］困难重重，

我们不得不把仓板上下摇动，

［好容易才使船身］的三分之二［入水中］。

［我把我所有的一切］统统放进船里，

我把我的全部银货统统放进船里，

我把我的全部［金货］统统放进船里，

我把我所有的一切有生命的东西，都［放］进船里。

我让家眷和亲眷都乘上船，

我让野兽、野生物和所有的工匠都登上船去。

舍马什给规定了时辰——

‘若是朝里［　　　］夜里天降苦雨，

便进入舱内，将舱口紧闭。’

这时辰终于来到，

‘朝里［　　　］夜里要降苦雨啦！’

我瞧了瞧天象，

天阴沉异常。

我便进入船内，将舱口堵上，

将船里装的连同船身，

整个交给普兹尔·阿木尔，这个船工、水手执掌。

到了晨光初露的时候，

天边乌云涌起。

阿达德在空中响起霹雳，

舒尔拉特和哈尼什作了先行，

他们到群山各地去预报信息。

埃耳拉伽尔砍倒船桅，

尼奴尔塔向前进，将航路开辟。

阿奴恩纳奇举起火来，

光辉所及整个国土烈焰顿起。

阿达德的恐怖直达九重高天，

就是［他］使光明重归黑暗，

［辽阔的］国土如同［　　　］被捣烂。

一日之间［刮起了］台风，

越刮越猛，风速有增无减［

像战斗一样［

彼此之间，对面不见，

从高天也无法把人们分辨。

诸神因洪水而惶惶不安，

纷纷退了出来，登上阿努的高天，

他们像狗一样瑟缩地藏在外厢，

伊什妲尔竟像个（世俗的）女人那样哭喊。

这声音美妙的［诸神的］宠姬竟拔高嗓门：

‘瞧，过去的岁月都付诸黏土一片，

都是我在诸神的集会上说的话招来的灾难。
我为啥在诸神的集会上竟说出招灾的语言，
我为啥竟惹出这场毁灭我的人类的祸患，
虽然我才是人类的真正生育者，
却叫他们像鱼卵一般在海里漂满。
阿奴恩纳奇的诸神和她一同啼哭，
痛心的诸神坐下来啼哭，
他们的嘴唇全都〔
整整六天〔六〕夜，
风和洪水一涌而来，台风过处国土荒芜。
到了第七天洪水和风暴终于败北，
这番战斗活像是沙场争逐。
海平静了，暴风雨住了，洪水退了，
瞅瞅天，已然宁静如故，
而所有的人却已葬身黏土。
在高如平房屋脊的地方，有片草原出现，
刚打开舱盖，光线便照射我的脸。
我划船而下，坐着哭泣，
我泪流满面，
在海的尽头，我认出了岸。
有十二〔处地方〕出现了陆地，
船就停在了尼什尔山。
船在尼什尔山搁浅不能动弹。
第一天第二天船在尼什尔山（搁浅，不能动弹），
第三天第四天船在尼什尔山（搁浅，不能动弹），
第五天第六天船在尼什尔山（搁浅，不能动弹）。
到了第七天，
我解开鸽子放了出去，
鸽子飞去，又盘旋飞还，
它飞了回来，因为找不到休息的地点。
我解开燕子放了出去，
燕子飞去，又盘旋飞还，
它飞了回来，因为找不到休息的地点。
我解开大乌鸦放了出去，
大乌鸦飞去，看到水势已退，
打食、盘旋、嘎嘎地叫，没有回转。
我迎着四方的风（将诸鸟）统统放走，献上牺牲。
我在山顶将神酒浇奠。
我在那里放上七只，又七只酒盏，
将芦苇、杉树和香木天宁卡放置在台上面。
诸神嗅到它的香味，
诸神嗅到他们所喜爱的香味，

诸神便像苍蝇一般，聚集在敬献牺牲的施主身边。

这时大女神来到这里，

取了精致的金银首饰，那是阿努为讨她的欢心而制，

'要像挂在我脖子上的宝石一样，不要把这些神忘记，

决不要忘却，要把这些日子牢记在心里。

诸神啊，请到牺牲这儿来吧，

唯有恩利尔却不许，

因为他不加考虑便把洪水泛起，

而且要将我的人类灭绝无遗。'

这当儿恩利尔已来到那里，

恩利尔见了船，十分生气。

他对伊吉吉诸神满腔怒火——

'怎么，生物得救了？原说是逃脱一个也不许！'

尼努尔塔开口对勇敢的恩利尔说：

'除了埃阿还有谁能搞出这套诡计，

因为只有埃阿他知道这件事的底细。'

埃阿对勇敢的恩利尔说：

'诸神的师父，勇敢的你，

为何不加考虑就将洪水泛起？

有罪者可以治他的罪，无耻的可以叫他受辱，

不能害（其命），[绝其]迹，宽容饶恕才是正理。

要减少人类，与其泛起洪水莫如让狮子逞凶，

要减少人类，与其泛起洪水莫如让狼来吞噬，

要将国土[   ]，与其泛起洪水莫如让灾荒遍地，

要[挫伤]人类，与其泛起洪水莫如让伊鲁拉降世。

揭开大神们秘密的并不是我，

若有人给阿特拉·哈什斯托梦，他就会懂得诸神的秘密，

如今，我们倒应该为他拿点主意。'

于是，恩利尔走进船里，

牵着我的手，让我上了船，

让我的妻子上了船，坐在我的身边。

为了祝福，他来到我们中间，摸着我的前额：

'乌特纳庇什提牟直到今天仅仅是个凡人，

从现在起他和他的妻子，就位同我们诸神。

就让他在那遥远的土地，诸河的河口存身！'

于是他就把我领来，让我在这遥远的土地，诸河的河口存身。

可是，有谁能为你邀请诸神，

你要寻求的生命，又能到哪里去找，

你就试试看，能否六天六夜不合眼地去寻！"

他刚屈膝坐下，

睡意如云，就在他头上萦绕。

乌特纳庇什提牟便对妻子说道：

"你瞧瞧这位寻求生命的英雄，
睡意如云，就在他头上萦绕。"
他的妻子对遥远的乌特纳庇什提牟说：
"推推那个人，让他睁睁眼，
让他踏上归途，一路安然，
让他直奔起身的市镇，回到他的家园。"
乌特纳庇什提牟对他的妻子说：
"人是个狡猾的东西，说不定他会把你蒙骗。
来，你给他做面包，放在他的枕边，
还要在墙壁记上他睡了几天。"
她给他做了面包，放在他的枕边，
还在墙壁标上他睡了几天。
他的第一个面包干巴了，
第二个坏了，第三个潮了，第四个白了皮，
第五个变了色，第六个刚刚烤完，
第七个还在炭火上，他一推那男人便睁开了眼。
吉尔伽美什对遥远的乌特纳庇什提牟说：
"我〈刚觉得〉有些困倦，
是你推动了我把睡意驱散？"
乌特纳庇什提牟对吉尔伽美什［说］：
"吉尔伽美什呀，你［去］把那些面包数数，
你就会知道［你睡了几天］。"
他的第一个面包已经干巴了，
第二个坏了，第三个潮了，第四个白了皮，
第五个变了色，第六个刚刚烤完，
第七个还在炭火上，他一推那男人便睁开了眼。
吉尔伽美什对遥远的乌特纳庇什提牟说：
"［怎么］办，乌特纳庇什提牟啊，我将去到何处？
我的身体被死神紧紧抓住，
死就坐［在］我的卧室，
连［我弯腰落］坐在地方也死气弥布！"
乌特纳庇什提牟对船老大乌鲁舍纳庇说：
"乌鲁舍纳庇哟，让港口［把你拒绝］，渡口使你受辱，
将那些沿岸而行的人，从那岸上放逐。
你领到这儿来的人，体内满是污垢，
那身体的健美，被它那表皮遮住。
乌鲁舍纳庇哟，你领他到洗澡场去，
用水把他的污垢洗净，让他露出雪肌，
把表皮抛到海里，露出其健美的身体。
把他头上的帕鲁西古换新，
给他穿上贴身的内衣，
让他摸索着回到他的市镇，

让他完成他的行旅，
让他的外衣保持全新，不致破敝！"
乌鲁舍纳庇领他到了洗澡场，
把污垢用水洗净，让他露出雪肌，
他扔掉了表皮，海水把它漂走，
他的身体，健美如昔。
头上的帕鲁西古换新了，
穿上了贴身的内衣。
他要摸索着回到他的市镇，
他就要完成他的行旅，
[他的外衣依然全] 新，[并未破敝]。
吉尔伽美什与乌鲁舍纳庇乘上船，
船 [赶上了潮水]，他们就此动身而去。
他的妻对遥远的乌特纳庇什提牟说：
"吉尔伽美什来到这里吃尽辛苦，
他要返回家园，给他点什么礼物？"
（听到这话）吉尔伽美什便拿起篙，
把船拨到岸边停住。
乌特纳庇什提牟对吉尔伽美什说：
"吉尔伽美什哟，你辛辛苦苦来到此地，
你就要回到家园，该给你点什么东西？
吉尔伽美什哟，让我给你说点隐秘！
且听我 [把神的秘密] 说给你——
这种草像 [   ] 似的 [
它的刺像〈蔷薇〉也许会 [扎你的手]，
这种草若能到手，你就能将生命获取。"
吉尔伽美什一听这话，便打开了〈水 [闸门]〉，
他把沉重的石头绑在双脚。
他跳进深渊 [见到那棵草]，
他取了草，[草把他的手扎了]。
他从双脚把沉重的石头解掉，
海就把他往岸上漂。
吉尔伽美什对船老大乌鲁舍纳庇说：
"乌鲁舍纳庇哟，这草是棵〈非凡的〉草，
人们靠它可以长生不老。
我要把它带回乌鲁克城，让 [   ] 能吃到这草，
它的名字叫做西普·伊沙希尔·阿米尔，
我也吃它，好重返少年，青春永葆。"
走了二十比尔，他们吃了饭，
走了三十比尔，他们准备过夜歇脚。
这时，吉尔伽美什看到一个冷水泉，
他便下到水里去净身洗澡。

有条蛇被草的香气吸引，
［它从水里］出来把草叼跑。
他回来一看，这里只有蛇蜕的皮，
于是，吉尔伽美什坐下来悲恸号啕，
满脸泪水滔滔。
［他握着］船老大乌鲁舍纳庇的［手开了言］：
"乌鲁舍纳庇哟，我［为了］谁，历尽艰险，
为了谁，我把心血耗干。
我自己并没有得到好处半点，
倒把好处给了大地的狮子，
而且，水流已经将［它］漂去二十比尔远。
我把〈水闸门〉打开［
我看到了为我立起的标志，我要回返。
那么，就将小船留在岸边。"走了二十比尔，他们吃饭，
走了三十比尔他们准备过夜。到了乌鲁克城时，
吉尔伽美什对船老大乌鲁舍纳庇开了言：
"乌鲁舍纳庇哟，你登上乌鲁克城往前行，
察一察那基石，验一验那些砖！那砖是否烈火烧炼？
那基石是否七贤所奠？
一舍尔是都城，二舍尔是果树园，一舍尔是四郊和伊什妲尔殿堂的〈神苑〉，
三舍尔和〈神苑〉把乌鲁克围在了里边！"

（数行残缺）

伊南娜下冥府

她从［最高天］一心向往冥府，
女神从［最高天］一心向往冥府，
伊南娜从［最高天］一心向往冥府。
我的主人离弃天，离弃地，她下冥府去，
伊南娜离弃天，离弃地，她下冥府去，
抛弃尊崇的地位，抛弃高贵的身份，她下冥府去。
在乌鲁克离弃埃安纳神殿，她下冥府去，
在巴德提比拉离弃埃木什卡拉玛神殿，她下冥府去，
在扎巴拉牟离弃吉古纳，她下冥府去，
在阿达布离弃埃舍拉神殿，她下冥府去，
在尼普尔离弃巴拉图什伽拉圣堂，她下冥府去，
在基什离弃胡尔沙格卡拉玛（神殿），她下冥府去，
在阿卡德离弃尤尔玛什神殿，她下冥府去。
用七种〈神通〉她打扮自身，
将〈神通〉聚拢在手上，
将所有的〈神通〉附在〈　〉脚上，
将素色的王冠什伽拉她戴在头上，

将头饰放在额上，

将探测的树枝和天青石色的绳索，她紧握在手上［　　　］，

将小小的天青石系在项上，

将闪光的［　　　］石，她牢牢地系在胸膛，

将黄金的手镯戴在腕上，

将［　　　］胸铠她紧绷在胸上，

将帕拉长袍贵妇之服穿在身上，

将［　　　］香料涂在眼上，

伊南娜往冥府走去。

她的跟班宁什布尔走在她［身旁］。

纯洁的伊南娜对宁什布尔说：

"啊，（你这）坚贞不渝的我的支持者，

用讨人喜欢的语言（说话）的我的侍从，

传递准确语言的我的信使，

现在我下到冥府去。

当我到达冥府时，

（你）为我［冲天上诉怨］，

为我在集会的神殿大声呐喊，

为我向诸神家中奔走，

为我［抓破］你的双眼，为我［抓破］你的嘴，

为我把你的大［　　　］自己抓破，

为我像个贫民，只穿一件单衣。

独自往恩利尔之家埃库尔神殿径直走去，

当你进入埃库尔神殿恩利尔之家，

在恩利尔面前边流泪边哭诉：

'天上的父恩利尔，莫让你的女儿在冥府被杀害，

莫让你的金属制品用冥府的泥土（可以）藏埋，

莫让你美观的拉匹斯拉兹利当作石匠的石头被砸碎，

莫让你的黄杨和木匠的树同被锯开，

莫让少女伊南娜在冥府被杀害！'

如果恩利尔不为你这话有所行动，就到乌尔去。

在乌尔，国土的［　　　］的家，

进入南纳（神）的埃乞什奴伽尔的家，（就）在南纳面前

边流泪边哭（诉）：'天上的父南纳，莫让你的女儿在冥府被杀害，

莫让你的金属制品用冥府的泥土（可以）藏埋，

莫让你美观的拉匹斯拉兹利当作石匠的石头被砸碎，

莫让你的黄杨和木匠的树同被锯开，

莫让少女伊南娜在冥府被杀害！'

如果南纳不为你这话有所行动，就到埃利都去。

你（在）埃利都，进了恩奇（神）的家，

就在恩奇的面前流泪哭（诉）：

'天上的父恩奇，莫让你的女儿在冥府被杀害，
莫让你的金属制品用冥府的泥土（可以）藏埋，
莫让你美观的拉匹斯拉兹利当作石匠的石头被砸碎，
莫让你的［黄杨］和木匠的树同被锯开，
莫让少女伊南娜在冥府被［杀害］！
［睿知］的主，父神恩奇啊！
您晓得生命之食，晓得生命之水，
让她能够为我生还吧！'"

伊南娜往冥府走去。
她对自己的跟班宁什布尔说：
"（回）去吧，宁什布尔！
莫把我对你说的话漫不经心。"
伊南娜到达冥府的拉匹斯拉兹利的宫殿，
在冥府的入口她惹了祸。
（她）冲着冥府的门用不友善的语言叫喊：
"开门，守门人，开开门！
开门，涅蒂啊，开开门！我独自一人，定要进去。"

冥府大门的大看守涅蒂，
对纯洁的伊南娜回答说：
"你是谁？你！"

"我是太阳升起处的伊南娜，上天的女王。"

"如果你是太阳升起处的伊南娜，你为何来到此地，这有来无回（的冥府）？
旅人到此，没有回得去的路途，你的心竟然驱使了你。"

纯洁的伊南娜回答他说：
"我的姐姐埃雷什乞伽尔，
她的丈夫、主（神）古伽尔安纳去世，
为了亲自目睹他的葬礼，
确实如此。"

冥府的大看守涅蒂，
回答纯洁的伊南娜说：
"请等一下，伊南娜！让我跟我的女主人说说去。
让我跟我的女主人埃雷什乞伽尔说说去，［　　　］说说去。"

冥府的大看守涅蒂，
进了他的女主人埃雷什乞伽尔的家，对她说：
"我的女主人，一位少女，

像神一般［　　］（的人），
（在）门（那儿）［　　］，
［　　　］，
在埃安纳神殿［　　］，
用七种〈神通〉她打扮自身，
将〈神通〉聚拢在手上，
将所有的〈神通〉附在〈　〉脚上，
将素色的王冠什伽拉她戴在头上，
将头饰放在额上，
将探测的树枝和天青石色的绳索，她紧握在手上，
将小小的天青石系在项上，
将闪光的［　　］石，她牢牢地系在胸膛，
将黄金的手镯戴在腕上，
将［　　］胸铠她紧绷在胸上，
将［　　］香料涂在眼上，
将帕拉长袍贵妇之服穿在身上。"

那时埃雷什乞伽尔拍打着腿、〈咬着唇〉，
回答冥府的大看守涅蒂说：
"啊，冥府的大看守，我的涅蒂哟，
我对你说的话你莫要疏忽大意。
冥府的七座大门，（全）把锁头［打开］。
（推开）［冥府正面的］甘直尔门，［解释那些规矩］。
她若进到里边，
把她所有高贵的衣着全给她除掉！"

冥府的大看守涅蒂，
对他的女主人的话极［为］留心。
冥府的七座大门，上面的锁（全）［打开］，
（推开）冥府正面的甘直尔门，［解释那些规矩］。

他对纯洁的伊南娜说：
"来，伊南娜，请进吧！"
她一进去，
素色的王冠什伽拉就从她头上摘去。
"这算何意？"
"静，伊南娜，这是冥府的规矩，
伊南娜，对冥府的礼法您可不能说三道四。"

（顾淑勤编，摘自赵乐甡译：《吉尔伽美什：巴比伦史诗与神话》，译林出版社，1999）

第二章 古埃及诗歌及《死者之书》

第一节 古埃及诗歌简介

　　金字塔的辉煌似乎昭示了古埃及的全部文明，法老们神秘的木乃伊则聚焦了世人好奇和求索的几乎所有目光，然而与金字塔和木乃伊同样不朽、同样神秘的还有那散发着莎草纸香的古埃及诗文，在塔内、在墓墙上、在棺椁中、在木乃伊的身体上动情地歌唱着对灵魂不朽的永恒追求及热切企望。古埃及诗歌以其独特的方式质朴无华地跃然于死亡之地，将死渲染得如此富有生机、如此雅致、如此诗情画意。死穴里没有悲哀，没有失落，充满着对生的热望和执著的信念。没有哪个国家、哪个民族，会如此热烈地对死抱以生的高昂态度，它反映死前的言行思虑，想象死后来生的繁荣与福祉，尼罗河畔枯荣有序的"芦苇之野"是古埃及人近在咫尺、触手可及的关于来世的繁华之所。世上也没有哪个国家、哪个民族，他们全部的文明精华如此紧密地与死亡相关。

　　古埃及诗歌是埃及最早的一种文学体裁，滥觞于庙宇，具有浓郁的宗教色彩，长着鹮鸟头的"书神"透特是埃及的"智慧之神"，承办丧事者是史上最早的书商。尼罗河在公元前5000年以前就孕育了日出而作、日落而息、引水灌溉的农业文明。"尼罗河水一年一度的泛滥之后所滋生的绿色希望，意味着恐惧的终止和生命的复活"，于是太阳神拉、水神努、繁育之神奥西里斯等受到顶礼膜拜。法老被视为拉的儿子，具有无上权威。于是自然崇拜、法老崇拜和亡灵崇拜成为埃及诗歌的主题，而丰富生动的神话则成为其重要元素。神话反映了古埃及人原始的思维和宗教信仰，为诗歌增添无限魅力，而冥王奥西里斯的神话更与诗歌息息相关。南风之神赛特嫉妒奥西里斯，将他戕害分尸，散抛埃及各地。奥西里斯之妻伊西斯历尽凄苦将其尸体找回，诸神同意奥西里斯为冥府之王。奥西里斯的魂魄使伊西斯受孕生下荷露斯。荷露斯长大后杀死赛特，继承王位。荷露斯是奥西里斯在人间的再生。太阳西沉象征生之枯竭，故尼罗河西岸成为墓葬之地。奥西里斯是黑夜的太阳，唯有他可以审判并指引死者穿越冥府，获得新生。神话随时代而有所变化和发展。埃及人用芦秆或竹管等制作的笔将一些指南性和备忘性的诗文写在用尼罗河谷的莎草制作的草纸卷上，与死者随葬，以助亡灵顺利穿越冥界。埃及的书就这样保存下来。这些诗文起源于大约公元前3500年前象形文字记载的金字塔铭文，这些铭文历经沧桑至今仍清晰可辨，是古埃及诗歌艺术的最初发展。古埃及诗歌至中王国时期趋于鼎盛，神话传说、故事箴言和诗歌歌谣等作品成就卓越，其语言、表达、描绘、修辞等成为后世文学的典范。

　　《死者之书》、《阿顿太阳神颂诗》、《尼罗河颂》代表了古埃及诗歌的主要成就，其中《死者之书》是埃及最早的古籍，《阿顿太阳神颂诗》对古希伯来文学产生了重要影响，《尼罗河颂》在古埃及文学史上占有重要地位，《失望者和自己灵魂的谈话》是古埃及最著名的宗教哲理诗，《卜塔—霍特普的箴言》的古老仅次于《死者之书》，据说成为《次经·所罗门智训》的模本。这部箴言分别比摩西诞生及印度《吠陀经》早2000年，比荷马和所罗门《箴言》早2500年。

古埃及诗歌之悠久仅次于迦勒底文学，是人类最古老的文学遗产之一，对两希文学及中古东方文学影响深远，在世界文学史中地位显赫。然而古埃及诗歌大多失传，鲜有留存，亚历山大图书馆难觅其踪，大英博物馆也只有一本《死者之书》，这是世界文学无法弥补的深深遗憾。

第二节　《死者之书》简介

《死者之书》，又译《亡灵书》，包括人们熟知并谈之色变的陵墓咒语。它的名字令人恐惧，使世人避之不及。观念和信仰阻隔了人们理解和探索的渴望，象形文字的古奥增添了它的流传难度，纸草的脆弱又使它易于命残，历史、政治、科技等因素使《死者之书》经历了一个暗无天日的漫漫长夜。然而，如果认为该书只是和灵异、宗教相关，未免过于单一，过于肤浅，过于偏颇，甚至是大错特错。事实上，《死者之书》又被古埃及人看作是"白昼来临之书"，是新生的起点，它是古埃及留存下来的最著名的文学汇编，是一部庞大的宗教性诗文集，是世传人类最早的文学作品之一，是世界文学的渊源性文献。

该书是东方文学中最古老的稀世珍宝，是古老得几乎无法理解的天书，它蕴含的精神力量曾"帮助古埃及人获得精神上的平安享乐"。它是来自时间尽头的珍贵信息，"是神秘主义的，超现实的，自言自语的，既直接又迂回的，诗歌的或歌唱的，唯一不二的"，更为重要的是，"在生死关头，它令人觉悟"。

《死者之书》曾伴随尼罗河西岸的帝王陵墓群，被长期湮没在荒凉的沙漠中。直到18世纪，人们才偶然发现这些沉睡千年的古墓及墓墙上的象形文字，又经漫长而艰难的破译，才使许多失传的诗作重见天日。《死者之书》自此揭开神秘面纱，初露妆容。

该书成书于公元前3000至公元前2000年间，早期的金字塔铭文被认为是其前身和发端，其内容在长期发展中不断充盈变化，至新王朝时期逐渐定形。诗歌起初为帝王将相专用，后来也为平民百姓普遍使用。作为陪葬品的《死者之书》似一种殉葬仪式，用彩墨抄录在长长的纸草卷上，配以插图，随死者丧葬，以供亡灵阅读，并指引亡灵通过冥界险途，到达"真理的殿堂"，顺利应对审判，最终重获生命，乐享"五谷长得比人还高，不断有凉风吹拂"的"芦苇之野"。《死者之书》由此得名。

《死者之书》包括27篇诗歌，共计140章。有颂神诗、祈祷文、箴言、神话、歌谣、咒语等形式。诗歌主要是对太阳神拉及冥王奥西里斯的歌颂，表现亡灵对冥王的敬畏忠诚，用否定的方式极力辩解生前的清白，并要说出42位冥界众神的名字，请求神的恩赐和宽赦，嘱咐心在亡灵接受审判时要替死者隐恶明善等。《阿尼的纸草》是其最为著名的一章。纸草中阿尼详细记载了穿越冥界的各种程序方法、各种颂诗咒文以及关于天地起源等的神话传说，并描述死者如何在墓中生活并获得力量离开坟墓等。另外，《死人起来，向太阳唱一篇礼赞》《他把自己与大神拉合而为一》《他向奥西里斯，那永恒之主唱一篇礼赞》等都是书中的名篇。

《死者之书》图文并茂，代表着古埃及文化的灿烂，表达了当时人们对自然、对生命的最原始理解。亡灵的叙说客观上反映了现实生活，从中可洞见古代埃及的社会规范、价值观念、道德标准、宗教信仰、民俗习惯、思想意识、生活态度、政治经济、文学历史等方方面面。它像一部百科全书，为我们了解和研究古埃及社会全貌提供了依据，是开启人类早期文明的金钥匙。它的语言讲求韵律，结构松散，句式灵活，富于乐感，带着原始的质朴之美，为后世诗歌的发展起到真正的开源创本的作用。它的光辉来自遥远的鸿蒙时代，肇始了人类文明的绚烂天地。它以亡灵之口，表达了对生的不舍，以及对生的畏惧与膜拜、陶醉与赞美、挚爱与求索。

第三节　《死者之书》选段

献给太阳神拉的赞歌

当拉从地平线升起之日，某某亡者对拉的崇敬

他说：

向你致敬！

你是凯布利，创造众神。
你端居云巅升腾并闪耀，
以众神之王的光辉显现。

你母亲努特圣母用双臂向你致意。
摩奴满怀欢心地接受你。

玛阿特女神四季都拥抱你。

希望你给予力量吐露真情，
作为一个活着的灵魂看到某某的灵魂霍拉赫提。

他说：
哦！灵魂大厦里的众神，
你们公平地度量天地间的是是非非，
赐予食物和用品。

哦！塔特嫩，
人类的创造者，
你是如此的伟大。

哦，
南方的，
北方的，
西方的
和东方的"九神"，
赞美拉吧，
他是天空的君主，
是创造众神的君主。

赞美他在阿特特之舟出现时优美的体形。
愿那些在上的尊崇你，

愿那些在下的尊崇你，
愿透特和玛阿特每天给你写信。

你的仇敌大蛇被大火焚烧，
反叛的蛇终于倒下，
他的双臂被捆绑着，
拉让他无法动弹，
无能的孩子不复存在。

王子的宫殿沉浸在节日的气氛中，
这"伟大的地方"人声鼎沸，
众神愉悦，
当他们看到拉出现时，
他光芒普照。

这高贵的神陛下向前，
进入了摩奴的地方，
他每天新生时大地一片光芒，
他达到了昨天的状态。

愿你慷慨让我看到你的英俊之美，
愿你令我自由行走。
愿我击败厄运之神，
愿我赶走反叛之蛇，
愿我在阿匹（蛇）卜行动之时就摧毁他，
让我牵引色可特和玛特之舟，
安然捕获阿布纠之鱼。
我看见荷露斯做舵手，
透特和玛阿特在他旁边，
愿他允许我每天都看到太阳和月亮。
愿我的名字被呼唤，

愿它与接受赐物的神灵刻在一起。
愿我在荷露斯的追随者等人面前得到食物，
愿太阳之神在神之舟经过时为我预留位置，
愿我在澄清之地被允许出现在奥西里斯面前。

来自某某亡者的灵魂

献给奥西里斯的赞歌

伟大的奥西里斯文内弗的，
你生活在提尼泰州，
你是永恒之王，
持久之君，
你生活了数百万年，
你是圣母努特和盖布的长子，继承人，
戴着乌特皇冠的君主，
高高的白色皇冠如此高贵，
你是众人诸神的主宰。

你从他祖先那里继承了权位，
拥有了权杖与连枷。

愿你在沙漠的心得以愉悦，
因为当你以布西利斯的君主身份出现时，
你的儿子荷露斯，
阿比杜斯的统治者，
已稳坐你的宝座。

你因真言在埃及两地备受尊敬。

你以色可之名义统辖两地，
两地因而被追崇。
在此，作为领导者他的名字是索卡尔。

他的力量延伸到很远的地方，
让人敬畏，
在此，
他的名字是奥西里斯。

他穿越永恒，
在此，
他的名字是文内弗。

向你致敬！

万王之王，
万主之主，
统治者的统治者，
甚至早在努特的子宫里时他就拥有"两地"。

你统治着"静土"，
你金黄的躯体，
碧绿的头，
双臂青绿。
哦，无穷之柱，
宽阔的胸怀，
和蔼的面容，
生活在这片"圣土"上：
愿你给天空以能量，
给大地以力量，
愿你令人间不再有欺骗，
像活着的灵魂一样顺流而下去布西利斯，
像鹭一样顺流而下去阿比杜斯，
自由地进出于阴间的大门。

希望"冷水屋"有给我的面包，
给我一桌来自赫里奥波利斯的舍特俄特蛋糕和麦酒，
我的脚趾牢牢地站在"繁忙之地"，
愿繁忙之地的果实属于奥西里斯某某的灵魂。

亡者的审判

亡者的心在正义之羽前的天平上被称重

——符咒30B——

哦，我母亲给我的心！
哦，我母亲给我的心！
哦，我不同年龄的心！

不要诋毁我，
不要在特别法庭里跟我唱反调，
不要在天平掌管者面前诬蔑我，
因为你是生于我体的我的灵魂，
你是让我精神抖擞的保护。

快点和我一起去那乐土，
不要让我的名字在造人的"环境"里发臭。

在神面前不要撒谎；
真的很好，你应该听！

透特，
真理的判官，
在奥西里斯面前对"九神"这样说：
听听这真理之语吧。

我审判过死者之心，
他的心是他的证人。

他的行为是无可厚非的，
天平没有称出他有什么罪。

他没有偷神庙的贡品，
没有做任何破坏，
他在凡间时没有说过任何谎话。
"九神"对赫尔莫普利斯的透特这样说：
你说的是对的。
澄清了（嫌疑）的奥西里斯某某是一个直率的人，
他无罪，

我们没有任何对他的指控，
不该允许艾米特掌握他生杀予夺的权利。

给他一些恩赐吧，
分配的时候奥西里斯在场的。

愿荷露斯的追随者在赐物（或贡品）之地有一之所。

荷露斯之子伊西斯这样说：
哦，文内弗，
我来到你身边了，
我要把某某带给你。

他的心是纯的，
天平称过，
他对于任何神或女人都没罪。

透特刚才书面审判了他，
并告诉了九神，
伟大的玛阿特也见证了。

给他面包和啤酒吧，
分配的时候奥西里斯在场的。

他永远会像荷露斯的追随者。

某某这样说：
哦，西方之王，
我就在你面前！

我的身体里没有恶行，
没有人见过我撒谎，
我没有再错。
让我成为你宠幸的随从吧。

哦，奥西里斯！
善神所喜的伟大的神，
两地之主所喜之神！
某某，
在奥西里斯面前被澄清。

——符咒125——

介绍

到达"正义大堂"看着众神的脸时应该说什么来澄清某某的恶行

……
我的主！

我来到你身边，
你会带我去看你的美丽，
我知道你和你的名字，
我知道在正义大堂中和你一起的四十二个神的名字！
……

看吧，
我来到你身边，
我为你带来真理，

驱走错误。

我没有对人做什么错事，
我没有使我的同伴贫穷，
我没有在真理之殿做错什么，
我学了错误的知识，
但没有做坏事，
没有成天过分地驱使工人为我劳动，
我不奴役别人，
我不剥夺孤儿的财物，
我没做神所憎恨的事情，
我没有在仆人的主人面前中伤他，
我没给别人带来痛苦，
没有让人挨饿，
没有让人哭泣，
我没杀人，
也没有使人杀人，
我没给任何人带来苦难，
我没有减少神庙里的贡品，
没有毁坏神的食物，
没有拿走神灵的食物，
没有滥交，
没有行为不端。
我没有减少食物供应，
没有减少 aroura，
没有侵占田地，
我从没有在天平上，
为自己增加额外的任何重量，
我没有从孩子的嘴里抢走牛奶，
没从牛羊嘴里夺走牧草，
我没有捉神保护的鸟，
没有捕他们沼泽地里的鱼，
我没有改变水的季节，
没给流水筑坝，
没扑灭燃烧的火焰，
我没有阻止牲畜吃神的恩赐（如草），
我没有对抗行进的神。

我是清白的，
清白的，
清白的，
清白的！

我清白如赫拉克利奥坡里的长生鸟，
因为我真的是"风之主"的鼻子，
他在这土地的领主面前，
在赫里奥波利斯修复圣眼的那一天（冬天第二个月最后一天）让所有人复活。

……

对正义大堂的神的演讲

……

正义大堂里的众神！

我知道你们和你们的名字，
我不会倒在你们的刀下；
你不该把我的邪恶带到你的神主人面前，
我没有做什么和你有关的错事，
你应该在众神之主面前说关于我的实话，
因为我在埃及做的都是对的，
我没有辱骂上帝，
我没对在位的国王做什么错事。

向你致敬！

哦，正义大堂里的众神！

你们身体里面没有谎言，
你们以真理为生并在（太阳）盘里的荷露斯面前吃下真理。

拯救我于巴拜，
他以伟大的计算日的死者内脏为食。

看吧，
我到你身边来了，
没有错误，
没有犯罪，
没有邪恶，
也没有人作反对我的证明，
因为我没做什么不利于他的事情。

我以真理为生，
我吞下真理，

我做人们说的事情，
我做众神喜欢的事情。

我用上帝喜欢的东西抚慰他；
我给饥饿者面包，
给口渴者水，
给赤裸者衣服，
给无船者船，
我为神提供贡品，
为神灵提供乞灵贡品。

救我，
保护我，
不要在（众神）面前打不利于我的报告，
因为我手口都纯净，
看见我的人都对我说"欢迎再来！"
因为我听到高贵的亡者在他家和"猫"的伟大的言辞。

为我作证的那个人是脸在背后的那个人，
他哭了。

我看到罗斯特加的艾谢特分裂，
我援助神，
我知道身体里面的事。

我来到这里为真理作证，
让"静土"里的天平放在合适的位置。

哦，按照你的标准（被）提升的人，
阿提夫王冠之主，
你是风之主，
把我从你要伤害和惩罚我的信使手中解救出来，
你没有纵容他，
因为我的所作所为对"正确之主"来说都是对的。

我是清白的，
我的眉毛是感情的，
我的后面是清洁的，
我的中间在"真理之池"，
我没有任何部分缺乏真理。

我在"南池"沐浴，

在"北城"就寝，
在纯净的"蚱蜢地"，
拉的工作人员也在那里，
在夜里第二个小时白天第三个小时，
众神晚上和白天经过时都很平静。

询问亡者

"你让他来的？"
他们问我。

"你是谁？"
"你叫什么名字？"

他们对我说，
"我是纸莎草下面的部分，
我名叫'辣木树上的人'。"

他们问我：
"你从哪里来？"

"我经过辣木树北边的城市。"

"你看到什么了？"

"腿和股。"

"你对他们说什么了？"

"我看到汾库的欣喜。"

"他们给你什么了？"

"火种和陶瓷柱。"

"你是怎么处理的？"

"我用晚仪式在玛阿特河岸将他们埋了。"

"那是一种叫做'给予呼吸者'的燧石。"

"你把火种和陶瓷柱埋了之后做了什么？"

"我在上面大声喊，
把他们挖出来，
把火扑灭，
打碎柱子并扔到河里。"

"来，
通过这道门进入正义大堂，
因为你知道我们。"

"我们不会让你从我们这里进去，
除非你说出我们的名字。"
门上招贴上写着。

"你叫'真理坠子'？"

"我不会让你从我们这里进去，
除非你说出我的名字。"
右边那页门说。

"你叫'称真理的天平盘'？"

"我不会让你从我们这里进去，
除非你说出我的名字。"
左边那页门说。

"你叫'称酒的天平盘'？"

"我不会让你从我们这里进去，
除非你说出我的名字。"
门的地板说。

"你叫'盖布牛'？"

"我不会让你从我们这里进去，
除非你说出我的名字。"
门上的螺栓说。

"你叫'他妈妈的脚趾'？"

"我不会让你从我们这里进去，
除非你说出我的名字。"
门上的搭扣说。

"你叫'索伯克活着的眼睛，
巴克胡（山峰）之主'？"

"我不会让你从我们这里进去，
除非你说出我的名字。"
门说。

"你叫'休用来保护奥西里斯的胸'？"

"我不会让你从我们这里进去，
除非你说出我的名字。"
交叉梁说。

"你们叫'乌内的孩子们'？"

"我不会让你从我们这里进去，
除非你说出我的名字。"
门说。

"我不会打开门或者让你从我们这里进去，
除非你说出我的名字。"
门卫说。

"你叫'盖布的牛'？"

"你知道我们，
从我们这里过吧。"

"我不会让你在我上面踩过去。"
正义大堂的地板说。

"为什么？
我是纯净的。"

"因为我不知道你踩过我的双脚的名字，
告诉我他们叫什么？"

"我右脚叫'哈的秘密图像'；
左脚叫'哈特的花朵'。"

"你知道我们，

从我们这里过吧。"

"我不会通报你来了，
除非你能说出我的名字。"
正义大堂的门卫说。

"你叫'知心人，
体内搜寻者'?"

"我该向哪位神通报你来了呢?"

"向现在在场的（神），
告诉'两地'的导游吧。"

"谁是'两地'的导游?"

"透特。"

透特说：
"来吧，你为何而来?"

"我来作报告的。"

"你现在的情况是?"

"我纯净无罪，
我没有同还活着的人吵架。"

"我该向谁通报你来了呢?"

"你应该向这个人通报我来了：
他的屋顶上是火，
他的墙上是活着的蛇。"

"他是谁?"

"奥西里斯。"

"继续：
看，
我们已经通报了你。

你的面包是'圣眼'，
你的啤酒是'圣眼'；
人间为你发出的声音里的是'圣眼'。"

——符咒 7——

（安全）躲过阿匹卜之圈

哦，苍白的抢劫者，
你以无力者为食，
我不会成为你的无力者，
我不会对你软弱。
你的毒药不会进入我的身体，
因为我的身体是阿图姆的身体。
如果我对你不软弱，
来自你的痛苦就不会进入我的身体。
我是阿比斯头上的阿图姆，
我是他，
他的名字是个秘密，
比众神的宝座还要神圣；
我是他们中的一个，
我和阿图姆一起走，
我是一个没咽气的人，
我精神矍铄，
我精神矍铄！

——符咒9——

开幕之后去到那一天

哦，雄伟的灵魂，
看吧，
我来看你了；
我打开阴间想看到我的父亲奥西里斯，
并赶走黑暗，
因为他深爱着我。

我来看我的父亲奥西里斯，
我要挖出赛思的心脏，
是他害了我的父亲。
我开通天空和地上的每条路，
因为我是我父亲深爱的儿子。
我是高贵的，
我是一个精灵，

我全副武装；
哦，所有的神和精灵，
为我准备一条道路吧。

——符咒10——

又一条符咒，让一个男人去到那一天在亡者的国度去和敌人战斗

我挖开天空，
劈开地平线，
穿越地球到达那醉意的极点，
我拥有伟大的精灵，
因为我用魔力装备了一个金字塔。
我用我的嘴吃（东西），
我用我的后身澄清（嫌疑），
因为我是一个神，
冥界的神。
我拿出过去创造的东西，
我打算光辉地露面。

——符咒13——

进出于"西方"（之门）

所有的人都属于我，
我把什么都给了自己。
我进来时是猎鹰，
出去时是长生鸟，
尊崇拉的神。
为我开路吧，
我要和平地进入美丽的西方，
因为我属于荷露斯之湖，
我用皮带系住荷露斯的狗。
为我准备一条路，
我要进去尊崇奥西里斯，
生命之主！

对太阳的又一首赞歌

当他从东方的地平线上升起，
当追随他的人欢欣时，
对拉的崇拜。

哦，太阳盘，
阳光之主，

你每天从地平线闪耀光芒：
愿你照耀某某的脸，
因为他每天清晨崇拜你，
晚上抚慰你。
愿某某的灵魂和你一起升天，
愿他乘着日船出行，
愿他停泊于夜船，
愿他和不倦之星一同闪耀。

……
向你致敬！
凯普里自创的赫拉克提！
当你的光照亮两地时，
你那地平线上发出的光芒是如此美妙！
当众神看到你天空之王时他们多么开心啊，
皇家大蛇稳稳地盘在你头上，
上下埃及的王冠牢牢地在你头顶；
她（大蛇）坐在你的眉宇之上。
透特坐在你的圣船里，
消灭你所有的仇敌，
冥界所有的人都迎出来看这美丽的画面。

……

向你致敬！
为真理而愉悦的拉，
你从地平线升起；
当你穿越天空时，
所有的人都看到你，
直到你的移动隐于他们的视线。

巡游天空的那天从早到晚都能看到你，
……
你打开某某的嘴，
你的样子倒映在太初之水。
他会像你一样出行，
像陛下你一样没有终止，
一天都没有，
因为你经过了百万年的四季；
当你经过了这么久之后，
你长眠了，
你度过了夜晚的时刻，

你按照通常的习惯度过日日夜夜。
拉，当你出现在你的地方的地平线时，
这片土地顿时生辉。
你闪耀时，
你早起把你的身形置之高位时，
尊崇你的奥西里斯某某说：
你光辉的露面放大了你的美丽，
创造了你自己；
你为自己的肉体定型。
在天空中闪耀的拉，
改变别人而没被改变的神。
愿你允许我到达永恒的天空，
那受惠的国度；
愿我和那些令人敬畏和高贵的精灵一起加入亡者的国度；
愿我和他们一起升起去看你夜晚闪耀的美丽。
你被置于西方时你的母亲为你穿越低空。
我爱慕的为你举起双臂，
你创造了永恒。
你在阿比斯落下时我崇拜你，
我把你置于我迟钝的内心，
哦，你比众神更好。

赞美你！

你一身金黄的起来，
你一出生便照亮两地！

你的母亲努特在手上生了你，
太阳盘围绕的东西因你而光亮。

伟大的光源从阿比斯照过来，
他在水里把他一家编织在一起，
他让所有庄园、城镇、家庭欢庆，
他善良的保护着，
愿你的灵魂总有食物和用品。

伟大的被敬畏者，
权力之权力，
你的宝座远离为恶者；
夜船里的威严的（神），
日船里持久强大的（神），
愿你在亡者的国度美化某某，

愿你让他在西方学会忍耐，
让他远离罪恶。

愿你忽视我的坏事并让我成为神灵喜欢的人；
愿你在圣土保护我的灵魂，
愿它在繁忙之地巡游，
因为我是开心地死去的。

神回答说：
你应该升天，
你应穿越苍穹，
你应与星星作伴，
他们会在圣船里向你欢呼。

你应被召集到日船里，
你会看到拉在圣坛里，
你应每天抚慰他的（太阳）盘，
你会看到布提鱼在溪水里畅游，
看到阿布纠鱼，
如前所述恶蛇已经倒下，
锋利的刀子为我把它的脊椎切断。

拉会乘着微风航行，
夜船会为我而（被）清理干净。

拉的追随者会愉悦地找到他，
命运女神也会高兴看到邪恶的大蛇倒在她的主人面前。

你会看到荷露斯面容友善，
（手里）拿着透特和玛阿特的旗帜；
看到拉平静地走来激活那些精灵的心时，
所有的神都会很开心。

被澄清的奥西里斯某某也会和他们在一起。

——符咒21——

在亡者的国度给某某一张嘴

向你致敬！
光之主，
大厦里卓越的人，
黎明之王！

来到你身边时我的灵魂净化了。

你挽着双臂，
前面是食物；
愿你给我嘴巴让我说话，
愿我的心在黑夜毁灭时给我指引。

——符咒28——

在亡者的国度不许拿掉某某的心

哦，狮子，
我是安卜之花；
我憎恨神拖拉，
我的心不该被在赫里奥波利斯的战斗之神拿走。

——符咒29——

在亡者的国度不允许窃走人的心灵

回来吧，
众神的信使！
你是来拿属于活人的我的心的吗？

我是不会让你拿走我的心的，
它属于游走的活人。

众神会聆听我的倾诉，
他们手捧着低垂的脸……
在自己的土地上。

——符咒29A——

在亡者的国度不允许拿掉行为已经被澄清的人的心

我的心和我在一起，
不该被拿走，
因为我是我心灵的所有者，
我连接着我的心。

我靠真理而活，
我活在真理之中；
我是我心中的荷露斯，
他在我体内的中心。

我靠说出真心话而活，
我的心不能被拿走；
我的心是我的，
任何人都不该挑衅，
恐怖无法削弱我。

我拥有它，
我将从我父亲盖布和母亲努特那里获得重生，
因为我没有冒犯神，
我之身心将永无恙。

——符咒29B——

舌荷特守护之石心

我是拉的灵魂长生鸟，
我引导通向冥界的众神。

凡间的灵魂可以随意而为，
某某的灵魂可以自由地前行。

——符咒30A——

在亡者的国度不允许某某的心与他作对

哦，我母亲给我的心，
我凡间的心，
不要起来和我作对。

在万物之主面前
做不利于我的证；

不要说不利于我的
我所做的事情，

不要在伟大的神西方之主面前
提及任何对我不利的事情。

向你致敬，
我的心！

向你致敬，
我的心！

向你致敬，
我的内脏！

向你致敬，
戴着边锁的人头上的神，
你靠在你的人身上！

愿你向拉说好话，
愿你让我发达，
愿赐予我力量令我前行，
我被埋在凡间已经忍受很久了。

不要死在西方，
而是变成里面的一个灵魂。

——符咒37——

驱走那两个蛇女歌手

向你致敬，
你们两个同伴，
姐妹，
女歌手！

我用魔力把你们分开了，
因为我是舍科特特之舟夜船里闪耀的那个，
我是伊西斯之子荷露斯，
我来看我的父亲奥西里斯。

——符咒38A——

在亡者的国度以空气为生

我是阿图姆，
我从阿比斯升向天空水（域），
我在西方已有一席之地，
我对隐坐的精灵发号施令，
因为我是双狮，
我坐在凯普里的船里，
他们向我欢呼。

我在里面吃并因此变得强壮，
我在里面靠空气活着，

我在拉的船里喝。

他为我开路，
打开盖布的大门。

我带走伟大的神网住的人，
我管理那些圣坛里的人，
我和两主荷露斯和赛特协作。

我自己遣散长者，
我自由地进出，
我登上正义之船，
当拉在地平线出现时我照料他，
我加入那些在阿特特之舟日船里的人。

我死后每天生活着，
我因双狮而强壮，
我死后还活着，
甚至我，
某某，
这充斥凡间的人，
在荷花开时来，
让两地满盈。

——符咒38B——

在亡者的国度以空气为生的另一条符咒

我是双狮，
拉的长子，
齐米斯的阿图姆；
在他们的小屋里（服侍）我的人，
在他们的洞里的人，
引导我，
他们为我打通阿图姆的船经过的绕着天水的路。

我站在拉的船上，
我向百姓宣布他的话，
我向喉咙受限的人重复他的话；
我在日暮审判了我的祖先，
我打开我的嘴巴，
吃掉我的生命，
我活在布西利斯，

我死而后生，
像拉一样。

——符咒39——

在亡者的国度驱走一条rerek蛇

回去吧！
爬走吧！
滚开，
你这条蛇！

淹死在阿比斯的湖里，
你的父亲说你应该在那里被杀死。

离开拉的居所，
你在那里颤抖，
因为我是人们为之颤抖的拉；

回去吧，
你这叛徒，
你必被光之刀驱遣。

拉会让你失语，
神会让你转脸，
玛芙代特要割掉你的心，
天蝎星座女神把你捆绑起来，
玛阿特审判你，
路人遗弃你。

倒下吧！
爬走吧，
阿匹普，
你是拉的敌人！

东方天际响起咆哮的风暴时你逃离了大屠杀，
在拉面前打开了地平线之门，
以便他走，
你因伤而困倦。

我按你的意愿行事，
哦，拉，
我做好事，

我的行为让人愉悦，
哦，拉，
我给你松绑，
哦，拉。

阿匹普被你摧毁，
四方的众神给他上镣，
瑞克斯将他砍倒，
同伙将他绑起来，
拉高兴了，
拉平和地走了。

拉的敌人阿匹普倒下了，
你的经历比天蝎星座女神心中的经历更加伟大；
她承受着持续的痛苦为你所做的是多么伟大啊。

你不该竖起来，
你不该交配，
哦，阿匹普，
拉的敌人。

大家都反对你，
你这家伙，
拉看你一眼就讨厌你。

回去吧！
你的头该用刀砍，
你的脸该被整个的割掉，
你的头应被在其土地上的人砍掉，
你的骨头应被粉碎，
你的手指应该割掉；
地神谴责你，
哦，阿匹普，
拉的敌人。

哦，拉，
你的随从……
愿你们在那瑞安歇，
因为你们的财产在那里。

带到房子里，
把你的眼带到房子里，

带走所有好的东西；
愿你不要说什么对我不利的坏话，
对我做你该做的吧，
因为我是赛特，
我能像一个想要毁灭的人一样，
在东方天际引起喧闹——
阿图姆是这么说的。

抬起你们的脸，
拉的战士，
为了我让嫩加离开特别法庭吧
——盖布说。

让自己变得坚强起来，
哦，凯普里船里坐着的人。

拿起你手中的武器走吧
——哈特说。

拿起你的标枪
——怒特说。

来吧，
驱走他的敌人嫩加，
在他的圣坛里的人要来，
他会独自摆渡，
甚至万物之主，
也会被反对
——环绕绿松石湖的太初的神这么说。

来吧，
哦，我们崇敬的伟大的神；

拯救我们吧，
你的圣坛多么伟大，
九神从你的那里来，
他们做有利于你的事情，
他们称赞你；
希望有人向你我汇报，
——努特说，
——彼处开心的神，
——众神中有神说。

愿他向前，
愿他找到路，
愿他抢劫众神，
愿他在努特面前早起，
愿盖布站起来
——恐怖之神这么说。

九神在行动，
哈托尔的门被侵犯了，
拉战胜了阿匹普。

——符咒42——

阻止在赫拉克利奥坡里的杀戮

……
我的头发是努恩；
我的脸是拉；
我的眼睛是哈托尔；
我的耳朵是维普瓦维特；
我的鼻子是掌管荷叶的人；
我的嘴唇是阿努比斯；
我的臼齿是塞尔科特；
我的切牙是女神伊西斯；
我的胳膊是门德斯之主拉姆；
我的胸部是赛思女神内特；
我的背是赛特；
我的阴茎是奥西里斯；
我的肌肉是克拉哈之主；
我的胸腔是雄伟的他；
我的腹部和脊椎是赛赫梅特；
我的臀部是荷露斯之眼；
我的大腿和腓是努特；
我的脚是卜塔；
我的脚趾是活着的猎鹰；
我的身体的每一部分都是神，
透特保护我的血肉之躯。

……

我拥有圣眼，
我生活在舍特俄特蛋里，

我获此以为生。
……

我出去了，
我起来了，
我进来了，
我活着。

我拥有圣眼，
我坐在王位上，
宝座就在我的居所，
因为我是荷露斯，
我统治着数百万人，
我的宝座是为我准备的，
我在这里统治。

……
我起来，
我闪耀，
墙外之墙，
稀有之稀有，
每天都负着责任……

宛如莲花

我是纯净的莲花，
来自阳光，
拉的气息滋养我；

我从黑暗中升起，
来到光明之地，
自由地开放在田野。

（李新红编，摘自文爱艺译：《古埃及亡灵书》，吉林出版集团有限责任公司，2010）

第三章　印度古文学及《梨俱吠陀》

第一节　印度古文学简介

作为世界四大文明古国之一的印度，其文学成就可与古希腊文学、古希伯来文学、中国古代文学并驾齐驱，是世界古代文学的四座高峰。古印度文学大多使用梵语，因此印度古文学也通称为梵语文学。按照发展阶段来分，印度古文学可以分为吠陀时代、史诗时代和古代文学时代三个阶段；而按照文学样式来分，则可以分为神话、史诗、戏剧和小说故事四大部分。

印度文学发轫于早期雅利安人。公元前2世纪中叶，他们从中亚细亚高原南下，来到印度河上游一带，征服了印度原始居民达罗毗荼人，吸收了达罗毗荼人的哈拉帕文学精华。在经济形态逐渐从游牧转变成定居务农的时候，雅利安人配合劳动的节奏创制了最初的舞蹈和音乐以及诗歌的节拍和韵律。因此，印度古文学最早的形式应该是诗歌。

最古老的印度诗歌集就是吠陀时期的《梨俱吠陀》，它是印度古代《吠陀》文献中的一部，和《阿闼婆吠陀》同为上古诗歌的总集，是印度现存最重要、最古老的诗集，也最有文学价值，全名《梨俱吠陀本集》，是世界文学的一朵奇葩，好像我国上古诗歌的总集《诗经》一样。除了《梨俱吠陀》和《阿闼婆吠陀》，《吠陀》文献还包括《娑摩吠陀》和《夜柔吠陀》，通称"四吠陀"或"吠陀本集"。四吠陀中《梨俱吠陀》最早，产生于公元前2000年左右，雅利安人入侵印度后移居印度河两岸时期；后三吠陀是它的派生作品。《梨俱吠陀》共10卷，1028首神曲，有10552颂。《娑摩吠陀》2卷。《夜柔吠陀》分《黑夜柔吠陀》与《白夜柔吠陀》2集，是韵文和散文的合集，散文部分开梵语散文体裁之先河。《阿闼婆吠陀》20卷，730首神曲，共6000颂，是《梨俱吠陀》咒语部分的发展，多是神秘巫术、吉凶咒语，间有科学思想，古印度医学即起源于此。

《梨俱吠陀》同时还保存了古印度神话。毗湿奴的故事最早见于此书。从数量上比较，印度神话数量之巨，只有古希腊神话可比，其影响之大，可从印度浩如烟海的佛教经典得以管窥。鲁迅更是对印度神话盛赞有加，他"尝闻天竺寓言之富，如大林深泉，他国艺文，往往蒙其影响。即翻为华言之佛经，亦随在可见"。

诗歌方面，不能忽视的还有两大史诗《摩诃婆罗多》和《罗摩衍那》。前者是一部篇幅庞大的叙事长诗，共18篇，相当于古希腊荷马史诗总和的8倍，被誉为"世界上最长的诗"。《罗摩衍那》全书都是诗体，在艺术上独具特色，被称作"最初的诗"。

另外，印度古代的戏剧成就也很高，出现了马鸣、跋娑、首陀罗迦和迦梨陀娑等优秀剧作家和多种世界名剧，比如《舍利弗传》、《沙恭达罗》等。印度戏剧也因此被印度人称为"第五吠陀"，足见其文学地位之高。小说故事等文学样式则多出现在佛教经典"三藏"之中。

印度与我国"交通自古"，贻我大祥，连泰戈尔都说"中国和印度是极老而又极亲爱的兄弟"。其文化交汇源远流长，共同点亮了东方文明的瞭望塔。

第二节　《梨俱吠陀》简介

《梨俱吠陀》，全称《梨俱吠陀本集》，印度古代四吠陀"本集"之第一部。大致编订年代在公元前 1500 年前后，是 4 部《吠陀》中最古老最重要的一部。据说有 11 派传授，但现在仅存一派的传本，收诗 1028 首，共约 4 万行，其中有 11 首属附录其上。诗歌内容包括表现和歌颂大自然，反映早期雅利安社会的组成、风俗习惯及原始宗教，是人类宝贵的文化遗产，也是世界文学不可或缺的艺术珍品。

在形式上，《梨俱吠陀》的每首诗都分成若干诗节，一个诗节称为一个"梨俱"。诗的格律以"句"为单位，"句"是每节诗中的整齐的音数。诗集共使用格律有十五种，七种使用较多，而出现得最多的只有三种，约占全书的五分之四。每节三个八音"句"的格律很普遍，占诗集的四分之一。每节四个八音"句"的格律，即所谓"颂"体，在数量上只有诗集的十分之一，在后来广泛流行。另外还有四个十二音"句"、四个十一音"句"，十一音和十二音构成一"句"的在第四音或第五音后有个停顿。从上面所说的情况看来，格律是以计算音数为主而辅以长音短音的调节。这种格律奠定了后吠陀的古典梵语诗律的基础。

在思想内容上，《梨俱吠陀》可以分为四类：一是反映上古人民斗争生活的神话传说；二是对自然现象和客观事物进行艺术加工的诗歌；三是描写社会现实生活和抒发个人生活感受的诗歌；四是祭司和巫师的作品或与祭祀和巫术直接相关的诗歌。

神话传说在《梨俱吠陀》中占有相当的篇幅，这些神话传说都是印度人民最古老悠久的敬畏自然的心理反应。尽管诗集中神话诗很多，但并不能说《梨俱吠陀》是神话集，它是一部经过祭司编订而为祭司服务的实用性诗集。它没有系统叙述什么神话，而是大量提到人所共知的神话人物和事迹，主角是因陀罗。

诗集还歌咏了太阳、黎明、风、雨、天、地等客观事物和自然现象。太阳最引人注意，引起诸多幻想，太阳神作为天神，也和因陀罗有过征战。黎明是一位女神，和太阳是一对情侣，黑夜是黎明的妹妹，风神是因陀罗的部下，诸如此类，均是以神话的面貌出现。

在描写社会现实生活方面，诗集中多数诗歌都是带有浪漫主义倾向的艺术幻想，少数是直接描写社会生活的，体现了现实主义艺术手法。诗集中还有一部分诗歌是祭司的作品，大多数此类作品脱离生产生活和人民斗争，内容贫乏枯燥，仅仅是堆砌辞藻。

《梨俱吠陀》中还有一部分诗篇试图探索宇宙起源，反映了印度最古老的哲学思想雏形。随着印度学的发展，对这部诗歌集的研究已经成为印度学和印度发展史不可分割的一支。

第三节　《梨俱吠陀》选段

阿耆尼（火）

第一卷　第一首

我歌颂阿耆尼（火），司祭者，
在祭祀中，是天神，是祭司，
颂赞者，最高的赐予珍宝者。

阿耆尼（火）一向为古仙人
和新近的仙人所歌颂，
愿他引送天神到这里。

愿能由阿耆尼（火）得到财富，
每天每天得到富裕，
名声显赫，英雄辈出。

阿耆尼（火）啊！那祭祀
四面由你围绕，它才走到天神中间。

颂赞者阿耆尼（火），有智者慧力，
真实不虚，最具有华美的声誉，
愿尊神和天神们一同降临。

凡是你对崇拜者
所要给的好处，阿耆尼（火）啊！
你的那件事就会实现，安吉罗（火神）啊！

阿耆尼（火）啊！每天每天对着你，
照明黑暗者啊！我们思想上
充满敬意接近你。

你主宰着各种祭祀，
是秩序的光辉的保卫者，
在自己宅内不断增长。

愿你对我们，如父对子，
阿耆尼（火）啊！容易亲近，
愿你与我们同居，为我们造福。

朝　霞

第四卷　第五十二首

这个光华四射的快活的女人，
从她的姊妹那儿来到我们面前了。
天的女儿啊！
像闪耀着红光的牝马一般的朝霞，
遵循着自然的节令，
是奶牛的母亲，
是双马童（星）的友人。
你又是双马童（星）的朋友，
又是奶牛的母亲，
朝霞啊！你又是财富的主人。
你驱逐了仇敌。
欢乐的女人啊！
我们醒来了，用颂歌迎接你。
像刚放出栏的一群奶牛，
欢乐的光芒到了我们面前。
曙光弥漫着广阔的空间。

光辉远照的女人啊！你布满空间，
你用光明揭破了黑暗。
朝霞啊！照你的习惯赐福吧！

你用光芒遍覆天穹。
朝霞啊！你用明朗的光辉
照耀着广阔的太空。

雨　云

第五卷　第八十三首

请用这些颂歌召唤那强大的雨云，
请赞颂他，以敬礼去求他。
公牛吼叫着，赏赐迅速；
他在草木孕藏中将水种放下。

他摧毁树木，还摧毁罗刹（妖怪），
全世界都害怕他的强大兵器；
连无罪之人也见他威猛就逃跑，

这时雨云轰鸣着对恶人打击。

如同车夫用鞭子抽打马，
他也这样显示出雨水使者，
远远地兴起了狮子吼声，
这时雨云使大雨从天而下。

风向前吹；电向下落，
草木向上长；天空汹涌，
食物为全世界生出来，
这时雨云以水种扶助大地。

在他的支配下，大地低俯；
在他的支配下，有蹄之兽跳舞；
在他的支配下，草木茂盛；
雨云啊！请赐我们洪福。

摩录多（凤）啊！请赐我们天雨；
请让骏马水流奔放；
请偕同这隆隆雷声向这边来；
我们的阿修罗（神圣）父亲使水下降。

咆哮而来吧！轰鸣吧！请放下胎藏；
请带着盛水的车子四处飞奔；
请将打开的皮囊向下拉好；
要使高岗和低谷都一般平。

请提起水桶，向下倾倒，
让放纵的水流向前泻出；
请用酥油润泽天和地，
让牛群得到畅饮之处。

雨云啊！当你吼叫时，
你轰鸣着，对恶人打击；
这一切都如此欢腾，
这大地上的一切。
你下过雨了。请好好收起雨来吧！
你已经使荒漠之地可以通过了。
你又为食物使草木生长了。
你从生物得到了祷告。

大　地

第五卷　第八十四首

真的，你就这样承受了
山峰的重压，大地啊！
有丰富水流的你啊！用大力
润泽了土地。伟大的你啊！
颂歌辉煌地鸣响着，
向你前去，宽广无限的女人啊！
像嘶鸣着的奔马，
你发出丰满的云，洁白的女人啊！
你还坚定地用威力
使草木紧系于土地；
同时从闪烁的云中，
由天上降下纷纷的雨滴。

水

第七卷　第四十九首

以海为首，从天水中流出，
净洗一切，永不休息；
因陀罗，持金刚杵英雄，开了道路；
水女神，请赐我保护。
天上流来的水或是人工挖掘的，
或是自己流出来的，
向海流去的，纯洁的，净化者，
水女神，请赐我保护。

伐楼拿在水中间漫步，
向下观察人间的正确和错误；
滴滴蜜甜流下的，纯洁的，净化者，
水女神，请赐我保护！
其中有伐楼拿王，其中有苏摩酒，
其中有众天神欢饮增气力，
"一切人"阿耆尼（火）也进入其中，
水女神，请赐我保护。

蛙

第七卷　第一百零三首

默默沉睡了一年，
好像婆罗门守着誓愿；
青蛙现在说话了，
说出雨季所激发的语言。

他们躺在池塘里像干皮囊，
天上甘霖落到了他们身上；
真像带着牛犊的母牛叫声，
青蛙的鸣声一片闹嚷嚷。
雨季到来了，雨落了下来，
落在这些渴望雨的青蛙身上。
像儿子走到了父亲的身边，
一个鸣蛙走到另一个鸣蛙身旁。
一对蛙一个揪住另一个，
他们在大雨滂沱中欢乐无边。
青蛙淋着雨，跳跳蹦蹦，
花蛙和黄蛙的叫声响成一片。
一个模仿着另一个的声音，
好像学生学习老师的经文。
他们的诵经声连成了一片，
像雄辩家在水上滔滔辩论。
一个像牛叫，一个像羊嚷，
一个是花纹斑驳，一个遍身黄，
颜色不同，名字却一样，
他们用种种声调把话讲。
像婆罗门在苏摩酒祭祀的深夜，
围坐在满满的苏摩酒瓮边谈论；
青蛙啊！你们也围绕这池塘，
歌颂一年中这一天，欢迎雨季来临。
这些婆罗门行苏摩祭，提高了声音，
进行一年一次的祭祀歌唱。
这些主祭人热气腾腾，流着大汗，
个个都现出来，一个也不隐藏。
他们守护着十二个月的秩序，
这些人从来不弄错季节流光。
当一年中雨季来到时，
这些热气腾腾的人都得到解放。

像牛叫的鸣蛙，像羊叫的鸣蛙，
花蛙，黄蛙，都使我们富有；
他们给我们千百头母牛，
在千次榨苏摩酒中使我们长寿。

苏摩酒

第九卷　第一百一十二首

人的愿望各色各样；
木匠等待车子坏，
医生盼人跌断腿，
婆罗门希望施主来。
苏摩酒啊！快为因陀罗（神）流出来。
铁匠有木柴在火边，
有鸟羽煽火焰，
有石砧和熊熊的炉火，
专等着有金子的主顾走向前。
苏摩酒啊！快为因陀罗（神）流出来。
我是诗人，父亲是医生，
母亲忙推磨，
大家都像牛一样
为幸福而辛勤。
苏摩酒啊！快为因陀罗（神）流出来。

马愿拉轻松的车辆，
快活的人欢笑闹嚷嚷，
男人想女人到身旁，
青蛙把大水来盼望。
苏摩酒啊！快为因陀罗（神）流出来。

阎　摩

第十卷　第十四首

遵循峻急的广途逝去的，
为许多人察出了道路的，
聚集了众人的，毗婆薮之子，
是阎摩王，请向他呈献祭礼。
阎摩第一个为我们发现了道路。
这一片牧场决不会被人取去。

我们的先人们逝去的地方，
后生下的人们要依各自的道路前往。
摩多利（天神因陀罗）偕同迦毗阿（智者祖先），
阎摩偕同安吉罗（火祭者祖先），
毗诃跋提（祭主）偕同梨俱婆（歌颂者祖先），
都不断增强，
天神们增强他们，他们也增强天神，
这些喜欢祭神祷词，那些喜欢祭祖礼品。

阎摩啊！请来坐这草垫，
同安吉罗祖先们和睦在一起。
愿智者诵的经咒引你到来，
愿你对这祭祀礼品满意。

请偕同应受祭的安吉罗们来临，
阎摩啊！请和毗卢波的子孙在此同欢喜。
我召请你的父亲毗婆数，
在这祭祀草垫上就坐位。
我们的祖先安吉罗，那婆果，
阿达婆，婆利古，应享苏摩酒者，
愿我们处在应受祭的他们的
善意和美好恩惠之中。
去吧！去吧！遵循古时道路，
到我们的祖先所去过的地方。
你将看见两位王爷欢喜祭祖礼品，
阎摩王和天神伐楼拿王。

去和祖先们到一起，和阎摩一起，
带着祭祀和善行到最高的天上，
除去罪愆缺陷，再到家园，
和那身体到一起，闪闪发光。

你们从这里走开，离开，往别处去！
祖先们给这人准备了这块地。
有白昼，有清水，有夜晚，优越无比，
阎摩给了他这地方休息。
快跑过婆罗摩的两个儿子，两只狗，
长了四只眼的一对花狗，走平安道路，
然后到慈祥的祖先一起，
他们正同阎摩共享筵席。
阎摩啊！你的那两只狗，一对护卫者，
长了四只眼，看守道路，视察人间，

王爷啊！请把这人交给他们，
并请赐福给他，使他无灾无病。

长着大鼻子，贪求生命，孔武有力，
阎摩的两只狗追随着人们。
愿这两位使我们得见旭日上升，
今天在此处降福，再给我们生命。

请为阎摩榨出苏摩酒，
请向阎摩奉献祭品。
祭祀向着阎摩前往，
以阿耆尼（火）为信使，精美丰盛。
请向阎摩献酥油祭品；
请你们更向前进。
愿他引我们向天神，
得以延长寿命。
请向阎摩王奉献
最甜蜜的祭品。
现在向以前造出道路的
前辈仙人致敬。

它飞过三罐苏摩酒。
六重大地，一重广阔天空，
德利湿都、伽耶德利等等诗律，
这一切都处在阎摩之内。

祭　祖

第十卷　第十五首

请祖先们起来，近的，远的，
中间的，应享苏摩酒的，起来！
愿那些已走向生命的，和善的，知正道的，
祖先们在召唤中保佑我们。

愿今天为祖先们行这敬礼，
他们有先去的，有后去的，
有在大地以上区域中就坐的，
也有此时坐在华美住处的。

我召请来了慈祥的祖先，
还有孙子，还有毗湿奴（神）的一大步（天）；

他们坐在草垫上享祭祖礼品，
饮榨出的苏摩酒，都已来临。

请坐在草垫上的祖先们赐福。
我们备了这些祭品，请享用，
请降临，赐下洪福及庇护，
以后请赐我们平安、福泽、无灾无难。

受召唤来了，应享苏摩酒的祖先，
来到可爱的，草垫上放着的祭品间。
请他们降临，请他们来这里谛听，
请他们为我们说好话，请他们保佑我们。

请屈下一（左）膝，请坐在右（南）边，
请各位对这祭祀作美言。
祖先啊！请不要伤害我们，
不论我们在人间对你们犯下什么罪愆。

坐在红色光辉的怀中，
请向崇拜的人赐财富。
祖先啊！请赐那财货给子孙。
请你们赐下幸福、兴盛。

我们的那些古代祖先，应享苏摩酒的，
婆私吒随着得饮苏摩酒浆。
愿阎摩和他们一起乐于赏赐，
愿嗜者偕嗜者们对祭品尽量饮尝。

他们在天神中渴嗜饮食，张口呵气，
懂得祭祀，有配着歌的颂词；
阿耆尼（火）啊！请降临吧！和慈祥的，
真实的，智慧的，坐于热处的祖先一起。

那些食祭品的，饮祭品的，
和因陀罗及天神们同车乘的，
阿耆尼（火）啊！请同那一千位敬礼天神的，
久远的，以前的，坐于热处的祖先降临。

由火尝味的祖先啊！请降临。
有很好引导的你们请各就各位。
请食用在草垫上献的祭品，
然后请赐财富和英雄子孙。

知世间者（火），阿耆尼（火）啊！你受到了赞颂，
将祭品制得芬芳运载去，
交给祖先，他们吃下了，和祭祖礼品一起，
天神啊！这些祭品请你们也食用。

那些在这里和不在这里的祖先，
我们知道的那些，还有我们不知道的，
你知道他们有多少，知世间者（火）啊！
请享用这精美的祭祀，和祭祖礼品一起。

那些火烧过的，那些没经火烧过的，
他们在上天中间欢喜享用祭祖礼品。
你是主宰，请偕他们去精灵界，
请依照意志造就新身。

送　葬

第十卷　第十六首

阿耆尼（火）啊！请不要把这人烧散，不要烧毁，
请不要把他的皮肤撕开，还有他的身体。
知世间者（火）啊！当你烧熟他以后，
那时就请你将这人送给祖先去。

知世间者（火）啊！当你烧熟了他以后，
那时就请你将这人交给祖先。
当他走向这精灵界，
那时他便属于天神。

让眼睛走向太阳，呼吸向风，
依法走向天和地，
并走向水，若你安放在那里，
在草木中，就让你的身体停留下去。
那山羊部分请你用炽热烤它，
让你的火焰烤它，让你的光焰烤它，
知世间者（火）啊！你有和善的身体，
就请用它们送这人到优美的世界去。

阿耆尼（火）啊！请再将他投放祖先那里去，
他是献给你的，随祭祖礼品一同游移，
请给他披上寿命，让他去接近遗留下的，

知世间者（火）啊！让他连结上身体。

那黑色的鸟（鸦）伤害你，
蚂蚁，蛇或猛兽伤害你。
愿吃一切的阿耆尼（火）使你无损伤，
还有苏摩酒，向众婆罗门（祷词?）前进。

你披上阿耆尼（火）的甲胄和牛皮，
还要围上骨髓和油脂，
让那勇猛、兴奋，顽强的火，
不要把你愤怒地烧着抓了去。

阿耆尼（火）啊！请莫弄倒这杯子，
这是天神和应享苏摩酒者（祖先）所喜欢的，
这杯子是天神的饮具，
不死的天神在此中得欢喜。

我将食肉者阿耆尼（火）远远送走，
让除罪者（火）到阎摩王那里去，
在这里让这另一知世间者（火）
察知一切，将祭品送向天神去。

那食肉者阿耆尼（火）进了你的家，
看见了这另一知世间者（火）；
我为祭祖将那位天神驱出，
让他去最高聚会地的热处。

运送肉者阿耆尼（火），
请向增长正道的祖先致祭，
请向天神和祖先一起，
宣告祭品已到齐。

让满怀热望的我们把你放好，
让满怀热望的我们使你燃烧；
让满怀热望的你将满怀热望的祖先
送来，食用奉献的祭品。

阿耆尼（火）啊！你烧过了的，
请你再将它吹熄灭。
让这地方长出吉延布（草木）
和有许多分枝的波迦杜罗婆（树）。

清凉啊！怀着清凉的［大地］！
欢欣啊！令人欢欣的［大地］！
雌蛙啊！好好来相聚。
使这阿耆尼（火）心欢喜。

送　葬

第十卷　第十八首

死神啊！请走另一条路离开吧！
请你走和天神不同的自己的道路。
你有眼有耳，我向你告诉：
你莫伤我们的后代，莫伤英雄。

消除了死神的遗迹，你们来了，
有了更长的寿命活下去；
你们子孙众多，财富兴旺，
应受祭祀的人们！愿你们纯洁，高尚。

这些生者离开死者回来了。
今天我们对天神呼唤获福了。
我们向前走吧！去舞蹈，去欢笑。
有了更长的寿命活下去了。
我为生者安置这围墙，
莫让他们之中又一个走向那一方。
愿他们活一百个丰饶的秋天，
愿他们用这座石山掩去死亡。

如同日子前后相连接，
如同季节依季节顺序过去，
如同后者不弃前者，
持护者啊！请这样为他们安排年岁。

愿你们增长寿命，活到老年，
你们不论多少都依顺序相连。
陀湿多（神）创造美好事物，称心如意，
愿他赐予长寿，使你们生活下去。

这些妇女们不是寡妇，有好丈夫，
让她们抹酥油乌烟一起进家去。
她们没有眼泪，无病无灾，财宝丰富，
让妇女们首先登上出生之地。

妇人啊！起来！走向活人的世界。
你是睡在这失去生命的人身边。
你的丈夫拉住手，在恳求，
你成为他的妻子吧。

我从死人手上取过了弓，
为我们的权力，威力和光荣；
那边是你，这边是我们，富有英雄（子孙），
我们要打败一切敌人的进攻。

投向这土地母亲吧！
这大地广阔又仁慈；
对待给达衬者（祭者）柔如羊毛，似少女，
愿她保护你免遭毁灭。
大地啊！请向上张开，不要下压，
请使他容易接近，舒服躺下；
如同母亲用衣襟掩儿子，
大地啊！请这样掩盖他。

愿向上张开的大地安定。
愿有一千根柱子支持稳。
愿这些家宅有酥油滴不尽。
愿这里永远庇护他安宁。

我为你在你周围掩上土地。
放下这块土时愿我不受伤害。
愿祖先护持你的这根柱子。
愿阎摩保佑你的这所住宅。
在转回的日子里，
请安置我像箭上安羽毛。
我牵住转回的语言，
像用缰绳拉住马。

骰　子

第十卷　第三十四首

跳跳蹦蹦的，高树上采来的骰子，
是风地所生，在骰板上旋转；
像最好的苏摩酒的醉人美味，
它们使我得到无限狂欢。

她不跟我争吵，也从不生气，
她对朋友，对我，都十分善良；
只因为掷出的数目多了一个，
我舍弃了我的忠顺的妻房。

岳母恨我，妻子赶我走，
倒霉的人得不到同情，
还不如一匹牵去卖的老马，
看来赌徒是一无所能。

胜利的骰子贪图了他的财产，
他的妻子现在被别人拥抱，
父母兄弟都对他说：
我们不认识他，把这受缚的人带跑。

我想到不再跟这些朋友走，
朋友走了，把我撇在身后。
这些黄东西掷下时发出呼声，
我立刻去了，像赴密约的女流。

赌徒到赌场，浑身发抖，
自己问自己：会不会赌赢？
骰子违反了他的愿望，
让他的对手交了好运。

骰子真是带钩又带刺，
骗人，烧人，使人如火焚；
像孩子给东西，让人到手又夺回；
骰子像拌上了蜜糖，迷惑嗜赌人。

它们玩弄三五一百五，
好像是不可违抗的太阳神，
对猛士的怒火也不肯低头，
连王爷还得向他们致敬。

它们向下落，却轻快地跳起来；
它们没有手，却胜过有手的人；
像神炭一样，却投在骰板上，
它们是冷的，却能烧毁人的心。

赌徒所抛弃的妻子正在忧伤。

他的母亲也悲哀，不知他游荡何方。
他欠了债，心里害怕，盼望有钱财。
夜间他走近了别人家的住房。

赌徒看到了别人的妻子，
看到和好的家庭，不由得不伤心。
清晨他驾上了这些黄马，
到夜里，火熄时，他成为流浪人。

对你们这伟大队伍的将军，
对你们的王爷，群中之首，
我伸出我的十个指头，
说实话，我一文钱也没留。

"别掷骰子了。种你的田吧。
享受你的财富，用心求富饶。
赌徒啊！那儿有你的母牛，你的妻子。"
崇高的太阳神这样向我宣告。

请和我们做朋友，请仁慈相待，
请不要坚持用魔力迷惑我们。
愿你的敌意与怒气复归平静。
愿这些黄东西去折磨别人。

招 魂

第十卷 第五十八首

你的魂灵（心意）向毗婆薮之子阎摩
远远走去了的时候，
我们召唤你的那个（魂）回来
居住下去，生活下去。

你的魂灵（心意）向天，
向地远远走去了的时候，
我们召唤你的那个（魂）回来
居住下去，生活下去。

你的魂灵（心意）向有四角的地
远远走去了的时候，
我们召唤你的那个（魂）回来
居住下去，生活下去。

你的魂灵（心意）向四方
远远走去了的时候，
我们召唤你的那个（魂）回来
居住下去，生活下去。

你的魂灵（心意）向波浪翻腾的海
运远走去了的时候，
我们召唤你的那个（魂）回来
居住下去，生活下去。

你的魂灵（心意）向迅急的光
远远走去了的时候，
我们召唤你的那个（魂）回来
居住下去，生活下去。

你的魂灵（心意）向水，向草木
远远走去了的时候，
我们召唤你的那个（魂）回来
居住下去，生活下去。

你的魂灵（心意）向太阳，向朝霞（黎明）
运远走去了的时候，
我们召唤你的那个（魂）回来
居住下去，生活下去。

你的魂灵（心意）向高的山
远远走去了的时候，
我们召唤你的那个（魂）回来
居住下去，生活下去。

你的魂灵（心意）向这全世界
远远走去了的时候，
我们召唤你的那个（魂）回来
居住下去，生活下去。

你的魂灵（心意）向遥远的远方
远远走去了的时候，
我们召唤你的那个（魂）回来
居住下去，生活下去。

你的魂灵（心意）向过去，向未来

远远走去了的时候，
我们召唤你的那个（魂）回来
居住下去，生活下去。

夜

第十卷　第一百二十七首

夜女神来了，
她用许多眼睛观察各处，
她披戴上一切荣光。

不死的女神布满了
广阔区域，低处和高处，
她用光辉将黑暗驱除。

夜女神来了，
引出姊妹黎明，
黑暗也将离去。
你今天向我们来了；
你一来，我们就回到家里了，
如同鸟儿们回树上进窠巢。

村庄人们回去安息，
有足的去安息，有翼的去安息，
连贪婪的鹰隼也安息了。

请赶走母狼和公狼，
请赶走盗贼，夜女神啊！
请让我们容易度过去。

装扮一切的，黑暗，
明显的，黑色，来到我面前了。
黎明啊！请像除债务一样［除去它］吧。

我向你奉献，如献母牛，
白天的女儿啊！请选中收下
这如同对胜利者的颂歌吧！夜啊！

阎　摩

第十卷　第一百三十五首

（子：）在那枝叶繁茂的树下，
阎摩和天神一同畅饮。
那里我们的家主、父亲，
寻求那些古人。

他寻求那些古人，
走上这条恶路，
我怀着憎厌望他，
却又对他思慕。

（父：）孩子啊！这一辆新车，
无轮车，你用心思做成，
它只有一辕，到处可行，
你登上车，并没有看清。
孩子啊！你转动了这辆车，
离开了这一些智者（祭司）；
随着车从这里跟去了歌（娑摩），
放在一艘船里。

（众：）谁生下了这孩子？
谁开出了这辆车？
谁今天能对我们说？
他的陪送怎么样？

他的陪送怎么样？
从那里就有了上面的顶，
前面有宽阔的底，
后面做了出口门。

（尾声）这是阎摩的住宅，
它称为天神殿宇。
这是他的笛子吹起来了，
还有装饰他的歌曲。

森 林

第十卷　第一百四十六首

森林女啊！森林女啊！
你好像是迷失了路途。
你怎么不去向村庄询问？
是不是你感觉到了恐怖？

响应兽的吼声，
虫鸟发出低鸣，
仿佛随着音乐伴奏，
森林女舞蹈，备受尊敬。

又好像牛在吃草，
又好像看到了住房，
又好像森林女到晚间
发出了车子般的声响。

啊！这一个在呼唤母牛.
啊！那一个在砍伐树木。
晚间留在森林里，
觉得听到有人惊呼。

森林女决不会伤人，
除非有什么向她走近。
可以吃甜蜜的果子，
然后尽情睡稳。

有油膏香气，散发芬芳，
食品富饶，不事耕种，
兽类的母亲，森林女，
我对她作这番歌颂。

风

第十卷　第一百六十八首

风的车子的威力；
摧毁着，声声轰鸣；
傍着天空行，散布红色；

还沿着地面走，扬起灰尘。

她们随风一同前进，
如同妇女们走向欢乐聚会。
天神和她们一起同车乘。
他是一切世界之君。

在空中道路上行走，
连一天也不停留。
水的朋友，首先降生者，守正道者，
他在何处降生？从何处来临？

众天神的呼吸，世间的胎孕，
这位天神任意游行。
只听得见他的声音，却不见形。
让我们向他呈献祭品。

（颜海峰编，摘自金克木选译：《印度古诗选》，湖南人民出版社，1984）

第四章　中国古文学及《诗经》

第一节　中国古文学简介

中国是世界四大文明古国之一，拥有 5000 多年的悠久历史。在此期间勤劳勇敢的中国人民创造了辉煌灿烂的古代文明。

春秋时期，我国古代文明便产生了辉煌的篇章，它的标志是中国第一部诗歌总集《诗经》。《诗经》收诗三百零五首，共有"风"、"雅"、"颂"三部分。《诗经》运用赋、比、兴三种表现方法，初步形成了民歌创作的艺术传统，为后世文学创作奠定了发展的基础。战国后期，在南方产生了楚辞这样一种具有楚文化独特风采的新体诗。伟大的爱国主义诗人屈原运用楚辞形式创作了《九歌》和《九章》。其代表作《离骚》是我国古代文学史上最宏伟瑰丽的长篇抒情诗。《诗经》和楚辞在文学史上并称为"风骚"，共同开创了中国古代诗歌现实主义和浪漫主义并驾齐驱、融汇发展的优秀传统。春秋战国，诸侯割据，百家争鸣。诸子散文应运而生，代表性的有《论语》、《孟子》、《庄子》。此外还有以记事记言为主的历史散文《左传》、《国语》和《战国策》。

两汉时期辞赋出现。汉赋经历了骚体赋、大赋、抒情小赋这几个发展阶段，给予魏晋辞赋和唐宋文赋直接的影响。两汉文学中最有价值的是乐府诗。在乐府民歌的哺育之下，汉朝文人五言诗也由酝酿而逐渐发展成熟。东汉末年的《古诗十九首》是文人五言诗成熟的标志。代表两汉时期散文最高成就的是司马迁的《史记》。《史记》以人为经，以事为纬，开创了纪传体这种新的史书体例。

魏晋南北朝时期，文学获得更加自觉的发展，诗歌、散文、辞赋、骈文、小说等文学样式，都获得了明显成就。诗歌的地位仍然是最重要的，汉末魏初，以曹操、曹丕、曹植父子为核心，加上孔融、王粲等"建安七子"，形成了众星拱月的局面。其中以曹植和王粲诗歌成就最大。魏晋之交，阮籍、嵇康的作品在精神上继承了建安文学，推动了诗歌创作的发展。东晋陶渊明的诗歌多写田园风光，风格自然平淡，对唐代山水田园诗歌有直接影响，其散文和小赋数量不多，但是十分出色。魏晋南北朝的小说创作和文学理论批评引人注目。以晋干宝《搜神记》为代表的志怪小说和以刘宋时期刘义庆《世说新语》为代表的轶事小说，开了后世笔记小说的先河。曹丕《典论·论文》、陆机《文赋》、刘勰《文心雕龙》、钟嵘《诗品》，是我国文学理论批评史上具有划时代意义的论著。

到了唐朝，我国古代文学发展的高峰来到了。唐代文学作家作品数量之多，成就之大，影响之大，都是前所未有的。尤其是诗歌创作空前繁荣。古体、近体争奇斗艳，各种流派异彩纷呈，初、盛、中、晚各期都是名家辈出。"初唐四杰"王勃、杨炯、卢照邻、骆宾王和稍后的陈子昂大胆探索，为唐诗的空前发展铺平了道路。唐玄宗开元、天宝年间，出现了以王维、孟浩然等人为代表的山水田园诗派和以高适、岑参、王昌龄等人为代表的边塞诗派这两大诗派。随后李白和杜甫先后崛起，成为我国诗歌史上雄视古今的"双子星座"。安史之乱后，进入中唐时期，以白居易、元稹为首，倡导了一场新乐府运动。白居易的《长恨歌》、《琵琶行》堪称古代长篇诗歌中的杰作。此外还有以韩愈、孟郊为首崇尚险怪、以理入诗的一派。还有如柳宗元、刘禹锡、贾岛等各具个性的诗人，李贺以其诡异的诗风独树一帜。晚唐时期最有成就的诗人是杜牧和李商隐。散文是唐代文学的另一个重要内容。中唐时期，韩愈、柳宗元以复古相号召，致力于恢复散文的主导地位，领导了一场其实质是文学革新的古文运动。晚唐散文以罗隐、皮日休、陆龟蒙等所写的小品文为代表。此外由于古文运动的影响，晚唐还产生了像杜牧《阿房宫赋》这样散文化的赋。唐代的传奇也令人瞩目，标志着中国古代文学的渐趋成熟。词于盛唐后兴起，最早起源于民间。中唐时期越来越多的文人填词。五代时，西蜀和南唐成为词的创作中心。五代词人中以南唐后主李煜成就最高。

　　宋朝词发展到了鼎盛时期，成为一代文学的主要标志。北宋初期，词在上层士大夫文人晏殊手里成为娱宾消遣的工具。范仲淹有革新思想，又加上镇守边疆，写出了境界开阔、格调苍老之作。柳永以相思愁旅见长，写作了大量的慢词，对词有所革新，在百姓中传唱很广。苏轼扩大了词的意境，使词脱离了音律的过多束缚，成为了独立的抒情诗体。他以诗为词，给北宋词带来了新气象，启迪了南宋豪放诗派的诞生。南宋最伟大的爱国主义词人是辛弃疾，他使宋词的思想境界达到了光辉的高度，在词的艺术表现方法方面也有新的突破和创新。宋诗虽不能和唐诗相提并论，但也自有特色。北宋诗坛上影响最大的诗人是苏轼和黄庭坚。南宋诗人的杰出代表是陆游、杨万里和范成大。宋仁宗庆历年间，在政治革新潮流的激荡下，诗文革新运动随之兴起。欧阳修是其领袖，宋代散文的奠基人。在他的提携下，文坛人才辈出，王安石、曾巩、苏洵、苏轼、苏辙，都是一时才俊。这六人加上唐代的韩愈、柳宗元被后人尊崇为"唐宋八大家"，其作品成为人们学习古代散文的楷模。

　　元杂剧以其高度的社会价值、杰出的艺术成就和独特的形式体制，开辟了我国戏曲的黄金时代。关汉卿的《窦娥冤》、王实甫的《西厢记》是元杂剧的代表作。此外元代还出现了一种配合流行曲调清唱的抒情诗体，即散曲，散曲和杂剧合称为元曲。

　　明代出现了长篇章回体小说，开山之作是明初罗贯中在民间流传的三国故事基础上整理加工而成的《三国志通俗演义》。另一部长篇巨著是施耐庵的《水浒传》，还有吴承恩描写唐僧师徒四人去西天取经的神魔小说《西游记》。明代短篇小说的主要形式是拟话本，这是一种文人模仿民间话本而创作的案头文学，有冯梦龙的"三言"和凌濛初的"两拍"。戏曲方面，明传奇取代了元杂剧的主导地位，尤其是明后期，传奇创作出现了新的高潮，产生了杰出的剧作家汤显祖，他的代表作是《牡丹亭》。

　　清代小说、戏曲继明代之后取得了巨大成就，诗、词、散文领域作家众多，流派纷呈，进入了全面回顾总结的时期。清代文学成就最大的是小说，与明代相比，作品的思想性和艺术性都达到了新的高度。长篇章回体小说中，清中叶出现了曹雪芹的《红楼梦》，还有刻画封建知识分子的《儒林外史》。文言短篇小说中，最优秀的是清初蒲松龄的《聊斋志异》。清代戏曲创作也有重要的收获。清代传奇杰作当推洪昇的《长生殿》和孔尚任的《桃花扇》。清代诗、词、散文名家辈出，流派众多。

第二节 《诗经》简介

《诗经》是我国最早的一部诗歌总集，收入自西周初期至春秋中叶 500 余年间的诗歌 305 首。原名《诗》或"诗三百"，汉以后被儒家奉为经典，始成为《诗经》，汇编成于春秋中叶，相传为孔子删定。全书分为《风》、《雅》、《颂》三部分。《风》有十五国风，共 160 篇，多为民歌，包括《周南》、《召南》、《邶》、《鄘》、《卫》、《王》、《郑》、《桧》、《齐》、《魏》、《唐》、《秦》、《豳》、《陈》、《曹》；《雅》多为贵族、士大夫所作，包括《小雅》74 篇，《大雅》31 篇；《颂》是用于宗庙祭祀的诗，包括《周颂》31 篇，《鲁颂》4 篇，《商颂》5 篇。

《诗经》中的内容十分广泛，可以说是一幅巨幅画卷，也是一部社会百科全书，深刻反映了西周初期至春秋中叶的政治、经济、军事、文化以及世态人情、民俗等等，其中典型的有祭祀诗、农事诗、燕飨诗、怨刺诗、战争诗、徭役诗，还有反映婚姻爱情的情诗、婚姻家庭诗和弃妇诗。

《诗经》的艺术特色是"赋"、"比"、"兴"，"赋"就是铺陈直叙，即诗人把思想感情及其相关的事物平铺直叙地表达出来。"比"就是比方，分为比喻和比拟。"兴"，即"起兴"，由于客观事物触发了诗人的情感，引起了诗人歌唱，所以在大多数情况下出现在一首诗的开头或是一个诗章的开头。

"赋"、"比"、"兴"三种手法在诗歌的艺术创造中起着巨大作用。"赋"是最基本的、最常用的一种表现手法，"比"、"兴"都是为抒发情感的"赋"所服务的，在这三者中，"赋"是基础。《雅》、《颂》中多采用这种手法，而在《风》中则使用不多。不过《国风》中也有使用"赋"的佳作，如《豳风·七月》对农夫在一年十二个月中的生活进行了叙述。"赋"中用"比"，或者"起兴"后再用"赋"，在《诗经》中比较常见。《诗经》中用"比"的地方很多，手法也富于变化。典型的例子如《卫风·氓》用桑树从繁茂到凋落的变化来比喻爱情的盛衰。《诗经》中有的整首诗都以拟物手法表达感情，如《魏风·硕鼠》，也有的一首诗中部分运用"比"的手法。"赋"和"比"都是一切诗歌中最基本的表现手法，而"兴"则是《诗经》乃至中国诗歌中比较独特的手法。《诗经》中"兴"的运用最初只是起调节韵律、唤起情绪的作用，与下文在内容上无明显的联系，表现出思绪无端地漂移联想。到了后来"兴"则兼有比喻、象征、烘托等较有实在意义的用法，与下文有着内在联系，或起着渲染气氛的作用，或象征中心题旨。"兴"在诗歌中占据极其重要的作用，失去了它，诗歌也就失去了美学价值，失去了感染力。

《诗经》是中国文学光辉的起点，证明中国文学很早就取得了很高的艺术成就。《诗经》的内容涉及中国早期社会生活的各个方面，成为研究当时社会的宝贵资料。《诗经》极大地影响了我国文学创作，尤其是诗歌创作，奠定了中国文学的抒情传统，以后的中国诗歌多数是抒情诗。《诗经》也奠定了中国文学的现实主义传统。

第三节　《诗经》选段

【国风·周南】

关雎

关关雎鸠，在河之洲。窈窕淑女，君子好逑。
参差荇菜，左右流之。窈窕淑女，寤寐求之。
求之不得，寤寐思服。悠哉悠哉，辗转反侧。
参差荇菜，左右采之。窈窕淑女，琴瑟友之。
参差荇菜，左右芼之。窈窕淑女，钟鼓乐之。

葛覃

葛之覃兮，施于中谷，维叶萋萋。黄鸟于飞，集于灌木，其鸣喈喈。
葛之覃兮，施于中谷，维叶莫莫。是刈是濩，为𫄨为绤，服之无斁。
言告师氏，言告言归。薄污我私，薄浣我衣。害浣害否，归宁父母。

卷耳

采采卷耳，不盈顷筐。嗟我怀人，置彼周行。
陟彼崔嵬，我马虺隤。我姑酌彼金罍，维以不永怀。
陟彼高冈，我马玄黄。我姑酌彼兕觥，维以不永伤！
陟彼砠矣，我马瘏矣，我仆痡矣，云何吁矣！

樛木

南有樛木，葛藟累之。乐只君子，福履绥之！
南有樛木，葛藟荒之。乐只君子，福履将之！
南有樛木，葛藟萦之。乐只君子，福履成之！

螽斯

螽斯羽，诜诜兮。宜尔子孙，振振兮。
螽斯羽，薨薨兮。宜尔子孙，绳绳兮。
螽斯羽，揖揖兮。宜尔子孙，蛰蛰兮。

桃夭

桃之夭夭，灼灼其华。之子于归，宜其室家。
桃之夭夭，有蕡其实。之子于归，宜其家室。
桃之夭夭，其叶蓁蓁。之子于归，宜其家人。

汉广

南有乔木，不可休思。汉有游女，不可求思。
汉之广矣，不可泳思。江之永矣，不可方思。

翘翘错薪，言刈其楚。之子于归，言秣其马。
汉之广矣，不可泳思。江之永矣，不可方思。
翘翘错薪，言刈其蒌。之子于归，言秣其驹。
汉之广矣，不可泳思。江之永矣，不可方思。

【国风·召南】

鹊巢

维鹊有巢，维鸠居之。之子于归，百两御之。
维鹊有巢，维鸠方之。之子于归，百两将之。
维鹊有巢，维鸠盈之。之子于归，百两成之。

采蘩

于以采蘩？于沼于沚。于以用之？公侯之事。
于以采蘩？于涧之中。于以用之？公侯之宫。
被之僮僮，夙夜在公。被之祁祁，薄言还归。

草虫

喓喓草虫，趯趯阜螽。未见君子，忧心忡忡。亦既见止，亦既觏止，我心则降。
陟彼南山，言采其蕨。未见君子，忧心惙惙。亦既见止，亦既觏止，我心则说。
陟彼南山，言采其薇。未见君子，我心伤悲。亦既见止，亦既觏止，我心则夷。

甘棠

蔽芾甘棠，勿剪勿伐，召伯所茇。
蔽芾甘棠，勿剪勿败，召伯所憩。
蔽芾甘棠，勿剪勿拜，召伯所说。

行露

厌浥行露，岂不夙夜？谓行多露！
谁谓雀无角，何以穿我屋？谁谓女无家，何以速我狱？虽速我狱，室家不足！
谁谓鼠无牙，何以穿我墉？谁谓女无家，何以速我讼？虽速我讼，亦不女从！

摽有梅

摽有梅，其实七兮。求我庶士，迨其吉兮。
摽有梅，其实三兮。求我庶士，迨其今兮。
摽有梅，顷筐塈之。求我庶士，迨其谓之。

小星

嘒彼小星，三五在东。肃肃宵征，夙夜在公。寔命不同！
嘒彼小星，维参与昴。肃肃宵征，抱衾与裯。寔命不犹！

江有汜

江有汜，之子归，不我以。不我以，其后也悔。
江有渚，之子归，不我与。不我与，其后也处。
江有沱，之子归，不我过。不我过，其啸也歌。

【国风·邶风】

柏舟

泛彼柏舟，亦泛其流。耿耿不寐，如有隐忧。微我无酒，以敖以游。
我心匪鉴，不可以茹。亦有兄弟，不可以据。薄言往诉，逢彼之怒。
我心匪石，不可转也。我心匪席，不可卷也。威仪棣棣，不可选也。
忧心悄悄，愠于群小。觏闵既多，受侮不少。静言思之，寤辟有摽。
日居月诸，胡迭而微？心之忧矣，如匪浣衣。静言思之，不能奋飞。

绿衣

绿兮衣兮，绿衣黄里。心之忧矣，曷维其已！
绿兮衣兮，绿衣黄裳。心之忧矣，曷维其亡！
绿兮丝兮，女所治兮。我思古人，俾无訧兮。
絺兮绤兮，凄其以风。我思古人，实获我心。

燕燕

燕燕于飞，差池其羽。之子于归，远送于野。"瞻望弗及"，泣涕如雨！
燕燕于飞，颉之颃之。之子于归，远于将之。"瞻望弗及"，伫立以泣！
燕燕于飞，下上其音。之子于归，远送于南。"瞻望弗及"，实劳我心！
仲氏任只，其心塞渊。终温且惠，淑慎其身。"先君之思"，以勖寡人！

【国风·鄘风】

君子偕老

君子偕老，副笄六珈。委委佗佗，如山如河，象服是宜。
子之不淑，云如之何？
玼兮玼兮，其之翟也。鬒发如云，不屑髢也。玉之瑱也，象之揥也。
扬且之晳也。胡然而天也？胡然而帝也？
瑳兮瑳兮，其之展也，蒙彼绉絺，是绁袢也。子之清扬，扬且之颜也。
展如之人兮，邦之媛也？

桑中

爰采唐矣？沬之乡矣。云谁之思？美孟姜矣。
期我乎桑中，要我乎上宫，送我乎淇之上矣。
爰采麦矣？沬之北矣。云谁之思？美孟弋矣。
期我乎桑中，要我乎上宫，送我乎淇之上矣。

爰采葑矣？沬之东矣。云谁之思？美孟庸矣。

期我乎桑中，要我乎上宫，送我乎淇之上矣。

定之方中

定之方中，作于楚宫。揆之以日，作于楚室。树之榛栗，椅桐梓漆，爰伐琴瑟。

升彼虚矣，以望楚矣。望楚与堂，景山与京。降观于桑，卜云其吉，终然允臧。

灵雨既零，命彼倌人，星言夙驾，说于桑田。匪直也人，秉心塞渊，騋牝三千。

【国风·卫风】

淇奥

瞻彼淇奥，绿竹猗猗。有匪君子，如切如磋，如琢如磨，瑟兮僩兮，赫兮咺兮。有匪君子，终不可谖兮。

瞻彼淇奥，绿竹青青。有匪君子，充耳琇莹，会弁如星。瑟兮僩兮。赫兮咺兮，有匪君子，终不可谖兮。

瞻彼淇奥，绿竹如箦。有匪君子，如金如锡，如圭如璧。宽兮绰兮，猗重较兮。善戏谑兮，不为虐兮。

考槃

考槃在涧，硕人之宽。独寐寤言，永矢弗谖。

考槃在阿，硕人之薖。独寐寤歌，永矢弗过。

考槃在陆，硕人之轴。独寐寤宿，永矢弗告。

硕人

硕人其颀，衣锦褧衣。齐侯之子，卫侯之妻。东宫之妹，邢侯之姨，谭公维私。

手如柔荑，肤如凝脂，领如蝤蛴，齿如瓠犀。螓首蛾眉，巧笑倩兮，美目盼兮。

硕人敖敖，说于农郊。四牡有骄，朱幩镳镳。翟茀以朝。大夫夙退，无使君劳。

河水洋洋，北流活活。施罛濊濊，鳣鲔发发，葭菼揭揭。庶姜孽孽，庶士有朅。

氓

氓之蚩蚩，抱布贸丝。匪来贸丝，来即我谋。送子涉淇，至于顿丘。匪我愆期，子无良媒。将子无怒，秋以为期。

乘彼垝垣，以望复关。不见复关，泣涕涟涟。既见复关，载笑载言。尔卜尔筮，体无咎言。以尔车来，以我贿迁。

桑之未落，其叶沃若。于嗟鸠兮，无食桑葚。于嗟女兮，无与士耽。士之耽兮，犹可说也。女之耽兮，不可说也。

桑之落矣，其黄而陨。自我徂尔，三岁食贫。淇水汤汤，渐车帷裳。女也不爽，士贰其行。士也罔极，二三其德。

三岁为妇，靡室劳矣。夙兴夜寐，靡有朝矣。言既遂矣，至于暴矣。兄弟不知，咥其笑矣。静言思之，躬自悼矣。

及尔偕老，老使我怨。淇则有岸，隰则有泮。总角之宴，言笑晏晏。信誓旦旦，不思其反。反是不思，亦已焉哉！

芄兰

芄兰之支，童子佩觿。虽则佩觿，能不我知。容兮遂兮，垂带悸兮。
芄兰之叶，童子佩韘。虽则佩韘，能不我甲。容兮遂兮，垂带悸兮。

木瓜

投我以木瓜，报之以琼琚。匪报也，永以为好也。
投我以木桃，报之以琼瑶。匪报也，永以为好也。
投我以木李，报之以琼玖。匪报也，永以为好也。

【国风·王风】

黍离

彼黍离离，彼稷之苗。行迈靡靡，中心摇摇。
知我者谓我心忧，不知我者谓我何求。悠悠苍天，此何人哉！
彼黍离离，彼稷之穗。行迈靡靡，中心如醉。
知我者谓我心忧，不知我者谓我何求。悠悠苍天，此何人哉！
彼黍离离，彼稷之实。行迈靡靡，中心如噎。
知我者谓我心忧，不知我者谓我何求。悠悠苍天，此何人哉！

君子于役

君子于役，不知其期。曷至哉？鸡栖于埘。
日之夕矣，羊牛下来。君子于役，如之何勿思！
君子于役，不日不月。曷其有佸？鸡栖于桀，
日之夕矣，羊牛下括。君子于役，苟无饥渴！

中谷有蓷

中谷有蓷，暵其干矣。有女仳离，慨其叹矣。慨其叹矣，遇人之艰难矣！
中谷有蓷，暵其脩矣。有女仳离，条其啸矣。条其啸矣，遇人之不淑矣！
中谷有蓷，暵其湿矣。有女仳离，啜其泣矣。啜其泣矣，何嗟及矣！

采葛

彼采葛兮，一日不见，如三月兮。
彼采萧兮，一日不见，如三秋兮。
彼采艾兮，一日不见，如三岁兮。

丘中有麻

丘中有麻，彼留子嗟。彼留子嗟，将其来施施。
丘中有麦，彼留子国。彼留子国，将其来食。
丘中有李，彼留之子。彼留之子，贻我佩玖。

【国风·郑风】

缁衣

缁衣之宜兮，敝，予又改为兮。适子之馆兮，还，予授子之粲兮。
缁衣之好兮，敝，予又改造兮。适子之馆兮，还，予授子之粲兮。
缁衣之席兮，敝，予又改作兮。适子之馆兮，还，予授子之粲兮。

叔于田

叔于田，巷无居人。岂无居人？不如叔也，洵美且仁！
叔于狩，巷无饮酒。岂无饮酒？不如叔也，洵美且好！
叔适野，巷无服马。岂无服马？不如叔也，洵美且武！

清人

清人在彭，驷介旁旁。二矛重英，河上乎翱翔。
清人在消，驷介麃麃。二矛重乔，河上乎逍遥。
清人在轴，驷介陶陶。左旋右抽，中军作好。

羔裘

羔裘如濡，洵直且侯。彼其之子，舍命不渝。
羔裘豹饰，孔武有力。彼其之子，邦之司直。
羔裘晏兮，三英粲兮。彼其之子，邦之彦兮。

有女同车

有女同车，颜如舜华。将翱将翔，佩玉琼琚。彼美孟姜，洵美且都。
有女同行，颜如舜英。将翱将翔，佩玉将将。彼美孟姜，德音不忘。

山有扶苏

山有扶苏，隰有荷华。不见子都，乃见狂且。
山有桥松，隰有游龙，不见子充，乃见狡童。

萚兮

萚兮萚兮，风其吹女！叔兮伯兮，倡予和女！
萚兮萚兮，风其漂女！叔兮伯兮，倡予要女！

狡童

彼狡童兮，不与我言兮。维子之故，使我不能餐兮！
彼狡童兮，不与我食兮。维子之故，使我不能息兮！

褰裳

子惠思我，褰裳涉溱。子不我思，岂无他人。狂童之狂也且！
子惠思我，褰裳涉洧。子不我思，岂无他士。狂童之狂也且！

风雨

风雨凄凄，鸡鸣喈喈。既见君子，云胡不夷！
风雨潇潇，鸡鸣胶胶。既见君子，云胡不瘳！
风雨如晦，鸡鸣不已。既见君子，云胡不喜！

子衿

青青子衿，悠悠我心。纵我不往，子宁不嗣音？
青青子佩，悠悠我思。纵我不往，子宁不来？
挑兮达兮，在城阙兮。一日不见，如三月兮！

野有蔓草

野有蔓草，零露漙兮。有美一人，清扬婉兮。邂逅相遇，适我愿兮。
野有蔓草，零露瀼瀼。有美一人，婉如清扬。邂逅相遇，与子偕臧。

【国风·齐风】

鸡鸣

鸡既鸣矣，朝既盈矣。匪鸡则鸣，苍蝇之声。
东方明矣，朝既昌矣。匪东方则明，月出之光。
虫飞薨薨，甘与子同梦。会且归矣，无庶予子憎。

还

子之还兮，遭我乎峱之间兮。并驱从两肩兮，揖我谓我儇兮。
子之茂兮，遭我乎峱之道兮。并驱从两牡兮，揖我谓我好兮。
子之昌兮，遭我乎峱之阳兮。并驱从两狼兮，揖我谓我臧兮。

东方之日

东方之日兮，彼姝者子，在我室兮。在我室兮，履我即兮。
东方之月兮，彼姝者子，在我闼兮。在我闼兮，履我发兮。

东方未明

东方未明，颠倒衣裳。颠之倒之，自公召之。
东方未晞，颠倒裳衣。倒之颠之，自公令之。
折柳樊圃，狂夫瞿瞿。不能辰夜，不夙则莫。

南山

南山崔崔，雄狐绥绥。鲁道有荡，齐子由归。既曰归止，曷又怀止？
葛屦五两，冠緌双止。鲁道有荡，齐子庸止。既曰庸止，曷又从止？
蓺麻如之何？衡从其亩。取妻如之何？必告父母。既曰告止，曷又鞠止？
析薪如之何？匪斧不克。取妻如之何？匪媒不得。既曰得止，曷又极止？

敝笱

敝笱在梁，其鱼鲂鳏。齐子归止，其从如云。
敝笱在梁，其鱼鲂鱮。齐子归止，其从如雨。
敝笱在梁，其鱼唯唯。齐子归止，其从如水。

猗嗟

猗嗟昌兮！颀而长兮。抑若扬兮，美目扬兮，巧趋跄兮，射则臧兮！
猗嗟名兮！美目清兮，仪既成兮，终日射侯，不出正兮，展我甥兮！
猗嗟娈兮！清扬婉兮，舞则选兮。射则贯兮，四矢反兮。以御乱兮！

【国风·魏风】

葛屦

纠纠葛屦，可以履霜？掺掺女手，可以缝裳？要之襋之，好人服之。
好人提提，宛然左辟，佩其象揥。维是褊心，是以为刺。

汾沮洳

彼汾沮洳，言采其莫。彼其之子，美无度。美无度，殊异乎公路。
彼汾一方，言采其桑。彼其之子，美如英。美如英，殊异乎公行。
彼汾一曲，言采其藚。彼其之子，美如玉。美如玉，殊异乎公族。

园有桃

园有桃，其实之殽。心之忧矣，我歌且谣。不知我者，谓我士也骄。彼人是
哉，子曰何其？心之忧矣，其谁知之？其谁知之，盖亦勿思。
园有棘，其实之食。心之忧矣，聊以行国。不知我者，谓我士也罔极。彼人
是哉，子曰何其？心之忧矣，其谁知之？其谁知之，盖亦勿思。

伐檀

坎坎伐檀兮，置之河之干兮，河水清且涟猗。不稼不穑，胡取禾三百廛兮？
不狩不猎，胡瞻尔庭有县貆兮？彼君子兮，不素餐兮！
坎坎伐辐兮，置之河之侧兮，河水清且直猗。不稼不穑，胡取禾三百亿兮？
不狩不猎，胡瞻尔庭有县特兮？彼君子兮，不素食兮！
坎坎伐轮兮，置之河之漘兮，河水清且沦猗。不稼不穑，胡取禾三百囷兮？
不狩不猎，胡瞻尔庭有县鹑兮？彼君子兮，不素飧兮！

硕鼠

硕鼠硕鼠，无食我黍！三岁贯女，莫我肯顾。
逝将去女，适彼乐土。乐土乐土，爰得我所。
硕鼠硕鼠，无食我麦！三岁贯女，莫我肯德。
逝将去女，适彼乐国。乐国乐国，爰得我直。
硕鼠硕鼠，无食我苗！三岁贯女，莫我肯劳。

逝将去女，适彼乐郊。乐郊乐郊，谁之永号。

【国风·唐风】

蟋蟀

蟋蟀在堂，岁聿其莫。今我不乐，日月其除。
无已大康，职思其居。好乐无荒，良士瞿瞿。
蟋蟀在堂，岁聿其逝。今我不乐，日月其迈。
无已大康，职思其外。好乐无荒，良士蹶蹶。
蟋蟀在堂，役车其休。今我不乐，日月其慆。
无已大康，职思其忧。好乐无荒，良士休休。

扬之水

扬之水，白石凿凿。素衣朱襮，从子于沃。既见君子，云何不乐。
扬之水，白石皓皓。素衣朱绣，从子于鹄。既见君子，云何其忧。
扬之水，白石粼粼。我闻有命，不敢以告人。

椒聊

椒聊之实，蕃衍盈升。彼其之子，硕大无朋。椒聊且，远条且！
椒聊之实，蕃衍盈匊。彼其之子，硕大且笃。椒聊且，远条且！

绸缪

绸缪束薪，三星在天。今夕何夕？见此良人。子兮子兮，如此良人何！
绸缪束刍，三星在隅。今夕何夕？见此邂逅。子兮子兮，如此邂逅何！
绸缪束楚，三星在户。今夕何夕？见此粲者。子兮子兮，如此粲者何！

葛生

葛生蒙楚，蔹蔓于野。予美亡此，谁与独处？
葛生蒙棘，蔹蔓于域。予美亡此，谁与独息？
角枕粲兮，锦衾烂兮。予美亡此，谁与独旦？
夏之日，冬之夜。百岁之后，归于其居。
冬之夜，夏之日。百岁之后，归于其室。

采苓

采苓采苓，首阳之颠。人之为言，苟亦无信！
舍旃舍旃，苟亦无然！人之为言，胡得焉！
采苦采苦，首阳之下。人之为言，苟亦无与！
舍旃舍旃，苟亦无然！人之为言，胡得焉！
采葑采葑，首阳之东。人之为言，苟亦无从！
舍旃舍旃，苟亦无然！人之为言，胡得焉！

【国风·秦风】

车邻

有车邻邻，有马白颠。未见君子，寺人之令。
阪有漆，隰有栗。既见君子，并坐鼓瑟。今者不乐，逝者其耋。
阪有桑，隰有杨。既见君子，并坐鼓簧。今者不乐，逝者其亡。

驷驖

驷驖孔阜，六辔在手。公之媚子，从公于狩。
奉时辰牡，辰牡孔硕。公曰左之，舍拔则获。
游于北园，四马既闲。辖车鸾镳，载猃歇骄。

蒹葭

蒹葭苍苍，白露为霜。所谓伊人，在水一方。
溯洄从之，道阻且长。溯游从之，宛在水中央。
蒹葭萋萋，白露未晞。所谓伊人，在水之湄。
溯洄从之，道阻且跻。溯游从之，宛在水中坻。
蒹葭采采，白露未已。所谓伊人，在水之涘。
溯洄从之，道阻且右。溯游从之，宛在水中沚。

黄鸟

交交黄鸟，止于棘。谁从穆公？子车奄息。
维此奄息，百夫之特。临其穴，惴惴其栗！
彼苍者天，歼我良人！如可赎兮，人百其身。
交交黄鸟，止于桑。谁从穆公？子车仲行。
维此仲行，百夫之防。临其穴，惴惴其栗！
彼苍者天，歼我良人！如可赎兮，人百其身。
交交黄鸟，止于楚。谁从穆公？子车鍼虎。
维此鍼虎，百夫之御。临其穴，惴惴其栗！
彼苍者天，歼我良人！如可赎兮，人百其身！

无衣

岂曰无衣！与子同袍。王于兴师，修我戈矛，与子同仇。
岂曰无衣！与子同泽。王于兴师，修我矛戟，与子偕作。
岂曰无衣！与子同裳。王于兴师，修我甲兵，与子偕行。

权舆

於，我乎！夏屋渠渠，今也每食无余。于嗟乎！不承权舆！
於，我乎！每食四簋，今也每食不饱。于嗟乎！不承权舆！

【国风·陈风】

宛丘

子之汤兮，宛丘之上兮。洵有情兮，而无望兮。
坎其击鼓，宛丘之下。无冬无夏，值其鹭羽。
坎其击缶，宛丘之道。无冬无夏，值其鹭翿。

东门之枌

东门之枌，宛丘之栩。子仲之子，婆娑其下。
穀旦于差，南方之原。不绩其麻，市也婆娑。
穀旦于逝，越以鬷迈。视尔如荍，贻我握椒。

衡门

衡门之下，可以栖迟。泌之洋洋，可以乐饥。
岂其食鱼，必河之鲂！岂其取妻，必齐之姜！
岂其食鱼，必河之鲤！岂其取妻，必宋之子！

月出

月出皎兮，佼人僚兮。舒窈纠兮，劳心悄兮。
月出皓兮，佼人懰兮。舒忧受兮，劳心慅兮。
月出照兮，佼人燎兮。舒夭绍兮，劳心惨兮。

株林

胡为乎株林？从夏南。匪适株林，从夏南。
驾我乘马，说于株野。乘我乘驹，朝食于株。

【国风·桧风】

羔裘

羔裘逍遥，狐裘以朝。岂不尔思？劳心切切！
羔裘翱翔，狐裘在堂。岂不尔思？我心忧伤！
羔裘如膏，日出有曜。岂不尔思？中心是悼！

素冠

庶见素冠兮，棘人栾栾兮。劳心慱慱兮！
庶见素衣兮，我心伤悲兮！聊与子同归兮。
庶见素韠兮，我心蕴结兮！聊与子如一兮。

隰有苌楚

隰有苌楚，猗傩其枝。夭之沃沃，乐子之无知！
隰有苌楚，猗傩其华。夭之沃沃，乐子之无家！

隰有苌楚，猗傩其实。夭之沃沃，乐子之无室！

匪风

匪风发兮，匪车偈兮。顾瞻周道，中心怛兮！
匪风飘兮，匪车嘌兮。顾瞻周道，中心吊兮！
谁能亨鱼？溉之釜鬵。谁将西归？怀之好音。

【国风·曹风】

蜉蝣

蜉蝣之羽，衣裳楚楚。心之忧矣，于我归处。
蜉蝣之翼，采采衣服。心之忧矣，于我归息。
蜉蝣掘阅，麻衣如雪。心之忧矣，于我归说。

候人

彼候人兮，何戈与祋。彼其之子，三百赤芾。
维鹈在梁，不濡其翼。彼其之子，不称其服。
维鹈在梁，不濡其咮。彼其之子，不遂其媾。
荟兮蔚兮，南山朝隮。婉兮娈兮，季女斯饥。

下泉

冽彼下泉，浸彼苞稂。忾我寤叹，念彼周京。
冽彼下泉，浸彼苞萧。忾我寤叹，念彼京周。
冽彼下泉，浸彼苞蓍。忾我寤叹，念彼京师。
芃芃黍苗，阴雨膏之。四国有王，郇伯劳之。

【国风·豳风】

七月

七月流火，九月授衣。一之日觱发，二之日栗烈。无衣无褐，何以卒岁？
三之日于耜，四之日举趾。同我妇子，馌彼南亩；田畯至喜。
七月流火，九月授衣。春日载阳，有鸣仓庚。女执懿筐，遵彼微行，爰求柔
桑。春日迟迟，采蘩祁祁。女心伤悲，殆及公子同归。
七月流火，八月萑苇。蚕月条桑，取彼斧斨。以伐远扬，猗彼女桑。七
月鸣鵙，八月载绩。载玄载黄，我朱孔阳，为公子裳。
四月秀葽，五月鸣蜩。八月其获，十月陨萚。一之日于貉，取彼狐狸，
为公子裘。二之日其同，载缵武功。言私其豵，献豜于公。
五月斯螽动股，六月莎鸡振羽。七月在野，八月在宇，九月在户，十月蟋蟀
入我床下。穹窒熏鼠，塞向墐户。嗟我妇子，曰为改岁，入此室处。
六月食郁及薁，七月亨葵及菽，八月剥枣，十月获稻。为此春酒，以介眉寿。
七月食瓜，八月断壶，九月叔苴，采荼薪樗，食我农夫。
九月筑场圃，十月纳禾稼。黍稷重穋，禾麻菽麦。嗟我农夫；我稼既同，

上入执宫功：昼尔于茅，宵尔索绚，亟其乘屋，其始播百谷。

二之日凿冰冲冲，三之日纳于凌阴。四之日其蚤，献羔祭韭。九月肃霜，十月涤场。朋酒斯飨，曰杀羔羊，跻彼公堂。称彼兕觥，万寿无疆！

鸱鸮

鸱鸮鸱鸮：既取我子，无毁我室。恩斯勤斯，鬻子之闵斯！
迨天之未阴雨，彻彼桑土，绸缪牖户。今女下民，或敢侮予！
予手拮据，予所捋荼，予所蓄租，予口卒瘏，曰予未有室家！
予羽谯谯，予尾翛翛。予室翘翘，风雨所漂摇，予维音哓哓！

东山

我徂东山，慆慆不归。我来自东，零雨其濛。我东曰归，我心西悲。
制彼裳衣，勿士行枚。蜎蜎者蠋，烝在桑野。敦彼独宿，亦在车下。
我徂东山，慆慆不归。我来自东，零雨其濛。果臝之实，亦施于宇。
伊威在室，蟏蛸在户。町疃鹿场，熠耀宵行。不可畏也，伊可怀也。
我徂东山，慆慆不归。我来自东，零雨其濛。鹳鸣于垤，妇叹于室。
洒扫穹窒，我征聿至。有敦瓜苦，烝在栗薪。自我不见，于今三年。
我徂东山，慆慆不归。我来自东，零雨其濛。仓庚于飞，熠耀其羽。
之子于归，皇驳其马。亲结其缡，九十其仪。其新孔嘉，其旧如之何？

破斧

既破我斧，又缺我斨。周公东征，四国是皇。哀我人斯，亦孔之将。
既破我斧，又缺我锜。周公东征，四国是吪。哀我人斯，亦孔之嘉。
既破我斧，又缺我銶。周公东征，四国是遒。哀我人斯，亦孔之休。

伐柯

伐柯如何？匪斧不克。取妻如何？匪媒不得。
伐柯伐柯，其则不远。我觏之子，笾豆有践。

九罭

九罭之鱼鳟鲂。我觏之子，衮衣绣裳。
鸿飞遵渚，公归无所，于女信处。鸿飞遵陆，公归不复，于女信宿！
是以有衮衣兮，无以我公归兮，无使我心悲兮！

【小雅·鹿鸣之什】

鹿鸣

呦呦鹿鸣，食野之苹。我有嘉宾，鼓瑟吹笙。
吹笙鼓簧，承筐是将。人之好我，示我周行。
呦呦鹿鸣，食野之蒿。我有嘉宾，德音孔昭。
视民不恌，君子是则是效。我有旨酒，嘉宾式燕以敖。
呦呦鹿鸣，食野之芩。我有嘉宾，鼓瑟鼓琴。

鼓瑟鼓琴，和乐且湛。我有旨酒，以燕乐嘉宾之心。

【小雅·南有嘉鱼之什】

南有嘉鱼

南有嘉鱼，烝然罩罩。君子有酒，嘉宾式燕以乐。
南有嘉鱼，烝然汕汕。君子有酒，嘉宾式燕以衎。
南有樛木，甘瓠累之。君子有酒，嘉宾式燕绥之。
翩翩者雅，烝然来思。君子有酒，嘉宾式燕又思。

南山有台

南山有台，北山有莱。乐只君子，邦家之基。乐只君子，万寿无期！
南山有桑，北山有杨。乐只君子，邦家之光。乐只君子，万寿无疆！
南山有杞，北山有李。乐只君子，民之父母。乐只君子，德音不已。
南山有栲，北山有杻。乐只君子，遐不眉寿。乐只君子，德音是茂。
南山有枸，北山有楰。乐只君子，遐不黄耇。乐只君子，保艾尔后。

【小雅·鸿雁之什】

鸿雁

鸿雁于飞，肃肃其羽。之子于征，劬劳于野。爰及矜人，哀此鳏寡。
鸿雁于飞，集于中泽。之子于垣，百堵皆作。虽则劬劳，其究安宅。
鸿雁于飞，哀鸣嗷嗷。维此哲人，谓我劬劳。维彼愚人，谓我宣骄。

庭燎

夜如何其？夜未央，庭燎之光。君子至止，鸾声将将。
夜如何其？夜未艾，庭燎晣晣。君子至止，鸾声哕哕。
夜如何其？夜乡晨，庭燎有辉。君子至止，言观其旂。

沔水

沔彼流水，朝宗于海。鴥彼飞隼，载飞载止。
嗟我兄弟，邦人诸友，莫肯念乱，谁无父母？
沔彼流水，其流汤汤。鴥彼飞隼，载飞载扬。
念彼不迹，载起载行。心之忧矣，不可弭忘。
鴥彼飞隼，率彼中陵。民之讹言，宁莫之惩。
我友敬矣，谗言其兴。

鹤鸣

鹤鸣于九皋，声闻于野。鱼潜在渊，或在于渚。
乐彼之园，爰有树檀，其下维萚。它山之石，可以为错。
鹤鸣于九皋，声闻于天。鱼在于渚，或潜在渊。
乐彼之园，爰有树檀，其下维谷。它山之石，可以攻玉。

【小雅·节南山之什】

节南山

节彼南山，维石岩岩。赫赫师尹，民具尔瞻。
忧心如惔，不敢戏谈。国既卒斩，何用不监？
节彼南山，有实其猗。赫赫师尹，不平谓何？
天方荐瘥，丧乱弘多。民言无嘉，憯莫惩嗟。
尹氏大师，维周之氐。秉国之均，四方是维。
天子是毗，俾民不迷。不吊昊天，不宜空我师！
弗躬弗亲，庶民弗信。弗问弗仕，勿罔君子。
式夷式已，无小人殆。琐琐姻亚，则无膴仕。
昊天不佣，降此鞠讻，昊天不惠，降此大戾！
君子如届，俾民心阕。君子如夷，恶怒是违。
不吊昊天，乱靡有定。式月斯生，俾民不宁。
忧心如酲，谁秉国成？不自为政，卒劳百姓。
驾彼四牡，四牡项领。我瞻四方，蹙蹙靡所骋！
方茂尔恶，相尔矛矣。既夷既怿，如相酬矣。
昊天不平，我王不宁。不惩其心，覆怨其正。
家父作诵，以究王讻。式讹尔心，以畜万邦。

正月

正月繁霜，我心忧伤。民之讹言，亦孔之将。
念我独兮，忧心京京。哀我小心，癙忧以痒。
父母生我，胡俾我瘉？不自我先，不自我后。
好言自口，莠言自口。忧心愈愈，是以有侮。
忧心惸惸，念我无禄。民之无辜，并其臣仆。
哀我人斯，于何从禄？瞻乌爰止，于谁之屋？
瞻彼中林，侯薪侯蒸。民今方殆，视天梦梦。
既克有定，靡人弗胜。有皇上帝，伊谁云憎？
谓山盖卑，为冈为陵。民之讹言，宁莫之惩。
召彼故老，讯之占梦。具曰"予圣"，谁知乌之雌雄！
谓天盖高？不敢不局。谓地盖厚？不敢不蹐。
维号斯言，有伦有脊。哀今之人，胡为虺蜴？
瞻彼阪田，有菀其特。天之扤我，如不我克。
彼求我则，如不我得。执我仇仇，亦不我力。
心之忧矣，如或结之。今兹之正，胡然厉矣？
燎之方扬，宁或灭之？赫赫宗周，褒姒灭之！
终其永怀，又窘阴雨。其车既载，乃弃尔辅。载输尔载，"将伯助予！"
无弃尔辅，员于尔辐。屡顾尔仆，不输尔载。终逾绝险，曾是不意！
鱼在于沼，亦匪克乐。潜虽伏矣，亦孔之炤。忧心惨惨，念国之为虐。
彼有旨酒，又有嘉肴。洽比其邻，昏姻孔云。念我独兮，忧心殷殷。

仳仳彼有屋，蔌蔌方有穀。民今之无禄，天夭是椓。哿矣富人，哀此惸独！

【小雅·谷风之什】

谷风

习习谷风，维风及雨。将恐将惧，维予与女；将安将乐，女转弃予！
习习谷风，维风及颓。将恐将惧，置予于怀；将安将乐，弃予如遗！
习习谷风，维山崔嵬。无草不死，无木不萎。忘我大德，思我小怨。

蓼莪

蓼蓼者莪，匪莪伊蒿。哀哀父母，生我劬劳。
蓼蓼者莪，匪莪伊蔚。哀哀父母，生我劳瘁。
瓶之罄矣，维罍之耻。鲜民之生，不如死之久矣。
无父何怙？无母何恃！出则衔恤，入则靡至！
父兮生我，母兮鞠我。抚我畜我，长我育我，顾我复我，出入腹我。
欲报之德。昊天罔极！
南山烈烈，飘风发发。民莫不穀，我独何害！
南山律律，飘风弗弗，民莫不穀，我独不卒！

【小雅·甫田之什】

甫田

倬彼甫田，岁取十千。我取其陈，食我农人。自古有年。
今适南亩，或耘或耔。黍稷薿薿。攸介攸止，烝我髦士。
以我齐明，与我牺羊，以社以方。我田既臧，农夫之庆。
琴瑟击鼓，以御田祖。以祈甘雨，以介我稷黍，以穀我士女。
曾孙来止，以其妇子。馌彼南亩，田畯至喜。攘其左右，尝其旨否。
禾易长亩，终善且有。曾孙不怒，农夫克敏。
曾孙之稼，如茨如梁。曾孙之庾，如坻如京。乃求千斯仓，乃求万斯箱。
黍稷稻粱，农夫之庆。报以介福，万寿无疆！

大田

大田多稼，既种既戒，既备乃事。以我覃耜，
俶载南亩。播厥百谷，既庭且硕，曾孙是若。
既方既皂，既坚既好，不稂不莠。去其螟螣，及其蟊贼，无害我田稚。
田祖有神，秉畀炎火。
有渰萋萋，兴雨祈祈。雨我公田，遂及我私。
彼有不获稚，此有不敛穧，彼有遗秉，此有滞穗，伊寡妇之利。
曾孙来止，以其妇子，馌彼南亩，田畯至喜。
来方禋祀，以其骍黑，与其黍稷。以享以祀，以介景福。

【小雅·鱼藻之什】

鱼藻

鱼在在藻，有颁其首。王在在镐，岂乐饮酒。

鱼在在藻，有莘其尾。王在在镐，饮酒乐岂。

鱼在在藻，依于其蒲。王在在镐，有那其居。

采菽

采菽采菽，筐之筥之。君子来朝，何锡予之？

虽无予之？路车乘马。又何予之？玄衮及黼。

觱沸槛泉，言采其芹。君子来朝，言观其旂。

其旂淠淠，鸾声嘒嘒。载骖载驷，君子所届。

赤芾在股，邪幅在下。彼交匪纾，天子所予。

乐只君子，天子命之。乐只君子，福禄申之。

维柞之枝，其叶蓬蓬。乐只君子，殿天子之邦。

乐只君子，万福攸同。平平左右，亦是率从。

泛泛杨舟，绋纚维之。乐只君子，天子葵之。

乐只君子，福禄膍之。优哉游哉，亦是戾矣。

角弓

骍骍角弓，翩其反矣。兄弟婚姻，无胥远矣。

尔之远矣，民胥然矣。尔之教矣，民胥效矣。

此令兄弟，绰绰有裕；不令兄弟，交相为瘉。

民之无良，相怨一方，受爵不让；至于己斯亡。

老马反为驹，不顾其后。如食宜饇，如酌孔取。

毋教猱升木，如涂涂附。君子有徽猷，小人与属。

雨雪瀌瀌，见晛曰消。莫肯下遗，式居娄骄。

雨雪浮浮，见晛曰流。如蛮如髦，我是用忧。

菀柳

有菀者柳，不尚息焉。上帝甚蹈，无自昵焉。俾予靖之，后予极焉。

有菀者柳，不尚愒焉。上帝甚蹈，无自瘝焉。俾予靖之，后予迈焉。

有鸟高飞，亦傅于天。彼人之心，于何其臻？曷予靖之，居以凶矜？

都人士

彼都人士，狐裘黄黄。其容不改，出言有章。行归于周，万民所望。

彼都人士，台笠缁撮。彼君子女，绸直如发。我不见兮，我心不说。

彼都人士，充耳琇实。彼君子女，谓之尹吉。我不见兮，我心苑结。

彼都人士，垂带而厉。彼君子女，卷发如虿。我不见兮，言从之迈。

匪伊垂之，带则有余。匪伊卷之，发则有旟。我不见兮，云何盱矣！

采绿

终朝采绿，不盈一匊。予发曲局，薄言归沐。
终朝采蓝，不盈一襜。五日为期，六日不詹。
之子于狩，言韔其弓。之子于钓，言纶之绳。
其钓维何？维鲂及鱮。维鲂及鱮，薄言观者。

黍苗

芃芃黍苗，阴雨膏之。悠悠南行，召伯劳之。
我任我辇，我车我牛。我行既集，盖云归哉。
我徒我御，我师我旅。我行既集，盖云归处！
肃肃谢功，召伯营之。烈烈征师，召伯成之。
原隰既平，泉流既清。召伯有成，王心则宁。

隰桑

隰桑有阿，其叶有难。既见君子，其乐如何！
隰桑有阿，其叶有沃。既见君子，云何不乐！
隰桑有阿，其叶有幽。既见君子，德音孔胶。
心乎爱矣，遐不谓矣？中心藏之，何日忘之？

白华

白华菅兮，白茅束兮。之子之远，俾我独兮！
英英白云，露彼菅茅。天步艰难，之子不犹。
滮池北流，浸彼稻田。啸歌伤怀，念彼硕人。
樵彼桑薪，卬烘于煁。维彼硕人，实劳我心。
鼓钟于宫，声闻于外。念子懆懆，视我迈迈。
有鹙在梁，有鹤在林。维彼硕人，实劳我心。
鸳鸯在梁，戢其左翼。之子无良，二三其德。
有扁斯石，履之卑兮。之子之远，俾我疧兮。

绵蛮

"绵蛮黄鸟，止于丘阿。道之云远，我劳如何！"
"饮之食之，教之诲之；命彼后车，谓之载之。"
"绵蛮黄鸟，止于丘隅。岂敢惮行，畏不能趋。"
"饮之食之，教之诲之；命彼后车，谓之载之。"
"绵蛮黄鸟，止于丘侧。岂敢惮行，畏不能极。"
"饮之食之，教之诲之；命彼后车，谓之载之。"

瓠叶

幡幡瓠叶，采之亨之。君子有酒，酌言尝之。
有兔斯首，炮之燔之。君子有酒，酌言献之。
有兔斯首，燔之炙之。君子有酒，酌言酢之。

有兔斯首，燔之炮之。君子有酒，酌言酬之。

渐渐之石

渐渐之石，维其高矣。山川悠远，维其劳矣。武人东征，不遑朝矣。
渐渐之石，维其卒矣。山川悠远，曷其没矣？武人东征，不遑出矣。
有豕白蹢，烝涉波矣。月离于毕，俾滂沱矣。武人东征，不遑他矣。

苕之华

苕之华，芸其黄矣。心之忧矣，维其伤矣！
苕之华，其叶青青。知我如此，不如无生！
牂羊坟首，三星在罶。人可以食，鲜可以饱！

何草不黄

何草不黄，何日不行。何人不将，经营四方。
何草不玄，何人不矜。哀我征夫，独为匪民。
匪兕匪虎，率彼旷野。哀我征夫，朝夕不暇。
有芃者狐，率彼幽草。有栈之车，行彼周道。

【大雅·文王之什】

绵

绵绵瓜瓞，民之初生，自土沮漆。古公亶父，陶复陶冗，未有家室。
古公亶父，来朝走马；率西水浒，至于岐下。爰及姜女，聿来胥宇。
周原膴膴，堇荼如饴。爰始爰谋，爰契我龟；曰止曰时，筑室于兹。
乃慰乃止，乃左乃右；乃疆乃理，乃宣乃亩。自西徂东，周爰执事。
乃召司空，乃召司徒，俾立室家。其绳则直，缩版以载，作庙翼翼。
捄之陾陾，度之薨薨，筑之登登，削屡冯冯。百堵皆兴，鼛鼓弗胜。
乃立皋门，皋门有伉。乃立应门，应门将将。乃立冢土，戎丑攸行。
肆不殄厥愠，亦不陨厥问。柞棫拔矣，行道兑矣。混夷駾矣，维其喙矣。
虞芮质厥成，文王蹶厥生。予曰有疏附，予曰有先后，予曰有奔奏，予曰有御侮。

棫朴

芃芃棫朴，薪之槱之。济济辟王，左右趣之。
济济辟王，左右奉璋。奉璋峨峨，髦士攸宜。
淠彼泾舟，烝徒楫之。周王于迈，六师及之。
倬彼云汉，为章于天。周王寿考，遐不作人？
追琢其章，金玉其相。勉勉我王，纲纪四方。

【大雅·生民之什】

生民

厥初生民，时维姜嫄。生民如何？克禋克祀，以弗无子。履帝武敏歆，攸介攸止，载震载夙。载生载育，时维后稷。

诞弥厥月，先生如达。不坼不副，无菑无害。以赫厥灵。上帝不宁，不康禋祀，
居然生子。

诞置之隘巷，牛羊腓字之。诞置之平林，会伐平林。诞置之寒冰，鸟覆翼之。鸟乃去矣，
后稷呱矣。实覃实讦，厥声载路。

诞实匍匐，克岐克嶷。以就口食。蓺之荏菽，荏菽旆旆。禾役穟穟，麻麦幪幪，瓜瓞唪唪。

诞后稷之穑，有相之道。茀厥丰草，种之黄茂。实方实苞，实种实褎。实发实秀，
实坚实好。实颖实栗，即有邰家室。

诞降嘉种，维秬维秠，维糜维芑。恒之秬秠，是获是亩。恒之糜芑，是任是负。
以归肇祀。

诞我祀如何？或舂或揄，或簸或蹂。释之叟叟，烝之浮浮。载谋载惟。取萧祭脂，
取羝以軷，载燔载烈，以兴嗣岁。

卬盛于豆，于豆于登。其香始升，上帝居歆。胡臭亶时。后稷肇祀。庶无罪悔，
以迄于今。

行苇

敦彼行苇，牛羊勿践履。方苞方体，维叶泥泥。
戚戚兄弟，莫远具尔。或肆之筵，或授之几。
肆筵设席，授几有缉御。或献或酢，洗爵奠斝。
醓醢以荐，或燔或炙。嘉殽脾臄，或歌或咢。
敦弓既坚，四鍭既钧，舍矢既均，序宾以贤。
敦弓既句，既挟四鍭。四鍭如树，序宾以不侮。
曾孙维主，酒醴维醹，酌以大斗，以祈黄耇。
黄耇台背，以引以翼。"寿考维祺，以介景福。"

【大雅·荡之什】

桑柔

菀彼桑柔，其下侯旬，捋采其刘。瘼此下民，
不殄心忧。仓兄填兮，倬彼昊天，宁不我矜！
四牡骙骙，旟旐有翩。乱生不夷，靡国不泯。
民靡有黎，具祸以烬。于乎有哀，国步斯频！
国步蔑资，天不我将。靡所止疑，云徂何往？
君子实维，秉心无竞。谁生厉阶？至今为梗。
忧心殷殷，念我土宇。我生不辰，逢天僤怒。
自西徂东，靡所定处。多我觏痻，孔棘我圉。
为谋为毖，乱况斯削。告尔忧恤，诲尔序爵。
谁能执热，逝不以濯？其何能淑，载胥及溺。
如彼溯风，亦孔之僾。民有肃心，荓云不逮。
好是稼穑，力民代食。稼穑维宝，代食维好？
天降丧乱，灭我立王。降此蟊贼，稼穑卒痒。
哀恫中国，具赘卒荒。靡有旅力，以念穹苍。

维此惠君，民人所瞻。秉心宣犹，考慎其相。

维彼不顺，自独俾臧。自有肺肠，俾民卒狂。

瞻彼中林，牲牲其鹿。朋友已谮，不胥以毅。人亦有言：进退维谷。

维此圣人，瞻言百里；维彼愚人，覆狂以喜。匪言不能，胡斯畏忌？

维此良人，弗求弗迪；维彼忍心，是顾是复。民之贪乱，宁为荼毒。

大风有隧，有空大谷。维此良人，作为式毂；维彼不顺，征以中垢。

大风有隧，贪人败类。听言则对，诵言如醉。匪用其良，覆俾我悖。

嗟尔朋友，予岂不知而作。如彼飞虫，时亦弋获。既之阴女，反予来赫。

民之罔极，职凉善背。为民不利，如云不克。民之回遹，职竞用力。

民之未戾，职盗为寇。凉曰不可，覆背善詈。虽曰匪予，既作尔歌！

云汉

倬彼云汉，昭回于天。王曰于乎！何辜今之人？天降丧乱，饥馑荐臻。靡神不举，
靡爱斯牲。圭璧既卒，宁莫我听！

旱既大甚，蕴隆虫虫。不殄禋祀，自郊徂宫。上下奠瘗，靡神不宗。后稷不克，
上帝不临。耗斁下土，宁丁我躬！

旱既大甚，则不可推。兢兢业业，如霆如雷。周余黎民，靡有孑遗。昊天上帝，
则不我遗。胡不相畏？先祖于摧。

旱既大甚，则不可沮。赫赫炎炎，云我无所。大命近止，靡瞻靡顾。群公先正，
则不我助。父母先祖，胡宁忍予？

旱既大甚，涤涤山川。旱魃为虐，如惔如焚。我心惮暑，忧心如熏。群公先正，
则不我闻。昊天上帝，宁俾我遁！

旱既大甚，黾勉畏去。胡宁瘨我以旱？憯不知其故。祈年孔夙，方社不莫。昊天上帝，
则不我虞。敬恭明神，宜无悔怒。

旱既大甚，散无友纪。鞠哉庶正，疚哉冢宰。趣马师氏，膳夫左右。靡人不周。
无不能止，瞻卬昊天，云如何里！

瞻卬昊天，有嘒其星。大夫君子，昭假无赢。大命近止，无弃尔成。
何求为我。以戾庶正。瞻卬昊天，曷惠其宁！

【周颂·清庙之什】

清庙

于穆清庙，肃雍显相。济济多士，秉文之德。
对越在天，骏奔走在庙。不显不承，无射于人斯。

【周颂·臣工之什】

臣工

嗟嗟臣工，敬尔在公。王厘尔成，来咨来茹。嗟嗟保介，维莫之春，亦又何求？如何新畲？
于皇来牟，将受厥明。明昭上帝，迄用康年。命我众人：庤乃钱镈，奄观铚艾。

【周颂·闵予小子之什】

敬之

敬之敬之，天维显思，命不易哉。无曰高高在上，陟降厥士，日监在兹。
维予小子，不聪敬止。日就月将，学有缉熙于光明。佛时仔肩，示我显德行。

【鲁颂·驷之什】

有驖

有驖有驖，驖彼乘黄。夙夜在公，在公明明。振振鹭，鹭于下。
鼓咽咽，醉言舞。于胥乐兮！
有驖有驖，驖彼乘牡。夙夜在公，在公饮酒。振振鹭，鹭于飞。
鼓咽咽，醉言归。于胥乐兮！
有驖有驖，驖彼乘䯄。夙夜在公，在公载燕。自今以始，岁其有。
君子有穀，诒孙子。于胥乐兮！

【商颂】

那

猗与那与！置我鞉鼓。奏鼓简简，衎我烈祖。汤孙奏假，绥我思成。
鞉鼓渊渊，嘒嘒管声。既和且平，依我磬声。于赫汤孙！穆穆厥声。
庸鼓有斁，万舞有奕。我有嘉客，亦不夷怿。自古在昔，先民有作。
温恭朝夕，执事有恪，顾予烝尝，汤孙之将。

（刘伟编，摘自［宋］朱熹集传，［清］方玉润评、朱杰人导读：《诗经》，上海古籍
出版社，2009）

第五章　屈原和以其《离骚》为代表的楚辞

第一节　屈原简介

屈原是战国时期楚国政治家、中国著名的爱国主义诗人，大约出生于公元前339年，卒于公元前278年。名平，字原，又名正则，字灵均。屈原是与楚王同姓（芈姓）的贵族。屈原的先人屈瑕是楚武王（熊通）的儿子，封于屈地，故以屈为姓。

屈原所处的时代正是战国后期，各个封建诸侯国在政治和经济上的联系越来越密切，结束了战国以来"诸侯异政"的局面，统一中国已经成为历史发展的必然趋势。当时最有条件统一中国的是秦国和楚国，楚国自然成为秦国进攻的主要对象。在这种情况下，楚国只有和齐国联合起来才能抵抗秦国，但是，楚怀王在联齐抗秦政策上，反复无常，外交上连连失败，总是处于被动挨打的局面。秦楚成败的关键不仅是在外交上的斗争，更主要的是在国内政治的改革。秦在商鞅变法后，一跃成为政治、军事、经济大国；虽然楚国曾任用吴起进行变法，但最终还是失败了。屈原生活的时代，楚国已经处在政治腐败、外侮内患之中。

屈原不仅是个学识渊博、品格出众的诗人，还是个进步的思想家和政治家。他的一生都在激烈复杂的政治斗争中度过。他曾经担任参与内政外交的高级官员，希望通过楚怀王来实现自己"举贤授能"、国富法立的政治理想。但是他的进步主张却触犯了楚国反动贵族势力，受到卑鄙的诬陷和残酷的迫害。起初，楚怀王让屈原起草宪令，上官大夫探听宪令内容未遂之后，便向怀王进谗屈原，怀王降屈原为三闾大夫，从此疏远屈原，不加重用。楚怀王听信其幼弟的主意而不听屈原的劝告，于公元前229年至秦，一进入武关之后，秦伏兵便绝其后路，将其扣留。三年后，楚怀王死在了秦国。怀王长子熊横继位，即顷襄王。顷襄王上台后，任命子兰为令尹。而子兰是楚国保守派贵族的代表，他十分妒忌屈原，昏庸的顷襄王听信其谗言，将屈原流放。屈原被放逐后，眼见国运已经一蹶不振，迫近危亡，内心忧虑万分，最后在楚国都城郢都被秦攻破时，满怀悲愤自投汨罗江而死。

战国后期，在意识形态领域，还是"百家争鸣"的活跃时期，原始巫术宗教的观念传统正在逐渐被摆脱，理性主义作为一个总的倾向和思潮，正在深入人心。儒家、道家、墨家的思想都已产生了广泛的影响。屈原虽然没有创立学派，但是他对各家学说都有所采取，也有所摒弃。他把自己的政治思想、哲学思想、对祖国和对人民深厚的感情融和在了诗篇中，取得了无与伦比的辉煌成就。他主要创作了楚辞，其代表作有《离骚》、《九歌》、《九章》、《橘颂》、《天问》等，这些作品，揭露了统治集团的腐朽，表现了诗人进步的政治理想、高尚的人格情操。作品大量采用神话传说，构思奇特，想象丰富，文辞华丽，充满积极浪漫主义精神。

屈原是我国文学史上第一个伟大的诗人。他和他的作品的出现，开创了我国诗歌从集体歌唱到个体独立创作的新时代。屈原创作了崭新的诗歌样式楚辞体，扩充了诗歌的表现力，是中国诗歌不朽的灵魂。他所开创的浪漫主义创作手法，影响后世极为深远。

第二节　以屈原《离骚》为代表的楚辞简介

楚辞作为一种诗体，又称之为"骚体"，因为楚辞体的诗以屈原的《离骚》最为有名、最具代表性。绚烂丰赡的楚文化是楚辞产生的母体，而楚国民歌和地方音乐则是楚辞产生的直接源头。此外，楚辞还受到楚国民间巫术的影响，楚辞中的《九歌》就是根据楚国各地民间祭神的歌曲加工而成的。

《离骚》则是楚辞中最为绚烂的一朵奇葩，是屈原的代表作，是我国古代文学史上第一首由诗人自觉创作、独立完成的带有自传体性质的长篇抒情诗，也是中国古代文学史上最长的一篇抒情诗。全诗 370 多句，近 2500 字。"离骚"二字自从出现以来解释不一。其中以班固的解释比较切合《离骚》的内容，他说："离，犹遭也；骚，忧也，谓己遭忧作辞也。"有近代学者推论《离骚》本为楚国古乐曲名。《离骚》的写作时间到了现在还是众说纷纭，但一般认为作于屈原离开楚国都城郢都前往汉北之时。

作为我国古代文学作品中最长的一首抒情诗，《离骚》的思想内容十分丰富，其主要内容，大略有以下三个方面：作者执意改革政治以振兴楚国而不为国君所信任；作者追求、坚持高尚的道德情操而遭到"党人"的诬陷和诽谤；作者深情地眷恋着祖国却一再遭受排斥和打击。其主旨是爱国和忠君。即使被诬陷、诽谤、疏远、流放，也始终不渝地"眷顾楚国，悉心怀王"，表达诗人热爱祖国眷恋故土的深厚感情。此处，忠君和爱国是统一的，始终支持着屈原奋斗终生并以死为殉的是其美政思想。其一生的全部政治活动是为了实现美政思想，而《离骚》则是美政思想的投射。

《离骚》是中国文学史上浪漫主义诗歌的代表作。其主观感情色彩强烈，大量采用历史传说和神话故事，以香草美人作比兴象征，是构成其浪漫主义风格的三大要素。《离骚》后半部分，把现实跟曲折奇丽的神话境界和神话人物融为一体，构成恍惚迷离、变幻多姿的画面以及宏伟壮观的场景，表现了诗人的内心世界和对理想的追求。继《诗经》之后，《离骚》大量使用多种多样的比喻、象征手法，来表现作品的主题。其比兴较之《诗经》中的比兴，有较大变化、发展，创造出了富有象征意味的具有审美价值的艺术形象。美人和香草意象是屈原的首创。美人的意象可能是比喻君王，也有可能是自喻。香草的意象构成了一个复杂而巧妙的象征比喻系统。屈原这种比兴手法，在文学史上形成了绵延不绝、影响深远的以香草美人借物言志、托物以讽的传统。

此外屈原还有《九歌》、《九章》、《橘颂》、《天问》等作品。《九歌》是屈原沿用这个古乐曲名而根据楚地民间神话，利用民间祭歌的形式经加工、润色、提高而成的一组清新的抒情诗。《九歌》是巫祭文化的产物。《九章》是屈原所作的一组抒情诗的总称，大都是屈原被疏远或被流放在外的时候所创，在思想内容上与《离骚》大体相近。不过《九章》与《离骚》的不同之处在于它侧重对某一方面的片段抒写，多直抒胸臆，文笔比较朴素，想象夸饰成分极少。而《离骚》则是抒情主人公整个人生和心路历程的完整反映。《橘颂》是一首托物言志的咏物诗，其风格比较特殊，学术界多认为它是屈原早期的作品。通过赞美橘树表达自己的人生理想，充满了乐观向上的情调。形式上基本是四言，"兮"字置于字末。《天问》共提出了172个问题，列举了历史和自然界一系列不可理解的现象，对天发问，故名为"天问"，探讨了宇宙万事万物变化发展的道理。

第三节　以屈原《离骚》为代表的楚辞选段

离　骚

帝高阳之苗裔兮，朕皇考曰伯庸。
摄提贞于孟陬兮，惟庚寅吾以降。
皇览揆余初度兮，肇锡余以嘉名：
名余曰正则兮，字余曰灵均。
纷吾既有此内美兮，又重之以修能。
扈江离与辟芷兮，纫秋兰以为佩。
汩余若将不及兮，恐年岁之不吾与。
朝搴阰之木兰兮，夕揽洲之宿莽。
日月忽其不淹兮，春与秋其代序。
惟草木之零落兮，恐美人之迟暮。
不抚壮而弃秽兮，何不改乎此度？
乘骐骥以驰骋兮，来吾道夫先路！
昔三后之纯粹兮，固众芳之所在。
杂申椒与菌桂兮，岂惟纫夫蕙茝！
彼尧舜之耿介兮，既遵道而得路。
何桀纣之猖披兮，夫惟捷径以窘步。
惟夫党人之偷乐兮，路幽昧以险隘。
岂余身之惮殃兮，恐皇舆之败绩！
忽奔走以先后兮，及前王之踵武。
荃不察余之中情兮，反信谗而齌怒。
余固知謇謇之为患兮，忍而不能舍也。
指九天以为正兮，夫惟灵修之故也。
〔曰黄昏以为期兮，羌中道而改路。〕
初既与余成言兮，后悔遁而有他。
余既不难夫离别兮，伤灵修之数化。
余既滋兰之九畹兮，又树蕙之百亩。
畦留夷与揭车兮，杂杜衡与芳芷。
冀枝叶之峻茂兮，愿竢时乎吾将刈。
虽萎绝其亦何伤兮，哀众芳之芜秽。
众皆竞进以贪婪兮，凭不厌乎求索。

羌内恕己以量人兮，各兴心而嫉妒。
忽驰骛以追逐兮，非余心之所急。
老冉冉其将至兮，恐修名之不立。
朝饮木兰之坠露兮，夕餐秋菊之落英。
苟余情其信姱以练要兮，长顑颔亦何伤。
擥木根以结茝兮，贯薜荔之落蕊。
矫菌桂以纫蕙兮，索胡绳之纚纚。
謇吾法夫前修兮，非世俗之所服。
虽不周于今之人兮，愿依彭咸之遗则。
长太息以掩涕兮，哀民生之多艰。
余虽好修姱以鞿羁兮，謇朝谇而夕替。
既替余以蕙纕兮，又申之以揽茝。
亦余心之所善兮，虽九死其犹未悔。
怨灵修之浩荡兮，终不察夫民心。
众女嫉余之蛾眉兮，谣诼谓余以善淫。
固时俗之工巧兮，偭规矩而改错。
背绳墨以追曲兮，竞周容以为度。
忳郁邑余侘傺兮，吾独穷困乎此时也。
宁溘死以流亡兮，余不忍为此态也。
鸷鸟之不群兮，自前世而固然。
何方圜之能周兮，夫孰异道而相安？
屈心而抑志兮，忍尤而攘诟。
伏清白以死直兮，固前圣之所厚。
悔相道之不察兮，延伫乎吾将反。
回朕车以复路兮，及行迷之未远。
步余马于兰皋兮，驰椒丘且焉止息。
进不入以离尤兮，退将复修吾初服。
制芰荷以为衣兮，集芙蓉以为裳。
不吾知其亦已兮，苟余情其信芳。
高余冠之岌岌兮，长余佩之陆离。
芳与泽其杂糅兮，唯昭质其犹未亏。
忽反顾以游目兮，将往观乎四荒。
佩缤纷其繁饰兮，芳菲菲其弥章。
民生各有所乐兮，余独好修以为常。
虽体解吾犹未变兮，岂余心之可惩！
女嬃之婵媛兮，申申其詈予。
曰：鲧婞直以亡身兮，终然夭乎羽之野。
汝何博謇而好修兮，纷独有此姱节？
薋菉葹以盈室兮，判独离而不服？
众不可户说兮，孰云察余之中情？
世并举而好朋兮，夫何茕独而不予听？
依前圣以节中兮，喟凭心而历兹。

济沅湘以南征兮，就重华而陈词：
启《九辩》与《九歌》兮，夏康娱以自纵。
不顾难以图后兮，五子用失乎家巷。
羿淫游以佚畋兮，又好射夫封狐。
固乱流其鲜终兮，浞又贪夫厥家。
浇身被服强圉兮，纵欲而不忍。
日康娱而自忘兮，厥首用夫颠陨。
夏桀之常违兮，乃遂焉而逢殃。
后辛之菹醢兮，殷宗用而不长。
汤禹俨而祗敬兮，周论道而莫差。
举贤才而授能兮，循绳墨而不颇。
皇天无私阿兮，览民德焉错辅。
夫维圣哲以茂行兮，苟得用此下土。
瞻前而顾后兮，相观民之计极。
夫孰非义而可用兮？孰非善而可服？
阽余身而危死兮，览余初其犹未悔。
不量凿而正枘兮，固前修以菹醢。
曾歔欷余郁邑兮，哀朕时之不当。
揽茹蕙以掩涕兮，霑余襟之浪浪。
跪敷衽以陈辞兮，耿吾既得此中正。
驷玉虬以桀鹥兮，溘埃风余上征。
朝发轫于苍梧兮，夕余至乎县圃。
欲少留此灵琐兮，日忽忽其将暮。
吾令羲和弭节兮，望崦嵫而勿迫。
路曼曼其修远兮，吾将上下而求索。
饮余马于咸池兮，总余辔乎扶桑。
折若木以拂日兮，聊逍遥以相羊。
前望舒使先驱兮，后飞廉使奔属。
鸾皇为余先戒兮，雷师告余以未具。
吾令凤鸟飞腾兮，继之以日夜。
飘风屯其相离兮，帅云霓而来御。
纷总总其离合兮，斑陆离其上下。
吾令帝阍开关兮，倚阊阖而望予。
时暧暧其将罢兮，结幽兰而延伫。
世溷浊而不分兮，好蔽美而嫉妒。
朝吾将济于白水兮，登阆风而绁马。
忽反顾以流涕兮，哀高丘之无女。
溘吾游此春宫兮，折琼枝以继佩。
及荣华之未落兮，相下女之可诒。
吾令丰隆乘云兮，求宓妃之所在。
解佩纕以结言兮，吾令謇修以为理。
纷总总其离合兮，忽纬繣其难迁。

夕归次于穷石兮，朝濯发乎洧盘。
保厥美以骄傲兮，日康娱以淫游。
虽信美而无礼兮，来违弃而改求。
览相观于四极兮，周流乎天余乃下。
望瑶台之偃蹇兮，见有娀之佚女。
吾令鸩为媒兮，鸩告余以不好。
雄鸠之鸣逝兮，余犹恶其佻巧。
心犹豫而狐疑兮，欲自适而不可。
凤皇既受诒兮，恐高辛之先我。
欲远集而无所止兮，聊浮游以逍遥。
及少康之未家兮，留有虞之二姚。
理弱而媒拙兮，恐导言之不固。
世溷浊而嫉贤兮，好蔽美而称恶。
闺中既以邃远兮，哲王又不寤。
怀朕情而不发兮，余焉能忍而与此终古？
索藑茅以筳篿兮，命灵氛为余占之。
曰：
"两美其必合兮，孰信修而慕之？
思九州之博大兮，岂惟是其有女？"
曰：
"勉远逝而无狐疑兮，孰求美而释女？
何所独无芳草兮，尔何怀乎故宇？"
世幽昧以眩曜兮，孰云察余之善恶？
民好恶其不同兮，惟此党人其独异！
户服艾以盈要兮，谓幽兰其不可佩。
览察草木其犹未得兮，岂珵美之能当？
苏粪壤以充帏兮，谓申椒其不芳。
欲从灵氛之吉占兮，心犹豫而狐疑。
巫咸将夕降兮，怀椒糈而要之。
百神翳其备降兮，九疑缤其并迎。
皇剡剡其扬灵兮，告余以吉故。
曰：
"勉升降以上下兮，求矩矱之所同。
汤、禹严而求合兮，挚咎繇而能调。
苟中情其好修兮，又何必用夫行媒？
说操筑于傅岩兮，武丁用而不疑。
吕望之鼓刀兮，遭周文而得举。
宁戚之讴歌兮，齐桓闻以该辅。
及年岁之未晏兮，时亦犹其未央。
恐鹈鴂之先鸣兮，使夫百草为之不芳。"
何琼佩之偃蹇兮，众薆然而蔽之。
惟此党人之不谅兮，恐嫉妒而折之。

时缤纷其变易兮，又何可以淹留？
兰芷变而不芳兮，荃蕙化而为茅。
何昔日之芳草兮，今直为此萧艾也？
岂其有他故兮，莫好修之害也！
余以兰为可恃兮，羌无实而容长。
委厥美以从俗兮，苟得列乎众芳？
椒专佞以慢慆兮，樧又欲充夫佩帏。
既干进而务入兮，又何芳之能祗？
固时俗之流从兮，又孰能无变化？
览椒兰其若兹兮，又况揭车与江离？
惟兹佩之可贵兮，委厥美而历兹。
芳菲菲而难亏兮，芬至今犹未沫。
和调度以自娱兮，聊浮游而求女。
及余饰之方壮兮，周流观乎上下。
灵氛既告余以吉占兮，历吉日乎吾将行。
折琼枝以为羞兮，精琼爢以为粮。
为余驾飞龙兮，杂瑶象以为车。
何离心之可同兮？吾将远逝以自疏。
邅吾道夫昆仑兮，路修远以周流。
扬云霓之晻蔼兮，鸣玉鸾之啾啾。
朝发轫于天津兮，夕余至乎西极。
凤皇翼其承旗兮，高翱翔之翼翼。
忽吾行此流沙兮，遵赤水而容与。
麾蛟龙使梁津兮，诏西皇使涉予。
路修远以多艰兮，腾众车使径待。
路不周以左转兮，指西海以为期。
屯余车其千乘兮，齐玉轪而并驰。
驾八龙之婉婉兮，载云旗之委蛇。
抑志而弭节兮，神高驰之邈邈。
奏《九歌》而舞《韶》兮，聊假日以偷乐。
陟升皇之赫戏兮，忽临睨夫旧乡。
仆夫悲余马怀兮，蜷局顾而不行。
乱曰：
已矣哉！
国无人莫我知兮，又何怀乎故都！
既莫足与为美政兮，吾将从彭咸之所居！

九 歌

东皇太一

吉日兮辰良，穆将愉兮上皇。
抚长剑兮玉珥，璆锵鸣兮琳琅。
瑶席兮玉瑱，盍将把兮琼芳。
蕙肴蒸兮兰藉，奠桂酒兮椒浆。
扬枹兮拊鼓，疏缓节兮安歌，陈竽瑟兮浩倡。
灵偃蹇兮姣服，芳菲菲兮满堂。
五音纷兮繁会，君欣欣兮乐康。

云中君

浴兰汤兮沐芳，华采衣兮若英。
灵连蜷兮既留，烂昭昭兮未央。
蹇将憺兮寿宫，与日月兮齐光。
龙驾兮帝服，聊翱游兮周章。
灵皇皇兮既降，猋远举兮云中。
览冀州兮有余，横四海兮焉穷。
思夫君兮太息，极劳心兮忡忡。

湘君

君不行兮夷犹，蹇谁留兮中洲？
美要眇兮宜修，沛吾乘兮桂舟。
令沅湘兮无波，使江水兮安流。
望夫君兮未来，吹参差兮谁思？
驾飞龙兮北征，邅吾道兮洞庭。
薜荔柏兮蕙绸，荪桡兮兰旌。
望涔阳兮极浦，横大江兮扬灵。
扬灵兮未极，女婵媛兮为余太息！
横流涕兮潺湲，隐思君兮陫侧。
桂棹兮兰枻，斲冰兮积雪。
采薜荔兮水中，搴芙蓉兮木末。
心不同兮媒劳，恩不甚兮轻绝。
石濑兮浅浅，飞龙兮翩翩。
交不忠兮怨长，期不信兮告余以不间。
鼂骋骛兮江皋，夕弭节兮北渚。
鸟次兮屋上，水周兮堂下。
捐余玦兮江中，遗余佩兮澧浦。
采芳洲兮杜若，将以遗兮下女。
时不可兮再得，聊逍遥兮容与。

湘夫人

帝子降兮北渚，目眇眇兮愁予。
袅袅兮秋风，洞庭波兮木叶下。
白薠兮骋望，与佳期兮夕张。
鸟何萃兮蘋中？
罾何为兮木上？
沅有芷兮澧有兰，思公子兮未敢言。
荒忽兮远望，观流水兮潺湲。
麋何食兮庭中？
蛟何为兮水裔？
朝驰余马兮江皋，夕济兮西澨。
闻佳人兮召予，将腾驾兮偕逝。
筑室兮水中，葺之兮荷盖。
荪壁兮紫坛，播芳椒兮成堂。
桂栋兮兰橑，辛夷楣兮药房。
罔薜荔兮为帷，薜蕙櫋兮既张。
白玉兮为镇，疏石兰兮为芳。
芷葺兮荷屋，缭之兮杜衡。
合百草兮实庭，建芳馨兮庑门。
九嶷缤兮并迎，灵之来兮如云。
捐余袂兮江中，遗余褋兮澧浦。
搴汀洲兮杜若，将以遗兮远者。
时不可兮骤得，聊逍遥兮容与。

大司命

广开兮天门，纷吾乘兮玄云。
令飘风兮先驱，使冻雨兮洒尘。
君回翔兮以下，踰空桑兮从女。
纷总总兮九州，何寿夭兮在予！
高飞兮安翔，乘清气兮御阴阳。
吾与君兮斋速，导帝之兮九坑。
灵衣兮被被，玉佩兮陆离。
壹阴兮壹阳，众莫知兮余所为。
折疏麻兮瑶华，将以遗兮离居。
老冉冉兮既极，不寝近兮愈疏。
乘龙兮辚辚，高驰兮冲天。
结桂枝兮延伫，羌愈思兮愁人。
愁人兮奈何！
愿若今兮无亏。
固人命兮有当，孰离合兮可为？

少司命

秋兰兮麋芜，罗生兮堂下。
绿叶兮素枝，芳菲菲兮袭予。
夫人自有兮美子，荪何以兮愁苦？
秋兰兮青青，绿叶兮紫茎。
满堂兮美人，忽独与余兮目成。
入不言兮出不辞，乘回风兮载云旗。
悲莫悲兮生别离，乐莫乐兮新相知。
荷衣兮蕙带，儵而来兮忽而逝。
夕宿兮帝郊，君谁须兮云之际？
与女游兮九河，冲风至兮水扬波。
与女沐兮咸池，晞女发兮阳之阿。
望美人兮未来，临风怳兮浩歌。
孔盖兮翠旍，登九天兮抚彗星。
竦长剑兮拥幼艾，荪独宜兮为民正。

东君

暾将出兮东方，照吾槛兮扶桑。
抚余马兮安驱，夜皎皎兮既明。
驾龙辀兮乘雷，载云旗兮委蛇。
长太息兮将上，心低徊兮顾怀。
羌声色兮娱人，观者憺兮忘归。
緪瑟兮交鼓，箫钟兮瑶簴。
鸣篪兮吹竽，思灵保兮贤姱。
翾飞兮翠曾，展诗兮会舞。
应律兮合节，灵之来兮蔽日。
青云衣兮白霓裳，举长矢兮射天狼。
操余弧兮反沦降，援北斗兮酌桂浆。
撰余辔兮高驰翔，杳冥冥兮以东行。

河伯

与女游兮九河，冲风起兮横波。
乘水车兮荷盖，驾两龙兮骖螭。
登昆仑兮四望，心飞扬兮浩荡。
日将暮兮怅忘归，惟极浦兮寤怀。
鱼鳞屋兮龙堂，紫贝阙兮朱宫。
灵何为兮水中？乘白鼋兮逐文鱼，
与女游兮河之渚，流澌纷兮将来下。
子交手兮东行，送美人兮南浦。
波滔滔兮来迎，鱼邻邻兮媵予。

山鬼

若有人兮山之阿，被薜荔兮带女萝。
既含睇兮又宜笑，子慕予兮善窈窕。
乘赤豹兮从文狸，辛夷车兮结桂旗。
被石兰兮带杜衡，折芳馨兮遗所思。
余处幽篁兮终不见天，路险难兮独后来。
表独立兮山之上，云容容兮而在下。
杳冥冥兮羌昼晦，东风飘兮神灵雨。
留灵修兮憺忘归，岁既晏兮孰华予？
采三秀兮于山间，石磊磊兮葛曼曼。
怨公子兮怅忘归，君思我兮不得闲。
山中人兮芳杜若，饮石泉兮荫松柏。
君思我兮然疑作。
雷填填兮雨冥冥，猨啾啾兮又夜鸣。
风飒飒兮木萧萧，思公子兮徒离忧。

国殇

操吴戈兮披犀甲，车错毂兮短兵接。
旌蔽日兮敌若云，矢交坠兮士争先。
凌余阵兮躐余行，左骖殪兮右刃伤。
霾两轮兮絷四马，援玉枹兮击鸣鼓。
天时怼兮威灵怒，严杀尽兮弃原野。
出不入兮往不反，平原忽兮路超远。
带长剑兮挟秦弓，首身离兮心不惩。
诚既勇兮又以武，终刚强兮不可凌。
身既死兮神以灵，魂魄毅兮为鬼雄。

礼魂

成礼兮会鼓，传芭兮代舞。
姱女倡兮容与。
春兰兮秋菊，长无绝兮终古。

天问

曰：遂古之初，谁传道之？
上下未形，何由考之？
冥昭瞢闇，谁能极之？
冯翼惟像，何以识之？
明明闇闇，惟时何为？
阴阳三合，何本何化？
圜则九重，孰营度之？
惟兹何功，孰初作之？

斡维焉系，天极焉加？
八柱何当，东南何亏？
九天之际，安放安属？
隅隈多有，谁知其数？
天何所沓？十二焉分？
日月安属？列星安陈？
出自汤谷，次于蒙汜。
自明及晦，所行几里？
夜光何德，死则又育？
厥利维何，而顾菟在腹？
女歧无合，夫焉取九子？
伯强何处？惠气安在？
何阖而晦？何开而明？
角宿未旦，曜灵安藏？
不任汩鸿，师何以尚之？
佥曰"何忧"，何不课而行之？
鸱龟曳衔，鲧何听焉？
顺欲成功，帝何刑焉？
永遏在羽山，夫何三年不施？
伯禹愎鲧，夫何以变化？
纂就前绪，遂成考功。
何续初继业，而厥谋不同？
洪泉极深，何以窴之？
地方九则，何以坟之？
河海应龙？何尽何历？
鲧何所营？禹何所成？
康回冯怒，坠何故以东南倾？
九州安错？川谷何洿？
东流不溢，孰知其故？
东西南北，其修孰多？
南北顺椭，其衍几何？
昆仑县圃，其尻安在？
增城九重，其高几里？
四方之门，其谁从焉？
西北辟启，何气通焉？
日安不到？烛龙何照？
羲和之未扬，若华何光？
何所冬暖？何所夏寒？
焉有石林？何兽能言？
焉有虬龙、负熊以游？
雄虺九首，倏忽焉在？
何所不死？长人何守？

靡萍九衢，枲华安居？

灵蛇吞象，厥大何如？

黑水玄趾，三危安在？

延年不死，寿何所止？

鲮鱼何所？魑堆焉处？

羿焉彃日？乌焉解羽？

禹之力献功，降省下土四方。

焉得彼嵞山后女，而通之于台桑？

闵妃匹合，厥身是继。

胡为嗜不同味，而快鼋饱？

启代益作后，卒然离蠥。

何启惟忧，而能拘是达？

皆归射鞠，而无害厥躬。

何后益作革，而禹播降？

启棘宾商，《九辩》、《九歌》。

何勤子屠母，而死分竟地？

帝降夷羿，革孽夏民。

胡射夫河伯，而妻彼雒嫔？

冯珧利决，封豨是射。

何献蒸肉之膏，而后帝不若？

浞娶纯狐，眩妻爰谋。

何羿之射革，而交吞揆之？

阻穷西征，岩何越焉？

化为黄熊，巫何活焉？

咸播秬黍，莆雚是营。

何由并投，而鲧疾修盈？

白蜺婴茀，胡为此堂？

安得夫良药，不能固臧？

天式从横，阳离爰死。

大鸟何鸣，夫焉丧厥体？

萍号起雨，何以兴之？

撰体协胁，鹿何膺之？

鳌戴山抃，何以安之？

释舟陵行，何之迁之？

惟浇在户，何求于嫂？

何少康逐犬，而颠陨厥首？

女歧缝裳，而馆同爰止。

何颠易厥首，而亲以逢殆？

汤谋易旅，何以厚之？

覆舟斟寻，何道取之？

桀伐蒙山，何所得焉？

妺嬉何肆，汤何殛焉？

舜闵在家，父何以鳏？
尧不姚告，二女何亲？
厥萌在初，何所意焉？
璜台十成，谁所极焉？
登立为帝，孰道尚之？
女娲有体，孰制匠之？
舜服厥弟，终然为害。
何肆犬体，而厥身不危败？
吴获迄古，南岳是止。
孰期去斯，得两男子？
缘鹄饰玉，后帝是飨。
何承谋夏桀，终以灭丧？
帝乃降观，下逢伊挚。
何条放致罚，而黎服大说？
简狄在台，喾何宜？
玄鸟致贻，女何喜，
该秉季德，厥父是臧。
胡终弊于有扈，牧夫牛羊？
干协时舞，何以怀之？
平胁曼肤，何以肥之？
有扈牧竖，云何而逢？
击床先出，其命何从？
恒秉季德，焉得夫朴牛？
何往营班禄，不但还来？
昏微遵迹，有狄不宁。
何繁鸟萃棘，负子肆情？
眩弟并淫，危害厥兄。
何变化以作诈，而后嗣逢长？
成汤东巡，有莘爰极。
何乞彼小臣，而吉妃是得？
水滨之木，得彼小子。
夫何恶之，媵有莘之妇？
汤出重泉，夫何罪尤？
不胜心伐帝，夫谁使挑之？
会晁争盟，何践吾期？
苍鸟群飞，孰使萃之？
列击纣躬，叔旦不嘉。
何亲揆发，何周之命以咨嗟？
授殷天下，其位安施？
反成乃亡，其罪伊何？
争遣伐器，何以行之？
并驱击翼，何以将之？

昭后成游，南土爰底。

厥利惟何，逢彼白雉？

穆王巧梅，夫何周流？

环理天下，夫何索求？

妖夫曳衒，何号于市？

周幽谁诛？焉得夫褒姒？

天命反侧，何罚何佑？

齐桓九会，卒然身杀。

彼王纣之躬，孰使乱惑？

何恶辅弼，谗诌是服？

比干何逆，而抑沉之？

雷开阿顺，而赐封之？

何圣人之一德，卒其异方：

梅伯受醢，箕子详狂？

稷维元子，帝何竺之？

投之于冰上，鸟何燠之？

何冯弓挟矢，殊能将之？

既惊帝切激，何逢长之？

伯昌号衰，秉鞭作牧。

何令彻彼岐社，命有殷国？

迁藏就岐，何能依？

殷有惑妇，何所讥？

受赐兹醢，西伯上告。

何亲就上帝罚，殷之命以不救？

师望在肆，昌何识？

鼓刀扬声，后何喜？

武发杀殷，何所悒？

载尸集战，何所急？

伯林雉经，维其何故？

何感天抑墬，夫谁畏惧？

皇天集命，惟何戒之？

受礼天下，又使至代之？

初汤臣挚，后兹承辅。

何卒官汤，尊食宗绪？

勋阖梦生，少离散亡。

何壮武厉，能流厥严？

彭铿斟雉，帝何飨？

受寿永多，夫何久长？

中央共牧，后何怒？

蠭蛾微命，力何固？

惊女采薇，鹿何祐？

北至回水，萃何喜？

兄有噬犬，弟何欲？
易之以百两，卒无禄？
薄暮雷电，归何忧？
厥严不奉，帝何求？
伏匿穴处，爰何云？
荆勋作师，夫何长？
悟过改更，我又何言？
吴光争国，久余是胜。
何环穿自闾社丘陵，爰出子文？
吾告堵敖以不长。
何试上自予，忠名弥彰？

九 章

惜诵

惜诵以致愍兮，发愤以抒情。
所非忠而言之兮，指苍天以为正。
令五帝使折中兮，戒六神与向服。
俾山川以备御兮，命咎繇使听直。
竭忠诚而事君兮，反离群而赘肬。
忘儇媚以背众兮，待明君其知之。
言与行其可迹兮，情与貌其不变。
故相臣莫若君兮，所以证之不远。
吾谊先君而后身兮，羌众人之所仇也。
专惟君而无他兮，又众兆之所雠也。
壹心而不豫兮，羌不可保也。
疾亲君而无他兮，有招祸之道也。
思君其莫我忠兮，忽忘身之贱贫。
事君而不贰兮，迷不知宠之门。
患何罪以遇罚兮，亦非余之所志。
行不群以颠越兮，又众兆之所咍。
纷逢尤以离谤兮，謇不可释也。
情沉抑而不达兮，又蔽而莫之白也。
心郁邑余侘傺兮，又莫察余之中情。
固烦言不可结而诒兮，愿陈志而无路。
退静默而莫余知兮，进号呼又莫吾闻。
申侘傺之烦惑兮，中闷瞀之忳忳。
昔余梦登天兮，魂中道而无杭。
吾使厉神占之兮，曰："有志极而无旁。"
"终危独以离异兮？"曰："君可思而不可恃。
故众口其铄金兮，初若是而逢殆。

惩于羹而吹齑兮，何不变此志也？
欲释阶而登天兮，犹有曩之态也。
众骇遽以离心兮，又何以为此伴也？
同极而异路兮，又何以为此援也？
晋申生之孝子兮，父信谗而不好。
行婞直而不豫兮，鲧功用而不就。"
吾闻作忠以造怨兮，忽谓之过言。
九折臂而成医兮，吾至今而知其信然。
矰弋机而在上兮，罻罗张而在下。
设张辟以娱君兮，愿侧身而无所。
欲儃佪以干傺兮，恐重患而离尤。
欲高飞而远集兮，君罔谓汝何之？
欲横奔而失路兮，志坚而不忍。
背膺牉以交痛兮，心郁结而纡轸。
梼木兰以矫蕙兮，䰞申椒以为粮。
播江离与滋菊兮，愿春日以为糗芳。
恐情质之不信兮，故重著以自明。
矫兹媚以私处兮，愿曾思而远身。

涉江

余幼好此奇服兮，年既老而不衰。
带长铗之陆离兮，冠切云之崔嵬。
被明月兮佩宝璐。世混浊而莫余知兮，吾方高驰而不顾。
驾青虬兮骖白螭，吾与重华游兮瑶之圃。
登昆仑兮食玉英，与天地兮同寿，与日月兮同光。
哀南夷之莫吾知兮，旦余济乎江湘。
乘鄂渚而反顾兮，欸秋冬之绪风。
步余马兮山皋，邸余车兮方林。
乘舲船余上沅兮，齐吴榜以击汰。
船容与而不进兮，淹回水而疑滞。
朝发枉渚兮，夕宿辰阳。
苟余心其端直兮，虽僻远之何伤。
入溆浦余儃佪兮，迷不知吾所如。
深林杳以冥冥兮，猿狖之所居。
山峻高以蔽日兮，下幽晦以多雨。
霰雪纷其无垠兮，云霏霏而承宇。
哀吾生之无乐兮，幽独处乎山中。
吾不能变心而从俗兮，固将愁苦而终穷。
接舆髡首兮，桑扈臝行。
忠不必用兮，贤不必以。
伍子逢殃兮，比干菹醢。
与前世而皆然兮，吾又何怨乎今之人！

余将董道而不豫兮，固将重昏而终身！
乱曰：鸾鸟凤皇，日以远兮。
燕雀乌鹊，巢堂坛兮。
露申辛夷，死林薄兮。
腥臊并御，芳不得薄兮。
阴阳易位，时不当兮。
怀信侘傺，忽乎吾将行兮！

哀郢

皇天之不纯命兮，何百姓之震愆？
民离散而相失兮，方仲春而东迁。
去故乡而就远兮，遵江夏以流亡。
出国门而轸怀兮，甲之鼂吾以行。
发郢都而去闾兮，荒忽其焉极？
楫齐扬以容与兮，哀见君而不再得。
望长楸而太息兮，涕淫淫其若霰。
过夏首而西浮兮，顾龙门而不见。
心婵媛而伤怀兮，眇不知其所蹠。
顺风波以从流兮，焉洋洋而为客。
凌阳侯之氾滥兮，忽翱翔之焉薄。
心絓结而不解兮，思蹇产而不释。
将运舟而下浮兮，上洞庭而下江。
去终古之所居兮，今逍遥而来东。
羌灵魂之欲归兮，何须臾而忘反。
背夏浦而西思兮，哀故都之日远。
登大坟以远望兮，聊以舒吾忧心。
哀州土之平乐兮，悲江介之遗风。
当陵阳之焉至兮，淼南渡之焉如？
曾不知夏之为丘兮，孰两东门之可芜？
心不怡之长久兮，忧与愁其相接。
惟郢路之辽远兮，江与夏之不可涉。
忽若不信兮，至今九年而不复。
惨郁郁而不通兮，蹇侘傺而含慼。
外承欢之汋约兮，谌荏弱而难持。
忠湛湛而愿进兮，妒被离而鄣之。
尧舜之抗行兮，瞭杳杳而薄天。
众谗人之嫉妒兮，被以不慈之伪名。
憎愠惀之修美兮，好夫人之慷慨。
众踥蹀而日进兮，美超远而逾迈。
乱曰：
曼余目以流观兮，冀一反之何时？
鸟飞反故乡兮，狐死必首丘。

信非吾罪而弃逐兮，何日夜而忘之？

抽思

心郁郁之忧思兮，独永叹乎增伤。
思蹇产之不释兮，曼遭夜之方长。
悲秋风之动容兮，何回极之浮浮。
数惟荪之多怒兮，伤余心之忧忧。
愿摇起而横奔兮，览民尤以自镇。
结微情以陈词兮，矫以遗夫美人。
昔君与我诚言兮，曰黄昏以为期。
羌中道而回畔兮，反既有此他志。
憍吾以其美好兮，览余以其修姱。
与余言而不信兮，盖为余而造怒。
愿承闲而自察兮，心震悼而不敢。
悲夷犹而冀进兮，心怛伤之憺憺。
兹历情以陈辞兮，荪详聋而不闻。
固切人之不媚兮，众果以我为患。
初吾所陈之耿著兮，岂至今其庸亡？
何毒药之謇謇兮？愿荪美之可完。
望三五以为像兮，指彭咸以为仪。
夫何极而不至兮，故远闻而难亏。
善不由外来兮，名不可以虚作。
孰无施而有报兮，孰不实而有获？
少歌曰：
与美人抽思兮，并日夜而无正。
憍吾以其美好兮，敖朕辞而不听。
倡曰：有鸟自南兮，来集汉北。
好姱佳丽兮，牉独处此异域。
既茕独而不群兮，又无良媒在其侧。
道卓远而日忘兮，愿自申而不得。
望北山而流涕兮，临流水而太息。
望孟夏之短夜兮，何晦明之若岁？
惟郢路之辽远兮，魂一夕而九逝。
曾不知路之曲直兮，南指月与列星。
愿径逝而未得兮，魂识路之营营。
何灵魂之信直兮，人之心不与吾心同！
理弱而媒不通兮，尚不知余之从容。
乱曰：
长濑湍流，溯江潭兮。
狂顾南行，聊以娱心兮。
轸石崴嵬，蹇吾愿兮。
超回志度，行隐进兮。

低徊夷犹，宿北姑兮。

烦冤瞀容，实沛徂兮。

愁叹苦神，灵遥思兮。

路远处幽，又无行媒兮。

道思作颂，聊以自救兮。

忧心不遂，斯言谁告兮。

思美人

思美人兮，揽涕而竚眙。

媒绝路阻兮，言不可结而诒。

蹇蹇之烦冤兮，陷滞而不发。

申旦以舒中情兮，志沉菀而莫达。

愿寄言于浮云兮，遇丰隆而不将。

因归鸟而致辞兮，羌迅高而难当。

高辛之灵盛兮，遭玄鸟而致诒。

欲变节以从俗兮，媿易初而屈志。

独历年而离愍兮，羌冯心犹未化。

宁隐闵而寿考兮，何变易之可为！

知前辙之不遂兮，未改此度。

车既覆而马颠兮，蹇独怀此异路。

勒骐骥而更驾兮，造父为我操之，

迁逡次而勿驱兮，聊假日以须是时。

指嶓冢之西隈兮，与纁黄以为期。

开春发岁兮，白日出之悠悠。

吾将荡志而愉乐兮，遵江夏以娱忧。

揽大薄之芳茝兮，搴长洲之宿莽。

惜吾不及古人兮，吾谁与玩此芳草？

解萹薄与杂菜兮，备以为交佩。

佩缤纷以缭转兮，遂萎绝而离异。

吾且儃徊以娱忧兮，观南人之变态。

窃快在中心兮，扬厥凭而不竢。

芳与泽其杂糅兮，羌芳华自中出。

纷郁郁其远蒸兮，满内而外扬。

情与质信可保兮，羌居蔽而闻章。

令薜荔以为理兮，惮举趾而缘木。

因芙蓉而为媒兮，惮褰裳而濡足。

登高吾不说兮，入下吾不能。

固朕形之不服兮，然容与而狐疑。

广遂前画兮，未改此度也。

命则处幽吾将罢兮，愿及白日之未暮也。

独茕茕而南行兮，思彭咸之故也。

惜往日

惜往日之曾信兮，受命诏以昭时。
奉先功以照下兮，明法度之嫌疑。
国富强而法立兮，属贞臣而日娭。
秘密事之载心兮，虽过失犹弗治。
心纯庞而不泄兮，遭谗人而嫉之。
君含怒而待臣兮，不清澈其然否。
蔽晦君之聪明兮，虚惑误又以欺。
弗参验以考实兮，远迁臣而弗思。
信谗谀之浑浊兮，盛气志而过之。
何贞臣之无罪兮，被离谤而见尤。
惭光景之诚信兮，身幽隐而备之。
临沅湘之玄渊兮，遂自忍而沉流。
卒没身而绝名兮，惜壅君之不昭。
君无度而弗察兮，使芳草为薮幽。
焉舒情而抽信兮，恬死亡而不聊。
独障壅而蔽隐兮，使贞臣为无由。
闻百里之为虏兮，伊尹烹于庖厨。
吕望屠于朝歌兮，宁戚歌而饭牛。
不逢汤武与桓缪兮，世孰云而知之。
吴信谗而弗味兮，子胥死而后忧。
介子忠而立枯兮，文君寤而追求。
封介山而为之禁兮，报大德之优游。
思久故之亲身兮，因缟素而哭之。
或忠信而死节兮，或訑谩而不疑。
弗省察而按实兮，听谗人之虚辞。
芳与泽其杂糅兮，孰申旦而别之？
何芳草之早殀兮，微霜降而下戒。
谅聪不明而蔽壅兮，使谗谀而日得。
自前世之嫉贤兮，谓蕙若其不可佩。
妒佳冶之芬芳兮，嫫母姣而自好。
虽有西施之美容兮，谗妒人以自代。
愿陈情以白行兮，得罪过之不意。
情冤见之日明兮，如列宿之错置。
乘骐骥而驰骋兮，无辔衔而自载；
乘泛泭以下流兮，无舟楫而自备。
背法度而心治兮，辟与此其无异。
宁溘死而流亡兮，恐祸殃之有再。
不毕辞而赴渊兮，惜壅君之不识。

橘　颂

后皇嘉树，橘徕服兮。
受命不迁，生南国兮。
深固难徙，更壹志兮。
绿叶素荣，纷其可喜兮。
曾枝剡棘，圆果抟兮。
青黄杂糅，文章烂兮。
精色内白，类可任兮。
纷缊宜修，姱而不丑兮。
嗟尔幼志，有以异兮。
独立不迁，岂不可喜兮？
深固难徙，廓其无求兮。
苏世独立，横而不流兮。
闭心自慎，终不失过兮。
秉德无私，参天地兮。
愿岁并谢，与长友兮。
淑离不淫，梗其有理兮。
年岁虽少，可师长兮。
行比伯夷，置以为像兮。

（刘伟编，摘自李山选译：《楚辞选译》，中华书局，2005）

第六章　荷马及《伊利亚特》

第一节　荷马简介

荷马是古希腊最伟大的盲诗人，也是史上最受争议的诗人，其生卒、生平均难以确考。据考古学家和学者们的研究，荷马生活在公元前850年左右，古希腊作家希罗多德曾为他写了第一个简要传记。据传记所述，荷马是爱奥尼亚人（古希腊的一个民族），先办过一所修辞学校，后游历了地中海的所有地区，最后死在爱斯奥岛上。爱斯奥岛现在叫尼奥岛，是爱琴海沿岸的一个希腊小岛，荷马的坟墓就在那里。

传说荷马是一个双目失明、四处漂泊的盲人，他随身携带一把弦竖琴，走到哪里就在哪里拨动琴弦吟唱，以此来维持生计。同时他也把自己的诗朗诵给大家听，换取衣食住宿。史料记载，古希腊许多职业歌手、乐师都是盲人，他们有的是被人弄瞎而成为专事歌乐的奴隶，有的是因为失明才选择这种职业谋生。从荷马诗歌精彩的视觉描述和修辞描述来看，荷马很有可能并非生来就是盲人。

他的诗在七弦竖琴的伴奏下，美妙动听，情节精彩，吸引了一批又一批的观众。这些诗歌或讲述希腊的历史事迹，或演绎希腊的神话和传说。而荷马自己并未用笔写下那些华丽锦绣的诗句，只是四处朗诵和歌咏。

无笔述记，仅仅依靠口口相传，荷马的诗却仍生机勃勃久唱不衰。其实，荷马吟唱的诗歌是根据别的行吟诗人口头吟唱改编的，到了他的口中却备受人们喜爱，因为他赋予了那些诗行源源不断的生机。即使荷马死后，他的伟大的诗篇仍一代又一代地流传下来，直至今天。

荷马活着的时候，穷困潦倒，以乞讨为生。他死了以后，却有九个城市争着宣布荷马诞生在他们那个城市里，以至于荷马到底出生在哪儿，反而弄不清楚了。有人写了两句诗来描述荷马生前死后的不同遭遇："九城争夺盲荷马，生前乞讨长飘零。"

让荷马享负盛名的是他的两部杰作——《伊利亚特》和《奥德赛》。《伊利亚特》和《奥德赛》记述了公元前12世纪至公元前11世纪特洛伊战争及有关海上冒险的故事。由于这两部史诗都是古希腊诗人荷马的作品，所以又被称作"荷马史诗"。希腊公元前12世纪到公元前8世纪的这段时期也被称作"荷马时代"。

《荷马史诗》被称为古希腊的伟大史诗，内容丰富，异趣横生，文字优美生动，引人入胜，是古希腊文学艺术史上一颗璀璨的明珠，也是全人类共同的艺术瑰宝。史诗中虽然穿插了很多神话和传说，但是，它真实地反映了公元前12世纪到公元前8世纪（差不多相当于中国的西周时期）的希腊社会情况和生活习俗。

第二节　《伊利亚特》简介

古希腊文学流传至今最早的两部作品之一《伊利亚特》是公元前9世纪至公元前8世纪的盲诗人荷马所作，因其所述为特洛伊战争和一些相关的海上冒险故事，因而享有"荷马史诗"之称。

考古发掘证实，公元前12世纪初，小亚细亚西北海岸的富庶城市特洛伊（又称伊里昂），被来自希腊半岛的一些部落攻陷。这场战争结束后，一些关于这场战争的神话传说便开始流传。史诗《伊利亚特》（又译《伊里昂纪》），就是在这些长期口头流传的神话传说基础上经过不断加工而渐渐形成的。相传公元前9世纪至公元前8世纪由荷马最初编成，公元前6世纪由口头歌诵写成文字。公元前3世纪至公元前2世纪又经过学者编订，得以流传至今。

关于特洛伊战争的起因，神话传说中讲，是由于一个金苹果在人、神之间引起的一场纠纷。裴琉斯和女神忒提斯举行婚宴忘记邀请不和女神，一气之下，不和女神便在婚宴上扔下一个"金苹果"，上面刻着"给最美丽者"。天后赫拉、智慧女神雅典娜、爱与美神阿芙洛狄特都想得到这个金苹果，她们争执不下，宙斯便让她们找特洛伊王子帕里斯裁夺。阿芙洛狄特许以帕里斯最美丽的女子，帕里斯便将金苹果判给了她。后来帕里斯在希腊做客，果然拐到了人间绝色女子——斯巴达王之妻海伦，并掠走大批财物。希腊各部落借此组成联军，渡海攻打特洛伊。战争一打十年，众神各助一方，相持不下。最后伊大卡王俄底修斯发明木马计，特洛伊终被攻陷。希腊人满载掠获的财宝奴隶，胜利而归。

史诗中描绘最生动精彩的，是希腊英雄们惊心动魄的战斗画面。这些画面展现了氏族社会解体时期古希腊英雄的性格品质、思想感情和精神风貌。英雄时代掠夺财物、奴隶的战争是极其原始野蛮的。在这种酷烈战争中，除了需要身躯矫健、膂力过人，更需要无所畏惧的勇气。因此，勇敢成为当时最高的荣誉，也是史诗中英雄人物的共同性格特征。除了这鲜明的共同性格外，英雄们还有他们各自不同的性格特色。史诗所描写的这些英雄的丰富性格，生动地反映了古希腊人的英雄主义、集体主义和热爱生活、相信自己的力量，以及他们积极乐观的精神风貌。

史诗《伊利亚特》是古希腊人集体艺术智慧的结晶，在艺术上达到了当时最高成就。特洛伊战争历时十年之久，史诗删繁就简，去其始末，略其过程，只取最后一年零五十一天的史料，主要又只有四五天的事，意不在写史，而在写人，剪裁精当，符合艺术创作的一般规律。阿基琉斯的"愤怒"是主要情节，发展中辅以许多插曲，使情节主干得到生枝发芽，让更多的英雄人物登场，更广泛地描绘战争中的人物生活。这种巧妙穿插，一石多鸟、一举数得。阿基琉斯的"愤怒"从发怒到息怒，概括了希腊联军内部矛盾、联军同特洛伊人矛盾的发生、发展和解决过程，布局严谨，结构完整。史诗刻画英雄性格，主要诉诸英雄的行动和语言，很少有心理活动描写，这不仅形象生动，也符合古希腊人心胸开阔、精神外向的特点，更加真实。史诗叙述质朴，写人写物多用比喻的修辞手法，直接反映了人类艺术创作的初始阶段，艺术经验有限、表现手法比较单一的状况。但史诗比喻生动、活泼、多样，亦反映了古希腊人丰富的想象力。

史诗《伊利亚特》是欧洲古代叙事诗的典范，直到今天还具有不朽的艺术魅力。

第三节　《伊利亚特》选段

第一卷

——阿基琉斯同阿伽门农王争吵结怨

女神啊，请歌唱佩琉斯之子阿基琉斯的

致命的忿怒，那一怒给阿开奥斯人带来

无数的苦难，把战士的许多健壮英魂
送往冥府，使他们的尸体成为野狗
和各种飞禽的肉食，从阿特柔斯之子、
人民的国王同神样的阿基琉斯最初在争吵中
分离时开始吧，就这样实现了宙斯的意愿。

是哪位天神使他们两人争吵起来？
是勒托和宙斯的儿子，他对国王生气，
使军中发生凶恶的瘟疫，将士死亡，
只因为阿伽门农侮辱了他的祭司克律塞斯，
这人来到阿开奥斯人的快船前请求释放

他的女儿，随身带来无数的赎礼，
手中的金杖举着远射神阿波罗的花冠，
向全体阿开奥斯人，特别向阿特柔斯的
两个儿子、士兵的统帅祈求，这样说：
"阿特柔斯的儿子们，戴胫甲的阿开奥斯将士，
愿居住奥林波斯山的天神们　允许你们
毁灭普里阿摩斯的都城，平安回家，
只请你们出于对宙斯的远射的儿子
阿波罗的敬畏，接受赎礼，释放爱女。"

所有阿开奥斯人都发出同意的呼声，
表示尊敬祭司，接受丰厚的赎礼；
阿特柔斯之子阿伽门农心里不喜欢，
他气势汹汹地斥退祭司，严厉警告说：
"老汉，别让我在空心船旁边发现你，
不管你是现在逗留还是以后再来，
免得你的拐杖和天神的神圣花冠
保护不了你。你的女儿我不释放，
她将远离祖国，在我家、在阿尔戈斯
绕着织布机走动，为我铺床叠被，
直到衰老。你走吧，别气我，好平安回去。"

他这样说，老人害怕，听从他的话。
老人默默地沿啸吼的大海的岸边走去，
他走了很远，便向美发的勒托的儿子、
阿波罗祈祷，嘴里念念有词，这样说：
"银弓之神，克律塞和神圣的基拉的保卫者，
统治着特涅多斯，灭鼠神，请听我祈祷，
如果我曾经盖庙顶，讨得你的欢心，
或是为你焚烧牛羊的肥美大腿，
请听我祈祷，使我的愿望成为现实，
让达那奥斯人在你的箭下偿还我的眼泪。"

　　他这样向神祈祷，福波斯·阿波罗听见了，
他心里发怒，从奥林波斯岭上下降，
他的肩上挂着弯弓和盖着的箭袋。
神明气愤地走着，肩头的箭矢琅琅响，
天神的降临有如黑夜盖覆大地。
他随即坐在远离船舶的地方射箭，
银弓发出令人心惊胆颤的弦声。
他首先射向骡子和那些健跑的狗群，
然后把利箭对准人群不断放射。
焚化尸首的柴薪烧了一层又一层。

　　天神一连九天把箭矢射向军队，
第十天阿基琉斯召集将士开会，
白臂女神赫拉让他萌生念头，
她关心他们，看见达那奥斯人死亡。
在将士会合集中后，捷足的阿基琉斯
在他们中间站起来发言，他这样说：
"阿特柔斯的儿子，如果战争和瘟疫
将毁灭阿开奥斯人，我们想逃避死亡，
我认为我们只有撤退，开船返航。
让我们询问先知或祭司或圆梦的人，
——梦是宙斯送来的，他可能告诉我们，
福波斯·阿波罗为什么发怒，他是在谴责
我们疏忽了向他许愿或举行百牲祭？
但愿他接受绵羊或纯色的山羊的香气，
有心为我们阻挡这一场凶恶的瘟疫。"

　　他说完坐下，特斯托尔之子卡尔卡斯，
一位最高明的鸟卜师，在人丛中站立起来，
他知道当前、将来和过去的一切事情，
曾经凭福波斯·阿波罗传授他的预言术，
引导阿开奥斯人的舰队航行到伊利昂　。
他满怀好意来参加会议，对将士们这样说：
"阿基琉斯，宙斯所宠爱的，你要我说出
远射神阿波罗王为什么对我们发怒。
我可以解释，但请你注意，对我发誓，
应允敢于用言语和强健的臂膀保护我，
因为我预感我会惹得一个人发怒，
他有力地统治着阿尔戈斯人，全体归附。
国王对地位低下的人发怒更有力量，
他虽然暂时把郁积的怒气压抑消化，
却还会怀恨，直到仇恨在胸中消失。
因此你要用心，保障我的安全。"

捷足的阿基琉斯回答鸟卜师，这样说：
"你放大胆量，把你知道的预言讲出来，
我凭阿波罗起誓，他是宙斯所喜爱的，
卡尔卡斯，你总是向他祈祷，对我们
发出神示，只要我还活着，看得见阳光，
没有哪个达那奥斯人会在空心船旁
对你下重手，即使阿伽门农也不会，
尽管他宣称是阿开奥斯人中最高的君主。"

这时无可指责的先知放胆地说：
"天神并不是谴责我们疏忽了许愿
或是百牲祭，而是因为阿伽门农
不敬重他的祭司，收取赎礼放爱女，
远射的天神还会给我们降下这苦难，
不会为达那奥斯人驱除这致命的瘟疫，
直到我们把明眸的女子还给她父亲，
不收钱，不受礼，把百牲祭品送往克律塞，
我们才劝得动这位天神，求得他息怒。"

他这样说，随即坐下；有个战士，
阿特柔斯的儿子，权力广泛的阿伽门农
烦恼地站起来，阴暗的心里充满忿怒，
眼睛像发亮的火焰，凶狠地对卡尔卡斯说：
"你这个报凶事的预言人从来没有对我
报过好事，你心里喜欢预言坏事，
好话你没有讲过，没有使它实现。
现在你在达那奥斯人中间预言，
说什么远射的天神给我们制造苦难，
全是因为我不愿接受他的祭司
克律塞斯为赎取女儿而赠送的好礼物；
是我很想把她留在自己家里。
因为我喜欢她胜于我的合法的妻子
克吕泰墨涅斯特拉，就形体、身材、智慧、
手工而论，她并不比她差到哪里。
我还是愿意把她交出去，那样好得多，
但愿将士安全，胜于遭受毁灭。
你们要立刻为我准备一份礼物，
免得我缺少这种荣誉，那就很不妥，
因为你们都看见我的礼物就要失去。"

那捷足的战士、神样的阿基琉斯回答说：
"阿特柔斯的最尊荣的儿子、最贪婪的人，
心高志大的阿开奥斯人怎能给你礼物？
我们不知道还存有什么共有的财产，

从敌方城市夺获的东西已分配出去，
这些战利品又不宜从将士那里回取。
你按照天神的意思把这个女子释放，
要是宙斯让我们劫掠那城高墙厚的
特洛亚，我们会给你三倍四倍的补偿。"

　　阿伽门农主上回答阿基琉斯说：
"神样的阿基琉斯，尽管你非常勇敢，
你可不能这样施展心机欺骗我。
你是想保持礼物，劝我归还女子，
使我默默失去空等待？心高志大的
阿开奥斯人若是把一份合我的心意、
价值相等的荣誉礼物给我作补偿——
他们若是不给，我就要亲自前去
夺取你的或埃阿斯的或奥德修斯的
荣誉礼物，去到谁那里谁就会生气。
但是这些事情留到以后再考虑；
现在让我们把一艘黑色的船只拖下海，
迅速召集桨手，把百牲祭品牵上船，
再把克律塞斯的美貌的女儿送上船，
派一个顾问担任队长，派伊多墨纽斯，
或是埃阿斯或是神样的奥德修斯，
或是你，佩琉斯的儿子，将士中最可畏的人，
前去献祭，祈求远射的天神息怒。"

　　捷足的阿基琉斯怒目而视，回答说：
"你这个无耻的人，你这个狡诈之徒，
阿开奥斯人中今后还有谁会热心地
听你的命令去出行或是同敌人作战？
我到这里来参加战斗，并不是因为
特洛亚枪兵得罪了我，他们没有错，
须知他们没有牵走我的牛群，
没有牵走我的马群，没有在佛提亚，
那养育英雄的肥沃土地上毁坏谷物，
因为彼此间有许多障碍——阴山和啸海。
你这个无耻的人啊，我们跟着你前来，
讨你喜欢，是为墨涅拉奥斯和你，
无耻的人，向特洛亚人索赔你却不关心。
你竟然威胁我，要抢走我的荣誉礼物，
那是我辛苦夺获，阿开奥斯人敬献。
每当阿开奥斯人掠夺特洛亚人城市，
我得到的荣誉礼物和你的不相等；
是我这双手承担大部分激烈战斗，
分配战利品时你得到的却要多得多。

我打得那样筋疲力尽，却只带着
一点小东西回到船上，然而属于我。
我现在要回到佛提亚，带着我的弯船，
那样要好得多，我可不想在这里，
忍受侮辱，为你挣得财产和金钱。”

　　人民的国王阿伽门农回答他说：
“要是你的心鼓励你逃跑，你就逃跑吧；
我不求你为我的缘故留在特洛亚。
我还有别人尊重我，特别是智慧的宙斯，
你是宙斯养育的国王中我最恨的人，
你总是好吵架、战争和格斗。你很有勇气，
这是一位神赠给你。你带着你的船只
和你的伴侣回家去统治米尔弥冬人　吧。
我可不在意，也不理睬你的怒气。
这是我对你的威胁：既然福波斯·阿波罗
从我这里夺去克律塞斯的女儿，
我会用我的船只让伴侣把她送回去，
但是我却要亲自去到你的营帐里，
把你的礼物、美颊的布里塞伊斯带走，
好让你知道，我比你强大，别人也不敢
自称和我相匹敌，宣称和我相近似。”

　　他这样说，佩琉斯的儿子感到痛苦，
他的心在他的毛茸茸的胸膛里有两种想法，
他应该从他的大腿旁边拔出利剑，
解散大会，杀死阿特柔斯的儿子，
还是压住怒火，控制自己的勇气。
在他的心灵和思想正在考虑这件事，
他的手正若把那把大剑拔出鞘的时候，
雅典娜奉白臂赫拉的派遣从天上下降，
这位天后对他们俩同样喜爱和关心。
雅典娜站在他身后，按住他的金发，
只对他显圣，其他的人看不见她。
阿基琉斯感到惊奇，转过头去认出了
帕拉斯·雅典娜，她的可畏的眼睛发亮。
阿基琉斯对她说出有翼飞翔的话语：
“手提大盾的宙斯的女儿，　你怎么又降临？
是来看阿特柔斯之子阿伽门农的傲慢态度？
我告诉你，这事一定会成为事实：
他傲慢无礼，很快就会丧失性命。”

　　目光炯炯的女神这样回答他说：
“我是奉了白臂女神赫拉的派遣——

她对你们两人同样喜爱和关心——
从天上下凡来劝你息怒，你若愿听从。
你要停止争吵，不要伸手拔剑。
你尽管拿话骂他，咒骂自会应验。
我想告诉你，这样的事情会成为事实：
正由于他傲慢无礼，今后你会有三倍的
光荣礼物。你要听话，控制自己。"

　　捷足的阿基琉斯这样回答她说：
"女神啊，一个人必须尊重你们的话，
尽管心里非常气愤，这样做比较好。
谁听从天意，天神更听取他的祈祷。"

　　他这样说，把银色剑柄上的重手停下来，
把大剑插回鞘里，听从雅典娜的劝告。
女神随即飞赴奥林波斯山顶，
到达提大盾的天神的宫中，和众神在一起。

　　佩琉斯的儿子的怒气一点没有消除，
他又用凶恶的言语对阿特柔斯的儿子说：
"你是喝醉了，头上生狗眼，身上长鹿心，
从不敢武装起来同将士并肩战斗，
从不敢同阿开奥斯人的将领一起打埋伏。
那对你说来等于送死。在阿开奥斯人的
广阔营地上抢走一个说起话来
和你相反的人的礼物，这样干最合适。
你是个吃人的国王，统治着无用的人民；
阿特柔斯的儿子啊，这是你最后侮辱人。
我要对你说明，发出庄重的誓言：
我凭这根权杖起誓，这权杖从最初
在山上脱离树干以来，不长枝叶，
也不会再现出鲜绿，因为铜刀已削去
它的叶子和树皮；现在阿开奥斯儿子们，
那些立法者，在宙斯面前捍卫法律的人，
手里掌握着这权杖；这是个庄重的誓言：
总有一天阿开奥斯儿子们会怀念阿基琉斯，
那时候许多人死亡，被杀人的赫克托尔杀死，
你会悲伤无力救他们；悔不该不尊重
阿开奥斯人中最英勇的人，你会在恼怒中
咬伤自己胸中一颗忧郁的心灵。"

　　佩琉斯的儿子这样说，他立刻就把那根
嵌着金钉的权杖扔在地上，坐下来；
阿特柔斯的儿子依然在对面发怒。

那个言语甜蜜的老人涅斯托尔跳起来，
他是皮洛斯人　中声音清晰的演说家，
从他的舌头上吐出的语音比蜜更甜，
他已经见过两代凡人故世凋零——
他们曾经在神圣的皮洛斯出生和成长，
他是第三代人中的国王。他好意地说：
"严重的伤心事落到了阿开奥斯人的土地上，
普里阿摩斯和他的儿子们会兴高采烈，
其余的特洛亚人心里也会高兴无比，
要是他们听见了你们俩，阿开奥斯人中
议事和战斗的主要人物争吵的情形。
你们两人都比我年轻，要听我的话。
我曾经和那些比你们英勇的人交往，
他们从来没有一次瞧不起我。
那样的战士我没有再见过，也不会再见到，
如佩里托奥斯、士兵的牧者德律阿斯、
开纽斯、埃克萨狄奥斯、神样的波吕斐摩斯、
埃勾斯之子提修斯，他好似永生的天神。
他们是大地上养育的人中最强大的人，
他们真是最强大，同强大的人战斗，
甚至消灭了那些住在山洞里的马人。
我从皮洛斯，从遥远地方到他们那里，
同他们结交，原是他们邀请我前往。
我是作为自己的人参加战斗，
现世的人谁也不能战胜他们。
他们却注意我的劝告，听从我的话。
你们也要听从我的话，要听从才好。
你虽然很高贵，也不要去夺取他的少妇，
让他保留阿开奥斯儿子们当初的赠予。
佩琉斯的儿子，你也别想同国王争斗，
因为还没有哪一位由宙斯赐予光荣的
掌握权杖的国王能享受如此荣尊。
你虽然非常勇敢，而且是女神生的，
他却更强大，统治着为数众多的人。
阿特柔斯的儿子，我劝你暂且息怒，
别再对阿基琉斯不满，战斗危急时
他是全体阿开奥斯人的强大堡垒。"

　　阿伽门农主上这时回答他这样说：
"老人家，你发表的这篇讲话完全正确，
可是这个人很想高居于众人之上，
很想统治全军，在人丛中称王，
对我们发号施令；可是会有人不服从。
虽然是永生的神使他成为战士，

难道他就可以信口开河，痛骂我们？"

神样的阿基琉斯插嘴，回答他说：
"如果不管你说什么，我在每一个行动上
都听命于你，我就是懦夫和无用的人。
你且把这些命令发给其他的人，
不要对我发号施令，我不会服从你。
还有一件事告诉你，你要记在心上：
我不会为那个女子同你或别人争斗，
尽管你们把你们送给我的东西抢走；
黑色的快船旁边归我的其余的东西，
你不能违反我的意志把它们抢走。
如果你想试试，那就让大家知道：
你的黑血很快会流到我的矛尖上。"

这两个人斗完了口角，就站起来，
他们解散了阿开奥斯人的船边的集会。
佩琉斯的儿子带着墨诺提奥斯的儿子
和伴侣回营帐，到达平稳的船只旁边。
阿特柔斯的儿子则把快船推下海，
挑选二十名桨手，把敬神的百牲祭品
牵到船上，把克律塞斯的女儿带上船，
由足智多谋的奥德修斯担任队长。

这些人上船，扬帆在水道上面航行。
阿特柔斯的儿子命令将士沐浴洁身，
他们就沐浴洁身，把脏水倒在海里，
然后向阿波罗敬献隆重的百牲大祭，
在荒凉大海的岸上焚烧纯色的牛羊，
浓浓的香气随烟飘上高高的天宇。

他们是这样在营地上面忙忙碌碌；
阿伽门农却没有停止他起初威胁
阿基琉斯的争吵，他对他的传令官
和敏捷的侍从塔尔提比奥斯和欧律巴特斯说：
"你们到佩琉斯之子阿基琉斯的营帐里，
抓住那美颊的布里塞伊斯带来这里；
要是他不肯交出，我就要亲自带着
更多的士兵去捉拿，那样对他就更不利。"

他这样说，用严厉的命令送走他们。
他们不愿意地沿着那荒凉海岸前行，
到达米尔弥冬人的营帐和船只旁边，
发现阿基琉斯坐在他的营帐里

和黑色船只的旁边；他看见他们两人时，
并不喜悦。他们既害怕，又敬重国王，
站在那里不对他说话，也不发问。
国王心里明白，对他们两人这样说：
"欢迎你们到来，宙斯和凡人的信使，
你们对我并无罪过，是阿伽门农，
他为了布里塞伊斯那女子派你们前来。
宙斯的后裔帕特罗克洛斯，把那个女子
带出来交给他们送走；让他们两人
在永乐的天神和有死的凡人面前作证，

　　也在那个残酷的国王面前作证，
总有一天需要我来为其他的战士
阻挡那种可耻的毁灭。他心情恶毒，
发泄怨忿，不知道同时向前看向后看，
使阿开奥斯人在船边战斗不受伤亡。"

　　他这样说，帕特罗克洛斯服从吩咐，
从营帐里把美颊的女子布里塞伊斯带出来，
交给他们领走，回到阿开奥斯人的船边，
和他们一起到达的是那个不愿意的女子。
阿基琉斯却在流泪，远远地离开
他的伴侣，坐在灰色大海的岸边，
遥望那酒色的海水。他伸手向母亲　祈祷：
"母亲啊，你既然生下我这个短命的儿子，
奥林波斯的大神，在天空鸣雷的宙斯
就该赐我荣誉，却没有给我一点，
那位权力广泛的阿伽门农侮辱我，
他亲自动手，抢走我的荣誉礼物。"

　　他这样流着眼泪说，他的可敬的母亲
在海水深处坐在她的老父亲身边，
她听见了他的祈祷，急忙从灰色海水里
像一片云雾升起来，坐在儿子面前，
他流泪，她拍拍他，呼唤他的名字说：
"孩子，为什么哭？你心里有什么忧愁？
说出来，让我知道，不要闷在心里。"

　　捷足的阿基琉斯长叹一声对她说：
"你是知道的；我何必把事情再讲一遍？
我们曾攻陷埃埃提昂的圣城特拜，
劫掠了那座城市，带回全部战利品。
阿开奥斯人的儿子们把它们很好地分配了，
为阿特柔斯的儿子挑选出美颊的克律塞伊斯。

后来远射神阿波罗的祭司克律塞斯
来到披铜甲的阿开奥斯人的快船上面，
要求释放女儿，带来无数的赎礼，
手里的金杖举着远射神阿波罗的花冠，
向全体阿开奥斯人，特别朝着阿特柔斯的
两个儿子、军队的统帅一再祈求。
全体阿开奥斯人发出同意的呼声，
表示尊重祭司，接受光荣的赎礼；
阿特柔斯的儿子阿伽门农心里却不喜欢，
他粗暴地赶走祭司，发出严厉的禁令。
那个老年人在气愤中回去；阿波罗
听见了他的祈祷，心里很喜爱他，
就向阿尔戈斯人射出恶毒的箭矢。
远射的天神的箭矢飞向阿开奥斯人的
宽广营地各处，将士一个个地死去。
洞悉一切的预言者说出远射神的旨意，
我首先站起来劝人们请求神明息怒，
但是阿特柔斯的儿子勃然大怒，
站起来说话威胁，已经成为事实。
明眸的阿开奥斯人用快船正把那女子
送往克律塞，还带去献给阿波罗的礼物。
传令官从我的营帐带走了布里修斯的女儿，
她原是阿开奥斯人的儿子们给我的赠礼。
要是你有力量，就该保护你的孩子。
如果你曾经在言行上面使宙斯喜欢，
你就去到奥林波斯向他祈求。
我时常在父亲的厅堂里听见你夸口地说，
你曾经独自在天神中为克罗诺斯的儿子，
黑云中的神挡住那种可耻的毁灭，
当时其他的奥林波斯天神，赫拉、
波塞冬、帕拉斯·雅典娜都想把他绑起来。
女神，好在你去到那里为他松绑，
是你迅速召唤那个百手巨神——
众神管他叫布里阿柔斯，凡人叫埃盖昂——
去到奥林波斯，他比他父亲　强得多。
他坐在宙斯身边，仗恃力气大而狂喜，
那些永乐的天神都怕他，不敢捆绑。
你现在就这件事情提醒他，坐在他身边，
抱住他的膝头，求他帮助特洛亚人，
把遭屠杀的阿开奥斯人逼到船尾和海边，
使他们全都享受有这样的国王的乐趣，
使阿特柔斯的儿子，权力广泛的阿伽门农
知道他愚昧，不尊重最好的阿开奥斯人。"

　　忒提斯伤心落泪，回答阿基琉斯说：
"我的孩儿啊，不幸的我为什么生下你？
但愿你能待在船边，不流泪，不忧愁，
因为你的命运短促，活不了很多岁月，
你注定要早死，受苦受难超过众凡人；
我在厅堂里，在不幸的命运中生下了你。
但是为了把你的话告诉掷雷的宙斯，
我要去到那雪盖的奥林波斯山上，
希望他听取。你且待在快船旁边，
生阿开奥斯人的气，不去参加战斗。
昨天宙斯去长河　边埃塞俄比亚人　那里
参加宴会，众神全都跟着他前去；
第十二天他会回到奥林波斯山上，
那时候我会去到宙斯的铜门槛的宫殿里，
抱住他的膝头，相信我能说服他。"

　　她说完随即离开，留下他依然为那个
束着漂亮腰带的女子而气愤不平，
他们强行把她抢去。这时奥德修斯
带着神圣的百牲祭品到达克律塞。
队伍进入深水港的时候，他们收帆，
把它放在黑色船中，又很快拉大索，
把桅杆放下，摆在支架上，再用桨把船
划到停泊处，他们随即把石锚扔下去，
把船尾索系紧，然后登上海岸。
他们把献给阿波罗的百牲祭品牵出来，
克律塞斯的女儿也从海船上走出来，
足智多谋的奥德修斯把她带到祭坛前，
交到她父亲的手臂里，并对老人这样说：
"克律塞斯啊，人民的国王阿伽门农
派遣我把你的女儿带到这里来还你，
为达那奥斯人向福波斯献上神圣的百牲祭，
祈求天神息怒，是他给阿尔戈斯人
带来了那些引起无限悲哀的苦难。"

　　他这样说，把女儿交给他，老人高兴。
他们很快为天神把神圣的百牲祭品
绕着那整齐美观的祭坛摆成一圈，
然后举行净手礼，抓一把粗磨的大麦粉。
克律塞斯举手为他们大声祈祷：
"银弓之神，克律塞和神圣的基拉的保卫者，
用强力统治着特涅多斯，请听我祈祷：
你从前曾经听我祷告，赐我荣誉，
严重地伤害阿开奥斯人的将领和士兵；
你现在也满足我的心愿，为达那奥斯人

消除这一场十分悲惨的、流行的疫难。"

他这样祷告，福波斯·阿波罗已经听见了。
他们祈祷完毕，撒上了粗磨的大麦粉，
先把牺牲的头往后扳，割断喉咙，
剥去牺牲的皮，把牺牲的大腿砍下来，
用双层网油覆盖，在上面放上生肉。
老祭司在柴薪上焚烧祭品，奠下
晶莹的酒液，年轻人拿着五股叉围着他。
他们在大腿烧化，品尝了内脏以后，
再把其余的肉切成小块叉起来，
细心烧烤，把肉全部从叉上取下来。
他们做完事，备好肉食，就吃起来，
他们心里不觉得缺少相等的一份。
在他们满足了饮酒吃肉的欲望之后，
年轻人将调缸　盛满酒，他们先用杯子
举行奠酒仪式，再把酒分给众人。
阿开奥斯人的儿子们整天唱悦耳的颂歌，
赞美远射的神，祈求他平息忿怒，
天神听见歌声和祈祷，心里很喜悦。

太阳下沉，昏暗的夜晚随即来临，
他们躺在船尾的缆索旁边安眠。
当那初升的有玫瑰色手指的黎明呈现时，
他们就开船回返，向阿开奥斯人的
广阔营地出发，远射的阿波罗给他们
送来温和的风，他们就立起桅杆，
展开白色的帆篷。和风灌满帆兜，
船行的时候，紫色的波浪在船头发出
响亮的歌声，船破浪航行，走完了水程。
他们到达阿开奥斯人的宽阔营地，
把黑色的船拖上岸，高高放在沙丘上，
船身下面支上一排很长的木架，
他们自己分散到各自的船只和营帐里。

佩琉斯的儿子、神的后裔、腿脚敏捷的
阿基琉斯满腔忿怒，坐在快船边。
他不去参加可以博取荣誉的集会，
也不参加战斗，留下来损伤自己的心，
盼望作战的呼声和战斗及早来临。

到了第十二次曙光照临的时候，
那些永生的天神全体在宙斯的带领下
回到奥林波斯。忒提斯并没有忘记

她儿子请求的事，她从海波里升起来，
大清早登上广阔的天空和奥林波斯。
她发现克罗诺斯的鸣雷闪电的儿子
远离众神，坐在奥林波斯群峰的
最高岭上。她坐到他面前，左手抱住
他的膝头，右手摸着他的下巴，
向克罗诺斯之子宙斯这样祈求：
"父亲宙斯，如果我曾在永生的天神中
用言行帮助你，请你满足我的心愿。
你要重视我的儿子，他命中注定
比别人早死。现在阿伽门农国王
侮辱了他，抢走了他的荣誉礼物。
奥林波斯的智慧神，请你为他报复，
暂且给特洛亚人以力量，使阿开奥斯人
尊重我的儿子，给予他应得的赔偿。"

　　她这样说，集云的神宙斯不回答，
坐在那里默默无言。忒提斯抱住
他的膝头，抱紧不松手，再次追问：
"诚心答应我，点点头，要不然你就拒绝，
你是无所畏惧的；让我知道得很清楚，
我在众神当中是多么不受重视。"

　　集云的神宙斯很烦恼，回答她这样说：
"这件事真有害，你会使我与赫拉为敌，
她会用一些责骂的话使我生气。
她总是在永生的天神当中同我争吵，
说我在这场战争中帮助特洛亚人。
你且离开这里，免得被赫拉看见；
这件事我会关心，促使它成为事实。
现在我就点一点头，使你放心，
对于全体永生的天神，这是我发出的
最大的保证，因为只要我点一点头，
不会收回，不会有诈，不会不应验。"

　　克罗诺斯的儿子一边说，一边垂下
他的浓黑的眉毛，一片美好的头发
从大王的永生的头上飘下，震动天山。

　　事情商定，两位神分手；女神直接
从灿烂的奥林波斯山上跃进深海，
宙斯则回到他的宫廷，全体天神
从座位上面起身，站在父亲面前；
没有一位敢于等待他走上前来，

大家都恭立面迎。宙斯在宝座上就坐，
赫拉看见他，她不是不知道老海神之女，
银脚的忒提斯曾经同他商量事情。
她立刻讥笑克罗诺斯之子宙斯：
"狡猾的东西，是哪一位神同你商谈？
你总是远远地离开我，对你偷偷地
考虑的事情下判断。你从来不高高兴兴地
把你心里想做的事情老实告诉我。"

凡人和天神的父亲这样回答她说：
"赫拉，别想知道我说的每一句话，
那会使你难堪，尽管你身为天后。
凡是你宜于听见的事情，没有哪位神明
或世间凡人会先于你更早地知道；
凡是我想躲开众神考虑的事情，
你便不要详细询问，也不要探听。"

牛眼睛的可敬的赫拉这样回答他说：
"克罗诺斯的最可畏的儿子，你说的什么话？
我从前并没有过分地细问你或者探听，
你总是安安静静地计划你想做的事情。
现在我很恐慌，怕海中老人的女儿，
银脚的忒提斯劝诱你，大清早她坐在你身边，
抱住你的膝头，我认为你曾经点头
表示要看重她的儿子阿基琉斯，
使许多人战死在阿开奥斯人的船边。"

集云的神宙斯回答女神这样说：
"好女神，你认为我逃不出你的注意，
可是你不能完全办到，反而使你
离开我的心更远些，那对你更是不利。
如果事情真是那样，那是我所喜欢。
你且安静地坐下来，听听我说些什么，
免得奥林波斯的天神无力阻挡我前来，
当我对你伸出这两支无敌的大手时。"

他这样说，牛眼睛的可敬的赫拉惊恐，
她默默无言坐下来，压住自己的心跳。
宙斯宫廷中的众天神心里感到烦恼，
那闻名的神匠赫菲斯托斯首先发言，
使他的母亲、白臂的赫拉感到高兴：
"这是一件有害的事，真是难以忍受，
如果你们两位为了凡人的缘故
这样争执起来，使众神吵吵嚷嚷，

我们就不能享受一顿美味的饮食，
因为坏事占据上风，获得胜利。
我要奉劝母亲——尽管她很小心谨慎——
讨父亲高兴，使他不再谴责斥骂，
把饮食打乱。不要惹奥林波斯的闪电神
想把我们全都从座位上推下去，
因为他最强大。你心平气和，同他攀谈，
使奥林波斯大神对我们宽厚和善。"

他这样说，跳起来把一只双重的杯子，
放在他的母亲手里，对她这样说：
"母亲，你忍耐忍耐吧，压住你的烦恼，
免得我——尽管你是我最最亲爱的人——
眼看你挨打，却不能对你援助而发愁，
因为与奥林波斯山上的大神难以抗争。
记得从前有一次我曾经很想帮助你，
他抓住我的两只脚，把我抛出天门，
我整天脑袋朝下地坠落，直到日落时
才坠到利姆诺斯岛，只剩下一点性命，
落地时辛提埃斯人友好地接待了我。"

他这样说，白臂女神赫拉笑笑，
含笑从她的儿子手里把杯子接过。
他从调缸里舀出甜蜜的红色神液，
从左到右一一斟给别的天神。
那些永乐的天神看见赫菲斯托斯
在宫廷忙忙碌碌，个个大笑不停。

他们整天宴饮，直到日落时分，
他们心里不觉得缺少相等的一份，
宴会上还有阿波罗持有的漂亮的七弦琴
和用美妙歌声相和的文艺女神们。

直到太阳的灿烂光线下沉的时候，
他们才各自回到家里躺下来睡眠，
他们的宫殿是闻名的跛足神赫菲斯托斯
精心为他们建筑起来，费尽聪明的心机。
奥林波斯的闪电神宙斯在甜蜜睡意
来临的时候，去到他惯常躺卧的床榻，
他落枕入梦，金座赫拉躺在他身边。

（颜海峰编，摘自罗念生、王焕生译：《荷马史诗·伊利亚特》，
人民文学出版社，1994）

第七章　伊索及《伊索寓言》

第一节　伊索简介

恰如人们对荷马史诗的作者所知不多一样，人们对《伊索寓言》的作者伊索也知焉甚少，就连他的出生地至今也无法确定，目前尚有四个地方争取这一荣誉；而他的出生年份，一般认为在公元前620年左右，其主要活动的时期则为基督诞生前约600年的希腊时代。在我们所知的古希腊作家之中，伊索的声誉之隆甚至超过了荷马。他和法国的拉封丹、德国的莱辛、俄国的克雷洛夫并称世界四大寓言家。

据希罗多德记载，伊索生而喑哑，只能用手势表达并且发出奇怪的声音。伊索母亲去世之后他先是寄住在其舅父那里，然而颇受虐待，他不堪凌辱，于是出走他乡四处流浪，后来不幸被人贩子抓住，卖到了萨摩斯岛雅德蒙家做了奴隶。他前后有过两个主人，后一位主人因他才智出众，恢复了他的自由。在古代的希腊，有了这样的身份，伊索开始积极地参加社会活动，逐渐摆脱了默默无闻的卑微地位，变得越来越著名了。

自由之后，伊索进行了广泛的游历，并来到了一度称霸于小亚细亚的古国吕底亚，受到重视学术和知识的国王克洛伊索斯的礼遇，并在其宫廷里遇到索伦、泰勒斯等当时著名的智者。伊索在克洛伊索斯的邀请下定居于首都萨迪斯，不时承担一些困难而又微妙的任务，出访某些希腊城邦。相传，他曾到雅典访问，并曾以他机智巧妙的寓言《请求派王的青蛙》（又译《青蛙们要求有国王》）调停了雅典和科林斯民众与当政者庇西特拉图之间的冲突，使其免于被弹劾下台。

后来，他奉克洛伊索斯之命，出使德尔斐，带了大量财货去当地分发。伊索认为德尔斐人贪得无厌，便把财货送还吕底亚，因此激怒了德尔斐人。德尔斐人恼羞成怒，指责伊索亵渎神明，竟不顾伊索的使节身份，将其处决。事有巧合，此后德尔斐连年灾祸，当地的人觉得是报应，决定为伊索之死进行公开赔偿，以赎罪过。

伊索死后，当时最著名的雕刻家为了纪念他，在雅典为他立了雕像，由此也可看出他在人们心目中的地位。14世纪，康氏坦丁堡的教士普拉努得斯收集了很多寓言并撰写了伊索生平，并无多大参考价值。直到1632年，才有法国学者经过钻研古籍搜集材料之后写出了比较信实的《伊索传》，并为后世评论家肯定。

他的大量传世之作很多并非本人所作，《伊索寓言》也只是后人根据传抄本编订。集子中也出现前后矛盾思想分歧的情况，故而招致一些批评者揣论伊索是子虚乌有的人物。但公元前5世纪末"伊索"这个名字就已经为希腊人所熟知，历史之父希罗多德也为伊索落墨，其可信度还是相当高的。后世假托伊索之名进行创作，只能证明伊索这个人物和"伊索"这个文学文化符号的重要性。

第二节　《伊索寓言》简介

关于"伊索寓言"，学术界众说纷纭，有人认为确系古希腊寓言家伊索所作，有人则认为流传于后世的《伊索寓言》多为后人假托伊索之名而作，有人甚至怀疑伊索并无真人。无论如何，有一点是毋庸置疑的，即目前的版本绝非出自伊索一人之手，也绝非写于同一时代。

早在公元前 5 世纪末，伊索就已闻名整个希腊城邦，"伊索寓言"也被列为学生的必修课，但在很长一段时间内仅在口头上流行。据柏拉图说，苏格拉底在雨中等待判决时曾将一些寓言改成诗体。其后约于公元前 3 世纪，雅典哲学家德米特里乌斯将这些寓言收集成册，但早已失传。到了奥古斯都时代，费德鲁斯第一个用拉丁文以抑扬格韵律把希腊散文体寓言改写成自由诗。年代稍后的巴布里乌斯又用希腊文写成了诗体寓言，这一版本于 1844 年在希腊圣山的圣劳拉隐修院被一位学者发现，从而证实了伊索寓言的古老性和真实性。

从以上简介不难看出《伊索寓言》的历史源远流长，不同时代的学者文人都对它十分珍视，尤其影响了法国的拉封丹、德国的莱辛和俄国的克雷洛夫。尽管集子中也包含一些糟粕，它仍不失为古希腊人民智慧的结晶。

《伊索寓言》每篇故事篇幅虽然短小，然而主旨精悍、内容丰富。寓言中的角色大多是拟人化的动物，它们的行为举止都是人的方式，作者借它们形象地表达某种思想、道德意识或生活经验，旨在让读者从中得到生活的教训。因此，拟人化是《伊索寓言》最广泛和出色运用的艺术特色。如最有名的《龟兔赛跑》、《狐狸和葡萄》、《狼和小羊》等，都是赋予各种各样的动物以人的思想、性格和语言，让它们在故事中像人一样思考、行动、交谈。由于充分利用这些动物的特点，使寓言的主题非常鲜明地表现出来了。由于拟人化，一些动物在长期流传中形成了典型形象的特性，如狐狸的狡猾、狼的凶残、驴的愚蠢、兔子的胆怯等等，直接影响了它们在其他语言文化里的意象意旨，如英语里的 as cunning as a fox，as timid as a rabbit，这些特性被广泛用来讽谕人类的行为，达到了入木三分的艺术效果。

《伊索寓言》的另一个艺术特色是非常熟练而出色地运用了对比手法。如在《农夫和蛇》中，作者把农夫的善良与蛇的邪恶进行对比，把农夫开始时对蛇的怜悯与后来对蛇的憎恶进行对比，最后用农夫的感叹画龙点睛，使文章的主题立刻凸显，给人留下了十分深刻的印象。

尽管《伊索寓言》表现手法多种多样，情节简单，语言精练，但也有一些篇段缺乏说服力，有些寓言后面的道德教训在今天看来则显得牵强附会，需要我们具体问题具体分析，在阅读时，不妨只从故事本身出发，而不必用这些"教训"来理解故事。

第三节 《伊索寓言》选段

第一卷 披着羊皮的狼

披着羊皮的狼

一只狼有一次披上羊皮，被牧人当作羊和别的羊一同关进了羊圈里。它正好可以随心所欲地吃羊，但是好事总不长久，因为有一天，牧人夜里进羊圈认出了狼。牧人把狼倒吊在树上，仍旧让它披着羊皮，用来告诫那些在周围活动的其他的狼。有几个牧人经过时发现了，停下来要问那位牧人为什么要这样对待羊。再靠近些他们才发现这根本不是羊而是一只狼。牧人说："这就是我的待狼之法，哪怕它披上了羊皮。"

狼和狮子

当夕阳西下时，狼在山边走着，忽然发现阳光下自己的身影，这影子变得越来越长，越来越大了，狼自言自语说："我身子这么庞大了，几乎有一亩地那么大，我为什么要害怕狮子呢？我不应该成为百兽之王吗？"它正沉醉于这骄傲的想法时，有一头狮子向它扑过来，把它杀死了。临死时它感到后悔晚矣："我真惨啊！妄自尊大地估计自己正是我惨死的原因。"

狼和羊

有一只狼看见一只羊在悬崖峭壁上吃草，没有办法到羊那个地方去。狼就叫着哀求羊下来，省得出事摔下悬崖，又说悬崖下面它站着的草地上青草特别鲜嫩。羊回答说："不，我的朋友，你并不是想让我到悬崖下面的草地上去吃草，而是你自己的肚子饿了。"

狼和牧人

有只狼跟着一群羊，有很久了，但一直没有去伤害过一只羊。牧人起先像提防仇敌那样防它，严密地注意狼的行动。但狼就这样和羊群走在一起，丝毫不像要抓它们，牧人逐渐地开始把狼看作是羊群的保护伞，而不是要来伤害羊群的。有一天牧人有事要进城去，就把羊群全部交给狼看管。狼发现机会终于来了，就扑向羊群，咬死了一多半羊。牧人回来发现羊群被吃了一大半，说："我真是活该，为什么我要将羊托付给狼呢？"

狼和小羊

有那么一次，狼和小羊恰巧同在一条从山上流下的小溪旁喝水。狼想要吃掉小羊，但如此面面相对，它还是想找出个很好的借口来吃掉小羊。于是狼试图挑起争执，就假装生气地对小羊说："你怎么敢到我的小溪来把水弄脏，使我不能喝水？你这是什么意思？"小羊被吓坏了，轻轻地说："我真不明白我怎么能把水弄脏。你站在小溪的上游，水是从你那边流到我这边来的，而不是从我这边流到你那边去的。"狼说："即使如此，反正你是个坏蛋，我听说你去年在我背后说我坏话。"可怜的小羊叫起来："噢，亲爱的狼先生，那是不可能的，因为去年我还没有出生呢！"狼看见再说什么也没有用，就嚎叫着露出它的牙齿，一边逼近小羊一边说："你这小坏蛋，如果不是你，那就是你的爸爸，反正没有区别。"它说着扑向小羊，把小羊吃掉了。这个故事是说，恶人想要做坏事，找借口还不容易吗？

狼和牧羊狗

有一天，狼和牧羊狗说："你们和我们在很多方面都很一样，为什么不和我们相亲相爱，像兄弟一样住在一起呢？我们和你们的区别只有一点不同。我们是自由地生活，而你们对人屈服，做他们的奴隶，而人竟反过来奴役你们，使用皮鞭抽打你们，用项圈套在你们的脖子上。人还要你们看守他们的羊群，在他们吃羊肉的时候，也只丢些羊骨头给你们。如果你们能相信我们的劝告，把羊群交给我们，我们可以一起吃这些羊，直到我们全都吃得吃不动为止。"狗听了这些花言巧语，十分高兴，就跳进狼洞里去，结果遭到群狼扑杀，狗被撕成了碎片。

乌鸦和蛇

有一只饥饿的乌鸦急需要寻找食物，发现有一条蛇晒着太阳睡在角落里，便飞下来贪婪地抓住它。蛇转过身来咬了乌鸦致命的一口。乌鸦在临死的痛苦中喊道："唉，我真不幸啊！我认为是意外的收获，原来却是我送命的根源。"

狗和狼

有一只狗躺在农舍大门口晒太阳，一只狼扑到它身上要吃掉它，它求狼饶它性命："你瞧我有多小，又有多瘦，你现在要吃我，太难以下口了。你只要稍过一段时间，我的主人就要摆酒席了，所有吃剩的丰盛食物将扔给我吃，我就会吃得又肥又壮，那才是你应该吃我的时候。"狼觉得这个想法很好，就走开了。过了几天它回到农舍来，发现狗躺在马厩屋顶上，它够不着。于是喊道："喂！下来让我吃了吧，你还记得对我的诺言吗？"可是狗冰冷地回答道："我的朋友，如果你再发现我躺在下面的院子门口，你就别等什么酒席了。"

披着羊皮的狼

从前，有一头狼想要把自己包装起来，那样更容易弄到吃的。于是它就披上羊皮，哄骗过了牧人，混进牧人的羊群里。夜里它被牧人关进了羊栏和羊关在一起，羊栏门插得很牢固。夜里牧人进羊栏来准备第二天吃的羊肉，错把狼当作羊，就一把抓住，当场一刀杀了。这个故事是说，披着羊皮的狼，害人不成反害己。

狼和羊

有一只被狗咬成重伤的狼，躺在它的洞穴里动不了。它想吃食物，就呼唤经过这里的一只羊，哀求它从附近一条小溪里打点水来。狼说："只要你能给我打点水喝，我自会有办法给自己弄到食物。"羊说："很对，如果我把水给你拿来，那么毫无疑问我将成为你的食物。"这个故事是说，恶人的假话容易识破。

狼和小孩

有一只狼刚饱吃了一顿，心情非常好，忽然发现有一个小孩趴在地上。狼很清楚小孩是想藏起来，小孩是怕它才这样做的。狼走到了小孩身边说："好了，我看到你了。只要你对我说三句都是无可争辩的真话，我就可以饶了你的性命。"小孩鼓足勇气，思考了一下，说："第一句，你发现了我，真是不幸；第二句，是我自己让你看见的，真是太笨了；第三句，我们都痛恨狼，因为狼总是没有道理攻击我们的羊。"狼回答说："好，从你的说法来看，你说的话全是真话，所以，放你走吧。"

狼和狐狸

有一个狼群里出现了一只又大又凶猛的狼，它的个头和力气，还有敏捷，都超过了别的狼，因此大家一致称它为"狮子"。但这只狼的脑子和它的大个子完全不相配，以为大家给它的这个外号是当真的，因而就离开了狼群，专去结交狮子。一只狡猾的老狐狸看到了，就对狼说："我永远不希望像你那样由于自大自夸的行为而使自己变得非常可笑；因为你在狼群里的确很像头狮子，而在狮子群里却只能是一只狼。"

狼和小山羊

有一只小山羊从牧场回家，没有猎狗保护它，结果碰到一头恶狼紧追不舍。小山羊转过身去对狼说："狼先生，我明白我一定要成为你的美餐了；但是在我临死之前，我请求你开个恩，请你给我吹支曲子，我好跳个舞。"狼同意了。在狼吹起了笛子，小山羊跳起舞蹈来的时候，这歌舞声被猎狗听到了，猎狗迅速赶来把狼轰走了。狼逃走时回头对小山羊说："我真是报应，我本是一名屠夫，不该扮演什么吹鼓手。"

狼和羊

有一日，狼对羊说："我们之间为何总是这样互相残杀呢？主要原因都在那些动坏脑筋的狗。只要我们一走近你们，狗总是汪汪地乱叫，我们根本不会做什么坏事，狗就来攻击我们。只要你们不允许狗跟着，我们之间立刻可以签订和平协议。"羊这愚蠢可笑的动物很容易上当受骗，真就把狗打发走了。狼便随心所欲地吃掉了这些没有狗守护的羊。

驴和狼

有头驴正在草原上吃草，发现一头狼来捉它，立刻装成了瘸驴。狼问驴的腿怎么会瘸的。驴子说它在钻过一道篱笆时，脚踩着了尖刺，请求狼给它拔出来，要不然狼吃它时，那根刺会刺伤狼的咽喉。狼同意了，就让驴把脚抬起来，细心地要找到那根刺，而驴一蹄子就把它的牙都踢没了，并迅速逃走了。狼就这样受了伤，说："我这真是活该，我父亲只教会我做屠夫的行当，我为什么要去行医呢？"

小羊和狼

有一只狼紧追一只小羊，小羊看到一座庙，于是就逃进这座庙里躲避杀身之祸。狼对小羊喊叫道："如果祭司逮住你，他会把你杀了用作祭祀品的。"小羊听了回答说："我甘心在庙里当祭祀品，也不想成为你的美餐。"

蝈蝈和猫头鹰

有一只猫头鹰经常夜里寻找食物，白天睡大觉，却被蝈蝈的叫声吵得不能安睡，便请求它停止吵闹。蝈蝈不同意，猫头鹰一再请求它，它却叫得更欢。猫头鹰发现无法使它停止叫声，它说的话对它根本不起作用，便决定用计策对付这叫个不停的东西。猫头鹰说："相信我说的话吧，你的歌声动听得像阿波罗的小竖琴，听你唱歌反正不能入睡，干脆畅饮女神送给我的众神喝的美酒。假如你不嫌弃这种酒，可以到我这上面来，我们两个一起饮酒。"蝈蝈正好口干舌燥，再加上夸奖它歌声的话使得它十分高兴，急切地飞上去了。猫头鹰从它的树洞里出来，将蝈蝈一把抓住要了它的性命。

鹿、狼和羊

有头鹿向羊借麦子，并说狼可以给它担保。羊怕是一个骗局，就找借口说："狼总是抓住它想要的东西跑掉，而你跑得比我更迅速。那么到了归还的时间，叫我怎么能找到你呢?"这个故事是说，两个黑的不能变成一个白的。

猫和老鼠

猫听说有一座老鼠很多的房子，就到这房子里去把老鼠一只只地捉来吃掉。老鼠接二连三地被吃，就躲藏在洞里不出来。猫怎么也逮不到老鼠了，心想，必须想个主意引老鼠出来。因此它跳到一个门栓子上，从那上面倒垂下来，装作已经吊死了。有一只偷偷地往外张望的老鼠，发现了它，说:"啊，我的朋友，就算你现在变成了一袋面粉，我们也不会走近你的。"

猫和鸟

有只猫听说有一窝鸟生病了，就穿上医生的服装，拿起手杖和医疗器具，装扮成医生，去敲鸟窝的门，问里面的鸟是否病了，如果有病，它很愿意进去给它们看病，把它们的病医治好。里面的鸟回答说:"我们都没有病，而且一直都会这么好的，只要你快走，不要来吵闹我们。"

黄鼠狼和老鼠

有只年老体弱的黄鼠狼，动作不敏捷了，无法像以前那样去捉老鼠。因此它滚了一身面粉，趴在黑暗的屋角里。一只老鼠认为它是可以吃的面粉，来到它面前，一下子便被黄鼠狼给捉住掐死了。另外一只老鼠也同样送了命，接下来是第三只。之后，还有无数只。有一只逃脱过许多老鼠夹和圈套的老鼠，从安全的地方看清楚了它这狡猾敌人的把戏，说:"喂，你这趴在那地方的坏东西!但愿你就和你伪装的东西一样发霉、腐烂吧!"

盲人和狼

从前，有一个盲人习惯了用手触摸东西以后，用触摸来分辨动物。有一次有人给他带来了一只小狼，请他摸摸是什么动物。盲人摸过后，很犹豫地说:"我不敢肯定是只小狐狸还是只小狼，不过有件事情我很明白，让它进羊棚是危险的。"这个故事是说，坏的模样从小就会显露出来。

狼和鹭鸶

狼的喉咙被一根骨头卡住了，就出重金请鹭鸶把头伸进它的嘴里将骨头取出来。等到鹭鸶取出了骨头，向它索取答应过的酬金时，狼阴沉下了脸，磨着牙齿说:"哼，让你的头从狼的嘴里安全地抽出来，你其实已经得到应该满足的报酬了。"这个故事告诫人们，给坏人做事可别指望得到报酬，能够不受伤害已经是非常运气了。

狼、狐狸和猴子

有一只狼控告一只狐狸偷了它的东西，狐狸不肯承认。猴子负责审判它们之间的这个纠纷。当它们双方都充足地说明了自己的理由以后，猴子郑重地宣判说:"狼，我不认为你曾经丢失了你所说的物品;狐狸，我确实相信你曾经偷了你所不承认的物品。"这个故事是说，不诚实的人，即使做了诚实的事，也不会让人相信。

狼和马

有只狼从燕麦地里跑出来，和一匹马相遇，诚心地对它说:"我劝你到那块地里去。那里长满了好的燕麦，我碰也没碰，把上等的燕麦留给你，因为你是我的朋友，我最爱听你的牙齿嚼燕麦的声音了。"马回答说："如果燕麦是狼吃的食物，你就绝不会为去满足你的耳朵来牺牲你的肚子了。"这个故事是说，一个人名声不好，做好事也没人相信。

牧人和狼

牧人看见一只在牧场上迷路的狼崽子，便把它带回家让它和他的那些狗在一起生活。狼崽子长大以后，遇到狼来偷羊群里的羊，经常和狗一起去追赶。有时候狗追赶不上，就不追了，跑回家来。遇到这种情况，这狼还是一直追赶下去，直到追赶上偷羊的狼，和它们共同分食偷得的羊，饱餐一顿，再回到牧人家里。要是很长时间没有狼来偷羊，它自己也会偷上一只，和其他的狗共同分享。狼的行动引起了牧人的注意，有一天，牧人当场逮住了狼，就用绳子套住狼的脖子，把它吊死在了就近的一棵树上。

牧人和狗

傍晚，牧人把羊关进羊圈过夜，刚要把一头狼也和羊们关在一起，这时狗认出了狼，说："主人，如果你让一头狼进了羊圈，你怎么能指望羊会平安呢？"

农夫和狼

有位农夫把犁从牛身上拿下来，赶它们去饮水。农夫离开时，有一头饥饿的狼跑来了，走到犁旁边开始啃牛轭的皮带。它拼命地啃，只想解馋，不知什么时候钻进了牛轭里，让牛轭给套住了。它不由得大吃一惊，拼命要挣脱出来，结果沿着犁沟走，就像在拉犁一样。就在这时候农夫回来，发现这种情况叫起来说："唉，你这个坏蛋，我真的希望你永远不再去偷东西，而像现在这样老老实实地干点活儿。"

小山羊和狼

有一只站在屋顶上的小山羊，在那儿不会有危险，刚好发现一只狼走过，小山羊就开始嘲笑和辱骂狼。狼向上一望说："小家伙！我听到你的骂声了，不过辱骂我的不是你，而是你正站着的屋顶。"这个故事说的是，天时和地利常常能使弱者胜过强者。

第二卷　狐狸和葡萄

狐狸和葡萄

有一只很饿的狐狸看见葡萄架上垂下几串已经成熟的紫葡萄。它使用了各种各样的办法想吃到它们，可是白费力气，怎么也没有够到。到最后它只好转身离去，却为自己的失望解嘲地说："一定不会像我当初想的那样，这些葡萄肯定是酸的，它们还没有成熟呢。"

猴子与狐狸

有一只猴子在一次百兽大会上跳舞，它的表演让百兽高兴得要选它为王。狐狸忌妒它的荣耀，它发现捕兽夹里放着一块肉，就把猴子领到那里，说它找到了一件储藏已久的食品，没有吃，作为国王的礼物，特地给它留着，劝说它去拿。猴子满不在乎地走上去，被夹子给夹住了，当它骂狐狸有心陷害它的时候，狐狸说道："噢，猴子，就你这样的头脑，怎能当上百兽之王呢？"

贪吃的狐狸

有一只饥饿的狐狸，发现一棵橡树洞里有牧人放的面包和肉，它就钻进去吃了个够。等到吃完后，它肚子胀得非常大，再没办法钻出来，它便在那里呻吟和哀嚎。另外一只狐狸经过，听到它的叫声就过来询问它哀嚎什么。明白事情发生的经过后，它就对那只狐狸说："唉，我的朋友，没有办法，你只有在里面等待恢复到你爬进去时的那个样子，到那时，你就可以丝毫不费力气地钻出来了。"

狐狸和鹤

有只狐狸请鹤吃饭，却什么食物也没有，只有豆汤，装在一个平底大碟子内。狐狸自己非常容易舔，但是鹤每吃一口，汤都要从它的长嘴上淌下来。鹤喝不着汤的痛苦样子，让狐狸感觉到非常好玩。随后鹤回请狐狸吃饭，放在狐狸面前一个大肚细颈壶，壶颈长，鹤非常方便把嘴伸进去，舒服地吃着壶里的食物，而狐狸却连一点东西也吃不着，它自己的待客之道还到了自身。

寒鸦和狐狸

有只饥饿的寒鸦落在一棵无花果树上，这棵无花果树在不应结果的时候结出了一些果子，寒鸦在树上等待着，就想果子早一点成熟。有一只狐狸看见它等了那么长时间，知道原因以后对它说："朋友，你真可怜，把自己给欺骗了。你沉浸于一个希望里，热衷得足以使你上当受骗，但它永远不会愉快地让你享受的。"

狮子和狐狸

有一只狐狸借口给狮子当仆人，和狮子一起合伙去捕猎。它们说好各自凭天赋和能力去工作。狐狸负责寻找和指引猎物在什么地方，狮子负责捕捉。狐狸很快因为狮子每次都要分得一份猎物，心里不平衡起来了，它想，以后再也不把猎物指引给狮子看了，索性自己去捕捉得了。第二天狐狸计划偷袭羊栏里的一只羔羊，结果立刻被猎狗发现，成了猎人的猎物。

狮子、狼和狐狸

有一天，老狮子生病躺在洞里。除了狐狸未到，余下所有野兽都来看望过狮王的病。狼想，它最好的机会来了，可以在狮子面前指责狐狸看不起这位百兽之王，居然连探望也不来。正在这时候，狼的最后这几句话让刚到的狐狸听到了。狮子对狐狸怒吼起来，狐狸立刻寻找理由保护自己，说："在所有来问候你的人当中，有谁像我这样对大王你那么忠心呢？我走遍各处为你寻医问药，想找到一种良方给你治病。"狮子命令狐狸立刻把良方献出来，它回答说："要治好大王的病必须活剥下一匹狼的皮，把皮趁势包住你的身体。"狼立刻就被捉起来活剥了皮。在狼临被剥皮时，狐狸转过脸讥笑狼说："你本不该引诱大王动恶念，而应该使它怀善心才对啊。"这个故事是说，有的人对别人使圈套，自己反而落了网。

鹰和狐狸

有一只鹰和狐狸结成了亲密的伙伴，并且准备成为邻居。鹰住在高树上，狐狸钻进树下灌木丛中生养后代。它们这样在一起没多久，有一天，狐狸外出寻找食物，鹰正好没有食物来哺养它的孩子，就飞下树来抓走了一只小狐狸，让自己和小鹰饱餐了一顿。狐狸归来发现了这件事情，因为不能报此仇，比孩子的死更让它痛苦。但是鹰很快就遭到了应有的报应。有一天它在祭坛附近飞，村民们刚好在祭坛上供奉一头羊，鹰一下子飞下来抓走了一块肉带回窝，却连肉一起带回了一块正在燃烧的木头。大风很快把火星扇成大火，还未长满毛的小鹰在窝中被烧死了，都掉到了树下。鹰眼睁睁地看着狐狸把它们吃了。

狐狸骂狮子

有只狐狸看见一只狮子被关在笼子里，就站在附近狠狠痛骂它。狮子对狐狸说："骂我的不是你，而是降临在我身上的不幸的命运。"

狐狸和河

有一些狐狸集合在河边想要喝水，但是水流湍急，看上去又深又危险，它们没敢喝水，只是在河边站着互相壮胆。其中有一只狐狸想让另外一些狐狸害羞，显示自己有多勇敢，说："我一点也不怕！看，我这就到水里去！"它刚下水，急流已经使它站不稳脚，把它冲跑了。另外的狐狸看着它被水冲向下游，大叫着说："你不要把我们扔下啊！一定要回来告诉我们在哪个地方才能安全地喝到水。"于是它回答道："我怕我现在还做不到。我要到海那边去，这急流会把我很顺利地带过去。等我回来，我会非常高兴告诉你们的。"

熊和狐狸

有一头熊对狐狸自我夸耀它是如何仁慈和善良，说在这么多的动物中，它认为自己是最尊敬人类的了，因为它是如此爱着人类，甚至连人类的尸体也不去碰一下。狐狸听到这些言论，笑着对熊说："噢，但愿你还是去吃死人而不再去吃活人。"

狗和狐狸

有一群狗看见一张狮子皮，用牙齿把它撕了个粉碎。狐狸看见后说："假如这狮子是活的，你们立刻就会知道它的爪子要比你们的牙齿强硬多少了。"这个故事说的是，踢一个已经倒下的人是很容易的。

狗和兔子

有条猎狗在山边追赶一只兔子，追了它好久，有时候用牙齿咬它，像是要它的命，有时又向它摆尾巴，像是和其他的狗在嬉闹似的。兔子于是对狗说："我希望你对我诚实一些，露出你的真面孔。如果你是朋友，有时候为什么又咬得我那么厉害？如果你是坏蛋，为什么又向我摆尾巴呢？"这个故事是说，不知道该不该信任的人，不可能是朋友。

狐狸和猴子

有一只狐狸和一只猴子走在同一条路上。它们路过一个都是墓碑的墓地。猴子说："你看到的所有这些墓碑，都是为了纪念我的祖先的，因为它们在世的时候，都是自由公民，是极有声望的公民。"狐狸回答说："你为你说谎选了一个最适当的话题，我肯定你的祖先没有一个会反驳你。"这个故事是说，假话容易露馅。

披狮子皮的驴

有一头驴披上一张狮子皮，在森林里乱逛，以恐吓遇见它的那些愚笨的动物为乐趣。后来它遇到了一只狐狸，很想吓它一回，可是狐狸一听见它的叫声就说："如果我没听见你叫的声音，我还真可能被你吓坏呢。"

猴子和猫

有只猴子和一只猫住在一起，很难说它们两个中谁是最大的小偷。有一天它们一起出去，发现一堆火灰里烤着一些栗子。狡猾的猴子说道："朋友，来吧，今天我们不能挨饿了。干这种事你的爪子比我强得多。把栗子从火灰里全部拨出来，你拿一半。"猫把栗子从火里全部拨出来，爪子都烫坏了。栗子全都偷出来以后，它转过身来向猴子要自己的那一份，可是栗子都没有了，全跑到猴子的肚子里去了，猫懊悔得不得了。这个故事是说，贼与贼之间就是同伙也不能信任。

狐狸和蛇

一条蛇过河时被湍急的流水冲跑了，它扭来扭去终于爬上了一捆在水上漂着的荆棘，就这样荆棘载着蛇，以非常快的速度顺水漂流。有一只狐狸在岸上发现蛇打着转一路漂走了，大喊起来："天啊！这乘客和这船倒非常相配！"

狐狸和羊

有一天，狐狸掉到一口非常深的井里，没有一点办法脱身。有一只正口渴的羊，刚好走到井边。它发现了狐狸，便问井里的水是否好喝。狐狸隐藏着它的烦恼，装出快乐的样子，夸口称赞井里的水，说它好得不能再好了，鼓励羊下井。羊只想着口渴，没有再想别的就跳下了井。直到它喝到了水后，口也不渴了，狐狸才告诉它，这回它们两个都落入困境了，然后又说出一个能让它们共同脱险的办法。狐狸说："只要你把前脚搭在井壁上，把头低下来，我就能从你的背上跑到井上面，再把你拉出来。"羊马上同意这个办法。狐狸便跳上羊背，在羊角上一撑，飞身跳出了井口，狐狸立刻就准备离开。羊骂它不守信用，狐狸转过身来大声说道："你这头愚蠢的老羊！如果你的脑筋像你的胡须那么多，你就不可能在没看清楚上来的路之前就跳下去，也就不会遭到这种危险了。"这个故事说的是，在诱惑面前要看清楚退路。

鸟、兽和蝙蝠

鸟与兽展开了一场战争，双方互有赢输。但是战争的结果如何蝙蝠不知道，它十分害怕自己会倒霉，总是哪边胜利了靠到哪一边。后来鸟与兽宣布和战，它的谎言被双方揭穿了。因此鸟兽两方都因为它不守信用而责备它，惩罚它不许在白天出现。从那以后，蝙蝠白天只能躲在阴暗处，总是在黑夜里才出来孤独地飞行。

狮子、熊和狐狸

有头狮子和一头熊同时捉住一只小羊，为了把它抢到手，它们互相殴打起来，打得两败俱伤。由于打的时间太长了，头昏眼花，累得躺倒在地动也不想动。有一只狐狸已经远远地在它们周围绕了好几回，这时候看见它们双双瘫倒在地不能动了，小羊在它们中间动还没动过。它便跑到它们中间，叼起小羊，迅速地溜掉了。狮子和熊眼看着狐狸叼走了小羊，但是起不来，说："我们真笨啊，相互又打又斗，难道只是为了让一只狐狸得利吗？"这个故事是说，有人辛辛苦苦，有人坐享其成。

鹰和捉住它的人

有一次鹰被人捉住了，这人立刻把它翅膀上的羽毛剪掉，放进了家禽饲养场和另外的家禽放在一起，鹰对这种遭遇十分悲伤。有一位邻居把鹰买去，让它又长出了羽毛。鹰飞起来，向一只兔子扑过去，立刻把它抓来拿给了它的恩人。狐狸发现了说："不要去讨取这个主人的欢心，而要去讨好前一个捉住你的人，免得他又把你捉回来，再次把你翅膀上的羽毛剪掉。"

狐狸和狮子

有一只狐狸从没有见过狮子是什么模样，在森林中第一次看见狮子时，它简直吓丢了魂。第二次看见时它依然怕得要命，不过比第一次看到狮子时好多了。等到第三次看见时，它胆子竟然大得走上前去和狮子谈起话来。这个故事是说，熟悉减少恐惧。

公鸡和狐狸

一只狐狸在农家院子四周走来走去，没看到农夫隐藏的准备捕捉它的捕兽器。啪嗒一声，狐狸就被一条绳子紧捆住了。有一只公鸡听见声音，飞到篱笆顶上。它看狐狸被捆住了，心里非常害怕，即使它看到自己这位老对手动也不能动了，它还是不敢靠近它。狐狸抬起头来说："好公鸡，你看我多么的倒霉，都是因为我要来这里给你问安。请你帮一下忙把绳子弄断好吗，或者至少要在我自己用牙齿把绳子咬断之前，你一定不要让别人知道我被捉住了。"公鸡一句话没说，迅速回去把这一切都告诉了农夫。狡猾的狐狸终于得到了它应得的下场。

狐狸和面具

有只狐狸溜进一个演员的屋里，到处翻他的东西，翻出了一个做得像人头的面具。它把爪子放在面具上面，说："这是一个多么漂亮的人头啊！然而毫无用处，因为它完全没有大脑啊！"

狐狸和樵夫

有只狐狸被几条猎狗追得没命地逃跑，逃到一个正在伐树的樵夫身边，恳求他给自己指引一个安全的躲身之处。樵夫让它在自己的茅屋里藏一藏，狐狸跑进茅屋里，藏在一个屋角处。过了一会儿，猎人和他的猎狗来到了，问樵夫是否看见过一只狐狸。樵夫说没有看见，但在他说的时候，却暗暗指了指狐狸藏身的茅屋。猎人没有发现他的暗号，只是相信他说的话，便急忙向前追了去。他们走后，狐狸理也没理樵夫，就要跑开。樵夫叫住狐狸责骂它说："你这忘恩负义的东西，我救了你的性命，你连一声谢谢也不说就要跑了。"狐狸回答说："我本应该好好答谢你，要是你言行一致的话，我会答谢你的。"

鹰、猫和野猪

鹰在高高的橡树顶做窝。猫在树干中间找到一处很好的洞生养后代。野猪和它的孩子住在树根底部一个洞里。猫决定用它的坏主意破坏这个偶然形成的居住地。它心生一计，首先爬到上面鹰窝里对鹰说："真倒霉，野猪正在准备害你也害我。你可以发现它天天在下面挖土，它想把这棵橡树连根给掘倒，只要树一倒下来，它就可以抓住我们两家的孩子喂它的小野猪了。"猫的话把鹰吓昏了，随后猫又跑到下面野猪洞里对野猪说："你的孩子们将遇到很大的危险，因为鹰已经预备好，一旦你带孩子们出去寻找吃的它就向其中一只小野猪扑下去。"它把这种恐惧传给野猪以后，整个白天，它假装害怕躲藏在它的树洞里。到了夜里，它却小心翼翼地出来给它自己和小猫寻找吃的。然而这段日子，鹰非常警惕野猪，在树顶上一动不动地守卫着小鹰，而野猪也被鹰吓得寸步不敢离开它的洞。就这样，它们和它们的孩子全都饿死了，给猫和它那些小猫提供了非常丰富的食物。

（颜海峰编，摘自白山译：《世界文学文库·伊索寓言》，北京燕山出版社，2001）

第八章 埃斯库罗斯及《阿伽门农》

第一节 埃斯库罗斯简介

埃斯库罗斯于公元前 525 年生于雅典西部阿提卡州的埃琉西斯，与其后的索福克勒斯和欧里庇得斯一起被称为是古希腊三大悲剧作家，更被恩格斯冠以"悲剧之父"的称号。

他出生在古希腊的一个贵族家庭，其父欧福里翁为阿提卡州贵族，担任埃琉西斯的祭祀职务。当时的统治者施行暴政，导致雅典贵族和平民的矛盾日益激化，而埃斯库罗斯生活的埃琉西斯正是这种政治涡流的中心，他就在这种激烈的社会矛盾中度过了他的青少年。公元前 509 年，雅典实行民主改革，之后不久，希腊和波斯之间的矛盾逐步加剧，终于爆发了旷日持久的希波战争。热爱祖国、拥护民主的埃斯库罗斯先后参加了马拉松战役和萨拉米斯海战，回到雅典之后以征战过程中的所见所闻撰写了《波斯人》并成功地上演。公元前 470 年他应绪拉库赛国王希埃罗的邀请赴西西里作客，公元前 458 年以后不久重赴西西里，两年后突遭飞来横祸（据传从天上掉下来一个乌龟砸中了他）死在该岛南部的革拉城。埃斯库罗斯的死讯传回雅典，雅典人决定将他的剧作继续（不作为比赛的剧作）在比赛中上演，凡申请上演他的悲剧者均可获得助演歌队的免费赞助。

埃斯库罗斯一生共撰写过 90 多部（一说 70 多部）悲剧和喜剧，其中 52 部剧作获奖，但大多数都已亡佚，流传下来的只有 7 部完整的悲剧，其中一部为三联剧《俄瑞斯忒斯》，由《阿伽门农》、《奠酒人》和《报仇神》组成，另外四部悲剧分别为《乞援人》、《波斯人》、《七将攻忒拜》（忒拜今译底比斯）和《被缚的普罗米修斯》。按作品提供的线索，《乞援人》是他创作最早的一部剧本。《波斯人》是他剧作中唯一一部以当时现实生活为题材的悲剧，《七将》曾为作者夺得当年比赛头奖，而《被缚的普罗米修斯》（三联剧《普罗米修斯》中的第一部，其他两部《被解放的普罗米修斯》和《带火的普罗米修斯》均已亡佚）则可谓埃斯库罗斯的代表作。

埃斯库罗斯生活于古希腊悲剧发展的早期阶段，他对希腊戏剧艺术的发展作出了至关重要的贡献。他第一个使用三联剧的悲剧形式（他还创作过四联剧，将三个悲剧一个喜剧并为一组，内容呼应形式独立），他一改以往悲剧舞台只有一个演员的模式，大胆增加了第二个演员，从而使舞台展现的戏剧冲突更加逼真。他还缩减合唱，把韵文对白变为悲剧的主要部分。这些独创开希腊悲剧风气之先，使希腊悲剧的艺术形式渐趋完善。在这些戏剧中埃斯库罗斯塑造了大量有着坚强意志的伟大人物，其悲剧风格崇高，体现了古希腊的时代精神。所有这些都表明埃斯库罗斯是古希腊悲剧真正的创始人，他让古希腊悲剧不再从属于祭祀或合唱抒情诗，而成为一门独立的艺术。

第二节 《阿伽门农》简介

《俄瑞斯忒斯》是现存的唯一一部古希腊三联剧，由《阿伽门农》、《奠酒人》和《报仇神》（或译《欧墨尼得斯》、《复仇女神》）三部组成，以《阿伽门农》最为著名，三剧情节连贯，是一个完整的题材。公元前458年，这三部戏剧上演，又为埃斯库罗斯赢得了头奖。

三联剧讲述阿伽门农远征特洛伊，任希腊联军的统帅。远征军集中的时候，海上却起逆风，船只无法起航。阿伽门农于是把他的女儿伊菲格涅亚杀了祭女神阿尔忒弥斯，以平息神怒，获得顺风。剧本写阿伽门农得胜归来，被妻子克吕泰墨斯特拉谋杀的故事。克吕泰墨斯特拉是为她的女儿报仇的，埃吉斯托斯则是为被阿伽门农的父亲阿特琉斯杀害的两个哥哥报仇。剧作的主旨意在反对不正义的战争——希腊人攻打特洛伊仅仅是为了夺回被特洛伊王子帕里斯拐走的海伦。阿伽门农攻下特洛伊，毁坏神殿，滥杀无辜，必然会遭到应有的恶报。阿伽门农出兵特洛伊之前曾杀死自己的女儿伊菲格涅亚祭神，他的妻子为报此仇，串通情人在阿伽门农归来时谋害了他，而阿伽门农的儿子又为父报仇，杀死了母亲及其情人，并因此而受到复仇女神的追杀和法庭的审判，幸而得到女神雅典娜的护佑，宣判他无罪。全剧最终在雅典人的欢庆声中结束，它反映了当时父权制对母权制的胜利以及法治对血亲复仇的胜利。

克吕泰墨斯特拉杀死阿伽门农有三种神话传说。第一种说她杀害丈夫是因为爱上了埃癸斯托斯；第二种说是替被阿伽门农杀害的女儿报仇；第三种说是因为妒忌阿伽门农带回来的卡珊德拉。埃斯库罗斯取第二种神话传说加工而成《阿伽门农》。他给听众这样一个疑问：为了一个城邦，是否就应该剥夺一个人的生命？为了公共利益是否应该取消一个人的生命？

《阿伽门农》这出悲剧中，观众一方面看到的是对克吕泰墨斯特拉的谴责；另一方面却看到了克吕泰墨斯特拉为个人被城邦杀害献祭所进行的抗争。埃斯库罗斯向观众道出如此一个重大的问题：受城邦隔离的妇女，难道仅仅因为是妇女，就该为集体利益而牺牲吗？将此一问题置于古代城邦随时要求公民做出牺牲的背景中，这种牺牲甚至不是为了城邦的保存，事实上，希波战争结束以后，雅典城邦要求公民随时献身，恰恰是为了维持雅典在希腊的霸权。因此埃斯库罗斯在这一命题上的态度是不言而明的，公民的权利同样是应该受到重视的。

此外，悲剧中还体现了古希腊人的命运观念，把阿伽门农家中妻子谋杀丈夫、儿子杀死母亲的罪行，说成是宙斯对阿伽门农的父亲杀害侄儿的罪恶的报应，进而奉劝人们遵从天意，切莫做出忤逆神明的事情，也算有一定的积极意义。

第三节 《阿伽门农》选段

登场人物

（以出场先后为序）

守望人

城中老人所组成的歌队

克吕泰墨斯特拉

阿伽门农

卡珊德拉

埃癸斯托斯

景：在阿耳戈斯地方，阿伽门农王宫殿面前的一块空地上。夜。宫殿屋顶上的一个守望人。

守望人　我要请上帝不让我再作守望，

我像一头狗似的度夜已有一年时光，

在阿特柔斯儿子们的屋顶上支着肘观望，

于是我认识了夜里群星的聚会——

那些带给人间夏天与风暴雨狂，

罗列天空中的、闪耀着的帝王。

我知道了这些星星的升和降。

我现在等待着烽火的信号，

它将从特洛伊带来消息，

报告那儿的沦陷。这件工作是一个

血心肠的、有一副男人头脑的女人交我办好。

当我要在这潮露里试作一会不可能的假寐，

我的夜却不见梦儿来到：

因为伴我的是恐怖而非睡觉。

所以我不能闭起我的眼儿睡一宵。

当我要哼唱一支歌

来治疗我的睡眠，每次我就要哀叫，

为这一家的命运而泣而号：

它已经不像以往．一切秩序都好，

可是愿好运降临，离开苦恼。

好消息已能从这夜半的烽火看得到。

暂停。一道光现了出来，渐渐地增大——烽火的光。

啊！夜的火把，我向你敬礼，

你的光像白昼。在阿耳戈斯城里

跳起种种舞蹈，庆祝和平。

我要喊阿伽门农的女人，

快走下床来，在这房子里

快乐地高呼，对这火把回礼：

因为特洛伊城已经攻陷——

这就是那火焰招手的明白消息。

我将先跳起单人舞，

因为主人的运道也就是我的运气——

这烽火即给了我幸运的这么一击。

愿他——这一家之主——回到家来，

我将要把他的手紧紧握起，

无别话可讲：所谓一头巨牛
站到了我的舌上。
这房子如若有声便会诉出我的衷肠，
可是我将只讲给那些知情的人听。
至于别的人，我可记不起任何事情。
守望人自屋顶退下。

一群老人组成的歌队进场。在歌唱时，天渐渐亮了。

歌　队　（一面行进，一面吟诵）
这是第十个年头，
墨涅拉俄斯王和阿伽门农王——普里阿
摩斯的世仇，
齐坐着王位，齐握着王权在手，
他们原是阿特柔斯的一对儿雏，
从上帝将统治权承受。
他们征集了一支阿耳戈斯军队——
一千艘船来做战争的准备。
他们的心在无边的嗜血狂中怒号，
像苍鹰一样对它们的小雏悲悼：
旋回打转，在它们的窠上飞翔，
拍击空气，是它们的双翼作的桨。
它们的爱抚和养育，
现在都了无结果。

可是高高在上有一个神祇，
也许是潘，也许是阿波罗或宙斯，
听到了这群鸟儿的号鸣——
原来都是他王国里的客人。
因此，时机虽晚，作为补救，
他送下了一个神来复仇，
这样我们的主宙斯：
他是客人与主人的护侍——
遣下阿特柔斯的儿子来与帕里斯作战，
为的是要把许多人的一个女人夺还，
掀起连狗都得累死的战乱：
四肢和膝都要被尘埃覆满。
从此对于希腊人和特洛伊人
这成了一场折戟断矛的开端。

世事全由命定，
命定才能解决纷争，
一团油火也不能消灭
未烧尽的祭奠品的固执气愤。
但我们啊，我们的身体业已破产：
远征队把我们留在后边，

我们倚着手杖等待，
衰弱得像一个婴孩；
因为留在孩子身上的骨髓，
与老年人的只是大同小异：
因为战神已远离他的躯体，
而且一个太老的人，
他的叶子早已枯凋，
拖着三只脚的步子
不会比一个孩子更好，
在白昼中还会像在梦境里游遨。

可是你，克吕泰墨斯特拉皇后，
廷达瑞俄斯的亲生女儿，
你听到什么消息，什么真情，
你依据谁的话来下达命令
叫四方的人来献祭品？
所有的神明，城里的神明，
天界和下界的神明
在门边，在广场上，
他们的祭坛被你的礼品辉映得亮晶晶。
这儿，那儿，每一方，每一个角落，
跳跃着天一样高的焰火——
它是由温和而又诚实的
神圣的脂膏的宣传所燃着，
也就是皇家仓库的油酪。
这一切说明
你能够，也可以，
把我们的苦难解脱——
苦难与祸患同来使人难受，
虽然有时它也赎了罪，
却也把一个光明的希望驱走——
那吃掉我们的心的啊，
无止境的悲愁，
感谢上帝的恩惠，连我都能说出
那些强者浩浩荡荡地送到的这兆头。（舞）
我的年纪还能鼓舞起
一个有力量的歌喉，
唱出希腊青年的君主
双跨龙廷，一心一德，
善使戈矛的征伐能手，
乘着一群怒鸟向特洛伊的海岸飞渡。
鸟的君主向我们的君主驰来，
一边有白的尾，一边却是白的尻，

齐在宫殿的右边一显身手。
这儿大家都能看到它们蹂躏猎物——
撕着一个怀有幼儿的妊兔。
哭啊，对死神哭，但愿福星高照。

于是勤勉的军事预言家
看到性格不同的阿特柔斯的儿雏——
知道两只鸟儿惨杀了妊兔：
它们就是两个将军。因此他下着注解：
"这远征军马上就要把特洛伊城毁灭；
在这城市的那座塔前，
因了命运之神的计算，
一国的财宝将要用完。
但愿众神的鄙弃不要埋没了这兵营，
愿特洛伊的马缰也不要太早就鞭上它身，
因为那女神起了怜悯
对她父亲的有翼犬怀恨：
它们惨杀了蜷伏着的妊兔——
这种苍鹰的宴会——阿耳忒弥斯觉得可憎，
哭啊，对死神哭，但愿福星高照。

"但是啊，女神，你虽然如此和善，
对于狮子的小雏，
对于一切野兽的乳子，
你一见便心中喜欢，
你对我们充满了这类表现，
这是好的象征，但也易受责谴，
所以我要求治疗者阿波罗，
请他的姐妹勿再与希腊人争战；
关起风来阻住他们船只的去路，
索勒另一种无喜宴的祭奠，
在这家内狠狠地建起仇恨和私偏。
因为怒神已经狞恶地打了回头
狡猾地到这家为死去的孩子报怨。"
预言家于是喊——善与恶相混；
这是鸟心所预兆的皇家命运，
与这预言相呼应；
哭啊，对死神哭，但愿福星来临。

宙斯，不论他是谁人，
只要这是一个公认的名姓，
我就要高呼这个人名。
当我把这一切情形考虑一个仔细，

除了宙斯真没有人能与他比拟，
如果我要扔掉那些
塞住我心的凄然的忧虑。

不是那位原来就是伟大的人，
夸张地骄傲，渴望着虚名，
能够说得上相称。
那第二个人也曾遇到他的对手
可是一会儿就连踪影也不留。
但宙斯是你凯歌中要高呼的一个名姓——
这么着你才会赢得智慧的奖品。
谁把我们赶上路
定了这条有效的定律——
"人类应该从苦难中学习。"
在睡梦中一滴滴落到心里的
是很艰难的、痛苦的记忆；
智慧违人的意志来了，
众神的恩典降临我们的身体，
不可侵犯地耸立。

因此在这个时候，
希腊船只的首领
对任何预言没有怨恨
也不理命运的雷霆：
因为船开不了，
希腊人遇着了严重的饥馑，
在奥里斯空空地等候：
这儿浪花对卡尔齐卷着回流。

可是从斯第蒙呼呼而来的风鹤
带来迟滞、危险的下碇处与饥饿；
诳了人，拆了船，断了缆，
同时也拖长了时间，
把阿耳戈斯的花撕成了无用的碎片。
这时预言家便高声叫喊：
有平息这暴风的新意见；
船长们更是难受，
对阿耳忒弥斯的愤怒抗辩，
使得阿特柔斯的这对儿郎
以王节击着地，泪上潸潸。
那位年长的君王只有出声回答：
"我的命运太残酷啊，太反叛，
要我斩掉这一家之宝的孩子，

同时把一个处女呈上祭坛
把她父亲的一双手污得腌臜。
哪一件事都不好处理；
我怎么能对这舰队叛离
和挫折这支同盟的军队？
是，他们急切地要求大风平息，
用一个女子的血。
好吧，愿一切如意。"

但是当他带上了命运的羁绊，
一股恶风便吹上了他的心田，
不许可而且也不神圣。从这时起
他便更改了他的计划，勇往直前，
因为人类的心正由于糊涂而强健——
它是一个糊涂顾问，苦痛的第一个环链。
总之，他自动地杀了他的女儿。
作为行程顺利的一个祭奠——
为奔逃了的一个妻子而作战。

她的祈求，她对父亲的叫唤，
她处女的生命，
对于这辈军阀却不值一钱。
可是她父亲一做完祷告，就喊他的侍卫
举起她像一只羔羊儿似的献上祭坛。
她的裙袍散落在她的周围。
他们胆大地举着，她的精神迷乱。
他们用一个塞子堵住她美丽的小口，
用一股盲目的力量
堵住那会成为这家的诅咒的她的叫喊。
于是她番红的衣服落到了地上；
她对每个指定献祭者的视线
是一丝哀怜的光，
清楚得像一幅生动的画面。
她希望喊着名姓和他们一谈，
因为她常常在父亲宴客的桌旁
为父亲的喜庆而歌唱。
她清脆的声音，热情得恰如一个处女，
在第三次奠酒时歌唱着愉快的颂曲。
这事的结果我看不出，也说不出道理。
可是卡尔卡斯的计谋却达到了目的。

公理的定律是叫人从苦难中学习，
未来到时便知，且等那时再叙。

　　　　　先知等于先受些苦恼，

　　　　　黎明到时真相自能明了

克吕泰墨斯特拉自宫中上。

　　　　　但是至少愿好运道降临

　　　　　来满足这儿皇后的愿心；

　　　　　她站在龙廷的最近处——

　　　　　是阿耳戈斯这国家的卫兵。（舞毕）

歌队长　我来了，克吕泰墨斯特拉，拜敬你的权威，

　　　　因为我们要尊崇我们主人的妻子才对，

　　　　当他的龙廷正虚着空位。

　　　　可是如果你真的听到了好消息，

　　　　或者你被阿谀的希望所鼓动而献祭，

　　　　我倒高兴听，虽然我不能指责沉寂。

克吕泰墨斯特拉　如俗语所说的，带来了好的消息，

　　　　　　黎明，愿它从它的母亲黑夜升起，

　　　　　　你将听到一桩意想不到的事件：

　　　　　　阿耳戈斯的男子攻下了普里阿摩斯的土地。

歌队长　怎的！我不能相信，这事会逃出我的注意。

克吕泰墨斯特拉　特洛伊在希腊人手中。未必我还说得不仔细？

歌队长　快乐笼罩我的全身，使我流泪。

克吕泰墨斯特拉　是，你的眼睛表示出你的忠心。

歌队长　但是你有什么根据？你有什么证明？

克吕泰墨斯特拉　真有一个证据——否则除非上帝骗了我们。

歌队长　也许你相信梦里的那些诱人的形象？

克吕泰墨斯特拉　我不会相信一个昏睡的头脑！

歌队长　也许无翼的飞行者——谣传——弄得你颠倒？

克吕泰墨斯特拉　你讥笑我的常识，好像我是一个孩子。

歌队长　但是什么时候那座城被夺取？

克吕泰墨斯特拉　就是产生今天的那个黑夜。

歌队长　什么使者能跑得这样快？

克吕泰墨斯特拉　赫淮斯托斯从伊达燃起一炬美丽的火把，

　　　　　　从伊达传递到在勒诺斯的海米斯悬崖。

　　　　　　这炬火又被传到第三个海岛，

　　　　　　在宙斯所有的阿特柔斯的高峰上燃烧

　　　　　　于是它高高地又跨过了海，

　　　　　　驰骋的火把威力闪耀，

　　　　　　像太阳愉快地洒下金色的光毫。

　　　　　　这光的先驱跳到马习斯都诸峰，

　　　　　　他不迟延，也不随便让睡魔作弄，

　　　　　　也不逃避他这中间人所负的重任，

　　　　　　他远射的光芒射到了幽里浦的浪花；

　　　　　　对麦撒边的观看者说出了这消息，

　　　　　　他们于是又把这消息向外传递，

在一大堆干的石南草上燃起一炬火把。

这健壮的火焰还不等待烧残，

像燃烧的月亮便又跳过亚索布的平原，

在西特龙的崖上唤醒

这火链的另一把火星。

从远处传来的巨光还不曾萎枯，

守望人的身边便又燃起更强的火柱。

这道光跃过了哥果比的水流，

按时达到了亚及卜兰多的山头，

催起另一炬及时的火信，

于是他们大量地焚烧，

一丛众多的火焰，大得足够

俯视萨隆尼克湾的岬头，

闪着，跃着，终于烧上

亚接伦断岩，我们邻近的高岗；

最后在阿特柔斯儿子的屋顶上飞腾，

显示出伊达岛上火光的象形，

这是指定给我的火把竞跑者的工作，

那最先也是最后跑的人才能奏起凯歌。

这是我给你作为证据的报告：

我丈夫从特洛伊城发出的信号。

歌队长　皇后，我要感谢众神，

但我要进一步知道这细情，

从你口中听得一个详尽。

克吕泰墨斯特拉　今天希腊人占领了特洛伊城，

我想这城中的叫喊不会相混。

你把油和醋倒向一缸，

它们会丑恶地各占一方。

那些得胜者和另些人的被掳，

他们不同命运的声音是非常清楚——

因为这些人倒在丈夫和弟兄尸首的左近

或者儿子们倒上年老父亲的尸身，

用他们那不再是自由的喉咙

哭诉最亲爱的人的命运。

但另一群人被战后一夜的掳掠累得饥寒，

贪吃着这城市能给予他们的任何早餐——

现在不再是按任何营部来分配

却是每个人抽他命运的神签。

所以在特洛伊俘虏们的家里

他们已经能够住得身安，

不再受露天的寒霜和苦露，

不须步哨，睡得像快乐的神仙。

不过，倘若他们有礼地尊崇那城的诸神，

那占领地的诸神和诸神的圣龛，
既征服了，他们就不须怕被征服而心寒，
可是愿贪欲不再落在这队伍群里，
使他们因贪财而劫掠不应当得到的东西，
因为他们为了要安全回返家园，
他们还得走这段双程的第二面。
所以如果他们回家而未曾侮辱那些异国的神祖，
那被杀者的怨恨也许最后听到一个友爱的谈吐——
除非又产生了新的恶仇。
这是你从我，一个女人，所能听到的意见。
可是愿大家看到一切都善。
我们的善很多。我只要求把它享玩。

歌队长 女人，你像一个谨慎的男子，话说得有理，
你这清楚的证据我听得非常详细。
愿我们把光荣归于我主，
我们的苦恼得到了公正的报复。

　　　克吕泰墨斯特拉走回宫殿。

歌　队 （吟诵）
啊，我们的王：宙斯，我们的朋友：夜，
光荣的赐予者——
夜，它在特洛伊的塔上，
撒下一道紧覆的罗网，
年长的年幼的都不能
走过这奴役的、巨大的
吞没一切的陷坑。
伟大的宙斯啊，主人和客人的护卫，
你完成了你的工作，我要恭维。
对帕里斯随便的瞄准，
不太低，也不越过星星，
——他没有射得不正。

人们可以说这打击来自宙斯（唱和舞）
这点至少是毋庸置疑，
人们生活着，依从他的统治。
有些人以为上帝不屑于考虑人间
那些人，他们践踏了圣物的恩典。
只有邪恶的人才作此语，
而"灭亡"正表示出
它是不应妄动的行为的结局，
当人类过分地被自大狂所贿赂
以及他们的房屋装满了财富的时候。
报应昭彰。但愿危险遥远，
一个人若有适当的智慧与才干，

了解这话儿当然不会困难。
因为一个人没有卫障
来抗拒被财富所沉醉，
当他一旦从他的视线
把正义的高塔推翻。

阴森的诱惑之神对他追逐，
他这可厌的孩子，计算的劫数。
补救已无效用，再不须什么掩护，
可是"邪恶"已把它无彩的光向外透露；
同时也像一块坏的钱币，
擦了再磨，
他就变成漆黑，颜色褪落；
在这试验下——他像一个孩提
追逐着一个有翼的雀子。
他永远地玷辱了他的城。
他的祈祷没有神来倾听。
一个人把这类事作为实习
神祇可就要消灭他的身体。
这么着帕里斯来拜见
阿特柔斯的儿子的乐园，
污辱了友情的席。
盗去了主人的妻。
遗留给她国人的，
是盾和矛的锵铿
与战舰的远征，
而带来的并非嫁妆却是毁灭特洛伊城，
她轻轻地走过了一些门槛，
危险的事儿却做得大胆。
殿中的许多说客对此事都一齐埋怨：
"啊，这家庭，这家庭与它的诸王，
啊，这床席和她四肢遗下印象；
人们看到他躺着无声，
被羞辱了而说不出怨恨。"
因了这一腔对海外的她的怀恋，
这家庭似乎被一个魔鬼盘桓。
而现在她的丈夫憎恨
美态的雕像的雅静——
在它们空洞的眼内，
所有的诱惑力都离了身。

但在诱人的梦境里现出了形象，
她带给人间徒然的一度畅快，

因为在幻象中他想把她抚摩，
而这幻觉却在他的指间滑去，
一忽间就成了一片虚无，
跟着来的是睡神的散步。
这是在他家炉边的悲愁，
这类事和比这更坏的还有。
在离去了男子的希腊的土地之上
弥漫着痛苦的心和女人的哭丧，
在所有的家里都可以看出
万千愁绪刺痛着她们心的深处。
因为她们亲眼送去那些男子作战，
但是代替他们生还的，
是轻轻的
尸灰一碗。

尸体的兑换者——那作换钱业的战神，
在这次战争中把握住了他的天秤，
从火化了的特洛伊城回转
带给朋友们那灰尘一盘。
它被泪珠儿压得沉沉低垂——
这值得一个人的生命的尸灰，
在一个便于随带的缸内。
她们呜咽地哭诉着，为那些死者夸耀：
说他们是怎样的战争专家，如何在屠杀中英勇地躺倒，
而他们却是为了别人一个妻子的私逃。
话语已成呜咽和含混，
一腔仇恨和悲愤
反抗阿特柔斯儿子和他们的战争理论。
但一些别的人倒在城墙脚边，
埋葬在特洛伊土地的下面，
睡着，他们的肢体仍然美丽，
但被束藏在敌人的土里。
一个暴怒民族的私语十分低沉，
成为众人诅咒的公愤。
黑夜中蜷伏着一件物体，
焦心地等着听个仔细，
因为众神并没有瞎了眼睛
看不见那谋杀了很多人的人们。
黑衣女神也按时来拜访，
当一个人在罪恶之中兴旺，
把他变成黑暗，腐蚀他的生命，
而他一旦灭亡就再也不能翻身。
太狂大了的光荣

是一个疼痛的负重。
宙斯的眼会炸碎了那最高的山峰。
我宁愿有一笔无人嫉妒的财产，
而不要做一个掳掠城市的人儿，
不使自己成为一个俘虏，
在别人的统治下为奴。
（舞毕）

一老人（唱）　烽火带来好消息，
一个谣传很快在这城上掠过，
谁能知道它是真的，抑系虚假，
还是众神弄的骗人计划。

另一老人（唱）　什么人如此幼稚蒙昧，
在心中燃起一道新式的火传消息，
而又马上垂头丧气——
当这报告变得有些不利？

另一老人（唱）　这恰恰适合一个女子的心理，
在故事没有证实前就表示同意。

另一老人（唱）　女人们那种过于轻信的热情，
会扩大成为一股燎原的火焰，
但女人所宣布的消息也会很快地渺无踪影。

歌队长　马上我们就可以知道那些光耀的火把，
那些烽火和那些相互呼应的强烈火花。
它们是否真的存在抑是梦幻——
这悦人的光来把我们的智力欺骗？
看啊，我看到从海的彼岸，
一个使者在橄榄树荫下被灰尘覆满——
这泥泞的干渴姊妹和同僚就是我的证见：
他将不会带来一个哑消息报告，
那消息也不是一山柴火的焚烧；
可是相反的消息我将怕得不愿听见。
但愿在现在的善上更加上善。

另一说话者　无论谁对我们这城作不善的祈祷，
愿他收获他坏心肠的果报。

　　使者进，在未开口前先吻地。

使　者　我祖先的土地，啊，阿耳戈斯的土地，
在第十年的开端，我回到了你怀里，
在许多动摇的希望后达到了一个目的，
因为我从不敢想象在阿耳戈斯国里
我能在家乡亲切的土上赢得一块墓地。
可是，万岁啊，祖国，万岁啊，太阳光，
和俯视这个国家的宙斯，万岁啊，比田王——
愿他不再向我们射出他的金箭
（仇视在斯卡曼多河已有很久的时间）。

现在但愿你是我们的救主和大夫，
阿波罗王。我要向议会的众神高呼，
也要向赫尔墨斯，我的恩主——
他是所有的先驱者所崇拜的先驱——
也要高呼那些英雄顺送我们的行程，
并加施恩宠使这支军队从刀剑下逃出了生命。
啊，珍爱的家屋啊，皇家的宫殿。
啊，威严的龙廷和面对月光的众神仙，
以你们闪耀的眼，如从前一样
欢乐地来迎接你们久别了的君王，
他在黑夜中给你们带来光亮
也带给所有的人——阿伽门农王，
请给他应得的热烈的欢迎。
他用公正裁判之神的铁斧
削平和摧毁了特洛伊的土地和城，
也捣毁了那些祭坛——神的坐位，
这土地的一切种子也因此而全毁。
这君王把羁绊放在特洛伊的颈上，
阿特柔斯的长子——一位幸福的君王，
他来了，最值得这儿一切人的尊荣。
帕里斯和这座罪恶的城——他的帮凶
再也不能夸他的罪比报应还重。
因奸盗而被判决受这报应，
他已经失掉了盗来的物品，
他父亲的房屋和这国家整个被削平；
普里阿摩斯的儿子们加利息把他们的债付清。

歌队长	欢呼啊，高兴啊，希腊军的传令人。
使　者	真高兴，这么高兴，只要众神下令 我将毫不迟疑地去死——结束我的一生！
歌队长	你真是这么焦急地盼望回家？
使　者	是，泪珠因快乐而涌出了我的眼睛。
歌队长	那么使你苦痛的狂热一定很甜蜜？
使　者	你这是什么意思？请告诉我你的旨趣。
歌队长	你渴望那些人——而他们又以爱对你们回应。
使　者	你意思是说这国家思念着远征军？
歌队长	我自己就常从一个阴影覆住了的心发出呻吟。
使　者	它怎样地抓住了你——这悲切的怨恨？
歌队长	我形容不出。我的药方是"沉静"。
使　者	什么？在你主人出征期间你害怕了一个人？
歌队长	是，照你的话，死就是我的愿心。
使　者	我们成功了——这花费了时间。 我们可以说，他们有些死得非常勇敢， 同时却有些人要加以责难。

除了众神谁能在一生中没有辛艰？
假如我形容我们的工作，我们艰苦的住所，
挤在甲板上的睡眠，不敷用的被卧，
得不到手的定量分配——
那地方还有许多事使人憎恶心灰，
因为我们的床排在敌人的城墙脚下，
从天空不断落下的细雨，从沼地升上的露珠，
湿了我们的衣，生出虱子充满了我们的头发。
同时如果要描写这鸟儿都要绝灭的严冬、
因了在伊达下的雪而使人难挨的寒冻，
或是那炎暑，那时连中午的海都变得疏懒，
翻不起浪花，在慵倦的平静中贪眠。
但干吗要发牢骚？倦怠已经终尽，
真的，它对一些人是绝不再临：
他们再不用麻烦着从床上起身。
干吗要去计算那些损失了的人们？
干吗活人要为命运的唾弃而忧闷？
"再见！"我要为灾难这么长叫一声。
对于我们这些阿耳戈斯的残余，
幸福的重量已经是超过了苦痛。
因此我们可以对这太阳光夸耀
乘着语言的翼在地上和海上游遨：
"攻下了特洛伊，阿耳戈斯的远征军。
在全希腊每个寺院里的大厅
悬起掳掠物，一些古雅的战利品。"
听到这故事的人定会称赞这城与那些将领。
夸耀啊，夸耀那促成这种成功的上帝的慈恩。
这整个故事你可听到了一个详尽？

歌队长　我承认，你的报告我完全相信，
老年人总是年轻得足够倾听。

克吕泰墨斯特拉从宫殿走出来。

这消息依理是先属于这个家庭
和克吕泰墨斯特拉——虽然我也因此荣幸。

克吕泰墨斯特拉　好久以前我因快乐的驱使而欢叫，
由于第一位火把使者的来到，
宣布特洛伊被推翻，
人民曾责备我说："仅仅一点烽烟
就能诱使你相信特洛伊城已经攻陷？
的确，女人的心是太容易喜欢。"
这种批评的确使我感到迷茫，
但我做了祭典，照女人的模样。
人们在城内呼起胜利的叫喊
同时在众神所住的庭院中间

焚着芬芳的、吃灭香柱的火焰。
现在你们还有什么要对我再讲？
我将从国王亲口听取一个短长。
但是如何最好地把我这光荣主人欢迎
当他回到家来——这我得费一番思考。
因为女人还能看到什么光亮比这更亲切，
对她从战争中回来的男子打开大门来迎接，
当上帝保留了他的性命？请把这话详告，
我以最高速度回来的丈夫——这城的珠宝，
愿他回家看到一个妻子的忠诚——
她这看家之犬——正如他离别她的时分。
她对他善良，但对一切来意不善的人骄傲，
对于许多别的事也像以前同样的好，
在这整个的时间绝不曾把海誓山盟毁掉。
我对于别的男子感觉不到一点儿快乐，
老实说，不会知道怎样把铁染红更多，
这夸口决不会把一个高贵的妻子羞过。（下）

歌队长 她这么地说了；如果你愿意接受它的意义：
聪明的解释者知道这故事穿的是漂亮的外衣。
可是你，使者，请告诉我；我要知道
墨涅拉俄斯是否被保护得安好，
将和你——我们国家最亲爱的人——一起回朝。

使 者 这么漂亮的假话我说不出口，
朋友，来使你高兴，无论多少时候。

歌队长 不过如果那真消息也能这么好，
善与恶的分界就难于隐掉。

使 者 那王子死在希腊的战舰之上，
他和船。我说不出别的虚谎。

歌队长 是他在大家前面从特洛伊第一个出发，
还是苦扰着大家的风暴扫开了他？

使 者 你射中了目的正如一个专家射手，
简洁地把一个悲长的故事说得清楚。

歌队长 是否这谣传在别的残舰上也很流行，
说明他是死了还是活出了生命？

使 者 谁也说不出一个确实短长，
除了这养育大地上一切生物的太阳。

歌队长 请告诉我这暴风是如何因了神的怒火来袭击这
队船，和它是如何的一个结果。

使 者 只能传坏消息的舌头不应把好消息的日子污染。
各个神祇应该获得他应得的称赞。
当一个使者，面色失望，给这城市带来
一支军队的失败的那种可憎的报告：
一个将军围在城中，而且许多人

被家庭诅咒，被向外驱赶，
由于那战争之神所爱好的双鞭
和那位手握血腥戈矛的"劫数"神仙，
一个人在心中怀着这么大一堆悲愁，
只要你问他便能把芙莉的歌背得清楚。
不过当我们的目的已经完成
和幸福的使者回到这座庆乐的城，
我怎能把好消息和坏消息相混
来重述希腊人遭遇的风暴——上帝的怒愤？
因为那些顽固的敌人，
火与海，而且又是同盟，
毁灭了阿耳戈斯这支不幸的大军，
在夜间涌起了一层邪恶的毒浪，
从特拉斯吹来的暴风使船儿相互撞破：
它们在这飓风的狂暴中互相触角。
飓风和滴答的雨把一切完全搅乱：
由于一个恶毒的牧羊人向各方乱扇。
可是当太阳明亮的光从东方升起
我们就看到爱琴海翻着花的尸体：
这是希腊人和他们船只破坏的拾遗。
可是我们，我们的那艘船一点也没有破损，
不知是某人把它攫去，还是已为它求情——
一个神祇，不是人，掌握了它的舵，
同时救命的福神也在我们的船上高坐，
所以我们碇泊时没有被浪花狂击，
也没有在悬崖布满的岸边撞破，
但是从海上逃避了死神，
在白天我们却怀疑命运：
新的痛苦纠缠住我们的心。
这舰队已被打碎，水手也都疲敝，
现在假如他们有任何人还能呼吸，
他们一定以为我们丧掉了身体。
愿一切都是顶好。至于墨涅拉俄斯王子，
第一个而且最可能的猜想是惨死。
可是假如太阳的某一根光线，
侦察出他还是活着，睁着活的眼，
由于宙斯的计划还未决定把这族全毁，
那么我们就还有一线希望盼他生还。
你已听到很多。要知道这是真话。

使者下。

（颜海峰编，摘自叶君健译：《阿伽门农王》，中国工人出版社，1995）

第九章　索福克勒斯及《俄狄浦斯王》

第一节　索福克勒斯简介

三位古希腊悲剧之父，埃斯库罗斯遭受"天外横祸"殒命于一只从天而降的乌龟，欧里庇得斯则受驱逐客死马其顿，真可谓"名副其实"，只有这位索福克勒斯，颇受眷顾，"生前圆满，死后无憾"。

说索福克勒斯"生前圆满"首先是因为他一生都身居高位，与一生都拒绝参与政治的欧里庇得斯截然相反，且他的寿命为三者最长，驾鹤之日也届龟龄。他于公元前496年降生在雅典西北郊克罗诺斯的一个兵器作坊家庭，早期教育良好，颇具音乐天赋，加之容貌俊好，15岁就被选为朗诵队领队。之后索福克勒斯几乎是平步青云，先入政界，于公元前443年出任以雅典为盟主的"德利亚联盟"的财政总管，后来又两次担任重要的将军职务。公元前440年，当选为雅典十将军之一，进入雅典的最高层，与伯利克里一起指挥对抗斯巴达盟军。公元前431年伯罗奔尼撒战争爆发，翌年雅典瘟疫肆虐，他又担任祭司一职。公元前413年，他进入雅典的"十人委员会"。

政治上的风采只是他圆满人生的一个扇面，让他的人生成其为"圆"的却是他在文学上的成就。索福克勒斯在长达70年的创作生涯中，共创作出120多部悲剧和滑稽剧，获得过24次奖，比埃斯库罗斯和欧里庇得斯得奖之和还多。公元前468年，年仅27岁的索福克勒斯首次参加希腊的悲剧竞赛，一鸣惊人，技压近乎花甲的埃斯库罗斯，并保持此荣誉达20年。虽然存世作品不多，仅7部（数目与埃斯库罗斯相同），分别为《埃阿斯》、《安提戈涅》、《俄狄浦斯王》、《埃勒克特拉》、《特拉基斯少女》、《菲罗克忒忒斯》、《奥狄浦斯在科洛诺斯》。其中，《安提戈涅》和《俄狄浦斯王》最能反映索福克勒斯的创作才能，后者还被亚里士多德称为"十全十美的悲剧"，是古希腊悲剧最杰出的典范之作。

在索福克勒斯手里，古希腊悲剧发展到了一个新的阶段，三个演员同时登台，对话成了戏剧中第一位的东西，成了刻画人物的有力手段，使得他的剧作在形式上和内容上都达到了古代世界的最高水准。他的作品通常表现个人意志行为与命运之间的冲突，往往被称为"命运悲剧"。

索福克勒斯在希腊各城邦中都享有极高的声誉，他死时，正逢雅典与斯巴达战争期间，斯巴达将军闻讯，即刻下令停止战争，让索福克勒斯的遗体归葬故里。这应该算是他"死后无憾"的最好注脚了吧。

第二节 《俄狄浦斯王》简介

古希腊悲剧在索福克勒斯笔下走上成熟的道路，而成熟的古希腊悲剧之典范则正是他的《俄狄浦斯王》。该剧曾被亚里士多德誉为"十全十美的悲剧"，继此而后，许多不同时代的人或模仿之或改写之或讨论之，其中不乏剧作家、道德家、心理学家和历史学家等。俄狄浦斯情节便是弗洛伊德最著名的研发。

《俄狄浦斯王》是一部交织了英雄故事和乱伦娶母的作品，反映了当时的社会情况，故事情节离奇而又惊心动魄。忒拜城国王拉伊俄斯曾犯神怒，婚后多年无子。于是他向神祈求，神谕告示他儿子将杀父娶母，于是俄狄浦斯一出世即被抛弃。科林斯王发现并收养了他，长大后的俄狄浦斯得知自己的命运，乃逃出科林斯，机缘巧合又漂泊回忒拜，在那里当了国王并娶了前王的妻子。后来忒拜发生瘟疫，家园变成一片荒凉。关心民众疾苦的国王俄狄浦斯按照神示清查杀害前王的凶手，以使全城人民免于瘟疫之灾。万民拥戴的俄狄浦斯为了人民和城邦的安全，千方百计地追查凶手，可事实却一步步地将他杀父娶母的行为暴露出来，原来他要找的凶手就是他自己。悲痛万分的王后伊俄卡斯忒自尽了。俄狄浦斯在不知不觉中犯下了杀父娶母的滔天大罪，百感交集、万念俱灰之下亲手刺瞎了自己的双眼，并宣布自我放逐。

此剧演出于公元前431年，但关于俄狄浦斯的传说却非常古老，荷马史诗中约略地提到。《奥德赛》中称俄狄浦斯的母亲无意中与儿子婚配，犯下了可怕的罪孽，儿子则杀父娶母。《伊利亚特》中也提到俄狄浦斯之后曾为他举行过葬礼竞技。在索福克勒斯之前，埃斯库罗斯曾以俄狄浦斯传说为题材写过悲剧《斯芬克斯》，但对俄狄浦斯的故事重新发掘，并使这一题材产生如此巨大影响的却是索福克勒斯。他通过此剧一方面极力表现人的智力有限，幸福无常；另一方面则说明神是万能的，其力量神秘而不可捉摸，人们必须以神为依赖。虽然索福克勒斯将神具化为命运，但显而易见，他本人还是相信神的正义性。他不再将命运问题看成首要问题，而认为命运是可以反抗的；他也不再将英雄人物刻画得高大魁伟，而是使其从云端降下，逐渐接近大地，最后跌落到普通市民之中，他的英雄人物不再以可怕的巨人形象出现在我们面前，而更显得贴近生活，贴近人类，变得自然、温和、感人，像人一样美。

在这部悲剧中，索福克勒斯不写神而写理想化的人，且把人放在尖锐的矛盾冲突中加以刻画，使之形象鲜明、性格突出。他把演员从两个增加到三个，使其根据剧情的需要扮演各种人物，表现不同人物的多面性格。他又以对白代替合唱，让对白成为戏剧的主要成分，使希腊悲剧转而成熟为真正的戏剧艺术。而故事讲述先描绘当下再绕回前情的写作手法，使情节曲折离奇、扣人心弦，开创了文学作品倒叙创作的先河。正是由于索福克勒斯对希腊悲剧的这些卓越贡献，他才赢得了"戏剧界的荷马"的美称。

第三节　《俄狄浦斯王》选段

一　开　场

祭司偕一群乞援人自观众右方上。

俄狄浦斯偕众侍从自宫中上。

俄狄浦斯　孩儿们，老卡德摩斯的现代儿孙，城里正弥漫着香烟，到处是求生的歌声和苦痛的呻吟，你们为什么坐在我面前，捧着这些缠羊毛的树枝？孩儿们，我不该听旁人传报，我，人人知道的俄狄浦斯，亲自出来了。

（向祭司）老人家，你说吧，你年高德劭，正应当替他们说话。你们有什么心事，为什么坐在这里？你们有什么忧虑，有什么心愿？我愿意尽力帮助你们，我要是不怜悯你们这样的乞援人，未免太狠心了。

祭　司　啊，俄狄浦斯，我邦的君王，请看这些坐在你祭坛前的人都是怎样的年纪：有的还不会高飞；有的是祭司，像身为宙斯祭司的我，已经老态龙钟；还有的是青壮年。其余的人也捧着缠羊毛的树枝坐在市场里，帕拉斯的双庙前，伊斯墨诺斯庙上的神托所的火灰旁边。因为这城邦，像你亲眼看见的，正在血红的波浪里颠簸着，抬不起头来；田间的麦穗枯萎了，牧场上的牛瘟死了，妇人流产了；最可恨的带火的瘟神降临到这城邦，使卡德摩斯的家园变为一片荒凉，幽暗的冥土里倒充满了悲叹和哭声。

我和这些孩子并不是把你看作天神，才坐在这祭坛前求你，我们是把你当作天灾和人生祸患的救星；你曾经来到卡德摩斯的城邦，豁免了我们献给那残忍的歌女的捐税；这件事你事先并没有听我们解释过，也没有向人请教过；人人都说，并且相信，你靠天神的帮助救了我们。

现在，俄狄浦斯，全能的主上，我们全体乞援人求你，或是靠天神的指点，或是靠凡人的力量，为我们找出一条生路。在我看来，凡是富有经验的人，他们的主见一定是很有用处的。

啊，最高贵的人，快拯救我们的城邦！保住你的名声！为了你先前的一片好心，这地方把你叫作救星；将来我们想起你的统治，别让我们留下这样的记忆：你先前把我们救了，后来又让我们跌倒。快拯救这城邦，使它稳定下来！

你曾经凭你的好运为我们造福，如今也照样做吧。假如你还想像现在这样治理这国土，那么治理人民总比治理荒郊好；一个城堡或是一只船，要是空着没有人和你同住，就毫无用处。

俄狄浦斯　可怜的孩儿们，我不是不知道你们的来意，我了解你们大家的疾苦，可是你们虽然痛苦，我的痛苦却远远超过你们大家。你们每人只为自己悲哀，不为旁人，我的悲痛却同时是为城邦，为自己，也为你们。

我睡不着，并不是被你们吵醒的，须知我是流过多少眼泪，想了又想。我细细思量，终于想到了一个唯一的挽救办法，这办法我已经实行。我已经派克瑞翁，墨诺叩斯的儿子，我的内兄，到福玻斯的皮托庙上去求问：要用怎样的言行才能拯救这城邦。我计算日程，很是焦心，因为他耽搁得太久，早超过适当的日期了，也不知他在做什么。等他回来，我若是不完全按照天神的启示行事，我就算失德。

祭　　司　你说的真巧，他们的手势告诉我，克瑞翁回来了。

俄狄浦斯　阿波罗王啊，但愿他的神采表示有了得救的好消息。

祭　　司　我猜想他一定有了好消息；要不然，他不会戴着一顶上面满是果实的桂冠。

俄狄浦斯　我们立刻可以知道；他听得见我们说话了。

　　　　克瑞翁自观众左方上

　　　　亲王，墨诺叩斯的儿子，我的亲戚，你从神那里给我们带回了什么消息？

克 瑞 翁　好消息！告诉你吧：一切难堪的事，只要向着正确方向进行，都会成为好事。

俄狄浦斯　神示怎么样？你的话既没有叫我放心，也没有使我惊慌。

克 瑞 翁　你愿意趁他们在旁边的时候听，我现在就说；不然就到宫里去。

俄狄浦斯　说给大家听吧！我是为大家担忧，不单为我自己。

克 瑞 翁　那么我就把我听到的神示讲出来：福玻斯王分明是叫我们把藏在这里的污染清除出去，别让它留下来，害得我们无从得救。

俄狄浦斯　怎样清除？那是什么污染？

克 瑞 翁　你得下驱逐令，或者杀一个人抵偿先前的流血；就是那次的流血，使城邦遭了这番风险。

俄狄浦斯　阿波罗指的是谁的事？

克 瑞 翁　主上啊，在你治理这城邦以前，拉伊俄斯原是这里的王。

俄狄浦斯　我全知道，听人说起过；我没有亲眼见过他。

克 瑞 翁　他被人杀害了，神分明是叫我们严惩那伙凶手，不论他们是谁。

俄狄浦斯　可是他们在哪里？这旧罪的难寻的线索哪里去寻找？

克 瑞 翁　神说就在这地方；去寻找就擒得住，不留心就会跑掉。

俄狄浦斯　拉伊俄斯是死在宫中，乡下，还是外邦？

克 瑞 翁　他说出国去求神示，去了就没有回家。

俄狄浦斯　有没有报信人？有没有同伴见过这件事？如果有，我们可以问问他，利用他的话。

克 瑞 翁　都死了，只有一个吓坏的人逃回来，也只能肯定亲眼看见的一件事。

俄狄浦斯　什么事呢？只要有一线希望，我们总可以从一件事里找出许多线索来。

克 瑞 翁　他说他们是碰上强盗被杀害的，那是一伙强盗，不是一个人。

俄狄浦斯　要不是有人从这里出钱收买，强盗哪有这样大胆？

克 瑞 翁　我也这样猜想过；但自从拉伊俄斯遇害之后，还没有人在灾难中起来报仇。

俄狄浦斯　国王遇害之后，什么灾难阻止你们追究？

克 瑞 翁　那说谜语的妖怪使我们放下了那没头的案子，先考虑眼前的事。

俄狄浦斯　我要重新把这案子弄明白。福玻斯和你都尽了本分，关心过死者；你会看见，我也要正当地和你们一起来为城邦，为天神报复这冤仇。这不仅是为一个并不疏远的朋友，也是为我自己清除污染；因为，不论杀他的凶手是谁，也会有同样的毒手来对付我的。所以我帮助朋友，对自己也有利。

　　　　孩儿们，快从台阶上起来，把这些求援的树枝拿走；叫人把卡德摩斯的人民召集到这里来，我要彻底追究；凭着天神帮助，我们一定成功——但也许会失败。

俄狄浦斯偕众侍从进宫，克瑞翁自观众右方下

祭　　司　　孩儿们，起来吧！我们是为这件事来的，国王已经答应了我们的请求。福玻斯发出神示，愿他来做我们的救星，为我们消除这场瘟疫。

众乞援人举起树枝随着祭司自观众右方下。

二　进场歌

歌队自观众右方进场。

歌　　队　　（第一曲首节）宙斯的和祥的神示啊，你从那黄金的皮托，带着什么消息来到这光荣的忒拜城？我担忧，我心惊胆战，啊，得罗斯的医神啊，我敬畏你，你要我怎样赎罪？用新的方法，还是依照随着时光的流转而采用的古老仪式？请指示我，你神圣的声音，金色希望的女儿！

（第一曲次节）我首先召唤你，宙斯的女儿，神圣的雅典娜，再召唤你的姐姐阿耳忒弥斯，她是这地方的守护神，坐在那圆形市场里光荣的宝座上，我还要召唤你，远射的福玻斯：你们三位救命的神，请快显现；你们先前曾解除了这城邦所面临的灾难，把瘟疫的火吹出境外，如今也请快来呀！

（第二曲首节）哎呀，我忍受的痛苦数不清；全邦的人都病了，找不出一件武器来保护我们。这闻名的土地不结果实，妇人不受生产的疼痛；只见一条条生命，像飞鸟，像烈火，奔向西方之神的岸边。

（第二曲次节）这无数的死亡毁了我们城邦，青年男子倒在地上散布瘟疫，没有人哀悼，没有人怜悯；死者的老母和妻子在各处祭坛的台阶上呻吟，祈求天神消除这悲惨的灾难。求生的哀歌是这般响亮，还夹杂着悲惨的哭声；为了解除这灾难，宙斯的金色女儿啊，请给我们美好的帮助。

（第三曲首节）凶恶的阿瑞斯没有携带黄铜的盾牌，就怒吼着向我放火烧来；但愿他退出国外，让和风把他吹到安菲特里忒的海上，或是不欢迎客人的特剌刻港口去；黑夜破坏不足，白天便来继续完成。我们的父亲宙斯啊，雷电的掌管者啊，请用霹雳把他打死。

俄狄浦斯偕众侍从自宫中上

（第三曲次节）吕刻俄斯王啊，愿你那无敌的箭从金弦上射出去杀敌，帮助我们！愿阿耳忒弥斯点燃她的火炬，火光照耀在吕喀亚山上。我还要召唤那头束金带的神，和这城邦同名的神，他叫酒色的欧伊俄斯·巴克科斯，是狂女的伴侣，愿他也点着光亮的枞脂火炬来做我们的盟友，抵抗天神所藐视的战神。

三　第一场

俄狄浦斯　　你是这样祈祷；只要你肯听我的话，对症下药，就能得救，脱离灾难。我对这个消息和这场灾祸是不明白的，我只能这样说：如果没有一点线索，我一个人就追不了很远。我成为忒拜公民是在这件案子发生以后。让我向全体公民这样宣布：你们里头如果有谁知道拉布达科斯的儿子拉伊俄斯是被谁杀死的，我要他详细报上来；即使他怕告发了凶手反被凶手告发，也应当报上来；他不但不会受到严重的惩罚，而且可以安然离开祖国。如果

有人知道凶手是外邦人，也不用隐瞒，我会重赏他，感激他。

但是，你们如果隐瞒——如果有人为了朋友或为了自己有所畏惧而违背我的命令，且听我要怎样处置：在我做国王，掌握大权的领土以内，我不许任何人接待那罪人——不论他是谁——，不许同他交谈，也不许同他一块儿祈祷、祭神，或是为他举行净罪礼；人人都得把他赶出门外，认清他是我们的污染，正像皮托的神示最近告诉我们的。我要这样来做天神和死者的助手。我诅咒那没有被发现的凶手，不论他是单独行动，还是另有同谋，他这坏人定将过着悲惨不幸的生活。我发誓，假如他是我家里的人，我愿忍受我刚才加在别人身上的诅咒。

我为自己，为天神，为这块天神所厌弃的荒芜土地，把这些命令交给你们去执行。

即使天神没有催促你们办这件事，你们的国王，最高的人被杀害了，你们也不该把这污染就此放下，不去清除；你们应当追究。我如今掌握着他先前的王权；娶了他的妻子，占有了他的床榻共同播种，如果他求嗣的心没有遭受挫折，那么同母的子女就能把我们联结为一家人；但是厄运落到了他头上；我为他作战，就像为自己的父亲作战一样，为了阿革诺耳的玄孙，老卡德摩斯的曾孙，波吕多罗斯的孙子，拉布达科斯的儿子报仇，我要竭力捉拿那杀害他的凶手。

对那些不服从的人，我求天神不叫他们的土地结果实，不叫他们的女人生孩子；让他们在现在的厄运中毁灭，或者遭受更可恨的命运。

至于你们这些忒拜人——你们拥护我的命令——愿我们的盟友正义之神和一切别的神对你们永远慈祥，和你们同在。

歌 队 长　主上啊，你既然这样诅咒，我就说了吧，我没有杀害国王，也指不出谁是凶手。这问题是福玻斯提出的，他应当告诉我们，事情到底是谁做的。

俄狄浦斯　你说得对；可是天神不愿做的事，没有人能强迫他们。

歌 队 长　我愿提出第二个好办法。

俄狄浦斯　假如还有第三个办法，也请讲出来。

歌 队 长　我知道，忒瑞西阿斯王和福玻斯王一样，有先见之明，主上啊，问事的人可以从他那里把事情打听明白。

俄狄浦斯　这件事我并不是没有想到。克瑞翁提议以后，我已两次派人去请他；我一直在纳闷，怎么还没看见他来。

歌 队 长　我们听见的已经是旧话，失去了意义。

俄狄浦斯　那是什么话？我要打听每一个消息。

歌 队 长　听说国王是被几个旅客杀死的。

俄狄浦斯　我也听说；可是没人见到过证人。

歌 队 长　那凶手如果胆小害怕，听见你这样诅咒，就不敢在这里停留了。

俄狄浦斯　他既然敢作敢为，也就不怕言语恐吓。

歌 队 长　可是有一个人终会把他指出来。他们已经把神圣的先知请来了，人们当中只有他才知道真情。

　　　童子带领忒瑞西阿斯自观众右方上

俄狄浦斯　啊，忒瑞西阿斯，天地间一切可以言说和不可言说的秘密，你都明察，你虽然看不见，也能觉察出我们的城邦遭了瘟疫；主上啊，我们发现你是我们唯一的救星和保护人。你不会没有听见报信人说过，福玻斯已经回答了我们的询问，说这场瘟疫唯一的挽救办法，全看我们能不能找出杀害拉伊俄斯的凶手，把他们处死，或者放逐出境。如今就请利用鸟声或你所掌握的别的预言术，拯救自己，拯救城邦，拯救我，清除死者留下的一切污染吧！我们全靠你了。一个人最大的事业就是尽他所能，尽他所有帮助别人。

忒瑞西阿斯　哎呀，聪明没有用处的时候，做一个聪明人真是可怕呀！这道理我明白，可是忘记了；要不然，我就不会来。

俄狄浦斯　怎么？你一来就这么懊丧。

忒瑞西阿斯　让我回家吧；你答应我，你容易对付过去，我也容易对付过去。

俄狄浦斯　你有话不说；你的语气不对头，对养育你的城邦不友好。

忒瑞西阿斯　因为我看你的话说得不合时宜；所以我才不说，免得分担你的祸事。

俄狄浦斯　你要是知道这秘密，看在天神面上，不要走，我们全都跪下来求你。

忒瑞西阿斯　你们都不知道。我不暴露我的痛苦——也是免得暴露你的。

俄狄浦斯　你说什么？你明明知道这秘密，却不告诉我们，岂不是有意出卖我们，破坏城邦吗？

忒瑞西阿斯　我不愿使自己苦恼，也不愿使你苦恼。为什么还要白费唇舌追问呢？你不会从我嘴里知道那秘密的。

俄狄浦斯　坏透了的东西，你的脾气跟石头一样！你不告诉我们吗？你是这样心硬，这样顽强吗？

忒瑞西阿斯　你怪我脾气坏，却不明白你"自己的"同你住在一起，只知道挑我的毛病。

俄狄浦斯　谁听了你这些不尊重城邦的话，能不生气？

忒瑞西阿斯　我虽然保守秘密，事情也总会水落石出。

俄狄浦斯　既然总会水落石出，你就该告诉我。

忒瑞西阿斯　我决不往下说了；你想大发脾气就发吧。

俄狄浦斯　是呀，我是很生气，我要把我的意见都讲出来：我认为你是这罪行的策划者，人是你杀的，虽然不是你亲手杀的。如果你的眼没有瞎，我敢说准是你一个人干的。

忒瑞西阿斯　真的吗？我叫你遵守自己宣布的命令，从此不许再跟这些长老说话，也不许跟我说话，因为你就是这地方不洁的罪人。

俄狄浦斯　你厚颜无耻，出口伤人。你逃得了惩罚吗？

忒瑞西阿斯　我逃得了；知道真情就有力量。

俄狄浦斯　谁教给你的？不会是靠法术知道的吧。

忒瑞西阿斯　是你，你逼我说出了我不愿意说的话。

俄狄浦斯　什么话？你再说一遍，我就更明白了。

忒瑞西阿斯　是你没听明白，还是故意逼我往下说？

俄狄浦斯　我不能说已经明白了；你再说一遍吧。

忒瑞西阿斯　我说你就是你要寻找的杀人凶手。

俄狄浦斯　你两次诽谤人，是要受惩罚的。

忒瑞西阿斯　还要我说下去，使你生气吗？

俄狄浦斯　你要说就说；反正都是白费唇舌。

忒瑞西阿斯　我说你是在不知不觉之中和你最亲近的人可耻地住在一起，却看不见自己的灾难。

俄狄浦斯　你以为你能这样说下去，不受惩罚吗？

忒瑞西阿斯　是的，只要知道真情就是力量。

俄狄浦斯	别人有力量，你却没有；你又瞎又聋又懵懂。
忒瑞西阿斯	你这会骂人的可怜虫，回头大家就会这样回敬你。
俄狄浦斯	漫长的黑夜笼罩着你一生，你伤害不了我，伤害不了任何看得见阳光的人。
忒瑞西阿斯	命中注定，你不会在我手中身败名裂；阿波罗有力量，他会完成这件事。
俄狄浦斯	这是克瑞翁的诡计，还是你的？忒瑞西阿斯、克瑞翁没有害你，是你自己害自己？
俄狄浦斯	（自语）啊，财富，王权，人事的竞争中超越一切技能的技能，你们多么受人嫉妒：为了羡慕这城邦自己送给我的权力，我信赖的老朋友克瑞翁，偷偷爬过来，要把我推倒，他收买了这个诡计多端的术士，为非作歹的化子，他只认得金钱，在法术上却是个瞎子。 （向忒瑞西阿斯）喂，告诉我，你几时证明过你是个先知？那只诵诗的狗在这里的时候，你为什么不说话，不拯救人民？它的谜语并不是任何过路人破得了的，正需要先知的法术，可是你并没有借鸟的帮助、神的启示显出这种才干来。直到我无知无识的俄狄浦斯来了，不懂得鸟语，只凭智慧就破了那谜语，征服了它。你想推倒我，站在克瑞翁的王位旁边。你想和那主谋的人一块儿清除这污染，我看你是一定会后悔的。要不是看你上了年纪，早就叫你遭受苦刑，叫你知道你是多么狂妄无礼！
歌 队 长	看来，俄狄浦斯啊，他和你都是说气话。这样的话没有必要；我们应该考虑怎样好好地执行阿波罗的指示。
忒瑞西阿斯	你是国王，可是我们双方的发言权无论如何应该平等；因为我也享有这样的权利。我是罗克西阿斯的仆人，不是你的；用不着在克瑞翁的保护下挂名。你骂我瞎子，可是我告诉你，你虽然有眼也看不见你的灾难，看不见你住在哪里，和什么人同居。你知道你是从什么根里长出来的吗？你不知道，你是你的已死的和活着的亲属的仇人；你父母的诅咒会左右地鞭打着你，可怕地向你追来，把你赶出这地方；你现在虽然看得见，可是到了那时候，你眼前只是一片黑暗。等你发觉了你的婚姻——在平安的航行之后，你在家里驶进了险恶的港口——那时候，哪一个收容所没有你的哭声？喀泰戎山上哪一处没有你的回音？你猜想不到那无穷无尽的灾难，它会使你和你自己的身份平等，使你和自己的儿女成为平辈。 尽管骂克瑞翁，骂我瞎说吧，反正世间再没有比你受苦的人了。
俄狄浦斯	听了他的话，谁能忍受？（向忒瑞西阿斯）该死的东西，还不快退下去，离开我的家？
忒瑞西阿斯	要不是你召我来，我根本不会来。
俄狄浦斯	我不知道你会说这些蠢话；要不然，我决不会请你到我家里来。
忒瑞西阿斯	在你看来，我很愚蠢；可是在你父母看来，我却很聪明。
俄狄浦斯	什么父母？等一等！谁是我父亲？
忒瑞西阿斯	今天就会暴露你的身份，也叫你身败名裂。
俄狄浦斯	你老是说些谜话，意思含含糊糊。
忒瑞西阿斯	你不是最善于破谜吗？
俄狄浦斯	尽管使这件事骂我吧，你总会从这里头发现我的伟大。
忒瑞西阿斯	正是那运气害了你。
俄狄浦斯	只要能拯救城邦，那也没什么关系。
忒瑞西阿斯	我该走了；孩子，领我走吧。

俄狄浦斯　好，让他领你走；你在这里又碍事又讨厌！你走了也免得叫我烦恼。

忒瑞西阿斯　可是我要说完我的话才走，我不怕你皱眉头；你不能伤害我。告诉你吧：你刚才大声威胁，通令要捉拿的，杀害拉伊俄斯的凶手就在这里；表面看来，他是个侨民，一转眼就会发现他是个土生的忒拜人，再也不能享受他的好运了。他将从明眼人变成瞎子，从富翁变成乞丐，到外邦去，用手杖探着路前进。他将成为和他同住的儿女的父兄，他生母的儿子和丈夫，他父亲的凶手和共同播种的人。我这话你进去想一想；要是发现我说假话，再说我没有预言的本领也不迟。

　　童子带领先知自观众右方下，俄狄浦斯偕众侍从进宫。

四　第一合唱歌

歌　队　（第一曲首节）那颁发神示的得尔福石穴所说的，用血腥的手做出那最凶恶的事的人是谁呀？现在已是他迈着比风也似的骏马还要快的脚步逃路的时候了；因为宙斯的儿子已带着电火向他扑去，追得上一切人的可怕的报仇神也在追赶着他。

（第一曲次节）那神示刚从帕耳那索斯雪山上响亮地发出来，叫我们四处寻找那没有被发现的罪人。他像公牛一样凶猛，在荒林中，石穴里流浪，凄凄惨惨地独自前进，想避开大地中央发出的神示，那神示永远灵验，永远在他头上盘旋。

（第二曲首节）那聪明的先知非常的，非常的使我烦恼，我不能同意，也不能承认；不知说什么好！我心里忧虑，对现在和未来的事都看不清。直到如今，我从没有听说拉布达科斯家族和波吕玻斯的儿子之间有过什么争吵，可以用来作证据攻击俄狄浦斯的好名声，并且利用这没头的案子为拉布达科斯家族报复冤仇。

（第二曲次节）宙斯和阿波罗才是聪明，能够知道世间万事；凡人的才智虽然各有高下，可是要说人间的先知比我精明，却没有确凿的证据。在我没有证实他的话是真的以前，我决不能同意谴责俄狄浦斯。从前那著名的，有翅膀的女妖逼近他的时候，我们看见过他的聪明，他经得起考验，他是城邦的朋友；我相信，他决不会有罪。

五　第二场

　　克瑞翁自观众右方上。

克瑞翁　公民们，听说俄狄浦斯王说了许多可怕的话，指控我，我忍无可忍，才到这里来了。如果他认为目前的事是我用什么言行伤害了他，我背上这臭名，真不想再活下去了。如果大家都说我是城邦的坏人，连你和我的朋友们也这样说，那就不单是在一方面中伤我，而是在许多方面。

歌队长　他的指责也许是一时的气话，不是有意说的。

克瑞翁　他是不是说过我劝先知捏造是非？

歌队长　他说过，但不知是什么用意。

克瑞翁　他控告我的时候，头脑、眼睛清醒吗？

歌队长　我不知道；我不明白我们的国王在做什么。他从宫里出来了。

俄狄浦斯偕众侍从自宫中上。

俄狄浦斯 你这人，你来干什么？你的脸皮这样厚？你分明是想谋害我，夺取我的王位，还有脸到我家来吗？喂，当着众神，你说吧：你是不是把我看成了懦夫和傻子，才打算这样干？你狡猾地向我爬过来，你以为我不会发觉你的诡计，发觉了也不能提防吗？你的企图岂不是太愚蠢吗？既没有党羽，又没有朋友，还想夺取王位？那要有党羽和金钱才行呀！

克瑞翁 你知道怎么办么？请听我公正地答复你，听明白了再下判断。

俄狄浦斯 你说话很狡猾，我这笨人听不懂；我看你是存心和我为敌。

克瑞翁 现在先听我解释这一点。

俄狄浦斯 别对我说你不是坏人。

克瑞翁 假如你把糊涂顽固当作美德，你就太不聪明了。

俄狄浦斯 假如你认为谋害亲人能不受惩罚，你也算不得聪明。

克瑞翁 我承认你说得对。可是请你告诉我，我哪里伤害了你？

俄狄浦斯 你不是劝我去请那道貌岸然的先知吗？

克瑞翁 我现在也还是这样主张。

俄狄浦斯 已经隔了多久了，自从拉伊俄斯——

克瑞翁 自从他怎么样？我不明白你的意思。

俄狄浦斯 ——遭人暗杀死去后。克瑞翁算起来日子已经很长久了！

俄狄浦斯 那时候先知卖弄过他的法术吗？

克瑞翁 那时候他和现在一样聪明，一样受人尊敬。

俄狄浦斯 那时候他提起过我吗？

克瑞翁 我在他身边没听见他提起过。

俄狄浦斯 你们也没有为死者追究过这件案子吗？

克瑞翁 自然追究过，怎么会没有呢？可是没有结果。

俄狄浦斯 那时候这位聪明人为什么不把真情说出来呢？

克瑞翁 不知道；不知道的事我就不开口。

俄狄浦斯 这一点你总是知道的，应该讲出来。

克瑞翁 哪一点？只要我知道，我不会不说。

俄狄浦斯 要不是和你商量过，他不会说拉伊俄斯是我杀死的。

克瑞翁 要是他真这样说，你自己心里该明白；正像你质问我，现在我也有权质问你了。

俄狄浦斯 你尽管质问，反正不能把我判成凶手。

克瑞翁 你难道没有娶我的姐姐吗？

俄狄浦斯 这个问题自然不容我否认。

克瑞翁 你是不是和她一起治理城邦，享有同样权利？

俄狄浦斯 我完全满足了她的心愿。

克瑞翁 我不是和你们俩相差不远，居第三位吗？

俄狄浦斯 正是因为这缘故，你才成了不忠实的朋友。

（颜海峰编，摘自罗念生译：《俄狄浦斯王》，人民文学出版社，2002）

第十章 欧里庇得斯及《美狄亚》

第一节 欧里庇得斯简介

在希腊悲剧的大舞台之上，有这么一位爱将哲学问题挂在嘴边的"智者"，为此他也被后世称作"舞台上的哲学家"，他便是希腊三大悲剧之父之一的欧里庇得斯。

他当之无愧是个"智者"，不是因为他曾和智者学派的普罗泰戈拉有过交往，他人生的波折起落和作品的深刻使其无愧于这个赞誉。然而他也确实受到自己的哲学观的影响，在他的悲剧中论述太多哲学，以致仍被个别论家奚落。不过这也正是他的悲剧有别于其他悲剧的特点，既有诗的韵味隽永，又有哲学的思维深邃。

除了喜欢在剧本里论述哲学问题，欧里庇得斯还善于在戏剧中刻画人物内心，为此还摘"心理戏剧鼻祖"之桂冠而归。这种心理描写的典范首推《美狄亚》，还有人认为这部剧恰恰反映出欧里庇得斯有一双发现女性的眼睛，尽管他笔下的女性深为希腊人所厌恶，但却为西塞罗、阿基里德等所推崇，前者据传甚至在砍头之际还手捧此书大快朵颐。还有苏格拉底，视欧里庇得斯亦师亦友，不看戏则已，一看只看欧戏，这也从一个侧面显示了欧里庇得斯戏剧的独特魅力。

欧里庇得斯在戏剧上取得如此成功，其成功之路却是让人啼笑皆非的。他约于公元前485年（有说公元前480年）出身于一个贵族家庭，家资殷实，使其有财力建造了自己的藏书室并浸淫其中，诗为豪饮哲学作肴，一如李白似的淡泊名利。说他淡泊名利，他前大半生拒绝希腊当局委派的任何职务，除非万不得已，他不会参加任何社交活动。而到晚年，他似乎又有了名利之心（有论者说是他的自我放逐），客居马其顿的阿尔刻拉俄斯宫廷，并客死于此华盖他乡。除了诗和哲学，他还在运动和绘画方面受到良好教育，并且很早就尝试写作戏剧，但在25岁时他才开始参加比赛，同被称为悲剧之父的他不像埃斯库罗斯或索福克勒斯那样一生战绩辉煌，他第一次排演就以最后一名且被大喝倒彩、乱扔垃圾的失败之辱而封笔近二十年，之后他韬光养晦并结出累累硕果。终其一生，他只获得了五次奖（一说六次），其中有一次还是姗姗来迟于身后。他总共写了92部戏剧，有18部流传下来，这个数目比其他两大悲剧之父流传而下的戏剧之和还多，除了《美狄亚》，还有《俄瑞斯忒斯》、《阿尔刻提斯》、《希波吕托斯》、《特洛伊妇女》、《在陶洛人里的伊菲格纳亚》及《酒神的女伴》等。

欧里庇得斯的戏剧不同以往，彼时的悲剧已经臻于完善，他从日常生活中取材，一反旧时英雄体裁，人物形象从大英雄转变为小市民，语言也更通俗，但他却十分注意用词推敲，并非一味的下里巴人。因为取材缘故，主旨也更倾向于反映现实，正如索福克勒斯所言"我写的是理想中的人，欧里庇得斯写的是现实中的人"。尽管如此，他的戏剧仍与希腊传统审美情趣大相径庭，为希腊当局不齿，这或许是他在世时鲜获成功的部分原因吧。

第二节 《美狄亚》简介

《美狄亚》是欧里庇得斯的代表作，也是古希腊悲剧发展到巅峰阶段的典型剧作，约于公元前 413 年创作。在欧氏传世的 18 部剧作中有 12 部可看作描述女性的，而《美狄亚》则是这些戏剧中的扛鼎之作，同时也被视作西方文学史上最早宣扬"女性主义"的作品。

故事描写科尔喀斯国王的女儿美狄亚爱上了来岛上夺取金羊毛的希腊英雄伊阿宋。为助伊阿宋顺利取得金羊毛，美狄亚施用魔法，使得伊阿宋完成了其叔父意在除掉他而安排给他的不可能完成的任务。之后美狄亚抛家弃国，甚至亲手杀死自己的弟弟为伊阿宋争取时间，使其顺利回到希腊。到了希腊，她更是设计替伊阿宋杀死了篡位的叔父。然而好景不长，伊阿宋开始忌惮起美狄亚的法术和残酷，继而移情别恋。此时的美狄亚由爱生恨，残酷依旧，杀死自己的两个孩子，毒死伊阿宋新欢，最终致使伊阿宋抑郁而亡。

这是一部典型的复仇悲剧，美狄亚的复仇心理被描写得淋漓尽致，一方面美狄亚不忍心伤害自己的孩子，踌躇煎熬；另一方面她认为只有杀了自己的孩子才能深深地伤害伊阿宋，以此达到报复的目的。欧里庇得斯对美狄亚给予深切的关照，通过精细的刻画来引起观众对她的同情和对伊阿宋的憎恨。在埃斯库罗斯和索福克勒斯的悲剧中，人类只能在命运的支配下徒然挣扎，而在《美狄亚》中，人的内心冲突和爱恨善恶才变得显见，后世悲剧如《哈姆雷特》等皆发轫于此。

在思想内容上，作品反映了当时希腊城邦贫富分化日益显著、私有制渐趋发展的情况下人心不古、道德沦丧的社会现实，还探讨了雅典奴隶主民主制危机时期的各种社会问题；在作品形式上，它结构紧凑分明，情节矛盾冲突激烈，前后呼应、起承转合都铺排合理，歌队作用发挥得恰到好处，以合唱形式将各场次之间的衔接过渡及人物内心的深层诠释更好地铺展开来；在语言方面，欧里庇得斯运用大量彰显人物性格个性的词语，具有极强的抒情意味和浓重的主观色彩，因此也更容易感染观众，博得观众对人物的同情和对问题的思考。

因此，《美狄亚》对后世戏剧都产生了很大的影响，罗马诗人恩尼乌斯最先翻译介绍，小辛尼加则模仿而作出自己的《美狄亚》，奥维德也写过同名剧，其他如罗马作家塞纳卡、法国作家贝吕思和高乃依都以此为悲剧题材创作出各自的作品。然而，《美狄亚》上演当时，雅典人并不买账，部分原因是当时父权社会伊阿宋的行为可以得到谅宥，而美狄亚的女性形象却是为人深恶痛绝，因此他只获得三等奖，欧里庇得斯的千秋美名全然成了寂寞身后之事，这不得不让人感叹唏嘘！

第三节 《美狄亚》选段

一 开场

保姆自屋内上。

保 姆 但愿阿耳戈船从不曾飞过那浑蓝的辛普勒伽得斯，飘到科尔喀斯的海岸旁，但愿珀利翁山上的杉树不曾被砍来为那些给珀利阿斯取金羊毛的英雄们制造船桨；那么，我的女主人美狄亚便不会狂热地爱上伊阿宋，航行到伊俄尔科斯的城楼下，也不会因诱劝珀利阿斯的女儿杀害她们的父亲而出外逃亡，随着她的丈夫和两个儿子来住在这科任托斯城。可是她终于来到了这里，她倒也很受人爱戴，事事都顺从她的丈夫，——妻子不同丈夫争吵，家庭最是相安；——但如今，一切都变成了仇恨，两夫妻的爱情也破裂了，因为伊阿宋竟抛弃了他的儿子和我的主母，去和这里的国王克瑞翁的女儿成亲，睡到那公主的床榻上。

美狄亚——那可怜的女人——受了委屈，她念着伊阿宋的誓言，控诉他当初伸着右手发出的盟誓，那最大的保证。她祈求神明作证，证明她从伊阿宋那里得到了一个什么样的报答。她躺在地下，不进饮食，全身都浸在悲哀里；自从她知道了她丈夫委屈了她，她便一直在流泪，憔悴下来，她的眼睛不肯向上望，她的脸也不肯离开地面。她就像石头或海浪一样，不肯听朋友的劝慰。只有当她悲叹她的亲爱的父亲、她的祖国和她的家时，她才转动那雪白的颈项，她原是为跟了那男人出走，才抛弃了她的家的；到如今她受了人欺骗，在苦痛中——真可怜——才明白了在家有多么好！

她甚至恨起她的儿子来了，一看见他们，就不高兴。我害怕她设下什么新的计策，——我知道她的性子很凶猛，她不会这样驯服地受人虐待！——我害怕她用锋利的剑刺进她两个儿子的心里，或是悄悄走进那铺设着新床的寝室里，杀掉公主和新郎，她自己也就会惹出更大的祸殃。可是她很厉害，我敢说，她的敌手同她争斗，决不会轻易就把凯歌高唱。

她的两个孩子赛跑完了，回家来了。他们哪里知道母亲的痛苦！"童心总是不知悲伤"。

　　保傅领着两个孩子自观众右方上。

保　傅　啊，我主母家的老家人，你为什么独个儿站在这门外，暗自悲伤？美狄亚怎会愿意离开你？

保　姆　啊，看管伊阿宋的儿子的老人家，主人遭到什么不幸的时候，在我们这些忠心的仆人看来，总是一件伤心事，刺着我们的心。我现在悲伤到极点，很想跑到这里来把美狄亚的厄运禀告天地。

保　傅　那可怜的主母还没有停止她的悲痛吗？

保　姆　我真羡慕你！她的悲哀刚刚开始，还没有哭到一半呢！

保　傅　唉，她真傻！——假使我们可以这样批评我们的主人，——她还不知道那些新的坏消息呢！

保　姆　老人家，那是什么？请你老实告诉我！

保　傅　没有什么。我后悔我刚才的话。

保　姆　我凭你的胡须求你，不要对你的伙伴守什么秘密！关于这事情，如果有必要，我一定保持缄默。

保　傅　我经过珀瑞涅圣泉的时候，有几个老头子坐在那里下棋，我听见其中一个人说，——我当时假装没有听见，——说这地方的国王克瑞翁要把这两个孩子和他们的母亲一起从科任托斯驱逐出境。可不知这消息是不是真的，我希望不是真的。

保　姆　伊阿宋肯让他的儿子这样受虐待吗，虽说他在同他们的母亲闹意气？

保　傅　那新的婚姻追过了旧的，那新家庭对这旧家庭并没有好感。

保　姆　如果旧的苦难还没有消除，我们又惹上一些新的，那我们就完了。

保　傅　快不要作声，不要说这话，——这事情切不可让我们的主母知道。

保　姆　（向两个孩子）孩子们，听我说，你们父亲待你们多么不好！他是我的主子，我不能咒他死；可是我们已经看出，他对不起他的亲人。

保　傅　哪个人不是这样呢？你现在才知道谁都"爱人不如爱自己"吗？这个父亲又爱上了一个女人，他对这两个孩子已经不喜欢了。

保　姆　（向两个孩子）孩子们，进屋去吧！——但愿一切都好！
　　　　（向保傅）叫他们躲得远远的，别让他们接近那烦恼的母亲！我刚才看见她的眼睛像公牛的那样，好像要对他们有什么举动！我知道，她若不发雷霆，她的怒气是不会消下去的。只望她这样对付她的冤家，不要这样对付她心爱的人。

美狄亚　（自内）哎呀，我受了这些痛苦，真是不幸啊！哎呀呀！怎样才能结束我这生命啊？

保　姆　看，正像我所说的，亲爱的孩子们，你们母亲的心已经震动了，已经激怒了！快进屋去，但不要走到她眼前，不要挨近她！要当心她胸中的暴戾的脾气、仇恨的性情！快进去呀，快呀！分明天上已经起了愁惨的乌云，立刻就要闪出狂怒的电火来！那傲慢的性情、压抑不住的灵魂，受了虐待的刺激，不知会作出什么可怕的事情呢！

　　　　保傅引两个孩子进屋。

美狄亚　（自内）哎呀！我遭受了痛苦，哎呀，我遭受了痛苦，直要我放声大哭！
　　　　你们两个该死的东西，一个怀恨的母亲生出来的，快和你们的父亲一同死掉，一家人死得干干净净！

保　姆　哎呀呀！可怜的人啊！你为什么要你这两个孩子分担他们父亲的罪孽呢？你为什么恨他们呢？唉，孩子们，我真是担心你们，怕你们碰着什么灾难！
　　　　这些贵人的心理多么可怕，——也许因为他们只是管人，很少受人管，——这样的脾气总是很狂暴地变来变去。一个人最好过着平常的生活；我就宁愿不慕荣华，安然度过这余生：这种节制之道说起来好听，行起来也对人最有益。我们的生活缺少了节制便没有益处，厄运发怒的时候，且会酿成莫大的灾难呢。

二　进场歌

　　　　歌队自观众右方进场。

歌队长　我听见了那声音，听见了那可怜的科尔喀斯女子正在吵吵闹闹，她还没有变驯良呢。老人家，告诉我，她哭什么？我刚才在院门里听见她在屋里痛哭，啊，朋友，我很担心这家人，怕他们伤了感情。

保　姆　这个家已经完了，家庭生活已经破坏了！我们的主人家躺在那公主的床榻上，我们的主母却躲在闺房里折磨她自己的生命，朋友的劝告也安慰不了她的心灵。

美狄亚　（自内）哎呀呀！愿天上雷火飞来，劈开我的头颅！我活在世上还有什么好处呢？唉，唉，我宁愿抛弃这可恨的生命，从死里得到安息！

歌　队　（首节）啊，宙斯呀，地母呀，天光呀，你们听见了没有？这苦命的妻子哭得多么伤心！（向屋里的美狄亚）啊，不顾一切的人呀，你为什么要寻死，那可怕的泥床？快不要想望这样祈祷！即使你丈夫爱上了一个新人，——这不过是一件很平常的事，——你也不必去招惹他，宙斯会替你公断的！你不要太伤心，不要悲叹你的床空了，变得十分憔悴！（本节完）

美狄亚　（自内）啊，至大的宙斯和威严的忒弥斯呀，你们看，我虽然曾用很庄严的盟誓系住我那可恶的丈夫，但如今却这般受痛苦！让我亲眼看见他，看见他的新娘和他的家一同毁灭吧，他们竟敢首先害了我！啊，我的父亲、我的祖国呀，我现在惭愧我杀害了我的兄弟，离开了你们。

保　姆　（向歌队）你们听见她怎样祈祷么？她高声的祈求忒弥斯和被凡人当作司誓之神的宙斯。我这主母的怒气可不是轻易就能够平息的。

歌　队　（次节）但愿她来到我们面前，听听我们的劝告，也许她会改变她的愠怒的心情，平息她胸中的气愤。（向保姆）我们有心帮助朋友，你进去把她请出屋外来，（告诉她，我们也是她的朋友。）趁她还没有伤害那屋里的人，赶快进去！因为她的悲哀正不断地涌上来。（本节完）

保　姆　我虽然担心我劝不动主母，但是这事情我一定去做，而且很愿意为你们做这件难办的事情。每逢我们这些仆人上去同她说话，她就像一只产儿的狮子那样，向我们瞪着眼。你可以说那些古人真蠢，一点也不聪明，保管没有错，因为他们虽然创出了诗歌，增加了节日里、宴会里的享乐，——这原是富贵人家享受的悦耳的声音，——可是还没有人知道用管弦歌唱来减轻那可恨的烦恼，那烦恼曾惹出多少残杀和严重的灾难，破坏多少家庭。如果凡人能用音乐来疏导这种性情，这倒是很大的幸福；至于那些宴会，已经够丰美，倒是不必浪费音乐了！那些赴宴的人肚子胀得饱饱的，已够他们快活了。

保姆进屋。

歌　队　（末节）我听见那悲惨的声音、苦痛的呻吟，听见她大声叫苦，咒骂那忘恩负义的丈夫破坏了婚约。她受了委屈，只好祈求宙斯的妻子，那司誓之神，当初原是她叫美狄亚飘过那内海，飘过那海上的长峡来到这对岸的希腊的。

三　第一场

美狄亚偕保姆自屋内上。

美狄亚　啊，你们科任托斯妇女，我害怕你们见怪，已从屋里出来了。我知道，有许多人因为态度好像很傲慢，就得到了恶意和冷淡的骂名，他们当中有一些倒也出来跟大家见面，可是一般人的眼光不可靠，他们没有看清楚一个人的内心，便对那人的外表发生反感，其实那人对他们并没有什么恶意呢；还有许多则是因为他们安安静静待在家里。一个外邦人应同本地人亲密来往；我可不赞成那种本地人，他们只求个人的享乐，不懂得社交礼貌，很惹人讨厌。但是，朋友们，我碰见了一件意外的事，精神上受到了很大的打击。我已经完了，我宁愿死掉，这生命已没有一点乐趣。我那丈夫，我一生的幸福所倚靠的丈夫，已变成这人间最恶的人！

在一切有理智，有灵性的生物当中，我们女人算是最不幸的。首先，我们得用重金争购一个丈夫，他反会变成我们的主人；但是，如果不去购买丈夫，那又是更可悲的事。而最重要的后果还要看我们得到的，是一个好丈夫，还是一个坏家伙。因为离婚对于我们女人是不名誉的事，我们又不能把我们的丈夫轰出去。一个在家里什么都不懂的女子，走进一种新的习惯和风俗里面，得变作一个先知，知道怎么驾驭她的丈夫。如果这事做得很成功，我们的丈夫接受婚姻的羁绊，那么，我们的生活便是可羡的；要不然，我们还是死了好。

一个男人同家里的人住得烦恼了，可以到外面去散散他心里的郁积，不是找朋友，就是找玩耍的人；可是我们女人就只能靠着一个人。他们男人反说我们安处在家中，全然没有生命危险；他们却要擎着长矛上阵：这说法真是荒谬。我宁愿提着盾牌打三次仗，也不愿生一次孩子。

可是这同样的话，不能应用在你们身上：这是你们的城邦，你们的家乡，你们有丰富的生活，有朋友来往；我却孤孤单单在此流落，那家伙把我从外地抢来，又这样将我虐待，我没有母亲、弟兄、亲戚，不能逃出这灾难，到别处去停泊。

我只求你们这样帮助我：要是我想出了什么方法、计策去向我的丈夫，向那嫁女的国王和新婚的公主报复冤仇，请替我保守秘密。女人总是什么都害怕，走上战场，看见刀兵，总是心惊胆战；可是受了丈夫欺负的时候，就没有别的心比她更毒辣！

歌队长 美狄亚，我会替你保守秘密，因为你向你丈夫报复很有理由；难怪你这样悲叹你的命运！

我看见克瑞翁，这地方的国王，来了，来宣布什么新的命令！

克瑞翁偕众侍从自观众右方上。

克瑞翁 你这面容愁惨，对着丈夫发怒的美狄亚，我命令你带着你两个儿子离开这地方，出外流亡！不许你拖延，因为我要在这里执行我的命令，不把你驱逐出境，我决不回家。

美狄亚 哎呀，我这不幸的人完了！我的仇人把帆索完全放松了，又没有一个容易上陆的海岸好逃避这灾难。但是，尽管他这样残忍地虐待我，我总还要问问他。克瑞翁，你为什么要把我从这地方驱逐出去？

克瑞翁 我不必隐瞒我的理由：我是害怕你陷害我的女儿，害得无法挽救。有许多事情引起我这种恐惧心理，因为你天生很聪明，懂得许多法术，并且你被丈夫抛弃后，非常气愤；此外，我还听人传报，说你想要威胁嫁女的国王、结婚的王子和出嫁的公主，想要作出什么可怕的事来，因此我得预先防备。啊，女人，我宁可现在遭到你仇恨，免得叫你软化了，到后来，懊悔不及。

美狄亚 哎呀，克瑞翁啊，声名这东西曾经发生过好些坏影响，害得我不浅，这已不是第一次害我，而是好多次了。一个有头脑的人切不可把他的子女教养成"太聪明的人"，因为"太聪明的人"除了得到无用的骂名外，还会惹本地人嫉妒：假如你献出什么新学说，那些愚蠢的人就会觉得你的话太不实用，你这人太不聪明；但是，如果有人说你比那些假学究还要高明，他们又会认为你是这城里最可恶的人。

我自己也遭受到这样的命运：有的人嫉妒我聪明，有的人相反，又说我不够聪明。（向克瑞翁）你也就正是因为我聪明而惧怕我。你该没有受过我什么陷害吧？我并没有那样存心，克瑞翁，你不必惧怕我。你为什么要这样虐待我呢？你依照自己的心愿，把你的女儿嫁给他，我承认这事情你做得很慎重。我只是怨恨我的丈夫，并不嫉妒你们幸福。快去完成这婚事，欢乐欢乐吧！让我依然住在这地方，我自会默默地忍受这点委屈，服从强者的命令的。

克瑞翁　你的话听来很温和，可是我总害怕，害怕你心里怀着什么诡诈。如今我比先前更难于相信你了，因为一个沉默而狡猾的人，比一个急躁的女人或男人还要难于防备。赶快动身吧，不要尽噜嗦，我的意志十分坚定，我明知你在恨我，你也没有方法可以留在这里。

美狄亚　不，我凭你的膝头和你的新婚的女儿恳求你。

克瑞翁　你白费唇舌，绝对劝不动我。

美狄亚　你真要把我驱逐出去，不重视我的请求吗？

克瑞翁　因为我爱你，远不如我爱我家里的人。

美狄亚　（自语）啊，我的祖国呀，我现在十分想念你！

克瑞翁　除了我的儿女外，我最爱我的祖国。

美狄亚　唉，爱情真是人间莫大的祸害！

克瑞翁　我认为那全凭命运安排。

美狄亚　啊，宙斯，切不要忘了那造孽的人！

克瑞翁　快走吧，蠢东西，免得我麻烦。

美狄亚　你麻烦，我不是也麻烦吗？

克瑞翁　我的侍从立刻会动武，把你驱逐出去。

美狄亚　我求你，克瑞翁，不要这样——

克瑞翁　女人，看来你要同我刁难！

美狄亚　我一定走，再也不求你让我住在这里了。

克瑞翁　那么，为什么这样使劲拖住我？还不赶快放松我的手？

美狄亚　让我多住一天，好决定到哪里去：既然孩子的父亲一点也不管，我得替他们找个安身的地方。可怜可怜他们吧，你也是有儿女的父亲。我自己被驱逐出境倒没有什么，我不过是心痛他们也遭受着苦难。

克瑞翁　我这心并不残忍，正因为这样，我才做错了多少事情。我现在虽然看出了我的错误，但是，女人，你还是可以得到这许可。可是，我先告诉你：如果来朝重现的太阳光看见你和你的儿子依然在我的国内，那你就活不成了。我这次所说的决不是假话。

　　克瑞翁偕众侍从自观众右方下。

歌队长　哎呀呀！你受了这些苦难真是可怜！你到哪里去呢？你再到异乡作客呢，还是回到你自己家里，回到你自己国内躲避灾难？美狄亚，神明把你带到了这难航的苦海上。

美狄亚　事情完全弄糟了，——谁能够否认呢？——可是还没有到那个地步呢，先别这么决定。那新婚夫妇和那联婚的人，得首先尝到莫大的痛苦和烦恼呢。你以为我没有什么诡诈，没有什么便宜，就会这样奉承他吗？我才不会同他说话，不会双手攀着他呢！他现在竟愚蠢到这个地步，居然在他能够把我驱逐出去，破坏我的计划时，让我多住一天。就在这一天里面，我可以叫这三个仇人，那父亲、女儿和我自己的丈夫，变作三个尸首。

　　朋友们，我有许多方法害死他们，却不知先用哪一种好。到底是烧毁他们的新屋呢，还是偷偷走进那陈设着新床的房里，用一把锋利的剑刺进他们的胸膛？可是这方法对我有点不利：万一我抱着这个计划走进他们屋里的时候，被人捉住，那我死了还要遭到仇人的嘲笑呢。最好还是用我最熟悉的简捷的办法，用毒药害死他们。

那么，就算他们死了；可是哪个城邦又肯接待我呢？哪个外邦人肯给我一个安全的地方、一个宁静的家来保护我的身子呢？没有这样的人的。因此我得等一会儿，等到有坚固的城楼出现在我面前，我再用这诡计，这暗害的方法，去毒死他们；但是，如果厄运逼着我没办法，我就只好亲手动刀，把他们杀死。我一定向着勇敢的道路前进，虽然我自己也活不成。

我凭那住在我闺房内壁龛上的赫卡忒，凭这位我最崇拜的，我所选中的，永远扶助我的女神起誓：他们里头绝没有一个人能够白白地伤了我的心而不受到报复！我要把他们的婚姻弄得很悲惨，使他们懊悔这婚事，懊悔不该把我驱逐出这地方。

（自语）美狄亚，进行吧！切不要吝惜你所精通的法术，快想出一些诡诈的方法，溜进去做那可怕的事吧！这正是显露你的勇气的时机！你本出自那高贵的父亲，出自赫利俄斯，你看你受了什么委屈，你竟被西绪福斯的儿孙在伊阿宋的婚筵上拿来取笑！你知道怎样办；我们生来是女人，好事全不会，但是，做起坏事来却最精明不过。

四　第一合唱歌

歌　队　（第一曲首节）如今那神圣的河水向上逆流，一切秩序和宇宙都颠倒了：男子汉的心多么奸诈，那当着天发出的盟誓也靠不住了！从今后诗人会使我们女人的生命有光彩，我们获得这种光荣，就再也不会受人诽谤了。

（第一曲次节）诗人们会停止那自古以来有辱我们名节的歌声！如果阿波罗，那诗歌之神，把弦琴上的神圣的诗才放进了我们心里，我们便会唱出一些诗歌，来回答男人的恶声！时间会道出许多严厉的话，其中有一些是对我们女人的，有一些却是对男人的。

（第二曲首节）你曾怀着一颗疯狂的心，离别了家乡，航过那海口上的双石，来到这里作客；但如今，可怜的人呀，你床上却没有了丈夫，你这样耻辱地叫人赶出去漂泊。

（第二曲次节）盟誓的美德已经消失，全希腊再不见信义的踪迹，她已经飞回天上去了。可怜的人呀，你没有娘家作为避难的港湾；另外有一位更强大的公主已经占据了你的家。

五　第二场

伊阿宋自观众右方上。

伊阿宋　这已不是头一次，我时常都注意到坏脾气是一种不可救药的病。在你能够安静地听从统治者的意思住在这地方，住在这屋里的时候，你却说出了许多愚蠢的话，叫人驱逐出境。你尽管骂伊阿宋是个坏透了的东西，我倒不介意；

哪知你竟骂起国王来了，你该想想，你只得到这种放逐的惩罚，便是便宜了你呢。我曾竭力平息那愤怒的国王的怒气，希望你可以留在这里；可是你总是这样愚蠢，总是诽谤国王，活该叫人驱逐出去。即使在这种情形中，我依然不想对不住朋友，特别跑来看看你。夫人，我很关心你，恐怕你带着儿子出去受穷困，或是缺少点什么东西，因为放逐生涯会带来许多痛苦。你就是这样恨我，我对你也没有什么恶意。

美狄亚　坏透了的东西！——我可以这样称呼你，大骂你没有丈夫气，——你还来见我吗？你这可恶的东西还来见我吗？你害了朋友，又来看她：这不是胆量，不是勇气，而是人类最大的毛病，叫做无耻。但是你来得正好，我可以当面骂你，解解恨；你听了会烦恼的。

且让我从头说起：那阿耳戈船上航海的希腊英雄全都知道，我父亲叫你驾上那喷火的牛，去耕种那危险的田地时，原是我救了你的命；我还刺死了那一圈圈盘绕着的，昼夜不睡的看守着金羊毛的蟒蛇，替你高擎着救命之光；只因为情感胜过了理智，我才背弃了父亲，背弃了家乡，跟着你去到珀利翁山下，去到伊俄尔科斯。我在那里害了珀利阿斯，叫他悲惨地死在他自己女儿的手里。我就这样替你解除了一切的忧患。

可是，坏东西，你得到了这些好处，居然出卖了我们，你已经有了两个儿子，却还要再娶一个新娘；若是你因为没有子嗣，再去求亲，倒还可以原谅。我再也不相信誓言了，你自己也觉得你对我破坏了盟誓！我不知道，是你认为神明再也不掌管这世界了呢，还是认为这人间已立下了新的律条？啊，我这只右手，你曾屡次握住它求我；啊，我这两个膝头，你曾屡次抱住它们祈求我，它们白白地让你这坏人抱过，真是辜负了我的心。

我姑且把你当作朋友，同你谈谈，——可是我并不想你给我什么恩惠，只是想同你谈谈而已。我若是问起你这件事，你就会显得更可耻：我现在往哪里去呢？到底是回到我父亲家里，回到故乡呢，——我原是为了你的缘故，才抛弃了我父亲的家，——还是去到珀利阿斯的可怜的女儿的家里？我害死了她们的父亲，她们哪会热烈地接待我住在她们家里？事情是这样的：我家里的亲人全都恨我；至于那些我不应该伤害的人，也为了你的缘故，变成了我的仇人。因此，在许多希腊女人看来，你为了报答我的恩惠，倒给了我幸福呢！我这可怜的女人竟把你当作一个可靠的，值得称赞的丈夫！我现在带着我的孩子出外流亡，孤苦伶仃，一个朋友都没有；——你在新婚的时候，倒可以得到一个漂亮的骂名，只因为你的孩子和你的救命恩人在外行乞流落！

啊，宙斯，为什么只给一种可靠的标记，让凡人来识别金子的真伪，却不在那肉体上打上烙印，来辨别人类的善恶？

歌队长　当亲人和亲人发生了争吵的时候，这种气愤是多么可怕，多么难平啊！

伊阿宋　女人，我好像不应当同你对骂，而应当像一个船上的舵工，只用帆篷的边缘，小心地避过你的叫嚣！你过分夸张了你给我的什么恩惠，我却认为在一切的天神与凡人当中，只有爱神才是我航海的救星。可是你——你心里明白，只是不愿听我说出，听我说出厄洛斯怎样用那百发百中的箭逼着你救了我的身体。我不愿把这事情说得太露骨了；不论你为什么帮助过我，事情总算做得不错！可是你因为救了我，你所得到的利益反比你赐给我的恩惠大得多。我可以这样证明：首先，你从那野蛮地方来到希腊居住，知道怎样在公道与律条之下生活，不再讲求暴力；而且全希腊的人都听说你很聪明，你才有了名声！如果你依然住在大地的遥远的边界上，决不会有人称赞你。倘若命运不叫我成名，我就连我屋里的黄金也不想要了，我就连比俄耳甫斯所唱的还要甜蜜的歌也不想唱了。这许多话只涉及我所经历过的艰难，这都是你挑起我来反驳的。

至于你骂我同公主结婚，我可以证明我这事情做得聪明，也不是为了爱情，对于你和你的儿了我够得上一个很有力量的朋友，——请你安静一点。自从我从伊俄尔科斯带着这许多无法应付的灾难来到这里，除了娶国王的女儿，我一个流亡的人，还能够发现什么比这个更为有益的办法呢？这并不是因为我厌弃了你，——你总是为这事情而烦恼，——不是因为我爱上了这新娘，也不是因为我渴望多生一些儿子：我们的儿子已经够了，我并没有什么怨言。最要紧是我们得生活得像个样子，不至于太穷困，——我知道谁都躲避穷人，不喜欢和他们接近。我还想把我的儿子教养出来，不愧他们生长在我门第；再把你生的这两个儿子同他们未来的弟弟们合在一块儿，这样联起来，我们就福气了。你也是为孩子着想的，我正好利用那些未来的儿子，来帮助我们这两个已经养活了的孩儿。难道我打算错了吗？若不是你叫嫉妒刺伤了，你决不会责备我的。你们女人只是这样想：如果你们得到了美满的姻缘，便认为万事已足；但是，如果你们的婚姻遭了什么不幸的变故，便把那一切至美至善的事情也看得十分可恨。愿人类有旁的方法生育，那么，女人就可以不存在，我们男人也就不至于受到痛苦。

（颜海峰编，摘自罗念生译：《古希腊悲剧经典》，作家出版社，1998）

第十一章 阿拉伯古文学及《阿拉伯古代诗选》

第一节 阿拉伯古文学简介

阿拉伯古文学一般是指伊斯兰教产生之前的 150 年至公元 1798 年、产生于阿拉伯地区的文学，以及阿拉伯人统治西班牙时期在该地区用阿拉伯语创作的文学。它并非一个民族的专属文学，而是一种文化经久不衰的丰碑，是北非、西南亚和中亚一带文化文明不朽的历史见证。

实际上，阿拉伯古文学是阿拉伯—伊斯兰教文化的重要组成部分，是阿拉伯文化和伊斯兰文化的水乳融合，伊斯兰教兴起之后，它的文化便成为阿拉伯民族的主流文化。

西方文学史家和阿拉伯文学史家通常将阿拉伯文学发展史划分为五大时期：贾希利亚的蒙昧时期、伊斯兰初期和倭马亚时期、阿拔斯时期、奥斯曼时期、安达卢西亚时期。其中，贾希利亚时期可谓阿拉伯古文学发展的第一高峰，而阿拔斯时期则被视为阿拉伯文学的"黄金时代"。

这五个时期，阿拉伯古文学样式各有不同。

贾希利亚时期主要有诗歌、演说辞、谚语和故事等，主题或赞颂或悼念或讽刺或爱情，内容粗犷豪放。阿拉伯《悬诗》是这个时期的代表作品。

伊斯兰教产生之后，阿拉伯半岛便有了统一的语言，圣典《古兰经》应运而生，成为标准阿拉伯语的底本，也是阿拉伯散文的标志性作品。诗歌也在倭马亚时期重新绽放出绚丽的花朵，出现了艾赫塔勒、哲利尔和法拉兹达格三大诗圣，并使讽刺诗登上艺术顶峰；

阿拔斯时期历时五个世纪，各种文学样式百花齐放，加之吸收借鉴了诸多外来文化，阿拉伯文学被注入了新鲜血液。诗歌为这个时期的主体，在割据的阿拔斯王朝中后期，诗体繁盛，涌现出各种各样的诗派。

统治西班牙的安达卢西亚时期，阿拉伯文学绽放出一朵异域奇葩，二重韵诗的"彩诗"让阿拉伯诗歌更具音乐性，被视为对阿拉伯诗歌的重大改革甚至革命。

奥斯曼时期则见证了阿拉伯古文学的衰落。蒙古人和土耳其人入侵毁掉了阿拉伯文化大量珍贵典籍，各种文学样式创作锐减息声。

纵观阿拉伯古代文学发展长河，其成就之彪炳，非一般文化文明可比。它对世界各种文化的影响起到了承前启后的作用，也为欧洲的文艺复兴铺平了道路，比如但丁和彼特拉克都或多或少地受到过阿拉伯诗歌的影响，而薄伽丘、拉封丹、乔叟等则明显受到了《卡里莱和笛木乃》、《一千零一夜》的影响，中世纪法国的韵文故事和欧洲的骑士文学也受到了莫大的影响，西方文学的文豪巨擘中几乎每个人都直接间接地受到了阿拉伯之光的感沐。它对于中国的影响则可追溯到 2000 年前张骞出使西域，通过丝绸之路，《古兰经》等一些经典文本被译介到中国。到了改革开放时期，古代阿拉伯文学才更为系统地被介绍到中国来。

第二节 《阿拉伯古代诗选》简介

恰如古代中国被视为一个诗歌的国度一样，阿拉伯民族也被视为一个诗歌的民族。阿拉伯民族和中华民族两种文明载体的文学都以诗歌为主体，都以抒情为主，都精于格律韵脚，内容旨趣也极为契合，这在世界文学史上都是比较罕见的。阿拉伯诗歌对其周边文学的影响恰如中国唐诗宋词对其周边文化的影响一样深远辽阔。尽管仍有其他多种文学样式，阿拉伯古代诗歌却被认为是阿拉伯文化的一面明镜，它真实生动地反映了阿拉伯民族的历史和社会现实。在阿拉伯文学的悠长发展长河中，诗歌是其滥觞，特别是其古代文学的主要表现形式。

现存最古老的阿拉伯诗歌可溯源至贾希利亚时期。当时诗歌艺术已臻完美，但还是主要靠口传心记。《悬诗》是这一时期最著名的作品，也是世界文学名著之一。诗坛在伊斯兰教初期一度陷于沉寂，但很快便在伍麦叶朝重归繁荣，大量政治诗、情诗和对驳诗的创作横跨半个世纪之久。随着阿拉伯进入阿拔斯王朝，其诗歌也进入一个黄金发展期，出现了创新诗歌内容和形式的"维新派"和刻意追求辞藻华丽典雅的"藻饰派"，后期更是出现了"哲人诗人"麦阿里和阿拉伯古代最伟大诗人之一的穆太奈比。西部的安达卢西亚诗歌状江山之秀丽，诗风晓畅，"彩诗"和"俚谣"也一度风行。在阿拉伯文学的衰落时期，诗人多乏创新精神，"颂圣诗"和"修辞诗"甚嚣尘上，只有少量诗人诗作如蒲绥里的《斗篷颂》朝向通俗幽默的方向发展。

由此可见，阿拉伯古代诗歌罕有匹敌，然而由于种种原因，我国对其译介较少，与其历史影响极不相称。蒲绥里的《斗篷颂》最先由马复初于 1867 年译入中国，后由其弟子马安礼于 1890 年再译为《天方诗经》。但之后对阿拉伯诗歌的翻译几乎绝迹。在这种背景下，时任北京大学外国语学院阿拉伯语言文学系教授的仲跻昆教授担起文化传承的大任，从阿拉伯古文学的五个发展期遴选出更多的、有代表性的诗歌进行翻译。选译本截稿交付出版社又由于市场原因被搁置十数年，直到 2001 年才由人民文学出版社出版，填补了一项国内阿拉伯古诗研究的空白。

《阿拉伯古代诗选》选取了阿拉伯古代五个历史时期最具有代表性的 134 位诗人的优秀诗作共 431 首，基本上反映了阿拉伯古代诗歌的面貌。阿拉伯古诗一般短小，没有鸿篇巨制的史诗，长诗也一般没有戏剧性的情节，但却有多个题旨，内容因此显得较为芜杂，且结构松散。译者在选译过程中，将其认为最优美的诗或诗行节选而出，或全译之，或选译之，穿起一串串阿拉伯古诗珍珠。阿拉伯古诗一般不设标题，有标题也多为后人添加，译者也沿用此法，译出原诗所加标题，或自己添加标题。

第三节　《阿拉伯古代诗选》选段

贾希利亚(蒙昧) 时期(475—622)

大穆拉基什一首

大穆拉基什（？—522），原名阿慕鲁·本·赛阿德，穆拉基什是其号，原意为"书写者"，贝克尔部落人。他曾向堂妹求婚，叔父嫌他地位卑微，要他外出建功立业。待他功成名就归来，堂妹已适他人，诗人遂伤情病死。他的遗诗不多，内容多矜夸、咏怀，表达了诗人英勇、尚武和宗族主义精神；格调雄浑豪放，又不失清奇典雅。

功　德

赛勒玛！我们向你致意，
你要对我们回礼；
你若是为贵人祝福，
要把我们包括在内。

如果有一天由于
灾难或是喜事临门，
你要邀请贤士贵人，
那你一定要请我们。

假如把功德作目标，
赛马场上你追我赶，
那么我们准能夺冠，
让别人远落在后面。

品德高尚是我们的传统，
子子孙孙世代相承。
万一一个首领逝去，
找个断奶的孩子都可替顶。

战争的日子，
我们把生命看得很轻；
而一旦和平安定，
我们的灵魂却无比贵重。

我们蓬头垢面，
锅中却热气不断；
若是杀了他人，

付血锾，我们有钱。

遇上天灾、饥荒，
我们总是慷慨解囊；
我们这里招贤纳士，
高朋满座，济济一堂。

我们急公好义，舍己为人，
若有骑士在危难时分，
喊一声："谁来救命？"
我们会为他不惜舍身。

如果在千人之中
只有我们一人，
他们喊一声："勇士何在？"
那也一定是指我们！

如果别的骑士躲躲闪闪，
害怕剑刃伤身，
我们却敢于冲锋陷阵，
不怕刀枪，奋不顾身。

英雄有泪从不轻弹，
即使遇上大灾大难，
他们也咬紧牙关，
不为死者抹泪哭天。

我们坚强不屈，
手中又有宝剑；
即使经历千难万险，
也能化险为夷，转危为安。

尚法拉三首

　　尚法拉（？—525），著名的侠寇诗人，祖籍也门，其母为埃塞俄比亚籍女奴。诗人少年时，因不满族人的歧视与迫害，远走他乡。除诗外，他还以奔跑迅速著称。据说他最后中计被俘，受酷刑至死。他有诗集传世，其中最著名的一首是《阿拉伯人的勒韵》长诗。诗中表现出诗人清高自负、宁折不弯的性格，也反映了侠寇不畏艰险、困苦，勇于斗争的冒险生涯。

咏　妻

我喜欢她：她出门从不扯下面纱，
也不东张一眼，西望一下。

她慷慨豪爽，关心他人胜过自己，
早晨醒来就把晚餐的牛奶送给困难的女邻家。

远亲近邻都把她夸，
男女老少从未有人讲我家的坏话。

她羞羞答答，低头走路像寻找失物，
你同她讲话，她也不东扯西拉。

人们称赞她贞淑、典雅，
这话让做丈夫的听了也容光焕发。

丈夫出门会感到放心，毫无牵挂，
根本用不着怀疑她在家都干了些啥。

为了维护尊严

喂，乡亲们！我要离开你们，
投奔别人，到异乡谋生。

我已下定决心，整好行装，
趁着月色，就要登程。

宽广天地何处不养爷，
我又何必在这里任人欺凌？

我敢说，天无绝人之路，
有头脑的人总是趋吉避凶。

我宁愿同豺狼虎豹为伍——
它们胜似你们这些邻里亲朋：

它们对机密会守口如瓶，
对犯了过失者也不会翻脸无情。

高尚的人个个是勇敢的英雄，
但冲锋、狩猎我却最为英勇。

聚餐时，我从不急于伸手，
贪婪的人才抢先，急急匆匆。

这完全出自我对他们的照顾，
先人后己正是我的本性。

失去无情无义的人我不可惜，
他们不配善待，亲近也没有用。

三者伴我足矣——
雄心、利剑、弯弓。

我宁肯忍饥挨饿，
也不愿忍气吞声。
我宁肯用泥土充饥，
也不愿靠别人施舍活命。

在这里固然可以吃喝玩乐，
——如果我愿意忍辱偷生。

但一颗自由、高尚的心灵
岂肯低三下四而不另奔前程

遗　嘱

一旦我身首异处，
战死在野外荒漠，
你们不必将我埋葬，
坟墓并非为我而设。
我宁肯让自己喂鬣狗，
也不愿在墓穴待着。
我岂肯长夜尸陈荒野，
让敌人去幸灾乐祸。

塔阿巴塔·舍拉二首

塔阿巴塔·舍拉（？—530），著名的侠寇诗人，生活在希贾兹塔伊夫附近地区，原名沙比特·本·贾比尔，"塔阿巴塔·舍拉"为其绰号，原意为"腋下挟祸"。他幼年丧父，母亲为埃塞俄比亚黑奴，继父是著名的侠寇。他曾与侠寇诗人尚法拉等人结伙从事劫富济贫的冒险生涯。其诗散见于一些古书典籍中。诗中多以自豪的口吻描述他与同伴们惊心动魄的冒险生活，反映了诗人不畏艰险、百折不挠的顽强精神。

一个人如果不想办法

一个人如果不想办法，不会变通，
来了运气也会坐失良机，难免不幸。

精明人总是不等灾难临头，
居安思危，早把退路看清。

老谋深算的人总会随机应变，

一只鼻孔堵住，还有另一只鼻孔。

我对列哈彦人说——
当时我已走投无路，濒临绝境：

照你们看，我要么杀身成仁，
要么就得被俘，苟且偷生。

但我偏要考虑别的办法，
如此，才能显出我的精明。

我把皮袋里的蜜泼在山崖上，
胸贴岩石往下滑，死里逃生。

于是我完好无损地落到了地面，
死神只好看着我，羞愧得无地自容。

我九死一生，回到了亲人中间，
有多少次我就这样让敌人干瞪眼睛！

辗转荒漠

堂兄赠驼，令我欢颜，
回以颂歌，将其称赞：

生活多艰，他不抱怨，
高瞻远瞩，勇往直前。

餐风宿露，一身孑然，
辗转荒漠，不畏艰险。
快步如飞，似风一般，
时刻警惕，枕戈待旦。

遇有危险，挥起利剑，
战胜强敌，尸陈面前；
死神欢笑，将他称赞。
漠漠荒沙，谙熟了然，
独来独往，岂怕孤单?!

穆海勒希勒二首

穆海勒希勒（?—531），骑士诗人，生于纳季德，台额里卜部落人，原名叫阿迪·本·赖比阿。穆海勒希勒是其绰号，原意为"使纤细者"，因其诗首先突破游牧人的粗犷风格而变得细腻、优雅得名。他为人风流倜傥，亦称"冶游郎"。在台额里卜与贝克尔两部落间发生了著名的"白苏斯之争"，其兄库莱卜被杀后，他矢志为兄复仇，奋战沙场，直至被俘而死。其诗感情强烈，多为悼念其兄而作。

惜往昔……

忆往昔，好似眼中吹进灰，
暮色中，不禁潸然暗垂泪。

长夜漫漫一片黑，
怅然若失难入睡。

辗转反侧望星空，
一宿天亮未能寐。

满眼皆是众乡亲，
云散四处不复回。

群星俯首不忍离，
陪我同笑同伤悲。

逝者当年显神威，
尘烟滚滚率马队。

库莱卜！声声唤你你不应，
人去地空，仁兄如今在哪里?

库莱卜！答应我，莫责备！
尼扎尔族失去骑士能不悲?

我愿对天盟誓约，
不恋红尘不后悔；

不重修饰着盛装，
不迷美色不贪杯；

不灭贝克尔族众魁首，
盔甲不解剑不离！

在瓦里达特战场上

在瓦里达特战场上，
我让布杰里倒在血泊中。

与他一同喋血的
还有胡马木那只庞大的恶鹰。

我们让乌胡木家族大倒其霉，
谁叫他们的胸脯硬往我们枪尖上挺。

那天清晨，在欧奈兹山谷，
我们弟兄把战磨转个不停。

若不是因为有风，
希季尔的居民都会听到剑击头盔声。

杰丽莱·宾特·穆莱一首

杰丽莱·宾特·穆莱（？—538），女诗人，原籍贝克尔部落，嫁与台额里卜部落头人库莱卜。库莱卜为人霸道，当女邻白苏斯的母驼同他的驼群一道饮水时，他竟将那头母驼射杀。杰丽莱的弟弟，亦是白苏斯的外甥杰萨斯看到姨妈受欺侮，怒不可遏，竟伺机杀死了姐夫库莱卜。从此在贝克尔与台额里卜两部落间开始了长达四十年之久的"白苏斯之争"。在库莱卜的追悼会上，死者的姐姐指责杰丽莱是凶手的姐姐，于是女诗人吟诗作答。

我进退维谷左右难

小姐切莫忙责怪，
望把情由问明白。

问清确是我不对，
任你申斥任责备。

姐弟之情若该责，
那就请你谴责我。

杰萨斯所为伤我心，
使我丧夫起纠纷。

姐弟本是手足情，
他却使我只想速死不欲生。

丈夫被刺杀，
一朝毁两家：
夫家从此不存在，
娘家亦难免遭灾。

姐妹们，我多可怜！
老天竟降下这灾难。

我进退维谷左右难：
丈夫被害娘家险；

我无法为夫报仇恨，
杀死弟弟会倍伤心。

死者、凶手皆心肝，
天哪！我该怎么办？

乌姆鲁勒·盖斯二首

乌姆鲁勒·盖斯（500—540），生于纳季德地区，铿德族人，祖籍也门，出身于王族贵胄，其父曾统管两个部落。诗人一度放荡不羁，沉湎于声色犬马。部落谋反，其父被杀后，诗人遂矢志报仇复国，死于求援途中。前期作品写于其父被害前，内容多为恋情艳遇，颇具浪漫主义色彩；后期作品则主要抒发了矢志复仇的心愿，格调悲壮而深沉。他被认为是阿拉伯古代诗坛魁首，情诗的鼻祖。其代表作《悬诗》在阿拉伯世界妇孺皆知。

悬　诗

朋友们，请站住，陪我哭，同记念：
忆情人，吊旧居，沙丘中，废墟前。
南风、北风吹来吹去如穿梭，
落沙却未能将她故居遗迹掩。
此地曾追欢，不堪回首忆当年，
如今遍地羚羊粪，粒粒好似胡椒丸。
仿佛又回到了她们临行那一天，
胶树下，我像啃苦瓜，其苦不堪言。
朋友勒马对我忙慰劝：
"打起精神，振作起！切莫太伤感！"
我明知人去地空徒伤悲，
但聊治心病，唯有这泪珠一串串。

这就如同当年与乌姆·侯莱希

及其女仆乌姆·莱芭卜的历史又重演，

当年她们主仆芳名处处传，

如同风吹丁香香满天。

念及此，不禁使我泪涟涟，

相思泪，点点滴滴落在剑。

但愿有朝一日与群芳重聚首，

难得像达莱·朱勒朱丽欢聚那一天：

那天，我为姑娘们宰了自己骑的骆驼，

不必大惊小怪！我与行李自有人去分担。

姑娘们相互把烤肉抛来传去，

喷香肥嫩，一块块好似绫罗绸缎。

那天，我钻进了欧奈扎的驼轿，

她半娇半嗔：该死的，你快要把我挤下轿鞍！

我们的驼轿已经偏到了一边。

她说：快下去吧！瞧骆驼背都快磨烂！

我对她说：放松缰绳，任它走吧！

别撵我！上树摘果，我岂能空手还？

我曾夜晚上门，同孕妇幽会；

也曾让年轻的母亲把吃奶孩子抛在一边，

孩子在身后哭，她转过上半身，

那半身在我身下却不肯动弹。

有一天，在沙丘后她翻了脸，

指天发誓，要同我一刀两断。

法蒂玛！别这样装腔作势吧！

果真分手，咱们也要好说好散！

是不是我爱你爱得要命，一心听你驱唤，

使得你这样得意忘形，傲气冲天！

我的品德果真有何让你不满，

把我从你心中彻底消除岂不坦然？

又何必眼中抛落泪珠串串，

似利箭，把一颗破碎的心射得稀烂！

足不出户，闺房深处藏鸟蛋，

待我慢慢欣赏慢慢玩。

昴宿星座像珠宝玉带，

闪闪烁烁，挂在天边。

我躲过重重守卫，去把她探——

人若见我偷情，会让我一命归天。

我到时，她已脱衣要睡，

帐帘后只穿着一件衬衫。

她说：老天啊！真拿你没法儿，

你这么胡闹，到什么时候才算完！
我携着她的手溜出闺房，
她用绣袍扫掉足迹，怕人发现。
穿过部落营区前的空场，
我们来到了一块平地，在沙丘间。
我扯着她的秀发，她倒在我怀里，
酥胸紧贴，两腿丰满；
肌肤白皙，腰身纤细，
光洁的胸口像明镜一般；
白里透黄，像一颗完整的鸵鸟蛋，
吸取的营养是难得的甘泉。
她推开我，却露出俏丽的瓜子脸，
还有那一双羚羊般妩媚的眼；
玉颈抬起，不戴项饰，
似羚羊的脖颈，不长也不短；
乌黑的秀发，长长地披在肩，
缕缕青丝似枣椰吐穗一串串；
条条发辫头上盘，
有的直，有的弯。
纤腰柔软如缰绳，
小腿光洁似嫩树干。
麝香满床，朝霞满天，
美人贪睡，独享清闲。
纤纤十指，又柔又软，
好似嫩枝，又如青蚕。
夜晚，她的容光可以划破黑暗，
好似修士举起明灯一盏。
情窦初开，亭亭玉立，
这样的淑女，谁人能不爱恋？
说什么男子都是朝三暮四，
我心中爱你，却直至海枯石烂。
也许有人责难，有人相劝，
但要我忘却你，却绝对无法照办！
夜幕垂下，好似大海掀起波澜，
愁绪万千，齐涌心头将我熬煎。
黑夜像一匹骆驼，又沉又懒，
它长卧不起，使我不禁仰天长叹：
漫漫长夜啊！你何时亮天？
尽管白昼的愁绪还是有增无减。
夜空的星星为什么像用巨绳拴在山崖上，
眼睁睁地不肯移动一星半点。

仿佛我在为乡亲们背水，
步履维艰，任重道远。
走过的谷地仿佛野驴空腹，荒无人烟，
唯有狼在嚎叫，好像赌徒在同家人争辩。
我对嚎叫的狼说：
咱们都是穷光蛋，
你我都是有钱就花，从不积攒，
如今才会这样瘦弱，这样贫贱。

清晨出猎，鸟儿尚在睡眠，
骑上骏马，野兽难以逃窜。
马儿奔跑，轻捷而又矫健，
好似山洪冲下的巨石，飞腾向前。
枣红马丰满的脊背上向下滑动着鞍鞯，
好似光滑的石头上向下滚动着雨点。
莫看这马外表瘦削，腹部尖尖，
仰天长嘶，是热血沸腾在它胸间；
它好似在水中畅游，勇往直前，
即使是累了，也会在大地上扬起阵阵尘烟。
少年新手骑上，会被抛下马鞍，
壮士老将上马，衣衫迎风飞展。
它奔腾不息，一往无前，
好似孩子手中的陀螺呼呼飞转。
腰似羚羊腰，腿如鸵鸟腿，
跑起来狼一般轻捷，狐狸般矫健。
它体躯高大，两肋浑圆，
马尾笔直，甩离地面。
脊背坚实，光滑又平坦，
好似新娘碾香料、砸瓜子的大石盘。
猎获的禽兽血溅在它胸前，
有如指甲花红把白发染。

一群羚羊突然出现在眼前，
就像一伙朝拜的少女身着白袍镶黑边：
它们白色的身子，黑色的蹄，
扭头逃跑，像一串罕见的珍珠项链。
我纵马赶到了带头羊前，
随后的群羊惊魂未定，尚未逃散。
马儿一下子就让我连获一公一母两只羊，
而它竟是那样轻松自如，未流一滴汗。
火烤加水煮，齐把手艺显，
荒漠羊肉香，野外来聚餐。

傍晚大家赏骏马，处处是优点，
眼睛上下看不够，众口齐夸赞。
骏马整夜未卸鞍，
昂首屹立在面前。
喂，朋友！你可看见那乌云上方似王冠，
又像云中伸出了两手，那是电光闪闪。
那闪电又像是僧侣的灯，
在添油时拨动了灯捻。
在达里吉和欧宰伊布之间，
我与同伴坐着遥望苍天。
好大的一片阴云啊！我们齐把雨盼，
那云右遮盖坦峰，左接希塔尔和耶兹布勒山。
大雨倾盆，直泼在库泰法的地面，
汇成山洪，把大树都冲得根朝天，
盖南山上雨过处，
羱羊全被赶下了山。
太马绿洲没有剩下一棵枣椰树干，
除了石头砌的，房屋全成了烂泥一摊。
迎着风雨岿然屹立的赛比尔山
好似身披条纹大氅的王公，那样威严。
清晨，泥沙俱下的洪水环绕着穆杰尔山，
使它像一架纺车的轮子，在不停地飞转。
云彩在荒原卸下负担，瞬时葳蕤一片，
好似也门布商把五颜六色的衣料展览。
山谷里，云雀好像喝醉了美酒，
不停地欢唱，不停地鸣啭。
昨夜，山洪把它吞没的野兽冲得四散，
一具具尸骸好似野葱头露出根须一般。

如果我想苟且偷生

如果我想苟且偷生，
几枚小钱足以活命；

但我定要努力建功立业，
似我辈岂能不追求功名。

阿比德·本·艾卜赖斯一首

阿比德·本·艾卜赖斯（？—544），生于纳季德地区，阿萨德部落人。当著名诗人乌姆鲁勒·盖斯的父亲胡杰尔统管阿萨德部落时，阿比德曾是其清客，后参与阿萨德部落谋反杀死胡杰尔的行动，并吟诗舌战乌姆鲁勒·盖斯，为本族人辩护。他观察力强，感情细腻。其诗集1913年在莱顿首次印行，最著名的是《阿比德的悬诗》。

你扬言要报杀父之仇

你扬言要报杀父之仇，
用死来威胁我们。

你信口雌黄，胡说
已杀死了我们的头人。

你不必装腔作势！
该号丧的是你的父亲。

一旦我们刀枪备好，
就会向敌人进军。

别人可以苟且贪生，
我们却绝不肯屈就于人。

你还不快问问铿德族人：
"败逃之日，你们往何处栖身？"

我们个个都久经沙场，
你们快来送死——结队成群！

要知道，我们的战马
一向都是先发制人。

你们早已是我们的手下败将，
世上却无人能战胜我们。

一旦我们的矛头指向了你，
你绝逃不过与你父亲同样的命运！

任何人建功立业都无法与我们相比，
我们创建的荣誉早已高耸入云。

我们从不肯忍受屈辱，
却杀死了你们多少头人！

又俘获了你们多少女孩
——美若仙女降下凡尘。

我们可以你的生命发誓：

任何人永远无法征服我们！

艾布·杜阿德·伊雅迪一首

艾布·杜阿德·伊雅迪（？—约560），生于伊拉克南部，早年以牧马、经商为生，并曾为希赖国王管理过马群。诗人善于描状。他写马、骆驼、牛，其中尤以写马见长。他亦有颂诗、挽诗、情诗和哲理诗等。其诗用词杂有当时的方言土语，因而传世不多。

世上很多事难尽人意

我想友好，你却为敌，
世上很多事难尽人意。

岁月常会戏弄青年，
骗起人来赛过狐狸。

有人省吃俭用积攒体己，
吝啬一生却让别人承继。

奴隶要靠棍棒去敲击，
自由人暗示一下足矣。

沉默对青年往往有益，
死有时因为某些话语。

穆太莱米斯一首

穆太莱米斯（？—569），生于巴林地区。原名为哲利尔·本·阿卜杜·迈西赫，是著名的《悬诗》诗人塔拉法的舅舅，曾是希赖王国国王伊本·杏德的清客。据说，伊本·杏德因故对他及其外甥塔拉法怀恨在心，让他俩带信去巴林总督处，企图假总督之手将两人杀死。穆太莱米斯中途起疑，拆信知情后，逃奔至迦萨尼王国，直至老死在那里。其诗数量不多，但皆为精品。

羞辱，只有毛驴对它熟悉

羞辱，只有毛驴对它熟悉，
自由人，甚至骆驼都不肯吞声忍气。

能容忍屈辱的只有两种卑贱的东西：
一是供人骑的驴，一是拴帐篷的桩子。

前者甘受屈辱可以理解，
后者被打破脑袋也无人为它哭泣。

塔拉法四首

塔拉法（543—569），《悬诗》诗人之一，生于巴林贝克尔部落一个富贵之家，幼年丧父，因不满叔伯虐待而作诗讽刺他们。他放荡不羁，常沉湎于酒色，挥霍无度，因而为族人所不容。他曾两度离乡漂泊，最后投靠到希赖王国国王门下，成为其清客。但他恃才傲物、桀骜不驯，曾作诗讽刺国王及其兄弟，遂使国王怀恨，假他人之手将其害死于巴林。有诗集传世，首次印行于1870年。代表作是其《悬诗》。

讽国王与亲王

若是阿慕尔的王位上是头母驼该多好！
可以让它围着我们的房屋哞哞叫。

说实在的，那个卡布斯亲王
不过是个乱用职权的大草包。

我清楚地知道

我清楚地知道，而并非臆断：
谁的手下人若卑贱，他也卑贱。

一个人只要没有头脑，
舌头会证实他的缺陷。

一个人若对玩笑也认起真，
那他就是一个十足的蠢汉。

小事也许会酿成大祸

是否看孩子年幼，娘家人不在此，
你们就企图把瓦尔黛的财产吞没？

小事也许会酿成大祸，
致使鲜血不断流成河。

暴虐使瓦伊勒人两部落分裂，
贝克尔与台额里卜打得你死我活！

我一生只关心三件事

我一直是挥金如土，
开怀豪饮，寻欢作乐。

直至族人都远远避开我，
把我当成一匹癞骆驼。

但四方的穷人并没对我翻脸无情，
那些高门大户也仍待我如同贵客。

责备我沉迷于声色犬马的人，
难道你能让我在世永远生活？

如果你无法让我免去一死，
那就让我尽其所有，及时行乐！

我一生只关心三件事，
此外，才不管死后人们如何评说：

一是不管别人如何非难，
我开怀先把美酒足喝；

再是一旦有人遇险求援，
我会飞马前去勇敢拼搏；

三是阴天里，帐篷下，
俊美的女郎会使我无比快乐。

艾弗沃·奥迪一首

艾弗沃·奥迪（？—570），骑士诗人，同时也是一位哲士，生于也门地区，是部族的首领，也是部落战争的军事领袖。其诗传世不多，多为哲理诗和鼓舞族人勇敢战斗的激情诗。有关他的传奇轶事多散见于一些阿拉伯古籍中。

若无首领……

若无首领，人多也没用；
蠢人当家，无法有首领。

没有柱子，无法支帐篷，
不打桩子，柱子立不成。

桩子、柱子皆具备，
事情一定会成功。

哈雷斯·本·希里宰一首

哈雷斯·本·希里宰（？—570），《悬诗》诗人，生于伊拉克，为贝克尔部落显贵、贤哲。贝克尔与台额里卜两部落因有"白苏斯之争"而失和。诗人曾代表本部落与台额里卜部落诗人阿慕鲁·本·库勒苏姆争讼于希赖国王伊本·杏德前。他面对强手，隔着重重帷幕（因其患麻风病），慷慨陈词，致使希赖国王改变初衷，作出对贝克尔部落有利的判决。这就是诗人有名的《悬诗》。据说他活到一百岁，但其诗作传世不多。

登　程

昨晚万事已备好，
今早一片嘈杂声：
你呼我应骆驼叫，
不时可闻马嘶鸣。

阿慕鲁·本·库勒苏姆一首

阿慕鲁·本·库勒苏姆（？—584），《悬诗》诗人，生于幼发拉底河畔台额里卜部落的贵族世家。他15岁就成为本族领袖，曾代表本部落舌战贝克尔部落的代表诗人哈雷斯·本·希里宰，争讼于希赖国王伊本·杏德前，后伊本·杏德因唆使其母后企图当众羞辱诗人的母亲，而被诗人手刃。其遗诗传世不多，以其《悬诗》闻名于世。

谁若碰上了我们的战磨……

谁若碰上了我们的战磨，
就会被碾成粉末。

纳季德东部摆开了磨盘，
一小撮古达阿人被塞进了磨眼。

离远的用枪刺，
靠近的用剑砍。

赫兑的枪杆黑油油有弹性，
宝剑熠熠挥舞在敌人头顶。

我们用它砍掉敌人的脑袋，
好似割草，又像切菜。
顽敌的头颅纷纷落，
好像倒地的小骆驼。

麦阿德人知道我们祖先的光荣，
今日交手会让他们看得更清。

穆赛吉布·阿卜迪一首

穆赛吉布·阿卜迪（？—587），巴林地区人。他是部族的头人之一，在著名的"白苏斯之争"之后，曾参与了对贝克尔与台额里卜两部落之间的调解。他曾与希赖王国的国王伊本·杏德和努尔曼·本·蒙齐尔交往，并作诗赞颂过他们。他有诗集传世，多为颂诗、描状诗、哲理诗和情诗。

修身格言

遇事切莫乱点头，
没有把握别应承。

先说"不"字后说"行"，
胜于不行先答应。

如怕后悔先说"不"，
轻诺寡信是劣行。

一旦答应莫食言，
千方百计要完成。

人有缺点遭物议，
处处自爱人亦敬。

我待邻居敬如宾，
规规矩矩守本分。

不在背后进谗言，
不似禽兽暗伤人。

当面笑脸背后骂，
此乃卑怯恶小人。

恶语如同耳旁风，
我自装聋似不闻。

人有涵养不动怒，
免得失态称人心。

他人不义我仁义，
宽宏大度是根本。

欧尔沃·本·沃尔德一首

欧尔沃·本·沃尔德，著名侠寇诗人，阿布斯部落人，生活于麦地那一带，其父为部族骑士与显贵。诗人行侠仗义，扶危济困，在族人与同伴中享有极高的声誉。他能将陷于窘境的贫困侠寇团结起来，共同行动，故有"侠寇们的纽带"之称。据说他率人劫掠而不杀人流血，又从不以慷慨侠义者为劫掠对象，被认为是最高尚的侠寇。有诗集传世。其诗通俗易解，多反映出诗人刚正不阿、疾恶如仇的胸怀。

待客之礼

我家就是客人的家，
我的床就是他的床；
头戴面纱的羚羊
也不能让我将他遗忘。
我同他谈天说地，
交谈也是待客之方；
尽管我心中在想：
他即将进入梦乡。

（颜海峰编，摘自仲跻昆译：《阿拉伯古代诗选》，人民文学出版社，2001）

第十二章　阿里斯托芬及《阿里斯托芬喜剧集》

第一节　阿里斯托芬简介

正当我中华文明七雄争战无暇欣赏俳优之际，西距一万五千里的希腊正为它的两万男公民购买雅典戏剧场的门票让他们得以欣赏戏剧节的喜剧或悲剧。这时候申请参加演出自己剧本的一个小伙子才不过十八九岁，由于太年轻，他的剧作并未冠以真名。写过三部喜剧之后，他才以真名继续发表他那辛辣诙谐自由奔放的喜剧作品，此人正是被恩格斯誉为"喜剧之父"的阿里斯托芬。

相传，阿里斯托芬出生于雅典一个小土地所有者家庭，其时正值伯罗奔尼撒战争之际，根植于这种历史背景，他的戏剧多传达了厌恶战争的情绪，并且极尽嬉笑怒骂之能事，嘲弄政客与社会不公，再现人生百象，织就好一幅雅典全景图。相传阿里斯托芬共创作了 44 部剧本（一说 50 多部），其中 4 部尚有争议，仅 11 部辗转流传下来，这些剧本是《阿卡奈人》、《骑士》（又译《武士》）、《云》、《黄蜂》、《和平》、《鸟》、《吕西斯特拉忒》（又译《利西翠姐》）、《地母节妇女》（又译《特士摩》）、《青蛙》、《公民大会妇女》（又译《伊克里西阿》）和《普鲁特斯》（又译《财神》）。

在创作这些剧本之时，雅典仍是悲剧的天下，以悲剧为尊，每年一月为悲剧节，三月则为喜剧节。这种喜剧节从公元前 487 年便开始组织，在阿里斯托芬出生之前，希腊的喜剧作家也可谓不胜枚举，但却没有任何一部喜剧能够完整地流传下来，阿里斯托芬硕果仅存的 11 部戏剧便成了现存最早的希腊喜剧了，而这些剧本之所以能够流传至今，也全倚亚历山大派学者把它们当做文法范例来研究。

公元前 427 年，阿里斯托芬以假名在"勒奈亚"酒神节上演出了他创作的第一部喜剧《宴会》（现仅存残诗），受到评判员和观众的好评，年轻的诗人因此获得了第二名。次年，他的第二部喜剧《巴比伦人》（也只保存下来片段）演出之后也为其赢得头奖，却因为攻击雅典当局而被控告，好在当时的希腊民主制度已经较为完善，他旋即脱身。到创作并成功上演他的代表作《阿卡奈人》时，阿里斯托芬已经足够聪明，只在无外邦人士观剧的"勒奈亚"节上演这类作品了。

在剧作《云》中，阿里斯托芬巧妙却不公正地刻画讽刺了其好友苏格拉底，对苏格拉底后来因败坏青年人心智的罪名而被判死刑有直接影响；《鸟》一般被认为是阿里斯托芬最杰出的喜剧，是现存的唯一以神话幻想为题材、结构也最完整的喜剧。

所有这些喜剧都属于下里巴人，最迎合大众口味，因此常被一些反对者视为粗俗下流。但在他的时代，阿里斯托芬能如此机智敏锐，寓庄于谐，粗俗而不庸俗，把人生百态描绘得淋漓尽致，甚至今人读来也忍俊不禁，这真的是十分难能可贵的。阿里斯托芬无愧为希腊"旧喜剧"大师。

第二节 《阿里斯托芬喜剧集》简介

喜剧作为一种戏剧体裁，最早出现在公元前 7 世纪的古希腊，而把这种体裁演绎成熟的人就是"喜剧之父"阿里斯托芬。由于亚历山大学派学者以其喜剧为文本范例，他的剧作才有 11 部被完整地保留下来。他的这 11 部剧作中，《阿卡奈人》创作于公元前 425 年，描述了一位理想主义的雅典人决定结束与斯巴达的战争，是他第一部成功的喜剧，为其赢得了第一个头奖；在《骑士》和《黄蜂》中他抨击克里昂——一位蛊惑人心的有钱政客；在《云》中则表达了他对哲学新思想的鄙夷，对其好友苏格拉底的讽刺刻画则助推了这位伟人饮鸩而亡；在《和平》中，一位强烈反对与斯巴达战争的雅典人，骑着一只甲壳虫飞到了诸神栖居之地，并设法救出被囚禁在水井中的和平女神。

《鸟》，则通常被认为是阿里斯托芬的杰作，讲述两个逃离雅典恶政和压迫的逃犯，说服鸟儿在云中建造一座城市。这部作品是古希腊现存结构最完整的寓言喜剧，也是乌托邦喜剧的滥觞。《青蛙》描写了埃斯库罗斯和欧里庇得斯在冥府中一场冗长的辩论。阿里斯托芬以滑稽的模仿诗文，对两人尤其是欧里庇得斯冷嘲热讽。《普鲁图斯》是阿里斯托芬现存最晚的一部戏剧。其余 3 部作品，《吕西斯特拉忒》（又译《利西翠姐》）、《地母节妇女》（又译《特士摩》）和《公民大会妇女》（又译《伊克里西阿》）都是以女性为主角的喜剧，因为阿里斯托芬对妇女问题也非常注意，他反对妇女没有政治权利的不平等现象，批判轻视妇女的思想，但由于他笔下的妇女形象太过反传统而近于荒诞，直至 20 世纪 70 年代才受到古典学家的注意，将其定为"妇女剧"。

阿里斯托芬传世的这 11 部喜剧随着希腊文化的介绍而传入中国。利玛窦等传希腊数学入，艾儒略传希腊哲学入，魏源传希腊地理入。五四之后则首推周作人为希腊文学火炬手，而此时与周合作的，则是我国第一位希腊留学生罗念生，正是这位雅典科学院"最高文学艺术奖"得主扛起了我国译介希腊文学的大纛。罗念生共译出阿里斯托芬喜剧 6 部，含《阿卡奈人》、《骑士》、《云》、《马蜂》、《地母节妇女》和《蛙》，于1954 年由人民文学出版社出版，后又悉数收入 10 卷本《罗念生全集》，于 2004 年由上海人民出版社出版。罗的译笔流畅，做到了最大程度的信达雅，如今耳熟能详的希腊美女英雄的名字，比如海伦、阿喀琉斯等等，都是出自罗念生的首译。阿里斯托芬的其余 5 部作品由罗念生的学生王焕生协同古希腊罗马文化、哲学专家张竹明历时十载从 1996 年开始翻译，直到 2007 年才由译林出版社出版，纳入 8 卷本《古希腊悲喜剧全集》。

第三节 《阿里斯托芬喜剧集》选段

一 开场

狄开俄波利斯自中屋上。

狄开俄波利斯 当今多少事伤了我的心！快意事少得很，少得厉害，只有三四件；痛心事可真像海滩上的沙子数不清！让我想想看，有什么令我痛快的，值得我高兴的？嗨，我想起有一样东西我一看见就开心，那就是克勒翁吐出来的五个金元宝！这事情可叫我乐了，为此我真爱那些骑士——"无愧于希腊"！但是，我又遭受到一次"悲剧的"痛苦，那一天我正在张着嘴一心等着看埃斯库罗斯的戏呢，想不到司仪人忽然宣告说："忒俄格尼斯，把你的歌队引进来！"你可以想见这一下把我的心都凉了大半截！好在另外一件事倒也叫我开心，那就是摩斯科斯滚下场后，得西忒俄斯进来唱他的玻俄提亚歌曲。今年可受罪啊，开里斯偏偏扭出来吹他的战歌怪调，害得我直摇头，差点儿扭断了脖子。这还罢了，自从我破题儿第一遭洗脸以来，从没有像今天这样伤了我的——汗毛！说正经话：我们定好了今天开公民朝会，而且早已经到时候了，这个会场却还是空空如也。大家还在市场里谈天，蹓来蹓去，躲避那条涂着赭石粉的赶人索。连那些主席官都还没有到呢！等他们姗姗来迟的时候，你可难以想象他们会怎样一拥而下，乱撞一气，抢坐前排的凳子！至于讲和一事，他们却全然不理会。城邦呀城邦！

我可总是头一个到场，就像这样子坐了这个位子；一个人坐好了以后，只好自个儿叹叹气、放放屁、打打哈欠、伸伸懒腰、转过来、转过去、画画符、拔拔鼻毛、算算数目、想望着田园、想望着和平。我厌恶这种城市，思念我的乡村，那儿从来也不叫："买木炭啊！"、"买醋啊！"、"买油啊！"从来不懂得这个"买"字，什么都出产，应有尽有，就没有这种"'妈'呀"、"'妈'呀"的怪叫。

因此我这次完全准备好，要求吵闹、来打岔、来痛骂那些讲话的人，如果他们只谈别的，不谈和平。

但是我们的主席官，这些原来倒是赶中午的主席官，终于到了！我不是说过吗？你看，大家都一窝蜂挤到前排的座位去。

传令官自观众右方上。

传　令　官　向前、向前，进到清净界里来！

阿菲忒俄斯自观众右方急上。

阿菲忒俄斯　已经有人讲过话没有？

传　令　官　有谁要讲话？

阿菲忒俄斯　我。

传　令　官　你是谁？

阿菲忒俄斯　阿菲忒俄斯。

传　令　官　你不是凡人吧？

阿菲忒俄斯　不是，是一位不死的神：因为我的曾祖父阿菲忒俄斯是得墨忒耳和里托勒摩斯之子，他生了刻勒俄斯；刻勒俄斯娶我的祖母淮娜瑞忒，生了吕喀诺斯；我是吕喀诺斯所生，所以是一位不死的神。神们托付我独自去同斯巴达人议和。但是，诸位啊，我虽是一位神，却缺少盘缠，因为这些主席官不肯发给我。

传　令　官　弓手们！

阿菲忒俄斯　里托勒摩斯和刻勒俄斯啊，你们竟不来救救吗？

狄开俄波利斯　你们这些主席啊，你们把这个人拖出去就是侮辱了公民大会，他倒无非想为我们议和约，息干戈呀。

阿菲忒俄斯被迫退出，自观众右方下。

传　令　官　　坐下去，闭住你的嘴！

狄开俄波利斯　凭阿波罗起誓，我才不呢，除非是你们提出有关和平的动议。

传　令　官　　从大王那儿回来的两位使节到了！

狄开俄波利斯　什么大王呀？我讨厌死了那些使节和他们的孔雀以及他们的江湖骗术。

传　令　官　　住嘴！

使节甲和使节乙穿着波斯的华丽服装自观众右方上。

狄开俄波利斯　哦唷！波斯城！好漂亮的衣服！

使　节　甲　　正当欧堤墨涅斯执政之年，你们遣派我们到大王那儿去，薪俸每天两
　　　　　　　块钱。

狄开俄波利斯　哎呀，可惜那些钱啊！

使　节　甲　　我们真累啊，睡帐篷，软绵绵地躺在帘篷车里漫游过卡宇特洛斯平原，
　　　　　　　可闷死人啦！

狄开俄波利斯　我难道很安乐吗，靠着城墙卧草堆！

使　节　甲　　我们受够了款待，非得硬着头皮，拿起金盅儿、水晶杯儿，喝他们香
　　　　　　　死人、甜死人的醇酒。

狄开俄波利斯　我们这古城啊，你注意到这两个使节在开玩笑没有？

使　节　甲　　因为那些蛮子认为只有最能吃、最能喝的才算得上英雄好汉。

狄开俄波利斯　而我们却认为只有嫖客和色鬼才算得上呢。

使　节　甲　　直到第四年我们才到达王宫，可是大王已经带着他的大军出宫去了，
　　　　　　　他出宫到金山里八个月之久。

狄开俄波利斯　他"出恭"了什么时候才把裤子系好呢？

使　节　甲　　月圆时节，他回家了。然后他设宴款待，在我们面前摆出一整条一整
　　　　　　　条的吊炉烤牛。

狄开俄波利斯　有谁看见过吊炉烤牛？你骗人！

使　节　甲　　凭宙斯起誓，他还在我们面前摆出一只鸟儿，有克勒俄倪摩斯三个大，
　　　　　　　名字叫做凤——凰。

狄开俄波利斯　不装"疯"就说"谎"，白白骗去了我们两块钱！

使　节　甲　　我们现在带来了修达塔巴斯，他叫做"大王的眼睛"。

狄开俄波利斯　但愿一只乌鸦啄掉了你这个使节的眼睛！

传　令　官　　"大王的眼睛"来了！

修达塔巴斯偕二太监自观众右方上。

狄开俄波利斯　赫剌克勒斯，我的主啊！（向修达塔巴斯）你这人真像一只战舰！你在
　　　　　　　绕过海角寻找船坞吗？你的眼睛底下塞得进皮子吗？

使　节　甲　　来，修达塔巴斯，把大王派你来传达的话告诉这些雅典人。

修达塔巴斯　　看，阿达曼、厄克萨耳克、萨那庇忠奈、萨长。

使　节　甲　　你们懂得他说什么吗？

狄开俄波利斯　天晓得，我可不懂。

使　节　甲　　他说大王要送金子给你们呢。（向修达塔巴斯）你把金子的事情说清楚
　　　　　　　些，大声一点。

修达塔巴斯　　没勒普西、金、大普洛克特、爱奥尼。

狄开俄波利斯　哎呀，倒霉，很清楚啦！

使　节　甲	他到底说什么呢？
狄开俄波利斯	说什么吗？他说爱奥尼亚人如果盼望外国人的金子，就是大傻瓜。
使　节　甲	不，他是说起一斗斗的金子呢。
狄开俄波利斯	什么一斗斗的？你原是一个大骗子！滚你的！让我单独盘问他。（向修达塔巴斯）来，当着这个（伸出拳头）明白告诉我！要不然，我会把你浸在萨耳得斯的红颜色水里！大王要送金子给我们吗？

　　　　　　　　修达塔巴斯和二太监摇头。

　　　　　　　　那么，这两个使节在欺骗我们吗？

　　　　　　　　修达塔巴斯和二太监点头。

　　　　　　　　这些家伙摇头点头都是道地的希腊式，他们不是本地人才怪！呵，这两个太监有一个我看出是西彼提俄斯之子克勒忒涅斯！（向一太监）你这个一向把你这张赤光屁股剃得干干净净的家伙啊，你竟自带上了胡须，你这个猴子，伪装太监来骗我们吗？可是那一个又是谁呢？难道不是斯特剌同吗？

传　令　官	住嘴！坐下来！
	议院邀请"大王的眼睛"到主席厅赴宴！

　　　　　　　　修达塔巴斯、二太监和二使节自观众右方下。

狄开俄波利斯	这不是要气得人上吊吗？厅门大开接待这些鬼东西，厅门外我却要应征入伍。好，我定要做一件惊人的大事！阿菲忒俄斯在哪里？

　　　　　　　　阿菲忒俄斯自观众右方上。

阿菲忒俄斯	我在这里。
狄开俄波利斯	你拿着这八块钱，为我、为我的老婆、为我的小儿女，去同斯巴达人订下和约。
	（向主席官和公民群众）至于你们，尽管遣派使节，尽管傻张着你们的嘴吧！

　　　　　　　　阿菲忒俄斯自观众左方下。

传　令　官	从西塔尔刻斯王廷上出使回来的忒俄洛斯，请进来！

　　　　　　　　忒俄洛斯自观众右方上。

忒　俄　洛　斯	我来了！
狄开俄波利斯	又来一个骗子！
忒　俄　洛　斯	我们本来不会在特剌刻待这么久——
狄开俄波利斯	你当然不会，如果你没有支那么多薪俸。
忒　俄　洛　斯	如果雪没有封住整个的特剌刻，冻住河流——那正是忒俄格尼斯拿出戏来在这儿参加比赛的时节。当时我正同西塔尔刻斯　天天在喝酒联欢。他对你们真是倾倒之至，忠诚至极，他甚至在墙上都写了"我美丽的雅典人！"他那个儿子，——我们新近才接受他作雅典公民的，——想吃阿帕图里亚节日的香肠，请求他的父亲帮助他这个祖国。于是国王莫酒为盟，要遣派这样大一支军队前来助战，定叫雅典人不由不呐喊说：来了好大一群遮天蔽日的蝗虫啊！
狄开俄波利斯	除了蝗虫而外，如果我相信了你一个字，天让我不得好死吧！
忒　俄　洛　斯	他已经给你们派来了特剌刻英勇善战的子弟兵。
狄开俄波利斯	我们就要看明白了。

传　令　官　你们这些特剌刻人，忒俄洛斯带来的，请到这儿来！

　　　　　兵士数人自观众右方上。

狄开俄波利斯　这是些什么叫我们遭殃的东西。

忒　俄　洛　斯　这是一支俄多曼提亚军队。

狄开俄波利斯　什么俄多曼提亚？告诉我，这是什么意思？哪一些俄多曼提亚人把阳
　　　　　　物割了下来啦？

忒　俄　洛　斯　只要一天给他们两块钱报酬，他们这些轻盾兵就会蹂躏整个的玻俄
　　　　　　提亚。

狄开俄波利斯　给那些纵淫的家伙两块钱！气死你们头等桨手，我们城邦的保卫人！
　　　　　　哎呀，我完了！这些俄多曼提亚人抢了我的大蒜！快把这些大蒜给我
　　　　　　放下！

忒　俄　洛　斯　你这个倒霉鬼，快不要冒犯这些吃足了大蒜的！

狄开俄波利斯　你们这些主席官竟让这些外国人在我祖国内这样对待我吗？我反对讨
　　　　　　论给特剌刻人什么报酬。我告诉你们，天有预兆，已经有一颗雨点打
　　　　　　在我身上了！

传　令　官　特剌刻人可以退出去，后天再来。主席官宣布散会。

　　　　　传令官、忒俄洛斯和俄多曼提亚兵士自观众右方下。

狄开俄波利斯　唉，我损失了一份多么好的凉拌菜啊！好在阿菲忒俄斯从斯巴达回来
　　　　　　了！欢迎呀，阿菲忒俄斯！

　　　　　阿菲忒俄斯自观众左方上。

阿菲忒俄斯　别忙，等我跑完再说，因为我得赶快逃，逃避那些阿卡奈人。

狄开俄波利斯　怎么一回事？

阿菲忒俄斯　我正带着和约赶到这儿来，偏给一些阿卡奈老顽固闻出了气息，——
　　　　　他们是马拉松的老战士、顽强货、硬炭一样的老家伙，橡树那样结实、
　　　　　枫树那样壮！他们全直嚷着："你这个大坏蛋，人家才割掉了我们的葡
　　　　　萄藤呢，你倒竟然带来了和约？"他们捡起石子来，用衣服兜起了。好
　　　　　在我逃跑了，他们可还在追追嚷嚷呢。

狄开俄波利斯　随他们嚷吧。你可把和约带来了吗？

阿菲忒俄斯　带来了，这儿是三皮囊尝味的样品。这是五年和约，你拿去尝尝吧。

狄开俄波利斯　呸！

阿菲忒俄斯　怎么啦？

狄开俄波利斯　我不喜欢这一囊，因为它有松香和海军军备的味儿。

阿菲忒俄斯　那你就把这囊十年和约拿去尝尝吧。

狄开俄波利斯　这一囊有遣派使节前往各城邦的味儿，冲得很，好像怪那些盟邦不抓
　　　　　　紧备战呢。

阿菲忒俄斯　这一囊是三十年陆海和约。

狄开俄波利斯　啊！酒神有灵！这一囊有神膏和仙酒的味儿，并不命令我们说："各自
　　　　　　准备三天的行军口粮！"好像说："你想到哪里就到哪里去。"我接受这
　　　　　　一囊，我要奠酒，我要干杯，把那些阿卡奈老顽固抛到九霄云外去。
　　　　　　我避免了战争和苦难，就要回去庆祝乡村酒神节了。

　　　　　狄开俄波利斯进入中屋。

阿菲忒俄斯　我可得要逃避那些阿卡奈人。

阿菲忒俄斯自观众右方急下。

二　进场

歌队自观众左方进场。

歌　队　大家朝这儿来、朝这儿追，向所有的过客打听他！功在城邦，大家出力，快去捉住他。（向观众）请你们告诉我，知道不知道那个携带和约的家伙逃到哪里去了。

（首节）他逃掉了、跑掉了！可惜我上了年纪啦！我年轻时候，背着一筐木炭，还紧跟着法宇罗斯，跟他赛跑呢。要是在当年，我来追赶这个坏蛋，尽管他赛过飞毛腿，也决不叫他轻易逃掉！（首节完）

如今只可惜我的胫骨节已经僵硬了，拉克剌忒斯得老腿已经酸软了，竟让他跑掉了。我们定要去追赶，别让他目中无人，自夸逃得了我们这些阿卡奈老年人！

（次节）宙斯啊，天上的众神啊，他是什么东西，胆敢同我们的敌人议和！明知我，为了我的田庄，定要同他们进行大战！我决不罢手，直到我像一根小芦桩，又尖又锋利，直刺进他们的肉里，叫他们不敢再践踏我的葡萄藤。（次节完）

我们一定去把这家伙找出来：搜遍巴勒涅，躲到天涯海角也把你找出来，决不罢了你；我们带了石头来，一定要痛痛快快砸了你！

狄开俄波利斯　（自内）肃静，肃静！

歌　队　大家别作声！朋友们，你们听见肃静令没有？这就是我们要寻找的那个人。大家上这儿来，让开路，因为这家伙好像就要出来献祭呢。

狄开俄波利斯偕一妇人、一少女和二仆人自中屋上。

狄开俄波利斯　肃静，肃静！让顶篮子的走上前来，让珊提阿斯把法罗斯竿举直起来。

妇　人　女儿，把篮子放下来，我们好开始献祭啦。

少　女　母亲，把汤勺递过来，我好把豆羹浇在薄饼上。

狄开俄波利斯　很好。狄俄倪索斯，我的主啊，让我有幸带我一家人前来献祭，行礼如仪，顺利地庆祝这个乡下的酒神节。我已经避免了兵役，但愿我这个三十年和约开花结果。

妇　人　喂，好孩子，袅袅婷婷地顶着篮子，做出一副端端正正的样子来！谁娶了你，谁就有福，谁就会生出一些小貂鼠，一到天亮时候，她们就会和你一样地放臭屁。向前，在人堆里要特别当心，别叫人家扒走了你的金首饰。

狄开俄波利斯　珊提阿斯，你们俩得把法罗斯竿举直，跟着顶篮女，我会跟在后面，唱一支法罗斯歌；至于你，我的老婆，你可以上屋顶去观看。前进！

妇人进入中屋，再由屋顶上出现。

（法罗斯歌）法勒斯啊，你这个酒神的伴侣、夜游的宴乐神、爱慕妇人与少年人的神啊，好容易挨过了六个年头，我才高高兴兴回到家里来，向你致敬，因为我已经为我自己议下了和约，躲避了那些祸患、战争和拉马科斯之流。

法勒斯啊法勒斯，比起来，还是这样妙得多：让我埋伏在山里，等候斯律摩多洛斯的丫头，那个熟透了的特剌刻打柴的女孩子，捉住她偷树桠，搂住她的腰，把她举起来，按下去，压了她的葡萄！法勒斯啊法勒斯！

如果你同我们闹过酒，酒后头晕，你可以大清早上喝一碗和平汤。我要在炉灶的火光熊熊里挂起盾牌。

歌队用石子打击狄开俄波利斯，
少女和二仆人逃进中屋、妇人自屋顶上退下。

三　第一场　（斗争）

歌　　队	这就是，这就是他！扔呀，扔呀，扔呀，扔！大家来打这个可恶的东西！你不扔呀你不扔？
狄开俄波利斯	（首节）赫剌克勒斯呀！这是干什么的？你们会打碎我的土钵呢！
歌　　队	我们要砸碎你自己，你这个可恶的东西！
狄开俄波利斯	你们这些阿卡奈长老啊，为什么缘故呢？
歌　　队	你还要问？你这个祖国的叛徒啊，你原是一个无耻的、可恨的家伙，没有我们，你就议下了和约，你还有脸来见我！
狄开俄波利斯	可是你们不知道我为什么议下了和约，听我说！
歌　　队	还听你说，就叫你死！我们就用乱石头收拾了你！
狄开俄波利斯	且慢，你们总该先听我说几句话；好朋友，你们先忍耐忍耐吧！
歌　　队	忍无可忍了！你也不必向我说半句话，因为我恨你，比我恨克勒翁还要入骨，就说克勒翁吧，我也已经恨不得剥下他的皮来给那些骑士做靴底子呢！（首节完）
歌　队　长	你和斯巴达人议下了和约，还要我听你说一大串话吗！我要惩罚你！
狄开俄波利斯	好朋友，且不谈斯巴达人，先听听我的和约，看到底我议和议得对不对。
歌　队　长	还说"对"！你竟自同那些不顾祭坛、不顾信义、不顾誓言的人议下了和约！
狄开俄波利斯	就我所知，我们遭殃，不能全怪这些动了我们公愤的斯巴达人。
歌　队　长	不能全怪他们？你这个坏东西！你敢公然当着我们这样说？还以为我会饶了你？
狄开俄波利斯	不能全怪，不能全怪他们；我可以说出充分理由来，证明在许多方面，他们倒是得怪我们呢。
歌　队　长	真是骇人听闻，你胆敢替我们的敌人辩护！
狄开俄波利斯	我甘愿把我的颈脖子伸在一张案板上对大家说话，保证我的话公平合理，令人相信。
歌　队　长	乡邻们，告诉我，我们为什么吝惜这些石头，不把这个硬家伙砸成红布片儿？
狄开俄波利斯	好一炉血红的热炭烧得你心里直冒火花啊！你们这些阿卡奈人啊，你们不听吗，果然不听吗？
歌　队　长	我们就是不听！

狄开俄波利斯	那我可太冤枉了！
歌　队　长	我听，就该我死！
狄开俄波利斯	谁也不该啊，阿卡奈人！
歌　队　长	你该相信你现在就活不成！
狄开俄波利斯	好，我也就叫你们痛快不成：我要反过来杀死你们最亲爱的朋友，既然我得到了你们的人质，我就要把他们拿出来杀掉！

狄开俄波利斯冲进中屋。

歌　队　长	乡邻们，告诉我，他是拿什么来威胁我们呀？是不是他把我们哪一位在场人的孩子关在那里面了？要不然，他怎敢这么大胆呢？

狄开俄波利斯自中屋内提着一把短剑和一筐木炭上。

狄开俄波利斯	你们想扔就扔吧！我也会找这个出气。我倒要看你们里头可有人舍不得木炭！
歌　队　长	哎呀，不得了！这筐子真是我们的乡邻！住手，住手，千万住手！
狄开俄波利斯	（次节）我要杀掉他，你们尽管嚷吧，我可什么也不听！
歌　队	你真要杀害我的伴侣，杀害木炭客的朋友吗？
狄开俄波利斯	刚才我说话，谁叫你们不肯听呢？
歌　队	可是现在，只要你想说，你尽管说你多么喜爱斯巴达人也可以，我决不背弃这个亲爱的小炭筐。
狄开俄波利斯	那么，先把石头丢在地下。
歌　队	得，这些石头都在地下了，你也把剑插回去！
狄开俄波利斯	只怕还有石头藏在你们的衣兜里呢。
歌　队	都抖在地下了。你没有看见我们抖吗？不要再推托吧，把剑插回去！我们扭过来，扭过去，把衣服全抖开了。（次节完）
狄开俄波利斯	谁叫你们偏要兜起石头，"抖"出这场乱子，差人点儿害得这些帕耳涅斯木炭把老命都丢了！可怜这炭筐吓得就像墨鱼一样喷了我一身炭灰。真莫名其妙，心比石头硬，偏要扔石头，偏要乱叫乱嚷，偏不肯听近情近理的公平话，哪怕我甘愿把脖子伸在案板上对大家说话；可是，也罢，我还是爱惜我的生命。

四　第二场（对驳的准备）

歌　队	（首节）那么，你这个坏东西，为什么还不把案板搬到外面来，发你的高论呢？我倒很想知道你有什么好说。现在就照你自己提议的做法，快把案板放在这儿，开始讲吧。（首节完）

狄开俄波利斯进中屋去把案板搬出来。

| 狄开俄波利斯 | 大家看，案板在此，别看说话人何等渺小，宙斯在上，我并不用盾牌来掩护，我要为斯巴达人说出我要说的良心话。可是我有理由害怕，我很知道这些乡下人的脾气，他们就喜欢江湖骗子称赞他们和他们的城邦，不管对不对，全不知道自己上了当，叫人家出卖了；我还知道这些年老的陪审员的心情，他们除了想吃陪审费而外，什么都不顾；我也没有忘记去年我那出喜剧叫我本人在克勒翁手里吃过什么苦头；他把我拖到议院去，诬告我、胡说八道、嘴里乱翻泡、滔滔不绝、骂 |

得我一身脏，几乎害死了我！因此，这回在我讲话以前，先让我好好穿上一套，扮出一副最可怜的样子吧。

歌　　　队　（次节）为什么这样躲躲闪闪，耍乖巧、想花样拖延时间？你就去向希厄洛倪摩斯借他那顶毛蓬蓬的黑色隐身帽来，就去打开西绪福斯的锦囊，施展他的奸谋诡计，我也不管，反正这一场审问你可推卸不了。（次节完）

狄开俄波利斯　现在我得显一显胆气了，我去找欧里庇得斯。

　　　　　　　敲左屋的门。

　　　　　　　孩子，孩子！

　　　刻菲索丰自左屋上。

刻　菲　索　丰　谁呀？

狄开俄波利斯　欧里庇得斯在家不在家？

刻　菲　索　丰　他在家也不在家。

狄开俄波利斯　怎么？他在家也不在家？

刻　菲　索　丰　正是呀，你老人家。他的心思不在家，到外面采诗去了；他本人在家，高高地跷起两腿儿写他的悲剧呢。

狄开俄波利斯　三生有幸的欧里庇得斯，连他的仆人都是这样的妙嘴儿！快把他叫出来！

刻　菲　索　丰　不行，不行。

狄开俄波利斯　不行也得行，我反正不走，我要敲门。欧里庇得斯，亲爱的欧里庇得斯！你不答理别人，也得答理我；是我啊，是科勒代乡的狄开俄波利斯在叫你。

欧 里 庇 得 斯　（自内应）我没有工夫！

狄开俄波利斯　但是你叫内景壁转一转就出来啦！

欧 里 庇 得 斯　不行，不行。

狄开俄波利斯　不行也得行。

欧 里 庇 得 斯　那就转我出来吧；可是我没工夫下来。

　　　景后一部分墙壁转开，欧里庇得斯出现。

狄开俄波利斯　欧里庇得斯！

欧 里 庇 得 斯　你叫唤什么呀？

狄开俄波利斯　你写作，大可以脚踏实地，却偏要两脚凌空！难怪你在戏里创造出那么些瘸子！你为什么穿了悲剧里的破衣衫，一副可怜相？难怪你创造出那么些叫花子！欧里庇得斯，我凭你的膝头求你：从你的旧戏里借一套破布烂衫给我，因为我得要向歌队讲一大套话呢；万一讲得不好，我就完了。

欧 里 庇 得 斯　什么样的破布烂衫？是不是用来扮演可怜老头儿俄纽斯的那一套？

狄开俄波利斯　不是俄纽斯的，是一个更可怜的角色的。

欧 里 庇 得 斯　是不是瞎子福尼克斯的？

狄开俄波利斯　不，不是福尼克斯的；另外有一个人比福尼克斯还要可怜呢。

欧 里 庇 得 斯　这家伙到底要什么样的破布烂衫呢？你是说叫花子菲罗克忒忒斯的那一套？

狄开俄波利斯　不是，是要一个更是十足叫花子的角色的。

欧里庇得斯　你竟想要瘸子柏勒洛丰忒斯穿过的脏袍子？

狄开俄波利斯　不是柏勒洛丰忒斯；我指的那个人又是瘸子，又是叫花子，而且是又
　　　　　　会出语惊人，又会口若悬河！

欧里庇得斯　啊，我知道，那是密西亚的忒勒福斯。

狄开俄波利斯　对了，是忒勒福斯。我求你把他的布片儿给我。

欧里庇得斯　孩子，你把忒勒福斯的破衣衫给他，那是放在堤厄斯忒斯的破衣服上
　　　　　　面的，夹在他的和伊诺的中间。

刻菲索丰　（向狄开俄波利斯）喂，拿去！

　　　　狄开俄波利斯把衣服打开，对着阳光看看。

狄开俄波利斯　宙斯啊，你这位到处都看得见，看得穿的神啊，容许我穿成最可怜不
　　　　　　过的样子吧！

　　　　套上破衣服。

　　　　　　欧里庇得斯，行好事行到底，你给了我这个，就请把配搭的行头也给
　　　　　　了我吧：我是说那顶密西亚式的小毡帽。"我今天得扮一个乞丐；又要
　　　　　　是我又要不像我"；观众会认识我是谁，但是歌队会莫名其妙，待在那
　　　　　　儿，听凭我用一些巧言妙语捉弄他们。

欧里庇得斯　我就给你帽子。这鬼心眼想得个好主意！

狄开俄波利斯　愿你有福；"但愿忒勒福斯不倒霉"！妙呀！我已经满嘴的巧言妙语了！
　　　　　　然而我还需要一根叫花棒。

欧里庇得斯　快拿着滚吧，滚出我的大石厅！

狄开俄波利斯　（自语）我的灵魂啊，人家一下子就要把我赶出高门大厦去，不管我还
　　　　　　需要多少件小行头！我要强求，我要固请，我要硬讨！
　　　　　　欧里庇得斯，请给我一个小提篮，叫灯火烧穿了的！

欧里庇得斯　你要这样一个提篮作什么用呢？

狄开俄波利斯　没有什么用，可是我要拿到手。

欧里庇得斯　你只是打麻烦，滚开，滚出去！

狄开俄波利斯　唉！愿你有福，像你母亲一样有福！

欧里庇得斯　给我滚吧！

狄开俄波利斯　只要再给我一件东西：一个小碗，碗边上打缺了的！

欧里庇得斯　端着这个滚你的！你可知道你真烦死我了！

狄开俄波利斯　（旁白）啊，你可不知道你把悲剧糟蹋死了！
　　　　　　但是，最亲爱的欧里庇得斯，只要再给我一件东西：一个小水瓶，用
　　　　　　海绵当塞子的。

欧里庇得斯　你这家伙，这样那样的，你把我整个悲剧都拿去了！快提着这个滚吧！

狄开俄波利斯　我就走。哎呀！我可还要一件东西，得不到手，我就完了。最亲爱的
　　　　　　欧里庇得斯，听我说！我一拿到这东西就离开这儿，决不再回来。请
　　　　　　给我一点干薄荷叶装在这个小提篮里！

欧里庇得斯　你逼我上吊吗！拿去吧。我的剧本整个完蛋了！

狄开俄波利斯　那我就走了，用不着再讨了，我太啰嗦了，"不知道人家厌恶我呢"！

　　　　走了几步又退回来。

　　　　　　哎呀，倒霉，我完了！我竟忘记了一件东西，少了它，什么都只算白
　　　　　　搭。我最可爱的，最亲密的小欧里庇得斯，除了这一件，如果我还要

向你讨什么，我不得好死，就只一件了，就只一件了，请给我几根从你妈妈那儿要来的野萝卜吧！

欧里庇得斯 这家伙好无礼！（向仆人）关门！

欧里庇得斯退，墙壁还原。

刻菲索丰进入左屋。

狄开俄波利斯 （自语）我的灵魂啊，得不到野萝卜也得走啊。可知道你就要参加的舌战是一件多么严重的事情？你就要替斯巴达人讲话呢。我的灵魂啊，你就上前去吧！这就是起点！你站住不动吗？你整个吞下了欧里庇得斯还壮不起胆？好呀！前进吧，我这可怜的心！快到那儿去，把脑袋献在那上面，说出你要说的话。勇敢些，走呀，前进呀！我赞美我的心！

狄开俄波利斯把头靠在案板上。

（颜海峰编，摘自罗念生：《罗念生全集（第 4 卷）·阿里斯托芬喜剧六种》，上海人民出版社，2007）

第十三章　萨福及《萨福抒情诗集》

第一节　萨福简介

　　她是柏拉图盛赞的第十位缪斯，她是一位美女，一位诗人，一位七弦琴演奏者，一个赞美诗作者，一个愚蠢男子的妹妹，一位女校长，一位神秘主义者，一个反常的人，一个男诗人的情人，一个女学者，一个有失检点的妇人，一个为失恋而投海的女人，一个美貌的母亲生有美貌的女儿，一个希腊人……

　　她就是萨福，西方文学史上第一位女诗人。

　　她约生于公元前612年（一说前613或前630年）。据史书记载，彼时正是希腊文化盛极之时。她的诞生地是爱琴海上莱斯博斯岛的一个叫伊锐索斯的城市，6岁时随母迁移至岛上最大的城市密蒂林，并于此定居。17岁时她开始写作。后来嫁给一个富商，生有一女，取名克利斯。她的财富使她有机会选择自己的生存方式，从而可以使她在当时的文化中心莱斯博斯岛上研修艺术。在岛上她组织艺术俱乐部，教化女弟子，久而久之，便和她们在这花草芬芳之地绽放出同性之爱的花朵。莱斯博斯岛上的女子们便被称为 Lesbian，或者 Sapphic。但是彼时的希腊对同性之爱是相当宽容的，从希腊银币上铸有她的头像便可推知。19世纪末开始，萨福渐渐成为了女同性恋的代名词，也被近现代女性主义者和女同性恋者奉为鼻祖。

　　萨福写诗以抒情为主，风格朴素自然，感情真挚强烈，在古希腊备受推崇。按照当时风俗，诗人要边弹奏七弦琴边吟咏自己的诗作，萨福表演的时候挥洒自如，乐曲也是精致典雅，韵律绵绵，被听者冠以"七弦琴演奏者"的名号，而她的诗体则被后人称作"萨福体"。在技巧层面，这种独创的诗体不同于荷马时代的合唱形式，萨福体更短小，每四行一节，前三行略似荷马六韵步诗，第四行干脆明快；萨福还技艺娴熟地运用大量暗喻这种现代诗歌常用的修辞手段，使其诗歌形象丰富饱满。在风格层面，她一洗希腊以前诗歌的习气，不再歌必咏神祇，而是用第一人称抒发自我的欲望和感情。无怪乎古希腊人称她是"无与伦比的女诗人"，文学批评家龙加拿斯甚至将其和荷马相提并论。

　　然而，到了中世纪，她的诗篇因歌咏同性之爱而被教会视为异端，她诗中歌唱的自由、爱情、友谊和人类幸福成了禁欲主义者喉中刺鲠，因此，她的大部分作品都在中世纪惨遭基督教会焚毁，如今保留的只有两三篇较完整，其余都是断篇，总共不到500行，仅及她全部著作的5%左右。直到19世纪，人们在尼罗河溪发掘古埃及遗址时，才又发现了含有萨福诗作的长条书卷。20世纪，她的诗作才辗转"复活"，使后人得窥一貌。

　　传说萨福向一个叫做法安的船工示爱而被拒绝，乃从鲁卡岛的悬崖上纵身一跃，结束了自己华丽的一生。

第二节　《萨福抒情诗集》简介

萨福的诗篇至今已存世 2000 余年，然而多属断简残篇。19 世纪，在尼罗河溪谷发掘古埃及遗址时，人们发现了一批手稿，其中的一些证明含有萨福的诗篇。这一批纸莎草古卷书，年代从公元前 1 世纪到公元 10 世纪，数量惊人。而含有她诗作的长条书卷却被用来包裹木乃伊，或用作了棺木的填充物，直到 20 世纪，人们才把这些碎片拼接起来，使她的诗作得以"复原"，让我们一睹其绰约风采。但是至今尚无资料显示萨福作品真实具体的出版和流传情况。

据其作品颇多版本和变体这一现象来推断，萨福很可能并未流传什么诗稿，而是靠口口相传的方式把她的诗之火种散播在希腊的文艺土壤之中。最早是约在亚历山大时代，才有人把她的诗歌搜集整理起来，集成 9 卷抒情诗和 1 卷哀歌诗。这个后人整理的版本却也在中世纪失传，之后只在别人作品中见到她的作品的引文。古希腊历史学家狄奥尼西奥斯引用过她的阿佛洛狄忒颂歌，著名文艺批评家龙加拿斯在其名著《论崇高》中引用过《他不只是英雄》一诗，亚里士多德引用过《我们完全知道》一诗的断篇，一些语法学家也引用过她的一些断片或残句。所以说我们今天看到的萨福诗，绝大多数都是断章残简。

萨福的名字传入我国的时间不算早，但在外国文学的译介中也已占尽先机。1908 年，苏曼殊译了拜伦《唐璜》中的一章，即为人熟知的《哀希腊》，诗首两句便是："巍巍希腊都，生长奢浮好。"这里的"奢浮"即萨福。然而此后并未见更多对萨福诗的译介，只能零星得见几篇译文，比如杨宪益、水建馥、飞白、周煦良等都翻译过几首萨福诗，但都算不上"规模"，相较于萨福在西方乃至世界文学史上的地位和影响，这不能不说是一种悬殊和遗憾。鉴于此，身为诗人兼翻译家的罗洛根据 1958 年美国加州大学出版社出版的玛丽·巴纳德的《萨福》一书将萨福的 100 首断章残篇都译了出来，成为我国第一本最完备的萨福诗集的译本。玛丽的英译本被一些评论家誉为"接近完美的英译本"，因其保持了萨福的真挚、朴素、自然的风格，没有多余的文饰，不把一些断片"拉长"或改写为完整的诗，然而从中仍能感到萨福的机敏和诗意。

除去若干残句外，萨福现存的作品基本都译列于此书中了。这个译本旨在"为我国读者，特别是青年读者提供一个可读的本子，因此不去比较各种版本的异同，注释也尽量从简，不去作烦琐的考证"。译文由诗人译者采用现代汉语译出，力求保持原作口语化的特点，应该说已经相当忠实。

萨福曾经自信断言，未来的人们是不会忘记她的。排除为其争得女同性恋名声的因素外，通览此书，喜欢萨福体的读者也会将其永铭记忆。

第三节　《萨福抒情诗集》选段

1 告诉每一个人

告诉每一个人
今天，我要
为朋友们的欢乐

唱出最美的歌

2 我们将会高兴

我们将会高兴
让他，这个
专挑毛病的人
又悲伤又愚蠢

3 站在我的床边

站在我的床边
穿着金的凉鞋
黎明，在这时刻
把我唤醒

4 我问自己

我问自己——
萨福，对于一个
拥有一切的人
像阿佛洛狄忒
你能给她什么呢？

5 于是我说

于是我说——
我将焚烧
一只白母山羊的
肥大腿骨
在她的祭坛上

6 我承认

我承认
我爱那
给我以安慰的
我相信
在太阳的光辉
和德行中
也有爱情的
一份儿

7 在中午时分

在中午时分
当大地
发亮，带着火光

炎热降临
蟋蟀，鼓起
翅膀，高声
歌唱

8 我会拿起七弦琴，说

我会拿起七弦琴，说
现在来吧，我的
神圣的龟甲，变成
会说话的乐器吧

9 虽然它们

虽然它们
仅仅是一丝气息
听我支配的
话语，是不朽的

10 那天下午

那天下午
将要结婚的
姑娘们用花朵
编结项链

11 我们听见她们在唱

我们听见她们在唱——
年轻的阿多尼斯
快要死了！库忒瑞亚啊
我们该做些什么呢

用你们的拳头
捶打胸膛，姑娘们——
撕裂你们的衣裳

12 没有用

没有用
亲爱的妈妈
我不能做完
我的编织了
你去责怪
阿佛洛狄忒吧

她如此温柔

她快要
杀死我了，用
爱——对那个男孩

13 人们闲聊

人们闲聊
他们说到
勒达，说她

有一次找到
一个蛋，它藏在

野生的风信子下面

14 天上一片和平

天上一片和平
众神的食品
已准备好了，混杂地
堆在酒碗里
那是赫尔墨斯

他拿起酒罐
为众神
把酒斟满

15 当我看见厄洛斯

当我看见厄洛斯
从天上降临
人间，他穿了

一件染成紫色的
士兵的斗篷

16 你是黄昏的牧人

你是黄昏的牧人，
赫斯珀洛斯，你驱赶
你放牧的
羊群回家，不管
白昼的光辉渐渐暗淡

你放牧绵羊——放牧

山羊——放牧孩子们
你驱赶他们回家
回到妈妈身边去

17 睡吧，亲爱的

我有一个
小女儿，她叫
克勒斯，她

像一朵金黄的
花
为了她

我不愿要
克洛苏斯的整个
王国，外加爱情

18 虽然笨拙

虽然笨拙
纳希狄加有一个
比季林诺更为
姣好的身材

19 明天你最好

明天你最好
用你柔软的手
狄加，扯下莳萝的
稚嫩作花冠，戴在
你可爱的鬈发上

带花的女郎吸引
快活的美惠女神的目光
头上不加装饰
她们就会转过身去

20 我们把骨灰瓮

我们把骨灰瓮
放到驶往海外的船上

写下这样的题辞

这是小泰玛斯的骨灰

她还没有结婚，就被
引进冥后的黑暗的卧室

她远离家乡，和她同龄的
姑娘们，为了哀悼她
用锋利的刀片割下
她们柔软的鬐发

21 塞浦里安，在我梦里

塞浦里安，在我梦里
一条紫色的头巾
半遮住你的
脸颊——那是
泰玛斯送的
胆怯的礼物，来自
遥远的福开亚

22 在春天的薄暮

在春天的薄暮
在满月的盈盈的光辉下
女孩子们聚集在一起
好像环绕着祭坛

23 而她们的脚移动了

而她们的脚移动了
有节奏地，好像从前
克里特岛的姑娘们
用温柔的脚步

在开花的柔滑的草地上
围绕着爱的祭坛
跳起环舞

24 敬畏她的光华

敬畏她的光华
在可爱的月亮四周的
星星们，掩藏起自己
明亮的面容
当她
用她的银光
照耀大地的时候

25 当我们跳舞的时候

当我们跳舞的时候
你们也来吧
温柔的快乐
狂欢和光辉

还有你们
美发的缪斯们

26 黄昏的星

黄昏的星
是众星中
最美的
星

27 是时候了

第一个声音

为了你是这样
漂亮这样迷人

来吧，和粉红足踝的
美惠女神一起
游戏吧，还有

黄金的阿佛洛狄忒呢

第二个声音

啊，决不！

我将永远是
一个处女

28 为了她的缘故

为了她的缘故
请你们
现在来吧

啊，美惠女神
啊，蔷薇色的手臂
如此完美

神的女儿们

29 许墨奈俄斯赞歌

第一个声音

把椽子举起来！
举得更高一些！
一位比阿瑞斯
更高的新郎来了！

第二个声音

许门
许墨奈俄斯！

第一个声音

他高出于
众男子之上
就像累斯博斯的诗人们
高出于众诗人之上

第二个声音

唱起赞歌来吧
啊，许墨奈俄斯

30 这一杯祝你健康

这一杯祝你健康
幸福的新郎！
你渴望的婚礼
已经举行过了

而你的妻子
是你渴望的女郎；
她是一个

迷人的新娘
她的眼温柔如蜜
她的面庞

被爱神用她自己的美
照亮。
阿佛洛狄忒

一定格外努力
为了给你荣光！

31 女傧相的赞歌（一）

啊新娘，充满了
玫瑰般的玲珑的爱！

啊，帕福斯王后的
最光彩的宝石！

现在，到你的卧室
到你的床边吧
在那儿，和你的新娘
甜美地温柔地嬉戏

让赫斯珀洛斯
引导你，心甘情愿地
知道你惊奇地站在

婚姻女神赫拉的
银的宝座之前

32 女傧相的赞歌（二）

第一个声音

童贞啊
我的童贞！

当我失去你
你要到
哪儿去呢？

第二个声音

我要离开你
去到一个地方
我决不再回来
亲爱的新娘！
我决不再
回到你的身边

决不！

33 他们被锁住了，啊！

看门人的脚
有十二码
那样长！十个

鞋匠用五张
牛皮为他们
缝补凉鞋！

34 哀悼处女时期

第一个声音

像榅桲的果实
成熟在树巅
高高的枝头上

从来没有
被采摘的人注意过
从来没有被触摸过

第二个声音

像群山中的
一株风信子
被牧人践踏
只剩下紫色的斑点
残留在地上

35 你穿上她的衣裳

闪耀着黄金
你，赫卡忒
夜之女王，也是
阿佛洛狄忒的侍女

36 我为什么哭泣

我为什么哭泣
我还在为我
失去了的处女时期
而悲伤？

37 你知道那地方，那么

你知道那地方，那么
离开克里特岛到我们这儿来吧
等在那儿，那丛林最是
令人喜悦，对于你

那地方是神圣的，芳香的
烟雾在祭坛上，寒冷的
溪流潺潺地穿过
苹果枝头，一簇年轻的
蔷薇丛把荫影投在地上
颤动着的叶片，没入

深沉的睡眠，在草地上
群马在春天的花朵中间
泛着光泽，生长健壮

莳萝使空气芬芳。女王！赛普里安！
把爱掺和到清冽的甘露里
用它斟满我们的金杯吧！

38 向我的帕福斯女主人祈祷

斑斓宝座上的阿佛洛狄忒
永生的神的女儿，陷网的
编织者！我向你祈求

不要逼迫我，使我的心充满痛苦！
来吧，就像从前当你听见
我在远方哭泣，你就从

你父亲的屋里走出来，走向
你的金车，架起你的双马
它们羽毛丰满的翅膀

掠过天空，载着光辉的你
从天上迅速降落到

黑沉沉的大地，那时，至福的你

面带不朽的微笑，你问
是什么使我烦扰，使我

又一次向你呼唤？

我的苦恼的心
最渴望的是什么？
"你相信谁会

以你的爱？萨福，是谁
对你不公正？让她跑吧
她不久就会追逐你的

如果她不接受礼物，有一天
她将会显出礼物的，如果现在
她不愿爱你——她不久将会

爱你的，尽管不是自愿的……"
如果曾经——现在来吧！
让这无可忍受的痛楚减轻些！

我的心所最渴望的将会
实现，使它实现吧；你
把你的力量加在我这一边！

39 他不只是英雄

在我眼里，他是天神——
他得到允许
坐在你的身边

他亲密地聆听
你的甜蜜的声音
你的絮语，那诱人的

笛声，使我的心
怦怦地跳动。如果我
突然和你相遇，我会

说不出话来——我的舌
僵硬了；火焰在我皮肤下面
流动；我什么也看不见了

我只听见我自己的耳鼓
在隆隆作响，浑身汗湿
我的身体在发抖

我比枯萎的草
还要苍白；那时
我已和死接近

40 阿狄司，你也许会相信

阿狄司，也许你会相信
即使在沙第司
安娜多利亚也会常常想起我们

想起在这儿过的日子，那时
对于她，你就像是女神的
化身，你的歌声最使她怡悦

现在，她在里底亚的女人们中间
最为出众，就像长着粉红纤指的
月亮，在黄昏时升起，使她

周围的群星暗淡无光
而她的光华，铺满了
咸的海洋和开着繁花的田野

甘露滴落在新鲜的
玫瑰、柔美的百里香
和开花的田木樨上，她

漫游着，思念着温柔的
阿狄司，在她纤弱的胸中
她的心上挂着沉重的渴望

她高声叫喊：来吧！千耳的夜神
重复着这一叫喊。越过
闪光的大海，传到我们耳边

41 致沙第司一位军人的妻子

谁是这黑沉沉大地上
最好的人：有人说是骑兵
有人说是步兵，还有人说是

我们船队的快桨手
我呢，我说无论是谁

只要有人爱他，他就最好

这不难证明——海伦
曾经审视过这世界的
男性的花朵，她不是

从众人中选了最好的，而他
却使特洛亚的光荣化为灰烬？
屈从于他的意志，她忘记了

她理应给予她的亲人、她的
孩子的爱，跟随他浪迹异域
因此，安娜多丽雅，尽管

你远离并且忘记了我们
而你的可爱的脚步
和你双眼中轻柔的光彩

比里底亚骏马的华丽
或披甲的士兵的步伐
更能使我心摇神移

42 没有听见她说一个字

坦白地说，我宁愿死去。
当她离开，她久久地

哭泣，她对我说
"这次离别，一定得
忍受，萨福。我去，并非自愿。"

我说"去吧，快快活活的
但是要记住（你清楚地知道）
离开你的人戴着爱的镣铐

如果你忘记了我，想一想
我们献给阿佛洛狄忒的礼物
和我们所同享的那一切甜美

和所有那些紫罗兰色的头饰
围绕在你年轻的头上的
一串玫瑰花蕾、莳萝和番红花

芬芳的没药撒在你的
头上和柔软的垫子上，少女们
和她们喜爱的人们在一起

如果没有我们的声音
就没有合唱，如果
没有歌曲，就没有开花的树林"

43 阿狄司，这是你说过的话

阿狄司，这是你说过的话
萨福，如果你还不起床
不让我们瞧着你
我就不再爱你了

起来吧，放松你柔软的
躯体，脱下你的希俄斯睡衣
像一枚百合花斜倚在

泉水中，你沐浴吧
克勒斯正从衣柜里
取出你最好的紫色外衣
和黄色的短袖衫
你将有一件斗篷披在身上
还有花儿戴在你的发上

普拉西诺阿，我的孩子，你愿
为我们的早餐烤一些坚果吗？
有一位神明是庇佑我们的

今天，我们终于要去
米蒂利尼，我们心爱的
城市，它的众女子中最可爱的

一个，萨福，和我们一起
她行走在我们中间，就像
被女儿们簇拥着的母亲

当她从流放中回到家里

但是这一切都已被你忘记

44 没有警告

没有警告

像一阵旋风
扑击着橡树
爱，摇撼着
我的心

45 如果你来

如果你来
我将缝制
几只新的枕头
让你休息

46 谢谢你，亲爱的

谢谢你，亲爱的

你曾经来过，你
再来吧，我需要
你。你啊，使

爱的火焰在我
胸中燃烧——真该
诅咒你！诅咒你

每当你离我而去
那难耐的时辰
仿佛无穷无尽

47 我是这样幸福

我是这样幸福
相信我，我
为之祈祷的
那个夜晚，对我们
将会是长长的良宵

48 现在，我知道为什么

现在，我知道为什么
在神与人的
所有的后裔中

最受爱戴的
是厄洛斯

49 她穿戴得真漂亮

她穿戴得真漂亮
她的双脚，隐藏在
绣花的
凉鞋的绦带中
那是从亚细亚来的
手工制品

50 但是你，猴子面孔

阿狄司，很久之前
我就爱你，那时
对我来说，你还是
一个粗野的孩子

51 我也为你骄傲

在技艺上，我想
你无需向
任何一个姑娘低头

没有一个人
能够看到
及时而来的阳光

52 在这一切之后

在这一切之后
阿狄斯，你甚至
憎恨我的思想

你还是赶快
去找安得罗米达吧

53 带着他的毒液

不可抗拒的
又苦又甜的

使我的四肢
松弛无力的

爱，像一条蛇

使我倒下

54 害怕失去你

我慌乱地跑着
像一个
紧跟妈妈的小女孩子

55 现在清楚了

现在清楚了
无论蜂蜜
无论蜜蜂
都不再是我的

56 日复一日

日复一日
我饥饿
我挣扎

57 你将会说

瞧，我回到
这柔软的手臂里
那是从前
我抛弃过的

58 告诉我

告诉我
在所有的人中
你爱谁

更甚于
你爱我

59 我说，萨福

我说，萨福
够了！为什么
要试着去感动
一颗冷酷的心

60 你可能会忘记

你可能会忘记
但是，让我来告诉你
这一点：将来

会有人
记起我们

61 痛苦穿越我

痛苦穿越我
一滴
又一滴

62 夜莺

夜莺
用柔美的声音
宣告
春天的来临

63 昨夜

昨夜
我梦见
你和我
说同一个字——
赛普里安

64 今夜我望着

今夜我望着
月亮
和昴宿七星
先后沉落

夜将尽
青春已逝
我独自

僵卧在床榻

65 相信

相信
阿佛洛狄忒的
女儿，不在
哄骗凡人

66 许多次

许多次
啊，戴着金冠的

阿佛洛狄忒
我希望，我
有这样的幸运

67 在我这个年纪

在我这个年纪
为什么，从天堂来的
燕子，潘狄翁国王的
女儿，还要带来
折磨我的消息

68 那不一样

那不一样
那时，我的处女时代
像鲜花一样盛开
而你——

69 这样那样

这样那样
我不知道
该做什么
我的想法
有两个

70 我可爱的朋友

我可爱的朋友
你是这样美丽
我怎能
离你而去呢

71 我问你　先生

我问你　先生
你和我面对面
站着　像一个朋友
我能看到你的
亲切的目光么

72 当然　我爱你

当然　我爱你
但是　如果你爱我
娶一个年轻的女子吧

我不能忍受
和一个年轻的男子在一起生活
我老了

73 是的，它很漂亮

是的，它很漂亮
但是来吧，亲爱的
不需要为一枚戒指
那么过分得意

74 我听说安得洛米达

我听说安得洛米达
那个乡巴佬，穿着
俗气的华服——在你
心中燃起一盏灯

但是她连把裙子
提到脚踝上的
这点本事也没有啊

75 好啊！

好啊！
安得洛米达
明显地
改变了她自己

76 萨福，当有些蠢人

萨福，当有些蠢人
在你胸中
燃起怒火
克制住
那嚷叫的舌头

77 说来奇怪

说来奇怪
过去，我善待的
那些人。也就是
今天给我以
最大伤害的人

78 我教有才能的

我教有才能的

希罗，我尽心地
教导她，她是
一个女孩，追踪着
几亚拉的星星

79 真的，戈尔戈

真的，戈尔戈
我的禀性
根本不坏
恶意，我有
一颗童心

80 因为你爱我

因为你爱我
塞浦里斯，让她
知道，即使你也是
够痛苦的！让她

不要大声叫喊
吹嘘："瞧，已经
两次，多丽加
得到了这样的
爱情，如她
所渴望的！"

81 向戈尔戈致意

夫人，我多次
向许多伟大的
国王的后裔
致以敬意

82 像你这样有钱

死亡将会结束
你的一切；此后
没有人会记得你

或需要你；你
和庇厄里亚的
玫瑰无缘

在冥府的宫殿里
横胡的死者中间

你将悄悄地
凄凄恻恻地
飞掠而过

83 不要问我用什么头饰

不要问我用什么头饰
我没有从沙第司来的
绣花的束发带
给你，克勒斯，有如
我所用的
而我的妈妈
经常说：在她
那时候一条紫色的
缎带束在发上
就够时新的了

而我们的发是黑的
一个女孩
有着比灯光更黄的
头发，不该用发带，
而应戴上鲜花

84 如果你有洁癖

如果你有洁癖
不要乱戳
海滩上的碎石

85 在她们成为母亲之前

在她们成为母亲之前
勒托和尼俄柏
对朋友们都是
最热心的

86 经验告诉我们

经验告诉我们
没有美德伴随的
财富，绝不是
一个无害的邻居

87 我们完全知道

我们完全知道
死是邪恶的

我们有
神的意旨；如果
死是好事
神也会去死

88 说你乐意说的

黄金是神的孩子
虫和蛾
都不吃黄金
它比男人的心
要更强一些

89 战神

战神
阿瑞斯，向我们夸耀
凭真正的力量
它能够使
赫淮斯托斯
那锻冶之神
甘拜下风

90 说到流放

说到流放
我想，他们
绝不会发现
你，宁静，使人
更难以忍受！

91 想起了

想起了
彼拉贡，一个渔夫
他的父亲梅尼斯卡斯
把鱼篓和船桨放在这儿：
生活不幸的证据

92 你记得吗

你记得吗
一株金色的
金雀花，怎样
在海滩上生长

93 请对我亲切些

请对我亲切些
贡吉拉，我只求你
到这儿来的时候
穿上淡奶油色的衣裳

我的渴望，飞向你那
可爱的魅力，一看见它
就会在它周围环飞

而我是高兴的，尽管
我也和阿佛洛狄忒
吵过一次嘴
我向她
祈祷：愿你
快一点来

94 你使我想起

你使我想起
一个非常温柔的
小女孩，有一次我看见
她正在摘花朵

95 当他们倦了

当他们倦了
黑夜把她那沉重的
睡眠，雨一般倾注在
她们的眼睑上

96 神赐福于你

神赐福于你
愿你把头
枕在温柔的
女孩子的胸脯上
沉沉睡去

97 我常求你

我常求你
现在求你别来
赫尔墨斯，神啊
你接引亡灵

回家；
但是这一次
我不乐意；我
想去死，去看看
湿润的莲花，开放在
阿刻戎河上

98 那是缪斯

那是缪斯
她们给我以
荣耀，她们
教我以技巧

99 我得提醒你，克勒斯

我得提醒你，克勒斯
悲叹的声音
在一个诗人的家里
是不相称的

它们，对我们的家
也不合适

100 我不抱怨

我不抱怨
黄金的缪斯
赐给我的
成功，是没有
疑义的：死神
也不会把我忘记

（颜海峰编，摘自罗洛译：《萨福抒情诗集》，百花文艺出版社，1989）

第十四章　李维乌斯及《罗马史》

第一节　李维乌斯简介

罗马历史上出现过两个"李维乌斯"，然而此李维乌斯非彼李维乌斯。较早的李维乌斯生活在公元前 2 世纪的罗马，是罗马第一位诗人，也被誉为"罗马文学之父"，"李维乌斯"只是他沿用的做奴隶时候的主人姓氏，他更常被人称作"安德罗尼库斯"；笔者这里介绍的却是生活在公元前 59 年到公元 17 年的提图斯·李维乌斯，又被译为"李维"，是古罗马最杰出的历史学家，古罗马共和后期的大学问家。

李维乌斯出生于意大利北部的一个商业城市帕塔维，即现在的帕多瓦（邻近威尼斯）。据说他很早就受到良好的教育，熟悉希腊和拉丁文化。由于家道殷实，青少年时期他就开始学习文学、修辞和演说术，为其日后的一番成就打下坚实基础。公元前 29 年，30 岁的李维乌斯离开帕塔维前往罗马，结识了屋大维，并奉命教导他的外孙（即后来成为皇帝的克劳狄一世），但他既不踏足政坛，也不跨上戎马，一直与屋大维相处甚得，并在他的保护下开始著述巨著《从罗马建城开始》（又译作《罗马史》）。

李维的思想脱胎于屋大维之前的共和制，但他也拥护屋大维首创的元首制，在塔西陀来看，这是因为他和屋大维之间存在友谊。而且屋大维结束了一个世纪的内战，使罗马帝国进入和平繁荣的治世，也让李维对其产生感戴之心。可从李维对凯撒以及谋杀凯撒事件的评价来看，他的思想还是有些保守，仍然拥护贵族的共和制。他想通过记述罗马人祖先的丰功伟绩来对中后期的罗马进行道德训示，以避免共和国的覆灭，其客观效果是歌颂了罗马人的光荣和伟大，宣扬了罗马的爱国主义精神和优良传统，恰好适应了屋大维的统治需求，因此屋大维并未明确反对李维的保守思想。

李维毕生致力罗马史的编撰，一直到公元 14 年屋大维辞世才辍笔，前后历时 40 余年，差不多是屋大维统治罗马的时间。《罗马史》全书卷帙浩繁，共有 142 卷，每 10 卷为一部，但多数均已散佚，目前存留下来的只剩 35 卷。书中援引各种业已失传的文献资料，内容详赡，文笔生动，是研究罗马文化极其珍贵的史料。

恰如前述，李维著述罗马史的政治目的很明确，因此可以算是一个道德说教家，且因为这种目的，对材料不加考证甚至有意曲解或篡改。但对于事象的描述和分析，他不是泛泛而谈，而是循循善诱，其材料安排之巧妙，文笔叙述之生动，在各种历史著作中都是独具一格的，这使《罗马史》成为一流的散文体史诗巨著。后世一批作家，比如昆体良、但丁、马基雅维利等都对其褒赞不绝。其卓越的拉丁文造诣更使其与西塞罗、塔西陀齐名，成为创立拉丁文风的三位大师之一。罗马民族文学也是到李维才算真正树立起来。

第二节 《罗马史》简介

罗马文学发展到奥古斯都时代大约进行了 200 年之久，在这两个世纪里，它渐渐形成民族意识、本土意识。各种文体都有其标志性的作家。普劳图斯编出罗马的民族戏剧，卡图鲁斯谱出罗马的民族诗篇，西塞罗用散文作为罗马政治斗争的武器，维吉尔用史诗颂扬罗马先祖的丰功，奥维德让罗马神话发展成系统化，连文艺理论也在贺拉斯手里渐趋蔚然。但这些成就依然深受希腊文艺之风的熏染，罗马的民族文风尚未形成，直到李维的《罗马史》问世改变了这种状况。

公元前 27 年，年仅 32 岁的李维乌斯便开始了这一浩大工程。起初他计划写 150 卷，却因作者去世而中断，只完成 142 卷，大约记述了从罗马建城到公元前 9 年德鲁苏斯之死长达 762 年的漫长历史时期的重大事件。其各卷断代及主要事件如下：

1—5 卷：建城到罗马被高卢人攻克

6—10 卷：萨莫尼安人战争

11—15 卷：征服意大利

16—20 卷：第一次布匿战争到第二次布匿战争之前

21—30 卷：第二次布匿战争

33—45 卷：马其顿和叙利亚战争

46—70 卷：内战到同盟战争

71—80 卷：内战到马略之死

81—90 卷：内战到苏拉之死

91—103 卷：内战到庞培在东方取得胜利

104—108 卷：共和国末期

109—116 卷：内战到凯撒之死

117—133 卷：内战到阿克提乌姆之役

134—142 卷：奥古斯都时代

由于著作计划庞大，而李维年方三十一二，各方面知识尚有欠缺，因此难以完成细致的搜集、整理和分析等工作。在序中，李维也坦诚自己的水平。鉴于此，他那不分良莠统而纳之的编撰方式也就情有可原了。在他的时代，各种年代记、遗嘱、契约、会议记录、家族谱牒等资料俯拾即是，他间接引用一些远古历史资料，而大量引用同时代或近世代的作家作品，且不去甄别真假正误，比如他几乎完全引用了波里比阿的著作，也因此使得后者的作品得以保全。

从仅存的 35 卷《罗马史》（第一至十卷以及第二十一至第四十五卷，即第一、三、四部以及第五部的前半）来看，李维乌斯在写作过程中使用了年代记事和记叙体的混合笔法，尽管篇幅宏伟（142 卷倘若全部保存下来，译成汉语也得千万字），他的编撰却并非一味地堆砌资料，而是很清晰简明或匠心独具地叙述，其中不乏大笔如椽的描绘。他对罗马早期历史的叙述前后一气贯通，为后世史家研究罗马历史提供了无可替代的文献资料，比如瓦列里乌斯·马克西穆斯、弗隆提努斯、克尤杜斯·库尔齐乌斯·鲁福斯等人都从他的著作中选取材料。使其久负盛名的还有《罗马史》中历史人物形象的塑造，以及为塑造这些形象而拟作的演讲词。他的虚拟演说辞，极富热情和感染力，用词典雅，音韵铿锵，加之他的叙事文笔简约明快，他驾驭语言的能力完全展现出来，开创了罗马史学的修辞史学一派，也使其与西塞罗和塔西陀成为古罗马散文三大家。

第三节　《罗马史》选段

第五卷　维爱　罗马为高卢人所毁灭

第十九章

维爱的攻陷——这时重新举行了赛会和拉丁大典，水从阿尔班湖中放到田野中去了，劫数正在笼罩着维爱。于是由司命神注定来毁灭那个城市（维爱）和解救他自己的国家（罗马）。他任命布勃略·高耐略·西庇阿为其司马官。随着指挥方面的变化，其他的每一件事都突然变化了，人们的希望不同了，他们的精神不同了，甚至罗马的命运也现出了不同的面貌。

独裁官首先做的就是对在恐慌时从营中逃走的人执行军法，让士兵了解，最可怕的不是敌人。于是他规定了征兵的日子，抽空到维爱去鼓励士兵，然后回罗马征集新军。没有一个人企图逃避登记，甚至外国军队拉丁人和赫尔尼克人也来帮助作战。独裁官在元老院正式向他们道谢。当一切战争准备都已充分就绪，卡米卢便按照元老院的命令许愿说，攻陷维爱后将举行大赛会，修复和奉献最初由塞维·图里奉献的母神玛图塔的神庙。他率军离开罗马时，公民方面的普遍心情与其说是怀着希望的信心，不如说是在焦灼地期待。他首先在尼庇提地方同法列里爱人和卡培那人作战。当万事都机巧而谨慎地部署妥帖后，通常随之而来的是成功。他不但在战场上击败了敌人，并且把他们的营寨洗劫一空，获得大量战利品。其中大部出售，收入归财务官，小部犒赏士兵。

军队从那里开往维爱。营垒修筑得比以前更加密集。在城墙和罗马阵线之间的空地上常常随便发生小接触，独裁官遂下令禁止擅自交锋，以便使士兵修筑攻城工事。工程中最艰巨的是开一条地道，计划一直通到敌人的城堡里面。为了使工程不致间断或军队不会因连续不换地从事地下劳动而精疲力竭，他把军队分为六个分队，各分队轮流作业，每次六小时；工程不停地进行着，直到他们修好了一条通入城堡的地道。

第二十章

当独裁官看到胜利在握，一个极其富庶的城市就要被攻陷，将要获得比以前所有战争得到的总数还要多的战利品时，他急于避免一方面因战利品分配得过于吝啬而招致士兵的愤怒；另一方面因赏赐得太慷慨而引起元老院的忌恨。他就给元老院送了一封信说，由于上天的恩惠、他自己的统率和士兵们的坚持努力，几小时内维爱就将落到罗马的手中了，他请求元老院作出关于处置战利品的决定。

元老院发生了分歧。据说年老的布勃略·李钦尼是他的儿子向之征求意见的第一个人。他主张公告人民，凡想分取战利品的人，可到维爱的兵营去。阿匹安·克劳底采取对立的主张。他指责这样的犒赏是空前的、浪费的、不公正和轻率的。他说道，如果说他们一度认为把从敌人那里拿来的钱财放在被战争耗竭的国库里是有罪的话，那么，他愿提议用那笔收入来供应士兵的军饷，以便使平民们交纳的税额得以大大减少。"所有人都应得到共同的战利品的好处，由英勇的战士们赢来的报酬不应该被永远贪于劫掠的城市游民所窃取，因为那些一直赴汤蹈火的人总是最不热衷于侵吞战利品的。"李钦尼从另一方面说："人们将一直以猜疑与厌恶的眼光来看待这笔钱，它将为在平民面前的控诉提供材料，从而带来混乱和革命措施。因此最好是用这种礼品来安抚平民，他们被这么多年的赋税压得喘不过气来，在战争中差不多变成了老人，应该从这个战争的战利品中得到安慰和一些享受。任何人在把自己用双手从敌人那里拿到的东西带回家时，总会比在别人的吩咐下得到价值数倍的东西感到更大的愉快和满足，独裁官所以把问题交给元老院，就因为他要避免可能发生的反感和误会，至于元老院，就应该把它交给平民，允许每个人得到战争的幸运所赋予他的东西。"

大家觉得这是更妥善的办法，因为它可使元老院更得人心。因此发布公告说，谁认为合适，就可以到独裁官兵营去参加对维爱的掠夺。

第二十一章

于是，一大群人跑来挤满了军营。独裁官在占卜吉凶和命令士兵武装好准备战斗后，祈祷说："消灭蛇怪的阿波罗神哪，在尊旨的引导和启示下，我出来毁灭维爱城，我把十分之一的战利品献给您。我也祈求您，现住在维爱的天后朱诺，求您在我们胜利后跟随我们到罗马去，它现在是我们的，不久就将属于您了！那里有一座配得上尊神的神庙在迎接您！"在祷告后，他觉得自己方面在人数上占优势，就全面攻城，不让敌人注意到迫在眼前的地道的危险。维爱人完全没有觉察，他们自己的巫师和外地的神谕已经定下了他们的厄运，神祇中有的已被请来分享战利品，而另一些则被祈请离开他们的城市，正在敌人的神庙中寻找新的住所；他们完全没有觉察到他们正面临着末日，丝毫没有怀疑到自己的城墙下面已被挖空，城堡中已经充满了敌人。他们马上尽全力拿起武器，走向城墙，同时感到惊疑，不知罗马人为什么在这么多天从不出阵后，突然如疯似狂地、毫无顾忌地冲上城墙。

关于这一点，流传着一个故事，大意说：当维爱国王正在祭祀时，占卜者说，谁割下牺牲的用于献祭的部分，胜利就将属于谁。地道中的军士们听到了他的话，就立刻冲出地道，夺得献祭的部分，带给独裁官。但是对这种远古的问题，即使把或然之事当作真实，我也感到足够了。像这种宜于点缀戏剧的神奇性而难以令人置信的叙述，是既不值得肯定，也不值得反驳的。

现在地道里已充满了精选的士兵，这些武装力量在维爱城堡里面的朱诺神庙中突然迸发出来。有些人从背后进攻城墙上的敌人；另一些去打开城门的门闩；还有的放火烧房，里面有妇女和奴隶们不断地掷出石头和瓦块。到处都是混乱的声音：恐怖的威吓，绝望痛苦的哀叫，还夹杂着妇孺的号哭。刹那间，守卫者从城墙上被赶了下来，城门被冲开了。一部分人以密集的队形冲进来，另一些人爬上了被弃守的城墙。城里充满了罗马人；到处进行着战斗。最后，在大屠杀后，战斗稀落下来。独裁官命传令官宣布，没有武器的人可以保全性命。这制止了流血，没有武器的人开始投降。军士得到了独裁官的许可，四散寻觅战利品。战利品在数量和价值上都大大超过了一切预料。据说当独裁官看到在他面前的战利品时，他举手向上苍祈祷说，如果有任何神认为他和罗马人过于幸运因而产生妒忌的话，愿那种为消除妒忌而加于他和罗马的灾难能够缩小到最低的限度！过去流传说，当他在祷告中转身时，他绊倒了。对那些根据此事作出断语的人来说，这仿佛预兆着几年后发生的卡米卢本身的定罪和后来罗马的陷落。

那天就在屠杀敌人和掳掠这座拥有巨大财富的城市中度过了。

第二十二章

第二天独裁官把所有剩下来的自由民都卖为奴隶。这样得来的钱是交给公库的唯一金额，但甚至这项措施也引起了平民的愤怒。至于对他们带回家的战利品，他们既不承认自己受惠于他们的将军，也不对元老院有任何感谢。他们认为，他们的将军曾经把一件在他权限之内的事情交给元老院，希望为自己的咨意得到元老院的批准。他们称赞的是李钦尼一家，因为在这一家，是父亲主张这一受人民欢迎的措施，儿子使元老院同意了这个措施。

当一切属于人的东西都从维爱搬走后，他们开始从神庙搬移以前献给神的礼物，然后搬移神本身，但他们是作为崇拜者而非劫掠者来做这事的。把天后朱诺迁往罗马的任务托付给由全军中选出来的一队人，他们在斋戒沐浴、穿上白色法衣后，虔诚地进入神庙，诚惶诚恐地把手放在神像上，因为按照埃特鲁里亚人的习惯，只有一个特别家族的祭司才能接触神像。他们中一人，或是突然受到了灵感，或是出于少年人的嬉戏心情，说："朱诺神，您愿意到罗马去吗？"其他人叫喊道，女神点头同意了。这故事还被渲染为听到她说："我愿意。"无论如何，我们知道，把她从座位上移开没有费什么力气，搬运时很轻便，就像她是出于自愿的一样。她被平安无事地带到了她的永久所在地阿文丁山。罗马独裁官曾经祈请她到那里去，后来还是卡米卢在那里奉献了他曾许愿的神庙。

这就是埃特鲁里亚联盟最富庶的城市维爱的陷落。它即使在最后覆灭时也显示了自己的伟大。它经受了十易寒暑的围困，使敌人遭到了更甚于自己的损伤，它最后由于天数而灭亡，但这还是通过地道而不是直接打下来的。

第二十三章

尽管赎罪已经使灾异得免，巫师和神谕的答复已人人皆知，又由于遴选最伟大的司令官马可·富略，已经做到了人所能做的一切。尽管这一切，在经过了这么多年未见结局的战争和多次的失败之后，当攻陷维爱的消息在罗马宣布时，人们的喜悦，大得好像胜利是出于望外的一样。没等到元老院下令，所有的神庙都已挤满了向神感恩的罗马妇女。元老院命令公众的感恩应该继续四天，这个期限比对以前任何战争所用的都长。而且各阶层的人都涌出去迎接独裁官的莅临，欢迎他的人群也比对以往任何将军的欢迎还要多。他的凯旋式远远超过了庆祝这种日子的一般规格：他本人成为整个仪式中最显著的目标。他乘着白马拉的车进城，人们认为这即使对一个凡人都是不合适的，更不用说对一个罗马的公民了。他们看到独裁官使自己的车马行列与朱霹特神和索尔神相媲美，从宗教上感到吃惊。这种景象使他的凯旋式的辉煌灿烂超过了人民的欢迎拥戴。凯旋式后，他签约在阿文丁山修建天后朱诺的神庙，还奉献一座给母神玛图塔。在如此履行了自己对神和人的责任后，他便交卸了独裁官的职务。

后来发生了向阿波罗神献礼的难题。卡米卢说，他曾把十分之一的战利品许给神。大司祭团决定，人民应该完成他们的宗教义务。但很难找出一个使人民归还他们所分获的战利品的办法，以便把应交的比例分出来供献神之用。最后的偿还办法似乎是一种最温和的方法，即任何愿为自己及其家庭履行这种义务的人应该对他所分获的作出估计，把其价值的十分之一献纳公库，以便用来制造一项配得上神庙的宏伟、神的庄严神圣和罗马人民应有荣誉的金冠。这项献纳更进一步疏远了平民对卡米卢的感情。

在发生这些事情的时候，伏尔西人和爱奎依人的使臣来求和了。他们求和得到了成功。这与其说是因为他们应该得到和平，还不如说是因为共和国疲于这么长久的战争，想宁静一下。

第二十四章

由征服维爱引起的内部冲突在维爱攻陷后的那一年有六名具有执政官权力的军团长官：两名是布勃略·高耐略家族的，名叫高苏和西庇阿；马可·瓦雷·马克西姆（第二次当选）；卡索·法庇·安蒲斯得（第三次）；卢契·富略·米杜里弩（第五次）和奎因图·塞维（第三次）。高苏和西庇阿被分派同法列里爱人作战，瓦雷略及塞维则同卡培那人作战。瓦雷略及塞维毫未尝试以进攻或包围来夺取城池，而只是破坏乡村和掠夺农民的财产；土地上没有留下一棵果树和任何一点物产。这些损害粉碎了卡培那人的抵抗。他们只好乞和，并得到了许可。战争在法列里爱人中间进行着。这时，罗马内部在许多事情上都发生了纠纷。为了平息这些纠纷，决定在伏尔西人的边境建立殖民地。登记前往的有三千罗马公民。为此指定把土地分给每人一份，各三又十二分之七罗马亩。这种授予开始遭到轻视，人们认为这只是一种小恩小惠，为的是使他们不再希望更好的东西。他们问："美丽的维爱城和维爱人的土地就在眼前，它比罗马的土地还要富饶辽阔，为什么要把平民们送到伏尔西人当中去受罪呢？"无论是有关维爱的地势，或是其公私建筑及广场的宏伟富丽，都使他们喜欢维爱甚于罗马。他们甚至提议迁往维爱，这个提议在罗马被高卢人攻陷后得到了更多的支持。无论如何，他们想，维爱应该由一部分平民和一部分元老去居住；他们认为，罗马人民分住在两个城市而组成一个国家是行得通的。

贵族强烈反对这些建议，甚至宣称，他们宁愿马上死在罗马人民的眼前，也不愿把任何这类计划付诸表决。他们争论说，在一个城里就有这么多的冲突，那在两个城里又将会发生什么呢？难道有人居然喜欢一个被征服的城市更甚于一个克敌制胜的城市，容许维爱在陷落后享到比平时更好的命运吗？可能他们会最终被自己的同胞抛弃在自己的祖国——罗马，但是世界上没有任何力量能够迫使他们抛弃自己的祖国和同胞，而跟随提图·西钦尼（这个措施的提议者）到维爱去作它的创建者，从而抛弃神和神之子罗慕洛——罗马城的国父及创建者。

第二十五章

这种讨论引起了不光彩的争吵，因为元老院已把一部分平民保民官拉到他们那面去了，唯一使平民不进行人身侵犯的就是贵族们运用了他们的个人威望。每当双方吵得要打起架来时，元老院的领袖们就先跑到群众中去，叫群众拿他们出气，把他们打死。群众不敢侵犯像他们那种年龄、地位和显贵的人物，这种感觉就抑制他们去攻击其他贵族。卡米卢到处奔波演说，大声疾呼，说，公民们发狂是不足为怪的，因为他们虽受所许愿言的约束，但对每一件其他的事情都显得比对履行他们的宗教义务更加关切。关于奉献的事，他不愿意谈什么，它实际上是一种神圣的奉献，而不是什一税，而且既然每一个人都已应许奉献十分之一，国家因此就没有了这种义务。但是他的良心不允许他对这样的主张保持缄默，这种主张说十分之一仅限于动产，而对实际上也包括在所许愿言中的城市和土地却只字不提。元老院认为这是一个很难决定的问题，他们把它交给大司祭团，并请卡米卢去同他们一起商量。他们决定，凡许愿前属于维爱人和后来落入罗马权力之中的东西，其中的十分之一都是献给阿波罗神的。因此城市和土地也在估价之列。于是就从财库中把钱提了出来，委托军政官用来买黄金。由于黄金供应不足，罗马妇女在集会上讨论了这件事情之后，一致同意自己为黄金向军政官负责，把她们所有的首饰都送到财库去。元老院对此表示最深的感谢。相传为了答谢这种慷慨捐助，妇女们被授予乘马车参加神圣典礼及赛会和在神圣日及工作日乘两轮车的光荣。对每人捐助的黄金都作了估价，以便用相当的钱数酬偿；并决定打造一只金碗，带到德尔菲去作为向阿波罗神的献礼。

当宗教问题不再引人注意时，平民保民官就重新开始进行煽动，人民的狂热被煽动起来反对所有的显要，尤其反对卡米卢。他们说，由于把维爱的战利品献给国家和神明，他使他们变成一无所有了。当元老们不在场时，他们剧烈地攻击元老们；当元老们在场面对他们的愤怒时，羞愧使他们哑口无声。

当平民看到事情要拖到下一年时，他们就再次决定拥护这种提议的人为他们的保民官；贵族们也致力于使那些否决这种提议的人得到同样的支持。因此几乎所有原来的平民保民官都再度当选。

第二十六章　法列里爱的征服

在军政官的选举中，贵族们以最大的努力去使马可·富略·卡米卢当选。他们借口说，鉴于战争，他们需要一位将领，而其真正目的是要得到一个反对平民保民官的错误政策的人。和卡米卢同任军政官的是卢契·富略·孟杜里弩（第六次）；盖约·爱米略；卢契·瓦雷略·布勃里高拉；史浦略·波斯杜和布勃略·高耐略（第二次）。

在年初，平民保民官没有采取行动，一直等到卡米卢出发到指派给他的战场去同法列里爱人作战时为止。这种拖延使他们的煽动失去效力，而他们最畏惧的反对者卡米卢却在同法列里爱人作战中获得了新的光荣。最初敌人据城不出，认为这是最安全的方法，但是卡米卢摧毁他们的土地，焚烧他们的田园，迫使他们到城外来。他们怕走得太远，就在约一罗里外扎营；唯一给他们一点安全感的是接近营寨的艰险地势，因为周围的地方都崎岖不平，道路则有些部分很狭窄，其他的又颇陡峻。但是卡米卢从一个在附近俘虏的囚犯那里获得了情报，并让他作向导。他深夜拔营，破晓时来到了比敌人更高的据点。罗马军队第三列开始修筑工事，其他军队准备作战。当敌人企图来破坏修筑工事时，他击溃了他们。法列里爱人是这样的惊慌失措，以至于在逃窜中越过了就在近边的自己的营寨，而奔向城池；在他们进入城门之前，已经死伤了许多。敌营既克，战利品皆出售，收入归财务官。士兵们强烈不满，但他们都慑服于他们将军军纪的严饬，对他的坚定正直既怀恨，又敬慕。这时城市被包围起来，修筑正规的攻城工事。有时城里人工看到有机可乘，就出来进攻罗马的哨兵，因而经常发生小战斗。时间拖延下去，双方皆无胜望；由于粮食和其他给养已预先贮备好，被包围者供应得比包围者还要好。战事似乎要像从前在维爱的一样长久，如果命运没有给罗马司令官一个表现伟大精神的机会，这种伟大精神在以前战争的业绩中已得到证实，现在又使他获得了一个早日的胜利。

第二十七章

法列里爱人有一种习俗，雇用同一个人既作他们孩子的教师，又作孩子的陪伴，并常常把好些孩子交给一个人照管；现在希腊还流行着这种习俗。自然，以学问而得到最高声望的人就被派去教导大人物的孩子。这个人在平时就有把孩子们带到城门外做游戏和体操的习惯。在战争开始后他仍继续这样做，带孩子们到城门外去，有时近些，有时远些。他抓住一次有利的机会，使游戏和谈话延续下去，比往常更长久，并一直走到罗马前哨的中间。他就带孩子们进入兵营，到大本营去见卡米卢。在那里，他用更卑鄙的讲话来加重他的卑鄙的行径。他说，他已把法列里爱交到罗马的手中了，因为这些孩子现已落在罗马人的权力之下，而他们的父亲都是城中的领导人物。听到这话，卡米卢回答道："鄙夫！你带着可耻的献纳来到此地，但在你面前的是一个和你本人完全不同的民族和司令官。在我们同法列里爱人之间没有一个以人与人之间的正式条约为基础的交谊，但在我们之间现在和将来一直存在着以天性为基础的交谊。有平时的权利；也同样有战时的权利。我们知道要英勇地作战，也同样知道要公正地作战。我们不用我们的武器去攻打那些即使在城池攻陷后也要保全其性命的那样年龄的人，而是攻打同我们一样武装起来的人，攻打那些我们不曾对之有过任何侵犯或挑衅而来进攻罗马在维爱的兵营的人。对这些人，你是竭尽所能地用空前卑劣的行径去压服他们，而我却要像征服维爱一样地用罗马的才艺，用勇敢、战略和武力去征服他们。"卡米卢遂下令把他赤膊反绑，交给孩子们带回法列里爱去，并给他们杖棒，把这个叛徒打进城去。人们都成群地出来观看这种情景，长官们因此召集元老院讨论这非凡的意外事件。最后，感情发生了这样的剧变，以至就是那些在暴怒和仇恨之中、宁愿马上遭受维爱的命运也不愿获得卡培那所享有的那种和平的人，现在也决定自己同全城人民一道去求和了。罗马的荣誉感、司令官对正义的热爱，在市内广场和元老院到处有口皆碑。于是根据普遍的愿望，使节被派遣到兵营去见卡米卢，并得到他的核准，到罗马的元老院去办理法列里爱的投降事项。

当来到元老院时，据说他们发表了下面的讲话："元老们，被你们和你们的将军以无论神或人都无可非议的胜利所征服，我们向你们投降。因为我们认为在你们的统治下要比在我们自己的法律下生活得更加美好。这是一个征服者所能得到的最大的荣誉。这次战争的结果，给人类树立了两个范例：你们宁愿要一个军人的荣誉，而不要一个就在你们手中的胜利；我们在你们的信义的感召下，自愿把那个胜利献给你们。我们听候你们的处理；派人来接收我们的武装，接收人质，接收大门向你们敞开的城市吧！你们将永远不会责难我们的忠诚；我们也将永远不会埋怨你们的统治。"敌人和同胞双方都对卡米卢表示感谢。法列里爱人被命令供应当年的军饷，以便罗马人民得蠲除兵税。许和后，军队遂开返罗马。

第二十八章

卡米卢就这样凭着公正和信义征服了敌人，然后回到了罗马。他的荣誉比在凯旋式中由白马拉他进城时更加崇高。元老院禁不住他用沉静来表示微妙的责难，立刻着手使他从他许下的愿言中解脱出来。卢契·瓦雷略、卢契·塞吉与奥卢·孟略被任命为代表，把献给阿波罗神的金碗带到德尔菲去。但是他们乘的孤单的军舰被离西西里海峡不远的里帕雷海盗所俘获，并被带到里帕雷群岛去。人们把海盗看做是一种国家的制度，由政府分配劫夺来的东西已经成为习惯。那一年最高的首领是提马西修司，他在品格上像罗马人甚于像他本国人。因为他自己尊敬这几位使节的名义及使命，尊敬他们所负责赍呈的献礼和将受献的神，所以他用他们应有的正当宗教感去启发部下，而这些部下一般都是听他们统治者的话的。代表们被延入国家宾馆，由船只护送从那里驶往德尔菲。提马西修司又把他们平安地带回到罗马。罗马以国家地位和他建立了友好关系，并赠给他很多礼物。

同爱奎依人的战争

是年，同爱奎依人的战争是这样地相持不下，以至罗马人甚至罗马军队本身都对胜负没有把握。两位军政官盖约·爱米略和史浦略·波斯杜米，是罗马军队的统帅。

最初他们联合作战；在战场上击溃敌人后，他们的部署是：爱米略固守维鲁哥，而波斯杜米去蹂躏敌人的土地。当他在获捷之后懈息无备、行伍不整地率军行进时，遭到了爱奎依人的突袭；军队人惊，被逐至附近的山上。恐慌甚至波及维鲁哥的那一支军队。在退到一个安全据点之后，波斯杜米召集部下，严斥他们的惊慌逃窜，痛责他们竟被如此怯懦、不堪一击的敌人所击溃。军队齐声高呼说，他们应当受责；他们承认自己出了丑，但决心弥补自己的过失，敌人的高兴是不会长久的。他们要求波斯杜米立刻率领他们直捣敌营——它就暴露在山下的平原上——如果他们在黄昏前不能攻下它，他们愿意承受任何严厉的惩罚。波斯杜米赞扬他们的恳切的愿望，命令他们进食休息，在四更时分作好准备。敌人以为罗马人准备在夜间从山上逃走，遂布兵切断他们通向维鲁哥的道路。战斗在拂晓前开始，但整夜明月当空，战斗清晰可睹，有若白昼。杀声传到维鲁哥，他们竟信是罗马军营遭到了袭击，于是大为恐慌，爱米略虽竭力拦阻，守兵仍瓦解四散，零零落落逃向土斯库鲁姆。谣言从那里传到罗马，说波斯杜米及其全军都被歼灭了。

当天色渐明，不用再顾忌追击太远会遇伏兵突袭时，波斯杜米立刻催马上阵，要求士兵实现自己的诺言。军心大振，爱奎依人再也挡不住他们的进攻。于是对逃亡者大肆杀戮，每当士卒的愤激之情甚于奋勇之心时，就可以看到这样的杀戮。敌军全被歼灭了，继土斯库鲁姆传来的悲惨消息和罗马城中的虚惊之后，是波斯杜米发来的环着桂花圈的捷报，它宣布罗马的胜利和爱奎依军队的歼灭。

（颜海峰编，摘自吴于廑主编、王敦书译：《外国史学名著选李维〈罗马史〉选》，
商务印书馆，1980）

第十五章　卡图卢斯及《卡图卢斯诗集》

第一节　卡图卢斯简介

卡图卢斯全名为盖尤斯·瓦勒里乌斯·卡图卢斯，他是一位伟大的古罗马诗人。

他生于罗马共和国后期，生平资料流传后世甚少。人们一般认为，卡图卢斯公元前87年出生，公元前58年去世，卡图卢斯出生在现在意大利北部阿特西斯河旁边的维罗纳。他所在的家族是当地非常富有的贵族，在当地拥有一处庄园。很有可能他是在故乡度过了童年，并在那里接受了初等教育。

大概在16岁的时候他便开始了诗歌创作，之后便去了罗马。从他的诗歌，我们可以得知，他在罗马东边不是很远的一个叫提布尔的地方有个不是很大的庄园，他在那独自生活。

公元前57年，他随罗马裁判官墨弥乌斯前往小亚细亚的比提尼亚工作。第二年，他怀着非常轻松的心情告别了一同前去的随行者，离开了比提尼亚。归途中，他到小亚细亚一些城市游历，之后便回到了意大利。从此之后他主要在罗马居住，生活过得很是悠闲。他也曾经回过故乡。

在罗马生活期间，一个在他诗歌中被称为勒斯比娅的美丽女子占据了卡图卢斯的心灵。卡图卢斯和这名女子的爱情既有快乐，也有悲伤和忧愁，这些都成了卡图卢斯抒情诗重要的感情来源。

卡图卢斯的父亲和凯撒关系很好，而卡图卢斯和凯撒却不是一路人，他用言辞激烈的诗歌抨击过凯撒。至于卡图卢斯最后如何去世，现存的资料并没有任何记载。

卡图卢斯创作了《诗歌集》。他是公元前1世纪中期罗马"新诗派"诗人中最重要的代表，"新诗派"诗人中只有他才有完整的诗歌流传下来。卡图卢斯代表了罗马抒情诗的创新发展，在罗马文学史上，特别是古罗马诗歌发展史上占有极其重要的地位。

在奥古斯都时期，卡图卢斯享誉盛名。他的诗歌一直到中世纪还在不断流传，不过后来逐渐湮灭。直至14世纪人们才在他故乡维罗纳的一个教堂里发现了他的诗卷抄本。文艺复兴时期，卡图卢斯得到了更为广泛的赞誉，莎士比亚的诗歌创作也深受其影响。从15世纪开始，卡图卢斯与提布卢斯和普罗佩提斯一起被称为古罗马爱情诗歌的三巨头。16世纪时，卡图卢斯的诗歌全集出版，直至现在仍然具有重要的学术价值。

第二节　《卡图卢斯诗集》简介

卡图卢斯传世的有《诗集》一部，共116首。他的诗歌按照内容主题划分，大致可以分为以下几类：爱情、友谊、嘲讽、神话和婚歌。

爱情是卡图卢斯诗歌中最具抒情色彩的内容，叙述的是他在罗马生活期间与勒斯比娅之间的爱情。在其诗歌之中，与勒斯比娅相关的诗歌都特别富有感情，包含着细致入微的心理观察和体验，这充分表明了卡图卢斯高超的诗歌技巧。其中有些心理情感和感受是很常见的，我们可以在各种以爱情为题材的作品中看到，然而，卡图卢斯把这些看似普通、常见的情感与其个人经历结合在一起，以个人情感的形式予以表现，以看起来极其平常的诗句把它们表达得如此集中，如此凝练和耐人寻味，把难以言说的复杂情感仅用 odi at amo（既恨又爱）就表达了出来。

　　友谊在卡图卢斯的诗歌中占据重要地位。卡图卢斯强调一种纯粹的与政治和社会无关的个人之间的情谊。这种理解在公元前 1 世纪中期成为一种反主流的流行的友谊观念。心灵情感相似的人们之间的交往，在卡图卢斯的诗歌里那些年轻的新诗派诗人之间的交往，为他们提供了理想的生活氛围。他们互相愉快交谈，自由吟咏寄情，随兴所至地相互戏谑嘲弄，使他们也成为具有共同心灵的志同道合者——同志和朋友。

　　嘲讽性诗歌主要抨击政坛和文坛对手。这些诗歌多为个人抨击性的，矛头主要集中在个人道德上。

　　神话诗包括《阿提斯》、《佩琉斯和忒提斯的婚礼》、《贝瑞尼卡的祭发》和两首婚歌，卡图卢斯运用不少神话典故，注意雕琢修饰和细致的心理描写。

　　卡图卢斯的诗歌是亚历山大诗歌风格和罗马诗歌传统与现实生活紧密结合的结果。诗歌内容上，卡图卢斯的诗歌具有浓厚的学识性，这一点不仅体现在那些与神话传说密切相关的神话诗歌和婚歌里，还表现在其他类型的诗歌中，以引起诗歌联想。诗歌技巧上，卡图卢斯对亚历山大诗歌表达手法的奇巧很感兴趣，与之相比他对亚历山大诗歌强烈的情感抒发、合适的诗歌结构方式和词语表达的艺术性更感兴趣。

　　卡图卢斯的诗歌词语非常直接具体，并不华丽，注重描述和刻画心理状态。他的诗歌采用了民间诗歌才采用的表现手法，比如说头句或头语重叠，句尾或尾语叠用等。语言上，他的诗歌用的基本上是口语性语言。这些都加强了其诗歌民间诗歌的艺术特色。

　　卡图卢斯诗歌创新之处在于其诗歌和罗马诗歌传统的社会概括性不同，他的诗歌主要是关注诗人个人和周围朋友的情趣。他的嘲讽抨击也只局限于对个人的抨击。

　　卡图卢斯的诗歌反映了古希腊诗歌和古罗马的发展传统，同时也反映了诗人所处时代罗马诗歌和社会思想意识的新意，所以他的诗歌一直以来有着无穷的魅力，这也是其诗歌流传至今的重要原因，也正是缘于此，他的诗歌影响了一代又一代的读者和研究者，成为世界文学瑰宝中一颗闪亮的明珠。

第三节　《卡图卢斯诗集》选段

二（a）

小雀啊，我情人的小甜心，
她和你嬉闹，将你拥在胸前，
她的指尖一次次向你寻衅，
让你咬啄，给她疼痛的快感——
每当我思慕的明艳的姑娘
想玩一些别致开心的游戏，

找一些安慰，驱散她的忧伤，
好让（我想）欲望的风暴平息：
如果我能像她一样，和你嬉闹，
让阴郁的心挣脱沉重的烦恼！

二（b）

这给我的快乐，就像传说中的
金苹果，它令捷足的少女欣喜，
因它让缠束已久的腰带滑落。

六十三

一叶轻舟载着阿蒂斯在茫茫深海上飞驰，
当她迅疾的足热切地踏入佛里吉亚的林子，
女神的地界，那里，在树木笼罩的幽暗中，
她顿时心思恍惚，一种狂野炽烈的冲动
驱使她用锋利的燧石割掉了腿间的重负。
然后，当她感觉自己的肢体已将雄性祛除，
（片刻以前的血已染红地上的泥土，）
便迫不及待地用雪白的手拾起轻巧的鼓，
（你的手鼓，神母库柏勒，你的接纳仪式，）
用柔嫩的手指敲击着鼓面空荡的牛皮。
浑身颤抖着，她开始对同伴们如此歌唱：
"快去，加拉们，快去库柏勒的树林游荡，
一起去吧，丁蒂穆斯山女主人迷途的羔羊，
你们仿佛流亡者，追寻遥远的异国他乡，
你们一路与我为伴，追随我的理想，
你们忍受了湍急的险滩，狂暴的海浪，
你们还因为憎恶维纳斯，抛却了阳刚。
为了让女主人欢心，快到山林间游荡！
别再迟疑不决：跟着我，一起走吧，
去佛里吉亚的树林，库柏勒女神的家。
那里钹声铿锵，那里鼓声回响，那里
笛手用弯曲的芦管吹出深沉的旋律，
那里缠着常春藤的狂女猛烈地甩头，
那里尖利的叫声将神圣的仪式穿透，
那里女神流浪的崇拜者常来回奔逐，
我们应该赶紧去那里，跳着轻快的舞。"
一半是女人的阿蒂斯话音刚落，同伴
颤抖的舌头就突然发出了疯乱的叫喊，
轻盈的手鼓舞动，空洞的钹声喧哗，
他们齐唱着歌，朝青翠的伊达山进发。
阿蒂斯气喘吁吁，仿佛灵魂出了躯壳，

伴着鼓声，领着大家没入林间的暮色，
犹如一头凶悍的母牛正躲开沉重的轭：
加拉们在后面飞奔，跟随捷足的引路者。
当他们到达库柏勒的家，已疲惫不堪，
旅途的劳顿与饥饿让他们沉入了睡眠。
倦怠的睡意落下来，蒙住了他们的双眼：
狂乱的情绪在恬静的休憩中渐渐消散。
可是当金面明眸的太阳用它的光芒洗净
清朗的天空、坚实的大地和狂野的海洋，
又用矫健英武的骏马驱走了夜的影子，
睡眠也从醒来的阿蒂斯身边迅速逃逸，
重新投入女神帕斯蒂娅颤抖的怀中。
在宁谧的休息后，不再有疯狂的冲动，
阿蒂斯回顾自己的所作所为，澄明之心
忽然看清自己失去了什么，此时又置身
何处，不禁心血激荡，重新冲回岸边。
她泪水涌满眼眶，在那里眺望茫茫海天，
凄惶黯然，用酸楚的声音向着故国倾诉：
"故土啊，生我的故土，养我的故土，
可怜的我就这样离开了你，就像奴隶
从主人家里逃走，来到伊达山的林地，
却要栖身于雪域和野兽的冰冷洞穴间，
在狂乱的浪游中造访它们阴暗的家园，
故土啊，我究竟把你放在什么位置？
我眸子的锋芒多么不由自主地转向你！
只有此刻，我的心才暂时恢复了清明，
我，难道要从家乡奔向这遥远的森林？
难道要抛下故土、产业、挚友和爹娘？
抛下广场、摔跤场、赛马场和竞技场？
可怜、可怜的心，你只能一遍遍哀叹，
因为什么样的形象我不曾让自己承担？
我，一个女人，一个男孩，青春年少，
我曾是竞技场的明珠，摔跤场的骄傲：
我的大门宾客如织，厅堂盛宴如春，
我深幽的居所有多少美丽的花环映衬，
在太阳升起的时候，当我离开卧室！
现在，我是神的侍女，库柏勒的奴婢？
我是酒神狂女，残缺的、荒芜的男人？
我将在冰天雪地的伊达山森林里安身？
我将在佛里吉亚的层峦叠嶂之下度日，
与林间的鹿、灌木中的野猪共享领地？
我所做的，已经让我懊悔，让我痛苦。"

当这些话从他玫瑰般的嘴唇间涌出，
把新的消息捎给了远处神的耳朵，
库柏勒立刻松开了狮群身上的轭，
用棍子戳着左边那个羊的敌人，说：
"快去，凶悍地冲过去，让他着魔，
让疯狂的情绪穿透他，逼他回树林。
他如此放肆，竟想逃离我的掌心。
用尾巴抽你的背，忍受自己的鞭刑，
让每个角落响彻你的哀号与呻吟，
晃动脖子，舞起鬃毛，像燃烧的火！"
库柏勒一边松开轭，一边发出威胁。
狮子唤起自己的勇气，猛冲到前面，
咆哮着，树枝在它奔驰的爪下崩断，
当它到达浪花飞卷的湿漉漉的崖岸，
看见温婉的阿蒂斯站在汹涌的海边，
立刻朝她扑过去，将她赶回了森林：
在那里，她一直到死都侍奉着女神。
伟大的库柏勒神，丁蒂穆斯山的主人，
求你千万让我的门庭远离你的疯狂：
求你让别人为你疯，让别人为你狂。

六十四

生长在佩里昂山顶上的松树，据说
昔日曾遨游过尼普顿的透明水波，
进入帕西斯河和埃厄特斯王的国境，
当那些青年的翘楚，希腊的精英，
怀着从科尔基斯取走金羊毛的渴望，
乘着如飞的轻舟，勇敢地远渡重洋，
用枞木的桨叶扫过蔚蓝浩瀚的海水。
女神为他们在城市之巅守卫堡垒，
又将缠绕的松木与弯曲的龙骨接合，
亲手造了一辆可以御风飞驰的战车，
它用处女航开了安皮特里忒的眼界，
当船头在风中将汹涌的海面撕裂。
翻飞的桨叶卷起浪花如雪，一些脸庞
从闪烁的水波里浮出来，惊讶地凝望
眼前的奇景，那是涅柔斯的女儿们。
仅仅在那天的日光下，凡人才曾有幸
亲眼看见了传说中海洋仙女的模样，
她们站在明亮的波浪里，赤裸着乳房。
然后（据说）佩琉斯爱上了忒提斯，
然后忒提斯也没有鄙薄凡人的婚礼，

然后众神之父也同意了他们的亲事。
啊，你们生在多么幸福的世纪！
英雄们，向你们致敬，神的后裔！
致敬，秀丽的母亲结出的美好果实！
我会经常在诗歌里呼唤你们的名字，
尤其是你，被婚礼的火把祝福的你，
塞萨利的擎天支柱佩琉斯，因为你
从众神之父朱庇特那里赢得了爱侣。
难道最美的海仙忒提斯没被你征服？
难道特狄斯没允许你娶她的外孙女，
还有用海水环抱世界的俄刻阿诺斯？
当约定的良辰吉日终于姗姗来临，
整个塞萨利都急切地涌向你的家门，
欢庆的人群溢满了王宫的每个角落：
他们手捧着礼物，脸上漾动着快乐。
奇埃洛斯成了空城，大家离开坦佩，
离开克拉农的街衢，拉里萨的城陴，
一齐汇聚到帕萨卢斯城的屋宇下。
没人看管农场，牛的脖子变得柔滑，
也没弯耙除去在低处蔓延的葡萄藤，
也没公牛拽着犁铧将土壤深深翻耕，
也没有树木的浓荫因修枝剪而消瘦，
被遗弃的犁也覆上了一层肮脏的锈。
可是佩琉斯的居所、豪华的王宫
却处处闪着金银的光泽，深幽无穷。
宝座上象牙熠熠，餐桌上杯盏晶莹，
整座宫殿在珍宝的映照下分外喜庆。
国王为女神准备的婚床摆在大厅
中央，是用印度的象牙打磨而成，
覆盖的紫色绣毯泛着贝类的蔷薇色。
这件织物上面绘着古代人物的传说，
栩栩如生的艺术呈现出英雄的勇敢。
阿里阿德涅在波声回荡的迪亚岛海岸，
凝望着忒修斯的船迅速消失在远方，
心里燃烧着一种不能遏制的疯狂，
她还无法相信自己亲眼所见的场面，
因为刚从欺骗的睡眠中醒来，便发现
自己被孤零零地抛弃在荒凉的沙滩上。
而那个负心的青年已逃走，奋力划桨，
将空洞的诺言抛给无边的疾风与怒涛。
米诺斯的女儿，用哀伤的眼睛远眺
天际的他，犹如一尊酒神狂女的石像，

远眺，啊，她在痛苦的巨浪里跌宕！
不再让精致的头饰束住金色的发卷，
不再让轻柔的衣衫遮住裸露的双肩，
不再让光滑的带子缠住洁白的乳房，
所有这些衣物，一件件从她的身上
滑落到脚前，成为海水嬉戏的玩物。
她丝毫不关心头饰和来回飘荡的衣服，
她的全部情感、全部心思和全部灵魂
都牵绕于你，忒修斯，牵绕于你一身。
可怜的少女，无止境的伤悲折磨着你，
维纳斯早已在你心里种下痛苦的荆棘，
就在那时——当忒修斯凭着少年的热血，
告别了蜿蜒的庇拉欧斯海岸，告别
家乡，到达格尔提纳不义国王的宫殿。
他们说，杀死安德罗杰俄斯的罪愆
曾给科克罗庇亚人招来可怕的瘟疫，
人们只好定期向米诺陶献上赎罪礼，
让最美的童男童女成为他的盛宴。
当逼仄的雅典城陷入厄运的深渊，
忒修斯挺身而出，决心以自己的生命
拯救同胞，不再容许科克罗庇亚人
像活的尸体一般，被运往克里特岛。
于是他借着和风，乘着轻舟，来到
高贵米诺斯的都城和威严的王宫。
公主热切的目光一落到他的身上，
（她，仍未脱离母亲柔软的怀抱，
贞洁的床仍然守护着她，幽香萦绕；
她，就像簇拥着欧罗塔斯河的桃金娘，
或是春天的气息引出的缤纷幻梦，）
就再舍不得挪开自己燃烧的眸子，
直到那两朵火焰点着了整个身体，
直到骨髓深处都发出了熊熊的火光。
啊，你无情的心勾起了残酷的疯狂，
神圣的男孩，你让欢乐与痛苦为邻，
还有你，统治戈尔基和伊达良的女神，
你们让痴情的少女在怎样的浪涛间
翻滚，怎样为金发的异乡人长叹！
怎样的恐惧将她几乎晕厥的心摧残！
她的脸色变得比金子的光泽还惨淡，
当忒修斯决意要与凶猛的怪兽搏斗，
宁可在死亡的危险中追逐声名的不朽。
她在沉默中向神献祭，她允诺的礼物

并非没有回报，却没带来完美的结局。
就像一棵橡树或者淌着汗水的松树，
枝条在陶鲁斯山之巅狂乱地飞舞，
当不可抗拒的旋风扭曲着它的枝干，
把它连根拔起，在气流之上飞卷，
跌落到地面，砸碎一切触及之物，
忒修斯也是以如此的力量将怪兽降伏，
让它向着空荡的风徒然晃动犄角。
他循原路返回，安然无恙，载满荣耀，
用纤细的线引导自己曲折的脚步，
以免从盘绕的迷宫出来时，那座建筑
无法揣测的分岔让他绝望、无助。
可我为什么要离开最初的话题，继续
讲述这位少女如何逃离父亲的视线，
如何抛下姐姐的拥抱，母亲的挂念，
（可怜的女儿，她多么炽烈地爱你！）
一心沉醉于她对忒修斯的柔情蜜意；
如何乘船来到浪花飞溅的迪亚海滩，
或者当沉沉的睡意锁住她的双眼，
伴侣如何遗弃她，丝毫不顾念信义？
他们说激愤的情绪让她无法自持，
从胸膛的深处涌出声嘶力竭的叫喊，
她时而神色凄惶地登上陡峭的山，
从那里极目眺望浩瀚起伏的海面，
时而冲进海里，任波浪在身边翻卷。
她托起柔软的衣边，露出她的膝，
满脸泪水，一边令人心碎地啜泣，
一边悲痛欲绝地发出如此的哀叹：
"你就这样让我远离了祖先的家园，
将我弃于荒岛，无信无义的忒修斯？
你就这样离开了，蔑视神的意志，
不知道背信的诅咒正随你一起返家？
难道没什么能让你冷酷的心改变计划？
难道世上竟没有一种仁慈的力量
软化你残忍的灵魂，怜悯我的哀伤？
当你用温柔的声音向我做出承诺时，
你绝不想让我预见到这些悲惨的事，
而是憧憬幸福的结合，美好的姻缘！
所有那些空言都已被天上的风吹散，
以后任何女人都别再相信男人的誓言，
都别再指望男人的话不包含着欺骗：
当他们的心热切地渴望得到什么，

他们什么誓都敢发，什么话都可以说；
可是一旦他们贪婪的欲望得到满足，
他们就不怕言而无信，不怕翻云覆雨。
当你在死亡的旋风中挣扎，无疑是我
救了你，宁肯失去同胞兄弟，也舍不得
在危难的时刻辜负你，花言巧语的你！
因你的缘故，我将被野兽和猛禽分食，
尸体没有泥土遮盖，也没有坟安息！
什么样的母狮在荒凉的岩石下产了你，
什么样的海怀了你，随浪花吐出你，
什么样的险滩，什么样的崖岸生了你，
你竟会用如此的报酬换取甜蜜的生活？
如果你不曾奢望此生与我一起度过，
是因为害怕你严苛父亲的可怕命令，
至少你可以带我回你的家，我甘心
做一名女奴，快乐地照料你的起居，
用清亮的水轻轻揉搓你洁白的双足，
用紫色的毯子覆盖你的床。可是，
受尽折磨的我为何要向无知的空气、
没任何感觉的空气徒劳地诉说？
它既听不见，也不能用声音回答我？
他此时已然远去，颠簸在浪涛间，
这布满海藻的荒凉崖岸却没人出现。
残酷的命运也如此鄙夷不屑，在我
落难之时都不肯给我倾听的耳朵。
大能的朱庇特啊，愿科克罗庇亚的船
从来不曾触碰过克诺索斯的海滩，
那个虚伪的水手也不曾在克里特登陆，
带着向凶残的公牛进贡的恐怖礼物，
那个英俊外表下藏着可怕诡计的恶棍
也不曾被我殷勤地接待，在我家栖身！
我该去哪儿？沦落的我能有什么希望？
去伊达山吗？啊，多么辽阔的海洋，
多么险恶的浪涛隔开了我和我的家！
或者父亲会帮我？可我自己抛下了他，
跟随一个沾满我兄弟之血的年轻人。
或者我该安慰自己，相信爱的忠贞，
可他不正划着柔顺的桨，舍我而去？
而且这是一座孤岛，没有任何人居住，
没有可以脱身的路，被波浪重重包裹，
没有逃生的办法和希望：一切静默，
一切荒凉，一切都透着死亡的气息。

可是我的眼睛不能就这样转向凝滞，
疲惫的身体不能就这样丧失知觉，
我要向诸神寻求背叛者的公正惩罚
在最后的时刻祈祷上天为忠诚作证。
所以，复仇女神啊，让那个男人
遭到可怕的报应，（你们的前额
蛇发缠绕，昭示着你们胸中的怒火，）
来吧，快到这里来吧，听我的哀诉，
可怜的我被迫从骨髓深处把它掏出，
我无助，激愤，让疯狂蒙住了双目，
既然这是源自我心底的真实的痛苦，
你们千万别让它无声无息地湮没，
既然忒修斯这样狠心地遗弃了我，
女神啊，请同样狠心地诅咒他全家。"
从她悲伤的胸中涌出这些怨毒的话，
急切地要求报复野蛮的背叛行径。
诸神之王以至高的权威表示应允，
他一点头，大地和风暴肆虐的海洋
就晃动起来，苍穹摇撼，群星惊惶。
可是忒修斯却让自己的心沦入了
茫茫黑暗中，让所有曾铭记于心的
命令在浑然不觉中被彻底地抛掷——
他没有为哀伤的父亲升起报喜的旗帜，
宣告自己平安返回厄列克透斯的港湾。
他们说，当他乘船离开女神的城垣，
当埃勾斯无奈地将儿子托付给风浪，
他曾搂着忒修斯，发出这样的命令：
"我的独子，比我漫长生命还宝贵的
儿子，在我的风烛残年你刚失而复得，
现在我却又要将你交给未知的危险。
既然我的宿命和你热血沸腾的勇敢
让你违拗我的意志离开，我昏花的眼
也还不曾有时间让你亲爱的形象填满，
我不会满心喜悦地看着你舍我而去，
也不允许你带着吉祥的标记踏上旅途，
而要先将心里的许多哀怨倾倒出来，
让我灰白的头发覆满泥土和尘埃，
我还要把染色的帆悬于游荡的桅杆，
这样伊比利亚的深蓝染料就能呈现
我内心苦痛的挣扎和这燃烧的火，
但住在伊托诺斯圣山的女神曾经承诺
保卫我们民族和厄列克透斯的居所，

倘若你的右手果真能让那头牛喋血，
那么一定要把我的命令在你的心田
牢牢扎根，永远不要在时光中腐烂，
一旦家乡的这些山峦映入你的双目，
就要立刻从船顶降下丧礼颜色的布，
拉动盘绕的绳索，升起吉祥的白帆，
好让我望见了便知道你依然平安，
幸福的时辰已经将你送回了家园。"
这些嘱咐忒修斯最初的确铭记心间，
然而，就像云被风驱散，离开了
白雪皑皑的山顶，它们也渐渐淡漠。
可是当他的父亲从塔顶向远处眺望，
（渴盼的眼因长久的哭泣几乎变盲，）
一瞥见船顶悬挂的仍是深蓝色的帆，
便从岩石之巅径直跳入了海的深渊，
以为无情的命运已夺走了他的儿子。
于是当勇猛的忒修斯回到因父亲之死
而被黑暗笼罩的家，他也感受到了
健忘的自己带给米诺斯女儿的折磨。
而她，此时正黯然凝望远去的帆影，
受伤的心里旋转着种种忧虑的图景。
画面的另一部分，巴克斯青春倜傥，
正和牧神和尼萨的西莱诺斯一起游荡，
找寻你，阿里阿德涅，他也痴迷于你。
遍布各处的酒神信徒们狂乱不能自已，
"嗷嗬！"她们甩头，"嗷嗬！"她们喧嚷，
有些挥舞着尖端被松果覆盖的权杖，
有些随意抛掷着已经宰割的牛的肢体，
有些用盘曲的群蛇做自己腰身的装饰。
有些端着篮子，里面盛着神秘的圣物，
外人渴盼知悉玄奥却无从知悉的圣物，
有些高举手掌，猛力拍打着手鼓，
或者让清脆的撞击声从铜钹间飞出，
还有许多吹着喇叭，声音低沉沙哑，
或者蛮族的芦管，声音尖厉可怕。
织锦上描绘的就是这些丰富的形象，
它密密的褶拥抱着、覆盖着国王的床。
当塞萨利的年轻人欣赏完了织锦，
心满意足，就开始离开，让位给神。
这时，犹如西风吹皱了平静的海面，
用它早晨的呼吸将起伏的波涛驱赶，
当黎明女神来到漫游的太阳的门前：

开始，海浪缓缓升起，被和风掀卷，
一边往前涌，一边发出轻柔的笑声，
然后，风愈来愈劲，它们越来越强，
游向远处，只留下一片反射的霞光。
客人们离开王宫入口时也是这样，
四下散去，沿不同的方向各自返程。
他们离开后，刻伊隆从佩里昂山顶
领着大家来了，带着山林的馈赠：
因为塞萨利的原野和海滨的崇山峻岭
孕育的所有花朵，蜿蜒的溪流之湄
被温煦丰饶的西风催开的所有蓓蕾，
他都带来了，织成五彩缤纷的花环。
沉醉在它们的芳香里，王宫笑意盎然。
紧随其后的是佩尼俄斯河的守护神，
他离开了绿树夹岸的坦佩山谷，任凭
仙女们在林间尽情跳起钟爱的舞步。
他并非空手而来，颀长的山毛榉，
挺拔的月桂，仿佛在点头的梧桐树，
法厄同被焚后妹妹化身的柔韧杨树，
还有高耸的杉树，都被他连根拔起，
种在宫殿周围，织出错落有致的绿意，
好让入口处掩映在温柔的树荫里。
他后面跟着智慧超群的普罗米修斯，
昔日刑罚留下的伤痕还依稀可辨。
他曾被铁链缚住四肢，绑在岩石间，
挂在陡峭的崖壁上，作为罪的代价。
然后众神的父亲和他高贵的室家
自天上降临，只留下你，福波斯，
和居住在伊德里亚斯的妹妹一起；
因她和你同样对佩琉斯充满不屑，
也不肯屈尊为忒提斯的婚礼增色。
当众神在雪白的长椅上伸展开肢体，
丰盛的菜肴便端上了桌，充满珍奇；
与此同时，仿佛中风般地颤抖着，
命运女神们唱起了预言未来的歌。
白色的长袍裹着她们衰朽的身体，
暗红的衣边遮住了她们的脚踝，
玫瑰色的丝带映着头上的霜雪，
她们的手则履行着亘古不变的职责。
左手握着柔软羊毛覆盖的纺纱杆，
右手时而轻轻扯出线，手指向上，
让它们成形，时而拇指向下推，

转动平衡在圆形小飞轮上的纺锤，
一边用牙齿咬着线，让它们均匀。
剔除的毛渣贴着女神枯干的嘴唇，
没了它们，纺出的线就变得光滑。
柳条编成的篮子躺在她们脚下，
守卫着洁白耀眼的羊毛。然后，
她们纺着羊毛，展开嘹亮的歌喉，
用神圣的吟唱倾泻出命运的秘密，
时光如何变迁，都无法挑战其真实。
"啊，以超群的勇敢赢得殊荣的人，
埃马提亚王国的护卫者，你的声名
将因儿子远播，接受我们在这良辰
揭示的神谕吧！可是追随命运的你们，
纺锤们，继续转动，编织经线纬线。
晚星很快就会到来，带着新郎期盼
已久的礼物，你的新娘会和他同来，
在你的心里注满让灵魂安宁的爱，
准备和你一起进入慵倦的睡梦，
用光滑的手臂搂住你强壮的脖颈。
纺锤们，继续转动，编织经线纬线。
没有一个家曾珍藏过如此的爱恋，
没有一对恋人曾有过如此的忠贞，
像忒提斯与佩琉斯一样默契同心。
纺锤们，继续转动，编织经线纬线。
你们的儿子阿喀琉斯将与恐惧绝缘，
他将因勇敢而不是怯懦闻名敌阵，
他将是长跑比赛中的常胜将军，
快如火焰的飞鹿都会落在他后面。
纺锤们，继续转动，编织经线纬线。
战争中没有一位英雄堪与他对决，
当佛里吉亚原野淌满条克罗斯的血，
当背信的伯罗普斯的第三代后裔
在漫长的围困中毁灭特洛伊的城池。
纺锤们，继续转动，编织经线纬线。
他的功业如此卓越，勇气如此非凡，
母亲们在儿子的葬礼上将一再承认；
乱发披散下来，自她们花白的头顶，
衰弱的手在枯萎的乳房上抓出血斑。
纺锤们，继续转动，编织经线纬线。
因为就像农夫将饱满的谷穗收割，
在炎炎烈日下劳作于金色的田野，
他也会收割特洛伊人，用敌意的剑。

纺锤们，继续转动，编织经线纬线。
斯卡曼德河将见证他的英勇无畏，
涌向凶险的赫勒斯庞图斯的河水
将无路可通，屠杀的尸体堆积如山，
深深的激流因为与血混合而变暖。
纺锤们，继续转动，编织经线纬线。
最后，祭献的战利品将见证他的终点
——高高隆起的圆形坟丘上的尘泥
将拥抱被斩杀的处女雪白的尸体。
纺锤们，继续转动，编织经线纬线。
一旦命运把力量赐给疲惫的希腊军团，
冲溃尼普顿建造的达达尼尔的城堞，
他的高坟就会浸透波吕克塞娜的血，
她将像在双刃剑下丧命的牺牲一般，
失去头颅的躯干将屈膝，栽向地面。
纺锤们，继续转动，编织经线纬线。
所以，赶紧连接起你们憧憬的爱恋，
让丈夫在幸福的盟约中拥女神入怀，
让新娘立刻就融化于丈夫热切的爱。
纺锤们，继续转动，编织经线纬线。
当乳母在晨光中重新见到她的面，
昨夜的线将再不能绕她脖子一圈。
（纺锤们，继续转动，编织经线纬线。）
曾与女儿不和的母亲因她离去而惆怅，
却也因此有了得到可爱孙儿的盼望。
纺锤们，继续转动，编织经线纬线。"
洞悉天机的命运女神曾经如此预言，
向佩琉斯吟唱他将拥有的种种福分。
因为昔日她们时常显形，造访英雄们
纯洁的家，那时虔敬的美德仍受尊崇，
她们愿意置身于敬畏天神的凡人之中。
众神之父时常回到金碧辉煌的神庙里，
当人们在一年一度的节日庆祝、献祭，
他看见一百头作牺牲的牛倒在地上。
巴克斯时常在帕纳索斯的峰顶游荡，
驱赶着长发飘扬、兴奋呼喊的女信徒，
当德尔斐人从全城争先恐后地涌出，
点燃祭坛的火，欣悦地向酒神致礼。
在战争血肉横飞的搏杀中，马尔斯、
特里通河的女主人和朗努索斯的处女
也经常现身，激励披坚执锐的队伍。
可是后来，可憎的罪行充斥了大地，

所有人从贪婪的灵魂里放逐了正义：
兄弟的双手浸泡在兄弟的血泊中，
儿子不再为亡故的父母哀悼送终，
父亲渴盼正值青春的儿子早日夭亡，
好让自己无碍地享受花朵般的新娘，
无廉耻的母亲和不更事的儿子交欢，
丝毫不害怕亵渎家神，侮辱祖先。
邪恶的疯狂中，善与恶已无法区分，
让神正义的意志彻底厌弃了我们。
所以他们以拜访这样的群氓为耻，
也不能忍受白昼的天光触到自己。

（刘伟编，摘自李永毅译：《卡图卢斯〈歌集〉拉中对照译注本》，中国青年出版社，2008）

第十六章　维吉尔及《埃涅阿斯纪》

第一节　维吉尔简介

维吉尔全名为普布利乌斯·维吉尔·马罗，他是罗马伟大的诗人，在欧洲文学史上占据着极其重要的地位。公元前 70 年出生在意大利北部波河外的曼图亚。他的家庭刚开始非常贫穷，不过由于父亲勤劳肯干，同时善于治家，家里很快就富裕起来，从而使维吉尔有条件接受良好的学校教育。

后来维吉尔被送到克雷蒙娜去求学。克雷蒙娜位于波河北岸，离维吉尔的家乡也不远，那里富庶繁荣，为维吉尔提供了比较好的学习环境。之后，维吉尔又去了已是意大利文化中心的米兰求学，在那里逗留了两年时间，在这段时间他主要学习演讲术。在维吉尔 15 岁左右，他来到了罗马，继续学习演讲术和哲学等内容，其中特别是演讲术，力求熟练掌握演说技巧，为以后的从政准备必要的条件。可是维吉尔在这方面缺乏才能。据说他也曾经做过一次法庭演说，在演说中，他口齿笨拙，结果一点都不成功。维吉尔在罗马期间曾在修辞学家埃皮狄库斯门下求学，当时许多贵族青年都在他门下学习，其中包括日后罗马帝国的开国君主屋大维，由于维吉尔在罗马待了十年，所以有人认为他这段时间可能与屋大维有所交往。在罗马期间他结识了不少朋友，其中很多人日后成为政要或者诗人。

后来，维吉尔返回了家乡，住在他父亲的田庄里从事农作，与此同时写作诗歌。在故乡待了一段时间，维吉尔又去了那不勒斯，在那不勒斯期间，他对伊壁鸠鲁派哲学很感兴趣。维吉尔的后半生主要在南意大利度过。公元前 19 年，维吉尔去希腊游历，在雅典身染重病，返回途中，到达意大利的布林狄栖乌姆时，由于病情已经非常严重，不得不中断行程在那停留，没过多久便在那溘然长逝，时年 51 岁。他的遗体埋葬在那不勒斯，墓志铭为：

> 曼图亚生育了我，卡拉图里亚夺走了我，现今由
> 帕尔特诺佩保存我，我歌唱过牧场、田园和领袖。

这一墓志铭写得十分巧妙，言简意赅地概括了维吉尔一生及其诗歌创作。卡拉图里亚是意大利东南部地区的名称，布林狄栖乌姆在其境内。帕尔特诺佩是那不勒斯的古称。墓志铭最后指出维吉尔一生诗歌创作的三个代表作：《牧歌》、《农事诗》以及长篇史诗《埃涅阿斯纪》。

维吉尔在生前就已被公认为是最重要的罗马诗人，在他死后，他的声名始终不衰。维吉尔在欧洲中世纪受到了特别的重视，为许多著名的作家、思想家所推崇。欧洲文艺复兴时期，意大利著名诗人但丁把维吉尔视作真理的教师。在《神曲》中但丁把维

吉尔作为他游历地狱和炼狱的引路人。18世纪，法国哲学家、文学家伏尔泰的史诗《亨利亚德》也受到了维吉尔的影响。伏尔泰对维吉尔评价甚高，甚至把维吉尔置于荷马之上，曾经说"人们说荷马创造了维吉尔，如果真是这样，那无疑这是荷马最杰出的创作"。德国著名诗人席勒曾经翻译过《埃涅阿斯纪》第二卷和第四卷。德国著名诗人歌德也极其推崇维吉尔，称维吉尔为他的教师。在古代希腊罗马文学作家中，一般公认维吉尔是荷马以后最重要的史诗诗人。

第二节 《埃涅阿斯纪》简介

《埃涅阿斯纪》是一部以与罗马产生有关的神话为题材的史诗，全诗共十二卷，是代表罗马文学的一部巨著，同时也是欧洲文学史上第一部个人创作的史诗，自问世到现在，一直受到很高评价。埃涅阿斯是一位特洛亚英雄，他是维纳斯女神和特洛亚人安基塞斯的儿子。安基塞斯与荷马史诗《伊利亚特》中所描写的特洛亚王普里阿摩斯是同辈。埃涅阿斯也参加了那场战争，出生入死，勇敢作战。希腊军队用木马策略攻占特洛亚后，埃涅阿斯受到神明眷顾，得以在浩劫中逃出为熊熊烈火吞噬的城市。他在城外面聚集了一帮幸免于难的特洛亚人，伐木造船，漂泊海外，另觅他地建立国家，史诗最后以当地部落首领图尔努斯与埃涅阿斯决斗被杀结束。

在维吉尔之前的古罗马史诗传统中，叙述往往从罗马的起源开始，自然包括埃涅阿斯漂泊到意大利和罗慕卢斯建立罗马城等传说。维吉尔的《埃涅阿斯纪》一方面继承了先前罗马史诗的传统，但表现形式有所不同。之前的通常不把罗马建城之前的传说作为叙述重点，往往只占内容的一小部分。而《埃涅阿斯纪》则完全取材于罗马建城之前的历史的古代传说，通过一定的形式把古代传说和现实联系在一起。

在当时罗马的艺术理念下，《埃涅阿斯纪》作为一部神话传说史诗，在题材和结构等多方面模仿了荷马史诗，而维吉尔并不是机械地模仿荷马史诗，他借鉴了荷马史诗，但在这种借鉴模仿的同时又创造出了富有自己特色的史诗作品。同时《埃涅阿斯纪》也反映了当时亚历山大里亚诗风对诗人创作的影响，维吉尔诗中表现出的对人物心理的强烈兴趣以及进行的生动描述与亚历山大里亚诗风相近。亚历山大里亚诗歌另一个讲究学识的重要特点在《埃涅阿斯纪》里也得到了明显反映。诗歌充分表现了对神话、历史、地理、宗教等方面的知识的广泛兴趣。《埃涅阿斯纪》与拉丁史诗也存在着继承关系。使用比喻方面，维吉尔明显继承了荷马史诗的传统。他在《埃涅阿斯纪》里表现出高超的描写自然的能力。例如他对松林、山谷、海湾的描写都十分精彩。他不仅善于描写现实的自然景色，还善于构思幻想的自然景色，例如对冥河和冥河边亡魂漂泊和因生前罪恶而忍受惩罚的描写，这些描写都成了世界文学中光辉的一页，影响了后世的文学创作。

《埃涅阿斯纪》在当时人所皆知，一经发表，便是洛阳纸贵，受到了高度赞扬。在维吉尔还在世的时候，《埃涅阿斯纪》便成为学校里的阅读材料，被视作诗歌艺术的典范，许多注释家很快就对其进行了注释，有的一直流传下来。在意大利南部和北非，还发现了古代取材于《埃涅阿斯纪》故事情节的壁画。正是由于这些原因，其传抄本最早可以上溯到古罗马时代。《埃涅阿斯纪》直接影响了公元1世纪古罗马史诗的创作，公元1世纪中期《埃涅阿斯纪》被翻译成了古希腊文。

《埃涅阿斯纪》对后世也产生了深远影响，作为欧洲古典文学名著，至今仍然是一部具有巨大艺术感染力的诗篇。

第三节 《埃涅阿斯纪》选段

卷一

(1～33 行 引子)

我要说的是战争和一个人的故事。这个人被命运驱赶，第一个离开特洛亚的海岸，来到了意大利拉维尼乌姆之滨。因为天神不容他，残忍的尤诺不忘前仇，使他一路上无论陆路水路历尽了颠簸。他还必须经受战争的痛苦，才能建立城邦，把故国的神祇安放到拉丁姆，从此才有拉丁族、阿尔巴的君王和罗马巍峨的城墙。

诗神啊，请你告诉我，是什么缘故，是怎样伤了天后的神灵，为什么她如此妒恨，迫使这个以虔诚闻名的人遭遇这么大的危难，经受这么多的考验？天神们的心居然能如此愤怒？

且说有一座古城，名唤迦太基，居住着推罗移民，它面对着远处的意大利和第表河口，物阜民丰，也热心于研习战争。据说在所有的国土中，尤诺最钟爱它，萨摩斯也瞠乎其后。她的兵器，她的战车都保存在迦太基，她早已有意想让这座城池统治万邦，倘若命运许可的话。但是她听说来了一支特洛亚血统的后裔，他们有朝一日将覆灭推罗人的城堡，从此成为一个统治辽阔国土的民族，以煊赫的军威，剪灭利比亚。这是命运女神注定了的。尤诺为此感到害怕，而对过去那场特洛亚战争，她记忆犹新，在这场战争里她率先站在心爱的希腊人一边和特洛亚人作过战。至今她心里还记得使她愤怒的根由和刺心的烦恼，在她思想深处她还记得帕里斯的裁判。帕里斯藐视她的美貌，屈辱了她；她憎恨这一族人；她也记得夺去加尼墨德的事是侵犯了她的特权。这些事激怒了她，她让这些没有被希腊人和无情的阿奇琉斯杀绝的特洛亚人在大海上漂流，达不到拉丁姆，年复一年，在命运摆布之下，在无边无际的大海上东飘西荡。建成罗马民族是何等的艰难啊。

(34～80 行 尤诺命令风王埃俄路斯吹翻埃涅阿斯船队)

正当特洛亚人轻快地扬起风帆，青铜的船首驶入大海，激起咸涩的浪花，西西里的土地还遥遥在望，这时候尤诺心中怀着无法消除的苦根，对自己说道："难道我就放弃我的计划，认输了吗？难道我就不能阻止特洛亚的王子到达意大利吗？可不是嘛，命运不批准。为什么由于小阿亚克斯一个人的疯狂罪过，雅典娜就能够烧毁希腊舰队，把他们淹死在大海？她亲手从云端投下尤比特的闪电之火，又是驱散舰只，又是兴风作浪把大海搅翻，阿亚克斯胸膛被刺穿，口吐烈焰，雅典娜祭起一阵旋风把他摄起，钉在一块嶙峋的岩石上。可是我呢，贵为众神的王后，既是尤比特的姊妹，又是他的配偶，单单跟特洛亚这一族就打了这么多年的仗。今后谁还崇拜尤诺的神灵，谁还把牺牲奉献在她的祭坛上，祈求她呢？"

尤诺怒火填膺，一面这样自说自话，一面向埃俄利亚行去。这是乱云的故乡，这地方孕育着狂飙，在这儿埃俄路斯王把挣扎着的烈风和嗥叫的风暴控制在巨大的岩洞里，笼络着它们，使它们就范。狂风怒不可遏，围着禁锢它们的岩洞鸣吼，山谷中响起了巨大的回声。但埃俄路斯王高坐山巅，手持权杖，安抚着它们的傲慢，平息着它们的怒气。的确，如果他不这样做，疾风必然把大海、陆地、高天统统囊括以去，一扫而空。不过，万能之父有鉴于此，就把它们关进黑洞，在上边压了一座大山，派了这个王，定下严格的条例，按此来约束它们，但一旦有令，也可以放它们出来。

尤诺就用这样的话语向他请求道："埃俄路斯王啊，众神之父和万民之王给了你平息波涛和搅起风暴的权力，有一支我所憎恨的族系正在提连努姆海上航行，他们想把被征服的特洛亚的家神带往意大利，重建特洛亚。你让那风加足气力，让他们的船只颠覆沉没，让它们四散分离，把他们的尸体散在大海上。我有二七一十四名体态窈窕的仙女，其中最美的要数黛娥培亚，我一定把她配给你做偕老夫妻，归你所有，为了酬答你的功劳，我让她跟你一辈子，让你当上可爱的孩子们的父亲。"

埃俄路斯回答道："天后，你考虑你想要什么，这是你的事；我的职责是执行你的命令。我这小小王国的一切都是你的赏赐，我的权力、尤比特的恩典都是你给的，我能参加神的宴会也靠你，又是你给了我呼风兴云的力量。"

（81～123行　大风暴中，埃涅阿斯惊慌求死。船队遇难，沉了一条船）

埃俄路斯说完，调转枪头向空心的山的侧面击去，风就像排成队列一样，从敞开的豁口冲了出来，旋转着掠过大地，转眼之间刮到了海上。东南风、东风、非洲吹来的孕育着暴雨的风把一座大海翻了个个儿，把大浪推上了海岸。接着就是人们的呼喊声，缆索的嘘叫声。瞬时间，乌云遮住了天光，特洛亚人眼前一片昏暗，黑夜覆盖着大海。从南极到北极，雷声隆隆，天空中不断地闪耀着电火，死亡的威胁迫在眉睫。立刻，埃涅阿斯又冷又怕，四肢瘫软；他呻吟着，两只手掌伸向星空，呼喊道："你们这些有幸死在父母脚下、死在特洛亚巍峨的城墙之下的人，真是福分非浅啊！狄俄墨得斯呀，最勇敢的希腊人，为什么你没能够在特洛亚的战场上亲手把我杀死，断了这口气？而勇猛的赫克托尔却在战场上死于阿克琉斯的枪下，身躯高大的吕西亚王撒尔佩东也死了，多少勇敢的战士的盾、盔和尸体被西摩伊斯河的波涛吞没卷走了啊！"

在埃涅阿斯这样呼号的时候，一阵呼啸的北风迎面吹向船帆，激起天样高的浪头，船桨折断，船头打歪，船侧受到波涛的冲击，接着海水像一座巉岩的大山一样涌起。有的船上的人高悬在浪头的顶端，另一些人则看到了大海张开了大口，露出海底，汹涌的波涛搅起海底的泥沙。一阵南风又把另外三条船吹开，撞在暗礁上，这些海中的礁石，像隐藏在海面下的一条巨大的脊背，意大利人把它们叫做祭坛。还有三条船被东风从深海驱赶到浅滩流沙之中，好悲惨的景象啊，冲上浅滩之后就被围困在沙堆里了。还有一条船载着吕西亚人和忠实的俄朗特斯，埃涅阿斯亲眼看见被大海的巨浪从高处击中船尾，把个舵手打落舷外，一头栽进了大海，这条船就在原处打了三个转，一个漩涡把它吞进了海里。可以看到稀稀疏疏有几个人在荒凉的大海上漂浮着，还有战士们的武器、船板和特洛亚的珍宝也漂在海面。伊利翁纽斯的坚固的船，勇敢的阿卡特斯的船，阿巴斯所乘的船，年迈的阿勒特斯所乘的船，都经不住风暴，船头的榫头松了，接缝开裂，先后漏进了无情的海水。

卷六

（236～263行　在举行了祭礼以后，埃涅阿斯和西比尔一同进入冥界）

办完这些事之后，埃涅阿斯急忙又去执行西比尔的命令。前面有一个深洞，洞口敞开，其大无比，怪石嶙峋，洞前有一汪黑水湖，浓密的树丛遮蔽着它。没有飞鸟能够振翼飞过湖上而不遭受损害，因为有一股毒气从黑黝黝的洞口冒出来，冲向天宇（希腊人把这个地方叫做阿俄尔诺斯）。女先知先把四头黑皮牛犊牵到这里，把酒倒在它们前额上，然后拔下它们两角之间翘得最高的鬃毛，投入圣火，作为初祭，一面呼唤着在天上和地府都有权威的赫卡特的名字。另有人用刀从下面割断牛颈，用盆接住流出来的热血。埃涅阿斯自己用剑杀了一头黑毛羔羊献给复仇神三姐妹的母亲黑夜女神和她伟大姐妹大地女神，又献了一头不孕的母牛给普洛塞皮娜。然后他又开始献给斯提克斯王普鲁托的夜祭,把几条全牛放到燔火上,把浓橄榄油浇在焚烧着的祭肉上。在太阳刚刚升起而初露光芒的时候,只听得大地在脚下隆隆作响,只见树木葱茏的山岭开始颤动,又听见了犬吠声,在朦胧的暗影中还隐约可以看到这些赫卡特豢养的狗。原来赫卡特女神已经来临了。只听女先知呼喊道:"你们这些凡俗人,离远些,离远些,从这片神圣的树林里走光。你,埃涅阿斯,从剑鞘里拔出你的宝剑,开始上路,现在是你拿出勇气,显示一颗坚强的心的时候了。"她就说了这么几句,然后就像着迷发疯似的奔进山洞敞开的洞口;埃涅阿斯也不示弱,同样迈开大步,跟随向导而去。

(264~294行 诗人祈求冥界诸神允许他叙述埃涅阿斯的冥界之行。在入口处,他和西比尔遇到各种可怖景象)

统辖灵魂的众神,无声的幽灵们,混沌神卡俄斯,火河弗列格通,夜色下无限安静的空间,请允许我把我所见所闻传之于世吧,在你们同意下,让我把深埋在幽暗的地下的情景传播出去吧。

再说女先知和埃涅阿斯在孤寂的黑夜里,穿过朦胧暗影,摸索着前进。他们经过冥神狄斯空荡荡的殿堂和毫无生机的地带,就像当尤比特把黑影遮蔽了天空,黑夜夺去了一切景物的色泽的时候,在摇曳不定的吝啬的月光下在密林中走路一样。在刚一入门的大厅里,在冥界的入口处,"悲哀"和耿耿不怿的"忧虑"就在此下榻;这里还住着苍白的"疾病",凄凉的"老年"、"恐惧",教唆作恶的"饥饿",丑陋的"贫困"、"死亡"和"痛苦",这些形形色色的可怕的形象;接着是"死亡"的同宗姐妹"睡眠",还有心术不正的"欢娱",靠着门槛是引来死亡的"战争",还有复仇女神的铁室,以及疯狂的"不和",她那蛇发用一条沾满血迹的袋子缠绕着。

在庭院的中央有一棵大榆树,老干纵横,一派浓阴,据传说,许许多多的"幻梦"住在这棵树上,它们一个个倒挂在树叶底下。此外还有许多各种不同的怪兽,在大门里栖息着一群肯陶尔和半人半兽的斯库拉,百臂巨人布里阿留斯,嘶嘶呼啸的可怖的莱尔那的九头蛇,吐火的女妖奇迈拉,几个果尔刚和女妖哈尔皮和三个身子的、若隐若现的怪物格吕翁。埃涅阿斯突然感到一阵骇怕,把剑抽了出来,哪个妖怪要走近,他就将白刃相迎,若不是了解情况的女先知告诫他这些不过是没有躯体的幽灵,徒然形体的空相在闪动着,他早就冲刺过去,用剑把这些鬼影劈开了。当然这将是徒然的。

(295~336行 在斯提克斯迷津渡口,摆渡艄公卡隆在等候着。鬼魂们拥向河边,卡隆把已经埋葬的鬼魂渡过去,其余的要等一百年)

从这里有一条路通往塔尔塔路斯的阿克隆河。此处是一个旋涡,泥浆翻腾,深不可测,有如鼎沸,把所有的流沙都倾注到科奇土斯无奈河里去。守卫这段河流的艄公,面目可怖,衣衫肮脏褴褛,他叫卡隆,下巴上一把浓密蓬乱的灰白胡须,两眼炯炯有光,有如冒火一般,一件污秽的外罩打一个结挂在肩上。卡隆亲自掌竿撑船,操纵船帆,用他这条铁锈色的渡船超度亡魂。他现在已上了年纪,但是神的老年仍和血气方刚的青年一样。整群的灵魂像潮水一样拥向河滩,有做母亲的,有身强力壮的男子,有壮心未已但已丧失了生命的英雄,有男童,有尚未婚配的少女,还有先父母而死的青年,其数目之多恰似树林里随着秋天的初寒而飘落的树叶,又像岁寒时节的鸟群从远洋飞集到陆地,它们飞渡大海,降落到风和日暖的大地。这些灵魂到了河滩就停了下来,纷纷请求先渡过河;他们痴情地把两臂伸向彼岸。但是那无情的艄公有时候让这几个上船,有时候让那几个上船,而把另一些灵魂挡了回去,不让他们靠近沙滩。埃涅阿斯看了,感到惶惑不解,这争先恐后的情景又使他很难过,因而问道:"圣女啊,请告诉我他们拥挤在河滩上要做什么?这些灵魂求的是什么？凭什么来决定谁离开河滩，谁摇橹渡过这黑水？"年迈的女先知简短地回答他说：
"安奇塞斯的儿子，众神的确凿的后裔，呈现在你眼前的是科奇土斯无奈河和名叫斯提克斯
的沼泽，它的威力是可怕的，神都不敢凭它发誓，更不敢悔誓。你看到的这些亡魂都是生
前没有得到埋葬，因而没有归宿的；那个摆渡的就是卡隆；他渡过去的那些是得到安葬的。
在他们的尸骨没有得到安息的处所之前，是不准把他们输送过这可怕的河滩和咆哮的激流
的。他们必须在河岸的附近徘徊游荡一百个年头，只有到了那个时候才能准许他们回到他
们所盼望的河岸边来。"安奇塞斯的儿子停住脚步，伫立着沉思，想到他们这不幸的命运，
不禁悲从中来。这时他发现琉卡斯匹斯和吕西亚船队的队长俄朗特斯，两个都因为没有正
式埋葬而满面愁容，原来他们当初一起和埃涅阿斯离开特洛亚在大海的风波里颠簸，一阵
遮天盖地的南风把他们人和船都卷到了海里。

**（337～383 行　埃涅阿斯遇到舵手帕里鲁努斯，听他讲遇难的经过。帕里鲁努斯请求埋
葬或摆渡过斯提克斯河，西比尔说这都不可能，但安慰他收遇难的海角已用他的名字命名，
他已经名垂不朽了）**

再看，舵手帕里鲁努斯走了过去，不久前在驶离利比亚的途中，他正在观察着星位的
时候，却从船上落进了无边的大海里去了。在极度幽暗的阴影中，埃涅阿斯几乎辨认不出
面带愁容的他，等到认出之后，首先向他招呼道："帕里鲁努斯，是哪位神灵把你从我们手
中夺走，把你淹死在大海的中央？告诉我吧。我从来没有发现过阿婆罗的话不灵验，可是
这回他的那句话却把我骗了，他说过，你将安全渡过大海，抵达奥索尼亚的境内。难道他
说话不算数吗？"帕里努斯回答说："特洛亚人的领袖，阿婆罗的神谕并没有欺骗你，他
也没有把我淹死在海里。当我作为指定的守卫，手里牢牢握着舵柄指引着航向的时候，忽
然有一股巨大的力量要把它夺走，我就带着它一头栽进了大海。我凭汹涌的波涛起誓，我
当时并没有一丝一毫为我自己害怕，我倒是怕你的船失去了引航人，失去了作为武装的舵
而会在波浪起伏的大海上沉没。三个冬夜，狂暴的南风拍打着浪花，把我吹到无边的大海，
第四天黎明，一个浪头把我打得老高，我隐约看到了意大利。我一点一点向岸边游去，我
差不多已经要到达安全的陆地，不料正当我拖着浸透了的沉重的衣服，弯起手指正想去攀
住崖岸上嶙峋的石头的时候，来了一群野蛮人，手持武器向我袭击，错误地以为我是一个
了不起的目标。如今我被大海所占有，在沿岸一带任凭风吹浪打。因此，我以昊天欢乐之
光和天地之生气的名义，凭你父亲的名义和你对日益成长的尤路斯的希望，请求你，常胜
不败的人，把我从我现在的苦难中解救出来吧。要么用土把我埋起来，这你是做得到的，
如果你返回维利亚港的话；如果你的生母维纳斯女神能指点你一个办法，因为我知道没有
神的威力你是没有办法渡过偌大的河川或提克斯大泽的，助我这可怜人一臂之力，把我带
过河去，至少让我在死后也能得到一个安息之所吧。"他说完这番话之后，女先知开始回答
他说："帕里努鲁斯，你怎么会有这样的非分的要求？你尸体没有入土，就想瞻望斯提克斯
的水泊和复仇女神无情的河川吗？还没有命令，你就想来到河滩边吗？不要妄想乞求一下
就可以改变神的旨意。你听我说，记住我的话，它对你的苦命将是个安慰。你的近邻，在
广大地区的许多城市将见到天上有许多异象，这些异象会促使他们抚恤你，为你造墓，在
你墓前祭奠，并将用帕里努鲁斯这名字为这地方命名，永垂不朽。"这一席话打消了他的忧
愁，不一会的功夫，他心里的痛苦也消逝了，这地方取了他的名字，给他带来了快乐。

**（384～416 行　埃涅阿斯和西比尔受到卡隆盘查。西比尔出示金枝，卡隆把他们撑过斯
提克斯到了彼岸）**

随后埃涅阿斯和西比尔继续他们已经开始的旅程，走近了河滨。那艄公从他泊船的地
方，从斯提克斯河上，早看见他们穿过寂静的树林，向河边走来了，就首先开口，怒气冲

冲地说道："喂，那身带武器向我河滩走来的，不管你是谁，快说你到这儿来干什么，赶快给我站住。这里是冥土-睡乡和长眠的黑夜的国土。这渡船是不准渡生人过这斯提克斯河的。当初赫库列斯到了这儿，我答应把他渡过这沼泽，还有特修斯和皮利投斯，尽管后面两位是天神的子孙、战无不胜的大英雄，我都因此吃过苦头。赫库列斯是来抢看守冥界的狗的，他用暴力从我们冥王宝座前把狗拴了，把它哆哩哆嗦地牵走了。后面两位竟想把冥后从她的寝室里拐走。"阿婆罗的女祭司简短地回答他道："请你放心，我们没有这种阴谋诡计，我们的武器也不是为了伤人的。冥界的看门大狗尽管在它洞里咆哮到世界末日，去吓唬那些面无血色的幽魂；普洛塞皮娜也仍然可以待在她叔叔的宫里，保持她的贞节。这位是特洛亚的埃涅阿斯，他的虔诚和武功是很出名的，他现在要到冥界的深处去找他的父亲，如果他这样虔诚的形象不能感动你，那么，你可认识这金枝。"说着，她把藏在衣襟下的金枝拿了出来。拥塞在卡隆心中的一团怒气立即消失了，双方都一句话也不再说了。他以敬畏的眼光看着这件宝物，这司命之神祝福过的金枝，他已有很久没有见到它了，于是他把暗蓝色的船拨转，摇向岸边。他把坐在长板凳上的其他灵魂赶走，让出一条路，把身躯高大的埃涅阿斯接上船来。这船是用皮革缝制的，经不起生人的重量，吱吱作响，大量沼泽水从缝里冒进船舱。艄公卡隆终于把西比尔和埃涅阿斯安全地摆渡过去，把他们送上灰色的芦苇丛中一片丑恶的泥滩。

(417～425 行　过河后，有猛犬刻尔勃路斯把守，西比尔扔给它一个面团，两人乘机进了短命鬼界)

在对面一个洞里卧着那条硕大无比的猛犬刻尔勃路斯，从它那三张嘴里发出的吼声响彻了这一地带。女先知看到它颈上长的条条小蛇已在蠢动，就向它扔了一个面团，这是用蜜和有药性的面粉制成的，有催眠作用。这狗正饿得发慌，张开三张喉咙就把扔来的面团吃了，它巨大的身躯立即瘫软下来，趴在了地上，把整个山洞都堵满了。守犬已失去了知觉，埃涅阿斯就直奔洞口，赶快离开河滩和能进不能返的河水。

(426～476 行　西比尔和埃涅阿斯到了林勃-短命鬼界。这里的鬼魂都是婴儿、冤死鬼、自戕者、殉情者。他们在此遇到狄多。埃涅阿斯怀着深情和懊悔和她谈话，但她一言不发走开了)

立刻他们听到一片呼号的哭声，这是入口处一群哭泣着的婴儿的灵魂发出来的，他们从来没有享受到生活的甜蜜，就被黑暗的天日从母亲的奶头上夺走，淹没在痛苦的死亡里。离他们不远是那些被诬陷而处死的人，淹没在痛苦的死亡里。但是在这里，有选任的陪审官指定他们席位，米诺斯任陪审官，掌有决定权，他把这些默不作声的灵魂召集起来开会，听取他们生前的经历，决定处分。再下去一些地方住着的是些悲伤着的灵魂，他们曾亲手把自己杀死，但是他们并没有犯罪，他们只因厌恶生活才抛弃了生命。但是他们现在多想生活在人间啊！哪怕忍受贫困和艰苦的劳作也是甘心的。但是神意不许可，这可憎的令人发愁的沼泽水把他们锁住了，这九曲的斯提克斯拦在当中，把他包围住了。离此不远展现在眼前的是"哀伤的原野"，向四面八方伸展开去，这个名称是他们给它取的。在这里，有隐蔽的小径，四周爱神树成林，遮蔽着一些幽灵，他们都受过爱情的残狠的折磨和损蚀，直到他们死后，悲伤之情还不放过他们。在这里埃涅阿斯看见了菲德拉、普洛克丽斯，还有悲伤的厄丽菲勒，她还指着被她凶狠的儿子刺破的伤口，还有厄瓦德涅和帕希法埃；拉娥达米亚也和她们一起走过去了，还有凯纽斯，原来是个少年男子，现在变成了女性，这是命运注定她要变回原来的女相。在她们中间有腓尼基的狄多，她正在广阔的树林中徘徊，还怀着不久前的创伤；当特洛亚的英雄埃涅阿斯站到她身边的时候，在阴影中他立刻认出是狄多，宛如一个人隐隐约约看到每月月初层中的新月，但似乎又没有看到，他不禁心酸落泪，满怀柔情地说道："有人给我报信说你已经寂灭，说你已自刎，走到了人生的尽头，果然是这样吗？是因为我的缘故你才自寻死路吗？我向天上的星辰发誓，女王啊，我不是出于自愿才离开你的国土的啊。是神的命令强迫我这样做的，同样是神的命令强迫我现在来到这鬼影幢幢的冥界，这荒凉凄惨的地方，这黑夜的深渊；我没有料想到我的出走竟然给你带来如此深重的痛苦。请你停一下，不要走，让我看看你。你在躲避谁啊？这是命运允许我最后一次和你谈话了。"埃涅阿斯力图用这些话来抚慰狄多，激发她的同情之泪，但狄多满腔愤怒，瞪目而视。她背过身去，眼睛望着地上，一动也不动；从她脸上看去，埃涅阿斯那番话丝毫没有打动她，她站在那儿俨然就像一块花岗石或帕洛斯上的大理石。最后她走了，怀着仇恨又隐退到树林的浓阴里，在那儿她的前夫希凯斯对她表示爱护，以德报德。埃涅阿斯为她那不公平的遭遇心里也很激动，久久地望着她离去的身影，不觉清然泪下，心里充满了怜悯。

（477～493 行　他们来到林勃最后的地带，这里居留着的是战场上的英雄，其中他们遇见许多希腊战士，又遇到许多特洛亚战友，他们怀着喜悦的心情欢迎埃涅阿斯，希腊战士的灵魂则在惊惶中逃跑）

接着他按照指定的道路加紧前进。他们来到了林勃最远的原野，在这隐蔽的去处聚集着战场上著名的英雄。在这里他遇到提德乌斯、取得辉煌战绩的帕尔特诺派乌斯和阿德拉斯土斯的苍白的幽魂；还有特洛亚人，都是阵亡了的，不觉悲叹，其中有格劳库斯、墨东、特尔西罗库斯和安特诺尔的三个儿子，还有司农女神克列斯的祭司波吕波特斯，还有伊代乌斯，他还驾着车，拿着武器。这些幽灵有的从左边，有的从右边聚拢，把埃涅阿斯团团围住；他们一遍又一遍地看埃涅阿斯，他们舍不得离开，他们紧紧地挨着他走，很想听听他为什么到这里来。但是那些希腊将领和阿伽门农的军旅看到埃涅阿斯和他佩带的在黑暗中闪亮的兵器，却吓得发抖，惊惶失措，有的转身逃跑，就像当年逃回船上去那样，有的发出微弱的咻咻声，他们的嘴白白的，张得很大，但是声音很小。

（494～547 行　埃涅阿斯会见战友代佛布斯，他身上还带着伤痕。埃涅阿斯对他说，他的尸体没有找到，因此未能埋葬他，又问他经历怎样的遭遇，代佛布斯说他的妻子海伦出卖了他，因而他被墨涅劳斯和奥德修斯所杀。他又问埃涅阿斯的经历，但西比尔打断了他，催促埃涅阿斯上路。代佛布斯又回到幽灵队中，并祝愿埃涅阿斯前程美好）

在这里他看到了普利阿姆斯的儿子，遍体鳞伤的代佛布斯，他面部伤痕累累，惨不忍睹，不仅面部，一双手也是如此，还有他的额头也遭到摧残，一双耳朵也被砍掉，两个鼻孔被割开，留下可耻的伤口。代佛布斯心里发慌，极力想遮盖他受到的可怕的惩罚，因此埃涅阿斯几乎认不出他了，但终于他用代佛布斯所熟悉的语气对他说道："威武的代佛布斯，条克尔崇高血统的后裔，是谁的主意要把这样残酷的惩罚加在你身上呢？谁有权力这样对待你呢？我听说在特洛亚最后覆灭的那晚上，你杀死了大批希腊人，筋疲力尽，也倒在了乱尸堆上了。于是我在特洛亚附近海岸边亲自为你建造了一座衣冠冢，三次大声召唤你的亡魂。那地方至今保留着你的名字和武器。但是朋友，当时我没有能够看见你，而在我出走的时候也没有能够把你安葬在家乡本土。"代佛布斯对此回答道："朋友，你已经尽了你的全力了，你对我代佛布斯已经尽到了全部责任，对得起我的亡魂了。是我自己的命和那诡计多端而凶恶的斯巴达女人把我埋葬在灾难之中；我身上这些创伤就是她留给我的纪念。你还记得最后那一夜，我们是怎样在骗人的欢乐里度过的，我想你是一定记得清清楚楚的。当那命运之神派来的木马跳越过特洛亚高大城堡的防卫线，马肚里沉甸甸地装着全副武装的步兵，海伦却领着一群特洛亚的妇女绕城舞蹈，伴装举行酒神庆典，口里还狂叫着；在这群妇女当中，她本人高举着一个大火炬，跑上城堡的顶端去召唤希腊军队。这时我因为忧烦而疲倦，沉睡在我那倒霉的卧室里，甜蜜而深沉的休息使我躺在床上就像安详地死去了一样。同时，我那出自名门的妻子把我所有的武器都从家里搬走了，连我的防身的宝剑都从我枕头底下抽走了。接着，她把大门打开，把她的前夫墨涅劳斯叫进了家里，很清楚，她这样做是希望大大地得到她最早的心上人的欢心，这样就可以把过去犯了过错的名声一笔勾销了。唉，我何必多唠叨呢？总之，他们冲进了我的卧室，跟着一起进来的有那专干坏事的奥德修斯。天神啊，如果允许我这虔诚的嘴提出惩罚这些希腊人的要求，那么就把我所受的罪在他们身上重演一遍吧。不过现在应该轮到你说说是什么机缘把你一个活人带到这里来了。是不是因为你在海上漂泊迷了路而被迫到此，还是受到了神的命令？还是某种命令使你厌倦了，你才到这不见天日的阴惨的栖息之处，这一片混乱的国土呢？"

正当他们这样交谈的时候，黎明女神已经驾着玫瑰色的驷马战车越过了中天；如果时间允许的话，他们也许会一直这样谈下去，但是西比尔在一旁提出了警告，不客气地说道："埃涅阿斯，天都快黑了，我们还在悲叹，白耗费时光！从这儿起，路分两支，右边的路直通伟大的冥王狄斯的城堡，沿着这条路我们可以到达乐土；左边的路是把坏人送到可诅咒的塔尔塔路斯去受惩罚的。"代佛布斯回答说："尊贵的女先知，不要生气，我就走，我去归队，回到那幽暗的去处。你去吧，我们特洛亚人的光荣，去吧，去享受更好的命运吧。"他就说了这么几句话，一面说一面迈步转身而去。

(548～627行 他们到了塔尔塔路斯，有复仇女神把守，里面是罪大恶极的幽魂。西比尔对埃涅阿斯说，他不得入内，但把这些幽魂和他们所受的惩罚讲给他了)

埃涅阿斯四面张望，突然间他看到在左边巉岩之下的一座宽阔的城堡，周遭的城墙有三重，火焰河弗列格通的急流围绕着它，奔腾澎湃，冲过礁石，隆隆作响。在他的对面有一扇很大的门，坚硬的花岗石柱子，休说人力，就是天上的神大兴干戈也休想推倒它们；一座铁塔直冲河汉，提希丰涅坐在上面，腰里围一件血迹斑斑的袍子，日夜守卫着进门的甬道，从不睡觉。在城堡外面可以听到里边呻吟号叫之声，野蛮的鞭子声，铁链拖地的嘟当声。埃涅阿斯停止了脚步，听到这些声音吓得发呆。他问道："女先知，请你告诉我，里面的人犯的是什么罪？他们受的是什么刑罚？为什么这样哭声震天？"女先知回答他道："特洛亚人的声名远扬的领袖，任何心地纯洁的人都是不准迈进这罪孽的门槛的，不过赫卡特给我权力出入阿维尔努斯的幽林，她还领我走遍冥界，指点给我看神所规定的惩罚。克诺索斯的拉达曼土斯统治着冥界，他的统治是铁面无私的。他审问罪犯，听他们陈述罪状，凡是他们在人间犯的罪直到最后临死的时候还没有得到应有的惩罚，以为可以瞒过去而暗自高兴，拉达曼土斯都逼他们承认。然后冷不防复仇女神提希丰涅，腰里挂着鞭子，跳将出来，抽打那些罪人，她左手高举着凶相毕露的蛇，口里呼唤着她的凶狠的姐妹们。看，神圣的门终于开了，门轴发出令人毛骨悚然的声音。你可看到了坐在门厅里的守卫是个什么样子？把守着门槛的这女神的相貌是多么可怕？但是里面还坐着更凶狠可怕的张着五十张黑嘴的水蛇许德拉呢，最后是塔尔塔路斯湖展开在眼前，湖身陡直，直伸向阴暗的渊底，其深度两倍于从湖面仰望高山奥林普斯上面的天空的高度。这里远古时代大地的儿子们，精力旺盛的提坦神，被尤比特的雷霆打落下来，在这深渊地下扭动翻滚。在这里我也曾见到阿洛尤斯的两个儿子的巨大的身躯，他们曾冲进天宫想用他们的手把苍穹扯下来，把尤比特从他至高的统治地位推翻。我在此还看到过萨尔摩纽斯，他因为模仿尤比特从奥林普斯投掷雷电而在此受到残酷的惩罚。他曾赶着四匹马，挥动着火炬，得意忘形，穿过希腊各族，穿过厄利斯城中心，妄想得到神才能得到的荣耀。他简直丧失了理智，竟想借马踏过铜桥的声音模仿尤比特的无法模仿的云中的雷声，但是万能的天父从浓云中投下了他的武器，他投的不是什么普通的火把，也不是什么带着烟燃烧的松枝，而是用那威力无比的旋风，把他一下子打了下去。这里还可以看到提替俄斯，他是万物之母的大地抚养大的，他的身体足足占满九亩地，一只大雕用它的钩嘴啄他的肝，啄掉一块又长一块，啄他的内脏，给他无穷的痛苦，从他肺腑的深处去不停顿地探求丰盛的食物，但是被它吃了的肌肉又重新长出来，永远不给他安宁。这里还有两个拉皮塔人：伊克西翁和皮利投斯，关于他们，我也无须多说什么了，只是在他们头顶上悬着一大块黑石头，好像随时都要滑下来，马上就要压下来砸烂他们一样；在他们面前摆着高脚的筵席榻，黄金的榻脚闪闪发光，一桌豪华的帝王的盛筵已经准备好；但复仇女神中最年长的那一个却蹲在旁边，不准任何人动手去碰那餐桌，她手持火炬，谁要敢碰，就跳起来，像雷鸣一般大声吆喝。这里还住着生前与弟兄们不和的人，忤逆父母的人，罗织门客罪状的人，还有那些发了财，独自霸占着，却不肯分出一部分来给自己亲人的人们（这种人在这里是成堆的），还有那些因奸淫而被杀的人，参加不正义的战争的人，无耻地破坏对主人誓约的人，这些人都被关在这里，等候处分。至于他们是在受什么处分，什么样子的惩罚，他们现在沉浸在什么样的遭遇之中，还是不问的好。有的人的处分是推大石头，有的人四肢张开绑在车轮上，可怜的特修斯被罚坐在椅子上，永远不准站起来，弗列居阿斯最为悲惨，在黑暗中高声呼喊，警告人们，向人们呼吁：'你们要以我为戒，要学着做一个正直的人，不可侮谩神灵啊。'这里还有一个人，他为了黄金出卖了祖国，把暴力的统治强加给它，他闯进自己女儿的闺房，败坏伦常。所有这些人都是胆大包天，而且做出了他们胆敢去做的罪恶勾当。即便我有一百条舌，一百张嘴，钢铁般的喉咙，我也无法把各式各样的罪恶说全，把各种各样的刑罚一一说到。"

（628～678行　埃涅阿斯和西比尔离开塔尔塔路斯，进入乐土境界，他们来到福林，打听安奇塞斯在何处）

阿婆罗的长寿的女先知说完这篇话之后，又接着说道："来，赶快上路，去完成你已经开始的任务；让我们加快速度吧。我已经看见巨人库克洛普斯所铸造的城堡了，那拱门就面对着我们，到了拱门前就有人会命令我们把规定的贡物呈上去。"她说完之后，两人沿着黝黯的路并排前进，走完了这段距离，眼看城门越来越近了。埃涅阿斯到了城门口之后，净水洒身，再把金枝插在门槛上。

这些事都做完了，女神的贡物也献过了，他终于来到了乐土，这是一片绿色的福林，一片欢乐之乡，有福人的家。天宇无比广阔，一片紫光披盖着田野，他们有自己的独特的太阳，自己的独特的星辰。有的在操场的草坪上锻炼拳脚，比赛和游戏，或在金黄色的沙地上摔跤。有的在有节奏地舞蹈，一面跳一面唱歌。特拉刻的诗人祭司俄尔弗斯，身穿长袍，用他的七音凤尾琴伴奏，一会儿他用手指弹拨，一会儿他用牙拨子弹拨。这里还有古老的条克尔家族，都是秀美俊彦、心胸博大的英雄人物，出生于赫赫盛世，其中有伊路斯、阿萨拉库斯和特洛亚的奠基人达达努斯。埃涅阿斯远远看到他们的甲胄和影子一般的战车感到惊讶。他们的长枪插在地上，他们的马卸了鞍辔，在田野里自由自在地吃草。他们在活着的时候喜欢盔甲啊、战车啊，并精心地喂养战马，使它们毛色光润，想不到在他们入土安息之后，还保持着同样的爱好。接着，埃涅阿斯又看到在他左边和右边的草地上还有些人在举行宴会，他们一齐高唱着欢乐的赞歌，他们都在那芬芳的月桂树荫下，从这里厄利达努斯河充沛的河水蜿蜒穿过丛林，直通上界。在这里住着一伙人，有的是为了祖国在战斗中受过伤的，有的是一生洁白无瑕的祭司，有的是虔诚的诗人，说的都是无愧于阿婆罗的话，有的发明创造了新技艺，丰富了生活，有的给别人做过好事，赢得了别人的怀念。所有这些人头上都缠着雪白的束带。他们把西比尔团团围住，西比尔同他们谈话，主要是和穆赛乌斯说话，因为他站在这一大群人的中央，他的头和肩都高出众人之上，大家都仰望着他。西比尔问道："有福的灵魂们，还有你最伟大的诗人，请你们告诉我安奇塞斯住在什么地方，住在哪一区？我们渡过冥界的大河到这里来，就是还要寻找他。"这位英雄简要地回答说："我们都是居无定所，我们住在密林深处，有时在河边或溪流旁如茵的草地上栖息。但是如果你们愿意的话，你们可以登上这座小冈，我来指点给你们一条容易走的路。"他说着就迈步前导，站在高处指给他们看前面一片光彩夺目的平野，然后他们就离开了这山冈。

（679～702 行　埃涅阿斯会见了父亲安奇塞斯）

这时，他的父亲安奇塞斯正在仔细地专心地检阅着一些灵魂，这些灵魂深深地隐藏在一条绿色的山谷里，准备着有朝一日投生人世，这时他正在检阅的碰巧是他自己的子孙，为数不少，他在考察他们未来的命运、他们的性格和他们的事业。当他看见埃涅阿斯穿过草地向他走来，他高兴得伸出双手，眼泪顺着脸颊流了下来，失声说："你到底来了！你的虔诚克服了道途的艰险了！这正是做父亲的所期望的呀。我现在真能好好地看看你了吗，孩子？真能听到你那熟悉的声音并和你谈话了吗？我计算着时日，心里的确在忖度这是会实现的，我的算盘没有落空。不过你是经过了多少艰难跋涉，在多少险途上颠簸之后，才来到我跟前啊，孩子！我一度真担心迦太基的王族会加害于你啊！"埃涅阿斯回答说："父亲，你的愁容经常出现在我眼前，促使我来到这下界；我的船队现在停靠在意大利西岸。父亲啊，让我，让我握一下你的手，不要挣脱我的拥抱吧。"他说着，脸上全被倾泻的泪水沾湿。他三次想用双臂去搂抱他父亲的头颈，他的父亲的鬼影三次闪过他的手，不让他抱住，就像一阵轻风，又像一场梦似的飞去了。

（刘伟编，摘自杨周翰译：《埃涅阿斯纪》，译林出版社，1999）

第十七章 奥维德及《变形记》

第一节 奥维德简介

奥维德是古罗马诗人，全名为普布利乌斯·奥维德·纳索，公元前43年出生在罗马附近的古城苏尔摩。奥维德的家族属于当地古老的骑士阶层，他以此为荣，在家乡受过良好的初等教育之后，父亲把他带到罗马接受进一步教育，在一个小有名气的修辞学家门下学习，但他对修辞不感兴趣，他从小喜欢诗歌，很小的时候便开始了诗歌创作，他父亲对此非常生气，所以他只能用其他形式进行创作。不过修辞学对奥维德以后的创作风格产生了深远影响，他的诗歌里明显带有修辞学的痕迹。17岁左右，奥维德按照当地风俗，到希腊游历，实地考察了希腊文化，然后又去了小亚细亚，回罗马途中在西西里岛待了将近一年时间。之后奥维德担任了低级别的社会公职以为以后的晋升做准备。可是奥维德觉得从政太累，最后还是以写作诗歌这一从小的爱好作为终身的职业，从而"畏怯地逃避了充满焦虑不安的功名追求"。

奥维德第一次发表诗歌便引起了当时诗坛的关注，之后他与许多诗人建立了友谊。这种充满友谊的环境，以及富有的家境给他提供了优越的物质保障，使他过着精神愉快、无忧无虑的生活，在诗歌创作中获得无穷的乐趣。

公元8年，正当奥维德的诗歌创作处于巅峰的时候，他的命运突然之间陡转直下。根据奥古斯都的命令，他被流放到黑海东岸的托弥。原因就在于他发表的《爱的艺术》与罗马皇帝屋大维女儿尤利娅因为生活不检被其父流放时间差不多相一致。本来屋大维就对奥维德心怀不满，奥维德与他试图恢复的传统的社会道德相违背，加之后来又发生的其他家庭事件，屋大维又不便公开那个与奥维德相关的事件。于是屋大维便把奥维德轻佻性的诗歌作为流放诗人的主要理由。奥维德被流放后，奥维德的著作全被禁止，公共图书馆的藏本也一律销毁。

奥维德在公元9年到达了托弥，那里自然条件恶劣，生活条件很差，而且没有书籍阅读，没有朋友交谈。在这种恶劣的条件下，在他的心境由焦虑转为平静之后，他又重新回到长诗《岁时记》的写作上去，对他在罗马写作的部分进行加工。奥维德准备把这部著作献给屋大维，在加工中期盼着早日结束流放回到罗马。结果奥维德这个愿望落空了，大约在公元17年末或18年初，在期盼中的奥维德在流放地去世，时年60岁。

奥维德一生创作了不少诗歌，青年时代创作了第一部诗歌集《恋歌》、《烈女志》，还有使其招致流放的《爱的艺术》、《论容饰》以及《爱的医疗》。中年时期他的创作进入了成熟时期，他利用希腊神话传说以及罗马的历史、宗教传说创作了两部长诗《变形记》和《岁时记》。流放时期主要创作了诗歌《哀歌》和《黑海零简》。

奥维德是一位语言艺术天才，他非常善于利用语言的丰富性，利用声音的韵律感，利用节奏本身的表达能力以满足不同表达的需要。他在诗歌中既充分利用这些手法，同时又不滥用。奥维德吸收了前辈们的诗歌成就，同时注意克服维吉尔诗歌的艰涩和贺拉斯诗歌的复杂，他对亚历山大里亚诗歌进行了有机的吸收和融合，从而使其诗歌比前辈的诗歌简朴、丰富和完美。

奥维德的作品在他还活着的时候就已经很流行了。在庞培城挖掘出来的废墟墙壁上处处刻有他的诗句。中世纪和文艺复兴交替的时候，诗人但丁受到奥维德影响，他的《神曲》中的神话部分大都来自《变形记》。但丁在书中描写自己下地狱见到了荷马、贺拉斯、卢卡努斯和奥维德在内的"四大幽灵"。据说彼特拉克、薄伽丘的启蒙读物就是《变形记》。乔叟更是把《变形记》烂熟于胸，他吸取了奥维德的心理描写手法，采用了《变形记》中很多故事。奥维德也影响了莎士比亚早期的作品。法国的蒙田从小就读过《变形记》。17 世纪的弥尔顿和莫里哀都喜爱奥维德的作品。此类例子举不胜举，可以说奥维德影响了西方一代又一代的作家。

第二节　《变形记》简介

《变形记》一般公认是奥维德留给后世的最伟大的诗歌，大约写于公元前 8 年到前 2 年间。全诗共 15 章，有 250 多个故事。包括较长的故事约 50 个，短故事或是略微提到的故事约有 200 个。故事中的人物依次按照氛围分为神话中的神和男女英雄，以及所谓历史人物这三类。全诗的结构可以分为以下内容：序诗、引子（天地的开创、四大时代、洪水的传说）、神的故事（1—6 章）、男女英雄的故事（6—11 章）、历史人物事迹（11—15 章）、尾声。这样的安排是按时间顺序来做出的，但是许多故事的发生时间很难确定，所以作者又按故事的性质安排，比如说 1—2 章的故事主要围绕神的恋爱为中心，3—4 章是以酒神巴克科斯和忒拜城为中心，5—6 章以神的复仇为中心，6—9章以雅典英雄为中心，9—11 章以男女英雄的恋爱为中心。《变形记》用六音步抑扬格律写成，是奥维德所有作品中唯一一部以此格律写成的诗歌。

《变形记》的基本主体是"变形"，故事中人和神因为某种原因变成了星辰、石头、动物、植物等，书名由此而来。这种变化观念产生于远古时代人们的宗教意识。在人们的想象中，神惩恶扬善，惩罚那些犯有罪恶的人们，让他们变成了相应的物体，接受惩罚，为自己赎罪；另一方面神把那些道德高尚、心地善良的人变为星辰，让他们迈入神的行列，过上幸福的生活。奥维德把一个个散见的类似故事通过变形为主题，构思出了一部结构复杂的宏大诗歌。诗人在诗歌一开始就说明他要叙述的故事将从宇宙形成开始，一直到诗人当代。刚开始先叙述了混沌世界的形成，由无序变为有序，出现天空、陆地、海洋、大气、河流和人类之后，便转入人类经历的黄金、白银、青铜、黑铁四个时代。然后诗人开始叙述神话故事中的各种神和人变形的故事。奥维德充分运用了自己杰出的诗歌才能以及娴熟的诗歌技巧，把广为流传的希腊罗马神话故事串联起来，构成了一个有机整体，成为一篇连续不断的诗歌，纳入一定的时间顺序，进行了非常形象生动的叙述和描写。

奥维德撰写《变形记》的目的在于通过古希腊罗马神话中那些最为吸引人的故事给人以愉快轻松的阅读享受。古希腊神话内容非常丰富，奥维德选取的都是最有趣的故事，里面还有一些是人们不怎么熟悉的故事。《变形记》中的神话故事涉及面很广泛，奥维德采取了各种手法，把这些故事联系起来。有时以人物为中心把故事集中起来，有时则是把相似的故事组合在一起。这种结构尽管受到一些古代批评家的批评，但是却充分反映了诗人的创造性及构思能力。他把许多具有变形情节的故事有机组织起来，变为一个整体，同时在一个整体的框架下，又尽可能地保持各个故事的特色，使整个叙述多样化，增强新鲜感。

奥维德想把《变形记》当作一部史诗来写，所以他采用了史诗格律来写作这部作品，此外在《变形记》中还采用了各种史诗的叙述手法。奥维德模仿史诗的风格写作，在叙述中基本不掺入个人情感，不直接出面，而是以史诗平静的语调客观地叙述。诗中也广泛地采用了史诗比喻的手法，在对两件事情进行比较的时候往往按照史诗传统进行铺陈性比较。在仿效史诗风格的同时，奥维德又尽量使《变形记》叙述风格多样化。奥维德往往根据具体故事内容的性质，采取与之相适应的叙述风格，以使叙述形式和叙述内容尽量相适应。由于奥维德对亚历山大里亚诗歌了然于胸，故他在《变形记》中更多使用的是各种亚历山大里亚诗歌题材作品，包括小史诗风格、哀歌风格、田园诗风格等等。

《变形记》除了具有史诗的特点之外，还具有现实主义特征。神对奥维德来说已经失去了传统神话中的神圣性，在他对神的描写和叙述中我们很难体会他对神在任何意义上的信仰。奥维德对奥林波斯神的描写实际上就是以罗马人的社会生活为原型的，这一点具有极其鲜明的现实意义。神明们住在空中的帕拉提乌姆山冈，被称之为"太空的帕拉提乌姆山冈"，小神被称为平民神，神界会议具有明显的罗马元老院会议的特点，而且奥维德把尤皮特在神界的地位与罗马皇帝屋大维在人间的地位相比拟。在《变形记》中，神的感情、行为、形象、性格等方面都与他早期描写的罗马富有贵族相似，这种对神的态度是和当时罗马社会的宗教观念相一致的。

亚历山大里亚诗歌也强烈影响了奥维德的《变形记》，诗人在《变形记》中仿效亚历山大里亚诗歌传统，很注重描写人物情感，对人物进行心理描写，特别注意描写两种相反感情的矛盾和斗争。整个诗歌基本上以爱情故事为题材，在这方面他进行了浓墨重彩的描写。在艺术上，奥维德对变形过程的描写表现出高度的艺术效果，给人以一种非常直观的感觉。

奥维德在《变形记》中表现出了杰出的诗歌才能，高超的诗歌技巧。其高超的叙述、对人物心理的细致分析、优美的语言使《变形记》成为古希腊罗马文学中最为有趣也最为吸引人的作品之一。那些故事激起欧洲后来许多作家的创作灵感，成为他们创作素材的源泉，激发他们创作出无数杰出的文学作品。

第三节　《变形记》选段

第二章

日神的宫殿非常巍峨，柱高擎天，金彩辉煌，铜光如火，高处的屋檐上铺着洁白的象牙，两扇大门发出银色的光芒。材料好，匠心更巧：穆尔奇柏在门上刻着海波把陆地围绕在中心，陆海像一只圆盘，陆地上面天穹高悬。在波涛中又刻着黑绿色的海神，有口吹海螺的特里同；有形态万变的普洛透斯；有埃该翁，两只粗壮的手臂搭在一对鲸鱼背上。门上还刻着多里斯和她的女儿们，有的在游来游去，有的坐在岩石上吹干她们的绿发，也有的骑在鱼背上。她们的外貌不尽相同，但也并非没有相似之处，姐妹们正应如此。陆地上有人，有集市，有树林，有野兽，有河流，有河上女神，还有乡村的众神。在这上面，刻着一幅雪亮的穹隆图，左右两扇门上各刻着黄道六宫。

克吕墨涅的儿子登上陡直的小径来到殿前，来到他父亲的屋檐下；他心里疑惑，不知日神是不是自己的父亲。想到这里，他立刻走到父亲面前，但是不敢走近，因为太近了，他父亲的光芒逼人难以忍受。日神身穿紫红长袍，坐在宝座之上，身上翠玉生光。左右有日、月、年、纪侍立着，各个时辰也站立两厢，彼此距离相等。此外还有新春，头戴花冠；盛夏赤身裸体，只披着成熟的谷穗编成的圆环；秋季浑身染着压烂的葡萄；寒冬披着雪白的乱发。

日神坐在诸神环绕之中，无所不见的眼睛望着青年法厄同。法厄同看着眼前新奇的景色心中害怕。日神便说："你来做什么？法厄同，你来我宫中来求的是什么？做父亲的决不拒绝你。"法厄同回答说："普照天下的光明，日神，我的父亲，请允许我叫你父亲，我要问克吕墨涅是否在造谣扯谎，想遮盖自己的丑事。我的父亲，请你给我一个证据，证明我真是你的儿子，解除我心中的疑虑。"他说完之后，他父亲便摘下耀目的王冠，叫他走近一些。他把孩子搂在怀中，对他说："你完全有资格做我的儿子，而且克吕墨涅说我是你父亲也完全是真话。免得你不相信我的话，你可以随意问我要一件东西，我必亲手交给你。天上的神都是指斯堤克斯的河水发誓，我的眼睛虽然从未见过它，但是我愿它给我作见证。"他话未说完，孩子就讨他的父亲的车辇，并要求驾着父亲的飞马在天空驰骋一天。

他父亲后悔发了这样的誓，接连摇头三四次，说道："你的要求证明我说话太欠考虑。我要能收回我的诺言有多好啊！我的儿，我不得不坦白地说，只有这件事我不能答应你。我劝你收回要求。你的希望太危险。法厄同，你要求太过分了，你的力气和年纪都办不到。你是个凡人，你所要求的，是凡人所不能胜任的。你真不懂事，你所想要的，就连天上的神也求之不得啊。尽管他们能为所欲为，但是除我之外谁也不能代我驾驶这辆喷火的车子。甚至连奥林波斯大山的主神，哪怕他手掷霹雳火，令人生畏，也不能驾我的车，那么还有谁比朱庇特更大呢？第一段路程非常之陡，我的骏马虽然说清晨的时候精神抖擞，也还爬着吃力。到了中天，其高无比，俯视海洋陆地，连我都时常战栗，心怕得直跳。最后一段路途是直冲而下，需要把得牢靠。就连在地上的海波中接纳我的忒堤斯也唯恐我会头朝下跌落下来。此外，天穹是永远不停地转动，高挂的星宿也随着旋转，快得令人头晕。我一路走，一路挣扎，才使带动一切的运动不致影响我，我才能与快速旋转的乾坤反向而行。如果你来驾我的车，你怎么办？你能逆着旋转的两极前进么？飞快转动的天轴不会把你冲走么？也许你以为天上有树林，有神的城市，有祭品丰富的庙宇吧？不然，这条路是危机四伏，到处是吃人野兽。你即便没有走上岔路，沿着正路走了，你一路上还是得遭遇带角的雄牛和你作对，遇见弓箭手、张牙舞爪的狮子、弯着长臂的野蛮的蝎子和腿爪伸向两方的螃蟹。此外，要驾驭我的骏马，在你也不是件容易的事。它们心里充满了炽烈的火焰，从口里、从鼻孔里向外喷射。它们的性子一发，脖子就不听缰绳的指挥。连我都控制不了。我的儿，你要注意，我答应了你的请求就是断送的你的性命，现在改变你的请求，为时还不算晚。当真是来找证据证明你是我的儿子么？你看，我怕你驾车，这还不是证据么？我表示了做父亲的关心，这就证明了我是你的父亲。看哪，看我的脸。嘻，我希望你也能看见我的心，就会了解我心里充满了做父亲的忧虑！你向四面看看，看看富足的世界上的一切，陆地、海洋、天空中无穷无尽的好东西，随你要，我决不拒绝。唯有这一件事，我求你不要提，这件事不是什么荣耀，它的真名叫作'灾殃'。法厄同，你把灾殃当作好事。傻孩子，你为什么摸着我脖颈哄我？你不必担心，我已经指着斯堤克斯河发过誓，你想要什么，我一定答应，但是你提出要求的时候，要放聪明些。"

日神结束了他的劝诫，但是法厄同不听他的话，还是提出原来的要求，热切地希望去驾车。他的父亲尽量拖延，最后无奈只好引他到乌尔冈所造的高大车辇面前。车轴是黄金打的，套杆是黄金打的，轮子也是黄金打的，一圈轮辐都是银的。套圈上整整齐齐地嵌着翡翠和珠宝，日神一照，射出夺目的光彩。

雄心勃勃的法厄同看着这辆精心制造的车子，赞叹不已，正在这时，守候着的黎明女神早已在红霞万道的东方启开了两扇紫红大门，她的庭院充满了玫瑰的颜色。星辰四散，殿后的是晨星路锡福，他最后一个离开他在天上的守望台。

日神看着晨星已落，大地泛着一层红光，月亮的纤细的双角已经暗淡无光，他就命令时辰女神赶快套上骏马。众时辰女神立刻执行他的命令，从高大的马厩中把口中吐火的马牵出来，并且喂它们吃饱仙粮，给它们套上叮当的马嚼。接着，日神用仙膏敷在儿子的脸上，免得他让炙人的火焰烫伤，又把发光的王冠戴在儿子头上，一面深深叹息，深恐发生不幸。他说："我现在说的话，你无论如何要听从：孩子；不要紧打它们，要紧紧拉住缰绳，这些马，自然会快跑的，困难在于怎样控制它们。你不要笔直穿过天空的五带，要斜穿过去，走一条大转弯的路，你要在三带的范围之内驾驶，躲着南天，也要躲着北极。这条就是你的路，你可以清清楚楚看见车轮的轨迹。要让天和地受到的热气匀称，不要走得太低，也不要走到天顶上。走得太高了，你会把天空烧光，太低了，就会把大地烧光。最安全的道路是当中的道路。不要向右拐得多，太近蜿蜒的巨蛇星座，也不要让车子偏太左，太近南天之下的神坛星座。在这两者之间前进。其余一切，我都托付给命运女神了，但愿她帮助你，好好地引导你。我说话的功夫，带着露水的夜晚已经到达西方的岸边，到达了她的目的地。我们不能再耽搁了，我们该走了。看，黎明发出光辉，黑影四散。好吧，拿住这缰绳，假如你愿意改变意图，就听我的劝告，不要驾我的车吧。现在为时还不算晚，你脚下还踏着实地，你还没有登车。你要驾车是件很愚蠢的事。让我去把光明带给世界，你安全地看着吧。"

但是青年法厄同已经登上那轻车，骄傲地站在车上，兴高采烈地握住缰绳，向那满心不情愿的父亲道谢了。同时，日神的四匹快马皮洛伊斯、厄俄乌斯、埃同和第四匹佛勒工早已嘶声震天，口吐烈火，用蹄子尽踢栅栏。忒堤斯，不晓得自己的孙儿就将送命，把栅栏打开，让马奔向一望无际的天空。四匹马一冲而出，冲开云头，飞奔而去。它们扇动羽翼，高高飞起。它们赶过了从同一方向升起的东风。日神的骏马感到车子很轻，简直不觉得有分量，而且颈轭上的分量比平日差得很远。弯肚的船舶若是没有压仓的重载，便会在波浪上左右摇摆，因为身子轻了，所以不稳，在海上乱飘。同样，日神的车辇，载重和平常不一样了，直向天空窜去，跳得老高，像一辆空车似的。

四匹马感觉到这一点，就乱奔起来，离开了走熟的道路，和以前的跑法不一样了。法厄同这时大为惊慌失措。他拿着父亲交给他的马缰不知应该怎么办，也不知道路在哪里了。即便知道路在哪里，他也无法控制飞马。寒带的大熊星第一次被日光照热，想要违反禁律跳进海里去，但是没有成功。靠北极冰冷地带最近的巨蛇座，原来是从不伤人的，因为它冷得懒于动弹，这回也发热了，火把它烤得发起怒来。我还听说你，玻俄忒斯，也吓得直逃，虽然你很慢，你的牛车又使你不能快跑。

发愁的法厄同从天顶往下看，看见陆地在下面很远很远的地方，他脸色发白，心中害怕，两膝发软；光亮太强，又使他两眼发黑。他现在后悔不该驾他父亲的马，后悔发现了自己的亲生父，后悔自己提出要求。他恨不得现在做墨洛普斯的儿子。他一直向前冲去，就像狂风中的船，船上的舵手把不住舵，索性放了手，由天上的神去摆布，自己只顾祷告。他有什么办法呢？天上的路已经走了许多，但是前面还有许多路要走。他把前后的路程在心里盘算一下。一会儿看看西天，命中注定他是到不了西天的；一会儿又向后看看东天。头脑发昏，他不知道怎么办才好。他既不肯放掉缰绳，又不能揪住，他甚至连马的名字都叫不出。天空上一路都看到巨大的野兽的怪影，更加使他害怕。有一处，他看见有大蝎弯着两条臂，像一对弓似的，长长的尾巴，其余的臂膊都向两面伸开，足足占了黄道两个宫的地盘。青年法厄同见它身上冒出黑色的毒汗，想用弯弯的尾巴来螫他，他吓得浑身发冷，失去了知觉，撒开了手里的缰绳。

四匹马觉着缰绳落在背上，就乱奔起来，既然没人驾驭，它们就在人迹不到的天空任意驰骋，兴之所至，毫无目的向前冲去，把天穹深处的星辰撞翻，拖着车子在无路的空间风驰电掣而过。忽而升到天顶，忽而埋头向地面扑去。月亮看见自己哥哥的马在她下面奔跑，心里纳闷，云彩也烤得直冒烟。陆地烧着了，最高的地方先起火，裂开了很深的沟壑，地上的水分都干涸了。草地烧成一片白灰，树木连同绿叶一律烧光，成熟的庄稼正好是烧毁自己的燃料。但是我这会儿所惋惜的还算不了什么。许多大城池连带城墙都毁灭了；这场大火把人们一族一族烧成灰烬。山上起火，树林也连带起了火。阿托斯山，西里西亚的陶洛斯山，特摩罗斯山，俄忒山，都起了火；伊得山本来以泉水著名，这回也烧干了；诗神所居的赫利孔山和俄耳甫斯还没有遭难前的海摩斯山也烧着了。埃特那火山，火上加火，火势无边。帕耳那索斯的双峰、厄律克斯山、锂托斯山、俄特律斯山也着了火。洛多珀山上的积雪终于被火烧化。米玛斯、丁杜马、密卡勒以及酒神所居的喀泰戎等山都燃烧了。斯库提亚的天气虽然寒冷也未能幸免；高加索、俄萨、品多斯以及比这两座山还要雄伟的俄林波斯山、凌霄的阿尔卑斯山和被云锁住的亚平宁山也都燃烧了。

法厄同看见大地上真是处处焚烧；热火使他忍受不了，他呼吸的大气就像大炼铁炉里冒出的火焰一样。他觉得脚下的车子就像烧红了似的。火烬和飞旋的火花使他再也不能忍受了，他被浓密的热烟四面包围住。在这一片漆黑之中他既不知身在何处，更不知是在往哪个方向走。他任凭飞马带着他乱窜。

据说，埃塞俄比亚人从这时起才变黑的，因为热力把他们身体里的血吸到了表面。利比亚成为沙漠也是从这时起始，因为热力把潮气完全烘干了。这时，水中的女神都披头散发，哀悼自己的泉水和池塘。玻俄提亚岛上没有了狄耳刻清泉，阿尔戈斯地方的阿弥摩涅泉、科林斯地方的庇瑞涅泉也都枯竭了。河流虽然天生比较宽阔，也未能幸免。塔那伊斯河的河水变成了蒸汽。古老的珀纽斯河、条特拉斯山附近的卡伊科斯河以及急流奔湍的伊斯墨努斯河都枯干了。阿耳卡狄亚的曼土斯河、克珊托斯河（克珊托斯河将来还要遭一次火灾呢！）、黄色的吕科耳玛斯河、欢跃而蜿蜒的迈安德洛斯河、特剌刻的墨拉斯河和拉孔尼亚的欧洛塔斯河也都如此。巴比伦的幼发拉底河在燃烧，俄戎忒斯河和急流滚滚的忒耳摩冬河在燃烧，恒河、法细斯河、西斯特尔河在燃烧。阿尔甫斯河在沸腾，斯珀耳刻俄斯河的两岸尽是火焰。塔戈斯河的金沙在强烈的热火下熔化了，迈俄尼亚地方的河流本来以产天鹅著名，但是天鹅都在卡宇斯特洛斯河中被烧死。尼罗河吓得向大地的尽头奔逃，把头掩藏起来，一直到今天人们不知它的源头何在。尼罗河通海的七条河口都干了，全是沙土，七道宽阔的河床，滴水全无。伊斯玛利亚的赫布洛斯河和斯特律蒙河也遭到同样枯竭的厄运。西方的河流像莱茵河、龙河、波河和将要统治全世界的台伯河也枯竭了。地面到处裂为沟壑，天光透入照进地府，使地府的王和王后失魂落魄。连海洋也都缩小了，不久前还是汪洋万顷，转眼间变成一片干枯的沙地。不久前淹没在深海中的高山，转眼间都露出来，增添了无数的新岛屿。鱼类钻进海底，海豚也无心像以往那样弯着背在海面上跳跃。

海豹的尸体仰面朝天漂在水面上。人们说涅柔斯和多里斯和他们的女儿，躲在洞里还热不可支。海神涅普图努斯三次想把两臂和严峻的面目伸出水外，三次缩了回去，受不了炽热的空气。

但是慈母般的大地，由于有海环绕着她，周围都是水，许多河流又在她四面交织着（虽然这些河流很快地在缩小，都钻进了她的幽暗的腑脏，躲在那里），虽然她热得发燥，还是伸出了窒息欲死的脸部，直露到颈项，用手遮着眼睛，浑身颤抖，所有的东西都跟着震动，她又向后退缩了几步，退到比平常还低些的地位，带着枯哑的声音说道："众神之主，你如果赞成，如果我罪有应得，你为什么不用雷轰了我呢？如果我注定要在火里死，让我死在你的火里；如果死在你的火里，我的痛苦倒可以减轻些。我连开口说这几句话的气力都没有了。"热烟呛住了她。"你看看我这烧焦了的头发，我眼睛里都是灰，我脸上也都是灰。我生出这么许多东西，我尽了我的责任，难道这就是给我的报酬和奖赏么？我一年到头忍受耕犁锄头的创伤，受尽折磨，是为了这个么？我为牛羊准备出青青的草地，为人类提供出滋补的食粮——五谷，我为祭神的神坛准备出供香，是为了这个么？就算我该遭毁灭，然而你的兄弟——海洋——做错了什么？为什么按照规定他应该承受的水会缩减，会离天愈来愈远呢？就算你不考虑兄弟，也不重视我，你至少也该可怜你自己的天空啊。你向左右看看，天空从南极到北极都在起烟。假如大火把天空烧坏，你自己的宫殿也将坍塌。你看，阿特拉斯神都在挣扎了，背上背着燃烧的天穹，使他难以忍受。如果海洋、陆地和天空三界都毁灭了，我们就又回到原始的混沌状态了。挽救那些还没有烧掉的东西，考虑一下宇宙的安全吧！"

大地的话说完了，她再也不能忍受那热力，她向自身的深处退缩，退到离地府很近的地方。全能的父请众神来作证，特别把出借车子的日神请来，向他们说，如果他还不出来挽救，一切都要遭殃消灭了。说着，他便升上天顶。这个地方他经常布下云阵，遮盖大地，并且在这里抢动雷霆，投掷闪电。但是今天他既没有用云来覆盖大地，也没有叫雨从天上降下。他打了一个响雷，右手举起一朵雷霆，向驱车的法厄同耳边投去，把他从车上打翻，送了他的性命，他就这样用火克制了火。马匹大惊，四散逃窜，挣脱了颈套和缰绳，跑掉了。缰绳落在一处，车轴脱离了套杆落在一处，车轮破裂，轮辐又落在一处，破车的残躯断片散落一地。

法厄同，火焰烧着了他的赤金般的头发，头朝下栽了下去，拖着一条长尾在空中陨落，就像晴空中似落未落、摇摇欲坠的星。远离故乡、在天的另一方的厄里达诺斯河收容了他，洗净了他余烟未熄的脸。西方水上的女神掩埋了他那遭到雷殛，并且还冒着烟的尸体，他的墓上立了墓碑并勒铭如下："墓中死者，维法厄同，乘日神车，翱翔太空，其殁堪悲，其志维雄。"

第四章

（在酒神的节日，所有的妇女都应当停止工作，披上兽皮，解开头发，带着花环，手持缠绕着葡萄藤编的神杖，庆祝节日，唯有玻俄提亚王弥倪阿斯的女儿们不肯。）

皮剌摩斯和提斯柏的故事

唯有弥倪阿斯的女儿们待在家中，不参加庆祝。她们在不应该做家务事的时候，纺羊毛、捻毛线、织布并且强迫婢女们工作。有一个女儿一面用拇指灵巧地抽着线，一面说："别家妇女抛弃了家事，在这所谓的节日去凑热闹，我们信奉的是帕拉斯，她才是真神，让我们一面用手做着有用的事，一面说闲话儿消遣这漫长的时候多好。我们每人轮流说个故事，别人听着。"姐妹们都同意，就请她先说。她想了一想，这么些故事说哪个好呢？原来她知道的故事很多。她拿不定主意是否说你——巴比伦的得耳刻提斯——的故事，按叙利亚的传说，你后来变成了一条鱼，浑身长了鳞甲，在池子里游来游去。她又想说得耳刻提斯的女儿的故事，据说这女孩儿后来变成了一只白鸽，在一处城堡上结束了生命。她又想说一个女仙用符咒、药草把许多童子变成默默无言鱼，最后她自己也变成鱼的故事。她又想说原来结白果的桑树后来怎样沾了血渍结出暗红果实的故事。她觉得最后一个故事最好。这个故事，一般人还不知道。她一面纺羊毛，一面说道：

皮剌摩斯和提斯柏这两个——一个是最俊美不过的青年，一个是东方最可爱的姑娘——比邻而居。他们居住的城市周围都有砖墙，据说是色米拉米斯所建。因为两人贴邻而居，因此相识，日久发生了爱情，很想结成婚姻，无奈双方父母禁止。但是两人心中的爱情的火焰是父母所不能禁止的。虽然没有人给他们传递消息，但是他们用点头或用手势来交谈。他们愈是这样把火焰压下去，火力愈是旺炽。

两家住宅隔着一道墙，在当初修建的时候墙上便留下一条裂缝。多少年来没有人发现这条裂缝，但是有什么东西是爱情的眼睛所看不见的呢？这道裂缝就被你们这两位情人第一次发现，从这里互诉款曲。从这条裂缝里你们的情话轻声地、安全地经常往返传递。时常提斯柏站在一边，皮剌摩斯站在另一边，每人倾听了对方的谈话之后，就对墙说："可恨的墙！你为什么把有情人隔开呢？你让我们彼此拥抱，对你来说又算得什么呢？假如这种要求过分，打开一点让我们接吻总可以吧！但是我们承认我们还是很感激你，你使我们之间居然有一线可通，使我们的话可以吹到对方情人的耳朵里。"他们两人各在一方就这样说了一些无补于事的话，等到夜晚，彼此告别，每人吻吻墙壁，但是亲吻却透不过去。

第二天清晨，隔夜的星光已经隐退，太阳已经把草上的露水晒干，他们又来到墙边。他们彼此轻声叹息，发出怨声；随后他们就决定当天夜晚入静以后，设法瞒着家人逃出门外，出来以后再逃出城去。他们为了防止在荒野中彼此不易寻找，就约定在尼努斯墓前会面，藏在树荫底下。原来在这地方有一棵大桑树，结满白色浆果，附近有一泓清泉。两人觉得这计划不错，这一天过得好像特别慢。终于太阳落在西方海中，黑夜又从这里升起。

提斯柏轻轻把门打开，在黑暗中逃出了家，并没有被人看见，她蒙着纱，如期到了墓地，坐在约好的桑树下。爱情使她胆子大起来。但是不提防来了一只雌狮，它刚吃完一头牛，嘴里还滴着血，口渴得紧，走到泉边喝水。巴比伦的提斯柏在月光下远远望见，两脚发软，连忙向一个土洞逃去，匆忙之中把自己一件外套跑落，丢在地上。狮子豪饮了一阵，止住了口渴，便回到树林去，偶尔看见地上一件衣服（穿衣服的姑娘早已不在），就用血口把它扯烂。

过了一会儿，皮剌摩斯来到，看见尘土中有野兽的足迹，立刻脸都吓白了。继而他又看见了外套，沾满血迹，便喊道："为什么两个情人注定要在一个晚上牺牲呢？我们两人之中，她应该比我活得长才对；罪过都在我身上。可怜的姑娘，是我把你害死了，是我叫你深更半夜来到这危险的地方，而我自己又没有先到一步。你们这些藏在山里的狮子，来吧，用你们凶狠的牙把我身体撕碎，把我这有罪之身吞吃了吧！但是仅仅祈求死亡，未免太懦弱了。"他拾起提斯柏的外套，来到约定会面的树下。他不住地吻着这件常见的衣服，他的眼泪把衣服都洒湿了。他对衣服说："让我的血也把你沾湿了吧。"说着，他从腰间拔出宝剑，就向自己腹部扎去，随后鼓着垂死的勇气，把宝剑从滚热的伤口中抽出来。他仰面倒在地上，血溅得很高，就像腐朽的铅管上漏了一个小洞，水从这里嘶嘶地向外冒，直射到空中一样。桑葚上也喷着了血，变成了暗红色，树根吸饱了血，使得高挂在空中的桑葚更加发紫了。

提斯柏这时心有余悸，但是又恐怕她的情人来了找她不着，便从隐蔽处走了出来。她的眼睛四面寻找情人，她的心也全在情人身上。她恨不得把经历过的危险立刻告诉他。她认得这个地方，也认得这棵桑树，但是桑葚的颜色使她困惑。她开始怀疑。她正在迟疑不决的时候，忽然看见地上有血，有人在抽搐，她倒退了一步，脸色白得像蜡，浑身像微风吹拂的海浪一样地抖动。过了一会儿，她才发现死者正是她的情人，她急得直捶打自己的臂膀，扯自己的头发，又连忙抱住心爱的人，眼泪直淌进伤口，与那血液混而为一。她吻着他冰冷的嘴唇，放声大哭："皮剌摩斯，是哪里飞来的横祸，把你一把从我手里夺走。皮剌摩斯，回答我啊！是你最亲爱的提斯柏叫你呢。你听啊，抬起头来吧！"皮剌摩斯听到提斯柏的名字，张开了沉重的眼皮，看了看她，又阖上了。

随后她又看见自己的外套，和一把宝剑的象牙空鞘，便道："不幸的人，是你自己的手、是你的爱情，把你杀害了的。我的手也一样勇敢，也能做这件事；我也有爱情。爱情会给我力量来戕害我自己。我决定跟你一道死，人们将会说我把你引上死路，又来陪伴你了。只有死亡才能把我们分开，不，连死亡都不能把我们分开。我们两人的可怜的父母啊，请求你们答应我们一件事：忠实的爱情和死亡把我们结合在一起，请你们不要拒绝我们死后同穴。桑树啊！在你们的树荫下现在一个人躺着，很快就有两个人了。请你保持我们的爱情的标志，永远让你的果实带着深暗的颜色，表示哀悼，并纪念我们两人的流血死亡。"她说完就把宝剑对准自己胸口下面扎去，向前扑倒。可怜宝剑上她情人的热血还未冷却。她的请求感动了天神，也感动了双方父母。桑葚一熟，它的颜色就变成深红，他们两人焚化以后的骨灰安放在同一个瓮里。

（刘伟编，摘自杨周翰译《变形记》，人民文学出版社，1984）

第十八章　西塞罗及其演说辞

第一节　西塞罗简介

西塞罗是古罗马著名的政治家、演说家、雄辩家、法学家和哲学家。公元前106年，他出生在罗马东南一个叫阿尔皮努姆的小城里。他的家庭属于骑士阶层，家境比较殷实。西塞罗父亲有个不大的庄园，西塞罗就出生在这座庄园里。在西塞罗很小的时候他父亲就把他和小他三岁的弟弟昆图斯带到了罗马，让他们在那接受了良好的教育。之后，西塞罗便开始聆听希腊修辞学家和哲学家讲学，并且在当时罗马一些最有名的法学家指导下系统地学习了法学知识并且进行了见习诉讼实践活动。

在公元前80年，西塞罗在为塞·罗斯乌斯案件作辩护第一次发表诉讼演说，表明了他对当时执政者苏拉独裁的反感，西塞罗在这起辩护案中大获全胜。随后他以完善演说技巧为由，于公元前79年离开罗马，前往希腊。在希腊他听了许多著名修辞学家和哲学家的演讲，从而大大丰富了他的演讲知识。听说独裁者苏拉去世后，他决定回罗马。途中，他先到了小亚细亚，然后到了罗德斯岛，在那里他在修辞学家摩隆的指导下，演讲技巧得到了很大提高。西塞罗于公元前77年回到罗马继续从事诉讼演说，同时寻求官方任职。经过努力，公元前75年，他担任了西西里的财政官，他尽责尽守，在此期间，担任西西里居民的代理人在维勒斯案中控诉了总督维勒斯疯狂掠夺的行为，最终维勒斯自我放逐离开了罗马。

维勒斯案为西塞罗赢得了巨大声誉，使他在公元前70年市政官竞选中获得胜利。四年后，他担任了裁判官。他逐渐接近罗马政坛的重要人物庞培。公元前64年下半年西塞罗在激烈的执政官选举中和另一位竞选人盖·安东尼一起当选。在此期间，他粉碎了卡提利纳妄图武装暴动的阴谋，他以此作为其自己政治生涯中一项最伟大的功绩，但是其政治基础并不坚实，由于有人借口西塞罗未经法庭审批便处死卡提利纳分子，要求放逐西塞罗。西塞罗不得不离开罗马，过了大约一年半的放逐生活。后来随着政治形势的变化，元老院终于在公元前57年8月通过了召回西塞罗的决议，9月他回到罗马，可是他很快发现，他在罗马政治舞台已处于次要地位。此间，罗马"前三巨头"凯撒、庞培和克拉苏斯之间的派别斗争愈加激烈，克拉苏斯战死后，其他两个巨头之间疏远，西塞罗周旋于巨头之间。在此期间，西塞罗著书立说，写出了《论演说家》、《论共和国》、《论法律》等政治著作，把自己的政治观念和理想付诸笔端。公元前51年，西塞罗前往小亚细亚任基里基亚行省总督。次年，任职完毕后他回到罗马。凯撒和庞培斗争日益加剧，最后，西塞罗加入了庞培阵营。但是庞培的指挥无力和军纪涣散却使西塞罗备感失望。庞培兵败被杀。在这之后，他离开庞培的残余部队回到意大利，等待凯撒得胜归来。

西塞罗得到了凯撒友好招待，但是凯撒独断专权以及共和制的名存实亡使西塞罗备感压抑。这一时期是西塞罗写作成果丰硕的时期。他完成了修辞学著作《布鲁图斯》和《演说家》，还写成了哲学著作《论善与恶的界限》、《图卡鲁姆谈话录》、《论神性》、《学园派哲学》等。公元前 44 年 3 月 15 日，凯撒被刺杀，安东尼与凯撒的继子屋大维之间就国家权力展开了激烈斗争，西塞罗站在了屋大维这边，从 9 月初到第二年共发表了 14 篇猛烈抨击安东尼的演说。公元前 43 年 4 月下旬，安东尼的军队被击溃。但是与西塞罗最初所想要的民主共和制度相反的是，屋大维向罗马进军，占领了罗马，被推举为执政官，并和安东尼等人结成"后三巨头"同盟，对刺杀凯撒的人（或称共和派）秋后算账，并拟定了不受法律保护的人（公敌）的名单。在安东尼的坚持下，西塞罗也被列入名单之中。西塞罗立即逃往自己的庄园，不过在路上他又犹豫了，结果耽误了逃跑时机，最后被安东尼派去的军队追上，在公元前 43 年 12 月 7 日惨遭杀害。

作为作家，西塞罗留下了大量的演说辞、学术散文、书信等，他的这些作品对罗马文学的发展，特别是对古罗马散文体文学的发展，都具有特别重要的意义，而且在他身后也产生了长远的影响。公元 1 世纪末到 2 世纪初，随着古典主义的流行，西塞罗得到了特别的称赞和推崇。中世纪的时候，西塞罗受到了基督教作家的重视。不过基督教作家们主要是利用他的神学思想和伦理观念，使它们适应基督教的需要，这使得西塞罗的著作成为古代文化和基督教文化之间的纽带。在以意大利为起源地的文艺复兴运动中，西塞罗则成为了意大利文艺复兴的开始，在这一时期，西塞罗作为作家、演说家、思想家，成为普遍模仿的榜样和一座丰碑，西塞罗的语言成为复兴拉丁语的标准。法国大革命期间，西塞罗被当作伟大的演说家和共和主义者。启蒙运动的时候，西塞罗的政治和哲学思想也产生了巨大影响。西塞罗的作品直至今日仍然没有失去其固有的历史价值和文学价值，并将永远流传下去，恩泽后人。

第二节　西塞罗演说辞简介

作为一名政治家和演说家，西塞罗一生发表了许许多多的演说，其中许多演说辞没有能够传下来，流传至今的西塞罗演说辞有 58 篇，大部分完好，其中有些有所残损，还有几篇是含有残损的长篇残段，此外还有一些其他的演说残段或是篇名。

他的演说生涯与其政治生活紧密联系，经历了以下几个不同时期。他开始演说生涯之时，正是苏拉独裁统治时期，整个社会都处在恐怖气氛之中，法庭诉讼无法正常进行。西塞罗在公元前 81 年发表的《为普·昆克提乌斯辩护》中说，他不得不"同暴力和偏袒作斗争"。就是在这种极端的情况下，西塞罗开始了他的演说生涯，为塞·罗斯乌斯案件作辩护第一次发表了诉讼演说，之后又作为诉讼代理人控告总督维勒斯，最后集为《控维勒斯》。公元前 1 世纪 60 年代是西塞罗演说生涯最辉煌的时期。公元前 66 年，授予庞培进行第三次米特里达梯战争的军事统帅权提案与权贵墨特卢斯家族的意愿相违背，为此西塞罗发表演说支持这一提案。公元前 63 年西塞罗担任执政官后，他的基本政治态度是维护当时的贵族共和制。他连续发表三篇演说反对分配国有土地的法案。在此期间粉碎卡提利纳是西塞罗政治生涯中最辉煌、最引人注目的时期，也是他充分发挥自己的演说才能和威望的时期。"前三巨头"建立同盟后，西塞罗周旋于三巨头之间，仍然忙于诉讼演说，一些是为帮助过自己的政坛朋友辩护的。例如公元前 56 年发表的《为塞斯提乌斯辩护》（被控犯使用暴力罪）、《为凯利乌斯辩护》（被控犯选举舞弊罪）和公元前 54 年发表的《为普兰基乌斯辩护》（被控犯勒索罪）。公元前 49 年，凯撒与庞培内战凯撒获胜后，西塞罗已不能像往日那样参加社会政治活动，在广场上公开发表演讲，不过这段时间还是传下来了他在凯撒面前发表的几篇辩护演说，其中有《为马尔克卢斯辩护》、《为利伽里乌斯辩护》、《为得伊奥塔罗斯辩护》等。在凯撒被刺杀后与安东尼的斗争过程中，西塞罗表现出了无比高涨的政治热情，连续发表了 14 篇谴责安东尼的演说。

西塞罗非常熟悉演讲术，很讲究演说辞的结构。西塞罗十分重视演说辞的开始部分，他认为法庭演说必须一开始就能吸引审判员和观众的注意力。对待演说辞的陈述部分他也非常认真，他强调陈述部分的语言必须要简明、规范，使用人们普遍都能理解的语言。在演说辞的论证和反驳这部分，演说者最能表现其逻辑论证能力和技巧。西塞罗的演说辞在这一部分通常是运用修辞手法最多的部分，充分表现了他思想的机敏和运用修辞手法的高超技巧。这部分他对丰富的证明材料进行高度的文学性加工，把法律证据和生动描写有机结合起来，从而具有很强的文学性。演说辞最后一部分是他最富有情感的部分，通常呼吁法官对被告表现仁慈，满怀激情地描绘被告若被处罚的悲惨命运，以期最大限度地激发审判员和听众对被告的同情，表现出了如喜剧演员般的表演能力和技巧。

西塞罗认为，演说家是语言的主人，他可以充分享受和利用语言的丰富性。按照西塞罗的演说理论，文辞优美有两个来源，一是源自对象自身，二是源自人为的美饰。他的演说辞表明，他对演说辞的文学审美方面非常重视。

西塞罗的演说辞的语言是拉丁语标准而完美的散文文学语言。他以当时社会流行的活的口语为基础，逐渐形成规范的语法结构和基本的词汇成分，从而使他的语言成为古代拉丁语的标准和基础。同时，作为一种完美的散文文学语言之外，他的演说辞又具有口头表达的演说语言的特点。这主要表现在词语的选择和搭配，句子的结构等方面，这些都完全符合各种修辞手法的要求。西塞罗好用复合句，这种复合句结构严谨，层次分明。它们常常可以划分为数个相等或近似相等的语段，从而获得一定的韵律感，满足听觉的自然审美要求，增强语言的感人力量。同时，西塞罗也非常重视演说辞语言的音乐性，西塞罗的韵律包括词语的节奏和声音的和谐这两个方面。以上所有这些方面都使得西塞罗的演说辞的语言既复杂多变，同时又规范严谨，加上词语通俗，所以能让广大普通民众明白易懂。

西塞罗对各种修辞方法也是运用自如。他的《控卡提利纳》演说辞，特别是其中第一篇，一直受到人们好评。他的演说辞里集中使用了各种富有感人力量的手法，比如拟人法、比喻等，直至今日读起来我们仍然能够感受到其撼人力量。西塞罗以善于嘲讽著称，他公元前 63 年发表的《为穆瑞纳辩护》便充分展示了他诙谐与嘲讽的能力。

西塞罗的演说辞是古典演说艺术的典范之一，具有非常高的文学价值。

第三节　西塞罗演说辞选段

控威尔瑞斯——审控词

　　法官先生：在这重大的政治危机时刻，我能向你们奉献的东西是最值得向往的，不是通过人的智慧，而几乎是来自上天的直接恩赐，它比其他任何东西都更能缓解人们对你们判决的失望和对法庭的不信任。现在产生了这样一种看法，既对整个国家有害，也会伤害你们自己，表达这种看法的不仅有你们自己分布各地的民众，而且还有外国人；人们相信，按照现在这种状况组成的法庭不可能使人认罪，只要有钱，无论犯下什么滔天大罪都没有关系。你们的裁决和司法特权正处在一个极端危险的时刻，有人已经预谋，想要通过公共集会和立法动议点燃人们对元老院不满的火焰。盖乌斯·威尔瑞斯已经到场了，站在你们面前接受审判。由于这个人的生活和行为，他在世人的舆论中已经受到谴责；但是按照他自己充满自信的声明，他已经极为幸运地被宣判无罪。法官先生们，我在这个案子中以指控者的身份出现，得到全国人民的强烈认可和热情的支持，但我的所作所为不是为了使你们的判决更加不得人心，而是为了缓和人们对我以及对你们的不信任。我指控的这个人具有这样的品性，你们可以用他来恢复法庭已经失去的好名声，重新获得国民的青睐，同时也可以使外国人感到满意。他抢劫国库，洗劫亚细亚和潘斐利亚，在他担任执法官的城市里，他的行为就像一名强盗，就像是给他的西西里行省带来毁灭的瘟疫。只有本着良心公正地宣布这个人有罪，你们才能继续享有人们对你们的尊重，而这样的尊重必须始终属于你们。然而，要是他拥有的巨大财富能够在这些法庭上粉碎法官的良心和诚实，那么我至少能够得到一样东西，我会感到这个国家在这个案子中缺乏公正的法官，而不是法官缺乏能够认罪的正直的犯人，或者缺乏正直的人去指控罪犯。

（1）

　　先生们，我可以向你们做一番个人的告解吗？威尔瑞斯从四面八方对我发起了许多隐秘的攻击，由于我的谨慎，有些攻击被我躲避了，另一些攻击被我热心和忠实的朋友击退了。然而，我从来没有像现在这样感到自己面临着如此巨大的危险，当审讯开始的时候，我也从来没有像现在这样高度警惕。对我产生影响的不是我急于要发表的指控演说，也不是聚集在这里的大量听众产生的骚动，而是威尔瑞斯无耻地正在发起的秘密攻击，不仅针对我，而且针对你，执法官玛尼乌斯·格拉里奥，还有罗马人民、他们的同盟者、外部世界、元老院的法令，还有元老院以及这个名字意味的一切。他会说民众有理由只害怕会给自己带来伤害的后果，而他自己则已经裹挟了相当多的人，没有任何圣地可以圣洁得不被金钱玷污，也没有任何堡垒可以坚固得不被金钱攻占。

　　要是他厚颜无耻的阴谋与他的秘密行动相一致，那么他也许能在某个时候或在某些细节上精心隐藏。但极为幸运的是，迄今为止，他的厚颜无耻一直伴随着无与伦比的愚蠢。正如他相当公开地聚集他偷来的财富，他也对每个人都相当清晰地说明了他腐蚀法官的计划。他说他自己有生以来第一次真正地感到害怕，即在我第一次召他出庭的那一天，不仅是因为他去过他的行省以面对人们强烈的仇恨和厌恶，这种情感已经不是什么新鲜事了，而是长期以来一直在延续和增长，而且由于他在一个不恰当的时候试图腐蚀法庭已经栽了跟头。由于这个原因，当我申请一个非常短暂的时间去西西里收集证据时，他也找了另外一个人申请一个更短的两天的时间在阿该亚做同样的事。这个人谈不上细心，也谈不上精力旺盛，不能像我这样努力工作。在阿该亚，他的踪迹最远还没有到达布隆狄西，而我在50天内走遍了整个西西里，有效地考察了那里发生的过错，收集了记录过错的文件，涉及所有相关的居民区和个人。所以，任何人都能相当清楚地看到，威尔瑞斯想要确保这个人不会指控他自己，而又能以某种方式阻拦我。

（2）

让我把他内心可耻而又疯狂的计划告诉你们。他很清楚，我接手这个案子时训练有素、准备充分，能够揭露他强盗和罪犯的真面目，不仅在这个法庭上，而且面对全世界人民。他明白会有多少元老院议员和罗马骑士前来证明他邪恶地使用了暴力，也明白自己曾对多少人犯下明显的罪行，不仅对我们自己的公民，也对同盟国的公民；更明白有多少个由负责的人组成的代表团聚集在这里反对他，他们来自各个居民点，带着官方的文件，是我们最好的朋友。尽管如此，他仍然轻视整个上层阶级的看法，相信元老院的法庭是腐败的和令人厌恶的，所以他公开提出要想尽一切办法搞钱，因为他发现金钱是他的力量的顶峰，他在为自己购买最难买到的东西，即他接受审判的恰当日期，以便今后能够更加方便地购买其他一切东西，即使不能逃脱受到指控的命运，但至少可以避免急风暴雨。要是说还有什么可以确信的地方，我指的不是他的案子，而是指光荣的辩护，在雄辩或者支持方面，他肯定不能支配和控制这样的游戏，也不应当轻视元老院的法令，随意挑选一位议员作为他的指控目标，首先出来受审，而他自己却在进行必要的准备。

在所有这些事情中，我很容易看到他有什么希望，他有什么目的，但是在这样的法庭上，与这样的法庭主席在一起，我无法知道他如何能够实现他的目的。我只明白一件事，当法官做出裁决的时候，罗马人民能够对裁决表示信服。他的希望寄托在金钱上，把金钱视为逃脱罪名的唯一手段，要是没有金钱的支持，那么没有其他东西能够帮他的忙。

（3）

确实，有谁的头脑能足够强大，足以雄辩地为威尔瑞斯部分成功的生涯进行辩护？我们可以确证他的生涯包含着无数的邪恶和罪行，很久以前就受到世人的谴责和审判。我省略他青年时代的污点和可耻行为，只说他担任财务官时干了些什么，财务官是他担任的第一项公职。有故事说格奈乌斯·卡波在担任执政官的时候遭到他自己的财务官的抢劫，损失了大量原属于国家的金钱，也有故事说一名官职高于威尔瑞斯的执政官无望地离开，受到驱逐，离开了他率领的军队，抛下尚未完成的义务，威尔瑞斯的所作所为违反了命运规定的个人之间的关系。他担任军中副将对整个亚细亚行省和潘裴利亚行省来说都是一场灾难，只有很少的私人住宅和城市能够逃脱他的洗劫，而圣地则无一能够幸免。以格奈乌斯·多拉贝拉为代价，他现在又在表现一项新的有别于他担任财务官时的邪恶，通过他自己的错误行为给他的上司带来不信任，他不仅当过他这位上司的副将，而且也代理过他的财务官，但在危难时刻，他不仅没有及时增援，而且故意攻击和出卖他。他在担任这座城市的财务官时抢劫了一系列圣地和公共建筑，在法庭上违反所有法律程序，错误地剥夺私人财产。

但是没有哪个地方能够像西西里那样对他的邪恶品质的不断增加和增强留下深刻的记忆，他在三年中如此有效地洗劫和摧毁了这片土地，使之无法恢复到先前状况，人们几乎看不到它有任何可能性通过长时间部分恢复从前的繁荣。在威尔瑞斯统治期间，它的人民既不能按照他们自己的法律来保护自己，又不能按照罗马元老院的法令来保护自己，也不能按照属于一切民族的权利来保护自己。除了逃避这个邪恶的、毫无节制的恶棍的注意，或者甘愿忍受他贪婪的掠夺，他们一筹莫展。

（4）

在这三年中，除了威尔瑞斯选择同意的条款，法律不起任何作用。只要有威尔瑞斯的命令，任何人的祖传家产都会被剥夺。按照新的规定，农夫们缴纳了无数的金钱。我们最忠诚的盟友被当作国家的敌人来对待，罗马公民受到折磨就像是奴隶。罪大恶极的罪犯买到了法律上的豁免权，而最高尚、最诚实的人却受到秘密指控，未经审判就被定罪和流放。那里坚固的、设防严密的港口和固若金汤的城市变得人烟稀少，任由海盗出没。西西里的士兵和水手、我们的同盟者和朋友，忍受着饥饿，奄奄一息，装备精良的舰队在远海遭到毁灭。那些著名的古代艺术品，有些是富有的国王赠送的礼品，他们想要装饰他们自己曾经逗留过的城市，有些是罗马将领们的礼物，他们在胜利的时刻把这些艺术品归还给西西里人，而这位总督却抢劫了每一件艺术品。他不仅这样对待城市的雕塑和艺术品，而且还洗劫了最神圣、最圣洁的圣地。事实上，他没有给西西里人留下一尊他认为做工精良、具有艺术价值的神像。至于他的荒淫无耻，我实在难以启齿，不愿意重复他的荒诞故事。此外还有他造成的大量灾难，我也不愿重复，为了保护自己的妻女不受这些好色之徒的凌辱，人们奋起抗争。这样说的意思是他行事诡秘，所以人们都不知道吗？我不相信有人听说过威尔瑞斯这个名字而不能复述有关他的恶行的故事。因此我更有理由害怕受到批评，说我忽略了指控他的罪恶，胜过说我虚构罪名指控这个清白无辜的人。我想，聚集在这里聆听审判的大批听众的目的不是从我这里了解这个案子的事实，而是和我一起评论他们已经知道的事实。

（5）

对所有这些事情的了解引导这个可恶的疯子采取一种新方法与我搏斗。寻找一名雄辩的律师来反对我不是他的真正目的。他不依靠任何人的名声、影响或权力。他确实不想假装他的自信与此相关，但我能够看出他的目的，这一点是确定的，他并没有把它当作一个巨大的秘密。他举出一系列有头衔的名字来反对我，一些非常傲慢的人的名字，用他们的高贵，而不是用它们的名声来伤害我。他假装相信他们，寻求他们的保护，同时又在实施另一个极为不同的计划。先生们，我会简要地向你们解释他现在抱有的希望和他当前想要达到的目标。但在这样做之前，我请你们注意在这个事件的较早阶段他的目标是什么。

从他的行省返回之后不久，他就给这个法庭送来一大笔钱。相关的约定安排得很好，直到遇上了挑战，当挑战发生的时候——当法庭成员受到挑战时，由于我们国家的好运压倒了威尔瑞斯的希望，我的细心压倒了他和他的支持者的厚颜无耻，缔约者完全放弃了与他的合作。有关的一切都许下了很好的诺言。每个人都能知道作为法庭成员的你们这些人的名字；在投票板上可以涂上特殊的标记和颜色，而这个决定似乎不会令人害怕。威尔瑞斯从原先的欢欣鼓舞一下子变得窘迫和忧伤，看上去就像是受到了所有罗马人（包括他自己在内）的谴责。现在，你们瞧，同样是突如其来，在选举执政官的结果知晓以后的几天里，同样的老办法又再次使用，在这些事情上花费比从前更多的钱，先生们，同样阴险的攻击又在组织，由同样的人进行，针对你们良好的名声，针对各个自由社群的幸福。是我首先通过一些蛛丝马迹了解到了这一事实，怀疑的大门一旦打开，引导我通向威尔瑞斯及其朋友的最深的秘密的道路也就铺平了。

（6）

事情是这样的。选举结果一宣布，霍腾修斯当选为执政官，由一大群他的支持者簇拥着回家，他们正好碰上了盖乌斯·库里奥。（我不希望我提到这个人被人视为毁谤，而应视为尊敬。要是他不希望我引述他的讲话，那么他就不应该在有那么多人聆听的时候讲话。但不管怎么说，我在继续往下说的时候要小心，以表明我对他身居高位以及我们之间的个人友谊是在意的。）就在法比乌斯拱门附近，他看到威尔瑞斯在人群当中。他大声喊叫他，向他表示祝贺。而对新当选的执政官霍腾修斯，他没说一个词，也没有对在场的霍腾修斯的亲朋好友说话。没有，他停下来与之攀谈的是威尔瑞斯。他拥抱了威尔瑞斯，要他不要忧伤。他说："我正式通知你，今天的选举意味着你被宣判无罪了。"许多诚实的先生都听到了这句话，是他们告诉我的，或者我倒不如说，每个人一见到我就把这句话告诉我。有些人说这件事令人担心，有些人说这件事荒唐透顶。对那些认为这个案子的结局取决于证据的可信度、指控的方法、法庭的裁决权，而不取决于执政官选举的人来说，这件事是荒唐透顶的；而对那些能够透过表面看问题的人，能够看到这些弹冠相庆的话意味着法庭成员腐败的人来说，这件事令人沮丧。他们为此而议论纷纷，诚实的人则不断地对我说，这件事最终清楚地表明我们的法庭是卑劣的。一名受到指控的人在某一天被判定有罪，而到了第二天，由于他的律师当选了执政官就可以被宣判无罪？哦，整个西西里连着罗马，它的所有居民和生意人来到罗马，带着他们所有的记录，公家的和私人的，这些难道都一钱不值吗？不，不是这样的，哪怕是新当选的执政官也不会这样看。哦，法庭会无视指控陈述、证人们的证据、罗马民族的信誉吗？不会，但有一位拥有巨大权力的人的手在操纵一切。

（7）

先生们，我要坦率地说话。这种情况令我深深地感到沮丧。正直的人到处说："威尔瑞斯肯定会逃脱你的指控，而这个法庭也不受我们的支配。要是威尔瑞斯被宣判无罪，那么有谁会犹豫要把这些事情转交给其他人？"每个人都感到沮丧，一位身居高位的人的祝贺词给我们带来的沮丧要胜过这个无赖突如其来的狂喜。我在尽力掩饰自己的不安，通过保持冷静和沉默来控制我的愤怒。

然而令我惊奇的是，仅仅是几天以后，新当选的财务官们举行抽签，那时正好轮到马库斯·麦特鲁斯担任处理勒索事件的法庭的主席，我得到消息说威尔瑞斯对此欢欣鼓舞，甚至派遣仆役去家里向他的妻子报告。我现在承认，这种抽签方式是使我感到后悔的一个新的来源。但我仍然看不出有什么特别理由要提高警惕。我从我的某些眼线那里知道有这样一件事，某个元老院议员把好几箩筐西西里钱币送到了某位骑士家中，还有十筐或者更多的钱币留在他的家中待用，其用途和我的竞选有关。某个夜晚在威尔瑞斯家中召开会议，接受贿赂的人来自所有部族。参加会议的某些人想要尽力帮助我，有人当天晚上就来拜访我，把威尔瑞斯对他们说的话转告我。威尔瑞斯在开会时提醒他们，他在以往与他们相处时有多么慷慨，无论是前不久他还是财务官的候选人的时候，还是在最近的执政官和执法官选举当中，然后他就开始许诺，只要能使我竞选市政官的可能性落空，他们的任何要求都能满足。这时候，他们中有些人说自己不敢做这样的尝试，其他一些人回答说他们不相信这个目标能够实现。然而，有一位身材粗壮的同盟者从他自己的同胞中站起来，他就是罗米利乡区的昆图斯·威尔瑞斯，一位纯种的擅长贿赂的人，曾经是盖乌斯·乌尔瑞斯之父的学生和朋友。这个人曾经管理过 15000 万个罗马小银币的生意，他表示愿意做这件事，而其他一些人也说愿意和他一起承担。鉴于所有这些情况，我的朋友非常善意地警告我要采取一切可能的预防措施。

(8)

这件事过后没多久，我又面临更加迫在眉睫的忧虑。我的竞选就要来临了，有人使用大量金钱与我搏斗。审判正在迫近，那些装着西西里人的黄金的筐子也在威胁我。想到竞选，我在处理案子时无法自由地思考；而审判又在妨碍我把全部精力投入竞选；更为重要的是，试图对行贿者进行威胁已经没有意义，因为我能看到，他们全都明白当前的审判完全束缚了我的手脚。就在这一时刻，我第一次听说霍腾修斯派人去他家中拜访，把西西里人的话转告他，而这些人又像自由的独立人那样行事，在明白了为什么要派他们去的原因以后予以拒绝。现在，我的竞选开始了，就像今年的其他所有选举一样，这场选举也受到威尔瑞斯的控制。这个有权有势的人到处活动，与他友善的、受民众喜爱的儿子一道，去各个部落游说，遍访那些朋友——亦即对那些人行贿——召集他们参与殴斗。罗马人民，带着受到怂恿的热情，一旦知道和关注这件事，就会在这个人的金钱的作用下不投我的票，而他的财富在过去并不能剥夺我的荣耀。

从竞选的沉重负担中解脱出来以后，我变得不那么紧张和心烦意乱，开始把我的思想和活力集中于审判。先生们，现在我发现威尔瑞斯和他的朋友设计和采用的诉讼计划是这样的：采用一切必要的方法拖延审判的进程，让最后判决在执法官马库斯·麦特鲁斯担任法庭主席时进行。这样做有几项好处：首先，可以得到马库斯·麦特鲁斯强有力的、友好的支持；其次，将要成为执法官的不仅有霍腾修斯，而且还有昆图斯·麦特鲁斯，这些人对威尔瑞斯的友好是我要提请你们注意的。他确实已经向他们清晰地表达了善意，乃至于威尔瑞斯感到自己已经在那些预备性的选举中有了充分的表示。确实如此吗？对我如此严肃地加以谈论的事情，你们不会无动于衷。这个国家和我个人的名声处在危难之中，除了义务和荣誉，我还在意其他事情吗？第二位当选的执政官派人去请西西里人到罗马来，他们中有些人来了，你们要记住，卢西乌斯·麦特鲁斯当时还是西西里的执法官。他以这样的方式对他们说："我的一位兄弟正在统治西西里，还有一位兄弟将要执掌审理勒索案的法庭。我们已经采取了许多措施，确保无人能够伤害威尔瑞斯。"

(9)

他们试图恐吓证人，尤其是恐吓那些屡遭灾难、胆小如鼠的西西里人，不仅利用你的个人影响，而且利用证人们的恐惧，不仅对你这位执政官，而且还对两位执法官——如果这不是司法腐败，麦特鲁斯，那么我很乐意知道这是什么。如果你为了一个根本不是你的同胞的无赖而放弃你的职责和荣誉，使那些不了解你的人有可能相信他的那些有关你的断言，那么你对一位无辜的同胞还有什么不能做的呢？因为据说威尔瑞斯说过这样的话，你成为执政官与你的其他家庭成员成为执政官不同，不是凭借命运的垂青，而是凭借他的运作。那么好吧，他将接受两位执政官和一位法庭主席的审判。他对自己说："我们不仅要避免让玛尼乌斯·格拉里奥担任这个法庭的主席，因为这个人过于看重和服从国家的荣耀，而且还将按下列方式取胜。当前的法官之一是乌库斯·凯索尼乌，他是我们的指控人的同事。他担任法官已经经受公开的考验并得到大家的认可，但我们最不希望这个人担任法官，因为用任何方法似乎都无法腐蚀他。在审判这个案子之前，他在由朱尼乌斯主持的法官中担任法官，不仅将那些邪恶的罪行定罪，而且还采取措施公诸众。1月1日以后我们就不要这个人担任法官了，我们也不要昆图斯·曼留斯和昆图斯·考尼费昔担任法官，因为这两人具有完全审慎和正直的性格，他们将要担任平民的保民官。而那个坚持原则和正直的法官普伯里乌·苏皮西乌将于 12 月 5 日担任行政官。马库斯·瑞佩莱乌出生于最严格的传统的骑士家族，卢西乌斯·卡西乌斯的家族在司法以及其他事务中享有正直的名声，格奈乌斯·特美留斯是一个特别审慎和有良心的人——这三人属于古老传统的人都已经被任命为军法官，1 月 1 日以后就不再担任法官了。我们还会举行一次补充投票，选出填补马库斯·麦特鲁斯位置的人，而他将是这个法庭的主席。所以 1 月 1 日以后，法庭主席和整个法庭实际上都要改变，这样我们就能抵挡起诉人的令人生畏的威胁，我们对这场审判充满着希望，正如我们想象和感觉的一样。"今天是 8 月 5 日，法庭到了三点钟还没有集会，他们已经算到今天不可能开庭。距离格奈乌斯·庞培向神宣誓的赛会只有 10 天了，这些活动将要延续 15 天，然后马上就要接着举行罗马赛会。因此，中间至少有将近 40 天的间隔，他们才会开始对我们指控方做出答复。他们盘算着到那个时候就能借助冗长的演讲和技术性的借口把审判拖延到胜利赛会开始。这些赛会后面没有间隔，紧接着就是平民赛会，此后才会有几天时间，或者根本没有，法庭能够开庭。他们盘算着以这种方式耗尽起诉者的全部动力，使整个案子在马库斯·麦特鲁斯成为法庭主席之前面目全非。现在，就这位先生而言，要是对他的诚实有任何怀疑，我就不会坚持让他成为法庭成员，但即便如此，我的感觉还是我宁可本案在他还是法庭成员的时候就进行裁决，而不是等他成为法庭主席的时候再裁决，我宁可相信他拿着自己的选举牌时的誓言，而不是他拿着其他人的选举牌时的誓言。

（10）

先生们，我现在确实想问一下你们的看法，也就是你们认为我必须做什么，因为我敢肯定，你们尚未说出来的对我的建议只能在我自己的理智表明我必须照办的时候才会付诸实现。如果我把法律给我规定的时间全部用于演讲，那么我确实可以保证将它全部用于我十分辛苦的和全力以赴的索赔，我的起诉行动将表明，像我这样上法庭时有着充分准备和高度警惕的人史无前例。但存在着这样一个最大的危险，当我由于艰苦工作而获得声誉时，我正在起诉的这个人会从我的掌心滑脱。那么，要做的事情是什么呢？有一件事情相当确定，也非常明显。通过发表长篇演讲可以获取名声，但这样的事情让我们另外找机会再做，而现在让我们开始起诉，运用各种文件和证人，书面的陈述和官方的通告，无论涉及私人事务还是公共团体。霍腾修斯，我将不得不彻底地对你进行一番估量。我要坦率地讲话。在这个案子中，如果我猜想你用来反对我的方法是用漂亮的演讲来减缓我正在提出的指控，那么我也会投入全副精力发表一篇演讲，完整地提出我的指控。但由于你选择了一种不那么适合你的个人品性的方法来反对我，而不是像威尔瑞斯本人那样想要采取紧急措施，所以我无论如何要反对你采取的策略。你的计划是：在两个节庆结束之前都不开始你的辩护演说。我的计划是：在第一个节庆开始前使本案告一段落。如此一来，你会拥有策划一种精巧动议的名声，而我则无法回避对它做出回答。

（11）

但是涉及我刚才要开始谈论的事情，我不得不对你进行估量，我的意思是这样的。当我在西西里人的请求下接受这个案子的时候，尽管我感到这实际上是我的一种荣誉，因为对我的正直和自制进行过考验的西西里人现在想要考验我的诚信和能力，然而，一旦接手这个案子，我给自己提出了一个更加伟大的目标，要借助此案使罗马人民接受我对祖国的忠诚。因为我感到，在法庭上指控一个受到民众谴责的人远远不值得我花费辛苦和努力，正是由于你们对专制力量的宽容，以及你们近年来在不止一次的审判中表现出来的对个人利益的追求，才使得这个处于穷途末路的无赖不止一次有了辩护的机会。但是鉴于现状，由于你们乐意接受到专制力量控制的法庭，由于确实有一些行为荒唐、名声恶劣、厚颜无耻、令人作呕的人抱着特定的目的向罗马人民发起挑战，仇视罗马人民，所以我要大胆地宣布，我担负的重担对我自己来说确实是沉重的和危险的，但不管怎么说，我仍然能够抱着大无畏的精神和坚定的意志承受这副重担。由于整个较为贫困的阶级正在承受肆意的罪恶压迫，在我们法庭的恶行下呻吟，所以我要宣布自己是这些罪犯的敌人，我要固执地、严峻地、坚持不懈地指控他们。这就是我的选择，这就是我要宣布我要承担的义务，这就是罗马人民希望我担任的这个公职对我的要求，为了公众的幸福和惩罚恶人，从明年1月1日起我要担任执政官。这是我在担任罗马人民的市政官时所能许诺的最雄伟壮丽、最高尚的一幕。在这里我要发布一项预警和公告：任何习惯于存放或接受贿赂之物的人，任何行贿和受贿的人，任何作为中介腐蚀我们的法官的人，任何滥用手中权力或者出于无耻的目的行事的人，在当前这场审判中，你们要小心，让你们的双手和心灵远离这桩邪恶的罪行。

（12）

霍腾修斯将要担任执政官，拥有最高的指挥权，而我是一名市政官，比一位普通的公民伟大不到哪里去；然而我现在许诺要做的事情受到罗马人民欢迎和接受，所以要是可能的话，这位执政官在这场案子中与我对峙时，他本人必定要比普通公民还要渺小。

我们不仅要回忆整个故事，而且要列举和确证细节，我们要历数自从这个法庭转为由元老院担任以来十年中所犯的司法罪行和邪恶的行径。先生们，罗马人民将从我这里知道它是什么样的。当法庭由骑士等级来掌管的时候，在将近50年的时间里，不曾有过一项微弱的怀疑落到过一位在法庭上担任法官的罗马骑士身上，他们没有接受贿赂，从而做出特殊的裁决。而当法庭转由元老院掌管的时候，人民的个人权利被剥夺了，昆图斯·卡利狄乌斯在裁决时看到，一位执法官等级的人花的钱要是少于15000万个小银币，就不能被恰当地定罪，而当昆图斯·霍腾修斯是这个关于勒索的法庭的主席时，被判有罪的元老院议员盖乌斯·赫瑞纽斯和盖乌斯·波皮留斯的案子中，他们都被发现犯有贪污罪，而在马库斯·阿提留斯的案子中，他们都被发现犯有贪污罪，而在马库斯·阿提留斯的案子中，他被发现犯有叛国罪，他们在担任法官时接受贿赂的事实都得到确认。当盖乌斯·威尔瑞斯作为这个城市的执法官主持审判的时候，发现有元老院的议员投票反对某个人，他们认定他有罪，但却没有参加对他的审判；有一位元老院的议员曾被发现在担任某个案子的法官时从被告那里接受金钱，并拿来贿赂其他法官，而同时又从原告那里接受金钱，并判定被告有罪。现在我还有什么话可说，这些事情给我们整个等级的荣誉带来了沉重的、灾难性的打击，事实上，在我们这块土地上，由元老院议员们掌控的法庭也会发生这样的事情，法官们宣过誓，但他们拿到的投票板涂着不同颜色的蜡。我向你们庄重承诺，我要坚定诚实地处理这些事情。

（13）

现在你们该明白了，要是在当前这场审判中我发现有谁违反了规定，我会有一种什么样的感觉？你们必须注意到我能带许多证人前来证明，盖乌斯·威尔瑞斯在西西里时当众频繁地说他有一位有权有势的朋友，在此人的庇护下，他可以在抢劫整个行省的时候仍旧受到信任；他不想只给自己挣钱，而是要在他担任西西里的执法官的三年中感受到整个事业的成功，他要把第一年搞到的钱用来增进他自己的幸福，把第二年搞到的钱交给他的律师和辩护人，把整个第三年，大丰收的第三年搞到的钱，留给审判他的法官。这使我想要重复一下我最近面对玛尼乌斯·格拉里奥提出抗辩时说过的话，这些话能深深地打动罗马人民。我说，我相信有一天我们的外国臣民会向罗马人民派遣一个代表团，要求废除现存法律，撤销有关勒索案的法庭。他们认为，要是没有这样的法庭，每位总督只会掠走足够他自己和他的家庭享用的财务，而有了现在这样的法庭，每位总督带走的东西不仅要满足他自己，而且还要满足他的辩护人和支持者、他的法官以及法庭主席，这样一来要花费的钱财也就无止境了。他们感到他们可以满足一个人的贪婪，但不能接受一个罪人被宣判无罪。如果罗马人的同盟者都希望废除我们的祖先为了这些同盟者的利益而建立起来的处理勒索案的法庭，那么我们的法庭该有多么出名，我们这等级的荣誉该有多么辉煌！确实，要是威尔瑞斯心中没有浸透你们这个愚蠢的看法，他会珍惜这种美好的愿望吗？这种看法会使他变得更加令人作呕，因为要是可能的话，这个人相信是你们，而不是罗马人民，是邪恶的罪犯，因为你们像他本人一样作伪证。

(14)

先生们，现在我要以神的名义发誓，我恳求你们好好想一想该如何处理这件事。我要警告你们，并且用我自己清楚明白的看法庄重地提醒你们，上苍已经把机会赋予你们，要你们把我们整个等级从臭名昭著和不得人心中拯救出来，从名誉扫地和羞耻中拯救出来。人们认为我们的法庭已经丧失尊严，丧失良心，连其名字也已经荡然无存。其结果就是我们受到罗马人民的轻蔑和鄙视。多年以来，我们已经由于声名狼藉而呻吟不已。让我告诉你们，正是由于这个原因，而不是由于其他原因，罗马人民已经表达了要恢复保民官权力的强烈愿望。这种要求其实只是表面的，他们的真实要求是要一个诚实的法庭。聪明过人的昆图斯·卡图鲁斯没有忽略这个事实。当我们杰出的将军格奈乌斯·庞培引入他的标准恢复保民官的权力时，被召来发表意见的卡图鲁斯开始讲话，给人留下了深刻的印象，他宣布元老院的成员被证明是无能的，是我们正义法庭的不道德的保卫者，要是按照能力挑选他们担任法官只是为了维护罗马的荣誉，那么人民就不会如此深切地为保民官失去权力感到痛心了。事实上，当格奈乌斯·庞培本人第一次作为当选的执政官在这座城市近郊向公众讲话时，面对人们普遍的期望，他宣布了自己恢复保民官权力的意图，他的话语引起了巨大的反响和公众的赞同，但是当他在发表同一演讲时想到我们的行省已经遭到蹂躏和废弃，我们的法庭已经变得非常邪恶的时候，他表示要采取措施对付这种罪恶，这个时候公众不再是喃喃低语，而是发出巨大的吼声，这是罗马人民满意的表示。

(15)

今天，全世界的眼睛在注视着我们，瞧我们中间的每个人在遵守良心和法律方面会有什么样的表现。值得注意的是，由于保民官法的通过，一名元老院的议员，一个善于计谋的人，已经受到谴责，尽管没有判决，但这一行为无论如何值得赞扬，因为在无人有权或想要腐蚀法庭的地方，正直不需要赞扬。在当前的审判中，就像你们能给囚犯定罪一样，罗马人将给你们定罪。在一个由元老院的议员组成的法庭上，这个人的案子将确定这样的法庭有无可能给一个劣迹斑斑而又十分富有的人定罪。进一步说，这个囚犯之所以出名在于他犯有巨大的罪行和拥有巨量的财富，因此，要是他被审判无罪，那么就不可能想象除了说这一裁决极为无耻之外，对此还能有什么解释。不会再有其他像他一样的人，不会再有任何像他那样的家庭，不会再有其他较好的审判记录和诉讼，甚至不会再有任何相对较小的罪恶，能够减轻他所犯罪恶的数量之多和罪行之大。先生们，最后我要这样来处理这个案子，我要把事实摆在你们面前——有关这个臭名昭著的罪行的证据令人震惊和信服——没有人想要敦促你们宣判这个人无罪。我已经制订了一个具体计划，要揭露他的阴谋，把他的同伙都抓起来。我要以这样一种方式处理这件事，把他们的阴谋都亮出来，公之于众，不仅要让这个国家的每个人都听到，而且要让这个国家的每个人都看到。

你们有权力消除和摧毁以往几年来蒙在我们这个等级身上的耻辱。人们全都可以承认，自从这些法庭第一次具有当前这个模样以来，由法官组成的审判团没有一个能像现在这样杰出和优秀。如果这个审判团也以某种方式感到悲哀，那么人们的普遍看法是，为了伸张正义，我们必须从其他等级，而不是从这个等级，寻找恰当的人选，因为从这个等级中一个恰当的人选也找不到。

（16）

因此，先生们，首先，我要祈求上苍确认我的自信，除了这个早就已经被发现有罪的人以外，这个法庭中将不会发现有人犯下罪恶；其次，先生们，我要向你们和罗马人民宣布，要是还发现有其他罪犯，在神的帮助下，我宁可尽快失去我的生命，也不愿失去惩罚他们所犯罪行的勇气和决心。

……

（刘伟编，摘自王晓朝译：《西塞罗全集·演说词卷》，人民出版社，2008）

第十九章　凯撒及《高卢战记》

第一节　凯撒简介

凯撒全名为盖乌斯·尤利乌斯·凯撒，他是罗马共和国末期杰出的政治家、军事家，同时他还是罗马帝国的奠基者，凯撒对罗马历史乃至整个世界历史都产生了深远的影响；他在文学上才华横溢，与同时代的西塞罗被后世并称为拉丁文学的两大文豪，其流传下来的两部历史散文著述——《高卢战记》和《内战记》，以其高超的文字水平直至今日仍被西方学校当做拉丁文教材。

凯撒出生在一个古老的家道中落的贵族家庭，十五岁便丧父。虽然如此，他从小还是受到了很好的教育，其间还在著名修辞学家摩隆门下学习过修辞学。在政治上，青年时期，他便倾向于民主派，与著名的民主派首领马略也有亲戚关系，此外他还娶了马略支持者秦纳的女儿为妻。后来他与贵族共和派关系也比较接近。他有着非凡的政治抱负，在社会公共事务上表现出极大的热情，这些都为他在城市平民阶层中赢得了很大声望，为以后的发迹准备了必要的民众条件。

公元前 67 年他担任财政官，公元前 65 年任市政官，公元前 62 年任裁判官，第二年任西班牙总督。此时凯撒已成为罗马政坛上举足轻重的人物了。公元前 60 年，他与当时最有势力的政治家和军事家庞培和克拉苏斯结成了"前三巨头"，三人瓜分了罗马权力。按照协议，公元前 59 年他出任执政官，卸任后他去高卢担任总督一职，当时凯撒在极其困难的情况下，利用高卢各部落之间的矛盾，采取分化瓦解和武力征服的策略，荡平了高卢全境，使罗马的疆域一下子扩大到了大西洋及莱茵河畔。在战争中，他也为自己打造了一支训练有素、绝对忠实于他的庞大军队，此外还积累了巨大的财富，这些都为他日后的争权打下了坚实基础。公元前 56 年他开始与庞培交恶，公元前 53 年克拉苏斯在帕提亚（安息）战争中身亡，三巨头政治宣告瓦解。随后他与庞培和元老院的矛盾越来越尖锐，凯撒拒绝执行元老院要他遣散军队的要求，公元前 49 年他带领军队进入罗马，最终他与庞培的战争爆发了（当时庞培任罗马军事统帅），凭借着在高卢战争期间打造的军队，经过伊莱尔塔、法萨罗、塔普苏斯和蒙达等地的交战，最终他打败了庞培以及元老院势力，成为了罗马的独裁者，集罗马各种权力与荣誉于一身。公元前 44 年 3 月 15 日，凯撒在元老院被以布鲁图斯和卡西乌斯为首的保守共和派刺杀而亡。

凯撒在文学上的成就主要体现在他的历史散文著述，包括两本书：《高卢战记》和《内战记》。此外关于凯撒的征战活动还传下来了《亚历山大战记》、《非洲战记》和《西班牙战记》，这三本著述篇幅比较短小，出自他人手笔。凯撒的散文体战记不用任何修辞方法，文笔非常清楚平实，同时又很流畅，叙述重点突出，详略恰当，平易又引人入胜，容易使别人接受他的观点。西塞罗认为凯撒的散文体战记是那么的简洁，那样的坦诚和优美，如同衣服那样不带任何演说修饰。西塞罗认为："历史中没有什么比纯净、明晰的简洁更迷人。"同时，凯撒还是一位杰出的演说家，不过他所有的演说辞都失传了。在青年时期还写过诗歌，后来还写过政论著作和其他理论作品。

凯撒这位旷世枭雄，以其文治武功，在历史上写下了浓重的一笔，留给了人们政治、军事以及文学等诸多方面巨大的财富，这些财富足以使其在历史上彪炳千秋。

第二节 《高卢战记》简介

《高卢战记》是历史性的散文，共 8 卷。前面 7 卷讲述了从公元前 58 年到公元前 52 年凯撒管理和征战高卢过程中发生的主要事情，直至阿勒西亚陷落和维尔钦革拖里古斯投降为止，他把这中间每一年的事情写成一卷。而第 8 卷则是由他手下一位叫提乌斯的将领记述的，主要讲述了凯撒此后两年在高卢的行动以及最后与元老院发生的冲突。

《高卢战记》的写作时间大约是在公元前 52 年到公元前 51 年间，因为元老院里有人认为凯撒在高卢的行动超出了元老院赋予他管理高卢的权限，把罗马拖进了一场极其危险的战争。为此凯撒迅速写成此书，以平息元老院对他的不满。凯撒按照每年一卷的顺序向他们陈诉了整个高卢的形势和他所采取的行动，以及这些行动的必要性。这本书的写作材料都来源于每年他向罗马作的在高卢行动的报告。凯撒去高卢的时候，高卢还没有完全归属于罗马，罗马统治的范围只到阿尔卑斯山北部一带、地中海近海地区和西班牙的东北部等。凯撒征战高卢 7 年，罗马征服了高卢全境，范围西达大西洋沿岸，向北直达莱茵河畔，渡海至英格兰岛，包括现在的比利时、法国和英国那么广阔的范围。

《高卢战记》的叙述采用了第三人称，语气很平静，似乎只是按年分卷，按时间顺序介绍高卢当地的情况，发生的事情，包括罗马人的军事进攻，高卢部族和日耳曼人的抵抗和反攻，危险而艰苦的营地。不过经过仔细阅读之后，我们可以感觉到叙述的倾向性和里面包含的激情，这些都说明凯撒在高卢的行动对于保卫罗马国家安全和提高罗马国家威望都是必要的。这也正是凯撒撰写《高卢战记》真正的目的，就是用事实争取社会舆论对他行动的赞同，驳斥反对者的攻击。

《高卢战记》的艺术特点是叙事翔实精确，文笔清晰简朴，直观中见技巧。虽然表面上看起来凯撒是在罗列事实，平铺直叙，而实际上凯撒确实经过了深思熟虑，周密思考，所以其表述极其富有说服力，使人感觉作者特意避免使用那些可能会令人反感的修辞。《高卢战记》叙述了很多战斗场面，这些战斗场面描写生动鲜明、富有动感。

《高卢战记》既是一些事务性材料，同时经过作者的认真组织和安排，还达到了最大说服效果的目的，表明他的一切行动都是为了罗马的国家利益。此外，凯撒在《高卢战记》中还对高卢和不列颠的地理、人文还有其他风俗习惯作了众多描述，提供了许多对当时而言极其宝贵的第一手资料。

第三节 《高卢战记》选段

第一卷

高卢全境分为三部分，其中一部分住着比尔及人，另一部分住着阿奎丹尼人，而那些用他们自己的话来说叫克勒特人、我们称之为高卢人的，住在第三部分。所有这些人，彼此之间的语言、习俗和法律，各不相同。高卢人跟阿奎丹尼人接界的这一边，由加隆纳河分隔着，跟比尔及人接界的这一边，由马特隆纳河和塞广纳河分隔着。所有这些人中，最勇悍的是比尔及人，因为他们离开行省的文明和教化最远，并且也是商贩们往来最少、那些使人萎靡不振的东西输入也最少的地方；再则还因为他们离开住在莱茵河对岸的日耳曼人最近，在跟他们不断作战的缘故。也就是为了这原因，高卢人中的厄尔维几族，就勇武而论，远超过高卢的其他各族，因为他们差不多天天在和日耳曼人作战，不是抵抗他们侵入自己的国境，就是自己侵入到他们的领域中去作战。那三部分中，已经说过由高卢人住着的那一部分，从罗唐纳斯河起，四周分别为加隆纳河、大洋和比尔及人的疆域所限，另外在塞广尼人和厄尔维几人的这一面，又跟莱茵河相接，方向是朝着北斗星的。比尔及人的领土从高卢的极边开始，一直抵达莱茵河的下游部分，面对着北斗星和日出的一面。阿奎丹尼人住着的那一部分起于加隆纳河，直达比利牛斯山和靠着西班牙的大洋，面向着日落的一方和北斗之间。

厄尔维几人中最显赫、最富有的是奥尔及托列克斯。在马古斯·梅萨拉和马古斯·毕索任执政官的那一年，他出于篡夺王位的野心，在贵族中策划了一个阴谋，劝诱自己的本国人带着他们的全部资财，离开自己的领土。他说：因为他们的勇武超过所有一切人，所以要取得全高卢的霸权，是件极为容易的事。要说服他们这样做原本不难，因为厄尔维几人的国土，四周都被大自然限制着，一面是极宽极深的莱茵河，把厄尔维几人的领土与日耳曼人隔开；另一面又是高峻异常的汝拉山，盘亘在塞广尼人和厄尔维几人之间；第三面是勒茫纳斯湖和罗唐纳斯河，把厄尔维几人和我们的行省隔开着。在这种环境中，他们活动起来自然不能太宽敞，就是要攻击邻邦也不很容易，因而使他们这种好战成性的人，感到非常苦恼。所以，尽管他们的领土广袤差不多已达二百四十罗里长、一百八十罗里宽，但他们认为对他们这样人口众多、武功显赫而又勇敢过人的人来说，它还是嫌太狭小了。

由于这些因素的刺激，再加上奥尔及托列克斯的势力一煽动，他们就决定预备启程出发所需要的东西，尽可能地收买大量的牲口和车辆，又多多益善地播种了大量谷物，以便旅途中有充裕的粮食供应，还和邻近的各邦建立了和平与友谊。他们认为两年时间就足以完成这些准备，因而用法律规定在第三年出发。奥尔及托列克斯被选出来负责筹备这些事情，他就自己担起了到别国出使的任务。在这次旅途中，他说服了塞广尼人卡泰孟塔罗第斯的儿子卡司几克斯（他的父亲曾经担任塞广尼国王多年，罗马元老院赠给过他"罗马人民之友"的称号），叫他去攫取他父亲以前执掌过的本国王位。同样，他又说服了爱杜依人杜诺列克斯——他是当时执掌他们国家大权、很受百姓爱戴的狄维契阿古斯的弟弟——做同样的事情，还把自己的女儿嫁给他做妻子。他使他们相信，这是极容易做到的事情，因为他本人也将取得自己本国的大权，毫无疑问，厄尔维几人是全高卢最强有力的国家，他保证一定会用他的资财和他的军队，帮他们取得王位。受了这种话引诱，他们互相表白了诚意，设下了盟誓。他们希望在取得政权后，就能以这最有力、最坚强的三个族的力量，占据全高卢。

这事情遭到了告发，被厄尔维几人知道了。依照他们的习惯，该让奥尔及托列克斯戴着镣铐，听受审问，如果他被判有罪，随着便应该受火焚之刑。在预定审讯的那天，奥尔及托列克斯把他所有的家属都从各地召到审判的地方来，数达万人之多，他还把数目同样很大的全部被保护人和债户都召了来。就依靠这些人，他才逃了过去，没受到审问。当国家被他这种手段所激怒，准备用武力来行使自己的权利，首领们从四乡召集起大批人来时，奥尔及托列克斯却在此时忽然死去，据厄尔维几人猜测，绝不是没有自杀的嫌疑的。

他死后，厄尔维几人对离乡它迁的计划，仍旧毫不松懈地做着准备。最后，当他们认为一切准备工作都已就绪时，就烧掉自己所有的十二个市镇，四百个村庄，以及其余的私人建筑物。他们除了随身携带的粮食以外，把其余的也都烧掉，这样，便把所有回家的希望断绝干净，只有拼命冒受一切危险去了。他们又命令各自从家里带足够三个月用的磨好的粮食上路。他们劝诱他们的邻居劳拉契人、都林忌人和拉多比契人采取同样的措施，也烧掉自己的市镇和村落，和他们一起出发。他们还接受一向住在莱茵河以外、后来过河来侵入诺列克并攻击诺累耶的波依人，作为参加自己这个联盟的人。

他们要离开自己的家乡，一共只有两条路可走。一条通过塞广尼人的领域，在汝拉山和罗唐纳斯河之间，是条狭窄而又崎岖的道路，单列的车辆通过都很勉强，还有一座极高的山俯临着它，因此只要很少人就可阻挡他们。另一条路要通过我们的行省，比较平坦和便利，那奔流在厄尔维几人和新被罗马人征服的阿罗布洛及斯人领域之间的罗唐纳斯河，也有几处浅滩可以涉渡。阿罗布洛及斯人境内最边远、距厄尔维几人也最近的市镇是日内瓦，这个市镇上有一座伸到厄尔维几人那一边的桥梁。他们认为那些新被罗马人征服的阿罗布洛及斯人，对罗马人还不一定太有好感，也许可以说服他们借一条路给自己通过他们的领土，不然就用武力强迫他们这样做。因此在已经准备好一切出发用的东西之后，他们就约定一日，大家都赶到罗唐纳斯河上会齐。这一天是三月廿八日，正是卢契乌斯·毕索和奥卢斯·盖平纽斯任执政官的那一年。

当这事报告给了凯撒，说他们企图取道通过罗马行省时，他迅速离开罗马，以尽可能快的速度赶向外高卢，到达日内瓦。当时外高卢一共只有一个军团兵力，他命令在全省多多益善地征召军队，并命令把通向日内瓦的那座桥拆掉。当厄尔维几人确知他已到来之后，他们把国内最尊贵的人派到他这里来做使者，其中居于领袖地位的是南梅友斯和维卢克洛久斯。他们说，他们的目的只是想借道穿过行省，绝不作任何伤害，因为除了这条路以外，再没别的路可走，求他答应他们的要求。凯撒想起执政官卢契乌斯·卡休斯曾经被厄尔维几人杀死，他的军队也在被击溃以后，被迫钻了轭门，因此认为决不可以答应他们的要求，也不相信像他们这种心怀恶意的人，如果给了他们通过行省的机会，能不肆意踩踏和破坏。但为了要取得一段间歇的时间，好让自己新征召的部队集中，他就回答使者说：他要花几天时间考虑一下，如果他们希望得到答复，可以在四月十三日再来。

同时，他利用在自己身边的那个军团，以及由行省征集起来的军队，从流入罗唐纳斯河的勒茫纳斯湖开始，至分隔塞广尼和厄尔维几领土的汝拉山为止，造了一条高十六罗尺的城墙和壕堑，长达十九罗里。这工程完成后，他布置了防御部队，给堡垒也设置了守卫，以便在敌人不问他愿意与否强行渡河时，能够方便地阻止他们。当他和使者们约定的那天到来时，使者们回到他这里。他拒绝他们说：按照罗马人的习惯和前例，他不能允许给任何人一条穿过行省的通道。而且表示，如果他们企图蛮干的话，他是要用武力阻止的。厄尔维几人这个打算落空后，有的就用联起来的船只和结扎在一起的大批木筏，有的就在罗唐纳斯河的浅滩水不深的地方，试探着强行涉渡过来，有时就在白天，更多的是在夜间。

但由于一系列的防御工事和迅速集中到那边的军队、矢矛，他们被迫放弃了这个企图。

此外，还留下一条穿过塞广尼的道路，但因为这条路极狭窄，如果塞广尼人不同意，就无法通过。当他们自己没法说服塞广尼人时，就派使者到爱杜依人杜诺列克斯那边去，企图通过他的居间调停，使塞广尼人同意他们的要求。因为杜诺列克斯由于本身的人望和慷慨，在塞广尼人中有极高的威信，同时又娶了厄尔维几族中的奥尔及托列克斯的女儿为妻，所以对厄尔维几人也很友好；加之他那篡夺王位的野心又在引诱着他，极盼望有什么事故发生，而且很希望能以自己的恩惠笼络住愈多愈好的国家，所以他接受了这件事，说服塞广尼人让厄尔维几人通过他们的领土，并且商定双方交换人质，保证塞广尼人不阻止厄尔维几人的通行，厄尔维几人在路过时也不为非作歹，或者肆行破坏。

凯撒得到消息说：厄尔维几人想通过塞广尼人和爱杜依人的领域，进入桑东尼人境内去，这是离开行省中的一个叫托洛萨得斯的邦已经不远的地方。他感到这件事将带给行省很大的危险，因为这样一来，就让这些好战成性而且敌视罗马人民的人，成为一个既没设防又富有谷物的地区的邻居了。为了这些理由，他留下副将拉频管斯坐镇他筑下的防御工事，自己急急赶往意大利，在那里征召起两个军团，又把正在阿奎来耶附近冬令营里息冬的三个军团带出来，就率领了这五个军团，拣最近便的道路，越过阿尔卑斯山，迅速赶向外高卢。在这个地区，有秋得隆内斯人、格来约契里人和卡都里及斯人占据了几处高地，企图阻止他的军队前进。在几次战斗中击败他们之后，在第七天上，他就离开了内高卢最边境上的奥契勒姆，进入外高卢的获孔几人领域。就在那边，他向阿罗布洛及斯人的地区前进，然后再从阿罗布洛及斯率领军队进抵塞古西阿维人领域，这是行省境外罗唐纳斯河对岸的第一个部落。

在那时候，厄尔维几人已经带着他们的军队，穿过那条峡谷和塞广尼人的地界，到达爱杜依人的边境，在蹂躏着他们的田野。爱杜依人不能抵挡这些侵入者，为了保全自己的生命财产，就派使者到凯撒这里来求助。他们声称：爱杜依人一向是很对得起罗马人的，决不应该几乎就当着罗马军队的面，听任他们的土地被人家焚掠，孩子们被驱去做奴隶，市镇被人家攻占去。在这同时，爱杜依人的盟友和近族安巴利人也报告凯撒说：他们的田地已经遭到蹂躏，他们要保住自己的城镇不给敌人强占也很困难。同样，有村庄和田地在罗唐纳斯河对面的阿罗布洛及斯人也逃到凯撒这边来，肯定地对他说：他们已经除了空地之外，什么都不剩了。这些事情促使凯撒下定决心，决不再坐视厄尔维几人在毁尽罗马所有各盟邦的财富之后，窜进桑东尼人境内去。

有一条河流叫做阿拉河，流经爱杜依和塞广尼的领域，进入罗唐纳斯河，水流滞缓得难于想象，凭眼睛几乎无法辨别它流向哪一端去。厄尔维几人用联结在一起的木筏和船只，渡过这条河去。当凯撒接到侦察人员的报告说，厄尔维几人的部队四分之三已完全渡过，大约还有四分之一仍在阿拉河这边时，他就在第三更带着三个军团离开营寨，直扑向敌人尚未渡河的那一部分。他在他们都身负重荷、猝不及防之中攻击他们，杀掉他们一大部分，其余的都四散逃走，躲进最近的森林里去。这一部分人叫几古林尼部，因为厄尔维几人全族共分为四个部分或部落，我们的父老犹能记忆，这一部分曾经单独离开过他们的本土，杀死了执政官卢契乌斯·卡休斯，迫使他的军队钻了轭门。这一役，不知是偶然凑巧还是不朽的神灵作的安排，曾经带给罗马人一场奇耻大辱的这个厄尔维几人的部落，首先遭受了惩罚。而且，除了国家的公仇之外，凯撒还一举两得地泄了私根，因为几古林尼部在攻袭卡休斯的那一役中，还杀死了他的副将卢契乌斯·毕索，他就是凯撒的岳父卢契乌斯·卡尔普林穆斯·毕索的祖父。

这场战斗完毕后，为了追击厄尔维几人的其余部队，他命令在阿拉河上造起一顶桥来，带着自己的军队渡了过去。他的突然到来，使厄尔维几人大为惊异，因为他们看到自己花了二十天时间才困难地渡过来的河流，凯撒却只花一天就过来了。他们就派使者来见他。这批使者的首领是狄维果，就是厄尔维几人攻袭卡休斯时的领袖。他对凯撒这样说：如果罗马人愿意和厄尔维几人讲和，他们愿意到凯撒所指定并且要他们住下来的地方去。但是如果他坚持要战争，那么，他必须记住罗马人以前的灾难和厄尔维几人原先的勇敢。至于他趁他们冷不防的时候攻击了那个部落，这是因为当时已经过了河的那些人不能来援救他们同胞的缘故，决不可以因此便把自己的勇敢估得太高，或者轻视起厄尔维几人来。他们从自己的父老和祖先那里学到的是：战争主要应当依靠勇为，不应该依靠阴谋诡计。所以，他千万不要让他们现在耽搁在这块地方，因为罗马人在这里遭到过灾难，军队受到过歼灭，从此声名远扬，流传到后代去。

对这番话，凯撒的回答是这样的：正因为他牢牢地记住厄尔维几人所提起过的那些事情，所以才没有丝毫的犹豫。特别是那场灾难落到罗马人头上来，完全是飞来的横祸，所以才感到格外的沉痛。如果他们觉得自己做过什么伤害别人的勾当，本来也不难作好防备的，只是，他们却以为自己没做过什么需要戒惧的事情，就也没有要戒惧的理由，这才上了当。就算他愿意忘掉旧的仇怨吧，难道连那些新近的侵扰——他们没经过他同意就用武力强行通过行省，侵犯爱杜依人、安巴利人和阿罗布洛及斯人——也都能置之一旁吗？至于他们把自己的胜利吹嘘得那么神气，因为自己的作恶多端没受报应就感到诧异，这两者其实只说明一件事情：不朽的神灵因一个人的罪孽要给予惩罚时，常常先给他们一时的兴旺和比较长期的安宁，这样，他们才能在命运突然转变时感到格外惨痛。话虽如此，他们如果愿意给他人质，让他知道他们能保证履行自己的诺言，同时，如果他们自己和他们的同盟使爱杜依人和阿罗布洛及斯人受到的损害，都能得到赔偿，他还是愿意和他们讲和的。狄维果回答说：厄尔维几人从祖先起就定下了规矩，一向只接受别人的人质，从不把人质交给别人，罗马人自己就是这件事的证人。作了这样的回答后，就离去了。

次日，他们拔营离开那地方。凯撒也跟着离开，把他从全行省以及从爱社依人和他们的同盟那里集中来的全部骑兵，约达四千多人，全都派做前锋，观察敌人究竟向哪个方向进军。他们对敌人的后军盯得过分热心了些，竟在地形不利的地方跟厄尔维几人的骑兵交了一次手，我军损失了少数人。这场战斗鼓励了厄尔维几人，因为他们只用五百骑兵便驱走我军这么多骑兵，他们更放心大胆地在我军面前停留下来，屡次以他们的后军来撩拨我军，以求一战。凯撒约束自己的部下不准应战，他认为目前光只要牵制住敌人，不让他们劫掠、采收和破坏就够了。就这样继续行军了大约十五天，我军的前锋和敌人的后军，相距始终不超过五六罗里左右。

同时，凯撒每天都在催索爱杜依人以国家名义答应供应的粮食。由于天气寒冷——高卢的位置处在北方，前面已经说过——不仅田里的谷物没成熟，就连草料也没有充分供应；至于用船只溯阿拉河运上来的粮食，由于厄尔维几人所走的路已经离开了阿拉河，他又不愿意放掉他们不追，因此也没法再利用它。爱杜依人却一天一天只管拖延，一会儿说在征收了，一会又说在集中了或就在路上了等等。当凯撒看到自己实在被人家敷衍搪塞得太长久了，而该发粮食给军队的日子又已迫在眉睫时，他就召集起他们的领袖们——这些领袖有很多在他营里——其中有狄维契阿古斯，还有列司古斯，这是他们的最高首领，在人民中间掌握着生杀大权，爱杜依人称之为"执法官"，每年选举一次。凯撒很严厉地斥责他们，因为粮食既买不到，田里也收不起，在这样紧迫的时机，敌人又这样靠近，他们竟不加以援助，特别因为这次战争，主要是由于他们的吁请才进行的，所以他才更加严厉地责备他们袖手旁观。

　　终于，列司古斯被凯撒的话打动了，把他一直隐瞒着的话都讲了出来。他说：有某些人，他们在平民中有极大的势力，他们虽不担任官职，却比官吏更有力量。他们在用煽动性的、傲慢的话阻止群众，不让他们把应交的粮食集中起来。他们这样说：如果爱杜依人自己不能再掌握高卢的霸权，那么，受高卢人的统治总比罗马人的统治好些；再也不该怀疑，如果罗马人一征服厄尔维几人，就会把爱杜依人和高卢其余各邦的自由，也一起剥夺掉。也正是这些人，把我们营里的打算和一举一动，都去报告敌人，他自己实在无力阻止他们。他也很清楚，他虽然迫于形势，不得不把这些事情告诉凯撒，但他冒的风险是十分巨大的，就因为这缘故，他才能缄默多久就缄默多久的。

　　凯撒知道列司古斯的这番话指的是狄维契阿古斯的弟弟杜诺列克斯，但他不愿当着这么多人的面说穿这件事，因此很快就结束了会议，单把列司古斯留了下来。等只有他一个人时，再问他在会上讲的事情，他讲起来就自在得多，也大胆得多了。凯撒又把这件事情秘密地问了另外一些人，发现它完全是真的。这个杜诺列克斯，确是一个勇敢无比而且因为慷慨施与在群众中拥有极大势力的人，他很盼望发生一场变故。多年以来，他一直用极低的包价，把爱杜依的关税和其他税收都包了下来，因为只要他一开价，就没有人再敢出较高的标价和他竞争。凭借这种手段，一方面增加了他的家业；另一方面，又为他的广施贿赂开拓了大量财源。他用自己的钱常年豢养了一大批骑兵，护卫着他。不仅在国内，就在邻国，他也有很大的势力。为了更加张大自己的声势起见，他让自己的母亲和别都里及斯邦中最尊贵最有力的人结了婚，自己又娶了一个厄尔维几族的妻子，他的同母姊妹和其他女亲属，也都嫁给了别的邦。不仅这种亲戚关系使他偏袒和寄厚望于厄尔维几人，同时他还有私下的理由要痛恨凯撒和罗马人，就因为他们的到来，他的势力才削弱下去，而他的兄长狄维契阿古斯却恢复了原来的声望和荣誉。他怀着很大的希望，如果一旦罗马人遭到什么不幸，他就可以借厄尔维几人之助，取得王位。罗马人的统治却不仅使他得不到王位，甚至现在已有的势力都在削弱。凯撒在查询中又发现，几天以前骑兵战斗之所以遭到挫折，也是由于杜诺列克斯和他的骑兵首先败退下来的缘故。因为爱杜依人派来支援凯撒的骑兵是由杜诺列克斯领导的，他们一退，就使其他的骑兵也都惊慌起来。

　　凯撒弄清楚了这些事实，而且得到许多千真万确的证据，可以证实这些怀疑。引导厄尔维几人穿过塞广尼人领土的是他，他们交换人质也是由他安排的，他做这些事情，不仅没有得到凯撒和他本国的命令，甚至连知道也没让他们知道，因此他受到爱杜依首领们的诟责。凯撒认为这些已足够作为处罚杜诺列克斯的理由，无论由他自己来处理也好，由他命令本国去处理也好。但却有一件事情使他不能放手去做这一切，因为他知道，他的兄长狄维契阿古斯是一位最热忱拥护罗马人民、最爱他自己、出奇的忠诚、正直和谦和的人，深恐处罚杜诺列克斯，会伤了狄维契阿古斯的心。因此，在还没采取任何行动之前，他先命令把狄维契阿古斯召到自己面前来，在遣走了日常用的译员之后，通过高卢行省的一个领袖、他自己的挚友该犹斯·瓦雷密斯·普洛契勒斯——凯撒在任何事情上都很信任这个人——和他谈话。同时向他指出了他本人也在场的那次高卢领袖们的会议上关于杜诺列克斯的谈话，还告诉他后来各人和他分别谈话时，谈到杜诺列克斯时说的话。他要求并鼓励他，希望无论由他自己审问后定罪也好，或者由他下令交给他本邦去定罪也好，狄维契阿古斯不要因此心里不快。

　　狄维契阿古斯泪汪汪地拥抱着凯撒，恳求他不要给他兄弟什么严厉的处罚。他说：他知道这些控诉都是真的，没有人再比他更为这个难受了。因为，当他本人在自己本国和高卢的其他部分势力很大时，他弟弟却因为年纪还轻，默默无闻，全靠他的帮助才得势起来，但他却不仅利用这种势力来削弱他的声望，甚至还利用它来毁灭他。虽则如此，他还不能不顾到手足之情和群众的意见，如果凯撒真的给了杜诺列克斯什么严厉的处罚，由于他处在和凯撒如此亲密的地位，绝没有人会相信这是没有经过他的同意就做的，这种情况会使得全高卢人都从此唾弃他。当他一面哭，一面说着这许多话向凯撒恳求时，凯撒握着他的右手安慰他，叫他不要再说下去，说：他对凯撒的情谊这样深厚，无论是国家的公仇还是私人的嫌怨，都会按照他的愿望和要求，给予谅解。凯撒把杜诺列克斯召到自己面前来，当着他兄长的面，把自己要责怪他的那些事情都告诉了他，无论是他自己知道的还是他本国所控告的，都向他说了，同时还警告他，以后任何时候都必须避开一切嫌疑。特别向他指出：过去的一切是看在他的兄长狄维契阿古斯面上，才原谅他的。他又派人监视着杜诺列克斯，以便能了解他在做些什么，和哪些人谈话。

同一天，侦察人员报告说，敌人在离他自己的营寨八罗里的一座山下安了营。他派出人去探察那山的地势和四面上山的道路如何。回报说很容易上去。他命令副将代理司令官季度斯·拉频弩斯在第三更时率领两个军团和那些认识路的向导攀登到那座山的山顶上。同时把自己的打算告诉了他。他本人在第四更时急急从敌人经过的那条路，向他们赶去，派全部骑兵走在自己前面，另外又派布勃密斯·孔西第乌斯率领侦察人员在前面先走。孔西第乌斯是一个号称富有军事经验的人，曾先后在卢契乌斯·苏拉和马古斯·克拉苏斯的军队中服务过。

黎明时，山顶已被拉频弩斯占领，他自己离敌人的营寨也已不到一罗里半路。据后来从俘房口中得知，无论他自己或拉频弩斯的到达，都没被敌人发觉。但在那时候，孔西第乌斯忽然骑着马匆匆赶来，告诉他说，他要拉频弩斯去占领的那座山顶，敌人已经占领着，他是从高卢人的武器和旗帜上辨认出来的。于是，凯撒把他的军队撤到最近的一座山上，在那边布下战阵。拉频弩斯事先接到凯撒的指示，叫他不要擅自和敌人作战，要等看到凯撒的军队近敌营时，才同时四面向敌军进攻，这时虽占据了山顶，却仍停在那边等候我军，不和敌人交锋。直到后来天色已很晚时，凯撒才从侦察人员那里得知山顶在我军手中，厄尔维几人这时已移营前进，而孔西第乌斯则是因为害怕，才把根本没有看到过的东西当做看到了的向他作了谎报。那一天，他仍保持一向的距离，跟随敌人前进，离他们的营寨三罗里安下营。

次日，离开例应发放口粮给士兵的日子只剩两天了。当时他离爱杜依邦最大、积储最充裕的市镇毕布拉克德已经不到十八罗里。他考虑到粮食问题必须解决，就转过头来撒开厄尔维几人，直向毕布拉克德赶去。这件事被高卢籍骑兵的一个什长卢契乌斯·爱米留斯部下的逃兵们报告了敌人。厄尔维几人不是误以为罗马人离开他们是由于害怕——特别因为前一天罗马人已经占有了山头仍不作战，更使他们深信这点——就是认为自己可以把罗马军队的粮食切断，于是改变原来的计划，掉过头来，紧盯着我军的后队，开始攻击。

凯撒注意到这事，把他的军队撤到最近的一座山上去，派骑兵去抵挡敌人的进攻。这时，他自己把四个老的军团，分成三列布置在半山腰里，新从高卢征召来的两个军团和全部辅助部队，被安置在山顶上；这样就好像整座山上到处都布满了军队，同时他又命令把全军的行囊都集中放在一起，由处在高处的部队负责守卫。厄尔维几人带着他们的全部车辆跟踪追来，也把他们的辎重集中在一起，驱走我军骑兵之后，结成极密集的方阵，向我军的前列冲来。

凯撒首先把自己的坐骑一直送到老远看不见的地方，后来又命令把所有别人的马也都这样送走，让大家都面对着同样的危险，不存逃脱的希望，然后对士兵们鼓励了一番之后，遣他们投入战斗。兵士们居高临下，掷下轻矛，很容易地驱散了敌人的方阵。敌人散乱之后，士兵们拔出剑来，朝他们冲杀过去。高卢人的盾，大部分被轻矛一击中就穿透了，而且因为铁的矛头弯了过来，紧箝在盾里，拔既拔不出来，左手累累赘赘地拖着它作战又不方便，一时很受阻碍，于是，许多人在把手臂摇摆了很久仍没法摆脱它之后，就宁愿抛掉盾，露着身体作战。最后，他们因为受伤累累，支持不住，开始撤退，向离当地约一罗里的一座小山逃去。等他们占有那座小山时，我军已紧紧跟在他们背后。作为后军掩护着敌人后方的一万五千波依人和都林忌人，掉过头来攻击罗马军队敞开着的侧翼，包围住他们。已经退上山的厄尔维几人看到这事，重新立定下来，开始作战。罗马人转身来，两面分开应战，第一列和第二列抵抗已被击败和运走的敌人，第三列抵抗新来的敌人。

战斗就这样分为两面，长期地激烈进行着，直到他们再也挡不住我军的攻击时，一部分开始退到山上去，一部分集中到他们的辎重和车辆那边。尽管这场战斗一直延伸到傍晚，但在整个战斗过程中，却谁也没有看到任何一个敌人转过身去逃走的。辎重附近，直到深夜还在进行战斗，他们把车辆排列起来当作壁垒，站在高处向我军进攻的人投射矢石，另有些人则躲在战车和四轮车之间，朝上发出梭镖和投枪，杀伤我军。战斗持续很久，辎重和营寨终于为我军占领。奥尔及托列克斯的女儿和一个儿子，都在那边被我军俘获。约有一万三千人从这场战斗中逃出性命，他们通宵赶路，整夜一刻不停，第四天到达林恭内斯人境内。我军因为有的士兵受了伤，还有些阵亡者要掩埋，停留了三天，没追赶他们。凯撒派使者送信到林恭内斯人那边去，命令不准把粮食和其他物资接济他们，如果接济他们，他就要以对付厄尔维几人同样的方式对付他们。他自己在隔了三天之后，带着全军追赶他们。

厄尔维几人因为一切给养都感到缺乏，不得不派使者来见他求降。他们在路上遇到凯撒，投身在他脚下，含着眼泪低声下气地恳求讲和。他吩咐他们留在现在所在的地方等他到来，他们听从了。后来凯撒到了那地方，向他们索取人质、武器以及逃亡到他们那里去的奴隶。当这些正在搜索和集中时，约有六千人，属于称作维尔华琴纳斯的那个部落，不知是恐怕交出武器后将受到惩罚，还是妄想保全自己，认为反正投降的人多，自己乘机溜走可以混瞒过去，别人不会注意，天一黑时就从厄尔维几人的营中逃出来，向莱茵河上日耳曼人的地界奔去。

（刘伟编，摘自任炳湘译：《高卢战记》，商务印书馆，1979）

第二十章　塞内卡及《特洛伊妇女》

第一节　塞内卡简介

塞内卡是古罗马最重要的悲剧作家之一，著名的斯多葛学派哲学家和代表人物。

大约公元前 4 年，塞内卡出生于罗马帝国行省西班牙的科尔杜巴（即今天的科尔多瓦），父亲是位著名的修辞学家，治学甚严。塞内卡自幼深受家庭熏陶，可谓家学渊厚。他年纪尚轻就去了罗马，研习修辞学、哲学等学科，并在哲学、宗教、伦理道德和自然科学方面都建树不俗，尤其擅长演说，成为古罗马斯多葛学派的重要人物。

塞内卡生活的时代，正是古罗马由共和转为帝制的时期。他从当律师开始跻身政坛。公元 41 年，由于得罪皇帝前妻米萨里娜，罗马皇帝克劳狄乌斯将塞内卡流放到科西嘉岛。8 年后，皇后阿格里平娜邀请塞内卡做儿子尼禄的教师，他结束流放生活，回到罗马，并担任大法官之职。公元 54 年，克劳狄乌斯中毒身亡，尼禄登基。塞内卡顺势上位，一时间权倾朝野。后来，尼禄暴虐日盛，塞内卡与其政见不一，间隙逾深。公元 62 年，为躲避政治斗争，塞内卡带着失落与无奈，弃官归隐，在罗马郊外的庄园里著书立说。公元 65 年，以皮索为首的贵族共和派密谋反对尼禄，结果事情败露，塞内卡不幸牵涉其中，被尼禄赐死。

在思想上，塞内卡主张用宁静的方式来面对生活中的困苦，强调仁爱、平等观念，并企图以此为调和阶级矛盾的途径，因而，他又被称为"基督教的叔父"。尽管塞内卡一直倡导简单朴素的生活，蔑视物质财富，但尼禄的大量赏赐，让他富甲一方，也让后人于此多有诟病。

塞内卡不但是一位杰出的政治家，更是一位悲剧家。他一生创作了 9 部悲剧，均用拉丁诗体写成。它们是《阿伽门农》、《疯狂的赫拉克勒斯》、《奥塔山的赫拉克勒斯》、《美狄亚》、《俄狄浦斯》、《菲德拉》、《腓尼基诸少女》、《提埃斯忒斯》、《特洛伊妇女》。作品多取材于希腊神话传说，以斯多葛派伦理学为基础，涉及生死、欲望、自由意志、罪罚、暴政等诸多议题。如以杀伐复仇的《美狄亚》、炽烈情欲的《菲德拉》、残酷征杀的《特洛伊妇女》。

塞内卡的悲剧把神话题材和现实生活相结合，借此来反映当时的社会现状，表达作者的思想感情。作品中，命运的无法改变、内心宁静的持守、个体欲望的克制、面对死亡的坦然成为经常性的母题。如在生死问题上，《特洛伊妇女》中特洛伊妇女们表现出的死亡即为解脱的寓旨，最能表达斯多葛派的宿命论观点。

在艺术上，塞内卡的作品总体风格崇高、严肃。人物情感紧张，但变化不足，性格单一。塞内卡还善于通过人物心理活动来表现人物内心苦楚，缀以鬼魂和巫术的场景来渲染悲剧氛围。

在形式上，塞内卡的悲剧保留着古希腊悲剧的合唱队，用来传达作者的思考与见解，加上犀利的对白和长段的演说、论辩结构，被称为塞内卡式的悲剧。由于间杂大量的道德说教，其笔下的对话和人物都显得不够真实。尽管如此，他仍然对欧洲文艺复兴时期的悲剧创作产生过深远影响。

塞内卡在自然科学、哲学等方面也著述颇丰，有《变瓜记》、《论美善》、《论生命的短促》、《论宽和》、《论智者的恒心》、《论愤怒》、《论休闲》、《论天命》、《论幸福的人生》、《道德信笺》、《自然界诸问题》等等。

总的来说，在戏剧史上，塞内卡的悲剧作品以其独特的创作风格，成为浓墨重彩的一笔。戏剧史专家布罗凯特在他所著的《世界戏剧艺术欣赏——世界戏剧史》中这样评价道："当初文艺复兴时代的剧作家复古回望时，塞内卡的剧作远比古希腊更有吸引力。"

第二节　《特洛伊妇女》简介

《特洛伊妇女》讲述了特洛伊战争结束后，沦为战俘的特洛伊妇女们的悲惨遭遇。她们一边沉浸在失去亲人的悲恸之中，一边不时经受与幸存亲人的生离死别。由于大将阿基琉斯的阴魂没有得到应有的献祭，希腊大军的舰队无法起航。阿基琉斯之子皮罗斯要求遵照父亲的意愿祭献特洛伊公主波吕克赛娜。军中巫师得到神谕，不仅要杀祭公主，还要铲除特洛伊皇族最后一个王子，即特洛伊大将赫克托尔和安德罗玛克所生的小儿子。在希腊将领攸利栖斯以毁赫克托耳坟墓的要挟下，安德罗玛克唤出了藏在丈夫墓中的小儿子，绝望地看着他被希腊人带走。在希腊胜利者的祭献仪式中，亡国的特洛伊人只能发出"姑娘死了，孩子也死了"的悲叹。最后，特洛伊妇女们带着对逝去亲人的无尽哀思，怀揣一抔国土，走向未知而多舛的人生之途。

在主题思想上，宿命论观点在《特洛伊妇女》中得到充分诠释。剧中不厌其烦地强调命运无法改变和人生无常；宣扬人的美德是听从命运的安排；劝导人们坚定地忍受命定的诸多苦难；用宁静的心态，从容面对死亡，无所畏惧等等。这些观念对中世纪基督教的宗教思想也有较大影响。如他在《论幸福》中写道："要当这不可避免的时刻到来时能坦然离去是件伟大的事，一个人必须花费很长时间才能学到手。"

在人物形象上，作品集中笔墨描写了特洛伊王后赫枯巴、公主波吕克赛娜及安德罗玛克三位命运悲惨的妇女形象。作品用亡国皇后一出场的大段独白（间杂歌队唱词）来介绍背景、渲染悲剧气氛，并没有实际的戏剧动作。至于公主波吕克赛娜，作者仅用"一怒"、"一笑"来刻画这样一个无声的人物。这两个人物形象描述简略、单一。只有安德罗玛克这一人物形象深入、鲜活。塞内卡以其丈夫亡灵的重托为线索，保存儿子的生命为使命，刻画出一个外表柔弱而内心坚强的女性形象，她的柔弱让人无限悲悯，她的坚强又让人心痛不已。

在语言方面，首先，大段独白辞藻华丽、铺陈，如王后赫枯巴的出场一幕，用词就极尽堆砌。其次，运用典故，虽增容量，但乏晓畅，如对古希腊罗马神话典故的引用等，不熟悉的读者，难以甚解。最后，大量的排比句式，极尽文字渲染之能事，如安德罗玛克母子相别的场面叙述，情感排比层进，令人心碎。

塞内卡的《特洛伊妇女》对戏剧的发展也作出了贡献。他创造了区别于古希腊悲剧中歌队作用而独立的功能性角色，后世称之为"心腹"的角色，如第三幕中的老仆人。他还将剧作分为五幕，这一体制为后世所遵循并沿用至今。此外，他在人物对话中大量使用侧白，如安德罗玛克与攸利栖斯就孩子下落戏中的侧白，揭示了人物的实际想法和将来的行动，对后世的戏剧创作影响极大。最后，他对残酷行为和恐怖场景的细致描绘，如公主遭杀祭和王子跳崖等情节的详细描述，有如亲临，摄人心魄，这种手法对欧洲文艺复兴和古典主义时期的悲剧创作影响深远。

第三节　《特洛伊妇女》选段

情　节

漫长而艰苦的特洛伊围城战终已结束。特洛伊的崇楼峻宇、宫殿城阙都已坍塌，但余烟未熄，遮暗了天日。英雄的卫城战士，有的牺牲了，有的四散逃亡，到异乡去找栖身之所。胜利的希腊人把丰富的战利品聚集在海滨，战利品中有特洛伊妇女。她们遭受着亡国妇女通常遭受的悲惨命运，她们在等候希腊人抽签分配，然后她们就将分手各随新主，分往敌国的各个城邦去了。诸事都已齐备。

忽然，阿基琉斯的阴魂显灵，要求把波吕克赛娜祭献给他，才准希腊人起航。神巫卡尔卡斯也请求把阿斯提阿那克斯杀死，以免再度引起特洛伊战争。因此，特洛伊的女俘们在忍受了战争的无穷灾难之后，还得忍受这双重的悲运。

剧中人物

阿伽门农：特洛伊战争中希腊联军统帅。

皮罗斯：希腊大将阿基琉斯之子，登场时其父已战死。

攸利栖斯：希腊伊塔卡国王，在希腊军将领中以狡黠闻名。

卡尔卡斯：希腊军中神巫。

塔尔提比奥斯：希腊军使者。

老仆：安德罗玛克的忠仆。

阿斯提阿那克斯：特洛伊王普里阿摩斯之孙，赫克托尔和安德罗玛克之子，年尚幼小。

赫枯巴：特洛伊王普里阿摩斯的王后，登场时王已被害，被俘的特洛伊妇女之一。

安德罗玛克：赫克托尔之妻，登场时丈夫已死，被俘的特洛伊妇女之一。

海伦：斯巴达王墨涅拉奥斯的王后，后为普里阿摩斯之子帕里斯所娶，因而引起特洛伊战争。

波吕克赛娜：普里阿摩斯和赫枯巴的女儿。哑角，和歌队同时登场。也是被俘特洛伊妇女之一。

歌队：由其他被俘的特洛伊妇女组成，始终在场。

地　点

海滨。特洛伊残迹依稀可见，余烟未熄。

时　间

特洛伊十年战争结束后，胜利的希腊人尚未启碇凯旋以前。

第三幕

第一场

安德罗玛克领幼子阿斯提阿那克斯并偕老男仆上

安德罗玛克　弗里基亚的妇女啊，你们为什么悲伤，为什么披头散发，哀痛地捶击着胸膛，让盈溢的泪水流在两颊？眼泪若能表示我们的遭遇，我们的痛苦便很轻微。伊利翁的灭亡在你们看不算很久；而对我来说，它早在蛮敌飞快的战车拖着我的肢体，珀利翁山所产的车轴受到赫克托尔的重量而深沉地呻吟的时候便已发生了。那一天我痛不欲生，痛苦使我麻木，使我变成木石一样，使我失去感觉，这以后所发生的一切我都能忍受了。若不是这孩子牵住了我，我早想跟随我丈夫去了，免得落在希腊人手里。这孩子打消了我的念头，阻挡了我的死路，迫使我继续向天神有所求，延长了我受罪的时间。他使我得不到悲痛的最后的果实，使我有所顾虑。一切幸福的机会都被剥夺了，灾难依然不断到来。当你已无所希望，反而有所顾虑，这真是最悲惨的境界啊！

老　　仆　苦难人，又有什么突然的事情使你害怕呢？

安德罗玛克　以往的灾难已经很大，更大的灾难又将来到。奄奄待毙的伊利翁的厄运还没有完结呢。

老　　仆　天神即使要降灾祸，还有什么可降的呢？

安德罗玛克　幽深的斯提克斯和它的阴暗的洞穴又打开了；埋葬了的敌人唯恐我们亡了国心里还不够害怕，他又从狄斯的深处出现了。难道只有希腊人能走回头路么？死是绝对公平的；那个鬼魂的出现使所有特洛亚人惊慌害怕，但是这个可怕的黑夜的梦影却吓坏了我一个人的魂灵。

老　　仆　你看见了什么呢？把你害怕的事情在我们面前说出来吧。

安德罗玛克　当慈祥的夜晚过了将近两个更次，北斗星已经掉转了明亮的斗柄，久未享受的安宁终于降临到我的苦痛的心灵，短促的睡眠悄悄地袭击着我疲倦的双颊，假如受惊的神魂的那种麻痹能算睡眠的话；这时候，赫克托尔忽然站在我的面前，不像从前那样手里拿着伊达山的火炬冲向希腊人的船舰和他们战斗时的神气，也不像他愤怒地斩杀无数希腊人，杀死假扮的阿基琉斯夺得真正战利品的时候的神气，他的脸上更没有发出胜利的光彩，相反，他显得疲倦、消沉、悲伤、沉重，和我一样，他的头发上也蒙罩着一层尘土。虽然如此，他见了我还是很快慰。他摇着头对我说："忠实的妻子，不要睡了，救救我们的孩子吧，把他藏起来，这是唯一的活路。不要哭了，你还在为特洛伊的灭亡而悲痛么？可惜它没有连根灭绝！快，把我们小小的命根在家里找个角落藏起来吧。"我吓得发冷打战，再也睡不着了，我向这面看看，向那面看看，忘记了孩子，悲哀地寻找着赫克托尔，但是飘忽的鬼魂已从我怀抱中跑走。

孩子啊，你真是你伟大的父亲的儿子，弗里基亚唯一的希望，我们这不幸的王朝只剩下你一个了，你是那古老的、无比光辉的血统的苗裔，你太像你父亲了。这张脸就是我的赫克托尔的脸；他的步伐、他的举止，就是你这样儿；他的大手，高耸的肩膊就像这模样；他把垂下的头发甩向脑后时，锋利的眼光就这样逼人。孩子啊，对弗里基亚人来说，你出生得太迟了；对你母亲来说，你出生得太早了。有没有那么一天，那么一个快乐的时辰，你会成为特洛伊国土的保卫者、复仇人，把弗里基亚复兴起来，把逃亡流落在外的人民重新聚拢，恢复祖国的称号和弗里基亚人的威名呢？但是一想起我的遭遇，我就不敢有这么大的奢望：做了俘虏，但求活命就够了。

哎呀，什么地方不会泄露我的秘密呢？把你藏在哪里好呢？那座一度充满了珍宝的堡垒，神造的墙壁，名闻列国，为人所忌妒、所羡慕，如今变成一堆焦土，全部被战火烧平，这么大一座城池竟没有一块地方可以藏我的孩子。怎样才瞒得过敌人呢？那边就是我亲爱的丈夫的圣墓，高大雄伟，敌人见了就害怕，他父王虽然伤心，却毫不吝惜，费去大量资财才把它造好。我最好把孩子托付给他父亲。我浑身流着冷汗，死人的坟墓是个不祥的朕兆，我这可怜人哪，不禁发抖。

老　　仆　受难的人一有避难之处就该进去，安全的人才有得挑选。

安德罗玛克　如果他藏不住，被人揭露发生了危险怎么好呢？

老　　仆　不要叫人识穿你的机关。

安德罗玛克　如果敌人追问呢？

老　　仆　只说他与城俱亡。许多人都这样得救而不死，敌人相信他们确实死了。

安德罗玛克　希望实在不大。他是帝王的后裔，他太重要了。他终要落入敌手的，把他藏起来又有什么用处？

老　　仆　敌人只在刚刚胜利的时候才最狠毒。

安德罗玛克　（向阿斯提阿那克斯）什么去处，哪个遥远无路可通的地方，可以给你安全呢？谁能来保佑你，解救我们的苦难呢？赫克托尔啊，你生前总是保护你的亲人的，现在还保护我们吧。请你守卫住你的妻子诚心诚意藏起来的东西，请你的忠魂保全他的性命。孩子啊，走下坟墓去吧。为什么退缩回来？你不愿意安全地躲藏起来么？我知道了，这是你的天性，你是鄙视胆怯的行为的。不过，你要抛掉你以往的志气，换上落难人的身份。你看，我们这家人所剩无几了，只剩下一抔土、孤儿和孀妇。我们应该向灾难屈服。鼓起勇气，走下你亡父的圣陵去吧。命运如果帮助受难人，你会得到安全；命运如果要你死，你也有了葬身之所。

（阿斯提阿那克斯进入坟墓，墓门关闭。）

老　　仆　坟墓守住了委托给它的孩子。你不要担心，不要唤他出来，你还是离开这儿走吧。

安德罗玛克　令人担心的东西离人愈近，愈少担心；不过你若认为离开这里好，我们就到别处去吧。

（攸利栖斯远远走来）

老　　仆　请你暂时不要开口，不要啼哭。作恶多端的克法勒尼亚的领袖向这边走来了。

（老仆下）

安德罗玛克　（向坟墓最后望了一眼，若有所求）土地啊，张开口吧；丈夫啊，把土地劈裂，直劈到最低的洞穴；把我托付给你的孩子深深地藏到地府的怀抱里去吧。攸利栖斯来了，看他的面容，看他走路的样子，他好像在犹豫；他心里正在盘算着诡计呢。

第二场

攸利栖斯引随从上

攸利栖斯　我是来执行无情的命运交给我的职务的，因此我首先请你不要把我的话当作是我自己的话，虽然由我口中说出；这是希腊全体领袖的呼声，因为赫克托尔的后裔耽误了他们，使他们迟迟不能回去；命运要你把他交出来。安德罗玛克啊，你们的孩子多活一天，战败的弗里基亚人就多一天的希望，希腊人就永远不能保持和平，永远焦虑，永远向后看，唯恐身后还躲着敌人，永远不能放下武器。这是神巫卡尔卡斯说的。即使卡尔卡斯没有说过这话，但是赫克托尔却常常这么说。所以我怕他的后裔，他的高贵的子嗣，长大了学他父亲的榜样。他虽然小小年纪，却已是强大群众的侣伴；虽然还没有露出头角，但是他会忽然间挺着脖子，昂起头来，领导起他父亲的群众，作他们的统帅；长在砍断的树干上的一根嫩枝会一旦之间从母体上滋生出来，重新又绿叶成荫遮盖着大地，受天神的眷顾；大伙烧剩的星星余烬，若不扑灭，就会重新燃起。我知道心里难受的人，判断是不会公正的，然而假如你替我设想，你就会原谅我，我是个军人，打了十年仗，十易寒暑，人都打老了，想起了打仗，想起了特洛伊若没有好好地消灭掉，再发生流血的战争，怎能不怕？希腊人的大患就是赫克托尔的再生。消除希腊人的忧虑吧。我们的船舶已经下水，就因为这件事不能成行。我来搜索赫克托尔的孩子，是奉了命运的差遣，不要以为我残忍。即使是阿伽门农的儿子，我也得搜寻。你学学征服你们的阿伽门农怎么割舍自己女儿的榜样吧。

安德罗玛克　孩子啊，我是多么盼望你还在母亲跟前啊，我多么盼望知道你抛弃母亲之后逢到了怎样的际遇，在什么地方。纵使我的胸膛让敌人的长枪刺透，双手戴上了割破皮肉的手铐，前后有炙人的热火把我围住，我也决不会摆脱做母亲的关心。孩子啊，你现在在哪里啊？你现在的命运又是怎样呢？你是否在那没有路的田野里乱撞呢？是否祖国的无边的火焰把你的躯体烧毁了呢？还是有些残忍的敌人在兴高采烈地看你流血呢？还是被野兽咬死了，尸首被伊达山的鹰隼吃掉了呢？

攸利栖斯　不要撒谎了；你想欺骗攸利栖斯可不是一件容易的事；不要说做母亲的，就是天上女神的诡计，我也戳穿了多少。不要再设无用的妙计了；孩子呢？

安德罗玛克　赫克托尔呢？无数的弗里基亚人呢？普里阿摩斯呢？你要找一个人，我要讨还所有这些人。

攸利栖斯　要你自愿说，你不肯；非强迫你说不可。

安德罗玛克　能够死、应该死、情愿死的人不怕强迫。

攸利栖斯　快死的人往往发出夸口的大话。

安德罗玛克　攸利栖斯，假如你想用恐吓的手段逼迫我，你就逼着我活下去，因为我正求死不得呢。

攸利栖斯　我要用皮鞭、火刑、各种拷打叫你痛苦，强迫你违反心愿把隐瞒住的事情说出来，要从你心的深处把你隐藏着的秘密挖掘出来。强迫往往比好言好语更有效力。

安德罗玛克 热火，创伤，各种残酷、使人痛苦的刑罚，饥饿，难熬的干渴，各种各样的疫疠，或用钢刀刺进我的内脏，或把我关进阴暗、传染瘟病的监狱里，又怒又怕的胜利者所敢用的一切，都用出来吧。

攸利栖斯 你居然相信能瞒住你必须立刻泄露的事情，真愚蠢。

安德罗玛克 任何可怕的事情吓不倒做母亲的爱和勇气。

攸利栖斯 你的母爱使你能顽强地抗拒我们，但也提醒我们去注意自己子孙的安全。我在这遥远的地方打了十年仗，若只顾我本人的安全，卡尔卡斯的启示本就不该使我害怕。我怕的是你在给特勒玛科斯准备战争呢。

安德罗玛克 攸利栖斯，要我使希腊人欢喜，我是不情愿的，但是我没有办法。悲痛的心啊，把你坚决要隐瞒的事情说出来吧。希腊人，你们高兴吧。你把这喜讯照例去告诉他们吧：赫克托尔的儿子死了。

攸利栖斯 你有什么证据使希腊人相信这是真的呢？

安德罗玛克 我的孩子已经看不见光明，已经领受过死人应享的礼仪，进入了坟墓，和死人为伍了。如若不然，就让胜利者所能施加的最大的威力临到我头上，让命运趁早给我一条容易的出路，让我葬身祖国，让赫克托尔的坟墓不牢固。

攸利栖斯 （喜悦）赫克托尔的苗裔既已铲除，命运满意了，和平也巩固了，我很高兴，待我去报信。（侧白）且慢，攸利栖斯。希腊伙伴相信你的话，但是这是你的话么？这是做母亲的话啊？但是做母亲的会捏造说儿子死了么？说死是不祥之兆，难道做母亲的不怕么？什么都不怕的人至少也怕不祥之兆啊。她发了誓，她的话应当是真的；但是假如是假誓的话，那么还有什么事比不祥之兆更叫她害怕呢？我的心灵啊，把你的聪明、诡计、巧妙，全部都使用出来；真情总会出现的。注意那做母亲的行动。她忧愁、哭泣、叹息；但是她时而走到这里，时而走向那边，心神不安，倾耳谛听别人说的每一句话；与其说她哀伤，不如说她害怕。我须要用巧智才行。（向安德罗玛克）别人丧了子女，应该向他们致哀；你的儿子死了，可怜的人哪，应该向你庆贺。他若没有死，那他就会死得很惨，人们要把他从断墙上仅存的碉楼上倒栽葱扔下来摔死。

安德罗玛克 （侧白）真令我魂飞魄散，四肢发软，站立不住了；我的血液冰冷，凝固不流了。

攸利栖斯 （侧白）她在哆嗦呢；好，就用这个法子，就用这个法子去试探她。她害怕，这正泄露了做母亲的私情；待我再恐吓她。（向随从）去，快去，我们的敌人被他母亲用诡计藏起来了，他是个祸根，他活着，我们的威名便受到威胁，不论他藏在哪里，把他捉出来，把他带来。（佯作觅见幼儿，向寻见幼儿的随从）捉住了！来，赶快，把他带来。（向安德罗玛克）你为什么东张西望，为什么浑身发抖？他不是已经死了么？

安德罗玛克 但愿我真害怕才好呢！可惜这只是长久习惯养成的；脑子得慢慢地才能把长久以来记住的东西忘掉啊。

攸利栖斯 我们本应该拿这孩子祭祭城墙，没想到他已先牺牲了，他的命运总比巫师所预言的好些，巫师的预言却因此落空了；但是他还说过：只有把赫克托尔的骨灰撒在海上，把他的坟墓完全削平，风浪才能平静，希腊人的船舶才能平安回家。现在这孩子既然逃脱了该得的死数，那么就应该动手去捣毁赫克托尔的陵墓。

安德罗玛克　（侧白）怎么办呢？双重的顾虑使我方寸紊乱：一方面儿子的安全，一方面丈夫的尸骨。哪一个应该先考虑呢？无情的天神啊，丈夫的阴魂啊——你才是真神——我请你们给我作见证，证明我爱我的儿子，因为，赫克托尔啊，他的生命里有你。让他活下去吧，因为他能使我想起你的容貌。——但是，你的尸骨是否一定得从坟墓里掘出来沉入海底呢？我怎能答应他们把你的尸骨分散在大海上呢？不如让孩子死了吧。——但是你这个做母亲的，难道能眼看着儿子被人残酷地害死么？难道能眼看着儿子被人从高楼上推下来摔死么？我能，我愿意忍受，我愿意担当，只要我的赫克托尔死后不落在敌人手里。——但是他已经死了，得到了安全，而我的儿子还活着，对痛苦还有感觉啊。——你为什么犹豫？把哪一个从苦难中救出来呢？决定吧。你这狠心的母亲，还迟疑什么？赫克托尔已经死了——不，不，他还活在他儿子的生命里呢——然而他终究是死了，而孩子是活的，而且有一天会替父亲报仇。父子不能两全。怎么好呢？心灵啊，两个之中拯救希腊人所惧怕的那个吧。

攸利栖斯　我一定要实现预言，把坟墓连根铲除。

安德罗玛克　我赎了尸首还要赎坟墓么？

攸利栖斯　我决不放弃掘墓，一定要把坟墓铲平。

安德罗玛克　我向守信的苍天呼吁，我向守信的阿基琉斯呼吁；皮罗斯啊，保护你父亲赠给特洛伊的礼物吧！

攸利栖斯　这坟墓顷刻间即将夷为平地。

安德罗玛克　这么赤裸裸的罪行，希腊人还没有敢尝试过。你们固然连袒护你们的天神的许多庙宇都渎犯过，但是从来没有挖掘过我们的坟墓来泄愤。我一定要抵抗，以没有武器的双手来反抗武装的你们。愤恨能产生力量。勇猛的阿马宗女王曾打散过希腊的马队；酒神的女侍受了酒神的灵感，迈着疯狂的步伐，只拿着藤杖作武器，便曾在树林中为祸，伤害过别人和自己，而自己却不觉痛——我也要学她们的榜样，在你们中间横冲直撞，来保卫坟墓和死者。

攸利栖斯　（向随从）为什么还不动手？难道一个女子的哭喊，无用的怒气，把你们感动了？快，执行我的命令。

安德罗玛克　（与随从挣扎）你们不如把我，把我，用钢刀杀死。

　　　　　　（随从推开安德罗玛克）

　　　　　　嗳呀呀，被他们推了回来！赫克托尔啊，冲破死亡的阻拦，拱开大地，来降服攸利栖斯吧。即便是你的鬼魂也足够降服攸利栖斯的了。看，他手里舞动着刀枪，掷出火把。希腊人啊，你们可曾看见他么？还是只有我看见了呢？

攸利栖斯　我要把坟墓全部连根铲除。

　　　　　　（攸利栖斯随从动手捣毁坟墓）

安德罗玛克　（侧白）安德罗玛克啊，你在做什么呢？你是否要他们父子同归于尽呢？也许求求希腊人，希腊人就会心软吧。坟墓的千钧重量立刻就要把隐藏的孩子压死的。可怜的孩子，就让他死在那儿吧，只要压死儿子的不是父亲，伤害父亲的不是儿子。

（跪求攸利栖斯）攸利栖斯啊，我跪下哀求你。这只手从来没有触过任何人的脚，我把它放在你的脚上。可怜一个做母亲的吧，安安静静，耐心地倾听她虔诚的祷告吧。天神把你举得愈高，就请你愈加温和地对待已经跌倒的人们吧。赏赐给苦难人的恩典也就是命运的献礼啊。我愿你能回到贞节的妻子的身边；我愿你老父拉埃尔特斯寿命长久，能够看见你回到家里；我愿你儿子能够继承你，他天资聪颖；我愿他能出乎你的希望活得比祖父的寿命还长，论机智比父亲还强。可怜一个做母亲的吧！他是我苦难中唯一的安慰啊！

攸 利 栖 斯 把儿子交出来，然后再恳求。

安德罗玛克 （走向坟墓，呼唤阿斯提阿那克斯）可怜的母亲在悲痛中藏匿起来的赃物啊，出来吧，从你隐蔽的地方出来吧。

（阿斯提阿那克斯自墓中走出。）

攸利栖斯，这就是他，这就是使得一千艘船舰不敢启程的他。（向阿斯提阿那克斯）趴在主人的脚前，两手放在他的脚上，向他哀求吧。不要认为命运强迫落难人做的事是卑鄙的。不要想自己的祖先是赫赫帝王，不要想伟大的祖父如何光荣地统治过所有的土地，把你父亲也忘了吧，表现得像个俘虏，跪下吧，如果你还不感到你自己的末日就要来到，你只要模仿你母亲流泪啼哭就行了。

（转向攸利栖斯）特洛伊当年也见过啼哭的幼主：普里阿摩斯小时候曾经抵挡住凶猛的赫拉克勒斯的威胁。不错，就是那凶猛的赫拉克勒斯——所有的野兽哪一个不降服在他无比的气力之下，他也曾冲开过地府的大门，使归程不至于漆黑无光——然而就是他却给小小敌人的眼泪征服了。他对普里阿摩斯说："收回你的王权吧，高高地坐到你父亲的宝座上去，不过，你治理国家得比他更讲信义才行。"看看他对待俘虏是怎样的！学学他既威武又仁慈的榜样吧。难道你只喜欢他的威武么？现在跪在你脚下求命的孩子，并不输于那哀求赫拉克勒斯的孩子。至于特洛伊的王位，命运愿意怎样处置就怎样处置。

攸 利 栖 斯 （自语）做母亲的伤心和苦痛的确使我感动，然而我更关心希腊人的母亲的痛苦，因为这孩子长大了，对她们将是极大的灾害。

安德罗玛克 （听见攸利栖斯自语）这座城池已经化为灰烬，只剩下，只剩下这废墟了，难道这孩子还能使它复苏么？他的手还能把特洛伊扶植起来么？我们没有希望了，我们已经彻底毁灭了，决不会再威胁旁人。他父亲还会提醒他去报仇么？人都死了。他本人若看到国破家亡也会气馁，大灾难是会粉碎勇气的。你要惩罚我们，还有比我们现在受到的惩罚更严厉的了么？给这小王子脖子上套上枷，把他沦为奴隶吧。谁能拒绝一位王子这一点要求呢？

攸 利 栖 斯 拒绝你这要求的是卡尔卡斯，不是攸利栖斯。

安德罗玛克 你这制造诡计、专会做坏事的狡猾东西，在战场上从来没有显过英勇，从来没有杀死过敌人，连你们希腊人自己都死在你的坏心眼所想出来的诡计之下，你竟想假托巫师和无辜的天神的名义么？全是你自己肚里造出来的。你这夜行的军人，居然敢独自在大白天杀人，可惜你要杀的只是个孩子。

攸利栖斯 我的勇气，希腊人都很知道，特洛伊人知道得更清楚。我们没有时间来浪费在谈话上，我们的船舶已经起锚就要开走了。

安德罗玛克 赏给我些许的时光，让做母亲的向儿子行一回诀别的礼节，作一次最后的拥抱，好消解我那无穷的悲哀。

攸利栖斯 可惜我不能对你表示怜悯。我个人所能做的，只是把时间缓一缓。随你的意思哭一个够吧，眼泪是会减轻痛苦的。

安德罗玛克 （向阿斯提阿那克斯）亲爱的孩子，你是你父母爱情的证据，破落王朝的光荣，特洛伊最后的损失，希腊人最怕的敌人，母亲的徒然的希望！我时常发疯似的为你向你那闻名疆场的父亲，年高的祖父祷告，上天却不理睬我的祈求。你再也不能在王宫里掌握特洛伊的王权，对各国发号施令，叫所有的民族臣服于你的威力，打击战败逃窜的希腊人，在你的战车后面拖拽皮罗斯的尸首了。你再也不能用你娇嫩的手挥舞小刀小枪，再也不能在广阔的森林里勇敢地追逐分散在各处的野兽，再也不能在规定的修禊日举行"特洛伊大竞赛"这神圣的节日的时候，以贵族少年的身份领导疾进的马队了；再也不能在神坛前以矫健如飞的步伐，随着弯弯号角吹出的急速的节奏，在特洛伊神庙前表演上古的舞蹈了。你的死法比残酷的战争更使我痛心啊！特洛伊的城阙将看见比伟大的赫克托尔之死更加悲惨的景象。

攸利栖斯 做母亲的，不要哭了，悲伤过分的人总不肯节制自己的。

安德罗玛克 攸利栖斯，我求你准许我再哭一会儿，让我趁他还活着，亲手合上他的眼睛。（向孩子）孩子啊，你死得太年轻了；固然年轻，但是已经有人怕你。你的特洛伊在等待你；去吧，趁你还自由，去看望自由的同胞吧。

阿斯提阿那克斯 母亲啊，可怜可怜我吧！

安德罗玛克 为什么紧紧地抱住我，徒然揪住母亲，要你母亲双手保护你么？就像小牛犊听见狮子吼叫赶紧扑到惊心的母亲的怀里一样，但是凶猛的狮子把牝牛推倒在一边，张开大口咬住那小小的牛犊，把它咬死，衔起走了；同样，敌人要从我怀抱里把你夺走。孩子啊，让母亲吻一吻，带着母亲的眼泪，拿着母亲一缕扯下的头发，满心怀念着母亲，赶快到你父亲那儿去吧。且慢，再带去一句母亲痛心的话："如果死人还感觉以往的痛苦，如果爱情没有随着死亡而消灭，狠心的赫克托尔啊，你愿意妻子服侍希腊夫主么？你为什么淡漠而拖延呢？阿基琉斯来了。"重新拿起这缕头发，再接受母亲的眼泪吧，这些东西是你父亲死后我所仅有的了；再吻你一次，把我这亲吻带给你的父亲吧。把这件长袍留下来，让母亲得一点安慰，因为它接触过你父亲的坟墓，接近过他的魂魄。上面若有他的骨灰，我一定用口唇去查看。

攸利栖斯 （向随从）哭不完了——把这个阻止希腊人开船的障碍带走！
（攸利栖斯领阿斯提阿那克斯偕随从下）

第三场

歌　　队 什么地方是我们这些被俘的妇女的归宿呢？是忒萨利亚的高山，坦珀的幽谷呢，还是那适宜于产生武士的弗提亚的国土，以出产强健的耕牛而著名的、建立于巉岩上的特拉肯城，或是那汪洋大海的主宰，伊奥尔科斯城呢？还是那拥有一百座城的、辽阔的克里特岛，蓝尔的戈尔廷城，荒芜的特里卡城，还是那细川交错、栖息在孔穴累累的奥塔山脚下树林中不只一次发出毒箭中伤特洛伊的摩托涅城呢？还是那只有稀疏几户人家的奥勒诺斯城，狩猎女神所憎恶的普琉戎城，位于宽阔的海湾边的特洛曾城呢？还是那普洛托乌斯雄伟的王国珀利翁，登天的第三极呢？（就在这地方，克戎，他的庞大的身躯斜卧在空豁的山洞里，教给他的门徒，年纪还小却已很残忍的阿基琉斯，用翎管拨弄铿锵的琴弦，唱着战歌，就这样老早地挑起他强烈的好战情绪。）还是那富有五彩云石的卡律斯托斯城，靠近波涛汹涌的海岸、常被欧里普斯海峡的急流冲荡的卡尔克斯城呢？还是那任何风向都容易吹到的卡吕德涅，永远受风暴干扰的戈诺埃萨，在北风中战栗的埃尼斯珀城，依傍着阿提卡海岸的佩帕瑞托斯，举行神秘宗教仪式的埃琉辛城呢？还是到埃阿斯的故乡真正的老萨拉弥斯，以狩猎野猪出名的卡吕冬，那先在地面而终于缓缓流入地底的提塔里索斯河所经过的国土呢？还是到柏萨、斯卡尔菲、涅斯托尔的皮洛斯、法里斯、宙斯的皮萨、以胜利者的花冠而著名的埃利斯呢？

任凭凄惨的海风把我们这些可怜人吹到什么地方，只要给特洛伊和希腊人同样带来如许灾难的斯巴达离我们远远的；只要那阿尔戈斯，野蛮的珀罗普斯的故乡密克奈，微渺的托铿托斯岛，比它更小的涅里托斯岛，奸诈害人的伊塔克岛，离我们远远的就成了。

赫枯巴，你的命运怎样呢？谁是你的主人呢？他会把你带到什么地方去让万人观看呢？死在哪国呢？

（杨国华编，摘自《古罗马戏剧选》中杨周翰译：《特洛伊妇女》，人民文学出版社，2000）

第二十一章　阿普列尤斯及《金驴记》

第一节　阿普列尤斯简介

鲁齐乌斯·阿普列尤斯是古罗马作家、哲学家、演说家。

阿普列尤斯约公元 124 年出生于北非马达乌拉城，今属阿尔及利亚，当时为罗马帝国辖地。其父任执政官，家境优裕，因此，阿普列尤斯自幼受到良好教育。他 6 岁开始学习拉丁语和希腊语。早年在迦太基学习语法和修辞学，后赴雅典深造，熟悉当时流行的各种哲学派别和宗教流派，但主修柏拉图哲学，自称柏拉图派。学习期间，他经常接触各种巫术，参加各种宗教活动，这对他以后的文学创作产生了影响。学业结束后，他游历了希腊各地，探奇访胜，后前往罗马，继续研究修辞学、哲学，兼作律师。他很快成为闻名遐迩的演说家。

30 岁左右他从罗马回到故乡，不久又前往埃及亚历山大城，途经北非的奥亚城时，一位旧日学友有意将他挽留在家，并撮合他与其寡母成婚。不料学友亡故之后，其弟为了继承家产，以"巫术惑人罪"起诉阿普列尤斯，并对簿公堂。阿普列尤斯在法庭上大展雄辩口才，极力为自己辩护，一再声称自己是无辜的。这场诉讼最终因证据不足而被法庭否决。不久，阿普列尤斯离开奥亚城，重返迦太基。他的后半生主要在迦太基度过，专事著述演讲，还担任祭司之职，获得很大声誉。他长期伏案笔耕，积劳成疾，不满 60 岁就因病逝世。

阿普列尤斯的身后哀荣令人瞩目。君士坦丁堡这座举世闻名的历史古城曾是东罗马帝国的首都。4 世纪，该城曾拥有 80 尊名神名人雕像，构成一大景观；其中只有 4 位罗马名人，即凯撒、庞贝、维吉尔和阿普列尤斯，作家地位之高可见一斑。

阿普列尤斯一生阅历颇广，著述甚丰，涉及哲学、历史、自然科学以及文学等诸多领域。他主要用拉丁文写作，辅以希腊文，驾驭文字的能力极强。他的大部分著作已经失传，只有部分拉丁文著作传世，主要有三大类：哲学、演说和文学创作。三部哲学类著作《论柏拉图及其学说》、《论苏格拉底的神》、《论宇宙》，主要阐释柏拉图学说，主张唯心主义，对后世影响不大。二是《辩护辞》和《英华集》。《辩护辞》又名《论巫术》，是阿普列尤斯为应付那场诉讼案而写，他将对手驳斥得体无完肤，也在一定程度上论述了巫术。《英华集》是后人摘录的他的精彩演说辞，属于修辞学著作，其中的许多观点后来常被西方作家们引用。三是罗马文学中最完整的一部小说《金驴记》。该小说问世之初就以手抄本辗转流传，直至 4 世纪末，才经学者萨鲁斯蒂奥修订，首次刊印出版。从 14 世纪起，《金驴记》逐渐传入欧洲乃至世界各地，是一部在西方脍炙人口的长篇小说。

第二节　《金驴记》简介

《金驴记》原称《变形记》，自公元 5 世纪起，被人传诵为《金驴记》，一直沿用至今。这部具有冒险色彩的传奇作品是一部流浪汉小说，也是现存欧洲古代神怪文学中最重要的一部，被誉为世界文学史上第一部社会心理小说。

全书共十一卷，每卷分数十篇，长短不一，近似章回体小说，但没有标题。行文韵白相间，雅俗共赏；叙述生动诙谐，机智夸张。描写了一个希腊青年因事去希腊北部有名的巫术和魔法之乡塞萨利。到达之后，他住在高利贷者米老内家中，米老内的妻子是个女巫。他偶然窥见女巫借助魔药法力变成一只大鸟，破窗去幽会情人。他在好奇心的驱使下，也想变成大鸟凌空飞翔；但他的情人（女巫的侍女）慌忙之中拿错魔药，致使他变成一头驴子。他被一群强盗劫去，后来落到奴隶主庄园，又辗转卖给磨坊主和菜农，又为军人劫去，卖给贵族厨奴，最终被埃及女神伊希斯所救，恢复人形，皈依伊希斯教门。小说保持了民间故事的风格，同时带有一定的情色和神秘色彩，插入不少荒诞离奇的轶闻传说，其中最著名的是小爱神丘比特和凡间少女卜茜凯的爱情故事，千百年来一直被誉为世界文学史上一颗璀璨夺目的"爱情明珠"，脍炙人口，流芳百世。

《金驴记》采用希腊神话中变形的奇特构思，以主人公变身后的种种遭遇为主线，通过驴子的视角，广泛地描写了 2 世纪罗马帝国外省的社会生活，真实地反映了那个时代的民俗风情和社会文化心态，也深刻地揭露了古罗马帝国的社会黑暗和人性丑恶。例如贵族地主纵恶犬咬死农民三子，强占土地；罗马军官豪夺他人财产；富人的斗兽会；金钱和情欲引发的凶案等等。变身后的驴子保持着人的思维，有着对诸多事物的好奇，有着直视人们内心阴暗与丑恶而不被怀疑的独特优势，有着作为目击者存在的现场感受，从而给了读者强烈的真实感。同时，小说通过主人公历尽磨难，最后到达和平、仁爱之人生彼岸的故事，告诫人们不要妄自菲薄，要有信仰，只有在宗教精神的指引下才能拯救人生。另外，书中也有不少巫术、怪异事件，充斥着埃及宗教的神秘主义精神。

在艺术上，《金驴记》通过古罗马行省平民百姓社会生活场景的真实写照和天国、地府、情爱描写的浪漫笔触，首先，将现实主义与浪漫主义有机地结合起来。其次，独到、精微的心理描写。例如驴子和人的心理在不同场景中的丰富多变；卜茜凯为揭开"夜间情人"的真实身份而备受煎熬，而当她偷偷看到小爱神秀美的容颜，恨不得一下子爱个够的生动、鲜活的心理描写。再次，幽默、讽刺的调侃笔触。如小说中对被欺骗的丈夫、倒霉的情夫以及狡黠的妻子的描写，充满诙谐、戏谑的意味。最后，绚丽的文风，如方言俚语、神话传说、民间文艺等的灵活借用，精妙独到。

《金驴记》代表了罗马中后期揭露、讽刺文学的最高成就，也是古代欧洲原始小说里程碑式的作品。小说在文艺复兴时期流传甚广，对近代欧洲小说的产生起了重要作用。后世的《十日谈》、《堂吉诃德》和《吉尔·布拉斯》等的创作，都受其影响。譬如，《十日谈》中瓮主之妻偷情、戏夫卖瓮的故事，原本就出自《金驴记》。

第三节　《金驴记》选段

卷四

二十八

"从前在一座城市里，有一位国王和一位王后，他们有三个花容月貌的女儿。不错，两个大女儿长得很媚人，但毕竟不过如此，即她们的漂亮总可以用人类恰当的颂词去称赞；而那小女儿的美丽却是如此别致，如此非凡，以至人类语言中找不到词句来形容，更不能充分去赞美。

"总之，数不清的公民和外乡人慕名而来，他们怀着极大的好奇心，拥来挤去地争观她出色的姿容，都被那种前所未见的美丽惊呆了。他们把右手放在自己的嘴唇上，同时将食指与大拇指合拢，虔敬地崇拜着那女子，似乎她就是爱神维纳斯的化身。消息不胫而走，传遍了附近城市和毗邻地区：降生在大海碧波中和生活的浪花水珠中的女神，都乐意到处显现她那神圣的形象，并且混杂在芸芸众生之中，甚至人们还添枝加叶地说，作为一个从未见过的苍天授胎的奇迹，这回降生另外一个无比纯洁的维纳斯的，不是大海，而是大地。

二十九

"结果，事情一天天愈传愈神，她的名声传扬到邻近的岛上，继而又传至别的陆地，一个省接着一个省地往下传。于是结伙搭帮的人们跋山涉水，漂洋过海，络绎不绝地前去观看本世纪的闻名奇迹：没有人再到帕福斯、克尼多、哪怕就是本土基西拉，去瞻仰维纳斯女神；祭祀活动被延期举行，庙宇再也无人供奉，圣品供台均遭践踏，祝圣典礼受到冷遇，花环不再装饰圣像，一层冷冷清清的尘土使被遗弃的祭坛变得更加残败。人们只是向年轻女子高声祈祷，笑脸相迎，以便取悦于一位伟大女神的神意。每当清晨少女外出散步时，人们便会呼叫不在场的维纳斯的名字，杀牲祭神和大摆圣筵；还有，只要她从广场上经过，人山人海的民众就要向她祝贺，往她身上撒鲜花，抛花环。

"这种把本应归于天神的荣誉过分转让给一个红尘女子的举动，刺伤了真正维纳斯的心，以致她再也按捺不住心头的怒火，咬牙切齿、发自肺腑地自语道：

三十

"'瞧着吧，我，维纳斯，宇宙的生母，万物的起源，整个世界的哺育者，竟然降低身份，跟一个凡胎少女分享当属本人尊严的荣誉！我那写在天上的名字，遭到了尘世间秽物的玷污。这是无可置疑的！我将要与别人平分归于我名下的光荣，生活在一种把对我的崇拜列入次等地位的不安之中。一个凡胎少女将在下界愚弄我的形象，那么，由于我那盖世无双的美丽，那位人人皆知的牧人在最出名女神当中把手指向我后，伟大的主神宙斯所承认的公正判断，也就徒劳无益了。然而她将好景不长！无论她是谁，只要篡夺了仅仅属于我一个人的敬意，我就要马上让她对自己的美貌感到悔恨，因为她的美超过了人类的限度。'

"她当即唤来那个长着翅膀的儿子，小家伙天不怕地不怕，是搞恶作剧的能手，对公共道德不屑一顾。他身背能使人兴奋起来的弓箭，夜里跑进别人的居室里去，在夫妇之间播散分裂的种子，肆无忌惮地制造极其严重的丑闻，总而言之，从来不干一件好事。尽管他丝毫不懂得安分守己，但她还要用谗言竭力去煽动他，把他领到那座城市中，让他亲眼看看那位名叫卜茜凯的少女。

三十一

"看罢，她一边气得发抖地叹息着，一边向他诉说了为美貌而争风吃醋的始末。

"'我请求你，'她对他说，'看在母爱的关系上，看在你的箭只会产生悦意的伤痕上，看在你的这种火只会燃起快活的情焰上，给你母亲提供一种彻底复仇的慰藉，毫不留情地惩罚一下这种狂妄的美貌吧。我别无所求，只要你能满足我这一点就行：让这处女狂热地恋爱上一个条件最卑微的男人吧，他在社会地位、家庭财产以及个人品行方面，都受到命运女神的打击，沦落为一个如此低贱的人，以至整个世上再也找不到一个比他更不幸的人了。'

"女神说完后，微微张开嘴唇，温柔地给了儿子一个长吻。她转身朝附近的海滩走去，行至波浪消失在那儿的岸边，用玫瑰色的脚掌踏着波涛的凉爽浪头，回到了安谧的汪洋大海之中。就连海神们也不敢对她失礼怠慢，她心里一有什么愿望，随即便会实现，仿佛她早就下达了命令：涅柔斯的女儿们跑来齐声歌唱，还有摇晃着他那墨绿色粗胡须的波杜努斯，怀抱着无数鱼儿的萨拉恰，驾驭着一只海豚的小车夫帕乐蒙；半人半鱼神们在海域周围活蹦乱跳地嬉戏，其中一个优雅地吹着响亮的螺号，另一个迎着耀眼的阳光扬开一条丝纱巾，第三个在女主人跟前送上一面镜子，另外一些则游成两行拖着女神的四轮马车。

"这便是维纳斯前往海洋的旅途中为她送行的仪仗队。

三十二

"结果卜茜凯纵然有倾国倾城之色，也未能从她那容颜中获得任何果实。所有人都观看她，所有人都赞美她，可是没有一个人愿意登门向她求婚，不管是国王还是贵族，哪怕就是平民百姓。不错，人人都赞叹她那盖世无双的容貌，但他们是把她当作一尊艺术雕像来欣赏的。而那两个姐姐呢，由于她们只具有一种平凡的美丽，所以在公众中默默无闻，早就许配给了皇家的求婚者，举办完了热闹的婚礼。卜茜凯含苞欲放，却没有恋人，只好孤守闺房，落泪伤心，肉体上和精神上都很痛苦，开始仇视起自己的美貌来，尽管是这种美貌才使她成为众所瞩目的人物。

"父亲对女儿的不幸感到很伤心，开始怀疑是否天神们憎恨她；他害怕众神动怒，遂向米利都之神询问最古老的神谕，又是祈祷又是献祭，请求神意，为众人所忽视的少女配一个丈夫。不过阿波罗虽是爱奥尼亚的希腊神，却很照顾以米利都风格编故事的作者，故用拉丁语宣告了他的预言：

三十三

"'国王啊请给姑娘穿上送死的嫁妆，
遵照圣旨将她弃于一座高山之巅。
莫要想望寻一位人形肉身的女婿，
而得等待嫁一个凶神恶煞的蛇精。
此怪翱翔在苍穹骚扰着一切动物，
凭借刀剑与火焰伤害着所有活人。
乃至能使众神生畏的宙斯亦恐惧，

犹如堕入令人毛骨悚然的地狱间。'

"向来无忧无虑的国王获得圣卜的答复后，愁眉苦脸地回到家里，向妻子复述了神谕的不祥指示。一连数日，一家人皆郁郁不乐，只是流着眼泪，互相抱怨。

"但是该执行残酷预言的时刻来临了。他们开始为倒霉透顶的女儿操办哀伤的喜事，点燃的火炬烛光冒尽黑烟后化成灰烬，喜庆的笛子吹奏出音调十分凄凉的曲子，把婚礼之神奕迈奈的欢快乐音变成了一种送丧的哀鸣，而即将走上婚礼的少女呢，却正是用那块新娘子的红面纱为自己擦眼泪。全城都沉浸在悲痛之中，为一个遭到这般打击的家庭致哀，而且还毫不迟疑地宣布，按照公悼的形式停止一定时期内的一切活动。

三十四

"那个可怜的人儿卜茜凯，在必须听从神嘱的要求下，只好去忍受命里注定的惩罚。于是在沉痛地完成丧婚的隆重准备工作以后，泪痕满面的卜茜凯便要被送殡队伍而不是迎亲队伍接上走了。这时，忧伤的父母早被巨大的灾难弄得六神无主，所以对完成这项可憎的仪式迟疑不决，但是女儿本人却这样鼓励他们：

"'为什么你们要用不尽的哭泣折磨自己不幸的暮年呢？为什么你们要用不止的哀呼倾吐那种更应该属于我而不是你们的叹息呢？为什么你们要以无用的眼泪弄丑那张我十分敬爱的面容呢？为什么你们要用我从你们眼睛中看出的绝望刺伤我的目光呢？为什么你们要揪扯自己的苍苍白发呢？为什么你们要捶打自己那个对我十分神圣的胸部呢？或许这就是我的非凡美丽给你们的美好报答。对于促使你们产生一种切肤之痛的致命的隐患，你们发觉得太晚了。当人们纷纷向我致以神圣的敬意时，当人们异口同声地给予我维纳斯再世的称号时，你们应该是痛苦不安的，你们应该是伤心落泪的；是的，你们那时就应该像失去生命一样表示哀悼。现在我发现，现在我看到，我毁灭的原因只在于维纳斯的名声。你们把我带走吧，你们把我遗弃在那块命运为我指定的岩石上面吧：我急着要去完成这幸福的婚事，我急着要去认识我那高贵的丈夫。干嘛我得耽搁时间呢，为何我要拒绝与生来便是为毁灭整个宇宙的人相会呢？'

三十五

"少女这么说完后，便默不作声地迈着坚定的步子，走进了结队为她送行的民众行列中。他们朝着一座陡峭的大山行进，一直爬上最高峰，走到那块岩石前面，把少女遗弃在那儿，然后用自己的眼泪熄灭掉路上照明用的火炬，便低垂着头按原路回去了，把火炬留在那里。至于她那可怜的父母，他们呢，早就被这么一场大灾大难耗尽了心力，整日闭门不出，把自己囚禁在最黑暗的屋子里，以再也不见日光来惩罚自己。

"此际，卜茜凯害怕得发起抖来，伏在悬崖顶上啼哭着。不过哲飞柔来了，他用微风习习地吹着，不停地拂动着她的衣服，将里面灌满风儿，不知不觉地抬起她来，再用他那柔和的吹拂，沿着峭壁一点一点把她往下送，一直送到下面一个鲜花盛开的山谷里，轻轻放下，让她仰卧在芳草地的怀抱中。"

第五卷

一

"卜茜凯躺在沾着露水、柔软如床的草坪上，舒适地休息着，同时那种使她精神极度紧张的压抑感也消失了。她睡了好大一阵子，完全恢复了体力，而且当她醒来时，她感到心情非常平静。

"她看见一片茂密的树林，林木生得又高又粗；她又看见一眼清泉，泉水清得好似水晶。正好就在树林中央泉水涌出的地方，矗立着一座宏伟壮观的宫殿，那建造艺术绝非人力所及，而是鬼斧神工的杰作。

"她刚踏上门槛，就明白这里是一位神灵所拥有的华丽而惬意的住所：金柱子支撑着被雕琢成方格式样的香橼木和象牙天花板。谁只要一走进来，就立刻会看见在覆盖着整个宫壁的银箔上面，镌刻着各种栩栩如生的猛兽图案。这定是一个才华横溢的匠人，或更应该说是一位超人，甚至是一位神仙以艺术家的真正灵感在白银堆上注入了一些野兽的原始生命。事实还在于，就连用精雕细琢的宝石镶嵌而成的地板，也呈现出千姿百态的优美图案。那些能在宝玉和珍珠上面行走的人，实在是三生有幸啊！宫中其他各处，无论是东西南北的哪一个角落，都会同样显示出一种无与伦比的宏大，而且墙壁全部用纯金装饰，闪耀着一种随其移动而变幻的光辉，以至即使太阳不愿再现，宫殿也可以享有其自身的一种光明：这光明即是来自那些金碧辉煌的大殿、柱廊乃至门扇。

"另外，里面的摆设也丝毫不爽地符合建筑的宏伟气派，因而可以使人正确地想到：伟大的主神宙斯建造了这座作为他在人间居住的圣殿。

二

"结果，这些地方处处显示出巨大的魅力，因而卜茜凯走上前去，放心地跨进了殿门；随后她怀着瞧一瞧这座最美丽的宫殿的好奇心，仔细地参观了内部，并在另一个边房内发现了一些大型仓库，里面堆满大量金银财宝。凡是世上存在着的一切好东西，那儿都应有尽有。然而，在赞叹完这些数不清的财富以后，引起她更大惊愕的事情是：那一堆堆从全世界收集起来的宝贝，竟没有用锁链防护，也没有用大门保护，更没有用看管人守护。正当她出神地注视着这些奇妙的东西时，突然传来一个无形人的声音，对她说道：

"'喂，太太，你为何要对富有感到惊讶呢？这些财产全都是你的呀。请到一个房间来吧，上床休憩一下，高兴的时候再洗个澡。你所厌恶的声音，是你的婢女们发出的：我们将勤勤恳恳地为你服务，过一会儿，当你料理完个人的事情以后，随时都可以享用一桌称得上是国王吃的盛筵。'

三

"于是卜茜凯领悟到，这种幸福是天主给予的一种恩赐。她听从了那个无身无影的声音的劝告，先去睡一觉，后又洗个痛快的澡，消除了疲劳。接着，她发现旁边有一张半圆形的桌子，根据上面用于就餐的摆设断定，那儿大概就是为她准备进餐的地方，于是欣然入座。须臾，桌上出现像甘露一样的甜酒，摆满花样繁多的佳肴美馔，身边虽无任何人服侍，但一道道菜仍被推出送上餐桌，简直不费吹灰之力。卜茜凯怎么也找不到一个人，只能听见出自空间的话音：只有一些声音在伺候她。

"当她用毕那桌丰盛的筵席时，进来一个隐身人，唱了一支歌。同样，另外一个人弹了竖琴，可是她连乐器都没瞧见。最后，一种和谐的多声部合唱又传进她的耳朵里，尽管没有一个人露面，然而实实在在是有一些人在齐声歌唱。

四

"娱乐结束后，由于夜深催人入睡，卜茜凯便离席就寝了。午夜时分，姑娘突然觉察到一种窸窸窣窣的声音。像她这样独身一人，自然为贞操担心，吓得哆嗦起来，因为陌生人要比其他任何一种鬼怪更使她害怕。

"可是素不相识的丈夫已经来到她的跟前。他上了床，让卜茜凯成为他的配偶；事后，在天亮之前，他便匆匆离去了。很快就有一些守候在门口的声音开始照料新娘子，医治她那受到创伤的贞洁。

"事情就以这种方式进行了好长一段时间。像自然规律一样，习惯使卜茜凯高度评价新事物的乐趣，同时那些神秘声音的回响也使她在孤寂中得到安慰。

"在此期间，她的父母经常伤心落泪，郁郁地度着晚年。两个姐姐从辗转流传的消息中，获悉所发生的一切，她们每人为了显示自己的孝心，带着仿佛奔丧的悲哀表情急急忙忙抛下了自己的家庭，来到父母身边，以便以她们的出现和她们的声音而安慰老人。

五

"有一天夜里，卜茜凯的丈夫又出现了；其实，除了视觉之外，他在触觉和听觉方面是非常灵敏地被感受到的，超过对其他任何事物的感觉。他对她说：

"'卜茜凯，我最温柔和亲爱的妻子，十分残酷的命运正凶险地威胁着你，因而我想，你最好能保持最大的谨慎。你的姐姐们，被你已经死了的谣传所感动，正在寻找你的踪迹，不久就要来到你所熟悉的悬崖那里。如果出于偶然，你能听见她们的悲恸声，那么你可不要回答，也不要寻觅，更不要见到她们。否则，你将会给我造成一种巨大的痛苦，将会给你带来更大的不幸。'

"卜茜凯表示同意，许诺将顺从丈夫的意愿。可是黑夜连同丈夫刚一消失，可怜的女子就不能不呜咽起来，整整一天都处在哀伤中。她哭啊哭的，终于明白自己已从人世间消逝，因为她被幽禁在一座金碧辉煌的牢笼里，不许她对世人说话，甚至连安慰一下为她痛哭流涕的姐姐也不成；这还不算，就连看上一眼都不行。就这样，她既不洗澡也不进食，坚决不肯得到任何补养，而是含着眼泪带着呻吟上床睡觉。

六

"没过多久，新郎就翩然而至。他要比平时来得早些，一上床就躺在她身边，搂住依然泪汪汪的她，问道：

"'我的卜茜凯，难道这就是你对我许下的诺言吗？我，作为你的丈夫，难道不应该期待和盼望你吗？你日日夜夜如此伤心，就连你丈夫拥抱你的时候也不能停一停？快别哭啦！从现在起，你爱干什么就干什么吧；你若要自找苦吃，那就自行其是吧。我说这话可是一本正经的，你将会想起我的劝告；不过当你开始后悔时，为时已经太晚了。'

"卜茜凯继续央求着，还威胁说要去寻短见，硬是要丈夫同意她去和姐姐见见面，叙叙情，聊聊天。于是他终于答应了新娘子的请求，另外还允许她随便去送姐姐多少金子和项链。不过同时，他一遍又一遍地反复叮咛着这些话，甚至还要吓唬她：

"'当你的姐姐们利用你的患难，试图知道你的丈夫是什么样子时，你切莫让她们说服！这种好奇心，将是亵渎神灵的！否则你将会从命运把你安排好的养尊处优之所，落入最黑暗的煎熬中，并将永远失去我的怀抱。'

"卜茜凯谢过丈夫，笑逐颜开地说道：

"'我宁愿去死一百次，也不愿失去你那最甜蜜的爱。不管你是何人，我都倾心相爱，把你看得比我的生命更珍贵，哪怕就是拿爱神本人来换你，我都不会去干的。但是我求求你，请也满足一下我的另外一个愿望吧；吩咐你的仆人哲飞柔，把我姐姐带到这儿来，就

像他为我所做过的那样。'

"为了说服他，她开始吻他，向他喁喁倾诉衷肠，全身跟他紧紧贴在一起，一面抚摸着，一面喃喃说道：'我最亲爱的人儿，我的丈夫，啊，你那卜茜凯的美妙生命。'尽管新郎不大乐意，但还是被这枕头边上悄悄话的强大力量所征服，承诺了她要求的那一切。就这样，在他从卜茜凯怀里脱身而去时，黎明也已来临了。

七

"再说那两个姐姐。她们打听到遗弃卜茜凯的地方后，便风风火火地赶到了悬崖边上。她们开始嚎啕大哭，捶胸顿足，百般折磨自己，以至岩石也以同样的程度，接连不断地发出痛苦的回声。她们呼唤着可怜的妹妹的名字，一直喊着，直至那凄厉的哀鸣声通过山腰传入谷底。这时卜茜凯急得失去了控制，从宫中跑出来，惊叫道：

"'为什么你们要伤心呢？你们令人心碎的哀叫毫无道理！瞧，我在这儿呐，那个你们为她痛哭的人。你们停止哭丧的呼叫吧，你们中断流得满脸都是的眼泪吧。很快你们就能拥抱那个你们为她的死而哭的人啦。'

"于是她叫来哲飞柔，向他转告了丈夫的吩咐。哲飞柔当即从命，吹出一口极其轻微的和风，将姐姐们安然无恙地送下山来。姐妹们立刻相互拥抱，贪婪地吻个不停，喜悦之情达到顶点，以至乐极生悲，重新发出了刚刚止住的哭泣声。

"'你们高高兴兴地进我家里去吧，'卜茜凯这么邀请着，'然后坐在我的壁炉边上。用欢乐驱散心中的忧愁，和你们的卜茜凯聊一聊吧。'

八

"她一边说，一边给姐姐们指点着金宫里数不清的珍宝，还让她们一一听了那些为她服务的声音。接着她吩咐备好一池热腾腾的洗澡水，又为她们提供了一顿食物精致而丰盛的美餐，其精美程度简直可以跟众神的欢宴相比了。

"结果，当姐姐们享受完那种天上的荣华富贵以后，反而在心灵深处开始产生对她的嫉妒。其中一个怀着不得体的好奇心，没完没了地向她打听，究竟谁是这种神圣财富的主人，谁是她的丈夫，他长得什么模样。但是卜茜凯无论如何也不肯违背丈夫的嘱咐，把心中的隐情吐露出去，而是信口开河地说，他是一位英俊的青年，脸上长着柔软而适当的络腮胡子，平日总是在高山和平原上行猎，消磨时光。由于她担心话多会说漏了嘴，让姐姐们看出她闭口不谈家事的目的，便往她们怀里塞满金子和宝石项链，再把她们托付给招之即来的哲飞柔，以便把她们打发走。

九

"吩咐倒是很快就照办了；但是那两个有能耐的姐姐回到家里后，心中的妒火愈烧愈旺，老是津津乐道地互相交换她们的感想。最后，大姐忍不住说道：

"'唉，命运女神瞎了眼，真是太残忍、太不公道啦！咱们同是生自一个父母，得到的命运却不同，她这不是在拿人取乐吗？恰恰是咱们俩，年龄最大的，被嫁给了外乡人，供人家使唤；咱们得远离父母亲生活，好像是送去流放的人，完全是背井离乡、漂泊异地呀！而她呢，却相反，虽说年龄最小，是咱母亲耗尽精力以后生下来的最后一个果实，然而婚姻倒美满之极，有一个神仙做丈夫，钱多得不知怎么去花才好。你已经看见了，我的妹妹，在那个家里有多少值钱的首饰，有多少华丽的衣服，有多少耀眼的宝石，更不用说那些每走一步都会踩着的金子啦。而且，如果她还有一个那么漂亮的丈夫，就像她所说的那样，那么如今全世界没有一个女人比她再幸福啦。也许，由于朝夕相处会加深感情，那个是神灵的丈夫说不定会把她变成一位女神呢。可不是嘛，她早已成为一位女神啦，要是咱们想一想她的举动和她的风度的话！她已是以居高临下的姿态看你，从她让一些声音卖力效劳，甚至对风儿发号施令那时候起，她就从女人转而为女神了。我呢，唉，不幸的可怜人，命里注定找了一个比我父亲还要老的丈夫，脑袋秃得赛过一个葫芦，五短身材胜似一个毛头小孩，何况还有总是用铁栅和锁链把我牢牢囚禁在家里的恶习。'

十

"二姐答道：

"'要说我呢，我背上驮着一个因患风湿病而全身瘫痪的丈夫，所以在爱情方面，他尽是让我吃闭门羹。我成天忙着为他那僵硬如石的歪指头按摩，结果我这双原先那么细嫩的手，竟被刺鼻的膏药，肮脏的绷带，恶臭的泥敷剂，全给糟蹋掉啦；干脆说吧，我完全改变了本来应该是一位太太的面目，一落千丈，干上了如同护士的活计。你，我的姐姐，显然你在默默地忍受这种不公平的生活，如果我想直言不讳地说出自己的看法，你是在忍气吞声地过日子；但是这种巨大的幸福竟让一个不相配的人去享受，真叫我难以容忍。难道你不记得她用来对待咱们的傲慢和无理啦？她带着自命不凡和自鸣得意的表情，向咱们炫耀了她心中的自豪，而且，她拥有那么多财宝，可才费劲地扔给咱们几个当作礼物的破玩意儿。她对咱们的出现一下就感到厌烦了，竟唤来呼啸的风把咱们推出家门。我要是不把她从福星高照的位子上拉下地狱，我就不再是女人，我就不再活这口气啦。不过受侮辱的是咱们共同两个人；所以如果你也感到不悦，咱们就一起来寻找一种教训她的办法吧。咱们获悉的这些情况，最好别告诉父母亲，也别向其他任何人说，就好像咱们根本不晓得她还活着。咱们亲眼看见了一种我见了快快不乐的情景。该让这事到此为止了！再说，像使者一样向咱们的父母或是在大庭广众面前宣布喜讯，那未免太爱出风头了。其实，当幸福不被人们知道的时候，那些幸福的人并不是幸福的；因此她将会明白，她是在跟两位大姐姐打交道，而不是跟她的女仆打交道。现在，咱们回到丈夫身边去吧，是的，金窝银窝，不如自己的草窝。当咱们想出一个周密的计划以后，再满怀信心地回来，以便惩罚她的目中无人。'

十一

"两个心术不正的姐姐耍了这么一个鬼花招。她们收藏起所有那些贵重的礼物，开始揪扯自己的头发，乱抓自己的面孔，重新挤出假惺惺的眼泪，尽管她们应该得到这样的报应。她们毫不犹豫地夺去了父母的最后希望，让老人们再次感到痛苦万分；之后，她们便带着一肚子火气，上路回家，去策划一条毒计，更应该说是一场谋杀，加害于清白无辜的妹妹。

"此间，那个不露面的丈夫在夜里来到卜茜凯身边，再次对她谆谆告诫：

"'难道你没觉察到在你头上的巨大危险？命运女神，会像一队轻步兵那样，从远方向你开战；你若不百倍提高警惕，她就会从近处向你进攻。披着女人外衣的凶恶的母狼，正在蠢蠢欲动，企图将你诱入一个可憎的圈套中，这就是她们的用心所在：她们想说服你揭开我的面目。但是你要记住我常对你说的这一点：当你一看见我的面目，你就会立刻停止看下去。因此，要是将来那些卑鄙的女妖精不怀好意地出现在这儿——我知道，她们肯定会来的——那你万万不可回答她们的提问。假使你实在办不到这点，因为你有一副好心肠，生来就单纯而脆弱，那么至少你可以充耳不闻，不说有关你丈夫的一句话。过不了多久，咱们家里将要增加一个人员，要知你那仍是少女的纤细的腰身里，已经怀上了一个孩子：

倘若你懂得保守咱们的秘密，这孩儿将是一个神灵，然而如果你泄露天机，也会是一个凡夫俗子。'

十二

"得此信息，卜茜凯高兴得飘飘然，不禁手舞足蹈起来，因为这是获得一个圣子的快慰啊：她兴奋地遐想着被授之胎的未来光荣，乐滋滋地体味着作为母亲而随之得到的同等声誉。她焦急地算着还剩下的日子，数着已过去的月份，同时，由于对那种陌生的负担毫无经验，她诧异地观察着自己的肚子，不解怎么会从一种轻微的刺痒中，引起一种这么巨大的容积增长。

"但是那两个害人虫，可怕的复仇女神，已经开始毒如蛇蝎地执行毒计，她们正带着渎神的邪念匆匆渡海而来。于是他，作为卜茜凯的丈夫，重新又来这样提醒她：

"'喂，最后一天啦，这可是紧要关头！与你同性别和同血统的人，便是你不可调和的敌人。她们已经拿起了武器，已经摆开了战场，已经列好了队形，已经吹响了军号：你那两个邪恶的姐姐已经拔剑出鞘，准备把你捅死。哎呀！咱们面临着什么样的毁灭啊，最温柔的卜茜凯！你还是可怜一下你和我们，以小心谨慎的态度，让你的家庭、让你的丈夫以及让咱们的这个小生命，远远躲避开就要打击咱们的灾难吧。那种卑劣的女人对你恨之入骨，她们蹂躏了血亲关系：如今你不能再叫她们姐姐了。你要设法不见她们的面，不听她们的声音，当她们以美人鱼塞壬的方式，在悬崖边上探身发出能使群山哀鸣的呼叫声时。'

十三

"卜茜凯不禁潸然泪下，用断断续续的哽咽声答道：

"'长期以来，我觉得，你已经体验到了我有多么忠实和慎重；就是这一回，你也将会惬意地评价我的坚强意志。你只要满足我能吩咐一下咱们的哲飞柔尽尽本分就行，作为我绝不吐露你的神圣形象的交换条件。起码你得答应我再看一眼姐姐们。我求求你，对着你那戴在芳香的长发上的花冠，对着你那和我一样的柔嫩的圆脸蛋儿，对着你那能燃起一种无名火焰的胸膛，但愿我能至少从这个小生命中，认识一下你的面孔。现在，你就同意一种值得同情的苦苦央求吧，允许我欣慰地拥抱一下姐姐，以此喜悦来补偿你那至死都对你忠贞不渝的卜茜凯的心灵吧。你是什么长相，对我来说已经无关紧要；漫漫长夜的黑暗也不再使我感到厌恶：我有你，你就是我的光明。'

"卜茜凯说罢，含情脉脉地抱住丈夫，直至让他神魂颠倒。他用自己的头发为她揩干泪水，许下了同意的诺言，随后就在晨光熹微之际离去了。"

（杨国华编，摘自刘黎亭译：《金驴记》，上海译文出版社，1988）

第二十二章　普鲁塔克及《希腊罗马名人传》

第一节　普鲁塔克简介

普鲁塔克是罗马帝国早期用希腊文写作的传记文学家、散文家、伦理学家，被英国传记家鲍威尔尊为"传记之王"。公元 46 年，普鲁塔克出生于希腊中部波奥提亚地区喀罗尼亚城的一个文人家庭。父亲是位哲学家和传记作家。普鲁塔克自幼受到家庭的文化熏陶，对文学、艺术、哲学等都产生了浓厚的兴趣。青年时代游学雅典，拜于名人阿莫尼乌斯门下，研修历史、数学、哲学、医学、修辞诸学，对历史文化研究尤为偏爱。怀着追本溯源、探掘史实的信念，他遍访希腊各地及爱琴海诸岛，甚至到过埃及、小亚细亚和意大利。所到之处，他都留心搜集当地谚语轶事、历史传说、文献资料，甚至是碑刻、绘画作品，并详尽载录，不仅丰富了个人知识，还为日后的写作积累了大量素材。

普鲁塔克一生经历了尤利乌斯·克劳狄、弗拉维和安东尼三个王朝。他为人亲善豁达、谦逊敦厚、好平静而淡泊名利，尤孝悌友爱为世人传颂。据说，他曾做过两位皇帝图拉真和哈德良的老师。他一生中的多数时间是在家乡喀罗尼亚度过的。在那里，他著书立说、开课讲学。同时，他也屡任公职，积极投身公益，如在图拉真时期做过执政官，在哈德良时期担任过希腊财政督察，晚年他又出任希腊圣地——德尔斐阿波罗神庙的终身祭司。

普鲁塔克的哲学观点融合了柏拉图、亚里士多德、斯多噶以及毕达哥拉斯等各派之说，重视伦理道德的教化。普鲁塔克多采用夹叙夹议的手法，常常从一个事件的叙述中引申出他的伦理思想。对他而言，人生应以道德为舟、理性为舵，生活中应以人性为帆、不迷浮华，才能走向伟大。他为希腊和罗马的古代名人立传，主要不是书写历史，而是为了通过伦理评价来阐发自我伦理思想，以此教育世人。他所宣扬的伦理观念，对后来文艺复兴时期人文主义思潮的兴起，也产生了重要的影响。

普鲁塔克所生活的时代，正值罗马帝国相对稳定、繁荣富强的时期，也是地中海各民族、各文化激烈碰撞后的融合时期。尤其是希腊和罗马文化进一步结合，迎来了欧洲古典文化的又一个春天。普鲁塔克一生笔耕不辍，著作等身，计有 227 篇之多，存留至今约 116 篇。后人把这些作品分编成 2 本集子，即《道德论集》和《希腊罗马名人传》。《道德论集》包括 60 多篇论文和语录，广泛探讨了文学、宗教、哲学、科学、政治、伦理等方面的问题，是普鲁塔克个人观点和思想的重要文献。然而，广为流传并使他久负盛名的却是《希腊罗马名人传》，现存 50 篇，多为希腊和罗马名人相似事迹的比较合传。在《希腊罗马名人传》中，普鲁塔克结合大量的原始资料来记述历史人物，并对其做出自己的评价。《希腊罗马名人传》保存和汇集了许多史料与史实，具有重要的史料与历史文学价值，并对后世产生深远影响，例如莎士比亚的一些戏剧就取材于《希腊罗马名人传》。另外，普鲁塔克完善了自色诺芬草创以来的传记体史书的体例，最终确立了西方史学中传记体史书的地位，对西方史学的发展作出了不可磨灭的贡献。

第二节 《希腊罗马名人传》简介

《希腊罗马名人传》又称《对传》，简称《名人传》或《传记集》，大约写于公元 1 世纪。它是普鲁塔克的传世之作，也是西方纪传体历史著作的发端之作。它在普鲁塔克生活的时代极受欢迎，后被逐渐淡忘。文艺复兴时期，《希腊罗马名人传》再次被发现并被译成大部分的欧洲语言，得到广泛的传播，尤其在 17、18 世纪产生了很大的影响。在西方思想文化史上，《希腊罗马名人传》和希罗多德的《历史》并称西方古典史学著作的"双璧"，其深远的影响力跨越历史长河，一直延展到当代西方史学研究领域，堪称西方世界的《史记》。

《希腊罗马名人传》是古希腊罗马文化融合的集中体现。这两个时代都曾经英雄辈出，普鲁塔克根据这些英雄或伟人的历史相似性，采用比较的方法，记载了包括帖修斯、罗慕拉斯、凯撒、安东尼、梭伦等 50 余名古希腊罗马杰出政治家和军事家的生平事迹，评价了古希腊罗马人的成就和道德标准。《希腊罗马名人传》现存 50 篇，其中 4 篇是单独传记，其余 46 篇皆以类相分，成双比较，即一个希腊名人搭配一个罗马名人，其后加上作者的评述，共 23 对"平行"传记。原书的先后顺序只有部分可以确定下来，现在各传的排列，一般都以希腊名人的年代顺序为准。就每个传记而言，一般的模式是首先交代人物的家世、出生环境、家庭教养、成长经历以及性格的形成，然后着重描述人物在文治武功方面的成就，最后以死时情景及身后影响为终结。例如在第 17 篇中，我们可以了解马其顿国王亚历山大与罗马凯撒大帝的人生经历，领略他们运筹帷幄、决胜千里的军事才能和处变不惊、继往开来的政治智慧，感受他们勇敢顽强、富于冒险的性格魅力。

就史料而言，《希腊罗马名人传》的取材来源十分广泛，大致有三个方面：1. 前人的历史著作；2. 当时留存的典籍文献；3. 亲身了解的传闻轶事。普鲁塔克引用了古代历史、哲学、诗歌中的大量材料，由此保存了许多已经佚失的文献材料和传奇故事。

普鲁塔克在《希腊罗马名人传》中运用了希腊式历史的书写方法。他把历史事件的回忆与趣闻轶事巧妙地糅合在一起，在绘声绘色的叙述中提供许多宝贵的史料；同时他又十分强调道德和伦理思想对历史进程的作用，在叙事中渗透他的伦理思想。普鲁塔克刻画人物的手法精妙独到，文笔简练、优美、朴实、生动。他对照比较人物的生活与行动，使读者更好地了解人物性格之间的差异与相似；他还从人物生平诸事中精选一二，着力渲染人物性格，使人物形神兼备，鲜活妙肖，起到了画龙点睛之效。正如他在《亚历山大传》中所说："大家应该记得我是在撰写传记而非历史。我们从那些最为冠冕堂皇的事件之中，并不一定能够极其清晰看出人们的美德或恶行，有时候一件微不足道的琐事，仅是一种表情或一句笑谈，比起最著名的围攻、最伟大的军备和最惨烈的战争，使我们更能深入了解一个人的风格和习性。如同一位人像画家进行细部的绘制，特别要捕捉最能表现性格的面容和眼神，对于身体其他的部位无须刻意讲求。因之要请各位容许我就人们在心理的迹象和灵魂的征兆方面多予着墨，用来追忆他们的平生，把光荣的政绩和彪炳的战功留给其他作家去撰写。"

《希腊罗马名人传》不是严格意义上的历史专著，但它仍是研究古希腊罗马历史时必不可少的一部要籍。无疑，不同时代的读者都能从这部西方古典名著之中得到借鉴与启迪。

第三节　《希腊罗马名人传》选段

第二章　凯撒

100B. C.—44B. C.，罗马名将、政治家、独裁者和激进分子，赢得内战胜利宣告共和体制结束，遭暗杀身亡。

1

凯撒的妻子高乃莉娅是共和国已故唯一执政官辛纳的女儿。自从苏拉成为罗马的主子以后，凯撒想要休掉高乃莉娅，虽然答应给予好处或是使出威胁的手段，都无法让凯撒就范，最后只有籍没高乃莉娅陪嫁的产业。苏拉对凯撒怀有敌意主要原因在于凯撒与马留有亲戚关系。老马留娶凯撒的姑母茱丽亚为妻，生下小马留，因此小马留和凯撒是姑表兄弟。

苏拉在执政之初，需要处决的政敌为数众多，国务繁忙，所以无暇理会凯撒。可是当时还是孩童的凯撒，不知道避祸养晦，竟然以祭司候选人的身份出现在人民的面前。苏拉没有公开表示反对，却在暗中采取措施，凯撒的登记受到拒绝，等到商议是否要将他处死的时候，有人认为对幼童进行图谋有点小题大作，苏拉的回答是他们毫无先见之明，未能从这个小孩身上看出一个比马留更厉害的角色。

凯撒听到这些话以后就隐匿起来，很长时期住在萨宾人的区域，经常更换藏身的地点。有天晚上因为便于休养起见，从一所房屋迁移到另一所房屋，为苏拉的士兵捕获，当时那些士兵正在那些地区搜查逃逃人员。凯撒用 2 泰伦向他们的队长高乃留斯行贿，获得释放以后马上登船出海，驶往俾西尼亚避难。他在奈科米德王的宫廷稍作停留，返回罗马的途中，法玛库萨附近为海盗所掳，那个时候他们拥有实力强大的舰队和无数小船，横行海上杀人越货无所不为。

2

这些海盗起初对他只订出 20 泰伦的赎金，凯撒笑他们狗眼看人低竟然不明了他的身价，主动答应要给他们 50 泰伦。他立即派遣随行人员分别到几个地方去筹措所需款项，最后只有一个朋友和两名侍从，陪着他留在全世界最凶恶残暴的西里西亚人中间。然而他并不将他们放在眼里，每当他想要睡觉，便派人去吩咐他们不要大声喧哗。在以后这 38 天当中，他如同全世界最自由的人，可以任意参加他们的运动和游戏，好像他们不是看管肉票的禁卒，而是他的卫士。他写作诗歌和演说词，把他们当成听众，那些不能极口赞誉的人，被他当面斥为大字不识的蛮族，时常用开玩笑的口吻，威胁要将他们全都吊死。海盗都很欣赏他这种天不怕地不怕的态度，把毫无顾忌的信口开河，视为直爽的淳朴天性和童稚的调皮心理。

等到他的赎金从米勒都斯送过来，获得释放以后，他立即把人员配置在几艘船上，从米勒都斯的港口发航去追捕海盗，奇袭他们原来停泊的地方，使得大多海盗都被抓住。他们的钱财成为他的赏金，人员全部关在帕加姆斯的监狱里面，然后与担任亚洲总督的朱尼乌斯联系，惩治海盗是他的职责所在。朱尼乌斯心中盘算那笔巨款，说他得暇时会考量如何处置他掳获的人员。凯撒告辞离开，前往帕加姆斯，将海盗押出来——用磔刑钉死在十字架上。这种惩处的方式，正好验证他落在海盗手里发出威胁的话语，只是他们认为他是痴人说梦而已。

3

就在这个时候，苏拉的权势开始式微，凯撒的朋友劝他返回罗马，他却前往罗得岛，进入摩隆之子阿波罗纽斯的学院。阿波罗纽斯是名闻天下的修辞学者，高风亮节受到世人的推崇，西塞罗出自他的门下。据说凯撒有优异的禀赋，可以成为伟大的政治家和演说家，他曾经努力学习，发展自己在这方面的才华，希望他日的成就不作第二人想。

后来他志不在此，选择军事和权术想要攫升登峰造极的地步，所以在辩才方面未能达到天赋的最高要求。他的心力智慧全部转用到征伐和权谋，终于建立庞大的帝国。他核阅西塞罗的《论加图》以后所做的答复之中，请求他的读者不要拿一位军人的老生常谈，去与一位演说家的真知灼见比过高下，因为西塞罗不仅天资极高，而且毕生专心致力于此一学门。

4

凯撒回到罗马以后，对于多拉贝拉的恶政提出控诉，希腊很多城市都愿出庭为他作证。多拉贝拉经过审判虽然宣告无罪，凯撒为了回报希腊人对他的支持，等到他们向前法务官身份出任马其顿总督的马可斯·卢库拉斯提出控诉，出面检举巴布留斯·安东纽斯贪污的时候，挺身而出担任他们的辩护律师。这件讼案他获得成功，使得安东纽斯只有回到罗马向护民官提出上诉，宣称他在希腊与当地人打官司，得不到公正的审判。凯撒在罗马的法庭为被告提出的抗辩，滔滔不绝的口才使得他声誉高涨，和蔼可亲的态度和言谈获得人民的好感，他所表现出的圆融和周到，远非像他那样年纪的人所能做到，何况他豪爽好客善于应酬，加上显赫的气派和华丽的排场，已经逐渐扩展和增强他的政治势力。

他的政敌看到他这种情形，开始的时候摆出藐视的神色，认为他建立的局面随着金钱耗尽只是昙花一现，然而就在这段期间，他的声势却在平民之间日益昌隆兴旺，等到他的力量稳固已无从摧毁之虞，公开表示要改革体制，那些政敌才知道任何看来并不起眼的开端，只要持之以恒，都可以发展为一股强大的势力，面临危险的局面最初不予重视，最后终于沛莫之能御，只是他们的觉悟太迟，已经于事无补。

西塞罗是最早猜疑凯撒在从政方面是有所图谋的人，正如一个优秀的舵手在风平浪静的时候，会担忧暴风雨的突然袭击。他说凯撒用和蔼可亲的态度来掩饰别有用心的企图，从他平日的所作所为，可以看出他有独揽大权的野心和抱负。西塞罗曾经说过："当我看到他的头发梳得如此整齐，还要用一根手指去拨弄的时候，真想不到这样一个人会有颠覆罗马共和国的念头。"不过这些都是后话，暂且不提。

5

人民对他的好感可以从一次军事护民官的选举中略知一二，他竟然获得比该犹斯·波披留斯更多的票数。另外一个更为明显的证据，他在罗马广场公开发表一篇令人感动的悼词，用来推崇他的姑母茱丽亚，也就是马留的妻子。茱丽亚的出殡行列中，他竟敢把马留的遗像展示出来，自从苏拉掌握大权以后，马留这派人马上被宣布为国家公敌，他的画像从来没有出现在大庭广众之前。有些在场的人士开始提高声音指责凯撒，民众却在一旁喝彩和鼓掌，因为他把马留在这个城市久受湮灭的荣誉，重新由坟墓的深处挖掘出来，不禁让他们感到喜悦和满足。

举行葬礼为死去的年长贵妇人发表哀悼演说，颂扬她的美德懿行，这是罗马由来已久的古老习俗。说到对年轻的妇人也采用这种方式，倒是无先例可循，凯撒的妻子过世，他发表挽亡之词可以说是空前盛举。这种表现使他博得人民的好感，大家认为他是鹣鲽深情和心地宽厚的人。等他办好妻子的丧事以后，就以财务官的职位到西班牙，在卸任法务官的身份出任总督的维都斯手下服务。后来他对维都斯始终敬重如一，等他自己以法务官的头衔担任总督，也把维都斯的儿子委派为财务官。这项职位的任期结束以后，他娶庞培娅为第三位妻子，这时他有一个女儿，是高乃莉娅所出，后来他把这个女儿嫁给庞培大将为妻。

他对金钱的花费可以说是挥霍无度，担任公职以前就已欠下 1300 泰伦的债务，许多人认为他为博取名声所花费的代价太过高昂，用实际的财富去换取短暂而且难以确定的报酬；在他而言是用微不足道的东西去交换极为宝贵的殊荣。他奉派为督导官负责阿皮安大道工程，除了拨发的公款，他还自行垫付巨额的金钱；等他出任市政官，供应为数甚众的角斗士，为了娱乐民众举办 320 场的单人搏斗；此外，在剧院表演、游行队伍和公众宴会方面，表现出慷慨和豪迈的气势，使得以前那些官员的所作所为，在相比之下大为逊色。因此他深获民心，每个人都想为他找到好的差事和新的荣誉，借以回报他的急公好义。

6

当时的罗马有两派人马，一个是权高势大的苏拉派，另外就是散漫无力的马留派，凯撒想要恢复后面一派的声势，能为他所用。就在他担任市政官期间，因为大手笔的表演在人民心中声望正隆之际，下令制作马留的画像和胜利女神的雕像，两位的手里都执着战利品，在夜间偷偷放在卡庇多的神殿。第二天早晨人们看到那些金光闪闪和制作精美的画像，上面还刻着文字，叙述马留战胜辛布里人的丰功伟绩，大家对于放置者的大胆感到惊奇，当然不难猜出是谁的主意。等到事情传播开来，很多人从各处赶来。有些人高声责难，指出凯撒公开反对现有的政府，企图恢复被元老院的法律和敕令所抹杀的荣誉，并且强调他这种做法，用来探测人民的动向；并且说他在这方面已经下了很大的功夫，如果民众非常驯服愿意接受他的摆布，就会毫无反抗屈从他的改革。

在另一方面，马留派的人马士气大振，无数拥护者突然出现真是令人不可思议，发出欢呼的声音走进卡庇多的神殿。许多人看到马留画像的时候，都喜极而泣，他们对凯撒大加赞扬，认为在马留的亲属当中，只有他没有辜负那位伟大人物的厚望。元老院为此召开会议，当时罗马最显赫的人物之一的卡图拉斯·卢塔久斯起立发言，对于凯撒大肆抨击，用这样的警语结束他的讲话，说凯撒不是在暗中破坏体制，而是公开装设投射武器开始推翻政府。凯撒为自己辩解一番以后，元老院听了相当满意，那些拥护他的人都非常高兴，劝他不要为任何人改变自己的主张。自从他获得人民的爱戴以后，不久就胜过所有的对手，成为共和国的头号人物。

7

这个时候，祭司长梅提拉斯逝世，卡图拉斯和伊索瑞库斯竞争遗留的职位，这两位都有很高的声望，在元老院拥有很大的势力。凯撒不甘示弱，竟然参加竞选，要在人民的面前与他们争个高下。三位候选人看来势均力敌，卡图拉斯年高望重，生怕选不上有失颜面，派人去贿赂凯撒退选，情愿送他一笔巨款。他的回答是准备借贷数额更大的款项，表示竞选到底的决心。选举日当天，他的母亲含着眼泪将他送到门口，他拥抱过母亲以后说道：

"妈妈，今天你看到的我不是祭司长就是流亡者。"等到投票开始，经过非常激烈的竞争他获得胜利，元老院和贵族感到惊慌，生怕他怂恿人民做出种种莽撞的行为。

皮索和卡图拉斯对西塞罗交相指责，当时凯撒涉及加蒂蓝叛国案，不应让他安然脱身。加蒂蓝不仅企图改变现有的体制，而且计划推翻整个帝国，使一切都陷入混乱之中。可是这样一个人竟然逃走，可以起诉他的证据尚嫌不足，他的终极目的还没有完全浮现。加蒂蓝把连图卢斯和西第古斯留在罗马，代替他的位置来推动这项阴谋活动。他们是否从凯撒那里得到鼓励和协助，还没有确切的结论；受到元老院的定罪，已经是千真万确的事。当执政官西塞罗询问元老院议员意见，请他们就处置这些人的办法发表个人主张的时候，所有在凯撒之前发言的人，都公开宣称要立即处死。

凯撒站起来发表精心推敲的演说，他认为不经过审判而处死那些门第高贵而且声望卓越的人，不仅无先例可循也是违背正义的行为，除非有绝对的必要，否则不可贸然从事。如果把他们监禁在西塞罗选定的意大利城市里面，等到加蒂蓝被击败以后，元老院在安静的环境里，从容不迫决定最好的处置办法。

8

他的看法表示出人道精神，加上极为动听的辩才，所以不仅那些在他之后发言的人表示同意，就是在他之前发表相反意见的人也转而支持他的论点。直至轮到卡图拉斯和小加图讲话，他们两人对凯撒的建议全力加以反对，小加图在发言中暗示对于凯撒抱着怀疑的态度，坚持要把那些罪犯处以极刑，应立即付诸执行。等到凯撒步出元老院的时候，那时很多担任西塞罗卫士的年轻人跑过来，拿着出鞘的佩剑向他攻击，据说是古里欧将外袍披在凯撒的身上将他救走，至于西塞罗本人，那些青年注视他询问意见，做出不要杀害凯撒的手势，可能是出于对人民的畏惧，或许他认为这种谋杀是丧失正义和违背法律的行为。如果确有其事，我怀疑在他叙述执政官任期有关的书籍里面，为何只字未提。后来受人指责说他害怕人民的报复，未能利用大好时机一举将凯撒除去，因为当时的凯撒受到民众的爱戴和拥护。

过了几天，凯撒前往元老院，为他所蒙受的嫌疑而辩剖，责难的声音排山倒海而来。民众发现元老院会议继续下去显示异常的状况，大家在叫嚣之下包围会场，要求元老院议员让他出来与他们见面。自从这次的事件以后，小加图非常忌惮贫苦市民的一举一动，通常他们在人民当中最早燃起不满的火焰，而且他们把一切希望寄托在凯撒的身上。所以小加图说服元老院，按月配发这些贫苦市民相当谷物以资安抚，这项权宜的办法使得共和国每年增加750万德拉克马的额外开支，非常成功消除当时一个重大的祸根，使得凯撒的势力大为减弱，他正要出任法务官，一旦登上那个职位必然更难应付。

9

在他担任法务官的任期之内，并未酿成任何纷扰不安，只是在他的家庭里面发生一件丑闻。巴布留斯·克洛狄斯出身于贵族世家，以财产和辩才著称于当时，淫逸放荡和胆大妄为更甚于声名狼藉之徒。他爱上凯撒的妻子庞培娅，她对他也来者不拒，然而她的住所是祭司长官邸，所以警戒森严，凯撒的母亲奥里利娅是个精明而谨慎的妇女，经常留在她的身边，要想会晤不仅危险而且困难。罗马人有一个名叫波纳的女神，相当于希腊人的琴昔西亚，弗里基亚人加给她一个特殊的头衔，说她是迈达斯王的母亲，罗马人称她是山林水泽的仙女，嫁给福努斯为妻。希腊人则说她是巴克斯的母亲，只是不知名讳而已。

妇女庆祝这位女神的节日，都在帐篷上面覆盖着葡萄藤，依据神话叙述的情形，将一条神圣的蛇供奉在女神的旁边，按照规定在举行仪式的时候，男子要回避甚至不能留在家中，全部由女性来奉行圣洁的职责，据说与奥斐乌斯的庄严典礼完全雷同。等到节庆的日子来到，无论是执政官或法务官以及所有的男性，都要离开自己的家，留下妻子照料一切，进行适当的布置，主要的仪式都在夜间举行，那些妇女聚集在一起，守夜的时候，各种乐器的声音不绝于耳。

10

当庞培娅正在庆祝这个节日，克洛狄斯因为还未长胡须，穿上一个歌女的衣服并且戴上她的首饰，很像一个年轻的女子前往凯撒的官邸。到达以后发现大门敞开，知道私情的一名婢女很顺利把他引了进去，然后去告诉庞培娅，但是去了很久没有返回。克洛狄斯等得不耐烦，离开原来的位置在府内到处走动，从一个房间到另一个房间，仍旧非常小心避免有灯光的地方，最后奥里利娅的侍女遇到他，开口邀请他参加她们的玩乐，就像当时那些妇女一样，他拒绝接受因而被她拉住，问他是什么人来自哪个家庭。克洛狄斯回答说他在等候庞培娅的婢女阿布拉，实际上就是这位侍女的名字，而且他在讲这些话的时候，嗓音已经泄露他的性别。这个女人尖声高喊起来，跑到灯光照耀的人群当中，叫嚷说她发现一位男子，所有的妇女都很惊慌。奥里利娅赶紧把神圣的祭品先藏起来，停止参拜的仪式，然后下令将所有的门户全部封闭，持着火把到处寻觅克洛狄斯，这个男子藏匿在引导他进入大门的婢女房中，就在那里被大家捉到。这些妇女一看到就认出他来，便将他赶出门去；然后她们连夜立刻回家，把这件事情告诉自己的丈夫。

等到第二天的早晨，消息传遍全城，知道克洛狄斯犯下大不敬的罪行，不仅羞辱当天夜晚那些贵妇人，而且冒犯公众和神明，应该当成犯人受到惩处。一位护民官出面指控他犯有亵渎神圣仪式之罪，还有一些主要的元老院议员联合起来，证明他除了犯过许多其他的恶行，此外还与他的胞妹即卢库拉斯的妻子有乱伦的行为。民众为了对抗贵族，不让他们的联手得逞，所以为克洛狄斯辩护，这种状况对克洛狄斯极为有利，法官感到惶恐不安，生怕惹怒民众给自己带来麻烦。

凯撒立即休掉庞培娅，受到召唤为克洛狄斯的罪行作证，却说对他没有任何指责。这种说法听起来令人感到奇怪，控方问他为什么要与自己的妻子离异，凯撒说道："身为凯撒的妻子，贞节不容受到怀疑。"有人说这是凯撒的真心话，也有一些人认为他说这番话的目的是为了讨好民众，因为民众亟须救出克洛狄斯。总之，克洛狄斯还是逃脱刑责，大多数法官在表示意见的时候，故意把字迹写得潦草难以分辨，免得宣判有罪可能受到人民的迫害，无罪则会引起贵族的报复。

11

凯撒在法务官的任期届满以后，出任西班牙行省的总督，庞大的债务带来极大的困扰，在他准备动身的时候，债主前来索账，让他无法成行。凯撒向罗马最富有的克拉苏求助，因为克拉苏需要凯撒用活力和热情，支持他在政治上对抗庞培，愿意替凯撒偿还那些催索最急的债务，对另外的830泰伦欠款给予担保，凯撒才能离开罗马到行省上任。

他们的行程要跨越阿尔卑斯山，经过一个蛮族小村庄，里面的居民很少而且贫穷不堪，他的同伴用戏论的口吻谈论一个问题，不知这些居民中间是否有竞选投票、争权夺利和党派倾轧这些情形。凯撒即一本正经地回答道："就我来说，不管处在哪种环境，秉持的原则都是'宁为鸡口，不为牛后'。"

据说还有一次，他在西班牙公余闲暇之际，阅读亚历山大的战史，只看了一部分，就坐在那里陷入深思之中，最后竟然流下泪来。他的朋友看到很惊异，问他何以如此。他回答道："你们算一算，亚历山大在我这样的年龄已经征服很多国家，而我至今还是一事无成，只要想到这些就禁不住掩面而泣。"

12

他抵达西班牙以后，立即开展积极的行动，不过几天功夫，在原有的 20 个步兵支队的基础上，增编 10 个新成立的支队。然后出兵讨伐卡拉西亚人和露西塔尼亚人，接着前进到遥远的海洋，征服一些以前从未臣属于罗马的部族。等到军事行动获得圆满的成就以后，他致力于民政工作，同样获得良好的绩效。他费了很大的力气在各个城邦之间建立和谐的关系，调解债权人和债务人所发生的纠纷，他下令要求债务人应该把每年收入的三分之二交给债权人，其余的三分之一留下自己运用，继续下去直到全部债务偿清为止。这一项施政使他在离职时声誉极高，不仅自己发了大财，就连士兵都很富有，被他们加上"凯旋将军"的称号。

13

罗马的法律有这样的规定，凡是希望举行凯旋式的将领必须留在城外，听候当局的批准。还有一项条款，参选执政官职位的人必须亲自到场登记。凯撒返回罗马正值执政官选举期间，这两项法规使他有不能两全其美之感，于是向元老院提出一项请求，说明他既然必须遵守规定停留城外，可否由他的朋友代为办理参选有关事宜。小加图最初表示应该坚守法律的规定，后来发现元老院大部分议员被凯撒说动，势必接受他的陈情，于是他发表长达整天的冗长演说，借以拖延时间使人无法提出动议。凯撒看到这种情形，立即做出决定放弃凯旋式的殊荣，争取执政官的职位。

他进城以后马上办理登记，同时采取一项策略，使得除了小加图以外所有的人都被他所骗。那就是要使罗马最有势力的两位人物，克拉苏和庞培言归于好。这两位过去曾经发生争执，现在凯撒使他们讲和，借着他们两人的联合力量来增强他本身的声势，在表面看来纯属亲切和善意的行为掩饰之下，进行政府的重大变革。内战的起源并非如同大多数人的想象，出于庞培和凯撒的争执，事实上应该是起自他们的联盟。他们在开始的时候是想共同协力对抗贵族政治，最后双方闹翻以致不可收拾。当时小加图经常预言这种联盟不得善终，大家认为他是一个性格阴沉而且喜爱惹是生非的家伙，最后大家才了解他是有先见之明的智者，也是无力回天的顾问。

14

基于利害关系，凯撒获得克拉苏和庞培的双重支持，争取到执政官的职位，他和卡普纽斯·比布卢斯一同当选。他在就职以后拟定一些法案，有关的问题如果由最激进的护民官提出较之执政官更为合适。他提议要建立殖民区和分配土地，目的是要讨好一般民众。操守廉洁和最孚众望的元老院议员表示反对，这样一来在凯撒而言是正中下怀，因为他长久以来想要获得可以哗众取宠的口实，于是他大声疾呼提出抗议，说他被迫只有寻求人民的支持，这样做并非出于他的本意；何况元老院表现羞辱和刻薄的行为，已经逼得他无路可退，今后唯有全力支持民众的目标和福利。

他匆匆走出元老院，出现在市民大会的前面，克拉苏和庞培分别站在他的两边，询问大家是否赞成他所提出的法案，他得到他们的同意然后要求给予帮忙，去对付那些要用刀剑提出威胁的政客。人们答应他所要求的协助，庞培更进一步宣称，也要用他的剑和盾去迎击对手的武器。贵族听到这些话极其愤慨，他们认为既不合庞培高贵的身份，也没有给予元老院应有的尊敬，很像幼稚的呓语或者疯汉的狂言；民众听了却大为兴奋。

凯撒的女儿名叫茱丽亚，原来已经与塞维留斯·昔庇阿定了亲，现在为了牢牢掌握庞培起见，又把茱丽亚许配给庞培；告诉塞维留斯可以娶庞培的女儿为妻，然而庞培的女儿也不是没有定过亲，早就答应过苏拉的儿子福斯都斯。不久以后，凯撒与毕索的女儿卡普妮亚结婚，使得毕索成为下一年的执政官。

逼得小加图高声反对，用慷慨激昂的言辞提出抗议，说这班人用婚姻将政府的职位当成人尽可夫的娼妓，带着女人相互包庇，都能掌握军权、瓜分行省、据有重要的位置，真是让人感到是可忍孰不可忍。凯撒的同僚比布卢斯发现，为了反对凯撒的法案，即使使出吃奶的力气还是没有效果，而且像小加图一样随时有在罗马广场被杀的危险，只有蹲在家中闭门不出，直到执政官的任期届满。庞培在结婚以后，立刻在广场满布士兵，市民在他们的协助之下通过新的法律，使得凯撒能够统治高卢，包括阿尔卑斯山两边地区连同伊里利孔在内，统率四个军团，任期5年。

小加图采取措施反对这些立法的程序，遭到凯撒逮捕送往监狱。凯撒以为小加图会向护民官提出申诉，小加图不发一言走进去，不仅贵族感到愤愤不平，就是平民也尊敬小加图的德行，默默跟随在他的后面，流露出沮丧的面容，凯撒看到这种情形知道难以善了，便私下要求护民官出面解救小加图。元老院的议员当中只有少数人士还去开会，其余的成员讨厌凯撒的行为，借故拒不出席。

有天一位年高德劭的议员坎西狄斯告诉凯撒，说是议员不来开会是畏惧他的士兵，凯撒问道："那么为什么你没有留在家中，一点都不害怕呢？"坎西狄斯说他的年纪就是保障，能够一无所惧，有限的余生使他不必顾虑会产生什么后果。凯撒在担任执政官期间最可耻的事，乃是帮助克洛狄斯取得护民官的职位，这个人曾经侵犯到他妻子的贞操，扰乱神秘的守夜仪式。所以要让这个人当选是为了打击西塞罗，凯撒取得他的合作，两人联手将西塞罗驱出意大利以后，才离开罗马统军去作战。

15

上面所述都是凯撒在高卢战争之前的言行。从此以后，他好像洗心革面过完全不同的生活，而且面对一个崭新的局势。在整个战争期间他为了征服高卢实施很多次远征行动，证明他是一位吃苦耐劳的士兵和运筹帷幄的将领，能与统率大军最伟大的指挥官分庭抗礼，毫不逊色。要是我们举出费比乌斯、梅提拉斯和西庇阿这些家族的名将，或是同时代而稍早的知名之士如苏拉、马留和两位卢库拉斯，甚至就是在战争中赢得盖世英名的庞培，拿来与他作比较，就会发现凯撒的作为已经凌驾所有的人物。作战的国度就处境的困难而言，他远胜某一位将领；就所征服的范围的广大而言，他超迈另一位将领；击败的敌人就数量和实力而言，他远较另一位将领为优越；绥靖而获得好感的部族，就他们的野性和狡诈而言，他比某一位将领要强得太多；对待那些被征服民族的仁慈和宽厚而言，他比另外一位将领更为让人感激不尽；就对自己的弟兄无论是赏赐和关切而言，更是其他一些将领所无法比拟；所从事会战的次数之多和杀死敌人之众，都是其他所有将领所望尘莫及。他在高卢作战的时间不到10年的工夫，先后攻占800个城市，征服300个国家，在历次战役中与他交锋对垒的敌人有300万人，其中有100万人被他杀死，还有100万人成为俘虏。

（杨国华编，摘自席代岳译：《希腊罗马名人传》，吉林出版集团有限责任公司，2009）

第二十三章 奥古斯丁及《忏悔录》

第一节 奥古斯丁简介

奥古斯丁是古罗马帝国时期基督教思想家、哲学家，奥古斯丁修会的发起人，有"迦太基的亚里士多德"之称。与中世纪的托马斯·阿奎那同为基督教神学大师。

公元354年11月13日，奥古斯丁出生于北非的塔加斯特城（今阿尔及利亚的苏克阿赫拉斯），当时这里已是罗马帝国的领地。父亲巴特利西乌斯是个脾气暴躁的异教徒，母亲莫尼加是位温婉贤良的基督徒。自奥古斯丁出生起，母亲就迫切地为他流泪祷告，盼望他日后也能虔信基督。父亲则希望他官运亨通，光宗耀祖。因此，尽管家境一般，父亲还是决意让他接受最好的罗马式教育。7岁时，奥古斯丁在当地学校学习拉丁文、初等算术和希腊文。他调皮捣蛋，逃学游荡，但天资聪颖，自小就表现出很高的学习天分。13岁前往当时北非的文化重镇马达乌拉学习古典文学和修辞学，他不喜希腊语，却对拉丁文情有独钟。16岁前赴迦太基就学，学习雄辩术，并在那里奠定了扎实的拉丁文根基。

奥古斯丁一来到迦太基，就被那里奢靡腐败、纸醉金迷的生活所吸引。17岁结识一名当地女子并与之同居。18岁育有一子阿德奥达徒。19岁时，他读到西塞罗的《荷尔顿西乌斯》，深受影响，思想旋即发生转变。他开始阅读圣经，希望找到西塞罗提及的智慧，却发现基督教不能给他解释，转而接受摩尼教的善恶二元论，并皈依摩尼教。他20岁完成学业，22岁在迦太基教授雄辩术，26岁写下处女作《论美与适合》，在书中阐述了"美就是适宜"的美学思想。在迦太基的几年中，奥古斯丁对摩尼教渐生怀疑。29岁与摩尼教主教作神学思辨，但主教的答复令他彻底失望。383年，他渡海至罗马，一边教授雄辩术，一边研究学院派的著作。翌年，他前往米兰教授雄辩术。在此期间，他常去教堂听该城基督教主教安布罗西乌斯的讲道，深受启迪，开始思考信仰问题。后来奥古斯丁读到一些新柏拉图主义者的著作，这些作品使他把目光转向永恒的超感觉世界，开始真正脱离摩尼教。经过激烈的思想斗争，于387年皈依基督教，开始了清心寡欲的修道士生活。388年返回北非故居。391年任希波教区神父。395年任希波主教，从此致力于牧养教会、宣讲福音、救济贫弱等事业。闲暇之余著书立说，阐释教义。430年8月28日病逝，被教会封为伟大的圣师。

奥古斯丁博大精深的神学思想对西方罗马教会产生了深远影响。他以神为核心，以信仰为前提，以圣经为根据，运用新柏拉图主义理论结构论述基督教哲学的基本原理。他以其对基督信仰的忠实与对希腊哲学的继承和改造完成了基督教与希腊哲学的有机融合，确立了基督教哲学，把教父哲学推向了全盛时期。许多后来的天主教神学家如托马斯·阿奎那以及新教徒领袖如马丁·路德和加尔文都受过他的强烈影响。直到今天，奥古斯丁的名字还为基督教世界所尊崇。

奥古斯丁的著作逾113本及500多篇讲章，大致有五类：神学、释经、伦理证道、哲学和自传，杰出者有《忏悔录》、《论三位一体》、《上帝之城》、《论自由意志》、《论美与适合》等。其中最负盛名、广为传诵的便是《忏悔录》。他在书中以亲身经验来见证神在人身上奇妙的作为和恩典，提出人可与神亲切来往的概念，是宗教经验著述之典范、世界之名著。

第二节 《忏悔录》简介

《忏悔录》成书的确切年代不详。据学者考证，应在395—401年之间。原书用拉丁文写成，原书名《古典拉丁文本》意为"承认、认罪"，但在教会文学中，意指承认神的伟大，有歌颂之意。奥古斯丁侧重后者，即叙述一生所蒙天主的恩泽，发出对天主的歌颂。《忏悔录》是奥古斯丁的心灵自传，被称为西方历史上"第一部"自传，也是西方忏悔文学的源头，著名的《卢梭忏悔录》和《托尔斯泰忏悔录》都承继于斯。

《忏悔录》以祷告诗体写成，记述了奥古斯丁前半生三十三年的信仰历程。全书共十三卷，就内容而言，可分作两部分：卷一至卷九记述他出生至三十三岁母亲病逝的一段历史，卷十至卷十三记述他撰写此书时的思想状况，讨论了哲学和神学问题。卷一由歌颂天主开篇，叙述了他从出生至少年时代的往事。卷二、卷三记述了他的青年时代和负笈迦太基的经历。卷四、卷五记述了他完成学业后在家乡的教书生涯以及罗马之行。卷六、卷七记述了他在罗马和米兰两地的思想转变过程。卷八着重描写了他在一次思想斗争后悔悟归主的经过。卷九记述他皈依基督教后至母亲病逝的一段事迹，其中用大量篇幅述及母亲的生平。卷十记述著书时的思想状况。卷十一至卷十三诠释了《旧约创世纪》第一章，表达了他对重大神学和哲学问题的看法，尤其是卷十一记述了他对时间问题的看法。全书以歌颂天主结束。

《忏悔录》首先是一曲满怀感恩的颂歌。在书中，奥古斯丁和他虔诚的母亲莫尼加谱写了古代文献中最为深沉隽永的母子旋律，充盈着灵性之美。

《忏悔录》叙述了人生纷扰之后归于平静的生命旅程。作者描述自我在欲望和诱惑中堕落，最终带着救赎之心投入上帝怀抱的精神之路。这也是奥古斯丁在忏悔录中贯穿全书的主题，代表着时空存在的人和信仰终极的神的关系，他强调人必须摆脱人性羁绊，走向神性自由。他说："我愿回忆我过去的污秽和我灵魂的纵情肉欲，并非因为我流连以往，而为了爱你，我的天主。因为我喜爱你的爱，才这样做：怀着满腔辛酸，追溯我最险恶的经历，为了享受你的甘饴，这甘饴不是欺人的甘饴，而是幸福可靠的甘饴；为了请你收束这支离放失的我、因背弃了独一无二的你而散失于许多事物中的我。"

《忏悔录》阐述了奥古斯丁的哲学思域，即纯粹神学和从属于神学的哲学，前者是关于创世主上帝的问题，后者是上帝创世的问题。奥古斯丁并不专心致力于纯粹哲学，却很好地表述了它，并显出非凡的智慧。

《忏悔录》中最突出的思想是关于时间和语言的论述。奥古斯丁说："过去事物的现在是回忆；现在事物的现在是视觉；未来事物的现在是期望。"他认为，实际存在的既非过去，亦非未来，而只是现在。过去和未来都被想象为现在。这是他所谓三种时间的理论。关于语言，他在书中描绘了一幅人类语言本质的特别画卷，借此阐述了许多重要观念。在某种意义上，《忏悔录》成了 20 世纪语言哲学家们的思想资料库。

《忏悔录》也反映了奥古斯丁的教育思想。他的教育思想以其神学、哲学观念为出发点。他认为，教育的基本目的就是培养对上帝充满信仰、虔诚的基督教徒和优秀教士，所以道德教育应居于首位。通过道德教育，使人能够用理智节制欲望，使情感服从理性，专注灵修，也有助于形成一种为善的倾向。尽管奥古斯丁的教育思想对后世有一定的借鉴意义，但也明显存在宗教化的偏颇。

《忏悔录》既是一部宗教和哲学著作，也是一部文学著作。它以真挚的情感、深刻的思想剖析、细腻生动的文笔感动了一代又一代读者。

第三节　《忏悔录》选段

卷十一

一

主啊，永恒既属于你有，你岂有不预知我对你所说的话吗？你岂随时间而才看到时间中发生的事情？那么我何必向你诉说这么一大堆琐事？当然这不是为了使你因我而知道这些事，而是为了激发我和读我书的人们的热情，使我们都说："主，你是伟大的，你应受一切赞美。"我已经说过，我还要说：我是由于喜爱你的爱所以才如此做。我们也祈祷，而真理说："你们求你们的父亲之前，他已知道你们的需要。"因此，向你诉说我们的忧患和你对待我们的慈爱，是为了向你披露我们的衷情，求你彻底解救我们——因为你已开始解救我们——使我们摆脱自身的烦恼，在你身上找到幸福，因为你已号召我们应该：安贫、温良、哀痛、饥渴慕义、慈惠待人、纯洁、和平。

我竭我的能力和意志，向你陈述许多事情，这是由于你首先愿意我称颂你，我的主，我的天主，称颂"你是美善的，你的慈爱永永不匮"。

二

我的笔舌怎能缕述你对我作出的一切教诲、警诫、抚慰和安排，如何引导我向你的子民传布你的圣训、分发你的"圣事"？如果我能具述这一切经过，那么一点一滴的时间为我也是宝贵的。

我久已渴望能钻研你的法律，向你承认我的所知与所不知，叙述你照耀我的曙光，直至我的昏懦被你的神力所摄取。除了为恢复体力的必要休息和我的研究工作，以及我分内或自愿为别人服务的工作外，所余下的空闲时间，我不愿再消磨在其他事务上了。

主、我的天主，请你俯听我的祈祷，恳求你的慈爱听取我的志愿，我热烈的蕲望并非为我个人，也想为弟兄们的友爱有所贡献；你知道我的衷心的确如此。使我奉献我的思想与言语为你服务，请你赐给我祭献的仪物，因为我是困苦贫寒，"凡求你的，都享受你的宏恩厚泽"，你一无忧虑，却尽心照顾我们。请斩断我身内、身外和我唇舌的一切鲁莽、一切作伪，使你的圣经成为我纯净的好尚，使我不至于曲解圣经，自误误人。主啊，请你俯听我、怜悯我；主、我的天主，瞽者的光明，弱者的力量，但同时也是明者的光明，强者的力量，请你垂视我的灵魂，请你倾听它"发自幽谷的呼号"；如果你不听到幽深之处，那我们将往何处，将向何处呼号？

　　"白天是你的，黑夜也是你的"，光阴随你驱使而流转。请你给我深思的时间，使我钻研你的法律的奥蕴，不要对敲门者闭而不纳。你愿意写成如许闳深奥衍的篇帙，并非徒然的，这些森林中不是有麋鹿栖伏、漫步、饮食、憩息、反刍于其间吗？主啊，请你成全我，把书中奥旨启示我。你的声音是我的欢乐，你的声音超越一切欢乐。你赐给我所喜爱的；而我正喜爱这些书，这真是你的恩赐。不要放弃你所给我的恩赐，不要轻视你这一茎饥渴的草。在你的书中我如有所心得，都将向你称谢："使我听到称谢你的声音。"使我深深领略你，"瞻仰你一切奇妙的作为"，从你创造天地的开始，直至和你共生于你的圣城、永远的神国。

　　主啊，请你怜悯我，听从我的志愿；我认为我的志愿不在乎尘世的金、银、宝石、华服、荣誉、权势，或肉体的快乐，也不在乎羁旅生涯中此身必需之物，"这一切自会加于追求天国与你的义德的人们"。

　　主啊，请看我的愿望是如此。"不义的人们向我讲述他们的乐事，但是，主，这和你的法律不同。"这便是我愿望的真源。圣父，请你看，请你垂视；请你看，请你俞允；希望在你慈爱的鉴临下，我能得到你的欢心，在我敲门时能敞开你言语的枢奥。通过我们的主、耶稣基督、你的圣子，"坐在你右边的、你所坚固的人子"，你与我们之间的中间者，你用他来找寻那些不追求你的人，你找寻我们使我们追求你，通过你用以创造万物——我是其中之一——的"道"，通过你的独子，你用他来召唤信仰的人民成为你的义子——我也是其中之一——通过他我恳求你，他是"坐在你右边，为我们代求"，是"一切智慧的府库"；我在你的圣经中探求的便是他。摩西所写的是关于他；这是他自己说的，也即是真理说的。

三

　　使我听受、使我懂得你怎样"在元始创造了天地"。摩西写了这句话。摩西写后，从此世、从你所在的地方到达了你身边，现在摩西已不在我面前了。如果在的话，我一定要拖住他，向他请教，用你的名义请他为我解释，我定要倾听他口中吐出的话。可是如果他说希伯来语，那么他的话徒然地敲我的耳鼓，丝毫不能进入我的思想，如果说拉丁语，我能懂得他说什么。但我怎能知道他所说的是真是假呢？即使知道，是否从他那里知道的呢？不，这是在我身内，在我思想的居处，并不用希伯来语、希腊语、拉丁语或蛮邦鴂舌之音，也不通过唇舌的动作，也没有声音的振荡，真理说："他说得对。"我立即完全信任他，肯定地说："你说得对。"

　　但是我不可能询问摩西，我只能求你真理——摩西因为拥有满腹真理，才能道出真理——我只能求你，我的天主，求你宽赦我的罪过，你既然使你的仆人摩西说出这些话，也使我理解这些话。

四

　　天地存在着，天地高呼说它们是受造的，因为它们在变化。凡不是受造而自有，则在他身上不能有先无而后有的东西，不能有变化的东西。

　　天地也高喊着它们不是自造的："我们的所以有，是受造而有；在未有之前，我们并不存在，也不能自己创造自己。"它们所说的话即是有目共睹的事实。

　　因此，是你，主，创造了天地；你是美，因为它们是美丽的；你是善，因为它们是好的；你实在，因为它们存在，但它们的美、善、存在，并不和创造者一样；相形之下，它们并不美，并不善，并不存在。

感谢你，这一切我们知道，但我们的知识和你的知识相较，还不过是无知。

五

你怎样创造天地的呢？你用哪一架机器来进行如此伟大的工程？你不像人间的工匠，工匠是以一个物体形成另一个物体，随他灵魂的意愿，能以想象所得的各种形式加于物体——灵魂如不是你创造，哪会有这种能力？——以形式加于已存在的泥土、木石、金银或其他物质。这一切如果不是你创造，从哪里来呢？你给工匠一个肉躯，一个指挥肢体的灵魂，你供给他所需的材料，你赋给他掌握技术的才能，使能从心所欲地从事制作，你赋给他肉体的官感，通过官感而把想象所得施之于物质，再把制成品加以评鉴，使他能在内心咨询主宰自身的真理，决定制作的好坏。

这一切都歌颂你是万有的创造者。但你怎样创造万有的呢？天主，你怎样创造了天地？当然，你创造天地，不是在天上，也不在地上，不在空中，也不在水中，因为这些都在六合之中；你也不在宇宙之中创造宇宙，因为在造成宇宙之前，还没有创造宇宙的场所。你也不是手中拿着什么工具来创造天地，因为这种不由你创造而你借以创造其他的工具又从哪里得来的呢？哪一样存在的东西，不是凭借你的实在而存在。

因此你一言而万物资始，你是用你的"道"——言语——创造万有。

六

但你怎样说话呢？是否如"有声来自云际说：这是我钟爱的儿子"一样？这声音有起有讫，有始有终，字音接二连三地递传，至最后一音而归于沉寂，这显然是一种受造物体的振动，暂时的振动，为你的永恒意志服务，传达你的永恒意志。肉体的耳朵听到这一句转瞬即逝的言语，传达给理智，理智的内在耳朵倾听你永恒的、无声的言语。理智把这一句暂时有声响的言语和你永恒的、无声的言语："道"比较，便说："二者迥乎不同，前者远不如我，甚至并不存在，因为是转瞬即逝的，而我的天主的言语是在我之上，永恒不灭的。"

如果你创造天地，是用一响即逝的言语说话，如果你真的如此创造了天地，那么在天地之前，已存在物质的受造物，这受造物暂时振动，暂时传播了这些话。可是在天地之前，并没有任何物体，即使有，也不是用飞驰的声音创造的，而是利用它来传播飞驰的声音，借以创造天地。形成声音的物体，不论是怎样，如果不是你创造，也决不存在。那么要使形成声音的物体出现，你究竟用什么言语呢？

七

你召唤我们，教我们领会你的言语："道"，这"道"是"和你天主同在"的天主，是永永不寂的言语，常自表达一切，无起无讫，无先无后，永久而同时表达一切，否则便有时间，有变化，便不是真正的永恒，真正的不朽不灭。

我的天主，我认识这一点，并向你致谢。主啊，我承认我认识这一点，凡不辜负确切的真理的人，也和我一起认识这一点，并且赞颂你。我们知道，主啊，我们知道死和生，即是先有而后无，或先无而后有。因此你的"道"既然常生常在，永永无极，则无所谓逝，亦无所谓继。你用了和你永恒同在的"道"，永永地说着你要说的一切，而命令造成的东西便造成了，你唯有用言语创造，别无其他方式；但你用言语创造的东西，既不是全部同时造成，也不是永远存在。

八

主，我的天主，请问原因在哪里？我捉摸到一些，但只意会而不能言传；一切开始存在或停止存在的东西，仅仅在你无始无终的永恒思想中认为应开始或应停止时才开始存在或停止存在，这思想即是你的"道"，这"道"也是"元始，因为他向我们讲了话"，他在福音中通过肉体而说话，他的声音自外进入人们的耳朵，教人们信从，教人们在内心追求他，在这位独一无二的良师所教诲门弟子的永恒真理中获致他。

主啊，在那里我听到你的声音对我说："凡训导我们的，才是对我们说话；凡不训导我们，即使说话，也等于不对我们说。"除了不变的真理外，谁训导我们？即使我们在变易的受造物之前受到教益，也是为引导我们走向不变的真理，我们立而恭听，庶几真受其益，所谓"听到新郎的声音而喜乐"，因为使我们归向本原。他的所以是"元始"，因为他若非常在，则我们将彷徨而无所归宿。我们的所以能放弃错误，当然是认识之后才能迷途知返，而我们的所以能认识，是由于他教导我们，因为他是"元始"，并且向我们说了话。

九

天主，你在"元始"之中，在你的"道"之中，在你的圣子之中，在你的德能、智慧、真理之中，奇妙地说话，并奇妙地工作。谁能领会其中奥旨？谁能阐述？谁能不断照耀我、敲击我的心而不使受损伤？我既恐惧，又热爱：恐惧，因为我和他有不同之处；热爱，因为我和他有相同之处。智慧，是智慧照耀我，拨开我的乌云，但当我在忧患的阴霾重重压迫下支持不住时，这乌云又从而笼罩我，"我的力量因贫困而损耗"，以致不能承担我的富裕，直到你、主，"赦免了我一切罪过，医治了我一切病症，救我的性命脱离死亡，以慈惠仁爱作为我的冠冕，以恩物满足我的愿望，使我返老还童，矫健如鹰"。"我们的得救，赖于希望，并用坚忍的信心等待你的诺言"。让每人依照自己的能力，在心灵中听取你潜在的言语吧，我是信赖你的话，我要高喊说："主啊，你所造的多么伟大，你用智慧造成了万有。"这智慧便是"元始"而你在这"元始"之中造成了天地。

十

有些人满怀充塞着成见，向我们诘问："天主在创造天地之前做些什么？如果闲着无所事事，何不常无所为，犹如他以后停止工作一样？如果天主为了创造从未创造过的东西，有新的行动、新的意愿，那么怎能说是真正的永恒？前所未有的意愿又从何处发生？天主的意愿不由受造而来，而是在乎造物之前，因为创造一物之前，创造者先有意愿。所以天主的意愿属于天主的本体。天主的本体中如产生一些前所未有的东西，则天主的本体不能说是真正的永恒；既然天主创造的意愿是永远的，那么受造为何不也是永远的呢？"

十一

说这些话的人还没有了解你，天主的智慧、一切思想的光明。他们还没有懂得在你之中所由你创造的东西是怎样造成的，他们力求领略永恒的意义，他们的心却沉浮于事物过去和未来的波浪之中，依然无所着落。

谁能遏止这种思想，而凝神伫立，稍一揽取卓然不移的永恒的光辉，和川流不息的时间作一比较，可知二者绝对不能比拟，时间不论如何悠久，也不过是流光的相续，不能同时伸展延留，永恒却没有过去，整个只有现在，而时间不能整个是现在，他们可以看到一切过去都被将来所驱除，一切将来又随过去而过去，而一切过去和将来却出自永远的现在。

谁能把定人的思想，使它驻足谛观无古往无今来的永恒怎样屹立着调遣将来和过去的时间？

我的手能不能呢？我的口舌的手能不能通过言语作出这样的奇迹呢？

十二

对于提出："天主创造天地前在做什么？"这样的问题的人，我如此答复。

我不采用那种打趣式的答语来解决这严重问题，说："天主正在为放言高论者准备地狱。"看清楚是一回事，打趣是另一回事。我不作这样的答复。我对不知道的事宁愿回答说："不知道"，不愿嘲笑探赜索隐的人或赞许解答乖误的人。

但是，我的天主，我说你是万有的创造者，如果天地二字指一切受造之物，我敢大胆地说：天主在创造天地之前，不造一物。因为如果造，那么除了创造受造之物外，能造什么？巴不得我能知道我所愿知道而且知之有益的一切，犹如我知道在一切受造之物造成之前，别无受造之物。

十三

思想肤浅的人徘徊于过去时代的印象中，觉得非常诧异，以为化成一切和掌握一切的全能天主、天地的创造者，在进行如许工程之前，虚度着无量数的世纪而无所事事；我希望他苏醒过来，认识他的诧异是错误的。

你既然是一切时间的创造者，在你未造时间之前，怎能有无量数的世纪过去？能有不经你建定的时间吗？既不存在，何谓过去？

既然你是一切时间的创造者，假定在你创造天地之前，有时间存在，怎能说你无所事事呢？这时间即是你创造的，在你创造时间之前，没有分秒时间能过去。如果在天地之前没有时间，为何要问在"那时候"你做什么？没有时间，便没有"那时候"。

你也不在时间上超越时间，否则你不能超越一切时间了。你是在现在的永恒高峰上超越一切过去，也超越一切将来，因为将来的，来到后即成过去；"你永不改变，你的岁月没有穷尽"。你的岁月无往无来，我们的岁月往过来续，来者都来。你的岁月全部屹立着绝不过去，不为将来者推排而去，而我们的岁月过去便了。你是"千年如一日"，你的日子，没有每天，只有今天，因为你的今天既不递嬗与明天，也不继承着昨天。你的今天即是永恒。你生了同属永恒的一位，你对他说："我今日生你。"你创造了一切时间，你在一切时间之前，而不是在某一时间中没有时间。

十四

于此可见，你丝毫没有无为的时间，因为时间即是你创造的。没有分秒时间能和你同属永恒，因为你常在不变，而时间如果常在便不是时间了。

时间究竟是什么？谁能轻易概括地说明它？谁对此有明确的概念，能用言语表达出来？可是在谈话之中，有什么比时间更常见，更熟悉呢？我们谈到时间，当然了解，听别人谈到时间，我们也领会。

那么时间究竟是什么？没有人问我，我倒清楚，有人问我，我想说明，便茫然不解了。但我敢自信地说，我知道如果没有过去的事物，则没有过去的时间；没有来到的事物，也没有将来的时间，并且如果什么也不存在，则也没有现在的时间。

既然过去已经不在，将来尚未来到，则过去和将来这两个时间怎样存在呢？现在如果永久是现在，便没有时间，而是永恒。现在的所以成为时间，由于走向过去；那么我们怎能说现在存在呢？现在所以在的原因是即将不在；因此，除非时间走向不存在，否则我便不能正确地说时间不存在。

十五

我们说时间长短，只能对过去或将来而言。长的过去，譬如我们说百年之前，长的将来，譬如说百年之后；短的过去，譬如说十天之前，短的将来，譬如说十天之后。但不存在的时间怎能有长短呢？因为过去已经不存在，而将来尚未存在。为此，我们不要说：时间是长的；对于过去的时间，只能说：曾是长的；对将来的时间，只能说：将是长的。

我的天主，我的光明，这里你是否又要笑世人了？过去的时间，长在已经过去，还是长在尚未过去之时？一样东西能有长短，才能是长是短。既然过去，已不存在，既不存在，何有长短？

因此，我们不要说：过去的时间曾是长的；因为一过去，即不存在，我们便找不到有长度的东西了；那末我们更好说：这个现在的时间曾是长的。因为时间的长短在乎现在；既然尚未过去，尚未不存在，因此能有长短，过去后就入于无何有之乡，也就没有长短可言了。

我的灵魂，你该追究一下，现在的时间能不能是长的，因为你有辨别快慢、衡量快慢的能力。你将怎样答复我呢？

现在的一百年是不是长的时间？先研究一下，一百年能否全部是现在？如果当前是第一年，即第一年属于现在，而九十九年属于将来，尚未存在；如果当前是第二年，则第一年已成过去，第二年属于现在，其余属于将来。一百年中不论把哪一年置于现在，在这一年之前的便属于过去，以后的属于将来。为此一百年不能同时都是现在的。

再看当前的一年是否现在呢？如果当前是正月，则其余十一月都属将来；如果当前是二月，则正月已成过去，其余十个月尚未来到。因此，即使当前的一年也并非全部属于现在，既非全部现在，则这一年也不是现在的。因为一年十二个月，当前不论是哪一个月，仅仅这一个月是现在，其余十一个月或已成过去，或属于将来。况且当前的一个月也不能说是现在，只有一天，如是第一天，则其余都属将来，如是末一天，则其余都是过去，如是中间一天，则介乎过去和将来之间。

现在的时间，我们认为仅有可以称为长的时间，已经勉强收缩到一天。我们再研究一下，就是这么一天也不是整个是现在的。日夜二十四小时，对第一小时而言，其余都属将来，对最后一小时而言，则其余已成过去，中间的任何一小时，则前有过去，后有将来。而这一小时，也由奔走遁逃的分子所组成，凡飞驰而去的，便是过去，留下的则是将来。设想一个小得不能再分割的时间，仅仅这一点能称为现在，但也迅速地从将来飞向过去，没有瞬息伸展。一有伸展，便分出了过去和将来：现在是没有丝毫长度的。

那么我们能称为长的时间在哪里呢？是否将来的时间？对于将来我们不能说它是长的，因为可以名为长的时间尚未存在。那末我们只能说：将是长的。但对当前而言，既然属于将来，不能是长的，因为还不可能有长短。假如说从尚未存在的将来，开始存在，即将成为现在，能有长的属性，这时间才是长的，则我们上面已经听到，现在的时间正在高喊说它不可能是长的。

十六

但是，主，我们觉察到时间的距离，能把它们相互比较，说哪一个比较长，哪一个比较短。我们还度量这一段时间比那一段长短多少，我们说长一倍、两倍，或二者相等。但我们通过感觉来度量时间，只能趁时间在目前经过时加以度量；已经不存在的过去，或尚未存在的将来又何从加以度量？谁敢说不存在的东西也能度量？时间在通过之时，我们能觉察度量，过去后，既不存在，便不能觉察度量了。

十七

我的慈父，我是在探索，我并不作肯定。我的天主，请你支持我，领导我。

我们从小就有人教我们，时间分现在、过去和将来，我们也如此教儿童。谁会对我说时间并无这三类，仅有现在，过去和将来都不存在？是否过去和将来也都存在？将来成为现在时，是否从某一个隐秘的处所脱身而出；现在成为过去时，是否又进入了隐秘的处所？将来既未存在，预言将来的人从何处看到将来？不存在的东西，谁也看不到。讲述往事的人如果心中没有看到，所讲述的不会真实；如果过去不留一些踪迹，便绝不能看到。据此而言，过去和将来都存在。

十八

主啊，我的希望，请容许我进一步探索下去，使我的思想不受任何干扰。

如果过去和将来都存在，我愿意知道它们在哪里。假如目前为我还不可能，那末我至少知道它们不论在哪里，决不是过去和将来，而是现在。因为如作为将来而在那里，则尚未存在，如作为过去，则已不存在。为此，它们不论在哪里，不论是怎样，只能是现在。我们讲述真实的往事，并非从记忆中取出已经过去的事实，而是根据事实的印象而构成言语，这些印象仿佛是事实在消逝途中通过感觉而遗留在我们心中的踪迹。譬如我的童年已不存在，属于不存在的过去时间；而童年的影像，在我讲述之时，浮现于我现在的回忆中，因为还存在我记忆之中。

至于预言将来，是否也有同样情况呢？是否事物虽则尚未存在，而它们的影像已经存在而呈现出来？我的天主，我承认我不知道。我知道一点：我们往往预先计划将来的行动，计划属于现在，计划的行动既是将来，尚未存在；我们着手时，开始进行我所计划的行动，这时行动出现，不是将来，而是现在了。

对将来的神妙预觉，不管它是怎样，必须存在，才能看见。但既然存在，则不是将来，而是现在。人们所谓预见将来，不是指尚未存在的将来事物，可能是看到已经存在的原因或征兆。因此对看见的人而言，是现在而不是将来，看见后心中有了概念，才预言将来。这些概念已经存在，预言者所看到的是目前存在的概念。

在许多事物中，我举一个例子谈谈。

我看见黎明，我预言太阳将升。我看见的是现在，而预言的是将来；我不是预言已经存在的太阳，而是预言尚未存在的日出，但如我心中没有日出的影像，和我现在谈日出时一样，我也不能预言。我仰观天空的黎明，虽则是日出的先导，但并非日出，而我心中所形成的影像也不是日出。二者都是现在看到，然后能预言将来。

为此，将来尚未存在，尚未存在即是不存在；既不存在，便绝不能看见；但能根据已经存在而能看见的预言将来。

十九

你是一切受造的主宰，你究竟用什么方式把将来启示于人们？你曾启示先知们。为你并没有将来，但你怎样启示将来呢？或更好说，你怎样启示将来事物的现在？因为不存在的事物，不能启示。你启示的方式远远超越我的理解力；它是太高深了！凭我本身，决不能到达，但依靠你可能到达，只要你赐予我，"你是柔和的光明，照耀我昏蒙的双目"。

二十

有一点已经非常明显，即将来和过去并不存在。说时间分过去、现在和将来三类是不确当的。或许说：时间分过去的现在、现在的现在和将来的现在三类，比较确当。这三类存在我们心中，别处找不到；过去事物的现在便是记忆，现在事物的现在便是直接感觉，将来事物的现在便是期望。如果可以这样说，那末我是看到三类时间，我也承认时间分三类。

人们依旧可以说：时间分过去、现在、将来三类；既然习惯以讹传讹，就这样说吧。这我不管，我也不反对、不排斥，只要认识到所说的将来尚未存在，所说的过去也不存在。我们谈话中，确当的话很少，许多话是不确切的，但人们会理解我们所要说的是什么。

二十一

我上面说过：我们能度量经过的时间，我们能说这一段时间和另一段时间是一与二之比，或二者相等；我们度量时间的时候对每一段时间能作各种比较。

我也说过，我们是在时间经过时度量时间。如果有人问，你怎样知道的呢？我将回答说：我知道，因为我是在度量时间；不存在的东西，我们不能度量，而过去和将来都不存在。但现在的时间没有体积，我们怎样度量呢？在它经过之时我们进行度量，过去后便不能度量了，因为没有度量的可能。

我们度量时间时，时间从哪里来，经过哪里，往哪里去呢？从哪里来？来自将来。经过哪里？经过现在。往哪里去？只能走向过去。从尚未存在的将来出现，通过没有体积的现在，进入不再存在的过去。

可是度量时间，应在一定的空间中度量？我们说一倍、两倍、相等，或作类似的比例，都是指时间的长度。我们在哪一种空间中度量目前经过的时间呢？是否在它所自来的将来中？但将来尚未存在，无从度量。是否在它经过的现在？现在没有长度，亦无从度量。是否在它所趋向的过去？过去已不存在，也无从度量。

二十二

我的心渴望能揭穿这个纠缠不清的谜！主、我的天主、我的慈父，请不要堵塞，我通过基督恳求你，请你对我的志愿不要堵塞通往这些经常遇到的奥妙问题的途径，许我进入其中，用你慈爱的光辉照明这些问题。对于这些问题，我能向谁请教呢？除了向你外，我能向谁承认我的愚昧无知而更取得进益？只有你不会讨厌我热烈钻研你的圣经。把我所喜爱的赐予我，因为我有此爱好。这爱好也是你的恩赐。我在天之父，你是真正"知道拿好东西给你的儿女们的"，请你赐给我，因为我正在钻研；摆在我面前的是一项艰难的工作，我要坚持下去，直到你使我豁然开朗。我通过基督，用圣中之圣的名义恳求你，使任何人不来阻挠我。"我相信，因此我说话"。我的希望便是"瞻仰主的荣华"，我为此而生活。"你使我的时日消逝"，时日正在过去，怎样过去的呢？我不知道。

我们说时间、时间，许多时间："多少时间前，这人说了这话"；"那人做这事花了多少时间"；"已有多少时间我没有见过这东西"；"这一个音节比那一个短音节时间长一倍"。我们这么说，这么听；别人懂我的话，我也懂别人的话。这是最明白、最寻常的事。但就是这些字句含有深邃莫测的意义，而研究发明是一桩新奇的事。

二十三

我曾听见一位学者说时间不过是日月星辰的运行。我不敢赞同。为何不更好说是一切物体的运行呢？如果星辰停止运行，而陶人执钧制作陶器，便没有时间来计算旋转之数吗？便不能说每一转速度相等，或这几转快一些，那几转慢一些，这几转时间长一些，那几转时间短一些吗？或是我说这些话，不是在时间中说的吗？我们言语的语音不是有长有短，声响也不是有长有短吗？

天主，请你使人们能通过一个小小的例子而理解大小事物的共同概念。天空有星辰和"光体"作为标识，分别日子、季节和年代。事实是如此。我并不说木轮子一转即是一日，但我也不说轮子的旋转不代表时间。

我愿知道的是：我们赖以度量物体运动的时间，譬如说这一运动比那一运动时间长一倍，这时间具有什么性质和能力。人们所谓一天，不仅指太阳在大地上空而区分的白天和黑夜，也指太阳自东徂西的整个圆周，为此我们说："过去了多少日子"，这里日子也包括黑夜，并不把黑夜除外。既然一天的完成在乎太阳的运行，在乎太阳自东至西的圆周，我问：是否这运行即是时间，或运动的持续是时间？或包括二者？

假定前者是时间，则太阳即使仅仅用一小时完成这运动，也是一天。假定后者是时间，如果太阳一次升起至另一次升起仅仅相隔一小时，则必须太阳环绕二十四次，才成为一天。如果包括二者，则即使太阳以一小时环绕一圈，不能名为一天；即使太阳停止运行，经过了相当于太阳自早晨至另一早晨运行一圈经常花去的时间，也不能名为一天。

现在我并不问所谓一天是什么，而是问借以度量太阳环行的时间是什么。譬如我们说，如果太阳环绕一周的时间是十二小时，即仅为寻常运行时间的一半，我们把二者一比较，说是一与二之比，即使太阳东西运行的时间有时是一半，有时是一倍。

为此，谁也不要再对我说：时间是天体的运行，因为《圣经》记载有人祝祷太阳停止，使战争胜利结束，太阳果然停止不动，但时间仍在过去，战争在它所需要的时间中进行而结束。

因此，我看出时间是一种延伸。但我真的看清楚吗？是否我自以为看清楚？真理、光明，只有你能指点我。

二十四

是否你命令我赞同时间为物体运动的主张？不，你并未有这样的命令。我听说物体只能在时间之中运动。这是你说的。至于说物体运动即是时间，我没有听见你说过。物体运动时，我用时间来度量物体从开始运动至停止共历多少时间。如果运动持续不辍，我没有看见运动的开始，也看不到它的停止，我便不能度量，只能估计我从看见到看不见所历的时间。如果我看见的时间很久，也只能说时间很长。因为要确定多少时间，必须作出比较，譬如说：彼此一样，彼此相差一倍，或类似的话。如果我们能在空间中确定一个物体的运动自哪里开始到达哪里，或者物体在自转，则确定这一部分至那一部分的脱离，那末我们能说物质，或它的某一部分从这里到那里经过多少时间。

既然物体的运动是一件事，估计运动历时多少是另一件事，那末谁会看不出二者之中哪一样应名为时间？各种物体有时活动，有时静止，我们不仅估计活动的时间，也估计静止的时间，我们说："静止和活动的时间相等"，或"静止的时间为活动时间的一倍或两倍"，或作其他定断，或作所谓近似的估计。

所以时间并非物体的运动。

二十五

主啊，我向你承认，我依旧不明了时间是什么。但同时我承认我知道是在时间之中说这些话，并且花了很长时间讨论时间，而这"很长时间"，如果不是经过一段时间，不能名为"很长"。既然我不知道时间是什么，怎能知道以上几点呢？是否我不知道怎样表达我所知道的东西？我真愚蠢，甚至不知道我究竟不知道什么东西！我的天主，你看出我并不说谎：我的心怎样想，我便怎么说。"你将使我的灯发光，主、我的天主，你将照明我的黑暗。"

二十六

我的灵魂向你承认我在度量时间，我所承认的是否符合事实呢？主、我的天主，我在度量时间时，真的不知道度量什么吗？我用时间来度量物体的运动，是否我也同时在度量时间？是否我要度量物体运动自始至终所历的时间，必须度量物体在其中运动的时间本身？

我用什么来度量时间本身呢？是否以较短的时间来度量较长的时间，犹如用一肘之长来量一柱之长？我们用短音来量长音的时间，说长音是短音的一倍；我们用诗句的多少来量一首诗的长短，用音节的数目来量诗句的长短，用字音的数目来量音节的长短，用短音来量长音；度的方式，不在纸上——如在纸上，则和度量空间的长短一样，不是在度量时间的长短了——而在我们所发出的声音经过时，我们说："这首诗有多少句，是长诗；这一句有多少音节，是长句；这一音节有多少音，是长音节，这一音是短音的两倍，所以是长音。"

即使如此，依旧得不到时间的准确长度：一句短诗读得慢一些，可能比一句迅速读过的长诗时间长。一首诗，一个音节，一个音都能如此。

根据以上种种，我以为时间不过是伸展，但是什么东西的伸展呢？我不知道。但如不是思想的伸展，则更奇怪了。我的天主，我问你：假如我大约估计说："这一段时间比那一段长"；或正确地说："这一段时间是那一段的一倍"；我在度量什么？当然在度量时间，这一点我知道；但我不量将来，因为将来尚未存在；我不量现在，因为现在没有长短；也不量过去，因为过去已不存在。那末我量什么？是否量正在经过的时间，不是量过去的时间？这一点我上面已经说过。

二十七

我的灵魂，你再坚持一下，努力集中你的注意力。"天主是我们的帮助"，"是他造了我们，不是我们自己造自己的"。瞧，真理的黎明在发白了！

譬如一个声音开始响了，响着……继续响着……停止了，静默了，声音已成过去，已没有声息了。在未响之前，没有声音，不能度量，因为并不存在。而现在声音已经不存在，也不可能度量。在响的时候可以度量，因为具有度量的条件。可是在当时声音并非停留不动的，它是在疾驰而过。是否它的可能度量在乎此？因为它在经过时，伸展到一定距离的时间，使它可能度量，而当前则没有丝毫长度。

假定在当时可以度量，则设想另一个声音开始响了，这声音连续不断地响着。在声音响的时候，我们度量它，因为一停止，将成为过去，不可能度量了。我们仔细地量着，说它有多长。但声音还在响着；要度量，必须从它开始响量到终止。我们是量始终之间的距离。为此一个声音没有停止，便不能度量，不能说它有多少长，不能说它等于另一声音或为另一声音的一倍……但声音一停，便不存在。这样我们又何从量起呢？我们是在度量时间，但所量的不是尚未存在的时间，不是已经不存在的时间，不是绝无长度的时间，也不是没有终止的时间。所以我们不量过去、现在、将来，或正在过去的时间，但我们总是在度量时间。

"Deus oreator omnium"：这一句诗共有长短相间八个音，第一、三、五、七，四个短音，对二、四、六、八，四个长音而言是单音，每一个长音对每一短音而言是有一倍的时间。我读后便加以肯定，而且感觉也清楚觉察到确实如此。照我的感觉所能清楚觉察到的，我用短音来度量长音，我觉察到长音是短音的一倍。但字音是先后相继读出的，前一个是短音，后一个是长音，在短音停止后长音才开始作声，我怎样抓住短音去度量长音，说长音是短音的一倍？至于长音，是否我乘它现在而加以度量？可是如果它不结束，我不可能进行度量，而它一结束，却又成为过去。

那末我量的究竟是什么？我凭什么来量短音？当我度量时，长音在哪里？长短两音响后即飞驰而去，都已不存在。而我却度量二者，非常自信地说：前者是一，后者是二，当然指时间的长短而言。而且只有在它们过去结束后，我们才能如此说。因此我所度量的不是已经不存在的字音本身，而是固定在记忆中的印象。

我的心灵啊，我是在你里面度量时间。不要否定我的话，事实是如此。也不要在印象的波浪之中否定你自己。我再说一次，我是在你里面度量时间。事物经过时，在你里面留下印象，事物过去而印象留着，我是度量现在的印象而不是度量促起印象而已经过去的实质；我度量时间的时候，是在度量印象。为此，或印象即是时间，或我所度量的并非时间。

我们还度量静默，说这一段静默的时间相当于那声音的时间；这怎么说呢？是否我们的思想是着重声音的长度，好像声音还在响着，然后才能断定静默历时多少？因为我们不作声，不动唇舌，心中默诵诗歌文章时，也能确定动作的长短与相互之间的比例，和高声朗诵时一样。一人愿意发出一个比较长的声音，思想中预先决定多少长，在静默中推算好多少时间，把计划交给记忆，便开始发出声音，这声音将延续到预先规定的界限。声音响了，将继续响下去：响过的声音，已经过去，而延续未完的声音还将响下去一直到结束。当前的意志把将来带向过去，将来逐渐减少，过去不断增加，直到将来消耗净尽，全部成为过去。

二十八

但将来尚未存在，怎样会减少消耗呢？过去已经不存在，怎样会增加呢？这是由于人的思想工作有三个阶段，即：期望，注意与记忆。所期望的东西，通过注意，进入记忆。谁否定将来尚未存在？但对将来的期望已经存在心中。谁否定过去已不存在？但过去的记忆还存在心中。谁否定现在没有长度，只是疾驰而去的点滴？但注意能持续下去，将来通过注意走向过去。因此，并非将来时间长，将来尚未存在，所谓将来长是对将来的长期等待；并非过去时间长，过去已不存在，所谓过去长是对过去的长期回忆。

我要唱一支我所娴熟的歌曲，在开始前，我的期望集中于整个歌曲；开始唱后，凡我从期望抛进过去的，记忆都加以接受，因此我的活动向两面展开：对已经唱出的来讲是属于记忆，对未唱的来讲是属于期望；当前则有我的注意力，通过注意把将来引入过去。这活动越在进行，则期望越是缩短，记忆越是延长，直至活动完毕，期望结束，全部转入记忆之中。整个歌曲是如此，每一阕、每一音也都如此；这支歌曲可能是一部戏曲的一部分，则全部戏曲亦然如此；人们的活动不过是人生的一部分，那末对整个人生也是如此；人生不过是人类整个历史的一部分，则整个人类史又何尝不如此。

二十九

"你的慈爱比生命更好"。我的生命不过是挥霍。"你的右手收纳我",置我于恩主、人子、介乎至一的你和芸芸众生之间的中间者——各个方面和各种方式的中间者——耶稣基督之中,使"他把握我,我也把握他",使我摆脱旧时一切,束身皈向至一的你,使我忘却过去种种,不为将来而将逝的一切所束缚,只着眼于目前种种,不驰骛于外物,而"专心致志,追随上天召我的恩命",那时我将"听到称颂之声",瞻仰你无未来无过去的快乐。

现在,"我的岁月消耗在呻吟之中"。主,我的安慰,我的慈父,你是永恒的,而我却消磨在莫名其究竟的时间之中;我的思想、我心灵的藏府为烦嚣的动荡所撕裂,直至一天为你的爱火所洗练,我整个将投入你怀抱之中。

三十

我将坚定地站立在你天主之中,在我的范畴、你的真理之中;我将不再遇到人们所提出的无聊的问题,这些人染上了惩罚性的病症,感觉到超过他们本能的饥渴,因此要问:"天主在造天地之前,做些什么?"或:"既然以前从来不做什么,怎会想起创造些东西?"

主啊,使他们好好考虑自己的问题,使他们认识到既然不存在时间,便谈不到"从来"二字。说一人从来不做什么,不等于说这人没有一时做过事吗?希望他们认识到没有受造之物,就没有时间,不要再这样胡说。更希望他们"专心致志于目前种种",懂得你是在一切时间之前,是一切时间的永恒创造者;任何时间,任何受造之物,即使能超越时间,也不能和你同属永恒。

三十一

主、我的天主,你的秘蕴真是多么高深屈曲,我的罪恶的结果把我远远抛向外面,请你治疗我的眼睛使我能享受你的光明而喜悦。当然,一人如具备如此卓识远见,能知一切过去未来,和我所最熟悉的歌曲一样,这样的识见太惊人了,真使人恐怖;因为过去一切和将来种种都瞒不过他,和我熟悉一支歌曲一样,已唱几节,余下几节,都了然于心。但我绝不能说你、万有的创造者、灵魂肉体的创造者,你是这样认识将来和过去。你的见识是无边的深奇奥妙。我们自己唱,或听别人唱一支熟悉的歌曲,一面等待着声音的来,一面记住了声音的去,情绪跟着变化,感觉也随之迁转。对于不变的永恒,对于真正永恒的精神创造者,决无此种情形。一如你在元始洞悉天地,但你的知识一无增减,同样你在元始创造天地,而你的行动一无变更。谁能领会的,请他歌颂你,谁不领会,也请他歌颂你。你是多么崇高,而虚怀若谷的人却是你的居处,你"扶起跌倒的人",你所提举的人不会倾跌。

(杨国华编,摘自周士良译:《忏悔录》,商务印书馆,1997)

第二十四章　但丁及《神曲》

第一节　但丁简介

　　但丁·阿利盖里是意大利中世纪盛期的伟大学者、诗人和政论家，文艺复兴的先驱者，被恩格斯誉为"中世纪的最后一位诗人，同时又是新时代的最初一位诗人"。

　　1265 年，但丁出生于佛罗伦萨一个城市贵族之家。据他在《神曲》里透露，他是古罗马贵族后裔。其高祖父卡恰圭达参加过第二次十字军东征，因功受封为骑士。但丁出生时，家道已中落，尽管其父长期经商，也难挽家族颓势。但丁 5 岁时，母亲贝拉去世，父亲续弦，他的两个弟弟、一个妹妹相继出生。但丁约 18 岁时，父亲病故。生活的孤苦使他把全部精力倾注于学习。他可能没有受过正式教育。据载，他在著名大学者布鲁内托·拉丁尼的指导下研修了逻辑学、诗学、伦理学、哲学、神学、历史、天文、地理、音乐、绘画等诸多学科，均造诣不凡。但丁的博学多才，尤其是诗歌方面的卓越成就，使他成为文艺复兴时期佛罗伦萨"文坛三杰"之一。

　　但丁有过一次深沉咏叹的爱情。少年时代的但丁，在一次聚会上遇到一位名叫贝阿特丽切的女孩。但丁对她一见倾心，深深爱慕。贝阿特丽切后来遵从父命，嫁给一个名叫西蒙尼的人，于 1290 年不幸染病去世。但丁闻讯肝肠寸断，哀伤不已，遂将经年来写给贝阿特丽切的 31 首抒情诗，配以说明诗人灵感之源、诗歌背景以及诗歌意义的优美散文，编成一部诗集，取名《新生》。诗歌表达了但丁深挚的感情、纯真的爱恋和无尽的思念，诗风清新自然，柔美悠婉。这部诗集是当时意大利文坛上"温柔的新体"诗派的重要作品之一，也是西欧文学史上第一部自传性诗作。

　　但丁颠沛流离的一生与佛罗伦萨动荡不安的政治形势始终联系在一起。当时佛罗伦萨政界分为两派：一派是效忠神圣罗马帝国皇帝的齐伯林派，代表封建贵族利益；另一派是效忠教皇的盖尔非派，代表资产阶级与城市小贵族利益。但丁 15 岁时就积极参加反对封建贵族的斗争。他加入医生和药剂师行会，从事政治活动。1293 年盖尔非党推翻贵族政权后分裂为"黑党"和"白党"。但丁逐渐成为白党的中坚力量，1300 年以行会代表身份当选佛罗伦萨行政官。任职期间，他主张独立自由，致力于建设和捍卫佛罗伦萨共和政权。1302 年，在教皇和法国查理亲王的支持下，黑党夺取了佛罗伦萨政权，随即以贪污、反教皇等罪名，革除了但丁公职并流放 2 年。但丁拒绝受审，又被判火刑，从此他度过了近 20 年漂泊无定的流亡生活，再也没能返回家乡。

　　1304 年，但丁客居维洛那，受到司加拉家族的礼遇，得以在良好的研修环境中深入研究俗语，钻研哲学、神学并著书立说。1310 年，神圣罗马帝国新皇帝亨利七世宣布将亲临意大利，消弭纷争，实现持久和平。但丁受到鼓舞，写下致意大利诸侯和人民书，并向皇帝上书，把祖国和平统一的希望寄托在他身上。1313 年，亨利七世病故，但丁拨乱反正的愿望破灭。1315 年，佛罗伦萨当权者让他放弃名誉后重返家园，他断然拒绝。随后他又被缺席判处死刑。晚年，但丁定居拉文那，专心致力于《神曲》的写作。1321 年，但丁受命出使威尼斯，归途中感染疟疾，回到拉文那后，于 9 月 14 日离开人世，享年 56 岁。

但丁一生著作颇丰，主要有《神曲》、《新生》、《论俗语》、《飨宴》、《帝制论》等。其中最有价值的是《神曲》。《论俗语》是最早一部关于语言和诗律的专著，用拉丁文写成，为意大利民族语言和文学语言的发展奠定了理论基础。《飨宴》是意大利第一部用俗语写成的学术论著，阐述了关于理性、高贵的人文主义思想。《帝制论》是一部政治论著。但丁第一次从理论上阐述了政教平等和政教分离思想，对以后欧洲的宗教改革运动和资产阶级革命产生了深远影响。

但丁是意大利第一位民族诗人。他去世后不久，薄伽丘在佛罗伦萨开设《神曲》讲座，并为他立传。佛罗伦萨市政当局也追认他为伟人。但丁著作表达的新思想，对文艺复兴人文主义运动产生了深刻影响。

第二节 《神曲》简介

《神曲》写于 1307 年左右。全诗分为《地狱》、《炼狱》、《天堂》3 部，由 99 篇诗歌和 1 篇序文组成，共 14233 行。

《神曲》原意是"神圣的喜剧"。中世纪的人们把叙事诗称为"喜剧"和"悲剧"。《神曲》的开始是阴森悲凉的地狱，结局是光明崇高的天堂，带有喜剧因素，所以但丁把他的长诗称为"喜剧"。后人为了表示对它的崇敬而加上"神圣"一词。

《神曲》采用了中世纪特有的幻游文学形式，构思巧妙，布局严整清晰。主要情节是诗人的一次梦游。1300 年，35 岁的但丁迷失在一片黑暗的森林。黎明时分，他来到一个洒满阳光的山坡，他正要前行时，突然迎面出现 3 只猛兽——豹（淫欲）、狮（强暴）、狼（贪婪）。前面是猛兽，后面是黑暗的迷津，正在进退两难之时，古罗马诗人维吉尔（理性）出现，告诉但丁："你无法战胜这些猛兽，请随我来。"维吉尔引导但丁游历地狱和炼狱，贝阿特丽切陪伴但丁游览了天堂。

但丁把地狱、炼狱、天堂三个境界设计为各 9 层，赋予每层深刻的道德含义，并用不同的色彩进行描述。在三界游历的描绘中，但丁将卓越的想象和众多的历史事件、人物有机地结合起来，展现出一幅幅真奇精微、栩栩如生的画卷，反映了中世纪末期意大利的现实，真实地再现了当时佛罗伦萨和其他城邦的党派斗争、罗马教会中的腐败、教皇和僧侣的罪恶以及市民阶级追逐私利的本性，批判了当权者和罗马教会的腐败，表达了对中世纪蒙昧主义的反对以及执著追求真理的思想。在作品中，但丁歌颂凡人的才智，极力推崇遭到教会排斥和否定的古典文化，表达了人类走出迷津摆脱苦难，达到真善臻境的主题。

《神曲》中的人、事、物等都具有深奥、丰富的宗教寓意和象征含义，其寓意和象征往往具有映照现实、启迪人心、复兴道德的现实意义。三界旅行象征人类精神净化、上升、完美的过程，地狱是罪恶之地，炼狱是涤罪之所，天堂是理想之境。半鹰、半狮的怪物象征耶稣，车子象征教堂，车子左边起舞的三位贵妇象征天主教的三种美德：白色为信仰，绿色为希望，红色为慈爱。右边起舞的四位贵妇象征谨慎、正义、勇敢、节制四种美德。"群星"结尾象征光明，喻示人类从黑暗走向光明，从卑下走向崇高。

《神曲》的章法具有强烈的神秘、象征意义。全诗地狱、炼狱、天堂各 33 篇，加上长诗序曲，共 100 篇。韵律形式是民间诗歌中的格律三韵句，即以 3 行为一节，韵式为 aba、bab、cbc。每韵出现 3 次，连锁成韵，故又被称为"隔韵三连句"。全诗中地狱分为 9 层，炼狱内外部有 9 级，天堂有 9 重天，加上天府合为"10"。"1"代表上帝的统一性和一体性。"3"象征"三位一体"。"4"代表四季、四向、四种美德。"4"与"3"结合构成神秘的"7"，代表七种美德、七种罪恶以及创世的天数。"10"代表完全，是多样的统一。

《神曲》用托斯卡尼语写成，摒弃了中世纪文学作品中占主流的拉丁语，为近代意大利民族语言的形成和统一起到重要作用。其诗句精警有力、灵便有致，成为意大利文学语言的典范。

《神曲》以其宏阔的视界，反映了意大利从中世纪向文艺复兴过渡时期社会生活的方方面面，折射出新时期人文主义的曙光。它是中世纪政治、经济、科学、文化的艺术性阐释和总结，无论在思想性还是艺术性上都达到了时代巅峰，是一部继往开来的百科全书式鸿篇巨制。

第三节 《神曲》选段

第一首

森林

我走过我们人生的一半旅程，
却又步入一片幽暗的森林，
这是因为我迷失了正确的路径。
啊！这森林是多么原始，多么险恶，多么举步维艰！
道出这景象又是多么困难！
现在想起也仍会毛骨悚然，
尽管这痛苦的煎熬不如丧命那么悲惨；
但是要谈到我在那里如何逢凶化吉而脱险，
我还要说一说我在那里对其他事物的亲眼所见。
我无法说明我是如何步入其中，
我当时是那样睡眼蒙眬，
竟然抛弃正路，不知何去何从。

阳光照耀下的山丘

我随后来到一个山丘脚下，
那森林所在的山谷曾令我心惊胆怕，
这时山谷却已临近边崖；
我举目向上一望，
山脊已披上那星球射出的万道霞光，

正是那星球把行人送上大道康庄。
这时我的恐惧才稍稍平静下来，
而在我战战兢兢地度过的那一夜，
这恐惧则一直搅得我心潮澎湃。
犹如一个人吁吁气喘，
逃出大海，游到岸边，
掉过头去，凝视那巨浪冲天，
我也正是这样惊魂未定，
我转过身去，回顾那关隘似的森林，
正是这关隘从未让人从那里逃生。
随后我稍微休息一下疲惫的身体，
重新上路，攀登那荒凉的山脊，
而立得最稳的脚总是放得最低的那一只。

三头猛兽

看！几乎在山丘开始陡起之处，
一头身躯轻巧、矫健异常的豹子蓦地蹿出，
它浑身上下，被五彩斑斓的毛皮裹住；
它在我面前不肯离去，
甚而想把我的去路拦阻，
我多次扭转身躯，想走回头路。
这时正是早晨的开始，
太阳正与众星辰冉冉升起，
从神灵的爱最初推动这些美丽的东西运转时起，
这群星就与太阳寸步不离；
这拂晓的时光，这温和的节气，
令我心中充满希冀，
对这头皮色斑斓的猛兽也望而不惧；
但是，我又看到有一头狮子向我走来，
这却不能不令我感到惊骇。
这狮子似乎要向我进攻，
它昂着头，饿得发疯，
空气也仿佛吓得索索抖动。
接着又来了一头母狼，
它瘦骨嶙峋，像是满抱种种贪婪欲望，
它曾使多少人遭受祸殃。
一见它，我就不禁心惊胆寒，
像是有一块重石压在心田，
登上山峰的希望也随之烟消云散。
犹如一个一心只图赢钱的赌徒，
时运不济，却使他一输再输，
他心中悲苦万分，不住流涕痛哭；

这猛兽也同样令我忐忑不宁，

它一步一步地向我逼近，

把我逼回到森林，那里连太阳也变得悄然无声。

维吉尔

我又陷入那低洼的地方，

这时有一个人在定睛向我张望，

他仿佛经过长久的缄默，几乎发不出声响。

我见他伫立在荒凉的山地，

便向他叫道："你是真人还是鬼魅？

不管你是什么，请可怜可怜我！"

他答道："我不是活人，但过去是，

我的父母祖籍伦巴第，

他们俩都以曼图亚为出生地。

我出生在凯撒时代，可惜我生得太迟。

明君奥古斯都当政时，我在罗马度日。

那个时代正充斥着冒牌、伪装的神祇。

我是个诗人，我曾把一位义士歌颂，

他是安奇塞斯的儿子，只因雄伟的伊利昂城被焚，

他才逃离了特洛伊城。

但是，你又为何返回这痛苦的深渊，

为何不攀登那明媚的高山？

而这高山正是一切幸福的来由和开端。"

"那么你就是那位维吉尔，

那涌现出滔滔不绝的动人诗句的泉源？"

我向他答道，不禁满面羞惭。

"啊！众诗人的光荣和明灯啊！

我曾长期拜读你的诗作，

对你的无限爱戴也曾使我遍寻你的著说。

你是我的恩师，我的楷模，

我从你那里学到那优美的风格，

它使我得以声名显赫。

你看那头猛兽，它迫使我退后，

著名的智者啊！请救我逃出它那血盆大口，

它使我的血管和脉搏都在不断颤抖。"

"倘若你想从这蛮荒的地界脱身，

你就该另寻其他路径。"

他答道，他看出我泪水涟涟；

"这头野兽曾吓得你大声呼救，

它不会让任何行人从它眼前溜走，

它要阻挡他的去路，甚而把他吞入血盆大口。

它本性就是如此凶恶，如此狠毒，

它的贪婪欲望从来不会得到满足，
它在饱餐后会感到比在饱餐前更加饥肠辘辘。

猎犬

许多动物都与它为婚，这情况将来会更甚，
但是猎犬终会来临，
会叫它痛苦万分，丧失性命。
这猎犬食用的不是土地和钱财，
它据以为生的是：智慧、美德和仁爱，
它的诞生地在菲尔特罗与菲尔特罗之间的那片地带。
它会拯救那不幸的意大利，
圣女卡米拉、欧吕阿鲁斯、图尔努斯和尼苏斯，
猎犬会把母狼从一座座城市中赶出，
直到把它赶回阴曹地府，
原先把这畜生放出地府的正是嫉妒。

冥界之行

因此，我为你安全着想，
我认为你最好跟随我，我来做你的向导，
我把你带出此地，前往永恒之邦。
你在那里将会听到绝望的惨叫，
将会看到远古的幽灵在受煎熬，
他们都在为要求第二次死而不断呼号；
你还会看到有些鬼魂甘愿在火中受苦，
因为他们希望有朝一日
前往与享受天国之福的灵魂为伍。
倘若你有心升上天去瞻望这些灵魂，
有一个魂灵则在这方面比我更能胜任，
届时我将离去，让你与她同行；
因为坐镇天府的那位皇帝
不愿让我进入他统治的福地，
这正是由于我生前曾违抗过他的法律。
他威震寰宇，统辖天国；
天国正是他的都城，有他那崇高的宝座：
啊！能被提升到天国的人真是幸福难得！"
于是，我对他说："诗人啊！我请求你，
以你不曾见识过的上帝名义，
帮我逃出这是非和受苦之地，
把我带到你方才所说的那个地方去，
让我能目睹圣彼得之门，
看一看你所说的如此悲惨的幽魂。"
于是他起步动身，我则在他身后紧跟。

第二首

但丁的困惑与恐惧

白昼在离去，昏暗的天色
在使大地上一切生物从疲劳中解脱，
只有我独自一人
在努力承受这艰巨的历程
和随之而来的怜悯之情的折磨，
我记忆犹新的脑海将追述事情的经过。
啊！诗神缪斯啊！或者崇高的才华啊！现在请来帮助我；
要么则是我的脑海啊！请写下我目睹的一切，
这样，大家将会看出你的高贵品德。
我开言道："指引我的诗人啊！
在你让我从事这次艰险的旅行之前，
请看一看我的能力是否足够强大。
你说过，西尔维乌斯的父亲还活着时，
也曾去过那永恒的世界，
尽管他依然带有肉体的感觉。
但如果说万恶之敌
因为想到埃涅阿斯所必然产生的深远影响，
而对他相待以礼，
不论他的后代是谁，又有什么德能，
也都似乎不会有违明智者的心意；
正是在净火天里，
他被选定为圣城罗马和罗马帝国之父：
这帝国和圣城——倘若想说实情——
也都曾被奠定为圣地，
被奠定为大彼得的后继者的府邸。
通过你所吟诵的那次冥界之行，
埃涅阿斯听到了一些事情，
得知他何以会取胜，教皇的法衣又何以会应运而生。
后来，'神选的器皿'去到那里，
为信仰带来了鼓励，
而信仰正是走上获救之途的凭依。
但是，我为何要到那里去？又是谁容许我这样做？
我不是埃涅阿斯，我也不是保罗；
我自己和旁人都不会相信我有这样的资格。
因此，如果说我听任自己前往，
我却担心此行是否发狂。
你是明智的；你必能更好地理解我说的理由。"

正如一个人放弃了原先的念头，
由于有了新的想法，改变了主意，
把已经开始做的事全部抛弃，
我在昏暗的山地所做的也正是这样，
我原来的行为实在莽撞，
经过再三考虑，我才舍弃了这大胆的设想。

维吉尔的慰藉与贝阿特丽切的救援

"倘若我对你说的话没有听错，"
这个伟大的灵魂回答我，
"伤害你的心灵的是怯懦；
这怯懦曾不止一次起阻碍作用，
它阻挡人们去采取光荣的行动，
正如马匹看到虚假的现象而受惊。
为了消除你心中的惊恐，
我要告诉你我此来的原因，
我还要告诉你我何以从一开始便对你抱有怜惜之情。
我是悬在半空中的幽魂中间的一个，
那位享有天国之福的美丽圣女召唤我，
而我自己也欢迎她对我发号施令。
她那一双明眸闪闪发光，胜过点点繁星；
她开始用柔和而平静的、天使般的声音，
向我倾诉她的心情：
'啊！曼图亚的温文尔雅的魂灵！
你的声誉至今仍在世上传颂，
并将和世界一样万古长存，
我的朋友——但他并不走运——
正在那荒凉的山地中途受阻，
他受到惊吓，正在转身走回头路；
我担心他已经迷失路途，
我又不能及时赶去救助，
尽管我在天府听到他陷于危难之中。
如今请你立即行动，
用你那华美的言辞和一切必要的手段救他一命，
你能助一臂之力，也便令我感到心松。
我是贝阿特丽切，是我请你去的；
我来自那个地方，我还要回到那里去，
是爱推动我这样说，是爱叫我对你说。
当我回到我的上帝面前时，
我一定要经常向他赞扬你。'
这时，她不再言语，
我随即说道：'啊！贤德的圣女！

只是依靠你的贤德，人类才能超越

存在于天上最小圆环之下的一切生灵，

你的命令使我感到喜悦欢欣，

即使我立即从命，似乎也嫌太迟；

你不必再多费心思，只须向我吐露你的心事。

不过，请告诉我：你为何不怕

从那辽阔的空间下降到这地球的中心，

而你还要再返回原来的仙境。'

她答道：'既然你心中是如此渴望知道其中原因，

我就简略地向你说明究竟，

说明我何以不怕到此一行。

人们只须害怕某些事情：

这些事情有能力去伤害别人；

对其他事情就无须顾忌，因为这些事情并不骇人听闻。

感谢上帝使我得以享有天国之福，

你们的不幸不会令我心动，

地狱酷刑的火焰也不会给我造成伤痛。

天上的慈悲女神怜悯此人面临危境，

命我来请你前往救援，使他绝处逢生，

因而她打破了上天所做的严厉决定。

这位女神把露齐亚召到他的面前，

她说：——如今你的忠实信徒需要你，

我也就把他托付给你——

露齐亚对任何残暴行为都深恶痛绝，

她立即起身，前来找我，

我正和古代的拉结一起，结伴同坐，

她说：——贝阿特丽切，上帝真正赞美的女神！

你为何不去搭救你如此心爱的人？

他曾为你脱离了世上的庸俗的人群。

难道你不曾听见他痛苦的哭泣？

难道你不曾看见威胁着他的死神？

那死神就伏在那大海也难以匹敌的波涛汹涌的江河！——

世上没有任何人会像我，

在听罢这番话之后立即迅速动作，

力图寻求安全，逃避灾祸，

我就这样离开我的天国福地，降落到这里，

我相信你的诚恳话语，

这话语使你自己和闻听此言的人都感到光荣无比。'

她向我讲述一番之后，

就转动着她那晶莹的泪眼，

暗示我尽快前来营救。

我如她所愿来到你的身边；

我要救你从这猛兽面前脱险，
这猛兽竟敢阻挡你径直登上那壮丽的高山。
那么，你这是怎么了？为何，为何你又踟蹰不前？
为何你心中仍让那怯懦的情绪纠缠？
为何你仍无胆量，仍无坦然？
既然有那三位上天降福的女神，
在天上的法庭保佑你安全脱身，
我自己也对你做了如此诚挚的应允！"

但丁恢复坦然的心情

正如低垂、闭拢的小花，在阳光照耀下，
摆脱了夜间的寒霜，
挺直了茎秆，竞相怒放，
我也就是这样重新振作精神，
鼓起我胸中的坚强勇气，
开始成为一个心胸坦荡的人：
"啊！那位大慈大悲、救我活命的女神！
还有你，如此温文尔雅的灵魂！
对她向你说的那些真情实话，你是那样立即听从！
你的一番叮咛，慰藉了我的心灵，
使我甘心情愿与你同行，
我回心转意，恢复我原来的决定。
现在，走罢！我们二人是同一条心：
你是恩师，你是救主，你是引路人。"
我对他这样说；他随即起步转身，
我于是走上这条坎坷、蛮荒的路径。

第三首

地狱之门

"通过我，进入痛苦之城，
通过我，进入永世凄苦之深坑，
通过我，进入万劫不复之人群。
正义促动我那崇高的造物主；
神灵的威力、最高的智慧和无上的慈爱，
这三位一体把我塑造出来。
在我之前，创造出的东西没有别的，只有万古不朽之物，
而我也同样是万古不朽，与世长存，
抛弃一切希望吧，你们这些由此进入的人。"
我看到这些文字色彩如此黝黯，
阴森森地写在一扇城门的上边；

我于是说："老师啊！这些文字的意思令我毛骨悚然。"

他像一个熟谙此情的人对我说：

"来到这里就该丢掉一切疑惧；

在这里必须消除任何怯懦情绪。

我们已来到我曾对你说过的那个地方，

在这里你将看到一些鬼魂在哀恸凄伤，

因为他们已丧失了心智之善。"

他随即用他的手拉起我的手，

和颜悦色，带我去看人世间所见不到的秘密，

我立即感到无限慰藉。

无所作为者

这里到处都是叹息、哭泣和凄厉的叫苦声，

这些声音响彻那无星的夜空，

因此，我乍闻此声，不由得满面泪痕。

不同的语言，可怕的呼嚎，

惨痛的叫喊，愤怒的咆哮，

有的声高，有的声低，还有手掌拍打声与叫声混在一起，

一直回荡在这昼夜不分的昏天黑地，

犹如旋风卷起黄沙，把太阳遮蔽。

我的头脑被惊恐所缠绕，

我不禁开言道："老师，我听见的是什么呼叫？

这些是什么人的幽魂？他们似乎已被痛苦所压倒！"

老师对我说："这凄惨的呼声

发自那些悲哀的灵魂，

他们生前不曾受到称赞，也未留下骂名。

混杂在这可鄙的合唱当中，还有一些天使，

他们曾不忠于上帝，但也不反叛上帝，

他们一心考虑的只有自己。

上天把他们驱逐出去，以免失去上天的美丽，

而万丈深渊的地狱也不愿收留他们，

因为那些罪恶的天使会觉得自己比他们还多少有些光荣。"

我说："他们究竟有多大的痛苦，

以至发出如此强烈的哀号？"

老师答道："我会十分简略地让你知道。

这些灵魂无望求得彻底的死，

他们的黯淡一生又是那么一文不值，

因而他们才对任何其他鬼魂的命运羡慕不止。

世上对他们的名声不能容忍；

慈悲和正义对他们也不闻不问；

我们不要再讨论他们，你走过去，看看吧。"

我于是注目观看，我看到有一面旗帜

在飞速地绕着圈子奔驰，
我觉得，它似乎片刻也不能停下；
在那旗帜后面，有一大群人排成长龙，
我简直不敢相信，
死神竟毁掉这么多人的生命。
接着，我从中认出几个幽魂。
我看出，并且也认得那个人的魂灵，
他就是那曾出于怯懦而放弃重要权位的人。
我立即恍然大悟，并且相信：
这是一群胸无大志的懦弱之徒，
他们得不到上帝以及上帝的敌人的欢心。
这些倒霉鬼生前一直庸庸碌碌，
如今则是露体赤身，
在这里被毒蝇和黄蜂狠狠叮螫。
他们一个个血流满面，
而血又和泪掺和在一起，流到脚上，
被那令人厌恶的蛆虫吮吸饱尝。

阿凯隆特河与卡隆

随后我又举目远望，
我看到一些人聚集在一条大河的岸上；
于是我说："老师，现在请让我知道。
这是些什么人，是什么本能
使他们显得急不可待地渴望渡河，
这是我借着这微弱的光线所看到的。"
他对我说："当我们停下脚步，
去到那凄惨的阿凯隆特河上时，
你便会了解所有这些事。"
我叫罢当即垂下羞愧的眼帘，
唯恐他会恼怒我的失言，
我只好默默不语，径直来到河边。
这时，一个老人年逾古稀，须发皆白，
驾着一叶扁舟迎面而来，
他叫道："你们该倒霉了，可恶的灵魂！
你们永远不要希望能见苍天：
我此来便是要把你们渡到河的另一边，
叫你们去受火烧冰冻之苦，永陷黑暗深渊。
嗨，你这个人，是个活的灵魂，
你快离开那些死的灵魂。"
但是，他见我没有离去，
便说："你该走另一条路，到另一些港口，
运载你的该是一条更轻便的小舟，

那时你将会到达对岸，而不该由此经过。"
我的导师对他说："卡隆！不要发火：
是那能够做到随心所欲的地方愿意安排此行，
你就不必多问！"
那个在灰黑的泥沼中划船的船夫有一张毛茸茸的脸，
这时他那脸上立即消退了怒容，
尽管眼圈仍被怒火染得通红。
但是，那些赤条条，神色凄惨的鬼魂
听到这些话语如此凶狠，
立即面色大变，牙齿也不住打战。
他们诅咒上帝，诅咒他们的爹娘，
诅咒人类，诅咒祖先对他们的孕育和生养，
还诅咒孕育和生养他们的时间和地方。
所有这些鬼魂随即聚拢在一起，
在那险恶的河岸上嚎啕大哭，呼天抢地，
而那河岸正等待着每个不怕上帝降罪的人上船。
魔鬼卡隆，双眼红如火炭，
他示意他们一个接一个下岸登船；
只要有人延迟一步，他就用桨把那人打得叫苦连天。
犹如秋天的树叶随风飞扬，
一片接一片，飘然而起，
直到树枝眼见自己的所有衣裳都被吹落在地。
亚当的这些不肖子孙正是这样，
他们一个接一个地纷纷下岸登船，
如同驯鸟应主人召唤而归巢一般。
这样，这些鬼魂就漂浮在黝黑的河浪上面，
而他们尚未抵达对岸，
就又有一批新的亡魂集聚到这边。
"我的孩子，"那位热心的老师说，
"所有那些触怒上帝而死亡的人，
都要从四面八方到这里来集合；
他们都争先恐后地渡河，
因为有神灵的正义在驱赶，
这就使他们从畏惧变成自愿。
这里从来没有善良的灵魂经过；
但是，倘若卡隆对你口出怨言，
你如今就可以明白：他为何对你这样说。"

地震与但丁的昏厥

话刚说完，黑暗的荒郊突然地动山摇，
这把我吓得魂不附体，
至今一想起，我仍然大汗淋漓。

泪水浸透的大地刮起狂风，
血红色的电光闪过夜空，
霎时间，我丧失了一切知觉；
我猝然倒下，犹如一个人昏然入梦。

第四首

林勃

一声低闷的巨响冲破我头脑中的沉沉睡意，
我倏然从昏厥中苏醒，
犹如一个人猛然从睡梦中惊醒。
我睁开眼睛，四下环视了一番，
我站起身来，定睛观看，
想弄清自己究竟来到什么地带。
我果真是来到了岸边，
但那是痛苦深渊的山谷边缘，
那深渊收拢着响声震天的无穷抱怨。
这山谷是如此黑暗，如此深沉，如此雾气腾腾，
尽管我注目凝视那谷底，
却什么东西也看不清。
"现在，让我们下到那里沉沉的世界，"
诗人的脸色顿时变得煞白，
他说，"我在前面走，你跟在后面。"
我一眼看出他面色骤变，
便说："你总是给我的恐惧以慰藉，
既然你也害怕，我又怎能前去？"
于是他对我说："是待在下面的那些人受苦受刑，
令我的面容显出恻隐之情，
而你却把这心情当成惊恐。
我们走吧，因为漫长的道路不容我们稍停。"
这样，他开始动身，并让我跟着走进
那环绕深渊的第一层。
这里，从送入耳际的声音来看，
没有别的，只有长吁短叹，
这叹声使流动在这永劫之地的空气也不住抖颤。
这声音发自那些并未受到酷刑折磨的人的痛苦，
他们人数众多，排成一行行队伍，
其中有男人，也有妇孺。
和善的老师对我说："你不曾询问：
你看到的这些是什么样的鬼魂？
现在我想让你在走开之前得知：

他们并无罪过；但即使他们有功德也无济于事，
因为他们不曾受过洗礼，
而洗礼正是你所虔信的那个宗教的入门。
因为他们先于基督教而出生，
他们无法对上帝做应有的崇敬，
我本人呀归属到这些人当中。
正因为这些缺陷，而并非由于其他罪孽，
我们才遭劫，也仅仅为此而遭惩处，
这使我们生活在无望中，心愿永远得不到满足。”
我听他这样说，心中感到一阵巨大痛楚，
因此，我知道：在这林勃之中，
也有一些功德无量的人悬在半空。
“请告诉我，我的老师，请告诉我，救主，”
我开言道，为的是希望确信：
我的这个信念不致有任何错误。
“难道就不曾有人离开这里，
去享天国之福，不论是靠自己，还是靠别人的功绩？”
老师明白我的暧昧话语，
就答道：“过去，我新到此地，
曾看到有一个威力无比的人光临这里，
像是有一顶胜利的王冠戴在他的头顶。
他从这里救出了许多人的亡魂：
其中有：第一个为父之人，他的儿子亚伯，
挪亚和摩西——这位服从上帝意旨的立法者；
族长亚伯兰和国王大卫，
以色列及其父，还有他的儿子们，
以及拉结——他为她曾效劳多年；
还有许许多多其他人，这个威力无比的人都让他们得福升天。
我想让你知道：在他们之前，
人类的灵魂无一得到幸免。”

古代名诗人

我们一直不曾停步，因为他仍在讲述，
但我们还是穿过这森林
——我说的是：那密密层层宛如森林的一群鬼魂。
从这第一圈的边沿到顶端，
我们要走的路并不算长，我这时看见：
有一片火光照亮了周围地带的一半黑暗。
我距离那火光仍有些远，
但是已相当邻近，以至我多少能发现：
有一些道貌岸然的人站在那边。
“啊！你这位为科学和艺术增光的大师啊！

这些如此荣耀光彩的人究竟是谁?
他们竟享有与其他不同的地位!"
大师对我说:"他们的显赫声名
曾在你的生活中四下传播,
因而也得到上天赋予的恩泽。"
这时,我听到一个声音:
"大家来向这位至高无上的诗人致敬:
他的灵魂曾离开此地,如今又回到这里。"
接着,这声音停下不响,带来一片寂静,
我看见有四个伟大的灵魂向我们走来:
他们的面容既不欢喜也不悲哀。
好心的老师开言道:
"你看那边掌剑在手的人,
他走在其他三人前面,像位陛下,
他就是诗人之王荷马;
另一位随之而来的是讽刺诗人贺拉斯,
第三位是奥维德,最后一位则是卢卡努斯。
因为他们与我一样都有诗人的称号,
只须有一个声音就足以呼出众人的头衔,
他们做得真好,这令我感到光彩体面。"
这样,我看到这位唱出无限崇高的诗歌的诗王
会集了一批美好的精英,
而他则超越众人,宛如雄鹰凌空。
他们聚在一起,畅谈良久,
然后转过身来向我致意颔首,
我的老师也微笑频频。
这使我感到更加光荣,
因为他们把我也纳入他们行列当中,
我竟成为这些如此名震遐迩的智者中的第六名。
这样,我们一直走到火光闪烁之处,
以便谈论着现在最好不必细谈的事情,
因为这些事情该在适合谈论的地方谈论。

伟大灵魂的城堡

我们来到一座高贵的城堡脚下,
有七层高墙把它环绕,
周围还有美丽的护城小河一道。
我们越过这道护城小河如履平地;
我随同这几位智者通过七道城门进到城里:
我们来到一片嫩绿的草地。
那里有一些人目光庄重而舒缓,
相貌堂堂,神色威严,

声音温和，甚少言谈。
我们站到一个角落，
那个地方居高临下，明亮而开阔，
从那里可以把所有的人尽收眼底。
我挺直身子，立在那里，
眼见那些伟大的灵魂聚集在碧绿的草地，
我为能目睹这些伟人而激动不已。
我看到厄列克特拉与许多同伴在一起，
其中我认出了赫克托尔和埃涅阿斯，
还认出那全副武装、生就一双鹰眼的凯撒，
我看到卡密拉和潘塔希莱亚
在另一边，我看到国王拉蒂努斯，
他正与他的女儿拉维妮亚坐在一起。
我看到那赶走塔尔昆纽斯的布鲁图斯，
看到路克蕾齐亚，茱丽亚，玛尔齐娅和科尔妮丽亚，
我看到萨拉丁独自一人，呆在一旁。
接着我稍微抬起眼眉仰望，
我看见了那位大师，
他正与弟子们在哲学大家庭中端坐。
大家都对他十分仰慕，敬重备至，
在这里，我见到苏格拉底和柏拉图，
他们两位比其他人更靠近这位大师；
我看见德谟克里特——他曾认为世界产生于偶然，
我看见狄奥尼索斯，阿那克萨哥拉和泰利斯，
恩佩多克勒斯，赫拉克利特和芝诺；
我还看见那位出色的药草采集者
——我说的是狄奥斯科利德；
我看到奥尔甫斯，图留斯，黎努斯和道德学家塞内加，
我看到几何学家欧几里得，还有托勒密，
希波革拉底，阿维森纳和嘉伦，
以及做过伟大评注的阿威罗厄斯。
我无法把他们一一列举，
因为我急于要谈的问题是那么繁多，
我往往不得不长话短说。
这时六位哲人分为两批；
明智的引路人把我带上另一条路径，
走出那静谧的氛围，进入那颤抖的空气，
我来到一个地方，那里看不见一线光明。

（杨国华编，摘自黄文捷译：《神曲》，华文出版社，2010）

第二十五章　彼特拉克及《歌集》

第一节　彼特拉克简介

弗朗西斯科·彼特拉克是意大利文艺复兴最早的代表人物，是欧洲文艺复兴运动的伟大先驱，是文艺复兴时代第一个人文主义者，被称作"人文主义之父"，他和但丁、薄卡丘被称为意大利"文学三杰"，而他则是薄卡丘的莫逆之交和偶像。他是多愁善感的诗人，被称作西方的"诗圣"。他是学识渊博的学者，对希腊、罗马文化有着精深的研究。他是热血澎湃的爱国志士，同著名罗马保民官利恩齐关系密切，当后者领导人民起义的时候，他大唱颂歌，当罗马和巴黎竞相邀他接受桂冠时，他毅然选择了罗马，他用诗歌呼吁祖国的独立和统一。

彼特拉克出身于佛罗伦萨的贵族家庭，父亲是著名公证人，因与黑党不和被逐，迁居附近的阿雷佐。1304 年 7 月，彼特拉克就出生在这里。1312 年，他随父母流亡到法国南部的教皇所在地——普罗旺斯的小城阿维农，一个值得纪念的地方。15 年后，23 岁的彼特拉克就是在这里邂逅了阿维农骑士之妻——美丽的劳拉，对她一见钟情，从此坠入情网，开始了他一生不能自拔的精神之恋。她的倩影萦绕于心，挥之不去，剪不断，理还乱。1348 年，劳拉死于黑死病，他肝肠寸断，"泪流成河"。劳拉就像一位女神，给予他无限的创作灵感。他的传世名作《歌集》由劳拉而始，由劳拉而终。

彼特拉克自幼酷爱古典文学，但自 1316 年起，从父愿先后在法国蒙特波利大学和意大利博洛尼亚大学学习法律。1326 年，父亲去世，他放弃法律，重拾文学。1330 年，他返回阿维农，成为一名教士。此后大约 17 年间，他都在教廷供职。这使他有闲空读书创作、游历欧洲、结识学者、搜集古籍。他出入教会、宫廷，还经常返回意大利，同祖国保持亲密联系。1341 年他获得"桂冠诗人"称号。1353 年，彼特拉克定居意大利，1374 年 7 月在帕多瓦逝世。

作为诗人和人文主义者，彼特拉克的脉搏随时代而跳动。他最早恢复了"人是最宝贵的"古希腊思想，引导世人把眼光由神投向人，由来世转向今生，他第一个提出用古典文化对抗中世纪传统思想，第一个提出"人学"和"神学"的对立，他对天主教会进行猛烈揭露和抨击，以至于逝后被暴尸示众。彼特拉克对古典文化的推崇，不仅影响了意大利而且推动了整个欧洲对古典文化的研究热潮和新时代觉醒意识。彼特拉克是一颗启明星，诞生于中世纪欧洲的漫漫黑夜，却为新世纪带来第一缕光明。

彼特拉克内心矛盾而孤独，他的思想纠结交绕，千转百回。他热爱生活，追求爱情，向往幸福，但又深受中世纪旧道德观及精神枷锁的禁锢，在尘世与信仰、爱情与禁欲、理性与宗教中挣扎、徘徊。他思想的矛盾即是新旧时代碰撞的矛盾，是文艺复兴初期人文主义者的矛盾。

彼特拉克一生创作丰富，《歌集》是其代表作。他的著作还有散文作品《秘密》3

卷、长篇叙事诗《阿非利加》9卷、历史著作《名人列传》、诗体信札350余件。彼特拉克是一个需要巨人的时代产生的巨人，他的创作宣告了一个旧时代的结束，一个新时代的开始。

第二节　《歌集》简介

《歌集》是彼特拉克的代表作，收录有317首十四行诗，29首爱情诗，9首六行诗，7首民谣，4首牧歌，共366首诗歌。还有许多诗作失传。《歌集》主要抒写爱情，也有政治诗及写给朋友和崇拜者的诗。《我的意大利》就是表达诗人强烈爱国思想的名篇。诗人对《歌集》的艺术形式及语言要求精益求精。他耗费一生，反复修改润饰，精雕细刻，务求使其尽善尽美。他的手稿现存于梵蒂冈图书馆，其中有许多诗人自己修改的真迹。

《歌集》中的十四行诗，音译为"商籁体"，源出普罗旺斯语Sonet，是中世纪流行于民间用乐器伴奏而唱的短小诗歌。意大利"西西里诗派"使之具有严谨格律。十四行诗由两节四行诗和两节三行诗组成。每行诗十一个音节，抑扬格，押脚韵。诗人继承"西西里诗派"、"温柔的新体诗派"传统，兼容意大利宫廷抒情诗、古典拉丁诗、宗教诗和《圣经》的优秀诗风，对十四行诗体推陈出新，自成一体，音韵优美，起承转合自如，便于表现感情的曲折变化，艺术上更臻于完美。这种意大利体十四行诗又称彼特拉克体诗，对15到17世纪的欧洲产生巨大影响。

《歌集》是一部爱情史，是纯净的精神恋曲，以感情发展和年代顺序编排而成。《歌集》的主角劳拉是新女性，诗作自始至终贯穿着诗人对她的爱慕。《歌集》实际上是劳拉之歌，它是对中世纪禁欲主义文学勇敢的宣战，极具反叛精神。《歌集》抒写诗人从青春时爱的萌生，到爱的羞涩惶惑，饱经思恋之苦后，在暮年时得到劳拉在天之灵的同情和垂顾，诗人的灵魂终于得到"永恒的安谧和安详"。《歌集》洋溢着浪漫的激情，充满着深沉的感叹。诗人以绚丽的色调描画劳拉形体和心灵之美，描绘她的优雅高贵。劳拉既是"真实的恋人，属于尘俗，富于人性，又是理想化的女性"。他的感情"萌生于心灵，活跃于理性，不沦落于感官，不属于肉体"。诗人对自然之美拥有敏锐的感触，他热切地同飞鸟、流泉、白云、花朵对话，到头来，说的唱的都还是劳拉。他的笔触轻捷秀润、浓妆淡抹，美景与美人相互辉映，融为一体，情景之妙合令人赞叹。

《歌集》结构严谨，风格隽永，语言富丽。它跳出旧诗的抽象隐晦、浮夸矫揉、僵化呆板的窠臼，为诗坛带来清新之风。他大胆歌颂爱情，渴求幸福，感情真挚，想象力丰富。它借景抒情，情景交融，感染力极强。他的诗歌清澈明亮，凄婉动人。他的泪，从开始流到结尾，他的痛透彻心肺，他的多情，重得让人无法载动。

《歌集》还是心理活动史，它倾诉诗人痛苦的爱，甜蜜的痛，幸福的绝望。诗人执著癫狂，纠结彷徨，激流跌宕，意乱神迷，悔恨怅惘，他的感情如同喷薄而出的火山，使他无法驾驭，他的这种状态被后人称为"彼特拉克症"。他在爱河中漂泊，在精神的迷宫中流浪，他用诗篇自我疗伤。他唯恐别人洞察他内心的幽暗，枉自遮掩，却欲盖弥彰，他在孤寂的田野上踽踽独行，以心灵为伴，与精神倾情唱和。他以细腻入微的笔触，裸露了一颗温情脉脉又时时内省、柔肠百转又躁动不安的灵魂。诗人抒写情感体验之微妙，前无古人，后无来者。《歌集》在艺术上达到炉火纯青的水平，它"使爱情第一次成为一种情感生活的象征，是意大利诗歌史上从未有过的现象"。《歌集》是欧洲文学的里程碑，为欧洲抒情诗的发展奠定了基础，成为后来人竞相模仿的摹本，永远为后来人顶礼膜拜。

第三节 《歌集》选段

我的意大利

我的意大利，虽然我的诗章
不能医治你那躯体之上
随处可见的致命的创伤，
但我仍希望我的叹息能使
台伯河、阿尔诺河、波河——
我居住的地方感到欣慰和舒畅。
苍天的主人，我请求你
请你带着慈悲下凡，
看看你所钟爱的圣地。
请你看看，仁慈的上帝，由于无聊
的琐事引发了残酷的战争一场；
请你感化和启迪傲慢无情的
战神那颗坚硬固执的心肠。
求你把你的真理，通过我的诗
传播到人间各个地方，虽然
我自己微不足道，并无声望。
各位诸侯，美丽的意大利
的命运已经交到你们手上，
仁慈并未打动你们的心房。
为何从外国引来这么多的剑影刀光？
意大利绿色的田野为何
染上了野蛮人的血浆？
徒劳的欲望诱惑着你们
在贪婪的人群中寻找出善良，
自以为高瞻远瞩，实为近视目盲。
谁拥有的雇佣军多，谁周围的
敌人也就越是众如飞蝗。
啊，你们从遥远的沙漠
招募来的游民和流氓
践踏着我们的国土和地疆！
如果这是我们自己一手造成，

那么又有谁能把我们解放？

大自然赐给我们得天独厚的条件，
雄伟的阿尔皮斯山像不可逾越的屏障，
在意大利和野性的日耳曼之间隔起一道墙。
但是瞎子的盲目和顽固的贪婪，
不顾我们的利益，它使意大利
健康的肌体长满了痈疽和疥疮。
如今在这高山环绕的笼子里，却把
凶残的野兽和温顺的绵羊圈在一个地方；
温顺的一方只好呻吟忧伤。
没有法律——这就给我们
苦难的历程找到了源远流长。
为此，历书上记载，英勇的
马里奥剖开了自己的胸膛；
当他疲惫干渴时，口中喝着河水，
而流出的鲜血却比水还要多，
他的英烈至今还留在人们的记忆上。

且不说凯撒，只要是能把
拉丁人的武器带到的地方，
野蛮人的草地都染上了它们的血浆。
如今，不知哪颗煞星作恶，
似乎上天也仇视我们，其实
这都是你们这些诸侯行为失当。
你们无休止地掠夺
把世界上最美丽的地方蹂躏争抢。
是哪一罪孽，哪条法令，哪种厄运
驱使你们这样贪得无厌，凌弱怕强，
在已经毁坏了的财富上再踏上一脚，
而在意大利国土之外，却又拿钱拼上，
热衷于寻找贪财的雇佣军，而他们
也乐于用鲜血和生命换取钱财和犒赏。
我说这些是出于对真理的爱，也是实情，
而并不想仇视和藐视任何王公们。

如今在你们经历了多少次失败之后，
难道还看不出日耳曼人的奸猾和狡狯？
他们与死神嬉戏，在艰险面前下跪。
更糟的是戏弄甚至还有破坏。
你们的血流得比他们汹涌澎湃，
因为有另一种仇恨在激励着你们。

从清晨到晚上，如果想想，你们自己，
就会发现你们不尊重别人，
而且也更把自己的尊严破坏。
啊，高贵的拉丁民族的血液，
摆脱这毁坏一切的处境和周边，
不要在虚妄而又毫无价值的
荣誉面前折腰伏拜。
因为癫狂而固执的日耳曼人
欺骗了我们，而并不是因为
我们的智慧所不逮。

这里难道不是我降生的地方？
难道不是孩提时期的摇篮？
难道我不是在这里幸福地长大成才？
难道这里不是庇护我、信赖我
的祖国，好像仁慈、满怀热爱
的母亲，甚至我还曾在这里将双亲掩埋！
感谢上帝，他崇高的思想能把你们感化；
请你们也用怜悯的心去看看
被伤害人民的泪水无涯；
除了上帝，只有你们能给他们
带来和平，而且只有你们
能表现出一些怜悯和仁慈的情怀，
还能带领人民奋起反抗残暴，
使战争的钟表早一点停摆。
因为在意大利人的心中，古老的
传统还没有完全消亡或死殆。

诸侯们，请你们看一看，
生命似箭，光阴不再，
死亡就在我们的身边。
你们今天在这里，请想一下冥冥之国，
因为你们的灵魂将会赤裸裸地
而又孤苦伶仃地走上这个可怕的路段。
在这个短促的人生旅途上，
摈弃愤怒与仇恨，
以及破坏安宁的贪欲和坑拐，
而把你们作恶的时光，
用来思考有益事业的成败；
或是用双手，或是用智慧，
或以歌颂神灵的行为，
或以真诚忏悔的姿态；

这样，你们在人间就能享有幸福，
而通往天堂的大门也将为你们打开。

诗啊，我劝你坦诚地
表达你的意愿与所爱，
因为你所面对的众生里傲慢者大有人在；
他们的灵魂沾满了
古老而又恶劣的旧习，
是真理的永恒死敌与魔怪。
你要在少数仁慈的人中
试试你的命运是好是坏，
对他们说一声："谁能保护我？"
我要高喊："和平，和平快些到来！"

如果这就是爱情

如果这就是爱情，那么我的感受是什么？
如果这不是爱情，天哪，它的本质又如何？
如果它是凶残的，痛苦中为什么感到甜蜜？
如果它是善良的，美意中为什么又有折磨？

如果爱火出自情愿，那又何必哭泣难过？
如果情感出自无奈，怨天尤人岂不嫌多？
啊，爱情，你甜蜜而苦涩，让人欲死欲活，
你岂能违背我的意愿而随意摆布我？

如果我曾企盼你，那么抱怨就是错上加错，
现在我好像撑着一条无桨的破船航行，
毫无目标地在逆风逆流中颠簸……

我已无计可施，却又屡屡出错，
我不知道现在自己追求什么，
只感到炎夏时冷得发抖，隆冬时
热得如火。

当她洁白的双脚踏在碧绿的草场

当她洁白的双脚踏在碧绿的草场，
轻盈地挪动步履，从那如玉的肢体上
散发出一种气息，一种力量，
它使花朵万紫千红，竞相开放。

爱神只诱惑那些钟情于恋人的情肠，

对卑微的人则如同遇见路人一样，
它让那双美目放射出热切的光芒，
于是我不再追求别人去寻觅别的爱情果浆。

婀娜多姿的步履动态，温馨多情的目光，
加上甜如蜜汁的言谈话语，她的举止
是那样娴雅、自然、矜持，端庄大方。

我从她这么多迷人的地方
产生了赖以生存和燃烧的火种，然而胆怯
却把我变成了害怕阳光的草鸮一样。

艳丽的羽毛

艳丽的羽毛缠绕在凤凰
洁白而又迷人的脖子上，
好像珠光闪烁的项链，
使每一颗心陶醉，也让我挂肚牵肠；

它犹如一顶天生的皇冠，
在人间闪射出耀眼的光芒；
爱神从中取出此许纯洁的爱火，
使我在冰霜中燃烧、玄想。

一件紫色的斗篷绣着众多玫瑰，
又镶着天蓝色的边条和装潢，
这是我从未见过的世上最美的衣裳。

传说凤凰隐居在富饶而又芬芳
的阿拉伯高山峡谷之中，
实际上她却正在我们头上飞翔。

一只雪白的小鹿站在草地上

一只雪白的小鹿站在草地上，
两支美丽的犄角闪耀着金光，
在两条小溪中间，在月桂的树荫下，
承旭日的照射而呈现出灿烂辉煌。

她光彩夺目，美丽异常，
我便丢下所有的事务去追来逐往，
就像一个贪婪的人在寻找珍重，
唯一安慰我疲惫和喘息的是侥幸与希望。

"不要动我！"小鹿的脖颈上
挂着用钻石和珠宝镶成的牌子，
"上帝喜欢我自由自在，潇洒倜傥。"

这时已是日当正午时光，
我的眼睛看她看得呆了，却仍不满足，
于是我便大哭，她也趁机退出绿地草场。

啊，这是我最幸福的地点

啊，这是我最幸福的地点，
这里，我曾看见劳拉停下来瞟我一眼，
那双纯情而洁净的目光又将周围的一切
衬托得更加安宁、寂静而又恬淡。

即使岁月无情，迅速流失，
将金石的雕像剥落、摧残，
但是她那温柔的问候也不会消失，
而是今生今世都在我的心中盘旋……

啊，只要我故地重返，
我就会弯下身子四处寻觅，
寻找她那曾经留下的足迹斑斑。

如果爱神不愿留驻在真诚的心灵圣殿，
那么，亲爱的萨努乔，当看到我的眼泪时，
你也应该请它或长或短地留在我的心间。

从我第一次发出叹息

从我第一次发出叹息到今时今节，
时间已经过去了十六个春花秋月；
现在我痛苦依旧，直到生命终止，
而痛苦之始仿佛就在昨日昨夜。

我的生活不再安宁，不再平静，
似乎痛苦中也有甘甜和爱的愉悦；
我希望不幸的生命能够延续更久，因为
一旦死亡我就再也看不到她那美目闪灼。

目前我身在此地，心却想着彼处，
欲念时时冒起，却又不得不强行按捺，

此情此景，我想摆脱却又无法摆脱；

旧情带来的泪水证明我
还是昔日那般痴情如故，
虽然外界变化已经太大太多……

鸟儿的鸣叫声凄切而哀伤

鸟儿的鸣叫声凄切而哀伤，
微风吹得树叶沙沙作响，
在清爽和开遍鲜花的岸上，
听到清澈的河水也在低声歌唱；

我坐在那里沉思，写着爱情的诗章，
苍天把她显示，大地却把她隐藏，
我看见，听见了她的音容，她还活着，
答复我的叹息，在那遥远的地方。

"哎，你何必过早地毁灭自己？"
她怜悯地对我说，"为什么还让
你痛苦的眼睛泪水汤汤？"

"不要为我哭啊，我死后，生命
变成永恒，我的眼睛已经合上，
永恒之光又会把它重新开放。"

春风又回来了

春风又回来了，带来了美丽季节和光明，
带来了鲜花、绿草，春季最密切的伴君，
带来了燕子的啁啾，夜莺的忧郁歌声，
带来了春天的万紫千红以及气息之温馨。

草坪在欢笑，天空晴朗，万里无云，
宙斯愉快地看着他的女儿爱之神；
空气、大地和流水都充满了爱意，
万物生灵都萌动着爱恋之心。

而我，不幸的我，又开始痛苦地叹息，
痛苦从心底发出，来自劳拉，我的灵魂，
她把开启我心的钥匙带到了天国之林；

鸟儿的啼鸣，草地上的花朵，
雍容华贵而又举止高雅的美丽女人

对我来说犹如野兽和荒漠，置若罔闻。

美目闪射着光芒

两只美目闪射着光芒，
照亮了我甜蜜的心房，
同一时刻，高雅的话语
也在叹息中发自她那聪慧的心上；

只要回忆起那件事，我就得意非常，
就如同我又回到了那天那时一样；
每想到此，我就觉得当时缺少勇气，
正视她的态度对我产生至关重要的力量。

我那一直受尽痛苦折磨的灵魂，
（习惯的力量是多么强大啊！）
在耳闻目睹的惊喜面前我像被抽去了脊梁；

当它尝到给它的快乐时，
不知是因为害怕，还是因为希望
得到满足而颤抖，不知所措，心里发慌？

夜莺为何哭得这么凄切哀惋

夜莺为何哭得这么凄切哀惋？
也许是在哭泣它的雏儿与伙伴？
歌声抑扬缠绵，
感动了田野和苍天！

它整整一天都伴随着我的哭声，
我对狠心的命运深感忧怨，
因为我只能怨恨自己，我不相信
死亡能断绝七神的出现。

自负的人往往容易被欺骗！
谁曾想到，比太阳还要明亮的光焰
如今已经变成了黑色的泥土坟墁！

如今我已醒悟，我残酷的命运
要我活着，哭泣着渐渐懂得：
世间的欢乐只不过是过眼云烟！

过去哭泣，现在歌唱

过去哭泣，现在歌唱，因为劳拉是太阳，
她的眼睛又向我慷慨地闪烁出迷人光芒，
在光芒中爱神向我清晰地展示了
她神圣的姣容及其甜蜜的力量。

她使我眼睛里流出的泪水汇聚成波浪
起伏的大河，为了淹没我让我早点死亡，
她不让我架桥，不让我乘船和涉水，
也不给我飞翔的羽毛和翅膀。

我眼泪流出的河又宽又深，
两岸相隔遥远，无法跨越，
思绪也才勉强能够到达对岸彼方。

劳拉变得仁慈，但不向我表示胜利
而向我伸出橄榄枝，于是风平浪静，
她抹干了我的眼泪，希望我活得硬朗。

啊，尊贵的灵魂和情感

啊，尊贵的灵魂和情感，
你今天附着的不是别人，
而是城府颇深的达官显宦，
你已经掌握了参议员的权柄，
以此统治着罗马和它的属员，
并带它走向古罗马的辉煌峰巅。
我对你这样说，是因为在别人身上
找不到先人的英雄气概，
也看不出他们为自己的过失而羞惭。
意大利，我不知道你在想啥等啥，
难道你不知道自己已经染上了致命的病患？
衰老、颓废、萎靡、怠惰，以至
沉睡不醒，也没有人将你呼唤，
啊，如果我有权力的话
我将抓住你的头发，将你猛掼。

我不指望，沉睡多年的罗马
能从深重的灾难中
奋起精神的震颤。

但命运已把重任托付给你，
你要用你的双手去把她
——我的首都罗马摇撼。
紧紧地抓住她的头发
和那蓬松的发辫，
把她从泥沼中搭救出来。
我日夜为她哭泣，
却在你身上寄托了厚望。
如果罗马人
还想重温昔日的荣耀，
那就只有你来掌握治国的柄权。

古老的城垣依然高耸威严，
使人想起过去，
令人看了心中震撼；
埋葬着古罗马
巨人的坟墓，
将与世界一起永垂千年。
而那些满目凄凉、已变成废墟的宏伟建筑，
也等待着你的手去修复、重建。
啊，忠勇的布鲁诺和什皮奥内
如果在九泉下得知你是当之无愧的参议员，
他们也会感到慰藉、欣然。
当法布里齐奥听到这一喜讯，
他也会高兴地大声赞许说：
"罗马，你会再一次变得娇艳！"

如果上帝真的对我们顾怜，
天堂里真的栖息着圣人的灵仙，
他们的躯体依然留在罗马，
我们乞求你，上帝，赶快结束漫长的征战，
不然，人们将不得安宁；
忠实的信徒进不了教会的圣殿，
那些令人肃然起敬的教堂
如今已经成为强盗们的安乐窝，
而善良的人们却被拒之于门槛；
强盗们策划着形形色色的阴谋诡计，
出没在祭坛和凋敝的塑像之间，
啊，这是多么可怕的景象呀，
钟楼上感恩的钟声还在鸣响，
人们就开始了相互杀伐和激战……

哭泣的妇女，无人保护的儿童，
疲惫的老人，与死不惧，与生无恋，
教堂的神甫和被凌辱的人们
都在呼喊："上帝，快来救俺！"
惊恐不安和潦倒不堪的穷人，
浑身上下都染满了恶习，
他们甚至向罗马的敌人摇尾乞怜。
再看看雄伟的罗马大城，
到处燃烧着内战的火焰，
城中的一切房舍和建筑
如今都变成了废墟一片……
这边的火舌刚刚扑灭，
那边的火苗重又点燃；
你的和平主张定将得到上帝的称赞。

篆刻着熊、狼、狮、鹰、蛇徽标的家族，
时常在诋毁和诽谤科洛纳
——罗马城的盾牌和中坚，
为此，罗马在抽泣，在呜咽。
请你连根一起拔掉
长在她身上不法果实的野草。
千百年过去了，
为罗马的强盛争得荣誉的
崇高的灵魂离开了自己的家园，
留下来的变成了懦夫却又十分傲慢，
不再尊重伟大的祖国——母亲的威严！
你是她的伴侣和导师，
她在期待着你的帮助，你的召唤，
因为如今教皇已经离去，搬迁……

几乎没有一件伟大的事业
不经几番挫折和磨难，
这有时也使英雄畏缩、丧胆。
而这一次你却消除了道路上一个个障碍，
迫使恶运中途变异，发了慈善，
起码让它违背了自己的心愿。
它从未赏赐过任何一个人，
只为你打通千古留名的道路提供了方便。
只有你有能力重建
世界帝国的尊严。
荣誉将会对你说："她在妙龄时
古罗马人使她享誉，

如今她老了，
是你又使她从死亡中焕发新颜。"

诗啊，在坎波多利奥山上，
你会看到忧国忧民的骑士一员，
意大利所有的人都拥戴他。
请你告诉他："一位诗人从未与你相识，
但爱你如同爱他自己的荣誉一般。
他说，罗马无时无刻不在
含泪请求你，请求你给予帮助，
呼声来自罗马城下的七座大山。"

清晨，黎明时光

清晨，黎明时光，
春风吹洒着花香，
鸟儿也开始歌唱，
我感到我的心房
装满了她的甜情蜜意，于是
我便如往常一样，开始抒写我的诗章。

我可以用深情的叹息
打动她的心，使她高兴非常，
以换取她能爱我一场；
是她强迫我去爱她！但花开在冬天，
爱情的季节不对，在高贵的灵魂绽花之前，
她不会倾听到我的诗句和歌唱。

为使这灵魂欢欣舒畅，
我流了多少眼泪，写了多少诗章，
做了多少注释和说明，
但她依然像巨石一样，
对微风的吹拂无动于衷，
微风可以动摇花枝，却无法撼动她的心房。

一般来说，爱情能左右男人和上苍，
这在许多诗歌和散文中都有宣扬，
为此我在四月的一个清晨做过验证。
如今，无论爱神、爱情诗、我的泪水泱泱，
还是我的恳求，都不能让劳拉把我
从这种折磨的生活中给予解放。

只要你和我还有一口气，

啊，可怜的灵魂，为了做最后的一拼，
就请施展你的全部才智和全部力量。
在这个世界上，诗是万能的，
吟诗能使金蛇狂舞入迷，
能使冬天的冰凌放出春天的花香。

如今已是春天，草嫩，花鲜，
哪一个天仙也不会在爱情诗歌唱
的妙音中无动于衷，没有感想。
如果我们的命运注定不能成功，
那么，无论哭泣，还是吟咏都只能
如同跛牛拉着破车去追逐晨风游荡。

用诗去取悦又聋又哑又冷漠、
既不遵从爱神又不懂得诗歌的灵魂，
犹如用网打水，水中捞月一样荒唐。

鲜花盛开的绿色山冈

啊，清爽、荫凉、鲜花盛开的绿色山冈，
劳拉坐在那里，一边沉思，一边歌唱，
无论她在哪里，总是美压群芳，
犹如天上的仙女来到人间一样。

我的心为了她而离开了我的胸膛，
（她聪慧，如果一去不回头将会更精良）
如今已去寻觅被她的双脚踩过而又
被她的泪水打湿的那个长满绿草的地方。

它紧紧地依偎着她，不停地对她讲：
"那个不幸的人，也许现在就在那里，
他已哭得疲惫不堪，如同泪人一样！"

她傲慢地笑了。啊，山冈，
你碧绿，幸运，是神圣的天堂，
我的心离我而去，我已变成一道无知觉的岩墙。

国王的血统，非凡的智商

国王的血统，非凡的智商，
锐利的目光，雍容而又端庄，
高尚的思维，睿智而又善良，
这一切都与王子的心十分得当；

为使这盛大的庆典增添光彩，
这里挑选了众多的美女和丽娘，
王子以他那锐利的目光，
一眼就选中了那个最俊美的模样。

他的手轻轻一伸，让那些比她
年纪大的抑或有钱的女人向后退让，
而亲切地请劳拉走到他的身旁。

他吻了她的双眼和前额，
举止高贵，彬彬有礼，每个女人为之喝彩，
这一亲切超群之举让我不禁嫉妒和感伤。

我嫉妒你，贪婪而无情的大地

我嫉妒你，贪婪而无情的大地，

你拥抱着劳拉，使我看不见她的身体，
她的姣容被你遮盖了——
我的痛苦将在那里被你完全吸释！

我嫉妒你天穹，你把她囚羁，
自私自专地把她关在那个空中囚室，
她自由的灵魂已脱离双肩双臂，
那肩臂偶尔也会迎接别的灵气！

我嫉妒你，有福的魂魄，
你们能看见与她在一起的伙伴，
我也希望看到，并望眼欲滴！

我嫉妒你，无情而又残忍的死神，
你熄灭了劳拉——我的生命之源，
在她的眸子里，你却忘记将我唤起！

自从她死之后

自从她死之后，我从未在一个地方

能像在这里清晰地看见她的意象，
也从未有过如此的轻松和自在，
可以肆意地哭诉自己的凄楚和哀伤；

没有一个山谷有这么多僻静之处
能让我如此哀凄，如此悲凉；

我不相信爱神之岛和别的地方
有如此温情的巢穴和住房。

溪水、微风、树枝、鸟儿、
鱼儿、花儿、草儿都开口说话，
请求我永远地向它们投以情肠。

你，幸福的人啊，从天堂呼唤我，
使我想起你过早地死去，
要我轻蔑红尘，轻蔑恭维和虚妄。

历经多年的悲痛和凄苦

历经多年的悲痛和凄苦，
现在到了寻求平静的生命末路，
如果对世人一视同仁的死神
不再回首我那悲喜参半的过去；

如同风吹乌云之举，
她的生命就这样匆匆结束；
那美丽的目光一直是指引我的明灯，
如今只有我的思绪把它追逐。

时光不等人，我的华发
改变了我的行为，我已下定决心
向她诉说我的满腹痛苦。

我用真诚的叹息倾诉
多年的悲凄，她从天国
看见了我，为我伤心痛楚。

那是倒在地上的一棵树

那是倒在地上的一棵树，
如同狂风将它突拔猛举，
树枝和树叶全都伏在地上，
在阳光下露出折断的根部。

这是一株被爱神选中的树，
它使我想起诗神缪斯的攀附，
他缠住了我的心，如同藤蔓
在树上和墙上把它们当成支柱。

那棵有血有肉的树

蕴含着我的真情和浩叹，
但从不将美丽的枝叶向我挥舞。

这棵树已经升天，却把树根
留在我心里，为此还有人深情地
把她呼唤，只是已经无人回首相顾。

我热情歌颂的

我热情歌颂的眼睛、
手臂、玉足和姣容，
把我的灵魂掠走，又使
我变成孑然一身，孤苦伶仃。

那真金般的鬈发晶晶莹莹，
闪着光彩的还有天使般的笑声，
使我们的大地变成天堂，
如今却成了一抔黄土，失去生命。

而我依然活着，为此我怨恨而又痛苦，
如同一条无舵之船漂泊在风浪中，
航向驾驶等等一切都面临着严重失控。

在这里，我结束我的爱情之歌，
我的灵魂已经枯竭殆尽，
写诗和吟诗也已成了抽咽泣零。

爱你将使我永远不会感到疲倦

爱你将使我永远不会感到疲倦，
圣母，只要我还活着，我就立下誓愿；
但我现在已经极端仇恨自己，
无休无止地哭泣早已使我苦不堪言。

我死后，希望给我建造一个无碑的墓穴，
为了说明我的死因，把你的名字也刻在上面，
在大理石的墓盖下边躺着我的尸体，
而它还将带着我对您的感情和眷恋。

一颗忠诚而又爱慕你的心灵，
可以使你高兴，却不会给你带去麻烦，

而你对这颗心灵也将会产生仁慈之感。

如果你想用别的方式偿还你的愤懑，
那就会出现你意想不到的情景：
爱情将帮助我摆脱我的苦情和失恋。

熟稔的熏风迎面轻轻吹过

熟稔的熏风迎面轻轻吹过，
依稀可见那美丽眼睛诞生的高坡，
她照耀着我渴望的双目，直至上帝
把她召去，如今我的双目只好泣泪成河。

啊，稍纵即逝的希望，狂绪一掠！
孤寂的野草，浑浊的溪涧小河，
空旷、荒凉、寒冷的出生地，
我虽活着，却宁愿与死亡为伙！

我渴望着她的脚，踏着我的坟墓，
那点燃我情火的美丽眸子曾经给我
漫长的痛苦岁月带来些许安慰和喜悦。

我的上帝残忍而又吝啬，
那迷人的光焰可望而不可即，
如今她已成为尘土，令我悲痛欲绝。

这是一个值得纪念的时间

这是一个值得纪念的时间，
那年那月那天的那个瞬间，
还有那个值得纪念的村庄，我被俘虏了，
而俘虏我的竟是她的那双美丽的碧眼。

多么美妙啊，那第一次甜蜜的痛苦，
我尝到了爱情的滋味不同一般；
神圣的弓箭射中了我呀，深深的，
一直扎进了我的肺腑和心肝。

我在许多诗歌里呼唤夫人，
你的芳名出现在诗的字里行间，
留下了我的叹息、眼泪和心愿……

幸福啊，美好的诗篇，

我用它歌颂夫人，把她思念，

再没有别的女人能将这个位置侵占。

啊，夫人

啊，夫人，如今你和上帝都在天堂，

你过着神圣的生活与时光，

在天上最高最荣耀的地方，

身上有着比珠宝更珍贵的服饰和装潢。

啊，女性不可思议的奇迹，

如今你通过明察秋毫的上苍，

看见了我对你的爱恋和忠诚，

为了你，我流了多少泪，写了多少诗章！

你知道，我对你在人间时的感情，

如同今日你在天上一样，我从未有过

其他愿望，只希求你的眼睛更加明亮。

为补偿我在人间为你遭受过的漫长

的痛苦，让我早些离开人间，你祷告吧，

让我尽情地与你相会在天国的殿堂。

（李新红编，摘自李国庆、王兴仁译：《歌集》，花城出版社，2007）

第二十六章　薄伽丘及《十日谈》

第一节　薄伽丘简介

　　薄伽丘，1313 年诞生于佛罗伦萨，也有可能诞生于离佛罗伦萨西南 20 英里的一个小市镇切塔尔多，他父亲在那儿有房产。他是一个私生子，父亲是一个富裕的金融业商人，母亲身份不明，大概是一个社会地位低微的女人。薄伽丘从小在商人和市民的圈子中间长大，这和他日后在作品中鲜明地表达新兴市民阶层的思想感情，是很有关系的。他自幼爱好文艺，喜欢读书，萌发了将来做一个大诗人的心愿。大约在他 14 岁的时候，老薄伽丘不顾儿子的志趣，把他带到那不勒斯去习商。他混了 6 年，毫无成绩，老薄伽丘只得叫他改行，在那不勒斯学习教会法典，因为这是有利可图的行业。枯燥乏味的宗教法又耗去他 6 年岁月。薄伽丘痛心地认为，他学诗无成，白白地蹉跎了 12 年大好光阴。后来，他寻找到机会出入于国王的宫廷。在这里，他被压抑的个性和才智得以充分地施展。他同许多人文主义诗人、学者、神学家、法学家广泛交游，并接触到贵族骑士的生活。这丰富了他的生活阅历，扩大了文化艺术视野，进一步焕发了他对古典文化和文学的兴趣。他在宫廷里又认识了罗伯特的私生女玛丽娅，对她产生了爱情。这一段富于浪漫情调的经历，也在他的文学创作中留下了很深的印痕，他日后在文学作品中塑造的一些女性形象，可以见出玛丽娅的影子。1350 年，他和诗人彼特拉克相识。翌年，他受委托去邀请被放逐的彼特拉克回佛罗伦萨主持学术讨论。从此，这两位卓越的人文主义者建立了亲密无间的友谊。薄伽丘潜心研究古典文学，成为博学的人文主义者。他翻译了荷马的作品，在搜集、翻译和注释古代典籍上作出了重要贡献。传奇小说《菲洛柯洛》是薄伽丘的第一部作品，大约写于 1336 年。它以西班牙宫廷为背景，从中世纪传说中汲取素材，叙述一个信仰基督教的少妇和一个青年异教徒的爱情故事。他们冲破种种阻挠，有情人终成眷属。《十日谈》中有两则故事就取材于这部作品。另外，他还写了牧歌式传奇《亚美托的女神们》（又称《佛罗伦萨女神们的喜剧》）、长诗《爱情的幻影》和《菲埃索拉的女神》等作品。他的传奇小说《菲洛美塔的哀歌》是仅次于《十日谈》的一部重要作品，描写被恋人抛弃的女子菲洛美塔的遭遇，细致地抒写她的爱和怨、希望和痛苦，翘首盼望恋人归来的心理，堪称欧洲最早的心理小说。这些作品的共同特点都是以爱情为主题，借鉴古希腊古罗马诗歌、神话、传奇，显示了中世纪传统和骑士文学的痕迹，但又摆脱了俗套，充满对人世生活和对幸福的追求，谴责禁欲主义。这些著作奠定了他在世界文坛上的地位，特别是《十日谈》，更是使他名扬天下。薄伽丘死后一直到 15 世纪中叶，意大利人文主义运动主要表现在对古代文化的研究上，没有出现重要作家。

第二节 《十日谈》简介

1471 年，《十日谈》在威尼斯出版。接着在 1472 年、1478 年，又相继在曼杜亚等城市出版。1492 年威尼斯又出版了《十日谈》的第一个木刻插图本。总之，在 15 世纪，《十日谈》印行达 10 版以上；在 16 世纪又印行了 77 版。它还被译成西欧各国文字。在英国，没有一本意大利文学作品引起翻译家和读者这样浓厚的兴趣。它直接影响了英国作家的创作。乔叟的名著《坎特伯雷故事集》在全书的艺术构思上受《十日谈》的启发，其中有 3 个故事（管家的故事、学者的故事、商人的故事）取材于《十日谈》。莎士比亚写于 16 世纪早期的两个喜剧《辛白林》、《善始善终》，那曲折动人的故事情节来自《十日谈》。《十日谈》叙述 1348 年佛罗伦萨黑死病肆行时，10 名男女青年到乡村避难，借欢宴歌舞和讲故事消遣时光，10 天里每人讲一个故事，共得 100 个故事。人文主义思想像一根红线贯穿这部故事集。作者把抨击的矛头直指宗教神学和教会，揭露教规是僧侣们奸诈伪善的恶因，毫不留情地揭开教会神圣的面纱，辛辣地嘲讽教廷的驻地罗马是"容纳一切罪恶的大洪炉"。爱情故事在《十日谈》中占有重要的地位。作者认为，禁欲主义是违背自然规律和人性的，人有权享受爱情和现世幸福，他在许多故事里以巨大的热情赞美青年男女冲破封建等级观念，蔑视金钱和权势，争取幸福的斗争。《十日谈》还抨击了封建特权和男女不平等。薄伽丘确信，人的高贵并不取决于出身，而是决定于人的才智。即便是伺候国王的马夫，其仪表和聪明同国王相比也毫不逊色。不少故事叙述了在争取幸福的斗争中，出身微贱的人往往以自己的智慧、毅力战胜封建主和贵族。薄伽丘揭示了这样一条真理："贫穷不会磨灭人的高贵品质"，穷人家往往出现圣贤，倒是"高贵叫人丧失了志气"，帝王家子弟只配放猪牧羊。他还摒斥中世纪僧侣主义诬蔑女人代表罪孽的陈腐观念，赞美妇女是自然的美妙造物，主张妇女应该享有跟男人平等的地位。不少故事叙述了卑贱者以智慧和毅力战胜高贵者。作者强调人应当既健康、俊美，又聪明、勇敢，多才多艺、全面和谐地发展。全书以丰富的生活知识和巨大的艺术力量，刻画了数百个不同阶层、三教九流、具有鲜明个性的人物形象，展示出意大利广阔的社会生活画面，抒发了文艺复兴初期的自由思想。他采用框形结构，把 100 个故事巧妙串联起来，使之成为一部思想上、艺术上都异常完整的作品。这些故事吸取了民间口语的特点，语言精练、流畅，又俏皮、生动，开创了欧洲短篇小说这一独特的艺术形式。《十日谈》在欧洲文学史上具有重要意义，它发展了中古的短篇故事，不仅叙述事件，而且概括现实、塑造人物、刻画心理和描绘自然。薄伽丘是一个自觉的文体家，《十日谈》的散文以古代罗马作家为典范，结构完整，文笔精练，善用对比，语言丰富、鲜明、生动。正如《神曲》为意大利诗歌奠定了基础一样，《十日谈》为意大利散文奠定了基础。

第三节 《十日谈》选段

第二天 故事第三

三个兄弟，任意挥霍，弄得倾家荡产。他们的侄儿失意回来，在途中遇到一位年轻的院长。这位院长原来是英国的公主，她招他做驸马，还帮助他的几个叔父恢复旧业。

　　小姐们听完了林那多的一番遭遇，啧啧称奇，很赞美他的一片虔诚，同时也感谢天主和圣朱理安在他苦难的时候搭救了他。对于那位不辜负老天爷美意，懂得接受送上门来的机会的寡妇，她们也不愿加以责备，说她干了蠢事——虽然她们并没明白表示出自己的意见。她们正自谈论着那个晚上她该是多么受用，而且掩口微笑的时候，坐在菲洛特拉托旁边的潘比妮亚知道这回该轮到她讲故事了，就在心里盘算该讲个怎样的故事，一听得女王果然这样吩咐，她就高高兴兴、不慌不忙地这样开言道：

　　高贵的小姐们，我们留意观察世间的事物，就会觉得，如果谈到命运弄人这一个题目，那是越谈越没有完结的。世人只道自己的财货总由自己掌握，却不知道实际上是掌握在命运之神的手里。我们只要明白了这一点，那么对我这个说法就不会感到惊奇了。命运之神凭着她那不可捉摸的意旨，用一种摸不透的手段，不停地把财货从这个人手里转移到那个人手里去。这个事理是随时随地都可以找到充分证明的，而且也已经在方才的几个故事里阐述过了。不过既然女王指定我们讲这个题目，那么我准备再补充一个，各位听了这个故事，不但可以解闷，也许还可以得到些教益呢。

　　从前我们城里住着一位绅士，叫做戴大度。有人说他是兰培第家的后裔，也有人见他的后代始终守着一个行业，直到现在还是这样，便认为他是阿古兰第家的后裔。我们且不去查他的宗谱，只要知道他是当时一位大财主就是了。他有三个儿子：大儿子叫做兰培托，第二个叫做戴大度，第三个叫做阿古兰特；个个都长得年轻英俊，一表人才。那位绅士去世的时候，大儿子还不满 18 岁。弟兄三人就依法承继了这偌大一份家产。

　　这三个青年一旦发觉金银珠宝、田地房屋、动产和不动产都归他们掌握，就漫无节制、随心所欲地浪费起来。他们畜养着许许多多的骏马、猎狗、猎鹰，至于侍候他们的仆役更是不计其数。他们又大开门庭，广延宾客，真是来者不拒，有求必应；还不时举行竞技会和比武会。总之，凡是有钱的爷们所能够享受的乐趣他们都享受了；更因为青春年少，一味放纵，只知道随心所欲。

　　这样豪华的生活没有维持多久，父亲传下来的那许多金银就花光了；虽然也有些许收入，却无济于事。他们要钱用，只得把房产卖的卖、押的押了；今天变卖这样，明天又变卖那样；没过多久，就几乎到了山穷水尽的地步；他们的眼睛一向给金钱蒙蔽着，直到现在才算张了开来。

　　有一天，兰培托把两个兄弟叫了来，指出父亲在世的时候家道何等兴隆，他们的日子又过得怎样舒服，父亲一死他们怎样挥霍无度，把那一份偌大的家产花完，快要变成穷光蛋了。于是他替大家出了一个妥善的主意，趁空场面还没拆穿以前，把残剩的东西全都变卖了，跟他一起出走。

　　兄弟三人照这办法做去，既不声张，也不向亲友告别，就悄悄地离开佛罗伦萨，一路赶到伦敦，方才打住，在那儿租了一间小屋住下。他们刻苦度日，干起放高利贷的行当来。也是他们运气来了，不出几年工夫，就攒聚了许许多多的钱。

　　他们一个个回到佛罗伦萨，把旧时产业大部分赎了回来，另外还添置了一些；都娶了妻子，安居下来。不过他们在英国的贷款业务还在进行，就派他们的一个年轻的侄儿，叫做阿莱桑德洛的，前往掌管，那弟兄三人就在佛罗伦萨，虽然都有了家眷，都已生男育女，却又故态复萌，忘了先前吃过的苦头，只管把钱胡乱使用，加以全城字号，没有一家不是全凭他们一句话，要挂多少账就挂多少账，所以他们甚至比以前挥霍得更厉害了。多亏阿莱桑德洛在英国贷款给贵族，都是拿城堡或是其他产业做抵押，收入的利息着实可观，因此每年都有大笔款子寄回家来，弥补了他们的亏空。有几年光景就这样支撑过去。

　　这兄弟三个任意挥霍，钱不够用了，就向人借债，唯一的指望是从英国方面来的接济。可是谁想忽然之间英国国王和王子失和，兵刃相见，全国分裂为二，有的效忠老王，有的依附王子，那些押给阿莱桑德洛的贵族的城堡采地全被占领，阿莱桑德洛的财源因此完全断绝了。他一心巴望有一天国王和王子能够议和，那么他就可以收回本金和利息，不受损失，所以还是留在英国不走。那在佛罗伦萨的三个兄弟却还是挥霍如故，债台越筑越高。

几年过去，兄弟三个白白盼望着英国方面的接济；他们不但已经信用扫地，而且因为拖欠不还，给债主们逮捕起来了。他们的家产全都充公，也不够偿还债务；债主还要追索余欠，因此给下在牢狱里。他们的妻子儿女，东分西散，十分悲惨，看来这一辈子再也没有出头的日子了。

再说阿莱桑德洛在英国观望了几年，一心巴望时局太平，后来看看没有希望，觉得再耽搁下去，只怕连性命都不保，就决定回意大利。他独自一人踏上了归途；也是事有凑巧，路过布鲁日时，正有一位穿白僧衣的青年院长，恰巧也在这时率领众人出城。只见一大队修士、无数仆从，以及一辆大货车，走在他头里；在他后面，有两个上了年纪的爵士骑马随行。阿莱桑德洛认得这两个爵士就是国王的亲属，过去向他们打了招呼；他们当下欢迎他一路同行。

在一起赶路的当儿，他轻声问他们，带着这许多随从、骑着马走在前面的那些教士是谁，他们正要到哪里去。其中有一个爵士回答：

"那骑马前行的青年是我们的一个亲戚，新近被任命为英国一个最大的修道院的院长，只是他年纪太轻，按照规章，还不能担任这样重要的职位；所以我们陪同他到罗马去，请求教皇特予通融，恩准他的任命——不过这回事千万不能跟旁人提起。"

那位新院长骑在马上，有时领先，有时押队，忽前忽后，就像我们经常可以看到贵族出门时那种样儿；他因而注意到了离他不远的阿莱桑德洛。那阿莱桑德洛正当青春年少，又长得眉清目秀，加以举止大方，彬彬有礼，天下有哪个美男子他比不上？那院长一看见他，就满心欢喜，觉得他比谁都可爱，就把阿莱桑德洛叫到身边来，跟他谈话，和悦地问他是什么人，从哪儿来，又要到哪儿去。阿莱桑德洛把自己的身世处境照直说了，总是有问必答，还声言愿意为院长效劳，不论什么微贱的职役，都乐意从命。

那院长听他这番话说得有条有理，看他的举止又十分端庄，就暗中断定，尽管他操的是贱业，却必定是一个大户人家的子弟；因此把他看得越发可爱了，对他的遭遇不禁深表同情，就用好言好语安慰了他一番，劝他只管宽心，只要为人正直，尽管命运叫他落到这般地步，天主自会把他扶植起来，让他恢复旧观，甚至达到比以前更高的地位，也未可知呢。

他们这时都向托斯卡尼赶程，所以院长又请求他一路做个陪伴。阿莱桑德洛谢了院长的慰劝，还说院长无论有什么吩咐，他都乐于遵命。

那院长自从见了阿莱桑德洛，不知怎样，就涌起一种无名的感触。这样赶了几天路，来到一个村子，连一家像样的客栈都找不到；院长却偏要在这里过夜，多亏阿莱桑德洛跟一家客店的老板相熟，就关照他收拾一间算是最讲究的房间让院长住下。这样一来，阿莱桑德洛凭着他的干练，俨然成了院长的管事。他还替其余的随从尽力设法，帮着他们在村上各自找一个过夜的地方。

院长用过晚饭，时候已经不早，大家都上床睡了，阿莱桑德洛于是向那店主询问他自己下榻的所在。不想那店主回他道：

"说句真话，我也不知道你可以睡到哪儿去。你看，满屋子都住了人，连我和我的家眷今夜也只好睡在长凳上。不过院长的房间里放着几麻袋粮食，我可以替你在麻袋上临时摊一个铺位，你就在那里将就过一夜吧。"

"这怎么成呢？"阿莱桑德洛说，"你知道院长的房间原来已经很狭小了。连他的修士都没有睡在他那儿，我怎么能去打扰他呢？早知道这情形，那我趁帐子还没有放下，就叫个修士睡在麻袋上，让一张床铺给我睡。"

"怎么办呢，"店主人说，"事情已到这个地步了，你还是将就些吧，听我的话，睡在那里也一样是很舒服的。院长已经睡熟，帐子也已经放下了；我就给你悄悄地摊一个铺位，让你在那儿安睡。"

阿莱桑德洛觉得这样做，倒也不至于惊吵院长，就答应了，悄悄地爬上麻袋，躺了下来。

哪里知道院长因为情思荡漾，这时候还没有入睡，阿莱桑德洛和店主说的话，他都听见了，他还留心听着阿莱桑德洛在什么地方睡了下来，不觉心花怒放，暗自想道："这分明是天主给我一个如愿以偿的机会，要是今番错过了，以后就不知道哪一天才能再遇到这样的机缘。"

院长打定主意，但等客店里的一切声响都静下来之后，就低声叫着阿莱桑德洛的名字，请他睡到自己的床上来，阿莱桑德洛再三推辞之后，只得答应了。

他脱去衣服，上了床，在院长身边躺了下来。那院长把一只手放在他的胸口，不住地抚摩他，就像热情的少女抚摩情人一样。这举动叫阿莱桑德洛大吃一惊，还道是院长要拿他来满足一种不正常的欲念呢。也不知道是凭着直觉，还是凭着阿莱桑德洛的姿态，院长马上猜透了他的心意，暗自好笑，就解开内衣，拿起他的手放在自己的胸口，说道：

"阿莱桑德洛，别胡思乱想吧，你摸摸我这儿——看我藏着些什么东西。"

阿莱桑德洛用手在院长胸前一摸，摸到了两个又小又圆、结实滑腻、好比象牙雕刻出来般的东西——少女的乳房。阿莱桑德洛这才明白，原来院长是个女人；他也不问一声，就把她搂在怀里，要和她亲吻。但是她拦住了他，说道：

"且慢！你要跟我亲热，先听我把话说清楚。现在你明白了，我是个女人，不是什么男人。我离家的时候是个处女，此去觐见罗马教皇，是要请求他替我作主配亲。也不知道是你的造化，还是我的不幸，那天我一看到你，就把你爱上了——任何哪个女人也没像我那样爱得热烈。我一心一意只要你、不要别人来做我的丈夫；如果你不愿意娶我做妻子，那么请你立即下床，回到你自己的床铺上去吧。"

阿莱桑德洛虽说还不知道她的身世，但是看她一路带着那么多随从，断定她必是名门大户的千金小姐，又看她长得十分美貌。就不再迟疑，立刻允许，说是只要她不嫌弃，他哪有不乐意和她结为夫妻的道理。

她一听到这话，就从床上和他一起坐起来，把一个戒指交在他手里，又叫他对着一幅耶稣的小画像起誓娶她；仪式完毕之后，他们这才互相拥抱接吻，这一夜里，真是有着说不尽的恩爱和快乐。

东方发亮了，阿莱桑德洛就照着他们商量好的办法，悄悄地离了房，就像昨晚进来时一样，这样谁也不知道他是在哪儿过夜的。他跟着院长的队伍一路行来，好不得意；经过好多天的跋涉，他们来到了罗马。

休息了几天之后，院长只带着两个爵士和阿莱桑德洛，觐见教皇，她照例向教皇行了敬礼，就说：

"神圣的父，一个人要想过一种纯洁正直的生活，首先就得避免一切引诱着他背道而驰的事物，这一层道理，您该是比谁都了解得深刻。也正为了这缘故，我要做一个规矩的女人，就乔装改扮——像您看见我那个模样儿——从我的父亲，英国国王的宫里偷跑出来。我的父王，不管我年纪还这样轻，要把我嫁给年老的苏格兰国王；我不一定嫌恶这位苏格兰国王是个老头儿，但我只怕我年纪太轻，意志薄弱，一旦嫁了他，经不起诱惑，或许会做出什么违背天主的戒律和有损我们王室名誉的事儿来。所以我带着父王的大部分财宝私下赶奔到这里来，请求您来解决我的婚姻大事。

"天主给人们安排的一切是不会错的。当我一路赶来时，我相信是那慈悲的天主使我遇见了他替我选中的丈夫。这就是那位青年。"（说着，她指向阿莱桑德洛）"您看到他正和我并排站在一起，凭他的品德和仪表，不论是怎样尊贵的小姐，他也配得上——尽管他没有金枝玉叶的身价。他是我爱上了的人，他是我所接受的人，除了他，再没有第二个男人能占有我的心房——也不管我的父王和他左右的人会有怎样的感想。我长途跋涉，原是为我的婚事，如今这动机已经不存在了，我还是赶了来，一则好瞻仰罗马的许多圣迹，以及觐见教皇陛下；再则是好当着您的面——也就是当着众人的面，重申我和阿莱桑德洛俩私下订定、只有天主作证的婚约。我乞求您承认了为天主和我所接受的他；并且替我们俩祝福吧；您是天主在世间的代表，蒙受了您的祝福，就是加倍地得到了天主的赞许，那么我们俩就可以活也厮守在一起，死也葬在一块儿，永远宣扬天主和您的荣耀。"

阿莱桑德洛万想不到他的妻子竟是英国的公主，听了她这一番话，真是又惊又喜；可是那两个爵士听到她说出这番话来，大为震惊，幸亏有教皇在场，不然的话，只怕他们凭着一时的气愤，会做出对于阿莱桑德洛不利的事来，甚至连公主也会遭到他们的毒手呢。

教皇也是这样，他看到公主女扮男装，又听她说已经给自己选择了一个丈夫，大为惊奇；可是事情落到这个地步，也是木已成舟，无法挽回的了，终于答应了她的恳求。他首先劝解两个爵士，叫他们不必动怒（他知道他们在生气），使他们消除了对公主和阿莱桑德洛的意见，于是着手安排起婚礼来。

到了预定的日子，教皇布置好一个盛大的宴会，把教廷里的红衣主教、城里的贵族和显要全都请了来，于是请出英国公主，来和满堂贵宾相见。她穿上一身皇室华服，容光焕发，娇艳动人，博得众人一齐叫好。新郎阿莱桑德洛也盛服而出，只见他的仪容举止，俨然是一位王孙公子，当初那个拆账放款、博取利息的小伙子半点影儿也找不到了；连那两个爵士，也肃然起敬。就在教皇亲自主持的结婚典礼上，那一对新夫妇重申盟誓，当众受到教皇的祝福，真是庄严隆重，热闹非常。

离了罗马，公主顺着阿莱桑德洛的意思，两人一起赶到佛罗伦萨去。他们结婚的消息早已在佛罗伦萨传开了，所以一到那儿，备受人们的尊敬。公主替那三兄弟偿清债务，恢复了他们的自由，这还不算，又替他们赎回家产，把这三家的妻子儿女，都接了来。他们对于公主真是感激涕零。阿莱桑德洛夫妇离开佛罗伦萨时，邀请阿古兰特同行；他们来到巴黎，受到法王隆重的款待。

那两个爵士，已先回到英国，竭力在国王面前替公主说情，英王果然宽恕了公主，高高兴兴地欢迎他的女儿和女婿回去。不久，英王授予阿莱桑德洛伯爵名衔，赐康华尔采地，还举行了庄重的仪式。新伯爵凭着他那份干练，调停了英王和太子间的冲突，全国恢复和平，民生复苏，因此他深得全国人民的爱戴和尊敬。

再说阿古兰特，他把他和他兄弟所放的债款全都收齐，又在阿莱桑德洛伯爵前受封爵士，满载而归，回到佛罗伦萨。伯爵和他的夫人终生享受人间的荣华，据传说，他凭着才能和勇敢，又靠着父王的提携，后来征服了苏格兰，成为苏格兰王。

故事第四

兰多福经商失败，沦为海盗，后来给热那亚人捉去，押上商船；忽然遭到暴风雨的袭击，商船沉没，他抓住一个箱子，漂流到科孚，给人救起，又发现箱里全是珍宝，重回故里，成为巨富。

劳丽达坐在潘比妮亚的旁边，听见她的故事已经到了美满的结局，就紧接着说下去道：心地仁慈的姐姐们，依我说，命运的力量真是伟大，而它最伟大的地方莫过于让一个低三下四的人，平地一声雷，竟变做了皇亲国戚，方才潘比妮亚所讲的故事里的阿莱桑德洛就是那样。现在既然各人所讲的故事，规定不能超出这个范围，那么我也不辞简陋，想讲一个故事——这故事的结局虽然没有那样荣耀，不过中间所经历的艰苦危难，却甚于方才的一个故事。我只怕相形之下，这样的故事会让诸位听得不够劲，不过此外我讲不出更好的来了。只能请大家原谅吧。

人人都说，从莱乔到加爱达这一段沿海地带，好算得意大利风景最幽美的地方了——尤其是萨莱诺附近那一片小山坡，当地的人们称做"阿玛尔菲"的那一片山坡。那地方背山临海，筑了不少小小的市镇，不少的花园，还有不少的喷水泉，住在那儿的全是些做大生意、发大财的商人。就在那儿，有一个叫做"拉维洛"的小市镇，当时住着不少富翁（直到今天还是这样），其中有一位名叫兰多福，有着上万家私，却还不满足，富了还想更富，结果险些弄得倾家荡产，连自己的生命都不保。

凡是经商的人都会打算，他经过一番考虑之后，决计航海经商；就买了一艘大船，把他那许多钱都去换了一船货，启程向塞浦路斯岛驶去；却是运气不好，到得那里才知道早有别人把同样的货物满船满船地运来了。他不得不忍痛跌价，简直是把货物白送给人。这一来使他几乎到了破产的地步。

他终日忧虑，不知如何是好，眼看自己马上要从一个大富翁变做穷光蛋了，因此决定铤而走险，如果不把命送掉，那么抢来的财物就可以弥补自己的损失；免得带着这么些钱出来，却变成了一无所有的穷光蛋回去。他把自己的大船设法卖了，又凑上卖去货物的钱，另买了一艘快船；快船身子小，动作敏捷，正合海盗使用。他立即就把这艘船武装起来，配备起来，存心做个海盗，截劫海上的商船，尤其是那土耳其人的船只。也是上天照应，他做海盗比他做商人顺利得多。

从此土耳其商船遭他劫掠的不计其数；不出一年，他抢来的钱财，抵过了他经商的损失不算，还比原本多出一倍来呢。他是个栽过跟斗的人，不免存着戒心，就不肯多冒风险，认为有了这些钱财已经足够了；因此不敢再拿钱去做生意，决定回家，乘着那艘让他发了财的小船，向家乡进发。

船只驶到爱琴海的时候，一天晚上，顶头刮起了猛烈的东南风，海涛汹涌，小船支撑不住，他只得驶进一个小岛的港湾里躲避，等待风浪平息。他的船驶进港湾不久，就另有两艘船也因为躲避风暴，很困难地驶了进来。

这是从君士坦丁堡驶来的两艘热那亚人的大商船。船上的人望见港里有一艘小船，又听得这条船的主人就是他们久闻大名的富翁兰多福，这班人本来见钱眼红、贪得无厌，这时就立即用大船拦住去路，不让小船有逃走的机会，好动手抢劫。他们又派一队人登上岸去，弯着弓弩，箭头朝准小船，不让船里的人能有一个逃上岸去。其余的人都纷纷跳下小艇，借着潮水的力量，一会儿就靠在兰多福的小船边，也不费多大力气，就占领了小船，船上的人一个也没能逃脱。船上的财货全部给他们抢走，他们又把兰多福押到大船上——可怜他上身只剩剩了一件背心。那艘快船随即给他们凿沉了。

第二天早上风向转了。那两艘大船扬帆西行，行驶了一整天都十分顺利，可是到了傍晚时分，天边起了暴风，惊涛骇浪像一座座高峰似的扑过来，那两艘大商船经不起几下冲击，早就各自分散了。那兰多福也是倒霉极了，载着他的那艘被风浪卷去，猛撞在切法伦尼亚岛上，就像脆薄的玻璃一般撞个粉碎。一刹时，只见海面上全是货物、箱子、木板，在浪涛里颠簸着。天色已黑，大海茫茫，风浪又险恶，那些落水的人，懂水性的，就拼命游泳，抓到什么东西，就紧抓不放。

倒霉的兰多福也就是这些人中的一个。那天里他几次三番想到不如趁早一死了事，免得日后一无所有，回家去挨苦受穷。可是逢到生死关头的时候，他又害怕了，也像别人一样伸出手去抓住漂浮过来的木板——好像天主存心要搭救他，故意叫他慢些儿沉下去似的。

他伏在木板上，任风吹浪打，就这样漂流到天明。他举目四望，满目全是乌云骇浪，此外只有一只箱子在浪涛里颠簸着。每当这箱子向他这边飘过来时，他就十分害怕，唯恐会把他的木板撞翻了，所以也顾不得身子虚软，箱子漂来时，他就拼命把它推开。忽然间，一阵暴风挟着一个巨浪，真的把箱子刮到他的木板上来，木板经不起猛烈的冲击，立刻给撞翻了，他也跟着沉没在海里。在一阵绝望的挣扎中，也不知他哪儿来的力量，居然又浮到海面上来。他看见木板已经漂远，只怕再也抓不到了，又看见箱子却在面前，就游了过去，抓住箱子，把身子俯伏在上面，又用双手在水里划着。

他又这样在海面上漂流了一日一夜，肚子里灌饱了水，吃的东西却一点都没有；也不知自己身在何方，向四面张望，只看见一片汪洋大海而已。

到了第二天，他已经像海绵一般浸透了水，两手却还是紧抓着箱柄不放——快要沉溺的人总是这样紧抓着身边的东西不放的。也不知是天主的意旨，还是借着风的力量，他给浪潮冲到了科孚的海滩边。恰巧那时候有个穷苦的女人来到海边，正在用海水和沙泥洗擦锅釜；她一眼望见海上不知有一样什么东西向她飘来，吓得往后倒退，叫了起来。兰多福这时候已经话都不会说了，眼睛也看不分明了，当然没法解释；幸亏等他再向岸边漂近一点的时候，那女人认出是一只箱子，再仔细看时，她又看清了搁在箱上的手臂，接着就看清了兰多福的脸部，这时候她已经明白是怎么一回事了。

这时海浪已经平静，她动了侧隐之心，就跨入水里，一把抓住兰多福的头发，连人带箱一起拖上岸来。兰多福把箱子抓得好紧，那女人着实费了一阵气力才松开了他的手。她把箱子放在同她一起来的女儿的头上顶着，自己就像抱一个小孩子似的把兰多福抱回家中，替他洗了一个热水澡，摩擦他的全身，他的身子终于渐渐回暖，也渐渐有了生机。那女人看见洗澡有了效验，就把他扶进浴盆，给他喝了一点好酒，还拿糖食喂他。这样尽心照料了他几天，他居然恢复了体力和神志，明白了自己身在何处。那女人一直替他把那只箱子保存着，觉得现在可以归还他，同时可以叫他另想办法了。

兰多福已记不起那只箱子来，既然那善良的女人说这是他的，他就收了下来，心想这里面总该有些值钱的东西，可以维持他几天生活。可是他把箱子抬了一下，分量真轻，不免觉得失望。不过等那女人走开之后，他还是用力打开箱子，看看里面究竟藏些什么东西。箱子打开，只见里面全是些宝石，也有镶嵌的，也有未经镶嵌的。他对于这一门，原有些鉴别力，一看就知道这些宝石价值非小，不觉满心欢喜，感谢天主并不曾抛弃他。他在短短的时间内遭了命运的两次打击，只怕第三次遭殃，所以决定这次把宝石带回去，必须十分小心。他于是用破布把这些珍宝包藏起来；对那善良的妇人说，他不要那箱子了，情愿送她，只求她给他一个袋子。

那女人很高兴地给了他一个袋子。他再三谢了她的救命之恩，就把袋子搭在肩头，辞别了她，乘着小船，来到勃林地西，又沿着海岸航行到特兰尼；在那里他遇见几个布商，谈起来却是同乡。他把自己怎样遭劫、怎样掉在海里、怎样得救等等，全都告诉他们，只有箱子的事，他却一字不提。他们听了很表同情，就给他一套衣服，还让他骑着他们的马，把他送到他的目的地拉维洛。

他平平安安地回到了家里，重又感谢了天主的保佑；然后解开袋子，再仔细把这些宝石检视一番，觉得这许多宝石都十分珍贵，即使不照市价，便宜一些卖出去，他也已经比出门时多了一倍财产了。他设法把宝石出售之后，就寄了一大笔钱给科孚的那个善良的女人，报答她的救命之恩；又寄了一些钱到特兰尼去，送给那些给他衣服的人；其余的钱就留着自己享用。从此，他终生过着荣华富贵的生活，再也不到外面去经商了。

（方华文编，摘自方平、王科一译：《十日谈》，上海译文出版社，2004）

第二十七章　马基雅维里及《君主论》

第一节　马基雅维里简介

马基雅维里，意大利政治家、史学家、文学家。作为政治家，他富有远见，观点独特，叙事袒露，鞭辟入里，成为近代资产阶级政治学的鼻祖，被尊为"政治学之父"。霍布斯、博林布鲁克、休谟和孟德斯鸠在某种程度上都是他的学生。世界上政见迥异的一大批伟人思想家如培根、斯宾诺莎、黑格尔、马克思等都对他交口称赞。作为文学家，他兼诗人、剧作家、政论家及近代军事著作家于一身。他当之无愧地成为文艺复兴时期的巨人之一。他是一块"永恒的问题之碑"，关于他的争议规模宏大、旷日持久。他制定的原则成为现代德语中的"现实政治"，与伊丽莎白女王、拿破仑、俾斯麦等人的政治作风相一致。他的名字"马基雅维里式"成为表示无耻阴谋的形容词，然而他只是个对上帝不十分信任、对人性表示怀疑的现实主义者，他不关心人们该做什么，只关心人们在做什么。因为他，历史舞台热闹了几分，政治舞台透骨地精彩。

马基雅维里1469年5月3日生于佛罗伦萨的一个贵族家庭，父亲是法官，爱藏书，但家道中落，家境清贫。马基雅维里自幼勤奋好学，博览群书，受过人文主义教育，学识广博，对古籍尤其是古典政治学感兴趣。1498年萨沃纳罗拉政权解体，他受命担任佛罗伦萨共和国的国务秘书，负责外交和军事。他多次出使意大利各城邦和欧洲国家，曾到法国路易十二的宫廷处理外交事务。他得以体察当时的国际风云和权力体制，从政经验丰富。在实力优先的外交活动中，作为弱小城邦的外交官，他感触颇深。1502年，他代表佛罗伦萨亲见了切萨雷·博尔贾。他对臭名昭著、权倾一时的切萨雷·博尔贾几乎用了极为恶毒的字眼给予痛斥，但同时又毫不吝惜对他的溢美之词，认为他是君主效仿的楷模。在他从政期间，适逢意大利分崩离析，城邦混战不断，他因而对军事问题格外关注。1512年，美第奇家族在佛罗伦萨恢复统治，他被解职囚禁，次年被放逐。他从此隐居乡里，埋头著书立说。1527年，马基雅维里逝于佛罗伦萨，享年58岁。

马基雅维里著述丰富，其中以政治学、历史学著作居多，《君主论》是其代表作。重要著作还有《论提图斯·李维的前十卷》、《佛罗伦萨史》、《军事艺术》和《兵法七卷》等，这些著作结构严谨，内容广泛，涉及政治、历史、军事、文学等方面。另外，《金驴记》是他的一部自传体隐喻诗，喜剧《曼陀罗花》及《可丽齐娅》体现了他的戏剧才华。《曼陀罗花》是意大利文艺复兴时期的喜剧杰作。

历史沧桑，大浪淘沙。马基雅维里，一个历经五百年风雨依然如此醒目、如此嘹亮的名字，一个传奇。

第二节 《君主论》简介

《君主论》是文艺复兴时期意大利乃至世界的一部政治学名著，是一部"影响人类政治思维既深且巨的经典之作"。同时，它行文简洁明快，开门见山，是不可多得的文学佳作。它在君权神授、以德治国的社会伦理氛围里横空出世，以传统道德杀手和"离经叛道"者的身份呼啸而来，它立足于人性，胆大妄言，把人的思想从神圣的天国拽回到社会现实，使国家理论从神学中解脱，具有划时代的历史意义。它蕴含的治国之道惊世骇俗，它自诞生即广受争议，它是人类政治斗争技巧的"验尸报告"，是许多政界人士乃至国家领导人的案头常备读物之一。马基雅维里似一个冷酷无情的旁观者，"最独特、最精辟、最诚实"地陈尽政治原貌及治国权术，把政治机窍自心脏豁开，使西方政治学受到致命硬伤，使政治的道德外衣褴褛破碎。《君主论》生前没给作者带来荣耀，身后又使他毁誉参半，曾长期遭到封杀。

《君主论》成书于1513年，即于马基雅维里被罢官放逐之时。它以奏折的形式，向君王献计献策，逐条陈述政治军事见解，包括《致殿下书》及26个章节。著作首次完整地提出资产阶级国家学说，以君主专制和权术思想为其核心内容，主要包括：君主要用法律和军队来统治人民；君主不受任何道德约束，为达目的，可以不择手段；君主要用暴力镇压反对者；君主应残忍强悍，使人恐惧，为免遭民怨，需伪装仁慈，因此君主需是高明的骗子和伪君子。它主张君主既要有狐狸的狡黠又需有狮子的凶猛，为稳固江山，君主有必要赶尽杀绝。它把人性恶作为理论基础，深刻剖析治国的成败方略。著作基于意大利的现实国情，主张建立拥有强权的君主专制，以实现民族的统一和长治久安。著作充满高贵的爱国激情，马基雅维里因而被认为是爱国主义的先驱。

《君主论》的权术思想既恐怖又魅力无限。它是作者基于经验的观察、分析及归纳的结晶，是从历史荣辱中汲取的智慧。它曾不幸地被法西斯等狼子野心者所利用，也让历来的无数权奸滋滋窃喜。著作中，君主的伟业、国家的安危至高无上，其中关于政治的论述既精深又精彩，它是对政治的不诚实做出的诚实考察，它使为权者善施的各种阴谋手段、虚伪狡诈、残忍杀戮等大白于天下，它以最无畏的笔触展示了最凶险、最隐秘的事实，它把权力作为法的基础，使"政治理论观念摆脱了道德"，为科学研究政治做了奠基，成为近代科学政治的肇始。

《君主论》所具有的现代意义证明了它的先见之明。它包含了许多信仰堕落的近代社会所面临的各种矛盾；它对政治的客观观察及表现出的中立价值，是近代政治学重要的思想资源；它展示的弱肉强食的政治丛林规则及务实准则，至今仍可资借鉴；它的"各种目标同样终极，同样神圣"的精神新取向，是偏执和狂热信仰的解毒剂；它基于爱国精神的权术思维及重实力而轻精神的思想倾向，更适用于近代国际关系的分析；《君主论》所引发的关于道德在政治中的地位与价值更是一个值得深思与探讨的课题。

第三节　《君主论》选段

第九章　民众的君主国

现在谈一谈另外的一种政体。有的人从一介草民当上了一国之君，采用的不是罪恶的手段或其他令人发指的罪行，而依凭的是同胞国人的拥戴（我们把这样的君主国称为民众的君主国，无须借助实力或运气，而仅靠审时度势的精明眼光就可大功告成）。依我看，登上王位的人不是靠人民鼎力相助，就是靠大人物的扶持。在每个城市里都有两种迥然不同的情绪，究其根源无怪乎：人民不愿意听大人物发号施令，遭受他们的压迫；大人物却渴望统治和压迫人民。由于这两种不同的愿望，在城市里便出现了以下三种结果当中的一种：君主权、自由权或者无政府状态。

君主权的建立是出自于人民的意愿，或由大人物决定，这要看哪一方把握时机了。大人物看到无法与人民抗衡时，便着手抬高他们当中某个人的威望，让他当上君主，这样便可以在这位君主的庇护下满足他们自己的欲望。人民一方也是如此：一旦看到自己无法与大人物抗衡，就树立他们当中一个人的威信，让他登上王位，借他的权势保护自己的利益。在大人物的扶持下获得王权的人，比靠人民的拥戴当上君主的人难以巩固自己的地位。前者登上王位后，身边有许多人似乎都可以和他平起平坐，于是他既不能统治他们也不能管理他们，更不能让他们服从于他。但是，在民众的拥戴下登上王位的人却唯我独尊，身边没有不愿意服从他的人，或者说这样的人寥寥无几。除此之外，君主无法不失偏颇地满足大人物的愿望，而这势必会伤及其他人，然而一位国君是可以满足民众的愿望的。因为人民的愿望比大人物的愿望更具正义性——他们的愿望是不受压迫，而大人物的愿望则是压迫别人。再说，君主是无法防范充满敌意的民众的，因为他们多如牛毛，而对于大人物则可以加以防范，因为那毕竟是一小撮人。面对充满敌意的民众，君主最坏的结局也仅仅是众叛亲离，而大人物要是跟他势不两立，他要担心的就不单纯是遭人背弃了，而且还会被人群起而攻之，因为大人物比较有眼光，比较精明，他们随时都会采取行动以自救，与他们希望能赢的人结盟。而且，君主有必要时时与民众生活在一国之中，没有大人物在跟前，他照样能生活得很好；每一天，他都可以册封及罢黜达官贵人，随心所欲地贬低他们以及树立他们的威信。

为了更清楚地阐述这个问题，我认为大体而言必须从两个方面看待大人物。有些大人物循规蹈矩，常怀感恩之心，做的每件事都符合君主的利益，而有些则不然。那些感恩戴德、也不贪得无厌的人，必须得到荣誉，受到君主的宠爱。对于那些不怀感恩之心的人，则需要从两个方面加以分析。有的人生性优柔寡断，天生就缺乏热情。君主尤其要启用那些能忠言直谏的人，因为他们会在繁荣期给君主带来荣誉，而君主在逆境中时也不必担心他们拆台。但如果大人物工于机巧、野心勃勃，而没有感恩之心，那就是一种征兆，证明他们更多的是考虑自身的利益，而很少为君主着想。对这样的人必须像对待公开的敌人一样提高警惕，因为他们在君主遭殃时往往会落井下石。

一个人在民众的拥戴下当上了一国之君，就应该善待民众——这是轻而易举之事，因为民众对他的要求只是不受压迫而已。至于那些违背民意、被达官贵人扶上台的君主，最最应该做的事情就是赢得民心；君主把人民置于自己的保护之下时，要把民众争取到自己的身边也并不困难。人们原以为会受到虐待，谁料却得了恩惠，定会对施恩者感激涕零。

民众立刻会对这样的君主充满良好的祝愿，即便他们亲手扶君主登上王位也没有如此强烈的热心肠。君主争取民心可以采用多种办法，我们不能列出具体的规则，因为根据情况的不同，所采取的办法会千变万化。故而，我们对此不加议论。我要总结的只有一点：君主必须善待民众；否则，在身处逆境的时候，就没有补救的办法了。

斯巴达的君主纳比斯在大军压境的情况下抵住了整个希腊国以及罗马的一支所向披靡的军队的围攻，捍卫了自己的祖国以及他的王权。灾难降临时，他能够稳如磐石，抵御外敌，但如果面对的是充满敌意的民众，他就力不能支了。有人说："民众犹如一盘散沙，不可以依赖。"千万不要用这样的陈词滥调和我的观点唱对台戏。一个平民百姓如果寄希望于民众，以为在受到敌人或官吏的欺压时，民众会解救他，在这种情况下，以上的论调倒讲的是实情。此时，人们往往会生出错觉，就像罗马的格拉古和佛罗伦萨的梅塞尔·乔治·斯卡利一样。然而，如果依赖民众的是一位君主，一位懂得如何驾驭人民、富于感情的君主，那么他在逆境中就不必胆战心惊了；他一定会做好一切准备，靠自己的勇气和指挥才能使全体人民保持斗志；他永远也不会被民众所欺骗，他会看到依赖民众是正确的。

这样的君主国在从民权政府向专制政府过渡时，通常会遇到重重的危险。因为君主们不是自己发号施令，就是通过官吏管理国家。遇到后一种情况，他们的根基就会更为薄弱、状况更为危险，因为他们的命运要完全取决于某些市民的意志——这些市民坐上了官位，在大难临头时可能会起来反对君主或者不服从他们的命令，借此不费吹灰之力便可以剥夺他们的王权。在身处险境时，君主来不及把绝对的权力掌握在自己的手中；市民及臣子们已习惯听命于官吏，在紧急情况出现的时候是不会对君主唯命是从的。在政局不稳的时期，君主的身边总是缺乏可以信赖的人。这样的君主不能把和平时期看到的情况作为依据，因为市民们在和平时期有求于国家，每个人都为国家奔忙，每个人都信誓旦旦愿为国家捐躯（此时死亡的危险尚在千里之遥）。但大难临头，国家需要市民时，就找不到他们的踪影了。这样的考验简直太危险了，只试上一次就足够了。所以，一位英主必须想出对策，让市民们无论何时何地都有求于国家，有求于他，一直对他忠心耿耿。

第十五章　对于世人，尤其是对于君主的褒贬

现在，让我们来看看，作为一个君主，该怎样对待朋友以及怎样统治臣民吧。我知道关于这方面的论述已颇为丰富。我现在旧话重提，而且我的观点与他人相比是离经叛道的，一定会有目中无人之嫌。不过，我的意图是写点东西给想了解这方面情况的人提供帮助，所以我觉得最好开门见山，秉笔直书真实有效的东西，而非沉湎于幻想。许多人想入非非，他们幻想中的共和国以及君主国实际上是不存在的，既无人看到过也无人知道。生活现实与理想中的生活有着天壤之别。如果一个人无视现实，一味地想象理想中的东西，就不能久远，势必会遇到灭顶之灾。周围不怀好意的人比比皆是，如果你处处希求积德行善，肯定会自毁其身。所以，一个君主如果想保护好自己，就得学会行不善之事，具体如何使用这种办法应酌情而定。

此处暂不议论理想中的君主，只讲一讲现实中的情况。依我说，所有的人都有独到之处，这些独到之处给他们带来了指责或赞扬，其中以君主为甚，因为他们身居尊位。所以，有人被誉为慷慨，而有人被贬为悭吝（此处使用的是托斯卡尼的语言，因为在我们的词汇里，贪婪的人还指那些依靠暴力劫财掠物的人，悭吝的人还指那些不愿多使用自己东西之徒）。有人被认为是乐善好施，有人则被认为是贪得无厌；有人被认为是残酷无情，有人则被认为是怀有菩萨心肠；有人被认为是言而无信，有人则被认为是忠心耿耿；有人被认为

是软弱、怯懦，而有人则被认为是刚勇、强悍；有人被认为是谦和，有人则被认为是傲慢；有人被认为是荒淫好色，有人则被认为是洁身自好；有人被认为是诚实，有人则被认为是狡猾；有人被认为是苛刻，有人则被认为是可亲；有人被认为是庄重，有人则被认为是轻浮；有人被认为是虔诚，有人则被认为是不虔诚。凡此种种，不一而足。我知道每个人都会承认：一个君主如果具备了上面列举的一切优点，将会是天大的一件好事。但他不可能成为浑身优点的完人，也不可能表现出这么多的优点，因为这是人类自身的条件所不允许的。只要他把眼睛擦亮，避开那些可能会导致亡国的恶行劣迹就行了，如有可能，也要提防那些不会导致亡国的丑恶行径。不过，如果避之不及，那就应该果断地撒开手，顺其自然。而如果不实施一些恶行，就难于挽救国家的命运，那我们就不该斤斤计较荣誉了。倘若我们仔细考虑一下，就会发现有些事看上去蛮不错，一落到实处便会叫我们身败名裂，有些事情看上去是恶行，可一旦实施，却会给国家带来安定和繁荣。

第十八章　君主该如何守信

人人都知道，如果一位君主能言而有信，靠诚实而非诈术实行统治，那该是多么好的一件事啊。可是，根据我们这个时代所经历的事件看，干出伟大事业的君主对信义都颇不以为然，而是精通于诈术，对世人瞒天过海，最终战胜了以忠诚的原则为统治基础的君主。

你必须清楚，世间有两种类型的搏斗，一种搏斗靠的是法律，还有一种靠的是力量。第一种适合于人类，第二种适合于野兽。但由于仅靠第一种类型往往是不够的，所以人们必须选择第二种类型的搏斗。因而，君主必须精通野兽的搏斗方法以及人类的处世原则。古代的作家们已经在向君主们传授如何充当这种角色了。在他们的笔下，阿基里斯以及许多其他的古代君主被交给半人半马的怪物基罗尼培养，由基罗尼用自己的一套规矩对他们施教。君主拜一个半人半兽的怪物为师，就意味着他应该知道怎样运用人性和兽性，二者缺一不可。

作为君主，既然必须清楚地知道如何运用兽性，那他应该同时效仿狐狸和狮子，因为狮子容易掉入陷阱，难以自保其身，而狐狸却抵御不了恶狼的进攻。掌握了狐狸的本事，就能辨出陷阱，雄狮则可以吓跑恶狼。仅仅效仿狮子的君主不明白其中的道理。一位审时度势的君主在忠信对自己有害时，或原来许诺时所根据的条件不复存在的情况下，就不能够，也不应该盲目地守信了。如果天下皆君子，这种劝诫就不是忠言了，但世人奸诈，不会对你守信用，所以你也不必充当君子。君主们在掩饰自己背信弃义的行径时从不缺乏冠冕堂皇的理由。对于这一点，现在有许多实例，简直不胜枚举，从中都显示出种种和平协议及承诺都会因为君主的背信弃义而化为一纸空文。熟谙狐狸本性并能善加利用的人最后会大获全胜。不过，他们很有诀窍，必要掌握给狡猾的天性披上伪装，要善于行骗术，当一个出色的伪君子。人们头脑简单，总是为眼前的利益所迷惑，所以骗子总能得手，找到愿意上钩的人。

最近就有一个例子，对此我不想保持沉默。亚历山大六世除了行骗，什么也不做，心里什么也不想。他行骗时，总是能找到对象以施展自己的才能。天下没有谁比他更善于玩伎俩了，许诺时信誓旦旦，事后却言而无信。他随心所欲，屡屡得逞，是因为他对世人的心态了如指掌。

事实上，对于以上提及的素质，作为一名君主并不一定必须样样都具备，不过表面上倒的确很有必要显得有德行些。我敢说，拥有种种的美德，并时时弘扬美德，反而是有害的，而表面上做出有美德的样子，显得仁慈、诚挚、人道、敦厚和虔诚，则是很有益处的。

在思想上，你应该有所准备，一旦不需要做正人君子时，就可以顺应潮流，向相反的方向转变。我们必须明白这一点：作为君主，尤其是新登位的君主，是不可能把世人所认为的美德都集于一身的，因为他为了保全国家的利益，常常需要干些不诚挚、不仁慈、不人道、不虔诚的事情。所以，一位君主应该持应变之心，观潮流、察风向，如我以上所言，在不偏离正道的情况下审时度势，倘若有必要，要懂得如何使用邪恶的手段。

作为一名君主应该特别当心，一定要谨言慎行，不符合以上五种美德的话不说，让别人看到的你以及听到的你一定要显得仁慈、诚挚、敦厚、人道及虔诚。最有必要做到的是一定要在表面上拥有最后的那一条美德。世人通常用眼睛观察你，而非用手触摸你，因为人人都可以看到你，但能摸到你的却寥若晨星。每个人都能够看到你表面的样子，几乎无人可以触摸到你的本质。了解你的少数人是不敢跟多数人唱对台戏的，因为国家的权力会为多数人提供保护。人们的行为，尤其是君主的所作所为，有时没有法庭为之判断黑白，世人的眼睛就是砝码。所以，一个君主掌握了国家政权并加以巩固，他所采用的手段总会被认为是光荣体面的，会为世人所称颂。因为庸人会被假象以及事情的结局蒙住眼睛，而这个世界上除过庸人还是庸人。大多数人只要众口一词，少数人也就随大流了。现代有一位君主（此处不便提及其尊姓大名），他张口闭口说的都是和平及诚信，其实心底却仇视这两条准则。假如他遵守了这两条准则，他的威信以及国家政权就恐怕会多次丧失于他人之手。

第二十三章　如何远避阿谀小人

有一个重要的问题，我不想避而不谈。这是一个凡是君主都很难躲开的错误，除非他是个谨小慎微的人，做出了明智的选择。在朝廷之上到处都有谄媚小人。人们往往过于沉湎于自身的利益，相当容易上当受骗，所以很难防御这种瘟疫。君主如果想远避其祸，就会冒险，受到别人的轻蔑。君主除了广开言路，懂得忠言逆耳的道理，就再也没有办法远避谄媚了。可是，一旦人人都直言犯上，大家对君主就无敬畏之心了。于是，作为英明的君主就必须另辟蹊径，采取第三种办法——在国内选拔智囊团。君主只允许这些人畅所欲言地讲真话，而且只针对他所问及的事情，不许妄论其他。不过，君主还是应该广泛征求意见，聆听智囊团人物的高见的。然后，他再做出决定，按自己的方式行事。对于顾问团里的每一名成员，他都应该申明自己的观点，让他们知道越是直言不讳的人，其建议越容易被采纳。除这些人之外，他就再也不需要听取别人的看法了，而应该直接采取行动，对自己的决定义无反顾。如若不然，君主就会因为听信谗言栽跟头，要不就会因为听信了纷杂的建议而朝令夕改，到头来被别人瞧不起。

对于这种情况，我想举一个现代的例子。当今皇帝马克西米利安的谋臣卢卡神父在谈到皇帝陛下的时候，曾评论说他从不听取任何人的意见，也没有按自己的方式办事，这是因为他所奉行的政策与以上的途径背道而驰。这位皇帝守口如瓶，从不把自己的计划透露给任何人，也不征求大臣的意见。可是，在执行计划的过程中，事情便被人们所了解，于是周围的人便提出相反的意见。皇帝是个耳朵根软的人，结果就放弃了计划。由此而导致的情况是：他今天干一件事，明天又会弃而不干。没有人知道他到底想干什么，或者他到底打算做什么。对于他的决策，任何人都不敢相信。

作为一位君主，应时时集思广益，但必须是在他需要，而不是别人需要的情况下。除非他征求人们的意见，否则不能允许任何人在他面前指指点点。不过，他还应该是一个广泛听取别人意见的人，针对他所关心的问题，虚心地听大臣们讲真话。实际上，如果有人吞吞吐吐地不愿说心里话，他应该生气才对。许多人都认为，那些享有英主美誉的君主之所以会享有美誉，并非其素质使然，而是因为他身边有好的谋臣。这种看法毫无疑问是站不住脚的。因为有一条颠扑不破的真理：本身缺乏聪明才智的君主是不能够接受良策的。不过，实际上也有偶然的情况——他会独独对一个人言听计从，而此人胆识过人。在这种情况下，他倒是可以听到锦囊妙计，但时间不会很长，因为那位谋臣很快便会夺走国政。可是，如果听取多人的建议，一位缺乏智慧的君主就得不到统一的意见，而他本人也不知道如何把意见合而为一。他的每一位谋臣都会为自己的利益考虑，而他不懂得怎样纠正谋臣的过失，也不明白他们心中的小算盘。他们也只能如此，因为人性除非在某种压力之下才会表现出好的一面，否则总是邪恶的。我们的结论是：忠言良策不管出自何人，都是因为君主英明才产生的，但是英君明主却不是出自于忠言良策。

第二十六章　劝君控制意大利，使其摆脱蛮族的欺压

对于以上论述的诸般情况，我做了通盘考虑，心中不由在想：目前意大利的局势是否有利于一位新君主创造光辉的业绩，是否能够给有胆识、有美德的伟人提供机会，使他崭露才华，为自己赢得荣誉，而且造福于国人呢？我觉得现在的机会很多，都对新君有益。据我所知，以前从未有过如此成熟的时机。我在前边说过，如果有必要让世人看到摩西的美德，就得让以色列人在埃及遭受奴役，如果要了解居鲁士思想之伟大，就得使波斯人受梅迪人的压迫，如欲窥见提修斯超人的品质，就得让雅典人流离失所。目前的情况也同出一理，要展示某一位意大利伟人的美德，就有必要使意大利处于眼前的这种情况。现在的意大利人比当年的希伯来人遭受着更沉重的奴役，比波斯人的命运更悲惨，比雅典人更居无定所。他们群龙无首，秩序混乱，心灰意冷，情绪低落，遭受着蹂躏，忍受着各种各样不幸的遭遇。

虽然就在最近，也有人给我们带来了一线希望，可以被认为是上帝派来拯救意大利的，然而正当他的事业抵达巅峰时，却遭到了命运的抛弃。意大利气息奄奄，期待着有人能为她医治好创伤，制止对伦巴第的洗劫，消除对那不勒斯王国以及托斯卡尼的巧取豪夺，治好意大利那久已缠身的病痛。世人有目共睹：意大利渴望着上帝派圣人救她出苦海，摆脱蛮族的残暴压迫及侮辱。天眼昭昭：假如有人举起大旗，她时刻都准备跟随他向前。我们还可以看到：意大利目前寄予希望最大的不是旁人，而正是您那显赫的家族。您的家族受到命运的青睐，功德无量，并受到上帝的辅佐和教会的支持，成为教会的领袖，完全可以领导意大利自救。对于以上所提及的人物，总结一下他们的事迹和生平，做起来并不十分困难。这些人是世间罕有的不同凡响的人物，但他们毕竟还是脱不了肉胎俗骨。他们当中不管谁的机遇也不如现在。他们的事业不如现在的事业正义性强，也不如现在的事业容易成就，而且上帝相比较而言更垂青于您。我们的事业是十分正义的，因为"必须进行的战争才是正义的战争，在只有拿起刀剑才有希望的时候，刀剑就是神圣的"。现在已经万事俱备，民心所向。只要民心所向，您的家族致力于建立我所倡导的那种伟人的秩序，事业就不会有很大的困难。……

毫不奇怪，人民希望您显赫的家族成就的事业是前边所提到的所有意大利人都力所不及的；意大利的革命风起云涌，意大利的战争连绵不断，她的军事实力已是东逝之水。这是因为意大利旧的秩序是不好的，又苦于没有救国良策，不能建立新的秩序。如果有一位新人涌现出来，创建新的法律和新的秩序，就会获得至高无上的荣誉。新的法律和新的秩序建立了起来，并且包含着伟大之处，人民就会尊敬他、崇拜他。在意大利，开创事业的

因素并不缺乏。意大利人如果不缺乏智力，他们肢体的力量是很惊人的。诸位不妨瞧瞧他们的决斗以及在战场上的表现吧！他们不管是在体力、技巧还是在智慧上，都是无与伦比的。可是，一旦他们组织成军队，就不能和别人比高下了。这都是因为他们的脑子里缺根弦的缘故。懂军事的人却得不到别人的服从，谁都觉得自己是个能人。时至今日，都没有一个人能脱颖而出，凭着自己的美德及运势让别人服从他。由此所导致的结果是：在漫长的岁月里，在近二十年频仍不断的战争中，只要参战的是一支纯粹由意大利人组成的军队，就注定缺乏战斗力。最能证明这一点的就是塔罗之战，此后还有亚历山大之战、卡普亚之战、热那亚之战、维拉之战、波洛格纳之战以及梅斯特里之战。

如果您显赫的家族想仿效那些拯救了自己祖国的出类拔萃的人物，当务之急就是组建一支自己的军队，作为一切事务牢固的基础。只有自己的军队，才会有最为忠实的、真诚的、优秀的士兵。每一位士兵都会成为出色的战士，而他们一旦听命于自己的君主，得到君主的嘉奖和恩宠，就会成为齐心协力的劲旅。所以，对君主而言，拥有这样的武装很有必要，这样就可以以意大利人的实力抵御外来之敌了。瑞士和西班牙的步兵都是劲敌，值得世人敬重，但他们都有着自身的缺陷，前面我们所说的那种军队不仅能与之抗衡，而且一定可以战胜他们。西班牙的军队经不住骑兵的攻击，瑞士的军队在战场上一旦遇到跟他们一样强硬的步兵，势必会感到头疼。西班牙人抵抗不了法国骑兵的进攻，而瑞士的军队被西班牙的步兵打得落花流水，这样的事情已经有目共睹，以后还会发生。虽然第二例的结局还未完全见分晓，但其征兆已见于拉文纳战役之中。当时，西班牙的步兵面对的是跟瑞士人采取同样战术的德国军队。西班牙人身体灵活，举着圆盾牌冲入德国人的长矛阵，对德国人实施攻击，而德国人无计可施，展不开拳脚。要不是德国的骑兵冲过来，步兵一定会全军覆没。我们了解了这两种步兵的短处之后，可以组建一支新军，一支既能抵御骑兵，又不惧怕步兵的新军。实现这一目标，一定要建立一支与前两种军队在编制上不同的武装。这一业绩，连同其他革新的措施一道，会给新君主带来美誉和伟大的地位。

良机不可错过。意大利久旱逢甘霖，一定会看到自己的救星。他在饱经外来忧患的各地都会受到爱戴，意大利人渴望复仇，他们对救星忠贞不渝、无限虔诚，他们热泪盈眶，这种情况是无法用语言表达的。千家万户都会敞开房门欢迎他，人民会心甘情愿服从于他，没有人会出于妒忌从中作梗，所有意大利人都会效忠于他。每一个人都对蛮族的统治深恶痛绝。愿您显赫的家族以从事正义事业的那种精神，满怀希望地担负起重任。那时，我们的祖国会在您家族徽章的指引下获得荣誉。有您的家族指点迷津，佩特拉克的诗句将会成为现实：

> 正义之师拿起武器讨伐邪恶，
> 战争将速战速决；
> 在意大利人的心中，
> 古人的刚勇还没有湮灭。

（李新红编，摘自方华文译：《君主论》，陕西人民出版社，2006）

第二十八章　塔索及《被解放的耶路撒冷》

第一节　塔索简介

托尔夸托·塔索，文艺复兴晚期人文主义者、意大利桂冠诗人。他的成就灿烂夺目，命运却举步维艰，失意困苦。许多伟大艺术家如歌德、拜伦、李斯特等纷纷为塔索所感，以他和他的作品为题材，前赴后继，创作出一篇篇灿烂华章，塔索在后人的著作里一次又一次获得重生，散发出不朽的魅力。塔索犹如一支抒情哀伤的老歌，为后人深情传唱。

1544年3月11日，塔索出身于意大利索伦托的一个贵族家庭。父亲曾任萨莱诺亲王的秘书，是小有名气的诗人、尺牍著者，以长诗《阿马迪吉》名噪一时。亲王在与那波利总督的政治斗争中失利后，父亲随之流亡，家产遭没收。塔索随出身名门的母亲辗转迁徙，随耶稣会学校学习，后来到罗马寻找父亲，与母亲生死别离，母子从此天各一方，再无会面之日。塔索先后在罗马、贝加莫、乌尔比诺等地求学。1556年，塔索12岁时，母亲暴病，孤寂而终，家产又为亲属侵吞。政治斗争的残酷、家庭的变故、漂泊的生活，造成塔索抑郁的气质。

15岁时，塔索随父亲来到威尼斯，次年到著名的帕多瓦大学学习法律，钻研亚里士多德的《诗学》和古典文化，广交人文主义者。1562年，塔索转入波洛尼亚大学，因一首讽刺诗招惹风波，于1564年被迫离开波洛尼亚，回到帕多瓦。

1565年，诗人移居费拉拉，在这里度过10年韶光。他作为宫廷诗人，相继为红衣主教和阿方索二世公爵服务。其间，诗人生活稳定，精力旺盛。他厚积薄发，展露出非凡的文学才华，赢来一片赞叹，尤其深得公爵的两个妹妹的赞赏，诗人无可救药地爱上了姐妹中美丽的艾伦诺拉，为她写信作诗，倾注满腔深情，结果招致公爵的嫉恨和迫害。《被解放的耶路撒冷》完稿后，遭到教会的谴责和攻击，诗人在巨大的压力下，忧心忡忡，精神渐显异常。关于诗人精神失常的真正原因说法不一，也无从考证。

1577年，塔索被费拉拉公爵监禁在圣芳济修道院，他设法逃到索伦托，在妹妹家进行调养。诗人对艾伦诺拉怀念至深，再度离家，经过千辛万苦，于1579年回到他一心所系的费拉拉城，却被公爵送到圣安娜疯人院。7年后，塔索经曼多瓦君主斡旋获释，在曼多瓦受到热情款待，但他饱受创伤的心灵无法平静，便又开始到处流浪，罗马、佛罗伦萨、曼图亚和那不勒斯都留下了诗人的身影。诗人风餐露宿，蓬首垢面，衣衫褴褛，如飘零的枯叶辗转风尘。1595年4月25日诗人于圣昂诺佛里奥修道院与世长辞。

塔索一生创作不辍，即使在疯人院里，即使在飘零中。他18岁就发表长诗《里那尔多》，一举成名。叙事长诗《被解放的耶路撒冷》是其代表作。诗人还著有悼念亡母的名篇《致梅格涛洛河》及《论诗的艺术》、《阿明塔》、《对话集》、《诗歌集》、《雷那塔的儿子们》、《致阿方索公爵》、《托里斯蒙多》、《橄榄山》、《创世纪》等。

当教皇决定授予硕果累累的诗人以桂冠并同意支付他年金时，热病缠身的诗人却在与世界临终作别。迟来的桂冠只能戴在诗人遗体的头上，"停放在广场数日供人瞻仰"。温柔多情的诗人生前落寞、凄凉，遭人虐待，身后却迎来这辉煌的荣耀，进步的人文思想在悲叹中焕发出胜利的光彩，使迫害他的人们自惭形秽、无处遁形。诗人的陵墓设在圣昂诺佛里奥修道院，至今犹存。虔敬的后人在这桂冠的光环里，总是怀着复杂的心情凭吊不幸的时代里一个不幸的诗人酸楚的一生。

第二节　《被解放的耶路撒冷》简介

《被解放的耶路撒冷》是一部气势恢宏的英雄史诗，至今都还在意大利的船工们之间动情地传唱，在威尼斯的水巷里悠悠回响。德国作家格鲁克和意大利作曲家罗西尼根据诗歌中阿米达的故事分别创作出同名歌剧《阿米达》。阿米达成为世界文学艺术的不朽形象。

诗歌创作于 1565 年至 1575 年间，1579 年出版，1580 年修订后再版。诗歌共 20章，基于 11 世纪第一次十字军东征的史料，兼容荷马的《伊利亚特》、维吉尔的《埃涅阿斯纪》、阿里奥斯托的《疯狂的奥尔兰多》的艺术特色，讲述戈弗雷多·德·博伊龙统帅十字军去解救异教徒占领的基督教圣城耶路撒冷；异教徒首领阿拉丁施展魔法，使十字军深陷重重困境；魔女阿米达将坦克雷德等一批十字军勇士诱困在魔法城堡里，并把十字军豪杰里那尔多迷惑在"幸运岛"的安乐窝里。十字军的供给因气候恶劣无法保证，攻城武器被焚烧，十字军因异教徒的魔法无法伐木取材。博伊龙最后得到天使佑护，破除魔障，率十字军誓死奋战，收复圣城。诗歌颂扬十字军对异教徒的胜利，场面宏大壮观，豪放悲壮，尽显英雄气概，在唤起身处内忧外患的意大利人的民族危机意识、恢复民族自尊，反对土耳其的扩张方面，具有深刻的现实意义。然而诗歌也顺应了当时势力猖獗的基督教教会镇压异端、反对宗教改革、压制进步文化、束缚思想自由的要求。诗歌是当时政治、社会及思想文化领域尖锐矛盾的反映，也是诗人作为文艺复兴运动晚期人文主义者思想危机的真实写照。

诗歌语言浓墨重彩，优美流畅，想象力丰富，似一部华美的乐章，有极强的艺术感染力，但却被教会和一些保守派学者以爱情泛滥、缺乏思想深度、违反"三一律"原则和宗教道德为由而给予猛烈鞭挞。塔索一度迫于压力，将诗歌改为《被征服的耶路撒冷》，修改后的诗歌枯燥乏味。塔索不甘心，从疯人院获释后，在辗转飘零中，都没有放弃过对诗歌的继续修改。诗歌使诗人心力交瘁，在诗歌昂扬富丽的旋律中始终贯穿着感伤的情调，诗歌中的人物几乎都带有悲剧色彩，美好的爱情也都难成眷属，透露出诗人内心的抑郁、悲观与失望。

诗人着力抒写爱情对宗教信仰的伟大胜利，以英姿飒爽的女战士装点战场，诗歌中爱情的力量无往不胜，冲破宗教信仰，摆脱民族恩怨，向着人的本性狂奔不止，表现出诗人忠于人性、追求现世幸福、男女平权等的人文思想。其语言之动情，笔墨之绚烂，赞誉之热烈，使诗歌荡气回肠，充满盎然生机，使万马奔腾、肃杀惨烈的战争荡漾着清新纯洁的柔情蜜意。十字军骑士坦格雷多和骁将里那尔多都是铁汉柔肠，爱荣誉，更爱美人。他们一个与异教徒女战士艾米尼亚在战场上一见钟情，一个甘愿融化在异教徒魔女阿米达的温柔之乡。诗歌还穿插了另外几个爱情故事。这些故事犹如激流中旋转的睡莲，又如山泉俯冲而下的歌唱，人物形象饱满，生活气息浓郁，构成了一幅极其动人的文艺复兴运动的夕阳晚照，散发出文艺复兴运动最后的光芒。《被解放的耶路撒冷》既是意大利诗歌中的瑰宝，散发出月桂般的馥郁芬芳，又是世界文学的珍贵财富，为世界人民带来精神佳酿。它沿着历史的幽谷深壑，浅吟低唱，流过心灵净土，流过如歌岁月，流传至今。

第三节　《被解放的耶路撒冷》选段

第四章

二十七

美丽的阿米达素以姿色自负，
仗着女性和年轻的本钱，
毫不犹豫接受了任务，
傍晚出发，挑了一条隐蔽的小路。
她衣着华丽，梳妆整齐，
孤身前去征服一群无敌的战士。
与此同时，她故弄玄虚，放出空气，
关于出走之事传说纷纭，十分离奇。

二十八

几天后，俊俏的少女
来到法兰克人的营地。
绝色美人的出现
引起交头接耳的议论，
谁见到她都目不转睛，
仿佛白天见到灿烂的新星；
人们拥上前来打听，
是谁派来这位漂亮的女客人。

二十九

无论在阿戈斯、塞浦路斯或者德洛斯，
从未见过如此雍容华贵的美女：
她一头秀发闪出黄金的光辉，
时而透过白面纱，时而飘拂在阳光下。
正如雨后放晴的天空
太阳时而透过轻灵的白云，
时而当空高悬，金光四射，

向大地投下炫目的光芒。

三十

披在肩后的头发微波荡漾，
清风过处，泛起阵阵涟漪。
一双秋水盈盈的眸子半开半闭，
不轻易抖露秀色和柔情蜜意。
吹弹得破的脸蛋白里泛红，
玫瑰和象牙的颜色水乳交融。
唯有那吐出芝兰幽香的双唇
像石竹花那般鲜艳红润。

三十一

她那姣好的胸脯雪一般白净，
燃起了人们火热的情焰，
风流的乳房部分袒露，
部分被可恼的衣服遮住；
衣服挡住了贪馋的视线，
却挡不住非分的遐想，
想象不满足于美好的外表，
闯进了最隐蔽的深处。

三十二

正如阳光透过清水或玻璃，
无须把它们分开或打破，
大胆的想象透过蔽体的衣服，
在目光不及的地方恣意探索。
想象尽情徜徉，穷究奥秘，
美不胜收，心醉神迷，
把所见所闻描绘给欲望，
使欲望的火焰越烧越旺。

三十三

阿米达在人群中间款款通过，
赞叹和欣羡的眼光紧跟不舍。
她假装没有看到自己引起的震动，
但为计谋得逞而暗暗得意。
她怯生生地询问有谁带领
陪她前去晋谒统帅。
法兰克人首领之弟
欧斯塔齐奥立刻自告奋勇。

三十四

欧斯塔齐奥仿佛飞蛾扑火，
围着光彩照人的阿米达打转，
他迫不及待想一近芳泽，
细看美人低垂的眼色；
正如火绒挨近了明火，
他的灵魂顿时燃着，
年轻人出于炽热的爱情，
不顾一切地上前问道：

三十五

"夫人，我不知这么称呼是否合适，
因为您不似尘世中人，
没有哪一个亚当的儿女
像您这样灵秀明丽。
您所为何来？来自何地？
承您光临，我们三生有幸，
请您示知身份，以免我冒昧失礼，
如有必要，我可以匍匐相迎。"

三十六

阿米达答道："承您美言夸奖，
我蒲柳之质，羞愧难当。
我虽为女子也渴望幸福，
但命运多舛，道路坎坷。
家门不幸，使我颠沛流离，
历经辛苦，才来到这里。
戈弗雷多是我唯一的希望，
我慕他仁义之名前来求援。"

三十七

"您看来富于同情，悲天悯人，
求您通报，引我去见统帅。"
欧斯塔齐奥说："身为统帅胞弟
我乐于替你说项求情，
美丽的少女，您的请求不会落空，
我颇得统帅的倚重，
只要您愿意，他的权杖和我的宝剑
都可以归您支配。"

三十八

他随即带领阿米达去见博伊龙，
统帅正同将领们围坐商议。
美丽的少女上前施礼，
但羞怯忸怩，难以启齿。
虔诚的统帅善言抚慰，
打消了她的疑惧。
她终于用甜蜜迷人的音调
说出早已编好的一套假话。

六十一

"我是个弱女子，孤苦无依，
假如得不到您的保护，大人，
那恶棍为所欲为，肆无忌惮，
他的罪恶阴谋就能得逞，
他对我的眼泪无动于衷，
非要我的鲜血才能解恨。
此刻我伏在您脚下流泪，
就能免去将来流血。"

六十二

"您的脚踏平狂妄不敬之人，
您的手臂伸张了正义，
您的胜利何等辉煌，
您解放了并将解放无数圣庙，
您一举手就能拯救我和我的王国，
请答应我的恳求，给我以怜悯，
您一向主持正义与公道，
否则我不会作出非分之请。"

六十三

"您受命于天，伸张正义，
挥师所向，无往不利，
您能救我性命，还我山河，
为您自己取得一个称臣的王国。
您麾下英雄辈出，猛将如云，
只要拨十名骑士交给我带领，
加上忠于我的父老和百姓，
足以让我重登我的王座。"

六十五

她说完后静候答复，
眼睛里含着无声的恳求。
戈弗雷多思绪纷繁，
在种种想法中斟酌定夺。
他怕这是异教徒设下的圈套，
知道不信上帝的人绝不可靠，
另一方面怜悯之心油然而生，
豪爽的胸怀从不缺少同情。

六十七

统帅眼睛盯着地面，
心里考虑该如何决断，
少女密切观察他的神态，
注视揣摩他的举动，
忐忑不安，频频长吁短叹，
唯恐得不到有利的答复。
戈弗雷多终于拒绝了她的请求，
语言十分客气委婉。

七十

少女一听凉了半截，
垂头丧气，半晌不语；
最后她红着脸，抬起眼睛，
泪流满面，说了这番话：
"我多么不幸！老天不见怜，
注定永世不让我翻身，
为什么不让人们发发善心，
改变我的悲惨命运？

七十一

"我哭也没用，因为我已不存希望：
我的恳求得不到人们同情。
我的苦难连您都不顾念，
怎能指望迫害我的恶棍发善心？
您拒绝给我援助，
我并不责怪您不仁不义；
我只埋怨老天降给我不幸，
使您的虔诚变得漠然无情。"

七十二

"拒绝帮助我的是我自己的命运，
不是您，善良的公爵大人。
残酷乖戾的命运之神，
不如夺去我可憎的生命。
命运使我幼失怙恃，
我父母风华正茂时弃我而去，
如今又夺走我的王国，
使我遭到威胁，朝不保夕。"

七十三

"妇道贞烈的准则
不允许我在此久久逗留，
但我投奔何人，在何处寻找庇护？
哪里才能逃脱恶棍的迫害？
天下虽大，无我容身之处；
拖延时间，又有什么帮助？
我既然无法逃避死亡，
不如一了百了，正面迎上。"

七十四

她说完了话，庄严的眼睛里
露出鄙夷不屑的神气，
她满腔怨恨和哀伤，
装出要离去的模样。
悲愤的眼泪簌簌滚落，
像是断了线的珍珠，
经太阳光线一照射
在她脸上晶莹闪烁。

七十五

泪珠滚落到她衣裳，
沾湿了她白里透红的面庞，
犹如黎明在娇艳的花朵上
撒满明亮的露滴，
花朵迎着最初的曙光
和清新的微风摇曳吐放。
晨曦抚弄亲吻着花朵，
仿佛想用它装饰自己的金发。

七十六

泪珠把她的面颊和胸脯
装点得像是雨后梨花，
产生了火一般的效果。
啊，不可思议的爱情，
你能使哭泣迸发出火星，
用泪水引发人们的激情！
你的力量强大无比，
使阿米达越来越有利。

七十七

她伪装的悲痛使人唏嘘不已，
铁铮铮的汉子也为之酸鼻。
众人一掬同情之泪，心想：
"如此姣好的女子蒙受奇冤，
戈弗雷多岂能无动于衷，
除非他是虎奶喂大，
阿尔卑斯山上岩石所生，
大海浪花泡沫抚养成人。"

七十八

众人窃窃私议，未敢作声，
欧斯塔齐奥年少气盛，
心中爱怜之情高涨，
他大胆上前，直言不讳，
对戈弗雷多说："兄长和统帅，
将领们都有援助之意，
心情迫切，不言自明，
您毫不通融，未免不近人情。"

七十九

"各路郡侯身负重任，
要解放被奴役的人民，
我不是要他们抛开围攻的圣城，
对他们的职责弃之不顾；
我们游侠骑士既无特殊职守，
又不受任何人派遣调度，
不妨从我们中间选出十人，
去执行维护正义的任务。"

八十二

骑士们听他说完，
纷纷称是，表示同意，
声称他的主张切合实际，
围住统帅，请他考虑。
戈弗雷多说："既然各位均有此意，
我放弃己见，听从众议，
这位少女的要求已被接纳，
不必谢我，应该感谢诸位。

八十三

"假如各位仍旧听从我戈弗雷多，
我只请求各位节制感情。"
他不再多言，但众人迫不及待，
认为要求正当，都热切希望入选。
啊，美丽的少女凭眼泪
和甜言蜜语，有什么不能如愿？
她的魅力仿佛是一条金锁链，
随心所欲拴住人们的心灵。

八十四

欧斯塔齐奥把她叫过一边：
"不必悲伤，美丽的少女，
你马上就能得到我们的帮助，
你的担忧已属多余。"
阿米达破涕为笑，
用面纱擦干了眼泪，
她那娇媚的模样，
连苍天见了也爱怜。

八十五

她娇声娇气道了谢，
感激他们给她的恩惠。
说是这件事将传遍天下，
也将永远铭刻在她心上；
语言不能表达之处，
她的神情姿态加以补充，
虚假的表象掩盖了罪恶用心，
没有引起丝毫猜疑。

八十七

她使出浑身解数，
把更多的崇拜者引入彀中；
她的手法不是一成不变，
而是因人而异，交替变换。
时而假装正经，垂眉低眼，
时而热情奔放，美目顾盼，
对莽撞的人冷若冰霜，
对腼腆的人万般挑惹。

八十八

她发现有谁收住意马心猿，
逸出她布下的罗网，
便投之以甜美的微笑，
别有用心地朝他们多看几眼，
从而鼓励畏缩的企望，
坚定游移不决的欲念，
燃旺他们心中的火焰，
融化迟疑不决的冰块。

八十九

另一些人为放肆的热情所驱，
莽撞地逾越了习俗的规矩，
她则不予理睬，少假颜色，
促使他们自重和敬惧。
她虽然面含愠色，
仍流露一丝怜悯同情，
让人稍加收敛，却不绝望，
她越是显得捉摸不定，对方越心痒难忍。

九十

她独自一人时满脸愁容，
仿佛沉浸在苦恼之中，
时而泪如泉涌，
时而强忍悲痛，
许多侠义轻信的心弦，
被她伪装的哀伤拨动。
她用同情之火锻炼爱怜之枪，
见她这副模样的人都无法抵挡。

九十一

随后她似乎排开忧伤，
产生了新的希望，
上前同她的爱慕者交谈，
脸上焕发欢愉的红光，
眼睛像是雨过天晴的太阳，
美妙恬静的微笑
把浓密的愁云一扫而光，
一群爱慕者心中豁然开朗。

九十二

她甜蜜的微笑和甜蜜的语言
以双重的甜蜜使人如醉如痴，
如此强烈的快感何曾经历，
个个受宠若惊，神魂颠倒。
啊，残忍的爱情，你的蜜水或苦汁
都能置人于死地，
你的折磨和抚慰
都能夺人魂魄。

九十三

她忽而冷若冰霜，忽而炽热如火，
忽而粲然一笑，忽而泫然涕下，
忧虑和希望交错混杂，
爱慕者挠首揪心，她却沾沾自喜；
假如有谁鼓起勇气，
嗫嗫嚅嚅倾吐衷肠，
她便装作情场新手，璞玉未琢，
不明白对方的用意。

九十四

再不然，她就腼腆地垂下眼光，
用纱巾遮住贞淑的面庞，
脸颊上飞起两朵红云，
盖过了鄙夷的神情；
正如清明凉爽的黎明，
天际露出玫瑰色的朝霞，
只觉得红得娇艳，
是羞涩还是气恼却难分清。

九十五

假如她从他们的表情神态
看出有谁想将她的意图揣摩，
她就虚与委蛇，既能让他们口若悬河，
又能使他们噤若寒蝉；
上午让他们想入非非，
下午又让他们心灰意懒，
正如猎人白天穷追不舍，
夜晚却失去了猎物的踪迹。

九十六

阿米达就凭这些手段
把骑士们玩弄于股掌之中，
这就是她的武器，
使他们向爱情俯首称臣。
亵渎神圣的爱情
居然把基督的骑士一网打尽，
勇猛的阿基琉斯、赫拉克勒斯和忒修斯
沦为爱情的奴隶又何足为奇？

第十四章

三十九

河两岸斑驳灿烂，
铺满了珍奇的宝石，
仿佛喷薄欲出的火焰
驱赶着阴森的黑暗。
蓝宝石和锆石放着蓝光，
红宝石犹如炽热的火苗，
祖母绿青翠欲滴，
钻石光线变幻，亮得耀眼。

五十七

"正如猎人守候猎物，
阿米达悄悄等着里那尔多，
在奥隆特河畔设下埋伏，
流水在河心小岛分支汇合；
岸边不知何时竖起一块石碑，
附近还有一条小船停泊，
里那尔多来时只见白色碑石

刻着几行金光灿灿的字迹：

五十八

"'不论来者何人，有意或无心，
请在岸边驻步一看究竟：
河心小岛藏有稀世奇珍，
人间少有，精美绝伦，
如若不信，请过河观看分明。'
里那尔多艺高胆大，不禁动心，
由于小船载不下两人，
便留下侍从，只身前行。

五十九

青年骑士踏上小岛，
迫不及待想探幽揽胜，
只见树木、花草、山洞、清泉，
暗骂碑文弄虚作假，并无奇珍；
但是岛上鸟语花香、风光旖旎，
使人心旷神怡，依依不舍，
他便卸掉头盔，坐下憩息，
迎着习习徐风稍作盘桓。

六十

"河里忽然汩汩作声，
他循声寻觅，定睛望去，
只见波浪起伏翻滚，
河水涌冒，旋涡形成；
首先出现一头飘逸的金发，
然后是少女俊俏的面庞，
接着看到了浑圆的乳房，
以及白如凝脂的小腹。

六十一

"正如舞台上的夜景，
徐徐出现一个女神或精灵，
眼前虽非真正的塞壬，
而是魔法变化的幻影，
但恰似第勒尼安海滨
妖艳勾魂的鱼美人；
她的歌声也像塞壬那般动听，
天空和微风也为之震颤：

六十二

"'啊，人生的青春时节
好比繁花似锦的四五月，
荣誉美德无非是过眼烟云，
千万不能受其迷惑！
尽情撷取生活的果实，
及时行乐才是绝顶聪明。
这是大自然给我们的教导，
为何视而不见、充耳不闻？

六十三

"'愚蠢的人啊，青春易逝，
何苦虚掷生命最美好的年华？
世人称颂的英雄业绩
无非是空话一句，镜花水月。
世人迷恋的赫赫声名
无非是空谷回音，梦中幻境，
甚至比梦幻更脆弱，
稍有风吹草动，顿时无影无踪。

六十四

"'让你的肉体舒适安逸，享尽温柔，
让你的灵魂无牵无挂，陶醉欢乐；
忘却过去的痛苦不幸，
休为今后的烦恼担心。
任凭雷声隆隆，电火交作，
你不闻不问，逍遥自在。
这就是智慧和幸福，
大自然指点我们的方向。'

六十五

"魔女的歌声如行云流水，
青年骑士听得昏昏欲睡。
困意袭来无法抵御，
终于丧失了感觉神志；
他睡得像是已经死去，
霹雳惊雷都不能弄醒。
邪恶的女巫从隐蔽处出来，
急想杀死里那尔多解恨。

六十六

"她眼光落到里那尔多身上，
发现他呼吸匀静，神情安详，
一双眼睛虽然阖上，
但仍含着甜美的笑意；
爱慕之心使她不忍下毒手，
她俯身细看他的脸，
正如纳西索斯在泉边顾影自怜，
满腔憎恨抛到了九霄云外。

六十七

"她温柔地用自己的纱巾
拭去英雄脸上的汗珠，
深情地为他扇风，
驱赶周围的暑气。
一双阖上的眼睛
居然软化了铁石心肠，
把仇敌变为情人，
这样的奇事谁能相信？

六十八

"阿米达在姹紫嫣红的河边
采撷了女贞、百合和玫瑰，
编织成具有魔力的花环，
实则是精致坚固的锁链，
套上英雄的脖子、脚踝和手腕：
沉睡的里那尔多便成了俘虏；
然后把他抬上一辆马车，
扬鞭催马直冲霄汉。

六十九

"阿米达不回大马士革王国，
也不回她在湖泊中的城堡，
她唯恐失去珍爱的猎物，
又为自己的私情感到羞涩，
便选择大海中的一个孤岛，
作为安乐窝和温柔乡，
小岛风光旖旎、远离尘嚣，
舟楫不至，人迹罕到。

七十

"小岛和附近的区域
得了'幸福之岛'的美名。
阿米达登上一座高山，
那里云雾缭绕，荒无人烟，
她用魔法使山麓铺满白雪，
山顶却树木葱茏，芳草如茵，
又在水平如镜的湖边
拔地而起盖了一座宫殿。

七十一

"宫殿里是永恒的春天，
她同心上人整日缠绵。
……

七十六

"宫殿外墙千回百转，
形成错综复杂的迷宫，
……
迷宫中央是一座花园，
爱情的气息洋溢弥漫；
柔软如毯的芳草地上
躺着青年骑士和阿米达。"

第十六章

一

豪华的宫殿呈圆形，
高大的围墙中心
是一片宽敞优美的花园，
奇花异木世上少见，
亭台楼阁鬼斧神工，
曲径通幽千回百转，
好一座错综复杂的迷宫，
易进难出，莫知所从。

九

他们走进迂回曲折的迷宫，
眼前豁然开朗，一片旖旎风光：
湖水潋滟，晶莹的喷泉叮咚作响，

芳草萋萋，百花竞放，
远处山峦起伏，错落有致，
怪石嵯峨，树木葱茏，
园林布局独具匠心，
欲露故藏，秀色更为突出。

十

人工装饰与自然景色融为一体，
惟妙惟肖，真假难辨，
艺术以模仿自然为能事，
巧夺天工，不留斧凿痕迹。
甚至微风也听从女巫调遣，
催得树木终年常绿，
枝头繁花似锦，累累硕果，
有的含苞欲放，有的已挂果成熟。

十一

同一株树的枝柯之间
生熟无花果相映成趣，
同一条树枝上的苹果
有的皮色青嫩，有的已呈金黄。
花园中阳光充足的地方
葡萄藤繁茂旺盛，
这一串果实仍然生涩，
那一串熟甜得几乎开绽。

十二

绚丽的禽鸟栖息枝头，
一试婉转美妙的歌喉；
微风抚弄着树叶和水面，
奏出悠扬动人的和弦。
鸟鸣和风声相互呼应，
此起彼伏，抑扬顿挫，
不知是无心或是有意，
组成一支欢愉的乐曲。

十三

禽鸟之中有一只与众不同，
羽毛斑斓，嘴喙颜色紫红，
灵巧的舌头娓娓动听，
声调和人无甚差别，
它的话语颇有哲理，

听者不由得肃然起敬。
它刚开口众禽一片寂静，
连微风也停止飒飒作声。

十四

它唱道："瞧那朵玫瑰花蕾，
像处女那般娇羞谦逊，
含苞未放，欲语又止，
端庄之中更显得美丽。
她即将展露颜色，敞开胸怀，
但同时也就萎谢凋零，
不再是无数少女和情郎
欣羡爱慕的对象。

十五

"太阳行至中天便西沉，
娇嫩的玫瑰终将凋零；
即使春天再度来临，
它的鲜艳也难寻觅。
采花要在美好的时辰，
休等日暮黄昏空折残枝，
让我们撷取爱情的玫瑰，
及时寻欢，相爱尽情。"

十六

鹦鹉说罢，群禽齐声合唱，
仿佛对它的话表示赞赏。
鸽子咕噜咕噜叫得起劲，
万物都感到需要爱情；
坚强的栎树和贞节的月桂，
所有根深叶茂的植物家属、
土地和流水都春意荡漾，
渴望得到爱情的垂顾。

十七

春色宜人，春意荡漾，
鸟语花香，千娇百媚，
两个战士却不为所动，
对这一切诱惑全不理会。
他们透过浓枝密叶
居然发现了里那尔多和阿米达，
女巫坐在草地上怡然自得，

英雄躺在她怀里忘乎所以。

十八

她的纱巾滑落，露出酥胸，
凌乱的头发随风拂动；
俊俏的脸蛋泛起潮红，
沁出汗珠闪闪发亮：
润湿的眼睛流出勾引的笑容，
仿佛水面波澜上点点反光。
她把里那尔多的头
搂在自己汗津津的心口。

十九

他火辣辣地盯着她的眼睛，
在蓬勃的欲火中蚀骨销魂。
阿米达越来越向里那尔多凑近，
炽烈地给他印上无数甜吻，
又从他眼睛和嘴唇上收回，
这时只听他舒了一口长气，
似乎灵魂出窍同那女子会合。
两个战士在暗处看他们欢娱。

二十

里那尔多腰际佩着一面镜子，光可鉴人，
这种器具对武士的身份很不相称。
阿米达把镜子放在情人手里，
让他观看风月场中的奥秘。
她眼含笑意，他目光炯炯，
只有一件事物吸引他们的注意：
她望着镜子里的自己，
他则把她美丽的眼睛当做明镜。

二十一

他为奴役、她为征服沾沾自喜，
他只顾看阿米达，她顾盼得意。
"我从你眼里看到了你我的幸福，"她说，
"转过眼睛望着我吧，你可知道，
你的英俊形象、音容笑貌
已经牢牢铭刻在我心里，
我的心比镜子更能反映
你在我心中燃起的激情。

二十二

"哎，假如你对我不屑一顾，
至少该看看你自己的完美；
假如什么都不在你眼里，
你至少能从自己的面貌得到乐趣。
小小镜子照不全你的高大形象，
也容不下整个人间天堂：
你的镜子只有苍穹才能充当，
你要看自己，应该望着天上。"

二十三

阿米达说着嫣然一笑，
同时并没有停止修饰打扮。
她梳理刚才搞乱的头发，
分成许多美丽的小卷，
插上五彩缤纷的花朵，
仿佛金器涂上珐琅图案；
百合般的胸前几朵玫瑰红白分明，
最后披好薄如蝉翼的纱巾。

二十四

高傲的孔雀展开华丽的尾羽，
不及她仪态万方、光彩照人，
太阳在雨后晴空抛出的霓虹，
不及她婀娜多姿、五色缤纷。
但是阿米达最迷人的装饰
是她的一条腰带，永不离身。
腰带由无数材料织成，
除她之外，别人万难收集。

二十五

端庄的矜持、娴静的抵拒、
迷人的魅力、甜蜜的欢悦、
含笑的话语、深情的眼泪、
幽怨的抽噎和温柔的亲吻：
她把这一切糅合在一起，
放在文火上慢慢煅烧，
炼成一条奇妙的腰带，
系在身上须臾不离。

二十六

她终于中止了爱抚调笑，
吻了一下情郎，抽身离去。
她去翻阅魔法书籍，
已成习惯，不可一日或缺。
里那尔多仍旧留在原地，
只要阿米达不在身边，
他不得擅自行动，
在花间树下徘徊流连。

二十七

可是每当夜晚降临，
带来利于情人的黑暗和寂静，
两人便在花园的宫殿里
纵情地共度美好的时辰。
且说阿米达离开了花园，
去做她比较严肃的功课，
藏身树后的两个战士铠甲鲜明，
突然出现在里那尔多面前。

二十九

面对铠甲刺眼的光芒，
年轻骑士的反应同战驹相仿。
兵器的闪亮猛然唤起
战斗的激情和无比的勇气，
回顾自己在温柔乡中沉迷，
他感到无地自容、羞愧不已。
与此同时，乌巴多走到他身前，
举起了那面光彩夺目的钻石盾牌。

三十

英雄的视线落到锃亮的盾牌上，
发现自己竟成了这副模样，
全身打扮花里胡哨，
头发和衣服散发着淫邪的气息，
一把宝剑虽然仍佩在腰际，
但黯然失色，引不起注意，
与其说是叱咤风云的武器，
不如说是徒有其表的装饰。

三十一

仿佛做了一场噩梦，
漫长沉重，施施醒来，
里那尔多照见自己的模样，
不禁大吃一惊，猛然悔悟；
他满脸羞愧，无地自容，
垂下眼光，嗒然若失，
他真想找个罅缝，
钻进海底或地心藏身。

三十四

高贵的青年听了乌巴多的指责，
半晌说不出话，悔恨交集，
知耻近乎勇，理智占了上风，
对自己的蔑视超过了羞辱，
惭愧的脸色被愤怒燃得通红，
他断然决心同过去决裂，
撕掉身上浮华的装饰，
挣脱了他可悲的奴役。

三十五

他急于离开这个是非之地，
匆匆走出错综复杂的迷宫。
此时阿米达发现凶猛的看门狗
气息全无，直僵僵躺在宫殿门口。
她顿时起疑，随即确定
亲爱的里那尔多要离她而去；
伤心地看到他毫不留恋
掉首不顾，抛下了温柔窝。

三十八

她顾不得颜面，紧紧追赶。
哎，先前的得意傲慢而今安在？
平时她只要稍加青睐，
爱情就俯首帖耳、拜倒裙下，
她目空一切，高傲无比，
她只爱自己，蔑视所有的情人；
认为对情人瞟上一眼，
就是他们莫大的抬举。

三十九

如今受人嘲弄，被弃若敝屣，
她却紧追抛下自己的负心人；
她的美貌遭到拒绝，
便试图用眼泪挽回残局。
刺骨的冰雪和崎岖的山路
阻挡不住她荏弱的脚步；
她一面奔跑，一面呼号，
终于在海滩边追上里那尔多。

四十

她发狂似的喊道："你带走了我的心，
留下了躯壳，要就把躯壳也带去，
要就留下你夺走的心，
或者把两样都消灭：你停一停，
我不是要给你拥抱亲吻，
只是要你听我最后几句话，
狠心的人，你有什么可害怕？
你既然能逃跑，也能不理我的话。"

四十二

骑士停住脚步站在岸边，
阿米达娇喘吁吁赶到身前：
她满脸泪痕有如雨后梨花，
悲切的模样更楚楚可怜。
不知是出于嗔怪、顾虑还是胆怯，
她只望着里那尔多，不发一言。
青年骑士没有正面相看，
只是内疚似的偷偷瞟她几眼。

四十七

"我对你使尽了欺骗手段，
终于引起你的憎恶理所当然，
这座宫殿原是你销魂的场所，
如今遭到你唾弃也可以理解。
去吧，渡过海洋，投入战斗，
去讨伐我的信仰，我绝对不阻拦。
其实我的信仰已不复存在，
冤家，只有你才是我的上帝。

四十八

"我唯一的愿望是追随你左右，
敌人也不至于拒绝这一小小请求。
猎人不会放弃猎获，
胜利者不会不要俘虏。
你们的阵营可以把我当作战利品，
为你的煌煌业绩增添一笔：
嘲弄你的女人到头来反遭嘲弄，
成了众人耻笑的女奴。

四十九

"既然成了卑贱的女奴，
我一头浓发又有何用？
装饰要同身份相称，
我可以一刀割却。
在战斗最激烈的时刻，
我可以随你冲锋陷阵；
我有足够的勇气和力量，
为你牵马握矛持盾。

五十

"我可以充当你的侍从或护盾，
毫不犹豫地为保护你而牺牲。
敌人的刀剑要近你的身，
先得穿透我的胸脯和项颈。
我的姿色虽然遭到你蔑视，
可是再野蛮残忍的敌人
也不会为了要取你的性命
先拿我的美貌作牺牲。

五十一

"唉，多么可悲，我的美貌一文不值，
我凭什么喋喋不休，自我安慰？"
她本想说下去，但悲从中来，
泪如泉涌，唏嘘不已。
她带着祈求的神情
想抓住里那尔多的手或大氅，
但他克制了感情，往后退缩，
他的心扉已对爱情紧闭。

六十

……
她讲到伤心处，气急败坏，
千言万语堵在喉头未能说完，
一头栽在地上，双眼紧闭，
手脚冰凉，浑身一层冷汗。

六十一

阿米达，你秀目紧闭；
老天对你的苦难不加理睬。
不幸的女人，睁开眼睛吧，
难道你没看到敌人的热泪？
假如你还有知觉，
他的唏嘘准能给你慰藉！
他对你寄予无限怜惜，
临别的眼光充满了深情。

六十二

怎么办？把这昏厥气绝的姑娘
抛在荒凉的沙滩上掉首不顾？
礼貌和怜悯要求他守在旁边，
但是严峻的任务不容他流连。
他终于离去，岛上的树木在风中摇曳，
小船鼓帆在洋面行驶如飞，
里那尔多始终眺望着沙滩，
越离越远，直至消失不见。

六十三

这时阿米达悠悠醒来，
只见周围一片寂静凄凉。
……

（李新红编，摘自王永年译：《耶路撒冷的解放》，上海译文出版社，2008）

第二十九章 拉伯雷及《巨人传》

第一节 拉伯雷简介

　　弗朗索瓦·拉伯雷是 16 世纪法国文艺复兴运动的代表人物之一，1494 年出生在法国中部都兰省的希农城，父亲是律师，并拥有田庄。他在父亲的庄园里度过了自由自在、快乐幸福的童年。优美恬静的乡野风光、淳朴敦厚的农村习俗，深深地印在他的心中，使他终身难以忘怀。这一点可以在他的小说浓重的乡土气息中得到证明。可惜好景不长，他到十几岁上便被送到教会学校接受死气沉沉的宗教教育，后来又进圣方济各会的一所修道院当了修士。在高墙深院里修行是与他活泼开朗的性情格格不入的，而且这时他已经开始接触人文主义思想，所以终于因为"轻慢神学经典，醉心异教邪说"而遭到迫害，最后只好转到圣本笃会的德马伊修道院去。这是拉伯雷为了追求新思想而遭到的第一次打击，它无疑在年轻的拉伯雷心中埋下了仇恨教会的种子，更加激发了他对人文主义理想的向往。1530 年，拉伯雷进大学攻读医学，这时他已 36 岁了，但他用了仅仅两个月的时间，就获得了学士学位，当上了医师。1535 年，他重返巴黎学医，不久又获得了硕士和博士学位。他翻译了希波克拉特的《格言录》和意大利名医玛纳尔蒂的《拉丁通讯集》等著作。1537 年，他还勇敢地解剖了一具被绞死的囚犯的尸体。这种追求科学的举动，在当时是非常大胆的，因为这会触怒天主教会。拉伯雷最为后人称道的是他的长篇巨作《巨人传》。1532 年，《巨人传》第一部出版，一年后又出版了第二部，署名是以原名的 16 个字母打乱后重新排列而成的化名：阿尔戈弗里·纳齐埃。书出版后，受到了城市资产阶级和社会下层人民的热烈欢迎，但又受到了教会和贵族的极端仇视，并被法院宣布为"淫书"而遭禁。1535 年左右，法王弗朗索瓦一世改弦易辙，倒向反动的天主教，公开镇压代表进步的新教，使文艺复兴运动受挫。受此牵连，拉伯雷也屡遭厄运。在后半生中，他经济拮据，有好几次为躲避风险不得不隐居，甚至还被投入狱。他的一位朋友，也因再版他遭禁的作品而惨遭极刑，陈尸示众。尽管身遭厄运，却未能磨灭他的斗志，折损他的勇气，拉伯雷仍然孜孜不倦地继续创作《巨人传》的后三部。拉伯雷晚年的生活非常贫困，处境维艰。1553 年 4 月 9 日，拉伯雷在巴黎去世，临终时他笑着说："拉幕吧，戏做完了。"拉伯雷同所有文艺复兴的巨人一样，是学识渊博的学者，特别在医学上颇有建树。他是当时的名医，医道高超；他翻译过多篇古希腊的医学论文，也编写过医学著作。不过，他的名字之所以能够流传到今天，却主要是靠着他的长篇小说《巨人传》。作为医生的拉伯雷早已被人忘却，作为人文主义作家的拉伯雷却永为后世所纪念。

第二节 《巨人传》简介

　　《巨人传》是法国文艺复兴时期小说家拉伯雷创作的多传本长篇小说，是一部高扬人性、讴歌人性的人文主义伟大杰作，鞭挞了法国 16 世纪封建社会，是新兴资产阶级对封建教会统治发出的呐喊，充分体现了人文主义者对人、人性和人的创造力的肯定。《巨人传》的故事虽然奇特，但是却有着深厚的现实基础，所以透过离奇的情节读者可以明显地感觉到时代脉搏的跳动。16世纪欧洲发生了一次规模巨大、影响深远的资产阶级思想革命运动——文艺复兴。资产阶级在揭露批判封建社会及其支柱天主教会的腐朽黑暗的同时，针对教会的神权理论提出了为资产阶级利益服务的新的思想体系，即人文主义。人文主义的基本思想是"人乃万物之本"。从这一点出发，人文主义主张尊重自然和人权，主张个性的自由发展，反对天主教会用神权扼杀人性；主张享乐主义，反对禁欲主义；主张科学，反对迷信。《巨人传》对法国封建社会的黑暗现实进行了多方面的揭露和猛烈的抨击。作者的批判矛头首先是对着天主教会的。他笔下教会中的人物，不是在侵略者行凶作恶时噤若寒蝉、只会念经祈祷的胆小鬼，便是为非作歹、欺压人民的"可怕的猛禽"，把包括教皇在内的整个天主教会着实地嘲弄了一番。小说揭露了贵族和上层僧侣过着奢侈无度的生活，而广大农民却被像"榨葡萄汁"似的榨干了最后一滴血汗的不合理现象。由于拉伯雷了解许多封建法庭的内幕，所以他更是以极大的义愤控诉了封建法律制度的腐败。他把装模作样貌似公允的法官比作"穿皮袍的猫"，讽刺他们又贪婪又愚蠢，对审理案子一窍不通，只会勒索贿赂。个性解放是《巨人传》提出的一个重要思想。拉伯雷痛恨封建社会森严的等级制度，痛恨封建制度对人民的严酷统治，痛恨天主教会对意志自由的扼杀，所以他的个性解放思想在很大程度上是作为一种社会理想提出来的。这个思想顺应资产阶级政治和经济的要求，毋庸置疑具有进步意义。个性解放后来不但成为整个资产阶级思想体系的一块基石，而且成为近代以至当代资产阶级文学的主题之一。英国的人文主义者托马斯·莫尔写了《乌托邦》一书，设计了他的理想社会，《巨人传》用艺术形式展示给读者的也是一个乌托邦社会，这个社会的法则和基础就是个性解放。本书横扫贵族文学矫揉造作的文风，给当时的文坛带来生动活泼、贴近生活、雅俗共赏的清新空气。拉伯雷《巨人传》从它出版之日起，便以其神话般的人物，荒诞不经的故事情节，妙趣横生，有时不免流于油滑粗俗的独特风格，赢得了几个世纪以来的广大读者的厚爱，并在世界文学史上占据不可撼动的地位。然而，这绝不是一部纯粹的搞笑的作品。正如作者开宗明义所指出的，这部作品虽然表面看来"无非是笑谈，游戏文学，胡说八道"，但它在有关宗教、政治形势和经济生活方面，却"显示出极其高深的哲理和惊人的奥妙"。

第三节　《巨人传》选段

第一章

高康大的谱系和古老的家世

要认识高康大出身的谱系和古老的家世，我请你们参看庞大固埃伟大的传记①，从那里你们可以详细地看到巨人如何生到这世上来，庞大固埃的父亲高康大又如何是他们的嫡

---

① 本书的第二部《庞大固埃》原来发表在第一部之前，卷首第一章曾详溯本书主人翁之家谱。

系后裔。我请你们不要怪我暂时先不谈这些，虽然故事的叙述，越是重复一次，越能引起诸位的兴趣，这一点，在柏拉图的《费立布斯篇》和《高吉亚斯篇》①，还有弗拉古斯②的作品里，都可以找到有力的说明，那里面说有些故事，毫无疑问就像我这些故事一样，越是反复重述，越能引人入胜。自从挪亚造方舟③到今天，我巴不得每一个人都能清清楚楚地知道自己的家世！我想世界上今天有不少的皇帝、国王、公爵、王侯和教皇就是从挑担子的、卖柴火的祖先来的，反过来说，救济院里的穷人，还有乞丐和受苦的人，也很可能是过去国君和皇帝的直系后代，这是因为朝代和国家的变迁太大了，你们看：

> 从亚述人④到米太人⑤，
> 从米太人到波斯人⑥，
> 从波斯人到马其顿人⑦，
> 从马其顿人到罗马人，
> 从罗马人到希腊人，
> 从希腊人到法兰西人⑧。

再让你们了解一下现在在说话的我吧，我想我就是从前什么富贵的国王或贵人的后裔，原因是你们从没有看见过有比我更喜欢做皇帝或富人的了，这样我便可以大吃大喝，百事不做，自在逍遥，并且叫我的朋友和一切有道德和有学问的人都成为富人。对于这一点，我很泰然，因为将来到了另一个世界里一定办得到，而且还会远远超过目前所能想望的。所以，你们也用同样或者更乐观的思想来克服艰苦吧，如果可能的话，畅畅快快地多喝两杯。现在咱们言归正传，我告诉你们，由于上天的保佑，高康大的古老家谱，比任何其他家谱都保留得完整，当然默西亚⑨的除外，不过他的我不想谈，也没法谈，因为魔鬼们（诽谤人的人和假冒为善的人）会反对。这份家谱是约翰·奥都⑩在他的一块草地里发现的，地点就在奥里沃过去不远、瓜楼拱门附近、通往拿尔塞的大路那里。

当时约翰·奥都正在叫人开掘沟渠，掘土的铁锹忽然碰到了一座古铜的大坟墓，大得没边没缘，谁也没有摸到尽头，因为坟墓一直伸延到维也纳河水闸⑪过去很远的地方。他

---

① 柏拉图《对话集》里的第二卷及第三卷。

② 弗拉古斯即古罗马诗人贺拉斯，此处所指见《诗艺》第三六五行："有的百看不厌。"

③ 故事见《旧约·创世纪》第六章。

④ 亚述：公元前3000年在美索不达米亚的早期奴隶制度国家，首都即名亚述，公元前8世纪后半叶和7世纪前半叶，是一个强大的国家。

⑤ 米太：公元前7世纪到6世纪的早期奴隶制国家，在伊朗高原西北部，公元前约556年归波斯王政权管辖。

⑥ 波斯等部落于公元前559年曾战败米太。

⑦ 马其顿：巴尔干半岛上的古国，公元前4世纪灭波斯王国，成立亚历山大帝国，后被罗马人征服。

⑧ 15世纪法国法学家认为世界统治权从希腊人，亦即拜占庭，传至法国人，法国国王弗朗索瓦一世称霸的野心即从此来。

⑨ 默西亚即《圣经》里的所谓救世主耶稣。

⑩ 约翰·奥都可能确有其人，瓜楼拱门在作者故乡施农附近圣迈莫的草原上，奥里沃是该处一座农庄，拿尔塞是施农东面克拉方镇一个地名。

⑪ 这条河到18世纪还需要利用水闸才能行舟。

们在一个有酒杯作为标志的地方打开了坟墓，酒杯的周围用埃托利亚①文字写着："HicBibitur。"② 他们在那里看见九个酒瓶排列得和加斯科涅③地方玩木棒球的排法④一样，当中的那只酒瓶压着一本灰色的书，又厚又大，精致美观，可是已经霉了，气味比玫瑰花还浓，只是没有那么好闻。上面所说的家谱就记载在这本书里，全部是古罗马抄本的花体字，而且不是写在纸上，也不是写在羊皮或蜡块上，而是写在榆树皮上。只是年代太久了，简直没法接连看出三个字来。我呢（虽然没有这个资格），也还是被叫去了。借着眼镜的大力帮助，运用了亚里士多德勒斯⑤教导的阅读晦暗文字的方法，正如你们可以想见的，按照庞大固埃的方式，也就是说，一面开怀畅饮，一面读着庞大固埃的惊人伟绩，就把它译了出来。书的末尾附有一篇题目是"防毒歌"的短文，开头的地方已被老鼠、蠹鱼，或者（别让我瞎说）其他的害虫咬坏了，其余的部分，我为了对古物表示尊重，把它全抄在这里。

第二章

古墓中发现的防毒歌⑥

来了琴布尔人⑦，伟大的征服者，
……怕露水，来自天空。
……来临，人们把水槽倒满。
……新鲜奶油，直往下冲。
……老祖母被浇湿了，
高声叫嚷："大王啊，求求你，拉他出来吧，
他的胡须沾满了粪污泥泞，
或者，至少给他一架梯子也行。"

有人说，吻其鞋⑧
远胜得到宽赦；
可是一个矫揉造作的无赖
忽地从钓鲥鱼的水池里钻出来⑨，
说道："先生们，我们要有一条鳗鱼，

---

① 埃托利亚：公元前15世纪意大利南部之联邦古国，后灭于罗马。
② 意思是："饮酒于此。"
③ 加斯科涅：法国南部古省名。
④ 用九根上细下粗的木棒，以三个为一行，共排三行，成方形，掷球打倒。
⑤ 亚里士多德勒斯：当时法国学者对亚里士多德的称呼，亚里士多德为古希腊大哲学家，柏拉图的学生。亚里士多德在《疑问篇》里曾论及眼疾，但未谈到如何观察晦暗文字。
⑥ 这是16世纪流行的一种"谜诗"体的文字，辞句比较玄奥，上下文多不衔接，作者偶尔指一件事，偶尔指一个人，曲折迂回，颇难捉摸，这里前一半多是攻击罗马教会，后一半则向往民主、自由、和平、幸福的生活。
⑦ 公元前2世纪北欧日德兰半岛上的日耳曼民族，曾伙同条顿民族占领高卢，后被罗马大将马利乌斯战败。
⑧ 晋谒教皇的人，允许亲吻教皇的礼鞋。
⑨ 指日内瓦湖誓反教与天主教之争。

为了天主，把它藏在店堂里①，
在那里（如果我们凑近看），
他帽子里还有块大污点。"
开始诵读的时候，
生硬晦涩难往下看；
他说道："我觉着帽子里冷得难受，
冷气一直钻进了我的头。"
拿萝菔缨为他取暖，
他喜欢待在火边，
只要肯分发一匹新马，
没头脑的人何止万千②。

他们谈论圣巴特里斯洞③，
直布罗陀洞④，以及许多别的洞；
如果能使它们结成疤痕，
那就不会再有咳嗽疾病。
看见人人乱打呵欠，
谁也不会觉着雅观，
如果他们都不张嘴，
也许还能拿去交换。

命令海格立斯⑤去剥乌鸦⑥，
他刚到过利比亚。
米诺斯⑦说："人人都被邀请，
唯独无我，是为什么？
还要我停止供给
牡蛎和田鸡！
与其今生同意他们的线锤生意，
我宁肯立刻死去。"

瘸腿的 Q. B. 来调停双方争执，
一路带来悦耳的鸟啼，

---

① 指教皇的宫殿。
② 指每年朝拜教皇的人。
③ 圣巴特里斯洞：在爱尔兰多内加尔的戴格湖里一小岛上，中世纪时，传说可由此通至炼狱。
④ 直布罗陀洞：比利牛斯半岛与非洲西北部之间的海峡。
⑤ 海格立斯：神话中朱庇特与阿尔克墨涅之子，身材高大，膂力惊人，曾做过出名的十二伟绩。
⑥ 指穿黑色衣服的修道士。
⑦ 米诺斯：希腊神话中宙斯之子，生于克里特，地狱之神。

巨人西克洛波①的表兄判断是非，
把他们全部杀死。谁能不搵鼻涕！
在这块闲地里②难得有傻瓜出世③，
不被压死在硝皮场里，
勇往直前，撞起大钟，拿起武器，
比去年一定更有成绩。

不久以后，朱庇特④的大鹰，
宣告大祸即将来临，
但是看见他们这样激动，
又怕把整个国家打倒、推翻、拆毁、削平。
因此宁要天火，
烧到卖咸鲞的地区，
也不要让"马索莱"⑤的判断所奴役，
不许阴谋破坏晴朗的天气。

一切终于很好地罢休，
虽然亚太⑥伸着鹭鸶般的长腿，
坐在那里，看见彭台西丽雅⑦到老来
只落得卖芹菜。
人人高呼："丑恶的黑炭头，
你怎敢在大路上出头？
羊皮的罗马旗帜，
你不是已经拿到手！"

若不是朱诺⑧在天虹下，
放出猛禽，设下陷阱，
她会中别人的诡计，
四面受敌。
最后成立协议，她可以吃
珀尔塞福涅⑨的蛋两只：
如果再被人发现，

---

① 西克洛波：希腊神话中之巨人，只有一只眼睛，生在脸当中，为朱庇特造雷。
② 指罗马教会。
③ 指马丁·路德的新教派。
④ 朱庇特：古罗马宗教中最高之神，相当于希腊的宙斯。
⑤ "马索莱"：希伯来专攻《圣经》的学者。
⑥ 亚太：希腊神话里挑拨是非的女神。
⑦ 彭台西丽雅：曾拯救过特洛亚的亚马孙女后，貌奇美，后被阿基勒斯所杀。
⑧ 朱诺：古罗马宗教中妇女保护神，朱庇特之妻，司婚姻。
⑨ 珀尔塞福涅：神话中宙斯之女，地狱之神。

定要把她捆到奥尔帕斯山巅。

二十二减七个月①之后，
从前迦太基②的征剿者③
和悦地来到他们这里，
请求继承他的东西，
或者，像鞋匠绱的鞋那样针脚匀称，
大家均分，合理公平，
连书写执照的人，
也应分到一杯羹。

但等这年一到，记号是五个线锤，
一张土耳其弓和三个锅腿，
一个生大疮的野皇帝，
背上披着隐修士的会衣。
发发善心吧！为了一个虚伪的女人，
难道让这么些土地沉沦？
算了吧，算了吧！没有人要学你的虚假，
滚到魔鬼的地方去吧。

这一年一过，将是天下太平，
君王与好友事事与共。
不再有强暴，不再有虐政，
一切的善意都将有共鸣，
过去享不到的幸福乐趣，
将随他的旨意降临人世，
那时，被征服的马群，
将胜利地为国奔驰。

这个变化多端的时期，
将一直到捉住战神为止，
那时，将有一个卓越、高超、
温和、可亲的人来到。
我忠诚可靠的人们，打起精神，
参加宴席，因为人一旦死去，
给他任何好处，也不会再回来，
逝去的光阴多么值得追忆。

---

① 即十五个月。
② 迦太基：公元前 7 世纪非洲古国，后败于罗马帝国。
③ 指"非洲西庇翁"。

最后，那个蜡做的人，

将被挂在时钟上小铁人的铰链上，

没有人再"万岁，万岁"① 地高呼，

打钟人只落得一把水壶。

但愿有人将拿起短刀，

把困难一齐砍倒，

并用粗的绳索，

把骗人的店铺②一起捆牢。

第三章

高康大怎样在母亲腹内待了十一个月

高朗古杰是当时一个乐天派，爱喝酒，酒到杯干，世无敌手，同时还热爱咸肉。为了这个缘故，他经常准备了大量马延斯③和巴云④的火腿和熏牛舌，腊味上市的季节，便购储大量的腊肠和芥末牛肉，还有鱼子干和香肠，香肠不要布伦尼⑤的（因为他怕意大利的香肠有毒⑥），要毕高尔⑦的、隆高奈⑧的、拉·勃莱纳⑨的和卢埃格⑩的。高朗古杰成年后，娶蝴蝶国的公主嘉佳美丽为妻，嘉佳美丽生来美丽健壮，夫妻生活甜蜜美满，经常做着那鱼水交欢的把戏，不久，她便怀上了一个体面的胖儿子，怀孕期长达十一个月之久。因为，如果肚里的孩子确是一个精品，一个将以丰功伟绩扬名于世的人物，那么怀孕期是要这样长的，甚至于还可以更长一些。荷马不是说过么，尼普顿⑪和水仙⑫生的那个孩子是怀胎满了一年才出世的：整整地十二个月。盖里阿斯在他的作品第三卷里说过，这样长的时间才适合于尼普顿的神威，尼普顿的儿子一定要长得尽善尽美。为了同样的理由，朱庇特和阿尔克墨涅私通的那一晚上，曾经使黑夜延长到四十八小时，否则在更短的时间内，他也造不出一个为世界清除魔害及暴君的海格立斯来。过去所有的乐观主义学者都证实过我这话，并且宣称女人在丈夫死后的第十一个月生养孩子不但可能，而且合法，像希波克

---

① 原文蜡 "ciro" 与万岁 "cyre" 是同音字。

② 仍指教皇的势力。

③ 马延斯：莱茵河左岸城名，以威斯特发里亚腌制之火腿最出名。

④ 巴云：法国下·比利牛斯省城名，以产火腿著名。

⑤ 布伦尼：意大利城名。

⑥ 路易十二曾为了米兰（原属伦巴底帝国），侵略意大利，意大利人恨之入骨，传说他们在食物内放毒，想毒死敌人。

⑦ 毕高尔：法国上·比利牛斯省古地名。

⑧ 隆高奈：法国圣·马洛古地名。

⑨ 拉·勃莱纳：法国恩白尔河和克鲁兹河之间的地区，以产咸肉出名。

⑩ 卢埃格：法国南部地名。

⑪ 尼普顿：罗马神话中的海神，即希腊神话中的波塞冬。

⑫ 指水仙蒂绿。

拉铁斯①的《饮食篇》，普林尼乌斯②全集第七卷第五章，普洛图斯③的《遗箱记》，马古斯·凡洛④在讽刺剧《遗嘱》里所引用的亚里士多德勒斯的权威名言，孙索里奴斯⑤的《论生日》，亚里士多德勒斯的《动物学》第七卷第三、四章，盖里阿斯作品第三卷第十六章⑥，塞尔维乌斯⑦在《牧歌注释》所引的维吉尔⑧的名句……

总之有了以上这些律条，寡妇在丈夫死后的两个月以内，尽可以为所欲为，毫无顾忌了。我的好伙伴们，请你们留意，如果在这样的女人里面碰到一个值得脱脱裤子的，可别放过，只管给我带来好了。因为要是第三个月肚子大了，孩子仍旧是死者的，何况受孕一旦被人知道，那就更可以大胆了，反正肚子里已经满了，放心地乘风破浪就是了！——就拿屋大维皇帝⑨的女儿朱丽雅来说吧，她就是在发觉自己有孕以后才跟她的相好结交的，完全跟一条船一样，等先把货物装好、一切准备齐全之后，才让领港人上船。假使有人怪她们在怀孕期间还要这样放肆（就是牲畜在怀胎之后也受不了公的来交配），她们就可以回答，这恰恰是因为它们是牲畜，而她们却是女人，所以应该享受她们认为是美好的、快活的小权利。马克罗比乌斯⑩在《论土星》⑪第二卷里记载着的波普丽雅就是这样回答别人的。如果魔鬼不愿意她们怀胎受孕，那就该用一个塞子钻进去，把她们的口子封起来。

第四章

嘉佳美丽怎样在怀着高康大的时候多吃了肠子

这里便是嘉佳美丽生产时的情形，如果你们不信，叫你们也脱脱大肠！那一天是二月三日，嘉佳美丽就是因为多吃了牛肠而在饭后脱了大肠。她吃的是一种特别肥的牛肠子。这种牛是在牛槽里用两刈草养肥的。所谓两刈草就是一年只刈收两次的草。从这些肥壮的牛里，一共宰了三十六万七千零十四头，准备在封斋前一天⑫腌好，以便开春后就有大量的咸牛肉吃。如果吃饭时先来个咸肉冷盆，酒喝得也更痛快。因此，你们可以想象，肠子是多得不得了，而且又这样肥美，谁看见都会馋得舔手指头。可是难处是无法保存过久，因为要坏掉。坏掉就不好再吃了。于是决定全部吃光，一点不剩。为此，他们把塞内、塞邑、拉·娄氏·克莱茂、沃高德雷的市民全都请来了，也没有漏掉古德雷·蒙旁谢、旺代口以及其他的乡邻们，他们个个全是好酒量，和蔼可亲，又都是耍棒的好手⑬。高朗古

① 希波克拉铁斯：古希腊名医学家，西洋医学的奠基人。
② 普林尼乌斯：罗马自然科学家，著有《自然史纲》三十七卷，公元79年死于维苏威火山中。
③ 普洛图斯：古罗马趣剧作家。
④ 马古斯·凡洛：古罗马作家。
⑤ 孙索里奴斯：3世纪罗马语文学家兼史学家。
⑥ 即《阿提刻之夜》第三章第十六行。
⑦ 塞尔维乌斯：4世纪罗马语文学家，著有《维吉尔诗集评注》。
⑧ 维吉尔：古罗马诗人，著有《牧歌》、《田园诗》和史诗《伊尼特》等。
⑨ 屋大维：罗马皇帝。
⑩ 马克罗比乌斯：5世纪罗马哲学家、语言学家及政治家，做过罗马执政官。
⑪ 《论土星》：马克罗比乌斯的主要作品，依照土星七天的运行分为七章，以对话方式论述作者的哲学观点。
⑫ 天主教信徒从圣灰礼仪节起到复活节，要守斋四十天，从圣灰礼仪起封斋。
⑬ 这里有双关的意思。

杰这个老好人非常得意，关照一切都要办得丰富，不要计较。但是他嘱咐他女人要尽量少吃，因为她快到产期了，肠子并不是什么好东西。他说："谁多吃肠子就是想吃粪。"可是不顾他的告诫，她还是吃了十六"木宜"① 再加两桶零六大盆。这么多的造粪材料，还能不把她撑坏！饭后大家一齐涌到柳树林那里，在茂盛的草地上，随着轻快的笛声和柔和的风笛愉快地尽兴跳舞。看见他们这样得意，真给人以此乐只应天上有的感觉。

第五章

酒客醉话

后来，他们决定就在当地再来一次饭后小酌。于是霎时间酒瓶走、火腿奔、碗飞、杯响。

"倒呀！"

"斟呀！"

"洒呀！"

"给我掺和一杯！"

"不要掺水……对了，朋友。"

"把这杯干掉，爽快点！"

"我要红酒，倒满。"

"止渴！"

"啊，假伤寒，你还不给我走？"

"老实告诉你，我的老嫂子，我不能喝。"

"你受凉了么，朋友？"

"是的。"

"圣盖奈的肚子②！咱们还是谈喝酒吧。"

"我喝酒有规定的时间，跟教皇的骡子③一样。"

"我只在念经的时候喝酒，跟会长神父一样④。"

"渴与喝，谁先谁后？"

"先是渴，因为老实说，不渴，谁要喝呢？"

"我看是先喝，因为 privatio presupponit habitum⑤。我是位学士。Foe cundi calices quem non fecere disertum？"⑥

"我们是老实人，不渴也喝得太多了。"⑦

"我倒不这样，我是个罪人，不渴我不喝，不过现在不渴，将来也总是要渴的，所以我

---

① 每"木宜"相当于十八公担。

② 作者惯用的一句骂人的话。

③ 教皇所骑的骡子也受到尊敬，饮食都有人按时伺候。

④ 意思是使用一个式样像经本的酒瓶，外表在念经，实际是在喝酒。

⑤ 拉丁文："缺乏假定占有。"说话者的意思是说：渴就是因为过去喝过。

⑥ 拉丁文："端起酒杯，哪个不口若悬河？"这是贺拉斯《书简》第五首第十九行，作者的原意是说：酒后多言，决不等于口才雄辩。

⑦ 说话者是教士，他们说"老实"，意思是指身上披的"无罪的"衣帽，"不渴也喝得太多"，是揭露教会向无辜的教徒强行灌水，强迫他们承认作恶的罪行。

喝是为了预防未来，这个你可以明白。我为未来而喝。我要永恒地喝下去。永恒地喝下去，就是为永恒而喝呀。"

"大家痛饮，大家歌唱，来一段和谐大合唱吧！"

"我的漏斗到哪里去了①？"

"怎么？我喝酒还要找人代②！"

"你是为渴而喝呢，还是为喝而渴？"

"我不懂这些道理；我只管实际。"

"赶快来酒！"

"我咂点酒，蘸点酒，喝点酒，这一切都是为了怕死。"

"你只管喝好了，不会死的。"

"我要是不喝，就干得慌，也是等于死。死后我的灵魂会飞到一个水池里。干的地方，灵魂是待不住的。"

"管酒的，噢，新形式的制造者③，快把我这个不喝酒的人改变成一个喝酒的人吧！"

"但愿永远能这样开怀畅饮，来滋润我干渴的肚肠！"

"喝酒而没有感觉，那等于不喝。"

"酒入脉络，没有小便。"

"我今天早晨宰掉了一头小牛，我要去洗肠子去。"

"我的胃可装满了。"

"假使我立的借据都跟我一样会喝，那么我的债主到期来讨债的时候就妙了④。"

"你的手把你的鼻子都碰红了⑤。"

"在这一杯未排泄出来之前，又有多少杯好喝下去呀！"

"这样小口浅喝，真要把脖子都伸断了⑥。"

"这叫做拿瓶子来诱人上钩。"

"酒瓶和酒嗉子有什么分别？"

"有大分别，酒瓶用塞子塞，酒嗉子非用盖子转紧不行。"

"说得对！"

"我们的老祖宗喝起来都是整坛地喝。"

"说得不错，让我们喝吧！"

"这一位要去洗肠子去了。你需要河水么⑦？"

"我又不是海绵，要河水干么用？"

"我喝酒比得上教堂骑士⑧。"

"我 tanquam sponsus⑨。"

---

① 灌酒用。

② 发言的是一位法学家，他抗议没人给他斟酒，说他的酒是不是有人代喝了。

③ 这是学者对于酒的文绉绉的形容词，酒可以改变人的"形象"，制造"新的形式"。

④ 墨迹都已被纸吸干，借据变成了白纸。

⑤ 因为举杯太勤的缘故。

⑥ 备着鞍辔的马，忌讳在浅水里饮水，因为马伸长脖子，前胸会受伤，这里是形容喝酒的样子。

⑦ 当时洗肠子都要到河里去，因为需要的水多。

⑧ 12世纪初的一种武装教士的组织，生活糜烂腐化。

⑨ 拉丁文："像一个新郎官。"指新郎睡前必须饮酒。

"我呢，sicut terra sine aqua①。"

"火腿的别名是什么？"

"下酒物；卸酒的垫板。利用垫板把成桶的酒滚到地窖里，利用火腿把酒送进胃脏里。"

"喂，来酒呀，来酒呀！这里要酒。Respice personam；ponepro duos；bus non est in usu②。"

"如果我往上升能像我往下灌一样，我老早就上了天了。"

"雅克·柯尔就是因酒发财致富③，连荒地的树木也得了福，巴古斯用酒占领了印度④，这门哲学一直传到美朗都⑤。"

"小雨可平大风，久饮盖过沉雷。"

"要是我尿出来的是酒，你要不要呷一呷？"

"绝不放过。"

"侍者，来酒！该轮着我了。

"喝呀，吉优你来看！这里还有一坛。"

"我提出控诉，控诉喝不到酒实在难过。侍者，正式记下我的要求。"

"这一丁点儿，太少了！"

"我一向酒到必干；今天也要一滴不剩。"

"别心急，吃光算数。"

"这里还有黑线条黄牛的又嫩又肥的肠子。看在天主分上，咱们给它来个彻底精光！"

"喝呀，否则我要把你……"

"不行，不行！"

"喝吧，请，请。"

"麻雀不打尾巴不吃；我不听巴结话不喝。"

"Lagona edatera⑥！酒在我全身里无孔不入，实在解渴。"

"这一杯正对我的劲。"

"这一杯吃得真舒服。"

"咱们敲起酒瓶告诉大家，不想喝酒的人用不着到这里来；这里已经喝了老半天了，干渴早已给赶跑了。"

"伟大的天主造行星，咱们在这里造空盘⑦。"

"神的话来到我的嘴边：Sitio⑧。"

"人称 βεστοδ⑨ 的石头，也没有我这做神父的酒瘾牢固。"

"昂盖斯特⑩在芒城说得好：'食欲是跟着吃来的，干渴是随着喝去的。'"

---

① 拉丁文："像一块干燥的土地。"

② 拉丁文："别忘了我；给我倒两份好了；bus 这里不用。"说话者可能是个司法人员，他把 Pone pro dubus 说成 Pone pro duos，后面紧接着说"bus 这里不用"，意思是说"马上喝"。

③ 雅克·柯尔：15 世纪理财家。

④ 酒神巴古斯曾经过埃及，攻克印度，种植葡萄造酒。

⑤ 美朗都：非洲东部地名，葡萄牙人曾引诱美朗都人饮酒，以便进行侵略。

⑥ 法国南部巴斯克土语："朋友，酒来！"

⑦ "行星"（planète）与"空盘"（platnet）同音，作者在玩弄谐音的技巧。"空盘"形容吃光。

⑧ 耶稣在十字架上说的话："我渴了。"见《新约·约翰福音》第十九章第二十八节。

⑨ 希腊文："毁灭不掉的"。此处指石棉。

⑩ 日罗摩·德·昂盖斯特是法国西部芒城的主教，本章的话见他 1515 年的作品《论因素》。

"对付渴的方法是什么？"

"和防止狗咬的方法正相反，跑在狗后面，狗总咬不着你；喝在渴前面，你就不会再渴。"

"我可捉住你了，我不许你睡。做好事的管酒人，可别让我们睡觉啊。阿尔古斯①有一百只眼睛可以看，一个管酒的就应该像布里亚雷乌斯②那样长一百只手，以便永不疲倦地斟酒。"

"喝呀，喂！正好解渴！"

"来白酒！都倒下去好了，倒呀，真是见鬼！倒满。我的舌头都发烫了。"

"Lans，tringue③！"

"祝你健康！祝你健康！"

"呀！呀！呀！我干杯！"

"O lachryma Christi④！"

"这是拉·都维尼⑤的酒，是一种小粒葡萄酿的酒。"

"啊，这个白葡萄酒真好！"

"老实告诉你吧，这个酒喝下去跟丝绸一样柔和。"

"对，对，完全同意，而且门面宽，料子纯。"

"朋友，加劲！"

"我们决不作弊，我已经打过一个通关了。"

"Exhocinhoc⑥。无弊可舞；你们全都看见了：我是喝酒的老前辈。嗯！嗯！我是前辈的老喝酒。"

"哦，洪量！哦，海量！"

"侍者，小朋友，这里倒一倒，倒满，劳你驾。"

"倒得跟红衣主教的帽子一样⑦。"

"Natura abhorret vacuum⑧。"

"你说，跟苍蝇喝过一样吧⑨？"

"咱们来一个布列塔尼式的喝法！⑩"

"干，干，干这一杯！"

"喝下去吧，补身活血！"

（方华文编，摘自成钰亭译：《巨人传》，上海译文出版社，1990）

---

① 阿尔古斯：神话里说他有一百只眼睛，经常有五十只睁着看人。

② 布里亚雷乌斯：神话中之巨人，天地之子，生有五十个头，一百只胳膊，后被海神及朱庇特制服。

③ 说得不好的德文，本来应该是 Landsman, zu trinken！意思是："朋友，干杯！"

④ 拉丁文："基督的眼泪"。维苏威火山下产一种香葡萄亦有此名。

⑤ 作者故乡的田庄，以产小粒葡萄出名。

⑥ 拉丁文："从此到彼"。这里意思是说"从杯到口"。

⑦ 红衣主教的帽子有一道红边，这里指把红酒倒得高过杯口。

⑧ 拉丁文："自然最忌空虚。"

⑨ 杯子里一滴未剩。

⑩ 法国布列塔尼人以豪饮出名。

第三十章 乔叟及《坎特伯雷故事集》

第一节 乔叟简介

杰弗雷·乔叟，英国中世纪的伟大诗人，1343 年出身于伦敦市民阶层的一个富裕酒商家庭。他 17 岁时为皇室亲族随从，两年后随军远征法国被俘，由国王出资赎回。后在内廷任职，进入宦途。1366 年与王后寝宫的女官结婚，此后多次代表爱德华三世出使欧洲大陆，到过比利时、法国、意大利等国，有机会遇见但丁、薄伽丘与彼特拉克，这对他的文学创作产生了很大的影响。这些作家反封建反宗教的精神和人文主义思想，使乔叟的创作思想发生了深刻的变化，开始转向现实主义。乔叟生活在 14 世纪封建制度开始瓦解，资本主义开始形成的时期。他吸取欧洲文化的进步因素，接触社会的各个阶层，对人民的生活有一定的了解，因此他的优秀作品已开始具有文艺复兴时期文学的特征，但在许多方面与中世纪文化仍有联系。乔叟的创作开始于 14 世纪 60 年代，他的早期作品已经用伦敦方言来反映现实生活的丰富多彩，并奠定了英国民族文学的诗体形式；在思想内容方面，虽然还承受着训诫文学和骑士文学的传统，但也表达了市民观点（如《悼公爵夫人》等）。1372—1386 年是乔叟创作的过渡时期，他给中世纪文学的传统体制和题材输进新的内容，并克服了早期创作中的抽象性而面向现实的人和生活。在诗体传奇《特罗勒斯和克丽西德》中，作者以特洛伊与希腊千年战争为背景，描写女主人公克丽西德背弃对特洛伊王子特罗勒斯的爱情诺言，使特罗勒斯绝望而战死疆场。作者把爱情看作是人的天性，以此与僧侣的禁欲主义对照。由于作者力求具体地描绘生活、揭示性格，这一作品具有现实主义特征。在《好女人的故事》中，作者从进步的人文主义观点出发，真实地描绘了现实中的妇女，力图肯定她们的人格和地位。1386—1400 年是作者创作活动的顶峰。他写了代表作《坎特伯雷故事集》，表现了人文主义者所特有的乐观精神，反映了英国社会现实的各个方面。乔叟视野开阔，观察深刻，写作手法丰富多样，真实地反映了不同社会阶层的生活，开创了英国文学的现实主义传统，对莎士比亚和狄更斯产生了影响。乔叟率先采用伦敦方言写作，并创作"英雄双行体"，对英国民族语言和文学的发展影响极大，故被誉为"英国诗歌之父"。1400 年乔叟逝世，安葬在伦敦威斯敏特斯教堂的"诗人之角"。他也是第一位葬于此的诗人。乔叟的死因不明，可能是被谋杀，英国的中世纪研究专家特里·琼斯曾出了一本书《谁谋杀了乔叟？》。

第二节 《坎特伯雷故事集》简介

《坎特伯雷故事集》通过前往坎特伯雷朝圣的香客们在途中说故事的形式，汇集了中世纪文学的各种体裁：骑士传奇、圣徒传、劝善书、寓言等。把故事联结为一个整体的八百余行的总引和故事的开场语，不但具有结构上的重要性，也刻画了讲故事人的性格，使这些不同阶层、职业和文化水平的人，表现出各自的个性、风度、趣味和爱好。同时，作者通过故事的内容暴露了僧侣的腐败和资产阶级的自私自利，构成一幅幅鲜明的英国社会写照。《坎特伯雷故事集》中所展示的生活图景是充满朝气的，这里洋溢着节日的欢愉，其中描绘的大自然也生意盎然。按照计划，这本书包括约 120 个故事，但作者只实现了计划的五分之一。在作者的笔下，英国诗歌形式开始臻于完善；他的语言幽默而风趣，即便在讽刺时也使人感到一种温和的微笑。《坎特伯雷故事集》标志着英国文学光辉的开端。书中人物众多，而各自都有其鲜明的特征，每人所讲的故事都体现出讲述人的身份、趣味、爱好、职业和生活经验。如一位教士讲了一段这样的故事：公鸡腔得克利与七只母鸡住在一位克勤克俭的寡妇院子里。一天凌晨，公鸡从噩梦中惊醒。他梦见一只野兽潜伏在草丛里伺机要咬死他。他最宠爱的母鸡帕特立特讯笑他胆小如鼠，认为男子汉大丈夫应该敢于蔑视一切，有胆有识，劝他不必把梦放在心上。可公鸡举了很多例子说明，人在遭厄运之前都曾在梦中得到预兆。比如：有两人因找不到旅店，一人不得不投宿牛棚。夜里，另一人两次梦见宿牛棚的朋友向他求救。他未加理会。第三次做梦时，朋友告诉他自己已被贪图金钱的马夫谋害，恳请他第二天清早拦住一辆粪车，他的尸体就藏在粪车底层。事实果然证实了梦中的景象。后来谋杀者被揭露并受绞刑。又如：有两人要乘船远航，因为风向不对，被迫耽误一天。就在这天夜里，其中一人梦中得到警告：第二天不要出海，否则会淹死。他的同伴听后不以为然，坚持动身，后来果然遇难。公鸡说完这些可怕的事情，又自我宽慰了一番。等天一亮，他如平日一样与母鸡们觅食寻欢，早把昨夜的担惊受怕抛在脑后。突然间，他发现躲在草丛里的狐狸，不禁大惊失色。正要拔腿逃跑，狐狸叫住他，说自己是专门来欣赏公鸡的歌声的。一番奉承话说得公鸡心花怒放。他刚摆好姿势准备引吭高歌，狐狸冲上前咬住他的颈项，急步向草窝奔去。母鸡们慌乱的哭叫声引来了寡妇和她的两个女儿。众人带着棍棒协力追赶。公鸡见状，对狐狸耍了个花招，从他嘴里挣扎出来，侥幸地逃脱了厄运。这篇寓言故事出自一位供奉神职的教士之口，旁征博引，在不长的篇幅中引用各类古籍、《圣经》和传说中的典故达 20 余处之多，熨帖自然，引人入胜。故事除了按传统的结构法在结尾点明寓意之外，还在讲叙过程中见缝插针，不失时机地加入警句。例如，在转述公鸡所讲的谋财害命的故事时，教士情不自禁说道："啊，上帝，您是多么圣明公正！谋杀尽管无人知晓，您会将它揭露！"这种布道式的语气在文中随处可见，成了铺叙故事时一个不可或缺的构成因素，产生了独特的艺术效果。读者在欣赏故事的同时，可以从布道式的语气中清楚地意识到讲述人的教士身份。这种个性化的语言恰恰是《坎特伯雷故事集》艺术魅力长存的关键之一。《坎特伯雷故事集》的幽默讥讽的特色在此也得到了生动的体现。教士用学者的口吻讲话，或者搬弄华丽的词藻，或者一本正经地引经据典，讲叙的却仅仅是一个关于公鸡、母鸡、狐狸的动物故事，传达的只是街头巷尾的琐闻。这种气势和内容的脱节，产生了一种幽默、滑稽的艺术效果。故事全然不顾宗教的"庄严肃穆"，透出一片人间的盎然情趣，这种重世俗、重现世的人文主义的风格是《坎特伯雷故事集》的主要特征。

第三节　《坎特伯雷故事集》选段

总　引

　　当四月的甘霖渗透了三月枯竭的根须，沐浴了丝丝经络，触动了生机，使枝头涌现出花蕾；当东风吹香，使得山林莽原遍吐着嫩条新芽，青春的太阳已转过半边白羊宫座，小鸟唱起曲调，通宵睁开睡眼，是自然拨弄着它们的心弦：这时，人们渴想着朝拜四方名坛，游僧们也立愿跋涉异乡。尤其在英格兰地方，他们从每一州的角落，向着坎特伯雷出发，去朝谢他们的救病恩主、福泽无边的殉难圣徒①。

　　在这时节，有一天，我正停憩在伦敦南岸萨得克的泰巴客店，虔心诚意，准备去坎特伯雷朝圣，到了晚上，客店中来了二十九位形形色色的朝客，凑巧结成了旅伴，他们都不约而同，要赴坎特伯雷的盛会；当时客店的屋舍马厩却很宽敞，我们舒舒服服地安顿下来。简单说来，到了夕阳西沉的时分，我已同每人相认交谈，约定了一齐早起出发。可是，在我开讲这故事之前，我想暂抽一部分时间，先谈一下每人的个别情况，由我的角度看去，他们是何种人物，属于哪一个社会阶层，穿着怎样。

　　现在我已简略地简述了这一群人的职位、服装和人数，以及为什么他们会聚集在萨得克的柏尔饭店隔壁的泰巴客栈。此刻应讲到我们在那天晚上，下店之后，所做何事；然后再叙述我们在途中的情况，以及朝圣等。但首先我要请求各位，不要认为我据实而言，就是不懂礼貌，我讲出他们所用的一字一句，所表现的姿态神情，你们同我一样懂得一个道理，任何人复述旁人所讲的话，他不得不把每个字照样说来，尽量不走样，顾不到原来是如何粗鲁猥亵。否则他就得撒谎，或假造一套，或另用些新字眼。他不应放松一个字，即使所讲的是他的亲生兄弟；他必须一字一字挨次说出来。基督自己在《圣经》里也说得十分真切，你们很明白这不是下流。谁能读柏拉图的书，都晓得，他也讲过，说话是行为的兄弟。我还要请大家饶恕，如果我在这里未能给予每个人物所应有的地位。我的能力有限，你们是很了解的。

　　我们的客店老板欢迎众人，马上送了晚餐来，都是最好的菜蔬。酒是浓烈的，我们很爱喝。老板是一个漂亮人物，当得起一个宴会上的司仪，身材魁梧，眼光明亮，谈吐豪爽，聪明温雅，确有丈夫气概：在奇白赛街市上再没有比他更好的市民了。他饶有生趣，晚餐已毕，我们都付过了账，他就开始谈笑起来。"呵，各位宾客，"他道，"我真心欢迎你们，因为，讲老实话，这年头我还没见过这么多的朋友们同时驾临我这小店呢。我很想找些取乐的事。适才我想起一个办法，可以博得大家高兴，而不用花一个钱。你们去坎特伯雷；上帝照顾你们，那幸福的殉难者适当地酬报你们！我很知道，你们在路上一定会谈笑，讲故事，因为一路骑着马不做一声，像石头般，那是很无聊的。因此，我说，我将为你们取点乐。如果你们大家愿意听我的话，照我的意思去做，有我的父亲在天之灵为证，明天你

---

　　① 在黄道带中的十二宫中，白羊宫是第一个。太阳已走过半个白羊宫就相等于乔叟时代日历上的 4 月 11 日之后。

　　这位殉难圣徒是指坎特伯雷主教托马斯·阿·柏刻特，他在 1170 年 13 月 29 日被刺而死，当时群情激愤，所以在 1173 年他就被尊为圣徒，从此他的圣堂开放，让信徒们去朝拜，不久成为民间许多传说的策源地。

们乘骑而去，一定个个高兴，否则我宁愿牺牲我的头颅，不用开口，举起手来就是！"

我们不用多加思索，也不必讨论，大家立即赞同，请他讲出他的道理来。

"各位，"他道，"大家请听，同时请你们不要存心小看了。简单说来，就是这样，你们每位在去坎特伯雷的路上要讲两个故事，作为长程中的消遣，回来时再讲两个，凡是有关过去任何哪件事都可以。哪一位讲得最好，就是说，讲得一个最有意义、最有兴趣的故事，就从坎特伯雷回来时，由大家合请晚餐，就在这间屋里，就在这同一地点。为了增加大家的兴致，我很乐意和你们同行，由我自己负担旅费，做你们的向导。谁若违反我的决定，就赔偿一切途中用费。如果你们都同意我这个办法，就直截了当地说出来，好让我立刻准备同行。"

我们一齐赞成，很高兴地立誓保证，请他照办，并且做我们的领导，为我们判断故事的好坏，最后决定我们晚餐的价格。大小事情都交给他调度，我们异口同声，就此听他指挥。于是取出酒来，大家喝了，然后都去休息。

次晨破晓时分，我们的老板就起身，做了我们大家司晨的雄鸡，把我们都会集在一起。我们乘骑出动，步伐轻快，来到了圣托马斯饮马处。这里，老板勒住了马，请道："请听，各位先生。你们记得大家同意的诺言；现在我再提醒你们一下。如果早晚适时，且看哪一位该讲第一个故事。且不管我的酒是浓是淡，反正谁违反了我的话，就得赔偿大家的旅费。现在来抽签，趁大家还没有走远；谁抽到最短的一根签就第一个讲故事。武士先生，我的主子，"他道，"请你抽一根，照我的话办。走近一些，修道女，还有你，学者先生，不要害羞，不要只顾钻研了；来抽吧，大家来。"

每人都抽了签，结果，是巧合还是命定，不必多管了，反正那根签落在武士手里，大家见了都很高兴；他必须讲一个故事，这才是道理，大家已同意了的，何必多讲呢？这位武士看了，既是自动答应了的，也唯有服从，他说道："我既开这个头，为大家取乐，上帝在天，我欢迎这根签子！请大家向前进，且听我讲来。"

……

巴斯妇的开场语

"经验，在世上虽算不得什么权威，但作为我谈论婚姻烦恼的根据却尽够了；因为自从我十三岁以来，诸位，我感谢永生的上帝，在教堂门口我已接待过五个丈夫，我已结婚五次之多——他们个人的地位和情况虽然不同，但也各有千秋。但不久以前，我曾听人说起，基督只参加过一次婚礼，在加利利的迦拿地方；由他这个例子看来，他是教我不应结婚到一次以上的。罗，且听，神凡合一的耶稣在井边，责备一个撒玛利亚的妇人，话说得何等严厉：'你已经有五个丈夫，'他道，'你现在有的并不是你的丈夫，'他确是如此说的。他究竟是何用意，我不能够说；但我却要问，为什么那第五个不是这撒玛利亚妇人的丈夫呢？她应该和几个人结婚呢？在我一生中还没有听说过一个确定的数字。人们尽可以上下猜度，我只知道上帝曾命我们滋长生育；关于这一点的经典，我是十分明白的。我并且知道他还说过，我的丈夫应该离开父母而来找我。不过他没有讲明数字，再婚两次，或八次；人们又何必诟骂这件事呢？

"罗，请看所罗门先生，那位贤明的国王；我相信他不止一个妻子。愿上帝准我有他半数的滋润机会！他有那样多的妻妾，是何等天赐的幸福啊！现今世上的人已没有一个比得上他的了。天晓得这位高贵的国王，我想来，和每个妻妾在新婚之夜，都有过无限的快乐，他的幸运真好！祝福上帝，我也结了五次婚！他们都是经我选择出来的，在体力方面和金钱方面是最美满的。学府进得越多，学问越完善，在不同的工作上愈多操练确可造就出尽善尽美的技匠来；经过了五个丈夫，我也成为这一门的学问的专家了。我欢迎第六个来，不论何时。

......

"现在我要讲我的第五个丈夫了。上帝莫把他的灵魂降进了地狱；可是他却待我最恶；我想起来就觉得肋骨都排成了一行，直到生命的尽头为止。他在床上最是新鲜活泼，很能花言巧语哄我，虽然我每根骨头都被他打到了，却马上又可骗回我的爱去。我相信我最爱他，因他对我最吝惜他的爱。老实讲，我们女人在这件事上很古怪，专看那样东西不易到手，却偏要终日渴求，泣诉不已。不让我们到手，我们反热望着；勉强我们收纳，我们却要跑开。怠慢我们，我们就老本都要搬出来；市场上人挤人，物品就值钱了，价钱便宜，就无人过问：这是每个聪明女子都知道的。

"我的第五个丈夫，上帝祝福他的灵魂！我嫁给他却是为了爱，不是为了钱。他原是牛津的学员，离校后住在我同城的教母家里；愿上帝看护她的灵魂！她的名字叫做阿丽生。她最懂得我的心思，比区教士还要清楚些。我一切事都和她商量。就是我从前的丈夫在墙上撒了尿，或犯了一件命案，我把他的秘密都照实告诉她，另外我还告诉一个有身份的妇人，和我所最喜欢的侄女。上帝知道我是常常这样做的，常使他急得脸红，羞得发热，自悔不该把这么大的秘密让我知道。

"所以有一次，在复活斋节的时候——我常去看我的教母，因我一向爱热闹，在三四五月里由一家串到一家，听些长短的消息——学员荆金，教母阿丽生和我自己去田野游逛。斋节许多天，我的丈夫老在伦敦，我就更有工夫玩耍，出去观看形形色色的人们，自己也好出些风头。谁知道幸运在何时何地会降临呢？于是我去斋戒，到巡会，参加祈祷和朝拜，看会戏，贺婚礼，身上穿戴着深红衣帽。说也奇怪，这些衣帽一点也没有被虫蠹损害，你知道是何缘故？原来是我用得小心。

"且让我来讲那天的事。我说，我们在田野游耍，学员和我两人后来谈得高兴，我假定哪一天丈夫死了，他可以娶我。我并不是自夸，对于婚姻或任何事，我向来就有预知的本领。我认为一个小鼠的心眼儿最没有出息，只知道钻一个洞，这个洞钻不进就一切都失败了。我使得他相信我受了他的诱惑——原是我的教母传授给我的法术。我说我通宵梦见他，似乎我仰卧在床上，他要来杀我，满床流着血；我却盼望他会带好运气来，因为有人告诉我，血暗示金子。其实这些话都是我捏造的；我何曾做了这样的梦，这全是我教母教我的，此外她还教了我许多旁的把戏。

"但是，但是，诸位，我来看看，再讲什么呢？啊哈，天哪！又有了。我第四个丈夫躺在棺材里的时候，我哭个不停，满脸愁容，做妻子的都不得不如此，那是风俗，所以我也把巾蒙着脸。但自从找到了一个新的配偶，我就哭得很少了，这是实话。早上邻人们把我的丈夫抬到礼堂里去，他们都为他哀悼；其中有一个就是学员荆金。愿上帝助我，我见他跟着棺材走，觉得他的一双脚和腿好生洁净嫩美，我的一颗心整个就为他倾倒了。他才二十岁，而老实讲我已有四十；可是我生性轻薄，我的牙齿是裂开的，这于我倒很合适；我有的是圣维娜丝的胎记。上帝助我！我很健旺，长得不坏、有钱、年轻、得意；的确，我的丈夫们都说过，我有一个最好的宝贝。无疑的，我的情肠属维娜丝（金星），我的心田属马尔斯（火星）。维娜丝使我放荡，马尔斯使我坚忍；我出生时火星高照金牛宫座。啊，爱情何尝是罪恶！我一向依从着我的星宿；因此我的闺房抵不住任何好男子。同时我的脸上和腰间都印有马尔斯的胎记。我始终不肯循规蹈矩，老是从心所欲，不论他是高是矮，是黑是白；只消他能满足我，就顾不着他的贫富，或地位的高低了。

"何用我多说？一个月过去了，这可喜的漂亮学员荆金娶了我。一时很是排场；我把旁人给我的所有地产财物都交给了他。但后来我很是懊悔，他满不按照我的心意而做。天哪，他有一次竟然打上我的脸颊，我于是撕去了他的一页书，我的耳朵竟被他打聋。我像母狮一样固执，我的三寸舌头掉转起来和开了话匣似的，同以前一样，我由一家走到一家，他虽立誓不准，我也不管；他常常说经讲教，把古罗马史事讲给我听，叙述该勒斯如何脱离他的妻，一生抛弃了她，并不为什么事，只为了他有一天见她未蒙头就向窗外探视了一下。他又引了另一个罗马人也离开了妻子，因为她没有通知，擅自参与了夏令游艺会。他还在《圣经》里找出传教士的一条箴言，严禁让妻子出外游玩。他竟还这样诵读着：

> 谁若圣用柳枝编成屋，
> 或在休耕田上骑盲马，
> 或让妻子去进香赶路，
> 他就该被吊死在绞架。

可是全不相干，我没有把他的箴言经典听进半个字，根本不受他的规劝。谁指点我的错处，就惹起我的恨；上帝知道，我们女人中许多人都是这样，不只我一个。这使他对我生气，我却并不能因而让步。

"圣托马斯在上，现在我要讲为什么我撕了他一页书，以致我的耳朵被他打聋。他有一本常念的书，日夜舍不了；书名《伐勒利司与希奥夫拉斯塔》，他读着就要笑个不休。还有从前罗马有个学者，名圣哲罗姆，是一个主教，写了一本攻击佐维宁的书；此外还有妥徒林、克列西泼斯、屈罗徒拉、及蔼洛伊丝，巴黎附近的一个女教士，以及所罗门的寓言，奥维德的《爱的艺术》，等等，这许多书籍合订成一册。每天他外面的事做完了，有空暇就沉溺在这本笑骂恶妇的书里，他所知道的恶妇故事比《圣经》所载的良妻还多。靠得住，要书生来称扬妇女是不可能的，只有圣徒的传记可以除外。告诉我，是谁画狮子的？[①] 天哪，假若史乘由女子编述，像教士们保藏在经堂里的那样多，她们听写的男子的罪恶，恐怕所有亚当的子孙，都还偿不清呢。麦鸠利和维娜丝的子孙，行为是恰巧相反的；麦鸠利爱智慧学识，维娜丝爱奢靡淫逸。因为两方性情不同，彼此就褒贬互异了，在鱼星座里麦鸠利（水星）被压，维娜丝（金星）上升；而麦鸠利上升时，维娜丝就降落。所以没有一个女子会得书生的好评的。书生老了，无力侍候维娜丝了，就只得坐下，屈身伏案，写些女子不遵婚誓的书，噜苏不完。

"现在让我讲到原题上来，为了什么当时我撕了他的书而被打的！一天晚上，我的丈夫荆金在炉边看书，先谈夏娃，怎样因她的罪而使人类降入了苦境，怎样耶稣基督因而被害，怎样他又以心上的血赎救我们。啊，这件事证明女子是丧失神恩的起因。他谈参孙的情妇如何通敌，趁他在熟睡时，剪了他保命的头发，被敌掳去，将他两眼挖了。他又读给我听关于赫丘利和他的德勒纳拉的故事，她怎样使他自焚。他没有遗忘了苏格拉底吃过两个妻子的苦；怎样色娣巴将尿浇了他满头。这位圣人竟安坐如石，把头上擦干，只敢说一句话道，'雷电来停，大雨已降！'

"他真可恶；克里特王后派西佛的妙事他认为最有味。呸！不必谈了——简直不成话——她那荒淫纵欲的事迹。至于淫火攻心杀害亲夫的克丽德纳脱丝脱拉，他也越读越有

---

① "谁画狮子"？回答是"人画狮子"，不是狮子自己画自己。寓言来源传自伊索，参阅 18 世纪英国作家司蒂尔《旁观报》11 期，内有狮子对画家说："如果我们画起来，就可以有上百的人被狮噬死，而非一人杀一狮而已。"

劲。他还告诉我，恩菲奥拉司怎会死于希白斯，也因他的妻曷丽弗尔做了奸棚，把她丈夫藏金饰针的地方，私下告诉了希腊人，于是他在希白斯就遭受了厄运。他讲丽维亚和露西利亚都谋害了丈夫；一个为恨，一个为爱。丽维亚在深夜怀着恨把丈夫毒死；露西利亚耽于淫欲，想要永远把她的丈夫占领，给他吃了春药，未及天明他就死了。起因虽异，而惨局是相同的。

"他又讲，拉图米厄斯向他的朋友阿列曷斯哭诉，说在他花园里长着一棵树，他的三个妻子都吊在树上寻了短见。'啊，好兄弟，'阿列曷斯道，'送我这棵幸福树上折下的枝条一根，我好在我的花园里也栽植起来。'他又读了许多近代妻子的故事，有的趁着睡眠时下手，尸首一夜僵卧地上，而她已拥抱了情夫。有的见丈夫熟睡，把钉子锤进头去；有的用毒药谋命。他所说的命案之多，实在不是臆想所及的。至于他所知道的谚语，比世上的草叶还多。

"他道，'屋里有个泼妇，不如与狮蛇同住。'又说，'屋顶下有恶妇，不如在屋顶上高卧；她凶暴蛮横，凡是丈夫所爱，必是她所恶。'又道，'女子脱下了衬衣，就丢开了羞惭之心。'还说，'妇人有美没有德，譬如金环挂猪鼻。'谁能梦想到我心中是何等痛恨！我见他通夜不肯放松这本邪书，不由得我不冒火，立即抢撕了三页，并一拳打在他脸上，他向后仰倒在火边。于是他站起来像一只怒狮，拳打我的头，我倒卧地上，像死了一般。他见我不动，心上害怕想逃，我不久却醒了。'啊，你这贼子，你杀了我吗？你为了田产要谋我的命吗？'我道，'未死之前我还要吻你一下呢。'他走近来，温和地跪下，说道：'亲爱的阿丽丝，上帝助我，我绝不再打你了。刚才实在是你惹起来的祸。饶恕我，我恳求你！'我却又打了他的脸颊，说道：'贼奴，我已报了仇，现在我可以死了，我也不多说了。'

"后来经过了许多磨折，我俩又言归于好。他给了我房产的主权，还有他的口和手的支配权，我要他立刻把那本书烧了。如是我用了巧妙的手腕，克服了他的一切，他说道：'我的忠实的妻，从此以后，你要怎样就怎样；你将永保你的名誉和我的身份，'——此后我俩从未再有口角。上帝助我，我为他的爱妻，对他忠笃，由丹麦到印度，找不出第二个来；他对我也是一样。我祈祷光荣的上帝，悯恤为怀，祝福他的灵魂。……"

（方华文编，摘自方重译：《乔叟文集》下卷，上海文艺出版社，1979）

第三十一章　基督教及《圣经》

第一节　基督教简介

"基督教"有广义和狭义之分。广义的基督教包括天主教、东正教、新教三大分支，以及一些较小派别。狭义的基督教专指新教，新教也称耶稣教。基督教和佛教、伊斯兰教并称为世界三大宗教。

"基督教"一词，最早见于2世纪初早期教父安提阿的依纳爵所写的《致马格尼西亚教会书》和罗马史家塔西佗的《编年史》等文献中。基督教源于犹太教，脱胎于"两希"文明，形成于大约1世纪的巴勒斯坦，相传犹太的拿撒勒人耶稣为其创始人，他是上帝的儿子基督，即救世主。基督教的经典为《圣经》，又名《新旧约全书》。

基督教在其产生的最初一两个世纪中，曾作为异教受到罗马帝国窒息性的迫害，很多教徒被处死。然而这并没有阻止基督教的迅速传播和发展。公元313年，基督教终于迎来黎明，得到罗马皇帝的认可，取得了合法地位。公元392年，基督教成为罗马帝国的国教，其发展更为迅速，成为欧洲封建社会精神的指引。1054年，由于教义的分歧以及政治、文化等的不同，基督教分裂为罗马公教和正教——罗马公教即新教，正教也称东正教。自此，基督教在欧洲漫长的中世纪牢牢占据统治地位，成为封建制度的精神依赖和政治支柱。后来，罗马教廷对教会严格控制，教士形成特权阶层，教会占据大量土地，非法疯狂敛财，基督教走向极其腐败的境地，欧洲新兴资产阶级方兴未艾，人文主义思想纷纷发芽抽枝，宗教改革势在必行。16世纪中叶，由德国马丁·路德揭开宗教改革运动的序幕，加尔文、茨温利等人也在瑞士揭竿而起，英国也进行了自上而下的宗教改革。这些改革撼动了封建制度和天主教会，唤醒了民族意识，促进了民族语言文化的发展，为后来的资产阶级革命做了精神铺垫。这些改革产生了各种不同派别的新教会，如主要在北欧各国传播的路德宗教会，在法国、苏格兰、北美等地颇有影响的瑞士归正宗教会，英国的安立甘宗教会（即圣公会），主要在北美各地传播的清教徒公理宗和浸礼宗等。改革中，《圣经》被提高到最权威地位，先后被译成各种民族的语言，促进了各民族文学和文化的发展。基督教的两次分裂奠定了目前三教鼎立的格局：即罗马公教、东正教和新教。中国称新教为基督教，称罗马公教为天主教。18世纪，基督教各派向世界各地传教，并在19世纪形成高潮。17世纪基督教新教短暂传入过中国台湾，1807年传入中国大陆。鸦片战争后，西方列强涌入中国国门，也传入了众多的欧美新教教派。新中国成立后，中国基督教也进入新时期。

基督教是其在形成过程中一千多年的政治、经济、哲学、思想、历史、文化及精神的集萃。文艺复兴光辉的人文主义思想，以及作为美国开国精神的"生而平等"的观念都是对基督教精神的提炼和升华，成为西方文明的价值核心以及民主之花妖娆开放的精神保障，是西方资本主义大发展的政治基础和法治盾牌。两千年来，基督教从东方到西方再到南方，极其普遍、极其深刻、极其多维地影响，甚至改变了人类社会从上古时代沿袭下来的对生命的价值、两性和妇女、博爱和慈善、保健和教育、自由和正义、法律和艺术、思想和政治、文学和伦理等等几乎所有生活领域的观念。

第二节　《圣经》简介

《圣经》与一个虔诚的信仰与生俱来，它的流传与影响无不受到信仰的激励。信仰而外，它完全属于另一个世界，人们似乎无意碰触，无意揭开它神秘的面纱。由于信仰，《圣经》受到热情的膜拜，也由于信仰，《圣经》远离人们的视线。长久以来，人们对于《圣经》的认识过于简单，信仰的神光迷离了《圣经》的丰富价值。当人们学会自由客观地审视事物，自然会惊异于《圣经》所埋藏的文学宝藏。在灿若星河的文学长廊，《圣经》也一样华光绽放。

毋庸置疑，《圣经》首先是一部璀璨的文学经典，它收录有大量的神话传说、爱情颂歌、哲理箴言、历史故事和戏剧等文学作品，其中有许多非凡的篇章和书卷，它们的艺术水平出类拔萃。《圣经》蕴含着希伯来人闪光的智慧，记录了犹太民族的兴衰史，从摩西摆脱埃及的奴役到鼎盛的大卫、所罗门王，再到被外邦人入侵失去家园。《圣经》是犹太民族历史进程的投影，其中充满了犹太民族的喜悦和悲伤、苦痛与企望，强大和懦弱、胜利和失败，是犹太民族精神活动的活历史。《圣经》充满了善、爱、美，平静、祥和，真诚、智慧和力量。

《圣经》成书于公元前2世纪，是基督教经典及其教义和神学的基本依据。《圣经》是许多书籍的结集，以耶稣基督降生为界，分为《旧约》和《新约》，共66卷。耶稣诞生前的圣经叫《旧约》，耶稣诞生后的圣经叫《新约》。在英文版《圣经》中，还包括《次经》，介于《旧约》和《新约》之间。

《旧约》被犹太教奉为经典，是古希伯来人的文化精华。它同希腊罗马文学一起成为欧洲文学的两大渊源。《旧约》共39卷，是由不同时期的犹太教徒用希伯来文编纂而成，包括"律法"、"先知"和"杂著"三部分内容。"律法"又称《五经》，有5本书，其中记载了人类最古老的法律"摩西法"。"先知"有21本书；"杂著"有13本书。《诗篇》是西方最古老的诗歌；《哀歌》抒发了犹太民族的亡国恨；《雅歌》是一部大胆的爱情颂；创世纪和洪水的故事、大卫和参孙的故事精彩生动；路德和以斯帖的故事被誉为文学史上最古老的完整的短篇小说；《约伯记》则是最古老的优秀戏剧之一。《约拿书》、《传道书》、《但以理书》也都是难得的文学佳作。

《新约》是一部希腊著作集，共27卷，以耶稣的生活和基督教早期发展为主要内容。其中，《福音书》、《希伯来书》和《启示录》是深具文学性的代表作。《次经》中三个卫兵的故事、《马加比记（上）》、《便西拉智训》广为传诵。《便西拉智训》和《旧约》中的《约伯记》被称为犹太文学的典范。

《圣经》的价值和重要性无与伦比，是一部深刻而伟大的著作。它是整个西方文明的基石，影响了整个西方社会的方方面面，尤其是西方人的思想、行为和气质。英语版的《圣经》至今都是英语世界最古老的文学经典。弥尔顿、班扬等人受《圣经》滋养而成为文学界巨人。无数的成语、典故也都出自《圣经》，丰富了世界的文学语言。

无论与信仰是否相关，《圣经》是人类文明的重要组成部分。它被译成两千多种语言，是世界上流传范围最广、发行量最多的一部书。《圣经》是人类共同的精神珍宝和文学艺术宝库。

第三节　《圣经》选段

雅　歌

所罗门的歌，是歌中的雅歌。

第一首

愿他用口与我亲嘴，
因你的爱情比酒更美。
你的膏油馨香，
你的名如同倒出来的香膏，
所以众童女都爱你。
愿你吸引我，我们就快跑跟随你。
王带我进了内室，
我们必因你欢喜快乐；
我们要称赞你的爱情，
胜似称赞美酒。
他们爱你是理所当然的。
耶路撒冷的众女子啊，
我虽然黑，却是秀美，
如同基达的帐篷，
好像所罗门的幔子。
不要因日头把我晒黑了，就轻看我。
我同母的弟兄向我发怒，
他们使我看守葡萄园；
我自己的葡萄园却没有看守。
我心所爱的啊，求你告诉我，
你在何处牧羊？
晌午在何处使羊歇卧？
我何必在你同伴的羊群旁边，
好像蒙着脸的人呢？
你这女子中极美丽的，
你若不知道，
只管跟随羊群的脚踪去，
把你的山羊羔牧放在牧人帐篷的旁边。
我的佳偶，
我将你比法老车上套的骏马。

你的两腮因发辫而秀美；
你的颈项因珠串而华丽。
我们要为你编上金辫，镶上银钉。
王正坐席的时候，
我的哪哒香膏发出香味。
我以我的良人为一袋没药，
常在我怀中；
我以我的良人为一棵凤仙花，
在隐基底葡萄园中。
我的佳偶，你甚美丽！你甚美丽！
你的眼好像鸽子眼。
我的良人哪，你甚美丽可爱！
我们以青草为床榻，
以香柏树为房屋的栋梁，
以松树为椽子。

我是沙仑的玫瑰花，
是谷中的百合花。
我的佳偶在女子中，
好像百合花在荆棘内。
我的良人在男子中，
如同苹果树在树林中。
我欢欢喜喜坐在他的荫下，
尝他果子的滋味，觉得甘甜。
他带我入筵宴所，
以爱为旗在我以上。
求你们给我葡萄干增补我力，
给我苹果畅快我心，因我思爱成病。
他的左手在我头下，
他的右手将我抱住。
耶路撒冷的众女子啊，
我指着羚羊或田野的母鹿嘱咐你们，
不要惊动，不要叫醒我所亲爱的，
等他自己情愿。

第二首

听啊，是我良人的声音；
看哪，他穿山越岭而来。
我的良人好像羚羊，或像小鹿。
他站在我们墙壁后，
从窗户往里观看，
从窗棂往里窥探。

我良人对我说：
我的佳偶，我的美人，
起来，与我同去！
因为冬天已往，
雨水止住过去了。
地上百花开放、
百鸟鸣叫的时候已经来到，
斑鸠的声音在我们境内也听见了，
无花果树的果子渐渐成熟，
葡萄树开花放香。
我的佳偶，我的美人，
起来，与我同去！
我的鸽子啊，你在磐石穴中，
在陡岩的隐秘处。
求你容我得见你的面貌，
得听你的声音；
因为你的声音柔和，
你的面貌秀美。
要给我们擒拿狐狸，
就是毁坏葡萄园的小狐狸，
因为我们的葡萄正在开花。
良人属我，我也属他；
他在百合花中牧放群羊。
我的良人哪，
求你等到天起凉风、
日影飞去的时候，
你要转回，好像羚羊
或像小鹿在比特山上。

我夜间躺卧在床上，
寻找我心所爱的；
我寻找他，却寻不见。
我说：我要起来，游行城中，
在街市上，在宽阔处，
寻找我心所爱的。
我寻找他，却寻不见。
城中巡逻看守的人遇见我，
我问他们："你们看见我心所爱的没有？"
我刚离开他们，就遇见我心所爱的。
我拉住他，不容他走，
领他入我母家，到怀我者的内室。
耶路撒冷的众女子啊，

我指着羚羊或田野的母鹿嘱咐你们，
不要惊动、不要叫醒我所亲爱的，
等他自己情愿。

第三首

那从旷野上来、形状如烟柱，
以没药和乳香并商人各样香粉薰的是谁呢？
看哪，是所罗门的轿，
四围有六十个勇士，
都是以色列中的勇士；
手都持刀，善于争战，
腰间佩刀，防备夜间有惊慌。
所罗门王用黎巴嫩木
为自己制造一乘华轿。
轿柱是用银做的，
轿底是用金做的，
坐垫是紫色的，
其中所铺的乃耶路撒冷众女子的爱情。
锡安的众女子啊，
你们出去观看所罗门王，
头戴冠冕，就是在他婚筵的日子、
心中喜乐的时候，他母亲给他戴上的。

我的佳偶，你甚美丽！你甚美丽！
你的眼在帕子内好像鸽子眼。
你的头发如同山羊群卧在基列山旁。
你的牙齿如新剪毛的一群母羊，
洗净上来，个个都有双生，
没有一只丧掉子的。
你的唇好像一条朱红线，
你的嘴也秀美。
你的两太阳在帕子内如同一块石榴。
你的颈项好像大卫建造收藏军器的高台，
其上悬挂一千盾牌，
都是勇士的藤牌。
你的两乳好像百合花中吃草的一对小鹿，
就是母鹿双生的。
我要往没药山和乳香冈去，
直等到天起凉风，
日影飞去的时候回来。
我的佳偶，你全然美丽，
毫无瑕疵！

我的新妇，求你与我一同离开黎巴嫩，
与我一同离开黎巴嫩。
从亚玛拿顶，
从示尼珥与黑门顶，
从有狮子的洞，
从有豹子的山往下观看。
我妹子，我新妇，
你夺了我的心！
你用眼一看，
用你项上的一条金链，
夺了我的心。
我妹子，我新妇，
你的爱情何其美！
你的爱情比酒更美，
你膏油的香气胜过一切香品。
我新妇，你的嘴唇滴蜜，
好像蜂房滴蜜；
你的舌下有蜜有奶。
你衣服的香气如黎巴嫩的香气。
我妹子，我新妇，
乃是关锁的园，
禁闭的井，封闭的泉源。
你园内所种的结了石榴，
有佳美的果子，
并凤仙花与哪哒树。
有哪哒和番红花，
菖蒲和桂树，
并各样乳香木、没药、沉香，
与一切上等的果品。
你是园中的泉，活水的井，
从黎巴嫩流下来的溪水。
北风啊，兴起！
南风啊，吹来！
吹在我的园内，
使其中的香气发出来。
愿我的良人进入自己园里，
吃他佳美的果子。

我妹子，我新妇，
我进了我的园中，
采了我的没药和香料，
吃了我的蜜房和蜂蜜，

喝了我的酒和奶。
我的朋友们，请吃！
我所亲爱的，请喝！且多多地喝。

第四首

我身睡卧，我心却醒。
这是我良人的声音，
他敲门说：
"我的妹子，我的佳偶，
我的鸽子，我的完全人，
求你给我开门，
因我的头满了露水，
我的头发被夜露滴湿。"
我回答说：
"我脱了衣裳，怎能再穿上呢？
我洗了脚，怎能再玷污呢？"
我的良人从门孔里伸进手来，
我便因他动了心。
我起来，要给我良人开门；
我的两手滴下没药，
我的指头有没药汁滴在门闩上。
我给我的良人开了门，
我的良人却已转身走了。
他说话的时候，我神不守舍。
我寻找他，竟寻不见；
我呼叫他，他却不回答。
城中巡逻看守的人遇见我，
打了我，伤了我；
看守城墙的人夺去我的披肩。
耶路撒冷的众女子啊，我嘱咐你们，
若遇见我的良人，
要告诉他，我因思爱成病。
你这女子中极美丽的，
你的良人比别人的良人有何强处？
你的良人比别人的良人有何强处？
你就这样嘱咐我们？
我的良人白而且红，
超乎万人之上。
他的头像至精的金子；
他的头发厚密累垂，黑如乌鸦。
他的眼如溪水旁的鸽子眼，
用奶洗净，安得合适。
他的两腮如香花畦，

如香草台。
他的嘴唇像百合花，
且滴下没药汁。
他的两手好像金管，
镶嵌水苍玉。
他的身体如同雕刻的象牙，
周围镶嵌蓝宝石。
他的腿好像白玉石柱，
安在精金座上。
他的形状如黎巴嫩，
且佳美如香柏树。
他的口极其甘甜，
他全然可爱。
耶路撒冷的众女子啊，
这是我的良人，
这是我的朋友。

你这女子中极美丽的，
你的良人往何处去了？
你的良人转向何处去了？
我们好与你同去寻找他。
我的良人下入自己园中，
到香花畦，
在园内牧放群羊，
采百合花。
我属我的良人，
我的良人也属我，
他在百合花中牧放群羊。

第五首

我的佳偶啊，你美丽如得撒，
秀美如耶路撒冷，
威武如展开旌旗的军队。
求你掉转眼目不看我，
因你的眼目使我惊乱。
你的头发如同山羊群，
卧在基列山旁。
你的牙齿如一群母羊，
洗净上来，个个都有双生，
没有一只丧掉子的。
你的两太阳在帕子内
如同一块石榴。
有六十王后，八十妃嫔，

并有无数的童女。
我的鸽子，我的完全人，
只有这一个，是她母亲独生的，
是生养她者所宝爱的。
众女子见了就称她有福；
王后妃嫔见了也赞美她。
那向外观看如晨光发现，
美丽如月亮，皎洁如日头，
威武如展开旌旗军队的是谁呢？
我下入核桃园，
要看谷中青绿的植物，
要看葡萄发芽没有，
石榴开花没有。
不知不觉，
我的心将我安置在我尊长的车中。
回来，回来，书拉密女！
你回来，你回来，使我们得观看你！

你们为何要观看书拉密女，
像观看玛哈念跳舞的呢？

王女啊，你的脚在鞋中何其美好！
你的大腿圆润好像美玉，
是巧匠的手做成的。
你的肚脐如圆杯，
不缺调和的酒；
你的腰如一堆麦子，
周围有百合花。
你的两乳好像一对小鹿，
就是母鹿双生的。
你的颈项如象牙台；
你的眼目像希实本巴特拉并门旁的水池；
你的鼻子仿佛朝大马士革的黎巴嫩塔；
你的头在你身上好像迦密山，
你头上的发是紫黑色。
王的心因这下垂的发绺系住了。
我所爱的，你何其美好！
何其可悦！使人欢畅喜乐。
你的身量好像棕树；
你的两乳如同其上的果子，累累下垂。
我说我要上这棕树，抓住枝子。
愿你的两乳好像葡萄累累下垂；
你鼻子的气味香如苹果；

你的口加上好的酒。

女子说：为我的良人下咽舒畅，
流入睡觉人的嘴中。
我属我的良人，
他也恋慕我。
我的良人，来吧，
你我可以往田间去，
你我可以在村庄住宿。
我们早晨起来往葡萄园去，
看看葡萄发芽开花没有，
石榴放蕊没有；
我在那里要将我的爱情给你。
风茄放香，
在我们的门内有各样新陈佳美的果子；
我的良人，这都是我为你存留的。

巴不得你像我的兄弟，
像吃我母亲奶的兄弟！
我在外头遇见你，就与你亲嘴，
谁也不轻看我。
我必引导你，
领你进我母亲的家，
我可以领受教训，
也就使你喝石榴汁酿的香酒。
他的左手必在我头下，
他的右手必将我抱住。
耶路撒冷的众女子啊，
我嘱咐你们，
不要惊动，不要叫醒我所亲爱的，
等他自己情愿。

第六首

那靠着良人从旷野上来的是谁呢？
我在苹果树下叫醒你，
你母亲在那里为你劬劳，
生养你的在那里为你劬劳。
求你将我放在心上如印记，
戴在你臂上如戳记；
因为爱情如死之坚强，
嫉恨如阴间之残忍。
所发的电光，是火焰的电光，
是耶和华的烈焰。

爱情，众水不能熄灭，
大水也不能淹没，
若有人拿家中所有的财宝要换爱情，
就全被藐视。

我们有一小妹，
她的两乳尚未长成，
人来提亲的日子，
我们当为她怎样办理？
她若是墙，
我们要在其上建造银塔；
她若是门，
我们要用香柏木板围护她。

我是墙，
我两乳像其上的楼。
那时我在他眼中像得平安的人。

所罗门在巴力哈们有一葡萄园，
他将这葡萄园交给看守的人，
为其中的果子，必交一千舍客勒银子。
我自己的葡萄园在我面前；
所罗门哪，一千舍客勒归你，
二百舍客勒归看守果子的人。
你这住在园中的，
同伴都要听你的声音，
求你使我也得听见。

我的良人哪，求你快来，
如羚羊或小鹿在香草山上。

以赛亚书

第 40 章

安慰耶路撒冷的话

你们的神说：
“你们要安慰、安慰我的百姓。
要对耶路撒冷说安慰的话，
又向他宣告说，
他争战的日子已满了，
他的罪孽赦免了，

他为自己的一切罪，
从耶和华手中加倍受罚。"

有人高喊着说：
"在旷野预备耶和华的路，
在沙漠地修平我们神的道。
一切山洼都要填满，
大小山冈都要削平。
高高低低的要改为平坦，
崎崎岖岖的必成为平原。
耶和华的荣耀必然显现，
凡有血气的必一同看见，
因为这是耶和华亲口说的。"

有人声说："你喊叫吧！"
有一个说："我喊叫什么呢？"
说："凡有血气的尽都如草，
他的美容都像野地的花。"
草必枯干，花必凋残，
因为耶和华的气吹在其上；
百姓诚然是草。
草必枯干，花必凋残；
唯有我们神的话，必永远立定！"

报好信息给锡安的啊，
你要登高山；
报好信息给耶路撒冷的啊，
你要极力扬声，
扬声不要惧怕。
对犹大的城邑说：
"看哪，你们的神！"
主耶和华必像大能者临到，
他的膀臂必为他掌权。
他的赏赐在他那里，
他的报应在他面前。
他必像牧人牧养自己的羊群，
用膀臂聚集羊羔抱在怀中，
慢慢引导那乳养小羊的。

以色列的神无可比拟

谁曾用手心量诸水，
用手虎口量苍天，
用升斗盛大地的尘土，

用秤称山岭，
用天平平冈陵呢？
谁曾测度耶和华的心，
或做他的谋士指教他呢？
他与谁商议，谁教导他，
谁将公平的路指示他，
又将知识教训他，
将通达的道指教他呢？
看哪，万民都像水桶的一滴，
又算如天平上的微尘；
他举起众海岛，
好像极微之物。
黎巴嫩的树林不够当柴烧，
其中的走兽也不够作燔祭。
万民在他面前好像虚无，
被他看为不及虚无，乃为虚空。

你们究竟将谁比神，
用什么形象与神比较呢？
偶像是匠人铸造，
银匠用金包裹，
为他铸造银链。
穷乏献不起这样供物的，
就拣选不能朽坏的树木，
为自己寻找巧匠，
立起不能摇动的偶像。

你们岂不曾知道吗？
你们岂不曾听见吗？
从起初岂没有人告诉你们吗？
自从立地的根基，
你们岂没有明白吗？
神坐在地球大圈之上，
地上的居民好像蝗虫。
他铺张穹苍如幔子，
展开诸天如可住的帐篷。
他使君王归于虚无，
使地上的审判官成为虚空。
他们是刚才栽上，
刚才种上，
根也刚才扎在地里；
他一吹在其上，便都枯干，

旋风将他们吹去，像碎秸一样。

那圣者说："你们将谁比我，
叫他与我相等呢？
你们向上举目，
看谁创造这万象，
按数目领出，
他一一称其名，
因他的权能，
又因他的大能大力，
连一个都不缺。

雅各啊，你为何说：
"我的道路向耶和华隐藏？"
以色列啊，你为何言：
"我的冤屈，神并不查问？"
你岂不曾知道吗？
你岂不曾听见吗？
永在的神耶和华，
创造地极的主，
并不疲乏，也不困倦。
他的智慧无法测度。
疲乏的，他赐能力；
软弱的，他加力量。
就是少年人也要疲乏困倦，
强壮的也必全然跌倒；
但那等候耶和华的，必重新得力。
他们必如鹰展翅上腾，
他们奔跑却不困倦，
行走却不疲乏。

诗　篇

第 1 章　弃恶从善必蒙福

不从恶人的计谋，
不站罪人的道路，
不坐亵慢人的座位，
唯喜爱耶和华的律法，
昼夜思想，
这人便为有福。
他要像一棵树栽在溪水旁，

按时候结果子，
叶子也不枯干。
凡他所做的尽都顺利。

恶人并不是这样，
乃像糠秕被风吹散。
因此当审判的时候，恶人必站立不住；
罪人在义人的会中也是如此。
因为耶和华知道义人的道路，
恶人的道路却必灭亡。

第 105 章　神和他的子民

你们要称谢耶和华，
求告他的名，
在万民中传扬他的作为。
要向他唱诗歌颂，
谈论他一切奇妙的作为。
要以他的圣名夸耀，
寻求耶和华的人，心中应当欢喜。
要寻求耶和华与他的能力，
时常寻求他的面。
他仆人亚伯拉罕的后裔，
他所拣选雅各的子孙哪，
你们要纪念他奇妙的作为和他的奇事，
并他口中的判语。

他是耶和华我们的神，
全地都有他的判断。
他记念他的约，直到永远，
他所吩咐的话，直到千代，
就是与亚伯拉罕所立的约，
向以撒所起的誓。
他又将这约向雅各定为律例，
向以色列定为永远的约，
说："我必将迦南地赐给你，
作你产业的份。"
当时他们人丁有限，数目稀少，
并且在那地为寄居的。
他们从这邦游到那邦，
从这国行到那国。
他不容什么人欺负他们，

为他们的缘故责备君王，
说："不可难为我受膏的人，
也不可恶待我的先知。"

他命饥荒降在那地上，
将所倚靠的粮食全行断绝，
在他们以先打发一个人去，
约瑟被卖为奴仆。
人用脚镣伤他的脚，
他被铁链捆拘。
耶和华的话试炼他，
直等到他所说的应验了。
王打发人把他解开，
就是治理众民的，把他释放；
立他作王家之主，
掌管他一切所有的，
使他随意捆绑他的臣宰，
将智慧教导他的长老。

以色列也到了埃及，
雅各在含地寄居。
耶和华使他的百姓生养众多，
使他们比敌人强盛，
使敌人的心转去恨他的百姓，
并用诡计待他的仆人。

他打发他的仆人摩西
和他所拣选的亚伦，
在敌人中间显他的神迹，
在含地显他的奇事。
他命黑暗，就有黑暗，
没有违背他话的。
他叫埃及的水变为血，
叫他们的鱼死了。
在他们的地上以及王宫的内室，
青蛙多多滋生。
他说一声，苍蝇就成群而来，
并有虱子进入他们四境。
他给他们降下冰雹为雨，
在他们的地上降下火焰。
他也击打他们的葡萄树和无花果树，

毁坏他们境内的树木。
他说一声，就有蝗虫、蚂蚱上来，
不计其数，
吃尽了他们地上各样的菜蔬
和田地的出产。
他又击杀他们国内一切的长子，
就是他们强壮时头生的。
他领自己的百姓带银子、金子出来，
他支派中没有一个软弱的。
他们出来的时候，埃及人便欢喜，
原来埃及人惧怕他们。
他铺张云彩当遮盖，
夜间使火光照。
他们一求，他就使鹌鹑飞来，
并用天上的粮食叫他们饱足。
他打开磐石，水就涌出，
在干旱之处，水流成河。
这都因他记念他的圣言
和他的仆人亚伯拉罕。

他带领百姓欢乐而出，
带领选民欢呼前往。
他将列国的地赐给他们，
他们便承受众民劳碌得来的，
好使他们遵他的律例，
守他的律法。

你们要赞美耶和华！

第125章　耶和华子民的安全

倚靠耶和华的人
好像锡安山，永不动摇。
众山怎样围绕耶路撒冷，
耶和华也照样围绕他的百姓，从今时直到永远。
恶人的杖不常落在义人的份上，
免得义人伸手作恶。
耶和华啊，求你善待那些为善和心里正直的人。
至于那偏行弯曲道路的人，
耶和华必使他和作恶的人一同出去受刑。
愿平安归于以色列。

箴　言

第十章　所罗门的箴言

所罗门的箴言：
智慧之子使父亲欢乐；
愚昧之子叫母亲担忧。
不义之财毫无益处，
唯有公义能救人脱离死亡。
耶和华不使义人受饥饿，
恶人所欲的，他必推开。
手懒的，要受贫穷；
手勤的，却要富足。
夏天聚敛的，是智慧之子；
收割时沉睡的，是贻羞之子。
福祉临到义人的头，
强暴蒙蔽恶人的口。
义人的记念被称赞，
恶人的名字必朽烂。
心中智慧的，必受命令；
口里愚妄的，必致倾倒。
行正直路的，步步安稳；
走弯曲道的，必致败露。
以眼传神的，使人忧患；
口里愚妄的，必致倾倒。
义人的口是生命的泉源，
强暴蒙蔽恶人的口。
恨，能挑起争端，
爱，能遮掩一切过错。
明哲人嘴里有智慧，
无知人背上受刑杖。
智慧人积存知识，
愚妄人的口速致败坏。
富户的财物是他的坚城，
穷人的贫乏是他的败坏。
义人的勤劳致生；
恶人的进项致死。
谨守训诲的，乃在生命的道上，
违弃责备的，便失迷了路。
隐藏怨恨的，有说谎的嘴，
口出谗谤的，是愚妄的人。

多言多语难免有过，
禁止嘴唇是有智慧。
义人的舌乃似高银；
恶人的心所值无几。
义人的口教养多人，
愚昧人因无知而死亡。
耶和华所赐的福，使人富足，
并不加上忧虑。
愚妄人以行恶为戏耍，
明哲人却以智慧为乐。
恶人所怕的必临到他，
义人所愿的必蒙应允。
暴风一过，恶人归于无有，
义人的根基却是永久。
懒惰人叫差他的人
如醋倒牙，如烟熏目。
敬畏耶和华使人日子加多，
但恶人的年岁必被减少。
义人的盼望必得喜乐；
恶人的指望必至灭没。
耶和华的道是正直人的保障，
却成了作孽人的败坏。
义人永不挪移，
恶人不得住在地上。
义人的口滋生智慧，
乖谬的舌必被割断。
义人的嘴能令人喜悦，
恶人的口说乖谬的话。

约伯记

第 38 章

耶和华回答约伯

那时，耶和华从旋风中回答约伯说：
"谁用无知的言语使我的旨意暗昧不明？
你要如勇士束腰，
我问你，你可以指示我。

"我立大地根基的时候，你在哪里呢？
你若有聪明，只管说吧！
你若晓得就说，是谁定地的尺度？

是谁把准绳拉在其上？
地的根基安置在何处？
地的角石是谁安放的？
那时，晨星一同歌唱，
神的众子也都欢呼。

"海水冲出，如出胎胞，
那时谁将他关闭呢？
是我用云彩当海的衣服，
用幽暗当包裹他的布，
为他定界限，
又安门和闩，
说：'你只可到这里，不可越过；
你狂傲的浪要到此止住。'

"你自生以来，曾命定晨光，
使清晨的日光知道本位，
叫这光普照地的四极，
将恶人从其中驱逐出来吗？
因这光地面改变如泥上印印，
万物出现如衣服一样。
亮光不照恶人，
强横的膀臂也必折断。

"你曾进到海源，
或在深渊的隐秘处行走吗？
死亡的门曾向你显露吗？
死荫的门你曾见过吗？
地的广大你能明透吗？
你若全知道，只管说吧！

"光明的居所从何而至？
黑暗的本位在于何处？
你能带到本境，
能看明其室之路吗？
你总知道，
因为你早已生在世上，
你日子的数目也多。

"你曾进入雪库，
或见过雹仓吗？
这雪雹乃是我为降灾，

并打仗和争战的日子所预备的。
光亮从何路分开？
东风从何路分散遍地？

"谁为雨水分道？
谁为雷电开路？
使雨降在无人之地，
无人居住的旷野？
使荒废凄凉之地得以丰足，
青草得以发生？
雨有父吗？
露水珠是谁生的呢？
冰出于谁的胎？
天上的霜是谁生的呢？
诸水坚硬如石头，
深渊之面凝结成冰。
你能系住昴星的结吗？
能解开参星的带吗？
你能按时领出十二宫吗？
能引导北斗和随他的众星吗？
你知道天的定例吗？
能使地归在天的权下吗？

"你能向云彩扬起声来，
使倾盆的雨遮盖你吗？
你能发出闪电，叫它行去，
使它对你说，'我们在这里'？
谁将智慧放在怀中？
谁将聪明赐于心内？
谁能用智慧数算云彩呢？
尘土聚集成团，土块紧紧结连。
那时，谁能倾倒天上的瓶呢？

"母狮子在洞中蹲伏，
少壮狮子在隐秘处埋伏，
你能为他们抓取食物，
使它们饱足吗？
乌鸦之雏，因无食物飞来飞去，
哀告神；
那时，谁为它预备食物呢？"

第三十九章

"山岩间的野山羊几时生产，
你知道吗？
母鹿下犊之期，你能察定吗？
它们怀胎的月数，你能数算吗？
它们几时生产，你能晓得吗？
它们屈身将子生下，
就除掉疼痛。
这子渐渐肥壮，在荒野长大，
去而不回。

"谁放野驴出去自由？
谁解开快驴的绳索？
我使旷野作它的住处，
使咸地当它的居所。
它嗤笑城内的喧嚷，
不听赶牲口的喝声。
遍山是它的草场，
它寻找各样青绿之物。

"野牛岂肯服侍你？
岂肯住在你的槽旁？
你岂能用套绳将野牛笼在犁沟之间？
它岂肯随你耙山谷之地？
岂可因它的力大就倚靠它？
岂可把你的工交给它做吗？
岂可信靠它把你的粮食运到家，
又收聚你禾场上的谷吗？

"鸵鸟的翅膀欢然搧展，
岂是显慈爱的翎毛和羽毛吗？
因它把蛋留在地上，
在尘土中使得温暖，
却想不到被脚踹碎，
或被野兽践踏。
它忍心待雏，似乎不是自己的，
虽然徒受劳苦，也不为雏惧怕。
因为神使它没有智慧，
也未将悟性赐给它。
它几时挺身展开翅膀，
就嗤笑马和骑马的人。

"马的大力是你所赐的吗？
它颈项上挓挲的鬃是你给它披上的吗？
是你叫它跳跃像蝗虫吗？
它喷气之威使人惊惶。
它在谷中刨地自喜其力；
它出去迎接佩带兵器的人。
它嗤笑可怕的事并不惊惶，
也不因刀剑退回。
箭袋和发亮的枪，
并短枪，在它身上铮铮有声。
它发猛烈的怒气将地吞下，
一听角声就不耐站立。
角每发声，
它说呵哈；
它从远处闻着战气，
又听见军长大发雷声和兵丁呐喊。

"鹰雀飞翔，展开翅膀一直向南，
岂是借你的智慧吗？
大鹰上腾，在高处搭窝，
岂是听你的吩咐吗？
它住在山岩，
以山峰和坚固之所为家，
从那里窥看食物，
眼睛远远观望。
它的雏也咂血，
被杀的人在哪里，它也在那里。"

（李新红编，摘自《圣经》和合本，中国基督教协会，2009）

第三十二章　蒙田及《蒙田随笔集》

第一节　蒙田简介

　　米歇尔·德·蒙田，是法国文艺复兴运动的代表人物和法国文艺复兴运动晚期最著名的人文主义者。他是只以一部书流芳后世的散文家，是闲言碎语、温和亲近的思想家，是喋喋不休、朴素可敬的哲学家，是怀疑论者和不可知论者。他是文学化的哲人，是哲学化的文人。蒙田和拉伯雷、龙萨，对法国文学的提高、完善、成熟乃至卓绝完美作出了奠基性的贡献。

　　蒙田 1533 年出身于法国波尔多城的名门望族，祖父是富商，父亲曾是法官和军官，信奉天主教，母亲是犹太人，信奉新教，蒙田本人是天主教徒。蒙田主张宗教容忍，在宗教纷争中态度中庸，当天主教和新教互相迫害时，蒙田竭力保护双方。蒙田自幼受到良好教育，精通拉丁语和希腊语，酷爱古希腊、罗马文学。他 13 岁开始学法律，法学才华凌厉，做过律师、大法官，并连续 15 年担任政府文职，官至政府议员。16 世纪中后期的法国，由天主教和新教互相争夺地产等利益引起的宗教战争，演变为长期内战，将文艺复兴带来的活力几乎毁坏殆尽，国家经济瘫痪、政治混乱，一片荒废凄凉的景象。蒙田由于职务之便得以深度了解官吏的贪婪枉法、教派的残酷罪恶以及殖民者的不良意图及其在新大陆所犯的各种罪行，对于愚昧、残忍、恐怖、杀戮，对于理性的无能为力以及法律的野蛮荒诞，他感到失望和厌倦，他的怀疑论由此萌芽，并开始对政治和宗教敬而远之。1571 年，蒙田辞去议员职务，归隐田园，用 9 年时间深居简出，潜心治学；之后，又用一年多时间游历瑞士、意大利等国，他留意各地的风俗人情、旅途见闻。在 1580 年至 1588 年间，他两次被选为波尔多市市长。自 1571始，蒙田一直坚持不辍地读书和写作，即使在做市长期间也没有中断过。20 年耕耘，终于结出硕果，洋洋百万字的巨著《蒙田随笔集》三卷及三卷本全集先后出版。《随笔集》得到法王朝亨利三世的赞许，王朝的两支势力都竭力拉拢他，争相赐封他为侍臣。瑞士和意大利教皇也授予蒙田"罗马市民"的尊称。

　　蒙田是随笔式散文的开山鼻祖，随笔同时开了自我解剖的风气之先，对 18、19 世纪的文学起到了启迪作用。他的散文对培根和莎士比亚等的文学创作产生过巨大影响。蒙田哲学思想被称作怀疑论，他对盲目信仰提出质疑，抨击教会与封建制度，批判经院哲学，反对灵魂不朽之说。蒙田把"我知道什么呢？"当作箴言。他宁愿相信哥白尼的太阳中心说，追随思想的光明，并不否定一切；他温和、亲近、真诚、谦逊，懂得生活，充满自我内省意识，重视运用理性思索。他反对法律的不平等，反对肉刑，反对暴力教育，反对宗教和精神上的教条，反对社会等级，反对殖民战争，提倡解放女性，赞成离婚制度，他珍惜友谊，赞美原始幸福、珍爱自然生命，他以博学著称，具有高层次的人道主义，他的思想散发出美丽的人文主义光芒。他凌驾于那个黑暗的邦国上空，同那时闪亮的进步之光同辉。他的思想极为超前，历经数个世纪之后，仍散发出现代气息。

"蒙田在中世纪法国的出现，一如荷马在古希腊的出现，他们对欧洲的文学，先后起开源创本的作用，而影响是世界性的"。蒙田人如其文，"简单、自然、普通，不矫揉、不造作"。他的人格和巨大成就备受后人推崇。在他逝去四百多年之后，他依然被真诚热烈地奉为"我们这个时代的贤人"。

第二节　《蒙田随笔集》简介

《蒙田随笔集》、《帕斯卡尔思想录》、《培根论人生》是欧洲近代哲学散文三大经典，而《蒙田随笔集》是随笔式作品的开山之作。帕斯卡尔是以褒贬蒙田起家的，《培根论人生》比《蒙田随笔集》晚发表 17 年，是受《蒙田随笔集》的影响而步其后尘之作。《蒙田随笔集》自从出版后就一直畅销不衰。

《蒙田随笔集》主要创作于 1571 年到 1588 年之间。但蒙田终其一生都在对它进行修改、完善和补充，前后花费 20 多年。它既是一部散文作品，又是一部哲学和社会政治著作。该书共分三卷。第一卷和第二卷于 1580 年出版，又于 1582 年、1587 年、1588 年先后再版。第三卷于 1588 年出版。1595 年，蒙田的义女古尔奈将他的遗稿进行整理，出版了三卷本全集。该书出版的消息不胫而走，很快被译成意大利文和英文，开创了一个近代欧洲散文随笔的新世纪。后又被译成几乎所有外国文字，受到世界各国读者尤其是知识分子的喜爱。《蒙田随笔集》为世界各大图书馆重点藏书之一。

蒙田的三卷书各具特色，标志着蒙田思想发展的不同阶段。卷一是伦理道德哲学，对人类的生死、野蛮与文明进行思考。他拒绝永恒，赞扬平庸。卷二是蒙田以平常人的身份对人、自然和科学价值进行思考，贯穿着怀疑主义。卷三则言论大胆、直接，甚至带有挑衅性，思想十分超前，其中关于教育、殖民、法律、婚姻等的论述至今都不落伍，人性的光芒更加璀璨。对死的意识，对生的艺术追求，是整卷书的特殊风格。强调自然人性也是贯穿全书的一大亮点。对朋友的深切追念和对智者的崇敬也弥漫于书卷之中。

《蒙田随笔集》融渊博学识和丰富的人生经验为一体，是对关于政治、时势、战争、信仰、生死、友谊、书本、旅游、生活、职业、教育、爱情、善恶等的所读、所感、所想、所悟、所见、所闻，以笔记的形式，精心记录，连缀成篇。书卷学究古今天地，妙织文史哲理，内容纷繁复杂，包罗万象，涵盖世俗之人的全部思想。

《蒙田随笔集》具有独特的艺术风格。它灵活多变，不拘主题，枝蔓丛生、随心所至；他轻拢慢捻，悠然平和；它不拘篇幅，结构松散，语言飘忽，缺乏条理；他旁征博引，却不着痕迹，哲学思想俯拾皆是，却毫无学究之气。他笔下的哲学透明如水，轻盈如蝶；他写自己，却引起众人心灵共振，他剖析自己，却将众生影像反射进去。他似朋友促膝交谈，娓娓而叙，平淡、朴素、轻松、自然，他的思想似乎缺乏雄辩，没有咄咄逼人的气势和华丽，貌似平凡实则迂回多姿。他似涓涓清泉滋润心灵，让人感受它的平静、安宁和淡淡的乐趣。

《蒙田随笔集》是一个里程碑，它的面世是一个文学事件。后来众多的哲学家、思想家、评论家、文学家无不受到它的影响。它具有深刻的社会批判性、高度的思想独立性和极具洞察力的前瞻性，观点奇特，见解独到，堪称生活的哲学；它给人以启迪、深思、反省，使人积极、乐观、从容、理智地对待人生，它古老而现代，空前而启后，它被誉为"思想的宝库"、"正直人的枕边书"。假如你喜欢桃花流水、夕阳晚照，假如你喜欢繁星点点、晨曦初透，假如你喜欢波澜不惊、草长莺飞，那么就该让《蒙田随笔集》常伴左右。

第三节　《蒙田随笔集》选段

热爱生命

我对某些词语赋予特殊的含义：拿"度日"来说吧，天色不佳、令人不快的时候，我将"度日"看作是"消磨光阴"，而风和日丽的时候，我却不愿意去"度"，这时我是在慢慢赏玩、领略美好的时光。坏日子，要飞快"度"；好日子，要停下来细细品尝。"度日"、"消磨时光"等常用语令人想起那些"哲人"的习气。他们以为生命的利用不外乎在于将它打发、消磨，并且尽量回避它，无视它的存在，仿佛这是一件苦事、一件贱物似的。至于我，我却认为生命不是这个样的，我觉得它值得歌颂，富有乐趣，即便我自己到了垂暮之年也还是如此。我们的生命受到自然的厚赐，它是优越无比的，如果我们觉得不堪生之重压或是白白虚度此生，那也只能怪我们自己。

> 糊涂人的一生枯燥无味，躁动不安，
> 却将全部希望寄托于来世。

不过，我却随时准备告别人生，毫不惋惜。这倒不是因生之艰辛或苦恼所致，而是由于生之本质在于死。因此，只有乐于生的人才能真正不感到死之苦恼。享受生活，要讲究方法。我比别人多享受到一倍的生活，因为生活乐趣的大小是随我们对生活的关心程度而定的。尤其在此刻，我眼看生命的时日无多，我就愈想增加生命的分量。我想靠迅速抓紧时间去留住稍纵即逝的日子。我想凭时间的有效利用去弥补匆匆流逝的光阴。剩下的生命愈是短暂，我愈要使之过得丰盈饱满。

论闲逸

正如我们看见的旷地，如果是肥沃的，必定丛生着各色各样的无用的野草，想好好利用它，得先要把它清理及散播好的种子；又如我们看见的妇人，如果任她们自己，只能产生不成形的肉块，必定施以良种，然后才能得到自然的好的后嗣；心灵亦然，倘若没有一定的主义占据着它，把它的范围约束住，它必定无目标地到处漂流于幻想的空泛境域里。

> 正如铜瓶里颤动着的水光，
> 反映太阳或月亮的晶明影像，
> 随处飞升，随处飘荡，
> 飘荡到长空与天花板上。

——维琪尔

无论什么幻梦与痴想都可以在这种不安的情况里产生。

> 他们虚构无数的妖魔，
> 无异于病者的噩梦。

——贺拉斯

灵魂如果没有确定的目标，它就会丧失自己，因为，俗语说得好，"无所不在等于无所在。"

> 四处为家的人无处有家。

——马尔施亚

我最近隐居家里，决意在可能的范围内，不理旁事，优游闲逸以度这短促的余生：似乎对我的心灵没有更大的恩惠，除了让它在闲暇里款待自己，逗留和安居在它自己身上。我希望它今后会毫无困难地这样做下去，因为它已与日俱增地变为更坚定更成熟了。但我总觉得

> 闲逸使心灵飘忽。

——鲁建

而另一方面呢？与无羁的马一般，它为自己跑比为别人跑要快百倍；因而便产生了无数的妖魔与怪物，无次序，无目的，一个两个接踵而来。为要可以优游默索它们的离奇不经，我已开始把它们一一写下来，希望日后用它们来羞它。

要生活得写意

跳舞的时候我便跳舞，睡觉的时候我就睡觉。即便我一人在幽美的花园中散步，倘若我的思绪一时转到与散步无关的事物上去，我也会很快将思绪收回，令其想想花园，寻味独处的愉悦，思量一下我自己。慈和的天性遵从这样的原则，它促使我们为保证自身需要而进行活动，这种活动也就给我们带来愉快。慈母般的天性是顾及这一点的。它推动我们这样做既满足理性的需要也满足欲望的需要，打破它的规矩就违背情理了。

我知道，凯撒与亚历山大就在活动最繁忙的时候，仍然充分享受自然的，也就是必需的、正当的生活乐趣。我想指出，这不是要使精神松懈，而是使之增强。因为要让激烈的活动、艰苦的思索服从于日常生活常规，那是需要有极大的勇气的。他们认为，享受生活乐趣是自己正常的活动，而战事才是非常的活动。他们持这种看法是明智的。我们倒是些大傻瓜。我们说："他一辈子一事无成。"或者说："我今天什么事也没有做……"怎么！您不是生活过来了吗？这不仅是最基本的活动，而且也是我们的诸活动中最有光彩的。"如果我能够处理重大的事情，我本可以表现出我的才能。"您懂得考虑自己的生活，懂得去安排它吧？那您就做了最重要的事情了。天性的表露与发挥作用，无需异常的境遇。它在各个方面乃至在暗中也都表现出来，前台、后台都一个样。我们的责任是调整我们的生活习惯，而不是去编书；是使我们的举止井然有致，而不是去打仗，去扩张领地。我们最豪迈、最

光荣的事业乃是生活得写意，一切其他事情，执政、致富、建造产业，充其量也只不过是这一事业的点缀和从属品。

众师之师——人类的无知

人人都应有自知之明，这一训诫实在十分重要。智慧与光明之神就把这一条箴言刻在自己神庙的门楣上，似乎认为此警语已包含他教导我们的全部道理。

柏拉图也说：所谓智慧，无非是实施这一箴言。从色诺芬的著作中，可知苏格拉底也曾一步步地证明这一点。无论哪一门学问，唯有入其门径的人才会洞察其中的难点和未知领域，因为要具备一定程度的学识才有可能察觉自己的无知。要去尝试开门，才知道我们面前的大门尚未开启。柏拉图的一点精辟见解就是由此而来的：有知的人用不着去知，因为他们已经是有知者；无知的人更不会去求知，因为要求知，首先得知道自己所求的是什么。

因此，在追求自知之明方面，大家之所以自信不疑，心满意足，自以为精通于此，那是因为：谁也没有真正弄懂什么。正像在色诺芬的书中，苏格拉底对欧迪德姆指出的那样。

我自己没有什么奢望。我觉得这一箴言包含着无限深奥、无比丰富的哲理。我愈学愈感到自己还有许多要学的东西，这也就是我的学习成果。我常常感到自己的不足，我生性谦逊的原因就在于此。

阿里斯塔克说："从前全世界仅有七位智者，而当前要找七个自知无知的人也不容易。"今天我们不是比他更有理由这样说吗？自以为是与固执己见都是愚蠢的鲜明标志。

我凭自己的切身经验谴责人类的无知。我认为，认识自己的无知是认识世界的最可靠的方法。那些既已看到自己或别人的虚浮的榜样还不愿意承认自己无知的人，就请他们听听苏格拉底的训诫去认识这一点吧。苏格拉底是众师之师。

尽情享受生活之乐趣

书给人带来乐趣。但是，啃得太多，最后便兴味索然，还要损害身体，而快乐和健康却是我们最宝贵的。倘若结果竟弄到有损身心的地步，那么我们就抛开书本吧。有人认为，从书上所得的弥补不了所失的，我是同意这点想法的。长期以来感到身体不适、健康欠佳的人到头来只好听从医生的吩咐，请大夫规定一定的生活方式，不复逾越。退隐的人也是如此，他对社交生活失去兴趣，乃至深感厌烦，他只得按理性的要求设计隐居生活，通过深思熟虑凭自己的见解好好地加以安排。他应当排除一切劳累困扰，不论它以何种形式呈现；他也应当摆脱有碍于身心宁静的世俗之欲，而选择最符合自己性情的生活之路。

　　　　各人都来学会自择其途。

无论主持家政、钻研学问、外出行猎或处理其他事务，都应当以不失其乐趣为限度，要注意不要超过这个极限，不然苦便会开始掺进乐中来。

从事学习，处理事务是我们保持良好状态的需要，也是避免另一极端（即慵懒、怠惰）所引起的不适的必需；我们的用功、处事就只应以此为度。

有些学科没有成效而且艰深难懂，那多半是为群氓而设的。就让那些媚俗的人去探讨它们吧！我嘛，我只喜欢有趣而且易读的书本，它能调剂我的精神。我也喜欢那些给我带来慰藉，教导我很好处理生死问题的书籍。

> 我默默漫步于幽林之中，
> 思考那值得智者、哲人探究的问题。

智慧在我之上的人们，如果具有刚强的、充满活力的心灵，可以为自己安排纯精神上的休息生活。至于我，我只具备常人的心灵，我得借助肉体之乐来维持自己。年事已高，与我的想法相符的乐趣已离我而去。此刻，我正培养和激发自己的欲望，使之能领受比较适合我这个年龄的欢乐。我们务须全力抓紧去享受生活的乐趣，消逝的岁月正将我们恋栈的欢乐逐一夺走。

> 尽情享乐吧，我们只此一生。
> 明天你只留下余灰，
> 化作幽灵，一切归于乌有。

论不同的方法可以收同样的效果

当我们所冒犯的人，手操我们的生死权可以任意报复时，最普通的感化他们的方法自然是投降，以引动他们的怜恤和悲悯。可是相反的方法，勇敢与刚毅，有时也可以收到同样的效果。

曾经长期统治我们的纪因的哥勒太子爱德华，他的禀赋和遭遇都具有许多显赫的伟大德行。有一次受了利谟先人很大的冒犯，他以武力取其城，肆意屠杀，那些刀斧手下的老百姓及妇人孺子们的号啕、跪拜与哀求都不能令他罢手。直到他走到城中心，遥见三个法国士人毫不畏怯地抵抗那胜利之师的进攻。对于这意外勇敢的钦羡及尊敬，立刻挫折了他那盛怒的锋芒，于是，为了这三个人，他赦宥了全城的居民。

埃皮尔的太子士干特柏格尾随着他手下一个兵士，要把他杀掉。这兵士用恳恳哀求与乞怜去平息他的怒气，终于毅然在尽头处握住利剑等他。他的主人见他能够下这么一个可敬的决心，马上息怒，宽赦了他的罪。那些不识太子超凡的英勇与膂力的人或可以对这榜样有旁的解释。

康拉德皇三世围攻巴威尔的格尔夫公爵，无论人给他怎样卑鄙怯懦的满足都不肯和解，只许那些同公爵一起被围的士大夫的夫人们出城，以保存她们的贞节，并且任她们把所能随身带走的东西都带出去。她们一个个从容不迫地把她们的丈夫、儿子甚至公爵驮在背上。康拉德皇被这种女性的勇气感动得竟欢喜地哭了起来，解除了他对于公爵的怨恨及仇雠，从那时起，便以人道对待公爵及其子民了。

这两种方法都很容易感动我，因为我的心对于慈悲及怜悯是不可思议地软，软到这般程度。据我的意见，恻隐心感动我比尊敬心来得更自然，虽然那些苦行派的哲人把怜悯看做是一种恶德；他们主张我们救济苦难中的人，却不许我们与其有同感。

我觉得上面所举的许多例子真是再好不过，因为我们看见这些灵魂被这两种方法轮流袭击与磨炼，对于一种兀不为动，却屈服于另一种。我们大概可以这样说：因恻隐而动心的是温柔、驯良和软弱的标志，所以那些天性比较柔弱的，如妇人孺子及俗人比较容易受感动；至于那些轻蔑眼泪与哀求，单让步给那由于对勇敢的神圣影像而起尊敬心的，则是一颗倔强不挠的灵魂的标志，他们是崇尚那大丈夫的刚毅气概的。

不过对于比较狭隘的灵魂，钦羡与惊讶可以发生同样的效力。试看梯比的人民：他们指责他们俘虏的两个将军拒不交代他们的职务；不肯赦比罗披大，因为他为他们的控告所屈服，只是祈求和哀诉，以图救护自己。反之，爱巴明那大理直气壮地缕述他任内所建立的功绩，傲岸而且骄矜地责备他的百姓，他们不独自发地为之喝彩，并且在对这位将军英勇的高声颂扬声中自行散去。

狄安尼虚士一世，经过了长期与极端的困难才攻破瑞史城，并且俘虏了那坚垒抗拒的守城将菲栋（一个极高尚的豪杰），决意给他一个残酷的报复以为戒。他首先对菲栋描述他前一天怎样把他儿子和亲戚溺死，菲栋只回答说他们比他早快活了一天；然后他又剥去菲栋的衣裳，把他交给刽子手，凶残而卑鄙地拖他游街，并且加以种种暴虐的侮辱。菲栋并不丧胆，反而毫不动容地高声追述他那宝贵的光荣的死因——为了不肯把他的乡土交给一个暴君。他们又用神灵快降的惩罚恐吓他。狄安尼虚士从他的兵士眼里看出这败将的放言以及对于他们领袖与胜利的藐视，不独不能使他们愤慨，并且使他们由对于这稀有英勇的惊讶而心软，而谋叛，差不多要将菲栋从他的卫队手里抢出来。于是下令停止这场酷刑，暗中遣人把菲栋溺死在海里。

人确实是一个不可思议的虚幻、飘忽多端的动物，想在他身上树立一个有恒与划一的意见实在不容易。例如庞培，他非常怀恨马麦尔丁城，可是单为了城内一个公民禅农请愿独自承担全城的罪过，以及替众人受刑的勇敢与豪气而赦免了全城。至于施拉的食客为秘鲁城显出同样的忠勇，却于己于人都一无所获。

更有与我先前所举的例子正好相反的：亚历山大，原是最勇敢同时又非常宽待他的仇敌的人，经过了无数的困难才攻破贾沙城，碰着守城将贝提，亚历山大曾在围城之际亲见这守城将的勇敢，他立了许多奇勋，现在虽然见弃于他的军队，武器寸断而且满身鲜血淋漓了，仍旧在他的马薛当纳的军队重围中独自苦战。基于这场胜利的代价过高（除了种种的损失外，他自己还身受重伤），亚历山大对他的敌人说："你将不能如愿而死，贝提，你得要尝尽种种为俘虏而设的痛苦。"贝提对此威吓只答以傲岸的镇定。亚历山大对他的骄傲与刚愎的缄默，气愤地说："你曾屈膝没有？你曾发出哀求的声音没有？无论如何我都要克服你的缄默，即使我不能从你那里挖出一句话，至少也得要挖出一些呻吟。"于是由愤恨变成狂怒，他下令刺穿贝提的脚跟，把他系在牛车后面，任他四肢碟裂，生生拽死。

是因为他太习于勇敢，觉得没有什么可惊羡，因而没有什么可宝贵的呢？还是他以为这是他个人特殊的长处，看见别人达到同样的高度不能不生妒忌与嫉恶呢？还是他的暴怒天然猛烈，不容抗拒呢？真的，如果他能止住他的暴怒，我们相信他夺取梯比城之役已经这样做了。当他目睹许多勇士完全丧失了公共防御之后，一个个引颈就剹，不下六千人当中，没有一个肯逃避或乞怜，反而在街上到处找那胜利的敌人碰头，希求得到光荣的死；没有一个为了他的创伤而丧胆，无不趁着最后一口气去进行报复，用绝望的武器去找寻敌人的死以偿自身之死。可是这英勇的惨剧并不能软化亚历山大的心，整天的悠长也不足以消解他那报复的狂渴，这屠戮直至流尽了最后一滴可流的血才停止，只留下三万老弱妇孺及无武器的人做奴隶。

父慈子爱

一个父亲，获得孩子的爱（如果这也能称为爱的话），是因为孩子对他有所求，那他确实非常不幸。

应该以自己的美德和本领赢得尊敬，以自己的仁慈和友善博得爱戴。贵重物质成了灰烬仍有其价值；高贵人士的遗骸、遗物，我们素来敬重、尊崇。一个经历了光辉一生的人，到了暮年也不会因而衰朽；他们照样受到尊敬，尤其是子孙的尊敬；要以理性培养好儿孙的心灵，令其记住自己的责任，而不是以物质的强迫或引诱，也不靠粗野的方法和暴力。

> 如果以为，建筑在暴力之上的权威，
> 比基于慈爱的权威更加牢固可靠，
> 那就大错特错了，起码我这样认为。
>
> ——泰伦斯

在培育娇嫩心灵的方面，我谴责一切体罚。塑造心灵为的是荣誉与自由。强迫与压制有着说不出的奴性味儿。我想，凭理性、智慧、灵巧都做不到的事情，借武力也不会取得更大的效果。别人就是这样培养我的。大家说：我小时候只挨过两次皮鞭，而且都打得非常轻。我对自己的孩子也坚持这样做。不过他们都很小就死去，只有莱奥诺尔，我唯一的女儿幸免于夭折。她长到六岁多，无论引导她或惩罚她的过失（母亲宽容孩子的过失是很自然的），也顶多是训斥一下，而且语气都很轻。我知道我的方法是正确的，合乎自然的。就是女儿令我大失所望的时候，也不能指摘我的方法，而一定另有原因。倘若我有儿子，我会更加慎重对待，因为男孩子不像女孩子那样生来要侍候他人，男子的身份要自由得多。我多想自己的儿子心中充满自由和独立的精神啊。皮鞭的教育只会使心灵更加怯懦，或越发促其坚持邪恶。我看不出有其他效果。

我们想得到孩子的爱吗？我们不愿意孩子有巴不得我们死掉的想法吧？（虽然孩子有这种可怕的心愿是不正当的，不可原谅的；"任何罪恶都不以理性为基础"）那么，我们就应当尽自己的可能让孩子们生活得愉快、合理。为此，我们不宜过早结婚，不然，我们的年龄就会与儿女的年龄相差无几。这种弊端会使我们遭遇极大的困难。我这话特别针对贵族而言。那是个悠游自在的阶层，正如大家所说的，就靠年金过日子。其他社会阶层要靠赚钱为生，儿女众多，而且近在身旁，这是家计的好安排：子女是发家致富的新手段，新工具。

我33岁结婚，我赞同35岁成婚的意见，据说这也是亚里士多德的主张。

运气

请看看城里人谁最有权势，谁干事最出色？你通常会发现：他们是知识程度最低的人。有这样的情况：一些妇女、儿童、疯疯癫癫的人治理起大国来足可以与最能干的王侯媲美。修斯底德说过：在这方面，粗鲁的人通常比精细的人更易取得成功。我们把他们凭好运气带来的成果归因于他们的明智。

> 某人凭运气扶摇直上，
> 大家却夸赞他的才干。
>
> ——普劳图斯

因此，无论如何我要强调：事情结果对我们的价值和能力的作用证明并不大。

我指出这么一点：只需考察一名青云直上的人就清楚不过。三天前我们认识他时，他还是个微不足道的人，不知不觉间，他却在我们的脑海里悄然地形成了高贵、能干的形象。我们竟相信，随着其排场和威望的增长，他的功绩也增长了起来。我们对他的判断，不是根据他本人的价值，而是按算盘珠子的定位方式，即根据他所处的优越地位。

运气也有转变之时，他一旦从高处落下来，再度厕身于大众当中，这时候大家都惊讶地打听，过去是什么原因把他抬得那么高。人们说："这就是他吗？""他在台上时，就这么一点本事？王公贵族竟满足于此？我们真的就操纵在这样的人手里？"

当今时代，这样的事情我常常见到。就连戏台上所展示的高贵脸谱也能打动我们，给我们一定程度的蒙蔽。我最欣赏君主们的地方，就在于他们都拥有一大群膜拜着！世上所有俯首帖耳的恭顺都归他们，可他们就是得不到智慧的顺从。我的理性并未学会卑躬屈节，只有双膝才习惯于弯曲。

我不愿树立雕像

有人对我说：将自己作为写作材料，对于少数名人来说是情有可原的。因为他们名声远播，大家都想认识认识他们。这话说得对，我完全同意。

但这一微词虽则在理，我却不大为其所动。我不是要树立雕像，将其安置在市中的十字街头，教堂之内，或是广场之中。

> 我不想夸大其词，空话连篇，
> 只愿促膝相叙，娓娓交谈。

我这本书只配放在书架的一角，博得邻人与亲友的喜欢。他们会高兴地借此和我相叙，与我再细细倾谈。别的作者都着意谈论自己，他们认为这一题材丰富而且有价值，可我却相反，我觉得自己非常贫乏浅薄，因此我不容许本人卖弄自己。

即使谁都不读我的书，我用很长的空闲时间去整理一些有益而又有趣的思想，是不是浪费光阴了呢？我要将自己的面貌呈现出来，常常需要做一番准备并摆正姿态，这样我才好勾勒自身的形象。最后，雏形出来了，多少可以说，它是自然而然成型的。向他人描绘的时候，我着笔的色彩比自身原来的色彩还要鲜明。与其说是我写书，不如说是我的书造就了我，书与作者成为一体，不可分离，它是我生活中的一员，而本身又有自己的领域。它不像其他书那样，需要涉及第三者，谈论陌生人。

我这么认真仔细地描述自己，是不是浪费时间了呢？那些光凭兴之所至偶尔在口头上作点自我分析的人，不可能从本质上深入考察自己，只有为此进行研究，并以此作为工作，作为手艺的人才会洞察入微，因为他满腔热情，竭尽全力长时间坚持翔实的记录。

最令人陶醉的乐趣是不露形迹，避开众人的目光，乃至避开第二者的目光；虽然这种乐趣只是个人的内心感受而已。

我多少次凭着这一活儿，驱除烦闷的思绪啊！

友谊的奥秘

我们平常所称的"朋友"与"交谊"无非是因某种机缘或出于一定利益，彼此心灵相通而形成的亲密往来和友善关系。而我这里要说的友谊，则是两颗心灵叠合，我中有你，你中有我，浑然成为一体，令二者联结起来的纽带已消隐其中，再也无从辨认。倘若有人硬要我说出为什么我爱他，我会感到不知如何表达，而只好这样回答："因为那是他；因为这是我。"

这种结合出于某种我无法解释的必然如此的媒介力量，超乎我的一切推论，也不是我的任何言辞所能够表达的。我们未谋面之时，仅仅因为彼此听到别人谈及对方，就已经渴望相见。别人的话对我们的感情产生了巨大的影响。我们光听说对方的名字就已经心心相印。按常理来说，那是不可能产生这种效果的。我想，大概是天意注定的吧。一次重大的喜庆节日，我们偶然在聚会上相会了。初次晤面，我们便发觉我俩彼此倾慕，互相了解，十分投缘。从此以后，两人便成了莫逆之交。他用拉丁语写了一篇出色的诗作，已经发表，内中道出了我们很快交好的原因。此种相交迅速达到了完美的程度。

我们两人都上了年纪，他还比我大几岁，未来交往的日子屈指可数，我们的交情开始得太晚了。因此务须抓紧时间，而不按通常平淡之交的规矩行事，那是需要长时间的谨慎接触的。像我们这样的友情，别无其他榜样效法，自己本身就是理想的榜样，它只能与自己相比。既非出自某种特殊的敬重之情，也不是由于两三个方面乃至许多方面的特别考虑。那是一种无以名之的混为一体的精华之物，它控制我的全部意愿，使之与对方的意愿融合在一起，消失到对方的意愿中去。同样的热望，同样的追求，也支配着他的全部意愿，使之与我的意愿融合在一起，消失在我的意愿之中。我说"消失"，那的确如此，因为我们两人没有保留自己任何东西，属于他的，属于我的都没有。

丑恶的灵魂

生逢这样的年代：内战频仍，无法无天，令人不可置信的暴行随处可见。当前我们天天亲历的过激行为，在古代史上找不出可以与之相比的事例。我对此一点也不习惯。如果我不是亲自目击，我很难相信会有如此丑恶的心灵，竟以杀戮为唯一的乐趣，甘愿去当凶手。用斧子杀人，砍断别人的四肢，或用心计去炮制闻所未闻的刑罚，创造新的杀人方法。既不是由于仇恨，也并非出于私利，唯一的目的是领略一下在痛苦中死去的人的可怜挣扎与呻吟哀叫的"有趣"景象……残暴行为的登峰造极程度莫过于此了。

不因愤怒，也并非出于恐惧，人杀人只是为了欣赏死亡。

可我只要看到追捕、杀害没有防卫手段、也不伤害我们的无辜野兽就总会感动难受。常常遇到这样的情况：一只跑得气喘吁吁、筋疲力尽的小鹿，眼看无计逃脱，便转过身走近我们，向追捕者表示屈服，用它的眼泪向我们求饶。

吁声凄咽，血染满身，

　　　仿佛是苦苦哀求开恩。

　　我看到这种景象总会觉得十分难受。

　　我逮住活的动物往往要将其放生。毕达哥拉斯向渔夫买鱼，向捕鸟者买鸟全都是为了放生呀。

　　滥杀动物嗜血成性，也就是残酷本性的表露。

　　罗马最初热衷于屠杀野兽的表演，后来就升级到杀人、残害斗士了。看来是大自然将违反人道的本性赋予了人。见到动物在一起玩耍，彼此亲热，没有谁感到高兴，可是看着野兽彼此厮打、互相残杀，大家总有快乐之感哩。

　　　　　　（李新红编，摘自梁宗岱、黄建华译：《我不愿树立雕像》，光明日报出版社，2007）

第三十三章　塞万提斯及《堂吉诃德》

第一节　塞万提斯简介

塞万提斯，是文艺复兴时期西班牙小说家、剧作家、诗人。他被誉为是西班牙文学世界里最伟大的作家。塞万提斯 1547 年出生于一个贫困之家，父亲是一个跑江湖的外科医生。因为生活艰难，塞万提斯和他的 7 个兄弟姊妹跟随父亲到处东奔西跑，直到 1566 年才定居马德里。颠沛流离的童年生活，使他仅受过中学教育。23 岁时他到了意大利，当了红衣主教胡利奥的家臣。一年后不肯安于现状的性格又驱使他参加了西班牙驻意大利的军队，准备对抗来犯的土耳其人。他参加了著名的勒班多大海战，这次战斗中，西班牙为首的联合舰队的 24 艘战舰重创了土耳其人的舰队。带病坚守岗位的塞万提斯在激烈的战斗中负了 3 处伤，以至被截去了左手。经过了 4 年出生入死的军旅生涯后，他踏上返国的归途。回到西班牙，终日为生活奔忙。他一面著书一面在政府里当小职员，曾干过军需官、税吏，接触过农村生活，也曾被派到美洲公干。他不止一次被捕下狱，原因是不能缴上该收的税款。塞万提斯十分爱好文学，在生活窘迫的时候，卖文是他养活妻儿老小的唯一途径。他用文学语言给一个又一个商人、一种又一种商品做广告。他写过连他自己也记不清数目的抒情诗、讽刺诗，但大多没有引起多大反响。他亦曾应剧院邀请写过三四十个剧本，但上映后并未取得预想的成功。1605 年《堂吉诃德》第一部出版，立即风行全国，一年之内竟再版了 6 次。这部小说虽然未能使塞万提斯摆脱贫困，却为他赢得了不朽的荣誉。书中对时弊的讽刺与无情嘲笑遭到封建贵族与天主教会的不满与憎恨。《堂吉诃德》的第二部于 1615 年推出。该书几乎被译成各种文字，广泛流传于世，老少皆宜且寓意深刻。欧洲一些著名文学评论家说它是人类历史上最伟大的作品。

他的作品主要包括《吉普赛姑娘》、《慷慨的情人》、《林孔内特和科尔塔迪略》、《英国的西班牙女人》、《玻璃硕士》、《血的力量》、《妒忌成性的厄斯特列马杜拉人》、《鼎鼎大名的洗盘子姑娘》、《伽拉泰亚》、《训诫小说集》、《惩恶扬善短篇小说集》、《奴曼西亚》和《堂吉诃德》等。塞万提斯的作品紧扣社会现实，而写作手法不拘一格，有许多小说用的是历史题材，歌颂正义，贬斥邪恶。《奴曼西亚》以古代西班牙奴曼西亚军民反抗罗马侵略者的历史为题材，写法类似中古道德剧，剧中出现许多寓意性的人物。奴曼西亚人在罗马军队围困下坚持抗战 14 年，他们的遭遇惨绝人寰，但始终英勇不屈。最后，罗马军破城而入，全体军民自杀殉国。塞万提斯这部悲壮动人的历史悲剧歌颂了西班牙人民的爱国精神和英雄性格，深受人民喜爱。《训诫小说集》包括 13 篇作品，其中有曲折的爱情故事，有世态风俗写照，也有哲学议论。这些小说充满了西班牙生活的特色，表现了作者反对封建偏见，反对压迫奴役，肯定个性自由，同情人民遭遇的人文主义思想。

第二节　《堂吉诃德》简介

　　著名长篇小说《堂吉诃德》是塞万提斯的代表作。当时的西班牙王权用骑士的荣誉和骄傲鼓动贵族建立世界霸权，而美化封建关系、情节离奇虚幻的骑士传奇正适合他们的需要。塞万提斯痛恨这种文学。他在《堂吉诃德》的自序中宣布他要"攻击骑士小说"，"把骑士小说的那一套扫除干净"。小说揭露了骑士传奇的荒唐和危害，尽情嘲笑了骑士理想和骑士制度。从这部小说出版以后，西班牙再也没有出现过骑士传奇。塞万提斯所塑造的主人公堂吉诃德因迷恋古代骑士小说，竟像古代骑士那样用破甲弩马装扮起来，以丑陋的牧猪女作美赛天仙的贵妇，再以矮胖的农民桑丘·潘沙作侍从，三次出发周游全国，去创建扶弱锄强的骑士业绩，以至闹出不少笑话，到处碰壁受辱，被打成重伤或被当作疯子遣送回家。堂吉诃德按骑士传奇行事，疯疯癫癫，滑稽可笑，但是他荒唐的行为往往出于善良的动机。他攻打风车，是自以为要清除万恶的巨魔。他释放苦役犯，是为了反对奴役，给人自由。堂吉诃德痛恨专横残暴，反对压迫，同情被压迫者，向往自由。他把维护正义，消除世间的不平作为自己的天职，而且见义勇为，从不怯懦，为了主持正义，将个人生死可以置之度外，具有英勇无畏、忘我斗争的精神。堂吉诃德是一个具有崇高理想和渊博学识的人，只要不触及骑士这个题目，他的思想和谈吐都很清醒而深刻。他谈到不分你我、人人和谐相处的古代理想社会，谈到自由的可贵、奴役的可恨，谈到清廉公正、爱护百姓的政治理想，还谈到文治武功、贵贱等级、教育文艺等，广泛地涉及了人文主义者所关心的各种问题。但是他脱离实际，完全生活在幻觉之中，他对着臆造的敌人横冲直撞，只能闯祸坏事。同时，他想恢复的是过时的骑士制度，把游侠骑士单枪匹马打抱不平的方式当做主持正义、改造社会的途径，结果自己碰得头破血流，他的善良的动机总是得到相反的效果。这个形象反映了塞万提斯人文主义理想和西班牙现实的矛盾，也反映了西班牙人文主义者的弱点。小说中出现的人物近七百个，描绘的场景从宫廷到荒野遍布全国。揭露了16世纪末到17世纪初正在走向衰落的西班牙王国的各种矛盾，谴责了贵族阶级的荒淫腐朽，展现了人民的痛苦和斗争，触及了政治、经济、道德、文化和风俗等诸方面的问题。小说塑造了可笑、可敬、可悲的堂吉诃德和既求实胆小又聪明公正的农民桑丘这两个世界文学中的著名典型人物，将现实主义和浪漫主义有机地结合起来，既有朴实无华的生活真实，也有滑稽夸张的虚构情节，在反映现实的深度、广度上，在塑造人物的典型性上，都迈上了一个新的台阶。

第三节　《堂吉诃德》选段

第二部　第五章

桑丘·潘沙和他的老婆泰瑞萨·潘沙的一席妙论，以及其他值得记载的趣谈

　　这部传记的译者译到这里，疑心这一章是假造的，因为这一章里桑丘·潘沙的谈吐不像他往常的口气；他头脑简单，决不会发那样精辟的议论。不过译者尽责，还是照译如下：

　　桑丘回家兴高采烈，他老婆老远看见他满面喜色，就说：

"桑丘大哥，你怎么了？乐得这个样子？"

他答道：

"老伴啊，我但愿老天爷别让我这样快活呢。"

她说："老伴儿，我不懂你的话呀。你说但愿老天爷别让你这样快乐，这话怎么讲呢？我是个傻瓜罢了，我不懂怎么一个人会但愿自己不快活。"

桑丘答道："你听我说，泰瑞萨。我主人堂吉诃德又要第三次出去探奇冒险。我已经打定主意跟他出门，所以很高兴。咱们家里穷，我没别的办法。咱们花了一百个艾斯古多，说不定又能找一百个回来；我有这指望，也很高兴。可是我得离开你和孩子，心上又怪难受的。上帝要怎么就怎么；他如果肯让我耽在家里吃现成饭，不用我在野地里和大路上奔波，我的快乐就是十足的了。我现在算是快活，却夹带着和你分别的痛苦啊。所以我说得好，但愿老天爷别让我这样快活。"

泰瑞萨说："你瞧瞧，桑丘，你做了游侠骑士一伙的人，说话尽拐弯抹角的，谁都听不懂了。"

桑丘说："老伴啊，上帝什么都懂；他懂我的话就行，不用多说了。我告诉你，大姐，这三天你留心照看着灰毛儿，叫它随时都能出动。你喂个双份儿，把驮鞍等配备检查一下。我们不是出去吃喜酒，是漫游世界，和巨人呀、毒龙呀、妖魔呀打交道，要听他们呼啸咆哮的。不过我们如果不碰到杨维斯人和魔道支使的摩尔人，对付那些东西不费吹灰之力。"

泰瑞萨说："老伴儿，我也知道游侠侍从这口饭不好吃，我直祷告上帝让你快快脱离这步坏运。"

桑丘答道："我告诉你吧，老伴儿啊，我要不是为了不久能做海岛总督，我这会儿就倒下来死了。"

泰瑞萨说："可别这么说，我的老伴儿。'老母鸡害了瘟病，也但愿它活着不死'①。随魔鬼把世界上一切总督的官儿都抢去，你还是过你的日子。你不做总督，也从娘肚子里出来了；不做总督，也活到了今天；将来上帝要你进坟墓，你不做总督也进坟墓，人家会抬你去。世界上不做总督的多着呢，谁就活不下去了？谁就算不得人了？世上最开胃的东西是饥饿；这是穷人短不了的，所以穷人吃饭最香。可是我告诉你，桑丘，假如你哪天做了什么总督，千万别忘了自己的老婆儿女。记着，小桑丘已经15周岁，假如他那位当修道院长的舅舅要他当教士，就该送他进学校了。你知道，如果给你女儿玛丽·桑却成家，她不会叫苦的。我想她准像你盼做总督一样地盼做新娘呢。反正'女儿嫁个丈夫不如意，总比如意的姘头好'②。"

桑丘道："老实说吧，老伴儿，如果上帝让我做个什么总督，我一定把玛丽·桑却嫁给大贵人。谁不能给她贵夫人的头衔，休想娶她。"

泰瑞萨说："不行，桑丘，最好是嫁个门当户对的。你叫她脱了木屐穿高跟鞋，脱了灰色粗呢裙换上钟形裙子、绸衬裙，不称'小玛丽'和'你'，改称'堂娜'和'您夫人'，那丫头连自己都糊涂了，动不动就要出丑，露出本相来。"

桑丘道："住嘴吧，你这傻瓜！过那么三年两年，什么习惯都会养成。到那时候，贵夫人的气派和架子都像配着身子定做的那么合适了。即使不合适，又有什么要紧呢？只要她是贵夫人，怎么样儿都行！"

---

① 西班牙谚语。

② 西班牙谚语。

泰瑞萨道："桑丘啊，你得估量着自己的地位，别只想飞上高枝儿。记着这句老话：'他是你街坊的儿子，给他擦擦鼻子，把他留在家里。'① 咱们的玛丽如果嫁了个伯爵或乡绅，人家发起脾气来就可以作践她，骂她乡下姑娘呀、庄稼汉的女儿呀、纺线丫头呀等等，那才美呢！老伴儿啊，我可死也不答应的！真是！我养大了女儿就让人家糟蹋的吗？桑丘，你只管把钱带回家，嫁女儿的事归我来。咱们这儿胡安·多丘的儿子罗贝·多丘是个身强力壮的小伙子，你我都认识；我知道他对咱们的姑娘很有意思。他家和咱们门户相当，是很好的一门亲。咱们的女儿可以常在眼前；父母、儿女、孙子、女婿可以在一起和和睦睦，安享上帝赏赐的福气。你千万别把她嫁到王爷和大人的府第里去；到了那里，人家不体谅她，她自己也不知怎么好。"

桑丘说："你听我说呀，你这笨蛋！你这魔鬼的老婆！我要女儿嫁个贵人，给我生下外孙现成就是贵人，你干吗无缘无故地挡着我呀？我告诉你，泰瑞萨，我常听见长辈说，福气来了不享，福气走了别怨。现在好运正在敲咱们的大门，咱们不该闭门不纳。'乘着顺风，就该扯篷'②。"

这部传记的译者就为桑丘这种语气和下面的一段话，疑心这章是假造的。

桑丘接着说："你这个蠢货！我要能闯上个总督的肥缺，咱们就从烂泥里拔出脚来了，那可多好啊！你怎么不明白呢？玛丽·桑却就可以嫁我选中的姑爷；人家就要称呼你堂娜泰瑞萨·潘沙；你坐在教堂里，身底下要铺着毯子、垫子和绸单子③，城里那些乡绅夫人看了只好白着眼干瞪。不然呢，你就一辈子老是这个样儿吧！长不大、缩不小，仿佛壁衣上织成的人像一样！这事已经说定；随你还有多少话，小桑却得做伯爵夫人。"

泰瑞萨答道："老伴儿，你这番话仔细想过没有？你尽管这么说，我只怕咱们女儿做了伯爵夫人就完蛋了。随你叫她做公爵夫人也罢，公主娘娘也罢，不过我得跟你讲明，我是不愿意的，也决不答应。大哥，我向来赞成平等，没有根基、空摆架子，我看不顺眼。我受洗的时候取名泰瑞萨；我这名字干净、利索，没有添补的，没有拖带的，也没有戴上'堂妮'、'堂娜'的帽子。我爸爸姓卡斯卡霍。我呢，因为嫁了你，就叫泰瑞萨·潘沙；按理我是泰瑞萨·卡斯卡霍，可是'帝王总顺从法律的心愿'④。我叫这个名字顶乐意，不用人家给我安上什么'堂'；这称号怪沉的，我承担不起。我也不爱招人议论。我如果出门打扮成伯爵夫人或总督夫人，人家就要说：'瞧这个喂猪的婆娘好大气派！昨天还忙着纺麻线呢，上教堂望弥撒没有包头，撩起裙子来遮脑袋⑤，今天却穿上钟形裙子，还戴着首饰，摆足架子，好像咱们都不认识她似的。'如果上帝保全着我的七官、五官或所有的几官，我决不让人家这么说我。你呢，大哥，做你的海盗总督，随你称心摆架子。我凭我妈妈的性命发誓，我和我女儿决不离开家乡。'好女人是断了腿的，她不出家门'。'贞静的闺女，干活儿就是快乐'⑥。你跟着你的堂吉诃德碰好运去，随我们和坏运混吧。上帝瞧我们有多好，会把运气改得多好。老实说吧，父母祖宗都没有'堂'的称号，我就不知道这个'堂'是谁封的。"

---

① 西班牙谚语。又一说："他是你街坊的儿子，给他擦了鼻涕，把女儿嫁给他。"又说："跟地位相当的人结婚姻、攀亲家。"

② 西班牙谚语。

③ 西班牙那时候的教堂不用凳子，按阿拉伯式坐在地毯上。

④ 西班牙谚语：法律总顺从帝王的心愿。泰瑞萨颇有桑丘之风，把这话说颠倒了。

⑤ 西方规矩：男人教堂该脱帽，女人教堂不得露顶。

⑥ 两句西班牙谚语。

桑丘说："我问你，你身上附了魔鬼吗？上帝保佑你吧，老伴儿，你把许多话乱七八糟混在一起，什么夹四夹五①呀，别针呀，老话呀，摆架子呀，和我说的有什么相干呢？你这个糊涂虫！傻瓜蛋！我就该这么叫你，因为你说不明白；运气来了，只顾躲避。你听我讲，假如我叫女儿从塔顶上跳下来，或者照堂娜乌尔拉咖公主的主意，出去跑码头②，那么你不依我还有个道理呀。假如我一眨眼立刻给她安上个'堂娜'和贵夫人的头衔，把她抬举起来，坐在高座儿上，头上还张着幔子，耽在阿拉伯式的起坐室里，身边的丝绒垫子比摩洛哥阿尔莫哈达斯朝代③的摩尔人还多，照那样儿，你为什么偏不答应，硬要违拗我呢？"

泰瑞萨说："老伴儿，我告诉你吧。老话说，'掩盖你的也揭露你'。人家见了穷人不放在眼里，见了阔人就要盯着细看。假如这个阔人从前是穷的，人家就要嘀嘀咕咕说闲话，没完没了地要贫嘴。街上这种人多得像成群的蜜蜂。"

桑丘说："泰瑞萨，你留心听我一句话，也许你一辈子没听见过。这不是我自己想出来的，是上次大斋的时候，神父在村上宣讲的。我记得他说：眼前的东西，比记忆里的印象更动人，更叫人撒不开。"

桑丘这段话又使译者断言本章是假造的了，因为桑丘说得出这样高明的话吗？他接着说：

"所以咱们看见谁穿了鲜衣美服，佣人前呼后拥，尽管记得这人微贱时的光景，可是不由自主地就对他肃然起敬了。他从前也许是穷，也许是出身不好，那是过去的事，都不实在了；只有眼前看见的才实在。命运已经把这人提拔起来，——我说的都是神父的话，一字没改——如果他得意了不轻狂，对人慷慨和气，不和世袭的贵族竞争，那么，泰瑞萨，你可以拿定，人家不记他过去的微贱，只着重他当前的为人：除非那种心怀忌妒的家伙，看见谁得意都不放过。"

泰瑞萨说："老伴儿，我不懂你的意思，随你爱怎么办吧，别再长篇大论说得我脑袋发涨。你结计要照你说的那样……"

桑丘说："老伴儿，'决计'，不是'结计'。"

泰瑞萨说："老伴儿，你别跟我计较。上帝就是叫我这么讲的，我不会咬文嚼字。我说呀，假如你一定要做总督，那么带着你的小桑丘一起去，你马上可以教他做总督。爸爸的职务，儿子得继承和学习。"

桑丘说："我做了总督，会叫驿站派马接他。我还要捎钱给你；到时我不会没钱，如果总督没钱，少不了有人借给他。你得把孩子打扮得像个总督的儿子，不能还是原先的寒碜模样。"

泰瑞萨说："你只管捎钱回来，我会把他打扮得漂亮。"

桑丘说："好，咱们已经讲定了，咱们的女儿得做伯爵夫人啊。"

泰瑞萨说："哪天她做了伯爵夫人，我就当她是死了埋了。不过我再说一遍：你爱怎么办，随你吧。我们做女人的，尽管丈夫是糊涂蛋，也得听他；这是我们天生的责任呀。"

---

① 泰瑞萨的姓卡斯卡霍，在西班牙语中也指碎石子、果皮、垃圾之类，桑丘这里说话双关。

② 桑丘引用当时流行歌谣里的故事。乌尔拉咖是西班牙国王费南铎一世的女儿。她因为父亲把国土分给三个儿子，没她的份，就胁逼父亲说，她打算走码头操皮肉生涯。她父亲就传给她一个城。

③ 阿尔莫哈达斯是摩洛哥的一个朝代，在12、13世纪统治非洲北部和安达路西亚，西班牙文"垫子"的复数是 almohadas，所以桑丘说起垫子，就扯上了这个朝代的名字。

　　她说着认真地哭起来，仿佛眼看着小桑却死了埋了似的。桑丘安慰她说：尽管他们的女儿得做伯爵夫人，他还要尽量拖些时候再说呢。他们俩的一席话就此结束。桑丘因为要置备行装，又去看堂吉诃德。

第八章

堂吉诃德去拜访意中人杜尔西内娅·台儿·托波索，一路上的遭遇

　　阿默德·贝南黑利写到这里说："全能的阿拉万福！"他重复了三遍："阿拉万福！"据说这是因为堂吉诃德和桑丘重又出马，读者可以指望这部趣史又要叙述主仆俩的奇事和妙谈了。他要求读者撇开堂吉诃德前一段的游侠生涯，一心专注他今后的行事。作者既已给了我们那点指望，他如此要求并不为过。这位奇情异想的骑士前番从蒙帖艾尔郊原出发，这次是先到托波索去。作者接着讲他的故事。

　　路上只有堂吉诃德和桑丘两人。参孙一走，驽骍难得就一声声嘶叫，灰驴儿就连珠儿也似的放屁。主仆俩觉得马嘶驴屁都是好兆，主上上大吉。据说灰驴儿一边放屁一边叫，交响还盖过了马嘶声，所以桑丘认为自己的运气压倒了他主人的运气。他这看法是否根据他专长的占星学，历史上无从考察，只听说他每绊一下或摔一跤，就懊悔这番不该出行；他傻虽傻，这倒不算错，因为绊了摔了会弄破了鞋或跌断肋骨。堂吉诃德对他说：

　　"桑丘朋友，天直黑下来，到托波索只怕得摸着黑走路了。我打算别的事搁后，先到托波索去；在那里可以领受绝世美人杜尔西内娅的祝福和赞赏。我想，有她金口称许，什么凶险的事都一定会圆满结束。世上唯有意中人的青眼，最能激发游侠骑士的勇气。"

　　桑丘答道："这话我也相信。可是您到哪儿去和她说话见面呢？您要领受她的祝福，总得有个地方呀。这事可难办了。您上次不是写信说自己在黑山发疯，叫我去捎给她的吗？我那次是隔着后院的矮墙看见她的。她也许可以隔着那矮墙为您祝福。"

　　堂吉诃德道："桑丘，你怎么老爱说你看到那位绝世美人是隔着后院儿的矮墙呢？那一定是豪华宫殿的走廊、游廊、门廊或什么廊。"，

　　桑丘答道："都可能，不过我看着是一道墙，除非我记错了。"

　　堂吉诃德说："不管怎么样儿吧，咱们且到那里去。我只要能见她，不管是从墙顶上、窗口里，门缝或花园的栅栏缝里，都是一样。她那焕耀的容光，能照得我心地雪亮，意气风发，使我智勇双绝。"

　　桑丘答道："可是说老实话，先生，我看见杜尔西内娅·台尔·托波索小姐的时候，她不怎么亮，没有发光。我不是告诉您她正在簸麦子吗，准是簸得灰尘像云雾似的，把她的脸遮暗了。"

　　堂吉诃德说："杜尔西内娅小姐簸麦子！桑丘啊，你怎么老这么说、这么想，还信以为真、一口咬定呢。簸麦子是苦工，贵人家小姐不干，也不用干的。她们另有自己分内的工作和消遣，老远就显出她们的华贵。桑丘啊，你忘了咱们诗人描写水晶宫里四位仙女的诗了①。她们从人人喜爱的塔霍河里钻出来，坐在绿草地上编织华丽的花边。据那位天才诗人的形容，那花边是用金线、丝线还穿了珍珠编织的。你看见我那位小姐的时候，她一定也是在干这种活儿。不过准有个恶魔术家对我心怀嫉妒；把我所喜爱的事都变掉了原样。据说我的传记已经出版，我只怕著书的博士是我冤家，保不定胡说八道：一句真话带上千

---

　　① 见《牧歌》第三篇。

句谎话，不据实记载，却信口乱扯。哎！嫉妒真是万恶的根源，美德的蠹贼！桑丘啊，一切罪恶都掺夹些莫名其妙的快乐，可是嫉妒只包含厌恨和怨毒。"

桑丘答道："我也这么说。我想，加尔拉斯果学士讲的咱们那部传记准把我糟蹋得声名狼藉了。我凭良心说，我从没讲过哪个魔术家的坏话，也没有可招人忌妒的财产。我确是有一丁点儿才，也有几分混，不过我那股浑朴天真的傻气像一件大斗篷似的把什么都遮盖了。我尽管没什么好，我向来死心塌地、虔信上帝和罗马圣教，而且是犹太人的死对头。给我写传的人该可怜我，对我笔下留情呀。可是随他们爱怎么说去吧。'我光着身子出世，如今还是个光身；我没吃亏，也没占便宜。'① 反正我能眼看自己有幸写在书上供大家传阅，随它写我什么，我都不在乎了。"

堂吉诃德说："桑丘，你这话叫我想起当代一位名诗人的事。他写了一篇挖苦妓女的诗②。有一个女人他拿不定是否妓女，就没写她，也没提她。那女人瞧诗里没有自己的芳名，就向诗人抱怨，问他凭什么漏了她一个，要他把讽刺诗增长，把她写进续篇；不然的话，她警告诗人小心莫怪。诗人如言写得她非常不堪。她很满意，因为眼看自己出名了，尽管出了臭名。另有件相仿的事。有个牧羊人不过是图后世留名，放火烧了有名的狄亚娜神庙——相传那是世界七大奇迹之一。当时政府禁止任何人口头或书面上提到这人的名字，不让他称愿。可是后世还是知道他名叫艾罗斯特拉托。这又牵连到大皇帝卡尔洛五世和一位罗马骑士的故事。卡尔洛大帝要参观有名的圆穹殿③——就是古代的诸神殿，现在改了更好的名称，叫作诸圣殿。古罗马遗留下来的建筑，这是最完整的，也最能令人想见建造者的雄伟气魄。殿形像半只橘子，高大无比，里面很轩亮，阳光全从殿顶一个圆形天窗里透进去；大皇帝就从这个窗口瞰望全殿。当时有一位罗马骑士陪从指点这座宏大建筑的优美精巧。他们下来之后，骑士对卡尔洛大帝说：'万岁爷，我屡屡动念，要抱住您玉体从天窗里跳下去，由此我就万古留名了。'大皇帝答道：'多谢你没把这个恶念头干出来。以后我绝不再给你机会考验你的忠诚，你不准你再来见我和接近我。'他随即厚赏打发了这位骑士。桑丘，我是要说明好名之心是个很大的动力。你想想，霍拉修浑身披挂，从桥上跳进悌布瑞河④，是谁推他的吗？穆修把胳膊和手放在火里烧⑤，是谁强他的吗？库尔修投入罗马城中心裂开的一个无底火坑⑥，是谁逼他的吗？凯撒不顾神示，渡过儒比贡河⑦，是谁驱使的吗？再举个当前的例吧。最文雅的高尔泰斯率领西班牙的好汉登上新大陆，沉没了船只孤军作战⑧，是谁命令的吗？古往今来种种壮举，都是为名呀。世人干非凡的事业，

---

① 西班牙谚语。

② 赛维利亚诗人维山德，艾斯比内尔 1578 年出版了《讽刺娘们的诗》。

③ 圆穹殿，古罗马奥古斯多大帝的女婿马古斯·阿格利巴所建。1536 年卡尔洛五世登上殿顶瞰望大殿。

④ 古罗马传说里的英雄，他独力在悌布瑞河的桥堍抵住敌人，然后毁掉桥，负伤游泳过河。

⑤ 古罗马传说里的英雄，曾把右手放在火里烧，表示不怕疼痛。

⑥ 古罗马传说里的英雄。罗马地震后裂出一个岩浆沸滚的深坑；神示须把罗马最珍贵的东西投进去，地能复合。库尔修认为罗马勇的武士是罗马最珍贵的东西，他披甲骑马，跃进深坑，裂开的地就合拢了。

⑦ 公元前 49 年，凯撒渡过儒比贡河；这就越出了他所辖领的高鲁境，侵入意大利境，于是引起战争。

⑧ 他是西班牙开拓许多殖民地的大将。他带了几百人的军队，乘十一只船，1519 年在墨西哥维拉·克如斯登陆后烧掉船只，断绝了退路，引军深入内地。他以残暴著称，但当时有些诗人称颂他"文雅"。

就是要赢取不朽之名。不过我们这种信奉基督正教的游侠骑士该关心身后；天堂上的光荣是永恒的，尘世的虚名还在其次。这个世界的末日有定期，不论多么持久的名气，到那时候就同归于尽了。所以，桑丘啊，我们游侠骑士得遵照基督教为我们规定的任务干事，不能乱来。我们得打掉巨人的骄横；要心胸宽厚，铲除嫉妒；气度平静，克制愤怒；减食熬夜，不贪吃懒睡；对意中人坚贞不二，切戒荒淫；我们不仅是基督徒，还要做个骑士，走遍天下，找机会成名，不能好逸恶劳。桑丘，你瞧，我们得种种努力，才能博得人人称道，极口赞扬。"

桑丘说："您这许多话我全懂；不过我这会儿有点疑惑，要您戒绝一下。"

堂吉诃德说："要我'解决'一下吧？你尽管说，我尽力给你解释就是了。"

桑丘说："请问您，先生，从前那些胡琉呀，奥古斯多呀，还有您说的一个个英勇的骑士，现在哪里去了呢？"

堂吉诃德道："那些异教徒呢，没什么说的，准在地狱里；那些基督徒呢，如果是好基督徒，那么，不在炼狱里，就在天堂上。"

桑丘说："好。可是我问您，那许多大贵人的墓前，点着银子的灯吗？他们坟堂的墙上挂着拐棍儿呀，裹尸布呀、头发呀、蜡做的眼睛呀、腿呀等等东西吗？① 要是没有，那墙上有什么装点呢？"

堂吉诃德答道：

"异教徒的坟墓往往是壮丽的山陵。胡琉·凯撒的骨灰放在一座大金字塔顶上，罗马人称为'圣贝德罗尖塔'。阿德利亚诺大帝②的墓是一座大殿，有大村子那么大，称为阿德利亚诺陵，现在称为罗马圣安亥尔殿。阿尔悌弥莎王后为她丈夫冒索雷欧③造的陵是世界七大奇迹之一。可是奉献的裹尸布等等表明墓里是圣人；异教徒的坟上没这类点缀。"

桑丘说："这个我明白。我现在要请问您：救活一个死人好，还是杀掉一个巨人好呢？"

堂吉诃德答道："这还用问吗，当然救活一个死人好啊。"

桑丘说："这来我可把您问住了。照您说来，一个人如能起死回生，叫瞎子开眼，瘸子不瘸，病人不病，他墓前点着灯，坟堂里挤满信徒，跪着瞻仰他的遗物，那么，无论现世来世，他的名气就是最好的，压倒了古往今来世界上一切异教的大皇帝和游侠骑士。"

堂吉诃德答道："对啊。"

桑丘说："所以只有圣人的遗体和遗物，才有所说的那种名气，那种种出奇的灵验，受到种种异常的敬礼。圣人的遗体或遗物前面，咱们圣教准许点着灯烛，供着裹尸布呀、拐棍呀、画像呀、头发呀、眼睛呀、腿呀等等，借此增加世人的尊信，发扬基督教的声誉。圣人的遗体或遗物帝王都抬在肩上，还把圣人的骨头片儿拿来亲吻：用来装饰他们的礼拜堂和他们最宝贵的祭台。"堂吉诃德说："桑丘，你这许多话是什么用意呢？"

桑丘道："我就是说，咱们该去做圣人呀；咱们追求的美名就到手得更快了。我告诉您，先生，昨天或前天——反正是新近，可说是昨天或前天吧，两个赤脚小修士册封了圣人。他们拴在身上折磨自己肉体的两条铁链子，现在谁能吻一吻、摸一摸，就是莫大的荣幸了。上帝保佑的万岁爷有一所军械博物馆，里面藏着一把罗尔丹的宝剑，据说人家把那两条链子看得比那把宝剑还神圣呢。所以，我的主人啊，随便哪个教会里一个卑微的小修

---

① 当时西班牙人相信圣人的遗体或遗物能产生奇迹，例如使死人复活、瞎眼复明、瘸子能走等等。死而复生和残废而恢复健康的人往往奉献裹布或蜡制的眼睛或腿或拐棍等向神圣还愿。

② 117—138年古罗马皇帝。

③ 公元前4世纪小亚细亚加里国王。

士，都比伟大的游侠骑士高贵。发狠把巨人、妖魔或怪龙搠两枪，上帝眼里远不如悔罪自打二十多下鞭子。"

堂吉诃德说："你这些话都有道理。不过修士不是人人能做的；上帝要把他选中的人引上天堂有许多门路呢。骑士道就算得一门宗教；骑士也能成圣上天。"

桑丘答道："是啊。不过我听说，天堂里的修士比游侠骑士多。"

堂吉诃德说："这是因为世界上的修士比骑士多呀。"

桑丘道："骑着马跑来跑去的人很多啊。"

堂吉诃德道："多是多，当得起骑士这个名头的很少。"

两人谈谈说说，过了一夜又一天，没碰到什么大事，堂吉诃德因此很不耐烦。第二天傍晚，他们望见了托波索大城。堂吉诃德一见兴致勃勃；桑丘却忧心忡忡，因为他不知道杜尔西内娅的家在哪里，而且他和主人一样地从没见过这位小姐。他们俩一个为了要见她，一个为了没见过她，都心里七上八下。桑丘想，如果主人叫他到托波索城里去，他真不知怎么办呢。堂吉诃德决计天黑了进城，两人暂在托波索城外橡树林里等着。他们到时进城，碰上的事大可一叙。

（方华文编；摘自杨绛译：《堂吉诃德》，人民文学出版社，1978）

第三十四章　莫尔及《乌托邦》

第一节　托马斯·莫尔简介

托马斯·莫尔，1478 年出身于伦敦一个富裕家庭，受到那时最高等的教育。莫尔幼年就掌握了拉丁文，13 岁时师从著名政治家莫顿，受益匪浅；14 岁就读牛津大学。莫尔对希腊、拉丁古典文学的研究造诣颇深，头角峥嵘，受到学界前辈的器重，并与他们中的许多人结为忘年之交。他的拉丁文达到了当时鲜有人及的水平，是最早学希腊文的英国人之一。16 岁开始学习法律，很快取得头等律师的声名。莫尔作为律师，以主持公道、替受屈者撑腰而闻名伦敦。19 岁时与当时著名的人文主义者、被公认为那个时代最博学的人——《愚人颂》的作者伊拉斯莫斯相见恨晚，后者成为他的良师益友。莫尔对柏拉图情有独钟，并深受其影响。26 岁就任国会议员，他声名卓著，刚正不阿，因反对亨利七世巧立名目勒索钱财而遭到报复，父亲被囚禁。莫尔愤然离开政坛，重操律师旧业，并潜心向学。他对数学、天文学以及音乐都有深入研究。莫尔27 岁结婚，有 4 个子女。他奉行男女平权，让女儿也享受很好的教育，这在他那个时代是难能可贵的。1509 年，莫尔被选为伦敦林肯法学会的公断人，次年，担任伦敦市司法官。他屡次带着市民的信任出使国外调解商务纠纷。

亨利八世对莫尔的博学及卓有成效的政绩青睐有加，想方设法使他重登政坛。莫尔一度身居要职，在宫廷中炙手可热。1518 年，莫尔任皇室请愿裁判长、枢密顾问官。1521 年，任副财务大臣并受封为爵士。1523 年，任下议院议长。1525 年，任兰开斯特公国首相。1529 年，任英国大法官，成为英皇下面第一号人物。莫尔头脑清醒，对皇室不抱幻想。后来，莫尔不愿帮助英皇利用宗教改革来谋取皇室利益，反对他与西班牙公主离婚，拒不出席安·普琳的皇后加冕典礼，拒绝承认英皇为教会首脑，英皇因而对他恨之入骨。1535 年 7 月 7 日，莫尔因莫须有的叛国罪而被斩首示众。他走向断头台，泰然自若，终年 57 岁。

托马斯·莫尔，是欧洲文艺复兴时期英国杰出的人文主义思想家，他的著作"是英国文艺复兴的肇始"，"莫尔是伟大的法律家、一个学者、一个具有广博知识与赏鉴力的人"，"是西欧空想社会主义第一人"，是杰出的政治家和社会活动家。他"有智慧，有良知，有个性"，他宁愿牺牲高官乃至生命来捍卫正义，不与英皇同流合污。他密切关注民生，为生活在底层的劳苦大众奔走呼告，他不仅反封建，对资本主义阶层也给予深刻批判。莫尔富有天分，勤奋、执著、朴素、谦逊、和蔼可亲，一生光明磊落、清正廉洁。

莫尔是那个时代闪亮的文魁星，《查理三世的历史》是他未完成的著作，而人们铭记不忘的，还是《乌托邦》。莫尔的名字和《乌托邦》一起照耀了当时整个欧洲乃至全世界的天空，在此后的历史演变中，它依然熠熠生辉，让后人有幸见证他和他的著作不朽的美丽光芒。

第二节 《乌托邦》简介

必须指出，《乌托邦》首先是一部文学杰作，是文学沃土上盛开的一朵奇葩，它为我们展现了一幅理想国的美妙蓝图。无论公正与否，《乌托邦》被我们这个时代所冷落，被雪藏在灰暗的角落里。它给现代人的印象过于抽象和概念化。几百年后，当我们蓦然回首，重拾这份思想遗产，却豁然清晰地发现曾被时间和观念所蔽而不见的光芒。《乌托邦》凝聚了托马斯·莫尔煞费苦心的祈盼，闪烁着那个时代关于理想社会最为进步的严肃而执著、热切而诚挚的求索与思考。我们站在时代优越的高岸领略辽远的过往，仍能感受理想主义的和煦阳光，仍会获得从容、宽厚和理性的愉悦，并得见历经漫长岁月风化却依然丰富、生动、祥和、缤纷的图景。

《乌托邦》全称为《关于最完美的国家制度和乌托邦新岛的既有益又有趣的金书》，是莫尔 1516 年出使荷兰期间用拉丁文写成的。英文名为 Utopia，是根据古希腊语虚造的词汇，意为"无何有之乡"，即不存在的地方。

英国都铎王朝的专制统治和新兴资产阶级的原始资本掠夺，是莫尔创作《乌托邦》的时代背景，而文艺复兴的人文思想和航海的发展及由此产生的地理大发现，给莫尔以创作的动力和灵感。

全书共分两个部分，采用对话体的创作形式。第一部分描写了英国农民在"圈地运动"中怎样被剥夺了土地，生活无着、流离失所的情景。再现了"羊吃人"的残酷现实。他通过书中航海家拉斐尔之口对英国的社会制度进行了辛辣的讽刺与批判，对达官贵人表示出强烈的厌恶与不屑，为生活在水深火热之中的劳苦大众慷慨陈词，大声疾呼。莫尔一针见血地指出私有制是造成社会罪恶的根源。

第二部分描绘了一个海岛共和国的理想画卷，讲述了人们怎样在公有制条件下，根据平等原则组织社会生产和生活，同第一部分形成鲜明对照，莫尔关于未来完美社会的热切憧憬都包含在其中。在岛国内，"人们快乐而满足地聚居着"。财产按需分配，人们各取所需。人人参与劳动，物资充裕，取之不竭。没有阶层之分，没有城乡差别。人们享有充足的休息和睡眠。他们注重教育和科学研究，注重健康和健美，城市井然有序，公共设施完备，环境优美，音乐缭绕，这样的生活至今都还令人怦然心动。

"《乌托邦》是一部文学杰作，尤其是社会主义思想史上的一部伟大文献"，马克·帕蒂森说在《乌托邦》中，莫尔"不仅灭除通常的权威的罪恶，还证明一个情感的光明，远出于他同时代大部分作者的政治家似的思想之上，不仅声言异教的宽容，且竟达到了不注意信条的哲学的观念的地位。""在财产共有原则的最初的预言家当中，莫尔占有极端重要的地位。直到 18 世纪法国资产阶级革命时为止，社会主义思想史上还找不出一部堪与《乌托邦》媲美的作品。"

第三节 《乌托邦》选段

拉斐尔很明智地论及我们这半球的缺点，以及那半球的缺点，他发现两方面都是缺点不少。他也对我们中间和他们中间的明智措施作出了比较。他对每一国家的风俗习惯回忆起来，如同在他仅一度到过的地方曾经住了一辈子。彼得用如下的话对这个人表示了他的惊叹：

"啊唷，亲爱的拉斐尔，我不明白你何以不去依附一个国王呢。我相信没有一个国王不欢迎你，因为你的学问，你对各种风土人情的通晓，既给他以喜悦的心情，又可以向他提供榜样，发出对他有所帮助的忠告。这样，不但对你自己极其有利，而且对于你的全部亲友也很能使他们得到提拔。"

"提起我的亲友，"他回答说，"我不十分为他们操心，因为我想我对他们已很好地尽了应有的义务。别人对财产不到年老多病不肯放弃，而且即使那时也是十分勉强地放弃，尽管要保留已无能为力。当我还不是壮年，实际上在年轻时，我就把财产分给亲友。我想我的亲友对我的慷慨应感到满足，而不额外地要求或期望我为了他们的缘故去臣奉国王。"

"说得妙！"彼得宣称，"我的意思是要你侍奉国王，并非臣奉国王。"

"臣奉和侍奉不过一个音节之差，"他说。

"不过我确信，"彼得接着说，"不管你怎样称呼这样的生活，它不失为一种手段，能对别人有好处，不管是对私人，还是全国所有的公民，并且你自己也可以更加发迹。"

"我必须，"拉斐尔说，"用我内心所厌恶的办法以便更加发迹吗？事实上，我现在自由自在地生活着，相信朝廷贵臣很少能像我这样的。而且，巴结权贵的人为数很多，你不要以为权贵身旁没有我或是一两个像我这样的人，就造成很大的损失。"

"嘿，"我于是说，"很明显，亲爱的拉斐尔，你是不羡慕金钱和权势的人。毫无疑问，我尊敬具有你这样胸襟的人，如同我尊敬非常有地位的大人物一样。可是我觉得，如果你在自己生活中把聪明勤奋用于为公众谋福利，即使这会使你个人吃亏，然而那才和你相称，和你的宽宏而真正富于哲理的气概相称。要很有成效地做到这一点，你就必须当一个伟大国王的谋臣，劝他采取（我深信你能使他采取）诚实荣誉的行动方针。从国王那儿，正如同从永不枯竭的泉源那儿，涌出的是所有能造福或为害全国的一条水。纵然你的事务经验不丰富，你有渊博的学问；或者即使你没有学问，你的事务经验是丰富的——因此你在任何国王的议事会上都是一个能臣。"

"亲爱的莫尔，"他说，"你有两方面的错误。第一，就我而言；第二，就事情本身而言。我并不如你所说的那么有才能。即使我那么有才能，在打乱我的安静生活的同时，我并无从为公众谋福利。首先，几乎一切国王都乐于追求武功，我不懂武，也不愿意懂武。他们宁可不从事光荣的和平活动。他们更关心的，是想方设法夺取新的王国，而不是治理好已获得的王国。

"其次，朝廷大臣都的确人人聪明，无须别人进言代谋；或是自以为聪明，不屑于倾听别人的意见。可是，他们对国王的头等宠臣的谬论，却随声附和，想列名门下，通过献媚得到青眼相看。本来，认为自己的见解最高明，是人情之常，如同乌鸦和猴子对自己的仔总是十分钟爱。"

"在这些妒忌别人的创见而重视自己的创见的人当中，如有人提出他所阅读到的异时异地的事，听者就显得似乎在才智方面所负的盛名有全部破产之虞，似乎此后将只会被看成是傻瓜，除非他们对别人的创见能够吹毛求疵。当一切企图都告失败的时候，他们便发表这样的议论作为最后的对策：'这样的事是我们的祖先所喜欢的，但求我们有我们的祖先那样明智。'然后，他们觉得这一妙论似乎结束了全部问题，就在自己位置上坐下——当然意思是说，如果在任何一点上显得比我们的祖先更明智，那会是危险的。然而，不管我们的祖先有什么好的见解，我们总是漠然不顾。可是，如果在任何情况下，我们的祖先的行动方向不那么明智，这个缺点就成为我们抓住的把柄，不肯放过。这种傲慢、荒谬而顽固的偏见，我曾在别的国家屡见不鲜，有一次也在英国见过。"

"什么，"我说，"你到过我的国家？"

"是呀，"他回答说，"我在那儿住过几个月，在英国西部人民起义反抗英王惨遭失败后不久；起义受到镇压，杀戮很重。那时，我很感谢尊敬的约翰·莫顿红衣主教，坎特伯雷大主教，又是当日英国大法官。亲爱的彼得（我是专对你说的，莫尔深知大主教，不须向我了解），这位大主教是值得尊敬的，因为他深谋远虑，德高而又望重。他是中等身材，丝毫不显得年老。他的仪容令人觉得可敬而不必生畏。他的谈吐沉着庄严，但听起来愉快舒适。对于谒见有所请求的人，他爱用粗率语言相待，加以考验，但是完全出于一片好意，要观察一下对方的胆识和镇静自若的程度。坦然无惧的态度是他所赏识的，只要不流于冒失；因为这近似他的性情，而且对于奉公职的人是相宜的，从而他才加以赞美。他的谈吐精练犀利，法律知识精深。他的能力非常强，记忆非常好。学问和阅历使他的不凡天赋更善更美。

"英王十分听信他的意见。我在英国时，他似乎是国家所倚仗的栋梁。不出一般人所预料，他几乎在很年轻时就从学校进入宫廷，一生处理重大政务，经过种种的世运浮沉，从而在许多惊风骇浪中获得了一个政治家的远见，这样从亲身经历中来的远见是不容易忘的。

"某日，我正和他共餐，有一个精通英国法律的未奉圣职的俗人在座。这个人不知怎的找到一个机会咬文嚼字地谈起英国当时对盗窃犯执法的严峻。他们到处被执行死刑。据他说，送上绞刑台的有时一次达二十人之多。他又说，他感到更加惊奇的是，尽管漏网的人极少，为何不幸全国仍然盗窃犯横行呢？当时我不揣冒昧，在红衣主教席上毫不隐讳地发表了我的意见，我说：

"'你无须惊奇，因为这样处罚盗窃犯是越法的，对社会不利。对于盗窃，这是过于严厉的处分，但又不能制止盗窃。仅仅盗窃不是应处以死刑的重罪，而除盗窃外走投无路的人，随你想出什么惩治的办法，也还是要从事盗窃。在这点上，你们英国和世界上大多数地方一样，很类似误人子弟的教书匠，他们宁可鞭挞学生，而不去教育学生。你们对一个盗窃犯颁布了可怕的严刑，其实更好的办法是，给以谋生之道，使任何人不至于冒始而盗窃继而被处死的危险。'

"'对这种情况，'这人说，'我们已采取了充分的措施。我们有手艺，我们有农活。只要一个人不甘心为非作歹，他就可以做这些工作谋生。'

"'不，'我反驳说，'你不会这样轻易摆脱得了。我们且不提在对外和对内战争中变成残废回到家园的人，例如最近英国人和康瓦尔人作战以及不久前对法国作战，都有这种情况。这些英国人为他们的国和王效劳，竟弄得四肢不全。他们由于残废而无从干自己的行当，由于年纪不小又不能学新行当。我们且不考虑这些人，因为战争总是偶尔才有。我们不妨思考一下每天都有的情况。

"'首先，有大批贵族，这些人像雄蜂一样，一事不做，靠别人的劳动养活自己，例如，靠在自己田庄上做活的佃农，尽力剥削这些佃农，以增加收入，（他们唯独在这点上锱铢必较，否则他们总是挥金如土，把自己搞穷搞光！）而且带着大批从未学过任何糊口技艺的游手好闲的随从。只要主人一死，或者他们自己生病，这批人便立刻被赶出去。主人宁养闲客，不养病号。后嗣也往往无力像先人一样维持偌大的门户，至少一开始无力这样做。

"'同时，这些人如不尽可能从事盗窃，就只有尽可能挨饿。的确，他们能怎样办？流浪的生活逐渐使他们的衣服破烂不堪，并且身体衰弱不堪，既然如此贫病交迫，任何绅士都不屑于去雇用他们，农民也对他们望而生畏。农民深知，一个人习惯于舒适懒散，挂刀持盾，对周围的人自吹自夸，摆出神气十足的样子，他就不会为了些微的报酬和粗淡的饭食，去拿起铁锹和锄头，老老实实地替贫苦老百姓干活。'

　　"'可是这种人，'那个精通法律的家伙反驳说，'正是我们要尽力加以赞助的。一旦我们需要作战，我们军队的支柱正是要这种人来当，他们比做工的和种田的有更大的气魄。'

　　"'当然啦，'我说，'你倒不如说，为了作战，我们就必须鼓励盗窃犯。只要你养这类的人，你绝不能使盗窃犯绝迹。而且，盗窃犯当兵，并非是最不活跃的；当兵的干盗窃，也并非是最缺少劲头的。两者竟是如此巧妙地互通。可是，这个毛病在你们的国家虽然很猖獗，倒不是你们所独有，而是几乎一切国家所共有的。

　　"'法国患有另一种更严重的灾难。即使在和平时期（假如你可以称它为和平时期），法国到处挤满了雇佣兵，因为法国人和英国人想法一样，认为养一批懒散的随从是好事。这些自作聪明的人的想法是：若要社会安全，必须随时备有一支坚强可靠的守卫部队，主要由老兵组成，因为他们不信任新兵。这种看法使他们不得不经常寻找战争的口实，专供士兵获得临阵的经验，盲目杀人，唯恐，如同塞拉斯特所作的妙论，'无论是心或手，不用就不灵。'然而，法国吃了大亏才认识到，豢养这般野蛮畜生是多么危险，这点也从罗马、迦太基、叙利亚和别的许多国家的事例得到证明。后面这些国家的常备军，不但毁灭了他们国家的最高权力，而且连土地城市也毁灭了。

　　"'这种军队之无须乎维持，从这点可清楚地得到证明：即使从小就在行伍中认真训练的法国士兵，也不敢夸口如果和你们征来的新兵作战，可以经常得胜。这点我无须多谈，以免好像露骨地奉承你们。无论如何，你们城市中长大的手艺人或是种田的乡下佬，除掉体格不够健壮与勇猛者外，除掉因家中吃用不够而志气受磨折者外，据信是全不害怕那些伺候绅士的懒散随从的。因此，这些随从，一度身强力壮（因为绅士所要特意腐蚀的恰巧是经过精选的汉子），现在却由于懒散而趋于衰弱，由于干的缺乏男子气概的活而变成软绵绵的。如果一旦通过锻炼，做老实的工去养自己，干结结实实的粗活，倒无须担心挺不起腰杆作丈夫！

　　"'不管怎样，为了应付紧急战争，养一大批这类扰乱治安的人，在我看来，不利于为社会造福。你们不要战争，就决不会有战争，而你们所更应该重视的是和平，不是战争。但这并不是使盗窃成为不可避免的唯一情况。还有另一种我认为是英国人的特殊情况。"

　　"那是什么情况?"红衣主教问。

　　"'你们的羊，'我回答说，'一向是那么驯服，那么容易喂饱，据说现在变得很贪婪、很凶蛮，以至于吃人，并把你们的田地、家园和城市蹂躏成废墟。全国各处，凡出产最精致贵重的羊毛的，无不有贵族豪绅，以及天知道什么圣人之流的一些主教，觉得祖传地产上惯例的岁租年金不能满足他们了。他们过着闲适奢侈的生活，对国家丝毫无补，觉得不够，还横下一条心要对它造成严重的危害。他们使所有的地耕种不成，把每寸土都围起来做牧场，房屋和城镇给毁掉了，只留下教堂当作羊栏。并且，好像他们浪费于鸟兽园圃上的英国土地还不够多，这般家伙还把用于居住和耕种的每块地都弄成一片荒芜。

　　"'因此，佃农从地上被撵走，为的是一种确是为害本国的贪食无餍者，可以用一条栏栅把成千上万亩地圈上。有些佃农则是在欺诈和暴力手段之下被剥夺了自己的所有，或是受尽冤屈损害而不得不卖掉本人的一切。这些不幸的人在各种逼迫之下非离开家园不可——男人、女人、丈夫、妻子、孤儿、寡妇、携带儿童的父母，以及生活资料少而人口众多的全家，因为种田是需要许多人手的。嗨，他们离开啦，离开他们所熟悉的唯一家乡，却找不到安身的去处。他们的全部家当，如等到买主，本来值钱无多，既然他们被迫出走，于是就半文一钱地将其脱手。

　　"'他们在流浪中花完这半文一钱之后，除去从事盗窃以致受绞刑外（这是罪有应得，你会说），或是除去沿途讨饭为生外，还有什么别的办法？何况即使讨饭为生，他们也是被当做到处浪荡不务正业的游民抓进监狱，而其实他们非常想就业，却找不到雇主。他们是对种田素有专长的，可是找不到种田的活，由于已无供耕种的田。一度需要多人耕作才产粮食的地，用于放牧，只要一个牧人就够。

"'这种情况使许多地区粮价剧增。而生羊毛的价格又如此高涨，一向织毛呢的英国穷人买不起它，于是大批赋闲。因为，牧场既然扩大了，曾有许多头羊死于一场瘟疫，好像老天在羊身上降瘟，作为对贪婪的惩罚，其实在羊的主人的头上降瘟才更公道些。可是，不管羊的繁殖量多么的提高，羊的价格丝毫未跌，因为，售户不止一人，固然未便指为垄断，但出售方式无疑地是寡头操纵，所有的羊落到极少数人手中，这些是少数富有的人，他们不想卖，就不必卖，而他们得不到要求的价格，就不想卖。

"'到了这时刻，其他全部牲畜也由于这个理由而同样涨价，而且变本加厉，其原因是，农庄遭到破坏，农业趋于萧条，无人从事饲养牲畜。富人不像自己养小羊那样养小牛。他们从国外用廉价买进瘦弱的小牛，在牧场上喂肥后，用高价卖出。照我看来，这种方式的全部危害还不曾被人感觉到。直到现在，这些商贩在把牲畜脱手的地方才大抬价格，可是，一旦他们在产地采购频繁，超过该地饲养的速度，那么，来源市场既然供应逐渐减少，结果一定远远供不应求。

"'这样，由于少数人贪得无厌，对你们这个岛国本来认为是带来极大幸运的东西，现在是遭到毁灭了。粮食腾贵的结果，家家尽量减少雇佣。请问，这些被解雇的人，不去乞讨，或不去抢劫（有胆子的人更容易走的一条路），还有什么办法呢？

"'而且，一面穷困不堪，而另一面又是奢侈无度。不但贵族的仆从，还有手工人，甚至几乎农民本身，实际上各种人无一例外，都是讲究穿着，纵情吃喝。诸如赌厅妓院，以及声名狼藉不下于妓院的场所（像那些酒楼餐馆），还有不正当的游戏，什么骰子、纸牌、双陆、玩球、掷铁圈等，这一切不是能使嗜好者很快把钱花光、走上抢劫之途吗？

"'戒绝这些害人的东西吧。用法律规定，凡破坏农庄和乡村者须亲自加以恢复，或将其转交给愿意加以恢复并乐于从事建设的人。对富有者囤积居奇的权利以及利用这项权利垄断市场，须严加控制。少养活些好吃懒做的人。振兴农业。恢复织布，让它成为光荣的职业，安插一大批有用的但闲着的人手，他们或是迄今被贫穷驱为盗窃犯，或是目前非流浪即帮闲，终究都会沦为盗窃犯。毫无疑问，除非你们医治这些弊病，光是夸口你们如何执法惩办盗窃犯，那是无用的。这样的执法，表面好看，实则不公正，不收效。你们让青年人受不良的熏染，甚至从小就一天天堕落下去，待到他们成长后，犯下他们儿童时代起早就总是显得要犯的罪恶，这时，当然啦，予以处分。你们始而纵民为盗，继而充当办盗的人，你们干的事不正是这样吗？'

"我在发这个长议论时，那律师就忙于准备答复，并决定采用辩论家的惯常方式，即把已说过的话努力重述，而不是给以答复，表示自己的记忆力很不坏。

"'当然，'他发言说，'你谈得很好，考虑到你仅是一个外国人，对这一类的事是耳食多于真知——这点我要简单地说清楚。我且先把你所说的依次举出，然后指明，由于你对我们的情况一无所知，你在哪些方面弄错了。最后，我要驳倒你的全部论点。好，从我答应的第一点开始，在四点上我认为你——'

"'且住，'红衣主教打断说，'你这样开始，怕不是三言两语能答复得完的。因此你现在不必辛辛苦苦作答复，你作答复的权利可以完整地保留到下次见面，即是在明天，我打算这样安排，假如你和拉斐尔都方便的话。

"'亲爱的拉斐尔，我希望你告诉我，何以你认为对盗窃罪不应处以极刑，你觉得怎样用刑才对社会更有好处呢？我深信，即使你，也不会觉得必须任其逍遥法外。甚至照现在的样子，规定了死刑，依然盗窃成风。一旦盗窃犯知道决不会被处死刑，还有什么力量、什么畏惧，能制止罪犯。他们会把这样的减刑诲盗看成是对他们的奖励。'

"'当然，'我说，'尊敬的红衣主教阁下，一个人使别人丧财就得自己丧命，这是很不公道的。我认为，幸运能给我们的全部财富全都比不上人的性命的宝贵。假如人们说，对这样的罪所以如此用刑，是由于其犯法违禁，而不是由于金钱被盗，那么，大可以把这样的极端的执法描绘成为极端不合法。因为我们既不赞成曼利阿斯的法律准则，对于轻微的犯法就要立即拔刀用刑，也反对斯多葛派的条令，把一切罪等量齐观，杀人和抢钱竟被看成毫无区别，其实，如果公道还有任何意义的话，这两件案例既不相同，也不相关。

"上帝命令：'你不准杀人，'我们可以把一小笔钱的偷窃犯轻易处死吗？如果说，上帝命令我们戒杀并不意味着按照人类法律认为可杀时，也必须不杀，那么，同样，人们可以自己相互决定在什么程度上，强奸、私通以及伪誓是允许的了。上帝命令我们无杀人之权，也无自杀之权。而人们却彼此同意，在一定的事例中，人可以杀人。但如果人们中的这种意见一致竟具有如此的效力，使他们的仆从无须遵守上帝的戒律，尽管从上帝处无先例可援，这些仆从却可以把按照人类法律应该处死的人处死，岂非上帝的戒律在人类法律许可的范围内才行得通吗？其结果将会是，在每一件事上都要同样由人们来决定上帝的戒律究竟便于他们遵行到什么程度。

"'最后，摩西立法虽然严酷，由于其本来用以对付奴隶和贱民，对盗窃也只是科以罚金，不用死刑。我们不要认为，在其慈悲的新法律里训示我们如同父亲训示儿女一般的上帝，竟容许人们有彼此残忍相待的这种较大的随便权利。

"'这就是我认为这种惩罚不合法的道理。而且，一个国家对盗窃犯和杀人犯用同样的刑罚，任何人都看得出，这是多么荒谬甚至危险的。当盗窃犯发现，仅仅对于盗窃，判刑竟如同对于杀人同样的可怕，这个简单的考虑就促使他把他本来只想抢劫的那人索性杀掉。他要是被人拿获，本不致冒更大的危险；何况杀人灭口，更可望掩盖罪行，对他说来反而较为安全了。这样，我们虽然用酷刑威吓盗窃犯，我们却怂恿他消灭良好的公民。

"'关于更适当的惩办方式这个常见的问题，我认为发现一个较好的方式比发现一个较坏的方式要容易些。非常长于治国的罗马人在古时所爱用的一种惩办罪行的方法，那是好方法，我们为何对它有怀疑呢？罗马人把经过判罪的重犯始终加上镣铐，罚去终身采石开矿。

"'然而，关于这个问题，任何国家的制度都比不上我旅行波斯时在一般叫做波利来赖塔人中所看到的那种制度。他们的国家很大，治理得宜，除向波斯国王进贡年税而外，他们生活自由，按本身立法实行自治。他们的地方离海很远，几乎四面环山，物产完全自给自足。因此，他们和别的国家极少互通往来。按照他们多少年来的国策，他们不求扩张自己的领土，而且，既有高山作屏障，又对他们的霸主进献贡物，因此，保卫本国领土使其不受侵略也不费力。他们既然完全不受军国主义的侵扰，过得生活尽管平常却很舒适，虽然默默无闻却很快乐。我想，甚至他们的国名，除近邻外，外间都不大知道。

"'在这个国家，盗窃犯定罪后须将赃物交还失主，不像通常在别处须送给国王。他们认为，国王和盗窃犯都没有取得该物的权利。如原物已失，则按价从盗窃犯的财产中取偿，多余的钱全部还与犯人的妻子儿女。犯人本身则被罚令服苦役。如罪行不严重，犯人不至于坐监牢，也免于上脚镣，在身体自由的情况下派去为公众服劳役。拒绝劳动或劳动态度差的犯人不但被加上锁链，而且受到鞭笞，进行强迫劳动。他们若是做工勤快，决不会受到侮辱和伤害。只是每夜他们经过点名后，被锁禁在睡觉的处所。

"'除去经常做工外，犯人的生活中没有什么苦可吃。例如，他们的伙食很好，由公库开支，因为他们是替公家做工——关于这方面的办法各地不一样。在某些地区，用于他们身上的开支来自筹集救济金。这个办法虽不稳定，然而波利来赖塔人存心非常慈善，所以其他任何办法所得都不比这个办法更能供应充裕，满足需要。在另一些地区，拨出固定的公共税收以支付此项费用。其余地区则按人口抽特定的税充当这笔经费。还有若干地区的犯人无须为公众服劳役，任何公民需要帮工，可到市场雇用他们，按日发给固定的工资，略低于雇用自由的公民。并且，受雇的犯人如工作不力，雇主可施行鞭打。因此，犯人不愁无工可做，不但赚钱养活自己，还每天为国库增加收入。

"'他们穿的衣服颜色全一样。他们不剃头，把两耳上面的发剪短，并削去一个耳垂。他们可以接受朋友赠送的饮食以及符合规定颜色的衣服。金钱赠予，对送者及收者都是死罪。任何自由公民，不问理由如何，若是接受犯人的钱，以及奴隶（定罪犯人的通称）若是接触武器，都冒被处死刑的危险。每一地区的奴隶带有特殊标志，以资识别；当他从本区外出，或和另一地区奴隶交谈时，扔掉这个标志构成死罪。此外，凡密谋逃亡与实际逃亡是同样的险事。对逃亡有默许行为的，若是奴隶，处以死刑；若是自由公民，罚令充当奴隶。相反，对告发者规定了奖赏，自由公民得现钱，奴隶恢复自由，对以上两种人都免予追究其同谋的罪行。其用意是，作恶到头的人决不能比及早回头的人占更安全的便宜。

"'这就是关于这个问题的法令和步骤，我已经对你描述过了。你会很容易看出，这是多么合乎人道，多么有益处。公众所表示的愤怒，其目的无非是根除罪恶，挽救犯罪的人，处理他们时使他们一定要改过迁善，以后一辈子将功赎罪。……"

（李新红编，摘自戴镏龄译：《乌托邦》，商务印书馆，1982）

第三十五章　莎士比亚及《哈姆雷特》

第一节　莎士比亚简介

威廉·莎士比亚是文艺复兴时期英国最重要的诗人和剧作家，也是欧洲人文主义文学最杰出的代表。1564 年他生于英国中部瓦维克郡的一位富裕的市民家庭。其父是经营羊毛、皮革制造及谷物生意的杂货商，莎士比亚 7 岁时被送到当地的一个文法学校念书，掌握了写作的基本技巧与较丰富的知识，除此之外，他还学过拉丁语和希腊语。但因他的父亲破产，未能毕业就走上独自谋生之路。他当过肉店学徒，也曾在乡村学校教过书，还干过其他各种职业，这使他增长了许多社会阅历。莎士比亚还在斯特拉福德小镇居住时，就对戏剧表演已经非常熟悉。经常有一些旅行剧团到斯特拉福德小镇表演。1582 年他与农民之女安妮·海瑟薇结婚，1585 年育有一子哈姆内特·莎士比亚。1586 年到伦敦，先在剧院当马夫、杂役，后入剧团，做过演员、导演、编剧，并最终成为剧院股东；1588 年前后开始写作，先是改编前人的剧本，不久即开始独立创作。从 1594 年起，他所属的剧团受到王公大臣的庇护，称为"宫内大臣剧团"。1596 年，他以他父亲的名义申请到"绅士"称号和拥有纹章的权利，又先后三次购置了可观的房地产。1603 年，詹姆士一世继位，他的剧团改称"国王供奉剧团"，他和团中演员被任命为御前侍从，因此剧团除了经常巡回演出外，也常常在宫廷中演出，他创作的剧本进而蜚声社会各界，其中《冬天的故事》、《第十二夜》、《无事生非》等喜剧以及《李尔王》、《麦克白》、《罗密欧与朱丽叶》以及《哈姆雷特》等悲剧最广为人知。《第十二夜》可以说是莎士比亚喜剧的总结性的作品，其中运用了作家戏剧创作的所有成功的经验，把作品的思想境界提升到较高的程度。作者通过层层的比较和烘托的手法，把剧中理想化的人物塑造得光彩照人。悲剧《哈姆雷特》由于思想内容的深刻和艺术上的高度成就，被公认为是莎士比亚最重要的作品。莎士比亚的诗歌创作包括两部长诗和一部十四行诗集。其长诗《维纳斯和阿都尼》取材于罗马诗人奥维德的《变形记》，写爱神维纳斯追求美少年阿都尼的故事；另一部长诗《鲁克丽斯受辱记》也取材于奥维德的作品，写罗马大臣柯拉廷纳斯的妻子鲁克丽斯被国王的儿子奸污，其丈夫为她报仇，推翻王朝的故事。莎士比亚的十四行诗共 154 首，基本内容是歌颂友谊和爱情，表现人文主义关于建立人与人之间和谐关系的理想。莎士比亚还创作了九部历史剧，其中主要包括两个四部曲。这两个四部曲描写了英国从封建混战到国家统一的历史过程。

第二节　《哈姆雷特》简介

该剧本写的是发生于中世纪的丹麦王子为父亲复仇的故事……丹麦王子哈姆雷特的父亲突然逝世，不到两个月，王后葛特露就和国王的弟弟、新国王克劳迪斯结了婚。

这一连串事情在朝中引起了议论，有些大臣认为葛特露轻率无情，居然嫁给了可憎卑鄙的克劳迪斯。甚至有人怀疑克劳迪斯是为了篡位娶嫂，卑鄙害死了国王。受刺激最深的还是王子小哈姆雷特。哈姆雷特总是把他已故的父亲当做偶像来崇拜，所以最令他难受的倒还不是没能继承照理来说应由他继承的王位，而是母亲葛特露很快就忘记了和老国王的恩爱。在哈姆雷特看来，这桩婚事是十分不正当的，用"乱伦"两个字来形容是再恰当也不过了。悲痛和郁闷使年轻王子昔日惯有的快乐荡然无存，在他眼里，一切高洁的花卉全都枯死了，倒是杂草在那里疯长。新王和王后想尽了办法叫他快活起来，但哈姆雷特总是穿着黑色的丧服来表示他的哀悼，甚至在新王举行结婚大礼的那一天，他仍旧身着丧服以示鄙视。在无数悲哀的日子里，年轻的王子反复思量着他敬爱的父亲是怎样死的。虽然克劳迪斯宣称国王是给一条蛇咬死的，但敏锐的哈姆雷特怀疑克劳迪斯就是那条蛇。而且，他猜测母亲葛特露也有可能参与了谋杀。有学问的霍拉旭是哈姆雷特的好朋友。他和宫廷警卫玛昔勒斯曾在夜半看见过一个鬼魂，长得和已故的国王一样。哈姆雷特决定去见父亲的鬼魂……老国王的鬼魂重现时，向儿子讲述了自己的死因。哈姆雷特决心惩罚恶人，为父亲报仇。克劳迪斯发现了他的意图，将他送往英国，同时在密信中指示英王将其暗害。哈姆雷特中途发现诡计，改写密信，命英王将来使处死，自己跳上海盗船返回丹麦。克劳迪斯挑唆勒替斯与他决斗，同时安排利剑、毒刃和毒酒，必欲置哈姆雷特于死地。决斗时，王后为儿子的胜利干杯，误饮毒酒而死，哈姆雷特和勒替斯都中了毒剑。勒替斯在临死前揭发了克劳迪斯的阴谋。哈姆雷特当场处死了奸王，自己也因剑毒发作而死。

哈姆雷特的悲剧是以他个人的力量与强大的恶势力相抗争的必然结果。哈姆雷特的斗争目标是与广大人民群众一致的。剧中不只一次提到人民是拥护这位王位的合法继承人的。但是，哈姆雷特从没有想到人民的力量。他轻视人民，只想到由"我"来重整乾坤。当时的人文主义者多数是这样脱离人民的理想主义者。作为一个新旧交替时代的人物，哈姆雷特身上，还有许多旧思想的重负。作为一个具有个性的艺术形象，他还有性格上善于思考、过于谨慎而缺乏果断行动的弱点。总之，先进的然而是弱小的同时又带有不可避免的历史局限的社会力量，与过渡时期产生的强大的恶势力之间的矛盾构成了一种悲剧性的冲突。

《哈姆雷特》通过丹麦王子哈姆雷特与克劳迪斯为首的宫廷集团之间的斗争，反映了当时少数先进人物为实现美好理想与强大的社会恶势力之间的矛盾，反映了人文主义者为探索改造社会、消灭罪恶的崇高行为以及他们脱离群众、找不到出路的处境。这是人文主义者的悲剧，也是时代的悲剧。

第三节　《哈姆雷特》选段

剧中人物

克劳迪斯	丹麦国王
哈姆雷特	前王之子，今王之侄
福丁勃拉斯	挪威王子
霍拉旭	哈姆雷特之友

普隆涅斯	御前大臣
伏底曼特	朝臣
考尼力斯	朝臣
罗森克洛滋	朝臣
基腾史登	朝臣
奥斯力克	朝臣
一侍臣	朝臣
一教士	朝臣
玛昔勒斯	军官
勃那陀	军官
弗兰西斯科	兵士
雷瑙陀	普隆涅斯之仆
一队长	
英国使臣	
众伶人	
二小丑	掘坟墓者
葛特露	丹麦王后，哈姆雷特之母
莪菲莉霞	普隆涅斯之女

贵族、贵妇、军官、兵士、教士、水手、使者及侍从等
哈姆雷特父亲的鬼魂

第一幕

第一场　厄耳锡诺　城堡前的露台

弗兰西斯科立台上守望。勃那陀自对面上。

勃　那边是谁？

弗　不，你先回答我；站住，告诉我你是什么人。

勃　国王万岁！

弗　勃那陀吗？

勃　正是。

弗　你来得很准时。

勃　现在已经打过十二点钟；你去睡吧，弗兰西斯科。

弗　谢谢你来替我；天冷得厉害，我心里也老大不舒服。

勃　你守在这儿，一切都很安静吗？

弗　一只小老鼠也不见走动。

勃　好，晚安！要是你碰见霍拉旭和玛昔勒斯，我的守夜的伙伴们，就叫他们赶紧来。

　　霍拉旭及玛昔勒斯上。

弗　我好像听见他们来了。喂，站住！你是谁？

霍　都是自己人。

玛　丹麦王的臣民。

弗　祝你们晚安！

玛　啊！再会，正直的军人！谁替了你？

弗　勃那陀接我的班。祝你们晚安！　　（下）

玛　喂！勃那陀！

勃　喂——啊！霍拉旭也来了吗？

霍　有点像他。

勃　欢迎，霍拉旭！欢迎，好玛昔勒斯！

玛　什么！这东西今晚又出现过了吗？

勃　我还没有瞧见什么。

玛　霍拉旭说那不过是我们的幻想。我告诉他我们已经两次看见过这一个可怕的怪象，他总是不肯相信；所以我请他今晚也来陪我们守一夜，要是这鬼魂再出来，就可以证明我们并没有看错，还可以叫他和它说几句话。

霍　得了，它不会出现的。

勃　先请坐下；虽然你耳朵堵得很严实，听不进去，我们还是要把我们这两夜来所看见的情形再向你絮叨一遍。

霍　好，我们坐下来，听听勃那陀怎么说。

勃　昨天晚上，当北极星西边的那颗星转到了它现在闪烁发亮的地方，时钟刚敲一点，玛昔勒斯跟我两个人——

　　鬼魂上。

玛　住声！不要说下去；瞧，它又来了！

勃　正像已故的国王的模样。

玛　你是有学问的人，去和它说话，霍拉旭。

勃　它的样子不像已故的国王吗？看，霍拉旭。

霍　像得很，它使我心里充满了恐怖和惊奇。

勃　它希望我们对它说话。

玛　你去问它，霍拉旭。

霍　你是什么鬼怪，胆敢僭窃丹麦先王出征时的神武的雄姿，在这样深夜的时分出现？凭着上天的名义，我命令你说话！

玛　它生气了。

勃　瞧，它高视阔步地走开了。

霍　不要走！说呀，说呀！我命令你，快说！

　　（鬼魂下）

玛　它走了，不愿回答我们。

勃　怎么，霍拉旭！你在发抖，你的脸色这样惨白。这不是幻想吧？你有什么高见？

霍　凭上帝起誓，倘不是我自己的眼睛向我证明，我再也不会相信这样的怪事。

玛　它不像我们的国王吗？

霍　正和你像你自己一样。它身上的那副战铠，就是它讨伐野心的挪威王的时候所穿的；它脸上的那副怒容，活像它有一次在谈判当中愤怒地用沉重的长柄斧敲击冰块时的神气。怪事怪事！

玛　前两次它也是这样不先不后地在这个静寂的时辰，用军人的步伐走过我们的眼前。

霍　我不知道究竟应该怎样想法；可是大概推测起来，这恐怕预兆着我们国内将要有一番非常的变故。

玛　好吧，坐下来。谁要是知道的，请告诉我，为什么我们要有这样森严的戒备，使全国的军民每夜不得安息；为什么每天都在制造铜炮，还要向国外购买战具；为什么征集大批造船工，连星期日也不停止工作；这样夜以继日地辛苦忙碌，究竟为了什么？谁能告诉我？

霍　我可以告诉你；至少一般人都是这样传说。刚才它的形象还出现在我们面前的那位先王，你们知道，曾经接受骄矜好胜的挪威的福丁勃拉斯的挑战；在那一次决斗中间，我们的勇武的哈姆雷特——他的英名是举世称颂的——把福丁勃拉斯杀死了。按照双方先遣官签订并经批准的协定，福丁勃拉斯断送了自己的性命，而且把他所有的一切土地奉送给了胜利的一方。同时我们的先王也提出相当的土地作为赌注，要是福丁勃拉斯得胜了，那土地也就归他所有，正像在同一协定上所规定的，他失败了，哈姆雷特可以把他的土地没收一样。现在要说起那位小福丁勃拉斯，他血气方刚，好勇斗狠，在挪威四境召集了一群无法无天的亡命之徒，要他们当炮灰，逼他们铤而走险；听任他们胡作非为。他的唯一的目的，我们的当局看得很清楚，无非是要用武力和强迫性的条件，夺回他父亲所丧失的土地。照我所知道的，这就是我们作种种准备的主要动机，我们这样戒备的唯一原因，也是全国所以这样慌忙骚乱的缘故。

勃　我想正是为了这个缘故。我们那位先王在过去和目前的战乱中间，都是一个主要的角色，所以无怪他的武装的形象要向我们出现示警了。

霍　那是扰乱我们心灵之眼的一点微尘。从前在富强繁盛的罗马，在那雄才大略的裘力斯·凯撒遇害以前不久，披着殓衾的死人都从坟墓里出来，在街道上啾啾鬼语，星辰拖着火尾，喷着鲜血似的雨露，太阳发黑，支配潮汐的月亮面带病容，晦蚀惨淡得好像到了世界末日；这一类预报重大变故的朕兆，在我们国内的天上地下，已经对我们的邦国和同胞显示出来了。可是不要响！瞧！瞧！它又来了！

　　鬼魂重上。

霍　我要挡住它的去路，即使它会害我。不要走，鬼魂！要是你能出声，会开口，对我说话吧；要是我有可以为你效劳之处，使你的灵魂得到安息，使我得福，那么对我说话吧；要是你预知祖国的命运，靠着你的指示，也许可以及时避免未来的灾祸，那么对我说话吧！或者你在生前曾经把你搜刮得来的财宝埋藏在地下，我听见人家说，鬼魂往往在它们藏金的地方徘徊不散；（鸡啼）要是有这样的事，你也对我说吧；不要走，说呀！拦住它，玛昔勒斯。

玛　要不要我用我的戟刺它？

霍　好的，要是它不肯站定。

勃　它在这儿！

霍　它在这儿！

　　（鬼魂下）

玛　它走了！我们不该用暴力对待这样一个尊严的亡魂；因为它是像空气一样不可侵害的，我们无益的打击不过是恶意的徒劳。

勃　它正要说话的时候，鸡就啼了。

霍　于是它就像一个罪犯听到了可怕的召唤似的惊跳起来。我听人家说，报晓的雄鸡用它高锐的啼声，唤醒了白昼之神，一听到它的警告，那些在海里、火里、地下、空中到处浪游的有罪的鬼魂，就一个个钻回自己的巢穴里去；这句话现在已经证实了。

玛　那鬼魂正是在鸡鸣的时候隐去的。有人说在我们每次欢庆圣诞之前不久，报晓的雄鸡总会彻夜长鸣；那时候，他们说，没有一个鬼魂可以出外行走，夜间的空气非常清净，星宿不为非作歹，没有一个神仙用法术迷人，妖巫的符咒也失去了力量，一切都是圣洁而美好的。

霍　我也听人家这样说过，倒有几分相信。可是瞧，清晨披着赤褐色的外衣，已经踏着那边东方高山上的露水走过来了。我们也可以下班了。照我的意思，我们应该把我们今夜看见的事情告诉小哈姆雷特；因为凭着我的生命起誓，这一个鬼魂虽然对我们不发一言，见了他一定有话要说。你们以为按着我们的交情和责任说起来，是不是应当让他知道这件事情？

玛　很好，我们决定去告诉他吧；我知道今天早上在什么地方最容易找到他。（同下）

第二场　城堡中的大厅

国王、王后、哈姆雷特、普隆涅斯、勒替斯、伏底曼特、考尼力斯、群臣、侍从等上。

王　　虽然我们亲爱的王兄哈姆雷特新丧未久，我们的心里应当充满了悲痛，我们全国都应当表示一致的哀悼，可是我们凛于后死者责任的重大，不能不违情逆性，一方面固然要用适度的悲哀纪念他，一方面也要为自身的利害着想；所以，在一种悲喜交集的情绪之下，让幸福和忧郁分据了我的两眼，殡葬的挽歌和结婚的笙乐同时并奏，用盛大的喜乐抵消沉重的不幸，我已经和我旧日的长嫂，当今的王后，这一个多事之国的共同的统治者，结为夫妇；这一次婚姻事先曾经征求各位的意见，多承你们诚意的赞助，这是我必须向大家致谢的。现在接下去说，你们知道，小福丁勃拉斯看轻了我们的实力，也许他以为自从我们亲爱的王兄驾崩以后，我们的国家已经瓦解，所以挟着他的从中取利的梦想，一再催逼我们归还他父王当年的失地，这些失地是依法割让给我们的英勇的王兄的。关于他就讲这么多。现在要讲到我们的态度和今天召集各位来此的目的。我们的对策是这样的：我这儿已经写好了一封信给挪威国王，小福丁勃拉斯的叔父——他因为卧病在床，不曾与闻他侄子的企图——在信里我请他注意他的侄子擅自在国内征募壮丁，训练士卒，积极进行各种准备的事实，要求他从速制止他的进一步的行动；现在我就派遣你，考尼力斯，还有你，伏底曼特，替我把这封信送给挪威老王，除了训令上所规定的条件以外，你们不得僭用你们的权力，和挪威成立逾越范围的妥协。你们赶紧就去吧，再会！

考、伏　我们敢不尽力执行陛下的旨意。

王　　我相信你们的忠心，再会！

　　　（伏、考同下）现在，勒替斯，你有什么话说？你对我说你有一个请求；是什么请求，勒替斯？只要是合理的事情，你向丹麦王说了，他总不会不答应你。你有什么要求，勒替斯，不是你未开口我就自动许给了你？丹麦王室和你父亲的关系，正像头脑之于心灵一样密切；丹麦国王乐意为你父亲效劳，正像双手乐于为嘴服役一样。你要些什么，勒替斯？

勒　　陛下，我要请求您允许我回到法国去。这一次我回国参加陛下加冕的盛典，略尽臣子的微忱，实在是莫大的荣幸；可是现在我的任务已尽，我的心愿又向法国飞驰，但求陛下开恩允准。

王　　你父亲已经答应你了吗？普隆涅斯怎么说？

普　陛下，我却不过他几次三番的恳求，已经勉强答应他了；请陛下放他去吧。

王　挑个好日子动身，勒替斯，时间你安排，发挥你的美德去尽情度过好时光吧！
可是来，我的侄儿哈姆雷特，我的孩子——

哈　（旁白）比亲戚要亲一点，说亲人又说不上。

王　为什么愁云依旧笼罩在你的身上？

哈　不，陛下；我已经在太阳里晒得太久了。

后　好哈姆雷特，摆脱你阴郁的气色吧，对丹麦王应该和颜悦色一点；不要老是
垂下了眼皮，在泥土之中找寻你的高贵的父亲。你知道这是一件很普通的事
情，活着的人谁都要死去，通过人世走向永恒。

哈　嗯，母亲，这是一件很普通的事情。

后　既然是很普通的，那为什么对于你又好像那么特殊呢？

哈　好像，母亲！不，是这样就是这样，我不知道什么"好像"不"好像"。好妈
妈，我的墨黑的外套，加上礼俗上规定的丧服，加上勉强吐出来的叹气，加
上滚滚江流一样的眼泪，加上悲苦沮丧的脸色，以及一切仪式、外表和忧伤
的流露，都不能表示出我的真实的情绪。这些才真是给人瞧的，因为谁也可
以做作成这种样子。它们不过是悲哀的装饰和衣服；可是我的郁结的心事却
是无法表现出来的。

王　哈姆雷特，你这样孝思不匮，原是你天性中纯笃过人之处；可是你要知道，
你的父亲也曾失去过一个父亲，那失去的父亲自己也失去过父亲；那后死的
儿子为了尽他的孝道，必须有一个时期服丧守制，然而固执不变的哀伤，却
是一种逆天悖理的愚行，不是堂堂男子所应有的举动；它表现出一个不肯安
于天命的意志，一个经不起艰难痛苦的心，一个缺少忍耐的头脑和一个简单
愚昧的理性。既然我们知道那是无可避免的事，同一切最平常的事一样平常，
那么我们为什么要这样固执地把它介介于怀呢？嘿！那是对上天的罪戾，对
死者的罪戾，也是违反人情的罪戾；在理智上它是完全荒谬的，因为从第一
个死了的父亲起，直到今天死去的最后一个父亲为止，理智永远在呼喊，"这
是无可避免的"。我请你抛弃这种无益的悲伤，把我当作你的父亲；因为我要
让全世界知道，你是王位的直接继承者，我要给你尊荣和恩宠，不亚于一个
最慈爱的父亲之于他的儿子。至于你要回到维腾堡去继续求学的意思，那是
完全违反我们的愿望的；请你听从我的劝告，不要离开这里，在朝廷上领袖
群臣，做我们最亲近的国亲和王子，使我们因为每天能够看见你而感到欢欣。

后　不要让你母亲的祈求全归无用，哈姆雷特，请你不要离开我们，不要到维腾
堡去。

哈　我将要勉力服从您的意志，母亲。

王　啊，那才是一句有孝心的答复；你将在丹麦享有和我同等的尊荣。御妻，来。
哈姆雷特这种自动的顺从使我非常高兴；为了表示庆祝，今天丹麦王每一次
举杯祝饮的时候，都要放一响高入云霄的祝炮，让上天应和着地上的雷鸣，
发出欢乐的回声。来。（除哈外均下）

哈　唉！但愿这一个、这一个玷污了的肉体会融解，消散，化成一堆露水！或者
那永生的真神未曾制定禁止自杀的律法！上帝啊！上帝啊！人世间的一切在
我看来是多么可厌、陈腐、乏味而无聊！哼！哼！那是一个荒芜不治的花园，
长满了恶毒的莠草。想不到居然会有这种事情！刚死了两个月！不，两个月

还不满！这样好的一个国王，比起当前这个来，简直是太阳神比羊怪；这样
爱我的母亲，甚至于不愿让天风吹痛了她的脸。天地呀！我必须记着吗？嘿，
她会偎依在他的身旁，好像吃了美味的食物，格外促进了食欲一般；可是，
只有一个月的时间，我不能再想下去了！脆弱啊，你的名字就是女人！短短
的一个月以前，她哭得像个泪人儿似的，送我那可怜的父亲下葬；她在送葬
的时候所穿的那双鞋子还没有破旧，她就，她就——上帝啊！一头没有理性
的畜生也要悲伤得长久一些——她就嫁给我的叔父，我的父亲的弟弟，可是
他一点不像我的父亲，正像我一点不像赫邱里斯一样。只有一个月的时间，
她那流着虚伪之泪的眼睛还没有消去红肿，她就嫁了人了。啊，罪恶的匆促，
这样轻捷地钻进了乱伦的衾被！那不是好事，也不会有好结果；可是碎了吧，
我的心，因为我必须禁住我的嘴！

霍拉旭、玛昔勒斯、勃那陀同上。

霍　祝福，殿下！

哈　我很高兴看见你身体健康，霍拉旭，除非我认错了人。

霍　我也是这样，殿下；我永远是您的卑微的仆人。

哈　不，你是我的好朋友；我愿意和你朋友相称。你怎么不在维滕堡，霍拉旭？
　　玛昔勒斯！

玛　殿下——

哈　我很高兴看见你。（向勃）你好，朋友。——可是你究竟为什么离开维滕堡？

霍　无非是偷懒逃学罢了，殿下。

哈　我不愿听见你的仇敌说这样的话，你也不能用这样的话刺痛我的耳朵，使它
　　相信你对你自己所作的诽谤；我知道你不是一个偷懒逃学的人。可是你到厄
　　耳锡诺来有什么事？趁你未去之前，我们要教会你把酒量灌得大大的呢。

霍　殿下，我是来参加您的父王的葬礼的。

哈　请你不要取笑，我的同学；我想你是来参加我的母后的婚礼的。

霍　真的，殿下，这两件事情隔得太近了。

哈　这是一举两便的办法，霍拉旭！葬礼中剩下来的残羹冷炙，正好宴请婚筵上
　　的宾客。霍拉旭，我宁愿在天上遇见我的最痛恨的仇人，也不愿看到那样的
　　一天！我的父亲，我仿佛看见我的父亲。

霍　啊，在什么地方，殿下？

哈　在我的心灵的眼睛里，霍拉旭。

霍　我曾经见过他一次；他是一位很好的君王。

哈　他是一个堂堂男子；整个说起来，我再也见不到像他那样的人了。

霍　殿下，昨天晚上我好像看见了他。

哈　看见谁？

霍　殿下，我看见您的父王。

哈　我的父王！

霍　不要吃惊，请您静静地听我把这件奇事告诉您，这两位可以替我做见证。

哈　看在上帝的分上，讲给我听。

雷　这两位朋友，玛昔勒斯和勃那陀，在万籁俱寂的午夜守望的时候，曾经连续
　　两夜看见一个自顶至踵全身甲胄、像您父亲一样的人形，在他们的面前出现，
　　用庄严而缓慢的步伐走过他们的身边。在他们惊奇骇愕的眼前，他三次走过

去，他手里所握的统帅杖可以碰到他们的身上；他们吓得几乎浑身都瘫痪了，只是呆立着不动，一句话也没有对他说。怀着惴惧的心情，他们把这件事悄悄地告诉了我，我就在第三夜陪着他们一起守望；正像他们所说的一样，那鬼魂又出现了，出现的时间和他的形状，证实了他们的每一个字都是正确的。我认识您的父亲；那鬼魂是那样酷肖他的生前，我这两手也不及他们彼此的相似。

哈　可是这是在什么地方？

玛　殿下，就在我们守望的露台上。

哈　你们没有同它说话吗？

霍　殿下，我说了，可是它没有回答我；不过有一次我觉得它好像抬起头来，像要开口说话似的，可是就在那时候，晨鸡高声啼了起来，它一听见鸡声，就很快地隐去不见了。

哈　这很奇怪。

霍　凭着我的生命起誓，殿下，这是真的；我们认为按着我们的责任，应该让您知道这件事。

哈　不错，不错，朋友们；可是这件事情很使我迷惑。你们今晚仍旧要去守望吗？

玛、勃　是，殿下。

哈　你们说它穿着甲胄吗？

玛、勃　是，殿下。

哈　从头到脚？

玛、勃　从头到脚，殿下。

哈　那么你们没有看见它的脸吗？

霍　啊，看见的，殿下；它的脸颊是掀起的。

哈　怎么，它瞧上去像在发怒吗？

霍　它的脸上悲哀多于愤怒。

哈　它的脸色是惨白的还是红红的？

霍　非常惨白。

哈　它把眼睛注视着你吗？

霍　它直盯着我瞧。

哈　我真希望当时我也在场。

霍　那一定会使您惊骇万分。

哈　多半会的，多半会的。它停留得长久吗？

霍　大概有一个人用不快不慢的速度从一数到一百的那段时间。

玛、勃　还要长久一些，还要长久一些。

霍　我看见它的时候，不过这么久。

哈　它的胡须是斑白的吗？

霍　是的，正像我在它生前看见的那样，乌黑的胡须里略有几根变成白色。

哈　我今晚也要守夜去；也许它还会出来。

霍　我可以担保它一定会出来。

哈　要是它借着我的父王的形貌出现，即使地狱张开嘴来，叫我不要作声，我也一定要对它说话。要是你们到现在还没有把你们所看见的告诉别人，那么我要请求你们大家继续保持沉默；无论今夜发生什么事情，都请放在心里，不

要在口舌之间泄漏出去。我一定会报答你们的忠诚。好，再会；今晚十一点
钟到十二点钟之间，我要到露台上来看你们。

众　我们愿意为殿下尽忠。

哈　让我们彼此保持着不渝的交情；再会！　　（霍、玛、勃同下）我父亲的灵魂
披着甲胄！大事不好；我想这里面一定有坏人的恶计。但愿黑夜早点到来！
静静地等着吧，我的灵魂；罪恶的行为总有一天会发现，虽然地上所有的泥
土把它们遮掩。（下）

　　勒替斯及莪菲莉霞上。

勒　我需要的物件已经装在船上，再会了；妹妹，在好风给人方便、船只来往无
阻的时候，不要贪睡，让我听见你的消息。

莪　你还不相信我吗？

勒　对于哈姆雷特和他的调情献媚，你必须把它认作年轻人一时的感情冲动，一
朵初春的紫罗兰，早熟而易凋，馥郁而不能持久，一分钟的芬芳和喜悦，如
此而已。

莪　不过如此吗？

勒　不过如此；因为一个人成长的过程，不仅是肌肉和体质的增强，而且随着身
体的发展，精神和心灵也同时扩大。也许他现在爱你，他的真诚的意志是纯
洁而不带欺诈的；可是你必须留心，他有这样高的地位，他的意志并不属于
他自己，因为他自己也要被他的血统所支配；他不能像一般庶民一样为自己
选择，因为他的决定足以影响到整个国本的安危。他是全身的首脑，他的选
择必须得到各部分肢体的同意；所以要是他说，他爱你，你不可贸然相信，
应该明白：照他的身份地位说来，他要想把自己的话付诸实现，决不能越出
丹麦国内普遍舆论所同意的范围。你再想一想，要是你用过于轻信的耳朵倾
听他的歌曲，让他攫走了你的心，在他的狂妄的渎求之下，打开了你的宝贵
的童贞，那时候你的名誉将要蒙受多大的损失。留心，莪菲莉霞，留心，我
的亲爱的妹妹，不要放纵你的爱情，不要让欲望的利箭把你射中。一个自爱
的女郎，若是向月亮显露她的美貌就是极端放荡；圣贤也不能逃避谗口的中
伤；春天的草木往往还没有吐放它们的蓓蕾，就被蛀虫蠹蚀；朝露一样晶莹
的青春，常常会受到罡风的吹打。所以留心吧，戒惧是最安全的方策；即使
没有旁人的引诱，少年的血气也会自发越轨。

莪　我将要记住你这个很好的教训，让它看守着我的心。可是，我的好哥哥，你
不要像有些坏牧师一样，指点我上天去的险峻的荆棘之途，自己却在花街柳
巷流连忘返，忘记了自己的箴言。

勒　啊！不要为我担心。我耽搁得太久了；可是父亲来了。

　　普隆涅斯上。

勒　两度的祝福是双倍的福分；第二次的告别是格外可喜的。

普　还在这儿，勒替斯！上船去，上船去，真好意思！风息在帆顶上，人家都在
等着你哩。好，我为你祝福！还有几句教训，希望你铭刻在记忆之中：不要
想到什么就说什么，凡事必须三思而行。对人要和气，可是不要过分狎昵。
相知有素的朋友，应该用钢圈箍在你的灵魂上，可是不要对每一个泛泛的新
知滥施你的交情。留心避免和人家争吵；可是万一争端已起，就应该让对方
知道你不是可以轻侮的。倾听每一个人的意见，可是只对极少数人发表你的

意见；接受每一个人的批评，可是保留你自己的判断。尽你的财力购置贵重的衣服，可是不要炫新立异，必须富丽而不浮艳，因为服装往往可以表现人格；法国的名流要人，就是在这点上显得最高尚，与众不同。不要向人告贷，也不要借钱给人；因为债款放了出去，往往不但丢了本钱，而且还失去了朋友；向人告贷的结果，容易养成因循懒惰的习惯。尤其要紧的，你必须对你自己忠实；正像有了白昼才有黑夜一样，对自己忠实，才不会对别人欺诈。再会，愿我的祝福使这一番话在你的行事中派上用场。

勒　父亲，我告别了。

普　时候不早了；去吧，你的仆人都在等着。

勒　再会，莪菲莉霞，记住我对你说的话。

莪　你的话已经锁在我的记忆里，那钥匙你替我保管着吧。

勒　再会！（下）

普　莪菲莉霞，他对你说些什么话？

莪　回父亲的话，我们刚才谈起哈姆雷特殿下的事情。

普　嗯，这是应该考虑的。听说他近来常常跟你在一起，你也从来不拒绝他的求见；要是果然有这种事——人家这样告诉我，也无非是叫我注意的意思——那么我必须对你说，你还没有懂得你做了我的女儿，按照你的身份，应该怎样留心你自己的行动。究竟在你们两人之间有些什么关系？老实告诉我。

莪　父亲，他最近曾经屡次向我表示他的爱情。

普　爱情！呸！你讲的话完全像是一个不曾经历过这种危险的不懂事的女孩子。你相信你所说的他的那种表示吗？

莪　父亲，我不知道我应该怎样想才好。

普　好，让我来教你；你应该这样想，你是一个毛孩子，竟然把这些假意的表示当作了真心的奉献。你应该"表示"出一番更大的架子，要不然——就此打住吧，这个可怜的字眼都快跑断气了——你就"表示"出你是个大傻瓜。

莪　父亲，他向我求爱的态度是很光明正大的。

普　不错，那只是态度；算了，算了。

莪　而且，父亲，他差不多用尽一切指天誓日的神圣的盟约，证实他的言语。

普　嗯，这些都是捕捉愚蠢的山鹬的圈套。我知道在热情燃烧的时候，一个人无论什么盟誓都会说出口来；这些火焰，女儿，是光多于热的，刚刚说出口就会光销焰灭，你不能把它们当作真火看待。从现在起，你还是少露一些你的女儿家的脸；你应该抬高身价，不要让人家以为你是可以随意呼召的。对于哈姆雷特殿下，你应该这样想，他是个年轻的王子，他比你在行动上有更大的自由。总而言之，莪菲莉霞，不要相信他的盟誓，它们不过是淫媒，内心盘算和服装颜色完全不一样，专门诱人干一些龌龊勾当，正像道貌岸然假装正经的鸨母，胡诌只为了骗人。我的言尽于此，简单一句话，从现在起，我不许你一有空闲就跟哈姆雷特殿下聊天。你留点儿神吧；进去。

莪　我一定听从您的话，父亲。（同下）

第四场　露台

哈姆雷特、霍拉旭及玛昔勒斯上。

哈　风吹得人怪痛的，这天气真冷。

霍　是很凛冽的寒风。

哈　现在什么时候了？

霍　我想还不到十二点。

玛　不，已经打过了。

霍　真的？我没有听见；那么鬼魂出现的时候快要到了。（内喇叭奏花腔及鸣炮声）这是什么意思，殿下？

哈　王上今晚大宴群臣，作通宵的醉舞；每次他喝下了一杯葡萄美酒，铜鼓和喇叭便吹打起来，欢祝万寿。

霍　这是向来的风俗吗？

哈　嗯，是的。可是我虽然从小就熟习这种风俗，我却以为把它破坏了倒比遵守它还体面些。这一种酗酒纵乐的风俗，使我们在东西各国受到许多非议；他们称我们为酒徒醉汉，将下流的污名加在我们头上，使我们各项伟大的成就都因此而大为减色。在个人方面也常常是这样，由于品性上有某些小瑕疵；或者是天生的——这就不能怪本人，因为天性不能由自己选择；或者是某种脾气发展到反常地步，冲破了理智的约束和防卫；或者是某种习惯玷污了原来令人喜爱的举止；这些人只要带着上述一种缺点的烙印——天生的标记或者偶然的机缘——不管在其余方面他们是如何圣洁，如何具备一个人所能有的无限美德，由于那点特殊的毛病，在世人的非议中也会感染溃烂；少量的邪恶往往会勾销全部高贵的品质，害得人声名狼藉。

（鬼魂上。）

霍　瞧，殿下，它来了！

哈　众天使与仁慈的神保佑我们！不管你是遇救的灵魂或是被惩的魔鬼，不管你带来了天上的和风或是地狱中的罡风，不管你的来意好坏，因为你的形状是这样引人发问，我要对你说话；我要叫你哈姆雷特，君王，父亲！尊严的丹麦先王，啊，回答我！不要让我在无知的蒙昧里抱恨终天；告诉我为什么你的长眠的骸骨不安窀穸，为什么安葬着你的遗体的坟墓张开它的沉重的大理石的两颚，把你重新吐放出来。你这已死的尸体这样全身甲胄，出现在月光之下，使黑夜变得这样阴森，使我们这些为造化所玩弄的愚人充满了不可思议的恐怖而心惊胆战，究竟是什么意思呢？说，这是为了什么？你要我们怎样？　（鬼魂向哈招手）

霍　它招手叫您跟着它去，好像它有什么话要对您一个人说似的。

玛　瞧，它用很有礼貌的举动，招呼您到一个僻远的所在去；可是别跟它去。

霍　千万不要跟它去。

哈　它不肯说话；我还是跟它去。

霍　不要去，殿下。

哈　嗨，怕什么呢？我把我的生命看得不值一枚针；至于我的灵魂，那是跟它自己同样永生不灭的，它能够加害它吗？它又在招手叫我前去了；我要跟它去。

霍　殿下，要是它把您诱到潮水里去，或者把您领到下临大海的峻峭的悬崖之巅，在那边它现出了狰狞的面貌，吓得您丧失理智，变成疯狂，那可怎么好呢？您想，无论什么人一到了那样的地方，望着下面千仞的峭壁，听见海水奔腾的怒吼，即使没有别的原因，也会感到绝望的。

哈　它还在向我招手。去吧，我跟着你。

玛　　您不能去，殿下。

哈　　放开你们的手！

霍　　听我们的劝告，不要去。

哈　　我的命运在高声呼喊，使我全身每一根微细的血管都变得像怒狮的筋骨一样坚硬。（鬼魂招手）它仍旧在招我去。放开我，朋友们；（挣脱二人之手。）——凭着上天起誓，谁要是拉住我，我要叫他变成一个鬼！走开！——去吧，我跟着你。（鬼及哈同下）

霍　　幻想占据了他的头脑，使他不顾一切。

玛　　让我们跟上去；我们不应该服从他的话。

霍　　那么跟上去吧。这种事情会引出些什么结果来呢？

玛　　丹麦国里恐怕有些不可告人的坏事。

霍　　上帝的意旨支配一切。

玛　　得了，我们还是跟上去吧。（同下）

第五场　露台的另一部分

鬼魂及哈姆雷特上。

哈　　你要领我到什么地方去？说：我不愿再前进了。

鬼　　听我说。

哈　　我在听着。

鬼　　我的时间快到了，我必须再回到硫黄的烈火里去受煎熬的痛苦。

哈　　唉，可怜的亡魂！

鬼　　不要可怜我，你只要留心听着我要告诉你的话。

哈　　说吧；我在这儿听着。

鬼　　你听了以后，一定得替我报仇。

哈　　什么？

鬼　　我是你父亲的灵魂，因为生前孽障未尽，被判在晚间游行地上，白昼忍受火焰的烧灼，必须经过相当的时期，等生前的过失被火焰净化以后，方才可以脱罪。若不是因为我不能违犯禁令，泄漏我的狱中的秘密，我可以告诉你一桩事，最轻微的几句话，都可以使你魂飞魄散，使你年轻的血液凝冻成冰，使你的眼睛像星星脱离苍穹那样突出，使你的纠结的发鬈鬈鬈分开，使你的每一根发丝丝丝直立，像愤怒的豪猪身上的刺毛一样；可是这一种永恒的神秘，是不能向血肉的凡耳宣示的。听着，听着，啊，听着！要是你曾经爱过你的亲爱的父亲——

哈　　上帝啊！

鬼　　你必须替他报复那逆伦惨恶的杀身的仇恨。

哈　　杀身的仇恨！

鬼　　杀人是重大的罪恶；可是这一件谋杀的惨案，更是骇人听闻而逆天害理的罪行。

哈　　赶快告诉我，让我驾着像思想和爱情一样迅速的翅膀，飞去把仇人杀死。

鬼　　我的话果然激动了你；要是你听见了这种事情而漠然无动于衷，那你除非比舒散在忘河之滨的蔓草还要冥顽不灵。现在，哈姆雷特，听我说；一般人都以为我在花园里睡觉的时候，一条蛇来把我螫死，这一个虚构的死状，把丹麦全国的人都骗过了；可是你要知道，好孩子，那毒害你父亲的蛇，头上戴着王冠呢。

哈　啊，我的预感果然是真的！我的叔父！

鬼　嗯，那个乱伦的、奸淫的畜生，他有的是过人的诡诈，天赋的奸恶，凭着他的阴险的手段，诱惑了我的外表上似乎非常贞淑的王后，满足他的无耻的兽欲。啊，哈姆雷特，那是多么的堕落啊！我的爱情是那样纯洁真诚，始终信守着我在结婚的时候对她所作的盟誓；她却会对一个天赋的才德远不如我的恶人降心相从！可是正像一个贞洁的女子，虽然淫欲罩上神圣的外表，也不能把她煽动一样，一个淫妇虽然和光明的天使为偶，也会有一天厌倦于天上的唱随之乐，而宁愿搂抱人间的朽骨。可是且慢！我仿佛嗅到了清晨的空气；让我把话说得简短一些。当我按照短天午后的惯例，在花园里睡觉的时候，你的叔父乘我不备，悄悄溜了进来，拿着一个盛着毒草汁的小瓶，把一种使人麻痹的药水注入我的耳腔之内，那药性发作起来，会像水银一样很快地流过全身的大小血管，像酸液滴进牛乳一般地把淡薄而健全的血液凝结起来；它一进入我的身体，我全身光滑的皮肤上便立刻发生无数疱疹，像害着癞病似的满布着可憎的鳞片。这样我在睡梦之中，被一个兄弟一举夺去了我的生命、我的王冠和我的王后；甚至于不给我一个忏罪的机会，使我在没有领到圣餐也没有受过临终涂膏礼以前，就一无准备地负着我的全部罪恶去对簿阴曹。可怕啊，可怕！要是你有天性之情，不要默尔而息，不要让丹麦的御寝变成了藏奸养逆的卧榻；可是无论你怎样进行复仇，不要胡乱猜疑，更不可对你的母亲有什么不利的图谋，她自会受到上天的裁判，和她自己内心中的荆棘的刺戳，现在我必须去了！萤火的微光已经开始暗淡下去，清晨快要到来了；再会，再会！哈姆雷特，记着我。（下）

哈　天上的神明啊！地啊！再有什么呢？我还要向地狱呼喊吗？啊，呸！忍着吧，忍着吧，我的心！我的全身的筋骨，不要一下子就变成衰老，支持着我的身体呀！记着你！是的，你可怜的亡魂，当记忆不曾从我这混乱的头脑里消失的时候，我会记着你的。记着你！是的，我要从我的记忆的碑版上，拭去一切琐碎愚蠢的记录，一切书本上的格言，一切陈言套语，一切过去的印象，我的少年的阅历所留下的痕迹，只让你的命令留在我的脑筋的书卷里，不掺杂一些下贱的废料；是的，上天为我作证！啊，最恶毒的妇人！啊，恶棍，恶棍，脸上堆着笑的该死的恶棍！我的记事簿呢？我必须把它记下来：一个人尽管满面都是笑，骨子里却是一个恶棍；至少我相信在丹麦是这样的。（写字）好，叔父，我把你写下来了。现在我要记下我的座右铭，那是，"再会，再会！记着我。"我已经发过誓了。

霍　（在内）殿下！殿下！

玛　（在内）哈姆雷特殿下！

霍　（在内）上天保佑他！

玛　（在内）但愿如此！

霍　（在内）喂，呵，呵，殿下！

哈　喂，呵，呵，孩儿！来，鸟儿，来。

　　霍拉旭及玛昔勒斯上。

玛　怎样，殿下！

霍　　有什么事，殿下？

哈　　啊！奇怪！

霍　　好殿下，告诉我们。

哈　　不，你们会泄漏出去的。

霍　　不，殿下，凭着上天起誓，我一定不泄漏。

玛　　我也一定不泄漏，殿下。

哈　　那么你们说，哪一个人会想得到有这种事？可是你们能够保守秘密吗？

霍、玛　是，上天为我们作证，殿下。

哈　　全丹麦从来不曾有哪一个恶棍不是一个十足的奸贼。

霍　　殿下，这样一句话是用不着什么鬼魂从坟墓里出来告诉我们的。

哈　　啊，对了，你说得有理。所以，不必说什么客套话，大家握握手分开了吧。
　　　你们可以去照你们自己的意思干你们自己的事——因为各人都有各人的意思
　　　和各人的事，这是实际情况——至于我自己，那么我对你们说我是要祈祷
　　　去的。

霍　　殿下，您这些话好像有些疯疯癫癫似的。

哈　　我的话得罪了你，真是非常抱歉；是的，我从心底里抱歉。

霍　　谈不上得罪，殿下。

哈　　不，凭着圣伯特力克的名义，霍拉旭，谈得上，而且罪还不小呢。讲到这一
　　　个幽灵，那么让我告诉你们，它是一个老实的亡魂；你们要是想知道它对我
　　　说了些什么话，我只好请你们暂时不必动问。现在，好朋友们，你们都是我
　　　的朋友，都是学者和军人，请你们允许我一个卑微的要求。

霍　　是什么要求，殿下？我们一定允许您。

哈　　永远不要把你们今晚所见的事情告诉别人。

霍、玛　殿下，我们一定不告诉别人。

哈　　不，你们必须宣誓。

霍　　凭良心起誓，殿下，我决不告诉别人。

玛　　凭着良心起誓，殿下，我也决不告诉别人。

哈　　把手按在我的剑上宣誓。

玛　　殿下，我们已经宣誓过了。

哈　　那不算，把手按在我的剑上。

鬼　　（在下）宣誓！

哈　　啊哈！孩儿！你也这样说吗？你在那儿吗，好家伙？来；你们没听见这个地
　　　下的人怎么说吗？宣誓吧。

霍　　请您教我们怎样宣誓，殿下。

哈　　永不向人提起你们所看见的这一切。把手按在我的剑上宣誓。

鬼　　（在下）宣誓！

哈　　到处都有你？那么我们换一个地方。过来，朋友们。把你们的手按在我的剑
　　　上，宣誓永不向人提起你们所听见的这件事。

鬼　　（在下）宣誓！

哈　　说得好，老鼹鼠！你能在地底钻得这么快吗？好一个开路的先锋！好朋友们，
　　　我们再来换一个地方。

霍　　哎哟，真是不可思议的怪事！

哈　　那么你还是用见怪不怪的态度对待它吧。霍拉旭，天地之间有许多事情，是
　　　　你们的哲学里所没有梦想到的呢。可是，来，上帝的慈悲保佑你们，你们必
　　　　须再作一次宣誓。我今后也许有时候要故意装出一副疯疯癫癫的样子，你们
　　　　要是在那时候看见了我的古怪的举动，切不可像这样交叉着手臂，或者这样
　　　　摇头摆脑的，或者嘴里说一些吞吞吐吐的言词，例如"呃，呃，我们知道"，
　　　　或是"只要我们高兴，我们就可以"，或是"要是我们愿意说出来的话"，或
　　　　是"有人要是怎么怎么"，诸如此类的含糊其辞的话语，表示你们知道我有些
　　　　什么秘密；你们必须答应我避免这一类言词，上帝的恩惠和慈悲保佑着你们，
　　　　宣誓吧。

鬼　　（在下）宣誓！　　（二人宣誓）

哈　　安息吧，安息吧，受难的灵魂！好，朋友们，我以满怀的热情，信赖着你们
　　　　两位；要是在哈姆雷特的微弱的能力以内，能够有可以向你们表示他的友情
　　　　之处，上帝在上，我一定不会有负你们。让我们一同进去；请你们记着无论
　　　　在什么时候都要守口如瓶。这是一个颠倒混乱的时代，唉，倒霉的我却要负
　　　　起重整乾坤的责任！来，我们一块儿去吧。（同下）

（方华文编，摘自朱生豪译：《哈姆雷特》，湖北教育出版社，2011）

第三十六章　蚁垤仙人及《罗摩衍那》

第一节　蚁垤仙人简介

蚁垤仙人是《罗摩衍那》的作者，传说是 Valmili，音译"跋弥"，意译"蚁垤"。蚁垤仙人的身份不详，在印度关于他的传说很多。有的说他是古代仙人；有的说他是金翅鸟的儿子；又有的说他是语法学家。传说当神的使者向蚁垤讲述了英雄罗摩的故事后，资质平庸的他却无法把它记录下来。直到有一天，他在树林中看见一个猎人射死了一只雄麻鹬，雌麻鹬因惊恐与悲哀而惨叫不止。面对此情此景，悲愤不已的蚁垤突然脱口而出合辙押韵的话语，一种优美、和谐的诗体就此神奇地诞生了。这就是被后人称为输洛迦的短颂体，蚁垤正是用这种诗体创作了《罗摩衍那》。

关于"蚁垤"这个名字的起因，也有一些传说。一个传说简单地说他静坐修行数年而一动不动，无数蚂蚁在上面筑巢生息，身上成了蚂蚁窝的小土丘，遂以为名。另一个传说比较详细：他原出生于婆罗门家庭，因幼时被父母遗弃，山中野人收养了他，被迫以偷盗为生。数年后，他遇到一个仙人，他威胁要杀仙人，让仙人交出财物。仙人劝他回家问老婆的意见。他失望地走回来。仙人让他反复念"mara"一字。"mara"是"Rama"（罗摩）一字的颠倒写法。仙人说完，就突然消失不见了。他站在那里，翻来覆去念着："摩罗，摩罗"，一步也没离开。他站在那里一动不动，以致最后身上堆满了蚁垤。正在这时候，仙人忽然又出现了，解放了他。他从此成为大仙，名字就叫"蚁垤"。

上面这些传说，都充满了神话色彩，历史真实性难以考证。到目前为止，还没有可靠的材料或依据来证明确有蚁垤其人，他就是《罗摩衍那》的作者；反过来，也没有可靠的材料或依据来证明蚁垤并不存在，他不是《罗摩衍那》的作者。纵观《罗摩衍那》全文，除第一篇和第七篇外，内容和文章的风格基本上是统一的。如果说它有一位作者，而这位作者就是蚁垤，这是完全符合逻辑的。一般专家倾向《罗摩衍那》是漫长历史累积的产物，由历代宫廷歌手和民间诗人不断添加扩充，直至最后定型。蚁垤有可能是史诗原始形式的"最初的诗人"，也可能只是一位虚构的作者。

蚁垤仙人塑造形象的本领是卓越的，他用贵族、猴子、罗刹三个国家的三种不同情况下的内部斗争形象地表达了自己的思想。贵族人物是阴险狡诈的，猴子是反复无常的，罗刹是富贵而凶残的，权势就是他们的公理。诗人在表现典型环境和塑造几个典型人物的性格方面获得了惊人的成就。《罗摩衍那》在印度传统中被称为"最初的诗"不是偶然的，它的整个画幅的雄伟和史诗体裁独有的朴素真挚的风格后人难以匹敌。

第二节　《罗摩衍那》简介

《罗摩衍那》是古代印度的著名史诗。它在印度文学史中占有极其重要的地位，成为后来的印度古典文学作品的伟大典范，从古至今对印度人民有着不可磨灭的影响。在过去的两千多年中，它被称为"最初的诗"，是创作取材的丰富源泉。它与另一部史诗《摩诃婆罗多》常被并提为印度的两大史诗，与古代希腊的两大史诗《奥德赛》、《伊利亚特》相提并论。

《罗摩衍那》的意思是"罗摩的游行"，即"罗摩传"，描述了主人公罗摩的一生。全诗分为七篇。第一篇是《童年篇》，主要写罗摩的出生和结婚。里面穿插了很多插话，一般认为晚出的成分较多。第二篇到第六篇比较完整，插话很少，风格也较统一。第二篇是《阿逾陀篇》或《无敌城篇》，主题是宫廷内的纠纷。第三篇是《森林篇》，写罗摩的森林生活，中心是悉多被罗刹之王十头王罗婆那掳走。第四篇是《猴国篇》或《吉什金陀篇》，描写罗摩兄弟和猴王结盟以及群猴找寻悉多。第五篇是《美丽篇》，写的是神猴诃奴曼越海到了罗刹国，见到了悉多，大闹魔宫的故事。第七篇名为《后篇》，仿佛是个续篇，包括两个主要内容：一是补叙罗婆那的故事，二是写罗摩夫妇的第二次离合，写到蚁垤仙人收养悉多和两个儿子，创作《罗摩衍那》，并使罗摩父子重圆，悉多回到大地之中，罗摩归天。

《罗摩衍那》具有印度古代长篇叙事诗中必不可少的四种因素：政治（宫廷斗争或其他矛盾）、爱情（生离死别）、战斗（人人之间、人神之间、人魔之间）和风景（四季或六季的自然景色和山川、城堡、宫殿），而且描绘手法都达到了相当高的艺术水平。全诗总的风格虽然朴素无华，简明流畅，但已经呈现出精雕细镂的倾向，有极少数诗篇甚至达到"五色相宜，八音协畅"的地步。虽然古代印度文学中对自然风光描绘赞颂占有相当大的比例，但是基本上还是停留在淳朴的阶段。真正对自然美十分敏感并且以饱满激情加以描绘的自《罗摩衍那》始。蚁垤在描绘自然景色时，情景交融，将自然界的景象与人类社会的矛盾斗争交织在一起，前者陪衬、烘托后者，自然风光是蚁垤衬托主人公心理活动的手段。在印度文学文体的发展过程中，《罗摩衍那》有所创新，且承前启后，继往开来，地位极其重要，影响极其深远。

《罗摩衍那》的影响早已超出了纯文学的界限，进入音乐、舞蹈、绘画、雕刻等各个领域，深入广大人民群众生活之中。在印度，它是家喻户晓、妇孺皆知的。《罗摩衍那》的影响还不仅仅限于印度国内。从较早时候起，它就传出国去，被译成了多国语言，但是多为节译本。20世纪70年代中国大陆梵文学者季羡林、黄宝生翻译《罗摩衍那》，为全世界迄今除英译本之外，仅有的外文全译本。

第三节　《罗摩衍那》选段

第一篇　童年篇

第五章

所有那些帝主人王，
他们无往不胜，举世无双，

自从造物的生主以来，
全世界就归他们执掌。

其中有一个叫萨竭罗，
他曾把那大海来挖，
他共有六万个儿子，
都在身后紧跟着他。

甘蔗王朝的国王高贵尊荣，
这部伟大传奇产生在这世系中，
它的名字就叫做《罗摩衍那》，
现在就请你么诸位仔细倾听。

我将把所有的情节，
从头到尾一一叙述，
这情节含有法、乐、财，
请仔细听不要嫉妒。

有个国家侨萨罗，
快乐繁荣又辽阔，
坐落萨罗逾岸上，
财富充盈粮食多。

那里有城阿逾陀，
世界上名声远著，
这座城摩奴所建，
他是所有人类主。

这座幸福的大城，
长度有十二由旬，
它有三由旬宽，
大道纵横又均匀。

又宽又长的王路，
点缀得异常美丽，
道上长满盛开的花，
经常用清水来冲洗。

有一个国王名叫十车，
他使辽阔的国土增长，
他就住在这一座城里，
像天帝住在天上一样。

这座城有城门和拱门，
城内市场点缀得均匀，
它有各种器械和兵器，
它还有各样的手艺人。

它里面挤满颂赞歌手，
它的光辉无与伦比，
它有许多瞭望塔和幢，
还塞满了成百的兵器。

在这一座大城里，
到处都有成队舞女，
有花园和芒果林，
娑罗树把它围起。

铁制的门闩无法打破，
这座城有难以接近的工事，
城里面挤满了骏马和大象，
还有牛、拉犁的牛和驴子。

城里住满了藩属王公，
有各种的贡物充盈，
有来自各国的商人，
共同点缀这一座名城。

城里的宫殿众宝庄严，
还点缀着许多的宝山，
到处都是离宫别馆，
宛如因陀罗的乐园。

它彩色绚丽，共分八区，
里面挤满了绝妙女娇娥，
到处布满了各色的宝石，
又点缀着许多楼台殿阁。

房屋栉比，严严密密，
城中土地，平整匀齐，
到处充盈着粮食大米，
味道像甘蔗汁那样甜蜜。

城里响着大鼓和杖鼓，
还回荡着琵琶和打镲声，

这乐声简直是惊天动地，
震荡着这座无上的名城。

就像圣人们苦行得道，
乘坐升天的那辆云车，
房屋内部都坚牢结实，
住的人都很善良圣洁。

那些聪明的射手，
不会为箭所射中，
不管是单身还是集体，
是远距离，还是射声。

那些擅长砍杀的勇士们，
用那锋利有力的刀和剑，
杀死老虎、狮子和野猪，
春情发动正在村上捣乱。

这一座城市里挤满了，
成千的这样的大英雄，
叫做十车的那个国王，
他就住在这一座城中。

城里面住满了
有道的事火僧，
婆罗门的魁首，
吠陀六分支精通，
能布施一千只牛，
对自己誓言忠诚，
高贵尊严的大仙，
全是仙人之雄。
《罗摩衍那》（童年篇）第五章终

第六章

在这一座阿逾陀城里，
有个国王通吠陀，一切具备，
他有远见，又有大威力，
为城乡人民爱戴敬畏。

甘蔗王朝的英雄，
虔诚、守德又武勇，
宛如一个大仙人，
这王仙在三界扬名。

英武有力，杀死一切敌人，
朋友众多，能把感官控制，
他有很多很多钱财宝货，
可以媲美财神爷和天帝释。

有大威力就像摩奴，
他是世界的保护主，
十车王就住在这里，
把全世界来保护。

他这人总说老实话，
敬重三个高级种姓，
像因陀罗保卫乐园，
他就保卫这一座城。

在这一座绝妙的城市里，
人们愉快、守德又多闻，
他们心满意足、说老实话，
谁都不贪婪别人的金银。

在这一座名城里面，
从来没有一个家主
缺吃少穿，不满意，
缺少牛马、粮食和财富。

没有任何人淫乱、贪婪，
没有任何人奸诈、狠凶，
在阿逾陀看不到什么人
愚昧无知、不忠实虔诚。

所有的男人和女人，
都知法度、守礼节，
他们喜欢教戒和善行，
像大仙人一样纯洁。

碰不到不戴耳环和冠冕的人，
碰不到人不戴花环缺少享受，
碰不到不涂香膏不抹香油的人，
碰不到任何一个人不浑身香透。

看不到人不涂香膏不乐善好施，

看不到人不戴手镯和胸饰，
看不到人手上不戴着饰品，
也看不到有人不聪明睿智。

从来没有不事火的婆罗门，
没有婆罗门不祭祀布施好善，
在阿逾陀这一座城市里面，
从没有因通婚而种姓混乱。

婆罗门都努力尽上本分，
经常不断地把感官控制，
他们遵守布施和学习戒条，
有节制地去接受别人布施。

找不到任何人不虔诚忠实，
找不到任何人不多闻聪慧，
找不到任何人嫉妒无能，
找不到任何人愚痴蒙昧。

没有任何人柔弱恍惚，
没有任何人战栗慌张；
不管是男人还是女人，
没有一个人不幸福漂亮。
在阿逾陀根本看不到
任何人不忠诚于国王。

在四个首要的种姓中，
人民向神仙和客人敬礼，
所有的人都康乐长寿，
他们遵守达磨和真理。

刹帝利服从婆罗门，
吠舍又把刹帝利服从，
首陀罗忠于自己职责，
他们服从前三个种姓。

这样的一座城市，
为甘蔗王所保护，
有如古代的人主、
聪明睿智的摩奴。

城里充满火样的战士，

他们英俊，不容恶邪，
他们精通一切知识，
有如狮子把守洞穴。

城里充满了甘谟惹骏马，
有的马来自缚喝和婆那逾，
有的名马竟产生于河中，
宛如因陀罗的马诃哩诃耶。

还充满了怀春的壮象，
有的象来自宾阇耶山，
有的象来自喜马拉雅，
看上去像山岳一般。

甚至有的象系出安阇那，
有的象甚至系出缚摩那，
那里有象名跋陀罗曼达，
跋陀罗牟揭和牟揭曼达。

这一些象都经常怀春，
看上去像山岳一样耸峙。
这一座阿逾陀长有两由旬，
真正显得是名副其实。

这一座名副其实的城，
有坚牢的拱门和门闩。
这一座城实在很美丽，
点缀着房屋色彩绚烂。
这一座名城阿逾陀，
里面的人民成千上万。
有人王来把它保卫，
他简直像天帝释一般。
《罗摩衍那》《童年篇》第六章终

第二篇　阿逾陀篇

第一章

又过了那么一些时候，
罗怙家族的后裔十车王，
对吉迦伊生的那个儿子
婆罗多开口把话来讲：

"儿子呀！吉迦夜国王，
有一个儿子住在那里，
名叫逾达耆，是你的舅舅，
小伙子呀！他来接你。"

听了十车王的话以后，
吉迦伊的儿子婆罗多，
就准备出门的事情，
同设赈卢祇那一伙。

这个英雄辞别了父亲，
还有那不知疲倦的罗摩；
人间英豪辞别母亲启程，
同设赈卢祇那一伙。

婆罗多和设赈卢祇那来到，
逾达耆兴致真是非常高，
他父亲也是异常地高兴，
这个英雄走进自己的城堡。

婆罗多同弟弟住在那里，
受到了隆重的款待。
他舅舅阿湿波钵底，
像爱儿子一样把他来爱。

他们俩住在那里，
尽情地把福来享；
这两个英雄兄弟，
却想念年迈十车王。

那一位光辉的国王，
也想念在外的两个儿子，
婆罗多和设赈卢祇那，
同因陀罗和婆楼那相似。

他真是从心眼里喜欢
所有这四个公牛般的儿子；
他们就像是从自己身上
长出来的胳膊、腿四肢。

在他们这四个人中间，
光辉的罗摩更得父王欢心；

他就好像是众生的创造主，
品质优秀，道德又超群。

婆罗多离开家以后，
英武的罗摩、罗什曼那，
敬事自己的国王父亲，
他比天上神仙也不差。

那高贵尊严的罗摩，
敬谨遵守父亲的命令；
他给城内的居民办事，
做人们喜爱有利的事情。

这个高度克己的人，
也服侍自己的母亲们，
对于敬事师尊的那些事，
他也时时刻刻记在心。

就这样，十车王心里喜欢
罗摩这一些善良的德行，
所有那一些住在境内的
吠陀婆罗门也同样高兴。

他的心灵永远宁静，
说话总是和婉动听；
即使别人说话粗鲁，
他也决不报以恶声。

哪怕有人不管怎样
只做一件事情使他满意，
他就会用克己的精神，
把一百件侮辱不再记起。

学习使用兵器有了空闲，
同善人们坐在一起谈论；
这些人有的是德行高超，
有的是智慧和年龄过人。

他出身名门，性格善良，
生性愉快、忠诚、正直，
那些知法识利的老婆罗门，
他拜他们为自己的老师。

他知法、识利、懂得爱情，
他精通法律，智慧出众，
他熟悉谙练人情世故，
他了解风俗习惯，他聪明。

他精通经典，知道感恩，
他了解人们心中的内心活动，
在接受和施与两个方面，
他都按照规矩处理从容。

他了解怎样去做高贵事业，
他知道如何去使用财物，
他对那些五花八门的经典，
都达到了完全掌握的程度。

他得到了财富与达磨，
他不知疲倦地创造幸福；
他懂得寻欢取乐的技艺，
他知道怎样去分配财富。

他懂得怎样骑象和乘马，
他也知道如何去训练；
他在精通弓经者中是魁首，
他作为英雄为人所称赞。

他善于进攻，擅长战斗，
他通韬略，能统率大军；
在战斗中连发怒的神魔，
也无法使他受害伤身。

他不怀恶意，不生气，
他不骄傲，不猜忌，
他不轻视芸芸众生，
他不屈从于命运的势力。

就这样，这一位国王的儿郎，
具有人类的最优秀的品质。
他具备那大地容忍一切的禀性，
他在三界为所有神人所重视，
在智慧方面他赶得上祈祷主，
在精进方面，他媲美纯洁主子。

　　罗摩的品德众生喜爱，
　　这触动了父亲爱子情怀；
　　这些品德在身上闪耀，
　　像太阳那样发出万道光彩。

　　他这样具有优秀品质，
　　没有人能把他伤害压制；
　　他简直同四大天王一样，
　　大地热爱他这样的主子。

　　看到了自己的这个儿子，
　　具备这样多无比的品质，
　　克敌制胜的那位十车王，
　　于是暗暗地动了心思：

　　"我对于他的爱怜，
　　真正充满了我的心肠。
　　我什么时候才能看到，
　　我这爱子灌顶为王？

　　他关心人民的幸福，
　　他对于众生都怜惜，
　　人民爱他胜过爱我，
　　他就像是带雨的云霓。

　　他精进像阎摩、天帝释，
　　他智慧又像那祈祷主，
　　他坚定得像大地一样，
　　他的品德比我更突出。

　　如果看到这亲生的儿子，
　　正当他这青春妙龄，
　　能够统治这整个大地，
　　我就能坦然升入天宫。"

　　这一位大王看到了
　　他具备这样的优秀品质，
　　他就同大臣们议定，
　　共同把他立为皇太子。

　　各式各样的城镇居民，
　　那些乡村里的老百姓，

还有大地上的头领酋长，
大地之主都把他们邀请。

为国王铺好了各种座位，
国王们就在上面坐；
他们都是面对十车王，
恭敬矜持，镇定自若。

国王们谦恭矜持，
他们都遵守礼仪。
家住城镇的居民，
还有住在乡里的，
这些人坐在那里，
把国王团团围起，
他浑身闪烁发光，
宛如群神拱卫天帝。
《罗摩衍那》《阿逾陀篇》第一章终

第二章

于是这一位大地之主，
向所有到会的人问安、
向他们说出了有益的、
鼓舞的、无比的语言。

国王发出了吼声，
声音洪大又深沉，
它像是大鼓的轰鸣，
又像是雷电的雨云：

"甘蔗王族以前的国王，
曾把整个的大地来保，
它配得上来享受幸福，
我愿意把它控制得更好。

前人走过的道路，
我沿着走上前去；
我经常保卫百姓，
用上我的全部精力。

所有我那些行动，
都是为了百姓繁荣；
在这白色的遮阳伞下，

我的身体已老态龙钟。

我已经生活了
好几个一千年，
我这衰老的身体
乐于得到安闲。

无法控制自己感官的人，
难以负起这正法的重担，
这重担同国王权威联系，
我无法负起，我已经疲倦。

我愿意得到休息，
让儿子为人民谋福利。
在座的杰出的婆罗门，
我已经征得他们同意。

我那最大的儿子罗摩，
所有的品德都学习我，
在精力方面可比因陀罗，
他能把敌人的堡垒劫夺。

他像是月亮同鬼宿联璧，
他在正直人中最正直，
他是人们中最优秀者，
我高兴把他立为太子。

他适于当你们的头领，
他英俊，是罗什曼那的哥哥，
就连天地三界一切众生，
都会认为他当头领好得多。

我今天就让这杰出的人，
来统治这整个大地；
我的忧愁一扫而空，
我让我的儿子来登极。"

这一位国王这样说了话，
国王们都愉快地赞同，
就好像是成群的孔雀，
响应雨云发出的鸣声。

他关心达磨，注意财富，
他们听到了他这种心愿；
他们完全同意国王的想法，
就对这年迈的十车王开了言：

"国王！几千年了，
你已经生活过，
请让太子罗摩，
灌顶登上宝座。"

听了他们所说的话以后，
国王想知道他们想些什么，
便装出好像不了解的样子，
把以下的话对他们来说：

"我用正法统治这大地，
我现在仍然还在活着，
为什么你们竟想看到，
我那儿子太子登上宝座？"

他们同城乡的人们一起，
对那高贵尊严的国王说：
"国王呀！你那儿子具备
很多非常优秀的品德。

罗摩具有神仙般的品德，
他像天帝释一样真正英勇；
甘蔗世系有过许多国王，
国王呀！他同他们都不相同。

罗摩在世界上是个好人，
他完全忠于达磨和真理，
他精通达磨，同真理一体，
他行为端正，决不猜忌。

他能容忍，他能抚慰，
温柔、感恩、把感官控制住，
他和蔼可亲、思想坚定，
他宽厚、虔诚、决不嫉妒。

罗摩对于所有众生，
说话和气，说话真实；

对年高多闻的婆罗门，
他又是尽心去服侍。

他的名声、他的光荣、
他的威德，无与伦比；
他还能够熟练掌握
一切神、魔和人的兵器。

当他为了城乡的利益，
挺身走上前去战斗，
他同罗什曼那一起，
不获胜利决不回头。

当他从战场上归来，
或者乘车，或者乘象，
他总要对人民问寒问暖，
像是问自己的亲属一样。

他问到他们的儿子和祭火、
他们的奴仆、徒弟和老婆，
他按照次序一个一个地问，
跟父亲问亲生儿子差不多。

'你们的徒弟听话吗？
他们乐意去干活吗？'
这老虎一般的罗摩，
经常是这样把话说。

人民遭到了什么不幸，
他就感到非常痛苦；
所有的人民的喜事，
他也像父亲一样欢呼。

他说话真实，是伟大的弓箭手；
他敬事长者，能控制感官；
你这个孩子生长在安乐窝中；
你有罗摩，你应该感谢老天；
谢天谢地，他具备为人子的品质；
就像那摩哩遮的儿子迦叶波一般。

罗摩真正有自知之明，
他的力量、健康和生命，

在王国以内和城镇中，
都为所有人民所赞颂。

在城里面，还有城外面，
城镇居民和乡村居民，
女人、老人和儿童，
早早晚晚，致志专心，

向所有的神灵膜拜，
为光辉的罗摩乞恩。
国王呀！请大发慈悲，
让他们的愿望变成真。

罗摩黑得像蓝荷花，
他能摧毁一切敌人。
我们希望看到你的儿子，
登上宝座成为优秀储君。

你的这个儿子，
像是神中之神，
他总是专心致志，
造福所有的人民。
为了我们的幸福，
他行动迅速果敢。
恩主呀！请愉快地
为他灌顶加冕。"
《罗摩衍那》《阿逾陀篇》第二章终

第五十章

暗夜逝去了以后，
罗什曼那还在梦中；
罗摩立刻走上前去，
慢慢地把他唤醒：

"罗什曼那！你听一听，
林中群兽那可爱的叫声。
现在是出发的时候了，
敌人制服者！我们要启程。"

罗什曼那还在熟睡，
准时地给哥哥唤醒；

他驱除睡意和倦意，
做好努力准备登程。

他们都一起站了起来，
在河中幸福水里沐浴；
按照仙人指点的方向，
向着质多罗俱吒走去。

罗摩在恰当的时候，
同罗什曼那一起出发，
他对莲花眼睛的女郎
那悉多开口说了话：

"悉多，你看呀！四面八方，
开满繁花的树火一般灿烂，
金输迦树驮着自己的花朵，
在这春天里像是戴上花环。

你看繁花满枝的漆树，
没有人来管理照拂，
果子和叶子把它压弯，
我们一定能有吃有住。

罗什曼那，你看呀！
蜜蜂在树与树间飞翔；
它们采集了许多蜜，
成斗成斛黏在树上。

森林里那个美丽的地方，
繁花拥挤着在那里开放；
鹃在那里大声叫唤，
孔雀也在那里放声歌唱。

你看那质多罗俱吒山，
峰顶高高地耸出，
响彻鸟群的鸣声，
象群在那里出入。"

于是他们俩带着悉多，
迈开大步向前奔窜，
他们来到美妙惬意的
那座质多罗俱吒山。

他们到了那座山上，
各种鸟群回旋飞翔：
"亲爱的！我们享乐吧！
这里就是我们住的地方。

罗什曼那！你弄一点
结实的上好的木头来；
亲爱的！就在这里安家，
住在这里我心里痛快。"

听了他说的话以后，
敌人制服者罗什曼那，
采集了各种的树木，
把一座树叶草棚来搭。

罗摩对那专一致志的人，
下了下面这个命令：
"你拿一点黑鹿肉来，
我们要祭一祭草棚。"

那强壮的罗什曼那，
杀了一头纯洁的黑鹿；
须弥多罗的那个儿子，
把它投向祭火燃烧处。

知道鹿肉已经烧熟，
鲜血都已经烤干，
罗什曼那对罗摩，
那个虎般的人开了言：

"这只黑色的大鹿，
四肢都已烤得黑熟，
神仙般的人！请祭神！
因为你是善良无辜。"

虔诚的罗摩沐浴洁身，
擅长祷祀的人凝虑潜心；
罗摩举行了无上祭祀，
它能把一切罪孽涤尽。

树叶搭成草棚，
令人快意怡情，

地点恰当合适，
构造坚牢无风。
他们聚在一起，
住在草棚当中；
好像一群神仙，
走进天神大厅。

这一片无上森林，
各种鸟兽成群；
长满了棵棵大树，
开满了繁花似锦。
那些阴险的野兽，
在里面嗥叫不停。
他们克制感官，
在林里愉快游行。

来到了质多罗俱吒，
这地方合乎理想。
那条摩厘耶婆底河，
是沐浴的好地方。
鸟兽常来这里，
他也心旷神怡。
从城里流放出来，
忧愁为之一洗。
《罗摩衍那》《阿逾陀篇》第五十章终

第八十五章

吉迦伊之子婆罗多，
决定就在那里住下，
这牟尼竭力尽地主之谊，
满怀热情地招待他。

婆罗多对他说道：
"尊者已经尽上心力，
给我们洗脚水和礼物，
林中的产品也都拿齐。"

婆罗杜婆迦微笑着，
对婆罗多把话来说：
"我知道你天性和善，
什么东西都使你喜悦。

我还想弄点食品，
来款待你的军队；

我是这样的高兴，
你完全受之无愧。

为什么你自己来到这里，
却把军队留在远处？
人中英豪！你为什么不
带着军队来此枉顾？"

婆罗多于是双手合十，
回答苦行者牟尼的话：
"我没有把军队带进来，
尊者呀！由于对你害怕。

绝妙的骏马、成群的人，
还有怀春发狂的大象，
尊者呀！跟我来到这里，
将把这片土地都遮盖上。

'不要让他们伤损树木，
不要把水、土和茅棚损坏'，
我这样地考虑过以后，
就单身走到这里来。"

至高无上的仙人说：
"把军队都带到这里！"
婆罗多就遵命去做，
把军队都带到一起。

仙人于是走进了伙房，
喝水洗自己的嘴唇；
为了筹措待客的礼物，
他高呼那将作大神：

"我呼喊将作大神，
我呼喊怛缚湿特哩，
我愿意招待客人，
请为我准备东西。

那些向东流的河水，
还有那些向西流的，
在大地上，在天堂里，
今天都要流到一起。

有些河要流着美酒，
另一些流着精制佳酿，
又一些流着清冷的水，
甜美得就像甘蔗浆。

我呼喊神仙乾闼婆们，
毗湿婆婆苏、喝哈和胡呼，
同样还呼喊那些天女，
女神们和乾闼婆妇，

伽哩陀质和毗湿婆质，
弥室罗计尸和阿蓝部沙；
她们服侍帝释和大梵天，
这些天女们美貌如花；
带着随从同东布噜一起，
我把她们都从天上喊下。

财神爷的那一片森林，
是天上神仙的住处；
树叶是首饰，果实是天女，
请你们照那个样子做出。

请世尊苏摩大神，
把各种无上食品给我，
硬的食品和软的食品，
有的用嘴去舔去啜。

还有五彩缤纷的花环，
从大树枝头上取下来；
还有非常香的饮料，
以及各种各样的肉菜。"

就这样，这一位牟尼，
具备三昧和无比威力，
他修苦行具有大威德，
遵照式叉念出了咒语。

他深深沉入禅定之中，
双手合十，面向西边，
于是所有的天上神仙
一个接一个来到他面前。

愉快而幸福的和风，
及时地微微地吹拂，
吹过摩罗耶和陀哩杜罗，
它能把身上的汗气驱除。

接着天空里的云彩，
洒下了阵阵花雨；
天上神鼓的响声，
响彻了每一个角隅。

阵阵的天风吹拂，
成群的天女跳舞，
神仙乾闼婆唱歌，
琵琶声声传出。

这声音响彻大地天空，
进入一切生物的耳中，
它有时候强，有时候弱，
合乎拍子，有时又匀又平。

这乐声真是怡情悦耳，
在这样无上的乐声中，
婆罗多带来的那军队，
看到将作大神的丰功。

四边各长五由旬，
一块平整的土地，
有许多绿色草坪，
像那蓝色的吠琉璃。

上面长着毘里婆和劫彼陀，
上面长着面包树和柠檬，
还长着山楂树和芒果，
棵棵树上都是果实充盈。

从北方的北俱卢洲，
移来了天堂欣赏的森林；
还流来了一条天河，
岸边上长的树木森森。

出现了四座漂亮的大厅，
还有象和马的厩棚；

出现了美丽的拱门，
还有成排的堡垒离宫。

平地出现了一座王宫，
拱门美丽像白云一样
装饰着白色的花环，
遍洒着天上的名香。

它不仄不狭，四四方方，
有床铺，有座位和车辆，
有五味俱足的天上食品，
有天上神仙穿的衣裳。

有各种做好的食品，
碟子碗都洁净无尘，
所有的座位都准备好，
上好的床铺都已铺陈。

得到了大仙的允许，
吉迦伊的儿子婆罗多，
这长胳臂英雄走进宫来，
宫殿里面珍宝星罗。

所有的大臣和帝师，
都跟着他走了进来；
看到宫殿的陈列布置，
他们都欢乐在胸怀。

那里有一个天上宝座，
有宫扇和一把宝盖。
婆罗多同大臣们一起，
像国王一样被招待。

他向一个座位致敬，
跪下磕头对着罗摩，
他手执麈尾和宫扇，
在大臣座位上就座。

所有的大臣和帝师，
都按照顺序就了座；
然后在座位上坐下的
是大将军和宣词者。

在那里，一刹那间，
流满了牛奶的河流，
得到婆罗杜婆迦的命令，
都把那婆罗多来应酬。

在河流两边的岸上，
涂满了灰白色的泥质；
这地方可爱比得上天堂，
是大梵天的恩惠所致。

在一转瞬的时候，
来了天女整整两万，
都戴着天上的首饰，
都是大梵天所派遣。

天女们装饰着珊瑚，
上面镶嵌着黄金摩尼；
她们一共是两万个，
是财神俱毗罗派来的。

人们被她们吸引住，
看上去好像是着了迷；
又来了整整两万个
从天堂乐园来的天女。

大仙人那罗陀和东布噜，
波哩婆陀和苏哩耶婆遮娑，
所有的那一些乾闼婆王，
都一一来到跟随婆罗多。

阿蓝部沙和弥湿罗吉湿，
芬陀利迦和缚摩纳，
都围着婆罗多跳舞，
在婆罗杜婆迦命令之下。

神仙那里的那些花环，
质多罗罗陀森林里的花环，
也都听了婆罗杜婆迦之命，
来到钵罗耶竭婆罗多跟前。

毗里婆数敲击着杖鼓，
维毗陀迦树敲着铙钹，

阿湿波陀树跳起舞来，
婆罗杜婆迦威力所加。

萨啰蓝树和扇叶棕榈，
底罗伽树和夜茉莉，
都变成了矮子驼背，
兴高采烈地来到一起。

尸舍波、茉莉花和番石榴，
还有树林里其他的蔓藤，
它们一下子都变成美女，
住在婆罗杜婆迦静修林中。

"愿意喝酒的尽量喝吧！
愿意吃东西的吃牛奶饭！
请吃充满了汁水的肉吧！
只要这合乎你们的心愿。"

在那些美丽的河岸上，
有七个或八个女子，
给一个男人洗澡，
在他身上抹油涂脂。

那些眼睛美好的女郎，
匆匆忙忙地走到一起，
互相洗浴送酒喝，
这些绝妙的妇女。

那一些有大力量的
甘蔗王族的精壮兵卒，
赶来马象驴和骆驼，
这些驮人拉车的牲畜；
他们把这些牲畜赶来，
喂它们甘蔗和炒甜谷。

马夫不认识马了，
象奴不认识大象；
全体士卒在那里，
都好像喜得发了狂。

所有的人都尽兴饱餐，
他们都涂上了红色旃檀，

兵士们同天女鬼混，
都大声地互相开了言：

"我们不回阿逾陀了，
我们也不住弹宅迦，
愿婆罗多幸福快乐，
愿罗摩也安乐无恙。"

那些用双脚走路的兵，
那些骑马乘象的士卒，
没有领导，尽情享受，
互相大声地把话讲述。

在那里，成千上万的人，
高兴得大声呼喊叫喝；
他们都是跟婆罗多来的，
"这里就是天堂。"他们说。

食品像甘露一样，
那些人拼命来尝；
他们看到这天上食品，
一心用在吃喝上。

那些婢女和男仆，
那些女子和士卒，
到处都吃饱喝醉，
所有人都换上新衣服。

大象、驴子和骆驼，
牛、马、野兽和飞鸟，
谁也不管谁的事，
它们都吃得很饱。

没有人挨饿或龌龊，
没有人不穿白衣服，
也没有任何一个人
头发上沾满了灰土。

盛满山羊肉、野猪肉汤，
使用的都是上好的酱油；
上面堆着各色的果子，
香气芬芳，味道可口；

成千上万只铜碗，
里面都点缀着鲜花，
把洁净的食品盛满，
人们看了都大为惊诧。

在树林子的边上，
有牛奶饭的池塘，
有滴着蜜的大树，
有母牛能满足愿望。

有池塘储满了酒，
上面盖着美味的肉，
还有烤食物的铁锅，
来把孔雀和家禽烤熟。

成千只饭碗、碟子，
都是用真金做成。
还有一些瓶子、罐子，
用它把奶酪来盛。
劫彼陀树上长出这些东西，
这树青嫩美丽、香气充盈。

另外一些池塘流满了
洁白美味的酸奶；
还有池塘填满奶饭，
另一些堆满了红色糖块。

人们在河流的津渡处，
看到了很多的迦揭；
还有檀香木香膏，
有人在那里沐浴清洁。

还有洁白光滑的
成堆成堆的牙签；
白色的旃檀香膏，
盛在圆圆的小盒中间。

还有磨光的镜子、
成堆成堆的衣裳、
拖鞋和其他鞋子，
成百成千一双双。

眼膏、梳子和刷子，
还有华盖和弓，
各种各样的甲胄、
床铺还有座凳。

有驴子、骆驼、象和马
喝水的涨满了水的池塘；
有长满了蓝荷花的池子，
跳进去洗个澡是好地方。

颜色像是蓝色的吠琉璃，
柔软的一堆堆的牧草，
为的是让牲口都吃饱，
人们到处都可以看到。

看到这梦一般的奇迹，
人们都吃惊不止。
大仙竟能这样得到
款待婆罗多的物资。

这样，他们像是一群神仙，
在因陀罗的乐园里戏乐。
在婆罗杜婆迦的净修林里，
这一夜就是这样地度过。

那些河流和乾闼婆，
怎样来的又怎样消逝。
所有的那些绝妙的女郎，
也都向婆罗杜婆迦告辞。

人们喝醉酒，
在那里狂欢；
浑身洒上了
沉香和旃檀。
各种各样的
天上的花环，
都被脚踏碎，
在地上碎散。

《罗摩衍那》《阿逾陀篇》第八十五章终

（顾淑勤编，摘自蚁垤著、季羡林译：《罗摩衍那》，人民文学出版社，1981）

第三十七章　紫式部及《源氏物语》

第一节　紫式部简介

　　紫式部是日本平安时代著名的女性文学家，《源氏物语》是她的代表作。按照日本古代妇女没有名字的惯例，紫式部只是后人给她写的作品加上的名字。据考证，紫式部本姓藤原，字不详，她的父亲曾任"式部丞"的官职，加之《源氏物语》中紫姬的形象给读者留下了深刻的印象，所以人们把《源氏物语》称为"紫物语"，把作者称为"紫式部"。

　　紫式部生卒年月亦不详，普遍认为是生于 978 年，死于 1015 年。21 岁时，紫式部嫁给比自己大 20 多岁的藤原宣孝做了他的第四个妻子。虽然一夫多妻的家庭使紫式部感到了压抑，但宣孝对她才能的赏识还是令她感到了幸福。不幸的是这种和谐的婚姻生活十分短暂，两年后宣孝就因病去世。紫式部带着年幼的女儿开始了凄凉的寡居生活，从此再没有嫁人。36 岁那年冬天，紫式部应召入宫担任一条天皇的中官妃子彰子的女官，负责为彰子讲解《日本书纪》和白居易诗作，深受她和天皇赏识。

　　紫式部是一位极富才情的女子。她出身于充满书香气的中等贵族家庭，其父兄皆善汉诗、和歌，尤其其父对中国古典文学颇有研习。她因此自幼得以随父学习汉诗，并熟读中国古代典籍。她不仅对白居易的诗有很深的造诣，而且还十分了解佛经和音乐。紫式部一生经历诸多坎坷。父亲在仕途上的磨难、自己在一夫多妻制婚姻生活中的痛苦、过早的寡居等都促使她更多地思考人生、命运等问题。而宫廷内部的政治倾轧、权力斗争、皇家婚姻背后的政治图谋、一夫多妻制下妇女的血泪，使紫式部的眼界更开阔，思考更深刻。

　　由于有宫廷生活的直接体验，以及对当时日本贵族阶层的淫逸生活及男女间的情爱之事有全面的了解，加之紫式部内心细腻、敏感，所以《源氏物语》读来令人感动，就仿佛一部古典静雅而又美丽哀婉的"言情小说"。紫式部以真实性为中心，用侧写和暗喻的手法隐蔽式地描绘了她亲自接触到的宫廷生活现实。她在反映现实的时候，一方面真实地反映了当时社会诸相，发现了许多令人不满的事实，尤其是一夫多妻制下妇女的悲剧命运；另一方面她又对现实或多或少地持肯定或同情的态度。这是她的局限性。其次，紫式部在尊重真实的写实性的同时，也重视理想的浪漫性。她以浪漫的"物哀"作为审美意识的主体，在《源氏物语》文本中出现了一千零四十四次"哀"和十三次"物哀"这个词，体现了作家的美学思想所在。

　　紫式部将"哀"发展为"物哀"，使这一美学思想更为充实，更为丰富，其思想结构是重层的，第一个层次是对人的感动，以男女恋情的哀感最为突出；第二个层次是对世相的感动，贯穿在对人情世故的咏叹上；第三个层次是对自然物的感动，尤其是季节带来的哀感。所有"物哀"的感动，都是从心底为对象感到或悲哀、悯惜、愤懑，或愉悦、亲爱、同情等纯化了的真实感情。为此，作者前所未有地着力于对人物的心理描写，挖掘人性深层的真情。

第二节　《源氏物语》简介

《源氏物语》是日本的一部古典文学名著，对日本文学的影响极大，被誉为是日本古典文学的代表巨作。它开辟了日本物语文学的新路，使日本古典写实主义与古典浪漫主义达到一个新的高峰。此书的成书年份一直存在争议，一般认为是在 1001 年至 1008 年间，因此《源氏物语》可以说是世界上最早的长篇写实小说。

"源氏"是小说前半部男主人公的姓，"物语"意为"讲述"，是日本古典文学中的一种体裁，类似于我国唐代的"传奇"、宋代的话本，但行文典雅，颇具散文的韵味，加上书中引用白居易的诗句 90 余处，及《礼记》、《战国策》、《史记》、《汉书》等中国古籍中的史实和典故，并巧妙地隐伏在迷人的故事情节之中，使该书具有浓郁的中国古典文学的气氛，我国读者读来有种强烈的亲近感。《源氏物语》规模宏大，人物众多，散文和韵文结合，语言优美典雅，笔调缠绵，对后世文学产生巨大影响。小说共五十四回，近百万字。故事涉及四代天皇，历时 70 余年，所涉人物四百多位，其中印象鲜明的也有二三十人。人物以上层贵族为主，也有下层者族、宫、侍女及平民百姓。

全书以源氏家族为中心，故事围绕着他和一系列女子的爱情展开。源氏原为日本天皇桐壶帝之子，因天皇不希望他卷入宫廷斗争，因此将他降为臣籍，赐姓源氏；又因其予人光明灿烂之感，故美称为光源氏。早先他因为得知父亲的宠妃藤壶长得很像自己已故的母亲桐壶更衣，因此时常亲近藤壶，长大后逐渐对藤壶产生爱慕之情。不久，两人发生乱伦关系，生下一子，后来即位称冷泉帝。他找到了藤壶的侄女若紫（后称紫姬），收为养女，朝夕相伴。几年后若紫出落得亭亭玉立，高贵优雅，才艺超众，十分可人，源氏便把她据为己有。在源氏晚年，朱雀院帝出家为僧，源氏奉旨将朱雀帝之女三公主纳为正妻。后来年龄跟他相差颇大的三公主与人私通生子，最后三公主出家，紫姬不久病逝，光源氏在经历世事后也遁入空门，出家为僧。从《匀皇子》这一卷开始，讲述光源氏死后其子孙间的爱情故事。从《桥姬》到《梦浮桥》这 10 卷则合称为"宇治十帖"，以京都和宇治为主要舞台，描述三公主之子薰君、源氏外孙匀皇子和源氏之弟八亲王的三个女儿——大君、中君及浮舟——之间纠葛的爱情故事。

《源氏物语》奠定了日本古典文学的"物哀"的审美观，此后日本的小说中明显带有一种淡淡的悲伤。而"物哀"也成为日本一种全国性的民族意识，随着一代又一代的诗人、散文家、物语作者流传了下来。

第三节　《源氏物语》选段

第二十二回　玉鬘

虽然事隔十七年，源氏公子丝毫也不曾忘记那个百看不厌的夕颜。他阅尽了袅娜娉婷的种种女子，可是想起了这个夕颜，总觉得可恋可惜，但愿她还活在人间才好。夕颜的侍女右近，虽然不是十分出色的女子，但他把她看做夕颜的遗爱，一向优待她，叫她和老侍女们一起在邸内供职。他流寓须磨之时，将所有侍女移交紫姬，右近便也改在西殿供职了。紫姬觉得这个人品性善良，行为恭谨，因而很看重她。但右近心中在想："我家小姐如果在世，公子对她的宠爱不会亚于明石夫人吧。爱情并不甚深的女子，公子尚且不忍遗弃，都相当照拂，永远关心，何况我家小姐。即使不能与高贵的紫夫人同列，至少有份加入六条院诸人之中。"想起了便悲伤不已。加之夕颜所生女孩玉鬘，寄养在西京夕颜的乳母家里，现在不通消息。这是因为右近一向不敢把夕颜暴死之事公布于众，加之源氏公子曾经叮嘱她不可泄露他的姓名，因而有所顾忌，不便赴西京探访。在这期间，乳母的丈夫升任了太宰少式，赴筑紫履任，乳母随夫迁居任地，其时玉鬘年方四岁。

乳母欲知夕颜下落，到处求神拜佛，日夜哭泣思念，向所有相识之人打听，但终于全无消息。她想："既然如此，也无可奈何了。我只得抚养这个孩子，当作夫人的遗念吧。然而叫她跟着我们这种身份低微之人，远赴边地，实乃可悲之事。我还是设法通知她父亲吧。"然而没有适当机会。这期间她同家人商量，认为如果通知她父亲，倘他问起她母亲何在，如何回答呢？况且这孩子不会很亲近她父亲的，我们把她丢在她父亲那里，也很不放心。再说，如果父亲知道了他这个孩子还在，势必不允许我们带她远赴边地。商量的结果，决定不通知她父亲，而带她回赴筑紫。玉鬘长得非常端正，现在小小年纪，已有高贵优雅之相。太宰少式的船并无特殊设备，草草带她上船，远赴他乡，光景实甚可怜。

玉鬘的童心中不忘记母亲，上得船来，常常问人："到妈妈那里去么？"乳母听了，眼泪流个不住。乳母的两个女儿也怀念夕颜，陪着流泪。旁人便劝谏："船上哭泣是不祥的！"乳母看到一路上美丽的景色，心中想道："夫人生性娇痴爱玩，倘能看到这一路上美景，何等高兴！然而如果她还在，我们也不会远赴筑紫的。"她怀念京都，正如古歌所云："行行渐觉离愁重，却羡使臣去复回。"不免黯然销魂。此时船上的艄公声粗气地唱起棹歌来："迢迢到远方，我心好悲伤！"两个女儿听了，更增哀思，相向而泣。船所经行之处是筑前大岛浦，两人便吟诗唱和：

> 舟经大岛船歌咽，
> 想是艄公也怀人？

> 茫茫大海舟迷路，
> 苦恋斯人何处寻？

她们是互相诉说远赴他乡之苦。经过了风波险恶的筑前金御崎海岬之后，她们想起了一曲古歌，便不断地吟唱"我心终不忘"之句。不久到达了筑紫，进了太宰府。现在离京更远，乳母等遥念在京失踪的夕颜，常常悲泣。只得悉心抚育玉鬘，聊以自慰。日子一天一天地过去。乳母有时偶尔在梦中看见夕颜。然而往往看见夕颜身旁有一个与她肖似的女子，而且梦醒之后常常心绪恶劣，身体患病。于是她想："大约夫人已经不在人世了。"从此更加悲伤。

五年之后，太宰少式任期已满，打算回京。然而路途遥远，旅费浩繁；而本人权势不大，宦囊羞涩。因此迟疑不决，迁延度日。不料这期间少式忽患重病，自知死期已近。此时玉鬘年方十岁，容貌之美，见者无不吃惊。少式看了，对家人说："看来连我也要舍弃她了！她的前途何等不幸啊！让她生长在这偏僻的乡间，实在委屈了她。我常想设法将她送回京都，通知她的生身父母，然后听凭她的命运做主。京都地广人多，发迹有望，可以放心。岂料我此志未遂，就客死他乡……"他挂念着玉鬘的前途。他有三个儿子，此时便向三人立下遗嘱："我死之后，他事不须你等操心，但须速将此女送往京都。至于我身后的法事，不必着急。"不久他就死了。

这玉鬘是谁的女儿，他们一向连官邸里的人也不让晓得。对人但言这是外孙女儿，是身份高贵的人。数年来生长深闺，不令人见。如今少式突然身故，乳母等非常悲伤，孤苦无依，只得遵守遗嘱，设法迁回京都。然而在这筑紫地方，少式有许多冤家。乳母深恐此等人将用种种计谋来妨碍他们归京，因此迁延不决，不知不觉地又在这里滞留了几年。玉鬘渐次长成，容貌之美胜过母亲夕颜。加之秉承父亲血统，气品高尚优雅，性情又温良贤淑，真是个绝代佳人。当地好色的田舍儿闻此消息，都恋慕她，有许多人寄情书来求婚。但乳母认为荒唐可恶，一概置之不理。为避免烦扰，她向外扬言："这妮子相貌虽然生得还好，可惜身上患着沉重的残疾，所以不能配亲，只好让她当尼姑。我活着的期间，且让她住在我身边吧。"外人便传说："已故的少式的外孙女是个残废者，真可惜了。"乳母听到了又很生气。她叹息道："总须设法送她进京，教她父亲知道才好。她幼小时候，父亲非常宠爱她，虽然长久不见了，总不会因此舍弃她吧。"便向神佛祈祷，祝她早日返京。此时乳母的女儿和儿子都已在本地择配，婚嫁完毕，做了本地的居民了。乳母心中虽然焦灼，然而玉鬘返京之事仿佛越来越少希望。玉鬘已经明白自己身世，但觉人生真太痛苦。她每年三次斋戒祭星。到了二十岁上，相貌更加长得漂亮了，住在这乡间实甚可惜！此时他们已迁居肥前国。当地也有许多略有声望的人，闻知少式的外孙女是个美人，也都不断地前来求婚。乳母不胜其烦，讨厌至极。

且说附近肥后国地方，有一个大夫监，拥有一门人口众多的家族，在当地颇有声望，是个权势鼎盛的武士。这个乡下武士粗蠢无知，却也有几分爱好风流，意欲搜集美女，广置姬妾。他闻知玉鬘貌美，对人言道："无论何等残废，我都不嫌，定要把她弄到手。"便非常诚恳地派人前来求婚。乳母十分厌恶，回答他说："我们的外孙女决不要听这种话，她就要出家为尼了。"大夫监越发着急了，便摒除一切事务，亲自来到肥前，把乳母的三个儿子叫来，要他们做媒，对他们说："你等若能遂我心愿，便是我的亲信，我一定大力提拔你们。"两个兄弟被他收买了，回来对乳母说："妈妈呀，这头亲事，我们起先认为不甚相称，委屈了这位小姐。然而这大夫监答应提拔我们，倒是一个有力的靠山。得罪了这个人，我们休想在这一带地方生活呢。小姐虽然出身高贵，然而她的父母不来认她，世人也不知道她是何等样人，那么高贵也是枉然。这大夫监如此诚恳地向她求婚，照她现在的境遇说来，实在是交运了。大概她原有这段宿世姻缘，所以流寓到这边远地方来。现在即使逃避隐匿，有什么好处呢？况且那人很倔强，要是动起怒来，事情可不得了啊！"两个儿子拿这话来威吓母亲。乳母听了大为担心。长兄丰后介对母亲说："这件事情，无论怎么说，总不妥当，而且对人不起。父亲也曾立下遗嘱，我们必须从速设法，护送小姐进京。"

乳母的两个女儿为此哭得很伤心。她们相与悲叹："她的母亲命运不济，弄得流离失所，去向不明。我们总希望这个女儿嫁个高贵的丈夫，怎么可以配给这种蠢汉呢？"但大夫监不知此种情况，他自以为身份高贵，只管写情书给玉鬘。他的字写得不算很坏，用的信笺是中国产的色纸，香气熏得很浓。他力求写得富有风趣，然而文句错误百出。不但写信，又叫乳母的第二个儿子次郎引导，亲自前来访问。

这大夫监年约三十左右，躯干高大，肢体肥胖。相貌虽不十分丑陋，然而由于印象不良，总觉面目可憎。他那粗鲁的举止，令人一见就觉得讨厌。血气旺盛，红光满面，声音嘶哑，言语嚕苏。大凡偷香窃玉，总是在夜间悄悄地来的，所以合欢树又称为夜合花。这个人却在春日傍晚前来求婚。古歌云："秋夜相思特地深。"现在不是秋天，这个人却显得相思特地深的样子。这些且不谈，既然来了，乳母老太太觉得不可伤情破面，便走出来接待。大夫监开言道："小生久仰贵府少式大人高才大德，英名卓著，常思拜识，随侍左右。岂料小生此志未遂，而大人遽尔仙逝，令人不胜悲恸！为欲补偿此愿，拟请将府上外孙小姐交由小生保护，定当竭诚效劳。为此今日不揣冒昧，斗胆前来拜访。贵府小姐，身份高贵，下嫁寒舍，实甚屈辱。但小生定当奉为一家之女王，请其高居上头。太君对此亲事不予快诺，想系闻知寒舍畜有微贱女子多人，因而不屑与之为伍。但此等贱人，岂可与小姐同列？小生仰望小姐地位之高，不亚于皇后之位也。"他提起了精神说这番话。乳母老太太答道："岂敢岂敢！老身并无此意。承蒙不弃，实甚荣幸。无奈小孙女宿命不济，身患不可见人之残疾，不能侍奉巾栉，经常私自悲叹。老身勉为照料，亦不胜其痛苦也。"大夫监又说："此事勿劳挂虑。普天之下，即使双目失明，两足瘫痪之人，小生亦能善为治疗，使其复健。肥后国内所有神佛，无不听命于我也！"他得意扬扬地夸口！接着便指定本月某日前来迎亲。乳母老太太答曰：本月乃春季末月，根据乡下习俗不宜婚嫁。暂用此言搪塞了。大夫监起身告辞之际，忽念应该奉赠一诗，考虑了一会之后，吟道：

今日神前宣大势：
小生不作负心郎。

我看这首诗做得很不错呢！"说时笑容满面。原来此人不懂恋歌赠答之事，而是初次尝试。乳母老太太被他缠得头昏脑涨，做不出答诗了，便叫两个女儿代做。女儿说："我们更做不出！"乳母老太太觉得久不答复，不成体统，想到就算，便答吟道：

经年拜祷陈心愿，
愿不遂时恨杀神！

她吟时声音发抖。大夫监说："且慢，这是什么意思？"突然把身一转，挨近来了。乳母老太太吓得浑身发抖，面无人色。两个女儿虽然也害怕，只得强颜作笑，代母亲辩解："家母之意如此：此人身患废疾，誓愿永不嫁人。倘违背其愿望，此人必然怀恨。老人头脑糊涂，错说了恨杀神明。"大夫监说："嗯嗯，说的是，说的是。"他点点头，又说："此诗做得极好！小生名为乡人，却非愚民可比。京都人何足稀罕？他们的事我全都懂得，你等不要小看我啊！"他想再做一首诗，大概是做不出了，就此辞去。

次郎被大夫监收买了，乳母心甚恐慌，又甚悲伤，她只得催促长子丰后介赶紧设法。丰后介想道："有何办法将小姐送往京都呢？可商量的人也没有。我只有两个兄弟，都为了我不同情大夫监，与我不睦了。得罪了这个大夫监，你一动也休想动得。一不小心，便会遭殃呢。"他烦恼得很。玉鬘独自伤心饮泣，样子实甚可怜。她消沉至极，便想一死了事。丰后介觉得她的痛苦甚可同情，便不顾一切，大胆行事，终于办妥了出走之事。

丰后介的两个妹妹，也决心舍弃了多年相处的丈夫，陪玉鬘一同进京。小妹的乳名叫做贵君，现在称为兵部君。决定由她陪伴玉鬘，于夜间上船。因为大夫监先回肥后一行，将于四月二十日左右选定吉日，前来迎娶。所以她们乘此机会逃走。兵部君的姐姐终于因为子女太多，不能同行。姐妹惜别，不胜依依。兵部君想：此度分携之后，姐妹恐难再见了。这肥前国虽然是她多年住惯的故乡，也别无恋恋不舍之处。唯有松浦宫前渚上的美景和这个姐姐，教她舍不得分别，心中十分悲伤。临行赠诗道：

苦海初离魂未定，

　　不知今夜泊何方。

玉鬘也临别赠诗：

　　前程渺渺岐无路，
　　身世飘零逐海风。

吟罢神思恍惚，便倒身在船中了。

　　他们如此出走，消息势必传出。大夫监素性倔强，闻知了定将追赶。他们生怕遭逢此厄，雇的是一艘快船，上有特殊装置。幸而又值顺风，便不顾危险，飞速开向京都去了。路中有一处名叫响滩，波涛十分险恶，幸而平安驶过。路上有人看见这船，相与言道："这怕是海盗的船了。这么小的船，却像飞一般行走。"被人比作贪财的海盗倒不可怕，可怕的倒是那个凶狠的大夫监的追赶。船里的人都捏两把汗。玉鬘经过响滩时吟诗道：

　　身经忧患胸如捣，
　　声比响滩响得多。

　　船行渐进川尻地方，诸人方始透一口气。那舟子照例粗声粗气地唱起船歌来："唐泊开出船，三天到川尻。……"歌声很凄凉。丰后介用悲哀而温柔的声音唱着歌谣："娇妻与爱子，我今都忘却。……"思想起来，自己确是舍弃了妻与子，不知他们近况如何。家中干练可靠的仆人，都被他带走。如果大夫监痛恨他，把他的妻子驱逐出境，他们将多么受苦！此次之事，确是任情而动，不顾一切地仓皇逃出。现在略略安定之后，回思可能发生的种种祸事，不觉心情颓丧，哭泣起来。随后又颂白居易诗句："凉原乡井不得见，胡地妻儿虚弃捐。"兵部君听见了，也回想起种种事情来："此次之事，的确离奇古怪。我不惜多年相伴的丈夫的爱情，突然舍弃了他，逃往远方，不知他现在作何感想。"又想："我现在虽然是返乡，但在京并无可归之旧家，又无可亲之故人。只为了小姐一人之故，抛弃了这多年住惯的地方，飘泊于惊风骇浪之中。为何如此，百思不得其解。总之，首先要安顿了这位小姐再说。"她茫然不知所措，匆匆地到达了京都。

　　打听得九条地方还有一个昔年相识之人，便以他家作为住宿之处。九条虽说是京都之内，但非上流人所居之地，周围都是些走市场的女子和商人。他们混在其中，郁郁不乐地度日，不觉已经到了秋天。回思往事，缅想将来，可悲之事甚多。众人所依靠的丰后介，如今好比蛟龙失水，一筹莫展。他在这陌生地方找不到出路，百无聊赖；回到筑紫肥前去呢，又没有面子。不免懊悔此行太孟浪了。跟他同来的仆从，大都托故离去，逃回故乡了。母夫人看见生活如此不安，朝朝暮暮悲伤叹息，又觉得委屈了这儿子。丰后介安慰她道："母亲何必伤心！我此一身，诚不足道。为了小姐一人，我身即使赴汤蹈火，亦不足惜。反之，纵令我等升官发财，但教小姐嫁与这种蠢汉，我等又岂能安心呢？"后来又说："神佛定能引导小姐，使她得福。附近有个八幡神庙，和小姐在外乡所参拜的松浦神庙及箱崎神庙，所祀的是同一神明。小姐离去该地时，曾向此神立下许多誓愿，因此蒙神呵护，得以平安返京。今当即速前往参拜。"便劝她们往八幡神庙进香。向熟悉情况的人打听一下，知道这庙里有一个知客僧，早先曾经亲近太宰少式，现在还活着。便把这知客僧唤来，叫他引导，前往进香。

　　进香之后，丰后介又说："除了八幡神明之外，佛菩萨之中，椿市长谷寺的观音菩萨，在日本国内最为灵验，连中国也都闻名，何况国内。虽然远客他乡，但长年礼佛，小姐必蒙佛佑。"便带她到长谷寺去礼拜观音菩萨。为表示虔诚，决定徒步前往。玉鬘不惯步行，心甚害怕，又感痛苦，只得听人引导，糊里糊涂地走去。她想："我前世作了何等大孽，以致今世如此受苦？假令我母已经不在人世，她若爱我，应请早日唤我到她所在的世间；她如果还活在世间，应该让我见一见面！"她在心中如此向佛祈愿。然而她连母亲的面貌也不记得，过去只是一心希望母亲还在世间，因而悲伤叹息；现在身受苦难，更加悲伤了。吃尽千辛万苦，好容易走到了椿市地方，已是离京第四日的巳时。到达之时，疲乏得不像一个活人了。

玉鬘一路上走得很慢，并且依靠种种助力。然而脚底已经发肿，动弹不得了。万不得已，只好在椿市一户人家暂时休息。同行者除了一家所依靠的丰后介之外，有身带弓矢的武士二人、仆役及童男三四人。女眷只有玉鬘、乳母及兵部君三人。大家把衣服披在头上，撩起衣裾，头戴女笠，作旅行装束。此外尚有司理清洁的女仆一人、老侍女二人。这一行人数极少，绝不铺张。他们到达之后，整理佛前明灯，添补供品，不觉日色已暮。这宿处的主人是个法师，从外边回来，看见玉鬘一行人等在此投宿，眉头一皱，说道："今晚有贵客要来泊宿呢。这伙人是哪里来的？女人家不懂规矩，会做出不像样的事来。"玉鬘等听了很不快。正在此时，果然有一群人进来了。

这一群人也是徒步而来的。内有上流妇女二人，男女仆从甚多，马四五匹。他们悄悄地进来，并不嚣张。但其中也有几个相貌堂堂的男子。法师原定留这班人泊宿，为了被玉鬘等占先，不免懊恼，搔着头皮。玉鬘等觉得尴尬。另找宿处呢，太不成样，而且麻烦。于是一部分人退入里面房间，一部分人躲在外面房间，余下的人让在一旁。玉鬘所居之处，用帐幕隔开。新来之客也不是傲慢之人，态度非常谦恭。两方互相照顾。

这新来之客，正是日夜思念玉鬘而悲伤哭泣的右近！右近在源氏公子家当了十几年侍女，常叹自身乃中途参加，毕竟不甚合适。巴望找到小女主人玉鬘，可得终身归宿。因此常常到这长谷寺来拜求观音菩萨。她是常来之客，一切都很熟悉。只因徒步而来，不堪困疲，暂时躺着歇息。此时丰后介走到邻室的帐幕前面来，亲自捧着食器盘，替女主人送膳。他向帐幕内说："请小姐用膳。伙食很不周全，甚是失礼。"右近听了他这话，知道住在里面的不是与自己同等的人，而是个贵妇人。她就向门缝里窥探，但觉这男子的面貌似乎曾经见过，然而记不起是谁。从前她看见丰后介时，丰后介年纪还很小。如今他已长得很胖，肤色黝黑，风尘满面。二十年不见，当然一时认不得了。

丰后介叫道："三条在哪里？小姐叫你呢。"三条便走过来。右近一看，又是个相识的人。她认得这人是已故的夕颜夫人的侍女，曾经多年伺候夫人。夫人隐居在五条地方的租屋内时，此人也曾来供职。现在看到她，觉得仿佛是在梦中。右近很想见见她现在的主人，可是没有办法。左思右想：还是向这三条探问。刚才看见的男子，恐怕就是从前的兵藤太。也许玉鬘小姐也在这里。她想到这里，心中焦灼难忍。她知道三条住在隔壁房中的帐幕旁边，便派人去邀请她。但三条正在吃饭，一时不能过来。右近等得厌烦，心中非常懊恼，这也未免太任性了。过了一会，三条好容易来了。她一面走进来，一面嘴里说着："这倒是意想不到的了。我在筑紫住了二十来年，只当一个侍女，京中怎么会有人认识我呢？想是看错了吧？"三条作乡下人打扮，身穿一件小袖绸袄，上罩一件大红绢衫，身体很肥胖。右近看见她已长得这么大，想起自己也已老了，不免心中怅惘。她把脸正对着三条，对她说道："你仔细看看，认得我么？"三条向她一看，拍手叫道："哎呀！原来是你！我真高兴，我高兴死了！你是从哪里来进香的？夫人也来了么？"说着，抽抽噎噎地哭起来。右近记得和她共处时，她还是个少女。回想当年情景，暗数流光，感慨无量。便回答道："我先要问你：乳母老太太也来这里么？小姐怎么样？贵君呢？”关于夕颜夫人之事，她想起了她临终时情况，觉得说出来叫人吃惊，不敢出口，终于不说。三条答道：“大家都在这里。小姐已长大成人了。我先要去告诉老太太。”便走进去了。

三条把遇见右近之事告诉了乳母，闻者皆大吃惊。乳母说：“我真觉得同做梦一样！当年她把夫人带走，我恨煞了她，不料今天在这里和她见面。”便走向隔壁房间去。她们把隔开两间房的屏风全部取去，以便畅叙。两人一见，一句话也不说，首先相向而哭。后来老太太好容易说话了：“夫人怎么样了？多年以来，我常想知道她的下落，即使在梦中得知也好。因此对神明许下弘誓大愿。然而我远居他乡，一点风声也传不过来，实在悲伤至极！我老而不死，自觉无聊。只因夫人所舍弃的小女公子，已经长得非常可爱可怜。我倘舍弃了她而死，到冥司也得受罪，因此还在这里偷生。”右近无法作答，因为她觉得向她报告夕颜死耗，比昔年束手眼看夕颜暴死更加痛苦。然而终于只得说出：“唉！告诉你也是枉然，夫人早已不在了！”此言一出，三人齐声啜泣，眼泪流个不住。

此时日色已暮，急欲入寺礼佛，大家忙着准备明灯。三人不便再谈，只得暂且分手。右近意欲两家合并，一同入寺。但恐引起随从人等怀疑，终于作罢。乳母对丰后介也不泄露消息。于是各自分别走出宿处，向长谷寺前进。右近偷偷地察看乳母家一群人，但见其中有一女子，后影非常窈窕，举止有些困疲，身披一件初夏单衫，透露出乌油油的黑发来，样子异常美丽。她看出这人就是玉鬘，觉得深可怜爱，又不胜悲伤。善于步行的人，早已到达大殿。乳母一行为了照顾玉鬘，步行甚缓，直到初次夜课开始之时，方始到达。大殿上非常嘈杂，十方信善拥挤，处处喧哗扰攘。右近的座位设在佛像近旁的右方。乳母家的人，大约是与法师交情未深之故，其座位设在远离佛像的西边。右近派人去找到了他们，对他们说：“还是迁移到这里来吧。”乳母便把情由告知丰后介，叫男子们仍留原处，带着玉鬘迁移到右近那边，教她和右近相见。右近对乳母说：“我身虽然微贱，只因是现今源氏太政大臣家的人，所以随从即使简单，一路上也无人敢欺，很可放心。乡下出来的人，到这等地方来，往往受恶棍强徒侮辱，倒是要当心的。”她还想讲下去，但是僧众已经开始法事，念诵之声鼎沸，她们只得停止谈话，参加礼拜。右近向观音菩萨默祷：“多年以来，小女子为欲寻找小姐下落，常向菩萨祈愿。果蒙菩萨呵护，现已找到小姐。今日复有祈愿：源氏太政大臣寻访小姐，情意深挚。小女子今将奉告大臣。今后仍望菩萨呵护，赐我小姐终身幸福！”

从内地各处来此烧香的乡下人甚多。大和国的国守夫人也来烧香，仆从如云，威势显赫。三条看了不胜艳羡，便合掌以手加额，虔诚祷告：“南无大慈大悲观世音菩萨！小人三条别无祈愿，但望菩萨保佑我家小姐，让她做个大式夫人，不然，做个国守夫人。让我三条也享荣华富贵。那时我等定当前来隆重还愿！”右近听见了，心念这祈愿太不吉利，太没志气了，便对三条说道：“你真正变成了乡下人了！小姐的父亲从前还是个头中将，也已经威势鼎盛了。何况现在当了独揽天下政权的内大臣，何等尊荣高贵！难道你要品定他家小姐当个地方官太太不成？”三条愤然答道：“算了，不要噜苏了！开口大臣，闭口大臣，大臣值得什么呢！你不曾看见大式夫人在清水观世音寺进香时的威风哩，不亚于皇帝行幸呢！你这话太荒唐了！”便更加虔诚地拜个不住。

这些来自筑紫的人预定宿山三天。右近本来不想久留，但念乘此机会可与乳母等人从容谈话，便召唤寺僧过来，对他言明也要宿山。供奉明灯的愿文中须填明施主祈愿。琐屑之事，这里的寺僧都已熟悉，右近只须言明大意：“依照向例，为藤原琉璃君供奉明灯。请善为祈祷。此外，此君现已觅得，改日当来还愿。”筑紫人闻知此事，皆深为感动。祈祷僧闻知此君现已觅得，得意扬扬地对右近说：“恭喜恭喜！此乃贫僧专诚祈祷之应验也。”信众大声诵经念佛，骚扰了一夜。

天明之后，右近退回相识的僧人家休息。这大约是为了便于与乳母等畅谈衷曲。玉鬘十分慵困，见人又很怕羞，模样甚是可怜。右近说道："我因意外之缘，得供职于高贵之家，曾经见过许多名媛淑女。但每次拜见紫夫人，总觉得其美貌无人能及。紫夫人所抚育的明石小女公子，肖似父母，相貌自然也很端丽。但亦半因大臣夫妇对她爱护异常周至之故。如今我家玉鬘小姐生长穷乡，又兼旅途劳顿，而容姿依然秀美，不亚于彼等，此诚大可庆喜之事。源氏太政大臣从桐壶爷时代以来，看见过许多女御与后妃。宫中上上下下的女子，他全都见过。但他说：'我觉得当今皇上的母亲藤壶母后和我家那个小女公子，相貌最好，所谓美人，正是指这种人。'我想比较一下，可是藤壶母后我不曾见过。明石小女公子的确长得美丽。然而今年还只八岁，尚未成人，将来是可想而知的。紫夫人的相貌，哪个赶得上呢？源氏大臣也确认她是个优越的美人。然而在口上，哪里肯公然将她数入美人之列呢？反而同她开玩笑，说：'你嫁给我这美男子是不配的'。我看了这许多美人，真可消灾延寿！我以为世界上更没有比得上她们的美人了。岂知我们这玉鬘小姐，竟处处不比她们逊色。世事都有极限，无论怎样优越的美人，总不会像佛菩萨那样顶上发出圆光。我家小姐的玉貌，可说是达到美人的极限了。"她说到这里，满面笑容地注视玉鬘。

（顾淑勤编，摘自丰子恺译：《源氏物语》，人民文学出版社，2006）

第三十八章　清少纳言及《枕草子》

第一节　清少纳言简介

清少纳言是日本平安时代著名的歌人、作家，日本散文随笔之鼻祖，与紫式部、泉式部并称为平安时代的三大才女。其真实姓名不详，仅知原姓清原。"清少纳言"这个称呼是其任一条天皇皇后藤原定子身边之女官时所得之官衔。"清"来自其娘家姓氏"清原"，称其为"少纳言"之因尚无定论。依当时习惯，女官常以其父、丈夫或兄弟等近亲者之官衔称呼，但清少纳言的亲戚中并无人任少纳言之职。有一说是清少纳言在仕宫以前，曾有一位中纳言官衔的丈夫，因而得此称谓；另一说则认为这一官称是皇后所赐。而她的本名，虽然《枕草子抄》中提到其小名为"诺子"，但不甚可信。应该说，她的本名早已消融在滚滚历史长河之中了。

清少纳言约生于公元 966 年前后，是日本第四十代天皇即天武天皇的第十代世孙，虽说带有皇族血统，其家族却并不显赫。在她曾祖父、祖父及父亲时期，也不过算是中等贵族。其曾祖父清原深养曾是平安时期著名歌人，是中古三十六歌仙之一，《古今和歌集》中收录了他的和歌十七首。其父清原元辅曾任肥后国守之职，是著名歌人，也是"梨壶五歌人"之一，曾参与编撰《后撰和歌集》，集子中载其和歌一百零六首。他为人轻快洒脱，崇尚自由，这种性格似乎遗传给了清少纳言。

清少纳言家学渊长，承继有加。她自幼熟读《汉书》、《蒙求》、《白氏文集》，功底深厚，才华不凡，尤其偏爱白氏闲适诗风，加之性格明朗洒脱，文笔灵动清新，超然飘逸。

据记载，清少纳言还未入宫奉职之前，已是一条天皇皇后藤原定子后宫诗会的常客。她才思敏捷，歌句含蓄而深哲，让当时称为"四纳言"的藤原公任、藤原斋信、源俊贤、藤原行成等歌界名流刮目相看，甚为赞叹。定子皇后极为欣赏清少纳言的才华，而清少纳言对定子皇后也非常倾慕，两人可谓相见恨晚，引为知己。她与定子皇后之间异常深厚的感情，也是其日后入宫供职的重要原因。

清少纳言一生婚姻不幸，曾两度出嫁。16 岁时嫁于橘则光，育有一子则长。然而橘则光勇武有余，文修不足，两人终因性格不合而离异，遂后以兄妹相称。大约 28 岁时，清少纳言入宫在一条天皇之皇后藤原定子身边做女官，多承恩顾。然而，时值日本皇家外戚专政的所谓"摄关政治"与平安朝贵族文化鼎盛时代，宫廷争斗，权势倾轧，这让清少纳言看到了宫廷的辉煌和阴暗，也随着定子皇后置身于宫斗的激流旋涡之中。公元 1001 年，定子皇后去世的第二年，清少纳言出宫还家，随后嫁给藤原栋世，并育有一女。不幸的是，藤原栋世不久便因病去世。此后，清少纳言再未出嫁。晚年的清少纳言，孤苦无助，落魄凄凉，后削发为尼，不知所终。一代才女，星光陨落，隐入历史长河。

清少纳言的主要作品是散文集《枕草子》，此外，还著有个人和歌集《清少纳言集》。

第二节　《枕草子》简介

《枕草子》是清少纳言一生除却和歌以外传世的唯一作品，被后世誉为"日本散文之鼻祖"，与吉田兼好法师著作的《徒然草》和鸭长明著作的《方丈记》同被誉为日本三大随笔之一，代表着日本古代随笔的最高成就；和《源氏物语》并称为日本平安时代文学作品的双璧。

《枕草子》这部日本随笔文学的开山之作执笔于清少纳言在宫中供职之时，成书于离开宫廷之后。"枕草子"这个书名似乎不是作者自题，而是后人所取。该书有《清少纳言》、《清少纳言记》、《清少纳言抄》、《清少纳言草子》、《清少纳言枕草子》、《清少纳言枕》、《枕草子》等不同称谓。大概在室町时代以前，书名尚未统一。其实"枕草子"本是普通名词。"枕"通常是随记、随收、随阅等意。而"草子"通"草纸"，指的是"卷子"或"册子"，即小册子、随想录、杂记之类。

《枕草子》共约三百余篇，清少纳言以其敏锐而细腻的文字，记述了她在宫廷中的所见所闻，所思所感。内容包罗万象，如人间四季、自然天象、山川草木、花鸟鱼虫、节庆欢会、碎事琐物以及人的感伤喜悦、好恶心性等，篇幅长短随心而就，随情各异，天南海北，唯美是求。

《枕草子》虽形式变化多样，但仍可概括为三种。一为主题类聚。作者将人间善恶、美丑集纳以类，融合细致入微的观察和深沉的思考，无论相关相悖，皆有感而发，即兴抒情。譬如清少纳言笔下诸多可爱事物和日常生活景象："可爱的东西，如画在瓜果上的童颜。小麻雀听见人学鼠唭唭叫，便跳过来。又如把小麻雀的脚用绳子绑住，那大麻雀就会衔着虫儿来喂，教人看着挺欣慰。两岁许大的幼儿急急朝这边爬过来，途中发现有小小尘埃什么的，眼明手快，用那小手指捏起给大人看，那模样儿乖巧极了。剪着齐肩娃娃头的女娃儿，前刘海覆到眼上也不去拂开，歪着头看东西的样子，真是可爱得很。"清少纳言用简劲的文字描绘生活的恬淡、生趣，不染纤尘，清新灵动。二为随笔散记，所闻所见，实录记叙，记写春华秋实、斗转星移，均是随心抒发，表现一时之心境。譬如，"五月时节，漫步山里，真是饶有情趣的事情。水泽一片苍澄，其上则青草茂生。一行人直直地走过去，哪晓得澄净的水虽并不怎么深，却也步行处溅起水花，非常有趣。"三为记忆随记。多为回忆片段，偶书轶事，稍带诙谐，大多以忆抒情，咏叹物是人非，岁月风霜。如《枕草子》中写道："雪降得挺厚时，较往常早些儿关下木格子门窗，几个女官在那儿围着火盆闲聊。皇后忽然命令：'少纳言呀，香炉峰的雪，如何了？'乃令人开启门窗，我又拨开帘子。皇后笑了。大家便异口同声地说：'这句子挺熟悉的，甚至还朗咏出歌来过，可就是没想到啊。要伺候这位皇后娘娘呀，可得要像她这样子才行。'"

清少纳言的文章以简劲、敏锐、犀利著称。《枕草子》以"○○以○○为最佳妙"的形式成文者居多数，如"瀑布，以无音瀑布为佳。""桥，以朝津桥为佳。""游戏之中，虽然模样儿不好看，但以蹴鞠为妙。""自天而降者，以雪为最妙。"而全书开篇之句"春，曙为最"即为传诵千古之名句。

此外，由于记载清少纳言生平的资料很少，《枕草子》也成为后人研究清少纳言生平的重要资料来源。

第三节 《枕草子》选段

一 春曙为最

春，曙为最。逐渐转白的山顶，开始稍露光明，泛紫的细云轻飘其上。

夏则夜。有月的时候自不待言，无月的暗夜，也有群萤交飞。若是下场雨什么的，那就更有情味了。

秋则黄昏。夕日照耀，近映山际，乌鸦返巢，三只、四只、两只地飞过，平添感伤。又有时见雁影小小，列队飞过远空，尤饶风情。而况，日入以后，尚有风声虫鸣。

冬则晨朝。降雪时不消说，有时霜色皑皑，即使无雪亦无霜，寒气凛冽，连忙生一盆火，搬运炭火跑过走廊，也挺合时宜；只可惜晌午时分，火盆里头炭木渐蒙白灰，便无甚可赏了。

二 时节

时节以正月、三月、四、五月、七、八月、九、十一月、十二月为佳。实则，各季各节都有特色，一年到头皆极可玩赏。

三 正月初一

正月初一，天色尤其可喜，霞雾弥漫，世人莫不刻意装扮，即祝福君上，又为自身祈福，这景象有别于往常，实多乐趣。

七日，在雪地间采撷嫩草青青，连平时不惯于接近此类青草的贵人们，也都兴致勃勃，热闹异常。为着争睹白马，退居于自宅的人，则又无不将车辆装饰得美轮美奂。牛车通过待贤门的门槛时，车身摇晃，大伙儿头碰着头，致梳栉脱落，甚或折断啦什么的，尴尬又可笑。建春门外南侧的左卫门阵，聚着许多殿上人，故意逗弄舍人们的马取笑。从牛车的帷幕望出去，见到院内板障之外，有主殿司、女官等人来来去去，可真有趣。究竟是何等幸运之人，得以如此在九重城阙内任意走动啊！有时不免这般遐想；实则此处乃宫中小小一隅而已，至于那些舍人脸上的粉往往已褪落，白粉不及之处，斑斑驳驳，一如黑土之上的残雪，真个难看极了。马匹跃腾，骇人至极，连忙抽身入车厢内，便也无法看个透彻。

八日，人人为答礼奔走忙碌。车声喧嚣，较平时为甚，十分有趣。

十五日为望粥之节日。既进粥于主上，大伙儿偷偷藏着煮粥的薪木，家中无论公主或年轻女官，人人伺机，又提防后头挨打，小心翼翼的样子，挺有意思。不知怎的，打着人的，高兴得笑声连连，热闹极了；那挨了打的，则娇嗔埋怨，便也难怪她们。

去年才新婚的夫婿，不知何时方至。害公主们等待得焦虑万分。那些自恃伶俐的老资格女官们，躲在里头偷窥着，伺候公主跟前的，不禁会心莞尔，却又被连忙制止："嘘，小声！"女主人倒是一副毫不知情的样子，仍端庄地坐着。有人借口："让我来收拾收拾这儿。"遂趁机靠近，拍了女主人的腰便逃走，引得举座之人哄笑。男主人只是微微地笑着，倒也没有什么特别吃惊的样子，面庞泛红，别有风情。大伙儿互相打来打去，竟也打起男士来。这究竟是什么心境呢？于是又哭又生气，咒骂那打的人，连不吉的话都说出来，倒也挺有趣。像宫中这种尊贵之处，今天大家也都乱哄哄，不顶讲究礼节了。

叙官除目时节，宫里头可就更热闹了。大雪纷飞，天寒地冻之中，人人捧着自荐书奔走。那些官居四位、五位的年轻人，精神抖擞，看来挺令人欣慰；另有一些白头老人，托人关说，特别到女官处所自吹自擂，年轻的女官们却学着那口吻开玩笑，当事人又怎会知晓呢！"千万拜托，向主上好好儿禀奏啊！"说得可真费心。得着官位的固可喜，若是得不着，岂不太可怜！

三月三日，风和日丽。桃花始绽，柳色亦欣欣然可赏。而柳芽似眉，更是有趣，但叶卷一旦舒展开来，便惹人憎厌。花散之后，也同样教人不愉快。撷取盛开的梅枝长长，插入大大的花瓶里，反较在外时为赏心悦目。无论是客人，或皇后的兄弟公子们，瞧他们穿着面白里红的直衣，袍子下端露出美丽的内衣，就近谈话的模样儿，真个风流至极。若是遇着鸟虫啦什么的在可辨其面貌的附近交飞，可就更饶情致了。

贺茂祭时，尤其可乐。树叶尚未臻茂密，叶色青嫩，而无霞无雾的天空，令人有说不出的快感；稍稍阴暗的黄昏或夜晚，忽闻远处子规啼声隐约，在可辨与不可辨之间，那种心境，真是不可言喻！

等到祭日近时，喜见使者们捧着用纸张随便包裹着黄绿色啦、深紫色等布帛，忙碌地到处奔走。那些染成下端深色的，或深浅斑斓的，以及扎染的，也都看来较平时显得好看些。女童们稍经梳洗，衣裳倒是仍穿着敝旧断了线的，足上的鞋履也崩断了带子，却一个劲儿蹦跳地嚷嚷，盼祭日快快来到。那光景，有趣极了。这些平时满不在乎挺好动的少女们，一旦装扮停妥，竟然会一变而好像捧香炉的法师似的装模作样练步子。这未免教人不放心，故而大概总会有些亲族中的妇女或长姊等人作陪，随时照顾着她们。

四　语言有别

语言似同，实则有别：和尚的话。男人与女人的话。至于下层贱者的话，总嫌其絮聒多余的。

五　爱儿

让爱儿出家去当和尚，实在是够狠心。可怜天下父母心，总是寄予厚望的，但世人却视若木屑，概不予以重视。精进修身，吃的是粗陋的斋素，连睡个觉都遭人议论。年轻和尚嘛，难免有些好奇心什么的，对于女人住所，岂能回避而不偷窥一下呢？如是，则少不得又要遭到非难了。至于那想当法师者，可就更苦了，得走遍御岳、熊野等人迹罕到的深山，历经种种可怕的事情；一旦而修行得道见灵验，自然有了名气后，则又到处有人延请，愈受世人重视便愈不得安宁。对着病重的人降妖制邪，困倦至极，稍一打盹儿，别人就会责备："一天到晚只会睡觉。"真个烦恼，本人不知怎么想法？不过，这都是过去的事情；时下当和尚的，看来是好过多了。

六　大进生昌府邸

大进生昌府邸，为迎接皇后光临，东侧之门特改造为四柱，供凤辇进入。侍女们的车辆则由北门进。大家以为反正也不会有什么守卫的武士在那里，发型难看的人，也没有特别费神去整妆，总以为车子直接靠妥便可下来。怎样，槟榔毛的牛车因为门小，被挡住而无法进入，只得循例铺上地毡，下车步行。这事真教人懊恼，但亦无可奈何！这么一来，殿上人啦，地下执役之司，便都站在那儿看热闹，可恨透顶！

到皇后跟前禀报方才种种，却没想到反被取笑："难道这儿就不会有人看吗？怎么可以这样大意！""可是，这边的人都是些熟面孔，若是我们过分打扮，反而会教他们吃惊的吧？

倒是这般堂堂一所府邸，门口小得连车子都通不过去。真有这等事情呀！下次见着，一定要好好儿嘲笑嘲笑。"正说着时，生昌来到。"请将此呈上。"他从帘下推入一具砚台。"您这人真坏，怎么把门造得那么狭小，亏您还住在里头呢！"我这么故意嗔怪他，没想到对方竟然答道："凡居家得配合身份呀。""但是，听说也有人故意把闾门造得高高大大的啊。""哟，那可不敢当！"对方像是吃了一惊的样子，接着又说："说的可是于公的故事吗？倘非修积学问的进士，恐怕连听都听不懂这话的内容哩。所幸，我在文章之道用功多年，所以才能辨明你话中的含义。""这是哪儿的话啊？只是，那'道'可也不怎么样啊，虽然铺着地毡，大伙儿踩都踩不稳，害众人大惊小怪的。"遂趁机又挖苦他一下，对方便托词："下了雨，恐怕是难免的吧？好啦，好啦。再在这儿待下去，不知道又要给你损成什么样子，还不如快些退下算了。"说完，真的走了。皇后问："怎么啦？生昌好像颇吃不消的样子嘛。""没什么。跟他提起车子进不来的事儿罢了。"差不多就在这个时候，我跟同房的年轻女官们困极而睡着了。连正殿东侧西厢北边的门没有下锁都忘了注意。生昌是这屋子的主人，当然晓悉一切，所以轻易便打开门进来。他用枯嗄怪异的声音一再央求："可以进来吗？可以进来吗？"从睡梦中惊醒，一看，几帐后头立着的灯火竟然通明。门拉开约莫五寸许，人就在那里讲话。真是滑稽透顶。平时连做梦都想不到会好渔色的人，一旦而家中有皇后光临，竟也这般情不自禁得意忘形，竟当作可以为所欲为的吧，真个好笑！

我连忙摇醒睡在身边的同伴说："瞧，不知是谁在那边啊。"她抬头望望那方向，忍不住笑得挺厉害。"那是谁呀，可是看得一清二楚的哦！"对方连忙抢白道："不，不。是屋主人想跟这房间的主人商量些事情呢。""门儿的事倒是提过，可没有提过打开房门的事哟。""对啦，就是来商量这事情。可以进来一下吗？可以吗？"他还在那儿央求，引得众女人笑："真是不像话！还说什么进来不进来！"生昌这才觉察到，"哦，原来另外还有年轻的人在一起哪。"遂赶紧关好门离去。事后，大家笑成一团。想进来就进来好了，也无须先打招呼什么的。哪儿会有人听此央求便说"可以进来"的呢？真是太可笑，所以翌晨便去禀报皇后。"从来也没听说过他这类事情。大概是昨夜的话题令他衷心佩服的吧？可怜，教你给贬损成那样子。"她笑着说。

皇后吩咐替公主的女童侍们准备服装，生昌问道："敢问女童们的袙服上装，要取何种颜色呢？"这就难怪又引得众人大笑不止。

生昌又说："公主的膳食，若照惯例，恐怕不妥。要使用高盘、高杯才好。"我乃趁势说："是啦，那就正好让穿着袙服上装的女童侍来就近伺候喽。""别再取笑人家了。生得老老实实的人，瞧他，怪可怜的。"皇后连忙制止，但是，实在太可笑了。稍得空闲时，有人来传告："大进说，有话要同您讲。"皇后听了便担心地说："不知道他又要讲什么话，教人取笑了。"真有意思。不过，她还是催促道："去吧，去听听他怎么说。"故只得专程前往。未料，生昌只说："我跟中纳言提到那晚关于门的事情，他大感兴趣，叫我一定要安排个机会，让他跟你谈一谈。"就这么一点儿事情而已，更别无他事。我还以为他会提到前夜溜进房里来的事，心中难免一阵骚动；没想到，只是说："容我日后再到你那边好好儿谈吧。"便径自退下。回来后，皇后问起："到底是什么事啊？"遂将生昌所说的话一五一十禀报，趁势跟大家说："又不是什么大不了的事，值得大惊小怪传人叫我去。这么点儿小事，大可趁着便时静静地在房间里提一下就好了嘛。""他大概是以为你会高兴听到他所尊敬的人夸奖，才急着要告诉你的吧。"皇后说这话时候的模样，自有一种优美从容的神态。

七　宫中饲养的猫

宫中饲养的猫，得蒙赐五位之头衔，又赐名"命妇之君"。猫儿生得乖巧，备受宠爱。

一次，那猫儿跑到廊外去，负责照顾的马命妇叱道："真不乖，进来进来。"但它全然不顾，径自在那儿晒太阳睡懒觉。那马命妇想要吓唬吓唬它，便谎称："翁丸呀，在哪儿啊？来咬命妇之君哦！"怎知道那笨狗竟当真，直冲了过去。害猫儿吓得不知所措，躲进帘内去。正值皇上在餐厅，见此情形，也大吃一惊。他把猫儿搋进怀里，传令殿上男子们上来。藏人忠隆应命而至。皇上乃命令："替我把这翁丸痛打一顿，流放到犬岛去！"于是众人即刻围拢过来；忙乱追逐一阵。皇上又责备马命妇说："另外换个看顾的。这样真教人放心不下。"马命妇自是吓得要命，再也不敢露面了。至于那狗，则继续围捕到手，令泷口的卫士放逐出去。

"唉，怪可怜的。平时大摇大摆。三月三日的时候，头之辨还替它在头顶插上柳枝啦、桃花等簪饰，腰间又系上梅枝啦什么的，得意地跑来跑去；怎么料到如今竟落得这个下场呢！"大伙儿为之喟叹不已。"皇后娘娘用膳时，总有它蹲在对面伺候着的呀。现在可真寂寞啊。"你一句、我一句的，竟也过了三四天。

中午时分，有犬吠声挺凄厉。正诧异着，究竟是什么狗呢，叫得这么久？末后，连别的狗也加进来一齐吠叫。扫厕妇跑来相告："不得了啦，狗儿给两个藏人打得半死！说什么放逐出去的又跑回来了，在那儿惩罚它哩。"多可怜哪，一定是翁丸无疑。道是"忠隆和实房在打它"，便差人去制止。过不多久，好容易才停止吠叫。"死掉了，把它给拖到门外丢了。"听见人这么说，黄昏时分，正心疼着，见一犬浑身肿胀，狼狈至极，抖抖颤颤有气没力地跑过来。"咦？这不是翁丸吗？这种时候，还会有什么别的狗呢！"众人嚷嚷。"翁丸！"叫它也不理。"是翁丸。""不是翁丸。"大伙儿七嘴八舌的，皇后乃道："右近认得，快去叫她过来。"便遣人去把原本退下休息的右近叫来："快快，十万火急之事。"遂令她仔细察看。"这只狗可是翁丸吗？"皇后问。"像倒是挺像的。只是变得好惨！平常若是喊它'翁丸'，总会高高兴兴跑过来；可是，现在叫它都不理。恐怕不是吧。不是说翁丸已经给打死了吗？两个壮汉打死它，怎么可能还会活着呢！"皇后听此，心中难过极了。

天黑后，给它东西吃，但它不吃，大家便认为是别的狗而不再予以理会。次晨，伺候皇后盥洗梳栉之际，皇后正用水，我在一旁拿着镜子让她映照梳理，见狗儿正窝在柱子边上。"唉，昨天可把翁丸给打惨啦！大概是死掉了吧。真可怜！也不知道它如今转生做什么去了，可真教它受不少罪哦。"我不觉地说。没想到，这睡着的狗竟浑身颤抖，眼泪直淌。真令人大大吃惊。"咦，那么这正是翁丸无疑。昨夜它一定是强忍着的。"心中既怜悯又欢喜，遂连镜子也不顾地随便放置在一边，连呼"翁丸呀。"那狗竟然趴下来，叫得十分厉害。

皇后亦又惊又喜地笑起来。众人便都围拢靠近。皇后招来右近，"如此这般"说明一番，大伙儿笑闹一阵。皇上闻悉，亦走过来，笑说："真想不到，狗竟也有这种心情哩！"伺候皇上的宫女也都靠近来，纷纷叫唤。如今，它倒是站起来到处跑动了。脸上仍然还有些肿胀。"该弄点儿什么给它吃才好。"我提议。"它总算表白了自己啊。"皇后也笑说。此时，忠隆闻讯自膳房方面赶来。"是真的吗？请让我瞧一瞧。"乃遣人回话："吓死人的，没那回事。"对方却道："终究会晓得的呀，瞒着也没用。"

其后，皇上的禁令与惩罚都消除，翁丸又恢复了先前的自由之身。我却总难忘记它当时又发抖又吠叫的样子。那真是世上无比悲惨又感人的事情。每有人提及此事，都不禁令我泪流不已。

八　正月一日、三月三日

正月一日、三月三日，以天气和煦为佳。五月五日，宁取其天阴。七月七日，则愿日间阴天，七夕之夜晴空，月明星熠。九月九日，晨间微微有雨，菊花带繁露，花上覆棉自是愈染香味，特饶情趣。雨虽早早收敛，天空阴霾，随时可能下雨的样子，那光景最是动人。

九　奏谢皇上

看官员们蒙赐新爵，来奏谢皇上，最为有趣。瞧他们个个把礼服的下摆在身后拖得长长，手执笏板，面朝皇上站立的模样儿！尔后，既礼拜又舞蹈蹁跹，好不热闹！

一〇　现今新宫之东侧

现今新宫之东侧，称为北门。楢木长得十分高大。"到底有几多寻高呀？"人们常对着它发问。有一回，权中将说过："恨不能将它连根砍断，做成定澄僧都的枝扇。"后来，僧都住持于山阶寺，上宫礼拜之日，权中将正巧充当近卫之士，亦来到宫中。僧都穿着一双高齿屐，身材尤其显得高大。待其退出后，我问："怎么不让他拿着那把枝扇呢？"权中将尴尬地笑答："你可真有好记性啊。"

十一　山

山以小仓山、三笠山、木暗山、健忘山、入立山、鹿背山、比睿山等为最妙。至于笠取山，更令人对之好奇有兴趣。此外，又有五幡山、后濑山、笠取山、比良山则曾蒙圣武天皇咏颂"莫为泄吾名"，故而特别饶富情味。

伊吹山。朝仓山，以"别处见"见称，遂可喜。岩田山。大比礼山之名，常会令人想起清水八幡的临时祭使。手向山。三轮山，挺有情趣。音羽山、等待山、玉坂山、耳无山、末松山、葛城山、美浓山、柞山、位山、吉备中山、岚山、更级山、姨舍山、小盐山、浅间山、片溜山、归山、妹背山，皆可赏。

十二　岭

岭以鹤羽岭、阿弥陀岭、耶高岭为佳。

十三　原

原以高原、瓶原、朝原、园原、荻原、粟津原、奇志原、鬓儿原、阿倍原、筱原为佳。

十四　市

市以辰市为佳。椿市，在大和众多市集之中，以参诣长谷寺的人所必住之处，或者有观音菩萨之缘分，予人格外不同之感。此外，阿负市、饰磨市、飞鸟市亦佳。

十五　渊

渊以畏渊为佳。究竟是看穿了什么样的心底而取名若此呢？颇耐人寻味。莫入渊，则又不知是何人教谁不要进入的？至于青色渊，才更有趣，仿佛藏人之辈要穿上身似的。另有稻渊、隐渊、窥渊、玉渊，亦佳。

十六　海

海以琵琶湖为佳。与谢湾、川口津、伊势湾亦佳。

十七　陵

陵以莺陵、柏陵、天陵为佳。

十八　渡

渡以鹿管渡、水桥渡为佳。

十九　宅

宅以近卫门一带为佳。二条院、一条院亦甚好。染殿之宫、清和院、三日居、菅原院、冷泉院、东院、小野宫、红梅殿、县井户殿、东三条院、小六条院亦佳。

二○　清凉殿东北隅

清凉殿东北隅那扇隔开北侧的纸门上，画着沧海及生物之怪异可怖者，如长手长脚之人。弘徽殿的门一打开，便看得见这些，真惹人嫌，大伙儿总是笑说讨厌。

今日，高栏上搬来一只大的青瓷花瓶，插了许多枝五尺许长盛开的樱花，花儿直绽开到高栏边来。近午时分，大纳言之君穿着面白里红柔软服帖的直衣光临。他下着深紫色的裤袴，身上重叠几层白色衣裳，外加深红织锦褙子。正值皇上幸临于此，他便端坐殿前户门外的木板间，伺候言谈。帘内，女官们都穿着宽松的唐衣，颜色有面黄里青啦，面褐里黄等，缤纷多彩的袖端都溢露出帘外，好不鲜丽悦目！午膳厅内，大伙儿正忙着端运皇上膳食。藏人辈的来往步声不绝于耳，还时时听得见他们说"让路，让路"的声音。春光明媚令人陶醉之际，最后一队端着高脚盘的藏人进来禀报：御膳已经备妥。皇上乃自中门前赴膳厅。

大纳言之君奉命陪侍，也过来坐在方才那樱花下。皇后将前面的几帐推向一边，来到帘前廊边。她那一举一动，似若不经意，而华贵雍容之气质自露，令我们这些伺候左右的人倍感荣幸安慰！大纳言之君从容歌咏：

> 日月迁今不稍待，
> 唯独三室山外宫，
> 久经年岁兮春常在。

托歌道出祝贺皇后万寿无疆幸福长驻之意，令人十分感佩。皇后的光华难掩，我也由衷盼望她千年恒如斯。

伺候膳食的宫女们还在那里招呼藏人们上来收拾膳具之间，皇上已经回到殿里来了。皇后虽然下令："研墨。"但我只一心专注仰望着皇上那边，心不在焉，险些儿误了事。皇后将白纸折叠好，命令道："你把现在记得的古诗写下来吧。"害我急得连忙向坐在帘外的大纳言之君讨救："这可怎生是好？"岂料，他反而把我递他看的纸推还过来说："就随便写一些好了。这种事情，男人怎么可以插嘴呢？"而皇后也将砚台挪移过来催促道："赶快啊，别想太多了。无论是难波津啦，或是别的什么，只要把现在记得的写下来就行了。"然而不知怎的，我竟窘得满脸通红，思绪纷乱。

上席的几位女官倒是径写春歌啦，花事等有关季节的二三首，催说："在这里接下去写。"于是，写成：

> 既经年兮又添龄，
> 吾身渐老遂减喜，

　　见花忘忱兮爱芳馨。

　　故意将古和歌里"见君"之句改写成如此以呈上。未料，竟蒙夸奖："其实就是想要试一试你的机智。"又说："円融院的时代，曾于御前令殿上人：'在这草子上写一首诗。'结果，许多人都不堪其任而婉辞了。后来，院上说：'别管字写得好与不好，诗歌也不必拘限是否适合季节。'大家便只得勉强写出。现今之关白君，当时还在三位中将之职，

　　似潮满兮水沉深
　　波浪去来出云浦
　　思君绵邈兮是我心

　　他把恋歌末句巧妙地改成'思君心'，所以深得皇上欣赏。"听他这么一说，不免更加令人汗颜了。不过，若换作年轻人辈的话，恐怕是写不出这样的东西来的吧。即使平时擅长写作的人，遇着这种场合，也都自然会客气回避，结果反而写糟了。

　　接着，皇后又取出《古今集》的本子，随便念出其中几首的上句，考问："下句是什么？"有些诗句日夜都记在脑中，熟悉透了的，偏就是一时间答不上来。这究竟是怎么一回事呀！宰相之君勉强答对十来首；看来也算不得滚瓜烂熟的程度。何况，有的人只记得五首、六首、三首，真是倒不如说不记得还好些，可是，又觉得："这样未免太不把皇后娘娘的话当回事，过意不去。"瞧她们怪自己愚駼的样子，也挺有趣的。没有人答得上来的诗句，皇后便径自接下去念出来。"咦，这下面的句子不是明明记得的吗？怎么这样差劲呢！"遂有人叹息连连。尤其是那些经常誊书《古今集》的人，应该记得全部作品才对呀。

　　皇后又接着说："村上天皇的时代，有一位宣耀殿女御，她乃是小一条的左大臣千金，可谓无人不知，无人不晓。年少时，她父亲便教导她：'首先要习字，次则学琴，必要下决心比别人弹得好。再下来，就要熟读《古今集》二十卷，以此为必修之学问。'皇上知悉此事，曾经趁着宫中避讳的日子，偷偷拿了《古今集》到女御房里来，出人意外地拉了几帐挡在中间，害女御莫名其妙，而皇上却翻开书籍，一一问道：'何年何月何时某人所咏和歌是什么？'女御方知'原来如此'，一方面觉得挺有趣味，可是另一方面却又难免担心，万一有记错或忘记的地方，可就糟了；所以大概心里挺乱的吧。皇上又召来二三位精于此道的女官，令她们用棋子来记数背错的情况，真个有趣极了！连那些伺候御前的人，都挺教人艳羡。皇上一定要女御回答，她倒未必是卖弄聪明要背诵到底，却也竟然没有一丝儿错误。这样，反教皇上感到意外，不可置信，他越想越不服气，必要找到漏洞才算数。可是，终于超过了前十卷。最后只好叹道：'算了，算了。'遂将书签夹在卷中，歇息去了。他们的恩爱，岂不令人羡慕！睡了很久之后才起身，说道：'这事儿没个胜负，总是不好。'而且，又觉得：'余下的后十卷，怕到了明日她会预先去偷查别的本子，不如就今宵之内做个了断吧。'便令人取油灯来，彻夜诵读；而女御终于还是没有输负。等皇上赴女御住所后，有人将此事'如此这般'同她的父亲禀报了。他老人家听后担心极了，到处张罗诵经，自己又向着皇宫的方向尽日膜拜呢。可真有趣得很。"听皇后这一席话，皇上不禁感佩赞颂道："村上皇帝怎么会读得那么许多啊？朕恐怕连三卷或四卷都读不完哩。""从前，连普通一般的人都解得风流情趣的；现在，可听说过这样的事情吗？"伺候御前的女官们纷纷异口同声地感叹着。那气氛倒也看来自由自在，有趣得很。

（杨国华编，摘自林文月译《枕草子》，译林出版社，2011）

第三十九章　陶渊明及《陶渊明集》

第一节　陶渊明简介

陶渊明是中国一位伟大的文学家，字元亮，浔阳柴桑（今江西九江）人。生于东晋，晋宋易代之后，改名为潜。他一生大部分时间都在东晋度过。陶渊明大约出生于晋哀帝兴宁三年（365），卒于宋文帝元嘉四年（427），享年63岁。

陶渊明出生在一个没落的官宦家庭，曾祖父陶侃是东晋的开国元老，官至大司马，被封为长沙郡公。祖父陶茂和父亲都做过类似太守一类的官员。其外祖父孟嘉是东晋名士。虽然祖上很显赫，可是陶渊明的祖父和父亲却不是继承陶侃爵位的子嗣，在陶渊明还是七八岁的时候，其父亲就已经去世了。所以陶渊明自小就生活在贫困之中，饭碗经常空空如也；甚至到了冬天还只能穿着夏天的单衣，就是在这种艰难的环境之中，陶渊明刻苦好学，从小就阅读了儒家的经典著作"六经"，此外还有两晋时代流行的《老子》、《庄子》，以及大量的先秦至汉魏的史学、文学著作，广泛地接触了古代文化，这些都为其诗歌创作打下了坚实的基础。

青年时期，陶渊明胸怀兼济天下的壮志，出仕宦游。从30岁左右开始，即晋孝武帝太元十八年（393）至晋安帝义熙元年（405），在这十多年的时间，陶渊明先后担任官场上的祭酒、参军、县令等小官，不过很快他就"自解"而归了。因为陶渊明的性格正直耿介，在陶渊明看来官场是巨大的"尘网"，肮脏污浊，他的性格与彼时的官场格格不入，最后一次担任彭泽令仅仅80天，陶渊明便归田隐居，从此结束了他一生的官场生涯。

归田隐居时，陶渊明已经40多岁了，他与家人都参与田地耕作，在这种耕种的生活中他怡然自得，《归去来兮辞》就描写了其洒脱愉悦的心情。而实际上陶渊明并不是种田能手，在诗中，他也不无自嘲地说，种豆的结果是草盛豆苗稀疏，对于家务管理，他也不是行家，最后免不了落到饥肠辘辘、向友人乞讨这步田地。归田后，又是改朝换代，东晋被刘宋王朝所取代，陶渊明成为东晋的遗民。更为不幸的是，陶渊明家里火灾，一切焚毁俱空，而粮食不时歉收，夏天抱饥，冬天苦寒。晚年，陶渊明理性地思考人的生命，甚至自制挽歌，自写祭文。在刘宋王朝的第八个年头即宋元嘉四年十一月，陶渊明在贫病中去世。

陶渊明被历代文学史家称为田园诗人，其作品最大的特色就是平淡自然。比起之前的大诗人陆机，陶渊明的文字不加雕饰；而比起之后的山水诗人谢灵运，他的文字则没有那么地华丽。陶渊明身处乱世，当时的文风以富艳繁密为贵，所以他在当时是不受重视的。梁初钟嵘的《诗品》仅将其列入中品，刘勰的《文心雕龙》并未提到他，梁朝中叶，昭明太子萧统为其编集作序，突出的是对其人格的敬佩。到了唐代，王、孟诗派以他为楷模，而李白、高适、杜甫、柳宗元、白居易对他评价很高并有所借鉴。

北宋以后，陶渊明更受重视，评论、注释很多，欧阳修、王安石给予其相当高的评价，苏轼特别喜欢陶诗，追和一百零九首，影响特别大，苏轼最欣赏陶渊明率真自然以及化迁的人生观。南宋陆游、辛弃疾，金代元好问也给陶渊明很高的评价。南宋时理学家朱熹、陆九渊以气节推许陶渊明。近代的龚自珍和谭嗣同也爱读陶渊明的诗。在如今这个浮躁的时代，陶渊明作品尤其具有现实意义，陶渊明热爱生活，热爱自然，活得真实，活得高尚。他有很多精神值得当代的人学习，正如萧统在《陶渊明集序》中所描述的那样，"不以躬耕为耻，不以无财为病……有能观渊明之文者，驰竞之情遣，鄙吝之意祛，贪夫可以廉，懦夫可以立"。这也就是在我们这个年代阅读陶渊明的一个重要原因。

第二节 《陶渊明诗选》简介

陶渊明的作品现存的诗歌有 124 首，其中四言诗 9 首，五言诗 115 首；文 11 篇，其中词赋 3 篇，记传赞述疏祭 8 篇。

他的作品主要分为批判社会、描写田园生活以及思索人生这几个方面，其一，陶渊明早年胸怀大志，在官场上为了洁身自好最后弃官而去。当时社会按照门第等级来选择人才、婚娶，这种制度造成了极其腐朽的社会风气。他在作品中对当时的社会、腐败的政治都做了一定的批判。官场上趋炎附势、尔虞我诈，比比皆是，触目惊心，为了向上爬，可以不择手段。陶渊明的性格与这些格格不入，他的《感士不遇赋》对当时腐朽的世风进行了抨击，在这篇赋中，他列举了仁人志士受到的不公平待遇，把批判的矛头直指封建专制制度。陶渊明还有些作品通过歌颂美好的事物这种曲折的形式来否定当时的政治。例如他所描写的桃花源这个理想的社会与他所处的社会形成了极其鲜明的对比。此外他晚年所写的《咏荆轲》、《读山海经》这样"金刚怒目"式的作品，则表现他对当时腐败政治激烈的批判和强烈的反抗意识。其二，厌恶官场黑暗而弃官归田隐居，所以陶渊明笔下的田园风光宁静、淳朴而又美好。陶渊明远离了尘嚣归田之后，无论是登高、读书、饮酒、春游，心情都十分愉快，他认为人生第一大事便是吃饭穿衣，获得衣食要靠劳动，还描写了他参加劳动的情景以及艰辛。在劳动过程中他与农民结下了深厚的友谊，有了一些共同的话题，耕种和年成是他们谈论的主要内容。当时军阀混战，农业也遭到巨大破坏，陶渊明也描写了农村经历战乱后破败、凋零的场面。其三，陶渊明在不断地思考人生。在自然与人的关系中，他希望能渗透生命的哲理："大钧无私力，万理自森著"、"万化相寻异，人生岂不劳"等。自然按照规律运行，人生亦如此，因此他产生了"化迁"思想，人应该顺应自然，"纵浪大化中，不喜亦不惧；应尽便须尽，无复独多虑"。

萧统在《陶渊明集序》中评价陶渊明的诗文"词采精拔"、"独品众类"，具体可以从以下方面来进行论述：一、陶渊明的诗文处处流露出对真、善、美的追求。他写道："真想初在襟，谁谓形迹拘"，"任真无所先"等，从陶渊明的作品我们看出陶渊明率真、任情，不掩饰、不做作，不为世俗所左右，萧统称其为"脱颖不群，任真自得"。陶渊明在《五柳先生传》说要自己每篇作品能"颇示己志"。他不是"为文而情"，而是"为情而文"，他的作品率性而发，还不矫揉造作，朱熹称其为"胸中自然流出"，陶渊明对人生本质的各种思考，对生活的各种体验，都融入到了他的诗文之中。二、陶渊明的诗文在语言风格上平淡自然，清水出芙蓉，天然去雕饰。他的作品中用典故非常少，色彩艳丽的词基本看不到，这个是和当时用词艳丽的文风相背离的。他所使用的是当时的"口语"，即使到现在读起来也是朗朗上口，简明易懂。三、陶渊明的诗文做到了情景交融的艺术境界，他的"情"通过形式化的方式表现出来，笔下的客观环境都融入了强烈的主观感受和情思，而不是客观的物象描述，所以他的作品情景融合，达到了浑然一体的境界。

第三节　《陶渊明诗选》选段

卷之一　诗四言

停云并序

停云，思亲友也。罇湛新醪，园列初荣，愿言不从，叹息弥襟。

霭霭停云，时雨濛濛。八表同昏，平路伊阻。
静寄东轩，春醪独抚。良朋悠邈，搔首延伫。
停云霭霭，时雨濛濛。八表同昏，平陆成江。
有酒有酒，闲饮东窗。愿言怀人，舟车靡从。
东园之树，枝条载荣。竞朋新好，以怡余情。
人亦有言：日月于征，安得促席，说彼平生。
翩翩飞鸟，息我庭柯。敛翮闲止，好声相和。
岂无他人，念子实多。愿言不获，抱恨如何！

时运并序

时运，游暮春也。春服既成，景物斯和，偶景独游，欣慨交心。

迈迈时运，穆穆良朝。袭我春服，薄言东郊。
山涤余霭，宇暧微霄。有风自南，翼彼新苗。
洋洋平津，乃漱乃濯。邈邈遐景，载欣载瞩。
人亦有言，称心易足。挥兹一觞，陶然自乐。
延目中流，悠想清沂。童冠齐业，闲咏以归。
我爱其静，寤寐交挥。但恨殊世，邈不可追。
斯晨斯夕，言息其庐。花药分列，林竹翳如。
清琴横床，浊酒半壶。黄唐莫逮，慨独在余。

荣木并序

荣木，念将老也。日月推迁，已复九夏，总角闻，白首无成。

采采荣木，结根于兹。晨耀其华，夕已丧之。

人生若寄，憔悴有时。静言孔念，中心怅而。
采采荣木，于兹托根。繁华朝起，慨暮不存。
贞脆由人，祸福无门。匪道曷依，匪善奚敦！
嗟予小子，禀兹固陋。徂年既流，业不增旧。
志彼不舍，安此日富。我之怀矣，怛焉内疚。
先师遗训，余岂云坠！四十无闻，斯不足畏。
脂我名车，策我名骥。千里虽遥，孰敢不至！

赠长沙公并序

长沙公于余为族，祖同出大司马。昭穆既远，以为路人。经过浔阳，临别赠此。

同源分流，人易世疏，慨然寤叹，念兹厥初。
礼服遂悠，岁月眇徂，感彼行路，眷然踌躇。
於穆令族，允构斯堂。谐气冬暄，映怀圭璋。
爰采春华，载警秋霜。我曰钦哉！实宗之光。
伊余云遘，在长忘同。笑言未久，逝焉西东。
遥遥三湘，滔滔九江。山川阻远，行李时通。
何以写心，贻此话言。进篑虽微，终焉为山。
敬哉离人，临路凄然。款襟或辽，音问其先。

酬丁柴桑

有客有客，爰来宦止。秉直司聪，惠于百里。
飡胜如归，聆善若始。匪惟谐也，屡有良游。
载言载眺，以写我忧。放欢一遇，既醉还休。
实欣心期，方从我游。

答庞参军并序

庞为卫军参军，从江陵使上都，过浔阳见赠。

衡门之下，有琴有书。载弹载咏，爰得我娱。
岂无他好？乐是幽居。朝为灌园，夕偃蓬庐。
人之所宝，尚或未珍。不有同好，云胡以亲？
我求良友，实觏怀人。欢心孔洽，栋宇惟邻。
伊余怀人，欣德孜孜。我有旨酒，与汝乐之。
乃陈好言，乃著新诗。一旦不见，如何不思。
嘉游未歝，誓将离分。送尔于路，衔觞无欣。
依依旧楚，邈邈西云。之子之远，良话曷闻。
昔我云别，仓庚载鸣。今也遇之，霰雪飘零。
大藩有命，作使上京。岂忘宴安？王事靡宁。
惨惨寒日，肃肃其风。翩彼方舟，容与江中。
勖哉征人，在始思终。敬兹良辰，以保尔躬。

劝农

悠悠上古，厥初生民。傲然自足，抱朴含真。
智巧既萌，资待靡因。谁其赡之，实赖哲人。
哲人伊何？时为后稷。赡之伊何？实曰播殖。
舜既躬耕，禹亦稼穑。远若周典，八政始食。
熙熙令德，猗猗原陆。卉木繁荣，和风清穆。
纷纷士女，趋时竞逐。桑妇宵兴，农夫野宿。
气节易过，和泽难久。冀缺携俪，沮溺结耦。
相彼贤达，犹勤陇亩。矧兹众庶，曳裾拱手！
民生在勤，勤则不匮。宴安自逸，岁暮奚冀？
儋石不储，饥寒交至。顾尔俦列，能不怀愧？
孔耽道德，樊须是鄙。董乐琴书，田园不履。
若能超然，投迹高轨，敢不敛衽，敬赞德美。

命子

悠悠我祖，爰自陶唐。邈为虞宾，历世重光。
御龙勤夏，豕韦翼商。穆穆司徒，厥族以昌。
纷纷战国，漠漠衰周。凤隐于林，幽人在丘。
逸虬绕云，奔鲸骇流。天集有汉，眷予愍侯。
放赫愍侯，运当攀龙。抚剑风迈，显兹武功。
书誓山河，启土开封。亹亹丞相，允迪前踪。
浑浑长源，蔚蔚洪柯。群川载导，众条载罗。
时有语默，运因隆窊。在我中晋，业融长沙。
桓桓长沙，伊勋伊德。天子畴我，专征南国。
功遂辞归，临宠不忒。孰谓斯心，而近可得。
肃矣我祖，慎终如始。直方二台，惠和千里。
于皇仁考，淡焉虚止。寄迹风云，冥兹愠喜。
嗟余寡陋，瞻望弗及。顾惭华鬓，负影只立。
三千之罪，无后为急。我诚念哉，呱闻尔泣。
卜云嘉日，占亦良时。名汝曰俨，字汝求思。
温恭朝夕，念兹在兹。尚想孔伋，庶其企而。
厉夜生子，遽而求火。凡百有心，奚特于我！
既见其生，实欲其可。人亦有言，斯情无假。
日居月诸，渐免于孩。福不虚至，祸亦易来。
夙兴夜寐，愿尔斯才。尔之不才，亦已焉哉。

归鸟

翼翼归鸟，晨去于林；远之八表，近憩云岑。
和风弗洽，翻翻求心。顾俦相鸣，景庇清阴。
翼翼归鸟，载翔载飞。虽不怀游，见林情依。
遇云颉颃，相鸣而归。遐路诚悠，性爱无遗。

翼翼归鸟，驯林徘徊。岂思天路，欣及旧栖。
虽无昔侣，众声每谐。日夕气清，悠然其怀。
翼翼归鸟，戢羽寒条。游不旷林，宿则森标。
晨风清兴，好音时交。矰缴奚施，已卷安劳！

卷之二　诗五言

形影神并序

贵贱贤愚，莫不营营以惜生，斯甚惑焉。故极陈形影之苦，言神辨自然以释之。好事君子，共取其心焉。

形赠神

天地长不没，山川无改时。草木得常理，霜露荣悴之。
谓人最灵智，独复不如兹。适见在世中，奄去靡归期。
奚觉无一人，亲识岂相思？但余平生物，举目情凄洳。
我无腾化木，必尔不复疑。愿君取吾言，得酒莫苟辞。

影答形

存生不可言，卫生每苦拙；诚愿游崑华，邈然兹道绝。
与子相遇来，未尝异悲悦。憩荫若暂乖，止日终不别。
此同既难常，黯尔俱时灭。身没名亦尽，念之五情热。
立善有遗爱，胡为不自竭。酒云能消忧，方此讵不劣。

神释

大钧无私力，万理自森著。人为三才中，岂不以我故！
与君虽异物，生而相依附。结托善恶同，安得不相语！
三皇大圣人，今复在何处？彭祖爱永年，欲留不得住。
老少同一死，贤愚无复数。日醉或能忘，将非促龄具？
立善常所欣，谁当为汝誉？甚念伤吾生，正宜委运去。
纵浪大化中，不喜亦不惧。应尽便须尽，无复独多虑。

九日闲居

余闲居，爱重九之名。秋菊盈园，而持醪靡由，空服九华，寄怀于言。

世短意常多，斯人乐久生。日月依辰至，举俗爱其名。
露凄暄风息，气澈天象明。往燕无遗影，来雁有余声。
酒能祛百虑，菊解制颓龄。如何蓬庐士，空视时运倾！
尘爵耻虚罍，寒华徒自荣；敛襟独闲谣，缅焉起深情。
栖迟固多娱，淹留岂无成。

归园田居五首

其一

少无适俗韵，性本爱丘山。误落尘网中，一去三十年。
羁鸟恋旧林，池鱼思故渊。开荒南野际，抱拙归园田。
方宅十余亩，草屋八九间。榆柳荫后檐，桃李罗堂前。
暧暧远人村，依依墟里烟。狗吠深巷中，鸡鸣桑树巅。
户庭无尘杂，虚室有余闲。久在樊笼里，复得返自然。

其二

野外罕人事，穷巷寡轮鞅。白日掩荆扉，虚室绝尘想。
时复墟曲中，披草共来往。相见无杂言，但道桑麻长。
桑麻日已长，我土日已广。常恐霜霰至，零落同草莽。

其三

种豆南山下，草盛豆苗稀。晨兴理荒秽，带月荷锄归。
道狭草木长，夕露沾我衣。衣沾不足惜，但使愿无违。

其四

久去山泽游，浪莽林野娱。试携子侄辈，披榛步荒墟。
徘徊丘陇间，依依昔人居。井灶有遗处，桑竹残朽株。
借问采薪者，此人皆焉如？薪者向我言，死殁无复余。
一世异朝市，此语真不虚！人生似幻化，终当归空无。

其五

怅恨独策还，崎岖历榛曲。山涧清且浅，遇以濯吾足。
漉我新熟酒，只鸡招近局。日入室中暗，荆薪代明烛。
欢来苦夕短，已复至天旭。

游斜川并序

辛酉正月五日，天气澄和，风物闲美，与二三邻曲，同游斜川。临长流，望曾城；鲂鲤跃鳞于将夕，水鸥乘和以翻飞。彼南阜者，名实旧矣，不复乃为嗟叹；若夫曾城，傍无依接，独秀中皋；遥想灵山，有爱嘉名。欣对不足，率尔赋诗。悲日月之遂往，悼吾年之不留；各疏年纪乡里，以记其时日。

开岁倏五日，吾生行归休。念之动中怀，及辰为兹游。
气和天惟澄，班坐依远流；弱湍驰文鲂，闲谷矫鸣鸥。
迥泽散游目，缅然睇曾丘；虽微九重秀，顾瞻无匹俦。
提壶接宾侣，引满更献酬；未知从今去，当复如此不？

中觞纵遥情，忘彼千载忧。且极今朝乐，明日非所求。

示周续之祖企谢景夷三郎

负疴颓簷下，终日无一欣。药石有时闲，念我意中人。
相去不寻常，道路邈何因。周生述孔业，祖谢响然臻。
道丧向千载，今朝复斯闻。马队非讲肆，校书亦已勤。
老夫有所爱，思与尔为邻。愿言诲诸子，从我颍水滨。

乞食

饥来驱我去，不知竟何之。行行至斯里，叩门拙言辞。
主人解余意，遗赠岂虚来。谈谐终日夕，觞至辄倾杯。
情欣新知欢，言咏遂赋诗。感子漂母意，愧我非韩才。
衔戢知何谢，冥报以相贻。

诸人共游周家暮柏下

今日天气佳，清吹与鸣弹。感彼柏下人，安得不为欢。
清歌散新声，绿酒开芳颜。未知明日事，余襟良以殚。

怨诗楚调示庞主簿邓治中

天道幽且远，鬼神茫昧然。结发念善事，僶俛六九年。
弱冠逢世阻，始室丧其偏。炎火屡焚如，螟蜮恣中田。
风雨纵横至，收敛不盈廛。夏日长抱饥，寒夜无被眠。
造夕思鸡鸣，及晨愿乌迁。在己何怨天，离忧凄目前。
吁嗟身后名，于我若浮烟。慷慨独悲歌，钟期信为贤。

答庞参军并序

三复来贶，欲罢不能。自尔邻曲，冬春再交，欵然良对，忽成旧游。俗谚云：数面成亲旧，况情过此者乎？人事好乖，便当语离；杨公所叹，岂惟常悲？吾抱疾多年，不复为文，本既不丰，复老病继之；辄依《周礼》往复之义，且为别后相思之资。

相知何必旧，倾盖定前言。有客赏我趣，每每顾林园。
谈谐无俗调，所说圣人篇。或有数斗酒，闲饮自欢然。
我实幽居士，无复东西缘。物新人惟旧，弱毫多所宣。
情通万里外，形迹滞江山。君其爱体素，来会在何年？

连雨独饮

运生会归尽，终古谓之然。世间有松乔，于今定何间？
故老赠余酒，乃言饮得仙。试酌百情远，重觞忽忘天。
天岂去此哉，任真无所先。云鹤有奇翼，八表须臾还。
自我抱兹独，僶俛四十年。形骸久已化，心在复何言。

移居二首

其一

昔欲居南村，非为卜其宅。闻多素心人，乐与数晨夕。
怀此颇有年，今日从兹役。敝庐何必广，取足蔽床席。
邻曲时时来，抗言谈在昔。奇文共欣赏，疑义相与析。

其二

春秋多佳日，登高赋新诗。过门更相呼，有酒斟酌之。
农务各自归，闲暇辄相思。相思则披衣，言笑无厌时。
此理将不胜，无为忽去兹。衣食当须纪，力耕不吾欺。

和刘柴桑

山泽久见招，胡事乃踌躇？直为亲旧故，未忍言索居。
良辰入奇怀，挈杖还西庐。荒涂无归人，时时见废墟。
茅茨已就治，新畴复应畬。谷风转凄薄，春醪解饥劬。
弱女虽非男，慰情良胜无。栖栖世中事，岁月共相疏。
耕织称其用，过此奚所须。去去百年外，身名同翳如。

酬刘柴桑

穷居寡人用，时忘四运周。榈庭多落叶，慨然知已秋。
新葵郁北牖，嘉穟养南畴。今我不为乐，知有来岁不？
命室携童弱，良日登远游。

和郭主簿二首

其一

蔼蔼堂前林，中夏贮清阴；凯风因时来，回飙开我襟。
息交游闲业，卧起弄书琴。园蔬有余滋，旧谷犹储今。
营己良有极，过足非所钦。春秫作美酒，酒熟吾自斟。
弱子戏我侧，学语未成音。此事真复乐，聊用忘华簪。
遥遥望白云，怀古一何深。

其二

和泽周三春，清凉素秋节。露凝无游氛，天高肃景澈。
陵岑耸逸峰，遥瞻皆奇绝。芳菊开林耀，青松冠岩列。
怀此贞秀姿，卓为霜下杰。衔觞念幽人，千载抚尔诀。

检索不获展，厌厌竟良月。

与殷晋安别并序

殷先作晋安南府长史掾，因居浔阳，后作太尉参军，移家东下，作此以赠。

游好非少长，一遇尽殷勤。信宿酬清话，益复知为亲。
去岁家南里，薄作少时邻。负杖肆游从，淹留忘宵晨。
语默自殊势，亦知当乖分。未谓事已及，兴言在兹春。
飘飘西来风，悠悠东去云。山川千里外，言笑难为因。
良才不隐世，江湖多贱贫。脱有经过便，念来存故人。

赠羊长史并序

左军羊长史，衔使秦川，作此与之。

愚生三季后，慨然念黄虞。得知千载上，正赖古人书。
圣贤留余迹，事事在中都。岂忘游心目，关河不可逾。
九域甫已一，逝将理舟舆。闻君当先迈，负疴不获俱。
路若经商山，为我少踌躇。多谢绮与角，精爽今何如？
紫芝谁复采？深谷久应无。驷马无贳患，贫贱有交娱。
清谣结心曲，人乖运见疏。拥怀累代下，言尽意不舒。

岁暮和张常侍

市朝凄旧人，骤骥感悲泉。明旦非今日，岁暮余何言！
素颜敛光润，白发一已繁。阔哉秦穆谈，旅力岂未愆！
向夕长风起，寒云没西山。冽冽气遂严，纷纷飞鸟还。
民生鲜长在，矧伊愁苦缠。屡阙清酤至，无以乐当年。
穷通靡攸虑，憔悴由化迁。抚己有深怀，履运增慨然。

和胡西曹示顾贼曹

蕤宾五月中，清朝起南飔。不驶亦不迟，飘飘吹我衣。
重云蔽白日，闲雨纷微微。流目视西园，晔晔荣紫葵。
于今甚可爱，奈何当复衰。感物愿及时，每恨靡所挥。
悠悠待秋稼，寥落将赊迟。逸想不可淹，猖狂独长悲。

悲从弟仲德

衔哀过旧宅，悲泪应心零。借问为谁悲？怀人在九冥。
礼服名群从，恩爱若同生。门前执手时，何意尔先倾！

在数竟未免，为山不及成。慈母沈哀疢，二胤才数龄。
双位委空馆，朝夕无哭声。流尘集虚坐，宿草旅前庭。
阶除旷游迹，园林独余情。翳然乘化去，终天不复形。
迟迟将回步，恻恻悲襟盈。

卷之三　诗五言

始作镇军参军经曲阿作

弱龄寄事外，委怀在琴书。被褐欣自得，屡空常晏如。
时来苟冥会，宛辔憩通衢。投策命晨装，暂与园田疏。
眇眇孤舟逝，绵绵归思纡。我行岂不遥，登降千里余。
目倦川涂异，心念山泽居。望云惭高鸟，临水愧游鱼。
真想初在襟，谁谓形迹拘。聊且凭化迁，终返班生庐。

庚子五月中从都还阻风于规林二首

其一

行行循归路，计日望旧居。一欣侍温颜，再喜见友于。
鼓棹路崎曲，指景限西隅。江山岂不险，归子念前途。
凯风负我心，戢枻守穷湖。高莽眇无界，夏木独森疏。
谁言客舟远，近瞻百里余。延目识南岭，空叹将焉如！

其二

自古叹行役，我今始知之！山川一何旷，巽坎难与期。
崩浪聒天响，长风无息时。久游恋所生，如何淹在兹。
静念园林好，人间良可辞。当年讵有几，纵心复何疑！

辛丑岁七月赴假还江陵夜行涂口

闲居三十载，遂与尘事冥。诗书敦宿好，园林无世情。
如何舍此去，遥遥至西荆！叩枻新秋月，临流别友生。
凉风起将夕，夜景湛虚明。昭昭天宇阔，皛皛川上平。
怀役不遑寐，中宵尚孤征。商歌非吾事，依依在耦耕。
投冠旋旧墟，不为好爵萦。养真衡茅下，庶以善自名。

癸卯岁始春怀古田舍二首

其一

在昔闻南亩，当年竟未践。屡空既有人，春兴岂自免。

夙晨装吾驾，启涂情已缅。鸟哢欢新节，泠风送余善。
寒竹被荒蹊，地为罕人远。是以植杖翁，悠然不复返。
即理愧通识，所保讵乃浅。

其二

先师有遗训，忧道不忧贫。瞻望邈难逮，转欲志长勤。
秉耒欢时务，解颜劝农人。平畴交远风，良苗亦怀新。
虽未量岁功，即事多所欣。耕种有时息，行者无问津。
日入相与归，壶浆劳新邻。长吟掩柴门，聊为陇亩民。

乙巳岁三月为建威参军使都经钱溪

我不践斯境，岁月好已积。晨夕看山川，事事悉如昔。
微雨洗高林，清飙矫云翮。眷彼品物存，义风都未隔。
伊余何为者，勉励从兹役。一形似有制，素襟不可易。
园田日梦想，安得久离析。终怀在归舟，谅哉宜霜柏。

还旧居

畴昔家上京，六载去还归。今日始复来，恻怆多所悲。
阡陌不移旧，邑屋或时非。履历周故居，邻老罕复遗。
步步寻往迹，有处特依依。流幻百年中，寒暑日相推。
常恐大化尽，气力不及衰。拨置且莫念，一觞聊可挥。

戊申岁六月中遇火

草庐寄穷巷，甘以辞华轩。正夏长风急，林室顿烧燔，
一宅无遗宇，舫舟荫门前。迢迢新秋夕，亭亭月将圆。
果菜始复生，惊鸟尚未还。中宵伫遥念，一盼周九天。
总发抱孤介，奄出四十年。形迹凭化往，灵府长独闲，
贞刚自有质，乃石乃非坚。仰想东户时，余粮宿中田，
鼓腹无所思，朝起暮归眠。既已不遇兹，且遂灌我园。

庚戌岁九月中于西田获早稻

人生归有道，衣食固其端；孰是都不营，而以求自安。
开春理常业，岁功聊可观；晨出肆微勤，日入负耒还。
山中饶霜露，风气亦先寒，田家岂不苦？弗获辞此难。
四体诚乃疲，庶无异患干。盥濯息檐下，斗酒散襟颜，
遥遥沮溺心，千载乃相关。但愿长如此，躬耕非所叹。

丙辰岁八月中于下潠田舍获

贫居依稼穑，戮力东林隈。不言春作苦，常恐负所怀。
司田眷有秋，寄声与我谐。饥者欢初饱，束带候鸣鸡。
扬楫越平湖，汎随清壑回。郁郁荒山里，猿声闲且哀。
悲风爱静夜，林鸟喜晨开。曰余作此来，三四星火颓。
姿年逝已老，其事未云乖。遥谢荷蓧翁，聊得从君栖。

饮酒二十首并序

余闲居寡欢，兼比夜已长，偶有名酒，无夕不饮。顾影独尽，忽焉复醉。既醉之后，
辄题数句自娱。纸墨遂多，辞无诠次。聊命故人书之，以为欢笑尔。

其一

衰荣无定在，彼此更共之。邵生瓜田中，宁似东陵时！
寒暑有代谢，人道每如兹。达人解其会，逝将不复疑；
忽与一樽酒，日夕欢相持。

其二

积善云有报，夷叔在西山。善恶苟不应，何事空立言！
九十行带索，饥寒况当年。不赖固穷节，百世当谁传。

其三

道丧向千载，人人惜其情。有酒不肯饮，但顾世间名。
所以贵我身，岂不在一生？一生复能几，倏如流电惊。
鼎鼎百年内，持此欲何成！

其四

栖栖失群鸟，日暮犹独飞。徘徊无定止，夜夜声转悲。
厉响思清远，去来何依依。因值孤生松，敛翮遥来归。
劲风无荣木，此荫独不衰。托身已得所，千载不相违。

其五

结庐在人境，而无车马喧。问君何能尔？心远地自偏。
采菊东篱下，悠然见南山。山气日夕佳，飞鸟相与还。
此中有真意，欲辩已忘言。

其六

行止千万端，谁知非与是。是非苟相形，雷同共誉毁。
三季多此事，达士似不尔。咄咄俗中愚，且当从黄绮。

其七

秋菊有佳色，裛露掇其英。泛此忘忧物，远我遗世情。
一觞虽独进，杯尽壶自倾。日入群动息，归鸟趋林鸣。
啸傲东轩下，聊复得此生。

其八

青松在东园，众草没其姿，凝霜殄异类，卓然见高枝。
连林人不觉，独树众乃奇。提壶抚寒柯，远望时复为。
吾生梦幻间，何事绁尘羁。

其九

清晨闻叩门，倒裳往自开。问子为谁与？田父有好怀。
壶浆远见候，疑我与时乖。褴缕茅簷下，未足为高栖。
一世皆尚同，愿君汩其泥。深感父老言，禀气寡所谐。
纡辔诚可学，违己讵非迷。且共欢此饮，吾驾不可回。

其十

在昔曾远游，直至东海隅。道路迥且长，风波阻中途。
此行谁使然？似为饥所驱。倾身营一饱，少许便有余。
恐此非名计，息驾归闲居。

其十一

颜生称为仁，荣公言有道。屡空不获年，长饥至于老，
虽留身后名，一生亦枯槁，死去何所知，称心固为好，
客养千金躯，临化消其宝，裸葬何必恶，人当解意表。

其十二

长公曾一仕，壮节忽失时；杜门不复出，终身与世辞。
仲理归大泽，高风始在兹。一往便当已，何为复狐疑！
去去当奚道，世俗久相欺。摆落悠悠谈，请从余所之。

其十三

有客常同止，趣舍邈异境。一士常独醉，一夫终年醒，
醒醉还相笑，发言各不领。规规一何愚，兀傲差若颖。
寄言酣中客，日没烛当秉。

其十四

故人赏我趣，挈壶相与至。班荆坐松下，数斟已复醉，
父老杂乱言，觞酌失行次，不觉知有我，安知物为贵，
悠悠迷所留，酒中有深味。

其十五

贫居乏人工，灌木荒余宅。班班有翔鸟，寂寂无行迹。
宇宙一何悠，人生少至百。岁月相催逼，鬓边早已白。
若不委穷达，素抱深可惜。

其十六

少年罕人事，游好在六经。行行向不惑，淹留遂无成。
竟抱固穷节，饥寒饱所更。敝庐交悲风，荒草没前庭。
披褐守长夜，晨鸡不肯鸣。孟公不在兹，终以翳吾情。

其十七

幽兰生前庭，含薰待清风。清风脱然至，见别萧艾中。
行行失故路，任道或能通。觉悟当念迁，鸟尽废良弓。

其十八

子云性嗜酒，家贫无由得，时赖好事人，载醪祛所惑。
觞来为之尽，是谘无不塞。有时不肯言，岂不在伐国。
仁者用其心，何尝失显默。

其十九

畴昔苦长饥，投耒去学仕。将养不得节，冻馁固缠己。
是时向立年，志意多所耻。遂尽介然分，拂衣归田里，
冉冉星气流，亭亭复一纪。世路廓悠悠，杨朱所以止。
虽无挥金事，浊酒聊可恃。

其二十

羲农去我久，举世少复真。汲汲鲁中叟，弥缝使其淳。
凤鸟虽不至，礼乐暂得新，洙泗辍微响，漂流逮狂秦。
诗书复何罪？一朝成灰尘。区区诸老翁，为事诚殷勤。
如何绝世下，六籍无一亲。终日驰车走，不见所问津。
若复不快饮，空负头上巾。但恨多谬误，君当恕醉人。

止酒

居止次城邑，逍遥自闲止。坐止高荫下，步止荜门里。
好味止园葵，大欢止稚子。平生不止酒，止酒情无喜。
暮止不安寝，晨止不能起。日日欲止之，营卫止不理。
徒知止不乐，未知止利己。始觉止为善，今朝真止矣。
从此一止去，将止扶桑涘。清颜止宿容，奚止千万祀。

述酒

重离照南陆，鸣鸟声相闻；秋草虽未黄，融风久已分。
素砾皛修渚，南岳无余云。豫章抗高门，重华固灵坟。
流泪抱中叹，倾耳听司晨。神州献嘉粟，西灵为我驯。
诸梁董师旅，芈胜丧其身。山阳归下国，成名犹不勤。
卜生善斯牧，安乐不为君。平王去旧京，峡中纳遗薰。
双陵甫云育，三趾显奇文。王子爱清吹，日中翔河汾。
朱公练九齿，闲居离世纷。峨峨西岭内，偃息常所亲。
天容自永固，彭殇非等伦。

责子

白发被两鬓，肌肤不复实。虽有五男儿，总不好纸笔。
阿舒已二八，懒惰故无匹。阿宣行志学，而不爱文术。
雍端年十三，不识六与七。通子垂九龄，但觅梨与栗。
天运苟如此，且进杯中物。

有会而作并序

旧谷既没，新谷未登，颇为老农，而值年灾。日月尚悠，为患未已。登岁之功，既不可希，朝夕所资，烟火裁通；旬日以来，始念饥乏。岁云夕矣，慨然永怀。今我不述，后生何闻哉！

弱年逢家乏，老至更长饥。菽麦实所羡，孰敢慕甘肥！
惄如亚九饭，当暑厌寒衣。岁月将欲暮，如何辛苦悲。
常善粥者心，深念蒙袂非。嗟来可足吝，徒没空自遗。
斯滥岂攸志，固穷夙所归。馁也已矣夫，在昔余多师。

卷之四　诗五言

拟古九首

其一

荣荣窗下兰，密密堂前柳。初与君别时，不谓行当久。
出门万里客，中道逢嘉友。未言心相醉，不在接杯酒。
兰枯柳亦衰，遂令此言负。多谢诸少年，相知不忠厚。
意气倾人命，离隔复何有？

其二

辞家夙严驾，当往至无终。问君今何行？非商复非戎。
闻有田子泰，节义为士雄。斯人久已死，乡里习其风。
生有高世名，既没传无穷。不学狂驰子，直在百年中。

其三

仲春遘时雨，始雷发东隅。众蛰各潜骇，草木纵横舒。
翩翩新来燕，双双入我庐。先巢故尚在，相将还旧居。
自从分别来，门庭日荒芜；我心固匪石，君情定何如？

其四

迢迢百尺楼，分明望四荒，暮作归云宅，朝为飞鸟堂。
山河满目中，平原独茫茫。古时功名士，慷慨争此场。
一旦百岁后，相与还北邙。松柏为人伐，高坟互低昂。
颓基无遗主，游魂在何方！荣华诚足贵，亦复可怜伤。

其五

东方有一士，被服常不完；三旬九遇食，十年著一冠。
辛勤无此比，常有好容颜。我欲观其人，晨去越河关。
青松夹路生，白云宿檐端。知我故来意，取琴为我弹。
上弦惊别鹤，下弦操孤鸾。愿留就君住，从令至岁寒。

其六

苍苍谷中树，冬夏常如兹；年年见霜雪，谁谓不知时。
厌闻世上语，结友到临淄。稷下多谈士，指彼决吾疑。
装束既有日，已与家人辞。行行停出门，还坐更自思。
不怨道里长，但畏人我欺。万一不合意，永为世笑嗤。
伊怀难具道，为君作此诗。

其七

日暮天无云，春风扇微和。佳人美清夜，达曙酣且歌。
歌竟长太息，持此感人多。皎皎云间月，灼灼叶中华。
岂无一时好，不久当如何。

其八

少时壮且厉，抚剑独行游。谁言行游近？张掖至幽州。
饥食首阳薇，渴饮易水流。不见相知人，惟见古时丘。
路边两高坟，伯牙与庄周。此士难再得，吾行欲何求！

其九

种桑长江边，三年望当采。枝条始欲茂，忽值山河改。

柯叶自摧折，根株浮沧海。春蚕既无食，寒衣欲谁待！
本不植高原，今日复何悔。

杂诗八首

其一

人生无根蒂，飘如陌上尘。分散逐风转，此已非常身。
落地为兄弟，何必骨肉亲！得欢当作乐，斗酒聚比邻。
盛年不重来，一日难再晨。及时当勉励，岁月不待人。

其二

白日沦西阿，素月出东岭。遥遥万里晖，荡荡空中景。
风来入房户，夜中枕席冷。气变悟时易，不眠知夕永。
欲言无予和，挥杯劝孤影。日月掷人去，有志不获骋。
念此怀悲凄，终晓不能静。

其三

荣华难久居，盛衰不可量。昔为三春蕖，今作秋莲房。
严霜结野草，枯悴未遽央。日月还环周，我去不再阳。
眷眷往昔时，忆此断人肠。

其四

丈夫志四海，我愿不知老。亲戚共一处，子孙还相保。
觞弦肆朝日，樽中酒不燥。缓带尽欢娱，起晚眠常早。
孰若当世时，冰炭满怀抱。百年归丘垄，用此空名道！

其五

忆我少壮时，无乐自欣豫。猛志逸四海，骞翮思远翥。
荏苒岁月颓，此心稍已去。值欢无复娱，每每多忧虑。
气力渐衰损，转觉日不如。壑舟无须臾，引我不得住。
前途当几许，未知止泊处。古人惜寸阴，念此使人惧。

其六

昔闻长者言，掩耳每不喜。奈何五十年，忽已亲此事。
求我盛年欢，一毫无复意。去去转欲远，此生岂再值。
倾家持作乐，竟此岁月驶。有子不留金，何用身后置！

其七

日月不肯迟，四时相催迫。寒风拂枯条，落叶掩长陌。
弱质与运颓，玄鬓早已白。素标插人头，前途渐就窄。
家为逆旅舍，我如当去客。去去欲何之？南山有旧宅。

其八

代耕本非望，所业在田桑。躬亲未曾替，寒馁常糟糠。
岂期过满腹，但愿饱粳粮。御冬足大布，粗绨已应阳。
正尔不能得，哀哉亦可伤！人皆尽获宜，拙生失其方。
理也可奈何！且为陶一觞。

咏贫士七首

其一

万族各有托，孤云独无依。暖暖空中灭，何时见余晖。
朝霞开宿雾，众鸟相与飞。迟迟出林翮，未夕复来归。
量力守故辙，岂不寒与饥？知音苟不存，已矣何所悲。

其二

凄厉岁云暮，拥褐曝前轩。南圃无遗秀，枯条盈北园。
倾壶绝余沥，窥灶不见烟。诗书塞座外，日昃不遑研。
闲居非陈厄，窃有愠见言。何以慰吾怀，赖古多此贤。

其三

荣叟老带索，欣然方弹琴。原生纳决履，清歌畅商音。
重华去我久，贫士世相寻。弊襟不掩肘，藜羹常乏斟。
岂忘袭轻裘，苟得非所钦。赐也徒能辨，乃不见吾心。

其四

安贫守贱者，自古有黔娄。好爵吾不荣，厚馈吾不酬。
一旦寿命尽，蔽覆仍不周。岂不知其极，非道故无忧。
从来将千载，未复见斯俦。朝与仁义生，夕死复何求。

其五

袁安困积雪，邈然不可干。阮公见钱入，即日弃其官。
刍藁有常温，采莒足朝餐。岂不实辛苦，所惧非饥寒。
贫富常交战，道胜无戚颜。至德冠邦闾，清节映西关。

其六

仲蔚爱穷居，绕宅生蒿蓬。翳然绝交游，赋诗颇能工；
举世无知者，止有一刘龚。此士胡独然？实由罕所同；
介焉安其业，所乐非穷通。人事固以拙，聊得长相从。

其七

昔在黄子廉，弹冠佐名州。一朝辞吏归，清贫略难俦。

年饥感仁妻，泣涕向我流。丈夫虽有志，固为儿女忧。
惠孙一晤叹，腆赠竟莫酬。谁云固穷难，邈哉此前修。

咏二疏

大象转四时，功成者自去。借问衰周来，几人得其趣？
游目汉廷中，二疏复此举。高啸还旧居，长揖储君傅；
饯送倾皇朝，华轩盈道路。离别情所悲，余荣何足顾；
事胜感行人，贤哉岂常誉！厌厌闾里欢，所营非近务；
促席延故老，挥觞道平素。问金终寄心，清言晓未悟；
放意乐余年，遑恤身后虑。谁云其人亡，久而道弥著。

咏三良

弹冠乘通津，但惧时我遗；服勤尽岁月，常恐功愈微。
忠情谬获露，遂为君所私。出则陪文舆，入必侍丹帷；
箴规响已从，计议初无亏。一朝长逝后，愿言同此归。
厚恩固难忘，君命安可违。临穴罔惟疑，投义志攸希。
荆棘笼高坟，黄鸟声正悲；良人不可赎，泫然沾我衣。

咏荆轲

燕丹善养士，志在报强嬴。招集百夫良，岁暮得荆卿。
君子死知己，提剑出燕京。素骥鸣广陌，慷慨送我行。
雄发指危冠，猛气冲长缨。饮饯易水上，四座列群英。
渐离击悲筑，宋意唱高声。萧萧哀风逝，淡淡寒波生。
商音更流涕，羽奏壮士惊。公知去不归，且有后世名。
登车何时顾，飞盖入秦庭。凌厉越万里，逶迤过千城。
图穷事自至，豪主正怔营。惜哉剑术疏，奇功遂不成！
其人虽已殁，千载有余情。

读《山海经》十三首

其一

孟夏草木长，绕屋树扶疏。众鸟欣有托，吾亦爱吾庐。
既耕亦已种，时还读我书。穷巷隔深辙，颇回故人车。
欢言酌春酒，摘我园中蔬。微雨从东来，好风与之俱。
泛览《周王传》，流观《山海图》。俯仰终宇宙，不乐复何如。

其二

玉台凌霞秀，王母怡妙颜。天地共俱生，不知几何年。

灵化无穷已，馆宇非一山。高酣发新谣，宁效俗中言！

其三

迢迢槐江岭，是为玄圃丘。西南望昆墟，光气难与俦。
亭亭明玕照，洛洛清瑶流。恨不及周穆，托乘一来游。

其四

丹木生何许？迺在峚山阳。黄花复朱实，食之寿命长。
白玉凝素液，瑾瑜发奇光。岂伊君子宝，见重我轩皇。

其五

翩翩三青鸟，毛色奇可怜。朝为王母使，暮归三危山。
我欲因此鸟，具向王母言：在世无所须，惟酒与长年。

其六

逍遥芜皋上，杳然望扶木。洪柯百万寻，森散复旸谷。
灵人侍丹池，朝朝为日浴。神景一登天，何幽不见烛。

其七

粲粲三珠树，寄生赤水阴。亭亭凌风桂，八干共成林。
灵凤抚云舞，神鸾调玉音。虽非世上宝，爱得王母心。

其八

自古皆有没，何人得灵长？不死复不死，万岁如平常。
赤泉给我饮，员丘足我粮。方与三辰游，寿考岂渠央！

其九

夸父诞宏志，乃与日竞志。俱至虞渊下，似若无胜负。
神力既殊妙，倾河焉足有！余迹寄邓林，功竟在身后。

其十

精卫衔微木，将以填沧海。刑天舞干戚，猛志故常在。
同物既无虑，化去不复悔。徒没在昔心，良晨讵可待！

其十一

巨猾肆威暴，钦𩿹违帝旨。窦窳强能变，祖江遂独死。
明明上天鉴，为恶不可履。长枯固已剧，鵕鹗岂足恃！

其十二

鸱鴸见城邑，其国有放士。念彼怀王世，当时数来止。
青丘有奇鸟，自言独见尔；本为迷者生，不以喻君子。

其十三

岩岩显朝市，帝者慎用才。何以废共鲧，重华为之来。
仲父献诚言，姜公乃见猜；临没告饥渴，当复何及哉！

挽歌诗三首

其一

有生必有死，早终非命促。昨暮同为人，今旦在鬼录。
魂气散何之？枯形寄空木。娇儿索父啼，良友抚我哭。
得失不复知，是非安能觉！千秋万岁后，谁知荣与辱。
但恨在世时，饮酒不得足。

其二

昔在无酒饮，今但湛空觞。春醪生浮蚁，何时更能尝。
肴案盈我前，亲旧哭我傍。欲语口无音，欲视眼无光。
昔在高堂寝，今宿荒草乡。一朝出门去，归来夜未央。

其三

荒草何茫茫，白杨亦萧萧。严霜九月中，送我出远郊。
四面无人居，高坟正嶣峣。马为仰天鸣，风为自萧条。
幽室一已闭，千年不复朝。千年不复朝，贤达无奈何！
向来相送人，各自还其家。亲戚或余悲，他人亦已歌。
死去何所道，托体同山阿。

（刘伟编，摘自陈庆元、邵长满选编：《陶渊明集》，凤凰出版传媒集团凤凰出版社，2011）

第四十章　苏轼及《苏轼诗词选》

第一节　苏轼简介

苏轼，字子瞻，号东坡居士，眉州眉山（今四川眉山）人，北宋中期的文坛领袖，是著名的文学家、书法家、画家。其诗、词、赋、散文的成就均极高，且善书法和绘画，是中国文学艺术史上罕见的全才，也是中国数千年历史上被公认的文学艺术造诣最杰出的大家之一。其散文与欧阳修并称欧苏；诗与黄庭坚并称苏黄，又与陆游并称苏陆；词与辛弃疾并称苏辛；他的书法"端庄杂秀丽，刚健含婀娜"，名列"苏、黄、米、蔡"北宋四大书法家之首；其画亦富有创意，爱画竹木怪石，与文同、米芾等开创了墨戏一派。著有《东坡全集》及《东坡乐府》词集传世。

苏轼是宋仁宗嘉祐二年（1057）的进士，神宗时曾任祠部员外郎，因反对王安石新法而求外职，任杭州通判，知密州、徐州、湖州。后以作诗"谤讪朝廷"罪贬黄州。哲宗时任翰林学士，曾出任杭州、颍州等，官至礼部尚书。后又贬谪惠州、儋州。北还后第二年病死常州。南宋时追谥文忠。

苏轼的文学成就是多方面的。在散文创作方面，他是继欧阳修之后宋代古文运动的领袖。他和欧阳修一起，树立了平易畅达、简洁明快的散文风格，成为后世散文家学习的典范。他的议论文雄健奔放、辨析周密，且善于推陈出新；记和书序则将散文抒情、叙事、议论的功能结合得水乳交融，具有极高的文学价值；他的随笔小品更是一绝，信笔写成，娓娓道来，既生动活泼又朴素隽永，有一种令人不忍释卷的魅力；他的辞赋也取得了相当高的成就，《赤壁赋》和《后赤壁赋》即是明证。

苏轼的诗现存有两千多首。他的诗歌自然奔放、挥洒自如，表现力惊人，几乎没有不能入诗的题材。他博学才高，对诗歌艺术的掌握达到纯熟的境界。诗中比喻生动新奇，用典稳妥浑成，对仗精工而不失活泼，做到了运用技巧而不露锻炼之痕。

苏轼的词现存有三百多首，他在词的创作上也取得了非凡的成就，对词体的革新意义尤其重大。他突破了词为"艳科"的传统格局，不仅大大拓展了词的题材内容，用词来记游、赠答、怀古、说理，使之成为"无意不可入，无事不可言"的文体形式；而且将柔情之词变为性情之词，使词像诗一样可以表现作者的性情怀抱，甚至寄寓理性的思考，从而提高了词的品格境界和地位；同时，他还突破了音乐对词体的制约和束缚，使之变成一种独立的抒情诗体，强化了词的文学性，创造了新的美学规范，为词的创作拓宽了道路。

苏轼在中国思想、文学、艺术、文化上的影响是极为广泛而又深远的。他那宠辱不惊、进退自如的人生态度，成为后代文人的人生范式；他那非凡的文艺见解和不朽的文艺创作，更是为后代提供了取之不尽用之不竭的精神宝藏。

第二节　《苏轼诗词选》简介

《苏轼诗词选》共选录苏轼的诗七十余首，词五十余首，均为苏轼各个时期的代表之作。并依创作时间先后编排、详加注解。

受儒家思想浸淫，苏轼向以天下为己任，忠君报国是他的主导情感，而他一生的曲折也多为自己的性格所累。苏轼性情率直，坚持己见，不向权贵折腰，虽满腹经纶，却不见容于官场，屡遭陷害、贬谪。在挫折面前，苏轼感受到人生的无奈，而当时盛行的老庄禅玄思想无疑给了他一线希望。在这样的超脱世俗的境界中，苏轼追求适性而为，豁达平静的生活。《苏轼诗词选》中有多篇此类佳作。如《和子由渑池怀旧》中苏轼旧地重游，感慨万千，但他并没有停留于怀旧伤感，相反以"雪泥鸿爪"譬喻人生，以求豁达的解脱。又如《泗州僧伽塔》中"去无所逐来无恋"表达了苏轼心胸开阔，坦然面对现实困境的处世哲学。

然而，经世致用的人生理想毕竟占据了他的思想主流，在拯救苍生、积极进取的心态催逼下，逍遥反倒成了苦中作乐和自我安慰。《苏轼诗词选》中《与毛令方尉游西菩寺二首》前首诗于游山玩水中抒性情，诗人率真狂放。后一首诗将月夜寺景描绘得缥缥缈缈，奇趣横生，诗人似乎陶醉于其中而忘却烦恼。然而最后两句议论道破天机，萦绕在苏轼心中的责任感并没有因为游山玩水而消失。《东坡》一诗中诗人取东坡夜景，脱离世俗纷繁，以"野人"自称，远离市井。虽然生活艰苦，却别有一番野趣。诗人开朗的态度、豁达的境界可见一斑。

《苏轼诗词选》中描述自然景象的名篇颇多。《饮湖上初晴后雨》中诗人的笔端并未停留在一草一物上，而以美人西子比喻西湖，突出神韵，将只可意会不可言传的美贴切地表达出来，成为千古绝唱。《题西林壁》本是观山赏景之作，诗人却能从平凡景色中悟出深刻哲理。这首诗是宋诗的突出代表。宋诗以理取胜，苏轼写诗也多有理趣。眼见庐山多姿多态，诗人不禁想到要知道庐山全貌，只有跳出庐山的局限。《惠崇春江晓景二首》之一是一首题画诗，画中盛开的桃花，涨水的春江，自在的鸭子，满地的蒌蒿，都是美景。诗人将静态的画转为诗的语言，引起读者的共鸣，令人无限遐想。其中"春江水暖鸭先知"一句，也是充满理趣之妙。

苏轼的出现使中国词史另辟了一道美丽的风景。《苏轼诗词选》中有儿女情长、悲欢离合之作，一首悼亡妻的《江城子》写得凄凄惨惨，伤感似柔肠寸断；又有写尽旷达豪放情景之作，一首《念奴娇·赤壁怀古》为豪放词的代表；又有感悟人生之词，"明月何时有，把酒问青天……"人生的领悟背后是词人精神上的超脱。

《苏轼诗词选》为"中华古典精品"之一，以传诵程度作为作品入选的首要标准，同时兼顾思想性和艺术性，清楚地展示了苏轼不同的个性和艺术风格；收录的每篇作品分为注解和点评，对某些难懂的字词作注释，对作品特色进行点评，帮助读者减少阅读中的文字障碍，继而是理解诗词的思想内容、艺术特色。

第三节 《苏轼诗词选》选段

初发嘉州

朝发鼓阗阗，西风猎画旆。故乡飘已远，往意浩无边。
锦水细不见，蛮江清可怜。奔腾过佛脚，旷荡造平川。
野市有禅客，钓台寻暮烟。相期定先到，久立水溅溅。

屈原塔

楚人悲屈原，千载意未歇。精魂飘何处？父老空哽咽。
至今沧江上，投饭救饥渴。遗风成竞渡，猿叫楚山裂。
屈原古壮士，就死意甚烈。世俗安得知；眷眷不忍决。
南宾旧属楚，山上有遗塔。应是奉佛人，恐子就沦灭。
此事虽无凭，此意固已切。古人谁不死，何必较考折。
名声实无穷，富贵亦暂热。大夫知此理，所以持死节。

石鼓歌

冬十二月岁辛丑，我初从政见鲁叟。旧闻石鼓今见之，文字郁律蛟蛇走。
细观初以指画肚，欲读嗟如箝在口。韩公好古生已迟，我今况又百年后！
强寻偏旁推点画，时得一二遗八九。"我车既攻马亦同"，"其鱼维鲔贯之柳。"
古器纵横犹识鼎，众星错落仅名斗。模糊半已隐瘢胝，诘曲犹能辨跟肘，
娟娟缺月隐云雾，濯濯嘉禾秀稂莠。漂流百战偶然存，独立千载谁与友？
上追轩颉相唯诺，下揖冰斯同鷇彀。忆昔周宣歌鸿雁，当时籀史变蝌蚪。
厌乱人方思圣贤，中兴天为生耆耇。东征徐虏阚虓虎，北伏犬戎随指嗾。
象胥杂遝贡狼鹿，方召联翩赐圭卣。遂因鼓鼙思将帅，岂为考击烦蒙瞍！
何人作颂比嵩高？万古斯文齐岣嵝。勋劳至大不矜伐，文武未远犹忠厚。
欲寻年岁无甲乙，岂有名字记谁某。自从周衰更七国，竟使秦人有九有。
扫除诗书诵法律，投弃俎豆陈鞭杻。当年何人佐祖龙：上蔡公子牵黄狗。
登山刻石颂功烈，后者无继前无偶。皆云"黄帝巡四国，烹灭强暴救黔首"。
六经既已委灰尘，此鼓亦当遭击掊。传闻九鼎沦泗上，欲使万夫沉水取。
暴君纵欲穷人力，神物义不污秦垢。是时石鼓何处避？无乃天工令鬼守！
兴亡百变物自闲，富贵一朝名不朽。细思物理坐叹息：人生安得如汝寿。

王维吴道子画

何处访吴画？普门与开元。开元有东塔，摩诘留手痕。
吾观画品中，莫如二子尊。道子实雄放，浩如海波翻。
当其下手风雨快，笔所未到气已吞。亭亭双林间，彩晕扶桑暾，

中有至人谈寂灭，悟者悲涕迷者手自扪。蛮君鬼伯千万万，相排竞进头如鼋。
摩诘本诗老，佩芷袭芳荪。今观此壁画，亦若其诗清且敦。
祇园弟子尽鹤骨，心如死灰不复温。门前两丛竹，雪节贯霜根。
交柯乱叶动无数，一一皆可寻其源。吴生虽妙绝，犹以画工论。
摩诘得之于象外，有如仙翮谢笼樊。吾观二子皆神俊，又于维也敛衽无间言。

石仓舒醉墨堂

人生识字忧患始，姓名粗记可以休。何用草书夸神速，开卷惝怳令人愁。
我尝好之每自笑，君有此病何能瘳。自言其中有至乐，适意不异逍遥游。
近者作堂名"醉墨"，如饮美酒消百忧。乃知柳子语不妄，病嗜土炭如珍羞。
君于此艺亦云至，堆墙败笔如山丘。兴来一挥百纸尽，骏马倏忽踏九州。
我书意造本无法，点画信手烦推求。胡为议论独见假，只字片纸皆藏收？
不减锺张君自足，下方罗赵我亦优。不须临池更苦学，完取绢素充衾裯。

游金山寺

我家江水初发源，宦游直送江入海。闻道潮头一丈高，天寒尚有沙痕在。
中泠南畔石盘陀，古来出没随涛波。试登绝顶望乡国，江南江北青山多。
羁愁畏晚寻归楫，山僧苦留看落日。微风万顷靴纹细，断霞半空鱼尾赤。
是时江月初生魄，二更月落天深黑。江心似有炬火明，飞焰照山栖鸟惊。
怅然归卧心莫识，非鬼非人竟何物？江山如此不归山，江神见怪警我顽。
我谢江神岂得已，有田不归如江水。

泗州僧伽塔

我昔南行舟系汴，逆风三日沙吹面。舟人共劝祷灵塔，香火未收旗脚转。
回头顷刻失长桥，却到龟山未朝饭。至人无心何厚薄，我自怀私欣所便。
耕田欲雨刈欲晴，去得顺风来者怨。
若使人人祷辄遂，造物应须日千变。今我身世两悠悠，去无所逐来无恋。
得行固愿留不恶，每到有求神亦倦。退之旧云三百尺，澄观所营今已换。
不嫌俗士污丹梯，一看云山绕淮甸。

六月二十七日望湖楼醉书五绝

其一

黑云翻墨未遮山，白雨跳珠乱入船。卷地风来忽吹散，望湖楼下水如天。

其二

放生鱼鳖逐人来，无主荷花处处开。水枕能令山俯仰，风船解与月徘徊。

望海楼晚景五绝

其一

海上涛头一线来，楼前指顾雪成堆。从今潮上君须上，更看银山二十回。

其二

横风吹雨入楼斜，壮观应须好句夸。雨过潮平江海碧，电光时掣紫金蛇。

吴中田妇叹

今年粳稻熟苦迟，庶见霜风来几时。霜风来时雨如泻，杷头出菌镰生衣。
眼枯泪尽雨不尽，忍见黄穗卧青泥！茅苫一月垅上宿；天晴获稻随车归；
汗流肩赪载入市，价贱乞与如糠粞。卖牛纳税拆屋炊，虑浅不及明年饥。
官今要钱不要米，西北万里招羌儿。龚黄满朝人更苦，不如却作河伯妇。

法惠寺横翠阁

朝见吴山横，暮见吴山纵。吴山故多态，转折为君容。
幽人起朱阁，空洞更无物。惟有千步冈，东西作帘额。
春来故国归无期，人言秋悲春更悲。已泛平湖思濯锦，更看横翠忆峨眉。
雕栏能得几时好，不独凭栏人易老。百年兴废更堪哀，悬知草莽化池台。
游人寻我旧游处，但觅吴山横处来。

饮湖上初晴后雨

其一

水光潋滟晴方好，山色空濛雨亦奇。欲把西湖比西子，淡妆浓抹总相宜。

新城道中

其一

东风知我欲山行，吹断檐间积雨声。岭上晴云披絮帽，树头初日挂铜钲。
野桃含笑竹篱短，溪柳自摇沙水清。西崦人家应最乐，煮芹烧笋饷春耕。

其二

身世悠悠我此行，溪边委辔听溪声。散材畏山搜林斧，疲马思闻卷旆鉦。
细雨足时茶户喜，乱山深处长官清。人间歧路知多少？试向桑田问耦耕。

於潜僧绿筠轩

可使食无肉，不可使居无竹。无肉令人瘦，无竹令人俗。
人瘦尚可肥，俗士不可医。旁人笑此言："似高还似痴？"
若对此君仍大嚼，世间那有扬州鹤！

八月十五日看潮五绝

定知玉兔十分圆，已作霜风九月寒。寄语重门休上钥，夜潮留向月中看。
万人鼓噪慑吴侬，犹似浮江老阿童。欲识潮头高几许？越山浑在浪花中。
江边身世两悠悠，久与沧波共白头。造物亦知人易老，故教江水更西流。
吴儿生长狎涛渊，重利轻生不自怜。东海若知明主意，应教斥卤变桑田。
江神河伯两醯鸡，海若东来气吐霓。安得夫差水犀手，三千强弩射潮低。

宿九仙山

风流王谢古仙真，一去空山五百春。玉室金堂馀汉士，桃花流水失秦人。
困眠一榻香凝帐，梦绕千岩冷逼身。夜半老僧呼客起，云峰缺处涌冰轮。

与毛令方尉游西菩寺二首

推挤不去已三年，鱼鸟依然笑我顽。人未放归江北路，天教看尽浙西山。
尚书清节衣冠后，处士风流水石间。一笑相逢那易得，数诗狂语不须删。
路转山腰足未移，水清石瘦便能奇。白云自占东西岭，明月谁分上下池。
黑黍黄粱初熟后，朱柑绿桔半甜时。人生此乐须天赋，莫遣儿郎取次知。

和子由四首(选一) 送春

梦里青春可得追？欲将诗句绊馀晖。酒阑病客惟思睡，蜜熟黄蜂亦懒飞。
芍药樱桃俱扫地，鬓丝禅榻两忘机。凭君借取《法界观》，一洗人间万事非。

韩干马十四匹

二马并驱攒八蹄，二马宛颈鬃尾齐。一马任前双举后，一马却避长鸣嘶。
老髯奚官骑且顾，前身作马通马语。后有八匹饮且行，微流赴吻若有声。
前者既济出林鹤，后者欲涉鹤俯啄。最后一匹马中龙，不嘶不动尾摇风。
韩生画马真是马，苏子作诗如见画。世无伯乐亦无韩，此诗此画谁当看？

李思训画《长江绝岛图》

山苍苍，水茫茫，大孤小孤江中央。崖崩路绝猿鸟去，惟有乔木搀天长。

客舟何处来？棹歌中流声抑扬。沙平风软望不到，孤山久与船低昂。
峨峨两烟鬟，晓镜开新妆。舟中贾客莫漫狂，小姑前年嫁彭郎。

百步洪二首（选一）

长洪斗落生跳波，轻舟南下如投梭。水师绝叫凫雁起，乱石一线争磋磨。
有如兔走鹰隼落，骏马下注千丈坡，断弦离柱箭脱手，飞电过隙珠翻荷。
四山眩转风掠耳，但见流沫生千涡。崄中得乐虽一快，何意水伯夸秋河。
我生乘化日夜逝，坐觉一念逾新罗。纷纷争夺醉梦里，岂信荆棘埋铜驼。
觉来俯仰失千劫，回视此水殊委蛇。君看岸边苍石上，古来篙眼如蜂窠。
但应此心无所住，造物虽驶如吾何？回船上马各归去，多言诮诮师所呵。

月夜与客饮杏花下

杏花飞帘散馀春，明月入户寻幽人。褰衣步月踏花影，炯如流水涵青苹。
花间置酒清香发，争挽长条落香雪。山城酒薄不堪饮，劝君且吸杯中月。
洞箫声断月明中，惟忧月落酒杯空。明朝卷地春风恶，但见绿叶栖残红。

舟中夜起

微风萧萧吹菰蒲，开门看雨月满湖。舟人水鸟两同梦，大鱼惊窜如奔狐。
夜深人物不相管，我独形影相嬉娱。暗潮生渚吊寒蚓，落月挂柳看悬蛛。
此生忽忽忧患里，清境过眼能须臾！鸡鸣钟动百鸟散，船头击鼓还相呼。

南堂五首

江上西山半隐堤，此邦台馆一时西。南堂独有西南向，卧看千帆落浅溪。
暮年眼力嗟犹在，多病颠毛却未华。故作明窗书小字，更开幽室养丹砂。
他时雨夜困移床，坐厌愁声点客肠。一听南堂新瓦响，似闻东坞小荷香。
山家为割千房蜜，稚子新畦五亩蔬。更有南堂堪著客，不忧门外故人车。
扫地焚香闭阁眠，簟纹如水帐如烟。客来梦觉知何处？挂起西窗浪接天。

东　坡

雨洗东坡月色情，市人行尽野人行。莫嫌荦确坡头路，自爱铿然曳杖声。

和秦太虚梅花

西湖处士骨应槁，只有此诗君压倒。东坡先生心已灰，为爱君诗被花恼。
多情立马待黄昏，残雪消迟月出早。江头千树春欲闇，竹外一枝斜更好。
孤山山下醉眠处，点缀裙腰纷不扫。万里春随逐客来，十年花送佳人老。
去年花开我已病，今年对花还草草。不如风雨卷春归，收拾馀香还畀昊。

题西林壁

横看成岭侧成峰，远近高低各不同。不识庐山真面目，只缘身在此山中。

书林逋诗后

吴侬生长湖山曲，呼吸湖光饮山绿。不论世外隐君子，佣儿贩妇皆冰玉。
先生可是绝俗人，神清骨冷无由俗。我不识君曾梦见，瞳子了然光可烛。
遗篇妙字处处有，步绕西湖看不足。诗如东野不言寒，书似西台差少肉。
平生高节已难继，将死微言犹可录。自言不作封禅书，更肯悲吟白头曲？
我笑吴人不好事，好作祠堂傍修竹。不然配食水仙王，一盏寒泉荐秋菊。

惠崇春江晓景二首（选一）

竹外桃花三两枝，春江水暖鸭先知。蒌蒿满地芦芽短，正是河豚欲上时。

虢国夫人夜游图

佳人自鞚玉花骢，翩如惊燕踏飞龙。金鞭争道宝钗落，何人先入明光宫？
宫中羯鼓催花柳，玉奴弦索花奴手。坐中八姨真贵人，走马来看不动尘。
明眸皓齿谁复见，只有丹青馀泪痕。人间俯仰成今古，吴公台下雷塘路。
当时亦笑张丽华，不知门外韩擒虎。

书李世南所画秋景二首（选一）

野水参差落涨痕，疏林欹倒出霜根。扁舟一棹归何处，家在江南黄叶村。

书鄢陵王主簿所画折枝二首

论画以形似，见与儿童邻。赋诗必此诗，定非知诗人。
诗画本一律，天工与清新。边鸾雀写生，赵昌花传神。
何如此两幅，疏淡含精匀！谁言一点红，解寄无边春！
瘦竹如幽人，幽花如处女。低昂枝上雀，摇荡花间雨。
双翎决将起，众叶纷自举。可怜采花蜂，清蜜寄两股。
若人富天巧，春色入毫楮。悬知君能诗，寄声求妙语。

书王定国所藏《烟江叠嶂图》

江上愁心千叠山，浮空积翠如云烟。山耶云耶远莫知，烟空云散山依然。
但见两崖苍苍暗绝谷，中有百道飞来泉。萦林络石隐复见，下赴谷口为奔川。
川平山开林麓断，小桥野店依山前。行人稍度乔木外，渔舟一叶江吞天。

使君何从得此本？点缀毫末分清妍。不知人间何处有此境？径欲往买二顷田。
君不见武昌樊口幽绝处，东坡先生留五年。春风摇江天漠漠，暮云卷雨山娟娟。
丹枫翻鸦伴水宿，长松落雪惊昼眼。桃花流水在人世，武陵岂必皆神仙？
江山清空我尘土，虽有去路寻无缘。还君此画三叹息，山中故人应有招我归来篇。

赠刘景文

荷尽已无擎雨盖，菊残犹有傲霜枝。一年好景君须记，正是橙黄橘绿时。

荔支叹

十里一置飞尘灰，五里一堠兵火催。颠坑仆谷相枕藉，知是荔支龙眼来。
飞车跨山鹘横海，风枝露叶如新采。宫中美人一破颜，惊尘溅血流千载。
永元荔支来交州，天宝岁贡取之涪。至今欲食林甫肉，无人举觞酹伯游。
我愿天公怜赤子，莫生尤物为疮痏。雨顺风调百谷登，民不饥寒为上瑞。
君不见：武夷溪边粟粒芽，前丁后蔡相宠加。争新买宠各出意，今年斗品充官茶。
吾君所乏岂此物？致养口体何陋耶！洛阳相君忠孝家，可怜亦进姚黄花！

纵笔三首

寂寂东坡一病翁，白须萧散满霜风。小儿误喜朱颜在，一笑那知是酒红！
父老争看乌角巾，应缘曾现宰官身。溪边古路三叉口，独立斜阳数过人。
北船不到米如珠，醉饱萧条半月无。明日东家当祭灶，只鸡斗酒定膰吾。

水龙吟

似花还似非花，也无人惜从教坠。抛家傍路，思量却是，无情有思。萦损柔肠，困酣
娇眼，欲开还闭。梦随风万里，寻郎去处，又还被，莺呼起。

不恨此花飞尽，恨西园、落红难缀。晓来雨过，遗踪何在，一池萍碎。春色三分，二
分尘土，一分流水。细看来，不是杨花，点点是，离人泪。

满庭芳

元丰七年四月一日，余将去黄移汝，留别雪堂邻里二三君子。会李仲览自江东来别，
遂书以遗之。

归去来兮，吾归何处？万里家在岷峨。百年强半，来日苦无多。坐见黄州再闰，儿童
尽、楚语吴歌。山中友，鸡豚社酒，相劝老东坡。

云何？当此去，人生底事，来往如梭。待闲看秋风，洛水清波。好在堂前细柳，应念
我、莫剪柔柯，仍传语，江南父老，时与晒渔蓑。

水调歌头

丙辰中秋，欢饮达旦，大醉，作此篇，兼怀子由。

明月几时有？把酒问青天。不知天上宫阙，今夕是何年。我欲乘风归去，又恐琼楼玉宇，高处不胜寒。起舞弄清影，何似在人间？

转朱阁，低绮户，照无眠。不应有恨，何事长向别时圆？人有悲欢离合，月有阴晴圆缺，此事古难全。但愿人长久，千里共婵娟。

满江红

寄鄂州朱使君寿昌

江汉西来，高楼下，葡萄深碧。犹自带、岷峨雪浪，锦江春色。君是南山遗爱守，我为剑外思归客。对此间、风物岂无情，殷勤说。

《江表传》，君休读，狂处士，真堪惜。空洲对鹦鹉，苇花萧瑟。不独笑书生争底事，曹公黄祖俱飘忽。愿使君、还赋谪仙诗，追黄鹤。

念奴娇

赤壁怀古

大江东去，浪淘尽、千古风流人物。故垒西边，人道是，三国周郎赤壁。乱石穿空，惊涛拍岸，卷起千堆雪。江山如画，一时多少豪杰！

遥想公瑾当年，小乔初嫁了，雄姿英发。羽扇纶巾，谈笑间，樯橹灰飞烟灭。故国神游，多情应笑我，早生华发。人生如梦，一尊还酹江月。

木兰花令

次欧公西湖韵

霜馀已失长淮阔，空听潺潺清颍咽，佳人犹唱醉翁词，四十三年如电抹。
草头秋露流珠滑，三五盈盈还二八。与余同是识翁人，惟有西湖波底月！

西江月

世事一场大梦，人生几度秋凉？夜来风叶已鸣廊，看取眉头鬓上。
酒贱常愁客少，月明多被云妨。中秋谁与共孤光，把盏凄然北望。

西江月

平山堂

三过平山堂下，半生弹指声中。十年不见老仙翁，壁上龙蛇飞动。
欲吊文章太守，仍歌杨柳春风。休言万事转头空，未转头时皆梦。

临江仙

送王缄

忘却成都来十载，因君未免思量。凭将清泪洒江阳。故山知好在，孤客自悲凉。
坐上别愁君未见，归来欲断无肠。殷勤且更尽离觞。此身如传舍，何处是吾乡！

鹧鸪天

林断山明竹隐墙，乱蝉衰草小池塘。翻空白鸟时时见，照水红蕖细细香。
村舍外，古城旁，杖藜徐步转斜阳。殷勤昨夜三更雨，又得浮生一日凉。

少年游

润州作，代人寄远

去年相送，余杭门外，飞雪似杨花。今年春尽，杨花似雪，犹不见还家。
对酒卷帘邀明月，风露透窗纱。恰似姮娥怜双燕，分明照、画梁斜。

定风波

三月七日沙湖道中遇雨。雨具先去，同行皆狼狈，余独不觉。已而遂晴。故作此。

莫听穿林打叶声，何妨吟啸且徐行。竹杖芒鞋轻胜马，谁怕？一蓑烟雨任平生。
料峭春风吹酒醒，微冷，山头斜照却相迎。回首向来萧瑟处，归去，也无风雨也无晴。

定风波

王定国歌儿曰柔奴，姓宇文氏，眉目娟丽，善应对，家世住京师。定国南迁归，余问
柔："广南风土，应是不好？"柔对曰："此心安处，便是吾乡。"因为缀词云：

常羡人间琢玉郎，天应乞与点酥娘。尽道清歌传皓齿，风起，雪飞炎海变清凉。
万里归来颜愈少，微笑，笑时犹带岭梅香。试问岭南应不好？却道，此心安处是吾乡。

南乡子

重九涵辉楼呈徐君猷

霜降水痕收，浅碧鳞鳞露远洲。酒力渐消风力软，飕飕。破帽多情却恋头。
佳节若为酬，但把清樽断送秋。万事到头都是梦，休休。明日黄花蝶也愁。

南乡子

送述古

回首乱山横，不见居人只见城。谁似临平山上塔，亭亭，迎客西来送客行。

归路晚风清，一枕初寒梦不成。今夜残灯斜照处，荧荧，秋雨晴时泪不晴。

南歌子

雨暗初疑夜，风回忽报晴，淡云斜照著山明。细草软沙溪路、马蹄轻。

卯酒醒还困，仙村梦不成，蓝桥何处觅云英，只有多情流水、伴人行。

卜算子

黄州定慧院寓居作

缺月挂疏桐，漏断人初静。谁见幽人独往来，缥缈孤鸿影。

惊起却回头，有恨无人省。拣尽寒枝不肯栖，寂寞沙洲冷。

昭君怨

金山送柳子玉

谁作桓伊三弄，惊破绿窗幽梦。新月与愁烟，满江天。

欲去又还不去，明日落花飞絮。飞絮送行舟，水东流。

洞仙歌

　　余七岁时，见眉山老尼，姓朱，忘其名，年九十岁。自言尝随其师入蜀主孟昶宫中，一日，大热，蜀主与花蕊夫人夜纳凉摩诃池上，作一词。朱具能记之。今四十年，朱已死久矣，人无知此词者，但记其首两句，暇日寻味，岂《洞仙歌令》乎？乃为足之云。

　　冰肌玉骨，自清凉无汗。水殿风来暗香满。绣帘开、一点明月窥人，人未寝，欹枕钗横鬓乱。

　　起来携素手，庭户无声，时见疏星渡河汉。试问夜如何，夜已三更，金波淡、玉绳低转。但屈指、西风几时来，又不道、流年暗中偷换。

江城子

湖上与张先同赋，时闻弹筝

凤凰山上雨初晴，水风清，晚霞明。一朵芙蕖，开过尚盈盈。何处飞来双白鹭，如有意，慕娉婷。

忽闻江上弄哀筝，苦含情，遣谁听？烟敛云收，依约是湘灵。欲待曲终寻问取，人不见，数峰青。

江城子

密州出猎

老夫聊发少年狂，左牵黄，右擎苍。锦帽貂裘，千骑卷平冈。为报倾城随太守，亲射虎，看孙郎。

酒酣胸胆尚开张，鬓微霜，又何妨？持节云中，何日遣冯唐？会挽雕弓如满月，西北望，射天狼。

江城子

乙卯正月二十日夜记梦

十年生死两茫茫，不思量，自难忘。千里孤坟，无处话凄凉。纵使相逢应不识，尘满面，鬓如霜。

夜来幽梦忽还乡，小轩窗，正梳妆。相顾无言，惟有泪千行。料得年年肠断处，明月夜，短松冈。

蝶恋花

花褪残红青杏小，燕子飞时，绿水人家绕。枝上柳绵吹又少，天涯何处无芳草！
墙里秋千墙外道，墙外行人，墙里佳人笑。笑渐不闻声渐悄，多情却被无情恼。

永遇乐

彭城夜宿燕子楼，梦盼盼，因作此词。

明月如霜，好风如水，清景无限。曲港跳鱼，圆荷泻露，寂寞无人见。纵如三鼓，铿然一叶，黯黯梦云惊断。夜茫茫，重寻无处，觉来小园行遍。

天涯倦客，山中归路，望断故园心眼。燕子楼空，佳人何在，空锁楼中燕。古今如梦，何曾梦觉，但有旧欢新怨。异时对、黄楼夜景，为余浩叹！

浣溪沙

游蕲水清泉寺，寺临兰溪，溪水西流。

山下兰芽短浸溪，松间沙路净无泥。萧萧暮雨子规啼。
谁道人生无再少。门前流水尚能西。休将白发唱黄鸡。

浣溪沙

徐门石潭谢雨，道上作五首，潭在城东二十里，常与泗水增减，清浊相应。

旋抹红妆看使君，三三五五棘篱门，相挨踏破茜罗裙。

老幼扶携收麦社，乌鸢翔舞赛神村，道逢醉叟卧黄昏。

浣溪沙

籁籁衣巾落枣花，村南村北响缫车，牛衣古柳卖黄瓜。
酒困路长惟欲睡，日高人渴漫思茶，敲门试问野人家。

沁园春

情若连环，恨如流水，甚时是休。也不须惊怪，沈郎易瘦；也不须惊怪，潘鬓先愁。总是难禁，许多魔难，奈好事教人不自由。空追想，念前欢杳杳，后会悠悠。

凝眸，悔上层楼。谩惹起、新愁压旧愁。向彩笺写遍，相思字了，重重封卷，密寄书邮。料到伊行，时时开看，一看一回和泪收。须知道，这般病染，两处心头。

行香子

述怀

清夜无尘，月色如银。酒斟时、须满十分。浮名浮利，虚苦劳神。叹隙中驹，石中火，梦中身。

虽抱文章，开口谁亲。且陶陶、乐尽天真。几时归去，作个闲人。对一张琴，一壶酒，一溪云。

虞美人

有美堂赠述古

湖山信是东南美，一望弥千里。使君能得几回来？便使樽前醉倒更徘徊。
沙河塘里灯初上，水调谁家唱？夜阑风静欲归时，惟有一江明月碧琉璃。

虞美人

波声拍枕长淮晓，隙月窥人小。无情汴水自东流，只载一船离恨向西州。
竹溪花浦曾同醉，酒味多于泪。谁教风鉴在尘埃？酝造一场烦恼送人来！

河满子

湖州作，寄益守冯当世

见说岷峨凄怆，旋闻江汉澄清。但觉秋来归梦好，西南自有长城。东府三人最少，西山八国初平。

莫负花溪纵赏，何妨药市微行。试问当垆人在否，空教是处闻名。唱著子渊新曲，应须分外含情。

醉落魄

离京口作

轻云微月，二更酒醒船初发。孤城回望苍烟合。记得歌时，不记归时节。
巾偏扇坠藤床滑，觉来幽梦无人说。此生飘荡何时歇？家在西南，长作东南别。

（顾淑勤编，摘自邱健注评：《苏轼诗词选》，黄山书社，2007）

第四十一章　李白及《李白全集》

第一节　李白简介

李白，字太白，号青莲居士，是唐朝伟大的诗人，有"诗仙"、"诗侠"、"酒仙"、"谪仙人"等称呼。其作品天马行空，浪漫奔放，意境奇异，诗句如行云流水，宛若天成。李白的诗篇传诵千年，有些已成经典，例如"抽刀断水水更流，举杯消愁愁更愁"等。李白在诗歌上的艺术成就被认为是中国浪漫主义诗歌的巅峰。

李白的祖籍是陇西成纪（今甘肃静宁南）。关于其出生地有多种说法，现在主要的说法有两种：剑南道绵州昌隆县（今四川江油）青莲乡和西域的碎叶（位于今日吉尔吉斯斯坦托克马克附近），其中后一种说法认为直到李白5岁时才和他的父亲李客迁居到四川江油。

李白自5岁接受启蒙教育，从景云元年（710）开始，开始读诸子史籍。在李唐王朝提倡道教的社会风气影响下，李白在少年时代即开始和道士们交游，喜欢隐居和求仙学道。开元五年（717）左右，李白曾拜撰写《长短经》的赵蕤为师，学习一年有余，颇受其思想影响。李白的政治抱负很大，想当帝王的辅弼大臣，他常以历史上的管仲、诸葛亮、谢安等作为自己的效法对象。

隐居学道与愿为辅弼、出世与入世是一对矛盾，李白统一这对矛盾的途径是通过隐居和广泛的社会交际来培养自己的声誉，而在政治上有所建树后，则又不慕荣利，飘然远引，归隐山林。李白在作品中屡屡宣称"功成身退"，这是指导他一生处事的原则，首先要功成，然后再身退。因此，积极入世和关心政治是他一生经历和诗歌思想内容的主导方面。

天宝元年（742），李白已经"诗"名在外，再加上玄宗之妹玉真公主等人的推荐，他被征召到朝廷，供奉翰林，参加起草一些文件。李白认为借此机会可以一展自己的才华。但是，他那种蔑视权贵的大胆行为深为当权派所憎恨，遭到了他们的谗毁，不久就被迫离开了长安，结束了前后不满两年的帝京生活。从此，李白又开始了他人生中的漫游。天宝十四年（755），安史之乱爆发，李白应聘参加永王李璘的平叛部队。李白以为他建功立业、报效祖国的机会又来了。谁知李璘拥兵自重，遭唐肃宗猜忌并被杀害，李白也因此获罪遭流放至夜郎。后中途获赦回到江南一带，依靠亲友度日，晚境凄凉。61岁时还试图参加讨伐叛军的部队，但因病未能如愿，于次年（762）在当涂（今安徽省）去世。

李白的诗歌创作，明显受到以屈原的《离骚》为代表的浪漫主义和汉魏的乐府民歌的创作影响。自屈原后，李白是第一个真正能够广泛地从当时民间文艺和秦、汉、魏以来的乐府民歌中吸取丰富营养，高度凝练而形成独特风格的诗人。正是对这两支优秀的文学传统的吸收和融化，使他的诗歌创作呈现出"清水出芙蓉，天然去雕饰"

的本色美。

李白的出现，不仅把我国古代五七言诗歌的创作推到了高峰，而且对后代产生了深远的影响。唐代的韩愈、李贺，宋代的欧阳修、苏轼，明代的高启和清代的黄景仁、龚自珍等著名诗人，都在不同程度上受其影响，进一步发展了古典诗歌的浪漫主义传统。

第二节 《李白全集》简介

《李白全集》共收录李白的诗歌约 900 多首，共 30 卷，包括古赋 8 首、古诗 59 首、乐府 149 首、卷古近体诗 28 首、卷八古近体诗 53 首、卷九古近体诗 43 首、古近体诗 779 首、表书 9 首、序 20 首、记颂赞 20 首、铭碑祭文 9 首、诗文补遗 68 首等。

李白一生始终热切地关注着唐朝的政治和国家的命运，他憎恨黑暗和不合理的现实，希望国家强大，社会安定，希望自己通过参加政治活动对祖国有所贡献。这种充沛的政治热情在《李白全集》中有着鲜明的表现。李白在长安短期供奉翰林，对唐玄宗后期腐朽的统治集团有着清醒的认识。他的《古风》第二十四描绘了那些善于斗鸡的宦官因得到玄宗的宠幸而气焰嚣张，"鼻息干虹霓，行人皆怵惕"。

李白对人们生活也非常关注，他痛恨统治阶级虐害人民的残暴行为，这在他描写战争的诗篇中表现得最为突出。在《塞下曲六首》中，李白以激昂的笔调歌颂了将士们抗击骚扰、保卫边塞的坚强意志和英勇行为，但对天宝年间唐王朝发动的黩武战争则予以明确的谴责。《古风》第三十四控诉了杨国忠等发动的攻打南诏之战，使大量兵士死亡，"千去不一回"。对劳动人民的苦难生活，在《李白全集》中也有所反映。《宿五松山下荀云媪家》、《丁都护歌》、《秋浦歌》（第十四）则分别对农民、船夫、矿工的生活作了描绘，并表现了真挚的关怀。

《李白全集》中投赠友人的作品占有很大的比重。这些作品中有一小部分表现出鲜明的政治态度，像《送裴十八图南归嵩山》、《鸣皋歌送岑征君》等。集中还有许多日常投赠的佳篇，像《黄鹤楼送孟浩然之广陵》、《金陵酒肆留别》、《以诗代书答元丹丘》、《沙丘城下寄杜甫》、《闻王昌龄左迁龙标遥有此寄》、《忆旧游寄谯郡元参军》、《赠汪伦》等，或述别时离愁，或述别后怀念，或追叙昔时交游，或称颂对方情谊，常常感情深厚真挚，具有相当强烈的感染力量。

《李白全集》里还有不少描绘山水风景的佳篇。其中有些作品，像《独坐敬亭山》、《清溪行》、《宿清溪主人》、《寻雍尊师隐居》等，风格清新隽永，有着特殊的艺术魅力。更能表现李白特色的是《蜀道难》、《庐山谣寄卢侍御虚舟》、《西岳云台歌送丹丘子》、《横江词》一类作品，其中有高耸入云的庐山、华山和蜀道，有波浪奔腾的黄河和长江，形象雄伟、境界壮阔，产生震撼人心的艺术效果。这类诗篇，在我国古代山水风景诗中是异军突起、境界独辟、罕有伦比的。

《李白全集》中也有一些封建性的糟粕。有些诗歌宣称人生如梦，应当及时行乐，醉酒狂欢；有些诗歌体现了封建统治阶级的消极颓废思想和宗教迷信；还有些诗歌则反映了庄周的虚无主义人生观。以上这些诗篇在诗集中不占主要地位，但也有相当数量。这就需要读者作更加细致的分析，区别其精华和糟粕。

第三节　《李白全集》选段

古风五十九首

其一

《大雅》久不作，吾衰竟谁陈？王风委蔓草，战国多荆榛。
龙虎相啖食，兵戈逮狂秦。正声何微茫！哀怨起骚人。
扬马激颓波，开流荡无垠。废兴虽万变，宪章亦已沦。
自从建安来，绮丽不足珍。圣代复元古，垂衣贵清真。
群才属休明，乘运共跃鳞。文质相炳焕，众星罗秋旻。
我志在删述，垂辉映千春。希圣如有立，绝笔于获麟。

其二

蟾蜍薄太清，蚀此瑶台月。圆光亏中天，金魄遂沦没。
蝃蝀入紫微，大明夷朝晖。浮云隔两曜，万象昏阴霏。
萧萧长门宫，昔是今已非。桂蠹花不实，天霜下严威。
沉叹终永夕，感我涕沾衣。

其三

秦皇扫六合，虎视何雄哉！挥剑决浮云，诸侯尽西来。
明断自天启，大略驾群才。收兵铸金人，函谷正东开。
铭功会稽岭，骋望琅琊台。刑徒七十万，起土骊山隈。
尚采不死药，茫然使心哀。连弩射海鱼，长鲸正崔嵬。
额鼻象五岳，扬波喷云雷。鬐鬣蔽青天，何由睹蓬莱？
徐市载秦女，楼船几时回？但见三泉下，金棺葬寒灰。

其四

凤飞九千仞，五章备采珍。衔书且虚归，空入周与秦。
横绝历四海，所居未得邻。吾营紫河车，千载落风尘。
药物秘海岳，采铅青溪滨。时登大楼山，举首望仙真。
羽驾灭去影，飙车绝回轮。尚恐丹液迟，志愿不及申。
徒霜镜中发，羞彼鹤上人。桃李何处开？此花非我春。
惟应清都境，长与韩众亲。

其五

太白何苍苍！星辰上森列。去天三百里，邈尔与世绝。
中有绿发翁，披云卧松雪。不笑亦不语，冥栖在岩穴。
我来逢真人，长跪问宝诀。粲然启玉齿，授以炼药说。

铭骨传其语，竦身已电灭。仰望不可及，苍然五情热。
吾将营丹砂，永与世人别。

其六

代马不思越，越禽不恋燕。情性有所习，土风固其然。
昔别雁门关，今戍龙庭前。惊沙乱海日，飞雪迷胡天。
虮虱生虎鹖，心魂逐旌旃。苦战功不赏，忠诚难可宣。
谁怜李飞将，白首没三边？

其七

客有鹤上仙，飞飞凌太清。扬言碧云里，自道安期名。
两两白玉童，双吹紫鸾笙。去影忽不见，回风送天声。
举首仰望之，飘然若流星。愿餐金光草，寿与天齐倾。

其八

咸阳二三月，宫柳黄金枝。绿帻谁家子？卖珠轻薄儿。
日暮醉酒归，白马骄且驰。意气人所仰，冶游方及时。
子云不晓事，晚献《长杨辞》。赋达身已老，草《玄》鬓若丝。
投阁良可叹，但为此辈嗤。

其九

庄周梦胡蝶，胡蝶为庄周。一体更变易，万事良悠悠。
乃知蓬莱水，复作清浅流。青门种瓜人，旧日东陵侯。
富贵故如此，营营何所求？

其十

齐有倜傥生，鲁连特高妙。明月出海底，一朝开光曜。
却秦振英声，后世仰末照。意轻千金赠，顾向平原笑。
吾亦澹荡人，拂衣可同调。

其十一

黄河走东溟，白日落西海。逝川与流光，飘忽不相待。
春容舍我去，秋发已衰改。人生非寒松，年貌岂长在？
吾当乘云螭，吸景驻光彩。

其十二

松柏本孤直，难为桃李颜。昭昭严子陵，垂钓沧波间。
身将客星隐，心与浮云闲。长揖万乘君，还归富春山。
清风洒六合，邈然不可攀。使我长叹息，冥栖岩石间。

其十三

君平既弃世，世亦弃君平。观变穷太易，探元化群生。

寂寞缀道论，空帘闭幽情。驺虞不虚来，鸑鷟有时鸣。
安知天汉上，白日悬高名？海客去已久，谁人测沉冥？

其十四

胡关饶风沙，萧索竟终古。木落秋草黄，登高望戎虏。
荒城空大漠，边邑无遗堵。白骨横千霜，嵯峨蔽榛莽。
借问谁陵虐？天骄毒威武。赫怒我圣皇，劳师事鼙鼓。
阳和变杀气，发卒骚中土。三十六万人，哀哀泪如雨。
且悲就行役，安得营农圃？不见征戍儿，岂知关山苦？
李牧今不在，边人饲豺虎。

其十五

燕昭延郭隗，遂筑黄金台。剧辛方赵至，邹衍复齐来。
奈何青云士，弃我如尘埃！珠玉买歌笑，糟糠养贤才。
方知黄鹤举，千里独徘徊。

其十六

宝剑双蛟龙，雪花照芙蓉。精光射天地，雷腾不可冲。
一去别金匣，飞沉失相从。风胡殁已久，所以潜其锋。
吴水深万丈，楚山邈千重。雌雄终不隔，神物会当逢。

其十七

金华牧羊儿，乃是紫烟客。我愿从之游，未去发已白。
不知繁华子，扰扰何所迫？昆山采琼蕊，可以炼精魄。

其十八

天津三月时，千门桃与李。朝为断肠花，暮逐东流水。
前水复后水，古今相续流。新人非旧人，年年桥上游。
鸡鸣海色动，谒帝罗公侯。月落西上阳，余辉半城楼。
衣冠照云日，朝下散皇州。鞍马如飞龙，黄金络马头。
行人皆辟易，志气横嵩丘。入门上高堂，列鼎错珍羞。
香风引赵舞，清管随齐讴。七十紫鸳鸯，双双戏庭幽。
行乐争昼夜，自言度千秋。功成身不退，自古多愆尤。
黄犬空叹息，绿珠成衅仇。何如鸱夷子，散发棹扁舟？

其十九

西上莲花山，迢迢见明星。素手把芙蓉，虚步蹑太清。
霓裳曳广带，飘拂升天行。邀我登云台，高揖卫叔卿。
恍恍与之去，驾鸿凌紫冥。俯视洛阳川，茫茫走胡兵。
流血涂野草，豺狼尽冠缨。

其二十

昔我游齐都，登华不注峰。兹山何峻秀？绿翠如芙蓉。
萧飒古仙人，了知是赤松。借予一白鹿，自挟两青龙。
含笑凌倒景，欣然愿相从。泣与亲友别，欲语再三咽。
勖君青松心，努力保霜雪。世路多险艰，白日欺红颜。
分手各千里，去去何时还？在世复几时？倏如飘风度。
空闻《紫金经》，白首愁相误。抚己忽自笑，沉吟为谁故？
名利徒煎熬，安得闲余步？终留赤玉舄，东上蓬莱路。
秦帝如我求，苍苍但烟雾。

其二十一

郢客吟《白雪》，遗响飞青天。徒劳歌此曲，举世谁为传？
试为《巴人》唱，和者乃数千。吞声何足道？叹息空凄然。

其二十二

秦水别陇首，幽咽多悲声。胡马顾朔雪，躞蹀长嘶鸣。
感物动我心，缅然含归情。昔视秋蛾飞，今见春蚕生。
袅袅桑结叶，萋萋柳垂荣。急节谢流水，羁心摇悬旌。
挥涕且复去，恻怆何时平？

其二十三

秋露白如玉，团团下庭绿。我行忽见之，寒早悲岁促。
人生鸟过目，胡乃自结束。景公一何愚？牛山泪相续。
物苦不知足，得陇又望蜀。人心若波澜，世路有屈曲。
三万六千日，夜夜当秉烛。

其二十四

大车扬飞尘，亭午暗阡陌。中贵多黄金，连云开甲宅。
路逢斗鸡者，冠盖何辉赫！鼻息干虹霓，行人皆怵惕。
世无洗耳翁，谁知尧与跖？

其二十五

世道日交丧，浇风散淳源。不采芳桂枝，反栖恶木根。
所以桃李树，吐花竟不言。大运有兴没，群动争飞奔。
归来广成子，去入无穷门。

其二十六

碧荷生幽泉，朝日艳且鲜。秋花冒绿水，密叶罗青烟。
秀色空绝世，馨香谁为传？坐看飞霜满，凋此红芳年。
结根未得所，愿托华池边。

其二十七

燕赵有秀色，绮楼青云端。眉目艳皎月，一笑倾城欢。
常恐碧草晚，坐泣秋风寒。纤手怨玉琴，清晨起长叹。
焉得偶君子，共乘双飞鸾？

其二十八

容颜若飞电，时景如飘风。草绿霜已白，日西月复东。
华鬓不耐秋，飒然成衰蓬。古来贤圣人，一一谁成功？
君子变猿鹤，小人为沙虫。不及广成子，乘云驾轻鸿。

其二十九

三季分战国，七雄成乱麻。王风何怨怒？世道终纷拿。
至人洞玄象，高举凌紫霞。仲尼欲浮海，吾祖之流沙。
圣贤共沦没，临歧胡咄嗟？

其三十

玄风变太古，道丧无时还。扰扰季叶人，鸡鸣趋四关。
但识金马门，谁知蓬莱山？白首死罗绮，笑歌无休闲。
渌酒哂丹液，青娥凋素颜。大儒挥金槌，琢之诗礼间。
苍苍三珠树，冥目焉能攀？

其三十一

郑容西入关，行行未能已。白马华山君，相逢平原里。
璧遗镐池君，明年祖龙死。秦人相谓曰：吾属可去矣。
一往桃花源，千春隔流水。

其三十二

蓐收肃金气，西陆弦海月。秋蝉号阶轩，感物忧不歇。
良辰竟何许？大运有沦忽。天寒悲风生，夜久众星没。
恻恻不忍言，哀歌达明发。

其三十三

北溟有巨鱼，身长数千里。仰喷三山雪，横吞百川水。
凭陵随海运，烨赫因风起。吾观摩天飞，九万方未已。

其三十四

羽檄如流星，虎符合专城。喧呼救边急，群鸟皆夜鸣。
白日曜紫微，三公运权衡。天地皆得一，澹然四海清。
借问此何为？答言楚征兵。渡泸及五月，将赴云南征。
怯卒非战士，炎方难远行。长号别严亲，日月惨光晶。
泣尽继以血，心摧两无声。困兽当猛虎，穷鱼饵奔鲸。

千去不一回，投躯岂全生？如何舞干戚，一使有苗平？

其三十五

丑女来效颦，还家惊四邻。寿陵失本步，笑杀邯郸人。
一曲斐然子，雕虫丧天真。棘刺造沐猴，三年费精神。
功成无所用，楚楚且华身。《大雅》思文王，颂声久崩沦。
安得郢中质，一挥成风斤？

其三十六

抱玉入楚国，见疑古所闻。良宝终见弃，徒劳三献君。
直木忌先伐，芳兰哀自焚。盈满天所损，沉冥道为群。
东海泛碧水，西关乘紫云。鲁连及柱史，可以蹑清芬。

其三十七

燕臣昔恸哭，五月飞秋霜。庶女号苍天，震风击齐堂。
精诚有所感，造化为悲伤。而我竟何辜？远身金殿旁。
浮云蔽紫闼，白日难回光。群沙秽明珠，众草凌孤芳。
古来共叹息，流泪空沾裳。

其三十八

孤兰生幽园，众草共芜没。虽照阳春晖，复悲高秋月。
飞霜早淅沥，绿艳恐休歇。若无清风吹，香气为谁发？

其三十九

登高望四海，天地何漫漫！霜被群物秋，风飘大荒寒。
荣华东流水，万事皆波澜。白日掩徂晖，浮云无定端。
梧桐巢燕雀，枳棘栖鸳鸾。且复归去来，剑歌《行路难》。

其四十

凤饥不啄粟，所食唯琅玕。焉能与群鸡，刺蹙争一餐？
朝鸣昆丘树，夕饮砥柱湍。归飞海路远，独宿天霜寒。
幸遇王子晋，结交青云端。怀恩未得报，感别空长叹。

其四十一

朝弄紫泥海，夕披丹霞裳。挥手折若木，拂此西日光。
云卧游八极，玉颜已千霜。飘飘入无倪，稽首祈上皇。
呼我游太素，玉杯赐琼浆。一餐历万岁，何用还故乡？
永随长风去，天外恣飘扬。

其四十二

摇裔双白鸥，鸣飞沧江流。宜与海人狎，岂伊云鹤俦？
寄形宿沙月，沿芳戏春洲。吾亦洗心者，忘机从尔游。

其四十三

周穆八荒意，汉皇万乘尊。淫乐心不极，雄豪安足论？
西海宴王母，北宫邀上元。瑶水闻遗歌，玉杯竟空言。
灵迹成蔓草，徒悲千载魂。

其四十四

绿萝纷葳蕤，缭绕松柏枝。草木有所托，岁寒尚不移。
奈何夭桃色，坐叹葑菲诗？玉颜艳红彩，云发非素丝。
君子恩已毕，贱妾将何为？

其四十五

八荒驰惊飙，万物尽凋落。浮云蔽颓阳，洪波振大壑。
龙凤脱罔罟，飘摇将安托？去去乘白驹，空山咏场藿。

其四十六

一百四十年，国容何赫然！隐隐五凤楼，峨峨横三川。
王侯象星月，宾客如云烟。斗鸡金宫里，蹴鞠瑶台边。
举动摇白日，指挥回青天。当涂何翕忽！失路长弃捐。
独有扬执戟，闭关草《太玄》。

其四十七

桃花开东园，含笑夸白日。偶蒙春风荣，生此艳阳质。
岂无佳人色？但恐花不实。宛转龙火飞，零落早相失。
讵知南山松，独立自萧飋？

其四十八

秦皇按宝剑，赫怒震威神。逐日巡海右，驱石驾沧津。
征卒空九寓，作桥伤万人。但求蓬岛药，岂思农扈春？
力尽功不赡，千载为悲辛。

其四十九

美人出南国，灼灼芙蓉姿。皓齿终不发，芳心空自持。
由来紫宫女，共妒青蛾眉。归去潇湘沚，沉吟何足悲？

其五十

宋国梧台东，野人得燕石。夸作天下珍，却咍赵王璧。
赵璧无缁磷，燕石非贞真。流俗多错误，岂知玉与珉？

其五十一

殷后乱天纪，楚怀亦已昏。夷羊满中野，菉葹盈高门。
比干谏而死，屈平窜湘源。虎口何婉娈？女媭空婵娟。

彭咸久沦没，此意与谁论？

其五十二

青春流惊湍，朱明骤回薄。不忍看秋蓬，飘扬竟何托？
光风灭兰蕙，白露洒葵藿。美人不我期，草木日零落。

其五十三

战国何纷纷！兵戈乱浮云。赵倚两虎斗，晋为六卿分。
奸臣欲窃位，树党自相群。果然田成子，一旦杀齐君。

其五十四

倚剑登高台，悠悠送春目。苍榛蔽层丘，琼草隐深谷。
凤鸟鸣西海，欲集无珍木。鸒斯得所居，蒿下盈万族。
晋风日已颓，穷途方恸哭。

其五十五

齐瑟弹东吟，秦弦弄西音。慷慨动颜魄，使人成荒淫。
彼美佞邪子，婉娈来相寻。一笑双白璧，再歌千黄金。
珍色不贵道，讵惜飞光沉？安识紫霞客，瑶台鸣素琴。

其五十六

越客采明珠，提携出南隅。清辉照海月，美价倾皇都。
献君君按剑，怀宝空长吁。鱼目复相哂，寸心增烦纡。

其五十七

羽族禀万化，小大各有依。周周亦何辜？六翮掩不挥。
愿衔众禽翼，一向黄河飞。飞者莫我顾，叹息将安归？

其五十八

我行巫山渚，寻古登阳台。天空彩云灭，地远清风来。
神女去已久，襄王安在哉？荒淫竟沦没，樵牧徒悲哀。

其五十九

恻恻泣路歧，哀哀悲素丝。路歧有南北，素丝易变移。
万事固如此，人生无定期。田窦相倾夺，宾客互盈亏。
世途多翻覆，交道方崄巇。斗酒强然诺，寸心终自疑。
张陈竟火灭，萧朱亦星离。众鸟集荣柯，穷鱼守枯池。
嗟嗟失欢客，勤问何所规。

乐府三十首

远别离

远别离，古有皇英之二女。乃在洞庭之南，潇湘之浦。海水直下万里深。谁人不言此离苦？日惨惨兮云冥冥，猩猩啼烟兮鬼啸雨。我纵言之将何补？皇穹窃恐不照余之忠诚，雷凭凭兮欲吼怒。尧舜当之亦禅禹。君失臣兮龙为鱼，权归臣兮鼠变虎。或云：尧幽囚，舜野死。九疑联绵皆相似。重瞳孤坟竟何是？帝子泣兮绿云间，随风波兮去无还。恸哭兮远望，见苍梧之深山。苍梧山崩湘水绝，竹上之泪乃可灭。

公无渡河

黄河西来决昆仑，咆哮万里触龙门。波滔天，尧咨嗟。大禹理百川，儿啼不窥家。杀湍堙洪水，九州始蚕麻。其害乃去，茫然风沙。披发之叟狂而痴，清晨径流欲奚为？旁人不惜妻止之，公无渡河苦渡之。虎可搏，河难冯，公果溺死流海湄。有长鲸白齿若雪山，公乎公乎挂罥于其间。箜篌所悲竟不还。

蜀道难

噫吁嚱！危乎高哉！蜀道之难，难于上青天。蚕丛及鱼凫，开国何茫然！尔来四万八千岁，不与秦塞通人烟。西当太白有鸟道，可以横绝峨眉巅。地崩山摧壮士死，然后天梯石栈相钩连。上有六龙回日之高标，下有冲波逆折之回川。黄鹤之飞尚不得过，猿猱欲度愁攀援。青泥何盘盘！百步九折萦岩峦。扪参历井仰胁息，以手抚膺坐长叹。问君西游何时还，畏途巉岩不可攀。但见悲鸟号古木，雄飞雌从绕林间。又闻子规啼夜月，愁空山。蜀道之难，难于上青天，使人听此凋朱颜。连峰去天不盈尺，枯松倒挂倚绝壁。飞湍瀑流争喧豗，砯崖转石万壑雷。其险也若此，嗟尔远道之人胡为乎来哉！剑阁峥嵘而崔嵬。一夫当关，万夫莫开。所守或匪亲，化为狼与豺。朝避猛虎，夕避长蛇。磨牙吮血，杀人如麻。锦城虽云乐，不如早还家。蜀道之难，难于上青天，侧身西望长咨嗟。

梁甫吟

长啸《梁甫吟》，何时见阳春？君不见，朝歌屠叟辞棘津，八十西来钓渭滨？宁羞白发照清水，逢时壮气思经纶。广张三千六百钓，风期暗与文王亲。大贤虎变愚不测，当年颇似寻常人。君不见高阳酒徒起草中，长揖山东隆准公！入门不拜骋雄辩，两女辍洗来趋风。东下齐城七十二，指挥楚汉如旋蓬。狂客落魄尚如此，何况壮士当群雄！我欲攀龙见明主，雷公砰訇震天鼓。帝旁投壶多玉女。三时大笑开电光，倏烁晦冥起风雨。阊阖九门不可通，以额叩关阍者怒。白日不照吾精诚，杞国无事忧天倾。猰貐磨牙竞人肉，驺虞不折生草茎。手接飞猱搏雕虎，侧足焦原未言苦。智者可卷愚者豪，世人见我轻鸿毛。力排南山三壮士，齐相杀之费二桃。吴楚弄兵无剧孟，亚夫咍尔为徒劳。《梁甫吟》，声正悲。张公两龙剑，神物合有时。风云感会起屠钓，大人嵲屼当安之。

乌夜啼

黄云城边乌欲栖，归飞哑哑枝上啼。机中织锦秦川女，碧纱如烟隔窗语。停梭怅然忆远人，独宿孤房泪如雨。

乌栖曲

姑苏台上乌栖时，吴王宫里醉西施。吴歌楚舞欢未毕，青山欲衔半边日。银箭金壶漏水多，起看秋月坠江波，东方渐高奈乐何！

战城南

去年战桑干源，今年战葱河道。洗兵条支海上波，放马天山雪中草。万里长征战，三军尽衰老。匈奴以杀戮为耕作，古来唯见白骨黄沙田。秦家筑城备胡处，汉家还有烽火燃。烽火燃不息，征战无已时。野战格斗死，败马号鸣向天悲。乌鸢啄人肠，衔飞上挂枯树枝。士卒涂草莽，将军空尔为。乃知兵者是凶器，圣人不得已而用之。

将进酒

君不见黄河之水天上来，奔流到海不复回！君不见高堂明镜悲白发，朝如青丝暮成雪！人生得意须尽欢，莫使金樽空对月。天生我材必有用，千金散尽还复来。烹羊宰牛且为乐，会须一饮三百杯。岑夫子，丹丘生。将进酒，君莫停。与君歌一曲，请君为我倾耳听。钟鼓馔玉不足贵，但愿长醉不愿醒。古来圣贤皆寂寞，惟有饮者留其名。陈王昔时宴平乐，斗酒十千恣欢谑。主人何为言少钱？径须沽取对君酌。五花马，千金裘。呼儿将出换美酒，与尔同销万古愁。

行行游且猎篇

边城儿，生年不读一字书，但将游猎夸轻趫。胡马秋肥宜白草，骑来蹑影何矜骄。金鞭拂雪挥鸣鞘，半酣呼鹰出远郊。弓弯满月不虚发，双鸧迸落连飞㿝。海边观者皆辟易，猛气英风振沙碛。儒生不及游侠人，白首下帷复何益！

飞龙引二首

其一

黄帝铸鼎于荆山，炼丹砂。丹砂成黄金，骑龙飞上太清家。云愁海思令人嗟。宫中彩女颜如花。飘然挥手凌紫霞。从风纵体登鸾车。登鸾车，侍轩辕。遨游青天中，其乐不可言。

其二

鼎湖流水清且闲。轩辕去时有弓剑，古人传道留其间。后宫婵娟多花颜。乘鸾飞烟亦不还。骑龙攀天造天关。造天关，闻天语。屯云河车载玉女。载玉女，过紫皇。紫皇乃赐白兔所捣之药方。后天而老凋三光。下视瑶池见王母，蛾眉萧飒如秋霜。

天马歌

天马来出月支窟，背为虎文龙翼骨。嘶青云，振绿发。兰筋权奇走灭没。腾昆仑，历西极，四足无一蹶。鸡鸣刷燕晡秣越。神行电迈蹑恍惚。天马呼，飞龙趋。目明长庚臆双凫，尾如流星首渴乌，口喷红光汗沟朱。曾陪时龙跃天衢，羁金络月照皇都，逸气棱棱凌九区。白璧如山谁敢沽？回头笑紫燕，但觉尔辈愚。天马奔，恋君轩。骏跃惊矫浮云翻。万里足踯躅，遥瞻阊阖门。不逢寒风子，谁采逸景孙？白云在青天，丘陵远崔嵬。盐车上峻坂，倒行逆施畏日晚。伯乐剪拂中道遗，少尽其力老弃之。愿逢田子方，恻然为我悲。虽有玉山禾，不能疗苦饥。严霜五月凋桂枝。伏枥含冤摧两眉。请君赎献穆天子，犹堪弄影舞瑶池。

行路难三首

其一

金樽清酒斗十千，玉盘珍羞直万钱。停杯投箸不能食，拔剑四顾心茫然。欲渡黄河冰塞川，将登太行雪满山。闲来垂钓碧溪上，忽复乘舟梦日边。行路难，行路难，多歧路，今安在？长风破浪会有时，直挂云帆济沧海。

其二

大道如青天，我独不得出。羞逐长安社中儿，赤鸡白狗赌梨栗。弹剑作歌奏苦声，曳裾王门不称情。淮阴市井笑韩信，汉朝公卿忌贾生。君不见，昔时燕家重郭隗，拥篲折节无嫌猜。剧辛乐毅感恩分，输肝剖胆效英才。昭王白骨萦蔓草，谁人更扫黄金台？行路难，归去来！

其三

有耳莫洗颍川水，有口莫食首阳蕨。含光混世贵无名，何用孤高比云月。吾观自古贤达人，功成不退皆殒身。子胥既弃吴江上，屈原终投湘水滨。陆机雄才岂自保？李斯税驾苦不早。华亭鹤唳讵可闻？上蔡苍鹰何足道？君不见，吴中张翰称达生，秋风忽忆江东行。且乐生前一杯酒，何须身后千载名？

长相思

长相思，在长安。络纬秋啼金井阑，微霜凄凄簟色寒。孤灯不明思欲绝，卷帷望月空长叹。美人如花隔云端。上有青冥之高天，下有渌水之波澜。天长路远魂飞苦，梦魂不到关山难。长相思，摧心肝。

上留田行

行至上留田，孤坟何峥嵘？积此万古恨，春草不复生。悲风四边来，肠断白杨声。借问谁家地，埋没蒿里茔。古老向予言，言是上留田，蓬科马鬣今已平。昔之弟死兄不葬，他人于此举铭旌。一鸟死，百鸟鸣。一兽走，百兽惊。桓山之禽别离苦，欲去回翔不能征。田氏仓卒骨肉分，青天白日摧紫荆。交让之木本同形，东枝憔悴西枝荣。无心之物尚如此，参商胡乃寻天兵？孤竹延陵，让国扬名。高风缅邈，颓波激清。尺布之谣，塞耳不能听。

春日行

深宫高楼入紫清，金作蛟龙盘绣楹。佳人当窗弄白日，弦将手语弹鸣筝。春风吹落君王耳，此曲乃是《升天行》。因出天池泛蓬瀛。楼船蹙踏波浪惊。三千双蛾献歌笑，挝钟考鼓宫殿倾。万姓聚舞歌太平。我无为，人自宁。三十六帝欲相迎。仙人飘翩下云轺。帝不去，留镐京。安能为轩辕，独往入杳冥？小臣拜献南山寿，陛下万古垂鸿名。

前有樽酒行二首

其一

春风东来忽相过，金樽渌酒生微波。落花纷纷稍觉多，美人欲醉朱颜酡。青轩桃李能几何？流光欺人忽蹉跎。君起舞，日西夕。当年意气不肯倾，白发如丝叹何益？

其二

琴奏龙门之绿桐，玉壶美酒清若空。催弦拂柱与君饮，看朱成碧颜始红。胡姬貌如花，当垆笑春风。笑春风，舞罗衣。君今不醉将安归？

夜坐吟

冬夜夜寒觉夜长，沉吟久坐坐北堂。冰合井泉月入闺，金钉青凝照悲啼。金钉灭，啼转多。掩妾泪，听君歌。歌有声，妾有情。情声合，两无违。一语不入意，从君万曲梁尘飞。

野田黄雀行

游莫逐炎洲翠，栖莫近吴宫燕。吴宫火起焚巢窠，炎洲逐翠遭网罗。萧条两翅蓬蒿下，纵有鹰鹯奈若何！

箜篌谣

攀天莫登龙，走山莫骑虎。贵贱结交心不移，唯有严陵及光武。周公称大圣，管蔡宁相容？汉谣一斗粟，不与淮南春。兄弟尚路人，吾心安所从？他人方寸间。山海几千重？

轻言托朋友，对面九疑峰。多花必早落，桃李不如松。管鲍久已死，何人继其踪！

雉朝飞

麦陇青青三月时，白雉朝飞挟两雌。锦衣绮翼何离褷！犊牧采薪感之悲。春天和，白日暖。啄食饮泉勇气满，争雄斗死绣颈断。《雉子斑》奏急管弦，心倾美酒尽玉碗。枯杨枯杨尔生稊，我独七十而孤栖。弹弦写恨意不尽，瞑目归黄泥。

上云乐

金天之西，白日所没。康老胡雏，生彼月窟。巉岩容仪，戌削风骨。碧玉炅炅双目瞳，黄金拳拳两鬓红。华盖垂下睫，嵩岳临上唇。不睹诡谲貌，岂知造化神？大道是文康之严父，元气乃文康之老亲。抚顶弄盘古，推车转天轮。云见日月初生时，铸冶火精与水银。阳乌未出谷，顾兔半藏身。女娲戏黄土，团作愚下人。散在六合间，蒙蒙若沙尘。生死了不尽，谁明此胡是仙真？西海栽若木，东溟植扶桑。别来几多时，枝叶万里长。中国有七圣，半路颓鸿荒。陛下应运起，龙飞入咸阳。赤眉立盆子，白水兴汉光。叱咤四海动，洪涛为簸扬。举足蹋紫微，天关自开张。老胡感至德，东来进仙倡。五色师子，九苞凤凰。是老胡鸡犬，鸣舞飞帝乡。淋漓飒沓，进退成行。能胡歌，献汉酒。跪双膝，并两肘。散花指天举素手。拜龙颜，献圣寿。北斗戾，南山摧。天子九九八十一万岁，长倾万岁杯。

夷则格上白鸠拂舞辞白鸠辞

铿鸣钟，考朗鼓。歌《白鸠》，引拂舞。白鸠之白谁与邻？霜衣雪襟诚可珍。含哺七子能平均。食不噎，性安驯。首农政，鸣阳春。天子刻玉杖，镂形赐耆人。白鹭之白非纯真，外洁其色心匪仁。阙五德，无司晨。胡为啄我葭下之紫鳞？鹰鹯雕鹗，贪而好杀，凤凰虽大圣，不愿以为臣。

日出入行

日出东方隈，似从地底来。历天又入海，六龙所舍安在哉？其始与终古不息，人非元气，安得与之久徘徊？草不谢荣于春风，木不怨落于秋天。谁挥鞭策驱四运，万物兴歇皆自然。羲和羲和，汝奚汩没于荒淫之波？鲁阳何德？驻景挥戈。逆道违天，矫诬实多。吾将囊括大块，浩然与溟涬同科。

胡无人

严风吹霜海草凋，筋干精坚胡马骄。汉家战士三十万，将军兼领霍嫖姚。流星白羽腰间插，剑花秋莲光出匣。天兵照雪下玉关，虏箭如沙射金甲。云龙风虎尽交回，太白入月敌可摧。敌可摧，旄头灭。履胡之肠涉胡血。悬胡青天上，埋胡紫塞旁。胡无人，汉道昌。陛下之寿三千霜，但歌大风云飞扬，安用猛士兮守四方。

北风行

烛龙栖寒门，光耀犹旦开。日月照之何不及此？惟有北风号怒天上来。燕山雪花大如席，片片吹落轩辕台。幽州思妇十二月，停歌罢笑双蛾摧。倚门望行人，念君长城苦寒良可哀。别时提剑救边去，遗此虎文金鞞靫。中有一双白羽箭，蜘蛛结网生尘埃。箭空在，人今战死不复回。不忍见此物，焚之已成灰。黄河捧土尚可塞，北风雨雪恨难裁。

侠客行

赵客缦胡缨，吴钩霜雪明。银鞍照白马，飒沓如流星。十步杀一人，千里不留行。事了拂衣去，深藏身与名。闲过信陵饮，脱剑膝前横。将炙啖朱亥，持觞劝侯嬴。三杯吐然诺，五岳倒为轻。眼花耳热后，意气素霓生。救赵挥金槌，邯郸先震惊。千秋二壮士，煊赫大梁城。纵死侠骨香，不惭世上英。谁能书阁下，白首《太玄经》。

（顾淑勤编，摘自《李白全集》，上海古籍出版社，1996）

第四十二章　杜甫及《杜工部集》

第一节　杜甫简介

杜甫是我国伟大的现实主义诗人，字子美，自号杜陵布衣，因为当过左拾遗、检校工部员外郎之类的小官，故世人称其为杜拾遗、杜工部。杜甫生于 712 年，卒于 770 年。祖籍湖北襄阳，诞生于河南巩县（今河南巩义市）。他出生在一个世代"奉儒守儒"的文化世家，祖父杜审言是初唐著名诗人，官至膳部员外郎，其父杜闲曾任兖州司马、奉天县令。良好的家学渊源，再加上少年时代所受的盛唐文化的熏陶，为他日后的创作打下了结实雄厚的知识基础。

杜甫是唐代群星灿烂的诗坛中最为璀璨的明星之一。他的一生经历了唐王朝由盛而衰的急剧转变时期。天宝十四年（755）爆发的安史之乱成为这一转变的关键。杜甫的前半生是在"开元盛世"的唐王朝极盛时期度过的，而后半生则经历了安史之乱、吐蕃入侵和军阀混战。战争的动乱，仕途的坎坷，生活的困顿，流离的痛苦，都给杜甫带来了无止境的磨难，同时却使他更加贴近生活，贴近劳动人民，这些都为他的诗歌创作提供了不竭的源泉。

开元时到天宝初年是他人生的第一个阶段。杜甫自幼聪颖，不幸的是幼年丧母，被寄养在洛阳二姑母家。他少年老成，苦读诗书，所从游者都是当时名士。他游历了大好河川，同时也经受了进士考试不第的打击，但他还是增长了知识，大大拓宽了眼界。杜甫与李白结识，结下了一生的深厚友谊，这一时期，杜甫留下的作品很少，但就是这些为数不多的作品却反映了青年时期的杜甫蓬勃向上的朝气和胸怀远大目标的壮逸情怀。

开元五年（746）后到安史之乱爆发前的十年，是杜甫人生的第二个阶段。天宝五年，杜甫怀着"致君尧舜上，再使风俗淳"的政治抱负来到长安，次年参加长安的制举考试，结果名落孙山。杜甫在长安穷困潦倒，无人依靠。天宝十年（751），在唐玄宗举行祭祀大典的时候，杜甫献上《三大礼赋》，受到玄宗赏识，命待集贤院，最后直到天宝十四年（755）才得到一个小官。随后，杜甫就回奉先县省亲，当年十一月，安史之乱爆发了。在长安的十年，杜甫目睹了唐王朝的腐败，贵族官僚的腐败，写出了一系列著名的诗篇，尤其是"朱门酒肉臭，路有冻死骨"，揭示了那个时代盛唐在表面繁荣下隐藏着的巨大社会危机，显示了他卓越的眼光，表达了他对国家前途和百姓命运的深切关注和隐忧。

从天宝十四年（755）到乾元二年（759），是杜甫人生的第三个阶段。省亲回来后杜甫在长安供职。不久潼关失守，玄宗奔蜀，长安陷落。杜甫全家和百姓一起仓惶逃亡，一路颠沛流离。七月，肃宗在灵武即位，杜甫只身投奔，不料中途却被叛军所俘，押至长安。至德二年（757），杜甫冒险逃出长安回到肃宗身边，被授予了一个小官，不久因事触怒肃宗，次年六月被贬。这对杜甫在政治上是一个沉重的打击。这段时间杜甫走向了更广阔的社会，写出了包括"三吏"、"三别"在内反映战乱给人民带来深重灾难的诗篇，表达了他对国家、民族、人民的深切关念之情。尤其是"三吏"、"三别"，是汉魏六朝以来乐府诗的一个重大突破，不仅在思想上突破了前人，而且在艺术上也是一个创造。

从乾元二年末到大历五年（770），是杜甫漂泊西南时期。杜甫在乾元二年末到了成都，第二年春，依靠亲友的帮助，在成都西郊建起了一所草堂，开始定居下来。此后又不断颠沛流离，直到广德七年（764），才当了不到一年的检校工部员外郎。在大历五年（770）冬，杜甫病逝于潭州到岳阳的一条船上。在这一时期，杜甫写了大量的诗歌，抒发了对国家统一、人民幸福安定的强烈愿望。

杜甫是一位伟大的诗人，同时也是一位伟大的思想家，是儒学思想的实践者。他的思想和人格，对后代的思想家、政治家、爱国人士以至于普通的读书人，都产生了极大的影响。宋代政治家王安石一生最佩服的诗人就是杜甫。南宋大诗人陆游也极力称赞杜甫的思想和为人，把他看作是一个能"开太宗业"致君舜尧的大儒和政治家。南宋末的爱国主义志士文天祥在被元人俘虏囚禁在大都时，他在狱中集杜甫诗歌二百余首，用杜甫精神来激励自己的爱国情操。近代伟大的思想家、革命家和文学家鲁迅先生也极力推崇杜甫。

第二节　《杜工部集》简介

杜甫流传下来的作品有诗 1458 首，文、赋 28 篇，都收在《杜工部集》中。《杜工部集》又名《杜少陵集》，是北宋宝元二年（1039）由王洙编辑而成。杜甫一生从事诗歌创作，天宝之前就创作了 1000 多首诗歌，但是这些诗歌大都失传了。他留下的 1458 首诗歌，大多是在安史之乱以后创作的。他的诗歌大部分都是众口称颂的精品。

杜甫是一个集大成的诗人，各种体裁的诗歌都会撰写。他的五言、七言古体诗，主要用来咏怀和叙事，如《悲青坂》、《洗兵马》、《丽人行》、《悲陈陶》和"三吏"、"三别"、《茅屋为秋风所破歌》等都是用古体诗来表现的。他的咏怀诗，尤其是如《自京赴奉先县咏怀五百字》、《北征》等夹叙夹议的长篇咏怀诗以及《八哀》诗、《忆昔》、《遣怀》、《壮游》等带有传记、自传或叙事性内容的诗歌，大都用五言、七言古体诗写成。而那些抒情性比较强的或是写景的诗，则用五律、七律写成。他的五言排律，多是投赠之作，因为此类诗歌，最能表现作者驾驭诗律和对仗的艺术技巧，显示诗人运用典故的文化修养和才情。

他的绝句，则一反盛唐诗人所标举风神的传统，任意遣兴，内容无所不可入，极大地扩展了绝句所能表现的内容和功能，如以生活琐事入诗，以绝句代札索物，以绝句议论时事，以绝句来论诗等。

杜甫的五言、七律诗，大都是经过千锤百炼后的传世之作。他对自己的诗歌创作非常认真，经常是"新诗改罢自长吟"。晚年对诗歌更是仔细推敲，字斟句酌，"晚节渐于诗律细"，力求诗歌达到"语不惊人死不休"的最佳境界，初唐诗人所创制发展的律诗终于在杜甫手里得到了定型，从此，律诗盛行，成为一种主要诗体，其数量占了中晚唐诗的一大半。杜甫还对律诗的内容做出了巨大的开拓和扩展。为了拓展五言、七言律诗的内容，杜甫采取了用五律联章或七律联章的方式来加大律诗的内容含量。如他的名作五律《秦州杂诗二十首》、七律《秋兴八首》、《诸将五首》、《咏怀古迹五首》等都是内容丰富、结构严谨的组诗。他的律诗标志着唐诗的成熟，是诗歌形式和声律的完美结合，最能代表唐诗的成就和特色。

在乐府诗方面，杜甫取得了突破性的进展，杜甫的新体乐府诗是对诗歌体裁的一种创造性的发展，为元白等人的新乐府运动所继承发扬。

杜甫使中国的古典诗歌达到了一种趋于完美的境界，其诗歌成为中国古典诗歌的典范之作。

第三节　《杜工部集》选段

望岳

岱宗夫如何，齐鲁青未了。造化钟神秀，阴阳割昏晓。
荡胸生层云，决眦入归鸟。会当凌绝顶，一览众山小。

登兖州城楼

东郡趋庭日，南楼纵目初。浮云连海岱，平野入青徐。
孤嶂秦碑在，荒城鲁殿余。从来多古意，临眺独踟蹰。

房兵曹胡马

胡马大宛名，锋棱瘦骨成。竹批双耳峻，风入四蹄轻。
所向无空阔，真堪托死生。骁腾有如此，万里可横行。

画鹰

素练风霜起，苍鹰画作殊。㧐身思狡兔，侧目似愁胡。
绦镟光堪摘，轩楹势可呼。何当击凡鸟，毛血洒平芜。

临邑舍弟书至

二仪积风雨，百谷漏波涛。闻道洪何坼，遥连沧海高。
职司忧悄悄，郡国诉嗷嗷。舍弟卑栖邑，防川领簿曹。
尺书前日至，版筑不时操。难假鼋鼍力，空瞻乌鹊毛。
燕南吹畎亩，济上没蓬蒿。螺蚌满近郭，蛟螭乘九皋。
徐关深水府，碣石小秋毫。白屋留孤树，青天失万艘。
吾衰同泛梗，利涉想蟠桃。却倚天涯钓，犹能掣巨鳌。

夜宴左氏庄

风林纤月落，衣露净琴张。暗水流花径，春星带草堂。
检书烧烛短，看剑引杯长。诗罢闻吴咏，扁舟意不忘。

陪李北海宴历下亭

东藩驻皂盖，北渚凌青荷。海右此亭古，济南名士多。
云山已发兴，玉佩仍当歌。修竹不受暑，交流空涌波。
蕴真惬所遇，落日将如何！贵贱俱物役，从公难重过。

赠李白

秋来相顾尚飘蓬，未就丹砂愧葛洪。
痛饮狂歌空度日，飞扬跋扈为谁雄？

春日忆李白

白也诗无敌，飘然思不群。清新庾开府，俊逸鲍参军。
渭北春天树，江东日暮云。何时一樽酒，重与细论文？

送孔巢父谢病归游江东兼呈李白

巢父掉头不肯住，东将入海随烟雾。诗卷长流天地间，钓竿欲拂珊瑚树。
深山大泽龙蛇远，春寒野阴风景暮。蓬莱织女回云车，指点虚无引归路。
自是君身有仙骨，世人那得知其故？惜君只欲苦死留，富贵何如草头露？
蔡侯静者意有余，清夜置酒临前除。罢琴惆怅月照席，几岁寄我空中书？
南寻禹穴见李白，道甫问讯今何如？

饮中八仙歌

知章骑马似乘船，眼花落井水底眠。汝阳三斗始朝天，道逢曲车口流涎，恨不移封向酒泉。
左相日兴费万钱，饮如长鲸吸百川，衔杯乐圣称避贤。
宗之潇洒美少年，举觞白眼望青天，皎如玉树临风前。
苏晋长斋绣佛前，醉中往往爱逃禅。李白一斗诗百篇，长安市上酒家眠，天子呼来不上船，自称臣是酒中仙。
张旭三杯草圣传，脱帽露顶王公前，挥毫落纸如云烟。焦遂五斗方卓然，高谈雄辨惊四筵。

今夕行

今夕何夕岁云徂，更长烛明不可孤。咸阳客舍一事无，相与博塞为欢娱。

冯陵大叫呼五白，袒跣不肯成枭卢。英雄有时亦如此，邂逅岂即非良图？
君莫笑，刘毅从来布衣愿，家无儋石输百万。

高都护骢行

安西都护胡青骢，声价欻然来向东。此马临阵久无敌，与人一心成大功。
功成惠养随所致，飘飘远自流沙至。雄姿未受伏枥恩，猛气犹思战场利。
腕促蹄高如踣铁，交河几蹴曾冰裂。五花散作云满身，万里方看汗流血。
长安壮儿不敢骑，走过掣电倾城知。青丝络头为君老，何由却出横门道？

冬日洛城北谒玄元皇帝庙

配极元都閟，凭高禁籞长。守祧严具礼，掌节镇非常。
碧瓦初寒外，金茎一气旁。山河扶绣户，日月近雕梁。
仙李蟠根大，猗兰奕叶光。世家遗旧史，道德付今王。
画手看前辈，吴生远擅场。森罗移地轴，妙绝动宫墙。
五圣联龙衮，千官列雁行。冕旒皆秀发，旌旆尽飞扬。
翠柏深留景，红梨迥得霜。风筝吹玉柱，露井冻银床。
身退卑周室，经传拱汉皇。谷神如不死，养拙更何乡？

奉赠韦左丞丈二十二韵

纨袴不饿死，儒冠多误身。丈人试静听，贱子请具陈。
甫昔少年日，早充观国宾。读书破万卷，下笔如有神。
赋料扬雄敌，诗看子建亲。李邕求识面，王翰愿卜邻。
自谓颇挺出，立登要路津。致君尧舜上，再使风俗淳。
此意竟萧条，行歌非隐沦。骑驴三十载，旅食京华春。
朝扣富儿门，暮随肥马尘。残杯与冷炙，到处潜悲辛。
主上顷见征，欻然欲求伸。青冥却垂翅，蹭蹬无纵鳞。
甚愧丈人厚，甚知丈人真。每于百僚上，猥诵佳句新。
窃效贡公喜，难甘原宪贫。焉能心怏怏？只是走踆踆。
今欲东入海，即将西去秦。尚怜终南山，回首清渭滨。
常拟报一饭，况怀辞大臣。白鸥没浩荡，万里谁能驯？

乐游园歌

乐游古园崒森爽，烟绵碧草萋萋长。公子华筵势最高，秦川对酒平如掌。
长生木瓢示真率，更调鞍马狂欢赏。青春波浪芙蓉园，白日雷霆夹城仗。
阊阖晴开㴩荡荡，曲江翠幕排银榜。拂水低徊舞袖翻，缘云清切歌声上。
却忆年年人醉时，只今未醉已先悲。数茎白发那抛得，百罚深杯亦不辞。
圣朝亦知贱士丑，一物自荷皇天慈。此身饮罢无归处，独立苍茫自咏诗。

兵车行

车辚辚，马萧萧，行人弓箭各在腰。耶娘妻子走相送，尘埃不见咸阳桥。
牵衣顿足拦道哭，哭声直上干云霄。道旁过者问行人，行人但云点行频。
或从十五北防河，便至四十西营田。去时里正与裹头，归来头白还戍边。
边庭流血成海水，武皇开边意未已。君不闻汉家山东二百州，千村万落生荆杞。
纵有健妇把锄犁，禾生陇亩无东西。况复秦兵耐苦战，被驱不异犬与鸡。
长者虽有问，役夫敢伸恨？且如今年冬，未休关西卒。
县官急索租，租税从何出？信知生男恶，反是生女好。
生女犹得嫁比邻，生男埋没随百草。君不见青海头，古来白骨无人收。
新鬼烦冤旧鬼哭，天阴雨湿声啾啾。

前出塞九首

其一

戚戚去故里，悠悠赴交河。公家有程期，亡命婴祸罗。
君已富土境，开边一何多！弃绝父母恩，吞声行负戈。

其二

出门日已远，不受徒旅欺。骨肉恩岂断？男儿死无时。
走马脱辔头，手中挑青丝。捷下万仞冈，俯身试搴旗。

其三

磨刀呜咽水，水赤刃伤手。欲轻肠断声，心绪乱已久。
丈夫誓许国，愤惋复何有？功名图麒麟，战骨当速朽。

其六

挽弓当挽强，用箭当用长；射人先射马，擒贼先擒王。
杀人亦有限，立国自有疆。苟能制侵陵，岂在多杀伤！

其九

从军十年余，能无分寸功？众人贵苟得，欲语羞雷同。
中原有斗争，况在狄与戎？丈夫四方志，安可辞固穷？

投简咸华两县诸子

赤县官曹拥才杰，软裘快马当冰雪。长安苦寒谁独悲？杜陵野老骨欲折。
南山豆苗早荒秽，青门瓜地新冻裂。乡里儿童项领成，朝廷故旧礼数绝。
自然弃掷与时异，况乃疏顽临事拙。饥卧动即向一旬，敝衣何啻联百结。
君不见空墙日色晚，此老无声泪垂血！

同诸公登慈恩寺塔

高标跨苍穹，烈风无时休。自非旷士怀，登兹翻百忧。
方知象教力，足可追冥搜。仰穿龙蛇窟，始出枝撑幽。
七星在北户，河汉声西流。羲和鞭白日，少昊行清秋。
秦山忽破碎，泾渭不可求。俯视但一气，焉能辨皇州？
回首叫虞舜，苍梧云正愁。惜哉瑶池饮，日晏昆仑邱。
黄鹄去不息，哀鸣何所投？君看随阳雁，各有稻粱谋。

曲江三章，章五句

其一

曲江萧条秋气高，菱荷枯折随风涛，游子空嗟垂二毛。
白石素沙亦相荡，哀鸿独叫求其曹。

其二

即事非今亦非古，长歌激越梢林莽，比屋豪华固难数。
吾人甘作心似灰，弟侄何伤泪如雨。

其三

自断此生休问天，杜曲幸有桑麻田，故将移住南山边。
短衣匹马随李广，看射猛虎终残年。

贫交行

翻手作云覆手雨，纷纷轻薄何须数？
君不见管鲍贫时交，此道今人弃如土。

丽人行

三月三日天气新，长安水边多丽人。态浓意远淑且真，肌理细腻骨肉匀。
绣罗衣裳照暮春，蹙金孔雀银麒麟。头上何所有？翠微盍叶垂鬓唇。
背后何所见？珠压腰衱稳称身。就中云幕椒房亲，赐名大国虢与秦。
紫驼之峰出翠釜，水精之盘行素鳞。犀筯厌饫久未下，鸾刀缕切空纷纶。
黄门飞鞚不动尘，御厨络绎送八珍。箫鼓哀吟感鬼神，宾从杂遝实要津。
后来鞍马何逡巡，当轩下马入锦茵。杨花雪落覆白蘋，青鸟飞去衔红巾。
炙手可热势绝伦，慎莫近前丞相嗔！

送高三十五书记十五韵

崆峒小麦熟，且愿休王师。请公问主将，焉用穷荒为？
饥鹰未饱肉，侧翅随人飞。高生跨鞍马，有似幽并儿。
脱身簿尉中，始与捶楚辞。借问今何官，触热向武威？
答云一书记，所愧国士知。人实不易知，更须慎其仪。
十年出幕府，自可持旌麾。此行既特达，足以慰所思。
男儿功名遂，亦在老大时。常恨结欢浅，各在天一涯。
又如参与商，惨惨中肠悲。惊风吹鸿鹄，不得相追随。
黄尘翳沙漠，念子何当归。边城有余力，早寄从军诗。

陪郑广文游何将军山林十首

其二

百顷风潭上，千章夏木清。卑枝低结子，接叶暗巢莺。
鲜鲫银丝脍，香芹碧涧羹。翻疑舵楼底，晚饭越中行。

其五

剩水沧江破，残山碣石开。绿垂风折笋，红绽雨肥梅。
银甲弹筝用，金鱼换酒来。兴移无洒扫，随意坐莓苔。

其九

床上书连屋，阶前树拂云。将军不好武，稚子总能文。
醒酒微风入，听诗静夜分。绨衣挂萝薜，凉月白纷纷。

其十

幽意忽不惬，归期无奈何。出门流水住，回首白云多。
自笑灯前舞，谁怜醉后歌。只应与朋好，风雨亦来过。

醉时歌

诸公衮衮登台省，广文先生官独冷。甲第纷纷厌粱肉，广文先生饭不足。
先生有道出羲皇，先生有才过屈宋。德尊一代常坎坷，名垂万古知何用？
杜陵野客人更嗤，被褐短窄鬓如丝。日籴太仓五升米，时赴郑老同襟期。
得钱即相觅，沽酒不复疑。忘形到尔汝，痛饮真吾师。
清夜沉沉动春酌，灯前细雨檐花落。但觉高歌有鬼神，焉知饿死填沟壑？
相如逸才亲涤器，子云识字终投阁。先生早赋归去来，石田茅屋荒苍苔。
儒术于我何有哉，孔丘盗跖俱尘埃。不须闻此意惨怆，生前相遇且衔杯。

城西陂泛舟

青蛾皓齿在楼船，横笛短箫悲远天。春风自信牙樯动，迟日徐看锦缆牵。
鱼吹细浪摇歌扇，燕蹴飞花落舞筵。不有小舟能荡桨，百壶那送酒如泉？

渼陂行

岑参兄弟皆好奇，携我远来游渼陂。天地黯惨忽异色，波涛万顷堆琉璃。
琉璃漫汗泛舟入，事殊兴极忧思集。鼋作鲸吞不复知，恶风白浪何嗟及。
主人锦帆相为开，舟子喜甚无氛埃。凫鹥散乱棹讴发，丝管啁啾空翠来。
沉竿续蔓深莫测，菱叶荷花净如拭。宛在中流渤澥清，下归无极终南黑。
半陂以南纯浸山，动影袅窕冲融间。船舷暝戛云际寺，水面月出蓝田关。
此时骊龙亦吐珠，冯夷击鼓群龙趋。湘妃汉女出歌舞，金支翠旗光有无。
咫尺但愁雷雨至，苍茫不晓神灵意。少壮几时奈老何，向来哀乐何其多。

九日寄岑参

出门复入门，雨脚但如旧。所向泥活活，思君令人瘦。
沉吟坐西轩，饮食错昏昼。寸步曲江头，难为一相就。
吁嗟乎苍生，稼穑不可救！安得诛云师？畴能补天漏？
大明韬日月，旷野号禽兽。君子强逶迤，小人困驰骤。
维南有崇山，恐与川浸溜。是节东篱菊，纷披为谁秀？
岑生多新诗，性亦嗜醇酎。采采黄金花，何由满衣袖？

奉先刘少府新画山水障歌

堂上不合生枫树，怪底江山起烟雾。闻君扫却赤县图，乘兴遣画沧洲趣。
画师亦无数，好手不可遇。对此融心神，知君重毫素。
岂但祁岳与郑虔，笔迹远过杨契丹。得非玄圃裂？无乃潇湘翻。
悄然坐我天姥下，耳边已是闻清猿。反思前夜风雨急，乃是蒲城鬼神入。
元气淋漓障犹湿，真宰上诉天应泣。野亭春还杂花远，鱼翁暝踏孤舟立。
沧浪水深青且阔，攲岸侧岛秋毫末。不见湘妃鼓瑟时，至今斑竹临江活。
刘侯天机精，爱画入骨髓。自有两儿郎，挥洒亦莫比。
大儿聪明到，能添老树巅崖里。小儿心孔开，貌得山僧及童子。
若耶溪，云门寺，吾独胡为在泥滓？青鞋布袜从此始。

投赠哥舒开府翰二十韵

今代麒麟阁，何人第一功？君王自神武，驾驭必英雄。
开府当朝杰，论兵迈古风。先锋百胜在，略地两隅空。
青海无传箭，天山早挂弓。廉颇仍走敌，魏绛已和戎。

每惜河湟弃，新兼节制通。智谋垂睿想，出入冠诸公。
日月低秦树，乾坤绕汉宫。胡人愁逐北，宛马又从东。
受命边沙远，归来御席同。轩墀曾宠鹤，畋猎旧非熊。
茅土加名数，山河誓始终。策行遗战伐，契合动昭融。
勋业青冥上，交亲气概中。未为珠履客，已见白头翁。
壮节初题柱，生涯独转蓬。几年春草歇，今日暮途穷。
军事留孙楚，行间识吕蒙。防身一长剑，将欲倚崆峒。

天育骠图歌

吾闻天子之马走千里，今之画图无乃是？是何意态雄且杰，骏尾萧梢朔风起。
毛为绿缥两耳黄，眼有紫焰双瞳方。矫矫龙性含变化，卓立天骨森开张。
伊昔太仆张景顺，监牧攻驹阅清峻。遂令大奴守天育，别养骥子怜神骏。
当时四十万匹马，张公叹其材尽下。故独写真传世人，见之座右久更新。
年多物化空行影，呜呼健步无由骋！如今岂无騕褭与骅骝，时无王良伯乐死即休！

自京赴奉先县咏怀五百字

杜陵有布衣，老大意转拙。许身一何愚，窃比稷与契。
居然成濩落，白首甘契阔。盖棺事则已，此志常觊豁。
穷年忧黎元，叹息肠内热。取笑同学翁，浩歌弥激烈。
非无江海志，萧洒送日月。生逢尧舜君，不忍便永诀。
当今廊庙具，构厦岂云缺？葵藿倾太阳，物性固难夺。
顾惟蝼蚁辈，但自求其穴。胡为慕大鲸，辄拟偃溟渤。
以兹误生理，独耻事干谒。兀兀遂至今，忍为尘埃没。
终愧巢与由，未能易其节。沉饮聊自遣，放歌破愁绝。
岁暮百草零，疾风高冈裂。天衢阴峥嵘，客子中夜发。
霜严衣带断，指直不得结。凌晨过骊山，御榻在嵽嵲。
蚩尤塞寒空，蹴踏崖谷滑。瑶池气郁律，羽林相摩戛。
君臣留欢娱，乐动殷胶葛。赐浴皆长缨，与宴非短褐。
彤庭所分帛，本自寒女出。鞭挞其夫家，聚敛贡城阙。
圣人筐篚恩，实欲邦国活。臣如忽至理，君岂弃此物？
多士盈朝廷，仁者宜战栗。况闻内金盘，尽在卫霍室。
中堂有神仙，烟雾蒙玉质。暖客貂鼠裘，悲管逐清瑟。
劝客驼蹄羹，霜橙压香橘。朱门酒肉臭，路有冻死骨。
荣枯咫尺异，惆怅难再述。北辕就泾渭，官渡又改辙。
群水从西下，极目高崒兀。疑是崆峒来，恐触天柱折。
河梁幸未坼，枝撑声窸窣。行旅相攀援，川广不可越。
老妻寄异县，十口隔风雪。谁能久不顾？庶往共饥渴。
入门闻号咷，幼子饿已卒。吾宁舍一哀，里巷亦呜咽。
所愧为人父，无食致夭折。岂知秋禾登，贫窭有苍卒。
生常免租税，名不隶征伐。抚迹犹酸辛，平人固骚屑。

默思失业徒，因念远戍卒。忧端齐终南，澒洞不可掇。

月夜

今夜鄜州月，闺中只独看。遥怜小儿女，未解忆长安。
香雾云鬟湿，清辉玉臂寒。何时倚虚幌，双照泪痕干？

悲陈陶

孟冬十郡良家子，血作陈陶泽中水。野旷天清无战声，四万义军同日死。
群胡归来血洗箭，仍唱胡歌饮都市。都人回面向北啼，日夜更望官军至。

春望

国破山河在，城春草木深。感时花溅泪，恨别鸟惊心。
烽火连三月，家书抵万金。白头搔更短，浑欲不胜簪。

喜达行在所三首

其三

死去凭谁报，归来始自怜。犹瞻太白雪，喜遇武功天。
影静千官里，心苏七校前。今朝汉社稷，新数中兴年。

羌村三首

峥嵘赤云西，日脚下平地。柴门鸟雀噪，归客千里至。
妻孥怪我在，惊定还拭泪。世乱遭飘荡，生还偶然遂。
邻人满墙头，感叹亦歔欷。夜阑更秉烛，相对如梦寐。

赠卫八处士

人生不相见，动如参与商。今夕是何夕，共此灯烛光？
少壮能几时？鬓发各已苍。访旧半为鬼，惊呼热中肠。
焉知二十载，重上君子堂？昔别君未婚，男女忽成行。
怡然敬父执，问我来何方。问答未及已，儿女罗酒浆。
夜雨剪春韭，新炊间黄粱。主称会面难，一举累十觞。
十觞亦不醉，感子故意长。

江畔独步寻花七绝句

其五

黄师塔前江水东，春光懒困倚微风。
桃花一簇开无主，可爱深红爱浅红？

其六

黄四娘家花满蹊，千朵万朵压枝低。
留连戏蝶时时舞，自在娇莺恰恰啼。

绝句漫兴九首

其一

眼见客愁愁不醒，无赖春色到江亭。
即遣花开深造次，便教莺语太丁宁。

其二

手种桃李非无主，野老墙低还是家。
恰似春风相欺得，夜来吹折数枝花。

绝句二首

其一

迟日江山丽，春风花草香。
泥融飞燕子，沙暖睡鸳鸯。

其二

江碧鸟逾白，山青花欲燃。
今春看又过，何日是归年。

绝句四首

其三

两个黄鹂鸣翠柳，一行白鹭上青天。
窗含西岭千秋雪，门泊东吴万里船。

新安吏

客行新安道，喧呼闻点兵。借问新安吏：县小更无丁？
府帖昨夜下，次选中男行。中男绝短小，何以守王城？
肥男有母送，瘦男独伶俜。白水暮东流，青山犹哭声。
莫自使眼枯，收汝泪纵横。眼枯即见骨，天地终无情。
我军取相州，日夕望其平。岂意贼难料，归军星散营。
就粮近故垒，练卒依旧京。掘壕不到水，牧马役亦轻。
况乃王师顺，抚养甚分明。送行勿泣血，仆射如父兄。

石壕吏

暮投石壕村，有吏夜捉人。老翁逾墙走，老妇出门看。
吏呼一何怒，妇啼一何苦！听妇前致词："三男邺城戍。
一男附书至，二男新战死。存者且偷生，死者长已矣。
室中更无人，惟有乳下孙。有孙母未去，出入无完裙。
老妪力虽衰，请从吏夜归。急应河阳役，犹得备晨炊。"
夜久语声绝，如闻泣幽咽。天明登前途，独与老翁别。

潼关吏

士卒何草草，筑城潼关道。大城铁不如，小城万丈余。
借问潼关吏，修关还备胡。要我下马行，为我指山隅。
连云列战格，飞鸟不能逾。胡来但自守，岂复忧西都？
丈人视要处，窄狭容单车。艰难奋长戟，万古用一夫。
哀哉桃林战，百万化为鱼！请嘱防关将，慎勿学哥舒！

新婚别

兔丝附蓬麻，引蔓故不长。嫁女与征夫，不如弃路旁。
结发为君妻，席不暖君床。暮婚晨告别，无乃太匆忙。
君行虽不远，守边赴河阳。妾身未分明，何以拜姑嫜？
父母养我时，日夜令我藏。生女有所归，鸡狗亦得将。
君今往死地，沈痛迫中肠。誓欲随君去，形势反苍黄。
勿为新婚念，努力事戎行。妇人在军中，兵气恐不扬。
自嗟贫家女，久致罗襦裳。罗襦不复施，对君洗红妆。
仰视百鸟飞，大小必双翔。人事多错迕，与君永相望。

垂老别

四郊未宁静，垂老不得安。子孙阵亡尽，焉用身独完？

投杖出门去，同行为辛酸。幸有牙齿存，所悲骨髓干。
男儿既介胄，长揖别上官。老妻卧路啼，岁暮衣裳单。
孰知是死别，且复伤其寒。此去必不归，还闻劝加餐。
土门壁甚坚，杏园度亦难。势异邺城下，纵死时犹宽。
人生有离合，岂择衰盛端。忆昔少壮日，迟回竟长叹。
万国尽征戍，烽火被冈峦。积尸草木腥，流血川原丹。
何乡为乐土，安敢尚盘桓。弃绝蓬室居，塌然摧肺肝。

无家别

寂寞天宝后，园庐但蒿藜。我里百余家，世乱各东西。
存者无消息，死者为尘泥。贱子因阵败，归来寻旧蹊。
久行见空巷，日瘦气惨凄。但对狐与狸，竖毛怒我啼。
四邻何所有？一二老寡妻。宿鸟恋本枝，安辞且穷栖？
方春独荷锄，日暮还灌畦。县吏知我至，召令习鼓鞞。
虽从本州役，内顾无所携。近行只一身，远去终转迷。
家乡既荡尽，远近理亦齐。永痛长病母，五年委沟豀。
生我不得力，终身两酸嘶。人生无家别，何以为蒸黎？

蜀相

丞相祠堂何处寻？锦官城外柏森森。映阶碧草自春色，隔叶黄鹂空好音。
三顾频烦天下计，两朝开济老臣心。出师未捷身先死，长使英雄泪满襟！

春夜喜雨

好雨知时节，当春乃发生。
随风潜入夜，润物细无声。
野径云俱黑，江船火独明。
晓看红湿处，花重锦官城。

茅屋为秋风所破歌

八月秋高风怒号，卷我屋上三重茅。茅飞渡江洒江郊，高者挂罥长林梢，下者飘转沉塘坳。南村群童欺我老无力，忍能对面为盗贼。公然抱茅入竹去，唇焦口燥呼不得，归来倚仗自叹息。俄顷风定云墨色，秋天漠漠向昏黑。布衾多年冷似铁，娇儿恶卧踏里裂。床头屋漏无干处，雨脚如麻未断绝。自经丧乱少睡眠，长夜沾湿何由彻。安得广厦千万间，大庇天下寒士俱欢颜，风雨不动安如山！呜呼！眼前何时突兀见此屋？吾庐独破受冻死亦足！

闻官军收河南河北

剑外忽传收蓟北，初闻涕泪满衣裳。
却看妻子愁何在，漫卷诗书喜欲狂。
白日放歌须纵酒，青春作伴好还乡。
即从巴峡穿巫峡，便下襄阳向洛阳。

八阵图

功盖三分国，名成八阵图。
江流石不转，遗恨失吞吴。

登高

风急天高猿啸哀，渚清沙白鸟飞回。
无边落木萧萧下，不尽长江滚滚来。
万里悲秋常作客，百年多病独登台。
艰难苦恨繁霜鬓，潦倒新停浊酒杯。

江南逢李龟年

岐王宅里寻常见，崔九堂前几度闻。
正是江南好风景，落花时节又逢君。

秋兴八首

其一

玉露凋伤枫树林，巫山巫峡气萧森。江间波浪兼天涌，塞上风云接地阴。
丛菊两开他日泪，孤舟一系故园心。寒衣处处催刀尺，白帝城高急暮砧。

其二

夔府孤城落日斜，每依北斗望京华。听猿实下三声泪，奉使虚随八月槎。
画省香炉违伏枕，山楼粉堞隐悲笳。请看石上藤萝月，已映洲前芦荻花。

其三

千家山郭静朝晖，日日江楼坐翠微。信宿渔人还泛泛，清秋燕子故飞飞。
匡衡抗疏功名薄，刘向传经心事违。同学少年多不贱，五陵裘马自轻肥。

其四

闻道长安似弈棋，百年世事不胜悲。王侯第宅皆新主，文武衣冠异昔时。

直北关山金鼓震，征西车马羽书迟。鱼龙寂寞秋江冷，故国平居有所思。

其五

蓬莱宫阙对南山，承露金茎霄汉间。西望瑶池降王母，东来紫气满函关。
云移雉尾开宫扇，日绕龙鳞识圣颜。一卧沧江惊岁晚，几回青琐点朝班。

其六

瞿塘峡口曲江头，万里风烟接素秋。花萼夹城通御气，芙蓉小苑入边愁。
珠帘绣柱围黄鹄，锦缆牙墙起白鸥。回首可怜歌舞地，秦中自古帝王州。

其七

昆明池水汉时功，武帝旌旗在眼中。织女机丝虚夜月，石鲸鳞甲动秋风。
波漂菰米沉云黑，露冷莲房坠粉红。关塞极天惟鸟道，江湖满地一渔翁。

其八

昆吾御宿自逶迤，紫阁峰阴入渼陂。香稻啄余鹦鹉粒，碧梧栖老凤凰枝。
佳人拾翠春相问，仙侣同舟晚更移。彩笔昔曾干气象，白头吟望苦低垂。

咏怀古迹五首

其一

支离东北风尘际，漂泊西南天地间。三峡楼台淹日月，五溪衣服共云山。
羯胡事主终无赖，词客哀时且未还。庾信平生最萧瑟，暮年诗赋动江关。

其二

摇落深知宋玉悲，风流儒雅亦吾师。怅望千秋一洒泪，萧条异代不同时。
江山故宅空文藻，云雨荒台岂梦思。最是楚宫俱泯灭，舟人指点到今疑。

其三

群山万壑赴荆门，生长明妃尚有村。一去紫台连朔漠，独留青冢向黄昏。
画图省识春风面，环佩空归月夜魂。千载琵琶作胡语，分明怨恨曲中论。

其四

蜀主窥吴幸三峡，崩年亦在永安宫。翠华想像空山里，玉殿虚无野寺中。
古庙杉松巢水鹤，岁时伏腊走村翁。武侯祠屋常邻近，一体君臣祭祀同。

其五

诸葛大名垂宇宙，宗臣遗像肃清高。三分割据纡筹策，万古云霄一羽毛。
伯仲之间见伊吕，指挥若定失萧曹。福移汉祚难恢复，志决身歼军务劳。

（刘伟编，摘自张忠纲选注：《杜甫诗选》，中华书局，2005）

第四十三章　罗贯中及《三国演义》

第一节　罗贯中简介

罗贯中，汉族，名本，字贯中，号湖海散人。他是元末明初著名小说家、戏曲家，是中国章回小说的鼻祖。罗贯中是中国文学史上最杰出的作家之一，其作品《三国演义》可谓家喻户晓。对于他的生平，人们所知甚少。明清以来，对罗贯中的籍贯有十种书记载，归类有五种说：杭州、庐陵、中原、东原、太原。经过几百年的学术研究探索，近些年来已经逐步趋于一致，认定罗贯中的籍贯就是山东东平罗庄。

罗贯中的生卒日期亦不详，仅有一些材料记载。据推断，罗贯中生活在元末明初，罗贯中经历了元末的社会大动乱，他密切接触社会下层，目睹当时混战，对人民苦难深重的生活有所了解，对他们的理想追求也有所认识。由于历史条件的限制，他不可能提出取代封建地主阶级政权的任何设想。从罗贯中所写几种小说的思想倾向看，他推崇"忠"、"义"，主张用"王道"、"仁政"治理天下。罗贯中在一定程度上看到社会动乱的某种政治因素，但他从根本上否定农民起义的历史作用。他这种政治主张不仅表现在《三国演义》里，在《隋唐志传》和《三遂平妖传》里也有明显反映。

罗贯中的创作才能是多方面的。他写过乐府隐语和戏曲，但以小说成就为主。他的著作颇丰，现在留存的主要小说作品有《三国演义》、《隋唐两朝志传》、《残唐五代史演义》和《三遂平妖传》等。罗贯中亦能曲。所作的杂剧，除现存的《赵太祖龙虎风云会》以外，尚有《忠正孝子连环谏》、《三平章哭死蜚虎子》二种。

罗贯中的代表作《三国演义》描写了三国时期复杂的政治军事斗争，谴责了统治者的残暴和丑恶，反映了动乱时代人民的痛苦和对清明政治、对仁君的向往，体现了鲜明的"拥刘反曹"倾向，隐藏着当时人民对汉族复兴的希望。作品构思宏伟，手法多样，使我们清晰地看到了一场场刀光血影的战争场面。其中官渡之战、赤壁之战等战争的描写跌宕起伏、惊心动魄，读来有身临其境之感。

《三国演义》开创了历史演义小说的先河。自此以后，文人纷纷效仿，中国几千年的历史，大部分都已写成了各种讲演再现历史的演义小说。于是，在中国文学史上，历史小说便蔚然成为一大潮流。明代比较有名的历史小说，就有《东周列国志》、《杨家将演义》、《说唐》、《精忠传》等。另有近几年出版的《五千年演义》等，无不是罗贯中历史演义的继承和发展，但成就都没有超越《三国演义》。

第二节　《三国演义》简介

《三国演义》，也称《三国志通俗演义》或《三国志演义》，是一部长篇历史章回小说，是中国古代四大名著之一。《三国演义》取材于东汉末年和魏、蜀、吴三国的历史，从东汉灵帝中平元年（184）黄巾起义开始，一直叙写到晋武帝太康元年（280）吴亡为止，历时近一个世纪，大概分为黄巾之乱、董卓之乱、群雄逐鹿、三国鼎立、三国归晋五大部分。作品广泛而具体地描写了公元3世纪前后黄巾起义与被镇压的过程和魏、蜀、吴等封建统治集团内部的斗争。在广阔的社会历史背景上，展示出那个时代尖锐复杂又极具特色的政治军事冲突，在政治、军事谋略方面对后世产生了深远的影响。

《三国演义》代表着古代历史小说的最高成就。小说语言精练，明白如话。现在看来，这种语言似乎半文不白，但在当时它却近于白话。用这种语言创作长篇小说，是一种创举。作者采用浅近的文言，明快流畅，雅俗共赏；笔法富于变化，对比映衬，旁冗侧出，波澜曲折。又以宏伟的结构，把近百年错综复杂的事件和众多的人物组织得完整严密，叙述得有条不紊、前后呼应，环环相扣，有章有法。著名的关羽"温酒斩华雄"、"过五关斩六将"、赵云"单骑救幼主"、诸葛亮"草船借箭"、"空城计吓退司马懿"等更是流传千古的篇章。

《三国演义》的艺术成就主要体现在人物塑造和战争描写上。《三国演义》成功塑造了众多人物形象，其中主要人物都是性格鲜明、形象生动的艺术典型。最为成功的是诸葛亮、关羽、曹操、刘备等人。诸葛亮是"贤相"的化身，他既具有"鞠躬尽瘁、死而后已"的高风亮节，又具有济世救民的雄心壮志，同时作者还赋予他呼风唤雨、神机妙算的奇能；关羽则"威猛刚毅"、"义重如山"，但是他的义气是以个人恩怨为前提的，而并非国家民族之大义；曹操是一位奸雄，他的处事原则是"宁我负天下人，不教天下人负我"，既有雄才大略，又残暴奸诈，是一个政治野心家、阴谋家；刘备被塑造成为仁民爱物、礼贤下士、知人善用的仁君典型。

《三国演义》描写大小战争40多次，作者能突出每次战争的特点，描写在不同条件下不同战略战术的运用，而不是把大量的笔墨放在单纯的实力和武艺的较量上，如官渡之战、赤壁之战等，均被认为描写得波澜起伏、跌宕跳跃，使人读来惊心动魄。作者在描写战争时，兼写其他活动，作为战争的前奏、余波，或者战争的辅助手段，使紧张激烈的战争表现得有张有弛。如赤壁之战前描写孙、刘两家的合作，诸葛亮与周瑜之间的矛盾，曹操的试探，孙、刘联军诱敌深入的准备等。

《三国演义》取材于历史，又不拘泥于历史事实。它经过了艺术加工，有不少虚构，它是文学作品，而不是史书。但由于《三国演义》在民间的流传范围、影响程度，都可谓是中国古代历史小说中独一无二的，这就造成了普通民众，甚至一部分专家学者对东汉末年至三国时期，也就是小说所描述的历史时期的概况、事件、人物缺乏正确的常识，从某种程度上说，小说《三国演义》的内容在国人心目中已经占据了真实历史的地位。

第三节　《三国演义》选段

第四十六回　用奇谋孔明借箭　献密计黄盖受刑

却说鲁肃领了周瑜言语，径来舟中相探孔明。孔明接入小舟对坐。肃曰："连日措办军务，有失听教。"孔明曰："便是亮亦未与都督贺喜。"肃曰："何喜？"孔明曰："公瑾使先生来探亮知也不知，便是这件事可贺喜耳。"唬得鲁肃失色问曰："先生何由知之？"孔明曰："这条计只好弄蒋干。曹操虽被一时瞒过，必然便省悟，只是不肯认错耳。今蔡、张两人既死，江东无患矣，如何不贺喜！吾闻曹操换毛玠、于禁为水军都督，则这两个手里，好歹送了水军性命。"鲁肃听了，开口不得，把些言语支吾了半晌，别孔明而回。孔明嘱曰："望子敬在公瑾面前勿言亮先知此事。恐公瑾心怀妒忌，又要寻事害亮。"鲁肃应诺而去，回见周瑜，把上项事只得实说了。瑜大惊曰："此人决不可留！吾决意斩之！"肃劝曰："若杀孔明，却被曹操笑也。"瑜曰："吾自有公道斩之，教他死而无怨。"肃曰："何以公道斩之？"瑜曰："子敬休问，来日便见。"

次日，聚众将于帐下，教请孔明议事。孔明欣然而至。坐定，瑜问孔明曰："即日将与曹军交战，水路交兵，当以何兵器为先？"孔明曰："大江之上，以弓箭为先。"瑜曰："先生之言，甚合愚意。但今军中正缺箭用，敢烦先生监造十万枝箭，以为应敌之具。此系公事，先生幸勿推却。"孔明曰："都督见委，自当效劳。敢问十万枝箭，何时要用？"瑜曰："十日之内，可完办否？"孔明曰："操军即日将至，若候十日，必误大事。"瑜曰："先生料几日可完办？"孔明曰："只消三日，便可拜纳十万枝箭。"瑜曰："军中无戏言。"孔明曰："怎敢戏都督！愿纳军令状：三日不办，甘当重罚。"瑜大喜，唤军政司当面取了文书，置酒相待曰："待军事毕后，自有酬劳。"孔明曰："今日已不及，来日造起。至第三日，可差五百小军到江边搬箭。"饮了数杯，辞去。鲁肃曰："此人莫非诈乎？"瑜曰："他自送死，非我逼他。今明白对众要了文书，他便两胁生翅，也飞不去。我只分付军匠人等，教他故意迟延，凡应用物件，都不与齐备。如此，必然误了日期。那时定罪，有何理说？公今可去探他虚实，却来回报。"

肃领命来见孔明。孔明曰："吾曾告子敬，休对公瑾说，他必要害我。不想子敬不肯为我隐讳，今日果然又弄出事来。三日内如何造得十万箭？子敬只得救我！"肃曰："公自取其祸，我如何救得你？"孔明曰："望子敬借我二十只船，每船要军士三十人，船上皆用青布为幔，各束草千余个，分布两边。吾别有妙用。第三日包管有十万枝箭。只不可又教公瑾得知，若彼知之，吾计败矣。"肃允诺，却不解其意。回报周瑜，果然不提借船之事，只言："孔明并不用箭竹、翎毛、胶漆等物，自有道理。"瑜大疑曰："且看他三日后如何回覆我！"

却说鲁肃私自拨轻快船二十只，各船三十余人，并布幔束草等物，尽皆齐备，候孔明调用。第一日却不见孔明动静；第二日亦只不动。至第三日四更时分，孔明密请鲁肃到船中。肃问曰："公召我来何意？"孔明曰："特请子敬同往取箭。"肃曰："何处去取？"孔明曰："子敬休问，前去便见。"遂命将二十只船，用长索相连，径望北岸进发。是夜大雾漫天，长江之中，雾气更甚，对面不相见。孔明促舟前进，果然是好大雾！前人有篇《大雾垂江赋》曰：

大哉长江！西接岷、峨，南控三吴，北带九河。汇百川而入海，历万古以扬波。至若龙伯、海若、江妃、水母，长鲸千丈，天蜈九首，鬼怪异类，咸集而有。盖夫鬼神之所凭依，英雄之所战守也。

时也阴阳既乱，昧爽不分。讶长空之一色，忽大雾之四屯。虽舆薪而莫睹，惟金鼓之可闻。初若溟濛，才隐南山之豹；渐而充塞，欲迷北海之鲲。然后上接高天，下垂厚地；渺乎苍茫，浩乎无际。鲸鲵出水而腾波，蛟龙潜渊而吐气。又如梅霖收溽，春阴酿寒；溟溟漠漠，浩浩漫漫。东失柴桑之岸，南无夏口之山。战船千艘，俱沉沦于岩壑；渔舟一叶，惊出没于波澜。甚则穹昊无光，朝阳失色；返白昼为昏黄，变丹山为水碧。虽大禹之智，不能测其浅深；离娄之明，焉能辨乎咫尺？

于是冯夷息浪，屏翳收功；鱼鳖遁迹，鸟兽潜踪。隔断蓬莱之岛，暗围阊阖之宫。恍惚奔腾，如骤雨之将至；纷纭杂沓，若寒云之欲同。乃能中隐毒蛇，因之而为瘴疬；内藏妖魅，凭之而为祸害。降疾厄于人间，起风尘于塞外。小民遇之夭伤，大人观之感慨。盖将返元气于洪荒，混天地为大块。

当夜五更时候，船已近曹操水寨。孔明教把船只头西尾东，一带摆开，就船上擂鼓呐喊。鲁肃惊曰："倘曹兵齐出，如之奈何？"孔明笑曰："吾料曹操于重雾中必不敢出。吾等只顾酌酒取乐，待雾散便回。"

却说曹寨中，听得擂鼓呐喊，毛玠、于禁二人慌忙飞报曹操。操传令曰："重雾迷江，彼军忽至，必有埋伏，切不可轻动。可拨水军弓弩手乱箭射之。"又差人往旱寨内唤张辽、徐晃各带弓弩军三千，火速到江边助射。比及号令到来，毛玠、于禁怕南军抢入水寨，已差弓弩手在寨前放箭；少顷，旱寨内弓弩手亦到，约一万余人，尽皆向江中放箭；箭如雨发。孔明教把船吊回，头东尾西，逼近水寨受箭，一面擂鼓呐喊。待至日高雾散，孔明令收船急回。二十只船两边束草上，排满箭枝。孔明令各船上军士齐声叫曰："谢丞相箭！"比及曹军寨内报知曹操时，这里船轻水急，已放回二十余里，追之不及。曹操懊悔不已。

却说孔明回船谓鲁肃曰："每船上箭约五六千矣。不费江东半分之力，已得十万馀箭。明日即将来射曹军，却不甚便！"肃曰："先生真神人也！何以知今日如此大雾？"孔明曰："为将而不通天文，不识地利，不知奇门，不晓阴阳，不看阵图，不明兵势，是庸才也。亮于三日前已算定今日有大雾，因此敢任三日之限。公瑾教我十日完办，工匠料物，都不应手，将这一件风流罪过，明白要杀我。我命系于天，公瑾焉能害我哉！"鲁肃拜服。

船到岸时，周瑜已差五百军在江边等候搬箭。孔明教于船上取之，可得十余万枝，都搬入中军帐交纳。鲁肃入见周瑜，备说孔明取箭之事。瑜大惊，慨然叹曰："孔明神机妙算，吾不如也！"后人有诗赞曰：

一天浓雾满长江，远近难分水渺茫。骤雨飞蝗来战舰，孔明今日伏周郎。

少顷，孔明入寨见周瑜。瑜下帐迎之，称羡曰："先生神算，使人敬服。"孔明曰："诡谲小计，何足为奇。"瑜邀孔明入帐共饮。瑜曰："昨吾主遣使来催督进军，瑜未有奇计，愿先生教我。"孔明曰："亮乃碌碌庸才，安有妙计？"瑜曰："某昨观曹操水寨，极是严整有法，非等闲可攻。思得一计，不知可否。先生幸为我一决之。"孔明曰："都督且休言。各自写于手内，看同也不同。"瑜大喜，教取笔砚来，先自暗写了，却送与孔明；孔明亦暗写了。两个移近坐榻，各出掌中之字，互相观看，皆大笑。原来周瑜掌中字，乃一"火"字；孔明掌中，亦一"火"字。瑜曰："既我两人所见相同，更无疑矣。幸勿漏泄。"孔明曰："两家公事，岂有漏泄之理。吾料曹操虽两番经我这条计，然必不为备。今都督尽行之可也。"饮罢分散，诸将皆不知其事。

却说曹操平白折了十五六万箭，心中气闷。荀攸进计曰："江东有周瑜、诸葛亮二人用计，急切难破。可差人去东吴诈降，为奸细内应，以通消息，方可图也。"操曰："此言正合吾意。汝料军中谁可行此计？"攸曰："蔡瑁被诛，蔡氏宗族，皆在军中。瑁之族弟蔡中、蔡和现为副将。丞相可以恩结之，差往诈降东吴，必不见疑。"操从之，当夜密唤二人入帐嘱付曰："汝二人可引些少军士，去东吴诈降。但有动静，使人密报。事成之后，重加封赏。休怀二心！"二人曰："吾等妻子俱在荆州，安敢怀二心，丞相勿疑。某二人必取周瑜、诸葛亮之首，献于麾下。"操厚赏之。次日，二人带五百军士，驾船数只，顺风望着南岸来。

且说周瑜正理会进兵之事，忽报江北有船来到江口，称是蔡瑁之弟蔡和、蔡中，特来投降。瑜唤入。二人哭拜曰："吾兄无罪，被操贼所杀。吾二人欲报兄仇，特来投降。望赐收录，愿为前部。"瑜大喜，重赏二人，即命与甘宁引军为前部。二人拜谢，以为中计。瑜密唤甘宁分付曰："此二人不带家小，非真投降，乃曹操使来为奸细者。吾今欲将计就计，教他通报消息。汝可殷勤相待，就里提防。至出兵之日，先要杀他两个祭旗。汝切须小心，不可有误。"甘宁领命而去。鲁肃入见周瑜曰："蔡中、蔡和之降，多应是诈，不可收用。"瑜叱曰："彼因曹操杀其兄，欲报仇而来降，何诈之有！你若如此多疑，安能容天下之士乎！"肃默然而退，乃往告孔明。孔明笑而不言。肃曰："孔明何故哂笑？"孔明曰："吾笑子敬不识公瑾用计耳。大江隔远，细作极难往来。操使蔡中、蔡和诈降，刺探我军中事，公瑾将计就计，正要他通报消息。'兵不厌诈'，公瑾之谋是也。"肃方才省悟。

却说周瑜夜坐帐中，忽见黄盖潜入中军来见周瑜。瑜问曰："公覆夜至，必有良谋见教？"盖曰："彼众我寡，不宜久持，何不用火攻之？"瑜曰："谁教公献此计？"盖曰："某出自己意，非他人之所教也。"瑜曰："吾正欲如此，故留蔡中、蔡和诈降之人，以通消息；但恨无一人为我行诈降计耳。"盖曰："某愿行此计。"瑜曰："不受些苦，彼如何肯信？"盖曰："某受孙氏厚恩，虽肝脑涂地，亦无怨悔。"瑜拜而谢之曰："君若肯行此苦肉计，则江东之万幸也。"盖曰："某死亦无怨。"遂谢而出。

次日，周瑜鸣鼓大会诸将于帐下。孔明亦在座。周瑜曰："操引百万之众，连络三百馀里，非一日可破。今令诸将各领三个月粮草，准备御敌。"言未讫，黄盖进曰："莫说三个月，便支三十个月粮草，也不济事！若是这个月破得，便破；若是这个月破不的，只可依张子布之言，弃甲倒戈，北面而降之耳！"周瑜勃然变色，大怒曰："吾奉主公之命，督兵破曹，敢有再言降者必斩。今两军相敌之际，汝敢出此言，慢我军心，不斩汝首，难以服众！"喝左右将黄盖斩讫报来。黄盖亦怒曰："吾自随破虏将军，纵横东南，已历三世，那有你来？"瑜大怒，喝令速斩。甘宁进前告曰："公覆乃东吴旧臣，望宽恕之。"瑜喝曰："汝何敢多言，乱吾法度！"先叱左右将甘宁乱棒打出。众官皆跪告曰："黄盖罪固当诛，但于军不利。望都督宽恕，权且记罪。破曹之后，斩亦未迟。"瑜怒未息。众官苦苦告求。瑜曰："若不看众官面皮，决须斩首！今且免死！"命左右："拖翻打一百脊杖，以正其罪！"众官又告免。瑜推翻案桌，叱退众官，喝教行杖。将黄盖剥了衣服，拖翻在地，打了五十脊杖。众官又复苦苦求免。瑜跃起指盖曰："汝敢小觑我耶！且寄下五十棍！再有怠慢，二罪俱罚！"恨声不绝而入帐中。

众官扶起黄盖，打得皮开肉绽，鲜血迸流，扶归本寨，昏绝几次。动问之人，无不下泪。鲁肃也往看问了，来至孔明船中，谓孔明曰："今日公瑾怒责公覆，我等皆是他部下，不敢犯颜苦谏；先生是客，何故袖手旁观，不发一语？"孔明笑曰："子敬欺我。"肃曰："肃与先生渡江以来，未尝一事相欺。今何出此言？"孔明曰："子敬岂不知公瑾今日毒打黄公覆，乃其计耶？如何要我劝他？"肃方悟。孔明曰："不用苦肉计，何能瞒过曹操？今必令黄公覆去诈降，却教蔡中、蔡和报知其事矣。子敬见公瑾时，切勿言亮先知其事，只说亮也埋怨都督便了。"肃辞去，入帐见周瑜。瑜邀入帐后。肃曰："今日何故痛责黄公覆？"瑜曰："诸将怨否？"肃曰："多有心中不安者。"瑜曰："孔明之意若何？"肃曰："他也埋怨都督忒情薄。"瑜笑曰："今番须瞒过他也。"肃曰："何谓也？"瑜曰："今日痛打黄盖，乃计也。吾欲令他诈降，先须用苦肉计瞒过曹操，就中用火攻之，可以取胜。"肃乃暗思孔明之高见，却不敢明言。

且说黄盖卧于帐中，诸将皆来动问。盖不言语，但长吁而已。忽报参谋阚泽来问。盖令请入卧内，叱退左右。阚泽曰："将军莫非与都督有仇？"盖曰："非也。"泽曰："然则公之受责，莫非苦肉计乎？"盖曰："何以知之？"泽曰："某观公瑾举动，已料着八九分。"盖曰："某受吴侯三世厚恩，无以为报，故献此计，以破曹操。吾虽受苦，亦无所恨。吾遍观军中，无一人可为心腹者。惟公素有忠义之心，敢以心腹相告。"泽曰："公之告我，无非要我献诈降书耳。"盖曰："实有此意。未知肯否？"阚泽欣然领诺。正是：勇将轻身思报主，谋臣为国有同心。未知阚泽所言若何，且看下文分解。

第八十四回　陆逊营烧七百里　孔明巧布八阵图

却说韩当、周泰探知先主移营就凉，急来报知陆逊。逊大喜，遂引兵自来观看动静：只见平地一屯，不满万余人，大半皆是老弱之众，大书"先锋吴班"旗号。周泰曰："吾视此等兵如儿戏耳。愿同韩将军分两路击之。如其不胜，甘当军令。"陆逊看了良久，以鞭指曰："前面山谷中，隐隐有杀气起；其下必有伏兵，故于平地设此弱兵，以诱我耳。诸公切不可出。"众将听了，皆以为懦。

次日，吴班引兵到关前搦战，耀武扬威，辱骂不绝；多有解衣卸甲，赤身裸体，或睡或坐。徐盛、丁奉入帐禀陆逊曰："蜀兵欺我太甚！某等愿出击之！"逊笑曰："公等但恃血气之勇，未知孙、吴妙法。此彼诱敌之计也：三日后必见其诈矣。"徐盛曰："三日后，彼移营已定，安能击之乎？"逊曰："吾正欲令彼移营也。"诸将哂笑而退。过三日后，会诸将于关上观望，见吴班兵已退去。逊指曰："杀气起矣。刘备必从山谷中出也。"言未毕，只见蜀兵皆全装惯束，拥先主而过。吴兵见了，尽皆胆裂。逊曰："吾之不听诸公击班者，正为此也。今伏兵已出，旬日之内，必破蜀矣。"诸将皆曰："破蜀当在初时，今连营五六百里，相守经七八月，其诸要害，皆已固守，安能破乎？"逊曰："诸公不知兵法。备乃世之枭雄，更多智谋，其兵始集，法度精专；今守之久矣，不得我便，兵疲意阻，取之正在今日。"诸将方才叹服。后人有诗赞曰：

虎帐谈兵按《六韬》，安排香饵钓鲸鳌。三分自是多英俊，又显江南陆逊高。

却说陆逊已定了破蜀之策，遂修笺遣使奏闻孙权，言指日可以破蜀之意。权览毕，大喜曰："江东复有此异人，孤何忧哉！诸将皆上书言其懦，孤独不信。今观其言，果非懦也。"于是大起吴兵来接应。

却说先主于猇亭尽驱水军，顺流而下，沿江屯扎水寨，深入吴境。黄权谏曰："水军沿江而下，进则易，退则难。臣愿为前驱。陛下宜在后阵，庶万无一失。"先主曰："吴贼胆落，朕长驱大进，有何碍乎？"众官苦谏，先主不从。遂分兵两路：命黄权督江北之兵，以防魏寇；先主自督江南诸军，夹江分立营寨，以图进取。细作探知，连夜报知魏主，言"蜀兵伐吴，树栅连营，纵横七百余里，分四十余屯，皆傍山林下寨；今黄权督兵在江北岸，每日出哨百余里，不知何意。"

魏主闻之，仰面笑曰："刘备将败矣！"群臣请问其故。魏主曰："刘玄德不晓兵法：岂有连营七百里，而可以拒敌乎？包原隰险阻屯兵者，此兵法大忌也。玄德必败于东吴陆逊之手。旬日之内，消息必至矣。"群臣犹未信，皆请拨兵备之。魏主曰："陆逊若胜，必尽举吴兵去取西川；吴兵远去，国中空虚，朕虚托以兵助战，令三路一齐进兵，东吴唾手可取也。"众皆拜服。魏主下令，使曹仁督一军出濡须，曹休督一军出洞口，曹真督一军出南部："三路军马会合日期，暗袭东吴。朕随后自来接应。"调遣已定。

不说魏兵袭吴。且说马良至川，入见孔明，呈上图本而言曰："今移营夹江，横占七百里，下四十余屯，皆依溪傍涧，林木茂盛之处。皇上令良将图本来与丞相观之。"孔明看讫，拍案叫苦曰："是何人教主上如此下寨？可斩此人！"马良曰："皆主上自为，非他人之谋。"孔明叹曰："汉朝气数休矣！"良问其故。孔明曰："包原隰险阻而结营，此兵家之大忌。倘彼用火攻，何以解救？又，岂有连营七百里而可拒敌乎？祸不远矣！陆逊拒守不出，正为此也。汝当速去见天子，改屯诸营，不可如此。"良曰："倘今吴兵已胜，如之奈何？"孔明曰："恐魏兵袭其后也。主上若有失，当投白帝城避之。吾入川时，已伏下十万兵在鱼腹浦矣。"良大惊曰："某于鱼腹浦往来数次，未尝见一卒，丞相何作此诈语？"孔明曰："后来必见，不劳多问。"马良求了表章，火速投御营来。孔明自回成都，调拨军马救应。

却说陆逊见蜀兵懈怠，不复提防，升帐聚大小将士听令曰："吾自受命以来，未尝出战。今观蜀兵，足知动静，故欲先取江南岸一营。谁敢去取？"言未毕，韩当、周泰、凌统等应声而出曰："某等愿往。"逊教皆退不用，独唤阶下末将淳于丹："吾与汝五千军，去取江南第四营：蜀将傅彤所守。今晚就要成功。吾自提兵接应。"淳于丹引兵去了，又唤徐盛、丁奉曰："汝等各领兵三千，屯于寨外五里。如淳于丹败回，有兵赶来，当出救之，却不可追去。"二将自引军去了。

却说淳于丹于黄昏时分，领兵前进，到蜀寨时，已三更之后。丹令众军鼓噪而入。蜀营内傅彤引军杀出，挺枪直取淳于丹；丹敌不住，拨马便回。忽然喊声大震，一彪军拦住去路：为首大将赵融。丹夺路而走，折兵大半。正走之间，山后一彪蛮兵拦住：为首番将沙摩柯。丹死战得脱，背后三路军赶来。比及离营五里，吴军徐盛、丁奉二人两下杀来，蜀兵退去，救了淳于丹回营。丹带箭入见陆逊请罪。逊曰："非汝之过也。吾欲试敌人之虚实耳。破蜀之计，吾已定矣。"徐盛、丁奉曰："蜀兵势大，难以破之，空自损兵折将耳。"逊笑曰："吾这条计，但瞒不过诸葛亮耳。天幸此人不在，使我成大功也。"

遂集大小将士听令：使朱然于水路进兵，来日午后东南风大作，用船装载茅草，依计而行；韩当引一军攻江北岸，周泰引一军攻江南岸，每人手执茅草一把，内藏硫磺焰硝，各带火种，各执枪刀，一齐而上，但到蜀营，顺风举火；蜀兵四十屯，只烧二十屯，每间一屯烧一屯。各军预带干粮，不许暂退，昼夜追袭，只擒了刘备方止。众将听了军令，各受计而去。

却说先主正在御营寻思破吴之计，忽见帐前中军旗幡，无风自倒。乃问程畿曰："此为何兆？"畿曰："今夜莫非吴兵来劫营？"先主曰："昨夜杀尽，安敢再来？"畿曰："倘是陆逊试敌，奈何？"正言间，人报山上远远望见吴兵尽沿山望东去了。先主曰："此是疑兵。"令众休动，命关兴、张苞各引五百骑出巡。黄昏时分，关兴回奏曰："江北营中火起。"先主急令关兴往江北，张苞往江南，探看虚实："倘吴兵到时，可急回报。"二将领命去了。

初更时分，东南风骤起。只见御营左屯火发。方欲救时，御营右屯又火起。风紧火急，树木皆着，喊声大震。两屯军马齐出，奔离御营中，御营军自相践踏，死者不知其数。后面吴军杀到，又不知多少军马。先主急上马，奔冯习营时，习营中火光连天而起。江南、江北，照耀如同白日。冯习慌上马引数十骑而走。正逢吴将徐盛军到，敌住厮杀。先主见了，拨马投西便走。徐盛舍了冯习，引兵追来。先主正慌，前面又一军拦住，乃是吴将丁奉，两下夹攻。先主大惊，四面无路。忽然喊声大震，一彪军杀入重围，乃是张苞，救了先主，引御林军奔走。正行之间，前面一军又到，乃蜀将傅彤也，合兵一处而行。背后吴兵追至。先主前到一山，名马鞍山。张苞、傅彤请先主上的山时，山下喊声又起：陆逊大队人马，将马鞍山围住。张苞、傅彤死据山口。先主遥望遍野火光不绝，死尸重叠，塞江而下。

次日，吴兵又四下放火烧山，军士乱窜，先主惊慌。忽然火光中一将引数骑杀上山来，视之，乃关兴也。兴伏地请曰："四下火光逼近，不可久停。陛下速奔白帝城，再收军马可也。"先主曰："谁敢断后？"傅彤奏曰："臣愿以死当之！"当日黄昏，关兴在前，张苞在中，留傅彤断后，保着先主，杀下山来。吴兵见先主奔走，皆要争功，各引大军，遮天盖地，往西追赶。先主令军士尽脱袍铠，塞道而焚，以断后军。正奔走间，喊声大震，吴将朱然引一军从江岸边杀来，截住去路。先主叫曰："朕死于此矣！"关兴、张苞纵马冲突，被乱箭射回，各带重伤，不能杀出。背后喊声又起，陆逊引大军从山谷中杀来。

先主正慌急之间，此时天色已微明，只见前面喊声震天，朱然军纷纷落涧，滚滚投岩：一彪军杀入，前来救驾。先主大喜，视之，乃常山赵子龙也。时赵云在川中江州，闻吴、蜀交兵，遂引军出；忽见东南一带火光冲天，云心惊，远远探视，不想先主被困，云奋勇冲杀而来。陆逊闻是赵云，急令军退。云正杀之间，忽遇朱然，便与交锋；不一合，一枪刺朱然于马下，杀散吴兵，救出先主，望白帝城而走。先主曰："朕虽得脱，诸将士将奈何？"云曰："敌军在后，不可久迟。陛下且入白帝城歇息，臣再引兵去救应诸将。"此时先主仅存百余人入白帝城。后人有诗赞陆逊曰：

持矛举火破连营，玄德穷奔白帝城。一旦威名惊蜀魂，吴王宁不敬书生。

却说傅彤断后，被吴军八面围住。丁奉大叫曰："川兵死者无数，降者极多，汝主刘备已被擒获。今汝力穷势孤，何不早降？"傅彤叱曰："吾乃汉将，安肯降吴狗乎？"挺枪纵马，率蜀军奋力死战，不下百余合，往来冲突，不能得脱。彤长叹曰："吾今休矣！"言讫，口中吐血，死于吴军之中。后人赞傅彤诗曰：

彝陵吴蜀大交兵，陆逊施谋用火焚。至死犹然骂"吴狗"，傅彤不愧汉将军。

蜀祭酒程畿，匹马奔至江边，招呼水军赴敌，吴兵随后追来，水军四散奔逃。畿部将叫曰："吴兵至矣！程祭酒快走罢！"畿怒曰："吾自从主上出军，未尝赴敌而逃！"言未毕，吴兵骤至，四下无路，畿拔剑自刎。后人有诗赞曰：

慷慨蜀中程祭酒，身留一剑答君王。临危不改平生志，博得声名万古香。

时吴班、张南久围彝陵城，忽冯习到，言蜀兵败，遂引军来救先主，孙桓方才得脱。张、冯二将正行之间，前面吴兵杀来，背后孙桓从彝陵城杀出，两下夹攻。张南、冯习奋力冲突，不能得脱，死于乱军之中。后人有诗赞曰：

冯习忠无二，张南义少双：沙场甘战死，史册共流芳。

吴班杀出重围，又遇吴兵追赶；幸得赵云接着，救回白帝城去了。时有蛮王沙摩柯，匹马奔走，正逢周泰，战二十余合，被泰所杀。蜀将杜路、刘宁尽皆降吴。蜀营一应粮草器仗，尺寸不存。蜀将川兵，降者无数。时孙夫人在吴，闻猇亭兵败，讹传先主死于军中，遂驱车至江边，望西遥哭，投江而死。后人立庙江滨，号曰枭姬祠。尚论者作诗叹之曰：

先主兵归白帝城，夫人闻难独捐生。至今江畔遗碑在，犹著千秋烈女名。

却说陆逊大获全功，引得胜之兵，往西追袭。前离夔关不远，逊在马上看见前面临山傍江，一阵杀气，冲天而起；遂勒马回顾众将曰："前面必有埋伏，三军不可轻进。"即倒退十余里，于地势空阔处，排成阵势，以御敌军；即差哨马前去探视。回报并无军屯在此，逊不信，下马登高望之，杀气复起。逊再令人仔细探视，哨马回报，前面并无一人一骑。逊见日将西沉，杀气越加，心中犹豫，令心腹人再往探看。回报江边止有乱石八九十堆，并无人马。逊大疑，令寻土人问之。须臾，有数人到。逊问曰："何人将乱石作堆？如何乱石堆中杀气冲起？"土人曰："此处地名鱼腹浦。诸葛亮入川之时，驱兵到此，取石排成阵势于沙滩之上。自此常常有气如云，从内而起。"

陆逊听罢，上马引数十骑来看石阵，立马于山坡之上，但见四面八方，皆有门有户。逊笑曰："此乃惑人之术耳，有何益焉！"遂引数骑下山坡来，直入石阵观看。部将曰："日暮矣，请都督早回。"逊方欲出阵，忽然狂风大作，一霎时，飞沙走石，遮天盖地。但见怪石嵯峨，槎桠似剑；横沙立土，重叠如山；江声浪涌，有如剑鼓之声。逊大惊曰："吾中诸葛之计也！"急欲回时，无路可出。正惊疑间，忽见一老人立于马前，笑曰："将军欲出此阵乎？"逊曰："愿长者引出。"老人策杖徐徐而行，径出石阵，并无所碍，送至山坡之上。逊问曰："长者何人？"老人答曰："老夫乃诸葛孔明之岳父黄承彦也。昔小婿入川之时，于此布下石阵，名'八阵图'。反复八门，按遁甲休、生、伤、杜、景、死、惊、开。每日每时，变化无端，可比十万精兵。临去之时，曾分付老夫道：'后有东吴大将迷于阵中，莫要引他出来。'老夫适于山岩之上，见将军从'死门'而入，料想不识此阵，必为所迷。老夫平生好善，不忍将军陷没于此，故特自'生门'引出也。"逊曰："公曾学此阵法否？"黄承彦曰："变化无穷，不能学也。"逊慌忙下马拜谢而回。后杜工部有诗曰：

功盖三分国，名成八阵图。江流石不转，遗恨失吞吴。

陆逊回寨，叹曰："孔明真'卧龙'也！吾不能及！"于是下令班师。左右曰："刘备兵败势穷，困守一城，正好乘势击之；今见石阵而退，何也？"逊曰："吾非俱石阵而退；吾料魏主曹丕，其奸诈与父无异，今知吾追赶蜀兵，必乘虚来袭。吾若深入西川，急难退矣。"遂令一将断后，逊率大军而回。退兵未及二日，三处人马来飞报："魏兵曹仁出濡须，曹休出洞口，曹真出南部：三路兵马数十万，星夜至境，未知何意。"逊笑曰："不出吾之所料。吾已令兵拒之矣。"正是：雄心方欲吞西蜀，胜算还须御北朝。未知如何退兵，且看下文分解。

（顾淑勤编，摘自罗贯中著：《三国演义》，人民文学出版社，2007）

第四十四章　施耐庵及《水浒》

第一节　施耐庵简介

施耐庵，元末明初的文学家，本名彦端，号子安，别号耐庵。是中国文学史上最杰出的作家之一，其作品《水浒》可谓家喻户晓。

施耐庵的籍贯一直颇有争议。自从在江苏大丰、兴化一带发现了施耐庵的一些史料文物后，经过学者研究，基本上认为祖籍是泰州海陵县，鼻祖世居兴化，后迁苏州。但也有一种观点认为，《水浒》中对杭州地理的准确描述以及明显的杭州方言痕迹证明施耐庵是杭州人。

关于施耐庵的生平，也因缺乏史料而众说纷纭。依据后来在兴化发现的史料、传说及习俗等信息推断，其生平可概括为定居兴化，游历南到江浙，北到淮安。施耐庵于元明宗至顺二年（1331）中进士，曾在钱塘为官二年，因与当权者不和，弃职还乡，闭门著述，与拜他为师的罗贯中一起研究《三国演义》、《三遂平妖传》的创作，搜集整理关于梁山泊宋江等英雄人物的故事，最终写成"中国古典四大名著"之一的《水浒》。

施耐庵在《水浒》中热情地歌颂了在这一过程中涌现出来的宋江、林冲、鲁智深、武松、李逵等梁山英雄，以及"八方共域，异姓一家"的农民革命理想，形象地展示了这次农民起义演变为悲剧的内在历史原因。梁山好汉们的造反尽管也把封建王朝搞得天翻地覆，其目的却不是要创造一个新的社会制度。梁山起义的悲剧也正是表现了封建社会里农民起义的那种无法超越的历史局限性。施耐庵如实地反映了农民起义本身这个不可克服的缺点，从而生动地描写了梁山起义由小到大、由弱到强而又转为失败的全过程，深刻地揭示了农民起义的规律性。

施耐庵博古通今，才气横溢，举凡群经诸子、词章诗歌、天文、地理、医卜、星象等，无不精通。他以其高度的艺术表现手法，丰富生动的文学语言，叙述了许多引人入胜的故事，同时将以宋江为首的梁山泊一百零八位好汉形象刻画得淋漓尽致。施耐庵的文化修养极高，在塑造人物时，他既植根于现实，又把自己的爱憎感情熔铸在人物身上，如吴用的机智过人，李逵的赤胆忠心，以及对武松打虎、鲁智深倒拔垂杨柳等夸张的描写，结合了现实主义和浪漫主义写作手法。在刻画人物时，往往在人物第一次出场时，首先通过肖像描写，展示人物独特的性格特征，如对行者武松，写他"一双眼光射寒星，两弯眉浑如刷漆"，一下子就揭示出武松精明英武的性格特征。这是《水浒》的一大特色。

在《水浒》中，施耐庵擅长以流利纯熟的白话来刻画人物的性格和描述各种场景，使人物和场景显得极其生动活泼。特别是写人物对话时，更是闻其声如见其人。有了《水浒》，白话文体在小说创作方面的优势得到了完全的确立，这在整个中国文学史上的意义极为深远。

第二节　《水浒》简介

《水浒》的全称是《忠义水浒传》，另有一别名叫《英雄谱》（与《三国演义》合刻），是中国文学史上第一部全面真实地反映农民起义的白话长篇小说，在中国和世界文学史上占有极其重要的地位。

《水浒》取材于北宋末年梁山泊起义的故事。起义的酝酿、形成和发展过程纵贯全篇，深刻反映广阔的社会生活，其间连接着一个个相对独立、自成一体的主要人物的故事。这些故事自身在结构上既纵横开阖、各显特色，又是整个水浒故事的有机组成部分。

《水浒》的结构可分为两大段。前七十回是第一大段，主要描写抨击统治阶级的腐朽残忍和歌颂起义英雄的反抗行为。七十一回后，写受招安、征辽、征方腊。前半部分写人民反官府，反映了阶级矛盾；后半部分写忠臣反奸臣，则反映了统治阶级的内部矛盾。宋江被招安后，水浒英雄始终受奸臣排挤、打击和陷害，最后宋江等被奸臣害死。这样的悲剧结局，指出了统治者和被统治者、忠与奸之间矛盾的不可调和性，揭示了农民起义的一般归宿，指出了农民阶级的局限性。

《水浒》最值得称道的地方，无疑是在人物形象的塑造方面。作者善于把人物置身于真实环境中，紧扣人物的身份、经历、遭遇，成功地塑造了李逵、鲁智深、林冲、武松等众多鲜明的英雄形象。而在英雄人物的塑造上，总是把人物置于生死存亡的关头，以其行动和语言显示其性格特点。如在"劫法场石秀跳楼"一回，通过石秀几个异常敏捷动作的白描，把他当机立断、临危不惧的性格表现得入木三分。

《水浒》的情节生动曲折，大小事件都写得跌宕起伏，引人入胜。有一些段落，人物众多，场面精彩，如"智取生辰纲"、"三打祝家庄"等。而每一组的情节又往往是人物的性格发展史，如"景阳冈打虎"、"斗杀西门庆"、"醉打蒋门神"、"大闹飞云浦"、"血溅鸳鸯楼"等情节，使人自然而然想起武松。

《水浒》在文学成就上受到后世不少文学评论家的赞许：金圣叹将《水浒传》与《离骚》、《庄子》、《史记》、"杜诗"、《西厢记》合称为"六才子书"。它与《三国演义》、《西游记》、《红楼梦》共列"中国古典四大名著"。

英、美、德、法、日等国大百科全书对《水浒》都有很高的评价。如《大英百科全书》说："元末清初的小说《水浒传》因以通俗的口语形式出现于历史杰作的行列而获得普遍的喝彩，它被认为是最有意义的一部文学作品。"《水浒》的各种语言译本众多，有拉丁文、英文、法文、德文、意大利文、俄文、匈牙利文、捷克斯洛伐克文、波兰文、朝鲜文、越南文、泰文、日文等。它在世界上广为流传，对一些国家的文学产生了巨大的影响。国外各大图书馆收藏了《水浒》的重要版本。各国文字对此的研究论著更是层出不穷。

第三节　《水浒》选段

第二十三回　横海郡柴进留宾　景阳冈武松打虎

诗曰：

> 延士声华似孟尝，有如东阁纳贤良。
> 武松雄猛千夫惧，柴进风流四海扬。
> 自信一身能杀虎，浪言三碗不过冈。
> 报兄诛嫂真奇特，赢得高名万古香。

话说宋江因躲一杯酒，去净手了，转出廊下来，趿了火锨柄，引得那汉焦躁，跳将起来，就欲要打宋江。柴进赶将出来，偶叫起宋押司，因此露出姓名来。那大汉听得是宋江，跪在地下，那里肯起，说道："小人有眼不识泰山，一时冒渎兄长，望乞恕罪！"宋江扶起那汉，问道："足下是谁？高姓大名？"柴进指着道："这人是清河县人氏，姓武名松，排行第二。今在此间一年也。"宋江道："江湖上多闻说武二郎名字，不期今日却在这里相会。多幸，多幸！"柴进道："偶然豪杰相聚，实是难得，就请同做一席说话。"宋江大喜，携住武松的手，一同到后堂席上，便唤宋清与武松相见。柴进便邀武松坐地。宋江连忙让他一同在上面坐，武松那里肯坐，谦了半响，武松坐了第三位。柴进教再整杯盘，来劝三人痛饮。宋江在灯下看那武松时，果然是一条好汉。但见：

> 身躯凛凛，相貌堂堂。一双眼光射寒星，两弯眉浑如刷漆。胸脯横阔，有万夫难敌之威风；语语轩昂，吐千丈凌云之志气。心雄胆大，似撼天狮子下云端；骨尖筋强，如摇地貔貅临座上。如同天上降魔主，真是人间太岁神。

当下宋江看了武松这表人物，心中甚喜，便问武松道："二郎因何在此？"武松答道："小弟在清河县，因酒后醉了，与本处机密相争，一时间怒起，只一拳打得那厮昏沉。小弟只道他死了，因此一径地逃来，投奔大官人处躲灾避难，今已一年有余。后来打听得那厮却不曾死，救得活了。今欲正要回乡去寻哥哥，不想染患疟疾，不能勾动身回去。却才正发寒冷，在那廊下向火，被兄长趿了锨柄，吃了那一惊，惊出一身冷汗，觉得这病好了。"宋江听了大喜，当夜饮至三更。酒罢，宋江就留武松在西轩下做一处安歇。次日起来，柴进安排席面，杀羊宰猪，管待宋江，不在话下。

过了数日，宋江将出些银两来，与武松做衣裳。柴进知道，那里肯要他坏钱，自取出一箱缎匹绸绢，门下自有针工，便教做三人的称体衣裳。说话的，柴进因何不喜武松？原来武松初来投奔柴进时，也一般接纳管待。次后在庄上，但吃醉了酒，性气刚，庄客有些顾管不到处，他便要下拳打他们，因此满庄里庄客没一个道他好。众人只是嫌他，都去柴进面前告诉他许多不是处。柴进虽然不赶他，只是相待得他慢了。却得宋江每日带挈他一处饮酒相陪，武松的前病都不发了。相伴宋江住了十数日，武松思乡，要回清河县看望哥哥。柴进、宋江两个，都留他再住几时，武松道："小弟的哥哥多时不通信息，因此要去望他。"宋江道："实是二郎要去，不敢苦留。如若得闲时，再来相会几时。"武松相谢了宋江。柴进取出些金银送与武松，武松谢道："实是多多相扰了大官人。"武松缚了包裹，拴了梢棒要行，柴进又治酒食送路。武松穿了一领新纳红绸袄，戴着个白范阳毡笠儿，背上包裹，提了杆棒，相辞了便行。宋江道："弟兄之情，贤弟少等一等。"回到自己房内，取了些银两，赶出到庄门前来，说道："我送兄弟一程。"宋江和兄弟宋清两个送武松，待他辞了柴大官人，宋江也道："大官人，暂别了便来。"三个离了柴进东庄，行了五七里路，武松作别道："尊兄，远了，请回。柴大官人必然专望。"宋江道："何妨再送几步。"路上说些闲话，不觉又过了三二里。武松挽住宋江说道："尊兄不必远送，常言道：送君千里，终须一别。"宋江指着道："容我再行几步。兀那官道上有个小酒店，我们吃三钟了作别。"三个来到酒店里，宋江上首坐了，武松倚了梢棒，下席坐了，宋清横头坐定。便叫酒保打酒来，且买些盘馔果品菜蔬之类，都搬来摆在桌子上。三个人饮了几杯，看看红日平西，武松便道："天色将晚，哥哥不弃武二时，就此受武二四拜，拜为义兄。"宋江大喜，武松纳头拜了四拜。宋江叫宋清身边取出一锭十两银子，送与武松。武松那里肯受，说道："哥哥客中自用盘费。"宋江道："贤弟不必多虑。你若推却，我便不认你做兄弟。"武松只得拜受了，收放缠袋里。宋江取些碎银子，还了酒钱，武松拿了梢棒，三个出酒店前来作别。武松堕泪，拜辞了自去。宋江和宋清立在酒店门前，望武松不见了，方才转身回来。行不到五里路头，只见柴大官人骑着马，背后牵着两匹空马来接。宋江望见了大喜，一同上马回庄上来。下了马，请入后堂饮酒。宋江弟兄两个，自此只在柴大官人庄上。话分两头，有诗为证：

> 别意悠悠去路长，挺身直上景阳冈。
> 醉来打杀山中虎，扬得声名满四方。

只说武松自与宋江分别之后，当晚投客店歇了。次日早起来，打火吃了饭，还了房钱，拴束包裹，提了梢棒，便走上路。寻思道："江湖上只闻说及时雨宋公明，果然不虚。结识得这般弟兄，也不枉了。"武松在路上行了几日，来到阳谷县地面。此去离县治还远。当日晌午时分，走得肚中饥渴，望见前面有一个酒店，挑着一面招旗在门前，上头写着五个字道："三碗不过冈"。武松入到里面坐下，把梢棒倚了，叫道："主人家，快把酒来吃。"只见店主人把三只碗、一双箸、一碟热菜，放在武松面前，满满筛一碗酒来。武松拿起碗，一饮而尽，叫道："这酒好生有气力！主人家，有饱肚的买些吃酒。"酒家道："只有熟牛肉。"武松道："好的切二三斤来吃酒。"店家去里面切出二斤熟牛肉，做一大盘子将来，放在武松面前，随即再筛一碗酒。武松吃了道："好酒！"又筛下一碗，恰好吃了三碗酒，再也不来筛。武松敲着桌子叫道："主人家，怎的不来筛酒？"酒家道："客官要肉便添来。"武松道："我也要酒，也再切些肉来。"酒家道："肉便切来，添与客官吃，酒却不添了。"武松道："却又作怪。"便问主人家道："你如何不肯卖酒与我吃？"酒家道："客官，你须见我门前招旗，上面明明写道'三碗不过冈'。"武松道："怎地唤做三碗不过冈？"酒家道："俺家的酒，虽是村酒，却比老酒的滋味。但凡客人来我店中吃了三碗的，便醉了，过不得前面的山冈去。因此唤做'三碗不过冈'。若是过往客人到此，只吃三碗，更不再问。"武松笑道："原来恁地。我却吃了三碗，如何不醉？"酒家道："我这酒叫做'透瓶香'，又唤做'出门倒'。初入口时，醇酽好吃，少刻时便倒。"武松道："休要胡说。没地不还你钱，再筛三碗来我吃。"酒家见武松全然不动，又筛三碗。武松吃道："端的好酒！主人家，我吃一碗，还你一碗钱，只顾筛来。"酒家道："客官休只管要饮，这酒端的要醉倒人，没药医。"武松道："休得胡鸟说！便是你使蒙汗药在里面，我也有鼻子。"店家被他发话不过，一连又筛了三碗。武松道："肉便再把二斤来吃。"酒家又切了二斤熟牛肉，再筛了三碗酒。武松吃得口滑，只顾要吃，去身边取出些碎银子，叫道："主人家，你且来看我银子，还你酒肉钱勾么？"酒家看了道："有余，还有些贴钱与你。"武松道："不要你贴钱，只将酒来筛。"酒家道："客官，你要吃酒时，还有五六碗哩，只怕你吃不的了。"武松道："就有五六碗多时，你尽数筛将来。"酒家道："你这条长汉，倘或醉倒了时，怎扶的你住？"武松答道："要你扶的不算好汉。"酒家那里肯将酒来筛。武松焦躁道："我又不白吃你的，休要引老爹性发，通教你屋里粉碎，把你这鸟店子倒翻转来！"酒家道："这厮醉了，休惹他。"再筛了六碗酒与武松吃了。前后共吃了十五碗，绰了梢棒，立起身来道："我却又不曾醉。"走出门前来，笑道："却不说'三碗不过冈'！"手提梢棒便走。

酒家赶出来叫道："客官那里去？"武松立住了，问道："叫我作甚么？我又不少你酒钱，唤我怎地？"酒家叫道："我是好意。你且回来我家看官司榜文。"武松道："甚么榜文？"酒家道："如今前面景阳冈上，有只吊睛白额大虫，晚了出来伤人，坏了三二十条大汉性命。官司如今杖限打猎捕户，擒捉发落。冈子路口两边人民，都有榜文。可教往来客人，结伙成队，于巳、午、未三个时辰过冈，其余寅、卯、申、酉、戌、亥六个时辰，不许过冈。更兼单身客人，不许白日过冈，务要等伴结伙而过。这早晚正是未末申初时分，我见你走都不问人，枉送了自家性命。不如就我此间歇了，等明日慢慢凑的三二十人，一齐好过冈子。"武松听了，笑道："我是清河县人氏，这条景阳冈上少也走过了一二十遭，几时见说有大虫？你休说这般鸟话来吓我！便有大虫，我也不怕。"酒家道："我是好意救你。你不信我时，进来看官司榜文。"武松道："你鸟子声！便真个有虎，老爷也不怕。你留我在家里歇，莫不半夜三更要谋我财，害我性命，却把鸟大虫唬吓我？"酒家道："你看么！我是一片好心，反做恶意，倒落得你恁地说。你不信我时，请尊便自行。"正是：

> 前车到了千千辆，后车过了亦如然。
> 分明指与平川路，却把忠言当恶言。

那酒店主人摇着头，自进店里去了。这武松提了梢棒，大着步自过景阳冈来。约行了四五里路，来到冈子下，见一大树，刮去了皮，一片白，上写两行字。武松也颇识几字，抬头看时，上面写道："近因景阳冈大虫伤人，但有过往客商，可于巳、午、未三个时辰，结伙成队过冈。请勿自误。"武松看了，笑道："这是酒家诡诈，惊吓那等客人，便去那厮家里宿歇。我却怕甚么鸟？"横拖着梢棒，便上冈子来。那时已有申牌时分，这轮红日，厌厌地相傍下山。武松乘着酒兴，只管走上冈子来。走不到半里多路，见一个败落的山神庙。行到庙前，见这庙门上贴着一张印信榜文，武松住了脚读时，上面写道：

> 阳谷县示：为这景阳冈上新有一只大虫，近来伤害人命，见今杖限各乡里正并猎户人等，打捕未获。如有过往客商人等，可于巳、午、未三个时辰，结伴过冈。其余时分及单身客人，白日不许过冈，恐被伤害性命不便。各宜知悉。

武松读了印信榜文，方知端的有虎。欲待发步再回酒店里来，寻思道："我回去时，须吃他耻笑，不是好汉，难以转去。"存想一回，说道："怕甚么鸟！且只顾上去，看怎地！"武松正走，看看酒涌上来，便把毡笠儿背在脊梁上，将梢棒缩在肋下，一步步上那冈子来。回头看这日色时，渐渐地坠下去了。此时正是十月天气，日短夜长，容易得晚。武松自言自语道："那得甚么大虫！人自怕了，不敢上山。"武松走了一直，酒力发作，焦热起来，一只手提着梢棒，一只手把胸膛前袒开，踉踉跄跄，直奔过乱树林来。见一块光挞挞大青石，把那梢棒倚在一边，放翻身体，却待要睡，只见发起一阵狂风来。看那风时，但见：

> 无形无影透人怀，四季能吹万物开。
>
> 就树撮将黄叶去，入山推出白云来。

原来但凡世上云生从龙，风生从虎。那一阵风过处，只听得乱树背后扑地一声响，跳出一只吊睛白额大虫来。武松见了，叫声："呵呀！"从青石上翻将下来，便拿那条梢棒在手里，闪在青石边。那个大虫又饥又渴，把两只爪在地下略按一按，和身望上一扑，从半空里撺将下来。武松被那一惊，酒都做冷汗出了。说时迟，那时快，武松见那大虫扑来，只一闪，闪在大虫背后。那大虫背后看人最难，便把前爪搭在地上，把腰胯一掀，掀将起来。武松只一躲，躲在一边。大虫见掀他不着，吼一声，却似半天里起个霹雳，震得那山冈也动；把这铁棒也似虎尾倒竖起来，只一剪，武松却又闪在一边。原来那只大虫拿人，只是一扑，一掀，一剪，三般提不着时，气性先自没了一半。那大虫又剪不着，再吼了一声，一兜兜将回来。武松见那大虫复翻身回来，双手轮起梢棒，尽平生气力，只一棒，从半空劈将下来。只听得一声响，簌簌地将那树连枝带叶劈脸打将下来。定睛看时，一棒劈不着大虫。原来慌了，正打在枯树上，把那条梢棒折做两截，只拿得一半在手里。那大虫咆哮，性发起来，翻身又只一扑，扑将来。武松又只一跳，却退了十步远，那大虫却好把两只前爪搭在武松面前。武松将半截棒丢在一边，两只手就势把大虫顶花皮肐𩩍地揪住，一按按将下来。那只大虫急要挣扎，早没了气力，被武松尽气力纳定，那里肯放半点儿松宽。武松把只脚望大虫面门上、眼睛里只顾乱踢。那大虫咆哮起来，把身底下扒起两堆黄泥，做了一个土坑。武松把那大虫嘴直按下黄泥坑里去，那大虫吃武松奈何得没了些气力。武松把左手紧紧地揪住顶花皮，偷出右手来，提起铁锤般大小拳头，尽平生之力，只顾打。打得五七十拳，那大虫眼里、口里、鼻子里、耳朵里都迸出鲜血来。那武松尽平昔神威，仗胸中武艺，半歇儿把大虫打做一堆，却似躺着一个锦布袋。有一篇古风，单道景阳冈武松打虎。但见：

> 景阳冈头风正狂，万里阴云霾日光。
>
> 焰焰满川枫叶赤，纷纷遍地草芽黄。
>
> 触目晚霞挂林薮，亲任冷雾满穹苍。
>
> 忽闻一声霹雳响，山腰飞出兽中王。
>
> 昂头踊跃逞牙爪，谷口麇鹿皆奔忙。
>
> 山中狐兔潜踪迹，涧内獐猿惊且慌。
>
> 卞庄见后魂魄丧，存孝遇时心胆强。
>
> 清河壮士酒未醒，忽在冈头偶相迎。
>
> 上下寻人虎饥渴，撞着狰狞来扑人。
>
> 虎来扑人似山倒，人去迎虎如岩倾。
>
> 臂腕落时坠飞炮，爪牙爬处成泥坑。
>
> 拳头脚尖如雨点，淋漓两手鲜血染。
>
> 秽污腥风满松林，散乱毛须坠山崦。
>
> 近看千钧势未休，远观八面威风敛。
>
> 身横野草锦斑销，紧闭双睛光不闪。

当下景阳冈上那只猛虎，被武松没顿饭之间，一顿拳脚，打得那大虫动弹不得，使得口里兀自气喘。武松放了手，来松树边寻那打折的棒橛，拿在手里，只怕大虫不死，把棒橛又打了一回。那大虫气都没了。武松再寻思道："我就地拖得这死大虫下冈子去。"就血泊里双手来提，那里提得动！原来使尽了气力，手脚都酥软了，动弹不得。

武松再来青石坐了半歇，寻思道："天色看看黑了，倘或又跳出一只大虫来时，我却怎地斗得他过？且挣扎下冈子去，明早却来理会。"就石头边寻了毡笠儿，转过乱树林边，一步步捱下冈子来。走不到半里多路，只见枯草丛中钻出两只大虫来。武松道："呵呀，我今番死也！性命罢了！"只见那两个大虫黑影里直立起来，武松定睛看时，却是两个人，把虎皮缝做衣裳，紧紧拼在身上。那两个人手里各拿着一把五股叉，见了武松，吃一惊道："你那人吃了忽猣心，豹子肝，狮子腿，胆倒包着身躯！如何敢独自一个，昏黑将夜，又没器械，走过冈子来，不知你是人？是鬼？"武松道："你两个是甚么人？"那个人道："我们是本处猎户。"武松道："你们上岭来做甚么？"两个猎户失惊道："你兀自不知哩！如今景阳冈上有一只极大的大虫，夜夜出来伤人。只我们猎户，也折了七八个；过往客人，不计其数，都被这畜生吃了。本县知县着落当乡里正和我们猎户人等捕捉。那业畜势大，难近得他，谁敢向前！我们为他正不知吃了多少限棒，只捉他不得。今夜又该我们两个捕猎，和十数个乡夫在此，上上下下放了窝弓药箭等他。正在这里埋伏，却见你大咧咧地从冈子上走将下来，我两个吃了一惊。你却正是甚人？曾见大虫么？"武松道："我是清河县人氏，姓武，排行第二。却才冈子上乱树林边，正撞着那大虫，被我一顿拳脚打死了。"两个猎户听得痴呆了，说道："怕没这话！"武松道："你不信时，只看我身上兀自有血迹。"两个道："怎地打来？"武松把那打大虫的本事，再说了一遍。两个猎户听了，又惊又喜，叫拢那十个乡夫来。只见这十个乡夫，都拿着钢叉、踏弩、刀枪，随即拢来。武松问道："他们众人如何不随着你两个上山？"猎户道："便是那畜生利害，他们如何敢上来！"一伙十数个人，都在面前。两个猎户把武松打杀大虫的事，说向众人，众人都不肯信。武松道："你众人不肯信时，我和你去看便了。"众人身边都有火刀、火石，随即发出火来，点起五七个火把。众人都跟着武松，一同再上冈子来，看见那大虫做一堆儿死在那里。众人见了大喜，先叫一个去报知本县里正，并该管上户。这里五七个乡夫，自把大虫缚了，抬下冈子来。到得岭下，早有七八十人都哄将来，先把死大虫抬在前面，将一乘兜轿，抬了武松，径投本处一个上户家来。那上户、里正都在庄前迎接，把这大虫抬到草厅上。却有本乡上户、本乡猎户三二十人，都来相探武松。众人问道："壮士高姓大名？贵乡何处？"武松道："小人是此间邻郡清河县人氏，姓武名松，排行第二。因从沧州回乡来，昨晚在冈子那边酒店吃得大醉了，上冈子来，正撞见这畜生。"把那打虎的身分拳脚，细说了一遍。众上户道："真乃英雄好汉！"众猎户先把野味将来与武松把杯。武松因打大虫困乏了，要睡，大户便教庄客打并客房，且教武松歇息。到天明，上户先使人去县里报知，一面合具虎床，安排端正，迎送县里去。

天明，武松起来洗漱罢，众多上户牵一腔羊，挑一担酒，都在厅前伺候。武松穿了衣裳，整顿巾帻，出到前面，与众人相见。众上户把盏说道："被这个畜生正不知害了多少人性命，连累猎户吃了几顿限棒。今日幸得壮士来到，除了这个大害。第一乡中人民有福，第二客侣通行，实出壮士之赐。"武松谢道："非小子之能，托赖众长上福荫。"众人都来作贺。吃了一早晨酒食，抬出大虫，放在虎床上。众乡村上户都把段匹花红来挂与武松。武松有些行李包裹，寄在庄上，一齐都出庄门前来。早有阳谷县知县相公使人来接武松，都相见了。叫四个庄客，将乘凉轿来抬了武松，把那大虫扛在前面，挂着花红段匹，迎到阳谷县里来。

那阳谷县人民听得说一个壮士打死了景阳冈上大虫，迎喝将来，尽皆出来看，轰动了那个县治。武松在轿上看时，只见亚肩叠背，闹闹穰穰，屯街塞巷，都来看迎大虫。到县衙门口，知县已在厅上专等。武松下了轿，扛着大虫，都到厅前，放在甬道上。知县看了武松这般模样，又见了这个老大锦毛大虫，心中自忖道："不是这个汉，怎地打的这个猛虎！"便唤武松上厅来。武松去厅前声了喏，知县问道："你那打虎的壮士，你却说怎生打了这个大虫。"武松就厅前将打虎的本事，说了一遍。厅上厅下众多人等，都惊的呆了。知县就厅上赐了几杯酒，将出上户凑的赏赐钱一千贯，赏赐与武松。武松禀道："小人托赖相公的福荫，偶然侥幸，打死了这个大虫。非小人之能，如何敢受赏赐。小人闻知这众猎户因这个大虫受了相公责罚，何不就把这一千贯给散与众人去用？"知县道："既是如此，任从壮士。"

武松就把这赏钱在厅上散与众人猎户。知县见他忠厚仁德，有心要抬举他，便道："虽你原是清河县人氏，与我这阳谷县只在咫尺。我今日就参你在本县做个都头，如何？"武松跪谢道："若蒙恩相抬举，小人终身受赐。"知县随即唤押司立了文案，当日便参武松做了步兵都头。众上户都来与武松作贺庆喜，连连吃了三五日酒。武松自心中想道："我本要回清河县去看望哥哥，谁想倒来做了阳谷县都头！"自此上官见爱，乡里闻名。又过了三二日，那一日，武松心闲，走出县前来闲玩。只听得背后一个人叫声："武都头，你今日发迹了，如何不看觑我则个？"武松回过头来看了，叫声："阿也！你如何却在这里？"

不是武松见了这个人，有分教：阳谷县里，尸横血染。直教钢刀响处人头滚，宝剑挥时热血流。正是：只因酒色忘家国，几见诗书误好人。毕竟叫唤武都头的正是甚人，且听下回分解。

（顾淑勤编，摘自施耐庵、罗贯中：《水浒传》，人民文学出版社，2007）

第四十五章　吴承恩及《西游记》

第一节　吴承恩简介

吴承恩是我国明代著名小说家，字汝忠，号射阳山人，淮安山阳（今江苏淮安）人，约生于1500年，卒于1582年，无子嗣。曾祖父和祖父都是文职小官，父亲则由文职小官沦为商人，但不善经营。父亲性格乐观，爱读书。父亲为他取名定字，是盼他做官，上"承"皇"恩"，下泽黎民，"忠"心报国。吴承恩深承父亲禀性，聪敏旷达，博览群书，善书画，通声律，早年以诗文闻名乡里。他对野史稗言及神怪小说尤感兴趣，熟知古代神话传说和民间故事。吴承恩虽才华出众，科考却屡屡受挫。45岁时，他才获得"岁贡生"资格，60多岁时，出任长兴县县丞。由于他倔强孤傲，羞于逢迎，几年后愤然辞官，据说以字画聊以生存，贫老落魄而终。

吴承恩怀才不遇，家庭又常遭官吏勒索，使他常年生活无着，遭人耻笑，尝尽人世百态，因而对黑暗的社会和腐朽的科考制度日渐愤慨。明朝中期，皇帝更迭频繁。他的盛年正值嘉靖年间。皇帝朱厚熜沉迷道教，常年不理朝政，造成宦官当权，道士干政，他们专横跋扈，卖官鬻爵、为所欲为。吴承恩在《西游记》中对佛祖诸仙给予了绝妙的讽刺。吴承恩满怀"王道"、"德治"的政治理想，然而现实让他非常失望，因此就以志怪小说来宣泄内心的愤懑，其中以《禹鼎志》为代表。

吴承恩更大的理想是决意写一部宏大、完整的《西游记》。唐僧取经的故事早在宋朝就流布于坊间，后又演变、发展出诸多版本和题材，内容也逐渐丰富。吴承恩听说《永乐大典》收录有元末明初的话本《西游记》和元代杂剧《唐三藏西天取经》，就托当时为官的好友推介，借了盘缠，长途跋涉到南京，借宿在一个朋友家，每日徒步行走很远的路程去国子监借阅《永乐大典》。然而，《永乐大典》不能外借。他只好又向朋友借钱，请人代抄书稿。就这样，他终于不虚南京之行，带着手抄书稿，回家后潜心研读。在充分准备之后，吴承恩运筹帷幄，71岁运笔立说。他把平生积淀和胸中丘壑倾注笔端，腕下生风，笔下生花，历时7年，卧尝人间辛酸，他呕心沥血，殚精竭虑，终于成就鸿篇巨制《西游记》。然而吴承恩为《西游记》作者的身份却长期遭到怀疑和否定，后经多方确考，才得以正名。吴承恩的《西游记》在前人的基础上进行了大胆而丰富的再创作，是以前所有西游记的集大成者，它的内容、气魄及艺术魅力卓越非凡、无与伦比。

吴承恩的作品大多散失，后人辑录有《射阳先生存稿》四卷、《续稿》一卷，明《诗综》中存有几首他的诗歌。所幸的是，《西游记》被完整保存下来，成为中国文学宝库的一座丰碑，它为吴承恩奠定了在中国文学史上的崇高地位。即使在世界文学史上，《西游记》也堪称一部杰出的文学巨著。《西游记》是吴承恩一生才华与思想的结晶，也是他那个时代精神与理想的精华。吴承恩赋予《西游记》的能量，像一颗永远燃烧的恒星，在后人始终如一的热爱、赞颂和敬仰中迸射华光。吴承恩成为一个光荣而伟大的名字，被世世代代的人们铭刻心中。

第二节 《西游记》简介

《西游记》是中国古代神魔小说的代表作，是中国古典四大名著之一。《西游记》和《水浒传》、《金瓶梅》被并称为当时"三大奇书"。《西游记》被译成日、朝、英、法、德、俄等多国文字，为世界人民所喜爱。

《西游记》约成书于我国明朝中后期，共一百回，是一部典型的章回体小说。它是吴承恩以唐太宗年间玄奘取经的史实以及《大唐大慈恩寺三藏法师传》、《大唐三藏取经史话》、《大唐西域记》等为蓝本，在历代民众长期流传、记述、集体性创作的基础上，加以整理、发展和创新而成的文学巨著。

《西游记》讲的是东胜神洲傲来国花果山下一只石猴，后来拜师学艺被师父赐名孙悟空。他法力无边、无所不能，因大闹天宫被如来佛祖压在五行山下。唐僧西天取经路过此地，将孙悟空解救。孙悟空于是在猪八戒和沙僧的协同下，一路保护唐僧到西天取经，途中跋山涉水、斗妖降魔，历经九九八十一难后，终于取得真经的故事。

《西游记》基于社会现实又高于社会现实，充满积极的浪漫主义幻想。丰富而罕见的想象天才是这部著作的迷人之处。像它这样如此完整、如此生动地描写这样一个气势浩荡、绮丽魔幻的神话故事，在我国文学史上是绝无仅有的。《西游记》创造了许多引人入胜、生动离奇的故事，塑造了孙悟空、猪八戒这样栩栩如生的艺术形象。尤其是孙悟空的机智乐观、勇敢坚定以及他刚正不阿、疾恶如仇的品质深入人心。《西游记》的每一个章节都闪耀着奇异的艺术光芒。

《西游记》还是一部感世写真的力作，具有一定的民主精神。它颂扬不畏艰险的勇敢精神并敢于向权贵挑战。《西游记》对神权给予了诙谐的讽刺，对于宗教表现出大胆的怀疑。孙悟空对天庭及各路神仙的蔑视与挑战实则是对现实封建统治者的抨击及对社会丑恶现象的痛斥。

《西游记》虽浩渺博大，但取经主线始终明晰。《西游记》兼具民间文学特色，不拘时文，它本身即是对当时八股文风的否定。它语言活泼、诙谐，长于讽刺，且多用口语，拟人化的运用登峰造极，它把取经路上的千难万险幻化成各种妖魔鬼怪，以具有七情六欲的动物精灵比拟无情的险山恶水，使作品生动形象，它还善于把人物性格在鲜明的对比以及在激烈冲突中予以强化和突出。孙悟空大闹天宫、三打白骨精、戏斗龙王等都是百看不厌的故事。《西游记》自始至终弥漫着童话元素，老少皆宜，雅俗共赏，尤为儿童所钟爱。

《西游记》是中国文学史上而且也是世界文学史上一部珍贵而优秀的融神话与童话为一体的文学杰作，具有卓绝的艺术感染力。《西游记》绮丽魔幻、流光溢彩，如一座金碧辉煌、光芒四射的殿宇，牢牢地筑在人们的精神世界里，代代相传，生生不息，永远成为中国人民和中国文学的自豪和骄傲。

第三节 《西游记》选段

第一回

灵根育孕源流出　心性修持大道生

诗曰：

> 混沌未分天地乱，茫茫渺渺无人见。
> 自从盘古破鸿蒙，开辟从兹清浊辨。
> 覆载群生仰至仁，发明万物皆成善。
> 欲知造化会元功，须看《西游释厄传》。

盖闻天地之数，有十二万九千六百岁为一元。将一元分为十二会，乃子、丑、寅、卯、辰、巳、午、未、申、酉、戌、亥之十二支也。每会该一万八百岁。且就一日而论：子时得阳气，而丑则鸡鸣；寅不通光，而卯则日出；辰时食后，而巳则挨排；日午天中，而未则西蹉；申时晡而日落酉；戌黄昏而人定亥。譬于大数，若到戌会之终，则天地昏曚而万物否矣。再去五千四百岁，交亥会之初，则当黑暗，而两间人物俱无矣，故曰混沌。又五千四百岁，亥会将终，贞下起元，近子之会，而复逐渐开明。邵康节曰："冬至子之半，天心无改移。一阳初动处，万物未生时。"到此，天始有根。再五千四百岁，正当子会，轻清上腾，有日，有月，有星，有辰。日、月、星、辰，谓之四象。故曰，天开于子。又经五千四百岁，子会将终，近丑之会，而逐渐坚实。《易》曰："大哉乾元！至哉坤元！万物资生，乃顺承天。"至此，地始凝结。再五千四百岁，正当丑会，重浊下凝，有水，有火，有山，有石，有土。水、火、山、石、土，谓之五形。故曰，地辟于丑。又经五千四百岁，丑会终而寅会之初，发生万物。历曰："天气下降，地气上升；天地交合，群物皆生。"至此，天清地爽，阴阳交合。再五千四百岁，正当寅会，生人，生兽，生禽，正谓天地人，三才定位。故曰，人生于寅。

感盘古开辟，三皇治世，五帝定伦，世界之间，遂分为四大部洲：曰东胜神洲，曰西牛贺洲，曰南赡部洲，曰北俱芦洲。这部书单表东胜神洲。海外有一国土，名曰傲来国。国近大海，海中有一座名山，唤为花果山。此山乃十洲之祖脉，三岛之来龙，自开清浊而立，鸿蒙判后而成。真个好山！有词赋为证。赋曰：

> 势镇汪洋，威宁瑶海。势镇汪洋，潮涌银山鱼入穴；威宁瑶海，波翻雪浪蜃离渊。水火方隅高积土，东海之处耸崇巅。丹崖怪石，削壁奇峰。丹崖上，彩凤双鸣；削壁前，麒麟独卧。峰头时听锦鸡鸣，石窟每观龙出入。林中有寿鹿仙狐，树上有灵禽玄鹤。瑶草奇花不谢，青松翠柏长春。仙桃常结果，修竹每留云。一条涧壑藤萝密，四面原堤草色新。正是百川会处擎天柱，万劫无移大地根。

那座山正当顶上，有一块仙石。其石有三丈六尺五寸高，有二丈四尺围圆。三丈六尺五寸高，按周天三百六十五度；二丈四尺围圆，按政历二十四气。上有九窍八孔，按九宫八卦。四面更无树木遮阴，左右倒有芝兰相衬。盖自开辟以来，每受天真地秀，日精月华，感之既久，遂有灵通之意。内育仙胞，一日迸裂，产一石卵，似圆球样大。因见风，化作一个石猴。五官俱备，四肢皆全。便就学爬学走，拜了四方。目运两道金光，射冲斗府。惊动高天上圣大慈仁者玉皇大天尊玄穹高上帝，驾座金阙云宫灵霄宝殿，聚集仙卿，见有金光焰焰，即命千里眼、顺风耳开南天门观看。二将果奉旨出门外，看的真，听的明。须臾回报道："臣奉旨观听金光之处，乃东胜神洲海东傲来小国之界，有一座花果山，山上有一仙石，石产一卵，见风化一石猴，在那里拜四方，眼运金光，射冲斗府。如今服饵水食，金光将潜息矣。"玉帝垂赐恩慈曰："下方之物，乃天地精华所生，不足为异。"

那猴在山中，却会行走跳跃，食草木，饮涧泉，采山花，觅树果；与狼虫为伴，虎豹为群，獐鹿为友，猕猿为亲；夜宿石崖之下，朝游峰洞之中，真是"山中无甲子，寒尽不知年"。

……

一群猴子耍了一会，却去那山涧中洗澡。见那股涧水奔流，真个似滚瓜涌溅。古云："禽有禽言，兽有兽语。"众猴都道："这股水不知是那里的水。我们今日赶闲无事，顺涧边往上溜头寻看源流，耍子去耶！"喊一声，都拖男挈女，唤弟呼兄，一齐跑来，顺涧爬山，直至源流之处，乃是一股瀑布飞泉。但见那：

> 一派白虹起，千寻雪浪飞。
> 海风吹不断，江月照还依。
> 冷气分青嶂，馀流润翠微。
> 潺湲名瀑布，真似挂帘帷。

众猴拍手称扬道："好水！好水！原来此处远通山脚之下，直接大海之波。"又道："那一个有本事的，钻进去寻个源头出来，不伤身体者，我等即拜他为王。"连呼了三声，忽见丛杂中跳出一个石猴，应声高叫道："我进去！我进去！"好猴！也是他：

> 今日芳名显，时来大运通。有缘居此地，天遣入仙宫。

你看他瞑目蹲身，将身一纵，径跳入瀑布泉中，忽睁睛抬头观看，那里边却无水无波，明明朗朗的一架桥梁。他住了身，定了神，仔细再看，原来是座铁板桥。桥下之水，冲贯于石窍之间，倒挂流出去，遮闭了桥门。却又欠身上桥头，再走再看，却似有人家住处一般，真个好所在。但见那：

> 翠藓堆蓝，白云浮玉，光摇片片烟霞。虚窗静室，滑凳板生花。乳窟龙珠倚挂，紫回满地奇葩。锅灶傍崖存火迹，樽罍靠案见肴渣。石座石床真可爱，石盆石碗更堪夸。又见那一竿两竿修竹，三点五点梅花。几树青松常带雨，浑然像个人家。

看罢多时，跳过桥中间，左右观看，只见正当中有一石碣。碣上有一行楷书大字，镌着"花果山福地，水帘洞洞天"。石猿喜不自胜，急抽身往外便走，复瞑目蹲身，跳出水外，打了两个呵呵道："大造化！大造化！"众猴把他围住，问道："里面怎么样？水有多深？"石猴道："没水！没水！原来是一座铁板桥。桥那边是一座天造地设的家当。"众猴道："怎见得是个家当？"石猴笑道："这股水乃是桥下冲贯石窍，倒挂下来遮闭门户的。桥边有花有树，乃是一座石房。房内有石锅、石灶、石碗、石盆、石床、石凳。中间一块石碣上，镌着'花果山福地，水帘洞洞天'。真个是我们安身之处。里面且是宽阔，容得千百口老小。我们都进去住，也省得受老天之气。这里边：

> 刮风有处躲，下雨好存身。
> 霜雪全无惧，雷声永不闻。
> 烟霞常照耀，祥瑞每蒸熏。
> 松竹年年秀，奇花日日新。

众猴听得，个个欢喜。都道："你还先走，带我们进去，进去！"石猴却又瞑目蹲身，往里一跳，叫道："都随我进来！进来！"那些猴有胆大的，都跳进去了；胆小的，一个个伸头缩颈，抓耳挠腮，大声叫喊，缠一会，也都进去了。跳过桥头，一个个抢盆夺碗，占灶争床，搬过来，移过去，正是猴性顽劣，再无一个宁时，只搬得力倦神疲方止。石猿端坐上面道："列位呵，'人而无信，不知其可'。你们才说有本事进得来，出得去，不伤身体者，就拜他为王。我如今进来又出去，出去又进来，寻了这一个洞天与列位安眠稳睡，各享成家之福，何不拜我为王？"众猴听说，即拱伏无违。一个个序齿排班，朝上礼拜，都称"千岁大王"。自此，石猿高登王位，将"石"字儿隐了，遂称美猴王。

……

美猴王领一群猿猴、猕猴、马猴等，分派了君臣佐使，朝游花果山，暮宿水帘洞，合契同情，不入飞鸟之丛，不从走兽之类，独自为王，不胜欢乐。是以：

> 春采百花为饮食，夏寻诸果作生涯。
> 秋收芊栗延时节，冬觅黄精度岁华。

美猴王享乐天真，何期有三五百载。一日，与群猴喜宴之间，忽然忧恼，堕下泪来。众猴慌忙罗拜道："大王何为烦恼？"猴王道："我虽在欢喜之时，却有一点儿远虑，故此烦恼。"众猴又笑道："大王好不知足！我等日日欢会，在仙山福地，古洞神州，不伏麒麟辖，不伏凤凰管，又不伏人间王位所拘束，自由自在，乃无量之福，为何远虑而忧也？"猴王道："今日虽不归人王法律，不惧禽兽威严，将来年老血衰，暗中有阎王老子管着，一旦身亡，可不枉生世界之中，不得久注天人之内？"众猴闻此言，一个个掩面悲啼，俱以无常为虑。

只见那班部中，忽跳出一个通背猿猴，厉声高叫道："大王若是这般远虑，真所谓道心开发也！如今五虫之内，惟有三等名色，不伏阎王老子所管。"猴王道："你知那三等人？"猿猴道："乃是佛与仙与神圣三者，躲过轮回，不生不灭，与天地山川齐寿。"猴王道："此三者居于何所？"猿猴道："他只在阎浮世界之中，古洞仙山之内。"猴王闻之，满心欢喜，道："我明日就辞汝等下山，云游海角，远涉天涯，务必访此三者，学一个不老长生，常躲过阎君之难。"噫！这句话，顿教跳出轮回网，致使齐天大圣成。众猴鼓掌称扬，都道："善哉！善哉！我等明日越岭登山，广寻些果品，大设筵宴送大王也。"

次日，众猴果去采仙桃，摘异果，刨山药，劚黄精，芝兰香蕙，瑶草奇花，般般件件，整整齐齐，摆开石凳石桌，排列仙酒仙肴。

……

群猴尊美猴王上坐，各依齿肩排于下边，一个个轮流上前，奉酒，奉花，奉果，痛饮了一日。次日，美猴王早起，教："小的们，替我折些枯松，编作筏子，取个竹竿作篙，收拾些果品之类，我将去也。"果独自登筏，尽力撑开，飘飘荡荡，径向大海波中，趁天风，来渡南赡部洲地界。这一去，正是那：

> 天产仙猴道行隆，离山驾筏趁天风。
> 飘洋过海寻仙道，立志潜心建大功。
> 有分有缘休俗愿，无忧无虑会元龙。
> 料应必遇知音者，说破源流万法通。

……

猴王参访仙道，无缘得遇。在于南赡部洲，串长城，游小县，不觉八九年余。忽行至西洋大海，他想着海外必有神仙。独自个依前作筏，又漂过西海，直至西牛贺洲地界。登岸遍访多时，忽见一座高山秀丽，林麓幽深。他也不怕狼虫，不惧虎豹，登山顶上观看。

……

正观看间，忽闻得林深之处，有人言语，急忙趋步，穿入林中，侧耳而听，原来是歌唱之声。歌曰：

> 观棋柯烂，伐木丁丁，云边谷口徐行。卖薪沽酒，狂笑自陶情。苍径秋高对月，枕松根，一觉天明。认旧林，登崖过岭，持斧断枯藤。　收来成一担，行歌市上，易米三升。更无些子争竞，时价平平。不会机谋巧算，没荣辱，恬淡延生。相逢处，非仙即道，静坐讲《黄庭》。

美猴王听得此言，满心欢喜道："神仙原来藏在这里！"即忙跳入里面，仔细再看，乃是一个樵子，在那里举斧砍柴。

……

猴王近前叫道："老神仙！弟子起手。"那樵汉慌忙丢了斧，转身答礼道："不当人！不当人！我拙汉衣食不全，怎敢当'神仙'二字？"猴王道："你不是神仙，如何说出神仙的话来？"樵夫道："我说甚么神仙话？"猴王道："我才来至林边，只听的你说：'相逢处，非仙即道，静坐讲《黄庭》。'《黄庭》乃道德真言，非神仙而何？"樵夫笑道："实不瞒你说，这个词名做《满庭芳》，乃一神仙教我的。那神仙与我舍下相邻。他见我家事劳苦，日常烦恼，教我遇烦恼时，即把这词儿念念，一则散心，二则解困。我才有些不足处思虑，故此念念。不期被你听了。"猴王道："你家既与神仙相邻，何不从他修行？学得个不老之方，却不是好？"樵夫道："我一生命苦：自幼蒙父母养育至八九岁，才知人事，不幸父丧，母亲居孀。再无兄弟姊妹，只我一人，没奈何，早晚侍奉。如今母老，一发不敢抛离。却又田园荒芜，衣食不足，只得斫两束柴薪，挑向市廛之间，货几文钱，籴几升米，自炊自造，安排些茶饭，供养老母，所以不能修行。"

猴王道："据你说起来，乃是一个行孝的君子，向后必有好处。但望你指与我那神仙住处，却好拜访去也。"樵夫道："不远，不远。此山叫做灵台方寸山。山中有座斜月三星洞。那洞中有一个神仙，称名须菩提祖师。那祖师出去的徒弟，也不计其数，见今还有三四十人从他修行。你顺那条小路儿，向南行七八里远近，即是他家了。"猴王用手扯住樵夫道："老兄，你便同我去去。若还得了好处，决不忘你指引之恩。"樵夫道："你这汉子，甚不通变。我方才这般与你说了，你还不省？假若我与你去了，却不误了我的生意？老母何人奉养？我要斫柴，你自去，自去。"

猴王听说，只得相辞。出深林，找上路径，过一山坡，约有七八里远，果然望见一座洞府。挺身观看，真好去处！但见：

烟霞散彩，日月摇光。千株老柏，万节修篁。千株老柏，带雨半空青冉冉；万节修篁，含烟一整色苍苍。门外奇花布锦，桥边瑶草喷香。石崖突兀青苔润，悬壁高张翠藓长。时闻仙鹤唳，每见凤凰翔。仙鹤唳时，声振九皋霄汉远；凤凰翔起，翎毛五色彩云光。玄猿白鹿随隐见，金狮玉象任行藏。细观灵福地，真个赛天堂！

又见那洞门紧闭，静悄悄杳无人迹。忽回头，见崖头立一石碑，约有三丈馀高、八尺馀阔，上有一行十个大字，乃是"灵台方寸山，斜月三星洞"。美猴王十分欢喜道："此间人果是朴实。果有此山此洞。"看勾多时，不敢敲门。且去跳上松枝梢头，摘松子吃了顽耍。

少顷间，只听得呀的一声，洞门开处，里面走出一个仙童，真个丰姿英伟，像貌清奇，比寻常俗子不同。

……

那童子出得门来，高叫道："甚么人在此搔扰？"猴王扑的跳下树来，上前躬身道："仙童，我是个访道学仙之弟子，更不敢在此搔扰。"仙童笑道："你是个访道的么？"猴王道："是。"童子道："我家师父，正才下榻，登坛讲道。还未说出原由，就教我出来开门。说：'外面有个修行的来了，可去接待接待。'想必就是你了？"猴王笑道："是我，是我。"童子道："你跟我进来。"

这猴王整衣端肃，随童子径入洞天深处观看：一层层深阁琼楼，一进进珠宫贝阙，说不尽那静室幽居，直至瑶台之下。见那菩提祖师端坐在台上，两边有三十个小仙侍立台下。

……

美猴王一见，倒身下拜，磕头不计其数，口中只道："师父！师父！我弟子志心朝礼！志心朝礼！"祖师道："你是那方人氏？且说个乡贯姓名明白，再拜。"猴王道："弟子乃东胜神洲傲来国花果山水帘洞人氏。"祖师喝令："赶出去！他本是个撒诈捣虚之徒，那里修甚么道果！"猴王慌忙磕头不住道："弟子是老实之言，决无虚诈。"祖师道："你既老实，怎么说东胜神洲？那去处到我这里，隔两重大海，一座南赡部洲，如何就得到此？"猴王叩头道："弟子飘洋过海，登界游方，有十数个年头，方才访到此处。"

祖师道："既是逐渐行来的也罢。你姓甚么？"猴王又道："我无性。人若骂我，我也不恼；若打我，我也不嗔，只是赔个礼儿就罢了。一生无性。"祖师道："不是这个性。你父母原来姓甚么？"猴王道："我也无父母。"祖师道："既无父母，想是树上生的？"猴王道："我虽不是树上生，却是石里长的。我只记得花果山上有一块仙石，其年石破，我便生也。"祖师闻言暗喜，道："这等说，却是个天地生成的。你起来走走我看。"猴王纵身跳起，拐呀拐的走了两遍。祖师笑道："你身躯虽是鄙陋，却像个食松果的狲。我与你就身上取个姓氏，意思教你姓'狲'。狲字去了个兽傍，乃是个古月。古者，老也；月者，阴也。老阴不能化育，教你姓'狲'倒好。狲字去了兽傍，乃是个子系。子者，儿男也；系者，婴细也。正合婴儿之本论。教你姓'孙'罢。"猴王听说，满心欢喜，朝上叩头道："好！好！好！今日方知姓也。万望师父慈悲！既然有姓，再乞赐个名字，却好呼唤。"祖师道："我门中有十二个字，分派起名，到你乃第十辈之小徒矣。"猴王道："那十二个字？"祖师道："乃广、大、智、慧、真、如、性、海、颖、悟、圆、觉十二字。排到你，正当'悟'字。与你起个法名叫做'孙悟空'，好么？"猴王笑道："好！好！好！自今就叫做孙悟空也！"正是：鸿蒙初辟原无姓，打破顽空须悟空。毕竟不知向后修些甚么道果，且听下回分解。

第六回

观音赴会问原因　小圣施威降大圣

……那猴王即掣金箍棒，整黄金甲，登步云履，按一按紫金冠，腾出营门，急睁睛观看，那真君的相貌，果是清奇，打扮得又秀气。真个是：

> 仪容清俊貌堂堂，两耳垂肩目有光。
> 头戴三山飞凤帽，身穿一领淡鹅黄。
> 缕金靴衬盘龙袜，玉带团花八宝妆。
> 腰挎弹弓新月样，手执三尖两刃枪。
> 斧劈桃山曾救母，弹打樱罗双凤凰。
> 力诛八怪声名远，义结梅山七圣行。
> 心高不认天家眷，性傲归神住灌江。
> 赤城昭惠英灵圣，显化无边号二郎。

大圣见了，笑嘻嘻的，将金箍棒掣起，高叫道："你是何方小将，辄敢大胆到此挑战？"真君喝道："你这厮有眼无珠，认不得我么！吾乃玉帝外甥，敕封昭惠灵显王二郎是也。今蒙上命，到此擒你这反天宫的弼马温猢狲，你还不知死活！"大圣道："我记得当年玉帝妹子思凡下界，配合杨君，生一男子，曾使斧劈桃山的，是你么？我行要骂你几声，曾奈无甚冤仇；待要打你一棒，可惜了你的性命。你这郎君小辈，可急急回去，唤你四大天王出来。"真君闻言，心中大怒道："泼猴！休得无礼！吃吾一刃！"大圣侧身躲过，疾举金箍棒，劈手相还。他两个这场好杀：

> 昭惠二郎神，齐天孙大圣，这个心高欺敌美猴王，那个面生压伏真梁栋。两个乍相逢，各人皆赌兴。从来未识浅和深，今日方知轻与重。铁棒赛飞龙，神锋如舞凤。左挡右攻，前迎后映。这阵上梅山六弟助威风，那阵上马流四将传军令。摇旗擂鼓各齐心，呐喊筛锣都助兴。两个钢刀有见机，一来一往无丝缝。金箍棒是海中珍，变化飞腾能取胜；若还身慢命该休，但要差池为蹭蹬。

真君与大圣斗经三百余合，不知胜负。那真君抖擞神威，摇身一变，变得身高万丈，两只手，举着三尖两刃神锋，好便似华山顶上之峰，青脸獠牙，朱红头发，恶狠狠，望大圣着头就砍。这大圣也使神通，变得与二郎身躯一样，嘴脸一般，举一条如意金箍棒，却就如昆仑顶上的擎天之柱，抵住二郎神：唬得那马、流元帅，战兢兢，摇不得旌旗；崩、芭二将，虚怯怯，使不得刀剑。这阵上，康、张、姚、李、郭申、直健，传号令，撒放草头神，向他那水帘洞外，纵着鹰犬，搭弩张弓，一齐掩杀。可怜冲散妖猴四健将，捉拿灵怪二三千！那些猴，抛戈弃甲，撇剑丢枪；跑的跑，喊的喊；上山的上山，归洞的归洞：好似夜猫惊宿鸟，飞洒满天星。众兄弟得胜不题。

却说真君与大圣变做法天象地的规模，正斗时，大圣忽见本营中妖猴惊散，自觉心慌，收了法象，掣棒抽身就走。真君见他败走，大步赶上道："那里走？趁早归降，饶你性命！"大圣不恋战，只情跑起。将近洞口，正撞着康、张、姚、李四太尉，郭申、直健二将军，一齐帅众挡住道："泼猴！那里走！"大圣慌了手脚，就把金箍棒捏做绣花针，藏在耳内，摇身一变，变作个麻雀儿，飞在树梢头钉住。那六兄弟，慌慌张张，前后寻觅不见，一齐吆喝道："走了这猴精也！走了这猴精也！"

正嚷处，真君到了，问："兄弟们，赶到那厢不见了？"众神道："才在这里围住，就不见了。"二郎圆睁凤眼观看，见大圣变了麻雀儿，钉在树上，就收了法象，撇了神锋，卸下弹弓，摇身一变，变作个饿鹰儿，抖开翅，飞将去扑打。大圣见了，嗖的一翅飞起去，变作一只大鹚老，冲天而去。二郎见了，急抖翎毛，摇身一变，变作一只大海鹤，钻上云霄来嗛。大圣又将身按下，入涧中，变作一个鱼儿，淬入水内。二郎赶至涧边，不见踪迹。心中暗想道："这猢狲必然下水去也。定变作鱼虾之类。等我再变变拿他。"果一变变作个鱼鹰儿，飘荡在下溜头波面上。等待片时。那大圣变鱼儿，顺水正游，忽见一只飞禽，似青鹞，毛片不青；似鹭鸶，顶上无缨；似老鹳，腿又不红："想是二郎变化了等我哩！……"急转头，打个花就走。二郎看见道："打花的鱼儿，似鲤鱼，尾巴不红；似鳜鱼，花鳞不见；似黑鱼，头上无星；似鲂鱼，腮上无针。他怎么见了我就回去了？必然是那猴变的。"赶上来，刷的啄一嘴。那大圣就撺出水中，一变，变作一条水蛇，游近岸，钻入草中。二郎因嗛他不着。他见水响中，见一条蛇撺出去，认得是大圣，急转身，又变了一只朱绣顶的灰鹤，伸着一个长嘴，与一把尖头铁钳子相似，径来吃这水蛇。水蛇跳一跳，又变做一只花鸨，木木樗樗的，立在蓼汀之上。二郎见他变得低贱，——花鸨乃鸟中至贱至淫之物，不拘鸾、凤、鹰、鸦都与交群——故此不去拢傍，即现原身，走将去，取过弹弓拽满，一弹子把他打个踉跄。

那大圣趁着机会，滚下山崖，伏在那里又变，变一座土地庙儿：大张着口，似个庙门；牙齿变做门扇，舌头变做菩萨，眼睛变做窗棂。只有尾巴不好收拾，竖在后面，变做一根旗竿。真君赶到崖下，不见打倒的鸨鸟，只有一间小庙；急睁凤眼，仔细看之，见旗竿立在后面，笑道："是这猢狲了！他今又在那里哄我。我也曾见庙宇，更不曾见一个旗竿竖在后面的。断是这畜生弄喧！他若哄我进去，他便一口咬住。我怎肯进去？等我掣拳先捣窗棂，后踢门扇！"大圣听得，心惊道："好狠！好狠！门扇是我牙齿，窗棂是我眼睛；若打了牙，捣了眼，却怎么是好？"扑的一个虎跳，又冒在空中不见。

真君前前后后乱赶，只见四太尉、二将军，一齐拥至道："兄长，拿住大圣了么？"真君笑道："那猴儿才自变座庙宇哄我。我正要捣他窗棂，踢他门扇，他就纵一纵，又渺无踪迹。可怪！可怪！"众皆愕然，四望更无形影。真君道："兄弟们在此看守巡逻，等我上去寻他。"即纵身驾云，起在半空。见那李天王高擎照妖镜，与哪吒住立云端，真君道："天王，曾见那猴王么？"天王道："不曾上来。我这里照着他哩。"真君把那赌变化，弄神通，拿群猴一事说毕，却道："他变庙宇，正打处，就走了。"李天王闻言，又把照妖镜四方一照，呵呵的笑道："真君，快去！快去！那猴使了个隐身法，走出营围，往你那灌江口去也。"二郎听说，即取神锋，回灌江口来赶。

……

（李新红编，摘自《西游记》，人民文学出版社，1980）

第四十六章　中世纪德语史诗及《尼伯龙人之歌》

第一节　中世纪德语史诗简介

根据《辞海》的解释，史诗是古代叙事诗中的长篇作品。以重大历史事件或古代传说为内容，塑造著名英雄的形象，结构宏大，充满幻想和神话色彩。欧洲史诗以古希腊最为发达，代表作有《伊利亚特》、《奥德修斯》等。亚里士多德将史诗当做各类诗歌中最重要的一种体裁，并认为其重要性仅次于悲剧，而文艺复兴时期的批评家却认为史诗的地位居于各种类型的文学之首。

欧洲史诗是在封建社会宫廷文学中占主要地位的一种文学形式，它的全盛时期是在 12 世纪到 13 世纪。在题材上它大都取自历史，形式上也多是以法兰西的史诗为榜样。这时期的史诗往往以真实的历史事件为基础，最初是人民口头创作，经过民间广泛流传，不断加工充实，最后由文人加工整理而定型。这一时期史诗中歌颂的英雄已与前一时期有了区别，他们的荣誉观念与行动的动力不再源于对部落的责任感和复仇的义务，而是为了忠于祖国、忠于君主，具有封建国家上升时期爱国英雄的思想意识和性格特征。史诗中往往还塑造刚毅坚韧、能够制服封建叛乱的代表强大国家力量的贤明君主形象。史诗的文学特征更复杂也更丰富，民间文学、古代文学、教会文学以及东方文学的诸多因素在其中都有体现，地域色彩也更明显。

德国中世纪史诗是欧洲史诗中的佼佼者。中世纪中期的德语英雄史诗和宫廷骑士爱情诗、叙事诗，共同构成了德语文学发展中的第一个高潮。德国中世纪文学基本上是德国封建社会时期的文学。德国中世纪的起点，历史学家公认是从公元 476 年西罗马帝国灭亡开始，但德国中世纪文学的开始，大多数文学史家认为应从 8 世纪算起，因为古代高地德语在 8 世纪才渐渐形成；德国中世纪文学的结束，一般认为到 15 世纪末。

随着封建制度的形成和发展，作为意识形态之一的文学在中世纪也有了相应的发展。到公元 962 年，奥托一世建立起了德意志民族的神圣罗马帝国，但是这个帝国并不是统一的。到了 12 世纪霍亨史陶芬皇朝，由于连年的对外战争，国内诸侯割据更为严重。尽管如此，封建制度日益巩固，城市越来越多，商业、贸易得到进一步的发展，而由于多次的十字军东征，开阔了眼界，接触了东方文化，这一切为文学的繁荣奠定了政治上、经济上和文化上的基础。

古代高地德语到这时发展为中古高地德语，这为反映生活、表达感情提供了更有力的手段。

德国早期的宫廷史诗多是出自教会诗人之手，如《皇帝纪年》、《亚历山大之歌》，都是属于宣传教会的作品，有着明显的禁欲主义的色彩。随着社会的发展和人民对文化生活的进一步要求，一些教会诗人逐渐摆脱了宗教的影响，在这类史诗中更多地表现了世俗生活的美好和幸福。约1170年一个名叫康拉德的教士写了《罗兰之歌》，它可以看作是由宗教题材的史诗向世俗题材的史诗的一个过渡。这是作者以法兰西的武功诗为样本而创作的。欧洲的史诗除此之外还有西班牙的《熙德之歌》和俄罗斯的《伊戈尔远征记》，其共同的思想特征在于反对内讧、要求统一，富有爱国热情和民族意识。

而中世纪德国最著名的也最有代表性的史诗是由佚名诗人写的《尼伯龙人之歌》和《谷德仑》，以及由诗人哈尔特曼·封·奥埃写的《可怜的亨利希》、沃尔夫拉姆·封·埃森巴赫写的《巴其伐尔》、哥特夫利德·封·斯特拉斯堡的《特里斯坦和伊索尔德》。除此，还有一些诗人，如亨利希·封·维尔德克、卢道夫·封·埃姆斯等人，他们也都创作了一些史诗作品，但多是受法国史诗的影响，缺少民族特色。

第二节　《尼伯龙人之歌》简介

《尼伯龙人之歌》又称《尼伯龙人的厄运》，与哈特曼·冯·奥厄的《伊万因》同时问世，分别作为"英雄史诗"与"宫廷史诗"的代表，与"宫廷情歌"共同构成了辉煌的德国中世纪文学。《尼伯龙人之歌》大约写于公元1202年到1204年之间，作者可能是奥地利人，出生在帕骚与维也纳之间的多瑙河流域，姓名不详，亦没有文字记载其身世，不过从作品的特质和描绘的内容来看，作者很可能是一个有教养、有公职的下层骑士。《尼伯龙人之歌》原文用中古高地德语写成，全诗有39歌，共2379诗节，每个诗节4行，共9516行。

《尼伯龙人之歌》故事取材于欧洲古代英雄传说，是在古代尼德兰传说和勃艮第传说的基础之上创作而成。这两个传说都是形成于公元367年到600年的欧洲民族大迁徙年代。它们经过后来几百年的口口相传，到了13世纪，故事情节和人物形象都已经基本定型了。《尼伯龙人之歌》作者的主要贡献在于把这两个彼此独立的传说组织成一个首尾连贯、内容统一的故事，从而借助古代日耳曼人的英雄形象表现13世纪的社会生活和骑士理想。

全诗可以分为两个部分。第一部分可以概括为"西格夫里特之死"，讲述了美貌的勃艮第国公主克里姆希尔德嫁给了骁勇强壮的西格夫里特，在他们举行婚礼的当天，另一对新人恭特与布伦希尔德也结为伉俪。恭特是克里姆希尔德的兄长，布伦希尔德则与克里姆希尔德一样，具有超凡的力量。西格夫里特依靠他的隐身斗篷，假扮恭特在力战中打败了布伦希尔德。布伦希尔德因此受骗答应嫁给恭特为妻。西格夫里特又用同样的伪装手段帮助恭特在新婚之夜驯服了布伦希尔德。这个双重骗局最后直接导致了西格夫里特的死。除了这四位主角之外，史诗中还有另外一位重要人物就是刺杀西格夫里特的哈根，他是恭特的封臣，也是勃艮第朝中的举足轻重的要人。第二部分可以概括为"克里姆希尔德的复仇"，这部分讲述了西格夫里特死后，克里姆希尔德悲恸万分，开始等待时机复仇。她依靠嫁给匈奴王艾柴尔，终于找到了机会。她假装邀请他的兄长恭特及其权臣，尤其是哈根，到艾柴尔的宫里冰释前嫌重归于好，实际上她暗自设计了一场万劫不复的大屠杀。克里姆希尔德的兄长被杀，她又亲自杀死了哈根，最后她被勇士希尔德勃兰特所杀。史诗到此达到了高潮，故事也与勃艮第王朝共同落幕。这样的情节摘要不足以传达《尼伯龙人之歌》的上乘之处，史诗本身以其横贯时空的巨大维度、描摹人物情感的独特手笔而著称。整部作品情节丰满，不仅在肢体上，各个人物也从精神层面对层层推进的事件做出了不同的反应。

从整部史诗的结构看，全诗以克里姆希尔德开始，又以克里姆希尔德结束，情节跌宕起伏都伴随着克里姆希尔德命运的变化而变化。这条贯穿始终的线索让读者读来一气呵成，惊心动魄。

从史诗人物的形象来看，性格特征鲜明而显著，却都以悲剧收场。尼伯龙人的宝物是权力的核心象征，也是全诗的中心冲突。它先为西格夫里特获取，后来又交与其妻克里姆希尔德，他们的婚姻因此也与权力斗争有着密不可分的关系。可以说，这笔巨大财富对于克里姆希尔德而言，是西格夫里特付出生命代价的必然选择，财富所带来的权力必定意味着快乐生活的终结。尼伯龙人的宝物的双面性的本质特征也暗示着随之而来的复仇和悲剧而冷血的杀戮结局。

从史诗作者高超的叙事技巧来看，史诗的悲剧气息始终弥漫，这种悲剧性很大程度上是源于对命运的"不自知"。尽管读者都能够预见所有可能发生的不幸，但是诗中的人物确是被蒙住了双眼；即使是那些隐约有所预见者，也没有力量去阻止或是避免。那位有着至高权力的哈根，也不得不接受最终势不可当的命运。读者尽管对局势有所预期，却自始至终在紧张的气氛之中，长久地处于蓄势待发的态势，期待最终验证自己的预期而为此发出绝望的呼喊。而更让现代读者震惊的是，这个探索人类深刻的情感，揭示维系人类复杂的纽带的故事竟可以以如此简单直白甚至未被加工的粗陋的语言委婉地讲述了 800 多年。

《尼伯龙人之歌》中的故事刚开始只是靠口头讲述，没有写成文字。13 世纪初被记录下来并且写成这部史诗后，深受人民喜爱，广泛流传，不断传抄。从 13 世纪到 16 世纪出现了许多手抄本。从 16 世纪开始，《尼伯龙人之歌》逐渐被人遗忘，到了 17 世纪上半叶完全被湮没在故纸堆里。直到 1748 年瑞士学者、文艺理论家约翰·雅克布·波德默首先发现了这部作品，并于 1758 年第一次印刷出版。但是，真正认真研究这部作品并认识到它的伟大意义的是在 19 世纪初的德国浪漫派。1827 年卡尔·约瑟夫·西姆洛克出版了《尼伯龙人之歌》的现代德语译本，从此这部史诗才重新被广大读者接受。诗人歌德也是在这个时期开始重视这部作品。他为西姆洛克的现代德语译本撰写了书评，并在与艾克曼谈话时，把这部史诗与荷马史诗相提并论，给予了相当高的评价。从 19 世纪以来，《尼伯龙人之歌》研究日益增多，同时利用其题材进行创作和改写的作品也层出不穷，像 19 世纪初叶弗利德里希·赫伯尔改写的三部曲《尼伯龙人》，理查德·瓦格纳利用这一题材创作的歌剧《尼伯龙人的戒指》等。

第三节　《尼伯龙人之歌》选段

第一歌

这一歌介绍勃艮第王族（恭特、盖尔诺特、吉赛海尔、乌特母后）和他们的宫廷，中心人物是克里姆希尔德。克里姆希尔德做了一个梦，梦见两只大鹫啄死了她驯养的那只野鹰。母亲解释说，这只野鹰是一位可爱的男子，他必定短命。克里姆希尔德断然放弃了一切爱情的念头。

古代传说告诉我们的事迹多么扣人心弦：
有赫赫有名的英雄，有骑士们的刻苦修炼，
有欢乐，有庆典，也有哭泣和哀叹，
还有勇士的斗争，现在请听我讲这些事迹。

从前在勃艮第国有一位高贵的少女，
她的名字叫克里姆希尔德，天生俏丽，
后来她成为一位绝世的美貌妇人，
因为她的缘故，许多英雄将生命失去。
这位高贵的少女非常可爱，妖娆妩媚，
英雄们都千方百计地想要获得她的恩惠。
她风姿绰约，她的容颜清秀俊美，
天资和门第赋予她的气质更为巾帼增辉。

这位少女由三位高贵而强大的国王保护，
恭特和盖尔诺特二位骑士，他们英勇无畏，
年轻的英雄吉赛海尔也出类拔萃。
他们是少女的监护人，保护这位同胞姐妹。

三位国王出身名门，是贵族的后裔，
他们都很慷慨好施，且具有非凡的膂力。
他们在莱茵河畔建立的国家号称勃艮第国，
后来在艾柴尔国中建立了惊人的业绩。

他们的宫廷设在莱茵河畔的沃尔姆斯城，
有全国雄赳赳的武士维护尊严和声名。
他们一生都有属国的封臣为之尽忠效劳，
后来，只因两位妇女不和而悲惨丧命。

他们的母后名叫乌特，拥有很大权势。
他们的父王旦克拉特，一生刚勇豪迈。
早在青年时代，他就享有崇高声望，
临终把土地和财产留给了他的后代。

如我前面所述，这三位国王都很强大，
有一批最杰出的勇士聚集在他们周围。
相传，这些勇士都是坚强而勇敢的英雄，
在最艰苦的战斗中也从不畏难后退。

这些勇士当中，有来自特尼罗的哈根，
他的弟弟旦克瓦特和来自美茨的奥特文。
还有两位边塞方伯盖莱和艾克瓦特，

还有从阿尔采来的伏尔凯，他膂力过人。

御膳司厨鲁摩尔特是一位卓越的英雄，
辛多尔特、胡诺尔特和他都是国王的侍从。
他们把宫廷里的事情管理得井井有条；
此外还有许多勇士，我说不全他们的姓名。

勇敢的旦克瓦特，他担任马厩总管，
他的内侄奥特文的职务是宫廷司酒。
英雄辛多尔特，他是国王的酒水督察，
胡诺尔特为宫廷总管；他们个个忠于职守。

关于这座宫廷的意义和它的显赫的权势，
关于国王的尊严和他威震四海的声望，
关于他们荣华富贵，欢乐幸福的骑士生活，
没有一位吟游艺人能够对你们全部叙说。

克里姆希尔德就在这座宫廷里长大。
一天夜里，她梦见她驯养的那只野鹰，
眼看着被两只大鹫啄死，自己无能为力。
她平身从未经历这样令她伤心的事情。

克里姆希尔德把她做的梦讲给母后乌特听，
母后对她解释说，这个梦很不吉利。
"你梦中的那只野鹰乃是一位高贵的男子，
因为没有天主保佑，你才很快将他失去。"

"为什么要提到男子，亲爱的母后？
我一生一世绝不接受男子的爱情。
我要至死保持我的清白之身和美丽容颜，
因为任何男子的爱情总是带来不幸。"

母后说道："你现在可不要这么嘴硬，
你要活得幸福，不可没有男子的爱情。
但愿天主赐你一名骑士做你的夫君，
让你成为一位高贵的妇人，受世人尊重。"

克里姆希尔德说道："请不要再说此事，
母后陛下！众多妇人的命运表明，
世上的爱情到头来总是以痛苦告终。
我宁愿不要爱情和痛苦，求得一生宁静。"

她以纯真的情怀断掉一切爱的思念，
深居闺房，度过多年恬静的时光。
然而，她把许多值得爱的人通通拒绝之后，
终于选中一位高贵的骑士做了她的情郎。

正如母后释梦时所做的预言那样，
这位骑士就是她梦中驯养的那只野鹰。
后来，他的近亲把这位骑士杀害，
她为一人复仇，夺去无数勇士的性命。

第二歌

说一说西格夫里特

在莱茵河下游的名城桑腾有一位王子名叫西格夫里特。他受父王西格蒙特和母后西格琳德的精心培养，逐渐长大，成为一名标准的骑士。成年时，父王为他举行盛大的授剑典礼。

从前，在尼德兰有一位高贵的王子，
他的父王叫西格蒙特，母后叫西格琳德。
这位王子住在莱茵河下游的一座名城，
这就是盛大的城堡，闻名遐迩的桑腾。

这位高贵的王子名叫西格夫里特。
为了锤炼斗志，显示刚劲的气魄，
他曾经骑马游历过天下许多王国。
后来，他在勃艮第国中会见的勇士最多！

王子西格夫里特本是一位英俊少年，
早在青年时代就表现出了非凡的天才，
他建立了许多惊人的业绩，声望与日俱增，
在宫廷里逐渐博得妇人们的青睐。

虽说他作为王子受到宫廷的精心培养
然而他典雅的气质却是与生俱来。
他的光荣的名字渐渐传遍父王的国度，
人人都说，他是最完美的王室后代。

他渐渐长大成人，已经可以骑马入宫，
大家翘首期盼，渴望一睹王子的风采。
不论男女，他们都希望他经常光临舞会，
不久王子也发觉，他很受众人的爱戴。

他的双亲规定，王子每逢出游巡访，
必须衣冠华贵，还要有侍从一路侍奉，
还要派通晓宫廷礼仪的贤师与他同行。
他就这样为治理国家和人民操练本领。

西格夫里特长大以后，他的身体魁伟，
具有非凡的膂力，足以能够披坚执锐。
他开始为美貌的妇人服务，奉献殷勤，
妇人们也因为有他的高雅爱情而满面生辉。

西格蒙特父王命令他的朝臣向下传旨，
他要举行一次庆典款待各方的达官显贵。
使臣们立即将御旨送达各王国的君主，
参加庆典的来宾和家臣都发给良马和装备。

使臣们不论在什么地方发现了贵族青年，
只要他们按其出身门第可以获得骑士称号，
都一律邀请到尼德兰参加骑士授爵庆典。
他们将同尼德兰王子一起接受骑士宝剑。

相传，这次骑士授爵庆典十分盛大而隆重。
西格蒙特和西格琳德为了提高自己的声名，
他们拿出大量财物，向大家慷慨分赠；
各国的宾客于是络绎不绝，纷纷来到桑腾。

共四百名青年与王子一起晋升为骑士，
他们需要的礼服都是由美丽的少女缝制。
为了西格夫里特，她们心甘情愿地忙碌，
她们在金色的锦袍上和珍贵的缎带上，

精心地镶嵌一颗又一颗闪亮的宝石。
国王决定在夏至那一天举行盛大的庆典，
为王子西格夫里特进行晋爵授剑。
他还吩咐侍从们为各路来宾准备酒宴。

那一天，四百名青年个个衣着华贵，
他们由年长的骑士引路一起前往教堂。
年长的骑士向年轻人介绍他们自己的经验，
长辈和后生一路侃侃而谈，喜气洋洋。

在教堂里，大家吟唱弥撒，赞美天主，

随后举行授爵典礼，完全遵照宫廷的习俗。
为了亲眼看到那辉煌的场面和豪华的排场，
众人比肩接踵，争先恐后地要一饱眼福。

骑士们快步来到备好鞍具的马旁，
刹那，只听见武器的撞击声震撼四方。
在西格蒙特父王宫廷的上空铿锵声不停，
除此之外，还有英雄们的喧哗声回荡。

老将和新手频频交锋，比赛十分激烈，
许多枪柄被打碎，碎裂声在高空中回响。
枪柄的碎片从勇士们的手中飞出，
它们擦过大殿的屋脊，飘落到远方。

西格蒙特国王终于下令：现在停止比武。
骑士们牵走马匹，把破碎的盾牌放到一处。
草地上到处都是五彩斑斓的宝石，
这都是他们比武时从盾牌上脱落的宝物。

宴席开始，国外请各位来宾入座，
各种美味佳肴，琼浆玉液摆满了餐桌。
骑士们经过激烈的竞技之后，渐渐消除疲劳，
无论来宾还是家臣一律被侍之以座上之客。

主人和宾客从早到晚尽心地娱乐消遣，
吟游歌手们孜孜不倦，弦歌不辍。
他们卖力地为客人们说唱，主人慷慨赠赏，
西格夫里特的国家从而更加声名赫赫。

西格蒙特按照从前自己晋爵时的先例，
要求王子也将土地和城堡作为采邑分封，
要给每一位新晋升的骑士都分得一份，
让他们不虚此行，人人都满意地离去。

盛大的庆典一直持续到第七天。
西格琳德王后出于对王子的疼爱，
按照历来的习俗，拿出大量赤金分赏。
她知道，这样可使王子博得信仰和敬仰。

那些吟游歌手也无一人扫兴而去，
国王和王后赏给他们大量布帛和马匹。
主人这般施舍，仿佛他们已到生命的末日，

我敢断言，自古以来从未有这样慷慨的王室。

庆典上新晋升的骑士，相继载誉而去。
宫廷中，在朝的文官武将纷纷表示，
他们未来的国君当数年轻的王子。
然而英雄西格夫里特胸怀凌云壮志：

只要西格蒙特和西格琳德双亲在世，
他们亲爱的公子绝不登极加冕。
只有当他的国家遭到武力威胁的时候，
为了保卫国土，他才把君主的职责行使。

第三歌

西格夫里特来到沃尔姆斯

　　西格夫里特欲向克里姆希尔德求婚，不靠出身门第，而要诉诸武力。他带领几名勇士来到沃尔姆斯，要求恭特交出土地和权力。哈根简单介绍西格夫里特少年时代的业绩（打败巨龙，获得宝物），恭特对他以礼相待。西格夫里特作为贵宾留在勃艮第宫廷。

少年王子过着无忧无虑的生活。
有一天，他听说，在勃艮第国里，
有一位美丽的少女，妖娆妩媚，天香国色。
王子后来因为她有过欢乐也招来了灾祸。

这位少女如花的容貌，闻名遐迩，
她那高洁的心灵更令英雄们折服。
许多异国的勇士都对她十分瞩目，
于是纷纷骑马前来谒见高贵的恭特君主。

尽管许多勇士三番五次地向她求婚，
克里姆希尔德总是恪守自己的誓言，
从未向任何前来求婚的人奉献芳心，
直到遇见那位她后来委身相从的男人。

西格琳德的公子爱慕一位高贵的少女，
这位英雄对那位少女也确有无比魅力。
一切向她求婚的人，通通相形见绌，
克里姆希尔德终于与这位英雄结为夫妻。

王子自从坠入情网以来，终日心神痴迷，
王亲权贵和文武朝臣于是紧张商议。

大家主张，王子的婚姻必须门当户对，
王子则说道："我只娶克里姆希尔德为妻。"

这位高贵的少女有倾城倾国的美貌，
相传，她确属勃艮第国中的绝代佳丽。
我敢断言，谁若是能够获得她的恩惠，
即使他是最强大的国君也会感到春风得意。

在宫廷里，人们纷纷议论王子的婚事，
这个消息不久也传到父王西格蒙特耳里。
父王听说，子嗣偏要向这位少女求婚，
他感到十分不安，心中不由得充满忧虑。

母后西格琳德也听到了儿子要求婚的消息，
她为亲爱的王子担忧，心里非常着急。
她对恭特及其随从的情况了如指掌，
于是千方百计劝儿子放弃打定的主意。

勇敢的西格夫里特说道："亲爱的父王，
假如你不准我向我倾心爱慕的女子求婚，
我就永远不娶任何其他高贵的妇人。
无论你们如何反对我，反正我已下定决心。"

父王说道："亲爱的儿子，虽然你固执己见，
但你奋发向上的精神可贵，令我喜欢。
我将竭尽全力帮助你实现你的心愿，
不过，恭特拥有雄厚兵力，不可小看。

且不说其他勇士如何盛气凌人，骄矜傲慢，
单是那位英雄哈根，就足以让人闻风丧胆。
要是我们前去向那位美丽的少女求婚，
我们的前途未卜，结局可能十分危险。"

西格夫里特说道："我们不要有畏难情绪！
如果我以礼相求不能达到我的目的，
我就凭仗我的胆识和勇气去强行争取。
我自信，我能够占领恭特的天下和土地。"

西格蒙特说道："你的话我不能赞同。
一旦莱茵方面听说你还要前去挑衅，
他们肯定不准你进入勃艮第国的国境。
我十分了解恭特和盖尔诺特的秉性。"

父王又说道："我有可靠的证据表明，
任何人都不能用武力抢走那位少女。
倘若你一定要率领勇士前往勃艮第国，
我可以马上调集全部友人随你一同远征。"

西格夫里特当即回禀父王，他说道：
"我无意调兵遣将，率领勇士讨伐莱茵，
我不打算诉诸武力抢夺那位美丽的少女。
我讨厌这种婚姻方式，这违背我的心愿。

我自信能凭借自己的力量征服这位美人。
我只需十二名勇士随同我一起前往莱茵，
请求父王帮助我和我的随从准备这次远征，
给我们置备的衣服要有灰色和花色两种。"

西格琳德母后听说，儿子打算出门远行，
她十分担心儿子的安危，忧心忡忡。
她想，怎保恭特和他的随从不下毒手，
因此终日愁肠百结，泪水长流不停。

西格夫里特王子于是来到母亲居住的后宫。
他拜见亲爱的母后，对她亲切地劝慰：
"母后陛下，请不要担心，不要为我流泪，
你放心吧，我不怕任何人敢于同我作对。

我们这次出征要衣冠楚楚，器宇轩昂，
请母后为我和我的勇士们置备行装。
你若能帮助我们准备这次勃艮第之行，
我对你将永远感激不尽，没齿不忘。"

母后说道："既然你不肯放弃你的打算，
我只好给你我唯一的儿子打点行囊。
凡是当属一个骑士应该拥有的华贵服饰，
我都给你和你的随行勇士们一起带上。"

年轻的王子随即向亲爱的母亲施礼致谢，
他说道："我此次只带领十二名勇士出访。
请你为他们准备服饰，而且要样样齐备，
我想亲自去了解克里姆希尔德的情况。"

许多美丽的妇人坐在那儿忙碌不停，

她们日以继夜地为勇士们缝制衣裳。
她们终于将勇士们的全部服饰制作完毕，
王子下定的决心，依旧没有改变的迹象。
他遵循父王之命，勇士们要一身骑士装扮，
离开西格蒙特的国土时，他们必须仪表堂堂。
父王还命令，要为英雄们铸造精美的胸甲，
他们的头盔务必坚固，盾牌必须宽大而明亮。

勇士们启程前往勃艮第国的日期临近，
家中的人无不忧心忡忡，他们悄然自问：
不知这些勇士此去是否还能安然地返回？
勇士们则在专心地令人装运武器和装备。

他们的马匹膘肥体壮，鞍辔闪着金光，
一行勇士就要上路，前往勃艮第异邦，
他们人人怀着凌云壮志，个个器宇轩昂。
西格夫里特王子于是告别他的爹娘。

西格蒙特和西格琳德，挥泪前来送行，
王子赶忙上前告辞，对他们亲切地抚慰。
他说道："请二位双亲不要为我担心，
更不要因为我远走他乡而伤心落泪！"

勇士们就要启程，一阵酸楚涌上心头，
宫女们不禁流下眼泪，当然有其缘由。
我相信，她们心中肯定已经预感，
此次远征将要埋葬送她们许多亲人和挚友。

勇士出发之后，到了第七日清晨，
他们来到沃尔姆斯郊外的莱茵河左岸。
西格夫里特及其一行勇士按辔徐行，
他们的装备和鞍具十分华丽，金光灿烂。

他们肩上扛着簇新、宽阔而铮亮的盾牌，
他们头上戴着的钢盔，银光闪闪。
他们身上的服饰精美而华贵，举世罕见，
西格夫里特于是骑马来到恭特的城堡前面。

勇士们手中拿着的标枪，锐不可当，
他们佩带的宝剑，长长地直垂在踢马刺旁。
单说西格夫里特那支标枪的枪刺：
刀刃十分锋利，刀的横面宽达足足两掌。

他们手中握着的缰绳，上面缠着金丝，
他们马匹胸前扣着的缎带，华贵而精致。
众人从四面蜂拥而来，大家瞠目而视，
恭特的朝臣们迎面走去，欢迎陌生的勇士。

恭特的骑士和侍从迎面走到来者的跟前，
他们遵照宫廷的礼仪和优良古代习惯，
对勇士们访问他们主上的国家表示欢迎，
同时将勇士们的盾牌和马匹接过去保管。

恭特的侍童欲将他们的马匹牵往马厩，
勇敢的西格夫里特立即上前阻拦。
他说道："请不要将我们的马匹牵走，
我们很快就离开这里，我们不在这里久留。"

"请问，你们中哪一位勇士知道，
恭特大王现在在何处，我想求见。
请你们直言相告，不要对我隐瞒。"
一位知情的勃艮第人随即回答他的提问：

"你们要谒见我们的国王，这事并不困难。
我刚才看见他在那座宽敞的大厅里面，
与他的随从们一起寻欢作乐休闲消遣。
你去吧，你在那里还可以与许多英雄会面！"

就在这个时候，有人向恭特国王禀报：
有一批雄赳赳的骑士来到他们的城堡。
这些骑士衣着华贵，铠甲光彩耀目，
他们是什么人，勃艮第国里无一人知道。

国王十分惊讶，不禁心中纳罕，
这些陌生的英雄身穿戎衣，手执盾牌，
个个雍容华贵，他们究竟从何处而来？
国中竟无人能够禀告，他感到很不愉快。

来自美茨的奥特文于是回禀国王，
这位勇士强悍，勇敢，因而很有名望。
他说道："既然如此，陛下不妨派人去请哈根，
让我的舅父看一眼这些不速之客的模样。

我的舅父熟悉世界上一切盟国和异邦，

他或许也知道这些人的详细情况。"
恭特立即下令去请哈根和他的随从，
不久，一群堂堂的勇士应召上朝觐见国王。

特罗尼的哈根启问，他何以能为国王效力？
恭特说道："我城堡里来了一批异国的勇士，
这里无人认识他们，不知你可曾与他们相遇？
哈根，请你对我直言，不要有任何顾虑！"

哈根表示"遵命"，他随即走近窗口。
他把目光投向站在下面的陌生的来者。
只见他们个个装备精良，雄姿英发，
这样的勇士他在勃艮第国还从未见过。

他报告国王："无论这些勇士从何处而来，
他们不是君主本人，就是君主派来的使者。
这些人的马匹精良，服饰豪华富丽，
不管来自哪个国家，他们都是骑士的楷模。

虽然我和西格夫里特从未有过一面之缘，"
哈根继续说道："然而我可以断言，
且不问他们的到来是福抑或是祸，
那位走过来的勇士正是英雄西格夫里特。

"他来到勃艮第国让我想起许多昔日的传说：
相传，他曾经亲手杀死过两位尼伯龙王子，
一位叫做尼伯龙，那另一位名叫希尔伯。
他后来创造许多奇迹，全凭自己的体魄。

"记得，传说他有一次来到一座大山脚下，
那里聚集一群男子，他只身一人骑马走过。
那些男子正在守护着尼伯龙族人的宝物，
西格夫里特第一次看到这些宝物的守护者。

"那些男子正将宝物从一座山洞里搬出，
欲知美妙之处何在，请你们听我继续述说：
他们欲将宝物均分，其方法可真是奇特！
西格夫里特驻足观看，不由得万分惊愕。

"他骑马走近那些男子，知道能够相互看见，
这是尼伯龙族人中有一名男子高喊：
'高贵的尼德兰英雄西格夫里特来了！'

英雄在尼伯龙族人那里的经历很不平凡：

"他受到希尔伯和尼伯龙的热烈欢迎，
两位年轻的王子根据族人的共同决定，
要求西格夫里特主持分配那些宝物。
西格夫里特盛情难却，因为王子再三恳请。

"相传，那大量碧玉珠宝，数不胜数，
尼伯龙国出产的赤金，更是不计其数，
即使用一百辆大车也无法把它们全部运完，
西格夫里特则必须均匀地平分这些宝物。

"二位王子拿出他们的一柄尼伯龙宝剑，
把它送给西格夫里特，感谢他热情相助。
然而，大家对于他的辛劳并不领情，
因为他主持的分配未能不偏不倚，恰到好处。

"王子的随从中有十二名勇士，个个膀阔腰圆，
可是他们也未能保护二位主上排除危险。
西格夫里特盛怒之下，把他们全部杀死，
其余七百名尼伯龙勇士也与他们一同罹难。

"西格夫里特用的正是那柄神奇的巴尔蒙，
那一群年轻的勇士一见，都吓得心惊胆战。
他们赶紧屈膝投降，交出城堡和土地，
因为他们害怕那柄宝剑和那英雄的虎胆。

"那两位王子也被英雄西格夫里特打死，
只剩下阿尔贝里希一人继续与英雄纠缠。
阿尔贝里希以为，他能立即为主上报仇，
直到他领教，西格夫里特确实强悍。

"这名莽撞的侏儒哪里是西格夫里特的对手，
他们二人像狮子一般一起冲下山头。
英雄抢先把那侏儒手中的隐身衣夺下，
瞬息之间，那全部宝物便通通归他所有。

"刚才还在顽抗的尼伯龙人都成了刀下之鬼，
西格夫里特于是下令，将宝物迅速搬回，
仍旧搬到尼龙人勇士先前取出它们的地方。
他指定：阿尔贝里希担任宝物的守卫。

"但是，阿尔贝里希必须立誓保证，
对宝物的主人永远忠贞不渝，俯首听命。"
哈根又说道："这些都是西格夫里特的业绩！
他是一位卓越的勇士，百年不遇的英雄。

"我知道，他除此之外还赢得过许多殊荣。
相传，他曾经亲手杀死一头凶猛的巨龙，
皮肤因沐浴过龙血变得像鳞甲一样坚硬，
从此刀枪不入，这一点他已经多次亲自证明。

"对这位年轻的王子，我们应当以礼相待，
不要招惹他生气，引起他对我们心怀愤慨。
他凭仗勇气和力量做出了许多惊人的业绩，
依我之见，我们急需将这样的人争取过来。"

国王说道："你说的话，言之有理。
你看，那位英雄率领他的随从站在下面，
他有一副多么骄矜傲慢、好战爱斗的神气！
让我们下去欢迎他，这样我们才不会失礼。"

哈根说道："你走下去，无损国王的身份，
西格夫里特同你一样，也是名门望族出身。
他本人就是一位强大的国王的子嗣，
如今他骑马来到我国，必是有重要原因。"

国王说道："我完全相信你的介绍，
这位英雄高贵而勇敢，当受到我们的欢迎，
他也完全有资格受到勃艮第人的尊重。"
国王说完这番话，迈步走向那位英雄。

国王和他的随从们一齐迎接陌生的来者，
他们严格遵照宫廷的礼节接待到访的宾客。
仪表堂堂的西格夫里特向国王施礼致谢，
因为主人对他的迎接彬彬有礼，心平气和。

恭特说道："高贵的西格夫里特阁下，
请问，你从何处来到我们勃艮第国，
你光临莱茵河畔的沃尔姆斯，不知有何赐教？"
来宾回道："我愿敞开胸怀，对你坦诚述说。

"我在西格蒙特父王的国中经常听人说起，
在你的宫廷里，有一批最勇猛的骑士聚集。

他们堪称独步天下的英雄，无与伦比，
我想要亲自领教一下，这就是我的来意。

"我听说，陛下就是一位英勇绝伦的骑士，
你的英名早已传遍天下，声震寰宇。
世界上任何一位国王都无法与你比拟。
我要把这一切体察清楚，然后才能回去。

"我也是一名骑士，本可以登极加冕，
然而，我要统治天下，绝不靠父辈的遗产，
让众人说我当之有愧，才是我最大的心愿。
为了达到这个目的，我不惜头颅和尊严。

既然你如众人所云，是那么英勇卓绝，
请恕我不揣冒昧，现在就占有你的一切：
我要以武力夺下你拥有的全部土地和城堡，
不管你们对我的要求表示同意还是反对。"

英雄西格夫里特骄矜自负，口出狂言，
公然宣称要以武力强行霸占他们的江山。
国王和他的随从们听后，十分震惊，
大家都气得火冒三丈，七窍生烟。

"这是我光荣的父辈统治多年的国家，
你凭什么道理非要我们把它拱手让出不成？"
恭特又说道，"要是我们屈从别人的武力，
我们这些勇士还怎能算得真正的英雄！"

西格夫里特说道："我坚持我的主意，
要是你的能量不足以让我保护你的土地，
我就把它占为己有，代为治理。
反之，我父辈留下的遗产将通通归属于你。

"你的遗产和我的遗产并没有贵贱之分，
你我二人，谁能把对方征服，
谁有权统治那里的土地和人民。"
哈根和盖尔诺特立即反驳他的荒谬言论。

盖尔诺特说道："我们拥有一个庞大的国家，
凭着自古以来的合法权利，治理天下。
我们从来无意打死别人，霸占他的土地，
当然任何人也没有霸占我们土地的权利。"

他的随从们站在一旁，个个义愤填膺，
他们中有来自美茨的奥特文更是愤愤不平。
他说道："我感到羞愧，你竟然如此温和，
西格夫里特明明对你们无理挑衅。

"纵然他倾全国之兵来向莱茵讨伐，
纵然他们来势凶猛，你们兄弟难于招架，
我奥特文也非得同他较量一番不可，
我要让他自行收敛，得到应有的惩罚。"

奥特文说的这一番话把尼德兰英雄激怒，
他说道："看你胆敢动我一根毫毛！"
我是一位国王，你只是一位国王的走卒，
即使你有十二人，也休想把我一人制服。"

奥特文大声喝令："给我将武器拿来！"
他不愧是哈根的外甥，非常高傲自负。
哈根却是沉默不语，国王十分生气，
堂堂的骑士盖尔诺特则急忙上前劝阻。

他对奥特文说道："请你暂且息怒！
请听我的劝告，不要与西格夫里特动武。
只要我们对他以礼相待，一切都能和平解决，
争取他做朋友，这对于我们自有好处。"

这时，特尼罗的坚强勇士哈根开言：
"西格夫里特此行莱茵就是要挑起事端，
我的主上如何亏待了他，他竟无事生非？
我们——你的随从们有一切理由表示不满。"

勇敢的英雄西格夫里特对哈根答话，
他说道："如果我说的话使你深受伤害，
那么我就用行动让你看一看我的打算：
哈根阁下，我确实想在这里大干一番。"

盖尔诺特说道："这件事让我一人处理！"
为了不让西格夫里特感到遭受了委屈，
这位国王禁止他的勇士们再对他恶言恶语。
此时西格夫里特又想念起那位可爱的少女。

盖尔诺特说道："我们何尝愿意诉诸武力？

无论有多么英雄在战争中为国捐躯，
都与你无补，也无助于我们提高声誉。"
西格蒙特的公子西格夫里特于是回道：

"哈根为什么犹犹豫豫，还有奥特文？
他在勃艮第国也指挥着一大批兵力，
他何以不率兵出师，挺身参加战斗？"
殊不知，他按兵不动乃是听了主上的旨意。

乌特的公子也说道："欢迎你和你的随从！
倘若我能帮助你实现你的任何打算，
那都是我和我全体族人的欣慰和莫大光荣。"
他随即命侍从给客人斟上美酒，表示欢迎。

勃艮第国王说道："我们所拥有的一切，
只要你有合理的需要，全部提供给你使用。
我愿意与你一起分享我们的财产和生命。"
西格夫里特这时才渐渐息怒，恢复平静。

国王传旨，要妥善保管客人带来的行装，
连他们的马童也要安排住进最好的营房。
西格夫里特一行人住下后，感到舒适满意，
不久，他即受到勃艮第人的衷心敬仰。

在此后的日子里，他很受众人的尊敬，
大家对他的赞许远非拙舌所能全部说唱。
我敢把手放在火上赌咒，凡是见过他的人，
都不再怀有敌意，深感友善，不胜钦仰。

每逢三位国王与他们的勇士们竞技消遣，
英雄西格夫里特总是摘取比赛的桂冠。
他有拔山扛鼎之力，其气势无与伦比，
他总是独占鳌头，不论投石还是掷枪。

每逢骑士们陪同妇人们一起消磨时光，
为她们奉献殷勤，表现骑士的美德和素养，
妇人们总是希望能见到那位尼德兰英雄，
然而，那位英雄早已对一位佳人心驰神往。

他虽然经常光临宫廷里举行的各种活动，
心中却总是浮现那位美丽少女的肖像。
而他从未目睹过克里姆希尔德的花容，

她也是情思缕缕，经常对亲人吐露衷肠。

每逢年轻的骑士和侍从们在宫中比武，
高贵的克里姆希尔德总是凭窗窥望。
自从西格夫里特经常在赛场上出现，
她再也不到别处去休闲娱乐，消磨时光。

要是英雄知道，他的心上人在向他张望，
他会欣喜若狂地对她回以会心的目光。
在这里，我可以毫不夸张地断言：
那时他在世界上就再也没有更高的向往。

每逢他在宫廷前的庭院和其他骑士站在一起
（他们依照延续至今的习俗在那里竞技较量），
西格琳德的公子总是意气风发，斗志昂扬，
博得众多妇人的倾心爱慕，受到她们无限敬仰。

西格夫里特不止一次地独自冥思苦想：
"我何时才能有机缘看看那位少女的模样？
我全心全意地爱她，爱了那么许久许久，
至今我们依旧互不相识，让我多么惆怅！"

国王们每逢去各地巡游，必有随从陪同，
尼德兰英雄西格夫里特总是跟在其中。
克里姆希尔德看见后，心里总是十分难过，
而同样的思念也正在折磨那位高贵的英雄。

西格夫里特在恭特的国家已度过一年时光，
他却一次也未见那位少女，我绝不说谎。
然而，正是他心爱的少女克里姆希尔德，
日后给他带来许多欢乐，也带来巨大伤亡。

（刘伟编，摘自佚名著、安书祉译：《尼伯龙人之歌》，译林出版社，2000）

第四十七章 古代藏文学及《格萨尔王传》

第一节 古代藏文学简介

古代藏族文学既包括古老源长的民间口传文学，也包括历史悠久的书面文学。

藏族民间文学出现于青藏高原的原始社会后期。随着社会的发展与进步，神话、传说、故事、史诗、叙事诗、民歌和民间戏剧等基本文学样式相继出现，并逐渐流行起来。据藏族史书记载，当时各种文学都相对发达了。如神话方面有《猕猴变人》、《斯巴宰牛》等；民间传说有《种子的起源》、《牦牛王》、《文成公主》、《唐东杰布》、《顶生王的故事》等；民间叙事诗则有《卡吉嘉洛》、《流奶记》、《不幸的擦瓦绒》、《达内兑》、《聂赤赞布的传说》等；民间故事集有《尸语故事》、《萨迦格言注释故事集》等；英雄史诗《格萨尔王传》更是规模宏大、广为流传；深受藏族人民喜爱的藏戏，著名的剧目有《诺桑王子》、《顿月顿珠》、《智美滚登》、《卓娃桑姆》等。"鲁谐"是藏族人民对民歌的总称，其内容丰富，题材广泛，如社会生产、生活、族群关系、礼俗婚丧等。

另外，在《拉达克王统世系》中记载有"鲁"、"卓"的文艺形式，"鲁"是一种徒歌，"卓"则是配歌的舞蹈。古代藏族还有谚语、卜辞、谜语等多种文学形式，如《松巴谚语》等。一些资料显示，当时的谜语也很流行，尤其是故事谜语，并强调其"启发民智，治理国政"的文学功用。

藏族书面文学的发轫，大约始于公元 7 世纪前后。随着吐蕃王朝的建立和发展，其奴隶制社会政治、经济、文化等飞速进步，文学也随之兴盛起来。吐蕃文（后逐渐发展演变为藏文）的创造，使得民间口头文学作品如神话、传说、诗歌等开始有了文字记录。还出现了具有鲜明文学特征的传略、编年史、碑铭等作品，如《赤都松与赤德祖赞传略》、《松赞干布传略》、《俺拉木·达扎鲁恭记功碑》、《谐拉康碑》等。

藏族诗歌在丰厚的民歌基础上，也涌现出许多杰出作家和作品。在藏族的古典诗坛上，米拉日巴等的"道歌体"诗作，借景抒情，发人深省，如《十万道歌集》；贡嘎坚赞、贡唐·丹白准美、米庞嘉措等的"格言体"诗作，比喻贴切，富有哲理，如《萨迦格言》、《格丹格言》、《水树格言》等；阿旺罗桑嘉措、宗喀巴·洛桑扎巴等的"年阿体"诗作，雅善修饰，颂祝劝化，如《诗文散集》；仓央嘉措等的"四六体"情歌，真挚深切、淳朴幽婉，如《仓央嘉措情歌》。

藏族历史上传记极多，著述有近千部。藏族古代传记文学的代表作是桑吉坚赞的《米拉日巴传》、刀喀夏仲·才仁旺阶的《颇罗鼐传》以及多仁·丹增班觉的《多仁传》等。历史文学的代表作则有巴·塞囊的《巴协》、索纳坚赞的《西藏王统记》以及巴俄·祖拉陈哇的《贤者喜宴》等。

藏族的古典小说创作成就颇丰，流传于世的代表作品有才仁旺阶的长篇小说《勋努达美》和罗桑登白坚参的长篇小说《郑宛达娃》。

总的来说，古代藏族文学中无论是民间口头创作还是文人书面创作，风格上都比较朴素、简洁、自然，富有人生感悟和生活哲理；形式上多采用散文与歌谣间杂的文体。它也是藏族文学史的重要组成部分。

第二节　《格萨尔王传》简介

《格萨尔王传》是藏族人民集体智慧创作出的一部伟大的英雄史诗，也是世界上最长的一部史诗，约有 120 多卷、100 多万诗行、2000 多万字。这部史诗从口头流传到基本架构的形成，经历了一个不断演进、完善的过程，也是藏族文化精神发展的心灵历程。它融汇了不同时代藏族人民有关历史、社会、自然、科学、宗教、道德、风俗、文化、艺术等方面的丰富知识，也包含了藏民族文化核心的精神内涵。这部史诗在学术研究与探索、美学欣赏与借鉴、历史认知与文献等方面都有着极高的价值，被誉为"东方的荷马史诗"。

《格萨尔王传》大约产生于古代藏族氏族社会开始瓦解、奴隶制国家政权逐渐形成的历史时期，约公元前后至公元 5、6 世纪。氏族和部落的神话传说、部族和民族之间的战争史实、英雄人物的非凡轶事等都是史诗出现的滥觞。随着藏族社会历史的巨大发展和变革，史诗在民间通过口传的方式，流传开来，并衍生出许多奇闻轶事，世代承继。不同时代的人们结合自己的情感、认知和信仰等不断对史诗进行充实与修改，形成了基本的叙唱体系架构。11 世纪前后，佛教藏僧们（主要是宁玛派僧侣）开始有意识地收集、整理、编纂和传播《格萨尔王传》，史诗叙事基本框架结构成型，并有了最早的手抄本，如被称为"伏藏"的手抄本。

《格萨尔王传》是关于藏民族部落战争和藏区统一战争的神话，又是一部包罗三界、总揽四方的英雄史诗。采用民间艺人概括方法，史诗内容分为三大部分："上方天界遣使下凡，中间世上各种纷争，下面地狱完成业果"。主要叙述了天界诸神派天神之子格萨尔到世间降妖伏魔，锄强扶弱，救黎民百姓于苦难之中的故事。格萨尔王在藏族传说中是神子推巴噶瓦的化身。故事叙述了他降生人世，戎马一生，惩恶扬善，弘扬佛法，平定四方三界以及下到地狱拯救自己的母亲和一切受苦的众生，成就英雄伟业，然后返回天界。在传统意义上，《天界篇见》、《英雄诞生入》、《赛马称王》等部分作为序曲，建构了史诗的基本体系。四部降魔史，是史诗的主体，最后是《地狱救母》。在此基础上派生出"十八大宗"、"十八中宗"、"十八小宗"等。

《格萨尔王传》通过人物本身的语言、行动和故事情节来塑造生动、鲜明的人物形象。史诗中众多的人物，无论是英雄伟人，还是暴君魔王，各色人等都刻画得性格鲜明，入木三分，却各不相同。如格萨尔在史诗中被塑造成一个半人半神的形象。他有着非凡的神力，能够呼风唤雨，变幻无穷，又有着常人的血肉之躯和七情六欲，形象饱满而真实。再如总管王的睿智、机敏、仁厚、慈和；嘉察的勇猛、刚烈；丹玛的有勇有谋、智勇双全。

《格萨尔王传》采用了明白晓畅、通俗易懂的说唱形式，并将散文叙述和唱词有机结合，唱词部分多采用了"鲁"体及自由体民歌的格律。《格萨尔王传》中，还保留着种类繁多的赞词，如"酒赞"、"山赞"、"茶赞"、"马赞"、"刀剑赞"、"衣赞"、"盔甲赞"等。在语言修辞上，《格萨尔》引用了数不胜数的藏族谚语，数量之多，让人叹为观止。有的原文引用，有的经过加工，为史诗增添了不少哲理光辉。

总的来说，《格萨尔王传》千载悠悠的历史积淀，宏伟壮阔的艺术架构，包罗万象的浩繁卷帙，纵贯古今的磅礴气势，流传千古，弥久不衰。它为我们展示了原始社会千姿百态的生活"画卷"，代表着古代藏族文化的最高成就。因此，《格萨尔王传》不仅是世界文学中的一朵奇葩，也是研究藏族社会历史生活、宗教信仰、民俗风情以及藏族语言发展等诸方面的珍贵文献，也可以说是藏族古代的一部大百科全书。

第三节　《格萨尔王传》选段

第1回　妖风骤起百姓遭难　观音慈悲普度众生

很久以前，藏族的祖先就生活在这雪山环绕、雄伟壮丽的雪域之邦。人们安居乐业，和睦相处，过着幸福美满的生活。

突然，不知从什么地方刮起了一股罪恶的妖风。这股风，带着罪恶、带着魔鬼刮到了藏区这个和平安宁的地方。晴朗的天空变得阴暗，嫩绿的草原变得枯黄，善良的人们变得邪恶，他们不再和睦相处，也不再相亲相爱。霎时间，刀兵四起，烽烟弥漫。

人们向天祈祷，祈求慈悲的菩萨拯救众生。

天神被众生的虔诚感动了。为了消灭恶魔，天神要为众生做三次降伏恶魔的法事，以求得法王长寿，属民安乐。但是，王室中罪恶深重的奸臣想尽一切办法来阻止降魔法事，因此，降魔法事没有能够完成。

降伏恶魔的良好机缘被错过，恶魔更加猖獗起来，从藏区的边地侵入腹地，法王也被降为庶民。一群群妖魔横行无忌，无恶不作，他们吃人肉，喝人血，吞人骨，扒人皮。因此，藏区这个美丽的地方，成了一个苦海；安居乐业的众生，遭到了前所未有的涂炭。

大慈大悲的观世音菩萨，看到众生遭受深重苦难，心中大为不忍，就向极乐世界的主宰阿弥陀佛恳请道：

> 西方极乐世界的教主阿弥陀，
> 请看看不净轮回的地方！
> 您的慈悲最无偏无向，
> 请您给藏区苦难的众生发一道佛光。

世尊阿弥陀佛稍微转动了一下脖颈，一道金光立即为观世音菩萨指明了方向。阿弥陀佛告诉观世音菩萨：在三十三天神境里，父王梵天威丹噶尔和王母曼达娜泽有一个王子叫德确昂雅。德确昂雅和天妃所生的儿子，叫推巴噶瓦，将降生在南赡部洲人世间。他是人间的菩萨，只有他能教化众生，使藏区脱离恶道，众生享受太平安乐的生活。请你前去牛尾洲，把我的这些话告诉莲花生大师，他就知道该怎么办了。

观世音菩萨得到世尊的明训，立即向牛尾洲飘去。

牛尾洲在南赡部洲的北面，是罗刹的地方。坐落在牛尾洲的莲花光无量宫的大乐自成殿，是个雄伟森严的地方。到了这里，就是狱帝阎罗也要惧怕，梵天王也要退缩，魔王毕纳雅噶也要避让，普通人根本不能接近这个地方。但是，为了拯救众生出苦海，观世音决定到这个令人胆寒的地方走一遭。他将真身隐去，变作一个头戴蚌壳的罗刹孩子，身上罩着一团盾大的白光。这团吉祥的佛光保护着菩萨，使他不受邪气的侵扰。

当观世音菩萨来到牛尾洲东门的时候，被守城的罗刹大臣热恰郭敦看到了。热恰郭敦看着观世音的化身，心中好生奇怪：这是个什么人呢？说他是神吧，他又像个罗刹孩子；说他是罗刹吧，周身又被祥瑞的白光笼罩。对于众生来说，牛尾洲这个地方，不要说看，就是听了也会让人不寒而栗，心惊胆战。这个面目生疏的小孩竟敢到这里来，一定有什么大事相托。热恰郭敦想不透，也猜不出这个小孩的来意，于是问道：

> 陌生的孩子你从哪里来？
> 来到这里做什么？
> 牛尾洲是万恶的血海，
> 罗刹的食欲比火还热，
> 女罗刹的魔手比水还长，
> 找肉吃的罗刹比风还快。
> 古老的谚语说得好：
> 如果心中没有难以忍受的痛苦，
> 无须在水中自溺；
> 如果没有遭受极大的冤屈，
> 不必把财宝送进官府。
> 你这乳臭未干的孩子，
> 来到这里究竟有何事？
> 你是什么地方人？
> 你的父母又是谁？

热恰郭敦问毕，眨着眼睛等待回答。
观世音菩萨想了想，答道：

> 我名叫利群慈悲之骄子，
> 父亲是普遍救主大菩萨，
> 母亲是空性法灯氏。
> 今早从德庆坝子来，
> 来向陀称长官叙说一件重要的事。

热恰郭敦看着这个小孩子，轻蔑地说："有什么事对我说吧！"
"俗谚说：'五谷丢在草地上不会长出庄稼，种子撒在田里才会结出硕果。'对您讲了没有用，还是请您通报一声。我是非见白玛陀称王不可。"
罗刹大臣见这小孩不肯对他说，生气了：
"我们罗刹王白玛陀称管辖下的王朝，在古昔之时，法令比雷霆还严厉，领土比天之所覆还要大，权力比罗睺星还厉害，不要说你一个流浪边地的小孩子，就是像我这样近在身边的内大臣，也常常要无罪被处罚。自从我们有了新的大王，人们在心理上逐渐具备了空性、仁慈及宽、猛、平和三种品德；大家的行动变得一致了，犹如照一个样子裁的衣衫，照一个规格做的念珠一样。但是，如同在圣洁的神殿里不容混杂草木那样，在我们的牛尾洲，仍然不能让一般的闲杂人员混入。你要见我们大王，请问，你有朝拜神庙的哈达吗？有拜见活佛的布施吗？有谒见长官的礼品吗？"

童子听了罗刹大臣这一番话，毫不犹豫地告诉他：

"当然有，我有礼品三十种：教法方面有六字真言，道德的方面有六波罗密多，外面有客观六境，内里有主观六识，中间有器官六门。你看这些能作为晋见礼吗？"

罗刹大臣见那童子对他说的话并无丝毫畏惧，反倒显示出一股凛然正气，心中大为不悦：

"要朝拜扎日神山，就得靠九节藤杖！要赶加吾司山沟的路程，总得给他白银元宝。你的那些礼品，究竟是大还是小呢？"

"大也不算大，自己身体只是一弓见长，但它是宝贵的人身。小也不算小，如果会想，它就是今世和来世无穷的资财和食粮，要什么就能有什么，是难得的如意宝；如果不会想，它就是三毒轮回的沉底石，是欢乐和痛苦的根子，是藏污纳垢的皮囊。"

"那好，你在这里等着，让我去请示大王。"罗刹大臣再也无言答对，只得进宫禀报。

莲花生大师是长寿佛，为了拯救众生，弘扬佛法，他能根据不同的需要，变幻不同的形象。为了教化凶恶的罗刹，他变作威严的形象，来到牛尾洲，被称为白玛陀称王。此刻他正坐在铺着华丽整齐的垫子、镶着金子饰品的宝座上，双目微闭，一心想着法性对人们的意义。对外边发生的事，热恰郭敦和童子的对话，他都知道得清清楚楚。但是，见热恰郭敦进来，他仍装着不知道的样子问：

"喂，今天早上谁在唱不动听的歌，说无意义的话？他是不是想把什么重要的事情托付于人？"

罗刹大臣心中暗想：俗谚讲："大王坐在宝座上，两只小眼睛能望到四方；太阳运行于天空，光明普照到世界；浓云遮蔽空中，甘霖降在大地。"照这么说，大王已经知道了一切，可他还是要老老实实地回答大王的发问：

"威震四方的大王啊，在罗刹城德庆奔庄查穆的外城仁慈大殿门口，有一个非人非魔的小孩。说他不是神吧，他背上有一圈白光；说他是神吧，长得又像个罗刹孩子！他说他有造福众生的大事，要向您禀报。"

"哦，善哉！"白玛陀称王脸上绽出微笑。"俗谚说：'作为引导者的上师，只要信徒能够改过，比对上师贡献百样布施还要欢喜；作为威震一方的长官，只要百姓忠实于他，比对长官奉送百样礼品还要高兴；有福分的事业领袖，看见善兆，比获得百样财宝还要喜欢。'今天是个吉日，这是个祥瑞兆头，你去宣示：神龙土地及八部众人，无论是谁，都可以马上到这里来！"

当罗刹大臣从宫门出来时，哪里还有什么童子的影子。在童子原来站着的地方，只剩下一株八瓣金莲花，金莲花的花蕊上有一个白色的"誓"字，八个花瓣上依次写着"唵、嘛、呢、叭、咪、吽、誓、啊"八个字。奇怪的是，这朵金莲花还能发出声音，念诵着这八个字。

罗刹大臣热恰郭敦好生奇怪。他暗自思量着：眼前的事，叫我怎样禀告大王、说给大臣、传达给奴仆们呢？他细细思量了十二次，自己出了二十五个主意以后，心想：如果空性的心不泯灭，大丈夫的心计是不会穷尽的；如果舌头不让牙齿咬掉，智者的话是说不完的；如果任双脚无限制地走去，弯曲的道路是不会有尽头的；如果不用绿色的河水浇灭，红色火焰的燃烧哪里会有限度。眼下这件事，并非没有灵验的猪舍利，不是没有意义的哑巴话。今天早上的这个童子，可能是个什么化身。这朵金莲花，一定是由他所变幻。可这朵金莲花要不要拿给大王呢？罗刹大臣又思量了十二次，给自己出了二十五个主意。他想，大王已经说了，对于有福的人是需要吉兆的，无论是神是鬼，都可带来；这朵金莲花，是个无物的虹影，一定是个吉兆。于是，他捧起那朵金莲花，径直走进宫门，朝白玛陀称王走去。谁知还没有走近大王，手上的金莲花忽然化作一道白光，一下钻进大王的胸口去了。

罗刹大臣的心像是被那道白光突然照亮了似的，观世音菩萨想说的话突然从他的嘴里说了出来：

> 唵嘛呢叭咪吽菩！
> 莲花盛开的国度里，
> 世尊阿弥陀佛请明鉴！
> 上品莲花全知的宝库，
> 幻化大王请思量！
> 在难以教化的藏区，
> 雪山环绕的国度里，
> 发了邪愿的鬼魅们，
> 九个王臣在横行！
> 东面有魔王罗赤达敏，
> 南面有魔王萨丹毒冬，
> 西面有魔王古噶特让，
> 北面有魔王鲁赞穆布，
> 还有宇泽威的小儿子，
> 土地魔王念热哇，
> 狮子魔王阿塞琪巴，
> 凶恶的魔王辛赤杰布。
> 世间的妖魔和鬼怪，
> 有形的敌人和无形的恶魔，
> 唆使藏民走向恶道，
> 让众生遭受苦难。
> 能拯救众生的是神子推巴噶，
> 五位佛陀为他授记，
> 三世救主给他加持，
> 该是他降生人世的时候了。

威震世间的白玛陀称王听罢，顿时笑容满面，心中无限喜悦：

> 啊呀善哉大菩萨，
> 闻声解脱的大菩萨，
> 犹如众星之中的明月，
> 宛若草原上的雪莲花，
> 诸佛的事业集于一身，
> 一切胜者的智慧聚于一处，
> 愿众生脱离苦海，

到达幸福的彼岸。

大慈大悲的观世音菩萨见白玛陀称王已经接受了十方诸如来佛所托付的事情，便到普陀洛迦山去了。

初十那天，是一个空行勇父聚会的喜庆节日。白玛陀称王决定在这一天里让神子降生。他在"法界遍及"的三昧里坐定后，口中默诵着，顿时从他的头顶发出一道绿色的光。这光又分作两道，一道射进了法界普贤的胸口，另一道射进了圣母朗卡英秋玛的胸口。从法界普贤的胸口里，闪出一支五尖的青色金刚杵，杵的中间标着"吽"字。这金刚杵一直飞到扎松噶维林园里，钻进了天神太子德却昂雅的头顶，天神太子顿时变成了"马头明王"。从圣母朗卡英秋玛的胸口里，闪出一朵十六瓣的红莲花，花蕊上有一个"啊"字。这朵莲花飘呀飘，一直飘到天女居玛德泽玛的头顶，天女变成了"金刚亥母"。

化身为"马头明王"的神太子和化身为"金刚亥母"的天女，双双进入三昧之中，发出一种悦耳的声音，这声音震动着十方如来佛的心弦。十方如来佛将他们的各种事业化作一个金刚交叉的十字架，飞入神太子的头顶中，被大乐之火熔化后，注入天女的胎中。顷刻间，一个威光闪耀，闻者欢喜、见者得到解脱的孩子，被八瓣莲花托着，降生在天女的怀抱中。这孩子一诞生，立即朗声念诵百字真言，念罢，又唱起指示因果的歌曲：

> 唵嘛呢叭咪吽誓！
> 五佛世尊请鉴知，
> 愿我和齐天诸众生，
> 都得到五佛的圣智。
> 要想从六道轮回里解脱，
> 须向三宝皈依。
> 要想摆脱痛苦的深渊，
> 须发菩提善心。
>
> 世间的众生万万千，
> 爱憎忧苦日日添。
> 高位者苦恼地位会降低；
> 低贱者苦于兵税及差役；
> 强暴者苦恼事业不到头；
> 弱小者苦于他人相凌欺；
> 富有者苦恼财富不能保；
> 贫穷者苦于冻饿和衣食。
> 人生苦恼寿有限，
> 四百种病如风袭。
> 猝然横祸死者多，
> 命中注定难相逆。
>
> 好汉生时有雄心，
> 死时身上一土堆。
> 富人生前不舍财，

死时殡仪犹如水点灯。
高踞宝座的王侯，
寿终之时也将头枕地。
穿着绫罗的王后，
死时也要火烧身。
具备六种武艺的勇士，
也要让鹰雕去扯肝撕肠。
具备六种智慧的主妇，
也要让黑绳把四肢捆绑。
缠绕了一生的衣和食，
死后只有赤身空手去。
六道中没有佛心的愚者，
不要轻狂须谨慎。
长官不要把因果来倒置，
强者不要把弱者来凌欺，
富者要供奉和布施，
普通人也要常把佛经念，
精进谨慎才能如意！

　　在嘉雅桑多白日山上的莲花生大师听到了神子的歌，知道他灌顶授记的时候到了。在这个时候，是需要诸佛加以保护的。莲花生大师口中念念有词，身上不断地闪射出佛光，去鼓动诸佛；额上发出一道白光，鼓动了色究竟天的毗卢遮那佛的心弦；胸口发出一道青光，鼓动了喜现佛士阿閦佛的心弦；肚脐发出一道黄光，鼓动了吉祥庄严佛士宝生佛的心弦；喉头发出一道红光，鼓动了西方极乐世界阿弥陀佛的心弦；下身发出一道绿光，鼓动了上业佛士不空成就佛的心弦。同时作歌将真谛结果告诉大家：

唵，清除五毒的五圣智，
从无生界发起大誓愿，
清净五行的五天女，
从无天界为众生把事办。

世间凡人有俗谚：
没有教法的上师糟，
违背誓言的弟子糟，
无人拥护的长官糟，
没有礼貌的下属糟。
不带利刃的武器，
鞘柄虽好也难破敌。
没有辅助的六种药，
色味虽好难把病医。
没有肥力的土地里，
虽播六谷也不会有收益。

> 请赐权力及赞誉，
> 请赐利刃和柄鞘，
> 请赐加护的良药医六道，
> 教化众生的事业在此一遭。

上天诸佛受了莲花生大师的鼓动，纷纷行动起来。

色究竟天的毗卢遮那佛，从额头上发出一道光，光芒遍照十方，把十方诸如来加护的"唵"字，聚在一起，变作一个八辐轮子。这轮子飞至神子所在的天空中，作歌曰：

> 唵！从法界圣智诞生的勇士，
> 赐名给他叫推巴噶瓦。
> 愿他以身降服四敌，
> 遇到他者不再堕恶道，
> 看见他者能够到净地，
> 闻他声者罪孽能除尽，
> 他已经得到了佛法的灌顶授记。唵！

轮子歌罢，一下钻进神子的额际中。从这一天起，神子取名为推巴噶瓦。

东方喜现佛士阿閦佛从胸口发出一道光，化作一切佛心所加护的五尖青色金刚杵，钻入神子的胸口里。神子得到了三昧宝库中的一切。五类神众用宝瓶装满甘露，给他洗浴身体：

> 好男儿神子推巴噶瓦，
> 已除去三毒业障，
> 具备了三佛身体，
> 得到金刚的灌顶授记。

吉祥庄严佛士宝生佛，从肚脐间发出一道光，把一切佛的诸功德和福分聚集在一起，化作一种宝物燃烧的形象，钻入神子的肚脐里。又把十地菩萨所用的戒指、长短胸链、衣物等装饰品，一齐给神子穿戴得整整齐齐，然后为他祝福：

> 祝愿你戴上这桂冠，
> 地位崇高吉祥圆满！
> 愿戴上这对耳环和项链，
> 名誉齐天吉祥圆满！
> 愿穿上这珍贵华丽的衣服，
> 摧毁魔军吉祥圆满！
> 尊贵的神子推巴噶瓦，
> 已得到宝物的灌顶授记。

西方极乐世界的世尊阿弥陀佛，从喉头发出一道光，把一切如来佛的语言化作一朵红莲花，钻入神子的喉头，使他得到了六十种音律的使用权。又把一个象征一切如来佛誓言的五个尖子的金质金刚杵，从空中降到了神子的右手，并且唱道：

> 这金刚杵是誓言的象征，
> 愿你履行拯救众生的诺言，
> 上面的天神曾授权，
> 下面的龙王开了宝库门，
> 黑色魔王黄霍尔，
> 有形无形都征服。
> 普度众生的神子推巴噶瓦，
> 他已得到莲花的灌顶授记。

上方圆满佛土的世尊不空成就佛，从下身发出一道光，清除了一切众生的嫉妒业障，把一切如来佛的事业，化作一个绿色的十字架，钻入神子推巴噶瓦的下身，使他得到了事业无边的权力；又把一个象征一切如来佛的四种事业自然成功的白色银铃，从空中降到神子的左手，并灌顶授记：

> 你是佛陀功行满，
> 从和平慈悲的云层中，
> 闪出雷霆的火星，
> 推毁孽障的山岭。
> 那追求资财的上师，
> 要用智者的教义制伏。
> 那狂妄自大的长官，
> 要降下因果来制伏。
> 那自夸逞能的妇女，
> 要降灾难来制伏。
> 赐给金刚武器于你手，
> 心识遍于法界金刚界，
> 菩萨慈悲集于你一身，
> 愿你破敌事业自然成，
> 神子推巴噶瓦啊，
> 已得到事业的灌顶授记。

五位世尊给神子推巴噶瓦灌顶授记之后，尊贵的忿怒明王和诸神，也给神子授予四种灌顶。从此，神子推巴噶瓦就具备了举世无双的无量功德，只待降生人间，普度众生。

第2回　老总管异梦得预言　岭噶布集会议大事

再说人世间，位于南赡部洲中心东部，雪域之邦所属的朵康地区，有个土地肥沃、百姓富裕的地方，人们叫它岭噶布。岭噶布又分上、中、下三部。上岭地域宽阔，风景秀美，草原上花红草绿，色彩缤纷。中岭丘陵起伏，常被薄雾笼罩，像仙女头上披着薄纱。下岭平坦如冰湖，在阳光下反射着夺目的银光。岭噶布的前边，群山陡立；岭噶布的后边，峰峦蜿蜒。各个部落的帐房如群星密布，牛羊如天上的云朵。岭噶布真是个辽阔富庶、景色如画的好地方。

岭地老总管绒察查根就住在上岭一个名叫"莲花日出"的小屋里。他是大修士古古日巴的化身，岭地三十位英雄他为首，岭地三十个头人他占先，岭地三十个掌权者他为冠。

这一天，总管绒察查根早早地就睡下了，睡得又香又甜。没有多大功夫，他好像觉得天亮了，东面的玛杰邦日山顶上，出了一轮金色的太阳。这太阳光照亮了整个藏区。在那太阳的正中间，有一杆金子做的金刚杵。突然，金刚杵向下飞来，落在岭地中部的神山吉杰达日顶上。太阳还高高地挂在天上，月亮又升起来了。这月亮好像也和往常的不一样，在曼阑山的山顶上，被众星围绕着，光辉照射在周围的神山上。弟弟森伦王手中拿着一把白绸做顶，绿绸镶边，黄绸做流苏，金子做把的大伞，从天边走了出来。他手里那把伞，覆盖着西方大食国邦合山以东，东方汉地的战亭山以西，南方印度的日曼以北，北方霍尔的运池湾以南的所有地方。西南方天空里的一片彩云上，一个戴着莲花冠的上师骑着一头白狮子，右手拿金刚杵，左手拿三叉戟，由一个身着红衣，头戴骨头饰品的女子引导着。他一边走，一边对绒察查根说："总管勿睡快起身，普陀落山太阳升，若要日光照岭地，我唱支歌你来听！"说罢唱道：

今天丁酉孟夏初，
上弦初八清晨间，
岭地将有吉兆现，
长系高贵的凤凰类，
仲系著名的蛟龙类，
幼系鹰雕狮子类，
族众斑纹老虎类，
十三日开会聚众民，
上自高贵的上师，
下至普通的百姓，
在东方发白之时，
集会在玛迦林神庙中，
前半月十五日以前，
要向战神们念颂辞。
以金木玉柏为首，
好木盖成祭房十三栋；
战神之旗作中心，
竖起吉祥大旗十三种；
用多闻子大氅作标志，
建立召福法事十三门。
具有福分的大王前，
以贵人伦珠为首领，
跳起庆祝的舞蹈十三种；
富有运气的妇人前，
以嘉洛噶妃为首领，
唱出祈祷的歌曲十三种；

> 以甘美的甜食为首品，
> 十三种素食献贵客；
> 吉兆肯定在藏区，
> 岭地必然有福音。
> 大摆宴席这一天，
> 务必整齐莫慌乱；
> 端茶献酒这一天，
> 好女儿小腿勿打战；
> 宾客来到家门时，
> 从容大方莫细观。
> 吉兆降临那一天，
> 好男儿们心莫乱。
> 若能听懂是喜讯，
> 终生难逢的大事件，
> 祝吉祥心愿都实现！

绒察查根刚要问个仔细，那上师和女子飘然而逝，太阳和月亮也都隐去，急得他大叫起来，方知刚才所闻所见乃是一场梦。

绒察查根从梦中惊醒后，只觉得浑身非常舒服，心情十分愉快，头脑也异常清醒，梦中所闻所见记得明明白白。他立即大声呼唤仆人噶丹达鲁，那口气失去了往日和缓的声调。当仆人噶丹达鲁慌慌张张地来到总管的房间时，只见绒察查根早已把衣服、靴子穿得整整齐齐，端端正正地高坐在宝座上。

噶丹达鲁心中纳闷，按照平日的规矩，他每天要念五万遍六字嘛呢真言，二十一遍祝祷词，把洒净水、烧香等一切仪式做完，总管才会起床，今天这是怎么了？俗话说：巍巍雪山一方塌陷，象征着狮子要出山寻食，百兽将不能安宁；雄伟的峰峦云遮雾罩，预示着将有滂沱大雨，天空一定不会晴朗；长官已从宝座起身，仆从们将不得安宁。

不容噶丹达鲁再往下细想，总管开口说话了：

"喂，你听着！刚才我做了一个梦。这梦是以往祖宗三代没有听说过的，是岭地的子孙三代难以得到，青天难以覆盖、大地难以容载的，不知黑发藏人是否能消受得了。可这个梦究竟是什么意思呢？我要请修行成道的上师汤东杰布来为我圆梦，可他能不能来呢？"

"能的，汤东杰布上师一定会来的。"噶丹达鲁连声应着。

"喂！要请汤东杰布上师，还要给杰唯伦珠和嘉洛敦巴坚赞二人写信。对，就这么办，现在你先去烧些茶来。"

噶丹达鲁来到大厨房，用"福德大腹"壶冲茶，叫上火夫索朗雅培，边唱着"献茶歌"，边转回总管的小屋：

> 这金子制成的茶具，
> 象征着"上岭"的色氏八兄弟；
> 这内部充溢的酥油汁，
> 象征着"中岭"的文布六家族；
> 这火焰消除黑暗放光明，
> 象征着"下岭"的穆姜四家族。

　　　　　第一道供茶献神佛，
　　　　　三宝地位比天尊；
　　　　　第二道供茶献神祇，
　　　　　吉祥安乐威名扬四方；
　　　　　第三道供茶献龙王，
　　　　　富庶好比雨倾盆；
　　　　　第四道供茶献长官，
　　　　　四方敌人都镇服。
　　　　　幸福美满由此生，
　　　　　大吉大利由此长，
　　　　　愿寿命比金刚岩还牢固，
　　　　　愿权势比须弥山还要稳，
　　　　　愿福气就像如意宝树盛，
　　　　　愿命运犹如大地一样平。

　　绒察查根听了赞歌，心中更加高兴，忙吩咐侍从喜饶嘉措给杰唯伦珠和嘉洛敦巴坚赞二位大人写信，请他们到岭地来圆梦。同时，又派出了像麻雀群似的使者，带着总管的信件，分别到"上岭"的色氏八部落，"中岭"的文布六部落，"下岭"的穆姜四部落，还有噶珠秋部落、丹玛十二万户、黑白东科部落、达绒十八部落等处下达通知，要各部落的属民们，于本月十五日，正当日月相对之时，雪山戴上金冠之际，在岭地大会场聚会。

　　该请的人，凡能请到的，都去请了，只有大修士汤东杰布还没有请到。他是一个没有固定住处的弃世者，一生飘泊，萍踪浪迹，谁知道他现在在什么地方呢？该派人到什么地方去请他呢？

　　岭地总管绒察查根在为如何才能请到汤东杰布发愁时，莲花生大师早已知道此事。他的佛光一下子罩住了正在修行的大修士汤东杰布，立即向他发出预言："你快到岭噶布地方去，岭地众生有件大事需要你的帮助，快去！快去！"

　　汤东杰布遵照莲花生大师的预示，来到了上岭噶布。这天，正是初十日，大修士在城门口作歌曰：

　　　　　叫声施主长官听我言，
　　　　　投生南赡部洲事事难，
　　　　　若不修永远安乐的佛法，
　　　　　如同前往蕴藏丰富的宝山，
　　　　　毫无所获，空手而还。
　　　　　不愿施财的富人，
　　　　　犹如恶鬼守仓库，
　　　　　没有勇气享用真可怜。
　　　　　如若不肯放布施，
　　　　　财富再多犹如朽木，
　　　　　毫无生气，虽有若无。
　　　　　布施是获得福分之路，
　　　　　布施能使财富名声两增长，

布施是消灾避难的大善事，
因此经常要把布施放！
请对我这周游四方的弃世汉，
赐给食物结个缘，
我为您念经祈祷作法事，
吉祥神佛满天空，
愿地位崇高吉祥圆满；
吉祥正法满世间，
愿权势发达吉祥圆满；
吉祥僧众满大地，
愿福分广大吉祥圆满；
献上这喜庆的歌曲，
愿岭地吉祥圆满。

正在静坐发愁的绒察查根听到这歌声，觉得非同一般，立即精神振奋。再透过金质花纹的窗孔向外看，见来者长发披肩，长须飘拂，棕褐色坎肩上，戴着以青色修行绳子贯穿的胸练，外面裹着白色的袈裟，耳朵上戴着海螺饰品，手里拿着一根藤杖。绒察查根不见犹可，一见顿生敬仰之心，心里更加肯定眼前的修行者一定是汤东杰布。这事多奇怪呀，正是应了俗谚上的话："有了福气，路途也平坦；有了勇气，武器也锐利；有了缘分，收获也会多。"他正在发愁不知到何处去请大修士，菩萨已把他引导到岭地来了。但是，为了稳重起见，他还是要试探他一下：

"大修士，辛苦了。俗话说，道行若不能解脱自己，慈悲利他是很难的事，会唱小曲的修行者，您从哪里来？有什么话要说？"绒察查根想了想，又细细地打量着眼前的修行者：

第一耳饰是白海螺，
第二手杖是白藤子，
第三身穿白袈裟，
三白好似从天降。

第一头发是青色，
第二胡须青如丝，
第三修行胸练是纯青，
三青好似从龙宫来。

第一皮肤是棕褐色，
第二坎肩是棕色染，
第三头盖饮器是棕褐色。
好像来自棕褐色的哆氏族。

绒察查根见修行者并不回答自己的问话，又问："大修士，您有什么修行阅历？有什么行为戒律？有什么教化众生的智慧？有什么高深玄妙的学问？有没有降妖伏魔的本领？有没有镇服四方的权力？有没有统治四方的威望？有没有崇高无尚的道行？如果您能回答我，布施的食品任您取。"

任凭绒察查根在自己身上上下打量，汤东杰布毫不动声色，沉稳的脸像一湖秋水。待绒察查根又问了许多之后，他才开口说：

"你这大族的权威长官，想拿大话来试探，想拿言语来诘难。俗语说得好：'假如自己没有钢刀，决不会让人切肉吃；假如自己没有钱财，决不会向他人把利取；假如自己没有学问，决不拿教义压服人。'人称我汤东杰布大修士，是因为在我见解的广场里，坐着修行空性的王子。"接着又唱道：

> 唵！愿能亲见法身面！
> 啊！愿报身佛土都清净！
> 吽！愿化身利生事成功！
> 你若不识我是谁，
> 我的见解的大乐广场中，
> 差税收取俱生空，
> 强力镇压那五毒，
> 从轮回中拯救出弱小的众生，
> 因此有了汤东杰布的声名。
> 见解广大无偏私，
> 修行多年得要领，
> 毫无伪善和狡黠。
> 老总管你声誉震远近，
> 如何不闻我汤东杰布名。
> 施主若不虔诚信仰来布施，
> 修行者何必怀恨争食物。
> 我本无暇来此地，
> 只因莲花生大师预示我，
> 才来同总管议大事。
> 既然总管不信任，
> 我应速速离开你！

歌罢，汤东杰布扭头便走。老总管捧着一条绣有千朵莲花的哈达，跪在大修士面前，一连叩了三个响头："慈悲的大修士汤东杰布，修行成道的汤东杰布，是我不识上师的尊容，是我出言不逊伤了上师，还请上师对众生怀着慈悲心，这千朵莲花的哈达献给您，恳请上师多宽恕。"绒察查根见汤东杰布并不答话，又唱道：

> 太阳是未经邀请的客人，
> 若不以温暖光辉去照射，
> 运行四洲有何用？
> 甘霖是未经邀请的客人，
> 若不能滋润辽阔的田野，
> 黑云四起有何用？
> 上师您是未经邀请的客人，

> 若不在岭地行教化，
> 修行成道有何用？
> 请您留在岭噶布，
> 教化众生三年整；
> 恳请修士宽恕我，
> 普度众生是大事情。

看到绒察查根言辞恳切，汤东杰布知道教化众生的时机已到，莲花生大师的预言已成事实，便答应在岭地居住三年。

就在绒察查根派去送信的使者还未到达之时，住在噶吾色宗的杰唯伦珠也做了一个梦，梦见一个骑着黄马，穿戴螺胄、金甲的人对他说："岭六部共同的大业，好坏吉凶全要靠你做，你要早早做准备。"这人说完就走。杰唯伦珠大人一觉醒来，心中好生奇怪，忙打一卦问吉凶，卦是上上大吉。卦盘尚未收起，仆人来报：有使者前来送信。杰唯伦珠大人心里一下明白了梦中所得的预示，吩咐快请使者进来。使者进门，老总管的信件和礼品一起呈递给大人，并讲了岭地出现吉兆，总管邀请大人前去岭地共议大事等语。

杰唯伦珠略一沉吟："若要答应你吧，应如俗谚所说：'大人、大海和大山，最好定居勿乱动；大政要事如若太忙乱，大官定会流浪到边塞；须弥山摇动如过多，四方的房屋会倒塌；大海如果起波澜，大地会被洪水淹。'若不答应你吧，昨晚我所做的梦和总管信中所言是相契合的。再说，总管大人的言语是不轻易出口的，结果如何，虽然不能预料，但确实是件很重要的事情，我还是去的好。"

杰唯伦珠大人说罢，骑上他的千里一盏灯的白顶坐骑，带着八个随从，向上岭地方驰去。

与此同时，睡在名为"腾学公古"大帐房的嘉洛敦巴坚赞也得了一梦。梦见一位穿着白衣，缠着绸子头巾，自称为觉庆东饶的修士，手里捧着如意金盆，骑着一头名叫"雪山狮子"的神牛，对他说："富人嘉洛不要睡，快到门外看分明，门外正在畅谈岭地的好兆头，怎样办好公事你自明！"嘉洛敦巴坚赞惊醒后，马上来到门外，果然有上岭派来的使者在门口等候。使者向嘉洛请安问好后，把总管怎样得到预言等情况详细地向嘉洛禀明。

嘉洛敦巴坚赞见了总管的信，又听了使者的话，立即骑上叫做"九百独角"的骏马，带了两名仆人，向岭地奔去。

十三日这天，四种事业的喇嘛长官——具有加护力的上师汤东杰布、具有权势的大人杰唯伦珠、福分丰厚的富人敦巴坚赞、智慧广大的长官绒察查根等人在扎喜果勒大会堂中聚会了。老总管特地取出"白昼平安"、"吉祥盘龙团花"、"千朵莲花"等三种上品哈达献给被请来的三位上师；拿出镶有龙花的金碗"甘直"、变化的"宰浸木"和三疋黄色金龙库缎，赠给三位上师。丰盛的筵席上，金盆里盛满了酥油汤醍醐，三种甜食、三种牲畜的嫩肉和三种面食的糕点摆满了席面。老总管绒察查根兴奋地说：

"今天，为了表示天上星宿的吉兆而撑起了八辐轮子的宝盖，为了表示地下座位的崇高吉祥而铺上了八瓣莲花的座垫，为了表示政教事业的光耀功德而挂起了吉祥八宝的幔帷。初八日清晨东方发白的时候，我做了个像预言似的、天上地下都没有过的梦。如果把它说出来，有人会说，春天的梦里什么都会出现，夏天的草地上什么都会生长！如果将它隐瞒了，诚恐上界的神灵会处罚我，六族岭地会受祸殃。所以，这次特向全智的上师卜卦，向见识广博的长官请求指示，向有福的富人求教，渴望详为赐示！"说完，绒察查根又把初八日梦中所闻所见详细地向在座的上师们禀告了一遍。

大修士汤东杰布微笑着唱道：

嗨！法界本来是无生，
啊！为了可怜不灭的众生，
吽！我来解释这个神奇的梦。
老总管请仔细听！
你是光明神祇的后裔，
是修行成道的法统。
你具有无限的聪明才智，
因此做的并非错乱的梦。
玛邦山顶出太阳，
光辉照耀岭噶布。
这是圣知慈悲的阳光，
象征岭地百业俱兴。
飞驰而来的金色金刚杵，
落在吉嘉山之巅，
象征从天而降的英雄，
要在总管领地里诞生。
地方神祇来相会，
是在迎接拯救藏区的英雄。
曼阑山中现月牙，
象征哥哥是忿怒金刚的化身。
金山顶上众星闪烁。
象征着丹玛要做事业臣。
格卓山上现长虹，
象征着祖宗乃是众神生。
玛旁湖上光笼罩，
象征着生母来自大海龙宫。
森伦手中持华盖，
象征着人间生父是森伦。
伞顶的白色象征着善业，
伞旁的红色象征行权三界。
镶边的绿色象征威猛的事业，
黄色流苏象征十方都兴盛。
伞柄黄金所制成，
象征众生事业似黄金。
那华盖覆盖着四方，
是威震四方的象征，
神族居住的岭噶布，
十八部落皆平等。
勿错时机赶快做，
岭地聚会议事情。

从今日起看今后，

所有心愿如法成。

汤东杰布大修士的一席话，顿使人们觉得心明眼亮。杰唯伦珠大人的心里感到从未有过的欣慰。他说："今天的事，正应了俗话所说的：如果没有信仰，就难得到加持；如果没有福气，就难得到财宝；如果不务农事，就难得到庄稼；如果没有努力，就难得到成功。我们现在要赶快召集岭地六部落，举行大会，还要在玛噶里拉滩祭祀战神，修法召福，准备举行盛大的庆祝仪式。"

嘉洛等人也忙连声附和："是啊，我们要赶快准备。"

会场准备好了，扎营的白帐房不计其数，好像草原上的鲜花；冒起的烟柱，赛过浓云；人们穿戴着节日的盛装，犹如百花争妍；马匹的步伐整齐，好像三秋的五谷成熟。营帐围成一圈，中央支起的是一顶巨大的议事帐篷，像一座雪山，盖着金顶，犹如旭日初升。大帐篷里边，设有金座银座，座上铺着虎皮豹皮，帐篷中挂满了绫罗彩幔，五彩缤纷，煞是好看。

集会的海螺吹起来了。以长官达绒色彭为首的长系的人，像猛虎出山；以色吉阿噶为首的仲系的人，如蛟龙出海；以奔巴·曲鲁达彭为首的幼系的人，似飞箭穿梭。前排金座的最上首，请大修士汤东杰布上师坐；右排的银座，请总管绒察查根坐；左排的螺座，请杰唯伦珠大人坐；前排的檀木座，请色吉阿噶坐；斑纹虎皮的软垫座，请达绒长官色彭坐；斑点豹皮的软垫座，请玛细长官晃杰坐；月圆形的软垫上，请千总饶泽协曲坐；右面缎垫座位上，请豪杰雅德塔巴坐；左面缎垫座位上，请弟弟沁伦森禅坐；中间的缎垫座位上，请玉雅贡布冬图坐；左右中间的叠垫上，请咚赞达彭阿杰坐；青年勇士右排的上首，请白赛拉协噶布坐；青年勇士左排的上首，请色巴奔奇琼尼奔坐；噶卓富者排座的上首，请噶德曲回白纳与嘉洛敦巴坚赞坐；丹玛万户的座位上首，请小臣察香绛查坐；黑白冬科氏族的上首，请白噶塔巴坚赞坐。此外，诸勇士以下，万、千、百、十户以上，德高望重者坐上面，年幼的晚辈坐下面。人有头、颈、肩三部，牛有角、背、尾三部，地有山、川、谷三部。少者从长，是寺院的法规。违反法规要受上师的处治，王法的惩罚。

众人按照尊卑长幼坐定之后，总管绒察查根讲了自己梦到吉兆和汤东杰布大修士圆梦的预言，人们顿时欢腾起来，纷纷议论：岭地就要降生一位神人了，我们应该怎样迎接这位神人的降生呢？要做的事情太多了，杰唯伦珠大人是这样吩咐的：

富有者嘉洛敦巴坚赞，

是福分最大的施主，

你主持筹办庆祝宴会。

米钦、色彭、塔巴等三人，

总管、晃杰、森禅等六人，

百户、扎泽、玉雅等九人，

咚赞、玛杰、达彭、尼玛坚赞等十三人，

要集合岭地三部所属的人马，

收集粮食、香火和供品，

战旗、彩箭、山神的献品，

甲胄、供品、放生的畜牲。

噶妃、汉妃、绒妃等三人，

柔妃、智妃、饶妃等三人，
达措、曲珍、索朗曼，
班宗、德吉、央桑等十三位尊贵的妇人，
跳起舞来唱起歌。
岭地诸多英雄们，
记住你们的职责。
待到十五日月交辉时，
菩萨将为我们降神子。

人们兴高采烈地准备着，准备迎接在岭地诞生的大英雄。

（杨国华编，摘自降边嘉措、吴伟编纂：《格萨尔王全传》，作家出版社，1997）

第四十八章　英国古代史诗及《贝奥武甫》

第一节　英国古代史诗简介

英国文学最早可追溯至大约公元前 5 世纪，凯尔特人进入不列颠，带来历史悠久、丰富多彩的口头文学伊始。凯尔特人多神教的神话故事与英雄传说成为英国与西方文学创作素材的一大源头，如其中亚瑟王的故事不断流传、充实、完善，至今仍为人们所津津乐道。

公元前 55 年始，罗马人逐渐征服了不列颠，将其划为罗马帝国的一个省。罗马文明借此进入不列颠。古英语文学中的一首短诗《废墟》，描述了被撒克逊人摧毁的罗马人集镇，表达了对昔日盛况和眼下荒废的追忆和哀叹。

5 世纪中后期，盎格鲁、撒克逊等部落从欧陆渡海来到不列颠。经过漫长的征讨，逐步形成了国家英格兰，这期间也伴随着盎格鲁—撒克逊氏族制度的解体和封建制度的确立，凯尔特人的多神教也逐渐为基督教所代替。盎格鲁—撒克逊语便是古英语，盎格鲁—撒克逊族的征服伊始，也是英国文学史的滥觞。

盎格鲁—撒克逊人的诗歌起源于民间的口头创作，是远古部落的人们对自然、社会现象无知与崇拜的集体表达。这些诗歌世代口口相传，经过漫长的摸索和总结，逐渐出现了以诗歌创作、吟诵为生的诗人。其中，自己创作并演唱的诗人被称为"斯可卜"；演唱他人作品的歌者则叫"格利门"，后来"斯可卜"和"格利门"都指自创自唱的艺人。这些行吟诗人穿梭于王公贵族的燕射厅堂，歌赋酬唱，颇受追捧。他们的演唱曲目多取自民间故事与传说，并加以增删和润饰而成，无形中也使这些古代故事与传说保存了下来。随着纸质载体的出现，有些故事渐渐有了写本，少数写本则流传至今。

现存古英语诗歌总计约三万行，涉及英雄史诗、短诗、格言、谜语、宗教诗、抒情挽歌、咒语等，其中英国民族史诗《贝奥武甫》为最长，也最为完整。《贝奥武甫》是英国文学中第一部伟大的作品，也是古英语文字的最高成就。其他诗歌，如讲述日耳曼民族故事的短诗《芬兹堡之战》（残篇），记述了丹麦人与弗利兰国王芬交恶的故事；短诗《瓦地尔》（仅存两个断片）叙述了阿奎丹国王之子瓦地尔逃出匈奴控制，最后终成眷属的故事；《威德西斯》描述了行吟诗人游历传唱的种种经历，反映了他们的生活现状与社会状况；著名的《埃克塞特稿集》中存有七首抒情短诗，如《戴欧》、《闺怨》、《流浪人》、《航海人》等抒发情感、哀叹人生。

公元 7 世纪以后，英国全国皈依罗马教会，实现了宗教的统一。基督教诗歌兴起，代表人物有凯德蒙和琴涅武甫，他们也为后世英国史诗的发展做出了贡献。凯德蒙是我们知道姓名的第一位英国诗人，生卒年月不详，生平事迹记载甚少，大略知其在 670 年前后成名。相传他初为放牧人，从未识字习文，后于梦中得圣传，开口即唱，遂成诗人，尤爱改编圣经故事。凯德蒙的作品今存一个断片，仅九行，诗中将上帝誉为"天国的维护者"、"光荣天父"、"永恒的主"、"神圣的创造者"等。另有"凯德蒙组诗歌"一说，实为托作，但也不乏佳篇。如《创世纪 B》表达了平等、反抗等精神，影响了后世。琴涅武甫生平记载寥寥。他的《基督》等四首诗的诗行中嵌入自己的北欧字体签名。他善写圣徒行传，如描写十二使徒的生平与死亡的《使徒的命运》。另有宗教诗《十字架之梦》（有人疑为伪作），主体是十字架向梦幻者叙述耶稣如何被钉在它的身上，作品梦幻奇特，富于想象，抒情浓烈，谓为古曲诗文中的佳作。

总的来说，英国古代史诗的产生、发展、完善是一个融合、加工、传承的漫长过程，以《贝奥武甫》为代表的英雄史诗，成为欧洲文学史上光辉的一页。

第二节　《贝奥武甫》简介

《贝奥武甫》是盎格鲁—撒克逊人的英雄史诗，也是英国文学中第一部传世巨著。《贝奥武甫》是欧洲较早采用本民族语言写成的史诗，代表了古英语文字作品的最高成就。在中世纪英雄叙事诗中，《贝奥武甫》是保存最完整的一部。

《贝奥武甫》原是公元 5、6 世纪时流传于北欧日耳曼族的民间传说，后随着盎格鲁—撒克逊人进入英格兰，写成古英语诗。成书于 8 世纪左右，大约 10 世纪已有抄本流传。现存最早的手抄本，成书约 10 世纪末，写在鞣制羊皮上，也是唯一的手稿。1731 年，手抄本因火灾毁伤页边缘多字，所幸史诗的完整性无碍。今天，该手抄本安静地躺在大英图书馆玻璃护罩内。1815 年，冰岛学者托克林第一次排印出版《贝奥武甫》，为丹麦语版。1833 年第一部英语版《贝奥武甫》问世。

《贝奥武甫》全诗 3182 行，包括序诗及 43 节诗；由两个故事组成。第一个故事叙述了青年贝奥武甫杀死妖怪格伦德尔及其母。丹麦王赫罗斯加的鹿厅多年来受吃人怪物格伦德尔的袭扰。耶阿特族（今瑞典南部）国王许耶拉克的侄子贝奥武甫率 14 名武士前往除害。贝奥武甫与格伦德尔激烈搏斗，拧断怪物一条胳膊，怪物逃回沼泽。次日，贝奥武甫追踪至沼泽，杀死了妖怪的母亲并带回了格伦德尔的头颅，赫罗斯加设宴庆祝，大加犒赏。第二个故事写 50 年后贝奥武甫与火龙英勇格斗。许耶拉克及其子赫阿德勒德死后，贝奥武甫成为国王，国家安定，政治清明。一晃 50 年过去了，这时，一条火龙因为看守的宝物被盗而祸害乡里。年事已高的贝尔武甫为救民于水火，决定为民除害。他披甲执盾，带领威格拉夫等 11 名武士前去斩杀毒龙。他临危不惧，奋勇厮杀，在侄儿威格拉夫的帮助下，杀死了凶猛的火龙，自己也因伤势过重而死。最后，耶阿特人在海滨火化了贝奥武甫，将他的骨灰和火龙的宝物一起埋葬。贝奥武甫的陵墓成为航海者的灯塔。

史诗将真实的历史人物如赫罗斯加、许耶拉克等和传说如贝奥武甫及其事迹有机融合，反映了氏族社会解体时期的生活。历史要素与传说虚构从侧面反映出部族战争的频频发生、怨仇相报的鲜血淋漓以及氏族内部矛盾尖锐的社会现实，也是那个时代人们生存环境的真实写照。另外，诗中也反映了一切都将消亡的人生观和宿命论思想。

贝奥武甫则是作为一个理想的英雄形象来加以描述和刻画的。作为王亲和臣子，他恪尽职守，忠心耿耿；作为邻邦，他化敌为友，助其除暴，义薄云天；作为国王，他政治清明，捍卫氏族，死而后已。诚然，在他身上还有着早期基督教色彩，如品行的高贵、仁爱、荣誉、无私、勇敢等美德，得到肯定与颂扬。总之，贝奥武甫是当时人们心中理想人物的化身，是完美英雄的代言人。

史诗结构严谨，选材精当。作品将葬礼作为起始和归宿，中间讲述了贝奥武甫生平的两件大事，叙述与对白交替，时有作者议论夹入，总体叙事架构呼应而味长、简洁而整饬。史诗中间有大量当时听众耳熟能详的插叙，今天看来，虽显得突兀，却有着预示、对比、映衬的作用。譬如，庆功宴所唱关于希格蒙德斩杀恶龙的事迹，预示了五十年后贝奥武甫与龙对决；再如，所唱芬恩的妻子调停血仇未果，映衬了赫罗斯加和亲修睦策略的失败等。

《贝奥武甫》是欧洲最早的方言史诗。史诗节奏悠然、闲适、庄严。韵律上采用头韵，即用来押韵的字都以同一辅音开始。每一行通常有四个重读音节，每行中间有一个停顿。通常头三个重读音节，更多的是头两个重读音节，都用头韵。史诗的另一个特点是使用"代名词"即"隐喻复合字"，如国王以"颁赏金环的人"代用，将海称之为"鲸鱼之路"、"水街"、"海豹浴场"，武士则一般称为"持盾者"、"战斗英雄"、"挥矛者"等，使语言更加形象生动，富有生活气息。

第三节　《贝奥武甫》选段

引子：希尔德之死

听哪，
谁不知丹麦王公当年的荣耀，
首领们如何各逞英豪！

多少次，向敌军丛中
"麦束之子"希尔德夺来酒宴的宝座。
威镇众酋，他本是孤苦零丁
一个弃婴，自己赢来的后福。
飞云渺渺，他
一天天长大，受人敬重，
直至鲸鱼之路四邻的部族
纷纷向他俯首纳贡：
好一个大王！

后来他得了一子，王位有了继嗣，
上帝恩赐百姓的慰藉——
生命的主公，
光荣的统帅，
因见部落久无首领，屡遭灾祸，
特意降下的惠泽——

希尔德之子"大麦"贝乌
成为美名，誉满北国。

年轻人侍奉父王左右，
就应当品行端正、赏赐大方，
以便老来他有部下追随，
战火临头，扈从与首领同在。
美名如此，一个人
无论去到哪个部族都能成就！

终于，希尔德用尽了寿数，
英雄辞世，按时回到主的怀抱。
战友们将他抬向大海，
遵照他，
丹麦人敬爱的国王和朋友，
多年统治结束之际的亲口嘱托。
港口，等着一只曲颈的木舟，
他们主公的灵船，
遍被冰霜，行将远航。
他们把他放入船舱，项圈的赐主
骄傲地靠着桅杆，
四周堆起从八方收归的无数缴获——
我从未听说，
世上的战舰，哪一艘
用胄甲和刀剑装饰得这般漂亮！
人们在他胸前缀满珠宝，让它们随主人
听凭大海的波浪，漂向远方。
他们没有吝惜部落的黄金，
没有辜负，当初他襁褓中
只身从惊涛上来到丹麦人中间，
满满一船的礼品。
他们还在他头顶上，悬一面金线绣成的战旗，
让浪花托起他，将他交还大海。
人们的心碎了。
大厅里的谋臣，乌云下的勇士，
没有人知道，小舟
究竟驶向谁手。

1. 鹿厅

接着，"大麦"享用了丹麦人长久的拥护。
一座座城堡，流传着他的业绩——

从他的父王告别家园，去了另一个世界，
到高贵的"半丹麦人"海夫丹
继承他的宝座，担当起希尔德子孙的护主。
凶猛的老王海夫丹共生下三子一女：
"军队之矛"海洛格，
"光荣之矛"罗瑟迦，
"好人"哈尔佳，
（我听说）公主做了奥尼拉的王后，
骁勇的瑞典王的伴侣。

末了，胜利和光荣归了罗瑟迦，
他得到扈从们衷心的爱戴，
越来越多的年轻战士，从四面八方
投奔到他的帐下。霸业既兴，
他于是萌发出一个心愿：
要丹麦有一座蜜酒大厅，
一席让人的子孙永世不忘的庆筵。
宝座前，他要向老将新兵
颁发上帝赐他的全部礼物，
除开部落的公地，人的生命。

于是，开工的命令下达到了各个部落，
丹麦人的宫殿，要全世界协同建造。
很快（以人类的那点能力衡量）
大厅便按时落成。
殿堂之冠，那号令天下的人给他起了名字：
"鹿厅"。
他说到做到，果然摆开宴席
分赐了项圈和珠宝。
大厅高高耸立，

张开宽阔的山墙，它在等待
战争的火焰、恐怖的焚烧；
时间尚未到来，当利剑在罗瑟迦翁婿之间
挑起血仇，布下无情的屠宰。

这时，一头逡巡在黑暗之中的恶魔
再也按捺不住了。他无法忍受
鹿厅内日复一日的飨宴，
悦耳的竖琴，嘹亮的歌喉。
原来，歌手唱的是
太初我主开天辟地的伟绩：

"上帝全能，创造这世界，
丰饶的平原，环之大洋。
胜利之王，指定了日月，
为芸芸众生，照亮黑暗。
点缀大地，用青枝绿叶，
以生命活力，繁衍种属——
能走能游能飞的一切。"
就这样，勇士们竟日高歌，
摆不完的酒席，直至屠杀突然降临：
一头来自地狱的顽敌！

这恶魔名叫葛婪代，
茫茫荒原，全归他独占，
戚戚沼泽，是他的要塞。
他借了怪物的巢穴潜伏多年，
从来不知道人世的欢乐——
造物主严惩了他那一族，
该隐的苗裔（因那第一桩血债，
永恒的主施加的报复）：亚伯的凶手，
亲弟弟的屠夫，被上帝远远逐出了人群。
从该隐孳生出的一切精灵魑魅，
借尸还魂的厉鬼；还有巨人，
他们与上帝抗争了许久，
上帝给了他们应得的报偿。

2. 葛婪代

夜幕降临时分，他从荒原走来，
挨近巍峨的大厅，窥视
佩戴金环的丹麦人，宴会结束如何安顿。
他发现，大殿上酣睡着一队高贵的战士，
饭饱酒足，梦乡里
哪晓得忧虑！那无救的孽障
凶残之极，早已急不可待。
他野性发作，一把从床上抓了
三十个战士，背在肩上
扭头便走，满载一餐屠杀
兴冲冲回到老家。
待到拂晓，
葛婪代的暴行已不是秘密。
夜宴之后，清晨迎来的竟是哭号。
尊贵的王公满面愁容。

大名鼎鼎、所向无敌的首领
不得不坐下，忍受牺牲的哀伤。
人们看见了那元凶的足印，
恶魔的战场；意识到这一次争斗的
残忍、可恨、久长！
不给喘息的空隙，

第二天夜里，那怪物又犯下加倍的凶杀。
他一意孤行，毫不怜惜，
在罪恶中深陷不拔。
于是不难发现
有人宁愿挑偏僻的角落休息，
靠近外间结婚的人的卧房——
当大厅内新来的卫士已经公开敌意，
发出千真万确的恐吓，那捡了条性命的人
在那里还留恋甚么？

就这样，恶魔霸占了鹿厅；
公然与正义抗争，独自跟全体作对，
直至殿堂之冠空无一人。
漫漫十二个冬天过去了。
希尔德子孙的领袖受尽煎熬，
接二连三深深的忧伤。悲哀的歌曲
传向四方，对人的子孙诉说着
葛婪代向罗瑟迦
不断的攻击，无情的杀戮，
年复一年，永无休止的蹂躏。
他不懂讲和，
不愿向丹麦人队伍中
任何人赔偿损失。
明智的谋臣，没有一个指望
从这魔王手上，拿到像样的赎金。
相反，这黑色的死亡之影
对新老将士穷追不舍，设下埋伏的圈套。
昏昏荒野，悠悠长夜，
没有人知道，这头地狱之魔
在哪里出没。

就这样，人类的仇敌
可怕的孤行者越发肆无忌惮，
黑夜里独占了金碧辉煌的鹿厅。
然而他始终近不了宝座，领不着赏赐；

上帝不许，他与
上帝的爱无缘。

希尔德子孙的恩主为此伤心不已，
意气消沉。众多谋臣将士
坐下一筹莫展，束手无策，
不知如何对抗
那恐怖的袭击。
他们不时前往异教神庙，
向偶像献上牺牲，连声祈祷
求那灵魂的屠宰
援救祛灾。

这便是他们的陋俗，
异教徒的幻想，心底藏着的
那座地狱。他们不知我主上帝，
不知一切功罪的仲裁，
当然更不知崇拜上天的护佑，
光荣之统帅：在劫难逃了，
那大难临头反将灵魂投入烈焰的人！
他没救了。
幸福属于
那死后升天把我主寻找，
去天父怀中求得和平的人！

3. 贝奥武甫来到丹麦

海夫丹之子久久沉浸于深深的痛苦，
智慧的王公，无法摆脱向他袭来的噩运。
太猖獗、无情、持久了，
这落在丹麦人身上的打击、报复，
黑夜里血腥的屠戮！
这事传到北方，
让高特王赫依拉手下一员大将
得知了葛篓代的暴行。这英雄
出名的尊贵、魁伟，
论勇力盖世无双。
他命人造起一艘快船，
宣布要跨过天鹅之路
拜访丹麦人著名的领袖，
现在正亟需人手的年迈的国王。
智慧的长者们虽然都爱他，

却没有一个出面劝阻。
相反，他们激励着英雄意气，
为渡海远征占卜看兆。
那豪杰从高特人当中挑选勇士，
铮铮铁汉，一共一十四人。
他指挥他们直奔快船，
这老练的水手，率先来到海边。

光阴似箭，转眼
船已下水，在峭崖下驻泊。
整装待发的战士登上船头，
只见海波激荡，冲向沙滩。
铠环熠熠、雪刃森森，
船舱里走进了渴望远征的队伍。
周身箍紧了的木舟推离了海岸：
顿时，战船贴上波涛，
极像一只水鸟，项上沾着泡沫，
乘风而去了！
待到次日，曲颈的木舟
已按时走完了大半路途。
水手们远远望见了陆地，闪亮的石崖，
峥嵘的山岩，突兀的岬角——
大海扶岸，航程结束了。
风族的战士们立即登陆，
系住快船（身上的锁子甲
铿锵作响）。他们感谢上帝，
渡海而来，一路上平安无事。

这时，在石崖上巡逻警卫的
丹麦边防哨长突然发现：
有人全副披挂，走下快船跳板，
一张张圆盾的铁心闪出刺眼的光辉。
他吃了一惊，不由得心急火燎，
要弄清这支队伍的来历。
这罗瑟迦的部将驱马来到岸边，
手摇长矛，厉声喝道：

"来者何人？竟敢手持军械
驾此高舰，驶过涛涛水乡
叩我海岸！听着，
哨长我历来严守疆防，
从不让任何敌人

自海上侵犯丹麦的土地；

从没有任何勇士

光天化日之下，手执圆盾

在此登陆。何况你们并未事先得到

我们两位主人，善战的叔侄的批准。

不过遍数天下英雄好汉，

我真没见过，如你们中间

披甲的那位一般魁伟的。

他定不是大厅上一个无名侍臣，

风度全仗着武器打扮——除非

他的堂堂相貌骗人。

"现在

我必须知道你们的来历，我不能

随便让生人深入丹麦刺探。航行大洋，

远道而来的水手们，听清楚我的问话：

老老实实，快快道来，

你们究竟来自何方？"

4. 回答哨长

于是那豪杰打开胸中言辞的宝库，

队伍的首领从容回答：

"我们是风族高特人，

国王赫依拉的亲随伙伴。

家父的大名人人知晓，

高贵的骁将'剑奴'艾奇瑟即是。

他享用了足够的冬天才上了长路，

老了，才抛下家园。

天南海北，有见识的人都记得他。

我们怀着仰慕之心，特来拜访

你的主公，'半丹麦人'海夫丹之子，

人民之盾——请不吝赐教！

有一件要事，须惊动他，

大名鼎鼎的丹麦领袖——我同意

这已经无需保密。

"听说

（对不对，请多多指正）

丹麦人中间出了一头恶魔，

一匹神秘的孽障将恐怖

笼罩了黑夜，施行不可名状的

摧残与屠杀。我可以就此尽绵力

给罗瑟迦一点建议，为他，

智慧的老王，克服凶顽
献上一计——假如他能抓住转机
解脱这场灾难的困扰——
而后，
忧愁的激浪就会平息。
否则，他将永远为悲伤所压迫，
只要那殿堂之冠还高高耸立。”

哨长听了这话，登时
敌意全消，从马背上答道：
“身为警卫，持盾尽职，
必须头脑清醒，懂得言行有别。
我明白了，你们是一支
忠诚于丹麦国王的队伍。
前进吧，带上武器胄甲，
让我当你们的向导。
我还会命令士兵们严加防范，
好好看守你们停靠在此
新上的松香的快船；
直至它重新载上亲爱的战士，
曲颈的木舟，驶过汹涌的大海
回到风族的故乡。主持公道的人
自有福分，叫刀枪无计加害。”

他们出发了。
船静静泊着，宽舱的战舰
系上了缆绳，牢牢地下了锚。
战士的护颊上，闪耀着野猪盔饰：
细细地镶嵌了黄金，那血与火淬砺了的，
他们生命的护佑。斗志昂扬
他们齐步向前，直至远远望见
那座金顶的雕木大厅，
矗立于人世间的楼宇之冠：
光明四射、照耀万邦，
丹麦王罗瑟迦的宫殿。

哨长遥遥指出
那座勇士们明亮无比的住所，
以便高特人自己认路向前。
然后这忠于职守的向导拨转马头：
“我该回去了。
愿全能的天父仁慈，

佑你们一路平安，胜利凯旋！
我得赶到海边，谨防敌人冒犯。"

5. 鹿厅的传令官

大道由石块精心砌就，
引导战士们列队前进。
巧手织就的铠甲格外耀眼，
铁环锁着铁环，贴着胸脯唱出战歌。
终于他们抵达大厅，手持可畏的武器。
他们将坚不可摧、箍铁的宽盾
靠着高墙放下；然后坐上长凳
略带着被风浪吹打过后的倦意——
胸甲铮铮，水手们的战服；
长矛立起，铅灰色的梣木枪杆插到一处；
这支铁军，被武器装点得
越发威武。

出来一位骄傲的大臣
向勇士们发问："你们从何处带来
这些镶金的盾、狰狞的盔、
铁灰的甲、整齐的枪？
我乃'光荣之矛'罗瑟迦的传令官，
可我从未见过这许多外国的豪杰。
想必，你们并非因为无家可归
才来此求见丹麦国王，
而是出于英雄气概和远大志向？"

那以勇力著称的人给了他答复，
风族的骄子，铁盔下的硬汉接过话来：
"我们是赫依拉大王的同桌伙伴，
'蜂狼'贝奥武甫是我的名字。
我希望向'半丹麦人'海夫丹之子，
著名的国王，你的主公
陈述我的来意——假如他恩准
我们当面，向他老人家请安。"

乌父加答道（这旺达尔人的儿子，
人人都知道他的智慧和勇气）：
"应你的请求，就你的光临
我将请求丹麦人的朋友，
希尔德子孙的领袖，

项圈的赐主，尊贵的主公。
凡是他认为合适的答复，
我不会片刻耽误。"

他随即快步来到罗瑟迦的宝座前；
德高望重、皓首的老王和贵族们一起。
传令官跨上大殿，面对丹麦人的护主，
深谙武士礼仪的乌父加
向他的主公兼朋友报告：
"有一队勇敢的高特人
越过了涛涛大海，远道来访。
为首的英雄名叫贝奥武甫，
声称有要事与你，我的主公
商谈。请不要拒绝了他们的请求，
尊贵的罗瑟迦大王！
他们装备精良，看上去
完全值得贵族们的尊敬；
尤其是不可小觑了
带队的那位首领。"

6. 贝奥武甫的请求

希尔德子孙的护主，罗瑟迦道：
"原来是贝奥武甫！从小我就认识。
他已故的父亲名叫'剑奴'艾奇瑟，
娶的是老王雷泽尔的独生女儿。
现在'剑奴'的儿子终于来了，
好样的，寻访他忠实的朋友。
听那些替我去高特人那里还礼答谢的
商人们说，他打仗出了名，
一双铁掌，十指间不下
三十个人的力量。
想来，一定是神圣的上帝慈悲为怀，
送他来我们丹麦人中间
清算葛婪代的滔天罪行。
如此英雄气概，
我定要重重犒赏。
快请他们进来
和我的亲随家将相见吧。
还要当众宣布："丹麦人
热烈欢迎他们！""

（于是乌父加
回到大厅门口）传达了国王旨意：
"奉我常胜主公、丹麦元首之命
宣你等上殿。大王知道你等家世，
热烈欢迎众壮士不畏险阻
跨海相访。现在
你们可以进宫觐见罗瑟迦了。
特准你们不脱盔甲，
但请将战盾及长矛
留在门外，暂候会谈分晓。"

强大的首领站起来，众勇士
簇拥着他，一队英姿勃发的好汉。
几个人遵命留下看守武器。
其余人列成纵队，大踏步
来到鹿厅的屋顶之下。那豪杰
头戴猪盔，走到大殿当中站定。
贝奥武甫声若洪钟，胸甲闪闪，
名匠织就的层层铁环：

"愿罗瑟迦大王健康！
我是赫依拉的外甥并家将，
少年时代，便以奇功闻名。
葛娄代的事，在我的家乡早已不算秘密：
远航归来的水手们都说，
每当夕阳躲到苍穹之下，
这座大厅，殿堂之冠
便空无一人，对战士们毫无用处。
所以高特人的谋臣，智慧的长者
建议，我来丹麦将你寻访，
罗瑟迦大王。因为他们知道
我的武艺，亲眼见过
我从战场凯旋归来，遍体敌人的血污：
一次就捆住五个、杀了一窝
臣人；黑夜里惊涛上
我砍倒一条条海怪（自寻烦恼，
谁叫它们当上我的对头！）
九死一生，替风族报还怨仇。
现在，我只想找到那头元凶葛娄代
单独决斗！
"这个小小请求，
光荣的丹麦人的护主，

希尔德子孙的朋友，
希望你不要拒绝。我既已远道而来，
人民之盾，战士的首领，
请准许我率领我的勇士，一个人
外加这支铁军，肃清鹿厅！

"我还听说，
那怪物生性鲁莽，从不动用兵器。
所以，为了让我亲爱的国王
赫依拉替我倍感骄傲，
我也放弃挥舞宝剑和长矛，
留下那张黄椴木宽盾。战场上
我要徒手擒住恶魔，仇敌相遇
杀个你死我活！
"死亡攫走的人，须服从上帝的裁判。
我不怀疑，假如他得胜，他一定会
弄脏了这座战斗大厅，一如既往
毫不犹豫，吞噬起高特人的队伍，
光荣的武士之英。
"你不用遮掩我的头颅。
假如死抓住了我，自有一张獠牙大口
覆盖我的尸身，血淋淋的一餐由他背走，
埋葬腹中，那孤行者将开心地大声咀嚼，
把老巢溅得一片腥红。
料理我的残躯，
你不必太操心了！
假如战斗绊倒了我，请交还赫依拉
这副甲胄之冠，护卫我胸膛的铠环之王：
雷泽尔的遗赠，巧匠威兰的作品。
天意如何，自由它去！"

7. 罗瑟迦设宴

罗瑟迦，希尔德子孙的护主道：
"贝奥武甫我的朋友，出于仁慈
不忘旧谊，你特来丹麦援助。
想当年，你父亲手起刀落。
杀了狼子族的何锁拉，
惹出一桩大仇。风族的人
因惧怕战争报复，不敢再将他
收留。于是他越过汹涌的波涛
投奔到光荣的希尔德子孙中间。

那时，我刚刚开始统治丹麦，

风华少年，拥有这辽阔的国度，

英雄们的堡垒——我哥哥

'军队之矛'海洛格才倒下不久；他

比我强多了！——后来

我用赎金了结了这场仇隙，

跨过大海的背脊，给狼子族送去

古代的珍宝。'剑奴'艾奇瑟

则向我起了誓。

"说起葛娄代

我心里便充满悲伤。他横征暴敛

在鹿厅犯下的重重罪行，叫我

如何启齿！眼见得家将们一天天减少，

一个个被命运断送在他的魔爪；

而上帝本可以轻而易举

制止那凶手的疯狂屠戮！

"常常，扈从们酒酣之际

举杯发誓：要留在大殿守候，

与葛娄代用可怕的刀剑相拼。

可是第二天清晨，曙光照临之时，

这蜜酒大厅，侍臣的居处

已陷入血污之中；一条条长凳上

湿漉漉一片腥红。就这样

忠实的卫队日益凋零，亲爱的朋友

被死亡白白夺走！

"现在请入席吧。

到时候，等你有兴致了，

再听他们唱英雄的业绩。"

于是大殿上，为列队而立的高特人

摆开盛大宴会。壮士们依次入座，

因勇力倍感自豪。专门有一位侍臣

负责端一只镂金的酒盅，替宾主

倾注明亮的琼浆。不时，

歌手收吮，乐声在鹿厅回荡。

英雄们笑了：

丹麦人和高特人的队伍真不小。

8. 翁弗思挑衅

辩士翁弗思坐在丹麦人的护主脚下，

他忍不住松开了挑衅的念头——

贝奥武甫英勇的远征
大大伤害了他的自尊。
他不愿意，
天下任何人超过他的成就，
比他更计较荣誉——他起身这样攻击：

"原来这就是跟勃雷卡比试的'蜂狼'——
跳进无边的大海，
为了面子而搏击怒涛；
潜入深深的湍流，
为了吹牛而拿性命开玩笑！
犟牛脾气，无论敌友
一律劝不动你们，放弃危险的旅程：
伸开双臂，划破洪波，
游行水乡，丈量海街；
不顾严冬潮水，
涌起滔天巨浪。
你们俩在那咸水国度坚持了七夜，
结果他力气大，丢下你遥遥领先。
黎明时分，大海将他抛上洛姆人的土地。
从那儿他凯旋而归，回到
亲爱的祖国，剑族的家园，
美丽的和平营垒；赢来了
人民的爱戴、要塞和珠宝：
'鲨石'之子勃雷卡实现了他的诺言。
所以我并不指望，你这一次结果更妙，
尽管你打起仗来每每得手——
冲冲杀杀算不了甚么，假如今晚
你敢在近处与葛某稍作周旋！"

"剑奴"之子贝奥武甫一声冷笑：
"听着，我的朋友翁弗思，
你一喝酒，讲起勃雷卡就没个完，
而且还是他那次冒险！实话实说，
有谁比得上我的水性、耐力，
汹汹恶浪里我那场苦战！

"想当年，我和勃雷卡还是孩子，
初生之犊，说话不知轻重。
誓言既出（到大洋上尝尝拼命的滋味），
我们便决计不能收回。
所以出海时，我们手里握着利剑，

打算用它对付鲸鱼的刺击。
勃雷卡无法将我甩开，
领先冲击浪巅，
因为我不愿扔下他独自向前。
就这样，波涛上五天五夜
我们俩始终没有分离，直到海潮
澎湃而起把我们拆散。
浑黑的天幕，
刺骨的海水，
北风怒吼着搅动大洋：
惊醒了的海兽发脾气了！
幸亏这件巧手织就的铠甲助我抵抗，
镶金的层层锁环保护了
我的胸膛。一头海怪
恶狠狠把我一直拖到海底，
叼着我死不松口。然而命运赐我机会，
抽出宝剑，找到了它的要害。
战斗无情，在我手上
那强大的海兽不得不交出生命。"

9. 薇色欧敬酒

"狂怒的敌人向我轮番进攻；
我用宝剑一一还击，决不敢丝毫
亏待了它们。卑鄙的凶手
没捞到屠杀的快乐，吃不着我，
无法在海底摆开宴席。
相反，待到清晨，
吃着我宝剑的，一个个
冲上海滩，伤痕累累，
一觉睡去从此再不醒来。
再不能阻碍水手们航行大海。
上帝的明烛从东方升起。
大海复归宁静。
眼前，已是嶙峋的岸岬，多风的悬崖。
运数不完，全凭勇敢：
常常，转机在于坚持！
不管怎么样，九条海怪撞在我剑下。
我不曾听说，
天下还有更苦的夜战，
水中还有更险的经验。
终于，我活着逃出了顽敌的魔爪，

精疲力竭——大海将我轻轻托起，
浪花朵朵，送我来到
拉普人的土地。
"我可从未听人谈论
像这样的搏斗，利刃的厮杀，
有你一份。你和勃雷卡
谁也没有
拿你们漂亮的剑，打过这样漂亮的仗——
不是我自夸——
虽然你当年弑兄屠弟并不手软，
同胞手足竟忍心相残。小心
你将来下地狱吃苦，再聪明也白搭！

"让我再奉劝你一句，丹麦人的辩士：
要是你的心学学你的嘴，还鼓得起
一点点勇气，葛婪代怎能
对你的主公犯下这弥天大罪，
可恨的恶魔怎敢搅翻鹿厅？
然而他早已发现，不必太顾忌
殊死的抗争或刀剑的报复，不必太害怕
你们，常胜的希尔德子孙的武士。
他横征暴敛，一个不放；
他意气洋洋，大肆搜杀；
一点也不指望，持矛的丹麦人
稍稍抵抗。
"今晚我要他尝尝
风族高特人的力量和勇气。
明天一早，太阳身披明媚的晨光
从南方重新照临人的子孙之时，
谁要愿意，尽管放心大胆
一起加入蜜酒的庆筵！"

愁容离开了财宝的赐主；
丹麦人皓首的国王、善战的领袖
有了希望，人民之盾
听到了贝奥武甫的决心。

英雄们又欢笑了。
歌声复起，伴着愉快的谈话。
罗瑟迦的王后薇色欧遍缀黄金登上宝殿，
依宫廷的礼节，向大厅里的人们致意。
高贵的夫人，首先为丹麦人的国柱

敬上满满一杯，祝他
蜜酒享用不尽，恩泽遍及人民。
罗瑟迦高兴地接过美酒，
胜利之王，开始了盛大宴会。
接着，这盔族的公主走下宝座，
向新老将士举起名贵的酒盅；
她径直来到贝奥武甫跟前，
金环闪闪，贤慧的王后
亲自替高特王子递上琼浆。
字字珠玑，
她连声感谢上帝遂了她的心愿：
终于盼到了这一天，有豪杰光临，
要克服凶顽。
那出生入死的壮士
从薇色欧手上接过酒盅，话音
因求战心切而激动不已。
"剑奴"之子贝奥武甫立下誓词：
"自从率领伙伴们登舟渡海，
我早已横下一条心决不动摇。
只要不倒在那头元凶的魔爪下，
我定将丹麦人的意愿彻底实现。
今晚上，看我显露出英雄气概；
否则，宁可在这座大厅里
迎接我的末日到来！"

王后听罢高特王子的誓言
大喜，一身珠宝的夫人
坐回到她的主公身边。

又一次，大厅里回响起
豪迈的话语，兴高采烈的人们
唱着胜利者的歌。不久，
到了海夫丹之子预备就寝的时刻。
他心里明白，恶魔
已经在摩拳擦掌，盘算着袭击鹿厅——
从太阳的余晖不见了的那一刻起，
黑暗就渐渐包围了大地。
夜影，步步逼近，
乌云下一片昏沉。
全体起立，
罗瑟迦与贝奥武甫互道了晚安。
丹麦王预祝壮士

大获全胜，牢牢占领那蜜酒大殿：
"自我第一次举起圆盾，我还不曾
把大厅托付给任何人——除了今天给你，
贝奥武甫。接过这殿堂之冠好好保卫吧：
当心你的名誉，
传播你的勇力，
警惕你的强敌！
奇功自有厚报，只要你挺立不倒。"

10. 等待葛娄代

说完，希尔德子孙的护主
带上全体扈从撤离了大殿，
战斗的统帅，准备回到王后
薇色欧身边。
人们都听说了，
为对付恶魔，光荣的天主
已经新指派了一位鹿厅的看守，
替丹麦王执行一项非凡的使命。
这高特人的王子最信赖
自己的勇力和上帝的仲裁。
他解开层层铁环织就的胸甲，
摘下头盔和镶金的宝剑，
他把这一套珍贵的装备
交给侍从，命他细心保管。
上床之前，风族的豪杰
贝奥武甫再一次发出誓言：
"论力气，论武艺，我自信
与葛娄代相当。因此我不想
借利刃剪除他的性命，
尽管这不过是举手之劳。
他不懂使用兵器进退攻防，
不晓得找破绽，斫穿盾牌，
无论他的夜袭如何来势凶猛。
所以今晚我和他一样，赤手空拳，
只要他敢露面，我就奉陪到底。
让英明的上帝，神圣的主裁判，
胜利该归谁手，谁称他的心意！"

英雄躺下身去，
枕头迎接了他的面颊。
跟着，剽悍的水手一起睡上大厅的床榻。

他们当中没有一个人幻想着再见到
故乡的亲友，熟悉的城堡，
他们从小生长的家园。
他们明白，多少个丹麦战士
已经从大厅里被残酷的死
白白夺走。但这一次，
天主赐了风族人战斗的胜机，
及时的援救；以便他们全体
通过一个人的勇力和智慧
克服顽敌。千真万确，
全能的主永远统治着人类。

夜色朦胧，大踏步走来了
那头黑影里的孤行者！
而那座山墙宽阔的大厅里，都睡熟了——
只除了一个卫士。
人们知道，倘若造物主不愿意，
魔鬼绝不可能将他们拖进黑影底下。
可是，贝奥武甫寻视着仇敌，
强摁着满腔怒火，等着厮杀。

11. 葛焚代的袭击

葛焚代迈出了荒原，
在雾濛濛的悬崖下，头顶上帝的愤怒。
这狠毒的逃犯，盘算着用诡计
从巍峨的鹿厅攫取一顿美餐。
他在乌云下疾趋，直到清清楚楚
呈现在他眼前，那座蜜酒大殿，
金顶的建筑。他并非第一次
造访罗瑟迦的宫廷，可是他从没有，
也再不会，像这一次这般倒霉：
他遇上了守在大厅里的——那个警卫！

这被剥夺了欢乐的罪犯
大步逼近鹿厅。那由铁环扣紧的
大门，一碰上他的魔爪便倒了。
他杀气腾腾，野性发作
一下冲进大殿，踏上彩砖地板。
这怪物恶狠狠四下扫视，
眼睛里闪烁出阴森森的光芒，
活像两团火焰。

大殿上，
他发现了那队高特战士，
亲人们酣睡一处。
他的心狞笑了，
残忍的魔鬼，决意不等天亮
就把他们统统干掉。
美餐一顿的希望，灼得他心痒痒的。
然而命运不济，那一夜过后，
他的饕餮便到了尽头。

赫依拉勇武的外甥目不转睛，
看这杀人凶手如何实施攻击。
那怪物并无耐心，
说时迟，那时快，
早已抓起一位沉睡中的战士，
迫不及待，一把撕开
放进血盆大口，将骨锁咬得粉碎，
狼吞虎咽，鲜血如注，
刹那间整具尸首已入腹中，
连手带足！
然后他猛扑上前，
伸手便捉假睡在床的英雄，
张开魔爪直捣贝奥武甫。
不料那猛士回敬得更快，
翻身坐起，以全身重量压上他的手臂。
孽障之主立刻发现，
世界上没有任何地方任何人，
请他领教过如此强大的手力。
他心中惧怕起来，
可一下子又脱不了身。
他想逃窜，逃进黑暗的老巢，
窜回鬼怪中间。行凶一世，
他从来没受过这番礼遇！
然而那豪杰，赫依拉的外甥
牢记着那天晚上的誓言，一跃而起，
将魔爪死死钳在手掌。怪物的手指断了，
他不顾一切，拼命向外挣扎。
英雄步步紧逼；罪犯只求躲避，
不管什么地方；但愿早早告辞鹿厅，
藏进沼泽老巢。他知道自己手指的力量
已经留在敌人掌中。这害人妖精
来鹿厅这一趟，可真没赶巧！

国王的宫殿震动了，
好一场恐怖的"蜜酒"应酬！
全体城堡主人，丹麦勇士，都战栗了。
大厅在呻吟，守卫在咆哮。
奇迹：这一席酒宴
居然容得下这样两位力士，华丽的建筑
居然站住了没有崩塌！
亏得它里里外外都有铁环箍牢，
真不愧一流的匠心设计。
我听说，这一双仇敌打到哪里，
哪里雕金的长凳便拔出地板。
以前，希尔德子孙的智者
决计料想不到，任何人能靠
任何办法、任何计谋，摇撼或损坏
这座镶骨的殿堂——除非
赤舌的烈焰将它埋葬。
一声惨叫
陌生而响亮。深深的恐惧抓住了
丹麦人，栅栏外听着那声吼的
每一位武士。上帝的顽敌
唱出他的绝望，凄厉的失败之歌。
地狱的俘虏疼痛得哀号了。
挽留着他，死死不放的
是那个今生此世
膂力第一的人中英豪。

12. 葛娄代被撕下手臂

风族战士的护主不想便宜了
那头贪婪的不速之客，没指望
他多活一天，能够造福于任何部落。
贝奥武甫的扈从们冲向恶魔，
一个个奋勇争先，挥舞着
祖传的宝剑，全力保卫
他们的王子，光荣的领袖。
他们没有料到：
不管多少个勇士加入这场恶战，
从四面一起砍击凶手，
猎取他的灵魂，世上
没有一支剑，一件常胜的兵器
可以伤害那十恶不赦的敌人，

因为他早已用一道符咒
镇了一切铁刃。
葛婪代大限已近，
但交出生命还需一番痛苦。
异域的恶魔去到凄凉的鬼国，
尚有一段长路——他
长久以来为害人类，罪行累累，
上帝的叛逆
终于发觉，骨肉之躯已住不下生命，
被紧紧锁在赫依拉勇武的外甥掌中。
仇敌相遇，
还讲什么客气！
可怕的怪物受了致命的创伤：
从肩膀豁开一条大口，
肌腱翻转，筋肉俱断。
战斗的光荣归了
"蜂狼"贝奥武甫。
垂死的葛婪代挣扎着从鹿厅逃回荒原，
阴沉沉的巢穴。他心里明白
生命即将了结，时日屈指可数。
一场血战，
实现了全体丹麦人的意愿。

就这样，他跨过大海的背脊
肃清了罗瑟迦的大殿，智勇双全
挫败恶魔，为那场夜战的壮举
分外自豪。高特人的王子
完成了他向丹麦人许下的诺言，
以牙还牙，
报还了他们过去不得已所承受的
百般蹂躏，屈辱和悲伤。
作为明证，
壮士在鹿厅的金顶下高高
挂起那只巨掌，连同肩臂——
葛婪代的整条魔爪！

（杨国华编，摘自冯象译：《贝奥武甫》，生活·读书·新知三联书店，1992）

第四十九章 法国英雄史诗及《罗兰之歌》

第一节 法国英雄史诗简介

英雄史诗是法国最古老的文学，是其封建社会在特定发展时期的产物。它形成于加佩王朝建立之后，大约是在 11 世纪期间。在 11 世纪前期，就有了行吟诗人口头传诵的具有英雄史诗雏形的文学形式。这些口头文学在民间流传的一些帝王与封臣的传说，甚至是更古老的歌谣，如赞歌等的基础上，经过了大量的加工，反映了当时的社会现实。譬如，它们描写历史上的战争和重大事件，歌颂为统一国家而战的帝王和英雄。帝王平定天下、运筹帷幄，骑士建功立业、忠君爱国成为主要的叙写主题，并通过他们高不可及的人格品质，树立一种理想化人物的形象。

至今发现的最早的法兰西英雄史诗手抄本都被确定在 11 世纪末。英雄史诗的成文工作大部分是圣职人员完成的。在那个时期，知识的垄断性和书写工具如羊皮纸、墨水、鹅毛笔、蜡块等的稀贵决定了英雄史诗只能够由圣职人员去记录、整理、编撰，因而，难免带有时代的思想印记。

绝大部分英雄史诗都以加洛林王朝为背景，远者甚至涉及墨洛温王朝。然而，英雄史诗所描写的诸多"历史"并非史实，或与历史相去甚远，或本无史实依据。创作者们将"历史"作为英雄人物最大的舞台布景，来塑造当时社会生活中的文学形象，借以表达建立统一的、集权制的封建国家的迫切愿望，这也是从加佩王朝至 14 世纪法国四分五裂的封建王国逐渐走向统一的封建等级制王国时期的历史特征。

英雄史诗是随着封建等级制的产生而萌芽的。在封建阶级上升时期，英雄史诗顺应了那个时代法国建立统一封建王国的历史发展趋势，显示了强大的生命力。最先出现在法国北部，然后很快发展到法国南部。12、13 世纪英雄史诗达到繁荣和鼎盛。然而，随着法国封建等级制的确立和巩固，英雄史诗开始走向衰落，最终淡出人们的视野。

中世纪法国的英雄史诗按照题材划分主要有三个系列。第一个是帝王系，叙述了查理大帝的赫赫武功，也称为查理大帝系，代表作品有《罗兰之歌》，还有写查理赴耶路撒冷朝圣的《查理大帝朝圣记》、《梅奈》、《大脚贝尔特》以及《赛斯纳人》。第二个是吉约姆·奥朗月系，写吉约姆及其家族勤王御敌的故事。代表作品有《路易加冕》、《尼姆城的大车》以及《艾默里·德·纳尔旁》等。第三个是敦·德·梅央斯系，写封建王国内部的诸侯叛乱，所以又称为叛乱者系。代表作品有《拉乌尔·德·康布雷》、《戈尔蒙和依藏巴尔》、《吉拉尔·德·维也纳》、《列诺·德·蒙多邦》等。此外，英雄史诗还有洛林系的《洛林人加兰》、《埃尔维·德·梅茨》和十字军系的《安蒂俄什之歌》、《囚徒之歌》、《天鹅骑士》等。

英雄史诗都是长篇叙事诗。最短的也有 1000 多行，长的达 20000 行以上。英雄史诗最初采用十音节诗的形式，押谐音即押最后一个音节的元音的韵，而与辅音无关，诗行中间有一停顿，形成四音节加六音节的格式，每个小节长短不齐。后来逐渐发展成八音节或十二音节诗。

法国中世纪英雄史诗中丰富多彩的艺术形式对法国文学乃至欧洲文学都产生了深远影响。雨果的《历代传说》的取材、北欧的《卡拉玛根斯萨迦》、西班牙的《罗曼采萝》、意大利博亚尔多的《恋爱的罗兰》、阿里奥斯托的《疯狂的罗兰》，都与法国英雄史诗颇有渊源。

第二节 《罗兰之歌》简介

《罗兰之歌》是法国英雄史诗中成就最高、影响最大的一部作品。史诗以查理大帝出征西班牙的史实为背景，通过演义加工而成。从9世纪开始，民间的行吟诗人就口头传唱着查理大帝及其勇将罗兰的英雄事迹，到11世纪初出现了手抄本。目前发现的几种手抄本中，价值最高者当数牛津图书馆收藏的约写于1170年的手抄本。这份手抄本用盎格鲁—诺尔曼方言写成，共4002行，291节，每行句子十个音节，每一节内句数不等，同一节内每句句尾用半谐音一韵到底。史诗最后一行提到"杜洛杜斯叙述的故事到此为止"，但无法确定杜洛杜斯是编撰者还是抄录者。

《罗兰之歌》叙述查理大帝出兵西班牙，征讨摩尔人即阿拉伯人，历时7年，仅余萨拉戈萨没有臣服。萨拉戈萨王马西勒遣使求和，查理大帝的妹夫加纳隆主张议和。查理大帝决定派外甥罗兰所荐的他的继父加纳隆前往谈判。加纳隆因此怀恨罗兰，遂与马西勒勾结，定下毒计加害罗兰。加纳隆回报谎称萨拉戈萨已臣服，查理大帝罢兵回国，并接受加纳隆的建议，让罗兰率军殿后。罗兰的后卫部队行至荆棘谷，遭遇十万摩尔兵伏击。罗兰率军英勇奋战，无奈寡不敌众，罗兰的好友奥里维三次劝罗兰吹响号角，请查理驰援，都被罗兰拒绝。直至剩下60人，罗兰才吹响号角，英勇战死，所部全军覆没。查理大帝回援，大败敌人。回国以后，查理将卖国贼加纳隆处死。上帝又告知查理到比尔地区同异教徒作战。史诗反映了当时要求统一法兰西，建立封建等级制的君主专制王国的愿望，讴歌了罗兰英勇无畏的精神、激荡的宗教热情和坚定的忠君爱国品格。

《罗兰之歌》有着鲜明的时代印记。整部史诗自始至终贯穿着对基督教的赞美与歌颂，时时表达了唯基督教为正统宗教的思想观点。全诗以基督教和伊斯兰教之间的争斗为叙述架构，显示出封建统治阶级用排斥异教为事由，鼓动民众对抗东方民族和外来势力，这后来逐渐演变为十字军东征的口号。史诗反映了王权和教会互相勾结，巩固自身统治的现实，也表达了权力统治和话语统治者的思想意识。《罗兰之歌》中频频出现的梦境预示、上帝显圣、天使下凡的情节，充满了宗教神秘气息。

《罗兰之歌》在艺术上是中世纪英雄史诗的典范之作。首先，艺术形象的塑造鲜明、生动。譬如罗兰忠君爱国、英勇无畏，加纳隆贪生怕死、挟私歹毒，马西勒阴险狡诈、怯懦善变等。其次，叙述手法简洁、明快。无论是人物性格还是写景状物，多数一词概之，简朴而崇高，如"罗兰英勇"、"奥里维明智"、"山峦高耸"、"号角声悠长"等。最后，善用重叠法和对比手法。如通过加纳隆和罗兰、马西勒和查理大帝的形象对比，来塑造英雄的崇高。又如，奥里维三次劝吹号和罗兰三次拒吹号的不同回答的情节，重叠手法表现了不同的人物性格。

不得不说的是，史诗并没有描写封建社会等级制度逐步确立的特定时代的地域风貌、民俗民情，这让读者无法了解那个特定时代的社会全貌，因而，造成了史诗在整体认知层面的缺失。战争场面的描写千篇一律、机械雷同，容易形成情节性审美疲劳。语言方面缺少变化，略显单调。另外，叙述有前后自相矛盾之处等。诚然，这也是历经民间传诵，多人参与创作过程所造成的一点遗憾。

总的来说，《罗兰之歌》以其浑厚质朴，成为欧洲中世纪的一部伟大史诗。然而，毕竟是一千多年前的作品，自然有着那个时代的种种烙印，有着不同方面的星点瑕疵，但这并不能够否定《罗兰之歌》的光辉灿烂与经典地位。

第三节　《罗兰之歌》选段

六十三

皇帝对他的外甥罗兰说：
"阁下，我的好孩子，您是个明白人；
我留下一半军队归您指挥，
生死存亡全靠他们了。"
伯爵回答："这个我用不着。
我若愧对先人事迹，上帝会叫我灭亡！
我保留两万名英勇的法兰克人。
你们放心大胆通过峡谷。
只要我一息尚存，大王无须害怕任何人。"

六十四

罗兰伯爵跨上他的战马。
战友奥里维向他走来；
来的还有基兰和英勇的基里埃伯爵，
奥顿和贝朗杰，
阿斯托和年迈的安塞依，
猛将鲁西荣的基拉尔，
强大的盖菲埃公爵。
大主教说："我也要去出生入死一番！"
戈蒂埃伯爵说："我也同去；
我是罗兰的人，我跟着他寸步不离。"
他们一起挑选了两万名骑士。

六十五

罗兰伯爵对匈奴人戈蒂埃说：
"您率领从法兰西土地来的一千名法兰克人，
据守沙漠和高地，

不能让皇帝丢失一兵一卒。"
戈蒂埃回答："我义不容辞。"
他率领从法兰西土地来的一千名法兰克人，
沿着高山隘道愈走愈远。
七百支宝剑出鞘以前，
任凭地动山摇他也不会擅离。
贝尔费纳国的奥马里王，
当天就跟他血战一场。

六十六

高耸的山岭，险峻的峡谷，
岩石峥嵘，隘道阴森。
那一天，法国人步履艰难。
十五里外也听到深沉的脚步声。
一踏进祖辈的土地，
便看到国王的领土加斯科涅。
封邑和庄园，少女和贵妇，
都蓦然上了心头，
谁不伤感地哭了起来。
查理比其他人更焦虑：
外甥还留在西班牙的深山沟，
他不禁心酸而老泪横流。

六十七

十二太保滞留在西班牙，
两万法兰克人跟随左右。
他们不胆怯也不怕死。
皇帝回到了法国，
把痛苦尽量掩盖。
奈姆公爵骑马走在旁边，
对国王说："为什么这么不安？"
查理回答："说起这件事叫我伤心！
我悲愤难抑没法不叹息。
法兰西要毁在加纳隆的手里。
昨夜一位天使给我托梦：
他把我掌中的长矛折断。
是他安排我的外甥殿后。
我让他留在客地异乡。
上帝！失去了他再也找不到这样的大将。"

六十八

查理曼禁不住潸然泪下。

十万法兰西人见了为之动容，
更担心罗兰会险遭不测。
假仁假义的加纳隆出卖了他；
他接受了异教国王的重礼：
金银财宝，绮罗绸缎，
骏马大骡，雄狮骆驼。
马西勒召集西班牙的文武大臣、
伯爵、子爵、公爵和阿马苏，
总督和将门之后。
三天内动员了四十万大军。
萨拉戈萨城内鼓声大震。
高塔上竖立穆罕默德神像，
异教徒个个顶礼膜拜。
然后骑上马匆匆而去，
穿过安宁地带，翻山越岭。
法兰西人的旗帜远远在望。
十二太保的后卫军
免不了有一场大战。

六十九

马西勒的侄子骑了一头骡子，
用木棍赶着走过来。
他笑声响亮地对叔叔说：
"大王陛下，多少次
我冲锋陷阵，多少次
我任劳任怨。
而今唯求一件礼物，由我向罗兰打头阵！
若蒙穆罕默德保佑，
让他在利剑下丧命。
西班牙大地光复，
从峡谷到杜雷斯坦。
查理会厌战，法兰克人会投降：
陛下从此太平无事。"
马西勒国王把手套授给他。

七十

马西勒的侄子拿着手套，
向叔叔发出豪言壮语：
"大王陛下赐给我的是一份重礼。
还望选派十二位大臣，
助我把十二太保挫败。"
首先响应的是法尔萨龙——

马西勒国王的弟弟：
"贤侄，阁下，我和您一起去，
这场仗要给他们迎头痛击。
把查理的后卫大军，
打得七零八落不在话下。"

七十一

科尔萨勃里国王在另一边，
他是柏柏尔人，善施妖法。
他说话像个恭顺的藩臣，
上帝送金山他也不会去当懦夫……
勃里冈的马尔普里米跳了出来，
他两腿跑得比马还快。
在马西勒面前高声叫嚷：
"我亲自上一趟龙塞沃，
遇到罗兰非把他打倒不可。"

七十二

有一位巴拉格尔的酋长，
身材轩昂，表情傲慢，面目俊秀。
他骑上马背，
披坚执锐，好不威风。
他是个出名的好藩臣。
若是基督徒必然会权重一时。
他在马西勒面前大声叫嚷：
"让我去龙塞沃拼个死活。
若遇到罗兰，是他的大限已到，
陪着死的还有奥里维和那十二太保。
法兰西人将死于痛苦与耻辱。
查理曼年岁已大，说话颠倒。
他将无意再御驾亲征。
西班牙领土从此保持完整。"
马西勒国王对他再三道谢。

七十三

有一个是莫里亚纳的阿马苏，
西班牙境内阴险透顶的小人。
在马西勒面前充起了好汉：
"我率领我的两万部队，
带了盾牌长矛到龙塞沃。
若遇到罗兰，保证他必死无疑。
叫查理过一天伤心一天。"

七十四

那一边是多特洛斯的托基，
他是伯爵，城池属于他。
只盼望基督徒没有好下场。
在马西勒面前也不甘落在人后。
他对国王说："大王不必惊慌！
穆罕默德比罗马圣彼得高强。
信奉他的人战无不胜，攻无不克。
我去龙塞沃袭击罗兰，
决没有人给他解除危难。
我的宝剑又长又锋利，
要跟朵兰剑比上一比；
哪支剑好立时可见分晓。
法国人胆敢反抗自取灭亡。
老查理会感到痛苦和耻辱，
皇冠再也戴不到他的头上。"

七十五

那一边有瓦尔泰纳的埃斯克勒米，
他是撒拉逊人，占有这片土地。
在人群中向马西勒高喊：
"我去龙塞沃扫一扫他们的威风。
若遇到罗兰，他的头颅难保，
还有那个督阵的奥里维。
十二太保都逃不过一劫。
法国人死了，法国荒芜一片，
查理募不到将才，找不到兵源。"

七十六

那边是异教徒埃斯杜尔冈，
还有他的战友埃斯特拉马林。
都是十足的坏蛋和叛逆。
马西勒说："两位大臣请过来！
你们去龙塞沃的隘道口，
给我的军队带路。"
两人回答："听候大王调遣！
我们也可出击奥里维和罗兰，
十二太保命在旦夕。
我们的剑又亮又锋利，
染上了鲜血只会更美丽。
法国人死了，查理伤心。

祖辈的土地将会呈献在大王面前。
下令吧，大王，您会看到
我们将把皇帝献上。"

七十七

塞维利亚的马加里疾步走过来，
他占有的土地远至卡兹马兰。
他美如冠玉，女人都对他献唱。
个个见了他眉飞色舞，
个个见了他笑逐颜开。
哪个异教徒都不及他英武。
他走到人群中声音比谁都高，
对国王说："大王不必惊慌！
我去龙塞沃把罗兰杀了，
奥里维也救不了他的命。
十二太保会跟着一起送死。
看我的金柄宝剑，
是普里姆酋长送我的礼物。
我答应它会被鲜血染红。
法国人死了，法兰西蒙受耻辱。
白发苍苍的老查理，
从此没有一天不难过和发火。
不到一年我们会占领法国，
进驻在圣德尼的城郭。"
异教王深深鞠了一躬。

七十八

那边来了莫尼格的切尔奴伯，
他的长发飘垂到地；
比四头驮货的骡子还重的担子，
他挑起来轻而易举。
据说他当领主的土地上，
太阳不发光，麦子不成长，
雨水不下落，露水不结珠；
石头块块发黑。
有人说那里住着魔鬼。
切尔奴伯说："我在腰间挂上青锋，
将在龙塞沃染得红彤彤。
若在路上遇见英勇的罗兰，
不向他进攻就不值得信任。
我的剑将压倒朵兰剑，
法国人死了，法国将荒芜一片。"

表过忠心后，十二员大将聚在一起，
率领十万撒拉逊人，
内心燃烧战斗的欲望，匆匆忙忙
到松林下提枪披挂。

七十九

异教徒穿上撒拉逊铠甲，
多数是里外三层。
他们戴上坚固的萨拉戈萨头盔，
佩带维也纳钢制的宝剑，
手执美丽的盾牌、瓦朗斯长矛，
还有白色、蓝色和朱红色的军旗，
他们骑的不是骡子和仪仗马，
而是战马神驹，列队前进密密匝匝。
天空无云，阳光灿烂，
一副副盔甲像一团团火焰，
千支军号齐鸣，更加雄伟壮阔。
嚣声传至远方，法国人也听到了。
奥里维说："阁下，我相信
我们要跟撒拉逊人大战一场。"
罗兰回答："让上帝成全我们吧！
为了国王我们应该在这里停下。
藩臣必须为君王分忧，
不怕烈日严寒，
不怕忍饥挨饿。
人人都要奋勇杀敌，
不让别人对着我们唱哀歌！
异教徒走邪道，基督徒为正义。
我发誓以身作则。"

八十

奥里维登上一座山头。
他凝视右边长草的山谷，
看到异教徒军队过来，
立即招呼他的战友罗兰：
"西班牙那边人声喧哗，
数不尽的闪光铠甲，烈焰头盔！
法国人会遭他们的毒手。
加纳隆这个骗子叛徒，他早知内情，
在皇帝面前指名点我们。"
罗兰伯爵说："奥里维，住口，
不许你对我的继父说三道四。"

八十一

奥里维登上一座山头。
西班牙境内撒拉逊人的动静，
全都一览无遗。
他们的镶金宝石盔，
红盾牌，红铠甲，
高举的长矛旗帜都闪闪发光。
一队连着一队排山倒海，
多得数也数不过来。
他心里乱作一团，
飞速奔下山冈，
见了同胞把一切如实报告。

八十二

奥里维说："我看见了异教徒，
敢说没有人见过这么多。
约有十万人过来，手执盾牌，
头戴铁盔，背穿白铠甲；
高举铁矛，森森发光。
我们将有一场空前的血战。
大臣们，上帝赐我们力量！
坚守阵地，绝不给敌人压垮！"
法兰西人说："逃兵必定受到诅咒！
即使死也不会有人临阵脱逃。"

八十三

奥里维说："异教徒大举进攻，
我看法兰西人会寡不敌众。
罗兰，我的战友，吹响您的号角，
查理听到，军队会折回。"
罗兰回答："那真是愚不可及！
我会在富饶的法兰西丢尽脸面。
待我用朵兰剑左右横扫，
让剑刃上沾满鲜血。
异教徒窜入峡谷是大错特错，
我发誓，他们谁都难逃一死。"

八十四

"罗兰，我的战友，吹响您的坳里风，
查理听到，军队会折回，
国王率领他的大臣驰援我们。"

罗兰回答："祈告上帝，
不要因我的过错让父母遭到责难，
让富饶的法兰西蒙受侮辱！
但是，佩在腰间的朵兰剑，
我会用来挥舞砍杀。
您会看到剑刃沾满血污。
邪恶的异教徒率众进犯是大错特错，
我发誓，他们个个都来送死。"

八十五

"罗兰，我的战友，吹响您的坳里风，
查理正通过峡谷，他会听到的。
我发誓，法兰克人会回来的。"
罗兰回答："祈告上帝，
但愿天下人不会笑我，
为了异教徒吹起了号角。
不能让别人谴责我的父母。
当我在千军万马中
左冲右突，
你看到朵兰剑上沾满鲜血。
法兰西人是勇士，像真正的藩臣那样厮杀。
西班牙人必将全军覆没。"

八十六

奥里维说："对此我没有异议。
而我看到了撒拉逊人，
满山遍野，
密密麻麻。
异族大军内兵多将广，
我们只是一支小部队。"
罗兰回答："这反而使我勇气倍增。
愿上帝和天使保佑，
法兰西绝不因我的过失而失去荣誉！
我宁死也不愿受辱。
我们骁勇善战才受皇帝器重。"

八十七

罗兰勇武而奥里维智谋。
两人都是杰出的藩臣。
一旦跳上马背提了枪，
死也不会退出战场。
两位伯爵行为勇敢，语言豪迈。

不忠的异教徒愤怒地放马过来。
奥里维说："罗兰，这里有人上来了！
他们近在咫尺，但是查理离得很远。
您还是不愿吹响您的坳里风。
我们有了国王就不会损兵折将。
您朝西班牙峡谷眺望，
不难看到后卫军处境危急。
今日还在的人，以后不知向何处招魂。"
罗兰回答："别说这些蠢话！
谁胆怯谁将受到诅咒！
我们守住阵地岿然不动，
伺机出击打一场混战。"

八十八

罗兰看到有一场血战，
变得比狮豹还更厉害。
他召集法兰西人，对奥里维说：
"大人，我的战友，再不要说这样的话！
皇帝给我们留下两万人，
全都经过他的挑选，
没一个会是懦夫。
为了君王应该吃苦耐劳，
不怕烈日严寒，
即使流血丧身也毫无顾惜。
您用长矛捅，我用宝剑砍。
我的宝剑是国王所赐，
我死后得剑的人可以说，
它以前属于一位高贵的藩臣。"

八十九

那边是杜平大主教。
他马刺一蹬，驱马上了山冈。
他对法国人讲道：
"各位大人，查理留我们守在这里，
为了国王我们不惜牺牲自己。
你们要帮助他维护基督教教义！
一场恶战在所难免，
既然撒拉逊人已在眼前。
你们低下头要求上帝宽恕！
我给你们赎罪拯救灵魂。
战死者将成为圣洁烈士，
天堂中有他的位子。"

法兰西人下马跪倒在地，
大主教以上帝的名义赐福，
下令以战斗代替补赎。

九十

法兰西人起身站得笔直，
一切罪孽都已洗刷干净。
大主教以上帝的名义在他们身上划过十字。
他们随即跨上了骏马。
像真正的骑士那样，
全身戎装走上战场。
罗兰伯爵对奥里维说：
"大人，我的战友，这件事您早明白，
加纳隆把我们都出卖了，
他收下了重金贿赂。
皇帝会报仇雪恨。
马西勒国王拿我们做交易，
他得到的将是刀和剑。"

九十一

罗兰骑着他的骏马，
走入西班牙峡谷。
他带的武器非常顺手，
抡起长矛挥舞，
把枪尖指向天空。
枪头上插一面白色幡旗，
流苏挂到他的手上。
他身材优美，面容清朗含笑。
身后跟着他的战友，
法兰西人都宣称他是保护人。
罗兰对撒拉逊人目光严厉，
对法兰西人温良谦恭。
说话时非常周到细致：
"各位大人，放慢行军速度！
这些异教徒在自寻死路。
今天我们将获得丰富的战利品，
法兰西没有一位国王的战绩曾经这样辉煌。"
听了这话，全军摩拳擦掌，斗志昂扬。

九十二

奥里维说："我无心多说话。
您不愿吹响您的坳里风，

您就盼不到查理前来增援。
大王毫不知情，也就无罪。
他们那些人也无可指责。
你们骑在马上快跑！
大人们，立刻做好准备！
我祈求上帝，你们可要小心，
针锋相对，狠狠打击！
我们不应该忘记查理的战斗口号。"
听到这话法国人一声高吼。
他们喊："我有神助！"
听了就不会忘记什么是英豪。
然后他们蹬马刺往前疾驰，
上帝，他们多么威武勇猛。
除了厮杀以外，还能有其他作为？
撒拉逊人对他们也毫不畏惧。
法国人和异教徒这时正短兵相接！

九十三

马西勒的侄子艾尔洛特，
骑着马身先士卒。
他对着法国人破口大骂：
"法国奸贼，过来跟我们交手。
那个应该保护你们的人却出卖了你们。
昏君又让你们在峡谷受困。
富饶的法兰西今天要丢人现眼，
查理曼要失去他的右臂。"
罗兰听了这话，上帝！他有多么难受！
他一蹬马刺，放马过去，
伯爵用尽全力直扑那个人，
他刺穿他的盾牌，击碎他的铠甲，
捅破他的胸脯，打断他的骨头，
背脊也砍成了两片；
长矛一挑使他的灵魂出了窍；
又一扎尸体晃了一晃，
长矛一挥将他打落马背。
罗兰在他的颈部一割，身首异处。
对着尸体还不忘记说：
"罪大恶极的浑蛋，查理不是昏君，
他从来不能容忍变节。
他是个英主才命令我们守在峡谷。
今天富饶的法兰西不会丢人现眼。
杀啊，法国人，先下手为强！

我们行使正义，奸贼违反天意。"

九十四

一位公爵叫法尔萨龙，
是马西勒国王的兄弟；
他拥有达当和阿比隆。
天底下找不出更狠毒的奸佞。
额头高高耸起，
两眼的瞳距足有半尺宽。
看到侄子阵亡好不悲伤。
他冲出人群挺身迎战，
发出异教徒的喊杀声。
他面对法国人非常猖狂：
"今天，富饶的法兰西末日到啦！"
奥里维听到心头火起。
他用金马刺踢自己的坐骑，
像真正的武士冲向前。
他刺破了对方的盾牌和铠甲，
幡旗的下摆也插到他的身子里面。
挥动长矛把他打下马背。
他瞧着贼将的尸身直挺挺躺着，
对着他大声吆喝：
"可怜虫，你的威胁顶什么用？
法兰西人，杀啊，我们会大获全胜！"
又喊："我有神助。"这是查理的战斗口号。

九十五

一位叫科尔萨勃里的大王，
是来自远地的柏柏尔人。
他对其他撒拉逊人说：
"这一仗我们能够坚持到底，
法国人势单力薄，
不用把他们放在眼里。
他们全军覆没，查理也无可奈何。
这是他们的死日到了。"
杜平大主教句句听在耳里，
恨得咬牙切齿。
他用金马刺一蹬，
朝着他猛冲上去。
他刺穿了他的盾牌，击碎了他的铠甲，
长矛捅破他的身子；
又深深一刺，尸体一个晃动。

长矛一挥把他打下马背，命归黄泉。
他转身看贼将直挺挺躺着。
他不错过机会对他说：
"卑贱的异教徒，你没有说对。
查理王永远保护我们。
法兰西人决不会逃跑。
我们让你们的人寸步难移。
你且听着：你们会死得好惨！
杀啊！法国人！谁都不会胆怯！
感谢上帝，让我们一举成功！"
他大喊"我有神助"来鼓舞士气。

九十六

基兰袭击勃里冈的马尔普里米。
对方的坚盾形同虚设，
水晶球饰也不经一击，
半个掉落在地上。
基兰用长矛捅穿他的铠甲，
一直插进他的身体。
异教徒僵直地倒在地上，
灵魂由撒旦带着走了。

九十七

他的战友基里埃进攻埃米尔。
他刺穿他的盾牌，击碎他的铠甲，
他的长矛插进他的心房，
铁器捅破了他的身体，
挥舞长矛把他打下马背，顿时丧了命。
奥里维说："我们打得漂亮！"

九十八

萨松公爵进攻阿马苏，
他刺破他的镶金花纹盾牌。
好铠甲也没能保护他，
五脏六腑都捅成窟窿，
别管怎么叹息，把他打下马背死了。
大主教说："这才是大将的枪法！"

九十九

安塞依放开缰绳，
进攻多特洛斯的托基；
他刺破他的金纹饰盾牌，

劈开他的双料锁子甲。
他把矛尖插进他的身体，
用力一捅，捅了个大洞，
挥动长矛把他打下马背，命归黄泉。
罗兰说："这是真武士的枪法！"

一〇〇

波尔多的加斯科涅人阿斯林，
蹬马刺，放缰绳，
进攻瓦尔泰纳的埃斯克勒米。
他刺穿和打落他挂在脖子前的盾牌，
击碎他的铠甲上的小孔；
给他当胸一击，
把他打下马背，命归黄泉。
然后对他说："叫你永世翻不了身！"

一〇一

奥顿进攻一名异教徒，叫埃斯杜尔冈，
砍向他的盾牌上的边沿，
打掉上面的红漆白漆，
撕破他的铠甲下摆，
把锋利的长矛插进他的身体，
把他打下马背死了。
又对他说："这下子没有救啦！"

一〇二

贝朗杰则进攻埃斯特拉马林，
刺破他的盾牌，击碎他的铠甲，
把坚硬的长矛插入胸膛中央，
让他死在撒拉逊大军面前。
异教徒损兵折将，
十二员大将只剩下两人，
那是切尔奴伯和马加里伯爵。

一〇三

马加里是一名英勇的骑士，
英俊、强壮、敏捷、急躁。
他纵马进攻奥里维，
刺破他的金盾心下的盾牌，
长矛滑过他的腰身。
上帝保佑他：身体安然无恙。
长矛折断了，但没有打到什么。

马加里扑空冲了过去，
吹起号角集结他的军队。

一〇四

两军混战，杀声震天。
罗兰伯爵临危不惧，
只要长矛不断，他也劈杀不止。
十五回合后长矛折成两段。
他抽出他的朵兰剑，
纵马直取切尔奴伯，
砸破他的红光宝石盔，
削下了他的头皮和头发，
他的眼睛和面孔，
他的银白细眼锁子甲，
沿着身体砍至裤裆中央。
宝剑割破了包金马鞍，
一直刺到马身，
切去背上一块肉而没有伤及骨骼，
把他打下马背死在硬草地上。
然后对他说："奸贼，来这里自取灭亡！
穆罕默德不会保佑你们。
你这样的恶徒今天休想打赢这一仗！"

一〇五

罗兰伯爵驰骋在战场，
手执削铁如泥的朵兰剑，
对着撒拉逊人一阵好杀。
啊！看他杀了一个又一个，
尸体堆积，鲜血横流！
自己的铠甲、胳臂，
骏马的长颈、背脊，都沾上斑斑血迹。
奥里维在战斗中毫不示弱，
法国人个个奋勇杀敌，
十二太保也无懈可击。
异教徒死的死，倒下的倒下。
大主教高喊："向大人们祝福！"
他叫"我有神助"，这是查理的战斗口号。

一〇六

奥里维在乱军中策马前进；
长矛断了只剩下一段杆子。
他进攻一名异教徒马尔萨龙，

刺破了他的金纹饰盾牌，
把他的眼睛挑出脑袋，
脑浆流到脚边，
滚下马背跟七百同胞死在一起。
他又杀死了托基和埃斯杜尔冈，
长矛折断只剩下了把手。
罗兰对他说："兄弟，您在干什么？
这样的恶战不能用木棍，
依靠钢和铁才能压阵。
您的长白剑到哪里去了？
金子做的柄，水晶做的球饰。"
奥里维回答："我接连不断地打，
竟没有工夫顾得上拔！"

一○七

战友罗兰再三要求，
奥里维才拔出他的宝剑，
像真正的骑士那样挥舞。
他进攻异教徒瓦尔凡莱的朱斯丹，
把他的脑袋劈成两爿；
身体和红铠甲，
镶金宝雕鞍和马的背脊，
也都砍去了一块，
人和马都死在他面前的草地上。
罗兰对他说："兄弟，我感谢你。
皇帝就是爱我们这样骁勇善战。"
四面八方响起喊声："我有神助。"

一○八

基兰伯爵骑着叫速如雷的马，
战友基里埃骑着鹿不敌，
他们甩开缰绳，猛蹬马刺，
去进攻异教徒蒂莫赞尔，
一个击盾牌，一个袭铠甲。
两支长矛折断在身体内，
一翻枪叫他死在沙场中央。
究竟谁出手更快，
我没听说也不能乱猜。
还有布台尔的儿子埃斯普里埃
（被波尔多的安杰里埃杀了）。
大主教杀死了西格洛莱，
他是个巫师，以前到过地狱，

由朱庇特施魔法送他去的。
杜平说了这话："这家伙常跟我们捣乱。"
罗兰回答："恶贼死有余辜。
奥里维兄弟，我钦佩你的枪法。"

一〇九

这时战斗愈益激烈。
法兰克人和异教徒杀得难分难解。
你一招来我一招去。
多少枪杆折断，多少长矛染红！
多少旌旗彩幡撕成碎片！
多少法兰西勇士断送青春！
再也见不到妻儿老小，
也见不到在峡谷等待的同胞。
查理曼哭得好不悲伤。
这有什么用？都救不了他们。
那天在萨拉戈萨出卖自己人，
加纳隆已当了皇帝的佞臣。
此后自己也赔上了性命和四肢，
在埃克斯审判中被吊死；
株连的还有三十名亲属，
没想到会天降大祸。

一一〇

这一仗只打得天昏地暗。
奥里维和罗兰奋力猛击，
大主教枪扎何止千下，
十二太保绝不让时间虚度，
法兰西人协力作战。
异教徒死去成千上万，
不逃的人也躲不过身亡，
让生命留在沙场。
法国也失去了最精锐的护国军。
他们再也看不到父老乡亲，
也看不到在峡谷等待的查理曼。
在法国刮起一场大风暴，
雷电闪鸣，狂风怒号，
雨水如注，冰雹如斗，
天空中阵阵霹雳，
轰隆声地动山摇。
从圣米歇尔到桑丹，
从贝桑松到维尚港，

没有一堵墙壁不破裂。
中午时刻天地一片漆黑。
天空开裂时才透过一些朦胧的光，
见到这种景象的人莫不惊慌。
许多人说："这是世纪总清算，
我们到了世界末日。"
他们不知真相，也就没有说中要害。
这是罗兰大难，天地在为他举哀。

——一

法国人左冲右突，意气风发。
异教徒死去成千上万，
十万兵马中没有两人幸存。
大主教说："我们的将士非常勇敢，
天下找不到更好的军人。
皇帝麾下的忠心藩臣，
必将载入法兰克人的史册。"
他们在战场上寻找自己人，
伤心悲痛，泪如雨下，
深情哀悼各自的乡亲。
马西勒国王率领大军蓦然出现。

——二

马西勒沿着一条山谷，
率领联军浩浩荡荡过来。
国王组成二十支部队，
镶金宝石盔闪闪发光，
盾牌和胸甲像团红火。
七千支军号齐鸣，
响彻千山万壑。
罗兰说："奥里维，我的战友和兄弟，
加纳隆奸贼一心要害死我们；
他的叛逆行为已昭然若揭。
皇帝会毫不留情地报仇雪冤。
我们这一仗将艰苦卓绝，
谁也不曾有过这样的恶战。
我挥舞我的朵兰剑，
你挥舞你的长白剑，杀上一通。
我们带了它们去了多少国家！
我们用它们打了多少胜仗！
不能让人给它们唱哀歌。"

一一三

马西勒看到部下遭到屠杀，
下令吹起号角和喇叭，
然后自己驱马跑在大军中央。
撒拉逊人阿比姆骑在前面，
他是军中最阴险的人，
干尽伤天害理的事，
不相信上帝和圣母玛利亚的儿子。
人黑得像煮烟的树胶，
喜欢玩弄权术阴谋，
胜过喜欢加利西亚黄金。
他从不游戏，也没有笑容。
这位藩臣忠诚勇猛，
阴险的马西勒国王对他宠幸有加。
他举起龙旗召集手下人。
大主教可不喜欢他，
一见就想把他干掉。
他低声自言自语：
"这个撒拉逊人邪得厉害，
只配做我的枪下之鬼。
我从来不喜欢胆小鬼和胆怯行为。"

一一四

大主教投入战斗。
他骑上夺自格罗萨的良驹，
这是他在丹麦杀死的一个国王。
这匹战马性子暴烈，
马蹄中凹，小腿细长，
大腿粗壮，屁股浑圆，
白尾巴，黄鬃毛，
身腰长，脊梁高，
耳朵小，头上虎虎有生气。
跑得比哪个牲畜都要迅速。
大主教用力蹬马刺。
进攻阿比姆势不可当。
他朝酋长的那块盾牌冲去。
这块盾牌缀满紫晶、黄玉、红宝石、
玛瑙和金刚钻，光芒四射。
梅达山上一个魔鬼委托加拉夫酋长，
把盾牌转交给他。
杜平手下毫不留情，

经他一砍，我相信盾牌再也不值一分钱。
他把撒拉逊人捅了个窟窿，
落下马背死在荒地上。
法兰西人说："多么英勇的藩臣啊！
有了大主教，军威绝不会受损。"

一一五

法兰西人看到那么多异教徒，
满山遍野，密密麻麻。
他们频频向奥里维、罗兰
和十二太保求救。
大主教对他们说出自己的看法：
"各位大人，绝不要存非分之想！
我以上帝的名义要你们坚守阵地，
不要授人话柄。
我们甘愿死在战斗中。
剩下的时间已经不多，
过了今天恐已不在人世。
有一件事可以保证，
神圣的天堂对你们敞开大门，
接纳你们与圣婴同住。"
法兰克人听了感到莫大安慰，
没有人不高呼："我有神助。"

一一六

有一个萨拉戈萨的撒拉逊人，
占有半座城池。
这个克兰勃兰不是善良之辈。
他跟加纳隆结盟，
吻过他的嘴巴表示亲善，
把宝剑和宝石作为礼品。
他还说要让祖辈的土地受辱，
要把皇帝的冠冕掠夺。
他骑的那匹马叫天鬃，
快得连猎犬、飞燕也追不上。
他马刺一蹬，放开缰绳，
直取加斯科涅的阿斯林。
盾牌和铠甲都形同虚设，
长矛的铁尖刺到身上，
再一插全身都被捅穿，
长矛一挥打落马下当即毙命。
撒拉逊人说："这些人好杀得很哪！

异教徒，杀啊，把人群冲垮！"
法兰西人说："上帝！失去一位勇士真叫人痛心啊！"

一一七

罗兰伯爵叫唤奥里维：
"王爷，阿斯林已经阵亡，
我们失去了最勇敢的骑士。"
伯爵回答："上帝会让我报仇的！"
他的金马刺一蹬坐骑。
高举沾满血迹的长白剑。
用上全身力量向异教徒砍去，
撒拉逊人挨了一下倒在地上，
灵魂给魔鬼带走了。
后来他又杀死阿尔法依安公爵，
砍掉埃斯加巴比的头颅，
把七个阿拉伯人打落马鞍，
再也不能重上战场。
罗兰说："我的战友大发威风，
骁勇善战不亚于我。
查理因我们出手不凡而更加宠爱。"
他高喊："骑士们，杀啊！"

（杨国华编，摘自马振骋译：《罗兰之歌》，吉林出版集团有限责任公司，2011）

第五十章　北欧古文学及《萨迦》

第一节　北欧古文学简介

北欧通常指丹麦、瑞典、挪威、芬兰和冰岛五国。除芬兰语是非印欧语系的乌拉尔语系的乌戈尔语种语言外，其余国家的语言都属日耳曼语族的北欧语支，它们的文学又称斯堪的纳维亚文学。

丹麦最早的文学记录是在公元250年至1100年间，刻在护身符和器具上，后来逐渐延伸到大型纪念石碑上的如尼文书写的铭文。在中世纪，丹麦语演变成口头语言，拉丁文成为文学语言。萨克索用拉丁语写的编年史《丹麦人的业绩》，记述了诸多英雄和勇士的传奇故事，不仅是一部重要的历史文献，也是丹麦文学最重要的源泉。

民歌是中世纪丹麦文学最重要的形式，但多为口头流传，直到16、17世纪才有文字记录。这些民歌颂扬历史英雄人物的功绩，叙事与抒情相结合，内容丰富，语言通俗易懂。17世纪丹麦文学复兴的著名诗人有安德斯·阿勒波和托马斯·金果。18世纪，在欧洲文艺复兴和宗教改革的影响下，启蒙思潮在丹麦兴起。丹麦启蒙文学运动的先驱、丹麦文学之父、戏剧家路兹维·霍尔伯写下许多脍炙人口的戏剧，流传至今。他的作品题材广泛，内容丰富，视野开阔，使丹麦人进一步了解欧洲文化。

瑞典文学最早可追溯到吕克石碑，这些石碑位于乌姆山附近，上面镌刻着约800个北欧古文字，描述的是古代英雄丘德里克的非凡事迹。

中世纪瑞典文学主要有赞美诗、叙事诗、戏剧等。赞美诗多出自神学家或神职人员，出现了不少优美的作品，如古拉斯·海尔曼尼的《比尔吉达圣歌》；1526年出版的《瑞典歌曲和民谣》是最早的瑞典文基督教赞美诗。叙事诗代表作品有《欧费米娅之歌》和托马斯主教创作的《恩厄尔布雷克特之歌》，不仅内容丰赡，语言遒劲，还在诗式上摆脱了拉丁语赞美诗的影响。中世纪的瑞典还有一种带有戏剧性的古老的集体歌舞。人们后来把这种口头流传的歌谣式的抒情舞曲进行整理、出版。代表性作品有埃里克·耶伊尔和阿·奥·阿弗塞利乌斯合编的《瑞典民歌》以及阿·阿尔维德松编的《瑞典古代歌曲》。在戏剧方面，主要作品有17世纪初历史学家约翰内斯·梅塞尼耶斯的《迪萨》、拉尔斯·维瓦利乌斯的《怨春寒》等。瑞典强盛时期最著名的诗人是谢恩赫尔姆，后人称他为"瑞典诗歌之父"，其诗集《是女神诗人现在才教我们用瑞典文写诗和吟唱》是17世纪瑞典文学的重要作品。

挪威最早的文学作品出现于4世纪，是具有押韵诗歌雏型的古碑文。8至9世纪，挪威开始流传许多以神话和英雄事迹为内容的民间诗歌。

中世纪挪威的文学作品有一部分是在冰岛写成的，并通过从古挪威语演变而成的冰岛语流传至今。主要作品有北欧神话和传说——"萨迦"和著名的神话诗集《埃达》。其中北欧传说中"王室传说"是重要的一支，代表作家有斯诺里·斯图鲁松，主要作品有《新埃达》、《海姆斯克林拉》和《挪威王列传》等。

芬兰文学中最古老的形式是芬兰语民间诗歌，长期以来都是口头流传的，直至18世纪后期才以文字记录下来。芬兰人原先信奉由巫师跳神作法捉鬼的极地萨满教，并逐渐形成了自己的神话和民间歌谣体系。卡勒瓦拉体民歌是芬兰古代口头文学流传的主要形式，内容广泛，形式多样，多为叙事组诗或短诗。格律上采用适于芬兰语和长诗记诵的扬抑格四音步。叙事诗以神话传说或英雄事迹为主。

芬兰民间诗歌有系统的搜集始于18世纪后期。最著名的搜集者是兰罗特。他通过收集研究，发现叙事诗具有构成一部民间史诗的连贯性和整体性。遂后他开始整理、编辑、加工，形成了芬兰民族史诗《卡勒瓦拉》。兰罗特还出版了一部叙事诗选《坎泰莱演奏者》。兰罗特的作品对芬兰人的民族意识和文化艺术都产生了深远影响。

冰岛文学有着悠久的历史和长期的积淀，在历史发展过程中逐渐形成了独特的民族文化。冰岛古代诗歌有"埃达"和吟唱诗。"埃达"原意为"神的启示"或"运用智慧"，后来引申为"诗作"或"写作"。"埃达"包括神话诗和英雄诗，主要记述异教神的传说和早期欧洲民族大迁徙时外族人的故事，短小精练，韵律简美。吟唱诗源自挪威，盛行于冰岛。它以歌颂国王和名士为主要内容，语言上韵律考究，比如，押内韵和尾韵；结构上句式较长；修辞上多用形象比喻，如把船称为"海马"，大海称为"鲸鱼之路"等。代表作品有埃伊特·斯卡特拉·格里姆松的《赎头》。

冰岛古代的"萨迦"在世界文学中占有重要的地位。"萨迦"意为英雄传说，是一种散文叙事体文学。13世纪到14世纪初期是"萨迦"创作的繁荣时期，数部"萨迦"相继问世；14世纪中期走向衰落。代表作品有《挪威王列传》、《贡劳格传》、《尼雅尔传》、《佛尔松传》等。

第二节　《萨迦》简介

"萨迦"一词，源自日耳曼语，本义为"短故事"，后来演变成"史诗"、"传奇"的意思。现代欧洲语言中，"萨迦"已成为一个标准名词，用来指中世纪冰岛或者挪威的英雄故事，或者指讲述一个家庭超过一代人以上重大事件的长篇记叙作品。它是13世纪前后冰岛和挪威人对古代口头文学的文字记载。它主要讲述了斯堪的纳维亚人的英雄传奇，反映了氏族社会生活的方方面面，如贵族生活、宗教信仰和精神面貌等，同时兼有人物传记、族谱和地方志的色彩，是古老的讲叙文学与当时流行的文学手法有机结合而产生的新式文学类型。

流传至今的"萨迦"不下于150种，按内容可分为"史传萨迦"和"神话萨迦"两大类。

"史传萨迦"主要讲述家族故事，也被称为"家族萨迦"。主要作品有《定居记》和《冰岛人萨迦》。《定居记》记载930年之前定居冰岛的名人年表以及当时冰岛的宗教、法律、习俗等。《冰岛人萨迦》记述自950年至1130年冰岛名人贤士的生平、成就、家族背景等。"史传萨迦"短篇的代表作是《贡劳格传》，叙述了诗人贡劳格和海尔嘉之间曲折凄婉的爱情故事，风格简练，主题明晰。长篇名著则有《尼雅尔传》、《拉克斯谷人传》、《埃吉尔传》、《格雷蒂尔传》、《埃里居民传》等。"史传萨迦"还包括讲述冰岛初期社会发展进程的"冰岛人萨迦"，其代表作品有《瓦特恩峡谷萨迦》、

《埃吉尔萨迦》和《尼雅尔萨迦》；讲述斯德龙时代冰岛人的政治斗争的"政治萨迦"；讲述挪威王故事的"王室萨迦"，如斯诺里·斯图鲁松所作的《挪威王列传》。此外，还有所谓"宗教萨迦"、"武士萨迦"、"圣贤萨迦"等。

"神话萨迦"大多数是具有神魔色彩的古代英雄传说，也有一些是在古代神话传说基础上加工而成的。代表性作品有《沃尔松格传》，叙述了沃尔松格族英雄西古尔德的冒险经历，反映了氏族间的仇杀以及社会生活，也是日耳曼史诗《尼伯龙人之歌》的故事原型。"神话萨迦"实际上代表所有日耳曼人共同的精神追求和生存哲学。

在语言上，"萨迦"的语言简朴率直，语气多有讥讽意味；用词简练，以对话见长。在人物形象方面，善于通过人物个性化的语言来展现其性格特征，刻画深入，形象鲜明。在叙述手法上，秉承民间口头文学的传统，张弛结合，悬念迭出，达到强化故事吸引力的效果。

"萨迦"的不足之处在于，其内容大多为氏族仇杀题材，单调而缺乏新意，加上长期口传讹误，有些"萨迦"叙事繁芜，结构散阔，不够严整。

总的来说，"萨迦"是欧洲中古时期独特的文学瑰宝。在故事题材和创作风格等方面，"萨迦"对欧洲文学产生了深远的影响。它们都是具有丰富历史价值的文学著作。

第三节　《萨迦》选段

尼雅尔萨迦

1

从前，有一个人叫莫德，外号叫乱弹琴。他是红色西格瓦特的儿子，住在朗河平原上一个叫沃尔的地方。莫德是一位头领，权力很大，擅长进行法律诉讼。他对法律非常精通，以至于人们认为，如果没有他的参与，任何判决都是无效的。莫德有一个女儿，名叫乌恩，长相漂亮、举止优雅、天性聪明。人们都把她看作是朗河平原上最优秀的姑娘。

现在，故事的场景向西转到了布雷扎湾山谷。那里住着一个名叫霍斯库尔德的男子，他是达拉-考尔的儿子。霍斯库尔德的母亲叫索尔盖尔德，是红色索尔斯坦恩的女儿。索尔斯坦恩的白色奥拉夫的儿子、英杰尔德·海尔嘉松的孙子。英杰尔德的母亲索拉是蛇目人西古尔德的女儿。西古尔德的父亲叫邋遢鬼拉格纳尔。红色索尔斯坦恩的母亲叫智多星乌恩，是塌鼻子凯蒂尔的女儿。凯蒂尔的父亲叫比约恩·布纳。霍斯库尔德居住的地方叫霍斯屈尔斯塔济，位于拉赫索达尔荒原上的一个谷地里。

霍斯库尔德有一个同母异父的兄弟，名叫赫鲁特，住在赫鲁特斯塔济。赫鲁特的生身父亲名叫赫尔约夫。赫鲁特长得英俊、魁梧、健壮，擅长格斗，骁勇异常，但性格平和。他非常聪明；对待敌人毫不留情；但在重要的事情上，他很愿意听取别人良好的建议。

一天，霍斯库尔德举行宴会招待他的朋友们，他的兄弟赫鲁特也在场，就坐在他旁边。霍斯库尔德有个女儿，名叫哈尔盖尔德，正和几个女孩子在地板上玩儿。她个子高高的，长得妩媚动人，满头丝一样光洁的秀发一直垂到腰间。

霍斯库尔德向她喊道："到这儿来。"

她马上走了过来。霍斯库尔德抚摸着她的脸蛋儿，吻了吻她。然后，哈尔盖尔德就走开了。

霍斯库尔德问赫鲁特道："你觉得这孩子怎么样？难道你没发现她很美吗？"

赫鲁特没有回答，霍斯库尔德就又问了一遍。

赫鲁特这才说道："这孩子的确很漂亮，也会有很多人为了她的美丽而吃尽苦头。但我弄不明白，我们家族的人怎么会长一双贼眼？"

霍斯库尔德听了很生气。有好一阵儿，兄弟俩谁也不理谁。

哈尔盖尔德的兄弟们分别是：索尔莱克、奥拉夫和巴尔德；索尔莱克生了个儿子，起名叫伯利；奥拉夫的儿子叫克雅尔丹。

2

一天，霍斯库尔德和赫鲁特一起骑马去参加阿耳庭大会。那里人山人海的。

霍斯库尔德对赫鲁特说："兄弟，我希望你能娶个妻子，从而提高你的社会地位。"

赫鲁特答道："这件事我考虑了很久，但还没拿定主意。我会照你的意愿去做的。可你看我们该找谁呢？"

霍斯库尔德说道："参加'庭'会的人中有很多头领，所以，你面临着很多不错的选择。不过，我已经为你选中了一位，姑娘名叫乌恩，是乱弹琴莫德的女儿。莫德就在这儿参加大会，他的女儿也来了。你要是愿意，可以先看看她。"

第二天，当人们前往立法会议的时候，兄弟俩看到在朗河平原的棚屋外面站着几个衣着华丽的女人。霍斯库尔德对赫鲁特说："那个女人就是我跟你说的乌恩，你觉得怎么样？"

"很不错，"赫鲁特说，"但不知道我们在一起生活会不会幸福。"

他们继续往前走，来到了立法会议。莫德跟往常一样，先向人们讲解了一番法律问题，然后，就向自己的棚屋走去。霍斯库尔德和赫鲁特站起身，跟在莫德的后面，走进了棚屋。莫德在棚屋的尽头坐了下来。兄弟俩向他问候，莫德则起身迎接，并友好地向霍斯库尔德伸出手来。霍斯库尔德挨着他坐了下来，赫鲁特则坐在了霍斯库尔德旁边。

他们讨论了很多问题。后来，霍斯库尔德转入了正题："我建议我们之间达成一项协议：赫鲁特想同你的女儿达成婚约，作你的女婿。对此我是全力支持的。"

莫德说："我知道你是位伟大的头领，可我一点儿也不了解你的兄弟。"

霍斯库尔德说："他比我强。"

莫德说："你得给他一大笔财产，因为我所拥有的一切都将由我的女儿来继承。"

"我会让他拥有坎巴角、赫鲁特斯塔济以及直至斯朗达吉尔的一切财产——这个你不必等得太久；另外，赫鲁特还拥有一艘商船，现在正在海上。"霍斯库尔德答道。

这时，赫鲁特对莫德说："请记住，我的兄长是出于善意和手足之情才这么大力支持我的。但是，如果你愿意考虑这件事，那就请你谈谈条件吧。"

莫德答道："我已经想好了。一共得给乌恩六十百锱，其中的一半必须由你来出。要是你们有了后嗣，那么这笔财产就由你们两个人平分。"

赫鲁特说："我同意这些条件。咱们找证人吧。"

他们站起来握了握手，这样，莫德就把女儿乌恩许配给了赫鲁特。婚礼定在仲夏过后的第三个星期，地点是在莫德的农场。

这件事情办完之后，双方就离开"庭"会，上马各自回家了。霍斯库尔德和赫鲁特向西取道"哈尔比约恩的石冢"。住在雷恰达尔的持金人比约恩的儿子斯约斯托尔夫纵马赶来迎接他们。他告诉他们说，赫鲁特的那艘商船已经驶抵惠特河，他的叔叔奥祖尔正在船上，要赫鲁特尽快去见他。听到这个消息，赫鲁特就要求霍斯库尔德陪他一起去。于是，他们俩一同向商船停泊的地方扬鞭飞马而去。

来到船上，赫鲁特热情、高兴地欢迎他的叔叔。奥祖尔请他们到自己的棚屋里喝一杯。有人为他们的马卸下了鞍子，他们走进棚屋，各自取了些喝的东西。

赫鲁特对奥祖尔说："叔叔，你一定要到西部来，跟我一起过冬。"

"不行，"他说，"我得告诉你，你的兄弟埃温德去世了。他在古拉大会留下遗言，要把他的财产留给你。你要是不去继承，你的敌人就会把它夺走。"

"哥哥，现在我该怎么办？"赫鲁特问，"情况复杂了，因为我刚刚安排好我的婚礼。"

霍斯库尔德说："到南部去找莫德，请他改一下婚约，让他承诺婚约在三年之内依然有效。我这就回家，把你的东西搬到船上来。"

赫鲁特说："我想让你先把这艘船上的面粉和木料搬走，至于其他的，你需要什么就搬什么吧。"

他备好马匹，纵马向南部疾驰而去。霍斯库尔德则上马向西，回到家里。

赫鲁特来到莫德位于朗河平原的家，受到了热烈的欢迎。他把新出现的情况向莫德讲述了一遍，问他有什么建议。

莫德问："这笔遗产一共有多少？"

赫鲁特回答说，假设全部归他的话，能有两百金马克。

莫德说："跟我要留给乌恩的相比还是挺多的。你要是想要这笔财产，自然就一定要去。"

于是，他们把婚约的内容做了修改，莫德答应把婚约延长三年。

随后，赫鲁特上马回到了自己的船上，在那儿度过了夏天，直到做好了出海的准备。霍斯库尔德把赫鲁特所有的必需品都搬到了船上；赫鲁特则委托霍斯库尔德在自己在海外期间，照管他在冰岛的财产。这些事情办妥之后，霍斯库尔德就返回了自己的农场。

过了不久，海上刮起了顺风，他们就扬帆启程了。三个星期之后，他们抵达赫恩群岛，接着，又向东驶往维克（奥斯陆峡湾）。

3

那个时候，统治整个挪威的是灰斗篷哈拉尔德。他的父亲血斧艾里克是美髯公哈拉尔德之子，母亲贡希尔德是奥祖尔·托蒂之女。哈拉尔德和母亲在东部的科侬加海拉施行统治。

一天，有人向维克方面报告说，有一艘船从西面驶抵这里。贡希尔德听了，就问船上都是些什么样的冰岛人。有人告诉她，其中一个是奥祖尔的侄子赫鲁特。

她说："我很清楚这是怎么回事，他是来继承遗产的，但一个叫索蒂的人已经把那笔财产据为己有了。"

于是，她把仆人奥格蒙德叫了过来，吩咐道："我派你前往维克，去见见奥祖尔和赫鲁特。你告诉他们，我邀请他们俩跟我一起过冬，并愿意作他们的朋友。如果赫鲁特听从我的劝告，那么，在他对这笔遗产所提的继承要求方面以及他想做的任何事情上，我都会帮助他，而且，我还会在国王面前替他美言几句。"

这位仆人马上出发，找到了他们。得知他是贡希尔德的仆人，奥祖尔和赫鲁特就向他表示热烈的欢迎。奥格蒙德悄悄地把贡希尔德的口信转告给他们。叔侄两人便商量该怎么办。

奥祖尔对赫鲁特说："孩子，在我看来，很显然，在这件事情上，她早就替我们作出决定了，因为我了解贡希尔德：如果我们不求助于她，她立刻就会把我们从这块土地上赶走，并抢走我们所有的财产。相反，如果我们向她求助，她就会给予我们她承诺的一切荣耀。"

奥格蒙德上马返回，见到贡希尔德后，就把同赫鲁特他们见面的经过向她讲述了一遍，说他们愿意来。

贡希尔德说道："这我早就料到了，难怪人们说赫鲁特精明强干。现在，你要密切注意着他们。等他们一到，马上向我报告。"

赫鲁特和奥祖尔向东前往科侬加海拉。赶到那里的时候，亲朋好友都出来热烈地欢迎他们。他们俩问国王在不在城里，人们告诉他们说他在。不久，他们遇到了奥格蒙德；他向他们转达了贡希尔德的问候，并带来了一个口信：因为担心流言蜚语，所以，他们应该在觐见国王之后再去见她。奥格蒙德说："她还说：'千万别让人们觉得我对他们有什么特殊的照顾。但我还是爱怎么样就怎么样。在国王面前，赫鲁特要大胆直言，请求作国王的侍从。"

"这儿有一件考究的礼服，"奥格蒙德继续说，"她让你穿着它去觐见国王。"

说完，奥格蒙德就回去了。

第二天，赫鲁特说："我们动身吧，去面见国王。"

"好的，走吧，"奥祖尔说道。

他们一个有十二个人，都是亲朋好友。他们走进大厅，国王正在那里喝着什么。赫鲁特抢先一步，走到众人前头，向国王施礼问候。国王仔细地打量了一下这位衣着华丽的汉子，问他叫什么。赫鲁特作了回答。

"你是冰岛人吗？"国王问道。

他回答说是的。

"你为什么到我们这里来？"

"是为了亲眼目睹你的伟大，陛下。另外，在你的王国，我要处理一件金额巨大的遗产案。要想获得公平的解决，我就需要你的帮助。"

国王说道："我发过誓，在我的王国内，人人都将受到法律的保护。你到这儿来还有什么其他目的吗？"

"陛下，"赫鲁特说，"我想恳求你，接受我加入你的卫队，作你的侍从。"

国王没有回答。

贡希尔德说："我觉得这个人在向你表示极大的敬意。你的卫队中要是多一些这样的人，那它就是精锐之师了——在我看来就是如此。"

"这个人聪明吗？"国王问道。

"既聪明又勇敢。"她答道。

"依我看，我的母亲是想让你得到你所谋求的职位。但是，出于对我们的尊严和王国习俗的尊重，你必须在半个月之后再来一趟，到那时候，你就会当上我的侍从。在你再次见到我之前，我的母亲会关照你们的要求的。"

贡希尔德对奥格蒙德吩咐道："把他们领到我那儿，设宴款待。"

奥格蒙德和他们一起走了出来，把他们领到一座石头建造的大厅里。厅内悬挂着非常漂亮的挂毯，贡希尔德的宝座就设在这座大厅里。

奥格蒙德说："你们就会明白，我告诉你们的有关贡希尔德的话都是真的。那是她的宝座——就坐那儿吧。即使她来了，你也可以继续坐在那儿。"

接着，他就款待他们吃饭。刚坐下一会儿，贡希尔德就到了，赫鲁特立即起身来迎接。

"坐着吧，"她说，"只要你是我的客人，这个座位就是你的。"

贡希尔德挨着赫鲁特坐了下来，两个人推杯换盏地喝了起来。夜幕降临的时候，她说：

"你今晚到楼上我的房间里睡觉——就我们俩。"

"听你的。"他说道。

于是，他们就准备上床休息，她则迅速地闩好了门。那天夜里，他们就在那儿睡的觉。第二天早晨，他们又一起下楼去喝酒。这样，整整两个星期，他们都睡在楼上的房间里——就他们两个人。

贡希尔德对她的仆人们说："你们要是有谁胆敢把我和赫鲁特的事情传出去，我就要他的小命儿。"

赫鲁特送给她一百埃尔的织布和十二件手工织成的斗篷，她感谢他送礼物给自己。赫鲁特吻了吻她，向她表示感谢，然后就走了。她祝他一切顺利。

第二天，赫鲁特同其他三十个人一起来见国王，向他问候。

国王说："赫鲁特，看来你现在想让我实现对你的承诺了。"

就这样，赫鲁特当上了国王的侍从。

赫鲁特问道："我坐在哪儿？"

"由我母亲决定。"国王说道。

贡希尔德让他坐在了一个非常显要的位置上。整个冬天，他都同国王待在一起，极受尊重。

4

春天的时候，赫鲁特听到了一则有关索蒂的消息，说他已经带着那笔遗产南下，去了丹麦。赫鲁特找到贡希尔德，把索蒂的去向告诉了她。

她说："我送你两艘长舰，配齐水手；再送你一员猛将——我们'门客'的首领虎痴乌尔夫。但在出发之前，你一定要去见一见国王。"

于是，赫鲁特就前去觐见国王。见到国王之后，他讲述了索蒂的动向，并说他要去追赶索蒂。

国王问道："我母亲给你提供了什么帮助？"

"两艘长舰，为首的是虎痴乌尔夫。"赫鲁特答道。

"你受到的待遇很不一般，"国王说，"现在，我再送你两艘船。这些兵力你都会用得上的。"

然后，国王把赫鲁特送上了船，并祝他"一帆风顺"。

于是，赫鲁特带着手下扬帆南下了。

5

有一个人叫阿特利，是哥得兰岛的雅尔阿尔恩维德的儿子，骁勇善战。他的基地设在梅拉伦湖，拥有一支八艘船的舰队。由于他的父亲不再向阿特尔斯坦国王的养子哈康进贡，父子俩就一起从耶姆特兰逃到了哥得兰岛。

阿特利的舰队从梅拉伦湖经斯托克尔松海峡南下丹麦。在那儿，他把舰队驻扎在厄勒海峡。阿特利曾在丹麦和瑞典进行过抢劫，还杀过人，因此，两国国王都把他宣布为不受法律保护的人。

此时，赫鲁特正在向南驶往厄勒海峡。驶进海湾的时候，他发现湾内停泊着几艘战船。

乌尔夫问："怎么办，冰岛人？"

"继续前进，"赫鲁特吩咐道，"不入虎穴，焉得虎子。我和奥祖尔率我们的船冲在前头。至于你的船，你愿意带到哪儿就带到哪儿。"

"我很少让别人作我的挡箭牌。"乌尔夫说道。

他把自己的船同赫鲁特的船并行起来。就这样，他们驶进了海湾。

海湾里的人发现有船向他们冲了过来，就报告给阿特利。阿特利说道："那我们就有机会搞些战利品了。命人把帐篷护罩放下来，船只准备战斗。快点儿！我的船要在舰队的中央。"

他们驾船迎了上去，驶到喊话范围之内的时候，阿特利站了起来，喊道："你们也太大意了，没看见这儿的海湾里有战船吗？你们的头儿是谁？"

赫鲁特报出了名字。

"你是谁的人？"阿特利问道。

"灰斗篷哈拉尔德国王的侍从。"赫鲁特答道。

阿特利说："我和父亲以前支持过挪威国王，不过，那已经是很久以前的事儿了。"

"那你可真不幸。"赫鲁特说道。

阿特利说："我们这次见面的情景，你是没机会活下来向别人讲述的了。"他抓过自己的长矛，向赫鲁特的船上掷了过去。一个水手被长矛刺中，倒地而死。

战斗开始了，但要冲上赫鲁特的船却并非易事。乌尔夫左冲右突，毫无惧色。阿特利手下有一员猛将，名叫阿索尔夫。他纵身跳到赫鲁特的船上，杀了四个人之后赫鲁特才注意到他。赫鲁特随即转身同他对峙着，交手时，阿索尔夫一矛刺穿了赫鲁特的盾牌，赫鲁特则给了他致命的一剑。

虎痴乌尔夫见到了这一幕，说道："赫鲁特，你这一剑很漂亮，但这主要应归功于贡希尔德对你的帮助。"

"我有一种预感，"赫鲁特说，"这些话是从一个注定要死的人的口里说出来的。"

阿特利瞅准乌尔夫的一个破绽，猛地将长矛扔了过去。不偏不倚，长矛一下子刺穿了乌尔夫。

接着，双方又是一阵激烈的搏斗。阿特利纵身跃到赫鲁特的船上，杀散周围的众人。奥祖尔转身挺矛向他猛刺，但就在这时，有个人向他一矛刺来，奥祖尔身子往后一仰，摔倒了。于是，赫鲁特转身迎战阿特利。阿特利猛砍赫鲁特的盾牌，一下子把它劈为两半。就在这时，一块石头飞来，击中了阿特利的手，他的剑随之滑落在地上。赫鲁特拾起剑来，斩断了阿特利的腿，接着又是一剑，结果了他的性命。

赫鲁特和他的手下缴获了很多战利品，他们把两艘最好的船据为己有，并在那里作了短暂的停留。

索蒂和他的手下设法避开赫鲁特等人，返回了挪威，在利姆加德靠了岸。索蒂上岸后，遇到了贡希尔德的仆人奥格蒙德。

奥格蒙德一下子就把他认了出来，便问他道："你打算在这儿待多久？"

"三个晚上。"索蒂答道。

"然后去哪儿？"奥格蒙德问道。

"往西，去英格兰，"索蒂说，"只要挪威还是贡希尔德的地盘，我就永远不再回来。"

奥格蒙德离开索蒂，去找贡希尔德。她正在附近的一个地方和儿子古德罗德参加一个宴会。奥格蒙德把索蒂的计划告诉了她，她就吩咐古德罗德去杀掉索蒂。古德罗德立即出发，乘其不备捉住了索蒂，命人把他带到岸上绞死了。然后，他夺了那笔财产，把它带给了母亲。她命人把它们都带往科侬加海拉，随后，她自己也赶到了那里。

秋天，赫鲁特回来了，带回来大量的战利品；他立即去觐见国王，受到了很好的招待。他给国王和他母亲送了很多钱财。他们要多少，他就给多少。后来，国王拿了三分之一。

贡希尔德告诉他，她已经夺回了他要的遗产，并让人杀了索蒂。赫鲁特向她表示感谢，把遗产的一半分给了她。

6

那年冬天，赫鲁特跟国王呆在一起，极受恩宠。但春天到来的时候，他却变得非常沉默寡言。贡希尔德注意到了他的变化，便趁着没人的时候，向他提起了这件事。

"你不高兴吗，赫鲁特？"她问道。

"有那么一句话，"赫鲁特说，"叫作'梁园虽好，非久恋之家'。"

"你想回冰岛了？"她问道。

"是的。"他答道。

"你在那儿有女人？"她问道。

"没有。"他答道。

"但我敢肯定你是有的。"她说道。说到这儿，他们就停止了交谈。

赫鲁特去见国王，向他问了好。

国王问道："你现在有什么打算呢，赫鲁特？"

"陛下，"他说，"我想请你允许我回冰岛去。"

"你在那里的声望会比在这里更高吗？"国王问道。

"可能不会，"赫鲁特回答说，"但男子汉必须去做他应该做的事。"

"同他进行拔河式的较量你是赢不了的，"贡希尔德说，"他觉得怎么合适，就让他怎么做吧。"

那一年的粮食收成不太好，但国王还是送了他很多面粉，他要多少就给多少。随后，赫鲁特和奥祖尔一起打点行装，准备返回冰岛。一切准备就绪以后，赫鲁特就去觐见国王和贡希尔德。

贡希尔德把赫鲁特拉到一边，悄悄对他说："这儿有一个金臂环，送给你吧。"说着，她把它戴在了赫鲁特的手臂上。

"我从你那儿得到了很多珍贵的礼物。"赫鲁特说道。

她搂着他的脖子吻他，说道："如果我对你的威力能有我想象的那么大，那么我要对你说出这个咒语：你跟你要娶的那个冰岛女人不会有任何性快乐——尽管你可以从其他女人那里得到这种快乐。对此，我们俩都将无能为力，因为你没有跟我说实话。"

赫鲁特咧开嘴笑了笑，转身走开了。他来到国王面前，向他表示感谢。国王和蔼地对他讲了几句话，祝他一路平安。他说，赫鲁特是个非常勇敢的人，而且知道怎么使自己在行为举止上像一个出身高贵的人。之后，赫鲁特立即上船，扬帆启程了。他们一路顺风地抵达了博尔加峡湾。船刚被拖到岸上，赫鲁特就纵马向西往家赶。奥祖尔则留下来负责卸货。

赫鲁特回到了霍斯屈尔斯塔济。霍斯库尔德热情地欢迎他，赫鲁特向他一五一十地讲述了自己的经历。接着，他们派人到东部去找莫德，让他准备喜筵。随后，兄弟俩上马来到了船边。霍斯库尔德告诉赫鲁特，他不在期间，他的财产又增加了不少。

赫鲁特说："你实际得到的回报太少了。作为补偿，今年冬天，你们全家需要的全部面粉都由我来提供。"

他们把船拖到岸上，在周围筑起了篱笆，然后把所有的货物都运到了西部的达利尔。

赫鲁特在位于赫鲁特斯塔济的自己的家中住了下来。再过六个星期就是冬天了，他和哥哥以及奥祖尔做好了到东部举行婚礼的准备。他们率领六十个人，纵马径直来到了朗河平原。邻近地区的客人都已经赶到了。男人们坐在侧面的长椅子上，妇女们则占据了后面中间的座位，但新娘却面露忧伤。人们痛痛快快地吃着、喝着，宴会进行得非常顺利。莫德给女儿置办了嫁妆之后，乌恩便和丈夫上马到西部去了。他们一路马不停蹄地径直来到了赫鲁特的家。

赫鲁特把家里的事务全都交给乌恩来管，大家对此都感到高兴。但是，她和赫鲁特之间却缺乏一种亲密。这种情况一直持续了整个冬天。

春天到来的时候，赫鲁特得去西部峡湾，把出售货物的钱款收回来。临行之际，他的妻子问他："你会在大家去开'庭'的大会之前回来吗？"

"你为什么要知道这个呢？"赫鲁特问道。

"我想去参加大会，并看看我父亲。"她答道。

"好的，"他说，"我和你一起去。"

"那好吧，"她说道。

随后，赫鲁特离开家，上马赶往西部峡湾，把收回来的钱款贷出去之后，又飞马返回家里。从西部回来之后，他就开始为参加全岛大会做准备，还邀请所有的邻居和他的哥哥霍斯库尔德跟自己一起去。

赫鲁特对妻子说："如果像你说的那样，去参加大会对你非常重要的话，那你就准备准备，跟我一起去吧。"

她很快就准备好了，他们便上马来到了"庭"会。乌恩径直来到了父亲的棚屋。见到女儿，莫德很高兴，但她却情绪低落。他注意到了，就问她："我以前看到的你可不像现在这个样子。你有什么心事吗？"

乌恩哭了起来，但没有回答。莫德对她说："你要是不愿意相信我，那为什么还要到这儿来呢？难道你觉得住在西部不好吗？"

她答道："真希望当初我没去西部，哪怕为此要我放弃自己拥有的一切。"

莫德说："我不久就会弄个水落石出的。"

他派人去找霍斯库尔德和赫鲁特，他们马上赶来了。莫德一见到他们，就热情地起身问好，并请他们坐下。他们谈了很长时间，谈得也很融洽。

后来，莫德问赫鲁特："为什么我女儿在你们西部那么不高兴呢？"

赫鲁特答道："要是我有什么可以指责的不是之处，就让她说出来吧。"

但她并没有指责赫鲁特。赫鲁特又让莫德问自己的邻居和家人，了解他是怎样对待她的。他们向莫德介绍的都是关于赫鲁特的好话，并且说，只要是乌恩想管的事，都由她一个人说了算。

莫德对乌恩说："回家去，为自己的命运感到满足吧，因为这些证据对他更有利。"

然后，赫鲁特就和妻子一起上马离开"庭"会回家了。那年夏天，他们过得还很不错。但到了冬天，同样的问题又在他们俩之间出现了；而且，随着春天的来临，情况变得更糟了。这时候，赫鲁特必须得再去一趟西部峡湾，因此，他说，他今年不去参加阿耳庭大会了。他的妻子乌恩对此什么也没说。赫鲁特一准备好就出发了。

（杨国华编，摘自石琴娥、周景兴、金冰译：《萨迦选集——中世纪北欧文学的瑰宝（上册）》，商务印书馆，2000）

比较文学与世界文学
学科建设教材系列

国家社会科学基金重点项目(项目编号12AZD090)"'世界文学史新建构'的中国化阐释"
教育部人文社科研究规划基金项目（项目编号12YJA751011）"世界文学史重构与中国话语创建"
阶段性成果

世界文学经典
WORLD CLASSICAL LITERATURE

中

主编　方华文

编委　方华文　张淑霞　刘　彪　魏令查
　　　陈红玉　胡晓红　陈江华　张久全

北京师范大学出版集团
BEIJING NORMAL UNIVERSITY PUBLISHING GROUP
北京师范大学出版社

目 录

中卷　17 世纪到 19 世纪

中卷　17世纪到19世纪

第一章　莫里哀及《达尔杜弗》

第一节　莫里哀简介

莫里哀，17世纪法国伟大的喜剧作家，原名若望·巴狄斯特·波克兰，莫里哀是他的艺名。他在欧洲戏剧史上占有十分重要的地位。他出身于资产阶级家庭，父亲是巴黎一个室内陈设商，有供奉内廷的小贵人身份。莫里哀从小就喜爱戏剧，中学毕业后入大学攻读法律，并取得学位，但他没有去当律师，却醉心于被教会视为贱民的"戏子"行业。1643年他在巴黎组织剧团，不久失败解散，又加入外省剧团，流浪各地达12年之久，直到1658年才率剧团返回巴黎。在外省期间，莫里哀获得了丰富的生活经验，观察了各个阶层的生活习惯，接触了民间语言，这对他以后的创作都有良好的影响。莫里哀生活在资产阶级勃兴、封建统治日趋衰亡的文艺复兴时期。他同情劳动人民，笔锋所向，揭露的是昏庸腐朽的贵族、坑蒙拐骗的僧侣、无病呻吟的地主、冒充博学的"才子"，还有靠剥削起家而力图"风雅"的资产者，利欲熏心、一毛不拔的高利贷者……他从各个侧面勾画出了剥削阶级的丑恶形象。

莫里哀的主要作品都是在1658年回到巴黎之后写的。他第一部获得成功的喜剧是《可笑的女才子》。在这部喜剧里，他嘲笑了贵族矫揉造作的言语和他们的虚伪。在1661年和1662年演出的《丈夫学堂》和《太太学堂》中，莫里哀提出了婚姻和爱情问题，主张改变中世纪对待妇女的态度和确立人道主义的家庭观念。1664年，莫里哀写出了他最尖刻、最富有讽刺性的喜剧，即他著名的代表作《达尔杜弗》（又名《伪君子》）。《达尔杜弗》揭露了虚伪的宗教道德和黑暗势力。这个剧本遭致攻击，被禁演5年之久。《唐璜》是继《达尔杜弗》之后的优秀作品，它鞭挞了上流社会的荒淫无耻，同时也反对宗教和禁欲主义。《愤世嫉俗》是古典主义"高级喜剧"的典范，剧中着重性格描写，充满哲理性的幽默。《吝啬鬼》辛辣地讽刺了私有制社会中人们对财富的渴望，说明贪婪泯灭了人的一切感情，这是莫里哀描写这类主题的最优秀的剧本。莫里哀的剧本极受当时人民的欢迎，但遭到教会、大贵族等反动势力的攻击。在与反动势力的斗争中，莫里哀常常不得已求助国王。莫里哀的喜剧在种类和样式上都比较多样化。他的喜剧含有闹剧成分，在风趣、粗犷之中表现出严肃的态度。他主张作品要自然、合理，强调以社会效果进行评价。他的作品开古典主义喜剧之先河，极大影响了喜剧乃至整个戏剧界的发展。在法国，他代表着"法兰西精神"。其作品已译成几乎所有重要语言，是世界各国舞台上经常演出的剧目。莫里哀是位喜剧大师，但是他的死却是一场悲剧。为了维持剧团开支，他不得不带病参加演出。1673年，在演完《没病找病》最后一幕以后，莫里哀咯血倒下，当晚就逝世了，终年51岁。由于教会的阻挠，他的葬礼冷冷清清。

第二节 《达尔杜弗》简介

《达尔杜弗》是莫里哀的代表作。在这部作品里，莫里哀把伪善者的一切特征都集中在了达尔杜弗身上——居住在巴黎的富商奥尔贡，是一个虔诚的天主教徒，他曾辅佐过国王，因此受到了人们的尊敬。奥尔贡每次到教堂的时候，总会发现有一个信士，双膝跪地，专心致志，祷告上帝，时而激动，时而叹息，时而流泪。每当奥尔贡离开教堂时，这个人抢先赶到门口，向他献上圣水。奥尔贡得知他叫达尔杜弗。达尔杜弗是一个富有产业的贵人，因信奉上帝，不留心产业因而家境贫寒起来。奥尔贡出钱帮助达尔杜弗，达尔杜弗却执意不肯收下，当场便把钱分给了别人。奥尔贡被达尔杜弗的行为感动了。两人从此密切接触起来。奥尔贡把达尔杜弗接到自己的家中，为他提供了最好的生活条件，还把他当做圣人，导师，把自己的秘密只告诉他一个人。达尔杜弗真诚地对待奥尔贡的热情，事事当心，处处虔诚，即使自己的行为中出现一点小错也要当成罪过来自我谴责。奥尔贡对达尔杜弗简直是着了迷，但是达尔杜弗最关心的却是奥尔贡漂亮的续妻艾耳密尔。奥尔贡的女儿玛丽雅娜已经有了意中人，可奥尔贡心里早有打算，他是想把女儿玛丽雅娜嫁给达尔杜弗，为的是让达尔杜弗成为自己家中的一员。当玛丽雅娜听到奥尔贡的决定时，如遭五雷轰顶，心情极坏。玛丽雅娜在心里十分讨厌达尔杜弗。而奥尔贡如数家珍地夸奖起达尔杜弗。不过，达尔杜弗只对艾耳密尔钟情，竟向她求爱，不料被奥尔贡的儿子大密听见，就去报告父亲。奥尔贡不相信达尔杜弗会做出这种事情，而达尔杜弗又伪善地乘机自我诅咒一番，还请求离去。奥尔贡又被他感动，迁怒于大密，竟剥夺了儿子的财产继承权，逐出家门，并把全部财产赠给了达尔杜弗，又进一步强迫女儿嫁给他。玛丽雅娜在女仆道丽娜的帮助下，坚决反抗。后来艾耳密尔出来证明大密的话是事实，并劝奥尔贡躲在桌子下，窥察伪君子的行为。于是艾耳密尔把达尔杜弗请来，故意向他表示好感，他果然得意忘形，伪善的面具终于被揭穿，可是达尔杜弗已经掌握了奥尔贡的秘密，索性向国王控告奥尔贡不忠，但"公道贤明"的国王，识破伪君子的阴谋，将他逮捕下狱，把财产归还原主。玛丽雅娜和她的情人终成眷属。莫里哀虽然有时在题材上走出古典主义的框子，但他的喜剧具有古典主义的优点，结构形式严谨，戏剧冲突鲜明。他没有受到三一律的束缚，反而以高度的技巧掌握了这个规则。他在形象塑造方面显示出卓越的艺术才能。他的人物特点是集中、夸张，概括性强，他们的一言一行都突出地表现了他们的主导性格。所有这一切在《达尔杜弗》里显现得尤为明确。

第三节 《达尔杜弗》选段

人　物

（以选文中出场的人物为限）

奥尔贡——艾耳密尔之夫。

艾耳密尔——奥尔贡之妻。

大密——奥尔贡之子。

玛丽雅娜——奥尔贡之女。

克莱昂特——奥尔贡之妻兄。

达尔杜弗——伪君子。

道丽娜——女仆。

第一幕

第四场

奥尔贡，克莱昂特，道丽娜

奥尔贡 啊！舅爷，你好。

克莱昂特 我正要走，看见你回来，我很高兴。田野现在相当荒凉。

奥尔贡 道丽娜……舅爷，对不住，等一下：让我先问问家里消息，免得心里挂念。这两天，家里全好？有什么事吗？人好吧？

道丽娜 太太前天发烧，一直烧到黄昏，头疼得不得了。

奥尔贡 达尔杜弗呢？

道丽娜 达尔杜弗啊？他那才叫好呐，又粗又胖，脸蛋子透亮，嘴红红的。

奥尔贡 可怜的人！

道丽娜 黄昏时候，太太头疼得还要厉害，一点胃口也没有，一口晚饭也吃不下！

奥尔贡 达尔杜弗呢？

道丽娜 他坐在太太对面，一个人，虔虔诚诚，吃了两只鹌鹑，还有半条切成小丁儿的羊腿。

奥尔贡 可怜的人！

道丽娜 太太难过了整整一夜。没有一刻可以关关眼皮；她因为发烧，睡不好觉，我们只好在旁边陪她一直陪到天亮。

奥尔贡 达尔杜弗呢？

道丽娜 他用过晚饭，有了困的意思，就走进他的房间，立刻躺到他暖暖和和的床上，安安逸逸，一觉睡到天明。

奥尔贡 可怜的人！

道丽娜 太太临了听我们劝，决定叫人给她放血，紧跟着没有多久，她就觉得好过啦。

奥尔贡 达尔杜弗呢？

道丽娜 他照样儿精神抖擞，为了抵偿太太放掉的血，滋补他的灵魂，抵抗所有的罪恶，早点的时候，喝了满满四大杯的葡萄酒。

奥尔贡 可怜的人！

道丽娜 两个人现在总算都好啦；我先去禀报一声太太，说你听见她病好了，有多关切。

第三幕

第五场

奥尔贡，大密，达尔杜弗，艾耳密尔

大　　密　爸爸，方才出了一件新鲜事，您简直意想不到，我们正要讲给您听，您听了也一定开心。您行好得了好报，这位先生加倍报答您的盛情。他方才表示过了莫大的热诚：不是别的，就是玷污您的名声。我发现他伤天害理，在这儿对母亲表白他的私情。母亲心地善良，过于拘谨，一意只要保守秘密；可是我不能纵容这种厚颜无耻的行为，我以为瞒着不叫您知道，就是对您不敬。

艾耳密尔　是的，我认为那些话没有意义，做太太的听到以后，就决不该学嘴学舌，让丈夫心神不安。好名声也不是靠学嘴学舌得来的。我们知道怎么样保卫自己，这就够了。我是这样想的。大密，你要是尊重我的话，也就什么话都说不出来了。

第六场

奥尔贡，大密，达尔杜弗

奥 尔 贡　天呀！我方才听到的话是真的吗？

达尔杜弗　是的，道友，我是一个坏人、一个罪人、一个可恨的败类，无法无天，自古以来最大的恶棍。我的生命只是一堆罪行和粪污，没有一分一秒不是肮脏的。我看上天有意惩罚我，才借这个机会，考验我一番。别人加我以罪，罪名即使再大，我也不敢高傲自大，有所声辩。相信人家告诉你的话吧，大发雷霆吧，把我当作罪犯，赶出你的家门吧。我应当受到更多的羞辱，这一点点，根本就算不了什么。

奥 尔 贡　（向他的儿子）啊！不孝的忤逆，你竟敢造谣生事，污损他的清德？

大　　密　什么？这家伙虚伪成性，装出一副柔顺的样子，您真就相信……？

奥 尔 贡　住口，该死的东西。

达尔杜弗　啊！让他说吧：你错怪了他，他那些话，你还是相信的好。既然事实如此，你何苦待我这样好啊？说到最后，我有什么干不出来的，你可知道？道友，你相信我的外表？你根据表面，相信我是好人？使不得，使不得：你这是受了现象的欺骗，哎呀！我比人想的，好不了多少。人人把我看成品德高尚的人；然而实情却是：我不值分文。（转向大密）对，我亲爱的孩子，说话吧，把我当作背信的东西、无耻的东西、恶人、强盗、凶手看待吧，用还要可憎的字眼儿来骂我吧。我决不反驳；而且正该如此。我愿意跪下来拜领奇耻大辱，因为我平生作恶多端，丢人是应当的。

奥 尔 贡　（向达尔杜弗）道友，你太过分了。（向他的儿子）不孝的忤逆，你还不认错？

大　　密　什么？你真就相信他这套鬼话……

奥 尔 贡　住口，死鬼。（向达尔杜弗）道友，哎！起来，求你了！（向他的儿子）无法无天的东西！

大　密	他会……
奥尔贡	住口。
大　密	气死我啦！什么？把我看成……
达尔杜弗	道友，看上帝分上，不要动怒。我宁可忍受最可怕的痛苦，也不愿意他为我的缘故，皮肤上拉破一点点小口子。
奥尔贡	（向他的儿子）忘恩负义的东西！
达尔杜弗	由他去吧。需要的话，我跪下来，求你饶他……
奥尔贡	（向达尔杜弗）哎唷！你这是干什么呀？（向他的儿子）混账东西！看人家多好。
大　密	那么……
奥尔贡	闭住你的嘴。
大　密	什么？我……
奥尔贡	听见了没有，闭住你的嘴。我明白你为什么攻击他：你们人人恨他，我今天就看见太太、儿女和听差跟他作对来的；你们厚颜无耻，用尽方法，要把这位虔诚人物从我家里赶走。可是你们越是死命撵他走，我就越要死命留他。为了打击我一家人的气焰，我偏尽快把女儿嫁给他。
大　密	你想逼她嫁给他？
奥尔贡	对，不孝的忤逆，为了气死你，今天晚上就行礼。哎！咱们就斗斗看，我要叫你们知道，我是家长，人人应当服从。好啦，把话收回去，捣蛋鬼，赶快跪到他面前，求他宽恕。
大　密	谁，我？求这混账东西宽恕！他仗着他骗人的本事……
奥尔贡	啊！下流东西，你不听话，还敢骂他？拿棍子来！拿棍子来！（向达尔杜弗）别拦我。（向他的儿子）好，马上滚出我的家门，永远不许回来。
大　密	对，我走；可是……
奥尔贡	快滚。死鬼，我取消你的继承权，还咒你不得好死。

第七场

　　奥尔贡，达尔杜弗

奥尔贡	竟敢这样得罪一位圣人！
达尔杜弗	（旁白）天啊，宽恕他给予我的痛苦！（向奥尔贡）看见有人在道友面前，企图说我坏话，你晓得我心里怎么样难过，也就好了……
奥尔贡	哎呀！
达尔杜弗	我一想到人会这样恩将仇报，我心上就像有千针万针在扎一样……世上会有这种事……我痛苦万分，话都说不出来了，我相信我不久于人世了。
奥尔贡	（他满脸眼泪，跑到他撵出儿子的门口）混账东西！我后悔手下留情，没有在一开头的时候就把你立时打死。（向达尔杜弗）道友，别难过，生气不得。
达尔杜弗	我们就中止，中止了这场不幸的吵闹吧。我看出我给府上带来多大的纠纷，道友，我相信，我还是离开府上的好。
奥尔贡	什么？你这叫什么话？
达尔杜弗	他们恨我，我看他们是存心要你疑心我对你不忠诚。
奥尔贡	有什么关系？你看我理他们来的？

达尔杜弗　他们一定不会就此罢休的；同样的坏话，你现在不相信，也许下一回你就相信了。

奥 尔 贡　不会的，道友，决不会的。

达尔杜弗　喀！道友，做女人的，轻轻易易，就能把丈夫哄骗过去的。

奥 尔 贡　不会的，不会的。

达尔杜弗　赶快放我走吧，我一离开府上，他们就没有理由再这样攻击我了。

奥 尔 贡　不，你留下来：你一定要走，我就活不成了。

达尔杜弗　好吧！那么，非这样不可，我就再煎熬下去吧。不过，要是你肯的话……

奥 尔 贡　啊！

达尔杜弗　算啦，不必说啦。可是我晓得我该怎么样做。名誉经不起糟蹋，我作为朋友，就该预防谣言发生，杜绝别人起疑心才是。我今后避开嫂夫人不见，将来你看不见我……

奥 尔 贡　不，他们爱怎么样就怎么样，你偏和她常在一起。我最大的喜悦就是把他们气死。我要大家时时刻刻看见你和她在一起。这还不算：我要和他们斗到底，除了你以外，谁也别想当我的继承人，我把我的全部财产赠送给你，我马上就去办正式手续。一位善良诚实的朋友当了我的女婿，比起儿子、老婆和父母来，分外亲热。你接受不接受我的建议？

达尔杜弗　愿上天的旨意行于一切。

奥 尔 贡　可怜的人！我们快去准备证书。谁看不过，谁就气死好了！

第四幕

第三场

艾耳密尔，奥尔贡，道丽娜，克莱昂特，玛丽雅娜

艾耳密尔　（向她的丈夫）我看了这半天，不晓得说什么才好，奇怪你怎么会成了睁眼瞎子。今天的事，明摆在面前，你还不信，你是迷上了他，有心向着他。

奥 尔 贡　对不起，我相信外表。我知道你讨好我那捣蛋鬼儿子，他打算对这可怜的人使坏，你怕泄了他的底。实有其事的话，你当时就要显出一副激动的神情了，总而言之，你太安静，人不会相信的。

艾耳密尔　人家不过表示了一下爱慕的意思，我们就该为了名声，大惊小怪吗？难道除了眼中冒火，破口相骂，就没有别的法子应付了吗？拿我来说，我听了这一类话，也就是一笑而已。我顶不爱见的就是一言不合，大吵大闹。我喜欢我们女人有克制，凡事通情达理。我根本讨厌那些疾言厉色的正经女人，张牙舞爪，保护名声。等说一句话，就要抓破旁人的脸：愿上天保佑我，不守那种妇道！我要的一种美德，就是决不急躁。我相信拒绝追求，不言不语，冷冷淡淡，不见其就不生效。

奥 尔 贡　反正我心中有数，决不上当。

艾耳密尔　我再说一回，我奇怪一个人会这样入迷。我们对你讲的是真事，你偏不信，可是我要是叫你亲眼看见，你怎么回答我呢？

奥 尔 贡　看见？

艾耳密尔　是啊。

奥 尔 贡 瞎掰。

艾耳密尔 什么？要是我有法子叫你清清楚楚看见，你怎么样？

奥 尔 贡 瞎话三七。

艾耳密尔 真有这种人！至少你也该回答我一句呀。我并不一定要你相信我们，可是假定我们现在找得出这么一个地点，你能看得明，听得清，你这时候，还有什么话讲你那位品德高尚的人？

奥 尔 贡 这样嘛，我就讲……我什么也不讲，因为不会有这事的。

艾耳密尔 谬见太深了，倒把我说成了撒谎的人。哪怕是为了取乐，大家说过的话，我也要叫你此时此地亲身看见。

奥 尔 贡 好！一言为定，就这么着吧。我倒要试试你的本事，看你怎么来实现这句大话。

艾耳密尔 （向道丽娜）把他给我请过来。

道 丽 娜 他这人鬼着呐，不见得会那么容易上钩。

艾耳密尔 会的。一个人闹恋爱，就容易叫对方骗了的。再说自尊心也会叫他自己上当的。把他给我请下来吧。（向克莱昂特和玛丽雅娜）你们出去吧。

第四场

艾耳密尔，奥尔贡

艾耳密尔 我们把那张桌子抬过来。你钻到桌子底下。

奥 尔 贡 干什么？

艾耳密尔 把你藏好了，是一个紧要关键。

奥 尔 贡 为什么要在这张桌子底下？

艾耳密尔 嘻，我的上帝！你就别管啦。我自有安排，你回头看好了，听我的安排，钻到底下去；待在底下，当心别叫看见，也别叫听见。

奥 尔 贡 我承认，我现在十分迁就你，不过你这事，我一定要看到底。

艾耳密尔 我相信，这样一来，你就没有话驳我了。（向桌子底下的丈夫）听好了，我要办一件稀罕事，你可千万动怒不得。不管什么话，都得由我说，我方才说好了的，这是为了说服你。我要拿话媚他，因为我非这样做不可，也只有这样做，才能让这伪君子摘下假面具，撩起他恬不知耻的欲火，放胆胡作非为。我只是为了你，也为了更好地收拾他。回头才装出依顺他的模样，你一明白过来，我就不做下去了，事情也就是做到你不要做的地方停住。你觉得事情进展到了相当程度，无需乎再继续下去，那么，打断不打断他的疯狂热情，爱惜不爱惜你女人，要不要我做到你清醒为止，就全看你自己啦：这是你自己的事，该你作主才是，再说……他来了。待好，当心身子别露出来。

第五场

达尔杜弗，艾耳密尔，奥尔贡（在桌子底下）

达尔杜弗 有人告诉我，您愿意和我在这地方谈谈。

艾耳密尔 是的。我有几句秘密话要和您讲。不过在我说给您听以前，先把那扇门关好，再四处张望张望，别叫人撞见了，我们现在可千万别像方才那样，再来那么一回了。我从来还没有那样吃惊过。大密闹得我为您担惊受怕，到了极点；您也不是看不出来，我尽力劝他平心静气，收回他的主张。我当时也的确心慌意乱之至，简直没有想到否认他那些话；可是感谢上天，结果反而再好没有，我们倒更有保障了。由于我丈夫对您的敬重，满天的乌云散了，他对您也不会起疑心了。为了杜绝坏人的流言蜚语，他要我们时时刻刻守在一起，这样一来，我就不怕别人责难，能像现在一样，关好了门，一个人和您待在一起，也才敢不避嫌疑，向您表白我的衷肠，不过我接受您的情意，也许就显得有点儿太快了。

达尔杜弗 夫人，我不大了解您这番话的意思。方才您说话，可不是这样来的。

艾耳密尔 哎呀！您要是为了先前没有答应，就怒气冲冲的，可也真叫不懂女人的心啦：她明明是半推半就，您会看不出她的意思，也真叫不在行啦！男人在我们心里引起了好感，我们当时由于害羞，总要抵抗一阵子的，爱情在我们心里扎下了根，即便理由十足，可是当面承认，我们总有一点难为情的。我们开头不肯，可是人一看我们的模样，就知道我们心里其实愿意，面子上尽管口不应心，那样的拒绝也就等于满口应承。我对您衷心，显然过于露骨了些，很少顾到我们女人的廉耻，不过既然话已出口，我倒要请您说说看，我有没有用心劝阻大密？我有没有腼腼腆腆，耐着心烦，听您谈情说爱？我要是不喜欢听您谈情说爱，会不会像您看见的那样行事？婚事宣布以后，我要亲自劝您退婚，情急到了这般地步，您倒说说看，不是对您有意又是什么？我要整个儿心是我的，这门亲事成功的话，起码就有一半儿心给了别人，您说我会不会难过？

达尔杜弗 夫人，听心爱的人说这些话，当然是万分愉快：句句话像蜂蜜一样，一长滴又一长滴，沁人心脾，那种香甜味道我就从来没有尝过。我用心追求的幸福就是得您的欢心，我把您能见爱看成我的正果。不过我对我的幸运，还是请您许我斗胆加以怀疑吧。您这番话，我可能当作一种权宜之计，要我取消就要成为定局的婚事。我不妨把话对您明说了吧，我决不相信甜言蜜语，除非是我盼望的恩情，能有一点实惠给我，保证情意真挚，让我对您的柔情蜜意，能在心里树立经久不渝的信念。

艾耳密尔 （她咳嗽，警告她的丈夫）怎么？您想快马加鞭，一下子就把柔情蜜意汲干？人家好不容易把心里最多情的话也给你掏出来了，您还嫌不够。难道不把好处全给您，真就不能满足您了吗？

达尔杜弗 人越觉得自己不配，越不敢希望幸福到手。长篇大论也难保证我们的希望不落空。命运太辉煌了，人反而容易起疑心，要人相信，先得现享现受。拿我来说，我就相信自己不配您的慈悲，疑心我的唐突不会有好结果。夫人，我是什么也不相信，除非您有实实在在的好处，能以满足我的爱情。

艾耳密尔 我的上帝！您的爱情活像一位无道的暴君，压制人心，唯我独尊，予取予求，漫无止境，我就心慌意乱，不知道怎么办才好！什么？人就不能逃避您的追求，连喘气的时间您也不给？您一步也不放松，为所欲为，不留回旋余地，而且明明知道人家对您有意，还要这样迫不及待地逼人，不也太过分些了吗？

达尔杜弗 您既然怜念我的赤诚，青眼相加，为什么又不肯给我确实的保证？

艾耳密尔 不过您口口声声全是上天，我同意您的要求，岂不得罪上天？

达尔杜弗 如果您只有上天和我的爱情作对，移去这样一种障碍，在我并不费事，您大可不必畏缩不前。

艾耳密尔　可是人家一来就拿上天的裁判吓唬我们！

达尔杜弗　夫人，我能帮您取消这些可笑的畏惧，我有解除顾虑的方法。不错，上天禁止某一些享受；（这是一个恶棍在说话）不过我能叫它让步的。有一种学问，根据不同的需要，放松束缚我们的良心的绳索，也能依照我们动机的纯洁，弥补失检的行为。夫人，我会教您这些秘诀的；您只要由我引导就成了。不要害怕，满足我的欲望吧，一切有我，有罪我受。夫人，您咳嗽得厉害。

艾耳密尔　可不，我真难过。

达尔杜弗　您要不要来一块甘草糖？

艾耳密尔　我害的一定是一种恶性感冒，我看现在就是全世界的糖，也无济于事。

达尔杜弗　这可真糟。

艾耳密尔　是啊，说不出来有多糟。

达尔杜弗　说到最后，解除您的顾虑并不困难。您放心好了，事情绝对秘密。只有张扬出去的坏事才叫坏事。世人的议论是获罪于天的根源，私下里犯罪不算犯罪。

艾耳密尔　（又咳嗽了一阵之后）说到最后，我看，我非横下心来依顺您不可了，我非同意样样应允您不可了，不这样做的话，我就不必妄想人家①心满意足，明白过来。走到这一步，的确糟糕；不守妇道，在我也是概不由己。不过人家既然是执意要我走这条路，不肯相信一切能说出来的话，要更有说服力的证据，我就非横下心来，满足人家不可。万一我同意这样做，事情本身有获罪于天的地方，谁逼我这样出丑丢人，谁就活该受着吧，反正罪过决不该归我承当。

达尔杜弗　对，夫人，由我承当，事情本身……

艾耳密尔　请您把门开开，看看我丈夫在不在那边廊子。

达尔杜弗　您有什么必要顾虑到他？没有外人，我就说给您听吧，他是一个我牵着鼻子走路的人。他以我们的全部谈话为荣；我已经把他摆布到这步田地：看见什么，不信什么。

艾耳密尔　不管怎样，请您先出去一会儿，在外面四处仔细看看。

第六场

奥尔贡，艾耳密尔

奥尔贡　（从桌子底下爬出来）这家伙，我承认是一个大坏蛋！我说什么也料想不到，简直把我气死。

艾耳密尔　什么？这么快就出来啦？你在寻人开心。回到桌毯底下去，还不到时候；你就等水落石出，看明白了吧，将信将疑的事，还是不相信的好。

奥尔贡　不，从地狱里出来的鬼怪，没有比他再坏的了。

艾耳密尔　我的上帝！千万轻易相信不得。有了证据，再明白过来也不迟。千万着急不得，小心弄错了。（她把丈夫藏在背后）

---

① "人家"是双关语，意指她的丈夫。

第七场

达尔杜弗，艾耳密尔，奥尔贡

达尔杜弗 夫人，天公作美，一切如我的意。我把这所房子全看过了；不见一个人；我是心花怒放……

奥 尔 贡 （拦住他）慢来！你调情也调得太没有分寸了，你不该这样情急才是。嘻！嘻！品德高尚的人，你骗苦了我！你多经不起诱惑！你要娶我的女儿，又要偷我的女人！我好半天不信这是真事，我真以为你会改变腔调，可是证据已经够充分的了，我这方面也用不着再添新的了。我知足了。

艾耳密尔 （向达尔杜弗）我这样做，并非出于本心；我也是万不得已，才这样对付你的。

达尔杜弗 （向奥尔贡）什么？你相信……？

奥 尔 贡 得，别辩啦，我求你。滚吧，别拘礼啦。

达尔杜弗 我的本意……

奥 尔 贡 废话少说：马上离开这所房子。

达尔杜弗 你说起话来，倒像主人。不过应该离开的，是你。房子是我的，回头就叫你知道。你们想出这些下流的鬼主意，故意和我为难，是白费心思。你们以为可以平白无故地作践我一顿，没有那么容易。我有本事揭穿骗局，处罚骗子，为受害的上天报仇，叫那些现在夸口撵我走的人懊悔不及，你们看着好了。

（陈红玉编，摘自李健吾译：《莫里哀喜剧全集》，湖南文艺出版社，1992）

第二章　高乃依及《熙德》

第一节　高乃依简介

　　高乃依，17 世纪上半叶法国古典主义戏剧的代表作家。他一生写过 30 多部剧作，大部分是悲剧，也有喜剧、悲喜剧、英雄喜剧、芭蕾剧等。他 1606 年出生在法国的鲁昂，其父在鲁昂子爵领地担任水泽森林特别管理，祖上几代都家境殷实。高乃依幼年接受家庭教育，9 岁到 15 岁在耶稣会主办的中学读书。他天资聪明，勤奋好学，十分喜爱古罗马作家塞内加的悲剧和雄辩家西塞罗的演说词，对拉丁语的诗歌也有浓厚的兴趣。由于学校的教师全是笃诚的天主教徒，而且其中还有几位颇有名气的传教士，高乃依从小便受到天主教的深刻影响，以致使他后来的一些作品带有较浓的宗教色彩。中学毕业后，他攻读法律，后当上了律师，过着悠闲宽裕的生活，并试着搞些业余创作。当时的鲁昂是法国戏剧的中心，文化生活十分活跃。巴黎的一些重要剧团经常在那里演出，17 世纪初法国大部分剧本也都是在鲁昂印刷的。在这种环境的影响下，高乃依对戏剧产生了极大的兴趣并开始从事戏剧创作。

　　1629 年，他的第一部喜剧《梅丽特》问世；1635 年，他完成了第一部悲剧《梅德》；1636 年，他推出了轰动整个巴黎的悲剧《熙德》，创立了法兰西民族戏剧的光辉典范。1640 年至 1643 年，他又先后完成了《贺拉斯》、《西拿》和《波利厄克特》三部比较重要的悲剧。《贺拉斯》写罗马的贺拉斯三兄弟和邻国阿勒伯的居里亚斯三兄弟作战的故事。最小的贺拉斯是最后的胜利者。为了祖国的荣誉，他打死了和他有亲戚关系的居里亚斯三兄弟。他班师回来的时候，他的妹妹因为被杀死的居里亚斯三兄弟中的一个是她的未婚夫，因而埋怨贺拉斯，并辱骂他。贺拉斯愤而将妹妹杀死。作品的主题是爱国和个人爱情之间的冲突。《西拿》写罗马执政官西拿要谋杀皇帝奥古斯都，西拿的情人爱米莉因为父亲被奥古斯都处死，立意报仇，因而也唆使西拿去谋杀。奥古斯都在宽容和反击之间，选择了前者。《西拿》虽然描写西拿、马克西姆和爱米莉之间的恋爱关系，但它基本上是一部政治悲剧，讨论的是君主制和民主制的原则及其利弊，是当时法国贵族和资产阶级共同关心的问题。《波利厄克特》是一部基督教悲剧。波利厄克特反抗罗马统治者的迫害，为基督教事业而献出自己的生命。不久高乃依又写出《庞贝之死》，这是表现他前期创作风格的最后一部剧本。此后，高乃依开始追求情节上的复杂离奇，布景上的光怪陆离，越来越忽视人物性格的塑造。《罗多古娜》、《妮科梅德》等是他创作水平每况愈下的剧作，1647 年，高乃依入选法兰西学院院士。1652 年他回到鲁昂，整整 7 年放弃戏剧创作，此后也没什么成就，1674 年写出最后一个剧本《苏雷纳》后退出了戏剧界，晚境凄凉。

第二节　《熙德》简介

　　《熙德》是高乃依最优秀的作品，是法国第一部古典主义悲剧，情节取自于西班牙唯加派作家卡斯特罗的剧本《熙德的青年时代》。主人公唐·罗德里格是西班牙贵族青年，老臣唐·狄埃格之子。他和伯爵之女施梅娜相爱。唐·狄埃格被任命为太子的师傅，伯爵妒忌他，打了他一个耳光。唐·罗德里格于是处于剧烈的矛盾之中：要封建家族荣誉还是爱情。他终于决心报仇。在一场决斗中，他杀死了伯爵。父仇报了，爱情却失掉了。他痛苦万分。正在这时候，摩尔人来进攻，唐·罗德里格率众击退敌人，成为民族英雄，获得了"熙德"称号。同时，施梅娜一直不断地要求国王替她报父仇，国王耐心开导她，成全了这一对贵族青年的婚姻。这部作品在浓厚的政治气氛中，以"两全其美"展示了一个颇具浪漫情韵而带悲剧色彩的爱情故事。在剧本里始终贯穿着一对主要矛盾：是维护封建荣誉、封建责任呢，还是成全一对贵族青年的爱情婚姻？这对矛盾本来不可调和，根据传统的观念，什么爱情、婚姻，什么个人利益和感情，只能抛在一边。然而，剧本没有这样处理，表面上荣誉和责任放在了第一位，实际上通过国王的干涉，爱情和婚姻得到了妥善的解决。而封建观念，以及贵族阶级的利益并没有当作判断是非的唯一标准，至少是不被绝对尊重了。这种既照顾封建荣誉观念，又顾及个人利益和幸福的描写，体现了新的时代精神，表现了两种意识形态的调和妥协。唐·罗德里格的形象集中表现了高乃依对悲剧英雄的理想，同时也对法国贵族提出一种新的道德标准，要求他们以唐·罗德里格为榜样，为封建整体利益而放弃个人利益。同样，施梅娜的形象也体现出古典主义作家崇尚理性的特点。她想报父仇，但唐·罗德里格为了国家挺身而出打退强敌的英雄气概感动了她，加深了她对唐·罗德里格的爱。她的矛盾更加尖锐了。最后，她接受国王的劝导，答应嫁给唐·罗德里格。这依然是理性的胜利。在她身上，理性和爱情有矛盾的一面，也有统一的一面。她对唐·罗德里格的爱情不是不可解释的神秘的爱，而是建筑在理性之上，建筑在封建道德标准之上的。在次要人物身上，高乃依也描写了理性和感情的冲突。唐·狄埃格是一个理性的贵族，承认国王有绝对权力，认为臣民不管有过多少汗马功劳，必须服从国王的意旨。伯爵不能克制个人感情，自恃有功，桀骜不驯，对国王有很大的抵触情绪。高乃依肯定前者，谴责后者。高乃依的语言也非常有特色，他善于写雄辩滔滔的长篇独白，也善于写简短明晰的对答，他的风格虽然华丽，却比同时代的人简朴易懂。《熙德》演出后受到观众热烈的欢迎，但由于这个悲剧违背了古典主义的三一律，在评论界引起了一场论战。被后人称为"法国历史上最伟大、最具谋略、也最无情的政治家"的黎塞留授意法兰西学院组织力量抨击此剧，发表了《对〈熙德〉的意见书》。

第三节　《熙德》选段

第一幕

第一场

施梅娜，艾尔薇拉

施　梅　娜　艾尔薇拉，你带给我的消息可是一点儿也不假？你可什么也没有隐瞒我父亲说过的话？

艾尔薇拉　连我整个的心都还在因那些话而激动：犹如你对罗德里格一往情深，你父亲对他十分器重，倘若我没有看错老人家的心思，你父亲看来就要吩咐你答应他这门亲事。

施梅娜　好吧，那我就恳求你给我再说一遍你怎么看出我父亲同意我的挑选；请再告诉我对这选择我该抱什么希望；这么娓娓动听的谈话真叫人感到余音绕梁；我和他的情意终于有了公开表白的美妙自由，对这自由你可千万别说过了头。对于唐·罗德里格和唐·桑西暗中在你身边搞的鬼，我父亲又怎么向你分析？你可没太暴露出在这两个情人中间怎样的轻重悬殊害得我倒向一边？

艾尔薇拉　我才不呢，我给你的心抹上一层冷漠超然的色彩：对他俩，既不让谁希望破灭，又不让谁得意起来，对待他俩既不太严厉也不太温存，只等老太爷有了吩咐才去选个夫君。这种尊敬叫你父亲高兴，他嘴角和脸上的表情立刻就替这高兴给了我可靠的证明，既然还得就这次谈话向你作一番传达，就请听老人家在匆忙中就你和他俩给我留下的话："小女举止庄重，两个小伙子全都和她相配，两家的血统都忠诚、勇敢而又高贵，两个后生都朝气蓬勃，一瞧他们的眼睛就不难想见他们正直的祖先令人瞩目的德行。唐·罗德里格尤其没有什么面相有损于仁人志士的高尚形象，他出身于源源不绝地涌现出勇士的名门，那些勇士一个个都迎着凯歌在这世家诞生。他的父亲当初无与伦比的勇敢，在他身强力壮的年代曾一度传为美谈；这老将脸上的皱纹就显示出他的战绩，如今还在向我们叙述他那往日的经历。我料想我看到的父亲形象必将在儿子身上再现；至于小女，总之，一定会爱上这孩子，并叫我喜欢。"你父亲正要上元老院去，时间的紧迫害得他匆匆煞住这刚刚开了头的讲话；话虽不多，我却听得出老人家的心思在你这两位情人之间并没有什么游移。王上得给王子物色一位太傅，这等光荣所瞩目的正是尊父；他入选不成问题，他非凡的英勇可容不得我们因任何竞争而忧心忡忡。只因他的丰功伟绩使他无与伦比，希望如此合理，他一定会所向无敌；既然唐·罗德里格让自己的父亲在离开元老院的时候决定提出这件事情，我就让你去估计他会不会抓住时机，你所想的一切会不会马上就成为现实。

施梅娜　不过我的心紧张得好像在拒绝这种欢乐，好像受不了这种喜悦：时间往往会使命运变化多端起伏不定，我担心这巨大的幸福中会出现严重的不幸。

艾尔薇拉　你会看见这种忧虑幸运地烟消云散。

施梅娜　好吧，不管怎样，且等着瞧这件事怎么发展。

第二场

　　公　主，莱奥诺尔，一侍从

公　主　小郎，请代我去提醒一声施梅娜：今天她来看我可真有点儿拖拉，我的友情正抱怨她的姗姗来迟。（侍从下）

莱奥诺尔　公主，每天总是这种期待让你心急；从她的谈话里我听出你每天都问起她情人的去处。

公　主　这不是没有理由：我曾几乎逼迫她把那射中她的心的神矢收下。她爱唐·

　　　　　　罗德里格，借我的手把他抓住，而唐·罗德里格又靠我将她的倨傲征服；只因我这样作成这对恋人的深情蜜意，我才得留心观察他们的忧愁的消失。

莱奥诺尔　公主，然而看到他们圆满的成功，你却流露出一种显得过分的悲痛。那使他们双双沉浸在欢乐中的情爱难道竟给你高尚的心带来深沉的悲哀？你对他们的这种无微不至的关心难道当他们陶醉在幸福中时竟使你感到不幸？不过我嘴太快，简直成了个冒失鬼。

公　　主　让自己的痛苦深藏不露，我倒越发肠断心碎。好吧，你就听吧，听一听我曾怎样地斗争不息，听一听我的德行依然在抵抗怎样的袭击。爱情真是个对谁都不放过的暴君：这位年轻的骑士，我献出的这个情人，我爱他。

莱奥诺尔　你爱他！

公　　主　你就把手放在我的心口上，看这颗心一听见自己征服者的名字就怎样紧张，看这颗心怎样意识到这种不安。

莱奥诺尔　公主，请原谅我，倘若我出于敬重而责备这团情火，责备一位高贵的公主忘情到这等地步，居然让一个普通骑士进入她的内心深处！王上会怎么说，卡斯蒂利亚会怎么风言风语？你可还记得你是谁家的闺女？

公　　主　这我记得，正因为如此，在我还没有自甘堕落而不顾身份时，我才会任鲜血直流。我也许会明确地回答你：在美好的心灵里，只有价值才有产生爱情的权利；假如我的爱情千方百计要替自己辩护，无数著名的先例恐怕就会纷纷给它帮助；但我的荣誉受到约束，我并不想学那些榜样；情欲的突然袭击打不动我的铁石心肠；我心里一直在思量：我既是公主，除了一位君王，就谁也不配做我的丈夫。当我发现我的心再也无法抵御，我就自己献出我不敢追求的情侣。我让施梅娜代替我去和他往来，为了扑灭我的情火，我燃起他俩的爱。因此你就别再惊奇，倘使我这不安的灵魂总是迫不及待地等着他们结婚；你要知道我的安宁如今就靠他们的结合。爱情若因希望而存在，也就随希望而夭折；这是由于没有燃料而熄灭的火焰；不管我悲惨的命运怎么充满苦难，一旦罗德里格成了施梅娜的丈夫，我的希望也就破灭，我的心病也就消除。但我却忍受着一种异乎寻常的痛苦。就是结了这门亲，罗德里格也依然叫我爱慕；我想方设法要撇开他，但撇开他我又不情愿；这就是我深藏不露的烦恼的根源。我伤心地发现：爱情正强迫我为我不屑一顾的事物发出悲歌；我感到我的灵魂分成了两派。我的铁石心肠虽然高傲，但我的真情却闹起火灾。这姻缘注定要让我倒霉，我害怕却又巴望这种结合：我只敢祈求从这场婚姻中得到不完美的欢乐。我的荣誉和我的爱情都这么强烈地将我诱惑，害得我不论这婚事成功与否都受尽折磨。

莱奥诺尔　公主，听了你这番话，除了为你的痛苦而叹息，我再没有什么话要跟你嘀咕；刚才我责备你，现在我同情你。不过既然在这么剧烈又这么甜蜜的痛苦里，你的德行顶住了它的魅力和压力，拒绝了它的诱饵，挫败了它的袭击，你的德行就一定会使你动荡的心情恢复平静。因此你且寄一切希望于你的德行和那时间的救兵，寄一切希望于苍天，苍天自有无限的公道，决不让德行忍受这么长久的痛苦煎熬。

公　　主　我最美好的心愿就是失去希望。（侍从重上）

侍　　从　遵从您的吩咐，施梅娜前来将您拜访。

公　　主　（向莱奥诺尔）

你且先到那走廊上去和她交谈一番。

莱奥诺尔　难道你还要在梦幻中流连？

公　　主　不，我只是想，别露出我的苦痛，让我的脸色稍微显得从容。我随后就来。（莱奥诺尔与侍从下）公正的苍天啊，我等着你给我药方，请保证我的安宁，请保证我的荣华。我得从别人的幸福里寻求自己的造化，这场婚姻对三个人同样要紧；让它的影响早些消失吧，要不就让我的灵魂更坚定。让这对情人结为夫妇，这就砸烂了我的一切枷锁，结束了我的痛苦。但我耽搁得未免太久，我这就去见施梅娜，和她谈会儿话来减轻我受到的惩罚。

第三场

伯爵，唐·狄埃格

伯　　爵　你到底占了便宜，王上的宽待让你爬到一个原本只该属于我的位子上来，他挑你当了卡斯蒂利亚的王子太傅。

唐·狄埃格　这光荣的标志，蒙圣上赐给我的家族，向臣民表明陛下的公正，让大家充分认识到王上善于酬报臣下往日的辛劳。

伯　　爵　国王虽然高贵，但其实和我们也差不多，他们像别人一样也会出错，这次选择就对全体廷臣作出了证明：他们并不懂得酬答今日的辛勤。

唐·狄埃格　我们就别再谈这让你心里不痛快的选择，看来有多少功劳就会有多少恩泽，不过我们得尊重这绝对权威，陛下既有这个意思，就别去追究什么是非。对王上给我的荣誉，请来个锦上添花，让我们借神圣的姻缘结成亲家，你只有个闺女，我只有个小子；他俩的结合会使我们永远比朋友还要亲密，让我们交这个好运吧，请认我小子做你的女婿。

伯　　爵　了不起的贵公子该去找那更显赫人家的闺女，你这要职带来的新的光彩怕要逗得他格外得意起来。就你的要职去吧，大人，管教你的王子去吧，请告诉他该怎么去治理一个国家，该怎么让全国老百姓在王法下胆战心惊，该怎么让好人恭恭敬敬，让坏人战战兢兢，有了这种能耐，还得有统帅的勇敢，请告诉他该怎么让自己不畏艰险，该怎么在玛斯①的行业中无敌于天下，该怎么度过那日日夜夜的戎马生涯，该怎么枕戈待旦，该怎么强占一道城墙，该怎么只靠自己的力量去打一个胜仗。请给他树立起榜样，让他变得十全十美，在他的心目中借影响去体现你的教诲。

唐·狄埃格　至于学习榜样，不怕有人妒忌，他只消回顾一下我一生的经历。仅仅从我那一系列出色的战斗中，他就会懂得该怎么让那些国家甘拜下风，该怎么指挥一支部队，该怎么攻打一座要塞，该怎么靠丰功伟绩把自己的威望建立起来。

伯　　爵　活生生的榜样自有另一种权威，王子对自己的天职很难从书本上去领会。我这许多年来随便哪一天的功绩，有什么不能来和你比个高低？从前虽然数你勇敢，但如今却数我英武，我这臂膀眼下可是王国最有力的支柱。

---

① 玛斯，罗马神话中的战神。

我这利剑一闪光，格拉纳达和阿拉贡①就发慌；我的名字对整个卡斯蒂利亚就是一道围墙：没我，你恐怕要不了多久就会在异族铁蹄下偷生，你恐怕要不了多久就会让敌人来做你的国君。每天，每时，每刻，我都赢得一个又一个成功，一个又一个胜利，让光荣达到新的高峰，王子在我身边或许就会在我的保护下试着壮起胆子去猛打猛杀，或许就会学着我的样子去夺取胜利，为了尽快地显示出自己固有的高贵气质，他或许就会懂得……

唐·狄埃格 这我知道，你为王上尽了责任，我见过你在我的统率下发号施令，冲锋陷阵，当冷酷无情的岁月害得我年迈力衰，你非凡的英勇出色地填补了我的空白，总而言之，废话不用再说，你如今就是那从前的我。不过你看得出，在这场竞争中王上待我们的态度还是有点儿不同。

伯　　爵 这本来该我得到的差使，你却偏给夺走。

唐·狄埃格 谁胜过你，谁就更配得到这报酬。

伯　　爵 这活儿谁能干得更出色，谁就最有资格到手。

唐·狄埃格 碰了一鼻子灰，可不是个好兆头。

伯　　爵 身为老臣，你全靠做手脚才当了太傅。

唐·狄埃格 我丰功伟绩的光荣是我唯一的信徒。

伯　　爵 说得好听些，王上不过是给你的年龄增光添彩。

唐·狄埃格 王上在决定取舍时依据勇敢才慎重地作出安排。

伯　　爵 照这么说这荣誉就只该到我手里。

唐·狄埃格 谁到不了手，谁本来就不配享有这份权力。

伯　　爵 不配！难道是我？

唐·狄埃格 正是你。

伯　　爵 你这放肆的老浑蛋，这么厚颜无耻，得给你点颜色看看。（打他一记耳光）

唐·狄埃格 （按剑）眼看我遭到这样的侮辱，眼看我家族的脸上第一次蒙受羞耻，你就给我致命的一击吧，让我这就死。

伯　　爵 这么软弱，你还想干什么活？

唐·狄埃格 天啊！我衰竭的精力在这紧要关头竟丢下了我！

伯　　爵 你的剑竟帮我的忙，你似乎太没用，倘若这可耻的战利品居然掌握在我手中。别了。为了教育王子，别怕有人妒忌，你就让他回顾一下你一生的经历，对你出言不逊的这正义的处置在你的生平事迹中可不是个微不足道的装饰。

第四场

唐·狄埃格

唐·狄埃格 啊，倒霉的风烛残年！啊，绝望！啊，狂怒！难道我活了这把年纪就为了蒙受这奇耻大辱？难道我在戎马生涯中熬得白发斑斑，就为了看见我满载的荣誉毁于一旦？啊，我这让整个西班牙都满怀敬意、赞不绝口的

---

① 格拉纳达与阿拉贡均系中世纪伊比利亚半岛上与卡斯蒂利亚接壤的王国。

手，我这手曾无数次将这帝国挽救，曾无数次巩固这帝国君王的宝座，怎么如今竟撇下我不管，一点儿也不顾惜我？啊，对我昔日光荣的令人肠断的记忆！一朝前功尽弃的我这经年累月的业绩！置我的幸运于死地的我这新受命的高位显职！害得我的荣誉堕入深渊的悬崖绝壁！难道只得眼看这伯爵践踏你的名声，难道不含恨而死，就得忍辱偷生？伯爵啊，现在你就去做我这王子太傅，这高贵的身份可容不得声名狼藉的懦夫；你这妒火中烧的傲慢竟不顾王上的选择，害得我因这奇耻大辱而失去资格。而你，你这为我赢得辉煌战功的武器，你这佩在浑身冰凉的躯体上的无用装饰，利剑啊，你那么令人畏惧，但当我蒙受这侮辱，你却不能让我用来自卫，徒然成了我的饰物，去吧，从今你就丢下我这无耻之尤，投到更强有力的手里去替我报仇。

第五场

唐·狄埃格，唐·罗德里格

唐·狄埃格 罗德里格，你心肠可好？

唐·罗德里格 倘若因父亲而遭受痛苦，我的心肠立刻就会完全变样。

唐·狄埃格 啊，令人欣慰的愤怒！因我的痛苦而产生的可敬的切肤之痛！从这高尚的怒火中，我认出自己的血统，我的青春在你这来势如此迅猛的热情中复苏。来吧，孩子，来吧，心肝，你这就来洗雪我的耻辱，你这就来替我报仇。

唐·罗德里格 为了什么？

唐·狄埃格 为了那么残酷、以致给我们俩的荣誉都带来致命打击的欺侮，为了一记耳光。那蛮横的家伙本来早该回老家，但我的年纪害得我这勇敢的心愿化为水月镜花；我的臂膊再也举不起的这把利剑，我这就交在你手里，让你去报仇，去惩办。你这就试试你有没有胆量去处置那傲慢的狂徒，只有拿鲜血你才能洗雪这样的奇耻大辱，不是你死，就是他亡。此外你可别抱什么幻想，我给你的对手可是一员可怕的猛将，我见过他浑身沾满血迹和灰尘，无论到哪里都让恐惧笼罩全军。我见过上百个骑兵队都因他的骁勇而溃败，不妨再给你说件事儿让你明白，他胜过威名远扬的统帅，胜过英勇善战的士兵，他就是……

唐·罗德里格 您请快说出来。

唐·狄埃格 他就是施梅娜的父亲。

唐·罗德里格 施……

唐·狄埃格 你可别回嘴，我了解你的情爱，不顾脸面竟活得下去的人决不配继续存在，欺侮你的人越是沾亲带故，这种欺侮就越不能容忍。你既知道这奇耻大辱，就得负起报仇的重任，我不再跟你说什么了。你这就去替我报仇，替你雪耻，去证明你不愧为像我这样一位父亲的儿子。命运加给我的苦难压得我再也不能忍受，我真痛不欲生。走吧，奔吧，飞吧，去替我们报仇。

第六场

唐·罗德里格

唐·罗德里格 我心如刀绞，痛断肝肠，只为了一个意外而又致命的打击，可怜我得为
　　　　　　一场合理的争论去报仇雪耻，而一种不合理的严厉又不幸地压在我身上，
　　　　　　我久久地一动也不动，我这泄了气的内心深处终于向这无法忍受的打击
　　　　　　屈服。我几乎看见我火热的爱情受到惩罚，天啊，这出奇的苦刑！这耻
　　　　　　辱中被欺侮的竟是我的爸爸，而欺侮人的又偏偏是施梅娜的父亲！啊，
　　　　　　我感受到多少猛烈的冲突！我的爱情向我自身的荣誉展开了斗争，要替
　　　　　　父亲报仇，就得失去情人。一个激动着我的心，另一个又把我的手拉住。
　　　　　　我被迫进行这可悲的选择：不是葬送我的爱情，就是沦为无耻之徒而狗
　　　　　　苟蝇营，从两面看来我的痛苦都是无边的大海。天啊，这出奇的苦刑！
　　　　　　难道就应该听任侮辱不受制裁？难道就非得惩治施梅娜的父亲？啊，父
　　　　　　亲，情人，荣誉，爱情，高尚而又严格的约束，令人倾慕的专断，不是
　　　　　　我的欢乐全部凋零，就是我的荣誉布满污点。一个使我不幸，另一个又
　　　　　　害得我有愧于生命。啊，无所畏惧但又饱含慈爱的心肠所怀抱的珍贵而
　　　　　　又毫不留情的希望，我莫大幸福的可敬的对头，引起我的痛苦的凶器，
　　　　　　难道我收下你就为了替我的荣誉报仇？难道就为了失去我的施梅娜我才
　　　　　　收下你？倒不如赶紧去死。对情人犹如对父亲，我一样负有义务，替自
　　　　　　己报仇，我就引起她的仇恨和愤怒，不替自己报仇，我就引起她的蔑视。
　　　　　　一个使我对自己最美好的希望不再忠诚，另一个又使我和她不再相称。
　　　　　　我的痛苦我越想消除就越是加剧，一切都害得我的痛苦激化。好吧，我
　　　　　　亲爱的，既然必须死去，那就去死吧，说什么也别害了施梅娜。就是死，
　　　　　　也别害了自己！难道就这么追求对自己的荣誉如此致命的死神！难道就
　　　　　　忍受得了西班牙让我身后的名声因我没有保持我家族的光荣而蒙受羞耻！
　　　　　　难道就这么尊重一种让我迷惘的心灵预见到必然要毁灭的爱情！可别再
　　　　　　听从这只会增加我的痛苦的蛊惑人心的念头。既然到头来总得失去施梅
　　　　　　娜，那就说什么也得保全名誉，干吧，我的手。是的，我的灵魂曾经陷
　　　　　　入失望。在我的情人之前，我的一切都来自我父亲的赐予，让我死于决
　　　　　　斗吧，或者就让我因悲伤而死去，我要献出我纯洁的鲜血，就像我获得
　　　　　　生命一样。我已因自己太久的漫不经心而内疚，我得赶紧去报仇，真可
　　　　　　耻，我居然曾经那么踌躇，可别再替她担心，既然如今我的父亲受到了
　　　　　　欺侮，虽然欺侮他的就是施梅娜的父亲。

第二幕

第一场

唐·阿里亚斯，伯爵

伯　　爵 在你我之间，我承认，我这稍微过于急躁的性情太容易为一句话大发雷
　　　　　　霆，把一句话看得太要紧，不过既然已经失了手，这一下也就没法补救。

唐·阿里亚斯 但愿你这不同寻常的胆量能向王上的意旨低头，陛下对此事十分关注，

他那发怒的心会情不自禁地指责你的恶行。你也作不出站得住脚的辩护。这被你侮辱的人的身份，这侮辱的严重程度，都要求你承担你的责任，履行你的义务，通过赔礼道歉让人家得到满足。你十分自鸣得意，但你该清楚：替王上尽心竭力不过是尽了自己的义务。大人，你会让这种自信害得不能自拔。

伯　　　爵　我只有在切身体验之后才会相信你这句话。

唐·阿里亚斯　你应该顾忌王上的权威。

伯　　　爵　总有一天只有像我这样的人才不吃亏。就让他拿出他所有的威严来将我摧残，倘若我得遭殃，整个国家就会完蛋。

唐·阿里亚斯　怎么！你对至高无上的权威就一点儿也不怕……

伯　　　爵　我只怕权杖没我就会从他的手里落下。我的死活牵涉到他的许多切身利益，我的脑袋掉下来恐怕就会害得他的王冠落地。

唐·阿里亚斯　你得让理智叫你的头脑恢复冷静。你得拿个好主意。

伯　　　爵　主意我已经拿定。

唐·阿里亚斯　我该怎么禀告王上？我总得向他说个清楚。

伯　　　爵　你就说我根本不能容忍我的耻辱。

唐·阿里亚斯　不过你得考虑到凡是君王总喜欢专制。

伯　　　爵　命运已成定局，阁下，我们就别再磨嘴皮子。

唐·阿里亚斯　那就分手吧，既然我白费劲儿要你作出决定，你虽有这种种功劳，但你还得担心王上会大发雷霆。

伯　　　爵　我等着，我不怕。

唐·阿里亚斯　可你不怕也没用。

伯　　　爵　凭你这句话我们就看得见唐·狄埃格的满面春风。（剩下他一人）谁不怕死，谁就不怕威胁。对那最凶暴的灾祸，我的心向来鄙夷不屑，你可以害得我失去幸福而生存，但决不能迫使我甘心不顾脸面而偷生。

第二场

伯爵，唐·罗德里格

唐·罗德里格　伯爵，请听我说两句话。

伯　　　爵　说吧。

唐·罗德里格　请解除我的怀疑。你可熟悉唐·狄埃格？

伯　　　爵　熟悉。

唐·罗德里格　小声些；你就听听仔细。你可知道这位老人曾是他那个时代美德、英勇和荣誉的化身？这你可明白？

伯　　　爵　或许听说过。

唐·罗德里格　你可知道我眼睛里喷出的火焰正是他的血性？这你可清楚？

伯　　　爵　这跟我有什么相干？

唐·罗德里格　从这儿迈出几步路我就让你知道这关系。

伯　　　爵　目中无人的乳臭小儿！

唐·罗德里格　说话可别闹意气。我正年轻，这不假，但对于出身高贵的大丈夫，英勇可并不取决于岁数。

伯　　　爵　你居然要和我较量！谁让你变得这么狂妄，我可从来没有见过刀剑出现在你手上！

唐·罗德里格　像我这样的人决不用交两回手才让人知道，只要试一下就使出绝招。

伯　　爵　你可知道我是怎么个人？

唐·罗德里格　知道，恐怕除了我，一听说你的名字谁都会吓得直打哆嗦。我眼前这笼罩在你头上的无数荣誉好像就是我失败的命运的凭据。我向你这常胜臂膀挑战未免有些鲁莽，不过只要有足够的勇气，我就会有无穷的力量。替父亲报仇的人，没有什么事不能办成。你这臂膀不曾败过，但决不是不可战胜。

伯　　爵　从你的双眼所说的话里显示出来的高尚情感往常每天也总在我的眼里闪现；当初觉得从你身上就看得出卡斯蒂利亚的荣誉，我心里就挺乐意地准备让你做我的女婿。我了解你的爱情，并高兴地看出，你爱情的一切活动都听从你的义务，这一切活动并没有减弱你崇高的热情，你高尚的德行没有辜负我的垂青，我一心只想挑个完美的骑士当女婿，我在自己作出的选择上并没有什么失当之举。不过我觉得我对你的怜悯油然而生，我惊叹你这匹夫之勇，但我惋惜你年轻气盛。别再费劲作一次致人死命的尝试，别再拿一场强弱悬殊的决斗来抹杀我的价值，恐怕不会有什么光荣因我这次胜利循踪而来，不冒险就取胜，赢了也没什么光彩。人家或许会一直以为你没费力就给打倒在地，而我也许又只会因你白送了命而懊悔不已。

唐·罗德里格　你的无礼只引起一种辱没你身份的蔑视，谁敢叫我失去荣誉，谁就怕把我杀死！

伯　　爵　你就离开这儿吧。

唐·罗德里格　我们这就走吧，别再高谈阔论。

伯　　爵　难道你就活得这么不耐烦？

唐·罗德里格　难道你竟害怕死神？

伯　　爵　你就来吧，你就尽你的本分吧，可怜你这儿子在自己老子名誉扫地之后只多活了半刻一时。

第三场

公主，施梅娜，莱奥诺尔

公　　主　别太伤心了，我的施梅娜，你可得节制你的悲痛，面对这不幸的打击，你可得让你的坚强起点儿作用，熬过这没什么大不了的风暴，你就会恢复平静，你的幸福只不过蒙上了一层阴影，你一无所失，你会看到这幸福只是推迟而已。

施　梅　娜　我这烦恼的灵魂深处不敢再存什么侥幸心理。扰乱了平静的来得这么突然的一场风暴给我们带来了威胁，我们的船肯定就要触礁，我看来再也不能怀疑，我就要在港口丧生。我爱他，他爱我，我俩的父亲都表示赞成，我正告诉你这令人陶醉的消息，两位老人偏在这倒霉的时刻发生了争执，我一向你提起他们的争吵，这要命的陈述就把这么甜蜜的期待变成了痛苦。啊，可恶的追求，该死的渴望，连最英武的勇士对你们都没法抵挡！啊，对我最珍贵的心愿丝毫也不能宽容的荣誉，你从此就害得我泣涕如雨，感慨如缕！

公 主	对他们的争执，你没有任何理由担心，一会儿惹出了火星，一会儿就又让它化为灰烬。他们闹得影响太大，不会不言归于好，因为王上已经要调停他们的争吵，你知道我这颗心对你的烦恼可非常敏感，一定会尽一切可能汲干你苦闷的源泉。
施 梅 娜	调解在这件事儿上可没有什么用处：这么叫人忍受不了的侮辱实在没法消除。靠势力或权术来解决问题只是枉费心机，纵然治好了病，那也不过是在表面而已。那潜伏在内心深处的仇恨只会让深藏不露的怒火燃烧得更加旺盛。
公 主	联结唐·罗德里格和施梅娜的神圣姻缘一定会驱散你们成了冤家的父辈的仇怨，我们不久就会看到你们最顽强的爱情凭借幸福的结合让这场争执归于平静。
施 梅 娜	我真巴不得有这种叫我喜出望外的结局，我了解我的父亲，而唐·狄埃格又太骄倨。我只感到我想忍住的眼泪正夺眶而出；往事折磨得我好苦，我真怕去想自己的前途。
公 主	你怕什么呢？难道你担心一位老人的衰弱无力？
施 梅 娜	罗德里格浑身是胆。
公 主	他太幼稚。
施 梅 娜	勇猛的人往往一下子就会失手。
公 主	不过你对这事儿可不必十分担忧，他这么多情，决不肯让你不乐意，你只消说上两句话就会打消他的怒气。
施 梅 娜	他若不听我的话，我得添上多少烦恼！他若能听我的话，我该对他说什么好？他生就这样的性格，怎么忍受得了这种侮辱！不管他对于我怀抱着的爱情是抗拒还是让步，我心里都只会由于他的极度敬重而感到羞惭，或者由于他理所当然的拒绝而局促不安。
公 主	施梅娜真有高尚的灵魂，虽然关系重大，这高尚的灵魂却容不下一种卑鄙的想法；不过假如直到那前嫌尽释的工夫，我始终把这理想的情人变成我的俘虏，假如我就这样阻止他由着性子闹下去。

（方华文编，摘自张秋红等译：《高乃依戏剧选》，吉林出版集团有限责任公司，2012）

第三章　拉辛及《费德尔》

第一节　拉辛简介

让·拉辛，继高乃依之后而起，对古典主义悲剧做出贡献的剧作家，他能自如地驾驭古典主义法则，写出具有高度艺术水平的作品，因而被认为是古典主义悲剧的典范。他与高乃依和莫里哀合称 17 世纪最伟大的三位法国剧作家。拉辛 1639 年出身于外省的一个小官员家庭，父亲是财务官。父母双亡后，被外祖母和教母收养。1658 年到巴黎学习逻辑学，因写诗颂扬国王而受到赏识，进入宫廷，开始悲剧创作。拉辛天资聪颖，才思敏捷，他日后所得的成就归功于两件事：一是巴黎王家码头修道院冉森派教士的培养，教他学习拉丁文和希腊文，对古代西方文化有精深的理解；二是莫里哀剧团排演了他的最初的剧本《德巴依特》、《亚历山大》，大大鼓励了他戏剧创作的精神。1667 年，他写出了经典剧作《安德洛玛克》，使他声名鹊起。《安德洛玛克》取材于古希腊传说。特洛伊将领赫克托尔身亡后，爱妻安德洛玛克与儿子沦为皮罗斯的俘虏。皮罗斯准备娶安德洛玛克为妻，并解除与希腊公主爱弥奥娜的婚约。希腊的全权代表奥雷斯为了斩草除根，前来索取赫克托尔之子，而皮罗斯一方面拒绝希腊人的请求；另一方面又以此威胁安德洛玛克。安德洛玛克不忍心爱子遭毒手，便假意答应皮罗斯，决定一旦把儿子托付与他后就自杀。爱弥奥娜见皮罗斯始终不回心转意，嫉恨交加，敦促正在追求自己的奥雷斯去杀掉皮罗斯，以解心头之恨。皮罗斯惨死后，爱弥奥娜自刎殉情。奥雷斯因心灵过度刺激而精神失常。《安德洛玛克》真实地反映了宫廷中尖锐、复杂的矛盾，严厉谴责残酷自私、人欲横流的封建贵族。皮罗斯是战场上凯旋的英雄，可他为了个人爱情而不惜抛弃自己的国家。安德洛玛克是剧中唯一的正面人物。她所面临的难题是个人贞节和保护国家希望的根苗难以两全。国破家亡，身为女俘的她担负着崇高的责任，那就是千方百计保住幼儿，这是特洛伊人的希望。剧本结构谨严，故事的发展合乎逻辑，一切都顺理成章，水到渠成，充分地体现了古典主义三一律的艺术特点，也显示了作者运用这种框架的纯熟技巧。《安德洛玛克》上演的成功，使拉辛于 1673 年入选为法兰西学院院士。《费德尔》可以说是拉辛最为杰出的作品，这部五幕诗剧也取材于希腊故事。雅典王后费德尔是全剧的中心。她被情欲燃烧，竟然钟情于国王的前妻之子。她明知自己怀的是"不正当的感情"，但是她无力控制自己，犯下了不可饶恕的罪行。《费德尔》上演后，受到保守贵族的攻击，以"有伤风化"而停演。由于国王从中干预，拉辛辍笔达 12 年之久。1689 年应德·曼特侬夫人要求，创作《爱斯苔尔》、《阿达莉》，结果又受到伪君子和假道学的贬斥，直至 1699 年病故以前，没有再为他心爱的舞台创作过一个剧本。

第二节　《费德尔》简介

　　《费德尔》是一部真正的经典悲剧。雅典国王的继后费德尔爱上了国王前妻的儿子依包利特，可她不敢表白。最后听从侍女厄诺娜的劝告，终于向依包利特吐露了自己的爱慕之心。谁知依包利特早已爱上了一位公主，拒绝了费德尔的感情。费德尔羞愧难当。国王大难不死，从海外归来，费德尔受厄诺娜的怂恿，向国王诬告了王子。国王请求海神惩罚了依包利特，费德尔则受到良心谴责而服毒自杀，临终时向国王吐露了真情。这样一个故事，故事情节十分的简单、朴素，但整部作品所反映的内容实质，却令人深思。拉辛对费德尔进行了深刻的心理分析，细致地描写她的心理起伏和演变的过程，使这部作品具有震撼人心的力量。但是，作家并不想把这个人物写成绝对的恶人，因此，写她犯罪的过程中，注重刻画外在力量所起的作用。外在力量，一是神的力量，维纳斯为报复她母亲而强加给她这种罪恶的情感；二是所有的坏主意都出自侍女厄诺娜，似乎可以为她开脱。从艺术处理上讲，正是加上了外力，费德尔内心的矛盾有了依据，有了可信性。其实，费德尔原本是一个理智的人，只是那种"邪恶的激情"引诱她，驱使她步步走向悲剧的边缘，并最终滑向了罪恶的谷底。当依包利特的死讯传来的时候，费德尔内心遭受了更大的打击，在良心的谴责下，在经过一番复杂的感情斗争之后，理性终于战胜了激情。最终，她用一般悲剧常用的结尾方式——死亡来结束了她的一切。和高乃依的作品不同，拉辛的剧本不是以塑造正面人物为特色，而着力于揭露贵族社会人欲横流、道德沦丧的现实。高乃依英雄主义的高调在拉辛的作品里已经消隐，这无疑可以反映出法国现实的变化。拉辛借王子依包利特之口说道："这幸福的时代一去不复返了。一切都改变了面貌。"这并不是空穴来风，而是对现实社会的真实写照。高乃依的代表作写于专制君主政体上升时期，而拉辛是在这个政体巩固和衰落的年代进行创作的。高乃依塑造了一系列理想的悲剧英雄形象，其目的是要引起人们的钦佩赞赏；拉辛却着重揭露封建统治阶级的黑暗和罪恶，以及人们的恐惧和愤怒，他的作品具有更鲜明的现实意义。他的悲剧简练集中，三一律对他不是束缚，而是使他的艺术得到充分发挥的最好形式。人物心理分析是他的艺术特色，这特色在社会上层妇女身上表现得最为突出。拉辛语言自然流畅，质朴动人，尤其是在人物感情最激动的时候。和高乃依的作品相同，拉辛的悲剧具有一定的民主思想，但他们俩的创作都仍然没有摆脱宫廷趣味。

第三节　《费德尔》选段

第一幕

第一场

依包利特，德拉曼尔

依包利特　亲爱的德拉曼尔，我已打定主意马上动身。

　　　　　　我要离开特列榭这令人留恋的行宫。

　　　　　　致命的疑虑使我日夜不宁，

无所事事又令我羞愧满面。
父王远离而去已逾半载，
我却丝毫不知他的命运好歹，
甚至连他在哪儿我也茫然不知。

德拉曼尔　王子，您要到什么地方去找他呢？
为了解除您应有的忧惧，
我已找遍科林斯湾两边的大海，
在望见阿克龙河消失在下界的海边，
我也向居民们寻访试赛。
访遍了欧利德海，走过了德那尔海岬，
一直走到伊加尔殒身的大海，
有什么希望，有什么佳象？
您能发现他的足迹行踪？
再讲，谁知道您父王会愿意，
别人知道他出外的隐情缘由？
也许，正当我们同您在为他忧虑，
这位英雄却把爱情瞒着我们，
只是安静地在等待情人来上钩……

依包利特　亲爱的德拉曼尔，快住嘴，应当尊重试赛。
对年轻时的风流韵事他早已悔改，
决不可能再有什么值得他淹留，
他朝三暮四的生性已被誓言所约束，
费德尔再不用担心会争风吃醋。
而我就要尽义务出外去察访，
我也可以躲开这不敢再滞留的地方。

德拉曼尔　唉！从何时起，王子，您厌恶了这静谧的地方，
而您年少时是多么地喜欢它。
我常看您避开雅典、王宫的繁华喧嚣，
宁愿待在这安静的行宫。
是什么不幸或忧伤又把您从这里赶跑？

依包利特　良辰美景一去不返，这里一切都已变样，
自从米诺斯和帕西法厄的女儿
受神意驱遣来到这块地方。

德拉曼尔　我明白了：您的痛苦我深知缘由，
在这里，费德尔使您痛苦，触目神伤。
真是暴虐的后母，刚刚相见，
她就把您驱逐，显露她的淫威。
但以往对您的刻骨仇恨，
现在或许已经冰释，或者不再那么激烈。
再说，一个在寻死的妇人，
难道会使人罹致什么了不起的灾难？
费德尔，对自己的心病只字不露，

　　　　已厌弃了普照的阳光，已厌弃自身，

　　　　她难道还会有心思来设计将您陷害？

依包利特　我并不是害怕她的无名怒火，

　　　　依包利特离去是为了避开另一个敌人。

　　　　我要避开，点穿了吧！这个年轻的阿丽丝，

　　　　我家宿世冤仇留下的唯一后代！

德拉曼尔　什么？连您，王子，连您也将她迫害？

　　　　残暴的勃朗特弟兄们的妹妹

　　　　从未参与她无信义的弟兄们的阴谋。

　　　　您怎么能恨这样一个无辜的窈窕淑女。

依包利特　要是我恨她，我就决不会逃之夭夭。

德拉曼尔　王子，您可允许我讲您要走的道理？

　　　　难道您不再是这高傲的依包利特？

　　　　您始终不为男女爱情所动，

　　　　但是忒赛多少次受爱情羁缚。

　　　　维纳斯，您高傲得不屑一顾，

　　　　难道她终于证明做得对的是忒赛？

　　　　您厕身于这凡人的世界，

　　　　爱神竟也使您去进香膜拜？

　　　　您在爱吧？王子！

依包利特　朋友，您怎么能这样讲？

　　　　从我一出世，您就洞察我的心灵。

　　　　当您问我，难道我会矢口否认

　　　　尊贵和倨傲的心情？

　　　　我吮吸了阿玛宗族母亲的乳汁，

　　　　却更多地汲取了惊人的傲气，

　　　　当我到了更为成熟的年龄，

　　　　我会为认清自己而自我庆幸。

　　　　从前，紧靠着我，怀着诚挚的热情，

　　　　您向我述说我父亲的种种业绩，

　　　　我全神贯注地聆听着您的声音，

　　　　他的丰功伟绩使我血液沸腾。

　　　　当您给我描述这位大无畏的英雄，

　　　　在阿尔西特外出时慰藉天下苍生.

　　　　他扼死怪物，惩治大盗，

　　　　处置了柏劳斯特、塞尔西翁，还有西翁同西尼斯，

　　　　欧毕台尔的庞然怪物被他斩尸万段，遗骸遍地，

　　　　在克里特，米诺都尔的鲜血还在蒸腾着热气。

　　　　但是当您叙述到略为逊色的事迹时，

　　　　他到处发出忠贞不渝的誓约又随意变卦，

　　　　在斯巴达，他把爱伦从她父母那里劫走，

　　　　培利贝泪水涟涟，萨拉米纳可以作证。

还有多少人被这样遗弃，连他也记不清姓名，
他的情话欺骗了多少幼稚的心灵。
阿里亚纳在岩石下述说她的冤怨，
费德尔总算在最后得到了他的垂爱，
您可知道听着这番话，我是多么惋惜，
我常逼着您讲得简短一些。
要是我能消除这壮史中不光彩的一页，
那我真会感到无比的幸福。
而我，如今也轮到要受爱情的支配，
这难道是神灵们给我的羞辱？
忒赛功绩赫赫，他还有情可原，
而我为爱情烦恼就显得更加可怜。
直到如今我还未降伏过妖物鬼怪，
我无权像他那样情思盈怀。
即使我倨傲的心理会松弛，
我也不能拜倒在阿丽丝的脚下。
纵然我神志恍惚，难道会忘记
隔开我们的那个永久的障碍？
父亲压迫着她：颁布了严峻的法律，
不许她的兄弟们能有侄辈。
他担心老根上会穿出新的枝芽，
他要让他们的名字随妹妹湮没。
一直到死，他也要把她置于羁轭之下，
婚姻的喜烛永远不会为她燃烧。
难道我能触怒父亲而去娶她？
难道我能做出忤逆的榜样？
可是我的青春正在被爱情所苦恼……

德拉曼尔 呀！王子，一旦您的命运被人决定，
上帝对我们的企求也只能置之一边。
忒赛操着您的生杀大权。
他的仇恨激起了反抗的怒焰，
也许会给他的女俘新的宽容。
对这种真诚的爱情，您不用提心吊胆。
只要他还略有善心，何不去试探他的慈怀？
难道得到的永远是粗暴的训诫？
难道您害怕找不到赫克留斯的踪迹？
哪几辈英雄不曾拜倒在维纳斯的裙下？
您呀！要是昂底奥帕不为爱情所动，
不对忒赛怀着纯洁的爱情，
哪儿还会有您这个抗拒爱神的人。
承认吧！您全变啦！
何必再义正词严地讲上一大篇！

几天来，总是不常见到您.
您高傲而孤僻，时而在河边驾战车飞驰，
时而又以尼普顿传授的技艺，
驯服您那条桀骜的马驹。
在林丛中也不常听到我们的呼喊，
深藏在心里的欲火使您眼光凝滞。
无疑地，您在恋爱，在情火中焚烧，
您隐藏着心病而日益憔悴。
迷人的阿丽丝可知道她使您欢喜？

依包利特　德拉曼尔，我要走了，去寻访父亲。

德拉曼尔　临走前，您不去看费德尔吗？
王子！

依包利特　我就这样决定，请您代为转告，
还是去看看她吧！既然这是我的义务。
可是又有什么不幸使她的心腹厄诺娜如此惊慌。

第二场

　　依包利特，厄诺娜，德拉曼尔

厄诺娜　啊！王子，有谁能比我更心痛如绞？
王后已临近她的死期。
我日夜关注她全是心血白费，
她把隐病瞒着我，快要在我的双臂中死去。
她的神志一直昏昏迷迷，
痛苦不安使她从床上跳起。
由于她的深沉的悲哀，
我一直使她同别人不相往来……
今天，她很想见见太阳。她来了。

依包利特　只消让她留在这边，
她所讨厌的人决不会在她面前出现。

第三场

　　费德尔，厄诺娜

费德尔　不要再走远了，亲爱的厄诺娜，就待在这儿吧！
我支撑不住自己，浑身瘫软无力。
重见阳光使我目眩神晕，
我双膝在颤抖，禁不住要往下沉。
可怜啊！（坐下）

厄诺娜　万能的上帝啊！愿我们的泪水使你痛苦减轻！

费德尔　这些无聊的装饰，这些面纱压得我太重！
是哪只讨厌的手，在我额头绕起发结，
小心翼翼地打上一个又一个的结？
一切都叫我痛苦，使我伤心，都在蓄意害我。

厄诺娜　您怎么打不定主意，反复无常，
　　　　您责备自己这种荒唐的主张。
　　　　您催促我快快替您梳妆，
　　　　您回忆起往日的青春朝气，
　　　　便要出去走一走，见见阳光。
　　　　一旦您见到光明，夫人，您又想避开它.
　　　　您又那么痛恨刚刚找到的阳光。

费德尔　这高贵而伟大的祖先，现在却家道黯然，
　　　　太阳神呀！我的母亲作您的女儿毫无愧容。
　　　　您今日见我神摇意荡，怎能不满脸羞惭？
　　　　太阳神呀！这是我们最后一次相见。

厄诺娜　什么？您还不肯抛弃这可怕的念头。
　　　　难道我总要看着您舍生觅死，
　　　　来替您准备不祥的后事？

费德尔　天哪！那时我怎么不坐在树荫下！
　　　　啊，何时我能在征尘起处，
　　　　目随着高贵的战车在沙场驰骋！

厄诺娜　您胡诌些什么？夫人。

费德尔　我丧失了理智，我在哪儿？我讲了些什么？
　　　　我要干些什么，想些什么？
　　　　我失去了它，神灵从我手里夺走了它。
　　　　厄诺娜，羞愧的红晕盖住了我的面颊。
　　　　我让您看透了我的可耻的隐情，
　　　　我的双眼，不由得已泪水盈盈。

厄诺娜　啊！要是您感到羞赧，为您的沉默羞愧吧！
　　　　缄口不语只能加剧您的悲痛，
　　　　别人的关心和劝慰您都无动于衷，
　　　　这样结束您的生命难道您不惜痛，
　　　　什么疯狂的念头要生命在半途中断？
　　　　什么妖术，什么毒药要吸尽生命的源泉？
　　　　黑暗已经三次笼罩住苍穹，
　　　　睡意却没有一刻进入您眼中。
　　　　骄阳已经三次驱除黑暗，
　　　　您却不思饮食，精神备受熬煎。
　　　　您怀抱什么可怕的主意？
　　　　您有什么权利可以这样戕害自己？
　　　　您触怒了给予您生命的上帝，
　　　　您背叛了丈夫，婚姻把你们神圣地连在一起。
　　　　您也损害了您可怜的下一代，
　　　　您给他们套上了沉重的枷锁。
　　　　想一想一旦他们失去母亲，
　　　　就会使异族人的儿子又燃起希望，

> 您那傲慢的敌手，您家族的仇敌，
> 阿玛宗人养育的儿子，
> 这个依包利特……

费德尔　啊！天哪！

厄诺娜　我对他的责骂使您激动！

费德尔　您说出了谁的名字呀？可怜虫！

厄诺娜　好呀！您理该这样发泄愤怒。
　　　　我喜欢看到您对这个名字忿恨地咒诅，
　　　　活下去！爱情和责任要您这样做！
　　　　活下去！切莫让蛮人的后代
　　　　对您的子女任意作践，
　　　　对希腊众神间最高贵的家族发号施令。
　　　　不要再迟疑不决。失掉时机将置您于死地。
　　　　快快振作起衰减的精力吧！
　　　　这生命的红烛，在快要燃尽的前夕，
　　　　也还能够大放光明！

费德尔　我已经让生命延续得太久了。

厄诺娜　怎么？什么悔恨使您悲痛欲绝？
　　　　犯了什么罪使您片刻不得安宁？
　　　　您的双手从未沾染过无辜的血！

费德尔　托上天的福，我的双手虽然清白，
　　　　但愿我的心也能同手一样纯洁明净！

厄诺娜　您有什么可怕的打算？
　　　　您的心仍然在为它而恐惧战栗！

费德尔　我说的够多了。余下的话就别说了！
　　　　只要不讲出这内心的耻辱我情愿死去。

厄诺娜　您去死吧，不通人情地只字不吐吧，
　　　　但您得去找另一只手来合上您的双眼。
　　　　纵然您的生命像落日的余晖，
　　　　我的灵魂也将比您先进入阴间。
　　　　通向死亡的道路数百成千，
　　　　我将悲痛地选择最短的路线。
　　　　您这么残忍！我的忠诚何时使您失望？
　　　　想一下您出生时，我用双臂抱着您，
　　　　为了您，我离乡背井，舍弃孩子和一切，
　　　　难道您就这样来报答我的赤胆忠诚？

费德尔　您这样待我究竟想得到什么？
　　　　一旦我打破沉默，您一定会心惊胆颤。

厄诺娜　呀！我的老天呀！不管您说什么，
　　　　都决不会比看着您死在我怀里更可怕。

费德尔　一旦您知道我的罪孽，知道摧残我的天命，
　　　　我只会因此而早死，而且罪恶更加深重。

厄诺娜	夫人，看在我为您流的眼泪上，
	看在我拥抱着您的柔弱的双膝，
	让我除掉这可悲的忧虑吧！
费德尔	您要这样做吗？起来吧！
厄诺娜	讲吧！我听着您。
费德尔	天哪！我要对她讲些什么？从哪儿说起？
厄诺娜	先消除使我日夜不安的恐惧吧！
费德尔	呀！可恨的爱神！呀！这害人的怒火！
	我的母亲也曾为爱情神魂颠倒！
厄诺娜	忘掉这些吧！夫人！好在来日方长，
	事情一久，人们就会淡漠遗忘。
费德尔	阿里亚纳，我的姐姐，带着爱情的创伤，
	被遗弃在大海之滨郁郁而亡！
厄诺娜	您做什么，夫人？什么致命的烦恼，
	今天搞得您一反往常，忧心如捣！
费德尔	既然要这样，在这可悲的家族中，
	我将最后死去，而且死得最为惨痛。
厄诺娜	您在爱？
费德尔	我经受着爱情的狂风暴雨。
厄诺娜	对谁的爱情？
费德尔	您就要听到闻所未闻的丑事，
	我爱……听到这恐惧的名字，我颤抖，我呻吟，
	我爱……
厄诺娜	爱谁？
费德尔	您可认识这阿玛宗人的儿子？
	长久以来受尽我虐待的王子。
厄诺娜	依包利特？我的老天呀！
费德尔	这是您叫出来的名字！
厄诺娜	公正的老天呀！我全身的血液在凝聚，
	呀，完了！呀！罪孽！呀！可怜的人类！
	不幸的远行呀！多灾难的国度！
	您怎么能去靠近那危险的彼岸！
费德尔	我的心病说来话长。当婚姻的誓约
	把我同爱琴的儿子联结在一起。
	我的归宿，我的幸福好像已经确认；
	在雅典，我看到了这个傲慢的敌人，
	我看到他就满脸通红，神色不安，
	心里顿时七上八下，乱作一团；
	我什么也看不见，连话也讲不出，
	我感到四肢僵硬，全身发烧。
	我领悟到维纳斯和她那可怕的欲火，
	我摆脱不掉爱情的纠缠与折磨，

我以为苦苦哀求可以丢掉烦恼，
我为女神建立神庙，尽力把她装扮好。
在她四周我无时不摆满祭牲，
我想以此追回失去的理性，
我那火热的爱情简直无药可救，
我白白地在祭台上祈求保佑。
虽然我嘴里呼唤着女神的名字，
心里却扔不下亲爱的依包利特。
即使在香火缭绕的祭台上，
我也向我不敢提名道姓的爱神诉说一切。
我到处回避依包利特，真是苦不堪言！
我在他父亲的形象里又见到他的身影，
我只能竭尽全力克制自己，
为迫害他我简直不遗余力，
为了驱除我钟爱的敌人，
我装成一个暴虐的后母，
我敦促他出走，我不住地呼喊，
要把他从父亲的身边支使开。
厄诺娜！从他走后，我心情放宽，
我依附丈夫，日子不再那么纷乱，
藏起内心的激动，在清白中消磨时日，
我悉心培育我们可悲结合的后代。
真是防不胜防，残酷的命运啊！
我的丈夫又把他带到特列榭，
我又看到我疏远已久的敌人，
我的伤口突然间又流出鲜血。
这不再是藏在内心的热情，
这是爱神对她的猎物施展威风。
我对自己的罪孽怀着应有的恐怖，
我憎恨生存，痛恶自己的欲火。
我愿意用死来保全自己的名声，
来窒息这可耻的邪恶感情。
但我受不住您的泪眼和苦口婆心的规劝，
我把一切都对您吐露，我决不遗憾。
只要您念及我已经死到临头，
不再无缘无故把我责备，令我忧愁，
您的无用的呼救再也不会激起
我那时刻都会爆发的热情的余烬。

第四场

费德尔，厄诺娜，柏诺帕

柏诺帕　我本想把这悲伤的消息对您隐藏，

夫人呀！但我不能不讲，
死神夺去了您无敌的丈夫，
这个不幸只有您一人还蒙在鼓里。

厄诺娜　柏诺帕，您讲什么？
柏诺帕　王后，您日夜翘首盼望他的归来，
现在您只能向苍天哭诉情怀，
从回到海港的战舰上，
依包利特，他的儿子已得悉噩耗。

费德尔　呀！天哪！
柏诺帕　为了继承王位，雅典已分成几派，
有人要把您的儿子来拥戴。
夫人，可也有人把国法视而不见，
梦想把王位让给异族人的后代。
据说，还有一个目无法纪的团体，
想推选勃朗特人的后裔阿丽丝。
这危险的局面，该引起您的注意。
依包利特已经决定动身，
人们在担心趁着这混乱的时刻，
他会把这些轻信的民众都归依于自己。

厄诺娜　柏诺帕，够了，王后听过您的话，
决不会把这个重要的意见置之一旁。

第五场

费德尔，厄诺娜

厄诺娜　夫人，我不再唠叨说您该活下去，
即使是进坟墓，我也毫不犹豫跟着您。
我不再劝您弃绝这可怕的欲念，
但飞来的不幸已给您带来新的局面。
您的境遇已经改变，情况全然不同，
王上已崩驾，夫人，该有个人来继承。
他的去世把儿子留给您照顾，
您的生死，决定他成为人主或奴仆。
如果您要舍生觅死，
当他不幸时，您想他能依仗谁？
当他痛哭时，不会有人替他拭去泪水。
他那无辜的呼喊将一直上达天庭，
把您指责，从而触怒他的祖先神灵。
活下去！您再没有什么可以谴责，
您的欲火现在变得极为普通。
忒赛的死解除了您同他的结缡，
这种关系使您犯罪，给您的情焰带来恐惧。
您也不用再害怕见到依包利特，

　　　　您可以常见他也决不会有什么过失。
　　　　也许，他因为您对他仇恨，
　　　　会乘机泄恨，报复作乱。
　　　　去消除他的误解吧！免得他胆大妄为！
　　　　做这里的君主当然幸运，特列榭是他的封地。
　　　　但他知道按法律您儿子将占据
　　　　米乃佛修建的辉煌的城堡。
　　　　您同他面临着共同的对手，
　　　　联合起来同阿丽丝战斗！
费德尔　好吧！我听从您的衷心劝告，
　　　　活下去，要是生命还可再来一遭。
　　　　在这不幸之际，他儿子的爱情
　　　　能激起我尚存一息的心声。

第二幕

第一场

　　阿丽丝，伊斯曼娜

阿　丽　丝　依包利特要到这里来看我？
　　　　　　他到处在找我，要同我告别？
　　　　　　伊斯曼娜，这难道是真的？您没有搞错？
伊斯曼娜　这是忒赛死后的第一个结果，
　　　　　　夫人，等着瞧吧！被忒赛隔开的心，
　　　　　　会从四面八方向您接近，
　　　　　　阿丽丝终会成为命运的主人。
　　　　　　整个希腊将拜倒在她的脚边。
阿　丽　丝　伊斯曼娜，这不是未证实的谣传？
　　　　　　囚犯的生活真会结束？不再有仇怨？
伊斯曼娜　是的，夫人，上帝不再叫您背运，
　　　　　　忒赛已经去会见您弟兄们的英魂。
阿　丽　丝　他是怎么结束他的一生？
伊斯曼娜　他的死法众说纷纭，难以肯定。
　　　　　　有人说：他去劫夺新欢，
　　　　　　浪涛吞噬了这个朝三暮四的郎官。
　　　　　　到处也盛传着这种消息，
　　　　　　说他同庇里托俄斯一起走下地狱，
　　　　　　看见了科西特河和它阴郁的两岸，
　　　　　　虽然他还在地狱的阴云中出现，
　　　　　　但他却不能从凄惨的地府中走开，
　　　　　　只能在有去无回的河边徘徊。
阿　丽　丝　我难道会相信一个人未到死期，

竟能进入黑沉沉的阴曹冥府？
是什么魔法把他吸引到这可怕的河边？

伊斯曼娜 只有您一人对忒赛的死还半信半疑，
全雅典都在为之哀叹，特列榭早已无人不知。
依包利特已被拥戴为特列榭之王，
费德尔正在宫中为他的儿子发慌，
在向惊慌失措的朋友们求教问计。

阿 丽 丝 您相信依包利特比他父亲和蔼，
他会松动一下我手上的锁链，
他难道会同情我的苦难？

伊斯曼娜 夫人，我相信他会这样。

阿 丽 丝 难道您了解这冷心铁面的依包利特？
是什么渺茫的希望使您想他会同情我、
尊重我，一反以往对女性的轻蔑？
什么时候起您看见他在避开我们，
而当我们不在时却又到处寻找？

伊斯曼娜 我知道种种关于他不近女色的传说，
但当这尊贵的依包利特站在您身旁，
别人都说他是那么傲慢无礼，
见到他更增加了我的好奇心理。
从他的一举一动看不出这话有根据，
您一看他，他简直不能自持，
他的眼光徒劳地想避开您。
"情人"这一个词早已消除了他的骄横，
即使他未说出，可眼神却有这种表示。

阿 丽 丝 我的心呀！伊斯曼娜，贪婪地叫着您，
尽管您讲的可能是缺少根据！
呀，您了解我，您认为这令人置信吗？
被不幸的命运所捉弄，
被痛苦和眼泪折磨的心，
会得到爱情，会受到爱神的悯怜？
大地之神尊贵的儿子，王族的后裔，
只有我在战火中得到幸免，
我失去了青春年少的六个兄弟，
这样的名门贵族还存有什么希望！
战争夺去了一切，殷红潮湿的大地，
多么痛惜地吸吮着安泰子侄们的血液。
您知道，他们死后，那严酷的法律
竟禁止所有的希腊人为我哀悼，
人们担心妹妹复仇的烈火狂焰，
有一天会在弟兄们的骨灰中复燃。
这好猜多疑的胜利者工于心计，

　　　　　您知道我一向对此多么瞧不起。
　　　　　我对爱情也是从来不予考虑，
　　　　　我常感激这凶狠的忒赛，
　　　　　他的严厉反使我对他更加轻视。
　　　　　可是我从未亲眼看过他的儿子，
　　　　　我的眼神带着羞涩和惊喜，
　　　　　我并不爱他的俊美和出众的风度，
　　　　　那是大自然的赐予，要他名扬天下。
　　　　　但他对此毫不介意，也一无所知，
　　　　　在他身上，我看到最高贵的品质。
　　　　　这是他父亲的德行，而不是他的轻浮。
　　　　　坦率地讲，我爱依包利特的高傲，
　　　　　从未有一个女人能把他压倒。
　　　　　费德尔得到忒赛也没有什么可以夸耀，
　　　　　我感到自豪，唾手可得的光荣我不要。
　　　　　要那种人人可享的尊崇，
　　　　　也不要那一颗随时向人倾吐的心。
　　　　　但是，折服一个冷若冰霜的勇士，
　　　　　让他那冷漠的灵魂也激起狂澜，
　　　　　让他堕入圈套还莫名其故，
　　　　　只能徒劳地摆脱爱情的羁缚，
　　　　　这就是时时刻刻激励着我的愿望。
　　　　　卸下戎装的赫克留斯怎比得依包利特，
　　　　　因为他败得更惨，消失得更早，
　　　　　降伏了他的人哪有这么荣耀。
　　　　　亲爱的伊斯曼娜，您看我多冒失，
　　　　　他一定会狠狠地把我拒绝，
　　　　　您也许就会听到我卑微的叹息，
　　　　　为了我现在盛赞的那个高傲的人。
　　　　　依包利特懂得爱吗？有什么福祉
　　　　　会使我把他折服……
伊斯曼娜　您将听到他的心声：
　　　　　他向您走来了。

第二场

　　　依包利特，阿丽丝，伊斯曼娜
依包利特　夫人，我想在临走以前，
　　　　　应当把您的命运告诉您，
　　　　　我的父亲已离人世。我忧心忡忡，
　　　　　早已预感到他终将与世长辞。
　　　　　只有死才能使他永弃人寰，
　　　　　结束他那光辉动人的一生。

诸神把赫克留斯的伙伴与战友，

交给了残暴的死神之手。

我相信您恨他，但不会仇恨他的功业，

只会心安理得地听着人数落他的罪名。

可是一种希望减缓了我致命的伤痛，

我可以让您摆脱父亲的严酷规定。

我取消了我素来视为过严的法律，

现在您可以支配自己，凡事随心所欲。

在我的封地，祖先庇德的遗业，

特列榭一致推我为领袖。

我给您自由，甚至比我更加如意。

阿丽丝　收起您的好意，太多了反使我莫名究竟，

这样宽大为怀真使我受宠若惊。

王子，我置身于这严峻的法律下，

比您想象的更加痛苦，

今天您使得我以解脱。

依包利特　为了推选一个继承人，雅典举棋不定，

有人提您，提我，也有人赞成王后的嫡子。

阿丽丝　王子，要推选我？

依包利特　我不想自我陶醉，我明白：

一条庄严的法律把我排斥，

希腊同声责备我的母亲非我族类。

夫人，要是我的对手只有兄弟，

我倒可以凭着兄长的权力，

摆脱这无理的法律的绊羁。

但是，更合法的理由阻碍了我的行动：

我要让步，应当把位子留给您，

我该把这根权棒还给您。您祖先

从大地之神的勇士手里将它获取，

后来因爱琴被收为义子而得到继承。

雅典，在父王的保护下，日益扩张，

它定会高兴地承认一个高贵的国王。

人们不再会去计较她那些不幸的兄弟，

雅典全城现在都在呼唤着您，

长期纷争不已它早已怨气冲天，

那里的田垄浸透了您一家的鲜血，

田野还犹有热血在蒸腾。

特列榭已听从于我，克里特的乡里，

可以作为费德尔之子极好的隐身之地。

阿底克是您的产业。我要走了，

为了您我要弥合您我之间的不同意愿。

阿丽丝　听到的这一席话使我惊异，迷惘，

　　　　我担心，我害怕这不过是骗局一场。
　　　　我醒着吗？我竟能相信这样的主张？
　　　　王子呀，什么鬼使神差使您这样落落大方？
　　　　您的英名将在四面八方传播震响！
　　　　让真理的双翼能够更高地飞翔！
　　　　您对我一片好心改变了我的厄运，
　　　　难道这还不够？您不怨恨我，
　　　　您心里丝毫不存有对我的敌意。
依包利特　我，我恨您？夫人！
　　　　人们把我的高傲描绘成什么模样？
　　　　简直以为我是魔鬼转生到了世上。
　　　　不管生性多粗野，心肠多坚硬，
　　　　只要一见到您，就会心软眼明。
　　　　难道我能抗拒那迷人的风韵……
阿丽丝　您在讲什么？王子。
依包利特　我讲得太露骨了，
　　　　爱情的冲动战胜了理性。
　　　　既然我已经开场打破了沉寂，
　　　　夫人，索性让我表白一下心迹，
　　　　说说我心底再也藏不住的秘密。
　　　　您的面前是一位值得怜悯的王子，
　　　　一个高傲而又冷酷的难忘人物。
　　　　我，对爱情一向是傲慢地抗阻，
　　　　但这次却长久地作了爱情的俘虏。
　　　　叹息着无力的凡人多难多灾，
　　　　我真想在海边凝望着风暴的到来。
　　　　现在我也同常人一样思想，
　　　　心灵的骚动使我判若两样。
　　　　稍有不慎，我的勇气就被制止，
　　　　这样高傲的灵魂终于有了归依。
　　　　六个月来，我害羞，我失望，
　　　　处处显示出心灵的创伤。
　　　　我徒然地埋怨您，也咒骂自己，
　　　　我时刻躲着您，却又总是想着您。
　　　　在那林莽深处也闪动着您的眼睛，
　　　　白天的阳光，黑夜的阴影，
　　　　一切都在我眼前画出您情影依依，
　　　　傲慢的依包利特无时不怀念着您。
　　　　即使我时时刻刻提醒自己，
　　　　到头来还是晕头转向不知所以。
　　　　弓戟、战车，一切都令我讨厌，
　　　　我也记不起奈普顿的忠谏。

森林中回响着的只是我的叹息，
游荡的神骏已辨不出我的声音。
我向您倾诉我那狂热的爱情，
您一听到也许就会满脸通红。
不管我对您讲述的语句是多么粗俗，
不管这美满姻缘于我是多么不相当，
您该珍视我献给您的无限情意，
想想吧，我的话同以往无法相比。
千万不要拒绝这辞不达意的表白，
除了您，依包利特决不敢抱有这样的奢望。

第三场

依包利特，阿丽丝，德拉曼尔，伊斯曼娜

德拉曼尔 王子，王后要来了，我先来通报，
她到处在找您。

依包利特 找我？

德拉曼尔 我不知她来此的用意，
只道是受她的命令而来找您，
费德尔想在您动身前同您商谈。

依包利特 费德尔？我能对她讲什么？她期待什么？

阿丽丝 王子，您可不能不睬她，
尽管她对您的敌意彰明昭著，
您也该对她的悲哀略加劝慰。

依包利特 等您一走，我就去见她，
我不知道是否伤害了我的心上人，
我呈献给您这一颗心……

阿丽丝 走吧！王子，遵循您高贵的理想，
让雅典由着我们来统辖，
您给我的礼物我全部收下。
但是您把伟大而光荣的王国奉送给我，
在我看来这并不是最珍贵的礼物。

第四场

依包利特，德拉曼尔

依包利特 朋友，准备停当了吗？但是王后要来，
去，把上路的车子快快安排！
叫人发出讯号，快去发命令！再回来！
这谈话太讨厌，我要早点甩开。

（方华文编，摘自齐放译：《拉辛戏剧选》，上海译文出版社，1985）

第四章　弥尔顿及《失乐园》

第一节　弥尔顿简介

　　约翰·弥尔顿，英国诗人，清教徒文学的代表，其代表作有《失乐园》、《复乐园》和《力士参孙》。《失乐园》与《荷马史诗》、《神曲》并称为西方三大诗歌。弥尔顿1608年出生于伦敦一个富裕的清教徒家庭。父亲爱好文学，受其影响，弥尔顿从小喜爱读书，尤其喜爱文学。1625年16岁时入剑桥大学，并开始写诗，1632年获得硕士学位。因目睹当时国教日趋反动，他放弃了当教会牧师的念头。弥尔顿从大学时期开始文学创作，写出许多中短篇的诗歌。这些早期作品把希腊罗马的传统和基督教传统结合在一起，追求清新、纯洁、崇高的意境。《圣诞清晨歌》是他的成名作。诗歌在天上人间广阔的空间中描写基督降生的故事，写罪恶、黑暗的势力必将被征服，和平、光明的新纪元必将到来。1632年和1633年所写的《快乐的人》和《沉思的人》是一对姐妹篇。前者写青年人驱走忧郁，在一个美好的世界里，享受到大自然的、人类社会的、文学艺术的欢乐；后者写青年人驱走"欢欣"，来到"修整过的园林"，独自阅读古希腊古籍，聆听古典的或宗教的音乐，享受沉思的快乐。1638年弥尔顿为增长见闻到当时欧洲文化中心意大利旅行，拜会了当地的文人志士，其中有被天主教会囚禁的伽利略。弥尔顿深为伽利略在逆境中坚持真理的精神所感动。翌年听说英国革命即将爆发，便中止旅行，仓促回国，投身革命运动。1641年，弥尔顿站在革命的清教徒一边，开始参加宗教论战，反对封建王朝的支柱国教。他在一年多的时间里发表了五本有关宗教自由的小册子，1644年又为争取言论自由而写了《论出版自由》。1649年，革命者将国王推上断头台，成立共和国。弥尔顿参加了革命政府工作，担任拉丁文秘书职务。1652年因劳累过度，双目失明。1660年，王朝复辟，弥尔顿被捕入狱，不久又被释放。从此他专心写诗，为实现伟大的文学抱负而艰苦努力，在亲友的协助下，共写出三部长诗：《失乐园》、《复乐园》和《力士参孙》。在《失乐园》里，弥尔顿显示了高超的艺术，雕塑出十分生动的艺术形象，如撒旦、罪恶、死亡等；描绘了壮阔的背景，如地狱、混沌、人间等。诗中运用了璀璨瑰丽、富有抒情气氛的比喻，独特的拉丁语的句法和雄浑洪亮的音调等。《复乐园》描述耶稣被诱惑的故事。耶稣在约旦河畔由圣徒约翰施洗后，准备公开布道，这时圣灵引他到荒郊，先要给他一次考验。这考验就是撒旦对他的引诱。撒旦第一天以筵席，第二天以城市的繁华和古希腊、罗马的文学艺术引诱耶稣，都遭到拒绝。第三天撒旦使用暴力，把耶稣放在耶路撒冷的庙宇的顶上，他也毫不畏惧。后来天使们把他接下来，认为他胜利地经受了考验，于是他开始布道，替人类恢复乐园。《力士参孙》描写的是以色列民族英雄参孙的故事。参孙被妻子大利拉出卖给非利士敌人，眼珠被挖掉，每日给敌人推磨。一个节日，非利士人庆祝对参孙的胜利；参孙痛苦万分，在敌人威逼他表演武艺之后，他撼倒了演武大厦的支柱，整个大厦坍塌，他和敌人同归于尽。

第二节 《失乐园》简介

《失乐园》长约一万行，分十二卷，故事取自《旧约》。夏娃和亚当因受撒旦引诱，偷吃知识树上的禁果，违背了上帝的旨令，被逐出乐园。撒旦原是大天使，但他骄矜自满，纠合一部分天使和上帝作战，于是被打到地狱里遭受苦难。他这时已无力反攻天堂，才想出间接报复的办法，企图毁灭上帝创造的人类。上帝知道撒旦的阴谋，但为考验人类对他的信仰，便不阻挠撒旦。于是便出现了撒旦诱使亚当和夏娃偷吃禁果的一幕。亚当和夏娃偷食禁果以后，世界便为此颠倒。原来温暖如春的天空中盘旋着背离上帝的寒流，凉风一阵紧似一阵地吹过来，世间的一切都开始变得紊乱而不和谐。人失去了天真烂漫、无忧无虑的童年，注定要经历酸甜苦辣的洗礼，体验喜怒哀乐的无常。智慧是人类脱离自然界的标志，也是人类苦闷和不安的根源。上帝在园中行走，亚当和夏娃听见他的脚步声。此时他们的心与上帝有了隔阂，出于负罪感，他们开始在树林中躲避上帝。上帝对人的失落发出了痛切的呼唤："亚当，你在哪里？人哪，你在哪里？"这呼唤中包含着上帝对人犯罪堕落，失掉了赐给人原初的绝对完美的忧伤与失望，又包含着对人认罪归来，恢复神性的期待。诗人写这首诗的目的在于说明人类不幸的根源。他认为人类由于理性不强，意志薄弱，经不起外界的影响和引诱，因而感情冲动，走错道路，丧失了乐园。夏娃的堕落是由于盲目求知，妄想成神。亚当的堕落是由于溺爱妻子，感情用事。撒旦的堕落是由于野心勃勃、骄傲自满。诗人通过他们的遭遇，暗示英国资产阶级革命也由于道德堕落、骄奢淫逸而惨遭失败。弥尔顿继承了16世纪的人文主义思想，接受了17世纪新科学的成就，同时对它们采取批判的态度。他肯定人生，但否定无限制的享乐。他肯定人的进取心、自豪感，但否定由此演变出来的野心和骄傲。他肯定科学，但认为科学并不是一切，有科学而没有正义和理想，人类不会得到和平与幸福。弥尔顿的这种思想也就是革命的清教思想的反映。弥尔顿在思想上要批判骄矜的撒旦，感情上却同情他所处的地位，因为撒旦受上帝惩罚，很像资产阶级受封建贵族的压迫。在描绘地狱一场时，弥尔顿虽然口口声声说撒旦骄傲、嫉妒、野心勃勃，但在对话里，在形象上，撒旦却完全是一个受迫害的革命者。这个形象十分雄伟。通过塑造撒旦以及和他一起被贬入地狱的天使的形象，诗人描绘了当年愤怒的革命战士……这是英国资产阶级革命的不可磨灭的记录，是卓越的艺术成就。而诗中的上帝却显得冷酷无情，缺乏生气。

第三节 《失乐园》选段

第一卷

提纲

第一卷首先简略地点明全书的主题：人违反天神命令，因而失去他所曾住过的乐园。接着叙说他失足的主要原因在于蛇，撒旦寄附在他身上的蛇。撒旦曾反叛天神，纠集了许多天使军在他手下，全被天神下令逐出天界，落入广漠的深渊。本诗简单地交代这事之后，便直叙事件的中心，描述撒旦和他所率领的天军落入地狱之中。这儿所描写的地狱不在地的“中心”(因为那时天和地还没有造成，当不蒙灾祸）而在天外的冥荒之中，管它叫混沌最为适当。撒旦和他的天军在这儿被雷电轰击而惊倒在炎炎的火湖里，过了一段时间之后，他从眩晕中清醒过来，并叫起倒在他身边的，品位仅次于他的一个天使，共同商量这次惨败的事。撒旦唤醒了全体天军，他们一个个都从同样的眩晕中醒觉过来，他们起身，检点人数，整顿阵容，宣告将领名单，这些将领的名字和后来在迦南及其邻近诸国所信奉的偶像相符。撒旦向他们演说，安慰他们，说天界可望光复。最后告诉他们，根据一个古先知的预言或天上的传闻，有一个新的世界和一种新的生物将被创造出来。按照古代教父们的看法，天使军在这个世界未创造出来之前就存在了。为了探实这个预言并商定对策，决定召开全体会议。因此他的党徒们都跃跃欲试，俄顷之间，就在地狱中筑起巍峨的万魔殿，就是撒旦的宫殿，巨头们就坐在那里召开会议。(提纲是1668年增加的)

关于人类最初违反天神命令
偷尝禁树的果子，把死亡和其他①
各种各色的灾祸带来人间，并失去
伊甸乐园，直等到一个更伟大的人来，②
才为我们恢复乐土的事，请歌咏吧，
天庭的诗神缪斯呀！您当年曾在那③
神秘的何烈山头，或西奈的峰巅，④
点化过那个牧羊人，最初向您的选民⑤
宣讲太初天和地怎样从混沌中生出；
那郇山似乎更加蒙您的喜悦，⑥
下有西罗亚溪水在神殿近旁奔流；⑦
因此我向那儿求您助我吟成这篇
大胆冒险的诗歌，追踪一段事迹——⑧
从未有人尝试摛彩成文，吟咏成诗的
题材，遐想凌云，飞越爱奥尼的高峰。⑨
特别请您，圣灵呀！您喜爱公正⑩

① 《旧约·创世纪》：上帝造了一男一女，住在伊甸乐园中，禁止他们吃知识树上的果子，他们违背禁令，被逐出乐园。

② 更伟大的人指耶稣。

③ 缪斯是希腊神话中的诗神，给诗人以灵感。西方史诗体例，开头必先向缪斯呼吁灵感。弥尔顿在本诗里向天庭的缪斯呼吁，是指基督教的圣灵。

④ 何烈山在埃及和迦南之间，摩西在那山上受上帝的灵感。西奈山是何烈山的别名。

⑤ 牧羊人即摩西。选民是上帝所特选的民族，指以色列人。

⑥ 郇山即锡安山，指耶路撒冷，圣殿在该山上，被尊为神山。

⑦ 西罗亚，溪名，流经圣殿近旁。

⑧ 冒险的诗歌指本诗《失乐园》，因为这样的题材没有先例，并且反映革命的精神，在反动复辟的王权统治下是危险的。

⑨ 爱奥尼的高峰，是希腊神话中缪斯所在的圣山。这里是说要超越荷马的佳作。

⑩ 圣灵即天庭的缪斯。这里是本史诗第一次呼吁灵感。

和清洁的心胸，胜过神殿。
请您教导我，因为您无所不知；
您从太初便存在，张开巨大的翅膀，
像鸽子一样孵伏那洪荒，使它怀孕，①
愿您的光明照耀我心中的蒙昧，
提举而且撑持我的卑微；使我能够
适应这个伟大主题的崇高境界，
使我能够阐明永恒的天理，
向世人昭示天道的公正。

请先说，天界和地狱深渊，
在您的眼中，一切都了如指掌；
请先讲，为什么我们的始祖，②
在那样的乐土，得天惠那样独厚
除了那唯一的禁令以外，他们俩
本是世界的主宰；竟背叛而自绝于他们的创造主？
当初是谁引诱他们犯下这不幸的忤逆呢？
原来是地狱的蛇；是他由于嫉妒和仇恨，激起他的奸智，
欺骗了人类的母亲。他的高傲③
致使他和他的全部天军被逐出天界，
那是他由于造反天军的援助，
使他觉得自己比众光荣，他相信：
如果他反叛，就能和至高者分庭抗礼，
于是包藏野心，觊觎神的宝座和主权，
枉费心机地在天界掀起了
不逊不敬的战争。全能的神把他
倒栽葱，全身火焰，从净火天上
摔下去，这个敢于向全能全力者
挑战的神魔迅速坠下，一直落到
无底的地狱深渊，被禁锢在
金刚不坏的镣铐和永不熄灭的刑火中。

依照人间的计算，大约九天九夜，
他和他那一伙可怕的徒众，
沉沦辗转在烈火的深渊中。
虽属不死之身，却像死者一样横陈，
但这个刑罚反激起他更大的忿怒，
既失去了幸福，又受无穷痛苦的煎熬。

---

① 《新约·哥林多前书》三，16："岂不知你们是上帝的殿，上帝的灵住在你们里头吗？"
② 本诗常提"我们的始祖"，即亚当和夏娃。
③ 夏娃轻信蛇的话，吃了禁果后而致失去乐园。蛇是魔王撒旦所托身的动物。

他抬起忧虑的双眼，环视周遭，
摆在眼前的是莫大的隐忧和烦恼，
顽固的傲气和难消憎恨交织着。
霎时间，他竭尽天使的目力，望断
际涯，但见悲风弥漫，浩渺无垠，
四面八方围着他的是个可怕的地牢，
像一个洪炉的烈火四射，但那火焰
绝不发光，只是灰蒙蒙的一片，
可以辨认出那儿的苦难景况，
悲惨的境地和凄怆的暗影。
和平和安息绝不在那儿停留，
希望无所不到，唯独不到那里。
只有无穷无尽的苦难紧紧跟着
永燃的硫磺不断地添注，不灭的
火焰，洪水般向他们滚滚逼来。
这个地方，就是正义之神为那些
叛逆者准备的，在天外的冥荒中
为他们设置的牢狱，那个地方
离开天神和天界的亮光，
相当于天极到中心的三倍那么远。①
啊，这里和他所从坠落的地方
比起来是何等的不同呀！
和他一起坠落的伙伴们
淹没在猛火的洪流和旋风之中，
他辨认得出，在他近旁挣扎的，
论权力和罪行都仅次于他的神魔，
后来在巴勒斯坦知道他的名字叫
别卜西。这个在天上叫做撒旦的②
首要神敌，用豪言壮语打破可怕的
沉寂，开始向他的伙伴这样说道：

"是你啊；这是何等的坠落！
何等的变化呀！你原来住在
光明的乐土，全身披覆着
无比的光辉，胜过群星的灿烂；
你曾和我结成同盟，同心同气，
同一希望，在光荣的大事业中
和我在一起。现在，我们是从

———————————

① 天极到中心：天极是天顶，中心是地。二世纪时托勒密的天文学以为天在上，地居中，地狱
居下。天堂离地狱相当天离地的三倍远。
② 别卜西是鬼王的名字。《马太福音书》一二，24："这个人赶鬼，无非是靠鬼王别卜西啊！"

何等高的高天上，沉沦到了
何等深的深渊呀！他据有雷霆，
确是强大，谁知道这凶恶的
武器竟有那么大的威力呢？
可是，那威力，那强有力的
胜利者的狂暴，都不能
叫我懊丧，或者叫我改变初衷。
虽然外表的光彩改变了，
但坚定的心志和岸然的骄矜
决不转变；由于真价值的受损，①
激动了我，决心和强权决一胜负，
率领无数天军投入剧烈的战斗，
他们都厌恶天神的统治而来拥护我，
拿出全部力量跟至高的权力对抗，
在天界疆场上做一次冒险的战斗，
动摇了他的宝座。我们损失了什么？
并非什么都丢光：不挠的意志、
热切的复仇心、不灭的憎恨，
以及永不屈服、永不退让的勇气，
还有什么比这些更难战胜的呢？
他的暴怒也罢，威力也罢，
绝不能夺去我这份光荣。
经过这一次战争的惨烈，
好容易才使他的政权动摇；
这时还要弯腰屈膝，向他
哀求怜悯，拜倒在他的权力之下，
那才真正是卑鄙、可耻，
比这次的沉沦还要卑贱。
因为我们生而具有神力，
秉有轻清的灵质，不能朽坏，②
又因这次大事件的经验，
我们要准备更好的武器，
更远的预见，更有成功的希望，
用暴力或智力向我们的大敌
挑起不可调解的持久战争。
他现在正自夸胜利，得意忘形，
独揽大权，在天上掌握虐政呢。"

---

① 真价值，在撒旦看来是武力。
② 轻清的灵质，是说天使不是由肉体构成，是一种清纯的火。

背叛的天使这样说了，虽忍痛说出
豪言壮语，心却为深沉的失望所苦。
他那勇敢的伙伴立即回答他说。

"大王，掌权天使的首长啊，
掌权者们率领英勇的撒拉弗天军①
在您的指挥之下去作战，
大无畏地，投身于惊险的行动，
使天上永生的王陷于危急，
他靠暴力、侥幸，或靠命运，
来支持自己至高无上的权力，
我目睹而哀痛这次可怕的事件，
可悲的覆没，可耻的败绩，
使我们失去天界；这种的大军
竟遭到这么大的失败，
沉沦到这样的阴间里来，
我们原是神灵，气质轻清，
论破灭可说已经到了尽头.
因为我们还留有心志和精神，
不可战胜，很快就会恢复元气。
虽然我们的全部光辉暗淡了，
快乐被无限的悲惨所吞没；
可是他，我们的征服者，（现在，
我只能相信他的全能，否则，
他不可能击破我们这样的大军，）
他使我们还留有这样的精力，
大概是要使我们更能忍受痛苦，
吃足苦头，承受他那报复的怒火；
或者是要我们服更大的苦役，
把我们当做俘虏，当做奴隶，
在地狱猛火的中心来干苦活，
在幽暗的深渊中为他奔走。
这样，我们将永受无穷刑罚，
即使是自己觉得力量还没衰退，
甚至是永生的，那又有什么好处？"
大魔王立刻用急激的话语回答他：

"坠落的嗤嚼啪呀，示弱是可悲的，

———————————

　　① 罗马教皇格列高里一世说，天上精灵分为九等：一是天使，二是天使长，三是德性，四是权势，五是王国，六是治权，七是宝座，八是撒拉弗，九是嗤嚼啪。

无论做事或受苦。但这一条是明确的：
行善决不是我们的任务，
做恶才是我们唯一的乐事，
这样才算是反抗我们敌对者的
高强意志。如果他想要
从我们的恶中寻找善的活，
我们的事业就得颠倒目标，
就要寻求从善到恶的途径。
如果我不失算，定会屡次奏效，
使他烦恼，搅乱他极密的计划，
使它们对不准所预定的目标。
你看，那忿怒的胜利者已经
把复仇和袭击的使者召回天门，
暴风雨一股追击我们的
硫磺火霰已经静下来了，
迎接我们从天界的悬崖上
坠落下来的火焰的洪波也平静些了，
以赭红的闪电和狂暴的忿怒，
因为带翅膀的轰雷，大概已经
用完了弹头，现在已经不在
这广漠无边的深渊中吼响了。
我们不要放过这个机会，
不管这是由于敌人的轻蔑，
或者是由于他气头已过的机会。
你没看见那一片荒凉的原野吗？
寂寞，荒芜，绝无人迹，不见亮光，
只有这么一些铅色的幽焰，
闪着青灰色的，可怕的幽光。
我们往那儿去，躲避火浪的冲击，
可以休息的话，就休息一下，
重新集合我们疲惫的队伍，
大家讨论，怎样给敌人更多的损害，
怎样弥补我们自己的损失，
怎样战胜这个可怕的灾祸，
从希望中可以得些怎样的援助，
或从失望中来一个怎样的决策。"

撒旦这样对他最亲近的伙伴说着，
把他的头抬出火焰的波浪上面，
两只眼睛，发射着炯炯的光芒，
身体的其他部分平伏在火的洪流上，
又长又大的肢体，平浮几十丈，

　　体积之大，正像神话中的怪物，
　　像那跟育芙作战的巨人泰坦，地母之子，①
　　或像百手巨人布赖利奥斯，②
　　或是古代那把守塔苏斯岩洞的
　　百头神台芬，或者像那海兽③
　　列末坦，就是上帝所创造的④
　　一切能在大海洪波里游泳的生物中
　　最巨大的怪物，据舟子们说，
　　他有时在汹涌的挪威海面上打瞌睡，
　　常有小舟夜航而遇险的时候，
　　以为他是个岛屿，抛锚扎在他的
　　鳞皮上，碇泊在他身旁的背风处，
　　在黑夜的笼罩中等待姗姗来迟的黎明。
　　大魔王就是这样横陈巨体，
　　被锁在炎炎的火湖上面，
　　既不能起立，也不能昂起头来，
　　但由于那统治万汇的天种的意志
　　和他的洪量，让他自由地
　　得逞阴谋，他心想危害别人
　　却终于加重自己的罪行，刑上加刑，
　　让他懊恼地看见自己一切的恶意
　　怎样在他所引诱的人身上
　　带来无穷的善意、恩惠和怜悯，
　　而在他自己身上却招来了
　　三倍的慌乱、惩罚和报复。
　　他那硕大的身躯，从火湖中
　　站立起来；两旁的火焰向后退避，
　　斜吐尖尖的火舌，卷成两条巨浪，
　　中间现出一个可怕的溪谷。
　　他打开翅膀，腾上高空，
　　使阴沉的空气感觉得异常沉重。
　　他在一块干燥的陆地上降落，
　　那土地永远被固体的火烧着。
　　跟那炎湖被流体的火烧着一样。
　　它的颜色，好像皮洛卢斯岬，⑤

---

①　育芙是罗马神话中的主神，相当于希腊的宙斯。泰坦是地母所生的巨人族，躯体硕大。
②　布赖利奥斯为百手巨怪，曾助育芙对泰坦巨人族作战。
③　台芬为泰坦巨人之一，曾在塔苏斯营巢。他是百头蛇的巨大怪物，为育芙的雷弹所中而死，埋在埃特纳山下。
④　列末坦是海中巨兽，就是鲸鱼，被认为是最大的动物。
⑤　皮洛卢斯在西西里东北尖角上，有山被旋拔去。

被地底潜风的强力掀掉一个山峰
或像爆裂的艾特那火山的斜坡，①
风扇硫磺猛火，烧到内部易燃的矿质，
留下一片焦土，弥漫着恶臭和毒焰。
这就是他那不幸的脚所停歇的地方，
他和他的亲密伙伴飞到哪儿，
都洋洋自得，夸耀自己神通，
能够逃出地狱的火焰，全凭自己，
而不是由于至尊大能者的默许。

那失位的大天使说道："难道
这就是我们用天堂换来的地盘？
换来的就是这片土地，这个疆域？
天上的光明只换得这可悲的幽冥？
也罢，他如今既然是统治者，
他想要怎样就怎样安排吧。
论理智，他和我们仿佛，
论实力，却超过他的侪辈，
像这样的家伙，离开得越远越好。
再见吧，幸福的园地，永乐的住处！
来吧，恐怖，来吧，冥府！
还有你，最深的地狱，来吧，
来欢迎你的新主人吧！他带来
一颗永不会因地因时而改变的心，
这心是它自己的住家，在它里面
能把天堂变地狱，地狱变天堂。
那还有什么关系，如果我能不变，
屹立不动？我将要仅次于他，
他不过霹雳在手，显得强大些；
在这儿，我至少是自由的，
那全能者营造地狱，总不至忌妒
地狱，决不会把我从这里赶走。
我们在这里可以稳坐江山，
我倒要在地狱里称王，大展宏图；
与其在天堂里做奴隶，
倒不如在地狱里称王。
可是，为什么我们还让那些
忠实的朋友，患难中的伙伴，
惊魂失魄地蜷伏在茫茫的忘池中呢？

———————————

① 艾特那为火山名，在西西里岛东北角。

为什么我们不去叫唤他们起来，
在这块不幸的地方再共患难呢？
又为什么不再兴兵作战，
试一试天上还有多少东西可以收复，
地狱里还有什么可以损失的呢？"

撒旦这样说后，别卜西答道：
"除了全能者，谁也不能战胜的，
光辉的三军首领呀，他们正在
恐怖和危险中切望生命的保证，
他们一听到您的声音，马上就会
重新鼓起勇气，振奋精神，
他们往常在激战中陷于苦斗时，
在危急的前线进行冲锋时，
总是听您可靠的号令的，
现在，他们匍匐偃卧在火湖里，
跟我们刚才一样，惊魂、失魄，
那也难怪，从那么高的天上摔下来！"

他的话音一落，那大魔王
便向岸边走去，他那沉重的盾牌，
天上铸的，坚厚，庞大，圆满、
安在背后，那个阔大圆形物
好像一轮明月挂在他的双肩上，
就是那个突斯岗的大师①
在黄昏时分，于飞索尔山顶，②
或瓦达诺山谷，用望远镜探望到的③
在新地和河山，满布斑纹的月轮。
从挪威群山上采伐下来的，④
可作兵舰桅杆用的高大松树，
跟他的长矛比起来不过是小棍，
他挂着这长矛，踏着沉重的脚步，
走在燃烧着的灰土上，不像当初
走在天界的青空时的轻捷步伐，
而且遍地是火，热浪袭击他，

---

①　突斯岗的大师指伽利略，17 世纪意大利的大科学家、大思想家。他造了大望远镜，在星学上发现了许多东西，证明了哥白尼的地动说。弥尔顿游意大利时，特地去走访这位大师，受他影响。突斯岗在意大利中部，佛罗伦萨的首府。

②　飞索尔是诗人但丁的故乡，在佛罗伦萨东北三英里的小山，上有伽利略观测的高塔。

③　瓦达诺山谷在佛罗伦萨。

④　挪威是著名的产松地。

直烤得他浑身疼痛。
但他忍受这一切，走到火海岸边，
他站住，招呼他的众官兵，
他们虽然具有天使的容貌，
却昏沉地躺着，稠密得像秋天的繁叶
纷纷落满了华笼柏络纱的溪流，①
那溪流夹岸古木参天，枝桠交错；
又像红海面上漂浮着的海藻，
当勇猛的罡风袭击海岸时，
使红海的浪涛卷没布西利斯②
和他的孟斐斯骑兵，因为他食言③
恨恶寄居歌珊的民众，派兵追赶，④
结果，眼看被逐的民众跻登彼岸，
而自己反全军淹没，只剩浮尸和
破败的车轮；天使军的狼藉横陈，
正是这样，密密层层漂浮在火的洪流上，
为了他们境况的惨变而黯然神伤。
他高声呼喊，使整个空洞的
地狱深渊都响起了回声：

"王公们，战士们，天国的精英，
天界本是你们的，如今失去了，
难道像这样惊人的巨变，就使得
不朽的精灵从此不能动弹了吗？
难道你们竟甘心用这样的地方
作为艰苦战斗之后的休息、
安睡的场所，像在天上的乐土吗？
难道你们竟用这样颓唐的姿态
向那胜利者表示低头屈服吗？
他日前瞧着撒拉弗和嗗略陌天军
偃旗息鼓，辗转于洪流之中，
不久就会有神速的追兵赶来
看准机会，从天门下降，践踏
如此颓唐的我们，或用连珠似的
轰雷把我们打入地狱深渊的底层。
快醒！起来！否则就永远沉沦了！"

---

① 华笼柏络纱为地名，有浓荫蔽天之意，在佛罗伦萨附近。弥尔顿于1638年曾亲游其地。

② 布西利斯是埃及的王，淹死在红海中。

③ 孟斐斯是古埃及的首都，这里指埃及的军队。埃及全军覆没，以色列人逃出埃及的事见《旧约·出埃及记》一四。

④ 寄居歌珊的民众指以色列人。《创世纪》四七，27："以色列入住在埃及的歌珊地。"

他们听了这话，都很惭愧，

急忙振翮而起，像站岗的士兵

正在打盹时被官长发现，

在睡眼惺忪中猛醒过来一样。

他们不是没有看见自己处境悲惨，

也不是不觉得剧烈的痛楚；

但一听到大将军的声音，便都

立刻从命，纷纷起来，不计其数。

好像暗兰的儿子在埃及蒙难时，①

挥动神杖，击遍全地，招来了

一阵蝗虫的乌云，乘东风而来，

像夜色一般覆盖法老国境的天空，

使尼罗河流域的全地暗黑无光，②

那不可计数的恶天使也这样，

在地狱的穹隆下面回翔飞舞

于上下左右周围的火焰中间。

接着，他们的大王举起长矛，

挥动着，作为信号，指挥进路。

他们飞行得很稳，矫健地

降落在坚硬的硫磺地上，

挤满了原野的每一个角落，

连那人烟稠密的北方蛮族

也没有这么众多的人群

从天寒地冻的地域繁殖出来。

那些蛮族子孙昌盛，像洪水一样③

涌向南来，越过莱茵、多瑙流域，

冲过直布罗陀到了利比亚沙漠时，④

也不见得有这样密集的队伍。

各队的队长，各班的班长，

都急忙地奔向他们的大司令

站立的地方，个个神姿英发，

状貌超过凡人，有王者的威严，

都是天上有座位的诸掌权者；

---

①　暗兰的儿子是摩西，率领以色列人出埃及。见《出埃及记》六，20。

②　埃及的君民不让以色列人离去，上帝降灾之一是蝗灾。《出埃及记》中记载："摩西就向埃及地伸杖……蝗虫遮满地面，甚至地都黑暗了。"

③　蛮族的子孙指哥特和汪达尔人。哥特人于3、4世纪从多瑙河下流侵入罗马帝国；汪达尔人于5世纪前叶进攻高卢、西班牙、非洲北部等地，455年蹂躏了罗马。

④　直布罗陀海峡的南面就是非洲北部。利比亚沙漠就是撒哈拉大沙漠。利比亚是非洲的古名。汪达尔王根赛利克于439年侵入迦太基而建立王国。

虽然他们的名号，因为叛逆
已经从生命册上被一笔勾销，①
在天上群生的记忆中，如今
已被淡忘，在夏娃的子孙中
也没有得到过新的名号，
一直到后来，得到天神的允许，
得以一游大地来试探世人，
用各种的诡计、谎言去腐蚀他们，
使他们被弃于天神，他们的创造者，
并且把创造主无形的光彩，
转化做兽类的形象，
用浮华的装饰，打扮得金碧辉煌，
用淫乐的仪式，把魔鬼尊为神明。
于是他们便以各种不同的名号，
各种不同的偶像传遍异教世界。

天庭诗神缪斯呀，请说，那时
诸将领的名字，谁最先，谁最后，
听见大王的呼声，便在火焰的床上，
从瞌睡中醒来，撇下无数的从属，
按名分次序，一个一个的来到，
挤满大王离群而立的空虚的湖岸上？
那些将领就是后来从地狱出来
漫游大地上，寻找牺牲品，
敢于把自己的宝座安置在神座附近，
让四邻各国的人民供奉为神明，
把自己的祭坛设在神的祭坛旁边……

（魏令查编，摘自朱维之译：《失乐园》，吉林出版集团有限责任公司，2007）

---

① 生命册上勾销即除名。《启示录》中记载："若有名字没记在生命册上，他就被扔在火湖里。"

第五章　班扬及《天路历程》

第一节　班扬简介

约翰·班扬，1628 年 11 月生于英国贝德福郡埃尔斯顿村。他幼时曾上过乡村学校，但不久就辍学，跟随父亲学习补锅、制锅的手艺。在青少年时期，他在村中是最坏最野的孩子，还以诅咒和发假誓出名。16 岁那年，他离乡参加了当时正在与国王内战的克伦威尔军队。经过这场宗教和政治双重性质的战争，班扬一方面受到清教气氛影响，为末日、地狱、魔鬼以及各种恐怖情景所震慑；另一方面他对战争也有了更深刻的理解。1648 年班扬退伍回乡，随后与一个贫穷但是真诚的姑娘玛丽结了婚，而她带来的两本书——亚瑟·登特的《凡人通往天国之路》和路易斯·贝里的《敬虔的实践》让班扬获益匪浅，从此他慢慢由一个放任不羁的青年转变为敬虔、谦卑，愿为信仰舍弃一切的刚强战士。

1653 年，班扬受浸礼，加入贝德福郡的浸信会，随后开始了他的传道生涯。1660 年班扬因无照传道而被捕入狱，从此开始了他长达 12 年的监狱生活。值得庆幸的是，班扬在狱中的生活没有受到太大的限制，所以他利用在狱中的时间精研《圣经》，勤奋写作。1672 年，班扬获释出狱后，马上重新开始在各村之间巡回讲道。但在 1675 年年底，他因非法传教再次入监，此次刑期为六个月。两次狱中生活虽然让他失去自由，让他身心也饱受折磨，但他对人生和教义也有了更深的体会。《天路历程》第一部就是他在首次入狱时着手开写的，在第二次入狱时完成。1678 年该书首次出版后，立即获得了空前的成功，深受读者的推崇，同时，班扬也声名远扬。在 1684 年，班扬出版了《天路历程》第二部。1688 年，班扬在前往伦敦的路途上因淋雨而得了严重的伤风并且发烧，同年 8 月 31 日他因高烧未退在朋友家中不治过世。

班扬的一生充满了传奇色彩，虽然他出身寒微，没有受过多少教育，但却凭借神的恩典，以天来之笔，用生动的寓言体裁，完成了举世瞩目的经典巨著《天路历程》，并借此成为英国文学史上著名的散文家、小说家，成为 17 世纪的英国文坛的重要人物。许多文学史家将他和莎士比亚、弥尔顿相提并论，把《天路历程》与但丁的《神曲》、奥古斯丁的《忏悔录》并列为世界三大宗教体文学杰作，班扬也被公认为英国通俗文学的鼻祖。

班扬的作品还有《恶人先生的生与死》，是一部对话体小说，讲述一个无药可救的"坏人先生"一生的罪恶，与《天路历程》的内容恰成对比。另一本是《圣战》，是班扬最长的一部作品，讲述神的儿子如何把城市"人之魂"从"魔鬼"手中抢回来的故事。

第二节　《天路历程》简介

　　《天路历程》是英国文学史上最具代表性的宗教寓言故事，被誉为"英国文学中最著名的寓言"。在西方国家中通常被看作是仅次于《圣经》的基督教重要经典，被译成多种文字，是除了《圣经》以外流传最广、翻译文字最多的书籍。同时，《天路历程》通过对寓言体这种体裁的运用，对梦境形式的借用，用生动的现实主义的手法描写，用戏剧性的对话以及平实的语言，使它不仅仅是一本宗教著作，而且还是一部文学经典。也正因为如此，300 多年来，《天路历程》突破了民族、种族、宗教和文化的界限，受到世界各国人民的推崇，成为人们"人生追寻的指南"、"心路历程的向导"。

　　《天路历程》分为两部。第一部出版于 1678 年，班扬用比喻和寓言的手法，叙述一个基督徒前往天国的旅程。漫长的旅程中充满了危险、诱惑与灾难，但是他凭借自己惊人的毅力、勇气和执着，战胜了各种艰难险阻，最终达到了自己的目标——天堂的大门向他敞开。第一部侧重描写基督徒个人的内心经历。班扬用朴实的语言栩栩如生地再现了基督徒内心的软弱与矛盾，在失败、战争中产生的对世界和自我的深刻认识以及基督徒对目标追求的执着。班扬以其独特的视角，洞察基督徒的心灵体验，并从自身的信仰经历中，从他曾经同样孤独而挣扎的内心世界中体察这次灵魂之旅的真切和实在。此外，《天路历程》第一部还塑造了许多让人印象深刻的次要角色，如"无知"、"能言"、"投机"以及"虚华集市"里那些陪审团成员等。班扬通过对话，配以他们的口吻、语气和谈话内容，将他们的性情、品质生动形象地再现出来。

　　《天路历程》第二部出版于 1684 年，主要讲述的是基督徒的妻子"女基督徒"和孩子们在一个叫做"无畏"的人的指引下，前往天国朝圣的故事。他们的旅程和基督徒一样，也是从毁灭城出发，途中也是充满艰难险阻。但是两次旅途却又不同。基督徒基本上是一个人艰难地前进在通往天国的漫漫长路上，而女基督徒则是与他人结伴同行，其中妇孺老幼都有，信心大小不一，胆量力量各异，但都真心向往天国，真心奔走天路。他们在旅途中相互帮助，相互支持。第二部侧重描写女基督徒与其同伴作为一个联合体共同追求信仰，朝着他们的共同目标前进。其中主要描述他们在各种困境中如何彼此互爱劝勉，相互扶持，共同成长的过程。

　　《天路历程》不仅仅是一部宗教文学作品，同时它还深刻地体现了当时社会的历史现实，展示了复辟时期复杂的英国社会现状；也反映了基督徒在当时社会中的窘境：一方面是对清教的虔诚；一方面是世俗世界的自私和道德堕落。

　　总之，《天路历程》以其丰满的人物形象，奇特的想象，生活化的故事，对人性弱点尖锐而深刻的揭露，以及执着的理想主义热情，超越了时间和宗教的局限，在 300 多年后的今天依然光彩夺目。

第三节　《天路历程》选段

第一部

　　我在旷野里行走，来到一个地方，那里有个洞穴，我就在那儿躺下睡觉。我睡熟了，做了一个梦。唉，我梦见一个衣衫褴褛的人站在那儿，背后就是他自己的房子，他手里拿着一本书，背上背着一件看来很重的东西。我见他打开手上的一本书念着，他一面念，一面不住地流泪，浑身颤抖着，他委实控制不住了，发出一声悲伤的呼喊："我该怎么办呢？"

就在这样极度苦恼的境况中，他转身回家去了。他强自压制着，以免他的妻子和儿女们发觉他的悲痛，可是他不能长久保持缄默，因为他的烦恼越来越厉害了。他终于把他的心事告诉了妻子和儿女，他对他们这样说："唉，我亲爱的妻子，你们，我的亲生儿女，我是你们亲爱的友伴，我可要被那压在我身上的重负毁了。并且我确实知道我们这个城市将要给天火烧毁，在那场可怕的灾难里，我自己，你，我的妻子，和你们，我可爱的儿女，都将同归于尽，除非我们能够想出一个逃生的办法，可是到如今我还想不出什么办法来。"他家中的人听了这番话，好生诧异，这并非因为他们相信他的话，而是他们认为他的神经错乱了。因此，等到傍晚天快黑的时候，他们希望睡眠能够使他的神经镇静下来，就急忙打发他去睡觉。但是对他说来，黑夜跟白天同样烦恼。因此，他不但睡不着觉，而且整夜地叹息、流泪。后来，天亮了，他们急着要知道他的情形。他告诉他们，更糟，更糟。他又开始对他们讲话，可是他们开始狠起心来了。他们还想用强硬粗暴的态度来驱除他的怪病，有时他们愚弄他，有时责骂他，有时根本不理睬他。因此他就回到自己的房间里去为他们祈祷，一心的怜悯他们，同时他也为自己的痛苦寻求安慰；他还独个儿在田野里徘徊，有时候看书，有时候祈祷；他就这样度过了好多日子。

有一天我看见他在田地里走着，照常看着书，显出满怀痛苦的神气；他一面看书，一面又那样大声喊着："我怎么才能得救呢？"

我看见他东张西望，好像要撒腿逃跑；可是他仍然站着，因为，我看到他似乎不知道往哪儿去才好。我再一看，却见一个叫做宣道师的向他走来，问他为什么哭喊。

他回答说，先生，我从手里这本书上看到，我已被定罪了，要死去，将来还要受审判。而我，既不愿意死，又受不起审判。

宣道师说，人生既然有这么多的灾难，为什么又不愿意死呢？他回答说，因为我怕这个在我背上的重负会把我压得沉到比坟墓还深的地方去，坠到地狱里去。先生，如果我还没有做好准备到牢狱里去，我更没有做好准备去受审判，然后再去受刑罚。想到这些事，我不禁失声痛哭。

宣道师说，你的情形既是这样，为什么你还站着不动呢？他回答说，因为我不知道上哪儿去才好。于是宣道师给他一卷羊皮纸，上面写着，"逃避将来的天罚！"

那人看了以后，忧愁地望着宣道师说，我得逃到哪儿去呢？于是宣道师就指着那一片辽阔的田野的尽头说，你看得见那边有扇小门吗？那人说，看不见。宣道师又说，你看见那边的亮光吗？他说，我相信我看见了。于是宣道师说，不要转移你的视线，一直朝着那亮光走去，这样你就能够看见那扇小门。你敲那门的时候，有人会告诉你应该怎么做。这时候我在梦里看见那个人开始跑起来。可是他刚刚跑出了家门口没有多远，他的妻子和儿女就发觉了，立即大声喊他回去。但他却用手指塞住耳朵，一面跑，一面喊："生命！生命！永恒的生命！"他就这样头也不回地，拼命逃往平原的中央。

邻居们也都跑出来看他，他跑着，他们有的讥笑他，有的吓唬他，有的喊他回来；其中有两个人决定要硬把他抓回来。这两个人一个叫顽固，另一个叫做柔顺。当时那人已经离开他们好一段路了，可是他们还是要追他，而且真的追了去，不一会工夫就追上了他。于是那人说，邻居们，你们来干什么？他们说，来劝你跟我们一道回去。但是那人说，无论如何不行，你们所居住的毁灭城，也是我的出生地，我知道那地方必定要毁灭的。所以，如果死在那里，你迟早免不了要沉到比坟墓还深的地方去，沉到一个烧着硫磺火焰的地方去，好邻居，请放心跟我一起走吧。

顽固说：怎么！难道就此撇下我们的朋友和我们舒适的生活吗？

基督徒（这是那个人的名字）说：对，因为你所撇下的一切，加起来都比不上我将要享受到的一丁点。如果你跟我一起去，并且坚持到底，你就能够和我过同样的日子。因为在我要去的那个地方，什么都有，而且绰绰有余。来吧，来看看我说的是不是真话。

顽固说：既然你抛弃世上的一切去追求那些东西，你寻找的究竟是些什么呢？

基督徒说：我寻找的是一个不会毁坏、没有玷污、不至消失的产业，它是安安稳稳地存在天上，在一定的时候会赐给那些勤勤恳恳寻求它的人。你愿意的话，可以看看我这本书里怎么说的。

顽固说：啐！拿开你的书；我问你，你到底跟不跟我们回去？

基督徒说：不，我不回去，因为我已经开始走我的路了。

顽固说：邻居柔顺，我看我们还是丢下他回去吧。你要晓得，天下自有一班疯疯癫癫的轻浮的家伙，他们一旦心血来潮，就执迷不悟起来，还自以为比七个有同样见解的人还更聪明哩。

接着，柔顺说，不要随便骂人。如果基督徒说的是真实的，他所追求的东西的确比我们的好，我倒想跟我的邻居一起去呢。

顽固说：怎么！这样的傻瓜竟有的是！听我的话，回去吧。谁知道这么一个脑子出了毛病的人会把你带到哪儿去？回去，聪明点，回去。

基督徒说：不，你也跟你的邻居柔顺一道来吧。我说的那些东西确确实实是有的，并且另外还有许多从天上来的福分。你要是不信我的话，请看这本书，看啊，它里面句句话都是真实性，都是用它的作者的血来做见证的。

柔顺说：唔，邻居顽固，我开始要打定主意了：我打算跟这位好人一起去，好歹跟他共甘苦吧。不过，我的好伴侣，你认不认得到我们要去的那地方的路呀？

基督徒说：一个叫做宣道师的指点我快快到我们前面的一扇小门那儿去，到了那里，就有人给我们指点路程。

柔顺说：好，那么，好邻居，我们走吧。于是他们俩就一起走了。

顽固说：我可要回家去，我不打算做这种想入非非、误入迷途的人的伴侣。

当时我在梦中看见顽固回家了，基督徒和柔顺在平原上边走边聊天；他们这样谈着……

基督徒说：邻居柔顺，你好呀？你肯跟我一起去，我很高兴。如果顽固对现在还看不见的那些非凡的力量和恐怖跟我有同样的感觉的话，他就不至于这样轻易地跟我们分道扬镳。

柔顺说：邻居基督徒，既然现在只有咱们俩，请你就告诉我，你所说的那些东西究竟是什么，怎样享用它们，还有，我们到底要往哪儿去。

基督徒说：那些东西我只能体会，要我说出来可不容易，不过你既然要知道，我就从我这本书里念给你听。

柔顺说：你这本书里的话真的靠得住吗？

基督徒说：当然靠得住，因为它的作者是不可能说谎的。

柔顺说：讲得好，那些东西到底是什么呢？

基督徒说：有一个永存的国度可以居住，永恒的生命可以赐给我们，使我们永久居住在这个国度里。

柔顺说：说得对，还有呢？

基督徒说：有荣耀的冠冕可以给我们，还有会使我们像天空中的太阳那样发亮的衣服。

柔顺说：好得很，还有呢？

基督徒说：那儿没有哭泣，也没有悲伤，因为那地方的主人会拭掉我们所有的眼泪。

柔顺说：在那儿我们会有什么样的伴侣？

基督徒说：我们会跟天使们做伴，看着他们就使你眼花缭乱。你还会碰到成千上万在我们之前到那地方去的人，他们都不会伤害人，而是仁爱的、圣洁的。每个人都在上帝面前生活着，永远得到他的欢心。总之，在那儿我们会看到戴着金冠的长老，携着金竖琴的圣处女，和那些为了对那儿的主人的爱而被世人千刀万剐、烧死、给野兽吃掉、以及淹死在海里的人。他们都很好，好像穿上了永生的衣服。

柔顺说：听了这些话就够叫人心醉神迷了。不过这些东西是给人享受的吗？我们怎样才能分享到呢？

基督徒说：那个国度的主宰，上帝，已经在这本书里把这一点记载了下来。大意就是说，如果我们真要的话，他会白白地赐给我们的。

柔顺说：啊，好伴侣，听了这些话我是高兴；来，咱们快点走。

基督徒说：我因为背上的重负，不能够按我要走的那样速度走去。

那时我在梦里看到，当他们正结束这场谈话的时候，他们走近平原中间的一个非常肮脏的泥沼；他们俩不小心一齐掉了进去。这泥沼名叫灰心。有好一会工夫，他们在里面打着滚，浑身滚满了污泥。而基督徒，由于他背上的重负，开始往下沉。

于是柔顺说，啊！邻居基督徒，你在哪儿？

基督徒说：真的，我也不知道。

柔顺听了这句话可生起气来，气愤愤地对他的同伴说，这就是你刚才说了半天的幸福吗？我们刚上路就这么不顺利，从这儿到终点我们还得准备遭遇多少麻烦呢？但愿我能活着离开这里，你尽管独个儿去占有那个好地方吧。说着他就拼命挣扎一两下，在靠近他房子的那一边挣出了泥沼。他就这样走了，基督徒从此再也看不见他了。

因此基督徒只剩下一个人在灰心沼里打滚，不过他还是挣扎着，他向离他家更远的一头，朝着更靠近那个小门的方面挣扎过去。结果他到了那一面，可是由于背上的重负，他爬不上来，这时候我在梦里看见一个叫做援助的人走近他，问他在那儿干什么。

基督徒说：先生，一个叫宣道师的人，指点我走这条路的。他还指示我到那边小门那儿去，以便避免天罚，我在往那儿去的路上掉进这里来。

援助说：你为什么不留心找石头台阶呢？

基督徒说：我心里非常害怕，避过隔壁的一条路，因此跌了下来。

援助说：那么把手伸给我。他伸手给援助，后者把他拉出来，带到坚实的地上，叫他继续向前走去。

于是我走近拉他出来的那个人，对他说，先生，既然从毁灭城到那边小门得经过这个地方，为什么不把这片空地修好，让可怜的旅客们可以安全走路？他对我说，这泥沼无法修好；因为随悔罪而来的污秽不断朝这块低地流下来，因为罪人一旦觉悟到自己的无望的情况，他心灵里就产生了许多恐惧、疑虑和不安的情绪，它们都聚合拢来停留在这个地方。所以这块地才这样糟。

国王并不愿意这块地这样糟。为了修补这块地，他的工人在皇上的监工们的指导下已经工作了一千六百多年了。他说，不但如此，据我所知，从国王的领域里的各个地方陆续不断运来的至少有两万车的材料，是的，数以万计的有益的教训都用在这块地上。内行的人都说，这些东西是修补这个地方的最好的材料。如果这样，它是可能修好的，不过现在还是灰心沼，而且将来也还是，尽管工人们都会尽力地修理。

由于国王的命令，的确已经在泥沼中间铺下了相当好而坚固的石头台阶；可是在这个时候，这地方涌出了那样多的垃圾，气候改变的时候它就这样，因此那些石级几乎看不见了；或者即使看见了，但是人们由于头晕，一失足就弄得满身泥污，所以有了石级也并不保险；不过走进那个小门以后，地面就好了。

当时我在梦里看见柔顺已经回到家里。邻居们都来看他，有的说他及时回来很聪明，有的说他跟基督徒去冒险很傻，另外一些人笑他胆小，说：你既然已经开了头，的确不应该这样没志气，为了一些困难就退却啦。柔顺就这样鬼头鬼脑地处身在他们中间。到最后他变得更无耻了，而他们也就转移了攻击的对象，在背后嘲骂起基督徒来了。关于柔顺的事，到此为止。

且说，基督徒独个儿走路的时候，远远看见一个人从田野那边向他走来，因为他们的路线彼此交叉，正好相遇。那个来人是老世故先生，他住在享乐主义城，一个离基督徒的家很近的大城市。这个人碰见基督徒，他已经知道一些关于他的事——因为基督徒从毁灭城启程，人们都传说纷纭，不但在他住的城里，在别的地方大家也都在议论这件事，因此老世故先生看到他那样吃力地走着，又是叹息又是呻吟的，以及诸如此类的情形，就猜到他是谁了。他这样开始跟基督徒谈话：

老世故说：好朋友，你这样辛苦地走着，要到哪儿去呀？

基督徒说：我想的确没有人走过比我更辛苦的路程！既然你问我上哪儿去，我告诉你，先生，我是到那边的小门去。因为有人告诉我，到了那儿之后，就有办法解脱我的重负。

老世故说：你有妻子和儿女吗？

基督徒说：有；但是重负这么压着我，使我对他们不像以往那样感到兴趣了。我觉得，我根本就像个没有妻子和儿女的人。

老世故说：要是我给你劝告，你肯听吗？

基督徒说：如果是好的劝告，我肯听的，因为我非常需要好的劝告。

老世故说：那么我劝你尽快解除你的重负，因为它若没有解除，你心里就永远不会平安，你也就不能享到上帝赐给你的福分。

基督徒说：这正是我的目的，我就是要解除这重负，但是我自己无法摆脱它。再说，我的家乡也没有一个人能把它从我的肩上拿下来，所以我才走这条路，我不是刚刚告诉过你了吗，这正是为了要解除我的重负呀。

老世故说：谁告诉过你，走这条路就可以把它解除呢？

基督徒说：是一个看上去非常高尚而可敬的人，他的名字，我记得，是宣道师。

老世故说：他真该死，给你这种劝告！世界上没有一条比他指点给你的更难走、更危险的路了。你如果听他的话，以后一定会发现我这话说得没错。我看得出，你在路上遇到了什么啦。因为我看见你身上有灰心沼的泥污，不过那只是走这条路上的人不可避免的苦难的开端。我年纪比你大，你听着；在你走的这条路上，你还会碰到疲乏、痛苦、饥饿、艰险、无衣无食、刀剑、黑暗、狮子、毒龙，总而言之，死亡，以及其他的一切。这些事情完全是真实的，因为许多人都会证实过。为什么去听一个陌生人的胡扯而随便把自己毁了？

基督徒说：哎呀，先生，我背上的重负比你所说的那些东西更可怕，不但如此，我还觉得在路上无论碰到什么我都不在乎，只要能解除我的重负就是。

老世故说：最初你怎样发觉这重负的？

基督徒说：看了我手里的这本书以后才发觉的。

老世故说：我早就猜着了，因为有好多软弱的人都是如此，他们也爱探讨这种太高深的问题，结果都弄得神经错乱，这种迷乱不但叫人失魂落魄，就像我在你身上所看到的情形一样，并且还会使人不顾一切地冒险追求他们自己也莫名其妙的东西。

基督徒说：我知道我会得到什么，我的重负会得到解除。

老世故说：可是既然知道这样做有许多危险，为什么还要用这种方式去获得解除呢？尤其是，只要你耐心听我讲，我就能够指点你达到目的，同时还不至遇到走这条路的许多危险，而且办法就近在咫尺。我还要加一句，不但没有危险，你还会得到安全、友谊和满足。

基督徒说：先生，请告诉我这个秘密。

老世故说：唔，就在那边有个乡村——叫做道学村，那儿住着一个叫做合法的绅士，他是个非常公正而负有声誉的人，他能帮助人从肩上卸除像你这种负担。而且，据我所知，他已经做了不少这种好事，同时还能医治人们由于重负所引起的神经病。就像我对你说的，你可以去找他，马上会得到他的帮助。他的家离这儿不到一里路，要是他不在家，他有个年轻漂亮的儿子叫做学礼，说起来，他的本领也不下于那老头儿，我说，你的重负在那儿可以获得解除；如果你不想回到原来的住处（我的确也不希望你回去），你可以把妻子和儿女搬到这个村子里来住，这儿有好多空房子，你花不了多少钱就可以租到一幢，这儿吃的东西又便宜又好，无疑的，你的生活会更幸福，因为你会跟一些名誉既好，气派又大的体面人做邻居。

基督徒这时候真是进退两难，不过，他不一会就作出了结论，他想，要是这位绅士说的是真话，我就该听他的劝告。于是他抱着这样的想法和他继续谈下去。

基督徒说：先生，从哪条路可以到达那个体面人的家？

老世故说：你看见那边有座小山吗？

基督徒说：看得很清楚。

老世故说：你走过小山，看见第一幢房子就是他的家。

基督徒就这样离开了他原来所走的路，转向合法先生的家去求助了；但是，哎呀，他一走到那座小山的紧跟前，小山看上去却显得那么高，而且靠近路旁的一边是那么陡峭，以致他不敢再往前冒险，生怕小山会崩坍下来，压在他的头上；因此他忽地站住，不知所措了。同时他的负担好像也比先前在路上时更重了。小山还发出一闪一闪的火光，基督徒害怕身上会着火，直吓得冒出一身冷汗来，而且不住地发抖。现在他开始懊悔听了老世故先生的话。他正懊恼万分时，看见宣道师向他走来。一看到他，基督徒不禁羞惭得面红耳赤。宣道师越走越近，后来走到他跟前，用严厉而可畏的神情盯着他，开始对他说话。

宣道师问：你在这儿干吗，基督徒？

基督徒不知道该怎么回答才好，只是哑口无言地站在他面前。

随后宣道师又问，你是不是我所遇见的在毁灭城墙外哭喊着的那个人？

基督徒说：我正是，亲爱的先生。

宣道师说：我不是指点过你往那小门去的路吗？

基督徒说：是的，亲爱的先生。

宣道师说：那你怎么这样快就掉了方向？因为你现在已经不在那条路上了。

基督徒说：我一越过灰心沼就遇见一位绅士，他劝告我说，在前面的那个乡村里可以找到一个能够解除我负担的人。

宣道师说：他是什么人？

基督徒说：他很像一位绅士，对我讲了许多话，最后我被说服了；因此我就到这儿来了。可是当我看到这座突兀的小山矗立在这路上，我蓦地停住脚，生怕它会崩坍，压到我的头上来。

宣道师说：那位绅士对你说了些什么？

基督徒说：唔，他问我往哪儿去？我就告诉了他。

宣道师说：那么他怎么说？

基督徒说：他问我有没有家眷。我也告诉了他。不过我说我给背上的负担压得好苦，不再像从前那样能够享受到骨肉的乐趣了。

宣道师说：以后他怎么说？

基督徒说：他叫我赶快摆脱我的负担。我告诉他说，我巴不得图个一身轻快。所以我说，我要到那个小门那儿去，到了那里就可以获得进一步的指示，知道如何才能到达得救的地方。他就说他能指点我一条更好的路，又近、又不会有像你，先生，叫我走的那条路上的那些艰险。他说这条路会引我到一个绅士的家，那个绅士有本领解除我的重担。我信了他的话，便从你指点的那条路上转到这条路上来，满心希望能早日摆脱我的重负。可是我到了这地方，看到这里的情形，我为了怕有危险（就像我刚刚说过的那样），就停住了。但是我不知道该怎么办。

于是宣道师说，再停留一会儿，我要把《圣经》讲给你听，因此他就站着发抖。然后宣道师说，"你们总要谨慎，不可弃绝那向你们说话的。因为那些弃绝在地上警戒他们的，尚且不能逃罪，何况我们违背那从天上警诫我们的呢。"他还说，"只是义人必因信得生，他若退后，我心里就不喜欢他。"他还引用了这两句话这么说：你就是投入这种大不幸的人。你已经开始弃绝至高者的劝告，从平安的路上缩回你的脚，甚至几乎冒着沉沦的危险。

这时候基督徒跟死人一样扑倒在那个人脚前喊道，"我真该死，我完蛋了！"

宣道师看见这种情形，一把拉住他的右手说："人所有的罪过和亵渎都会得到赦免。不要没有信心，只要相信。"

基督徒这才稍稍振作起精神，颤抖着站起来，就像原先那样，站在宣道师的面前。

于是宣道师继续说，注意听着我将要讲给你听的事情。我现在告诉你，欺骗你的是谁，他叫你去找的那个人是谁。你碰到的是老世故，这个名字和他这个人配得正合适；因为一则他只喜欢世俗的学说，所以他总是到道学村去做礼拜；二则他最喜欢那种学说，因为那是他可以逃避十字架的最好办法。由于他具有这种世俗的气质，他才要曲解我的正确的路线。这个人的话里有三点你得绝对深恶痛绝。

1. 他使你离开正路。

2. 他千方百计使你觉得十字架讨厌。

3. 他引你走上那通向死亡领域的道路。

第一，你必须痛恨他叫你离开正路。不只这样，你还得痛悔你自己同意了他；因为这样做就是为了听从一个老世故的劝告。而拒绝上帝的宝训。上帝说，"要努力进窄门，"就是我指点你去的那扇门；"因为引到永生那门是窄的，找着的人也少。"这个邪恶的人使你离开这小门，离开通往这门的路，几乎把你引到灭亡。因此要痛恨他叫你离开正路，也痛恨你自己，因为你听了他的话。

第二，你得痛恨他想出种种方法使你讨厌十字架；因为你应当"看它比埃及的财物还宝贵"。并且荣耀的王已经告诉你，"得着生命的，将要丧失生命。"还有，"人到我这里来，若不爱我胜过爱自己的父母、妻子、儿女、弟兄、姊妹和自己的性命，就不能作我的门徒。"因此我说，要是有人拼命劝诱你，说十字架会带来死亡，你得痛恨这个说法，因为根据真理，不经过死亡，你就不会得到永生。

第三，你得痛恨他引你到那条通向死亡领域的道路。关于这一点，你得考虑他叫你去找的是谁，同时也得想到那个人是多么无能，他哪有力量解除你的负担。

（刘彪编，摘自西海译：《天路历程》，上海译文出版社，1983）

第六章　卢梭及《新爱洛伊丝》

第一节　卢梭简介

　　卢梭，法国伟大的启蒙思想家、哲学家、教育家、文学家，18 世纪法国大革命的思想先驱，启蒙运动最卓越的代表人物之一。他的父亲是一个嗜好文学的钟表匠，对幼时的卢梭影响很大。少年的卢梭有幸结识了华伦夫人。在华伦夫人的庇护下，卢梭系统地学习了哲学、文学、音乐、自然科学等各种学问，交往的圈子逐渐扩大，才华也逐渐崭露。1741 年，卢梭来到巴黎谋生，后结识了狄德罗等启蒙学者，开始为《百科全书》撰稿。1749 年，卢梭见到第戎学院设奖征文的消息，突发灵感，遂写成论文《论科学与艺术》。论文中奖，卢梭从此以写作为生。1754 年，卢梭再为第戎学院征文撰写《论人类不平等的起源和基础》。这两篇著作为他带来了广泛的声誉。1756 年到1762 年，卢梭避居巴黎近郊乡间别墅，创作了《新爱洛伊丝》、《社会契约论》、《爱弥儿》等一系列代表作品。随着声誉日隆，他与社会的对立也日趋尖锐，尤其是《爱弥儿》出版后，法国掀起一股反卢梭的浪潮。他不得不离开法国，在欧洲大陆和英国各地避难。在流亡中，卢梭开始《忏悔录》的创作。这些著作对法国社会乃至人类社会产生了深远影响。《社会契约论》中主权在民的思想，是现代民主制度的基石，深刻地影响了逐步废除欧洲君主绝对权力的运动和 18 世纪末北美殖民地摆脱英帝国统治、建立民主制度的斗争。美国的《独立宣言》和法国的《人权宣言》及两国的宪法均体现了《社会契约论》的民主思想。《爱弥儿》是世界上第一本小说体教育名著，一出版便轰动了整个法国和西欧一些资产阶级国家，影响巨大。在此书中，卢梭通过对他所假设的教育对象爱弥儿的教育，来反对封建教育制度，阐述他的资产阶级教育思想。《新爱洛伊丝》不仅是一部爱情小说，还是一部哲理小说，其中包含了卢梭的重要思想，无论是教育观点、文艺观点、农村经济、社会平等的思想、宗教观点，还是园艺、决斗、自杀，小说都有所触及，甚至进行长篇议论。《忏悔录》是晚年卢梭写的一部自传，它回忆了作家从出生到 1765 年流亡圣皮埃岛的历程。书中记录了他所经历过的各种事件——他与华伦夫人的罗曼史，他信仰的转变，他的文学成就，他与伏尔泰、狄德罗等启蒙思想家的争论，他所受的种种迫害等。1768 年 8 月 29 日，卢梭与同居了 25年的女仆瓦瑟在布戈市结婚，此前他们生有 5 个孩子，并全部寄养在孤儿院。1778 年7 月 2 日，已患"逼害性心理分裂症"的卢梭在巴黎东北面的阿蒙农维拉去世。死时穷困潦倒，死前被马车撞翻，又被狗扑伤践踏。法国资产阶级革命后，他的遗体于 1794年以隆重的仪式移葬于巴黎先贤祠。

第二节　《新爱洛伊丝》简介

　　《新爱洛伊丝》是卢梭文学创作的代表作。这部卢梭最著名的小说对建立在美德基础上的爱情、友情、亲情的内涵及价值作了全新演绎，是启蒙主义理想出色的文学宣示。卢梭把爱情看做人类最美妙，也是最重要的情感。他以热情的笔调，描写恋人之间那种亲密的感受。故事发生在小城克拉郎，平民圣普乐当了贵族小姐朱丽和她的表妹克莱尔的家庭教师。不久，朱丽和圣普乐相爱了，但遭到她父亲的反对，因为他已经将她许给了俄国贵族沃尔玛。圣普乐被迫与朱丽分离。朱丽婚后成为贤妻良母，她把自己与圣普乐的关系坦诚地告诉了丈夫，得到丈夫的理解。朱丽因跳入湖中救落水的儿子，染病不起，临死时希望圣普乐照顾她的一家，并与克莱尔结婚。圣普乐答应照顾她的家人，却拒绝和克莱尔结婚。在《新爱洛伊丝》中，亲情的性质和意义通常会被人们忽视或曲解，一个主要原因是朱丽的父亲德丹治在朱丽和圣普乐的爱情中所扮演的封建专制家长角色，如硬逼女儿嫁给沃尔玛，对妻子粗暴专横，致使其忧伤成疾，抑郁而死等。但这只说明卢梭反对封建家庭关系中的专制暴虐，并不代表他蔑视或反对亲情本身。正是基于这种原因，德丹治这个人物具有了复杂性：他对妻女表现出了暴虐的一面，但也表现出了关切之情。他要求朱丽嫁给沃尔玛，是出自对沃尔玛高尚人格的赏识。朱丽性格温柔，但她惧怕父亲的暴虐。她曾勇敢反抗，对封建家长发出了愤慨的控诉："我的父亲把我出卖了，他把自己的女儿当作商品和奴隶，野蛮的父亲，丧失人性的父亲啊！"然而她受旧道德影响较深，没有勇气对抗父亲"抱着女儿的两膝"的苦苦恳求，便决定牺牲自己以尽人子的"天职"。她的"温柔"使她成为可以协调个人、家庭朋友和社会的中心人物。圣普乐是平民知识分子的优秀代表，其性格热烈、英勇、坚强。他知识渊博，具有多方面的才能，曾被人推荐去做军官，但他热爱独立自由，只愿作学术研究，在漫游欧洲期间通过他的见闻，批判了贵族上流社会的种种习俗风尚并对华莱山区人民纯朴的思想感情、道德风俗进行赞美，形成鲜明的对照。在这一点上，他承担了社会批判者的角色。沃尔玛也是新人中的一员。他是俄国贵族，但他背叛了其阶级及传统信仰，酷爱根据理性重新观察生活。他性格理智、沉着、善解人意、心怀坦荡。《新爱洛伊丝》紧紧围绕朱丽、圣普乐、沃尔玛三个人物的友谊和婚恋这一中心主题来展开情节，将全部内容有机地糅进主人公们的故事中去，故能多侧面多层次地刻画人物，又让读者始终把注意力集中到主人公的感情、心理和命运上，悬念迭出，产生了巨大的艺术魅力。

第三节 《新爱洛伊丝》选段

第一部分

书信一 致朱丽

我必须避开您，小姐，我已深切地感到了这一点：我本不该过于期待的，或者说我本不该见到您的。可事到如今，怎么办呢？我何去何从？您答应过我，会给我以友情；您看看我现在这副样子吧，指点指点我吧。

您是知道的，我只是应令堂大人之邀进到贵府的。您应该知道我曾学过一些有用的知识，令堂大人认为在这个缺少老师的地方，我的这些知识对她所宠爱的女儿的教育是不会没有用处的。而我则因能够为一个本质如此美好的人锦上添花而颇感自豪，所以便斗胆地承担起这一危险的任务，没有去考虑其中的风险，或者说至少没有知难而退。我绝不是想对您说，我开始为自己的莽撞冒失付出代价了，我只是希望我将永远记住，不说对您不合适的话语，对你们的风俗、对您高贵的出身和您的风雅情趣永远保持我应有的尊敬。如果说我感到痛苦的话，那我至少可以用独自承受痛苦而聊以自慰，我并不需要一种使您失去幸福的幸福。

可是，我每天都见到您，而且隐约感到您不知不觉地在无辜地加重您无法抱怨的痛苦，您是本不该遭受这种痛苦的。的确，我知道，在这种情况下，出于无望，出于审慎，应做何种决定。如果能够在此情况之下既做到审慎又做到正直的话，我本会努力地做出抉择的，但是我又如何能得体地走出这个家门呢？这家的女主人亲自把我请了来，对我仁慈善待，认为我对她的掌上明珠会有所神益。这位慈祥和蔼的母亲正想有朝一日用您的学习成绩令她蒙在鼓里的夫君大吃一惊，她的这份欣慰快乐我又怎能去剥夺呢？难道让我不对她老人家说一声就不礼貌地离开吗？我这个门第与财富均无法使之对您抱有奢望的人，这么一来岂不是对她老人家的冒犯吗？

小姐，我看只有一个办法可以使我摆脱我所处的困境，那就是解铃还需系铃的人。我的痛苦以及我的过错均由您而起，您至少出于怜悯，也应禁止我在您的面前出现。请把我的这封信呈交您的父母亲大人，让他们别再允许我进您家的大门。只要您高兴，您可随意地把我撵走。您怎么待我，我都能忍受，可我就是无法主动地离开您。

您，要撵我走！我，要躲开您！可这都是为什么呀？为什么器重有才的人竟然成了罪过？爱慕应该受到尊敬的人有何不可？不，美丽的朱丽，您的娇容让我眼花缭乱，但是，如果没有更加强烈的魅力在激发您的美貌，那您的美貌是永远迷不住我的心的。那是一种强烈的情感与始终如一的温情的动人心魄的结合，是对他人一切痛苦的极其温馨的怜悯，是从心灵的纯洁中提取的那种正直的精神和怡人的情趣，总之，我在您身上所崇敬的是内在情感的魅力，而不是您外在的魅力。我赞同大家把您想象得更加美丽，但是，他们不可能比我把您想象得更加美丽，更加值得一个诚实的男人去仰慕。

我有时大胆地庆幸，上苍曾给了我俩的爱慕以及我们的兴趣及年龄的一种秘密的契合。我们还很年轻，没有什么可以毁坏我们对大自然的热爱，而且我们所有的爱好似乎又都是相近相仿的。在沾染世俗偏见之前，我们的感情和观念都是一致的。那我为什么就不敢想象在我们的判断中所发现的那种同样的一致呢？有时候，我们四目相遇，我们同时发出几声叹息，眼泪在偷偷地流……啊，朱丽！如果这种交融来自很远……如果上苍已经给我们注定了……人的全部力量……啊！请原谅我！我给搞糊涂了，我竟然把我的愿望当成了希望；我的欲望太强烈，把不可能当做了可能。

我惊恐地看到我的心在为自己酿制着多大的痛苦。我根本不想掩饰自己的痛苦，如果可能的话，我真想痛恨它。请您用我刚刚向您恳求的恩情来判断一下我的感情是否纯洁吧。如果可能的话，请您让那使我饮鸩止渴的毒汁枯竭吧。我若不能治愈毋宁死，我哀求您的冷酷和严厉，如同一个情人乞求您的善良。

是的，我自己将答应并发誓竭尽全力恢复理智，或者把我感到已产生的困扰深埋在心里，但是，我要恳求您，把您那双置我于死地的美丽眼睛从我身上移开去，把您的美貌、您的神态、您的纤纤玉手、您的金色秀发、您的举手投足，从我身边移开去。求求您蒙蔽住我那贪婪冒失的目光，压低您那让人心醉的声音，唉！您就变成另一个人吧，以便我能把心收回来。

我是不是应该直率地说出来呢？在休闲晚会上的那些游戏中，您在众人面前令人匪夷所思地无拘无束，您同我与同别人一样毫不矜持。就在昨天，您像是对自己惩罚似的差一点就让我亲吻了一下：您是在半推半就。幸好，我并未拼命坚持。我当时心乱如麻，感到我马上就要晕头转向了，但我克制住了自己。啊！我当时要是尽情地享受那个亲吻的话，那它将是我生命的最后一息，我将会成为世界上最幸福的人而死去。求求您，别玩这些可能导致悲惨结局的游戏了。不，这些游戏个个都有危险，哪怕是最天真最无邪的游戏也同样是危险的。在游戏中，每每一触到您的玉手我便会发颤，而我却弄不明白怎么总是会触到它。您的玉手刚一放在我的手上，我立刻便会一阵战栗。游戏令我浑身发烫，甚至发狂：我立刻便什么也看不见了，什么也感觉不到了，而在这精神错乱的时候，我会说出什么？干出什么？往哪儿躲往哪儿藏？怎么保证自己不造次呢？

在我们看书的时候，那又是一种局促尴尬。如果您母亲或您表姐有一会儿工夫不在的话，我立刻便看见您态度大变，一脸的严肃、冷淡、拒人以千里之外的样子，以致由于对您的尊敬并害怕让您不快，我的才情与判断力全都不翼而飞了，我哆哆嗦嗦地、艰难地、结结巴巴地读出一篇课文的几句话，你就是集中全部精力也难以听明白我念的是什么。您装出的那副严肃认真的样子也因此而损害了我们俩；您让我悲伤，而您也学不到什么，我真弄不明白是什么原因使得这么一位通情达理的人儿脾气陡变的。我想冒昧地问一句，您是怎么做到在众人面前轻松随便，而与我单独相处时又是那么严肃冷漠的？我原以为应该恰恰相反，人越多就应越严肃才是。可我总是茫然不知所措地看见您正好相反，与我独处时，说话总是拘泥于礼节，而在众人面前却语气亲切随便。请您一视同仁吧，这样我也许会少痛苦一些的。

如果您那高尚心灵及与生俱来的慈悲为怀能够使您对您需对他表示某种尊敬的不幸的人有所怜惜的话，那么您的一举一动中的一些细微变化则会使他的日子好过一些，使他能更平静地去忍受自己的落寞和痛楚。如果他的克制以及他的状况无法使您垂怜，您非要置他于死地的话，那您就这么做好了：他是毫无怨言的，他宁愿被你赐死而不愿使他在您眼中成为一个有罪之人的一种不相识的激情致死。总之，无论您如何处置我的命运，我至少无须为自己的异想天开而自责；如果您读了这封信之后，您做了斗胆要求您做的一切的话，我毕竟还是乐见其成的。

书信二　致朱丽

在我的第一封信中，小姐，我真是犯了大错了！我非但未能减轻自己的痛苦，反而因在您面前的失宠而更加痛苦，而我所有的痛苦中最大的痛苦就是让您生气了。您的沉默、您的冷漠和矜持的表情只能是在向我预示我的巨大不幸。如果说您部分地满足了我的哀求，那也只是为了更好地惩罚我。

> 爱情使得您谨小慎微，
> 您罩住了您的金色秀发，
> 收敛起您温柔的目光。①

您在众人面前收藏起我不该无端抱怨的无辜的亲切随和的态度，但您在与我单独相处时却更加地严肃了，您在和蔼可亲和断然拒绝中都显示出这种绝妙的严肃。

您怎么就不了解这种冷漠对我是多么的残酷啊！您会感到对我的惩罚太过分了。我真是后悔莫及，我真希望您根本就没有看过那封该死的信！不，由于害怕再冒犯您，如果不

---

① 原文为意大利文，系意大利著名诗人佩特拉克的诗句。

是写了上一封信的话，我是决不会再写这封信的，我不想重犯上一个错误，而只是想改正它。为了让您消消气，我是否该说是我自己弄错了？是否该发誓说这不是我对您所怀有的那份爱？……我怎么会去发这种丑恶的假誓言！这种丑恶的谎言配得上那你所占据的那颗心吗？啊！如果必须如此的话，那就让我不幸吧。尽管我曾冒失莽撞，但我既不是说谎者也不是个懦夫，而我的心所犯下的罪孽，我的笔是不会去否认它的。

我事前就感到了您愤怒的分量有多重，但我像是在等待您唯一的恩赐似的等待着最后的结果，因为焚烧着我的那股烈火理应受到惩罚，而不应受到轻蔑。求求您，别把我弃之不顾；至少请您肯于安排我的命运；请您告诉我您的意愿。无论您会对我下达什么样的命令，我都会遵照执行的。您是要让我永远沉默吗？我会强迫自己去这么做的。您是要我永远不在您面前出现吗？我发誓您将会不再见到我。您命令我去死吗？啊！这也不会是最困难的事。除了不许我再爱您之外，什么命令我都会坚决执行的：即使这一条，如果我办得到的话，我也是会执行的。

每天每日，我无数次地想着扑跪在您的面前，用泪水洒向您的双脚，以求得您赐我一死或者饶恕我。一种巨大的恐惧在使我丧失勇气，我双腿颤抖，不敢弯曲。话到嘴边却说不出来，我的心儿怦怦直跳，忐忑不安，生怕冒犯了您。

世上还有比我这种状态更加可怕的吗？我内心深感我罪不容恕，但我却又不知如何减轻自己的罪过。罪过与悔恨同时折磨着我的那颗心。我因为不知道我的命运究竟如何，所以我在希望得到宽恕和害怕受到惩罚之间的难以忍受的疑虑中游移着。啊，不，我无所求，而且我也无权去希望什么。我期待于您的唯一恩赐，就是让我长痛不如短痛。您就进行这种正当的报复吧。非要看到我低三下四地自己去请求这种报复不是太让人难受了吗？您惩罚我吧，您应该这样做，但是，假若您并非冷酷无情的话，那就请您抛弃这种令我绝望的冷漠和不满的神情吧：当人们把一个罪犯押赴刑场时，是不会再对他表示愤怒的。

……

书信十八　自朱丽

您如此长久地一直掌握着我心中的全部秘密，所以我不会丢弃这种如此温馨的习惯，不会不把心思告诉您的。在我一生最大的事情上，我的心都想要向您倾诉。把您的心向它敞开吧，我亲爱的朋友，来倾听它向您详细倾诉友情吧：如果说友情的倾诉有时候冗长啰唆，使听者分心，但它总能让倾听的朋友耐心听下去的。我已经被一条无法斩断的锁链拴在了丈夫的命运上，或者说拴在了父亲的意志上了，所以我已走进一个新的境地，至死方能结束。在开始叙述这种新的生活之前，让我们先回顾一下我正告别的生活吧：对我们来说，回顾一段如此宝贵的时光将不会是痛苦烦难的。也许我将能从中汲取一些教训，以便很好地安排我的余年；也许您也可以从中得到一些启发，以弄清我的行为为什么在您看来总是那么地莫名其妙。至少，在我们审视彼此往日在对方心目中是怎样的一个人时，我们的心将因此而更好地意识到在我们的生命终结之前，应该如何相待。

我第一次看见您是在大约六年前；您那时既年轻又英俊又可爱；也有一些其他的年轻人，我觉得他们比您更英俊更神气，但他们中没有一个让我心动的，我自第一次见到您时，我的心就属于您了①。我觉得我从您的脸上看到了我心灵所需要的美。我感到我的感官能

---

①　对于这种一见钟情，以无法确定的所谓情投意合为基础的两情相悦，理查德先生非常鄙夷不屑。对这种所谓的爱情加以嘲讽是做得非常对的，但是这种方式的爱却比比皆是。因此，与其乐此不疲地去否定它，倒不如教导我们学会克制，这岂不更好？——原作者注

使我感受到一些更加高尚的情感；我在您身上所喜爱的并非我所看到的东西，而是我认为自己内心所感受的东西。大约两个月前，我还认为自己并没有弄错；我心里在想，盲目的爱还是有道理的；我们是天生地造的一对；如果人为地干涉不扰乱自然的安排，我就是他的人了；如果允许某人幸福的话，那我俩将会共同幸福的。

我的感觉是我俩共通的；如果我只是自己有如此感受，那这一定会是自己感觉上的错误。我心目中的爱情只能是因彼此灵犀相通、心心相印而产生的。一个人如果不被对方爱，那他就不会去爱对方，至少也不会爱得太久。据说，造成那么多不幸的那种一味追求的激情只是建立在感官享受上的，即使其中有一些能深入心灵，那也只是通过一些虚假的关系，你很快也就知道是误入歧途了。性爱不可能摆脱占有，并随着占有，爱情也就灰飞烟灭了。真正的爱情不可能离开真心，并能像产生爱的关系一样持续久远①。我们开始时的爱情就是如此；我希望在我们很好的安排之下，它将依然如此，直到我们生命的终结。我看到，我感觉到，自己为人所爱，我应该有人爱：我嘴上没说，目光游移，但我的心是有人理解的。我很快便感受到我俩之间有着某种说不清的东西，它使我们的沉默更加说明问题，使我们低垂的眼睛表达心意，使我们的羞怯表达的却是孟浪，通过胆怯表达愿望，把心中不敢说出来的事全部流露出来。

在听您讲头一句话时，我就感觉到我这颗心、我这个人被掳走了。我看出来您矜持中的那份尴尬；我赞成您的这种对别人的尊重，因此我更加爱您了：我勉为其难地保持着必要的沉默，在不损害我的清白纯真的情况之下，尽力给您以补偿；我强迫自己改变性格，仿效我表姐那样，变得同她一样爱说爱笑，爱疯爱闹，免得去一本正经地加以解释，并让种种柔情爱意隐藏在这种强颜欢笑之中。我原想让您的样子变得温柔一些，但又害怕改变反而会让您更加矜持。我做的所有这一切全都未见成效：一个人不受惩罚是绝对禀性难移的。我真是疯了！我本想防止堕落却加速了堕落，我竟然饮鸩止渴；而本该让您闭口不言的，却反而让您开口说话了。我徒劳地假装冷漠，不使您与我单独在一起；甚至这种假装出来的样子也透露了我的心思，于是，您就给我写起信来。我非但没有把您的第一封信付之一炬，或者交给我母亲，反而把它拆开来，这么一来，我便铸成了大错，以后的事也就身不由己了。我本来是想迫使自己不回您的那些我禁不住拆开来看的该死的信的。内心的激烈斗争使我的健康受到损害。我看到了自己正向深渊走去；我真恨自己可又下不了狠心让您离去。我陷入一种沮丧绝望之中，我真愿意您当初根本就没跟我好过，我竟至盼着您死了算了，真想叫您去死了的好。我的心上苍可鉴；我的这番努力，目的在于补赎自己的过错。

我看到您准备按我的话去做，我便不得不说了。我从莎约特那儿得到了教训，我更加清楚地认识到我的这种坦诚有多么的危险。促使我如此坦诚的爱情告诉我要谨防这事的后果。您是我的最后一个避难所，我深信您有力量防止我的软弱；我相信您能够把我从我自身的错误之中解救出来，而我也还您以公道。见您对我赠送之物如此珍视，我知道我的情欲并未迷住我的眼睛，我仍然看到了您身上所具备的种种美德。我放心大胆地投怀送抱了，因为我觉得我们彼此灵犀相通，心心相印。我相信自己内心深处的情感之真实，所以便无所顾忌地尽情享受我俩之间的亲密友谊。唉！我竟然没有发现由于疏忽大意，罪恶已进入心中，没有发现习惯比爱情更加危险。我为您的矜持所动，认为我用不着再谨小慎微地行

---

① 即使这些关系是虚幻的，但它却能像使我们形成这种关系的幻想一样地持续存在。——原作者注

事了。我抱着这种天真幼稚的愿望，甚至想以友谊的最温情的抚慰来激励您身上的美德。在克拉朗的小树林里，我明白了自己是太过于相信自己了。我明白了，当一个人拒绝让感官享受点什么时，就不应当给予感官任何的刺激。一瞬间，也就是那么一瞬间，我的感官就被一种任何东西都无法扑灭的烈火点燃。如果说我的理智尚在抵抗的话，那自此刻起，我的心灵已经被腐蚀了。

你同我一样陷入了迷途：您的信让我看了浑身战抖。危险是双重的：为了您和我双方的安全，您必须远离我。这是一种濒临死亡的道德的最后努力。您离开这里，您就解脱了，让我一旦不再见到您，我的忧伤慵倦便剥夺了我所剩下的那一点点与您纠缠的力气。

我父亲在离开军中时，带着沃尔玛先生一起回到家里来。沃尔玛先生是家父的救命恩人，又是二十年的旧交，因此他很看重这位朋友，竟致离不开他。沃尔玛先生年龄较大，尽管出身高贵而且富有，但却一直未能找到中他意的女人。我父亲曾跟他谈起过我，言下之意是想让这位朋友做他的女婿，问题是要让他见到我，所以他俩便结伴而行，一起前来我们家了。说来也是命中注定，这位从未谈过恋爱的沃尔玛先生，一见到我便喜欢上了。于是，父亲便与他悄悄地谈定了我的终身大事。沃尔玛先生因为家庭和家业都在北方，在北方宫廷中有许多事务得处理，需要一些时间，所以带着他与家父的秘密协定走了。他走了之后，父亲便告诉母亲和我，说已把我许配给了沃尔玛先生，而且以一种不容辩驳的口吻让我接受这门亲事。我因胆怯而不知如何是好。母亲早已看出我的心思，而且她心里也是偏向于您的，所以多次试图改变父亲的决定。她并不敢提出让您当女婿，她只是转弯抹角地让父亲对您感兴趣并想了解您。但是，您因为缺少那个长处而使他对您所具有的其他所有优点不以为然。尽管他也承认出身的高贵并不能代替其他优点，但他却声称只有高贵的出身才能使其他优点发扬光大。

由于得不到心中所盼望的幸福，我心中的本该扑灭的爱情之火反而被烧旺了。在我身陷痛苦之中时，有一个美好的幻想在支撑着我，然而，有了这个美好的幻想之后，我反而无力忍受自己的痛苦了。那时候，只要我还剩有这么一点点属于您的希望，我也许就能战胜自我，那么，我或许终生与您纠缠也比永远地与您斩断情丝要少付出许多代价的。可是，一想到得永远不停地进行思想斗争，我的获胜信心也就随之消失了。

悲伤和爱情在啮啮着我的心；我已陷入心灰意冷的境地，这从我的信中就可以感觉得出来。您从麦耶里给我写的那些信，让我陷入绝望之中；除了我自己的而外，又加上为您的悲观绝望的担忧。唉！总是让最软弱的心灵来承受两个人的痛苦。您大胆地向我提出的那个办法简直让我惶惶不可终日。我一生的不幸已经铸成，我所剩下的唯一选择就是，把我父母双亲的不幸还是把您的不幸加到我的不幸之中。我无力承受这种可怕的两难抉择：人力总归有一个限度，而那么多的烦心事已经把我的精力消耗殆尽了。我期盼一死了之，但上苍似乎在怜悯我，而悲惨的死亡虽然让我躲过，但却让我整个人全完了。我看见了您，我的病就全好了，而我也就无可救药了。

如果说我犯了过错而毫无幸福可言的话，那我也从未希望在自己的错误中找到幸福。我感到自己的心灵是为美德而生就的，没有美德，它就不可能幸福；我是因为心性软弱而屈从的，而不是因为犯了错误才屈就的；我甚至都没有为自己的盲目而进行辩解。我什么希望都没有了；我只能是成为一个不幸的人。纯真与爱情对我而言都同样的必不可少；既然两者不可兼得，而且您又误入了歧途，那我只好在我的选择中征询您的意见，为了救您而自甘堕落。

但是，要想否定美德也并非容易的事。它会长期地折磨那些背弃它的人；美德风采使得心灵纯洁的人享有无尽的欢乐，而使那些尽管还在爱它但却不知如何享用它的恶人尝尽苦头。我是个罪人，但却并未道德沦丧，我逃脱不了等待着我的良心谴责；我珍视诚实，即使我在失去了它之后，亦然如此；我的羞耻尽管并未暴露，但并未使我少感到痛苦难耐；如果当初大家都知道了我的可耻事，我也不一定就比现在多痛苦一些的。我像一个害怕坏疽病的病人一样在痛苦中安慰自己，尽管知道病情严重，但仍旧怀着治愈的一线希望。

然而，这种屈辱的状况让我觉得丑陋不堪。由于又想不受指责又不想放弃干罪孽的事，结果往往是，像所有那些误入歧途又不愿迷途知返的诚实人一样，越陷越深。曾有一个新的幻想跑来舒缓我内疚的痛苦；我希望从我的过错中找到一种救赎的办法，大胆地设想逼使我父亲同意我俩结合在一起。我想生米煮成熟饭之后，我们的爱情也就能得以巩固。我请求上苍保证我的计划能够实现，以使我重新回到道德的范畴中来，以使我们共同的幸福得到保证；我这么盼望着，但换了另一个人，也许会害怕这么干的；温馨的爱情以它的幻象在减轻我良心的谴责，我企盼着它给我带来我所期待的效果，以安抚我那颗软弱的心，并把一种极其殷切的企盼变成生活的乐趣和希望。

一旦我身上有了表明自己身份的明显标记，我就决定当着全家人的面，公开地向佩雷先生①宣布。我很腼腆，这点不假；我想象得出这么做我得付出多么大的代价，但是荣誉感在为我鼓起勇气，而且，我宁愿遭受一次我应该受到的羞辱，也不愿在内心深处永远地心存羞耻。我知道我父亲会让我去死，或者让我的情人滚开；在我看来，这两种抉择毫不足惧，无论出现哪一种情况，我都将从中看到我一生的痛苦就此得以了结了。

我的好友，这就是那个秘密，是您一再焦虑不安地千方百计地打听的秘密，我本不想告诉您的。有千百种理由在迫使我保守这个秘密，不告诉您这个性情急躁的人，免得您又有借口可以鲁莽从事。在这么一种危险的情况之下，让您离去是尤为必要的，我很清楚，如果您得知详情，是绝不会让我处于危险境地而自己却扬长而去的。

（方华文编，摘自陈筱卿译：《新爱洛伊丝》，北京燕山出版社，2007）

---

① 当地的牧师。——原作者注

第七章　笛福及《鲁滨孙漂流记》

第一节　笛福简介

丹尼尔·笛福，1660 年生于伦敦。当时资本主义正处于原始积累时期，海外贸易迅猛发展，处处充满着商机，这为笛福的前期发展埋下伏笔；同时也为他晚期的创作提供了素材。笛福原姓福，1703 年后才改称笛福。笛福的父亲从事屠宰业，家境并不富裕。早年时期，笛福学习当牧师，但后来发现自己不适应宗教生活，因此转而选择经商。由于占据天时地利，再加上笛福善于交际，所以生意很成功。1684 年，笛福与一个酒商的女儿结了婚，这也为他的发展提供了很大的助力，生意越来越好，在伦敦商业圈也崭露头角，主要经营内衣、烟酒业、羊毛织品等等。但人生并非一帆风顺，就在 1692 年，他的生意失败了，而且一败涂地。由于生意的破产，让笛福负债累累。虽然他又做出过各种尝试，想东山再起，但都以失败告终。为了养活妻子和 6 个孩子，为了偿还债务，笛福不得不做各种事情来维持生计。因此，这次生意破产也彻底改变了笛福的一生。

此后，他做过政府的秘密情报员，也为报社撰写文章。1701 年，笛福发表了诗体政论文《真正的英国》，受到了公众的好评，一举成名。然而，在 1702 年，他发表的另一篇文章《消灭不同教派的捷径》，却因触及当局的利益而受到罚款和坐牢的惩罚。1704 年，他为辉格党魁哈利办《评论》杂志，主要为哈利的英格兰-苏格兰联合政策争取民心。此后的 11 年，笛福一直为此奔波忙碌。在此期间，他的经济状况并没有太大的改善，因此，笛福开始转向小说创作。1719 年，年近 60 岁的笛福发表了第一部小说——《鲁滨孙漂流记》。这部小说一问世，就获得了巨大成功，并带来相应的经济效益，帮他还清了一部分债务。此后，他继续创作，但仍无法摆脱债务的困扰。

由于债主的逼迫和生活的重重压力，孤独的笛福晚年体弱多病，生活十分困苦。1731 年，丹尼尔·笛福去世，终年 71 岁。

笛福的荒岛文学作品奠定了他在英国启蒙时期的文学地位，为现实主义小说的发展打下了坚实的基础，因此，他被誉为"英国和欧洲小说之父"。同时，在文学作品中表现出的主题思想，也为人们进一步了解当时的社会情况提供了参考。

笛福的小说代表作是《鲁滨孙漂流记》，也正是这部小说奠定了他在英国文学史上的崇高地位。笛福的其他主要小说作品有《辛格尔顿船长》、《摩尔·弗兰德斯》和《罗克珊娜》等。除了小说之外，笛福还写过大量的新闻报道，创作了许多小册子。同时，1722 年出版的纪实性作品《大疫年纪事》，也风靡一时，赢得公众的好评。

第二节 《鲁滨孙漂流记》简介

《鲁滨孙漂流记》是笛福的代表作，也是其文学创作的里程碑。这部小说打破了英国小说的传统创作思路，开创了现实主义小说的先河，为英国文学的发展带来了新的生机。这部小说的语言简单朴实，故事情节引人入胜，尤其是鲁滨孙荒岛生活的画面描写更是让人身临其境，因此它不仅当时风靡英国，时至今日依然受到读者的喜爱。

《鲁滨孙漂流记》以真实的故事为背景，以苏格兰水手亚历山大·塞尔柯克为原型，塑造了鲁滨孙这一人物形象。鲁滨孙出身于中产阶级，家境富足；但他不甘于像父辈一样，守着已有的产业，平平淡淡地度过一生。他一心向往充满冒险和挑战的海外生活，希望通过自己的双手创造更多的财富。因此，他不顾父母的反对，私自出海探险，寻找创业的机会。但远航远非他想象的那样简单，每次都充满了艰难险阻，有几次还险些丧命。但是，他并没有气馁，依然寻找恰当的时机。后经人提议，再次出航。不幸的是，船在途中遇到风暴触礁，船上其他人都全部遇难，只有鲁滨孙自己幸存下来，被海水冲到一个荒无人烟的孤岛上。在岛上，他孤身一人，却要面对许多常人无法想象的苦难和危险，但他以惊人的勇气和毅力顽强的生活了下来。在适应孤岛上的条件之后，他又开始运用自己的智慧和双手，慢慢改变他的生活处境。他开拓荒地，种植粮食，饲养牲畜，制造器皿，最终为自己创造了一个更加舒适安全的家园。后来，他还搭救了一个野人，并给他取名为"星期五"，在他教育下，"星期五"成了他忠实的奴仆。他就这样生活着，日复一日，年复一年，直到28年后，一艘英国船碰巧来到该岛附近，鲁滨孙才得以结束长达28年的荒岛生活，重新返回英国。

对鲁滨孙在荒岛上生活经历的描写是小说最大的亮点。从鲁滨孙到达荒岛后的彷徨和绝望，到凭借自己的智慧和勇气投身到征服大自然的斗争之中，最后鲁滨孙用双手创造了自己的家园。笛福朴实逼真的语言将这一切形象生动的再现出来，使人如身临其境，反映出作者非凡的想象力和艺术表现力。同时，鲁滨孙征服自然的勇气和坚忍不拔的精神也深深地震撼每一位读者的灵魂。小说也借此反映出，在资本主义原始积累时期，新兴资产阶级要求个性自由，充分发挥个人才智，勇于冒险，提倡追求财富的进取精神。

《鲁滨孙漂流记》一改欧洲长篇小说的浪漫传奇主题，开始尝试用简单朴实的语言来描写普通人的生活，开创了现实主义小说的先河。此外，小说采用第一人称的叙述方式，不但显示了独特的现实主义手法，也让小说内容读起来更真实可信，更富有感染力。正是这一切，让《鲁滨孙漂流记》成为文学史上不朽的名著。

第三节 《鲁滨孙漂流记》选段

几乎一年以后，我才离开家，不过在这段时间里，我继续固执地把一切劝我安心做买卖的劝告当作耳边风，反而常常劝我父亲和母亲别那么斩钉截铁地下定决心，反对那件他们知道的我入迷到非干不可的事情。终于有一天，我偶然来到赫尔，当时丝毫没有作一次出逃的意图。但是，嗨，我在那儿，有一个伙伴正要乘他父亲的船由海路去伦敦，而且怂恿我同他们一起去，他们用的是招用海员的人通常用的引诱人的话，来打动我的心；这话就是：我这趟航行用不着花一个子儿。我既没有同我父亲、也没有同我母亲再商量，甚至也没有捎一个信给他们，但愿他们可能从别人那儿听到吧。既没有上帝的、也没有我父亲的祝福，没有对情况和后果有任何考虑，在一个不吉利的日子，请上帝作证，在一六五一年九月一日，我登上一艘开往伦敦的船。我想，没有一个年轻的冒险家的悲惨遭遇来得比我的更快，持续的时间比我的更久。那艘船刚开出亨伯湾，就刮起了风，浪头高得吓坏人。我以前从来没有置身于海上，我的身子说不出的难受，简直难受得要命。我吓坏了。我眼下开始认真地思考我的行为：我恶劣地离开了我父亲的家，抛弃了我的责任，终于多么公正地受到了老天的惩罚。我双亲一切好心的劝告，我父亲的眼泪和我母亲的求告，如今栩栩如生地浮现在我的脑子里；我的良心当时尚未变硬，后来却坚硬如铁。我责备自己对忠告嗤之以鼻，责备自己不履行对上帝和父亲的责任。

在这期间，风暴一直愈来愈大。我以前从来没有到过的海面上，波浪涌得很高，尽管压根儿没法同我后来看到过的许多次海浪相比，比我几天以后看到的海浪也差远了。但是，我当时是个初次出海的人，一点儿没有航海经验，这种白浪滔天的景象已经足够吓得我魂飞魄散了。我估量每一个浪头都会把我们吞没。每一次船直落下去，陷进波谷或者海水低处，我都以为，我们再也不会浮上来了。我在这种极度痛苦的心情中起誓和痛下决心，要是上帝慈悲，在这一次航行中不让我丧生，要是我终于能再把我的一只脚踩在陆地上的话，那我会径直回家去看我父亲，在我的有生之年再也不登上一艘船了；我一定接受他的劝告，再也不陷入困境，吃这种苦了。如今，我才清楚地看到他对中间阶层的生活的说法高明；他一辈子过得多么自在、多么舒适，从来没有经受过海上的风暴，或者陆上的烦恼。我随即打定主意，我会像一个真正忏悔的浪子那样回家去见我父亲。

在风暴发生的时候，说真的，在停止以后的一段时间里，我一直保持着这些明智和清醒的想法。第二天，风变小了，海面上也比较平静了，我开始对海上生活稍微习惯了一些，但那一整天里，我还是有气无力的，因为还有点儿晕船。将近夜晚，天气晴朗了，风也几乎平息了，接着来的是一个迷人的、晴朗的黄昏，太阳清清楚楚地落下去，第二天早晨又这样清清楚楚地升起来。风很小，或者说一丝风也没有，海面光滑如镜，阳光照在它上面，这景象，我想，是我有生以来看到的最赏心悦目的了。

夜晚我睡得很香，眼下一点儿也不晕船，而是心情愉快，惊讶地望着大海；它昨天是那么波涛汹涌，叫人心惊胆战，只隔了那么一点儿时间，居然变得风平浪静，逗人喜爱。唯恐我的明智的决心没有动摇，那个事实上撺掇我出走的朋友，这时走到我跟前。"喂，鲍勃，"他说，拍拍我的肩膀，"经过了这个阵势，你好吗？我有把握说，你吓坏了，是不是，昨夜，稍微刮了一点儿风。""你说一点儿风？"我说，"那是一场可怕的风暴。""一场风暴，你这蠢货，你，"他回答，"你管那叫一场风暴吗？嗨，那压根儿算不上一回事；只要我们有一艘好船和宽阔的海域，刮那么一点儿时间风，我们压根儿不把它当一回事，可是你只是个第一回下海的水手罢了，鲍勃。来吧，咱们去调一钵潘趣酒吧，咱们就会忘掉那一切啦；你看到眼前的天气是多么迷人吗？"为了别把我这段吃苦头的经历扯下去，我们采用了水手们惯用的老办法：潘趣酒调好了，我被灌得醉醺醺的。那一夜，我毫无节制地喝过了头，把我的一切后悔、一切对过去行为的思考和一切对未来的决定竟然都忘得干干净净。一句话，随着风暴的减弱，海面又光滑如镜，变得一片平静，我也不再心慌意乱，也忘掉了要被大海吞没的担心和害怕；我以前的那些愿望又源源不断地重又涌来，我把在苦恼中起的那些誓和发的那些愿都忘得干干净净。我确实发现，每隔一段时候，我会好生思考。有时候，那些认真的想法可以说是在使劲挤回到我的脑子里来；但是，我拒不接纳，振作起精神来，把这种想法当作情绪低落来摆脱。尽情喝酒并和伙伴们混在一起，不久以后，就控制住了一次次毛病的发作——我把想回家的想法当作疾病。五六天以后，我像任何下定决心不愿受良心打扰的年轻人所能希望的那样，完全战胜了良心。但是，正因为这个，我还得经受一场考验；上帝在这样的情况下往往会决定采取这样的手段，对我毫不宽恕。因为我要是不把这一回化险为夷认为是得到了解救的话，那下一个考验就一定会使咱们中间最顽劣、最强硬的家伙都承认考验危险，祈求天意的仁慈。

我们在海上航行了六天以后，进入雅茅斯港外的锚泊地带。由于船是逆风航行，而且风不大，所以自从遇上风暴以来，只航行了很短一段路程。我们不得不在这儿锚泊，一直是逆风，换句话说，是西南风，我们在这儿停泊了七八天。在这段日子里，有大批从纽卡斯尔来的船只进入锚泊地带；雅茅斯是个有各地船只来往的港口，船只在那儿可以等起了顺风，开进那条河去。

我们本来不用在这儿停泊这么久的，而是乘着涨潮向河流的上游驶去，但风刮得太大了，我们待了四五天以后，风刮得更大了。然而，由于那片锚泊地带被认为同港口一样安全可靠，锚泊的位置又好，而我们的锚泊装置又很牢固，我们这些人都没有一点儿心事，一点也不担心危险，而是按照海上生活的方式把时间花在休息和寻欢作乐上。但是第八天早晨，风变大了，我们大伙儿都动手干活儿，卸掉中桅，把一切安排得妥妥帖帖，把门窗关得严严实实，让船员可以尽可能方便地掌握船。将近中午的时候，海上已经白浪滔天，船头已经泡在海水里，船里也灌了几次水。有一两回，我们以为我们的锚已经被风浪移动了。这时候，船长吩咐把备用的大锚抛下去，这样，我们在前面抛了双料锚来停泊，两条锚链绕在锚链固定端上。

说真的，这时候，刮起了可怕的大风暴，当时我开始看到甚至在那些经惯风浪的水手的脸上也出现了恐怖和惊讶的神情。船长虽然聚精会神地干着保全船只的事情，然而一会儿走进，一会儿走出。他就在我隔壁的舱房，我可以听到他几次在低声对自己说"主啊，对我们发发慈悲吧，我们全都要玩儿完啦，我们全都要没命啦"诸如此类的话。在最初发生慌乱的时候，我处在浑浑噩噩的状态，一动不动地躺在一般水手住的舱房里，没法说自己是什么心情；我没法再像上次那样忏悔，我已经把那些忏悔之词明目张胆地踩在脚底下，硬下心来嗤之以鼻；我原以为死亡的痛苦已经过去，这一回也同上回一样，不会出事的。但是，正像我刚才说过的，等到船长走过我的身旁，说我们都将玩儿完的时候，我吓得没命了。我起身离开自己的舱房，向外看去。这样叫人惊恐的景象我有生以来还没有见过哩。一个个海浪比山还要高，每隔三五分钟就向我们撞来。在我还能向周围看的时候，我只看到形势险恶，危机重重，除此以外，别无所见。我们发现，两艘停泊在附近的船由于货装得多，吃水深，已经砍掉了船侧那些桅杆。这时我船上的人大声喊叫，原来停泊在离我们约莫一英里外的一艘船沉没了。又有两艘船经不住风吹浪打，已经走锚，正在身不由己地离开锚泊地带，向大海漂去，船上一根桅杆都没有了。那些小船倒应付得挺有办法，在海面上还不至于那么摇摆颠簸；有两三艘小船凭着一面撑杆帆，顺风航行，从我们的船旁经过，飞也似的驶去。

将近黄昏的时候，大副和水手长都求我们的船长让他们砍掉前桅，船长迟迟不愿同意。但是，水手长向他断言，要是他不愿砍的话，那么船就会沉没。他终于同意了。他们砍掉前桅以后，只剩下一根孤零零的主桅，可船摇晃得那么厉害，迫不得已他们把主桅也砍了，于是，甲板上平平坦坦，一根桅杆也没有了。

我只是一个初次出海的人，上一回只遇到了一点儿风浪，就吓得丧胆亡魂，所以任何人都不难判断，我眼下处在怎样的心境中。但是，要是我能在多年后回想起当时我的心情的话，我心里最害怕的倒不是死亡，而是我表示过对出海的后悔，后来又回到最初恶劣地下定出海的决心，这种害怕的程度十倍于对丧命的恐惧。这种想法加上对风暴的害怕，使我陷入一种没法用言辞表述的境地。但是，最糟糕的情况还没有来到，风暴持续着，来势那么猛烈，连那些老水手都承认，他们以前从来没有经历过比这更糟糕的。我们的船是艘好船，但是装了许多货，在海中不停地颠簸；水手们时不时地高声喊叫：船要泡汤了。我这个外行倒显示出有利的一面，我不懂得他们说的"泡汤"是什么意思，问了以后，才心里有数。然而，风暴是那么猛烈，我看到了一个不常见的景象：船长、水手长和一些比其他人有脑筋的人都在祈祷了，而且随时在估计船会沉入海底。半夜里，我们已经受尽折磨了；有一个特地到下面去查看的人大叫起来，我们的船漏水了；另一个说底层舱里有四英尺积水。接着，所有的人都被叫去用水泵抽水。听到那话，我想，我的心停止跳动了。我原来坐在床边上，向后一倒，倒在舱房里。不过，那些人弄醒了我，对我说，我虽然什么也不会干，跟别人一起抽水还是行的。我受到激励，走到水泵前，劲头十足地干起活儿来。大家在抽水的时候，船长看到几艘小运煤船；那些船经不住风暴的冲击，不得不浮动着，向海外漂去；它们将会靠近我们。船长下令开炮，发出船只失事的信号。我压根儿不懂得这是什么意思，大吃一惊，以为船身已经断裂，或者发生了什么可怕的事情。总之，我吃惊得摔倒在地，晕了过去。这是个人人都得考虑自己性命的时候，没有人关心我，或者我的下落。一个人走到水泵附近，用脚猛地把我拨到一边，让我躺着，以为我死了。我过了好一会儿才醒过来。

我们不断地干活儿，但是底层船舱里的水位愈来愈高，明摆着船一定会沉没。尽管风暴稍微小一点儿了，然而船不可能在水面航行，让我们进入一个海港，所以船长继续开炮求救。我们前面一艘不大的海船顶住了风暴，冒险派出一艘小艇来援救。小艇不顾船毁人亡的危险，划近我们，但是不可能让我们登上小艇，也无法让小艇停在我们的船边。后来，那些人使劲地划着，冒着生命危险救我们。我们从船尾抛出一根拴着一个浮标的绳索，把它放下去，放出很长的一段距离；他们花了好多手脚，冒了很大危险，最后总算抓住了它。我们把小艇拉近，靠在船尾，接着大伙儿就从船上下到他们的小艇上。到了艇上以后，不管是他们，还是我们，都认为要登上他们自己的海船是万万不能的，所以大伙儿一致同意，且让小艇在水面漂着，另一方面，我们竭尽全力使它向岸边靠去。我们的船长答应他们，要是小艇撞在岸上，撞出了窟窿的话，他会向他们的船长赔偿。就这样边划边漂，我们的小艇向北航行，几乎直到温特顿海岬才靠岸。

我们离开海船顶多不过一刻钟，就看到船沉下了，于是，我第一次知道船在海上泡汤是什么意思。我必须承认，水手们告诉我船在沉下去的时候，我几乎眼睛都没有向上看；因为我当时与其说是登上小艇的，倒不如说是被塞进了小艇。从那时候起，我的心可以说是停止了跳动，部分是由于对眼前的危险景象的担忧，部分是由于对以往的遭遇和对我还会遇上什么事的恐惧，才产生这样的现象。

尽管处在这样的情境中，人们还是使劲地向岸边划去。每当我们的小艇被抛上浪尖的时候，我们就可以看到海岸．就看得见许多人在岸上跑过来，只要我们靠近岸，他们就会搭救我们。但是，我们只是慢腾腾地向岸边漂去，没法靠岸，终于漂过了温特顿的灯塔。那里，海岸向西延伸，往克罗默方向偏过去了，这样，陆地稍微偏离了风暴的威力。我们在这儿插进去，尽管也经历了一番困难，终于一股脑儿安全登陆，后来行到雅茅斯，我们是落难的人，在那儿不但受到商人和船主，也受到当地官员的好心招待。官员们给我们提供上好的住所，他们还给我们足够的钱，好让我们去伦敦，或者回赫尔，只要我们认为哪儿合适，他们就让我们去哪儿。

我要是当时有脑筋回转赫尔，到家里去的话，那我就幸福了；我的父亲会像我们神圣的救世主耶稣的寓言中的父亲那样，甚至为我宰杀那条肥牛犊，因为听到我乘的船在雅茅斯锚泊地带出事以后，他过了好久才相信，我没有在海中死于非命。

但是，我当时被厄运缠住了身子，一心只想往前闯，绝不回头，固执得什么也挡不住我，所以尽管有几次我的理智和比较稳当的判断力高声呼唤我回家去，然而我都办不到。我不知道这是怎么一回事，也不愿强调说这是冥冥之中一种不容违抗的天命，催逼着我们去当自我毁灭的工具，哪怕毁灭就在我们眼前，而我们还是眼睁睁地向它撞去。当然喽，只有这种即将来到的、由天命注定的和不可避免的苦难——这是我无法逃避的——才能推动我继续往前闯，不顾我的最隐秘的思想中的心平气和的推理和劝说，不顾我在第一回出海的尝试中遇上的那两次这样的教训。

我的那个伙伴是船长的儿子，以前撺掇我铁了心出海，眼下他的闯劲却比我差了。我们来到雅茅斯两三天以后，他第一回跟我说话，因为我们分开住在城里几个地方。——我是说，这是他跟我分开后他第一回看到我。他的口气听起来变了，神情显得很忧伤，摇摇头，问我怎么办，还告诉他父亲，我是谁，和我参加这次航行只是为了打算远走海外而作的一次考验。他父亲向我转过脸来，口气非常郑重和关切："年轻人，"他说，"你再也不应该到海上去了，你应该把这次出海当作一次明摆着的一清二楚的证明，你没法当一个航海家。""这是从何说起，先生？"我说，"难道你也不再出海了吗？""那是另一码事，"他说，"这是我的行当，所以也是我的责任；不过，你却把这一次航行当作一场考验，你瞧，老天爷已经让你尝到了你打算一意孤行的滋味了；也许是你的缘故，咱们才遭到了这场灾难，就像约拿在开往他施的船上那样。""请问，"他接着说下去，"你是干什么的？你干吗要出海？"一听这话，我把自己的经历讲了一些给他听；听到最后，他莫名其妙地激动起来，大发脾气。"我到底干了什么啊，"他说，"竟然让这么一个不幸的浑小子上了我的船？哪怕给我一千镑，我也不会再让你跟我一起登上同一艘船。"我敢说，这确实是因为他心痛他的损失，心情还很激动，所以才情不自禁地发起牢骚来，然而不管怎样，他不应当说这么过分的话。不过，他后来对我说话倒是非常严肃的，再三劝我回到我父亲身边去，不要惹得上帝发火，把我毁掉，还告诉我，明摆着老天爷在跟我作对。"年轻人，"他说，"毫无疑问，你要是不回去的话，不管你上哪儿去，你都免不了会遇上灾难和不如意的事情，直到你父亲的话在你身上应验为止。"

我们很快就分手了，因为我没有回答他的这番话，也没有再见他；我不知道他上哪儿去了。至于我自己呢，衣兜里还有点儿钱，就走陆路去伦敦。不但在路上，而且在到了那儿以后，我的心里经历着许多斗争，盘算我到底应该挑选怎么样的生活道路，到底是回家呢，还是出海。

回家嘛，这在我的种种想法中是可供我选择的最好意向，但是我丢不起这个脸。我不愿走回头路。这个想法马上会让我想起我会遭到邻居们的嘲笑，想起我不但会害臊地看到我的父母亲，还会看到其他一切人。我从那件事情开始，从此时常注意到人类，尤其注意到年轻人共同的性格在对待这种情况下应该引导他们的理性是多么不恰当和非理性。这就是说，他们对犯过错倒不害臊，反而认为悔过自新是一种耻辱，不为他们干出了应该恰当地被认为是蠢货干的勾当感到羞耻，反而对只会使他们被认为是聪明人的改正行为引以为耻。

然而，我继续在这样的情况中度过了一些时候，拿不准采取什么措施，走怎样的生活道路。我一直没法打消不愿回家的念头。过了一阵子，我对那段痛苦的经历的回忆消除了，随着回忆的消除，我回家的那股小小的冲动也消除了，直到我完全把这种想法撇在一边，又向往一次航行了。

是那股邪恶的控制力量首先把我带出我父亲的家，使我发疯似的、没有好生考虑就匆忙地产生要发财致富的念头，而且硬是把些痴心妄想塞进我的脑子，使我把一切忠告和我父亲的苦苦相劝，甚至命令都当作耳边风——唉，那股同样的控制力量，不管它究竟是什么吧，把一切行业中最不幸的一种摆在我眼前。我登上了一艘开往非洲海岸的海船，或者用我们的水手通常的说法，一次往几内亚去的航行。

我的大不幸是，在我的一切出海历险中，我没有以水手的身份待在船上。有了那个身份，尽管我确实可能比一般的人要干得辛苦一点儿，然而同时就学会了普通水手的职责和本分。过了一定的时候，可能为自己取得大副或者代理大副的资格，哪怕当不上船长的话。不过，既然老是挑选错误的决定是我的命，所以这一回我也犯了错误。因为我衣兜里有钱，身上穿着讲究的衣服，我的习惯是在船上总是要当有身份的人，所以我在船上什么都不干，或者学着干些什么。

首先，这是我命里注定的，我在伦敦交上了一批相当好的伙伴。我当时是个不检点的、受错误的想法摆布的年轻人，能遇上好伙伴，倒是难得。魔鬼通常是不会忘了早早就对我这样的人设下圈套的；不过，我倒没有遇上。我首先结识了一个去过几内亚海岸的船长，他在那儿获得大大的成功，决定再去。他被我当时听来并不讨厌的谈话所吸引；他听我说我有意去见见世面后，就告诉我要是愿意跟他一起去航行的话，用不着花钱，我将跟他一起免费进餐，做他的伙伴；我要是能够带点什么货物的话，就会得到买卖惯例所允许的一切优惠，也许还可能遇到一点儿赞助哩。

我高兴地接受了这个建议，同船长结下了牢固的友谊，他是个为人正直、处事爽快的人。我同他一起出海，带了一点儿货物，靠了我的船长朋友毫无私心的正直态度，我着实挣了不少钱，因为我是照船长的指点买了四十镑小挂件和小摆设。这四十镑是靠几个同我通信的亲戚的帮助凑起来的；我相信，他们是让我父亲，要不，至少是母亲，掏出这笔钱来，给我作为第一次做买卖的本钱。

在我的一切航行中，只有这次航行我可以说是成功的，这多亏了我那位正直可靠的船长朋友。在他的指点下，我学到了足够的数学和航海规则，学会了怎样记录这艘船经过的航道，和怎样测天；总而言之，懂得了一些做一个水手必须懂得的东西。因为他乐于教我，我也乐于学习，一句话，这次航行造就我既成为水手又成为买卖人；因为我靠了这次出海带回了五磅九盎司金沙，回国以后，我在伦敦几乎换得了三百镑。这次收获使我产生了一脑门飞黄腾达的念头，我后来就是被这些鬼念头害得彻头彻尾地翻不了身。

然而，甚至在那次航行中，我也遭遇到了灾难。尤其是我一直生病，由于天气过于炎热，我被来势凶猛的热病折磨着，因为我们的主要交易地带是在沿海地区，从北纬十五度甚至一直到赤道。

我当时已经打定主意，做一个跑几内亚的买卖人。我大为不幸的是，我的朋友在回国以后不久就去世了。我决定再走一次这条航线，同一个在上一次航行当中当大副的、而今已经当上船长的人乘同一艘船一起出发。这是人们的航海生活中最不幸的一次航行，因为尽管我在新挣到手的钱中只带了不到一百镑，我留下来两百镑，交给我去世的朋友的妻子，她待我挺公道，然而我还是在这次航行中遭到了种种灾难。首先是遇上了这样一些事情：我们的船正在向加那利群岛，或者不如说在群岛和非洲海岸线中间行驶，在灰蒙蒙的晨光中大吃一惊地看到一艘由萨累开出的土耳其海盗船在追赶我们，船上挂满了他们能张挂的帆。我们也张挂起我们的帆桁能张挂的，或者说我们的桅杆能承受的各种帆，企图逃之夭夭。但是发现海盗船在渐渐逼近，肯定在几个钟头以后会撵上我们，我们就准备开火了。我们的船有十二门炮，而海盗有十八门。约莫三点光景，那艘船撵上了我们，本来打算横在我们的船尾前，但是犯了错误，横在我们的船侧后部前，我们把八门炮移到那一侧，全都向它猛烈开火。它向我们开火回击，同时船上的将近两百人还纷纷用短火枪射击，在这以后，它又拐弯避开去。不过，我们没有一个人受伤，因为我们的人个个隐蔽起来了。它准备再向我们进攻，我们则准备自卫。但是这一次，它从我们的船后部的另一侧向我们猛攻，六十个人登上了我们的甲板，一冲上来，就马上动手，对甲板和索具又是劈，又是砍。我们用短火枪、短矛、火药箱诸如此类的武器向他们不停地进攻，把他们从甲板上打下去了两回。但是，这段凄惨的经历只需简短地交代一下，不必细说了：我们的船被破坏了，有三个人被杀，八个人受伤，我们不得不投降，一股脑儿做了俘虏，被带到萨累，一个属于摩尔人的海港。

　　我在那儿受到的对待并不像最初担心的那么可怕，我也没有像我们其他的人那样，被送到国王的宫廷里去，而是被那个海盗船的船长留下，作为他自己的战利品。我年纪轻，人又灵巧，为他办事得力，成了他的奴隶。我从一个买卖人一下子落到做一个低三下四的奴隶的地步，这个惊人的变化真把我完全整垮了。而今，我回想起了我父亲对我说的那场料事如神的谈话，他说，我将会吃苦受难，而且没有人会来救我；我想，眼下，他的话真是句句应验，丝毫不差，而且我已经落得不可能更糟了；老天爷已经把我打翻在地，我就此永远不得超生。但是，啊呀！这不过是刚吃苦头罢了；苦头嘛，我在以后的经历中还有得吃哩。下面自会提到。

　　　　　　　　　　（刘彪编，摘自鹿金译：《鲁滨孙漂流记》，中国书籍出版社，2005）

第八章　斯威夫特及《格列佛游记》

第一节　斯威夫特简介

　　乔纳森·斯威夫特，1667 年 11 月 30 日出生于爱尔兰都柏林。他家境贫寒，父亲在他出生几个月前就去世了，母亲因无力抚养，将他寄养在他叔父家里后，独自返回英国。1682 年，斯威夫特在都柏林三一学院开始了求学之路。他对文学兴趣浓厚，但对自己主修的神学与哲学不感兴趣，最后只得通过关系才勉强拿到本科学位。1688 年，斯威夫特的叔父去世，他失去最起码的经济来源，迫于生计他来到英国与母亲住在一起。后经人介绍，成为威廉·邓波尔爵士的私人秘书，从此他就住在邓波尔隐居的慕尔庄园中，居住了将近 10 年。在这段时间里，他利用闲暇时间，广泛涉猎文学，为其后期的文学创作奠定了坚实的基础。1699 年，邓波尔去世，在帮助爵士完成回忆录编撰之后，斯威夫特又返回爱尔兰，准备担任爱尔兰法官伯克利伯爵二世的秘书，但事与愿违，他赶到时，秘书已另有人选。因此，他在都柏林附近的一个郊区担任牧师。1702 年，他获得了三一学院的神学博士学位。同年，他到伦敦公干，与辉格党的一些知名人士联系密切，最后卷入党派斗争。斯威夫特凭借他超凡的才智和能力，深受辉格党首脑的重视。1704 年，斯威夫特将其早期创作的作品出版发行，作品中犀利的讽刺风格，为他赢得了公众的好评，也让他在英国文学界崭露头角。1710 年年初，辉格党为达到政治目的，开始支持非国教教徒，因此斯威夫特转向托利党。同年，托利党开始上台执政，斯威夫特则被任命为该党党报《考察报》的主编。1713 年，斯威夫特为英法停战做出了重要贡献，这让他深得民心，声望也与日俱增，同时也让当局心生顾虑。于是，在 1714 年，当局派他去都柏林担任圣帕特里克大教堂的主持牧师，变相地将其放逐到爱尔兰。回到爱尔兰之后，他深刻意识到爱尔兰人民正生活在水深火热之中。此后，斯威夫特以纸笔为武器，同英国当局作战，为捍卫爱尔兰人民的权利而斗争。而正是在这一时期，他创作了许多文学作品。斯威夫特晚年的生活比较凄凉，而且饱受头晕耳鸣的折磨，但他依然坚持创作。1745 年 10 月 19 日，斯威夫特去世，享年 78 岁。

　　斯威夫特是杰出的小说家和政论家，在 18 世纪英国文坛享有崇高的地位。他小说中的讽刺风格也得到了人们的认可与发扬。约瑟夫·艾迪生称他是"国民中最伟大的天才人物"，高尔基也称赞他是"世界伟大文学创造者"。斯威夫特创作的作品《书之战》和《木桶的故事》让他初露锋芒。之后，他还创作了《致斯黛拉的日志》、《布商的信》和《一个温和的建议》等。他的代表作是《格列佛游记》，也正是这部作品奠定了他在英国文学史上的重要地位。

第二节 《格列佛游记》简介

《格列佛游记》是斯威夫特的代表作，是他后期创作的一部游记体讽刺小说。这部小说是斯威夫特政治生活和文学积累的结晶，得到了众多文学大家的认可和推崇。英国著名作家乔治·奥威尔曾经说过，"如果要我开一份书目，列出哪怕其他书都被毁坏时也要保留的六本书，我一定会把《格列佛游记》列入其中。"这正说明了这部小说的独特魅力。

小说的主人公格列佛是位受过良好教育的外科医生，在出海过程中，因意外先后来到了小人国、大人国、飞岛国和慧骃国，斯威夫特通过格列佛在这些地方的所见所闻，对英国当时社会的方方面面都进行了辛辣的讽刺和无情的抨击。

小说根据主人公的经历，分为四卷：

第一卷讲述格列佛在小人国的所见所闻，揭露小人国里党派间的相互倾轧、钩心斗角。同时也反映出统治者的政治手段和永无止境的欲望。在政治生活中，没有永远的敌人，更没有永远的朋友。一旦利益不和，则想方设法置对方于死地。

第二卷中格列佛所到之地是大人国。最初他被农夫当作宠物，受尽折磨；后辗转到了王宫，与国王相处融洽。作者在此卷中借国王之口，对格列佛引以为豪的英国选举制度、议会制度以及种种宗教措施予以抨击。

第三卷讲的是飞岛国。飞岛国上的人们只注重不切实际的科学实验研究，而忽略了与人民生计息息相关的技术，又缺少开明的政策。结果，民不聊生，全国一片破败的景象。同时，飞岛国的人血腥残暴地镇压那些敢于反抗的人们。作者借此讽刺那些哲学家、脱离实际的科学家和颠倒黑白的评论家和历史学家等。此外，作者还抨击了英国当局对殖民地的残酷统治和压迫。

在第四卷中，格列佛来到慧骃国。在这个奇怪的国度里，马才是主要公民，他们善良、理性；而狡诈、贪婪的人形兽"耶胡"则是马所圈养和役使的畜生。在这里，没有金钱，也没有军队和警察，更没有争名夺利、尔虞我诈。作者通过格列佛和马的对话，揭露了战争的本质、法律的虚伪以及资本主义社会金钱至上的人际关系。也正是因为这个原因，作者在小说结尾，让格列佛终生与马为友，远离人类。

《格列佛游记》是斯威夫特的巅峰之作，是英国文学史上最杰出的讽刺小说之一。他以丰富的想象力、简洁生动的语言、细腻贴切的描写，为我们惟妙惟肖地展现了一个奇妙的世界，通过这个世界里的一切影射当时的英国政府，辛辣地讽刺了当时政治、司法等方方面面，无情地批判了英国的殖民统治。英国著名历史小说家和诗人瓦尔特·司各特曾指出，"斯威夫特以幽默丰富了作品的道德含义，以讽刺揭露荒诞，并通过人物性格和叙述框架使人难以置信的事件成为现实，即使《鲁滨孙漂流记》也难以在叙述的刻薄性和多样性方面与其媲美。"正是这些，《格列佛游记》才经受住了时间的考验，时至今日，依然受到读者的称赞与好评。

第三节　《格列佛游记》选段

第一卷　利立浦特游记

第一章

作者略述自身及其家庭——出游的最初动机——海上船只失事，泅水逃生——利立浦特境内安全登陆——被俘，押解到内地。

我父亲在诺丁汉郡有一份小小的产业；在他的五个儿子中，我排行老三。我十四岁那年，他送我进了剑桥的意曼纽尔学院。在那儿我住了三年，专心读书。虽然家里给我的补贴少得很，但对于一个贫困的家庭来说，这项负担还是太重了。于是我就到伦敦著名的外科医生詹姆斯·贝茨先生手下当学徒；我跟了他四年。其间父亲也时有小额款项寄我，这些钱我就用来学习航海及数学中的一些学科，对那些有志于旅行的人来说，这些东西都很有用处。我总相信，终有一天我会交上好运外出去旅行的。辞别贝茨先生后，我回家去见父亲；多亏他和约翰叔叔以及其他几个亲戚帮忙，我得了四十英镑，他们还答应以后一年给我三十英镑以维持我在莱顿求学。我在莱顿学医两年零七个月。我知道在长途航行中，医学是有用处的。

从莱顿回来后不久，恩师贝茨先生推荐我到亚伯拉罕·潘耐尔船长统率下的"燕子"号商船上去当外科医生。我跟随潘耐尔船长干了三年半，曾几下利凡特和其他一些地方。回来之后，受恩师贝茨先生的鼓励，我决定就在伦敦住下来。他又给我介绍了几位病人。我在老周瑞街的一座小房子里租下了几个房间；那时大家都劝我改变一下生活方式，我就跟新门街上做内衣生意的埃德蒙·伯顿先生的二女儿玛丽·伯顿小组结了婚。我得到了四百英镑的嫁资。

可是，两年之后恩师贝茨过世，我没有几个朋友，而良心又不容许我像我的许多同行那样胡来，生意因此渐渐萧条。我和妻子以及几个熟人商量了一下，决心再度出海。我先后在两艘船上当外科医生，六年中几次航行到东印度群岛和西印度群岛，我的财产也因此有所增加。由于我总能得到大量的书籍，空余时间我就用来阅读古今最优秀的作品。到岸上去的时候，就观察当地人的风俗、性情，也学学他们的语言，我仗着自己记性强，学起来非常容易。

这几次航海中的最后一次却不怎么顺利，我开始厌倦起海上生活，想着要待在家中与老婆孩子一起过日子。我从老周瑞街搬到脚镣巷，接着又搬到威平，盼着能在水手帮里揽点生意，结果却未能如愿。三年过去了，眼看着时来运转已经无望，我就接受了"羚羊号"船主威廉·普利查德船长的待遇优厚的聘请；那时他正准备去南太平洋一带航海。一六九九年五月四日，我们从布里斯托尔启航。我们的航行起初一帆风顺。

由于某些原因，把我们在那一带海上历险的细枝末节全都告诉读者扰其视听是不合适的，只说说下面这些情况也就够了：在往东印度群岛去的途中，一阵强风暴把我们刮到了凡迪门兰的西北方。据观测，我们发现所在的位置是南纬三十度零二分。船员中有十二人因操劳过度与饮食恶劣而丧生，其余的人身体也极度虚弱。十一月五日，那一带正是初夏时节，天气雾塞霾布，水手们在离船半链的地方发现了一块礁石；但是风势太猛，我们被刮得直撞上去，船身立刻触礁碎裂。六名船员，连我在内，将救生的小船放下海去，竭尽全力脱离大船和礁石。据我估计，我们只划出去三里格远，就再也划不动了，因为大家在大船上时力气已耗尽，我们于是只好听凭波涛的摆布。大约过了半个小时，一阵狂风忽然从北方吹来，一下将小船掀翻了。小船上的同伴，以及那些逃上礁石或者留在大船上的人们后来怎么样，我说不上，可我断定他们全都完了。至于我自己，则听天由命地游着，随风浪推向前去。我不时将腿沉下去，却总也探不到底。眼看我就要完蛋而又再也无力挣扎时，忽然觉得水深已经不及灭顶了，而这时风暴也已大大减弱。海底的坡度很小，我走了差不多一英里才到岸上，那时我想大约是晚上八点钟。我继续又往前走了近半英里，不见有任何房屋或居民的迹象，至少我没有能看得到，因为当时我实在太虚弱了。我疲惫已极，加上天气炎热，离船前又喝过半品脱的白兰地，所以极想睡觉。我在草地上躺了下来。草很短，软软的，一觉睡去，记忆所及真是前所未有的醇甜香沉。我估计睡了有九个小时，因为醒来时，正好已天亮了。我想起来，却动弹不得；由于我恰好是仰天躺着，这时我发现自己的胳膊和腿都被牢牢地绑在地上；我的头发又长又厚，也被同样地绑着，从腋窝到大腿，我感觉身上也横绑着一些细细的带子。我只能朝上看。太阳开始热起来了，阳光刺痛了我的眼睛。我听到周围一片嘈杂声，可我那样躺着，除了天空什么也看不到。稍过了一会儿，我觉得有个什么活的东西在我的左腿上蠕动，轻轻地向前移着，越过我胸脯，几乎到了我的下巴前。我尽力将眼睛往下看，竟发现一个身高不足六英寸、手持弓箭、背负箭袋的人！与此同时，我感觉到至少有四十个他的同类（我估算）随他而来。我大为吃惊，猛吼一声，结果吓得他们全都掉头就跑。后来有人告诉我，他们中有几个因为从我腰部往下跳，竟跌伤了。但是他们很快又回来了，其中的一个竟敢走到能看得清我整个面孔的地方，举起双手，抬起双眼，一副惊羡的样子，他用尖而清晰的声音高喊："海琴那·德古尔！"其他的人也把这几个字重复了几遍，可我那时还不明白那是什么意思。读者可以相信，我一直这么躺着是极不舒服的；最后，我想努力挣脱。我侥幸挣断了绳子，拔出了将我的左臂绑到地上的木钉。我把左臂举到眼前，发现了他们绑缚我的方法。这时我又用力一扯，虽然十分疼痛，却将左边绑着我头发的绳子扯松了一点，这样我才得以稍稍将头转动两英寸光景。但是，我还没来得及将他们捉住，他们却又一次跑掉了。于是就听到他们一阵尖声高喊，喊声过后，我听见其中的一个大叫道："托尔戈·奉纳克"；即刻就感觉有一百多支箭射中了我的左臂，像许多针刺一样地痛；他们又向空中射了一阵，仿佛我们欧洲人放炮弹一般。我猜想许多箭是落到我的身上了（尽管我并没有感觉到），有些则落在我的脸上，我赶紧用左手去遮挡。这一阵箭雨过去之后，我不胜悲痛地呻吟起来。接着我再一次挣扎着想脱身，他们就比刚才更猛烈地向我齐射，有几个还试图用矛来刺我的腰；幸亏我穿着一件米黄色的牛皮背心，他们刺不进去。我想最稳妥的办法就是安安静静地躺着。我的打算是，就这么挨到夜晚，因为既然我的左手已经松绑，我是可以很轻松地就获得自由的。至于那些当地的居民，假如他们长得全和我看到的那一个一般大小，那么我有理由相信，就是他们将最强大的军队调来与我拼，我也是可以敌得过他们的。但是命运却给我另作了安排。当这些人发现我安静下来不动了时，就不再放箭；但就我听到的吵闹声来判断，我知道他们的人数又增加了。在离我约四码远的地方，冲着我的右耳处，我听到敲敲打打地闹了有一个多钟头，就好像有人在干活似的。在木钉与绳子允许的范围内，我把头朝那个方向转过去，这才看见地上已竖起了一个一英尺半高的平台，平台可容纳四个人，旁边还有两三副梯子靠着用以攀登。这中间就有一个看上去像是有身份的人，对我发表了一通长长的演说，只是我一个字也听不懂。我刚才应该先提一下，就是，在那位要人发表演说前，他高喊了三声"朗格罗·德胡尔·桑"（这句话和前面那些话他们后来又都重新说过，并且向我作了解释）。他一喊完，立即就有大约五十个居民过来将头左边的绳子割断，我因此得以把头往右边转动，也得以看得清要说话的那人的样子。他看上去中年，比跟随他的另外三人都要高。三人中一个是侍从，身材好像只比我的中指略长些，正替那人牵着拖在其身后的衣服；另外两人分站在他左右扶持着他。他的表演十足的演说家派头，我看得出来他用了不少威胁的话语，有时也许下诺言，表示其同情与友好。我答了几句，但态度极为恭顺，我举起左手，双目注视着太阳，请它给我作证。我离船前到现在已有好几个小时没吃一点东西了，饥肠辘辘，我感觉这种生理要求是那样强烈，再也忍不住要表露，我已等不及了（也许这有悖礼仪），就不时地把手指放到嘴上，表示我要吃东西。那位"赫够"（后来我才得知，对一个大老爷他们都是这么称呼）很明白我的意思。他从台上下来，命令在我的两侧放几副梯子，一百个左右的居民就将盛满了肉的篮子向我的嘴边送来；这肉是国王一接到关于我的情报之后，下令准备并送到这儿来的。我看到有好几种动物的肉，但从味道上却分辨不出那些什么肉。从形状上看，有些像是羊的肩肉、腿肉和腰肉，做得很可口，但是比百灵鸟的翅膀还要小。我一口吃两三块，步枪子弹大小的面包一口就是三个。他们尽快地给我供应，一边对我的高大身躯与胃口惊讶万状。

接着我又示意要喝水。他们从我吃东西的样子看出，一点点水是不够我喝的。这些人非常聪明，他们十分熟练地吊起一只头号大桶，然后把它滚到我手边，敲开桶盖。我一饮而尽，这我很容易做到，因为一桶酒还不到半品脱。酒的味道很像勃艮第产的淡味葡萄酒，但要香得多。他们又给我弄了一桶来，我也是一口气喝个精光，并表示还想喝，可他们已拿不出来了。我表演完这些奇迹之后，他们欢呼雀跃，在我的胸脯上手舞足蹈，又像起先那样，一遍又一遍高喊"海琴那·德古尔"。他们向我作了个手势，要我把这两只酒桶扔下去，可是先警告下面的人躲开，高喊着，"勃拉契·米浮拉"。当他们看到酒桶飞在空中时，齐声高喊："海琴那·德古尔"。我得承认，当这些人在我身上来来回回地走动时，我常想将首先走近我的四五十个一把捉住砸到地上去。可是想起我刚才所吃的苦头，而那也许还不是他们最厉害的手段；我也曾答应对他们表示敬重（我是这样解释我那恭顺的态度的），想到这些，我就立即打消了以上的念头。再说，这些人如此破费而隆重地款待我，我也理应以礼相待。然而，私下里我又不胜惊奇，这帮小人儿竟如此大胆，我一手已经自由，还敢爬上我身走来走去；在他们眼中我一定是个庞然大物，可见到我居然抖都不发一抖。过了一些时候，他们看我不再要吃肉了，我的面前就出现了一位皇帝派来的高官。钦差大臣带着十二三个随员，从我的右小腿爬上来，一直来到我的脸前。他拿出盖有国玺的身份证书，递到我眼前，大约讲了十分钟话，虽然没有任何愤怒的表示，说话样子却很坚决。他不时地手指前方，后来我才明白他是在指半英里外的京城，皇帝已在那里的御前会议上决定，得把我运到那儿去。我回答了几句，可是没什么用。我用空着的那只手作了一个手势，把左手放到右手上（从钦差大人的头顶掠过，以免伤了他和他的随员），接着又碰了碰头和身子，示意他们我想要获得自由。他像是很明白我的意思，因为他摇了摇头表示不同意；他举起手来作了个手势，告诉我非得把我当俘虏运走不可。不过他又作了另一些手势，让我明白可享受足够的酒肉，待遇非常好。这么一来，我倒又想要努力挣脱束缚了，可同时我感觉到脸上手上的箭伤还在痛，而且都已经起疱，许多箭头还扎在里面；同时我看到敌人的人数又已增加，这样我就只有作手势让他们明白，他们爱怎么处置我就怎么处置吧。这样，"赫够"及其随员才礼貌而和颜悦色地退了下去。很快我就听到他们一齐高喊，不断地重复着："派布龙·塞兰"。这时我感觉我左边有许许多多人在为我松绑，使我能够将身子转向右边，撒泡尿放松一下。我撒了很多，使这些人大为惊讶；他们看我的举动，推想我要干什么，就赶忙向左右两边躲闪那股又响又猛的洪流。但在这以前，他们在我的脸上手上都涂了一种味道很香的油膏，不过几分钟，所有的箭伤全部消失了。这一切，加上我用了他们那营养丰富的饮食，使得我精力恢复，不觉昏昏欲睡。后来有人证实，我睡了大约有八个小时；这倒也并不奇怪，因为医生们奉皇帝之命，事先在酒里掺进了一种安眠药水。

看来我上岸以后一被人发现在地上躺着，就有专差报告了皇帝，所以他早就知道了这事，于是开会决定把我用我前面叙述的方式绑缚起来（这是在夜间我睡着时干的），又决定送给我充足的酒肉，并备一架机器将我运到京城。

这一决定也许太大胆危险，我敢说在同样情形下，任何一位欧洲的君主都不会效仿这一做法的。不过依我看，他们这么做既极为慎重，又很宽宏大量，因为假如这些人趁我睡着的时候企图用矛和箭杀死我，那么我一感觉疼痛，肯定就会惊醒过来，那样或者就会使我大怒，一用力气就能够挣断绑着我的绳子，到那时，他们无力抵抗，也就不能指望我心慈手软了。

这些人是十分出色的数学家，在皇帝的支持与鼓励下，他们的机械学方面的知识也达到了极其完备的程度。皇帝以崇尚、保护学术而闻名。这个君主有好几台装有轮子的机器，用来运载树木和其他一些重物。他经常在生产木材的树林子里建造最大的战舰，有的长达九英尺，然后就用这些机器将战舰运到三四百码以外的海上去。这次五百个木匠与工程师立即动手建造他们最大的机器。这是一座木架，离地三英寸，长约七英尺，宽约四英尺，装有二十二个轮子。看来是我上岸后四小时他们就出发了，我听到的欢呼声就是因为这机器运到了。机器被推到我身边，与我的身体平行。可是主要的困难是怎样把我抬起来放到车上去。为此他们竖起了八十根一英尺高的柱子，工人们用绷带将我的脖子、手、身子和腿全都捆住，然后用包扎线粗细的极为结实的绳索，一头用钩子钩住绷带，一头缚在木柱顶端的滑车上。九百名最强壮的汉子齐拉绳索，结果不到三小时，就把我抬了起来吊到了车上；在车上我依然被捆得严严实实。这一切全都是别人跟我说的，因为他们在工作时，我由于掺在酒里的催眠药药性发作，睡得正香呢。一千五百匹最大的御马，每匹都高约四英寸半，拖着我向京城而去。前面我已说过，京城就在半英里之外。

我们在路上走了大约四个小时以后，一件很可笑的事忽然把我弄醒了。原来是车子出了点毛病，需要修理，停住的一会儿就有两三个年轻人一时好奇，想看看我睡着时是什么模样，就爬上机器来，悄悄地来到我的脸前，其中一个是卫队军官，他把他那短枪的枪尖直往我左鼻孔里伸，像一根稻草那样弄得我鼻孔发痒，猛打喷嚏；他们随即偷偷溜走了，并未被人发觉；事情过了三个星期，我才弄清楚为什么我那时会突然醒来。那天接下来我们又走了很长的路，夜里休息时，我的两边各有五百名卫队，他们一半手持火把，一半拿着弓箭，只要我想动弹一下，就随时向我射击。第二天太阳一出，我们又继续上路，大约中午时分，离城门就不足两百码了。皇帝率全朝官员出来迎接，但他的大将们却坚决不让皇帝冒险爬上我的身子来。

停车的地方有座古庙，据说是全王国最大的。几年前庙里曾发生过一桩惨无人道的凶杀案，就当地那些虔诚的人看来，这有污圣地，所以就把所有的家具及礼拜用品全都搬走了，只当作一般的公共场所使用。他们决定就让我在这大厦里住下。朝北的大门约有四英尺高两英尺宽，由此我可以方便地爬进爬出。门的两边各有一扇小窗，离地不会超过六英寸。国王的铁匠从左边的窗口引进去九十一条链条；那链条很像欧洲妇女表上所挂的链子，粗细也一样；铁匠再用三十六把挂锁把我的左腿锁在链条上。在大路的另一边，与这庙相对的，是二十英尺外的一座塔楼，楼高至少五英尺，皇帝及其朝中主要官员就由此登楼，以便瞻仰我的风采。这是我后来听说的，因为我看不到他们。估计有十万以上的居民也都出城来看我。虽然我有卫队保护，可我猜想有不下万人好几次由梯子爬上了我的身。但不久就发出公告禁止这种行为，违者处死。当工人们发现我不可能再挣脱了时，就将捆绑我的所有绳子全都砍断；我站立起来，生平从来没有过这样沮丧。可是人们看到我站起来走动，其喧闹和惊讶的情形简直无法形容。拴住我左腿的链条长约两码，不仅使我可以在一个半圆的范围内自由地前后走动，而且因为拴链条的地方离大门不到四英寸，所以我可以爬进庙去，伸直身子躺在里面。

第二章

利立浦特皇帝在几位贵族的陪同下前来看在押的作者——描写皇帝的仪容与服饰——学者们奉命教授作者当地语言——他因性格温顺博得皇帝的欢心——衣袋受到搜查，刀、手枪被没收。

我站起来，四下里一望，应该承认，我从未看见过比这更赏心悦目的景色。周围的田野像不尽的花园，圈起来的田地一般都是四十英尺见方，就像许许多多的花床。田地间夹杂着树林，树林占地八分之一英亩，据我推断，最高的树大约是七英尺。我瞭望左边的城池，那样子看上去就像戏院里所绘的城池的布景。

几个小时以来，我憋大便憋得非常难受；这也不奇怪，因为从上一次放松到现在我已经两天没有大便了。我又急又羞，十分难堪。眼下我所能想到的最好的办法就是爬进屋去。我这么做了，进去后在身后把门关上，尽链子的长度走到里面，把身体里那叫我难受的负担排掉。但是这么不干不净的事我也就做过这一次，为此我只有希望公正的读者多少包涵一些了，能够实实在在、不偏不倚地考虑一下我当时的处境与所受的痛苦。从此以后，我通常是早上一起来就拖着链子到户外去办这件事。这也得到了适当的处理，每天早上行人出来之前，由两个特派的仆人用手推车将这讨人厌的东西运走。因为这与我好清洁的习性有关，所以我才认为有为自己辩明的必要，否则也不会啰苏这半天来说这么一件乍看起来似乎微不足道的事。不过我听说一些中伤我的人却很乐意在这件事和别的一些事情上表示他们的怀疑。

这件事完了之后，我重又走出屋来，因为有必要呼吸一下新鲜空气。这时皇帝已经下了塔，正骑着马向我走来，这却差点儿使他付出不小的代价，因为那马虽然受过良好的训练，见了我却整个儿不习惯，仿佛是一座山在它面前动来动去，不由得受惊，前蹄悬空站了起来，幸亏这君王是位出色的骑手，依然能在马上坐住，这时侍卫跑过来勒住缰绳，皇帝才得以及时从马上下来。下马之后，他以极其惊讶的神情绕我一周，仔细打量，不过一直保持在链子长度以外的活动范围。他下令他的厨师和管家把酒菜送给我。他们早已作好准备，一听到命令就用一种轮车把饮食推到我能够得到的地方。我接过这些轮车，一会儿就把上面的东西吃个精光。二十辆车装满了肉，十辆车盛着酒；每辆肉车上的肉足够我吃两三大口；每辆酒车上有十小陶罐的酒，我把它们倒在一起，一饮而尽；剩下的几车我也是这样吃掉的。皇后以及男女王族的年轻成员，在许多贵妇人的陪伴下，坐在稍远一点的轿子里，但是皇帝的马出事之后，他们就下轿来到了皇帝的跟前。现在我来描述一下皇帝的仪容。他比所有的大臣高出大约我的一个指甲盖，仅此一点就足以使看到他的人肃然起敬。他容貌雄健威武，长着奥地利人的嘴唇，鹰钩鼻，茶青色皮肤，面相坚毅端庄，身材四肢十分匀称，举止文雅，态度庄严。他现年二十八岁零九个月，青年时代已经过去；在位大约七年，国泰民安，大体上都是战无不胜。为了更方便地看他，我侧身躺着，脸对着他的脸。他在只离我三码远的地方站着，后来我也曾多次把他托在手中，所以我的描述是不会有问题的。他的服装非常简朴，式样介于亚洲式和欧洲式之间，但头上戴了一顶饰满珠宝的黄金轻盔，盔顶上插着一根羽毛。他手握着抽出的剑，万一我挣脱束缚，他就用剑来防身。这剑大约三英寸长，柄和鞘全是金做的，上面镶满了钻石。他的嗓音很尖，但嘹亮清晰，我站起来也可以听得清清楚楚。贵妇人和廷臣们全都穿得非常华丽，他们站在那里看起来仿佛地上铺了一条绣满了金人银人的衬裙。皇帝陛下不时跟我说话，我也回答他，但彼此一个字都听不懂。在场的还有他的几个牧师和律师（我从他们的服装推断），也奉命跟我谈话。我就用我一知半解的各种语言与他们说话，这其中有高地荷兰语和低地荷兰语、拉丁语、法语、西班牙语、意大利语和通行于地中海一些港口地区的意、西、法、希腊、阿拉伯等的混合语，可是全都不抵用。大约过了两个小时，宫廷的人才离去，留下一支强大的卫队，以防止乱民们无礼或者恶意的举动；这些人急不可耐地往我周围挤，大着胆子尽可能地挨近我；我在房门口地上坐着的时候，有人竟无礼地向我放箭，有一支就差点儿射中了我的左眼。领队的上校下令逮捕了六个罪魁祸首，他觉得最合适的惩罚莫过于将他们捆绑了送到我手中。他的几个兵照办了，用枪托将他们推到我手可以够得着的地方。我一把将他们全都抓在右手里，五个放入上衣口袋，至于第六个，我做出要生吃他的样子。那可怜虫嚎啕大哭，上校和军官们也都痛苦万状，尤其当他们看见我掏出小刀来的时候。但我很快就消除了他们的恐惧，因为我和颜悦色地立即用刀割断了绑着他的绳子，轻轻地把他放到地上，他撒腿就跑。其余几个我也作了同样的处理，将他们一个一个从我的口袋放出。我看得出来，不论士兵还是百姓，对我这种宽宏大量的表现都万分感激，后来朝廷就得到了十分有利于我的报告。

到了傍晚时分，我好不容易才爬回屋里，在地上躺了下来，这样一直睡了大约两个星期。这期间皇帝下令给我准备一张床。车子运来了六百张普通尺寸的床，在我的屋子里安置起来。一百五十张小床被缝做一起，作成一张长宽适度的床，其余的也照样缝好，四层叠在一起。但是我睡在上面也不见得比睡在平滑的石板地上好到哪里去。他们又以同样的计算方法给我准备了床单、毯子和被子，对于像我这么一个过惯了艰苦生活的人来说，这一切也就很过得去了。

（刘彪编，摘自杨昊成译：《格列佛游记》，译林出版社，1995）

第九章　菲尔丁及《汤姆·琼斯》

第一节　菲尔丁简介

亨利·菲尔丁，英国18世纪四大现实主义作家之一，也是18世纪欧洲最杰出的现实主义小说家之一。菲尔丁是一个陆军中尉的儿子，11岁时母亲去世。他的父亲再娶时，将他送进伊顿公学接受教育。他在那里十分愉快，结交了一些对他日后有巨大帮助的朋友。在19岁时，他曾经想和一个美丽富有的女子私奔却没有成功。随后，他定居伦敦，从事戏剧创作。刚开始，他翻译改编了莫里哀的喜剧《屈打成医》和《吝啬鬼》，接着就写出了比较成功的喜剧《生气的丈夫》和《法律公子》，从此与舞台建立了亲密的关系，成为职业剧作家。从1730年到1737年，他共写了25部剧本。这些剧本谴责贵族阶级的道德腐化，揭露英国政府的贪污腐败，在艺术上广泛地吸收了民间戏剧的手法，把诙谐怪诞的成分与现实生活中的重大政治问题杂糅在一起，创造了社会政治喜剧这一体裁，因此锋芒毕露。伦敦剧院的老板们怕开罪权势集团，拒绝上演菲尔丁的戏剧。于是，菲尔丁和一个朋友合伙买下一个剧团，亲自主持小剧场戏剧。他的社会和政治喜剧触怒了当权的辉格党的首领。1737年，英国首相沃波尔爵士在议会通过了反民主的"戏剧检查法"，要求一切剧本上演14天前送审，违者罚款并吊销执照。后来，为了进一步镇压，又实行了"扰乱治安法"，使伦敦的市民不敢去看菲尔丁剧团的演出。菲尔丁的剧院不得不关闭，他的戏剧生涯也就被迫结束了。同年，菲尔丁改学法律，仅用了3年的时间就完成了7年的课程，于1740年取得律师资格，并曾在伦敦威斯敏斯特区任法官，又于1748年担任伦敦警察厅长，训练了最早的一批侦察犯罪活动的侦探警察。这种职业经历使他加深了对社会的认识，为创作积累了广泛的素材。因为患严重的痛风症，他只得放弃了这份职业，转而从事小说创作。他的主要小说有《大伟人江奈生·维尔德传》、《约瑟·安德鲁传》、《汤姆·琼斯》、《亚美莉娅》等。在私人生活方面，菲尔丁于1734年27岁时结婚，生有许多子女，因此生活很贫困。1743年妻子病故后，他续娶了妻子的忠实女仆。虽然生活一直不富裕，但是菲尔丁总能保持乐观奋发的精神。颠沛流离的贫困生活和紧张劳累的工作使他步入中年后便疾病缠身，乃至四肢瘫痪。1754年他携家眷赴葡萄牙里斯本求治，两个月后不幸病重去世，安葬在当地的英国墓园中。

第二节　《汤姆·琼斯》简介

《汤姆·琼斯》是菲尔丁小说的代表作。主人公汤姆·琼斯是一个弃儿，被富有仁慈的乡绅奥尔沃西收养。奥尔沃西曾多方面调查这个弃儿的来历，但始终未得到结果。他听女仆说，村中教师帕特里奇的女仆珍妮·琼斯曾养过私生子，疑心珍妮·琼斯是弃儿的母亲，便召她前来盘问。珍妮确实知道这个弃儿的来历，但因为她接受了弃儿生母的一笔钱，不敢将真相说出，只好承认弃儿是她的私生子，但她坚决不肯说出谁是弃儿的父亲，只说将来总有水落石出的一日。奥尔沃西的妹妹和一个上尉结婚后生了一个儿子。上尉觊觎奥尔沃西家族的财产，阴谋加以霸占，计未成，中风身死，其子布利菲尔由舅父奥尔沃西教养。布利菲尔和琼斯完全是相反的性格，此人居心险恶，虚伪自私，下流无赖，然而在舅父面前却装得十分恭顺、谦虚，因而博得了舅父的欢心。《汤姆·琼斯》是一部包罗英国 18 世纪生活一切方面的社会生活小说。菲尔丁在《汤姆·琼斯》里为我们展开了一幅 18 世纪英国社会的现实主义广阔画面：英国地主领地的日常生活，乡村、城市、旅店、戏院、集市、法庭、监狱、杂货铺、生意人的账房、上流社会的沙龙等等，以及一切阶级与社会集团的典型人物，从最高显贵和大资产阶级的代表到生活在"底层"的人们——流氓、小偷和强盗，无所不包。这部"滑稽史诗"的基本主题是善与恶的斗争。正面人物琼斯、奥尔沃西象征着善良和美德；布利菲尔和各式各样的市侩象征着罪恶。在这部作品里，菲尔丁通过汤姆·琼斯和苏菲娅为争取婚姻自由和幸福，对布利菲尔为代表的资本主义社会和剥削阶级进行不屈不挠斗争的故事，暴露了英国资产阶级的腐朽、虚伪、唯利是图的本质，讽刺了英国社会的伪君子、假圣人和市侩们。《汤姆·琼斯》头绪繁多，需要高超的技巧才能应付自如。事实上，菲尔丁借助于情节的巧妙安排，使这部作品在结构的严谨、匀称方面成为范本。小说共 18 卷，前 6 卷写琼斯 21 岁之前在庄园及乡村里生活，接下来的 6 卷写琼斯和苏菲娅的旅途生活，最后 6 卷主要描写伦敦生活。琼斯的漫游处处实践着高尚的道德，也证明了自己的无辜，最后好人得报，赢得了大团圆的结局。这种安排本身就体现了道德和宗教的寓意。小说吸收了流浪汉小说的优点，以一个人的遭遇总领故事线索。琼斯的遭遇宛如一条红线，将其他副线及各个枝节和游移之笔连缀黏合起来，形成一个整体。菲尔丁还广泛采用伏笔、预设、巧合等手法，如琼斯的身世之谜，在小说开头埋下，以后若隐若现，到结尾才把秘密和盘托出；一些看似漫不经心的琐屑细节，隐伏许久后，才一一加以呼应。小说随处可见滔滔不绝且妙趣横生的议论，因处理妥当，使故事从容舒展，增加了小说表现的空间。

第三节　《汤姆·琼斯》选段

第二章

对私生子过于溺爱的宗教劝诫，
以及黛伯拉·威尔金斯太太的重大发现

布利菲尔上尉和那位年轻貌美、品性淑贤、家庭富裕的布丽奇特·奥尔沃西小姐的婚礼已经过去八个月了，布丽奇特小姐由于突然受到了惊吓，临盆分娩，生了一个大胖小子。这个孩子长得还真不错，浑身上下就没有哪一点不可心如意的，只是接生婆发现他没到月份，早生了一个月。

对于奥尔沃西先生来说，自己疼爱的妹妹生了一个能传宗接代的儿子，当然是件天大的喜事，不过他并没有因此少疼爱那个小弃儿一点儿，并且亲自当了这个孩子的教父，还让孩子跟着自己的名字叫汤姆。奥尔沃西自始至终都不忘到育婴室去看望那个小弃儿，每天至少也要去看一次。

　　奥尔沃西对妹妹说，要是妹妹不反对，自己就把刚出世的这个娃娃和小汤姆一块儿抚养。布丽奇特小姐虽然有些不太乐意，可还是答应了。因为她对哥哥确实是言听计从，而对这个弃儿也总是百般呵护，比一般严守妇道的女人对这种孩子付出得更多；要知道，不管这类孩子本身是多么清白无辜，可总归是淫荡不检行为的活生生的例子。

　　上尉却认为奥尔沃西先生的这个做法非常不妥，因而不太乐意接受。上尉不止一次地向奥尔沃西先生敲边鼓，说抚养罪恶的果实就等于是助长罪恶，并且引用了好几段经文（他把《圣经》背得滚瓜烂熟），诸如"我必追讨他的罪，罪及子孙"①，"父亲吃了酸葡萄，儿子的牙齿酸倒了"② 等等，并以此为根据来证明在私生子的事情上，父母的罪责由儿子来受罚，这是合乎法律的。上尉说："虽然法律没有明文规定可以把这些出身卑贱的孩子赶尽杀绝，但却将其视为野种，教会也是这么规定的。因此，拣最好的说，养大了只不过是让他们做些社会上最低贱、最卑鄙的活儿。"

　　奥尔沃西先生对于上尉的这番言论，以及围绕这个问题所发表的其他很多意见，都一一进行了答复。奥尔沃西说："不管父母造了多少孽，孩子的确是无辜的；至于你所引用的那些经文，头一句是因为犹太人犯了供奉偶像、舍弃、憎恨上帝这个罪过，才遭到谴责的；第二句是个比喻说法，主要指明罪恶必然会导致恶果，而不是指惩罚本身。倘若说万能的主为了报复，让无辜者替有罪者顶罪受罚，这话即便不是亵渎神明，也算得上是卑鄙下流了。如果这样，那就等于说，上帝的行为违背了天理的基本原则，违背了他灌输到我们心底的最起码的是非观念，而这些观念一直是我们判断一切未经上帝启示的事物的依据，甚至是判断上帝启示本身是非的依据。"奥尔沃西说，在私生子问题上，自己知道有很多人和上尉一样持这种观点，但是自己却坚信相反的原则是正确的。奥尔沃西坚持遵循这一原则，要好好抚养这个可怜的婴儿，权当这是一个合法出生的孩子，碰巧被自己从床上捡到了。

　　奥尔沃西先生对这个弃儿的疼爱让上尉开始心生妒忌。就在上尉利用一切机会鼓吹类似论点，企图将这个弃儿从奥尔沃西先生家中赶走的时候，黛伯拉太太有了一个重大发现。对可怜的汤姆来说，这个发现带来的后果可比上尉那些观点致命多了。

　　我不知道这个好心的女人为什么这么干，究竟是为了满足自己那贪得无厌的好奇心，还是为了巩固自己的地位来讨好布利菲尔太太。布利菲尔太太表面上对弃儿非常慈爱，可私下里却经常骂弃儿，也骂哥哥，嫌哥哥太宠爱那个弃儿。黛伯拉太太确信，自己眼下终于将那个弃儿的父亲给揪出来了。

　　这个发现非同小可，非常有必要回头看看事情是怎么发生的。所以，我们要把这件事的原委向读者一一说明。为此，我们将必须把读者到目前为止还完全不熟悉的这个小家庭的所有秘密公开一下。这个家庭的结构非常少见、非常特别，恐怕许多结过婚的人，即便是那些最容易轻信别人的人，听了之后，都会难以置信。

第三章

　　一个家庭体制的描写，

---

① 见《旧约·出埃及记》第 5 章第 20 节。
② 见《旧约·以西结记》第 19 章第 2 节。

其建立的原则与亚里士多德的原则完全相反

读者也许还没忘，我在前面曾提到过珍妮·琼斯在一个塾师那里待过几年。那位塾师在珍妮的恳求下教她学习拉丁文，这倒让其才华得到了充分的发挥，并在这方面取得了突飞猛进的发展，学问竟然都超过老师了。

说真的，对于这位可怜的塾师所从事的职业来说，学问是必不可少的；不过，塾师在这方面却没有什么值得称赞的，倒是其脾气算得上天底下最好，而且还善于谈笑、幽默风趣，因此在这一带颇有才气、小有名声。附近的乡绅们无不渴望与之交往，加上此人不善托辞拒绝，故而大部分的时间都消磨在乡绅家的府里。其实，塾师应该把时间花费在学堂里，这对自己或许会更有好处。

可想而知，一个像塾师这样资格和秉性的绅士，是不会让伊顿或西敏斯特这类学术渊薮的学院①感到害怕的。说得再直白点就是，塾师的学生共分成两个层次：在高级班里的是个年轻少爷，附近一个乡绅的大公子，已年方十七，却只刚学习句法；而在低级班里的是那个乡绅的二公子和教区里抚养的其他七个穷孩子一起，刚刚学习认字、写字。

塾师要不是除了教书还兼着抄写员和理发匠之职，要不是每年圣诞节从奥尔沃西先生那儿领取十镑年金（这笔年金也足够他们欢度佳节了），单凭这个可怜的塾师那一点儿收入，是不可能有什么好日子过的。

塾师收藏了几件宝贝，其中一件就是自己的老婆。塾师娶她是因为看上了老婆的财产，因为这个女人在奥尔沃西先生家厨房里打下手的时候，一共积攒了二十镑。

这个女人长得并不是多可爱，究竟是否做过我那位朋友霍勒斯的模特儿，这我还真不敢肯定。不过她的确很像《妓女生涯》②第三幅画里那个给女主人倒茶的年轻女子，除此之外，还是古代赞蒂璧③所创立的那个高贵教派的忠实信徒，因此，在学堂里比丈夫更令人生畏。事实上，不管是在学堂还是在其他什么地方，只要有老婆在，塾师就从未当过家、做过主。

这个女人的长相本来天生就没多少温柔之处，加上那种通常有损婚姻幸福的情况，那点儿温柔劲儿早就没影儿了。人们都说孩子是维系爱情的纽带，这话一点儿都不假。可是两人结婚都已经九年了，丈夫还没有让老婆有这种维系感情的纽带。对于这一缺陷，不管是从年纪上还是从身体上，丈夫都找不到借口，因为他还不到三十岁，还是个精力充沛的年轻小伙子。

随之而来的另外一种灾难给这位可怜的塾师带来了不少烦恼。老婆醋劲儿十足，搞得塾师几乎不敢和教区里的任何一个女人说话。哪怕只是对任何女人稍稍客气一点或者仅仅是搭了个讪，老婆都要跟塾师大闹三场。

老婆只雇了一个女仆。为了保卫婚姻生活不至于在后院起火，她在挑选女仆的时候非常慎重，专门挑选那些脸蛋儿足以保证其贞操的女人。珍妮·琼斯，也就是前面给大家介绍过的那个姑娘，就是这么一个人。

这个年轻女人的长相可以说能确保上述方面绝对安全，加上言行举止都极有分寸（通情达理的女人必然都会如此），所以能够在帕特里奇先生（这就是塾师的名字）家里一待就是四年多，并且没让女主人起过一点儿疑心。不仅如此，女主人对其还格外开恩，允许帕

---

① 英国最古老有名的贵族学校，前者建立于1440年，后者建立于1560年。
② 霍勒斯于1733年所作的组画。
③ 古希腊哲学家苏格拉底的妻子，是一个尖嘴薄舌好争吵的妇人。

特里奇先生教其学习拉丁文，这一点前文已经说过了。

但是嫉妒就像是痛风病似的，只要沾染上就难保证不发作，更何况这种发作往往只是由于那么一丁点儿的诱因，并且让人防不胜防。

帕特里奇太太就沾染上了这种病。四年多来，丈夫一直在教这个年轻女人拉丁文，她都甘心认了；这个女人为了用功学习，好多次连家务都忘了做，帕特里奇太太也都容忍了。有一天，这个女孩正在读拉丁文，塾师倚靠在她身边，恰巧帕特里奇太太从旁边经过。不知是何缘故，这个女孩突然惊得从椅子上站了起来。女主人就这么开始起了疑心。

不过，这种怀疑当时只是隐藏在心底，并没有表露出来，就像是个暗中埋伏、等候增援的敌人一样，一旦实力增强，才会公开宣战，进一步开展军事行动。这种援军很快赶到，在这之后没过几天，夫妻二人正在用餐的时候，男主人就对女仆说了句："给我点儿东西喝。"① 这个可怜的女孩听了以后，笑了一声——或许是因为这句拉丁文不太正确。这时候，女主人就看了她一眼。或许是觉得嘲笑了自己的主人，感到很不好意思，这个女孩的脸又唰地一下红了。帕特里奇太太见状，立刻勃然大怒，顺手抄起吃饭用的木盘朝可怜珍妮的头上砸去，嘴里还骂着："你这个臭不要脸的，竟敢当着我的面和我丈夫打情骂俏！"边骂边拿着一把刀子从椅子上站了起来。要不是珍妮离门口比较近，能够迅速逃离，避开女主人的疯狂进攻，恐怕后果将不堪设想。至于那个可怜的丈夫，不知道是由于事出突然给吓呆了，还是由于恐惧害怕（这种可能性最大），不敢有任何反抗，反正是瘫倒在椅子上，目瞪口呆，浑身颤抖。塾师就这么坐在那儿一言不发、一动不动，直到老婆追珍妮没追上又折了回来；为了免受其害，塾师这才采取些必要的防御措施，跟那个女仆一样被迫撤退。

这个女人和奥赛罗的脾气一样：

> 一生都在嫉妒中度过，
> 紧随每次的月圆月缺，
> 新的怀疑层出不穷——

她也跟奥赛罗一样：

> ——心中一旦生疑，
> 就得马上追根问底。②

因此，女主人命令珍妮马上卷铺盖滚蛋，因为自己已经决定今晚不让珍妮在家里过夜。

帕特里奇先生已经非常有经验了，知道这种事情还是少掺和好，于是就采取了惯用手法——忍耐。虽然塾师对拉丁文还不是很精通，但是这句拉丁文所包含的忠告自己还是记得的，并且还深有体会，翻译过来就是：

> ——只要方法正，重担能变轻。③

这句话塾师总是不离口。说实话，他倒是经常有机会来验证这句话的正确性。

---

① 此处为拉丁文。
② 见莎士比亚的悲剧《奥赛罗》的第三幕第三场。
③ 原文为拉丁文。

珍妮本想辩护一下，以证明自己的清白，可是女主人的情绪太过激动，根本听不进去一个字，于是只好去收拾她的行李了。珍妮没几样东西，只要几张小牛皮纸就足够了。拿到那笔微薄的工钱后，珍妮就回家了。

那天晚上，塾师和老婆过得很不愉快。但是小两口吵架不记仇，第二天天没亮，帕特里奇太太的怒气就稍微平息了一些，于是这才允许丈夫自我辩护，并且很快就相信了丈夫的申辩之词，因为丈夫不但没有要求把珍妮再叫回来，反而对于将其辞退感到非常高兴。帕特里奇说，这个女仆越来越没有什么作用了，整天只顾自己读书，而且变得非常鲁莽，非常固执。确实如此，最近珍妮跟男主人在学问上老是发生争执，就像我们前文提到的那样，珍妮在这方面比男主人强多了。然而，这种情况是帕特里奇先生绝对不能容许的。珍妮非说自己正确的时候，帕特里奇先生就说她太固执，并开始记恨她了。

第四章

家庭史上记载的一场最为血腥的战斗，
或者不如说是一场大决战

前文中我们所列举的原因，加上绝大多数丈夫所熟知的夫妻间的一种退让行动——这种行动就像共济会①的暗号一样，只能透露给那些加入该深受敬重的社团成员——使得帕特里奇太太深刻地认识到自己平白无故地冤枉了丈夫，于是就想方设法对丈夫甜言蜜语，来弥补丈夫受到的委屈。帕特里奇太太不仅仅会乱发脾气，同样也会柔情似水，不管爆发出来的是哪一种感情，都同样强烈无比。

虽然这两种情感常常是此消彼长，而且帕特里奇先生几乎没有哪一天不在某种程度上被当作这两种情感的出气筒的，但在一些特殊场合，倘若老婆的火气比较大，那平息后持续的时间也就相对比较长，目前的情况就是如此。那股醋劲过去后，帕特里奇太太很长一段时间都没有再发火，这大大出乎了丈夫的想象。要不是因为赞蒂璧的所有信徒每天必须唠叨一阵子作为自己的小活动，那一连好几个月帕特里奇先生的耳根就可以清净了。

经验丰富的水手往往认为，海面上一旦太过风平浪静，那就预示着暴风雨马上就要来临了。我知道，有些人平常虽然并不迷信，可却经常认为那种超乎寻常的安宁与平静必然伴随着相反的情况。就是因为这个原因，古代人每每遇到这种情况，便向复仇女神上供祭献。他们认为这位女神总是带着嫉妒的目光仇视着人类的幸福，而且以破坏人类的幸福为一大乐事。

我们不相信这类异教女神，更不想去鼓吹任何迷信的东西，我们只希望约翰·弗某某先生②或别的哲学家打起精神，找出命运突然由好变坏的真正原因。这种转变现象太普遍了，接下来我们就举个例子。我们的职责就是陈述事实，至于那些事实发生的原因，就留给更有才能的人去解释吧。

人类历来喜欢打探别人的消息，评判他人的行为。因此，不管是在哪朝哪代，还是在哪个国家，大都设有专门的公共集会的场所，供好奇的人们碰头聚会，满足各自的好奇心。在这些场所中，剃头铺当之无愧地占据重要地位。在希腊人当中，"剃头铺的新闻"成了一

---

① 14世纪欧洲的一种神秘会社，由石匠组成，17世纪初开始广泛招募会员，教授暗语、行话。
② 此处暗指伦敦医生约翰·弗里克，此人著有《论电流产生的原因以及一些物体不产生电流的原因》一书。

句谚语。霍勒斯在他的一封书信①里就用同样的态度盛赞罗马的剃头匠。

我们知道，英国的那些剃头匠比他们的希腊和罗马前辈差不了多少。在剃头铺里，你会看到他们也在讨论海外事务，其盛况丝毫不亚于他们在咖啡馆里的议论；至于他们谈论起国内事务来，那可比在咖啡馆里谈论得更自由。不过这种地方只有男人才能参加进来。现如今，这个国家的妇女，尤其是那些下层社会的妇女，比其他国家的妇女更喜好集会。她们的好奇心决不比男人弱，要是没有注意到这一点，没有给她们设置同样的场所来满足她们的好奇心，那么我们这个社会组织就很不完善。

因此，英国女性在享受聚会场所方面，应该感到比其他国家的女性更加幸福。因为我在阅读历史以及在旅行的时候，都没有见到过这种类似的情况。

这个地方就是杂货铺，也就是以各种新闻交汇而著标的地方。或者说得通俗点儿，这就是英国每个教区嚼舌头的地方。

帕特里奇太太有一天参加了这种妇女聚会。一个邻居问她最近有没有听说过珍妮的消息，帕特里奇太太说没有。听到这个，对方笑着回答说，幸亏帕特里奇太太将珍妮给辞退了，教区真该好好谢谢她。

读者都已经知道，帕特里奇太太的那股醋劲儿已经治愈很长一段时间了，而且也没有什么要和那个女仆争执的了，因此就大胆地回答说，不知道教区怎么会因为这件事而感激自己。因为帕特里奇太太还认为，自打珍妮走后，自己很难找到和珍妮一样女仆了。

"说真的，还真找不出来。"那个爱嚼舌头的女人说，"我真希望找不出来，不过我估计这样的荡妇在咱们区里还多的是。这么看来，你还没有听说珍妮最近养了两个小野种的事吧！不过，那两个小野种都不是在我们教区里生的，我丈夫和另一个教区下级职员说，我们没有义务抚养他们。"

"有两个野种！"帕特里奇太太慌忙回答道，"这可真是出乎人的意料啊！我不知道我们教区是不是必须得收养他们，但我敢说这肯定是我们教区人的种，因为那个丫头离开这儿还没满九个月呢。"

无论什么都不能比心理活动更迅速、更突兀，尤其是由希望、恐惧或者嫉妒当催化剂的时候——相比嫉妒来说，希望、恐惧只能算小儿科了。帕特里奇太太马上就想到，珍妮在自己家当女仆期间，几乎从来没有离开过自己的院子。于是，丈夫靠在珍妮椅背上和珍妮惊慌地从椅子上站起来的情景，加上她学的拉丁文，她的微笑，以及其他的一些情况都一股脑闪现在眼前。这么一想，丈夫对赶走珍妮一事所表现出来的那种高兴，没准儿只是装装样子罢了。但是同时却又像是真的一样，那是因为丈夫吃饱了、玩腻了。外加上百种其他的罪名都涌现在脑海里，这更让帕特里奇太太醋意大发。总而言之，帕特里奇太太对丈夫的罪责是确信无疑了，接着就匆匆忙忙、心慌意乱地离开了那群人。

尽管那只漂亮的母猫在猫科中属于最年轻的，但是比起猫科里其他长辈的分支，其凶狠劲儿一点儿也没有退化。虽然体力上比兽中之王老虎逊色些，可是那股子凶悍劲却与之旗鼓相当。这只母猫捉住一个小老鼠，摆弄了好半天，没曾想老鼠忽然从猫爪子下逃脱了，母猫又气又恼，又吱吱地咒骂着。但是一把老鼠藏身的大大小小的箱子挪开，母猫就会像闪电一样扑到老鼠的身上，恶狠狠地连撕带咬，连抓带挠，把那个小老鼠抽筋剥皮、食肉剜心。

帕特里奇太太朝可怜的塾师扑了过去，丝毫不比猫捉老鼠时那股凶猛劲儿差。她的舌

①　实际上是他的《讽刺诗》第一卷第七首——原注。

头、牙齿、双手都一齐劈头盖脸地向塾师施展开来。塾师的假发①立刻从头上被揪了下来，衬衫从身上被撕了下来，脸上也被抓破了五个鲜血直流的手指印，标志着老天不幸将敌人武装起来的利爪是五个。

帕特里奇先生开始一阵子只是采用了守势，事实上，只是试图用手保护着自己的脸。但是帕特里奇看到对手的怒气丝毫没有平息之意，就想至少应该想法子解除对方的武装，或者说是抓住对方的胳膊。在抓胳膊的过程中，帕特里奇太太的帽子挣扎掉了，她头发很短，还不能垂到肩上，全部直竖在头上；紧身胸衣只用一根带子系着底下的一个眼儿，这下也被挣断了，两个乳房倒是比那头发强多了，一直垂到肚皮底下；她满脸沾着丈夫的血，牙齿咬得嘎嘎响，两眼喷着怒火，就像是铁匠铺的熔炉里喷出的火焰一样。就算是比帕特里奇先生再胆大的男人见了这么一个咄咄逼人的悍妇，恐怕也要吓得够呛。

最后，帕特里奇先生总算侥幸抓住老婆的胳膊，这让她那长在指尖上的武器失去了威力。帕特里奇太太一见到这个架势，再也张狂不起来了，女性的脆弱立刻占据了上风，接着就哭天抹泪，很快又晕了过去。

帕特里奇先生迄今为止仍不知道这场风暴到底是因何而起，一见到老婆晕死过去，自己那勉强保留的一丁点儿理智顿时也丧失得一干二净，于是立刻跑到大街上，嚷嚷说自己老婆快要不行了，并且恳求街坊四邻赶紧来帮忙，再耽搁就来不及了。几个好心的妇女听到后立刻赶了过来，她们刚进屋就采用了治疗这种晕厥情况最常用的办法。让帕特里奇先生高兴的是，帕特里奇太太最终苏醒了过来。

帕特里奇太太神志刚清醒一些，又喝了点儿提神补药稍稍镇定了一下，接着就开始向众人痛陈丈夫对自己的百般虐待，说丈夫在自己的床上干出那种见不得人的事还不算，而且还不许人家说一句的。自己刚开口抱怨，丈夫就以所能想到的最残忍的方法来对待自己，先是抓掉帽子，揪扯头发，撕坏胸衣，还毒打了自己几回，让自己临死还得拖着伤痕累累的身体进坟墓。

这个可怜男人满脸都挂了彩，这足以清楚地表明老婆发怒的情形，可是他却愕然地站在那里，一言不发，静静地听着老婆对他的控诉。我相信诸位读者能够为塾师作个见证，证明他老婆的这番控诉与事实大相径庭，因为丈夫确实没有动过老婆一个指头。而这种沉默被全体法官认定为供认不讳，她们立刻就异口同声地开始指责、谩骂，一再骂塾师是个胆小鬼，因为只有胆小鬼才会动手打女人。

帕特里奇先生默默地忍受着所有的一切。但是当老婆提到自己脸上的血迹，并以此来说明丈夫的残暴时，帕特里奇再也按捺不住了，申辩说老婆脸上的血是自己的，此话不假，这的确是他自己的血。帕特里奇觉得，自己的血被拿来作为自己行凶的罪证（就像我们所知道的常常把被害人血当成罪证那样），这未免有些太不正常了。

这几个女人根本就不答理帕特里奇的申辩，还说只可惜这些只是他脸上的血，而不是他心里的血，同时还齐声宣称，假如自己的丈夫胆敢动手打自己，她们肯定让这些男人心里的血流出来。

在对帕特里奇先生过去的行为进行一番警告，对其将来的言行进行告诫之后，这帮女人终于离开了，留下夫妻二人单独对话。在谈话中，帕特里奇先生很快弄明白自己为什么会受到这场灾难了。

---

① 兴起于18世纪前期，后只有从事某种职业的人（如法官、律师和演员等）才戴。

第五章

讲述可以锻炼读者判断和思考能力的诸多事情

我认为，"秘密几乎不可能只让一个人知道"这句话着实不假。不过，更为确定的是：像上面的这类事情，既然都传遍整个教区了，要想就此打住，不再向外张扬，那才邪乎呢。

果然，没过几天，小巴丁顿塾师的丑事就在附近这一带（用通俗的说法）流传开了，说他把老婆毒打了一顿。不仅如此，有的地方甚至传言，说他把老婆谋杀了；有的地方谣传，说他打断了老婆的双臂，还有的地方说是打折了双腿。总之，凡是一个人可能受到的伤害，帕特里奇太太浑身上下都没逃过丈夫的毒手。

同样，关于这次吵架的起因，所传闻的版本也不尽相同。有人说帕特里奇先生和女仆正在床上睡觉，让老婆捉奸在床。此外也还有许多别的不同版本，有的人甚至还把罪过颠倒过来，说是老婆在家偷汉子，而丈夫成了吃醋的人。

威尔金斯太太老早就听说两人吵架的事情了，不过传到自己耳朵里的说法和事情的真正起因不同，因此她认为还是先不去吵吵为妙。此刻帕特里奇先生成了众矢之的，而帕特里奇太太早先在奥尔沃西先生家里当女仆的时候，不知是因为什么原因冒犯了威尔金斯太太，而威尔金斯太太这个人是得理不饶人的。

不过，威尔金斯太太不仅眼光长远，能够预测到好几年后的事情，而且早就察觉到布利菲尔上尉今后很可能成为自己的主人。同时，威尔金斯太太也清楚地意识到，布利菲尔上尉压根儿就不喜欢那个小弃儿，于是就想，要是自己能够发现什么秘密，足以让奥尔沃西先生不如此疼爱那个弃儿，那自己就是为上尉除去了一块心病。因为奥尔沃西先生对那个小弃儿的感情明显让上尉感到很不是滋味儿，即便是在奥尔沃西先生面前，上尉都无法全部掩饰这种情绪。而夫人在公众场合则得体多了，同时还常常劝丈夫向自己学习，对哥哥的愚蠢做法假装没有看见。夫人说，自己至少和其他任何人一样，看得出这种行为是那么冥顽愚蠢，自己的厌恶也丝毫不亚于旁人。

虽说塾师与老婆吵架的事情过去了很久之后，威尔金斯太太才不知从什么人那里打听到事情的真相，但她还是将这件事情从头至尾打探清楚之后才对上尉说，自己终于发现那个小野种的父亲了，同时还说，看到主人竟这么关爱一个野种，将在这一带乡里的名誉都给毁了，这让自己感到心里不是滋味儿。

上尉斥责威尔金斯太太不该那么想，不该对主人行为的妄自评断。即使上尉可以不顾身份，不顾情理，允许自己跟威尔金斯太太沆瀣一气，但自尊心却绝不允许自己那样做。老实说，世界上没有比和朋友的仆人勾结起来反抗他们的主人更不明智的事情了，因为这样一来，你以后就永远给下人留下把柄，并且随时都有可能被他们出卖。大概正是出于这种考虑，布利菲尔上尉才没有对威尔金斯太太说得太多，也没让她对奥尔沃西先生的不敬肆意发展。

虽然上尉对威尔金斯太太的这个发现表面上并没有露出满意的神情，但内心里却是暗自窃喜一番，并且还决心要尽其所能，充分利用一下。

上尉把这件事情藏在心里很长一段时间，总希望奥尔沃西先生会从别人那里听到此事。不过，打那以后威尔金斯太太对这件事闭口不提，或许是由于上尉那样对待她让她很不愉快，要不就是对上尉那样深的城府捉摸不透，唯恐这个发现可能会让上尉不喜欢。

想起这事我未免有些奇怪。这个女管家婆一直没有把这件事告诉布利菲尔太太。要知道，女人不管有什么新闻，总是更喜欢告诉别的女人，而不喜欢告诉我们这类男人。在我看来，能解释这个难题的唯一方法，就是将其归之于女主人和她之间有着很深的隔膜。这种隔膜可能是由于威尔金斯太太对这个弃儿过分关心，以致引起了布利菲尔太太的嫉妒。因为，这个女管家婆一方面为了巴结上尉，总是想方设法来陷害那个弃儿；另一方面，看到主人奥尔沃西先生对那个孩子的疼爱之情与日俱增，威尔金斯太太就在主人面前越来越夸奖那个孩子。尽管在其他一些时候她背着主人故意对布利菲尔太太说一些完全相反的话，但这也许还是得罪了那位难伺候的小姐，使其对威尔金斯太太积怨颇深。尽管布利菲尔太太没有炒威尔金斯太太的鱿鱼（也许是不能吧），但是总想方设法给她穿小鞋。这种情况最终让威尔金斯太太大为恼火，于是就成心和布利菲尔太太作对起来，公开对小汤姆表示出百般的尊重和喜爱。

上尉发现那件传闻的秘事很可能就这么不了了之了，因此最后就找了个机会，亲自将此事告诉了奥尔沃西先生。

这一天，上尉和奥尔沃西先生在高谈仁爱问题，并引经据典向奥尔沃西先生证明，在《圣经》里仁爱一词没有一处是作慈善或慷慨解释的。

"当初创立基督教是为了更崇高的目的，"上尉说，"而不是为了接受许多异教哲人很早以前传给我们的那些仁爱之道。这种仁爱虽然也许可以称作是一种美德，但是却很少带有基督教所应有的那种卓绝。那种博大精深的思想境界，在精纯程度上几近天使一般完美，只有靠上帝的恩惠才能达到、感觉到，才能表达出来。"上尉还说："有些人把仁爱这个词理解为心地热诚，或者是对我们的同胞心存善意，对他们的行为给予赞许，这样才接近《圣经》的意旨。在本质上，这种美德要比怜悯的施舍高尚得多，广泛得多。因为即便我们慷慨解囊，甚至倾其所有，也不能遍及众人。相反，从另一种更真实的意义上理解，仁爱则可以遍及全人类。"

上尉说："只要想想门徒都是些什么样的人①，就会发现，那种认为耶稣曾向他们宣讲过慷慨之道或者施舍之意的看法是多么的荒谬。我们很难设想耶稣会把这种道义传给根本不能实施的人，既然如此，我们又怎么能设想那些有力实行却不肯实行的人来真正理解这种道义呢？"

"虽然这种慈善恐怕算不上多大功德，"上尉接着说，"但我得承认，一个心地善良的人从中能得到极大的乐趣；只可惜，有一种情况使这乐趣打了折扣。我的意思是说，我们往往容易受骗上当，把我们最丰厚的恩惠加到不应受惠的人身上。就像你不得不承认，你对那个一无可取的家伙帕特里奇所恩赐的那样。因为这种事情发生两三次之后，好人从这种慷慨施舍中所得到的内心喜悦就会大大减少。不仅如此，这种事例甚至会使他对自己的施舍都惴惴不安，唯恐自己助长了坏人坏事之风。这种罪过是非常恶劣的，假如事后再说我们并不是成心鼓励、存心助长，那这个借口显得也太苍白无力了，因此我们在选择受恩惠的对象时要慎之又慎。我认为，这种考虑毫无疑问已经让许多德高望重、用心虔诚的人在博施广赠方面大大受到了限制。"

奥尔沃西先生回答说："在希腊文方面，我争论不过你，因此，关于译作'仁爱'的那个词的真实意义，我也说不清楚。不过我一向认为，仁爱通常是由一些行动构成的，而施舍财物至少是构成这种美德的一个部分。"

"我倒完全同意上尉对功德的说法儿，"上尉说，"因为行善仅仅是一个人应尽的职责，有什么功德可言呢？不管你如何理解'仁爱'这个词的含义，从《新约》全书的精神来看，

① 耶稣的门徒都是穷苦之人，无财可施。

这显然是一种义不容辞的责任。既然如此，仁爱就是基督教的教规和自然的法则本身所督促，其本身就是一件非常愉快的事情。如果有任何责任，其酬报就在其本身，或者说，在履行这种责任的时候就能享受到酬报，这就是我所说的应尽的职责。"

"坦白地说，"上尉说，"有一种施舍（我本应该称之为仁爱）看起来还算得上功德，那就是，我们出自仁慈之意和基督教的爱心，将我们自己真正必不可缺的东西拿出来赠送给他人。为了要减少他人的痛苦，我们不吝把自己很难节省出来的必需品分给他人共享。我认为这才称得上是功德。但是如果只是将我们多余的东西拿来接济我们的同胞；如果这种仁爱行动（我必须使用这个词）只是让我们钱柜里的钱少了些，而我们自身并没有任何损失；如果将几个家庭从灾难中拯救出来，只不过是让我们家里墙壁上少挂了一幅格外出色的画儿或是少满足了我们一项空虚无聊、滑稽可笑的虚荣心——那也只不过说我们还有点儿人味而已。不仅如此，我甚至还可以更冒昧地说一句，在某种程度上我们也只不过是个美食家：因为最讲究的美食家所希望不就是有许多人品尝他的菜肴吗？我认为，这话也同样适用于那些知道由于自己的施舍而让许多人有了饭吃的人身上。"

"至于担心施舍后发现受施舍者是个一无是处之人，而这种不配受恩赐的例子还不止一两个，我认为这种情况绝不足以阻止一个善人去济贫扶弱。我认为，一个善人不会因为碰上几个或是许多忘恩负义的人就会狠起心来，对同胞所受的苦难不予理会，我也不相信这样的事情会对一颗真正仁慈的心发生这样的影响。除非能说服一个善人，让他深信全人类都已经堕落腐化了，否则不可能让他停止行善。我认为，这样说服人肯定会让他变成一个无神论者或者会让他害上狂热症。但是，不能因为碰上几个恶人就断定所有的人都腐化堕落，这显然有失公允。我相信没有谁在内心自省的时候，会仅仅因为想到有那么一个出格的例子，就认定人类都是道德败坏的。"最后奥尔沃西又问上尉："你刚才所说的那个无赖帕特里奇究竟是谁？"

"就是那个既当理发匠又当教书匠的帕特里奇，你们还能怎么称呼这个家伙？"上尉说，"此人就是您在您的床铺上发现的那个小东西的父亲。"

闻听此言，奥尔沃西先生不禁大吃一惊，而上尉见其还蒙在鼓里，也颇感惊讶。上尉说自己早在一个多月以前就知道这事了，最后好容易才想起来原来是威尔金斯太太告诉自己的。

于是，威尔金斯太太立刻被叫来了，并证实了上尉刚才所言不假。接着奥尔沃西先生听取了上尉的意见，先打发威尔金斯太太前往小巴丁顿把这件事情的真相调查清楚。因为上尉不赞成在处理刑事案件时草率行事，并且说，自己决不会让奥尔沃西先生在弄清帕特里奇的罪行之前就做出伤害孩子及其父亲的任何决定。虽然上尉私下里早已经从帕特里奇的街坊那里得到了满意的答案，但是此人为人宽宏大量，不肯把这些证据呈给奥尔沃西先生。

（方华文编，摘自刘苏周译：《汤姆·琼斯》，长江文艺出版社，2009）

第十章　斯摩莱特及《蓝登传》

第一节　斯摩莱特简介

多比亚斯·乔治·斯摩莱特，1721 年 3 月 19 日出生于苏格兰西邓巴顿郡。他出身于贵族家庭，但由于父亲在他两岁时就去世了，所以从小就生活窘迫。斯摩莱特在都柏林读完中学后，便去格拉斯哥大学学习医学，但是他却更热爱文学，把业余时间放在文学创作，尤其是戏剧创作上。1739 年，他带着剧本《弑君记》前往伦敦，想要在戏剧方面一展拳脚，可惜未能成功。1741 年，他成为一名海军军医助理，随军来到牙买加，在这里居住了一段时间。1742 年，他卷入英国与西班牙争夺殖民地的战争之中，亲眼目睹了伤员的恐怖境遇和士兵的悲惨命运，切身体会到战争的残酷性，这为其后期的文学创作积累了宝贵的素材。战后，他来到英国伦敦，开了一家外科诊所。1747年，他与牙买加女孩安妮·拉塞尔斯结婚，并获得一大笔财富。随着生活条件的改善，他渐渐地又将重心转移到文学创作方面。1748 年，他出版了《蓝登传》，这本小说让他一举成名。此后，斯摩莱特发表了许多文学作品，其中以小说方面的成就尤为突出。直到 1771 年去世前，他还一直坚持创作。

斯摩莱特是现实主义作家，也是 18 世纪英国著名小说家之一。受流浪汉小说的影响，他常以讽刺的写作手法惟妙惟肖地再现社会各个阶层的生活场景，从侧面反映出当时英国社会的黑暗，让读者对当时人民的生活状况有比较深入的了解和认识。

在斯摩莱特的作品中，一般情节跳跃性比较大，主人公的处境也不断变化，虽然看似每个故事、每次冒险经历之间毫无联系，但这些内容就像日常生活中的一个个场景，通过主人公悲惨命运的发展，将它们连接起来，形成一个有机整体。同时，他笔下的主人公都是复杂的立体人物，身上体现出善、恶、美好等多种品质，也正是因为如此，斯摩莱特所描绘的丑恶和粗野的画面，尖锐而粗俗的字眼，才会给人一种真实感和亲切感。虽然斯摩莱特选材面相对较窄，对于人性挖掘的深度不够，批判的力度也没有达到同时代小说家菲尔丁等人的水平，但他的文风独树一帜，描写与语言表达也自成一格，所以深受读者喜爱。

斯摩莱特在小说创作方面成就斐然，主要长篇小说有：《蓝登传》、《佩里格林·皮克尔传》、《法森伯爵费迪南》、《兰斯洛特·格里夫斯爵士》和《亨弗利·克林克历险记》等。除了小说之外，他的作品还包括诗歌、剧本、游记等。同时他还翻译了许多文学作品，其中就包括《堂吉诃德》和《伏尔泰全集》。

第二节　《蓝登传》简介

《蓝登传》是斯摩莱特的代表作，也是一部自传性小说。小说主人公蓝登出身于贵族家庭，本应过着衣食无忧的幸福生活。但蓝登的父亲因婚姻问题，不但被迫出走，还被剥夺了财产继承权。在成长过程中，蓝登不但缺少父母的关爱，还受到家族其他成员的歧视和师长的虐待。后来，幸亏得到他舅舅的帮助，他才能够上大学，成为外科医生的学徒。与舅舅失去联系后，他前往伦敦，希望能够开创自己的事业。他在伦敦的生活并不顺利，做过各种工作，但却一事无成。后来被强征入伍，卷入了血腥的西印度殖民战争。期间，他受尽各种屈辱，历经生死的考验，最终得以生还。回国后，他巧遇水仙姑娘，与其相恋。但是受到情敌提摩太的报复，只好逃到海滨，不幸被海盗俘去法国，并成为雇佣军。后来遇到老友斯特拉普，在他的资助下，蓝登冒充贵族，结识一帮狐朋狗友，到处行骗，最后因负债入狱。后来，他的舅舅将他从狱中赎出，一起去海外贩卖黑奴，并在阿根廷遇到了已成富翁的父亲。父子团聚，一起回到英国，蓝登也与水仙姑娘喜结连理，从此过上幸福富裕的生活。

　　《蓝登传》以18世纪法国小说家勒萨日的《吉尔·布拉斯》为创作原型，在借鉴其写作风格的基础上，斯摩莱特一反原小说过于离奇的描写，而是根据自己的生活经历，使作品内容符合现实，贴近生活。斯摩莱特采用流浪汉小说的写作方式，通过主人公的遭遇和自身性情的转变，揭露当时社会中种种积弊恶习，也唤起读者对主人公悲苦命运的同情，因为正是受到当时社会环境的影响，主人公才变得自私冷漠，没有道德感和责任心，他只是当时政府制度和腐败陋习的牺牲者。

　　《蓝登传》让读者印象深刻的，不仅是跌宕起伏的故事情节，生动形象的场景描写，还有对现实社会黑暗腐败的大胆揭露和无情的鞭挞。斯摩莱特给读者展现出一幅幅丑恶和粗野的画面，再现当时社会各阶层人民的生活现状。而小说最令人震撼的就是对英国海军的描写，斯摩莱特辛辣地批判了英国海军的黑暗一面：指挥官飞扬跋扈，蛮横凶残，不顾士兵的生死；水手们生活条件极其恶劣，受到非人般的待遇；而伤员们只能挤在又脏又乱又不卫生的医务室里等死。这种非人道的制度给读者留下深刻印象。

　　《蓝登传》虽然故事情节引人入胜，语言表达独具特色，但在人物塑造方面则显得平淡无奇，而且小说只揭露了社会的表层现象，没有能够更深入地揭露社会本质，这也是这部小说美中不足之处。

第三节　《蓝登传》选段

第八章

　　　我到达新堡城——遇见老同学斯特拉普——我们决定徒步到伦敦去——启程——投宿荒村野店——半夜怪事搅醒酣梦。

　　在我们那地方，出门的时候连个拉货的马车都坐不上；要雇一匹马吧，我的钱又不够开销，所以我就决定搭乘那种到各处运货的驮马队。我作出决定之后，随即付诸实施。在一七三九年十一月初一，我就骑上一匹驮马出发了。马的两边，一边一个筐子，我把我的行李包袱搁在一边的一个筐子里。等我们到了太因河上的新堡城，我是坐得又烦腻又疲倦，再加上天气寒冷，把我都冻僵了，我就决定徒步走完剩下的路程，不想再受这种苦罪了。

　　我们投宿的客栈老板听说我要上伦敦去，就劝我坐运煤船，说是又省钱又快当，总比大冬天踩着泥泞的道路徒步走三百多哩路强，他认为我的体力不够，一定吃不消。我听了他的劝告，很是动心，不料有一天偶然走进一家剃头店去刮脸，店里一个年轻剃头匠一面往我脸上涂肥皂一面对我说道："你老先生大概是苏格兰人吧。"我说是。他又接着说道："打苏格兰什么地方来的呀？"我对他说了，他立刻大动感情，他的手的动作就超出了我的下巴和上唇的范围，非常冲动地把肥皂沫抹了我一脸。他这种充沛的感情令我非常恼怒，我立时坐起，问他见了什么鬼，竟这样对待我。他求我原谅，还对我说，遇见了同乡使他非常高兴，故而有些手足无措了，他还求我通个姓名。我说我姓蓝登，他一听，立刻狂欢大叫道："怎么说？罗利·蓝登吗？"我惊讶地望着他，回答道："正是。"他又叫道："难道你不认识你的老同学休·斯特拉普了吗？"一刹那间我想起来了，这面容正是他，我猛地把他抱住，简直高兴得要发疯，把他涂了我一脸的肥皂沫子还了一半给他。我们两个的样子着实可笑，引得剃头店老板和其他的伙计都哈哈大笑。互相亲热拥抱了一番，我又坐下让他剃胡子，可怜他为了这一场出乎意外的相遇，兴奋得神经错乱，剃刀都拿不住了，但是他居然还给我剃了三刀，每刀都在我脸上割了一道口子。他的老板见他手忙脚乱，连忙唤了一人来替他，等把我脸刮光，老板放了他的假，剩下半天他就和我一起盘桓。我们马上来到我住的客栈，叫了些啤酒，我就问他何以到此；他说也没有什么，只不过是他的学徒期限还没满，师傅就死了，就在大约一年前的光景来到了新堡城，想在这儿找个伙计的事儿当当。跟他一块儿来的还有三个相识的青年，他们都在煤船上工作；他自己运气不错，遇到了一位很客气的东家，他打算在这家店里待到开春；到了开春，他就想到伦敦去了，到了伦敦，就不愁没有前程。我也把我当前的情况和计划对他说了，但是他不赞成我走海路，因为冬天走海路，风险很大，沿着海岸还有危险；尤其海风欺人，可能会耽搁，钱力方面就会受到不小的损失。但是我若愿意起早，他愿意跟我搭伴，而且一路上还愿意给我扛行李。半路上我们若是疲乏了，那么在旱路上也不会有什么了不得的困难，也许有什么回去的驮马、货车等等，我们只消花了一点钱就能搭坐。我一听他这计划，高兴得简直要发疯，情不自禁地把他一把抱住，对他说，我愿意把我全部财产拿出来供他使用；他告诉我说，他自己攒的钱足够做盘费了，他有个朋友在伦敦，马上会在首都给他介绍个职业，说不定还能给我介绍个事儿呢。

　　我们两个一同订了一个计划，当夜把事情都交代清楚，第二天，天蒙蒙亮就动身了。我们每人都携带一根粗壮的木棒，作为防身武器，把两个人的行李打成一个总包，由我的伙伴扛着。我们又把现款缝在裤腰的夹层里，只带些零散银子以备路上随时的花用。这一天我们走得很快，但是我们不晓得驿站的路程，因此看看天色晚了，却是错过了站头，前不巴村后不巴店，不得不在一条岔路上，离大路约有半哩光景，找了一家地头上的小店投宿。在这野店里，我们碰着一个同乡，是个小贩，我们跟他一起吃了晚饭，吃的是火腿鸡蛋，一杯很好的淡酒。我们坐在舒适的炉火前一面吃，一面跟店主人和店主人的闺女闲谈，很是融洽。这位姑娘的身材很是结实健壮，对我们嘻嘻哈哈，非常和气，我自忖赢得了她几分喜爱，颇觉沾沾自喜。约莫八点钟光景，我们三个客人自动请店东引我们回房睡觉。屋子里一共摆着两张床，我跟斯特拉普合睡一张，小贩独睡一张。小贩临睡之前，临时读了一段祷告，喃喃地说了半天，又在屋子各个角落巡查一遍，把随身携带的一个大铁螺丝钻从里边把门别紧，这才睡觉。我睡得很踏实，不料睡到半夜，我睡觉的床猛地一动，把我从梦中惊醒，我睡在上面觉得这张床震个不停。这种现象使我大吃一惊，我连忙推了推我的伙伴，我发现他浑身浸透汗水，四肢乱抖，我这一惊却是非同小可。他哆哆嗦嗦低声对我说，我们完了，隔壁屋里有个杀人不眨眼的强盗，带着好几管手枪；说着，他叫我千万不要作声，把我引到板壁边一条小缝前面。我往里一张，只见一个浑身横肉的粗壮大汉，一脸凶相，跟店家的姑娘靠着一张桌子坐着，他面前的桌子上摆着一瓶酒、一对手枪。我屏气凝神听他在说什么，只听得他操着令人害怕的声调说道："好个狗娘养的赶车的斯马克，他敢在我头上动土！我不叫他后悔，我不是人！等我好好教训教训他，看他再把消息报告别人；他难道不知道他是给我干活吗？"我们那位店家姑娘直跟这位大发雷霆的强盗说好话，说是也许冤枉了斯马克，也许斯马克并没给赶车子的好汉通风报信；就算今天出了意外，没有干成这桩买卖，日后总有机会找补今天的损失。强盗回答道："我跟你说，好贝蒂，今天我丢的这笔买卖，只要我来福活一天，就别想碰上这么好的啦；从前也没碰上过。妈的！四百镑现款！都是皇上征兵使的。外加上坐车客人的珠宝、金表、宝剑、银子。真不走运，我要是把这笔财宝都弄到了手，不出事，我准到军队上买他个一官半职，那你不就成了军官太太了吗？"贝蒂喊道："唉，唉。这事全靠老天爷照应我们啦！那位好汉抢完了，就没剩下一点儿可拿的东西了吗？"姑娘的情郎回答道："有也不多，我稍微拣了一两件。我拣了一对手枪，银把儿，就是这对；我是打那解银子的军官手里抢过来的，还装着子弹呢；他裤袋里还藏着一只金表，也叫我拿过来了。我还在一个教友派的鞋里找着十块葡萄牙洋钱，他受圣灵的感动，又狠毒又虔诚地骂了我一大顿。这些东西我都不稀罕，我最心爱的是这件玩意儿。我的姑娘你瞧，这只金鼻烟盒怎么样？盖子里还有一幅画儿呢。这是我打一位漂亮太太的衣摆上解下来的。"正在这时，好像是神差鬼使一般，那位小贩忽然鼾声大作，强盗听见，吓了一跳，立刻抄过手枪站了起来，叫道："他妈的，有人偷听。那边屋里是谁？"贝蒂姑娘对他说，他用不着害怕，那边屋里不过是三个赶路赶乏了的穷客人，他们走错了路，在这里投宿，老早就睡下了。强盗说道："赶路的客人！呸！准是侦探，你这母狗敢骗我。好，没关系，我这就把他们打发到阎罗王那儿去。"他说着就要往我们屋门口跑，他的姑娘直拦他，又跟他说，那边屋里住的不过是两个苏格兰来的穷小伙子，没见过世面，什么事都不懂，他用不着起疑心，还有一个是个长老派的小贩，也是苏格兰人，常常来这店里投宿的。强盗听了这一番话，表示满意；一边骂一边说，既是小贩，那倒也好，他正要买件衬衣呢。说过这话，他便高高兴兴地斟起酒来，一面跟贝蒂说话，一面和她搂搂抱抱，亲亲热热，男欢女爱，好不快活。在强盗跟姑娘谈到我们的时候，斯特拉普早已吓得躲在床底下发慌，我费了很大力气，说了半天，他才相信现在已经没有危险了，可以去把小贩推醒，把刚才目睹耳闻的这一切告诉他。不料这位货郎儿觉得有人摇他肩膀，马上蹿起身来，扯直了喉咙大喊道："强盗来啦，强盗来啦！老天爷救命哇！"来福一听喊叫，大吃一惊，纵身一跳，扳好一管手枪，走到门口，谁敢先闯进来，他就先给谁一枪，原来他以为自己确实已经被人包围了。他的小情人儿见他这副样儿，直笑得前仰后合，笑了一阵这才对他说，一定是那小贩子梦见强盗，在睡梦中惊叫罢了。这时候，我的伙伴斯特拉普也把真实情况告诉了小贩，并且跟他说明刚才为什么他把他推醒等情。小贩一听，轻轻从床上爬起来，往板壁缝里一张，这一张不要紧，直把他吓得光着两条腿跪倒在地上，对天祷告了好半晌，求老天爷救救他，别叫他遭强盗的毒手，并且还许愿说，今天他若能脱离险境，从此以后做买卖，就是针尖儿大的一件东西，也决不敢再欺骗顾客了。祷告以后，他又悄悄地溜上床去，一声不响地躺着；我不知道是否因为他把心上的话坦白出来以后，觉得心安了的原故。过了一会儿，强盗跟他的女人睡下了，一唱一和地打着鼾，这位小贩这才又轻轻爬起，从行李上解下一根绳子，用一头把行李拴住，轻轻推开窗户，不让它出一点声音，很灵巧地把行李系到下边院子里，然后又蹑手蹑脚走到我们的床前，和我们告辞，对我们说，我们没有什么危险，因此可以安心休息，并且叮嘱我们第二天早晨老板若问，只说不知。最后他和我们一一握手，祝我们百事如意，说完就从窗口跳到院子里，并未受伤，因为他用手扒着窗沿，两脚下垂，离开地面也不过三尺。我自己虽然觉得跟小贩一齐逃跑不太妥当，可是我心里总在嘀咕，那强盗是下定决心要跟小贩"做一笔买卖"，这下他不能如愿以偿，那还了得！我的伙伴心里跟我一样，也很不踏实。他愈想来福，心里愈是害怕，直怂恿我学学我们同乡小贩的榜样，别让那杀人不眨眼的强盗在我们身上出气；他若看见小贩逃走了，准会把我们看成小贩的同谋，跟我们算账报仇。但是我对他说道，我们要是也逃走了，来福一定觉得我们知道他干的是什么行业了，下次他在路上若是碰见我们，准把我们当作危险朋友看待，非把我们干掉不可。我还跟他说，我相信贝蒂的心眼好，他也同意，这后半夜我们两个就商量着明天早晨应该采取什么样的态度，才不致引起人家的疑心。

天刚一亮，贝蒂就走进我们屋子，看见窗户是开的，大叫道："唉唷，我的妈哟！你们苏格兰人的火气可真不小啊，这么冷的天，整夜开着窗户睡觉。"我假装从睡梦中惊醒，拉开床帐，喊道："什么事情啊！"她对着窗户指了指，我又装出一副惊讶的神气，说道："我的老天爷！我们上床的时候，窗户关得好好的呀！"她说道："我看准是索尼·瓦德尔那小贩子做梦起来开开的，我听见他睡着了直打呼呢，我明明放了一把便壶在他床下的。"她一面说，一面走到他睡的床前，一摸被窝是冷的，就大叫道："天公天母，就小子跑了！"我也假作吃惊，喊道："跑了，且慢，他别把我们的东西偷了吧！"我一跳跳了起来，拿起裤子，把裤袋里的零钱都倒在手心里，数了一遍，说道："谢天谢地，我们的钱倒都没丢。斯特拉普，去瞧瞧我们的行李。"他检查了一遍，发现什么都没动。我们就假装很关心的样子问道，他是否偷了店里什么东西没有。她回答说："没有，没有；他只是把该付的店钱拐走了。"看样子，这位笃信宗教的小贩，忙着祷告上帝，竟忘记付店钱了！贝蒂踌躇片刻之后就走了，紧接着我们听见她把来福唤醒；来福一听瓦德尔逃跑了，立刻跳下床来，穿上衣服，一面滔滔不绝地大骂瓦德尔，赌咒发誓说，下次碰见他，一定把他害死，因为，他说："这混蛋家伙这会儿早已到处喊捉强盗了。"他匆匆忙忙穿好衣服，骑上马就跑了。这一来，我们就没法跟他做伴了，同时也解除了和他做伴必然给我们带来的千般恐惧。在我们吃早饭的时候，贝蒂用尽各种伎俩探听我们，要看看我们是否怀疑那位飞马而去的客人。我们看见他骑马逃走，但是我们心里早有提防。她问我们许多诡诈的问题，我们都傻里傻气地回答她，叫她没法子怀疑我们。这时猛然间我们听见门外一阵马蹄声，斯特拉普本来心里就在想着来福的可怕的形象，一听马蹄声，早吓得脸色发白，跟牛奶一样。他喊道："老天爷，强盗回来了！"姑娘一听他的话，也吓了一跳，问道："小伙子，什么强盗？你是说我们这儿窝藏强盗吗？"斯特拉普这句话太不检点，叫我不知所措，但是我也还能保持镇静，对姑娘说，昨天我们在路上碰见一个骑马的，带着两管手枪，斯特拉普这傻瓜把他当作强盗了，所以他一听见马蹄子响就害怕。姑娘勉强微微一笑，好像是笑他的傻头傻脑，胆小如鼠的样子，但是我看出她对我这番解释丝毫不觉满意，这很叫我提心吊胆。

第九章

我们继续赶路——后面赶来一个强盗，对着斯特拉普开枪，他正要向我射击，又来了一队骑马的人追他，这才没有向我开火——斯特拉普客栈养伤，栈中奇遇。

我们付了账，和店家姑娘告辞，在分别的时候，她热情地拥抱了我一下。我们又继续登程，两个人都额手称庆，心想这次总算幸免了。我们走了不到五里路，只见一人骑马飞奔向我们追来，我们顿时认出正是昨夜客店里搅得我们心神不宁的那位可怕的强人。他来到我身旁，勒马停住，问我可认得他。我当时吓得魂飞魄散，根本没听见他说什么。他连骂带吓唬又问了一遍，我还是一语不发。斯特拉普见我这般慌张，就跪倒在泥地里，苦苦哀求道："来福先生，看上帝面子，饶了我们吧！我们认得您。"那强盗喝道："哈哈，你认得！狗畜生，你这辈子别想在公堂上作证害我了！"说着，他掏出手枪，对着这位倒霉的剃头匠就开了一枪，他一句话没说，一头就栽倒在地上了。我一看伙伴死了，又见我自己这般处境，两只脚就像钉住在地上一样，动弹不得，失去了知觉和思考能力，丝毫没想到拔腿逃跑，强盗又要对我开枪，我也不知道想法子消消他的怒火。但是正在他装火药的当儿，只见有一队人骑马驰来，那强盗立刻上马逃逸，剩下我一个像一尊泥菩萨站在路上，一动不动。幸亏这些人来到，才救了我性命。他们到了我跟前，我还是一动不动地站着。来的人中有三名都是仆役打扮，武器带得很齐全，此外还有一名军官。后来我听说昨天来福抢的手枪正是这位军官的东西，后来这位军官在路上遇见一位贵族，就把他遭劫的事告诉了这位贵族，还对这位贵族说，他之所以没有抵抗，完全是因为要顾全车中几位女客的缘故。这位贵族听说后，就答应派几名仆役帮他追赶强盗。这位衣着华丽的军官神气十足，连忙走到我面前，说他方才听见枪声，问我是哪个放的。我当时还吓得没有恢复神志，没来得及回答他，他却早已一眼瞥见地上躺着一具死尸，立刻脸上变了颜色，颤颤巍巍地说道："各位，请看，杀人了！我们下马吧。"甲仆说道："不下马了，我们还是追那杀人的强盗吧。小伙子，他往哪边跑了？"这时我已清醒过来，告诉他们说，强盗跑到前面去了，最多不过才走了半哩路。我又求他们留下一位帮我把我朋友的尸首抬到附近人家，好入土埋葬。那位军官心里盘算道，他若是追赶强盗，追着了，势必要开火，想到这里他便勒紧马头，又用马刺踢马，那畜生受到这等待遇，拱起前蹄，嘶叫起来。军官就大声喊道，他的马惊了，不肯前进。他一边喊，一边勒着马直打转，不住地拍打马颈，吹着口哨，哄它。他对马还说："嘿嘿，慢来，慢来。"乙仆这时喊道："妈的！我家老爷的红鬃马怎么会惊呢！"他说完，在马屁股上抽了一鞭，这匹红鬃马，不顾勒紧的笼头，驮着那位军官就向前窜去，跑得飞快，不消片刻必然会赶上强盗的。也是活该那位军官走运，马身上的肚带忽然松了，把军官一跤摔倒在尘埃地上。那甲乙两仆也不顾他，一直向前追强盗去了。剩下丙仆应我邀请，留下没走。他把斯特拉普的尸首翻了个身，想看看他是怎么死的，伤口在何处，不料斯特拉普的身体还是温的，还没断气。我一见马上给他放血，看看他苏醒过来，心里真是说不出的高兴。其实他身上什么伤都没有，他是吓死过去的。我们把他扶起来，搀他走了半哩路，来到一家客店，他还没有完全恢复，便倒头睡下了。过了不大的工夫，那丙仆把军官所骑的马以及鞍辔等物牵了回来，剩下那军官，由他一步一步去爬回来。这位佩剑的上等人到来之后，按着摔伤的地方唉声叹气地直喊疼，丙仆把我推荐给他，说我能治病，他雇我给他放血，赏了我半个克朗。

晚饭以前，我闲着无事，看人斗牌。斗牌的有两个农夫，一个收税官，还有一个穿着古铜色长袍的青年。我后来听说这位青年是附近教区的助理牧师。这四把手一看就知道本领悬殊：两个农民是一家，对手是一对骗子，不消片刻他们早把农民的现金全部剥光。有一个农民疑心他们手脚不干净，那位传教士反倒反问他一句道："妈的，难道你疑心我不老实吗，我的朋友？"我听了很是惊讶。身穿僧衣干骗人的勾当，本不足为奇，在我家乡也是常有的事儿，不过像他那种不正派的行为，尽说些不干净的话，唱些下流山歌，倒真叫我吓了一跳。最后，他想了个办法，多少弥补一下这两位大意的乡下佬的损失：他答应请他们吃顿晚饭，又从大襟底下掏出一把小提琴，拉了一支好听的曲子，一面拉，还一面唱。牧师的这种快活样子感染得在座的人也都高兴起来，两位农夫早把输钱的事儿忘光了，大家都涌到院子里，跳起舞来。我们正在快活，那位演唱家忽然看见一人骑马向客店而来，突然把提琴停住，惊叫道："我的上帝！各位，请你们原谅；我那位狗屁上司到店里来啦。"

说着，他连忙把提琴藏起，跑到客店门口，接过牧师的缰绳，扶他下了马，客客气气地向他请安问候。这位红光满面的教会骄子，年纪约莫五十上下，下了马，把马交给了助理，大模大样走到厨下，坐在炉火旁边，叫了一瓶酒，一根旱烟袋，大家恭而敬之地问他一家的好，他却带理不理，一语不答，只顾作出沉默寡言、莫测高深的样子。助理牧师走过来，恭恭敬敬问他可肯赏光和大家一同晚餐。他回答说，本布肯乡绅在上次巡回法庭开庭期间喝醉了酒，发高热，他刚去看望他回来；他出门的时候，吩咐过女仆贝蒂，说他是要回家用晚饭的。因此之故，他喝完了一瓶酒，抽完了一袋烟，就站起身来，像位大主教似的走到客店门口，早有帮工牵马伺候。他刚一上马，那位爱开玩笑的助理牧师就走到厨下说道："老混蛋可滚蛋啦，魔鬼也跟着他滚了。各位，请看这世界是多么不公平。我的上帝，这位牧师根本是个流氓，不配活着，可是他反倒有两份差事，一年拿四百镑，可怜我倒替他干苦工，每礼拜天骑马走二十哩路，替他传教，为的是什么？还不是一年二十镑钱。我不愿意吹嘘我自己的资格，可是一比就叫人愤恨。我倒想知道为什么这位大腹便便的神学博士比起我来反倒应该享福呢？他凭什么懒洋洋地坐在安乐椅子里，待在家里，吃好的，喝好的，跟他管家女仆说闲话儿？各位可明白我的意思吧。贝蒂是他的一个穷亲戚，挺漂亮的姑娘，这且不提；她很孝顺，每年总要去探望爹娘一回；不过我承认，我到今天也不知道他们住在哪一郡。我这些啰啰唆唆的话请各位多加原谅。"这时开上了晚饭，我把斯特拉普唤醒，大家用饭，很是高兴。晚饭吃罢，各人的饭钱都算了出来，忽然助理牧师推托有要紧事，竟骑上马走了，剩下他那份饭钱只有让那两个农夫想法去对付店主了。我们这才懂得原来这是他的脱身妙计。

（刘彪编，摘自杨周翰译：《蓝登传》，上海译文出版社，1980）

第十一章　谢立丹及《造谣学校》

第一节　谢立丹简介

谢立丹，1751年生于爱尔兰都柏林，后随家人搬到英格兰。谢立丹家境优越，父亲是位知名的演员，并经营一家剧院；母亲是位小说家及剧作家，所以他从小就受到良好家庭氛围的熏陶，对文学，尤其是对戏剧产生一定的兴趣。1758年，年仅7岁的谢立丹随父母来到伦敦，就读于著名的哈罗公学，接受良好的教育，为其戏剧创作打下了深厚的文学功底。1770年毕业后，因各方面原因，谢立丹未能继续学业，于是他返回定居在巴思的家中。回到这座风景优美的城市后，谢立丹爱上了一位著名的年轻女歌手——林利小姐。经过激烈的角逐，他终于脱颖而出，赢得林利小姐的芳心；当然其间也不乏曲折和艰险，在与造谣中伤林利小姐的上尉的两次决斗中，他险些丧命。最后，在1773年，他们克服来自各方面的重重阻力，终于走到了一起。婚后，谢立丹不想让妻子再登台演唱，他们依靠妻子的嫁妆过了一段惬意的田园生活。当他们定居伦敦后，迫于生计，谢立丹开始进行戏剧创作。两年后，也就是在1775年，他创作了他的第一个剧本《情敌》，但是首次演出却以失败告终。谢立丹并没有灰心，于是他找到一位更为出色的主演，终于在第二次上演时取得了轰动性效果，受到观众的一致好评，同时也让他在戏剧创作方面崭露头角。随后，他又创作了几部戏剧，都获得了巨大的成功，他也因此获得了一笔不小的财富。1776年，谢立丹成为特鲁利街剧院的经理和最大的股东。

不过，从1775年开始到1779年结束，他的戏剧创作仅仅持续了5年，以后他转而从政，开始他漫长的政治生涯。1780年，他进入议院，成为当时最为雄辩的议员之一。此后，他还在外交、财政等多个重要部门担任职务，为当时政府作出了重要贡献。直到1812年，因财务问题在竞选中失败，他才退出了政治舞台。谢立丹晚年债务缠身，生活比较凄凉。1815年，他重病在床，于次年去世，被葬于威斯敏斯特教堂的"诗人之角"。他的好友拜伦，写了著名的《吊谢立丹》，以此缅怀友人。

谢立丹是18世纪英国最著名的喜剧作家，也是当时"风俗喜剧"的代表人物，为英国戏剧的发展作出了不可磨灭的贡献。他的戏剧构思巧妙，情节曲折起伏，对话机智幽默，引人入胜。同时，他在作品中尖锐地批判了18世纪英国上层社会的丑陋和当时存在的各种社会弊端，引人深思。谢立丹一生创作的戏剧数量不多，其代表作是《造谣学校》。这部小说与他的处女作《情敌》一起，成为18世纪英国剧作的经典作品，同时也奠定了谢立丹在戏剧创作方面的崇高地位。除此之外，他的作品还有：《伴娘》、《圣帕特里克的节日》、《斯卡巴勒之游》和《批评家》等。

第二节　《造谣学校》简介

《造谣学校》是谢立丹的代表作，也是英国喜剧真正的经典之作。该剧集批判性与戏剧性为一体，用风趣幽默的笔调描述当时英国社会贵族们捕风捉影、造谣生事、幸灾乐祸的人情世态，揭露贵族生活的奢侈与腐败，塑造了他们虚伪、空虚、自私和冷漠的形象，旨在讽刺当时上层社会存在的道德问题。

《造谣学校》主要围绕查理士与约瑟两兄弟展开。查理士虽然行为放浪，挥霍无度，但内心善良，为人正直；相对而言，哥哥约瑟虽然表现上是满口仁义道德的谦谦君子，实则贪婪阴险，自私自利。兄弟二人性格迥异，同时都追求玛莉雅小姐，因此成为"造谣学校"的常客，也就是贵族们流言蜚语的焦点。而哥哥约瑟又与"造谣学校校长"史妮薇夫人同流合污，密谋破坏查理士与玛莉雅之间的感情，帮助他得到玛莉雅的遗产。因此一系列的阴谋诡计也随之展开：一方面史妮薇夫人通过造谣破坏他们的声誉，让他们在内心产生隔阂；另一方面，约瑟花言巧语地欺骗玛莉雅的感情，又伪装正直善良骗取彼德爵士的信任，更为甚者，他还勾引年轻美貌的彼德爵士夫人做他的情妇，并将罪名栽赃到查理士头上。后来，他们的叔父奥利福返回伦敦，指定自己的遗产继承人，他没有轻信别人的评价，而是自己明察暗访，要了解兄弟二人的真实性情。一次巧合，几位主要人物齐聚一堂，阴差阳错之下让大家认识到约瑟的真实面目；同时，与约瑟有私情的彼德爵士夫人也决心痛改前非。最后查理士理所当然地成为了叔父奥利福的继承人，与玛莉雅喜结连理。

《造谣学校》中，对于约瑟和史妮薇夫人的刻画也引人深思。约瑟是个典型的伪君子，为了达到自己的目的而不择手段。但他事事能够随机应变，投机迎合，因此在上层社会如鱼得水，混得风生水起，无论是谁，都会对他赞赏有加。而史妮薇夫人则是工于心计，善于制造谣言中伤他人，同时还让人觉得她在同情和关心被害人。正是他们这类人将上层社会搞得乌烟瘴气，彼此间相互利用、尔虞我诈，为达到目的不择手段，最终导致上层社会道德风气的腐化。

《造谣学校》构思巧妙，故事情节跌宕起伏，语言机智幽默，富于喜剧性；同时，该剧打破了古典主义戏剧严格刻板的规范，剧情发展自然灵活，而且富有节奏，让读者在笑声中，意识到资产阶级贵族造谣生事和弄虚作假的丑行，告诫人们不要被表象所迷惑，因为表象与实质可能并非一致；同时指出社会舆论有时也会颠倒黑白。此外，谢立丹还强调上流社会腐败的生活会对纯真的乡下姑娘造成影响和腐蚀，提醒人们要提高警惕，做真实的自我，而不受外界环境的影响。

第三节　《造谣学校》选段

剧中人物

彼德·狄索爵士　一位年长的英国贵族

奥利福·索菲斯爵士　其友

约瑟·索菲斯　奥利福的侄儿

查理士·索菲斯　约瑟之弟

柯立斯　查理士家中一仆

史奈克

班杰明·贝克白

柯雷木

罗利　前索菲斯家管家

摩西　一名犹太人

崔普　查理士家中一仆

托比·班波爵士

狄索夫人　彼德爵士之妻

玛莉雅　查理士的情人

史妮薇女士

康铎太太

男士、女仆和男仆数名

地点：伦敦

第一幕

第一景

史妮薇女士的化妆室

史妮薇女士正在梳妆；史奈克则在喝着巧克力饮料

史妮薇　史奈克先生，你是说，那几段文字都加插进去了？

史奈克　加插进去了，夫人；都是我亲自仿抄的，所以不会让别人怀疑是哪儿来的。

史妮薇　你散播碧桃女士和鲍士托上校两人的绯闻了吗？

史奈克　一切都如夫人您预期的一般巧妙。照一般事情的发展来看，我相信一定会在二十四小时内传到克雷奇太太的耳朵；到时候，您知道，事情就圆满达成了。

史妮薇　哦，真的，克雷奇太太是个又聪明又勤快的人。

史奈克　不错，夫人，并且一生还蛮成功的。据我所知，她导致六对婚姻破裂，三个儿子失去了继承权；四桩被迫的私奔，为数一样多的严密禁闭；九宗分居赡养费以及两个离婚案件。唔，我还不只一次查出她在《城乡杂志》上捏造两人对谈，而当事人也许素昧平生。

史妮薇　她的确有才分，可惜举止粗俗。

史奈克　这点很对。她通常都盘算得很周全，而且快人快语、大胆创新；可是，色泽太晦暗，轮廓往往太夸张，线晕不够细致，讥讽的手法也欠圆滑。夫人，您造谣就是这些方面出色。

史妮薇　你太抬举我了。

史奈克　一点也不；大家都知道，别人即使不无事实支持也还得费上九牛二虎之力的，史妮薇女士只需开个口、瞧一眼就行。

史妮薇　对了，亲爱的史奈克；而我也不装模作样来否认我努力达成目的时的满足感。我早年曾经受到流言的伤害，我承认我从那时起就觉得：把别人的名誉贬低到我当年受到伤害的地步，便快乐无比。

史奈克　这是最自然不过的了。哦，史妮薇女士，您最近找我去办的那件差事，老实说，我实在猜不透您的动机何在。

史妮薇　我猜你是指我邻居彼德·狄索爵士和他家人的事吧？

史奈克　不错。有两个年轻人，自从他们父亲过世后，彼德爵士就担起监护人的任务；老大的个性温厚，人人说好——老幺嘛，是这个国度最放荡、最挥霍无度的年轻人，没有朋友，也没有品格；前者公开承认拜倒在您的裙下，也显然是您的意中人；后者爱上彼德爵士监护下的玛莉雅，而她也自认爱他。哪，由这些可见的状况判断，我实在不懂，像您这样一位封爵实业家的遗孀，手边又有一份丰厚的遗产，为什么不接纳索菲斯先生这种有人品、有前途的人呢？更叫我糊涂的是，您为什么以如此出奇的热心去破坏他弟弟查理士和玛莉雅两人之间的感情呢？

史妮薇　哪，为了马上解开这个谜团起见，我只好告诉你：索菲斯先生和我之间的交往没有一丝爱情存在。

史奈克　哦！

史妮薇　他真正爱的人是玛莉雅，或者说是她的财产；可是，他发现弟弟是个情场劲敌后，只好掩饰意图，靠我协助。

史奈克　可是，益发叫我疑惑的是，您为什么关心他的成败呢？

史妮薇　天哪！你好笨！难道你揣测不到我至今还因羞愧而连你都隐瞒着的弱点吗？难道你一定要我承认查理士——这位放荡、奢侈、财和名都已破产的人——说他令我又不安又怀恨，而为了拥有他，我又得牺牲一切？

史奈克　喔，您的作为的确前后一致了；可是，您和索菲斯先生又怎么会如此推心置腹呢？

史妮薇　是为了我们的共同利益。我早就认清了他的真面目。我知道他这个人狡猾、自私而恶毒——简单的说，是个满嘴道德的无赖；而彼德爵士和他认识的人竟然以为他是个谨慎、有良知、心肠慈善的青年楷模。

史奈克　不错！彼德爵士说，在英国找不到像他这样的人；还特别推许他是个情感丰富的人呢。

史妮薇　对；由于虚情假意，他已经使彼德爵士对于玛莉雅的事完全站在他这边；而可怜的查理士却在家中一无朋友——虽然我担心他在玛莉雅的心中很有分量，所以我们的策略要针对玛莉雅来设计。

　　　　仆人上

仆　　索菲斯先生到。

史妮薇　请他进来。（仆人下）他通常总在这个时候来看我。人家把他当做我的情人，我并不觉得奇怪。

　　　　约瑟·索菲斯上

约　瑟　我亲爱的史妮薇女士，您今天可好？史奈克先生，您好。

史妮薇　史奈克刚刚还拿我们之间的关系说笑；不过，我已经把我们的真正意图告诉他了。你知道，他对我们会很有帮助。相信我，信任他是不会错的。

约　瑟　夫人，我不可能怀疑史奈克先生这种人的敏感度和洞察力。

史妮薇　嗳哟哟，别恭维啦；说一说你跟你的情人玛莉雅见面的情形罢——不然，就说点对我更为重要的事，就是令弟的事。

约　瑟　自从上回跟您分手以后，我就没再碰到他们两人中的任何一位；不过，我可以向您报告，他们也未再碰面。您的话，有些已经对玛莉雅起了不错的作用。

史妮薇　啊，我亲爱的史奈克！这份功劳应该记在你的身上。可是，令弟的苦恼加
　　　　多吗？

约　瑟　随时都在加多。听说昨天他家里的东西又遭到扣押。总之，他的放纵和挥霍
　　　　真是前所未闻。

史妮薇　可怜的查理士！

约　瑟　真的，夫人；尽管他坏，人家还是不由得要同情他的。可怜的查理士！我真
　　　　希望能够帮他忙；因为不能替兄弟分担烦恼的人，虽然可由他不当的行为得
　　　　利，却难免遭到——

史妮薇　哎唷，天哪！你又要满嘴道德仁义啦，居然忘了是和朋友在一起。

约　瑟　哎唷，好吧！我会把这份感情留着等见了彼德爵士再说。不过，把玛莉雅从
　　　　这么放荡的人手中拯救出来，的确是一件善事；而他如果要改过向善，也只
　　　　能靠夫人您这种修养和见识都十分卓越的人才行。

史奈克　史妮薇女士，我看又有客人来了。我这就去仿抄我跟您提过的那封信。索菲
　　　　斯先生，失陪了。

约　瑟　先生，请便。（史奈克下）史妮薇女士，我觉得很遗憾，您居然信赖这个
　　　　家伙。

史妮薇　怎么啦？

约　瑟　我最近发现他经常跟老罗说话；老罗从前是家父的管家，而您也知道他不是
　　　　我的朋友。

史妮薇　你想他会出卖我们吗？

约　瑟　非常可能；相信我，史妮薇女士，这家伙连老实面对自己的奸恶都还办不到。
　　　　啊，玛莉雅！

　　　　玛莉雅上。

史妮薇　玛莉雅，我亲爱的，你好吗？什么事？

玛莉雅　唉！又是那个讨人嫌的情人，班杰明·贝克白刚刚跟他那位讨人嫌的叔叔柯
　　　　雷木来看我的监护人；所以我就溜出来，跑到这儿避一避。

史妮薇　就这样吗？

约　瑟　小姐，如果舍弟查理士也在场，你就不会这么惊惶了。

史妮薇　你这话太苛刻了；因为或许事实上是玛莉雅听说你在这儿的缘故。不过，亲
　　　　爱的，班杰明到底干了什么好事，居然让你这么避开他？

玛莉雅　啊，他倒没干什么——是为了他说的话。他的话总是在诽谤他认识的人。

约　瑟　对，最糟的是，不认识他的也讨不了便宜，因为他骂陌生人就像骂最要好的
　　　　朋友一样；他叔叔也是一丘之貉。

史妮薇　喔，可是我们也该想想看，班杰明是个才子，也是诗人。

玛莉雅　夫人，我觉得机智一旦跟恶毒同流合污，就不值得尊重了。您认为呢，索菲
　　　　斯先生？

约　瑟　那当然，小姐。对于刺在别人心上的笑话给予附和的微笑，就成了恶意中伤
　　　　的主谋。

史妮薇　呸！机智不伴着一丝恶作剧，简直就不可能。不怀好意的居心就如刺人的倒
　　　　钩。你的看法呢，索菲斯先生？

约　瑟　说得不错，夫人；话中剔除了挖苦的味道，气氛难免沉闷乏味。

玛莉雅　哦，我不想争辩造谣到什么程度才可容忍；但是，对男人来说，我相信造谣

总是令人不齿的。我们有高傲、嫉妒、竞争，以及数以千计的动机来相互践踏；可是，男人得先有女人的怯懦，才好造谣伤人。

　　　　仆人上

仆　　　夫人，康铎太太在下头，夫人有空的话，她就下车。

史妮薇　请她进来。（仆人下）哼，玛莉雅，这个人可很合你的胃口；因为康铎太太虽然有点多嘴，大家也都承认她脾气最好，也是最上选的人。

玛莉雅　是的，她以一种很粗俗的好脾气和慈悲心肠来做坏事，可比老柯雷木的直接伤害还多。

约　瑟　老实说，正是如此，史妮薇女士：每逢我听说舆论对我朋友的声望不利，我就觉得，只要康铎太太替他们辩护，就反而会陷他们于危险中。

史妮薇　嘘！——她来了！

　　　　康铎太太上

康太太　我亲爱的史妮薇女士，近来可好？——索菲斯先生，有没有什么消息？——没什么大不了的事，因为我觉得我们听到的不外乎丑闻。

约　瑟　不错，真是如此，夫人。

康太太　哼，玛莉雅！孩子——怎么，你跟查理士之间的事都告吹了吗？我看是他挥霍无度吧——城里的人议论纷纷的就是这个。

玛莉雅　我觉得很遗憾，夫人，城里的人居然吃饱饭没事干。

康太太　对啊，对啊，孩子；可是别人的嘴巴是封不住的。我承认我听到这种话也痛心不已，而我从同一个消息来源得知你的监护人彼德爵士和狄索夫人最近也处得不如预期那么和谐。

玛莉雅　大家这么好管闲事，实在岂有此理。

康太太　一点儿也不错，孩子；可是，又能怎样？别人要说——也无法防止。哪，就在昨天，听说嘉达葆小姐跟费拉格利·富乐特爵士私奔了。哎呀！听听就算了；只是这件事确实是从权威人士那儿得知的。

玛莉雅　这些闲话都很具杀伤力。

康太太　可不是吗，孩子——丢脸，丢脸！可是，世人就是这么爱搬弄是非，无人幸免。天哪，谁会怀疑你的朋友普琳小姐行为轻率呢？可是人的本性就是这么坏，居然说上周她的叔叔在她跟舞蹈老师一齐踏进一辆开往约克的驿站马车时阻止了她。

玛莉雅　我保证这种谣言没有根据。

康太太　喔，绝对没有根据，我敢发誓：也许跟上个月费斯提诺太太和卡西诺上校之间的风流韵事同样没有根据——话虽如此，这件事还有待澄清。

约　瑟　有些人肆意造谣，实在可恶。

玛莉雅　的确如此；不过，在我看来，这些造谣生事的人一样该骂。

康太太　的确该骂；搬弄是非的跟制造是非的一样坏——这是一句俗话，也是一句很真切的话；可是，就像我早先说过的，有什么办法？你要怎么叫别人不说闲话？今天，柯拉奇特太太对我证实说，哈霓梦先生和太太跟他们认识的人一样终于结为夫妻。她还暗示说，隔街有一位寡妇治好了浮肿，还把身体恢复到令人讶异的地步。当时，达特小姐正好也在一旁，就肯定地说：巴浮罗老爷竟然发现妻子正在一家恶名昭彰的屋子里；还有，哈利·布吉特和汤·宋特两人由于受人挑拨而打算决斗。可是，天哪，你想我会散播这些谣言！不，不！我说过，搬弄是非的跟制造是非的一样坏。

约　瑟　啊！康太太，要是每个人都跟您一样自制和善良就好啰！

康太太　索菲斯先生，我觉得我实在听不进别人在背后遭受攻击；一旦恶事传开对我们认识的人不利，我承认我总喜欢往好的一边想。啊，对了，令弟全毁了的事不是真的吧？

约　瑟　我担心他的情况真的很糟，夫人。

康太太　啊！——我听到的也是这样——可是，你一定要叫他振作起来；每个人的处境几乎都很相同；史宾铎公爵、汤姆士·史普林特爵士、昆士上尉和尼齐特先生——听说都在这个礼拜全毁了；所以，查理士也毁了的话，他会发现他认识的人也毁了一半；而这点，你知道，会使他心里好过些。

约　瑟　毫无疑问的，夫人——是会好过些。

　　　　仆人上

仆　　柯雷木先生和班杰明·贝克白爵士来访。（下）

史妮薇　玛莉雅，瞧，你的情人追来了；肯定这回是逃不了啦。

　　　　柯雷木和班杰明·贝克白爵士同上

柯雷木　史妮薇女士，我亲吻您的手。康铎太太，我看您不认识我的侄儿班杰明·贝克白爵士吧？哎唷，夫人，他是个出色的才子，也是个出色的诗人。对不对，史妮薇女士？

班杰明　唷，呸，叔叔！

柯雷木　喔，哎哟，是真的：我曾经在猜画谜，还是写字谜比赛的场合支持他跟全国的押韵高手过招。夫人您听说上周他以弗莉锁女士的羽饰着火为题写了一首讽刺短诗吗？——班杰明，念给她听，不然就念昨晚在德朗祺太太家参加文艺座谈会时即兴写的字谜。念啊；第一首是"鱼类的名称"，第二首是"一位伟大的海军总司令"，并且——

班杰明　叔叔，哎唷——请您——

柯雷木　真的，夫人，听说他的诗才有多敏捷，您会很讶异的。

史妮薇　班杰明爵士，不知您是否出过书。

班杰明　说真的，夫人，印书未免太俗气啦；并且，由于拙著大半是针对特定人物而写的讽刺诗和打油诗，我觉得在聚会时私下发给亲朋好友看看，会流传得更广些。不过，我有一些爱情哀歌，如果这位小姐肯报以微笑，我也愿意公诸大众。

柯雷木　（对玛莉雅说）皇天在上，小姐，这些诗会使你永垂不朽——你会跟佩脱拉克笔下的罗拉或魏乐笔下的莎嘉莉萨同样流芳百世的。

班杰明　（对玛莉雅说）不错，小姐，我相信你看到这些诗印在精美的四开纸页上的时候会喜欢的，印在纸页上的诗行一如清澈的溪流顺着沃野的岸缘蜿蜒地潺潺流过。我的天，那一定是这类东西当中最高雅的了！

柯雷木　啊，各位女士，的确如此——您听说那则报道了吗？

康太太　先生，您说的报道是——

柯雷木　不，夫人，不是那一则。是奈思丽小姐就要下嫁给跟班的事。

康太太　不可能的！

柯雷木　问问班杰明吧。

班杰明　千真万确，康太太：一切都已决定，结婚礼服也订制好啦。

柯雷木　是呀——据说还有很紧迫的理由呢。

史妮薇	哦，我以前也略有耳闻。
康太太	不可能——奈思丽小姐是个很谨慎的人，我怀疑有人会相信这种传闻。
班杰明	唷，天哪！夫人，大家一听就信，正是这个缘故。她一向谨慎保守，所以别人都相信实际上另有隐情。
康太太	哎唷，说真的，瞎编的谣言对她这种谨言慎行的人来说，就如同热病对体格强壮的人一样致命。不过，有一种小名小誉，一如多病的体质，虽然叫人苦恼，却比数以百计看似精力旺盛的正经女人来得耐久些。
班杰明	不错，康太太，有些人生怕名誉受损就像知道自己身体有弱点的人一样，尽量避免风吹草动，而以细心照料来补给所需的活力。
康太太	哦，可是这也许全是错的。班杰明爵士，您可知道：芝麻小事往往变成最具杀伤力的谣言。
柯雷木	我敢说，的确如此，康太太。您听说去年夏天派普小姐是怎么在顿桥丢了情人和人格吗？班杰明爵士，你记得吗？
班杰明	喔，当然记得！——那真是一桩最古怪不过的事了。
史妮薇	请问，是怎么了？
柯雷木	唷！有一天晚上在潘桃太太家中聚会的时候，话题凑巧转到国内新英格兰绵羊生产的事。在场的一位年轻女士说："我知道一些实例；因为我一位堂姊莉缇迪雅·派普小姐养的一头新苏格兰绵羊，一胎生了两头。""什么！"道尔杰·邓迪吉女士失声叫道（你们知道她是个很重听的人）："派普小姐生了双胞胎？"你们可以想见的是，这种误会当场引起哄堂大笑。可是，就在第二天早上，这件事到处传扬；过后几天，全城的人都相信莉缇迪雅·派普小姐真的生了一对漂亮的男女双胞胎；不到一周，有些人就指认凿凿说，娃娃的父亲是谁，娃娃寄养的农舍在哪儿。
史妮薇	的确古怪！
柯雷木	事实如此，我敢保证。哎唷，天哪！索菲斯先生，请问令叔奥利福爵士真的就要回来了吗？
约　瑟	先生，这件事我真的不清楚。
柯雷木	他在东印度群岛已经好久了。我相信你大概记不得他了吧？他回来听说令弟所作所为，会很难过的！
约　瑟	先生，查理士实在很轻率；不过，我倒希望好管闲事的人不要使奥利福爵士对他存有偏见。他会改过自新的。
班杰明	他真的会改过的。依我看，我从来就不相信他像传言那么完全没有原则；而且他虽然朋友全都失去了，听说犹太人倒是对他颇有好评。
柯雷木	那倒是真的，哎哟，贤侄。如果旧犹太区自成一区，我相信查理士会当上参议员的；那儿没有人比他吃得开。皇天在上！听说他付的年金跟爱尔兰唐缇养老金一样多；所以他一生病，所有的犹太会堂都为他的康复祈祷。
班杰明	可是，没有人日子过得比他还豪华；听说他招待朋友的时候，就跟一打的保证人同进晚餐，前厅有二十来个生意人，每个客人的椅背后面都有一名监守员。
约　瑟	各位，这对你们来说也许有趣，可是你们却不曾顾虑当哥哥的感受。
玛莉雅	（旁白）他们如此恶言恶语，实在令人难忍——（大声地）史妮薇夫人，我得告辞了；我不舒服。（下）
康太太	哎哟！她的脸色变得好难看。

史妮薇　康太太，快跟去；她可能需要帮忙。

康太太　我会全心帮她忙的，夫人。可怜的女孩儿，谁晓得她的状况会怎样！（下）

史妮薇　她不过是听不进查理士遭人恶言攻讦罢了，虽然他们之间还存有歧见。

班杰明　这位小姐的好恶显然可见。

柯雷木　可是，班杰明呀，你也不可因而放弃追求：跟上去，讨她高兴。念些你写的诗给她听。走呀，我助你一臂之力。

班杰明　索菲斯先生，我没有伤害您的意思；相信我好啦，令弟是全完了。

柯雷木　哎哟，天哪，嗨！全光啦——连一毛钱也筹不到啦！

班杰明　据说动产全变卖光啦。

柯雷木　我看到他屋子里只剩一样东西。除了没人要的空瓶子和框在壁板上的家族肖像之外，一无所有。

班杰明　很遗憾的是，我还听了一些对他不利的传言。

柯雷木　啊，他干了许多丢脸的事，那是毋庸置疑的。

班杰明　尽管如此，由于他是你弟弟——（欲离去）

柯雷木　以后有机会再详谈吧。

　　　　柯雷木与班杰明爵士同下

史妮薇　哈，哈！要让他们话没说完就走可真难。

约　瑟　我相信这些坏话对您和对玛莉雅来说都同样不快。

史妮薇　我相信她比我们想象的还痴情。不过，这家人今晚要来这儿，所以你不妨就在这儿用餐，而我们也会有机会进一步观察。在这同时，我要去策划策划，而你可去研究研究感情。（同下）

第二景

　　　　彼德·狄索爵士家中

　　　　彼德爵士上

彼　德　老光棍讨了个年轻的老婆，还指望什么？狄索女士嫁我六个月以来，我固然成了最幸福的男人——却也从那时候起变成一头最悲惨的狗！上教堂的路上嘛，吵吵嘴；钟声还没响完，就大大吵了一架。蜜月期间，我不只一次气个半死；朋友的祝福声还没停，就已经叫我一无宁日。不过，我可是经过精挑细选的啊——选了一个土生土长的村姑娘，所知道的奢侈仅止于一件丝袍，所知道的娱乐也不过是年节的赛马舞会。可是，她现在涉足城里那些时髦而奢侈浮华的去处，居然还推说从来没见过格罗斯凡诺广场上的一草一木！认识我的人都笑话我，报纸上也以此大作文章。挥霍我的财产，跟我处处不合；最糟糕的是，我相信我爱她，否则就不该忍受这一切。但是，我绝不会软弱得承认这项事实。

　　　　罗利上

罗　利　啊！彼德爵士，您好：近来可好，先生？

彼　德　糟透了，老罗，糟透了。碰到的不是苦难，就是烦恼。

罗　利　昨天以来，到底有什么事让您心烦的？

彼　德　对有妇之夫来说，这话可问得好！

罗　利　哪，彼德爵士，我相信尊夫人不会是您心烦的原因吧。

彼　德　唉，有没有谁告诉你说她死了？

罗利 哎哟哟，您心里爱她，虽然你们的个性不太相合。

彼德 可是，老罗啊，这可全是她的错。我这个人脾气最好了，可就是讨厌别人取笑；我每天都这么跟她讲一百遍。

罗利 真的！

彼德 是呀；特别是我们每回吵架总是她错！可是，史妮薇女士和她在她家碰到的那帮人却助长她乖张的脾气。还有，最叫我心烦的是，玛莉雅既然受我监护，我理当拥有父亲般的权力管她，偏偏连她也决心忤逆，断然拒绝我替她物色的丈夫人选；我想，这意味着她打算委身于他那位放纵无度的弟弟。

罗利 彼德爵士，您知道每次提到这两位年轻人，我一向不敢苟同您的看法。我只是希望您对老大的看法不要受人蒙骗。因为我敢以生命保证，查理士还会改过的。他们的父亲，也就是曾经受我景仰的主人，在他这种年纪时，也几乎野得像个纨绔子弟；可是，他死的时候，却没有一个心肠慈悲的人不哀伤。

彼德 你错了，老罗。他们的父亲一过世，你知道我对他们担起监护人的责任，直到他们叔叔奥利福爵士同意早日给他们自主权为止。当然，没有人会比我有更多的机会来判断他们的心，而我也从来不会判断错误。约瑟的确是这一代年轻人的楷模。他这个人重感情，也言行一致。但是，相信我好啦，另外一个即使继承一丝美德，也已跟他的财产一齐挥霍光了。唉！我的老朋友奥利福爵士一旦发现他部分的慨予居然遭人滥用，一定会深感痛心的。

罗利 听您对老幺这么强烈不满，我很遗憾。因为这可能是他财物最危急的时刻。我到这儿带了一个会让您感到意外的消息来。

彼德 什么！说给我听。

罗利 奥利福爵士已经抵达了，目前人在城里。

彼德 怎么！好叫人意外！我以为他这个月不会回来。

罗利 不错；可是，他这趟路走得出奇的快。

彼德 哎哟，看到老朋友真高兴。十六年没见面了。以前相聚的日子很多；喔，他有没有吩咐我们不要把他回来的消息通知他的侄儿呢？

罗利 绝对不要。他想在他们知道之前先试探他们的品行。

彼德 嗨！要知道他们的品行，无需什么技巧——不过，随他去吧；啊，请问，他知道我结婚了吗？

罗利 嗯，很快就会恭喜您的。

彼德 哼，这不就像举杯给一位患了肺病的朋友祝福一样吗？唉，阿福会笑话我的。我们以前常常一齐痛骂婚姻的不是，他倒是坚持立场到底。哦，他必定很快就会来到寒舍——我得马上吩咐家人接待他。啊，老罗，可别把我和太太不和的事漏了口风。

罗利 绝对不会的。

彼德 因为我绝对受不了奥利福的揶揄；上天饶恕我！我要他以为我们是一对幸福的夫妻。

罗利 我明白；可是，他在你们家的时候，你们可要小心，别意见不合喔。

彼德 哎哟，也只好这样啦——偏偏这是不可能的事。唉！老罗啊，老光棍娶了个年轻的老婆，就该——不——罪与罚是相伴而来的。（下）

（刘彪编，摘自张静二译：《屈身求爱与造谣学校》，辽宁教育出版社，1998）

第十二章　博马舍及《费加罗的婚姻》

第一节　博马舍简介

加隆·德·博马舍，原名彼埃尔·奥古斯旦·加隆，1732 年 1 月 14 日生于法国巴黎。他的父亲是个钟表匠，家境殷实，而且又是家中独子，所以他的童年生活无忧无虑，过得非常幸福。直到 10 岁时，他才接受过两年教育，随后辍学，跟随父亲学习钟表制造。1753 年 7 月，他改进了钟表的结构，使其更精准更小巧，因而获得国王钟表师的头衔。1755 年，他与一个寡妇相识并结为夫妇，并根据妻子的领地更名为加隆·德·博马舍。但不到一年，他妻子就去世了，他继承了妻子的全部遗产。后来，他凭借在音乐方面的天赋，成为公主的竖琴教师，从此在宫廷站稳了脚。1759 年，博马舍结识巴利士·杜威奈，并在这位金融巨头的帮助下，成为法国最富有的企业家之一，积累的巨额财富，让他真正步入法国贵族阶层。路易十五去世以后，他又通过自己的努力，赢得了路易十六的信任，多次去国外执行秘密任务。在美国独立战争期间，他曾多次组织船队，运送武器和志愿军前往北美洲，为美国独立战争贡献自己的力量。在法国资产阶级革命期间，他通过戏剧宣传启蒙主义思想，积极与贵族阶层做斗争。但 1789 年大革命之后，博马舍变得意志消沉，失去了原来的斗志，作品也不再抨击贵族。后来，为了免遭迫害，他流亡海外，直到 1796 年才返回巴黎，与家人团聚。1799年 5 月 18 日，他因中风离开人世。

博马舍的一生，除了积极参加经济政治活动之外，还进行文学创作，尤其是戏剧创作。1767 年，他出版了第一部戏剧《欧也妮》，该剧本身并未产生很大影响，但是博马舍在这部戏剧序言中指出，"应打破传统狭隘的戏剧观念，进行'严肃戏剧'的创作，主张剧作家应该了解现实生活，并用日常语言描述普通人的生活，从而反映当时社会存在的重大问题"。这一理论对于后来戏剧的发展产生了深远的影响，是文学史上一篇重要的戏剧文论。此外，他还成立了戏剧家协会，通过斗争维护剧作家的合法权益；而且他还出版了《伏尔泰全集》，为法国文学界做出巨大贡献。

博马舍戏剧的代表作是"费加罗三部曲"，即《塞维利亚的理发师》、《费加罗的婚姻》和《有罪的母亲》。其中，前两部政治戏剧尤为成功，不但具有很强的艺术性，而且体现了启蒙运动的思想，因此深受观众的喜爱；同时，这两部戏剧分别被奥地利著名音乐家罗西尼和莫扎特谱写成歌剧，广为传颂。他的其他作品还有：《欧也妮》、《两朋友》、《备忘录》、《达拉尔》等。

第二节　《费加罗的婚姻》简介

《费加罗的婚姻》又名《狂欢的一日》，是《塞维利亚的理发师》的续集，也是博马舍戏剧的巅峰之作，在世界剧坛上产生了深远的影响。这部政治色彩浓厚的喜剧，集中反映出法国大革命前夕人民群众追求自由，维护自身权利，反对封建特权及社会种种弊端的革命情绪。同时也预示社会新生力量的崛起，旧的贵族阶级逐渐衰亡，并被新兴力量所取代的趋势。正是由于该剧强烈的反封建倾向，让路易十六非常不满，因此该剧被禁演多年，直到1788年，才在巴黎公演，而且一鸣惊人，好评如潮，成为法国戏剧史上的一朵奇葩。

该剧情节主要围绕费加罗的婚礼能否顺利进行而展开。即将步入婚姻的殿堂，费加罗非常兴奋，但他从未婚妻苏珊娜那里获得的消息，让他察觉到伯爵的阴谋。为了保住苏珊娜的初夜权，维护自己的爱情和尊严，费加罗下定决心与伯爵斗争到底。同时，伯爵为了能重新享受自己的特权也是不遗余力。于是双方斗智斗勇，使出各种手段。费加罗凭借自己的聪明才智和伙伴们的帮助，每次都能化险为夷，绝处逢生。虽然其间也发生过很多误会，但最终费加罗棋高一着，不但让伯爵颜面扫地，自己也如愿按期举办了婚礼。博马舍通过费加罗最终的胜利来赞扬普通民众的聪明才智和真挚的爱情，讽刺封建特权对普通民众的迫害，揭露封建统治的黑暗，抨击当时社会存在的种种弊端。同时也预示着新崛起的平民主义力量将会冲破封建统治的重重枷锁，取得最后的胜利。

这部喜剧人物个性鲜明，性格描写细致入微，情节环环相扣，跌宕起伏，让读者在不知不觉中融入剧情里，感受剧中人物的喜怒哀乐，体会主人公在斗争中所经历的曲折与艰辛，与整部戏剧融为一体。同时，在剧情发展过程中，作者加入了一些民间的歌曲和舞蹈，既增强喜剧气氛，使剧本充满生活气息，又更生动地体现出人物的性格，拉近剧中人物与观众的距离，在轻松愉快的氛围中，让观众透过剧情本身，探索背后的真正内涵。

博马舍曾指出："严肃戏剧的根本目的，是要提供一个比在英雄悲剧中所能找到的更加直接，更能引起共鸣的兴趣，以及更为适用的教训；并且，假定其他一切都相同，严肃戏剧也能给予一个比轻快喜剧更加深刻的印象。"《费加罗的婚礼》则是这一理论的完美展现，通过古典主义喜剧形式来展现启蒙运动的思想，两者相辅相成，有机结合在一起，因此该剧也获得了巨大的成功。18世纪末期，著名作曲家莫扎特将其改编为同名歌剧，成为传世经典之作，在多个国家上演，经久不衰。

第三节　《费加罗的婚姻》选段

人物表

阿勒玛维华伯爵——安达卢西省首席法官。

伯爵夫人——伯爵的妻子。

费加罗——伯爵的随身仆人兼伯爵府第的门房。

苏姗娜——伯爵夫人的第一使女，费加罗的未婚妻。

马尔斯琳——管杂务的女仆。

安东尼奥——伯爵府第的园丁，苏姗娜的舅舅，芳舍特的父亲。

芳舍特——安东尼奥的女儿。

薛侣班——伯爵的第一侍从武士。

霸尔多洛——塞维勒的医生。

巴斯勒——伯爵夫人的大键琴教师。

唐居斯曼·比利多阿生——代理首席法官。

两只手——法庭书记员，唐居斯曼的秘书。

法警一人。

格利普·索莱日——年轻牧童。

年轻牧女一人。

贝得利尔——伯爵的马夫。

第一幕

舞台布景是一间屋子，有半间的家具已经挪开；正当中放着一张病人用的大沙发椅。费加罗用尺量着地板。苏姗娜在镜子前面，把叫做"新娘帽子"的一束橙花戴在头上。

第一场

费加罗，苏姗娜

费加罗 十九尺宽，二十六尺长。

苏姗娜 喂，费加罗，瞧我的小帽子。这样你觉得比较好些吗？

费加罗 （拿住她的手）再好没有了，我的心爱的人。啊！这束象征贞洁的鲜花高高地戴在美丽姑娘的头上，结婚那天早晨，在丈夫的情眼里，多么甜蜜呀！……

苏姗娜 （走开）你在量什么，亲爱的？

费加罗 亲爱的苏姗娜，我看看大人给我们的这张漂亮的床放在这里合适不合适。

苏姗娜 放在这屋里？

费加罗 他赏给我们的。

苏姗娜 我，我决定不要。

费加罗 为什么？

苏姗娜 我决定不要。

费加罗 到底为什么？

苏姗娜 我不喜欢这间屋子。

费加罗 你说出个道理来呀。

苏姗娜 要是我不乐意说呢？

费加罗 嘿！一个女人，她要是摸准了我们的脾气……

苏姗娜 要证明我对，就是承认我也会错。你到底依从我呢，还是不依从？

费加罗 府第里这样方便的一间屋子，你居然不喜欢！这间屋子正在两个大房间的当中，晚上，太太要是不舒服，在她那面按一下铃，噜的一下！两步路，你就到她的房间了。大人要有什么吩咐吗，只要在他那面按一下铃，噔的一声！跳三跳，我就到了。

苏姗娜 这都很好！不过，要是大人清早按一下铃，打发你出去办一桩很费时间的差使，噜的一下！两步路，他就到了我的房门口，噔的一声！跳三跳……

费加罗　你这些话是什么意思？

苏姗娜　你安安静静地听我说。

费加罗　老天爷！什么事呀？

苏姗娜　就是这么一回事，我的好人。阿勒玛维华伯爵追逐附近的美人追腻了，他想
　　　　回府第来，可是并不是回到他的太太那儿，而是看上了你的老婆，你明白吗？
　　　　他希望这间屋子不至于妨碍他的计划。这就是那位忠心耿耿的巴斯勒，为他
　　　　寻欢作乐而极力帮闲的老实人，教我唱歌的高贵教师，每天给我上课时候，
　　　　对我说了又说的话。

费加罗　巴斯勒！啊，我的小宝宝！假如拿根棍子照某一个人的背上狠狠地揍一顿，
　　　　就可以把他脊骨揍得很直很直的话……

苏姗娜　亲爱的！人家给我那份嫁妆，你当做单为了你的勤劳，而没有其他目的吗？

费加罗　我卖过不少力气，当然可以这么希望。

苏姗娜　聪明人够多么傻呀！

费加罗　人家都这么说。

苏姗娜　可是谁也不信。

费加罗　那是他们错了。

苏姗娜　告诉你吧：那份嫁妆是用来要我偷偷地答应他，单独和他在一起，待上那么
　　　　一刻钟，就是以前贵族权利所要的一刻钟……你知道这件事是不是好受的。

费加罗　我知道得这么清楚，如果伯爵大人结婚时候，没有放弃那个可耻的权利的话，
　　　　我绝不会在他的庄园内和你结婚。

苏姗娜　那个权利确是消灭了，他可懊悔着呢。今天他正想在你的未婚妻身上秘密赎
　　　　回这个权利呢。

费加罗　我的脑袋受这一惊，吓软了，我的额头恐怕要长东西了……

苏姗娜　那就别搓它！

费加罗　怕什么？

苏姗娜　（微笑）要是长出一颗小疙瘩，迷信的人……

费加罗　你还笑，狡猾的女人！啊，假若有办法抓住那个大光棍，骗他上钩，把他的
　　　　钱弄到我的口袋里面来！

苏姗娜　捣鬼和弄钱，这正是你的拿手好戏。

费加罗　我不是因为怕丢脸才不干。

苏姗娜　是害怕吗？

费加罗　干一件危险的事情，算不了什么；问题是如何把事情办得好好的，而又能够
　　　　平安脱险。因为，夜里走进别人家里，偷人家的老婆，为这个吃一顿鞭子，
　　　　没有什么事情比这更容易的了。好些浑傻子都这么干过。但是……（里面按
　　　　铃声）

苏姗娜　太太醒了。她吩咐过我，要我结婚那天的早上，我是第一个跟她说话的人。

费加罗　这里面又有什么讲究吗？

苏姗娜　爱神说，这样做就给被抛弃的妻子带来好运气。回头见我的费、费、费加罗。
　　　　想想我们的事吧。

费加罗　给我一个小小的吻，好打开打开我的思路。

苏姗娜　今天，给我的爱人！你倒想得好！明天我的丈夫会说什么？（费加罗吻她）
　　　　嗯，嗯！

费加罗　你不了解我对你的爱情。

苏珊娜　（脱身）讨厌东西，你究竟要到什么时候才不从朝到晚对我谈你的爱情？

费加罗　（神秘地）等我能够从晚到朝证明给你看，我怎样地爱你。（第二次按铃声）

苏珊娜　（远远地，把手指并拢放在嘴上）先生，这就是你要的吻。我没有别的给你啦。

费加罗　（追她）啊！但是我给你的吻，可不是这个样子的呀。

第二场

费加罗

费加罗　（自语）这个迷人的姑娘！总是笑嘻嘻的，显得那么活泼、愉快、聪明、多情、温柔！可是，多么守身如玉（一面搓手，一面激动地走着）呀，大人！我的亲爱的大人！您想给我……给我当上？我也想过，为什么他派了我当府第的门房，又要带我上他的大使馆，叫我去当送公文的信差？我明白伯爵夫人的用意了！有三个人同时高升；您呢，外交大臣，我呢，政治舞台上的小卒；苏珊娜呢，随时应急的贵妇人，可以随便携带的大使夫人，然后我这个当信差的就该快马加鞭！当我这一方面在拼命跑的时候，您那一方面可就把我的美人带上一条美好的路上去了！我为了您的门第的光荣，弄得满身是泥，腰酸背痛。您呢，不惜屈尊俯就，为增加我家庭的光荣而努力！多么甜美的互惠互利呀！不过，大人你也未免太僭妄了一点。在伦敦，您同时又办您主人的事又办您仆人的事！在外国朝廷上，您又代表国王又代表我！这里面有一半是多余的，是太过分了。——至于你，巴斯勒！你这个光棍老弟呀！你这样班门弄斧，我得教训教训你，我要……不，跟他们不可太实心眼，叫他们自相残杀吧。费加罗先生，现在应该留神今天的事！首先把你的婚礼提前举行，以免你的婚事发生意外，把马尔斯琳调开，她爱你爱疯了；把金钱和礼物弄上手；骗过伯爵大人这段小小的春情。结结实实地揍巴斯勒老爷一顿，然后……

第三场

马尔斯琳，霸尔多洛，费加罗

费加罗　（打断自己的话）……哎，哎，哎，哎！胖大夫来了，这一下，婚礼可就齐全了。啊！你早，我的心爱的大夫！你是不是因为我和苏珊娜的婚礼才到府第来的？

霸尔多洛　（蔑视地）啊！我的亲爱的先生，绝不是的。

费加罗　如果是的话，那你就太宽宏大量了！

霸尔多洛　当然啦，而且还非常傻呢。

费加罗　我，我不幸曾把你的婚礼扰乱了！

霸尔多洛　你还有别的话要对我们说吗？

费加罗　我们真不该照顾你的骡子！

霸尔多洛　（怒）你这臭油嘴！给我滚开。

费加罗　你生气吗，大夫？干你这行职业的人心真狠！连对可怜的畜生，也和对人一样没有一点怜悯之心……！再见，马尔斯琳，你总想控告我吗？不相爱，就非互相憎恨不可吗？

我请大夫评评理。

霸尔多洛　什么事？

费 加 罗　反正她要告诉你的。（下）

第四场

　　马尔斯琳，霸尔多洛

霸尔多洛　（瞅着费加罗下）这个怪家伙总是这副样子！我敢断言，除非活生生地把他的皮剥了下来，他至死也是个最狂妄无礼的坏小子！……

马尔斯琳　（拉他过来）到底，你来了，你这个招人讨厌的大夫！你总是这样又严肃又呆板，等待你来帮忙可能把人等死；难怪你从前无论怎样提防你的那位被监护人，人家仍旧同她结了婚。

霸尔多洛　你总是又刻薄又好找寻人的短处！好吧，是谁要我非到府第来不可的？伯爵大人有什么病吗？

马尔斯琳　不，大夫。

霸尔多洛　他那骗人的伯爵夫人罗丝娜不舒服吗？谢天谢地！

马尔斯琳　她简直憔悴不堪！

霸尔多洛　为什么？

马尔斯琳　她的丈夫对她冷淡了。

霸尔多洛　（高兴）呀，她那位好丈夫替我报仇了！

马尔斯琳　我没法说出伯爵的性格：他又嫉妒又荒唐。

霸尔多洛　荒唐因为厌烦，嫉妒因为虚荣。这是用不着说的。

马尔斯琳　比方说吧，今天他把我们的苏珊娜嫁给他的费加罗。为了这个婚事，他赏给费加罗很多好处……

霸尔多洛　是不是伯爵大人已经无法下场，非要苏珊娜结婚不可？

马尔斯琳　也不尽然，但是伯爵大人想偷偷地和新娘子欢庆这个吉日良辰……

霸尔多洛　和费加罗的新娘？跟他做这样的买卖，那倒一定可以成功的。

马尔斯琳　巴斯勒说一定不成功。

霸尔多洛　那个无赖也住在这儿？真是一窝！呃，他在这儿干吗？

马尔斯琳　干他干得出的一切坏事。最糟糕的是我发现他很久以来对我就发生了一种讨厌的爱情。

霸尔多洛　要是我，我早就摆脱他的追逐了。

马尔斯琳　怎样摆脱法？

霸尔多洛　干脆跟他结婚。

马尔斯琳　无聊的恶毒的俏皮鬼，你干吗不用这个代价来摆脱我对你的追逐？难道你不应该吗？你还记得你当初的誓言吗？我们的小宝宝爱玛汝爱勒，你忘得干干净净的一段恋爱的结晶现在怎么样啦？有了这个结晶，我们早就应该结婚的了。

霸尔多洛　（把帽子脱下）你把我从塞维勒请来就是为了听这些废话吗？你忽然也犯起结婚的瘾来了……

马尔斯琳　好吧，我们别谈这个吧。但是，既然无法叫你讲理和我结婚，那么，至少你得帮助我和别人结婚呀。

霸尔多洛　啊！愿意得很。我们谈谈吧。但是，到底是哪一个天也不要女人也不要的男人？……

马尔斯琳　唉！大夫，除了那位漂亮愉快、可爱的费加罗，还可能是谁？

霸尔多洛　那个光棍？

马尔斯琳　他从来不生气，总是那么一团高兴。用愉快心情对待现在，他不忧愁将来，也不追悔过去。非常活泼、豪爽、大方，大方得……

霸尔多洛　像个贼。

马尔斯琳　像个贵族。总之，可爱。但是，他是一个最怪不过的怪物。

霸尔多洛　那么，他的苏姗娜呢？

马尔斯琳　那个狡猾的女人得不着他，倘若你，我的好大夫，肯帮助我教费加罗实现他答应过我的诺言。

霸尔多洛　在她结婚的那一天？

马尔斯琳　就是在结婚前几分钟，也破坏得了。假若我不怕泄露妇女们的一种小秘密……

霸尔多洛　对治病的医生，妇女还有什么秘密吗？

马尔斯琳　呀！你明白，对你我是没有秘密的！我们女性是热情的，可是胆小。尽管某种迷人的东西吸引我们去追求快乐，但最冒险的女人也感觉她的内心有一种呼声在对她说："你要漂亮也成，只要你办得到；你要正经也成，只要你愿意；可是，你得叫人看得起，这是必要的。"那么，既然至少一定要叫人看得起，既然所有的女人都感觉到这是最重要的事，那么，我们先吓唬苏姗娜一下，说要把伯爵答应她的好处给嚷嚷出去。

霸尔多洛　这又会怎么样呢？

马尔斯琳　让她羞得没有脸见人，她就会继续拒绝伯爵，而伯爵呢，为了报复，他就会支持我反对她的婚姻。这么一来，我的婚姻就稳当了。

霸尔多洛　有理有理。他妈的！这倒是个好主意；就让我的老管家妇嫁给那个无赖，他使过坏帮助别人抢走了我的年轻情人。

马尔斯琳　（快语）他为了求自己的快乐就哄骗我，叫我失望！

霸尔多洛　（快语）他那时候骗了我那最心痛的一百块银币，不还给我。

马尔斯琳　啊！多么痛快……

霸尔多洛　惩罚一个匪徒……

马尔斯琳　跟他结婚，大夫，跟他结婚！

第五场

马尔斯琳，霸尔多洛，苏姗娜

苏姗娜　（手里拿着一顶女帽和一条大丝带，臂上披着一件女袍）跟他结婚，跟他结婚！跟谁呀？跟我的费加罗？

马尔斯琳　（尖酸地）为什么不？你跟他结婚得啦！

霸尔多洛　（笑）女人生了气说话真带劲！美丽的苏松，我们正谈论着，他娶着你，真好福气。

马尔斯琳　我们还没有算上大人呢！

苏姗娜　（行礼）你别见怪。太太。你的话头里总带点刻薄味儿。

马尔斯琳　（行礼）你也别见怪，小姐。我的话哪点儿带刻薄味？一位慷慨的大人和他的仆人分一点他赏给他的快乐，不是很公道的吗？

苏 姗 娜	他赏给他的？
马尔斯琳	是的，小姐。
苏 姗 娜	太太，幸亏你的醋劲儿是谁都知道的，你对费加罗并没有什么权利，也是谁都知道的。
马尔斯琳	小姐，倘若依照你的方式巩固一下我的权利，我的权利早就可以变得很牢固了。
苏 姗 娜	啊，太太，这种方式就是才女们的方式呀。
马尔斯琳	孩子已经不是个孩子了！她天真得像个老法官！
霸尔多洛	（拉开马尔斯琳）再见吧，我们的费加罗的漂亮的未婚妻。
马尔斯琳	（行礼）大人的秘密情人。
苏 姗 娜	（行礼）她很尊敬你的，太太。
马尔斯琳	（行礼）将来她肯不肯也赏我脸，稍微疼疼我，小姐？
苏 姗 娜	（行礼）关于这方面，太太你没有什么可求我的。
马尔斯琳	（行礼）小姐你真是个美人儿！
苏 姗 娜	（行礼）哪儿的话！不过足够叫太太你难受的。
马尔斯琳	（行礼）尤其是非常叫人看得起！
苏 姗 娜	（行礼）管家婆才叫人看得起。
马尔斯琳	（怒）管家婆！管家婆！
霸尔多洛	（拉住她）马尔斯琳！
马尔斯琳	我们走吧，大夫，我实在受不了啦。再见吧，小姐。（行礼）

第六场

苏姗娜

苏姗娜 （自语）去你的吧，太太！去你的吧，你这个又迂又酸的东西！我既不怕你捣鬼，也不屑听你的辱骂。——瞧这个老巫婆！因为她念过书，太太在年轻时候受过她的折磨，她就想在这府第里作威作福。（把手里的袍子扔在一张椅子上）我连我要来拿什么东西都想不起来了。

第七场

苏姗娜，薛侣班

薛侣班 （跑上）啊！苏松，我在外面等候了整整两小时，希望这些人走开，好跟你谈一谈。唉，你结婚啦，我呢，我要离开这儿了。

苏姗娜 我结婚怎么会叫大人的第一侍从武士离开这个府第呢？

薛侣班 （可怜口吻）苏姗娜，他撵我走。

苏姗娜 （模仿薛侣班的口吻）薛侣班，准是你干了什么荒唐事儿！

薛侣班 昨天晚上他在你的表妹芳舍特家里碰见我，我正在教她练习今天庆祝晚会她要担任的天真女郎那个角色。他一看见我就火得不得了，他对我说："滚出去，小……"我不敢在女人面前说出他那句野话。"滚出去，从明天起就不许你待在府第里。"如果太太，如果我的美丽的教母劝不了他，那就完了，苏松，我就永远没有福气看见你了。

苏姗娜 看见我！我？又轮上我了！那么，难道你暗中长吁短叹不是为了我的主妇吗？

薛侣班	啊！苏松，她多么高贵！多么美丽！可是她架子多么大。
苏姗娜	这就是说：我架子不大，你就可以对我大胆……
薛侣班	你很明白，坏东西，我是不敢大胆的。但是你多么幸福呀！时时刻刻都能看见她，跟她说话，清早替她穿衣服，晚上替她脱衣服，把别针一个又一个替她解下来……啊，苏松，我宁愿给……你拿着的是什么？
苏姗娜	（讥笑地）唉！是一顶幸福的帽子和一条走运的丝带，它们夜里紧紧挨着美丽的教母的头发。
薛侣班	（兴奋地）她夜里扎头的丝带！把它给我吧，我的心肝呀。
苏姗娜	（收起它）嘿，那可不成。——"我的心肝！"多么亲密！假使他不是个微不足道的小孩……（薛侣班把丝带抢过去）啊！这个丝带呀！
薛侣班	（围着大沙发椅转）你说把它搁忘了地方，说把它弄脏了，说它丢了。你爱怎么说就怎么说吧。
苏姗娜	（跟着他转）啊，我敢说，不出三四年，你就会变成一个最坏的小无赖……你把丝带还给我吧！（她打算把丝带夺回来）
薛侣班	（从兜里掏出一张歌谱）留下给我吧！啊！苏松，把丝带留下给我吧。我把我的歌谱送给你。将来我想起你的美丽的主妇，感到难受的时候，你的回忆会成为我唯一的一线快乐，会使我的心感到舒畅。
苏姗娜	（把歌谱接了过去）你的心感到舒畅，小贼骨头，你以为你是在对你的芳舍特说话吧。你在她家里叫人家逮住，你想追求太太；这都不算，你还跟我胡缠！
薛侣班	（兴奋）我用人格担保，这是真的！我简直不知道我是怎样一个人了；这些日子，我觉得我的心非常激动。一看见女人就心跳，一听见爱情和肉欲这些字眼，我就坐立不安，心烦意乱。总之，我需要对人说："我爱你。"这个需要对我是那么迫切，我竟自己一个人也说，往花园里跑着的时候也说，对你的主妇说，对你说，对树说，对云彩说，对把我那些无的放矢的话和云彩一起吹散的风也说。——昨天，我遇见马尔斯琳……
苏姗娜	（笑）哈哈哈哈。
薛侣班	为什么跟她就不能说？她也是个女人，她也是个姑娘！姑娘！女人！啊！这些名词多么甜蜜，多么有味道！
苏姗娜	他疯了！
薛侣班	芳舍特温柔极了，至少她听我说话。你可不温柔，你！
苏姗娜	我很抱歉！听我说，少爷！（想把丝带夺回来）
薛侣班	（转身逃走）啊，得了！你看，你抢不回去的，除非连我的性命一起拿去。不过，假如这个代价你还不满意的话，我再添上一千个吻。（他转过来追她）
苏姗娜	（转身逃走）我给你一千个耳刮子，要是你敢走过来。我去太太那儿告你一状；我不但不替你求情，我还要亲自对大人说："大人，这事情办得真好。替我们把这个小鬼头撵走，把这个小坏蛋打发回他的爹娘家去吧。他表面上装作爱太太，还拐弯抹角，老想拥抱我。"
薛侣班	（看见伯爵走进来，惊慌万状地跳到沙发椅后面）这下我算完蛋了！
苏姗娜	看你吓成这个样子！

第八场

苏珊娜，伯爵，薛侣班（藏着）

苏珊娜 （看见伯爵）啊！（走近沙发，挡住薛侣班）

伯　爵 （向前走）你很激动，苏松！你自言自语，你的小小的心好像乱得很……可是，这也难怪，像今天这个日子。

苏珊娜 （不知所措）大人，您有什么吩咐吗？倘若有人看见您跟我在一起……

伯　爵 如果有人闯进来，那就太扫兴了。可是，你知道我是多么关心你的。巴斯勒不会没告诉你我爱你吧。我只有很短的时间跟你谈谈我的心事。你听着。（坐在沙发椅上）

苏珊娜 （激烈地）我什么也不要听。

伯　爵 （拿住她的手）只说一句话。你知道国王任命我当驻伦敦大使。我带费加罗跟我去，我给他一个很好的位置。既然当妻子的责任是嫁夫从夫……

苏珊娜 啊，我要是敢把我想说的话说出来！

伯　爵 （把她拉近点）说呀，说呀，我的亲爱的。你满有权利支配我一辈子，今天你就行使这个权利吧。

苏珊娜 （害怕）我可不要这个权利，大人，我可不要这个权利。我求您离开我。

伯　爵 可是，你得先跟我说一说呀。

苏珊娜 （生气）我不知道我刚才说过什么。

伯　爵 关于当妻子的责任。

苏珊娜 好吧！那时候大人从大夫手里把太太争到手，因为爱她而和她结了婚，那时候您为了她而放弃了某种可怕的贵族权利……

伯　爵 （愉快地）给姑娘们很大苦恼的一种权利！啊！苏赛特！这个权利多么可爱呀！要是黄昏时候你到花园来聊一聊这个权利，我会大大地酬报你那美妙的感情……

巴斯勒 （在外面说话）大人不在家。

伯　爵 （站起来）谁在说话？

苏珊娜 我多么倒霉！

伯　爵 你出去吧，别让人进来。

苏珊娜 （慌乱）我就让您一个人待在这儿？

巴斯勒 （在外面大声说）大人本来在太太屋里，后来出去了。我去看看。

伯　爵 没有一个地方可以让我躲起来的！啊！这张沙发椅后面……真够糟的。你快点打发他走。

（苏珊娜拦住他，他轻轻地推开她，她往后一退，正好站在他和侍从武士当中。不过，当伯爵蹲下去，占好他的位置时候，薛侣班转过来，惊慌万状地跳上沙发，跪着，然后蜷伏起来。苏珊娜拿起她带来的袍子盖在侍从武士身上，自己则站在沙发前面。）

第九场

伯爵，薛侣班（两个人都藏起来了），苏珊娜，巴斯勒

巴斯勒 小姐，你没看见大人吗？

苏珊娜 （很不客气地）怪事！我怎么会看见他？你给我走开。

巴斯勒	（向她走过去）你要是明白点道理的话，对我的问题就不会有什么奇怪的了。是费加罗找他。
苏姗娜	这么说，他是在找跟你一道最想害他的那个人了。
伯　爵	（旁白）看看他怎么样替我办事。
巴斯勒	希望一个有夫之妇得点好处，难道就是想害她的丈夫吗？
苏姗娜	照你的那一套理论，那当然是不算害他了，你这个伤风败俗的人！
巴斯勒	不是你将要毫无保留地送给别人的东西，我们会问你要吗？一行过结婚典礼，昨天不许你做的事，明天就会命令你，要你去做了。
苏姗娜	可恶的东西！
巴斯勒	结婚是一切重要的事情里面最滑稽不过的一件事，因此我有过这样想法……
苏姗娜	（愤怒）你想的全是些肮脏事情！谁准你进来的？
巴斯勒	得啦，得啦，坏东西！安静点吧！你的前途是可以由你自己来安排的。但是，你也别以为在我心目中，对大人不利、妨碍着大人的就是费加罗先生。要是没有小侍从武士的话……
苏姗娜	（胆怯地）薛侣班？
巴斯勒	（模仿她）爱神的薛侣班。他一天到晚在你身边打转。今天早上我离开你的时候，他还在这儿走来走去，想进来。你敢说这不是真的吗？
苏姗娜	满口胡说！滚出去，你这坏东西！
巴斯勒	我是坏东西，因为我的眼睛看得清楚。还有，他那弄得很神秘的那首小曲子难道不是送给你的吗？
苏姗娜	（生气）啊！是的，是送给我的……
巴斯勒	要不就是为了太太而编的！是的，听说当他伺候太太吃饭的时候，老看着太太，他那两只眼睛！……不过，该死的东西！他别拿这闹着玩！对这种事儿，大人可凶得很呢。
苏姗娜	（愤怒）你真黑心眼，满处散布谣言，陷害一个失掉主人欢心的可怜的孩子。
巴斯勒	是我造的谣吗？大家都在谈论，我才说的。
伯　爵	（站起来）什么，大家都在谈论！
苏姗娜	啊！天呀！
巴斯勒	哈哈！
伯　爵	赶快，巴斯勒，把他撵走。
巴斯勒	啊！我不该进来，太抱歉了！
苏姗娜	（慌乱）天呀！天呀！
伯　爵	（对巴斯勒）她受惊了。我们扶她坐在沙发上吧。
苏姗娜	（用力推开他）我不要坐。这样随随便便走进人家的屋子，多么可恶！
伯　爵	现在我们两个人和你在一起的。亲爱的，一点危险都不会有的。
巴斯勒	我呢，关于侍从武士的问题，刚才我是逗着玩的，给您听见了，我心里很不安。我这样做不过想探探她的心，其实呢……
伯　爵	给他五十个庇斯多尔，一匹马，打发他回他爹娘家里去。
巴斯勒	大人，就因为我开了这一点小玩笑？
伯　爵	这个小荒唐鬼，昨天我还碰见他和园丁的女儿在一块儿……
巴斯勒	和芳舍特？
伯　爵	而且在她的屋子。

苏姗娜　（愤怒）在她的屋子，大人上那儿去一定也有点事儿吧。

伯　爵　（愉快地）你这句话，我倒挺喜欢的。

巴斯勒　这是个好苗头。

伯　爵　（愉快地）你猜错了。我去找你的舅舅安东尼奥，给我看园子的那个醉鬼，想
　　　　吩咐他点事儿。我敲门，等了好半天门才打开。你的表妹神色仓皇，我起了
　　　　疑心。我跟她说话，一面说，一面留心看。在门后面有块东西，有点像布帘
　　　　子，有点像包袱皮，我说不清是什么。盖着一些衣服什物。我装作没事儿的
　　　　样子，慢慢地轻轻地拉开那块布帘子，（想模仿当时的动作，他拉开沙发上面
　　　　的袍子）我就看见……（他看见了侍从武士）呀！……

巴斯勒　哈哈！

伯　爵　这个把戏和昨天的一模一样。

巴斯勒　更高明一些。

伯　爵　（对苏姗娜）妙极了。小姐。刚刚订过婚，你就作下这种准备？原来你是为了
　　　　要招待我的侍从武士，所以才不要有人跟你在一起？至于你，少爷，你一点
　　　　也不改你的品行。只差太太的第一使女，你的朋友的妻子，你还没招惹过，
　　　　你好不尊敬你的教母！不过，我绝不能让我敬爱的费加罗做这种欺骗行为的
　　　　牺牲品。巴斯勒，他是和你在一起的吗？

苏姗娜　（愤怒）谈不到什么欺骗行为，也谈不到什么牺牲品，您跟我说话时候，他就
　　　　在这里的。

伯　爵　（狂怒）你说这句话，简直是在撒谎！就是他的最狠的敌人也不至于敢这样
　　　　害他。

苏姗娜　他求我托太太在您面前替他求求情。您走进来，他慌得了不得，就拿这张沙
　　　　发椅把自己遮起来的。

伯　爵　（生气）真狡猾！我进来时还坐在沙发上面来着。

薛侣班　唉，大人，那时候我在后面直打哆嗦。

伯　爵　又是一套鬼话！我自己刚才就是藏在沙发后面的。

薛侣班　请您原谅，就是那个时候我跳起来，蜷在沙发上面。

伯　爵　（更愤怒）真是一条蛇，这个小……长虫！他听我们说话来着！

薛侣班　正相反，大人，我尽我的力量一个字也不听你们的。

伯　爵　啊，你简直是出卖我！（对苏姗娜）你别想和费加罗结婚了。

巴斯勒　不要生气啦，有人来了。

伯　爵　（把薛侣班从沙发椅上拉下来，要他站住）让他当着众人站在这儿！

（刘彪编，摘自吴达元译：《费加罗的婚礼》，人民文学出版社，1957）

第十三章 伏尔泰及《老实人》

第一节 伏尔泰简介

伏尔泰原名弗朗索瓦·马利·阿鲁埃，1694 年 11 月 21 日生于法国巴黎。他家境富裕，父亲是位法律公证人，母亲也来自贵族家庭。伏尔泰儿时聪颖好学，3 岁就可以背诵诗歌，到 12 岁时就可以自己作诗了。中学毕业后，父亲希望他攻读法律，将来成为一名法官，但他却更喜爱文学，立志成为诗人。1717 年，他因写诗讽刺当时奢靡淫乱的宫廷生活而入狱一年。在狱中，他首次使用"伏尔泰"这一笔名，创作了悲剧《俄狄浦斯王》，后来公演取得巨大成功，让他一举成名。1726 年，伏尔泰受到诬告再次入狱，出狱后被驱逐出境，流亡英国。在英国的 3 年时间里，通过学习，他形成了自己的政治主张和哲学观点，为以后的发展奠定了基础。1729 年，他在法国国王的默许下返回法国。随后几年中，他陆续创作了几部悲剧和历史著作。1734 年，他出版了首部哲学作品《哲学通信》，但由于书中强烈的反封建思想，刚一出版就被查禁，而且当局下令逮捕该书作者，伏尔泰被迫再次离开巴黎，逃到女友所居住的庄园，在那隐居了 15 年。在此期间，伏尔泰先后发表了很多各种题材的作品，让他声名远扬。1750 年，伏尔泰接受普鲁士国王腓特烈二世的邀请，前往柏林，经过一段时间的亲密交往后，因性格不同，最后关系破裂。于是他 1754 年迁居日内瓦。1778 年，伏尔泰回到阔别多年的巴黎，但就在同年 5 月 30 日，他不幸病逝。

伏尔泰是 18 世纪法国伟大的思想家，是启蒙运动时期公认的领军人物，同时，他还是杰出的哲学家、史学家、剧作家、小说家和诗人，在上述诸多领域中都做出了巨大的贡献。伏尔泰的一生都在追求平等自由，反对封建制度和宗教统治。雨果曾评价说："伏尔泰所代表的不是一个人，而是一个世纪。"伏尔泰的思想及其文学作品，从当时来看，确实影响了整整一代人，但这种影响一直延续至今，遍及全世界，并将永远为世界人民的思想带来启迪。

在文学方面，伏尔泰主要是从事戏剧创作，被公认为是法国启蒙戏剧的创始人之一，他先后完成了 50 多部剧本，其中悲剧居多，比较有名的有《俄狄浦斯王》、《布鲁特》、《查伊尔》、《凯撒之死》和《穆罕默德》。但伏尔泰文学作品中最有价值的，不是他一直致力创作的戏剧，而是他的哲理小说，主要有《老实人》、《天真汉》、《耶诺与高兰》、《白与黑》等，这些小说，笔调戏谑诙谐，富含哲理，通过荒诞不经的故事讽刺现实，深深吸引了一代又一代的读者。除此之外，他还创作了《路易十四时代》、《论各民族的风俗与精神》、《哲学通信》、《哲学辞典》、《形而上学论》、《牛顿哲学原理》等历史和哲学著作。

第二节　《老实人》简介

《老实人》是伏尔泰哲理小说的代表作，也是成就最高的一篇。伏尔泰以诙谐的笔调，通过荒诞不经的故事，讲述主人公老实人的悲惨遭遇，批判了盲目的乐观主义哲学。这部小说经过时间的考验，时至今日依然深受读者的喜爱。

主人公老实人是一个正直淳朴的青年，是男爵的养子，从小接受家庭教师邦葛罗斯的教育。邦葛罗斯深信"一切皆善"，认为这个世界上一切都是十全十美的，"在此最完美的世界上，万物皆有归宿，此归宿自必为最美满的归宿"。老实人最初对这种说法深信不疑，同时对于邦葛罗斯也充满崇拜之情。然而，生活本身是残酷的，老实人的生活经历恰巧就是最好的证明。因为与男爵的女儿相爱，老实人被赶出家门。从此开始了他的流浪生活，经历了种种惊险和波折，受尽了困难，有几次都险些丧命。在此过程中，他见证了现实世界的黑暗：军队中惨无人道的惩罚，战场上残酷无情的杀戮，杀人犯的为所欲为，宗教裁判的残暴统治等等。同时，那个声称一切皆善的邦葛罗斯也曾沦为奴隶，做过乞丐而且身患重病，受尽苦难。而老实人的恋人同样也是过着非人一般的生活，由一个美貌的少女沦落成了一个相貌很丑的洗衣妇。虽然老实人的亲身经历和所见所闻都让他深受打击，但他并没有悲观失望，依然坚信事情会有转机。最终，就在他山穷水尽的时候，机缘巧合之下，他来到了黄金国，一个人间的仙境。这里遍地是黄金，不再需要金钱，没有宗教迫害，没有监狱，没有军队，人们都过着自由幸福快乐的生活。老实人在离开黄金国时获得了大量的宝石，从此开始了他遍布各地的游历。小说最后，老实人与男爵的女儿结婚，定居在特尔考。老实人也通过自己的经历，最后得出结论，"劳动'可使我们免除三大不幸：烦恼、纵欲和贫穷'"，指出"还是种咱们的园地要紧"。

伏尔泰通过老实人的亲身经历，批判了盲目的乐观主义精神，揭露了封建专制制度的黑暗以及教会对普通民众的迫害，表现出对黄金国这一理想主义王国的向往。同时，他也指出，虽然成功的道路是曲折的，但人们应该相信历史必然会不断进步，生活也会越来越美好，当然，盲目的乐观和不切实际的空想是行不通的，人们必须通过自身不断的探索，百折不挠的斗争才能最终实现。伏尔泰借此体现出新兴资产阶级的进取精神，具有很强的启蒙教育作用。同时，这部小说也将伏尔泰的讽刺艺术展现得淋漓尽致。伏尔泰娴熟地运用讥讽、影射、幽默、夸张、滑稽等手法，将一幅幅荒诞不经画面惟妙惟肖地再现出来，让读者在笑声中体会人生的哲理，在快乐中探寻人生的真谛。

第三节　《老实人》选段

第十七章

老实人和他的随从怎样到了黄金国，见到些什么

到了大耳人的边境，加刚苦和老实人说："东半球并不胜过西半球，听我的话，咱们还是抄一条最近的路回欧洲去罢。""怎么回去呢？"老实人道。"又回哪儿去呢？回到我本乡

吧，保加利亚人和阿伐尔人正在那里见一个杀一个，回葡萄牙吧，要给人活活烧死；留在这儿吧，随时都有被烧烤的危险。可是居内贡小姐住在地球的这一边，我怎有心肠离开呢？"

加刚菩道："还是往开颜那方面走。那儿可以遇到法国人，世界上到处都有他们的踪迹；他们会帮助我们，说不定上帝也会哀怜我们。"

到开颜去可不容易：他们知道大概的方向；可是山岭，河流，悬崖绝壁，强盗，野蛮人，遍地都是凶险的关口。他们的马走得筋疲力尽，死了；干粮吃完了；整整一个月全靠野果充饥，后来到了一条小河旁边，两旁长满椰子树，这才把他们的性命和希望支持了一下。

加刚菩出谋划策的本领，一向不亚于老婆子；他对老实人道："咱们撑不下去了，两条腿也走得够了；我瞧见河边有一条小船，不如把它装满椰子，坐在里面顺流而去；既有河道，早晚必有人烟。便是遇不到愉快的事，至少也能看到些新鲜事儿。"老实人道："好，但愿上帝保佑我们。"

他们在河中漂流了十余里，两岸忽而野花遍地，忽而荒瘠不毛，忽而平坦开朗，忽而危崖高耸。河道越来越阔，终于流入一个险峻可怖，岩石参天的环洞底下。两人大着胆子，让小艇往洞中驶去。河身忽然狭小，水势的湍急与轰轰的巨响，令人心惊胆战。过了一昼夜，他们重见天日；可是小艇触着暗礁，损坏了，只得在岩石上爬，直爬了三四里地。最后，两人看到一片平原，极目无际，四周都是崇山峻岭，高不可攀。土地的种植，是生计与美观同时兼顾的；没有一样实用的东西不是赏心悦目。车辆赛过大路上的装饰品，式样新奇，构造的材料也灿烂夺目；车中男女都长得异样的俊美；驾车的是一些高大的红绵羊，奔驰迅速，便是安达鲁奇，泰图安，美基内斯的第一等骏马，也望尘莫及。

老实人道："啊，这地方可胜过威斯发里了。"他和加刚菩遇到第一个村子就下了地。几个村童，穿着灿烂的金银锦绣衣服，在村口玩着丢石片的游戏。从另一世界来的两位旅客，一时高兴，对他们瞧了一会：他们玩的石片又大又圆，光芒四射，颜色有黄的，有红的，有绿的。两位旅客心中一动，随手捡了几块：原来是黄金，是碧玉，是红宝石，最小的一块也够蒙古大皇帝做他宝座上最辉煌的装饰。加刚菩道："这些孩子大概是本地国王的儿女，在这里丢着石块玩儿。"村塾的老师恰好出来唤儿童上学。老实人道："啊，这一定是内廷教师了。"

那些顽童马上停止游戏，把石片和别的玩具一齐留在地下。老实人赶紧捡起，奔到教师前面，恭恭敬敬地捧给他，用手势说明，王子和世子们忘了他们的金子与宝石。塾师微微一笑，接过来扔在地下，很诧异的对老实人的脸瞧了一会，径自走了。

两位旅客少不得把黄金，碧玉，宝石，捡了许多。老实人叫道，"这是什么地方呀？这些王子受的教育太好了，居然会瞧不起黄金宝石。"加刚菩也和老实人一样惊奇。他们走到村中第一户人家，建筑仿佛欧洲的宫殿。一大群人都向门口拥去，屋内更挤得厉害，还传出悠扬悦耳的音乐，一阵阵珍馐美馔的异香。加刚菩走近大门，听见讲着秘鲁话；那是他家乡的语言；早先交代过，加刚菩是生在图库曼的，他的村子里只通秘鲁话。他便对老实人说："我来替你当翻译；咱们进去罢，这是一家酒店。"

店里的侍者，两男两女，穿着金线织的衣服，用缎带束着头发，邀他们入席。先端来四盘汤，每盘汤都有两只鹦鹉；接着是一盘白煮神鹰，足有两百磅重，然后是两只香美异常的烤猴子；一个盘里盛着三百只蜂雀；另外一盘盛着六百只小雀；还有几道烧烤，几道精美的甜菜；食器全部是水晶盘子。男女侍者来斟了好几种不同的甘蔗酒。

食客大半是商人和赶车的，全都彬彬有礼，非常婉转地向加刚菩问了几句，又竭诚回答加刚菩的问话，务必使他满意。

吃过饭，加刚菩和老实人一样，以为把捡来的大块黄金丢几枚在桌上，是尽够付账的了。不料铺子的男女主人见了哈哈大笑，半天直不起腰来。后来他们止住了笑。店主人开言道："你们两位明明是外乡人；我们却是难得见到的，抱歉得很，你们拿大路上的石子付账，我们见了不由得笑起来。想必你们没有敝国的钱，可是在这儿吃饭不用惠钞。为了便利客商，我们开了许多饭店，一律归政府开支。敝处是个小村子，地方上穷，没有好菜敬客；可是别的地方，无论上哪儿你们都能受到应有的款待。"加刚菩把主人的话统统解释给老实人听，老实人听的时候，和加刚菩讲的时候同样的钦佩，惊奇。两人都说："外边都不知道有这个地方；究竟是什么国土呢？这儿的天地跟我们的完全不同！这大概是尽善尽美的乐土了，因为无论如何，世界上至少应该有这样一块地方。不管邦葛罗斯怎么说，我总觉得威斯发里样样不行。"

第十八章

他们在黄金国内的见闻

加刚菩把心中的惊异告诉店主人，店主人回答说："我无知无识；倒也觉得快活；可是这儿有位告老的大臣，是敝国数一数二的学者，最喜欢与人交谈。"说完带着加刚菩去见老人。那时老实人退为配角，只能陪陪他的当差了。他们进入一所顶朴素的屋子，因为大门只是银的，屋内的护壁只是金的，但镂刻得古雅，比着最华丽的护壁也未必逊色。固然，穿堂仅仅嵌着红宝石与碧玉，但镶嵌的式样补救了质料的粗简。

老人坐在一张蜂鸟毛垫子的沙发上，接见两位来宾，叫人端酒敬客；酒瓶是钻石镶的。接着他说了下面一席话，满足他们的好奇心：

"我今年一百七十二岁；先父做过王上的洗马，亲眼见到秘鲁那次惊人的革命，把情形告诉了我。我们现在的国土原是古印加族疆域的一部分，印加族当初冒冒失失地出去扩张版图，结果却亡于西班牙人之手。

"留在国内的王族比较明哲；他们征得老百姓的同意，下令任何居民不得越出我们小小的国境，这才保证了我们的纯洁和快乐。西班牙人对这个地方略有所知，不得其详；他们把它叫做黄金国。还有一个叫做拉莱爵士的英国人，一百年前差不多到了这儿附近，幸亏我们四面都是高不可攀的峻岭和峭壁，所以至今没有膏欧洲各民族的馋吻；他们酷爱我们的石块和泥巴，爱得发疯一般，为了抢那些东西，可能把我们杀得一个不留的。"

他们谈了很久，谈到政体，风俗，妇女，公共娱乐，艺术。素好谈玄说理的老实人，要加刚菩探问国内有没有宗教。

老人红了红脸，说道："怎么你们会有这个疑问呢？莫非以为我们是无情无义的人吗？"加刚菩恭恭敬敬请问黄金国的宗教是哪一种。老人又红了红脸，答道："难道世界上还有两个宗教不成？我相信我们的宗教是跟大家一样的；我们从早到晚敬爱上帝。"加刚菩始终替老实人当着翻译，说出他心中的疑问："你们只崇拜一个上帝吗？"老人道："上帝总不见得有两个，三个，四个罢？我觉得你们世界上的人发的问题怪得很。"老实人絮絮不休，向老人问长问短；他要知道黄金国的人怎样祈祷上帝。那慈祥可敬的哲人回答说："我们从来不祈祷，因为对他一无所求，我们所需要的，他全给了我们了；我们只是不断地感谢他。"老实人很希望看看他们的教士，问他们在哪儿。老人微微一笑，说道："告诉两位，我们国内人人都是教士，每天早上，王上和全国人民的家长都唱着感谢神恩的赞美诗，庄严肃穆，由五六千名乐师担任伴奏。""怎么！你们没有修士专管传教，争辩，统治，弄权窃柄，把意见不同的人活活烧死吗?"老人道:"那我们不是发疯了吗?我们这儿大家都意见一致,你说的你们那些修士的勾当,我完全莫名其妙。"老实人听着这些话出神了,心上想:"那跟威斯发里和男爵的宫堡完全不同;倘若邦葛罗斯见到了黄金国,就不会再说森特-登-脱龙克宫堡是世界上的乐土了;可见一个人非游历不可。"

长谈过后,慈祥的老人吩咐套起一辆六羊驾驶的四轮轿车,派十二名仆役送两位旅客进宫。他说:"抱歉得很,我年纪大了,不能奉陪。但王上接见两位的态度,决不至于得罪两位;敝国倘有什么风俗习惯使两位不快,想必你们都能原谅的。"

老实人和加刚菩上了轿车,六头绵羊像飞一样,不消四个钟点,已经到达京城另一端的王宫前面。宫门高二十二丈,宽十丈;说不出是什么材料造的。可是不难看出,那材料比我们称为黄金珠宝的石子沙土,不知要贵重多少倍。

老实人和加刚菩一下车,就有二十名担任御前警卫的美女迎接,带他们去沐浴,换上蜂鸟毛织成的袍子;然后另有男女大臣引他们进入内殿,按照常例,两旁各站着一千名乐师。走进御座所在的偏殿,加刚菩问一位大臣,觐见王上该用何种敬礼:"应当双膝下跪,还是全身伏在地下?应当把手按在额上,还是按着屁股?或者用舌头舐地下的尘土?总而言之,究竟是怎样的仪式?"大臣回答:"惯例是拥抱王上,亲吻他的两颊。"老实人和加刚菩便扑上去勾着王上的脖子,王上对他们优礼有加,很客气地请他们晚间赴宴。

宴会之前,有人陪他们去参观京城,看那些高入云端的公共建筑,千百列柱围绕的广场,日夜长流的喷泉,有的喷射清澈无比的泉水,有的喷射蔷薇的香水,有的喷射甘蔗酒,规模宏大的广场,地下铺着一种宝石,散出近乎丁香与肉桂的香味。老实人要求参观法院和大理院;据说根本没有这些机关,从来没有人打官司的。老实人问有没有监狱,人家也回答说没有。但他看了最惊异最高兴的是那个科学馆,其中一个走廊长两百丈,摆满着数学和物理的仪器。

整个下午在京城里逛了大约千分之一的地方,他们回到王宫。席上老实人坐在国王、加刚菩和几位太太之间。他们从来没有享受过更美的筵席,国王在饭桌上谈笑风生的雅兴,也从来没有人能相比。加刚菩把陛下的妙语一一解释给老实人听,虽然经过了翻译,还照样趣味盎然。这一点和旁的事情一样使老实人惊异赞叹。

两人在此宾馆中住了一个月。老实人再三和加刚菩说:"朋友,我生长的宫堡固然比不上这个地方;可是,究竟居内贡不在此地,或许你也有个把情人在欧洲。住在这里,我们不过是普通人,不如回到我们的世界中去,单凭十二头满载黄金国石子的绵羊,我们的财富就能盖过普天之下的国王,也不必再害怕异教裁判所,而要接回居内贡小姐也易如反掌了。"

这些话正合加刚菩的心意:人多么喜好奔波,对自己人炫耀,卖弄游历的见闻,所以两个享福的人决意不再享福,去向国王要求离境。

国王答道:"你们这是发傻了。敝国固是小邦,不足挂齿,但我们能苟安的地方,就不应当离开。我自然无权羁留外客;那种专制手段不在我们的风俗与法律之内;每个人都是自由的;你们随时可以动身,但出境不是件容易的事。你们能从岩洞底下的河里进来,原是奇迹,不可能再从原路出去。环绕敝国的山岭高逾千仞,陡若城墙,每座山峰宽三四十里,除了悬崖之外,别无他路可下。你们既然执意要走,让我吩咐机械司造一架机器,务必很方便地把你们运送出去。一朝到了山背后,可没有人能奉陪了;我的百姓发誓不出国境,他们不会那么糊涂,违反自己发的愿的。现在你们喜欢什么东西,尽管向我要罢。"加刚菩说:"我们只求陛下赏几头绵羊,驮些干粮,石子和泥巴。"国王笑道:"你们欧洲人这样喜欢我们的黄土,我简直弄不明白;好吧,你们爱带多少就带多少,但愿你们因此得福。"

国王随即下令,要工程师造一架机器把两个怪人举到山顶上,送他们出境。三千名优秀的物理学家参加工作；半个月以后，机器造好了，照当地的钱计算，只花了两千多万镑。老实人和加刚菩坐在机器上，带着两头鞍辔俱全的大红绵羊，给他们翻过山岭以后代步的；二十头载货的绵羊驮着干粮；三十头驮着礼品，都是当地最稀罕的宝物；五十头驮着黄金，钻石，宝石。国王很亲热地把两个流浪汉拥抱了。

他们动身了，连人带羊举到山顶上的那种巧妙方法，确是奇观。工程师们送他们到了安全地方，便和他们告别。此时老实人心中只有一个愿望，一个目的，就是把羊群去献给居内贡小姐。他说："倘若人家肯把居内贡小姐标价，我们的财力尽够向布韦诺斯·爱累斯总督纳款了。咱们上开颜去搭船，再瞧瞧有什么王国可以买下来。"

第十九章

他们在苏利甫的遭遇，
老实人与玛丁的相识

路上第一天过得还愉快。想到自己的财富比欧、亚、非三洲的总数还要多，两人不由得兴致十足。老实人兴奋之下，到处把居内贡的名字刻在树上。第二天，两头羊连着货物陷入沼泽；过了几日，另外两头不堪劳顿，倒毙了；接着又有七八头在沙漠中饿死；几天之后，又有些堕入深谷。走了一百天，只剩下两头羊。老实人对加刚菩道："你瞧，尘世的财富多么脆弱；只有德行和重见居内贡小姐的快乐才可靠。"加刚菩答道："对；可是我们还剩下两头羊，西班牙王一辈子也休想有它们身上的那些宝物。我远远的看到一个市镇，大概就是荷兰属的苏利南。好啦，咱们苦尽甘来了。"

靠近市镇，他们瞧见地下躺着一个黑人，衣服只剩一半，就是说只穿一条蓝布短裤；那可怜虫少了一条左腿，缺了一只右手。老实人用荷兰话问他："唉，天哪！你这个样子好不凄惨，待在这儿干么呢？"黑人回答："我等着我的东家，大商人范特登杜先生。"老实人说："可是范特登杜先生这样对待你的？""是的，先生；这是老例章程。他们每年给我们两条蓝布短裤，算是全部衣着。我们在糖厂里给磨子碾去一个手指，他们就砍掉我们的手；要是想逃，就割下一条腿：这两桩我都碰上了。我们付了这代价，你们欧洲人才有糖吃。可是母亲在几内亚海边得了十块钱把我卖掉时，和我说：'亲爱的孩子，你得感谢我们的神道，永远向他们礼拜，他们会降福于你；你好大面子，当上咱们白大人的奴隶；你爹妈也靠着你发迹了。'唉！我不知他们有没有靠着我发迹，反正我没有托他们的福。狗啊，猴子啊，鹦鹉啊，都不像我们这么苦命。人家教我改信的荷兰神道，每星期日告诉我们，说我们不分黑白，全是亚当的孩子。我不懂家谱；但只要布道师说得不错，我们都是嫡堂兄弟。可是你得承认，对待本家不能比他们更辣手了。"

"噢，邦葛罗斯！"老实人嚷道，"你可没想到这种惨无人道的事。得啦得啦，我不再相信你的乐天主义了。""什么叫做乐天主义？"加刚菩问。"唉！就是吃苦的时候一口咬定百事顺利。"老实人瞧着黑人，掉下泪来。他一边哭一边进了苏利南。

他们第一先打听，港内可有船把他们载往布宜诺斯·艾利斯。问到的正是一个西班牙船主，答应跟他们公平交易，约在一家酒店里谈判。老实人和加刚菩便带着两头羊上那边去等。

老实人心直口快，把经过情形向西班牙人和盘托出，连要抢走居内贡小姐的计划也实说了。船主回答："我才不送你们上布宜诺斯·艾利斯去呢；我要被吊死，你们俩也免不了。美人居内贡如今是总督大人最得宠的外室。"老实人听了好比晴天霹雳，哭了半日，终于把加刚菩拉过一边，说道："好朋友，还是这么办吧：咱们每人口袋里都有价值五六百万的钻石；你比我精明；你上布宜诺斯·艾利斯去娶居内贡小姐。要是总督作难，给他一百万；再不肯，给他两百万。我另外包一条船，上佛尼市等你；那是个自由地方，不用怕保加利亚人，也不用怕阿伐尔人，也不必担心犹太人和异教裁判所。"加刚菩一听这妙计，拍手叫好；但要跟好东家分手，不由得悲从中来，因为他们俩已经成为知心朋友了。幸而他还能替主人出力，加刚菩想到这一点，就转悲为喜，忘了分离的痛苦。两人抱头大哭了一场；老实人又吩咐他别忘了那老妈子。加刚菩当日就动身。他可真是个好人哪。

老实人在苏利甫又住了一晌，希望另外有个船主，肯把他和那硕果仅存的两头绵羊载往意大利。他雇了几个佣人，把长途航行所需要的杂物也办齐了。终于有一天，一条大帆船的主人，范特登杜先生，来找他了。老实人道："你要多少钱，才肯把我，我的下人，行李，还有两头绵羊，一径载往佛尼市？"船主讨价一万银洋。老实人一口答应了。

机灵的范特登杜在背后说："噢！噢！这外国人一出手就是一万！准是个大富翁。"过了一会便回去声明：少了两万不能开船。老实人回答："两万就两万。"

"哎啊！"那商人轻轻地自言自语，"这家伙花两万跟一万一样的满不在乎。"他又回去，说少了三万不能把他送往佛尼市。老实人回答："好，依你三万就是了。"——"噢！噢！"荷兰人对自己说："三万银洋还不在他眼里；可见两头绵羊一定驮着无价之宝。别多要了：先教他付了三万，再瞧着办。"老实人卖了两颗小钻，其中一颗很小的，价值就不止船主所要的数目。他先付了钱。两头绵羊装上去了。老实人跟着坐了一条小艇，预备过渡到港中的大船上。船长认为时机已到，赶紧扯起篷来，解缆而去，又遇着顺风帮忙。老实人看着，目瞪口呆，一刹那就不见了帆船的踪影。他叫道："哎哟！这一招倒比得上旧大陆的杰作。"他回到岸上，说不出多么痛苦，因为抵得上一二十位国王财富的宝物，都白送了。

他跑去见荷兰法官；性急慌忙，敲门不免敲得太粗暴了些，进去说明案由，叫嚷的声音不免太高了些。法官因为他闹了许多声响，先罚他一万银洋，方始耐性听完老实人的控诉，答应等那商人回来，立即审理。末了又要老实人缴付一万银洋讼费。

这种作风把老实人气坏了；不错，他早先遇到的倒霉事儿，给他的痛苦还百倍于此；但法官和船主这样不动声色地欺负人，使他动了肝火，悲观到极点。人心的险毒丑恶，他完全看到了，一肚子全是忧郁的念头。后来有条开往波尔多的法国船：他既然丢了满载钻石的绵羊，便花了很公道的代价，包下一间房舱。他又在城里宣布，要找一个诚实君子做伴，船钱饭食，一应归他，再送两千银洋酬劳。但这个人必须是本省遭遇最苦，最怨恨自己的行业的人。

这样就招来一大群应征的人，便是包一个舰队也容纳不下。老实人存心要在最值得注目的一批中去挑，当场选出一二十个看来还和气，又自命为最有资格入选的人，邀到酒店里，请他们吃饭，条件是要他们发誓，毫不隐瞒地说出自己的历史。老实人声明，他要挑一个他认为最值得同情，最有理由怨恨自己行业的人，其余的一律酌送现金，作为酬报。

这个会直开到清早四点。老实人听着他们的遭遇，一边想着老婆子当初来的时候说的话，赌的东道，断定船上没有一个人不受过极大的灾难。每听一个故事，他必想着邦葛罗斯，他道："恐怕邦葛罗斯不容易再证明他的学说了罢！可惜他不在这里。世界上果真有什么乐，那一定是黄金国，决不在别的地方。"末了他挑中一个可怜的学者，在阿姆斯特丹的书店里做过十年事。他认为世界上没有一个职业比他的更可厌的了。

那学者原是个好好先生，被妻子偷盗，被儿子殴打，被跟着一个葡萄牙人私奔的女儿遗弃。他靠着过活的小差事，最近也丢了；苏利南的牧师还迫害他，说他是索星尼派。其实别的人至少也跟他一样倒霉；但老实人暗中希望这学者能在路上替他消愁解闷。其余的候选人认为老实人极不公平，老实人每人送了一百银洋，平了大家的气。

第二十章

老实人与玛丁在海上的遭遇

老学者名叫玛丁，跟着老实人上船往波尔多。两人都见多识广，饱经忧患；即使他们的船要从苏利南绕过好望角开往日本，他们对于物质与精神的痛苦也讨论不完。

老实人比玛丁占着很大的便宜：他始终希望和居内贡小姐相会，玛丁却一无希望，并且老实人有黄金钻石；虽然丢了一百头满载世界最大财富的大绵羊，虽然荷兰船主拐骗他的事始终不能忘怀，但一想到袋里剩下的宝物，一提到居内贡小姐，尤其在酒醉饭饱的时候，他又倾向邦葛罗斯的哲学了。

他对学者说："玛丁先生，你对这些问题有何意见？你对物质与精神的苦难有怎样想法？"玛丁答道："牧师们指控我是索星尼派，其实我是马尼教徒。""你这是说笑话罢？马尼教徒早已绝迹了。""还有我呢，"玛丁回答。"我也不知道信了这主义有什么用，可是我不能有第二个想法。"老实人说"那你一定是魔鬼上身了。"玛丁道："魔鬼什么事都要参与；既然到处有他的踪迹，自然也可能附在我身上。老实告诉你，我瞧着地球，——其实只是一颗小珠子，——我觉得上帝的确把它交给什么恶魔了；当然黄金国不在其内。我没见过一个城市不巴望邻近的城市毁灭的，没见过一个家庭不希望把别的家庭斩草除根的。弱者一面对强者卑躬屈膝，一面暗中诅咒；强者把他们当作一群任凭宰割的绵羊。上百万编号列队的杀人犯在欧洲纵横驰骋，井井有条地干着焚烧掳掠的勾当，为的是糊口，为的是干不了更正当的职业。而在一些仿佛太平无事，文风鼎盛的都市中，一般人心里的妒羡，焦虑，忧急，便是围城中大难当头的居民也达不到这程度。内心的隐痛比外界的灾难更残酷。一句话说完，我见得多了，受的折磨多了，所以变了马尼教徒。"老实人回答道："究竟世界上还有些好东西呢。"玛丁说："也许有罢，可是我没见识过。"

辩论之间，他们听见一声炮响，接着越来越紧密。各人拿起望远镜，瞧见三海里以外有两条船互相轰击；风把它们越吹越近；法国船上的人可以舒舒服服地观战。后来，一条船放出一阵排炮，不偏不倚，正打在另外一条的半中腰，把它轰沉了。老实人和玛丁清清楚楚看到甲板上站着一百多人，向天举着手臂，呼号之声惨不忍闻。一忽儿他们都沉没了。

玛丁道："你瞧，人与人就是这样相处的。"老实人道："不错，这简直是恶魔干的事。"言犹未了，他瞥见一堆不知什么鲜红的东西在水里游泳。船上放下一条小艇，瞧个究竟，原来是老实人的一头绵羊。老实人找回这头羊所感到的喜悦远过于损失一百头满载钻石的绵羊所感到的悲伤。

不久，法国船长看出打胜的一条船，船主是西班牙人，沉没的那条，船主是个荷兰海盗，便是拐骗老实人的那个。他抢去的偌大财宝，跟他一齐葬身海底，只逃出了一头羊。老实人对玛丁道："你瞧，天理昭彰，罪恶有时会受到惩罚的，这也是荷兰流氓的报应。"玛丁回答："对，可是船上的搭客，难道应当和他同归于尽吗？上帝惩罚了恶棍，魔鬼淹死了无辜。"

法国船和西班牙船继续航行，老实人和玛丁继续辩论，一连辩了半个月，始终没有结果。可是他们总算谈着话，交换着思想，互相安慰着。老实人抚摩着绵羊，说道，"我既然能把你找回来，一定也能找回居内贡的。"

(刘彪编，摘自傅雷译：《老实人·傅雷译文集》，安徽文艺出版社，1992)

第十四章　莱辛及《爱米丽雅·迦洛蒂》

第一节　莱辛简介

高特荷德·埃夫拉姆·莱辛于 1729 年 1 月 22 日出生在德国卡门茨一个贫困的牧师家庭。他幼时就非常勤奋好学，12 岁时起，就开始学习希腊语、拉丁文和希伯来文，并取得优异的成绩。17 岁时，他前往莱比锡大学求学，主攻神学和医学，但出于对语言的兴趣和热爱，他后改学文学艺术和哲学。在大学期间，他对戏剧产生了浓厚的兴趣，并在 19 岁时创作了他的第一部戏剧《年轻的学者》，获得了巨大成功，受到人们的好评，这也让他备受鼓舞，连续又创作了几部戏剧，确定了前进的方向，同时也为后期的文学成就奠定了基础。大学毕业后，他前往柏林，在那里他结识了很多启蒙主义运动者，深受启蒙主义思想的影响。迫于生计，他先后做过将军的秘书，剧院的顾问、评论员和图书馆管理员。但也正是在这段时间，他创作了许多意义深远的作品。由于生活的压力，莱辛直到 47 岁才结婚，不幸的是，他的妻子两年后就去世了，让他深受打击，不过孤独和贫困并没有让他意志消沉，他依然继续坚持文学创作。1781 年 2 月 15 日，莱辛因中风去世，享年 52 岁。

莱辛是德国杰出的启蒙思想家、剧作家、文艺批评家和美学家，在德国启蒙运动中发挥了极其重要的作用，被誉为"德意志的伏尔泰"。在思想上，他突破了法国模式，追求德国的民族性，提出以文学的方式向全社会进行民族启蒙。同时，他也通过文学创作，批判封建专制统治，歌颂自由和民主，在文化领域掀起一场影响深远的革命。德国著名诗人海涅曾充满敬意地说，"他用论战文章给陈旧老朽之物以毁灭性的打击，同时自己也创造了一些新颖的更加美好的东西。"俄国人本主义代表人物车尔尼雪夫斯基也给予他很高的评价，称他为"德国新文学之父"。

莱辛在戏剧和美学方面的成就尤为突出，时至今日依然有着重要的研究意义及研究价值。其中，《拉奥孔》是他的美学代表作，主要论述画与诗在反映现实上的区别；《汉堡剧评》则反映出莱辛要建立德国民族戏剧的重要性。这两部作品无论是对当时还是现在的作家都产生了深远的影响。除此之外，莱辛还发表过许多哲学作品和寓言，也都颇具文学研究价值，其他作品主要有：《怀疑论者》、《萨拉·萨姆逊小姐》、《寓言》、《明娜·冯·巴恩赫姆》、《爱米丽雅·迦洛蒂》、《智者纳旦》、《论人类的教育》等。

第二节　《爱米丽雅·迦洛蒂》简介

《爱米丽雅·迦洛蒂》是莱辛主要戏剧作品，也是德国文学中杰出的市民悲剧之一。莱辛以古意大利为背景，通过对一系列生动的艺术形象的塑造，反映当时德国社会现实，无情地抨击了德国封建贵族的荒淫无度和黑暗统治。

　　爱米丽雅出身于一个没落的贵族家庭，即将与伯爵阿皮阿尼完婚。但不幸的是，亲王赫托勒·贡扎加与她偶遇之后，就垂涎爱米丽雅的美貌，立即抛弃原来的情妇奥尔西娜，一心要追求爱米丽雅，想将她据为己有。但由于爱米丽雅家教甚严，所以亲王一直没有机会下手。一日，当亲王从侍臣玛里内利那得知爱米丽雅当天就要与阿皮阿尼结婚之后，他甚为不快，并且要求玛里内利帮忙想办法进行阻止，同时自己前往爱米丽雅经常去的教堂，并向她表白，却遭到了拒绝。亲王恼羞成怒，在玛里内利的煽动下，开始实施他们定下的阴谋诡计：他要求阿皮阿尼出使其他国家，企图暂时延缓他的婚期，在遭到了阿皮阿尼的拒绝后，亲王决定痛下杀手，雇佣一伙强盗埋伏在这对新人必经之路上，将阿皮阿尼杀害，并自导自演英雄救美，将爱米丽雅骗到他的多赛乐行宫中。亲王假装安慰受到惊吓的爱米丽雅，信誓旦旦地说他会彻底追查凶手，同时阻止爱米丽雅离开。闻讯赶来的奥多雅多上校，也就是爱米丽雅的父亲，恰巧碰到亲王的情妇奥尔西娜，她揭露了亲王的阴谋，并将她要刺杀亲王的匕首交给了奥多雅多。奥多雅多见到亲王后，表明要将爱米丽雅带走，但亲王却百般阻挠，并将爱米丽雅隔离审讯。虽然痛恨亲王卑鄙无耻的行为，但是父女两人却无法逃出魔掌。最后，爱米丽雅为了保住自己的贞操，请求父亲将自己杀死。奥多雅多虽然内心无比痛苦和愤怒，但却无能为力，最后在迫不得已的情况下，他将自己的女儿杀死，以保住她的清白。

　　爱米丽雅的死一方面是对德国封建统治者无声的控诉，他们荒淫无道，为了达到目的不择手段，根本不在乎底层人民的生死；另一方面也体现出普通民众在面对强权时的软弱，他们没有反抗的勇气，只是忍气吞声，甚至牺牲自己的生命来维护尊严与品德。莱辛借此批判了德国封建主义统治，反映出他进步的启蒙主义思想。歌德曾指出："这是一个充满理智的、充满智慧的、对世界充满远见的剧本。"

　　此外，该剧一反以王公贵族为悲剧主人公的传统，将市民阶层人物的悲惨命运搬上舞台，成为德国第一部市民悲剧，具有里程碑式的意义。同时，该剧安排紧凑，冲突集中，剧情发展环环紧扣，跌宕起伏。而该剧的结局在让人感到惋惜的同时，也引人深思。也正是因此，该剧成为 18 世纪德国戏剧中少见的杰作之一。

第三节　《爱米丽雅·迦洛蒂》选段

人物

爱米丽雅·迦洛蒂

奥多雅多·迦洛蒂
克劳迪雅·迦洛蒂 ｝爱米丽雅的父母

赫托勒·贡扎加：瓜斯塔拉省的亲王

玛里内利：亲王的侍卫大臣

卡米洛·罗塔：亲王的顾问之一。

孔蒂：画家

阿皮阿尼：伯爵

奥尔西娜：伯爵夫人

安杰洛及侍从数人

第一幕

布景：亲王的一间办公室。

第一场

亲王坐在堆满了信札和文件的写字台旁边，随意翻阅。

亲　王　状子，尽是状子！请愿书，尽是请愿书！这些叫人发愁的公事；别人还羡慕我们呢！我相信，假如我们能够帮助世界上所有的人，那我们就值得人们羡慕了。爱米丽雅吗？（他再翻开一封请愿书，看看上面的签名）一个爱米丽雅吗？但是这是爱米丽雅·布鲁内希不是迦洛蒂。不是爱米丽雅·迦洛蒂！这个爱米丽雅·布鲁内希想要求什么？（阅读）她要求得很多，非常之多。不过她叫爱米丽雅。我就批准吧！（签字，按铃，接着进来一个侍从）前厅里大概还没有一位顾问来过吧？

侍　从　没有。

亲　王　我起得太早了。早晨这样美。我要驾车出去逛逛。我要玛里内利侯爷陪伴我。派人喊他来。（侍从出）我再也不能工作了。我刚才是那样地安静，我想，我是那样地安静，突然之间来了一个可怜的布鲁内希名叫爱米丽雅的：我的一切安静都完了！

侍　从　（又进来）已经派人去请侯爷了。这儿有一封伯爵夫人奥尔西娜的信。

亲　王　奥尔西娜的信吗？把它放在桌上吧。

侍　从　信差在等回信呢？

亲　王　如果需要回信，我会派人送去。她住在哪儿？住在城里？还是住在她的别墅里？

侍　从　她是昨天来到城里的。

亲　王　那就更糟了，我本来想说，那就更好了。那么信差更用不着等回信了。（侍从出）我亲爱的伯爵夫人呀！（沉痛地，把信拿在手里）就算看过了吧！（又把信放下）不错，我曾经相信我爱她！一个人什么事不会相信呢？或者说不定，我曾经也真心爱过她。但是这是过去的事情了！

侍　从　（再一次进来）画师孔蒂要见殿下。

亲　王　孔蒂吗？好的，让他进来。这可以使我想想别的事情。（站起来）

第二场

孔蒂，亲王。

亲　王　早安，孔蒂。您日子过得怎么样？艺术搞得怎么样？

孔　蒂　王爷，搞艺术是为了面包。

亲　王　艺术不必这样，艺术不应当这样，在我小小的管辖区域里一定不会这样。可是艺术家也得要有工作的意志。

孔　蒂　工作吗？这本来是他的兴趣。不过工作得太多，也会损坏他艺术家的名誉。

亲　王　我并不是说工作量要很多，我是说要多工作：工作量可以少一点，可是要努力工作。您不是空着一双手来的吧，孔蒂？

孔　蒂　您吩咐我画的那幅像，我带来了，王爷。此外还带来一幅王爷没吩咐我画的像；因为这幅像是值得一看的。

亲　王　吩咐您画的是哪一幅？我简直想不起来了——

孔　蒂　伯爵夫人奥尔西娜。

亲　王　不错！不过您把我的委托拖得稍久了。

孔　蒂　我们漂亮的夫人们不是每人都让我们画像的。伯爵夫人三个月只决定坐下来让我画一次。

亲　王　那两幅画像现在在哪儿？

孔　蒂　在前厅。我去把它们拿来。

第三场

亲王。

亲　王　她的像！好吧！她的像可不是她本人。也许我在她的像上会重新发现我在她本人身上再也看不见的东西，但是我可不愿意重新发现。这个笨手笨脚的画师！我甚至于猜想，她买通了他。如果买通了他，就算了吧！如果他另外的一幅画像用另外的色彩，画在另外一个底子上，想要重新获得我的欢心，我也许会满意的。当我爱她的时候，我总是那样轻松，那样愉快，那样放荡。现在却是完全相反了。可是不；不，不！不管愉快不愉快，我现在这样比从前好得多。

第四场

亲王，孔蒂拿着两幅画像，把一幅转过来靠在一张椅子上。

孔　蒂　（把另外一幅放正）我请王爷考虑考虑我们艺术的界限。很多非常吸引人的美，完全隐藏在艺术的界限之外。请过来，这样看！

亲　王　（经过短时间观察以后）好极了，孔蒂！真是好极了！这表现了您的艺术，您的手法。但是您太夸奖她了，孔蒂，您太过分地夸奖她了！

孔　蒂　她本人似乎没有这个意见。实际上我并没有超过艺术的本身去夸奖她。艺术必须画出造型的自然，如果有这种自然的话，画像的要求是，不把不调和的材料必然引起的损害表现出来；不把时间所对之斗争的衰颓表现出来。

亲　王　有思想的艺术家是很有价值的。但是您说，她本人觉得虽然……

孔　蒂　王爷，请您原谅。她本人是值得我崇拜的一个人。她身上的缺点，我没有表现出来。

亲　王　您爱表现多少就表现多少好了！她本人说些什么？

孔　蒂　伯爵夫人说，假使我看起来不比这幅画像更丑，我就满意了。

亲　王　不比这幅画像更丑吗？呵，这是她真正的本人！

孔　蒂　她说那句话的时候，带着一种神气，当然这种神气在这幅画像上丝毫没有泄露一丝痕迹，一点破绽。

亲　王　我也是这样想；这就是我发现您太过分夸奖她的地方。呵！我了解，那种傲慢嘲弄的神气，这种神气可能使一个幽娴女子的面貌变得丑陋！我并不否认，一张美丽的嘴，带着一点嘲笑的神气，常常因此变得更加美丽。不过，您好好听我说，可以带一点这样的神气，像这位伯爵夫人那样。一双眼睛要留心，不要画成淫荡的嘲笑者的东西。伯爵夫人刚好没有这样一双眼睛，这儿的画上也没有表现出来。

孔　蒂　王爷，您使我万分惶恐。

亲　王　为什么？凡是艺术能够从伯爵夫人这双凸出、直观、呆滞的蛇女的大眼睛里表现出来的善意，孔蒂，您都忠实地表现出来了。我说忠实的吗？其实如果不这样忠实，也许倒更忠实了。孔蒂，您自己说吧，究竟从这幅画上能不能断定这个人的性格？本来应该是这样的。您把傲慢画成威严，嘲弄画成微笑，沉郁梦想的神情画成娴雅的悲戚。

孔　蒂　（有点不高兴）呵，我的王爷！我们画家总以为完成的画像会在爱它的人身上找到他从前订画时的那段热情。我们用爱情的眼光来绘画，所以您也必须用爱情的眼光来评价我们。

亲　王　您的话倒是不错，孔蒂；可是您为什么不早一个月把它送来呢？您把它放到一边吧。那另一幅是什么？

孔　蒂　（把画像拿过来，仍然背过来拿在手里）也是一幅女人的画像。

亲　王　那我几乎想说我还是不看好些。因为这幅画像总比不上这儿的（以手指着额头）理想尤其是这儿的（以手指着心）理想，孔蒂，我愿意在别的绘画上欣赏您的艺术。

孔　蒂　值得欣赏的艺术是有的；可是比这个更值得欣赏的对象，一定不会再有了。

亲　王　孔蒂，那么我同您打赌，那一定是艺术家的太太吧。（这时画师把画像翻转过来）我看见了什么？孔蒂，这是您的作品吗？还是我想象中的作品呢？这是*爱米丽雅·迦洛蒂*呀！

孔　蒂　什么，我的王爷？您认识这位天使吗？

亲　王　（企图极力镇静，但是目不转睛地盯着画像）不很熟！不过还勉强认得出来。几个星期以前，在一次晚会上碰见她同她的母亲。后来在教堂里又碰见她，在这种地方盯着人家看是不适当的。我也认识她的父亲。他并不是我的朋友。我要求合并萨比奥内塔的时候，反对最激烈的就是他。一个上了年纪的武夫，骄傲，粗暴，别的没有什么，倒是个心地忠厚的好人！

孔　蒂　您说的是她的父亲！可是这儿是他的女儿。

亲　王　上帝呀！真像从镜子里偷出来的一样！（眼睛还是盯着画像）哦，您一定知道，孔蒂，要是一个人聚精会神地观看画家的作品，忘记了称赞他，那才是真正地称赞他呢。

孔　蒂　话虽然是这样说，我本人对于这幅画像还是很不满意。不过我又很满意我对于自己的不满意。唉！可惜我们不能够直接拿眼睛去绘画！在漫长的过程中，从眼睛通过手臂，再进入画笔，失掉了多少东西呀！但是，正如我所说的，我知道，这儿失掉了什么，是怎样失掉的，为什么不得不失掉，因为这个缘故，我感到骄傲，而且比我对于没有失掉的东西还要感到骄傲。因为主要是从失掉了的东西，不是从没有失掉的东西看出来，我的确是一位伟大的画家，而我的手却不是常常可以见到的。王爷，您想，如果拉斐尔不幸一生下来就没有手的话，难道他就不能成为最伟大的天才画家吗？王爷，您说是不是？

亲　王　（这时方才让目光离开画像）孔蒂，您在说什么？您想知道什么？

孔　蒂　没有什么！没有什么！随便谈谈罢了！我发现，您的灵魂完全在您的眼睛中间，我最喜欢这样的灵魂和这样的眼睛！

亲　王　（带一种勉强的冷静）这样说来，孔蒂，您真的认为，爱米丽雅·迦洛蒂要算是我们城里最漂亮的美人当中的一个吗？

孔　蒂　这样说来，要算是吗？要算是最漂亮的美人当中的一个吗？我们城里最漂亮的女人当中的一个吗？王爷，您在取笑我。不然便是您刚才没有用心看，没有用心听。

亲　王　亲爱的孔蒂，（眼睛又注视画像）像我们这样的人怎么敢相信自己的眼力呢？只有画师才真正地懂得怎样判断美丽。

孔　蒂　难道每个人的感情都应当首先等待一位画家的判断吗？谁想从我们这儿学习什么是美丽，让他到寺院出家好了！但是我作为一个画家，必须要对您说一句话：我生平最大的幸福，就是爱米丽雅·迦洛蒂肯坐着让我给她画像。这个头，这个面貌，这个额，这双眼睛，这个鼻子，这张嘴，这个下颚，这个脖子，这个胸脯，这个体态，整个儿形象，从那时候起，就成了我对女性美唯一的研究对象。那幅她亲自坐着让我画的像，她出门的父亲拿去了。但这张是复制品。

亲　王　（迅速转身对他）好呀，孔蒂。您没有答应把它给别人吧？

孔　蒂　这是为您预备的，王爷，假如您中意的话。

亲　王　说什么中意不中意！（微笑）孔蒂，您这种对于女性美的研究，除掉使它也成为我的研究之外，我还能够做更好的事情吗？那一幅画像您带回去，定做一个框子。

孔　蒂　是！

亲　王　让细木工把框子尽量做得华丽、精致一点。我要把它挂在走廊里，但是这一幅画像留在这儿。一幅草图用不着这么费事，我也不打算把它悬挂起来；我倒喜欢把它留在手边。孔蒂，我感谢您，我非常感谢您。像我刚才说过的：在我的国境里搞艺术万不应该为了面包，除非我自己没有面包。孔蒂，您开一张账单给我的财政大臣，让他照您的账单把这两幅画像的工薪付给您——您要多少，就开多少吧，孔蒂。

孔　蒂　王爷，这样可是使我担心，王爷除了酬报艺术之外，还要酬报其他什么。

亲　王　呵，为了酬报一个嫉妒的艺术家！不要这样说！孔蒂，您听我说，您要多少，就开多少。（孔蒂下）

第五场

亲王。

亲　王　随他要多少吧！（对着画像）为了你，无论我出什么价钱，都是便宜的。呵！美丽的艺术品呀，真的我占有了你吗？自然的更漂亮的杰作呀，谁又可以占有你呢？您要求什么呢，尊敬的母亲！你要求什么呢，啰唆的老头子！你要求好啦！你们尽管要求就是了！最好我从你自己那里买来，你这个迷人精！这双眼睛，多么秀丽、谦和啊！这张嘴！要是它张开来说话！要是它微笑！这张嘴有多美！我听见有人来了。我现在还不能让别人看见你。（他把画像反转来对着墙）那必定是玛里内利。我真不应该派人去叫他！我本来可以过一个多么幸福的早晨呀！

第六场

玛里内利，亲王。

玛里内利　王爷，请您宽恕我。我没有料到这样早您会召见我。

亲　王　刚才我有兴致坐车子出去逛逛。早晨是那么美丽。但是此刻早晨已经过去，我的兴致已经消失了。（沉默一会儿后）玛里内利，我们有什么新闻？

玛里内利	我知道，没有什么重要的事情。伯爵夫人奥尔西娜昨天回到城里来了。
亲　　王	这儿已经放着她的一封问候早安的信了，（向她的信一指）管它是什么信！我对它一点也没有好奇心。您同她谈过吗？
玛里内利	真遗憾，难道我不是她的心腹人吗？不过，假如一位太太抱着真心再来爱您，我再去做她的心腹人，王爷：那么……
亲　　王	玛里内利，不许说什么不吉利的话！
玛里内利	是吗？王爷，真的吗？这样的事也可能发生吗？呵！这样说来，伯爵夫人也不见得这样没有道理。
亲　　王	的确是毫无道理！因为我快要同马萨公主结婚，不得不将这类事情暂时停止。
玛里内利	假如只是因为这件事情，那么奥尔西娜当然知道满足于自己的命运，就像王爷满足于自己的命运一样。
亲　　王	我的命运毫无疑义地比她的命运艰苦得多。我的心变成一个可怜的国家利益的牺牲品。她的心，她可以拿回去：但是不要违反自己的意志送给别人。
玛里内利	拿回去吗？干吗要拿回去？伯爵夫人要问：假如只是一位因为政治而不是因为爱情下嫁给王爷的夫人，干吗要把她的心拿回去呢？在这样一位夫人的旁边，情人总还可以看见她自己的地位。她不怕因为有这样一位夫人而把她牺牲；她只怕……
亲　　王	一个新的情人。——现在，怎么样？玛里内利，您想说这是我的罪恶吗？
玛里内利	我吗？呵！王爷，请您不要把我和那个傻女人搞在一起，我不过借用她的话出于对她的同情，我才借用她的话。说实话，她昨天特别感动了我。她本来不想提起她自己同王爷的事情。她本来想假装心平气和、冷淡无事的样子。但是在无心的闲谈当中，她的话头一转，她的痛苦心情就泄露出来了。她用一种最快乐的表情来谈论最悲哀的事实，后来又带着一种最凄惨的神色去叙述一些最滑稽的笑谈。她现在逃避到书本里边去，我怕，这些书本将给她生命以最后的打击。
亲　　王	就像从前这些书本给她简单的头脑第一次的冲动一样。使我离开她最大的原因，玛里内利，您不至于利用它再把我带回到她那边去吧？如果她因为爱情变傻了，那么没有爱情，迟早也要变傻的。好了，关于她，我们也谈够了。让我们谈点别的事情吧！城里一点儿新闻也没有吗？
玛里内利	等于没有。因为伯爵阿皮阿尼今天举行婚礼这条新闻是无关紧要的，等于没有新闻。
亲　　王	伯爵阿皮阿尼的婚礼吗？他同谁结婚？我倒要听听，他究竟是同谁订婚的？
玛里内利	这桩事情他严守秘密。他也不肯张扬。王爷，您听见一定要好笑。不过感情用事的人总会遇到事情！爱情老是和他们开最恶劣的玩笑。一个没有财产、没有爵位的女孩子竟会把他拖进了情网，长得有一点儿姿色，却有一大堆的贤德、感情和风趣，我还知道什么呢？
亲　　王	如果一个人可以不顾一切去享受天真和美丽——我想，他是一个值得羡慕而不应该加以取笑的人。那个幸运的女孩子叫什么名字呢？总而言之，阿皮阿尼是我很知道，玛里内利，您是不喜欢他的；他也一样的不喜欢您，总而言之，他实在是一个值得尊敬的年轻的人，一个漂亮的人，一个有钱的人，一个名誉很好的人。我希望能够同他结交。我还要想想这桩事情。

玛里内利	那恐怕是来不及了。据我所听到的，他的计划根本不打算在宫廷求出路。他打算带着他的夫人到皮埃蒙特山里去：在阿尔卑斯山猎羚羊，养土拨鼠。他能干点什么更好的事呢？他订了一份门第不相当的亲事，他的前途就完了。第一流的门第里，从现在起没有他的份了。
亲　王	别谈你们的第一流门第吧！在里边尽讲礼节，拘束，无聊，思想贫乏屡见不鲜。他为了哪个女子作了这样大的牺牲，您告诉我她的姓名吧。
玛里内利	那是某一个爱米丽雅·迦洛蒂。
亲　王	什么，玛里内利？是某一个——
玛里内利	爱米丽雅·迦洛蒂。
亲　王	爱米丽推·迦洛蒂吗？绝对不会的！
玛里内利	真的，殿下。
亲　王	我说，不会的；那不是她，不可能是她。您把名字弄错了。迦洛蒂的家族是很大的。一个迦洛蒂是可能的：但是不会是爱米丽雅·迦洛蒂，不是爱米丽雅！
玛里内利	是爱米丽雅是叫爱米丽雅·迦洛蒂！
亲　王	照您说来，还有一位姓名相同的人。您刚才讲某一个爱米丽雅·迦洛蒂，某一个。只有一个傻子才会这样讲一个当事人——
玛里内利	殿下，您太激动了。难道您认识这位爱米丽稚·迦洛蒂吗？
亲　王	玛里内利，我有话要问您，您不应当问我。是爱米丽雅·迦洛蒂吗？是迦洛蒂上校的女儿，住在萨比奥内塔附近吗？
玛里内利	正是她。
亲　王	同她母亲住在这儿瓜斯塔拉城里的那一个吗？
玛里内利	正是她。
亲　王	离大圣教堂不远吗？
玛里内利	正是她。
亲　王	再问一句话（跑过去把那幅画像递到玛里内利手里）这儿！是这位吗？是这位爱米丽雅·迦洛蒂吗？您再说一遍您那句可恨的"正是她"吧，一刀刺到我的心里吧！
玛里内利	正是她！
亲　王	真不得了！是这位吗？这位爱米丽雅·迦洛蒂今天就要变做……
玛里内利	阿皮阿尼伯爵夫人！（亲王从玛里内利手中夺去那幅画像，把它抛在一边）婚礼在萨比奥内塔附近她父亲的庄子上秘密举行。大约中午时分母女两人同伯爵，可能还有几位朋友，一齐动身到那儿去。
亲　王	（失魂落魄的样子，倒在一张椅子上）这下我完了！这样我不愿意活下去了！
玛里内利	可是，殿下，您到底是怎么一回事？
亲　王	（又纵身跳起来对着他）叛徒！我到底是怎么一回事吗？现在好吧，我爱她，我崇拜她。你们可能知道！你们可能很早就知道了，你们这些人，你们认为，我最好永远忍受那个疯狂的奥尔西娜的那一套耻辱的枷锁！不过您玛里内利，您常常再三再四对我担保您对我最热烈的友情呵！一个君主是没有朋友的！他不可能有朋友！不过您，您会这样地无情无义，这样地阴险狡诈，一直到现在这个时刻，把一件威胁我爱情的危险隐藏起来：如

果我这次饶恕您，那我的罪恶就没有一桩会饶恕我！

玛里内利　王爷，我真不知道该怎么说才好，假如您也让我对您表示我的惊异。王爷竟然爱上爱米丽雅·迦洛蒂！我敢再三起誓，要是我知道这个爱情一丝一毫，猜到一丝一毫，那么，无论天使和神明都不愿意再理我！刚才我也想对奥尔西娜发同样的誓。她的猜疑走到另外一条道路上去了。

亲　　王　玛里内利，那么请您原谅我，（投到他的怀抱里去）请您可怜我。

玛里内利　现在好了，王爷！您现在认识您自己谨慎的结果了！您说："君主们没有朋友！不可能有朋友！"假如真是这样，又是什么原因呢？因为他们自己不愿意有朋友。今天他们信任我们，把自己最秘密的心愿告诉我们，对我们推心置腹，可是到了明天，他们对我们又是那么生疏，好像他们从来没有同我们谈过一句话似的。

亲　　王　唉！玛里内利，我自己几乎不肯承认的事情，我怎么能够对您说呢？

玛里内利　这样说来，您在引起您痛苦的人面前，更加不肯承认了？

亲　　王　在她面前吗？我用尽一切的心计想同她谈第二次话，都失败了。

玛里内利　那么第一次……

亲　　王　我同她谈话呵！我要疯了！您还要我慢慢地讲给您听吗？您看见我是情海中的一个牺牲品：您还问我前后经过干什么？如果您能够，您先救救我，以后再问吧。

玛里内利　救救吗？这儿有很多需要抢救的东西吗？殿下，您来不及对爱米丽雅·迦洛蒂表白心事，现在对阿皮阿尼伯爵夫人表白就得了。凡是不能从第一手里买过来的货色，可以从第二手买进来，这类货色往往便宜得多。

亲　　王　说话要严肃，玛里内利，要严肃，不然……

玛里内利　当然这种货色因此也差得多。

亲　　王　您越说越不像话了！

玛里内利　此外伯爵想着她离开本国。是的，这样一来，我们不得不另打主意了。

亲　　王　另打什么主意？最亲爱的，最好的玛里内利，您替我想办法吧。假如您处在我的地位，您会怎么办？

玛里内利　最要紧的是把小事情就当做小事情，并且告诉我，我本来是个什么样的人，我决不愿意失败，殿下！

亲　　王　请您不要用武力奉承我，我这儿并不想使用武力。您说，今天吗？今天就要办吗？

玛里内利　今天就要办。只要不是木已成舟，都有办法（想了一会工夫）王爷，您情愿让我自由行动吗？我所做的一切事情，你通通准许吗？

亲　　王　一切事情，玛里内利，一切能够扭转这一情况的事情，我通通准许。

玛里内利　那么不要让我们耽误时间了。您不要留在城里。您立刻坐车到多赛乐行宫去。到萨比奥内塔去的路是要经过那儿的。假如我不能够立刻把伯爵调开，那么我就想做得到，做得到；我相信，他一定会掉进这个圈套。王爷，您不是因为您的大婚，要派遣一位公使到马萨去吗？王爷就派遣一位伯爵做公使，吩咐他必须今天就要动身。王爷，您明白了吗？

亲　　王　好极了！您带他过来见我。您去吧，赶快去吧！我立刻就坐车去。（玛里内利下）

第七场

亲王，侍从。

亲　王　立刻就去！立刻就去！那幅画像在哪儿？（回顾四周寻找那幅画像）在地上吗？刚才做得太不对了！（拾起来）还要仔细看吗？我暂时不想仔细看你了。为什么我要把箭向自己伤口更深地戳呢？（把画像放在一边）我已经渴望得够久了，叹息得够久了，比起我应当忍受的久得多了：但是没有采取任何行动！因为犹豫不决，差一点一切都完事了！假如现在一切仍然完事呢？假如玛里内利把事情办不好呢？为什么我要完全信赖他一个人呢？哦，我想起来了，在这个时刻（向时钟看一下）正在这个时刻这个虔诚的女孩子每天早上都到多米尼克斯修道士那儿听弥撒。我到那里去找她谈谈怎么样？可是今天，今天正是她结婚的日子，今天她心里有别的事情，她不会有心去听弥撒的。不过，谁又知道呢？这是一条路。（他按铃，一面匆匆忙忙地把文件收集拢来，一个侍从进来）备车！还没有顾问来吗？

侍　从　卡米洛·罗塔来了。

亲　王　让他进来。（侍从下）他可别想耽搁我。这次不行！我下一次多花些时间替他解决困难就是了。这儿还有一封爱米丽雅·布鲁内希的请愿书呢。（寻找）这封就是。但是，良善的布鲁内希，替你说情的人是……

第八场

卡米洛·罗塔，亲王。

卡米洛·罗塔　手里拿着一些文件，亲王。

亲　　王　请进来吧，罗塔，请进来吧。这些是我早上拆开的文件。没有多少叫人高兴的事情！至于应该怎样办您自己一看就明白了。拿去吧。

卡米洛·罗塔　好的，殿下。

亲　　王　这儿还有爱米丽雅·迦洛蒂，我想说布鲁内希的一封请愿书。我固然是批准了。可是这件事情非同小可。您还是让它搁一搁再办吧。或者不必搁吧，随您自己的意思办好了。

卡米洛·罗塔　不能随我的意思办，殿下。

亲　　王　还有什么别的事？有什么文件要签字吗？

卡米洛·罗塔　有一份死刑判决书要签字。

亲　　王　很高兴。拿过来！快一点。

卡米洛·罗塔　（吃一惊，注视亲王）我说的是一份死刑判决书。

亲　　王　我听见了。这可能是已经办过了。我忙呢。

卡米洛·罗塔　（查阅一些文件）我可没有把它带来！请您原谅，殿下，可以搁到明天。

亲　　王　还有这样的事！您把文件收起来吧，我得出门去罗塔，明天我同您多谈一点吧！（下）

卡米洛·罗塔　（一面摇头，一面收拾文件下）很高兴吗？对一份死刑判决书很高兴吗？即使是有关一个谋害我独生儿子的凶犯，我也不愿意在这个时候给他签字。很高兴！很高兴！这个残酷的"很高兴"，真是伤透了我的心！

（刘彪编，摘自商章孙等译：《莱辛：戏剧两种》，上海译文出版社，1980）

第十五章　歌德及《浮士德》

第一节　歌德简介

　　约翰·沃尔夫冈·歌德，欧洲文坛乃至世界文坛屈指可数的文学巨匠。他被认为是 18 世纪末 19 世纪初德国最伟大的诗人、作家和思想家。他的创作在欧洲文学史与世界文学史上占有重要地位。他于 1749 年出生于莱茵河畔法兰克福一个上层资产阶级家庭，父亲是法学博士，母亲是当地市长的女儿，因此他自幼受到良好的教育。1765 年，歌德进入莱比锡大学攻读法律，却对文学艺术与自然科学表现出深厚的兴趣。1768 年他因病辍学，于 1770 年转入斯特拉斯堡大学继续学习。在斯特拉斯堡大学求学期间，受卢梭的思想影响，歌德结识了"狂飙突进"运动的领袖赫尔德和许多青年诗人，也成为反对封建专制，要求民族发展与个性解放运动的积极参与者。这一时期他创作了许多脍炙人口的抒情诗，如《欢会与离别》、《五月之歌》、《野玫瑰》等。这些诗歌饱含热烈真挚的感情，歌颂美好的自然景物和健康的人生，语言优美生动，富有民歌特点，被视为德国近代抒情诗的真正发端。1773 年，歌德创作历史剧《铁手骑士葛兹·封·伯利欣根》，鲜明表现了反封建的思想。1774 年写成的书信体小说《少年维特之烦恼》让歌德赢得了世界性的声誉。

　　歌德一直怀着改革社会的幻想，因此在 1775 年，应魏玛公爵卡尔·奥古斯都的邀请，他前往魏玛公国，并在此定居，希望在魏玛实现他的启蒙主义理想。他担任过魏玛的部长、枢密顾问官，并领导魏玛剧院，但是他的改革遭到反对派的激烈反对。这让歌德备感沮丧。心情苦闷的他于 1786 年秘密离开魏玛来到意大利旅行，两年后返回魏玛，但不再参加政务。得益于意大利之行，歌德对古典艺术发生深厚的兴趣，形成了古典主义的文艺思想。这个时期，他改写并创作了几个剧本，如《伊菲格尼在陶里斯》、《哀格蒙特》和《塔索》等。这些剧本显示了歌德关于个人自由和民族统一的思想，但也在一定程度表现出道德说教的倾向和与社会妥协的调子。

　　1794 年，歌德遇到了人生中难得的知己——大作家席勒。他们结识为好友，在接下来的十年间，两位伟大作家志同道合，互相合作。他们在魏玛共同主办剧院，主编文艺杂志，并分别完成了自己的重要作品。这也成为歌德人生中的又一个硕果累累的创作丰收期。这一时期，他创作了长篇小说《威廉·麦斯特的学习时代》、叙事诗《赫尔曼与窦绿苔》和诗剧《浮士德》第一部等。

　　歌德终身孜孜不倦地投身写作事业。晚年时期的他还相继完成了长篇小说《威廉·麦斯特的学习时代和漫游年代》、《亲和力》，自传《诗与真》、抒情诗集《西方与东方的合集》以及他的毕生力作《浮士德》第二部。他的思想和著作博大精深，他的一生充满矛盾。这一点在他的作品表露无遗。他的作品总体而言，倾向于批判黑暗势力，争取社会进步，不断探索人生社会理想，但是也存在一些局限，如革命的不彻底性和对落后现实的妥协性，宣传改良，进行道德说教等。从艺术角度来看，他的作品形式多样、结构完整，语言生动，形象深刻、丰富，并且将浪漫主义与现实主义很好地结合，是他创作的显著特点。

1832 年歌德病逝。世人皆为德国文坛上这颗耀眼之星的陨落而深深叹息。

第二节　《浮士德》简介

诗剧《浮士德》是歌德最伟大的作品。这是歌德用毕生心血成就的一部杰作。它在文学史上与荷马史诗、《神曲》、《哈姆雷特》齐名，堪称史诗性巨著。德国著名的哲学家谢林曾如是评价这部作品："如果有什么能称为哲学史诗的话，那么这一称谓只能运用于歌德的《浮士德》。把哲学家的深谋远虑同杰出诗人的才能联结在一起的辉煌智慧，在这部史诗中为我们提供了崭新的知识源泉。"

《浮士德》取材于德国 16 世纪的民间传说。传说浮士德是一个懂得炼金术、星相术、占卜的魔法师。1587 年德国出版了故事书《约翰·浮士德的一生》，故事叙述了浮士德与魔鬼订约，漫游世界，满足各种欲望，享尽人间欢乐，最后惨死于魔鬼之手。文艺复兴以来，浮士德的传说多次成为艺术家的创作题材。1775 年歌德写成部分初稿，1806 年完成《浮士德》第一部，1831 年完成《浮士德》第二部，整个创作时间长达 60 年之久。

《浮士德》文本采用了诗剧形式。作品共分两部，1211 行。第一部 25 场，不分幕；第二部分为 5 幕 17 场。与其他戏剧不同的是，《浮士德》全剧没有首尾连贯的情节，而是以主人公浮士德的思想发展为线索，描写他探索真理的一生。诗剧以《天上序曲》开场，借用基督教的形象表现了全剧思想的总纲，以魔鬼梅菲斯特与天帝的争论和赌赛为引子，引出浮士德追求真理的生活历程。歌德将浮士德的生活历程分成五个阶段：知识悲剧、爱情悲剧、政治悲剧、美的悲剧和事业悲剧。作者在其中蕴含了大量的文化批判。《浮士德》以构思宏伟、内容复杂著称。和许多作家一样，歌德在作品中通过描绘浮士德自强不息、不断求索的一生，肯定了积极进取的人生观，并借此抒发了自己建立幸福自由的人间乐园的社会理想。同时他也以《浮士德》为载体，刻画了文艺复兴以来几百年间的欧洲精神文化，并对此作出了深刻的审视和严厉的批判。从诗剧的字里行间，读者不难发现歌德作为一个文化巨人的非凡的洞察力和睿智。

不可否认，该诗剧庞大的艺术结构令读者叹为观止。作者将古往今来的各种人物和场面囊括其中，给读者献上一道丰盛的历史艺术大餐。作品摒弃了常规模式，跨越了时空界限，如天马行空般自由地表现出一部欧洲精神发展的历史。在创作手法方面，歌德采用了现实主义与浪漫主义相结合的方法。在形象塑造方面，作品进行了多组对比，如天帝与梅菲斯特，浮士德与瓦格纳，浮士德与玛甘泪，浮士德与梅菲斯特的对比。这种互为衬托的手法，使人物形象更加鲜明与深刻，作品内容也更为丰富。在语言方面，作者在诗剧中还采用了多种诗歌形式和表现形式。作者几乎用遍了欧洲的各种诗体与之相匹配。该诗剧的语言风格也颇受赞誉。不同场景、不同人物的语言各有特色；语言风格多样，采用抒情、赞颂、嘲讽、庄严、诙谐、明喻、影射，对环境进行适当描写，烘托了气氛，表达了博大精深的繁杂内容，表现出作者杰出非凡的艺术才能。

当然诗剧在艺术上也有一定缺憾。有些评论家认为作品中过多象征性描写，大量的典故，人物的抽象化，使得部分内容晦涩难懂。但《浮士德》是迄今为止德国文学史上最伟大的作品，在世界文学史上占有重要地位。作为一部历史经验的艺术结晶，它闪烁着人类智慧的光芒，显示了永远的魅力。

第三节 《浮士德》选段

天上序曲

天主，一群天使，其后梅菲斯特、三位天使长上。

拉斐尔　太阳按着古老的调门
　　　　跟群星兄弟竞相合唱，
　　　　完成她的既定的旅程，
　　　　她的步声像雷鸣一样。
　　　　天使见到她，获得生力，
　　　　虽然无人能究其根源；
　　　　不可思议的崇高的功业，
　　　　像开辟之日一样庄严。

加百列　迅速，不可思议地迅速，
　　　　壮丽的地球自行旋转；
　　　　天堂般的白昼交替循环；
　　　　大海从海岩石深处
　　　　奋然汹涌中洪涛万顷，
　　　　大海和岩石又被卷入
　　　　永远迅速的天体运行。

米迦勒　一阵阵暴风由陆而海，
　　　　由海而陆地怒吼争先，
　　　　它们猖狂地在自己周围
　　　　形成作用强烈的锁链。
　　　　在雷霆轰鸣的道路前方，
　　　　破坏的电火闪烁先驰，
　　　　主啊，你的天使却敬仰
　　　　你的时日的从容推移。

三　人　天使们见到，获得天力，
　　　　虽然无人能究其根源；
　　　　你所有的崇高的功业，
　　　　像开辟之日一样庄严。

梅菲斯特　主啊，你又在我面前出现，
　　　　　垂询有关我们的一切情况，
　　　　　平素你也很喜欢跟我相见，

因此我也夹进侍者中央。
对不起，我吐不出高尚的辞藻，
尽管要受到在座诸位的白眼；
我慷慨激昂，定会惹你发笑，
如果你没改掉笑人的习惯。
关于太阳和世界，无可奉告，
我只看到世人是多么苦恼。
这种世界小神，总是本性难改，
还像开辟之日那样古里古怪，
他们也许会较好地营生，
如果你没有把天光的影子交给他们；
他们称之为"理性"，应用起来
比任何野兽还要显得粗野。
我看他们，请你原谅，
就像长腿的蚱蜢一样，
总是在飞，飞飞跳跳，
立即钻进草中唱起老调；
如果老钻在草中倒也太平！
偏看到垃圾堆，就把鼻子伸进。

天　　主　　再没有其他向我汇报？
　　　　　　你总是来大发牢骚？
　　　　　　世间永没有一事使你称心？

梅菲斯特　　天主！我觉得你那里总是糟糕透顶。
　　　　　　看到世人悲惨的生活使我难过，
　　　　　　连我都不愿把那些苦人折磨。

天　　主　　你认识浮士德？

梅菲斯特　　博士？

天　　主　　我的仆人！

梅菲斯特　　的确！他侍奉你非比寻常。
　　　　　　凡间的饮食这傻瓜一概不尝。
　　　　　　他好高骛远，心血沸腾，
　　　　　　他也有一半知道自己笨伯；
　　　　　　他想摘下天下最美的星辰，
　　　　　　他想获得人间最大的快乐，
　　　　　　远近的一切，什么也不能
　　　　　　满足他无限的雄心勃勃。

天　　主　　他侍奉我尽管迷混不清，
　　　　　　我就要引他进入澄明的境域。
　　　　　　园丁也知道，小树只要发青，
　　　　　　就会有花果点缀未来的岁月。

梅菲斯特　　你赌什么？你还会将他失掉，
　　　　　　如果我得到你的允许，

　　　　　　　慢慢引他走我的大道！
天　　主　只要他在世间活下去，
　　　　　　　我不阻止，听你安排，
　　　　　　　人在奋斗时，难免迷误。
梅菲斯特　那就谢谢，我跟死者
　　　　　　　从不愿意有什么交往。
　　　　　　　我最喜爱的乃是丰满健康的面庞。
　　　　　　　我不接待死尸，我的习惯，
　　　　　　　就像猫儿要玩弄活老鼠一般。
天　　主　好吧，那就交给了你！
　　　　　　　去勾引这个灵魂脱离本源，
　　　　　　　你得抓住他，那就让你
　　　　　　　带他一同走你的路线，
　　　　　　　将来你总要承认而感到羞辱：
　　　　　　　善人虽受模糊的冲动驱使，
　　　　　　　总会意识到正确的道路。
梅菲斯特　好了！不会拖很长时期。
　　　　　　　我觉得我的打赌万无一失。
　　　　　　　如果我达到我的目的，
　　　　　　　允许我高唱凯歌，满腔欢欣。
　　　　　　　让他去吃土，吃得开心，
　　　　　　　像那条著名的蛇，我的亲戚。
天　　主　那时听你怎样表演。
　　　　　　　我从不憎恶跟你一样的同类。
　　　　　　　在一切否定的精灵里面，
　　　　　　　促狭鬼最不使我感到烦累。
　　　　　　　人类的活动劲头过于容易放松，
　　　　　　　他们往往喜欢绝对的安闲；
　　　　　　　因此我要给他们弄个同伴，
　　　　　　　刺激之，鼓舞之，干他恶魔的活动。
　　　　　　　可是你们，真正的神子，
　　　　　　　请你们欣赏生动、丰沛的美！
　　　　　　　永远活动长存的化育之力，
　　　　　　　愿它以慈爱的藩篱将你们围护，
　　　　　　　在游移现象中这漂浮的一切，
　　　　　　　请用持久的思维使它们永驻。
　　　　　　　（天界关闭，天使长各散）
梅菲斯特　（独白）
　　　　　　　我常爱跟这位老者会晤，
　　　　　　　唯恐失掉他的欢心。
　　　　　　　我真钦佩他这位伟大的主，
　　　　　　　跟恶魔交谈也这样合乎人情。

悲剧

第一部

第一场　夜

高拱顶的、狭窄的哥特式房间。
浮士德，不安地坐在书桌旁靠背椅里。

浮士德　到如今，唉！我已对哲学、
　　　　　法学以及医学方面，
　　　　　而且，遗憾，还对神学！
　　　　　都花过苦功，彻底钻研。
　　　　　我这可怜的傻子，如今
　　　　　依然像从前一样聪明；
　　　　　称为硕士，甚至称为博士，
　　　　　牵着我学生们的鼻子，
　　　　　上上下下，纵横驰骋，
　　　　　已经有了十年光景——
　　　　　我知道，我们无法弄清！
　　　　　真有点令我心痛如焚。
　　　　　我虽然胜似那一切傻子，
　　　　　博士、硕士、法律家和教士；
　　　　　没有顾虑和怀疑打扰我，
　　　　　也不怕什么地狱和恶魔——
　　　　　却因此而被剥夺了一切欣喜，
　　　　　我并不自诩有什么真知，
　　　　　也不自信能有所教诲，
　　　　　使人类长进而幡然改悔。
　　　　　我既没有财产和金钱，
　　　　　也没有浮世的名声和体面；
　　　　　就是狗也不能这样贪生！
　　　　　因此我向魔术献身，
　　　　　想通过精灵的有力的口舌，
　　　　　使我了解到许多秘密；
　　　　　使我不需要再流酸汗，
　　　　　把不懂的事信口乱谈；
　　　　　使我认识是什么将万物
　　　　　囊括于它的最深的内部，
　　　　　看清一切动力和种子，

不再需要咬文嚼字。
盈盈的月光，但愿今宵

你最后一次见我烦恼，
我有许多次午夜不眠，
靠在书案边等你出现：
于是，忧郁的朋友，你来了，
在我的书本和纸上照耀！
唉！但愿我能借你的柔光
走到一处山顶之上，
在山洞周围跟精灵周旋，
在你的幽辉下漫步草原，
拨开一切知识的迷雾，
爽适地浴着你的清露！

唉！我还枯守着这个牢笼？
该诅咒的阴郁的墙洞，
透过彩绘玻璃的天光
在这里也显得暗淡无光！
这里塞满大堆的书本，
被蠹鱼蛀咬，被灰尘笼罩，
一直堆到高高的屋顶，
处处插着熏黄的纸条；
瓶儿罐儿到处乱摆，
各种器械塞得满满，
祖传的家具也堆在里面——
这是你的世界！也算个世界！

你还要问，为何你的心
在你胸中惴惴不安？
为何有一种难说的苦情
将你的生命活动阻拦？
天主给自己创造人类，
你却避开生动的自然，
让人和动物的骸骨包围，
禁锢在霉气和烟雾里面。

起来！逃往广阔的国土！
诺斯特拉达姆斯亲手
写成的这本神秘的书，
做你的向导难道还不够？
你将会了解星辰的轨道，

如果自然将你点化，
你的心灵就会开窍，
懂得精灵们怎样对话。
这里无法凭枯燥的思想
给你说明神圣的灵符。
精灵们，你们绕着我飘荡；
听到我的话，请给我答复！
（他打开书本，看到大宇宙的灵符。）
哈！看到这灵符，何等的欢愉
突然间传遍我的一切感官！
我觉得年轻神圣的生的幸福
重新热烈地流遍神经和脉管。
这道灵符是否是出于神工？
它镇静我沸腾的内心，
使我胸中充满了欢欣，
它以不可思议的神通
使自然之力在我四周显呈。
我也是神？我心地澄明！
从这些纯洁的笔画之间，
我看到创造的自然在我心灵前呈现。
现在我才理解哲人的明训：
"灵的世界并没有关紧；
你心如死灰，耳目不聪！
奋起吧，弟子，务须坚定，
在曙光中涤荡尘胸！"
（观符）
瞧万物交织，合而为整，
相辅相成，相依为命！
钧天的诸力升降匆匆，
相互传递黄金的吊桶！
鼓着散发天香的翅膀，
从天空一直贯穿泉壤，
在万有中和鸣铿锵！
好一个奇观！可惜！只是个奇观！
我从何处掌握你，无限的自然？
乳房在何处？你们是众生的泉源，
你们是天地之所依傍，
枯萎的心胸对你们向往——
涌进，哺育，而我却枉自渴念？
（愤然翻阅书页，看到地灵之符）
看到这道符却有不同的感受！
地灵啊，你跟我较为相近；

我已经觉得精力增进，
我已经发烧，像喝了新酒。
我觉得有勇气往世间去冒险，
承担浮世的幸福、浮世的苦难，
跟暴风雨进行激战，
听到沉舟的嘎嘎声也不胆寒。
我头上乌云聚合——
皓月收敛起光芒——
灯火熄灭了！
烟雾弥漫！——我头顶四周
闪动着红光——阴风
从拱顶上面吹了下来，
攫住了我！
我觉得，你飘飘莅临，应邀的精灵。
现形吧！
哈！我觉得心神不定！
新的观感
使我的官能全被搅乱！
我觉得我已向你完全交心！
你务必现形！哪怕要我的性命！
（他拿起书本，神秘地念出地灵的符咒。一道
淡红的火焰闪动，地灵在火焰中显现。）

地　灵　谁唤我？
浮士德　（转过脸去）
　　　　多可怕的相貌！
地　灵　你硬性拉我来到这里，
　　　　在我灵界里吮吸了多时，
　　　　如今——
浮士德　唉！我真吃你不消！
地　灵　你要求见我，深深吸气，
　　　　要听我声音，要看我面孔，
　　　　我被你强烈的心愿感动，
　　　　我来了！——何等可怜的惧意
　　　　摄住你这位超人！灵魂的召唤何在？
　　　　你的胸怀，要在自身中创造个世界
　　　　而加以抚育，曾那样欢腾激昂，
　　　　要跻于灵界之列，它现在怎样？
　　　　浮士德在哪里？我听到你的声音，
　　　　你不是拼命要来跟我接近？
　　　　难道你就是，一接触我的气息，
　　　　整个生命都在战栗，
　　　　这样的畏怯蜷缩的微虫？

浮士德	火焰的形象，我对你回避？
	我是浮士德，我跟你平辈！
地　灵	生命的浪潮，事业的狂风，
	我上下翻腾，
	我来去飘飏！
	诞生和坟茔，
	永恒的海洋，
	交替的经营，
	灼热的生命，
	我就在轰轰的时间织机之旁
	织造神的有生命的衣裳。
浮士德	周游世界的忙碌的精灵，
	我觉得我真有点跟你差不多！
地　灵	你肖似你所理解的精灵，
	不像我！（消失）
浮士德	（惊倒）
	不像你？
	像谁？
	我肖似神的形象！
	跟你都不近似！
	（叩门声）
	死鬼！我知道——这是我的助手——
	无上的幸福就此完蛋！
	这种灵界的充沛丰满，
	断送于枯燥的小子之手！
	（瓦格纳穿着睡衣，戴着睡帽，一手持灯上场。
	浮士德不高兴地背转身去）
瓦格纳	对不起！我听到你在朗诵；
	你一定是在读希腊的悲剧？
	我也想钻研此道，图些受用，
	朗诵在今天大有前途。
	我常常听人推赏备至，
	他们说伶人可做教士的老师。
浮士德	由伶人来当教士；
	这种情况有时也可能存在。
瓦格纳	像我们这样关在研究室里，
	偶尔在节日才去观光世界，
	只用望远镜远远观瞧，
	怎能进行说服将世人指导？
浮士德	如果你漠然，不吐出肺腑之言，
	不用具有天然气魄的魅力，
	去打动一切听众的心弦，

　　　　　　你就不能达到目的。
　　　　　　你尽管坐下去！粘贴拼凑，
　　　　　　用残肴剩菜烧一锅杂烩，
　　　　　　从你的一堆灰烬里头
　　　　　　吹出一些微弱的火来！
　　　　　　可博得儿童、猢狲的赞叹，
　　　　　　如果这种事合你的口味；
　　　　　　可是你决不能达到心与心相连，
　　　　　　如果你是口是心非。

瓦格纳　　可是演说家成功全靠雄辩；
　　　　　　我很明白，但是还差得很远。

浮士德　　成功要走正当的途径！
　　　　　　别学鸣铃小丑的模样！
　　　　　　只要有头脑和诚实的心，
　　　　　　没什么技巧也可以演讲；
　　　　　　如果你认真要说什么，
　　　　　　何必追求词藻的雕琢？
　　　　　　你的演说尽管是光怪陆离，
　　　　　　像用废纸折花，点缀人生，
　　　　　　总像秋季的湿风吹扫枯叶，
　　　　　　沙沙的响声实在讨厌得很！

瓦格纳　　天啊！学艺无止境；
　　　　　　我们的生命很短。
　　　　　　尽管我努力研究，从事批判，
　　　　　　却常感苦闷而伤透脑筋。
　　　　　　要获得一种探本穷源的方法，
　　　　　　这是多么困难的事情！
　　　　　　一半的路途还没能到达，
　　　　　　可怜虫就要送掉性命。

浮士德　　古代文献，难道它是神泉，
　　　　　　喝上一口就能永远疗渴？
　　　　　　不是你自己灵魂的涌泉，
　　　　　　不会使你得到精神爽适。

瓦格纳　　对不起！这样的乐趣也很浓，
　　　　　　沉潜于各个时代精神之中，
　　　　　　看我们以前的一位贤人怎样思想，
　　　　　　最后我们又怎样加以光大发扬。

浮士德　　是呀，远远发扬到星界！
　　　　　　我的朋友，那些过去的时代
　　　　　　对我们是七印封严的书卷；
　　　　　　你们所说的时代精神，
　　　　　　其实乃是著者自己的精神，

其中反映着时代的事件。
因此常导致可悲的下场！
人们一看到你们就要逃避。
一只垃圾箱，一间废品栈房，
充其量也只是一部政治大戏，
插进有教训意义的名言至理，
用作木偶戏台词非常适宜！

瓦格纳　可是这世界！人类的心和精神！
　　　　任何人都想对此有所认识。

浮士德　所谓认识，是什么情形！
　　　　谁能直截了当地说出真理？
　　　　那些少数有所认识的人，
　　　　笨到透顶，不隐藏充实的内心，
　　　　却把他们的观感向愚民表明，
　　　　自古就受到十字架刑和火焚。
　　　　我要求你，朋友，夜已深了，
　　　　我们必须结束争论。

瓦格纳　我情愿继续下去，搞个通宵，
　　　　跟先生进行这种学术的讨论。
　　　　可是明天，正好是复活节开始，
　　　　请让我提出一两个问题。
　　　　我热心研究，花了不少功夫，
　　　　虽知道很多，却想要知道全部。（下）

浮士德　（独白）
　　　　他的头脑里还保留一切希望，
　　　　老是纠缠住一些空虚的事物，
　　　　用贪婪的手将宝藏挖掘，
　　　　挖到蚯蚓，也觉得高兴非常！

　　　　在我四周灵气充沛，这里
　　　　怎能容许这样的人声喧哗？
　　　　可是，这次我要感谢你，
　　　　世人中的最可怜的傻瓜。
　　　　你把我拉出绝望之境，
　　　　我的官能快要被破坏无余。
　　　　唉！那是多么巨大的现形，
　　　　我简直觉得自己像个侏儒。

　　　　我肖似神的形象，我自己认为
　　　　已跟永恒的真理之镜接近，
　　　　悠游于天国的光辉与澄明之境，
　　　　已经脱却世人的凡胎；

我超过知天使，我的自由之力
已在自然的脉管之中周流，
满以为凭着创造，可以享受
神的生活，却偏偏自取其咎！
雷鸣般的语言夺去我的一切。

我竟不能自诩跟你近似！
我虽有力量把你引到此地，
可是却没有力量挽留住你。
就在那个幸福的片刻，
我自觉渺小而又伟大；
你却残酷地将我推开，
将我交还给无定的造化。
我向谁领教？何所回避？
我该听从迫切的心愿？
唉！正像我们的烦恼，甚至我们的行为，
都妨碍我们一生的进展。

我们精神上最崇高的感受，
也有各种杂质混入其中；
我们一达到世间的善境之后，
更善者就被称为空想和幻梦。
赋予我们生命的崇高的感情，
在尘世纷扰之中趋于迟钝。

幻想尽管在往日大胆飞翔，
满怀希望地向着房屋舒展，
一待幸福在时间旋涡中消亡，
它就满足于一处小小的空间。
忧愁立即盘踞到深心之中，
在那里酿成隐秘的苦痛，
它辗转不安，妨碍宁静和乐趣；
它还不断地更换新的面具，
可以化为家室、妻子、儿子而出现，
化为水火、毒药和匕首：
你将为一切虚惊发抖，
还要为不会遇到的损失经常悲叹。

我跟神不肖似！这一点我颇有深感；
我像那蠕虫，在尘土里乱钻，
它在尘土中谋生，摄取营养，
被行人一脚踏死而遭埋葬。

这些不都是尘土？高高的墙壁，
一格格书架将我困住，
这些旧家具，放满破烂的东西，
蛀虫的世界使我拘束。
我要在这里寻我的所需？
或许要读破万卷书才能知道：
人类无知而不感到痛苦，
幸福的人实在是非常稀少？——
空洞的髑髅，干吗佯作笑容？
你脑子也曾困惑过，像我的一样，
寻觅轻松的白天，却在沉重的昏暗中，
为追求真理而凄然迷惘。
你们这些有把手、有轮、有齿、
有轴的器械，肯定在嘲笑：
我站在门口，你们应当做钥匙；
你们虽有曲齿，却不来拨起插销。
在白天，大自然也非常神秘，
她不肯让人揭去她的面纱，
凡是她不愿向你的心灵启示的东西，
你总无法用杠杆和螺旋把它撬下。
你这旧家具，对我毫无用处，
只因我父亲使用过，才放在这边。
你这旧滑车，你总要受到熏污，
只要这昏灯在案旁继续冒出油烟。
与其被这些区区微物累得我满头大汗，
倒不如把这些区区微物全部卖光！
你从祖先手里继承的遗产，
要努力利用，才能安享。
不用的东西乃是沉重的负担，
只有应时代的产物，才能有应时的用场。

我眼光为何盯住那个地方？
那小瓶对我眼睛难道是一块磁石？
我为何觉得突然豁然开朗，
像在夜晚的林中沐着辉煌的月色？

我向你问好，唯一的长颈瓶！
我现在取你下来，毕恭毕敬，
我因你而崇拜人的智慧的巧技。
你是可喜的安眠灵液的精粹，
你是一切致命的妙力的真髓，

请对你的主人表示好意！
我看见你，我的痛苦就减轻，
我拿着你，我的努力就松劲，
精神的高潮逐渐逐渐低减。
我被带到一片汪洋的海上，
如镜的海水在我脚下闪光，
新的日子引我到新的彼岸。
一辆火焰车鼓起轻捷的羽翼
向我驶来！我觉得我已决心，
在新的路上贯穿太空的清气，
向着纯粹的活动的新天地迈进。
这种崇高的生活，神的欢畅！
你刚才还是微虫，有资格消受？
好，你对这尘世的亲切的太阳，
要毅然把它撇在脑后！
任何人都想过而不入的大门，
你要敢于前去把它推开。
时机已到，要用行动证明：
男子的尊严并不屈服于神的权威，
你并不害怕那个黑暗的洞府，
尽管幻想想象得那样痛苦难熬，
你敢冲进那条通路，
不怕全地狱之火在入口燃烧；
你敢下决心欣然走这一步，
尽管存在着危险，会使你堕入虚无。

纯洁的水晶酒杯，请你下来！
从你古老的盒子里面出来，
许多年来我已经将你忘掉！
你在先祖欢宴时熠熠生辉，
每逢传递着劝人干杯，
严肃的宾客也会眉开眼笑。
杯上的许多雕绘，富丽而精巧，
饮者都有义务赋诗说明，
再把杯中的酒一口饮尽，
这使我想起青年时多次的良宵；
如今我不会把你传递给邻人，
也不会借你的雕绘显示我的才能；
这里有使人迅速沉醉的灵浆。
它使你内腔充满褐色的液体，
是我所选择，我所调制，
这最后一盅，让我全心全意，

作为酒宴的崇高的祝贺，献给晨光！

（举杯近口）

钟声和合唱之歌。

天使们的合唱　基督复活了！

负着隐秘的、

导致毁灭的

原罪的人类，

祝你们安乐。

浮士德　何其深沉的钟声，何其响亮的音调

强使这酒杯离开我的口唇？

殷殷的钟鸣，你们已在宣告

庆祝复活佳节的时刻来临？

唱诗班，你们已唱起从前由天使之口、

在黑暗的墓旁所唱的欣慰之歌，

作为一种新约的确证？

妇女们的合唱　我们已给主

抹上了香料，

我们众信徒，

已把他放倒；

又给他裹起

头巾和麻布，

可是在这里

看不见基督。

天使们的合唱　基督复活了！

受尽了煎熬，

获得了锻炼，

战胜了锻炼，

爱人者，有福了。

浮士德　温存有力的天上歌声，

为何到浊世将我寻访？

快飘向别处，寻求温情的人。

我虽听到福音，可是我缺少信仰；

奇迹乃是信仰所生的爱子。

我不敢妄想探寻这种福音

所自传过来的那个境地；

可是我自幼就已听惯的这个调子，

如今它又召唤我转向人生。

从前，庄严的安息日一片静寂，

天国之爱的亲吻向我降临；

那里丰隆的钟声使人惶惶不宁，

于是我祈祷就成为热烈的欢喜；

一种难言的亲切向往

　　　　　驱使我前去草原和森林徘徊，
　　　　　我流下了热泪千行，
　　　　　觉得出现了新的世界。
　　　　　这歌声唤回青年时代的快乐游兴，
　　　　　春节良辰的自由和幸福；
　　　　　回忆又使我恢复我往日的童心，
　　　　　不再走严峻的最后一步。
　　　　　继续荡漾吧，甘美的天国之歌！
　　　　　我泪如泉涌，大地又将我收留！

使徒们的合唱　葬入墓中者，
　　　　　已不在人间，
　　　　　生前崇高者，
　　　　　已光荣升天；
　　　　　他享受超生之乐，
　　　　　近似创造的欢快；
　　　　　啊！我们郁郁不乐，
　　　　　靠紧大地的胸怀。
　　　　　他抛下门徒
　　　　　在这里苦苦思慕；
　　　　　夫子啊，我们哭
　　　　　你的幸福！

天使们的合唱　基督复活了！
　　　　　脱离腐朽的地心；
　　　　　你们要安乐，
　　　　　破除烦恼根！
　　　　　力行赞颂者，
　　　　　证实主爱者，
　　　　　友爱分食者，
　　　　　旅行传道者，
　　　　　预告极乐者，
　　　　　夫子与你们同在，
　　　　　亲近不分开！

第二场　城门外

　　各种散步的人走出城外。

手工业学徒二三人　向那边去干吗？
其他学徒数人　我们要前往猎人之家。
前　者　我们要到磨坊那里去散心。
学徒一　我劝你们前去河滨饭店。
学徒二　那一条路没什么可看。
第二队　你怎么样？

学徒三　我跟别人同行。

学徒四　还是上堡村去吧，那里肯定会有
　　　　最漂亮的姑娘，最好的啤酒，
　　　　打起架来也是顶呱呱。

学徒五　你这得意忘形的小郎，
　　　　你皮肤又在第三次发痒？
　　　　我不愿去，那地方使我害怕。
　　　　不，不！我现在还是回城去。

使女二　他肯定会等在那棵白杨树旁。

使女一　这对我没有多大乐趣，
　　　　他会陪在你的身旁，
　　　　他只跟你跳舞寻欢，
　　　　你的快乐跟我不相干！

使女二　他今天决不会单独一人，
　　　　他说那个鬈发的也跟他同行。

学　生　那些娘儿们走得多起劲！
　　　　老兄，过来！我们要跟着她们。
　　　　强烈的啤酒、麻辣的烟草、
　　　　打扮得漂亮的姑娘，都是我的嗜好。

城市姑娘　你瞧那些漂亮的小伙子！
　　　　他们真是好不害羞；
　　　　他们尽可以跟些上等姑娘交际，
　　　　却去盯着这些丫头！

学生二　（对学生一）
　　　　别走得太快！后面来了两位，
　　　　瞧她们一身俊俏的打扮，
　　　　我的芳邻也在其内；
　　　　我对这位姑娘颇有好感。
　　　　她们静悄悄地走路，
　　　　总归要跟我们碰在一处。

学生一　老兄，不行！拘束使我难受。
　　　　快点！不要错过这种野味。
　　　　星期六拿着笤帚扫地的手，
　　　　到星期日最会将你抚爱。

市　民　我真不喜欢他，那个新任市长！
　　　　他上任以来，一天天跋扈飞扬。
　　　　他对本市有什么功劳？
　　　　情况不是越来越不行？
　　　　我们要格外俯首听命，
　　　　纳税也比以前更高。

乞　丐　（唱）
　　　　善良的老爷，美丽的太太，

华贵的打扮，红红的脸蛋，
请你们瞧瞧我这个乞丐，
帮我解救我的苦难！
别让我白白演奏风琴！
好布施的人才会愉快。
今天大家都高高兴兴，
让我也捞到一些外快。

市民二　在星期天和节日最有趣的事情，
无过于谈谈战争和战事谣言，
在遥远的土耳其那边，
数国国民在大动刀兵。
我们站在窗口，痛饮一盅，
看各样的船只顺着河水航行；
晚来欣然回到家中，
衷心祈祷天下太平。

市民三　是呀，街坊！我也是死人不管，
尽管他们劈开了头，
尽管闹得天下大乱，
只要我家中一切照旧。

老婆子　（对城市姑娘）
打扮得多俏！漂亮的年轻姑娘！
谁不为你们神魂颠倒？——
别这样骄傲！我了如指掌！
你们想什么，我都能替你们办到。

城市姑娘　阿加忒，走吧！我很留意，
不跟这种魔女公然同行；
虽然她曾在圣安得烈节前夕，
让我目睹到未来的情人——

城市姑娘二　她让我在水晶里看他，
像个军人，跟几个武夫在一道，
我四处留神，我到处找他，
可是我总是碰他不到。

众士兵　拥有高墙，
雉堞的坚城，
意气昂昂，
傲慢的美人，
我都要占领！
虽然苦劳，
报酬却很高！

军号一召唤，
我们就响应，

不管去寻欢，
还是去送命。
这是突击！
这是人生！
美人和城池，
都得投诚。
虽然劳苦，
报酬很高！
因此众兵丁，
开步快前进。
（浮士德和瓦格纳）

浮士德 大河和小溪都已经解冻，
受到柔和的春光的鼓舞；
溪谷萌发出希望的幸福；
衰弱不堪的年老的严冬，
已经退藏到荒凉的山中。
它一面逃跑，一面还送来
无力的阵雨，夹杂着冰雹，
斑斓的掩复葱绿的原野；
太阳容不得白色的单调，
到处都看到奋发和繁荣，
她要让万物多彩而生动；
可是这一带还不见花开，
就唤盛装的人群来替代。
请你回转身从这个高处
向我们那座城市里回顾。
一大群形形色色的游人
涌出空洞的阴暗的城门。
都想来欣赏春日的晴和，
他们要庆祝基督的复活，
自己也恰像复活了一样，
离开矮小的沉闷的斗室，
摆脱了工商手艺的锁缰，
脱离了山墙屋顶的压力，
走出了拥挤狭隘的街路，
走出了森严昏暗的教堂，
全都见到了天日的晴光。
瞧大家都在活泼地散步，
分头穿过了田野和菜园，
在河面上上下下的各处，
飘荡着好多快乐的小船，
最后的一只，满载得快要

　　　　沉下去似的才离开河岸。
　　　　就是从对山远远的小道
　　　　也看到彩衣闪闪地耀眼。
　　　　我已经听到村民的喧嚷，
　　　　这是民众的真正的天堂，
　　　　不论老和少都欣然欢腾：
　　　　这里我是人，我能做个人！

瓦格纳　博士先生，跟你散步
　　　　非常有益，而且光荣；
　　　　可是我不会单独逛到此处，
　　　　因为我憎恶一切粗野举动。
　　　　打九柱戏、拉琴、长啸，
　　　　对我乃是讨厌的声音；
　　　　他们就像着魔一样在胡闹，
　　　　却称为唱歌，称为高兴。
　　　　（农民们在菩提树下）

跳舞唱歌者　牧人为了跳舞打扮，
　　　　花茄克衫、丝带、花环，
　　　　打扮起来真俊俏。
　　　　大家聚在菩提树旁，
　　　　个个跳得如醉如狂。
　　　　唷嗨！唷嗨！
　　　　唷嗨沙！嗨沙！嗨！
　　　　这是提琴的音调。

　　　　他匆匆地赶到那里，
　　　　就在那时他的手拐子
　　　　撞着一位女多娇；
　　　　姑娘回头一看：
　　　　原来是你这个混蛋！
　　　　唷嗨！嗨嗨
　　　　唷嗨沙！嗨沙！嗨！
　　　　不要这样没礼貌！

　　　　他们急忙跟起圆舞，
　　　　忽左忽右，跳来跳去，
　　　　衣衫跟着飘东飘西。
　　　　他们跳得面红身热，
　　　　手拉着手喘气休息，
　　　　唷嗨！唷嗨！
　　　　唷嗨沙！嗨沙！嗨！
　　　　手拐子托住她的腰。

不要跟我这样温存！
多少男人欺骗女人，
说起谎来真巧妙！
他却把她哄到一旁，
远远听到树下的喧嚷：
唷嗨！唷嗨！
唷嗨沙！嗨沙！嗨！
这是琴声和喊叫。

老农民 博士先生，你真是好心，
今天竟然看得起我们，
来到我们群众当中，
不怕失去你学者的身份。
请拿着这只最好的杯子，
我们已斟满新鲜的酒，
我敬你一杯，高声祝愿，
它不仅解除你的口渴，
还愿照它含有的滴数，
增加先生同样的岁数。

浮士德 我领受这清凉的一杯，
我祝福你们，向你们道谢。
（群众围成一圈）

老农民 你在欢乐的日子光临，
真是再好没有的事情；
从前在那个不幸时期，
你曾对我们十分关心！
这儿有许多活下来的人，
当初全仗你的令尊，
在他消除瘟疫的时候，
治好他们高热的险症。
那时你虽然年纪很轻，
却常去每个病家探望，
抬出的尸体虽然很多，
而你却总是平安无恙；
你闯过许多危险关头，
救人者自有救主保佑。

众　人 他经过考验，祝他健康，
让他能永远给人帮忙！

浮士德 恭敬那位在天上的救主，
他教人相助，也赐予救助！
（浮士德与瓦格纳继续散步）

瓦格纳 受这许多人尊敬，哦，伟大的人，
不知你心中发生什么感慨！

谁能凭着自己的高才
而如此受惠，真是福人！
父亲指示给他的小孩，
人人都探询，争先恐后，
提琴声中断，跳舞者停留。
你走过，他们排好了队，
高高挥起他们的帽子；
差一点就要对你双膝下跪，
好像在路上见到圣体。

浮士德　再走上几步，走到那块石头的地方，
让我们休息，减少旅途的疲劳。
我常独坐在那里沉思默想，
折磨自己，进行斋戒和祷告。
我满怀希望，信心牢固，
流着眼泪，搓手叹息，
我想强求在天之主
把那一场瘟疫扑灭。
群众的赞扬对我简直像讥刺。
但愿你能看透我的内心，
你要知道我们父子
真没有资格受这种荣名！
先父是个无名的正人君子，
他对自然和自然的神圣的运行，
诚实不苟，可是却一意孤行，
异想天开地努力寻思，
他跟炼金师们交往，
把自己关在黑丹房里，
根据无穷无尽的配方，
把相克者混合在一起。
他把红狮，那个大胆的求婚者，
跟百合在温水中交配，
然后烧以烈火，将他们二者
从一间洞房逼到另一个室内。
于是多彩的年轻女王
就在玻璃器中生成，
丹药已经炼成，病人却依旧死亡，
有谁治愈，却无人过问。
我们就这样使用恐怖的灵丹，
在这群山万壑之间，
猖狂肆虐，比瘟疫更猛。
我亲自把这件礼物赠给成千的人士，
他们凋零了，我却要在世

听人赞扬无耻的元凶。

瓦格纳 你何必为了此事烦恼！
施行传授来的技术，
问心无愧，精确无误，
这种大丈夫行为岂不够好？
你在年轻时能敬重你的令尊，
当然乐意从他受教；
你在成年后增加你的学问，
将来令郎可达到更高的目标。

浮士德 谁能从这迷惘的海中
抱有出头的希望，真是幸福！
我们不知者，正合我们所用，
我们所知者，却没有用处。
可是何必用这种郁闷的谈话
破坏眼前这个时刻的娇媚！
你瞧，在夕阳掩映之下，
绿裹的农家蓬荜生辉。
太阳隐退了，一天就此告终，
她奔向彼方，开拓新的生涯。
啊，但愿我能插翅高飞凌空，
永远不停地追随着她！
看我脚下静静的人世
熠熠辉映着永恒的斜阳，
群山发出红光，溪谷一片安谧，
银色的小溪流入金色的大江。
那里，藏有无数深谷的荒山，
不会成为我的仙游的障碍，
而那拥有暖波的港湾的大海，
展开在我惊异的眼前。
但是太阳神好像终于退位；
新的冲动将我召唤，
我急忙追去，吸她永恒的光辉，
我的前面是白昼，脚下是一片海波。
一场好梦！女神却忽而消逝。
唉！我们精神的翅膀真不容易
获得一种肉体翅膀的合作。
可是，这是人的生性，
他的感情又想高飞远扬，
只要看到云雀没入青云，
在我们上空嘹亮地歌唱；
看到苍鹰把羽翼张开，
翱翔在高耸的枞树顶上，

看到灰鹤越过平野，
越过大湖而飞返故乡。

瓦格纳　我也常常耽于妄想之中，
可是从没有感到这种冲动。
森林和田野容易令人看厌，
鸟儿的翅膀，我也决不会羡慕。
一页一页、一本一本地读书，
却给我另一种精神快感！
那时，冬夜就变得亲切而美丽，
快乐的生气会使你全身温暖，
你一翻开珍贵的羊皮纸古籍，
整个天国就会降到你身边。

浮士德　你所知的，只是一种冲动，
另一种最好不必知道！
有两个灵魂住在我的胸中，
它们总想互相分道扬镳；
一个怀着一种强烈的情欲，
以它的卷须紧紧攀附着现世；
另一个拼命地要脱离尘俗，
高飞到崇高的先辈的居地。
啊，大气中如有精灵
在天地之间进行统治活动，
请从金色的暮霭里面降临，
把我领进多彩的新生活之中！
我真想获得一件魔术的衣衫！
带我前往异国游逛，
就是给我最最贵重的衣裳，
一件皇袍，我也不愿交换。

瓦格纳　不要召唤那一群著名的魔神，
他们在大气之中到处流窜，
从四面八方给我们世人
带来成千上万的危险。
北方有锐齿魔神向你进犯，
他的舌头像利箭一样刺人；
东方来的魔神，使万物枯干，
要从你肺里摄取养分。
若是来自沙漠之地的南方，
就在你头上烧起一团团热火，
至于西方的群魔，先之以凉爽，
却为了要把你和田野淹没。
他们爱窃听，惯于幸灾乐祸，
他们爱服从，因为要欺骗我们；

　　　　　　　他们装腔作势，像来自天国，
　　　　　　　说谎时像天使一样轻声。
　　　　　　　可是走吧！四面已经昏暗，
　　　　　　　凉气袭人，雾气弥漫！
　　　　　　　到晚来人们才知道恋家。——
　　　　　　　你干吗在此伫望，如此惊讶？
　　　　　　　昏暗中能有什么将你吸引？

浮士德　　你不见黑狗在新苗与残根之间巡行？
瓦格纳　　我早已看到，并无什么特异之处。
浮士德　　仔细瞧瞧！你当它什么动物？
瓦格纳　　一只狮子狗，照它自己的习惯
　　　　　　拼命嗅它主人的行踪。
浮士德　　你瞧，它正兜着螺旋形大圈，
　　　　　　绕着我们，跟我们渐渐靠拢。
　　　　　　如果我没弄错，在它身后，
　　　　　　一路拖着火焰旋涡。
瓦格纳　　我只看见一只黑狮子狗，
　　　　　　这或许是你的眼睛看错。
浮士德　　它仿佛是绕着我们的足跟
　　　　　　画着魔圈，准备跟我们结交。
瓦格纳　　它找不到语言人，却碰到两个生人，
　　　　　　所以惶惶不安，绕着我们乱跳。
浮士德　　圈子缩小了，它已经走近！
瓦格纳　　你瞧！是一只狗，不是妖精。
　　　　　　它猜猜怀疑，肚子贴在地上，
　　　　　　摇着尾巴。十足的狗相。
浮士德　　跟我们在一起吧！过来！
瓦格纳　　真是一个滑稽的狗才。
　　　　　　你停下来，它就直立起来；
　　　　　　你对它说什么，就向你身上蹿上来；
　　　　　　你丢了什么，它会给你取回，
　　　　　　会跳进水里把手杖衔回。
浮士德　　你说得对；我看不出一点
　　　　　　精灵的痕迹，一切都由于训练。
瓦格纳　　一只训练有素的小犬，
　　　　　　哲人也会觉得喜欢。
　　　　　　是的，它完全值得你的眷顾，
　　　　　　它是学生们的杰出的高徒。
　　　　　　（他们走进城门）

　　　　　　　　　　　（张淑霞编，摘自钱春绮译：《浮士德》，上海译文出版社，2007）

第十六章　席勒及《阴谋与爱情》

第一节　席勒简介

约翰·克利斯朵夫·弗里德里希·席勒，德国资产阶级上升时期杰出的诗人和戏剧家。他于 1759 年生于暴君卡尔·奥金公爵统治的符腾堡小公国，1768 年入拉丁语学校，1773 年被公爵强迫进入军事学院，初学法律，后改学医。军事学院是公爵制造奴仆的机构，学生受着残酷的、非人道的训练和监视。但是学院的铁门挡不住进步思潮的渗入，青年席勒仍读了莎士比亚、卢梭、歌德和狂飙运动作家的许多著作。1779 年他完成了医学考试，离开学院，去公国首都做军医。席勒在军事学院时就开始偷偷地写他的第一个剧本《强盗》，描写一群青年人对封建专制暴政的自发反抗；剧本于 1781 年完成，1782 年上演，受到狂热的欢迎。与此同时，他还和朋友们一起出版了《1782 年诗选》。由于活动受到暴君卡尔·奥金的限制和干涉，他于 1782 年 9 月逃出公国首都。席勒青年时期最杰出的一部作品是《阴谋和爱情》；比起《强盗》来，它结构上更成功，与现实生活结合得更紧密。它反映了 18 世纪德国的阶级矛盾，正面写出了市民阶级的生活和思想，揭露了封建贵族阶级的阴谋和罪恶，歌颂了真诚的爱情，同时表现了对公侯专制的憎恨。恩格斯认为"席勒的《阴谋和爱情》的主要价值就在于它是第一部德国的政治的倾向戏剧"。席勒早期的作品还包括《费斯柯》和《堂·卡罗斯》两部历史剧，主题也是反对专制主义。1787 年以后，席勒转向历史和哲学研究，主要是康德哲学，并从事历史著述。他企图通过教育和社会改革而实现资产阶级人道主义的理想；他提倡美的教育，遁入美的王国。1788 年 5 月，经歌德提议，席勒就任耶拿大学历史学教授。1794 年起歌德和席勒两位作家开始合作。由于和歌德的接近，席勒在一定程度上离开了唯心主义哲学的探讨，重新开始文学创作。他们曾合力写作批判当时社会的警句，彼此勉励写叙事谣曲，1797 年因此被称为"叙事谣曲年"，同时他们还相互对各自的创作提意见，取长补短。席勒在歌德的帮助下，完成了《华伦斯坦》和《威廉·退尔》等戏剧。《威廉·退尔》是这一时期席勒的重要剧作。戏剧取材于 14 世纪瑞士英雄猎人威廉·退尔的传说。这一题材原本是歌德在瑞士搜集到的，他将其无私赠予席勒。席勒从未去过瑞士，却将这一传说诠释得极为生动。瑞士人为了感激席勒，把退尔传说发生地四林湖沿岸的一块极为壮观的巨岩石命名为"席勒石"。《威廉·退尔》以瑞士独立斗争为背景，在歌颂民族英雄的同时也歌颂努力争取民族解放的壮举，在欧洲范围内引起极大反响。1805 年 5 月，席勒不幸逝世，歌德为此痛苦万分，说道："我失去了席勒，也失去了我生命的一半。"歌德死后，根据他的遗言，被安葬在席勒的遗体旁。

第二节　《阴谋与爱情》简介

　　《阴谋与爱情》是席勒的著名剧作。该戏剧主要描述的是平民乐师米勒的女儿露伊斯和宰相的儿子斐迪南的爱情悲剧故事。该剧结构曲折而尖锐，情节线索复杂而清晰，尤以在矛盾纠葛中展示人物性格见长。两位年轻人的这段爱情在等级森严的社会和钩心斗角的宫廷阴谋下展开，最终以二人悲惨地死去告终。这部戏剧揭露了社会的不平等以及宫廷内部争权夺利的种种阴谋与恶行，反映了 18 世纪德国社会宫廷贵族阶级和小市民阶级的尖锐冲突。斐迪南少校是宰相的儿子，他爱上了平民乐师米勒的女儿。但米勒不准斐迪南再到他家里来。米勒夫人则不同意丈夫的做法，因为斐迪南送的礼物变卖出了许多钱。露伊斯反复向父亲说明她爱斐迪南的原因。她说她和斐迪南好绝不是要高攀，而是由于对"上帝杰作的喜悦"，这是她的权利，甚至连上帝都不应该阻挡。父亲却回答说，他永远也无法把她交给斐迪南。露伊斯忧郁地说：她明白，她和斐迪南之间有一条难以跨越的鸿沟，只有在门第和出身的差别消失之后，她们才能得到爱情和自由。宰相的秘书伍尔牧曾向露伊斯求婚，遭拒绝后一直怀恨在心，现在，他想要借宰相的手排除情敌。宰相对伍尔牧说："现在公爵要替米尔佛特夫人找一个配偶，为了使公爵仍旧留在我家庭的罗网里，斐迪南就得和米尔佛特结婚。"伍尔牧听后十分高兴，积极地出谋划策，他又向宰相出鬼主意：把米勒关进监狱，利用露伊斯爱父亲的狂热感情，引诱她办两件事，作为释放米勒出狱的条件。由宰相授意她给第三者写一封情书，并且宣誓，以后不泄露写情书的原因。这样，露伊斯不仅失掉了少校的爱，而且也丧失了名誉。宰相欣然同意这个计划。米勒夫妇马上就被关进了监狱。露伊斯为了救父亲出狱，向邪恶屈服，按照伍尔牧的吩咐，给宫廷侍长写了一封情书。斐迪南知道了那封情书后，马上来到米勒家里，他一方面冷嘲热讽米勒父女，另一方面又怀疑情书的真实性。他以审讯的口吻问露伊斯："不幸的姑娘，这封信是你写的吗？"露伊斯遵守诺言，勉强说："是的。"斐迪南绝望了！他要来柠檬水，给里面下了毒，自己喝了些，然后又让露伊斯喝。露伊斯饮下柠檬水，药性发作，死亡勾销了她对宰相的誓言，于是便对斐迪南说出了情书的真相："信的字句是你的父亲口授的。"斐迪南了解了真相，后悔不已，但此时他的药性也发作了，一对情侣痛苦地死在了一起。

第三节　《阴谋与爱情》选段

人　物

（以选文中出场的人物为限）

宰相——一个德意志公爵的宰相。

斐迪南——宰相的儿子，少校。

米勒——城市乐师。

夫人——米勒的妻子。

露伊斯——米勒的女儿。

侍从、法警。

第二幕

第六场

　　乐师家中的房间。斐迪南，米勒，米勒夫人，露伊斯。宰相带着一批跟班上。

宰　　相　（在进门的时候）他是在这里。

全　　体　（吃了一惊）

斐迪南　（后退几步）在清白的人家里。

宰　　相　是做儿子的学习孝顺父亲的地方吗？

斐迪南　您不用管——

宰　　相　（打断他的话，对米勒）你是那个父亲吗？

米　　勒　音乐师米勒。

宰　　相　（对米勒夫人）你是母亲？

夫　　人　哦，是的，母亲。

斐迪南　（对米勒）爸爸，你把女儿带走吧——她会晕倒的。

宰　　相　多余的小心！我把她弄醒。（对露伊斯）你是什么时候认识宰相的儿子的？

露伊斯　宰相这个字我从来没有理会过。斐迪南·冯·瓦尔特从十一月起开始来访问我。

斐迪南　向她表示钦慕。

宰　　相　你得到了保证吗？

斐迪南　不久之前，在上帝鉴临之下，提出了最庄严的保证。

宰　　相　（恼怒地对他儿子）为了你的胡闹，等一会就会轮到你来忏悔。（对露伊斯）我等候答复。

露伊斯　他对我起誓说他爱我。

斐迪南　而且要遵守誓约。

宰　　相　非要我命令你闭嘴不可吗？——你接受他的誓言吗？

露伊斯　（温柔地）我也同样回答他。

斐迪南　（用坚定的语气）婚约是订好了。

宰　　相　我要叫人把这句话的回声扔出去。（恶毒地对露伊斯）那么他每一次都是和你现钱交易的吧？

露伊斯　（留神地）我不大懂得这句问话的意思。

宰　　相　（发出凶恶的冷笑）不懂？好，我以为，每一笔生意，老话说，都有它的财源——我希望，你也不会把你的好处白白奉送——要不然也许你就仅仅是为了风流一番吗？怎么样？

斐迪南　（气得直跳）挖舌根的！这是什么话？

露伊斯　（对少校，用尊严和愤慨的语气）瓦尔特先生，现在您可以自由了。

斐迪南　爸爸！即便品德穿着褴褛衣裳，也应该受到尊敬。

宰　　相　（大声地笑）有趣的奢望！父亲应该尊敬儿子的妓女。

露伊斯　（晕倒）皇天后土啊！

斐迪南　（与露伊斯昏倒同时，他拔出佩刀对宰相一晃，可是很快又放下）爸爸，说起来您有权利要回我的命——现在算还了债了。（插回他的佩刀）孝顺的债券已经撕得稀烂了——

米　勒　（一直是畏惧地站在一边，现在才激动地走到前面来，一会是痛恨得咬牙切齿，一会又害怕得直打哆嗦）大老爷——孩子是父亲的命根子——做做好事吧——谁骂自己的孩子是贱种，就是打父亲的耳光——以眼还眼，以牙还牙——这是我们的老规矩——做做好事吧。

夫　人　救命呀，上帝，救主！——老头子现在也冒火了——雷公就要打到我们头上来！

宰　相　（只听见一半）老拉弦的也动气吗？——我们就有事情要来商量的，老拉弦的。

米　勒　做做好事吧。我的名字叫米勒，我可以为您奏一段柔板曲子——娼妓买卖我是不做的。宫廷有的是现成的，还用不着我们平民来供应。做做好事吧。

夫　人　老天爷呀，老头子！你要害死老婆和孩子了。

斐迪南　您在这里演了一个角色，我的爸爸，您至少可以省下了证人。

米　勒　（走近他面前，越发大胆）打开天窗说亮话，做做好事吧。大人在国内是可以为所欲为的，这里却是我的屋子。如果我要递一份申请书，我自然毕恭毕敬，可是对付无礼的客人我就要把他撵出大门口——做做好事吧。

宰　相　（气得脸发白）什么？——这是什么话？（向他抢上前去）

米　勒　（从容地后退）这不过是我的意见，先生——做做好事吧。

宰　相　（怒火冲天）嘿，混蛋！你这种荒谬的意见应该叫你进牢里去讲——走！叫法警来。（有几个跟班出去，宰相在室内满肚怒气地跑来跑去）把父亲带到牢里去——母亲和卖淫的女儿拴到耻辱桩去示众！法庭应该替我的愤恨出一臂之力。为了这一番冒犯，我一定要得到可怕的赔罪——难道可以由这样的流氓来破坏我的计划？煽动父子间的冲突可以不受惩罚吗？——嘿，混账！要你们翻不了身才能出我这口气，我要你们一家人，父亲、母亲和女儿，受到我怒火的报复。

斐迪南　（从容地、坚定地站到他们中间）啊，不要这样吧！不要害怕！我要担当起来。（恭敬地对宰相）不要太性急，我的爸爸！如果您爱惜您自己，就不要蛮不讲理。——我心里还有一处从来不会听到过父亲这个字眼的地方。——不要把我逼到那个地方去！

第七场

法警，前场人物。

宰　相　（对法警，露出他的勋章）动手，用公爵的名义！——离开那个妓女，孩子！——管她昏过去不昏过去。——只要她戴上了铁项圈，别人就会扔石头打醒她。

夫　人　发发慈悲，大人！发发慈悲！发发慈悲！

米　勒　（拉他的妻子起来）要跪就向着上帝下跪，老婆子，可不要向着——恶棍，因为我反正是要坐牢的！

宰　相　（咬着嘴唇）你算错数了，混蛋，绞架还空在那里呢。（对法警）还要我再说一遍吗？

法　警　（冲向露伊斯）

斐迪南 （跳到露伊斯面前，挡住他们，狠狠地）谁敢动手？（他把佩刀连鞘一起举起来，用刀柄抗拒着）谁敢碰她一下，假如他不是连脑袋也一起包给法庭的话！（对宰相）顾惜您自己吧！不要再逼我啦，我的爸爸！

宰　相 （威吓地对法警）如果你们还想保住饭碗的话，胆小鬼——

斐迪南 （痛愤地望着天）你，万能的上帝啊，你来作证！我已经用尽了一切人性的方法——我只有用出魔鬼的手段来了。——你们把她带去站耻辱桩的同时，（大声向宰相耳边嚷）我就向全城讲述宰相发家的历史。（下）

宰　相 （像中了闪电一样）这是什么话？——斐迪南！——放了她！（他追少校下）

第五幕

第二场

音乐师家中的一个房间。露伊斯，米勒，斐迪南。

露伊斯 （首先看见了斐迪南，大声嚷着去抱住米勒的脖子）天啊！他来了！我完了！

米　勒 哪里？谁？

露伊斯 （脸向另一边，指着少校，越发抱紧她的父亲）他！他本人——你自己回头看看吧，爸爸！——他来谋杀我了。

米　勒 （看见他，连忙退后）什么？您来了吗，少校？

斐迪南 （慢慢地踱过来，对着露伊斯站住，用凝望的、窥探的眼光盯住她，过了一会）使人惊奇的良心，谢谢！——你的招供是可怕的，可是又干脆、又确实，省了我的拷问。——晚安，米勒。

米　勒 可是上帝作主！您想什么呀，少校？什么东西把您带到这里来？这样突然而来是什么意思？

斐迪南 我知道有过一种时间，要把一天划分成一秒钟一秒钟，对我的渴望依赖懒懒的壁钟的重量，而且细心计算脉搏的跳动，一直算到我出现。——那为什么现在我来了倒认为是意外呢？

米　勒 您走吧，走吧，少校！——如果您心里还残留着一点人性的火花，如果您不想把您声明爱她的人扼杀，那您就走吧，再不要在这里多停留一眨眼的时间吧！只要您一只脚踏进我的破家，我的家的幸福就要完蛋。——从前这里是快乐的住家，您却在我屋顶底下招来了灾难。您还不甘心吗？您那倒霉的友谊已经在我独生女儿身上造成了创伤，现在您还要再挖这个伤口吗？

斐迪南 奇怪的父亲，我现在来，就是为了告诉你的女儿一些愉快的消息。

米　勒 莫非是用新的希望来引起新的绝望？——去吧，灾难的使者！你的面孔骂倒了你的货色。

斐迪南 我希望的目的终于显现出来了！米尔佛特夫人，我们爱情的最可怕的障碍，这时候已经逃出国境了。我的父亲答应了我的选择。命运已经认输了，听从我们的吩咐。我们幸福的星座升起来了。——我现在到这里来，就是为了实践我的诺言，把我的新娘领到祭坛前去。

米　勒 你听见他的话吗，我的女儿？你听见他拿他的嘲笑来和你落空的希望捣乱吗？真的，少校！花花公子的主意真好，在他的罪状上面还要再加上刻薄。

斐迪南 你以为我在开玩笑。我的荣誉保证！我的话是像我的露伊斯的爱一样真实，我愿意像她遵守她的誓言一样神圣地遵守我的诺言。——我绝对不承认有更神圣的东西。——你还怀疑吗？在我美丽的妻子的面颊上还没有快乐的红晕吗？奇怪！如果真理得到信任是这么难，那谎话就一定是这里通行的货币了。——你们不信任我的话吗？那就相信这一张书面证明吧！（他把露伊斯写给侍卫长的信扔给她）

露伊斯 （把它打开，随即面无人色地倒下）

米　勒 （没有察觉到这个，对少校）这是什么意思，少校？我不懂您这一套。

斐迪南 （带他到露伊斯那边）懂得更透彻的是她！

米　勒 （在她身边倒下）天啊！我的女儿！

斐迪南 像死神一样苍白！——现在她才合我的心意，你的女儿！她从来没有像现在这样美，这位虔诚的、正直的姑娘——加上这样一张死人的脸。——剥除一切谎话的黑漆的末日审判的气息现在抹掉了漂亮的化妆，这个女巫当初就是用这套化妆连光明天使都骗得过的。这是她最美的脸！这是她第一次显示出来的真面目！让我去吻这张脸吧！（他要走到她身边去。）

米　勒 回去！走开！不许来伤父亲的心，年轻人！我不能保护她免受你的抚爱，可是我能够保护她免受你的虐待。

斐迪南 你想怎么样，老头子？我和你是没有什么事的。你不要也卷入一场显然是输了的赌博。也许你比我对你的估计还要聪明一些吗？你是为你女儿的风流事件借用了六十年的智慧，还用乌龟的职业污辱了你那斑白的头发吗？——唉！要不是这样，倒霉的老头子，你就不如躺下去死掉吧。——现在还来得及。你还可以在甜蜜的迷糊状态中长眠不醒："我是一个幸运的父亲！"——再迟一点，你就不免要把这条毒蛇摔进它地狱的老家；诅咒送来的礼物和送礼的人，带着对神的怨恨走入坟墓。（对露伊斯）说吧，不幸的姑娘！这封信是你写的吗？

米　勒 （警告地对露伊斯）上帝作主，女儿！别忘了！别忘了！

露伊斯 唉，这封信啊，爸爸——

斐迪南 因为它误落入别人手中去了吗？——这种凑巧对我真是值得夸奖的；它比挖空心思的理性做出了更伟大的事业，而且到了审判的末日它会比所有圣人的机智还要经得起考验。——凑巧，我这样说吗？——哦，麻雀落地，中有天意，为什么不好呢，难道魔鬼的假面具不应该剥掉吗？——我要求答复！——这封信是你写的吗？

米　勒 （在旁边用哀求的神气对她说）坚定！坚定，我的女儿！只要你说出这唯一的"是"字，就一切都过去了。

斐迪南 有趣得很！有趣得很！连父亲也骗了！一切人都骗了！看呀，看她站在那里，这个可耻的东西，现在就连她的舌头也拒绝服从她最后的谎话了！对天起誓，对真得可怕的上帝起誓！这封信是你写的吗？

露伊斯 （经过一番痛苦的斗争，同时她用眼光同她的父亲交换了意见，然后坚定地、决绝地）是我写的。

斐迪南 （吃惊地站住）露伊斯——不！像我灵魂活着一样的真实！你说谎。——就是一个无罪的人，到了拷问架上面也会供出他事实上从未犯过的罪过。——我问得太凶猛了。——不对，露伊斯——只是因为我问得太凶猛了你才这样承认的，是吗？

露伊斯　　是真的，我才承认。

斐迪南　　不，我说！不！不！你没有写。那并不是你的笔迹。——就算是真的，难道模仿笔迹比败坏一颗心还要困难吗？同我说真话，露伊斯——还是不要、不要这样说，你可能说"是"，——说"是"，我就完了。——谎话，露伊斯！——谎话！——唉，即便你现在说得出来，用坦白的天使风度对我说出来，也只可以说服我的耳朵和我的眼睛，这颗心总还是给弄得那么讨厌地迷惑不定——露伊斯啊！这样一来一切真理就要凭这一口气离开我们的躯壳，什么好事从今以后也只好叫它倔强的脖子向宫廷的诈欺卑躬屈膝了！（用畏怯的、震颤的语调）这封信是你写的吗？

露伊斯　　上帝为证！真得可怕的上帝为证！是的！——

斐迪南　　（稍停之后，带着最深刻的痛苦的表情）女人啊！女人啊！——看你现在对我板起来的这张面孔吧！——板起这张面孔去叫卖乐园，就在地狱深处也不会找到买主。——你知道，你当初是我的什么吗，露伊斯？不可能的！不！你不知道，你原来就是我的一切！一切！——这是一个寒碜的、轻蔑的字眼，可是永恒要环绕它一周也得费一把劲；各种天体就在它里面完成它们的轨道。——一切！这样伤天害理地来开玩笑！——唉，真惨啊！

露伊斯　　您已经得到了我的招供了，瓦尔特先生。我自己诅咒了我自己。现在您走吧！离开这个您觉得那么不幸的人家吧。

斐迪南　　好！好！我现在很平静——有人说过，瘟疫流行的恐怖的地带也总是平静的——我就是这样。（经过一阵沉思之后）还有一项请求，露伊斯——最后的请求！我的头烧得厉害。我需要凉一凉。——你愿意替我做一杯柠檬水吗？（露伊斯下）

第七场

　　斐迪南和露伊斯。她慢吞吞地提着灯走回来，把灯放在桌子上，自己站在少校的对面，脸对着地，只是偶然畏怯地、偷偷地斜眼望望他。他站在另一边，张着呆滞的眼睛出神。深沉的静默，预示着这一个严重的场面。

露伊斯　　您如果愿意替我伴奏，瓦尔特先生，那我就弹一会钢琴。（她打开了琴盖。）

斐迪南　　（不给她回答——静默）

露伊斯　　您欠我的象棋债还没有还，我们要来一盘吗，瓦尔特先生？（又是一阵静默。）

露伊斯　　这可不是我的罪过啊，瓦尔特先生，您受到这样坏的款待。

斐迪南　　（轻蔑地冷笑）我愚蠢的谦虚干你什么事？

露伊斯　　我知道得很清楚，我们现在不会再是好朋友了。我简直吓了一跳，我承认，当您差我父亲出去的时候。——瓦尔特先生，我相信，这样的时间我们是熬不过去的。——如果您容许我，我就去请一些我相识的人来。

斐迪南　　哦，是的，去吧！我也愿意立刻去请我相识的人来。

露伊斯　　（吃惊地望着他）瓦尔特先生？

斐迪南　　（非常恶毒地）用我的人格做担保，这是一个人在这样的情况之下想得出来的唯一的最聪明的主意。我们从这一首烦闷的二重唱变出一场热闹的娱乐，而且还可以依靠某一些意外的艳遇来报复我们爱情的狂想。

露伊斯　您很轻松吗，瓦尔特先生？

斐迪南　轻松得很，简直可以逗得市集上的野孩子跟着我跑！不！讲真话，露伊斯！你的榜样感染了我——你应该做我的老师，那些胡扯永远的爱的人都是一些傻瓜；千篇一律是不对胃口的，只有朝三暮四才是加在娱乐里的盐。——一言为定，露伊斯！我准备好了。——我们从一篇浪漫故事跳到另一篇浪漫故事，从一个泥潭滚到另一个泥潭——你往这一头——我往那一头——也许，我失去的安静会在窑子里找回来——也许，我们经过一场有趣的赛跑之后，变成两付霉烂的骷髅，由于世界上最愉快的意外，我们又一次碰头，像演喜剧一样，从共通的血缘标志认出了我们的本来面目——说到血缘标志，是孩子对母亲抵赖不了的标志，于是恶心和惭愧又造成了和谐的一致，这样的和谐是温柔的爱情都没有办法的。

露伊斯　唉，青年！青年！你已经是不幸的了，你还想给你的不幸加上活该的考语吗？

斐迪南　（咬牙切齿地、痛恨地喃喃自语）我是不幸的吗？谁告诉你的？女人，你太卑鄙了，你不会有感受的——你怎么能够感受别人的痛苦呢？——不幸的，她说的吗？——噢！这个字简直可以把我的愤怒从坟墓里叫出来！——我一定会是不幸的，她当初就知道。——死亡和诅咒！她知道了，但还是把我出卖了。——看，毒蛇！原来还留着宽恕的唯一的余地。——你这个口供却打折了你自己的脖子。——直到现在为止，我还想拿你的痴呆来掩饰你的罪恶，在我轻蔑的心目中，你差一点逃脱了我的报复。（他急忙地拿起玻璃杯）这样说来，你不是轻浮——你不是蠢——你就是魔鬼啊。（他喝）柠檬水就像你的灵魂一样坏）——尝一口！

露伊斯　天啊！这一个场面使我害怕，并不是无缘无故的。

斐迪南　（命令式地）尝一口！

露伊斯　（无可奈何地拿起杯子喝着。斐迪南看见她把杯子凑到嘴上，他脸色突变，转身朝着另一边，跑到室内最深的一个犄角里去）

露伊斯　柠檬水并不坏。

斐迪南　（不转身，浑身战栗）做得好！

露伊斯　（放下杯子之后）唉，如果您明白，瓦尔特，您多厉害地侮辱了我的灵魂！

斐迪南　哼！

露伊斯　迟早总有明白的时候，瓦尔特——

斐迪南　（又走前来）噢！说到时间我们就完了。

露伊斯　那时候想起今天晚上的事情，您就要感到心情沉重——

斐迪南　（开始加重脚步而且心情变得更不安，同时扔掉他的绶带和佩刀）再会了，朝廷的差使！

露伊斯　我的上帝！您干吗呀？

斐迪南　又热又紧。——我要舒服一点。

露伊斯　喝水呀！喝水呀！喝水是会清凉一下的。

斐迪南　那一定。——骚丫头的心是好的，可是，仅此而已！

露伊斯　（充满了爱的表情扑到他怀里去）对你的露伊斯说这样的话吗，斐迪南？

斐迪南　（推开她）走开！走开！你的柔顺的、凄凉的眼睛，滚开！我要死了！连同你那无边的恐怖一道来吧，毒蛇！向我身上扑来吧，孽畜！——在我面前夸耀你那丑恶的骨节吧，把你的头顶旋着伸到天上去吧——地狱也没有看见过你这种讨厌的样子——再不要来扮天使了——现在再不要来扮天使了。——已经太晚了。——我要就像踩死蝮蛇一样踩死你，要么就灰心绝望。——怜悯一下你自己吧！

露伊斯　唉！真是弄到了这个地步吗？

斐迪南　（从侧面打量她）天上艺术家的杰作。——谁能相信？——谁敢相信？（捉住她的手，把它举起来）我不想来质问你，造物主！——可是为什么你的毒药要盛在这么漂亮的皮囊里？——罪恶能够在这样祥和的地方生长吗？——唉，真是奇怪。

露伊斯　要听这样的话，偏偏却又不许开口啊！

斐迪南　还有那甜蜜的、悠扬的声音。——破碎的琴弦怎么能够发出那么优美的音响啊？——（眯着沉醉的眼睛端详她）一切都是那么美——那么调和——那么天神似的完善！处处都表现出这是一个天神似的精心结构的杰作！上帝为证！广大的世界所以要产生，好像只是为了引起造物主对于这一件杰作的创作兴趣！——偏偏上帝就在灵魂方面出了岔子吗？这样一个可恶的怪物在自然界不受到斥责是可能的吗？（他迅速地离开她）或者他看见他锤凿底下出现的是一个天使，于是急忙塞上一颗更坏的心来纠正他的错误吗？

露伊斯　唉，听听这个凶狠的固执的人的话吧！他不承认自己的鲁莽，反而向上帝责问了。

斐迪南　（痛哭着抱紧她脖子）再来一次，露伊斯！——像我们第一次亲吻那天一样，再来一次，当时你迟迟疑疑地叫一声"斐迪南"，从你那滚烫的嘴唇里发出了第一次的爱称"你"！——唉，这一瞬间里好像就有无穷尽的、说不出来的快乐的种子在萌芽！——我们眼前像美丽的春天一样出现了极乐世界；黄金的世纪像新娘一样在我们灵魂的周围舞蹈。——那时候我是幸福的人！——噢，露伊斯！露伊斯！露伊斯！为什么你对我来了这一手啊？

露伊斯　您哭吧！哭吧，瓦尔特！拿您的伤心来对待我比拿您的痛恨来对待我要更合情理。

斐迪南　你骗你自己。这不是伤心的眼泪，——不是那温暖的、欢愉的、香油一样流入灵魂的创口的露水，也不能重新推动感情的僵死的车轮。这是零零落落的——冷冰冰的水滴——是我爱情的阴森的永远的告别。（惊心动魄的庄严，同时把他的手放在她头上）这是为你灵魂而哭的眼泪，露伊斯——哭诉天神的眼泪，他那为他杰作的杰作那么大胆表示的无穷的善意在这里碰了壁。——唉，我觉得，整个宇宙都应该蒙上黑纱，为那在宇宙中间发生的事变而惊惶失措。——人类总要灭亡，乐园总要失去，这是大家共同的；可是如果瘟疫流行到天使中间，那么，发丧的号哭就要贯穿整个自然界！

露伊斯　您不要把我逼到尽头，瓦尔特。我灵魂的强度比得上任何人——可是它应该受到的总得是人性的考验。瓦尔特，再说一段话就从此分手了。——一场可怕的遭遇打乱了我们心灵的语言。如果我可以开口啊，瓦尔特，我可以告诉你一些事情——我本来能够——可是残酷的命运缚住了我的舌头也缚住了我的爱，即便你像对待一个下贱的卖淫妇一样虐待我，我也只好安心忍受。

斐迪南　你觉得舒服吗，露伊斯？

露伊斯　干吗提这一个问题？

斐迪南　因为不这样我就要替你难过，如果你不得不带着谎言离开人世的话。

露伊斯　　我向您起誓，瓦尔特——

斐迪南　　（在猛烈的刺激支配之下）不！不！这一种报复是太狠了！不，上帝鉴察我！我不愿意把我的愤怒带到另一个世界里去。——露伊斯！你爱过侍卫长吗？你再也走不出这间屋子了。

露伊斯　　您要问什么，随您的便。我不再答复了。（她坐下）

斐迪南　　（更加严肃）照顾一下你不死的灵魂，露伊斯！——你爱过侍卫长吗？你再也走不出这间屋子了。

露伊斯　　我什么也不再答复了。

斐迪南　　（一下子失魂落魄地跪在她面前）露伊斯！你爱过侍卫长吗？还等不到这盏灯熄灭，你就要站在——上帝面前了！

露伊斯　　（吃惊地跳起来）耶稣！这是什么？——我难受得很。（她倒回靠椅上去）

斐迪南　　已经发作了吗？——说起你们女人就总得联想到那永恒的哑谜，娇嫩的神经瞒得住那连根啮断人类的罪行；但是一分一厘的砒霜就够把她们打翻——

露伊斯　　毒药！毒药！我的上帝啊！

斐迪南　　恐怕是的。你的柠檬水是在地狱里配上香料的。你拿它向死神敬酒了。

露伊斯　　死呀！死呀！慈悲的上帝啊！柠檬水加了毒药，去死！——唉，怜悯我的灵魂吧，慈悲的上帝！

斐迪南　　这是主要的一点；我也要这样请求他。

露伊斯　　还有我的母亲——我的父亲——世界的救主！我可怜的、一切落空的爸爸！再没有救了吗？我幼小的生命就没有救了！我现在就已经要完了吗？

斐迪南　　没有救了，现在就要完了——可是你放心！我们是一道走的。

露伊斯　　斐迪南，你也要！毒药啊，斐迪南！是你弄的吗？天啊，忘掉他这种行为吧——慈悲的上帝，罪恶不要算在他头上——

斐迪南　　小心算算你自己的账吧！我担心，这笔账不好算呢。

露伊斯　　斐迪南！斐迪南！——噢——现在我再也不能沉默了。——死亡——死亡勾销了一切誓言。——斐迪南！天上人间再也没有比你更不幸的人了。——我死得无辜啊，斐迪南。

斐迪南　　（吃了一惊）她说什么？——走上这一段旅途的人一般是不允许说谎的呀！

露伊斯　　我不说谎——不说谎——我有生以来只说过一次谎——哎哟！当时是怎样一阵冷冰冰的颤栗冲过我的血管啊——当我写那封信给侍卫长的时候——

斐迪南　　哈！这一封信！——感谢上帝！现在我又恢复了我的丈夫气概了。

露伊斯　　（她的舌头渐渐僵硬，她的手指开始了痉挛性的抽搐）这一封信！——打起精神，来听一句恐怖的话！——是我的手写的，也是我的心所诅咒的——信的字句是你的父亲口授。

斐迪南　　（目瞪口呆，像是一座雕像一样站着，沉入了长久的、死寂的沉默，最后像受了雷击一样倒了下去。）

露伊斯　　可悲的误会啊——斐迪南——别人强迫我——请原谅——你的露伊斯选中了死——可是我的父亲——危险——他们狡猾得很。

斐迪南　　（惊心动魄地跳起来）赞美上帝！毒药的力量还没有在我身上发作。（拔出佩刀）

露伊斯　　（逐渐软弱地倒下去）住手！你干吗呀？他是你的父亲——

斐迪南　　（表现了不可遏止的愤怒）凶手，又是谋杀儿子的凶手！他一定要跟上来，让

　　全世界的主宰把他的愤怒倾注在这元凶一个人身上！（要出去）

露伊斯　我的救世主临死的时候是宽恕一切的。——祝福你和他。（她死去）

斐迪南　（急速地转身，证实了她最后的死亡的动作，一恸之下，迷乱地倒在她身边）停下来！停下来！不要撇下我啊，光明的天使！（他拉住她的手，又即刻放下）冰冷的，又冰冷又潮湿！她的灵魂已经逝去了。（他又跳起来）我露伊斯的上帝啊！慈悲！对凶手中最受诅咒的凶手发发慈悲吧！这是她最后的祷告！——连死后的面目也是那么优雅和美丽！受到感动的死神煞星带着珍惜的心情依恋着这和蔼的双颊。——这一片柔情并不是假面具，面对着死亡还是始终坚定。（过了一会）可是怎么搞的？为什么我一点感觉都没有？难道我青春的力量要救我的命吗？无谓的努力！这可不是我的意思。（他去拿杯子）

　　　　　　　（陈红玉编，摘自廖辅叔译：《阴谋和爱情》，人民文学出版社，1955）

第十七章　格林兄弟及《格林童话》

第一节　格林兄弟简介

若要列出世界文坛上哪些作家的作品给读者带来最多快乐，格林兄弟肯定名列前茅。这两兄弟分别指雅各布·格林和威廉·格林。他们也是文坛上屈指可数、难能可贵的兄弟搭档。兄弟二人合作研究语言学和民间文学，并搜集研究民间童话和传说，编成《儿童与家庭童话集》，给全世界的儿童带来了无尽的欢乐。这些童话凝聚了人民丰富的想象力、美好的内心世界和崇高的道德境界，是德国民间文学的一部重要的作品集，也是一百多年来深受世界各地儿童喜爱的故事集。

格林兄弟生于莱茵河畔的哈瑙。兄弟俩从小形影不离，有着共同的人生经历和兴趣爱好。两人一起在卡塞尔的弗里德里希文科中学上学，一起在马尔堡大学学习法律。在大学里，兄弟二人志同道合，致力于语言学与文字方面的研究。虽然格林兄弟的作品集后来变得脍炙人口，但这实际上是兄弟俩语言学研究的副产品，语言学研究才是他们的主要目标。大学毕业后，兄弟二人一起埋头研究历史，后来又一起在卡塞尔图书馆工作并任格丁根大学教授，1841 年又同时成为柏林科学院院士。

格林兄弟的青年时代是在拿破仑占领德国时期度过的。当时的德国遭受异族侵略和强大的封建势力的双重压迫。1814 年拿破仑战败后，欧洲各国形势复杂，德国分裂状况十分严重。这使他们同其他热血青年一样，产生了政治必须改革的信心。1837 年兄弟二人与另外 5 名著名的大学教授因抗议汉诺威公爵违背宪法而失去教授职位。他们在历史上被称为"格丁根七君子"。此后，哥哥雅各布在卡塞尔定居，离开了汉诺威公爵的领地，弟弟威廉也一起离去。第二年，兄弟俩被普鲁士国王邀请前往柏林，并在此定居。在这个时期，他们努力把历史研究与追求自由、民主的政治活动结合起来。两人还研究德国语言，编写了《德语语法》和《德国语言史》，以及未完成的《德语辞典》。

受到德国浪漫派作家阿尔尼姆和布仑塔诺合编的民歌集《儿童的奇异号角》的启发，雅各布和威廉于 1806 年开始搜集、整理民间童话和古老传说。为了充分收集素材，他们深入农村，与农民与手工业者接触，搜集传说、民间故事和童话故事。在合作过程中，哥哥雅各布擅长研究工作，而弟弟威廉文笔细腻，将收集来的内容进行重新加工，改编成适合儿童阅读、具有童真风格的文学作品。他们于 1814 年、1815 年和 1822 年陆续出版了两卷《德国传说》和三卷本的《德国儿童与家庭童话集》，即现在俗称的"格林童话"。它包括 200 多篇童话故事。其中的代表作如《青蛙王子》、《灰姑娘》、《白雪公主》、《小红帽》等，均家喻户晓、妇孺皆知。这些童话源自民间故事，因此劳动人民朴素的愿望在各个幻想丰富的神奇故事中得以实现，比如贪婪的财主或欺压百姓的暴君总是没有好下场，而仙女、魔法总能在关键时刻神奇地出现，帮助善良的主人公渡过难关。美妙的童话故事给人们带来无限美好的希望和精神鼓舞。

雅各布一生都是单身。威廉与亨丽埃特·多萝西娅·怀尔德结婚并育有四个孩子。威廉结婚后，兄弟俩仍来往密切，手足情深，就像一个屋檐下的和睦大家庭。弟弟威廉在 1859 年 12 月 16 日辞世于柏林。哥哥雅各布于 1863 年 9 月 20 日在柏林逝世。兄弟俩均被葬于柏林舍嫩贝格的圣马特乌斯基希霍夫公墓。

第二节　《格林童话》简介

《格林童话》是世界童话的经典之作，自问世以来，已被译成 160 多种语言，在世界各地影响十分广泛。格林兄弟以其丰富的想象、生动优美童真的语言将孩子们带入了一个个神奇而又浪漫的童话故事中。出版至今，《格林童话》创造了一个世界性的奇迹：它的实际阅读群体无以计数，在每一个有儿童且有书的家庭中，几乎必有一本格林童话或根据它改编的故事。在中国，至少有 100 种以上的译本和改译本，而且几乎每一个会讲故事的孩子，都会讲出一个源于格林童话的故事。在西方基督教国家中，它的销量仅次于《圣经》。《格林童话》获选为世界文化遗产，被联合国教科文组织称赞为"欧洲和东方童话传统划时代的汇编作品"。它还被加入到联合国教科文组织"世界记忆"项目中。

受德国浪漫主义文学运动的影响，格林兄弟所选取的民间童话，大多数都是由多国人民辗转流传，概括了他们千百年来未经记录的精神奋斗的历史，其中许多故事直接反映了劳动人民质朴、幽默、机智和勇敢的精神和品质。格林兄弟十分强调对故事内容与形式的忠实，他们搜集、整理民间童话时，力图在情节、语言、风格、精神等方面还原其本来面目。

《格林童话》弘扬真理、正义、善良、勤劳、勇敢等优良品质，批判和讽刺邪恶、虚伪、凶残、狡猾、怯懦、懒惰等丑陋品质，让孩子们懂得"真、善、美"，给生活于困苦中的人们带去新的希望，抚慰他们的心灵，增加了他们的信心与勇气。《格林童话》里大约有 200 多个故事，大部分源自民间的口头传说，其中的《灰姑娘》、《白雪公主》、《小红帽》、《青蛙王子》等童话故事，脍炙人口，家喻户晓。故事中受到继母欺凌的灰姑娘，得到仙女的帮助，嫁给王子，过上了幸福生活；美丽的白雪公主在好心的猎人以及七个小矮人的帮助下，逃脱恶王后的魔爪，而恶王后最后遭到了报应；小红帽和奶奶被大灰狼吃掉后，猎人把大灰狼肚子剪开，救出了她们；《青蛙王子》中受到魔法诅咒的王子最终解除魔法，过上了幸福生活。这些精彩又富有诗意的情节、优美的语言美化了孩子们的心灵，让孩子们在故事的熏陶下，感受美和正义。这些也显示了格林童话受浪漫主义的影响以及它本身在文学艺术创作水平上的成就。

总体而言，《格林童话》是一部伟大的文学作品集，它在德国文学史中占据着非常重要的地位，其本身的艺术魅力也吸引了无数的读者。著名的德国文学家席勒曾说："更深的意义不在生活所教的真实，而在我童年所听的童话。"可见它已经完全融入到德意志人民的文化生活中去，成为他们日常生活所不可或缺的一部分。

《格林童话》给全世界的孩子们讲述了一个个神奇而又浪漫的童话故事，陪伴着一代又一代的孩子们度过幸福的童年，陪伴他们进入甜美的梦乡。故事蕴含了人生经验，也传达了人生智慧，成为各国儿童的共同朋友，也成为每个孩子的童年不可缺少的一部分。

第三节 《格林童话》选段

灰姑娘

从前，有一个富人，他的妻子生病了。她快要离开人世时，把女儿叫到身边，对她说："我亲爱的孩子，你要做一个善良好心的人，上帝会一直保佑你的。我也会在天堂看着你，永远和你在一起。"说完，她就闭上眼睛，离开了人世。小姑娘每天都到母亲坟前哭泣。她听从母亲的话，做一个善良好心的女孩。冬天来了，积雪覆盖了她母亲的坟头；当早春的阳光融化了坟头的积雪，这位富人又娶了一位妻子。

新的妻子带来了两个女儿。这两个女儿外表看起来很漂亮，但是内心却非常黑暗丑陋。她们时刻折磨着可怜的继女。"难道这个愚蠢的家伙要待在我们的房间里吗？"她们说，"谁想吃饭，就得自己挣。她不过是个厨房女佣！"她们拿走了她的漂亮衣服，给她穿上一件很旧的灰色围裙和木头鞋子。

"瞧瞧这位骄傲的公主，瞧瞧她的这身打扮！"她们一边嚷嚷一边嘲笑，接着又把她赶到厨房。每天从早到晚，她不得不干重活，早起，提水，生火，做饭，洗衣。除了这些，两个姐姐还尽其所能地折磨她——对她冷嘲热讽，把扁豆和豌豆洒进炭灰，叫她一粒粒地拣出来。晚上，她没有睡觉的床，只能睡在灶台边的炭灰里。她总是看起来浑身是灰，脏兮兮的，就像在煤灰里睡了一样，所以她们都叫她"灰姑娘"。

有一天，父亲要去集市，出门前问两个女儿，希望他回家时给她们带什么礼物。一个说："漂亮衣服！"另一个说："珍珠和珠宝！"父亲问灰姑娘："你想要什么呢？"灰姑娘说："父亲，回家路上碰到您帽檐的第一根树枝，您能把它折下来给我吗？"于是父亲回家时给两个继女带了漂亮衣服，珍珠，珠宝。当他骑马经过一条绿荫小路时，帽子碰到了一根榛树条，他就折下来带回了家。回家后，他给了两个女儿她们想要的东西，把榛树条给了灰姑娘。灰姑娘谢了父亲，来到母亲的坟前，把榛树条种下。她伤心地哭泣，滴落的眼泪浇灌了榛树条。榛树条渐渐茂盛，长成了一棵大树。灰姑娘每天去看望榛树三次，哭泣、祈祷。每次都有一只白色的小鸟飞来停在树上，只要她说出任何愿望，这只鸟儿都会帮她实现。

有一天消息传来，为了给王子选一个新娘，国王要举办三天的盛大晚会，邀请全国所有的漂亮姑娘参加。灰姑娘的两个姐姐听到自己也受到邀请非常高兴。她们叫来灰姑娘说："快帮我们把头发梳好，鞋子擦亮，鞋带系紧，我们要去国王的城堡参加宴会。"灰姑娘听到这个消息，忍不住哭起来，因为她也想参加舞会。于是她恳求继母带她一起参加舞会。

"什么！灰姑娘！"继母说，"你一身灰尘与污垢，竟然想去参加宴会！"但是灰姑娘不停地恳求她。最后继母说："我把一盘小扁豆洒到炭灰里了，如果你能在两个小时内把它们拣出来，就带你一起去。"于是灰姑娘就跑到通往花园的房子后门，大声呼喊："哦，温和的鸽子，哦，斑鸠，所有的鸟儿们，请帮我把炭灰里的扁豆拣出来！好的放盘子，坏的吞肚子。"话音刚落，厨房窗口飞进两只白鸽，接着又飞来了一些斑鸠，最后空中又飞来了一大群各种各样的鸟儿，叽叽喳喳，振动翅膀，停落在炭灰里。鸽子低下头，开始挑拣豆子，啄出豆子，接着所有的鸟儿也开始挑拣豆子，啄出豆子，把好豆子装入盘子。不到一个小时，所有的豆子都拣好了，鸟儿们就飞走了。

灰姑娘把装好豆子的盘子端给继母看。她满心欢喜，心想这下可以去参加舞会了。继母却说："不行，灰姑娘，你没有合适的衣服，也不会跳舞，别人会笑话你的！"灰姑娘失望地大哭起来。继母又说："如果你能把炭灰里的两盘扁豆都拣出来，又快又干净，就带你一起去。"但她心想："这简直不可能完成！"于是她把满满两盘扁豆倒进炭灰，灰姑娘马上通往花园的房子后门，大声呼喊："哦，温和的鸽子，哦，斑鸠，所有的鸟儿们，请帮我把炭灰里的扁豆拣出来！好的放盘子，坏的吞肚子。"话音刚落，厨房窗口飞进两只白鸽，接着又飞来了一些斑鸠，最后空中又飞来了一大群各种各样的鸟儿，叽叽喳喳，振动翅膀，停落在炭灰里。鸽子低下头，开始挑拣豆子，啄出豆子，接着所有的鸟儿也开始挑拣豆子，啄出豆子，把好豆子装入盘。半个小时不到，所有的豆子都拣好了，鸟儿们就飞走了。灰姑娘又把装好豆子的盘子端给继母看。她满心欢喜，心想这下可以去参加和两个姐姐一起去参加舞会了。但是继母却说："这对你没好处，你不能和我们一起去。你没有合适的衣服，也不会跳舞，会给我们丢脸的。"于是她不再理睬灰姑娘，急匆匆地带着两个骄傲的女儿前往舞会了。

家里只剩下灰姑娘孤零零一个人。她跑到母亲的坟前，坐在榛树下哭泣："小树小树，摇一摇，晃一晃，金丝银线落在我身上。"小鸟扔下一件金丝银线织成的裙子和一双丝绸、银线绣成的鞋子。灰姑娘连忙穿上裙子来到了宴会。但是她的继母和两个姐姐都没有认出她。灰姑娘穿着金色的裙子，看起来美极了，她们还以为她是一位外国公主呢。她们从未想过这就是灰姑娘，都以为她还坐在家里拣豆子呢。王子来到了灰姑娘身边，挽起她的手，邀她一起跳舞。整个晚上，王子再也没有和其他姑娘跳过舞。他一直牵着灰姑娘的手不放。有人邀请灰姑娘跳舞时，王子就说："她是我的舞伴。"天色晚了，灰姑娘要回家了。但是王子坚持要送她回家，因为他很想知道这位漂亮的姑娘住在哪儿。但是灰姑娘迅速从王子身边逃开，跳到了鸽子房。王子一直等到灰姑娘的父亲回家，告诉他那位奇怪的姑娘跳到了鸽子房。父亲心想，"这不可能是灰姑娘吧。"他拿来斧子，劈开鸽子房，可是里面一个人也没有。他们来到屋里，只见壁炉里点着一盏昏暗的油灯，灰姑娘穿着脏衣服一个人坐在灰堆里。其实灰姑娘动作很快，她早就跳出鸽子房，跑到榛树下，脱下漂亮的裙子，放在母亲的坟头。小鸟衔着漂亮衣服飞走了。灰姑娘随后又换上了原来的灰色围裙，坐在厨房里的灰堆里。

第二天，舞会又开始了。灰姑娘的父母和两个姐姐都去参加了。灰姑娘跑到榛树下哭泣："小树小树，摇一摇，晃一晃，金丝银线落在我身上。"小鸟扔下一件比前一天更漂亮的裙子。

当灰姑娘穿上它出现在舞会上时，每个人看到她的美貌都惊呆了。王子一直在等待灰姑娘的到来。他牵着灰姑娘的手，只和她一个人跳舞。有人邀请灰姑娘跳舞时，王子就说："她是我的舞伴。"天色晚了，灰姑娘要回家了，但王子一直跟着她，他很想知道灰姑娘住在哪里。但是灰姑娘又从王子身边逃开，跑到了屋后的花园里。那儿种着一棵很大的梨树，上面结满了又大又甜的梨。灰姑娘纵身一跃，像松鼠一样轻巧地跳到了灌木丛中。王子找不到灰姑娘，也不知道她发生了什么事。所以他只好一直等到灰姑娘的父亲回家，告诉他那位奇怪的姑娘从他身边跑开，可能跳到了梨树上。父亲心想："这肯定不会是灰姑娘。"于是他叫人拿来斧子，砍倒大树。但是树上没有人。他们来到厨房，只见灰姑娘和往常一样坐在灰堆里。其实她已经从树的另一边爬下来，把漂亮衣服还给榛树上的小鸟，然后又换上原来的灰色围裙。

第三天，等父母和两个姐姐一出门，灰姑娘就跑到母亲的坟前，对榛树说："小树小树，摇一摇，晃一晃，金丝银线落在我身上。"于是小鸟抛下一件漂亮衣服，没有人见过如此漂亮的衣服，金光闪闪，华丽无比；同时还有一双金子做的鞋子。

当灰姑娘又出现在舞会上时，美丽无比，人们不禁目瞪口呆。王子只和她一人跳舞，有人邀请灰姑娘跳舞时，王子就说："她是我的舞伴。"天色很晚了，灰姑娘要回家了。王子想跟她一起走。灰姑娘飞快地从王子身边跑开，不想被王子跟上。但是王子早就想了一个主意，他叫人在台阶上涂上了沥青。灰姑娘跑下台阶时，左脚的鞋子就被沥青粘住落在了台阶上。王子拾起鞋子，发现它是金子做的，小巧精致。第二天早上，王子找到灰姑娘的父亲，对他说只有能穿上这只金色鞋子的人才能做他的新娘。

灰姑娘的两位姐姐听到这个消息非常高兴，因为她们的脚长得很漂亮。大女儿来到房间试穿鞋子。她的母亲站在她身旁。但是鞋子太小了，她的大脚趾伸不进去。于是母亲给她一把刀，说："把脚趾切下来，将来你当了王后，再也用不着走路了。"于是大女儿就把大脚趾切下来，把脚塞进了鞋子。她忍痛下楼来到王子身边。王子把她当作新娘，扶她上了马，骑马离开。当他们经过灰姑娘母亲的坟前时，两只鸽子站在榛树上大叫："瞧，他们走了，他们走了！她的鞋子上还流着血呢，鞋子太小了！她不是真正的新娘！"

王子看了看新娘的鞋子，发现鞋子上鲜血直流。他调转马头，带着假新娘回到了灰姑娘的家，说这位不是真正的新娘，叫二女儿试一下鞋子。于是二女儿来到房间试穿鞋子。她的大脚趾伸进鞋子里正合适，可是她的脚后跟却太大了。于是母亲给她一把刀，说："把你的脚后跟切下来，将来你当了王后，再也用不着走路了。"于是二女儿就把脚后跟切下一块，使劲把脚塞进了鞋子。她忍痛下楼来到王子身边。王子把她当作新娘，扶她上了马，骑马离开。当他们经过榛树时，两只鸽子又大叫："瞧，他们走了，他们走了！她的鞋子上还流着血呢，鞋子太小了！她不是真正的新娘！"

于是王子看了看新娘的鞋子，发现鞋子上鲜血直流。他调转马头，带着假新娘回到了灰姑娘的家，说"这位不是真正的新娘，这儿还有其他姑娘吗？"

"没有了"，灰姑娘的父亲说，"只有一个又矮又小的灰姑娘，是我那去世的前妻留下的女儿。她不可能是你要找的新娘。"但是王子命人把灰姑娘叫来。继母赶紧说："哦，不，她太脏了，绝不能让你们看见她。"不过王子执意叫人把灰姑娘带来。于是灰姑娘就出现在王子面前了。

灰姑娘先洗了脸，洗了手，然后来到房间，很有礼貌地见过王子。王子把金鞋子递给她。她在凳子上坐下，脱下笨重的木头鞋子，把脚伸进了金鞋，不大也不小，正合适。灰姑娘站起身，王子仔细看着她的脸，认出了这就是和他一起跳舞的那位姑娘，大声宣布："这位就是真正的新娘！"继母和两个女儿惊呆了，生气得脸色发白。但是王子扶着灰姑娘上了马，一起骑马离开了。当他们经过榛树上时，两只白鸽又大叫："瞧，他们走了，他们走了！鞋子上没有血，鞋子没有太小！她才是真正的新娘！"

两只鸽子说完这些话飞过来停落在灰姑娘的肩膀上，左边一只，右边一只，一直停在那儿。

灰姑娘和王子举行婚礼时，两位坏姐姐为了讨好她也来参加庆典活动。婚礼的队伍来到教堂，大女儿走在右边，二女儿走在左边，两只鸽子分别啄掉了她们的一只眼睛。当她们走出教堂时，大女儿走在左边，二女儿走在右边，两只鸽子又分别啄掉了她们的另一只眼睛。她们俩太邪恶太虚伪，受到惩罚，一辈子都要当瞎子了。

白雪公主

很久很久以前，一个寒冬，鹅毛大雪纷纷扬扬飘落。一位王后坐在乌檀木框的窗边，一边做着针线活，一边望着窗外纷飞的大雪。一不小心，针扎破了手指，三滴鲜血滴落在雪地上。鲜血在白雪的映衬下显得格外美丽。王后心想："要是我有一个孩子，皮肤像雪一样白，嘴唇像血一样红，头发像乌檀木一样乌黑，那该多好啊！"

不久，她就生下一个小女儿，果然皮肤像雪一样白，嘴唇像血一样红，头发像乌檀木一样黑。因此她给孩子取名为"白雪"。不幸的是孩子生下后，王后就去世了。

过了一年，国王娶了一位新王后。她很漂亮，但是骄傲自负，无法容忍有人长得比她更美。她有一面神奇的镜子，每当她站在镜子前面照一照，总要问：

"魔镜魔镜，挂在墙，全国哪个女人最漂亮？"

魔镜便回答：

"王后，您是全国最漂亮的女人！"

听了魔镜的回答，王后心满意足，因为她知道魔镜说的是真话。

但是白雪公主渐渐长大，而且越来越漂亮。她七岁的时候，已经美得如同白昼，比王后还美。有一天王后站在魔镜前问道：

"魔镜魔镜，挂在墙，全国哪个女人最漂亮？"

魔镜回答说：

"王后，您比这儿的所有人都漂亮。但是我认为最漂亮的还是白雪公主。"

王后听到这个回答惊呆了，妒忌得脸色发青。从那一刻起，每当她见到白雪公主，心就怦怦直跳。她恨极了白雪公主。忌妒和骄傲在她的心里像野草一样蔓延，无论白天或黑夜，她都无法平静。终于有一天，她叫来一位猎人，对他说："你把白雪公主带到森林里去，我不想再看见她。你杀了她，把她的肺和肝带回来给我看！"猎人服从了王后的命令，把白雪公主带走了。但是当他拔刀刺向白雪公主时，白雪公主哭了起来，说："亲爱的猎人，请不要杀我。我会跑到森林里，永远不再回来。"白雪公主看起来美极了，猎人顿生怜悯之心，对她说："可怜的孩子，你快跑吧。"他心想森林里的野兽也会吞掉她的。但是想起不用亲手杀死她，他心里顿时觉得一块石头落地了。这时一头幼熊正好跑过，猎人拿刀刺向熊，挖出它的肺和肝，带给王后，证明白雪公主已经死了。厨师撒上盐烧好，邪恶的王后就当作是白雪公主的肺和肝吃掉了。

现在可怜的白雪公主一个人走在大森林里，她吓坏了，看着周围的树叶，不知道如何是好。她开始奔跑，跑过利石，穿过荆棘。凶猛的野兽在她身边经过，却一点也不伤害她。

她使劲全身力气往前跑，直到夜幕降临，终于看见一间小屋，便走进去休息一下。屋里的所有物品都很小，但是却特别干净整洁。屋里有一张桌子，上面铺着白布，放着七个小盘子，每个盘子里又放了一把小勺子，还有七副小刀叉和七个小杯子。靠墙并排放着七张小床，铺着雪白的床单。

白雪公主又冷又饿，她从每个盘子里吃了一点蔬菜和面包，从每个杯子里喝了一滴酒。她不想把其中的一份吃光喝光。她觉得很累了，就躺在一张小床上，但是没有一张床适合她，这张太长，那张太短，直到第七张总算正好，她才躺了下来，做了祷告，睡着了。

夜色很晚时，小屋子的主人回来了。他们是七个小矮人，每天在山上挖掘矿石。他们点上七支蜡烛，屋子里一片明亮。这时他们发现家里有人来过，因为屋里的东西和他们离开家时的摆放有些不一样了。

第一个小矮人说："有人坐过我的椅子！"

第二个小矮人说："有人吃了我盘子里的东西！"

第三个小矮人说："有人把我的面包吃掉了一点儿！"

第四个小矮人说："有人吃了我的蔬菜！"

第五个小矮人说："有人用了我的叉子！"

第六个小矮人说："有人用过我的刀子！"

第七个小矮人说："有人喝了我杯子里的酒！"

接着，第一个小矮人四处看了看，发现他的床上有一处小凹陷。他说："有人坐过我的床。"其他小矮人也围上来，一个个都大喊道："有人也在我的床上躺过！"但是正当第七个小矮人查看自己的小床时，他发现了正躺在那儿睡觉的小白雪公主。他一喊，其他六个小矮人马上跑过来，拿着七支蜡烛，用亮光照着熟睡的白雪公主，惊讶地叫道："哦，天呐，哦，天呐，多漂亮的小姑娘！"他们开心极了，没有叫醒白雪公主，让她继续躺在床上睡觉。第七个小矮人就和他的同伴一起睡觉，在每张床上睡一小时，就这样过了一夜。

第二天早上，白雪公主一觉醒来，发现七个小矮人，十分害怕。但是小矮人很友好，问她叫什么名字，怎么来到他们的小屋。白雪公主告诉小矮人她的继母想杀了她，但是猎人饶了她的命，她已经跑了整整一天，最后发现了这间小屋。

小矮人说："如果你能照料我们的房子，帮我们做饭，铺床，洗衣、缝补、编织衣服，把家里打理得干净整洁，那你就能留下来，你什么也不会缺。""好的，"白雪公主说，"我十分乐意。"于是白雪公主就留下来和小矮人一起生活。她帮小矮人把屋子打理得井井有条。每天早上，小矮人上山挖矿，寻找铜和金子，晚上回到小屋，白雪公主已经帮他们做好晚饭。小矮人出去工作了，白雪公主整天一个人待在家里，好心的小矮人提醒她："小心你的继母，她很快会知道你在这儿，千万不要让任何人进来。"

王后以为她已经吃下了白雪公主的肺和肝，心想自己又是全国上下唯一的最漂亮的女人了。她走到魔镜前，问：

"魔镜魔镜，挂在墙，全国哪个女人最漂亮？"

魔镜回答说：

"哦，王后，你是我看到的最漂亮的女人，但是越过高山，在七个小矮人住的地方，白雪公主还好好地活着，没人比她更漂亮。"

王后大吃一惊，因为她知道她的魔镜说的是真话。她发现猎人背叛了她，白雪公主还活着。

她左思右想怎样才能杀死白雪公主。只要她不是世界上最漂亮的女人，她的妒忌之心就无法平息。最后她终于想到了一个恶毒的主意。她在自己的脸上又涂又抹，把自己打扮成卖东西的老太婆，没人能够认出她。这番乔装打扮后，王后翻过七座大山，来到七个小矮人的住处。她敲了敲门，大声喊道："卖东西了，卖东西了，卖漂亮东西了。价格便宜，非常便宜！"白雪公主往窗外一看，问："你好，老婆婆！你卖什么东西啊？""好东西，漂亮的东西，"王后回答说，"各种颜色的漂亮丝带。价格非常便宜！"白雪公主心想："我让这位可信的老婆婆进屋吧。"于是她开了门，买了漂亮丝带。"孩子，"老太婆说，"你不要害怕，过来，我帮你把丝带好好系上。"白雪公主丝毫没有怀疑，她站在老婆婆面前，让她帮忙系上新的丝带。但是老太婆系得非常快，以至于白雪公主透不过气来，倒在地上，如同死了一般。王后自言自语道："现在我是最漂亮的女人了！"说完就逃走了。

到了晚上，七个小矮人回到家，看到他们亲爱的白雪公主躺在地上，吃惊的样子可想而知。白雪公主一动不动，仿佛死了一样。小矮人们赶紧把她扶起来，他们看到白雪公主脖子上的丝带系得太紧了，连忙把它剪断。白雪公主终于开始呼吸了，先是一点点，过了一会儿就完全醒了。小矮人们听白雪公主讲述了事情的经过之后，说："那个卖东西的老太婆不是别人，正是邪恶的王后，你一定要小心，我们不在时，千万不要让任何人进来。"

邪恶的王后回家后，站在魔镜前问道：

"魔镜魔镜，挂在墙，全国哪个女人最漂亮？"

魔镜的回答还是和之前一样：

"哦，王后，你是我看到的最漂亮的女人，但是越过高山，在七个小矮人住的地方，白雪公主还好好地活着，没人比她更漂亮。"

王后一听，全身的血都涌到了心脏，惊恐至极，因为她在魔镜里明白地看到白雪公主又复活了。"但是现在，"她说，"我要想个办法，真正地置她于死地！"王后会巫术，她就做了一把有毒的梳子。接着，她把自己假扮成另一个老太婆的样子。于是她又翻过七座大山，来到了七个小矮人的住处。她敲了敲门，喊道："好东西，卖好东西了，价格很便宜，非常便宜！"白雪公主听到喊声，往窗外一看，说："你走吧，我不会让任何人进来的。"老太婆说："我想你可以看一看吧。"说完她拿出那把有毒的梳子，举起来给白雪公主看。白雪公主很喜欢这把梳子，于是又上了老太婆的当。她开了门。她们讲好价格后，老太婆说："现在我帮你好好梳梳头吧。"可怜的白雪公主丝毫没有怀疑，就让老太婆用那把有毒的梳子给她梳头了。但是老太婆一把梳子插到白雪公主的头发上，毒梳子马上就发挥作用了，白雪公主立刻晕倒在地，失去了知觉。"小美人，"邪恶的王后说，"这下你可完蛋了！"说完她就逃走了。

但是幸好很快就到了晚上，七个小矮人回到了家。他们看到白雪公主躺在地上，仿佛死了一般，马上怀疑肯定是她的继母干的。他们四处查看，找到了那把有毒的梳子。他们把梳子一拿开，白雪公主马上就苏醒过来，告诉大家事情的经过。于是他们再次警告她一定要警惕，千万不要给任何人开门。

王后回到家，站在魔镜前面问道：

"魔镜魔镜，挂在墙，全国哪个女人最漂亮？"

魔镜的回答还是和之前一样：

"哦，王后，你是我看到的最漂亮的女人，但是越过高山，在七个小矮人住的地方，白雪公主还好好地活着，没人比她更漂亮。"

听到魔镜的回答，王后气得浑身发抖。她大叫着："就算要了我的命，我也要白雪公主死！"

她随即来到一个密室，这里除了王后没有任何人进去过。王后在那儿做了一个有毒的苹果。这个苹果外表看起来很漂亮，颜色鲜红，任何人一看都很想尝一口。但是无论谁咬上一口就必死无疑。

苹果准备好了以后，王后开始涂抹自己的脸，把自己化装成一位农妇。然后她又越过七座大山，来到七个小矮人的家。她敲了敲门，白雪公主从窗口探出头："我不能让任何人进来，七个小矮人不允许我这么做。""我无所谓，"老农妇回答说："我的苹果快卖完了，送你一个吧。"

"不，"白雪公主说，"我不能接受任何东西。""你是怕它有毒吗？"老妇人说，"瞧，我把苹果切成两半，你吃红色这一半。我吃白色这一半。"王后很狡诈地制作了这个毒苹果，红色这边是有毒的。白雪公主很想要苹果，当她看见老妇人吃下了一半苹果时，就抵制不住诱惑，伸出手去接另一半有毒的苹果。然而白雪公主刚咬了一小口苹果到嘴里，她立刻晕倒在地上死去了。王后用邪恶的眼神看着灰姑娘，狂笑着说："好你个白雪公主，你的皮肤像雪一样白，你的嘴唇像血一样鲜红，你的头发像乌檀木一样黑，可是这一次小矮人也救不了你！"

回家后她又问魔镜：

"魔镜魔镜，挂在墙，全国哪个女人最漂亮？"

魔镜终于回答说：

"哦，王后，你是全国最漂亮的女人！"

王后的妒忌之心终于得到了平息。

晚上小矮人回到家，发现白雪公主躺在地上，没有了呼吸，已经死去。他们扶起白雪公主，仔细查看是否有什么毒药。他们解开她的丝带，梳理她的头发，用水和酒给她擦脸，但是这些都没用，可怜的白雪公主还是没有活过来。他们把白雪公主放在一个棺材上，七个小矮人围着她，为她哭泣，一直哭了三天。三天后他们想要埋葬白雪公主，但是她看起来仍然是活着一般，脸颊红红的，还是那么漂亮。他们说："我们不能把她埋葬在黑暗的地下。"于是他们用玻璃做了一个透明的棺材把白雪公主放进去，这样从四面都能看见她。小矮人在棺材上面用金色的字写上白雪公主的名字，写上她是一位国王的女儿。他们把棺材放到山上，总是留一个小矮人守护着她。所有的鸟儿们也飞来了，为白雪公主哭泣，首先是一只猫头鹰，随后是一只乌鸦，最后是一只鸽子。

白雪公主就这样在棺材里躺了很久很久，可是她一点也没变，仍然看起来好像睡着了一样，因为她的皮肤还是和雪一样白，嘴唇像血一样鲜红，头发像乌檀木一样黑。

有一天，一位王子来到了森林，在小矮人的屋子里过夜。他看到了山上的棺材和躺在里面的白雪公主，以及写在棺材上面的金色字。他对小矮人说："请把棺材卖给我吧，你们要什么都可以。"但是小矮人回答说："即使把全世界的金子都给我们，我们也不会放弃白雪公主。"王子又说："请把它作为礼物送给我吧，看不见白雪公主，我简直活不下去。我会把她当作我最珍爱的人。"王子说得恳切，好心的小矮人对王子深表同情，最后同意把装着白雪公主的棺材送给王子。

王子叫他的仆人把棺材扛在肩上抬回去。谁知半路上他们碰巧被一个树桩绊倒了，棺材震动了一下，白雪公主吃下的那片毒苹果从喉咙里吐了出来。过一会儿，白雪公主就睁开了眼睛，推开棺材盖子，坐起身复活了。"哦，天哪，我在哪儿呀？"她大叫起来。王子满心欢喜，连忙说："你和我在一起！"他把事情的经过告诉了白雪公主，又说："我爱你胜过世界上其他一切东西，请和我一起去我父亲的宫殿，做我的妻子吧！"

白雪公主同意了，和王子一起离开。他们举行了盛大的婚礼。但是白雪公主那邪恶的继母也受邀参加婚礼。她穿着漂亮衣服站在魔镜前面，问：

"魔镜魔镜，挂在墙，全国哪个女人最漂亮？"

魔镜回答说：

"哦，王后，你是这里最漂亮的女人！但是我认为那个年轻的王后比你更漂亮！"

邪恶的女人发出一声诅咒，实在令人可怜，悲惨得不知如何是好。一开始她一点也不愿意去参加婚礼，但是她一刻也不能安宁，最后不得不去看看新的王后。当她来到王宫，她一眼就认出了白雪公主。这个邪恶的女人吓得一动不动站在那儿，充满了愤怒与恐惧。但是一双在火上烧烫的铁鞋子已经用钳子夹住放在她的面前。邪恶的王后不得不穿上这双炽热的鞋子跳舞，一直跳到倒地而死。

（张淑霞编；张淑霞译。）

第十八章　海涅及《德国，一个冬天的童话》

第一节　海涅简介

　　亨利希·海涅，1797 年生于破落的犹太商人的家庭。1795 年拿破仑军队占领了他的故乡杜塞尔多夫，曾进行了一些社会改革，犹太人的地位得到改善。海涅从童年时代就开始接受法国大革命中自由、平等的思想的影响。他在大学学习时，先后听过浪漫主义作家施雷格尔和唯心主义哲学家黑格尔讲课。海涅在 20 岁开始创作，他的进步思想不断遭到普鲁士专制政府的压制。从 1824 年到 1828 年间，海涅游历了德国的许多地方，并到英国、意大利等国旅行。由于他广泛接触社会，加深了对现实社会的理解，写了四部散文旅行札记。在第一部《哈尔茨山游记》里，海涅以幽默活泼的笔调描绘了 19 世纪 20 年代令人窒息的德国现状，讽刺嘲笑了封建的反动统治者、陈腐的大学、庸俗的市侩、反动的民族主义者、消极的浪漫主义者；以浓郁的抒情笔调描绘了祖国壮丽的自然景色，同时又以深厚的同情，描绘了山区矿工的劳动生活。在第二部《观念——勒·格朗特文集》里，海涅描绘了法国军队进入故乡的情景，刻画了拿破仑的形象，表现了作者对法国革命的向往和对德国封建统治的憎恶。在第三部《从慕尼黑到热那亚的旅行》等意大利游记里，描绘了意大利的风光和社会生活，揭露了贵族天主教的反动性，同时对贵族作家脱离现实的倾向进行了批判。在第四部《英国片段》里，作家描绘了富豪的贵族和资产阶级与劳动人民的尖锐对立，揭露了大资产阶级的贪婪和掠夺。这四部札记的主要倾向是抨击德国的封建反动统治，期望德国能爆发一场比较彻底的资产阶级革命，这四部旅行札记的创作表明，海涅在思想上已成长为一个革命民主主义者，在艺术上，海涅已从青年时代对个人遭遇与感情的描写，转向对社会现实的探讨，走向现实主义道路。1830 年法国爆发七月革命，他受到很大鼓舞。次年他到了巴黎。除中间两次回国外，他一直侨居法国。在法国，他结识了巴尔扎克、乔治·桑和波兰音乐家肖邦等人，并和圣西门主义者发生密切联系。40 年代，他和马克思建立了友谊。在马克思的鼓励和帮助下，他写出许多具有战斗性的政治诗歌。这个时期，他的诗歌创作达到了新的高峰，他发表了《新诗集》，其中包括一部分以"时代的诗"命名的政治诗，和长诗《德国，一个冬天的童话》。这些诗歌在思想内容和艺术两方面都取得很高的成就，成为 1848 年革命前夕时代的最强音。在个人生活方面，由于初恋情人阿玛莉在 1821 年 8 月嫁给了一个有钱的地主，诗人遭受了巨大的心灵创痛。一年多以后，他在汉堡又邂逅阿玛莉的妹妹特莱萨，再次坠入爱河，经受了恋爱和失恋的痛苦。这样一些不幸的经历，都明显地反映在了他早年的抒情诗中。

第二节　《德国，一个冬天的童话》简介

海涅最突出、最重要的作品是政治长诗《德国，一个冬天的童话》。全诗共 27 章，以冬天象征死气沉沉的德国，通过童话般的幻想，逐章对德国的检查制度、关税同盟、骑士制度、政治上的分裂等现状做了无情的揭露和抨击。反动的普鲁士统治者、目光短浅的资产阶级激进派、虚伪的宗教、狭隘的民族主义者都遭到海涅的辛辣讽刺和嘲笑。当诗人踏上德国的土地，听到弹竖琴的姑娘在弹唱古老的"断念歌"和"催眠曲"时，感到这些陈词滥调与自己的思想感情格格不入。于是，诗人立即唱出一支新的歌，表达了他要在大地上建立"天上王国"的理想：人人都过着幸福的生活，"大地上有足够的面包、玫瑰、常春藤、美和欢乐"。自然，现实的德国根本不是"天上王国"，当姑娘正在弹唱时，诗人受到普鲁士税收人员的检查。诗人嘲弄那些翻腾箱子的蠢人："你们什么也不能找到！／我随身带来的私货，／都在我的头脑里藏着。"诗人来到亚琛，看到了驿站招牌上的一只象征普鲁士统治的鹰。这只鹰张牙舞爪、恶狠狠地俯视着诗人。瞬间，诗人的内心充满了对它的仇恨，随即愤怒地咒骂和嘲弄这只"丑恶的凶鸟"说：一旦这凶鸟落在我手中，我就要毫不手软地拔掉它的羽毛，果断地砍断它的利爪，将它的尸首系在长竿上示众。不仅如此，我还要召唤射鸟的能手，来一番痛痛快快的射击。在愤怒中，诗人许下诺言：谁要是把这只凶鸟的尸首射下来，我就把王冠和权杖授给这个勇敢的人，并向他欢呼："万岁，国王！"诗人对普鲁士军人可笑的装束和呆板的动作也进行嘲讽。对普鲁士国王为他们设计的军盔上那个尖顶，诗人预告了它的命运："一旦暴风发作，／这样一个尖顶就很容易／把天上最现代的闪电／导引到你们浪漫的头里！"诗人来到莱茵河畔的科隆市，在朦胧夜色里浏览市容。在审视"阴森森的高高耸起"的科隆大教堂时，他把这座被教会势力当作他们"神圣"的象征、苦心经营了三百年之久的大教堂称为统治德国的"精神的巴士底狱"。现在那些教堂协会的无赖们企图继续马丁·路德中断过的建筑，"把这专制的古堡完成"。诗人警告说，这个企图是愚蠢的妄想，因为不久的将来，人们不仅不会把它完成，而且还要把教堂内部当作马圈使用。诗人离开科隆，半夜经过条顿森林时，车轮脱了轴，驿夫去村里设法修车，诗人独自留在森林里。诗人的四周是一片狼嗥声。诗人把狼看成是坚定的革命者，把狼的嗥叫看作是对自己表示敬意，于是便摆好了姿势，用深受感动的态度对"狼弟兄们"发表慷慨演说："我感谢你们的信任——／你们对我表示尊敬，／这信任在每个考验的时候／都有真凭实据可以证明。"诗人尖锐驳斥了关于他背叛革命与敌人妥协的言论，明确申述自己的革命立场："我不是羊，我不是狗，／我不是大头鱼和枢密顾问——／我永远是一只狼，／我有狼的牙齿和狼的心。"

第三节　《德国，一个冬天的童话》选段

第 1 章

在凄凉的十一月，
日子变得更阴郁，
风吹树叶纷纷落，

我旅行到德国去。

当我来到边界上，
我觉得我的胸怀里
跳动得更为强烈，
泪水也开始往下滴。

听到德国的语言，
我有了奇异的感觉；
我觉得我的心脏
好像在舒适地溢血。

一个弹竖琴的女孩，
用真感情和假嗓音
曼声歌唱，她的弹唱
深深感动了我的心。

她歌唱爱和爱的痛苦，
她歌唱牺牲，歌唱重逢，
重逢在更美好的天上
一切苦难都无影无踪

她歌唱人间的苦海，
歌唱瞬息即逝的欢乐，
歌唱彼岸，解脱的灵魂
沉醉于永恒的喜悦。

她歌唱古老的断念歌，
歌唱天上的催眠曲，
用这把哀泣的人民，
当做蠢汉催眠入睡。

我熟悉那些歌调与歌词，
也熟悉歌的作者都是谁；
他们暗地里享受美酒，
公开却教导人们喝白水。

一首新的歌，更好的歌，
啊，朋友，我要为你们制作！
我们已经要在大地上
建立起天上的王国。

我们要在地上幸福生活
我们再也不要挨饿；
绝不让懒肚皮消耗
双手勤劳的成果。

为了世上的众生
大地上有足够的面包，
玫瑰，常春藤，美相欢乐，
甜豌豆也不缺少。

人人都能得到甜豌豆，
只要豆荚一爆裂！
天堂，我们把它交给
那些天使和麻雀。

死后若是长出翅膀，
我们就去拜访你们，
在天上跟你们同享
极乐的蛋糕和点心。

一首新的歌，更好的歌！
像琴笛合奏，声调悠扬！
忏悔的赞诗消逝了，
丧钟也默不作响。

欧罗巴姑娘已经
跟美丽的自由神订婚，
他们拥抱在一起，
沉醉于初次的接吻。

虽没有牧师的祝福，
也不失为有效的婚姻——
新郎和新娘万岁，
万岁他们的后代子孙！

我的更好的、新的歌，
是一首新婚的歌曲！
最崇高的庆祝的星火
在我的灵魂里升起——

兴奋的星火热烈燃烧，
熔解为火焰的溪流——

我觉得我无比坚强，
我能够折断栎树！

自从我走上德国的土地，
全身流遍了灵液神浆——
巨人又接触到他的地母，
他重新增长了力量。

第 2 章

当小女孩边弹边唱，
弹唱着天堂的快乐，
普鲁士的税关人员
把我的箱子检查搜索。

他们搜查箱里的一切，
翻乱手帕、裤子和衬衣；
他们寻找花边，寻找珠宝，
也寻找违禁的书籍。

你们翻腾箱子，你们蠢人！
你们什么也不能找到！
我随身带来的私货，
都在我的头脑里藏着。

我有花边，比布仟塞尔、
麦雪恩的产品更精细，
一旦打开我针织的花边，
它的锋芒便向你们刺去。

我的头脑里藏有珠宝，
有未来的王冠钻石，
有新的神庙中的珍品，
伟大的新神还无人认识。

我的头脑里有许多书，
我可以向你们担保，
该没收的书籍在头脑里
构成鸣啭的鸟巢。

相信我吧，在恶魔的书库
都没有比这更坏的著作，
它们比法莱斯勒本的

霍夫曼的诗歌危险更多。

一个旅客站在我的身边，
他告诉我说，如今我面前
是普鲁士的关税同盟，
那巨大的税关锁链。

"这关税同盟"——他说——
"将为我们的民族奠基，
将要把四分五裂的祖国
联结成一个整体。

在所谓物质方面
它给我们外部的统一；
书报检查却给我们
精神的、思想的统一——

它给我们内部的统一，
统一的思想和意志；
统一的德国十分必要，
向内向外都要一致。"

第 3 章

在亚琛古老的教堂
埋葬卡罗鲁斯·麦努斯——
（不要错认是卡尔·麦耶尔
麦耶尔住在史瓦本地区。）

我不愿作为皇帝死去
埋葬在亚琛的教堂里；
我宁愿当个渺小的诗人
在涅卡河畔斯图克特市。

亚琛街上，狗都感到无聊，
它们请求，做出婢膝奴颜：
"啊外乡人，踢我一脚吧，
这也许给我们一些消遣。"

在这无聊的巢穴
一个小时我就绕遍。
又看到普鲁士军人，
他们没有多少改变。

仍旧是红色的高领，
仍旧是灰色的大氅——
（"红色意味法国人的血"
当年克尔纳这样歌唱。）

仍旧是那呆板的队伍，
他们的每个动转
仍旧是形成直角，
脸上是冷冰冰的傲慢。

迈步仍旧像踩着高跷，
全身像蜡烛般地笔直，
曾经鞭打过他们的军棍，
他们好像吞在肚子里。

是的，严格训斥从未消逝，
他们如今还记在心内；
亲切的"你"却仍旧使人
想起古老的"他"的称谓。

长的髭须只不过是
辫子发展的新阶段：
辫子，它过去垂在脑后，
而如今垂在鼻子下端。

骑兵的新装我觉得不错，
我必须加以称赞，
特别是那尖顶盔，
盔的钢尖顶指向苍天。

这种骑士风度使人想起——
远古的美好的罗曼蒂克，
城堡夫人约翰娜·封·梦浮康，
以及福格男爵、乌兰、蒂克。

想起中世纪这样美好，
想起那些武士和扈从，
他们背后有一个族徽，
他们的心里一片忠诚。

想起十字军和骑士竞技，

对女主人的爱恋和奉侍，
想起那信仰的时代，
没有印刷，也没有报纸。

是的，我喜欢那顶军盔，
它证明这机智最高明！
它是一种国王的奇想！
画龙不忘点睛，那个尖顶！

我担心，一旦暴风雨发作，
这样一个尖顶就很容易
把天上最现代的闪电
导引到你们浪漫的头里！——

如果战争爆发，你们必须
购买更为轻便的小帽；
因为中世纪的重盔
使你们不便于逃跑。

我又看见那只鸟，
在亚琛驿站的招牌上，
它毒狠狠地俯视着我，
仇恨充满我的胸膛。

一旦你落在我的手中，
你这丑恶的凶鸟，
我就揪去你的羽毛，
还切断你的利爪。

把你系在一根长竿上，
长竿在旷远的高空竖立，
唤来莱茵区的射鸟能手，
来一番痛快的射击。

谁要是把鸟射下来，
我就把王冠和权杖
授给这个勇敢的人！
向他鼓吹欢呼："万岁，国王！"

第 4 章

夜晚我到了科隆，
听着莱茵河水在响，

德国的空气吹拂着我，
我感受到它的影响——

它影响我的胃口。
我吃着火腿煎鸡蛋，
还必须喝莱茵葡萄酒，
因为菜的味道太咸。

莱茵酒仍旧是金黄灿烂，
在碧绿的高脚杯中，
要是过多地饮了几杯，
酒香就向鼻子里冲。

酒香这样刺激鼻子，
我欢喜得不能自持！
它驱使我走向夜色朦胧，
走入有回声的街巷里。

石砌的房屋凝视着我，
它们好像要向我讲起
荒远的古代的传说，
这圣城科隆的历史。

在这里那些僧侣教徒
曾经卖弄他们的虔诚，
乌利希·封·胡腾描写过，
蒙昧人曾经统治全城。

在这里尼姑和僧侣
跳过中世纪的堪堪舞；
霍赫特拉顿，科隆的门采尔，
在这里写过狠毒的告密书。

这里火刑场上的火焰，
把书籍和人都吞没；
同时敲起了钟声，
唱起"圣主怜悯"歌。

这里，像街头的野狗一般，
愚蠢和恶意献媚争宠；
如今从他们的宗教仇恨，
还认得出他们的子孙孽种——

看啊，那个庞大的家伙
在那儿显现在月光里！
那是科隆的大教堂，
阴森森地高高耸起。

它是精神的巴士底狱；
狡狯的罗马信徒曾设想：
德国人的理性将要
在这大监牢里凋丧！

可是来了马丁·路德，
他大声喊出"停住!"——
从那天起就中断了
这座大教堂的建筑。

它没有完成——这很好。
因为正是这半途而废，
使它成为德国力量
和新教使命的纪念碑。

你们教堂协会的无赖汉，
要继续这中断的工程，
你们要用软弱的双手
把这专制的古堡完成！

真是愚蠢的妄想你们徒然
摇晃着教堂的募捐袋，
甚至向异端和犹太人求乞，
但是都没有结果而失败。

伟大的弗朗茨·李斯特
徒然为教堂的工程奏乐，
一个才华横溢的国王
徒然为它发表演说！

科隆的教堂不能完成，
虽然有史瓦本的愚人
为了教堂的继续建筑，
把一整船的石头输运。

它不能完成，虽然有乌鸦

和猫头鹰尽量叫喊，
它们思想顽固，愿意在
高高的教堂塔顶上盘旋。

甚至那时代将要到来，
人们不再把它完成，
却把教堂的内部
当做一个马圈使用。

"要是教堂成为马圈，
那么我们将要怎么办，
怎样对待那三个圣王，
他们安息在里边的神龛?"

我这样听人问，在我们时代
难道我们还要难以为情？
三个圣王来自东方
他们可以另找居停。

听从我的建议，把他们
装进那三只铁笼里，
铁笼悬在明斯特的塔上，
塔名叫圣拉姆贝尔蒂。

裁缝王坐在那里
和他的两个同行，
但是现在我们却要用铁笼
装另外的三个国王。

巴塔萨尔先生挂在右方，
梅尔希奥先生悬在左边，
卡斯巴先生在中央——天晓得，
他三人当年怎样活在人间！

这个东方的神圣同盟，
如今被宣告称为神圣，
他们的行为也许
不总是美好而虔诚。

巴塔萨尔和梅尔希奥
也许是两个无赖汉，
他们被迫向他们国家

许下了制订宪法的诺言，

可是后来都不守信用——
卡斯巴先生，黑人的国王，
也许用忘恩负义的黑心
把他的百姓当做愚氓。

第 5 章

当我来到莱茵桥头，
在港口堡垒的附近，
看见在寂静的月光中
流动着莱茵父亲。

"你好，我的莱茵父亲，
你一向过得怎样？
我常常思念着你
怀着渴想和热望。"

我这样说，我听见水深处
发出奇异的怨恨的声音，
像一个老年人的轻咳，
一种低语和软弱的呻吟：

"欢迎，我的孩子，我很高兴，
你不曾把我忘记；
我不见你已经十三年，
这中间我很不如意。

在碧贝利希我吞下石头，
石头的滋味真不好过！
可是在我胃里更沉重的
是尼克拉·贝克尔的诗歌。

他歌颂了我，好像我
还是最纯贞的少女，
她不让任何一个人
把她荣誉的花冠夺去。

我如果听到这愚蠢的歌，
我就要尽量拔去
我的白胡须，我真要亲自
在我的河水里淹死！

法国人知道得更清楚，
我不是一个纯贞的少女，
他们这些胜利者的尿水
常常掺和在我的水里。

愚蠢的歌，愚蠢的家伙！
他使我可耻地丢脸，
他使我在政治上
也有几分感到难堪。

因为法国人如果回来，
我必定在他们面前脸红，
我常常祈求他们回来，
含着眼泪仰望天空。

我永远那样喜爱
那些可爱的小法兰西——
他们可还是穿着白裤子？
又唱又跳一如往昔？

我愿意再看见他们，
可是我怕受到调侃，
为了那该诅咒的诗歌，
为了我会当场丢脸。

顽皮少年阿弗烈·德·缪塞，
在他们的前面率领，
他也许充当鼓手，
把恶意的讽刺敲给我听。"

可怜的莱茵父亲哀诉，
他如此愤愤不平，
我向他说些慰藉的话，
来振奋他的心情。

"我的莱茵父亲，不要怕
那些法国人的嘲笑；
他们不是当年的法国人，
裤子也换了另外一套。

红裤子代替了白裤子，

纽扣也改变了花样，
他们再也不又唱又跳，
却低着头沉思默想。

他们如今想着哲学，
谈论康德、菲希特、黑格尔，
他们吸烟，喝啤酒，
有些人也玩九柱戏。

他们像我们都成为市侩，
最后还胜过我们一筹；
再也不是伏尔泰的弟子，
却成为亨腾贝格的门徒。

不错，他还是个顽皮少年，
那个阿弗烈·德·缪塞，
可是不要怕，我们能钳住
他那可耻的刻薄的口舌。

他若把恶意的讽刺敲给你听，
我们就向他说出更恶意的讽刺，
说说他跟些漂亮女人们
搞了些什么风流事。

你满足吧，莱茵父亲，
不要去想那些恶劣的诗篇，
你不久会听到更好的歌——
好好生活吧，我们再见。"

第 6 章

有一个护身的精灵，
永远陪伴着巴格尼尼，
有时是条狗，有时是
死去的乔治·哈利的形体。

拿破仑每逢重大的事件，
总是看到一个红衣人。
苏格拉底有他的神灵，
这不是头脑里的成品。

我自己，要是坐在书桌旁，
夜里我就有时看见，

一个乔装假面的客人
阴森森站在我的后边。

他斗篷里有件东西闪烁，
他暗地里在手中握牢，
一旦它显露出来，
我觉得是一把刑刀。

他显得体格矮胖，
眼睛像两颗明星，
他从不搅扰我的写作，
他站在远处安安静静。

我不见这个奇异的伙伴，
已经有许多的岁月。
我忽然又在这里遇见他，
在科隆幽静的月夜。

我沿着街道沉思漫步，
我见他跟在我的后边，
他好像是我的身影，
我站住了，他也停止不前。

他停住了，好像有所期待，
我若迈开脚步，他又紧跟，
我们就这样走到
教堂广场的中心。

我忍不住了，转过身来说：
"现在请你向我讲一讲，
你为什么在这荒凉深夜
跟随我走遍大街小巷？

我总在这样时刻遇见你，
每逢关怀世界的情感
在我的怀里萌芽，每逢
头脑里射出精神的闪电。

你这样死死地凝视我——
在这斗篷里隐约闪烁，
请说明，你暗藏什么东西？
你是谁，你要做什么？"

可是他回答，语调生硬，
他甚至有些迟钝：
"不要把我当做妖魔驱除，
我请求你，不要兴奋。

我不是过去时代的鬼魂，
也不是坟里跳出的草帚，
我并不很懂得哲学，
也不是修辞学的朋友。

我具有实践的天性，
我永远安详而沉默，
要知道：你精神里设想的，
我就去实行，我就去做。

纵使许多年月过去了，
我不休息，直到事业完成——
我把你所想的变为实际，
你想，可是我却要实行。

你是法官，我是刑吏，
我以仆役应有的服从
执行你所作的判决，
哪怕这判决并不公正。

罗马古代的执政官，
有人扛着刑刀在他身前。
你也有你的差役，
却握着刑刀跟在你后边。

我是你的差役，我跟在
你的身后永不离叛，
紧握着明晃晃的刑刀——
我是你的思想的实践。"

第 7 章

我回到屋里睡眠，
好像天使们催我入睡，
躺在德国床上这样柔软，
因为铺着羽毛的褥被。

我多么经常渴望
祖国的床褥的甜美，
每当我躺在硬的席褥上
在流亡中长夜不能成寐。

在我们羽毛被褥里，
睡得很香，做梦也甜，
德国人灵魂觉得在这里
解脱了一切尘世的锁链。

它觉得自由，振翼高扬
冲向最高的天空。
德国人灵魂，你多么骄傲，
翱翔在你的夜梦中！

当你飞近了群神，
群神都黯然失色！
你一路上振动你的翅膀，
甚至把些小星星都扫落！

大陆属于法国人俄国人，
海洋属于不列颠，
但是在梦里的空中王国
我们有统治权不容争辩。

我们在这里不被分裂，
我们在这里行使主权；
其他国家的人民
却在平坦的地上发展——

当我入睡后，我梦见
我又在古老的科隆，
沿着有回声的街巷
漫步在明亮的月光中。

在我的身后又走来
我的黑衣乔装的伴侣。

我这样疲乏，双膝欲折，
可是我们仍然走下去。

我们走下去。我的心脏

在胸怀里耆然割裂，
从心脏的伤口处
流出滴滴的鲜血。

我屡次用手指蘸血，
我屡次这样去做，
用血涂抹房屋的门框，
当我从房屋门前走过。

每当我把一座房屋
用这方式涂上标记，
远处就响起一声丧钟，
如泣如诉，哀婉而轻细。

天上的月亮黯然失色，
它变得越来越阴沉；
乌云从它身边涌过
有如黑色的骏马驰奔

可是那阴暗的形体
仍然跟在我的后边，
他暗藏刑刀——我们这样
漫游大约有一段时间。

我们走着走着，最后
我们又走到教堂广场；
那里教堂的大门敞开，
我们走进了教堂。

死亡、黑夜和沉默，
管领着这巨大的空间；
几盏吊灯疏疏落落，
恰好衬托着黑暗。

我信步走了很久
沿着教堂内的高柱，
只听见我的伴侣的足音
在我身后一步跟着一步。

我们最后走到一个地方，
那里蜡烛熠熠发光，
还有黄金和宝玉闪烁，

这是三个圣王的圣堂。

可是这三个圣王，
一向在那里静静躺卧，
奇怪啊，他们如今
却在他们的石棺上端坐。

三架骷髅，离奇打扮，
寒碜的蜡黄的头颅上
人人戴着一顶王冠，
枯骨的手里也握着权杖。

他们久已枯死的骸骨
木偶一般地动作；
他们使人嗅到霉气，
同时也嗅到香火。

其中一个甚至张开嘴
做了一段冗长的演讲；
他反复地向我解说，
为什么要求我对他敬仰。

首先因为他是个死人，
第二因为他是个国王，
第三因为他是个圣者——
这一切对我毫无影响。

我高声朗笑回答他：
"你不要徒劳费力！
我看，无论在哪一方面
你都是属于过去。

滚开！从这里滚开！
坟墓是你们自然的归宿。
现实生活如今就要
没收这个圣堂的宝物。

未来的快乐的骑兵，
将要在这里的教堂居住，
你们不让开，我就用暴力，
用棍棒把你们清除。"

我这样说，我转过身来，
我看见默不做声的伴侣，
可怕的刑刀可怕地闪光——
他懂得我的示意。

他走过来，举起刑刀，
把可怜的迷信残骸
砍得粉碎，他毫无怜悯，
把他们打倒在尘埃。

所有的圆屋顶都响起
这一击的回声，使人震惊！
我胸怀里喷出血浆，
我也就忽然惊醒。

第 8 章

从科隆到哈根的车费，
普币五塔勒六格罗舍。
可惜快行邮车客满了，
只好乘坐敞篷的客车。

晚秋的早晨，潮湿而暗淡，
车子在泥泞里喘息；
虽然天气坏路也不好，
我全身充溢甜美的舒适。

这实在是我故乡的空气，
热烘烘的面颊深深感受！
还有这些公路上的粪便，
也是我祖国的污垢！

马摇摆它们的尾巴，
像旧相识一样亲热，
它们的粪球我觉得很美，
有如阿塔兰特的苹果。

我们经过可爱的密尔海木，
人们沉静而勤劳地工作，
我最后一次在那里停留，
是在三一年的五月。

那时一切都装饰鲜花，

日光也欢腾四射，
鸟儿满怀热望地歌唱，
人们在希望，在思索——

他们思索，"干瘪的骑士们，
不久将要从这里撤走，
从铁制的长瓶里
给他们斟献饯行酒！

'自由'来临，又舞蹈，又游戏
高举白蓝红三色的旗帜，
它也许甚至从坟墓里
迎来死者，拿破仑一世！"

神啊！骑士们仍旧在这里，
这群无赖中有些个
来时候是纺锤般的枯瘦，
如今都吃得肚皮肥硕。

那些面色苍白的流氓，
看来像"仁爱"、"信仰"和"希望"，
他们贪饮我们的葡萄酒，
从此都有了糟红的鼻梁——

并且"自由"的脚脱了臼，
再也不能跳跃和冲锋；
法国的三色旗在巴黎
从塔顶忧郁地俯视全城。

皇帝曾经一度复活，
可是英国的虫豸却把他
变成一个无声无息的人，
于是他又被人埋入地下。

我亲自见过他的葬仪，
我看见金色的灵车，
上边是金色的胜利女神，
她们扛着金色的棺椁。

沿着爱丽舍田园大街，
通过胜利凯旋门，
穿过浓雾踏着雪，

行列缓缓地前进。

音乐不谐调，令人悚惧，
奏乐人都手指冻僵。
那些旌旗上的鹰隼
向我致意，不胜悲伤。

沉迷于旧日的回忆，
人们都像幽灵一般——
又重新咒唤出来
统治世界的童话梦幻。

我在那天哭泣了。
我眼里流出眼泪，
当我听到那消逝了的
亲切的喊声"皇帝万岁！"

第9章

我早晨从科隆出发，
是七点四十五分；
午后三点才吃午饭，
这时我们到了哈根。

饭桌摆好了。这里我完全
尝到古日耳曼的烹调，
祝你好，我的酸菜，
你的香味使人魂销！

绿白菜里蒸板栗！
在母亲那里我这样吃过！
你们好家乡的干鱼！
在黄油里游泳多么活泼！

对于每个善感的心
祖国是永远可贵——
黄焖熏鱼加鸡蛋
也真合乎我的口味。

香肠在滚油里欢呼！
穿叶鸟，虔诚的小天使，
经过煎烤，拌着苹果酱，
它们向我鸣叫："欢迎你！"

"欢迎你，同乡，"——它们鸣叫——
"你长久背井离乡，
你跟着异乡的禽鸟
在异乡这样长久游荡！"

桌上还有一只鹅，
一个沉静的温和的生物。
她也许一度爱过我。
当我俩还年轻的时候。

她凝视着，这样意味深长，
这样亲切、忠诚，这样伤感！
她确实有一个美的灵魂，
可是肉质很不嫩软。

还端上来一个猪头，
放在一个锡盘上；
用月桂叶装饰猪嘴，
仍然是我们家乡的风尚。

第 10 章

刚过了哈根已是夜晚，
我肠胃里感到一阵寒颤。
我在翁纳的旅馆里
才能够得到温暖。

那里一个漂亮的女孩
亲切地给我斟了五合酒；
她的鬈发像黄色的丝绸，
眼睛是月光般的温柔。

轻柔的威斯特法伦口音，
我又听到，快乐无穷。
五合酒唤起甜美的回忆，
我想起那些亲爱的弟兄。

想起亲爱的威斯特法伦人，
在哥亭根我们常痛饮通宵，
一直喝到我们互相拥抱，
并且在桌子底下醉倒！

我永远这样喜爱他们，
善良可爱的威斯特法伦人，
一个民族，不炫耀，不夸张，
是这样坚定、可靠而忠心。

他们比剑时神采焕发，
他们有狮子般的心胸！
第四段、第三段的冲刺，
显示得这样正直、公正！

他们善于比剑，善于喝酒，
每逢他们把手向你伸出
结下友谊，便流下眼泪；
他们是多情善感的栎树。

正直的民族，上天保佑你们，
他赐福于你们的后裔，
保护你们免于战争和荣誉，
免于英雄和英雄事迹。

他总把一种很轻微的考验
赠送给你们的子孙，
他让你们的女儿们
漂漂亮亮地出嫁——阿门！

第 11 章

这是条顿堡森林，
见于塔西图斯的记述，
这是古典的沼泽，
瓦鲁斯在这里被阻。

柴鲁斯克族的首领，
赫尔曼，这高贵的英雄，
打败瓦鲁斯；德意志民族
在这片泥沼里获胜。

赫尔曼若没有率领一群
金发的野蛮人赢得战斗，
我们都会成为罗马人，
也不会有德意志的自由！

只有罗马的语言和习俗

如今会统治我们的祖国，
明兴甚至有灶神女祭师，
史瓦本人叫做吉里特！

亨腾贝格成为脏腑祭师，
拨弄着祭牛的肚肠。
奈安德会成为鸟卜祭师，
他观察鸟群的飞翔。

毕希—裴菲尔要喝松脂精，
像从前罗马妇女那样，——
（据说，她们这样喝下去，
小便的气味会特别香。）

劳麦不会是德国的流氓，
而是个罗马的流氓痞子。
弗莱里拉特将写无韵诗，
像当年的贺拉修斯。

那粗鲁的乞丐杨老爹，
如今会叫做粗鲁怒士。
天啊！马斯曼将满口拉丁，
这个马可·图留·马斯曼奴斯。

爱真理的人将在斗兽场
跟狮子、鬣犬、豺狼格斗，
他们决不在小幅报刊上
去对付那些走狗。

我们会只有一个尼罗，
而没有三打的君主。
我们会把血管割断，
抗拒奴役的监督。

谢林将是一个塞内卡，
他会丧身于这样的冲突。
我们会向柯内留斯说：
"任意涂抹不是画图！"——

感谢神！赫尔曼赢得战斗，
赶走了那些罗马人；
瓦鲁斯和他的师旅溃败，

我们永远是德国人！

我们是德国人，说德国话，
像我们曾经说过的一般；
驴叫做驴，不叫阿西奴斯
史瓦本的名称也不改变。

劳麦永远是德国的流氓，
还荣获了雄鹰勋章。
弗莱里拉特押韵写诗，
并没有像贺拉修斯那样。

感谢神，马斯曼不说拉丁，
毕希—裴菲尔只写戏剧，
并不喝恶劣的松脂精
像罗马的风骚妇女。

赫尔曼，这都要归功于你
所以为你在德特摩尔城
立个纪念碑，是理所当然，
我自己也曾署名赞成。

第 12 章

在夜半的森林里
车子颠簸着前进，
戛然一声车轮脱了轴，
我们停住了，这很不开心。

驿夫下车跑到村里去，
在夜半我独自一人
停留在树林子里，
四周一片嗥叫的声音。

这都是狼，嗥叫这样粗犷，
声音里充满了饥饿。
像是黑暗里的灯光，
火红的眼睛闪闪烁烁。

一定是听到我的来临，
这些野兽对我表示敬意，
它们把这座树林照明，
演唱它们的合唱曲。

这是一支小夜曲，
我看到，它们在欢迎我！
我立即摆好姿势，
用深受感动的态度演说：

"狼弟兄们，我很幸福，
今天停留在你们中间，
满怀热爱对我嗥叫，
有这么多高贵的伙伴。

我这一瞬间感到的，
真是无法衡量；
啊，这个美好的时刻，
我是永远难忘。

我感谢你们的信任——
你们对我表示尊敬，
这信任在每个考验时刻
都有真凭实据可以证明。

狼弟兄们，你们不怀疑我，
你们不受坏蛋们的蒙骗，
他们向你们述说，
我已叛变到狗的一边。

说我背叛了，不久就要当
羊栏里的枢密顾问——
去反驳这样的诽谤，
完全对我的尊严有损。

我为了自身取暖，
有时也身披羊裘，
请相信，我不会到那地步，
热衷于羊的幸福。

我不是羊，我不是狗，
不是大头鱼和枢密顾问——
我永远是一只狼，
我有狼的牙齿狼的心。

我是一只狼，我也将要

永远嗥叫，跟着狼群——
你们信任我，你们要自助，
上帝也就会帮助你们！"

这是我的一段演说，
完全没有预先准备好；
柯尔卜把它改头换面
刊印在奥格斯堡《总汇报》。

（方华文编，摘自冯至译：《冯至全集》（第九卷），河北教育出版社，1999）

第十九章　拜伦及《唐璜》

第一节　拜伦简介

　　乔治·戈登·拜伦，英国杰出的浪漫主义诗人。他于 1788 年 1 月 22 日出身于伦敦一个破落的贵族家庭。拜伦 10 岁继承了男爵爵位，从小受到严格的喀尔文主义道德教育。童年的经历使他形成了桀骜不驯的性格。

　　拜伦曾在哈罗贵族学校和剑桥大学求学。在剑桥的求学期间，他受到法国启蒙思想的影响。1807 年，拜伦出版了诗集《闲暇时刻》，但受到《爱丁堡评论》的嘲讽与挖苦。于是拜伦在 1809 年发表《英国诗人与苏格兰评论家》一诗作为反击。在这首长篇讽刺诗中，他的讽刺才能锋芒毕露，在当时的文艺界引起很大震动。同年，拜伦进入英国上议院。此后两年，他先后游历了葡萄牙、阿尔巴尼亚、希腊和土耳其等地，于 1811 年回国。结合旅途经历与搜集到的大量素材，他完成了著名的长诗《恰尔德·哈洛尔德游记》第一、二章，立刻轰动文坛。全诗描绘了 19 世纪英国社会的生活全貌，也反映了当时南欧各国正在进行的轰轰烈烈的民族解放斗争。其中富有音乐性与感染力的诗句，显示了浪漫主义新诗歌的魅力，深深地吸引了众多读者。

　　1810 至 1812 年间，英国爆发了工人大规模破坏机器的路德运动。拜伦对此在上议院发表了演说，随后又发表了政治讽刺诗《〈制压破坏机器法案〉制定者颂》，斥责政府处死暴动工人的反动法案。此后，拜伦又创作了著名的《异教徒》、《阿比托斯的新娘》、《海盗》等六篇"东方叙事诗"。作品以东欧、西亚风情为背景，充满了浪漫异国情调。拜伦在诗中塑造了一系列孤傲、叛逆、倔强的海盗、异教徒、造反者、无家可归者形象。这些"英雄"的反叛形象才华出众、意志坚强，敢于藐视传统秩序和专制暴政，但常以悲剧结局。他们被称为"拜伦式英雄"。这些"拜伦式英雄"给 19 世纪欧洲思想史和文化史留下了深深的痕迹。

　　1816 年夏天，拜伦因失败的婚姻受到上流社会的诽谤和攻击，移居瑞士，结识了同时代的英国著名诗人雪莱。他与雪莱一见如故，结为知己。随后他又移居意大利，参加了烧炭党人反抗奥地利统治的活动。此后的 8 年时间，是拜伦人生一个创作高峰期。他创作了大量作品，包括著名的诗体长篇小说《唐璜》、历史剧《马里诺·法利哀诺》、诗剧《该隐》、讽刺长诗《审判的幻景》和《青铜世纪》等。这些作品使他成为当之无愧的伟大诗人。

　　拜伦对欧洲人民争取民主自由的斗争寄予深切的关注，他于 1823 年亲自前往希腊参加民族解放斗争，受到希腊人民的热烈欢迎并在希腊度过了人生最后的岁月。由于过度劳累，拜伦患上寒热症，于 1824 年 4 月 19 日在希腊军中逝世，年仅 36 岁。拜伦的最后一首抒情诗是《今天我度过了三十六岁》。希腊人民为他举行了全国性的哀悼活动，迄今把他作为民族英雄，敬仰他，爱戴他。

作为欧洲最有影响的作家之一，拜伦的作品具有浪漫主义抒情与现实主义讽刺相结合的特点，受到文学界的高度评价。整个 19 世纪，拜伦一直被公认为最伟大的英国诗人和浪漫主义作家的典范。

第二节 《唐璜》简介

在西班牙传说中，唐璜是一位贵族的儿子，荒淫无度，诱奸了一位女子，杀死她的父亲，还邀请她父亲的石像去赴宴作为嘲弄。最后石像显灵，把唐璜带到了地狱。唐璜这一人物曾出现在许多作家和艺术家的作品中，如莫利纳的戏剧《塞维利亚的淫棍和食客》、莫里哀的喜剧《唐璜》、莫扎特的歌剧《唐璜》等。这些作品中的唐璜都是一个玩弄女性，没有道德观念的花花公子形象。但在拜伦的笔下，唐璜从登徒子变成了英雄。拜伦选择他作为诗歌的主人公和冒险经历来阐述自己的理想，对这个人物形象进行了全新的艺术创造。

《唐璜》是一部长篇诗体小说，是拜伦的主要代表作。全诗共 16 章 14 节，约一万六千行，创作于 1818 至 1823 年间。拜伦笔下的唐璜，与他其他作品中的"拜伦式英雄"形象截然不同，他是一个社会历史的见证人。作品通过唐璜浪漫而又传奇的经历，描绘了一幅包罗万象的 19 世纪欧洲文明的宏伟画卷。故事中的唐璜是一位西班牙贵族青年，风流倜傥，深受贵族少女喜爱。16 岁时与一位贵族少妇发生爱情纠葛，迫于社会舆论压力，出海远航。在海上遇到风暴，抵达一个小岛，得到海盗头子兰勃洛的女儿——年轻貌美的海黛相助。两人相爱即将结婚时，海盗头子兰勃洛却突然出现，将二人分开。海黛为了唐璜而死，而唐璜也被押往土耳其首都君士坦丁堡被当作奴隶出售。他被卖入土耳其宫中为奴，最后设法逃出王宫，参加了俄国围攻伊斯迈城的战争并立下战功。沙俄占领君士坦丁堡后，唐璜被派往彼得堡向女皇叶卡捷琳娜报捷，得到女皇青睐，成为宠臣，最后出使英国。

诗歌描绘了一系列精彩的片段和场面，包括海上遇险、甜蜜爱情、奴隶市场、残酷战争、宫廷生活、上流社会等。这些场景从多个角度展示了当时的社会历史生活。拜伦的讽刺才能在这部诗体小说中可见一斑。他辛辣地讽刺了英国对各族人民的暴政，抨击托利党大臣镇压人民起义，揭露了专制暴政的罪行。诗歌最后几章揭露了英国上流社会外表光鲜华丽，实则生活糜烂，败絮其中。全诗还大量地使用带有抒情、讽刺意味的插话。这些插话在内容和风格上都具有相当的复杂性和多样性，使整体结构更加疏散驳杂。这也是全诗的精华部分，使其堪与歌德的《浮士德》相媲美。

作品中的《哀希腊》一诗，歌颂希腊过去的光荣，哀悼希腊当时受到的奴役。诗句饱含悲壮与慷慨之情，令人震撼。对中国知识分子来说，这首诗也具有非凡的意义。中国历史上的晚清到五四时期，内忧外患不断，与作品中的希腊有着相似处境，因此中国知识分子对这首诗的译介不断，如梁启超、马君武、苏曼殊和胡适等都翻译过此诗。

《唐璜》的内容异常丰富，全书弥漫着浓浓的浪漫主义情怀。有人说，这部讽刺史诗里既有一个现实的欧洲，又有一个浪漫的想象世界。也许这也是此书成为世界文学瑰宝的原因之一吧。

第三节　《唐璜》选段

第三章

一

您好呵，缪斯！……这寒暄不多重复。
且说唐璜睡着了，枕着美好的胸怀，
被从不知哭泣的眼睛注视着，
被一颗幸福而年轻的心所爱；
那颗心还不知道枕着她的是
安恬的敌人，也不知是毒菌袭来
要把她纯洁的岁月之流弄污秽，
连她心灵最纯的血也变为苦泪。

二

爱情呵，我们的世界究竟怎么了？
为什么被爱就要倒霉？为什么
你要以忧伤的柏枝搭起亭荫，
使叹息成为你的最好的解说？
好似爱闻香的人摘下了鲜花
插在衣襟上，不过是让花萎缩；
同样，我们要把脆弱的知心人
放在怀抱中，不过使她香消玉殒。

三

只在初恋时，女人爱她的恋人，
这以后，她所爱的就只是爱情，
这成了她甩不脱的一种习惯，
像戴惯的手套，松松的很称心；
要是您不信，考验一下就知道：
起初只有一个人能使她钟情，
以后她就喜欢把"他"变为多数，
多添几个她也不觉得是负担。

四

我不清楚该怪男人还是女人；
不过有一点是肯定：凡女人一旦
许配了终身（除非她立即终身
寄托于祈祷），过一段相当的时间，

她还得另觅新欢；当然，无疑地，
她的心早已整个许给了初恋；
但据说，也有人从来没有爱过，
而如爱过，可绝不会止于一个。

五

说来可叹也可惊，这几乎成了
人类的愚蠢甚至罪恶的表征：
爱情和婚姻竟常常分道扬镳，
虽然它们都是一个地方出生；
由爱情结婚，仿佛由美酒变醋，
一种可悲的酸水，一喝就清醒，
谁料时间竟把那仙品的醇美
一变而为极家常的淡然无味！

六

在爱情的此岸和彼岸之间
仿佛有什么冰炭不能相容，
爱情总是使用着不太公允的
阿谀之辞，直到真相把它澄清，
但那已太迟，除了绝望又奈何？
同样的事物很快地变了名称：
例如，热情在恋人身上很不错，
但在丈夫身上，就成了"怕老婆"。

七

因此，男人就不好意思太溺爱，
有时候，他们也感到有些厌倦
（当然是极少数），并且也够灰心，
对同一个人竟不能百看不厌；
不过，在婚书上又字字都写明：
夫妻关系要一方死了才算完。
唉，多么可悲！想想假如你失掉
终身的佳偶，却叫仆人去戴孝。

八

在家庭琐事里，无疑有一些东西
和真正的爱情有些格格不入；
言情小说只给婚姻照个半身像，
但写男女的求爱却连篇累牍；
因为没有人爱看婚后的情话，
夫妇的接吻也出不了什么事故。

请想，要是劳拉嫁给了彼特拉克，
他可还会写一辈子爱情诗歌？

九

凡悲剧都以一死而宣告幕落，
凡喜剧都以良缘佳配而收场，
至于后事如何，自有宗教负责，
因为作家生怕万一描写不当
那损及那两个未来世界的声誉，
那他可就得不到他们的原谅；
所以分别交给了牧师或祈祷书，
关于"死神"或"夫人"就不多叙述。

一〇

我能记得的，只有两人歌唱过
天堂和地狱，或结婚后的生活，
那是但丁和弥尔顿，而这两人
对于夫妻之情都有一点隔膜，
不是性情不宜，就是应付不当
（本来这种关系稍碰碰就不和）；
但他们写了夏娃和彼阿垂丝，
您看，绝不是摹绘自己的妻子。

一一

有人说，但丁所写的彼阿垂丝
系指神学，而不是自己的情人，
我的愚见虽值得商讨，却认为
那是注家信口开河，不知所云，
除非他确知作者的意图如此，
并且能举出所以如此的原因。
只要看看但丁的狂喜太玄奥，
他一定是把数学弄成了主角。

一二

海黛和唐璜没有结过婚；不过，
这错处是在他们，而绝不在我，
所以，贞洁的读者，请别怪我吧，
除非您愿意我不照着事实说；
如果您认为结婚才对，请赶紧
趁您还没有身受可怕的后祸，
把描写坏事的地方闪开不看，
阅读淫乱的故事可是太危险。

一三

但他们是快乐的，而且尽兴地
沉湎于这种非法的儿女情欲，
幽会的次数越多，顾忌就越少，
海黛竟忘了这是她严父的岛屿；
当人习于一要就有，若是没有
就受不了，除非以后感到厌腻，
所以她常常来，不稍耽误一刻，
而她海盗的爸爸在海上巡逻。

一四

请别见怪他这种找钱办法吧，
虽说每种国旗都难免被掠夺，
他不过是在抽税，只要换换称号，
他和宰相所做的差不了许多；
不过他比宰相谦虚，宁处身于
较低阶层，职业也更光明磊落：
在大海之上巡游，受尽了风险，
他不过是当着海上的检察官。

一五

这位老好绅士不料误了归期，
因为有风暴，和几起重要的生意，
他希望满载而归，所以留在海上，
但一场风把他的一笔横财卷去，
稍煞了他的兴头；他把俘虏们
像章节似的分开，用号码标记，
他们都戴手铐，颈套着铁环，
他们的身价由十元到一百元。

一六

有的在马塔板海隅外卖给了
他的麦诺特朋友；有的他出卖
给突尼斯的代销处；只有一个
因为太老，脱不出手，就丢进大海；
偶尔有几个殷实人，就等钱赎，
其余的一律在大舱中拴起来；
这些普普通通的人脱手并不难：
的黎波里的总督交过大订单。

一七

拣来的货物也以同样的办法
分别在东方各地的市场集散，
只有一部分例外，就是为妇女
不可缺少的一些精巧的物件：
法国的料子呵，花边呵，杯盘茶具呵，
以及镊子，牙签，六弦琴和响板，
凡是这些他都要从横财里挑出，
那是慈父为爱女劫来的礼物。

一八

一只猴子，一只荷兰狗，一只鹦鹉，
两只八哥，和一窠大小波斯猫，
这些都从动物群中挑选出来，
还有英国人的一只小狗他也要——
这狗的主人在伊沙基岸上死了，
它就被乡下人喂得半饱不饱。
这些都一股脑儿装进了大筐，
因为天气太坏，时常有大风浪。

一九

就这样，安排好了海上的业务，
又派了侦察的船只到处巡风，
恰巧他自己的船也需要修理，
他便扬帆驶上回岛园的路程，
哪知他美丽的女儿还在忙于
殷勤待客哩；但那沙滩不易靠拢，
因为有几里远的暗礁和浅滩，
他只能从海岛的另一方登岸。

二〇

于是他毫无阻碍地登上了岸，
既没有检疫所，也没有海关职员
来盘问他一些难以回答的问题，
例如他到过哪里？有多长时间？
他命令他的船第二天就修理，
并且叫水手把它翻个底朝天，
因此所有的人都忙得不可开交，
赶着搬出货，压舱石，财宝和炮。

二一

走到一座小山顶上，他站住了，
从这里可以望见家园的白墙，——
呵，一个离乡背井的游子的心
该有怎样奇异的感情在激荡！
疑团起伏，爱意和恐惧交织，
也不知归来将遇到什么情况，
隔别了多年的感情重新涌现，
把我们的心又带回开始的一站。

二二

当远游归来的丈夫或者父亲
无论从陆地，从海上，走近了家，
很自然地，他们不免稍稍起疑，
因为女人当家可是事关重大；
（没有人比我更信任和倾慕异性，
但她们不爱奉承，我最好说实话，）
太太在外子出门时会变为玄奥，
女儿也会跟大司务逃之夭夭。

二三

一个正直的绅士回家的时候，
可能没有攸利西斯的那种好运，
孤寂的主妇并不全是苦思丈夫，
也不全是那么讨厌求爱者的吻。
多半是：爱妻为他立了个骨灰瓶，
又为他的朋友生了两三位千金，
这朋友拥抱了他的太太和财富，
而他的家犬呢，倒咬——他的长裤。

二四

如果是恋人盟过誓，在他离别后，
她多半会嫁给一个吝啬的富翁；
这倒也好：因为那一对贤伉俪
可能吵架，女的开始变为聪明，
那么他和她就可以重温旧好，
或作她的骑士，或蔑视她一通，
他悲哀的心总不会甘于缄默，
于是写出了女人薄情的哀歌。

二五

请诸君注意：假如你们已有了
类似此种贞洁的感情的寄托，——
我指和有夫之妇的真纯友谊，
任何关系都不及它牢不可破
和持久，它是真正的月下老人，
而婚姻之神不过是出面掩遮，——
尽管如此，请你们也别离她太久，
我就见一天四次她对不住"朋友"。

二六

兰勃洛，我们这位海上检察官，
对陆地的经验可没有海上多，
看到了自家的炊烟，他很高兴，
因为谙于玄学，也不知道这快乐
或其他强烈的感情是什么起因；
他爱他的女儿，假若她有了差错，
他将会很悲伤，至于什么缘故，
他并不比一个哲学家更清楚。

二七

他看见白石墙在阳光下闪耀，
自己园中的树木已绿荫成片，
他听见溪水潺潺流泻的清音，
伴以远方的犬吠；还隐约瞧见
在大树荫下往返的人影幢幢，
而刀枪剑戟的寒光射过幽暗；
东方人人带武器，并穿着华服，
好像翻飞的蝴蝶光彩夺目。

二八

他逐渐接近园中佳会的地方，
对这种稀见的欢乐暗自吃惊，
他听到的，呜呼！并非空中仙乐，
而是尘世小提琴的靡靡之音，
他简直不敢相信自己的耳朵，
既猜不透，也想不起是何原因；
又有笛曲，又有鼓乐，继此之后，
又听到哄堂大笑，东方很少有。

二九

他朝那地方更走近了一些，
因为是下坡，步子走得很快，
透过摇曳的枝叶，在绿茵上，
除了其他节目的征象而外，
他还看到仆人在成对舞蹈，
他们像陀螺般旋转，又舞又摆，
他知道这是雄壮的庇瑞克舞，
东方人都酷爱这一种舞步。

三〇

接着是一队希腊少女，为首的
个子最高，高举着白手帕摇动，
随后的少女接连像一串珍珠，
手拉着手跳跃，每个人的白颈
都漂浮着长串的棕色的发卷，
（一小卷就能叫十个诗人发疯！）
领队的高声歌唱，扣着这支歌，
少女们以歌曲和舞步相应和。

三一

另一处，客人正盘腿坐了一圈，
围着许多杯盘佳肴开始用餐，
有许多瓶萨摩斯和开奥的酒，
有各种肉和胡椒掺肉的米饭，
还有水晶瓶盛着的冰果子露，
而甜食就在他们的头上高悬，
那橘子和石榴在枝上频频点头，
不用摘，便有熟果子落进衣兜。

三二

一群孩子围着一只雪白的羊，
正在给那老羊的角缠着花朵，
这只年高德劭的老羊柔顺得
像没断奶的羊羔，只把头缩着，
它庄严而安静，没有一点脾气，
有时从手里取食，有时把前额
顽皮地垂下，好像要以角顶人，
但被小手一推，又乖乖地听命。

三三

孩子优美的侧影，鲜艳的服装，
大而黑的眼睛灵得像在讲话，
天使的面颊红得像石榴裂开；
还有那迷人的姿势，长的卷发，
那快乐的童年所特有的天真，
这一切构成一幅美妙的图画：
呵，一个深思的哲人会看着他们
而兴叹——他们竟也要长大成人！

三四

稍远些，一个侏儒站着讲故事，
一圈吸烟的老人正凝神聆听，
他讲着秘密谷里隐藏着财宝，
阿拉伯的傻子如何笑得，
邪魔的山壁如何一敲就裂开，
还有符咒能治百病，点石成金，
还有女巫能把她丈夫一下子
变为牲畜（这可是实有其事）。

三五

这里无论是对心智，或对感官，
都不缺乏适当而无害的满足，
凡歌舞、音乐、酒和波斯的故事，
没有一种娱乐不合情而适度；
但兰勃洛看到在他离家之后
如此挥金似土，却不由得嫌恶，
因为他也害怕那万恶之极限——
就是周末要付的一大叠账单。

三六

唉！人算得什么？连最幸福的人
即使晚餐后，都面对多少灾难！
生命给予罪孽深重的我们
一个铁的世纪，和黄金的一天，
这还算是最幸运！"欢娱"像女妖
尽在以歌唱诱惑和活坑青年；
来到自家的宴会上，兰勃洛
好像是湿毯子来罩上一团火。

三七

他本来是一个不爱声张的人，
这一回，存心给女儿一个意外，
（通常他是亮刀子叫男人吃惊，）
他不曾预先通知她几时归来，
所以现在竟没人理会；好半晌
他站在那儿观望得目瞪口呆，
难以相信自己：对着佳朋满座，
他暗下的惊异实在比喜悦多。

三八

他还不知道有人已带来消息
（唉，人真会撒谎，尤其是希腊人！）
说是他死了（撒谎的总死不绝），
所以他家中人举哀已有几旬，
但如今，眼睛和嘴唇都枯竭了，
海黛的眼泪既已复返它的泉源，
这一个家于是也归她来掌管。

三九

因而有了这酒肉，米饭，和歌舞，
把这海岛变成了欢乐的场所，
仆人们不是烂醉，就是尽兴玩，
这种日子真叫他们非常快活。
她父亲的好客，若和海黛如此
花他的财产相比，就不算什么；
说来也奇怪：家务却改进很快，
虽然她一点也丢不下恋爱。

四〇

也许你以为，碰上了这个盛宴
他一定大发雷霆；当然，事实上，
确也没有什么好理由叫他开心；
你也许预见一出武戏就要开场，
鞭子呀，刑具呀，至少要关地牢，
好教他的一家人懂得谁是尊长；
而且，这一切都必然是雷厉风行，
以显示一个海上大王的习性。

四一

但你错了。虽说他凿船底、切脖子，

是个能手，却也最是温文尔雅，
他有着正人君子的那种涵养，
从来不教人猜出他心里的话；
廷臣不能比，就连狡猾的女人
裙子里也没系着他那些奸诈；
可惜他爱上冒险的生活方式，
倒真是上流社会的绝大损失。

四二

他走到最近的一个席位跟前，
拍了拍近旁一个客人的肩头，
脸上露着奇特的微笑，那笑意
不管是什么吧，绝不是好兆头；
他打听这里有什么喜事？然而，
被问的人喝了太多的葡萄酒，
正醉得天旋地转，哪里听得懂
问话的意思，只是又酌满一盏。

四三

接着，也不扭转他可笑的丑相，
以十足酒鬼的神态朝肩上举出
那满满的一酒盏，对兰勃洛说：
"谈话没有味，我可没有那工夫。"
另一个打嗝说："我们老东家死啦，
你顶好去问问继承他的新主妇。"
第三个说："什么新主妇！新主妇！啐——
你该问问我们的新老爷才对。"

四四

这些混蛋是新来的，也不知道
他对谁讲话；兰勃洛脸子发青，
他的目光一阵阴沉，但他立刻
十分礼貌地按捺下这种表情，
并努力恢复了刚才的微笑，
让他们之中的一个对他说明：
这新老爷是什么人？怎么称呼？
似乎是他把海黛变成了主妇。

四五

那人说："我可说不上他是老几，
或是打哪儿来的，——这我管不着；
我光知道这只烤鸡可真肥，

从没有美酒送下这么好的料；
要是你对我这回答不趁心呀，
我旁边还有一位，去问他好了。
不管怎样，他总有话给你回答，
没有人像他那么爱哇啦哇啦。"

四六

我说过兰勃洛是个耐性的人，
无疑他表现了最高贵的教养，
连法国，那礼尚之邦，也难找出
哪个文质彬彬的人和他比得上；
这些嘲弄都是针对他的近亲，
正惹着他的焦虑，他心头的伤，
而且又发自贪吃的奴仆之流，
他们一边侮辱，一边吃他的羊肉。

四七

对于他，这惯于发号施令的人，
惯于对人挥之使去，招之使来，
一声令下，就得有人立刻遵办，
不管是致人于死，或是拴起来——
奇怪的是：他竟这么温和多礼，
反正事实如此，我也说不明白；
当然啦，能自制者而后能制人，
像归尔夫王族，他能屈也能伸。

四八

他并不是没有鲁莽的时候，
但认真而严肃起来就不同：
那时他沉稳、缓慢、专心致志，
好似一条蛇蜷伏在丛林中；
要是怒骂，他就不再动刀子，
他绝不又骂又打，两者兼用。
他沉默起来才最叫人有得怕，
而且他一击，就不用击第二下。

四九

他不再多费唇舌了，径直走向
他的房子，但挑选了一条小径，
凡遇见他的人都没有理会他，
谁想到主人那天会闯进家门？
我很难说，他那慈父的心肠

是否在暗暗地为海黛求情；
当然喽，一个"死人"竟活着回来，
看人以欢宴追悼他未免奇怪。

五○

唉，如果一切死人都复活的话，
（愿上帝不容！）即便有那么几起，
比如说，丈夫或妻子死而复生
（以夫妇为例，其他就不言而喻），
不管他们以前争取的是什么，
现在，天气可会变得阴而又雨——
那已滴进亲眷墓中的泪珠
多半要和死去的人一起复苏。

五一

他走进房，但已不是他的家了，
唉，这种事想来才最叫人难过！
它对人的感情实在是个刺激，
也许更甚于咽气时精神的折磨。
谁能不深深悲哀，假如他看到
自家一度温暖的壁炉已变得
像冰冷的坟墓；唉，谁能够相信：
那儿就摆着我们"希望"的灰烬！

五二

他进了房子，不再是他的家了，
因为既没有情意，还算什么家？
他冷清清地走过自己的房门，
也没人迎接；多久了，在那檐下
他度过了他少有的幽静时光，
就在那儿，他女儿的天真曾融化
他疲惫的心灵和锐利的目光——
她是他真纯感情的唯一庙堂！

五三

他的性情相当古怪，虽然脾气
发作起来很粗野，举止却温和；
生活起居处处合乎中庸之道，
饮食有节制，也不过分寻乐，
又敏感，又坚强，以能力而论，
应该更有作为，即使不免为恶；
祖国的灾难和他的束手无策

使他由奴隶而变为奴役者。

五四

强权的爱好，迅速获得的金银，
他所过惯的那种冒险的生活，
长期锻炼所形成的冷酷无情，
由于仁慈而往往承担的后祸，
再加上他所习见的日常景象：
粗犷的伙伴和更粗犷的海波，
足以使他的敌手悔恨没个完
和他交友很热诚，打交道可危险。

五五

但仿佛有一种古希腊的精神
把一缕英气注入他的灵魂中，
一如在古昔，这精神曾鼓舞了
他那些寻找金羊毛的老祖宗；
对死寂的生活他也谈不到热爱，
可叹祖国又使他无法逞英雄，
于是，为了报复她所受的凌辱，
他愤而与一切国家刀兵相处。

五六

但那南国的秀气并没有消失，
他那爱奥尼亚的心灵的优美
常常不自觉地表现出来，例如：
在选择住所上他不凡的趣味，
对庄严的音乐和风景的爱好，
在稍闲适时，他还爱静观溪水
澄澈得像水晶，在他身边流过。
也爱看花，仿佛使心得以润泽。

五七

不管感情多少，他把仅有的一点
都寄托在他可爱的女儿身上，
他的所见所为都够粗暴野蛮，
却只有对她，他的心还没有关上；
这是唯一的真情与人间相通，
要是失去它，他就会完全断丧
人世温暖对情感的哺育，只有像
独眼巨人在全瞎时一样发狂。

五八

在森林中，牧羊人和他的羊群
听到雌虎失雏的怒吼而战栗，
在海上，当浪花掀起汹涌的战争，
驶近岩石的小船就万分惊惧；
但狂暴的事物一旦发过威风，
它的怒火倒容易平复，远逊于
一颗坚强的、特别是父亲的心，
那怒火专一，肃杀，无言而深沉。

五九

说来很残酷，却又是屡见不鲜：
我们的子女会忽然变得不稳定，
我们原想看到自己黄金的岁月
在他们的身上重现，并有所更新，
可是正当暮年偷偷朝我们袭来，
一片暗云笼罩着我们的黄昏，
他们却抛下了我们……呵，并不孤单，
还有肾结石或痛风和我们作伴。

六〇

一个美好的家庭确实很不错，
（只要别叫孩子晚餐后都进来；）
看到一个主妇把子女都带大，
多么好呵！（要是她尚未骨瘦如柴；）
像天使聚于神坛，他们围坐着
在炉火前，（谁见了能无感于怀？）
看，围有一群女儿和侄女的太太
就像金币夹在铜钱中那样光彩！

六一

老兰勃洛悄悄穿过一道便门，
便趁着黄昏站在他的厅堂边，
这时候，海黛和她的恋人一起
又得意又漂亮，坐在正中晚宴，
象牙镶的桌子布置得堂皇，
一群美丽的女奴侍立在两边，
他们的餐具多属金银和宝石，
连青贝和珊瑚都显得没价值。

六二

这筵席大约有一百多道菜，
有小羔羊，有阿月浑子，有牛脿，
有番红花汤——肉类是应有尽有，
鱼呢，是跳进网的最好的种类，
并按照最精的口味烹调而成；
饮料是用葡萄，石榴和橘子水
分别精制成的清凉的果子露，
味道最新鲜，因为是刚刚挤出。

六三

这些都装在水晶瓶里，排成一圈；
水果和枣泥面包给晚餐收了尾，
最后是盛在精致的瓷杯里的
从阿拉伯运来的纯摩卡咖啡，
为了防备烫痛了手，在那底下
还垫着一个嵌珠粒的金盏杯，
丁香，肉桂和番红花都混合在
咖啡里煮，把味道（我想）反都弄坏。

六四

室内壁上悬挂着丝绒的花毯，
织成方格形，各有不同的色调，
中心嵌有深红色的丝绒花朵，
又有黄色的镶边把红花围绕；
在花毯上端，鲜艳夺目地绣出
蓝地淡紫的波斯文，极为精巧。
其中有一些是古诗人的诗句，
也有更高明的道学家的警语。

六五

壁上装饰的这些东方的书法
在那一带颇为流行，家家可见，
它好似孟斐斯筵席上的头壳，
对寻欢作乐的人是一种诤谏，
令人想到了伯尔沙撒的宴饮
和使他吃惊的那亡国的预言；
但事实是，圣贤之言固然有理，
却不及"欢乐"的宣教那么有力。

六六

一个名媛在季节终了染上肺痨，
一个才子因喝酒太多而致死去，
一个浪子皈依监理派或折衷派
（因为人们祈祷都爱凭它的名义），
特别是，一个郡长突然患了风瘫——
都由于有什么真正损伤了元气；
由此可见，通宵盛会、嗜酒和爱情，
对人的危害并不比饕餮为轻。

六七

铺陈在海黛和唐璜脚下的
是深红的缎子，镶着淡蓝的边；
他们柔软的坐榻看来十分新，
足占了全房间的四分之三；
那丝绒垫子（应该放在皇座上！）
那猩红的，中心跃出一团火焰，
那是绣金的日头，四射着光芒，
好像日当正午，特别耀目辉煌。

六八

水晶和大理石，金盘和瓷器，
可说是琳琅满目；地上铺陈着
印度席子和血红的波斯地毯；
小羚羊和猫，黑人，侏儒，食客，
以及一切像大臣和宠儿那般
获得每日的面包的，（这就是说：
靠着奴颜婢膝，）他们熙熙攘攘
麇集于此，好似在宫廷或市场。

六九

高大的玻璃也是随处都有；
桌子多是黑檀木的，上面镶着
珍珠母或象牙；也有些是使用
珍贵的木料和龟壳镶嵌制作，
并饰有金银的回纹。只凭吩咐，
这些桌子立刻就能摆开待客，
并端上食品，冰果子露和美酒，
不论什么人来，或在什么时候。

七〇

谈到服装，我最爱海黛的衣着：
她穿了两件胸衣，外一件浅黄，
贴身的是白、蓝和粉红相衬，——
她的胸脯在下面起伏如波浪；
衬衣的纽扣是豆粒大的珍珠，
衣上的装饰闪着深红和金光，
而罩着她的白条纹纱的斗篷
像绕月的卷卷白云一样飘动。

七一

她的两只玉臂都戴着大金镯，
它不用扣，因为纯金是这么柔，
用手拉松或收紧都无损于它，
无需铸形，它的形状随着手走；
它紧贴着，好像怕失去这臂抱，
呵，它那形状多么美，多么风流！
在金矿之中这是最纯的金，
从没有这么白的皮肤被它抱紧。

七二

作为她父亲这片领地的公主，
她的脚上也戴着同样的金环，
这表示她的地位；她手上戴有
十二个戒指，发丝间宝石灿烂；
她的面纱垂到胸前，底边缀着
一排珍珠，那价值很难以计算；
她那橘红的土耳其式长绸裤
把世上最动人的脚踝给盖住。

七三

她那赭色的发辫的细长波浪
直流到脚跟，像阿尔卑斯的突泉
染上了朝霞的颜色；头发若散开
足可以把她的全身都给遮拦
不过，它仿佛还讨厌那丝带的
小小结儿，直想摆脱它的羁绊，
只要有机会碰上一阵轻柔的风，
它就献上年轻的羽毛供它扇动。

七四

她使周围的一切都生趣盎然，
空气流过她的眼前好像也变轻些，
那眼睛是如此柔情、美丽，充满了
尽我们能想象到的天庭的和谐，
又纯净得像出嫁以前的赛姬，
连最纯的感情遇上她都不嫌洁；
在她面前你只觉到逼人的光彩，
就是对她跪下也算不了崇拜。

七五

她的睫毛虽然像夜一般幽暗，
还是照习俗抹上黛，但是枉然；
因为那大眼睛的边缘是如此黑，
光滑的睫毛嘲笑着墨玉的斑染，
这反抗很对：不染它反而更美。
她的指甲涂过指甲花的朱丹，
但这又一次证明巧工的无用，
因为她的指甲本来已经够红。

七六

首先那指甲花应该深深染过，
好把她的皮肤更衬得洁白柔和，
但实则不必了：晨光照耀的雪峰
也不曾有她那种天庭的光泽。
眼睛看着她，不禁疑心是做梦，
因为她太像幻影了；我也许说错，
但莎士比亚也说：谁给纯金镀金，
或者给白百合涂色，那才最愚蠢。

七七

唐璜披着一块绣金的黑披肩，
外面罩着薄得透明的白斗篷，
你能看到它下面宝石的闪烁
好似天河上清晰的一群星星；
他的头巾褶得整齐，一支藏有
海黛发丝的翠羽冠戴在头顶，
夹在冠毛下端的是一弯新月，
它颤颤而发的光辉不断闪耀。

七八

现在侍从开始献艺给他们取乐，
有侏儒，有黑太监，诗人和舞女——
这构成他们新府第的全班人马。
诗人很有名，爱炫耀他的名气，
他的诗从不缺乏正确的脚韵，
以其主题说，他的才艺也不低；
因为他原是被雇来讽刺或奉承，
正如《圣诗》所说："写一段好事情。"

七九

他赞美今日而针砭过去的时代，
这倒一反自古以来的良好惯例；
最后摇身一变，成了反激进派，
爱上了布丁，不再想沽名钓誉。
有几年他的命运笼罩着乌云，
因为他的歌好像是无所顾忌。
但如今，他只把苏丹和督军歌颂，
其实如骚塞，像克莱肖一样热诚。

八〇

他老于世故，久历过人海沧桑，
倒能像罗盘针那样善于转变，
他的北极星变幻无常，并不固定，
也多亏他会甜言蜜语讨人喜欢，
因此就卑鄙得永远不曾遭劫；
更加他口若悬河（除非没给够钱），
他能讲得天花乱坠，以假乱真，
无怪他获得了那桂冠的年金。

八一

然而他有天才，——当叛徒有了它，
这"易怒的告知"就要连圆月亮
都不肯饶，要是她没注意这一点；
本来，即使好人也爱众人捧场；
但话归本题吧。想想看，说到哪了？
哦，是的，——我们正写到了第三章：
一对情侣，恋爱，宴会，房子，衣饰，
以及他们在孤岛上的生活方式。

八二

他们的诗人虽是可恨的两面派，
但与人相处倒是个可爱的家伙，
在许多次宴会上他都颇受宠幸，
当宾客半醉时他就发表起演说；
虽然那含义很难猜出，但他们
仍旧惠予好评；有的不断打着嗝，
有的呼出公众的喝彩——这奖赐
第一次从不知何以保证下一次。

八三

但如今，既已跃升到上流社会，
而且又东鳞西爪地从旅行中
为了换换花样，拾些自由思想，
他觉得在这孤岛上，伴着良朋，
绝不致有暴乱之虞，他尽可以
补偿一下他多年的违心之论，
于是又像他年少时唱起了歌，
他同意暂且和真理停战媾和。

八四

他到过阿拉伯，土耳其和西欧，
深知各地人民都爱自己的国度，
他又和各阶层的人一起生活过，
无论在什么场合都能应付自如，
这使他博得一点实惠，不少感谢。
他会把恭维话换着花样说出：
"在罗马要学罗马人，"谚语这么说——
这就是他在希腊的处世原则。

八五

所以，每当人们叫他唱些什么，
他总给当地人以当地的货色；
对他反正一样："天佑我王"也好，
"就会胜利"也好，全看风尚如何；
自崇高的抒情以至卑微的道理，
他的缪斯全能容纳而化为清歌。
既然品达能把赛马唱得悠悠，
他为什么不能像品达一样迁就？

八六

例如，在法国，他就写法国的民谣，
在英国，写四开本的六章故事诗；
在西班牙，唱着有关上次战争的歌，
或罗曼斯，——在葡萄牙大约也如此；
在德国，他多半要拍老歌德的马屁，
还可以搬用斯泰尔夫人的文辞；
在意大利，他会仿效"文艺复兴"诗人，
在希腊，或许有类似如下的歌吟：

（一）

希腊群岛呵，美丽的希腊群岛！
热情的莎弗在这里唱过恋歌，
在这里，战争与和平的艺术并兴，
狄洛斯崛起，阿波罗跃出海波！
永恒的夏天还把海岛镀成金，
可是除了太阳，一切已经消沉。

（二）

开奥的缪斯和蒂奥的缪斯，
那英雄的竖琴，恋人的琵琶，
原在你的岸上博得了声誉，
而今在这发源地反倒暗哑——
呵，那歌声已远远向西流传，
远超过你祖先的海岛乐园。

（三）

起伏的山峦望着马拉松
马拉松望着茫茫的海波；
我独自在那里冥想了一时，
梦想希腊仍旧自由而欢乐；
因为当我在波斯墓上站立，
我不能想象自己是个奴隶。

（四）

一个国王高高坐在山头上，
瞭望着萨拉密挺立于海外，
千万只船停靠在山脚下，
还有多少队伍——全由他统率！
他在天亮时把他们数了数，
但在日落时他们到了何处？

（五）

呵，他们而今安在？还有你呢，
我的祖国？在无声的土地上，
英雄的颂歌如今喑哑了，
那英雄的心也不再激荡！
难道你一向庄严的竖琴
竟至沦落到我的手里弹弄？

（六）

也好，置身在奴隶民族里，
尽管荣誉都已在沦丧中，
至少，一个爱国志士的忧思，
还使我的作歌时感到脸红；
因为，诗人在这儿有什么能为？
为希腊人含羞，对希腊国落泪。

（七）

我们难道只好对好日子哭泣
和惭愧？——我们的祖先却流血。
大地呵！把斯巴达人的遗骨
从你的怀抱里送回来一些！
哪怕给我们三百勇士的三个，
让色茅霹雳的决死战复活！

（八）

怎么，还是无声？一切都沉寂？
不是的！你听那古代的英魂
正像远方的瀑布一样喧哗，
他们回答："只要有一个活人
登高一呼，我们就来，就来！"
噫！倒只是活人不理不睬。

（九）

算了，算了：试试别的调子；
斟满一杯萨摩斯的美酒！
把战争留给土耳其野番吧，
让开奥的葡萄的血汁倾流！
听呵，每一个酒鬼多么踊跃
响应这一个不荣誉的号召！

（一〇）

你们还保有庇瑞克的舞步，
但庇瑞克的方阵哪里去了？
这是两课：为什么你们偏把
那高尚而坚强的一课忘掉？
凯德谟斯给你们造了字体——
难道他是为了传授给奴隶？

（一一）

斟满一杯萨摩斯的美酒！
让我们且抛开这样的话题！
这美酒曾使阿那克瑞翁
发为神圣的歌；是的，他屈于
波里克瑞底斯，一个暴君，
但这暴君至少是我们国人。

（一二）

克索尼萨斯的一个暴君
是自由的最忠勇的朋友：
那暴君是密尔蒂阿底斯！
呵，但愿现在我们能够有
一个暴君和他一样精明，
他会团结我们不受人欺凌！

（一三）

斟满一杯萨摩斯的美酒！
在苏里的山中，巴加的岸上，
住着一族人的勇敢的子孙，
不愧是斯巴达的母亲所养；
在那里，也许种子已经散播，
是赫久里斯血统的真传。

（一四）

别相信西方人会带来自由，
他们有一个做买卖的国王；
本土的利剑，本土的士兵，
是冲锋陷阵的唯一希望；
但在御敌时，拉丁的欺骗
比土耳其的武力还更危险。

（一五）

呵，斟满一杯萨摩斯的美酒！
树荫下舞蹈着我们的姑娘，
我看见她们的黑眼睛闪耀；
但是，望着每个鲜艳的女郎，
我的眼就为火热的泪所迷：
这乳房难道也要哺育奴隶？

（一六）

让我攀登苏尼阿的悬崖，
在那里，将只有我和那海浪
可以听见彼此的低语飘送，
让我像天鹅一样歌尽而亡；
我不要奴隶的国度属于我——
干脆把那萨摩斯酒杯打破！

（张淑霞编，摘自查良铮译：《唐璜（上、下）》，人民文学出版社，2008）

第二十章　雪莱及《雪莱诗选》

第一节　雪莱简介

波西·毕希·雪莱，与拜伦同时代的英国著名浪漫主义诗人。他不足30周岁的一生充满了磨难和不幸，但却留下了丰盛而宝贵的文化财富。他与华兹华斯、柯尔律治、拜伦及济慈齐名，是英国浪漫主义诗歌的代表人物。《大不列颠百科全书》称他为"诗人、小说家、哲学家、散文随笔和政论文作家、剧作家和改革家。在一个伟大的诗的时代，写出了最伟大的抒情诗剧、最伟大的悲剧、最伟大的爱情诗、最伟大的牧歌式挽诗，和一整批许多人认为就其形式、风格、意象和象征性而论，都是无与伦比的长诗和短诗"。

雪莱于1792年8月出生于一个富裕的家庭，从小身体柔弱，但性格孤傲。他自小就显示出超人一等的聪慧，很早就学习了天文、地理、数学、文学、法语、拉丁语和希腊语。1804年，雪莱进入伊顿公学，公然反抗学校的"学仆制"与无端的凌辱，被称为"疯子雪莱"、"不信神的雪莱"。在诗歌方面，雪莱显示出与生俱来的天赋。1809年，他与朋友一起创作了长诗《流浪的犹太人》。1810年，他进入牛津大学学习，与妹妹一起合作完成第一部传奇小说《扎斯特罗齐》。同年，他与朋友一起完成《无神论的必然性》一文。由于在作品中否认上帝的存在，他们被校方开除。他也因此事与家庭决裂，孤身一人来到伦敦。他在这里遇到了同是天涯沦落人的哈丽特，两人于1811年在爱丁堡结婚。但在雪莱的人生中，这是一段仓促、失败的婚姻。

1812年，雪莱夫妇来到爱尔兰，投身爱尔兰人民民族民主运动，发表了著名的《告爱尔兰人民书》和《权力宣言》小册子。同年11月，他完成叙事长诗《麦布女王》，这首诗富于哲理，抨击宗教的伪善残酷、暴政肆虐，揭露贫富分化。1814年，雪莱回到伦敦，访问了哲学家威廉·葛德文，并认识了他17岁的女儿玛丽·葛德文，两人一见钟情。一个多月后，雪莱弃妻子于不顾，与玛丽私奔。最后由于生活窘迫，又回到伦敦。这一事件让他受到家庭、社会的唾弃。1815年，虽然心情苦闷，但雪莱仍坚持创作，以泰晤士河沿途所见所闻为素材，完成抒情长诗《阿拉斯特》，借此表现出自己在梦想与现实之间的痛苦挣扎。

1816年，雪莱与诗人拜伦在瑞士相遇。两人都出身英国贵族家庭，都生活在欧洲资产阶级民族、民主革命运动高涨的年代，又上的都是英国名牌大学，而且又都因创作反社会、反宗教的作品受到评论界攻击。在日内瓦湖畔，两位伟大诗人结为知己。瑞士的美丽风光给雪莱带来了源源不断的创作灵感，他相继完成了抒情诗《勃朗峰》和《赞理性美》。这年9月，他回到英国。妻子哈丽特于12月在伦敦海德公园投河自杀。法院判决雪莱失去孩子的抚养权，这让他愤怒至极并备受舆论压力的打击。之后他与玛丽结婚，永远地离开了他热爱的祖国，开始在地中海滨、亚平宁山麓漂泊。

1818 年，雪莱在意大利与拜伦同住地中海滨，两人志同道合，谈古论今。正是在意大利，雪莱的创作进入了全盛期。许多不朽的杰作、名篇都是这一时期的成果。他完成了著名的诗剧《解放了的普罗米修斯》，这是雪莱的代表作之一。该剧创造性地再现了古希腊神话中普罗米修斯为人类盗取天火的壮举，塑造出一个智慧、坚韧、慈爱的人类解放者形象。作品具有悲剧式的崇高意境，显示出雪莱的创作在思想和艺术上达到了一个近乎完美的结合。同年他还完成了著名的五幕悲剧《钦契》和抒情诗《西风颂》。1821 年 2 月 23 日，雪莱的好友约翰·济慈逝世，触发了他至深的忧愤。6 月，他写就长诗《阿多尼》来抒发自己对他的悼念之情，诗句缠绵悱恻，哀婉感人。逆境中的雪莱，从不气馁，他始终以笔为武器，通过写诗表现出自己对人类美好的未来始终满怀信心。

1822 年 7 月 8 日，雪莱乘坐"唐璜"号帆船出海。帆船遭遇风暴后沉没，雪莱不幸遇难，年仅 30 岁。雪莱的骨灰葬于罗马新教徒公墓。墓地上立了一块石碑，碑上刻着诗人的姓名：波西·毕希·雪莱。他的姓名底下还刻着两个拉丁词：众心之心。这颗文坛巨星的陨落让世人扼腕叹息，但他的作品在世界文学的舞台上永远闪耀着光芒。

第二节 《雪莱诗选》简介

《雪莱诗选》收录的诗作涵盖雪莱各个时期的作品。他的早期作品充满激情，积极向上；中后期作品创作手法日臻成熟和完美。雪莱是浪漫主义杰出的代表人物之一，他的作品带有显著的浪漫主义特点。诗作风格也如同他的个性，向往自由，永远带着不屈的反抗，流露出慷慨激昂的乐观精神和革命激情。雪莱将自己向往大同世界的理想，寄托于笔下的自然景物。美好的理想与自然景物相结合，更显得纯净、伟大；真挚而充沛的感情，闪耀着崇高思想的光辉。《西风颂》和《致云雀》被文学界公认为雪莱的代表作。这两首诗风格迥异，都显示了作者深厚的文学造诣。

《西风颂》被视为抒情诗的巅峰之作，也成为英国文学史上的经典作品。《西风颂》在中国也有多个译本，其中最著名的有王佐良、江枫、傅勇林、查良铮四位先生的译本。这首诗的写作背景是 1819 年一个秋日的午后，雪莱在林中漫步时，突然遭遇狂风暴雨天气。暴风雨和雷电倾盆而下，涤荡人间。雪莱被大自然的雄壮力量所折服，突发灵感，谱写了这首著名的抒情短诗。当时的历史背景正值欧洲各国如火如荼地进行革命运动。雪莱在诗中描写了西风在树林中扫除残叶、在天空中搅乱云雾、在大海上掀起波涛的三个不同意境，再从写景转为抒情，以西风自喻，将不屈的革命情怀融入西风，要借西风无情地摧毁旧世界，创造美好的新世界。雪莱的浪漫主义理想的终极目标就是创造一个人人享有自由幸福的新世界。诗作最后他向世界预言："冬天来了，春天还会远吗？"这些乐观激昂的诗句，给革命者带来无穷的鼓舞力量。他也因此被恩格斯称赞为"天才的预言家"。

《致云雀》也是雪莱抒情诗的代表作之一。据雪莱夫人回忆，这首诗是 1820 年夏季的一个黄昏，雪莱在郊野散步时闻云雀鸣叫有感而作。他在赞颂云雀的同时，也写出了和这云雀时离时合的自我，写出了自己的美学理想和艺术抱负。雪莱反对说教，但十分重视艺术的社会意义。他认为艺术的创造是根据正义和美的原则来促进生活的改造。《致云雀》不但体现了雪莱诗论的精神，也容纳了雪莱诗论的全部要点。雪莱在

《致云雀》中，称云雀为"欢乐的精灵"，描写它的歌声欢乐而神圣，来自"从天堂或天堂的邻近"。在后面几节中，诗人又将云雀比作"诗人"、"高贵的少女"、"金色的萤火虫"等。诗中使用大量的排比，却不失精练，每一次排比都更进一步地丰满了主题形象，更深一层地增加了诗的内涵。诗中处处描写云雀，也处处显示诗人的自我："像一片烈火的轻云，掠过蔚蓝的天心，永远歌唱着飞翔，飞翔着歌唱。"

第三节 《雪莱诗选》选段

无常

我们恰似荫蔽午夜明月的浮云，
发光、颤动、疾驰，何等活跃，
给黑暗划出明亮的条纹，转瞬，
夜幕收起，也就从此影失形消。

又似被忘却的琴，参差不齐的弦索
给多变的振动以多变的响应，
在这脆弱的乐器上，任何两次弹拨，
都奏不出同一种情致和音韵。

我们入睡，一个梦就足以毒害安息，
我们起身，一念遐思又会败坏一天；
感觉、构思、推理、欢笑或是悲啼，
抱紧心爱的灾难，摒弃恼人的忧烦。

全都一样！因为不论是喜、是恼，
离去的衢道，永远开敞；
人世间的明日绝不会雷同于今朝，
万古不变的，独有无常。

1815 年

死亡

在你前往的坟墓里，既没有工作，也没有计谋、知识、智慧。

——《传道书》

在黎明射出无可置疑的曙光以前，
暗黑的夜空中划过流星一点，
向着汪洋大海环绕的一座小岛
倾泻下苍白、寒冷、月光似的微笑，
这就是生命的光焰，易变而暗淡，
照着我们的双脚，直到举步的力量耗完。

哦，人啊！继续鼓起灵魂的勇气，
穿过人世道路上狂乱的影子，
在你周围汹涌如潮的阴云迷雾
将在奇妙的一天明光中睡去。
那时天堂和地狱都将给你以自由
听任你无所拘束前往命定的宇宙。

这世界，是我们一切感觉的母亲，
这世界是我们一切知识的奶母，
对于那并非钢铁神经构成的心灵，
死亡到来的那一击，十分恐怖，
那时我们所知、所觉、所见的一切
都要像虚幻的奇迹一样消失泯灭。
那时坟墓里隐秘的事物成为真实，
除了这副躯壳，一切都必定成立，
虽然那神奇的耳朵、精明的眼睛
再也没有能力去看，去听
广阔无垠、变化无常的王国里
伟大的一切，新奇的一切。

谁能讲述无言的死亡的故事？
谁能揭开遮掩着未来的帷幕？
谁能描绘挤满尸体的地底
迷宫似墓穴里黑影的画图？
谁把我们对于明日的希冀
和对眼前事物的爱和惧结成一体？

1815 年

致大法官

一

你的国家在诅咒你，貌似祭司的瘟疫，
撕裂我们母亲胸膛、纠结成团的
污秽的多头蠕虫的最最邪恶的顶羽——
埋葬已久的体制以假面伪装的复辟！

二

你的国家在诅咒你，被出卖的正义，
被践踏的真理，被推倒的天然界碑，
被以欺诈手段聚敛的一堆堆的金币，
都在毁灭的王廷高声控诉有如惊雷。

三

而一直在守候着无常的指示的天使，
无疑是行动迟疑的一位，并不顾及
一个民族在哭泣，却迁延执行她崇高的
旨意，且容你和你那一帮暂时喘息。

四

哦，让一个父亲的诅咒降祸给你的灵魂，
让一个女儿的希望寄托于你的坟茔，
让两者同在你皤白的头顶化为铅的头巾，
压低你的头颅去承受迫近的覆灭命运！

五

我诅咒你，凭着横遭蹂躏的慈父之心，
凭着长久怀抱、最近才失却的希望，
凭着你永远也不可能体验的高尚的柔情，
凭着你铁石心肠从未感受过的忧伤；

六

凭着闪耀着欢乐光辉的婴孩的微笑，
那曾是新生儿带给家庭的温暖火苗，
甚至在点燃的时刻就被扑灭而熄掉，
悖时的遮断了可爱生命的明朝；

七

凭着那未经调教的口齿的幼稚的音节，
那在一个做父亲的看来，一定会发育
成为最富于智慧的最高尚学问的儿语——
你却摧残心灵之琴——伤心啊，可耻！

八

凭着幸福的人们在小儿女的成长过程，
那甜蜜和忧愁密切交织，最伤神的疑虑
和最美妙的希望共生并育的源泉——
那蓓蕾年华的未放花朵——所见到的一切。

九

凭着所有在雇佣仆役照管下度过的那些
充满烦闷、拘束和辛酸、抑郁的光阴；
这样可怜的孩子，除了你们，还能有谁？
哦，比孤儿更惨，而又不是没有父亲。

一〇

凭着那些如同挂在绽开的花瓣上的毒药，
一定会挂在他们唇边的虚伪道学说教；
凭着以吞蚀日月的阴影笼罩他们从襁褓
直到坟墓的全部人生道路的邪恶信条；

一一

凭着你最猥亵的地狱和地狱的所有恐怖，
凭着你欺诈所造成的忧伤、疯狂和罪孽，
这些一定会成为他们未来生活中的谬误——
你摇摇欲坠的权力借以建立的砂砾——

一二

凭着你同贪欲和憎恨之间的勾结，
你对眼泪的癖好，对黄金的饥渴，
随时供你施行的现成的阴谋诡计，
和你已运用自如的卑贱的技艺；

一三

凭你致人死命的冷嘲，也凭你的笑——
凭你黑色渊薮的一切伎俩和圈套，
而且，还由于你哭得比鳄鱼更加优美，
也凭你如同磨盘能砸碎人脑的假泪；

一四

凭着戕害一个父亲的爱的所有的憎恨，
凭着扼杀一个父亲的关怀的全部轻蔑，
凭着那只胆敢切断自然的崇高纽带的
邪恶的手，凭着你，也凭着心灰望绝；

一五

是的，正是绝望在使一个父亲呻吟不歇，
哭叫着"我的儿女已经不再是我的，
那脉管中流动着的可能还是我自己的血，
但是，暴君，被玷污的灵魂属于你。"

一六

我诅咒，虽然并不恨，哦，卑贱的匹夫！
如果，你这地狱的魔鬼竟能够扑灭
将把人世焚尽的地狱之火，在你的坟墓
这诅咒将化为祝福，祝你此去顺利！

1817 年

给威廉·雪莱

一

海滩上的波涛在四周围跳动，
我们的小船脆弱、单薄，
暴风在暗黑的上空抛撒乌云，
把那大海阴森森地笼罩。
随我来，招人疼爱的孩子！
随我来吧，虽然风高浪急，
但是，我们绝不能够停留过久，
否则，法律的鹰犬会把你夺走。

二

他们已夺去了你的哥哥姐姐，
使他们俩不再和你相亲，
使他俩笑容凋落、泪水枯竭，
这些对我曾是多么神圣；
而且使他俩从小沦落为奴隶，
同恶毒的宗教、罪恶的事业联结，
他们将诅咒我也诅咒你，
因为我们无拘无束无所畏惧。

三

快来啊，我所钟爱的小宝贝，
另一个，正静悄悄地在你
亲爱的妈妈不安的心旁酣睡，
你定会使那颗心充满喜悦——
以你最美的笑，以你对真正是
我们自己的那一个所感到的惊喜，
那一个，将在那遥远的异域，
成为你嬉戏时最亲密的伴侣。

四

不必害怕邪恶的宗教的教士们，
和暴君们的统治会地久天长，
他们正立足在那愤怒的河滨，
面对他们用死亡染污的波浪。
那条河得到千山万壑的哺育，
正围绕他们咆哮猛涨，泡沫飞溅，
他们的刀剑和权杖将漂浮而去，

恰似永恒之流的怒涛席卷沉船。

五

安静些，温柔的孩子，不要哭叫，
是惧怕这船身的颠簸飘摇，
寒冷的浪花，还是狂野的喧嚣？
坐好，宝贝，在我们中间坐好，
偎着我和妈妈，我们深深知道，
吓得你瑟缩发抖的急浪怒涛，
它那阴暗饥饿的墓穴，都不如
野蛮的鹰犬残酷：浪涛给予我们庇护，
他们却跨越浪涛把我们苦苦追逐。

六

这时刻终究会在你的记忆里
化成为久被忘却的梦境，
我们就要住在恬静的意大利
蔚蓝色的海边金色的土地，
或是希腊，那自由的故居；
我将教会你幼稚的嘴唇
用古代的英雄们自己的语言，
访问他们，用希望古训的火焰
把你正在成长的灵魂冶炼，
使你能以一个爱国者的名义
去索取他与生俱有的神圣权利。

1817 年

一朵枯萎的紫罗兰

一

这朵花的芬芳已经消隐，
像你的吻对我吐露过的气味；
这朵花的颜色已经凋殒，
它曾使我想起你独有的光辉。

二

一个萎缩、僵死、空虚的形体，
搁置在我被冷落的胸襟，
以它冷漠、寂静、无声的叹息
嘲弄我依旧热烈的痴心。

三

我哭泣，泪水不能使它复生；
我叹息，你不再向我吐露气息；
它静默无声无所怨尤的命运，
正和我所应得的那种无异。

1818 年

颂歌

起来，起来啊！起来！
不为你们产粮的土地出现了鲜血；
让你们的创口都化为眼睛，
哭泣那死去的、死去的、死去的。
还有什么样的伤痛值得这样的悲哀？
你们的儿女、妻子和兄弟，是他们，
是他们在战争的日子里遭到了杀害。

醒来，醒来啊，醒来！
奴隶和暴君从来是孪生的仇敌；
快挣脱那冰冷的锁链，
把它抛到亲人们埋葬着的大地；
他们的骨骸在墓中也会惊醒而动作，
当听到了所爱的人们所发出的呼唤——
地面上神圣斗争中高于一切的呐喊。

举起，把战旗高高举起！
自由正在扬鞭策马向前猎取胜利，
尽管在一旁为她执扇的仆役——
劳苦和饥馑，在相顾唏嘘、叹息。
而你们，追随在她威严战车左右的勇士，
切不可参与结伙行劫的战争，但是，
作为她的儿女要为捍卫她而前赴后继。

光荣，光荣啊，光荣
归于作出伟大牺牲和贡献的英雄！
人类史册还没有这样的荣誉，
能和你们即将赢得的声名相比；
历来的征服者征服对手，只不过是
压倒他们的报复、傲慢和权势；前进
用更辉煌的胜利战胜你们自己的敌人！

戴上，给所有的额头戴上
紫罗兰、常春藤和青松翠柏的冠冕，
用自然所尊崇的优美色彩
且覆盖住你们额上的血迹斑斑；
用碧绿的力量，蔚蓝的永恒和希望，
但是不要让三色堇在它们中间混藏，
你们受过凌辱，那意味着永志不忘。

1819 年 10 月

西风颂

一

哦，犷野的西风哦，秋之实体的气息！
由于你无形无影的出现，万木萧疏，
似鬼魅逃避驱魔巫师，蔫黄，骏黑，

苍白，潮红，疫疠摧残的落叶无数，
四散飘舞；哦，你又把有翅的种子
凌空运送到他们黑暗的越冬床圃；

仿佛是一具具僵卧在坟墓里的尸体，
他们将分别蛰伏，冷落而又凄凉，
直到阳春你蔚蓝的姐妹向梦中的大地

吹响她嘹亮的号角（如同牧放群羊，
驱送香甜的花蕾到空气中觅食就饮）
给高山平原注满生命的色彩和芬芳。

不羁的精灵，你啊，你到处运行；
你破坏，你也保存，听，哦，听！

二

在你的川流上，在骚动的高空，
纷乱的乌云，那雨和电的天使，
正像大地凋零枯败的落叶无穷，

挣脱天空和海洋交错缠接的柯枝，
飘流奔泻；在你清虚的波涛表面，
似酒神女祭司头上扬起的蓬勃青丝，

从那茫茫地平线阴暗的边缘

直到苍穹的绝顶，到处散布着
迫近的暴风雨飘摇翻腾的发卷。

你啊，垂死残年的挽歌，四合的夜幕
在你聚集的全部水汽威力的支撑下，
将构成他那庞大墓穴的拱形顶部。

从你那雄浑磅礴的氛围，将迸发
黑色的雨、火、冰雹；哦，听啊！

三

你，哦，是你把蓝色的地中海
从梦中唤醒，他在一整个夏天
都酣睡在巴亚湾一座浮石岛外，

被澄澈的流水喧哗声催送入眠，
梦见了古代的楼台、塔堡和宫闱，
在强烈汹涌的波光里不住地抖颤，

全都长满了蔚蓝色苔藓和花卉，
馨香馥郁，如醉的知觉难以描摹。
哦，为了给你让路，大西洋水

豁然开裂，而在浩淼波澜深处，
海底花藻和枝叶无汁的淤泥丛林，
哦，由于把你的呼啸声辨认出，

一时都惨然变色，胆怵而心惊，
战栗着自行凋落；听，哦，听！

四

我若是一朵轻捷的浮云，能和你同飞，
我若是一片落叶，你所能提携，
我若是一头波浪，能喘息于你的神威，

分享你雄强的脉搏，自由不羁，
仅次于，哦，仅次于不可控制的你；
我若能像在少年时，作为伴侣，

随你同游天际，因为在那时节，
似乎超越你天界的神速也不为奇迹；
我也就不至于像现在这样急切，

向你苦苦祈求。哦，快把我扬起，
就像扬起波浪、浮云、落叶！
我倾覆于人生荆棘！我在流血！

岁月的重负压制着的这一个太像你，
像你一样，骄傲，不驯，而且敏捷。

五

像你以森林演奏，请也以我为琴，
哪怕我的叶片也像森林一样凋谢！
你那非凡和谐的慷慨激越之情，

定能从森林和我同奏出深沉的秋乐，
悲怆却又甘洌。但愿你勇猛的精神
竟是我的魂魄，我能成为剽悍的你！

请把我枯萎的思绪向全宇宙播送，
就像你驱遣落叶催促新的生命，
请凭借我这单调有如咒语的韵文，

就像从未灭的余烬飏出炉灰和火星。
把我的话语传遍天地间万户千家，
通过我的嘴唇，向沉睡未醒的人境，

让预言的号角奏鸣！哦，风啊，
如果冬天来了，春天还会远吗？

1819 年秋

爱的哲学

一

出山的泉水与江河汇流，
江河又与海洋相通，
天空里风与风互相渗透，
融洽于甜蜜的深情。
万物遵循同一神圣法则，
在同一精神中会合；
世上一切都无独有偶，
为什么你与我却否？

二

看高高的山峰亲吻蓝空，
浪和浪也相抱相拥，
姐妹花朵绝不会被宽容，
如果轻视她的弟兄；
灿烂的阳光抚抱着大地，
明丽月华亲吻海波，
一切甜蜜的天工有何价值，
如果，你不亲吻我？

1819 年

云

从海洋、从江河，我为焦渴的花朵，
带来清闲充沛的甘霖，
我用凉荫遮蔽绿叶，当他们都息歇
在中午午休时的梦境，
我从翅膀摇落下露滴，去唤醒那些
鲜嫩萌蘖，甜美蓓蕾，
当她们的母亲围绕太阳舞蹈着轻摇
让她们贴着胸脯入睡。
我挥动冰雹的连枷把绿色原野鞭挞，
直到他有如银装素裹，
再用雨水把冰溶掉；我有时轰然大笑，
当我在雷鸣声中走过。

我筛落纷纷雪片，洒遍下界叠嶂重峦，
大松树由于惊恐而呻唤，
皑皑白雪松软，是我通宵达旦的枕垫，
当我在烈风怀抱中入眠。
在我空中楼阁之内，高高端坐着一位
庄严的闪电，我的驭手，
座下有洞窟一口，雷霆在其中幽囚，
一阵阵挣扎着发出怒吼；
越过海洋和陆地，这位驭手步履轻捷，
温柔地引导我四处巡游，
顺从在紫色波涛深心活跃着的精灵
以她们的爱对他的引诱。
越过湖泊、河川，越过巉岩、平原，
越过连绵起伏的山峰，

无论他梦在何处，他所眷恋的仙女
永远在山底，在水中；
虽然他会在雨水中消溶，我却始终
沐浴天廷蓝色的笑容。

血红的朝阳初升，睁开明亮的眼睛，
当启明已熄灭了光辉，
抖开他熊熊烈火的翎羽，一跃而起
跳上我扬帆的飞霞脊背，
像一只飞落的雄鹰，羽翼灿烂如金，
在一座正经历着地震
不断摇晃、抖颤，不安的峻峭峰巅，
稍事栖息短暂的一瞬。
当落日从下界海域波光潋滟处吐露
渴望爱和安谧的热情，
在黄昏的上空，绯红的帷幕也开始从
天宇的至深处所降临，
我敛翅，安息在清虚的巢内，像鸽子
孵卵时节一样地宁静。

焕发出白色光芒的那位圆脸盘姑娘，
凡人们都称她为月亮，
朦朦胧胧走来，滑行在被夜风所展开
我那羊毛般的地毯上；
不论她无形的双足，轻轻落在何处，
轻到天使才能听得见，
若是把我的帐篷顶部轻罗踏出裂缝，
星星便从她背后窥探，
我会不禁发笑，看到他们穷奔乱跳，
就像拥挤的金蜂一样，
我会撑大我的风造帐篷裂开的破洞
直到宁静的江湖海洋
仿佛穿过我的缝隙落下的片片天空，
也镶嵌着星星和月亮。

我用燃烧的缎带缠裹那太阳的宝座，
用珠光束腰环抱月亮；
火山会黯然无光，星星颠簸，摇晃——
当旋风把我的大旗张扬。
从地角到地角，仿佛是恢宏的长桥
横跨海洋的波涛汹涌，
我高悬空中，似不透阳光的巨大屋顶，

柱石是那些崇山峻岭。
我挟带着风雪、电火和飓风，穿越
宏伟壮丽的凯旋门拱，
大气以他的威力，把我的车驾挽曳，
门拱是气象万千的彩虹；
火的球体在上空编织着柔媚的颜色，
湿润的大地绽露出笑容。

我原本是那大地和水所育的亲生女，
也是无垠天空的养子；
我往来穿行于陆地海洋的一切孔隙；
我变化，但是，不死；
因为雨后的天空虽然洁净不染纤尘，
一丝不挂，一览无余，
这时清风和太阳使用那凸圆的明光
建造起蔚蓝色的穹庐，
我却默默地嘲讽我这座虚空的坟冢，
钻出蓄积雨水的洞穴，
像婴儿娩出母体，像鬼魂飞离墓地，
我腾空再次把它拆毁。

1820 年

致云雀

你好啊，欢乐的精灵！
你似乎从不是飞禽，
从天堂或天堂的邻近，
以酣畅淋漓的乐音，
不事雕琢的艺术，倾吐你的衷心。

向上，再向高处飞翔，
从地面你一跃而上，
像一片烈火的轻云，
掠过蔚蓝的天心，
永远歌唱着飞翔，飞翔着歌唱。

地平线下的太阳，
放射出金色的电光，
照耀得云霞通明，
你沐浴着明光飞行，
似不具形体的喜悦开始迅疾的远征。

淡淡的绛紫色黄昏
在你航程周围消融，
像昼空的一颗星星，
虽然，看不见形影，
却可以听得清你那欢乐无比的强音——

那犀利明快的乐音，
似银色星光的利箭，
它那盏强烈的明灯，
在晨曦中逐渐暗淡，
以至难以分辨，却能感觉到就在空间。

整个大地和大气，
响彻你婉转的歌喉，
仿佛在荒凉的黑夜，
从一片孤云背后，
明月放射出光芒，清辉洋溢遍宇宙。

我们不知你是什么，
什么最和你相似？
从霓虹似的彩色云霞
也难降这样美的雨，
能和随你出现降下的乐曲甘霖相比。

像一位诗人，隐身
在思想的明辉之中，
吟诵着即兴的诗韵，
直到普天下的同情
都被未曾留意过的希望和忧虑唤醒；

像一位高贵的少女，
居住在深宫的楼台，
在寂寞难言的时刻，
派遣为爱所苦的情怀，
甜美有如爱情的歌曲，溢出闺阁之外；

像一只金色的萤火虫，
在凝露的深山幽谷，
不显露出行止影踪，
把晶莹的流光传播，
在遮断我们视线的芳草和鲜花丛中；

像被她自己的绿叶
荫蔽着的一朵玫瑰，
遭受到热风的摧残，
以至它的馥郁芳菲
以过浓的香甜使鲁莽的飞贼沉醉；

晶莹闪烁的草地，
春霖洒落时的声息，
雨后苏醒了的花蕾，
称得上明朗、欢悦、
清新的一切，全都不及你的音乐。

飞禽或精灵，什么
甜美思绪在你心头？
我从来没有听到过
爱情或醇酒的颂歌
能够迸涌出这样神圣的极乐音流。

是赞婚的合唱也罢，
是凯旋的欢歌也罢，
若是和你的乐声相比，
不过是空洞的浮夸，
人们可以觉察到，其中总有着贫乏。

什么样物象或事件，
是你那欢歌的源泉？
田野、波涛或山峦？
空中、陆上的形态？
是你对同类的爱，还是对痛苦的绝缘？

你明澈强烈的欢快，
使倦怠永不会出现，
那烦恼的阴影从来
接近不得你的身边，
你爱，却从不知晓过分充满爱的悲哀。

是醒来，抑或是睡去，
你对死的理解一定比
我们凡人梦到的
更加深刻真切，否则
你的乐曲音流怎能像液态的水晶涌泻？

我们瞻前顾后，为了
不存在的事物自扰，
我们最真挚的欢笑，
也交织着某种苦恼，
我们最美的音乐是最能倾诉哀思的曲调。

可是即使能够摒弃
憎恨、傲慢和恐惧，
即使生来就从不会
抛洒任何一滴眼泪，
我也不知，怎能接近于你的欢愉。

比一切欢乐的韵律
更加甜蜜而且美妙，
比一切书中的宝库
更加丰盛而且富饶，
这就是鄙弃尘土的你啊你的艺术技巧。

教给我一半你的心
必定熟知的欢欣，
和谐、炽热的激情
就会流出我的双唇，
全世界就会像此刻的我——侧耳倾听。

1820 年

秋：挽歌

一

温暖的太阳日渐冷却，凛冽的寒风号啕哭泣，
秃裸的树枝不断叹息，苍白的花朵零落凋敝；
那年岁
躺在成了灵床的大地，裹着枯萎落叶的殓衣，
在入睡。
快来吧，你们这几个月，
从十一月直到四月，
穿上志哀的丧服素衣，
为死去的年岁执绋，
跟随她冰凉的棺椁行进，
再像隐约暗淡的阴影，站在她墓旁为她守灵。

二

阴冷的凄雨下个不歇，大河小溪不断地涨水，
冻坏了的虫豸在蠕动，雷霆正在敲叩着丧钟，
为这年岁；
欢乐的燕子已经远飞，活跃的蜥蜴也都返回
自家洞内；
快来吧，你们这几个月，
披上黑色白色的素衣，
让轻佻的姐妹们嬉戏去，
——你们却要送别
这死去的冰冷的年岁，
再用一滴又一滴的泪水，把墓地浇得碧绿青翠。

1820 年

年岁的挽歌

一

孤苦的时辰！年岁已死去，
快来哀悼吧，快来哭泣！
欢乐的时辰却尽可以嬉戏，
因为年岁只是暂时休息。
瞧！在睡梦中她笑靥展露，
讥诮你们不适时宜的啼哭！

二

仿佛是一场地震袭击大地，
簸弄地下棺椁里的尸体，
白色的冬季，那粗鲁的阿姨，
如今在摇晃僵冷的年岁；
阴郁的时辰，快放声哀号，
你们的母亲已裹尸衣卧倒。

三

像犷野的烈风在林间摇撼
悬挂在树上的婴儿摇篮，
近日的狂暴气息在摇撼残年；
安静些，何必过分伤感，
颤栗的时辰！她还会醒来，
眼睛里将闪耀着新的慈爱。

四

阴晦的正月守在坟墓近旁
像教堂的执事主持葬仪，
二月把棺木担架扛在肩上，
三月痛哭，四月在啜泣。
但是你们，随后的时辰啊，
请带来那五月盛开的鲜花。

1821 年 1 月

闻拿破仑死有感

什么！活着而且这样勇敢，哦大地？
你是不是过分勇敢了一点？
什么！像往古一样你匆匆向前，
像在你充满欢笑的早年晨曦里，
灿烂星群家系中的最后一员？
哈！像往古一样你匆匆向前？
灵魂离去后，难道肢体并不僵硬？
你还能活动吗，拿破仑失去了性命？

怎么！你那灼热的心脏并没有变冷？
你的炉膛里还燃着什么火星？
怎么，难道敲响过的不是他的丧钟？
你还活着，大地啊，母亲？
在那最勇猛的精灵离去的时光，
在他那被掩埋的冷却的余烬上，
你是不是烘烤过你苍老的双手——
什么！母亲，你笑了，在他死后？

"谁知道我往古的模样"，大地答道。
"或是谁讲过我的故事？
是你，过分地大胆、冒失。"
而嘲讽的闪电发出哈哈大笑，
当她在唱："我以我的胸怀拥抱所有
我的儿子，在他们的丧钟敲响以后。"
我这样以激励生命的运动把他们养育，
于是生者像野草一样从死者萌发而起。

"哎，活着，而且依旧勇敢，"大地她高喊，
"我变得越来越有勇气，

死者用万倍丰富的
昌盛、荣耀和欢笑使我丰满。
我曾经阴郁、寒冷，愁云弥漫，
像冻结的、蜷缩着的混沌一团，
直到伟大死者的精神使我的心脏
转暖，我养育过的又给我以营养。"

"哎，活着，依旧勇敢，"她低语喃喃，
"拿破仑的精神从生到死，
以恐怖、金钱和血液，
掀起一股破坏的滔滔狂澜；
而让千千万万的后来人
趁熔铁未冷把它铸造成型；
在他的（像死者一样围裹我的）耻辱里
把避他而去的光荣的希望也编织进去。"

1821 年

十四行：政治的伟大

无论是欢乐、尊严，或是荣名，
平安、强健，或是技艺、武功，
都不关照暴政驯训成熟的顺民；
诗歌，不回应是他们耻辱的阴影，
艺术遮蔽明镜，或是闭上眼睛，
当他们成千百万地盲目飞奔着
投入寂灭，以猥琐不洁的形象
玷污天国。凭暴力或旧习纠合
成群的人算得什么？人，要想
成为人，须能主宰自身的帝国，
在自我克制的意志上建立王廷，
敉平他内心希望和恐惧的蛊惑
和叛乱，完全成为他自己本人。

1821 年

十四行：致拜伦

（也许这首诗不会使你高兴，然而）

我若不是这样钦佩你，嫉妒便会
败坏喜悦，充满我这颗心的思想
就不得不陷入惊愕与绝望的支配；
像其生命也有可能具有某种分量

非凡品质的虫豸，这颗心注意到
你的创作完成得出色而敏捷，像
造物主随意造就的世界一样完美。
而我是如此景仰，以至你高飞在
他人常须苦攀的高峰之上的功力，
或你的荣誉，那嫉妒成性的未来
投给时间长河的未来时辰的影子，
都无法使这样一个人为自己默默
无闻而怨艾，他敢于确信：蚯蚓
也能由于崇敬上帝从泥土下上升。

1821 年

哀济慈

"这里安息着一个姓名写在水上的人。"
但是不等那能够把它擦去的轻风吹，
死亡已经在为那一次凶杀感到后悔，
死亡——使得一切不死的寒冬，飞越
时间的长河，湍急的川流立刻化为
一幅水晶卷页，一个辉煌的名字闪耀：
阿多尼！

1821 年

（张淑霞编，摘自江枫译：《雪莱诗选》，外语教学与研究出版社，2011）

第二十一章　济慈及《济慈诗选》

第一节　济慈简介

在英国浪漫主义诗歌群星璀璨的天空中，除了彭斯、华兹华斯、柯尔律治、拜伦、雪莱和布莱克星光闪烁外，还有一颗耀眼的星星，那就是约翰·济慈。他是英国浪漫派诗人中最年轻、最有才气，也最富有现代意识的一位大诗人。中国学者王佐良曾说："华兹华斯和柯尔律治是浪漫主义的创始者，拜伦使浪漫主义影响遍及全世界，雪莱透过浪漫主义前瞻大同世界。但他们在吸收前人精华和影响后人诗艺上，作用都不及济慈。"在英诗的发展史中，济慈的诗作连接着浪漫派诗歌与现代派诗歌，起到了承上启下的作用。济慈一生历经苦难，只活了25个年头，留下的诗作也不多，但是他在诗歌艺术领域中的地位是无可替代的。

与其他几位浪漫主义巨擘相比，济慈出身最卑微，父亲是马夫，自幼家境贫寒，没有受过高等教育。他8岁丧父，14岁丧母，因此无法继续学业，给一位外科医生做学徒，后来当过药剂师。济慈从小爱好诗歌，在克拉克私立学校读书时，有幸得到校长的儿子克拉克的指点。遇到克拉克，是他人生的一个重要的转折点。他由此阅读了大量古典书籍、诗歌、戏剧等。对诗歌的执着与热情使他最终放弃药剂师的职业，专心从事诗歌创作。在他短暂的一生中，贫困、疾病、无望的婚姻时刻缠绕着他。但这些生活的重压非但没有使我们伟大的诗人却步，反而更加坚定了他对美的向往，对真善美的追求。他将自己在人世间的切身体会融入诗歌，伴随着轻轻地哀叹，抒发出他对美的真切、渴望之情。这种追求有着深刻内涵和现实意义，更显得弥足珍贵。

济慈在文坛享有"诗人中的诗人"之美誉。有人评价他的诗歌"像陈年的佳酿一样发出醉人的芬芳"。他的诗作优美、高雅、纯真、自然，处处可以感受到诗人是用一颗玲珑剔透的爱美心灵来歌唱的。济慈的诗艺成长过程令人惊讶。他从一个未受过高等教育、从未尝试过诗歌创作的青年成长为傲然屹立于顶峰的伟大诗人，只用了短短几年的时间。1819年短暂的几个月时间里，济慈的六首《颂》——问世，包括《怠惰颂》、《赛吉颂》、《夜莺颂》、《希腊古瓮颂》、《忧郁颂》和《秋颂》，同时还完成了多首十四行诗，堪称诗歌史上的奇迹。其中的《夜莺颂》、《希腊古瓮颂》和《秋颂》已成为世界诗歌宝库里的不朽之作。除此之外，他的作品还涉及各种诗歌题材，包括抒情诗、歌谣、叙事诗等，成功的作品包括长篇诗作《恩弟米安》、《海披里安》、《海披里安的覆亡》、《圣亚尼节前夕》、《冷酷的妖女》、《拉米亚》等。尤其是《圣亚尼节前夕》，以内涵丰富、色彩绚丽、韵律优美著称，达到了爱情诗的巅峰。

济慈于1821年因肺病去世，客死罗马，安葬在英国新教徒公墓。他的好友雪莱满怀悲痛之情，写就长诗《阿多尼》来悼念他。诗中写道："他本是'美'的一部分，而这'美'啊，曾经被他体现得更加可爱。"世人有太多的理由无法忘记济慈，他的美妙诗歌，对诗歌炽热的爱，悠然自得的人生情怀，对生命真谛的透彻领悟，让他永垂不朽。他在花开花落、四季轮回的新旧交替中看到了大自然的生生不息，认识到旧美的消逝预示着新美的再生。

第二节　《济慈诗选》简介

《济慈诗选》精选了济慈最具盛名的 6 首颂、48 首十四行诗、11 首抒情诗和 1 首叙事诗。该书译者屠岸先生曾评论济慈："如果天以借年，他能够达到什么样的成就，是难以逆料的。但是人们公认，当他二十四岁停笔时，他对诗坛的贡献已大大超越了同一年龄的乔叟、莎士比亚和弥尔顿。"济慈诗才横溢，他的诗作一直誉满人间，被认为完美地体现了西方浪漫主义诗歌的特色，并被推崇为欧洲浪漫主义运动的杰出代表。

济慈诗歌中对美的无限眷恋，最让人无法忘怀。有人曾评价济慈："如果说雕塑家罗丹拥有一双善于攫取美的眼睛，那么济慈拥有一颗对美特别敏感的心灵。""beauty"一词是济慈笔下使用频率最高的词。他曾说："对一个大诗人来说，对美的感觉压倒了一切其他的考虑，或者进一步说，取消了一切的考虑。"济慈在《希腊古瓮颂》中主张"美即是真，真即是美"，认为"想象力所捕捉到的美即是真"。他的诗善于探索生活感受，充满乐观情调，对生活进行美化，洋溢着他对生活的无限热爱。

《夜莺颂》是济慈最著名的颂诗之一。相传，夜莺会死在月圆的晚上。在午夜零点时，夜莺会飞上最高的玫瑰枝，将玫瑰刺深深地刺进自己的胸腔，然后发出高亢的声音，大声歌唱，直到心中的血流尽，将花枝上的玫瑰染红。济慈在笔下营造了一个极美的夜晚，借助夜莺这个美丽的形象来抒发自己的感情。夜色温柔，月亮爬上枝头，诗人在夜莺的指引下，感受"幽深的林木"，"微风吹过朦胧的绿色"，经过"曲折的苔径"，"流过了草地"，"越过了静静的溪水，飘上了山腰"，"深深地埋湮在附近的密林幽谷。"诗人沉醉在这样如梦如幻的世界里，全然不知"这是幻象？还是醒时的梦寐？音乐远去了：——我醒着，还是在酣眠？"诗歌伊始，诗人就描述自己的心情"我的心疼痛，困倦和麻木使神经痛楚"，但听到夜莺的歌声后，自己仿佛与它合为一体，"我要痛饮呵，再悄悄离开这世界，同你一起隐入那幽深的林木"，"去吧！去吧！我要向着你飞去"，"我已凭诗神无形的羽翼登程：已经跟你在一起了！"这首诗体现了济慈丰富的想象艺术的构建。诗人插上想象的翅膀，看到"轻翼的林中天仙"，看到"花神"、"诗神的泉水"、感受着"伴酒神乘虎豹车驾驰骋"，想象着"月亮皇后登上了宝座，群星仙子把她拥戴在中央"，联想到"今天夜里一度听见了的歌音，在古代曾打动过皇帝和村夫"……这些与情感水乳交融的想象使诗人与读者都获得艺术带来的精神飞升和愉悦享受。

此外，济慈还擅长描绘自然景色和事物外貌，表现景物的色彩感和立体感，重视写作技巧，对后世抒情诗的创作影响极大。济慈的诗歌之所以能够紧紧抓住读者的心，不仅因为其清丽的风格、和谐的音韵、真挚的情感，还因为济慈有一种独特的能力，将深刻的思想融化于抒情和想象中。他的诗句能发挥极致的作用，调动读者的各种感官去体会他的诗歌，仿佛看到美丽的意境，听到动听的乐音，闻到沁人的花香，尝到醇香的美酒，使得读者在体验他的诗歌意境美、语言美、音乐美的同时也能够体味其中的深刻内涵和具有哲学深度的思考。对此，诗人自己总结了一个诗学概念"客体感受力"，这在诗歌美学中具有重要意义。

在这个快节奏的现代社会中，请停下脚步，走近济慈，静静地聆听一下他夜莺般动人的歌声，感受一下他身上闪耀着的人文艺术精神的光辉。

第三节　《济慈诗选》选段

怠惰颂

I

一早，我看见面前有三个形象，
他们垂着头，携着手，侧过了脸庞；
一个挨着另一个，举步安详，
穿着透明的晶鞋，典雅的素装；
他们走过，像石瓮表面的浮雕，
石瓮转动着，可以看到另一面；
他们又来了；石瓮再旋转一程，
翻过来，最初见到的影子又来到；
我觉得他们很奇特，正如深谙
菲迪亚斯的艺术者见到了希腊瓶。

II

影子们！我怎么不认识你们？怎么——
你们这样悄悄地戴着面具来？
这可是暗地里精心装扮的计策
要偷走我怠惰的时光，再把它丢开
而毫不费力？倦睡的时刻在发酵；
无忧无虑的云彩在慵懒的夏日
困住我两眼；我脉搏越来越缓慢；
痛苦不刺人，欢乐没鲜花炫耀：
你们呵，为什么不化掉，让我感知
谁也没来干扰我，除了那——虚幻？

III

他们第三次走过，经过时，他们
每人不时地把面孔转向我片刻；
然后退去，我渴望去追随他们，
苦想生翅膀，我认识他们三个；
第一位，美丽的姑娘，名叫爱情；
第二位，正是雄心，面色苍白，
永远在观察，用一双疲惫的眼睛；

第三位，我最爱，人们骂她越凶狠
我越爱，是个最不驯服的女孩——
我知道她是我的诗歌之精灵。

IV

他们退去了，真的！我想要羽翅：
傻话！什么是爱情？它在哪里？
还有那可怜的雄心！从一个男子
小小心灵阵发的热病中它跃起；
呵诗歌！——不，她没有欢乐，至少
对于我，不如午时甜甜的睡眠，
不如黄昏时惬意的懒散游荡，
但愿呵，来一个时代，避开烦恼，
让我永远不知道月缺月圆，
永远听不见常理的繁忙喧嚷！

V

他们又来了；——唉！这是为什么？
朦胧的梦境装饰了我的睡眠；
我灵魂是一块草地，上面撒满了
鲜花，颤动的阴影，折射的光线：
晨空布满了阴云，但没下阵雨，
虽然晨曦挂着五月的甘泪；
打开的窗户紧挨着葡萄藤新叶，
让新蕾的温馨和鸫鸟的歌声进入；
影子们！时候到了，让我们说再会！
你们的衣裙没沾上我的泪液。

VI

再见吧，三鬼魂！你们不能够把我
枕着阴凉花野的头颅托起来；
我不愿人们喂我以赞誉，把我
当作言情闹剧里的一只羊来宠爱！
从我眼前退隐吧，再一次变做
梦中石瓮上假面人一般的叠影；
再会！在夜里我拥有幻象联翩，
到白天，我仍有幻象，虽然微弱；
消逝吧，鬼魂们！离开我闲怠的心灵，
飞入云端去，不要再回来，永远！

赛吉颂

女神啊！请听这些不成调的韵律——
由倾心的执着和亲切的回忆所促成——
请原谅，这诗句唱出了你的秘密，
直诉向你那柔软的海螺状耳轮：
无疑我今天曾梦见——我是否目睹
长着翅膀、睁着眼睛的赛吉？
我在树林里无思无虑地漫步，
突然，我竟惊奇得目眩神迷，
我见到两个美丽的精灵相依偎
在深草丛里，上面有絮语的树叶
和轻颤的鲜花荫庇，溪水流淌
在其间，无人偷窥：

周围是宁静的、清凉的、芬芳的嫩蕊，
蓝色花、银色花，紫色的花苞待放，
他们躺卧在绿茵上，呼吸得安详；
他们的手臂拥抱，翅膀交叠；
他们的嘴唇没接触，也没告别，
仿佛被睡眠的柔婉分开一时，
准备醒后再继续亲吻无数次
在欢爱的黎明睁眼来到的时刻：
带翅的男孩我熟悉；
可你是谁呀，幸福的、幸福的小鸽？
他的好赛吉！

啊，出生在最后而秀美超群的形象
来自奥林波斯山暗淡的神族！
蓝宝石一般的福柏减却清芒，
天边威斯佩多情的荧光比输；
你比他们美，虽然你没有神庙，
没堆满供花的祭坛；
也没童男女唱诗班等午夜来到
便唱出哀婉的咏叹；
没声音，没诗琴，没风管，没香烟浓烈
从金链悬挂的香炉播散；
没神龛，没圣林，没神谕，没先知狂热，
嘴唇苍白，沉迷于梦幻。

啊，至美者！你虽没赶上古代的誓约，

更没听到善男信女的祝歌，
可神灵出没的树林庄严圣洁，
空气、流水、火焰纯净谐和；
即使在那些远古的日子里，远离开
敬神的虔诚，你那发光的翅膀
仍然在失色的诸神间振羽飞翔，
我两眼有幸见到了，我歌唱起来。
就让我做你的唱诗班吧，等午夜来到
便唱出哀婉的咏叹！
做你的声音、诗琴、风管、香烟浓烈，
从悬空摆动的香炉播散：
做你的神龛、圣林、神谕、先知狂热，
嘴唇苍白，沉迷于梦幻。

是的，我要做你的祭司，在我心中
未经践踏的地方为你建庙堂，
有沉思如树枝长出，既快乐，又苦痛，
代替了松树在风中沙沙作响：
还有绿荫浓深的杂树大片
覆盖着悬崖峭壁，野岭荒山。
安卧苍苔的林仙在轻风、溪涧、
小鸟、蜜蜂的歌声里安然入眠；
在这寂静的广阔领域的中央，
我要整修出一座玫瑰色的圣堂，
它将有花环形构架如思索的人脑，
点缀着花蕾、铃铛、无名的星斗
和"幻想"这园丁构思的一切奇妙，
雷同的花朵决不会出自他手：
将为你准备冥想能赢得的一切
温馨柔和的愉悦欢快，
一支火炬，一扇窗敞开在深夜
好让热情的爱神进来！

夜莺颂

I

我的心疼痛，困倦和麻木使神经
痛楚，仿佛我啜饮了毒汁满杯，
或者吞服了鸦片，一点不剩，
一会儿，我就沉入了忘川河水：
并不是嫉妒你那幸福的命运，

是你的欢乐使我过分地欣喜——
想到你呀，轻翼的林中天仙，
你让悠扬的乐音
充盈在山毛榉的一片葱茏和浓荫里，
你放开嗓门，尽情地歌唱着夏天。

II

哦，来一口葡萄美酒吧！来一口
长期在深深的地窖里冷藏的佳酿！
尝一口，就想到花神，田野绿油油，
舞蹈，歌人的吟唱，欢乐的骄阳！
来一杯酒吧，盛满了南方的温热，
盛满了诗神的泉水，鲜红，清冽，
还有泡沫在杯沿闪烁如珍珠，
把杯口也染成紫色；
我要痛饮呵，再悄悄离开这世界，
同你一起隐入那幽深的林木。

III

远远地隐去，消失，完全忘掉
你在绿叶里永不知晓的事情，
忘掉世上的疲倦，病热，烦躁，
这里，人们对坐着互相听呻吟，
瘫痪者颤动着几根灰白的发丝，
青春渐渐地苍白，瘦削，死亡；
这里，只要想一想就发愁，伤悲，
绝望中两眼呆滞；
这里，美人保不住慧眼的光芒，
新生的爱情顷刻间就为之憔悴。

IV

去吧！去吧！我要向着你飞去，
不是伴酒神乘虎豹的车驾驰骋，
尽管迟钝的脑子困惑，犹豫，
我已凭诗神无形的羽翼登程：
已经跟你在一起了！夜这样柔美，
恰好月亮皇后登上了宝座，
群星仙子把她拥戴在中央；
但这里是一片幽晦，
只有微风吹过朦胧的绿色
和曲折的苔径才带来一线天光。

V

我这里看不见脚下有什么鲜花，
看不见枝头挂什么温馨的嫩蕊，
只是在暗香里猜想每一朵奇葩，
猜想这时令怎样把千娇百媚
赐给草地，林莽，野生的果树枝；
那白色山楂花，开放在牧野的蔷薇；
隐藏在绿叶丛中易凋的紫罗兰；
那五月中旬的爱子——
盛满了露制醇醪的麝香玫瑰，
夏夜的蚊蝇在这里嗡嗡盘桓。

VI

我在黑暗里谛听着：已经多少次
几乎堕入死神安谧的爱情，
我用深思的诗韵呼唤他的名字，
请他把我这口气化入空明；
此刻呵，无上的幸福是停止呼吸，
趁这午夜，安详向人世告别，
而你呵，正在把你的精魂倾吐，
如此地心醉神迷！
你永远唱着，我已经失去听觉——
你唱安魂歌，我已经变成一堆土。

VII

你永远不会死去，不朽的精禽！
饥馑的世纪也未能使你屈服；
我今天夜里一度听见的歌音
在往古时代打动过皇帝和村夫：
恐怕这同样的歌声也曾经促使
路得流泪，她满怀忧伤地站在
异地的麦田里，一心思念着家邦；
这歌声还曾多少次
迷醉了窗里人，她开窗面对大海
险恶的浪涛，在那失落的仙乡。

VIII

失落！呵，这字眼像钟声一敲，
催我离开你，回复了自己！
再见！幻想这个骗人的小妖，
名不副实，再不能使人着迷。
再见！再见！你哀怨的歌音远去，

流过了草地，越过了静静的溪水，
飘上了山腰，如今已深深地埋湮
在附近的密林幽谷：
这是幻象？还是醒时的梦寐？
音乐远去了：——我醒着，还是在酣眠？

希腊古瓮颂

I

你——"宁静"的保持着童贞的新娘，
"沉默"和漫长的"时间"领养的少女，
山林的史学家，你如此美妙地叙讲
如花的故事，胜过我们的诗句：
绿叶镶边的传说在你的身上缠，
讲的可是神，或人，或神人在一道，
活跃在滕陂，或者阿卡狄谷地？
什么人，什么神？什么样姑娘不情愿？
怎样疯狂的追求？竭力的脱逃？
什么笛，铃鼓？怎样忘情的狂喜？

II

听见的乐曲是悦耳，听不见的旋律
更甜美；风笛呵，你该继续吹奏；
不是对耳朵，而是对心灵奏出
无声的乐曲，送上更多的温柔：
树下的美少年，你永远不停止歌唱，
那些树木也永远不可能凋枯；
大胆的情郎，你永远得不到一吻，
虽然接近了目标——你可别悲伤，
她永远不衰老，尽管摘不到幸福，
你永远在爱着，她永远美丽动人！

III

啊，幸运的树枝！你永远不掉下
你的绿叶，永不向春光告别；
幸福的乐手，你永远不知道疲乏，
永远吹奏出永远新鲜的音乐；
幸福的爱情！更加幸福的爱情！
永远热烈，永远等待着享受，
永远悸动着，永远是青春年少，
这一切情态，都这样超凡入圣，
永远不会心灵餍足，发愁，

不会让额头发烧，舌干唇燥。

IV

这些前来祭祀的都是什么人？
神秘的祭司，你的牛向上天哀唤，
让花环挂满在她那光柔的腰身，
你要牵她去哪一座青葱的祭坛？
这是哪一座小城，河边的，海边的，
还是靠山的，筑一座护卫的城寨——
居民们倾城而出，赶清早去敬神？
小城呵，你的大街小巷将永远地
寂静无声，没一个灵魂会回来
说明你何以从此变成了芜城。

V

啊，雅典的形状！美的仪态！
身上雕满了大理石少女和男人，
树木伸枝柯，脚下倒伏着草莱；
你呵，缄口的形体！你冷嘲如"永恒"
教我们超脱思虑。冷色的牧歌！
等老年摧毁了我们这一代，那时，
你将仍然是人类的朋友，并且
会遇到另一些哀愁，你会对人说：
"美即是真，真即是美"——这就是
你们在世上所知道、该知道的一切。

忧郁颂

I

不呵！不要到忘川去，也不要拧绞
根深的乌头，把它的毒汁当美酒；
别让你苍白的额头把龙葵野草——
普罗塞嫔红葡萄的亲吻承受；
别用紫杉的坚果做你的念珠，
别让甲虫和墓畔的飞蛾变为
你忧伤的塞吉，别让披羽的鸱鸮
分享你心底隐秘的悲哀愁苦；
阴影来亲近阴影会困倦嗜睡，
会把灵魂中清醒的创痛淹没掉。

II

但一旦忧郁的意绪突然来到，

有如阴云洒着泪自天而降，
云雨滋润着垂头的花花草草，
四月的雾衣把一脉青山隐藏；
你就该让哀愁痛饮早晨的玫瑰，
或者饱餐海浪上空的虹彩，
或者享足姹紫嫣红的牡丹；
若是你钟情的女郎娇嗔蹙眉，
就抓住她的酥手，让她说痛快，
并深深品味她举世无双的慧眼。

Ⅲ

她与"美"共处——那必将消亡的"美"；
还有"喜悦"，他的手总贴着嘴唇
说再见；令人痛苦的近邻"欣慰"，
只要蜜蜂啜一口，就变成毒鸩：
啊，就在"快乐"的庙堂之上，
隐藏的"忧郁"有她至尊的神龛，
虽然，只有舌头灵、味觉良好、
能咬破"快乐"果的人才能够瞧见：
他灵魂一旦把"忧郁"的威力品尝，
便成为她的战利品，悬挂在云霄。

秋颂

Ⅰ

雾霭的季节，果实圆熟的时令，
你跟催熟万类的太阳是密友；
同他合谋着怎样使藤蔓有幸
挂住累累果实绕茅檐攀走；
让苹果压弯农家苔绿的果树，
教每只水果都打心子里熟透；
教葫芦变大；榛子的外壳胀鼓鼓
包着甜果仁；使迟到的花儿这时候
开放，不断地开放，把蜜蜂牵住，
让蜜蜂以为暖和的光景要长驻；
看夏季已从粘稠的蜂巢里溢出。

Ⅱ

谁不曾遇见你经常在仓廪的中央？
谁要是出外去寻找就会见到
你漫不经心地坐在粮仓的地板上，
让你的头发在扬谷的风中轻飘；

或者在收割了一半的犁沟里酣睡，
被罂粟的浓香所熏醉，你的镰刀，
放过了下一垄庄稼和交缠的野花；
有时像拾了麦穗，你跨过溪水，
头上稳稳地顶着穗囊不晃摇；
或傍着榨汁机，一刻又一刻仔细瞧，
对滴到最后的果浆耐心地观察。

Ⅲ

春歌在哪里？哎，春歌在哪里？
别想念春歌，——你有自己的音乐，
当层层云霞使渐暗的天空绚丽，
给大片留茬地抹上玫瑰的色泽，
这时小小的蚊蚋悲哀地合唱
在河边柳树丛中，随着微风
来而又去，蚊蚋升起又沉落；
长大的羔羊在山边鸣叫得响亮；
篱边的蟋蟀在歌唱；红胸的知更
从菜园发出百啭千鸣的高声，
群飞的燕子在空中呢喃话多。

咏和平

啊，和平！你可是前来祝福
这被战火包围的岛国土疆？
你的慈容能减轻我们的痛苦，
能使这三岛王国笑得开朗？

我欢呼你的来临；我也欢呼
那些伺候你的、可爱的友伴；
让我高兴；让我如愿，满足，
愿你喜爱这温柔的山林女仙；

凭英国的欢悦，宣布欧洲的自由！
欧洲呵！不能让暴君重来，不能再
让他见到你屈服于从前的状态；

打断锁链！高喊你不是狱囚！
叫君主守法，给枭雄套上笼头！
恐怖过去后，你的命运会好起来！

致查特顿

查特顿！你的命运竟这样悲惨！

呵，忧患的宠儿，苦难的爱子！
你两眼很快蒙上了死的阴翳，
那里，刚闪过天才和雄辩的光焰！

雄浑高昂的歌声很快嬗变，
没入了断章残篇！黑夜竟如此
逼近你美丽的早晨！你过早辞世，
暴风雪摧折了鲜花——刚开了一半。

这已经过去。你如今在重霄之上，
群星之间：你向旋转的天宇
美妙地歌唱：友善的歌声飞扬，

超越了忘恩的尘世和人间的忧惧。
地上有好心人爱你的名字，不让
贬损，用泪水灌溉你身后的美誉。

致拜伦

拜伦！你唱得如此甜蜜而忧伤！
你让人的心灵同柔情共鸣，
仿佛悲悯的善心以独特的重音
弹奏痛苦的弦琴，而你在近旁，

记住了这乐调，便不让琴曲消亡。
阴暗的伤心事没有减弱你令人
愉快的本性：你给自己的不幸
戴上清光轮，发射出耀眼的光芒；

恰似一朵云遮蔽了金黄的月魄，
月的边缘浸染着炫奇的辉煌，
琥珀色光线穿过黑袍而透射，

像紫貂玉石上美丽的脉纹流荡；
临别的天鹅呵！请继续歌唱，叙说
迷人的故事，那一份甜甜的悲凉。

写于李·亨特先生出狱之日

当权者喜欢奉承，而贤者亨特
敢于进忠言，于是被投入牢房，
他依然自由，如云雀冲向上苍，

他精神不朽，不羁，心胸宽阔。

权贵的宠仆呵！你以为他在等着？
你以为他只是整天瞧着狱墙，
等待你勉强用钥匙开锁，释放？
不呵！他高尚得多，也坦荡得多！

他在斯宾塞的厅堂和亭院里徜徉，
采撷那令人迷恋的鲜花；他随同
勇者弥尔顿向广袤的天宇翱翔：

他的天才正飞向自己的顶峰。
你们这一帮有一天名裂身亡，
他的美名将长存，谁敢撼动？

哦，孤独！如果我和你必须

哦，孤独！如果我和你必须
同住，但愿不住在叠架的一栋
灰楼里；请跟我一同攀登陡峰，
踏在大自然的瞭望台上，看山谷，

河水亮晶晶，草坡上野花满布，
像近在咫尺；在荫蔽的枝叶丛中
我要紧紧守着你，看小鹿跳纵，
使野蜂受惊，从仙人钟花丛飞出。

虽然我愉快地伴着你寻访美景，
可是同纯洁的心灵亲切交往，
听精妙思想形成的语言形象，

是我心魂的乐事；而且我相信
这几乎是人类能有的最高乐趣，
当一双相投的心灵向你奔去。

多少诗人把光阴镀成了黄金

多少诗人把光阴镀成了黄金！
诗杰的神品永远是我的幻想
得到哺育的养料，美妙的诗章
或质朴，或崇高，使我深思，默吟：

时常，当我坐下来神驰于诗韵，
那些华章便簇拥进我的心乡：
但它们没有引起刺耳的扰攘，
只是和谐地汇成动听的乐音。

仿佛积聚在黄昏的无数声响：
鸟儿歌唱，树叶飒飒地絮语，
流水潺潺，洪钟沉重地叩出

庄严的声音，还有那来自远方
难以辨认的千种鸣响，合奏出
绝妙的音乐，而不是聒噪喧嚷。

给一位赠我以玫瑰的朋友

最近我在欢快的田野上漫步，
正逢云雀从葱翠的翘摇丛薮里
掀落颤动的露珠；冒险的骑士
把凹痕累累的盾牌重新高举；

我看到大自然把最美的野花献出：
新开的麝香蔷薇，它迎着夏季
吐出最早的甜香；它亭亭玉立，
像仙杖在提泰妮娅手中挥舞。

当我饱餐着它的芳馨的时刻，
我想它远远胜过园中的玫瑰：
可是，韦尔斯！你的玫瑰给了我，

我的感官就迷醉于它们的甜美：
它们有亲切的嗓音，柔声地求索
平和，不渝的友谊，真理的光辉。

蝈蝈和蟋蟀

大地的歌吟永远也不会消亡：
尽管烈日下小鸟们晒得发晕，
躲进了清凉的树荫，却有个嗓音
越重重篱笆，沿新割的草场飞扬；

那是蝈蝈的嗓音，他带头歌唱
盛夏的富丽豪华，他的欢欣

永无止境；他要是吟倦兴尽，
就到愉快的小草下休憩静躺。

大地的歌吟永远也不会终了：
在冬天落寞的傍晚，眼看严霜
把一切冻入静寂，忽然从炉边

扬起蟋蟀的高歌，而炉温渐高，
听的人慵倦欲睡，迷离惝恍，
仿佛听到蝈蝈吟唱在草山。

致斯宾塞

斯宾塞！有一个你的妒羡的崇拜者，
隐居在你的园林深处的幽人，
昨晚他要求我答应精心写作
一篇英文，使你的耳朵喜欢听。

可是，灵异的诗人呵！我无能为力——
一个在冬日大地上长住的子民
不能像太阳神伸展火焰的羽翼，
用黄金羽管笔写一篇欢乐的早晨。

他也不可能一下子摆脱苦役，
把你的精神鼓励承受下来：
只有吸足了土壤的天然液汁，
鲜艳的花朵才能够怒放盛开：

到夏天来同我做伴吧，为了敬重你，
也为了取悦他，我愿意试试我的笔。

人的季节

一年之中，有四季来而复往；
人的心灵中，也有春夏秋冬：
他有蓬勃的春天，让天真的幻想
把天下美好的事物全抓到手中；

到了夏天，他喜欢对那初春
年华的甜蜜思维仔细地追念，

沉湎在其中，这种梦使他紧紧
靠近了天国：他的灵魂在秋天

有宁静的小湾，这时候他把翅膀
收拢了起来；他十分满足、自在，
醉眼蒙眬，尽让美丽的景象
像门前的小河般流过，不去理睬。

他也有冬天，苍白，变了面形；
不然，他就超越了人的本性。

为什么今夜我发笑？没声音回答

为什么今夜我发笑？没声音回答：
上帝在天堂，严于应对的恶魔
在地狱，都不屑回答这句问话。
我随即转向自己的心灵求索。

心灵！你和我在发愁，感到孤单；
为什么我发笑？啊，致命的苦痛！
黑暗啊！黑暗！我无时无刻不悲叹，
问天堂，问地狱，问心灵，全都没用。

为什么我发笑？我知道生存的租期，
我让幻想伸展到极乐的境界；
但是我也许在今夜停止呼吸，
见到尘世的彩旗一片片破裂；

诗歌，名声，美人，浓烈芬芳，
死更浓——死是生的最高报偿。

致芳妮

我恳求你疼我，爱我！是的，爱！
仁慈的爱，决不卖弄、挑逗，
专一的、毫不游移的、坦诚的爱，
没任何伪装，透明，纯洁无垢！

啊！但愿你整个属于我，整个！
形体，美质，爱的细微的情趣，
你的吻，你的手，你那迷人的秋波，
温暖、莹白、令人销魂的胸脯，——

身体，灵魂，为了疼我，全给我，
不保留一丝一毫，否则，我就死，
或者，做你的可怜的奴隶而活着，
茫然忧伤，愁云里，忘却、丢失

生活的目标，我的精神味觉
变麻木，雄心壮志也从此冷却！

白天消逝了，甜蜜的一切已失去！

白天消逝了，甜蜜的一切已失去！
甜嗓，甜唇，酥胸，纤纤十指，
热烈的呼吸，温柔的低音，耳语，
明眸，美好的体态，柔软的腰肢！

凋谢了，鲜花初绽的全部魅力，
凋谢了，我眼睛见过的美的景色，
凋谢了，我双臂抱过的美的形体，
凋谢了，轻声，温馨，纯洁，欢乐——

这一切在黄昏不合时宜地消退，
当黄昏，节日的黄昏，爱情的良夜
正开始细密地编织昏暗的经纬
以便用香幔遮住隐蔽的欢悦；

但今天我已把爱的弥撒书读遍，
他见我斋戒祈祷，会让我安眠。

亮星！但愿我像你一样坚持

亮星！但愿我像你一样坚持——
不是在夜空高挂孤独的美光，
像那大自然的坚忍不眠的隐士，
睁开着一双眼睑永远在守望

动荡的海水如教士那样工作，
绕地球人类的涯岸作涤净的洗礼，
或者凝视着白雪初次降落，
面具般轻轻戴上高山和大地——

不是这样，——但依然坚持不变：

枕在我爱人的正在成熟的胸脯上，
以便感到它柔和的起伏，永远，
永远清醒地感到那甜蜜的动荡：

永远倾听她温柔地呼吸不止，
就这样永远活下去——或昏醉而死。

死

Ⅰ

生，若是梦，那么死，可是睡眠？
幸福的场景可是如幻影逝去？
瞬间的欢乐消失如烟云过眼，
我们却认为死是最大的痛苦。

Ⅱ

多么奇怪呀，人在世上要流浪，
要度过悲惨的一生，却不能抛开
一路的坎坷；也不敢大胆想一想
将来的死呵，只是从梦中醒来！

雏菊的歌

Ⅰ

太阳，巨大的眼睛，
不如我视野宽广；
月亮，骄傲的银辉，
也会被乌云遮挡。

Ⅱ

春天啊——春天来了！
我活得快活，像国王！
我倚在茂草中，窥见
每一个漂亮的姑娘。

Ⅲ

没人敢看的，我看，
没人凝望的，我凝望；
黑夜临近了，羊羔
为我把催眠曲歌唱。

冷酷的妖女

I

"为什么你这样痛苦呵，骑士——
脸色苍白，独自彷徨？
湖上的芦苇已经枯萎，
也没有鸟儿歌唱。

II

"为什么你这样痛苦呵，骑士——
形容憔悴，神情沮丧？
松鼠的窝里已贮满粮食，
收获都进了谷仓。

III

"我见你额角白如百合，
渗出热汗像颗颗露珠，
我见你面颊好似玫瑰
正在很快地干枯。"

IV

"草地上我遇到一位姑娘，
美丽妖冶像天仙的娇女，
她头发曼长，腿脚轻捷，
有一对狂放的眼珠。

V

"我为她做了一顶花冠，
做了手镯和芬芳的腰带；
她对我凝视，像真的爱我，
发出温柔的叹息来。

VI

"我抱她骑在马上慢慢走，
整天除了她，什么也不瞧；
她侧过身子倚着我，唱出
一支仙灵的歌谣。

VII

"她为我找来美味的草根，

天赐的仙露和野地的蜂蜜；
她用奇异的语言说话，
想必是'我真爱你'！

VIII

"她带我到她的精灵洞里，
她哭了，发出哀叹一声声，
我用四个吻阖上了她那双
狂放的、狂放的眼睛。

IX

"她在洞里哄我入睡，
于是我做了——啊啊！灾难！
我做了从没做过的噩梦呵，
在这凄冷的山边。

X

"我梦见国王，王子，武士，
他们的脸色全是死白；
他们叫道：'冷酷的妖女
已经把你也抓来！'

XI

"幽暗中我见到他们张大了
饿嘴，发出可怕的警告，
我一觉醒来，发现自己
在这凄冷的山腰。

XII

"所以我就在这里逗留，
脸色苍白，独自彷徨，
纵然湖上的芦苇枯了，
也没有鸟儿歌唱。"

（张淑霞编，摘自屠岸译：《济慈诗选：英汉对照》，外语教学与研究出版社，2011）

第二十二章　雨果及《悲惨世界》

第一节　雨果简介

维克多·雨果，法国浪漫主义作家，人道主义的代表人物，19世纪前期积极浪漫主义文学运动的代表作家，法国文学史上卓越的资产阶级民主作家，被人们称为"法兰西的莎士比亚"。雨果的创作历程超过60年，其作品包括26卷诗歌、20卷小说、12卷剧本、21卷哲理论著，合计79卷之多，给法国文学和人类文化宝库增添了一份十分辉煌的文化遗产。其代表作品有长篇小说：《悲惨世界》、《巴黎圣母院》、《九三年》和《海上劳工》。他于30岁时遇到26岁的女演员朱丽叶·德鲁埃，并坠入爱河。结婚后不管他们在一起或分开，雨果几乎每天都要给妻子写一封情书，直到他83岁去世，将近50年来从未间断，写了将近两万封信。特别值得一提的是，1861年，当雨果得知英法侵略者纵火焚烧了中国的圆明园后，感到满腔义愤，义正辞严地写道："法兰西帝国吞下了这次胜利（指劫掠圆明园）的一半赃物，今天，帝国居然还天真地认为自己就是真正的物主，把圆明园富丽堂皇的赃物拿出来展出。我希望有朝一日，解放了的干干净净的法兰西会把这份战利品还给被劫掠的中国。"

雨果出生于法国东部的贝桑松，父亲是共和国军队的军官，曾被拿破仑的哥哥西班牙国王约瑟夫·波拿巴授予将军衔，是这位国王的亲信重臣。儿时的雨果随父在西班牙驻军，10岁回巴黎上学，中学毕业进入了法学院学习，但是他的兴趣在于写作。他15岁时写的《读书乐》在法兰西学院的诗歌竞赛会得奖，17岁时在"百花诗赛"得第一名，20岁时出版了诗集《颂诗集》。1827年，雨果发表剧本《克伦威尔》及其序言。剧本虽未能演出，但那篇序言却被认为是法国浪漫主义的宣言，成为文学史上划时代的文献。1830年，雨果的剧本《欧那尼》在法兰西大剧院上演，产生了巨大的影响，确立了浪漫主义在法国文坛上的主导地位。他于1831年发表的《巴黎圣母院》是其最富浪漫主义的小说。1848年6月，巴黎人民举行革命，推翻了七月王朝，成立了共和国，雨果成了一个坚定的共和主义者。1851年12月，路易·波拿巴发动政变，雨果参加了共和党人组织的反政变起义。路易·波拿巴上台后建立了法兰西第二帝国，对反抗者无情镇压。雨果遭到迫害，不得不流亡国外。流亡期间写下一部政治讽刺诗《惩罚集》，每章配有拿破仑三世的一则施政纲领条文，并加以讽刺，还用拿破仑一世的功绩和拿破仑三世的耻辱对比。这时期，他先后发表了长篇小说《悲惨世界》、《海上劳工》和《笑面人》。1870年普法战争爆发，雨果在流亡了19年之后回到了祖国。他用他的著作和朗诵诗歌得来的报酬买了两门大炮赠给法军，表现了崇高的爱国精神。他死后法国举国致哀，把他安葬在"先贤祠"。

第二节　《悲惨世界》简介

　　《悲惨世界》是一部史诗性的小说，小说体的史诗；一部"苦难的人们"的史诗，人道主义的史诗。作者宣称力图"把一切史诗融合在一部高级的、终极的史诗中"，这部史诗表现"从恶到善、从非正义到正义、从假到真、从渴望到觉醒、从腐朽到生命、从兽性到责任、从地狱到天堂、从虚无到天主"。小说里的中心人物是冉阿让。冉阿让本是一个修树枝的工人，一直靠自己微薄的收入帮助姐姐养活七个孩子。失业后，为了七个孩子，他偷了一块面包，被判五年苦役。四次越狱未遂，被加重处罚，总共在监狱中度过了十九个年头。冉阿让终于出狱，化名马德兰。他在蒙特漪市大办福利事业，使该城迅速繁荣起来。芳汀因失业沦为妓女，饱受侮辱。冉阿让在芳汀病死前答应把她的女儿抚养成人。他实现了自己的诺言，历经千辛万苦养大了她的女儿珂赛特。珂赛特和信仰共和主义的青年马吕斯发生了爱情，但遭到马吕斯祖父的坚决反对，马吕斯深感悲观失望。1832 年 6 月 5 日，巴黎爆发了轰轰烈烈的人民起义，马吕斯参加了街垒战，中途负伤。冉阿让救出昏迷中的马吕斯，成全了马吕斯和珂赛特的婚事。

　　在小说的作者序里，雨果提出了当时社会的三个迫切问题："贫穷使男子潦倒，饥饿使妇女堕落，黑暗使儿童羸弱。"在作品中，对下层人民痛苦命运的描写占据了主要地位。冉阿让、芳汀、珂赛特以及街头流浪儿伽弗洛什，都属于这些不幸的人。他们受尽痛苦，遭遇到无情迫害，被社会所唾弃。雨果在描写他们痛苦的命运时，揭露了资本主义的尖锐矛盾和贫富悬殊的鸿沟。其次，小说谴责了资产阶级的法律，指出资产阶级现存法律是低级法律，只会使罪犯重复犯罪，而人道主义才是高级法律，它能使罪犯弃恶从善、终止犯罪。《悲惨世界》是一部现实主义和浪漫主义相结合的作品。小说的很多章节，闪烁着现实主义的光辉，如冉阿让被迫害的经历、芳汀的悲惨命运，以及滑铁卢战役、1832 年巴黎的街垒战等，都写得比较真实。警探沙威的形象，除了他最后的"人性复活"外，基本上也是现实主义的。但是，作者的浪漫主义手法，在小说的情节安排上也比较明显。作家力图使情节戏剧化，因此写了不少"非凡的"事件，如冉阿让攀上阿利雍号战舰的极高的横杠去救一个水手而自己投入海中，竟能从海底生还；冉阿让抱着珂赛特被警察追捕得走投无路的情况下爬高墙进入修道院，而碰到的人恰恰是自己救过命的一位老人。冉阿让躺在棺材里被抬出修道院，他从街垒上救出马吕斯等等，都是离奇的、浪漫的。《悲惨世界》不仅在法国，而且在国外，也受到极高的评价。俄国著名作家高尔基曾这样赞美雨果："作为一个讲坛和诗人，他像暴风一样轰响在世界上，唤醒人心灵中一切美好的事物。……他教导一切人爱生活、美、真理和法兰西。"

第三节　《悲惨世界》选段

二　小伽弗洛什借了拿破仑大帝的光

　　巴黎春天常刮起凛厉的寒风，吹在人身上不完全是寒冷，而是冰冻。这种寒风能给晴朗的天气陡增凄冷的气氛，恰如从不严实的门窗缝里吹进暖室的冷空气。冬季那扇阴森的门仿佛还半开着，一阵阵风吹进来。本世纪欧洲第一场大规模流行病，就是在 1832 年春天爆发的：那年春寒料峭，凛凛寒风格外刺骨。那扇门比冬季半开的门还要寒冷，简直就是一道墓门。人们感到那种寒风挟着霍乱的气息。

从气象学角度看，这种寒风还有一种特点，就是丝毫也不排除强电压。这个季节常起大风暴，伴随着疾雷闪电。

一天晚上，这种寒风吹得更起劲，仿佛又回到了一月份，有钱的人重又穿上大衣；而小伽弗洛什还穿着那身破布片，立在一家理发店门前出神，冻得愉快地打着哆嗦。他当做围巾围在脖子上的，不知是从哪儿弄来的一条女式羊毛披肩。小伽弗洛什那副样子，好像在由衷地欣赏橱窗里的一个蜡人新娘，看那新娘敞胸露怀，头戴橘花冠，在两盏灯之间旋转，向行人投来微笑，而其实，小家伙眼睛瞄着店铺，看看能不能顺手牵羊，从柜台"摸走"一块香皂，好拿到郊区理发店那里卖一苏钱。他时常靠一块香皂吃顿饭。这种活计他挺拿手，说是"给理发师刮胡子"。

他眼睛一边欣赏新娘，一边瞟着那块香皂，嘴里还一边咕哝："星期二。……不是星期二。……是星期二吗？……也许是星期二。……对，就是星期二。"

谁也没有弄明白过，这种自言自语究竟是什么意思。

这种自言自语，也许偶然涉及他最后那顿饭的日期，那就意味着三天没吃饭了，因为这天已是星期五。

店里有一炉旺火，暖烘烘的，理发师正给一名顾客刮脸，他不时瞥过一眼，瞧瞧那个敌手，那个冻得发抖、双手插兜、心里显然在打鬼主意的没脸皮的野孩子。

伽弗洛什正端详新娘、橱窗和温德索香皂的时候，忽然来了两个穿戴相当整齐的孩子，他们一高一低，比他个头儿还矮，看样子一个有七岁，一个有五岁，胆怯地拧动门把手，走进店铺，不知道问什么事儿，也许是请求施舍，说话哼哼唧唧的，不像祈求倒像呻吟。他们两个同时开口，话又讲不清楚，小的抽抽搭搭语不成句，大的又冻得牙齿咯咯打战，理发师转过身，满脸怒气，右手还举着剃刀，左手推着大的，用膝盖顶着小的，将两个孩子赶到街上，关上店门，恨道：

"闲着没事儿，来把人家屋子都倒腾冷啦！"

那两个孩子一边哭一边往前走。这时，天上吹来一片乌云，淅淅沥沥下起雨来。

小伽弗洛什追上去，招呼他们说："你们怎么啦，小鬼？"

"我们没有地方睡觉。"大的回答。

"就为这个？"伽弗洛什说道，"这可不得了。这也值得哭鼻子吗？两个都是傻瓜怎么的！"

伽弗洛什一副略带嘲笑的高傲态度，以怜惜的权威口吻，柔和爱护的声调说："小娃娃，跟我来。"

"是，先生。"大的说道。

于是，两个孩子跟他走了，就像跟随大主教似的。他们不再哭了。

伽弗洛什领着他们，沿圣安托马街朝巴士底广场方向走去。

伽弗洛什边走边回头，狠狠瞪那家理发店一眼。

"那条老鲭鱼①，简直没长人心，"他咕哝道，"他是个美国佬。"

伽弗洛什打头，他们三人鱼贯而行；一个姑娘见了格格大笑起来，未免对这一伙人失敬了。

---

① 理发师绰号"鲭鱼"。

"你好，公共马车姐儿。"伽弗洛什回敬她一句。

过了一会儿，他又想起那个理发师，改口说道：

"那畜生我叫错了，他不是鲭鱼，而是一条蛇。理发匠，等着吧，我去找个锁匠师傅，给你的尾巴安上一个铃铛。"

他跟那个理发师怄气，见什么都发火。他跨过一条水沟时，碰见一个长了胡须的看门婆，看她拖着扫把那样子，直够资格上布罗肯峰①去会浮士德，于是，他就吆喝一句："夫人，您这是骑马出门啊？"

话音刚落，他又一脚踏下去，将泥水溅到一个过路人的亮皮靴上。

"小坏蛋！"那过路人十分恼火，嚷了一声。

伽弗洛什鼻子从围巾里抬起来，问道："先生要告状吗？"

"告你！"过路人说。

"衙门关门，我不接案子了。"伽弗洛什答道。

然而，他沿着这条大街继续往前走，瞧见一个大门洞下有个十三四岁的女叫花子，浑身冻僵了。衣裙太短，双膝都露在外面。小女孩开始长大，腿不该露出来。年岁增长往往这样捉弄人，恰恰到了赤裸显得不雅观的时候，裙子变短了。

"可怜的姑娘！"伽弗洛什说，"恐怕连条裤衩都没得穿。接着，先围上这个吧。"

他说着，将暖乎乎围在脖子上的羊毛围巾解下来，扔到女叫花子冻紫了的瘦肩头上；这样，围巾又变回去，成了披肩。

女孩怔忡地望着他，接受披肩却未吭一声，人穷苦到了一定份儿上，往往麻木迟钝了，受苦不再呻吟，受惠也不再道谢了。

这样一来：

"噼……！"伽弗洛什发出声来，抖得比圣马尔丹更厉害：圣马尔丹②至少还留下半件大衣。

他这一"噼"，阵雨越发恼火，下得更凶了。这种天太坏，还惩罚善行。

"真可恶！"伽弗洛什嚷道，"这是什么意思？雨又下起来啦！仁慈的上帝呀，再这样下去，我可要回娘胎里了。"

他又往前走。

"左右都一样，"他说着，望了一眼蜷缩在披肩下面的女叫花子，"她那身大衣还不赖呢。"

他抬头望了望乌云，嚷了一声："没辙啦！"

两个孩子亦步亦趋跟在他身后。

他们经过安了密实铁丝网的橱窗，显见是面包铺，因为面包和金子一样，要用铁栏保护起来，伽弗洛什转过身：

"对了，小娃娃，晚饭吃了吗？"

"先生，"大的回答，"早饭之后，到现在没吃东西了。"

"你们没有父亲，也没有母亲怎么的？"伽弗洛什郑重其事地又问道。

"先生不要乱说，我们有爸爸妈妈，只是我们不知道他们住在哪儿。"

"有时候，知道还不如不知道。"伽弗洛什说道，表明他很有头脑。

"我们走了有两个钟头了，"大的接着说，"我们找过好多墙角旮旯儿，可是什么东西也没

---

① 布罗肯峰：德国哈茨山最高峰，相传每年4月30日至5月1日的夜晚，巫婆在那峰上聚会。歌德在《浮士德》中有描述。

② 圣马尔丹：图尔主教。据传他将大衣分一半给一个穷人。

有找到。"

"我知道，"伽弗洛什又说，"全让狗给吃光了。"

他沉默了一会儿，又说道：

"嘿！我们把自身的作者丢了。我们都不知道把他们怎么着了。这样不应该呀，孩子们。把老一辈人给弄丢了，这也太糊涂了。哎呀。对啦！总得吃点儿什么呀。"

此外，他再也没有向他们提什么问题。无家可归，这再明白不过了。

两个孩子中那个大点儿的变得也快，几乎又完全恢复童年那种无忧无虑，他惊叹道：

"说起来真怪。妈妈还说过，到了圣枝主日那天，她带我们去拿祝福过的黄杨枝呢。"

"神经。"伽弗洛什应了一声。

"妈妈是位夫人，"大的又说，"跟密斯姐儿住在一起。"

"好家伙。"伽弗洛什又应了一声。

这工夫他站住了，搜索身上破衣烂衫的每个角落，摸了好半天。

他终于抬起头，那神情本来只想表示满意，而实际却得意扬扬了。

"放心吧，娃娃，这不有了，够三个人吃晚饭了。"

说着，他从一个兜里掏出一苏硬币。

他没容两个孩子惊得目瞪口呆，就推着他们进了面包铺，将一苏钱往柜台上一放，喊道："伙计！五生丁面包。"

面包师傅本人就是店铺老板，他拿起一个面包和一把刀。

"切成三块，伙计！"伽弗洛什又说道，接着又郑重其事地补充一句："我们是三个人。"

面包师打量完三个吃晚饭的人，便操起一个黑面包；伽弗洛什见此情景，就把一根手指深深插进鼻孔里，猛然吸气，仿佛指尖有一小撮弗雷德里克大帝的鼻烟，冲面包师的脸气愤地嚷了一句："克斯克啥？"

伽弗洛什冲面包师嚷的这句话，我们读者中如果有人以为是俄语或波兰语，甚或以为约维斯人和博托库多人①在荒江隔岸相呼的蛮声，我们就应当指出，这是他们（我们的读者）每天讲的一句话，即"这是个什么？"面包师完全听懂了，他回答说："怎么！这是面包呀，极好的二等面包。"

"您是说粗拉通②吧，"伽弗洛什镇定而轻蔑地反驳道，"要白面包，伙计！要细拉通！我请客。"

面包师不禁微微一笑，他一边切白面包，一边以怜悯的目光打量他们，这又冒犯了伽弗洛什。

"喂，小伙计！"他说道，"您干吗呀，这样丈量我们？"

其实，他们三个叠起来，也不到一丈高。

面包师切好面包，收了钱，伽弗洛什就对两个孩子说："磨吧。"

两个小男孩都愣住了，瞪眼看他。

伽弗洛什笑起来："哦！真的，还听不懂，人还太嫩了点儿！"

他又改口说："吃吧。"

他说着，递给他们每人一块面包。

他又想到，这个大点儿的似乎更有资格同他交谈，值得另眼看待，应当多吃点儿，于

---

① 约维斯人和博托库多人：美洲印第安人部族。

② 黑面包。——雨果注

是他克服犹豫的心理，拣了最大的一块面包递给他，又补充一句："这个，塞进你的枪筒里。"

他把最小的一块留给自己。

包括伽弗洛什在内，几个可怜的孩子真饿极了，大口大口咬面包；他们既已付了钱，再待在面包铺里就显得碍事，得不到面包师的好脸色了。

"咱们回街上去。"伽弗洛什说道。

他们又朝巴士底广场方向走去。

他们不时碰到有灯光的店铺，那个小的每次都停下，拿起用绳子套在颈上的铅表，瞧瞧钟点。

"真是个小活宝。"伽弗洛什说道。

接着，他若有所思，又喃喃说道：

"不管怎么说，我若是有孩子，准比这照看得好多了。"

他们吃完面包，正走到阴惨的芭蕾舞街的拐角，能望见小街尽头强力监狱那道低矮吓人的边门。

"嘿，是你呀，伽弗洛什？"一个人说。

"哦，是你呀，蒙巴纳斯？"伽弗洛什应道。

招呼这个流浪儿的是个男人，戴了一副蓝色夹鼻眼镜，伽弗洛什一眼就认出来，正是化了装的蒙巴纳斯。

"好家伙，"伽弗洛什继续说，"你披了一身麻籽酱色的皮，又像大夫一样戴着蓝眼镜，老实说，真够派头呀！"

"嘘，别这么嚷嚷！"蒙巴纳斯说道。

他急忙将伽弗洛什拖出店铺的亮地儿。

两个小孩手拉着手，不由自主地跟在后面。

他们走进通车的黑糊糊的拱顶门洞里，人看不见，雨浇不着了。

"你知道我要去哪儿吗？"蒙巴纳斯问道。

"去不愿登修道院①。"伽弗洛什说。

"耍贫嘴！"

蒙巴纳斯接着说道："我要去会巴伯。"

"哦！"伽弗洛什说，"那女郎叫巴伯。"

蒙巴纳斯压低声音："不是女的，是男的。"

"唔！巴伯呀！"

"对，是巴伯。"

"他不是给关起来了吗？"

"他又打开了。"蒙巴纳斯答道。

他简要地对这流浪儿讲了事情的经过：当天上午，巴伯被押往附属监狱的路上，经过"预审走廊"，本应向右拐，他却溜向左边跑掉了。

伽弗洛什十分赞赏这个机灵劲儿。

"真是老滑头！"他赞道。

蒙巴纳斯讲巴伯如何越狱，又补充了几个细节，最后来了一句："唔！还有好戏看呢。"

---

① 断头台。——雨果注

伽弗洛什一边听，一边抓住蒙巴纳斯拿着的手杖，下意识地抽出上半截，只见露出匕首的利刃。

"嗨！"他说着，赶紧插回去，"你还带着便衣警察。"

蒙巴纳斯眨了眨眼睛。

"哎呀！"伽弗洛什又说道，"你要跟冲子交手啊？"

"难说，"蒙巴纳斯满不在乎地回答，"身上带根别针总没坏处。"

伽弗洛什又追问一句："今儿晚，你到底要干什么呀？"

蒙巴纳斯又拨动低音弦，含混答道："干点事儿。"

他突然改变话题："对啦！"

"怎么啦？"

"几天前发生的一件怪事儿。想想看，我遇到一个有钱的主儿，他赏给我一顿教诲和他的钱袋。我把钱袋放进兜里；过了一会儿，我摸摸衣兜，什么也没有了。"

"只剩下教诲了。"伽弗洛什接口说道。

"你呢，"蒙巴纳斯又说，"你这是去哪儿？"

伽弗洛什指着受他保护的两个孩子，说道：

"我带孩子去睡觉。"

"睡觉，睡哪儿？"

"睡我家里。"

"你家在哪儿？"

"在我家里。"

"你有住处啦？"

"对，有住处了。"

"住在哪儿？"

"大象肚子里。"伽弗洛什答道。

蒙巴纳斯天生不爱大惊小怪，这回也不免惊叹：

"大象肚子里！"

"对呀，没错儿，大象肚子里！"伽弗洛什又说道，"克克啥啊？"

这又是一句谁也不这么写，但人人都这么讲的话，意思就是：这有什么啊？

流浪儿深刻的指责又把蒙巴纳斯拉回到平静的常理上。他对伽弗洛什的住处，似乎有了更好的体认。

"可不是嘛！"他说道，"对，大象……住在那里舒服吗？"

"很舒服，"伽弗洛什答道，"在那里，真的，顶呱呱，不像在桥洞下，没有穿堂风。"

"你怎么进去呢？"

"就那么进去。"

"有洞口啊？"蒙巴纳斯问道。

"还用问！这可不能说出去啊。是在前腿中间。那些拷壳①没看到。"

"你要爬上去喽？不错，我明白了。"

"一搭手的工夫，克拉，克拉，行了，人影也不见了。"

伽弗洛什停了一下，又补充一句：

---

① 密探，警察。——雨果注。

"这两个娃娃，我得弄一个梯子。"

蒙巴纳斯笑起来：

"见鬼，你是从哪儿弄来的小崽子？"

伽弗洛什随口答道：

"两个小宝宝，是一个理发师赠送给我的。"

这时，蒙巴纳斯有了心事。

"刚才，你不费劲儿就认出我来。"他咕哝道。

他从兜里掏出两件小东西，是裹了棉花的两根鹅翎管，往每个鼻孔塞了一根，鼻子就完全变样了。

"你模样变了，"伽弗洛什说道，"不那么丑了，这玩意儿应当总放在里边。"

蒙巴纳斯是个美少年，可是伽弗洛什就爱嘲笑。"别开玩笑，"蒙巴纳斯问道，"现在你觉得我怎么样？"

说话的声音也完全变了。转瞬之间，蒙巴纳斯变得叫人认不出了。

"嘿！给我们演一场木偶戏吧！"伽弗洛什嚷道。

那两个小孩只顾用手指掏鼻孔，一直没有注意听他们说什么，现在一听说木偶戏，就赶忙凑上来，看着蒙巴纳斯那样子，脸上开始流露出喜悦和赞赏的神色。

可惜蒙巴纳斯这会儿心事重重。

他将手掌按在伽弗洛什的肩上，一字一句加重语气对他说：

"听我说，孩子，假如我在广场上，带着我的道格、我的达格和我的地格，假如你们递给我十个苏钱，我倒不会拒绝耍个把场，但现在不是过狂欢节。"

这句怪诞的话，对这个流浪儿产生奇特的效果。他急忙转身，两只明亮的小眼睛凝神搜索周围，发现只离几步远的地方，有一名警察的背影。伽弗洛什"哎呀！"一声刚出口，又立刻憋回去，他摇了摇蒙巴纳斯的手，说道：

"好吧，晚安，我带着小乖乖去见我的大象。万一哪天夜晚你用得着我，就到那儿去找。我住在一、二楼中间的夹层，没有门房，你找伽弗洛什先生就行了。"

"好吧。"蒙巴纳斯说道。

他们分了手，蒙巴纳斯朝河滩广场走去，伽弗洛什则前往巴士底广场。伽弗洛什和大小兄弟俩，一个拉着一个；五岁的小弟几次回头，望那走远的"木偶"。

蒙巴纳斯发现警察；用黑话通知伽弗洛什，也并没有什么奇妙的，只是运用"狄格"的半谐音，变法儿重复五六遍。"狄格"这两个音不是孤立地发出来，而是巧妙地嵌在一句话里，要表示："当心，不能随便说话。"此外，蒙巴纳斯这句话还有一种文学美，超出伽弗洛什的理解："我的道格、我的达格和我的地格"，在神庙街区一带的黑话中意味"我的狗、我的刀和我的女人"；须知在莫里哀创作和卡洛绘画的那个伟大世纪，小丑和红尾巴①圈子里常讲这种话。

在巴士底广场东南角，靠近沿古狱堡护城壕挖掘的运河码头，曾有一个奇特的建筑物，二十年前还能见到，如今已从巴黎人的记忆中消失，但是值得在那里留下一点痕迹，因为那是"科学院院士，埃及远征军总司令"的构想。

虽说只是一个模型，我们还是称做建筑物。作为拿破仑一个意念的巨大遗体，这个模型本身就是个庞然大物。连续经过两三场狂暴，它越来越远离我们，变成历史的遗迹，一

---

① 指小丑。小丑戴的假发尾上系着红缎带。

反当初临时性构筑的形象，具有某种说不出来的永久性了。那头大象有四丈来高，木架和灰泥结构，背上驮着一座塔，好似一座房舍，当年由泥瓦匠刷成绿色，现在已由天空、风雨和时间涂成黑色了。广场那一角空旷萧飒，而那巨兽宽额、长鼻、巨牙、高塔、宽大的臀部、圆柱似的四条腿，身影映在星光闪烁的夜空，的确惊魂动魄。一般人不知道那意味什么。那是民众力量的一种象征。黝暗、神秘而壮伟。不知那是什么具有神力的有形魂体，耸立在巴士底广场无形幽灵的旁边。

极少有外来人参观这一建筑，行人也不望一眼。它渐渐倾移，一年四季都有灰泥从腹部剥落，伤痕累累，不堪入目。文雅行话中所谓"市政大员"，从 1814 年起就把它遗忘了。它始终待在那个角落，病恹恹的，摇摇欲坠，四周圈的木栅栏也已朽烂，随时受到醉醺醺的车夫的糟蹋。它的腹部龟裂，尾巴上支出一根木条，腿之间杂草丛生；由于大城市地面总在不知不觉中逐渐升高，而它周围广场的地势，三十年来也高出许多，它就好像陷入凹地中，地基下沉了似的。它那样子恶俗不堪，受人轻蔑和厌恶，但是又卓然独立，有产者觉得丑陋，思想者看着忧伤。它近乎要清除掉的一堆垃圾，又类似要被斩首的一位君王。

前面说过，夜晚景象就变了。夜晚是一切黝暗东西的真正归宿。夜幕一降临，那头老象就焕然一新；在黑暗的一片静穆中，它换上一副沉稳而凶猛的神态。它属于过去，因此属于黑夜；夜色同它的魁伟相得益彰。

这座建筑粗陋、矮壮、笨重、凶猛、冷峻，形体几乎怪异，然而确实庄严，凛凛然有几分雄伟和狂野，如今已不复存在，好让一个烟囱高耸的巨型火炉①君临清平世界，取代阴森森的九塔楼堡垒，颇为类似资产阶级取代封建制度。用一个火炉来象征锅炉容涵力量的时代，是极其自然的事情。这个时代行将过去，也已开始过去了；人们开始明白，如果说锅炉能产生能量，那能量也只能是在头脑中产生出来的；换言之，带动世界前进的，不是火车头，而是思想。把火车头套在思想的列车上，固然很好，但是不要将马当做骑手。

扯回话题，不管怎么说，在巴士底广场上，用灰泥建造大象的建筑师，成功地表现了伟大，而建造火炉烟囱的建筑师，却用青铜塑造出渺小。

这个火炉烟囱还起了个响亮的名字，叫作七月圆柱，这是流了产的一场革命的拙劣纪念碑，直到 1832 年，非常遗憾还被覆着巨大的构架，围着一大圈木板栅栏，彻底孤立了那头大象。

流浪儿带领两个娃娃，正是走向由远处一盏路灯微光照见的这个广场角落。

请允许我们在此打断一下，提醒一句，我们讲述的完全是事实，二十年前，轻罪法庭根据禁止流浪和破坏公共建筑的法令，就抓到并判处一个睡在巴士底广场大象里的儿童。

交代了这一史实，我们继续往下谈。

到了大象跟前，伽弗洛什看出无限大对无限小产生的影响，就说道："小乖乖！不要怕。"

说着，他从一处豁口儿跳进大象的栅栏里，又扶着两个孩子跨进去。两个孩子有点儿害怕，跟着伽弗洛什一声不响，完全信赖这个衣衫破烂的小保护人，只因他给他们面包吃，又答应给他们住处。

有一条梯子靠着木栅栏倒放在地上，那是附近工地的工人白天用的。伽弗洛什以罕见的力量搬起梯子，竖到大象的一条前腿上。只见梯子顶端正好靠近巨兽肚子的一个黑洞。

伽弗洛什指着梯子和洞口，对两个客人说："爬上去，进去吧。"

两个小男孩恐惧地面面相觑。

---

①　路易-菲力浦政府为纪念七月革命，在巴士底广场上建起圆形铜柱，高 50 米、柱顶有自由女神像。

"你们害怕呀，小乖乖！"伽弗洛什高声说。

随即他又补充一句："你们瞧我的。"

他不屑用梯子，双手抱住粗糙的象腿，眨眼间爬到破洞口，好似游蛇钻了进去；不大工夫，两个孩子隐约望见黑洞口探出他的头，仿佛一个白里透青的形体。

"喂，"他喊道，"小家伙，倒是爬上来呀！上来一看就知道，这儿有多舒服！"他又对着那个大的说："上来，你！我拉你一把。"

两个孩子用肩头相互推着，流浪儿又是吓唬又是劝勉，再说，雨也下得很大。大的冒险往上爬。小的见哥哥爬上去，独自一个留在巨兽的大腿之间，想哭又不敢哭。

大的摇摇晃晃，一磴一磴往上攀登。伽弗洛什一路给他鼓劲儿，像武术教练教徒弟，或老骡夫赶骡子那样吆喝："别怕！"

"就这样！"

"接着上！"

"脚放在那儿！"

"把手给我！"

"大胆点儿！"

等他能够得着了，就猛地一把抓住，拉着胳臂，一使劲将孩子拉上去。

"真棒！"他说道。

那孩子钻进豁儿口。

"现在，等我一下，"伽弗洛什说道，"请坐吧，先生。"

他像先头钻进去那样，又从洞口钻出来，顺着象腿溜下去，跟猕猴一样轻捷，等双腿一着草地，就拦腰抱起那五岁的孩子，送到梯子正中，跟在后面往上爬，一边喊那个大的：

"我往上推，你往上拉他。"

转瞬间，小家伙让人又推又拉，又送又拖，上了梯子，还没弄清怎么回事，就给塞进洞里，随后伽弗洛什也跟进来，又一脚将梯子踢翻在草地上，拍起巴掌嚷道：

"我们到啦！拉法耶特将军万岁！"

他欢呼完了，又补充一句：

"小家伙，你们到我家了。"

伽弗洛什的确到家了。

无用东西的意外用途啊！庞大事物的慈悲啊！巨人的善良啊！这个巨大的建筑原是拿破仑皇帝一念的产物，现在成了一个流浪儿的栖身之所。巨人收养并庇护一个孩童。盛装打扮的有产者，经过巴士底广场，瞪着金鱼眼睛，轻蔑地打量那头大象，往往抛出一句："那东西有什么用？"它就用来让一个无父无母、无衣无食又无家的小孩，免遭寒风冷雨、霜雪冰雹的袭击，使他避免睡在泥地里而发烧，避免睡在雪地里而冻死。它就用来收容社会所抛弃的无辜。它就用来减轻公众的错误。这就是敞开的洞穴，接纳处处吃闭门羹的人。这头老象惨不忍睹，摇摇欲坠，被人抛弃、判决和遗忘了，还被虫豸侵害，遍体鳞伤，满身尽是疮痍霉斑，好似一个巨人乞丐，立在十字街头，徒然祈求行人抛来和善的目光，可是它却反而可怜另一个乞丐，可怜这个脚下无鞋，头上无房顶的穷小子。巴士底广场大象就有这种用场。拿破仑的这一构想，为人类所鄙弃，却为上帝所拾取。原本只想建成显赫辉煌的东西，却变为令人肃然起敬的东西了。要实现皇帝的构想，就得使用斑岩、青铜、铁和金子、大理石；要实现上帝的意图，用老式办法，将木板、木条和灰泥拼凑起来就足够了。皇帝产生一个天才的梦想，建造一头无比巨大、无比神奇的大象，高扬着鼻子，全身披挂，驮着宝塔，四周围着活跃欢快的喷泉，要用这样一头大象来象征人民；上帝却把它变成更伟大的东西，给一个儿童栖身。

伽弗洛什出入的那个豁口儿，前面说过，隐蔽在象肚子下，从外面几乎看不见，而且极窄，只有猫儿和小孩能勉强通过。

"先要嘱咐门房，就说我们不在家。"伽弗洛什说道。

他就像熟悉自己的房间的人那样，胸有成竹，钻进黑暗中取来一块木板，堵上了洞口。

伽弗洛什又钻进黑暗中。两个孩子听见火柴插进磷瓶中吱啦的响声，当时还没有化学火柴，代表那个时代进步的是福马德打火机①。

突然出现光亮，晃得他们直眨眼。伽弗洛什点着一根火绳；这种浸了松脂的火绳叫作地窖老鼠，点起来亮小烟多，只能隐隐约约照见大象里面。

伽弗洛什的两位客人瞧瞧四周，他们的感觉有点像装进海德堡大酒桶里的一个人，说得更准确点儿，好似《圣经》所说吞进鲸鱼肚里的约纳斯。眼前赫然出现一副巨大骨骼，将他们包围起来。上面一条褐色大梁很长，每隔一段距离，就连下来两根弓形粗木肋条，这就构成了脊柱和肋骨；石膏流成钟乳石状，犹如内脏垂悬在那里；巨大的蜘蛛网从一端拉到另一端，成为挂满灰尘的横膈膜。只见各个角落一团团黑糊糊的东西，仿佛是活物，仓皇地窜来窜去。

从大象后背腔落到腹部的灰泥填平了凹面，走在上边就像铺了地板。

那个小的靠着哥哥，悄声说道："这么黑呀。"

这话把伽弗洛什惹火了。两个孩子神情沮丧，必须振作一下。

"你们胡说些什么呀？"他嚷道，"要开玩笑吗？要摆出什么都看不上眼的架子吗？非得住土伊勒里宫不成吗？说说看，难道你们是傻瓜蛋？我可先告诉你们，别把我算在傻瓜堆里。难道你们是哪个大老爷的孩子吗？"

在惶恐不安的情绪中，粗鲁一点儿有好处，能稳住局面，两个孩子又向伽弗洛什靠拢了。

伽弗洛什受到如此信赖，像当父亲似的心软了，口气由"严厉转为和蔼"，对那个小的说：

"小傻瓜，"他用爱抚的声调加重这句骂人话的语气，"外面才黑呢。外面下雨，这里不下雨；外面冷得很，这里一点风也没有；外面人很多，这里一个外人没有；外面连一点月光也不见，我这儿有蜡烛，他妈的！"

两个孩子再看这房子，就不那么恐惧了，不过，伽弗洛什也不容他们仔细观赏。

"快。"他说了一声。

紧接着，他就推着他们，走向我们非常高兴能称作内室的地方。

那里摆着他的床铺。

伽弗洛什的床铺应有尽有，也就是有床垫、被子，以及拉着帷幔的凹室。

床垫是草席，被子是一条大幅灰色粗羊毛毯，很温和，有七八成新。凹室的情况如下：

三根长木杆稳稳插在地上灰渣里，即插在大象的肚皮上，前边两根，后边一根，顶端用绳子捆在一起，成为三角支架；上面罩了一面黄铜丝网，和铁丝巧妙地扎牢，这就把三角架包得严严实实，周围贴地面的网边，又用大石块压住，什么也钻不进去了。这个网罩，不过是动物园里蒙鸟栏的一块铜丝网，伽弗洛什的床铺也就像放在鸟笼子里。整个网架类似爱斯基摩人的帐篷。

（方华文编，摘自李玉民译：《悲惨世界》，中央编译出版社，2011）

---

① 福马德发明的打火机，里面装硫酸，拿化学火柴往里蘸。

第二十三章　乔治·桑及《魔沼》

第一节　乔治·桑简介

乔治·桑，法国最杰出的浪漫派作家之一，也是世界上最著名的女作家之一。她原名阿芒丁娜·吕西·奥罗尔·杜邦，采用乔治这一男名，也许是想以此表达妇女解放的意识。19世纪欧洲文坛伟人辈出，但乔治·桑却有着她独特的地位。她一生笔耕不辍，堪称一位多产的作家，共写过244部作品，其中包括故事、小说、戏剧、杂文，并且留下许多被称为"文学史上最优美的通信之一"的书信。

乔治·桑于1804年出生于法国巴黎，父亲是法兰西第一帝国的一位军官。她从小由祖母抚养，13岁进入巴黎的修道院，18岁离开。1822年，18岁的乔治·桑与杜德望男爵结婚，育有一子一女。婚姻破裂后，她毅然来到巴黎，带着子女开始了寻找自己的道路。她于1832年独自出版第一部小说《安蒂亚娜》，大获成功，也由此开始了自己的作家生涯。

1832年到1840年间，乔治·桑成功出版了《瓦朗蒂娜》、《莱莉亚》、《莫普拉》等小说，主要探讨"妇女问题"。这些小说描写了在爱情中遭遇不幸的女性们如何不懈地追求独立与自由。她从自身的经历出发，力图追寻女性主义的解放，要求男女平等，抨击传统不合理的婚姻给妇女带来的痛苦，具有积极的社会意义。

40年代，乔治·桑开始探索"社会问题"，发表了《木工小史》、《奥拉斯》、《康素爱萝》等小说。其中长篇小说《康素爱萝》是她最优秀的社会问题小说之一。这一时期的小说揭露了封建制度的暴虐和黑暗、社会贫富不均等现象，也带着神秘主义手法描写下层人民的秘密组织和活动。她深切同情劳动人民，在作品中反映了他们在政治上的要求。在乔治·桑的时代，这些内容，历来只有在男作家的作品中出现。乔治·桑对社会问题的深入描写在女作家中实属罕见。陀思妥耶夫斯基因此称赞乔治·桑为"妇女中最崇高和最杰出的代表之一，从她的思想和才能的强劲有力来说，几乎是独一无二的女子，一个已经成为历史性的名字。"

1846年乔治·桑发表了中篇小说《魔沼》，标志着她开始创作田园小说。乔治·桑的一生都是在巴黎和贝里地区度过的。贝里地区就是她笔下田园小说中的农村原型。乔治·桑的作品具有浓郁的浪漫主义色彩，她满怀诗情画意描绘农村的自然风光，表现了追寻返璞归真、远离尘嚣的美好理想。这一时期的作品还包括《小法黛特》、《弃儿弗朗索瓦》、《笛师》等。

五六十年代，乔治·桑在诺昂的乡村过着宁静的生活。她与儿子在家演出木偶剧，接待友人，还坚持创作，作品风格多样，包括历史小说、世俗小说、社会小说，也包括童话，如《说话的橡树》，同时她也完成了自传《我的一生》。这个时期的代表作为《金色树林的美男子》。

乔治·桑的作品内容发人深省，带有女作家特有的亲和力。她细腻温婉而又清丽的笔调，具有很强的感染力，在作家如云的世界文坛上独树一帜。

第二节　《魔沼》简介

《魔沼》是乔治·桑田园小说的代表作，作品叙述了纯朴的庄稼汉热尔曼与邻居姑娘小玛丽温馨而传统的爱情故事。小说情节简单，描述的是一天一夜发生的故事。鳏夫热尔曼 28 岁，是三个孩子的父亲，勤劳、能干、诚实、憨厚。小玛丽 16 岁，是穷苦大娘吉叶特的女儿，纯洁、善良、善解人意。热尔曼接受岳父的安排去相亲，小玛丽去离家很远的农场当牧羊女，由于同路，热尔曼用自己的小青马驮上小玛丽一同出发。同行的还有热尔曼天真可爱的大儿子小皮埃尔。魔沼是他们路过小树林中的沼泽，一段难走而又容易让人迷失的地方。一路走来，热尔曼与细心体贴的玛丽深深爱上对方，最后他们回到了老家，在岳父母的撮合下，有情人终成眷属。

乔治·桑曾宣称，她要追求朴素中的美，她笔下这个朴实充满诗意的爱情故事就是一个很好的例证。她在《魔沼》中指出："我们相信，艺术的使命是一种情感和爱的使命，今日的小说应当取代人类幼稚时期的寓言和隐喻的写法。"她倾向于美化现实，将人物理想化。

这部中篇小说的过人之处，并不在于它简单、近乎于白开水的情节，而在于作者对田园生活的诗意描绘，在于她赋予田园生活的诗意笔触和信念，在于她对自然和劳动者的讴歌。她在小说第二章《耕种》中写道："大自然永远是年轻、美丽和慷慨的。它把诗意与美倾注给一切在它怀抱里自由自在发展的动植物。它掌握着幸福的奥秘，没有人能从它那里夺走。掌握劳动技能、自食其力、在运用智力中汲取舒适和自由的人，也许是最幸福的人；他有时间在生活中运用心灵和头脑，了解自己的事业，热爱上帝的事业。"与霍尔拜描画农民的苦难和死亡的恐怖截然不同，乔治·桑眼中的庄稼汉，非但不是瘦骨嶙峋，而是充满生命的力量和活力。小说伊始，她描绘了一幅劳动场面："不是愁容满面的老人，而换了一个精力充沛的年轻人；不是套着肋骨突起、疲乏不堪的瘦马，而换了两组四头健壮暴躁的耕牛；不是死神，而换了一个俊美的孩子；不是绝望的图景和毁灭的观念，而是换了精力旺盛的景象和幸福的思想。"对自然与劳动者的讴歌，也显示了作者纯朴、美好的理想主义思想。

乔治·桑笔下的《魔沼》，原型是位于法国中部的贝里地区，那里保留着古老而纯朴的风俗。《魔沼》作为田园小说的特点也体现在注重农村风俗的描写。小说最后附录中还详细地描述了送彩礼、乡间婚礼等贝里地区的婚礼风俗，以及民间乐师的活动方式。农村生活被诗意化了。因此有的评论家将她的田园小说称为"法国的家事诗"。小说中的其他小角色，如活泼可爱的小皮埃尔、好色的农场主、风流的寡妇和粗俗的求婚者。虽然这些角色只是作为衬托，但也描绘得神情毕肖。

有人说，乔治·桑向来关心女性问题与社会问题，但她却用清丽的笔调在《魔沼》中编织了一个美妙的田园之梦，带着读者去寻找那逝去的乡土传说，既惆怅无奈，又温暖美丽。

第三节　《魔沼》选段

十五　返回农场

一刻钟以后，他们已经越过那片荒野，奔驰在大路上，小青每见到一样它认得的东西就发出嘶鸣。小皮埃尔把他所能了解的事情经过讲给他父亲听。

"我们到了以后，"他说，"就马上到羊圈去看那些好看的绵羊，那个家伙来找我的玛丽说话。我呢，我爬上羊槽去玩了，那个家伙没看见我。我对我的玛丽问过好后，就去吻她。"

"你让他吻了吗，玛丽?"热尔曼气得发抖地说。

"我以为这是一种礼节，一种对新来的人的地方风俗，就像你们村里一样，老祖母要抱吻来干活的姑娘们，向她们表示她收她们，像母亲一样对待她们。"

"后来，"小皮埃尔接着说，他对叙述一件惊险遭遇感到骄傲，"这个家伙对你说了一些难听的话，你叫我再也别重复，也别记住：所以我很快就忘了。可是，我爸爸要我说出来的话……"

"别说，我的皮埃尔，我不想听，我要你再也别记住。"

"既然这样，我就再把它忘掉吧，"孩子说，"后来那个家伙看样子冒火了，因为玛丽告诉他，她要走了。他对玛丽说，她要什么他都给，给一百法郎！我的玛丽也恼火了。他走过去要动手，好像要打她的样子。我害怕起来，扑在玛丽身上，大声叫喊。这个家伙就说：'怎么回事？这孩子打哪儿来的？给我撵出去。'他举起棍子要打我，我的玛丽止住了他，对他说：'我们回头再谈，先生；眼下我得把这孩子送到富尔什去，然后我再回来。'他一走出羊圈，我的玛丽就对我说：'我的皮埃尔，咱们逃走吧，快离开这儿，因为这个家伙不怀好意，要对我们下毒手。'我们从谷仓后面绕过去，穿过一个小牧场，到富尔什去找过您。您不在，那里的人不让我们等您。这个家伙骑着他的黑马追赶我们来了，我们就逃得更远，后来躲到树林里。他也赶来了，我们听到他赶来的声音，就躲了起来。他一过去，我们又向前跑，要跑回家去；最后您来了，找到了我们；全部经过就是这样。对不对，玛丽，我没漏掉什么吧?"

"没有，我的皮埃尔，这全是真的。眼下，热尔曼，您要给我证明，对我们村里的人说，我不能待在那边，不是我缺乏勇气，不肯干活。"

"而你，玛丽，"热尔曼说，"我要请你想想，保护一个女人，惩罚一个无赖，二十八岁的男人不算太老吧！我想知道，巴斯蒂安，或者另一个漂亮的小伙子，优越的地方就在比我小十岁，会不会被小皮埃尔所说的那个家伙打倒呢，你以为怎样?"

"我以为，热尔曼，您帮了我一个大忙，我一辈子都要感谢您。"

"就这样吗?"

"我的小爸爸，"孩子说，"我答应您的话，我忘记对小玛丽说了。我没有时间，但到家我要对她说的，我也要对外婆说。"

孩子这样应承终于使热尔曼思索起来。现在问题是要对岳父母解释，他对寡妇盖兰的不满，但不便说是别的思想使他这样明智和严厉。一个人感到幸福和自豪的时候，似乎很容易使别人接受他的快乐；可是一方面受到拒绝，另一个方面又受到责备，这可不是一种愉快的处境。

　　幸亏他们回到农场时，小皮埃尔睡着，热尔曼没有弄醒他，把他抱到床上。然后他竭尽所能，进行解释。莫里斯老爹坐在门口的三脚凳上，严肃地听他说话。尽管他并不满意此行的结果，但热尔曼讲到寡妇那套风流的举动，问岳父他有没有时间一年五十二个星期日都去求爱，到年终还有被回绝的危险，这时他的岳父点着头赞同地回答：

　　"你没有错，热尔曼，这是不可能的。"

　　接着热尔曼叙述他怎样不得不尽快带走小玛丽，使她免受一个下流主人的侮辱，甚至是强暴行为，莫里斯老爹又点头赞同说：

　　"你没有错，热尔曼；这是应当的。"

　　热尔曼讲完全部经过，举出所有理由后，他的岳父母同时沉重地、无可奈何地叹了一口气，面面相觑。随后那家长站起来说：

　　"好吧！听凭上帝安排吧！好感是不能勉强的呵！"

　　"来吃晚饭吧，热尔曼，"岳母说，"事情没有安排妥帖，真是不顺心；但照情形看来，是上帝不肯成全这事，只好另想办法。"

　　"对，"老头子说，"像我女人说的，另想办法吧。"

　　家里没有别的异议。翌日天明，小皮埃尔同云雀一道起来，他已经不再受到前两天不平凡的事件的激烈影响，又恢复他那种年纪的农村小孩无所用心的状态，把萦绕在他脑子里的事都忘光了，只想到同他的弟弟们玩耍，在牛和马面前扮作"大人"。

　　热尔曼也想忘掉这件事，重新埋头干活；但他变得闷闷不乐，心不在焉，人人都注意到了。他没有跟小玛丽说话，甚至不看她一眼，要是有人问他，她在哪个牧场，打哪条路走的，不论什么时间，他要回答的话，他不会说不出来的。以前他不敢要求他的岳父母在冬季收留她在农场里，但他知道她得忍饥挨饿。现在她并没有受穷受苦，吉叶特大娘怎么也弄不明白，她储存的那点木柴从不会减少，她的谷仓头天晚上差不多搬空了，早晨又装得满满的，甚至还有麦子和马铃薯。原来有人从谷仓的天窗爬进来，把一口袋东西倒在地板上，不惊醒任何人，也不留下痕迹。老女人又不安，又喜欢；她让女儿不要声张，说是一旦有人知道她家出现的奇迹，就会把她当成女巫。她相信这是魔鬼作怪，但她不急于叫来本堂神甫，在她家念驱魔咒，同魔鬼闹翻。她心里想，等撒旦来向她索取灵魂，作为它的善举的酬答时，她再去叫也不迟。

　　小玛丽却是一清二楚，但她不敢跟热尔曼提起，生怕看到他又回到提婚的念头上来，她对他装作什么也没发觉的模样。

十六　莫里斯大娘

　　有一天，莫里斯大娘看到只有自己同热尔曼在果园里，便亲切地对他说："我可怜的女婿，我想你不太舒服。你不像平常那样吃东西，也不露出笑容，说话越来越少，是不是我们家哪一个，或者是我们大家不知不觉地伤了你的感情？"

　　"不是，妈妈，"热尔曼回答，"您一向待我像亲生母亲一样好，我要抱怨您，或者您的丈夫，或者家里任何人的话，那我就是忘恩负义的人了。"

　　"这样的话，我的孩子，那是你又在为你女人的去世伤心啦。你的忧伤没有随时间消失，反而更加厉害。非得按你岳父给你出的好主意去做：你得再结婚。"

　　"是的，妈妈，这也是我的想法；可是你们劝我去追求的女人都不合我的意。我看到她们的时候，不但没忘掉我的卡特琳，反而更加想念她。"

　　"看起来，热尔曼，是我们没有摸准你的喜好。那你一定得帮帮我们，对我们说出心里话。不用说，在某个地方有个女人是为你天造地设的，因为善良的上帝绝不会造出一个人来，而不在另一个人身上保存他的幸福。如果你知道到哪儿去娶你需要的女人，你就娶了她吧；不管她是美是丑，是年轻是年老，是有钱是贫穷，我的老伴和我，我们决定都答应你；因为我们看到你闷闷不乐都看烦了，你不改变的话，我们不会过得安生。"

"妈妈，您像善良的上帝一样好，爸爸也一样，"热尔曼回答，"但你们的怜悯不能医治我的烦恼：我所爱的姑娘不愿嫁给我。"

"是不是她太年轻？爱一个年轻姑娘在你是不理智的。"

"是呀！好妈妈，我是有爱上一个姑娘的疯念头，我也责备自己来着。我竭力不去想她，但我不管是干活还是休息，不管是望弥撒还是在床上，不管是同我的孩子们还是同你们在一起，我总是想到她，不能想到别的东西。"

"那么这就像你注定的命运啰，热尔曼？这只是一种药，就是让这个姑娘改变主意，听你的安排。因此，我得插一脚，看看有没有可能。你告诉我她住在哪儿，叫什么名字。"

"唉，亲爱的妈妈，我不敢说，"热尔曼回答，"你会笑话我的。"

"我不会笑话你，热尔曼，因为你在受罪，我不想再加重。她是不是芳舍特？"

"不是，妈妈，根本不是。"

"那么是罗赛特？"

"不是。"

"你说出来吧，要让我说出这儿所有姑娘的名字来，我真数不过来呢。"

热尔曼耷拉着头，拿不定主意回答。

"好吧！"莫里斯大娘说，"今儿个我不问你了，热尔曼，兴许明儿你更信得过我，或者你的内弟媳更会问出你的话来。"

她捡起篮子，准备去把衣服晾在灌木丛上。

热尔曼像孩子们一样，等他们看到别人不再理会他们，反而打定了主意。他跟在岳母后面，抖抖索索地终于对她说出"吉叶特的小玛丽"。

莫里斯大娘大吃一惊：这是她最不会想到的一个。但她很心细，没有叫出声来，只在心里琢磨着。随后，看到她的不出声使热尔曼很难堪，她把篮子递给他说：

"这就有理由不帮我干点活吗？替我拿这篮东西，一边走一边跟我聊聊。你仔细考虑过了吗，热尔曼？主意打定了吗？"

"唉，亲爱的妈妈，话不该这么说：如果我能成功的话，我早就打定了主意；可是因为人家不答应我，我只好死了心，如果这做得到的话。"

"如果做不到呢？"

"什么事都有个了结的时候，莫里斯大娘：马儿负载太重，便会倒下；牛不吃东西，就会饿死。"

"这就是说，你不成功的话，就会死去吗？但愿不要这样才好，热尔曼！我不喜欢像你这样的人说这种话，因为你这样的人怎么说就怎么想。你是那种胆足气壮的人，软弱对于壮汉是危险的。得啦，提起希望吧。我想，一个生活贫困的姑娘，你追求她给了她那么大的面子，她不至于拒绝你。"

"但事实上她拒绝了我。"

"她对你说了什么理由呢？"

"她说你们一向照顾她，她家欠你们家很大的情分，她根本不想让我放弃一门有钱人家的婚事，叫你们懊丧。"

"如果她那样说的话，证明她心地善良，她是正直的。但是，热尔曼，她这样对你说，并不能把你的心病治好，因为她准定对你说，她爱你，如果我们同意的话，她就嫁给你。"

"最糟糕的话，她说她的心不在我身上。"

"如果她说的不是心里话，目的是让你离开她，那么，这个孩子是值得我们所爱的，我们可以因为她非常明白事理，不去计较她的年轻。"

"是吗？"热尔曼说，他被从未有过的希望激动着，"这在她是很懂事，很得体的！如果她是这样有理智的话，我担心正因此我不讨她喜欢。"

"热尔曼，"莫里斯大娘说，"你要答应我整个星期里保持平静，不要苦恼，像从前一样吃饭睡觉，高高兴兴。我呢，我对我的老伴去说，让他同意，那么你就会知道这姑娘对你的真实感情了。"

热尔曼一口答应，一星期过去，莫里斯老爹没有对他特别提起，好像一无所知的样子。农夫竭力显示平静，但他变得更苍白，更忧心忡忡了。

十七　小玛丽

末了，星期日早上，做完弥撒出来，他的岳母问他，打从那次在果园里谈话以后，他从他的爱人那里得到什么结果没有。

"什么也没得到呀。"他回答，"我没有对她谈过。"

"你不跟她谈话，怎么说服她呢？"

"我只跟她谈过一次话，"热尔曼回答，"就是我们一起去富尔什的时候；以后我就没跟她说过一句话。她的拒绝使我万分痛苦，我宁愿不要听她对我再说一次，她不爱我。"

"呃，我的孩子，现在该和她谈一谈；你的岳父答应让你这样做。得啦，打定主意吧！我对你说了，有必要的话，我就吩咐你去做，因为你不能老是这样犹豫不决的。"

热尔曼服从了。他垂头丧气地来到吉叶特大娘家。小玛丽独自坐在炉火旁，沉思默想着，竟没有听到热尔曼进来。她一看见他站在面前，便惊讶地从椅子上跳起来，脸变得绯红。

"小玛丽，"他坐在她身旁说，"我知道，我要来给你添麻烦，添苦恼；可是，我们家那位男人和女人（按习俗指的是两位家长）要我来对你说，要求你嫁给我。你不会愿意的，我早料到了。"

"热尔曼，"小玛丽回答，"您肯定爱我吗？"

"这叫你不高兴，我知道，但这不是我的错儿：你能改变主意的话，我就太高兴了，不用说，我不配这样。啊，瞧着我，玛丽，我难道很可怕吗？"

"不，热尔曼，"她微笑着回答，"您比我更好看。"

"别嘲笑我；你包涵一点看看我吧；我还没缺一颗牙齿，一根头发。我的眼睛在对你说，我爱你。瞧着我的眼睛吧，那上面写着，每个姑娘都会读懂这种文字。"

玛丽带着快活自信的态度瞧着热尔曼的眼睛；蓦地，她扭过头去，浑身颤抖起来。

"啊！我的上帝！我叫你害怕，"热尔曼说，"你看着我，好像我是奥尔莫的农场主一样。别怕我，求求你，那太伤我的心了。我不会对你说不正经的话；我不会硬逼着吻你，你要叫我走，只要向我指一指门就行。啊，一定要我出去，你才不发抖吗？"

玛丽向农夫伸出手去，但她俯向炉火的头没有扭过来，而且一言不发。

"我明白了，"热尔曼说，"你可怜我，因为你心地善良；你使我不幸的心里觉得难过：难道你就不能爱我吗？"

"您干吗对我说这些，热尔曼？"玛丽终于回答，"您难道要把我逼哭吗？"

"可怜的姑娘，你有好心眼儿，我知道；但你不爱我，你的脸老躲着我，你怕让我看到你的不快和厌恶。而我呢，我连你的手都不敢握一握！在树林里，我的儿子和你都睡着的时候，我差一点要轻轻地吻你一吻。但我要求你给我吻一吻，真是羞死我了，那一夜我所受的痛苦，就像一个人受微火烤炙一样。打那以后，我每夜都梦见你。啊！我热烈地吻着你，玛丽！而你呢，这时候安睡着，不做梦。眼下你知道我在想什么吗？我想的是，假使你回转身，用我看你的眼光来看我，假使你的脸挨近我的脸，我相信我真的要快乐死了。而你呢，你在想，假如你这样做的话，你会气死和羞死！"

热尔曼好像在梦里说话一样，并没听到自己在说什么。小玛丽一直在发抖；而他抖得更厉害，所以反而不觉得她在发抖。她骤然转过身来，满脸是泪，用责备的神情望着他。可怜的农夫以为最后的打击到了，便不等她判决，站起身来要走；可是姑娘把他抱住了，拦着他，把头埋在他的怀里，呜咽地对他说：

"啊，热尔曼，难道您没捉摸出，我爱着您吗？"

热尔曼真会发狂了，如果他的儿子这时不来找他，使他醒悟过来的话；这孩子骑着一根木棍，他妹妹也骑在后面，用一根柳条赶着这匹假想的马，飞快地跑进了茅屋。他把儿子抱起来，放在未婚妻的怀中，对她说：

"瞧，你爱了我，幸福的人，不止我一个呀！"

附　录

一　乡间婚礼

热尔曼的婚姻故事到这儿告一段落，就像这个精明的农夫亲自讲给我听的那样。亲爱的读者，请你原谅我没能表达得更好；因为需要用我所咏唱的（像从前的说法）乡下农民古朴的语言才能真正表达出来。对我们来说，农民们所说的法语太纯粹了，从拉伯雷和蒙田以来，语言的发展使我们失去许多古老的丰富的词汇。一切发展都是这样，我们对此必须容忍。但能听到法国中部古老的土地上流行的美妙的土语，仍不失为一种乐趣；尤其因为它真实地表现了使用的人们妙语横生的冷隽性格。都尔一带保存了一些宝贵的古朴的成语，但这一带从文艺复兴时期开始，已经大踏步进入了文明。那里到处是宫堡、大道、外国人和熙攘的活动。贝里一带却停滞不前，我相信，除了布列塔尼和法国最南部的几个省以外，这是目下最保守的地方了。有的风俗奇特有趣，亲爱的读者，我希望还能让你感到一会儿的愉快，如果你允许我详细给你叙述一次乡下婚礼，比如说热尔曼的婚礼，几年前，我兴趣盎然地参加了。

唉！一切都在逝去。仅仅在我生下来以后，我的故乡在思想和习俗方面的变动，就超过了大革命前几个世纪的变迁。我在童年时代还看见过的盛行的塞尔特人、异教或中世纪的仪式，有一半已经消失了。也许再过一两年，铁路干线会铺到我们的深谷，以迅雷一般的速度，卷走我们古代的传统和美妙的传说。

那是在冬季，在狂欢节左右，正是一年之中我们那里最适于举行婚礼的时节。在夏天，人们没有空闲，农场的活计不能受到三天的耽搁，还不说节庆给精神和肉体留下的沉醉多少需要费力的解除，这就要多加几天功夫。——我正坐在一个古式炉灶的宽大的遮檐下面，这时，手枪声，犬吠声，风笛尖厉的声音，向我预告未婚夫妇要到了。一会儿，莫里斯老爹夫妇，热尔曼和小玛丽，后面跟着雅克和他的女人，还有男女双方主要的亲属和教父教母，都拥进了院子。

小玛丽还没有收到新婚的礼物，当地叫作"彩礼"，她穿着她朴素的衣服中最好的几件：一件深色的粗布连衣裙，一条花枝图案、色彩鲜艳的白披巾，一条桃红色的围裙——一种当时非常流行、现在无人光顾的红印花布，一顶雪白的细布帽子，那种式样好不容易保存下来，令人想起安娜·博琳和阿涅丝·索雷尔的帽子。她脸色鲜艳，微露笑容，毫不骄矜，尽管有理由这样。热尔曼在她旁边庄重温柔，就像年轻的雅各在拉班的井边迎接拉结一样。换了别的姑娘，就会摆出了不起的神气和得意扬扬的姿态；因为不论在哪一阶层，凭着自己漂亮的眼睛而出嫁，总是值得自傲的。姑娘的眼睛是水汪汪的，闪耀着爱情的光辉；很明显她是一往情深，没有闲功夫顾到别人的意见。她可爱的坚定的表情还留在脸上；她浑身表现出坦率和诚恳；她获得成功，却丝毫不流露出傲慢，她意识到自己的力量，却丝毫不突出自己。我从来没看到过这样可爱的未婚妻，她年轻的女友问她是否幸福时，她毫不含糊地回答：

"当然啰！我不会抱怨仁慈的上帝。"

莫里斯老爹致词；他说了些照例的客套话和欢迎来宾的话。他先把一根缀着缎带的桂枝系在炉顶上，俗称"通知书"，就是说喜帖；然后他发给来宾每人一个小十字架，由红蓝两色丝带互缠着，红代表新娘，蓝代表新郎；男女来宾新婚那天要一直保留这个标记，女的插在帽子上，男的插在纽孔上。这是准许证和入场券。

于是莫里斯老爹再致贺词，他邀请各个家长和他全家人，就是说他所有的孩子、亲属、朋友和仆人，参加祝福仪式、宴会、余兴、舞会和以后的一切节目。他没有忘了说："你们荣幸地受到了邀请。"这句话是非常正确的，虽然我们觉得意思说反了，因为它表达了给值得邀请的人以荣幸的意思。

虽然邀请很大方，在全教区每一家都请到了，但乡下人对于礼节是非常慎重的，只允许每家去两个人，一个是家长，一个是孩子。

邀请仪式结束以后，未婚夫妇和亲属一起到农场吃中饭。

以后，小玛丽在公地看守她的三头绵羊，热尔曼到地里干活，仿佛什么事也没有发生过一样。

婚礼的前一天，下午两点钟左右，乐队来了，吹风笛的，演奏手摇弦琴的，他们的乐器装饰着长飘带，奏出应时的进行曲，对于不是本地人的脚步，节奏是慢了一点，但用在肥沃的土地和崎岖不平的道路上是非常相称的。年轻人和孩子们发出的枪声，宣告婚礼就要开始。聚集的人越来越多，在屋前的草地上跳舞，造成欢乐的气氛。夜幕降临时，人们开始做奇怪的准备工作，大家分成两组，到天色完全黑下来，便举行送"彩礼"仪式。

这是在新娘家里，吉叶特大娘的茅屋里举行的。吉叶特大娘和她的女儿一起，还约了十二个年轻俊俏的牧羊女——她女儿的亲戚朋友，两三个受人尊敬的主妇——能说会道、对答如流的邻居，严格遵守古代习俗。然后又从亲友中选出十二个壮健的男人，最后还有本教区年老的打麻人，他能说会道，口若悬河。

在布列塔尼，乡村裁缝所扮演的角色，在我们乡里则由打麻人或梳羊毛的人所担当（这两种职业常常集于一身）。他参加所有婚丧仪式，因为他基本上是博学的，又擅长辞令，在这种场合，他总是有心做代言人，出色地完成自古以来沿用的某些仪式。他东奔西跑的职业，使他出入于别人家中，不能待在自己家里，自然而然使他变得饶舌、风趣、能说、会唱。

打麻人尤其是怀疑论者。他和乡下的另一个角色，那就是我们马上谈到的掘墓人，他们常常是乡下胆大的人。他们经常说到幽灵！非常清楚这些恶鬼的伎俩，一点也不怕它们。特别是在夜里，掘墓人、打麻人和幽灵都施展他们的本领。打麻人正是在黑夜讲述悲惨的传说。让我离题说几句……

当大麻恰到火候，也就是说在流水里泡够，在岸上晾个半干时，人们就把麻运到院子里，一小束一小束竖起来，底部散开，上面束成圆形，在晚上，这有点儿像一长溜白色的小幽灵，支着它们纤细的腿，沿着墙根无声无息地走着。

到了9月末梢，那时夜晚还很暖和，在淡淡的月色下，人们开始打麻。白天，麻已在炉里烤过；到了晚上，把麻抽出来，趁热打麻。打麻人使用一种木架，上面安上一根木棒，木棒落在下面的槽里，槌打着麻秆，而不会切断它。夜里在乡下听到的，就是这种连续快打三下的脆响。然后又恢复寂静；这时是用手抽出那一小束麻，换另一头来打。于是又响起三下槌打声；这是另一只手操纵着木棒。这样继续下去，直到月亮被曙光照得朦朦胧胧时为止。由于这种活儿一年里只干几天，所以狗不习惯响声，朝四面八方发出凄厉的吠叫声。

这是乡下充满奇特和神秘响声的时节。大雁飞过这个地区，白天，肉眼几乎辨别不清它们，夜里也只能听到它们的叫声；这些嘶哑、凄怆的鸣声消失在云层里，仿佛是受苦的灵魂在呼唤，在诀别，竭力寻找着上天的道路，而不可抗拒的命运逼使它们贴近地面翱翔，围着人们的住宅回旋。这些候鸟在天空飞行中有些奇怪的游移不定和神秘的焦虑不安。有时，捉摸不定的微风在高空搏击和此起彼伏，这些鸟便弄不清风向。白天迷失方向时，可以看到领头的雁在空中乱飞，来一个一百八十度的大转弯，飞到三角队形的末尾，它的伙伴也巧妙地一翻身，在它背后重新排好队形。经过几次三番白白的努力，那只精疲力竭的领队雁便往往放弃了领队，另外一只出来尝试，又让位给第三只，第三只终于找到了风向，胜利地带着队伍前进。但是，在这些有翅膀的旅行者中间，用一种没人领会的语言，交换着多少叫唤、责备、告诫、粗野的咒骂和不安的询问呵！

在这天籁阵阵的夜晚里，可以听到这些凄怆的喧嚣声，有时长久地在房屋上方回荡；由于什么也看不到，便会不由自主地感到一种恐怖和怜悯不安，直到这如诉如泣的黑压压的鸟群消失在无垠的天际。

每年这个时节所特有的还有别的声音，主要是在果园发出的。采摘水果还没有开始，千万种不寻常的爆裂声使果树变得像动物一样。一条树枝在它的负荷骤然达到增长的极限时，弯曲下坠，轧轧有声；或者是一只苹果脱离了枝头，带着沉浊的响声落在你脚边的湿地上。这时你会听到一只你看不见的动物擦过树枝和草丛，溜走了：这是农民的狗，这闲荡的家伙既好奇又不安，既咄咄逼人又胆小怯懦，到处溜达，从不睡觉，总在寻找什么东西，它躲在荆棘丛里窥测着你，一听到苹果落地的响声，拔腿便逃，以为你朝它扔石子。

就是在这些朦朦胧胧的、灰褐色的夜晚，打麻人叙述他那些稀奇古怪的故事，关于小鬼和白野兔啦，受难的灵魂和变成狼的巫师啦，在十字街头的巫魔夜会和墓园里会预言的猫头鹰啦。我记得有一晚的上半夜我在开动的打麻机旁度过，打麻机阴森森的槌打声在打麻人说到最恐怖的地方，打断了他的叙述，我们的脉管不禁打了个冷颤。那老人常常一面打麻，一面继续讲故事；有四五个字没听见，不用说是可怕的字，我们不敢叫他重复一遍，漏听使得他本来已经阴森神秘的故事更增加了恐怖神奇的气氛。女仆白白地通知我们，夜已经很深了，不便再待在外边，就寝时间早已敲过；她们其实也想听得很；然后我们疑神疑鬼地穿过村子，回到家里！教堂的门廊在我们看来是多么深邃，老树的阴影是多么浓厚、漆黑呀！至于墓地，我们看都不敢看；打它旁边经过时，我们紧闭起双眼。

但是打麻人不比圣器室管理人那样，专门以吓人为乐；他爱逗人笑乐，他是诙谐大家，当需要咏唱爱情和婚姻时，他又是多情善感的；是他搜集和在记忆里保存下来最古老的歌曲，并传给后世。所以，在婚礼中，由他来担当下面这个给小玛丽送彩礼的角色。

（张淑霞编，摘自郑克鲁译：《乔治·桑精选集》，山东文艺出版社，2000）

第二十四章　普希金及《叶甫盖尼·奥涅金》

第一节　普希金简介

　　普希金，1799 年出生于古老的贵族家庭。青年时代就学于沙皇政府专为培养贵族子弟而设立的皇村高等学校，和一些未来的十二月党人很接近，受到资产阶级启蒙思想的影响。普希金毕业后到彼得堡外交部供职，在此期间，他参与了与十二月党人秘密组织有联系的文学团体"绿灯社"，创作了许多反对农奴制、讴歌自由的诗歌，如《自由颂》、《致恰达耶夫》和《乡村》等。普希金的这些作品引起了沙皇政府的不安，1820 年他被外派到俄国南部任职，这其实是一次变相的流放。在此期间，他与十二月党人的交往频繁，参加了一些十二月党的秘密会议。他追求自由的思想更明确、更强烈了，写下了《短剑》、《囚徒》、《致大海》等名篇，还写了一组"南方诗篇"，包括《高加索的俘虏》、《强盗兄弟》、《巴赫切萨拉依的泪泉》和《茨冈》四篇浪漫主义叙事长诗。还写下了许多优美的抒情诗，如《太阳沉没了》、《囚徒》和《短剑》等，这些诗表达了诗人对自由的强烈憧憬。从这一时期起，普希金完全展示了自己独特的风格。1830 年秋，普希金在他父亲的领地度过了三个月，这是他一生创作的丰收时期，在文学史上被称为"波尔金诺的秋天"。他完成了自 1823 年开始动笔的诗体小说《叶甫盖尼·奥涅金》，塑造了俄罗斯文学中第一个"多余人"的形象，这成为他最重要的作品。还写了《别尔金小说集》和四部诗体小说《吝啬的骑士》、《莫扎特与沙莱里》、《瘟疫流行的宴会》、《石客》，以及近 30 首抒情诗。《别尔金小说集》中的《驿站长》一篇是俄罗斯短篇小说的典范，开启了塑造"小人物"的传统，他的现实主义创作炉火纯青。1831 年普希金迁居彼得堡，仍然在外交部供职。他继续创作了许多作品，主要有叙事长诗《青铜骑士》、童话诗《渔夫和金鱼的故事》、短篇小说《黑桃皇后》等。他还写了两部有关农民问题的小说《杜布洛夫斯基》、《上尉的女儿》。普希金的创作令沙皇政府颇感头痛，他们用阴谋手段挑拨法国籍宪兵队队长丹特斯猥亵普希金的妻子冈察洛娃，结果导致了 1837 年普希金和丹特斯的决斗。决斗中普希金身负重伤，1837 年 1 月 29 日不治身亡，年仅 38 岁。他的早逝令俄国进步文人曾经这样感叹："俄国诗歌的太阳沉落了"。在俄罗斯文学史上，普希金享有很高的地位。别林斯基在著名的《亚历山大·普希金作品集》一文中指出："只有从普希金起，才开始有了俄罗斯文学，因为在他的诗歌里跳动着俄罗斯生活的脉搏。"赫尔岑则说，在尼古拉一世反动统治的"残酷的时代"，"只有普希金的响亮辽阔的歌声在奴役和苦难的山谷里鸣响着：这个歌声继承了过去的时代，用勇敢的声音充实了今天的日子，并且把它的声音送向那遥远的未来"。冈察洛夫称"普希金是俄罗斯艺术之父和始祖，正像罗蒙诺索夫是俄罗斯科学之父一样"。普希金的作品被俄国的艺术家编成歌剧、舞剧，改编成话剧、儿童剧和拍摄成电影，以各种形式流传至今。

第二节　《叶甫盖尼·奥涅金》简介

　　《叶甫盖尼·奥涅金》是普希金于1823年至1831年创作的长篇诗体小说，是普希金最重要的作品，也是俄国现实主义文学的基石。小说描写当时的一个贵族青年奥涅金感到社交生活空虚无聊，离开首都，来到乡间。他拒绝了外省地主的女儿达吉雅娜的爱情，在决斗中杀死挚友连斯基。他漫游全国之后回到彼得堡，又遇见达吉雅娜，此时她已成为社交界的贵妇人。他追求她，但遭到拒绝。奥涅金是俄国文学中第一个"多余的人"的典型。他受过资本主义文明的熏陶，读过亚当·斯密的《国富论》、卢梭的《社会契约论》，喜爱拜伦那奔放的诗歌。他也曾有过热烈的梦想，希望在俄国出现某些资本主义性质的变革。可是，他看见的俄国到处是愚昧落后、墨守成规。而在贵族环境成长起来的奥涅金又远离人民，不可能看到变革俄国社会的力量和道路。结果，热情消失，梦想破灭，只落得整天无所事事，沉湎于舞会、剧场，以填补自己内心的空虚。他染上了典型的时代病——忧郁症。他蔑视俄国贵族社会，不愿出任公职，但又无力与这个社会决裂。正如赫尔岑所说："奥涅金是一个游手好闲的人，因为他从来不做什么事，他在他所处的范围内是一个多余的人。"这类人是特定历史时期的产物。这些贵族知识分子对社会有一定的批判能力，但是远离人民，结果一事无成。这就是他们最终成为悲剧性人物的根本原因。普希金塑造的女主人公达吉雅娜则是一个理想的贵族妇女形象，她不喜欢外省地主的平庸生活，爱读理查生和卢梭的作品，更珍爱俄国的自然景色，她生活在俄国民间传说和童话的幻想世界里。普希金强调她对奥涅金纯洁真诚的爱情和对普通人的尊重，用以和贵族上流社会相对照。小说用奥涅金的冷漠、怀疑，连斯基的理想主义热情，达吉雅娜的纯洁、孤寂，突出反映19世纪20年代俄国黑暗的社会现实和知识分子追求光明、自由时的困惑、迷惘的心理。这部诗体小说广阔地反映了19世纪20年代俄国的社会生活，真实地表现了那一时代俄国青年的苦闷、探求和觉醒，提出了许多重要的社会问题。杰出的文学批评家别林斯基对这部作品给予了高度评价，他说："首先我们在《叶甫盖尼·奥涅金》中看到了一幅描绘俄罗斯社会的诗的图画，并且选取了这社会发展中最有意义的一段时期。"他称这部诗作是"俄罗斯生活的百科全书和最富有人民性的作品"。在此书中，普希金以精湛的现实主义艺术手法塑造了典型环境中的典型人物，表达了那个时代俄罗斯青年活跃的思想和苦闷的精神，也表达了他们的不幸和悲剧，并且通过人物的生活和遭遇，展现了俄国社会生活的广阔画面，揭示了沙皇专制制度下俄国社会生活的种种矛盾和丑恶，使《叶甫盖尼·奥涅金》成为俄国批判现实主义文学的奠基之作，对当时和以后的俄罗斯文学产生了巨大的影响。

第三节　《叶甫盖尼·奥涅金》选段

第一章

二十一

掌声阵阵。奥涅金走进来，
擦过别人膝盖挤进池座，

包厢里是不认识的太太，
他拿起观剧镜斜眼看过；
再把各层席位横扫一遍，
都看见了；这些面孔、打扮，
他感到非常地不能满足；
他跟四边男人打过招呼，
目光才懒懒地落在台上，
显得十分冷淡；心不在焉，
又转过身去，——打一个哈欠。
并且说："全都该换换花样，
芭蕾舞我早已不想再看，
狄德罗①也让我感到厌倦。"

二十二

舞台上魔鬼、恶龙和爱神，
还在跳跳蹦蹦、吵吵嚷嚷；
门廊里疲惫不堪的仆人
裹在皮大衣里睡得正香，
舞台下观众不停地咳嗽、
嘘演员、擤鼻涕、跺脚、拍手，
剧场里剧场外，各个地方
还是灯火通明一片辉煌；
冻僵的马在拼命地挣扎，
要把那讨厌的缰绳甩脱，
车夫们围坐成一圈烤火，
一边搓着手，把老爷咒骂，——
奥涅金却已经退出剧场；
他要回家去更换衣装。

二十三

我是否用支忠实的画笔
来描绘他深居的房间？
这讲究衣装的模范子弟，
在那儿穿了脱，脱了又穿。
伦敦会做服装、脂粉生意，
为迎合各式各样的怪癖，
把商品由波罗的海运来，
换走我们的油脂和木材。
巴黎有一股贪婪的风气，

---

① 狄德罗：法国启蒙思想家，唯物主义者、文学家、百科全书编纂家。

为满足时髦、奢华和消遣，
又事先看准了可以赚钱，
发明出五花八门的东西——
现在便全部被用来装点
这十八岁哲学家的房间。

二十四

桌上摆着青铜器和瓷瓶，
琥珀烟斗是在皇堡①出产，
雕花水晶瓶里的香水精，
最讨那娇嫩的感官喜欢；
小梳子、小锉子，应有尽有，
小剪刀有直头，也有弯头，
小刷子总共有三十来种，
刷牙齿、刷指甲，用处不同。
卢梭②（只是顺便提一提他）
他不了解庄重的格里姆③
怎敢当着这雄辩的狂夫
洗刷和修饰自己的指甲。
他虽曾捍卫自由的权利，
在这件小事上却无道理。

二十五

一个人即使是严肃认真，
也不妨关心指甲的美观：
习惯本是个人间的暴君，
何必跟时代无益地争辩？
叶甫盖尼也像恰达耶夫
他最怕别人挑剔和嫉妒，
他很讲究衣着，不厌其烦，
是一个所谓的纨绔少年。
他至少要用掉三个时辰，
来照那大大小小的镜子，
等到他走出他的化妆室，
飘飘然恰像维纳斯女神
为赴化装舞会换了衣裳，
穿上了一套男子的服装。

---

① 皇堡：萨尔格勒即君士坦丁堡。
② 卢梭：法国作家、思想家、启蒙时期民主激进派的代表人物。
③ 格里姆：法国大百科全书的编者之一。18世纪后半叶的著名政界人物。

二十六

我已请你们好奇的视线
欣赏过他最时髦的衣服，
还想在博学的人士面前，
再来描绘他是怎样装束；
当然，这需要有点儿胆量，
不过写作原是我的本行：
但是长裤、燕尾服、坎肩
全都不是俄语里的字眼；
而对不起诸位，我很知道，
即便如此，我这可怜的诗
已夹杂不少外国的语词，
它们本来应该比这更少，
虽然我早先曾不止一遍，
翻查过那部科学院辞典。

二十七

而这都不是当前的话题：
我们最好快去参加舞会，
我的奥涅金坐在马车里，
正向那儿奔去，疾驰如飞。
在那昏昏欲睡的大街上，
一家家房舍都漆黑无光，
只有两盏灯挂在马车边，
射出快活的光，流水一般，
灯光映照白雪，如像彩虹；
庄严的府第中火烛辉煌，
从窗内向四周射出光芒；
高大的窗户上人影浮动，
人头的侧影晃去又晃来，
有时髦怪物，有小姐太太。

二十八

我们主人公停车在门旁，
一个箭步穿过门卫身边，
沿大理石台阶飞步而上，
伸出手把头发整理一番，
跨进门去。大厅非常拥挤；
音乐的轰鸣已显得无力，
人们正忙着在跳玛祖卡；
到处拥挤不堪，一片喧哗；

近卫军官马刺锵锵作响；
美女们的小脚不停飞舞；
跟踪着她们醉人的芳步，
飞动着一双双火辣目光，
琴声淹没了时髦妻子们①
那些忌妒的窃窃的议论。

二十九

在充满欢乐希望的往年，
我也曾爱舞会爱得发狂；
表白心意或是传递信件，
再没有比这更好的地方。
哦，你们呀，可敬的丈夫们，
我向你们表示我的忠忱；
请务必记住我的这句话，
我是想把你们提醒一下。
还有你们，妈妈们，可要留意，
把你们的女儿牢牢盯紧；
手中观剧镜要时刻拿稳！
要不啊……要不啊，我的上帝！
我所以这里要这样写，
因为我不再犯这种罪孽。

三十

唉！只因一味地寻欢作乐，
我曾把几多的生命浪费！
但假如世风不如此败落，
我会直到今天仍爱舞会。
我爱那如癫似狂的青春、
华丽、欢乐和拥挤的人群，
也爱太太们精心的打扮；
爱她们的小脚儿；依我看，
走遍俄罗斯未必能找出
三双漂亮的女人的脚来。
啊！我很久、很久不能忘怀
那两只脚……尽管冷漠、愁苦，
我却总是记得它们，它们
即使梦中也搅动我的心。

———————

① 时髦妻子们：俄国从18世纪起用来泛指上流社会那些不忠实的妻子。伊·伊·德米特里耶夫曾写过一篇具有这样内容的小故事。

三十一

何时何地，在哪一片洪荒，
狂人啊，你才会忘掉它？
那小脚啊，如今你在何方？
你在哪儿践踏春天的花？
你们在东方安逸中娇养，
在那北国凄凉的荒原上，
你们不曾留下一丝印迹：
你们喜欢有软氍毹铺地，
喜欢踩在上面，气派十足。
早已为了你们，我把荣耀、
对赞扬的渴求，全都忘掉，
忘掉故乡和身受的放逐！
青春的幸福已悄然逝去，
像你草地上轻轻的足迹。

三十二

我的好友！福罗拉①的面容、
狄安娜②的酥胸实在迷人，
可是忒耳西科瑞③的小脚
却使得我更为消魂失神。
它，能给我贪婪的目光
送来那无可衡量的报偿，
以它的合乎规范的美丽
勾起我心头蜂拥的希冀。
我爱它啊，朋友爱尔维纳④，
春天它踏上如茵的草原，
冬天它贴着壁炉的铁板，
席间它放在餐桌台布下，
它踏着木地板步入大厅，
踩着花岗岩伫立在海滨。

三十三

我记得暴风雨前的大海：
我多么羡慕滚滚的波澜，

———————————

① 福罗拉：罗马神话中的女花神和花园女神。
② 狄安娜：希腊神话中的阿尔忒弥斯。
③ 忒耳西科瑞：希腊神话中九位缪斯之一，主管舞蹈。
④ 爱尔维纳：18 世纪末 19 世纪初俄国诗歌中时常遇见的一个假设的名字，曾在普希金作品中出现过几次。

一浪接一浪地，汹涌澎湃，
满怀恋情停留在她脚边！
那时我多么想跟随波浪
嘴唇贴在她可爱的脚上！
不呵，当那沸腾的少年时，
当过着热情奔放的日子，
我不曾渴望得这样痛苦，
和年轻的阿尔·米达①亲嘴，
吻吻她的面颊上的玫瑰，
吻吻她满怀愁思的酥胸；
不，任何时候冲动的激情
都不曾这样折磨我心灵！

三十四

有一段时间我永远难忘！
我把那幸福的马镫抓住，
心头激荡起珍贵的幻想……
我感到手中有一只秀足，
我的想象又在开始沸腾，
又一次我的枯萎的心灵
由于触到它而热血沸腾，
又一次恋爱，又一次烦愁……
够啦，再别用絮絮的琴弦
去歌颂那些高傲的美人；
她们不值得我如此倾心，
也配不上我写下的诗篇：
那些迷人精的许诺、目光
都是欺骗，像那双脚一样。

三十五

我的奥涅金呢？半睡半醒，
舞会归来便爬上了床铺；
这时候一阵咚咚的鼓声
唤醒熙熙攘攘的彼得堡。
商人起身了，小贩在街头，
车夫慢腾腾向停车场走，
奥荷塔②的女孩正在奔忙，
早晨的雪在她脚下作响，

---

① 阿尔·米达：意大利诗人塔索的长诗《解放了的耶路撒冷》的女主人公，这个名字曾经作为一个美丽而放纵不羁的女郎的代表，普遍采用于当时俄国的诗歌中。

② 奥荷塔：彼得堡附近一个产牛奶的地区。

开始了清晨愉快的喧闹；
百叶窗打开；青色的炊烟
如同圆柱一般升上蓝天；
德国面包商戴着白布帽
一如往常准时地开了张，
已打开了他售货的小窗。

三十六

但经过一夜舞会的喧嚣，
这位欢乐和奢华的孩童
已精疲力竭，把昼夜颠倒，
在安逸的地方静静地入梦。
睡到午后，便又周而复始，
直到清晨，过着同样的日子，
同样地单调，同样地多变，
明天还是那样，一如昨天。
但我的奥涅金无拘无束，
享受这美好的青春时光，
尽管情场得意，战果辉煌，
他是否真正地感到幸福？
他花天酒地，又纵情宴饮，
是否依然故我，身体健康？

三十七

不！情感在心中早已僵冷；
他已厌弃社交界的喧嚷；
美人儿会让他一时钟情，
并非他长期思念的对象，
一次次的变心使他厌倦；
朋友和友谊也令他心烦，
因为他并不能一年到头
总是这样喝喝香槟美酒，
吃吃 beef-steaks 和法国大馅饼①，
每当自己喝得昏头涨脑，
就来发一通满腹的牢骚。
尽管他赋有如火的性情，
可是对斗殴、佩剑和铅弹，
到头来他已经不再喜欢。

---

① beef-steaks 为英语"牛排"；法国大馅饼原文为斯特拉斯堡大馅饼。

三十八

患上这种病是什么缘故，
早就应该去查一个究竟，
有点像英国的肝气不舒，
简单说：是俄国的忧郁病
慢慢地逐渐地控制了他；
真该谢天谢地，至于自杀
他还没打算去试一试看，
但他对生活已完全冷淡。
像 Child-Harold① 那样阴沉，
当他在人家客厅里出现，
波士顿纸牌，人们的流言，
多情的顾盼，傲慢的悲愤，
也都拨动不了他的心弦，
眼前一切他都看不上眼。
……

第五章

五

达吉雅娜一向就很相信
民间的古老的传说故事，
相信梦、相信用纸牌算命，
相信月亮的预兆和暗示，
有些兆头让她感到害怕；
似乎一切东西都在向她
神秘地宣示着什么事情，
许多预兆使她胆战心惊。
炉台上装模作样的小猫，
在打着呼噜，用爪子洗脸；
她觉得就是无疑的预言，
表示有客来访。抬头一瞧，
看见新月两只角的面庞
恰好悬挂在左边的天上。

六

她便面色苍白，直打哆嗦。

---

① Child-Harold（英文），即恰尔德·哈罗尔德，英国诗人拜伦的长诗《恰尔德·哈罗尔德游记》中的主人公。

有时候，天际的一颗流星，
打从黑夜的太空中掠过，
又破碎开来，——看到这情景
达吉雅娜吓得惴惴不安，
连忙对着流星默诉心愿，
一直到流星消失了踪影。
如果不巧有一个黑袍僧
在什么地方让她给碰上，
或是田野里飞奔的野兔
横越过她正走着的道路——
她会吓得不知怎样才好，
心头会充满不祥的预感，
她便等待着灾难的出现。

七

结果怎样？通过害怕本身
她发现一种暗藏的美妙；
当大自然最初创造我们，
它就对矛盾非常之偏好。
圣诞节周到了，多么高兴！
浮躁的年轻人都来算命，
他们对一切都满不在乎，
他们面前是遥远的道路，
前程无量，一片光辉灿烂；
老头儿戴着眼镜来占卜，
虽然一只脚已跨进坟墓，
他们的一切已一去不返；
但希望同样在他们耳旁
用那孩子般的呓语撒谎。

八

达吉雅娜用好奇的目光
凝视着浸入水中的蜡滴；
熔蜡凝聚成奇妙的花样，
正对她显示出某种奇迹；
一只盛满了清水的大盘，
每人依次水中捞个指环；
轮到她捞出那枚指环时，
正唱着一支古老的歌子：
"那儿庄稼汉呀个个儿阔；
他们用铁锹呀铲金堆银；
这支歌对谁唱，谁就走运，

谁就光荣！”然而这一支歌
悲怆的调子常带来晦气；
姑娘们爱听母猫的歌曲。

九

寒冷的夜；苍穹明丽洁净；
一群奇妙的星星在天上
流动得多么和谐而安宁……
达吉雅娜披件贴身衣裳
从睡房走出，走进了院落，
拿一面镜子把月光捕捉；
但在她的黯淡的镜面上
颤抖着一个悲哀的月亮……
听，雪在沙沙响……有人走过，
她踮起脚飞快奔向行人，
她的声音是那样的温存，
比芦笛的音调好听得多；
您叫什么名字？行人望望，
然后回答她说：叫阿卡方。

十

达吉雅娜照奶妈的主意，
准备在夜深时算上一卦，
她悄悄吩咐，给她浴室里
铺一张餐桌，摆两份刀叉；
但是达吉雅娜感到恐惧……
我也——有点害怕，当我想起
那位斯薇特兰娜①——就这样……
且把卜卦的事放下不讲。
达吉雅娜解开丝织腰带，
脱掉了衣裳，便上床入眠。
列里②在她的头顶上盘旋，
把姑娘家的梳妆镜藏在
她那松软的羽毛枕头下。
万籁俱寂，睡啦，达吉雅娜。

十一

达尼娅③做了个奇怪的梦。

---

① 在茹科夫斯基的《斯薇特兰娜》中，女主人公斯薇特兰娜就是这样算卦的。
② 列里：婚姻与爱情之神。
③ 达尼娅：达吉雅娜的昵称。

她梦见，仿佛她独自一人
走在一片茫茫的雪原中，
周围凄冷，黑压压、雾沉沉；
她面前，穿过许多大雪堆
是严冬未能锁住的大河，
它不停地翻滚、奔腾、喧嚷，
幽暗的水流泛起了白浪；
两根冻结在一起的木杆，
搭成一座颤巍巍的小桥，
横跨过这条奔腾的河道；
面对滚滚的喧嚣的深渊，
她犹豫不决，她充满疑虑，
她停住脚，不敢向前走去。

十二

达吉雅娜埋怨这条河流，
怪它拦住了自己的去路；
看不见对岸有人伸出手
来帮助她渡河，将她搀扶；
可是突然，一堆雪在摇摆，
是谁要从雪堆下钻出来？
原来是只大熊，浑身长毛；
达吉雅娜"呀！"的一声惊叫，
熊咆哮着，长着利爪的掌
朝她伸来；她把勇气鼓足，
迈着那战战兢兢的脚步，
哆嗦的手儿撑在小桥上，
过了河去，继续着朝前走——
谁知，狗熊紧跟在她身后。

十三

她慌慌张张快步向前行，
真不敢回头望上一眼；
可是后面这长毛的仆人
要想摆脱掉也实在困难；
讨厌的熊哼唧着往前奔；
前面出现一座大的森林；
高大的松树有苍郁的美；
一条条枝丫低低地下垂，
树梢上压着厚厚的雪花；
透过桦树、白杨、菩提树冠，
只见夜空星群银光闪闪；

无路可走了；树丛和悬崖，
全被暴风雪严严地遮盖，
全都被白雪深深地掩埋。

十四

她走进森林，熊也跟着她；
松软的雪到膝盖那样深；
有时候，一条长长的枝丫
突然间勾住了她的头颈，
有时候又拂过她的鬓边，
猛地掀起了她的金耳环；
秀足陷进了松松的积雪，
拔不出她湿漉漉的皮靴；
手帕掉落，想拾无暇俯身，
她害怕，听见熊跟在身后，
不好意思伸出发抖的手
往上提一提自己的衣襟；
她继续跑，熊也寸步不离，
她已经跑得没一点气力。

十五

她倒在雪地里；那只黑熊
敏捷地抓起她，把她拖走；
她屏住呼吸，一动也不动，
她毫无反抗，知觉也没有；
熊带她顺小道奔跑；忽然
一间草棚在树丛中出现；
无边无际的雪四面八方
包围着它，四周一片荒凉，
小窗口射出明亮的灯火，
草棚中不断地喊叫、喧哗。
狗熊说：这是我的干亲家，
你就在他这儿暖和暖和！
于是它一直走进了门廊，
顺手把她放在了门槛上。

十六

达吉雅娜苏醒了，她一看：
狗熊不见了；她在门廊里；
屋内，又是碰杯，又是喊叫，
像举行盛大的葬礼筵席；
这时候，她因为莫名其妙，

便悄悄从门缝往屋里瞧；
她看见了什么？……只见桌旁
坐满妖魔鬼怪，各式各样；
一个长着犄角，嘴像只狗，
另一个脑袋像只公鸡，
这个女巫，长着山羊胡须，
那边一个骷髅，傲慢、丑陋，
那儿是个长尾巴的矮人，
这儿一个怪物：鹤腿，猫身。

十七

有些东西更可怕、——更奇怪：
瞧，一只龙虾骑着蜘蛛跑，
瞧，鹅颈上是死人的天灵盖，
天灵盖打转，戴顶小红帽，
瞧，一架风磨蹲下来舞蹈，
在哗啦啦地响，不停地摇；
狗叫、哄笑、唱歌还有拍手、
人声和马蹄声，无奇不有！
但是达吉雅娜该怎样想，
当她在这群宾客中认出
那个她又爱又怕的人物——
小说的主人公，他也在场！
奥涅金正坐在餐桌一边，
并且正向门口偷偷地看。

十八

他一挥手：个个都去奔跑；
他喝酒：个个喝酒和叫喊；
他一发笑：全都哈哈大笑；
他一皱眉：全都默默不言。
显然那儿的主人就是他。
达吉雅娜便不那么害怕，
这时她出于一种好奇心，
微微地推开一点儿房门……
突然间刮起了一阵狂风，
吹熄了这些夜晚的灯光；
这伙妖魔鬼怪大为惊慌；
但是奥涅金却目光炯炯，
从桌边站起来，一声狂吼；
大家都站起来：他走向门口。

十九

达吉雅娜害怕了；于是她
匆匆忙忙极力想要逃跑；
可逃不掉，不管怎样挣扎；
急得四处乱转，直想呼叫；
叫不出，奥涅金把门推开；
于是这位姑娘便出现在
这一群地狱幽灵的眼前；
一阵狂野的笑；所有的眼、
蹄子、弯弯曲曲的长鼻子、
长胡须、蓬松的长毛尾巴、
血红的舌头、长长的獠牙、
犄角和枯骨裸露的手指——
一个个全都指着她的脸，
她是我的！我的！——齐声叫喊。

二十

我的！——叶甫盖尼大喝一声，
这一群鬼怪便突然消隐；
严寒的黑暗中这时只剩
年轻的姑娘和他两个人；
奥涅金手拉着达吉雅娜，
引她到一个角落里坐下，
让她坐在晃动的长凳上，
自己把头倚着她的肩膀；
这时奥尔加走进了屋中，
连斯基跟着她；闪过亮光；
只看见奥涅金把手一扬，
目光在粗野地来回飘动，
对这不速之客破口大骂；
达尼娅气息奄奄地倒下。

二十一

争吵愈来愈凶，叶甫盖尼
抓起一柄长刀，转瞬之间
连斯基被刺死；四周涌起
可怖的阴影、刺耳的呼喊……
小茅屋一直在晃动不停……
达尼娅也在恐惧中惊醒……
睁眼一看，室内已经大亮；
透过结满冰花的玻璃窗，

闪耀着朝霞紫色的光彩。
门开了。奥尔加来到门边，
她比北极的曙光还鲜艳，
比燕子还轻；她飞了进来。
"喂!"——她说——"请你赶快告诉我，
你在梦里见到了哪一个?"

二十二

然而她对妹妹睬也不睬，
拿起一本书躺到了床上，
便一页一页地翻了起来，
对妹妹一个字也不肯讲。
虽然这本书中实在没有
诗人们那些甜美的虚构，
既不含哲理，又不写风景；
然而无论是维吉尔、拉辛，
还是司各特、拜伦、塞涅卡①
甚至《妇女时装》这种刊物
都不曾像这样把人迷住；
朋友们，这是马丁·沙德加，
这位星象圣人们的头目，
算卦人，详梦家所写的书。

二十三

有一次，一个串乡的货郎
把这部内容深奥的奇书
带到了她们偏僻的村庄，
讨的价钱是三个半卢布，
连一部残缺的《玛尔维纳》②
一齐都让给了达吉雅娜。
他不仅讨去了书的价钱，
还拿走一部粗俗的寓言、
两本《彼得颂》③、一部语法书，
和马尔蒙特尔④的第三卷。
马丁·沙德加，自从这一天，
成为达尼娅心爱的人……
在她悲哀时给她以安慰，

---

① 塞涅卡：罗马哲学家和戏剧家，斯多葛学派的奉行者。
② 《玛尔维纳》：法国戈旦夫人写的长篇小说。
③ 《彼得颂》：俄国诗人阿·格鲁金采夫的长诗。
④ 马尔蒙特尔：法国作家。

形影不离，还陪伴她入睡。

二十四

这个梦使得她心情激动，
她不知该怎样解释才好，
可怕的幻象是吉还是凶，
达尼娅想在这书中找到。
达吉雅娜按照字母顺序
先后在索引中查来查去；
松林、狂风、刺猬，还有女巫，
黑暗、小桥、风雪、熊和枞树，
以及其他。要想解除忧虑
马丁·沙德加也丝毫无用；
而她感到这不吉利的梦
预示着许多悲哀的遭遇。
自从这以后她一连几天，
总是为这个梦心神不宁。

二十五

而从清晨的峡谷里，这时
朝霞伸出它绛紫色的手，
送来一个愉快的命名日，
太阳也就能跟在她的身后。
拉林家一早便挤满客人；
左邻右舍家家阖第光临，
轿车、篷车、敞车，还有雪橇，
人们四面八方纷纷来到。
前厅一片嘈杂，碰来撞去；
客厅里有新识者的寒暄、
孩子的哭泣、奶妈的叫喊、
喧哗、哄笑、门槛边的拥挤、
狗的吠叫、姑娘们的接吻、
客人们相互的鞠躬致敬。

二十六

脑满肠肥的普斯佳可夫
带来了他的大块头夫人；
葛沃斯金，顶呱呱的地主，
掌管着许多穷苦的农民；
白发的斯考青宁老夫妻
带来些各种年岁的儿女，
从三十岁起，到两三岁止；

彼杜什科夫，县城的浪子；
以及我的堂兄布雅诺夫
穿件细绒衣，戴顶鸭舌帽
（他，当然喽，你们都知道），
退职的参事福里雅诺夫，
粗鄙的造谣家、老骗子手，
又是贪吃鬼、赃官和小丑。

第六章

二十

回到自己家里，他把手枪
从盒中取出检查了一遍，
又放回盒中，再脱掉衣裳，
打开席勒诗集，把灯点燃；
但一种思想盘踞在心间；
他的忧伤的心不能入眠；
他看见面前站着奥尔加，
她的美无法用言词表达。
弗拉基米尔又合上了书，
拿起了一支笔；他的诗句
满载着爱情的胡言乱语，
铿锵地倾流，他高声朗读，
胸中燃起抒情的烈火，
好像吃醉酒的杰尔维格。

二十一

这首诗意外地保存下来；
我存有这首诗，这儿便是：
"你远远逝去了，而今何在，
我的春天的金色的日子？
明天啊，为我准备了什么？
我的眼徒劳地将它捕捉，
它在茫茫的黑暗中消隐。
不必了；命运的法则公正。
我将被一支箭射中倒毙，
或是这箭只掠过我的身，
都同样好：无论是睡还是醒，
预定的时辰都不可逃避；
也是幸福啊，白昼的烦扰，
也是幸福啊，当黑夜来到！

二十二

"清晨，当旭日的朝晖显露，
晴朗的白昼在开始闪亮；
而我——也许，已经进入坟墓，
进入了一片神秘的阴凉，
缓缓的勒忒河将会吞去
人们对年轻诗人的记忆，
世界会忘掉我，但你可会，
美丽的姑娘，把几滴清泪
洒在我的夭折的尸骨上，
并且想到：他曾经爱过我，
他曾经对我一人奉献过
他动荡生涯的惨淡曙光！……
亲爱的朋友，心灵的知己，
来吧，来吧；我是你的伴侣！"

二十三

他写得这样的萎靡、晦涩，①
（我们把这叫做浪漫主义，
虽然这里我没找见什么
浪漫主义；这有什么关系?）
终于在那朝霞露面之前，
写到"理想"这时髦的字眼，
困倦的头便不由地低垂，
连斯基静静地昏沉入睡；
但是当他刚刚踏进梦里，
梦的魅力正在使他遗忘，
邻人已走进寂静的卧房，
他大声地喊醒了连斯基：
"您该起床了：已经到七点。
奥涅金一定早等在那边。"

二十四

但是他弄错了：叶甫盖尼
这时还在深沉的睡梦中。
夜的暗影已经逐渐疏稀，
雄鸡和启明星已经相逢；
奥涅金依然在沉睡不起。

---

① 这里诗人在暗讽丘赫尔别凯对哀歌的评论。

太阳已高高地挂在天际，
一阵阵的风雪飘忽而过，
正在空中飞旋，闪闪烁烁；
叶甫盖尼还高卧在床上，
梦神还飞舞在他的头顶。
终于他忽然间一梦初醒，
伸手拉开了两旁的床帐；
一瞧——才知道，天色已不早，
出发的时刻早已经来到。

二十五

他连忙打铃把佣人召唤。
法国佣人吉罗跑进屋里，
给他递过他的便鞋、长衫，
又给他送上了一件衬衣。
匆匆地穿起衣服，奥涅金
吩咐仆人也准备好动身，
随同他一起乘车子前往，
带上了装在盒里的手枪。
已经备好了快速的雪橇。
他坐上去，便向水磨飞奔。
到达那地方，他命令仆人
把他的凶器列帕萨拿好，
跟在他身后，将驾车的马
牵往地头的两棵橡树下。

二十六

连斯基侧身靠在堤坝上，
早已经等待得很不耐烦；
这时我们的乡下机器匠——
扎列茨基正端详着磨盘。
奥涅金走过来表示歉意。
"可是老兄的证人在哪里？"——
扎列茨基问道，他很奇怪，
这位决斗的学究、古典派，
他讲求方式是出于情感。
他可以允许你把人杀死——
却不允许你草率行事。
要遵守艺术的严格条款，
和全部古老的传统做法。
（凭这点我们就该赞扬他。）

二十七

"我的证人吗？"——叶甫盖尼讲：——
"是他，我的朋友 monsieur Guillot①，
我提议请他来陪我出场，
我想您不反对我这样做；
他虽然没有高贵的身份，
不过却是个正直的好人。"
扎列茨基只咬了咬嘴皮。
奥涅金转过身问连斯基：
"怎么样，开始吧？"
"开始吧，好！"
弗拉基米尔回答道。于是，
两人向磨坊后走去。这时，
扎列茨基正和好人一道
在远处进行重要的谈判，
仇人们站着，低垂着眼睑。

二十八

仇人！曾几何时，血的渴望
竟使他们两人相互背叛？
曾几何时，他们交谈思想、
事业，共度闲暇，共进晚餐？
他们曾经是一对好朋友，
现在竟好像世代的冤仇，
仿佛一场恐怖难解的梦，
他们彼此在不声不响中
冷酷地为对方准备着死……
他们该笑一笑、和和气气，
趁手上还没有沾染血迹，
大家各自东西，分手了事？……
真奇怪，上流人彼此反目
只为怕遭受虚假的羞辱。

二十九

瞧吧，手枪在闪闪地发光。
铆锒头在敲通条，响声锵锵。
子弹已装进磨光的枪膛，
枪机发出第一次咔嚓声。

---

① 法语：吉罗先生。

瞧，水流似的淡灰色火药
洒进了枪膛一旁的药槽。
齿状的打火石已经拧紧，
翘在枪上。吉罗心神不宁，
在附近树桩后兀立不动。
扎列茨基以出色的精密，
丈量出三十二步的距离，
仇人们扔下自己的斗篷，
他把他们分别引向一方，
两位朋友各自拿起了枪。

三十

"现在开始前进。"
两个仇人
尚未举枪瞄准，神色冷酷，
步履坚定，沉静而又平稳，
各自走出了最初的四步，
这四级通向死亡的阶梯。
恰在这个时候，叶甫盖尼，
一边不停地走向前方，
一边静静地先举起了枪。
他们又走了五步路程，
于是连斯基，眯起了左眼、
瞄准——奥涅金在这一瞬间
开枪……敲响了宿命的钟声：
诗人松开了他手中的枪，
什么也没讲，枪落在地上。

三十一

他用手轻轻地捂住胸部，
便倒下了，他蒙胧的目光
描绘的是死亡，不是痛苦。
仿佛是，沿着倾斜的山岗，
雪球在缓缓地向下滚落，
太阳照耀着它，银光闪烁。
奥涅金感觉到浑身冰冷，
连忙奔向这年轻的诗人，
看着他，呼唤他……毫无办法：
他已经死去。年轻的歌手
过早地走到生命的尽头！
狂风陡起，一朵美丽的花
竟在清晨的朝霞中凋谢，

一盏神探明灯从此熄灭！……

三十二

他一动不动地躺着，额头
现出奇异的倦怠的平静。
子弹正好打穿他的胸口；
鲜血冒着热气涌流不停。
仅仅只是在一刹那之前，
这颗心里还跳动着灵感，
跳动着仇恨、希望和爱情，
生命在闪耀，血液在沸腾；
而今，像座空荡荡的房屋，
里面的一切都幽暗、寂静；
这颗心从此便沉默无声。
心房的百叶窗已经关住，
玻璃涂了粉。没有了主人。
哪去了？不知道，杳无音信。

（方华文编，摘自智量译：《叶甫盖尼·奥涅金》，长江文艺出版社，2010）

第二十五章 莱蒙托夫及《当代英雄》

第一节 莱蒙托夫简介

莱蒙托夫，19 世纪俄国最为杰出的文学家之一。其代表作是长诗《恶魔》以及长篇小说《当代英雄》。他 1814 年出身于贵族家庭，3 岁丧母，由外祖母扶养成人。他就读于莫斯科贵族寄宿中学期间即开始诗歌创作。1830 年考入莫斯科大学，课余写了近 300 首抒情诗和几首长诗，绝大多数在生前没有发表。1832 年因参与反对保守派教授被迫离开大学，转入圣彼得堡近卫军骑兵士官学校，1834 年毕业后到近郊骠骑兵团服役。诗人的童年是在奔萨州的阿尔谢尼耶娃的塔尔罕内庄园中度过的。1825 年夏，外祖母曾带莱蒙托夫到高加索的矿泉疗养院疗养；儿时对高加索的自然风光和山民生活的记忆在他的早期作品里留下了印记（《高加索》；《蓝色的高加索山，你好……》）。在寄宿学校，他的主要方向是研究普希金和拜伦风格的长诗。拜伦式长诗成为莱蒙托夫早期的主要作品。1828—1829 年，他写下了《海盗》、《罪犯》、《奥列格》、《两兄弟》（死后发表）和《最后的自由之子》等诗篇（长诗《恶魔》的创作也始于这段时期，贯穿于莱蒙托夫的一生）。这些长诗的主人公都是与社会抗争、践踏社会和道德规范的英雄、被抛弃者和暴乱分子。在莫斯科大学求学期间，他深深迷恋上了苏什科娃。因为她，诗人于 1830 年开始了自己的抒情诗创作期（《致苏什科娃》、《乞丐》、《十四行诗》、《夜》）。不久，莱蒙托夫又爱上了一位大学同窗的妹妹洛普希娜。他对她的感情最为热烈，也最持久。洛普希娜既是他早期诗歌（《她不是骄傲的美人……》等），又是晚期作品（《瓦列里克》等）的抒情对象或主人公原型；她的形象还走进了诗歌《不，我没有如此强烈地爱着你》和《利托夫斯卡娅公爵夫人》中。1835 年，莱蒙托夫成了一名骑兵少尉，他的创作极其活跃。这一年面世的有长诗《哈吉—阿勃列克》等。1837 年，普希金与丹特士决斗，惨死。莱蒙托夫发表了《诗人之死》，引发了轰动。莱蒙托夫因此被捕，在监押期间创作了《邻居》、《囚徒》、《女邻》、《被囚的骑士》等诗篇。1840 年 7 月，莱蒙托夫参加了与高加索山民的小型战斗和血腥的瓦列里克战役。1841 年 5 月，他来到皮亚季戈尔斯克，获准在矿泉疗养院停留疗养。在这里，他写下了一系列诗篇：《梦》、《悬崖》、《他们相爱……》、《塔马拉》、《约会》、《叶》、《我独自上路……》、《海的公主》和《预言家》等。此时，他遇到了士官生学校的同学马丁诺夫。二人发生争执后进行决斗，莱蒙托夫被一枪打死。

莱蒙托夫写有 400 多首抒情诗，大多是佳作名章。他一生向往自由，但是生活中的种种不自由，使他始终有一种被囚禁的感觉，始终处在挣脱囚禁的叛逆状态。作为一个时代的囚徒，他对一切都冷眼相待，所以在他的诗歌中有一种冷僻的寒气，使他的诗歌风格特别冷峻，即使是爱情诗也是如此。

第二节　《当代英雄》简介

　　长篇小说《当代英雄》是莱蒙托夫的晚期佳作，表现了他卓越超群的思想和艺术水平。小说实际上是由五个中篇连缀而成的。主人公毕巧林贯穿其间，使小说成为整体。军官毕巧林聪颖过人，精力充沛，具有不达目的誓不罢休的坚强意志和敏锐的洞察力。他看到现实中最走运的人胸无点墨，他们成功的关键是善于耍手腕，于是他感到失望；他想爱整个世界，可是没有一个人理解他，他便学会了恨；他说实话，别人不相信，于是开始欺骗；他认为自己怀有崇高的使命，却又不知道如何施展自己的抱负，因而感到迷茫。他身上蕴藏着无穷的精力，但不知道向何处发泄，于是玩世不恭，到处寻找刺激，惹是生非，将非凡的才智和旺盛的精力耗费在卑劣的情欲上，不知餍足地啜尝着别人的温情、爱恋、欢乐和痛苦，以此作为维护自尊的养料。毕巧林应是一个坏蛋的形象、恶魔形象，但是毕巧林的恶德不让读者厌恶，反而让读者同情，因为在作者的笔触中，读者总感到毕巧林的冷酷源自于他内心的巨大痛苦。这个高傲的年轻人早已看透了世间的一切，他像孤鹰一样，在世俗之上高高盘旋。毕巧林这个优秀而又空虚的"当代英雄"，被看成是一个"多余的人"的形象。他像普希金笔下的奥涅金一样，高于一般贵族青年。他的敏感，他的观察能力思考能力和分析能力，他的充沛的精力，都说明他本是可以有所作为的。他对现实不满，渴望从事高尚的事业，承担崇高的使命，但他不可能超越时代和阶级的局限。他冷酷、自私、玩世不恭，只能在害人害己的活动中，发泄旺盛的精力，浪费自己的青春，结果又使自己陷入更深的苦闷和消沉。从小说的情节发展来看，主要是描写毕巧林作为受过很好的教育的贵族阔少，厌弃贵族社会的生活，踏上属于自己的征途，随后于途中死去的事件。作者对主人公毕巧林生活经历的描述，没有按着情节发展的顺序逐层展开，而是采用本末倒置的写法，把表现毕巧林生命最后阶段的两次经历的《贝拉》和《马克西姆·马克西米奇》置于全书之冠。《塔满》和《玛丽公主》本来发生的时间在前，却放在后部。表面看来，似乎给人杂乱之感，但仔细体味，却感到互为表里，相映成趣。对于人物的外貌描写，作者不是用纤细的工笔手法，把人物外貌描画得生肖逼真，而是运用线条的勾勒，表现出人物的心理状态相一致的外在形象。譬如，在《马克西姆·马克西米奇》中，通过下级军官马克西姆的观察，由远而近，由略而详地描写了毕巧林的外貌：他"身材适中"，有着"上流女人所特别喜欢的一种不平凡的面貌"。运用环境描写来烘托人物的心理活动，也是这部小说常用的表现手法。小说描写的自然风光景物，充满着诗情画意，但这绝不是"良辰美景虚设"，却是围绕着人物性格的发展设计的。

第三节　《当代英雄》选段

一、贝　拉

　　我是从提弗利斯启程，乘驿车来的。唯一的行李就是放在马车上的一只小皮箱，里面足足装了半箱有关格鲁吉亚的旅游札记。对你们来说，幸运的是很多东西都已经遗失了，但对我而言，幸运的是这个小皮箱和其他一些东西能幸免于难，完好无损。

走进科伊索尔山谷，太阳已经隐匿在堆满积雪的山脊之后。车夫是个奥赛梯人，正扯着嗓门引吭高歌。为了能在天黑之前到达山顶，他一个劲儿地扬鞭策马前进。这峡谷是多么美丽壮观啊！四周是人迹罕至的崇山峻岭，翠绿的常春藤攀在赤色的峭壁上，顶上是一簇簇枝繁叶茂的悬铃木属植物。几条溪流沿着黄色的峭壁顺流而下，抬头仰视，积雪覆盖在悬崖顶上，隐隐约约能看到它那黄澄澄的边缘；低头俯视，某条不知名的湍流从雾蒙蒙的黑褐色山谷中奔流而出，与阿拉格瓦尔河相交汇，宛如一条银白色的蛇，闪闪发光，蜿蜒地流向远方。

到达科伊索尔山山脚下，我们暂时在一家小客栈落脚。二十来个格鲁吉亚人和几个山夫在客栈周围吵吵嚷嚷——一支驼队也在附近歇息，准备在这儿过夜。已是入秋时节，大约有两英里的山路上都布满薄冰，所以我必须要再雇几头公牛才能把车拉上这讨厌的高山，除此之外别无他法。于是我又雇了六头小公牛和几个奥赛梯人。一个人扛着我的皮箱，其余的那些人只是在一边大声吆喝，催促牛用劲拉车，但也没什么用。

我的马车后面跟着一辆四头牛拉着的车子，车上堆满了行李，但它们看上去却毫不费劲，好像这是世上最轻松的事啦。我对此颇感意外。牛车的主人跟在车后，嘴里叼着一支卡巴尔达产的烟斗，上面还镶有一些银饰。他身着军官制服，没有佩戴肩章，头戴一顶毛茸茸的切尔克斯皮帽。他看上去五十来岁，黝黑的面孔表明他经常曝露在外高加索的烈日下，过早花白的胡子和他那矫健的步伐、神采奕奕的外表并不相称。

我走到他跟前朝他鞠躬致意，他鞠躬回礼，却没有吱声，只是吐了一大口烟。

"看起来我们好像同路啊。"

他又鞠了一躬，依然不言语。

"您这是去斯塔夫罗波尔吧？"

"是的，先生。……运送公家财物。"

"不知您可否指点迷津，为什么四头公牛不费吹灰之力就能拉动您这辆沉甸甸的车子，可是我那个空车，就是六头牛再加上那些奥赛梯人也还是难移寸步？"

他狡黠地笑了笑，会意地望了我一眼。

"您在高加索待的时间不长吧？"

"大约一年。"我答道。

他又笑了笑。

"怎么？这有什么关系吗？"我问道。

"噢，没什么，这帮游手好闲的亚细亚人，您真认为他们在这儿大声吆喝有什么用吗？天知道他们在嚷嚷什么。可是这些公牛明白他们的心思。要是这帮家伙用他们特有的语言向那群公牛吆喝，就算您用二十头公牛也别想把车拉动，哪怕是移动一英尺也难。这帮讨厌的恶棍，可又能拿他们怎样呢？过路的人常常被他们敲竹杠。……他们就像您这样对这帮混蛋无计可施，只能眼巴巴地等着他们捞些油水。这群骗子可甭想打我的主意，我了解他们的把戏。"

"您在这里服役很久了吗？"

"噢，是的。从阿历克塞·彼得罗维奇①将军那时候起我就一直在这里啦，"他一本正经地说，"将军来边防线那会儿，我还是陆军少尉，"他说，"因为镇压土匪有功，在他手下我被提拔了两次哩。"

---

① 阿历克塞·彼得罗维奇·耶尔莫洛夫：俄罗斯将军。

"那您现在……?"

"现在我在第三边防营服役。恕我冒昧，您是……?"

我如实相告。

此后我们就没再交谈，只是并肩走着。在科伊索尔山顶时，我们见到了积雪。就像在南方常见的那样，太阳一落山夜晚就随即来临，好在积雪映出的光亮能使我们轻易地看到前方的路——虽然仍旧依着山势蜿蜒而上，但不似以往那么陡峭。

我把行李箱重新放回到马车上，那些公牛也换成了几匹马。我最后一次转身望向山谷深处，从峡谷涌出的滚滚暮霭早已把它完全覆盖，山谷底一丝声响也没有。那些奥赛梯人把我层层围住，吵闹着索要酒钱，遭到了上尉严厉地斥责后立即四散开去。

"哎，这帮人啊！"他说，"他们从前并不知道俄语里'面包'怎么说，可是他们学会说'长官，给点儿买酒钱吧'。咳，我宁可雇些鞑靼人——至少他们滴酒不沾①。"

离驿站还有一英里的路程，四周一片寂静，甚至从小虫子发出的嗡嗡声就能得知它们往什么方向飞。左边是漆黑的沟壑，放眼望去，群峰叠起，深蓝色的山峰上覆盖着皑皑白雪，在黄昏最后一抹余晖的映照下，矗立在白茫茫的天际。夜幕下群星闪耀，我颇感奇怪，这里的星宿与北方家乡的相比似乎显得更高更远。山路两旁随处可见赤裸裸的黑褐色岩石，偶尔还能看到探出积雪的枝杈，然而竟没有一片枯叶随风摇曳。在这片死寂中，疲倦的驿马那沉重的鼻息声，夹杂着马具传来的断断续续的叮当声，这一切是多么令人愉悦。

"明天天气准不错。"我说。

上尉什么话也没说，伸手指向我们正前方的一座高山。

"那是什么?"我问道。

"古德山。"

"噢，是的，怎么了?"

"您看看，它正在冒烟呢。"

古德山的确是在冒烟。一圈圈的轻烟萦绕在它四周，山顶上漂浮着一块乌云，在山峰的阴影衬托下显得如此黑，宛如是夜空中的一块墨迹。

驿站和它周围石头屋子的轮廓依稀可辨，远方——点点灯光闪烁似乎是在迎接我们的到来。此刻吹来一股潮湿的空气，峡谷中传来轰隆隆的声响，随后细雨飘零。我还没来得及披好斗篷暴风雪就袭来了，我不禁满怀敬畏地望了上尉一眼。

"我们只好在这儿过夜，"他烦躁地说，"谁也没办法在这样的暴风雪天气里翻过这些山岭。"

"喂！"他冲车夫喊道，"十字架山这儿以往有过雪崩吗?"

"没有，长官，"奥赛梯车夫答道，"但是下过无数次大雪。"驿站没有为过路人提供客房，所以我们不得不待在一个乌烟瘴气的石头屋子里。我邀请上尉同我一起喝杯茶，幸好我带着铁茶壶——这也算是我在高加索旅行期间的一种慰藉了。

石头房子的一侧依山而建，门前有三级又湿又滑的台阶。我摸索着进了屋，撞上了一头母牛（在这些地方牲口棚占据了仆人房间的过道），接着羊咩咩地叫，狗也跟着吠了起来，一时间我也不知道该往哪边走。幸好有一侧闪着微弱的光，借着这光线我找到了另一个类似门的通道。映入眼帘的一幕令我颇感有趣。屋子中央的空地上有一个火堆，噼啪作响，冒着浓烟，这些烟又被风从屋顶缺口处倒灌进屋子里，弥漫在房间上方，以至于我费

---

① 鞑靼人信奉伊斯兰教，故而不允许饮酒。

了好大工夫儿才适应。石屋里，两位老妇人和一大群孩子坐在火堆旁，还有一位瘦削的格鲁吉亚人，所有的人都穿得破破烂烂的。我们没有别的地方可去，只好也在火堆旁点燃烟斗，抽起烟来。不久，茶壶就欢快地吹起了哨子。

"真是一群可怜的人啊。"我指着那些脏兮兮的招待员说。这些招待员正漠然地望着我们，一声不响。

"这群人打从娘胎出来就是群笨蛋！"他回答道，"信不信由你，他们全都一无是处，什么也学不会。就拿卡巴尔达人和车臣人来说吧，或许他们是强盗，是穷光蛋，但他们的确英勇无比，敢作敢为。唉，这群人对武器毫无兴趣，从来没见过他们谁身上有把好匕首。这就是奥赛梯人。"

"您在车臣待了很久吗？"

"我和我的伙伴在那里的要塞待了十来年，靠近卡敏尼勃罗德。您知道那个地方吗？"

"听说过。"

"唉，那群混蛋可真让我们头痛了好一阵子！谢天谢地他们现在可老实些了。你一旦走出要塞围墙一百码远，就会有一帮野蛮人守在那儿，他们个个身手敏捷，一眨眼的工夫，还没弄清是怎么回事，绳索一套上脖子，子弹就打穿了头。"

"想必您一定听过很多奇闻趣事吧？"我好奇地问他。

"噢，是的，当然啦。我确实经历过很多……"

之后，他捻了捻左边的胡子，低头陷入回忆中。我迫不及待地想从他那儿打探些故事。对于那些习惯记录旅行日记的人来说，有这种想法不足为奇。此时茶也煮好了，我从皮箱中取出两只旅行杯，倒满一杯茶放在他面前。他呷了一口茶，似乎在自言自语："嗯，是啊，确实有些故事。"这句感慨又使我重新燃起希望。我知道这些在高加索的老兵都爱讲些趣事和人闲聊，因为他们通常要和战友驻扎在穷乡僻壤、无人知晓的地方长达四五年之久，少有机会能与别人天南海北地闲聊，（上士们总是很严肃，只知道说"长官，祝您安康。"①）然而那里总是有数不清的奇闻轶事可供消遣——周围那些野蛮古怪的寨子，永无止境的危险以及那些时常发生的稀奇事儿。只有很少的一部分被记录在案，这难免令人遗憾万分。

"加些朗姆酒吧？"我问上尉，"我从提弗利斯带了些白朗姆酒，不过现在已经冷了。"

"谢谢，但我不喝酒。"

"为什么啊？"

"只是不想喝，我发过誓。以前我还是少尉时，你知道的，大家总是找机会偷偷喝酒，有一天晚上警报响了，我们醉醺醺地跑出去列队集合，对命令也似懂非懂的。惹得阿历克塞·彼得罗维奇火冒三丈，差点送我们上军事法庭。事情就是这样——有时候一整年都安然无事，可是来点儿伏特加——你就全毁啦。"

听到这里，我几乎就要放弃希望了。

"比如说这些切尔克斯人，"他继续讲道，"每逢婚礼或是葬礼就喝布扎酒，一旦喝醉了就全变成了一群杀人犯。有一次我差点儿就没了命，当时我还是在一位和我们和平相处的土司家做客哩。"

"那是怎么回事儿啊？"

"我那时和我的战友驻守在捷列克河的边防线，这已经是五年前的事儿了。一位年轻军

---

① 俄士兵向长官问候时常用的寒暄语。

官随着押运货物的护卫队来我们这儿，他告诉我说是奉命在此地驻守。我猜那时他在高加索待的时间并不长，他身穿崭新漂亮的制服，看起来干净整洁。'是从俄罗斯调来的吧？'我问他。'是的，长官。'他答道。我握着他的手说：'见到你很高兴，欢迎。在这儿你难免会觉得有些乏味寂寞，所以我们就不要这么拘谨啦。如果不介意，干脆叫我马克西姆·马克西米奇吧。还有，在这里不需要穿得这么正式，你见我时戴上军帽就行了。'分好营房后，他就待在要塞了。"

"那么，他叫什么？"我问道。

"他的名字是……格利戈瑞·亚历山诺维奇·毕巧林。他是个不错的小伙子，只是有些奇怪。比如说，哪怕在雨天或是大冷天，他也能在外打一整天猎。其他人都已经疲惫不堪，几乎要冻僵了，可他却满不在乎。但是有时他坐在房间里，哪怕是一丝微风也会让他打个冷战；一扇没关的百叶窗也能让他浑身哆嗦面色惨白，但是我曾见过他赤手空拳追野猪呢。有时候，他好几个小时一言不发，可过一会儿他讲的故事又让人笑弯了腰，……的确，很多方面都证明他是个风趣的小伙子。八成也挺有钱的，他有不少价值不菲的东西。"

"他待了很久吗？"我问道。

"大约有一年。记忆犹新的一年啊。他给我添了不少麻烦，不过我倒并非借此指责他。毕竟，有些人注定会经历一些不同寻常的事。"

"不同寻常？"我好奇地问道，又给他添了些茶水。

"我来告诉你吧。离我们驻守的地方三四英里外有位与我们和睦相处的土司。他有一个约莫十五岁大的儿子，常常骑马来找我们。差不多每天都来，今天讨这个，明天要那个的。唉，让我和毕巧林给惯坏了。那个小子淘气捣蛋，不过也非常勇敢——他能一边骑马疾驰一边捡地上的帽子，在射击方面也是一把好手。只是有一点不足，就是在金钱方面没什么控制力，有些爱财如命。毕巧林曾开玩笑以十卢布的赌注让他从他父亲的羊群中偷一头上好的山羊。你猜怎么着，第二天晚上他竟然揪着羊角把羊抓了来。有时候我们开他玩笑弄得他面红耳赤，暴跳如雷，他甚至要拔匕首。'阿扎麦特'，我曾警告他说：'你总有一天会拔出那把匕首的，只怕那时会凶多吉少。'"

"一次老土司亲自来邀请我们参加他大女儿的婚礼。因为我和他是盟友，即使他是鞑靼人，我也无法回绝。于是我们出发来到他的寨子，寨子里狗都狂吠着迎接我们的到来。女人们一看到我们就都立刻躲了起来，不过就算是那些被我们看到的脸蛋也没什么出奇的，叫人过目难忘。'我以为切尔克斯女人都很漂亮呢。'毕巧林对我说。

"我咧嘴笑了笑。'那就等着瞧吧。'我非常自信地说。

"土司的屋子里挤满了人。这些亚细亚人，你知道的，总是喜欢邀请所有的亲朋好友参加婚礼。我们也得到了应有的礼遇，被安排在最尊贵的房间里。我特别留意了一下他们安置我们马匹的地方，以备不时之需。"

"婚礼庆典上发生了什么事吗？"我问上尉。

"嗯，也没什么特别的。首先，毛拉会从《古兰经》里读几段经文，之后宾客们就给新人和他们的亲属一些礼物。然后就一起吃饭喝布扎酒。接着还有马术表演。总是会有些骑着驽马，蓬头垢面，衣衫褴褛的流浪汉时刻准备搞些滑稽的花样惹得大家捧腹大笑。夜幕降临后，他们会在最好的房间里举办我们所说的'舞会'，一个不知名的老头儿会弹奏一种有三条弦的乐器，我完全记不得这种乐器的名字了，有点儿类似于我们的三弦琴。可他完全是胡吹乱奏，毫无章法可言。女孩子们和年轻的小伙子们站在屋子中间对歌，不讲节奏，随心所欲，周围的人时常伴唱。我和毕巧林坐在上座。这时，土司的小女儿，约莫十五六岁，走向毕巧林，为他唱歌——怎么说呢——大概就是一种表达问候和敬意的方式吧。"

"那她唱了些什么？您还记得吗？"

"记得，大致就是说，'我们的骑手年轻优雅，但是远不如年轻英俊的俄罗斯军官温文尔雅；我们的骑手身穿银丝线缝的衣服而他穿着金丝线缝的衣服。在他们中间，他就像是一棵白杨树，尽管他不会在我们的花园开花结果'。毕巧林起身把手按在前额和胸口鞠躬致谢。因为我熟悉他们的语言，所以他让我帮他翻译。"

"小姑娘走后，我低声问毕巧林：'喏，你觉得怎么样？'"

"'相当迷人！'"他回答说，'她叫什么啊？'"

"'贝拉。'"我回答说。

"毫无疑问，她非常漂亮——修长的身材，姣好的面容，还有一双宛如山羊眼一样乌溜溜的眼睛，使人心仪不已。毕巧林完全被她迷住了，他的眼睛从未离开她的身影，而她也时不时偷偷地瞧瞧毕巧林。除了毕巧林，这个迷人的小公主同时也俘虏了另一个人。从屋子角落里还有另一双火辣辣的眼睛紧盯着她。靠近一看原来是我们的老相识卡兹比奇。他是那类让你总是感到不安的人，说不清是敌还是友。关于他有很多猜疑，可大多都是捕风捉影没什么真凭实据，他也从来没有因为什么过激行为被逮住过。他常常把羊群赶到要塞，然后再以贱价卖出。只是他从来不讨价还价，你必须按他开的价买卖。听说他常和土匪在库班河游荡。他看起来就像一个十足的土匪——个头不高、肩膀宽阔、体格健壮、机敏过人。他里面穿的长衫总是破破烂烂，满是补丁，可是他的武器却擦得银光闪闪。而且他那匹马在整个卡巴尔德地区无人不知，无人不晓——的确如此——你根本就想不出另一匹比它更好的马了。其他的骑手都妒红了双眼，好几次人们试图偷走这匹马，但都以失败告终。现在我终于看见这匹马啦——马背像沥青一样乌亮，腿就像是钢丝一样刚劲有力，有着一双和贝拉一样灿烂炫目的眼睛。它很强壮，一口气能飞奔四十英里。它也受过良好的训练，像狗一样和主人形影不离，甚至能够分辨出主人的声音，卡兹比奇也从来不拴着它。这匹宝马无疑是最适合土匪的了。

"那天晚上，卡兹比奇要比平时看起来更加阴郁、闷闷不乐。我瞧见他在长衫里面还穿了件锁子甲。'定是有什么原因让他穿着这个，'我揣测，'不知道又在打什么鬼主意。'"

"屋子里闷得几乎让人透不过气来，于是我打算出去呼吸呼吸新鲜空气。群山笼罩在夜幕中，暮霭也在山谷中飘荡。

"我盘算着去马厩看看我们的马有没有饲料，不管怎样，我不得不倍加小心——我也有匹不错的马哩，有好几个克巴尔德人也一直觊觎它，看过后难掩喜爱之情，不住地称赞它是匹好马。

"我沿着篱笆走着，忽然听到有两个人说话的声音。我立刻就听出来了一个声音是阿扎麦特的，就是那个小家伙，老土司的儿子；另一个人话不多，声音很轻。

"'他们在说什么呢？'我疑窦丛生，'可别是在打我的马儿的主意。'于是我蹲在篱笆后面侧耳倾听。我全神贯注试图听清每个字，可是屋子里的歌唱声、谈话声，让我漏掉了几句。

"'你的马真不错啊！'阿扎麦特说，'我要是这里的土司，倘若有三百匹母马的话，我会用一半的马来换你的战马。'

"这么说，那个人应该是卡兹比奇吧。我立马想到了他的锁子甲。

"'是的。'卡兹比奇稍稍停顿了一下，说道，'的确，你在整个卡巴尔德也找不出第二匹这样的马啦。有一次我和游击队在捷列克河偷袭俄罗斯人，打算抢他们的马，可是遇到了点儿麻烦，所以我们不得不兵分两路。当时有四个哥萨克人追我，我几乎能听见他们的叫喊声，这群该死的异教徒。我前面有一片茂密的树林，于是我伏在马鞍上，把自己的生死完全交托给安拉。情急之下我竟用马鞭抽了我的马儿，这是我生平第一次这样侮辱他。我的马儿犹如鸟儿一样在丛林间飞驰，尖锐的荆棘划破了我的衣服，枯萎的榆树枝刮伤了我的脸颊。马儿跃过树桩，载着我在丛林中穿梭。我本应该在我们进入树林前就丢下它，自己躲到树林中去，但是我无法忍受和它分离的痛苦，不过先知还是犒赏了我。几颗子弹从我耳边呼啸而过，我听到几个哥萨克人下了马，徒步在丛林中搜寻我。突然在我眼前出现了一个深沟，我的马儿犹豫了片刻，嗖地一下跳了过去，可是它后蹄一滑，没能站稳，只剩前蹄扒在悬崖边儿，整个身子悬在半空。我赶忙松开缰绳，纵身跳下山沟。这恰恰救了马儿的命——它一跃而起攀上了悬崖。那些哥萨克人注视着眼前发生的一切，但是没有人下来搜寻我，他们一定是以为我已经摔死了。我听到他们一窝蜂地冲过来试图抓住我的马儿。我痛心疾首，从悬崖边茂盛的杂草丛中缓缓地探出头想看个明白。树林里又冲出了几个骑着马的哥萨克人。然后我的黑眼睛①向他们急速奔去。他们一拥而上，叫嚣着，追逐我的马儿。距它最近的一个哥萨克人几次试图用绳索套向它的脖子——我浑身哆嗦，低头祈祷。几秒钟后，我抬头看见我的黑眼睛宛如一阵疾风在他们面前奔跑，连尾巴都扬了起来。这帮混蛋终于一个接着一个地放慢了速度，他们的马早已累坏了。感谢真主，这一切都是千真万确，就像我现在站在这里一样真实。我一动不动地蹲在那里直到子夜，突然在黑暗中——阿扎麦特，你猜怎么着？我听到有匹马沿着悬崖边呼哧呼哧地跑，嘶叫着，用蹄子敲击着地面。——从它的声音我断定这是我的黑眼睛。就是它，我的老伙计……从此我们再也没有分开过。

"我可以听见他正抚摸着黑眼睛光滑的马背，用各种昵称呼唤着它。

"'如果我有一千匹母马，'阿扎麦特说，'我会全部拿来换你的黑眼睛。'

"'不行。谢谢你的好意。'卡兹比奇漠然地回答道。

"'听着，卡兹比奇'，阿扎麦特继续讲道，试图说服他，'你是一个勇敢的人，英勇的骑手，但是我父亲害怕俄罗斯人，所以他从不允许我到山林闯荡。你要是把你的马给我，我会为你做任何事——我可以把我父亲的来福枪偷给你，马刀也成，任何你中意的都行。我父亲可有一把货真价实的古尔特牌马刀哩——哪怕就是刀刃轻轻碰一下你的胳膊，也能割破你的肉。你的锁子甲也没什么用处。'

"卡兹比奇一句话也没说。

"'我第一看见你的马，'阿扎麦特继续讲道，'你当时正骑着它，它在你的胯下打转，身体不时地跃起，鼓着鼻子，小石子在它的马蹄下如火花般四溅。我不清楚它对我意味着什么，但在这之后我对一切都提不起精神了。我瞧不起我父亲的那些所谓的上等马，骑着它们让我抬不起头。看啊，我是多么苦恼啊！我一个人连着几天呆坐在悬崖边单单想着你的那匹黑色骏马，它那优雅的步伐，像剑一样笔直光滑的马背。它用热切的双眸凝望着我，似乎在对我倾诉衷肠。卡兹比奇，你要是不把它卖给我，我会死的！'阿扎麦特用颤抖的声音乞求着。

"我听见他突然哭了——阿扎麦特是个固执得出奇的家伙，可是从没见他为什么事哭过鼻子，即使是很小的时候也没有过。

"听起来卡兹比奇好像是笑了笑，以此回应了这些眼泪。

"'听着，我会为你做任何事儿的。'阿扎麦特说道，他的声音重新稳定下来，'我把我妹妹偷给你怎样？想想她唱歌跳舞的模样吧！还有她那巧夺天工的金色刺绣。嗨，即使是

---

① 卡兹比奇骏马的昵称。

苏丹王也没有这样的妻子啊。怎么样？明晚在峡谷附近的小溪边儿等我吧，我会带她经过那里，到下一个寨子去——她就是你的啦！难道贝拉还比不上你的骏马吗？'

"很长一段时间卡兹比奇都没说话。一会儿他轻轻地哼唱了一支老歌①：

我们寨子有很多美丽的姑娘，
有着繁星般璀璨的黑眼睛，就像是午夜的微风。
小伙子若得到她们的爱会无比快乐，
可是自由和梦想比什么都重要。
妻子们可以用半罐子金子易得，
一匹威武的骏马却是无价之宝。
它在广阔的平原上与风赛跑，
它忠厚老实，尽职尽责。

"阿扎麦特竭尽全力试图说服他，苦苦哀求，但一切都是白费功夫。他又是哭泣，又是巴结发誓，直到卡兹比奇忍无可忍，厉声打断了他。

"'闭嘴，你这个蠢货！你凭什么驾驭我的马呢？你还没骑几步远，就会被它甩出去，扔在岩石上，把脑袋撞开花。'

"'不可能！'阿扎麦特气愤地喊叫着。我听见这个孩子的匕首划过卡兹比奇身上的锁子甲，发出清脆的响声。一支强壮有力的胳膊推了他一下，阿扎麦特就重重地摔向篱笆，撞得篱笆哗哗直响。'这下可又有热闹看了！'我一边寻思着一边冲向马厩，给我们的马套好马具，牵着它们来到后院。

"几分钟后，屋子里一下子炸开了锅。事情是这样的——阿扎麦特跑进屋子里，他的长衫也扯烂了，还扬言说卡兹比奇要杀了他。人们跳起来抓起枪——随后好戏就上演了。叫嚷声，呼喊声夹杂着枪声乱成一团。然而卡兹比奇早已骑上马，神出鬼没地在人群中穿行，挥舞着马刀击退众人。

"我拉着毕巧林的胳膊。'没有必要卷进别人的家务事中，'我说，'我们上马离开吧。'

"'等会儿吧，看看会发生什么事。'

"'没什么好看的，毫无疑问。这些亚细亚人都一样——灌满一肚子布扎酒，然后就开始舞刀弄枪的。

"于是我们骑上马，奔回要塞。"

"那么卡兹比奇怎么样啦？"我迫不及待地问上尉。

"他那种人当然是安然无恙啰，"他回答说，将杯中的茶一饮而尽，"跑掉了呗。"

"受伤没？哪怕只是轻伤。"我问。

"那只有上帝知道了。像他这样的土匪偶尔也会杀人的，我见过他们打斗的场面——浑身都被刺刀刺成筛子了，还依然挥舞着马刀。"

上尉停歇了片刻，然后跺了跺脚继续说道。

"有件事我永远都不会原谅自己。我们返回要塞之后，我愚蠢地把我躲在篱笆后听到的事情告诉了毕巧林。他一笑置之，这个狡猾阴险的家伙，他那时就已经盘算好了！"

---

① 恳请读者原谅我把卡兹比奇的歌译成了诗句。我听到的当然是散文，但习惯是第二天性。——作者注。

"什么事啊？请务必告诉我。"

"噢，好吧！既然我已经开了头，还是继续说吧。

"事情过了三四天后，阿扎麦克来到要塞。像往常一样，他进去找毕巧林，因为毕巧林总是会给他些好吃的东西。我当时也在场，他们聊起了马，毕巧林使劲地吹捧了卡兹比奇的骏马，说他的马漂亮英俊，像头山羊一样活泼可爱——总之他所说的话让你觉得这世上再也没有第二匹这样的马啦！

"男孩儿的眼睛闪闪发光，但是毕巧林并没有理会。我一岔开话题，他马上就又重新扯到卡兹比奇的那匹骏马身上。不论阿扎麦特什么时候来，事情总会是这样。就这样两三周后，我发现这个孩子面色苍白，形容枯槁，就像是爱情小说中描写的那样。我对此困惑不解。

"唔，事后我才弄清是怎么回事——毕巧林如此这般地折磨这个孩子，使他沉溺其中无法自拔。他曾对阿扎麦克说：'我知道那匹马让你着迷，阿扎麦克，可是你得不到它，就像你永远也不能飞一样。要是有人帮你得到这匹马，你要怎么报答他？'

"'凡是他想要得到的。'阿扎麦特回答说。

"'那么我会帮你弄到它，如果你发誓照我吩咐的一切做……

"'我发誓……那你也要发誓。'

"'好吧，我发誓会帮你得到那匹马。但是我要你的妹妹贝拉作为回报，黑眼睛就当作是她的嫁妆。希望这笔交易对你来说还不赖。'

"阿扎麦特陷入沉默，一言不发。

"'怎么，你不愿意？你自己决定吧，我以为你已经是个男子汉了，可是你还是个毛头小子。你啊，还不到骑马的年纪啊。

"阿扎麦特一下子火了。'那我父亲怎么办？'他问。

"'不要告诉我他从来都不离开家。'

"'嗯，他的确有不在家的时候。'

"'那么你就是同意了？'

"'好吧，'阿扎麦特低声说，脸色像死人一样惨白，'什么时候？'

"'卡兹比奇下次来的时候，他承诺要带一些公羊来。剩下的你就交给我，你还是操心你自己的事儿吧，阿扎麦特。'

"就这样，他们双方成交了。真是个龌龊的交易。

"事后，我对毕巧林也这样说，可是他狡辩说一个粗野的切尔克斯女子能有个像他这样杰出的丈夫也算是她的福气。毕竟，根据他们的风俗，他应当是她的丈夫。至于卡兹比奇，他本身就是个土匪，理应受到惩罚。你说，我还能说什么呢？……那个时候我还不知道其中的内幕。所以，有一天，卡兹比奇问我们是否需要公羊和蜂蜜，我告诉他让他明天带些来。'阿扎麦特，'毕巧林说，'明天我会对卡兹比奇动手。如果今晚我看不到贝拉，你永远也不会见到那匹马了。'

"'好的。'阿扎麦特说，然后急忙跑回寨子。

"那天晚上毕巧林全副武装离开了要塞。我不知道他们是怎么做的，但是他们俩晚上才回来，哨兵看到有个女人，头上蒙着面纱，手脚都捆着被横放在阿扎麦特的马鞍上。"

"那马呢？"我问道。

"我就要讲到了。第二天一早卡兹比奇就带来了公羊和蜂蜜。一安顿好他的马，他就进来找我。我给他倒了些茶——就算他是土匪，我们也算是朋友。

"我们海阔天空地闲聊，突然我看见他打了一个寒战，脸也陡然变了颜色，他冲向窗户，不巧他面朝后院。

"'发生什么事了?'我问道。

"'马，我的马!'他浑身痉挛，不住颤抖。

"事实上我也听到了一串马蹄得得的声音。

"'可能是哥萨克人。'我说。

"'不，是那群俄罗斯人，混蛋!'他嚷着，像豹子一样，跨了两大步就窜出大门。哨兵试图用枪拦住他，但他只稍稍一跃就跳了过去，沿着大路狂奔。路的尽头扬起一阵尘土——阿扎麦特正骑着暴躁的黑眼睛，扬长而去。卡兹比奇边追边从枪鞘里抽出来福枪射击。他站在那里一动不动直到他确定没有击中，这才发出一声哀号，把枪砸向石头，枪顿时就断成几节。接着他一屁股坐在地上像个孩子一样抽泣。人们从要塞里出来安慰他，但他也毫不理会。大家站在那里说了几句安慰的话就回去了。我把买公羊的钱放在他旁边，他也不管，直挺挺地趴在地上就像个死人一样。信不信由你，他整晚就那样趴着，一动不动。第二天早上，他来要塞打听偷马贼的名字。哨兵看到是阿扎麦特解开缰绳骑马逃走的，并不想为他隐瞒，就如实告诉了卡兹比奇。一提到阿扎麦特的名字，卡兹比奇眼里寒光一闪，立即冲向他父亲所在的寨子去了。"

"那他父亲有什么反应?"

"这是关键所在。卡兹比奇去的时候，他当时并不在寨子里。他几天前就出去了，要不然阿扎麦特也不可能有机会把他妹妹掳走。

"老父亲回来后发现女儿和儿子都没了踪影。你瞧，阿扎麦特这个家伙可不笨呢，他知道如果被逮住了，也会没命的。从此以后就再也没有他的任何消息了。他很可能跑到了哪个土匪窝，在捷列克河或库班河丧了命。老天有眼，真是活该。

"老实说，这事儿也给我惹了不少麻烦。我发现那个姑娘在毕巧林的营房，我立马佩戴好肩章和剑去找他。

"我瞧了一眼，他正在外屋，头枕着胳膊躺在床上，另一支手里拿着根已经熄灭了的烟斗。里屋的门锁着，但钥匙没在门上。我咳了一声，在门口跺了跺脚，而他佯装没有听到。

"'准尉先生，'我尽量装出一本正经的样子，'你没看见我在门口吗?'

"'啊，马克西姆·马克西米奇。来支烟吧?'他答道，并没有起身。

"'请原谅，我不是马克西姆·马克西米奇，我是你的长官。'

"'都一样，来点茶吧? 你都不知道我现在有多烦。'

"'我一清二楚。'"我说着，朝他的床边儿走去。

"'那再好不过了。我就不用多费口舌了。'

"'准尉先生，对于你的所作所为，我同样也要承担责任。'

"'噢，拜托，干吗这么大惊小怪? 我们可一直都是穿一条裤子的兄弟啊，不是吗?'

"'先生，请不要开玩笑。把你的佩剑交给我。'[①]

"'米特卡，把我的剑拿来。'

"米特卡把剑拿给我，那么我已经履行了我的职责。我坐在他的床边，说:'毕巧林，你瞧，这是行不通的，你知道的。'

"'怎么不行?'

"'呃，当然是指你拐来贝拉的事啊……阿扎麦特那个无赖。拜托，别狡辩啦。'我对他

---

① 沙皇时期俄国军队规定，军官交出佩剑就意味着关禁闭。

说。

"'如果我喜欢她呢?'

"咳，我该怎么说呢? 我完全不知所措。沉默了片刻，我告诉他如果这姑娘的父亲来找女儿，他必须把贝拉交给他。

"'这种事是不会发生的。'

"'可是，一旦他发现女儿在这儿，该如何是好呢?'

"'他怎么会发现?'

"我再次茫然不知所措。

"'瞧，马克西姆·马克西米奇，'毕巧林坐了起来说道，'你是个好心肠的人，如果我们把贝拉还给那个老家伙，他就算不割断她的喉咙也会把她卖了。木已成舟，没必要再节外生枝了。就让她留在这儿吧，至于我的佩剑就留在你那儿吧!'

"'让我看看她。'我说。

"'她在那个房间里，不过连我也无法看到她，我试过了——她坐在角落，用面纱把自己完全裹住，既不说话也不抬头，就像头山羊一样害羞。我从酒馆找了个懂鞑靼语的女人来照顾她……'"

（方华文编，摘自薛璇子译：《当代英雄》，长江文艺出版社，2010）

第二十六章　司汤达及《红与黑》

第一节　司汤达简介

司汤达，原名亨利·贝尔，法国 19 世纪伟大作家，也是批判现实主义文学代表人物之一。1783 年出生于阿尔卑斯山区的格勒诺布尔一个富裕的家庭。他的父亲是个律师，但思想保守，拥护王权，信仰宗教，对法国当时的资产阶级革命充满仇恨。他的家庭教师是位严厉的神父，因此他从小接受严格的宗教教育。幸运的是，他的医生外祖父思想开放，喜爱文学，是启蒙运动代表人物伏尔泰的忠实崇拜者。在外祖父家里，小司汤达阅读了大量伟大作家和思想家的作品，对文学产生了浓厚的兴趣。

司汤达从小就有着叛逆的性格和反抗的精神。他的童年，正是法国资产阶级革命风起云涌的年代。年仅 10 岁的小司汤达由于讨厌自己的家庭，渴望自由的生活，非常同情革命。1789 年法国人民攻克巴士底狱，将国王路易十六送上断头台。父亲沮丧不已，小司汤达却举着小三色旗在自家的空房子内欢呼庆祝。1799 年，司汤达来到巴黎，准备按照自己的兴趣投考综合工科学校，但是被革命的形势所鼓舞，如愿以偿地加入了拿破仑的军队。次年，他作为预备军团第六骑兵师的龙骑兵少尉，参加了著名的马伦哥战役。之后，他随军转战意大利及莫斯科。1802 年，司汤达因病辞去了军队的职位，来到巴黎。这一时期，他大量阅读哲学、历史和文学作品，为以后发表作品奠定了基础。1806 年，司汤达重回军营。这一时期是拿破仑帝国的鼎盛时期。军旅生涯使司汤达确立了一生追随、崇拜拿破仑的政治主张和共和主义社会理想。1814 年，拿破仑退位，波旁王朝复辟。于是司汤达离开巴黎，前往意大利，客居 7 年之久，并参加了意大利烧炭党人争取自由和解放的革命斗争。

司汤达丰富而曲折的生活经历，成为他写作的极佳素材。1817 年，年过 30 的司汤达开始发表作品。处女作《意大利绘画史》是在意大利期间完成的。不久，他首次使用笔名"司汤达"发表了游记《罗马、那不勒斯和佛罗伦萨》。1827 年，他发表了第一部长篇小说《阿尔芒斯》。1829 年，发表了短篇小说《法尼娜·法尼尼》。此后的十年间，司汤达写作并发表了一些中短篇小说。由于这些中短篇小说大多取材于意大利的传说，后人将其编成一个集子，取名《意大利遗事》。《法尼娜·法尼尼》是其中最耀眼的一篇。同年他开始撰写代表作《红与黑》，直到 1830 年出版。1832 年到 1842 年，是司汤达最困难的时期，经济拮据，疾病缠身，但也是他最重要的创作时期。他完成了脍炙人口的长篇小说《吕西安·娄万》（又名《红与白》）、《巴马修道院》、长篇自传《亨利·勃吕拉传》等。

司汤达作品中处处反映出他的人生经历以及拿破仑崇拜情结。他倡导现实主义的创作原则，主张文学应当反映当代人的生活。他笔下的作品，都是放在特定的社会大背景中展开，如法国大革命、意大利革命斗争等。他的作品往往通过表现人的内心世界反映社会风尚和时代精神。他的艺术成就在于准确把握复杂的人物心理，而且他的心理刻画也具有鲜明的时代特色。他对人的内心世界所作的出色研究在《红与黑》、《巴马修道院》等几部长篇巨著中都得到了具体体现。尤其是代表作《红与黑》，更加体现了司汤达高超的心理分析能力。有些评论家认为，司汤达开创了心理小说的先河，并把法国文学中的心理描写推向了一个新阶段。

第二节　《红与黑》简介

司汤达的巨著《红与黑》副标题为"一八三〇年纪事"，于一八三〇年十一月十五日在法国巴黎问世，但却遭冷遇。然而作者坚信"我将在一八八〇年为人理解"，"我看重的仅仅是在一九〇〇年被重新印刷"，"或者做一个在一九三五年为人阅读的作家。"历史证明他的预言是惊人的准确。《红与黑》被证明是 19 世纪一部极其关键的作品，司汤达也因此当之无愧地跻身世界著名作家之列。

《红与黑》的情节来源于布朗格村的一桩刑事案件。年轻的安托万·贝尔德是马掌匠之子，家境贫寒，但颇具学习天赋。他进入修道院学习文化知识。后又受雇米肖先生，作为他儿子的家庭教师。他与家庭主妇有染，被扫地出门。此后两次找工作均被辞退。他因此怀恨在心，在教堂弥撒时刺杀昔日的情妇米肖夫人。最后被法庭送上断头台。《红与黑》中的主人公于连出身于小业主家庭，身处波旁王朝复辟时期，但他仍崇拜拿破仑，一心希望出人头地，是一个"少年野心家"。他成为市长家的家庭教师，却与市长夫人有染。后来又担任拉莫尔侯爵的私人秘书，与其女玛特儿小姐相恋。当他即将平步青云之际，市长夫人的一封告密信使一切毁于一旦。愤怒至极的于连，在教堂枪杀市长夫人。最后在法庭审判中拒绝妥协，被送上了断头台。

司汤达从一件简单的刑事案件展开，真实地再现了当时波旁王朝复辟后期的广阔社会画面，将小说提高到对 19 世纪初期法国资产阶级社会制度进行历史和哲学研究的水平。小说描写了在于连生活的小城，耶稣会横行，资产阶级封闭狭隘，人人奉行"利益至上"的原则；巴黎的上流社会烦闷无聊，仇恨拿破仑，害怕革命。这些内容都是随着于连的活动轨迹逐渐向读者展开，从市长家到修道院，从小城到省会，从内地到巴黎，从社会底层到上流社会，慢慢地展现了一幅幅广阔的生活场景并同时揭示出深刻的社会内容。小说的标题《红与黑》是一个象征性的书名。有人认为"红"指军装、剑，"黑"指教士的道袍、十字架。也有人认为"红"指以其特殊方式反抗复辟制度的小资产阶级叛逆者于连，"黑"指包括反动教会、贵族阶级和资产阶级在内的黑暗势力。

《红与黑》的主人公于连是一个颇受争议的人物。他是一位具有拿破仑风格的青年。和拿破仑一样，记忆力非凡，能够背诵整本《圣经》。但是在复辟的年代，他的火热性格，他的进取精神，与社会格格不入，因此注定是一个悲剧人物。

细读司汤达的个人阅历，读者不难发现他的拿破仑崇拜情绪。他的作品中到处显示了拿破仑、爱情、魄力、幸福的题旨以及对社会背景的细致描写。他将自己的人生阅历，对社会的观察，对心理活动的研究和把握，都融进了作品。除了对社会历史氛围的描写之外，小说中对人物的思想、感情、心理活动的描述，是小说的另一成功原因。小说中的每个重要人物，都有符合他们的出身、职业、气质、际遇的心理细节描述，给读者带来莫大的艺术享受。司汤达也因此被泰纳称为"古往今来最伟大的心理学家"。

第三节 《红与黑》选段

第二十九章 第一次提升

他了解他的时代，他了解他的省，而且他还有钱。

——《先驱者》

大教堂里发生了那件事之后，于连一直沉浸在幽深的梦幻之中，久久不能解脱。一天早晨，严厉的彼拉神甫打发人来叫他。

"瞧，夏斯一贝尔纳神甫写信来了，说您的好话呢。总的来说，我对您的行为相当满意。您极不谨慎，甚至轻率冒失，只是没有表现出来罢了，不过到目前为止，您的心是善良的，甚至是宽洪大量的，智力过人。总之，我在您身上看到了一星不容忽视的火花。

"我工作了十五年，就要离开这幢房子了。我的罪过是让神学院的学生们自由判断，没有保护也没有破坏您在告罪亭里对我说的那个秘密组织。我走之前，想为您做点事情；要不是有根据在您房间发现的阿芒达·比奈的地址所作的揭发，此事我两个月之前就该做了，您理应得到。我让您作《新约》和《旧约》的辅导教师。"

于连感激得不知说什么好，真想跪下，感谢天主；但是他油然而生另一种更为真实的感情。他走近彼拉神甫，拿起他的手，举到自己的唇边。

"这是干什么？"彼拉神甫生气地叫道；然而，于连的眼睛比行动表明了更多的东西。

彼拉神甫惊奇地望着他，仿佛一个多年来已不惯于面对细腻的感情的人一样。这种注视泄露了院长的真情，他的声音变了。

"好吧！是的，我的孩子，我对你很有感情。上天知道这是没有办法的事。我本该公正无私，对人既无恨亦无爱。你的一生将是艰难的。我在你身上看到了某种使俗人不悦的东西。嫉妒和诽谤将对你穷追不舍。无论天主将你放在什么地方，你的同伴都不会不怀着憎恨看着你；如果他们装作爱你，那是为了更有把握地出卖你。对此只有一个办法，就是只向天主求助，他为了惩罚你的自负而使你必须受人憎恨；你的行为要纯洁，我看这是你唯一的指望。如果你以一种不可战胜的拥抱坚持真理，你的敌人迟早会狼狈不堪的。"

于连那么久没有听到过友爱的声音了，不禁泪如雨下，我们应该原谅他的软弱。彼拉神甫朝他张开臂膀，这时刻对两个人来说都是甜蜜的。

于连欣喜若狂；这是他得到的第一次提升；好处是巨大的。要想象这些好处，须得曾经被迫几个月内不得片刻的独处，并且跟一些至少是讨厌的而大部分是不堪忍受的同学直接接触。单单他们的吵嚷就足以使体质脆弱的人神经错乱。这些吃得饱穿得暖的乡下人，只有在使出两肺的全部力量大叫才能感到那种吵吵闹闹的快乐，才能觉得表达得完全。

现在于连单独用餐，或者差不多，比其他学生晚一个钟头。他有花园的钥匙，园中无人的时候可以进去散步。

于连大感惊异，发觉人家不那么恨他了；他原本料到会有加倍的仇恨呢。他不愿意人家跟他讲话，这种秘而不宣的愿望仍嫌太明显，给他招来不少敌人，现在不再标志着一种可笑的高傲了。在他周围那些粗俗的人眼里，这是他对自己的职位的一种恰如其分的感觉。仇恨明显减少，尤其在变成他的学生的那些最年轻的同学中间，他待他们也是彬彬有礼的。

渐渐地，他居然也有了拥戴者，叫他马丁·路德已经是不得体的了。

然而，说出他的敌友的名字，有什么用呢？所有这一切都是丑恶的，图画越真实就越丑恶。不过，他们是民众的唯一的道德教师，没有了他们，民众会变成什么呢？报纸难道能够代替本堂神甫吗？

于连就任新职以后，神学院院长装作没有证人在场就绝不跟他讲话。这种做法对先生对弟子都是一种谨慎，但尤其是一种考验。彼拉是个严厉的詹森派，他的不变的原则是：您认为一个人有才能吗？那就对他希望的一切、对他所做的一切设置障碍吧。如果他的才能是真的，他就一定会推倒或绕过障碍。

狩猎的季节到了。富凯心血来潮，以于连的父母的名义给神学院送来一头鹿和一头野猪。两头死兽摆在厨房和食堂之间的过道上。神学院的学生吃饭时从那里经过，都看见了。这成了好奇心的大目标。野猪虽然是死的，也把那些最年轻的学生吓了一跳，他们摸摸它的獠牙。整整一个礼拜，大家不谈别的。

这份礼物把于连的家庭站入社会中应该受到尊敬的那一部分，给了嫉妒一次致命的打击。财富确认了于连的优越。夏泽尔和几位最出色的学生主动接近他，差不多要埋怨他没有把他父母的财产情况告诉他们，害得他们对金钱有失敬之虞。

当时正在征兵，于连是神学院学生，得以免除兵役。这件事使他非常激动。"瞧，这个时刻就这么一去不复返了，要是早二十年，我就会开始一种充满英雄气概的生活了！"

他独自一个人在神学院的花园里散步，听见几个修围墙的泥瓦匠在说话。

"喂！该走了，又征新兵了。"

"在那个人的时代，那可好了！泥瓦匠能当军官，当将军，这事儿见过。"

"现在你去看看！穷光蛋才走，手里有几个钱的人都留在家乡。"

"生下来穷，一辈子穷，就是这么回事儿。"

"嘿，他们说那个人死了，是真的吗？"第三个泥瓦匠说。

"是大块头们说的，你看，那个人让他们害怕了。"

"多不同啊，在那个时候，活儿干得也顺！说他是被他的元帅们出卖的：叛徒才这么干呀！"

这场谈话使于连稍感宽慰。他离开的时候叹了口气，背诵道：

> 人民还怀念着的唯一的国王。

考试的日子到了。于连答得很出色，他看到夏泽尔也力图显示其全部知识。

第一天，由著名的福利莱代理主教委派的那些主考人就大为不悦，他们不得不在名单上一再将于连列为第一名，至少是第二名，有人向他们指出，这个于连·索莱尔是彼拉神甫的宠儿。在神学院，有人打赌说，在考试总成绩的名单上于连一定会名列第一，这将给他带来与主教大人一道进餐的光荣。但是在一场涉及教父们的考试快结束时，一位狡猾的主考人在问了于连关于圣杰洛姆以及他对西塞罗的酷爱的问题之后，又谈到贺拉斯、维吉尔和其他几位世俗作家。同学们都一无所知，于连却背诵了这几位作者的不少段落。成功冲昏了他的头脑，他忘了是在什么地方了，根据主考人的一再提问，他满怀激情地背诵和意译了贺拉斯的好几首颂歌。于连上了钩，二十分钟过去了，主考人突然变了脸，尖刻地责备他在这些世俗作家身上浪费了时间，脑子里装了不少无用的或者罪恶的思想。

"我是个傻瓜，先生，您说得对，"于连谦卑地说，恍然大悟，原来是个巧妙的圈套，他上当了。

主考人的这条诡计，就是在神学院里，也被认为是卑鄙的，然而这并未妨碍德·福利莱先生用他那强有力的手在于连的名字旁边写上 198 这个数目。德·福利莱先生是个精明人，他如此巧妙地在贝藏松组织了一个圣会网，其发往巴黎的快报令法官、省长，直至驻军的将领胆战心惊。他这样地侮辱他的敌人、詹森派信徒彼拉，感到很高兴。

十年以来，他的大事就是解除彼拉的神学院院长职务。彼拉神甫真诚，虔诚，不搞阴谋，忠于职守，他为于连规定的行为准则自己也遵循不悖。但是上天在愤怒中给了他一副暴躁易怒的脾气，对侮辱和仇恨特别敏感。对于这颗火热的灵魂，任何侮辱都不会徒劳无功。天主把他放在这个岗位上，他就认为自己对这个岗位是有用的，否则他早就辞职一百次了。"我遏止了耶稣会教义和偶像崇拜。"他对自己说。

考试那段时间，他大概两个月未曾同于连说过话，当他接到宣布考试成绩的公报，看到这个学生的名字旁边写着 198 这个数目，他病倒了一个礼拜，他是把这个学生看作本神学院的光荣的呀。对于这个性情严厉的人来说，唯一的安慰是把他所有的监视手段集中用在于连身上。他感到欣喜的是，他在于连身上没有发现愤怒、报复计划和气馁。

几个礼拜之后，于连接到一封信，不免打了个哆嗦；信上盖有巴黎的邮戳。"终于，"他想，"德·莱纳夫人想起了她的诺言。"一个署名保尔·索莱尔的先生，自称是他的亲属，给他寄来一张五百法郎的汇票。信上还说，如果于连继续研究那些优秀的拉丁作家，并且卓有成绩，将每年寄给他一笔同样数目的钱。

"这是她，这是她的仁慈！"于连的心充满了柔情，自言自语道，"她想安慰我，可是为什么没有一句有情意的话？"

这封信他弄错了，德·莱纳夫人在她的朋友德尔维夫人的指导下，已完全沉浸在深深的悔恨中了。她还时常不由自主地想到那个不寻常的人，与他相遇搅乱了她的生活，但她很注意不给他写信。

如果使用神学院的语言，我们可以承认这笔五百法郎的汇款是个奇迹，而且可以说上天是利用德·福利莱先生本人送了这份礼物给于连。

十二年前，德·福利莱神甫来到贝藏松，带的那只旅行箱小得不能再小，根据传闻，那里面装着他的全部家当。如今他是本省最富有的地主之一。在他致富的过程中，他买过一块地产的一半，另一半通过继承落入德·拉莫尔侯爵手中。两个人于是大打官司。

尽管德·拉莫尔侯爵先生在巴黎地位显赫，并在宫中担任要职，还是觉得在贝藏松与一位据称可以左右省长任免的代理主教斗是一件危险的事情。他本来可以请求批准一笔赏赐，以预算允许的随便什么名义为掩盖把这场区区五万法郎的小官司让给德·福利莱神甫，但他没有这样做，而是大光其火。他认为自己有理，而且理由充足！

不过，请允许我斗胆问一句：哪一个法官没有一个儿子或一个什么亲戚需要安插在某个地方呢？

为了让最盲目的人也看得清楚，德·福利莱神甫在赢得第一次裁决一个礼拜之后，乘上主教大人的四轮马车，亲自把一枚荣誉团骑士勋章送给他的律师。德·拉莫尔先生对对方的行动感到有些震惊，并且感到他的律师软下来了，就向谢朗神甫求教，谢朗神甫建议他与彼拉先生联系。

在我们的故事发生的时候，他们的关系已持续了好几年。彼拉神甫带着他那炽烈的性格投入到这件事情中去。他不断地会见侯爵的律师，研究案情，确认侯爵的案子有理之后，就公开地成为德·拉莫尔侯爵的诉讼代理人，与权力很大的代理主教打官司。这种傲慢无礼，而且还是出自一位小小的詹森派教徒，使代理主教感到了奇耻大辱！

"你们看看这个自以为那么有权势的宫廷贵族是什么东西吧，"德·福利莱神父对他的亲信们说，"德·拉莫尔先生连一枚可怜的勋章都没有给他在贝藏松的代理人送来，而且还要让他灰溜溜地被撤职。但是，有人写信给我说，这位贵族议员每个礼拜都要佩带蓝绶带到掌玺大臣的沙龙去炫耀，不管这掌玺大臣是何等样人！"

尽管彼拉神甫全力以赴，德·拉莫尔先生也和司法大臣，尤其是和他的下属关系好得不能再好，六年的苦心经营也只落得个没有完全输掉这场官司。

为了两个人都热情关注的事情，侯爵不断与彼拉神甫通信，终于品出神甫的那种才智的味道了。渐渐地，尽管社会地位悬殊，他们的通信有了一种亲切的口气。彼拉神甫告诉侯爵，有人采取凌辱他的办法迫使他辞职。那种卑鄙的伎俩使他很生气，他认为是针对于连的，也就向侯爵讲了于连的事情。

这位大贵人虽然很有钱，却一点儿也不吝啬，他始终未能让彼拉神甫接受他的钱，包括支付因办案而花去的邮费。他灵机一动，就给神甫心爱的学生汇去五百法郎。

德·拉莫尔先生还亲自写了那封通知汇款的信。这件事使他想到了神甫。

一天，神甫接到一纸短简，说有急事请他务必到贝藏松郊外一家客店去一趟。他在那里见到了德·拉莫尔先生的管家。

"侯爵先生派我给您送来他的马车，"那人对他说，"他希望您在读了此信后能在四五天后前往巴黎。请您告诉我时间，这期间我将到侯爵先生在弗朗什—孔泰的地产上跑跑。然后，在您觉得合适的时候我们就启程去巴黎。"

信很短：

> 我亲爱的先生，摆脱掉外省的种种烦恼，到巴黎来呼吸一点儿宁静的空气吧。我给您送去我的车，我已命人在四天内等候您的决定。我本人在巴黎等您直到礼拜二。我需要您的同意，先生，以您的名义接受巴黎附近最好的本堂区之一。您未来的本堂区教民中最富有的一位从未见过您，但对您比您能想象的还要忠诚，他就是德·拉莫尔侯爵。

严厉的彼拉神甫没有料到，他居然很爱这座遍布敌人的神学院，十五年来，他为它用尽了心思。德·拉莫尔先生的信仿佛一个要做一次残酷而必要的手术的外科医生出现在他面前。他的解职势在必行。他约管家三日后会面。

四十八小时内，他一直犹豫不决，心烦意乱。最后，他给德·拉莫尔先生写了一封信，又给主教大人写了一封堪称教会体杰作的一封信，只是略嫌长了些。要想找出更无懈可击、流露出更真诚的敬意的句子，也许是件困难的事。这封信注定要让德·福利莱先在主子面前难受一个钟头，信中逐条陈述那些使人严重不满的原因，甚至提到了些卑劣的小麻烦，彼拉神甫不得不忍受了六年，终于逼得他离开教区。

有人从他的柴堆上偷木柴，毒死他的狗，等等，等等。

他写完信，派人叫醒于连，于连和其他学生一样，晚上八点即上床睡觉。

"您知道主教住在哪里吗？"他用漂亮的拉丁文风格对他说，"把这封信送交主教大人。我并不瞒您，我是把您往狼群里送。注意看，注意听。您的回答中不许有半点谎言，但是您要想到，盘问您的人也许会体会到一种终于能加害于您的真正的快乐。我的孩子，在离开您之前告诉您这种经验，我感到十分坦然，因为我不想瞒着您，您送的这封信就是我的辞呈。"

于连呆立不动，他爱彼拉神甫。谨慎徒然地对他说：

"这个正直的人离去之后，圣心派会贬损我，也许会赶走我。"

他不能只想自己。他感到难办的是，如何想出一句得体的话，这时他真的感到才思枯竭了。

"怎么！我的朋友，您不去？"

"我听人说，先生，"于连怯生生地说，"您主持神学院这么长时间，却没有任何积蓄，我这里有六百法郎。"

泪水使他说不下去了。

"这也得登记上，"神学院前院长冷冷地说。"去主教府吧，时间不早了。"

正巧这天晚上德·福利莱神甫在主教府的客厅里值班；主教大人去省府吃饭了。所以，于连把信交给了德·福利莱神甫本人，不过他并不认识他。

于连大吃一惊，他看见这位神甫公然拆开了给主教的信。代理主教那张漂亮的面孔立刻显出一种惊奇的表情，其中混杂着强烈的快乐，紧接着又变得加倍的严肃。这张脸气色很好，于连印象极深，趁他读信的工夫，细细地端详起来。如果不是某些线条显露出一种极端的精明，这张脸会更庄重些；如果这张漂亮面孔的主人万一有一刻走神的话，这种极端的精明会显露出一种虚伪。鼻子太突出，形成一条笔直的线，不幸使一个很高贵的侧影无可救药地酷似一只狐狸。此外，这位看起来如此关心彼拉先生辞职的神甫穿戴高雅，于连很喜欢，他从未见过别的教士如此穿戴。

于连只是后来才知道德·福利莱神甫的特殊才能是什么。德·福利莱神甫知道如何逗主教开心。主教是一个可爱的老人，生来就是要住在巴黎的，把来贝藏松视为流放。他的视力极差，又偏偏酷爱吃鱼，于是端上来的鱼就由他先把刺挑干净。

于连静静地端详着反复阅读辞呈的神甫，门突然吱呀一声开了。一位穿着华丽的仆人急匆匆走过。于连不及转向门口，就已看见一个小老头儿，胸前佩戴着主教十字架。他忙跪倒在地，主教朝他善意地笑了笑，走过去了。那位漂亮的神甫跟上去，于连独自留在客厅里，从容地欣赏起室内虔诚的豪华。

贝藏松主教是个风趣的人，饱尝流亡之苦，但并未被压垮；他已然七十五岁，对十年后发生的事情极少关心。

"我觉得刚才经过时看见一个目光精明的学生，他是谁？"主教问，"根据我的规定，这个时候他们不是该睡觉了吗？"

"这一位可清醒着哪，我向您保证，主教大人，而且他带来一个大新闻：还待在您的教区的唯一的詹森派教徒辞职了。这个可怕的彼拉神甫终于懂得了说话意味着什么。"

"那好哇！"主教笑着说，"可我不相信您能找到一个抵得上他的人来代替他。为了向您显示这个人的价值，我明天请他来吃饭。"

代理主教想趁机说句话，谈谈选择继任者的事。主教不准备谈公事，对他说：

"在让另一位进来之前，先让我们知道知道这一位如何离开吧。给我把那个学生叫来，孩子口中出真言。"

有人叫于连。"这下我要处在两个审问者中间了。"他想。他觉得他从未这样勇气十足。

他进去的时候，两个穿戴比瓦勒诺先生还讲究的贴身男仆正在给主教大人宽衣。这位主教认为应该先问问于连的学习情况，然后再谈彼拉先生。他谈了谈教理，颇感惊奇。很快他又转向人文学科，谈到维吉尔、贺拉斯、西塞罗。"这些名字，"于连想，"让我得了个第一九八名。我没什么可失去的了，且让我出个风头。"他成功了，主教大喜，他本人就是个优秀的人文学者。

在省府的宴会上，一位小有名气的年轻姑娘朗诵过一首歌颂玛大肋拉的诗。他正在谈文学的兴头上，很快便忘记了彼拉神甫和其他公事，和这位神学院学生讨论起贺拉斯是富还是穷的问题。主教引证了好几首颂歌，不过他的记忆力有时不大听使唤，于连马上就把整首诗背出来，神情却很谦卑。使主教惊讶不止的是于连始终不离闲谈的口吻，背上二三十首拉丁诗就像谈神学院里发生的事一样。他们大谈维吉尔、西塞罗。最后，主教不能不夸奖年轻的神学院学生了。

"不可能学得更好了。"

"主教大人，"于连说，"您的神学院可以向您提供一百九十七个更配得上您的盛赞的人。"

"怎么回事？"这数字使主教很惊讶。

"我可以用官方的证据支持我有幸在主教大人面前说的话。在神学院的年度考试中，我回答的正是此时此刻获得大人赞赏的题目，我得了第一百九十八名。"

"哈！原来是彼拉神甫的宠儿呀。"主教笑着叫道，看了看德·福利莱先生。"我们早该料到的；您是光明磊落的。我的朋友，"他问于连，"是不是人家把您叫醒，打发到这儿来的？"

"是的，主教大人。我一生只走出过神学院一次，就是在圣体瞻礼那天帮助夏斯—贝尔纳神甫装饰的大教堂。"

"Optime，"主教说，"怎么，表现出那么大的勇气，把几个羽毛束放在华盖上的就是您吗？这些羽毛束年年让我胆战心惊，我总怕它们要我一条人命。我的朋友，您前程远大；不过，我不想让您饿死在这儿，断送了您那突然光辉灿烂的前程。"

主教命人拿来饼干和马拉加酒，于连又吃又喝，德·福利莱神甫更不示弱，因为他知道主教喜欢看人吃得胃口大开，兴高采烈。

这位高级神职人员对他这一夜的余兴越来越满意，他谈了一会儿圣教史。他看出于连并不理解。他转到君士坦丁时代诸皇帝统治下罗马帝国的精神状态。异教的末日曾伴有不安的怀疑的状态，这种状态现又折磨着十九世纪精神忧郁厌倦的人们。主教大人注意到于连竟至于不知道塔西陀的名字。

对于这位高级神职人员的惊异，于连老老实实回答说神学院的图书馆里没有这位作者的书。

"我的确很高兴，"主教快活地说，"您帮助我解决了一大难题：十分钟以来我一直想办法感谢您让我度过一个可爱的夜晚，当然是出乎意料。我没想到我的神学院的学生中会有这样一位饱学之士。我想送您一套塔西陀，尽管这礼物不大符合教规。"

主教让人拿来八册装帧考究的书，并在第一卷的书名上方亲自用拉丁文给于连·索莱尔写了一句赞语。主教一向以写得一手漂亮拉丁文自炫；最后，他以一种与谈话截然不同的严肃口吻对他说：

"年轻人，如果您谦虚谨慎，有一天您将得到我的辖区内最好的本堂区，而且并非距我的主教府百里之遥，但是必须谦虚谨慎。"

于连抱着八册书出了主教府，大为惊奇，这时，午夜的钟声响了。

主教大人跟他没有一句话说到彼拉神甫。于连尤其感到惊奇的是主教极其客气。他想不到如此的文雅竟能与一种如此自然的庄严气派结合在一起。于连看到彼拉神甫正沉着脸不耐烦地等着他，那情形给他的印象尤其深刻。

"Quicl tibi dixerunt？（他们跟您说了些什么？）"他一看见他就高声问道。

于连把主教的话译成拉丁文，越译越乱。

"说法语吧，重复主教大人的原话，不要增也不要减，"神学院前院长说，口气严厉，态度也十分地不雅。

"一位主教送给一个神学院的年轻学生一份多么奇特的礼物呀！"他说。一边翻着精美的塔西陀全集，烫金的切口似乎使他感到厌恶。

两点钟响了，他听完详细汇报，让心爱的学生回房间了。

"把您的塔西陀的第一卷留给我，那上面有主教大人的赞语，"他对于连说，"我走后，这一行拉丁文将是您在这所学校里的避雷针。"

"Erit tibe, fili mi, successor meus tamquam leo quoerens quem devoret. （因为对你来说，我的儿子，我的继任者将是一头狂暴的狮子，它将寻找可以吞食的人。）"

第二天早晨，于连在同学们和他说话的方式中发现了一桩奇怪的现象。他于是便不多说话了。"看，"他想，"这就是彼拉神甫辞职的后果。整个学院都知道了，我被看作是他的宠儿。在这种方式中一定含有侮辱。"不过，他看不出来。相反，他沿走廊碰见他们，他们的眼中没有了仇恨。"这是怎么回事？这肯定是个圈套。可别让他们钻空子啊。"最后那个维里埃来的小修士笑着对他说："Cornelii Taciti opera omnia（塔西陀全集）。"

这句话让他们听见了，他们于是争相恭维他，不仅仅是因为他从主教那儿得到这份精美的礼物，也因为他荣幸地与主教谈话达两个钟头之久。他们连最小的细节都知道。从此，不再有嫉妒，他们卑怯地向他献殷勤。卡斯塔奈德神甫头一天还最为无礼地对待他，也来挽住他的胳膊，请他吃饭。

于连本性难移，这些粗俗的人的无礼曾经给他造成许多痛苦，他们的卑躬屈膝又引起他的厌恶，一丝儿快乐也没有。

快近中午，彼拉神甫向学生们告别，少不了又一番严厉的训话。"你们想要世间的荣誉，"他对他们说，"社会上的一切好处，发号施令的快乐，还是永恒的获救？你们中间学得最差的只要睁开眼睛就能分清这两条路。"

他一走，那些耶稣圣心派的教徒就到小教堂去唱 Te Deum。神学院里没有人把前院长的训话当回事儿。"他对自己被免职极感不快，"到处都有人这么说，神学院的学生中没有一个人会天真地相信有人会自愿辞去一个与那么多大施主有联系的职位。

彼拉神甫住进贝藏松最漂亮的旅馆，借口有事要办，想在那儿住两天，其实他什么事也没有。

主教请他吃过饭了，为了打趣代理主教，还竭力让他出风头。吃饭后甜点时，传来一个奇怪的消息，彼拉神甫被任命为距首都四法里远的极好的本堂区 N……的本堂神甫。善良的主教真诚地祝贺他。主教把整个这件事看成是一场玩得巧妙的游戏，因此情绪极好，极高地评价了神甫的才能。他给了他一份用拉丁文写的、极好的证明书，并且不让竟敢提出异议的德·福利莱神甫说话。

晚上，主教在德·吕班普莱侯爵夫人处盛赞彼拉神甫。这在贝藏松的上流社会中是一大新闻；人们越猜越糊涂，怎么会得到这样不寻常的恩宠。有人已经看见彼拉神甫当了主教了。最精明的那些人认为是德·拉莫尔先生当了部长了，所以那一天敢于嘲笑德·福利莱神甫在上流社会作出的跛厓神态。

第二天早晨，彼拉神甫去见审理侯爵案子的法官们，人们几乎在街上尾随他，商人们也站在自家店铺的门口。他第一次受到礼貌的接待。这位严厉的詹森派信徒对他看到的这一切非常愤怒，跟他为侯爵挑选的那些律师们仔细地讨论了一番，就启程去巴黎，只有两三个中学时代的朋友一直送他到马车旁，对马车上的纹章赞叹不已。他一时糊涂，竟对他们说，他管理神学院十五年，离开贝藏松时身上只有五百二十法郎积蓄。这几位朋友流着泪拥抱了他，私下却说："善良的神甫本可以不说这谎话，这也太可笑了。"

庸俗的人被金钱之爱蒙住眼睛，本不能理解，彼拉神甫正是从他的真诚中汲取必须的力量，六年中单枪匹马地反对玛丽·阿拉科克、耶稣圣心派、耶稣会士们和他自己的主教的。

（张淑霞编，摘自郭宏安译：《红与黑》，译林出版社，2010）

第二十七章　巴尔扎克及《高老头》

第一节　巴尔扎克简介

奥诺雷·德·巴尔扎克，法国最伟大的作家之一，也是举世公认的批判现实主义文学的代表人物。他于1799年生于法国古城图尔市的一个中产者家庭。1816年，巴尔扎克按照家人的安排，进入法律学校学习。但是他酷爱文学，在读法律的同时，旁听文科班的课程并获得了文学学士学位。1819年，巴尔扎克毕业后，对法律事务毫无兴趣，不顾家人的反对，毅然走上文学创作之路。

他创作的第一部作品是五幕诗体悲剧《克伦威尔》，却以失败告终。后来他又与朋友一起创作神怪小说，也未成功。于是，他转向经商，仍然时运不济，债台高筑。1828年，巴尔扎克重新回归文学之路。1829年，他成功发表了第一部长篇小说《朱安党人》，迈出了现实主义文学创作的第一步。这部作品取材于现实生活，引起强烈反响。

在之后的20余年中，巴尔扎克笔耕不辍，创作了大量优秀作品，并将其收录到《人间喜剧》中。为了表现出社会生活和人类心灵的全部复杂性，他将自己的全部作品联系起来，构成一个整体，"其中每一章都是一篇小说，每一篇小说都标志着一个时代"。他认为艺术就是"凝练的自然"，"艺术作品就是用最小的容量惊人地集中最大量的思想"。因此他的作品带有高度凝练的艺术风格。这就是巴尔扎克的创作理念。《人间喜剧》包含了90余部小说和随笔作品，巴尔扎克为之撰写了前言，阐述了他的创作宗旨，以及现实主义创作方法和基本原则，从理论上为法国批判现实主义文学奠定了坚固的基础。《人间喜剧》主要分为"风俗研究"、"哲学研究"和"分析研究"三大部分。其中第一部分"风俗研究"内容最为丰富。这部巨著中的名篇包括《夏倍上校》、《高老头》、《欧也妮·葛朗台》、《幻灭》、《贝姨》、《邦斯舅舅》、《农民》、《乡村医生》、《驴皮记》、《红房子旅馆》、《长寿药水》等。精彩的人物形象刻画是巴尔扎克作品的显著艺术特点之一。《人间喜剧》塑造了2000多个人物，而且不同故事中许多人物都贯穿始终，加深了《人间喜剧》这幅广阔的社会画面的整体性和连贯性。这些人物个个栩栩如生，巴尔扎克根据每个人物的身份和个性，选择富有不同特征性的细节和语言。此外，《人间喜剧》构成了一幅完整的、包罗万象的社会风俗画，"提供了一部法国社会特别是巴黎上流社会的卓越的现实主义历史"，堪称小说史上的一大奇迹。在这部作品中，他那哲学家的头脑和历史学家的眼光显而易见。他的作品已经完全超越了个人的生活感受和情感抒发。恩格斯曾称赞《人间喜剧》写出了贵族阶级的没落衰败和资产阶级的上升发展，提供了社会各个领域无比丰富的生动细节和形象化的历史材料，"甚至在经济的细节方面（如革命以后动产和不动产的重新分配），我学到的东西也要比从当时所有职业历史学家、经济学家和统计学家那里学到的全部东西还要多"。

巴尔扎克的创作才能得到了众多文学家的高度赞赏，如乔治·桑、福楼拜、左拉等。文学大师雨果曾在巴尔扎克的葬礼上说："在最伟大的人物中间，巴尔扎克属于头等的一个，在最优秀的人物中间，巴尔扎克是出类拔萃的一个，他的才智是惊人的，不同凡响的，成就不是眼下说得尽的。……"

第二节 《高老头》简介

《高老头》发表于 1834 年，是《人间喜剧》中最负有盛名的作品之一。全书译文不到 18 万字，但视野之广阔，人物形象描述之精彩，让人赞叹。

虽然小说以《高老头》命名，也描述了高老头的溺爱和两个女儿的不孝，但高老头的悲剧并不是真正的主题。小说的真正主人公是一位名叫拉斯蒂涅克的年轻人。他也是《人间喜剧》中刻画得最成功的人物之一。贫穷、稚气未脱的拉斯蒂涅克是当时许多从外省来到巴黎，希望在此飞黄腾达的众多青年的一个缩影。拉斯蒂涅克是少数幸运儿的代表。他住在伏盖公寓，遇到了高老头和伏脱冷，见识了巴黎不同的社会阶层，认识了一个以金钱为主宰充满竞争的社会。他逐步被腐败的社会所同化，在这个过程中也逐步完成了他的教育。

高老头把自己所有的感情都倾注在两个女儿身上，给了女儿丰厚的财产做嫁妆。两个女儿分别当上了伯爵夫人和银行家太太。为了满足女儿们越来越膨胀的虚荣心，高老头将自己的全部财产，包括赖以活命的最后一笔存款都赠予女儿，甚至变卖了自己的镀金银餐具。但是当他被榨干后，一无所有、奄奄一息躺在病床上时，两个女儿却盘算着去舞会上出风头，也不肯来看他一眼。高老头在贫困与疾病中悲惨地死去，女儿女婿也不愿来料理后事，只有拉斯蒂涅克典当了自己的怀表帮他下葬。另一人物伏脱冷，看准了拉斯蒂涅克要往上爬的欲望，和他推心置腹地畅谈处世秘诀，给他撕开了道德和法律的帷幕，让他看到了金钱至上的赤裸裸的社会真相。他千方百计诱惑拉斯蒂涅克，让他成为他的学生，向社会开战。他向拉斯蒂涅克建议："一句话，倘若我给您弄到一百万嫁妆，您能还我二十万吗？百分之二十的回扣，怎么样！太多了吗？您将得到一个可爱的小姐的爱。"伏脱冷置一切社会准则，一切道德、法律于不顾，是一个人间的撒旦。这个人物在《人间喜剧》的另一篇小说《烟花女荣辱记》中摇身变为警察厅的密探头子。小说中还刻画了情场失意的鲍赛昂夫人、为了金钱而出卖爱情的葡萄牙大贵人阿瞿达、小市民伏盖太太、金融资产阶级的代表纽沁根男爵等，鲜活的人物形象跃然纸上。

通过自己的亲身经历，拉斯蒂涅克看透了"唯有财产才是金科玉律"的准则，完成了真正的教育。他下决心要出人头地，就要放弃感情和良心，全盘接受伏脱冷的哲理。小说最后他埋葬了高老头，从公墓高处眺望巴黎，喊出了一句豪言壮语："好，现在咱们来较量较量吧！"拉斯蒂涅克从一个单纯善良的年轻人，终于蜕变为不顾一切往上爬的人。由此可见这部小说关于年轻人"入世之初"的真正主题所在。

巴尔扎克的这部作品构思新颖，将叙事、描写、抒情、对话等巧妙地交织在一起，使小说成为表现力极强的综合性艺术形式，也显示了作者观察剖析生活的深刻细致，一直深受读者喜爱。

第三节 《高老头》选段

Ⅲ 进入上流社会

十二月的第一个周末，拉斯蒂涅克收到了两封信，一封是母亲写的，另一封是他的大妹写的。他对信里的笔迹非常熟悉，高兴得心怦怦直跳，又恐惧得瑟瑟发抖。这两页薄薄的信纸是他的希望得以实现或幻灭的判决书。倘若说，当他想到了他的亲人的沮丧，心里惴惴不安的话，那么他已过多地尝受到他们的爱，更担心挤干他们最后的几滴血。他母亲的信是这样写的：

我亲爱的孩子，我把你需要的钱寄给你。好好使用这笔钱吧，以后即使关系到救你的命，我也不能瞒着你的父亲再次筹措出这么一笔数目的款项，否则，我们家庭就不能和睦相处了。因为，如果一定要这样做的话，我们就不得不把田地抵押出去。我不知道你有什么打算，因而不可能判断它正确与否；但是，既然你如此担心把你的计划告诉我，那么我倒要问问，这些计划指的究竟是哪一方面的呢？我并不需要你写上几本书原原本本地告诉我，作母亲的只需要听一句就够了，这样，我便可以免得心神不定、疑虑重重了。读到你的信后我很痛苦，我不会向你隐瞒。亲爱的儿子，是什么感情迫使你在我的心里投下恐惧的阴影呢？你在给我写信时心里一定很难受，因为我在读此信时痛苦异常。你想干哪一行呢？难道你的生活，你的幸福取决于你戴上假面具，进入上流社会么？而你不花费你力所不及的钱，不丧失你宝贵的求学时光，就进入不了，是这样的么？我的好欧也纳啊，请相信为母亲的心情吧，扭扭曲曲的道路决不能完成伟大的事业。耐心和安于从命应该是处在像你这样处境的年轻人的德行。我不责备你。我不愿意在奉献的同时让你感到辛酸。我是作为一个有信心的、有预见的母亲说出这些话的。如果说你知道自己的责任所在的话，那么我也知道你的心有多么纯洁，你的用意有多么了不起。因此，我可以毫无顾虑地对你说："干吧，亲爱的孩子，去干吧！"我担心，因为我是母亲；不过，你前进中的每一步都紧紧伴随着我们的心愿和祝福。要小心啊，亲爱的孩子。你应该像大人那么理智，你的五个亲人的命运都系于你的明智上了。是的，我们的幸福取决于你，就如你的幸福就是我们的幸福一样。我们大家都祈求上帝帮助你万事如意。你的姨母马尔西拉克在这件事情中表现得太好了，令人难以置信，她甚至体会到了你说的关于手套的话。她对我们的长子更加疼爱，而且是高高兴兴地说的。我的欧也纳，好好爱你的姨母吧，等你获得成功后，我再告诉你她为你做了什么；否则你用她的钱会让你烫手的。你们这些孩子还不知道什么叫牺牲纪念品呐！为了你，我们什么牺牲不能作出来啊！她请我告诉你，她吻你的额，并希望这一吻能使你得到幸福常在的力量。这个好心杰出的女人如不是手指痛风，会亲自给你写信的。你的父亲身体很好。一八一九年的收成超出我们的预料。再见吧，亲爱的孩子。我不介绍你两个妹妹的情况了，萝尔另有信给你。我也让她高兴一下，由她把家里的琐碎事情同你絮叨絮叨吧。让上天保佑你成功！啊！是的，只许成功，我的欧也纳，你使我过于痛苦了，我可不能再次忍受了。我期望得到一笔财产给我的孩子，所以我知道贫穷是什么滋味。行了，再见吧。有消息就告诉我们，请在此接受你母亲的吻。

欧也纳读完这封信时，已是泪流满面了，他想到高老头绞镀金银餐具卖出去为他的女儿还债的情景。他心里想："你的母亲不也在绞她的首饰么！你的姨母在卖她的纪念品时一定哭了。你有什么权利诅咒阿纳斯塔西？你出于自私，为了自己的前程，不是刚刚仿效了她为她的情人所做的事情么。是啊，你是否就比她强些呢？"大学生感到创巨痛深，五内俱焚了。他想放弃上流社会，不再取这笔钱。他的内心表现出高尚而美好的悔疚之情，当人们在审判他人时，很少考虑到这个因素，但这样的感情却经常能使天使宽恕那些被人间法官定罪的罪人。拉斯蒂涅克打开了他妹妹的信，那天真、善良的语句温暖了他的心。

你的信来得正是时候，亲爱的哥哥。阿加脱和我，我们本来作了种种设想准备花掉这笔钱，我们简直不知道买什么好。你的做法就像西班牙国王的仆人打碎了主人的表那样，使我们的意见统一了。说真的，我们过去为我们各自的心愿一直争论不休，我的好欧纳，我们从未想到还有这么一项用途，满足了我们所有的心愿。阿加脱高兴得跳了起来。总之，我们整整一天乐得像一对疯子似的，你瞧，母亲都板起脸说我们了（照姨母的说法）。她说："你们怎么啦，小姐？"倘若说我们多少被训了一顿，我想，我们因此而更加高兴了。一个女人应该为她所爱的人作出牺牲而引以为乐。只有我一个人在兴冲冲时又心事重重，愁眉不展了。将来我大概不是一个贤惠的妻子，我太会花钱了。我买了两条腰带，一根钩镂空胸衣的漂亮钩针，还有一些无聊的东西，因此，我的钱没有胖子阿加脱多；她可省俭了，她像喜鹊那样把埃居堆积起来。她有两百法郎！我么，我可怜的朋友，我只有五十个埃居。这个，我遭到报应了，我真想把腰带扔到井里，我戴着它会不舒服的。我等于偷了你的钱。阿加脱很可爱。她对我说："把这三百五十法郎以我俩名义寄去吧！"不过，我也不想一五一十地把事情的前后经过告诉给你听了。你知道，我们怎样遵照你的吩咐去做的么？我们取出这笔用得其所的钱，两人装出外出散步的样子，一俟走上大路，我们便奔向鲁费克村，在那里把钱交给格兰伯先生，他是驿站办事处主任！我们回家时动作轻捷得像一对燕子。阿加脱问我："是幸福让我们变得轻松的吗？"我们彼此谈了无数的话，我也不向你絮叨了，巴黎先生，这些话都与你有关啊。啊！亲爱的哥哥，我们爱你，这句话概括了一切。至于保守秘密嘛，照我们的姨母说，像我们这样的机灵鬼什么都办得到，甚至能不吭一声。我的母亲神秘地和姨母到昂古莱姆去了，她俩对此行的动机避而不谈，行前她们开了好长好长的会，我们及男爵先生都没列席。拉斯蒂涅克王国里，个个都在猜测。两个公主悄悄在为王后殿下绣一条平纹细布散花长裙，再缝两条边就完工了。大家决定在凡尔豆尹那边不砌墙，有一道篱笆就行了。小小老百姓在那里要损失一些水果和一些贴墙的果树，但是外人对园内景观却可以一览无余。倘若王上的推定继承人需要手帕，那么马尔西拉母后肯定会搜索她的以蓬贝伊阿和埃赫居拉纳姆命名的宝库和箱子，找到一块荷兰产的布，她自己都认不出来了；阿加脱和萝个公主在她的吩咐下就穿针引线，两双手总是冻得红通通的。两位年轻的王子唐·亨利和唐·加勒里埃还改不了那争抢浓缩葡萄汁的坏习惯，惹得他们的姐姐生气；他们不喜欢读书，只爱掏鸟窝，吵吵闹闹的，不顾王国的禁令，锯断柳树做棍棒。教皇的教廷大使，俗称本堂神父先生威胁说，如果他们仍不学语法上的条条杠杠，而去使枪舞棒的话，他就要开除他们的教籍了。再见吧，好哥哥，我的信说不完对你的祝福，表达不完因爱你而带来的宽慰。将来你回家时，你会有多少事情对我说啊！你会把什么都讲给我听的，因为我是你的大妹啊。姨母已经让我猜到，你在社会上已崭露头角了。

人们只提到一位夫人，

而对其他缄口不语。

对我们，一切都好说！说啊，欧也纳，如果你愿意，我们可以省下手帕，为你缝衬衣。关于这一点，请尽快告知我们。倘若你急需漂亮合身的衬衣，我们得立即动手了；如果巴黎有什么新款式，请寄一个样子来，特别是袖口的式样。再见，再见了！我吻你的左额，那只能属于我一个人。我留下另一张信纸让阿加脱写，她答应我决不看我给你说的话。可是，我不放心，在她给你写信时，我就待在旁边监视。

爱你的妹妹　萝尔·德·拉斯蒂涅克

"哦！是啊！"欧也纳心里想道，"是啊，不惜一切要发财！金银财宝报答不了如此的深情厚谊。我要把人间的幸福统统带给她们。一千五百五十法郎！"他停顿片刻又自言自语地说，"每分钱都要用在刀口上！萝尔说得对。见鬼！我只有几件粗布衬衣。一个年轻姑娘为了一个男人的幸福，可以变得与小偷一样狡黠。她对自己是那么纯洁天真，为我却能深谋远虑；她像一个天使，对人间的罪过没有弄清明白就宽恕了。"

世界是属于他的了！他已经把裁缝请来，探过口气，取得他的信任。拉斯蒂涅克看见脱拉意先生之后，就理解了裁缝在年轻人的生活中所起的作用。唉，不聊账单，裁缝要么是不共戴天的敌人，要么是朋友，两者之间无折中可言。欧也纳也觉得自己的裁缝是一个深谙生意经的人，他把自己看成是年轻人通向飞黄腾达的桥梁。因此，当感激不已的拉斯蒂涅克成了巴黎知名人士之后，说了一句话，就使此人财源茂盛了。他说："我知道有人靠了他缝制的两条裤子，结上了一门有两万利弗尔年金作陪嫁的亲事。"

拥有一千五百法郎和几套可以换换的衣服！这时，可怜的南方人再也没有什么可顾虑的了，他下楼吃饭时，带着手上有几文钱的年轻人那种令人捉摸不透的神色。从金钱落进大学生口袋的那一刻起，他就为自己建起一根可以依靠的虚妄的大柱。他走路也比以往神气了，他感到自己的杠杆有一个支撑点，目光沉稳而自信，动作敏捷。昨天，他还是一个谦卑的胆怯的人，挨了打也不敢回手；今日，他却可能去教训一个内阁大臣。在他身上出现了令人难以置信的现象：他向往一切、无所不能、什么都想要；他快活、慷慨、感情外露。总之，往昔没有翅膀的小鸟又插翅高飞了。一文不名的大学生获取了一丝快乐，就如一条狗经历了千辛万苦之后偷走了一根骨头，边跑边嚼，吮其骨髓。这个年轻人一边搅动着钱袋里的几枚羞涩的金币，一边感受着其中的乐趣，细细品味，飘飘然再也不知道"贫穷"这两字的含意。巴黎整个儿属于他的了。他到了一切在发光、闪烁、燃烧的年龄了。他到了任何成年人——男人和女人都享受不到的生命力旺盛的年龄了！他到了因负债和强烈的恐惧感而更加去寻欢作乐的年龄了！没有踏上过塞纳河左岸，没有在圣雅克街和圣父街之间混迹过的人，根本就不了解人生的意义。拉斯蒂涅克咬着伏盖太太家的那一个里拉一个的熟梨，心里想道："如果巴黎女子知道了，她们也许会来向我求爱的。"这时，驿站的一个信差按响了栅栏门铃之后，走进餐室。他找欧也纳·德·拉斯蒂涅克先生，交给他两只拎包和签收单据。这时，伏脱冷向拉斯蒂涅克深深地瞥了一眼，使他感到好像被鞭子抽了一下似的。

"您有一笔钱可以付击剑和射击的学费了，"伏脱冷对他说。

"'加里翁'靠港了，"伏盖太太瞟着拎包对他说。

米肖诺小姐不敢朝那钱袋望，她怕别人以为她贪财。

"您有一位好母亲，"古杜尔太太说道。

"先生有一位好母亲，"布瓦雷补充了一句。

"是啊，妈妈的血挤干了，"伏脱冷说道，"现在，您可以去逢场作戏，出入上流社会，在那里钓一份陪嫁，与头上插桃花的伯爵夫人跳舞。不过，请相信我的话，还是多去去射击场吧。"

伏脱冷做了一个瞄准对手的动作。拉斯蒂涅克想给邮差小费，但兜里空空如也，伏脱冷掏了掏自己的口袋，扔给那人二十个苏。

"您的信用很好，"他看着大学生说道。

虽说他从鲍赛昂夫人府上回公寓的那天，此人话中带刺让他无法容忍，但此时他也只得向他表示谢意。在此之前有过个把礼拜，欧也纳和伏脱冷见面时只是互相打量，从不交谈。大学生自己也弄不清原因何在。思想大约也是在它的原动力的直接作用下，呈抛物线状射出的，撞击在大脑瞄准的目标上，与炮弹射出时的弹道数学原理相仿，其效果是多种多样的。倘若说世上存在一些温情的人，他人的思想能在他们的大脑里驻扎，并侵蚀其机体的话，那么也存在一些强者，他们长着一副铜墙铁壁的脑袋，他人的意志碰上去无能为力，就如子弹打在城墙上似的。此外，还有一种疲软、柔弱的人，他人的思想撞上去只能像炮弹打在棱堡上，被撞瘪，无声落下了。拉斯蒂涅克的脑袋里装满了炸药，稍稍碰撞就会爆炸。他太年轻，太冲动，对放射的思想，对感情都易感染，这些感情的种种离奇古怪的表现，我们也会无意识地受其影响。他的精神上的视觉与他那对鹰隼般的眼睛看得一样远，一样明晰。他那明暗的双重意识都有这个神秘的遥测能力，有往复伸缩的柔性，在高尚的人身上、在善于抓住对手弱点的斗士身上表现出来，使我们赞叹不已。一个月以来，欧也纳身上的优缺点同时发展。上流社会以及为满足他日益增长的欲望使他需要具有这些缺点。优点之中，就有这个南方人的执拗的性格，为解决困难可以迎困难而上，并且作为卢瓦河流域以远的人，他不会犹豫不定、裹足不前的。这些优点在北方人看来是缺点，但对他们而言，倘若这是缪拉走运的基本条件的话，那么也是他的死因。因此，可以下这样的结论，当一个南方人懂得把北方人的诡计和卢瓦河以远的人的勇敢结合起来的话，他就是一个通才，可以成为瑞典的国王。所以，拉斯蒂涅克不可能长时间地处于伏脱冷的火力之下而弄不清此人究竟是友是敌。他时时感觉到这个古怪的人看透了他的情欲，看透了他的心思，但这个人却把一切都包得那么严密，似乎具有埃及狮身人面像那样静态的深度，这个司芬克斯知道一切，看清一切，但什么也不说。欧也纳觉得自己钱包鼓鼓的，于是对什么也不在乎了。

"请等一下，"他见伏脱冷啜完最后几口咖啡，准备起身出去时，便对他说。

"什么事？"这个四十来岁的人一边戴宽边帽，一边拿起铁手杖问道。他经常把手杖当枪舞动，仿佛四个强盗上来也毫不胆怯似的。

"我把钱还您，"拉斯蒂涅克接着说道。他敏捷地打开袋子，数出一百四十个法郎交给伏盖太太。"好朋友明算账，"他对寡妇说，"我把圣西尔凡斯脱尔节之前的钱全付清了。请兑一百个苏零钱给我。"

"好朋友明算账，"布瓦雷注视着伏脱冷重复道。

"这里是二十个苏，"拉斯蒂涅克把一枚硬币交给这个戴假发的神秘人物说。

"好像您害怕欠了我什么似的？"伏脱冷大声说道，对年轻人深深地盯了一眼，并带着嘲弄和挖苦的神情笑了笑，为此，欧也纳多次想对他发火。

"不过……好吧，"大学生答道，他拎着两只袋子，起身准备上楼。

伏脱冷向通往客厅的那道门走去，大学生准备从开向楼道口的那扇门出去。

"您知道么，拉斯蒂涅克'哈马'侯爵先生，您对我说话并不十分礼貌。"伏脱冷说着把通向客厅的那道门猛地带上，向大学生走去，而后者冷冷地瞧着他。

拉斯蒂涅克关上了餐室的门，把伏脱冷接到餐室和厨房之间的过道上。过道上另有一道板门通向花园，门上镶嵌了一块长方玻璃，并围了一道铁栏杆。这时，西勒维从厨房走出来，大学生当着他的面说道："伏脱冷先生，我不是侯爵，我也不叫拉斯蒂涅克'哈马'。"

"他们要打架了，"米肖诺小姐冷漠地说道。

"打架！"布瓦雷接着说道。

"不会，"伏盖太太抚摸着她的一堆钱跟着说。

"您看，他俩走到椴树下面去了，"维克多莉娜小姐边起身向花园里张望边喊道。"可那个可怜的年轻人没错啊。"

"上楼吧，亲爱的小姑娘，"古杜尔太太说道。"这些事与我们无关。"

当古杜尔太太和维克多莉娜起身时，她们看见大胖子西勒维站在门口堵着去路。

"发生什么事了？"她问道，"伏脱冷先生对欧也纳说：'我们去说说清楚！'接着，他就抓住他的胳膊，两人走到我们的种的长生花下面啦。"

正说着，伏脱冷走了过来。"伏盖妈妈，"他微笑着说道："你千万别害怕，我想在椴树下面试试我的手枪。"

"啊！先生，"维克多莉娜合起双手说道，"您为什么要杀欧也纳先生？"

伏脱冷向后退了两步，端详着维克多莉娜。

"又是一件妙事，"他以嘲讽的口气大声说道，可怜的姑娘不觉脸红了。他继续说道："这个年轻人，他很可爱，是么？你倒让我产生一个想法。让我来使你们俩获得幸福吧，漂亮的孩子。"

古杜尔太太已经抓住了她的被监护人的胳膊，把她拖走，并凑着她的耳根说："唉，维克多莉娜，您今天真是不可思议。"

"我不愿意别人在我的家里打枪，"伏盖太太说道，"大清早，你们这样不是要吓坏周围邻居，把警察引来么？"

"行啦，放心吧，伏盖妈妈，"伏脱冷答道，"啊，啊，别慌，我们到打靶场去好啦。"他追上了拉斯蒂涅克，亲热地挽着他的胳膊说："我会让您看到，在三十五步以外，我可以连续五次击中黑桃 A 的中心，您不会失去勇气吧。我觉得您有点动肝火了。这样，您可要莫名其妙地被人打死啦。"

"您怕啦？"欧也纳说。

"别让我生气，"伏脱冷说道。"今天早上外面不冷，到那边坐坐吧，"他指着涂上绿漆的长椅说道，"在那里，谁也听不见我们说话。我要和你聊一聊。您是一个挺好的小伙子，我不想伤害您。我喜欢您，以脱隆名义赌咒……（天杀的！）以伏脱冷的名义赌咒。我为什么喜欢您，请听我说。我先要说，我了解您，好像您是我生的似的，以后您会看出来的。把您的袋子放在那里吧。"他指着那张圆桌子说道。

拉斯蒂涅克把钱袋放在桌上，坐下来。这个人刚才还说要杀他，现在又俨然装成他的保护人样子，他的态度的突然变化，使拉斯蒂涅克惊讶到极点。

"您大概很想知道我是谁，我过去干什么，或是我现在干什么吧，"伏脱冷继续说道。"您太好奇了，小家伙。行啦，别着急。您还会听到其他许多事情哩！我曾经遭遇到不幸，请先听我说，而后您再回答我。我的过去用三句话便能概括了。我是谁？伏脱冷。我干什么？干我爱干的事。行啦。您还想了解我的性格吗？我对那些对我好，或与我合得来的人是好的。对这些人，一切都好说，他们踢我的腿肚子，我也不会说：'当心点！'不过，妈的！我对那些找我麻烦，或是与我合不来的人，可以凶得像恶魔一样。告诉您也好，我杀一个人就像这样，"他说着吐了一口涎水，"不过，我杀人也要名正言顺，万不得已才开杀戒。我是一个您称之为艺术家的人。别小看我，我读过帮弗尼托·赛里尼的《回忆录》，而且读的是意大利文的原作。这个人是一个骄傲自信、胆大妄为的人，我从他那儿学会如何效仿迟早好歹会把我们杀掉的天主，并且学会去爱无所不在的美。再说，孤单一人与所有人作对，并且成了赢家，这不是一场很有趣的赌博么？我仔细思索过当前你们这个混乱的社会组织。小家伙，决斗是小孩子的玩意儿，是蠢事一桩。两个活生生的人有一个要消失，只有傻瓜才去铤而走险哩。决斗么？不是生就是死！如此而已。我可以在三十五步之外连发五弹，颗颗击中黑桃 A 的中心，而且是打在一个眼上！一个人有小小的这么一手的话，干掉个把人是有把握的。啊哈，有一次我在二十步开外向一个人射击，没射中。那个家伙一生没有玩弄过枪哩。看！"这个不寻常的人说着就解开背心，亮出他那像老熊背脊一般的毛茸茸的前胸，胸上有一撮黄毛，让人看了既恶心又害怕，"这个毛头小伙子把我的毛烧焦了。"他把拉斯蒂涅克的手指放在他乳部的一个窟窿上接着说道。"可是在那时我还是个孩子，我像您这么大年纪，二十一岁。我还相信什么，相信一个女人的爱情，相信一大堆稀里糊涂的事情，您以后也会缠不清的。刚才，我们还想决斗，不是么？您也可能把我杀了。假如我长眠地下，您会在哪儿？您得逃跑到瑞士去，靠手头拮据的爸爸的钱养活自己。我么，我这就把您眼下的处境点明吧，不过，我是以一个有真知灼见的人的口吻说的，我已经研究过人间的凡事了，我看出只有两条路可走：不是一味服从就是进行反抗。我什么都不服从，这不是一清二楚吗？您知道，以您现在的处境，您该怎么办？一百万家财，而且刻不容缓，没有这笔钱我们可能带着我们的小脑瓜去投塞纳河，看看是否有一个至高无上的主。这一百万，我这就给您。"他停顿了一下，看着欧也纳。"啊！啊！您对伏脱冷老爹和颜悦色啦。您听到这句话时，就像一个听人说'晚上见'的少女那样。理理毛，舐舐嘴，像一头喝牛奶的猫。算了吧，行啦！我俩一起来谈谈吧！年轻人，先算算您的账。您在老家有爸爸、妈妈、姨母、两个妹妹（一个十八岁，一个十七岁）。这就是家庭的全部成员了。姨母培养您两个妹妹。本堂神父教您两个弟弟拉丁文。全家吃栗子粥比吃面包的时候多，爸爸连衬裤都省着穿，妈妈好不容易做一件冬裙和夏裙；您两个妹妹也为您尽力而为了。我全清楚，我在南方住过。倘若您家的田地收成有三千法郎的话，寄给您就有一千二百法郎，您的家境就是如此。我们还得有一个厨娘和一个男仆吧，爸爸是男爵，总得维持个面子吧。我们自己呢，我们雄心勃勃，我们有鲍赛昂家作为后盾，我们无车代步，却向往财富，但我们身无分文；我们吃着伏盖妈妈准备的粗茶淡饭，却喜爱圣日耳曼区的美味佳肴；我们睡在简陋的床上，却梦想一座府邸！我不责备您的愿望。心怀大志，我的小伙计，并不是所有的人都能的。请问问女人去吧，她们追求什么样的男人哪——有抱负的男人。有抱负的男人比其他男人意志坚强，血液里的铁质更丰富，心也更热。女人在健壮时，她爱一个强而有力的男人甚于其他男人，哪怕她有被他压坏的危险，她也感到十分幸福，显得十分美丽。我已一一列数了您的欲求，以便向您提出问题。问题是这样的："我们饿得要命，我们的牙齿锋利无比，我们该怎样办才能吃上好饭呢？首先，我们有法典可啃，这可不是好玩的，而且什么也学不到；不过理应如此。好吧，我们就去当律师，以便日后成为重罪法庭的庭长，把那臂膀上刻着 T．F．、比我们有本领的好汉送上天，以便向有钱人保证，他们可以安安稳稳地睡大觉了。这倒是个正经的差使，但为期太长。首先，要在巴黎不厌其烦地等上两年，只能看看那些使我们馋涎欲滴的小妞，可不准碰。老是想着但得不到，这也够累人的了。倘若您平平庸庸，天性软弱，您倒不用发愁的，可是我们偏又是狮子似的血性人，我们的胃口之大每天能干出二十件蠢事来。这样，您就像在上刑，受到我们在上帝地狱时最恐怖的一种刑罚。就算您很乖巧，只是喝喝牛奶，吟吟伤感诗；即使像您这样豁达大度的人，在度过了烦恼以及能把狗逼疯的饥馑时期之后，一开始也得先成为某个坏蛋的替身，蛰居在一个败落的小城里，靠政府扔给您一千法郎的薪水过日子，就如人们给屠夫家的狗一碗残汤似的。追着小偷狂吠，替富人打官司，把善良的人吊死，您非这样做不可！倘若您没有后台，您就会在外省的审判台上发霉腐烂。到了三十岁，倘若您还能保住饭碗，您可以当一个每年收入一千二百法郎的法官。挺到四十岁时，娶一个年金六千利弗尔陪嫁的磨坊主的女儿为妻。谢天谢地。倘若您有后台，在您三十岁就会成为国王的检察官，拿着一千埃居的俸禄，娶上市长的千金。倘若您参与政治上的某些肮脏交易，譬如把马汝埃勒的选票念成维莱勒的名字（两者谐音，可以心安理得），您在四十岁就可以升任为检察长，当上议员。请注意，我的小伙计，在这之前，我们小小的灵魂可不得安宁，我们已尝够了二十年的苦恼，默默地忍受着痛苦，而我们的妹妹二十五岁仍在守空房哩。我还有幸向您指出，在法国只有二十个总检察长位置，而您有两万个候补者在竞争，在这些人中不乏小丑，他们只要能高升一步，宁可把家庭卖了。倘若您不再有兴趣谋求高位，那么想想其他办法吧。拉斯蒂涅克男爵想成为律师吗？哦！太好了。首先得受十年的罪，每月开销一千法郎，备一个图书室、一间事务所，出入上流社会，对诉讼代理人阿谀奉承以招揽案件来审理，鼓动三寸不烂之舌扬威法庭。倘若您感到这个职业还不错——我也不说不可能，那么请在巴黎替我找上五个律师，看看他们在五十岁时每年是否能挣上五万以上的法郎？算了吧！不如把自己看得渺小些，我宁愿去当一个海盗。再说，去哪儿弄来钱？所有这些并不是轻松愉快的事。女人的嫁妆不失是一个办法。您想结婚吗？这无疑是作茧自缚。再说倘若您是为金钱而结婚，那我们的荣誉感和高尚的情操又到哪里去！还不如今天就开始与人间的陈规陋习对抗，像一条蛇一样盘曲在女人身边，舔着丈母娘的双脚，做一些连母猪都不屑干的丑事。这倒也没什么，哈哈，只要您感到幸福就行啦。不过，您这样讨来的老婆，会让您像阴沟里的石头那样感到不幸的。宁愿与男人打架也不和自己的老婆斗嘴。这里是生活的十字路口，年轻人，请您选择吧。您已经选定了：您去过我们的亲戚鲍赛昂府邸，您感受到了那里的贵族排场。您还去过高老头的女儿雷斯托夫人的府邸，您在那儿闻到了巴黎女人的气息。那天，您回住所时额头上都写着几个字，我看得真切：往上爬！不惜代价往上爬！好样的！我说，这才是我理想中的小伙子。你需要钱。到哪儿去搞？您把您的妹妹都榨干了。所有兄弟或多或少都刮他们姐妹的钱。在您的家乡，栗子多，钱币少，您拿走了一千五百法郎，上帝才知道这钱是怎么来的！然后你像打家劫舍的兵痞那样溜掉了。过后，您干什么呢？您再读书么？所谓读书，就如眼下您所理解的那样，可以让像布瓦雷那样类型的小伙子在伏盖妈妈家的套间里安度晚年。眼下，处在您这样境地的年轻人有五万人，他们为自己提出的问题就是如何尽快发财致富。您是其中一分子。您自己判断一下您将花费多大的力气，判断一下斗争有多剧烈吧。既然没有五万个好位子，你们得相互吞食，就如一个瓶子里的蜘蛛一样。您知道在这里人们是如何寻找出路的么？不是凭借天才的光辉，就是进行腐蚀、巧设骗局。不是像炮弹那样轰进这群人之中，就是像瘟疫那样侵蚀进去。正直顶个屁用。人们屈服于天才的力量之下，人们恨他，想法诋毁他，因为他独吞一切；然而，倘若他我行我素，人们也就服了。总之，倘若人们不能把他埋进污泥底下的话，就只好崇拜他。腐蚀是司空见惯的，天才却是罕有的。因此，腐蚀便是熙熙攘攘的平庸人的武器，您处处可见其锋芒所在。您会看见一些女人，她们的丈夫总共只有六千法郎的进账，但她们却在梳妆打扮上要花销一万法郎以上。您会看见薪金只有一千二百法郎的小职员也在置买田地。您会看见女人为了钻进法国贵族公子哥儿的马车不惜卖淫，他们的马车可以在隆乡的中央跑道上奔驰。您已经看见窝囊的高老头不得不付清他的女儿到期的债票，而她的丈夫的年金高达五万利弗尔。我可以提醒您，在巴黎，您走几步路，就一定会遇上卑劣的算计。我以我的脑袋打赌，您在您喜欢的第一个女人府上就会捅马蜂窝，不论她是年轻、貌美还是富有的。我如赢了，白赚这盘生菜就行了。所有的女人都被法律给拴上了，在一切方面都与她们的丈夫在明争暗斗。我还没说完呢，还该向您解释她们为情人、为衣饰、为孩子、为家庭或是为虚荣心所做的非法交易，但请相信我的话，其中很少是正大光明的。因此，正直的人便成了众矢之的。您以为所谓正直的人是什么样的人呢？在巴黎，正直的人就是沉默寡言，不愿分赃的人。我就不提那些社会底层的可怜虫了。他们到处干活，从来得不到应有的报偿，我把他们称之为信仰上帝的'蠢人同乡会'。当然啦，这就是蠢人的最大杰作，但也是不幸所在。倘若上帝在向我们开一个带恶意的玩笑，不参加对他们最后的审判的话，我现在就能看出这些好人的怪相来了。倘若您期望短期内出人头地，那么必须已经是个有钱人，或者装作有钱。要发财，在这里就得动大手脚，否则就得做债券投机。对不起！在您可以从事的一百个行当中，倘若有十个人能迅速获得成功，公众就叫他们为窃贼。您可以下结论了，这就是生活的原状。这样的生活与厨房同样不漂亮，也同样恶臭难当。倘若人们想捞些什么，就得玷污双手，只要知道如何脱身便行了：这就是我们时代的全部道德。倘若我这样同您谈论社会，是因为这个社会给了我这样的权利，我了解它，您以为我在谴责谁么？一点也不。它一贯如此。道德家永远也改变不了它。人是不完善的，他们或多或少总有些虚伪，于是傻瓜便说，世风淳朴或是人心不古了。我不为庶民去指责富者，上、中、下层的人都是一个样。每一百万头上等牲畜之中，就会有十个胆大妄为的人，他们在一切之上，甚至不顾法律，我就是其中一个。您呢，向嫉妒、诬陷、平庸和所有的人作斗争。拿破仑曾经遇见一个陆军部长，名叫奥伯里，他差一点把拿破仑送到殖民地去。您自忖一下吧。看看您每天早晨起来是否比前一天的意志更坚强。果尔如此，我就再对您提出一个任何人也不会拒绝的建议。请好好听着。我么，您瞧，我有一个想法。我的想法就是在一片大庄园里过一种恬静的生活，譬如说，在美国南方，有十万公顷的土地，我想在那里成为种植者，有成群奴隶，靠出卖牛、烟草和木材，挣得区区几百万，像一个小皇帝那样以此生活，想怎样就怎样。过一种蛰居在泥灰地窖里的人不可思议的日子。我是一个伟大的诗人。我的诗，不是写出来的，而是体现在行动上，表现在感情中。此刻，我有五万法郎，只能买下近四十个黑奴。我需要二十万法郎，因为我想要两百个黑奴，以满足我氏族式的田园生活的需要。黑人，您知道么？这些都是自生自长的孩子，爱拿他们怎样就怎样，没有哪个少见多怪的国王检察官会来找您麻烦。有了黑人这笔资本，用十年时间，我就能积攒到三四百万。倘若我成功了，谁也不会来问我：'你是谁？'我就是四百万先生，美国公民。我那时五十岁，我还没有老朽，我以我的方式享乐。一句话，倘若我给您弄到一百万嫁妆，您能还我二十万吗？百分之二十的回扣，怎么样！太多了吗？您将得到一个可爱的小妞的爱。您结婚之后，您要表示不安、懊恼，整整半个月，您要装得愁眉不展的样子。某一天夜间，在装模作样一番后，再吻她几下子，您就向您的妻子宣称，您背了二十万法郎的债，并且对她说：'我的爱哟！'最高尚体面的年轻人每天都在上演这一类喜剧。一个少妇对一个倾心的男子是不会不慷慨解囊的。您以为您会吃亏么？不。您将会在一笔交易里找到挣回二十万法郎的办法。您凭了金钱和智慧，开始敛财聚富，如愿以偿。因此，您在六个月之间便可获得幸福，使一个可爱的小妞获得幸福，使伏脱冷老爹获得幸福，更不必说您将使您的家得到幸福，他们在冬天缺少木柴，正捧着双手哈热气呢。别对我的建议、我的要求大惊小怪吧！在巴黎，六十对美满的婚姻中，就有四十七对在做类似的交易。公证人的协会曾经强迫某位先生……"

（张淑霞编，摘自韩沪麟译：《高老头》，译林出版社，1993）

第二十八章　王尔德及《温德米尔夫人的扇子》

第一节　王尔德简介

奥斯卡·芬格尔·奥弗莱赫蒂·威利斯·王尔德，极具文学天赋，是英国著名的唯美主义小说家、诗人、童话作家与剧作家。他被公认为英国"才子"，也是英国唯美主义艺术运动的倡导者。他于1854年10月16日生于爱尔兰首府都柏林。父亲是有名的眼科医生，曾被维多利亚女王册封为爵士。母亲是富有民族主义精神的诗人。王尔德在文学氛围浓厚的家庭中长大，从小喜爱古典文学。他以优异的成绩毕业于都柏林圣三一学院并于1874年获得奖学金进入牛津大学马格德林学院学习。他在牛津大学学习期间，接受罗斯金和瓦尔特·佩特的美学思想，为他之后成为唯美主义先锋作家确立了方向。

王尔德的作品内容涉及诗歌、童话、小说、散文、评论和戏剧，每种体裁都有传世之作。但他在世时却是一个颇受争议的人物。他的"花花公子"般的生活习气，他的"为艺术而艺术"的唯美主义，以及被当时社会认为"伤风败俗"的同性恋事件，都让他饱受批评。王尔德年轻时就满怀激情地发表了《诗集》。1884年，王尔德与康斯坦斯·劳埃德成婚，育有二子。作为父亲的王尔德转变成一位童话作家，共完成两部童话集。1888年，他完成了《快乐王子和其他故事》，其中包括《快乐王子》、《夜莺和玫瑰》、《自私的巨人》、《忠诚的朋友》和《神奇的火箭》5个故事。1891年，他完成了另一部童话集《石榴屋》，其中包括《少年国王》、《小公主的生日》、《渔夫和他的灵魂》和《星孩》4部童话。这些童话故事显示出王尔德善良纯真的童心，深受大人和孩子的喜爱。故事中的真善美经常使大人和孩子们感动落泪。1891年，王尔德发表了长篇小说《道连·葛雷的画像》。这部作品被公认为他的代表作。小说一问世，便遭到强烈谴责，但一百多年过去，这部作品逐渐被人们接受。1892年至1895年，王尔德转向戏剧创作，进入了他的戏剧鼎盛时期。他的五部著名的社会讽刺喜剧包括《温德米尔夫人的扇子》、《一个无足轻重的女人》、《一个理想的丈夫》、《认真的重要》和《沙乐美》。这五部作品均成功地在舞台上演，观众如潮，盛况空前。此外，王尔德其他著名作品还包括小说《阿瑟·萨维尔勋爵的罪行》和《坎特维尔的幽灵》，以及《意图集》，其中收录了他的评论和随笔。

1895年，王尔德因与阿尔弗雷德·道格拉斯沸沸扬扬的同性恋行为被判处两年劳役刑罚。1897年5月，王尔德刑满释放后流亡法国，完成了《雷丁监狱之歌》。这部作品是王尔德作为诗人的最高成就。

1900年，王尔德因病逝世于巴黎的阿尔萨斯旅馆，终年46岁。20世纪末，在遭到毁誉近一个世纪以后，英国终于给了王尔德树立雕像的荣誉。1998年11月30日，王尔德雕像在伦敦特拉法尔加广场附近的阿德莱德街揭幕。雕像标题为"与奥斯卡·

王尔德的对话"，同时刻有王尔德常被引用的语录："我们都在臭水沟里待着，不过我们中有些人正抬头瞧着头顶上的星星。"

第二节 《温德米尔夫人的扇子》简介

《温德米尔夫人的扇子》创作于1892年，是王尔德的第一个喜剧，也是他的成名作。该剧很好地体现了王尔德在剧本创作中追求形式、结构上的新奇，以及严谨、机智、巧妙的特点。

故事描绘了温德米尔爵士知道厄林恩太太是妻子的亲生母亲，经常接济厄林恩太太，并邀请她来参加妻子的生日舞会。但是温德米尔夫人并不了解自己与厄林恩太太的关系，也不了解丈夫的用意，反而听信谣言，怀疑丈夫与厄林恩太太关系暧昧，给丈夫留下一封信，要和他一刀两断，并赌气跑到爱慕她的达林顿爵士家中。幸运的是，她的信被厄林恩太太及时发现。厄林恩太太回想起自己当年的莽撞，为了阻止悲剧重演，追到达林顿爵士家，劝说温德米尔夫人回家并烧毁了那封致命的信件。正当她说服温德米尔夫人离开时，达林顿爵士和他的朋友们，包括温德米尔爵士，正好回到家中。厄林恩太太和温德米尔夫人情急之下只好躲在窗帘后。客人们发现了温德米尔夫人落在沙发上的扇子。在这个危急时刻，为了保护女儿名誉，厄林恩夫人主动出来承认是自己拿错了扇子，并使温德米尔夫人得以安全地暗中离开。厄林恩夫人的举动遭到了温德米尔爵士和其他客人的鄙视，但是保住了温德米尔夫人的名誉，化解了一场巨大的家庭危机。

促进剧情发展的主要线索是一把扇子。这把扇子是温德米尔爵士送给妻子的生日礼物，后来落在达林顿家中，又被众人发现。厄林恩太太主动承认扇子是她错拿，事后又把扇子还给温德米尔夫人。通过这一事件，温德米尔夫人重新认识了厄林恩太太，将这把扇子转赠给她留作纪念。

该剧所讨论的核心问题是淑女与荡妇的区别。在王尔德的看来，二者的界线难以划分，并且是可以相互转化。故事伊始，厄林恩太太在温柔贤惠的温德米尔夫人眼中是下流的女人。但是随着剧情的发展，温德米尔夫人赌气离家出走，来到爱慕她的达林顿爵士家中。虽然最后未产生不良后果，但这一念之差的行为，似乎也非真正的淑女所为。她还是个纯洁无瑕的淑女吗？厄林恩太太，难以被上流社会所接受，但为了拯救女儿，她不顾自己的个人声誉，勇于站出来替女儿解围，又何尝不是一种高尚、可敬的行为呢？剧本在表现形式上，一环扣一环，随着一个又一个危机的过去，王尔德真正要表达的主题才渐渐浮现在读者面前。剧本中不乏精彩语句，为读者津津乐道，如："我们都在臭水沟里待着，不过我们中有些人正抬头瞧着头顶上的星星。"；"在这个世界上只有两种悲剧。一种是得不到自己想要的，另一种是得到了自己想要的。后一种才是最糟不过的；那才是真正的悲剧！"；"经验是每个人给自己的错误取的名字。"；"生活中没了错误会变得非常乏味的。"；"邪恶的女人令人不安。好女人令人心烦。这就是两种女人的唯一区别。"；"所谓的好女人有可能做出很可怕事，她们会具有一种无所顾忌的、确切无疑的、出于嫉妒的可恶的罪孽心境。坏女人，就像人家这么称呼的，她们的心中有可能充满了悲哀、后悔、怜悯和牺牲精神。"

此外，《温德米尔夫人的扇子》巧妙且出人意料的剧情安排，显示了王尔德卓越的写作才华与精湛的技巧，这也是此剧深受读者喜欢的原因之一。

第三节　《温德米尔夫人的扇子》选段

第三幕

场景：在达林顿爵士家的房间。

右边的壁炉前有一张大沙发。台后有一扇窗子，窗帘垂落下来。左门和右门。右边有一张桌子，上面摆放着书写用具。台中央有一张桌子，上面放着苏打水瓶、玻璃杯和透明瓶酒柜架。左边一张桌子，上有雪茄烟和香烟盒。数盏点着的灯。

温德米尔夫人	（站在壁炉旁）他为什么不来？这样等下去实在太难受了。他该到这儿了。他为什么不来，用动情的话来唤醒我内心的火焰？我浑身冰冷——像一个无生命的东西一样冰冷。阿瑟现在一定已经看到了我的信。如果他心中还有我的话，他一定会来追我，会硬拖我回去的。可是他不在乎。他一定是给那个女人拖住了——被她迷住了——听从她的支配。如果一个女人想要控制住一个男人，她只要将他内心最恶的东西唤醒就是。我们想将男人塑造成神，可他们却离我们而去。别的女人将他们塑造成野兽，他们却摇尾乞怜，忠心耿耿。这种生活多丑恶哪！……噢！我真是疯了，竟跑到这儿来了，完全疯了。然而，我也弄不明白，什么是最糟的，是去乞求一个爱她的男人的怜悯，还是做一个男人的妻子，而这个男人却在自己的家里羞辱了她？女人能知道什么啊？这个世界上女人算是什么啊？可是我准备将一生托付给他的这个男人会永远爱我吗？我给他带来了什么？一对失去了欢乐的嘴唇，一双给泪水蒙住的眼睛，冰冷的双手，还有一颗冻僵的心。我什么也没带给他。我必须回去——不；我不能回去，我的信已经把我推入他们的掌握之中——阿瑟不会来带我回去的！这封致命的信！不！达林顿爵士明天就离开伦敦了。我要与他同行——我别无选择。（坐了片刻。然后猛站起，披上了外套）不，不！我要回去，随阿瑟怎么对我好了。我不能在这儿等下去了。我到这儿来真是发疯了。我必须立刻回去。至于达林顿爵士——哦，他来了！我该怎么办？我该对他说什么？他到底会不会让我同他一起走？我听说过，男人们都是残忍的，可怕的……噢（用手捂住了脸） （厄林恩太太从左门上场）
厄林恩太太	温德米尔夫人！ （温德米尔夫人一惊，抬头望去。然后轻蔑地退后去）
厄林恩太太	谢天谢地，我总算赶到了。你必须立刻回到你丈夫的家去。
温德米尔夫人	必须？
厄林恩太太	（不容置辩地）是的，必须！一秒钟也拖延不得。达林顿爵士随时都可能回来。

温 德 米 尔 夫 人　别靠近我！

厄 林 恩 太 太　噢！你正处在毁灭的边缘，你正站在一座可怕的悬崖边缘。你必须立刻离开这个地方，我的马车就等在街角。你必须跟我走，马上回家去。

（温德米尔夫人一把扯下外套，将它扔在沙发上）

厄 林 恩 太 太　你想干什么？

温 德 米 尔 夫 人　厄林恩太太——如果你不来这儿，我倒是会回去。但是现在我看见了你，我觉得在整个世界上再没什么能使我跟温德米尔爵士在同一个屋檐下生活下去了。你让我觉得恐惧。你身上一定有什么会激起我身上最疯狂的——怒火。我知道你为什么到这儿来。我的丈夫叫你来骗我回去，好让我能对你和他之间不管存在什么样的关系都充耳不闻。

厄 林 恩 太 太　哦！你不要那样想——你不能那样。

温 德 米 尔 夫 人　回到我丈夫身边去吧，厄林恩太太。他属于你而不属于我。我想他是怕发生一件丑闻。男人竟是这样的懦夫。他们践踏人世间的一切法律，却害怕世人的舌头。不过他最好还是让自己作好准备。他会有一个丑闻的。他会在每一张小报上见到自己的名字，也会在每一张可恶的公告牌上见到我的名字的。

厄 林 恩 太 太　不——不——

温 德 米 尔 夫 人　一点不错！他会的。如果是他自己来，我承认，我会回去，再去过你和他为我准备好的那种羞辱的生活的——我正要回去——然而他让自己待在家里，却叫你作为他的使者来——哦！太无耻了——恬不知耻。

厄 林 恩 太 太　（走到台中央）温德米尔夫人，你完全误解我了——你也完全误解你丈夫了。你并不知道你在这儿——他以为你正安然待在自己的家里。他以为你在自己的卧室里睡觉。他根本没看到你写给他的那封发了疯的信！

温 德 米 尔 夫 人　（右边）根本没看到！

厄 林 恩 太 太　没有——他对此事一无所知。

温 德 米 尔 夫 人　你把我也看得太简单了！（走到她跟前）你在对我撒谎！

厄 林 恩 太 太　（竭力控制住自己）我没有。我告诉你的都是大实话！

温 德 米 尔 夫 人　如果我的丈夫没有看到我的信，那你怎么会到这儿来的？谁告诉你我离开了我的家，也就是你毫无廉耻地闯进的那个家？谁告诉你我到哪儿去了？是我丈夫告诉你的，还是叫你来骗我回去？（走到左边）

厄 林 恩 太 太　（走到台中央的右侧）你的丈夫根本没有看到那封信。我——我看见了它，我打开了它——看了信中的内容。

温 德 米 尔 夫 人　（猛地转过身）你把我写给我丈夫的信打开了？你不敢那么做！

厄 林 恩 太 太　不敢！噢！你就要掉进深渊去了，为了拉你一把，在这个世上我没有不敢的，世上没什么能阻止我。信在这儿。你的丈夫根本就没看过它。他也决不会再看到它了。（走到壁炉前）你根本就不该写这封信。（将信撕碎，扔进了炉火里）

温 德 米 尔 夫 人 （声音和眼神中充满了无比的轻蔑）我又怎么知道那就是我的信呢？你以为最简单的把戏就能骗过我！

厄 林 恩 太 太 噢！为什么你对我告诉你的每一句话都不相信？那你认为，除了不想让你毁了自己，不想让你犯下一个致命错误，免得遭受它带来的后果之外，我又为什么到这儿来呢？现在在烧的信就是你写的那封信。我可以发誓！

温 德 米 尔 夫 人 （缓缓地）你没等我对它作一番检查就故意把它烧了。我不能相信你。你，你的整个一生就是一个大谎话，你又怎么可能说出一句真话？（坐下去）

厄 林 恩 太 太 （急不可待地）你高兴怎么想我就怎么想好了——你想怎么说我坏话就怎么说好了，可是，请你回去，回到你所爱的丈夫身边去。

温 德 米 尔 夫 人 （愠怒地）我不爱他！

厄 林 恩 太 太 你爱的，你知道他也爱你。

温 德 米 尔 夫 人 他根本不知道什么是爱。他跟你一样一点也不懂得爱情——不过我知道你想要什么。你带我回去，对你会大有好处。天啊！那时我会过上怎样的一种生活！生活在一个女人的垂怜之下，而这个女人根本不懂得什么是怜悯，她身上没有怜悯，遇上这个女人是个耻辱，认识这个女人是一种屈辱，这是个下流的女人，一个在丈夫和妻子之间插上一杠的女人！

厄 林 恩 太 太 （做了个绝望的手势）温德米尔夫人，温德米尔夫人，别说出这么可怕的话来。你不知道它有多可怕，多可怕又多不公正。听着，你必须听着！只要你回到丈夫身边去，我答应你，决不以任何借口再同他有什么接触——决不再见他——决不再同他或是你的生活发生任何关系。他给我的钱不是为了爱，而是出于恨，不是出于对我的崇拜，而是出于对我的轻蔑。我对他曾有过的控制——

温 德 米 尔 夫 人 （站起身）啊！你承认你控制他了！

厄 林 恩 太 太 是的，我会告诉你那是怎么一回事。那就是他对你的爱，温德米尔夫人。

温 德 米 尔 夫 人 你以为我会相信你这番话吗？

厄 林 恩 太 太 你必须相信！这一切都是真的。是出于对你的爱，才使他屈从于——噢！随你怎么说吧，专横，威胁，随你怎么称呼吧。但是他正是出于对你的爱。他不想让你受到——羞辱，是的，羞辱和丢脸。

温 德 米 尔 夫 人 你这话什么意思？你太无礼了！我究竟欠了你什么？

厄 林 恩 太 太 （谦卑地）什么也没有。我知道——但是我告诉你，你丈夫爱你——这种爱情或许你一生中再也不会遇见——这样的爱情你决不会再遇见了——如果你把它抛弃了，有朝一日，你就会因为缺少爱情而死，但它再也不会降临，你乞求爱情，而它一定会将你拒之门外——啊！阿瑟真的爱你！

温 德 米 尔 夫 人 阿瑟？你告诉我你们之间什么关系也没有吗？

厄 林 恩 太 太 温德米尔夫人，我能当着老天的面说，你的丈夫没有做过任何对你不忠的事！我——告诉你，如果我想到过你心里会产生这样可

怕的怀疑的话，我是宁可去死也不会闯入你或是你丈夫的生活——哦！我会去死，高兴地去死！（走到右边的沙发旁）

温德米尔夫人　你讲起话来倒好像你还有良心似的。像你这样的女人是没有心肝的。你没有心肝。你的心被人拿走了，给出卖了。（在台中央的左边坐下）

厄林恩太太　（跳起身，做了个痛苦的手势。然后控制住自己，走到温德米尔夫人坐的地方。在她说话时，她朝她伸出两手，但不敢去碰她）你愿怎样想我就怎样想好了。我一点也不值得有片刻的后悔。但是千万别为了我而毁了你美好而年轻的生命！如果你不立刻离开这幢房子，你将不知道你可能会遇到一连串的什么样的后果。你不知道掉进这个深坑是什么滋味，遭到鄙视，受人嘲笑，让人抛弃，遭人冷眼是什么滋味——成为一个被人抛弃的人！发现自己被人拒之于门外，不得不偷偷摸摸地走在可怕的小路上，时刻担心一旦面具给拉下，马上就会听到所有人的耻笑，世人可怕的耻笑，这是一件比全世界都会为之流泪还苦的悲剧。你不知道那是什么滋味。一个人得为其罪过而付出代价，一个人要一再地为其罪过付出，一个人得把自己的一生全都付出。你一定不要去知道这一切。——至于说到我，如果痛苦就是一种赎罪，那么此刻，我已经补偿了我所有的过错，不管那都是些什么样的过错；因为今晚你已经让一个没了心肝的人获得了心，使她有了一颗心，但又将它粉碎了。——不过让这一切过去吧。我或许已经作践了自己的一生，但是我不会让你去作践你的一生。你——因为你是一个纯洁的姑娘，你会迷失方向的。你还不具备使一个女人会三思的头脑。你也没有那种机智和勇气。你不可能承受羞辱！不！回去吧，温德米尔夫人，回到爱你的丈夫身边去吧，你也爱他。你有一个孩子，温德米尔夫人。回到那个孩子身边去吧，他现在或许是出于高兴，或者是因为悲伤，正在召唤你。

（温德米尔夫人站了起来）

厄林恩太太　上帝将那个孩子赐给了你。他将要求你为他创造一个美好的人生，要你好好照顾他。如果他的生命因你而毁灭，你该如何去回答上帝？回家去吧，温德米尔夫人——你的丈夫爱你！他从没有一刻背离过他对你的爱。如果他对你粗暴过，你也必须同你的孩子待在一起。如果他曾虐待你，你也必须同你的孩子待在一起。如果他抛弃了你，你该待的地方就是你孩子所在的地方。

（温德米尔夫人的眼泪夺眶而出，用双手捂住了脸）

厄林恩太太　（奔到她身边）温德米尔夫人！

温德米尔夫人　（无助地将手伸给她，就像一个孩子那样）带我回家去吧，带我回家去吧。

厄林恩太太　（正想去拥抱她。然后又控制住自己。她的脸上显露出一种无比高兴的神采）来！你的外套在哪儿？（从沙发上拿起）给。把它穿上。马上就走！

（她们一起向门口走去）

温德米尔夫人	站住！你没听到什么声音吗？
厄林恩太太	没有，没有！什么声音也没有！
温德米尔夫人	不错，有声音！听！噢！那是我丈夫的声音！他进来了！救救我吧！噢，这是一个阴谋！你派人送信给他了。
	（外面传来声音。）
厄林恩太太	别出声！我在这儿，只要我能够，我就要救你。不过我担心已经太晚了！那儿！（指着那道遮住窗户的窗帘）你只有这个机会，快躲进去，如果你还有机会的话！
温德米尔夫人	可你呢？
厄林恩太太	哦！别管我。我来应付他们。
	（温德米尔夫人躲在了窗帘后面）
奥古斯塔斯爵士	（在外面）废话，亲爱的温德米尔，你不能离开我！
厄林恩太太	是奥古斯塔斯爵士！这下是我该躲起来了！（犹豫片刻，向四周看了一下，看见右边那扇门，从门下）
	（达林顿爵士，邓伯先生，温德米尔爵士，奥古斯塔斯·洛顿爵士，以及塞西尔·格雷厄姆先生上场。）
邓伯	真是见鬼，他们竟在这种时候就把我们从俱乐部赶回来了！还只是两点钟。（重坐在一把椅子里）夜生活最有劲的部分才刚开始呢。（打了个哈欠，闭上了眼睛）
温德米尔爵士	你可真行啊，达林顿爵士，允许奥古斯塔斯强迫我们来陪你，不过恐怕我不能待得太久。
达林顿爵士	真的！真太遗憾了！那你要来支雪茄么？
温德米尔爵士	谢谢！（坐了下来）
奥古斯塔斯爵士	（对温德米尔爵士）亲爱的小伙子，你做梦都别想走掉。我有许多话要跟你说，是极为重要的事情。（挨着他在左边的桌子旁坐下）
塞西尔·格雷厄姆	哈！我们都知道是什么事！除了厄林恩太太，塔比不可能谈别的事情。
温德米尔爵士	哼，那不管你的事，对不，塞西尔？
塞西尔·格雷厄姆	不！那才是最令我感兴趣的事哪。我自己的事情总会让我烦得要死。我宁可管管别人的事。
达林顿爵士	伙计们，喝点什么吧。塞西尔，你要来杯威士忌加苏打吗？
塞西尔·格雷厄姆	谢谢。（跟达林顿爵士一起走到桌边）今晚厄林恩太太看上去美极了，是吗？
达林顿爵士	我可不是她的仰慕者。
塞西尔·格雷厄姆	我本来倒不是的，可现在却是了。唉呀！实际上她是要我把她介绍给亲爱的卡罗琳姑妈。我相信她想到她那儿去吃午饭。
达林顿爵士	（惊讶地）不会吧？
塞西尔·格雷厄姆	是的，没错。
达林顿爵士	对不起，伙计们。我明天就要走了。我得写几封信。（走到书桌旁，坐下）
邓伯	这个厄林恩太太，真是个聪明的女人。
塞西尔·格雷厄姆	喂，邓伯！我还以为你睡着了呢。

邓　　　　伯	是的，我通常总会睡着。
奥古斯塔斯爵士	一个非常聪明的女人。她太清楚了，知道我是个什么样的大傻瓜——知道得非常清楚，就像我知道自己一样。
	（塞西尔·格雷厄姆哈哈大笑着，向他走去）
奥古斯塔斯爵士	啊，你可以笑我，我的小伙子，不过交结上一个对你十分了解的女人是件大好事儿。
邓　　　　伯	那可是件非常危险的事情。最后总是以同某人结婚而告结束。
塞西尔·格雷厄姆	不过，我原以为，塔比，你是再也不会去见她了！是的！昨天晚上在俱乐部时你还这样告诉过我呢。你说，你听说——（同他说起了悄悄话）
奥古斯塔斯爵士	噢，她对此作了解释。
塞西尔·格雷厄姆	那么关于威斯巴登的那件事呢？
奥古斯塔斯爵士	她对那事也作了解释。
邓　　　　伯	那么，塔比，关于她的收入呢？她对此作了解释了吗？
奥古斯塔斯爵士	（以极其严肃的声调）她准备在明天作出解释。
	（塞西尔·格雷厄姆走回中间的那张桌子旁。）
邓　　　　伯	如今的女人哪，真是太精明了。当然喽，我们的祖母们做起事来总是不顾利害得失，可是，天啊，她们的孙女们却要在有利可图时，做起事来才不顾利害得失呢。
奥古斯塔斯爵士	你想把她说成个邪恶的女人吧。她并不是那样的！
塞西尔·格雷厄姆	啊！邪恶的女人令人不安。好女人令人心烦。这就是两种女人的唯一区别。
奥古斯塔斯爵士	（吐出一口烟雾）厄林恩太太前途无量。
邓　　　　伯	厄林恩太太面前还有个过去。
奥古斯塔斯爵士	我宁可女人有个过去。谈起这些来，总是他妈的太津津乐道了。
塞西尔·格雷厄姆	哼，谈起她来，塔比，你总有说不完的话题。（转起身，向他走去）
奥古斯塔斯爵士	你开始令人讨厌了，亲爱的伙计；你开始他妈的令人讨厌了。
塞西尔·格雷厄姆	（将手放在他的肩膀上）好了，塔比，你的脸色都变了，你的脾气也上来了。别发火；你刚才还好好的。
奥古斯塔斯爵士	亲爱的伙计，如果我不是全伦敦脾气最好的人——
塞西尔·格雷厄姆	我们就会对你更为尊重的，不是吗，塔比？（慢悠悠地走开去）
邓　　　　伯	如今的年轻人实在可怕。他们对染过头发的人毫不尊重。
	（奥古斯塔斯爵士忿忿地向四周望去）
塞西尔·格雷厄姆	厄林恩太太对亲爱的塔比相当尊重。
邓　　　　伯	这么说，厄林恩太太给其他女性树立了一个值得称道的榜样。如今的大多数女人，对不是她们丈夫的男性的态度实在太恶劣了。
温德米尔爵士	邓伯，你真是太可笑了。塞西尔，你简直管不住自己的舌头了。你别再去谈厄林恩太太好不好。你对她的情况根本一点也不了解，可你却总是在散布她的流言蜚语。
塞西尔·格雷厄姆	（从台中的左边向他走去）亲爱的阿瑟，我从来没散布过流言蜚语。我只是在传传闲话而已。

温德米尔爵士	流言蜚语跟闲话有什么区别吗？
塞西尔·格雷厄姆	噢！闲话十分有趣！历史就全是闲话。可是流言蜚语却是涉及道德的、令人厌烦的闲话。好了，我从来就不是道德说教者。一个道德说教者通常总是个虚伪的人，一个讲道德的女人必然就是平淡无味。对女人来说，在整个世界上，就只有一个不遵守道德标准的人的良心才是一成不变的。我很高兴能这么说，大多数女人都知道这一点。
奥古斯塔斯爵士	亲爱的伙计，我正是这个意思，我正是这个意思。
塞西尔·格雷厄姆	听你这么说，真是太遗憾了，塔比；不管什么时候，只要有人同意我的观点，我总是觉得一定是我错了。
奥古斯塔斯爵士	我亲爱的伙计，当我在你那般年纪时——
塞西尔·格雷厄姆	可你从来没有那样，塔比，你也决不会那样。（起身走到台中）我说，达林顿，让我们来玩玩牌吧。你来玩吗？阿瑟？
温德米尔爵士	不了，谢谢，塞西尔。
邓伯	（叹了口气）天啊！婚姻竟然就这样把一个男人给毁了！那就像抽雪茄一样让人泄气，还要付出更昂贵的代价。
塞西尔·格雷厄姆	当然，你会玩吧，塔比？
奥古斯塔斯爵士	（在桌上给自己倒了一杯白兰地加苏打）不行，亲爱的孩子。我答应过厄林恩太太决不再玩牌或是喝酒了。
塞西尔·格雷厄姆	行了，亲爱的塔比，别被人引入歧途，走上品行高尚之路。得到了改造，你就会变得令人乏味。那是女人最要不得的一手。她们总是想要让男人变好。如果我们变好了，她们再遇上我们时，却一点不会再爱我们了。她们喜欢发现我们已经变得无可挽救的坏，我们变得虽好却毫无魅力，这时她们就会离我们而去。
达林顿爵士	（从桌子右边站起，刚才一直在那儿写信）她们确实总是发现我们挺坏的！
邓伯	我觉得我们并不坏呀。我认为我们都挺好，除了塔比。
达林顿爵士	才不是呢，我们都在臭水沟里待着，不过我们中有些人正抬头瞧着头顶上的星星。（在中间的桌子旁坐下）
邓伯	我们都在臭水沟里待着，不过我们中有些人正抬头瞧着头顶上的星星吗？依我说，你今晚非常浪漫，达林顿。
塞西尔·格雷厄姆	太浪漫了！你一定在谈恋爱。那姑娘是谁？
达林顿爵士	我爱的那个女人还没获得自由，或者她觉得自己没有自由。（讲话时，敏感地瞟着温德米尔爵士）
塞西尔·格雷厄姆	这么说，是一个结了婚的女人喽！行啊，世上没什么事能跟一个结了婚的女人肯献出的爱相比。这是一个未婚的男人根本不懂的事情。
达林顿爵士	噢！她并不爱我。她是一个很好的女人。她是我一生中碰见过的最好的女人。
塞西尔·格雷厄姆	你一生中碰见过的最好的女人？
达林顿爵士	是的！
塞西尔·格雷厄姆	（点了一支香烟）哦，你真是个幸运的家伙！哎呀，我碰见过成百

	个好女人，可似乎我碰见的尽是好女人。这个世界挤满了好女人。只有受过中等教育的人才有可能了解她们。
达林顿爵士	这个女人是那么纯洁而天真。她身上具有我们男人已经失去了的一切。
塞西尔·格雷厄姆	我亲爱的伙计，我们男人要这个纯洁，还有天真，到底又有什么意思啊？一个经过周全而仔细考虑的纽扣眼倒要更实惠得多。
邓伯	这么说来，她并没有真的爱你？
达林顿爵士	是的，她不爱！
邓伯	恭喜你，亲爱的老兄。在这个世界上只有两种悲剧。一种是得不到自己想要的，另一种是得到了自己想要的。后一种才是最糟不过的；那才是真正的悲剧！不过听到说她不爱你，这倒使我很感兴趣。塞西尔，一个女人不爱你，那你能爱她多久？
塞西尔·格雷厄姆	一个女人不爱我？噢，我一生都爱她！
邓伯	我也能这样。不过想要碰到这样一个女人也太难了。
达林顿爵士	邓伯，你怎么这么自信又自负呢？
邓伯	我没有把它作为一件让人自信自负的事来说。我只是把它作为一件令人后悔的事来谈。曾有人不顾一切地、疯狂地崇拜过我。我很遗憾我碰到过这样的事。这事实在无聊至极。我很乐意别人能让我不时有一点属于自己的时间。
奥古斯塔斯爵士	（向四下看了一下）我想，时间会教育你的。
邓伯	不，时间会让我把自己所学到的一切全忘得精光。那是更为重要的，亲爱的塔比。
	（奥古斯塔斯爵士不安地在椅子里挪动着身子）
达林顿爵士	你这家伙真是个想得穿看得透的人！
塞西尔·格雷厄姆	什么算是想得穿看得透的人？（在沙发靠背上坐了下来）
达林顿爵士	一个知道一切东西的价格却不知道价值的人。
塞西尔·格雷厄姆	还有，我亲爱的达林顿，一个多愁善感的人，就是一个看不到所有东西的价值，而且不知道每一样东西在市场上的价格的人。
达林顿爵士	你总是逗我开心，塞西尔。你讲起话来就好像你是一个经验老到的人似的。
塞西尔·格雷厄姆	我是的。（走到壁炉前）
达林顿爵士	你还太嫩了！
塞西尔·格雷厄姆	那是个绝大的谬误。经验是关于生活的本能的问题。我已经获得了它。塔比却还没有。经验是塔比给他的错误取的一个名字。就这么回事。
	（奥古斯塔斯爵士气愤地向四周看了一眼）
邓伯	经验是每个人给自己的错误取的名字。
塞西尔·格雷厄姆	（背向壁炉站着）一个人不该犯一点错误。
	（看见了温德米尔夫人放在沙发上的扇子）
邓伯	生活中没了错误会变得非常乏味的。
塞西尔·格雷厄姆	达林顿，你肯定对这个你全身心爱着的女人，这个完美的女人，是非常忠心耿耿的了？

达 林 顿 爵 士	塞西尔，如果一个人真的爱着一个女人，世上所有其他的女人在他眼中就变得毫无意义了。爱改变了一个人——我被改变了。
塞西尔·格雷厄姆	天啊！多有趣哪？塔比，我要跟你谈谈。
	（奥古斯塔斯爵士没答理他）
邓 伯	跟塔比谈是没有什么用的。你还不如去跟一堵砖墙谈话的好。
塞西尔·格雷厄姆	可我就是喜欢跟一堵砖墙谈话——这是世上我唯一不加以否认的事！塔比！
奥古斯塔斯爵士	哦，什么事？什么事？（站起身，走到塞西尔·格雷厄姆身边）
塞西尔·格雷厄姆	到这儿来。我特别需要跟你谈谈。（旁白）达林顿一直在作道德说教，还大谈纯洁的爱情，以及这个那个的，可就在这段时间里，他却一直在自己的房间里藏着个女人。
奥古斯塔斯爵士	不会罢，真的！真的！
塞西尔·格雷厄姆	（压低了声音）真的，这儿是她的扇子。（指着扇子）
奥古斯塔斯爵士	（咯咯笑起来）天啊！天啊！
温 德 米 尔 爵 士	（走到门边）我现在真的要走了，达林顿爵士。真遗憾，你马上要离开英国了。请你一回到伦敦就来看我们！我的妻子和我会非常想要见到你的！
达 林 顿 爵 士	（跟温德米尔爵士一起走到台中）恐怕我会离开许多年的。再见！
塞西尔·格雷厄姆	阿瑟！
温 德 米 尔 爵 士	怎么？
塞西尔·格雷厄姆	我想跟你谈一下。不，快来！
温 德 米 尔 爵 士	（穿上外衣）不行——我得走了！
塞西尔·格雷厄姆	这是件非常重要的事情。会让你非常感兴趣的。
温 德 米 尔 爵 士	（笑起来）是你的什么废话吧，塞西尔。
塞西尔·格雷厄姆	不是的，真的不是。
奥古斯塔斯爵士	（走向他）我亲爱的朋友，你还不能走。我有许多话要同你说。塞西尔也有样东西要让你看。
温 德 米 尔 爵 士	（走过去）哦，是什么？
塞西尔·格雷厄姆	达林顿在自己的房间里藏了个女人。这是她的扇子。这事挺有趣吧？（停了一下）
温 德 米 尔 爵 士	天啊！（抓住了扇子——邓伯站了起来）
塞西尔·格雷厄姆	这是怎么回事？
温 德 米 尔 爵 士	达林顿爵士！
达 林 顿 爵 士	（转过身）怎么！
温 德 米 尔 爵 士	我妻子的扇子怎么会跑到你房间里的？拿开手，塞西尔，别碰我。
达 林 顿 爵 士	你妻子的扇子？
温 德 米 尔 爵 士	一点不错，它就在这儿！
达 林 顿 爵 士	（走到他身边）我不知道啊！
温 德 米 尔 爵 士	你一定知道的。我要求得到个解释。别抓住我，你这傻瓜。（朝着塞西尔·格雷厄姆）
达 林 顿 爵 士	（旁白）她到底还是来了！
温 德 米 尔 爵 士	快说吧，先生！为什么我妻子的扇子跑到这儿来了？回答我！天

啊！我要搜查你的房间，如果我的妻子在这儿，我就要——（移动身子）

达 林 顿 爵 士　你不能搜查我的房间。你没有权利这么做。我禁止你这么做。

温 德 米 尔 爵 士　你这无赖！我不会离开你的房间，直到我搜过所有的角角落落！那道窗帘后面是什么在动？（朝中间的窗帘冲过去）

厄 林 恩 太 太　（从右门进来）温德米尔爵士！

温 德 米 尔 爵 士　厄林恩太太！

（所有的人都大吃一惊，转过身去。温德米尔夫人从窗帘后面溜出来，悄悄地从左边的房间里溜了出去）

厄 林 恩 太 太　恐怕是今晚我在离开你家的时候，错将你妻子的扇子当做自己的扇子拿来了。我真是抱歉。

（她从他手中取过扇子。温德米尔爵士轻蔑地看着她。达林顿爵士的表情交织着惊讶与恼怒。奥古斯塔斯爵士转过身去。其他的男人互相微笑着）

幕落

（张淑霞编，摘自孙予译：《温德米尔夫人的扇子》，人民文学出版社，2000）

第二十九章 福楼拜及《包法利夫人》

第一节 福楼拜简介

居斯塔夫·福楼拜，19世纪中叶法国伟大的批判现实主义小说家，是作家莫泊桑的老师，也是乔治·桑的好友。他1821年出生于医生世家，父亲是有名的外科专家。福楼拜年幼时发育迟缓，9岁入学时才刚刚识字。但他很早就显露出文学天赋，十多岁就开始创作。福楼拜中学毕业后，按照家人的意愿在巴黎大学学习法律，但是他和大文豪巴尔扎克年轻时一样，对法律毫无兴趣。他在一次法科考试失败后，因癫痫症发作辍学，一直居住在父亲的克鲁瓦塞庄园。他一生生活富裕，衣食无忧且终身未娶，这给他提供了静心读书与创作的物质条件，使他有足够的精力追求艺术的完美。

少年时期的福楼拜崇拜浪漫主义作家雨果，但是后来他与青年哲学家勒普瓦特万结为好友，并在他的影响下，接受了斯宾诺莎的唯理性主义，再加上他从小生活在医生家庭，养成了对事物做缜密的观察和科学考证的实验主义思维方式。1849年，他开始游历北非、近东诸国，历时两年，为日后小说写作积累了大量素材。

1851年，福楼拜回到法国，开始创作长篇小说《包法利夫人》，历时5年，终于轰动文坛。这是福楼拜正式发表的第一部作品。1862年，他又完成了《萨波朗》。之后，他重新大刀阔斧地修改了自己的失败作品《情感教育》和《圣安东尼的诱惑》，分别于1869年和1874年正式出版。1877年，《三故事》出版，其中包括《淳朴的心》、《圣朱利安传奇》和《希罗迪娅》三部作品。晚年的福楼拜投身于创作长篇小说《布瓦尔和佩库歇》，并悉心指导莫泊桑写作。他于1880年去世。

福楼拜的创作思想与现实主义大师巴尔扎克非常相似，认为文学作品是"反映现实生活的一面镜子"，强调作品的真实性。但是和巴尔扎克不同，福楼拜提倡"纯客观的艺术"，主张将自我从作品中删除，不流露任何感情，不留下作者的观点或意图的痕迹。这种将作者与作品分开的客观、冷漠的风格对20世纪法国文学，尤其是现代主义文学的发展产生深远影响，因此他也被称为现代派艺术的"鼻祖"和西方现代小说的奠基者。他是继司汤达、巴尔扎克之后又一位伟大的现实主义小说家，在现实主义向现代主义的转型中，起到了承前启后的作用。和他们相比，福楼拜更是个艺术家，而不是历史家或思想家。福楼拜的另一著名创作思想是作品主题的淡化。他认为对美的追求是艺术的唯一目的，而且"艺术不应该被任何学说用来作讲坛，否则便会衰退！人们想把现实引到某个结论时总是歪曲现实"。他愿意创作"一本不谈任何问题的书，一本无任何外在束缚的书，……这本书几乎没有主题，或者说，如果可能，至少它的主题几乎看不出来"。

在人物塑造方面，福楼拜重视中间色调，选择刻画一些默默无闻的平庸人物。他认为"中间色调的真实性不下于鲜明色调"。他意识到这种色调更能表现资产阶级社会平庸琐碎、空虚无聊的生活现实。

福楼拜一生作品数量不多，但是篇篇都是精雕细琢的艺术精品。他经常为了文字的锤炼呕心沥血，这也造就了他清新优美、简洁质朴又简练的文笔，使他成为法国杰出的文体家。他的作品被称为法国文学史上的"模范散文"之作。

第二节　《包法利夫人》简介

《包法利夫人》是福楼拜发表的第一部作品，也是他最有影响力的代表作。福楼拜也因这部小说被现代小说家奉为现代派的鼻祖。

《包法利夫人》的故事发生在资产阶级革命胜利以后，社会进入相对稳定的平庸的时代。小说的副标题为"外省风俗"，展现了第二共和时期法国的社会风貌。福楼拜擅长选择"中间色调"进行描写，即从平庸的生活背景中选择凡夫俗子作为描写对象，来揭示浪漫主义的幻想和现实生活之间的矛盾。故事的主人公爱玛是一位乡村少女，她从小被父母送到修道院，接受贵族化的教育。爱玛修道未果，却阅读了许多浪漫主义小说，憧憬浪漫传奇的爱情。她嫁给包法利医生后，仍始终幻想浪漫的爱情，当她发现婚姻生活平淡、无味，丈夫不解风情，与她向往的花前月下、英雄、骑士相去甚远时，怀着苦闷和抑郁的心情，先后与风月老手罗道耳弗和懦弱的书记员赖昂偷情。爱玛在幻想中生活，追求细腻的感情和丰富的感情生活，但始终没有得到满足，反而沉迷于物欲和淫乐。她非但没有获得自己想要的幸福爱情，反而将丈夫的财产挥霍殆尽，并债台高筑。最后，爱玛走投无路，服砒霜自尽。爱玛的死不仅仅是她自身的悲剧，更是那个时代的悲剧。作者细腻的笔触描写了爱玛情感堕落的过程以及造成这种悲剧的社会根源。

《包法利夫人》的故事素材来源于福楼拜父亲的一个医生学生。为了研究人物，收集材料，他还亲自前往事发地去体验生活并分析人物思想和心理活动。为了客观细致地描述包法利夫人服毒自杀的细节，福楼拜阅读了大量关于中毒的临床医学记录。他甚至亲口尝过砒霜的味道，他曾在给朋友友的信中提道："当我写到包法利夫人服毒的时候，嘴巴里就有砒霜的味道，仿佛自己真中了毒，一连两回闹肚子，把晚饭全呕了出来。"他的学生莫泊桑评价福楼拜的"纯客观艺术"是"深深地隐藏自己，像木偶戏演员那样小心翼翼地遮掩着自己手中的提线，尽可能不让观众觉察出他的声音"。

福楼拜历经 5 年的艰辛创作才完成了这部杰作。其语言精雕细琢，被称为法语学习最好的教科书。但是这部作品问世之初，却被加上"有伤风化"的罪名。1856 年至 1857 年期间，这部长篇小说首先在法国《巴黎杂志》连载，轰动文坛，受到广泛关注。但司法当局起诉福楼拜，指控他的小说"伤风败俗、亵渎宗教"。检察官指控书中描述主人公爱玛偷情并因此变得更漂亮，是对偷情的颂扬；爱玛用对情人的语言向天主倾诉，亵渎宗教；描写爱玛与情人在马车偷情，有伤风化；对爱玛临终前的场面描写有违宗教和道德原则。福楼拜聘请大律师为自己辩护，这场审判闹剧最终宣告福楼拜无罪。

福楼拜力图一丝不苟地处理《包法利夫人》中的每一个细节和线索，对整部作品的叙事节奏、语言、人物出场次序、人物比重及不同的比例，作者都做了精心安排。此外，其精致的语言和文体使作品获得"新艺术的法典"、"最完美的小说"的美誉。

这部小说标志着现代主义小说的开端，也使福楼拜成为一位从现实主义走向现代主义的继往开来的小说家。

第三节　《包法利夫人》选段

第一部

五

　　房子前脸，一砖到顶，正好沿街，或者不如说是沿路。门后挂一件小领斗篷、一副马笼头、一顶黑皮便帽，角落地上扔一双皮裹腿，上面还有干泥。右手是厅房，就是说，饮食起居所在。金丝雀黄糊墙纸，高头镶一道暗花，由于帆布底子没有铺平，整个在颤动，压红边的白布窗帘，又开挂在窗口；壁炉台窄窄的，上面放一只亮闪闪的座钟，上面饰有希波克拉底的头像，一边一支椭圆形罩子扣着的包银蜡烛台。过道对面是查理的诊室、六步来宽的小屋，里头有一张桌子、三张椅子和一张大靠背扶手椅。一个六格松木书架，单是《医学辞典》，差不多就占满了。辞典没有裁开，但是一次一次出卖，几经转手，装订早已损坏。看病时候，隔墙透过来牛油熔化的味道；人在厨房，同样听见病人在诊室咳嗽，诉说他们的病历。再往里去，正对院子和马棚，是一间有灶的破烂大屋，现在当柴房、堆房、库房用，搁满废铁、空桶、失修的农具和许多别的东西，布满灰尘，也摸不清做什么用。

　　花园长过于宽，夹在土墙当中，沿墙是果实累累的杏树，靠近田野，有一道荆棘篱笆隔开。当中是一个石座青石日晷。四畦瘦小野蔷薇，互相对称，环绕着一块较为实用的方菜地。院子深处云杉底下，有一座读祷告书的石膏堂长像。

　　爱玛来到楼上。第一间没有家具。第二间是卧室，尽里凹处有一张红幔桃花心木床；还有一只蚌壳盒子，点缀五斗柜；窗边一张书桌，上面放着一个水晶瓶，里头插了一把白绫带束扎的橘花。这是新娘子的花、前人的花！她看着花。查理发觉了，拿花放到阁楼；爱玛坐在一张扶手椅上（她带来的东西放在周围），想着纸匣里她的结婚花，凝神自问，万一她死了，这束花又将如何。

　　开头几天，她盘算着改动家里的布置，去掉蜡台的罩子，换上新糊墙纸，又漆一遍楼梯，花园日晷四周，搁了几条板凳。她甚至打听怎样安装喷水鱼池。最后，丈夫知道她喜欢乘马车散心，买了一辆廉价出让的包克，装上新灯和防泥的花皮护带，宛然就是一辆提耳玻里。

　　于是他快乐，无忧无虑。两个人面对面用饭、黄昏在大路散步、她的手整理头发的姿势、她的草帽挂在窗户开关上的形象和许多查理梦想不到的欢愉，如今都是他连绵不断的幸福的组成部分。早晨他躺在床上，枕着枕头，在她旁边，看阳光射过她可爱的脸蛋的汗毛，睡帽带子有齿形缀饰，遮住一半她的脸。看得这样近，他觉得她的眼睛大了，特别是她醒过来，一连几次睁开眼睑的时候；阴影过来，眼睛是黑的，阳光过来，成了深蓝，仿佛具有层层叠叠的颜色，深处最浓，越近珐琅质表面越淡。他自己的视线消失在颜色最深的地方，他看见里面一个小我，到肩膀为止，另外还有包头帕子和他的衬衫领口。他下了床。她来到窗前，看他动身，胳膊肘挂着窗台，一边放一盆天竺葵，穿着她的梳妆衣，松松的，搭在身子周围。查理在街上蹬住界石，扣牢刺马距；她在楼上继续和他说话，咬下一瓣花或者一片叶来，朝他吹过去，鸟儿似的，一时飞翔，一时停顿，在空中形成一些半圆圈，飘向门口安详的老白牝马的蓬乱鬃毛，待了待，这才落到地上。查理在马上送给她一个吻；她摆摆手，关上窗户，他便出发了。他走大路，路上尘土飞扬，如同一条长带子，无终无了；或者走坑坑洼洼的小道，树木弯弯曲曲，好似棚架一般；或者走田垄，小麦一直齐到腿弯子，他的双肩洒满阳光，鼻孔吸着早晨的空气，心中充满夜晚的欢愉，精神平静，肉体满足，他咀嚼他的幸福，就像饭后消化中还在回味口蘑的滋味一样。

在这以前，他生活哪一点称心如意？难道是中学时期？关在那些高墙中间，孤零零一个人，班上同学全比他有钱，有气力，他的口音逗他们发笑，他们奚落他的服装，他们的母亲来到会客室，皮手筒里带着点心。难道是后来学医的时期？钱口袋永远瘪瘪的，一个做工的女孩子明明可以当她的姘头，因为她陪他跳双人舞的钱，他付不出，也告吹了。此后他和寡妇一道过了十四个月，她那双脚在床上就像冰块一样凉。可是现在，他心爱的这个标致女子，他能一辈子占有。宇宙在他，不超过她的纺绸衬裙的幅员；他责备自己爱她爱得不够，想再回去看看她；他迅速回家，走上楼梯，心直扑腾。爱玛正在房间梳洗；他潜着脚步，走到跟前，吻她的背，她猛吃一惊，叫了起来。

他一来就忍不住摸摸她的蓖梳、她的戒指、她的肩巾；有时候他张开嘴，大吻她的脸蛋，要不然就顺着她的光胳膊，一路小吻下去，从手指尖一直吻到肩膀；她推开她，半微笑，半腻烦，好像对付一个死跟在你后头的小孩子一样。

结婚以前，她以为自己有爱情；可是应当从这种爱情得到的幸福不见来，她想，一定是自己弄错了。欢愉、热情和迷恋这些字眼，从前在书上读到，那么在生活中，到底该怎样正确理解呢，爱玛极想知道。

<h2 style="text-align:center">六</h2>

她读过《保尔和维吉妮》，梦见小竹房子、黑人多明戈、名唤"忠心"的狗，特别是，一个好心小哥哥，情意缠绵，爬上比钟楼还高的大树，给你摘红果子，或者赤脚在沙上跑，给你带来一个鸟窠。

十三岁，父亲送她去修道院，亲自带她进城。他们投宿在圣热尔韦区的一家客店，晚饭用的盘子，画着拉瓦利埃尔小姐的故事。解释传说的文字，句句宣扬宗教、心地的温柔以及宫廷的辉煌景象，可是东一道印，西一道印，划来划去，上下文连不起来了。

她在修道院，起初不但不嫌憋闷，反而喜欢和修女们一起相处。她们要她开心，领她走过一条长廊，走出饭厅，去看礼拜堂。休息时间，她很少游戏，把教理问答记得滚瓜烂熟，有了难题，总是由她回答主教助理先生。她终日生活在教室的温暖气氛里，在这些面色苍白、挂着铜十字架念珠的妇女中间，加之圣坛的芳香、圣水的清冽和蜡烛的光辉散发出一种神秘的魅力，日子一久，她也就逐渐绵软无力了。她不听弥撒，只盯着书上天蓝框子的圣画；她爱害病的绵羊、利箭穿过的圣心或者边走边倒在十字架上的可怜的耶稣。她练习苦行，试着一天不吃饭，还左思右想，要许一个愿。

临到忏悔，她为了多待一会儿，便编造出一些小罪过，跪在暗处，双手合十，脸贴住栅栏门，听教士喃喃低语。布道中间说起的那些比喻，诸如未婚夫、丈夫、天上的情人和永恒的婚姻等，总在她灵魂深处唤起意想不到的喜悦。

晚祷之前，在自习室读宗教作品。星期一到星期六，读一些圣史节要，或者福雷西路斯院长的《讲演录》；星期日读几段《基督教真谛》作为消遣。浪漫主义的忧郁，回应大地和永生，随时随地，发出嘹亮的哭诉，她头几回听了，十分入神！我们接受自然的感染，通常要靠作品做媒介，她的童年如果是在商业区店铺后屋度过的，她也许容易受到感染，可是她太熟悉田野，熟悉牲畜的叫声，懂得乳品和犁铧。她看惯了安静的风物，反过来喜好刺激。她爱海只爱海的惊涛骇浪，爱青草仅仅爱青草遍生于废墟之间。她必须从事物得到某种好处；凡不能直接有助于她的感情发泄的，她就看成无用之物，弃置不顾，——正因为天性多感，远在艺术爱好之上，她寻找的是情绪，并非风景。

有一个老姑娘，每月来修道院，做一星期女红。因为她是大革命摧毁的一个世家的后裔，有大主教保护，她和修女们一道在饭厅用饭，饭后和她们闲聊一会儿，再做女红。住堂生常常溜出教室看她。前一世纪有些情歌，她还记得，一边捻针走线，一边曼声低唱起来。她讲故事，报告新闻，替你上街买东西，围裙袋里总有一部传奇小说，私下借给大女孩子看，老姑娘休息的时候，自己也是一章一章拼命看。书上无非是恋爱、情男、情女、在冷清的亭子晕倒的落难命妇、站站遇害的驿夫、夜夜倒毙的马匹、阴暗的森林、心乱、立誓、呜咽、眼泪与吻、月下小艇、林中夜莺，公子勇敢如狮，温柔如羔羊，人品无双，永远衣冠楚楚，哭起来泪如泉涌。就这样，爱玛在十五岁上，有半年之久，一双手沾满了古老书报租阅处的灰尘。后来她读司各特，醉心历史事物，梦想着大皮柜、警卫室和行吟诗人。她巴不得自己也住在一所古老庄园，如同那些腰身细长的女庄主一样，整天在三叶形穹窿底下，胳膊肘支着石头，手托住下巴，遥望一位白羽骑士，胯下一匹黑马，从田野远处疾驰而来。她当时崇拜玛丽·斯图亚特，衷心尊敬那些出名或者不幸的妇女。在她看来，贞德、爱洛伊丝、阿涅丝·索雷尔、美人拉弗隆与克莱芒丝·伊索尔，超群出众，彗星一般，扫过历史的黑暗天空，而圣路易与他的橡树、临死的巴雅尔、路易十一的若干暴行、圣巴托罗缪的一些情况、贝恩人的羽翎和颂扬路易十四的彩盘的经久不忘的回忆，虽然东一闪，西一闪，也在天空出现，但是彼此之间毫无关联，因而长夜漫漫，越发不见形迹。

她在音乐课上唱的歌，不外乎金翅膀的小天使、圣母、泻湖、贡多拉船夫，全是一些悠闲之作，文字拙劣，曲调轻浮，她在这里，影影绰绰看见感情世界的动人形象。有些同学，年节贺礼收到诗文并茂的画册，带到修道院来，必须藏好；查出来，非同小可；她们躲在寝室读。爱玛小心翼翼，掀开美丽的锦缎封面，就见每首诗文底下，陌生作家署名，大多数不是伯爵，就是子爵，这些名字让她看呆了。

她战战兢兢，吹开保护画幅的绢纸；绢纸掀起一半，又轻轻落下。上面画的是：阳台栏杆后面，一个穿短斗篷的青年男子，搂住一个腰带挂着布施袋的白袍少女；要不然就是英吉利贵妇的无名画像，金黄发环，戴圆草帽，睁开又大又亮的眼睛望你。有的贵妇靠在马车内，驰骋草地，马前有一只猎犬跳跃，两个白裤小僮驭马。有的贵妇坐在沙发上，身旁一封开口的信，低首凝思，遥望月亮，窗户半开，还让黑幔挡住一半。天真烂漫的贵妇，脸上一滴泪珠，隔着哥特式鸟笼的小柱，逗着笼中的斑鸠；要不就是偏着头微笑，十指尖尖，翘起如波兰式鞋，掐着雏菊的花瓣。画上还有吸长烟袋的苏丹，在凉棚底下陶醉在印度舞姬的怀抱里；还有"邪教徒"、土耳其刀、希腊帽；特别是酒神故乡暗淡的风景，我们经常在这里看到棕榈、冷杉，右边几只老虎，左边一只狮子，天边几座鞑靼尖塔，近景是罗马遗迹，稍远是几只蹲在地上的骆驼；——一片洁净的原始森林，像框子一样，环绕四周，同时一大道阳光，笔直下来，在水中荡漾，或远或近，青灰的湖面露出一些白痕，表示有几只天鹅在游动。

挂在墙上的小灯，正在爱玛头上，罩子聚下光来，照亮这些人生画幅，一幅一幅，从眼前经过，寝室静悄悄的，远远传来一辆马车的响声，马车回来晚了，还在路上走动。

母亲死的头几天，她哭得十分伤心。她拿死者的头发给自己编了一个纪念卡；她写了一封家信，满纸人生辛酸，要求日后把她也埋在母亲坟里。老头子以为她病了，赶去看她。

灰暗人生的稀有理想，庸人永远达不到，她觉得自己一下子就达到了这种境界，于是心满意足了。所以她由着自己滑入拉马丁的蜿蜒细流，谛听湖上的竖琴、天鹅死时的哀鸣、落叶的种种响声、升天的贞女和在溪谷布道的天父的声音。她感到腻烦，却又绝口否认，先靠习惯，后靠近虚荣心，总算撑持下来；她最后觉得自己平静下来，心中没有忧愁，就像额头没有皱纹一样，不由得大吃一惊。

修女们从前一直认为卢欧小姐有灵性，有前程，如今发现她似乎辜负她们的爱护，惊奇万分。她们也确实在她身上尽过心。一再要求她参加日课、静修、九日祈祷、布道，一再宣讲应当尊敬先圣与殉教者，也谆谆劝诲应当克制肉体、拯救灵魂，可是她就像马一样，你拉紧缰绳，以为不会出事，岂知马猛然站住，马衔滑出嘴来了。她是热狂而又实际，爱教堂为了教堂的花卉，爱音乐为了歌的词句，爱文学为了文学的热情刺激，反抗信仰的神秘，好像院规同她的性情格格不入，她也越来越忿恨院规。所以父亲接她出院，大家并不惜别。院长甚至发觉，她在末期，不尊重修道院的共同生活。

爱玛回家了，起先还高兴管管仆人，过后却讨厌田野，又想念她的修道院了。查理初来拜尔托，她正自以为万念俱灰，没有东西可学，也没有东西值得感受。

但是对新生活的热望，或者也许是由于这个男人的存在而产生的刺激，足以使她相信：她终于得到了那种不可思议的爱情。在这以前，爱情仿佛一只玫瑰色羽毛的巨鸟，可望而不可即，在诗的灿烂天空翱翔；——可是现在她也不能想象，这种安静生活就是她早先梦想的幸福。

<h2 style="text-align:center">七</h2>

她有时候寻思，她一生最美好的时日，也就只有所谓蜜月。领略蜜月味道，不用说，就该去那些名字响亮的地方，新婚夫妇在这些地方有最可人意的闲散！人坐在驿车里，头上是蓝绸活动车篷，道路崎岖，一步一蹬，听驿夫的歌曲、山羊的铃铛和瀑布的喧豗，在大山之中，响成一片。夕阳西下，人在海湾岸边，吸着柠檬树的香味；过后天黑了，只有他们两个人，站在别墅平台，手指交错，一边做计划，一边眺望繁星。她觉得某些地点应当出产幸福，就像一棵因地而异的植物一样，换了地方，便长不好。她怎么就不能胳膊肘支着瑞士小木房的阳台，或者把她的忧愁关在一所苏格兰茅庐，丈夫穿一件花边袖口、长裾青绒燕尾服，踏一双软靴，戴一顶尖帽！

她也许想对一个什么人，说说这些知心话。可是这种不安的心情，捉摸不定，云一样变幻，风一样旋转，怎么出口呢？她缺乏字句，也缺乏机会、胆量。

不过假使查理愿意的话，诧异的话，看穿她的心思的话，哪怕一次也罢，她觉得，她的心头就会立时涌现出滔滔不绝的话来，好比手一碰墙边果树，熟了的果子纷纷下坠一样。可是他们生活上越相近，她精神上离他却越远了。

查理的谈吐就像人行道一样平板，见解庸俗，如同来往行人一般，衣着寻常，激不起情绪，也激不起笑或者梦想。他说，他在鲁昂居住的时候，从未动过上剧场看看巴黎演员的念头。他不会游泳，不会比剑，不会放手枪，有一天，她拿传奇小说里遇到的一个骑马术语问他，他瞠目不知所对。

正相反，一个男子难道不该无所不知，无所不能，启发你领会热情的力量、生命的奥妙和一切秘密？可是这位先生，一无所教，一无所知，一无所期。他相信她快乐；然而她恨的正是他这种稳如磐石的安定，这种心平气和的迟钝，甚至他带给她的幸福。

有时候，她画素描，查理把这当作重要娱乐，直挺挺站在一旁，看她俯向画册，眨动眼睛，端详她的作品；要不然就在大拇指上，拿面包心子揉成小球。说到钢琴，她的手越弹越快，他越觉得出奇。她弹音键，信心在握，上上下下，打遍键盘，停也不停。这架旧乐器，钢丝倚里歪斜，经她一弹，响声震耳，只要窗户开开，村头也听得真切；执达吏的文书走过大路，光着头，穿着布鞋，手里拿着公文，也站住了听她弹琴。

另一方面，爱玛懂得料理家务。她送账单给病人，附一封信，措词婉转，不露索欠痕迹。星期六，有邻人来用饭，她设法烧一盘精致的菜，还会拿青梅在葡萄叶上摞成金字塔，蜜饯罐倒放在盘子上端出来，她甚至说起为用果点买几只玻璃盏。凡此种种，影响所及，提高了人们对包法利的敬重。

娶到这样一位太太，查理临了也自视甚高了。她有两小幅铅画稿，他配上很宽的框子，用绿长绳挂在厅房墙上，傲形于色，指给人看。大家做完弥撒出来，就见他站在门口，穿一双漂亮绣花拖鞋。

他回家晚，十点钟，有时候半夜。他要东西吃，女仆睡了，只有爱玛伺候他。他要晚饭吃得自在，脱掉大衣。他一个一个说起他遇见的人、去过的村子、开过的药方，心满意足，吃完洋葱烧牛肉，剥去干酪外皮，啃掉一只苹果，喝光他的水晶瓶，然后上床，身子一挺，打起鼾来了。

他长久养成戴睡帽睡觉的习惯，包头帕子在耳边扣不牢实，一到早晨，头发就乱蓬蓬散了一脸，枕头带子夜晚松了，鸭绒搅白了他的头发。他总穿一双笨重靴子，脚背两个厚褶子，斜趋踝骨，靴筒笔直向上，紧绷绷的，活像一只木头脚。他说"这在乡下够好的啦。"

他母亲赞成他这样俭省；因为，自己家里吵凶了，她待不住，像往常一样来看他；可是老太太对儿媳妇似乎有成见。她觉得"他们的家境不衬她这种作风"；柴呀、糖呀、还有蜡烛，"就像高门大户一样糟蹋"，光是厨房烧的木炭，足可以上二十五道菜！她帮她整理衣橱，教她监视屠户送肉。爱玛拜领这些教训，老太太的教训反而多了；两个人整天"媳妇呀"、"妈呀"呼来唤去，嘴唇微微发抖，话说得很柔和，声音颤悠悠的，透着怒气。

杜比克夫人在的时候，老太太觉得自己还受儿子爱戴；可是现在，查理对爱玛的恩情在她看来，分明等于一种对她的慈爱的捐弃行为，一种取而代之的侵占行为；她注视儿子的幸福，闷不作声，仿佛一个人破了产，隔着玻璃窗，望见别人坐在自己的旧宅吃饭。她用回想当年的方式，向他提起她的辛苦和她的牺牲，相形之下，爱玛心粗气浮，单宠爱玛一人，显然不合理。

查理不知道怎么样回答才好；他尊敬母亲，爱极了太太；他觉得前者判断正确，而后者无可贬责。老太太说过的最不痛不痒的指责，他在她走后，用同样话，畏畏缩缩，冒昧说了一两句；爱玛一句话就证明他错，打发他看病人去了。

不过她根据自以为正确的原则，愿意表示自己的恩爱。于是月光皎洁之时，她在花园一首一首吟诵起她记得起来的情诗，一面为他唱一些忧郁的慢调；可是吟唱之后，她发现自己如同吟唱之前一样平静，查理也似乎并不因而爱情加重，感动加深。

仿佛火刀敲石子，她这样敲了一阵自己的心，不见冒出一颗火星来，而且经验不到的东西，她没有能力了解，正如不经传统形式表现的东西，也没有能力相信一样，她轻易就认定了查理的热情毫无惊人之处。感情流露，在他成了例行公事；他吻抱她，有一定时间。这是许多习惯之中的一个习惯，就像晚饭单调乏味，吃过之后，先晓得要上什么果点一样。

有一个猎警，害肺炎，经他医好，送了他太太一只意大利种小母猎犬；她带它散步，因为她有时候出去走走，独自待上一时，避免老看日久生厌的花园和尘土飞扬的大路。

她一直走到巴恩镇的山毛榉林子、田边墙角的荒亭子附近。深沟乱草之中，有叶子锋利的高芦苇。

　　她先望望周围，看和她上次来，有没有什么变动，她又在原来地点看到毛地黄和桂竹香，荨麻一丛一丛环绕大石块，地衣一片一片沿着三个窗户。护窗板永远关闭，腐烂的木屑落满了生锈的铁档。她的思想起初漫无目的，忽来忽去，就像她的猎犬一样，在田野兜圈子，吠黄蝴蝶，追鼩鼱，咬小麦地边的野罂粟。随后，观念渐渐集中了，于是爱玛坐在草地，拿阳伞尖尖头轻轻刨土，向自己重复道：

　　"我的上帝！我为什么结婚？"

　　她问自己，她有没有方法，在其他巧合的机会，邂逅另外一个男子。她试着想象那些可能发生的事件、那种不同的生活、那个她不相识的丈夫。人人一定不如他。他想必漂亮、聪明、英俊、夺目，不用说，就像他们一样、她那些修道院的老同学嫁的那些人一样。她们如今在干什么？住在城里，市声喧杂，剧场一片音响，舞会灯火辉煌，她们过着心旷神怡的生活。可是她呀，生活好似天窗朝北开的阁楼那样冷，而烦闷就像默不作声的蜘蛛，在暗地结网，爬过她的心的每个角落。她想起发奖的日子，她走上讲台，接受她的小花冠。她梳着辫子，身穿白袍，脚上是开口黑毛线鞋，一副可爱模样；回到座位，男宾斜过身子向她致贺；满院车辆，大家在车门口同她话别，音乐教员挟着他的小提琴匣，边走，边打招呼。这一切都多远啊！多远啊！

　　她喊加里过来，抱在膝盖当中，摸着它的细长头，对它道：

　　"来，无忧无虑的东西，吻吻女主人。"

　　随后小狗慢悠悠打呵欠，她望着它忧郁的嘴脸，心软了，于是把它当成自己，好像安慰一个受苦人一样，大声同它说话。

　　有时候，狂飙骤起，海风一跃而过科地的高原，就连远方田地、空气也有了盐水的味道。灯芯草伏在地面，簌簌作响，山毛榉的叶子立即打寒噤，发出响声，而树梢也总在摇来摆去，呼啸不已。爱玛拉紧披肩站起来。

　　林荫道的树叶，密密层层，映下一片绿光，照亮地面的青苔。青苔在她的脚底下，细声细气喊喳。夕阳西下，树枝之间的天变成红颜色，树身一般模样，排成一条直线，仿佛金色底子托着一排棕色圆柱。她怕起来了，呼喊加里，急忙走大路奔回道特，倒进扶手椅，整夜未曾开口。

　　但是九月梢左右，她的生活出了一件大事：昂代维利耶侯爵邀她去渥毕萨尔。

　　复辟时期，侯爵是国务大臣，现在希望再过政治生涯，许久以来就在进行众议院选举的准备工作。冬天他分批大量馈送木柴；他在县议会总是慷慨激昂，为本区要求多修道路。大夏天他害口疮，查理凑巧一竹叶刀，奇迹似的治好了他。管家到道特送手术费，当天黄昏回来，说起他在医生小花园看见上品樱桃。而樱桃树在渥毕萨尔就长不好，侯爵向包法利讨了一些接枝，觉得理应亲自道谢，恰巧看见爱玛，觉得她身材窈窕，行起礼来，绝不似乡下女人；因为印象好，他相信请年轻夫妇到庄园来，既不失身分，也不至于使自己难堪。

　　有一天星期三，三点钟，包法利夫妇坐上他们的马车，去了渥毕萨尔，车后捆了老大一件行李，脚篷前面放了一个帽盒。查理腿当中，还夹着一个纸匣。

　　他们到达时，正好天黑，有人在草地点起油灯，给马车照亮道路。

　　（张淑霞编，摘自李健吾译：《福楼拜小说全集》，人民文学出版社，2002）

第三十章　奥斯丁及《傲慢与偏见》

第一节　奥斯丁简介

简·奥斯丁，英国著名女性小说家，她的作品笔法细腻，注重对主人公心理世界的描述，独具魅力。她所关注的是英国乡绅家庭女性的婚姻和生活，以女性特有的细致入微的观察力和活泼风趣的文字真实地再现了她周围的微观世界。奥斯丁终身未婚，家道小康。由于居住在乡村小镇，接触到的是中小地主、驻军的军官和牧师等阶层，熟悉他们恬静、舒适的生活环境，因此她的作品里没有重大的社会矛盾。她巧妙地勾画故事情节，把平淡的生活写得趣味横生，以绅士淑女间的婚姻和爱情风波为主线，剖开当时英国社会的一个截面，呈献给读者一幅色彩斑斓的社会风情画。奥斯丁创作的小说，几乎都经过长时间的反复修订改写。她出版的第一部小说是《理智与情感》。《傲慢与偏见》是她的第二部作品。这两部作品，加上她去世后出版的《诺桑觉寺》，都写于18世纪的90年代，为其早期创作的作品。而《曼斯菲尔德庄园》、《爱玛》与《劝导》则写于19世纪，算是后期作品。这六部作品，总共有150万字（中文），奠定了她在世界文坛的地位。托·巴·麦考莱评价说："作家当中其手法最接近于（莎士比亚）这位大师的，无疑就要数简·奥斯丁了，这位女性堪称是英国之骄傲。她为我们创造出了一大批的人物……"奥斯丁的作品格调轻松诙谐，富有喜剧性冲突，深受读者欢迎。从18世纪末到19世纪初，庸俗无聊的"感伤小说"和"哥特小说"充斥英国文坛，而奥斯丁的小说破旧立新，一反常规地展现了当时尚未受到资本主义工业革命冲击的英国乡村中产阶级的日常生活和田园风光。她的作品往往通过喜剧性的场面嘲讽人们的愚蠢、自私、势利和盲目自信等可鄙可笑的弱点。她的小说以其独特的风格一扫泛滥一时的假浪漫主义潮流，继承和发展了英国18世纪优秀的现实主义传统，为19世纪现实主义小说的高潮做了准备。根据《简明不列颠百科全书》的说法，奥斯丁是"第一个现实地描绘日常平凡生活中平凡人物的小说家"。奥斯丁小说涉及的范围极其狭窄，但从这个小窗口可以窥视到整个社会形态和人情世故，对改变当时小说创作中的庸俗风气起了很好的作用。她是世界上为数极少的著名女性作家之一，是介于新古典主义和浪漫运动的抒情主义之间的"小幅画家"和"家庭小说"家。另一位将她与莎士比亚相比的是现代美国的批评家艾德蒙·威尔逊。他说："一百多年来，英国曾发生过几次趣味上的革命。文学口味的翻新影响了几乎所有作家的声望，唯独莎士比亚与简·奥斯丁是经久不衰。"赞赏奥斯丁的作家，从司各特开始，可以说是源源不断，其中包括特洛罗普、乔治·艾略特、柯勒律奇、勃朗宁夫人、骚塞、爱·摩·福斯特等。奥斯丁用她的文字、聪明与智慧照亮了整个世界。

第二节 《傲慢与偏见》简介

人世间饮食男女寻找爱情、向往幸福的权利是上苍的恩赐，谁也不能剥夺。自然，每个人寻找爱情的方式、途径各不相同，有时还要受到某些规范的制约。只有矢志不移的追求者，才能最终获得幸福。奥斯丁所著的《傲慢与偏见》就是讲述这类故事的文学作品。书中讲述四种不同种类的爱情婚姻故事，宾利和珍妮、达西和丽茨（即伊丽莎白）的婚姻均是建立在爱情基础之上的，历经磨难，值得称道，而柯林斯和卢卡斯、威克姆与莉迪亚之间，除却金钱欲、享乐欲之外，再就是性欲的冲动。奥斯丁浓墨重彩描写的是达西和丽茨这一对年轻人。达西初次登场，就以傲慢与冷淡的神情伤害了丽茨，自己却毫无觉察。他出身豪门，从小我行我素，不会看人脸色行事。平日里，他讷于言，敏于行，心地善良，为人诚恳，讲求礼仪，乐于助人。这种内热外冷的性格，很容易被人误以为公子哥的做派。加之达西对丽茨母亲及妹妹莉迪亚的粗俗举止十分反感，从而殃及丽茨，并且对丽茨也产生了偏见。然而，他真正了解了丽茨一泓清泉般的品质之后，毅然抛弃门第观念，冲破姨母和女友的束缚，义无反顾地爱上了丽茨。大凡描写男女私情，常见的有悲剧手法、喜剧手法，现如今还有朦胧手法，游离于悲喜交加、爱恨之间。奥斯丁在《傲慢与偏见》中描写爱情，没有采用悲剧手法，也没有采用喜剧手法。她的手法类似今天的"肥皂剧"，场景窄小，情节简单，人物不多。出现在作家笔下的，是一场一场的舞会，是一次又一次的聊天喝茶和一顿又一顿的家宴。没有跌宕起伏的情节，没有大喜大悲的场面。书中多有的，是作家对人物性格的张扬和人物心理活动的描述。这是作家的精明之处，也是其高明之处。奥斯丁在这部小说中通过贝内特五个女儿对待终身大事的不同处理，表现出乡村中产阶级出身的少女对待婚姻爱情问题的不同态度，从而反映了作者本人的婚姻观：为了财产、金钱和地位而结婚是错误的；而结婚不考虑上述因素也是愚蠢的。因此，她既反对为金钱而结婚，也反对把婚姻当儿戏。她强调理想婚姻的重要性，并把男女双方感情作为缔结理想婚姻的基石。书中的女主人公丽茨出身于小地主家庭，为富豪子弟达西所爱恋。起先，达西不顾门第和财富的差距，向她求婚，却遭到拒绝。丽茨误以为达西傲慢、冷漠，认为他们不可能有理想的婚姻。以后她亲眼观察了达西的为人处世和一系列所作所为，消除了对他的误会，从而与他缔结了美满姻缘。这实际上反映了女性对人格独立和平等权利的追求。奥斯丁的小说尽管题材比较狭窄，故事相当平淡，但是她善于在日常平凡事物中塑造鲜明的人物形象。不论是丽茨、达西那种作者认为值得肯定的人物，还是柯林斯这类遭到讽刺挖苦的对象，她都将他们写得真实动人。同时，奥斯丁的语言是经过锤炼的，她在对话艺术上讲究幽默、讽刺，常以风趣诙谐的语言来烘托人物的性格特征。这种艺术创新使她的作品具有自己的特色。

第三节 《傲慢与偏见》选段

第一章

单身汉如果手中拥有一笔可观的钱财，势必需要讨房妻室，这已成为举世公认的真理。这样的单身汉，每逢乔迁新居，左邻右舍对他的感受和观点虽一无所知，但是，既然以上的真理早已在人们的心目中根深蒂固，所以邻居仍总是将其视为自己某一个女儿应该得到的一份财产。

一日，贝内特太太对她的丈夫说："亲爱的，尼瑟费德别墅终于租出去了，你听说过没有？"

贝内特先生说自己没听说有这档子事。

"这是千真万确的，"她继续侃侃而谈，"朗太太刚刚上这来过，把事情原原本本都告诉了我。"

贝内特先生没有答理她。

"你难道不想知道是谁把别墅租了去吗？"贝太太耐不住性子，大声嚷嚷起来。

"既然你打定主意要讲给我听，我也只好洗耳恭听了。"

有了这样一句话，对贝内特太太来说就足够了。

"嗬，亲爱的，你要知道，朗太太说租尼瑟费德别墅的是英格兰北部的一个阔少爷，家里有的是钱；听说星期一那天，他乘坐一辆驷马大车来看过地方，对房子十分满意，当场就和莫里斯先生拍板成交了；他打算在米迦勒结账节之前搬进来，下个周末便派几位仆人来收拾。"

"这人叫什么名字？"

"他叫宾利。"

"是个有妻室的人，还是单身汉？"

"哈！是单身，亲爱的，这可是千真万确的！他是个家底非常殷实的单身男子，每年有四五千镑的进项。咱们的女儿要交好运啦！"

"你净东拉西扯！这与她们有什么关系？"

"我亲爱的老爷，"贝太太说道，"你怎么这样不开窍！实话告诉你吧，我正在盘算着怎样嫁一个女儿给他做太太哩。"

"他搬到这儿来，就为这个目的？"

"要说这是他的目的，那纯粹是不着边际的瞎猜！不过，说不定他真的会爱上咱们的某个女儿呢。所以，他一搬来，你就到他的府上拜访。"

"我到他家算应的哪门子景。你让女儿们自己去得了。要不然你和她们一道去，这样做更好些，因为论姿色你比她们哪个都不差，宾利先生或许会选中你呢。"

"亲爱的，你过分抬举我啦。我以前的确算得上是个美人，可现在人老珠黄，没有什么出众之处了。五个女儿都已长大成人，我就更不该炫耀自己的脸蛋了。"

"这么说，一个女人到了这个年龄，值得炫耀的地方已经不多了。"

"亲爱的，说点正经话吧。宾利先生搬来的时候，你必须到他的府上走走。"

"我可以告诉你，我没有那份闲工夫。"

"可你得照顾一下女儿们的情面呀。不妨细想一下，她们当中无论哪一个，只要能结识宾利先生，都是一种造化。就连威廉爵士和卢卡斯夫人都动了念头，决计去拜访他呢。要知道，这两口子对新搬来的邻居通常是不闻不问的。总而言之，你必须去一趟。没有你去铺路，我们无法和他接近。"

"你没有必要拘泥于繁琐的礼节。你尽管去吧，宾利先生见到你一定会大喜过望。我可以写封信由你带去，就说不管他选中我的哪个女儿，我都心甘情愿把女儿嫁给他。不过，在信上我得提提小丽茨①的优点，为她说几句好话。"

"但愿你别写糊涂话，因为丽茨不论哪一点都不比别的几个女儿强。我敢说，论脸蛋她还不及珍妮的一半；论性格，她无法与温和的莉迪亚相比。可你老是一味地偏向她。"

"她们和别的姑娘家没什么两样，都是既愚蠢又无知，值不得称赞。只是丽茨比她的几个姐妹伶俐些罢了。"

"贝内特先生，你怎么舍得用这样的语言挖苦自己的亲生女儿！你是故意惹我伤心。我的神经原来就脆弱得很，可你一点儿也不体谅。"

"亲爱的，你错怪了我。我和你那神经衰弱症是老相识了，至少在这二十年来，我屡次三番听到你郑重其事提到它。我对它可是怀有十二分敬意的。"

"别卖乖啦！你根本不知道我受的是什么洋罪。"

"不过我衷心希望你无病无灾活下去。像这样年进项在四千镑的阔少爷有的是。你可以大饱眼福，看着他们一个个搬来做你的邻居。"

"你既然不愿意放下架子去拜访，就是有二十个阔少爷搬进来，对我们又有什么好处！"

"这要酌情而定，亲爱的。等到他们凑足了二十个整数，我便逐一登门造访。"

贝内特先生是个性情古怪的复杂人物，既喜欢讽刺嘲笑说风凉话，又显得态度矜持，真是变幻莫测，就连和他在一起生活了二十三年的贝内特太太也摸不透他的心思。相形之下，贝内特太太倒是容易让人理解。她智力低下、孤陋寡闻和喜怒无常，只要遇到不顺心的事，便自以为神经衰弱症复发。她生平的一件大事就是把女儿们嫁出去，整日以探亲访友和搜罗小道消息作为精神上的慰藉。

第二章

尽管贝内特先生在太太面前自始至终都撑得很硬，说他不愿意去拜访宾利先生，但实际上他在心里早已酝酿好了造访的计划，而且还是跟着第一批人去拜访他的。尽管他守口如瓶，直到他去过宾利的府上之后的那天晚上，他的太太才知道了实情。消息是以这样的方式透露出去的——在观察二女儿调整帽子时，贝内特先生突然对她说：

"但愿你的帽子能讨得宾利先生的欢心，丽茨。"

"既然我们不打算拜访宾利先生，就无从知道他到底喜欢什么。"丽茨的母亲在一旁气哼哼地说。

"可是您忘啦，妈妈，"伊丽莎白说，"我们在参加舞会时会遇到他的。朗太太答应过要把他介绍给我们。"

"我才不相信朗太太的鬼话呢。她自己有两个亲侄女，还等着她引荐呢。她自私而虚伪，是个让人瞧不起的女人。"

"我和你看法相同，"贝内特先生说，"你能识破她的真面目，不指望她为你们牵线搭桥，听起来真叫人高兴。"

贝内特太太不屑理睬他，可又按捺不住心头的怒火，于是便骂起女儿来。

"看在上帝的份上，请别一个劲儿地咳嗽，吉蒂！可怜可怜我吧，你要把我的神经都撕裂了。"

"吉蒂真不知趣，"做父亲的火上浇油地说，"咳嗽也不知道拣个时候。"

"我又不是咳嗽着取乐儿。"吉蒂恼怒地还了一句嘴。"你所说的那个舞会定在哪一天

---

① 丽茨是伊丽莎白的爱称。

开，丽茨？"

"从明天算起，还得再过两个星期。"

"哦，原来如此，"她的母亲叫嚷道，"朗太太要在开舞会的前一天才能赶回来。这样一来，她便来不及结识宾利先生，也就谈不上由她牵线搭桥啦。"

"好啦，亲爱的，你可以比你的朋友先行一步，反过来把宾利先生介绍给她喽。"

"无稽之谈，我的贝内特先生。我和他素昧平生，怎能充当介绍人呢！你不该这样冷嘲热讽。"

"你考虑问题周到细致，令我不胜敬佩。要了解一个人，两个星期的时间的确短得不足挂齿。这样一丁点儿时光转瞬便逝，到头来你不可能弄清他的真正品质。然而，我们如果不去尝试，其他人就会捷足先登。朗太太和她的侄女们无论怎样都绝不会放过这种天赐的良机。因此，倘若你不愿担此重任，我可要毛遂自荐了，反正朗太太总会理解我们的一片苦心的。"

女儿们瞪大眼瞧着自己的父亲。而贝内特太太只是在口里念叨着："废话！废话！"

"你大惊小怪地重复这两个字眼儿到底是什么意思？"他叫嚷道，"我所说的全是为旁人当月下老人的话，你难道觉得这是一通废话？对于你的狭隘见解，我可不能苟同。谈谈你的看法吧，玛丽。你博览群书，并录其精华，是个思想深邃、见解独到的才女。"

玛丽想说几句明智的话，可是不知道怎么说才好。

于是，贝内特先生继续发表议论："让玛丽考虑考虑再谈。咱们还是旧话重提，再说说宾利先生的事吧。"

"宾利先生叫我感到厌恶。"他的太太大声说道。

"听到你的话，真让我觉得扫兴。你怎么不早点申明你的观点呢？要是今天上午听到你这样说，那我当然就不会去拜访他了，这真是天大的不幸。不过，现在生米已做成熟饭，我们也就免不了要交这个朋友了。"

果然不出他所料，娘儿们一听此话，个个都惊诧万状。尤其是贝内特太太，比谁都感到意外。她欢天喜地嚷了几句，随后马上当众宣布，说她早就料到会有这样的结局。

"你真是个好心的人儿，我亲爱的贝内特先生！我知道听了我的好言相劝，你一定会回心转意的。你既然将女儿们视为掌上明珠，肯定不会白白放弃这样的一个机会。你不知我有多么高兴。你也太会开玩笑了，上午去拜访了宾利先生，回来后却只字不提，直到现在才让真相大白。"

"吉蒂，现在你可以放大胆咳嗽啦。"贝内特先生说着，抽身走出了房间。看到自己的太太那副喜形于色的样子，他不免有些厌恶。

"孩子们，你们有一个多么出色的爸爸呀！"房门一关上，贝内特太太便对女儿们说。"真不知你们怎样才能报答他的恩典。顺便提一下，这件事也耗费了我不少的心血。老实讲，活到我们这把岁数，哪有心思天天去结交新朋友。可是为了你们，我们老两口哪怕是肝脑涂地也在所不辞。莉迪亚，我的乖女儿，你的年龄虽然最小，但是到了开舞会的时候，宾利先生很可能会选中你做他的舞伴哩。"

莉迪亚满不在乎地说："对这一点我毫不担忧。我的年龄虽然倒数第一，但我的个头却是最高的。"

接着，母女几个叽叽喳喳议论起宾利先生来，一方面猜测着他何时会来回访贝内特先生，一方面盘算着什么时候请他来吃饭。一个晚上的时光就这样在闲谈中度过了。

第三章

　　贝内特太太和五个女儿默契配合，千方百计想从丈夫口中套套有关宾利先生的情况，可听到的话却不尽人意。她们可谓用尽了心机，左右夹攻贝内特先生——有赤裸裸的提问、巧妙的推测，也有漫无边际的想象，但贝内特先生技高一筹，终究未让她们得手。最后，她们只好舍近求远，去向她们的邻居卢卡斯夫人打听一些经过过滤的情报。从卢卡斯夫人口中听到的净是赞誉之词。她的丈夫威廉爵士对宾利先生非常满意，说他年轻英俊，态度和蔼可亲。最叫人兴奋的是：据说宾利先生意欲邀请许多人参加即将召开的舞会。还有什么消息能比这更激动人心呢！宾利先生很有可能会在舞会上寻觅可心人儿，因为喜欢跳舞就意味着坠入情网，前者是通向后者的一条途径。

　　贝内特太太对丈夫说："如果能看到我的一个女儿在尼瑟费德别墅幸福地安下家，看到另外的几个女儿也喜结良缘，我这一辈子就心满意足、别无他求了。"

　　过了几天，宾利先生赶来回拜贝内特先生，和他在书房里闲坐了约莫十分钟光景。他原指望可以饱饱眼福，一睹贝家小姐们的丰姿倩影（对于她们的美貌，他早已有所耳闻），可看到的仅仅是她们的父亲。贝家的姑娘们要比他幸运，利用得天独厚的条件，从上边的一扇窗户窥视到他穿着蓝外套，骑的是一匹黑色骏马。

　　没过多久，贝府便发出请柬，邀宾利先生赴晚宴。贝内特太太提前精心策划，筹备了几道能够反映她高超的理财管家水平的菜肴。可宾利先生回了个话，打乱了所有的步骤。他说自己翌日进城有事，故而没有口福如期赴宴，云云。贝内特太太感到困窘万分、大失所望。她无法想象，他来哈福德郡立足未稳，到城里去会有什么要紧的事情办。她不由得生了几分忧愁，害怕他总是这样东跑西颠，不能够在尼瑟费德安顿下来过平静的生活。后来听卢卡斯夫人说，他到伦敦去只是为了邀一班人马来参加舞会，她这才算打消了一些顾虑。很快就有消息传来，据说宾利先生打算请来十二名女士和七名男客为舞会增辉添色。一听说要来一大帮子女士，贝家的小姐们不由有些伤感。可是到了举办舞会的前一天，有人说宾利先生只从伦敦带来了六名女宾——其中有五名是他的亲姊妹，而另一位是他的表妹。这消息使贝府的娘儿们感到轻松了一截子。开会的那一天，宾利先生一行只剩下了五人，只见他伙同他的两个姐妹、大姐夫以及另外一位年轻男子走进了舞厅。

　　宾利先生相貌堂堂，举手投足均显示出绅士风度。他的表情温文尔雅，谈吐真挚和自然。他的姐妹仪态万方，一眼便能看出是超凡脱俗的女子。他的姐夫赫斯特先生没有什么出众之处，只是显得很有修养而已。然而，他的朋友达西先生身材高大、眉清目秀且气度高贵，很快便令众人为之倾倒。此人走进舞厅不足五分钟，人们就把话传开了，说他每年拥有一万镑的进项。他所到之处，都有羡慕的眼光在追随着他。直到舞会开了一半的时候，他才劣迹败露，转变了众人的看法。原来，他是个傲慢的家伙，总是那样目空一切，难于与之相处。尽管他在德比郡有一座偌大的庄园，也挽回不了他在人们心目中留下的坏印象。人们觉得他是那样可憎和讨厌，无法与宾利先生相提并论。

　　宾利先生不大一会儿就和厅内的主要人物们混得烂熟。他热情洋溢、潇洒自如，每场舞都不落空，只恨舞会结束得太早。他声称要在尼瑟费德别墅另外举办一次舞会。这样一个可亲可敬的绅士怎能不赢得人们的好感。他和自己的朋友相比，称得上是天壤之别。达西先生仅仅和赫斯特太太及宾利小姐各跳过一轮舞，然后便摆起架子，将其他的女士抛置一旁，整整一个晚上独自在大厅里来回踱步，只是偶尔同自己那一伙人谈上两句话。他那古怪的性格实在让人难以忍受。大家都觉得他是世界上最傲慢无礼、最可憎可恨的人，谁都不希望再见到他。尤其是贝内特太太，对他的成见最深。起先她只是不喜欢他的言谈举止，后来见他怠慢了她的一个女儿，便在心头燃起了一团仇恨的烈火。

由于男少女多，伊丽莎白有两场舞都被冷落了下来，坐在一旁观看。一次，宾利先生从舞池步出，规劝自己的朋友加入跳舞的人群。他站的地方碰巧和伊丽莎白近在咫尺，结果他和达西先生的对话被她听了去。

"上场吧，达西，"宾利先生说，"你最好和大家一起跳跳。我真不愿看到你傻乎乎地站在那儿瞧热闹。你的舞跳得挺不赖呀。"

"我不会再跳啦。你心里清楚，除非有一个非常熟悉的人做舞伴，否则我讨厌跳舞。今天这样的舞会让我感到沮丧。你的妹妹忙得不可开交，而和别的女人跳舞对我来说简直是一种刑罚，只能给我带来痛苦。"

"听听你说的话，真是吹毛求疵！"宾利失声喊道，"我敢说，今晚的舞会叫我眼界大开，我这一辈子都没看到过这么多可爱的女子。其中有些姑娘是天姿国色的绝代佳人。"

"这大厅里只有一位漂亮的女子，就是和你跳舞的那个。"达西先生说着，用眼睛望了望贝家的大小姐。

"算你有眼力！她可是我所见到过的最美丽的姑娘！不过，她的妹妹也艳压群芳，同时相当活泼可爱。她就坐在你的身后。如果你不反对，我可以请我的舞伴为你们作个介绍。"

"你说的是哪一个？"达西转过身去，盯着伊丽莎白瞧了瞧，当遭遇到对方迎上来的目光，便把身子扭回来冲自己的朋友说道："她的长相可以过得去，不过还没有美到令我神魂颠倒的程度。再说，现在我情绪不高，不愿侍候那些被男人们冷落的年轻小姐。你不必再在我的身上浪费时间啦。赶快去找你的舞伴，欣赏她迷人的微笑吧。"

宾利先生果真照他的话做了。达西也举步走开了。伊丽莎白却坐着没动，内心涌起了一股对达西的反感情绪。她生性活泼，喜欢恶作剧，对一切滑稽可笑的事情都兴趣盎然。于是，她把达西当做笑料，向自己的朋友们绘声绘色刻画了一遍。

对贝家来说，这是一个愉快的夜晚。贝内特太太看到自己的大女儿赢得了尼瑟费德府上人的青睐，这就足够了。宾利先生邀请珍妮跳了两轮舞，同时他的姐妹也对她另眼相看。珍妮和自己的母亲一样感到由衷地高兴，不过没像她那般喜形于色。伊丽莎白觉察到了姐姐内心的欢乐。玛丽听到有人向宾利小姐提到了自己，说她是本地区最有造诣的女子。凯瑟琳和莉迪亚比较走运，从来就没缺少过舞伴，这是她们在舞场上最关心的一件事。就这样，母女几个兴高采烈地回到了浪搏恩村（贝内特一家是这个村庄的大户）。进了家门，她们发现贝内特先生还没有睡觉。平时，贝先生只要捧书在手，便会将时间抛置脑后。而这次迟迟不上床睡觉，却是因为他为好奇心所驱使，极想知道今晚的这个一直被大家朝思暮想的舞会究竟开得怎么样。他原以为他太太对那位初来乍到的贵人一定会大失所望，但他立刻就发现事实恰恰相反。

"太叫人高兴了，我亲爱的丈夫，"贝太太一入房门，便嚷嚷开了，"这是一个多么愉快的夜晚，多么别开生面的舞会啊。遗憾的是你没有去。珍妮非常吃香，那情景真是难以形容。人人都说她光彩照人。宾利先生认为她具有沉鱼落雁的容貌，竟然跟她跳了两轮舞！光想想就令人兴奋，亲爱的，他邀请她跳了两轮舞呀！大厅里倩女如云，但只有珍妮一人和他跳过两次舞。头一场舞，他邀请了卢卡斯小姐。看到他们俩在一起，我简直伤心透了。不过，他根本没有垂青于她。说实在的，有谁能看得上那姑娘呢？当珍妮款款步入舞池时，宾利先生像是完全着迷了。他立即打听她的姓名，并请人为他引荐，接着便邀她跳舞。他的第三场是跟金小姐跳的，第四场舞跟玛丽亚·卢卡斯跳，第五场又跟珍妮跳，而第六场跟丽茨跳法国的布朗格舞。"

"倘若他对我还有怜悯之心，就不会兴致勃勃地跳个没完！那么多舞，有一半就够我呛了!"她的丈夫不耐烦地叫喊了起来,"看在上帝的分上,别再提他的那些舞伴啦。天呀,但愿他跳头一场就扭了脚踝骨!"

"啧啧!亲爱的,"贝太太继续滔滔不绝地朝下讲着,"我非常喜欢他。他真是太英俊啦!他的姐妹们也是那样迷人。她们的服饰典雅大方,我平生还未见过有任何其他人的衣服能与之媲美。我敢说,赫斯特太太衣裙上的花边……"

她把话说到此处,又被丈夫打断了。贝内特先生不愿听人谈论服装。于是,她只好另寻话题,谈起了达西先生那粗鲁和傲慢的态度。此时,她措辞尖酸刻薄,并带着几分夸张。"不过,请你尽管放心,"她在末尾补充说,"丽茨没有被他看中,这对丽茨并不可惜,因为他是个极端讨厌和可憎的人,不值得去讨他的欢心。他趾高气扬、不可一世,没有人能容忍他!他这儿走走,那儿遛遛,把自己看得十分了不起!瞧他那德性,才没有姑娘愿和他跳舞呢!亲爱的,要是你在场的话,就可以杀杀他的威风。我打心眼儿里厌恶那家伙。"

第四章

起初,珍妮并不随口夸奖宾利先生,可是当她和伊丽莎白单独坐在一起时,便推心置腹地向自己的妹妹倾吐了她对宾利先生的爱慕之情。

"他是一个典型的出色青年,通情达理和风趣幽默,充满了朝气,"她说道,"我从未见过那样讨人喜欢的举止——既洒脱自如,又富于高深的教养!"

"他也很英俊,"伊丽莎白又补充了一句,"作为一位年轻男子就应该像他一样,潇洒和文雅。他够得上一个完美无瑕的人喽。"

"他第二次请我跳舞时,我简直感到受宠若惊了。想不到他那样看得起我。"

"你真的没料到吗?我可是替你想到了。这正是我与你截然不同之处。遇到有人献个殷勤,你就手忙脚乱,而我却荣辱不惊。他第二次请你跳舞,这可是再自然不过的事情了。他怎能注意不到,你比舞厅里任何一位女士都要美丽得多。所以,你大可不必对他的热情感激涕零。说起来,他的确和蔼可亲,我也不反对你去喜欢他。但不要忘记,以前有许多蠢材也赢得过你的芳心。"

"别这样说,丽茨!"

"可不是么!你太容易对旁人产生好感,从来都看不到他们身上的缺点。在你的眼里,这个世界是美好的,天下净是善良人。我从未听你说起别人半句坏话。"

"虽然我的确不愿草率地对人横加挑剔,但我一向直抒己见,心里想什么嘴里就说什么。"

"我知道你的为人是这样的,可这也正是令我感到纳闷的地方。你是一个明白人。可你竟然对有些人的愚蠢行为和荒唐举动视而不见、置若罔闻。你走遍天下,到处都可以遇到道貌岸然的伪君子,摆出一副坦诚相见的模样。然而,如果说坦诚得不加任何掩饰和渲染,不夹带一点个人目的,既承认别人的长处、夸奖他人的优点,又绝口不提他们的短处,这可唯有你能做得到。请问,难道你也喜欢那位贵人的姐妹吗?她们的风度可比不上他呀。"

"乍一瞧,当然比不上。可是和她们攀谈起来,就会觉得她们都是些可爱的女人。宾利小姐打算和她的哥哥一起生活,帮他料理家务。她要不是个称心如意的邻居,那才怪呢。"

伊丽莎白听着姐姐讲话,嘴上虽一声未吭,但心里却不信服,因为据她在舞会上观察,宾家姊妹并非总是那般可爱。她的目光比珍妮犀利,脾气也不像珍妮那样拖泥带水,而且她很有主见,绝不因为旁人的垂青而改变自己的观点。因此,她不会由于听了几句好话,就对宾家姊妹发生好感。应该承认,宾家姊妹都是出类拔萃的女士。她们并非不善于谈笑风生,这要取决于她们高兴不高兴;她们也并非不会待人和颜悦色,问题在于她们是否乐意这样做。遗憾的是，她们都是那样傲慢与骄横。她们长得非常漂亮，在城里的一流私人专科学校里受过教育，并且有两万镑的财产，历来挥霍无度，专喜结交有身份的人。正是这方方面面才造就了她们的性格，使她们自命清高，处处瞧不起旁人。她们出生于英格兰北部的一个体面家族。对于自己的高贵血统，她们牢记不忘，但却往往忽视掉这样一个事实——她们兄弟的财产以及她们自己的家业都是靠做生意赚来的。

宾利先生的父亲曾经打算购置一座庄园，可惜没来得及了却心愿就与世长辞了。死后，他给儿子留下了一笔近十万镑的遗产。宾利先生继承父志，也打算买座庄园，并且一度在故乡的土地上转过念头。不过，现在他既然有了一幢漂亮的房子和些许田产，许多了解他性格的人就推断说，像他这样一个随遇而安的人，下半辈子恐怕要在尼瑟费德别墅度过，购置庄园的事将留给下一代人去做了。

他的姐妹们暗中为他着急，希望他拥有自己的庄园。尽管他目前只是暂且租了座别墅，宾利小姐仍然十分乐意做饭桌旁的主人。就连那位嫁了个穷光蛋名流的赫斯特太太，也把这儿当做自己的家，想来就来，想走便走。想当年宾利先生是听人提起了尼瑟费德别墅，才决计来这儿瞧瞧。当时，他还差两个年头才刚刚成年。他在别墅里里外外看了半个钟点，觉得位置和几所大房间都十分中意。又听了房东的一通吹嘘，他愈加感到满意，于是当场就把别墅租了下来。

他和达西在性格方面虽大相径庭，但彼此之间的友谊却始终如一。达西之所以喜欢他，是因为他极端随和及坦率，并且性情敦厚。这一切都与达西自己的个性形成了鲜明对照，尽管达西似乎从未对自身表现过不满。宾利对他言听计从，对他的见解佩服得五体投地。在智力方面，达西略胜一筹。这并不是说宾利就是个低能儿，而是说达西显得比较聪明些。达西虽然受过良好的教育，但他那傲慢、冷漠和刻薄的态度使得他极不合群。从这一方面讲，他的朋友可能比他高明得多了。宾利不管走到哪里，一定会讨人喜欢，而达西却处处得罪人。从他们俩谈论麦里屯舞会的口气中，就能看到他们之间有着多么大的差异。宾利觉得舞会上的客人个个举止文雅，姑娘们人人面容姣美；在他看来，所有的人都是那般和善及彬彬有礼，都是那般无拘无束和开朗大方；他觉得自己一下子就和全场的人都处熟了；要论贝内特小姐，在他的心目中简直成了绝无仅有的美丽天使。而达西的看法就全然不同了。他认为他所看到的那些人既没有漂亮的外表，又缺乏潇洒的风度，没有一个人能引起他的丝毫兴趣，也没有一个人向他献殷勤和博取他的欢心。他承认贝内特小姐有几分姿色，只可惜她笑得太多。

赫斯特太太及其妹妹对他的观点持默认的态度——不过，她们仍然喜欢和爱戴贝小姐，说她是个甜妞儿，明确表示愿和她深交下去。贝小姐就这样成了她们心目中的甜妞儿。宾利先生听到这样的夸奖，觉得正中下怀，因为他正是这般看待贝小姐的。

（魏令查编，摘自方华文译：《傲慢与偏见》，译林出版社，2011）

第三十一章 狄更斯及《雾都孤儿》

第一节 狄更斯简介

　　查尔斯·狄更斯，19世纪英国批判现实主义小说家。他的批判之笔其大如椽，以此揭露黑暗现实，抨击丑恶行径，把人类之不平等视为罪恶之源。他以非凡的社会洞察力，发掘社会各个层面不同的人物性格，重新塑造他们的灵魂。狄更斯始终把深邃的目光投向现实社会，关注平民百姓的生活，了解他们的幸福和痛苦，忧同其忧，乐同其乐，全身心融入平民生活。他之所以与平民情同鱼水，似乎与他的人生际遇有关。狄更斯生于1812年，是一个小职员的儿子。他的父亲是乐天派，很会讲故事，这无疑是孩子们的幸福。可他花钱总比挣的多，结果必定会酿成家庭悲剧。因此，狄更斯的父亲是家中一位既可爱又可怕的人，很像《大卫·科波菲尔》中的米考伯先生，虽幽默、善良，却总给亲人带来厄运。狄更斯告别童年，走进学校，迈出人生求知的第一步时，家境非但未见好转，反而在贫困的泥潭里愈陷愈深——父亲因债务被囚狱中。幼小的狄更斯为了生活不得不辍学去做童工，这一人生经历成为他日后创作《雾都孤儿》等描述英国儿童悲惨生活的契机。父亲辗转出狱，家境有所改善，他得以完成学业，从此步入社会谋生，先在律师事务所供职，后成为报社的会议撰稿人，为文学创作奠定了基础。22岁时，他开始为一家报社撰写系列故事，自称这些故事为小品。他把自己的激情、欢乐、烦恼全部倾注于故事之中，引起了读者的共鸣。伦敦市民尤其喜爱这些故事，喜爱故事中幽默的情节和笑容可掬的人物，喜爱故事中伦敦城迷雾茫茫那朦胧的意境。可能是遗传缘故，狄更斯是位非常乐观的作家，他情愿向周围所有的人展示自己的微笑，而不愿看到别人沮丧的表情。他在小说里刻意构思完美的结局，时常营造愉悦的气氛，希望人们生活得美满幸福。文学作品的平民化和社会化，在狄更斯的创作思想中占有主导地位。他在小说中塑造的人物，都是社会中不起眼的角色，同时又是托起社会大厦的基石。他们出身微贱，生活在社会底层，但生活态度十分乐观，从来不向高贵者低头。他们以欢乐幽默的方式同命运抗争，期待着美好生活的到来，显示出巨大的精神力量。狄更斯应该戴上"平民作家"的桂冠。他同时也是一位通俗文学作家，设计的情节崎岖幽回，把读者引入跌宕起伏的故事情节中，使其好奇感得到满足。他的小说趣味性很强，语言诙谐幽默，时常有时间、地点和人物之间的巧合，真可谓"无巧不成书"。自然，这种巧合包含着作家对善良、真诚及欢乐的企盼，以及对平民生活中幸福、美满的向往。狄更斯一生共创作了14部长篇小说，许多中、短篇小说和杂文、游记、戏剧、小品。其中最著名的作品有长篇小说《雾都孤儿》、《艰难时世》、《双城记》、《老古玩店》、《董贝父子》、《大卫·科波菲尔》和《远大前程》等。他虽为英国维多利亚时期的著名小说家，但其作品至今依然盛行。

第二节　《雾都孤儿》简介

　　《雾都孤儿》以雾都伦敦为背景，讲述了一个孤儿悲惨的身世及遭遇。这个孤儿名叫奥列佛，是个遗腹子，甫降人世又失去母亲沦为孤儿，被济贫院收养。这所济贫院名为慈善机构，其实不啻人间地狱，饥饿、虐待、疾病如同毒蛇紧紧缠绕着孤儿们，随时都可能夺取他们幼小孱弱的生命。奥列佛在这里受尽磨难，从来没有吃过一顿饱饭。绝望之中他逃往伦敦寻求栖身之处，谁知逃出地狱却掉入贼窟，误入费金毂中。费金丧尽天良，竟然唆使街头流浪儿结伙行窃，并且从中渔利。无家可归的奥列佛在威逼之下不得不跟随其中，却被误做惯偷扭送法庭。昏庸的法官没有弄清是非曲直便把奥列佛投入监狱。也许奥列佛命中注定不该成为囚徒，所以因祸得福被一位好心的绅士领养。原以为奥列佛从此出了苦海会过上幸福的生活，谁知数天后又被费金劫持回到贼窟。尔后，他的厄运接踵而来，先是身受枪伤，后又遭同父异母的哥哥算计，企图剥夺他的继承权。有幸在好心人的帮助下，他才得以劫后重生。狄更斯的小说有一个特点，就是处心积虑设定情节。他先是让书中的主人公历经磨难，被周围的环境压迫得眼看难以生存，好心人突然出现，把主人公从邪恶的魔爪中解救出来。他想让世人明白一个道理：尽管污泥遍布、浊水横流，天下仍不乏善良之人，终究邪不压正。狄更斯的另一部几乎跟《雾都孤儿》齐名的小说《大卫·科波菲尔》，里面的少年主人公和奥列佛有着相似的命运。南希是《雾都孤儿》里的另一个主要人物。她自幼流落街头，混迹于流氓、乞丐、小偷和骗子之中，长大成为窃贼的情妇，心甘情愿充当玩物。但她毕竟出身贫苦，良心没有泯灭，屡次帮助奥列佛化险为夷，算得上是一个好心人。遗憾的是那个社会的好心人轻易不露头脸，南希就没能遇到侠肝义胆的好心人，否则她绝不会沉沦到如此境地，最后丧命于情夫之手。至于济贫院那位一手遮天的人物班布尔和教唆犯费金最后也落了个可悲的下场。班布尔身为慈善机构的管理人员，理应成为无助孤儿的保护神，可他的所作所为恰恰相反，扮演了一个极不光彩的角色。他惯于欺下媚上，在济贫院里胡作非为，肆意欺辱虐待孤儿，侵吞孤儿的口粮以中饱私囊，把许多才刚刚降临人世的小生命变为一具具饿殍。"多行不义必自毙"，他最终被革了职，失掉了他非常看重的权力，从此过上了他最鄙视的穷困潦倒的生活。而费金这个老贼受到了应有的审判，将在民众的唾弃下被押上绞架，了结罪恶的一生。狄更斯小说里的坏人无一例外都有这个下场，从这种情节的安排可以看出作者强烈的爱憎情感。狄更斯小说有着鲜明的情感色彩，并用最朴实的手法颂扬正义和善良，抨击丑陋和邪恶。在他的笔下，好人不光有一颗善良的心，而且禀赋极优，从容貌仪表到言谈举止都端庄得体，显得那么可信可靠、可亲可爱。此类人物中，男性或者像父亲一般慈祥，或者像兄长一般值得信赖；女性大多善良柔弱，人们不由自主地想对她们倍加呵护。然而狄更斯笔下的恶人，其相貌或者狰狞，或者丑陋，二者必居其一。至于卑鄙小人，总带有一副猥琐相，并且有着种种怪癖，令人望而生厌，如《雾都孤儿》里奥列佛的同父异母哥哥蒙克斯就是一例。此人嘴角总是流着口水，贼眉鼠眼，跟人说话时东张西望，目光里露出奸诈、凶险，一看就知道肚子里在算计人。

第三节 《雾都孤儿》选段

第一章

关于奥列佛·特维斯特的出生地以及呱呱坠地时的情形

世上有那么一座城镇，出于种种缘由此处不便暴露其名称，笔者也不愿为其安一个假名。镇上的公共建筑物中间夹杂着一幢房屋，论外观在各大小城镇都随处可见，这便是济贫院。本章标题中提及的那位凡夫俗子就降生在这家济贫院里，至于具体日期笔者此处就不赘言唠叨了，因为这对读者来说无关紧要，起码现阶段如此。

教区医生把婴儿迎入这个充满忧愁和烦恼的世界后，小家伙能否存活以及是否需要姓名，在很长一段时间里都是个让人怀疑的问题。根据当时的情况，这部传记很可能永远也不会问世。不过，如果这部传记出笼，即便只有寥寥数页，也会具备一个无法估量的优势，成为极其简明、可信的传记范本，成为流芳百世、名闻遐迩的佳篇。

我并不想着意强调，出生在济贫院这件事本身是一个人最为幸运、最值得羡慕的机遇，但我的确认为这对奥列佛·特维斯特而言可能是最佳的安排。当时，要让奥列佛发挥呼吸的功能是相当困难的。呼吸固然很麻烦，但根据习惯却是我们生存的必需条件。有一会儿的功夫，他躺在一小块褓垫上喘个不停，无力在阴阳界之间保持平衡，因为天平明显地倒向阴界一方。在这短短的一段时间里，如果有体贴入微的祖母、牵肠挂肚的姨妈、经验丰富的护士以及才智过人的医生围在奥列佛身边，他势必立刻就呜呼哀哉，这一点毋庸置疑。然而，他旁边除了一位贪杯的老贫妇，抱着意外搞来的酒喝得醉醺醺，和一位按合同料理此事的教区医生外，再没有其他的人了。奥列佛和命运较量决出了胜负。结果，他经过苦苦奋斗，终于疏通了呼吸打一声喷嚏，响亮地哇哇哭起来，一阵号啕远远超过了三分十五秒钟，这种现象对一个久久哭不出声的男婴而言是合情合理的。他向济贫院的难兄难弟们宣告，该教区又添了一个新包袱。

奥列佛刚刚证实了自己的肺部可以运动自如、功能健全，胡乱铺在铁床上的那条缝满了补丁的床单便窸窣作响，一位年轻女子从枕头上软绵绵地仰起苍白的面孔，以微弱的声音含混不清地吐出了这样几个字："让我看看孩子，我就要死了。"

医生面朝炉火而坐，把手掌烤一会儿，搓一会儿，听到年轻女子的话，便起身踱到床前，以异乎寻常的和善口气说："啧，你可不能把死挂在口边。"

"愿上帝保佑她！别让她死去！"一直在墙角心满意足地品尝琼浆玉液的那位充当护士的老贫妇急忙把绿色的酒瓶塞入衣袋，插嘴说了话。"愿上帝保佑她，能活到我这把岁数，那时她就不会寻死觅活的了。我生下十三个孩子，只存活了两个，现随我一道待在济贫院里。愿上帝保佑她！多想想当母亲的滋味，想想自己可爱的小心肝。"

显然，用做母亲的前景安慰产妇并未产生预期的效果，只见产妇摇摇头，朝婴儿伸出手来。

医生把孩子放到了她怀里。她用冷冰冰、血色全无的芳唇狂热地吻吻幼婴的前额，然后双手抹一把自己的脸，以惊恐的目光环顾一周，全身一哆嗦，头一仰便撒手西去了。他们为她揉胸、搓手和按摩太阳穴，可她的血液已停止了流淌。他们冲着年轻女子说了些充满希望和安慰的话，这种话年轻女子生前已很久都未听到了。

"全结束了，辛格米太太！"医生末了说道。

"啊，可怜的人儿，她死啦！"老护士说着捡起了绿酒瓶的软塞，那是她弯腰抱婴儿时掉落在枕头上的。"可怜的人哪！"

"护士，假如这孩子哭闹得凶，你可以遣人去叫我。"医生从容不迫地边戴手套边款款说道。"小家伙很可能会折腾一场。要是不安分，就给他喂点粥。"他将帽子扣到头上，朝门口走时在床边留了一下步子又说道："这姑娘模样蛮俊。她是哪儿来的？"

"昨天晚上，教区管理员吩咐把她送到了这里，"老贫妇回答，"有人发现她栽倒在街上，八成走了不少路，鞋底都磨穿了。不过，她究竟来自何方以及前往何处，却无人知晓。"

医生俯下身，拉起死者的左手，摇摇头说："又是一段悲惨的故事，没戴结婚戒指。事情已昭然若揭，唉！再见吧！"

这位医学界的绅士转身吃饭去了。护士又抱着绿瓶子喝了几口酒，而后坐在炉火前的一把低矮的椅子上，着手为婴儿穿衣服。

从对待小奥列佛·特维斯特的这件事一眼便可看出，服饰的确威力无穷！在此之前，他身上只裹着条毯子，既可被认为是贵族后裔，也可视作叫花子的骨血，陌生人洞察力再强也难以断定他在社会上的确切地位。而现在穿上破旧的白布衫（因多次相同的运用，已经泛黄），他身上就有了记号和标签，立刻露出了自己的本色，成了教区收养的孩子。从今往后，他便是济贫院的孤儿、食不果腹的低贱苦役，注定要历尽磨难，被世人拳打脚踢，遭所有人鄙视，得不到任何人的怜悯。

奥列佛撕破嗓门起劲地哭着。倘若能明白自己是个孤儿，生死要取决于教会执事和管理员的怜悯之心，他也许会哭得更凶。

第二章

关于奥列佛·特维斯特的成长、教育和膳宿

在以后的八至十个月里，奥列佛成为一系列奸诈、欺骗行为的牺牲品。自打一生下来，他就没喝过人奶。针对这位新生孤儿缺食少衣的状况，济贫院当局向教区当局如实做了汇报。威严的教区当局询问济贫院当局，院内有无女性可为奥列佛·特维斯特提供所需的抚慰及营养。济贫院当局低声下气地回答说没有。于是，教区当局做出了一项崇高而人道的决定——把奥列佛"寄养"出去，换言之，就是把他送到三英里开外的一个济贫院分部去。那儿有二三十个违反了《济贫法》的小犯人，整天在地板上打滚，决无吃得太饱或穿得过暖之虞，由一位上了年纪的女人给予"慈母般的关怀"。那女人是为了每星期每个人七便士半的进项才接受这些小犯人的。一个孩子每星期七便士半的伙食费简直太丰厚了，可能买许多东西，足以把肚皮撑得滚圆，反而不舒服。那位上了年纪的女人足智多谋，知道怎样做对孩子们有利，而且精于算计，明白哪种方式对自己有好处。于是，她每星期都把生活费抽出大半供自己挥霍，分在正在长身体的教区孤儿身上的款项甚至比原先的标准还要少，从骨头里都能榨出油来，以此证明了自己是一位杰出的实验哲学家。

人人都知道另一位实验哲学家的故事，他发明了一套能够让马儿不吃草的伟大理论，而且出色地运用于实践，使自家的马忍饥挨饿，每天只吃一根草。毫无疑问，他完全可以训练出一匹不吃不喝的精力充沛的良马，只可惜那畜牲在首次享用纯粹由空气组成的美餐前二十四小时成了阴间的冤魂。不幸的是，负责保护和照料奥列佛·特维斯特的那个女人在实施自己的实验哲学时，也往往得出类似的结果。正当一个孩子经过训练，靠数量极少、营养极差的食物维持生命时，十有八九会阴差阳错地发生这些情况：由于饥寒交迫染病在身；因为照看不周而栽进火塘里或者被无意中闷死。不管发生任何一种情况，可怜的小家

伙一般都会命赴黄泉，去阴间与他们在阳世从未见过面的父亲团聚。

　　有的时候，在翻转床架的过程中会把教区孤儿漫不经心地摔死，或大清洗时马虎大意地用开水烫死（不过后一种现象极为罕见，因为济贫院里很少进行大清洗之类的活动）。如发生以上情况，往往要举行别开生面的审讯。陪审团会心血来潮地提一些刁钻的问题，或者，教区居民们会举起造反的大旗，联名抗议。不过，这种鲁莽的行为很快就会被教区医生和教区干事的证词击溃。医生每次解剖孩子的尸体，均一无所获（这的确是很可能的），而教区干事则信誓旦旦，所说的证词完全符合该教区的利益，由此可见其忠诚之心。另外，理事会定期视察济贫院，每次都派干事提前一天通知院方。这样，他们抵达时，孩子们便穿戴得整整齐齐、干干净净，简直无可挑剔！

　　别指望这种寄养制度会培养出超尘拔俗的人才或结下丰硕的成果。刚满九周岁的奥列佛·特维斯特显得苍白瘦弱，身材矮小，腰身细得厉害。但天性或遗传却在他的心房里播下了善良和坚毅精神的种子。多亏寄养院里吃不饱肚子，这种精神才有了广阔的发展空间。也许，他能活到九岁，还得归功于此哩。不管怎么说，反正他过上了九岁的生日。那天，他和另两位精选出的小绅士在煤窖里庆祝他的生日。那俩家伙竟然俗不可耐地喊肚子饿，所以和他一道被痛打一顿，关了窖里。就在他们坐禁闭时，寄养院的女当家曼太太突然面露吃惊之色，因为她瞧见教区干事班布尔先生出现在眼前，正在想方设法地要打开花园小门。

　　"仁慈的上帝啊！真是你吗，班布尔先生？"曼太太把脑袋探出窗口说道，惟妙惟肖地装出一副大喜过望的样子。"（苏珊，把奥列佛和那两个小鬼头带到楼上去，即刻给他们洗洗。）啊唷唷！班布尔先生，见到你我实在太高兴了！"

　　班布尔先生身材肥胖、性格急躁，没有以同样热情的口气回复这种亲切的欢迎词，而是狠劲摇晃了一下小门，接着又飞起一脚踢在门上，除过教区干事，任谁也不会这样踢门的。

　　"老天爷，实在抱歉。"曼太太口里说着话跑了出来，因为此刻那三个孩子已被转移往他处。"你看多糟糕！我竟忘了小门是从里边插着呢。唉，这全是为了那些可爱的孩子们！请进来，先生。快请进，班布尔先生。"

　　她边邀请边行了个屈膝礼，这种大礼也许可使教会执事软下心来，然而却丝毫打动不了我们的教区干事。

　　"教区的官员前来安排有关孤儿的事务，要是把他们关在花园门外，你觉得这是礼貌、得体的行为吗，曼太太？"班布尔先生紧握手杖，提出了质问。"你知道吗，曼太太，你是教区的代表，而且领着教区的薪金？"

　　"班布尔先生，我刚才只不过在告诉一两个可爱的孩子，说你大驾光临，因为他们非常喜欢你。"曼太太十分谦卑地回答。

　　班布尔先生深深地以为自己具有雄辩之才，而且身份极高。眼下既然显示了口才，也表明了身份，他的态度便有所缓和。

　　"好啦，好啦，曼太太，"他的口吻变得温和了些，"也许情况正如你所言，这是有可能的。带路进屋去吧，曼太太。我公务在身，有话跟你讲哩。"

　　曼太太把这位官吏引入一间方砖铺地的小客厅，为他摆上座位，殷勤地将他的三角帽和手杖放在他面前的桌子上。班布尔先生揩揩额头，抹去行路时沁出的汗珠，春风得意地朝三角帽瞥一眼，绽出了微笑。不错，他终于露出了笑容。教区干事毕竟也是凡人，所以班布尔先生才微微含笑。

　　"你可别对我的话斤斤计较，"曼太太说道，声音甜蜜蜜地令人心醉，"你走了很远的路，不然我也就不提了。班布尔先生，你要不要喝上一小口呢？"

"一滴也不喝，一滴也不喝。"班布尔先生答着话，威严地摆了摆右手，但那手势做得软绵绵的。

"我看还是喝点吧。"曼太太留意到了他拒绝时的口气以及无精打采的手势，于是奉劝道。"只喝一小杯，加一点点冷水和一块糖。"

班布尔先生干咳了一声。

"来吧，只喝一小杯。"曼太太循循善诱地说。

"什么酒？"小吏问。

"哦，这是一种我必须在手头常常备一些的酒，每逢那些幸福的孩子们身体欠佳，我就往达菲糖浆①里掺一点喂他们，班布尔先生。"曼太太搭着腔，一边打开墙角柜，取下一个瓶子以及一只玻璃杯。"瞧，杜松子酒。不骗你，班布尔先生，这的确是杜松子酒。"

"你给那些孩子达菲糖浆喝，曼太太？"班布尔一边问话，一边饶有兴趣地观看对方调制酒。

"愿上帝保佑他们！糖浆虽然价钱昂贵，可我还是喂他们喝，"这位儿童的保护人回答说。"我不忍心眼睁睁地看着他们活受罪，先生。"

"是啊，"班布尔先生赞许地说，"是啊，情况的确如此。你是个心地善良的女人，曼太太。"（此时，她把玻璃杯放了桌上。）"我一有机会就向理事会禀报，曼太太。"（他把杯子移到自己跟前。）"你给人的感觉就像一个慈母，曼太太。"（他搅了搅杜松子酒，把酒和水调匀。）"我怀着愉快的心情为你的健康干杯，曼太太。"他一仰脖子灌下了半杯酒。

"该谈正经事了。"这位干事取出一个皮面笔记簿说，"那个随便给取名叫奥列佛·特维斯特的孩子今天该满九岁了。"

"愿上帝保佑他！"曼太太忍不住插了一句，而且用围裙角把右眼擦得有些红肿。

"尽管出了十英镑的赏金，后来把赏金又提到了二十英镑，尽管该教区做了最大的、甚至可以说是不可思议的努力，"班布尔说，"我们始终没能查明他父亲是谁，也没能查明他母亲的地址、姓名及身份。"

曼太太不无惊愕地抬起了双手，略加思忖后问："那么，他的姓名是从哪儿得来的？"

干事十分自豪地挺了挺胸脯说："是我发明的。"

"是你发明的，班布尔先生？"

"不错，曼太太。我们按字母表的顺序给小乖乖们起名字。上一个小家伙轮到 S，我管他叫'Swubble'（斯瓦布尔）。这次是 T，所以我给他起名叫'Twist'（特维斯特）。下一个孩子叫'Unwin'（昂温），再下来就叫'Vilkins'（维尔金斯）。我准备好的名字能排到字母表的最后一个字母。用过 Z 之后；就再从头开始。"

"啊，你的文才真了不起，先生！"曼太太说。

"嗯，嗯。"干事对这样的恭维显然十分满意。"也许吧，也许吧，曼太太。"他一口喝净掺了水的杜松子酒，然后又说："奥列佛已经长大，不适合再待在这儿，理事会决定送他回济贫院总部。我这一趟就是来领他走的。赶快唤他来见我。"

"我这就去引他来。"曼太太说着，便离开了房间。此时，奥列佛已经洗去了脸上和手上的一层泥垢，一次也就只能除掉这许多脏东西了。而后，慈眉善目的女保护人把他领进了客厅。

---

① 治疗儿科常见病的药剂，得名于其发明者——17世纪的托马斯·达菲教士。

"给这位绅士鞠个躬，奥列佛。"曼太太说。

奥列佛鞠了一躬，一半是冲着坐在椅子上的小吏，一半是冲着放在桌上的那顶三角帽。

"愿意随我走吗，奥列佛？"班布尔先生以威严的声音问。

奥列佛正欲声称自己心甘情愿随任何人远走高飞，抬头却瞧见曼太太躲在干事的椅后，一脸穷凶极恶的表情冲他晃拳头。他立刻便心领神会了，因为那拳头常常落在他身上，不可能不在他的记忆中留下深刻的印象。

"她陪我一道去吗？"可怜的奥列佛问。

"不，她去不成。"班布尔先生回答。"不过，她可以时常去看望你。"

这番话对小奥列佛未起到非常理想的安慰效果。他虽然年幼，心眼却不少，于是依依不舍地装出一副不忍离去的样子。挤出几滴泪水在他并非十分棘手的事。饥饿和方才遭受到的虐待是合适的催泪剂，于是乎，他极其自然地哭将起来。曼太太把他拥抱了有一千遍，赠给他一块面包和些许黄油（这才是令他垂涎欲滴的东西），生怕他抵达济贫院时显露出太厉害的饿相。

奥列佛手拿面包，头戴教区的棕褐色小布帽，被班布尔先生领出了气氛悲惨的寄养所。在这儿，他度过了缺乏欢乐的幼年时代，从未听到过一句亲切的话，从未看到过和蔼的目光。可是，当寄养所的大门在他的身后关上时，他却猛然幼稚地感到一阵伤心。他离别的那些和他一道在苦难中挣扎过的小伙伴固然可恶，可他们毕竟是他仅有的朋友。来到这大千世界里，他心中第一次产生了孤苦伶仃的感觉。

班布尔先生行路大步流星，小奥列佛紧紧拽住他那滚着金边的衣袖，跟在他旁边一溜小跑，每每走完四分之一英里的路程便要问一声"是否快到了"。对于这些问题，班布尔先生的回答既简短又不耐烦。掺了水的杜松子酒在有些人的心中可以唤起的那种短时间的温柔情绪，此时已烟消云散，而他又变成了地道的教区小吏。

奥列佛跨入济贫院还不到一刻钟的时间，第二片面包几乎还未完全咽下肚，曾把他交给一位老妪照看的班布尔先生又跑了回来，说今晚理事会开会，理事们吩咐他即刻前去参见。

奥列佛听后不由惊呆了，简直有点昏了头，不明白理事会①怎么会是活的，一时被弄得啼笑皆非。然而，他没有时间细想，班布尔先生抡起手杖敲敲他的脑袋让他保持清醒，又敲敲他的脊背使他振作起来，招呼他跟在后边，把他引进了一个粉了白石灰的大房间，那儿有八至十位脑满肠肥的绅士围坐在一张桌旁。首席的扶手椅比别的座位高出许多，上面坐着一位胖得出奇的绅士，圆滚滚的脸上泛着红光。

"向理事会（board）鞠躬。"班布尔命令道。奥列佛抹去正在眼眶里打转转的两三滴泪水，可他看不见木板（board），只能看得到桌子，于是瞎碰运气地冲桌子鞠了一躬。

"你叫什么名字，孩子？"坐在高椅上的绅士发问道。

奥列佛一见这么多绅士，吓得浑身发抖；教区干事从后面又敲了他一手杖，痛得他淌出了泪。鉴于这两条原因，他在回话时声音显得非常低微和犹豫。一位穿白背心的绅士见状，便骂他是个蠢材，这是该绅士提高情绪和寻开心的一种重要方式。

"孩子，"高椅上的绅士说，"你好好听着。你大概知道自己是个孤儿吧？"

"孤儿是什么，先生？"可怜的奥列佛问。

① 在英文中，"理事会"和"木板"为同一个词，都是"board"。年幼的奥列佛只知道"board"是木板，所以感到纳闷。

"这孩子是个蠢材，我早就料到了。"身着白背心的绅士说。

"嘘！"最先开口的那位绅士说。"你没有父母，是由教区抚养大的，这你知道吗？"

"知道，先生。"奥列佛回答时，伤感地流着眼泪。

"你哭个啥劲？"身着白背心的绅士质问道。真是让人感到莫名其妙，鬼才知道这孩子为什么要哭！

"希望你每晚做祷告，"另一位绅士声调粗暴地说，"为抚养和照料你的人祈祷。这是一个基督徒所应该做的。"

"是的，先生。"奥列佛结结巴巴地说。最后发言的那位绅士无意中讲出了一条正确的道理。奥列佛如果为抚养和照料他的人进行过祈祷，那他就算是做了一个基督徒，而且是一个非常出色的基督徒应该做的事情。可惜他没有祈祷过，因为没人教过他。

"听着！你来这儿是接受教育的，要学一门有用的技术。"高椅上的那位满面红光的绅士说。

"明天早晨六点钟，你就开始拆麻絮。"身着白背心的绅士恶狠狠地补充道。

他们把受教育和学技术二者合一，融化在拆麻絮这种简单的劳动中；奥列佛在教区干事的指导下深深鞠了个躬表示感谢，然后被急匆匆带入一间大收容室。在收容室硬邦邦的床板上，他抽泣着进入了梦乡。宽容的英国法律在这里得到了高度的体现！英伦法律竟然还允许贫贱的人遨游梦乡！

可怜的奥烈佛啊！幸亏他卧床睡觉，对周围的事情全然不知。他哪里想得到，就在这一天，理事会做出了一项对他未来的命运有着极其重大影响的决定。决定已经形成。当时的情况是这样的……

该理事会的成员都是些非常贤明、睿智的圣哲。他们把注意力转移向济贫院时，立刻就发现了一种肉眼凡胎的人永远也看不到的现象——穷苦人喜欢济贫院！这儿是贫民阶层的公共娱乐场所；是分文不取的饭馆，终年施舍早点、午餐、下午茶和晚饭；又是砖泥砌就的福地，这儿的人整日玩耍，从不干活。看起来洞察秋毫的理事们宣称道："哦，嗬！我们必须纠正这种现象，立即加以制止。"于是他们订下规矩。让穷苦人自己选择（因为他们不愿强迫任何人，决不）：要么在济贫院里慢慢饿死，要么在院外很快地饿死。他们和自来水厂签订无限制供水的合同；又跟粮食商签订定期供应少量燕麦片的合同，每天施舍三顿稀粥，一星期发两次葱头，每次一枚，而星期日添半块面包卷。他们还订了大量涉及妇女的规章制度，每一条都明智和仁慈，此处无须一一赘述。由于民法博士会馆①索取的诉讼费太高，他们便大发慈悲，着手为贫穷的夫妇办理离婚。过去，他们曾强迫男方赡养家庭，现在却让当丈夫的同家人分离，使他成为光棍汉！如果此事和济贫院没有关联，单凭最后的两条，社会各阶层不知会有多少人申请救济哩。可理事们老于谋算，早就为这个困难准备了应对之策。你要得到救济，就得进济贫院，就得喝稀粥，这一点吓退了世人。

奥列佛·特维斯特初来乍到的半年里，该项制度得到了全力推行。由于殡葬费用增加，再者因为穷苦人们在喝了一两个星期的稀粥后饿得瘦骨嶙峋，身上的衣服松松垮垮，必须为他们把衣服改小，所以开始的时候花销是相当大的。可济贫院里收容的人数也同那些穷苦人的体重一样在减少，理事们为此欣喜若狂。

小贫儿们就餐的地方是一个石砌的大厅，大厅尽头放着一口铜锅。开饭的时候，大师傅身系围裙，在一两位女人的协助下，操起长柄勺从铜锅里舀稀粥。每个孩子可以领到一

---

① 伦敦从前处理遗嘱、结婚、离婚等事务的机构。

碗这样的佳肴，再没有多的，除非遇到盛大的喜庆日，才另外添加二又四分之一英两的面包。喝粥的碗根本用不着洗，孩子们总是用勺子把碗刮得明光锃亮才肯罢休。他们完成了这一壮举后（刮碗历来都无需太长的时间，因为他们的勺子差不多跟碗一样大小），就坐在那儿以贪婪的目光眼巴巴地盯着铜锅，恨不得把砌锅台用的砖块也吞下肚，同时起劲地吮手指头，指望能发现锅台上有溅上去的粥汁。小孩子家一般胃口都特别好。奥列佛·特维斯特和小伙伴们忍受了三个月慢性饥饿的折磨，简直饿得死去活来，饿得要发疯。一个虽然年龄小但个子高的孩子不习惯这种日子（因为他父亲曾经是开饭馆的），凶狠地对伙伴们暗示说，除非每天多发给他一碗粥，否则他保不准哪天夜里会把睡在他身旁的一个瘦弱的幼童吃掉。他说话时，饥饿的眼睛里凶光毕露，大伙儿便盲目地相信了。孩子们碰头商量，并抽签决定当天晚上吃完饭后由一个人去要求大师傅添粥，结果中签者是奥列佛·特维斯特。

到了傍晚，孩子们入座就餐。大师傅身穿厨子制服守立在锅旁，充当助手的贫妇排列于他身后。稀粥分发了出去。大家针对这种质量极差的份饭进行了冗长的感恩祈祷。孩子们如风卷残云喝光了稀粥，然后便交头接耳，而且朝奥列佛使眼色，邻座的则用胳膊肘碰他。奥列佛虽然年幼，但已经饿红了眼，痛苦得昏了头。只见他从桌旁站起，手里拿着碗勺走向大师傅，心中为自己的狂妄感到震惊，而口里却说："对不起，先生，我还想喝些粥。"

大师傅是个健壮的胖子，可一听这话脸色变得煞白。他惊得呆若木鸡，愣愣地望着这位小叛逆者有好一会儿功夫，然后倚在铜锅上支撑住身子。他的助手们惊愕万分，孩子们则吓得魂飞天外，一个个全都似木雕泥塑一般。

"什么?!"大师傅终于开了口，声音很是微弱。

"对不起，先生，"奥列佛重复说，"我还想喝些粥。"

大师傅对准奥列佛的脑袋给了他一长柄勺，扭住他的胳膊，尖声喊叫，让把教区干事唤来。

理事们正在庄严地举行秘密会议，班布尔先生神色慌张地冲进会场，对坐在高椅上的绅士说："林金斯先生！请原谅，先生！奥列佛·特维斯特要求再给他添些粥！"

与会的人都吓了一跳，每一张脸上都露出了惊愕的神情。

"要求添饭?!"林金斯先生说。"你别慌，班布尔，把话讲清楚些。你是不是说，他吃完了自己的那份晚餐后要求再给他添些?"

"是的，先生。"班布尔回答。

"那孩子将来一定会被送上绞架。"穿白背心的绅士说。"我知道他将来准上绞架。"

没有人反驳这位绅士的预言。随即，大伙儿展开了激烈的讨论。

奥列佛立刻被关了禁闭。次日早晨，大门外贴出一张告示：任何人只要把奥列佛·特维斯特从教区当局的手中领走，便可以拿到五英镑的赏金。换言之，无论哪位男士或女人需要一位学徒干手艺活、做买卖或从事任何一种行业，都可以来领走奥列佛·特维斯特以及五英镑的赏金。

"我一生中对任何事情都没有这般确信过。"穿白背心的绅士次日上午用手敲着大门，一边看着告示一边说道。"我一生中对任何事情都没有这般确信。我断言：那孩子将来一定会被绞死。"

至于这位穿白背心的绅士所说的预言是否能应验，笔者打算以后再揭示。如果现在就贸然透露奥列佛·特维斯特会不会有这种可怕的结局，那么，这篇故事原本即便能引起些趣味，大概也会被破坏掉。

（魏令查编，摘自方华文译：《雾都孤儿》，译林出版社，2012）

第三十二章　萨克雷及《名利场》

第一节　萨克雷简介

　　萨克雷，英国 19 世纪批评现实主义小说家，他于 1811 年生于印度加尔各答附近的阿里帕，卒于伦敦。父亲是东印度公司的税务员兼行政官。4 岁时父亲去世，遗产有 17000 镑。母亲改嫁，他 6 岁时被送回英国上学。1829 年中学毕业后进入剑桥大学。在中学时，他对功课不感兴趣，只爱读课外书籍；剑桥大学看重算学，他却爱涉猎算学家所瞧不起的文学。他没拿学位就到德国游学，回国后在伦敦学法律。可是他对法律又非常厌恶，挂名学法律，其实只是游荡，把伦敦的各种生活倒是摸得很熟。1833 年冬，萨克雷存款的银行倒闭，他的财产几乎一扫而光，只剩了每年一百镑的收入，这是对他的当头一棒，使他从懒散中振奋起来，也替他解除了社会地位所给予的束缚。像他那样的出身，受过那样的教育，得有一定的社会地位，否则有失身份。按世人的观点，他应该当律师、法官、医生、教士或军官，至于文学家和艺术家，那是上流社会所瞧不起的。此时的萨克雷已经不学法律，正不知该走哪一条路。他破产后失掉了经济保障，可也跳出了具有腐蚀性的"悠闲"生活圈子，可以干自己愿干的事情，走自己愿走的路了。所以他当时给母亲的信上说："我应该感谢上天使我贫穷，因为我有钱时远不如现在这般快活。"他劝母亲不要为他担心，说劳碌辛苦对他有好处，因为一个人吃了现成饭，会变得心神懒散，头脑糊涂。他从小喜欢绘画，决计到巴黎去学画。可是他不善画正经的画，只擅长夸张滑稽的素描，这种画没有多少销路。一年以后，他觉得学画没有希望，就半途而废了。于是，他做了《立宪报》的通讯记者。1836 年，他和一个爱尔兰陆军上校的独生女伊莎贝拉结婚。他自 1833 年起在报刊杂志发表文章，用了不少笔名，也出了几部书。他创作的小说有的描绘上流社会各种骗子和冒险家，有的讽刺当时流行的渲染犯罪行为的小说，而有的则是反映普通人的生活，其中主要包括《当差通信》、《凯瑟琳》、《霍加蒂大钻石》、《巴利·林登的遭遇》、《彭登尼斯》、《亨利·埃斯蒙德》、《纽克姆一家》和《弗吉尼亚人》等。《彭登尼斯》模仿菲尔丁的《汤姆·琼斯》写成，主人公早期的经历有作者的影子。《亨利·埃斯蒙德》是一部历史小说，以 18 世纪初英国对外战争和保王党的复辟活动为背景。在创作这部作品时，他脱离司各特历史小说的浪漫主义传统，采用了现实主义的创作方法。他刻意模仿 18 世纪的文体，并对一些历史人物做了忠实的描绘。《纽克姆一家》揭露了中产阶级生活的丑恶，同时塑造了纽克姆上校和埃塞尔小姐两个正面人物的形象。为了保障病妻和两个女儿的生活，他一部接一部地写作，可是一直没有多大的名气。直到长篇小说《名利场》问世，他才被公认是天才小说家。

第二节　《名利场》简介

　　《名利场》是萨克雷的成名作品，也是他生平著作里最经得起时间考验的杰作。故事取材于很热闹的英国 19 世纪中上层社会。当时国家强盛，工商业发达，由榨压殖民地或剥削劳工而发财的富商大贾正主宰着这个社会，英法两国争权的战争也在这时响起了炮声。中上层社会各式各等人物，都忙着争权夺位，争名求利，所谓"天下攘攘，皆为利往，天下熙熙，皆为利来"，名利、权势、利禄，原是相连相通的。小说里没有英雄，因为萨克雷认为"英雄"角色是理想的人物，这一类人物以及崇高的情感属于悲剧和诗歌的领域，小说则应该实事求是地反映真实，尽力写出真实的情感。他写的是沉浮在时代浪潮里的一群小人物，像破产的赛特笠、发财的奥斯本和战死的乔治等；甚至像利蓓加，尽管她不肯向环境屈服，但又始终没有克服她的环境。他们悲苦的命运不是悲剧，而是人生的讽刺。萨克雷描写人物力求客观，无论是他喜欢赞美的，或是憎恶笑骂的，总是把他们的好处坏处面面写到，绝不因为自己的爱憎而把他们写成单纯的正面或反面人物。当时有人说他写的人物不是妖魔，不是天使，而是有呼吸的凡人。小说的主要情节可分两条线索。一条线索描写已故穷画师的女儿利蓓加在离开平克顿女子寄宿学校后，暂住在富家小姐爱米丽亚家中，企图勾引爱米丽亚的哥哥以进入上流社会。此事失败后，利蓓加去毕脱·克劳莱爵士家当家庭教师，同时施展逢迎、拍马和勾搭等乖巧手段。而当毕脱丧偶后向她求婚时，她却已秘密嫁给了爵士的儿子罗登。另一条线索写纯洁的姑娘爱米丽亚钟情于轻浮空虚的军官乔治·奥斯本，冲破重重障碍终于和他结婚。但丈夫很快就厌弃她，另寻新欢。爱米丽亚一味痴情，即使在丈夫死后仍不肯改嫁。最后，利蓓加道出乔治生前曾约自己私奔的事实，爱米丽亚才另结了婚。萨克雷在小说中栩栩如生地勾勒出一幅现实中的名利场的画面，把生活中尔虞我诈、欺骗背叛、势利虚荣等丑恶行径表现得淋漓尽致。作者最后写道："啊！虚荣中的虚荣！在这世界上我们又有谁是幸福的呢？我们又有谁如愿以偿了呢？而就算如此，又有谁满足了呢？"萨克雷用许许多多真实的细节，具体描摹出一个社会的横切面和一个时代的片段，在那时候只有法国的司汤达和巴尔扎克用过这种笔法，英国小说史上他还是个首创者。他为了描写真实，在写《名利场》时，打破了许多写小说的常规。这部小说，可以说在英国现实主义小说的发展史上开辟了新的境地。

第三节　《名利场》选段

第十四章

克劳莱小姐府上

　　约莫也在那个时候，派克街上来了一辆旅行马车，在一所舒服整齐的屋子前面停下来。车身上漆了斜方形的纹章；马车外面的后座上坐着一个女人，恼着脸儿，戴一块绿色面纱，头上一圈一圈的卷发；前面马车夫座位旁边是一个身材肥大的亲信佣人。原来这是咱们的朋友克劳莱小姐坐了马车从汉泊郡回家了。马车的窗户都关着；她的胖小狗，惯常总爱垂着舌头在窗口探头探脑，这一回却睡在那嗒丧脸儿的女人身上。马车一停，家里的佣人七手八脚从车身里搬出滚圆的一大团披肩。还有一位小姐和这一堆衣服一路来的，也在旁边帮忙。这一堆衣服里面包着克劳莱小姐。大家把她抬到楼上躺下；卧房和床铺都已经好好的暖过，仿佛是准备迎接病人。当下派人去请了许多医生来。这些人看过病人，会商了一番，开了药方，便走了。克劳莱小姐的年轻伴儿在他们商量完毕之后，走来请示，然后把名医们开的消炎药拿去给病人吃。

第二天，禁卫军里的克劳莱上尉从武士桥军营骑马赶来。他的黑马系在他害病的姑妈的大门前，撂着蹄子踢地上的草。这位慈爱的近亲害了病，上尉问候得真亲热。看来克劳莱小姐病得着实不轻。上尉发现她的贴身女佣人（那嗒丧脸儿的女人）比平常更加愁眉苦脸，那个给克劳莱小姐做伴的布立葛丝小姐也独自一个人在客堂里满眼抹泪。布立葛丝小姐听见她的好朋友得了病，急忙赶回家来，指望到病榻旁边去出力伺候。克劳莱小姐害了多少回病，还不总是她，布立葛丝，一力看护的吗？这一回人家竟然不许她到克劳莱小姐的房里去，偏让一个陌路人给她吃药——乡下来的陌路人——一个可恶的某某小姐——克劳莱小姐的伴侣说到此地，泣不成声。她那受了摧残的感情又无可发泄，只好把手帕掩着红鼻子哭起来。

罗登·克劳莱烦那嗒丧脸儿的女佣人进去通报一声，不久便见克劳莱小姐的新伴侣轻移细步从病房里走出来。他急忙迎上去，那位姑娘伸出小手来和他拉手，一面很轻蔑地对那不知所措的布立葛丝瞟了一眼。她招呼年轻的卫兵走出后客厅，把他领到到楼下饭厅里去说话。这间饭厅曾经摆过多少大筵席，眼前却冷落得很。

他们两个在里面谈了十分钟，想来总是议论楼上那病人的病情。谈完话之后，就听得客厅里的铃子喀啷啷地响起来。克劳莱小姐的亲信，鲍尔斯，那胖大身材的佣人头儿，立刻进去伺候（不瞒你说，他两人相会的当儿，大半的时候他都在钥匙洞口偷听）。上尉捻着胡子走到大门外，他那黑马还在干草堆里撂蹄子，街上一群孩子围着看得十分羡慕。他骑上马背，那马跳跃起来，把两只前蹄高高的提起，姿势非常优美。他带住马，两眼望着饭厅的窗口。那女孩子的身影儿在窗前一闪，转眼就不见了，想必她慈悲为怀，——又上楼去执行她那令人感动的职务了。

这位姑娘是谁呢？当夜饭间里整整齐齐摆了两个人吃的饭菜，她和布立葛丝小姐一同坐下来吃晚饭。新看护不在病人跟前的当儿，孚金乘便走进女主人房间里，来来回回忙着服侍了一会。

布立葛丝的感情受了激动，一口气哽在喉咙里，一点儿肉也吃不下。那姑娘很细致的切好了鸡，向布立葛丝要些沙司和着吃。她的口齿那么清楚，把可怜的布立葛丝吓了一跳。那种美味的沙司就搁在她面前，她拿着勺子去舀，把碗盏敲得一片响。这么一来，她索性又回到本来歇斯底里的形象，眼泪扑簌簌地哭起来。

那位姑娘对胖大身材的亲信鲍尔斯先生说道："我看还是给布立葛丝小姐斟杯酒吧。"鲍尔斯依言斟了一杯。布立葛丝呆呆地抓起酒杯，喘着气，抽抽噎噎的把酒灌了下去，然后哼唧了一下，把盆子里的鸡肉翻来翻去搬弄着。

那位姑娘很客气地说："我看咱们还是自己伺候自己，不用费鲍尔斯先生的心了。鲍尔斯先生，我们要你帮忙时候自会打铃叫你。"鲍尔斯只得下楼，拿他手下的听差出气，无缘无故恶狠狠地咒骂了他一顿。

那姑娘带些讽刺的口气，淡淡地说道："布立葛丝小姐，何必这么伤心呢？"

布立葛丝一阵悲痛，呜呜地哭道："我最亲爱的朋友害了病，又不——不——不肯见我。"

"她没有什么大病。亲爱的布立葛丝小姐，你请放心吧。她不过是吃得太多闹出来的病，并不是什么大事。她现在身上好的多了。过不了几时就会复原的。眼前虽然软弱些，不过是因为放了血，用了药的缘故，不久就会大好的。你尽管放心，再喝杯酒吧。"

布立葛丝呜咽道："她为什么不叫我去看她呢？唉，玛蒂尔达，玛蒂尔达，我二十三年来尽心待你，难道你就这样报答可怜的亚萝蓓拉吗？"

那姑娘顽皮的微微一笑，说道："别哭得太伤心，可怜的亚萝蓓拉。她说你伺候她不如我伺候得周到，所以不要你去。我自己并不喜欢一宵一宵的熬夜，巴不得让你做替工呢。"

亚萝蓓拉说："这多少年来，不就是我伺候那亲爱的人儿吗？到如今——"

"到如今她宁可要别的人伺候了。病人总是这样由着性儿闹，咱们也只能顺着她点儿。她病好了以后我就要回去的。"

亚萝蓓拉把鼻子凑着嗅盐瓶子猛吸了一口气，嚷嚷着说：

"不会的！不会的！"

那姑娘脾气和顺得叫人心里发毛。她说："布立葛丝小姐，不会好呢还是不会走？得了吧，再过两个星期她就复原了。我也得回到女王的克劳莱，去教我的小学生，去瞧瞧她们的妈妈——她比咱们的朋友病得厉害多了。亲爱的布立葛丝小姐，你不必妒忌我。我不过是个可怜的小姑娘，无依无靠，也不会害人。我并不想在克劳莱小姐那儿讨好献勤，把你挤掉。我走了一个星期她准会把我忘掉。她跟你是多年的交情，到底不同些。给我点儿酒，亲爱的布立葛丝小姐，咱们交个朋友吧。我真需要朋友。"

布立葛丝是个面软心慈的人，禁不住人家这么一求情，一句话都答不上来，只能伸出手来和她拉手，可是心里想着她的玛蒂尔达喜新厌旧丢了她，愈加伤心。半点钟之后，饭吃完了，利蓓加·夏泼小姐（说出来，你要诧异了；我很巧妙的说了半天"那位姑娘"的事，原来是她），回到楼上病房里，摆出怪得人意儿的嘴脸，和颜悦色的把可怜的孚金请出去。"谢谢你，孚金姑娘，没有事了。你安排得真好。我用得着你的时候再打铃叫你吧。"孚金答道："多谢您。"她走下楼来，一肚子炉火，又不好发作，憋得好难受。

她走过二楼楼梯转角的时候，客厅的门忽然开了。难道是她满肚子的怨气把门吹开了不成？不是的，原来是布立葛丝偷偷的开了门。她正在充防护。受了怠慢的孚金一路下楼，脚底下鞋子咯咯吱吱，手里拿着的汤碗汤匙叮叮当当，布立葛丝听得清楚着呢。

孚金一进门，她就问道："怎么样，孚金？怎么样？"

孚金摇头说道："越来越糟糕，布小姐。"

"她身子不好吗？"

"她只说了一句话。我问她是不是觉得舒服点儿了，她就叫我别嚼舌头。唉，布小姐，我再也想不到会有今天哪！"孚金说了这话，淌下泪来。

"孚金，这个夏泼小姐究竟是什么人？圣诞节的时候，我去拜望我的知心贴己的朋友们，里昂纳·德拉米牧师和他可爱的太太，在他们文雅的家庭里消受圣诞节的乐趣，没想到凭空来了一个陌路人，把我亲爱的玛蒂尔达的一颗心夺了去。唉，玛蒂尔达，你到今天还是我最心爱的朋友呀！"听了她用的字眼，就知道布立葛丝小姐是个多情人儿，而且有些文学家风味。她出过一本诗集，名叫"夜莺之歌"，是由书店预约出版的。

孚金答道，"布小姐，他们都着了她的迷了。毕脱爵士不肯放她走，可是又不敢违拗克劳莱小姐。牧师的女人别德太太也是一样，跟她好得一步不离。上尉疯了似的喜欢她。克劳莱先生妒忌得要死。克劳莱小姐害了病以后，只要夏泼小姐伺候，别的人都给赶得远远的。这个道理我就不明白，他们准是遭了什么魔魔法儿了。"

那天晚上利蓓加通宵守着克劳莱小姐。第二夜，老太太睡得很香，利蓓加才能在东家床头的一张安乐椅上躺下来睡了几个钟头。过了不久，克劳莱小姐大大地复原了，利蓓加对她惟妙惟肖地模仿布立葛丝伤心痛哭，逗得她哈哈大笑。布立葛丝淌眼泪，擤鼻子，拿着手帕擦眼泪的样子，利蓓加学得入木三分，克劳莱小姐看得真高兴。给她治病的医生们见她兴致勃勃，也都十分欣喜。因为往常的时候，这位耽于逸乐的老太太只要害了一点儿小病，便愁眉苦脸的只怕自己活不长。

克劳莱上尉天天来向利蓓加小姐探听他姑妈的病情。老太太身体恢复得很快，所以可怜的布立葛丝竟得到许可进房去见她的东家。她是个多愁善感的人，她的心上压着怎么样一股热情，她和朋友见面时有什么动人的情景，凡是软心肠的读者一定想象得出的。

不久克劳莱小姐就常把布立葛丝叫进屋里去做伴。利蓓加惯会当面模仿她，自己却绷着脸一丝儿笑容都没有，她那贤明的东家瞧着格外觉得有趣。

克劳莱小姐怎么会害了这场倒霉的病，逼得她离开兄弟从乡下赶回家来的呢？这缘故说来很不雅，在我这本格调高雅、情感丰富的小说里写出来，老大不得体。你想，一位向来在上流社会里出入的斯文妇人，忽然因为吃喝过度而害起病来，这话怎地好出口？她自己定要说病是天气潮湿引出来的，其实却因为她在牧师家里吃晚饭，有一道菜是滚热的龙虾，她吃得津津有味，吃了又吃，就此病了。玛蒂尔达这一病害得真不轻，照牧师的口气说话，她差点儿没"翘了辫子"。阖家的人急煎煎地等着看她的遗嘱。罗登·克劳莱盘算下来，伦敦热闹季节开始以前，自己手里至少能有四万镑。克劳莱先生挑了许多传教小册子，包成一包送给她；这样，她从名利场和派克街走到那世界去的时候，心上好有个准备。不料沙乌撒浦登地方有个有本领的医生及时赶到，打退了那几乎送她性命的龙虾，养足了她的力气，总算让她又回到伦敦。情势这么一转，男爵大失所望，心里的懊恼全露在脸上。

那一阵大家忙着服侍克劳莱小姐，牧师家的专差隔一小时送一趟信，把她的病情报告给关心她的人听。那时在他们房子里还有一位太太在害重病，却没有一个人理会——那就是克劳莱夫人。那位有本领的医生也曾给她看过病，诊断过后，只是摇头。毕脱爵士没有反对医生去看她，因为反正不用另外出诊金。这以后大家随她一个人在房里病下去，仿佛她是园里的一根野草，没人管她。

小姑娘们也得不到老师的极有益处的教导了。夏泼小姐看护病人真是知疼知热，因此克劳莱小姐只要她一个人伺候吃药。孚金在她主人离开乡下之前早就失去了原来的地位。忠心的女佣人回到伦敦以后，看着布立葛丝小姐也和自己一样吃醋，一样受到无情无义的待遇，心里才气得过些。

克劳莱上尉因为他姑妈害病，续了几天假，在乡下做孝顺侄儿，天天守在前房伺候着（她睡的是正房，进去的时候得穿过蓝色小客厅）。他的父亲也总在那儿和他碰头。只要他在廊里走过，不管脚步多么轻，老头儿准会把房门打开，伸出鬣狗似的脸儿对他瞪眼。他们两个为什么你看着我我防着你呢？想必父子俩赌赛谁的心好，都要对睡在正房受苦的人儿表示关切。利蓓加常常走出来安慰他们；说得恰切一些，她有的时候安慰爸爸，有的时候安慰儿子。两位好先生都着急得很，只想从病人的亲信那里刺探消息。

她每天下楼半点钟吃晚饭，一面给那父子两人做和事佬。饭后她又上楼去，以后便一夜不出来了。这时罗登便骑马到墨特白莱镇上第一百另五师的军营里去；他爸爸和霍洛克斯做伴，一面喝掺水的甜酒。利蓓加在克劳莱小姐病房里的两星期，真是再耗精力也没有了。她的神经仿佛是铁打的，病房里的工作虽然又忙又烦，她倒仍旧不动声色。

直到后来她才把当日怎么辛苦的情形说给别人听。平时一团高兴的老太太害了病就闹脾气。她生气，睡不着觉，怕死；平日身体好，不理会死后到底是什么光景，病了之后越想越怕，失心疯似的整夜躺着哼哼唧唧。年轻美丽的读者啊，请你想一想，这老婆子自私，下流，没良心，不信宗教，只醉心于尘世上的快乐，她心里又怕，身上又痛，使劲儿在床上打滚，而且没戴假头发，像个什么样子！请你想想她那嘴脸，赶快趁现在年纪还小的时候，努力修德，总要有爱人敬天的心才好。

夏泼拿出坚韧不拔的耐心，守在这堕落的老婆子的病床旁边。什么事都逃不过她的眼睛。她像个持家勤俭的总管，在她手里没一件是无用的废物。好久以后，她谈起克劳莱小姐病中的各种小故事，羞得老太太脸上人工的红颜色后面又泛出天然的红颜色来。克劳莱小姐病着的时候，蓓基从来不发脾气。她做事爽利，晚上醒睡，而且因为良心干净，放倒头便睡熟了。在表面上看起来，她仍旧精神饱满。她的脸色比以前微微白些，眼圈比以前稍微黑些，可是从病房出来的时候总是神清气爽，脸上笑眯眯的，穿戴也整齐。她穿了梳妆衣戴了睡帽，竟和她穿了最漂亮的晚礼服一样好看。

上尉心里正是这么想。他爱她爱得发狂，不时手舞足蹈做出许多丑态来。爱神的倒钩箭头把他身上的厚皮射穿了。一个半月来他和蓓基朝夕相处，亲近的机会很多，已经到了神魂颠倒的地步。不知怎的，他心里的秘密，不告诉别人，偏偏去告诉他婶子，那牧师的太太。她和他嘲笑了一会，说她早就知道他着了迷，劝他小心在意，可是又不得不承认夏泼这个小东西确是又聪明，又滑稽，又古怪，性情又好，心地又单纯忠厚，全英国找不出第二个这样的角色来。她警告罗登不准轻薄她，拿她当作玩意儿，要不然克劳莱小姐决不饶他，因为老太太本人也爱上了那家庭教师，把夏泼当女儿似的宝贝着呢。她说罗登还是离开乡下回到军队里去，回到万恶的伦敦去，别再戏弄这么一个纯洁的小可怜儿。

好心的牧师太太瞧着罗登可怜，有心顾惜他，时常帮他和夏泼小姐在牧师的宅子里相会，让他有机会陪她回家，这些事上面已经说过了。太太小姐们，有一种男人，在恋爱的时候是不顾一切的，明明看见人家安排下叫他们上钩的器具，仍旧会游过来把鱼饵一口吞下，不到一会儿功夫便给钓到岸上，只有喘气的份儿了。罗登看得很清楚，别德太太利用利蓓加来笼络他是别有用心的。他并不精明，可是究竟是个走外场的人，在伦敦交际场里又出入了几个年头，也算通明世故的了。有一回别德太太对他说了几句话，使他的糊涂脑袋里豁然开朗，自以为识破了她的计谋。

她说："罗登，听我预言，总有一天夏泼小姐会做你的一家人。"

那军官打趣她道："做我的什么人呢？难道做我的堂弟妇吗？詹姆士看中了她啦？"别德太太的黑眼睛里冒出火来，说道："还要亲得多。"

"难道是毕脱不成？那不行，这鬼鬼祟祟的东西配不上她的，再说他已经定给吉恩·希伯香克斯小姐了。"

"你们这些男人什么都看不见。你这糊涂瞎眼的人哪，克劳莱夫人要有个三长两短，夏泼小姐就要做你的后娘了。你瞧着吧！"

罗登·克劳莱先生一听这话，诧异得不得了，大大地打了个唿哨儿。他不能反驳他婶子。他父亲喜欢夏泼小姐，他也看得出来；老头儿的性格，他也知道；比那老东西更不顾前后的人——他说到这里没有再说下去，大声打了个唿哨。回家的时候，他一边走一边捻胡子，自以为揭穿了别德太太的秘密。

罗登想道："糟糕！糟糕！哼！我想那女的一心想断送那可怜的女孩儿，免得她将来做成了克劳莱夫人。"

他看见利蓓加独自一个人的时候，就摆出他那斯文温雅的态度打趣她，说自己的爸爸爱上了她。她很轻蔑地扬起脸儿睁着眼说道："他喜欢我又怎么样？我知道他喜欢我，不但他，还有别人也喜欢我呢。克劳莱上尉，你难道以为我怕他吗？难道以为我不能保全自己的清白吗？"这位姑娘说话的时候，样子尊贵得像个皇后。

捻胡子的人答道："嗳唷，啊呀，我不过是警告你罢了。呃，留点儿神，就是了。"

她眼中出火，说道："那么你刚才说的话的确含有不正当的意思。"

傻大个儿的骑兵插嘴道："唉，天哪，唔，利蓓加小姐。"

"难道你以为我穷，我没有亲人，所以也就不知廉耻了吗？难道有钱人不尊重，我也得跟着不尊重吗？你以为我不过是个家庭教师，不像你们汉伯郡的世家子弟那么明白，那么有教养讲情义，是不是啊？哼！我是蒙脱莫伦西家里出来的人。蒙脱莫伦西哪一点比不上你们克劳莱家呢？"

夏泼小姐一激动，再一提起她的不合法的外婆家，她的口舌便添上一点儿外国腔，这样一来，她响亮清脆的声音更加悦耳。她接着说道："不行！我能忍受贫穷，可是不能忍受侮辱。人家撂着我不理，我不在乎，欺负我可不能够！更不准——更不准你欺负我。"她越说越激烈，感情汹涌，索性哭起来了。

"唉，夏泼小姐——利蓓加——天哪——我起誓——给我一千镑我也不敢啊。利蓓加，你别！"

利蓓加回身就走。那天她陪着克劳莱小姐坐了马车兜风（那时候老太太还没有病倒），吃晚饭的时候谈笑风生，比平常更活泼。着了迷的近卫兵已经屈服，只管对她点头说疯话，拙口笨腮地央告，利蓓加只装不知道。这一次两军相遇，这类的小接触一直没有停过，结局都差不多，说来说去的也叫人腻味。克劳莱重骑兵队每天大败，气得不得了。

女王的克劳莱镇上的从男爵只怕眼睁睁地瞧着他姊姊的遗产给人抢去。若不为这缘故，他再也不肯让那么有用的一个教师离开家里，累他的两个女儿荒疏了学业。利蓓加做人又有趣又有用，屋里少了她，真像沙漠似的没有生趣。毕脱爵士的秘书一走，信件没人抄，没人改，账目没人记，家中大小事务没人经管，定下的各种计划也没人执行。他写给利蓓加好些信，一会儿命令，一会儿央告，要她回去。只要看他信上的拼法和文章，就知道他实在需要一个书记。从男爵差不多每天都要寄一封信给蓓基，苦苦求她回家——信是由公共运输机关代送的，不要邮费。有的时候他也写信给克劳莱小姐，痛切地诉说两个小姑娘学业荒疏到什么程度。克劳莱小姐看了也不理会。

布立葛丝并没有给正式辞退，不过她只领干薪，若说她还在陪伴克劳莱小姐，却真是笑话了。她只能在客厅里陪着克劳莱小姐的胖小狗，偶然也在管家娘子的后房和那嗒丧着脸的孚金谈谈话。在另外一方面，克劳莱小姐虽然绝对不准利蓓加离开派克街，可也并没有给她一定的职务位置。克劳莱小姐像许多有钱人一样，惯会使唤底下人，尽量叫他们给自己当差，到用不着他们的时候，再客客气气地赶他们走。好些有钱人的心目中压根儿没有良心这件东西，在他们看来，有良心反而不近人情。穷人给他们做事，原是该当的。苦恼的食客，可怜的寄生虫，你也不必抱怨。你对于大依芙斯①的交情究竟有几分是真的呢？恐怕和他还给你的交情不相上下吧？你爱的是钱，不是人。倘若克罗塞斯②和他的听差换了地位，到那时候，可怜虫，你愿意奉承谁呢？反正你自己心里也是够明白的。

利蓓加心地老实，待人殷勤，性情又和顺，随你怎么样都不生气。她对老太太十分尽心，不但出力服侍，又替她做伴解闷。话虽这么说，我看这位精明的伦敦老太太对她仍旧有些信不过。克劳莱小姐准觉得没人肯为别人白白地当差。如果她把自己的标准来衡量别

---

① 大依芙斯在拉丁文就是富人的意思。拉丁文"圣经"中"路加福音"第十六章里的有钱人就叫这名字。

② 里底亚王国孟姆那迪王朝最后的一个君主，被称为全世界最富有的人。后来被波斯王沙勒斯所征服。

人的话，当然不难知道别人对她是怎么一回事。说不定她也曾想到，倘若一个人不把任何人放在心上，当然不能指望有什么真心朋友。

　　眼前她正用得着蓓基，有了她又舒服又方便，便送给她两件新衣服，一串旧的项链，一件披肩。她要对新相知表示亲热，便把老朋友一个个地痛骂。从她这种令人感动的行为上，就知道她对于利蓓加是真心地看重。她打算将来大大的给利蓓加一些好处，可也不十分清楚究竟是什么好处；也许把她嫁给那个当助手医生的克伦浦，或者安排她一个好去处，再不然，到伦敦最热闹的当儿，她用不着利蓓加了，就把她送回女王的克劳莱，这倒也是个办法。

　　克劳莱小姐病体复原，下楼到客厅里来休息，蓓基就唱歌给她听，或是想别的法子给她解闷。后来她有气力坐车出去散心了，也还是蓓基跟着出去。有一回，她们兜风兜到一个你想不到的地方，原来克劳莱小姐心地好，重情分，竟肯为利蓓加把马车赶到勃鲁姆斯白莱勒塞尔广场，约翰·赛特笠先生的门口。

　　不消说，她们到这里来拜访以前，两个好朋友已经通过好几次信了。我跟你直说了吧，利蓓加在汉泊郡的时候，她们两人永远不变的交情已经淡薄了不少。它仿佛已经年老力衰，只差没有死掉。两个姑娘都忙着盘算自己切身的利益：利蓓加要讨好东家，爱米丽亚的终身大事也使她心无二用。两个女孩儿一见面，立刻扑向前来互相拥抱。只有年轻姑娘才有那样的热忱。利蓓加活泼泼兴冲冲地吻了爱米丽亚。爱米丽亚呢，可怜的小东西，只怪自己冷淡了朋友，觉得不好意思，一面吻着利蓓加，一面羞得脸都红了。

　　她们第一次见面的时间很局促，因为爱米丽亚恰巧准备出门散步。克劳莱小姐在马车里等着，她的佣人们见车子到了这么一个地段，都在诧异。他们光着眼瞧着老实的黑三菩，勃鲁姆斯白莱这儿的听差，只当此地土生土长的人都像他一般古怪。后来爱米丽亚和颜悦色的走出大门（利蓓加一定要领她见见克劳莱小姐，她说老太太十分愿意结识她，可是身体不好，不能离开马车）——我刚才说到爱米丽亚走出大门，派克街穿号衣的贵族们看见勃鲁姆斯白莱这区里竟有这样的人物，都觉得惊讶。爱米丽亚虽然腼腆些，样子却是落落大方，上前见了她朋友的靠山。老太太看她脸蛋儿长得可人意，见了人羞答答的脸红，非常喜欢。

　　她们拜访以后，坐车向西去了。克劳莱小姐道："亲爱的，她的脸色多好看！声音多好听！亲爱的夏泼，你的小朋友真讨人喜欢。几时叫她上派克街来玩儿，听见吗？"克劳莱小姐审美的见解很高明。她赏识大方的举止，怕羞一点不要紧，反而显得可爱。她喜欢漂亮的脸庞儿，就好像她喜欢美丽的图画和精致的瓷器一样。她醉心爱米丽亚的好处，一天里头连着说起她五六回。那天罗登·克劳莱到她家里来做孝顺侄儿，吃她的鸡，她也对他说起爱米丽亚。

　　利蓓加一听这话，当然立刻就说爱米丽亚已经订过婚了。未婚夫是一位奥斯本中尉，两个人从小是朋友。

（陈红玉编，摘自杨必译：《名利场》，人民文学出版社，1990）

第三十三章　夏洛蒂·勃朗特及《简·爱》

第一节　夏洛蒂·勃朗特简介

夏洛蒂·勃朗特，英国 19 世纪杰出的女作家，以小说《简·爱》闻名于世。她于1816 年出生于英国北部约克郡的豪渥斯，父亲是当地圣公会的一个穷牧师，母亲是家庭主妇。夏洛蒂的两个妹妹，即艾米莉·勃朗特和安妮·勃朗特，也是著名作家，因而在英国文学史上她们常有"勃朗特三姐妹"之称。夏洛蒂·勃朗特的童年生活很不幸。1821 年，即她 5 岁时，母亲便患癌症去世。父亲收入很少，全家生活既艰苦又凄凉。豪渥斯是穷乡僻壤的一个山区，年幼的夏洛蒂和弟妹们只能在沼泽地里游玩。好在父亲是剑桥圣约翰学院的毕业生，学识渊博，他常常教子女读书，指导他们看书报杂志，还给他们讲故事。这是自母亲去世后孩子们所能得到的唯一的乐趣，同时也给夏洛蒂以及两个妹妹带来最初的影响，使她们从小就对文学产生了浓厚的兴趣。1824年，姐姐玛丽亚和伊丽莎白被送到豪渥斯附近的柯文桥一所寄宿学校去读书，不久夏洛蒂和妹妹艾米莉也被送去那里。当时，只有穷人的子女才进这种学校。那里的条件极差，校规却非常严厉，孩子们终年无饱食之日，又要受体罚，每逢星期天，还得冒着严寒或者酷暑步行几英里去教堂做礼拜。学校里流行伤寒，夏洛蒂的两个姐姐都染上此病，被送回家后没几天便去世了。这之后，父亲不再让夏洛蒂和艾米莉去那所学校，但那里的一切已在夏洛蒂的心灵深处留下了可怕的印象。这些经历后来在她的小说《简·爱》中作了详细描绘，小说中海伦的形象，就是以她的姐姐玛丽亚为原型的。夏洛蒂和妹妹们的兴趣极其广泛。她们一起学音乐、弹琴、唱歌、画画，而最使她们感兴趣的却是学习写作。夏洛蒂 14 岁时，已写了许多小说、诗歌和剧本，据她自己开列的书单，她共写了 11 卷之多，每卷 60 到 100 页。15 岁时，夏洛蒂进伍勒小姐在罗海德办的学校读书。几年后，她为了挣钱供弟妹们上学，又在这所学校里当了教师。她一边教书，一边继续写作，但至此还没有发表过任何作品。困窘的经济状况以及艰苦的生活条件并没有使勃朗特三姐妹的意志消退，也没有减弱她们的创作热情。三姐妹开始埋头写小说。这时，夏洛蒂已 30 岁。她花了将近一年时间，写成一部长篇小说，取名《教师》；妹妹艾米莉和安妮则分别写了长篇小说《呼啸山庄》和《艾格尼斯·格雷》。她们把三部小说一起寄给出版商。不久，出版商回复她们说，《呼啸山庄》和《艾格尼斯·格雷》已被接受，但夏洛蒂的《教师》将被退回。这对夏洛蒂来说可是个不小的打击。但她没有退缩，反而憋着一股气又开始写另一部长篇小说——《简·爱》。《简·爱》寄出后受到出版商的赏识，两个月后就出版了，而夏洛蒂两个妹妹的小说在《简·爱》出版后方才出版。这三部小说为三姐妹带来极大的荣誉。夏洛蒂 36 岁时，与牧师亚瑟·贝尔·尼古拉结婚。婚后生活很幸福，但好景不长，不久她便一病不起，于 1855 年 3 月 31 日离开了人世。

第二节　《简·爱》简介

　　《简·爱》是女性文学的一部经典，是一部带有自传色彩的长篇小说。小说中主人公的人生追求有两个基本旋律：富有激情、幻想、反抗和坚持不懈的精神；对人间自由幸福的渴望和对更高精神境界的追求。简·爱是一个出身贫寒的孤儿，她从小寄养在舅母家，遭到虐待，后来舅母把她送进慈善机关举办的寄宿学校。在那里，她在物质上受尽苛刻待遇，精神上又感到屈辱。为了追求"独立"生活，她离开寄宿学校后，到一个庄园主家里当家庭教师。家庭教师的生活，是她人生的转折点。这里一切都好，只是主人罗切斯特先生有点神秘，也很阴郁，对她的态度也时而亲近，时而疏远。简·爱深知家庭教师的地位，她所强烈要求的是精神的平等。经过几番较量，她和罗切斯特终于达到了沟通，并双双坠入情网。正当他们步入婚姻的殿堂之时，有人揭发罗切斯特是有妻室的，不能结婚。罗切斯特带领众人看了关在三楼的一个疯女人（即他的妻子），那女人屡次想害死罗切斯特。简·爱深受刺激，离开了庄园。约翰教士收留了她，并向她求婚。正当她犹豫不决时，忽然在冥冥中似乎听到了罗切斯特的呼喊。于是她重返庄园，发现庄园已被罗切斯特的疯妻子烧成了一片废墟，她自己也葬身于火海。罗切斯特为救妻子被烧得双目失明。此时，简·爱毅然决然地嫁给了他。男女主人公的爱情是全书的重心。它与郎才女貌的浪漫模式无关。简·爱鄙视徒有仪容、贪求钱财的上流社会妇女，以自己"清高"和"独立"的个性博取了庄园主人罗切斯特的爱情，并最终与他喜结连理，获得了"个人幸福"。这本小说告诉我们，人的最美好的生活是人的尊严加爱，小说的结局给女主人公安排的就是这样一种生活。这是一部具有浓厚浪漫主义色彩的现实主义小说，以浓郁抒情的笔法和深刻细腻的心理描写，引人入胜地展示了男女主人公曲折起伏的爱情经历，歌颂了摆脱一切旧习俗和偏见，扎根于相互理解、相互尊重的基础之上的深挚爱情，具有强烈的震撼心灵的艺术力量。其最为成功之处在于塑造了一个敢于反抗，敢于争取自由和平等地位的妇女形象。毫无疑问，熟悉夏洛蒂经历的人们很容易发现，女主人公的某些故事，与作家的身世相关；特别是关于寄宿学校的状况，关于当家庭教师的经历，虽写的是简·爱，其实就是夏洛蒂对往事的追忆和展现。这是作家"诗意的生平"的写照。书中呈现给读者的是一个有尊严和寻求平等的简·爱，这个看似柔弱而内心极具刚强韧性的女子也因为这部作品而成为无数女性心中的典范。

第三节　《简·爱》选段

第三十六章

　　……

　　我怀着怯生生的喜悦指望能看到一座宏伟的宅子，却只瞧见了一堆焦黑的废墟。

　　真的，根本没有必要缩在一根门柱背后！——去伸头窥视卧室的窗格，生怕里面有人在走动！没有必要去倾听开门声，——想象着石路和沙砾小径上有脚步声传来！草坪、庭院都已被践踏和荒芜了；宅门空空地大张着嘴。宅子正面正像我有一次在梦中见过的那样，只剩垛薄壳似的墙，很高，看上去很脆弱，上面敞着一个个没有玻璃的窗洞；既没有屋顶，没有雉堞，也没有烟囱，——一切全倒塌在里面了。

而且四周有一片死一般的寂静，一种寂寞荒凉的冷落感。

难怪写信给这里的人从来没有得到过回音，就像向教堂边厢里的墓穴诵读使徒书似的。石块上可怕的焦黑色说明这宅子是遭到了怎样的劫运而倒塌的，——是遭了火灾。可是是怎么烧起来的呢？跟这场灾难相连着有什么样的故事呢？随之而来的除了灰泥、大理石和木构件之外，还有没有其他的损失？是否也有人命跟财产一样遭到了劫难？如果有的话，又是谁？可怕的问题啊，可这里没有一个人来回答，——连无声的标志、不会说话的证物都找不到。

绕过断墙残壁，穿过遭到浩劫的宅子内部，我看到了这场灾难并非新近发生的迹象。我觉得一场场冬雪曾飘过那空洞洞的拱门，一阵阵冬雨曾打进那些空荡荡的窗根，因为从那些湿漉漉的垃圾堆中，春天已经孕育出植物来，到处荒草蔓生，从石块和落下来的橡木缝隙间钻出来。而同时，唉！这废墟的遭难的主人又在哪儿呢？在哪个国度？在什么样的好运气保佑下？我不由自主地把目光投向了大门旁边那灰色的教堂尖塔，问着："难道他已随着戴默尔·德·罗切斯特，一起住进了后者那狭窄的大理石住所了么？"

这些问题必须得到某种解答。除了上客栈去，是哪儿也得不到的，因此我很快就赶回那儿。老板亲自给我把早餐送到了厅上。我请他关好门坐下来，我有些问题要问他。可是等他遵命照办了，我却简直不知如何开口才好，我是那么害怕听到可能得到的回答。不过我刚刚离开的那副荒凉的景象，已经使我对听到一番凄惨的叙述有了几分准备。老板是个样子稳重的中年人。

"你一定知道桑菲尔德府吧？"我终于勉强开了口。

"是的，小姐，我以前在那儿待过。"

"是么？不是我在那儿的时候吧？我想，我不认识你。"

"我当过已故罗切斯特先生的管事。"他补了一句。

已故！我仿佛受到了我一直在竭力躲避的重重的一击。

"已故！"我气都透不过来地说。"他死了吗？"

"我是指现在的那位绅士爱德华先生的父亲。"他解释道。我又透过了气来，我的血液又重新流动了。听说爱德华先生——我呼罗切斯特先生（上帝保佑他，不管他在哪儿！）至少还活着，我完全安心了……

"罗切斯特先生这会儿是住在桑菲尔德府里吗？"我问他，心里自然明知道回答是什么，但仍想尽量拖延着不去直接探问他到底在哪里。

"不，小姐，——唉，不！没有人住那儿了。我猜想你不是这一带的人吧，要不你准已经听说去年秋天发生的事情了，桑菲尔德简直成了一堆废墟，它刚巧在秋收前后被一场火烧毁了。真是场可怕的灾难！那么多贵重的财产全给毁掉了，几乎一件家具都没法抢出来。火是半夜三更着起来的，还没等救火车从米尔科特赶来，宅子已成了一片火海。那景象真是可怕，我亲眼看到的。"

"半夜三更！"我喃喃说着。是啊，那一向都是桑菲尔德出事的时刻。"发现了是怎么烧起来的吗？"

"他们猜想到了，小姐，——他们猜想到了。说实话，我敢说那是十拿九稳，没什么可怀疑的。你也许不知道，"他把椅子稍微向桌子挪近一些，放低了声音接下去说，"有一位太太，——一个……一个疯子关在宅子里吧？"

"我听说过一点。"

"她给非常严密地关在里面，小姐，大家一连好多年都还不十分肯定到底是不是有她这个人。谁都没有看见过她，他们只听到传说府里有这么个人，她到底是谁，是什么样子，就很难猜测了。他们说爱德华先生是从国外把她带来的，有些人相信她从前是他的情妇。可是一年前发生了一件古怪的事，——一件挺古怪的事。"

我现在担心要听到我自己的故事了。我竭力想提醒他回到正题上来。

"这个太太又怎么样呢？"

"这个太太，小姐，"他回答道，"原来是罗切斯特先生的妻子！发现这件事的缘由真是奇怪极了。当时有一位年轻小姐，宅里的家庭女教师，被罗切斯特先生爱……"

"可是那场大火……"我提醒他说。

"我马上就要讲到了，小姐，——被罗切斯特先生爱上了。佣人们说从来没见有谁爱得像他那么着迷过，他整天地盯着她。他们常常窥测她，——你知道，小姐，佣人们总是这样的，——他把她看得比什么都重，除了他，谁也不觉得她真有那么漂亮。她是个挺小的小个儿，他们说她几乎就像个孩子。我自己从来没见过她，不过我听女佣人莉亚说起过她。莉亚是挺喜欢她的。罗切斯特先生将近四十了，而这个家庭女教师还不到二十；你知道，像他那样年纪的先生爱上了小姑娘，往往会像中了魔似的。

"这段故事你下次再给我讲吧，"我说，"眼前我有特殊缘故想听听关于火灾的全部情况。是不是疑心那个疯子，罗切斯特太太，跟失火有关呢？"

"你真说中了，小姐，事情明摆着就是她，而且只能是她，放的这把火。她由一个叫普尔太太的女人照管着，——那是个干她们那一行的能干女人，也非常可靠，只是有个毛病，——许多像她们那样干护士和看守的人都有的毛病，——她老给自己专门藏着一瓶杜松子酒，而且时常多喝那么一口。这是可以体谅的，因为她干那活日子实在不大好过。但总归还是件有危险的事，因为普尔太太一灌饱了酒和水就呼呼大睡，那个疯太太狡猾得像巫婆，趁机会就会掏走她口袋里的钥匙，逃出房间来，在宅子里到处乱转悠，心血来潮地什么吓人的坏事都能干得出来。据说有一回她还差一点把她丈夫烧死在床上，不过这事我不大清楚。但这天夜里，她是先把她紧邻那间屋子里的帐幔点着了，然后来到下面一层楼里，摸到那个家庭教师住过的那个房间里——（她不知怎么好像有点知道近来发生的事，所以心怀怨恨似的）——点着了那儿的床，幸好并没有人睡在那里。女教师两个月之前就逃走了，尽管罗切斯特先生千方百计找她，仿佛她是世上他最心爱的宝贝似的，可是却一个字的消息也打听不到。他因此变得暴跳如雷。他一向不是个狂暴的人，可自从失掉了她以后变得挺可怕。他还一定要独自一个人待着。他把管家费尔法克斯太太打发到远处她的亲友家去住，不过他做得挺大方，给她规定了一笔终身的年金，这是她受之无愧的，——她确是一位很好的女人。阿黛尔小姐，他监护的一个孩子，给送进了学校。他跟所有的乡绅们断绝了来往，自己一个人像个隐士似的关在宅子里。"

"什么！他没离开英国？"

"离开英国？哪儿的话，没有！他连门槛都不跨出一步，除非在夜里，他会像个鬼魂似的在庭院和果园子里转来转去，就像神智错乱了似的，——据我看确实是这样，因为在那个小鬼头女教师拗了他的性子之前，小姐，你从来没见过哪个先生比他更有生气、更有胆量、更有头脑的了。他并不像有些人那样一味喝酒、打牌或者赛马，他也并不怎么漂亮，可是他自有他自己那种一个男人所能有的勇敢和坚强。你知道，他还是个孩子时，我就熟悉他。对我来说，我常常但愿那位小姐在来桑菲尔德府之前就已经淹死在大海里。"

"那么起火时罗切斯特先生正在家里？"

"是的，他的确是在家里，而且在上上下下全是一片大火的时候，他还跑上顶楼去把佣人们从床上喊起来，亲自扶他们下楼，——又跑回去要把他的疯子妻子从她的小房间里救出来。这时候大家喊着告诉他，说她已经爬上屋顶，站在那儿扬起胳膊在雉堞上挥舞着，大叫大嚷得一英里以外都听得见。我是亲眼看见了她，还听见她喊叫的。她是个大个子女人，头发又长又黑。她站在那儿时，我们看得见她的头发在火光中飘动。我，还有另外几个人亲眼目睹罗切斯特先生通过天窗爬到了屋顶上。我们听见他喊着'伯莎!'，看见他朝她走过去。这时候，小姐，她大叫了一声，往下一跳，转眼之间她就躺在了石路上摔得稀烂。"

"死了么?"

"死了! 唉，死得就跟溅满她的血和脑浆的石头一样。"

"天哪!"

"你说得一点不错，小姐，那真是可怕!"

他打了个寒噤。

"后来呢?"我追问他。

"唉，小姐，后来宅子就烧成了一片平地，现在只剩下几段墙壁还竖在那儿了。"

"还死了别的人吗?"

"没有，——说不定有的话还好一些。"

"你这话是什么意思?"

"可怜的爱德华先生!"他突然感叹道，"我从没料到还会看到这样的事! 有人说他把第一次结婚的事瞒着，还有个妻子活在那儿他就想娶第二个，这是对他公平的报应。可拿我来说，我很可怜他。"

"你不是说他还活着吗?"我喊了起来。

"对，对，他还活着，不过许多人觉得他还不如死了的好。"

"那为什么? 怎么回事?"我的血又凉了。"他到底在哪儿?"我问道。"他在英国么?"

"对，——对，——他是在英国，——他确定是要死在这儿了。"

这有多折磨人啊! 可这人好像决心要尽量把它拖长一点似的。

"他全瞎了。"他终于说了出来。"是的，——全瞎了，——爱德华先生。"

我原来担心比这还糟。我担心他是疯了。我竭力定下心来，问他这祸事是怎么造成的。

"这全怪他自己的勇气，从另一方面讲，小姐，你也可以说是怪他的好心。在所有的人全都离开宅子之前，他绝不离开。等到罗切斯特太太从雉堞上跳了下来，他终于从大楼梯上下来的时候，轰隆一声，——整个房倒塌了。他从废墟底下给拖了出来，还活着，但伤得很惨。一根房梁倒下来，倒正好护住了他一点，但一只眼珠给砸了出来，一只手被压烂得那么厉害，医生卡特先生不得不把它马上截掉。另外一只眼睛发了炎，他连这一只的视力也失掉了。他如今真是毫无指望，——又瞎，又残。"

"他到底在哪儿? 他如今住在哪儿?"

"在芬丁，在他一个农庄庄园住宅里，离这儿三十英里开外，是个挺荒凉的地方。"

"谁跟他在一起呢?"

"老约翰夫妻俩，别的人他全不要。他完全垮了，听人说。"

"你有车么，不管什么样的?"

"我们有辆轻便马车，小姐，挺漂亮的一辆车。"

"马上备好它。要是你的车夫今天天黑前能把我送到芬丁，我付给你和他比平常多一倍的钱。"

第三十七章

芬丁的庄园住宅是座相当古旧的建筑，中等大小，结构上朴实无华，深深隐在一座树林里。我以前就听说过。罗切斯特先生常说起它，有时候也到这儿来。他父亲买下这处产业是为了作狩猎林场。他本想把房子出租，但因为地点不好，不适于健康，找不到租户。因而芬丁就一直空着，也没陈设家具，只有两三间房子布置了一下，以供狩猎季节老爷来这儿打猎时住。

我就在一个正逢天空阴沉、寒风刺骨、细雨袭人的傍晚，天刚要黑下来的时候，朝着这座房子走来。我是按原先许诺的双倍车钱把车子和车夫打发走以后，步行走完最后一英里路的。一直走到距离住宅只有很短的路程时，还是一点也望不见它——它四周阴森森的树林里的树木，实在是长得太浓密了。两根花岗岩石柱间的铁门告诉了我该从哪儿进去。而一进了门，我就立即发现自己置身在密林笼罩下的朦胧光影之中。在树节累累的苍老树干之间和枝叶交叉形成的拱门底下，一条荒草丛生的小径沿着林间通道蜿蜒而下。我顺着它走去，满以为马上就可以到达住宅跟前了。不料它不断朝前延伸，盘旋曲折，越绕越远，始终看不见住房或者庭院的影子。

我以为自己走错了方向，迷了路。天色的昏黑和林间的幽暗笼罩着我。我举目四望，想寻找另一条路。什么路也没有。到处都是纵横交织的枝丫，以及柱子似的树干和夏日浓密的绿荫，——哪儿也看不见通道。

我继续往前走。最后，前面的路终于开阔了，树木稀疏了一点。不一会儿我就看到了一道栏杆，接着就是房子，——在这样昏暗的光线下，它几乎跟树木区别不开，它那朽败的墙壁是那样潮湿，上面长满了绿苔。踏进一道只插着门闩的门，我就站在一块围起来的空庭院中间了，树木呈半圆形向两头伸展开去。既没有花草，也没有花坛，只有一条宽宽的砾石路沿着一小块草地绕过去，呈现在周围浓重的树林背景之下。房子正面露出两面尖尖的人字形墙，窗子窄窄的，安了格子，正门也是窄窄的，跨上一级台阶就到了门前。整个看来，正像客栈老板所说的，"是个挺荒凉的地方"。静得就像平常日子的教堂那样，四周唯一能听得到的，只有雨打在林中树叶上的声音。

"这儿会有人居住吗？"我问自己。

是的，这儿是有人居住的迹象，因为我听到了一点动静——那扇很窄的前门正在打开，一个人影正从屋里走出来。

门慢慢地打开了，一个身形出现在暮色中，站立在台阶上——那是一个没戴帽子的男人。他往前伸出一只手来，似乎要试试天是否在下雨。尽管暮色苍茫，我还是认出了他，——他不是别人，正是我的主人，爱德华·费尔法克斯·罗切斯特。

我停下步子，几乎还停住了呼吸，站在那儿看着他，——细看着他，而自己不被看见。唉，他是看不见的！这是一次突然的会面，而且是一次痛苦大大地压倒了欢乐的会面。

他的身形还是和从前一样强健和壮实，他的体态依旧挺拔笔直，他的头发依然漆黑；他的面貌也没有改变或者憔悴。不管如何忧伤，一年的时间总还不足以消弭他运动家般的体魄，或者摧毁他旺盛的生命力。但我在他脸上仍旧看到了变化：他看上去绝望而心事重重，——令我想起了一只受到虐待而且身处笼中的野兽或者鸟儿，在它愠怒苦恼之际，走进去是危险的。被残酷地弄瞎了一只金睛的笼中雄鹰，看上去大概就会像眼前这位失了明的参孙①。

那么读者，你以为处在失明和狂怒中的他会叫我害怕么？要是你这么想，就太不了解我了。我在伤心的同时，还夹杂着一种温柔的愿望，那就是我要大胆地在他岩石般的额头上以及他那严峻地紧闭着的双唇上印上一个吻。但不是现在，现在我还不想马上去招呼他。

他跨下那一级台阶，缓缓地摸索着向那块草地走过去。他那坚定的大步如今到哪儿去了呢？接着他停了下来，仿佛不知该朝哪一边拐才是。他抬起一只手来，睁开了眼睑，茫然地拼命向天空，向围成半圆形阶梯式的树木望去，看得出来，一切在他眼前都只是黑洞洞的一片。他伸出他的右手，似乎想触摸弄清他周围有些什么。他所能摸到的只是空气，因为那些树木离他站的地方还有好几码远。他放弃了这番尝试，抱着胳膊安静地默默站在雨中，任这会儿已下得很急的雨点猛打在他光着的头上。这时候，约翰不知从哪间屋里出来，向他走过去。

"你扶着我的胳膊好吗，先生？"他说。"一阵大雨就要来了，你还是进屋去吧？"

"别管我。"对方回答。

约翰退回去了，并没有瞧见我。罗切斯特先生现在想试着走动一下，仍旧不成，——一切都太难把握了。他一路摸索着走回屋子去，重新进了屋，关上了门。

这时我才走上前去，敲了敲门。约翰的老婆来开了门。

"玛丽，"我说，"你好吗？"

她好像看见了鬼似的吓了一跳。我让她安下了心来。

她用急促的声音问道："当真是你，小姐，这么晚会到这么偏僻的地方来？"

我握了握她的手作为回答。然后我跟着她走进了厨房。约翰这时正坐在一炉旺旺的火旁。我简单地用几句话向他们说明，我已听说了我离开桑菲尔德以后发生的所有事情，我是来看望罗切斯特先生的。我请约翰到我打发走马车的栅栏口去，把我留在那儿的箱子取来。然后我脱下了帽子和披巾，问玛丽是不是有地方让我今晚在庄园里过夜。正在这时，起居室里打铃了。

"你进去的时候，"我说，"跟主人说有个人想跟他谈话，但别说我的名字。"

"我想他不会见你的，"她回答道，"他谁也不肯见。"

她转回来时，我问她他怎么说。

"他要你通报姓名，问有什么事。"她回答。然后她动手去倒了一杯水，把它和几支蜡烛放在一个托盘里。

"他打铃是要这个吗？"我问。

"是的。天一黑他总是叫人把蜡烛递进去，尽管他眼已经瞎了。"

"把托盘给我，我端进去。"

我把托盘从她手里接过来。她指给我起居室的门在哪儿。托盘端在我手里晃动着，杯子里的水溢了出来，我一颗心在肋骨底下跳动得又响又急。玛丽替我打开了门，然后在我身后把门关上了。

这间起居室看上去挺阴暗，壁炉里微弱地燃烧着一点没有拨弄好的火。俯向着它，把头靠在高高的老式炉架上的，就是这间屋子里的瞎了眼睛的主人。他那条老狗派洛特躺在一边，小心不挡着路，并且蜷缩着似乎唯恐被无意间踩着了。我一进去，派洛特就竖起了耳朵，接着它又是呜咽又是吠叫，一跃而起，朝我直蹦过来，差点儿把我手里的托盘都撞

---

① 传说古代大力士参孙被出卖后，被他的敌人关入牢中并刺瞎了眼睛。

翻了。我把托盘在桌子上放下，拍拍它，轻声说："躺下！"罗切斯特先生机械地掉过脸看看这阵乱子是怎么回事，但因为什么也看不见，就又转过脸去，叹了口气。

"把水给我吧，玛丽。"他说。

我端着泼得只剩半杯的水向他走过去，依然兴奋不宁的派洛特紧跟着我。

"怎么回事？"他问。

"躺下，派洛特！"我又说了一声。

他刚把水端近嘴边，就停了下来，似乎在听。接着，他把水喝了，放下杯子。"是你么，玛丽，是么？"

"玛丽在厨房里。"我答道。

他的手很快地一动，向前伸出来，但因为看不见我站在哪儿，他并没有摸到我。

"这是谁？这是谁？"他问着，样子就像是竭力想用他那双看不见的眼睛来看清楚似的，——多徒劳而痛苦的尝试啊！"回答我，——再说一遍！"他不容违抗似的大声命令道。

"你还想喝点水吗，先生？刚才杯子里的水让我泼掉了一半。"

"到底是谁？是谁在说话？"

"派洛特认出了我，约翰和玛丽都知道我来了。我今晚刚到。"我回答道。

"天啊！——我产生了什么样的幻觉？我简直让甜蜜的疯狂感给迷住了！"

"没什么幻觉，也不是疯狂，先生，你的头脑太坚强了，不会有幻觉；你身体也很健康，绝不会发疯。"

"说话的人到底在哪儿呀？难道只是个声音么？唉！我看不见，可我一定得摸到，要不我的心就会停住不跳，我的脑子也要爆炸了。不管你是什么，不管你是谁，让我摸到吧，不然我活不下去了！"

他摸索着。我抓住他那只茫然摸索的手，用双手牢牢地握住了它。

"正是她的指头！"他喊了起来，"她又小又细的指头！既然这样，那一定还有她的全身。"

那只壮健的手挣脱了我的束缚。我的胳膊给抓住了，接着是我的肩膀，我的脖子，还有腰，——我被他整个儿搂住，紧紧贴在他身上。

"这是简·爱么？这到底是什么？是她的身形，她的躯体……"

"还有她的声音。"我补充说。"她整个儿，连她的一颗心，都在这儿。上帝保佑你，先生！我真高兴又能离你这么近了。"

"简·爱！……简·爱！"他只反复地这样说着。

"我亲爱的主人，"我回答他说，"我是简·爱，我终于找到了你，——我回到你身边来了。"

"真是简·爱吗？——有血有肉的简·爱？我那活生生的简·爱？"

"你摸到了我，先生，——你抱着我，而且够紧的。我可不冷冰冰像死尸，也不虚无缥缈得像空气，对么？"

"我活生生的心肝宝贝！这倒真是她的肢体，她的面容。可在我受了那么多苦以后，怎么会有如此之大的幸福!？这是梦，是我夜里做过的那种梦，梦里我把她紧紧搂在我的胸前，就像我现在这样，并且吻着她，就像这样，——心里感觉到她是爱我的，相信她绝不会撒下我。"

"我永远不会了，先生，从今天起。"

……

他把我从膝上放下，站起身来，恭恭敬敬地脱下头上的帽子，垂下他那双失明的眼睛，站在那儿默默地祈祷着。我只听得见他用顶礼膜拜的口吻说出的最后几句话：

"我感谢我的创造者在报应中不忘怜悯。我谦卑地求我的救世主给我力量，让我从今以后能过一种比以往纯洁的生活！"

然后他伸出手让人带领。我握住那只亲爱的手，把它举到我的唇边放了一会儿，然后让它搂住了我的肩膀。由于身材比他矮得多，所以我既当向导，又作了他的拐杖。

（陈红玉编，摘自萧泞译：《简·爱》，青海人民出版社，1995）

第三十四章 艾米莉·勃朗特及《呼啸山庄》

第一节 艾米莉·勃朗特简介

艾米莉·勃朗特，19 世纪英国小说家、诗人，英国文学史上著名的"勃朗特三姐妹"之一。艾米莉曾被誉为 19 世纪 22 位杰出诗人之一，代表作品有《老禁欲主义者》、《纪念品》、《囚徒》和《晚风》等。艾米莉的大部分诗篇都是描写大自然，描写幻想中的贡达尔王国的悲惨事件或自己的亲身感受。她常独自徘徊在荒野中，体验大自然中与人灵犀相通的那一瞬。她的诗在内容题旨和艺术手法上都有着创新和超前。这些诗歌集中体现了艾米莉对压迫和禁锢的叛逆精神，反映了她渴望自由、平等和爱情的理想。这些诗歌语言精练简洁，节奏韵律自然明快，堪称"诗作的精英"。她从少女时代起就开始写诗，和自己的姐姐及妹妹一起笔耕不辍，而在三姐妹之中，艾米莉的诗作最有价值，表达了丰富的思想内涵。她所创作的 193 首诗，篇篇都是自己内心激情的流露，语言朴素，格律富有音乐性，感情充沛，引人入胜。英国著名诗人及批评家马修·阿诺德，曾写过一首诗叫做《豪渥斯墓园》，其中凭吊艾米莉·勃朗特的诗歌创作说："她的心灵中的非凡的热情、强烈的情感、忧伤、大胆，是自从拜伦死后无人可与之比拟的。" 1845 年秋，姐姐夏洛蒂读到艾米莉的几首诗，拍案叫绝，遂产生了三姐妹联合出版一本诗集的念头。1846 年，《克勒·贝尔、埃利斯·贝尔和阿克顿·贝尔诗集》自费出版。她们采用了男性化的笔名，每个名字保留了自己原名的第一个字母。这一"技术处理"，是担心女性作家遭受歧视。1847 年，艾米莉出版了她唯一的一部小说《呼啸山庄》，而姐姐夏洛蒂出版了《简·爱》，妹妹安妮出版了《艾格尼丝·格雷》。《呼啸山庄》奠定了艾米莉在世界文坛上的地位。小说以"爱情"和"复仇"为主线，用浪漫主义笔触描写自然环境，以增强神秘和狂暴的气氛；在结构上则采用一个自始至终目击呼啸山庄变化的老家人对陌生人讲故事的倒叙手法，使情节既有吸引力，又显得十分可信。《呼啸山庄》至今仍被认为是英国文学史上最奇特，最具震撼力的小说之一，其风格可能受到了歌德小说的影响。勃朗特三姐妹是凯尔特人和摩尔人的后代，所以从情感上更亲近苏格兰人。她们出生于贫苦的牧师之家，曾在生活条件恶劣的寄宿学校求学。艾米莉生性内向而孤傲，深居简出，喜欢一个人在荒原上散步。她一辈子都没有谈过恋爱。与她的姐姐妹妹一样，艾米莉的身体因为当地的气候而显得衰弱。在 1848 年 9 月她的兄弟的丧礼期间，艾米莉感染了风寒，并且拒绝服用药物。同年 12 月 19 日，艾米莉因为结核病而去世。后来，她被安葬在西约克郡哈沃斯的圣米迦勒教堂。

第二节 《呼啸山庄》简介

《呼啸山庄》描写山庄老主人厄恩肖从工业城市利物浦街头捡到一个吉卜赛弃儿希思克利夫，带回家中抚养。希思克利夫和老厄恩肖的独女凯瑟琳从小相爱，但凯瑟琳答应了一位青年地主的求婚，希思克利夫于是出走。三年后这个微贱的弃儿回到山庄，不择手段地向两家地主复仇。《呼啸山庄》通过一个爱情悲剧，向人们展示了一幅畸形社会的生活画面，勾勒了被这个畸形社会扭曲了的人性及其造成的种种可怖的事件。整个故事的情节实际上是通过四个阶段逐步铺开的：第一阶段叙述了希思克利夫与凯瑟琳朝夕相处的童年生活；一个弃儿和一个阔家小姐在这种特殊环境中所形成的特殊感情，以及他们对山庄少爷辛德雷专横暴虐的反抗。第二阶段着重描写凯瑟琳因为虚荣、无知和愚昧，背弃了希思克利夫，成了画眉田庄的女主人。第三阶段以大量笔墨描绘希思克利夫如何在绝望中把满腔仇恨化为报仇雪耻的计谋和行动。在小说中，作者的全部心血凝聚在希思克利夫形象的刻画上，她在这里寄托了自己的全部愤慨、同情和理想。这个被剥夺了人间温暖的弃儿在实际生活中培养了强烈的爱与憎，辛德雷的皮鞭使他尝到了人生的残酷，也教会他懂得忍气吞声的屈服无法改变自己受辱的命运。他选择了反抗。凯瑟琳曾经是他忠实的伙伴，他俩在共同的反抗中萌发了真挚的爱情。然而，凯瑟琳最后却背叛了希思克利夫，嫁给了她不了解、也根本不爱的埃德加·林顿。作者刻画这个人物时，有同情，也有愤慨；有惋惜，也有斥责。《呼啸山庄》的故事是以希思克利夫达到复仇目的而自杀告终的。他的死是一种殉情，表达了他对凯瑟琳生死不渝的爱，一种生不能同衾、死也求同穴的爱的追求。而他临死前放弃了在下一代身上报复的念头，表明他的天性本来是善良的，只是由于残酷的现实扭曲了他的天性，迫使他变得暴虐无情。这种人性的复苏是一种精神上的升华，闪耀着作者人道主义的理想。《呼啸山庄》风格独特，结构与任何其他的小说都不同，包含着极其丰富的思想内容，用高超的艺术手段对人生以及人类社会进行了高浓度的概括。英国著名女作家弗吉尼亚·伍尔夫撰写了《〈简·爱〉与〈呼啸山庄〉》一文。她将这两本书作了一个比较："当夏洛蒂写作时，她以雄辩、光彩和热情说'我爱'，'我恨'，'我受苦'。她的经验，虽然比较强烈，却是和我们自己的经验都在同一水平上。但是在《呼啸山庄》中没有'我'，没有家庭女教师，没有东家。有爱，却不是男女之爱。艾米莉被某些比较普遍的观念所激励，促使她创作的冲动并不是她自己的受苦或她自身受损害。她朝着一个四分五裂的世界望去，而感到她本身有力量在一本书中把它拼凑起来。那种雄心壮志可以在全部小说中感觉得到——一种部分虽受到挫折，但却具有宏伟信念的挣扎，通过她的人物的口中说出的不仅仅是'我爱'或'我恨'，却是'我们，全人类'和'你们，永存的势力……'"英国当代著名作家毛姆，在 1948 年应美国"大西洋"杂志请求向读者介绍世界文学十部最佳小说时，他选了四部英国小说，其中之一便是《呼啸山庄》。他撰文介绍说："我不知道还有哪一部别的小说能把爱情的痛苦、迷恋、残酷、执著，如此令人吃惊地描述出来。《呼啸山庄》使我想起埃尔·格里科的那些伟大的绘画中的一幅，在那幅画上是一片乌云下的昏暗的荒瘠土地的景色，雷声隆隆，拖长了的憔悴的人影东歪西倒，被一种不是属于尘世间的情绪弄得恍恍惚惚，他们屏息着。铅色的天空掠过一道闪电，给这一情景加上最后一笔，增添了神秘的恐怖之感。"

第三节　《呼啸山庄》选段

第三十四章

在那天晚上之后的几天里，吃饭时希思克利夫总是躲避着我们。他不想看见哈里顿和凯蒂在一起用餐，但又不愿意说破。他不容自己完全凭感情用事，因此，吃饭时宁可不来。对他来说，一天只吃一顿饭似乎足够了。

有一天晚上，家人都入睡了，我听见他走下楼来，然后走出了前门。我没有听见他再回来。清晨，我才发现他一个晚上都没有回来。

那时正值 4 月季节，天气暖和宜人，绿油油的青草似乎是雨水和阳光的杰作，靠南墙的那两株矮苹果树开满了花儿。

吃完早饭，凯瑟琳非要我端一把椅子，拿上我的活儿，坐在宅院尽头的枞树底下。哈里顿的枪伤已痊愈了，这会儿在凯瑟琳的吩咐下，正在起劲地翻挖土地，给她布置一个小花园，只是因为约瑟夫的抱怨，这个小花园已移到一个角落去了。

我舒畅地徜徉在美丽柔和的蓝天底下，尽情地享受着周围春天的芬芳。我随小姐奔到栅门边去采集一些樱草花的根须，准备种在花园的边缘，可是她只采到一半就跑回来了，急促地告诉我们，说希思克利夫来了。

"他还跟我说话呢。"她又补充了一句，脸上带着一种诚恐诚惶的神色。

"他说了些什么？"哈里顿问道。

"他让我赶快走，越快越好，"她回答道，"他的脸色怪极了，和平时完全不一样。我走了几步又停下来，吃惊地望着他。"

"什么表情？"他问道。

"嗯，几乎是兴高采烈。不，像是什么都不……反正兴奋极了，高兴得手舞足蹈呢！"她回答道。

"可能是夜里散步叫他高兴吧。"我装作漫不经心的样子，其实内心和她一样吃惊，而且急于想证实她的话，因为兴高采烈可不是东家每日的神色呀。我找了借口，就走进了宅院。

希思克利夫就站在打开的门口。他脸色苍白，身子哆嗦。可是在他的眼睛里，的确有一种奇怪的、欢快的神采在闪烁，使他整个的面容都改变了。

"你要吃点早饭吗？"我问道。"在外面游荡了一夜，肯定饿了吧。"

我很想知道他晚上去哪儿了，但是我不愿当面就问。

"不吃，我不饿。"他回答道，然后扭过头，话语里带着几分鄙夷，好像他已猜出，我在揣摩着他为什么那样高兴。

我感到有点不知所措，不知道是否有一个合适的机会向他提出点忠告。

"晚上不睡觉，却到外面游逛，这不太好吧，"我劝说道，"不管怎么说，在这个潮湿的季节，晚上游荡，不是聪明的举动。我敢说，你会受凉的，也许会发烧。你现在看来就有点不对头。"

"没什么，我受得了。"他回答道。"我还是挺高兴的，只要你不来打扰我就行了。进屋去吧，别惹我讨厌。"

我顺从地走开了。走过他身边时，我听到他呼吸急促，像一只猫。

"好啊，"我暗自思忖着，"看来我们要遭殃啦。我真不明白，他一夜不睡，会干些什么勾当。"

那天中午，他和我们一起吃饭。他急不可待地从我手中接过一只堆得满满的盘子，好像他几天没吃没喝一样，都要在这一顿补偿过来。

"艾伦，我没有受凉，也没有发烧。"这话是针对我早晨的话而言的。"你给了我这么多好吃的，我得对得起你呀。"

他拿起刀叉，正要动手吃饭，忽然胃口一下子消失了。他又放下了刀叉，神情急切地望着窗外，然后站起身，走了出去。

我们吃着饭，看见他在花园里走来走去。哈里顿说他要去问一下，他为什么不吃饭。他以为我们在什么地方冒犯了希思克利夫。

"怎么样，他回来了吗？"凯瑟琳看到表哥回来时问道。

"不会来，"他回答道，"但是他并没有生气，难得他这么高兴。倒是我跟他说了两句话，叫他不耐烦了。他叫我快走，来找你。他不理解我怎么还要找别人作伴呢。"

我把他的盘子放在炉栅上热着。过了一两个钟头，屋里没人了，他才回来，自然一点都不安静。在他那浓黑茂密的眉毛底下，是一副不正常的欢乐表情，脸无血色，牙齿不时地外露，像是在微笑。浑身哆嗦，但不像是因为受冷或体弱而哆嗦，倒像是一根绷紧了的弦线在颤动——是精神的颤栗，而不是肉体的抖动。

我心想，我得去问问他是怎么回事。我不问，又有谁去问呢？于是我大声喊道：

"希思克利夫先生，你听到什么好消息了吗？瞧你高兴的神气。"

"哪来的什么好消息？"他说道。"我是饿得静不下来呀，可我又没有胃口。"

"你的午饭就在这儿，"我回答道。"你为什么不拿去吃呢？"

"我这会儿不想吃饭，"他急急地回答道，"晚饭再吃吧，艾伦。我再给你说一遍，求你啦，让哈里顿和那一个都离我远远的。我不希望有人来打扰我。我要一个人静静地待在这里。"

"你把自己隔离开来，有什么新的理由吗？"我问道。"告诉我，你怎么这样古怪呢，希思克利夫？昨晚上你到哪儿去啦？我问你这句话并非是出于无聊的好奇心，只是……"

"你问这话就是出于无聊的好奇。"他打断了我的话，还笑了一声。"好吧，我来回答你。昨天晚上，我走到了地狱的门槛边，今天，我又望见了我的天堂，我亲眼看见啦，离我不到三尺远。你还是走开吧。如果你能克制自己，不去打听别人的隐私，那你就听不见，也看不见令你心惊胆战、毛骨悚然的事情了。"

打扫过壁炉，抹过桌子后，我走出房门，心中比以前更困惑了。

那天下午，他再没有出去过，也没有人来打扰他的安静。直到晚上八点钟，他都是一个人孤单地待在屋里。虽然他没有呼唤我，但是我还是认为应该给他送去一支蜡烛，并把晚饭给他端去。

他斜倚在窗台上，格子窗打开着，但他并没有朝外张望。他的脸朝里，屋里一片昏暗。炉火快灭了，只剩下点点灰烬。房间里充满了阴天晚上的那种潮湿、郁闷的空气，屋内一片寂静，不但能听见吉默屯那边的潺潺的流水声，就连溪水流过卵石、穿越冒出水面的大岩石那汩汩的奔腾声也清晰可辨。

看见炉火将灭，我不由发出了抱怨之声。我就把窗子一扇扇关起来，最后走到他靠着的那扇窗前。

"这扇窗子要我关上吗？"我问道。见他站在那儿一动不动，我就想引起他的注意。

我说话时，烛光映在了他的脸上。哎呦，洛克伍德先生，真把我吓死了，我不知道怎样向你描绘。那只是瞬间的景象——他那深陷的黑眼睛，那面无血色的死白，还有那怪异的微笑。那会儿我只觉得，我面前站的不是希思克利夫先生，而是一个鬼怪。慌乱之中，手里的蜡烛也歪了，碰到墙上熄灭了。我顿时置身于黑暗之中。

"好吧，把窗子关上。"他说道，用的是我再熟悉不过的声调。"怎么这么笨，竟把蜡烛横着拿。快去再拿一支蜡烛来。"

我的确吓坏了，傻乎乎地连忙走出去。找到约瑟夫，我说道：

"东家让你给他送根蜡烛，再替他把炉子生着。"

我太害怕了，没有进去。

约瑟夫给煤斗里装了些烧旺的煤，就进去了，可马上又端着煤斗回来了，另一只手还拿着晚餐托盘。他说希思克利夫先生要回房睡觉了，今晚什么都不想吃，说明天再吃。

我们听见他径直上了楼，但他并没有回到他平时睡觉的那间卧室，却绕到了有嵌板床的那间。我曾对你说过，那间房子的窗户很宽，任何人都可以钻进去。我忽发奇想：他是想再来一次夜半出游，而不让我们有半点怀疑。

"他是个食尸鬼，还是个吸血鬼？"我自言自语道。我曾经读过有关这种面目狰狞、善变人形的魔鬼。但我又仔细回想，从小我就照管他，亲眼看着他长大成人。对于他的成长，可以说我是贯穿始终。可是我现在却对他产生了一种恐惧感，岂不荒唐可笑？

"可是这个小黑东西从哪儿来的呢？让一个好人收留了他，而他却给好人带来了灾难！"当我迷迷糊糊睡着后，我的迷信意识在作怪，半睡半醒地胡思乱想着，想象着他的父母是怎样的人。真累人！我把清醒时所想过的事情又重温一遍，在迷梦中把他的一生又回忆了一番。最后，我竟想到了他的死亡和葬礼。我所能记得的，就是我的任务很艰巨，要给他立一块墓碑。碑上要刻什么字，却难坏了我。我只好去找教堂执事商量。希思克利夫连个姓都没有，我们也不知他的真实年龄，最后只好刻上"希思克利夫"这几个字完事。我的梦以后还真应验了。我们也只能这样做。你要是走进教堂墓地，你会发现他的墓碑还真是这么写的，只不过多了个死亡日期。

黎明时分，我头脑清醒了许多。起床后，待我惺忪的眼睛可以看清东西时，我就走进了花园，想看看他的窗下究竟有没有脚印，结果什么都没有。

"他在家里待了一整天，"我想到，"该不会有什么事吧。"

我给一家人准备了早饭——这是我日常工作的一部分。我让哈里顿和凯瑟琳先吃，不必等东家了，因为他喜欢睡懒觉。他们喜欢在户外的树底下吃早饭，于是我就给他们放了一张小餐桌。

我再次走进屋子时，发现希思克利夫先生已下楼了。他和约瑟夫在谈论庄稼的事。他给了约瑟夫清楚明了的指示。他谈话很急促，不停地把头转来转去，脸上还是那种神色，甚至比昨天更显紧张。

约瑟夫走出屋子之后，他习惯地坐在老地方。我给他端来一杯咖啡。他把咖啡往跟前挪了挪，然后把胳膊放在桌子上，直直地望着对面的墙。我猜想，他在把整个墙壁从上到下，一块一块地打量一遍。他那双闪烁的眼睛流露出急不可待的样子，有那么半分钟，连气都喘不过来，差点窒息。

"看够了吧，"我说道，把面包塞到了他手里，"趁热吃吧，趁热喝吧，面包和咖啡在你面前都搁了一个钟头了。"

他没有理睬我，只是笑了笑。我宁可看见他咬牙切齿，也不愿意看他这种笑的样子。

"希思克利夫先生！东家！"我嚷道。"看在老天的份上，别那样瞪着两只眼睛，活像你你看见了精灵鬼怪似的。"

"看在上帝的份上，别大声嚷叫，行不行？"他回答道。"你转过身，告诉我，这儿是不是就咱们两个？"

"当然就咱们俩！"我回答道。"当然啦！"

我不由自主地服从了他。我也搞不清这是怎么回事。

他用手在桌子上一抹，把早餐推到一边，腾出一块地方，把身子往前倾斜着，以便看个仔细。

现在我才明白过来，他不是在望墙壁。当我仔细瞧着他看时，发现他好像在凝视着两尺之外的一个什么东西。不管那是什么，分明给了他极大的欢乐和极度的痛苦，至少他脸上的那种既狂喜又痛苦的表情让人这样猜想。

那个幻想之中的东西也是不固定的，他的眼睛一刻不放松地跟踪着它，就在跟我说话时，眼睛也不离开它。

我提醒他，他有好长时间没有吃东西了。可是我的话算是白说了。即使他听见了我的劝说，想动弹一下，伸手去拿东西吃，但他的手还没有碰到面包，就紧紧地攥在了一起，将手就那样放在桌子上，把那面包的事儿全忘了。

我就待在那儿，成了有耐性人的典范。我只想着如何把他从全神贯注的冥想中解脱出来，分散一下他的注意力。后来他变得不耐烦了，站起身，问我为什么连他吃个饭都管得那么紧，不给他一点自由时间。他还说，以后吃饭不用我伺候，我只要把饭端来放下，就可以走啦。

说完这几句话，他就离开了屋子，沿着花园的小径，缓步走去，穿过栅门，就消失在视野之外了。

时间在焦虑不安中慢慢流逝着，又是一个晚上。我很晚才上床睡觉，可是躺在床上辗转反侧，难以入眠。午夜时分，他回来了。他并没有上楼去睡觉，却把自己关在楼下的屋子里。我静静地听着动静，在床上翻来覆去。我终于穿上衣服，又下了楼。躺在床上，让千奇百怪的无聊忧虑在脑海中翻腾起伏，真是太痛苦了。

我听见希思克利夫的脚步声，他焦躁不安地在屋踱着步，时不时地长吁短叹着，像是在呻吟，打破了四周的宁静。他嘴里还咕咕噜噜地说些什么，我只听清楚了"凯瑟琳"这个名字，接着是几声亲热的，或者说是痛苦的狂呼。他那样说话，好像面前有个人似的。话说得低沉，但又十分热切，是从心灵深处迸出来的。

我没有勇气闯进他的房间，可是我想把他从梦幻中叫醒。因此，我就拨弄起厨房的炉火。我胡乱地拨弄着，搞得到处都是灰烬。不大一会儿还真的把他引了出来。他立即打开门，对我说：

"艾伦，进来吧。天亮了吗？你拿着蜡烛进来吧。"

"回来了就好。"我说道。"你需要拿根蜡烛上楼去。你就在炉火上点一根吧。"

"不，我不想上楼去。"他说道。"你进来吧，给我生堆火，把房间也给我收拾一下吧。"

"让我把煤块扇红了，再给你生火。"我回答道，并搬来了一把椅子和一个风箱。

他在房间里来回走动着，那样子让人感到他快要神经错乱了。他一声声，接连不断、悲痛地叹息着，连平常的呼吸都中断了。

"天亮了，我要把格林请来。"他说。"我想询问一些关于法律上的事情，趁我还能考虑这些事情，还能冷静地处理这些事情。我还没有立下遗嘱，我的财产怎么处理，我都不知道如何去办理。但愿我能将这些财产从地球上毁灭掉。"

"话不能这样说，希思克利夫。"我打断了他的话。"把立遗嘱的事暂且搁一搁吧。你做了许多不公道的事情，如果你要忏悔，那就以后再忏悔吧。我从未想到你会神志不清的。

可是，瞧你现在这个样子，简直是神经错乱！这都是你自作自受呀。最近这几天，你过的是什么日子呀，肯定会累垮的。吃点东西，睡会儿吧。你照照镜子就知道自己是多么需要吃饭睡觉了。你的两颊深陷下去了，眼睛布满了血丝。你就像一个忍受饥饿，昼夜不眠，眼睛都快要看不见的人。"

"我不吃不睡，这能怪我吗？"他回答道。"我不是给你说过，我身不由己，没法子啊！我怎么能跟自己过不去呢？只要我能做到，我会又吃又睡的。你这样对我说话，好像一个溺水的人，眼看就要游到岸边了，你却让他休息一下，这行吗？我必须先到达岸边，然后才能休息。行了，不管什么格林不格林了。说到忏悔，我有什么可忏悔的？我又没有做过伤天害理的事情，我什么都不忏悔！我幸福，但又不够幸福。我灵魂的福乐害苦了我的肉体，可是灵魂自身也没有得到满足。"

"幸福，东家？"我喊道，"多奇怪的幸福啊！如果你听到了我的话不生气，我想给你提点劝告，也许会使你更加幸福些。"

"什么劝告？"他问道。"说吧！"

"你应该明白，希思克利夫，"我说道，"从13岁起，你就过着一种自私自利、非基督徒的生活。从那时起，你大概再也没有念过《圣经》，早把圣训忘干净了，现在你也没有时间翻《圣经》。是不是我们应该去请位牧师来——不管是哪个教区的牧师，给你讲讲《圣经》？并让他告诉你，你背离训诫，在歧途上已经走了多远。你是不配进入天堂的，除非你在死前洗心革面、重新做人。"

"我生什么气呀，我感激你还不够呢，艾伦。"他说道，"因为你提醒了我，使我想到死后要有一个什么样的葬礼。最好是在晚上把我抬到教堂墓地去。如果你们愿意，你和哈里顿陪着我去。一定要关照教堂司事，让他遵照我的意思，把两口棺材放好。不用请牧师来，也不要为我念什么经文。我跟你说吧，我快要到达我的天堂了，别人的天堂在我眼里一钱不值，我一点都不稀罕。"

"如果你继续任性下去，绝食到底，最终死去，而他们却拒绝将你埋葬在教堂墓地呢？"我说道。他麻木不仁，如此狠恶，心目中连上帝都没有了，真让我吃惊。"你愿意这样吗？"

"他们不会这么干的。"他回答道。"如果他们拒绝掩埋我，你一定要找人把我悄悄地抬走。你要是不管这事，你会验证，死者的阴魂不会饶你的！"

当他听到其他的人已经起床，他立即躲回到自己的房间里。我也终于松了口气。可是到了下午，趁约瑟夫和哈里顿正在干活儿时，他又来到厨房，只见他神情狂野。他需要有人陪伴，于是要我到正屋里去坐坐。

我不去，给他讲明我害怕他，怕他那古怪的行为，怕他那不着边际的胡言乱语。我实在没有那份胆量，也不愿意单独一个人陪着她。

"我知道你把我看成了魔鬼，"他说道，阴森森苦笑一下，"看成了一个可怕的东西，不配住在一个体面人家的屋里。"

然后他转过身，看见了凯瑟琳，向她跟前挪动着脚步。凯瑟琳不知什么时候也来到了厨房里。她看见希思克利夫向她走来，便急忙躲在我身后。他走向前去，不无讥嘲地说：

"过来，我的小宝贝，我不会伤害你的，绝对不会的。过去我比魔鬼还坏，对你不好。但有那么一个人，愿意陪伴着我。天哪，她怎么能这样残暴狠心！唉，真他妈见鬼！血肉之躯如何忍受？我简直受不了了！"

他不再央求别人来陪他了。黄昏时分，他回自己的卧室去了。整个夜晚我们都听见他在喃喃自语，呻吟不断。哈里顿急于想进去看看，但我让他去把肯尼斯大夫请来，回头再进去也不迟。

大夫来了，想推门进去，却发现门从里面锁住了。希思克利夫在里面诅咒着我们。看来他没有什么病，只是不想让别人来打扰他。这样，大夫就走了。

晚上下起了倾盆大雨，一直下到天亮。早晨我照例绕着屋子散步时，发现东家的窗户开着，雨点照直打了进去。

他不会躲在床上吧？要是那样，雨水还不把他浇透了！要不他已经起了床，或者起床后出去了？我不想在那儿无聊地揣摩，就大着胆子进屋去看一看。

我找来另一把钥匙，终于打开了房门。一看室内无人，我就去推壁板，壁板很快被推开了。我往里看了看，希思克利夫在里面，仰面朝天躺在那儿。他看见了我，眼睛里射出锐利、凶狠的目光。我吃了一惊。他似乎又冲我笑了笑。

我不知道他是否已经死了。他满脸、满脖子都是雨水，床单也湿透了，还滴着水，他却躺着纹丝不动。格子窗在风中扇来晃去，把他搁在窗台上的一只手都擦破了皮，但却不见血流出来。我伸手一摸，天哪，他已经死啦，身体僵硬。我再也不怀疑了。

我关上了窗户，替他把额头上那长长的黑发理了理。我想把他的眼睑阖上，结束他那可怕的、活人似的、狂喜的凝视，不想让别人瞧见他那惨痛的模样。但是眼睑就是阖不上，好像在嘲笑我的无能，就连他那张开的嘴唇，那尖利白亮的牙齿也在嘲笑着我。我不由得害怕起来，就大声喊约瑟夫快来。约瑟夫拖着脚步，慢腾腾上了楼，抱怨了几句，说他才不管他的死活呢！

......

希思克利夫的死惹得远近乡邻议论纷纷。我们按照他的遗愿，把他埋葬了。整个送葬的人有我、哈里顿、教堂司事，还有六个抬棺木的人。

抬棺木的六个人把棺材放进了墓穴里就走了。我们留下来把棺材掩埋好。哈里顿悲哀至极，两行热泪顺颊而落。他掘起一些青草皮，铺植在那棕褐色的坟堆上，使得它的坟头跟其他的坟头一样，都长着整齐青绿的草。但愿墓主能长眠于地下。可是你要问问这一带的乡亲们，他们会用手按着《圣经》起誓，说他从墓穴里走了出来，还没有死，仍活在人间。甚至有人说在教堂附近看到过他，而有人说在原野上看见过他，更有甚者，还有人说就在这座宅院里见过他。你会说这纯属无稽之谈，其实我也是这么认为的。可是在厨房烤火的那个老东西却一口咬定，说自从东家过世后，每逢下雨的晚上，他从卧室的窗户向外望去，总能看见他们两个的身影。大约一个月前，我也碰到了一件怪事儿。

有一天晚上，我要赶到田庄去。那是一个漆黑的夜晚，远远传来打雷声。我刚走到山庄拐弯的地方，就碰见了一个小男孩，他在赶着一只绵羊和两只羔羊。他哭得很厉害，我以为羊受惊了，不听指挥。

"怎么回事，小伙子？"我问道。

"希思克利夫在那儿，还有一个女人，就在山脚下。"他哭着说，"我不敢走过去。"

可是我什么都没有看见。奇怪的是，这孩子和羊群都不肯往前走，因此我让他从下面的一条路绕过去。

也许是孩子独自穿越荒野时，想起了父母和伙伴们的那些关于希思克利夫和凯瑟琳的无稽之谈，他才幻想着看见了希思克利夫和凯瑟琳的幽灵吧。话虽这么说，我也不愿在天黑之后出门了。我也不喜欢独个儿待在这阴森恐怖的宅院里。实在是身不由己。要是哈里顿和凯蒂离开此地，搬到田庄那边，我才高兴呢。

"这么说，他们要搬到田庄去住啦？"我问道。

"是的，"丁太太回答道，"他们一结婚就住过去，日子定在元旦。"

"他们走后，谁会住在这儿呢？"

"还不是约瑟夫呗，他会照看这座宅院，也许还有两个小伙子陪伴着他。他们住在厨房里，其余的房间都要关起来。"

"是为了让幽灵出入宅院方便些吗？"我议论道。

……

步行回家时，我绕道经过了教堂，因此路程远了不少。走近教堂一看，也只不过是七个月的时间，我却发现这座建筑物已显示出衰败的痕迹。有几扇窗户已破旧不堪，玻璃被打成碎片，露出黑乎乎的残缺口。屋顶上，石板裂斜着，差不多都已错了位，向外突出着。等到秋天的暴风雨来临时，这些石板不掉光才怪呢！

我在原野不远处的斜坡上寻找着那三块墓碑，不一会儿就找到了。中间那块碑石呈灰色，有一半被掩埋在石楠丛中；埃德加·林顿的墓碑脚下已爬上了青藤和苔藓；希思克利夫的墓碑仍然是光秃秃的。

在那温和的天气里，我流连徘徊在这三座墓碑前，望着飞蛾在石楠丛中和钓钟柳间振翅飞舞，倾听着柔风飘过青草的窸窣声，不禁心头涌起一股奇异的感觉：有谁能够想象到，在这片宁静的土地下面，会埋葬着永不宁静的长眠者呢！

（方华文编，摘自梁根顺译：《呼啸山庄》，中国和平出版社、新世纪出版社，1999）

第三十五章　安徒生及《安徒生童话》

第一节　安徒生简介

　　汉斯·克里斯蒂安·安徒生，丹麦作家，诗人，因为他的童话故事而世界闻名。他生于菲英岛欧登塞城一个贫苦的鞋匠家庭，童年生活贫苦，早年在慈善学校读过书，当过学徒工。欧登塞是个封闭的小镇，人们坚信上帝和女巫。许多神秘的传说在空气中荡漾不绝。纺纱室的阿婆们有时会把《一千零一夜》中的离奇故事讲给来玩耍的小安徒生听，使这个原本喜欢想象的脑子更加丰富了。在他来说，他所听到的一切都带着鲜明的神奇色彩，仿佛真的一样重现在眼前。有时他会被树林中自己想象出来的精灵吓得飞奔回家，魂不附体。多年以后，这些古老的传说和童年的幻想，都成为他创作的源泉。其实，他一心想当演员，但长相丑陋，声音不好，即使训练也无法胜任。后来，在别人的资助下，进入艾苏诺尔学院，学习写剧本，1829 年入哥本哈根大学学习。他勤于笔耕，1827 年便开始发表作品。他的游记《从霍尔门运河至阿迈厄岛东角步行记》、诗剧《埃格内特和美人鱼》和《即兴诗人》受到好评。后来，他还写过许多作品，如长篇小说《奥特》、《不过是个提琴手》、《两个男爵夫人》、《活着还是死去》、《幸运的贝儿》，诗剧《阿夫索尔》、《圣尼古拉教堂钟楼的爱情》、《梨树上的鸟儿》、《小基尔斯滕》，歌剧《拉默穆尔的新娘》、《司普洛峨的神》、《乌鸦》、《黑白混血儿》、《摩尔人的女儿》、《幸福之花》，喜剧《比珠宝还珍贵》、《北欧的女神》、《海尔德摩尔》、《接骨木妈妈》、《出身并非名门》、《长桥》，自传《小传》、《我一生真实的故事》、《我的童话人生》，游记《一个诗人的集市》、《瑞典风光》、《西班牙纪行》、《访葡萄牙》等。除此之外，他还创作了大量诗歌，如诗集《幻想与现实》和《一年的十二个月》等。然而，这些都没有像他的童话那样为他赢得世界的声誉。1835 年，安徒生发表一部名为《讲给孩子们听的故事》的小册子（包括《打火匣》、《小克劳斯和大克劳斯》、《豌豆上的公主》、《小意达的花》），开始了他的童话创作的旺盛时期。他最著名的童话故事有 160 余篇，其中《小锡兵》、《冰雪女王》、《拇指姑娘》、《卖火柴的小女孩》、《丑小鸭》、《甲虫》、《柳树下的梦》和《红鞋》等是其代表作。1843 年，安徒生认识了瑞典女歌唱家燕妮·林德。真挚的情谊成了他创作中的鼓舞力量。但他在个人生活上不是称心如意的，二人并没有走到一起。他终生没有结过婚。他晚年最亲密的朋友是亨里克和梅尔彻。1875 年 8 月 4 日，安徒生在哥本哈根梅尔彻的宅邸去世。安徒生生前曾得到皇家的致敬，并被高度赞扬为"给全欧洲的一代孩子带来了欢乐"。他的作品已经被译为 150 多种语言，成千上万册童话书在全球陆续发行出版。他的童话故事还激发了大量电影、舞台剧、芭蕾舞剧以及电影动画的制作。

第二节　《安徒生童话》简介

安徒生童话生动而形象地揭示了现实生活中的矛盾，无情地揭露了反动统治者和剥削者的残暴、贪婪、凶狠的面目。《各得其所》里一个老爷居然为了让自己开心而把农民做赌注，把牧鹅女推入泥沼。《恶毒的王子》里那个妄想征服世界的王子命其部下践踏百姓的麦田，烧毁农民的房子，欺负妇女儿童，真是无恶不作。安徒生对披着宗教外衣的罪恶统治者也没有放过。《野天鹅》里的大主教是作恶多端的恶棍。《小克劳斯和大克劳斯》里的牧师则是衣冠禽兽。还有那些妖魔、巫婆、凶恶的王后，也可以说是社会罪恶的化身。《皇帝的新衣》把那个骄奢淫逸、狂妄自大的皇帝嘲弄得痛快淋漓。《夜莺》里的皇帝和侍臣蠢到不知真正的夜莺如何歌唱，反把人工假鸟视为珍宝，既荒唐又无知。在安徒生童话中，描写劳动人民的作品不少。作家始终怀着真诚的同情诉说他们的苦难，也用饱蘸赞美之情的笔调，歌颂他们的勤劳、善良、淳朴的品质。在安徒生的笔下，出现了许多他所熟悉的下层人民的形象，如鞋匠、洗衣妇、园丁、渔民和猎人等。作家写出了他们不幸的遭遇，揭露社会的不公。《卖火柴的小女孩》写一个新年之夜，女孩子无法得到一点温暖，她点完了手里的火柴，也就失去了生命。《她是一个废物》写一个洗衣妇年轻时被主人欺骗后抛弃，发着高烧还要在冷水里站六个小时洗衣，最后饥寒交迫，劳累而死，市长反诬她为"废物"。这样的童话实在是一篇篇血泪控诉书。安徒生的童话故事体现了丹麦文学中的民主传统和现实主义倾向。他的最好的童话脍炙人口，到今天还被世界上众多的成年人和儿童所传诵。他的童话创作分早、中、晚三个时期。早期童话多充满幻想乐观的精神，如《丑小鸭》、《拇指姑娘》等；中期的童话，幻想成分减少，现代成分增加，如《卖火柴的小女孩》；晚期的童话更现实，着力描写底层民众的悲苦命运，揭露社会的阴冷和人间的不平，作品基调低沉，如《柳树下的梦》等。在语言风格上，安徒生是一个有高度创造性的作家，在作品中大量运用丹麦下层人民的日常口语和民间故事的结构形式。语言生动、自然、流畅、优美、优雅、充满浓郁的乡土气息。他虽然把满腔同情倾注在穷苦人身上，但因找不到摆脱不幸的道路，又以伤感的眼光看待世界，流露出消极情绪。他认为上帝是真、善、美的化身，可以引导人们走向"幸福"。他在作品中有时也进行道德说教，宣扬基督教的博爱思想，提倡容忍与和解的精神。安徒生的童话同民间文学有着血缘关系，继承并发扬了民间文学的朴素清新的格调。他早期的作品大多数取材于民间故事，后期创作中也引用了很多民间歌谣和传说。他创造的艺术形象，如小锡兵、拇指姑娘、丑小鸭等，已成为欧洲语言中的典故。安徒生的作品很早就被介绍到中国，《新青年》1919 年 1 月号就刊载过周作人译的《卖火柴的小女孩》的译文。1942 年，北京新潮社出版了林兰、张近芬合译的《旅伴》。此后，商务印书馆、中华书局和开明书店陆续出版了安徒生童话的译本、安徒生传及其作品的评论。著名的译者有郑振铎、茅盾、赵景深等。不过新中国成立前的译本都是从英语、日语或其他国家文字转译过来的。新中国成立后，叶君健对安徒生原著进行了系统的研究，直接从丹麦文把安徒生的童话故事全部译成中文。现如今，安徒生的童话在中国已是家喻户晓的经典儿童读物。

第三节 《安徒生童话》选段

卖火柴的小女孩

天气冷得可怕。正在下雪，黑暗的夜幕开始垂下来了。这是这年最后的一夜——新年的前夕。在这样的寒冷和黑暗中，有一个光头赤脚的小女孩正在街上走着。是的，她离开家的时候还穿着一双拖鞋，但那又有什么用呢？那是一双非常大的拖鞋——那么大，最近她妈妈一直在穿着。当她匆忙地越过街道的时候，两辆马车飞奔着闯过来，弄得这小姑娘把鞋跑落了。有一只她怎样也寻不到，另一只又被一个男孩子捡起来，拿着逃走了。这男孩子还说，等他自己将来有孩子的时候，可以把它当做一个摇篮来使用。

现在这小姑娘只好赤着一双小脚走。小脚已经冻得发红发青了。她有许多火柴包在一个旧围裙里；她手中还拿着一扎。这一整天谁也没有向她买过一根；谁也没有给她一个铜板。

可怜的小姑娘！她又饿又冻地向前走，简直是一幅愁苦的画面。雪花落到她金黄的长头发上——它卷曲地铺散在她的肩上，看起来非常美丽。不过她并没有想到自己的漂亮。所有的窗子都射出光来，街上飘着一股烤鹅肉①的香味。的确，这是除夕。她在想这件事情。

那儿有两座房子，其中一座房子比另一座更向街心伸出一点，她便在这个墙角里坐下来，缩做一团。她把一双小脚也缩进来，不过她感到更冷。她不敢回到家里去，因为她没有卖掉一根火柴，没有赚到一个铜板。她的父亲一定会打她，而且家里也是很冷的，因为他们头上只有一个风可以从那上面灌进来的屋顶，虽然最大的裂口已经用草和破布堵住了。

她的一双手几乎冻僵了。唉！哪怕一根小火柴对她也是有好处的。只要她敢抽出一根来，在墙上擦了，就可以暖手！最后她抽出一根来了。哧！它燃起来了，冒出火光来了！当她把手覆在上面时它便变成了一朵温暖、光明的火焰，像一根小小的蜡烛。这是一道美丽的小光！小姑娘觉得真像坐在一个铁火炉旁边一样：它有光亮的黄铜圆捏手和黄铜炉身。火烧得那么欢，那么暖，那么美！唉，这是怎么一回事儿？当小姑娘刚刚伸出一双脚、打算暖一暖脚的时候，火焰就忽然熄灭了！火炉也不见了。她坐在那儿，手中只有烧过了的火柴。

她又擦了一根。它燃起来了，发出光来了。墙上有亮光照着的那块地方，现在变得透明，像一片薄纱；她可以看到房间里的东西：桌上铺着雪白的台布，上面有精致的碗盘，填满了梅子和苹果的、冒着香气的烤鹅。更美妙的事情是：这只鹅从盘子里跳出来了，背上插着刀叉，蹒跚地在地上走着，一直向这个穷苦的小姑娘面前走来。这时火柴就熄灭了，她面前只有一堵又厚又冷的墙。

她点了另一根火柴。现在她是坐在美丽的圣诞树下面。上次圣诞节时，她透过玻璃门，看到一个富有商人家里的一株圣诞树；可是现在这一株比那株还要大，还要美。它的绿枝上燃着几千支蜡烛；彩色的图画，跟橱窗里挂着的那些一样美丽，在向她眨眼。这个小姑娘把两只手伸过去。于是火柴就熄灭了。圣诞节的烛光越升越高。她看到它们现在变成了

---

① 烤鹅肉是丹麦圣诞节和除夕晚餐中的一个主菜。

明亮的星星。这些星星有一颗落下来了，在天上划出一条长长的光线。

"现在又有一个什么人死去了①，"小姑娘说，因为她的老祖母曾经说过：天上落下一颗星，地上就有一个灵魂升到上帝那儿去。老祖母是唯一对她好的人，但是现在已经死了。

她在墙上又擦了一根火柴。它把四周都照亮了；在亮光中老祖母出现了。她显得那么光明，那么温柔，那么和蔼。"祖母！"小姑娘叫起来。"啊！请把我带走吧！我知道，这火柴一灭掉，你就会不见了，你就会像那个温暖的火炉，那只美丽的烤鹅，那棵幸福的圣诞树一样地不见了！"

于是她急忙把整束火柴中剩下的火柴都擦亮了，因为她非常想把祖母留住。这些火柴发出强烈的光芒，照得比大白天还要明朗。祖母从来没有像现在这样显得美丽和高大。她把小姑娘抱起来，搂到怀里。她们两人在光明和快乐中飞走了，越飞越高，飞到既没有寒冷，也没有饥饿，也没有忧愁的那块地方——她们是跟上帝在一起。

不过在一个寒冷的清晨，这个小姑娘却坐在一个墙角里；她的双颊通红，嘴唇发出微笑，她已经死了——在旧年的除夕冻死了。新年的太阳升起来了，照着她小小的尸体！她坐在那儿，手中还捏着火柴——其中有一扎差不多都烧光了。

"她想把自己暖和一下，"人们说。谁也不知道：她曾经看到过多么美丽的东西，她曾经是多么光荣地跟祖母一起，走到新年的幸福中去。

甲　虫

皇帝的马儿钉得有金马掌②；每只脚上都有一个金马掌。为什么他有金马掌呢？

他是一个很漂亮的动物，有细长的腿子，聪明的眼睛；他的鬃毛悬在颈上，像一片丝织的面纱。他背过他的主人在枪林弹雨中驰骋，听到过子弹飒飒地呼啸。当敌人逼近的时候，他踢过和咬过周围的人，与他们作过战。他背过他的主人在敌人倒下的马身上跳过去，救过赤金制的皇冠，救过皇帝的生命——比赤金还要贵重的生命。因此皇帝的马儿钉得有金马掌，每只脚上都有一个金马掌。

甲虫这时就爬过来了。

"大的先来，然后小的也来。"他说，"问题不是在于身体的大小。"他这样说的时候就伸出他的瘦小的腿来。

"你要什么呢？"铁匠问。

"要金马掌。"甲虫回答说。

"乖乖！你的脑筋一定有问题，"铁匠说。"你也想要有金马掌吗？"

"我要金马掌！"甲虫说，"难道我跟那个大家伙有什么两样不成？他被人伺候，被人梳刷，被人看护，有吃的，也有喝的。难道我不是皇家马厩里的一员吗？"

"但是马儿为什么要有金马掌呢？"铁匠问，"难道你还不懂得吗？"

"懂得？我懂得这话对我是一种侮辱，"甲虫说。"这简直是瞧不起人。——好吧，我现在要走了，到外面广大的世界里去。"

"请便！"铁匠说。

"你简直是一个无礼的家伙！"甲虫说。

---

① 北欧人的迷信：世界上有一个人，天上便有一颗星。一颗星的陨落象征一个人的死亡。

② 原文是 guldskoe，直译即"金鞋"的意思，这儿因为牵涉到马，所以一律译为马掌。

于是他走出去了。他飞了一小段路程，不久他就到了一个美丽的小花园里，这儿玫瑰花和薰衣草开得喷香。

"你看这儿的花开得美丽不美丽？"一只在附近飞来飞去的小瓢虫问。他那红色的、盾牌一样硬的红翅膀上亮着许多黑点子。"这儿是多么香啊！这儿是多么美啊！"

"我是看惯了比这还好的东西的，"甲虫说，"你认为这就是美吗？咳，这儿连一个粪堆都没有。"

于是他更向前走，走到一棵大紫罗兰花荫里去。这儿有一只毛虫正在爬行。

"这世界是多么美丽啊！"毛虫说，"太阳是那么温暖，一切东西是那么快乐！我睡了一觉——他就是大家所谓'死'了一次——以后，我醒转来就变成了一只蝴蝶。"

"你真自高自大！"甲虫说，"乖乖，你原来是一只飞来飞去的蝴蝶！我是从皇帝的马厩里出来的呢。在那儿，没有任何人，连皇帝那匹心爱的、穿着我不要的金马掌的马儿，也没有这么一个想法。长了一双翅膀能够飞几下！咳，我们来飞吧。"

于是甲虫就飞走了。"我真不愿意生些闲气，可是我却生了闲气了。"

不一会儿，他落到一大块草地上来了。他在这里躺了一会儿，接着就睡去了。

我的天，多么大的一阵急雨啊！雨声把甲虫吵醒了。他倒很想马上就钻进土里去的，但是没有办法。他栽了好几个跟头，一会儿用他的肚皮、一会儿用他的背拍着水，至于说到飞，那简直是不可能了。无疑地，他再也不能从这地方逃出他的性命。他只好在原来的地方躺下，不声不响地躺下。

天气略微有点好转。甲虫把他眼里的水挤出来。他迷糊地看到了一件白色的东西。这是晾在那儿的一床被单。他费了一番气力爬过去，然后钻进这潮湿单子的折纹里。当然，比起那马厩里的温暖土堆来，躺在这地方是并不太舒服的。可是更好的地方也不容易找到，因此他也只好在那儿躺了一整天和一整夜。雨一直是在不停地下着。到天亮的时分，甲虫才爬了出来。他对这天气颇有一点脾气。

被单上坐着两只青蛙。他们明亮的眼睛射出极端愉快的光芒。

"天气真是好极了！"他们之中一位说，"多么使人精神爽快啊！被单把水兜住，真是再好也没有！我的后腿有些发痒，像是要去尝一下游泳的味儿。"

"我倒很想知道，"第二位说，"那些飞向遥远的外国去的燕子，在他们无数次的航程中，是不是会碰到比这更好的天气。这样的暴风！这样的雨水！这叫人觉得像是待在一条潮湿的沟里一样。凡是不能欣赏这点的人，也真算得上是不爱国的人了。"

"你们大概从来没有到皇帝的马厩里去过吧？"甲虫问，"那儿的潮湿是既温暖而又新鲜。那正是我所住惯了的环境；那正是合我胃口的气候。不过我在旅途中没有办法把它带来。难道在这个花园里找不到一个垃圾堆，使我这样有身份的人能够暂住进去，舒服一下子么？"

不过这两只青蛙不懂得他的意思，或者还是不愿意懂得他的意思。

"我从来不问第二次的！"甲虫说，但是他已经把这问题问了三次了，而且都没有得到回答。

于是他又向前走了一段路。他碰到了一块花盆的碎片。这东西的确不应该躺在这地方；但是他既然躺在这儿，他也就成了一个可以躲避风雨的窝棚了。在他下面，住着好几家蠼螋。他们不需要广大的空间，但却需要许多朋友。他们的女性是特别富于母爱的，因此每个母亲就认为自己的孩子是世上最美丽、最聪明的人。

"我的儿子已经订婚了，"一位母亲说，"我天真可爱的宝贝！他最伟大的希望是想有一天能够爬到牧师的耳朵里去。他真是可爱和天真。现在他既订了婚，大概可以稳定下来了。

对一个母亲说来，这真算是一件喜事！"

"我们的儿子刚一爬出卵子就马上顽皮起来了，"另外一位母亲说，"他真是生气勃勃。他简直可以把他的脚都跑掉了！对于一个母亲说来，这是一件多大的愉快啊！你说对不对，甲虫先生？"她们根据这位陌生客人的形状，已经认出他是谁了。

"你们两个人都是对的，"甲虫说。这样他就被请进她们的屋子里去——也就是说，他在这花盆的碎片下面能钻进多少就钻进多少。

"现在也请你瞧瞧我的小蠼螋吧，"第三位和第四位母亲齐声说，"他们都是非常可爱的小东西，而且也非常有趣。他们从来不捣蛋，除非他感到肚皮不舒服。不过在他们这样的年纪，这是常有的事。"

这样，每个母亲都谈到自己的孩子。孩子们也在谈论着，同时用他们尾巴上的小钳子来夹甲虫的胡须。"他们老是闲不住的，这些小流氓！"母亲们说。她们的脸上射出母爱之光。可是甲虫对于这些事儿感到非常无聊；因此他就问起最近的垃圾堆离此有多少远。

"在世界很辽远的地方——在沟的另一边，"一只蠼螋回答说。"我希望我的孩子们没有谁跑得那么远，因为那样就会把我急死了。"

"但是我倒想走那么远哩，"甲虫说。于是他没有正式告别就走了；这是一种很漂亮的行为。

他在沟旁碰见好几个族人——都是甲虫之流。

"我们就住在这儿，"他们说，"我们在这儿住得很舒服。请准许我们邀您光临这块肥沃的土地好吗？你走了这么远的路，一定是很疲倦了。"

"一点也不错，"甲虫回答说，"我在雨中的湿被单里躺了一阵子。清洁这种东西特别使我吃不消。我翅膀的骨节里还得了风湿病，因为我在一块花盆碎片下的阴风中站过。回到自己的族人中来，真是轻松愉快。"

"可能你是从一个垃圾堆上来的吧？"他们之中最年长的一位说。

"比那还高一点，"甲虫说，"我是从皇帝的马厩里来的。我在那儿一生下来，脚上就有金马掌。我是负有一个秘密使命来旅行的。请你们不要问什么问题，因为我不会回答的。"

于是甲虫就走到这堆肥沃的泥巴上来。这儿坐着三位年轻的甲虫姑娘。她们在格格地憨笑，因为她们不知道讲什么好。

"她们谁也不曾订过婚，"她们的母亲说。

这几位甲虫又格格地憨笑起来，这次是因为她们感到难为情。

"我在皇家的马厩里，从来没有看到过比这还漂亮的美人儿。"这位旅行的甲虫说。

"请不要惯坏了我的女孩子；也请您不要跟她们谈话，除非您的意图是严肃的。——不过，您的意图当然是严肃的，因此我祝福您。"

"恭喜！"别的甲虫都齐声地说。

我们的甲虫就这样订婚了。订完婚以后接踵而来的就是结婚，因为拖下去是没有道理的。

婚后第一天非常愉快；第二天也勉强称得上舒服；不过在第三天，太太的、可能还有小宝宝的吃饭问题就需要考虑了。

"我让我自己上了钩，"他说，"那么我也要让她们上一下钩，作为报复。——"

他这样说了，也就这样办了。他开小差溜了。他走了一整天，也走了一整夜。——他的妻子成了一个活寡妇。

别的甲虫说，他们请到他们家里来住的这位仁兄，原来是一个不折不扣的流浪汉子；现在他却把养老婆的这个担子送到他们手里了。

"唔，那么让她离婚、仍然回到我的女儿中间来吧，"母亲说，"那个恶棍真该死，遗弃了她！"

在这期间，甲虫继续他的旅行。他在一片白菜叶上渡过了那条沟。在快要天亮的时候，有两个人走来了。他们看到了甲虫，把他捡起来，于是把他翻转来，覆过去。他们两人是很有学问的。尤其是他们中的一位——一个男孩子。

"安拉在黑山石的黑石头里发现黑色的甲虫。《古兰经》上不是这样写着的吗？"他问。于是他就把甲虫的名字译成拉丁文，并且把这动物的种类和特性叙述了一番。这位年轻的学者反对把他带回家去。他说他们已经有了同样好的标本。甲虫觉得这话说得有点不太礼貌，所以他就忽然从这人的手里飞走了。现在他的翅膀已经干了，他可以飞得很远。他飞到一个温室里去。这儿屋顶有一部分是开着的，所以他轻轻地溜进去，钻进新鲜的粪土里。

"这儿真是很舒服。"他说。

不一会他就睡去了。他梦见皇帝的马死了，梦见甲虫先生得到了马儿的金马掌，而且人们还答应将来再造一双给他。

这都是很美妙的事情。于是甲虫醒来了。他爬出来，向四周看了一眼。这温室里面真是可爱之至！巨大的棕榈树高高地向空中伸去；太阳把它们照得透明。在它们下面展开一片丰茂的绿叶，一片光彩夺目、红得像火、黄得像琥珀、白得像新雪的花朵！

"这要算是一个空前绝后的展览了，"甲虫说，"当它们腐烂了以后；它们的味道将会是多美啊！这真是一个食物储藏室！我一定有些亲戚住在这儿。我要跟踪而去，看看能不能找到一位可以值得跟我来往的人物。当然我是很骄傲的，同时我也正因为这而感到骄傲。"

这样，他就高视阔步地走起来。他想着刚才关于那只死马和他获得的那双金马掌的梦。

忽然一只手抓住了甲虫，掐着他，同时把他翻来翻去。

原来园丁的小儿子和他的玩伴正在这个温室里。他们瞧见了这只甲虫，想跟他开开玩笑。他们先把他裹在一片葡萄叶子里，然后把他塞进一个温暖的裤袋里。他爬着，挣扎着，不过孩子的手紧紧地捏住了他。后来这孩子跑向小花园的尽头的一个湖那边去。在这儿，甲虫就被放进一个破旧的、失去了鞋面的木鞋里。这里面插着一根小棍子，作为桅杆。甲虫就被一根毛线绑在这桅杆上面。所以现在他成为一个船长了；他得驾着船航行。

这是一个很大的湖；对甲虫说来，它简直是一个大洋。他害怕得非常厉害，所以他只有仰躺着，乱弹着他的腿子。

这只木鞋浮走了。它被卷入水流中去。不过当船一漂得离岸太远的时候，便有一个孩子扎起裤脚，在后面追上，把它又拉回来。不过，当它又漂出去的时候，这两个孩子忽然被喊走了，而且被喊得很急迫。所以他们就匆忙地离去了，让那只木鞋顺水漂流。这样，它就离开了岸，越漂越远。甲虫吓得全身发抖，因为他被绑在桅杆上，没有办法飞走。

这时有一个苍蝇来访问他。

"天气是多好啊！"苍蝇说，"我想在这儿休息一下，在这儿晒晒太阳。你已经享受得够久了。"

"你只是凭你的理解胡扯！难道你没有看到我是被绑着的吗？"

"啊，但我并没有被绑着呀，"苍蝇说，接着他就飞走了。

"我现在可认识这个世界了，"甲虫说，"这是一个卑鄙的世界！而我却是它里面唯一的老实人。第一，他们不让我得到那只金马掌；我得躺在湿被单里，站在阴风里；最后他们硬送给我一个太太。于是我得采取紧急措施，逃到这个大世界里来。我发现了人们是在怎样生活，同时我自己应该怎样生活。这时人间的一个小顽童来了，把我绑起，让那些狂暴的波涛来对付我，而皇帝的那匹马这时却穿着金马掌散着步。这简直要把我气死了。不过你在这个世界里不能希望得到什么同情的！我的事业一直是很有意义的；不过，如果没有任何人知道它的话，那又有什么用呢？世人也不配知道它，否则，当皇帝那匹爱马在马厩里伸出它的腿来让人钉上马掌的时候，大家就应该让我得到金马掌。如果我得到金马掌的话，我也可以算做那马厩的一种光荣。现在马厩对我说来，算是完了，这世界也算是完了。一切都完了！"

不过一切倒还没有完了。有一条船到来了，里面坐着几个年轻的女子。

"看！有一只木鞋在漂流着，"一位说。

"还有一个小生物绑在里面，"另外一位说。

这只船驶近了木鞋。她们把它从水里捞起来。她们之中有一位取出一把剪刀，把那根毛线剪断，而没有伤害到甲虫。当她们走上岸的时候，她就把他放到草上。

"爬吧，爬吧！飞吧，飞吧！如果你可能的话！"她说，"自由是一种美丽的东西。"

甲虫飞起来，一直飞到一个巨大建筑物的窗子里去。然后他就又累又困地落下来，恰恰落到国王那匹爱马的又细又长的鬃毛上去。马儿正是立在它和甲虫同住在一起的那个马厩里面。甲虫紧紧地抓住马鬃，坐了一会儿，恢复恢复自己的精神。

"我现在坐在皇帝爱马的身上——作为骑他的人坐着！我刚才说的什么呢？现在我懂得了。这个想法很对，很正确。马儿为什么要有金马掌呢？那个铁匠问过我这句话。现在我可懂得他的意思了。马儿得到金马掌完全是为了我的缘故。"现在甲虫又变得心满意足了。

"一个人只有旅行一番以后，头脑才会变得清醒一些。"他说。

这时太阳照在他身上，而且照得很美丽。

"这个世界仍然不能说是太坏，"甲虫说，"一个人只须知道怎样应付它就成。"

这个世界是很美的，因为皇帝的马儿钉上金马掌，而他钉上金马掌完全是因为甲虫要骑他的缘故。

"现在我将下马去告诉别的甲虫，说大家把我伺候得如何周到。我将告诉他们我在国外的旅行中所得到的一切愉快。我还要告诉他们，说从今以后，我要待在家里，一直到马儿把他的金马掌穿破了为止。"

柳树下的梦

却格附近一带是一片荒凉的地区。这个小城市是在海岸的近旁——这永远要算是一个美丽的位置。要不是因为周围全是平淡无奇的田野，而且离开森林很远，它可能还要更可爱一点。但是，当你在一个地方真正住惯了的时候，你总会发现某些可爱的东西，你就是住在世界上别的最可爱的地方，你也会怀恋它的。我们还得承认：在这个小城的外围，在一条流向大海的小溪的两岸，有几个简陋的小花园，这儿，夏天的风景是很美丽的。两个小邻居，克努得和约翰妮，尤其是有这样的感觉。他们在那儿一起玩耍；他们穿过醋栗丛来彼此相会。

在这样的一个小花园里，长着两棵接骨木树；在另一个小花园里长着一棵老柳树。这两个小孩子特别喜欢在这株柳树下面玩耍；他们也得到了许可到这儿来玩耍。尽管这树长在溪流的近旁，很容易使他们落到水里去。不过上帝的眼睛在留神着他们，否则他们就可能出乱子。此外，他们自己是非常谨慎的。事实上，那个男孩子是一个非常怕水的懦夫，在夏天谁也没有办法劝他走下海去，虽然别的孩子很喜欢到浪花上去嬉戏。因此他成了一个被别人讥笑的对象；他也只好忍受。不过有一次邻家的那个小小的约翰妮做了一个梦，梦见她自己驾着一只船在却格湾行驶。克努得涉水向她走来，水淹到他的颈上，最后淹没了他的头顶。自从克努得听到了这个梦的时候起，他就再也不能忍受别人把他称为怕水的懦夫。他常常提起约翰妮所做的那个梦——这是他的一件很得意的事情，但是他却不走下水去。

他们的父母都是穷苦的人，经常互相拜访。克努得和约翰妮在花园里和公路上玩耍。公路上沿着水沟长着一排柳树。柳树并不漂亮，因为它们的顶都剪秃了；不过它们栽在那儿并不是为了装饰，而是为了实际的用处。而花园里的那棵老柳树要漂亮得多，因此他们常常喜欢坐在它的下面。

却格城里有一个大市场。在市集的日子，整条街都布满了篷摊，出卖缎带、靴子和人们所想要买的一切东西。来的人总是拥挤不堪，天气经常在下雨。这时你就可以闻到农人衣服上所发出来的一股气味，但是你也可以闻到姜饼的香气——有一个篷摊子摆满了这些东西。最可爱的事情是：每年在市集的季节，卖这些蜜糕的那个人就来寄住在小克努得的父亲家里。因此，他们自然能尝得到一点姜饼。当然小约翰妮也能分吃到一点。不过最妙的事情是，那个卖姜饼的人还会讲故事；他可以讲关于任何一件东西的故事，甚至于关于他的姜饼的故事。有一天晚上他就讲了一个关于姜饼的故事。这故事给了孩子们一个很深刻的印象，他们永远忘记不了。因为这个缘故，我想我们最好也听听它，尤其是因为这个故事并不太长。

他说："柜台上放着两块姜饼。有一块是一个男子的形状，戴一顶礼帽；另一块是一个小姑娘，没有戴帽子，但是戴着一片金叶子。他们的脸都是在饼子朝上的那一面，好使人们一眼就能看清楚，不至于弄错。的确，谁也不会从反面去看他们的。男子的左边有一颗味苦的杏仁——这就是他的心；相反地，姑娘的全身都是姜饼。他们被放在柜台上作为样品。他们在那上面待了很久，最后他们两个人就发生了爱情，但是谁也不说出口来。如果他们想得到一个什么结果的话，他们就应该说出来才是。

"'他是一个男子，他应该先开口。'她想。

"不过她仍然感到很满意，因为她知道他是同样地爱她。

"他的想法却是有点过分——男子一般都是这样。他梦想着自己是一个真正有生命的街头孩子，身边带着四枚铜板，把这姑娘买过来，一口吃掉了。

"他们就这样在柜台上躺了许多天和许多星期，终于变得干了。她的思想却越变越温柔和越女子气。

"'我能跟他在柜台上躺在一起，已经很满意了！'她想。于是——砰——她裂为两半。

"'如果她知道我的爱情，她也许可以活得更久一点！'他想。"

"这就是那个故事。他们两个人现在都在这儿！"糕饼老板说，"就他们的历史和他们没有结果的沉默爱情说来，他们真是了不起！现在我就把他们送给你们吧！"于是他就把那个还是完整的男子送给约翰妮，把那个碎裂了的姑娘送给克努得。不过这个故事感动了他们，他们鼓不起勇气来把这对恋人吃掉。

第二天他们带着姜饼到却格公墓去。教堂的墙上长满了最茂盛的长春藤；它冬天和夏天悬在墙上，简直像是一张华丽的地毯。他们把姜饼放在太阳光中的绿叶里，然后把这个没有结果的、沉默的爱情的故事讲给一群小孩子听。这叫做"爱"，因为这故事很可爱——在这一点上大家都同意。不过，当他们再看看这对姜饼恋人的时候，哎呀，一个存心拆烂污的大孩子已经把那个碎裂的姑娘吃掉了。孩子们大哭了一通，然后——大概是为了要不让那个男恋人在这世界上感到寂寞——他们也把他吃掉了。但是他们一直没有忘掉这个故事。

孩子们经常在接骨木树旁和柳树底下玩耍。那个小女孩用银铃一样的声音唱着最美丽的歌。可是克努得没有唱歌的天才；他只是知道歌中的词句——不过这也不坏。当约翰妮在唱着的时候，却格的居民，甚至铁匠铺的老板娘，都静静地站着听。"那个小姑娘有一个甜蜜的声音！"她说。

这是人生最美丽的时节，但不能永远是这样。邻居已经搬走了。小姑娘的妈妈已经去世了；她的爸爸打算迁到京城里去，重新讨一个太太，因为他在那儿可以找到一个职业——他要在一个机关里当个送信人，这是一个收入颇丰的差使。因此两个邻居就流着眼泪分手了，孩子们特别痛哭了一阵；不过两家的老人都答应一年最少通信一次。

克努得做了一个鞋匠的学徒，因为一个大孩子不能再把日子荒废下去；此外他已经受过了坚信礼！

啊，他多么希望能在一个节日到哥本哈根去看看约翰妮啊！但他没有去，他从来没有到那儿去过，虽然它离却格只不过七十多里地的路程。不过当天气晴朗的时候，克努得从海湾望去，可以遥遥看到塔顶；在他受坚信礼的那天，他还清楚地看见圣母院教堂上的发着闪光的十字架呢。

啊，他多么怀念约翰妮啊！也许她也记得他吧？是的，在圣诞节的时候，她的父亲寄了一封信给克努得的爸爸和妈妈。信上说，他们在哥本哈根生活得很好，尤其是约翰妮，因为她有美丽的声音，她可以希望有一个光明的前途。她已经跟她所演出的一个歌剧院订了合同，而且已经开始赚些钱了。她现在从她的收入中省下一块大洋，寄给她住在却格的亲爱的邻居过这个快乐的圣诞节。在"附言"中她亲自加了一笔，请他们喝一杯祝她健康的酒；同时还有："向克努得亲切地致意。"

一家人全哭起来了，然而这是很愉快的——他们所流出来的是愉快的眼泪。克努得的思想每天环萦在约翰妮的身上；现在他知道她也在想念他。当他快要学完手艺的时候，他就更清楚地觉得他爱约翰妮。她一定得成为他的亲爱的妻子。当他想到这点的时候，他的嘴唇上就飘出一丝微笑；于是他做鞋的速度也就加快了两倍，同时用脚紧扣着膝盖上的皮垫子。他的锥子刺进了他的手指，但是他也不在意。他下了决心不要像那对姜饼一样，扮演一个哑巴恋人的角色；他从那个故事得到了一个很好的教训。

现在他成了一个皮鞋师傅。他打好他的背包；他算是有生第一次终于要去哥本哈根了。他已经在那儿接洽好了一个主人。嗨，约翰妮一定是非常奇怪和高兴！她现在是十七岁了，而他已经十九岁。

当他还在却格的时候，他就想为她买一个金戒指。不过他想，他可以在哥本哈根买到更漂亮的戒指。因此他就向他的父母告别了。这是一个晚秋下雨的天气，他在微微的细雨中动身了。树上的叶子在飒飒地下落；当他到达哥本哈根新主人家里的时候，他已经全身透湿了。

在接着的一个星期日里，他就去拜望约翰妮的父亲。他穿上了一套手艺人的新衣服，戴上一顶却格的礼帽。这装束对现在的克努得很相称，从前他只戴一顶小便帽。

他找到了他所要拜访的那座房子。他爬了好几层楼，他的头几乎要昏了。在这个人烟稠密的城市里，人们一层堆一层地住在一起。

房间里是一种幸福的样子；约翰妮的父亲对他非常客气。他的新太太对他说来，是一个生人，不过她仍跟他握手，请他吃咖啡。

"约翰妮看到你一定会很高兴的！"父亲说，"你现在长成一个很漂亮的年轻人了……你马上就可以看到她！她是一个使我快乐的孩子，上帝保佑，我希望她更快乐。她自己住一间小房，而且还付给我们房租！"

于是父亲就在一个门上非常客气地敲了一下，好像他是一个客人似的。然后他们走进去了。嗨，这房间是多么漂亮啊！这样的房间在整个的却格都找不到的；就是皇后也不会有比这可爱的房间！它地上铺得有地毯，窗帘一直垂到地上；还有天鹅绒的椅子；四周全是花和画，还有一面镜子——它大得像一扇门，人们一不留心就很容易朝它走过去。

克努得一眼就看见了这些东西；不过他眼中只有约翰妮。她现在已经是一个成年的小姐了。她跟克努得所想象的完全不同，但是更美丽。她不再是一个却格的姑娘了，她是多么文雅啊！她朝克努得看了一眼，她的视线显得多么奇怪和生疏啊！不过这情形只持续了片刻；不一会儿她向他跑过来，好像她想要吻他一下似的。事实上她没有这样做，但是她几乎这样做了。是的，她看到她儿时的朋友，心中感到非常高兴！她的眼睛里亮着泪珠。她有许多话要说，她有许多事情要问——从克努得的父母一直问到接骨木树和柳树——她把它们叫做接骨木树妈妈和柳树爸爸，好像它们就像人一样。的确，像姜饼一样，它们也可以当做人看。她也谈起姜饼，谈起他们的沉默的爱情，他们怎样躺在柜台上，然后裂为两半——这时她就哈哈大笑起来。不过克努得的血却涌到脸上来了，他的心跳得比什么时候都快。不，她一点也没有变得骄傲！他注意到，她的父母请他来玩一晚上，完全是由于她的示意。她亲手倒茶，把杯子递给他。后来她取出一本书，大声地念给他听。克努得似乎觉得她所念的是关于他自己的爱情，因为那跟他的思想恰恰相吻合。于是她又唱了一支简单的歌；在她的歌声中，这支歌好像是一段历史，好像是从她的心里倾倒出来的话语。是的，她一定是喜欢克努得的。眼泪从他的脸上流下来了——他抑制不住，他也说不出半个字来。他觉得自己很傻，但是她紧握着他的手，说：

"你有一颗善良的心，克努得——我希望你永远是这样！"

这是克努得的无比地幸福的一晚。要想睡是不可能的；实际上克努得也没有睡。

在告别的时候，约翰妮的父亲曾经说过："唔，你不会马上就忘记我们吧！我们看吧！你不会让这整个的冬天过去，不再来看我们一次吧！"因此他下个礼拜天又可以再去，而他也就决定去了。

每天晚上，工作完了以后——他们在烛光下做活——克努得就穿过这城市，走过街道，到约翰妮住的地方去。他抬起头来朝她的窗子望，窗子差不多总是亮着的。有一天晚上他清楚地看到她的面孔映在窗帘上——这真是最可爱的一晚！他的老板娘不喜欢他每晚在外面"野游"——引用她的话——所以她常常摇头。不过老板只是笑笑。

"他是一个年轻小伙子呀！"他说。

"我们在礼拜天要见面。我要告诉她，说我整个的思想中只有她，她一定要做我亲爱的妻子才成。我知道我不过是一个卖长工的鞋匠，但是我可以成为一个师傅，最低限度成为一个独立的师傅。我要工作和斗争下去——是的，我要把这告诉她。沉默的爱情是不会有什么结果的；我从那两块姜饼已经得到了教训了。"

星期天到来了。克努得大步地走去。不过，很不幸！他们一家人都要出去，而且不得不当面告诉他。约翰妮握着他的手，问道：

"你到戏院去过没有？你应该去一次。星期三我将要上台去唱歌，如果你那天晚上有时间的话，我将送你一张票子。我父亲知道你的老板的住址。"

她的用意是多好啊！星期三中午，他收到了一个封好了的纸套，上面一个字也没有写，但是里面却有一张票。晚间，克努得有生第一次到戏院里去。他看到了什么呢？他看到了约翰妮——她是那么美丽，那么可爱！她跟一个生人结了婚，不过那是在做戏——克努得知道得很清楚，这不过是扮演而已，否则她决不会有那么大的勇气送他一张票，让他去看她结婚的！观众都在喝彩，鼓掌。克努得喊："好！"

连国王也对约翰妮微笑起来，好像他也喜欢她似的。上帝啊！克努得感到自己多么貌小啊！不过他是那么热烈地爱她，而她也喜欢他。但是男子应该先开口——那个姜饼姑娘就是这样想的。这个故事的意义是深长的。

当星期天一到来的时候，克努得又去了。他的心情跟去领圣餐的时候差不多。约翰妮一个人单独在家。她接待他——世界上再没有比这更幸运的事情。

"你来得正好！"她说，"我原来想叫我的父亲去告诉你，不过我有一个预感，觉得你今晚会来。我要告诉你，星期五我就要到法国去：如果我想要有一点成就的话，我非得这样做不可。"

克努得觉得整个的房间在打转，他的心好像要爆裂。不过他的眼睛里却没有涌出眼泪来，人们可以很清楚地看出，他感到多么悲哀。

约翰妮看到了这个情景，也几乎要哭出来。

"你这老实的、忠诚的人啊！"她说。

她的这句话使克努得敢于开口了。他告诉她说，他怎样热烈地爱她，她一定要做他亲爱的妻子才成。当他说这话的时候，他看到约翰妮的面孔变得惨白。她放松了手，同时严肃地、悲哀地回答说：

"克努得，请不要把你自己和我弄得痛苦吧。我将永远是你的一个好妹妹——你可以相信我。不过除此以外，我什么也办不到！"

于是她把她柔嫩的手贴到他灼热的额上。"上帝会给我们勇气应付一切，只要人有这个志愿。"

这时候她的继母走到房间里来了。

"克努得难过得很，因为我要离去！"她说，"拿出男子气概来吧！"她把手搭在他的肩上，好像他们在谈论着关于旅行的事情而没有谈别的东西似的。"你还是一个孩子！"她说，"不过现在你必须要听话，要有理智，像我们小时在那棵柳树底下一样。"

克努得觉得世界似乎有一块已经塌下去了。他的思想像一根无所归依的线，在风中飘荡。他待下没有走，他不知道他们有没有留他坐下来，但是他们一家人都是很和气和善良的。约翰妮倒茶给他喝，对他唱歌。她的歌调跟以前不同，但是听起来是分外美丽，使得他的心要裂成碎片。然后他们就告别了。克努得没有向她伸出手来。但是她握着他的手，说：

"我小时一起玩的兄弟，你一定会握一下你的妹妹的手，作为告别吧！"

她微笑着，眼泪从她的脸上流下来。她又重复地说一次："哥哥"——是的，这应该产生很好的效果——这就是他们的告别。

她坐船到法国去了，克努得在满地泥泞的哥本哈根走着。皮鞋店里别的人问他为什么老是这样心事重重地走来走去，他应该跟大伙儿一块去玩玩才对，因为他究竟还是一个年轻人。

他们带着他到跳舞的地方去。那儿有许多漂亮的女子，但是没有一个像约翰妮。他想在这些地方把她忘记掉，而她却更生动地在他的思想中显现出来了。"上帝会给我们勇气应付一切，只要人有这个志愿！"她曾经这样说过。这时他有一种虔诚的感觉，他叠着手什么也不玩。提琴在奏出音乐，年轻的姑娘在围成圆圈跳舞。他怔了一下，因为他似乎觉得他不应该把约翰妮带到这地方来——因为她是活在他的心里。所以他就走出去了。他跑过许多街道，经过他所住的那个屋子。那儿是阴暗的——处处都是阴暗、空洞和孤寂。世界走着自己的道路，克努得也走着自己的道路。

冬天来了。水都结了冰。一切东西似乎都在准备入葬。

不过当春天到来的时候，当第一艘轮船开航的时候，他就有了一种远行的渴望，远行到辽远的世界里去，但是他不愿意走进法国。因此他把他的背包打好，流浪到德国去。他从这个城走到那个城，一点也不休息和安静下来，只有当他来到那个美丽的古老的城市纽伦堡的时候，他的不安的情绪才算稳定下来。他决定住下来。

纽伦堡是一个稀有的古城。它好像是从画册里剪下来的一样。它的街道随意地伸展开来；它的房屋不是排成死板的直行。那些有小塔、蔓藤花纹和雕像装饰着的吊窗悬在人行道上；从奇形的尖屋顶上伸出来的水笕嘴，以飞龙或长腰犬的形式，高高地俯视着下边的街道。

……

他在这儿住了一个夏天和冬天。不过当夏天到来的时候，他再也忍受不了。接骨木树在开着花，而这花香使他记起了故乡。他似乎回到了却格的花园里去。因此克努得就离开了他的主人，搬到住在离城墙较远的一个老板家去工作；这个屋子上面没有接骨木树。

他的作坊离一座古老的石桥很近，面对着一个老是发出嗡嗡声的水推磨房。外边有一条激流在许多房子之间冲过去。这些房子上挂着许多腐朽的阳台；它们好像随时要倒进水里去似的。这儿没有接骨木树——连栽着一点小绿植物的花钵子也没有。不过这儿有一株高大的老柳树。它紧紧地贴着那儿的一幢房子，生怕被水冲走。它像却格河边花园里的那棵柳树一样，也把它的枝子在激流上展开来。

是的，他从"接骨木树妈妈"那儿搬到"柳树爸爸"的近旁来了。这棵树引起了某种触动，尤其是在有月光的晚上。

这种对丹麦的心情，在月光下面流露了出来。但是使他感触的不是月光。不，是那棵老柳树。

他住不下去。为什么住不下去呢？请你去问那棵柳树，去问那棵开着花的接骨木树吧！因此他跟主人告别，跟纽伦堡告别，走到更远的地方去。

他对谁也不提起约翰妮——他只是把自己的忧愁秘密地藏在心里。那两块姜饼的故事对他特别有深刻的意义。现在他懂得了那个男子为什么胸口上有一颗苦味的杏仁——他现在自己尝到这苦味了。约翰妮永远是那么温柔和微笑着的，但她只是一块姜饼。

他背包的带子似乎在紧紧束缚着他，使他感到呼吸困难。他把它松开，但是仍然不感到舒畅。他的周围只有半个世界；另外的一半压在他的心里，这就是他的处境！

只有当他看到了一群高山的时候，世界才似乎对他扩大了一点。这时他的思想才向外面流露；他的眼中涌出了泪水。

阿尔卑斯山，对他说来，似乎是地球的一双敛着的翅膀。假如这双翅膀展开了，显示出一片涌泉、云块和积雪的种种景色所组成的羽毛，那又会怎样呢？

在世界的末日那天，地球将会展开它庞大的翅膀，向上帝飞去，同时在它的明朗的光中将会像水泡似的爆裂！啊，唯愿现在就是最后的末日！

他静默地走过这块土地。在他看来，这块土地像一个长满了草的果木园。从许多屋子的木阳台上，忙着织丝带的女孩子们在对他点头。许多山峰在落日的晚霞中发出红光。当他看到深树林中的绿湖的时候，他就想起了却格湾的海岸。这时他感到一阵凄凉，但是他心中却没有痛苦。

莱茵河像一股很长的巨浪在滚流，在翻腾，在冲撞，在变成雪白的云雾，好像云块就是在这儿制造出来似的。虹在它上面飘着，像一条解开了的缎带。他现在不禁想起了却格的水推磨坊和冲撞着的、发出喧闹声的流水。

他倒是很愿意在这个安静的、莱茵河畔的城市里住下来的，可惜这儿的接骨木树和杨柳太多。因此他又继续向前走。他爬过巨大的高山，越过石峡，走过像燕子窠似的、贴在山边的山路。水在山峡里潺潺地流着，云块在他的下面飞着。在温暖夏天的太阳光下，他在光亮的蓟草上、石楠属植物上和雪上走着。他告别了北方的国家，来到了葡萄园和玉蜀黍田之间的栗树的荫下。这些山是他和他的回忆之间的一座墙——也应该是如此。

现在他面前出现了一座美丽的、雄伟的城市——人们把它叫做米兰。他在这儿找到了一个德国籍的老板，同时也找到了工作。他们是一对和善的老年夫妇；他现在就在他们的作坊里工作着。这对老人很喜欢这个安静的工人。他的话讲得很少，但工作得很努力，同时有一种虔诚的、基督徒的性格。就他自己说来，他也仿佛觉得上帝取去了他心中的一个重担子。

他最心爱的消遣是不时去参观那个雄巍的大理石教堂。在他看来，这教堂似乎是用他故国的雪造成的，用雕像、尖塔和华丽的大厅组合起来的。雪白的大理石雕像似乎在从每一个角落里、从每一个尖端、从每一个拱门上对他微笑。他上面是蔚蓝的天空，他下面是这个城市和广阔的龙巴得平原。再朝北一点就是终年盖着雪的高山。他不禁想起了却格的教堂和布满了红色长春藤的红墙。不过他并不怀恋它们，他希望他被埋葬在这些高山的后面。

他在这儿住了一年。自从他离开家以后，三年已经过去了。有一天他的老板带他到城里去——不是到马戏场去看骑师的表演，不是的，而是去看一个大歌剧院。这是一个大建筑物，值得一看。它有七层大楼，每层楼上都悬着丝织的帘子。从第一层楼到那使人一看就头昏的顶楼都坐满了华贵的仕女。她们的手中拿着花束，好像她们是在参加一个舞会似的。绅士们都穿着礼服，有许多还戴着金质或银质勋章。这地方非常亮，如同在最明朗的太阳光下一样。响亮而悦耳的音乐奏起来了。这的确要比哥本哈根的剧院华丽得多，但是那却是约翰妮住着的地方；而这儿呢——是的，这真是像魔术一样——幕向两边分开了，约翰妮穿着丝绸，戴着金饰和皇冠也出现了。她的歌声只有上帝的安琪儿可以和她相比。她尽量走到舞台前面来；同时发出只有约翰妮才能发出的微笑。她的眼睛望着克努得。

可怜的克努得紧握着他主人的手，高声地喊出来："约翰妮！"不过谁也听不见他。乐师在奏着响亮的音乐。老板只点点头，说："是的，是的，她的名字是叫作约翰妮！"

于是他拿出一张说明书来，他指着她的名字——她的全名。

不，这不是一个梦！所有的人都在为她鼓掌，在对她抛掷着花朵和花环。每次她回到后台的时候，喝彩声就又把她叫出来，所以她不停地在走出走进。

在街上，人们围着她的车子，把她拉着。克努得站在最前面，也是最高兴的。当大家来到她那光耀夺目的房子面前的时候，克努得紧紧地挤到她车子的门口。车门开了；她走了出来。灯光正照在她幸福的脸上，她微笑着，她温柔地向大家表示谢意，她非常受到感动。克努得朝她的脸上望，但是她不认识他。一位胸前戴有星章的绅士伸出他的手臂来扶她——大家都说，他们已经订婚了。

克努得回到家来，收拾好他的背包，他决定回到他的老家去，回到接骨木树和柳树那儿去——啊，回到那棵柳树下面去！

那对老年夫妇请他住下来，但是什么话也留不住他。他们告诉他，说是冬天快要到来了。山上已经快要下雪。但是他背着背包，挂着拐杖，只能在慢慢前进的马车后面的车辙里走——因为这是唯一可走的路。

这样他就向山上走去，一会儿上爬，一会儿下坡。他的气力没有了，但是他还看不见一个村子或一间房屋。他不停地向北方走去。星星在他的头上出现了，他的脚在摇摆，他的头在发昏。在深深的山谷里，也有星星在闪耀着；天空也好像伸展到他的下面去似的。他觉得他病了。他下面的星星越来越多，越闪越亮，而且还在前后摆动。这原来是一个小小的城市；家家都点上了灯火。当他了解到这情况以后，他就鼓起他一点残留的气力，最后到达了一个简陋的客栈。

他在那儿待了一天一夜，因为他的身体需要休息和恢复。山谷里是融雪和冰霜。上午有一个奏手风琴的人来了，他奏起一支丹麦的家乡曲子，弄得克努得又住不下去了。他走了几天，走了许多天，他匆忙地走着，好像他想要在家里的人没有死完以前，赶回去似的。不过他没有对任何人说出他心中的渴望，谁也不会相信他心中的悲哀——一个人的心中所能感觉到的、最深的悲哀；这种悲哀是不需要世人了解的，因为它并不是有趣，也不需要朋友了解——而且他根本就没有朋友。他是一个陌生人，在一些陌生的国度里旅行，向家乡，向北国走去。他在许多年以前、从他父母案的唯一的一封信里，有这样的话语："你和我们家里的人不一样，你不是一个纯粹的丹麦人。我们是太丹麦化了！你只喜欢陌生的国家！"这是他父母亲手写的——是的，他们最了解他！

现在是黄昏了。他在荒野的公路上向前走。天开始冷起来了。这地方渐渐变得很平坦，是一片田野和草原。路旁有一棵很大的柳树。一切景物是那么亲切，那么富有丹麦风味！他在柳树下坐下来。他感到困倦，他的头向下垂，他的眼睛闭起来休息。但是他在冥冥中感到，柳树在向他垂下枝子。这树像一个威严的老人，一个"柳树爸爸"，它把它的困累了的儿子抱进怀里，把他送回到那有广阔的白色海岸的丹麦祖国去，送到却格去，送到他儿时的花园里去。

是的，这就是却格的那棵柳树。这老树正在世界各处奔走来寻找他，现在居然找到他了，把他带回到小溪旁边的那个小花园里来——约翰妮在这儿出现了；她全身穿着漂亮的衣服，头上戴着金冠，正如他上次见到她的那个样子。她对他喊道："欢迎你！"

他面前立着两个奇怪的人形，不过比起他在儿时所看到的那个样子来，他们似乎是更近人情了。他们也有些改变；但是他们仍然是两块姜饼，一男一女。他们现在是正面朝上，显出很快乐的样子。

"我们感谢你！他们两人对克努得说。"你使我们有勇气讲出话来，你教导我们：一个人必须把心里想的事情自由地讲出来，否则什么结果也不会有！现在总算是有一个结果了——我们已经订了婚。"

于是他们就手挽着手在却格的街上走过去，他们的反面甚至都很像个样子；你在他们身上找不出一点儿毛病！他们一直向却格的教堂走去。克努得和约翰妮跟在他们后面；他们也是手挽着手的。教堂仍然像过去一样，墙壁是红的，墙上布满了绿色的长春藤。教堂大门向两边分开，风琴奏起来了。男的和女的双双地在教堂的通道上走进去。

"主人请先进去！"那对姜饼恋人说，同时退向两边，让克努得和约翰妮先进去。

他们跪下来。约翰妮向克努得低下头来；冰冷的泪珠从她的眼里滚滚地往外流。这是冰，他的热烈的爱情现在把它在她的心里融化了；它现在滴到他灼热的脸上，于是他醒来了。他原来是在一个严冬的晚上，坐在一棵异国的老柳树下。一阵冰雹正在从云中打下来，打到他的脸上。

"这是我生命中最甜美的一个时刻！"他说，"而这却是一个梦！上帝啊，让我再梦下去吧！"

于是他又把他的眼睛闭起来，睡过去了，做起梦来。

天明的时候，落了一场雪。雪花卷到他的脚边，他睡着了。村人到教堂去做礼拜，发现路旁坐着一个手艺人。他已经死了，在这棵柳树下冻死了。

（方华文编，摘自叶君健译：《安徒生童话集》，中国民间文艺出版社，1988）

第三十六章　罗伯特·彭斯及《彭斯诗选》

第一节　罗伯特·彭斯简介

彭斯，苏格兰文学史上最杰出的民族诗人，18世纪英国浪漫主义诗歌的先驱，在英国文学史上占有特殊重要的地位。"粗布衣诗人"是彭斯的自称。"粗布衣"意即农民，彭斯确实是苏格兰有史以来最杰出的农民诗人。彭斯1759年1月25日生于苏格兰艾尔郡阿洛韦镇的一个佃农家庭，1796年7月21日卒于邓弗里斯。自幼家境贫寒，未受过正规教育，靠自学获得多方面的知识。其最优秀的诗歌作品产生于1785—1790年间，收集在诗集《主要以苏格兰方言而写的诗》中。诗集体现了诗人一反当时英国诗坛的新古典主义诗风，从地方生活和民间文学中汲取营养，为诗歌创作带来了新鲜的活力，形成了他诗歌创作的基本特色：以虔诚的感情歌颂大自然及乡村生活；以入木三分的犀利言辞讽刺教会及日常生活中人们的虚伪。诗集使彭斯一举成名，被称为"天才的农夫"。后应邀到爱丁堡，出入于上流社会的显贵中间。但他发现自己高傲的天性和激进思想与上流社会格格不入，乃返回故乡务农。一度到苏格兰北部高原地区游历，后来当了税务官，一边任职一边创作。彭斯复活并丰富了苏格兰民歌；他的诗歌富有音乐性，可以歌唱。彭斯生于苏格兰民族面临被异族征服的时代，因此，他的诗歌充满了激进的民主、自由的思想。诗人生活在破产的农村，和贫苦的农民血肉相连。他的诗歌歌颂了故国家乡的秀美，抒写了劳动者淳朴的友谊和爱情。

彭斯的诗歌作品多使用苏格兰方言，并多为抒情短诗，如歌颂爱情的名篇《一朵红红的玫瑰》和抒发爱国热情的《苏格兰人》等。他还创作了不少讽刺诗（如《威利长老的祈祷》）、诗札（如《致拉布雷克书》）和叙事诗（如《两只狗》和《快活的乞丐》）。作品表达了平民阶级的思想感情，同情下层人民疾苦，同时以健康、自然的方式体现了追求"美酒、女人和歌"的快乐主义人生哲学。彭斯富有敏锐的幽默感，对苏格兰乡村生活的生动描写使他的诗歌作品具有民族特色和艺术魅力。

彭斯的诗歌体裁多样，除了写人们所熟知的抒情短诗以外，还擅长讽刺诗、诗札和叙事诗。他的讽刺诗可分两类。一类用嘲笑的笔调描绘世态，如《圣集》是集市上芸芸众生的写照，其中包含了对于宗教人士的讽刺。另一类是针对特定人物的讽刺，其中最有名的是《威利长老的祈祷》。它不仅讽刺一个教堂的长老，而且锋芒直指苏格兰教会。诗中所用的祈祷文的庄严口气同祈祷者所谈的肮脏、猥琐的内容形成了戏剧性的对照，增强了讽刺效果。

他的诗札也写得不同凡响，结构完整，往往一开始先表明时间、地点、气氛，接着议论风生，畅谈人生和艺术，或亲切地倾诉友谊，最后则以妙语作结，而贯穿其间的则是一种豪放、活泼的风格。《致拉布雷克书》即是一例。在这篇作品里，针对当时英国新古典主义诗歌重文雅、讲节制的风气，他提出了诗的灵感来自大自然、诗的价值在于用真挚的情感打动人心的浪漫主义观点。

除诗歌创作外，彭斯还收集整理大量的苏格兰民间歌谣，编辑出版了 6 卷本的《苏格兰音乐总汇》和 8 卷本的《原始的苏格兰歌曲选集》。其中《往昔的时光》（又名《友谊地久天长》、《骊歌》）不仅享誉苏格兰，而且闻名世界。

第二节　《彭斯诗选》简介

1959 年，为庆祝彭斯诞生二百周年，王佐良先生翻译的《彭斯诗选》由人民文学出版社出版发行，共收录彭斯作品 40 首；1985 年发行了该书的增补版，合计收录彭斯诗歌 61 首。这可以说是新中国文学翻译界对彭斯的翻译和研究达到了一个新高潮。王佐良先生曾写道："我对于苏格兰诗歌原无研究，只是因为一种偶然的机缘才使我读了彭斯的一些作品。一读又暴露了我的无知；我原以为彭斯主要是一个民歌手，一个抒情诗人，却不断地写了那样多出色的讽刺诗、诗札、叙事诗、即兴诗，有那样大的活力和戏剧性。这可以谈是发现的开始。"1982 年，王佐良应英国文化委员会的邀请，到彭斯的故乡访问。他在彭斯纪念馆里的陈列品中，看到其中有黄永玉画的彭斯像和黄苗子根据《我的心呀在高原》的诗意画的水墨画，都是前两年刚从北京远道送去的。王先生特意送上了自己翻译的《彭斯诗选》。

《彭斯诗选》共分七个部分。第一部分是 35 首抒情诗：如《呵，我爱过》、《青青苇子草》、《往昔的时光》、《奴隶怨》、《一朵红红的玫瑰》以及《自由树》等。在这些诗中，最为大家所熟知的莫过于《一朵红红的玫瑰》和《往昔的时光》。《一朵红红的玫瑰》是彭斯的代表作，它开了英国浪漫主义诗歌的先河。对济慈、拜伦等人有很大的影响。诗人用流畅悦耳的音调、质朴无华的词语和热烈真挚的情感打动了千百万恋人的心。也使得这首诗在问世之后成为人们传唱不衰的经典。诗歌吸收了民歌的特点，采用口语使诗歌朗朗上口，极大地显示了民歌的特色和魅力。读来让人感到诗中似乎有一种原始的冲动，一种原始的生命之流在流淌。《往昔的时光》则是在地球的各个角落，在亲朋的离别或是会议的告别仪式中被广为传唱，朋友们紧紧挽着手，歌唱永不相忘的友谊。它驱走了人们离别的哀愁，使人们满怀激情各奔前程。《彭斯诗选》的第二部分是 5 首讽刺诗：《致好得出奇者，即古板的正经人》、《威利长老的祈祷》、《死亡与洪布克大夫》、《圣集》和《致虱子》。第三部分是 12 首即兴诗：如《包格海地主詹姆斯·格里夫赞》、《写在一张钞票上的几行》、《谢某君赠报》和《拉塞尔上尉赞》等。第四部分是 3 首吟动物诗：《挽梅莉》、《写给小鼠》和《老农向母马麦琪贺年》。第五部分是 3 首叙事诗：《两只狗》、《佃农的星期六晚》和《汤姆·奥桑特》。第六部分是 2首诗札：《致拉布雷克书》和《寄奥吉尔屈利地方的威廉·辛卜逊》。第七部分是 1 首大合唱：《爱情与自由：大合唱》（又名《快活的乞丐》）。

第三节　《彭斯诗选》选段

玛丽·莫里逊

呵，玛丽，守候在窗口吧，
这正是我们相会的良辰！

只消看一眼你的明眸和巧笑，
守财奴的珍宝就不如灰尘！
我将欢乐地忍受一切苦难，
牛马般踏上征途，一程又一程，
只要能得着无价的奖赏——
那可爱的玛丽·莫里逊！

昨夜灯火通明，伴着颤动的提琴声，
大厅里旋转着迷人的长裙。
我的心儿却飞向了你，
坐在人堆里，不见也不闻；
虽然这个白得俏，那个黑得俊，
那边还有全城倾倒的美人，
我叹了一口气，对她们大家说：
"你们不是玛丽·莫里逊。"

呵，玛丽，有人甘愿为你死，
你怎能叫他永远失去安宁？
你怎能粉碎他的心？
他错只错在爱你过分！
纵使你不愿以爱来还爱，
至少该对我有几分怜悯，
我知道任何冷酷的心意，决不会
来自温柔的玛丽·莫里逊。

青青苇子草

四处都只见忧虑，
每时每刻都一样，哦。
人生有什么可图，
如果不是为了姑娘，哦。
合唱：
青青苇子草，哦，
青青苇子草，哦；
人生极乐的时刻
是同姑娘们一道，哦。

世人但知追求钱财，
而钱财仍然渺茫，哦。
等到最后弄到钱财，
心里早不欣赏，哦。
合唱：
青青苇子草，哦，

青青苇子草，哦；
人生极乐的时刻
是同姑娘们一道，哦。

不如找个黄昏好时节，
让我挽住爱人的腰身，哦；
世间的忧虑，世人的一切，
都随它们去折腾，哦。
合唱：
青青苇子草，哦，
青青苇子草，哦；
人生极乐的时刻
是同姑娘们一道，哦。

正人君子将我讥讽，
我看你们才是蠢驴，哦，
人间最聪明的英雄，
无一不热爱美女，哦。
合唱：
青青苇子草，哦，
青青苇子草，哦；
人生极乐的时刻
是同姑娘们一道，哦。

大自然敢于发誓，
她最好的手工是做美人，哦；
做男人只算学徒的尝试，
做姑娘才是自豪的成功，哦。
合唱：
青青苇子草，哦，
青青苇子草，哦；
人生极乐的时刻
是同姑娘们一道，哦。

孩子他爹，这开心的家伙

呵，谁来替我的宝贝买小衣？
呵，谁来安慰我，当我哭泣？
谁来吻我，当我在床上安息？
孩子他爹，这开心的家伙！

呵，谁肯承认是他做的错事？
呵，谁肯买酒庆我的月子？

谁肯给我孩子取名字？
孩子他爹，这开心的家伙！

当我爬上凳子表忏悔①，
谁来旁坐把我陪？
我只要罗勃，不需要别的安慰。
孩子他爹，这开心的家伙！

谁来同我谈心？
谁来使我高兴？
谁来把我亲了又吻？
孩子他爹，这开心的家伙！

一朵红红的玫瑰

呵，我的爱人像朵红红的玫瑰，
六月里迎风初开；
呵，我的爱人像支甜甜的曲子，
奏得合拍又和谐。

我的好姑娘，你有多么美！
我的情也有多么深！
我将永远爱你，亲爱的，
直到大海干枯水流尽。

直到大海干枯水流尽，
太阳把岩石烧作灰尘，
我也永远爱你，亲爱的，
只要我一息犹存。

珍重吧，我唯一的爱人，
珍重吧，让我们暂时别离，
我准定回来，亲爱的，
哪怕跋涉千万里！

往昔的时光

老朋友哪能遗忘，
哪能不放在心上？
老朋友哪能遗忘，
还有往昔的时光？

――――――――――――――

① 当时苏格兰教会规定，凡青年男女私通者须在教堂当众站忏悔凳，作为一种处罚。

合唱：
为了往昔的时光，老朋友，
为了往昔的时光，
再干一杯友情的酒，
为了往昔的时光。

你来痛饮一大杯，
我也买酒来相陪。
干一杯友情的酒又何妨？
为了往昔的时光。
合唱：
为了往昔的时光，老朋友，
为了往昔的时光，
再干一杯友情的酒，
为了往昔的时光。

我们曾邀游山岗，
到处将野花拜访。
但以后走上疲惫的旅程，
逝去了往昔的时光！
合唱：
为了往昔的时光，老朋友，
为了往昔的时光，
再干一杯友情的酒，
为了往昔的时光。

我们曾赤脚蹚过河流，
水声笑语里将时间忘。
如今大海的怒涛把我们隔开，
逝去了往昔的时光！
合唱：
为了往昔的时光，老朋友，
为了往昔的时光，
再干一杯友情的酒，
为了往昔的时光。

忠实的老友，伸出你的手，
让我们握手聚一堂，
再来痛饮一杯欢乐酒，
为了往昔的时光。
合唱：
为了往昔的时光，老朋友，

为了往昔的时光，
再干一杯友情的酒，
为了往昔的时光。

我的心呀在高原

我的心呀在高原，这儿没有我的心，
我的心呀在高原，追赶着鹿群，
追赶着野鹿，跟踪着小鹿，
我的心呀在高原，别处没有我的心！

再会吧，高原！再会吧，北方！
你是品德的国家、壮士的故乡，
不管我在哪儿游荡、到哪儿流浪，
高原的群山我永不相忘！

再会吧，皑皑的高山，
再会吧，绿色的山谷同河滩，
再会吧，高耸的大树，无尽的林涛，
再会吧，汹涌的急流，雷鸣的浪潮！

我的心呀在高原，这儿没有我的心，
我的心呀在高原，追赶着鹿群，
追赶着野鹿，跟踪着小鹿，
我的心呀在高原，别处没有我的心！

约翰·安特生，我的爱人

约翰·安特生，我的爱人，
记得当年初相遇，
你的头发漆黑，
你的脸儿如玉；
如今呵，你的头发雪白，
你的脸儿起了皱。
祝福你那一片风霜的白头！
约翰·安特生，我的爱人。

约翰·安特生，我的爱人，
记得我俩比爬山。
多少青春的日子，
一起过得完美！
如今呵，到了下山的时候，
让我们搀扶着慢慢走，
到山脚双双躺下，还要并头！

约翰·安特生，我的爱人！

杜河两岸

美丽的杜河两岸开满花，
如何竟开得这样鲜艳？
小鸟怎么这样尽情歌唱？
唯独我充满了忧伤！
会唱的小鸟呀，你浪荡地出入花丛，
只使我看了心碎！
因为你叫我想起逝去的欢乐——
逝去了，永不再回！

我曾在杜河两岸徘徊，
喜看藤萝攀住了蔷薇，
还听鸟儿都将爱情歌唱，
我也痴心地歌唱我的情郎。
快乐里我摘下一朵玫瑰，
红艳艳，香甜甜，带着小刺——
不想负心郎偷走了玫瑰，
呵，只给我留下了小刺！

一次亲吻

一次亲吻，然后分手，
一朝离别，永不回头！
用绞心的眼泪我向你发誓，
用激动的呜咽我向你陈词，
谁说命运已经背弃，
当希望之光还未灭熄？
没有一丝微亮照耀着我，
只有绝望像黑夜笼罩着我。

我决不怪自己偏爱，
谁能抗拒南锡的神采？
谁见她就会爱她，
谁爱她就会永远爱她。
若是我俩根本不曾热爱，
若是我俩根本不曾盲目地爱，
根本没有相逢，也就不会分手，
也就不会眼泪双双对流！

珍重吧，你女中最高最美的，
珍重吧，你人中最好最亲的，

愿你享有一切愉快，珍宝，
平安，幸福，爱情，欢笑！
一次亲吻，然后分手，
一朝离别，永不回头！
用绞心的眼泪我向你发誓，
用激动的呜咽我向你陈词。

奴隶怨

在甜蜜的塞内加尔仇人们把我来抓，
送到了弗吉尼亚，弗吉尼亚，哦！
硬把我从那美丽的海岸拉走，从此看不见它，
而我是，唉，疲倦了，疲倦了，哦！
硬把我从那美丽的海岸拉走，从此看不见它，
而我是，唉，疲倦了，疲倦了，哦！

那幽静的海岸上没有寒霜和冰雪，
不像弗吉尼亚，弗吉尼亚，哦！
那里水长流，那里花不谢，
而我是，唉，疲倦了，疲倦了，哦！
那里水长流，那里花不谢，
而我是，唉，疲倦了，疲倦了，哦！

我被赶着背上大包，又怕狠毒的鞭抽，
身在弗吉尼亚，弗吉尼亚，哦！
想起了最亲的朋友们，我苦泪滴滴流，
而我是，唉，疲倦了，疲倦了，哦！
想起了最亲的朋友们，我苦泪滴滴流，
而我是，唉，疲倦了，疲倦了，哦！

高原的玛丽

岸呵，山呵，水呵，
你们把蒙高利古堡围住，
林子何等绿，花儿何等艳，
流水又从不混浊！
那里夏天到得最早，
那里它久留不离，
因为我在那里最后告别
我那甜蜜的高原玛丽。

欢乐的绿桦树长得何等秀美，
山楂花开得何等茂盛！
就在它们喷香的绿荫下，

我把她紧抱贴身。
黄金的时光长了翅膀，
飞越我们的躯体，
她对我比生命还要珍贵，
我那甜蜜的高原玛丽。

多少遍誓言，多少次拥抱，
我俩难舍难分！
千百度相约重见，
两人才生生劈分！
谁知，呵，死神忽然降霜，
把我的花朵摧残成泥，
只剩下地黑、土凉，
盖住了我的高原玛丽！

我曾热吻过的红唇，
已经变得冰凉，
那双温情地看我的亮眼，
也已永远闭上，
一颗爱过我的心，
如今无声地烂在地里！
但在我心的深处，
永生着我的高原玛丽。

给我开门，哦！

曲调：轻轻地开门

哦，开门，纵使你对我无情，
也表一点怜悯，哦。
你虽变了心，我仍忠于情。
哦，给我开门，哦。

风吹我苍白的双颊，好冷！
但冷不过你对我的心，哦。
冰霜使我心血凝冻，
也没你给我的痛深，哦。

残月沉落白水中，
时间也随我沉落，哦。
假朋友，变心人，永别不再逢！
我决不再来缠磨，哦。

她把门儿大敞开，
见了平地上苍白的尸体，哦，
只喊了一声"爱"就倒在尘埃，
从此再也不起，哦。

天风来自四面八方

天风来自四面八方，
其中我最爱西方。
西方有个好姑娘，
她是我心所向往！
那儿树林深，水流长，
还有不断的山岗，
但是我日夜的狂想，
只想我的琴姑娘。

鲜花滴露开眼前——
我看见她美丽的甜脸；
小鸟婉转在枝头——
我听见她迷人的歌喉；
只要是天生的好花，
不管长在泉旁林间哪一家，
只要是小鸟会歌唱，
都叫我想到我的琴姑娘！

郎吹口哨妹就来

合唱：
呵，郎吹口哨妹就来，
呵，郎吹口哨妹就来！
哪怕爹娘气发疯，
呵，郎吹口哨妹就来！

你要求爱得悄悄来，
后门不开不要来，
来了从后院上楼别让人见，
见了装作不是为我来，
见了装作不是为我来！
合唱：
呵，郎吹口哨妹就来，
呵，郎吹口哨妹就来！
哪怕爹娘气发疯，
呵，郎吹口哨妹就来！

如果在教堂和市场碰上我，
你要装作无心看我就走过，
走过了可要让你的黑眼偷偷瞧，
瞧着了又当不知道，
瞧着了又当不知道！
合唱：
呵，郎吹口哨妹就来，
呵，郎吹口哨妹就来！
哪怕爹娘气发疯，
呵，郎吹口哨妹就来！

有时候你该发誓赌咒不理我，
有时候不妨说我长得丑。
但是啊，就为假装也不许把别的姑娘勾，
我怕她们会把你的心来偷，
我怕她们会把你的心来偷！
合唱：
呵，郎吹口哨妹就来，
呵，郎吹口哨妹就来！
哪怕爹娘气发疯，
呵，郎吹口哨妹就来！

苏格兰人

跟华莱士流过血的苏格兰人，
随布鲁斯作过战的苏格兰人，
起来！倒在血泊里也成——
要不就夺取胜利！

时刻已到，决战已近，
前线的军情吃紧，
骄横的爱德华在统兵入侵——
带来锁链，带来奴役！

谁愿卖国求荣？
谁愿爬进懦夫的坟茔？
谁卑鄙到宁做奴隶偷生？——
让他走，让他逃避！

谁愿将苏格兰国王和法律保护，
拔出自由之剑来痛击、猛舞？
谁愿生作自由人，死作自由魂？——
让他来，跟我出击！

凭被压迫者的苦难来起誓，
凭你们受奴役的子孙来起誓，
我们决心流血到死——
但他们必须自由！

打倒骄横的篡位者！
死一个敌人，少一个暴君！
多一次攻击，添一分自由！
动手——要不就断头！

如果你站在冷风里

呵，如果你站在冷风里，
一人在草地，在草地，
我的斗篷会挡住凶恶的风，
保护你，保护你。
如果灾难像风暴袭来，
落在你头上，你头上，
我将用胸脯温暖你，
一切同享，一切同当。

如果我站在最可怕的荒野，
天黑又把路迷，把路迷，
就是沙漠也变成天堂，
只要有你，只要有你。
如果我是地球的君王，
宝座我们共有，我们共有，
我的王冠上有一粒最亮的珍珠——
它是我的王后，我的王后。

为了我们正统的国王

为了我们正统的国王，
我们离开美丽的苏格兰海港。
为了我们正统的国王，
我们才见到爱尔兰地方，
亲爱的，
我们才见到爱尔兰地方。

如今一切人事都已尽了，
一切都渺茫！
再见吧，我的爱人，我的故乡！
我必须越过海洋，

亲爱的，
我必须越过海洋！

他朝右一转拐了弯，
身在爱尔兰的海岸，
他用力抖了一下马缰，
从此就永远他往，
亲爱的，
从此就永远他往。

兵士从战场回来，
水手自海洋归航，
我却离开了爱人，
从此就永远相忘，
亲爱的，
从此就永远相忘。

白天过去，黑夜临头，
人们都进了梦乡。
想起他在远方，我就流泪，
哭他那永恒的黑夜茫茫，
亲爱的，
哭他那永恒的黑夜茫茫。

走过麦田来

可怜的人儿，走过麦田来，
走过麦田来，
她拖着长裙
走过麦田来。
合唱：
呵，珍妮是可怜的人儿，
珍妮哭得悲哀。
她拖着长裙，
走过麦田来。

如果一个他碰见一个她，
走过麦田来，
如果一个他吻了一个她，
她何必哭起来？
合唱：
呵，珍妮是可怜的人儿，
珍妮哭得悲哀。
她拖着长裙，

走过麦田来。

如果一个他碰见一个她
走过山间小道，
如果一个他吻了一个她，
别人哪用知道！
合唱：
呵，珍妮是可怜的人儿，
珍妮哭得悲哀。
她拖着长裙，
走过麦田来。

爱情与自由：大合唱①

朗诵

当黄叶落在地上，
或像蝙蝠般飘荡，
遮住了北风猛吹的天空；
当冰雹像鞭子般抽打，
寒霜长起了利牙，
冷气一阵阵刺得脸痛：
在这样一个夜晚，
有一群天不怕地不怕的游荡人，
欢聚在南锡大娘的小酒馆，
当了破衣服，大杯来痛饮，
欢欢喜喜，热热闹闹，
大谈天下事，大唱流浪歌，
拍拍打打，蹦蹦跳跳，
险些儿震破了店主的大铁锅。

先说靠火最近坐了一位红衣汉，
身上挂着背包，袋里藏着饼干，
老行伍的打扮真干净，
怀里还抱着一个老姘头。
她热乎乎裹着毛毯喝烧酒，
仰着脸儿直向老兵挤眼睛，
老兵一见忙把嘴来亲。
亲得一声声人人都听见，
那女的索性张口就等吻，
真像要饭的伸碗叫可怜，

————————————

① 作者原题，一般版本作《快活的乞丐》。

左吻一下，右吻一下，
宛如赶车的狠狠打皮鞭。
吻够了，老兵摇头摆尾露大牙，
站起身来高声把那歌词编：

歌

曲调："军人乐"

我是战神之子，百战老兵，
到处脱衣让人看伤痕，
这一枪为了女人，那一刀来自法军，
当时两国交锋，好一片金鼓声。
拉蒂独独……①

我刚学会打仗，队长就一命归阴，
正是魁伯克城外胜负难分；
等我精通武艺，又是一场血战，
攻下了古巴堡垒，好一片金鼓声！

最后我又跟寇将军炮轰直布罗陀，
留下了一腿一手作为英勇的证明，
但如果国家需要，艾爷挂帅，
我就用断腿也要去追那一片金鼓声。

如今我仗着木腿木手去讨饭，
身上的军服早已破烂，
可是只要我还有背包、酒瓶和女人，
快乐就不减当年从军听那一片金鼓声。

白发老人受风霜，本也无妨，
林间石旁暂为家，更不打紧！
只等当光了背包，喝干最后酒一瓶，
就去大战阴兵，迎那地狱的一片金鼓声！
拉蒂独独……

朗诵

他唱完，只听一片热烈的喝彩，
直把那酒店的屋顶要震开！
老鼠赶快向后躲，

---

① 此行有谱无词，下同。

跑到最远最深的黑洞藏起来。
角落上一个小小的提琴手，
提高了细细的嗓门尖声叫"再来!"
这时站起了大兵的姘头，
她一摆手叫人安静就放开了歌喉:

歌

曲调:"大兵相好"

我曾是年轻姑娘，多久以前已经记不清，
我喜欢如意的年轻男人，一直到如今。
我的父亲原是轻骑兵，
难怪我见了大兵就相亲。
唱呵，拉地达……

我第一个爱人英俊又威武，
他的职务是隆隆打战鼓，
长长的腿儿红红的脸，
难怪我见了大兵就热恋。

但不久虔诚的牧师就把他顶掉，
我不爱军装，却恋上了道袍，
牧师他牺牲了灵魂，小妹我施舍了肉体，
从此我就失足，对我的大兵不起!

我很快厌腻了那满嘴上帝的畜生，
而把整个团队当作我的老公:
金边帽、银边帽、射击手、吹鼓手，
只要是大兵我就纵情风流!

仗一打完，穷得我上路去讨饭，
流浪了多年才在市集上遇着旧欢。
他破烂的军装上依然飘着团队的彩带，
我一见大兵就心头大快!

如今我已活了一生，也不知多少年头，
但依然会唱一支歌、喝一杯酒，
只要双手还能把酒杯拿紧，
我就要祝你长寿，我的英雄，我的大兵!
唱呵，拉地达……

朗诵①

角落里坐了一个小滑稽，
同一个女流氓喝得正投机，
他们完全不管别人吵，
两人之间忙不开交。
等到酒醉人迷情绵绵，
这小子才站起做个鬼脸，
回身吻一下女人的大嘴，
然后装作正经把笛子吹：

歌

曲调："西门老爵士"，

聪明爵士把酒喝醉成了糊涂，
坏蛋爵士坐堂审案变了糊涂，
我看他们只是想学糊涂，
唯有我才称得上真是糊涂。

祖母替我买了本大书，
我就上学去住宿。
读书像是跟我的才能不合，
但对傻瓜又能希望什么？

只要有酒我什么都干，
勾引女人占去我才能一半。
除此以外你又怎能苛求
一个公认的笨蛋木头？

有一次我被人绑着当牛，
因为我骂街又喝酒。
有一次我被人在教堂大骂，
因为我同一个姑娘扯扯拉拉。

可怜的安特鲁爱翻跟斗，
别人可不要说他丢丑。
听说当朝的赫赫首相，

---

① 从此起到下一个朗诵，共三十六行，仅见于阿罗微手稿，为彭斯亲笔，但似系后来所加。

也在大殿上翻个不休。

你看对面有个俨乎其然的青年，
为逗大伙儿乐，拼命地做鬼脸，
他笑我们走江湖不够文雅，
还不是因为同行出冤家！

现在我可要赶紧讲完下个结论——
说实话，我真口渴难忍！
有些人糊涂得自己还不知情，
天哪！那他可比我更加愚蠢！

朗诵

接着说话的是一个胖胖的母夜叉，
她擅长探囊取财本领到家，
曾经摸到手无数的钱包，
因此也被人把凉水灌饱。
她的爱人是个高原大汉，
但是呵！诅咒那绞绳和判官！
如今她是又流泪来又长叹，
哭她那漂亮的约翰，她的高原大汉！

歌

曲调："呵，假如你死了，丈夫"

我的爱人生在高山，
平原的法律他正眼不看，
对于老家他永远忠心，
我的英俊的约翰，漂亮的高原大汉！
合唱：
唱吧，唱得响，漂亮的约翰，我的高原大汉！
唱吧，唱得欢，漂亮的约翰，我的高原大汉！
走遍天涯海角，也寻不着一个男人
比得上我的约翰，我的高原大汉！

身穿方格花呢的男裙，
腰佩嵌宝镶金的短剑，
赢得了多少女人的喜欢，
我的英俊的约翰，漂亮的高原大汉！
合唱：

唱吧，唱得响，漂亮的约翰，我的高原大汉！
唱吧，唱得欢，漂亮的约翰，我的高原大汉！
走遍天涯海角，也寻不着一个男人
比得上我的约翰，我的高原大汉！

我们游了内地又到海岸，
名公贵妇哪有我们狂欢！
平原上的庸人们他谁也不怕，
我的英俊的约翰，漂亮的高原大汉！
合唱：
唱吧，唱得响，漂亮的约翰，我的高原大汉！
唱吧，唱得欢，漂亮的约翰，我的高原大汉！
走遍天涯海角，也寻不着一个男人
比得上我的约翰，我的高原大汉！

他们把他放逐到大洋彼岸，
但是树上的花儿还未开满，
我就又珠泪双流，拥抱了
我的英俊的约翰，漂亮的高原大汉！
合唱：
唱吧，唱得响，漂亮的约翰，我的高原大汉！
唱吧，唱得欢，漂亮的约翰，我的高原大汉！
走遍天涯海角，也寻不着一个男人
比得上我的约翰，我的高原大汉！

天哪，他们终于又将他抓走，
放在黑暗的牢房受难。
恶棍们不得好死！他们绞杀了
我的漂亮的约翰，我的高原大汉！
合唱：
唱吧，唱得响，漂亮的约翰，我的高原大汉！
唱吧，唱得欢，漂亮的约翰，我的高原大汉！
走遍天涯海角，也寻不着一个男人
比得上我的约翰，我的高原大汉！

如今我成为寡妇，整天长叹，
痛哭那永逝的欢乐，眼泪不干，
除了借酒浇愁，只有无限凄惨，
当我想起我的约翰，我的高原大汉！
合唱：
唱吧，唱得响，漂亮的约翰，我的高原大汉！
唱吧，唱得欢，漂亮的约翰，我的高原大汉！

走遍天涯海角，也寻不着一个男人
比得上我的约翰，我的高原大汉！

朗诵

一个又矮又瘦的提琴手，
向来为赶集和赛会演奏，
现在缠住了一个又高又大的胖妞，
他的额角刚到她的奶头，
他抱她就像抱了一个大筛，
还不住灌她如火的烧酒。

他一手叉腰，两眼看天，
为调嗓门先把"独来米法"练，
然后这小小的亚波罗
便把声音放尖，
用那不快不慢的拍子，
开始了他的自唱自演：

歌

曲调："一声口哨百愁消"

让我踮起脚替你揩去眼泪，
跟我走吧，做我的相好，
你将活得毫无恐惧，
管保你一声口哨百愁消。
合唱：
我靠拉琴为生，
为太太小姐把天下名曲都奏到，
她们最喜欢的甜蜜的歌
便是"一声口哨百愁消"。

我们出现在婚礼席间，打麦场上，
吃吃喝喝真叫妙，
痛快地玩吧！准叫悲哀老人
也一声口哨百愁消！

我们到处打打闹闹，
坐在人家墙头上，太阳底下把情调。
闲来无事，更是一切随心——
真叫是一声口哨百愁消。

只要我三生有幸，能得你的恩情，
只要我能拉着我的提琴，
我就不怕饥寒、凶险和风暴：
永远会一声口哨百愁消！
合唱：
我靠拉琴为生，
为太太小姐们把天下名曲都奏到，
她们最喜欢的甜蜜的歌
便是"一声口哨百愁消"。

朗诵

那位胖美人不仅迷住了可怜的提琴手，
她的姿容还打动了一位壮汉。
他上前一把抓住琴手的胡须，
抽出生锈的长刀就要往下砍，
一面破口大骂，发誓赌咒，
高叫定要把那小子劈成两瓣，
除非他答应从今以后
永远同那胖美人分手！

琴手骇得眼睛翻白，
赶紧下跪求饶，
脸上是又害怕来又难受，
这样才算把一桩公案了。
他眼睁睁看壮汉将女的一把拉住，
自己的伤心无处可诉，
只得装出在偷偷发笑，
听那壮汉向女人唱起小调：

歌

曲调："补锅"

我的好姑娘，我干的是铜匠活，
我的职业是补锅。
走遍基督教的天下，
处处都做铜活。
我也曾为了饷银去从军，
英勇的队伍册上有名，
但只要念头一动，我就开了小差去补锅，
任他们怎样搜寻，也寻不到小弟我！

呸！那小虾米算个什么！
瞧他那皮包骨头！
他只会满嘴胡诌，扮演小丑。
请看我身上的围裙，袋里的榔头，
手艺人的幸福我俩共同来享受！
这口锅是我信心所寄，希望所求，
让我指锅对酒来赌咒：
从今以后，我一定叫你衣食不愁，
否则我死也不再喝酒！

朗诵

铜匠胜利了，那美人脸也不红，
就往他的怀里一躺，
一半因为深受爱情的感动，
一半也因为灌饱黄汤。
琴手先生无可奈何，
只得将男子汉大丈夫来装，
反而拿起酒瓶一饮而尽，
祝贺他们那夜的姻缘和健康，
表示自己的豪爽。

这时爱神之子对另一女人射了一箭，
同她开了个不大不小的玩笑，
提琴手立刻向她进攻，
在鸡笼后面两人忙个不了。
这女人原来相好的是荷马的一位同行，
这诗人一见这样反倒高兴得忘了腿疮，
站起来跌跌撞撞一阵乱跳，
自愿让他们今夜成对成双，
分文也不要赔偿。

诗人原是自由自在的风流客，
酒神门下谁也不及他癫狂！
虽然人生的忧患他尝遍，
他的心可从未在命运手里受过伤。
他只有一个愿望——永远快乐无忧，
他什么也不需要——只不过爱喝烧酒，
他什么也不怨恨——除了悲哀颓唐，
这样缪斯就替他写下诗行，
让他当众歌唱：

歌

曲调："不管那一套"

合唱：
不管这一套那一套，
也不怕再多几十套，
我虽丢了一个老婆，
但还有两个也足够逍遥！

我是一个诗人，
上等人看不起我这一套，
但是老百姓处处欢迎荷马，
我也到一城，一城叫好。

我从未饮过缪斯的喷泉，
也没登过诗神的堂奥，
但我自有灵感的来源——
流不尽的啤酒，冒不完的酒泡！

对于美人我最为崇拜，
甘愿做她们的奴隶到老；
但是每人各有崇高的意志，
最大的罪恶在将别人阻挠。

人生难逢狂欢的盛会！
让我们互相热爱，不误今朝！
谁能规定跳蚤能咬人多久？
全看我们的兴致和爱好！

美人们叫我神魂颠倒，
她们的手段真有一套。
好吧，赶紧准备一切，等她们来到！
我还是喜欢婆娘们，不管人说哪一套！

合唱：
不管这一套那一套，
也不怕再多几十套，
只要为姑娘们的幸福，
我就流尽鲜血也不管那一套！

朗诵

诗人这样唱着，南锡大娘的酒店
响起一阵如雷的鼓掌，
每人都手舞足蹈，大笑大叫，
他们吃空了背包，当光了衣裳，
几乎连屁股也无法掩藏，
都只为口渴难当，要喝黄汤。
喝了酒，快活的人们兴致更高，
再三把诗人来央告，
要他放下背包，给大伙儿再挑
一个最精彩的民间小调。
诗人一听大高兴，立时跳起，
站在他的两位美人之间，
左右一看，只见众人睁眼观望，
早已等得不耐烦，只待跟着合唱。

歌

曲调："快活的人儿，再倒一杯酒"

君不见酒吐芬芳杯生烟，
君不见衣裳虽破乐无边，
你唱我和人人欢，
要把那快活的歌儿奏三遍！
合唱：
滚开！靠法律保护的顺民！
自由才是光荣的盛宴，
法庭只为懦夫而设，
教堂只给牧师方便！

名位何物，财宝何用？
沽名钓誉总成空！
只有欢乐才是生活，
且莫问身在何时、何国！
合唱：
滚开！靠法律保护的顺民，
自由才是光荣的盛宴，
法庭只为懦夫而设，
教堂只给牧师方便！

靠一点小本领，说一些小故事，

我们白天到处漫游。
晚上睡在仓库和马厩，
香香的干草上，还有女人并头。
合唱：
滚开！靠法律保护的顺民！
自由才是光荣的盛宴，
法庭只为懦夫而设，
教堂只给牧师方便！

谁敢说仆从如云的香车
就比我们走得更加轻快？
谁敢说明媒正娶的夫妻
就比我们相处更加恩爱？
合唱：
滚开！靠法律保护的顺民！
自由才是光荣的盛宴，
法庭只为懦夫而设，
教堂只给牧师方便！

人生原是无所不包，
哪用我们自寻烦恼！
说什么得体的文雅礼节！
这样的话最无气节！
合唱：
滚开！靠法律保护的顺民！
自由才是光荣的盛宴，
法庭只为懦夫而设，
教堂只给牧师方便！

让我们祝贺背包、行囊和粮袋，
让我们祝贺游荡的人们，
让我们祝贺褴褛的汉子和女人，
让我们一起高呼：阿门！
合唱：
滚开！靠法律保护的顺民！
自由才是光荣的盛宴，
法庭只为懦夫而设，
教堂只给牧师方便！

（张久全编，摘自王佐良译：《彭斯诗选》，人民文学出版社，1985）

第三十七章　霍桑及《红字》

第一节　霍桑简介

纳撒尼尔·霍桑，19 世纪美国小说家。他 1804 年出生于美国马萨诸塞州萨勒姆镇。他出身望族，祖辈都是清教徒，家族一直居住在新英格兰，中间着实有过数位显赫的人物，他们居高官、享荣华，风光一时。但他们在霍桑的心目中并不值得敬重，因为他们或者在迫害异教徒的恶潮中大开杀戒，或者在 1692 年的巫士大审案中草菅人命，形象极不光彩。霍桑对自己清教徒祖先的历史耿耿于怀，认为那是家族史上永远抹不掉的污点。他唯有用笔来打开人们禁锢的心扉，弘扬真善美，涤除假恶丑，才能为祖上赎罪。这或许是他创作《红字》及类似题材作品的初衷。霍桑的父亲是个船长，在霍桑 4 岁的时候死于海上。1821 年霍桑在亲戚资助下进入缅因州的博多因学院，在学校中他与朗费罗与富兰克林·皮尔斯成为好友。1824 年大学毕业，霍桑回到故乡，开始写作。完成一些短篇故事之后，他开始尝试把自己在博多因学院的经验写成小说，这就是长篇小说《范肖》，于 1828 年不署名发表，但是没有引起注意。霍桑将没有卖出去的小说全部付之一炬。1836 年霍桑在海关任职。1837 年他出版了两卷本短篇小说集《重讲一遍的故事》，开始正式署上自己的名字。1841 年霍桑曾参加超验主义者创办的布鲁克农场。1842 年 7 月 9 日结婚，婚姻非常美满。霍桑夫妻两人到马萨诸塞州的康科德村老牧师住宅居住三年，期间霍桑完成短篇小说集《古宅青苔》（又译《古屋青苔》），其中的短篇小说《小伙子布朗》及《拉伯西尼医生的女儿》很受欢迎。1846 年霍桑买了一座叫做路侧居的古老住宅，并与作家爱默生、梭罗等人为邻。1848 年由于政见与当局不同，他失去海关的职务，继续致力于创作活动，写出了他最重要的长篇小说《红字》。当年霍桑在野餐中偶然遇到了居住在附近的麦尔维尔并成为好友。麦尔维尔对霍桑的《古宅青苔》很是赞扬，并且在给霍桑的信里提到了自己的小说《白鲸》的写作。爱伦坡也对《重讲一遍的故事》和《古宅青苔》非常感兴趣，写了很多评论。《红字》发表后获得巨大成功，霍桑没有因此而满足，又创作了不少作品，其中包括《带有七个尖角阁的房子》和《福谷传奇》等。1853 年皮尔斯就任美国总统后，霍桑被任命为驻英国利物浦的领事。1857 年皮尔斯离任，霍桑侨居意大利，创作了另一部讨论善恶问题的长篇小说《玉石雕像》。1860 年霍桑返回美国，在康科德定居，坚持写作。1864 年 5 月 19 日霍桑与皮尔斯结伴旅游途中，在美国新罕布什尔州朴茨茅斯去世。

第二节　《红字》简介

长篇小说《红字》是霍桑的代表作。小说的主人公普林是一位年轻貌美的少妇，随着清教徒移民从英国来到北美新英格兰定居。她年迈的丈夫是个学者，留在英国处理善后事务，未能与普林同行。普林抵达英格兰移民小镇，孤身一人，举步维艰，幸与牧师亚瑟·丁梅斯代尔相识，普林得到悉心照料，从此安居下来。后来，二人感情日笃成为情人，并且生下一个可爱的女儿。然而，他们美满的生活却不为世俗社会所认同，普林被认为是败坏风气、与人通奸的坏女人，迎着她而来的，不是恶毒的语言就是唾沫和白眼。政教合一的加尔文神秘宗教教廷判处普林监禁并罚以胸前佩戴一个红色的"A"字（英文 ADULTERY——通奸的第一个字母），以此羞辱。普林为了心爱的人甘愿受罚，自始至终没有说出牧师的名字。而丁梅斯代尔却因为自己的身份和地位不敢承认与普林的私情，只能眼睁睁地看着普林被教廷示众、遭人羞辱。最令他痛苦不堪的是此时此刻他还要履行牧师的职责，强打起精神劝普林忏悔——当众供出奸夫的名字。而那个"伤风败俗"的男人恰恰是牧师本人。普林的丈夫奇林沃思和妻子分别两年后，千里迢迢赶来与妻子团聚，却目睹了她胸佩红字、怀抱婴儿、站在监狱门口示众的一幕。奇林沃思气急败坏，追问婴儿的生父是谁，可是从妻子的嘴里连一个字也问不出来。老奸巨猾的奇林沃思想出一个花招，迫使普林不敢泄露他的身份，然后乔装成医生暗中查访，发现蛛丝马迹便顺藤摸瓜，最终认定与妻子偷情者正是牧师。奇林沃思不露声色，以看病为由窥视牧师的隐私，旁敲侧击，竭尽精神折磨之能事，已达到报复的目的。久而久之，牧师的精神已接近崩溃的边沿，他背地里竟以自戕洗刷耻辱，致使身心受到毁灭性的创伤。一次布道结束后，丁梅斯代尔鼓足勇气，当众承认与普林有过私情，终于把数年来使他喘不过气的胸中块垒吐了出来。但他也心力交瘁，安详地死在了普林的怀中。小说惯用象征手法，人物、情节和语言都颇具主观想象色彩，在描写中又常把人的心理活动和直觉放在首位。因此，它不仅是美国浪漫主义小说的代表作，同时也被称作是美国心理分析小说的开创篇。霍桑采取了浪漫主义小说的创作形式。他认为只有这样，作者才能以自己选择的方式构思和创作，而又不必拘泥于细节的真实，才能在"真实的世界"和"仙境"之间找到现实与想象得以相结合的"中间地带"。

第三节 《红字》选段

第二章 市 场

这件事发生在两个世纪前的监狱大街，一个夏日的早晨。牢门前的草地上聚集了一大群波士顿居民，他们的眼睛全都紧紧盯住那扇镶满铁钉的橡木门。这些人长满胡须的脸上表情僵化、冷酷和严肃，若是换上另外一群人，或者新英格兰的历史再朝后推移些许，我们肯定会认为将要发生可怕的事情。这种情形说明，必有一位著名的罪犯要接受预期的审判，而法庭的裁决是让他在感情上承受公众的责罚。但早期的清教徒性格严酷，所以就无法明确地断定会发生这类事情。也许是一个懒惰的奴仆，或是由父母送交官府的忤逆子女，要绑在柱子上接受鞭笞。还可能是一位主张废除道德律的人、公谊会教徒或者其他异端教徒，要被鞭打出城。要不就是一个游手好闲、四处转悠的印第安人喝了白人的烧酒后在街上滋事生非，要被臭打一顿，赶回阴暗的森林里。另外，也可能是恶毒的西宾斯老夫人（法庭推事的遗孀）那样的巫婆，要走上绞架。无论出现以上的任何一种情况，旁观者都会持严肃的态度。这些人几乎视宗教和法律为一体，而这两者纵横交错，融化于他们的性格之中，所以严肃的态度对他们非常合适。他们对公共法律条文——无论是最温和的抑或最严厉的，都既敬又畏。刑场上的犯人如欲博得同情，那么，这些旁观者所给予的同情只会冷冰冰且少得可怜。另一方面，一种在今天只会引起讥讽和嘲笑的刑罚，当时却几乎似死刑一般显得庄严肃穆。

我们的故事开始的那个夏日的早晨，有一种情况值得注意：人群中夹杂着一些妇女，她们兴趣盎然，好像特别关心将要发生的处罚——不管它是什么样的形式。那年头不太讲究涵养和举止，所以这些穿衬裙和宽松裙的尤物喜欢在公众场合抛头露面，遇见处罚罪人，就晃动着硕大的身躯钻入人群，挤到离刑场最近的地方。在英国土生土长的姑娘和妇人，无论是从性情还是体质上，都要比她们繁衍了六七代之后的漂亮孙女们粗劣；在宗族延续的过程当中，每一代母亲传给女儿的是婀娜和纤巧的体态，即便是她们在性格上不如自己慓悍和顽强，但她们的外貌更加美丽。这工夫站立在牢门前的妇女，和堪称为女性代表的具有男子气概的伊丽莎白，相隔不足半个世纪。她们与伊丽莎白是同乡同类。故乡的牛肉和麦酒，连同未经过一丝一毫改良的道德观，大量充塞了她们的躯壳。因此，她们那沐浴在早晨明亮的阳光下的宽肩膀、高胸脯以及又圆又红的脸蛋，都是在遥远的岛国发育起来的，而置身于新英格兰的环境之中也未变得苍白和瘦削。另外，这些女士们大都勇于发表言论，且声音洪亮，若是在今日，无论是她们的嗓门还是说话的内容，都会叫我们瞠目结舌。

"诸位夫人，"只见一位横眉立目的五十岁老妪说道，"我们这些人阅历深，又是德高望重的教会会员，把赫丝特·普林这种败类交给我们处理，我们决不会辜负公众的希望。你们说呢，朋友们？我们只消在此处选出五个人对那个荡妇进行审判，就不会像尊敬的法官们所判决的那样，对她姑息纵容。上帝啊，我真不明白！"

"听说，"又有一位女人讲了话，"她的牧师——尊敬的丁梅斯代尔先生悲愤万分，没想到他的教民中竟出了这样的丑闻。"

"法官们倒是一些虔诚的绅士，就是太宽容了些，这可都是事实，"一位半老徐娘插话说，"最起码，也应该在赫丝特·普林的额头上用红烙铁留一个标记。我保证，那样会让赫丝特夫人有所收敛。像她这种骚货，只在她的衣服上做点文章，她才不会在乎呢！瞧着吧，她可以用胸针或异教徒的装饰品遮住标记，照样大摇大摆地招摇过市！"

一位手里领着个孩子的少妇在一旁放低声音说："她可以把标记遮住，可她的内心总还是痛苦的。"

"为什么要谈在她的衣服上印标记和在她的前额上留烙印呢？"另一位女人喊叫了起来，她在这个自发组成的审判团里是最丑的一个，也是最残忍的一个。"这个女人给大家带来了耻辱，应该一死了之。难道这方面无章可循吗？错了，《圣经》和法典上都写得明明白白。那些法官不依法律行事，待他们自己的妻女走上邪道，他们就会自食其果啦！"

"苍天在上，夫人，"人群中有个汉子大声嚷道，"女人除了害怕上绞架才循规蹈矩，难道就没有一点美德吗？对不起，这话说得尖刻了些。嘘，别出声啦，夫人们！牢门的大锁正在打开，普林夫人就要出来了。"

牢门吱一声，被从里推开了。最先出现的是面目狰狞可怕的执法官，他身佩腰刀、手持权杖，像一道黑影来到阳光之下。这个人物象征和代表着清教徒残酷无情的法律，而他的职责是把法律最终地、不折不扣地运用到罪人身上。只见他左手举起权杖，右手抓住一位年轻女子的肩头，把她朝前推搡。及至到了门槛前，那女子甩开了他，表现出天然的威仪和顽强的个性，一步跨出大门，就好像她完全是出于自愿。她怀里抱着个幼婴，出世大约只有三个月。小家伙眨巴着眼睛，在强烈日光的照耀下急忙将小脸扭至一旁，因为自降生以来她所熟悉的只是昏暗的地牢以及阴湿的囚室。

当年轻女人（即幼婴的母亲）整个儿暴露在大庭广众面前时，她似乎一激灵，先把孩子抱紧贴在胸前。这一举动与其说是出于母爱的本能，倒不如说她借以遮掩那缝在胸前的标记。可她立即就明智地想到孩子也是耻辱的标记，用其遮掩另一标记只会欲盖弥彰。于是，她将孩子移开，放在胳膊上，面孔泛出滚烫的红晕，且挂着高傲的微笑，以一种不容蔑视的目光环顾了一下四周的市民以及邻人。她的胸前有一个用漂亮的红布缝制的 A 形标记，而标记的饰边却是以金黄色的线精心刺绣出的华美图案。这个标记缝制得非常艺术，既有丰富的想象力又不乏巧妙的构思，对她的装束来说是一种再合适不过的饰品。她身上的衣服比较华丽，合乎当代人的趣味，但却远远超出了殖民地节俭法令所允许的限度。

这位年轻女子体态优雅、仪态万方，一头青丝又浓又密，于阳光下闪闪发亮。她冰肌玉肤、五官端美，长着两抹秀眉和一双深邃的黑眸，真可谓花容月貌。而且她举止得体，与当时上流社会的高贵女性无二。按现在的标准，高贵的女性应该举止斯文、细腻，表现出耐人寻味的典雅，而当时却应当端庄和肃穆。以过去的尺度衡量，赫丝特·普林步出牢门那一刹那，比以往任何时候都像贵妇人。那些以前认识她的人，以及那些以为她会被灾难性的风雨吹打得花枝凋零、精神颓丧的人，此刻都为之一怔，吃惊地发现她的美光彩照人，使锁罩着她的厄运已难以看见。但敏感的人很可能会观察到，她内心隐匿着极大的痛苦。她的服装是她在狱中专门为今天的场面缝制的，式样随心所欲，其狂放奇异的外观，可以反映出她的精神状态以及她绝望、凄惨的心情。不过，真正吸引住众人目光，令她为之一变的，却是那刺绣精美，在她的胸前闪闪发光的红字。那些对赫丝特·普林知根知底的人看到红字，都深为震动，好像以前从未见过她似的。红字所产生的魔力切断了她与人类的正常关系，将她幽闭在一个只有她自己的小天地里。

"她的针线活倒真是巧夺天工啊，"一位旁观的女人说道，"料不到这个恬不知耻的荡妇竟用这样的一种方式出风头！喂，女同胞们，这不明明在嘲笑我们神圣的法官吗，这不明明把那些尊贵的绅士所给予她的惩罚当做骄傲来炫耀吗？"

一位铁着脸的老妪说："要是把赫丝特夫人那华美的衣服从她俏丽的肩膀上剥下来，那才称心如意呢。至于那个缝制巧妙的红字，我会给她换上一块我害风湿症时穿过的法兰绒破布，那样更适合于她！"

"别说啦，好街坊，别说啦！"她们最年轻的一个同伴低语道。"当心让她听见！那刺绣的红字，一针一线都刺进了她的心头。"

这时，狰狞的执法官挥动了一下权杖，做了个手势。

"闪开点，诸位，我以国王的名誉要你们把路让开！"他叫喊道，"快腾出一条道来，我保证让你们看个够。普林夫人从现在起要待到下午一点钟，男女老少都可以好好欣赏她的奇装异服。我们要让罪恶暴露在阳光之下，愿上帝祝福正义的马萨诸塞殖民地！来吧，赫丝特夫人，到市场上去展示你的红字！"

旁观的人群立刻让出一条道来。执法官一马当先，而赫丝特·普林在一支由正颜厉色的男人和面目凶狠的女人所组成的杂牌队伍的簇拥下逶迤而行，走向指定的行刑地点。一些好奇的小学生急火火跑在她前边，他们对眼前发生的事情一点也不懂，只知道学校因此给他们放了半天假，于是便不时回过头观看她的面孔，她怀里眨巴着眼的婴儿以及她胸前那个可耻的红字。当时的监狱离市场并不算远，可是以这位犯人的经历来衡量却是一段漫长的路程。因为，尽管她态度高傲，但围观的人群每移动一步都会给她带来一分痛苦，仿佛她的心被抛到大街上任众人践踏一样。不过，人性里存在着一种近乎美德和慈悲的品质，那就是在受难者遭折磨的时候先不让他知道他会经历多么强烈的痛苦，而是让大部分痛苦旋踵而至。所以赫丝特·普林以一种比较泰然的态度经受了这一阶段的磨难，走向市场西端的刑场。刑场设立在波士顿早期教堂的屋檐下，好像是教堂的一个附属建筑。

其实，刑场只是刑法机构的一个组成部分，经历了两三代人后直至现今，对我们来说已经是历史性和传统性的东西了，可在昔日却如法国恐怖党人的断头台一般，被视为彰善瘅恶的有效工具。简而言之，这种刑法是一个枷锁，上方的架子用于执行法律，可以将犯人的脑袋牢牢固定在圈内；使其扬起脸让公众观看。这种铁与木的装置体现并宣扬着耻辱。我认为，这是一种与普通的人性背道而驰的暴行，没有比这种暴行更臭名昭著的了——它禁止犯人掩盖羞愧的面孔，不管他犯的是什么样的罪行。因为这正是此种刑法的本意所在。赫丝特·普林的情况与其他的犯人大致相同，也需要站在台子上示众，不过，她却无需担心送掉性命。其实，这也反映出丑恶的刑法机器最凶险的特性。她很清楚自己的角色，于是登上木头台阶，站在高出街道一个肩头的地方，把自己暴露给周围的群众。

在这些清教徒的人流中如果有一位罗马天主教徒，他很可能会从这位怀抱婴儿的美丽妇女身上，从她漂亮的服装及高雅的举止，联想到芸芸优秀画家争先恐后表现的圣母形象。通过对比，他会联想到无罪的母性那神圣的形象，联想到那为这个世界赎罪的婴儿。此时此地，人类生活的最神圣性质中出现了最深重的罪恶，使世界在这位妇女的美貌面前变得更加黑暗，在她生育的幼婴面前愈显堕落。

人类在目睹这种场景时难免会产生敬畏感，从而总会萌发负疚和惭愧的心情，除非社会彻底堕落，才会以微笑代替颤栗。而观看赫丝特·普林受辱的人群尚未与纯朴绝缘。如果判的是死刑，他们会严肃地观看她死去，丝毫不抱怨刑法的残酷，可他们没有一个人会像另外一种社会形态的居民一样，无情地把今天的这种当众受辱作为谈笑的素材。即便人群中出现了嘲讽嬉笑的倾向，也会受到抵制和压抑，因为尊贵的总督大人和他的几个顾问、法官、将军以及城里的若干牧师正从会议厅的露台上朝下观望刑场，他们有的端坐、有的伫立，形成了一种威慑力。有这样的一些人物在场，而且处处显示出他们等级的高贵和官职的威严，我们就完全可以有把握地断定，这是一次认真而有效的刑罚。因而，人群中具有一片严肃而庄重的气氛。千百双眼睛无情地盯住不幸的罪人，盯住她的胸脯，沉重地挤压着她，而她拼出一个女性最大的能力尽量支撑。这种承受简直令人无法忍受。她本是一个易于冲动、性情暴躁的人，而现在却克制住自己，准备迎接公众凶狠恶毒的嘲骂及各种各样的侮辱。但公众的情绪阴沉，寓含着一种可怕的因素，使得她甚至希望这些表情冷酷的人换上嘲笑的面孔，把她当做控告的对象。倘若那些男女以及尖嗓门的孩子一齐哄笑起来，赫丝特·普林也许会报以凄苦而又轻蔑的微笑。可她注定要承受这铅块一般的压力，于是她觉得自己时刻都会撕心裂肺地嘶叫出声，倾尽自己所有的气力，然后栽倒在台下，否则她立刻就会发疯。

不过，以她为最突出目标的全部场景有时似乎从她的视野中消失，或起码成为朦朦胧胧的东西在她的眼前闪烁，而那些人化为奇形怪状的幽灵形象，她的大脑，尤其是她的回忆异常活跃，不停地思想其他的场景，而不去注意这条坑洼不平的街道以及这座地处西部荒野边陲的小市镇。她想到的是另外一些人，而不是这些头戴尖顶帽、蔑视她的冷酷人群。她的回忆极其琐碎而又无影无形。童年时代、学校生活、孩子的游戏及拌嘴，还有少女期的家庭生活片断，接二连三地涌入她的脑海，这些与她以后的生活中所发生的最严重的事件交织在一起。一幅幅情景都是那样生动清晰，似乎同样的重要，或者说宛若剧中情节。回忆这些魔幻似的形体也许是她的一种本能反应，借以把自己从沉重而严酷的铁的现实中解脱出来。

不管怎样，反正这座枷锁刑场变成了展望点，把赫丝特·普林自快乐的孩提时代以来所走过的人生历程都一一铺现在她的面前。站在这个凄惨的台子上，她又一次看到了英格兰故乡的村庄以及父母的家。那是一座残败的灰石房屋，裹罩着贫穷的气氛，但门廊上方挂着一面破烂不堪的盾牌作为古老世家的标志。她看到了父亲的面孔，那光秃秃的额头以及那飘散的伊丽莎白时代老式轮形皱领上的凛凛苍髯。她也看到了母亲的面孔，看到了那始终令她魂牵梦绕的关切和爱抚的表情。甚至在母亲过世之后，那种表情仍时常温和地约束、警诫着她的行为。她还看到了自己那焕发着少女青春的面孔。她常常望着镜子发呆，而正是这张面孔给黯然的镜面增添了光彩。同时，她又看到了一张衰老、苍白、瘦削、学者型的男人面孔，那人的一双眼睛由于读书过多，被灯光弄得模糊蒙眬。然而，当这双眼睛发掘人类灵魂时，却具有奇特的洞察力。出于女性的本能，赫丝特·普林仍能记得起，这位埋头读书的苦行僧略微有些畸形，左肩比右肩稍高。在她记忆的长廊中，随即出现的是一座欧洲大陆城市，以及它那纵横交错的狭街窄巷、灰蒙蒙的高楼大厦、体积庞大的教堂和年代久远且造型古怪的公共建筑群。在那儿，一种新的生活在等待她，一种与这位畸形的学者息息相关的生活。这种生活就像残垣断壁上的一簇青苔，以朽物腐质为养料。一幕幕场景消失之后，清教徒居民区那寒碜的市场又回到了赫丝特·普林的眼前。市场上人挤人拥，都在以严厉的目光打量着她，不错，是在打量她！她怀抱婴儿站立在枷锁刑场，而她的胸前缝着以金黄色的线巧妙勾勒出的血红的 A 字！

这难道是真的吗？她猛烈地将婴儿抱在胸口上，使其发出一声哭喊。接着，她俯首望了望红字，甚至还用手摸了摸，看那孩子以及那可耻的字是否真实。千真万确！这就是她的现实，而其他的一切已成为过去。

第三章　认出

赫丝特·普林身戴红字，强烈地感受到众人都在用冷酷的目光注视着她，后来她认出一个人来，才转移了注意力。那人立于人群的外圈，以不可抗拒的力量占据了她的思想。那儿有一位身着土人服装的印第安人，但红种人对英国殖民地来说并非稀客，在这种时刻不会引起她的注意，更不会使她把脑海中所有其他的事物和观念都排除得干干净净。印第安人的身旁立着一个穿着半文明半野蛮怪诞服装的白人，二者显然是伴侣。

此人身材矮小，脸上皱纹纵横，但那不能说是岁月留下的痕迹。他的眉宇之间显露出非凡的智慧，因为一个人如果具有奇才异能，难免会影响到自己的外表，以明显的特点表现出来。他把一套奇装异服漫不经心地披在身上，似乎企图隐匿、掩饰自己畸形的身躯，但赫丝特·普林一眼就看出他的肩膀一高一低。一看到那瘦削的面孔和略微畸形的身躯，她猛一用劲把婴儿又一次紧紧搂在胸前，而可怜的幼婴疼得再次哭喊出声。可是，做母亲的好像没听到似的。

那个陌生人一来到市场，未待赫丝特·普林瞧见他，就已经把她盯了一会儿。那目光起初不太在意，而他像是一个习惯观察内部本质的人，外部现象除非与他的内心有某种联系，否则对他来说无关紧要、一钱不值。但转瞬之间，他的目光就变得凝重而锐利了。一种痛苦而恐惧的表情在他的脸上徘徊，犹如一条游动的毒蛇，稍做停顿，继而盘成一团，让人一目了然。他感情冲动，沉下了脸，但他马上就用意志控制了情绪。除了在某个短暂的瞬间，人们很可能认为他表情沉静呢！片刻之后，那种痉挛几乎隐匿了形迹，最后消失在他的内心深处。当他看到赫丝特·普林在盯着他瞧，而且好像认出他来时，便慢条斯理、泰然自若地翘起一个手指，在空中做了个手势，然后将手指放到了唇边。

接着，他拍了拍旁边一位市民的肩膀，彬彬有礼地问道：

"劳驾，尊敬的先生，那个女人是谁？为什么让她站在那儿当众受辱？"

"你八成是才到此地，朋友，"市民边回答边好奇地打量了一眼发问者以及他的那位野蛮的同伴，"不然你肯定耳闻过赫丝特·普林夫人和她的丑事。告诉你吧，她是尊敬的丁梅斯代尔牧师区里的一个臭名远扬的人物。"

"你说对了，"对方答道，"我不是本地人，而是一个万般无奈浪迹天涯的游子。无论是海上还是陆地上的大灾大难我都遭遇过，而且受到南方异教徒的长期监禁。是这位印第安人把我带到了这儿，目的是找人替我赎身。所以，我请求你把赫丝特·普林的情况——她的名字我没说错吧？——把她的罪行以及为什么让她走上刑台，都讲给我听听。"

"朋友，你在荒蛮地区经历了千难万险，最后终于来到了神圣的新英格兰，我想这一定让你感到高兴，因为我们这儿任何罪孽都难逃法网，都会当着诸位长官及其子民的面受到惩罚。你要知道，先生，那个女人的丈夫是位英国学者，长期客居阿姆斯特丹，但他早就想漂洋过海来我们马萨诸塞定居。于是，他先把妻子送了来，而他自己在那边还有些事务需要料理。先生，这个女人在波士顿住了快两年，而那位知识渊博的普林先生却音信全无。你瞧，他年轻的妻子就这样放任自流，走上了邪路——"

"啊！——哈哈！我可以想象得来。"外乡人说着，挤出了一个苦涩的笑。"像你说的那么一个知识渊博的人，在书本上也应该看到过这档子事。请问，先生，普林夫人怀里抱的那个婴儿——我想那孩子不过三四个月吧——他的父亲会是谁呢？"

"说真的，朋友，这一点至今仍是个谜。只有但以理①可以解开这个谜，可惜我们这儿没有但以理。"市民回答道，"赫丝特夫人死也不肯讲，长官们把心机费尽，可无济于事。或许那位不知名的罪人此刻正望着这凄惨的场景，可他忘了上帝也在瞧着他。"

"那位学者，"外乡人又笑了笑，说道，"应该亲自来揭开谜底。"

"如果他还活着，那当然好，"市民说道，"先生，我们马萨诸塞的长官们认为这个女人既年轻又漂亮，一定是受了强烈的引诱才失了贞洁，另外，她的丈夫很可能已淹死在海里，所以他们不忍心用极刑处罚她。依律判决应该是死刑，可他们同情心太强、心肠太软，于是就只判普林夫人在刑台上站三个小时，不过她终生将在胸前佩戴一种耻辱的标记。"

"多么高明的判决！"外乡人阴郁地摇了摇脑袋说。"这样她就成了劝人为善的活教材，死了后那个象征着耻辱的字还会刻到她的墓碑上。令我生气的是，她罪恶的伴侣没有同她一道站在台上。不过，早晚都会发现他！会的，一定会的！"

他礼貌地向那个健谈的市民鞠了个躬，又跟印第安人同伴耳语了几句，随后二人隐入了人群。

在这期间，赫丝特·普林立在台上，一直凝眸紧紧盯着外乡人。她的目光是那样专注，有时想得出神，世界上所有的东西都似乎消失了，只剩下了他们俩。那样的单独相处大概会比现在的见面形式更糟。中午灼热的阳光火辣辣照在她脸上，令她的耻辱更加醒目。她胸佩罪恶的红色标记，怀抱因罪过而降生的婴儿，吸引来了全城的人像参加节日庆典似的观看她漂亮的脸蛋。这张脸本应出现在火光闪烁的安静的壁炉旁，出现在幸福的家庭里或者教堂的婚纱下。她目前的处境惨不忍睹，可她却觉得成千上万的旁观者反而为她提供了掩护。中间隔着人的海洋，总比面对面地单独和他交谈强。她巴不得有这种避难所，宁肯在公众前曝光，唯恐撤去这样的屏障。她如此这般冥想遐思，没太留意身后有个人在叫她。后来那人以洪亮而庄严的声音把她的名字重复了不止一遍，使得全场人都能听得到。

"请听我说，赫丝特·普林！"那声音喊道。

---

① 《圣经》中希伯来的预言家。

前边已经提过，赫丝特·普林站立的刑台正上方就是议事厅的露台或者露天长廊。在那些年月，地方长官每逢宣布某项决定，便聚集在露台上，并召集公众举行隆重的仪式。贝林厄姆总督此时就坐在那儿观看我们所描绘的场景，身旁环立着四位持戟的军士担任警卫。他年事已高，脸上的皱纹记载着艰苦的经历，只见他帽子上插一支黑色羽翎，外披镶着花边的斗篷，内穿黑丝绒束腰紧身衣。担当这种社会的首脑和代表人，他是比较合适的，因为这种社会的起源、进步以及现今的发展靠的不是青春的活力，而依赖于成年人严肃的态度和千锤百炼的性格，依赖于老年人的沉着和智谋。他们之所以成绩辉煌，全是由于他们不耽于幻想和不空怀憧憬。总督周围其他的高官大人个个外表庄严，因为那个时候当权者应该具有神职人员威仪。毫无疑问，他们都是些善良、正直、贤明的人。但在人类大家庭里，恐怕再难找到这许多虽然聪慧又有德性，但却不善于裁判犯罪女人的心以及不善于在错综复杂中辨别好坏的人了。正是对着这样一些呆板的圣人，赫丝特·普林扭过了她的俏脸。她像是意识到，如若可能的话，只有在公众宽大的温暖的胸怀里才能够寻觅到同情，因为这位不幸的女人抬眼仰望露台时，顿时脸色苍白，浑身颤栗。

刚才呼唤她的人，是波士顿年龄最大的牧师——声名远扬、受人尊敬的约翰·威尔逊。像当时大多数同行一样，他是一个伟大的学者，而且心地善良、态度和蔼。不过，他对最后一种品质不像对智力那样精心培养，所以他的到来对赫丝特而言并不是一件可喜可庆的事。他站立在那儿，便帽下端露出一圈花白的头发，一双灰色的眼睛由于只习惯书斋里昏暗的灯光，此刻在强烈的阳光下像赫丝特婴儿的眼睛一样眨巴个不停。他看起来活似我们常见的印在古经文封面上的阴森画像。可没有一幅画像似他这般有权步上前来，干涉人的罪恶、欲望和痛苦此类问题。

"赫丝特·普林，"老牧师说道，"我和我的这位年轻的弟兄深谈过——你有幸成为他的教民，聆听他的传教——"说到此处，威尔逊先生把一只手搭到了旁边的一位脸色苍白的年轻人肩上，"我的目的是劝说这位神职青年，让他对着苍天，当着诸位贤明正直的长官以及大庭广众的面抨击你所犯下的卑鄙、可耻的罪行。他比我更了解你的性格，更清楚应该用什么样的语言——或是好言相劝或是使用严厉的辞令——打消你的强硬顽固的态度，使你不再隐瞒是谁勾引你堕落到了今天这种可悲的田地。可是，他的智慧虽然超过了他的年龄，但他年轻的心肠过于软弱，不同意迫使一个女人当着这许多人的面将自己内心的秘密展现于光天化日之下，说那样是践踏她的天性。我企图让他相信，耻辱在于犯罪本身，而不在于披露真相。你觉得这话对吗，丁梅斯代尔兄弟？是由你，还是由我出面来唤醒这位可怜罪人的灵魂呢？"

露台上那些威严可敬的头面人物嘀咕了一阵。接着，贝林厄姆总督以一种既富于权威又包含着对年轻牧师尊敬的声音发表了自己的意见。

"善良的丁梅斯代尔牧师，"他说，"你对这位女人的灵魂负有重大的责任，所以你应该设法令她悔悟和忏悔，用结果证明你的责任心。"

这一番话把人们的目光全都吸引到了尊敬的丁梅斯代尔先生身上。这位年轻的牧师来自英国的一座名牌大学，他给这片荒蛮的林区带来了当代全部的知识。他由于善于辞令和具有强烈的宗教热情，所以在同行中颇负声望。他的外表极具感染力，高高的额头白皙动人，一双棕色的大眼睛充满了忧郁，而他的嘴巴除非用力闭住，否则总会哆嗦颤抖，既反映出他神经敏感又说明他具有伟大的自我克制力。这位年轻的牧师虽然天资聪颖，学术成就斐然，但他的脸上却显露出一种神情——一种忧心忡忡、六神无主、惊慌失措的表情，犹如一个迷失了方向的人，对人生的道路感到迷茫，而只有与世隔绝才能找到宁静。因而，在自己的职责所允许的范围内，他沿着阴暗的小径跋涉，保持住单纯和稚气，当需要的时候便献出清新、芬芳和露珠般纯净的思想。难怪许多人都说，他的布教似天使的语言影响着人们。

尊敬的威尔逊先生和总督向公众引出的就是这样一位年轻人，请求他在全体群众的旁听下去唤醒一个女人那虽然蒙垢但不失神圣性的隐秘的灵魂。处于这种尴尬的境地，年轻牧师的面孔失去了血色，两片嘴唇不停地哆嗦。

"和这位女人谈谈吧，我的兄弟，"威尔逊先生说，"她的灵魂面临着抉择，同时正如可敬的总督所言，你的灵魂也在经受考验，因为她的灵魂要受到你的指导。让她讲出真情吧！"

尊敬的丁梅斯代尔先生垂头似乎在默默地祈祷，最后步上前去。

"赫丝特·普林，"他倚在栏杆上，俯身凝视着她的双目说，"你听到了这位善良的人所说的话，也看到了我所负的重任。如果你觉得这都是为了你的灵魂得到平静，而现世的惩罚可以更有效地挽救你出苦海，那么，我要求你说出那个和你一道犯罪、一道受难的人！千万不要保持沉默，对他抱有错误的怜悯和温情，因为，请相信我的话，赫丝特，他虽然会沉入深渊，和你并排站到耻辱台上，但那总比让他负疚终身强。你的沉默只会引诱他——不，简直是强迫他——在自己的罪行上附加虚伪，除此之外还会对他有什么好处呢？上天既然让你当众受辱，那你就应该当众战胜内心的罪恶以及外表的痛苦。请听我说，你不该拒绝他和你共饮那杯现已呈献在你唇边的苦涩但却有益的酒，即便他或许缺乏承受的勇气！"

年轻牧师的声音发抖，断断续续，然而却甜美又深沉。那明显流露出的感情比语言直接的含义更具感染力，拨动了所有人的心弦，引起听众的共鸣。就连赫丝特怀中那可怜的婴儿也同样受到了感动，只见她把在此之前还显得漠然的目光投向了丁梅斯代尔先生，扬起两条小胳膊，半喜半哀地咿呀着。牧师的一席劝导词如此有力，人们不由不相信赫丝特·普林肯定会供出那个罪人的名字；否则，那个罪人会在一种内在的无法抗拒的力量驱使下被迫登上刑台，不管他的地位是高还是低。

可赫丝特摇了摇头。

"夫人，你可不要太过分，上天的仁慈是有限度的！"尊敬的威尔逊先生喊道，较前又严厉了一些。"连那小小的婴儿尚且发出声来赞成和拥护你所听到的那番规劝。还是说出那人的名字吧！那样，再加上你的忏悔，也许可以去掉你胸前的红字。"

"决不！"赫丝特·普林回答说，看也不看威尔逊先生，而是望着年轻牧师那深邃的不安的眼睛。"红字已深深打下了烙印，去是去不掉的。我宁愿一个人承担他的以及我自己的痛苦！"

"说出来吧，夫人！"刑台旁的人群中传来一个严肃冷酷的声音，"一吐为快，让你的孩子也有个父亲！"

"我决不说！"赫丝特认出了那个声音，回答时面如死灰。"我的孩子需要得到的是天堂里的父亲，她永远也不会有人世间的父亲！"

"她不肯讲！"丁梅斯代尔先生已经看到了自己的规劝的结果，这时斜倚栏杆，将手放在胸口上，嘴里喃喃自语，随后长吁一口大气退回了身去。"女性的心胸具有神奇的力量和大度！她不肯讲！"

年老的那个牧师对这种情况已做了精心筹划，他见可怜的罪妇不肯改变主意，便对着公众谈论起了罪恶，虽旁征博引，但时时提及那可耻的红字。他的声音在人们的头顶滚动了个把钟点，有力地强调了这个标记，把新的恐惧楔入人们的想象，使他们觉得那血红的色彩取自地狱的火焰。此时的赫丝特·普林站立在耻辱台上，目光呆滞，神情厌倦、漠然。

这一上午，她承受了人间所有的痛苦。按她的性格，她不会以昏厥摆脱过于严峻的磨难，可她的感觉又非常敏锐，于是她只好用铁石般的麻木外壳保护自己的神经。在这种状态下，不管讲演者的声音多么残忍无情地在她耳旁轰鸣，均未对她产生影响。当这种折磨进行了一半时，那婴儿的啼哭和嘶叫划破了长空。做母亲的机械地想使孩子止住哭声，但对孩子所受的罪似乎一点也不同情。她就是带着这种冷冰冰的态度被带回监狱，在众目睽睽之下消失到铁皮牢门之后。目送她的人们窃窃低语，说那红字在监狱黑暗的甬道里散发出一道火红的光芒。

（魏令查编，摘自方华文译：《红字》，译林出版社，2011）

第三十八章　契诃夫及《契诃夫短篇小说集》

第一节　契诃夫简介

安东·巴甫洛维奇·契诃夫，19世纪俄国小说家、戏剧家，其文学成就从大师们和各国人民对他的盛赞可见一斑：列夫·托尔斯泰称之为"无与伦比的艺术家"；高尔基说他是"一个独特的巨大天才，是那些在文学史上和在社会情绪中构成时代的作家中的一个"；托马斯·曼则断言："契诃夫的艺术在欧洲文学中属于最有力、最优秀的一类"；列宁、海明威和卡特琳·曼斯菲尔德，都为他的作品所震撼和叹服；在中国，他的《变色龙》与《套中人》家喻户晓，被编入中学语文教材。以短篇小说见长的契诃夫何以有如此盛誉和影响？在作家的经历和作品中我们可以找到答案。

契诃夫生于1860年，祖父是赎身农奴，严厉的父亲开过杂货铺，后破产。自幼备尝人间艰辛的契诃夫凭着勤奋进入莫斯科大学攻读医学，毕业后的行医生涯使其深入社会，走近各色人等，为他1880年开始的文学生涯积淀了丰富的素材。

当时的俄国，反动势力猖獗，社会气氛压抑，令人窒息，年轻的契诃夫迫于生计，为风靡一时的幽默刊物大量撰稿。1886年，听从名作家格里戈罗维奇的忠言，契诃夫跳出了浅薄庸俗的滑稽圈子，开始关注更为严肃、深沉的主题。其中，讽刺俄国社会荒谬怪诞的《一个文官的死》、《胖子和瘦子》、《变色龙》和反映劳动大众苦难哀伤的《苦恼》、《万卡》和《渴睡》等早期作品使才华非凡的契诃夫声誉日臻，于1888年获俄国皇家科学院颁发的"普希金奖金"。年轻有为的契诃夫没有陶醉，反而愈发清醒地意识到作家的社会责任感，苦苦寻求"明确的世界观"，中篇小说《没意思的故事》正是他那时心路历程的真实写照。

1890年的库页岛（沙俄政府安置苦役犯和流刑犯之地）之行让契诃夫亲眼目睹了一座人间地狱，提升、深化了他的思想意识和创作意境，令读者触目惊心的《第六病室》随之震撼出世，轰动整个俄国，成为其文学创作的转折点。从此，契诃夫的小说更具社会性、批判性、民主性和艺术性。

19世纪90年代是契诃夫创作的繁盛期。他积极投身于各种社会活动，民主主义思想和立场随着俄国的解放运动更为坚定，成为他后期小说创作的思想前提，如《农民》、《出诊》、《套中人》等作品，描绘了当时俄国农村、工厂以及其他社会阶层的生活画卷，发出了"不能再这样生活下去！"的呐喊。在辞世之作《新娘》中，主人公对"新生活"的美好憧憬和毅然奔赴折射出当时人们渴望"把生活翻一个身"的社会情绪。

1904年，契诃夫在德国病逝，年仅44岁。他一生创作的1000多篇小说和10多部剧作，始终在抒写俄国人民的现实生活和内心世界，为他们呐喊，为他们寻求"新生活"而"路漫漫其修远兮，吾将上下而求索"！

契诃夫的戏剧创作及成就同样不同凡响，其中蕴含的丰富的潜台词、浓郁的抒情味以及独特的艺术象征给戏剧艺术留下了一笔丰富而珍贵的遗产，而他那真实、朴素、深刻、动人的文学风格使他在短篇小说领域里与蜚声文坛的莫泊桑、欧·亨利并驾齐驱，至今为世人津津乐道，传为经典。

第二节 《契诃夫短篇小说集》简介

《契诃夫短篇小说集》收录了作家各个时期的经典短篇篇目，涵盖了作家创作发展经历的三个阶段：第一阶段，1880 年至 1886 年，从早期以契洪特为笔名而写的幽默作品到以《苦恼》和《万卡》为代表的抒情心理短篇小说；第二阶段，1886 年至 1892 年发表《第六病室》，成为其文学生涯的重大转折点；第三阶段，1892 年至 1903 年发表辞世之作《新娘》，是契诃夫艺术创作的巅峰时期。

文坛巨匠，如列夫·托尔斯泰、巴尔扎克、马克·吐温，大多以恢宏巨著撼动世人、影响后人。契诃夫却匠心独具，书芸芸众生之平淡生活于短篇文学，朴素、凝练、生动、紧凑，流畅、明快，幽默、深刻，精巧隽永，耐人寻味。这种独特、精湛的"长事短叙"的文学造诣，使契诃夫与莫泊桑、欧·亨利齐名，成为后世作家们孜孜以求的典范。

契诃夫小说的另一独特之处是抒情心理小说的表现艺术，具有心理刻画和抒情阐发两个基本特征，加之围绕人物的生活背景，精巧深邃的艺术细节，客观含蓄、幽默讽刺的叙事手法，成为文学天地里一道独特的风景。

英国的"契诃夫"卡特琳·曼斯菲尔德对契诃夫崇拜之至，特别推崇他早期的一篇作品《苦恼》。在四千字篇幅内，契诃夫栩栩如生地勾勒出车夫约纳在风雪之夜艰难谋生，欲向人诉说丧子之痛却无人理睬的凄凉画面，取材朴素，语言流畅，笔力凝重，感人至深，只能在夜深人静时向小马驹倾吐失去亲人凄苦之情的车夫形象深深镌刻在读者心头，挥之不去。"长事短叙"的叙事风格与抒情心理小说的表现手法令作品熠熠生辉，成为契诃夫早期创作的一次思想与艺术的飞跃。

标志契诃夫文学生涯重大转折的力作《第六病室》创作于 1892 年，作品思想深刻，艺术完美。小说着重描写了不满现状却只能得过且过的安德烈·叶菲梅奇·拉京医生与第六病室的疯子伊万·德米特里奇聊天之后，在思想和生活中发生了转变，却引来周围人们异样的眼光和道貌岸然的干预，最终将医生也送进第六病室的悲剧故事，读来令人不寒而栗，也让读者再次领略了契诃夫的艺术魅力——于平淡琐事中显世间万象，现生活本质。

契诃夫曾经说过，在他的作品中，"既没有恶棍，也没有天使……我不谴责任何人，也不为任何人辩护"，他对庸俗世人的幽默讽刺基于对现实、人性不完善的痛心疾首，目的在于治病救人，他对苦难民众的深情关注流露出他深沉的善良天性，温暖人间的人道主义情怀。契诃夫的生活属于 19 世纪的俄国，但他的思想属于所有时代和世界人民。在他的作品中，萦绕着他的絮絮低语："尊重人是何等的享受……"。这是契诃夫不朽的人性光辉所在，也是契诃夫作品的现实意义所在。

第三节　《契诃夫短篇小说集》选段

苦恼

我向谁去诉说我的悲伤？……

　　暮色昏暗。大片的湿雪绕着刚点亮的街灯懒洋洋地飘飞，落在房顶、马背、肩膀、帽子上，积成又软又薄的一层。车夫约纳·波塔波夫周身雪白，像是一个幽灵。他在赶车座位上坐着，一动也不动，身子往前伛着，伛到了活人的身子所能伛到的最大限度。即使有一个大雪堆倒在他的身上，仿佛他也会觉得不必把身上的雪抖掉似的……他那匹小马也是一身白，也是一动都不动。它那呆呆不动的姿态、它那瘦骨嶙峋的身架、它那棍子般直挺挺的腿，使它活像那种花一个戈比就能买到的马形蜜糖饼干。它多半在想心思。不论是谁，只要被人从犁头上硬拉开，从熟悉的灰色景致里硬拉开，硬给丢到这儿来，丢到这个充满古怪的亮光、不停的喧嚣、熙攘的行人的旋涡当中来，那他就不会不想心事……

　　约纳和他的瘦马已经有很久停在那个地方没动了。他们还在午饭以前就从大车店里出来，至今还没拉到一趟生意。可是现在傍晚的暗影已经笼罩全城。街灯的黯淡的光已经变得明亮生动，街上也变得热闹起来了。

　　"赶车的，到维堡区去！"约纳听见了喊声。"赶车的！"

　　约纳猛地哆嗦一下，从粘着雪花的睫毛里望出去，看见一个军人，穿一件带风帽的军大衣。

　　"到维堡区去！"军人又喊了一遍。"你睡着了还是怎么的？到维堡区去！"

　　为了表示同意，约纳就抖动一下缰绳，于是从马背上和他肩膀上就有大片的雪撒下来……那个军人坐上了雪橇。车夫吧嗒着嘴唇叫马往前走，然后像天鹅似的伸长了脖子，微微欠起身子，与其说是由于必要，不如说是出于习惯地挥动一下鞭子。那匹瘦马也伸长脖子，弯起它那像棍子一样的腿，迟疑地离开原地走动起来了……

　　"你往哪儿闯，鬼东西！"约纳立刻听见那一团团川流不息的黑影当中发出了喊叫声。"鬼把你支使到哪儿去啊？靠右走！"

　　"你连赶车都不会！靠右走！"军人生气地说。

　　一个赶轿式马车的车夫破口大骂。一个行人恶狠狠地瞪他一眼，抖掉自己衣袖上的雪，行人刚刚穿过马路，肩膀撞在那匹瘦马的脸上。约纳在赶车座位上局促不安，像是坐在针尖上似的，往两旁撑开胳膊肘，不住转动眼珠，就跟有鬼附了体一样，仿佛他不明白自己是在什么地方，也不知道为什么在那儿似的。

　　"这些家伙真是混蛋！"那个军人打趣地说。"他们简直是故意来撞你，或者故意要扑到马蹄底下去。他们这是互相串通好的！"

　　约纳回过头去瞧乘客，努动他的嘴唇……他分明想说话，然而从他的喉咙里却没吐出一个字来，只发出咝咝的声音。

　　"什么？"军人问。

　　约纳撇着嘴苦笑一下，嗓子眼用一下劲，这才沙哑地说出口：

　　"老爷，那个，我的儿子……这个星期死了。"

　　"哦！……他是害什么病死的？"

　　约纳掉转整个身子朝着乘客说：

"谁知道呢！多半是得了热病吧……他在医院里躺了三天就死了……这是上帝的旨意哟。"

"你拐弯啊，魔鬼！"黑地里发出了喊叫声。"你瞎了眼还是怎么的，老狗！用眼睛瞧着！"

"赶你的车吧，赶你的车吧……"乘客说。"照这样走下去，明天也到不了。快点走！"

车夫就又伸长脖子，微微欠起身子，用一种稳重的优雅姿势挥动他的鞭子。后来他有好几次回过头去看他的乘客，可是乘客闭上眼睛，分明不愿意再听了。他把乘客拉到维堡区以后，就把雪橇赶到一家饭馆旁边停下来，坐在赶车座位上佝下腰，又不动了……湿雪又把他和他的瘦马涂得满身是白。一个钟头过去，又一个钟头过去了……

人行道上有三个年轻人路过，把套靴踩得很响，互相诟骂，其中两个人又高又瘦，第三个却矮而驼背。

"赶车的，到警察桥去！"那个驼子用破锣般的声音说。"一共三个人……二十戈比！"

约纳抖动缰绳，吧嗒嘴唇。二十戈比的价钱是不公道的，然而他顾不上讲价了……一个卢布也罢，五戈比也罢，如今在他都是一样，只要有乘客就行……那几个青年人就互相推搡着，嘴里骂声不绝，走到雪橇跟前，三个人一齐抢到座位上去。这就有一个问题需要解决：该哪两个坐着，哪一个站着呢？经过长久的吵骂、变卦、责难以后，他们总算做出了决定：应该让驼子站着，因为他最矮。

"好，走吧！"驼子站在那儿，用破锣般的嗓音说，对着约纳的后脑壳喷气。"快点跑！嘿，老兄，瞧瞧你的这顶帽子！全彼得堡也找不出比这更糟的了……"

"嘻嘻……嘻嘻……"约纳笑着说。"凑合着戴吧……"

"喂，你少废话，赶车！莫非你要照这样走一路？是吗？要给你一个脖儿拐吗？……"

"我的脑袋痛得要炸开了……"一个高个子说。"昨天在杜克马索夫家里，我跟瓦西卡一块儿喝了四瓶白兰地。"

"我不明白，你何必胡说呢？"另一个高个子愤愤地说。"他胡说八道，就跟畜生似的。"

"要是我说了假话，就叫上帝惩罚我！我说的是实情……"

"要说这是实情，那么，虱子能咳嗽也是实情了。"

"嘻嘻！"约纳笑道。"这些老爷真快活！"

"呸，见你的鬼！……"驼子愤慨地说。"你到底赶不赶车，老不死的？难道就这样赶车？你抽它一鞭子！哼，魔鬼！哼！使劲抽它！"

约纳感到他背后驼子的扭动的身子和颤动的声音。他听见那些骂他的话，看到这几个人，孤单的感觉就逐渐从他的胸中消散了。驼子骂个不停，迸出一长串稀奇古怪的骂人话，直骂得透不过气来，连连咳嗽。那两个高个子讲起一个叫娜杰日达·彼得罗夫娜的女人。约纳不住地回过头去看他们。正好他们的谈话短暂地停顿一下，他就再次回过头去，嘟嘟哝哝说：

"我的……那个……我的儿子这个星期死了！"

"大家都要死的……"驼子咳了一阵，擦擦嘴唇，叹口气说。"得了，你赶车吧，你赶车吧！诸位先生，照这样的走法我再也受不住了！他什么时候才会把我们拉到呢？"

"那你就稍微鼓励他一下……给他一个脖儿拐！"

"老不死的，你听见没有？真的，我要搡你的脖子了！……跟你们这班人讲客气，那还不如索性走路的好！……你听见没有，老龙？莫非你根本就不把我们的话放在心上？"

约纳与其说是感到，不如说是听到他的后脑勺上啪的一响。

"嘻嘻……"他笑道。"这些快活的老爷……愿上帝保佑你们！"

"赶车的，你有老婆吗？"高个子问。

"我？嘻嘻……这些快活的老爷！我的老婆现在成了烂泥地啰……哈哈哈！……在坟墓里！……现在我的儿子也死了，可我还活着……这真是怪事，死神认错门了……它原本应该来找我，却去找了我的儿子……"

约纳回转身，想讲一讲他儿子是怎样死的，可是这时候驼子轻松地呼出一口气，声明说，谢天谢地，他们终于到了。约纳收下二十戈比以后，久久地看着那几个游荡的人的背影，后来他们走进一个黑暗的大门口，不见了。他又孤身一人，寂寞又向他侵袭过来……他的苦恼刚淡忘了不久，如今重又出现，更有力地撕扯他的胸膛。约纳的眼睛不安而痛苦地打量街道两旁川流不息的人群：在这成千上万的人当中有没有一个人愿意听他倾诉衷曲呢？然而人群奔走不停，谁都没有注意到他，更没有注意到他的苦恼……那种苦恼是广大无垠的。如果约纳的胸膛裂开，那种苦恼滚滚地涌出来，那它仿佛就会淹没全世界，可是话虽如此，它却是人们看不见的。这种苦恼竟包藏在这么一个渺小的躯壳里，就连白天打着火把也看不见……

约纳瞧见一个扫院子的仆人拿着一个小蒲包，就决定跟他攀谈一下。

"老哥，现在几点钟了？"他问。

"九点多钟……你停在这儿干什么？把你的雪橇赶开！"

约纳把雪橇赶到几步以外去，侉下腰，听凭苦恼来折磨他……他觉得向别人诉说也没有用了……可是五分钟还没过完，他就挺直身子，摇着头，仿佛感到一阵剧烈的疼痛似的，他拉了拉缰绳……他受不住了。

"回大车店去，"他想。"回大车店去！"

那匹瘦马仿佛领会了他的想法，就小跑起来。大约过了一个半钟头，约纳已经在一个肮脏的大火炉旁边坐着了。炉台上，地板上，长凳上，人们鼾声四起。空气又臭又闷。约纳瞧着那些睡熟的人，搔了搔自己的身子，后悔不该这么早就回来……

"连买燕麦的钱都还没挣到呢，"他想。"这就是我会这么苦恼的缘故了。一个人要是会料理自己的事……让自己吃得饱饱的，自己的马也吃得饱饱的，那他就会永远心平气和……"

墙角上有一个年轻的车夫站起来，带着睡意嗽一嗽喉咙，往水桶那边走去。

"你是想喝水吧？"约纳问。

"是啊，想喝水！"

"那就痛痛快快地喝吧……我呢，老弟，我的儿子死了……你听说了吗？这个星期在医院里死掉的……竟有这样的事！"

约纳看一下他的话产生了什么影响，可是一点影响也没看见。那个青年人已经盖好被子，连头蒙上，睡着了。老人就叹气，搔他的身子……如同那个青年人渴望喝水一样，他渴望说话。他的儿子去世快满一个星期了，他却至今还没有跟任何人好好地谈一下这件事……应当有条有理，详详细细地讲一讲才是……应当讲一讲他的儿子怎样生病，怎样痛苦，临终说过些什么话，怎样死掉……应当描摹一下怎样下葬，后来他怎样到医院里去取死人的衣服。他有个女儿阿尼西娅住在乡下……关于她也得讲一讲……是啊，他现在可以讲的还会少吗？听的人应当惊叫，叹息，掉泪……要是能跟娘儿们谈一谈，那就更好。她们虽然都是蠢货，可是听不上两句就会哭起来。

"去看一看马吧，"约纳想。"要睡觉，有的是时间……不用担心，总能睡够的。"

他穿上衣服，走到马房里，他的马就站在那儿。他想起燕麦、草料、天气……关于他的儿子，他独自一人的时候是不能想的……跟别人谈一谈倒还可以，至于想他，描摹他的模样，那太可怕，他受不了……

"你在吃草吗?"约纳问他的马说,看见了它的发亮的眼睛。"好,吃吧,吃吧……既然买燕麦的钱没有挣到,那咱们就吃草好了……是啊……我已经太老,不能赶车了……该由我的儿子来赶车才对,我不行了……他才是个地道的马车夫……只要他活着就好了……"

约纳沉默了一会儿,继续说:

"就是这样嘛,我的小母马……库兹马·约内奇不在了……他下世了……他无缘无故死了……比方说,你现在有个小驹子,你就是这个小驹子的亲娘……忽然,比方说,这个小驹子下世了……你不是要伤心吗?"

那匹瘦马嚼着草料,听着,向它主人的手上哈气。

约纳讲得入了迷,就把他心里的话统统对它讲了……

1886 年

第六病室

九

那是春天,三月底,地上已经没有积雪,椋鸟在医院的花园里啼叫了。一天黄昏,医师送他的朋友邮政局长走到大门口。正巧这当儿犹太人莫依谢依卡带着战利品回来,走进院子里。他没戴帽子,一双光脚上套着低靿雨鞋,手里拿着一小包人家施舍的东西。

"给我一个小钱!"他对医师说,微微笑着,冷得直哆嗦。

安德烈·叶菲梅奇素来不肯回绝别人的要求,就给了他一个十戈比的银币。

"这多么糟,"他瞧着犹太人的光脚和又红又瘦的足踝,暗想。"瞧,脚都湿了。"

这在他心里激起一种又像是怜悯又像是厌恶的感情,他就跟在犹太人的身后,时而看一看他的秃顶,时而看一看他的足踝,走进了那幢厢房。医师一进去,尼基达就从那堆破烂东西上跳下来,立正行礼。

"你好,尼基达,"安德烈·叶菲梅奇温和地说。"发一双靴子给那个犹太人穿才好,不然他就要着凉了。"

"是,老爷。我去报告总务处长。"

"劳驾。你用我的名义请求他好了。就说是我请他这么办的。"

从前堂通到病室的门敞开着。伊万·德米特里奇躺在床上,用胳膊肘支起身子,惊慌地听着不熟悉的声音,忽然认出了来人是医师。他气得周身发抖,从床上跳下来,脸色气愤、发红,眼睛暴出来,跑到病室中央。

"大夫来了!"他喊一声,哈哈大笑。"到底来了!诸位先生,我给你们道喜。大夫赏光,到我们这儿来了!该死的败类!"他尖声叫道,带着以前病室里从没见过的暴怒,跺一下脚。"打死这个败类!不,打死还嫌便宜了他!把他淹死在粪坑里!"

安德烈·叶菲梅奇听见这话,就从前堂探进头去,向病室里看,温和地问道:

"这是为什么?"

"为什么?"伊万·德米特里奇嚷道,带着威胁的神情走到他面前,急忙把身上的长袍裹紧一点。"为什么?你是贼!"他带着憎恶的神情说,努起嘴唇像要啐出一口痰去。"骗子!刽子手!"

"请您消一消气,"安德烈·叶菲梅奇说,抱愧地微笑着。"我跟您担保我从没偷过什么东西;至于别的话,您大概说得大大地过火了。我看得出来您在生我的气。我求您,消一消气，要是可能的话，请您冷静地告诉我：您为什么生气？"

"那么您为什么把我关在这儿？"

"因为您有病。"

"不错，我有病。可是要知道，成十成百的疯子都逍遥自在地走来走去，因为您糊涂得分不清疯子跟健康的人。那么，为什么我跟这些不幸的人必得像替罪羊似的替大家关在这儿？您、医士、总务处长、所有你们这医院里的混蛋，在道德方面不知比我们每个人要低下多少，那为什么关在这儿的是我们而不是你们？道理在哪儿？"

"这跟道德和道理全不相干。一切都要看机会。谁要是关在这儿，谁就只好待在这儿。谁要是没关起来，谁就可以走来走去，就是这么回事。至于我是医生，您是精神病人，这是既说不上道德，也讲不出道理来的，只不过是刚好机会凑巧罢了。"

"这种废话我不懂……"伊万·德米特里奇用闷闷的声调说，在自己床上坐下来。

尼基达不敢当着医师的面搜莫依谢依卡。莫依谢依卡就把一块块面包、纸片、小骨头摊在他自己的床上。他仍旧冷得打哆嗦，用犹太话讲起来，声音像唱歌，说得很急。他多半幻想自己在开铺子了。

"放我出去吧，"伊万·德米特里奇说，他的嗓音发颤。

"我办不到。"

"可是为什么？为什么呢？"

"因为这不是我能决定的。请您想想看，就算我放您出去了，那于您又有什么好处呢？您出去试试看。城里人或者警察会抓住您，送回来的。"

"不错，不错，这倒是实话……"伊万·德米特里奇说，用手心擦着脑门。"这真可怕！可是我该怎么办呢？怎么办呢？"

安德烈·叶菲梅奇喜欢伊万·德米特里奇的声调、他那年轻聪明的容貌和那种愁苦的脸相。他有心对这年轻人亲热点，安慰他一下。他就在床边挨着他坐下，想了一下，开口说：

"您问我该怎么办。处在您的地位，顶好是从这儿逃出去。然而可惜，这没用处。您会被人捉住。社会在防范罪人、精神病人和一般不稳当的人的时候，总是不肯善罢甘休的。剩下来您就只有一件事可做，那就是心平气和地认定您待在这个地方是不可避免的。"

"这是对任何人都没有必要的。"

"只要有监狱和疯人院，那就总得有人关在里面才成。不是您，就是我，不是我，就是另外一个人。您等着吧，到遥远的未来，监狱和疯人院绝迹的时候，也就不会再有窗上的铁格，不会再有这种长袍了。当然，那个时代是早晚要来的。"

伊万·德米特里奇冷笑。

"您说起笑话来了，"他说，眯细了眼睛。"像您和您的助手尼基达之流的老爷们跟未来是一点关系也没有的。不过您放心就是，先生，美好的时代总要来的！让我用俗话来表一表我的看法，您要笑就尽管笑好了。新生活的黎明会放光，真理会胜利，那时候节日会来到我们街上！我是等不到那一天了，我会死掉，不过总有别人的曾孙会等到的。我用我整个灵魂向他们欢呼，我高兴，为他们高兴！前进啊！求主保佑你们，朋友们！"

伊万·德米特里奇闪着亮晶晶的眼睛站起来，向窗子那边伸出手去，继续用激动的声调说：

"我从这铁格窗里祝福你们！真理万岁！我高兴啊！"

"我看不出有什么特殊的理由要高兴。"安德烈·叶菲梅奇说，他觉得伊万·德米特里奇的举动像是演戏，不过他也还是很喜欢。"将来，监狱和疯人院都不会有，真理会像您所说的那样胜利，不过要知道，事物的本质不会变化，自然界的规律也仍旧一样。人们还是会像现在这样害病，衰老，死掉。不管将来会有多么壮丽的黎明照亮您的生活，可是您到头来还是会躺进棺材，钉上钉子，扔到墓穴里去。"

"那么，长生不死呢？"

"哎，算了吧！"

"您不相信，可是我呢，却相信。不知是在陀思妥耶夫斯基还是伏尔泰的一本书里，有一个人物说：要是没有上帝，人就得臆造出一个来。我深深地相信：要是没有长生不死，伟大的人类智慧早晚也会把它发明出来。"

"说得好，"安德烈·叶菲梅奇说，愉快地微笑着。"您有信心，这是好事。人有了这样的信心，哪怕幽禁在四堵墙当中，也能生活得很快乐。您以前大概在哪儿念过书吧？"

"对了，我在大学里念过书，可是没有毕业。"

"您是个有思想、爱思考的人。在随便什么环境里，您都能保持内心的平静。那种极力要理解生活的、自由而深刻的思索，那种对人间无谓纷扰的十足蔑视，这是两种幸福，比这更高的幸福人类还从来没有领略过。您哪怕生活在三道铁栅栏里，也仍旧能够享受这种幸福。第奥根尼住在一个桶子里，可是他比世界上所有的皇帝都幸福。"

"您那个第奥根尼是傻瓜，"伊万·德米特里奇阴郁地说。"您干吗跟我提什么第奥根尼，说什么理解生活？"他忽然生气了，跳起来叫道。"我爱生活，热烈地爱生活！我害怕被虐狂，心里经常有一种痛苦的恐惧。不过有时候我充满生活的渴望，一到那种时候我就害怕自己会发疯。我非常想生活，非常想！"

他激动得在病室里走来走去，然后压低了嗓音说：

"每逢我幻想起来，我脑子里就生出种种幻觉。有些人走到我跟前来了，我听见说话声和音乐声了，我觉得我好像在一个树林里漫步，或者沿海边走着，我那么热烈地渴望着纷扰，渴望着奔忙……那么，请您告诉我，有什么新闻吗？"伊万·德米特里奇问。"外头怎么样了？"

"您想知道城里的情形呢，还是一般的情形？"

"哦，先跟我讲一讲城里的情形，再讲一般的情形吧。"

"好吧。城里乏味得难受……你找不着一个人来谈天，也找不着一个人可以让你听他谈话。至于新人是没有的，不过最近倒是来了一个姓霍博托夫的年轻医师。"

"居然在我还活着的时候就有人来了。他是怎么样的一个人，粗俗吗？"

"对了，他不是一个有教养的人。您知道，说来奇怪……凭各种征象看来，我们的大城里并没有智力停滞的情形，那儿挺活跃，可见那边一定有真正的人，可是不知什么缘故，每回他们派到我们这儿来的都是些看不上眼的人。这真是个不幸的城！"

"是的，这是个不幸的城！"伊万·德米特里奇叹道，他笑起来。"那么一般的情形怎么样？人家在报纸和杂志上写了些什么文章？"

病室里已经暗下来了。医师站起来，立在那儿，开始叙述国内外发表了些什么文章，现在出现了什么样的思想潮流。伊万·德米特里奇专心听着，提出些问题，可是忽然间，仿佛想起什么可怕的事，抱住头，在床上躺下，背对着医师。

"您怎么了？"安德烈·叶菲梅奇问。

"您休想再听见我说一个字！"伊万·德米特里奇粗鲁地说。"躲开我！"

"这是为什么？"

"我跟您说：躲开我！干吗一股劲儿地追问？"

安德烈·叶菲梅奇耸一耸肩膀，叹口气，出去了。他走过前堂的时候说：

"把这儿打扫一下才好，尼基达……气味难闻得很！"

"是，老爷。"

"这个年轻人多么招人喜欢！"安德烈·叶菲梅奇一面走回自己的寓所，一面想。"从我在此地住下起，这些年来他好像还是我所遇见的第一个能够谈一谈的人。他善于思考，他所关心的也正是应该关心的事。"

这以后，他看书也好，后来上床睡觉也好，总是想着伊万·德米特里奇。第二天早晨他一醒，就想起昨天他认识了一个头脑聪明、很有趣味的人，决定一有机会就再去看他一趟。

（胡晓红编，摘自汝龙译：《契诃夫短篇小说选》，人民文学出版社，2002）

第三十九章　麦尔维尔及《白鲸》

第一节　麦尔维尔简介

赫尔曼·麦尔维尔，美国小说家、散文家和诗人，1819 年出生于纽约一个战功显赫的名门望族，祖辈为苏格兰和荷兰移民，父亲为进口商人，后破产，在麦尔维尔 12 岁时去世。家道中落，少年时代的麦尔维尔被迫辍学，15 岁就步入社会，从银行职员到店员，从小学教员到农场工人，独自谋生。1837 年，备尝世间冷暖与艰辛的麦尔维尔登上了开往利物浦的航船，开始了他多年严酷而又非凡的航海生涯，包括随捕鲸船出海，足迹遍及世界各地，直至 1844 年。不言而喻，这段经历成为他日后的创作素材和灵感。

1844 年，麦尔维尔回到纽约，从此开始写作生涯。他根据自己坎坷、丰富的生活阅历写就的《泰比》、《奥穆》等成为他最初的长篇小说，尤以《泰比》一鸣惊人，与他同时代的霍桑、惠特曼、梭罗、爱默生，或著文评价，或在刊物中提及麦尔维尔的《泰比》，可见其在当时美国的轰动之极。此后，仍以航海生活为场景的《雷得本》、《白外衣》依然获得好评。麦尔维尔的其他作品包括描写南海生活的《玛地》，代表作长篇小说《白鲸》（又名《莫比·迪克》），以"暧昧行径"为副题的《皮埃尔》，短篇故事集《广场故事》（短篇小说《文书巴特比》亦列入其中），描写美国内战的诗集《战事集》，18000 行的长诗《克拉瑞尔》，去世后 30 多年才被整理发表的遗稿《比利·巴德》等。

然而，给美国文学带来崭新领域和内容，并被誉为"海洋文学家"的麦尔维尔，在 1851 年出版其代表作《白鲸》时却遭遇了评论界和读者的冷落，一生的大多数作品在当时并不受人们青睐，作家本人也几乎被人遗忘。1891 年麦尔维尔病逝于纽约，直至去世后第三天，《纽约时报》才在一个不引人注目的位置刊登了这一不幸消息。可以说，麦尔维尔身前默默无闻，穷困潦倒，其人、其作品没有得到当代人应有的认可和重视。20 世纪 20 年代，人们才"重新发现"了麦尔维尔的价值，肯定了他在美国文学史上应有的地位，代表作《白鲸》亦备受人们推崇和欢迎，甚至几度被搬上银幕。英国作家毛姆对麦尔维尔以及《白鲸》的评价远在爱伦·坡和马克·吐温之上，可见其在美国文学史上的至尊地位，被西方评论界誉为"一部美国文学经典之作"。

麦尔维尔在创作《白鲸》期间，曾致信一封与霍桑，信中这样写道："我就像一粒取自埃及金字塔的种子。过了三千年，依然是一粒种子。播种在英国土壤里，种子生根发芽，长成一片碧绿，然后落入土地。我也是如此。25 岁前我毫无发展，我的生命到 25 岁那年才算开始。从那时到现在，三个星期都不到，我在自身中尚未展开。"麦尔维尔的作品是他生活的写照，麦尔维尔的这段话则是他一生的写照。

第二节 《白鲸》简介

"我写了一本坏书，但它却像绵羊一样洁白无瑕。"

这是麦尔维尔在 1851 年《白鲸》出版后写信给霍桑时的坦言，是作家对自己作品的评价，也是对其命运的某种预感。

作为一部长篇小说，《白鲸》的情节很直白，讲述埃哈伯，一艘捕鲸船的老船长，率领全船上下，苦苦追捕一头在海上世界威名远扬、作恶多端的抹香鲸——莫比·迪克，不为鲸油、鲸骨和龙涎香，只为洗刷被它咬掉一条腿的奇耻大辱，最终船毁人亡，与莫比·迪克同归于尽，只有叙事者——水手以实玛利生还，得以将故事传于世人。如此再简单不过的情节何以洋洋洒洒，用尽几十万字来表白？

《白鲸》的魅力不在于编造曲折的故事，而在于创造气氛，安排情节，让读者在悬疑中时刻关注故事的发展，人物的命运，如小说中多次忽明忽暗提及的所谓"预言"，老船长埃哈伯的迟迟"不露庐山真面目"，而后又冷不丁地出场。这正是麦尔维尔艺术表现力的高明之处。

既然全程描写捕鲸，定会有一系列的人与鲸在风谷浪尖搏击的写实场景，特别是人与鲸千姿百态的动作描写，它们毫不逊色于当今的动作大片。若是没有作家随捕鲸船出海的亲身经历，哪能有如此波澜壮阔的气势，如此震撼人心的张力？

全书多处对鲸类、对捕鲸业有着不厌其详的描述和介绍，会令有些读者望而生畏，避之不及，与之相比，书中对天地之间、对人世间、对人生的洞察之睿智比比皆是，其精辟而又活泼的表述每每令人或心领神会，或醍醐灌顶，展示了作家深厚的人生阅历和驾轻就熟的语言功力。

在惊心动魄的追鲸、捕鲸之余，间或也会有短暂的风和日丽，风平浪静，令故事内外的人们沉湎于片刻的脉脉温情，就连一心复仇、整日里恨恨不已的埃哈伯也不例外。麦尔维尔以此来表现人物的多面性和复杂的内心世界，使整个叙事跌宕起伏，富有节奏感和立体感，最终给读者以一种刚柔相济之美。

至于《白鲸》的定位和意义，人们众说纷纭，莫衷一是。有人看到了 19 世纪捕鲸业的历史画面，将其定为捕鲸业史；有人读到了有关鲸类与航海的知识与技能，视其为百科全书式的作品；有人将它归为冒险小说，与马克·吐温的《汤姆·索亚历险记》相提并论；有人冠之以"打猎"小说，与福克纳的《熊》齐名；有人解读为复仇小说，称之为"美国的哈姆雷特"；有人视其为象征小说，尤其是"白鲸之白"；有人奉之为美国史诗，赞誉为"美国想象力最辉煌的表达"，真可谓好评如潮，不胜枚举，与作家身前以及作品曾遭受的冷遇实在不可同日而语。

无论读者从何种视角诠释麦尔维尔的《白鲸》，有一点是读者们可以尝试一下的，那就是：一旦你读到那句著名的"你就叫我以实玛利吧"的开场白，你定会欲罢不能，爱不释手，不为那迂回曲折的故事情节，只为那史诗般的磅礴气势，挥洒自如的艺术表现力和发人深省的人与自然、人与社会、人与人、人与自我如何和谐共处的永恒话题。

第三节 《白鲸》选段

第一一四章 给世界镀上一层金色的人

披谷德号越来越深入日本渔场的中心区之后不久，它的捕鲸作业就开始紧张起来。遇上不冷不热的凉爽天气，大家常常一口气在小艇里干上十二、十五、十八甚至二十小时，不停地划啊，扳啊，或者张帆行驶追捕鲸鱼，要不，就是沉住气等上六七十分钟，等鲸鱼浮上来；然而尽管辛苦异常，收获却不大。

有时候，太阳的威力有所收敛，人坐在犹如一叶桦木小舟般轻便的艇子里，整天在平稳的微波荡漾的海面上行驶，人和轻柔的浪仿佛交上了朋友，而浪贴着船舷就像偎依在火炉边的猫咪呼噜呼噜地叫着；每逢这种梦幻般沉静的时候，鉴赏着大洋的宁静的美和它的光可照人的皮肤，人便会忘了大洋底下那颗虎狼之心在跃跃欲试，甚至不愿去想在它天鹅绒般的脚蹼之中藏着恶狠狠的利爪。

在这种时候，坐在捕鲸艇里的远游人会对大海生出某种柔情，犹如在陆地上儿子对妈妈的信赖之情，他会把大海看做繁花似锦的大地；那只露出它的桅尖的远方船只不像是在浊浪滔天的大洋上挣扎前进，倒像是在高可没身、随风起伏的草原上行进。这有点像到西部去的移民的马群只现出它们竖起的耳朵，而它们的看不见的身躯正蹚着茂密的青草前进。

那绵延不断、人迹未至的溪谷，那柔和苍翠的山坡，笼罩在一片寂静和勃勃生气之中；你几乎可以打赌说：在欢乐的五月天，在这幽静的环境里，玩累了的孩子正在花儿已被摘尽的树林子中酣睡。所有这些都和你难以言宣的心情混合在一起，以致事实和幻想在半路上相遇，彼此渗透，形成一个天衣无缝的整体。

这种令人心情为之一宽的场合，不管为时多么短暂，至少也使埃哈伯受到了短暂的影响。不过，即使这种秘密的金钥匙果真在他心中打开了他个人的秘密的黄金宝藏的话，这宝藏一经他的气息的吹拂，也会失去黄金的光泽。

啊，长满绿茵的林间草地！啊，在灵魂中常驻的无尽的春天美景；在你这草地上，虽说尘世的生活苦旱，你也早已枯焦，但人们仍然可以在你身上像马驹在清晨的三叶草丛中一般打滚；尽管为时短促，仍然可以在草地上感受生命不朽的露水的清凉，但愿上帝能使这种幸福的安宁长久保持下去。但是生命之线是由经纬两线织成的，久已你中有我，我中有你。安宁与风暴交错，有一阵安宁，必有一场风暴。人世间未尝有不间断的前进，难免要走回头路。

我们并非踏着固定的层次逐级而上，而是踏上最后一级时一了百了——从不知不觉的婴儿时期，经过童年不假思索的信仰，少年时候的疑惑（同是这一命运），然后是怀疑，然后是丧失信仰，最终归于长大成人后前后思量从"假如"中求解脱。然而走了如此一遭之后，一切又周而复始；又是婴孩、青少年和成人，最终永远是"假如"。何处是最终的归宿，从此可以不再起航？世界到底是在何种销魂夺魄的灵气中航行，这种灵气足以使最最劳累的人永远不感劳累？弃儿的父亲究竟藏在哪里？我们的灵魂犹如那些孤儿，他们未婚的母亲在生下他们后已经死去。我们的父亲到底是谁这一秘密早已埋藏在她们的坟墓中。我们只有到了那儿才会得知。

也就是在那一天，斯塔勃克从自己的艇子上一边注视着这同一金色的海洋的深处，口中喃喃自语：

"可爱的东西是不可探测的，情郎从他的新娘眼中看到的始终都是如此！——不要对我说，你有鲨鱼般锐利的牙齿，你的行为与绑架勒索的恶人一般无二。让信仰把事实赶走，让幻想驱除记忆；我下望深处，我真的相信。"

斯德布犹如一条银鳞闪闪发光的鱼，从这同一金色光辉中跃起：

"我是斯德布，斯德布有他的来历；不过在这里，斯德布立誓宣称：他过的从来都是开心的日子！"

第一三三章　第一天追击

那天晚上，在人家值中班时，老头儿照例时不时地走上他靠着的小舱口，走到他的假腿的插孔前；这时候，他猛地恶狠狠地伸出头去，像船上的机灵的狗在船驶近某一个蛮人的小岛时嗅着气味那样，猛吸了一口海上的空气。他声称近处必有一头鲸。不一会儿，所有值班的人都闻到了活蹦乱跳的抹香鲸发出的有时老远都能让人闻到的独特的气味。埃哈伯在察看了罗盘针，接着又看风信旗，定下了尽可能确切的发出气味的方位之后，迅速下令稍稍改变船的航向并把帆收得短些。水手们对他这样办并不觉得奇怪。

下令采取这些行动的英明之处在天亮时便得到了充分的证实。大家看到正前方和船成直线有一长条油光锃亮的线，很像它两边的海水的皱结的波纹，也像一条又深又急的河入海时与海水冲击而成的大浪发出的金属似的闪光的标记。

"桅顶上注意！全体集合！"

达果用三根粗杠的头像擂鼓似的擂着船头楼的甲板，睡着的人犹如挨了当头棒喝，全都惊醒过来，像被人一口气吹出了舱口，其速度之快使大家上来时要穿的衣服还拿在手里。

"你们看到什么啦？"埃哈伯面对着天问桅顶上的人。

"没有什么，没有什么，长官！"这是上头人对下面的回答。

"上帆！辅助帆！高的低的，左右两边都上！"

所有的帆都扯上了，他松开了为他保留着、好送他到主桅顶楼的救生索。不一会儿，水手们便把他吊到了那儿，才升到三分之二的高处时，他从主上桅和主中桅之间的横档空隙中望出去，便像海鸥似的叫了一声："它在那儿喷水哩！——它在那儿喷水哩！那背峰像座雪山！是莫比·迪克！"

这叫声几乎在同时得到了三个瞭望哨的响应，鼓动得甲板上的人全向索具奔去，争先恐后地要看一眼那追了这么久的出名的鲸鱼。这时，埃哈伯已经到了他最后的驻足处，那地方比其他的瞭望哨要高几呎。塔希特戈站在上桅顶上，就在他脚下；这个印第安人的头顶几乎和埃哈伯的脚后跟一般高。从这个高度看去，那头鲸就在正前方几哩处。海浪每往下一沉便露出它高高的晶莹如玉的背峰，它定时地无声地把水喷向空中。在那些容易轻信的水手们看来，这无声的喷水跟他们好久前在月光之下的大西洋和印度洋上所见到的是同一个。

"难道你们之中在我以前有谁见过它？"埃哈伯大声问他周围的人。

"我发现了它，几乎和埃哈伯船长同时，长官，我便喊出了声，"塔希特戈说。

"不是同时，不是的——那金币该我得，命运把这金币留给了我。只有我一个人，你们之中谁也不能首先把白鲸招出来。它在那儿喷水啦！它在那儿喷水啦！——它在那儿喷水啦！又喷啦！——又喷啦！"他用一种拉长的、余音袅袅、很有规律的声腔喊，这拉长的声腔正好和鲸鱼的逐渐延长的看得见的喷水的时间合拍。"它要沉下去啦！扯起辅助帆！放下上桅帆！三条艇子准备好。斯塔勃克先生，请记住，你留在船上，照管全船。舵手注意！

贴风行驶，贴近一点儿！好，沉住气，伙计们，沉住气！鲸鱼尾巴下去啦！不，不，只是黑水！小艇全都准备好了没有？等着，等着！把我放下来，斯塔勃克先生；放，放，——快，再快点儿！"他抓住绳子一下子滑到了甲板上。

"它一直往下风头泅去啦，长官，"斯德布说，"它掉头从我们这边泅走啦，它还不可能见到这船。"

"别作声，伙计们！守在转帆索边！把好舵！把帆桁前后转得更斜些！把帆桁拨过去让风吹在帆边沿上！好，正好！小艇！小艇！"

不多久，除了斯塔勃克的艇子外，其余的都放下去了；各艘艇子的帆都升起了——所有的桨都在划动，飞也似的直奔下风头，埃哈伯一马当先。费达拉那双深陷的眼睛闪着死灰色的光，他的嘴极其难看地动了动。

三艘小艇轻巧的艇头像无声无息的鹦鹉螺壳似的破浪前进，可是到了接近对手时便放慢了。这时，洋面上变得越发平静，像是拉过了一张地毯铺在波浪之上；又像是正午时分的草场，幽静地铺展开去。最后，屏息凝神的猎人离他的似乎尚未觉察的猎物已是如此之近，以致它的整个耀眼的背峰已看得清清楚楚；它在海里独自向前滑行，不断地在身后划出一道精细之极、羊毛般的稍带绿色的打转的圆圈。猎手也看到了更远一些它微微突起的脑袋上的巨大纠结的皱襞。再前面，在老远的铺着土耳其地毯般的海面上，留下了它宽阔的牛奶色前额的闪闪发光的影子，微波伴着这影子发出顽皮悦耳的淙淙声，而在后面，青色的海水从两侧涌入它劈浪前进时所一路留下的水谷。它两边冒出的亮晶晶的水泡，仿佛在它身边跳舞。但是上百只快活的水鸟时而轻柔地贴着水面飞，用它们的细爪又将水泡一一抓碎；时而又一下子冲上天去。从白鲸的背上耸起一支它新近被击中的长矛的碎裂长柄。好似一条金碧辉煌的大商船上矗立着一根旗杆。犹如一片片云彩般的水鸟群来回飞过，像罩在这头鲸上的华盖；不时从其中飞出一只水鸟，无声无息地停在矛柄上，随着它摇摆，它长长的尾羽仿佛小小的燕尾旗在飘扬。

这头像在水中滑翔的鲸鱼，动作迅疾，气势非凡，同时却又显得从容不迫，温文儒雅，全身透出一种不动声色的欢快情绪。当年白公牛朱必特携带着心荡神移的欧罗巴（后者紧紧抱住了他的优美的双角）泅走，他的一双美目全神贯注地斜睨着这位女郎，他的身手迅捷而又平稳，踏波劈浪，直奔克里特岛的洞房。然而即使当年的朱必特，这位至尊无上的罗马主神就在眼前，也不能使这头气度雍容地泅着的白鲸为之逊色。

当白鲸劈开波浪时，这些波浪冲洗了它一下之后立刻远远退走；而在同时，鲸鱼两边柔软光亮的侧腹抖去留存在它身上的一切。难怪以往猎捕它的人为它静如处子的气度所迷惑，竟然敢于向它动手；而在他们毕命前方才明白这种沉静不过是暴风骤雨般的回击的伪装而已。然而这派宁静，撩人的宁静，你这鲸鱼啊！尽管你已多少次用这同一招数欺骗、消灭了你的对手，而在今天初次向你打量的人眼里，你依然泅得如此安详，多么撩人的安详啊！

于是就这样，莫比·迪克在热带海洋的水波不兴的宁静中，在海浪极度高兴时连掌也忘了鼓的情况下一直往前游，依然不把沉在水底下的躯体的令人胆战心惊的真面目在水面上一露，它狞恶的受过伤的歪嘴更是深藏不现。不过它的前身不久便缓缓露出水面；一时间，它整个大理石般的身躯形成了一座高高的拱门，像是弗吉尼亚州的天然桥在空中摇着它犹如旗帜的尾巴，像是在警告世人。这位尊贵的大神略一现身，又沉下水去不见了。那些飞翔中的白色海鸟停了停，翅膀一侧浸入水中，在白鲸留下的一潭激荡不已的海水上久久不愿离去。

三艘小艇的大桨竖起，小桨放下，一张张帆都松了；它们此刻只是静静地浮在水面上，等待莫比·迪克的再次出现。

"等一个钟头，"埃哈伯说，他站在艇艏像生了根似的。他的目光越过鲸鱼出没的地方，伸向朦朦胧胧的蓝色水面和下风头那一大片招人前往的空旷处。这只是一瞬间的事；因为随着他的目光在海面扫视了一圈，他的眼珠好似也骨碌碌打了一个转。此刻微风吹来，气息清新，海上开始起浪了。

"那些鸟儿！——那些鸟儿！"塔希特戈嚷起来。

那些白鸟犹如苍鹭起飞时那样，排成长长的一列纵队，飞向埃哈伯的小艇。飞到只有十几呎距离时，它们开始在水面上扑打起翅膀来，一圈圈地盘旋，发出快活的有所期待的叫声。它们的视力比人的视力要犀利，埃哈伯这时并没有在海里发现什么迹象。然而在他朝海底一直望下去时，突然看到了深海中有一个并不比一只白鼬更大的活动的白点正在飞快地上升，越往上越大，最后打了个转，这时才看明白了，原来是两排长而凸凹不齐的白森森的牙齿从深不可测的海底浮上来；那是莫比·迪克的张着的嘴和它的下巴，它硕大无朋的隐蔽着的身躯的一半还和蓝色的海洋溶在一起。它闪闪发光的嘴在艇子底下打了个哈欠，好似打开了一座大理石坟墓；埃哈伯用掌舵的桨往边上一划，艇子便转向一边，躲过了这好不厉害的幽灵。然后他叫费达拉和他对换了地方，自己到了艇艏，抓起了珀斯的镖枪，下令手下的水手拿起桨来，准备倒划。

此时，由于他及时使小艇转了过来，艇艏正好如他所预期的对着当时还在水下的鲸脑袋。谁知莫比·迪克真是一个人人称道的鬼精灵，它好似识破了他的计谋，把身子一横，眨眼间把自己满脸打褶的脑袋直钻到了艇子底下。

在一刹那间，艇子一下子整个儿发起抖来，连每一块船板，每一根肋材都抖起来；鲸鱼斜斜地仰天躺着，摆出鲨鱼正要咬人的架势，慢慢地颇有感情地将艇艏全都纳入它的嘴中，以致它长而窄的弧形的下巴高高地探向空中，成一弧形；它的一颗牙齿卡在一个桨环里。它珍珠似的白里透青的下巴内侧离埃哈伯的脑袋不到六吋，而且比他的脑袋还高。白鲸这时就以这个姿势摇撼那小巧的杉木艇艏，活像一头装出一副和善神气的恶猫戏弄它逮住的耗子。费达拉毫不惊慌地环抱着两条胳膊眼望着它，而那几个虎黄色皮肤的水手却已在连爬带滚地相互挤压着，想爬到艇艏尖上。

就在鲸鱼恶毒地尽情戏弄着这艘大限将到的艇子的同时，艇子的富有弹性的两舷一鼓一吸地动着，而由于鲸鱼的身子沉在艇子底下的海中，费达拉无法在艇艏投枪刺它，因为艇艏几乎可以说是全部在它嘴里。同时其他两艘艇子由于危机突如其来，一时无法应付，不由得都愣了。这时，一心要报仇的埃哈伯眼看着仇人近得叫人手发痒，偏偏自己身陷那可恨的下巴之内而无计可施。他气得发了疯，竟赤手空拳抓住那长长的颚骨，死命地要把它拧下来。就在他这样拧而又拧不下来的时候，那颚骨从他手里滑脱了；脆薄的艇舷经不住折腾，凹了进去，碎了，断了。同时，鲸鱼的犹如一把特大剪刀的上下颚往后一缩一咬，把小艇咬成了两半，接着上下颚又在海中紧紧闭上了，把浮着的小艇残骸的一半关在了上下颚之外。这些残骸漂到了一边。在艇艏的那几个水手紧紧抓住舷板，一边死命握着桨不撒手，好划着它们回到大船上。

在小艇断裂之前那一刻，埃哈伯首先识破了鲸鱼的意图；他随机应变地把自己的脑袋往上一顶，这一来就暂时松开了抓下巴骨的那只手，趁此机会，他的手作了最后一次努力，想把艇子推出鲸口。其结果却是使艇子进一步滑到鲸鱼嘴里去，同时使它侧向一边。但艇子到底使他松开了抓下巴骨的手，就在他俯身推船的当儿，把他摔出了鲸口，在海面上摔了个脸朝下。

莫比·迪克随波起伏退走了，抛下了它的猎物，此时已停留在不远处；它椭圆形的白色脑袋在大浪中直上直下地升降，同时缓缓地转动着它纺锤般的身躯；因此当它满是皱襞的大脑门子升出水面二十余呎时，正在上涨的大浪连同所有那些向它汇合的波浪晶光耀眼地一齐撞碎在它的脑门子上，转而把它们的浪沫迸射到更高的空中好一泄它们心头之恨。这正如在狂风中，英吉利海峡中的巨浪打在涡石灯塔的底座上受挫后反弹回来，却将它们的浪沫飞溅到灯塔的顶上而自鸣得意。

但是不久莫比·迪克恢复了它的水平姿势，飞快地绕着那些遭难的水手泅了一圈又一圈，用它的尾巴把两边的海水搅得天翻地覆，好似准备好要发动又一次更加猛烈的攻击。看来它一见那四分五裂的艇子就怒从心上起，正如《马卡比父子书》中安泰奥卡斯的大队的像见了扔在它们面前的血红的葡萄和桑椹一样。同时，埃哈伯被鲸鱼尾巴旁若无人地搅起的浪沫闷得几乎闭过气去；他又是重残废，游不了水，不过他还能使自己浮在水面，哪怕是处在目前这样的漩涡中心也罢。远远望去，埃哈伯有气无力的脑袋好像撒在水面上的一个气泡，稍有震动就会破裂。费达拉从残破的艇艄不为所动地平静地瞅着他；漂在海上的另一部分艇艄上，抓住舷板不放的水手自顾不暇，实在帮不了他。由于打着转的白鲸模样儿着实吓人，也由于它飞快地转的圈子越转越小，使它看来像是要横扫他们，尽管其余的小艇未受损伤，就在近旁徘徊，却仍然不敢冲入涡流中去发动攻击，怕的是这样的攻击会成为埃哈伯和其他几个已遭到打击的难友即刻被消灭的信号；而在这种情况之下，他们自己也难望逃此厄运。因此他们始终睁大着眼睛停留在危急地带的外围，而埃哈伯老头的脑袋此时已经成了这一地带的中心。

所有这一切从一开始就被大船桅顶上的人看在眼里。大船调整了它的帆桁，便向这一地带驶来；它已经靠得如此之近，陷身水中的埃哈伯已经可以向它招呼："驶过来——"话未说完，莫比·迪克掀起一阵浪花打到他身上，淹没了他的声音。他又从中挣扎出来，碰巧落在一个高高的浪尖上，他高声喊道："冲着那鲸驶过来！——把它赶走！"

披谷德号的船头是尖的，它冲破了那像中了魔法似的圈子，果然把白鲸和它的受害者分开了。它一下子气愤愤地泅开之后，两艘小艇飞也似的赶来搭救同伙。

埃哈伯被拖进斯德布的艇子时，两眼充血，失去了视觉，脸上的皱纹里结着雪白的盐花；他的体力由于长时间紧张过度，已告衰竭，只能由着人家摆布；有一段时间，他躺在斯德布的艇子底板上动弹不得，像一个遭了象群践踏过的人。他发出一种莫名其妙的仿佛来自远方的哀哭声，一种像是从谷地里传出来的凄惨的声音。

然而这种体力虚脱到了极点，往往正因为来得猛而去得也快。大凡英雄豪杰有时能把分布在凡夫俗子一生中的点滴琐屑痛苦聚集起来，浓缩为一瞬间的锥心蚀骨的剧痛。因此这些非常人物每一次经受的苦痛虽然短暂，但如果上天有意使然，则他们终其一生所受、全都由无数片刻的大悲痛所加起来的总和，足以与一个时代的苦难相当而无愧，因为这些伟人的中心一点即已包含着碌碌无为的庸人的整个圆周。

"镖枪呢？"埃哈伯拖过一条胳臂，弯过来撑起了一半身子问，"它是不是好好儿的？"

"好好儿的，长官，因为你的枪没有投出去；喏，你看，"斯德布举枪让他看了看说。

"放在我面前——有没有人失踪？"

"一、二、三、四、五——一共是五支桨，长官，这儿有五个人。"

"好——老弟，你来扶我一把，我要站起来。好，好，我见到它啦，在那儿！在那儿！还在朝下风头泅，那水喷得多有气势啊！——把手放开！我埃哈伯永生不灭的精气神又在体内流动啦！扯上帆，伸出桨去，把好舵！"

每当一艘小艇被毁，它的水手被另一艘小艇救起以后，通常就帮着那艘艇子的水手们一块儿干；因此继续追击时划桨就有了双倍的人力。眼下正是如此。然而艇子固然增添了力量，可还不如鲸鱼增添的力量大，因为它的鳍似乎增加了三倍，其泅水的速度分明告诉他们：如果在目前情况之下要追下去，这场追击将无限延长，甚至是毫无希望的。再说桨手们谁也无法如此长久地不歇气地使足了劲坚持下去。这样做，只有在短时间内情况需要时，才可以勉为其难。这时候，只能让大船本身接着追赶，倒未始不是一个有望追上它的折中办法。因此两艘小艇都向大船靠过来，不久便由吊车吊到船上。那艘遭难的艇子的两个部分在此之前已被收回，所有物件已被吊在船侧。所有的帆布都已高高堆成一堆，辅助帆都已向两侧张开，好似信天翁的一对长翅膀；披谷德便这样朝下风头的莫比·迪克追上去。桅顶上的瞭望哨则按着众所周知的办法，有规律地定时报告大鲸闪闪发亮的喷水情况。到了上面报告鲸鱼刚刚下沉的时刻，埃哈伯便会记下时间，手拿着罗盘柜上的表，在甲板上踱步；过了预计鲸鱼要上升时刻的最后一秒，他的声音便会响起来——"这下金币是谁的啦？你们看到它了没有？"如果回答是"没有，长官！"他立马命令他们把他吊到他的桅顶的岗位上去。这一天就这样慢慢过去了；埃哈伯时而在高处一动不动，时而烦躁地在甲板上踱步。

他在甲板上走的时候，一句话不说，除非向桅顶的人发问，或是吩咐水手把某一张帆升得更高些，或是把某一张帆张得更开些——他这样来回踱步，每次都会经过他自己的那条头尾都破损了的艇子，它被扔在后甲板上，背朝天放在那儿。最后，他终于在它前面停下来。有时，已经是阴云密布的天空，还会有新的重重乌云飘过；此时老人的脸上正是如此，他的神情显得更加阴沉了。

斯德布见他停下来，也许是有意而且不无效果地表示自己毫不动摇的决心，从而在船长的脑海中留下一个勇士的印象，他走上前去，眼望着这残骸大声说："这是那蠢货不啃的蒺藜，它刺得那蠢货太疼了，长官，哈！哈！"

"对着这残骸发笑，这未免有点没有心肝了吧？你啊你！我还不知道你的无所畏惧的火般的勇敢（也同样的没有头脑），我敢发誓你是一个胆小鬼。在残骸面前不该唉声叹气，可也不该发笑。"

"是，长官，"斯塔勃克走过去说，"这是一个庄严的场面；是一个先兆，而且是一个不祥之兆。"

"先兆？先兆？——这是辞典上的说法！如果老天爷有意向人有所交代，那它就该光明正大地说出来；而不是摇摇脑袋，像个老娘们儿似的打什么不吉利的暗号，——走开！你们两个是一件事情的两极；斯塔勃克正好是斯德布的反面，倒过来也是。你们俩就是全人类，而我埃哈伯则是孑然独立于千百万世人之中，大神们和人们都不是我的邻里街坊！冷啊，好冷——我哆嗦啦！——上头的人听着，现在怎么样了？你们见到它了吗？它喷一次水你们报一次，哪怕它一秒钟喷十次也得这样报！"

这一天快过去了。太阳的黄金长袍的镶边已经在窸窣地响。天快黑了，可是瞭望哨上的人还待在上面，不下来。

"看不见喷水啦，长官，天太黑了，"有人从空中喊。

"你最后见到它时，它是朝哪个方向泅？"

"跟先前一样，长官，一直朝下风头泅。"

"好！到了晚上，它会泅得慢些。斯塔勃克先生，把最上桅的帆和中桅的辅助帆放下来吧。在天亮之前我们不可赶到它前头去。它现在正在转移，说不定会停下来歇歇。掌舵的，让船吃足了风！桅顶上的人！下来！——斯德布先生，派一个体力充沛的人上前桅顶去，那个哨位到天亮要一直有人顶着。"然后他走到主桅上钉着的金币前，说道："伙计们，这金币是我的，因为是我挣得了它；不过我会让它钉在这儿一直到白鲸死了为止。那时候，你们中间谁在它送命的那一天第一个发现它，金币就是谁的；万一到那一天，又是我先发现它，那么，我要拿出十倍的钱分给你们大家！散了吧，甲板是你的啦，先生。"

说这话的时候他人已经一半下到了舱口，然后，他压了压帽子，在那儿一直站到天明，除了有时振作一下精神，察看这一夜有什么动静。

（胡晓红编，摘自成时译：《白鲸》，人民文学出版社，2011）

第四十章 果戈理及《死魂灵》

第一节 果戈理简介

尼古拉·瓦西里耶维奇·果戈理，19世纪俄国批判现实主义文学的杰出代表和奠基人。1809年4月1日出生在乌克兰的一个地主家庭里。果戈理自幼在农村长大，从小受到艺术的熏陶，尤其喜爱乌克兰的民谣、传说和民间戏剧。由于父亲早逝，他离家去圣彼得堡谋生，曾经在国有财产及公共房产局和封地局先后供职。正是在圣彼得堡的这段经历令他饱尝世态炎凉和小职员度日的艰辛，使他看到了严酷的社会现实本质、官场的黑暗与腐败，对普通民众身受的苦难深为同情。这些都成为他日后文学创作的素材和动力。1831年至1832年间，果戈理以小说集《狄康卡近乡夜话》步入文坛，年仅22岁。这部小说集是浪漫主义与现实主义创作相结合的产物，被普希金誉为"极不平凡的现象"，从而奠定了果戈理在文坛的地位。除了写作以外，果戈理还曾在圣彼得堡大学任教职，不过为了专门从事文学创作，一年多后放弃教职。在此期间，他相继出版了《密尔格拉德》和《小品集》（后来又称为《圣彼得堡故事》）两部小说集，这些作品标志着他创作上的一个新阶段。果戈理将讽刺的笔触转向了揭露社会的丑恶、黑暗和不平，对社会底层的小人物的命运寄予了深切的同情，特别是1837年普希金不幸逝世之后，他将批判现实主义的创作方法推向了新的高度，无愧地站在普希金遗留下的位置上，共同成了俄国批判现实主义文学的奠基人。果戈理的文学成就除了小说以外还有讽刺喜剧。1836年4月，著名喜剧《钦差大臣》在圣彼得堡亚历山德拉剧院上演，轰动了整个京城，大大激怒了那些腐败的政府官员。该剧逼真地反映了俄国专制社会的种种弊端和黑暗，从而深刻地揭露了官僚阶级的丑恶和腐朽，成为闻名世界的文学作品。《钦差大臣》上演后，遭到以尼古拉一世为首的俄国官僚贵族社会的攻击和诽谤。1836年6月，果戈理离开俄国到了德国和瑞士，着手创作长篇小说《死魂灵》。1837年3月迁居罗马。1842年5月，《死魂灵》第一部问世，继《钦差大臣》之后再次"震撼了整个俄罗斯"（赫尔岑语）。《死魂灵》第一部发表后，果戈理在继续写作第二部的同时，发表了中篇小说《外套》和喜剧《婚事》等。《外套》描写彼得堡一个小官吏的悲惨遭遇，发出了保护"小兄弟"的人道主义呼吁，对俄国文学中的人道主义思潮产生过强烈影响。果戈理创作了大量思想深刻的散文，车尔尼雪夫斯基称他为"俄国散文之父"。而他对俄国小说艺术发展的贡献尤其显著。屠格涅夫、冈察洛夫、谢德林、陀思妥耶夫斯基等杰出作家都受到果戈理创作的影响。自20世纪初叶起，果戈理的创作相继被翻译介绍到中国。鲁迅称赞果戈理的作品"以不可见之泪痕悲色，振其邦人"。1935年他翻译了《死魂灵》。20世纪二三十年代，中国左翼剧团屡次演出喜剧《钦差大臣》（当时译为《巡按》），曾引起了广泛的反响。果戈理的创作对五四以后的中国新文学产生过较大的影响。

第二节　《死魂灵》简介

《死魂灵》是俄国批判现实主义文学发展的基石，也是果戈理的现实主义创作发展的顶峰。别林斯基高度赞扬它是"俄国文坛上划时代的巨著"，是一部"高出于俄国文学过去以及现在所有作品之上的"，"既是民族的，同时又是高度艺术的作品。"《死魂灵》是果戈理的代表作，描写一个投机钻营的骗子——六等文官乞乞科夫买卖死魂灵（俄国的地主们将他们的农奴叫做"魂灵"）的故事。乞乞科夫来到某市先用一个多星期的时间打通了上至省长下至建筑技师的大小官员的关系，而后去市郊向地主们收买已经死去但尚未注销户口的农奴，准备把他们当做活的农奴抵押给监管委员会，骗取大笔押金。他走访了一个又一个地主，经过激烈的讨价还价，买到一大批死魂灵，当他高高兴兴地凭着早已打通的关系迅速办好了法定的买卖手续后，其罪恶勾当被人揭穿，检察官竟被谣传吓死，乞乞科夫只好匆忙逃走。《死魂灵》的发表震撼了整个俄国，在作者锋利的笔下，形形色色贪婪愚昧的地主、腐化堕落的官吏以及广大农奴的悲惨处境等可怕的现实，都被揭露得淋漓尽致。从而以其深刻的思想内容、鲜明的批判倾向和巨大的艺术力量成为俄国批判现实主义文学的奠基杰作，是俄国文学，也是世界文学中讽刺作品的典范。果戈理在作品中通过对各个庄园的外貌、内部陈设和地主本人的仪表以及生活嗜好的细致描写，特别是通过买卖死魂灵的对话和过程，刻画了若干具有鲜明个性的地主典型。玛尼罗夫懒懒散散，从不过问家务，整天沉醉在不着边际的空想里。他对他的庄园、家庭和周围的官吏都感到满意，爱用甜言蜜语讨人喜欢，笑眯眯地捧着抄写的很工整的死农奴名单送给乞乞科夫，这是一个披着高雅绅士外衣的寄生虫。女地主柯罗博奇是个寡妇，善于经营，贪婪而吝啬，她像一个小钱柜，悄悄地把钱一个一个积攒起来。她愚昧闭塞，生性多疑，在出卖死魂灵时生怕在价格上吃亏。这些艺术形象揭示了地主阶级的寄生性，也揭示了他们卑劣的行径。实际上，他们已变成了真正的"死魂灵"。从这些形象中，可以看出俄国农奴制度的种种弊端，看到农奴制正在土崩瓦解的趋势。

第三节　《死魂灵》选段

第二章

……当乞乞科夫渐近大门的时候，就看见那主人穿着毛织的绿色常礼服，站在阶沿上，搭凉棚似的用手遮在额上，研究着逐渐近来的篷车。篷车愈近门口，他的眼就愈加显得快活，脸上的微笑也愈加扩大了。

"保甫尔·伊凡诺维支！"乞乞科夫一下车，他就叫起来了。

"您到底还是记得我们的！"

两个朋友彼此亲密的接过吻，玛尼罗夫便引他的朋友到屋里去。从大门走过前厅，走过食堂，虽然快得很，但我们却想利用了这极短的时同，成不成自然说不定，来讲讲关于这主人的几句话。不过作者应该声明，这样的计划，是很困难的。还是用大排场，来描写一个性格的容易。这里只好就是这样的把颜料抹上画布去——发闪的黑眼睛，浓密的眉毛，深的额上的皱纹，俨然的搭在肩头的乌黑或是血红的外套，——小照画好了；然而，这样的到处皆是的，外观非常相像的绅士，是因为看惯了吧，却大概都有些什么微妙的，很难捉摸的特征的——这些人的小照就很难画。倘要这微妙的，若有若无的特征摆在眼面前，就必须格外的留心，还得将那用鉴识人物所练就的眼光，很深的射进人的精神的底里去。

　　玛尼罗夫是怎样的性格呢，恐怕只有上帝能够说出来吧。有这样的一种人：恰如俄国俗谚的所谓不是鱼，不是肉，既不是这，也不是那，并非城里的波格丹，又不是乡下的绥里方（波格丹和绥里方都是人名。这两句话，犹言既非城里的绅士，又非乡下的农夫）。玛尼罗夫大概就可以排在他们这一类里的。他的风采很体面，相貌也并非不招人欢喜，但这招人欢喜里，总很夹着一些甜腻味；在应酬和态度上，也总显出些竭力收揽着对手的欢心模样来。他笑起来很媚人，浅色的头发，明蓝的眼睛。和他一交谈，在最初的一会，谁都要喊出来道："一个多么可爱而出色的人呵！"但停一会，就什么话也不能说了，再过一会，便心里想："呸，这是什么东西呀！"于是离了开去；如果不离开，那就立刻觉得无聊得要命。从他这里，是从来听不到一句像别人那样，讲话触着心里事，便会说了出来的泼辣或是不逊的言语的。每个人都有他的玩意儿：有的喜欢猎狗；有的以了不得音乐爱好者自居，以为深通这艺术的奥妙；第三个不高兴吃午餐；第四个不安于自己的本分，总要往上钻，就是一两寸也好；第五个原不过怀一点小希望，睡觉就说梦话，要和侍从武官在园游会里傲然散步，给朋友，熟人，连不相识的人们都瞧瞧；第六个手段很高强，至于起了要讽刺一下阔人或是傻子的出奇的大志；而第七个的手段却实在有限得很，不过到处弄得很齐整，借此讨些站长先生或是搭客马车夫之流的喜欢。总而言之，谁都有一点什么东西的，就是他的个性，只有玛尼罗夫却没有这样的东西。在家里他不大说话，只是沉思，冥想，他在想些什么呢，也只有上帝知道罢了。说他在经营田地吧，也不成，他就从来没有走到野地里去过，什么都好像是自生自长的，和他没干系。如果经理来对他说："东家，我们还是这么这么办的好吧，"他那照例的回答是"是的，是的，很不坏！"他仍旧静静地吸他的烟，这是他在军队里服务时候养成的习惯，他那时算是一个最和善，最有教养的军官。"是的，是的，实在很不坏！"他又说一遍。如果一个农夫到他这里来，搔着耳朵背后，说："老爷，可以放我去缴捐款么？"那么，他就回答道："去就是了！"于是又立刻吸他的烟，那农夫不过去喝酒，却连想也没有想到的。有时他从石阶梯上眺望着他的村子和他的池，说道，如果从这屋子里打一条隧道，或者在池上造一座石桥，两边开店，商人们卖着农夫要用的什物。那可多么出色呢。于是他的眼睛就愈加甜腻腻，脸上显出满足之至的表情。但这些计划，总不过是一句话。他的书房里总放着一本书，在第十四页间总夹着一条书签；这一本书，他是还在两年以前看起的。在家里总是缺少着什么；客厅里却陈设着体面的家具，绷着华丽的绢布，花的钱一定是很不少的；然而到得最后的两把靠手椅，材料不够了，就永远只绷着麻袋布；四年以来，每有客来，主人总要预先发警告："您不要坐这把椅子，这还没有完工哩。"在别一间屋子里，却简直没有什么家具，虽然新婚后第二天，玛尼罗夫就对他的太太说过："心肝，我们明天该想法子了，至少，我们首先弄些家具来。"到夜里，就有一座高高的华美的古铜烛台摆在桌上了，铸着三位希腊的格拉支（格拉支是分掌美、文雅和欢喜的女神。出自希腊神话），还有一个罗钿的罩，然而旁边却是一个平常的，粗铜的，跛脚的，弯腰的，而且积满了油腻的烛台，主人和主妇，还有做事的人们，倒也好像全都不在意，他的太太……他们是彼此十分满足的。结婚虽然已经八年多，但还是分吃着苹果片，糖果或胡桃，用一种表示真挚之爱的动人的娇柔的声音，说道："张开你的口儿来呀，小心肝，我要给你这一片呢。"这时候，那不消说，她的口儿当然是很优美的张了开来的。一到生日，就准备各种惊人的赠品——例如琉璃的牙粉盒之类。也常有这样的事，他们俩都坐在躺椅上，也不知为了什么缘故，他放下烟斗来，她也放下了拿在手里的活计，来一个很久很久的身心交融的接吻，久到可以吸完一枝小雪茄。总而言之，他们是，就是所谓幸福，自然，也还有别的事，除了彼此长久的接吻和准备惊人的赠品之外，家里也还有许多事要做，各种问题也是层出不穷的。例如食物为什么做得这样又坏又傻呀？仓库为什么这么空呀？管家妇为什么要偷呀？当差的为什么总是这么又脏又醉呀？仆人为什么睡得这么没规矩，醒来又只管胡闹呀？但这些都是俗务，玛尼罗夫夫人却是一位受过好教育的闺秀。这好教育，谁都知道，是要到慈惠女塾里去受的，而在这女私塾里，谁都知道，则以三种主要科目，为造就一切人伦道德之基础，法国话，这是使家族得享家庭的幸福的；弹钢琴，这是使丈夫能有多少愉快的时光的；最后是经济部分，就是编钱袋和诸如此类惊人的赠品。那教育法，也还有许多改善和完成，尤其是在我们现在的这时候：这是全在于慈惠女塾塾长的才能和力量的。有些女塾，是钢琴第一，其次法国话，末后才是经济科。但也有反过来：首先倒是经济科，就是编织小赠品之类；其次法国话；末后弹钢琴。总之，教育法是有各式各样的，但这里正是声明的地方了，那玛尼罗夫夫人……不，老实说，我是很有些怕敢讲起大家闺秀的，况且我也早该回到我们这本书的主角那里去，他们都站在客厅的门口，彼此互相谦逊，要别人先进门去，已经有好几分钟了。

"请呀？您不要这么客气，请呀，您先请，"乞乞科夫说。

"不能的，请吧，保甫尔·伊凡诺维支，您是我的客人呀，"玛尼罗夫回答道，用手指着门。

"可是我请您不要这么费神，不行的，请请，您不要这么费神；请请，请您先一步，"乞乞科夫说。

"那可不能，请您原谅，我是不能使我的客人，一位这样体面的，有教养的绅士，走在我的后面的。"

"哪里有什么教养呢！请吧请吧，还是请您先一步。"

"不成不成，请您赏光，请您先一步。"

"那又为什么呢？"

"哦哦，就是这样子！"玛尼罗夫带着和气的微笑，说。这两位朋友终于并排走进门去了，大家略略挤了一下。

……

乞乞科夫和玛尼罗夫谈妥了死魂灵的买卖后，辞别玛尼罗夫，玛尼罗夫送他到大门口。

玛尼罗夫还在阶沿上站得很久，目送着渐渐远去的马车，直到这早已望不见了，他却依然衔着烟斗，站在那里。后来总算回进屋子里去了，在椅子上坐下，想着自己已经给了他的客人一点小小的满足，他的心里很高兴。他的思想又不知不觉的移到别的事情上面去，只有上帝才知道要拉到哪里为止。他想着友谊的幸福，倘在河滨上和朋友一起过活，可多么有趣呢，于是他在思想上就在这河边造一座桥，又造一所房子，有一个高的眺望台的，从此可以看见莫斯科的全景，他又想到夜里在户外的空旷处喝茶，谈论些有味的事情，这才该是愉快得很；并且设想着和乞乞科夫一同坐了漂亮的篷车，去赴一个夜会，他们的应对态度之好，使赴会者都神迷意荡，终于连皇帝也知道了他们俩的友谊，赏给他们每人一个将军衔，他就这样的梦下去；后来呢，只有天晓得，连他也不十分清楚了。但乞乞科夫的奇怪的请求，忽然冲进了他的梦境，却还是猜不出那意思来：他翻来覆去地想，要知道得多一些，然而到底不明白。他衔着烟斗，这样的还坐了很多的时光，一直到晚膳摆在桌子上。

第六章

……

乞乞科夫的脸上显出要问的表情来；他焦急地等着这男管家来说什么话。但那人也在等候着乞乞科夫的开口。到底苦于这两面的窘急的乞乞科夫，就决计发问了：

"哪，主人在做什么呀？他在家么？"

"主人在这里！"男管家回答说。

"那么，在哪里呢？"乞乞科夫回问道。

"您是瞎的吗，先生？怎的？"男管家说。"先生！我就是这家的主人！"

这时我们的主角就不自觉地倒退了一点，向着这人凝视。自有生以来，他遇见过各色各样的人，自然，敬爱的读者，连我们没有见过的也在内。但一向并未会到过一个这样的人物。从他的脸上，看不出一点特色来。和普通的瘦削的老头子，是不大有什么两样的；不过下巴凸出些，并且常常掩着手帕，免得被唾沫所沾湿。那小小的眼睛还没有呆滞，在浓眉底下转来转去，恰如两匹小鼠子，把它的尖嘴钻出暗洞来，立起耳朵，动着胡须，看看是否藏着猫儿或者顽皮孩子，猜疑地嗅着空气。那衣服可更加有意思。要知道他的睡衣究竟是什么底子，只好白费力；袖子和领头都非常腥臜，发着光，好像做长靴的郁赫皮；背后并非拖着两片的衣裙，倒是有四片，上面还露着一些棉花团。颈子上也围着一种莫名其妙的东西，是旧袜子，是腰带，还是绷带呢，不能断定，但决不是围巾。一句话，如果在那里的教堂前面，乞乞科夫遇见了这个模样的他，他一定会布施他两戈贝克；因为，为我们的主角的名誉起见，应该提一提，他有一个富于同情的心，遇见穷人，是没有一回能不给两戈贝克的。但对他站着的人，却不是乞丐，而是上流的地主，而且这地主还蓄有一千以上的魂灵，要寻出第二个在他的仓库里有这么多的麦子、麦粉和农产物，在堆房、燥屋和栈房里也充塞着呢绒和麻布、生熟羊皮、干鱼以及各种菜蔬和果子的人来，就不大容易，只要看一眼他那堆着没有动用的各种木材和一切家具的院子就是——人就会以为自己是进了莫斯科的木器市场里，那些勤俭的丈母和姑母之流，由家里的厨娘带领着，在买她的东西之处的。他这里，照眼的是雕刻的，车光的，拼成的，编出的木器的山：桶子，盆子，柏油桶，有嘴和无嘴的提桶，浴盆，匣子，女人们用它来理亚麻和别的东西的梳麻板，细柳枝编成的小箱子，白桦皮拼成的小匣子，还有无论贫富，俄国人都要使用的别的什物许许多多。人也许想，泼留希金要这无数的各种东西做什么用呢？就是田地再大两倍，时间再过几代，也是使用不完的。然而他却实在还没有够，每天每天，他很不满足的在自己的庄子的路上走，看着桥下，跳板下，凡有在路上看见的：一块旧鞋底，一片破衣裳，一个铁钉，一角碎瓦——他都拾了去，抛在那乞乞科夫在屋角上所看见的堆子里。"我们的渔翁又在那里捞鱼了，"一看见他在四下里寻东西，农人们常常说。而且的确经他走过之后，道路就用不着打扫；一个过路的兵官落掉了他的一个马刺——刚刚觉到，这却已经躺在那堆子里了；一个女人一疏忽，把水桶忘记在井边——他也飞快地提了这水桶去。如果有农人当场捉住了他，他就不说什么，和气的放下那偷得的物件；然而一躺在堆子里，可就什么都完结了：他起誓，呼上帝作证，说这东西原是他怎样怎样，如何如何买得，或者简直还是他的祖父传授下来的。就是在自己的家里，他也拾起地上的一切东西来：一小段封信蜡，一张纸片，一枝鹅毛笔，都放在写字桌，或者窗台上。

然而他也曾经有过是一个勤俭的一家之主的时候！他也曾为体面的夫，体面的父，他的邻人来访问他，到他这里午餐，学习些聪明的节省和持家的方法。那时的生活还都很活泼，很整齐：水磨和碌碡快活的转动着，呢绒厂，旋盘厂，机织厂都在不倦地作工；主人的锋利的眼睛，看到广大的领地的角角落落，操劳得像一个勤快的蜘蛛，从这一角到那一角，都结上家政的网。在他的脸上，自然也一向没有显过剧烈的热意和感情，但他的眼闪着明白的决断。他的话说出经验和智识，客人们都愿意来听他：和蔼而能谈的主妇，在她的相认的人们中也有好名望；两个可爱的女儿常来招呼那宾客，都是金色发，鲜活如初开的蔷薇。儿子是活泼的，壮健的少年，跳出来迎接客人，不大问对手愿不愿，就和客人接吻。全家里的窗户是统统开着的。中层楼上住着一个家庭教师，法国人，脸总刮得极光，又是放枪的好手：他每天总打一两只雉鸡或是野鸭来帮午膳，但间或只有麻雀蛋，这时他就叫煎一个蛋饼自己吃，因为除他之外，全家是谁也不吃的。这楼上，还住着一个强壮的村妇，是两位女儿的教师。主人自己，也总是同桌来吃饭，身穿一件黑色的燕尾服，旧是确有些旧的，但很干净，整齐：肘弯并没有破，也还并没有补。然而这好主妇亡故了，钥匙的一部分和琐屑的烦虑，从此落在他身上。泼留希金就像一切鳏夫一样，急躁，吝啬，猜疑了起来。他不放心他的大女儿亚历山特拉·斯台班诺夫娜了，但他并不错，因为她不久就和一个不知什么骑兵联队里的骑兵二等大尉跑掉，她知道父亲有一种奇怪的成见，以为军官都是赌客和挥霍者，所以不喜欢的，便赶紧在一个乡下教堂里和他结了婚。那父亲只送给他们诅咒，却并没有想去寻觅，追回。家里就更加空虚，破落了。家主的吝啬，也日见其分明；在他头上发亮的最初的白发，更帮助着吝啬的增加，因为白发正是贪婪的忠实同伴。法国的家庭教师被辞退了，因为儿子到了该去服务的时候；那位女士也被驱逐了，因为亚历山特拉·斯台班诺夫娜的逃走，她也非全不相干。那儿子，父亲是要他切切实实的学做文官——这是父亲告诉了他的——送到省会里去，他却进了联队，还寄一封信给父亲——这是做了兵官之后了——来讨钱给他做衣服：但他由此得到的物事，自然不过是所谓碰了一鼻子灰。终于，连和泼留希金住在一起的小女儿也死掉了，只有这老头子孤零零的剩在这世界上，算是他的一切财产的保护者，看守者，以及唯一的所有者。孤独的生活，又给贪婪新添了许多油，大家知道，吝啬是真的狼贪，越吃，就越不够。人类的情感，在他这里原也没有深根的，于是更日见其浅薄，微弱，而且还要天天从这废墟似的身上再碎落一小块。有些时候，他根据着自己对于军官的偏见，觉得他的儿子将要输光了财产；泼留希金便送给他一些清清楚楚的父亲的诅咒，想从此不再相关，而且连他的死活也毫不注意了。每年总要关上或者钉起一个窗户来，直到终于只剩了两个，而其中之一，读者也已经知道，还要贴上了纸张；每年总从他眼睛里失去一大片重要的家计，他那狭窄的眼光，便越是只向着那些在他房里，从地板上拾了起来的纸片和鹅毛笔；对于跑来想从他的农产物里买些什么的买主，他更难商量，更加固执了；他们来和他磋商，论价，到底也只好放手，明白了他乃是一个鬼，不是人；他的干草和谷子腐烂了，粮堆和草堆都变成真正的肥堆，只差还没有人在这上面种白菜；地窖里的面粉硬得像石头一样，只好用斧头去劈下来；麻布，呢绒，以及手织的布匹，如果要它不化成飞灰，便千万不要去碰一下。泼留希金已经不大明白自己有些什么了。他所记得的，只有：架子上有一样好东西，——瓶子里装着甜酒，他曾做一个记号在上面，谁也不能偷喝它，——以及一段封信蜡或一支鹅毛笔的所在。但征收却还照先前一样。农奴须纳照旧的地租，女人须缴旧额的胡桃，女织匠还是要照机数织出一定的布匹，来付给她的主人。这些便都收进仓库去，在那里面霉烂，变灰，而且连他自己也竟变成人的灰堆了。亚历山特拉·斯台班诺夫娜带着她的小儿子，回来看了他两回，希望从他这里弄点什么去；她和骑兵二等大尉的放浪生活，分明也并没有结婚前所预想那样的快活。泼留希金宽恕了她，甚至于取了一个躺在桌上的扣子，送给小外孙做玩具，然而不肯给一点钱，别一回是亚历山特拉·斯台班诺夫娜和两个儿子同来的，还带给他一个奶油面包做茶点，并一件崭新的睡衣，因为父亲穿着这样的睡衣，看起来不但难受，倒简直是羞惭。泼留希金很爱抚那两个外孙儿，给分坐在自己的左右两腿上，低昂起来，使他们好像在骑马；奶油面包和睡衣，他感激的收下了，对于女儿，却没有一点回送的物事，亚历山特拉·斯台班诺夫娜就只好这么空空的回家。

现在站在乞乞科夫面前的，就是这样的人！

……

泼留希金默默的站着，已经好几分钟了；乞乞科夫也不想先开口，看了他的主人和奇特的周围的情景，他失去预定的把握了。他想对他这样说：因为他听到过泼留希金的道德和特出的品格，所以前来表示敬意，是自己的义务；然而又以为这未免太离奇。他又偷偷地一瞥屋子里的东西，觉得"道德"和"特出的品格"这两个词，是可以用"节俭"和"整顿"来代换的；于是照这意思，改好了他的话：因为听到过泼留希金治家的节险和非凡的管理，所以他觉得有趋前奉访，将他的敬仰的表示，陈在足下的义务。自然，先前已经说过，也还有别样更好的理由的，但他不想说，这很不漂亮。

泼留希金低声的说了些话，仅仅动着嘴唇，——因为他已经没有牙齿了——；他究竟说了些什么呢，听不分明，但他的话里大约是这样的意思："你还是带了你的敬仰到魔鬼那里去吧！"然而我们这里，是有对客人的义务和道德的，就是吝啬鬼，也不能随便跨过这规则，于是他接着说得清楚一点道，"请请，您请坐呀！"

"我没有招待客人，已经很长久了，"他说，"老实说起来，这是没有什么好处的。人们学着最没用，最没意思的时髦，彼此拜访，——家里的事情倒什么也不管……况且马匹还总得喂草呀！我早已吃过中饭了，家里的厨房又小，又脏，烟囱也坏着：我简直不敢在灶里生火，怕惹出火灾来。"

"竟是这样的么？"乞乞科夫想。"幸而我在梭巴开维支那里吃过一点子酪饼和一口羊腿来了！"

"您只要想一想就是，这多么不容易！如果我要家里有一把干草的话！"泼留希金接下去道。"真的，从哪里来呢？我只有一点点田地，农奴又懒，不喜欢做工，总只记挂着小酒店……人是应该小心些，不要到得他的老年，却还去讨饭的！"

"但人家告诉我，"到这里，乞乞科夫谦和的回口道，"您有着上千的魂灵哩！"

"谁告诉您的？您该在这家伙的脸上唾一口的，他造这样的谣言，先生！那一定是一个促狭鬼？在和您开玩笑呀。人们总是说：一千个魂灵，但如果算一算，剩下的就不多！这三年来，为了那该死的热病，我的农奴整批整批的死掉了。"

"真的？真有这么多吗？"乞乞科夫同情的大声说。

"唔？是的，很多！"

"我可以问，那有多少吗？"

"要有八十个！"

"的确？"

"我不说谎，先生！"

"我还可以问一下吗？这数目，可是上一次人口调查之后的总数呢？"

"要是这样，就还算好的了！"泼留希金说。"照您说的一算？可还要多，至少要有一百二十个魂灵！"

"真的？竟有一百二十个？"乞乞科夫叫了起来，因为吃惊，张开了嘴巴。

"要说谎，我的年纪可是太大了，先生：我已经上了六十哩！"泼留希金说，好像他因为乞乞科夫的近乎高兴的叫喊，觉得不快活。乞乞科夫也悟到了用一副这样的冷淡和无情来对别人的苦恼，实在是不大漂亮的，就赶紧长叹一声，并且表示了他的悼惜。

"可惜您的悼惜，对我并没有用处！我不能把这藏进钱袋里去呀！"泼留希金说。"您瞧，近地住着一个大尉，鬼知道他是怎么调进这里来的。因为是我的一个亲戚，就时常来伯伯长，伯伯短的，在我的手上接吻；如果他一表示他的同情，就发出一种实在是吼声，叫人要塞住耳朵才好。这人有一张通红的脸，顶喜欢烧酒瓶。他的钱大都都在军营里花光，或者给一个什么坤伶从衣袋里捞完了。他为什么这样的会表同情呢，恐怕就为了这缘故吧！"

乞乞科夫竭力向他声明，自己的同情和那大尉的，完全不是同类，再转到他并非只用言语，还要用实行来表示；于是毫不迟延，直截地表明了他的用意，说自己情愿来尽这重大的义务，负担一切死于这样不幸的灾难的农奴的人头税。这提议，显然是出于泼留希金的意料之外了。他瞪着眼睛，看定了对手，许多工夫没有动。到底却道："您恐怕是在军营里的吧？"

"不是，"乞乞科夫狡猾的躲闪着，回答说，"我其实不过是做文职的。"

"做文职的！"泼留希金复述了一句，于是咬着嘴唇，仿佛他的嘴里含着食物一样。"唔，这又为什么呢？这不是单使您自己吃亏吗？"

"只要您乐意，我就来吃这亏。"

"唉唉，先生！唉唉，您这我的恩人！"泼留希金喊了起来，因为高兴，就不再觉得有一块鼻烟，像浓咖啡的底脚一样，从他鼻孔里涌出，实在不能入画，而且他睡衣的豁开的下半截，将衬裤给人看见，也不是有味的景象了。"您对一个苦老头子做着好事哩！唉唉，你这我的上帝，你这我的救主！"泼留希金再也说不出别的话来了。然而不过一瞬间，那高兴，恰如在呆板的脸上突然出现一样，也突然的消失，并不剩一丝痕迹，他的脸又变成照旧的懊丧模样了。他是在用手巾拭脸的，就捏作一团，来擦上嘴唇。

"您真的要——请您不要见怪——说明一下，每年来付这税吗？收钱的该是我，还是皇家？"

"您看这怎样？我们要做得简便：我们彼此立一个买卖合同，像他们还是活着的似的，您把他们卖给了我。"

"是的，一个买卖合同……"泼留希金说着，有些迟疑，又咬起嘴唇来了。"您说，一个买卖合同——这就又要花钱了！法院里的官儿是很不要脸的！先前只要半卢布的铜钱加上一袋面粉就够？现在却得满满的一车压碎麦子，还要红钞票做添头。他们现在就是这样的要钱。我真不懂，为什么竟没有人发表出来的。至少，也得给他们一点道德的教训。用一句良言，到底是谁都会被收服的。无论怎么说，决没有人反对道德的教训的呀！"

"哪，哪，你就是反对的哩，"乞乞科夫想。但他立刻大声的接着说，因为对于他的尊敬，连买卖合同的费用，也全归自己负担。

……

（陈红玉编，摘自鲁迅译：《死魂灵》，人民文学出版社，1959）

第四十一章　屠格涅夫及《父与子》

第一节　屠格涅夫简介

　　屠格涅夫，杰出的俄国现实主义作家。他于 1818 年生于俄国奥廖尔省一个旧式富裕家庭，父亲是一个骑兵团团长，16 岁的时候父亲去世。屠格涅夫的母亲是一个残暴的女地主。屠格涅夫目睹自己庄园中农奴们的悲惨生活，对他们抱有深切的同情。1833 年入莫斯科大学语文系，第二年转入彼得堡大学，学习期间已开始写诗。大学毕业后，屠格涅夫于 1838 年到柏林深造，攻读哲学和古典语言，在那里接近斯坦凯维奇和巴枯宁等人。1841 年回国，进入俄国文坛，先后结识果戈里、赫尔岑、别林斯基等人。1847—1851 年，他在进步刊物《现代人》上发表其成名作《猎人笔记》。该作品以一个猎人在狩猎时所写的随笔形式出现，包括 25 个短篇故事，全书在描写乡村山川风貌、生活习俗、刻画农民形象的同时，深刻揭露了地主表面上文明仁慈，实际上丑恶残暴的本性，充满了对备受欺凌的劳动人民的同情，写出了他们的聪明智慧和良好品德。《猎人笔记》也生动地描述了人民对美好生活的追求和向往。作品采用见闻录的形式，真实、具体、生动、形象，体裁风格多样，语言简练优美，可谓散文化小说、诗化小说的范例。别林斯基评价该作品"从一个前人所不曾有过的角度接近了人民"。该作品反农奴制的倾向触怒了当局，当局以屠格涅夫发表追悼果戈里文章违反审查条例为由，将其拘捕。在拘留中他写了著名的反农奴制的短篇小说《木木》。19 世纪 50 年代到 60 年代初屠格涅夫写了一系列反映当代社会矛盾的长篇小说：《罗亭》塑造了"多余人"罗亭的形象，罗亭是 19 世纪三四十年代先进贵族知识分子的代表，在宣传进步思想方面起了一定作用，但却缺乏意志和行动的力量。在《贵族之家》里，作者已感到先进贵族的活动正在失去作用，他带着深沉的惋惜描写了他们的孤独命运。《前夜》提出了新的主题，屠格涅夫在这里塑造了保加利亚革命者英沙罗夫和先进的俄罗斯女性叶琳娜的形象，并通过主人公的活动反映出五十年代末社会运动的高涨。《父与子》是屠格涅夫的代表作，作者把巴扎洛夫描写成平民知识分子的代表，在这一形象中，概括了新一代人物的某些基本特征，但却充满了矛盾。主人公巴扎洛夫与贵族代表之间的争论，实质上反映了农奴制改革时期革命民主主义者同贵族自由主义者之间的冲突。从六十年代起，屠格涅夫大部分时间在西欧度过，结交了许多著名作家、艺术家，如左拉、莫泊桑、都德、龚古尔等。参加了在巴黎举行的"国际文学大会"，被选为副主席（主席为维克多·雨果）。屠格涅夫对俄罗斯文学和欧洲文学的沟通交流起到了桥梁作用。

第二节　《父与子》简介

　　《父与子》是屠格涅夫从 1860 年 8 月开始写作的一部长篇小说，经过作者多次修改，于 1862 年发表。这部作品是屠格涅夫的代表作，是他创作的顶峰。《父与子》的中心人物是巴扎洛夫。从这个人物形象身上，我们既可以看到俄国历史的进程，又可以看到平民知识分子的特征，还可以看到屠格涅夫深刻的现实主义倾向和他作为一个贵族知识分子的自由主义的偏见。巴扎洛夫的形象具有鲜明的革命色彩，反映着俄国社会正经历着剧烈变革这样一个时代特征。他在驳斥念念不忘自己的贵族尊严和权利的巴威尔时，高声宣布了自己的历史使命："目前最有用的事，就是否定"，"否认一切"，包括诗和艺术。对于巴威尔的挑战，他从来是从容对待的，而且常常摆出一副不屑一顾的神态。在辩论中和决斗中，他始终都是胜利者。巴扎洛夫的力量就在于他那种敢于否定一切的批判精神。小说中其他几个人物是巴扎洛夫的衬托者。尼可拉是一个温和的自由主义者，他对于突然侵入他生活中的严峻的民主主义者，不愿扮演思想上的反对者，他力求"与时代步伐一致"，因为他已经预感到自己依附的阶级必将被淘汰。阿尔卡狄是一个善良、正直的青年，但却软弱而无主见。他是巴扎洛夫的大学同学。一次，巴扎洛夫到阿尔卡狄家去作客，与阿尔卡狄的父亲和伯父之间发生了尖锐的思想冲突。在城里参加舞会时，巴扎洛夫认识了富孀阿金佐娃，并应邀上她庄园去玩，为对方的美貌吸引，并爱上了她。但阿金佐娃过惯了安逸的生活，因不愿为爱情的义务所束缚而拒绝了他。巴扎洛夫带着极度烦恼的心情回到年老的父母家中，两位老人对他无微不至的关怀和照料也不能解除他的烦闷，虽然他爱老人们，但却嘲笑他们的感情，很快又辞别了他们。第二次去到阿尔卡狄家中时，他和阿尔卡狄的伯父巴威尔之间的矛盾更尖锐化了，终于为了一件偶然的事故，巴威尔向他挑战，巴扎洛夫也不示弱，决斗的结果，巴威尔受了轻伤。巴扎洛夫又重新回到父母家中，帮助父亲行医。一次，在解剖一个伤寒病致死的尸体时，割破了手指，感染病菌而离开了人世。巴扎洛夫年轻的生命就这样结束了。《父与子》出版后，立刻激起了席卷俄国思想界空前激烈的争论。而且两边都对屠格涅夫表示不满。在反动阵营里，早就有人建议把手稿烧掉，指责作家嘲笑了曾经正直地活动于社会生活舞台上的"父辈"，并且盲目地美化了接替他们的年轻一代。而在民主主义阵营，大部分青年对作家表示愤慨，甚至《现代人》的评论家安东诺维奇也认为小说是"对年青一代的民主主义者的粗暴的、反动的诽谤"。对于《父与子》的激烈争论，正说明了这部作品思想的复杂性。

第三节　《父与子》选段

五

　　阿尔卡狄走到他的伯父跟前，他感觉到自己脸颊给伯父的洒过香水的小胡子亲了一下。巴威尔·彼得洛维奇在桌子旁边坐下来。他穿了一件很讲究的英国式的早服，头上戴一顶小小的土耳其帽。这顶土耳其帽跟那条随意结起来的小领结都在表示着乡村生活的无拘无束；可是他的衬衫（这衬衫的确不是白的，因为配着早服，便穿了有条纹的衬衫）上的硬领还是像平日那样严正地衬出那个剃得很光滑的下巴来。

　　"你那位新朋友呢？"他问阿尔卡狄道。

　　"他不在家，他往常都是起得很早，就到外面去了。我们最好不要去管他，他不喜欢礼节。"

　　"不错，我也看得出来。"巴威尔·彼得洛维奇从容地在他的面包上涂着牛油。"他打算在我们这儿久住吗？

"那要看他的意思怎样。他是打这儿经过，去看他的父亲。"

"他的父亲住在什么地方？"

"就在我们这一省，离这儿有八十个俄里。他在那地方有个小小的田庄。他以前做过军医。"

"哦，哦，哦，哦……怪不得我老是问自己：'我在什么地方听见过巴扎洛夫这个姓呢？……尼可拉，你还记得我们父亲那一个师里头有一个军医巴扎洛夫吗？"

"好像是有的。"

"不错，不错，一定的。那个军医就是他的父亲了。嗯！"巴威尔·彼得洛维奇拉了拉他的小胡子，接着又不慌不忙地问道："那么，现在这位巴扎洛夫先生究竟是一个怎样的人呢？"

"您问巴扎洛夫是一个怎样的人？"阿尔卡狄微笑道。"大伯，您要我告诉您他究竟是一个怎样的人吗？"

"好侄儿，请讲吧。"

"他是一个虚无主义者。"

"什么？"尼可拉·彼得洛维奇问道，这个时候巴威尔·彼得洛维奇正拿起一把刀尖上还挑着小块牛油的刀子，也呆住不动了。

"他是一个虚无主义者。"阿尔卡狄再说一遍。

"一个虚无主义者，"尼可拉·彼得洛维奇说。"依我看，那是从拉丁文 nihil（无）来的了；那么这个字眼一定是说一个……一个什么都不承认的人吧？"

"不如说是：一个什么都不尊敬的人，"巴威尔插嘴说，他又在涂牛油了。

"是一个用批评的眼光去看一切的人，"阿尔卡狄说。

"这不还是一样的意思吗？"巴威尔·彼得洛维奇说。

"不，这不是一样的意思。虚无主义者是一个不服从任何权威的人，他不跟着旁人信仰任何原则，不管这个原则是怎样被人认为神圣不可侵犯的。"

"那么你觉得这是好的吗？"巴威尔·彼得洛维奇插嘴问道。

"大伯，那就看人说话了。它对有一些人是好的，可是对另一些人却不好。"

"原来是这样。我看，这不是跟我们一道的。我们旧派的人，我们以为要是一个人，照你的说法，不信仰一种'原则'（巴威尔·彼得洛维奇照法文读音轻轻地念这个字，把重音放在后面）……"

"虚无主义者，"阿尔卡狄声音很清楚地说。

"不错。以前是黑格尔主义者，现在是虚无主义者。我们以后再来看你们怎样在真空中，在没有空气的空间中生存；尼可拉·彼得洛维奇弟弟，请你按一下铃，现在是我喝可可茶的时候了。"

巴威尔·彼得洛维奇慢慢地喝着他的可可茶，忽然他抬起头来。"虚无主义者先生光临了，"他低声说。

巴扎洛夫果然穿过花园踏着花坛走来。他的亚麻布衣裤上沾满了污泥；他的旧圆帽顶上挂着一根水塘里的水藻；他右手提着一个小袋子；袋里有活的东西在动。他很快地走近了露台，点一点头，说道："各位，早安；对不起，喝早茶我来晚了。我马上就回来，我得先把这些俘虏安顿好。"

"那里面的是什么，——蚂蟥么？"巴威尔·彼得洛维奇问道。

"不，是青蛙。"

"您吃它们还是养它们？"

"拿来做实验用的，"巴扎洛夫随随便便地回答一句，就走进屋子去了。

"那么他是要解剖它们了，"巴威尔·彼得洛维奇说。"他不相信原则，却相信青蛙。"

……

六

"您是专门研究物理学的吧？"巴威尔·彼得洛维奇发问道。

"是的，物理学；一般的自然科学。"

"听说日耳曼人最近在这方面大有成就。"

"不错，德国人在这方面是我们的老师，"巴扎洛夫随口答道。

巴威尔·彼得洛维奇说"日耳曼人"，不说"德国人"，明明带着讥讽的意味；可是没有人注意到这个。

"您居然把德国人看得这样高吗？"巴威尔·彼得洛维奇说，他故意装出过于客气的样子。他心里有点儿不高兴了。他的贵族的气质受不了巴扎洛夫那种极端的冷淡。这个医生的儿子非但不知道拘谨、害怕，并且常常以粗鲁而不愿意的态度回答别人的问话，他的声音里有一种粗野的，甚至近乎无礼的调子。

"那边的科学家都是些能干有用的人。"

"啊，啊。那么您对于俄国的科学家一定不这么看重了。"

"大概是这样的。"

"这倒是很值得人钦佩的谦虚呢，"巴威尔·彼得洛维奇把身子一挺，头向后一仰，说道。"不过这又是怎么一回事呢？阿尔卡狄·尼可拉以奇刚才明明对我们说过，您是不承认任何权威的？那么您是不是相信他们呢？"

"为什么我要承认他们呢？我又应当相信什么呢？他们说了真话，我同意，这就完了。"

"那么所有的德国人都说真话了，"巴威尔·彼得洛维奇说，他脸上带着一种淡漠而疏远的表情，仿佛他已远远地站到云端里去了。

"也不尽然，"巴扎洛夫答道，他打了一个短短的呵欠。显然不想继续辩论下去。

巴威尔·彼得洛维奇望了望阿尔卡狄，好像要说："我应当讲，你的朋友真有礼貌。"

"至于我呢，"他勉强接着往下说，"我也许有不对的地方，可是我不喜欢德国人。我讲的还不是俄国的德国人，我们都知道他们是什么一种东西。可是连在德国的德国人我也不喜欢。以前还有几个像样的；他们有过——譬如席勒，还有他叫什么？……啊？歌德……我弟弟特别欣赏他们。……可是现在德国人中间全是些化学家和唯物主义者……"

"一个好的化学家比二十个诗人还有用，"巴扎洛夫说。

"哦，原来是这样，"巴威尔·彼得洛维奇应道，他好像快要睡着了似的，微微抬起他的眉毛来。"我看，您是不承认艺术的了？"

"赚钱的艺术或者'医好痔疮'的艺术！"巴扎洛夫带着轻蔑的微笑说。

"啊先生，啊先生。我看，您真喜欢开玩笑。那么您一切都不承认了？好吧，那么您就只相信科学？"

"我已经对您讲过，我什么都不相信；您所谓的科学是什么呢——是指那一般的科学吗？某一种某一门的科学是有的，就跟某一种行业，某一种职位一样；可是所谓一般的科学却并不存在。"

"很好，先生。那么对于其他与人类日常生活有关的已经公认的法则，您也是抱着同样否定的态度吗?"

"这是什么,是在审问么?"巴扎洛夫问道。

巴威尔·彼得洛维奇的脸色略转苍白。尼可拉·彼得洛维奇觉得这是他应该插进去讲话的时候了。

……

<h1>十</h1>

大约过了两个星期的光景。玛利因诺的生活还是跟往常一样,阿尔卡狄整天玩着,巴扎洛夫认真在工作。宅子里的每个人都跟巴扎洛夫熟悉了,他们也习惯了他的随便不羁的态度和他的粗鲁无乱的谈话。费尼奇加尤其跟他熟,因此有一个晚上她居然差人去叫醒他:米奇亚得了惊风症;他去了,还是像平日那样,一边说着笑话一边打呵欠,在她那儿过了两个钟点,把孩子治好了。在另一方面巴威尔·彼得洛维奇现在却用全副心灵来恨巴扎洛夫,他认为巴扎洛夫是一个傲慢、无礼、爱挖苦人的平民;他疑心巴扎洛夫并不尊敬他,而且还有点儿轻视他——他,巴威尔·彼得洛维奇!尼可拉·彼得洛维奇也有点儿害怕这个年轻的"虚无主义者",并且还担心着他给阿尔卡狄的影响究竟是不是好的;可是他很喜欢听他讲话,并且高兴去看他做物理的和化学的实验。巴扎洛夫带来一个显微镜,他一用显微镜,就是几个钟点。佣人们也喜欢他,虽然他常常拿他们开玩笑;他们觉得他究竟不是一个主人,却是他们的同类。……家仆的小孩们简直像小狗一样地跟在这个"医官"后面跑。……

有一天尼可拉·彼得洛维奇到花园里去找他们,他走到凉亭跟前,忽然听见两个年轻人的急促的脚步声跟讲话声,他们在凉亭的那一面走着,不能够看见他。

"你还不够了解我父亲,"阿尔卡狄说。

尼可拉·彼得洛维奇便藏起来。

"你父亲是个好人。"巴扎洛夫说,"可是他落后了;他的日子已经完结了。"

尼可拉·彼得洛维奇注意地听着……阿尔卡狄并没有回答。

这个"落后的人"静静不动地站了两分钟,才悄悄地慢慢走回家去。

"前天我看见他在念普希金的诗,"巴扎洛夫继续往下说。"请你去对他讲,那是没有一点儿实际的用处的。你知道他不是一个小孩子;他应该把这种废物扔掉。在我们这个时代做一个浪漫派有什么意思!给他一点儿有用的东西去念吧。"

……

"看起来你跟我,"这天吃过午饭以后尼可拉·彼得洛维奇坐在书房里对他的哥哥说,"都是落后的人了,我们的日子已经过去了。唉!唉。也许巴扎洛夫是对的;不过我承认有一件事情叫我伤心,我很盼望,尤其是现在,能够跟阿尔卡狄多亲近些,可是事实上,我却留在后面,他已经走到前面去了,我们不能够彼此了解了。"

"他怎么走到前面去了呢?他在哪一方面超过了我们这么多呢?"巴威尔·彼得洛维奇不耐烦地问道。"全是那个高超的、了不起的虚无主义者先生给他塞进脑子里去的。我讨厌那个学医的家伙,据我看来,他不过是一个走江湖的郎中,我相信,不管他解剖了多少青蛙,他对物理学也不会懂得多少。"

"不,哥哥,你不应当这么说,巴扎洛夫不但聪明,而且博学。"

"他自大得叫人讨厌,"巴威尔·彼得洛维奇打岔说。

"是的,"尼可拉·彼得洛维奇说,"他是自大的。不过这好像也是免不掉的;这倒是我不明白的了。我从前还以为我总是尽力不落在时代后面；我安顿了农人，设立了一个农庄，因此全省的人都叫我做'赤色分子'；我读书，研究，我竭力在种种方面适应时代的要求——可是他们还说我的日子过去了。哥哥，我现在也开始相信我的日子真是过去了。"

……

"是的，哥哥。看来我们已经到了要定做一口棺材，把两只手交叉地放在胸口上的时候了，"尼可拉·彼得洛维奇叹一口气说。

"啊，我却不这么容易地投降，"巴威尔·彼得洛维奇喃喃地说。"我看得很清楚，我要跟那个学医的家伙打一仗。"

果然在这天傍晚喝茶的时候，就打了仗。这天巴威尔·彼得洛维奇走进客厅，他就已经准备好作战了，他很生气并且很坚决。他只等着找到一个口实就向敌人进攻，可是等了好久都没有找到。巴扎洛夫照例在"老基沙尔诺夫"（他这样地称那两弟兄）面前不多讲话，那晚上他心里不痛快，只是一杯一杯地喝着茶，不说一句话。巴威尔·彼得洛维奇实在等得发火了；最后他的愿望毕竟实现了。

他们的话题转到了附近的一个地主身上。"没出息的，下流贵族，"巴扎洛夫随便地说，他在彼得堡遇见过那个人。

"请问您一句，"巴威尔·彼得洛维奇说，他的嘴唇在打颤，"照您看来，'没出息的'跟'贵族'是一样的意思么？"

"我说的是下流贵族，"巴扎洛夫答道，懒洋洋地咽了一口茶。

"正是这样，先生；不过我觉得您对贵族也是跟对所谓下流贵族一样看待的。我认为我应当告诉您，我并不赞成您这个意见。我敢说，凡是认识我的人都知道我是一个具有自由思想而且拥护进步的人；可是就因为这个缘故，我尊敬贵族——真正的贵族。请您留神记住，亲爱的先生，"（巴扎洛夫听见这几个字便抬起眼睛望着巴威尔·彼得洛维奇）"请您留神记住，"他狠狠地再说了一遍，——"英国的贵族。他们对自己的权利一点儿也不肯放弃，因此他们也尊重别人的权利；他们要求别人对他们尽应尽的义务，因此他们也尽自己应尽的义务。英国的自由是贵族阶级给它的，也是由贵族阶级来维持的。"

"这个调子我们不知道听过多少回了，"巴扎洛夫答道；"可是您打算用这个来证明什么呢？"

"我打算用这么个来证明，亲爱的先生，"（巴威尔·彼得洛维奇动气的时候，他就故意在"这个"中间添插进一个音，念成"这么个"，虽然他明知道这种用法是不合文法的。这种时髦的怪癖可以看作亚历山大一世时代遗留下来的一种习惯。当时那班纨绔子弟很少讲本国话，偶尔讲了几句，就随意胡乱拼字，不是说"这么个"，就是说"这伙个"，好像在说："自然我们是道地的俄国人，我们同时还是上等人物，用不着去管那些学究们定的规则。"）"我是打算用这么个来证明：没有个人尊严的意识，没有自尊心——这两种情感在贵族中间极其发达——那么社会……Bien public①……社会组织便没有强固的基础了。亲爱的先生，个性，——那是很重要的东西；一个人的个性应该像岩石一样坚固，因为所有的东西都建筑在它上面。譬如，我很知道您觉得我的习惯，我的装束，我的整洁都是很可笑的；可是这都是从一种自尊心，从一种责任心——是的，先生，的确；先生，责任心——出来的。我现在住在乡下，住在偏僻的地方，可是我不会降低我自己的身份。我尊重我自己的人的尊严。"

———————————

① 法语：社会的福利。

"那么让我问您一句，巴威尔·彼得洛维奇，"巴扎洛夫说，"您尊重您自己，您只是袖手坐在这儿；请问这对于 Bien public 有什么用处？倘使您不尊重您自己，您不也是这样坐着吗？"

巴威尔·彼得洛维奇脸色马上变白了。"那是另外一个问题。我现在绝对用不着向您解释我为什么像您所说的袖手坐在这儿。我只打算告诉您，贵族制度是一个原则，在我们这个时代里头只有不道德的或是没有头脑的人才能够不要原则地过日子，阿尔卡狄回家的第二天，我就对他讲过那样的话，现在我再对您讲一遍。尼可拉，是不是这样的？"

尼可拉·彼得洛维奇点了点头。

"贵族制度，自由主义，进步，原则，"巴扎洛夫在这个时候说；"只要您想一想，这么一堆外国的……没用的字眼！对一个俄国人，它们一点儿用处也没有。"

"那么，在您看来对俄国人什么才是有用的呢？倘使照您的说法，我们就是在人类以外，人类的法则以外了。可是历史的逻辑要求着……"

"可是逻辑对我们有什么用呢？我们没有它也是一样地过日子。"

"您这是什么意思？"

"就是这个意思。您肚子饿的时候，我想，您用不着逻辑来帮忙您把一块面包放进嘴里去吧。这些抽象的字眼对我们有什么用处？"

巴威尔·彼得洛维奇摇着他的两只手。

"您这倒叫我不明白了。您侮辱了俄国人。我实在不明白一个人怎么能够不承认原则，法则！是什么东西在指导您的行动呢？"

"大伯，我已经对您讲过我们不承认任何的权威，"阿尔卡狄插嘴道。

"凡是我们认为有用的事情，它就指导着我们的行动，"巴扎洛夫说。"目前最有用的事就是否定——我们便否认——"

"否认一切吗？"

"否认一切。"

"怎么，不仅艺术跟诗……可是连……说起来太可怕了……"

"一切，"巴扎洛夫非常镇静地再说了一遍。

巴威尔·彼得洛维奇睁大眼睛望着他。他没有料到这个；

阿尔卡狄欢喜得红了脸。

"请让我来讲两句，"尼可拉·彼得洛维奇说。"您否认一切，或者说得更正确一点，您破坏一切……可是您知道，同时也应该建设呢。"

"那不是我们的事情了……我们应该先来把地面打扫干净。"

"目前人民的状况正要求这个，"阿尔卡狄庄严地说，"我们应当来实现这类要求，我们没有权利只顾满足个人的利己心。"

巴扎洛夫显然不高兴这最后的一句；这句话带了一点儿哲学气味，就是说浪漫主义的气味，因为巴扎洛夫把哲学也叫做浪漫主义，不过他觉得用不着去纠正他那个年轻的门徒。

"不，不，"巴威尔·彼得洛维奇突然用劲地说。"我不相信你们这些先生们真正认识俄国人民；我不相信你们就能够代表他们的需要，他们的热望！不，俄国人民并不是像你们所想象的那样，他们把传统看作神圣不可侵犯的；他们是服从族长的；他们没有信仰便不能够生活……"

"我并不要反驳这一点，"巴扎洛夫插嘴说。"我甚至准备承认在这一点上您是对的。"

"那么倘使我是对的……"

"可是还是一样，什么都不曾证明。"

"正是什么都不曾证明，"阿尔卡狄跟着重说一遍，他充满着自信，就像一个下棋下得好的人，他早已料到对手要走一着看起来很厉害的棋，因此一点儿也不惊慌。

"怎么还是什么都不会证明呢？"巴威尔·彼得洛维奇喃喃地说，他倒奇怪起来了。"那么，您要反对自己的人民吗？"

"我们就反对了又怎样？"巴扎洛夫突然嚷起来。"人民不是相信打雷的时候便是先知伊里亚驾着车在天空跑过吗？那么怎样呢？我们应该同意他们吗？而且，他们是俄国人；难道我不也是一个俄国人吗？"

"不，您刚才说了那一番话以后，您就不是一个俄国人！我不能承认您是一个俄国人。"

"我祖父耕田，"巴扎洛夫非常骄傲地说。"您随便去问一个您这儿的农人，看我们——您跟我——两个人中间，他更愿意承认哪一个是他的同胞。您连怎样跟他们讲话都不知道。"

"可是您一面跟他们讲话，一面又轻视他们。"

"为什么不可以呢，倘使他们应当受人轻视的话！您专在我的态度上挑错，可是谁告诉您我的态度是偶然得来的，而不是您所拥护的民族精神本身的产物呢？"

"什么话！虚无主义者太有用了！"

"他们有用或没用，并不是该我们来决定的。就是您也觉得自己并非一个没有用的人吧。"

"先生们，先生们，请不要攻击私人，"尼可拉·彼得洛维奇一面叫着，就站起身来。

巴威尔·彼得洛维奇微微一笑，把手按住他弟弟的眉头，叫他仍旧坐下。

"不要着急，"他说，"我不会忘掉自己的身份，正因为我有着我们这位先生，这位医生先生，挖苦得不留余地的自尊心。"他又转过头来对巴扎洛夫说："请问一句，您也许以为您的学说是新发明的吧？您这种想法是大错特错。您主张的唯物论已经流行过不止一次了，总是证明出来理由欠充足……"

"又是一个外国名词！"巴扎洛夫打岔道。他有点儿动怒了，他的脸色变成青铜，而且带着粗暴的颜色。"第一，我们并不宣传什么；那不是我们的习惯。"

"那么你们又干些什么呢？"

"我就要告诉您我们干些什么。先前不久，我们常常讲我们的官吏受贿，我们没有公路，没有商业，没有公平的法庭……"

"哦，我明白了，你们是控诉派①——我想，就是这种称呼吧。你们的控诉里头有许多我也同意，可是……"

"后来我们也明白发议论，对我们的烂疮只空发议论，这是毫无用处的，它只会把人引到浅薄跟武断上头去；我们看见我们的聪明人，那些所谓进步分子跟控诉派不中用；我们整天忙着干一些无聊事情，我们白费时间谈论某种艺术啦，无意识的创造啦，议会制度啦，辩护律师制度啦，跟鬼知道的什么啦。可是事实上需要解决的问题却是我们每天的面包；我们让极愚蠢的迷信闷得透不过气；我们的股份公司处处失败，只因为没有够多的诚实的人去经营；我们的政府目前正在准备的解放②，也不见得会有什么好处，因为农人情愿连自己的钱也搜刮去送给酒店，换得醺醺大醉。"

"是的，"巴威尔·彼得洛维奇插嘴说，"是的，你们相信了这一切，你们便决定不去切实地做任何事情了。"

———————————

① 亚历山大二世统治初期，对当时参加一种文学运动的人的称呼。
② 指 1861 年农奴解放。

"决定不仿任何事情，"巴扎洛夫板起脸跟着说了一遍。他因为无缘无故地对这位绅士讲了那么多的话，忽然跟自己生起气来，

"可是只限于谩骂？"

"只限于谩骂。"

"这就叫做虚无主义？"

"就叫做虚无主义，"巴扎洛夫又跟着重说一遍，这次特别不客气。

巴威尔·彼得洛维奇略略眯起眼睛。

"原来是这样！"他用一种异常镇静的声音说。"虚无主义是来医治我们的一切痛苦的，而且你们是我们的救主，我们的英雄，可是你们为什么责骂别人呢，连控诉派也要责骂呢？你们不是也跟所有别的人一样只会空谈吗？"

"我们也许有多少短处，我们却没有这个毛病，"巴扎洛夫咬着牙齿说。

"那么又怎样呢？请问，你们在行动吗？或者你们是在准备着行动吗？"

巴扎洛夫不回答。巴威尔·彼得洛维奇的身子微微抖了一下，可是他立刻控制了自己。

"哼！行动，破坏……"他继续说。"可是你们连为什么要破坏都不明白又怎样去破坏呢？"

"我们要破坏，因为我们是一种力量，"阿尔卡狄说。

巴威尔·彼得洛维奇看看他的侄子，不觉笑了起来。

"力量是不负任何责任的，"阿尔卡狄挺起身子说。

"可怜的人！"巴威尔·彼得洛维奇大声叫道，他不能再控制自己了。"你会不会想到你们用你们这种庸俗的论调在俄国维持些什么东西！不！连一个天使也忍耐不下去了！力量！在加尔木克的野蛮人①中间，在蒙古人中间，也有力量；可是这跟我们有什么关系呢？对我们可宝贵的，是文明；是的，先生，是的，先生，亲爱的先生；文明的果实对我们是可宝贵的。不要对我讲那些果实毫无价值；便是最不行的画匠，uu barbouilleur②，或者一晚上只得五个戈比的、奏跳舞音乐的乐师，他们也比你们更有用，因为他们所代表的是文明，不是野蛮的蒙古力量，你们自以为是进步人物，可是你们却只配住在加尔木克人的帐篷里头！力量！你们这些有力量的先生，请记住你们不过是四个半人，别的人数目却有千百万，他们不会让你们去践踏他们的神圣的信仰，他们倒要踏坏你们，而且在你们身上踩过去！"

"他们要踩就让他们踩吧，"巴扎洛夫说。"可是您的估计并不对。我们人数并不像您所说的那样少。"

"什么？您真以为你们可以跟人民全体对抗吗？"

"您知道整个莫斯科城还是给一个戈比的蜡烛烧掉的，"③ 巴扎洛夫答道。

"是的，是的。第一是差不多撒旦（魔王）一样的骄傲，其次是嘲笑——就靠了这个来引动年轻人，来征服一般小孩子的毫无经验的心！现在就有一个坐在您身边，他简直要崇拜您了。您欣赏欣赏他！"（阿尔卡狄掉过脸去，皱起眉头来。）"这种传染病已经传播得很广了。我听说我们的画家在罗马从来不进梵蒂岗去。他们把拉斐尔差不多看做一个傻瓜，就因为，据说，他是一个权威；可是他们自己却又没出息，连什么也产生不出来；他们的幻想老是出不了'泉边少女'这一类画的圈子！而且连少女也画得不像样。照您看来，他们是出色的人物吧，是不是？"

---

① 加尔木克人，西伯利亚的游牧民族。

② 法语：画匠。

③ 旧俄谚语，指 1812 年拿破仑侵略俄国，俄国人自焚莫斯科的事。

"照我看来，"巴扎洛夫答道，"拉斐尔本来就不值一个钱；他们比他也好不了什么。"

"好！好！听着，阿尔卡狄……现在的年轻人就应该这么讲的！想想，他们怎么不跟着您跑呢！在从前年轻人都不可不念书，他们不愿意让人家叫作不通的人，因此不管他们喜欢不喜欢，他们都不得不好好地用功。可是现在，他们只要说：'世界上的一切都是狗屁！'就成功了。一般年轻人都高兴极了。说老实话，他们先前本来是笨蛋，现在一转眼的工夫就变成虚无主义者了。"

"您自己那么夸口的自尊心已经动摇了，"巴扎洛夫冷静地说，阿尔卡狄却气得厉害，眼睛发火了。"我们的辩论扯得太远了；我想，还是停止的好。我想，"他说着，便站起来，"只要您能够在我们现在的生活里面，在家庭生活或社会生活里面，找出一个不需要完全的、彻底的破坏的制度，我那个时候再来赞成您的意见。"

"像这样的制度，我可以举出几百万来，"巴威尔·彼得洛维奇嚷道；"几百万，就譬如公社①。"

一个冷笑使得巴扎洛夫弯起嘴唇来。"好，说到公社，"他说，"您最好还是跟您令弟去讲吧。我想他到现在应该看明白公社究竟是怎样一回事了——它那连带保证啦，它那禁酒运动啦，还有别的这一类的事情。"

"那么就拿家庭来说吧，我们农人中间的家庭！"巴威尔·彼得洛维奇大声说。

"这个问题，我想您还是不要太详细分析的好。您没听说过扒灰的公公吗？巴威尔·彼得洛维奇，您听我的劝，花两天的工夫去想一想吧；您马上好像不会想出什么来的。请您把我们俄国的每个阶级，一个一个的仔仔细细研究一番，同时我跟阿尔卡狄两个要……"

"去嘲笑一切事情，"巴威尔·彼得洛维奇打岔地说。

"不，我们去解剖青蛙。阿尔卡狄，我们走吧；先生们，一会儿再见。"

两个朋友走了。弟兄两人留在这儿，他们起初只是默默地对望着。

"这就是我们现在的年轻人！"巴威尔·彼得洛维奇开口说，"我们的下一代——他们原来是这样。"

"我们的下一代！"尼可拉·彼得洛维奇跟着重说一遍，闷闷地叹了一口气。在他们辩论的时候，他一直觉得就像坐在热炭上面似的，他一声也不响，只是偷偷地用痛苦的眼光看阿尔卡狄。"哥哥，你知道我现在记起了什么吗？我有一回跟我们的亡故的母亲争论一件事；她发了脾气，直嚷，不肯听我的话。最后我对她说：'自然你不能了解我；我们是不同的两代人。'她气得很厉害，可是我却想道：'这有什么办法呢？丸药是苦的，可是她必须吞进肚子里去。'你瞧，现在是轮到我们了，我们的下一代人可以对我们说：'你不是我们这一代人；吞你的丸药去吧。'"

"你真是太大量，太谦虚了，"巴威尔·彼得洛维奇答道。"相反的，我却相信你我都比这班年轻的先生们更有理，虽然我们口里讲着旧式的话，已经'老了'，而且我们不像他们那样狂妄地目大。……现在的年轻人多傲慢！你随便问一个年轻人：'你喝红酒还是白酒？'他便板起脸用低沉的声音答道：'我素来喝红的！'好像那个时候全世界的眼光都集中在他一个人身上似的……"

(陈红玉编，摘自巴金译：《父与子》，人民文学出版社，1979)

---

① 俄国的一种乡村自治组织。它的基础是土地共有。

第四十二章　陀思妥耶夫斯基及《卡拉马佐夫兄弟》

第一节　陀思妥耶夫斯基简介

费奥多尔·米哈伊洛维奇·陀思妥耶夫斯基，19世纪俄国与托尔斯泰、普希金、屠格涅夫等齐名的文坛巨匠，是俄罗斯乃至世界文学史上最复杂、最矛盾的作家之一。其中，托尔斯泰和陀思妥耶夫斯基堪称双峰并峙，因为"托尔斯泰代表了俄罗斯文学的广度，陀思妥耶夫斯基则代表了俄罗斯文学的深度"，而且他们的影响都不局限于文学，对哲学、宗教都有很大影响。法国著名作家纪德盛赞陀思妥耶夫斯基是"被托尔斯泰高峰挡住的更高峰"。

1821年，陀思妥耶夫斯基出生于莫斯科一平民家庭，从小患有癫痫病。父亲是一所济贫医院的医生，1828年获贵族称号。在1838年进入彼得堡军事工程学校学习期间，他广泛涉猎文学，不仅阅读普希金、果戈理等人的作品，还有莎士比亚、歌德、巴尔扎克等所著的世界名著。1846年，处女作《穷人》问世，表现了底层小人物的悲惨命运和高尚、善良、纯洁的感情和灵魂，陀思妥耶夫斯基一举成名，被誉为"俄罗斯文学的天才"。1847年，他参加了革命团体彼得拉谢夫斯基小组的革命活动，于1849年被沙俄政府逮捕并判死刑，在临刑前一刻，改判为服苦役，流放西伯利亚，刑满后又被迫在边防服兵役。长达十年的流放生活终于结束，陀思妥耶夫斯基重返文坛，笃信东正教，先后发表了《死屋手记》、《被侮辱与被损害的》、《罪与罚》等作品，而《罪与罚》给他带来了世界性的声誉。与此同时，妻子、兄长的去世和经济拮据加之癫痫病不时发作，使他陷于濒临破产、几欲精神崩溃的境地，而速记员安娜·格里戈里耶夫娜·斯尼特金娜的到来扭转了这一切。两人密切合作，完成了合同规定的小说，即后来的《赌徒》，安娜也成为他的贤内助。从此过上安定生活的陀思妥耶夫斯基开始了大量写作，包括《白痴》、《群魔》、《少年》、《卡拉马佐夫兄弟》等举世闻名的长篇小说。1881年，一次意外使陀思妥耶夫斯基肺血管破裂，病逝于彼得堡，结束了他苦难、复杂的一生。

陀思妥耶夫斯基一生的艰辛与矛盾令人唏嘘不已，成就了他的一部又一部力作。在他的人生中，在他的作品中，他不只是小说家、艺术家，更是思想家，是思想的艺术家中一个最伟大的提问者。他的艺术风格和人性拷问是独树一帜的，对后世影响深远，被现代派作家尊为开山鼻祖。享誉世界的苏联文艺理论家巴赫金提出了陀思妥耶夫斯基的复调小说理论，指出了他文学创作的三大发现：作品中的主人公不仅是作家描写的对象、客体，同时也是表现自己观念的主体；作品主旨不在于展开情节、人物命运、人物性格，而在于展现那些有着同等价值的各种不同的独立意识；作品没有作者的统一意识，是由不相混合的独立意识、各具完整价值的声音组成的对话小说。陀思妥耶夫斯基的研究专家们都不认同巴赫金的理论，读者们倒不妨尝试借此来解读陀思妥耶夫斯基——思想的艺术家中一个最伟大的提问者。

第二节 《卡拉马佐夫兄弟》简介

如果说《穷人》是陀思妥耶夫斯基的处女作，《罪与罚》是他的代表作，那么《卡拉马佐夫兄弟》称得上是他的绝唱。《卡拉马佐夫兄弟》写于 1880 年，他去世的前一年。他原想写续篇，因意外病逝而未遂愿。更重要的是，这部洋洋百余万言的鸿篇巨制，他执笔写作仅用了两年零四个月，而酝酿却长达三十年之久。这是他一生创作的总结性作品。

故事中的卡拉马佐夫兄弟名义上有三兄弟，粗鲁、感性的米卡，冷漠、理性的伊凡和纯洁、神性的阿辽沙，实则还有一人，他们家的仆人斯麦尔佳科夫，据称是老卡拉马佐夫的私生子。围绕卡拉马佐夫父子的故事情节以长子米卡与父亲因女人、钱财发生冲突为导火线，拉开序幕，从此父子间、兄弟间、情人间、情敌间迸发了爱与恨、善与恶、灵与肉的冲撞与挣扎，当事人们殚精竭虑，忧心忡忡，旁观者们应接不暇，难以理解，连读者们亦会恍若其中，与他们一起哭笑，一起思想，直至最终老卡拉马佐夫被私生子杀死，凶手自杀，米卡被错判，伊凡因良心受折磨而精神崩溃，唯有阿辽沙坚信以仁爱和宽容行走人间，温暖人间。

陀思妥耶夫斯基和《卡拉马佐夫兄弟》最感动、征服读者的是：作家笔下的每一位主人公都是平等互动的，都热爱生活，渴望真理，只是他们的天性与经历、信念或思想各异，因此行事各异，人生也就各不相同，甚至相互矛盾、发生冲突。陀思妥耶夫斯基想通过他们，从不同的立场将所有的人性问题重新审视一遍，来破解人这个谜，最后成为一个人——一个向善的、心存上帝的人。

为此，作家以严谨的结构、离奇的情节、深刻的心理分析、无情的灵魂拷问，将各种思想的人和人的各种思想均作为文学描绘对象，让他们对话。研究陀思妥耶夫斯基的专家们之所以不认同巴赫金的复调理论，就因为他将作家自己的意识抹去了，使得他笔下的各种人物的独立意识复调式地对话，但没有作家的统一意识，这一点有待商榷。卡拉马佐夫兄弟们以及与他们息息相关的人们生活着、思想着、痛苦着、冲突着，在肉体或精神上都毁灭了，唯有阿辽沙，坚守着对上帝的信念，以上帝的爱感化人间。这就是陀思妥耶夫斯基自己的声音，或者说是他经过苦苦追索、无情拷问后得到的救世真理。

卡拉马佐夫兄弟构成了故事的主线，另有伊留莎这群少年这条线交织其中，作家似乎想以此对照、证明，比起富有却绝情的卡拉马佐夫父子，贫穷而深情的伊留莎父子才是善之典范。如若米卡有幸享有伊留莎所拥有的父爱，怎会有卡拉马佐夫家族式悲剧发生？作家好像在纷纷扰扰中，在苦思冥想中找到了答案，所以让阿辽沙奉佐西马长老之命，走出修道院，返回俗世，播撒上帝之仁爱，让人的良知拯救绝望的人。

第三节　《卡拉马佐夫兄弟》选段

第二部

第二卷　赞成和反对

三　兄弟俩互相了解

　　但是伊凡所占的并不是单间雅座。这只是靠近窗旁，用屏风挡住的一个地方，外人总算看不见坐在屏风里面的人。这间屋子是进大门第一间，旁边靠墙有一个碗柜。侍役们不时在屋里来来去去。只有一个客人，是个退伍的老军人，在角落里喝茶。然而别的房间里却满是一般酒店里常有的忙乱景象，听得见叫人的声音，开啤酒瓶的响声，打台球的撞击声，风琴呜呜的奏乐声。阿辽沙知道伊凡差不多从来没有到这酒店来过，并且平时根本就不喜欢进酒店；看来，阿辽沙心里想，他进这酒店，只是为了和德米特里哥哥约会见面。但是德米特里哥哥并没有来。

　　"我给你叫一份鱼羹，或是别的什么东西，你总不能单靠喝茶过日子吧。"伊凡大声说，显然因为拉住了阿辽沙感到十分高兴。他自己已经吃完了饭，在那里喝茶了。

　　"来一份鱼羹，以后再来茶，我饿了。"阿辽沙快乐地说。

　　"樱桃酱要不要？这里有的。你记不记得，你小的时候多爱吃波列诺夫家里的樱桃果酱？"

　　"你还记得这个？来一点果酱吧，我现在也爱吃。"

　　伊凡按铃叫侍役来，叫了鱼羹、茶和果酱。

　　"我全记得的，阿辽沙，我记得你十一岁以前的样子，我那时候是十五岁。十五和十一，相差这个岁数的兄弟是永远不会成为朋友的。我几乎不知道我爱过你没有。我到莫斯科以后，头几年甚至一点也想不起你来。以后，你自己也到了莫斯科，我们好像只在什么地方见过一次面。现在在这里，我已经住了三个多月了，可你我两人至今没正式谈过一句话。明天我就要走了，我刚才坐在这里，正在想：我怎么能和他见一面，告别一下？恰巧这时你从这里走过。"

　　"你很愿意看见我么？"

　　"很愿意，我很想彻底了解了解你，同时也让你了解一下我，然后分手离别。我觉得人们在临离别以前是最容易互相了解的。我看出三个月以来你老在看我，你的眼睛里有一种不断期待的神情，这最使我受不了，也正因为这个才不愿和你接近。但是到后来我学会了尊敬你：心想，这小人儿倒是坚定地站住了脚跟。你要注意，我现在虽然在笑，说的话却是认真的。你确是很坚定地站住了脚跟，是不是？我爱这样坚定的人，无论他站在什么地方，即使他是像你这样的小孩子。到了后来，我看到你的期待的眼神也一点不觉得讨厌了；相反地最后我倒爱上了你那期待的眼神。……你好像为了什么原因爱着我，是不是，阿辽沙？"

　　"是爱你，伊凡。德米特里哥哥在谈到你的时候说：伊凡守口如瓶。我却说：伊凡是个谜。我觉得就是现在你也还是一个谜，但是我已经有一点了解你了，这是今天早晨才开始的！"

"那么你了解了我一些什么呢？"伊凡笑着问。

"你不会生气么？"阿辽沙也笑起来了。

"说吧！"

"那就是：你是个普通的青年，和所有别的二十三岁的青年一样，同样是年轻、活泼、可爱的小伙子，实际上还是个乳臭未干的小孩子！怎么样？你听了不太生气么？"

"相反地，真是巧得出奇！"伊凡快乐而热烈地说，"你信不信，昨天我们在她那里相见以后，我也老是自己琢磨着，我还是个二十三岁的乳臭未干的小孩子，而你这会儿也很正确地看出来了，而且还正巧是从这一点谈起。我刚刚坐在这里，你知道我在想什么：即使我不相信生活，即使我对于心爱的女人失掉信心，对世间事物的秩序失掉信心，甚至相反地深信一切都是无秩序的，可诅咒的，也许是魔鬼般地混乱不堪的，即使我遭到了一个人灰心失望的种种可怕心境的打击，——我总还是愿意活下去，既然趴在了这个酒杯上，在没有完全把它喝干以前，是不愿意撒手的。但是到了三十岁的时候，即使还没完全喝干，我也一定会扔下酒杯，就此离开，——往不知什么地方去。但是在三十岁以前，我深深知道，我的青春将战胜一切：一切的失望，一切对于生活的厌恶。我多次反省：世上有没有一种失望，会战胜我心里对于生活的这种疯狂的、也许是不体面的渴求呢？每次我都断定：大概是没有的，这是说在三十岁以前，到了那时候以后，我觉得我就会自动不再渴求了。这种对生活的渴求，有些害痨病的幼稚道德家时常把它说成卑鄙，尤其是诗人们。的确，这种对生活的渴求，一定程度上是卡拉马佐夫家的特征，不管愿意不愿意，它也一定存在于你的身上，但为什么它一定是卑鄙的呢？惯性力在我们这个地球上还是很强的，阿辽沙。我渴望生活，所以我就生活着，尽管它是违反逻辑的。尽管我不信宇宙间的秩序，然而我珍重到春天萌芽的带着滋浆的嫩叶，我珍重蔚蓝的天，珍重一些人，对于他们，你信不信，有时候你自己也不知道为什么会那样热爱，还珍重一些人类的业绩，对于这，你也许早就不再相信，但到底由于旧印象，还是要从心中产生敬意。瞧，鱼羹端来了，你好好吃吧，这鱼羹很美，做得不错。我想到欧洲去一趟，阿辽沙，我就从这里动身；我也知道我这不过是走向坟墓，只不过这是走向极其极其珍贵的坟墓，如此而已！在那里躺着些珍贵的死人，每块碑石上都写着那过去的、灿烂的生命，那对于自己的业绩、自己的真理、自己的奋斗、自己的科学所抱的狂热的信仰。我早就知道，我会匍匐在地，吻那些碑石，哭它们，但同时我的心里却深知这一切早已成为坟墓，仅仅不过是坟墓而已。我哭泣并不是由于绝望，而只是因为能从自己的泪水中得到快乐，为自己的伤感所沉醉。我爱春天带着滋浆的嫩叶，我爱蔚蓝的天，如此而已！这不是理智，不是逻辑，这是出于心底、发自肺腑的爱，爱自己青春的活力。……你多少明白一点我的这段谬论么，阿辽沙？明白不明白？"伊凡忽然笑了。

"我太明白了，伊凡，渴望出于心底、发自肺腑的爱，——你这话说得好极了，我很高兴，你是这样地渴望生活。"阿辽沙大声赞叹说。"我以为，世界上大家都应该首先爱生活。"

"爱生活本身甚于爱它的意义，是这样么？"

"一定要这样。应该首先去爱，而不去管什么逻辑，像你刚才所说的那样，一定要首先不管它什么逻辑，那时候才能明了它的意义。我早就想到这一点。你爱生活，伊凡，这样你的事情就已经做了一半，得到了一半。现在你应该努力你的后一半，那样你就得救了。"

"你又来拯救我了，也许我并没有毁灭哩！而且你所说的后一半又是什么？"

"就是要使你的那些死人们复活，他们也许根本就没有死。好了，拿茶来吧。我很高兴我们能这样谈谈，伊凡。"

"我瞧你是心头正充满着灵感。我最喜欢这种……见习修士的 Professions de foi。……你是一个坚定的人，阿历克赛。你想离开修道院，真的吗？"

"真的。我的长老打发我到俗世里来。"

"这么说，我们还会在俗世里相见，到三十岁我开始抛开酒杯之前还会相遇的。父亲到了七十岁还不愿意离开自己的酒杯，甚至还想到八十岁，这是他自己说的，虽然他是一个小丑，但他说这话是一本正经的。他把色欲当作磐石来作为立脚点，……不过在过了三十岁以后，也许除了这个以外，根本就没有什么东西可以作为立足点的了。……可是到七十岁总不免有点卑鄙，最好是在三十岁：这样还可以自欺欺人地保持点'高尚的色彩'。你今天没有看见德米特里么？"

"不，没有看见，可是我看见斯麦尔佳科夫了。"于是阿辽沙匆促而又详细地把自己和斯麦尔佳科夫相遇的一段情节讲给哥哥听。伊凡突然很关心地倾听起来，甚至还重复问了几句。

"不过他求我不要告诉德米特里说他谈起了他。"阿辽沙补充了一句。

伊凡皱起眉头，沉思了起来。

"你是为了斯麦尔佳科夫的缘故皱眉头的么？"阿辽沙问。

"是的，为了他。见他的鬼去吧。德米特里我倒的确想见一见，但是现在不必了。……"伊凡不乐意似的说。

"你真的想马上就走么，哥哥？"

"是的。"

"德米特里和父亲怎么办呢？他们会落个什么结局？"阿辽沙担心地说。

"你老是讲这一套！那与我有什么关系呢？我是我的兄长德米特里的保镖么？"伊凡气恼地说，却忽然又苦笑了一下。"这好像是该隐关于他被杀死的兄弟向上帝所作的回答吧？也许你现在正是这样想的？但是真见鬼，我总不能老待在这儿等着他们呀！事情一了结，我就走。你大概以为我在吃德米特里的醋，以为这三个月来我一直在夺他的美女卡捷琳娜·伊凡诺芙娜。才见鬼哩，我是有我自己的事情。等事情一了结，我就走。事情刚才已经了结了，你就是证人。"

"就是指刚才在卡捷琳娜·伊凡诺芙娜那里么？"

"是的，在她那里，一下子就彻底摆脱开了。可是那算什么？德米特里与我又有什么关系？他跟这事是毫不相干的！我和卡捷琳娜·伊凡诺芙娜之间完全是我们自己的事。你也知道，正巧相反，德米特里做得好像他是在和我同谋似的。其实我丝毫也没有请他这样做，是他自己煞有介事地把她交给我，还为我们祝福。这真是可笑。不，阿辽沙，不，你真不知道我现在感到多么轻松！现在我坐在这里，吃着午饭，你信不信，我真想要一瓶香槟酒，来庆祝一下我刚刚得到的自由。唉，差不多有半年了，忽然一下子，一下子全都摆脱了。我甚至昨天都还想象不到，只要愿意的话，了结这事是根本不费什么的！"

"你说的是自己的爱情么，伊凡？"

"如果你愿意这样说，就算是爱情好了。是的，我恋上了一个小姐，恋上了一个女学生。为她受了折磨，她也折磨了我。我长期厮守着她，……现在忽然一切全烟消云散了。我不久前还满腔热情，可是刚一从那里走出门来，就立刻恍然失笑了，——你相信么？是的，我说的完全是真话。"

"你连现在讲起这事时也讲得很快乐。"阿辽沙端详着他那的确忽然开朗起来的脸说。

"但是我怎么会料到我是根本不爱她的呢！哈哈！结果却证明的确是不爱她的。要知道我原先是多么喜欢她呀！甚至在我刚才说那番慷慨激昂的话的时候，也还是很喜欢她，你知道么，就是此刻我也还是非常喜欢她，可是同时我离开她又感到那么轻松。你以为我在夸大其词么？"

"不。不过这也许本来就不是爱情。"

"阿辽沙，"伊凡笑了，"你别开口议论起爱情来！你这样做是不合身份的。刚才，刚才你竟跳出来议论这个！啊哟！我还忘了为这事吻你一下。……她真是使我吃够了苦头，我真是守在折磨的旁边。唉，她是知道我爱她的！她爱的是我，不是德米特里！"伊凡愉快地断然说，"德米特里只是折磨。我刚才对她所说的话完全是千真万确的真话。但是最主要的是，她也许需要十五年或者二十年才能觉悟到，她根本并不爱德米特里，而只爱她折磨着的我。甚至也可能永远不会觉悟，尽管取得了今天的教训。所以最好是伸伸腿站起来，从此一走了事。顺便问一声：她现在怎么样？我走后那边情形怎样？"

阿辽沙对他讲了关于犯歇斯底里的情形，又说她大概现在还不省人事，说着胡话。

"不会是霍赫拉柯娃瞎说么？"

"好像不会。"

"应该探问一下。不过从来没有人因为犯歇斯底里而死的。犯歇斯底里就犯歇斯底里吧，上帝赐给女人歇斯底里，是给她们的一种恩惠。我根本不想到那里去。再钻到那儿去有什么意思。"

"可是你刚才对她说：她从来没有爱过你。"

"我是故意这样说的。阿辽沙，我们叫一瓶香槟酒来，为我的自由干一杯吧。哎，你真不知道我是多么高兴！"

"不，哥哥，我们还是不要喝吧，"阿辽沙忽然说，"再说我心里正有点发愁。"

"对，你早就在发愁，我早就看出来了。"

"那么你明天早晨一定要走么？"

"早晨？我没说早晨，……不过也可能是早晨。你信不信，我今天在这里吃饭，完全是因为不愿意同老头子一块儿吃，他真使我讨厌到了极点。单为了他我也早就该走了。可你干吗为我的走感到这么不安？在动身以前你我还不知道有多少时间。整整一大段时间，无穷无尽的时间！"

"如果你明天就走，哪里来的无穷无尽呢？"

"这对你我又有什么妨碍？"伊凡笑了，"我们总还得及谈完自己的事情，谈完我们到这里来要谈的事情的，是不是？你为什么用惊奇的神气看着我？你回答一下：我们是为什么事情到这里相见的？为的是谈对卡捷琳娜·伊凡诺芙娜的爱情？谈老头子和德米特里？谈外国？谈俄国不可救药的现状？谈拿破仑皇帝？是为了谈这些事情么？"

"不，不是为了谈这些。"

"那么说，你自己也明白是为了谈什么。有些人需要谈某种事情，我们乳臭未干的青年却需要谈另一种事情，我们首先需要解决永恒的问题，这才是我们所关心的。所有俄国的青年人现在全一心一意在讨论永恒的问题，正当老人们忽然全忙着探究实际问题的时候。你为什么这三个月来一直露出期待的神情瞧着我呢？就是为了想盘问我："你到底信仰什么，还是压根儿什么也不信仰。"三个月来你的眼神不就是这个含义么，阿历克赛·费多罗维奇，是不是这样？"

"也许是这样。"阿辽沙微笑了。"你现在不是在讥笑我吧？"

"我讥笑你？我是不想使我那三个月来一直那样期待地瞧着我的小弟弟灰心丧气。阿辽沙，你毫不客气地瞧着我：我自己就跟你一模一样，完全是幼稚的小伙子，所差的只是不是个小修士。俄国的小伙子，我指的是他们中间的一些人，是怎样在活动呢？举例来说，他们就聚集在这里的脏酒店里，坐在一个角落上。他们以前从来不相识，一出酒店，又会几十年互不相见，但那有什么，碰到在酒店相会的机会时，你看他们在讨论些什么？讨论的不是别的，而是全宇宙的问题：有没有上帝？有没有灵魂不死？而那些不信上帝的，就讲社会主义和无政府主义，还有关于怎样按照新方式改造全人类等等；结果还是一码事，是同一个问题的两面。今天我们这里有许许多多极不寻常的俄国小伙子都在一心一意地谈论永恒的问题。不是这样么？"

"是的，在真正的俄罗斯人心目中，有没有上帝，有没有灵魂不死的问题，或者如你所说另一面的问题，自然是最首要最严重的问题，而且这也是应当的。"阿辽沙说，还是含着平静而带有探究意味的微笑，注视他的哥哥。

"你知道，阿辽沙，做个俄罗斯人有时候就根本不是件聪明事，但再不能想象有比现在那般俄国小伙子们在干的更愚蠢的事情了。不过有一个俄国小伙子阿辽沙，我却是非常喜爱的。"

"瞧你得出个多妙的结论来！"阿辽沙忽然笑了。

"好，你说吧，从哪里开始？全听你吩咐。从上帝说起？先谈上帝存在不存在，好不好？"

"你愿意从哪里说起就从哪里说起好了，即使是从'另一面'说起也行。你昨天不是在父亲那里声明过，上帝是没有的么。"阿辽沙探究地瞧了哥哥一眼。

"我昨天在老头子那里吃饭的时候，是故意用这话来逗你，并且看见你的小眼睛冒火了。但是现在我不反对和你详细谈一下，而且是一本正经地谈。我愿意同你取得一致，阿辽沙，因为我没有朋友，我愿意试一试。嗯，你想想看，说不定我也会承认上帝的，"伊凡笑了，"你不感觉这很突然么？"

"自然是的，假如你现在并不是开玩笑。"

"开玩笑？昨天在长老那里人家说我是开玩笑。你知道，亲爱的，十八世纪有一个老罪人，他说如果上帝不存在，就应该把他造出来，s'il n'existait pas Dieu il faudrait l'inventer。而人也的确造出了上帝来。上帝果真存在倒不奇怪，不稀奇了，稀奇的是这种思想——必须有一个上帝的思想——竟能钻进像人类这样野蛮凶恶的动物的脑袋里，而这种思想是多么圣洁，多么动人，多么智慧啊，它真是人类极大的光荣。至于我呢，我是早就决定不去思考究竟是人创造了上帝还是上帝创造了人的问题了。自然我也就不想再去仔细研究俄国小伙子们关于这问题的时髦的原理，——那是完全从欧洲的假设中引申出来的；因为在欧洲还只是假设的东西，到了我们俄国小伙子的心目中就立刻成了原理，不但小伙子们这样，也许连有些教授们也是这样，因为我们现在俄国的教授们也往往和俄国的小伙子们完全是一回事。所以我把那些假设一概略过不提。你我现在的任务究竟是什么？那就是让我尽快向你说清楚我这个人的实质，也就是：我是什么样的人？信仰什么？抱着什么样的期望？对不对？因此我现在声明：我直接而且简单地承认上帝。但是应该注意到这一点：假如上帝存在，而且的确是他创造了大地，那么我们完全知道，他也是照欧几里得的几何学创造大地和只是有三度空间概念的人类头脑的。但是以前有过，甚至现在也还有一些几何学家和哲学家，而且还是最出色的，他们怀疑整个宇宙，说得更大一些——整个存在，是否真的只是照欧几里得的几何学创造的，他们甚至还敢幻想：按欧几里得的原理是无论如何不会在地上相交的两条平行线，也许可以在无穷远的什么地方相交。因此我决定，亲爱的，既然我连这一点都不能理解，叫我怎么能理解上帝呢？我老老实实承认，我完全没有解决这类问题的能力，我的头脑是欧几里得式的、世俗的头脑，因此我们怎么能了解非世俗的事物呢。我也劝你永远不要想这类事情，好阿辽沙，尤其是关于有没有上帝的问题。所有这些问题对于生来只具有三度空间概念的脑子是完全不适合的。所以我不但十分乐意接受上帝，而且也接受我们所完全不知道的他的智慧和他的目的，信仰秩序，信仰生命的意义，信仰据说我们将来会在其中融合无间的永恒的和谐，信仰那整个宇宙所向往的约言，它'和上帝同在'，它本身就是上帝，诸如此类，不可胜数。这方面想出来的说法太多了。我的说法好像也不错，对不对？但是你要知道，归根结底，我还是不能接受上帝的世界，即使知道它是存在的，我也完全不能接受它，你要明白，我不是不接受上帝，我是不接受上帝所创造的世界，而且决不能答应去接受它。我还要附加一句：我像婴儿一般深信，创伤终会愈合和平复，一切可气可笑的人间矛盾终将作为可怜的海市蜃楼，作为无力的、原子般渺小的、欧几里得式的人类脑筋里的无聊虚构而销声匿迹，在宇宙的最后终局，在永恒的和谐到来的时刻，终将产生和出现某种极珍贵的东西，足以满足一切人心，慰藉一切愤懑，补偿人们所犯的一切罪恶和所流的一切鲜血，足以使我们不但可以宽恕，还可以谅解人间所曾经发生的一切。就算所有、所有这样的情景终会发生，会出现，但是我却仍旧不接受，也不愿意接受！甚至即使平行线能以相交，而且我还亲眼目睹，看见而且承认说：确乎是相交了，我还是不肯接受。这是我的本性，阿辽沙，这是我的信条。这话我是一本正经地对你说的。我有意让我们这场谈话以最笨拙不过的开场白开头，但最后终于引出了我的自白，因为你所需要的正是我的自白。你需要的不是讨论上帝，而只是需要知道你心爱的哥哥的全部精神寄托。我现在都说出来了。"

伊凡突然以一种特别的、意料不到的激动情绪，结束了他的长篇大论。

"可为什么你要用'最笨拙不过的开场白'开头呢？"阿辽沙沉思地看着他问。

"第一，至少是为了保持一点俄罗斯语言的本色：俄国人谈论这类题目的话永远是说得很笨的。第二，越笨越近事实。越笨越明白。笨拙就是简捷而朴质，聪明则是圆滑而又躲闪。聪明是下贱的，愚笨则直率而且诚实。我的话已经说到了绝处，所以我越说得笨拙，对于我越加有利。"

"请你对我解释，为什么'你不接受世界'？……"阿辽沙说。

"自然要解释的，这并不是秘密，我原来就是要往这方面谈的。我的小弟弟，我不想把你引坏，使你离开你的立脚点，我也许是想用你来治疗我自己。"伊凡忽然微笑了，完全像一个温顺的小孩。阿辽沙还从来没有看到他有过这样的微笑。

（胡晓红编，摘自耿济之译：《卡拉马佐夫兄弟》，人民文学出版社，1981）

第四十三章　托尔斯泰及《战争与和平》

第一节　托尔斯泰简介

列夫·尼古拉耶维奇·托尔斯泰，19 世纪俄国伟大的现实主义作家。他于 1828 年生于世袭的贵族家庭，曾在喀山大学学习东方语文和法律，因不满学校教育，于 1847 年辍学，回到故乡雅斯那亚·波良那，致力于改善农奴生活的工作。这个计划的失败，使他一度感到彷徨，后来他听从长兄的建议加入高加索军队，参与克里米亚的塞瓦斯托波尔的战役，在那儿开始了创作生涯。托尔斯泰的第一部著作自传三部曲《幼年·少年·青年》是作者青年时代思想探索的总结。这个三部曲与他的自我分析日记为以后的写作作了准备。发表在《现代人》杂志上的一组军事小说，特别是《塞瓦斯托波尔故事集》为作者带来极大声誉。托尔斯泰运用现实主义手法描绘了战争的真实图景，歌颂了普通士兵的英雄行为。从这一时期作品中已可看出作家心理描写的特征，车尔尼雪夫斯基称这种特征为"心灵辩证法"。中篇小说《一个地主的早晨》，通过贵族青年聂赫留朵夫的活动，描写了作者自己要在农奴制下改善农民生活的理想的失败。1857 年托尔斯泰去西欧各国旅行，对资本主义制度极感不满，写了批判资产阶级虚伪文明的《琉森》等作品。中篇小说《哥萨克》以北高加索人民的生活为题材，描述了主人公奥列宁企图脱离上流社会、追求自由淳朴的生活，终因不能克服自身的阶级偏见而失败。1860—1861 年间托尔斯泰为了考察西欧国民教育情况，曾再度出国旅行；旅行的观感使他决心创立一套全新的教育体系。他在故乡创办了一批农民子弟学校，亲自编写教科书，这种革新为专横的沙皇所忌，因此学校被封闭。60 年代改革前后，贵族出身的托尔斯泰在废除农奴制的方式以及艺术的目的等问题上与革命民主主义者们有了分歧，并脱离了他与《现代人》杂志的关系。60 年代至 70 年代是托尔斯泰创作的旺盛时期，长篇巨著《战争与和平》、《安娜·卡列尼娜》为这一时期的代表作。《战争与和平》再现了 1812 年俄罗斯民族胜利地反击拿破仑侵略的时代，是俄罗斯史诗性小说的高峰；就反映生活的深度、广度和艺术成就而言，是 19 世纪世界文学中最杰出的作品之一。《安娜·卡列尼娜》反映了改革后"当一切都已颠倒过来，而且刚在开始形成"的那个时代在政治、经济、道德、心理等方面的矛盾。小说通过安娜的家庭悲剧，揭露了上流社会虚伪的道德观念和冷酷的社会关系；通过列文这一线索，描绘出资本主义势力侵入农村后，地主经济面临危机的情景，揭示出作者自己苦苦探求出路的痛苦心情。《复活》是托尔斯泰晚年最重要的作品。男主人公聂赫留朵夫是一个为自己和本阶级的罪恶而忏悔的形象，玛丝洛娃的不幸遭遇深深震动了他，他决心用自己的行动来赎罪。聂赫留朵夫对人民苦难的同情，对本阶级罪恶的忏悔，以及在忏悔过程中的矛盾、彷徨，既概括了当时一部分进步的贵族知识分子的精神状态，也反映了作家本人的思想矛盾。小说对沙俄的法律、法庭、监狱，以及整个国家机器和官方教会，都给予了无情的抨击。为此，托尔斯泰遭到当局和教会的迫害，还被革除教籍。托尔斯泰是 19 世纪伟大的批判现实主义的杰出代表，他以自己有力的笔触和卓越的艺术技巧辛勤创作了"世界文学中第一流的作品"，因此被列宁称颂为具有"最清醒的现实主义"的"天才艺术家"。

第二节　《战争与和平》简介

作品以 1812 年的俄法战争为中心，展现了前后二十年间（从 1805 年到 19 世纪 20 年代初十二月党人运动酝酿时期）俄罗斯社会生活的图景。作品中有五百多个人物，他们的活动场所极为广阔；历史事件与艺术虚构、形象描绘和长篇说理错综交织。这部多线索史诗的主要情节是围绕着别素号夫、库拉根、保尔康斯基和罗斯托夫几个大家族的成员在战争与和平的年代里的活动而展开的。彼挨尔是彼得堡最富有的世家别素号夫老伯爵心爱的私生子，一直在国外受教育，接受了自由思想，在父亲临终前回国，继承了大宗遗产。因此外交官库拉根就千方百计想把女儿爱仑嫁给他。彼挨尔天真、善良，毫无生活经验，性格优柔寡断，好沉思冥想，无法摆脱圈套。婚后爱仑继续过着放荡的社交生活，彼挨尔极为痛苦。他曾想在共济会的宗教生活中找寻慰藉，也企图把精力用来改善自己庄园中农奴的生活，但都不成功。战争爆发后，为爱国热情所激发，他丢下了个人的不幸，在法军入侵、莫斯科大火时曾计划刺杀拿破仑，又在路上营救了妇女和孩子，因此被法军俘虏，后来为俄国游击队救出。安德来·保尔康斯基公爵在性格上与彼挨尔形成鲜明对照：他高傲、果断，行动能力很强。1805 年战争一爆发，他就为了逃避无聊的生活，追求战争中的荣誉而自愿参加军队。奥斯特理兹战役中俄军失利，安德来受重伤，被留给当地居民照顾，伤愈回到家乡，却正遇妻子分娩死去，留下一个男孩。家庭的不幸和个人虚荣心遭到挫折，使安德来经历了一番精神危机。他过了几年隐居生活，致力于田庄管理，改善农奴生活。终于在 1809 年春他又振作起来，积极投入社会活动，并爱上了娜塔莎·罗斯托娃。这件婚事却遭到他父亲的反对，婚期因此被延搁下来。这时安德来到国外休养，而年轻热情的娜塔莎受不住对方家庭的冷淡和长期等待的痛苦，几乎被爱仑的弟弟、浪荡子阿那托尔拐走。和彼挨尔一样，他们个人生活中的不幸和苦恼在 1812 年全民保卫战中被湮没下去了。安德来在著名的波罗金诺战役中受了重伤，后来光荣牺牲。娜塔莎也在战争年代中成熟起来。《战争与和平》是一部宏伟巨著，是一部再现当时社会风貌的恢弘史诗。作品中的各色人物刻画精准细腻，景物如临眼前，虽是 19 世纪的小说作品，但流传至今，却没有任何隔阂感，其中流露出来对人性的悲悯情怀，穿越时空背景，仍旧撼动人心。《战争与和平》开阔的构思和卓越的艺术描写震惊世界文坛，成为举世公认的世界文学名著和人类宝贵的精神财富。英国作家毛姆及诺贝尔文学奖得主罗曼·罗兰称赞它是"有史以来最伟大的小说"，"是我们时代最伟大的史诗，是近代的伊利亚特"。

第三节　《战争与和平》选段

第二卷　第三部

安德来公爵和娜塔莎的第一次见面

1

一八〇八年亚力山大皇帝到厄尔孚特去和拿破仑皇帝重新会面，在彼得堡的上层社会里，有许多人说到这个隆重会晤的伟大意义。

一八〇九年，被称为世界上的两个统治者的拿破仑和亚力山大之间的亲密竟达到了那样的程度：当拿破仑在这一年向奥国宣战时，俄国的一个军团开到国外去和从前的敌人拿破仑合作，反对从前的同盟者奥国皇帝；在最上层社会里说到拿破仑和亚力山大皇帝的姐妹之一联婚的可能。但是，在外交政策问题之外，这时俄国社会的注意是特别关切地集中在政府各部门所进行的内政改革上。

同时，人们的生活——人们现实的生活，带着他们对于健康、疾病、劳作、休息等主要的兴趣，带着他们对于思想、科学、诗歌、音乐、爱情、友谊、仇恨、热情等兴趣——却过得和素常一样，和俄国对拿破仑·保拿巴特的政治亲密或仇恨，和一切可能的改革毫不相干。

安德来公爵在乡间从不离开地一连过了两年。……在他的一个田庄上，三百个农奴变成了自由的农民（这是俄国最早的例子之一），在别的一些田庄上用免役税代替了强制劳动。在保古恰罗佛他用自己的钱请了一个有训练的产婆帮助产妇们，用薪金聘了一个神甫教导农奴和家奴的孩子们写读。

安德来公爵一半的时间在童山陪他父亲和他儿子，儿子还由保姆们照料；另一半的时间在保古恰罗佛僧院，他父亲这么称他的村子。虽然他向彼挨尔表示过，他对于一切外界世事漠不关心，实际上却关心地注意它们，收到许多书籍，并且他自己也诧异地发觉到：在刚从彼得堡、从生活的旋涡里出来的人们来看他或者他的父亲时，这些人所知道的国外和国内政治方面的事情，还远不如安居不动地住在乡间的他自己。

在田庄上的事务之外，在阅读各种各样的书籍之外，安德来公爵这时还对于我军最近两次不幸的战争在作批评的研究，在草拟关于修改我国军事条例和法规的计划书。

一八〇九年春，安德来公爵去看他儿子的锐阿桑田庄，他是他儿子的监护人。他坐在篷车里，被春天的太阳晒得发暖，望着初生的草，初出的桦树叶，和飘浮在明亮蓝空中的初春的白云朵。他没有想到任何事情，却愉快地茫然地望着两边。

他们过了渡，一年前他曾经在这里同彼挨尔谈过话。他们走过泥泞的村庄，打谷场，冬麦的绿畴，经过桥旁有积雪的下坡，经过被水冲走泥土的上坡，经过有残株的、有几处长着发绿的矮树的田地，走进道路所穿过的桦树林里。树林里几乎是很热了，没有一点儿风。桦树，长出绿色的、粘汁的叶子，动也不动，绿色的新草和淡紫色的花朵从上年的落叶下边伸出来，并且将它们掀起。散布在桦树间的小桃树，由于它的难看的常绿的颜色，还显出了令人不愉快的冬天情调。

安德来公爵想："真的，一切都已经发青了……多么早呵！桦树，野樱桃树，赤杨已经发芽了……但我还没有看见橡树。哦，橡树在这里！"

路旁有一棵橡树。它大概比树林里的桦树老九倍，大九倍，高一倍。这是一棵巨大的、两人合抱的橡树，有些树枝显然折断了很久，破裂的树皮上带着一些老伤痕。它像一个老迈的、粗暴的、傲慢的怪物，站在带笑的桦树之间，伸开着巨大的、丑陋的、不对称的、有瘤的手臂和手指。只有这棵橡树，它不愿受春天的蛊惑，不愿看见春天和太阳。

"春天，爱情，幸福！"似乎这棵橡树在说，"您还不讨厌那老是不变的、愚蠢的、无意义的欺骗吗？老是一样的，全是欺骗！没有春天，没有太阳，没有幸福！看吧，那里的被摧残的、总是一样的、死气沉沉的桃树，看吧，我伸出我的折断的、破碎的手指，从它们长出的地方——从后边，从旁边——伸出来；因为它们长出来了——所以我也站着，我不相信您的希望和欺骗。"

安德来公爵经过树林时，向这棵橡树回顾了好几次，好像是对它期待着什么。在橡树下边也有花草，但它仍然皱着眉，不动地、丑陋地、固执地站在它们当中。

"是的，它是对的，这棵橡树是一千次对，"安德来公爵想，"让别的年轻的人们重新受到这个欺骗，但我们认识生活——我们的生活完结了！"一整串新的、与这棵橡树有关的、绝望的、但悲哀而又愉快的思想，在安德来公爵的心中出现了。在这次旅行的时候，他似乎重行考虑了他的全部生活，并且达到了和从前一样的又是安慰的又是绝望的结论，就是他无须开始做任何事情，他应该过完他自己的一生，不做坏事，不忧虑，也不作任何希望。

2

为了锐阿桑田庄上监护的问题，安德来公爵必须去会本县的贵族代表。这人是伊利亚·安德来伊支·罗斯托夫伯爵，安德来公爵在五月中去看他。

已是春季里热的时候了。森林全披上了绿色服装，路上灰尘很大，并且天气热得教人走过水边便想洗澡。

安德来公爵，一面不愉快地、挂心地想到他应该向贵族代表问些什么关于事务上的话，一面在车上顺着花园的路径向奥特拉德诺的罗斯托夫家的房子驶去。在右首树木后边，他听到了女性的、愉快的叫声，看见了在他车前横跑过去的一群姑娘们。在顶前面，最靠近的，一个黑发的、很瘦的、异常瘦的、黑眼的姑娘向车子跑来，她身穿黄色印花棉布长袍，头扎白帕子，在帕子下边露出松下来的发缕。这个姑娘喊叫了什么，但是认出了是生客，便没有看他，带着笑声跑回去了。

安德来公爵忽然因为什么觉得心里难过。天气是那么好，太阳是那么光明，周围的一切是那么愉快；但那个瘦瘦的漂亮的姑娘不知道、也不想要知道有他这个人，她对于她个人的——大概是愚笨的——然而愉快的、幸福的生活，感到满意和高兴。"她为什么那么高兴呢？她在想什么呢？不是关于军事条例，不是关于锐阿桑农奴免役税的处理。她在想什么呢？她为什么这么快乐呢？"安德来公爵不觉地、好奇地问他自己。

伊利亚·安德来伊支伯爵在一八〇九年住在奥特拉德诺，完全和从前一样，即是用狩猎、演戏、宴会、音乐师招待几乎全省的人。他欢迎安德来公爵，正如同他欢迎任何新的客人一样，并且几乎是强迫地留他过夜。

在这无聊的一天之内，招待安德来公爵的，有年老的男女主人和客人中最尊贵的人，因为快要来到的命名日，老伯爵的家里住满了客人，在这一天之内，安德来·保尔康斯基有好几次窥见幼辈之中因为什么缘故发出笑声的开心的娜塔莎，他每次都问他自己："她在想什么呢？她为什么那么高兴？"

晚间，剩下他一个人在生地方，他好久还睡不着觉。他看书，后来熄掉蜡烛，但是又把它点着了。里面的窗子关闭着，房间里很热。他讨厌这个愚蠢的老人（他这么称呼罗斯托夫），他留住了他，向他断言，城里必要的文件还没有到，他恼恨自己留了下来。

安德来公爵起来了，走到窗前去开窗子。他一打开窗子，月光就射进了房里，好像它是早就在窗外守候着的。他打开了窗子。夜是清凉、寂静、明亮的。正在窗子前面，有一排剪顶的树，一边是黑暗的，一边是银色的明亮的。在树下是某种多汁的、潮湿的、枝叶繁茂的植物，它的叶子和茎秆有些地方是银色的。在黑暗的树那边稍远的地方，是一个有露水闪光的屋顶，右边是一株枝叶茂盛的大树，它的枝干是明亮发白的，在它上面，在晶莹的、几乎无星的、春季的天空中，是一轮几乎圆圆的明月。安德来公爵把胳肘搭在窗台上，他的眼睛注视着天空。

安德来公爵的房间是在当中的一层；在上面的房间里住了人，也没有睡。他听到上边女子的话声。

"只再唱一次？"上边女子的声音说，安德来公爵立刻辨出了这个声音。

"但你要什么时候睡呢？"另一个声音回答。

"我不要睡，我不能睡，要我怎么办！来，最后一次……"

两个女子的声音唱了一个乐节？这是一个歌的结尾。

"啊，多么美妙！好，现在睡了吧，完了。"

"你睡，我不能够睡，"头一个人的声音在窗子旁边回答。她显然把头完全伸在窗外，因为可以听到她的衣服声，甚至她的呼吸声。一切都安静了，像石头一样了，就像月亮，月光，和影子那样。安德来公爵不敢动弹，怕泄露了他无心的在场。

"索尼亚！索尼亚！"又听到头一个人的声音说。"哦，怎么能够睡觉！你看，多么美妙呵！啊，多么美妙呵！起来吧，索尼亚，"她几乎在声音里带着眼泪说。"要知道，这样美妙的夜色，是从来没有过，从来没有过的。"

索尼亚勉强地回答了什么。

"哦，你看，多么好的月亮！……啊，多么美妙！你到这里来。心爱的，亲爱的，到这里来。哦，你看见吗？在这里，这样地蹲下来，就是这样地，抱住自己的膝盖，——抱紧，尽量地抱紧，——要出力一跳就飞上天了。这样的！"

"当心呵，你会跌下去的。"

听到了争执声和索尼亚的不满意的声音："已经是一点多钟了。"

"啊，你只会破坏我的一切。好，去吧，去吧。"

一切又都沉静了，但是安德来公爵知道她仍然坐在那里。他听到时而轻微的衣服声，时而叹气声。

"啊，我的上帝！我的上帝！这是怎么回事！"她忽然叫起来。"睡就睡吧！"她砰然一声关闭了窗子。

"是和我的生命毫不相干的！"安德来公爵在听她说话时这么想，他因为什么缘故又希望她提到他，又怕她提到他。"又是她！好像是故意的！"他想。那些和他的全部生活相矛盾的青年时代的思想与希望；忽然在他心中发生了那么意外的混乱，使他觉得，他不能向自己说明自己的心情，就立刻入睡了。

3

第二天早晨，安德来公爵只告别了伯爵一个人，不等到妇女们出来，就动身回家了。

安德来公爵坐车回家，又走进了那个桦树林时，已是六月初了，在这个树林里，那棵古老的、生瘤的橡树曾经那样深刻地异常地使他惊讶。铃声在树林里比在一个半月前更哑了；所有的树都是繁茂的、荫浓的、稠密的；散在林里的小枞树没有破坏一般的美，遵从了一般的特性，它们的毛茸茸的嫩芽发出娇嫩的绿色。

整天炎热。有时要起暴风雨，但是只有小块的乌云洒下了雨点在灰尘的道路上和多汁的树叶上。树林的左边在阴影中是黑暗的；右边是潮湿的，明亮的，在阳光里闪耀着，被风吹得微微摆动着。一切都繁荣茂盛；夜莺在啼啭，时远时近地响着回声。

"是的，在这里？那棵橡树就在这个树林里，我曾经对它同意过，"安德来公爵想。"但是它在哪里？"安德来公爵又想，望着道路的左边，欣赏着一棵橡树，他不知道也没有认出来，这就是他所寻找的那棵橡树。老橡树，完全变了样子，撑开了帐幕般的多汁的暗绿的枝叶，在夕阳的光辉中轻轻摆动着，激动地站立着。没有了生节瘤的手指，没有瘢痕，没有老年的不满与苦闷——什么都看不见了。从粗糙的、百年的树皮里，没有枝柯，便长出了多汁的幼嫩的叶子，使人不能相信这棵老树会长出它们。

"是的，这就是那棵橡树，"安德来公爵想，他忽然感觉到无故的、春天的、高兴与更新的心情。他忽然同时想起了生活中一切最好的时光。奥斯特理兹和崇高的天空，妻子的已死的、谴责的面孔，在渡船上的彼挨尔，因为夜色的美好而感到兴奋的姑娘，那一夜，和月亮，——这一切他都忽然想起来了。

"不，生活并没有在三十一岁完结，"安德来公爵忽然最后地、断然地决定了。"单是我知道我心中所有一切是不够的、一定要大家都知道这个：彼挨尔，和那个想要飞上天的姑娘也在内，一定要大家都知道我，要我的生活不只是为了我自己，要他们的生活不是和我的生活那么毫不相干，要我的生活反映在大家的身上？要他们和我在一起生活！"

……

第三卷　第二部

波罗金诺战役

35

库图索夫垂下了白发的头，困乏地弯着沉重的身躯，坐在铺了毯子的凳子上，就是彼挨尔早晨看见他的那个地方。他没有发出任何命令，只是同意或不同意别人向他所报告的事。

"是的，是的，做这个，"他回答各种建议。"是的，是的，去，好孩子，去看一看，"他向身边的这个人，或那个人说；或者说，"不，不要，最好是等一下。"他听着带来给他的报告，并且在部下要求下令时发布命令；但是他听报告时，似乎并不对于他们向他所说的话中的意义感到兴趣，而是报告者的面部表情和说话语气中别的东西使他感到兴趣。由于多年的战争经验，他知道，并由于老年的智慧，他了解，领导了十万人与死亡斗争，不是一个人所能办到的事；并且他知道，决定会战命运的不是总司令的命令，不是军队驻扎的地方，不是大炮和杀人的数目，而是那种不可捉摸的力量，叫作士气。于是他注视着这种力量，在他的权力范围之内，领导这种力量。

库图索夫脸上的一般表情，是专心而镇静的注意和紧张，费力地克服着他的老弱身躯的疲倦。

上午十一时，有人向他送来了这个消息，说法军占领的突角堡又被夺回来了，但巴格拉齐翁公爵受了伤。库图索夫叹息了一声，摇摇头。

"到彼得·依发诺维支公爵①那里去详细地打听一下，是怎么回事，"他向一个副官说道，又向站在他背后的孚泰姆堡亲王②说：

"阁下愿意指挥第一军吗！"

亲王刚刚走了以后，在他还不至于到达塞妙诺夫斯克的时候，他的副官便回来向殿下说，亲王要求增加军队。

库图索夫皱了皱眉，下令给道黑图罗夫指挥第一军，并且请亲王回到他自己面前来，照他说，在这个重要的时候，没有亲王，他便不能应付。在传来了牟拉被俘的消息而参谋人员向他庆祝时，他苦笑了一下。

"等一下，诸位，"他说。"会战是胜利了，俘虏牟拉并不是什么了不得的事，但最好还是等一等再高兴吧。"

但是他却派副官去向军队报告这个消息。

在歇尔必宁从左翼上骑马跑来报告法军占领突角堡和塞妙诺夫斯克的消息时，库图索夫根据战场的声音和歇尔必宁的脸色，认为这些消息是不好的，他站起身来，好像是要伸伸腿子，他抓住歇尔必宁的手臂，把他领到旁边。

"你去，好孩子，"他向叶尔莫洛夫说，"看看，可有什么办不到的事。"

库图索夫在高尔该村，在俄军阵地的中心。拿破仑所指挥的对我左翼的进攻，被击退了几次。法军在中央没有超过波罗金诺。乌发罗夫的骑兵从左翼上赶跑了法军。

三点钟之前，法军的进攻停止了。在所有的从战场上来的人的脸上，在身边各人的脸上，库图索夫看见了紧张至极的表情。他满意这天的胜利超过了他的期望。但老人的体力不够了。有几次他的头垂得很低，好像要跌，并且他打盹了。有人叫他吃饭。

侍从武官长福尔操根在吃饭的时候来到库图索夫面前，他就是那个走过安德来公爵身边说战争应该 im Raum verlegen（扩大范围）而被巴格拉齐翁那么讨厌的人。福尔操根是从巴克拉那里来报告左翼的战况。聪明的巴克拉·德·托利看见成群的伤兵向回跑，看见混乱的后卫，衡量了全部的情形，断定会战是失败了，并且派他宠爱的人来向总司令报告这个消息。

库图索夫费力地嚼着烤鸡，把眯着的愉快的眼睛看了看福尔操根。

福尔操根漫不经心地伸着腿，嘴上带着半轻视的笑容，走到库图索夫面前，他的手仅仅举到帽边。

福尔操根对殿下带着几分做作的满不在乎的样子，目的在要表示，他是个有高深教养的军人，当俄国人把这个老而无用的人当作偶像，而他自己却知道他是在应付什么样的人。"Deralte Herr，（这位老先生，）"（他的德国人团体这么称呼库图索夫）"machr sich ganz bequem，（自己倒舒服，）"福尔操根想，严厉地看了看库图索夫面前的碟子，他按照巴克拉吩咐他的，和他自己听、看见的，所了解的，开始向这位老先生报告左翼的战况。

"我们阵地的所有据点都落在敌人的手里，我们不能打退他们，因为军队没有了；他们逃跑，不能阻止他们，"他报告。

库图索夫停止了嚼咬，似乎不了解他所说的话，惊异地注视福尔操根。福尔操根看见了 des alten Herrn（这位老先生的）兴奋，微笑着说：

"我认为对殿下隐瞒我所看见的事是不对的……军队完全没有秩序了……"

①　是巴格拉齐翁的名字。
②　孚泰姆堡是玛丽·费道罗芙娜皇后之弟，于1800年入俄军服务。

"您看见的？……您看见的？……"库图索夫皱着眉叫着说，迅速地站起来，向福尔操根面前走去。"您怎……您怎敢！……"他用颤抖的双手做着威胁的姿势，一面呛噎着，一面叫着说。"您怎敢向我说这话，阁下。您一点也不知道。替我告诉巴克拉将军，说他的消息是不准确的，我，总司令，对于实际的战况比他知道得更清楚。"

福尔操根想要有所答辩，但是库图索夫打断了他的话。

"敌人在左翼被打退，在右翼也打败了。假使您没有看清楚，那么，阁下就不要让您自己说您所不知道的事情。请您到巴克拉将军那里去，告诉他，我明天一定要攻击敌人，"库图索夫严厉地说。

大家都沉默着，只听见喘气的老将军的沉重呼吸。

"处处打退了敌人，因此我感谢上帝和我们的勇敢的军队。敌人打败了，我们明天要把敌人赶出神圣的俄国领土，"库图索夫说，划着十字，忽然他因为涌出的眼泪而呜咽了。

福尔操根耸了耸肩膀，歪了歪嘴唇，沉默地走开，诧异着 uber dress Eingenommenheit des alten Herrn（这位老先生的自负的愚蠢）。

"啊，我的英雄，他来了，"库图索夫向一个胖胖的、美丽的、黑发的将军说，这个将军正骑马上山岗。

这人是拉叶夫斯基，他整天都在波罗金诺战场的最重要的地方。

拉叶夫斯基报告说，军队还坚强地守着他们各处的阵地，法军不敢再进犯了。

听了这话，库图索夫说："Vous ne pensez donc pas comme les autres que nous smmes obliges de nous retirer?（你不和别人一样以为我们应当退却吗?）"

"Au contraire, votre altesse, dans les affaires indecises c'est toujours le plus opiniatre qui reste victorieux,（恰好相反，殿下，在胜负未定的时候，总是最顽强的人取得胜利,）"拉叶夫斯基回答，"Et mon opinion（我的意思）……"

"卡依萨罗夫！"库图索夫叫他的副官。"坐下来，写明天的命令。你，"他向另一个副官说，"到前线上去说，我们明天要进攻。"

在库图索夫和拉叶夫斯基谈话并授写命令的时候，福尔操根从巴克拉那里回来说，巴克拉·德·托利将军希望获得总司令这个命令的明文。

库图索夫没有望福尔操根，命令副官写这个命令，这是前任总司令为了逃避个人的责任，极有理由希望获得的。

一种不能解释的神秘的联系，维持着全军的同一情绪，即是所谓军心，并且照库图索夫的话说，它是战争中的主要神经，库图索夫的明天作战的命令，就是由于这种联系同时达到了军队的每个角落里。

传到这个联系的最后一环的，已经远非原来的话、原来的命令了。甚至军队各个角落里互相传送的话，没有一点和库图索夫所说的话相同：但是他的话里的意思传到了各处，因为库图索夫所说的话，不是从狡猾的考虑中流出来的，而是从感情中流出来的，这种感情是在总司令的心中，也在每一个俄国人的心中。听说我们明天要攻击敌人，从最高指挥部那里证实了他们所想要相信的事，疲倦的动摇的人们便得到了安慰，获得了鼓励。

第三部

罗斯托夫家逃离莫斯科

13

八月三十一日，星期六，罗斯托夫家的一切都似乎是乱七八糟的。门都敞开着，家具都抬出去或者移动了，镜子和画像都取下来了。各房间里摆着箱子，散乱着草秸，包扎的纸和绳子。农民和家奴抬出家具，在拼花地板上踏着沉重的脚步。院里挤满了农民的车辆，有些已经装满了东西，绑了绳子，有些还是空的。

许多家奴和带车子来的农民互相呼叫着，他们的话声和脚步声在院里和屋里响着。伯爵一早就出去了。伯爵夫人因为这种忙乱和闹声感到头痛，躺在新的起居室里，头上扎了浸醋的绷带。彼恰不在家，他到朋友家去了，他打算和这个朋友从民团里调入作战的军队里去。索尼亚在大厅里照管包装玻璃器和瓷器。娜塔莎坐在自己零乱的房间里地板上，坐在散乱的衣服、缎带和肩巾的当中，不动地望着地板，手里拿着一件旧舞衣（样子已经旧了），就是她第一次在彼得堡的跳舞会里所穿的那一件。

娜塔莎觉得惭愧，因为别人都是那么忙，她却在家里什么事也不做；早晨她有好几次打算做点事情；但是她没有做这种事；她若是不拿出全副的精神，用出一切的力量，她便不能够并且不知道做任何事情。……

娜塔莎站起来，从窗口向外看。街上停了一长列的伤兵车。……

女仆，听差，女管家，保姆，厨子，车夫，副车夫，厨役，站在大门口看伤兵。

娜塔莎披了一块白手帕在头发上，双手捏住两角，走到街上去了。

从前的女管家，年老的马富拉·库绮米妮施娜，离开站在大门口的人群，走到一辆有席篷的车前，和躺在车上的一个年轻的面色苍白的军官谈话。娜塔莎向前走了几步，羞怯地站住，仍然捏着手帕，听着女管家说话。

"那么，您在莫斯科什么人都不认识吗？"马富拉·库绮米妮施娜说。"您在房子里可以舒服一点……就是在我们家也行。东家要走了。"

"我不晓得答应不答应呢，"军官用他的微弱的声音说。"官长在那里，……您去问一下，"他指着一个肥胖的少校，少校顺着街上车辆的行列向回走。

娜塔莎用她的惊惶的眼睛看了看受伤的军官的脸，立刻迎着少校走去。

"伤兵可以住在我们家吗？"她问。

少校微笑着，把手举到帽边敬礼。

"您说哪一个，小姐？"他眯着眼微笑着说。

娜塔莎镇静地重复了自己的问题；虽然她还捏着手帕的角，她的脸和整个的态度却是那么严肃；以致少校停住了微笑，想了一下，似乎是在考虑这件事有多大的可能性，然后肯定地回答了她。

"啊，是的，当然可以，"他说。

娜塔莎轻轻地点了点头，快步地回到马富拉·库绮米妮施娜面前，她还站在军官旁边，怀着怜悯的同情心和他在说话。

"可以，他说，可以！"娜塔莎低声地说。

那个军官的车子进了罗斯托夫家的院子，于是几十辆运送伤兵的车子，由于城里居民的邀请，进了厨子街各家的院子，停在各家房子的门口。显然娜塔莎高兴这种在寻常生活之外的和生人的关系。她和马富拉·库绮米妮施娜都极力把伤兵尽量招待到她们的院子里去。

"应该去报告您父亲，"马富拉·库绮米妮施娜说。

"不要紧，不要紧，没有关系！我们可以搬到客厅里住一天，我们可以让一半的房子给他们住。"

"小姐，您想得好！就是在厢房里，男下房里，女下房里，也应当问一下。"

"好，我去问。"

娜塔莎跑进屋，踮脚走进起居室的半开的门，室内发散着醋和好夫曼①药水的气味。

"您在睡觉吗？妈妈？"

"啊，睡得多么好哟！"刚刚睡着的伯爵夫人醒过来说。

"妈妈，亲爱的，"娜塔莎说，跪在母亲的面前，把自己的脸靠近着母亲的脸。"对不起，饶恕我，我再不这样了，我把您弄醒了。马富拉·库绮米妮施娜叫我来说，她们领进来了几个伤兵，军官。您允许吗？他们没有地方去，我知道，您会允许……"她一口气地迅速地说。

"什么样的军官？把谁领进来了？我不明白，"伯爵夫人说。

娜塔莎笑起来了，伯爵夫人也无力地微笑着。

"我知道您会允许的……我就这样去向她们说了。"

于是娜塔莎吻了母亲，站起来，向门口走去。

她在大厅里遇见了带着坏消息回家的父亲。

"我们留得太久了！"伯爵不觉地懊恼地说，"俱乐部关门了，警察要走了。"

"爸爸，我邀了伤兵来家里住，不要紧吗？"娜塔莎说。

"当然不要紧，"伯爵没有心绪地说。"问题不在这里。现在我求你们不要忙着琐碎的事情，去帮忙包装东西，离开这里，明天离开……"接着伯爵向仆役长和仆役们发出同样的命令。

吃饭时，彼恰回家报告他的消息。

他说，今天民众在克里姆林宫领得了武器，虽然拉斯托卜卿的传单上说，他要在事前两天发出号召，但是实际上他已经下了命令，要所有的民众明天都带着武器到三山去，那里将要发生大战。

伯爵夫人当他说话时，畏怯地恐怖地望着儿子的愉快而兴奋的面孔。她知道，假使她说出话来，求彼恰不去参加这个会战（她知道他对于目前这个会战是很高兴），他便要提到丈夫气，光荣，祖国——那些没有意义的，男性的，顽固的，不能反对的话，并且事情还会弄糟，因此，她希望这样地安排，就是，在这个会战之前离开，并且把彼恰带在身边，作为防御人和保护人，她没有向彼恰说什么，但是她在饭后把伯爵叫到身边，含着泪恳求他赶快把她送走，假若可能，就在当夜。以前她表示完全不怕，现在……她没有虚假地惧怕一切。

（魏令查编，摘自高植译：《战争与和平》，上海译文出版社，1981）

---

① 俄国通用的一种药水，成分是硫黄、酒精等。

第四十四章　易卜生及《玩偶之家》

第一节　易卜生简介

易卜生，被认为是现代现实主义戏剧的创始人，其代表作品为《玩偶之家》和《人民公敌》。他于 1828 年出生于挪威南部的一个商人家庭。1834 年，他父亲破产后，全家迁到文斯塔普村居住。16 岁时他到一家药材店当学徒。工作余暇，经常阅读莎士比亚、歌德、拜伦的作品，随后自己也动手写诗，并学习拉丁文。1850 年，易卜生前往首都参加医科大学入学考试，未被录取。在席卷欧洲各国的资产阶级革命洪流的激荡下，易卜生结交了文艺界的一些有进步思想倾向的朋友，积极地为《工人协会报》等刊物撰稿，参加了挪威的工人运动，并和两位朋友合作，出版讽刺周刊《安德里妈纳》。他还以《觉醒吧，斯约的纳维亚人》为题，写了一组十四行诗，号召挪威和瑞典共同出兵支援丹麦，抗击普鲁士侵略者。他在第一部历史剧《卡提利那》中，一翻旧案，把罗马历史上的"叛徒"写成一个为维护公民自由而斗争的优秀人物，表现出了他的反抗精神。这个剧本由他的一位朋友集资出版。他的才华得到剧院创办人、著名小提琴手奥莱·布尔的赏识，被聘为寄宿剧作家，兼任编导，约定每年创作一部新剧本。这期间，他创作的剧本有《仲夏之夜》、《勇士之墓》、《埃斯特罗的英格夫人》、《索尔豪格的宴会》和《奥拉夫·利列克朗》等；参加编导的剧本不少于 145 部。他在戏剧创作方面的实践经验，可以和莎士比亚、莫里哀媲美。1857 年，易卜生转到首都剧院担任编导。翌年和苏姗娜·托雷森结婚。他为该剧院先后写出了《海尔格兰的海盗》、《爱的喜剧》、《觊觎王位的人》等剧本。1864 年丹麦和普鲁士之间的战争，引起他对整个半岛的独立前途的忧虑，于是他决定出国远行。就在这一年，他离开挪威到意大利；漂泊异乡，疟疾缠身，又有家室之累，使他债台高筑，生活极为窘迫。他怀着绝望的心情写了一部诗剧《布兰德》，以后又写了《彼尔·英特》。这两部剧本都表现了"个人精神反叛"的主题。1864 年以后的 27 年间，易卜生一直侨居在罗马、德累斯顿、慕尼黑等地。1874 年和 1885 年，他曾两度回挪威作短暂的逗留。1879 写出剧本《玩偶之家》，揭露社会问题。1891 年，易卜生以名作家的身份回到他的祖国。他后期创作的《建筑师》和《当我们死而复醒时》，是自传性质的作品。1900 年中风。长期卧病后于 1906 年 5 月 23 日去世。挪威议会和各界人士为他举行了国葬。

易卜生继承了自古希腊和文艺复兴以来的西方戏剧的优良传统，并把它推上了现代化道路。他发扬了现实主义、浪漫主义的传统，而且在后期创作中，引入了象征主义，他的创作方法多种多样，对后世的各种流派都有所启示。

第二节 《玩偶之家》简介

　　《玩偶之家》是易卜生最重要的作品，属于其"社会问题剧"中最负盛名的代表作。剧中的主人公娜拉是她的丈夫海尔茂的"小鸟儿"、"小松鼠"。海尔茂过去患重病，娜拉出于真诚的爱情，瞒着他假冒父亲的签字举债救活了他。海尔茂即将担任银行经理，得意扬扬。他打算辞退一个男职员，但这个男职员就是娜拉的债主，他以揭发娜拉的假签字相要挟，要求她替他保全职位。海尔茂知道事情的真相后骤然翻脸，骂娜拉是"坏东西"、"罪犯"、"下贱女人"，说自己的前程全被毁了。待债主被女友所说动，退回字据时，海尔茂快活地叫道："娜拉，我没事了，我饶恕你了。"但娜拉却不饶恕他，因为她已看清，丈夫关心的只是他的地位和名誉，自己在他的眼里只是一个玩偶，于是毅然出走。

　　海尔茂是资本主义社会典型的"正人君子"，有钱有势，也很疼爱妻子；娜拉贤良温柔，一向以丈夫为自己的生活中心。但易卜生揭开了甜蜜温柔的动人纱幕，赤裸裸地暴露了资产阶级男权社会对女性的玩弄。娜拉是个具有个性解放思想的叛逆女性。她对社会的背叛和弃家出走，被誉为妇女解放的"独立宣言"。然而，在素把妇女当作玩偶的社会里，娜拉真能求得独立解放吗？鲁迅认为"娜拉的出走"具有深刻的意义——首先，妇女应该争取到自己的权利（包括经济权）。鲁迅在《坟·娜拉走后怎样》一文中写道："……准备不做傀儡起见，在目下的社会里，经济权就见得最要紧了。第一，在家应该先获得男女平均的分配；第二，在社会应该获得男女相等的势力……"

　　易卜生创作该剧，运用了高超的艺术手法。他善于把复杂的生活矛盾集中为精炼的情节，他常常把剧情安排在矛盾发展的高潮，然后运用回溯手法，把前情逐步交代出来，使得矛盾的发展既合情合理，又有条不紊。主要矛盾是围绕"假冒签名"所引起的娜拉和海尔茂之间的矛盾，次要矛盾有娜拉和柯洛克斯泰之间的矛盾、林丹太太与柯洛克斯泰之间的矛盾、海尔茂与柯洛克斯泰之间的矛盾。作者把剧情安排在圣诞节前后三天之内，借以突出渲染节日的欢乐气氛和家庭悲剧之间的对比，他以柯洛克斯泰因被海尔茂辞退，利用借据来要挟娜拉为他保住职位这件事为主线，引出各种矛盾的交错展开，同时让女主人公在这短短三天之中，经历了一场激烈而复杂的内心斗争，从平静到混乱，从幻想到幻想破灭，最后完成娜拉自我觉醒的过程，取得了极为强烈的戏剧效果。剧中的对话非常出色，既符合人物性格和剧情发展的要求，又富于说理性，有助于揭示主题，促使读者或观众对作者提出的社会问题产生强烈的印象，对后来现实主义戏剧的发展产生了很大的影响。

第三节 《玩偶之家》选段

人　物

（以选文中出场的人物为限）

托伐·海尔茂。

娜拉——托伐·海尔茂的妻子。

林丹太太。

爱伦——女佣人。

脚夫。

第一幕

一间屋子，布置得很舒服雅致，可是并不奢华。后面右边，一扇门通到门厅。左边一扇门通到海尔茂书房。两扇门中间有一架钢琴。左墙中央有一扇门，靠前一点，有一扇窗。靠窗有一张圆桌，几把扶手椅和一只小沙发。右墙里，靠后，又有一扇门，靠墙往前一点，一只瓷火炉，火炉前面有一对扶手椅和一张摇椅。侧门和火炉中间有一张小桌子。墙上挂着许多版画。一只什锦架上摆着瓷器和小古玩。一只小书橱里放满了精装书籍。地上铺着地毯。炉子里生着火。正是冬天。

门厅里有铃声。紧接着就听见外面的门打开了。娜拉高高兴兴地哼着从外面走来，身上穿着出门衣服，手里拿着几包东西。她把东西搁在右边桌子上，让门厅的门敞着。我们看见外头站着个脚夫，正在把手里一棵圣诞树和一只篮子递给开门的女佣人。

娜　　拉　爱伦，把那棵圣诞树好好儿藏起来。白天别让孩子们看见，晚上才点呢。（取出钱包，问脚夫）多少钱？

脚　　夫　五十个渥儿①。

娜　　拉　这是一克罗纳。不用找了。

脚夫道了谢出去。娜拉随手关上门。她一边脱外衣，一边还是在快活地笑。她从衣袋里掏出一袋杏仁甜饼干，吃了一两块。吃完之后，她踮着脚尖，走到海尔茂书房门口听动静。

娜　　拉　嗯，他在家。（嘴里又哼起来，走到右边桌子前。）

海 尔 茂　（在书房里）我的小鸟儿又唱起来了？

娜　　拉　（忙着解包儿）嗯。

海 尔 茂　小松鼠儿又在淘气了？

娜　　拉　嗯！

海 尔 茂　小松鼠儿什么时候回来的？

娜　　拉　刚回来。（把那袋杏仁饼干掖在衣袋里，急忙擦擦嘴）托伐，快出来瞧我买的东西。

海 尔 茂　我还有事呢。（过了会儿，手里拿着笔，开门朝外望一望）你又买东西了？什么！那一大堆都是刚买的？我的乱花钱的孩子又糟蹋钱了？

娜　　拉　嗯，托伐，现在咱们花钱可以松点儿了。今年是咱们头一回过圣诞节不用打饥荒。

海 尔 茂　不对，不对，咱们还不能乱花钱。

娜　　拉　喔，托伐，现在咱们可以多花点儿了——只多花那么一丁点儿！你知道，不久你就要挣大堆的钱了。

———————————

① 挪威币制单位。一百个渥儿等于一个克罗纳。

海 尔 茂　　不错，从一月一号起。可是还有整整三个月才到我领薪水的日子。

娜　　拉　　那没关系，咱们可以先借点钱花花。

海 尔 茂　　娜拉！　　（走到她面前，开玩笑地捏着她耳朵说道）你还是个不懂事的小孩子！要是今天我借了一千克罗纳，圣诞节一个礼拜你随随便便把钱都花完了，万一除夕那天房上掉下一块瓦片把我砸死了——

娜　　拉　　（用手捂住他的嘴）嘘！别这么胡说！

海 尔 茂　　要是真有这么回事怎么办？

娜　　拉　　要是真有这种倒霉事，我欠债不欠债还不是一样。

海 尔 茂　　那些债主怎么办？

娜　　拉　　债主！谁管他们的事？他们都是跟我不相干的外头人。

海 尔 茂　　娜拉！娜拉！你真不懂事！正经跟你说，你知道在钱财上头，我有我的主张：不欠债！不借钱！一借钱，一欠债，家庭生活马上就会不自由，不美满。咱们俩硬着脖子挺到了现在，难道说到末了儿反倒软下来不成。

娜　　拉　　（走到火炉边）好吧，随你的便，托伐。

海 尔 茂　　（跟过去）喂，喂，我的小鸟儿别这么耷拉着翅膀儿。什么？小松鼠儿生气了？（掏出钱包来）娜拉，你猜这里头是什么？

娜　　拉　　（急忙转过身来）是钱！

海 尔 茂　　给你！（给她几张钞票）我当然知道过圣诞节什么东西都得花钱。

娜　　拉　　（数着）一十，二十，三十，四十。啊，托伐，谢谢你！这很够花些日子了。

海 尔 茂　　但愿如此。

娜　　拉　　真是够花些日子了。你快过来，瞧瞧我买的这些东西。多便宜！你瞧，这是给伊娃买的一套新衣服，一把小剑。这是巴布的一只小马，一个喇叭。这个小洋娃娃和摇篮儿是给爱密的。这两件东西不算太好，可是让爱密拆着玩儿也就够好的了。另外还有几块衣料几块手绢儿是给佣人的。其实我应该买几件好点儿的东西送给老安娜。

海 尔 茂　　那包是什么？

娜　　拉　　（大声喊叫）托伐，不许动，晚上才让你瞧！

海 尔 茂　　喔！乱花钱的孩子，你给自己买点儿什么没有？

娜　　拉　　给我自己？我自己什么都不要。

海 尔 茂　　胡说！告诉我你正经要点儿什么。

娜　　拉　　我真不知道我要什么！喔，有啦，托伐，我告诉你——

海 尔 茂　　什么？

娜　　拉　　（玩弄海尔茂的衣钮，眼睛不看他）要是你真想给我买东西的话——你可以——

海 尔 茂　　可以什么？快说！

娜　　拉　　（急忙）托伐，你可以给我点儿现钱。用不着太多，只要是你手里富余的数目就够了。我留着以后买东西。

海 尔 茂　　可是，娜拉——

娜　　拉　　好托伐，别多说了，快把钱给我吧。我要用漂亮的金纸把钱包起来挂在圣诞树上。你说好玩儿不好玩儿？

海 尔 茂　　那些会花钱的小鸟儿叫什么名字？

娜　　拉　喔，不用说，我知道，它们叫败家精。托伐，你先把钱给我。以后我再仔
　　　　　细想我最需要什么东西。

海 尔 茂　（一边笑）话是不错，那就是说，要是你真把我给你的钱花在自己身上的
　　　　　话。可是你老把钱都花在家用上头，买好些没用的东西，到后来我还得再
　　　　　拿出钱来。

娜　　拉　可是，托伐——

海 尔 茂　娜拉，你能赖得了吗？（一只手搂着她）这是一只可爱的小鸟儿，就是很能
　　　　　花钱。谁也不会相信一个男人养活你这么一只小鸟儿要花那么些钱。

娜　　拉　不害臊！你怎么说这话！我花钱一向是能节省多少就节省多少。

海 尔 茂　（大笑）一点儿都不错，能节省多少就节省多少，可是实际上一点儿都节省
　　　　　不下来。

娜　　拉　（一边哼一边笑，心里暗暗高兴）哼！你哪儿知道我们小鸟儿，松鼠儿的
　　　　　花费。

海 尔 茂　你真是个小怪东西！活像你父亲——一天到晚睁大了眼睛到处找钱。可是
　　　　　钱一到手，不知怎么又从手指头缝儿里漏出去了。你自己都不知道钱到哪
　　　　　儿去了。你天生就这副性格，我也没办法。这是骨子里的脾气。真的，娜
　　　　　拉，这种事情都是会遗传的。

娜　　拉　我但愿能像爸爸，有他那样的好性格，好脾气。

海 尔 茂　我不要你别的，只要你像现在这样——做我会唱歌的可爱的小鸟儿。可是
　　　　　我觉得——今天你的神气有点儿——有点儿——叫我说什么好呢？有点儿
　　　　　跟平常不一样——

娜　　拉　真的吗？

海 尔 茂　真的。抬起头来。

娜　　拉　（抬头瞧他）怎么啦？

海 尔 茂　（伸出一个手指头吓唬她）爱吃甜的孩子又偷嘴了吧？

娜　　拉　没有。别胡说！

海 尔 茂　刚才又溜到糖果店里去了吧？

娜　　拉　没有，托伐，真的没有。

海 尔 茂　没去喝杯果子露吗？

娜　　拉　没有，真的没有。

海 尔 茂　也没吃杏仁甜饼干吗？

娜　　拉　没有，托伐，真没有，真没有！

海 尔 茂　好，好，我跟你说着玩儿呢。

娜　　拉　（朝右边桌子走去）你不赞成的事情我决不做。

海 尔 茂　这话我信，并且你还答应过我——（走近娜拉）娜拉宝贝，现在你尽管把
　　　　　圣诞节的秘密瞒着我们吧。到了晚上圣诞树上的灯火一点起来，那就什么
　　　　　都瞒不住了。

娜　　拉　你记着约阮克大夫没有？

海 尔 茂　我忘了。其实也用不着约。他反正会来。回头他来的时候我再约他。我买
　　　　　了点上等好酒。娜拉，你不知道我想起了今天晚上过节心里多高兴。

娜　　拉　我也一样。孩子们更不知怎么高兴呢，托伐！

海 尔 茂　唉，一个人有了稳固的地位和丰富的收入真快活！想想都叫人高兴，对

不对？

娜　　拉　对，真是太好了！

海尔茂　你还记不记得去年圣诞节的事情？事先足足有三个礼拜，每天晚上你把自己关在屋子里熬到大后半夜，忙着做圣诞树的彩花和别的各种各样不让我们知道的新鲜玩意儿。我觉得没有比那个再讨厌的事情了。

娜　　拉　我自己一点儿都不觉得讨厌。

海尔茂　（微笑）娜拉，可是后来我们什么玩意儿都没看见。

娜　　拉　喔，你又提那个取笑我呀？小猫儿要钻进去把我做的东西抓得稀烂，叫我有什么办法？

海尔茂　是啊，可怜的娜拉，你确是没办法。你想尽了方法使我们快活，这是主要的一点。可是不管怎么样，苦日子过完了总是桩痛快事。

娜　　拉　喔，真痛快！

海尔茂　现在我不用一个人闷坐了，你的一双可爱的眼睛和两只嫩手也不用吃苦了——

娜　　拉　（拍手）喔，托伐，真是不用吃苦了！　喔，想起来真快活！（挽着海尔茂的胳臂）托伐，让我告诉你往后咱们应该怎么过日子。圣诞节一过去——（门厅的门铃响起来）喔，有人按铃！　（把屋子整理整理）一定是有客来了。真讨厌！

海尔茂　我不见客。记着。

爱　　伦　（在门洞里）太太，有位女客要见您。

娜　　拉　请她进来。

爱　　伦　（向海尔茂）先生，阮克大夫刚来。

海尔茂　他到我书房去了吗？

爱　　伦　是的。

　　　海尔茂走进书房。爱伦把林丹太太请进来之后自己出去，随手关上门。林丹太太穿着旅行服装。

林丹太太　（局促犹豫）娜拉，你好？

娜　　拉　（捉摸不定）你好？

林丹太太　你不认识我了吧？

娜　　拉　我不——哦，是了！——不错——（忽然高兴起来）什么，克立斯替纳！真的是你吗？

林丹太太　不错，是我！

娜　　拉　克立斯替纳！你看，刚才我简直不认识你了。可是也难怪我——（声音放低）你很改了些样子，克立斯替纳！

林丹太太　不错，我是改了样子。这八九年工夫——

娜　　拉　咱们真有那么些年没见面吗？不错，不错。喔，我告诉你，这八年工夫可真快活！现在你进城来了。腊月里大冷天，那么老远的路！真佩服你！

林丹太太　我是搭今天早班轮船来的。

娜　　拉　不用说，一定是来过个快活的圣诞节。喔，真有意思！咱们要痛痛快快过个圣诞节。请把外头衣服脱下来。你冻坏了吧？（帮她脱衣服）好。现在咱们坐下舒舒服服烤烤火。你坐那把扶手椅，我坐这把摇椅。（抓住林丹太太两只手）现在看着你又像从前的样子了。在乍一见的时候真不像——不过，克立斯替纳，你的气色显得没有从前那么好——好像也瘦了点儿似的。

林丹太太 还比从前老多了，娜拉。

娜　拉 嗯，也许是老了点儿——可是有限——只是一丁点儿。（忽然把话咽住，改说正经话）喔，我这人真粗心！只顾乱说——亲爱的克立斯替纳，你会原谅我吧？

林丹太太 你说什么，娜拉？

娜　拉 （声音低柔）可怜的克立斯替纳！我忘了你是个单身人儿。

林丹太太 不错，我丈夫三年前就死了。

娜　拉 我知道，我知道，我在报上看见的。喔，老实告诉你，那时候我真想给你写封信，可是总没工夫，一直就拖下来了。

林丹太太 我很明白你的困难，娜拉。

娜　拉 克立斯替纳，我真不应该。喔，你真可怜！你一定吃了好些苦！他没给你留下点儿什么吗？

林丹太太 没有。

娜　拉 也没孩子？

林丹太太 没有。

娜　拉 什么都没有？

林丹太太 连个可以纪念的东西都没有。

娜　拉 （瞧着她不敢相信）我的好克立斯替纳，真有这种事吗？

林丹太太 （一边伤心地笑着，一边抚摩她的头发）娜拉，有时候真有这种事。

娜　拉 一个人孤孤单单的！这种日子怎么受得了！我有三个顶可爱的孩子！现在他们都跟保姆出去了，不能叫来给你瞧瞧。可是现在你得把你的事全都告诉我。

林丹太太 不，不，我要先听听你的话——

娜　拉 不，你先说。今天我不愿意净说自己的事。今天我只想听你的。喔！可是有件事我得告诉你——也许你已经听说我们交了好运？

林丹太太 没听说。什么好运？

娜　拉 你想想！我丈夫当了合资股份银行经理了。

林丹太太 你丈夫！哦，运气真好！

娜　拉 可不是吗！做律师生活不稳定，尤其像托伐似的，来历不明的钱他一个都不肯要。这一点我跟他意见完全一样。喔，你想我们现在多快活！一过新年他就要接事了，以后他就可以拿大薪水，分红利。往后我们的日子可就大不相同了——老实说，爱怎么过就可以怎么过了。喔，克立斯替纳，我心里真高兴，真快活！手里有钱，不用为什么事操心，你说痛快不痛快？

林丹太太 不错。不缺少日用必需品至少是桩痛快事！

娜　拉 不单是不缺少日用必需品，还有大堆的钱——整堆整堆的钱！

林丹太太 （微笑）娜拉，娜拉，你的老脾气还没改？从前咱们一块儿念书时候你就是个顶会花钱的孩子。

娜　拉 （笑）不错，托伐说我现在还是。（伸出食指指着她）可是"娜拉，娜拉"并不像你们说的那么不懂事。喔，我从来没机会可以乱花钱。我们俩都得辛辛苦苦地工作。

林丹太太 你也得工作吗？

娜　　拉	是的，做点轻巧活计，像编织、绣花一类的事情。（说到这儿，口气变得随随便便的）还得做点别的事。你是知道的，我们结婚的时候，托伐辞掉了政府机关的工作。那时候他的位置并不高，升不上去，薪水又不多，当然只好想办法额外多挣几个钱。我们结婚以后头一年，他拼命地工作，忙得要死。你知道，为了要多点收入，各种各样的额外工作他都得做，起早熬夜地不休息。日子长了他支持不住，害起重病来了。医生说他得到南边去疗养，病才好得了。
林丹太太	你们在意大利住了整整一年，是不是？
娜　　拉	住了一整年。我告诉你，那段日子可真难对付。那时候伊娃刚生下来。可是，当然，我们不能出门。喔，说起来那次旅行真是妙，救了托伐的命。可是钱也花得真不少，克立斯替纳！
林丹太太	我想大概少不了。
娜　　拉	花了一千二百块！四千八百克罗纳①！你看数目大不大？
林丹太太	幸亏你们花得起。
娜　　拉	你要知道，那笔钱是从我爸爸那儿弄来的。
林丹太太	喔，原来是这样。他正是那时候死的，是不是？
娜　　拉	不错，正是那时候死的。你想！我不能回家服侍他！那时候我正等着伊娃生出来，并且还得照顾害病的托伐！嗳，我那亲爱慈祥的爸爸！我没能再见他一面，克立斯替纳。喔，这是我结婚以后最难受的一件事。
林丹太太	我知道你最爱你父亲。后来你们就到意大利去了，是不是？
娜　　拉	是。我们钱也有了，医生叫我们别再耽误时间。过了一个月我们就动身了。
林丹太太	回来时候你丈夫完全复原了吗？
娜　　拉	完全复原了。
林丹太太	可是——刚才那位医生？
娜　　拉	你说什么？
林丹太太	我记得刚才进门时候你们的女佣人说什么大夫来了。
娜　　拉	哦，那是阮克大夫。他不是来看病的。他是我们顶要好的朋友，没有一天不来看我们。从那以后托伐连个小病都没有害过。几个孩子身体全都那么好，我自己也很好。（跳起来拍手）喔，克立斯替纳，克立斯替纳，活着过快活日子多有意思！咳，我真岂有此理！我又净说自己的事了。（在靠近林丹太太的一张矮凳上坐下，两只胳臂搁在林丹太太的腿上）喔，别生气！告诉我，你是不是真不爱你丈夫？既然不爱他，当初你为什么跟他结婚？
林丹太太	那时候我母亲还在，病在床上不能动。我还有两个弟弟要照顾。所以那时候我觉得不应该拒绝他。
娜　　拉	也许不应该。大概那时候他有钱吧？
林丹太太	他日子很过得去。不过他的事业靠不住，他死后事情就一败涂地了，一个钱都没留下。
娜　　拉	后来呢？
林丹太太	后来我对付着开了个小铺子，办了个小学校，反正有什么做什么，想尽方

---

① 挪威旧币制单位为"元"，在易卜生写这个剧本之前不久，改用了"克罗纳"新单位。

法凑合过日子。这三年工夫在我是一个长期奋斗的过程。现在总算过完了，娜拉。苦命的母亲用不着我了，她已经去世了。两个弟弟也有事，可以照顾自己了。

娜　　拉　现在你一定觉得很自由了！

林丹太太　不，不见得，娜拉。我心里只觉得说不出的空虚。活在世上谁也不用我操心！（心神不定，站起身来）所以在那偏僻冷静的地方我再也住不下去了。在这大地方，找点消磨时间——排遣烦闷的事情一定容易些。我只想找点安定的工作——像机关办公室一类的事情。

娜　　拉　克立斯替纳，那种工作很辛苦，你的身体看上去已经很疲乏了。你最好到海边去休养一阵子。

林丹太太　（走到窗口）娜拉，我没有父亲供给我钱呀。

娜　　拉　（站起来）喔，别生气。

林丹太太　（走近她）好娜拉，别见怪。像我这种境遇的人最容易发牢骚。像我这样的人活在世上并不为着谁，可是精神老是得那么紧张。人总得活下去，因此我就变得这么自私，只会想自己的事。我听见你们交了好运——说起来也许你不信——我替你们高兴，尤其替自己高兴。

娜　　拉　这话怎么讲？喔，我明白了！你想托伐也许可以帮你一点儿忙。

林丹太太　不错，我正是那么想。

娜　　拉　他一定肯帮忙，克立斯替纳。你把这事交给我。我会拐弯抹角想办法。我想个好办法先把他哄高兴了，他就不会不答应。喔，我真愿意帮你一把忙！

林丹太太　娜拉，你心肠真好，这么热心帮忙！像你这么个没经历过什么艰苦的人真是尤其难得。

娜　　拉　我？我没经历过——？

林丹太太　（微笑）喔，你只懂得做点轻巧活计一类的事情。你还是个小孩子，娜拉。

娜　　拉　（把头一扬，在屋子里走来走去）喔，你别摆出老前辈的架子来！

林丹太太　是吗？

娜　　拉　你跟他们都一样。你们都觉得我这人不会做正经事——

林丹太太　嗯，嗯——

娜　　拉　你们都以为在这烦恼世界里我没经过什么烦恼事。

林丹太太　我的好娜拉，刚才你不是已经把你的烦恼事都告诉我了吗？

娜　　拉　哼，那点小事情算得了什么！（低声）大事情我还没告诉你呢。

林丹太太　大事情？这话怎么讲？

娜　　拉　克立斯替纳，我知道你瞧不起我，可是你不应该小看我。你辛辛苦苦供养你母亲那么些年，你觉得很得意。

林丹太太　我实在谁也没看不起。不过想起了母亲临死那几年我能让她宽心过日子，我心里确是又得意又高兴。

娜　　拉　想起了给两个弟弟出了那些力，你也觉得很得意。

林丹太太　难道我不应该得意吗？

娜　　拉　当然应该。可是，克立斯替纳，现在让我告诉你，我也做过一件又得意又高兴的事情。

林丹太太　这话我倒信。你说的是什么事？

娜　　拉　嘘！声音小一点！要是让托伐听见，那可不得了！别让他听见——千万使不得！克立斯替纳，这件事，除了你，我谁都不告诉。

林丹太太　究竟是什么事？

娜　　拉　你过来。（把林丹太太拉到沙发上，叫她坐在自己旁边）克立斯替纳，我也做过一桩又得意又高兴的事情。我救过托伐的命。

林丹太太　救过他的命？怎么救的？

娜　　拉　我们到意大利去的事情我刚才已经说过了。要不亏那一次旅行，托伐的命一定保不住。

林丹太太　那我知道。你们花的钱是你父亲供给的。

娜　　拉　（含笑）不错，托伐和别人全都那么想。可是——

林丹太太　可是怎么样？

娜　　拉　可是爸爸一个钱都没给我们。筹划那笔款子的人是我。

林丹太太　是你？那么大一笔款子？

娜　　拉　一千二百块。四千八百克罗纳。你觉得怎么样？

林丹太太　我的好娜拉，那笔钱你怎么弄来的？是不是买彩票中了奖？

娜　　拉　（鄙视的表情）买彩票？哼！那谁都会！

林丹太太　那么，那笔钱你从什么地方弄来的？

娜　　拉　（嘴里哼着，脸上露出一副叫人捉摸不透的笑容）哼！脱拉——拉——拉——拉！

林丹太太　当然不会是你借来的。

娜　　拉　不会？为什么不会？

林丹太太　做老婆的不得她丈夫的同意没法子借钱。

娜　　拉　（把头一扬）喔！要是做老婆的有点办事能力，会想办法——

林丹太太　娜拉，我实在不明白——

娜　　拉　你用不着明白。我没说钱是借来的。除了借，我还有好些别的办法。（往后一仰，靠在沙发上）也许是从一个爱我的男人手里弄来的。要是一个女人长得像我这么漂亮——

林丹太太　你太无聊了，娜拉。

娜　　拉　克立斯替纳，我知道你急于要打听这件事。

林丹太太　娜拉，你听我说，这件事你是不是做得太鲁莽了点儿？

娜　　拉　（重新坐直身子）搭救丈夫的性命能说是鲁莽吗？

林丹太太　我觉得你瞒着他就是太鲁莽。

娜　　拉　可是一让他知道这件事，他的命就保不住。你明白不明白？不用说把这件事告诉他，连他自己病到什么地步都不能让他知道。那些大夫偷偷地跟我说，他的病很危险，除了到南边去过个冬，没有别的办法能救他的命。你以为一开头我没使过手段吗？我假意告诉他，像别人的年轻老婆一样，我很想出门玩儿一趟。他不答应，我就一边哭一边央告他为我的身体想一想，不要拒绝我。并且我的话里还暗示着要是没有钱，可以跟人借。克立斯替纳，谁知道他听了我的话非常不高兴，几乎发脾气。他埋怨我不懂事，还说他做丈夫的不应该由着我这么任性胡闹。他尽管那么说，我自己心里想："好吧，反正我一定得想法子救你的命。"后来我就想出办法来了。

林丹太太　难道你父亲从来没告诉你丈夫的钱不是从他那儿借的吗？

娜　　拉　没有，从来没有。爸爸就是那时候死的。我本打算把这事告诉我爸爸，叫他不要跟人说。可是他病得很厉害，所以就用不着告诉他了。

林丹太太　你也没在你丈夫面前说实话？

娜　拉　嗳呀！这话亏你怎么问得出！他最恨的是跟人家借钱，你难道要我把借钱的事告诉他？再说，像托伐那么个好胜、要面子的男子汉，要是知道受了我的恩惠，那得多惭愧，多难受呀！我们俩的感情就会冷淡，我们的美满快乐家庭就会改样子。

林丹太太　你是不是永远不打算告诉他？

娜　拉　（若有所思，半笑半不笑的）唔，也许有一天会告诉他，到好多好多年之后，到我不像现在这么——这么漂亮的时候。你别笑！我的意思是说等托伐不像现在这么爱我，不像现在这么喜欢看我跳舞、化装演戏的时候。到那时候我手里留着点东西也许稳当些。（把话打住）喔，没有的事，没有的事！那种日子永远不会来。克立斯替纳，你听了我的秘密事觉得怎么样？现在你还能说我什么事都不会办吗？你要知道我的心血费得很不少。按时准期付款不是开玩笑。克立斯替纳，你要知道商业场中有什么分期交款、按季付息一大些名目都是不容易对付的。因此我就只能东拼西凑到处想办法。家用里头省不出多少钱，因为我当然不能让托伐过日子受委屈。我也不能让孩子们穿得太不像样，凡是孩子们的钱我都花在孩子们身上，这些小宝贝！

林丹太太　可怜的娜拉，你只好拿自己的生活费贴补家用，

娜　拉　那还用说。反正这件事是我一个人在筹划。每逢托伐给我钱叫我买衣服什么的时候，我老是顶多花一半，买东西老是挑最简单最便宜的。幸亏我穿戴什么都好看，托伐从来没疑惑过。可是，克立斯替纳，我心里时常很难过，因为衣服穿得好是桩痛快事，你说对不对？

林丹太太　一点儿都不错。

娜　拉　除了那个，我还用别的法子去弄钱。去年冬天运气好，弄到了好些抄写的工作。我每天晚上躲在屋子里一直抄到后半夜。喔，有时候我实在累得不得了。可是能这么做事挣钱，心里很痛快。我几乎觉得自己像一个男人。

林丹太太　你的债究竟还清了多少？

娜　拉　这很难说。那种事不大容易弄清楚。我只知道凡是能拼拼凑凑弄到手的钱全都还了债。有时候我真不知道应该怎么办。（微笑）我时常坐着心里瞎想，好像有个阔人把我爱上了。

林丹太太　什么！那阔人是谁？

娜　拉　并不是真有那么个人！是我心里瞎想的，只当他已经死了，人家拆开他的遗嘱的时候看见里面用大字写着："把我临死所有的财产立刻全部交给那位可爱的娜拉·海尔茂太太。"

林丹太太　喔，我的好娜拉，你说的那人究竟是谁？

娜　拉　唉，你还不明白吗？并不是真有那么个人。那不过是我需要款子走投无路时候的穷思极想。可是现在没关系了。那个讨厌的老东西现在有没有都没关系了。连人带遗嘱都不在我心上了，我的艰难日子已经过完了。（跳起来）喔，克立斯替纳，想起来心里真痛快！我完全不用再操心了！真自由！每天跟孩子们玩玩闹闹，把家里一切事情完全按照托伐的意思安排得妥妥当当的。大好的春光快来了，一片长空，万里碧云，那该多美呀！到时候

我们也许有一次短期旅行。也许我又可以看见海了。喔，活在世上过快活日子多有意思！

……

第三幕

还是那间屋子。桌子摆在当中，四面围着椅子。桌上点着灯。通门厅的门敞着。楼上有跳舞音乐的声音。

林丹太太 （整理屋子，把自己的衣帽归置在一块儿）多大的变化！多大的变化！现在我的工作有了目标，我的生活有了意义！我要为一个家庭谋幸福！万一做不成，决不是我的错。我盼望他们快回来。（细听）喔，他们回来了！让我先穿上衣服。

她拿起帽子和大衣。外面传来海尔茂和娜拉的说话声音。门上锁一转，娜拉几乎硬被海尔茂拉起来。娜拉穿着意大利服装，外面裹着一块黑的大披肩。海尔茂穿着大礼服，外面罩着一件附带假面具的黑舞衣，敞着没扣好。

娜　　拉 （在门洞里跟海尔茂挣扎）不，不，不，我不进去！我还要上楼去跳舞。我不愿意这么早回家。

海 尔 茂 亲爱的娜拉，可是——

娜　　拉 亲爱的托伐，我求你，咱们再跳一点钟。

海 尔 茂 一分钟都不行。好娜拉，你知道这是咱们事先说好的。快进来，在这儿你要着凉了。（娜拉尽管挣扎，还是被他轻轻一把拉进来。）

林丹太太 你们好！

娜　　拉 克立斯替纳！

海 尔 茂 什么！林丹太太！这么晚你还上这儿来？

林丹太太 是，请你别见怪。我一心想看看娜拉怎么打扮。

娜　　拉 你一直在这儿等我们？

林丹太太 是，我来迟了一步，你们已经上楼了，我不看见你，舍不得回去。

海 尔 茂 （把娜拉的披肩揭下来）你仔细赏鉴吧，她实在值得看。林丹太太，你说她漂亮不漂亮？

林丹太太 真漂亮。

海 尔 茂 她真美极了。谁都这么说。可是这小宝贝脾气真倔强。我不知该把她怎么办。你想，我差不多是硬把她拉回来的。

娜　　拉 喔，托伐，今天你不让我在楼上多待一会儿——哪怕是多待半点钟——将来你一定会后悔。

海 尔 茂 你听她说什么，林丹太太！她跳完了特兰特拉土风舞，大家热烈鼓掌。难怪大家都鼓掌，她实在跳得好，不过就是表情有点儿过火，严格说起来，超过了艺术标准。不过那是小事情，主要的是，她跳得很成功，大家全都称赞她。难道说，大家鼓完掌我还能让她待下去，减少艺术的效果？那可使不得。所以我就一把挽着我的意大利姑娘——我的任性的意大利姑娘——一阵风儿似的转了个圈儿，四面道过谢，像小说里描写的，一转眼漂亮的妖精就不见了！林丹太太，下场时候应该讲效果，可惜娜拉不懂这道理。嘿，这屋子真热。（把舞衣脱下来扔在椅子上，打开自己书房的门）

什么！里头这么黑？哦，是了。林丹太太，失陪了。（进去点蜡烛）

娜　　拉　（提心吊胆地急忙低声问）事情怎么样？

林丹太太　（低声回答）我跟他谈过了。

娜　　拉　他——

林丹太太　娜拉，你应该把这件事全部告诉你丈夫。

娜　　拉　（平板的声调）我早就知道。

林丹太太　你不用怕柯洛克斯泰。可是你一定得对你丈夫说实话。

娜　　拉　我不说实话怎么样？

林丹太太　那么，那封信会说实话。

娜　　拉　谢谢你，克拉斯替纳。现在我知道怎么办了。嘘！

海 尔 茂　（从书房出来）怎么样，林丹太太，你把它仔细赏鉴过没有？

林丹太太　赏鉴过了。现在我要走了。明天见。……

海 尔 茂　（送她到门口）明天见，明天见，一路平安。我本来该送你回去，可是好在路很近。再见，再见。（林丹太太走出去，海尔茂关上大门回到屋子里）好了，好容易才把她打发走。这个女人真啰唆！

娜　　拉　你累了吧，托伐？

海 尔 茂　一点儿都不累。

娜　　拉　也不想睡觉？

海 尔 茂　一点儿都不想。精神觉得特别好。你呢？你好像又累又想睡。

娜　　拉　是，我很累。我就要去睡觉。

海 尔 茂　你看！我不让你再跳舞不算错吧？

娜　　拉　喔，你做的事都不错。

海 尔 茂　……（对她看了会儿，把身子凑过去）回到自己家里，静悄悄的只有咱们两个人，滋味多么好！喔，迷人的小东西！

娜　　拉　别那么瞧我。

海 尔 茂　难道我不该瞧我的好宝贝——我一个人儿的亲宝贝？

娜　　拉　（走到桌子那边去）今天晚上你别跟我说这些话。

海 尔 茂　（跟过来）你血管里还在跳特兰特拉——所以你今天晚上格外惹人爱。你听，楼上的客人要走了。（声音放低些）娜拉，再过一会儿整个这所房子里就静悄悄地没有声音了。

娜　　拉　我想是吧。

海 尔 茂　是啊，我的娜拉。咱们出去作客的时候我不大跟你说话，我故意避开你，偶然偷看你一眼，你知道为什么？因为我心里好像觉得咱们偷偷地在恋爱，偷偷地订了婚，谁也不知道咱们的关系。

娜　　拉　是，是，是，我知道你的心都在我身上。

海 尔 茂　到了要回家的时候，我把披肩搭上你的滑溜的肩膀，围着你的娇嫩的脖子，我心里好像觉得你是我的新娘子，咱们刚结婚，我头一次把你带回家——头一次跟你待在一块儿，头一次陪着你这娇滴滴的小宝贝！今天晚上我什么都没想，只是想你一个人。刚才跳舞的时候我看见你那些轻巧活泼的身段，我的心跳得按捺不住了，所以那么早我就把你拉下楼。

娜　　拉　走开，托伐！撒手，我不爱听这些话。

海 尔 茂　什么？你成心逗我吗，娜拉？你不爱听！难道我不是你丈夫？

娜 拉	……（海尔茂从衣袋里掏出一串钥匙来，走进门厅）托伐，你出去干什么？
海尔茂	我把信箱倒一倒，里头东西都满了，明天早上报纸装不下了。
娜 拉	今晚你工作不工作？
海尔茂	你不是知道今晚不工作吗？唔，这是怎么回事？有人弄过锁。
娜 拉	弄过锁？
海尔茂	一定是。这是怎么回事？我想佣人不会——？这儿有只拢折的头发夹子。娜拉，这是你常用的。
娜 拉	（急忙接嘴）一定是孩子们——
海尔茂	你得管教他们别这么胡闹。好！好容易开开了。（把信箱里的信件拿出来，朝着厨房喊道）爱伦，爱伦，把门厅的灯吹灭了。（拿着信件回到屋里，关上门）你瞧，攒了这么一大堆。（把整叠信件翻过来）哦，这是什么？
娜 拉	（在窗口）那封信！喔，托伐，别看！……
娜 拉	……托伐，现在你可以看信了。
海尔茂	不，不，今晚我不看信。今晚我要陪着你，我的好宝贝。
娜 拉	（搂着他脖子）托伐！明天见！明天见！
海尔茂	（亲她的前额）明天见，我的小鸟儿。好好儿睡觉，娜拉！我去看信了。他拿了那些信走进自己的书房，随手关上门。
娜 拉	（瞪着眼瞎摸，抓起海尔茂的舞衣披在自己身上，急急忙忙，断断续续，哑着嗓子，低声自言自语）从今以后再也见不着他了！永远见不着了，永远见不着了。（把披肩蒙在头上）也见不着孩子们了！永远见不着了！喔，漆黑冰凉的水！没底的海！快点完事多好啊！现在他已经拿着信了，正在看！喔，还没看。再见，托伐！再见，孩子们！ 她正朝着门厅跑出去，海尔茂猛然推开门，手里拿着一封拆开的信，站在门口。
海尔茂	娜拉！
娜 拉	（叫起来）啊！
海尔茂	这是谁的信？你知道信里说的什么事？
娜 拉	我知道。快让我走！让我出去！①
海尔茂	（拉住她）你上哪儿去？
娜 拉	（竭力想脱身）别拉着我，托伐。
海尔茂	（惊慌倒退）真有这件事？他信里的话难道是真的？不会，不会，不会是真的。
娜 拉	全是真的。我只知道爱你，别的什么都不管。
海尔茂	哼，别这么花言巧语的！
娜 拉	（走近他一步）托伐！
海尔茂	你这坏东西——干得好事情！
娜 拉	让我走——你别拦着我！我做的坏事不用你担当！
海尔茂	不用装腔作势给我看。（把出去的门锁上）我要你老老实实把事情招出来，不许走。你知道不知道自己干的什么事？快说！你知道吗？

---

① 娜拉想出去投水自杀。

娜　　拉　（眼睛盯着他，态度越来越冷静）嗯，现在我才完全明白了。

海 尔 茂　（走来走去）嘿！好像做了一场噩梦醒过来！这八年工夫——我最得意、最喜欢的女人——没想到是个伪君子，是个撒谎的人——比这还坏——是个犯罪的人。真是可恶极了！哼！哼！（娜拉不作声，只用眼睛盯着他）其实我早就该知道。我早该料到这一步。你父亲的坏德性——（娜拉正要说话）少说话！你父亲的坏德性你全都沾上了——不信宗教，不讲道德，没有责任心。当初我给他遮盖，如今遭了这么个报应！我帮你父亲都是为了你，没想到现在你这么报答我！

娜　　拉　不错，这么报答你。

海 尔 茂　你把我一生幸福全都葬送了。我的前途也让你断送了。喔，想起来真可怕！现在我让一个坏蛋抓在手心里。他要我怎么样我就得怎么样，他要我干什么我就得干什么。他可以随便摆布我，我不能不依他。我这场大祸都是一个下贱女人惹出来的！

娜　　拉　我死了你就没事了。

海 尔 茂　哼，少说骗人的话。你父亲从前也老有那么一大套。照你说，就是你死了，我有什么好处？一点儿好处都没有。他还是可以把事情宣布出去，人家甚至还会疑惑我是跟你串通一气的，疑惑是我出主意撺掇你干的。这些事情我都得谢谢你——结婚以来我疼了你这些年，想不到你这么报答我。现在你明白你给我惹的是什么祸吗？

娜　　拉　（冷静安详）我明白。

海 尔 茂　这件事真是想不到，我简直摸不着头脑。可是咱们好歹得商量个办法。把披肩摘下来。摘下来，听见没有！我先得想个办法稳住他，这件事无论如何不能让人家知道。咱们俩，表面上照样过日子——不要改样子，你明白不明白我的话？当然你还得在这儿住下去。可是孩子不能再交在你手里。我不敢再把他们交给你——唉，我对你说这么一句话心里真难受，因为你是我一向最心爱并且现在还——！可是现在情形已经改变了。从今以后再说不上什么幸福不幸福，只有想法子怎么挽救、怎么遮盖、怎么维持这个残破的局面——（门铃响起来，海尔茂吓了一跳）什么事？三更半夜的！难道事情发作了？难道他——娜拉，你快藏起来，只推托有病。（娜拉站着不动。海尔茂走过去开门。）

爱　　伦　（披着衣服在门厅里）太太，您有封信。

海 尔 茂　给我。（把信抢过来，关上门）果然是他的。你别看。我念给你听。

娜　　拉　快念！

海 尔 茂　（凑着灯光）我几乎不敢看这封信。说不定咱们俩都会完蛋。也罢，反正总得看。（慌忙拆信，看了几行之后发现信里夹着一张纸，马上快活得叫起来）娜拉！（娜拉莫名其妙地瞧着他）

海 尔 茂　娜拉！喔，别忙！让我再看一遍！不错，不错！我没事了！娜拉，我没事了！

娜　　拉　我呢？

海 尔 茂　当然你也没事了，咱们俩都没事了。你看，他把借据还你了。他在信里说，这件事非常抱歉，要请你原谅，他又说他现在交了运——喔，管他还写些什么。娜拉，咱们没事了！现在没人能害你了。喔，娜拉，娜拉——咱们先把这害人的东西消灭了再说。让我再看看——（朝着借据瞟了一眼）喔，我不想再看它，只当是做了一场梦。（把借据和柯洛克斯泰的两封信一齐都撕掉，扔在火炉里，看它们烧）好！烧掉了！他说自从二十四号起——喔，娜拉，这三天你一定很难过。

娜　　拉　这三天我真不好过。

海尔茂　你心里难过，想不出好办法，只能——喔，现在别再想那可怕的事情了。我们只应该高高兴兴多说几遍"现在没事了，现在没事了！"听见没有，娜拉！你好像不明白。我告诉你，现在没事了。你为什么绷着脸不说话？喔，我的可怜的娜拉，我明白了，你以为我还没饶恕你。娜拉，我赌咒，我已经饶恕你了。我知道你干那件事都是因为爱我。

娜　　拉　这倒是实话。

海尔茂　你正像做老婆的应该爱丈夫那样地爱我。只是你没有经验，用错了方法。可是难道因为你自己没主意，我就不爱你吗？我决不会。你只要一心一意依赖我，我会指点你，教导你。正因为你自己没办法，所以我格外爱你，要不然我还算什么男子汉大丈夫？刚才我觉得好像天要塌下来，心里一害怕，就说了几句不好听的话，你千万别放在心上。娜拉，我已经饶恕你了。我赌咒不再埋怨你。

娜　　拉　谢谢你饶恕我。（从右边走出去）

海尔茂　别走！（向门洞里张望）你要干什么？

娜　　拉　（在里屋）我去脱掉跳舞的服装。

海尔茂　（在门洞里）好，去吧。受惊的小鸟儿，别害怕，定定神，把心静下来。你放心，一切事情都有我。我的翅膀宽，可以保护你。（在门口走来走去）喔，娜拉，咱们的家多可爱，多舒服！你在这儿很安全，我可以保护你，像保护一只从鹰爪子底下救出来的小鸽子一样。我不久就能让你那颗扑扑跳的心定下来，娜拉，你放心。到了明天，事情就不一样了，一切都会恢复老样子。我不用再说我已经饶恕你，你心里自然会明白我不是说假话。难道我舍得把你撵出去？别说撵出去，就说是责备，难道我舍得责备你？娜拉，你不懂得男子汉的好心肠。要是男人饶恕了他老婆——真正饶恕了她，从心坎儿里饶恕了她——他心里会有一股没法子形容的好滋味。从此以后他老婆越发是他的私有的财产。做老婆的就像重新投了胎，不但是她丈夫的老婆，并且还是她丈夫的孩子。从今以后，你就是我的孩子，我的吓坏了的可怜的小宝贝。别着急，娜拉，只要你老老实实对待我，你的事情都由我作主，都有我指点。（娜拉换了家常衣服走进来）怎么，你还不睡觉，又换衣服干什么？

娜　　拉　不错，我把衣服换掉了。

海尔茂　这么晚还换衣服干什么？

娜　　拉　今晚我不睡觉。

海尔茂　可是，娜拉——

娜　　拉　（看自己的表）时间还不算晚。托伐，坐下，咱们有好些话要谈一谈。（她在桌子一头坐下）

海尔茂　娜拉，这是什么意思？你的脸色冰冷铁板的——

娜　　拉　坐下。一下子说不完。我有好些话要跟你谈。

海 尔 茂　（在桌子那一头坐下）娜拉，你把我吓了一大跳。我不了解你。

娜　　拉　这话说得对，你不了解我，我也到今天晚上才了解你。别打岔。听我说下去。托伐，咱们必须把总账算一算。

海 尔 茂　这话怎么讲？

娜　　拉　（顿了一顿）现在咱们面对面坐着，你心里有什么感想？

海 尔 茂　我有什么感想？

娜　　拉　咱们结婚已经八年了。你觉得不觉得，这是头一次咱们夫妻正正经经谈谈话？

海 尔 茂　正正经经！这四个字怎么讲？

娜　　拉　这整整的八年——要是从咱们认识的时候算起，其实还不止八年——咱们从来没有在正经事情上头谈过一句正经话。

海 尔 茂　难道要我经常把你不能帮我解决的事情麻烦你？

娜　　拉　我不是指着你的业务说。我说的是，咱们从来没坐下来正正经经细谈过一件事。

海 尔 茂　我的好娜拉，正经事跟你有什么相干？

娜　　拉　咱们的问题就在这儿！你从来就没了解过我。我受尽了委屈，先在我父亲手里，后来又在你手里。

海 尔 茂　这是什么话！你父亲和我这么爱你，你还说受了我们的委屈！

娜　　拉　（摇头）你们何尝真爱过我，你们爱我只是拿我当消遣。

海 尔 茂　娜拉，这是什么话！

娜　　拉　托伐，这是老实话。我在家跟父亲过日子的时候，他把他的意见告诉我，我就跟着他的意见走。要是我的意见跟他不一样，我也不让他知道，因为他知道了会不高兴。他叫我"泥娃娃孩子"，把我当作一件玩意儿，就像我小时候玩儿我的泥娃娃一样。后来我到你家来住着——

海 尔 茂　用这种字眼形容咱们的夫妻生活简直不像话！

娜　　拉　（满不在乎）我是说，我从父亲手里转移到了你手里。跟你在一块儿，事情都归你安排。你爱什么我也爱什么，或者假装爱什么——我不知道是真还是假——也许有时候真，有时候假。现在我回头想一想，这些年我在这儿简直像个要饭的叫花子，要一口，吃一口。托伐，我靠着给你要把戏过日子。可是你喜欢我这么做。你和我父亲把我害苦了。我现在这么没出息都要怪你们。

海 尔 茂　娜拉，你真不讲理，真不知好歹！你在这儿过的日子难道不快活？

娜　　拉　不快活。过去我以为快活，其实不快活。

海 尔 茂　什么！不快活！

娜　　拉　说不上快活，不过说说笑笑凑个热闹罢了。你一向待我很好。可是咱们的家只是一个玩儿的地方，从来不谈正经事。在这儿我是你的"泥娃娃老婆"，正像我在家里是我父亲的"泥娃娃女儿"一样。我的孩子又是我的泥娃娃。你逗着我玩儿，我觉得有意思，正像我逗孩子们，孩子们也觉得有意思。托伐，这就是咱们的夫妻生活。

海 尔 茂　你这段话虽然说得太过火，倒也有点儿道理。可是以后的情形就不一样了。玩儿的时候过去了，现在是受教育的时候了。

娜　　拉　谁的教育？我的教育还是孩子们的教育？

海 尔 茂	两方面的，我的好娜拉。
娜　　拉	托伐，你不配教育我怎样做个好老婆。
海 尔 茂	你怎么说这句话？
娜　　拉	我配教育我的孩子吗？
海 尔 茂	娜拉！
娜　　拉	刚才你不是说不敢再把孩子交给我吗？
海 尔 茂	那是气头上的话，你老提它干什么？
娜　　拉	其实你的话没说错。我不配教育孩子。要想教育孩子，先得教育我自己。你没资格帮我的忙。我一定得自己干。所以现在我要离开你。
海 尔 茂	（跳起来）你说什么？
娜　　拉	要想了解我自己和我的环境，我得一个人过日子，所以我不能再跟你待下去。
海 尔 茂	娜拉！娜拉！
娜　　拉	我马上就走。克立斯替纳一定会留我过夜。
海 尔 茂	你疯了！我不让你走！你不许走！
娜　　拉	你不许我走也没用。我只带自己的东西。你的东西我一件都不要，现在不要，以后也不要。
海 尔 茂	你怎么疯到这步田地！
娜　　拉	明天我要回家去——回到从前的老家去。在那儿找点事情做也许不太难。
海 尔 茂	喔，像你这么没经验——
娜　　拉	我会努力去吸取。
海 尔 茂	丢了你的家，丢了你丈夫，丢了你儿女！不怕人家说什么话！
娜　　拉	人家说什么不在我心上。我只知道我应该这么做。
海 尔 茂	这话真荒唐！你就这么把你最神圣的责任扔下不管了？
娜　　拉	你说什么是我最神圣的责任？
海 尔 茂	那还用我说？你最神圣的责任是你对丈夫和儿女的责任。
娜　　拉	我还有别的同样神圣的责任。
海 尔 茂	没有的事！你说的是什么责任？
娜　　拉	我说的是我对自己的责任。
海 尔 茂	别的不用说，首先你是一个老婆，一个母亲。
娜　　拉	这些话现在我都不信了。现在我只信，首先我是一个人，跟你一样的一个人——至少我要学做一个人。托伐，我知道大多数人赞成你的话，并且书本儿里也是这么说。可是从今以后我不能一味相信大多数人说的话，也不能一味相信书本儿里说的话。什么事情我都要用自己脑子想一想，把事情的道理弄明白。
海 尔 茂	难道你不明白你在自己家庭的地位？难道在这些问题上没有颠扑不破的道理指导你？难道你不信仰宗教？
娜　　拉	托伐，不瞒你说，我真不知道宗教是什么。
海 尔 茂	你这话怎么讲？
娜　　拉	除了行坚信礼的时候牧师对我说的那套话，我什么都不知道。牧师告诉过我，宗教是这个，宗教是那个。等我离开这儿一个人过日子的时候我也要把宗教问题仔细想一想。我要仔细想一想牧师告诉我的话究竟对不对，对

　　　　　我合用不合用。

海 尔 茂　喔，从来没听说过这种话！并且还是从这么个年轻女人嘴里说出来的！要
　　　　　是宗教不能带你走正路，让我唤醒你的良心来帮助你——你大概还有点道
　　　　　德观念吧？要是没有，你就干脆说没有。

娜　　拉　托伐，这个问题不容易回答。我实在不明白。这些事情我摸不清，我只知
　　　　　道我的想法跟你的想法完全不一样。我也听说，国家的法律跟我心里想的
　　　　　不一样，可是我不信那些法律是正确的。父亲病得快死了，法律不许女儿
　　　　　给他省烦恼。丈夫病得快死了，法律不许老婆想法子救他的性命！我不信
　　　　　世界上有这种不讲理的法律。

海 尔 茂　你说这些话像个小孩子。你不了解咱们的社会。

娜　　拉　我真不了解。现在我要去学习。我一定要弄清楚，究竟是社会正确，还是
　　　　　我正确。

海 尔 茂　娜拉，你病了，你在发烧说胡话。我看你像精神错乱了。

娜　　拉　我的脑子从来没像今天晚上这么清醒、这么有把握。

海 尔 茂　你清醒得有把握得要丢掉丈夫和儿女？

娜　　拉　一点不错。

海 尔 茂　这么说，只有一句话讲得通。

娜　　拉　什么话？

海 尔 茂　那就是你不爱我了。

娜　　拉　不错，我不爱你了。

海 尔 茂　娜拉！你忍心说这话！

娜　　拉　托伐，我说这话心里也难受，因为你一向待我很不错。可是我不能不说这
　　　　　句话。现在我不爱你了。

海 尔 茂　（勉强管住自己）这也是你清醒的有把握的话？

娜　　拉　一点不错。所以我不能再在这儿待下去。

海 尔 茂　你能不能说明白我究竟做了什么事使你不爱我？

娜　　拉　能。就因为今天晚上奇迹没出现，我才知道你不是我理想中的那等人。

海 尔 茂　这话我不懂，你再说清楚点。

娜　　拉　我耐着性子整整等了八年，我当然知道奇迹不会天天有。后来大祸临头的
　　　　　时候，我曾经满怀信心地跟自己说，"奇迹来了！"柯洛克斯泰把信扔在信
　　　　　箱里以后，我决没想到你会接受他的条件。我满心以为你一定会对他说，
　　　　　"尽管宣布吧"，而且你说了这句话之后，还一定会——

海 尔 茂　一定会怎么样？叫我自己的老婆出丑丢脸，让人家笑骂？

娜　　拉　我满心以为你说了那句话之后，还一定会挺身出来，把全部责任担在自己
　　　　　肩膀上，对大家说，"事情都是我干的"。

海 尔 茂　娜拉——

娜　　拉　你以为我会让你替我担当罪名吗？不，当然不会。可是我的话怎么比得上
　　　　　你的话那么容易叫人家信？这正是我盼望它发生又怕它发生的奇迹。为了
　　　　　不让奇迹发生，我已经准备自杀。

海 尔 茂　娜拉，我愿意为你日夜工作，我愿意为你受穷受苦。可是男人不能为他爱
　　　　　的女人牺牲自己的名誉。

娜　　拉　千千万万的女人都为男人牺牲过名誉。

海 尔 茂　喔，你心里想的嘴里说的都像个傻孩子。

娜　　拉　也许是吧。可是你想的和说的也不像我可以跟他过日子的男人。后来危险过去了——你不是怕我有危险，是怕你自己有危险——不用害怕了，你又装作没事人儿了。你又叫我跟从前一样乖乖地做你的小鸟儿，做你的泥娃娃，说什么以后要格外小心保护我，因为我那么脆弱不中用。（站起来）托伐，就在那当口，我好像忽然从梦里醒过来，我简直跟一个生人同居了八年，给他生了三个孩子。喔，想起来真难受！我恨透了自己没出息！

海 尔 茂　（伤心）我明白了，我明白了，在咱们中间出现了一道深沟。可是，娜拉，难道咱们不能把它填平吗？

娜　　拉　照我现在这样子，我不能跟你做夫妻。

海 尔 茂　我有勇气重新再做人。

娜　　拉　在你的泥娃娃离开你之后——也许有。

海 尔 茂　要我跟你分手！不，娜拉，不行！这是不能设想的事情。

娜　　拉　（走进右边屋子）要是你不能设想，咱们更应该分开。（拿着外套、帽子和旅行小提包又走出来，把东西搁在桌子旁边的椅子上）

海 尔 茂　娜拉，娜拉，现在别走。明天再走。

娜　　拉　（穿外套）我不能在生人家里过夜。

海 尔 茂　难道咱们不能像哥哥妹妹那么过日子？

娜　　拉　（戴帽子）你知道那种日子长不了。（围披肩）托伐，再见。我不去看孩子了。我知道现在照管他们的人比我强得多。照我现在这样子，我对他们一点儿用处都没有。

海 尔 茂　可是，娜拉，将来总有一天——

娜　　拉　那就难说了。我不知道我以后会怎么样。

海 尔 茂　无论怎么样，你还是我的老婆。

娜　　拉　托伐，我告诉你。我听人说，要是一个女人像我这样从她丈夫家里走出去，按法律说，她就解除了丈夫对她的一切义务。不管法律是不是这样，我现在把你对我的义务全部解除。你不受我拘束，我也不受你拘束。双方都有绝对的自由。拿去，这是你的戒指。把我的也还我。

海 尔 茂　连戒指都要还？

娜　　拉　要还。

海 尔 茂　拿去。

娜　　拉　好。现在事情完了。我把钥匙都搁在这儿，家里的事佣人都知道——她们比我更熟悉。明天我动身之后，克立斯替纳会来给我收拾我从家里带来的东西。我会叫她把东西寄给我。

海 尔 茂　完了！完了！娜拉，你永远不会再想我了吧？

娜　　拉　喔，我会时常想到你，想到孩子们，想到这个家。

海 尔 茂　我可以给你写信吗？

娜　　拉　不，千万别写信。

海 尔 茂　可是我总得给你寄点儿——

娜　　拉　什么都不用寄。

海 尔 茂　你手头不方便的时候我得帮点忙。

娜　　拉　不必，我不接受生人的帮助。

海 尔 茂　娜拉，难道我永远只是个生人？

娜　　拉　（拿起手提包）托伐，那就要等奇迹中的奇迹发生了。

海 尔 茂　什么叫奇迹中的奇迹？

娜　　拉　那就是说，咱们俩都得改变到——喔，托伐，我现在不信世界上有奇迹了。

海 尔 茂　可是我信。你说下去！咱们俩都得改变到什么样子——？

　　　　　改变到咱们在一块儿过日子真正像夫妻。再见。（她从门厅走出去）

海 尔 茂　（倒在靠门的一张椅子里，双手蒙着脸）娜拉！娜拉！（四面望望，站起身来）屋子空了。她走了。（心里闪出一个新希望）啊！奇迹中的奇迹——（楼下砰的一响传来关大门的声音）

（方华文编，摘自潘家洵等译：《易卜生戏剧集》，人民文学出版社，2006）

第四十五章　马克·吐温及《哈克贝利·费恩历险记》

第一节　马克·吐温简介

　　马克·吐温，原名萨缪尔·兰亨·克莱门。马克·吐温是他 19 世纪 60 年代当记者时就开始使用的笔名，它是水手的术语。马克·吐温 1835 年出生在美国密苏里州乡村的一个贫穷律师家庭。父亲收入微薄，家境拮据。马克·吐温上小学时就不得不打工。他 11 岁那年父亲去世，他从此开始了独立的劳动生活，先在印刷所学徒，当过送报员和排字工，后来又在密西西比河上当水手和舵手。儿时生活的贫穷和长期的劳动生涯，不但为他以后的文学创作积累了素材，更铸就了一颗正义的心。他创作的作品主要包括短篇小说《令拓殖者大吃一惊的花花公子》、《百万英镑》、《竞选州长》、《哥尔斯密的朋友再度出洋》、《卡拉维拉斯郡著名的跳蛙》等；中篇小说《败坏赫德莱堡的人》、《艰难历程》等；长篇小说《傻子国外旅行记》、《镀金时代》、《汤姆·索亚历险记》、《哈克贝利·费恩历险记》、《王子与贫儿》、《密西西比河上的生活》、《傻瓜威尔逊》、《在亚瑟王朝的康涅狄克州的美国佬》、《冉·达克》等；游记《国外旅游记》、《赤道游记》等；剧本《阿星》；回忆录：《格兰特回忆录》等。其中《百万英镑》、《汤姆·索亚历险记》、《哈克贝利·费恩历险记》是他的代表作。《百万英镑》讲述了一个穷困潦倒的营业员美国小伙子亨利·亚当斯在伦敦的一次奇遇。伦敦的两位富翁兄弟打赌，把一张无法兑现的百万大钞借给亨利，看他在一个月内如何收场。一个月的期限到了，亨利不仅没有饿死或被捕，反倒成了富翁，并且赢得了一位漂亮小姐的芳心，在兄弟那里也获得了一份工作。文章以其略带夸张的艺术手法再现大师小说中讽刺与幽默，揭露了 20 世纪初英国社会的拜金主义思想。在《汤姆·索亚历险记》里，马克·吐温以满腔热情和真挚的爱为读者塑造了小主人公汤姆·索亚和他的一群小伙伴。汤姆·索亚是个成长中的孩子，他调皮，喜欢恶作剧，却又善良、可爱、乐于助人。他讨厌教堂里老师干巴巴的说教，不喜欢整天在学校里干枯无味的生活，希望加入海盗，过新鲜刺激的生活。他总在危险时刻，挺身而出，做出那些懦弱的"好孩子"，体面的"优秀生"无法做出的正义行为，展示出自己的魅力。《哈克贝利·费恩历险记》里的主人公哈克贝利是一个聪明、善良、勇敢的白人少年。他为了追求自由的生活，逃亡到密西西比河上。在逃亡途中，他遇到了黑奴吉姆。吉姆是一个勤劳朴实、热情诚实、忠心耿耿的黑奴，他为了逃脱被主人再次卖掉的命运，从主人家中出逃。作品把现实主义的真实性和浪漫主义的抒情性很好地糅合在一起，哈克贝利与吉姆的漂流经历充满了传奇色彩，密西西比河上和沿岸的自然景物在作者笔下也闪烁着奇异壮丽的光华，而沿岸一带的城乡生活描写则翔实真切，具体可感。

第二节　《哈克贝利·费恩历险记》简介

《哈克贝利·费恩历险记》是马克·吐温的代表作，也是美国文学史上一部影响深远的作品。小说的小主人公一黑一白，白孩子叫哈克，黑孩子叫吉姆。两个人都在逃亡。哈克是为了逃避要使他成为上等人的"文明教育"，吉姆是因为女主人要把他卖到南方当奴隶。两人结伴而行，企图从密西西比河上逃往北方的自由州。哈克起先受反动教育影响，觉得不应该帮逃奴的忙，后来在日日夜夜的漂流生活中，逐渐被吉姆的善良无私的性格所感动，表示宁肯冒着下地狱的危险，也要帮助吉姆得到自由。他们一路上历尽艰险，遭遇到追捕、骗子的虐待以及各种自然灾害。在两人的同心协力下，所有艰险均被化解。最终，哈克在好朋友汤姆的帮助下救出了被骗子卖掉的吉姆，并得知女主人在遗嘱中已宣布解除吉姆的奴隶身份。哈克是小说的中心人物，也是美国文学史上一个著名的富于正义感和叛逆精神的儿童形象。哈克的思想转变和多次帮助吉姆渡过难关的行动，说明既然种族主义谬论连一个孩子都蒙骗不了，那么蓄奴制度的崩溃确实是历史的必然，同时也表明了作家提倡白人黑人携手奋斗，共创民主自由新世界的先进思想。在语言艺术上，《哈克贝利·费恩历险记》具有其独特性，即口语化语言的运用。这种口语化语言的特征是：一、主人公叙述者的语言常常打破语法常规、与叙述者的儿童式思维契合、动词时态随意转换；二、其他人物语言多为土语方言，甚至俚语。《哈克贝利·费恩历险记》的口语化语言开创了美国小说语言的新风，对美国后世作家产生了深远的影响。这部小说比较全面地体现了马克·吐温创作的艺术魅力。首先，作品把现实主义的真实性和浪漫主义的抒情性很好地糅合在一起。作家既纤毫毕露地呈现了人物意识活动的逻辑轨迹，又不无幽默风趣地调侃嘲弄了宗教谬说给一个孩子造成的荒唐观念。其次，作品采用第一人称叙事方式，从哈克的视角反映生活、刻画形象，亲切生动，引人入胜。这部风格独特的书的问世，给后来的作家在创作上提供了参考。诺贝尔文学奖得主艾略特曾说："马克·吐温（尤其在《哈克贝利·费恩历险记》中）表明自己在任何一国文学中都是屈指可数的那么几位作家之一，这些作家创造了不仅适用于自己，而且也适用于别人的新的写作方法。"诺奖另一得主海明威亦称赞说："一切现代美国文学来自一本书，即马克·吐温的《哈克贝利·费恩历险记》……这是我们所有书中最好的。一切美国文学都来自这本书，在它之前，或在它以后，都不曾有过能与之媲美的作品。"

第三节　《哈克贝利·费恩历险记》选段

第 6 章　爸爸与死神搏斗

老头子没多久就养好了伤，又可以起来到处走动了。他于是跑去找萨切法官打官司，要他把钱交出来。他也跑来找过我，责怪我没有退学。他抓到我两回，用鞭子抽我。但我还是照样上学，大多数时候躲过了他，或是跑得比他快，他撵不上。我以前不怎么特别想上学，可是现在我偏偏要去，好气一气他。法院办案子总是拖拖拉拉的，他们好像永远也不打算动手办，所以我隔不了几天就找法官借两三块钱给他，好让他别用鞭子抽我。他每回拿到钱就喝得烂醉；每次喝醉了，就在镇上闹事；每次闹事，就进监狱。他干这种事很合适，很在行。

后来他老爱在寡妇门前转悠，所以寡妇最后对他说，他要是老赖在她门前不走，她可要给他点厉害瞧瞧了。嘻，他是不是疯了？他说他要让大家看看究竟谁能管得着哈克·费恩。开春后有一天，他死死盯住我，把我抓住了。他用只小划子，把我带到河上游大约三英里的地方，然后再划过河到伊利诺伊州这边来了。河岸边林木茂盛，除了一所旧木屋，附近没有人家。木屋搭在树木茂密的地方，你要是不认识路，就别想找到。

他一刻也不许我离开他，所以我总找不到机会逃跑。我们住在那个旧木屋里，一到夜晚，他就把门锁上，把钥匙压在头底下睡觉。他有一支长枪，我捉摸着是偷来的。我们靠钓鱼打猎过日子。过不了多久，他就把我锁在屋里，自个儿走上三英里，到渡口边的小店去用鱼和打来的野味换威士忌酒，拿回来喝个醉，快活一阵，然后又揍我一顿。没过多久，寡妇就打听到了我住的地方。她派了一个人来领我回去，但是爸爸用枪把他撵走了。那件事发生后不久，我就习惯待在我住的那个地方了，而且喜欢上了那种生活——除了不喜欢鞭子，别的方面都喜欢。

整天不干活，舒舒服服地过，抽抽烟，钓钓鱼，一不用读书，二不用学功课。可以说这就是懒散，就是快活吧。过了两个来月，我浑身上下的衣裤变得又破又脏。当初在寡妇家里住的时候，你得勤洗手脸，东西要盛在盘子里吃，要梳头，按时睡觉、起床，老捧着一本书费心伤神，而且老华森小姐还要时刻找你的岔子。我不明白我当时怎么会那么喜欢那种生活。我再也不想回去了。我本来已经不骂人了，因为寡妇讨厌我骂人，但是现在我又骂开了，因为爸爸不反对。总的来说，我们在林子里过的那些日子是挺快活的。

没多久，我爸爸就把他那根核桃木鞭条使得十分得心应手，打得我浑身上下都是鞭痕，我实在忍受不下去了。他现在动不动就跑出去，把我锁在木屋里。有一回他把我关在屋里，自己三天没回家，我一个人孤零零的，冷清得要命。我断定他是淹死了，我这一辈子甭想出去了。我害怕起来，下决心想个办法离开这里。有好几回我想逃出那间木屋，但是没有想出什么法子。木屋连一条狗能钻得出去的那么大的窗户也没有。烟囱太窄，我不能从里面爬上去，门是用厚实的橡木板做的。爸爸很有心计，他外出时，屋子里不留下刀斧之类的东西。这地方我算计着已翻寻过一百遍了。其实，我几乎一直在东翻西找，因为似乎只有用这种办法才能把日子打发掉。可是这一回终于让我找着了一样东西，那是一把没柄的生了锈的旧锯子，放在房椽和屋顶隔板之间。我给它涂上油，就动手干起来。木屋的另一头摆着一张桌子，桌子后面的木头墙上钉着一条盖马用的旧毛毯，用来挡住从墙缝里刮进来的风，免得把蜡烛吹灭。我钻到桌子底下，把毯子掀起来，动手锯墙脚下那根大木头。我想锯掉一段，弄个可以钻得出去的窟窿。嘻，这可是件费工费时的活计，可是当我快干完的时候，我听到树林子里响起了爸爸的枪声。我连忙把锯屑收拾干净，放下毛毯，藏起锯子，不一会儿爸爸就进来了。

爸爸又在发脾气，他生来就爱发脾气。他说他到镇上去了一趟，事事都不顺当。他请的律师说，要是他们开庭审理这个案子，他捉摸着他会打赢这场官司，把钱弄到手。但是把这个案子长期拖着不办的法子总是有的，萨切法官很会这一套。他还说人们认为还会再开一次庭，判我和他断绝关系，把我判给寡妇，让她做我的监护人。他们猜想这回人家会赢。我听了这话大吃一惊，因为我不想再回到寡妇家去受她的管束，而且还要像大家所说的那样，受她的教化。接着老头子骂开了，他把他想得起来的所有的人和事都骂遍了，骂完之后又重新再骂一遍，生怕有什么人或事没有骂到。骂过这遍以后，他又用一种包罗一切的大骂收场，把不少他连姓名也不知道的都裹进来了。当骂到他们头上的时候，就把他们叫做"那个不知姓名的东西"，又接着骂下去。

他说他倒要看看寡妇怎样把我夺过去，他说他会小心提防的，如果他们要对他耍这种花招，他知道六七英里以外有个地方可以把我藏起来。他们就是找到累死也甭想找到我。听他这么一说，我心中又很不自在起来，不过一会儿就过去了。我想我不会待在他身边，等他找机会下手的。

老头子叫我到小船上把他买的东西运回去。那儿有一袋 50 磅重的玉米粉，一块熏肋肉，一包弹药，一罐四加仑重的威士忌，往枪里装填火药时用的一本旧书和两张报纸，此外还有一些短麻屑。我扛了一包回去后，又来到船上，坐在船头休息。我把事情的前前后后想了一遍，盘算着逃跑的时候，要把那杆枪和一些钓鱼线带走，跑到树林里去。我想我不会老待在一个地方，我要徒步穿行全国，多半走夜路，靠打猎和钓鱼维持生活。我要走得远远的，让老头子和寡妇再也找不着我。我想爸爸那天晚上要是醉得厉害，我就可以把木墙锯穿，离开这里。我料想他会喝醉的。我一心想着这件事，忘记在那儿待了多久了，后来老头子咋呼起来，问我是睡着了还是淹死了。

我把东西部搬进木屋以后，天就差不多黑了。我做晚饭的时候，老头子在一旁痛饮，变得有点兴奋起来，又开始乱说乱骂。他在镇上已醉过一回，在臭水沟里躺了一夜，那样子真滑稽可笑。他滚了满身泥，人家会以为他就是亚当①呢。他酒性发作的时候，几乎每回都要数落数落政府。

"这也叫政府！嘻，你看它如今成什么样子了吧。法律随时都可以把人家的儿子从他身边夺走，那可是人家的亲儿子呀。他把他抚养大，费了多少力，操了多少心，花了多少钱！说真的，人家好不容易刚把自己的儿子带大，正要叫他去干点活，为自己做点什么，好让自己喘口气。这时候法律偏偏来跟他过不去。他们还把这个叫作政府呢！这还没完呢！法律还为老萨切法官撑腰，让我得不到自己的家当。这就是法律干的好事：把一个有六千多块钱的人抓起来，塞进这么个耗子笼一样的小木屋里，让他穿着猪也不肯披的衣服东跑西颠。他们还把这个叫做政府！老百姓甭想从这样的政府手中享受他们的权利。有时候，我真想离开这个国家，永不再回来。是的，我对他们这样讲过。我是当着老萨切的面说的，他们许多人都听见了，我是怎么说的他们能说得上来。我说我无论如何要离开这个该死的国家，以后再也不来沾它的边，这就是我的原话。我说，瞧瞧我这顶帽子吧（如果你还能把它叫做帽子的话），帽顶高高耸起，帽檐儿耷拉下来，把我的整张脸都盖住了。这哪里是一顶帽子呀，还不如说是把我的脑袋塞进一节火炉烟筒里去了。瞧瞧吧，我说，我就是戴这样的帽子。要是我能享受到我自己的权利，我便是这镇上的一个大财东了。

"呵，不错，这是一个顶呱呱的政府呀，真是顶呱呱的。喂，你听着，有个俄亥俄州的自由黑人②，一个黑白混血种，皮肤几乎和白人一样白。他穿的衬衣也特别白，你是没见过那么白的衬衣的。戴的帽子也漂亮极了，镇上的人谁也没有他穿得好。他还有一块带表链的金表，一根银头手杖，真是一个全州顶了不起的白头发富翁呀。你猜怎么着？他们说他是个大学教授，什么外国话都会说，什么事都知道。那还不算是最糟的，他们说他在老家的时候，还有选举权呢。哎，这个我可弄不明白了。我想，这国家要变成什么样子呢？那天是选举日。我要不是醉得太厉害，去不了，我就会亲自去投一票的。但是人家告诉我，这个国家有一个州允许那个黑鬼投票选举，我听了立刻打消了去的念头。我说我这一辈子

---

① 根据《旧约·创世记》的传说，人类的始祖亚当是上帝用泥土塑的。

② 俄亥俄州在美国南北战争前就废除了蓄奴制，那里的黑人在法律上是自由的。该州也称为黑人自由州。

决不再去投什么票。这完全是我的原话，他们都听见了。我巴不得这个国家完蛋——我这一辈子再也不投票了。你看那黑鬼冷冰冰的样子，哼，要不是我把他推到一边去，他才不会给我让路呢。我问他们，为什么不把这个黑鬼送去拍卖呢？这就是我要弄明白的事。你猜他怎么说？嘿，他们说他不在本州住满六个月就不能卖，他在那儿还没呆那么久。你看，这真是怪事。一个自由黑人在州里没住满六个月，政府就不让卖，这样的政府还叫政府吗？这是自封的政府，装出个政府样子，自以为是个政府，可是它非得一动不动地整整坐等六个月，才能对一个鬼鬼祟祟、游来荡去、穷凶极恶、穿白衬衫的自由奴隶动手，而且——"

爸爸就这样唠叨着，没留心他那两条软绵绵的老腿在往哪里移动，结果一头栽倒在一个腌猪肉的木盆里，把两脚当面骨的皮都擦破了。接下来的话就特别火辣难听了——他哼着骂着，主要是骂那个黑人和政府，不时也捎带着骂那个木盆几句。他绕着木盆跳了一阵，先用一只脚跳，后来又换一只脚跳，先抱着一只脚的当面骨，然后又抱着另一只脚的，最后突然飞起一脚，啪的一声狠狠地踢了木盆一下。不过他这一脚没有判断准确，因为他左脚穿的正是那只前面露出两个脚趾头的破靴。所以他嚎叫了一声，吓得人头发都竖起来了，他自己也摔倒在泥地里，抱着脚趾头打滚。这回他骂得比以往任何时候都凶，后来他自己也这么说。他听过索贝利·哈根在他最得意的时候骂人，他说他刚才的恶骂超过了他，不过我想这也许有点儿吹牛吧。

晚饭后，爸爸抱起了酒罐，他说里面还有不少酒，够他醉两回，发一次酒疯。这是他时常挂在嘴边的话。我断定大约一小时后，他就会烂醉如泥。到那时我就偷钥匙开门逃走，或是在墙上锯个窟窿钻出去。两种办法无论哪一种都行。他喝了又喝，不一会儿就跌倒在毛毯上。但是我不走运，他没睡死，只是觉得难受罢了。他不停地哼着，手臂乱挥，闹腾了好半天。后来我困得无论如何也睁不开眼睛了，于是不知不觉就睡熟了，连蜡烛也没有吹灭。

我不知道自己睡了多久，忽然听到一声可怕的尖叫，我立刻起来。爸爸像疯了一样四处乱蹦乱跳，大喊"有蛇"。他说蛇爬到他两条腿上来了，接着又跳一下，叫一声，说有条蛇咬了他的脸——可是我没看见有什么蛇。他纵身跳起，在屋子里一圈又一圈地跑起来，口里嚷着："快把它打死！快把它打死！它在咬我的脖子啦！"我从来没见过谁的眼神有这样狂乱。不一会儿，他筋疲力尽了，倒在地上喘气；过了一会儿，就在地上翻来覆去地打滚，滚得特别快，用脚四处乱踢，双手在空中乱打乱抓，叫着说他被魔鬼缠住了。但是他很快又疲乏不堪，一动不动地躺在那里哼。后来他更安静了，没发出一点声音。我听见夜猫子和狼群远远地在树林里叫，周围似乎静得可怕。他在那墙角里躺着，不一会儿抬起身子，歪着脑袋听着。他声音很低地说：

"嗵——嗵——嗵，那是死人的脚步声。嗵——嗵——嗵，他们来抓我了，我可不去。啊，他们就站在面前！别碰我——别！放开手——他们的手真凉，放开我！啊，别来缠我这个穷鬼吧！"

然后他手脚着地向一边爬去，哀求他们别缠着他。他用毯子紧紧裹住自己，滚到那张旧松木桌子底下去了，口中仍在苦苦哀求，接着他就哭起来。他虽然裹着毯子，我仍能听到他的哭声。

不一会儿，他又从毯子里滚了出来，一跃站起来了，满脸凶相。他看见我，便朝我扑过来。他手拿一把折叠刀，追得我满屋子团团转，把我叫做索命鬼，说要杀了我，我就不会再来纠缠他了。我央求他，说我不是鬼，是哈克，但是他发出尖厉刺耳的怪笑，大吼大骂，不停地迫逼我。有一回我突然转身，从他胳膊底下钻过去了。但他伸手一抓，一把抓住了我短上衣的后领，我想这下子可完蛋了。但是我一下子就脱掉了上衣，动作快得像闪电，这才救了自己的一条小命。不一会儿，他就累倒了，背靠门坐在地上，说他歇口气，再来杀我。他把折刀压在身子下边，说先睡一觉，把气力养足，那时再看看谁更有能耐。

他很快就打起瞌睡来了。我立刻搬来那把薄木板钉成的旧椅子，轻轻爬上去，尽量不弄出一点声音来。我取下那杆枪，用通条往枪管里捅了捅，看看弹药确实装填好了没有，然后把它横放在盛萝卜的桶上，枪口对准爸爸，我坐在桶后面等他有动静就开枪。时间慢慢地、悄声无息地过去，真难熬啊。

第7章　我愚弄了爸爸后就逃走了

"起来！你在干什么？"

我睁开眼睛，四下里看看，想弄明白我是在什么地方。天早已亮了，我一直睡得很香。爸爸站在我身边，低头看着我，一脸不高兴的样子——脸上还带着病容。他问：

"你摆弄枪干什么？"

我想他一点儿也不知道他昨晚干了些什么，于是就说：

"有人想进来。我在这里埋伏着等他呢。"

"你为什么不把我叫醒？"

"嘻，我叫了，可是叫不醒你，推你也推不动。"

"哦，那好吧，别整天站在这里跟我磨牙。出去瞧瞧，看钓到鱼没有，好烧早饭。我一会儿就来。"

他开了房门的锁，我就跑出门，上了河堤。我看到几根大树枝和一些这类的东西从上游漂下来了，水面上还漂着一些零星的树枝皮，我知道河里涨水了。我想，这时候我如果还在那边镇上，就会玩得很痛快。6月河中涨大水，过去总是给我带来好运，因为河水一涨，就有成捆的木柴漂下来，也有冲散了的木筏——有时候还有十几根扎在一起的圆木。所以你只要动手把它们打捞上来，卖给木料场和锯木厂就行了。

我沿着河岸朝上游走去，一只眼留神我爸爸，另一只眼注意大水冲下来的东西。嘿，忽然漂来了一只独木舟，简直漂亮极了，大约有十三四英尺长，像只鸭子似的神气十足地破浪前进。我连衣服也没脱，就像青蛙一样，从岸上一头扎进水里，向独木舟游去。我料想船里一定有人躺着，因为人们常常喜欢这样来捉弄人。当人家划着小船快追上它时，他们就忽然坐起来，对追来的人大声嘲笑。可是这回却不是这样，它确确实实是一只顺流漂下没主的独木舟。我爬上去，把它划到了岸边。我捉摸着老头子看到这条船，一定会很高兴——它要值十块钱哪。但是我把船划到岸边，没有看见爸爸。于是我又将船划进一条像水沟一样的支流中，河沟两岸藤蔓杨柳低垂，这时候，我突然有了一个新的想法：先把这只船藏好，以后我逃跑的时候，就用不着跑到树林里去了。我可以坐这条船顺流而下，走出50英里左右，再找个地方永久住下来。要是步行走这么远，那真够你受的了。

这地方离小木屋很近，我老是觉得我听到老头子朝这边走过来了，但是我还是把船藏得严严实实。藏好后，我跑出来，绕着一丛柳树四处张望了一下，看见老头子顺着小路走过来了。他正用枪瞄准一只小鸟，所以什么也没看见。

他走过来的时候，我正在使劲拽一条"滚钓"① 线。他嫌我手脚太慢，骂了我几句。

---

① 线两端固定在两岸，线上拴着许多上了鱼饵的钩线。

我告诉他我掉到河里了，所以才耽误了这么久。我知道他看到我浑身湿漉漉的，一定会盘问我。我们从钓钩上摘下五条鲇鱼，便回家了。

我们吃完早饭，两人都差不多筋疲力尽了，就躺下来，想睡一会儿。这时候，我寻思着如果我想出个办法，让爸爸和寡妇打消追寻我的念头，那就得全靠运气，在他们发觉我走了之前就跑得离他们远远的，要稳妥得多。你也知道，什么事都可能发生。我一时也想不出什么好办法。过了一会儿，爸爸坐起来，又喝了一罐水，说：

"下回要是有人鬼鬼祟祟来这儿转悠，你就把我叫醒，听见没有？那人来这儿是干坏事的，我要一枪崩了他。下次你一定要叫醒我，听见没有？"

他说完就躺下去，又睡着了。他这番话倒启发了我，给我出了个好主意。我心想，这件事只要安排得好，那么今后谁也不会来找我了。

大约12点的时候，我们出了门，沿河岸朝上游走。河水涨得很快，许多浮木随着暴涨的河水漂过去了。不一会儿漂来一个散了的木筏，但仍有九根木头紧紧地扎在一起。我们坐小船划过去，把它拉上岸，然后回去吃中饭。除了爸爸以外，别的人都会整天守候在那里，好多捞些东西，但那不是老爸的作风。一次能捞到九根圆木就足够了，他得马上运到镇上去卖掉，于是就把我锁进屋里。大约在三点半钟的时候，他用小船拖着木筏出发了。我断定他那天晚上不会回来。我耐心地等着，估计他已经把船划走了，就拿出锯子，再去锯那根木头。他还没划到对岸，我就从锯开的窟窿里钻出来了。远远望去，他和他的木筏只是水面上的一个小黑点。

我把那袋玉米粉背到藏独木舟的地方，推开藤蔓和树枝，将它放到船上。接着我又把那一大块肋肉和那罐威士忌酒都搬到了船上。我把屋子里所有的咖啡和白糖都弄来了，还有全部弹药。我拿了装填火药用的旧书旧报，拿了水桶和葫芦瓢，拿了一把勺子和一个白铁杯，我那把旧锯和两条毯子，一个带长柄的平底锅和咖啡壶。我还拿了钓鱼线、火柴和一些别的东西——凡是能值一文半文的东西我都拿走了，我把那小屋席卷一空。我想要一把斧头，可是屋里没有，只有放在外面柴堆上的那把，我把斧子留在那里是有用意的。那杆长枪我也拿出来了，现在我可是全准备好了。

我由那个洞里爬进爬出，拖出来这么多东西，洞口附近的地面都磨平了，所以我尽量把洞外的痕迹收拾干净，四处撒些浮土，把磨平的地方和锯末掩盖起来。然后我把锯下的那段木头放回原处，再在下面塞两块石头，另外再用一块石头把它顶住，不让它掉下来，因为那段木头在那地方朝上弯，没紧贴着地面。如果你站在四五英尺外，不知道那地方有人锯过，是绝看不出漏洞来的。再说这是木屋背面，人们也不大可能到这儿来闲逛。

从木屋到藏独木舟的地方，一路上都长满了青草，所以我没留下一个脚印。我四处转转看看，站在河岸上远望对岸，一切平安无事。于是我拿起枪，走进树林子里，四处找鸟儿打，正在这时候，看见一头野猪。猪从草原农场上跑出来以后，在河边洼地里生活，很快就变野了。我一枪把这家伙打死后，就把它拖到我住的地方去了。

我用斧头把门砸烂，接着又乱砍乱劈一阵。我把猪拖进了屋，一直拖到那张桌子跟前，然后一斧子砍进了它的喉咙，再把它扔在地上流血。我说"地上"，因为那确实是"地"——夯得结结实实的地，上面没铺地板。接着我拿出一个旧口袋，尽量往里面装大石块——我能拖动多少就装多少。我把口袋从猪躺的地方朝门外拖，穿过树林，拖到河边，把它扔进了河里，一眨眼它就沉了下去，看不见了。你很容易就能看出来有什么东西在地上拖过。我很希望汤姆·索亚到场，我知道他对这种事情感兴趣，还会凭空想出些新花样来。干这种事，谁也不像汤姆·索亚那样肯下功夫。

好了，最后我扯下一些头发，在斧子上涂满猪血，再把头发粘在斧背上，然后把斧子扔进墙角里。紧接着我把死猪抱起来，用上衣裹住，搂在怀里（为的是不让它滴血）。我要这样一直抱着它往河下走，等离开房子很远了，再把它扔进河里。这时候，我又想出了一个主意，于是到河边从独木舟里拿出那袋玉米粉和那把旧锯，把它们带回屋里。我将玉米粉口袋放回原来的地方，用锯子在袋子底下戳了个洞，因为屋子里没有刀叉，爸爸做饭切莱什么的，全用他那把折刀。然后我背着袋子穿过草地和房子东边的柳树林，走了大约一百码，来到一个五英里宽的浅湖边，湖里到处是灯芯草——在这个季节，你也可以说，到处是野鸭。有一条汊流，或小河沟，由湖的另一边流出来，流到好几英里以外的地方去了，至于流到哪里，我也不知道，不过没有流到大河里去。玉米粉从袋子里漏出来，一直撒到湖边，一路上留下一道小小的痕迹。我爸爸的磨刀石也扔在那里，让人看起来好像是不经意扔下的。然后我用绳子把袋子上的洞扎好，使它不再漏，又把口袋和锯子放回独木舟里。

这时候，天快黑了，我让独木舟沿河漂到笼罩河岸的几株柳树下，等月亮升起来。我把船系在一棵柳树上，然后随便吃了点东西。过了一会儿，我躺在船上抽了一袋烟，心里盘算着怎么办。我想，他们会跟着那一袋石头拖出的痕迹走到河边，然后到河里打捞我的尸体。他们还会跟着玉米粉撒的那道印子，找到湖边。沿着从湖边流出的那条小河沟细细地搜寻那些害我性命抢走东西的强盗。他们在河里除了找我的尸首以外，绝不会再去找别的什么东西。他们很快就会感到厌烦的，不再为我操心劳神了。行了，以后我想待在什么地方就可以待在什么地方了。对我来说，杰克逊岛①很不错，那个岛的情况我很熟悉，而且没人到那里去过。以后我可以在夜里把船划过河来，偷偷地到镇上去遛遛，顺便捡点需要的东西回来。对了，杰克逊岛正是个理想的地方。

我很累，很快就昏昏入睡了。我醒来的时候，发了一会儿呆，不知道自己在什么地方。我坐起来四下里张望，心中有点害怕，过了一会儿才记起来。这条河看上去有好多好多英里宽，月光很明亮，我连顺流漂下的浮木都能一根根数清楚。它们离河岸有几百码远，黑乎乎地，静静地漂在水面上。四周是死一般的寂静。看起来天色不早了，闻一闻也知道时候不早了。你明白我的意思吧——我不知道用什么字眼来表达才合适。

我打了个哈欠，伸了伸懒腰，刚要解开绳子开船的时候，就听到远处的水面上有个声音。我侧耳细听，很快就听出来了。那是静夜摇桨时，船桨在桨叉里发出的单调而有规律的声音。我藏在柳枝后面偷偷朝外看，果然不错——一只小船在河那边远处的水面上划着。我看不清船上有多少人。船越走越近，当它与我的船头相齐时，我看到船里只有一个人。我心想这个人可能就是我爸爸，虽然我并没有料到他这么快就会回来。他顺流而下，打我身边过去了。不一会儿，他摇晃着把船划到水流平缓的地方上了岸。他紧挨着我身边走过，我把枪伸出去就可以碰到他。嘿，果然是爸爸，一点也不错，而且这回他没有喝醉。从他划桨的样子就可以看出来。

我一刻也没有耽搁，马上轻轻划着桨，让船在河岸阴影的遮掩下飞快地顺流而下。我先划了两英里半，然后转过船头，拼命朝着河中间划了四分之一英里，因为我很快就要经过渡口的码头，可能会有人看见我，向我打招呼。我把船划到那些漂浮的木材当中，然后躺在船底，让它漂流。我就这样躺着，好好休息了一阵，还抽了一袋烟。我看着天上，没有一片云彩。仰卧在月光下看天，天空就显得格外深远，我以前从不知道是这样的。在这样的夜晚，你在水面上能听多远呀！我听到有人在渡口说话，他们说些什么我也能听清

---

①　也是《汤姆·索亚历险记》中主人公的重要活动场地。它的原型很可能是格拉斯科克岛，现已被河水淹没无存。

楚——每个字都听得很真切。一个人说现在快到日长夜短的时候了。另一个人说，照他看，今晚可不算短。说完大家都笑起来，他重复了一遍，人家又笑起来，接着叫醒了另外一个人，把这话告诉他，又都笑了。可是这个人没有笑，只恶狠狠地骂了几句刻薄话，说别打扰他。头一个讲话的人说，他要把这句话告诉他家老太婆，她会觉得挺有趣的，但是他又说，这句话要是和他年轻的时候说的话比起来就算不了什么了。我听见一个人说快三点了，他希望不要再等一个多星期才天亮，从这以后，谈话声越来越远，我再也听不清楚他们说些什么了，可是仍能听见咕噜咕噜的声音，不时还听到笑声，不过像是离得很远很远了。

我现在已远远漂到了渡口的下游。我站起来，看见杰克逊岛耸立在下游大约两英里半的地方，好像是从大河中间冒出来的。岛上树木茂盛，整个岛看起来又大又黑又坚固，像一艘没点灯的轮船。岛前头看不到半点沙洲的痕迹，它现在都淹没在水面下了。

没多久我就到了那儿。我飞快地绕过岛的前部，那儿的水流很急，接着我就划进了一个死水湾，在挨近伊利诺伊州的一侧靠了岸。我把独木舟划进岸边我知道的一个深湾里，我得拨开柳树枝，小船才能划进去。我把船系稳后，外面的人就看不见它了。

我上了岸，在洲头的一根圆木上坐下来，望着面前这条大河，水面上漂浮的黑木头和三英里外的小镇。镇上有三四盏灯在闪闪发光。一只巨大的木筏从上游大约一英里远的水面上顺流漂下来了，木筏中间点着一盏灯。我看着木筏慢慢漂过来。当它差不多与我站的地方相齐时，我听见一个人说："喂，划尾桨！船头向右！"这两句话我听得很真切，好像说话的人就在我身边。

这时候，天空有点儿发白了，于是我走进树林里躺下，想在早饭前打个盹儿。

第8章 我饶恕了华森小姐的吉姆

我一觉醒来，太阳已经升得老高，我想一定过了8点。我躺在草地上阴凉的地方想东想西，感到消除了疲劳，很舒服，很惬意。我周围多半都是大树，人待在里面黑沉沉的，透过一两处树叶的空隙可看到外面的太阳。阳光从树叶间筛下来，照得地上斑斑点点。这些斑点有时微微晃动，就知道上面有微风吹过。有两只松鼠坐在一根树枝上，冲着我叽叽喳喳地叫，显得很亲热。

我浑身懒洋洋的，觉得很舒坦，不想起来做早饭。当我又开始打盹儿的时候，好像听到河上游远远传来"轰"的一声，声音很低沉。我醒过来了，用胳膊肘支起身仔细听，立刻又听到一声轰响。我跳起来，跑过去透过树叶间的一个空洞往外瞧，看到河上游远处的水面上，浮着一团烟，跟渡口并排着。载满了人的渡船正顺流漂下来，我现在明白发生了什么事。"轰！"我看到白烟从渡船的舷侧喷射出来。你知道，他们正在向水上开炮，想让我的尸体浮上来。

我很饿，但是生火做饭可不行，因为他们可能会看见烟，所以我就坐在那里，看大炮冒出的烟，听着轰隆隆的炮声。那一段的河面有一英里宽，那地方夏天早晨的景色总是很好看的，所以如果我有一口吃的，看着他们打捞我的尸首，也真够快活的。这时，我忽然想起他们常常把水银灌在面包里，再把面包放在水面上漂，因为它们总是漂到淹死的人那儿就不动了。所以我说，我要留点神，这种面包要是跟着我漂来漂去，我就要好好地照看它们。我换了个地方，转到岛上靠伊利诺伊州的那一边，看看我的运气怎样，结果没使我失望。一个比普通面包大一倍的大面包漂过来了，我用一根长竿去捞，差一点捞到了，但是我脚下一滑，它又漂走了。当然，我待的那地方，急流离岸最近，这一点我很清楚。可是过了一会儿，又漂过来一个面包，这回我捞着了。我拔掉面包上的塞子，抖出里面的小块水银，张嘴就咬。这是"面包房精制的面包"，是有身份的人吃的，不是你们那种粗玉米饼子。

我在树叶中间找了个好地方，在一根圆木上坐下来，一边很响地嚼面包，一边看渡船，感到心满意足。我忽然又想起一件事。我是说，我现在捉摸着寡妇或是牧师，或别的什么人祈祷这块面包能找到我，它果然漂来这里找到了我。所以毫无疑问，这种事还是有些道理的。也就是说，像寡妇或牧师那样的人祈祷时，就能起点作用，但是对我来说就不灵。我捉摸着只是对那些真心祈祷上帝显灵的人来说就不灵吧。

我点起烟斗，痛痛快快抽了好长一阵，然后继续观望。那艘渡船顺水漂来了。我想等它一漂过来，我就有机会看到船上是哪些人，因为它像那些面包一样，会在离岸不远的地方经过。渡船顺水朝我漂来，眼看就到面前了。我连忙弄灭了烟斗，走到我刚才捞面包的地方，趴在岸上一小块空地上的一根圆木后面，从圆木分叉的地方可以偷偷朝外看。

不一会儿，渡船漂过来了。它离岸很近，他们只要搭一块跳板就可以走上岸来。所有的人差不多都在船上。爸爸、萨切法官、贝西、萨切、乔·哈泼、汤姆·索亚和他的老姨妈波莉、锡德和玛丽，还有许多别的人。大家都在议论这桩谋杀案，可是船长插嘴说：

"现在大家千万要小心。这地方离岸最近，而且水流很急，也许他被冲到了岸边，缠在水边的矮树丛里了。不管怎样，我希望是这样吧！"

我可不希望这样。船上的人都拥到船这边来了，他们紧靠着栏杆，向前探着身子，差一点和我打了个照面。他们一声不响，全神贯注地看。我把他们看得清清楚楚，但是他们看不见我。接着船长大喊一声："站开！"就在我面前放了一炮。那声音把我震晕了，烟也差一点把我熏瞎了，我以为这回完蛋了。我想这炮要是装上了炮弹，他们可就真的把要找的尸首弄到手了。嘿，谢天谢地，我知道自己没受伤。船继续往前漂，绕过小岛的肩部就不见了。我不时还能听到大炮的轰隆声，不过越来越远了。一个小时以后，就再也听不到了。这个岛有三英里长，我估计他们已经走到了岛尾，不打算再找了。但是他们暂时还不肯罢手，他们绕过岛尾，沿着靠近密苏里州那边的河道向上游驶去，航行中偶尔放一两炮。我连忙跑到岛的那一边去看，当船驶到与岛头相齐时，他们就不放炮了，把船开到密苏里州那边靠了岸，回到镇上去了。

我知道我现在没事了，再也不会有人来找我了。我把带来的东西从独木舟里搬出来，在树木茂密的地方找了个很好的宿营地。我用几条毯子搭了个帐篷，把我带来的东西放在里面以避风雨。我抓到一条鲇鱼，用锯子把它胡乱破开了。到太阳快落山的时候，我生起营火，做了顿晚饭吃。然后，我又放下钓鱼线，准备钓几条鱼当早餐。

天黑了，我坐在营火边抽烟，感到非常满意。但是没过多久，我就觉得有些无聊，于是跑到岸边去坐着，听急流冲击河岸的声音，数天上的星星和沿江漂下的浮木和木筏，然后回帐篷睡觉。在你感到无聊的时候，没有比这更好的消磨时光的办法了。你不会老感到无聊的，心中很快就舒坦了。

我就这样过了三天三夜，没一点变化，天天都是这样。但是到了第四天，我就穿过整个小岛，这边看看，那边瞧瞧。我现在是这个岛的主人了，可以说，岛上的一切都属于我。我想把岛上的情况都搞清楚，但是我主要还是为了消磨时光。我找到了许多草莓，都是顶呱呱的熟草莓，还有青色的夏季葡萄和蘪莓，黑莓刚刚长出来，我想这些东西不久就可以随手采来吃了。

我就这样在树林里四处闲逛，后来我捉摸着大概离岛尾不远了吧。我随身带着那杆枪，但是什么东西都没打过，只是用来自卫的。我想到离家不远的地方，要打几只野物。几乎就在这时候，我差一点儿踩着了一条大蛇，它从花草间溜走了。我跟在后面追，想给它一枪。我朝前飞跑，突然一脚踩在一堆仍在冒烟的营火灰上。

我的心差不多跳到嗓子眼里来了，我没停下来仔细瞧。我立刻拉下扳机，踮起脚尖尽快往回溜，跑一会儿就在浓密的树叶间停一两秒钟听一听。但是我呼哧呼哧直喘粗气，什么也听不见。我又偷偷摸摸往前跑了一段路，然后再听一听。就这样跑跑听听，听听跑跑。如果看到一个树桩，我就以为它是个人；如果踩断一根树枝，就觉得好像有人把我的呼吸截成了两段，我只吸了一段，而且是较短的那一段。

我回到宿营地的时候，心中已不急不躁，肚子里也没有多少勇气了。但是我想，现在不是到处闲逛的时候。于是我又把我所有的东西都搬回到我的独木舟上，好不让别人看见它们。我熄灭掉营火，把火灰四处撒开，让人看着像是去年有人在这儿露过营的模样。收拾好以后，我就爬到一棵树上去了。我估计在树上待了两个小时，但是什么也没看见，什么也没听见——我只不过是以为自己看见、听见了成百上千的东西。哼，我不能老在树上待着呀，所以我最后还是下来了，但是仍然躲在密林里不出来，并且时刻提防着。我能够弄到手的食品只有草莓和早餐剩下来的东西。

到了晚上，我实在很饿了，于是等到天完全黑了，我趁月亮还没有升上来，就溜下了河，驾着小船划到了伊利诺伊州的岸边——大约有四分之一英里的路程吧。我走进树林子里做了一顿晚饭吃。我刚打定主意要在那儿过夜，就听到"嘚嘚嘚"、"嘚嘚嘚"的声音。我心里想是马来了，接着我又听到了人的说话声。我赶快把东西都搬到独木舟中，然后偷偷从树木间爬出来，看看是怎么回事。我还没爬出多远，就听见一个人在说话：

"要是能找到一个好地方，最好就在这儿宿营。马儿都快累坏了。咱们先到处看看吧。"

我没有耽搁，马上把船撑开，轻轻地划走了。我把独木舟拴在老地方，打算就睡在船上。

我没睡多久，不知怎么的，老想心事，睡不着。我每回醒来，总觉得有人掐我的脖子，所以睡觉没给我带来什么好处。过了一会儿，我心想不能这样活下去。我要去查清究竟是谁同我一起待在那个岛上，我死活也要把这件事搞清楚。嘻，主意打定以后，我心中也踏实些了。

于是我又拿起桨，悄悄地把独木舟从岸边撑开，到离岸一两步远时，我就让它在阴影中顺水往下漂。月光明晃晃地照着，阴影以外的地方亮得像白天一样。我摸索着往前划了一个小时。一切都睡熟了，像石头一样安静。这时候，我差不多划到了岛尾。一丝丝的凉风开始吹起来，这就等于说黑夜快过去了。我用桨一划，船头一转，碰到了岸上。我拿起枪，溜下船，走到树林边上。我坐在那儿的一根圆木上，从树叶缝里往外看。我看到天空中已经没有月亮，黑暗开始笼罩了河面，但是过了一会儿，我看到树梢上出现了一道灰白色的光带，知道天要亮了。于是我又拿起枪，朝我碰到营火的地方偷偷跑过去，每隔一两分钟就站住脚听一听。但是不知怎么的，我偏偏运气不好，那地方好像找不着了，但是过了一会儿，我瞥见树林那边有火光，千真万确，我于是小心翼翼、慢慢地朝火光走去。不一会儿，就走到离火堆很近了，一看，那边地上躺着一个人，我吓了一大跳。那人的头用毯子蒙住，几乎伸到火堆上去了。我在一个矮树丛后面坐下来，离他大约有六英尺远，眼睛死死地盯着他。这时候，天色开始泛白。不一会儿，他打了个哈欠，伸了伸懒腰，把毯子掀开了。原来是华森小姐的吉姆！我见到他确实很高兴。

"喂，吉姆！"我说着就蹿了过去。

他一下子就从地上弹了起来，像发了疯似的瞪着我，紧接着就双膝跪下，合掌对我说：

"可别害我呀——可别！我从没有伤害过一个鬼。我向来喜欢死人，总是尽力为他们办事。你还是回到河里去吧，你是属于那地方的。千万别伤害老吉姆，他一直和你很要好呀。"

我很快就使他明白过来我没死。见到吉姆我特别高兴，我现在不孤单了。我对他说，我不怕他告诉别人我在什么地方。我不停地说下去，但是他只是坐在那里看着我，一声也不吭。后来我说：

"天大亮了，咱们烧早饭吃吧，把你的营火烧旺点。"

"生火煮草莓这一类不值钱的东西吃能管什么用？你不是有枪吗？咱们可以弄点比草莓好一些的东西吃呀。"

"草莓这一类不值钱的东西，"我说，"你就靠吃这些东西活下去吗？"

"我弄不到别的东西呀。"他说。

"哦，你在这岛上待多久了，吉姆？"

"你被人害死后的那天晚上我就来了。"

"什么？你待了那么多日子吗？"

"是的，一点不假。"

"难道你除了吃这种脏东西，就没有别的东西吃吗？"

"没有，先生——没有别的。"

"哎呀，那你一定饿坏了吧？"

"我觉得我能吃下一匹马，我想我能吃得下。你到这个岛上多久了？"

"从我被杀害的那天晚上起就来这儿了。"

"不会吧。那你靠吃什么活命呢？不过，你有枪。哦，对了，你有一杆长枪。太好了，现在你就去打点什么野味，我来生火吧。"

于是我们朝停独木舟的地方走去。他在一块长满草的林中空地上生火，我就从独木舟上搬来玉米粉、咸肉、咖啡、咖啡壶、煎锅、白糖和白铁杯。那个黑人吃了一惊，他以为这些东西都是用妖法弄来的。我还抓到一条很大的鲇鱼。吉姆用刀子把鱼收拾干净，用油煎了。

早饭做好后，我们懒洋洋地歪在草地上，吃那条热气腾腾的煎鱼。吉姆拼命往肚子里塞，他差不多快饿死了。后来我们把肚子填饱了，就在草地上歇着，什么事也不干。

过了一会儿，吉姆说：

"喂，哈克，那间小屋里被人杀掉的那个人要是不是你，那又是谁呢？"

我就把事情从头至尾讲他听。他说这事干得漂亮，汤姆·索亚也想不出比这更好的点子来。接着我说：

"吉姆，你怎么跑到这儿来了？你是怎么来的？"

他神色很不安，没立刻答话，过了一会儿才说：

"也许我还是不说的好吧。"

"为什么，吉姆？"

"哎，当然有原因的。不过要是我告诉你了，你不要去告发我好吗，哈克？"

"我死也不会告发你的，吉姆。"

"那好，我相信你的活，哈克。我——我是逃出来的。"

"吉姆！"

"记住，你说你不会告发我的——你知道你说过不告发我，哈克。"

"哎，我说过，我说不告发你，就一定不会变卦。真的，我不会变卦。人家会因为我不开口把我叫作下流的废奴主义分子而瞧不起我，但是那没有关系。我不会告发你的，而且我也横下一条心不打算回去了。所以，你现在把你的事一五一十都告诉我吧。"

"好吧，你看，是这么回事。老女主人——就是华森小姐，她成天找我的岔子，对我可凶哪，可还总是说不会把我卖到南边的奥尔良去。不过，我看到有个黑奴贩子近来常到咱们那地方转悠，我就有些放心不下。有一天夜里，时间很晚了，我偷偷溜到门边，那门没有关严，我听到女主人对寡妇说她要把我卖到南边的奥尔良去，她说她本不想这样做，但是卖掉我她可以得八百块钱。那么一大堆钱，她怎能不要？寡妇劝她不要卖掉我，可是她们下面说些什么，我没有待在那儿继续往下听。我告诉你吧，我很快就溜掉了。

"我溜出门，跑下山，想在镇子上游的什么地方偷一条小船。可是那时候那里还有人走动，所以我就躲在岸上那家东倒西歪的老桶匠铺子里，想等人走尽再干。哎，我在那儿等了一个通宵，那地方总有人转来转去。大约到了早晨6点钟，陆续有小船打那儿过去。到八九点钟的时候，每过去一条船，都有人在说你爸爸如何如何去了镇上，说你被人杀了。最后过来的那几条划子，上面坐满了先生、太太，他们是到你被害的地方去看热闹的。有时候，他们把船停靠在岸边歇一歇，然后再划过河去。所以从他们的谈话中，我知道了那桩谋杀案的全部情况。听说你被人害了，我难过得要死，哈克，不过我现在不难过了。

"我在刨花堆里躺了一整天，肚子饿了，但是我心里并不害怕，因为我知道老主人和寡妇早饭后要去参加野营布道会，要去一整天。她们知道我天一亮就赶着牲口出来了，所以不会待在家里，晚上天黑以前，她们是不会发觉我跑了的。别的佣人也不会想到我，因为那两个老太婆一走，他们马上就跑到外面自个儿玩耍去了。

"咳，天黑下来以后，我沿着河边的路朝上游跑，大约跑了两英里多路，来到一个没有人家的地方。我已经打定主意要按我想的干下去。你也知道，要是我一直用两条腿跑下去，那些狗就会跟踪追过来。要是我偷一只小船划过河去，人家就会发现丢了船，他们就会知道，我会在对面什么地方上岸，在什么地方可以找到我的踪迹。所以，我想找个木筏，那东西不会留下痕迹。

"不一会儿，我看到有一点灯光绕过岬角朝这边来了，就蹚入水中，推着一根木头往前游，等到游过了河心，就钻到浮木中间，低着头，顶着水流游。后来漂过来一排木筏，我就游到它的尾部，把它抓住了。这时候，天空中布满了乌云，有一阵子河面上很黑。我趁机爬上了木筏，躺在木板上。木筏上的人都聚集在木筏中间，那儿有一个灯笼。河中正在涨水，水流很急。我估计到早晨4点钟的时候，我就可以往下漂25英里，然后在天亮以前，悄悄溜下水，游上岸，钻到伊利诺伊州那边的树林里去。

"但是我运气不好。我们快要漂到岛头的时候，有一个人提着灯笼到筏尾来了。我知道不能再等下去了，连忙溜下木筏，朝岛上游过来了。嘻，我原以为随便哪里都可以上岸，但是不行，那岸太陡了。我差不多游到岛尾，才找到一个上岸的好地方。我进了树林子，心想只要他们拿着灯笼到处照，我就再也不到木筏上去玩了。我把烟斗、一块很便宜的板烟和一些火柴放在我的帽子里。它们都没打湿，所以我也就万事大吉了。"

"那么这些日子你没吃一点肉和面包喽？你为什么不抓几个王八吃呢？"

"你怎么去抓呀？你不能悄悄摸过去用手抓，而且要是用石头砸，你怎么砸得着？夜晚这样干怎么能行？白天我可不愿意在岸上露脸。"

"嘻，是那么回事儿。当然，你得一直待在林子里，你听见他们打炮没有？"

"哦，听见了。我知道他们在找你。我看他们打这儿经过的——我躲在矮树丛后面看着他们。"

有几只小鸟飞来了，它们飞一两码就停下来歇歇。吉姆说那是要下雨的兆头。他说小鸡那样飞的时候就要下雨，所以他觉得小鸟这样飞也要下雨。我准备动手抓几只鸟，但是吉姆不让我抓，他说抓鸟会死人的。他说有一回他父亲病得很重，他们抓了一只鸟，他的老奶奶说他父亲会死，后来果然死了。

吉姆还说，千万不要数你要煮熟用来当正餐的东西。因为那样做会使人倒霉。如果在太阳下山后抖桌布，后果也一样。他还说，要是有人养了一窝蜜蜂，后来那人死了，那就要在第二天早晨出太阳以前把这事告诉蜜蜂。不然的话，那些蜂就会生病，不干活，最后死掉。吉姆说蜜蜂不蜇傻子，但是我不信，因为我自己试过许多次，它们就是不蜇我。

这种事我以前听说过一些，但是有的没听说过。吉姆对各种兆头都懂，他说他自己差不多是万事通。我说在我看来，所有的兆头好像都是说人家要走背运，于是我就问他，有没有表示走好运的兆头。他说：

"有是有，很少——而且对人也没什么用。要是好运就要来了，你还要知道它干吗？难道要躲开它吗？要是你的胳膊和胸脯都长毛，那就是你要发财的兆头。嘿，这样的兆头是有些用的，因为它是指很久很久以后的事。你也知道，你也许先得过很长一段时期的穷日子，如果你不懂这种兆头，不知道你迟早要发财，你也许会灰心丧气，自己寻了短见。"

"吉姆，你胳膊上、胸口上长毛没有？"

"这种事还用问？你没瞧见我都长了吗？"

"那么你发财没有呢？"

"没有。但是我以前发过财，以后还会再发的。有一回我手头有了十四块钱，就拿去做投机买卖，后来都赔光了。"

"你做什么买卖来着，吉姆？"

"嘻，我起先是做牲口生意。"

"哪种牲口？"

"家畜呀——我说的是牛，你知道吧。我花十块钱买了一头牛，但是我不准备再冒险去倒腾牲口了。那头牛刚转到我手上就死掉了。"

"这样说你赔了十块钱喽？"

"没有，那十块钱没全赔掉，我大约只赔了九块。我把牛皮和牛尾巴卖了一块一毛钱。"

"你手头还剩下五块一毛钱。你后来还做过什么投机买卖没有？"

"做过。你知道布拉狄西老先生家那个一条腿的黑人吗？嘿，他开过银行。他说谁在他那里存一块钱，年底就可以得四块多钱。嘻，所有的黑人都去存钱，但是他们的钱不多，就我一个人的钱多。所以我非要四块多不可，我说要是拿不到那么多钱，我就自己开一个银行。当然，那个黑人是不想让我干那一行的。他说，生意不多，用不着开两个银行。他还说，我可以把我的五块钱都存上，到年底他给我三十五块钱。

"所以我就把钱都存上了。后来我想马上把那三十五块拿去投资做买卖，让它变成活钱。那时有个叫鲍勃的黑人捞着了一条运木材的平底船，他的主人不知道，我就从他手上把这条船买过来了，要他年底去取那三十五块钱。但是当天晚上那条船就被人偷走了，第二天那个一条腿的黑人来说他的银行破产了，所以我们大家谁也没得到钱。"

"那一毛钱你拿去干什么用了，吉姆？"

"哦。我本来想把它花掉，但是我做了个梦，那个梦要我把钱给一个叫巴兰①的黑人——人家还用简称叫他'巴兰的驴'。你也知道，他就是那群傻瓜中的一个。但是人家说他运气好，而我知道自己运气不好。那个梦说让巴兰拿这一毛钱去投资吧，他会替我赚回

_____

① 《圣经·旧约》中的一位先知，莫阿布国王派他去诅咒在莫阿布平原上扎营的以色列人，在受到他的驴子责备后，他不但没有诅咒以色列人，反而为他们祝福。

一笔钱的，于是巴兰把钱拿走了。他上教堂做礼拜的时候，听见讲道的牧师说把钱给了穷人，就等于把钱借给了上帝，肯定可以收回一百倍的利钱。所以巴兰就把那一毛钱拿去给穷人了，等着看有什么结果。"

"那么，结果怎样呢，吉姆？"

"什么结果也没有了。那笔钱我无法收回来了，巴兰也没法收回。以后要是没有抵押，我再也不借钱给别人了。那牧师口口声声说，肯定可以收回一百倍的利钱呢！要是我能把那一笔钱弄回来，我就觉得很公平了，要是有这样的机会我就很高兴了。"

……

（方华文编，摘自饶建华译：《哈克贝利·费恩历险记》，漓江出版社，2012）

第四十六章　吴敬梓及《儒林外史》

第一节　吴敬梓简介

　　吴敬梓，字敏轩，清代最伟大的小说家之一。因家有"文木山房"，所以晚年自称"文木老人"，又因自家乡安徽全椒移至江苏南京秦淮河畔，故又称"秦淮寓客"。吴敬梓少年时代聪明过人，曾随父遍游大江南北。有一次，他登上赣榆县城的高阁，参加县中名士的宴会，当众作了一首五律《观海》，使得满座皆惊，赞叹这个少年学子的诗思敏捷和诗境雄阔。其诗曰："浩荡天无极，潮声动地来。鹏溟流陇域，蜃市作楼台。齐鲁金泥没，乾坤玉阙开。少年多意气，高阁坐衔杯。"他从高阁观海、仰望俯闻的壮景落笔，想象百川汇海、海市蜃楼的奇观，进而发挥横看齐鲁、纵观天地的奇想，终以抒发自己年轻气旺、高阁与宴的豪情作结，气势磅礴，想象飞腾，展示其对赣榆海境的赞颂和意气风发、情辞慷慨的壮怀。23 岁迁居南京，家境困难，但爱好宾客交游，接触到清代进步的哲学思想。他早年也热衷科举，曾考取秀才，后来由于科举的不得意，同时和那些官绅、名流的长期周旋中，也逐渐看透了他们卑污的灵魂，特别是由富到贫的生活变化，使他饱尝了世态炎凉，对现实有比较清醒的认识，从而厌弃功名富贵。他的生活极为艰难，靠卖书和朋友的接济过活。在冬夜无火御寒时，往往邀朋友绕城堞数十里而归，谓之"暖足"。在经历了这段艰苦经历之后，他一面更加鄙视名利场中形形色色的人物，一面向往儒家的礼制，怀着愤世嫉俗的心情创作《儒林外史》，约 50 岁之前完稿。他一生经历了清朝康熙帝、雍正帝、乾隆帝三代。当时，出现了资本主义生产关系的萌芽，社会呈现了某种程度的繁荣，但这也不过是即将崩溃的中国封建社会的回光返照，表面的繁荣掩盖不了大厦将倾的事实。雍正帝、乾隆帝年间，清朝统治者在强力镇压武装起义的同时，也大兴文字狱，迫害"异端"文人，开设"博学宏词科"以作诱饵；同时，清政府考八股、开科举以牢笼士人，提倡理学以统治思想等方法来对付知识分子。其中，以科举制度危害最深、影响最广，使许多知识分子堕入追求利禄的圈套，成为愚昧无知、卑鄙无耻的市侩。吴敬梓看透了这种黑暗的政治和腐朽的社会风气，所以他反对八股文，反对科举制度，不愿参加博学宏词科的考试，憎恶士子们醉心科举，热衷功名利禄的习尚。他把这些观点反映在他的《儒林外史》里。他以讽刺的手法，对这些丑恶的事物进行了深刻的揭露和有力的批判，显示出他的民主主义的思想色彩。家居南京时，他曾为文坛盟主，集同志建先贤祠于雨花山麓，祀泰伯以下 230 人。资不足，售所居屋以成之，家因益贫。晚年，自号文木老人，客扬州，尤落拓纵酒。后卒于客中。吴敬梓一生创作了大量的诗歌、散文和史学研究著作，有《文木山房诗文集》十二卷，今存四卷。不过，确立他在中国文学史上杰出地位的，是他创作的长篇讽刺小说《儒林外史》。

第二节　《儒林外史》简介

　　《儒林外史》是我国古代讽刺文学的典范。吴敬梓对生活在封建末世和科举制度下的封建文人群像的成功塑造，以及对吃人的科举、礼教和腐败事态的生动描绘，使他成为我国文学史上批判现实主义的杰出作家之一。《儒林外史》不仅直接影响了近代谴责小说，而且对现代讽刺文学也有深刻的启发。如今，《儒林外史》已被译成英、法、德、俄、日等多种文字，成为一部世界性的文学名著。有的外国学者认为：这是一部讽刺迂腐与卖弄的作品，然而却可称为世界上一部最不引经据典、最具诗意的散文叙述体之典范。它可与意大利薄伽丘、西班牙塞万提斯、法国巴尔扎克等人的作品相媲美。鲁迅评价它"如集诸碎锦，合为帖子，虽非巨幅，而时见珍异。"冯沅君、陆侃如合著的《中国文学史简编》认为它"大醇小疵"。全书故事情节虽没有一个主干，可是有一个中心贯穿其间，那就是反对科举制度和封建礼教的毒害，讽刺因热衷功名富贵而造成的极端虚伪、恶劣的社会风习。这样的思想内容，在当时无疑是有其重大的现实意义和教育意义的。加上它那准确、生动、洗练的白话语言，栩栩如生的人物形象塑造，优美细腻的景物描写，出色的讽刺手法，艺术上也获得了巨大的成功。《儒林外史》全书56章，由许多个生动的故事联起来，这些故事都是以真人真事为原型塑造的。全书的中心内容，就是抨击僵化的考试制度和由此带来的严重社会问题，此书被人们称为"帝国的最后一瞥"。作品一开始就通过周进、范进中举前后的悲喜剧，揭示了科举制度是怎样腐蚀着文士的心灵，以及士子们热衷科举的原因。60多岁的周进，因未曾进学，不得不卑躬屈节，忍受着新进学的梅玖的嘲笑，还替前科新中的王举人扫了一早晨"鸡骨头、鸭翅膀、鱼刺、瓜子壳"。后来连教馆之职也失去了。一天，他与姐夫来到省城，走进了贡院。他触景生情，悲痛不已，一头撞在了号板上，不省人事，被救醒后，满地打滚，哭得口中鲜血直流。几个商人见他很是可怜，于是凑了二百两银子替他捐了个监生。他马上就向众人磕头，说："我周进变成驴变成马也要报效！"不久，周进凭着监生的资格竟考中了举人。顷刻之间，不是亲的也来认亲，不是朋友的也来认作朋友，连他教过书的教馆居然也供奉起了"周太老爷"的"长生牌"。过了几年，他又中了进士，升为御史，被指派为广东学道。在广州，周进发现了范进。为了照顾这个54岁的老童生，他把范进的卷子反复看了三遍，终于发现那是一字一珠的天地间最好的文章，于是将范进取为秀才。过后不久，范进又去应考，中了举人。当时，范进因为和周进当初相似的境遇，在家里备受冷眼，妻子对他呼西唤东，老丈人对他更是百般呵斥。当范进一家正在为揭不开锅，等着卖鸡换米而发愁时，传来范进中举的喜报，范进从集上被找了回来，知道喜讯后，他高兴得发了疯。好在他的老丈人胡屠户给了他一耳光，才打醒了他，治好了这场疯病。转眼工夫，范进时来运转，不仅有了钱、米、房子，而且奴仆、丫环也有了。范进母亲见此欢喜得一下子胸口接不上气，竟然死了。胡屠户也一反常态，到处说他早就知道他的女婿是文曲星下凡，不会与常人一样的，对范进更是毕恭毕敬。像这样只注重"功名"，而不注重"才华"的现象比比皆是，酿成了当时的"庸俗"之风。

第三节　《儒林外史》选段

第一回

说楔子敷陈大义　借名流隐括全文

> 人生南北多歧路，将相神仙，也要凡人做。百代兴亡朝复暮，江风吹倒前朝树。
> 功名富贵无凭据，费尽心情，总把流光误。浊酒三杯沉醉去，水流花谢知何处。

这一首词也是个老生常谈。不过说人生富贵功名，是身外之物。但世人一见了功名，便舍着性命去求它，及至到手之后，味同嚼蜡。自古及今，那一个是看得破的！

虽然如此说，元朝末年也曾出了一个嵚崎磊落的人。

这人姓王名冕，在诸暨县乡村里住，七岁上死了父亲，他母亲做些针指，供给他到村学堂里去读书。看看三个年头，王冕已是十岁了。母亲唤他到面前来说道："儿啊，不是我有心要耽误你。只因你父亲亡后，我一个寡妇人家，只有出去的没有进来的；年岁不好，柴米又贵，这几件旧衣服和些旧家伙，当的当了，卖的卖了。只靠着我替人家做些针指生活寻来的钱，如何供得你读书。如今没奈何，把你雇在间壁人家放牛，每月可以得他几钱银子，你又有现成饭吃，只在明日就要去了。"王冕道："娘说的是。我在学堂里坐着，心里也闷，不如往他家放牛倒快活些。假如我要读书，依旧可以带几本去读。"当夜商议定了。

第二日，母亲同他到间壁秦老家。秦老留着他母子两个吃了早饭，牵出一条水牛来交与王冕，指着门外道："就在我这大门过去两箭之地，便是七泖湖，湖边一带绿草，各家的牛都在那里打睡。又有几十棵合抱的垂杨树，十分阴凉。牛要渴了，就在湖边上饮水。小哥，你只在这一带顽耍，不必远去。我老汉每日两餐小菜饭是不少的。每日早上，还折两个钱与你买点心吃。只是百事勤谨些，休嫌怠慢。"他母亲谢了扰，要回家去，王冕送出门来。母亲替他理理衣服，口里说道："你在此须要小心，休惹人说不是；早出晚归，免我悬望。"王冕应诺，母亲含着两眼眼泪去了。

王冕自此只在秦家放牛，每到黄昏，回家跟着母亲歇宿。或遇秦家煮些腌鱼腊肉给他吃，他便拿块荷叶包了来家，递与母亲。每日点心钱，他也不买了吃，聚到一两个月，便偷个空，走到村学堂里，见那闯学堂的书客，就买几本旧书。日逐把牛拴了，坐在柳阴树下看。

弹指又过了三四年。王冕看书，心下也着实明白了。那日正是黄梅时候，天气烦躁，王冕放牛倦了，在绿草地上坐着。须臾，浓云密布。一阵大雨过了，那黑云边上镶着白云，渐渐散去，透出一派日光来照耀得满湖通红。湖边山上，青一块，紫一块，绿一块。树枝上都像水洗过一番的，尤其绿得可爱。湖里有十来枝荷花，苞子上清水滴滴，荷叶上水珠滚来滚去。王冕看了一回，心里想道："古人说'人在画图中，'其实不错。可惜我这里没有一个画工，把这荷花画他几枝，也觉有趣。"又心里想道："天下那有个学不会的事，我何不自画他几枝？"

正存想间，只见远远的一个夯汉，挑了一担食盒来。手里提着一瓶酒，食盒上挂着一块毡条，来到柳树下，将毡铺了，食盒打开。那边走过三个人来，头戴方巾，一个穿宝蓝夹纱直裰，两人穿元色直裰，都有四五十岁光景，手摇白纸扇，缓步而来。那穿宝蓝直裰的是个胖子，来到树下，尊那穿元色的一个胡子坐在上面，那一个瘦子坐在对席。他想是主人了，坐在下面把酒来斟。吃了一回那胖子开口道："危老先生回来了。新买了住宅，比京里钟楼街的房子还大些，值得二千两银子。因老先生要买，房主人让了几十两银卖了，图个名望体面。前月初十搬家，太尊、县父母都亲自到门来贺，留着吃酒到二三更天，街上的人哪一个不敬！"那瘦子道："县尊是壬午举人，乃危老先生门生，这是该来贺的。"那胖子道："敝亲家也是危老先生门生，而今在河南做知县。前日小婿来家，带二斤干鹿肉来见惠，这一盘就是了。这一回小婿再去，托敝亲家写一封字来，去晋谒晋谒危老先生。他若肯下乡回拜，也免得这些乡户人家，放了驴和猪在你我田里吃粮。"那瘦子道："危老先生要算一个学者了。"那胡子道："听见前日出京时，皇上亲自送出城外携着手走了十几步，危老先生再三打躬辞了，方才上轿回去。看这光景莫不是就要做官？"三人你一句，我一句，说个不了。王冕见天色晚了，牵了牛回去。

自此，聚的钱不买书了，托人向城里买些胭脂铅粉之类，学画荷花。

初时，画得不好。画到三个月之后，那荷花精神、颜色无一不像，只多着一张纸，就像是湖里长的，又像才从湖里摘下来贴在纸上的。乡间人见画得好，也有拿钱来买的。王冕得了钱，买些好东西孝敬母亲。一传两，两传三，诸暨一县都晓得是一个画没骨花卉的名笔，争着来买。

到了十七八岁，不在秦家了，每日画几笔画，读古人的诗文，渐渐不愁衣食，母亲心里欢喜。

这王冕天性聪明，年纪不满二十岁，就把那天文、地理、经史上的大学问，无一不贯通。但他性情不同，既不求官爵、又不交纳朋友，终日闭户读书。又在《楚辞图》上看见画的屈原衣冠，他便自造一顶极高的帽子、一件极阔的衣服，遇着花明柳媚的时节，把一乘牛车载了母亲，他便戴了高帽，穿了阔衣，执着鞭子，口里唱着歌曲。在乡村镇上以及湖边到处顽耍，惹的乡下孩子们，三五成群跟着他笑，他也不放在意下。只有隔壁秦老，虽然务农，却是个有意思的人。因自小看见他长大，如此不俗，所以敬他爱他，时时和他亲热，邀在草堂里坐着说话儿。

一日，正和秦老坐着，只见外边走进一个人来，头戴瓦楞帽，身穿青布衣服。秦老迎接，叙礼坐下。这人姓翟，是诸暨县一个头役，又是买办。因秦老的儿子秦大汉拜在他名下，叫他干爷，所以时常下乡来看亲家。秦老慌忙叫儿子烹茶、杀鸡、煮肉款待他，就要王冕相陪。彼此道过姓名，那翟买办道："这位王相公，可就是会画没骨花的么？"秦老道："便是了。亲家，你怎得知道？"翟买办道："县里人那个不晓得！因前日本县老爷吩咐，要画二十四幅花卉册页送上司，此事交在我身上。我闻有王相公的大名，故此一径来寻亲家。今日有缘，遇着王相公，是必费心大笔画一画。在下半个月后下乡来取，老爷少不得还有几两润笔的银子，一并送来。"

秦老在旁，着实撺掇。王冕屈不过秦老的情，只得应诺了。回家用心用意画了二十四幅花卉，都题了诗在上面。翟头役禀过了本官，那知县时仁发出二十四两银子来。翟买办扣克了十二两，只拿十二两银子送与王冕，将册页取去。

时知县又办了几样礼物，送与危素，作候问之礼。危素受了礼物，只把这本册页看了又看，爱玩不忍释手。次日，备了一席酒，请时知县来家致谢。当下寒暄已毕，酒过数巡，危素道："前日承老父台所惠册页花卉，是古人的呢？还是现在人画的？"时知县不敢隐瞒，便道："这就是门生治下一个乡下农民，叫做王冕，年纪也不甚大。想是才学画几笔，难入老师的法眼。"危素叹道:"我学生出门久了,故乡有如此贤士,竟坐不知,可为惭愧。此兄不但才高,胸中见识,大是不同,将来名位不在你我之下。不知老父台可以约他来此相会一会么?"时知县道:"这个何难,门生出去即遣人相约。他听见老师相爱,自然喜出望外了。"说罢,辞了危素,回到衙门,差翟买办持个侍生帖子去约王冕。

翟买办飞奔下乡到秦老家,邀王冕过来,一五一十向他说了。王冕笑道:"却是起动头翁,上复县主老爷,说王冕乃一介农夫。不敢求见,这尊帖也不敢领。"翟买办变了脸道:"老爷将帖请人,谁敢不去!况这件事原是我照顾你的;不然,老爷如何得知你会画花?论理,见过老爷,还该重重的谢我一谢才是。如何走到这里,茶也不见你一杯,却是推三阻四不肯去见,是何道理?叫我如何去回复得老爷!难道老爷一县之主,叫不动一个百姓么?"王冕道:"头翁你有所不知。假如我为了事,老爷拿票子传我,我怎敢不去!如今将帖来请,原是不逼迫我的意思了。我不愿去,老爷也可以相谅。"翟买办道:"你这都说的是甚么话?票子传着倒要去,帖子请着倒不去,这不是不识抬举了!"秦老劝道:"王相公,也罢,老爷拿帖子请你,自然是好意。你同亲家去走一回罢!自古道:'灭门的知县',你和他拗些甚么?"王冕道:"秦老爹,头翁不知,你是听见我说过的。不见那段干木、泄柳的故事么?我是不愿去的。"翟买办道:"你这是难题目与我做:叫拿甚么话去回老爷?"秦老道:"这个果然也是两难。若要去时,王相公又不肯;若要不去,亲家又难回话。我如今倒有一法:亲家回县里,不要说王相公不肯;只说他抱病在家,不能就来,一两日间好了就到。"翟买办道:"害病,就要取四邻的甘结!"彼此争论了一番。秦老整治晚饭与他吃了,又暗叫了王冕出去向母亲秤了三钱二分银子,送与翟买办做差钱。方才应诺去了,回复知县。

知县心里想道:"这小厮那里害甚么病!想是翟家这奴才走下乡,狐假虎威,着实恐吓了他一场。他从来不曾见过官府的人,害怕不敢来了。老师既把这个人托我,我若不把他就叫了来见老师,也惹得老师笑我做事疲软,我不如竟自己下乡去拜他。他看见赏他脸面,断不是难为他的意思,自然大着胆见。我就便带了他来见老师,却不是办事勤敏?"又想道:"一个堂堂县令,屈尊去拜一个乡民,惹得衙役们笑话。"又想道:"老师前日口气,甚是敬他。老师敬他十分,我就该敬他一百分。况且屈尊敬贤,将来志书上,少不得称赞一篇,这是万古千年不朽的勾当,有甚么做不得?"当下定了主意。

次早,传齐轿夫,也不用全副执事,只带八个红黑帽夜役军牢,翟买办扶着轿子,一直下乡来。

乡里人听见锣响,一个个扶老携幼,挨挤了看。轿子来到王冕门首,只见七八间草屋,一扇白板门紧紧关着。翟买办抢上几步忙去敲门。敲了一会,里面一个婆婆拄着拐杖出来说道:"不在家了,从清早晨牵牛出去饮水,尚未回来。"翟买办道:"老爷亲自在这里传你家儿子说话,怎的慢条斯理?快快说在那里,我好去传!"那婆婆道:"确实不在家了,不知在那里。"说毕,关着门进去了。

说话之间,知县轿子已到。翟买办跪在轿前禀道:"小的传王冕,不在家里。请老爷龙驾到公馆里略坐一坐,小的再去传。"扶着轿子过王冕屋后来。屋后横七竖八几棱窄田埂,远远的一面大塘,塘边都栽满了榆树、桑树。塘边那一望无际的几顷田地;又有一座山,虽不甚大,却青葱,树木堆满山上。约有一里多路,彼此叫呼还听得见。知县正走着,远远的有个牧童倒骑水牯牛,从山嘴边转了过来。翟买办赶上去,问道:"秦小二汉,你看见你隔壁的王老大牵了牛在那里饮水哩?"小二道:"王大叔么?他在二十里路外,王家集亲家吃酒去了。这牛就是他的,央及我替他赶了来家。"翟买办如此这般禀了知县。知县变着脸道:"既然如此,不必进公馆了!即回衙门去罢!"时知县此时心中十分恼怒,本要立即差人拿了王冕来责惩一番，又想恐怕危老师说他暴躁，且忍口气回去，慢慢向老师说明此人不识抬举，再处置他也不迟。知县去了。

王冕并不曾远行，即时走了来家。秦老过来抱怨他道："你方才也太执意了！他是一县之主，你怎的这样怠慢？"王冕道："老爹请坐，我告诉你：时知县倚着危素的势要，在这里酷虐小民，无所不为。这样的人，我为甚么要相与他？但他这一番回去，必定向危素说。危素老羞变怒，恐要和我计较起来。我如今辞别老爹，收拾行李，到别处去躲避几时。只是母亲在家，放心不下。"

母亲道："我儿，你历年卖诗卖画，我也积聚下三五十两银子，柴米不愁没有。我虽年老，又无疾病，你自放心出去躲避些时不妨。你又不曾犯罪，难道官府来拿你的母亲去不成？"秦老道："这也说得有理。况你埋没在这乡村镇上，虽有才学，谁人是识得你的？此番到大邦去处，或者走出些遇合来，也不可知。你尊堂家下大小事故，一切都在我老汉身上，替你扶持便了。"王冕拜谢了秦老。秦老又走回家去。取了些酒肴来，替王冕送行，吃了半夜酒回去。次日五更，王冕起来收拾行李。吃了早饭，恰好秦老也到。王冕拜辞了母亲，又拜了秦老两拜。母子洒泪分手。王冕穿上麻鞋，背上行李。秦老手提一个小白灯笼，直送出村口，洒泪而别。秦老手拿灯笼，站着看着他走，走的望不着了，方才回去。

王冕一路风餐露宿，九十里大站，七十里小站，一径来到山东济南府地方。这山东虽是近北省分，这会城却也人物富庶，房舍稠密。王冕到了此处，盘费用尽了，只得租个小庵门面屋，卖卜测字，也画两张没骨的花卉贴在那里，卖与过往的人。每日问卜卖画，倒也挤个不开。

弹指间，过了半年光景。济南府里有几个俗财主，也爱王冕的画，时常要买，又自己不来，遣几个粗夯小厮，动不动大呼小叫，闹的王冕不得安稳。王冕心不耐烦就画了一条大牛贴在那里，又题几句诗在，上含着讥刺。也怕从此有口舌，正思量搬移一个地方。

那日清早，才坐在那里，只见许多男女，啼啼哭哭从街上过。也有挑着锅的，也有箩担内挑着孩子的，一个个面黄肌瘦，衣裳褴褛，过去一阵，又是一阵，把街上都塞满了；也有坐在地上就化钱的。问其所为，都是黄河沿上的州县被河水决了，田庐房舍尽行漂没。这是些逃荒的百姓，官府又不管，只得四散觅食。王冕见此光景，过意不去，叹了一口气道："河水北流，天下自此将大乱了。我还在这里做甚么？"将些散碎银子收拾好了，拴束行李仍旧回家。

入了浙江境，才打听得危素已还朝了，时知县也升任去了。因此放心回家，拜见母亲。看见母亲康健如常，心中欢喜。母亲又向他说秦老许多好处。他慌忙打开行李，取出一匹茧绸、一包耿饼，拿过去拜谢秦老。秦老又备酒与他洗尘。自此，王冕依旧吟诗作画，奉养母亲。

又过了六年，母亲老病卧床。王冕百方延医调治，总不见效。一日母亲吩咐王冕道："我眼见得不济事了。但这几年来，人都在我耳根前说，你的学问有了，该劝你出去做官。做官怕不是荣宗耀祖的事。我看见这些做官的，都不得有甚好收场。况你的性情高傲，倘若弄出祸来，反为不美。我儿可听我的遗言：将来娶妻生子，守着我的坟墓，不要出去做官。我死了，口眼也闭。"王冕哭着应诺。他母亲奄奄一息，归天去了。王冕擗踊哀号，哭得那邻舍之人，无不落泪。又亏秦老一力帮衬，制备衣衾棺椁。王冕负土成坟，三年苦块，不必细说。

到了服阕之后，不过一年有余，天下就大乱了。方国珍据了浙江，张士诚据了苏州，陈友谅据了湖广，都是些草窃的英雄。只有太祖皇帝，起兵滁阳，得了金陵，立为吴王，乃是王者之师。提兵破了方国珍，号令全浙，乡村镇市并无骚扰。

　　一日，日中时分，王冕正从母亲坟上拜扫回来，只见十几骑马，竟投他村里来。为头一人，头戴武巾，身穿团花战袍，白净面皮，三绺髭须，真有龙凤之表！那人到门首下了马，向王冕施礼道："动问一声，那里是王冕先生家？"王冕道："小人王冕。这里便是寒舍。"那人喜道："如此甚妙，特来晋谒。"吩咐从人都下了马，屯在外边，把马都系在湖边柳树上。那人独和王冕携手进到屋里，分宾主施礼坐下。王冕道："不敢拜问尊官尊姓大名？因甚降临这乡僻所在？"那人道："我姓朱，先在江南起兵，号滁阳王，而今据有金陵，称为吴王的便是。因平方国珍到此，特来拜访先生。"王冕道："乡民肉眼不识，原来就是王爷。但乡民一介愚人怎敢劳王爷贵步。"吴王道："孤是一个粗卤汉子，今得见先生儒者气象，不觉功利之见顿消。孤在江南，即慕大名。今来拜访，要先生指示浙人久反之后，何以能服其心？"王冕道："大王是高明远见的，不消乡民多说。若以仁义服人，何人不服，岂但浙江？若以兵力服人，浙人虽弱，恐亦义不受辱，不见方国珍么？"吴王叹息，点头称善。两人促膝谈到日暮。那些从者都带有干粮。王冕自到厨下，烙了一斤面饼，炒了一盘韭菜，自捧出来陪着，吴王吃了，称谢教诲，上马去了。这日，秦老进城回来，问及此事，王冕也不曾说就是吴王，只说是军中一个将官，向年在山东相识的，故此来看我一看。说着就罢了。

　　不数年间，吴王削平祸乱，定鼎应天，天下一统，建国号大明，年号洪武。乡村人各各安居乐业。到了洪武四年，秦老又进城里，回来向王冕道："危老爷已自问了罪，发在和州去了。我带了一本邸抄来与你看。"王冕接过来看，才晓得危素归降之后，妄自尊大，在太祖面前，自称老臣。太祖大怒，发往和州守余阙墓去了。此一条之后，便是礼部议定取士之法：三年一科，用《五经》、《四书》八股文。王冕指与秦老看，道："这个法却定的不好！将来读书人既有此一条荣身之路，把那文行出处，都看得轻了。"说着，天色晚了下来。

　　此时正是初夏，天时乍热。秦老在打麦场上放下一张桌子，两人小饮。须臾，东方月上，照耀得如同万顷玻璃一般。那些眠鸥宿鹭，阒然无声。王冕左手持杯，右手指着天上的星，向秦老道："你看，贯索犯文昌？一代文人有厄！"话犹未了忽然起一阵怪风，刮的树木都飕飕的响，水面上的禽鸟，格格惊起了许多。王冕同秦老吓的将衣袖蒙了脸。少顷，风声略定。睁眼看时，只见天上纷纷有百十个小星，都坠向东南角上去了。王冕道："天可怜见，降下这一伙星君去维持文运，我们是不及见了！"当夜收拾家伙，各自歇息。

　　自此以后，时常有人传说：朝廷行文到浙江布政司，要征聘王冕出来做官。初时不在意里，后来渐渐说的多了。王冕并不通知秦老，私自收拾，连夜逃往会稽山中。半年之后，朝廷果然遣一员官，捧着诏书，带领许多人，将着彩缎表里，来到秦老门首，见秦老八十多岁，须鬓皓然，手扶拄杖。那官与他施礼。秦老让到草堂坐下。那官问道："王冕先生就在这庄上么？而今皇恩授他咨议参军之职，下官特地奉诏而来。"秦老道："他虽是这里人，只是久矣不知去向了。"秦老献过了茶，领那官员走到王冕家，推开了门，见蟏蛸满室蓬蒿满径，知是果然去得久了。那官咨嗟叹息了一回，仍旧奉诏回旨去了。

　　王冕隐居在会稽山中，并不自言姓名。后来得病去世，山邻敛些钱财，葬于会稽山下。是年秦老亦寿终于家。可笑近来文人学士，说着王冕，都称他做王参军。究竟王冕何曾做过一日官？所以表白一番。这不过是个楔子，下面还有正文。

第二回

王孝廉村学识同科　周蒙师暮年登上第

话说山东兖州府汶上县有个乡村，叫做薛家集。这集上有百十来人家，都是务农为业。村口一个观音庵殿宇三间之外，另还有十几间空房子，后门临着水次。这庵是十方的香火，只得一个和尚住持。集上人家，凡有公事就在这庵里来同议。

那时成化末年，正是天下繁富的时候。新年正月初八日集上人约齐了都到庵里来，议闹龙灯之事。到了早饭时候，为头的申祥甫，带了七八个人走了进来。在殿上拜了佛。和尚走来，与诸位见节，都还过了礼。申祥甫发作和尚道："和尚，你新年新岁，也该把菩萨面前香烛点勤些！阿弥陀佛！受了十方的钱钞也要消受。"又叫："诸位都来看看，这琉璃灯内只得半琉璃油！"指着内中一个穿齐整些的老翁，说道："不论别人，只这一位荀老爹，三十晚上，还送了五十斤油与你。白白给你炒菜吃，全不敬佛！"和尚赔着小心，等他发作过了，拿一把铅壶，撮了一把苦丁茶叶，倒满了水，在火上燎的滚热，送与众位吃。

荀老爹先开口道："今年龙灯上庙，我们户下各家须出多少银子？"申祥甫道："且住，等我亲家来一同商议。"正说着，外边走进一个人来，两只红眼边，一副锅铁脸，几根黄胡子，歪戴着瓦楞帽，身上青布衣服就如油篓一般，手里拿着一根赶驴的鞭子，走进门来和众人拱一拱手，一屁股就坐在上席。这人姓夏，乃薛家集上旧年新参的总甲。夏总甲坐在上席，先吩咐和尚道："和尚把我的驴牵在后园槽上，卸了鞍子，将些草喂的饱饱的。我议完了事，还要到县门口黄老爹家吃年酒去哩！"吩咐过了和尚，把腿跷起一只来，自己拿拳头在腰上只管捶。捶着说道："俺如今，倒不如你们务农的快活了。想这新年大节，老爷衙门里三班六房，那一位不送帖子来，我怎好不去贺节？每日骑着这个驴上县下乡，跑得昏头晕脑。打紧又被这瞎眼的亡人在路上打个前失，把我跌了下来，跌的腰胯生疼。"申祥甫道："新年初三，我备了个豆腐饭邀请亲家，想是有事不得来了。"夏总甲道："你还说哩。从新年这七八日，何曾得一个闲？恨不得长出两张嘴来，还吃不退。就像今日请我的黄老爹，他就是老爷面前站得起来的班头。他抬举我，我若不到，不惹他怪！"申祥甫道："西班黄老爹我听见说，他从年里头就是老爷差出去了。他家又无兄弟、儿子，却是谁做主人？"夏总甲道："你又不知道了。今日的酒是快班李老爹请。李老爹家房子褊窄，所以把席摆在黄老爹家大厅上。"

说了半日，才讲到龙灯上。夏总甲道："这样事，俺如今也有些不耐烦管了。从前，年年是我做头，众人写了功德，赖着不拿出来，不知累俺赔了多少。况今年老爷衙门里，头班、二班、西班、快班，家家都兴龙灯，我料想看个不了，那得功夫来看乡里这条把灯！但你们说了一场，我也少不得搭个分子，任凭你们那一位做头。像这荀老爹，田地又广，粮食又多，叫他多出些。你们各家照分子派。这事就舞起来了。"众人不敢违拗，当下，捺着姓荀的出了一半，其余众户也派了，共二三两银子，写在纸上，和尚捧出茶盘：云片糕、红枣和些瓜子、豆腐干、粟子、杂色糖，摆了两桌，尊夏老爹坐在首席，斟上茶来。

申祥甫又说："孩子大了，今年要请一个先生，就是这观音庵里做个学堂。"众人道："俺们也有好几家孩子要上学。只这申老爹的令郎，就是夏老爹的令婿，夏老爹时刻有县主老爷的牌票，也要人认得字。只是这个先生，须是要城里去请才好。"夏总甲道："先生倒有一个。你道是谁？就是咱衙门里，户总科提控顾老相公家请的一位先生，姓周，官名叫做周进，年纪六十多岁，前任老爷取过他个头名，却还不曾中过学。顾老相公请他在家里三个年头，他家顾小舍人去年就中了学，和咱镇上梅三相一齐中的。那日从学里师爷家迎了回来，小舍人头上戴着方巾，身上披着大红绸，骑着老爷棚子里的马，大吹大打来到家门口。俺合衙门的人都拦着街递酒。落后，请将周先生来，顾老相公亲自奉他三杯，尊在首席。点了一本戏，是梁灏八十岁中状元的故事。顾老相公为这戏，心里还不大喜欢。落后，戏文内唱到梁灏的学生却是十七八岁就中了状元，顾老相公知道是替他儿子发兆，方才喜了。你们若要先生，俺替你把周先生请来。"众人都说是好。吃完了茶，和尚又下了一箸牛肉面吃了，各自散讫。

次日，夏总甲果然替周先生说了，每年馆金十二两银子，每日二分银子在和尚家代饭。约定灯节后下乡，正月二十开馆。

到了十六日，众人将分子送到申祥甫家备酒饭，请了集上新进学的梅三相仿陪客。那梅玖戴着新方巾老早到了。直到巳牌时候，周先生才来。听得门外狗叫，申祥甫走出去迎了进来。众人看周进时，头戴一顶旧毡帽；身穿元色绸旧直裰，那右边袖子同后边坐处都破了，脚下一双旧大红绸鞋，黑瘦面皮，花白胡子。申祥甫拱进堂屋，梅玖方才慢慢的立起来和他相见。周进就问："此位相公是谁？"众人道："这是我们集上在庠的梅相公。"周进听了，谦让不肯僭梅玖作揖。梅玖道："今日之事不同。"周进再三不肯。众人道："论年纪也是周先生长，先生请老实些罢。"梅玖回过头来向众人道："你众位是不知道我们学校规矩，老友是从来不同小友序齿的。只是今日不同，还是周长兄请上。"

原来明朝士大夫称儒学生员叫做"老友"，称童生是"小友"。比如童生进了学，不怕十几岁也称为"老友"。若是不进学，就到八十岁也还称"小友"。就如女儿嫁人的：嫁时称为"新娘"，后来称呼"奶奶"、"太太"，就不叫新娘了。若是嫁与人家做妾，就到头发白了还要唤做"新娘"。闲话休提。

周进因他说这样话，倒不同他让了，竟僭着他作了揖。众人都作过揖坐。只有周、梅二位的茶杯里，有两枚生红枣，其余都是清茶。吃过了茶，摆两张桌子杯箸，尊周先生首席，梅相公二席，众人序齿坐下，斟上酒来。周进接酒在手，向众人谢了扰，一饮而尽。随即每桌摆上八九个碗，乃是猪头肉、公鸡、鲤鱼、肚、肺、肝、肠之类。叫一声"请！"一齐举箸，却如风卷残云一般早去了一半。

看那周先生时，一箸也不曾下。申祥甫道："今日先生为甚么不用肴馔？却不是上门怪人？"拣好的递了过来。周进拦住道："实不相瞒，我学生是长斋。"众人道："这个倒失于打点，却不知先生因甚吃斋？"周进道："只因当年先母病中，在观音菩萨位下许的。如今也吃过十几年了。"梅玖道："我因先生吃斋，倒想起一个笑话，是前日，在城里我那案伯顾老相公家听见他说的。有个做先生的一字至七字诗。"众人都停了箸，听他念诗。他便念道："呆，秀才，吃长斋，胡须满腮，经书不揭开，纸笔自己安排，明年不请我自来。"念罢说道："像我这周长兄如此大才，呆是不呆的了。"又掩着口道："'秀才'指日就是，那'吃长斋，胡须满腮'，竟被他说一个着！"说罢。哈哈大笑。众人一齐笑起来。周进不好意思。申祥甫连忙斟一杯酒道："梅三相该敬一杯。顾老相公家西席就是周先生了。"梅玖道："我不知道；该罚！该罚！但这个话不是为周长兄，他说明了是个秀才。但这吃斋也是好事。先年俺有一个母舅，一口长斋。后来进了学，老师送了丁祭的胙肉来，外祖母道：'丁祭肉若是不吃，圣人就要计较了，大则降灾，小则害病。'只得就开了斋。俺这周长兄，只到今年秋祭，少不得有胙肉送来，不怕你不开哩。"众人说他发的利市好，同斟一杯，送与周先生预贺，把周先生脸上羞的红一块白一块，只得承谢众人，将酒接在手里。厨下捧出汤点来，一大盘实心馒头，一盘油煎的扛子火烧。众人道："这点心是素的，先生用几个。"周进怕汤不洁净，讨了茶来吃点心。

内中一人问申祥甫道："你亲家今日在那里？何不来陪先生坐坐？"申祥甫道："他到快班李老爹家吃酒去了。"又一个人道："李老爹这几年在新任老爷手里着实跑起来了，怕不一年要寻千把银子。只是他老人家好赌，不如西班黄老爹，当初也在这些事里顽耍，这几年成了正果，家里房子盖的像天宫一般，好不热闹！"荀老爹向申祥甫道："你亲家自从当了门户，时运也算走顺风。再过两年，只怕也要弄到黄老爹的意思哩！"申祥甫道："他也要算停当的了。若想到黄老爹的地步，只怕还要做几年的梦。"梅相公正吃着火烧接口道："做梦倒也有些准哩。"因问周进道："长兄这些年考校，可曾得个甚么梦兆？"周进道："倒也没有。"梅玖道："就是侥幸的这一年，正月初一日，我梦见在一个极高的山上，天上的日头不差不错，端端正正掉了下来压在我头上，惊出一身的汗。醒了摸一摸头，就像还有些热。彼时不知甚么原故。如今想来，好不有准！"于是点心吃完，又斟了一巡酒。直到上灯时候，梅相公同众人别了回去。申祥甫拿出一副蓝布被褥，送周先生到观音庵歇宿。向和尚说定，馆地就在后门里这两间屋内……

次早，天色已晴。王举人起来洗了脸，穿好衣服，拱一拱手，上船去了。撒了一地的鸡骨头、鸭翅膀、鱼刺、瓜子壳，周进昏头昏脑，扫了一早晨。

自这一番之后，一薛家集的人，都晓得荀家孩子是县里王举人的进士同年，传为笑话。这些同学的孩子赶着他，就不叫荀玫了？都叫他"荀进士"。各家父兄听见这话都各不平，偏要在荀老翁跟前恭喜，说他是个封翁太老爷，把个荀老爹气得有口难分申祥甫背地里又向众人道："那里是王举人亲口说这番话？这就是周先生看见我这一集上，只有荀家有几个钱，捏造出这话来奉承他？图他个逢时遇节，他家多送两个盒子。俺前日听见说，荀家炒了些面筋、豆腐干送在庵里，又送了几回馒头、火烧，就是这些原故了。"众人都不喜欢。以此周进安身不牢，因是碍着夏总甲的面皮不好辞他，将就混了一年。后来，夏总甲也嫌他呆头呆脑，不知道常来承谢，由着众人，把周进辞了来家。

那年却失了馆，在家日食艰难。一日，他姊丈金有余来看他，劝道："老舅，莫怪我说你。这读书求功名的事，料想也是难了。人生世上，难得的是这碗现成饭。只管'稂不稂莠不莠'的到几时？我如今同了几个大本钱的人到省城去买货，差一个记账的人，你不如同我们去走走。你又孤身一人，在客伙内，还是少了你吃的、穿的？"周进听了这话，自己想："瘫子掉在井里，捞起也是坐。有甚亏负我？"随即应允了。

金有余择个吉日，同一伙客人起身，来到省城杂货行里住下。

周进无事，闲着街上走走，看见纷纷的工匠，都说是修理贡院。周进跟到贡院门口，想挨近去看，被看门的大鞭子打了出来。晚间，向姊夫说要去看看。金有余只得用了几个小钱，一伙客人也都同了去看，又央及行主人领着。行主人走进头门，用了钱的并无拦阻。到了龙门下，行主人指道："周客人，这是相公们进的门了。"进去两块号房门，行主人指道："这是天字号了。你自进去看看。"周进一进了号，见两块号板摆的齐齐整整，不觉眼睛里一阵酸酸的，长叹一声，一头撞在号板上，直僵僵不省人事。只因这一死，有分教：累年蹭蹬，忽然际会风云；终岁凄凉，竟得高悬月旦。未知周进性命如何，且听下回分解。

（魏令查编，摘自吴敬梓著：《儒林外史》，中国文史出版社，2002）

第四十七章　蒲松龄及《聊斋志异》

第一节　蒲松龄简介

　　蒲松龄，中国古代短篇小说家，以《聊斋志异》而闻名于世。蒲松龄生于明朝崇祯十三年（即公元 1640 年），淄川人（现山东淄博），字留仙，号柳泉，自称异史氏，世称聊斋先生。蒲松龄生于一个没落的地主家庭，少年时正逢改朝换代，明朝灭亡，清朝逐渐确立的时代，连年烽火战乱。如同其他封建科举制度下的士子一样，他一生以科举为业。19 岁时，蒲松龄应童子试，在县、府、道三第中均获第一，考中秀才。然而，在其后的科举考试中，却屡试不第，据说他曾先后 8 次应乡试，却始终未能如愿。满腹诗书的蒲松龄，却只能在 46 岁时，补为廪生；捱到 71 岁时，又例授为"岁贡生"，这就是他一生在科场上的收获。蒲松龄成家后不久，又逢兄弟不和，兄弟分家时他只分得二十几亩薄田，老屋几间，之后只能靠到富人家里坐馆教书和为官僚作幕宾等贴补家用。

　　因科考失意，蒲松龄无缘仕途，但是他却屡屡暂住缙绅之家。25 岁时，他曾到江苏宝应县为时任知县的同乡好友作过一年的幕宾。回到家乡后，他希望通过科考实现自己的理想，然而事与愿违。同时，灾荒连年，粮食匮乏，科举无望，生活困顿。33 岁时，蒲松龄只能到同邑丰泉乡王府任塾师以维持生计。此后，又约有 30 年的光阴他在淄川的名门望族毕际有家坐馆担任塾师。当时毕际有虽为罢官归隐，但毕家仍属淄川大家，社交活动频繁，缙绅名流来访不断。蒲松龄谈吐风雅，时常受到毕家重托，往来应酬。在毕家，蒲松龄结识了当时的一批著名文人如王士祯、高珩和朱缃等。蒲松龄虽为寄人篱下，但毕家待他不薄，除聘金之外，还有诸多资助。另外，毕家藏书丰富，环境清幽，是读书创作的好居所。但蒲松龄在毕家的主要工作是教书，为毕府子孙开蒙，教他们读"四书"、"五经"并且学做八股文和律诗，为科举考试做准备。蒲松龄在毕家前后居住 30 年，直至他 71 岁补受"岁贡生"后方才搬回老家居住，过了几年饮酒作诗、安然闲适的耕读生活。康熙五十四年，也即公元 1715 年，蒲松龄病逝家中，卒年 76 岁。

　　蒲松龄创作《聊斋志异》前后历经四十余年，他自幼喜爱民间故事，熟读干宝的《搜神记》以及其他六朝故事和唐传奇等志怪故事，他听到奇闻异事，便提笔记下，日积月累，素材越来越多，到创作《聊斋志异》时，平时所集素材信手拈来，以寄托自己的情感与思想。

　　《聊斋志异》成稿后，蒲松龄的好友王士祯极为推崇，他曾为其题诗曰："姑妄言之姑听之，豆棚瓜架雨如丝。料应厌作人间语，爱听秋坟鬼唱诗。"《聊斋志异》并未大量刊印，只在好友间传抄，其中朱缃的抄本最为著名。《聊斋志异》是目前发现的中国古典小说中唯一有手稿传世的作品，因此，其手稿格外珍贵。

　　除《聊斋》外，蒲松龄还有大量诗文、俚曲、戏剧以及有关农业、医药等方面的著述。所谓俚曲，即是用山东淄川方言创作的民间戏曲，蒲松龄俚曲中最为出名的是《墙头记》，《墙头记》上演了一出闹剧，剧中年近八旬的张老头，因为两个儿媳不孝顺，两个儿子互相推诿不愿养老，最终被推上墙头，这出戏剧至今仍在民间以各种剧种上演。另外，白话小说《醒世姻缘传》的署名作者"西周生"据传即为蒲松龄。蒲松龄著述还包括《农桑经》、《日用俗字》、《省身语录》、《药崇书》、《伤寒药性赋》、《草木传》等涵盖多个领域的著作。

第二节　《聊斋志异》简介

　　《聊斋志异》是创作于清朝康熙年间的一部文言文短篇小说集，全书原稿分八卷，作品共计 491 篇，题材涉及广泛，内容丰富多彩。其中大部分为短篇故事，也有少量的纪实类作品，如记述某年地震以及水灾等的写实性文章，这些文章没有故事性，但只占极少数。《聊斋志异》的创作前后历经 40 余年，蒲松龄在这部书中倾尽了毕生精力。

　　聊斋，据考察是蒲松龄的书斋；"志异"，顾名思义即记述怪异非常的事件。的确，《聊斋志异》中写的大多是超现实的、怪诞的故事，正如鲁迅所说，这本书"记叙狐鬼、花妖、精魅故事"。这些狐鬼花妖虽然都是虚构出来的人物，但他们却都来源于现实，是作者借以抒发胸臆、寄托理想的手段。

　　在《聊斋志异》里，蒲松龄塑造了上百名美女，她们或为仙女，或为狐鬼花妖，或为凡人，大多数美艳绝伦，曼妙多姿。蒲松龄浓墨重彩来刻画她们的美貌，如《聂小倩》中，先是简单四个字"仿佛艳绝"概述其美貌，后以两个妇人闲言碎语议论小倩"小娘子端好是画中人"引人遐想其美貌，再以"肌映流霞，足翘细笋，白昼端相，娇丽尤绝"详细刻画；再如《娇娜》中，作者提到美人的美貌甚至可以医治病痛，娇娜"年约十三四，娇波流慧，细柳生姿。生望见艳色，嚬呻顿忘，精神为之一爽。"可见，蒲松龄极尽香艳之词来描写美人。另外，蒲松龄还赋予她们近乎完美的品质，她们真诚可爱，不贪慕财富地位，对爱情坚贞不渝。她们与书生的结合常常不依赖"父母之命，媒妁之言"，主动追求爱情，常常无媒自嫁甚至自荐枕席。如《红玉》中，红玉爬上墙头偷看冯相如，微笑示爱，月下越梯而过，与冯生共寝。类似女性大胆示爱的情节多次出现，这无疑是对封建传统道德的挑战。据统计，《聊斋志异》中约有近四分之一的篇幅描写男女的爱情与婚恋，其中的青年女性冲破樊篱，追求真爱，为爱情献身的精神无疑寄托了作者的理想，同时也是他不满于封建礼教的具体表现。

　　此外，《聊斋志异》中出现最多的人物是书生，他们是所有清朝士子的缩影。蒲松龄一生以科举为业，然而考取功名的愿望屡屡落空，一生坎坷潦倒，郁郁不得志，愤而著书。于是，在他的书中，出现了一个个生动活泼、栩栩如生的书生形象。这些书生一般被刻画为普通的小人物，其中有正有邪，品行端正的儒生多为流俗摆布，若不是依靠佳人或其他超现实的力量可能终将潦倒一生。而品行不端、心怀邪念的书生往往会受到惩罚，如《丑狐》中的穆生就是不义书生的典型代表。借此，蒲松龄也表达了自己的道德观。这些书生中最可爱的一类莫过于那些痴情书生了，《阿宝》中的孙子楚性格质朴"性迂讷，人诳之，辄信为真"，然而木讷书生却有真性情，他见到美女阿宝后，魂魄追随阿宝来到她的闺房，后又化作鹦鹉相伴左右，最终以痴情感化阿宝，抱得美人归。既然多描述书生的生活，那么与书生息息相关的科举自然成为《聊斋志异》中的一个重要题材，以科举为题材的故事深刻揭露了科场的种种怪现象，科场帘官见识浅陋，衡文不公，且科场内外贿赂公行。暗无天日的科场给举子们造成种种悲剧。《叶生》中的叶生"文章词赋，冠绝当时"，然而"不意时数限人，文章憎命"，依然落得名落孙山，悲愤而死，死后魂魄在科考中高中，衣锦还乡后，才发现自己已经死了很久。《王子安》则描写秀才入闱前后，异想成狂，神昏志迷的情态。对科场黑暗的揭露还可见于《司文郎》和《贾奉雉》等篇章中。

另外一类频繁出现的人物是官员，他们中有贪官也有清官。蒲松龄对贪官讽刺揭露，《席方平》和《梦狼》就是其中的代表。另外，他还塑造了很多清官形象，这些清官出现在《考城隍》、《胭脂》和《于去恶》等数十篇文章中，他们有阴间的也有阳世的，他们勤政爱民、严惩贪官、为民申冤、怜惜人才。这些官员的刻画，寄托了蒲松龄的政见，反映了他清官救世的情怀。

《聊斋志异》歌颂美好爱情，揭露科场黑暗，刺贪刺虐，讽喻时弊，题材之广泛无所不及。其中有多数篇章均以人名作为标题，开篇直书主人公姓名、籍贯、身份等，然后直接讲述故事，颇有《史记》中人物列传的味道。写作结构模式多样，篇篇故事均精美如玉，在每篇故事的结尾段，又以"异史氏曰"开头，对故事内容展开画龙点睛的评论，颇具警世效用。

从各方面来看，《聊斋志异》都堪称是中国文言短篇小说的巅峰。郭沫若曾评价它说："写鬼写妖高人一等，刺贪刺虐入骨三分。"老舍评价说："鬼狐有性格，笑骂成文章。"

第三节 《聊斋志异》选段

阿宝

粤西孙子楚，名士也。生有枝指；性迂讷，人诳之，辄信为真。或值座有歌妓，则必遥望却走。或知其然，诱之来，使妓狎逼之，则赪颜彻颈，汗珠珠下滴，因共为笑。遂貌其呆状相邮传，作丑语而名之"孙痴"。

邑大贾某翁，与王侯埒富，姻戚皆贵胄。有女阿宝，绝色也，日择良匹，大家儿争委禽妆，皆不当翁意。生时失俪，有戏之者劝其通媒，生殊不自揣，果从其教，翁素耳其名而贫之。媒媪将出，适遇宝，问之，以告。女戏曰："渠去其枝指，余当归之。"媪告生。生曰："不难。"媒去，生以斧自断其指，大痛彻心，血益倾注，滨死。过数日始能起，往见媒而示之。媪惊，奔告女；女亦奇之，戏请再去其痴。生闻而哗辨，自谓不痴，然无由见而自剖。转念阿宝未必美如天人，何遂高自位置如此？由是囊念顿冷。

会值清明，俗于是日妇女出游，轻薄少年亦结队随行，恣其月旦。有同社数人强邀生去。或嘲之曰："莫欲一观可人否？"生亦知其戏己，然以受女揶揄故，亦思一见其人，忻然随众物色之。遥见有女子憩树下，恶少年环如墙堵。众曰："此必阿宝也。"趋之，果宝也。审谛之，娟丽无双。少顷人益稠。女起，遽去。众情颠倒，品头题足，纷纷若狂；生独默然。及众他适，回视生犹痴立故所，呼之不应。群曳之曰："魂随阿宝去耶？"亦不答。

众以其素讷，故不为怪，或推之，或挽之以归。至家直上床卧，终日不起，冥如醉，唤之不醒。家人疑其失魂，招于旷野，莫能效。强拍问之，则朦胧应云："我在阿宝家。"及细诘之，又默不语，家人惶惑莫解。初，生见女去，意不忍舍，觉身已从之行，渐傍其衿带间，人无呵者。遂从女归，坐卧依之，夜辄与狎，甚相得。然觉腹中奇馁，思欲一返家门，而迷不知路。女每梦与人交，问其名，曰："我孙子楚也。"心异之，而不可以告人。生卧三日，气休休若将渐灭。家人大恐，托人婉告翁，欲一招魂其家。翁笑曰："平昔不相往还，何由遗魂吾家？"家人固哀之，翁始允。巫执故服、草荐以往。女诘得其故，骇极，不听他往，直导入室，任招呼而去。巫归至门，生榻上已呻。既醒，女室之香奁什具，何色何名，历言不爽。女闻之，益骇，阴感其情之深。

生既离床寝，坐立凝思，忽忽若忘。每伺察阿宝，希幸一再进之。浴佛节，闻将降香水月寺，遂早旦往候道左，目眩睛劳。日涉午，女始至，自车中窥见生，以掺手搴帘，凝睇不转。生益动，尾从之。女忽命青衣来诘姓字。生殷勤自展，魂益摇。车去始归。归复病，冥然绝食，梦中辄呼宝名，每自恨魂不复灵。家旧养一鹦鹉，忽毙，小儿持弄于床。生自念：倘得身为鹦鹉，振翼可达女室。心方注想，身已翩然鹦鹉，遽飞而去，直达宝所。女喜而扑之，锁其肘，饲以麻子。大呼曰："姐姐勿锁！我孙子楚也！"女大骇，解其缚，亦不去。女祝曰："深情已篆中心。今已人禽异类，姻好何可复圆？"鸟云："得近芳泽，于愿已足。"他人饲之不食，女自饲之则食；女坐则集其膝，卧则依其床。如是三日，女甚怜之。阴使人辁生，生则僵卧气绝已三日，但心头未冰耳。女又祝曰："君能复为人，当誓死相从。"鸟云："诳我！"女乃自矢。鸟侧目若有所思。少间，女束双弯，解履床下，鹦鹉骤下，衔履飞去。女急呼之，飞已远矣。

女使妪往探，则生已寤。家人见鹦鹉衔绣履来，堕地死，方共异之。生既苏即索履，众莫知故。适妪至，入视生，问履所自。生曰："是阿宝信誓物。借口相覆，小生不忘金诺也。"妪反命，女益奇之，故使婢泄其情于母。母审之确，乃曰："此子才名亦不恶，但有相如之贫。择数年得婿若此，恐将为显者笑。"女以履故，矢不他。翁媪从之，驰报生。生喜，疾顿瘳。翁议赘诸家。女曰："婿不可久处岳家。况郎又贫，久益为人贱。儿既诺之，处蓬茅而甘藜藿，不怨也。"生乃亲迎成礼，相逢如隔世欢。

自是家得奁妆小阜，颇增物产。而生痴于书，不知理家人生业。女善居积，亦不以他事累生，居三年家益富。生忽病消渴，卒。女哭之痛，泪眼不晴，至绝眠食，劝之不纳，乘夜自经。婢觉之，急救而醒，终亦不食。三日集亲党，将以殓生。闻棺中呻以息，启之，已复活。自言："见冥王，以生平朴诚，命作部曹。忽有人白：'孙部曹之妻将至。'王稽鬼录，言：'此未应便死。'又白："不食三日矣。'王顾谓：'感汝妻节义，姑赐再生。'因使驭卒控马送余还。"由此体渐平。值岁大比，入闱之前，诸少年玩弄之，共拟隐僻之题七，引生僻处与语，言："此某家关节，敬秘相授。"生信之，昼夜揣摩制成七艺，众隐笑之。时典试者虑熟题有蹈袭弊，力反常经，题纸下，七艺皆符。生以是抢魁。明年举进士，授词林。上闻异，召问之，生具启奏，上大嘉悦。后召见阿宝，赏贲有加焉。

异史氏曰："性痴则其志凝，故书痴者文必工，艺痴者技必良。世之落拓而无成者，皆自谓不痴者也。且如粉花荡产，卢雉倾家，顾痴人事哉！以是知慧黠而过，乃是真痴，彼孙子楚何痴乎！"

集痴类十：窖锭食贫，对客辄夸儿慧，爱儿不忍教读，讳病恐人知，出资赚人嫖，窃赴饮会赚人赌，倩人作文欺父兄，父子账目太清，家庭用机械，喜子弟善赌。

叶生

淮阳叶生者,失其名字。文章词赋,冠绝当时,而所遇不偶,困于名场。会关东丁乘鹤来令是邑,见其文,奇之,召与语,大悦。使即官署受灯火,时赐钱谷恤其家。值科试,公游扬于学使,遂领冠军。公期望綦切,闱后索文读之,击节称叹。不意时数限人,文章憎命,及放榜时,依然铩羽。生嗒丧而归,愧负知己,形销骨立,痴若木偶。公闻,召之来而慰之;生零涕不已。公怜之,相期考满入都,携与俱北。生甚感佩。辞而归,杜门不出。无何寝疾。公遗问不绝,而服药百裹,殊罔所效。

公适以忤上官免,将解任去。函致之,其略云:"仆东归有日,所以迟迟者,待足下耳。足下朝至,则仆夕发矣。"传之卧榻。生持书啜泣,寄语来使:"疾革难遽瘥,请先发。"使人返白。公不忍去,徐待之。

逾数日,门者忽通叶生至。公喜,迎而问之。生曰:"以犬马病,劳夫子久待,万虑不宁。今幸可从杖履。"公乃束装戒旦。抵里,命子师事生,夙夜与俱。公子名再昌,时年十六,尚不能文。然绝慧,凡文艺三两过,辄无遗忘。居之期岁,便能落笔成文。益之公力,遂入邑痒。生以生平所拟举业悉录授读,闱中七题,并无脱漏,中亚魁。公一日谓生曰:"君出余绪,遂使孺子成名。然黄钟长弃若何!"生曰:"是殆有命!借福泽为文章吐气,使天下人知半生沦落,非战之罪也,愿亦足矣。且士得一人知己可无憾,何必抛却白纻,乃谓之利市哉!"公以其久客,恐误岁试,劝令归省。生惨然不乐,公不忍强,嘱公子至都为之纳粟。公子又捷南宫,授部中主政,携生赴监,与共晨夕。逾岁,生入北闱,竟领乡荐。会公子差南河典务,因谓生曰:"此去离贵乡不远。先生奋迹云霄,锦还为快。"生亦喜。择吉就道,抵淮阳界,命仆马送生归。

见门户萧条,意甚悲恻。逡巡至庭中,妻携簸具以出,见生,掷具骇走。生凄然曰:"今我贵矣!三四年不觌,何遂顿不相识?"妻遥谓曰:"君死已久,何复言贵?所以久淹君枢者,以家贫子幼耳。今阿大亦已成立,将卜窀穸,勿作怪异吓生人。"生闻之,怃然惆怅。逡巡入室,见灵枢俨然,扑地而灭。妻惊视之,衣冠履舄如蜕委焉。大恸,抱衣悲哭。子自塾中归,见结驷于门,审所自来,骇奔告母。母挥涕告诉。又细询从者,始得颠末。从者返,公子闻之,涕堕垂膺。即命驾哭诸其室;出囊为营丧,葬以孝廉礼。又厚遗其子,为延师教读。言于学使,逾年游泮。

异史氏曰:"魂从知己竟忘死耶?闻者疑之,余深信焉。同心倩女,至离枕上之魂;千里良朋,犹识梦中之路。而况茧丝蝇迹,吐学士之心肝;流水高山,通我曹之性命者哉!嗟乎!遇合难期,遭逢不偶。行踪落落,对影长愁;傲骨嶙嶙,搔头自爱。叹面目之酸涩,来鬼物之揶揄。频居康了之中,则须发之条条可丑;一落孙山之外,则文章之处处皆疵。古今痛哭之人,卞和惟尔;颠倒逸群之物,伯乐伊谁?抱刺于怀,三年灭字,侧身以望,四海无家。人生世上,只须合眼放步,以听造物之低昂而已。天下之昂藏沦落如叶生者,亦复不少,顾安得令威复来而生死从之也哉?噫!"

辛十四娘

广平冯生,少轻脱,纵酒。昧爽偶行,遇一少女,着红帔,容色娟好。从小奚奴,蹑露奔波,履袜沾濡。心窃好之。薄暮醉归,道侧故有兰若,久芜废,有女子自内出,则向丽人也,忽见生来,即转身入。阴思:丽者何得在禅院中?絷驴于门,往觇其异。入则断垣零落，阶上细草如毯。彷徨间，一斑白叟出，衣帽整洁，问："客何来？"生曰："偶过古刹，欲一瞻仰。"因问："翁何至此？"叟曰："老夫流寓无所，暂借此安顿细小。既承宠降，山茶可以当酒。"乃肃宾入。见殿后一院，石路光明，无复榛莽。入其室，则帘幌床幕，香雾喷人。坐展姓字，云："蒙叟姓辛。"生乘醉遽问曰："闻有女公子未适良匹，窃不自揣愿以镜台自献。"辛笑曰："容谋之荆人。"生即索笔为诗："千金觅玉杵，殷勤手自将。云英如有意，亲为捣玄霜。"主人笑付左右。少间，有婢与辛耳语。辛起慰客耐坐，牵幕入，隐约数语即趋出。生意必有佳报，而辛乃坐与啁嗻，不复有他言。生不能忍，问曰："未审意旨，幸释疑抱。"辛曰："君卓荦士，倾风已久，但有私衷所不敢言耳。"生固请，辛曰："弱息十九人，嫁者十有二。醮命任之荆人，老夫不与焉。"生曰："小生只要得今朝领小奚奴带露行者。"辛不应，相对默然。闻房内嘤嘤腻语，生乘醉搴帘曰："伉俪既不可得，当一见颜色，以消吾憾。"内闻钩动，群立愕顾。果有红衣人，振袖倾鬟，亭亭拈带。望见生入，遍室张皇。辛怒，命数人捽生出。酒愈涌上，倒榛芜中，瓦石乱落如雨，幸不着体。

卧移时，听驴子犹龁草路侧，乃起跨驴，踉跄而行。夜色迷闷，误入涧谷，狼奔鸱叫，竖毛寒心。踟蹰四顾，并不知其何所。遥望苍林中灯火明灭，疑必村落，竟驰投之。仰见高阂，以策挝门，内问曰："何人半夜来此？"生以失路告，内曰："待达主人。"生累足鹄俟。忽闻振管辟扉，一健仆出，代客捉驴。生入，见室甚华好，堂上张灯火。少坐，有妇人出，问客姓氏，生以告。逾刻，青衣数人扶一老妪出，曰："郡君至。"生起立，肃身欲拜。妪止之坐，谓生曰："尔非冯云子之孙耶？"曰："然。"妪曰："子当是我弥甥。老身钟漏并歇，残年向尽，骨肉之间，殊多乖阔。"生曰："儿少失怙，与我祖父处者，十不识一焉。素未拜省，乞便指示。"妪曰："子自知之。"生不敢复问，坐对悬想。

妪曰："甥深夜何得来此？"生以胆力自矜诩，遂历陈所遇。妪笑曰："此大好事。况甥名士，殊不玷于姻娅，野狐精何得强自高？甥勿虑，我能为若致之。"生谢唯唯。妪顾左右曰："我不知辛家女儿遂如此端好。"青衣人曰："渠有十九女，都翩翩有风格，不知官人所聘行几？"生曰："年约十五余矣。"青衣曰："此是十四娘。三月间，曾从阿母寿郡君，何忘却？"妪笑曰："是非刻莲瓣为高履，实以香屑，蒙纱而步者乎？"青衣曰："是也。"妪曰："此婢大会作意，弄媚巧。然果窈窕，阿甥赏鉴不谬。"即谓青衣曰："可遣小狸奴唤之来。"青衣应诺去。

移时，入白："呼得辛家十四娘至矣。"旋见红衣女子，望妪俯拜。妪曰："后为我家甥妇，勿得修婢子礼。"女子起，娉娉而立，红袖低垂。妪理其鬓发，捻其耳环，曰："十四娘近在闺中作么生？"女低应曰："闲来只挑绣。"回首见生，羞缩不安。妪曰："此吾甥也。盛意与儿作姻好，何便教迷途，终夜窜溪谷？"女俯首无语。妪曰："我唤汝非他，欲为吾甥作伐耳。"女默默而已。妪命扫榻展裯褥，即为合卺。女腆然曰："还以告之父母。"妪曰："我为汝作冰，有何舛谬？"女曰："郡君之命，父母当不敢违，然如此草草，婢子即死，不敢奉命！"妪笑曰："小女子志不可夺，真吾甥妇也！"乃拔女头上金花一朵，付生收之。命归家检历，以良辰为定。乃使青衣送女去。听远鸡已唱，遣人持驴送生出。数步外，欻一回顾，则村舍已失，但见松楸浓黑，蓬颗蔽冢而已。定想移时，乃悟其处为薛尚书墓。

薛乃生故祖母弟，故相呼以甥。心知遇鬼，然亦不知十四娘何人。咨嗟而归，漫检历以待之，而心恐鬼约难恃。再往兰若，则殿宇荒凉，问之居人，则寺中往往见狐狸云。阴念：若得丽人，狐亦自佳。至日除舍扫途，更仆眺望，夜半犹寂，生已无望。顷之门外哗然，屣出窥，则绣幰已驻于庭，双鬟扶女坐青庐中。妆奁亦无长物，惟两长鬣奴扛一扑满，大如瓮，息肩置堂隅。生喜得佳丽偶，并不疑其异类。问女曰："一死鬼，卿家何帖服之甚？"女曰："薛尚书，今作五都巡环使，数百里鬼狐皆备扈从，故归墓时常少。"生不忘寒修，翼日往祭其墓。归见二青衣，持贝锦为贺，竟委几上而去。生以告女，女曰："此郡君物也。"

邑有楚银台之公子，少与生共笔砚，颇相狎。闻生得狐妇，馈遗为馈，即登堂称觞。越数日，又折简来招饮。女闻，谓生曰："曩公子来，我穴壁窥之，其人猿睛鹰准，不可与久居也。宜勿往。"生诺之。翼日公子造门，问负约之罪，且献新什。生评涉嘲笑，公子大惭，不欢而散。生归笑述于房，女惨然曰："公子豺狼，不可狎也！子不听吾言，将及于难！"生笑谢之。后与公子辄相诿诼，前隙渐释。会提学试，公子第一，生第二。公子沾沾自喜，走伻来邀生饮，生辞；频招乃往。至则知为公子初度，客从满堂，列筵甚盛。公子出试卷示生，亲友叠肩叹赏。酒数行，乐奏于堂，鼓吹伧伫，宾主甚乐。公子忽谓生曰："谚云：'场中莫论文。'此言今知其谬。小生所以忝出君上者，以起处数语略高一筹耳。"公子言已，一座尽赞。生醉不能忍，大笑曰："君到于今，尚以为文章至是耶！"生言已，一座失色。公子惭忿气结。客渐去，生亦遁。醒而悔之，因以告女。女不乐曰："君诚乡曲之儓也！轻薄之态，施之君子，则丧吾德；施之小人，则杀吾身。君祸不远矣！我不忍见君流落，请从此辞。"生惧而涕，且告之悔。女曰："如欲我留，与君约：从今闭户绝交游，勿浪饮。"生谨受教。

十四娘为人勤俭洒脱，日以纴织为事。时自归宁，未尝逾夜。又时出金帛作生计，日有赢余，辄投扑满。日杜门户，有造访者辄嘱苍头谢去。

一日，楚公子驰函来，女焚燕不以闻。翼日，出吊于城，遇公子于丧者之家，捉臂苦约，生辞以故。公子使圉人挽辔，拥抻以行。至家，立命洗腆。继辞凤退。公子要遮无已，出家姬弹筝为乐。生素不羁，向闭置庭中，颇觉闷损，忽逢剧饮，兴顿豪，无复萦念。因而醉酣，颓卧席间。公子妻阮氏，最悍妒，婢妾不敢施脂泽。日前，婢入斋中，为阮掩执，以杖击首，脑裂立毙。公子以生嘲慢故，衔生，日思所报，遂谋醉以酒而诬之。乘生醉寐，扛尸床间，合扉径去。生五更醒解，始觉身卧几上，起寻枕榻，则有物腻然，绁绊步履。摸之，人也。意主人遣僮伴睡。又蹴之不动，举之而僵，大骇，出门怪呼。厮役尽起，燕之，见尸，执生怒闹。公子出验之，诬生逼奸杀婢，执送广平。隔日，十四娘始知，清泣曰："早知今日矣！"因按日以金钱遗生。生见府尹，无理可伸，朝夕搒掠，皮肉尽脱。女自诣问，生见之，悲气塞心，不能言说。女知陷阱已深，劝令诬服，以免刑宪。生泣听命。

女还往之间，人咫尺不相窥。归家咨怅，遽遣婢子去。独居数日，又托媒媪购良家女，名禄儿，年及笄，容华颇丽，与同寝食，抚爱异于群小。生认误杀拟绞。苍头得信归，协述不成声。女闻，坦然若不介意。既而秋决有日，女始皇皇躁动，昼去夕来，无停履。每于寂所，于邑悲哀，至损眠食。一日，日晡，狐婢忽来。女顿起，相引屏语。出则笑色满容，料理门户如平时。翼日，苍头至狱，生寄语娘子一往永诀。苍头复命，女漫应之，亦不怆侧，殊落落置之；家人窃议其忍。忽道路沸传：楚银台革职，平阳观察奉特旨治冯生案。苍头闻之，喜告主母。女亦喜，即遣入府探视，则生已出狱，相见悲喜。俄捕公子至，一鞫，尽得其情。生立释宁家。归见女，泫然流涕，女亦相对怆楚，悲已而喜，然终不知何以得达上听。女笑指婢曰："此君之功臣也。"生愕问故。

先是，女遣婢赴燕都，欲达宫闱，为生陈冤抑。婢至，则宫中有神守护，徘徊御沟间，数月不得入。婢惧误事，方欲归谋，忽闻今上将幸大同，婢乃预往，伪作流妓。上至勾栏，极蒙宠眷。疑婢不似风尘人，婢乃垂泣。上问："有何冤苦？"婢对曰："妾原籍直隶广平，生员冯某之女。父以冤狱将死，遂鬻妾勾栏中。"上惨然，赐金百两。临行，细问颠末，以纸笔记姓名；且言欲与共富贵。婢言："但得父子团聚，不愿华腆也。"上颔之，乃去。婢以此情告生。生急起拜，泪眦双荧。居无几何，女忽谓生曰："妾不为情缘，何处得烦恼？

君被逮时，妾奔走戚眷间，并无一人代一谋者。尔时酸衷，诚不可以告诉。今视尘俗益厌苦。我已为君蓄良偶，可从此别。"生闻，泣伏不起，女乃止。夜遣禄儿侍生寝，生拒不纳。朝视十四娘，容光顿减；又月余，渐以衰老；半载，黯黑如村妪；生敬之，终不替。女忽复言别，且曰："君自有佳侣，安用此鸠盘为？"生哀泣如前日。又逾月，女暴疾，绝饮食，羸卧闺闼。生侍汤药，如奉父母。巫医无灵，竟以溘逝。生悲悼欲绝。即以婢赐金，为营斋葬。数日，婢亦去，遂以禄儿为室。逾年，生一子。然比岁不登，家益落。夫妻无计，对影长愁。忽忆堂陬扑满，常见十四娘投钱于中，不知尚在否。近临之，则豉具盐盎，罗列殆满。头头置去，箸探其中，坚不可入。扑而碎之，金钱溢出。由此顿大充裕。

后苍头至太华、遇十四娘，乘青骡，婢子跨蹇以从，问："冯郎安否？"且言："致意主人，我已名列仙籍矣。"言讫不见。

异史氏曰："轻薄之词，多出于士类，此君子所悼惜也。余尝冒不韪之名，言冤则已迂，然未尝不刻苦自励，以勉附于君子之林，而祸福之说不与焉。若冯生者，一言之微，几至杀身，苟非室有仙人，亦何能解脱囹圄，以再生于当世耶？可惧哉？"

促织

宣德间，宫中尚促织之戏，岁征民间。此物故非西产。有华阴令，欲媚上官，以一头进，试使斗而才，因责常供。令以责之里正。

市中游侠儿，得佳者笼养之，昂其直，居为奇货。里胥猾黠，假此科敛丁口，每责一头，辄倾数家之产。

邑有成名者，操童子业，久不售。为人迂讷，遂为猾胥报充里正役，百计营谋不能脱。不终岁，薄产累尽。会征促织，成不敢敛户口，而又无所赔偿，忧闷欲死。妻曰："死何益？不如自行搜觅，冀有万一之得。"成然之。早出暮归，提竹筒铜丝笼，于败堵丛草处探石发穴，靡计不施，迄无济。即捕三两头，又劣弱，不中于款。宰严限追比，旬余，杖至百，两股间脓血流离，并虫不能行捉矣。转侧床头，惟思自尽。时村中来一驼背巫，能以神卜。成妻具资诣问，见红女白婆，填塞门户。入其室，则密室垂帘，帘外设香几。问者爇香于鼎，再拜。巫从旁望空代祝，唇吻翕辟，不知何词，各各竦立以听。少间，帘内掷一纸出，即道人意中事，无毫发爽。成妻纳钱案上，焚香以拜。食顷，帘动，片纸抛落。拾视之，非字而画，中绘殿阁类兰若，后小山下怪石乱卧，针针丛棘，青麻头伏焉；旁一蟆，若将跳舞。展玩不可晓。然睹促织，隐中胸怀，折藏之，归以示成。成反复自念："得无教我猎虫所耶？"细瞻景状，与村东大佛阁真逼似。乃强起扶杖，执图诣寺后，有古陵蔚起。循陵而走，见蹲石鳞鳞，俨然类画。遂于蒿莱中侧听徐行，似寻针芥，而心、目、耳力俱穷，绝无踪响。冥搜未已，一癞头蟆猝然跃去。成益愕，急逐之。蟆入草间，蹑迹披求，见有虫伏棘根，遽扑之，入石穴中。掭以尖草不出，以筒水灌之始出。状极俊健，逐而得之。审视：巨身修尾，青项金翅。大喜，笼归，举家庆贺，虽连城拱璧不啻也。土于盆而养之，蟹白栗黄，备极护爱。留待限期，以塞官责。

成有子九岁，窥父不在，窃发盆，虫跃踯径出，迅不可捉。及扑入手，已股落腹裂，斯须就毙。儿惧，啼告母。母闻之，面色灰死，大骂曰："业根，死期至矣！翁归，自与汝复算耳！"儿涕而出。未几成人，闻妻言如被冰雪。怒索儿，儿渺然不知所往；既而，得其尸于井。因而化怒为悲，抢呼欲绝。夫妻向隅，茅舍无烟，相对默然，不复聊赖。

日将暮，取儿藁葬，近抚之，气息惙然。喜置榻上，半夜复苏，夫妻心稍慰。但儿神气痴木，奄奄思睡，成顾蟋蟀笼虚，则气断声吞，亦不复以儿为念，自昏达曙，目不交睫。

东曦既驾，僵卧长愁。忽闻门外虫鸣，惊起觇视，虫宛然尚在，喜而捕之。一鸣辄跃去，行且速。覆之以掌，虚若无物；手裁举，则又超而跃。急趁之，折过墙隅，迷其所往。徘徊四顾，见虫伏壁上。审谛之，短小，黑赤色，顿非前物。成以其小，劣之；惟彷徨瞻顾，寻所逐者。壁上小虫，忽跃落襟袖间，视之，形若土狗，梅花翅，方首长胫，意似良。喜而收之。将献公堂，惴惴恐不当意，思试之斗以觇之。

村中少年好事者，驯养一虫，自名"蟹壳青"，日与子弟角，无不胜。欲居之以为利，而高其直，亦无售者。径造庐访成。视成所蓄，掩口胡卢而笑。因出己虫，纳比笼中。成视之，庞然修伟，自增惭怍，不敢与较。少年固强之。顾念：蓄劣物终无所用，不如拼搏一笑。因合纳斗盆。小虫伏不动，蠢若木鸡。少年又大笑。试以猪鬣毛撩拨虫须，仍不动。少年又笑。屡撩之，虫暴怒，直奔，遂相腾击，振奋作声。俄见小虫跃起，张尾伸须，直龁敌领。少年大骇，解令休止。虫翘然矜鸣，似报主知。成大喜。

方共瞻玩，一鸡瞥来，径进一啄。成骇立愕呼。幸啄不中，虫跃去尺有咫。鸡健进，逐逼之，虫已在爪下矣。成仓猝莫知所救，顿足失色。旋见鸡伸颈摆扑；临视，则虫集冠上，力叮不释。成益惊喜，掇置笼中。

翼日进宰。宰见其小，怒诃成。成述其异，宰不信。试与他虫斗，虫尽靡；又试之鸡，果如成言。乃赏成，献诸抚军。抚军大悦，以金笼进上，细疏其能。既入宫中，举天下所贡蝴蝶、螳螂、油利挞、青丝额……一切异状，遍试之，无出其右者。每闻琴瑟之声，则应节而舞，益奇之。上大嘉悦，诏赐抚臣名马衣缎。抚军不忘所自，无何，宰以"卓异"闻。宰悦，免成役；又嘱学使，俾入邑庠。后岁余，成子精神复旧，自言："身化促织，轻捷善斗，今始苏耳。"抚军亦厚赉成。不数岁，田百顷，楼阁万椽，牛羊蹄躈各千计。一出门，裘马过世家焉。

异史氏曰："天子偶用一物，未必不过此已忘；而奉行者即为定例。加之官贪吏虐，民日贴妇卖儿，更无休止。故天子一跬步皆关民命，不可忽也。第成氏子以蠹贫，以促织富，裘马扬扬。当其为里正、受扑责时，岂意其至此哉！天将以酬长厚者，遂使抚臣、令尹，并受促织恩荫。闻之：一人飞升，仙及鸡犬。信夫！"

（李笑蕊编，摘自蒲松龄：《聊斋志异》，中华书局，2009）

第四十八章 李汝珍及《镜花缘》

第一节 李汝珍简介

　　李汝珍，清代最著名的小说家之一，字松石，直隶大兴（今属北京市）人，所以人称"北平子"。他19岁时随兄李汝璜来海州，居住在板浦场盐保司大使衙门里。其后除两次去河南做官外，一直居住在海州。李汝珍受业于经学大师凌廷堪，与乔绍傅、乔绍侨、许乔林是同窗。到海州不久，李汝珍即娶许乔林堂姐为妻，与板浦二许结成姻亲。李汝珍博学多才，不仅精通文学、音韵等，还精于围棋。乾隆六十年（1795），曾于海州举行公奕，与九位棋友对局。后又辑录当时名手对弈的200余局棋谱，成书《受子谱》，于嘉庆二十二年（1817）刊行。许乔林在序言中称赞该书"为奕家最善之本"。李汝珍平生最大成就是写成古典名著《镜花缘》。此书是他在古海州地区采拾地方风物、乡土俚语及古迹史乘，"消磨三十多年层层心血"而写成的，是古海州地区直接产生的一部古典名著。《镜花缘》自嘉庆二十三年（1818）出版问世以来，一直受到各方关注。鲁迅、郑振铎、胡适、林语堂等大家对它都有研究，评价颇高。鲁迅在《中国小说史略》中称之为能"与万宝全书相邻比"的奇书。国外学者也致力于此书的研究，苏联女汉学家费施曼说该书是"熔幻想小说、历史小说、讽刺小说和游记小说于一炉的杰作。"《镜花缘》已被译成英、俄、德、日等文字。澳大利亚、韩国等国家的学者还相继来海州考察此书写作背景和作者生平。《镜花缘》是清代继红楼梦之后比较优秀的一部作品。作者借"海外奇谈"一则以寄寓自己的社会理想，一则以讥弹当代的黑暗现象。《镜花缘》竭力对一切社会问题发表意见，自"婚娶、葬殡、饮食、衣服，以及居家用度"的"失之过奢"，风鉴、择风水等迷信风俗的不近人情，都一一予以评论，提出了改革办法。然而作者毕竟生活在封建时代，他的观点依然有许多封建色彩。妇女当权，他依然不能接受，武则天和女儿国王，他都不是当正面人物来写的。武则天当政是"心月狐""错乱阴阳"；徐敬业叛乱失败，作者却深表同情。《镜花缘》继承了《山海经》中的《海外西经》、《大荒西经》的一些材料，经过作者的再创造，凭借他丰富的想象、幽默的笔调，运用夸张、隐喻、反衬等手法，创造出了结构独特、思想新颖的长篇小说。但是小说刻画人物的性格较差，众才女的个性不够鲜明。尤其后半部偏重于知识的炫耀，人物形象性不足。所以鲁迅说"则论学说艺，数典谈经，连篇累牍而不能自已矣。"

第二节 《镜花缘》简介

　　《镜花缘》写唐女皇武则天令百花寒天开放；众花神不敢违旨，开花后遭到天谴，被贬为凡间的一百个女子。而花神领袖百花仙则托生为唐敖女小山。唐敖科举落第，心情郁闷，随妻弟林之洋泛海出游，经舵工多九公向导，历观海外诸国异人异事后入小蓬莱求仙不返。小山思亲心切，出海寻父，却意外地在小蓬莱泣红亭内录得一卷"天书"。回国后恰逢女试，录取百女，实则令被贬花神在人间重聚。小说内容庞杂，涉猎的知识面广阔。作品颂扬女性的才能，充分肯定女子的社会地位，批判男尊女卑、女子无才便是德的封建观念。作者借"海外见闻"颂扬才女的智慧才干。例如，黑齿国的红红，小小年纪竟把天朝大贤、满腹才学的男子问得"汗如雨下"，"抓耳搔腮"，"满面青红，恨无地缝可钻"。如女射手的本领，远远超过男猎户；颜紫绡女中剑侠，飞檐走壁，神出鬼没；枝兰音、林婉如精通音韵；米兰芬俨然是位数学家。另外像宫娥上官婉儿"学问非凡"，"才情敏捷"，"胸罗锦绣，口吐珠玑"，作诗又快又好，朝臣无不拜服。以女性为中心的"女儿国"，"男子反穿衣裙，作为妇人，以治内事；女子反穿靴帽，作为男人，以治外事"。女子的智慧、才能都不弱于男子，从皇帝到辅臣都是女子。这里反映出作者对男女平等、女子和男人具有同样社会地位的良好愿望。虽然自明中叶以来，不乏歌颂妇女才能的作品，但是"女儿国"却是李汝珍的独创。作者借想象中的"君子国"，表现他的社会理想。"君子国"是个"好让不争"的"礼乐之邦"。城门上写着"惟善为宝"四个大字。"国主向有严谕，臣民如将珠宝进献，除将本物烧毁，并问典刑"。这里的宰相，"谦恭和蔼"，平易近人，"脱尽仕途习气"，使人感到可亲可敬。这里的人民互谦互让，"士庶人等，无论富贵贫贱，举止言谈，莫不恭而有礼"，"耕者让畔，行者让路"。卖主力争少要钱，售出上等货；买主力争付高价，取次等货，彼此相让不下。小说以此来否定专横跋扈、贪赃枉法的封建官场和尔虞我诈、钩心斗角的现实社会。作者以辛辣而幽默的文笔，嘲讽那些金玉其外、败絮其中的冒牌儒生。在"白民国"装腔作势的学究先生，居然将《孟子》上的"幼吾幼，以及人之幼"读作"切吾切，以反人之切"。这样的不学无术之辈，又是视"一钱如命"，尽想占便宜的唯利是图者。"淑士国"到处竖着"贤良方正"、"德行耆儒"、"聪明正直"等金匾，各色人等的衣着都是儒巾素服。他们举止斯文，满口"之乎者也"，然而却斤斤计较，十分吝啬，酒足饭饱后连吃剩下的几个盐豆都揣到怀里，即使一根用过的秃牙杖也要放到袖子里。作品以内外对照的手法揭露这些假斯文的酸腐气，淋漓尽致地讽刺了儒林的丑态。作者还以漫画的手法，嘲讽和批判种种品质恶劣和行为不端的人们。"两面国"的人天生两面脸，对着人一张脸，背着人又是一张脸。即使对着人的那张脸也是变化无常，对"儒巾绸衫"者，便"和颜悦色，满面谦恭光景"，对破旧衣衫者，冷冷淡淡，话无半句。一旦人们揭开他的浩然巾，就露出一副狰狞的本相。"无肠国"里富翁刻薄成性，用粪做饭供应奴仆。"穿胸国"的人心又歪又黑。"翼民国"的人头长五尺，都因好听奉承而致。"结胸国"的人胸前高出一块，只缘好吃懒做。"犬封国"的人长着狗头。"豕喙国"的人长着一张猪嘴。皆极尽讽刺挖苦之能事。

第三节　《镜花缘》选段

第五回

俏宫娥戏嘲桦皮树　武太后怒贬牡丹花

话说太监把炭火预备，上林苑牡丹二千株，转眼间已用炭火炙了一半。群芳圃也是如此。上官婉儿向公主轻轻笑道：“此时只觉四处焦香扑鼻；倒也别有风味。向来公主最喜赏花，可曾闻过这样异香么？”公主也轻轻笑道：“据我看来，今日不独赏花，还炮制药料哩。”上官婉儿道：“请教公主，是何药料？”公主笑道：“好好牡丹。不去浇灌，却用火炙，岂非六味丸用的炙丹皮么？”上官婉儿笑道：“少刻再把所余二千株也都炙枯，将来倒可开个丹皮药材店哩。向来俗传有‘击鼓催花’之说。今主上催花，与众不同，纯用火攻，可谓‘霸王风乐’了。”公主道：“闻得向来你将各花有‘一卜二师’、‘十二友’、‘十二婢’之称，不知何意。此时主上正在指拨宫人炮制牡丹，趁此无事。何不将师、友、婢的寓意谈谈呢？”上官婉儿道：“这是奴婢偶尔游戏，倘说的不是，公主莫要发笑。所谓师者，即如牡丹、兰花、梅花、菊花、桂花、莲花、芍药、海棠、水仙、腊梅、杜鹃、玉兰之类，或古香自异，或国色无双，此十二种，品列上等。当其开时，虽亦玩赏，然对此态浓意远，骨重香严，每觉肃然起敬，不啻事之如师，因而叫做‘十二师’。他如珠兰、茉莉、瑞香、紫薇、山茶、碧桃、玫瑰、丁香、桃花、杏花、石榴、月季之类，或风流自赏，或清芬宜人，此十二种，品列中等。当其开时，凭栏拈韵，相顾把杯，不独蔼然可亲，真可把袂共话，亚似投契良朋，因此称之为‘友’。至如凤仙、蔷薇、梨花、李花、木香、芙蓉、蓝菊、栀子、绣球、罂粟、秋海棠、夜来香之类，或嫣红腻翠，或送媚含情，此十二种，品列下等。当其开时，不但心存爱憎，并且意涉亵狎，消闲娱目，宛如解事小鬟一般，故呼之为‘婢’。惟此三十六种，可师，可友，可婢。其余品类虽多，或产一隅之区，见者甚少；或乏香艳之致，别无可观。故奴婢悉皆不取。”公主道：“你把三十六花，借师、友、婢之意，分为上、中、下三等，固因各花品类，与之区别。据我看来，其中似有爱憎之偏。即如芙蓉应列于友，反列于婢，月季应列于婢，反列于友，岂不叫芙蓉抱屈么？”上官婉儿道：“芙蓉生成媚态娇姿，外虽好看，奈朝开暮落，其性无常。如此之类，岂可与友？至月季之色虽稍逊芙蓉，但四时常开，其性最长，如何不是好友？”

正在谈论，已交巳初。只见宫人纷纷来报，此处同群芳圃牡丹，俱已放叶含苞，顷刻就要开花了。武后道：“原来他晓得朕的炮制利害！既如此，权且赐恩，把火撤去。”宫人遵旨，撤去炭火。霎时，各处牡丹大放。连那炭火炙枯的，也都照常开花。如今世上所传的枯枝牡丹，淮南卞仓最多。无论何时，将其枝梗摘下，放入火内，如干柴一般。登时就可烧着。这个异种，大约就是武则天留的“甘棠遗爱”。当时武后见牡丹已放，怒气虽消，心中究竟不快，因下一道御旨道：“昨朕赏雪，偶尔高兴，欲赴上苑赏花，曾降敕旨，令百花于来晨黎明齐放，以供玩赏。牡丹乃花中之王，理应遵旨先放，今开在群花之后，明系玩误。本应尽绝其种。姑念素列药品，尚属有用之材，着贬去洛阳。所有大内牡丹四千株，俟朕宴过群臣，即命兵部派人解赴洛阳，着该处节度使章更，每岁委员采贡丹皮若干石，以备药料之用。”此旨下过，后来纷纷解往，日渐滋生。所以天下牡丹至今惟有洛阳最盛。

武后又命司花太监，将上林苑、群芳圃所开各花，细细查点，共计若干种，开单呈览。其中如有外域及各处所贡者，亦皆一一载明。太监领旨，登时查明，共九十九种，把名目开列清单呈上。武后见各花开的如许之多，颇有喜色，把单子递给公主观看。因向上官婉儿笑道：“你向有才女之名，最是博古通今，可曾见过灵芝、铁树均在残冬开花？那洛如、青囊、瑞圣、曼陀罗各花来历，可都晓得么？”上官婉儿奏道：“臣婢向闻灵芝产自名山，乃神仙所服。因其每岁三花，又名‘三秀’。虽前古圣明之世，亦属罕有。今不独芬芳大放，并有五色之异。至铁树开花，尤属罕见。相传每逢丁卯年，或可一放，今系甲申，更非其时。不意竟于寒冬，与灵芝一齐吐艳，实为国家嘉祥。洛如花，据古人传说，其种既不易得，其花尤为少见，惟国有文人，始能放花。青囊花，案史鉴本出契丹。其详虽不可考，然以‘青囊’二字言之，据《晋书》，当日郭公曾得青囊之秘，象属文明。今同洛如一并开放，必主人文辅佐圣明之兆。他如瑞圣花，一经开放，必经九月之久，象主国祚永长。曼陀罗花，当时世尊说法，上天雨之，象主西方宁溢。以上各花，皆为希世之宝，今俱遵旨立时齐放，真是主上洪福齐天所致，可谓亘古未有盛事，亦是千秋一段佳话。"

公主道："今观洛如、青囊所放之花，不独鲜艳冠于群芳，而且枝多连理，花皆并蒂。以阴阳、奇偶而论，连理、并蒂为双，属阴，阴为女象。适才上官婉儿所奏洛如、青囊主文，以臣女所见，连理、并蒂主女。据这景象，将来必主圣上广得闺才之兆。盖圣上既奉天运承了大统，天下闺中，自应广育英才，以为辅弼，亦如古之八元、八恺，风云际会。所以草木有知，也都预为呈兆。臣等叨蒙圣上洪福，恭逢其盛，不胜欢欣颂祷！"于是率领众宫人山呼叩贺。武后听罢，不觉大悦道："此虽上天垂象，但朕何德何能，岂敢妄冀巾帼中有八元、八恺之盛。倘得一二良才，共理朝纲，得备顾问，心愿也就足了。"于是分付宫人，即与众花挂红。并降敕旨，封洛如花为"文运女史"，青囊花为"文化女史"。又命太监制金牌二面，一镌"文运女史"，一镌"文化女史"。登时制就，挂于洛如、青囊之上。谁知各花一经挂红，开的更觉鲜艳。那洛如、青囊挂了金牌，尤其茂盛，不独并蒂，并从花心又出一花。武后越看越爱，不觉喜笑颜开道："此时洛如、青囊二花，经朕封为女史，莫不蒂中结蕊，花中套花，真是双双吐艳，两两争妍。若以奇偶而论，其为坤象无疑。公主所言闺才之兆，实非无因。但向来两花并放，谓之并蒂。至花心又出一花，却是罕见，历来亦无其名。若据形状，宛然子伏母怀，似宜呼为'怀中抱子'，现在各花将及百种，至并蒂以及怀中抱子，只得洛如、青囊二种。今特降旨：'众花中如再开有并蒂或怀中抱子者，即赐金牌一面，并赏御酒三杯。'"说罢，将旨写了，随即张挂。却也作怪：不多时，各花中竟有十余种开出并蒂。至"怀中抱子"，虽有数种，内中惟石榴最盛。武后即命宫人各赏金牌，并奠御酒。

公主道："臣女向在上苑游玩，石榴甚少。今岁忽有数百株之多，不独五色俱备，并有花心另挺枝叶，复又生出怀中抱子。奇奇幻幻，夺尽造物之巧。如此异种，不知从何而来？"武后道："此处石榴，乃朕特命陇右节度使史逸从西域采办来的。据说此花颜色种类既多不同，并有夏秋常开者。此时不但开出异色，且多怀中抱子。世俗本有'榴开见子'之说，今又开出怀中抱子，多子之象，无过于此。宜封为'多子丽人'。朕见此花，偶然想起侄儿武八思，年已四旬，尚无子息，昨朕派往东郡镇防海口，何不将此送去，以为侄儿得子之兆！"于是分付太监，俟宴过群臣，即将石榴二百株，传谕兵部，解交武八王爷查收。此花后来送至东海郡，附近流传，莫不保护。所以沭阳地方，至今仍有异种，并有一株而开五色者。每花一盆，非数十金不可得，真可甲于天下。

武后正在分付，只见宫人奏道："现在查点各处牡丹，除解洛阳四千株，仍余四百株，应栽何处，请旨定夺。"武后道："所有大内牡丹，俟宴赏后，毋许留存一株。这样丧心负恩，岂可仍留于此！所余四百株，朕闻淮南节度使文隐，昨在剑南剿灭倭寇，颇为出力，现在积劳成疾。闻彼处牡丹甚少。可将此花赐给文隐，令其玩花养病，以示朕轸念劳臣之意。"宫人领旨。武后又到群芳圃看了一遍，分付摆要与公主赏花饮酒。未知如何，下回分解。

第六回

众宰承宣游上苑　百花获谴降红尘

话说武后分付摆宴，与公主赏花饮酒。次日下诏，命群臣齐赴上苑赏花，大排筵宴。

并将九十九种花名，写牙签九十九根，放于筒内，每掣一签，俱照上面花名做诗一首。武后因前日赏雪，上官婉儿做了许多诗，毫不费力，知他学问非凡。意欲卖弄他的才情，所以也令上官婉儿与群臣一同做诗。先交卷者，赐大缎二匹；交卷过迟者，罚酒三巨觥。所有题目，或五言、七言，或用何韵，皆临时掣签，以免众人之疑。谁知一连做了几首，总是上官婉儿第一交卷。这日共做了五十首诗，上官婉儿就得了五十分赏赐。次日又同群臣做了四十九首诗，上官婉儿只得了四十八分半的赏赐。因交卷之时，内有一位臣子，不前不后，恰恰同他一齐交卷，因此分了一半赏赐。总而言之，一连两日，并无一人在上官婉儿之先交卷。不但才情敏捷，而且语句清新，真是"胸罗锦绣，口吐珠玑"。诸臣看了，莫不吐舌，都道："天生奇才，自古无二！"

武后连日赏花，虽然欢喜，就只恨上苑地势太阔，众花开的过多，每每一眼望去，那派美景，竟不能全在目前，心里只觉美中不足。于是下一道旨意，饬令工部于上苑适中之地，立时起一高台，以便四面眺望，就取各花开放将及百种之意，名"百花台"。自从宴过群臣，日与公主在百花台赏花。

那百花仙子那日同麻姑着棋，因落雪无事，足足着到天明。及至五盘着完，已有辰时光景。只见女童来报："外面众花齐放，甚觉可爱，请二位仙姑出去赏花。"二人出洞朝外一望，果然群花齐放，四处青红满目，艳丽非常，迥然别有天地。百花仙子看了，甚觉骇异，连忙推算，只吓的惊疑不止道："昨日我们着棋时，仙姑无意中曾有'终局后悔'之话，彼时小仙听了就觉生疑，不意今日果然生出一事。刚才我见众花开的甚奇，细细推算，谁知下界帝王昨日偶尔高兴，命我群花齐放。小仙只顾在此着棋，不知其详，未去奏明上帝，以致数百年前与嫦娥所定那个罚约，竟自输了。这却怎好？"麻姑不觉叹道："这总怪我们道行浅薄，只能晓得已往，不能深知未来。当时所定罚约，哪知数百年后，却有此事。昔日嫦娥因仙姑当众仙之面，语带讥刺，每每向我谈起，还有瞋怪之意。今既如此，他岂肯干休？仙姑要求无事，为今之计，惟有先将'失于觉察，未及请旨'的话，具表自行检举，一面即向嫦娥请罪，或可挽回。若不如此，不但嫦娥不肯干休，兼恐稽查各神参奏。必须早做准备，以免后患。"百花仙子道："具表自请处分，乃应分当行之事。若向嫦娥请罪，小仙实无此厚颜。况嫦娥自从与我口角，至今见面不交一言，我又何必恳他！"麻姑道："仙姑既不赔罪，将来可肯替他打扫落花？"百花仙子道："小仙修行多年，并非他的侍从，安能去作洒扫之事！当年我原有言在先：如爽前约，教我堕落红尘。今既犯了此誓？神明鉴察，岂能逃过此厄。这是小仙命该如此，所以不因不由，就有群花齐放一事，更有何言！只好静听天命。至于自行检举，也可不必了。"说罢，不觉满面愁容，道声"失陪"，即至本洞。两个女童把连日奉诏之事禀过。只见嫦娥那边命女童来请仙姑去扫落花。百花仙子只羞得满面绯红，因说道："你回去告知你家仙姑：我当日有言在先，如爽前约，情愿堕落红尘。今我既已失信，将来自然要受一番轮回之苦。只要你家仙姑留神，看我在那红尘中，有无根基，可能不失本性，日后缘满，还是另须苦修，方能返本，还是刚弃红尘，就能还原。到了那时，才知我的道行并非浅薄之辈哩。"女童答应去了……

一日，红孩儿、金童儿同青女儿、玉女儿，在人梦岩游幻洞备了酒果，替百花仙姑并诸位仙子饯行。请百草、百果、百谷、元女、织女、麻姑并四灵大仙，相陪饮酒。百花仙子因百草仙子说他将来下凡要遍历海外各国，恐有风波及妖魔盗贼之害，甚为忧惧。红孩儿道："仙姑只管放心！今日大家既来祖饯，都是休戚相关之人，将来设有危急，岂有袖手之理。此后倘在下界有难，如须某人即可解脱，不妨直呼其名，令其速降。我们一时心血来潮，自然即去相救。"金童儿道："何为'心血来潮'？小仙自来从未'潮'过，也不知'心血'是什么味，毕竟怎样'潮'法？求大仙把这情节说明，日后好等他来潮。"红孩儿道："我见下界说部书上往往有此一说，其实我也不知怎样潮法。大仙要问来历，你只问那做书的就明白了。"玉女儿道："下界说部原有几种好的。但如'心血来潮'旧套满篇的也就不少。你若追他来历，连他也是套来的，何能知道怎样潮法。方才红孩大仙说，百花仙姑如在下界有难，教他呼我众人之名前去相救，这话只怕错了。百花仙姑既已托生，岂能记得前生之事？若能呼我众人之名，与仙家何异？既是仙家，岂不自知趋避，何须呼人解脱，此话令人不解。"红孩儿道："呸，呸！这话我说错了！将来百花诸位仙姑如在下界有难，今日我等在座诸人，如系某位大仙或某位仙姑应分当去拯救的，本人即去相救；如须某人相帮，立即知会同往。彼此务须时时在意。事关百位仙姑，非同小可。倘有遗误，怠惰不前，教他也堕红尘！"只因红孩儿这句话，又生出许多事来。

当时青女儿、玉女儿都与百花仙子把盏。酒过数巡，百兽、百鸟、百介、百鳞四仙向百花仙子道："仙姑此去，小仙等无以奉饯，特赠灵芝一枝，此芝产于天皇盛世，至今二百余万年。因得先天正气，受日月精华，故仙凡服食，莫不寿与天齐。些须微意，望仙姑晒存。"百花仙子刚要道谢，只见百草、百果、百谷、元女、织女、麻姑六位仙子也接着说道："我等偶于海岛深山觅得回生仙草一枝，特来面呈，以为临别之赠。此草生于开辟之初，历年既深，故功有九转之妙，洵为希世奇珍。无论仙凡，一经服食，不惟起死回生，并能同天共老。区区微敬，略表离衷，亦望仙姑笑纳。"百花仙子忙向众仙道谢拜领，即托百草仙子代为收存，以备他年返本还原之用。青女儿道："这两种仙品，都是不死金丹，百草仙姑虽代为收存，切莫偷吃才好。诚恐日后百花仙姑在下界须用，一时呼名，命你送去，那时你虽'心血来潮'，若两手空空，无物可送，不独仙姑心血枉自来潮，并恐百花仙姑在下界守候着急，他的心血也要来潮哩！"说罢，合座不觉大笑。众仙祖饯未罢，早有几位仙姑限期已到，一个个各按年月，都往下界投胎去了。那百花仙子降生岭南唐秀才之家，乃河源县地方。未知如何，下回分解。

第七回

小才女月下论文科　老书生梦中闻善果

话说这位唐秀才，名敖，表字以亭。祖籍岭南循州海丰郡河源县，妻子久已去世，继娶林氏。兄弟唐敏，也是本郡秀士。弟妇史氏。至亲四口，上无父母。喜得祖上留下良田数顷，尽可度日。唐敏自进学后，无志功名，专以课读为业。唐敖素日虽功名心胜，无如秉性好游，每每一年倒有半年出游在外，因此学业分心，以致屡次赴试，仍是一领青衫。

恰喜这年林氏生了一女。将产时，异香满室，既非冰麝，又非旃檀，似花香而非花香。三日之中，时刻变换，竟有百种香气，邻舍莫不传以为奇，因此都将此地唤作"百香衢"。未生之先，林氏梦登五彩峭壁：醒来即生此女，所以取名小山。隔了两年，又生一子，就从姐姐小山之意，取名小峰。小山生成美貌端庄，天姿聪俊。到了四五岁，就喜读书，凡有书籍，一经过目，即能不忘。且喜家中书籍最富，又得父亲、叔叔指点，不上几年，文义早已精通。兼之胆量极大，识见过人，不但喜文，并且好武，时常舞枪耍棒，父母也禁他不住。

这年唐敖又去赴试，一日，正值皓月当空，小山同唐敏坐在檐下，玩月谈文。小山问道："爹爹屡赴科场，叔叔也是秀才，为何不去应试？"唐敏道："我素日功名心淡，且学业未精，去也无用。与其奔驰辛苦，莫若在家课读，倒觉自在。况命中不能发达，也强求不来的。"小山道："请问叔叔，当今既开科考文，自然男有男科，女有女科了。不知我们女科几年一考？求叔叔说明，侄女也好用功，早作准备。"唐敏不觉笑道："侄女今日怎么忽然讲起女科？我只晓得医书有个'女科'，若讲考试有甚女科，我却不知。如今虽是太后为帝，朝中并无女臣。莫非侄女也想发科发甲去做官？真是你爹爹一样心肠，可谓'父子天性'了。"小山道"侄女并非要去做官。因想当今既是女皇帝，自然该有女秀才、女丞相，以做女君辅弼，庶男女不致混杂，所以请问一声。哪知竟是未有之事。若这样说来，女皇帝倒用男丞相，这也奇了，既如此，我又何必读书，跟着母亲、婶婶习学针黹，岂不是好？"过了两日，把书果真收过，去学针黹。学了几时，只觉毫无意味，不如吟诗作赋有趣，于是仍旧读书。小山本来颖悟，再加时刻用功，腹中甚觉渊博，每与叔叔唱和，唐敏竟敌他不住，因此外面颇有才女之名。

谁知唐敖前去赴试，虽然连捷中了探花，不意有位言官上了一本，言："唐敖于宏道年间，曾在长安同徐敬业、骆宾王、魏思温、薛仲璋等，结拜异姓弟兄。后来徐、骆诸人谋为不轨，唐敖虽不在内，但昔日既与叛逆结盟，究非安分之辈。今名登皇榜，将来出仕，恐不免结党营私。请旨谪为庶人，以为结交匪类者戒。"本章上去，武后密访，唐敖并无劣迹，因此施恩，仍旧降为秀才。唐敖这番气恼，非同小可，终日思思想想，遂有弃绝红尘之意。

唐敏得了连捷喜音，恐哥哥需用，早已差人选了许多银两。唐敖有了路费，更觉放心，即把仆从遣回，自己带着行囊，且到各处游玩，暂解愁烦。一路上逢山起旱，遇水登舟，游来游去。业已半载，转瞬腊尽春初。这日，不知不觉到了岭南，前面已是妻舅林之洋门首，相隔自己家内不过二三十里。路途虽近，但意懒心灰，羞见兄弟妻子之面，意欲另寻胜境畅游，又不知走哪一路才好。一时无聊，因命船户把船拢岸。上得岸来，走未数步，远远有一古庙，进前观看，上写"梦神观"三个大字。不觉叹道："我唐敖年已半百，历来所做之事，如今想起，真如梦境一般。从前好梦歹梦，俱已做过。今看破红尘，意欲求仙访道，未卜此后何如，何不叩求神明指示？"于是走进神殿，暗暗祷告，拜了神像。就在神座旁席地而坐。恍惚间，有个垂髫童子走来道："我家主人奉请处士，有话面谈。"唐敖跟着来至后殿，有一老者迎出。随即上前行礼，分宾主坐下道："请问老丈尊姓？不知见召有何台命？"老者道："老夫姓孟，向在如是观居住。适因处士有求仙访道之意，所以奉屈一谈。请问处士：向来有何根基？如今所恃何术？毕竟如何修为，去求仙道？"唐敖道："我虽无甚根基，至求仙一事，无非远离红尘，断绝七情六欲，一意静修，自然可入仙道了。"老者笑道："此事谈何容易！处士所说清心寡欲，不过略延寿算、身无疾病而已。若讲仙道，那葛仙翁说的最好，他道：'要求仙者，当以忠、孝、和、顺、仁、信为本。若德行不修，务求元道，终归无益。要成地仙，当立三百善：要成天仙，当立一千三百善。'今处士既未立功，又未立言，而又无善可立；一无根基，忽要求仙，岂非'缘木求鱼'，枉自费力么？"唐敖道："贱性庸愚，今承指教，嗣后自当众善奉行，以求正果。但小子初意，原想努力上进，恢复唐业，以解生灵涂炭，立功于朝。无如甫得登第，忽有意外之灾。境遇如此，莫可若何。老丈何以教我？"那老者道："处士有志未遂，甚为可惜。然塞翁失马，安知非福。此后如弃浮幻，另结良缘，四海之大，岂无际遇？现闻百花获愆，俱降红尘，将来虽可团聚一方，内有名花十二，不幸飘零外洋，倘处士悯其沦零，不辞劳瘁，遍历海外，或在名山，或在异域，将各花力加培植，俾归福地，与群芳同得返本还原，不至沦落海外，冥冥之中，岂无功德？再能众善奉行，始终不懈，一经步入小蓬莱，自能名登宝篆，位列仙班。此中造化，处士本有宿缘，即此前进，自有不期然而然者。今承下问，故述梗概，亟须勉力行之！"唐敖听罢，正要朝下追问，那个老者忽然不见。忙把眼揉了一揉，四处观看，谁知自己仍坐神座之旁。仔细一想，原来却是一梦。将身立起，再看神像，就是梦中所见老者，因又叩拜一番。

回到船上，随即开船。细想梦中光景，暗暗忖道："此番若到海外，其中必有奇缘，第百花不知因何获愆？毕竟都降何处？为何却又飘流外洋？此事虚虚实实，令人费解，好在我生性好游，今功名无望，业已看破红尘，正想海外畅游，以求善果。恰好又得此梦，可谓天从人愿，适才梦神所说名花十二，不知都唤何名。可惜未曾问得详细，将来到了海外，惟有处处留神，但遇好花，即加培植，倘逢仙缘，亦未可知！此时且去寻访妻舅。他常出外飘洋，倘能结伴同行，那才更好。"

于是把船拢到妻舅林之洋门首。只见里面挑发货物，匆匆忙忙，倒像远出样子。原来林之洋乃河北德州平原郡人氏，寄居岭南，素日作些海船生意。父母久已去世，妻子吕氏，跟前一女名唤婉如，年方十三，生得品貌秀丽，聪慧异常，向日常在海船跟着父母飘洋，如今林之洋又去贩货，把家务托丈母江氏照应。正要起身，忽见唐敖到他家来。彼此道了久阔，让至内室，同吕氏见礼。婉如也来拜见，唐敖还礼道："臣女向来读书？今两年未见，为何满面书卷秀气？大约近来也学小山，不做针黹。一味读书了？"林之洋道："他心心念念原想读书。俺也知道读书是件好事，平时俺替他买了许多书，奈俺近年多病穷忙，哪有工夫教他！"唐敖道："舅兄可知近来女子读书，如果精通，比男子登科发甲还妙哩！"林之洋道："为甚有这好处？"唐敖道："这个好处，你道从何而起？却是宫娥上官婉儿起的根苗，此话已有十余年了。舅兄既不知道，待小弟慢慢讲来。"未知如何，下回分解。

第八回

弃嚣尘结伴游寰海　觅胜迹穷踪越远山

话说唐敖向林之洋道："舅兄，你道为何女子读书甚妙？只因太后有个宫娥，名唤上官婉儿，那年百花齐放，曾与群臣作诗，满朝臣子都作他不过，因此文名大振。太后十分宠爱，将他封为昭仪；因要鼓励人才，并将昭仪父母也封官职。后来又命各处大臣细心查访，如有能文才女，准其密奏，以备召见，量才加恩。外面因有这个风声，所以数年来无论大家小户，凡有幼女，莫不读书。目今召见旷典虽未举行，若认真用功，有了文名，何愁不有奇遇。侄女如此清品，任其耽搁，岂不可惜！"吕氏道："将来全仗姑夫指教。如识得几字，那敢好了。但他虽未读书，却喜写字：每日拿着字帖临写，时刻不离。教他送给小山姐姐批改，他又不肯。究竟不知写的如何。"唐敖道："侄女所临何帖？何不取来一看？"林婉如道："侄女立意原想读书，无奈父亲最怕教书烦心，只买一本字帖，教俺学字。侄女既不认得，又不知从何下笔，只好依样葫芦，细细临写。平时遇见小山姐姐，怕他耻笑，从未谈及。今写了三年，字体虽与帖上相仿，不知写的可是，求姑夫看看批改。"说罢取来。唐敖接过一看，原来是本汉隶。再将婉如所临，细细观看，只见笔笔藏锋，字字秀挺，不但与帖无异，内有几字，竟高出原帖之上！看罢，不觉叹道："如此天资，若非宿慧，安能如此！此等人若令读书，何患不是奇才！"林之洋道："俺因他要读书，原想送给甥女作伴，求妹夫教他。偏这几年妹夫在家日子少。只好等你作了官，再把他送去。谁知去年妹夫刚中探花，忽又闹出结盟事来。俺闻前朝并无探花，这个名号是太后新近取的。据俺看来：太后特将妹夫中个探花，必因当年百花齐放一事。派你去探甚花消息哩。"唐敖道："小弟记得那年百花齐放，太后曾将牡丹贬去洛阳，其余各花至今仍在上苑。所有名目，现有上官昭仪之诗可凭，何须查探。舅兄言，未免过于附会。但我们相别许久，今日见面，正要谈谈，不意府上如此匆忙。看这光景，莫非舅兄就要远出么？"

　　林之洋道："俺因连年多病，不曾出门。近来喜得身子强壮，贩些零星货物到外洋碰碰财运，强如在家坐吃山空。这是俺的旧营生，少不得又要吃些辛苦。"唐敖听罢正中下怀，因趁势说道："小弟因内地山水连年游玩殆遍，近来毫无消遣。而且自从都中回来，郁闷多病，正想到大洋看看海岛山水之胜，解解愁烦。舅兄恰有此行，真是天缘凑巧。万望携带携带！小弟带有路费数百金，途中断不有累。至于饭食舟资，悉听分付，无不遵命。"林之洋道："妹夫同俺骨肉至亲，怎说起船钱饭食来了！"因向妻子道："大娘，你听妹夫这是甚话！"吕氏道："俺们海船甚大，岂在姑爷一人。就是饭食，又值几何？但海外非内河可比，俺们常走，不以为意。若胆小的，初上海船，受下风浪，就有许多惊恐。你们读书人，茶水是不离口的，盥漱沐浴也日日不可缺的。上了海船，不独沐浴一切先要从简，就是每日茶水也只能略润喉咙。若想尽量，却是难的。姑爷平素自在惯了，何能受这辛苦？"林之洋道："到了海面，总以风为主，往返三年两载，更难预定。妹夫还要忖度。若一时高兴，误了功名正事，岂非俺们耽搁你么？"唐敖道："小弟素日常听令妹说，海水极咸，不能入口，所用甜水，俱是预装船内，因此都要撙节；恰好小弟平素最不喜茶，沐浴一切更是可有可无。至洋面风浪甚险，小弟向在长江大湖也常行走，这又何足为奇。若讲往返难以刻期，恐误正事，小弟只有赴考是正事，今已功名绝望，但愿迟迟回来，才趁心愿，怎么倒说你们耽搁呢？"林之洋道："你既恁般立意，俺也不敢相拦。妹夫出门时，小弟再寄一封家信，将我们起身日子也教令妹知道，岂不更好。"林之洋见妹夫执意要去，情不可却，只得应允。唐敖一面修书央人寄去，一面开发船钱，把行李发来。取了一封银子以作舟资饭食之费，林之洋执意不收，只好给了婉如为纸笔之用。林之洋道："姑夫给他这多银子，若买纸笔，写一世还写不清哩！俺想妹夫既到海外，为甚不买些货物碰碰机会？"唐敖道："小弟才拿了银子，正要去置货，恰被舅兄道着，可谓意见相同。"于是带了水手，走到市上，买了许多花盆并几担生铁回来。林之洋道："妹夫带这花盆，已是冷货，难以出脱：这生铁，俺见海外到处都有，带这许多有甚用处？"唐敖道："花盆虽系冷货，安知海外无惜花之人。倘乏主顾，那海岛中奇花异草，谅也不少，就以此盆栽植数种，沿途玩赏，亦可陶情。至于生铁，如遇买主固好，设难出脱，舟中得此，亦压许多风浪，纵放数年，亦无朽坏。小弟熟思许久，惟此最妙，因而买来。好在所费无多，舅兄不必在意。"林之洋听了，明知此物难以退回，只得点头道："妹夫这话也是。"不多时，收拾完毕，大家另坐小船，到了海口，众水手把货发完，都上舢板，渡上海船，趁着顺风，扬帆而去。

　　此时正是正月中旬，天气甚好，行了几日，到了大洋。唐敖四围眺望，眼界为之一宽，真是"观于海者难为水"，心中甚喜。走了多日，绕出门户山，不知不觉顺风飘来，也不知走出若干路程。唐敖一心记挂梦神所说名花，每逢崇山峻岭，必要泊船，上去望望。林之洋因唐敖是读书君子，素本敬重，又知他秉性好游，但可停泊，必令妹夫上去。就是茶饭一切，吕氏也甚照应。唐敖得他夫妻如此相待，十分畅意。途中虽因游玩不无耽搁，喜得常逼顺风，兼之飘洋之人，以船为家，多走几时也不在意。倒是林之洋惟恐过于耽搁，有误妹夫考试。谁知唐敖立誓不谈功名，因此只好由他尽兴游了。游玩之暇，因婉如生的聪慧。教他念念诗赋。恰喜他与诗赋有缘，一读便会，毫不费事。沿途借着课读，倒解许多烦闷。

　　这日正行之际，迎面又有一座大岭。唐敖道："请教舅兄：此山较别处甚觉雄壮，不知何名？"林之洋道："这岭名叫东口山，是东荒第一大岭。闻得上面景致甚好。俺路过几次，从未上去，今日妹夫如高兴。少刻停船。俺也奉陪走走。"唐敖听见"东口"二字，甚觉耳熟，偶然想起道："上山既名东口，那君子国、大人国，自然都在邻近了？"林之洋道："这山东连君子，北连大人，果然邻近，妹夫怎么得知？"唐敖道："小弟闻得海外东口山宫君子国，其人衣冠带剑，好让不争。又闻大人国在其北。只能乘云而不能走。不知此话可确?"林之洋道："当日俺到大人国，曾见他们国人都有云雾把脚托住，走路并不费力。那君子国无论甚人，都是一派文气。这两国过去，就是黑齿国，浑身上下，无处不黑。其余如劳民、聂耳、无肠、犬封、元股、毛民、毗骞、无启、深目等国，莫不奇形怪状，都在前面，将来到彼。妹夫去看看就晓得了。"

说话间，船已泊在山脚下。郎舅两个离船上了山坡。林之洋提着鸟枪火绳，唐敖身佩宝剑，曲曲弯弯，越过前面山头，四处一看，果是无穷美景，一望无际。唐敖忖道："如此崇山，岂无名花在内，不知机缘如何。"只见远远山峰上走出一个怪兽，其形如猪，身长六尺，高四尺，浑身青色，两只大耳，口中伸出两个长牙，尤如象牙一般，拖在外面。唐敖道："这兽如此长牙，却也罕见。舅兄可知其名么?"林之洋道："这个俺不知道。俺们船上有位舵工，刚才未邀他同来。他久惯飘洋，海外山水，全能透彻。那些异草奇花，野鸟怪兽，无有不知。将来如再游玩，俺把他邀来。"唐敖道："船上既有如此能人，将来游玩，倒是不可缺的。此人姓甚? 也还识字么?"林之洋道："这人姓多，排行第九，因他年老，俺们都称多九公。他就以此为名。那些水手，因他无一不知，都同他取笑，替他起个反面绰号，叫作'多不识'。幼年也曾入学，因不得中，弃了书本，作些海船生意。后来稍折本钱，替人管船拿舵为生，儒巾久已不戴。为人老诚，满腹才学。今年八旬向外，精神最好，走路如飞。平素与俺性情相投，又是内亲，特地邀来相帮照应。"恰好多九公从山下走来，林之洋连忙招手相邀。唐敖迎上拱手道："前与九公会面，尚未深谈。刚才舅兄说起，才知都是至亲，又是学中先辈。小弟向日疏忽失敬，尚求恕罪。"多九公连道："岂敢! ……"林之洋道："九公想因船上拘束，也来舒畅舒畅? 俺们正在盼望，来的恰好。"因指道："请问九公：那个怪兽，满嘴长牙，唤作甚名?"多九公道："此兽名叫'当康'。其鸣自叫，每逢盛世，始露其形。今忽出现，必主天下太平。"诸未说完，此兽果然口呼"当康"，鸣了几声，跳舞而去。

唐敖正在眺望，只觉从空落一小石块，把头打了一下，不由吃惊道："此石从何而来?"林之洋道："妹夫，你看那边一群黑鸟，都在山坡啄取石块。方才落石打你的，就是这鸟。"唐敖进前细看，只见其形似鸦，身黑如墨，嘴白如玉，两只红足，头上斑斑点点，有许多花纹，都在那里啄石，来往飞腾。林之洋道："九公可知这鸟搬取石块有甚用处?"多九公道："当日炎帝有个少女，偶游东海，落水而死，其魂不散，变为此鸟。因怀生前落水之恨，每日衔石吐入海中，意欲把海填平，以消此恨。哪知此鸟年深日久，竟有匹偶，日渐滋生，如今竟成一类了。"唐敖听了，不觉叹息不止。未知如何，下回分解。

（魏令查编，摘自李汝珍：《镜花缘》，中国文史出版社，2002）

第四十九章 曹雪芹及《红楼梦》

第一节 曹雪芹简介

曹雪芹,清代小说家,著名文学家,字梦阮,号雪芹。他是我国伟大的现实主义作家。爱好研究广泛:金石、诗书、绘画、园林、中医、织补、工艺、饮食等。曹雪芹1715年出生于一个"百年望族"的大官僚地主家庭,后因家庭的衰败而饱尝了人生的辛酸。在人生的最后阶段,他以坚韧不拔的毅力,历经十年创作了《红楼梦》并专心致志用去数年进行修订。曹雪芹的曾祖曹玺任江宁织造;曾祖母孙氏做过康熙帝玄烨的保姆;祖父曹寅做过康熙皇帝的伴读和御前侍卫,后任江宁织造,兼任两淮巡盐监察御使,极受康熙宠信。康熙六下江南,其中四次由曹寅负责接驾,并住在曹家。1712年曹寅病故,其子曹颙、曹頫先后继任江宁织造。他们祖孙三代四人担任此职达60年之久。曹雪芹自幼就是在这"秦淮风月"之地的"繁华"生活中长大的。雍正初年,由于封建统治阶级内部政治斗争的牵连,曹家遭受一系列打击。曹頫以"行为不端"、"骚扰驿站"和"亏空"罪名革职,家产抄没。曹頫下狱治罪,"枷号"一年有余。这时,曹雪芹随着全家迁回北京居住。曹家从此一蹶不振,日渐衰微。经历了生活中的重大转折,曹雪芹深感世态炎凉,对封建社会有了更清醒、更深刻的认识。他蔑视权贵,远离官场,过着贫困如洗的艰难日子。晚年,曹雪芹移居北京西郊。生活更加穷苦,"满径蓬蒿","举家食粥"。生活的困顿并没有消磨曹雪芹的志气,相反更促使他嗜酒狂狷,对现实表现出傲岸不屈的态度。他的友人敦诚的《佩刀质酒歌》题下小注记录了曹雪芹的一件轶事:"秋晓,遇雪芹于槐园,风雨林泷,朝寒袭袂。时主人未出,雪芹酒渴如狂,余因解佩刀沽酒而饮之。雪芹欢甚,作长歌以谢余。余亦作此答之。"在敦诚的诗中还写道:"曹子大笑称快哉,击石作歌声琅琅!"曹雪芹是一位诗人。他的诗,立意新奇,风格近于唐代诗人李贺。敦诚曾称赞说:"爱君诗笔有奇气,直追昌谷破篱樊。"又说:"知君诗胆昔如铁,堪与刀颖交寒光。"但他的诗仅存题敦诚《琵琶行传奇》两句:"白傅诗灵应喜甚,定教蛮素鬼排场。"曹雪芹又是一位画家,喜绘突兀奇峭的石头。敦敏《题芹圃画石》说:"傲骨如君世已奇,嶙峋更见此支离。醉余奋扫如椽笔,写出胸中块磊时。"可见他画石头时寄托了胸中郁积着的不平之气。曹雪芹的最大的贡献则在于小说的创作。他的小说《红楼梦》内容丰富,思想深刻,艺术精湛,把中国古典小说创作推向最高峰,在文学发展史上占有十分重要的地位。曹雪芹另著有《废艺斋集稿》。共分八册,论述问题包括印刻、编织、园林、风筝、烹调、脱胎手艺、印染等。

第二节 《红楼梦》简介

《红楼梦》是中国古代长篇小说中的杰作,它标志着古典现实主义小说达到了最高峰。此书原名《石头记》,写了一个封建贵族大家庭从繁荣走向衰败的故事。贾宝玉、林黛玉、薛宝钗的恋爱婚姻悲剧，是这个故事的中心。作者的高明在于他没有表面地、简单地表现这个爱情悲剧，而是从人物思想性格的深处，从人与人之间的关系上挖掘这一爱情悲剧的社会根源，从而充分地揭露了封建主义的残酷虚伪和封建统治阶级的腐朽罪恶。作品的主题也不仅局限在个人爱情悲剧本身，而是围绕着中心事件，展开了许多错综复杂的矛盾斗争，描绘了一幅极其广阔的社会生活图画，说明了整个封建社会已是千疮百孔、摇摇欲坠。从而深刻尖锐地批判了封建社会制度、政治吏治、婚姻制度、伦理关系，悲愤满腔地控诉了封建主义的残酷无情和灭绝人性，大胆敏锐地预示了封建社会和封建统治阶级必然灭亡的历史命运。在中国，《红楼梦》被评价为剖析封建社会的百科全书。在《红楼梦》中，作者写出了各种各样的矛盾和冲突，如贵族地主和农民的矛盾，贵族统治者和广大奴婢的矛盾，封建卫道者和封建叛逆者之间的矛盾以及封建统治阶级内部的矛盾等等，但其中最主要的矛盾是以封建统治阶级的叛逆者所代表的进步势力和以贾母、贾政、王夫人等封建家长们为代表的封建势力之间的矛盾。它实质上反映了当时社会上所存在的初步民主主义思想和传统的封建主义思想及封建主义人生道路之间的矛盾。《红楼梦》全书结构新颖而奇巧，开篇就用了五个回目，以神话故事，"假语村言"掩去内容的实质，将作品置入扑朔迷离的雾色之中，而改借用"真""假"观念，托言"梦""幻"世界，使得整部小说按着这一以假寓真的结构铺陈发展，最后营造出一个"生活世界"。在《红楼梦》中，除却著名的金陵十二钗，其他有名有姓的人物就有四百多个，这众多的人物如"过江之鲫"，纷繁多姿，个性鲜明，生气勃勃，决无重复，囊括了世间各色人形，即便在同一个人的塑造上，也是一人千面，令人叫绝。

第三节　《红楼梦》选段

满纸荒唐言，一把辛酸泪。都云作者痴，谁解其中味。

第一回　甄士隐梦幻识通灵　贾雨村风尘怀闺秀

此开卷第一回也。

作者自云：因曾历过一番梦幻。之后故将真事隐去，而借"通灵"之说。撰此《石头记》一书也，故曰"甄士隐"云云。

但书中所记何事何人？自又云："今风尘碌碌，一事无成，忽念及当日所有之女子，一一细考较去，觉其行止见识，皆出于我之上。何我堂堂须眉，诚不若彼裙钗哉？实愧则有余、悔又无益之大无可如何之日也！当此，则自欲将已往所赖天恩祖德，锦衣纨袴之时，饫甘餍肥之日，背父兄教育之恩，负师友规谈之德，以至今日一技无成、半生潦倒之罪，编述一集，以告天下人。我之罪固不免，然闺阁中本自历历有人，万不可因我之不肖，自护己短，一并使其泯灭也。虽今日之茅椽蓬牖、瓦灶绳床，其晨夕风露，阶柳庭花，亦未有妨我之襟怀笔墨者。虽我未学，下笔无文，又何妨用假语村言。敷演出一段故事来，亦可使闺阁昭传，复可悦世之目，破人愁闷，不亦宜乎？"故曰"贾雨村"云云。

列位看官：你道此书从何而来？说起根由虽近荒唐，细按则深有趣味。待在下将此来历注明，方使阅者了然不惑。

原来女娲氏炼石补天之时，于大荒山无稽崖炼成高经十二丈、方经二十四丈，顽石三万六千五百零一块。娲皇氏只用了三万六千五百块，只单单剩了一块未用，便弃在此山青埂峰下。谁知此石自经煅炼之后，灵性已通，能大能小、因见众石俱得补天，独自己无材不堪入选，遂自怨自叹，日夜悲号惭愧。

一日，正当嗟悼之际，俄见一僧一道远远而来、生得骨格不凡，丰神迥异，说说笑笑来至峰下，席地坐而长谈。只见一块鲜明莹洁的美玉，且又缩成扇坠大小，可佩可拿。那僧托于掌上，笑道："形体倒也是个宝物了！还只没有实在的好处，须得再镌上数字，使人一见便知是奇物方妙；然后携你到那昌明隆盛之邦，诗礼簪缨之族，花柳繁华地，温柔富贵乡去安身乐业。"石头听了，喜不能禁，乃问："不知赐了弟子那几件奇处，又不知携了弟子到何地方？望乞明示，使弟子不惑。"那僧笑道："你且莫问，日后自然明白的。"说着，便袖了这石，同那道人飘然而去，竟不知投奔何方何舍。

后来，又不知过了几世几劫。因有个空空道人访道求仙，忽从这大荒山无稽崖青埂峰下经过。忽见一大块石上字迹分明，编述历历，空空道人乃从头一看，原来就是无材补天，幻形入世，蒙茫茫大士、渺渺真人携入红尘，历尽离合悲欢炎凉世态的一段故事。后面又有一首偈云：

无材可去补苍天，枉入红尘若许年。此系身前身后事，倩谁记去作奇传？

诗后便是此石坠落之乡，投胎之处，亲自经历的一段陈迹故事。其中家庭闺阁琐事，以及闲情诗词倒还全备，或可适趣解闷；然朝代年纪，地舆邦国，却反失落无考。

空空道人遂向石头说道："石兄，你这一段故事，据你自己说有些趣味，故编写在此，意欲问世传奇。据我看来，第一件，元朝代年纪可考；第二件，并无大贤大忠理朝廷治风俗的善政，其中只不过几个异样女子，或情或痴，或小才微善，亦无班姑、蔡女之德能。我纵抄去，恐世人不爱看呢。"

石头笑答道："我师何太痴耶！若云无朝代可考，今找师竟假借汉唐等年纪添缀，又有何难？但我想，历来野史，皆蹈一辙，莫如我这不借此套者，反倒新奇别致，不过叹取其事体情理罢了，又何必拘拘于朝代年纪哉！再者，市井俗人喜看理治之书者甚少，爱适趣闲文者特多。历来野史，或讪谤君相，或贬人妻女，奸淫凶恶，不可胜数。更有一种风月笔墨，坏人子弟，又不可胜数。至若佳人才子等书，则又千部共出一套，且其中终不能不涉于淫滥，以致满纸潘安、子建、西子、文君，不过作者要写出自己的那两首情诗艳赋来，故假拟出男女二人名姓，又必旁出一小人其间拨乱，亦如剧中之小丑然。且鬟婢开口即'者也之乎'，非文即理。故逐一看去，悉皆自相矛盾、大不近情理之话，竟不如我半世亲睹亲闻的这几个女子，虽不敢说强似前代书中所有之人，但事迹原委，亦可以消愁破闷；也有几首歪诗熟话，可以喷饭供酒。至若离合悲欢，兴衰际遇，则又追踪蹑迹，不敢稍加穿凿，徒为供人之目而反失其真传者。今之人，贫者日为衣食所累，富者又怀不足之心，纵然一时稍闲，又有贪淫恋色、好货寻愁之事，那里去有工夫看那理治之书？所以我这一段故事，也不愿世人称奇道妙，也不定要世人喜悦检读，只愿他们当那醉淫饱卧之时，或避世去愁之际，把此一玩，岂不省了些寿命筋力？就比那谋虚逐妄，却也省了口舌是非之害，腿脚奔忙之苦。再者，亦令世人换新眼目，不比那些胡牵乱扯，忽离忽遇，满纸才子淑女、子建文君、红娘小玉等通共熟套之旧稿。我师意为何如？"

空空道人听如此说，思忖半晌，将《石头记》再检阅一遍，因见上面虽有些指奸责佞、贬恶诛邪之语，亦非伤时骂世之旨；及至君仁臣良父慈子孝，凡伦常所关之处，皆是称功颂德，眷眷无穷，实非别书之可比。虽其中大旨谈情，亦不过实录其事，又非假拟妄称，一味淫邀艳约、私订偷盟之可比。因毫不干涉时世，方从头至尾抄录回来，问世传奇。因空见色，由色生情，传情入色，自色悟空，空空道人遂易名为情僧，改《石头记》为《情僧录》。东鲁孔梅溪则题曰《风月宝鉴》。后因曹雪芹于悼红轩中披阅十载，增删五次，纂成目录，分出章回，则题曰《金陵十二钗》，并题一绝云：

满纸荒唐言，一把辛酸泪。都云作者痴，谁解其中味。

缘起既明，且看石上是何故事。

按那石上书云：

当日地陷东南，这东南一隅有处曰姑苏，有城曰阊门者，最是红尘中一二等富贵风流之地。这阊门外有个十里街，街内有个仁清巷，巷内有个古庙，因地方窄狭，人皆呼作葫芦庙。庙旁庄着一家乡宦，姓甄、名费，字士隐。嫡妻封氏，情性贤淑，深明礼义。家中虽不甚富贵，然本地便也推他为望族了。因这甄士隐禀性恬淡，不以功名为念，每日只以观花修竹、酌酒吟诗为乐，倒是神仙一流人品。只是一件不足，如今年已半百，膝下无儿，只有一女，乳名唤作英莲，年方三岁。

一日，炎夏永昼，士隐于书房闲坐，至手倦抛书，伏几少憩，不觉朦胧睡去。梦至一处，不辨是何地方。忽见那厢来了一僧一道，且行且谈。

只听道人问道："你携了这蠢物，意欲何往？"那僧笑道："你放心，如今现有一段风流公案正该了结，这一干风流冤家，尚未投胎入世。趁此机会，就将此蠢物夹带于中，使他去经历经历。"那道人道："原来近日风流冤孽又将造劫历世去不成？但不知落于何方何处？"

那僧笑道："此事说来好笑，竟是千古未闻的罕事。只因西方灵河岸上三生石畔，有绛珠草一株，时有赤霞宫神瑛侍者，日以甘露灌溉，这绛珠草始得久延岁月。后来既受天地精华，复得雨露滋养，遂得脱却草胎木质，得换人形，仅修成个女体，终日游于离恨天外，饥则食蜜青果为膳，渴则饮灌愁海水为汤。只因尚未酬报灌溉之德，故其五内便郁结着一段缠绵不尽之意。恰近日这神瑛侍者凡心偶炽，乘此昌明太平朝世，意欲下凡造历幻缘，已在警幻仙子案前挂了号。警幻亦曾问及，灌溉之情未偿，趁此倒可了结的。那绛珠仙子道：'他是甘露之惠，我并无此水可还。他既下世为人，我也去下世为人，但把我一生所有的眼泪还他，也偿还得过他了。'因此一事，就勾出多少风流冤家来，陪他们去了结此案。"

那道人道："果是罕闻，实未闻有还泪之说。想来这一段故事，比历来风月故事更加琐碎细腻了。"那僧道："历来几个风流人物，不过传其大概以及诗词篇章而已；至家庭闺阁中一饮一食，总未述记。再者，大半风月故事，不过偷香窃玉、暗约私奔而已，并不曾将儿女之真情发泄一二。想这一干人入世，其情痴色鬼、贤愚不肖者，悉与前人传达不同矣。"

那道人道："趁此何不你我也去下世度脱几个，岂不是一场功德？"那僧道："正合吾意。你且同我到警幻仙子宫中，将蠢物交割清楚，待这一干风流孽鬼下世已完，你我再去。如今虽已有一半落尘，然犹未全集。"

道人道："既如此；便随你去来。"

却说甄士隐俱听得明白，但不知所云"蠢物"系何东西。遂不禁上前施礼，笑问道："二仙师请了。"那僧道也忙答礼相问。士隐因说道："适闻仙师所谈因果，实人世罕闻者。但弟子愚浊，不能洞悉明白，若蒙大开痴顽，备细一闻，弟子则洗耳谛听，稍能警省，亦可免沉沦之苦。二仙笑道："此乃玄机不可预泄者。到那时不要忘我二人。便可跳出火坑矣。"……

一日，早又中秋佳节。士隐家宴已毕，乃又另具一席于书房，却自己步月至庙中来邀雨村。原来雨村自那日见了甄家之婢曾回顾他两次，自为是个知己，便时刻放在心上。今又正值中秋，不免对月有怀，因而口占五言一律云："未卜三生愿，频添一段愁。闷来时敛额，行去几回头。自顾风前影，谁堪月下传？蟾光如有意，先上玉人楼。"雨村吟罢，因又思及平生抱负，苦未逢时，乃又搔首对天长叹，复高吟一联曰："玉在椟中求善价，钗于奁内待时飞。"恰值士隐走来听见，笑道："雨村兄真抱负不浅也！"雨村忙笑道："不过偶吟前人之句，何敢狂诞至此。"因问："老先生何兴至此？"士隐笑道："今夜中秋，俗谓'团圆之节'，想尊兄旅寄僧房，不无寂寥之感，故特具小酌，邀兄到敝斋一饮，不知可纳芹意否？"雨村听了，并不推辞，便笑道："既蒙厚爱，何敢拂此盛情。"说着，便同士隐复过这边书院中来。

须臾茶毕，早已设下杯盘，那美酒佳肴自不必说。二人归坐，先是款斟漫饮，次渐谈至兴浓，不觉飞觥限斝起来。当时街坊上家家箫管，户户弦歌，当头一轮明月，飞彩凝辉，二人愈添豪兴，酒到杯干。雨村此时已有七八分酒意，狂兴不禁，乃对月寓怀，口号一绝云："时逢三五便团圆，满把晴光护玉栏。天上一轮才捧出，人间万姓仰头看。"

士隐听了，大叫："妙哉！吾每谓兄必非久居人下者，今所吟之句，飞腾之兆已见，不日可接履于云霓之上矣。可贺，可贺！"乃亲斟一斗为贺。雨村因干过，叹道："非晚生酒后狂言，若论时尚之学，晚主也或可去充数沽名。只是目今行囊路费一概无措，神京路远，非赖卖字撰文即能到者。"士隐不待说完，便道："兄何不早言。愚每有此心，但每遇兄时，兄并未谈及，愚故未敢唐突。今既及此，愚虽不才，'义利'二字却还识得。且喜明岁正当大比，兄宜作速入都，春闱一战，方不负兄之所学也。其盘费余事，弟自代为处置，亦不枉兄之谬识矣！"当下即命小童进去，速封五十两白银，并两套冬衣。又云："十九日乃黄道之期，兄可即买舟西上，待雄飞高举，明冬再晤，岂非大快之事耶！"雨村收了银衣，不过略谢一语，并不介意，仍是吃酒谈笑。那天已交了三更，二人方散。

士隐送雨村去后，回房一觉，直至红日三竿方醒。因思昨夜之事，意欲再写两封荐书与雨村带至神都，使雨村投谒个仕宦之家为寄足之地。因使人过去请时，那家人去了回来说："和尚说，贾爷今日五鼓已进京去了，也曾留下话与和尚转达老爷，说'读书人不在黄道黑道，总以事理为要，不及面辞了。'"士隐听了，也只得罢了。

真是闲处光阴易过。倏忽又是元宵佳节矣。士隐命家人霍启抱了英莲去看社火花灯。半夜中，霍启因要小解，便将英莲放在一家门槛上坐着。膏他小解完了来抱时。那有英莲的踪影？急得霍启直寻了半夜。至天明不见，那霍启也就不敢回来见主人，便逃往他乡去了。

那士隐夫妇，见女儿一夜不归，便知有些不妥，再使几人去寻找，回来皆云连音响皆无。夫妻二人，半世只生此女，一旦失落，岂不思想，因此昼夜啼哭。几乎不曾寻死。看看的一月，士隐先就得了一病；当时封氏孺人也因思女构疾，日日请医疗治。

不想这日三月十五，葫芦庙中炸供，那些和尚不加小心，致使油锅火逸，便烧着窗纸。此方人家多用竹篱木壁者，大抵也因劫数，于是接二连三，牵五挂四，将一条街烧得如火焰山一般。彼时虽有军民来救，那火已成了势，如何救得下？直烧了一夜，方渐渐的熄去，也不知烧了几家。只可怜甄家在隔壁，早已烧成一片瓦砾场了，只有他夫妇并几个家人的性命，不曾伤了。急得士隐惟跌足长叹而已，只得与妻子商议，且到田庄上去安身。偏值近年水旱不收，鼠盗蜂起，无非抢田夺地，鼠窃狗偷，民不安生，因此官兵剿捕，难以安身。士隐只得将田庄都折变了，便携了妻子与两个丫鬟投他岳丈家去。

他岳丈名唤封肃，本贯大如州人氏，虽是务农，家中却还殷实。今见女婿这等狼狈而来，心中便有些不乐。幸而士隐还有折变田地的银子未曾用完，拿出来托他随分就价薄置些须房地，为后日衣食之计。那封肃便半哄半赚，些须与他些薄田朽屋。士隐乃读书之人，不惯生理稼穑等事，勉强支持了一二年。越觉穷了下去。封肃每见面时，便说些现成话，且人前人后又怨他们不善过活，只一味好吃懒作等语，士隐知投人不着，心中未免悔恨，再兼上年惊唬，急贫怨痛，已有积伤，暮年之人，贫病交攻，竟渐渐的露出那下世的光景来。

可巧这日拄了拐杖挣挫到街前散散心时，忽见那边来了一个跛足道人，疯癫落脱，麻屣鹑衣，口内念着几句言词，道是：

世人都晓神仙好，惟有功名忘不了；古今将相在何方？荒冢一堆草没了。
世人都晓神仙好，惟有金银忘不了；终朝只恨聚无多，及到多时眼闭了。
世人都晓神仙好，惟有娇妻忘不了；君生日日说恩情，君死又随人去了。
世人都晓神仙好，惟有儿孙忘不了；痴心父母古来多，孝顺儿孙谁见了？

士隐听了，便迎上来道："你满口说些什么？只听见些'好'、'了'、'好''了'。"那道人笑道："你若果听见'好'、'了'二字，还算你明白。可知世上万般，好便是了，了便是好。苦不了，便不好；若要好，须是了。我这歌儿，便名《好了歌》。"士隐本是有宿慧的，一闻此言，心中早已彻悟。因笑道："且住！待我将你这《好了歌》解注出来何如？"道人笑道："你解，你解。"士隐乃说道：

陋室空堂，当年笏满床；衰草枯杨，曾为歌舞场。蛛丝儿结满雕梁，绿纱今又糊在蓬窗上。说什么脂正浓、粉正香，如何两鬓又成霜？昨日黄土陇头埋白骨，今宵红绡帐底卧鸳鸯。金满箱，银满箱，展眼乞丐人皆谤，正叹他人命不长，那知自己归来丧！训有方，保不定日后作强梁。择膏粱，谁承望流落在烟花巷！因嫌纱帽小，致使锁枷扛；昨怜破袄寒，今嫌紫蟒长：乱烘烘你方唱罢我登场，反认他乡是故乡。甚荒唐，到头来都是为他人作嫁衣裳！

那疯跛道人听了，拍掌笑道："解得切，解得切！"士隐便说一声"走罢！"将道人肩上褡裢抢了过来背着，竟不回家，同了疯道人飘飘而去。当下烘动街坊，众人当作一件新闻传说。封氏闻得此信，哭个死去活来，只得与父亲商议，遣人各处访寻，那讨音信？无奈何，少不得依靠着他父母度日。幸而身边还有两个旧日的丫鬟伏侍，主仆三人，日夜作些针线发卖，帮着父亲用度。那封肃虽然日日抱怨。也无可奈何了。

这日，那甄家大丫鬟在门前买线。忽听街上喝道之声，众人都说新太爷到任。丫鬟于是隐在门内看时，只见军牢快手，一对一对的过去，俄而大轿抬着一个乌帽猩袍的官府过去。丫鬟倒发了个怔，自思这官好面善，倒像在那里见过的。于是进入房中，也就丢过不在心上。至晚间，正待歇息之时，忽听一片声打的门响，许多人乱嚷，说："本府太爷差人来传人问话。"封肃听了，唬得目瞪口呆。不知有何祸事。

第二回　贾夫人仙逝扬州城　冷子兴演说荣国府

诗云：一局输赢料不真，香销茶尽尚逡巡。欲知目下兴衰兆，须问旁观冷眼人。

却说封肃因听见公差传唤，忙出来陪笑启问。那些人只嚷："快请出甄爷来！"封肃忙陪笑道："小人姓封，并不姓甄。只有当日小婿姓甄，今已出家一二年了，不知可是问他？"

那些公人道："我们也不知什么'真''假'，因奉太爷之命来问，他既是你女婿，便带了你去亲见太爷面禀，省得乱跑。"说着，不容封肃多言，大家推拥他去了。封家人个个都惊慌，不知何兆。

那天约二更时，只见封肃方回来，欢天喜地。众人忙问端的，他乃说道："原来本府新升的太爷姓贾名化，本贯湖州人氏，曾与女婿旧日相交。方才在咱门前过去，因见娇杏那丫头买线，所以他只当女婿移住于此。我一一将原故回明，那太爷倒伤感叹息了一回；又问外孙女儿，我说看灯丢了。太爷说：'不妨，我自使番役务必探访回来。'说了一回话，临走倒送了我二两银子。"甄家娘子听了，不免心中伤感。一宿无话。

至次日，早有雨村遣人送了两封银子、四匹锦缎，答谢甄家娘子；又寄一封密书与封肃，转托问甄家娘子要那娇杏作二房。封肃喜的屁滚尿流，巴不得去奉承，便在女儿前一力撺掇成了，乘夜只用一乘小轿，便把娇杏送进去了。雨村欢喜，自不必说，乃封百金赠封肃，外谢甄家娘子许多物事，令其好生养赡，以待寻访女儿下落。封肃回家无话。

却说娇杏这丫鬟，便是那年回顾雨村者。因偶然一顾，便弄出这段事来，亦是自己意料不到之奇缘。谁想他命运两济，不承望自到雨村身边，只一年便生了一子；又半载，雨村嫡妻忽染疾下世，雨村便将他扶侧作正室夫人了。正是：偶因一着巧，便为人上人。

原来，雨村因那年士隐赠银之后，他于十六日便起身入都，至大比之期，不料他十分得意。已中了进士，选入外班，今已升了本府知府。虽才干优长，未免有些贪酷之弊；且又恃才侮上，那些官员皆侧目而视。不上一年，便被上司寻了个空隙，作成一本，参他"情性狡猾，擅纂礼仪；外沽清正之名，而暗结虎狼之属，致使地方多事，民命不堪"等语。龙颜大怒。即批革职。该部文书一到，本府官员无不喜悦。那雨村心中虽十分惭恨，却面上全无一点怨色，仍是嘻笑自若；交代过公事，将历年做官积的些资本并家小人属送至原籍，安排妥协，却是自己担风袖月，游览天下胜迹。

那日，偶又游至维扬地面，因闻得今岁鹾政点的是林如海。这林如海姓林名海，表字如海，乃是前科的探花，今已升至兰台寺大夫，本贯姑苏人氏。今钦点出为巡盐御史，到任方一月有余。原来这林如海之祖，曾袭过列侯，今到如海，业经五世。起初时，只封袭三世，因当今隆恩盛德，远迈前代，额外加恩，至如海之父，又袭了一代，至如海，便从科第出身。虽系钟鼎之家，却亦是书香之族。只可惜这林家支庶不盛，子孙有限，虽有几门，却与如海俱是堂族而已。没甚亲支嫡派的。今如海年已四十，只有一个三岁之子，偏又于去岁死了。虽有几房姬妾，奈他命中无子，亦无可如何之事。今只有嫡妻贾氏，生得一女，乳名黛玉，年方五岁。夫妻无子，故爱如珍宝，且又见他聪明清秀，便也欲使他读书识得几个字，不过假充养子之意，聊解膝下荒凉之叹。

雨村正值偶感风寒，病在旅店，将一月光景方渐愈。一因身体劳倦，二因盘费不继，也正欲寻个合适之处，暂且歇下。幸有两个旧友，亦在此境居住，因闻得鹾政欲聘一西宾，雨村便相托友力，谋了进去，且作安身之计。妙在只一个女学生，并两个伴读丫鬟，这女学生年又小；身体又极怯弱。工课不限多寡，故十分省力。

堪堪又是一载的光阴。谁知女学生之母贾氏夫人一疾而终。女学生侍汤奉药，守丧尽哀，遂又将辞馆别图。林如海意欲令女守制读书，故又将他留下。近因女学生哀痛过伤，本自怯弱多病的，触犯旧症。遂连日不曾上学。雨村闲居无聊，每当风日晴和。饭后便出来闲步。这日，偶至郭外，意欲赏鉴那村野风光。忽信步至一山环水旋、茂林深竹之处，隐隐的有座庙宇，门巷倾颓，墙垣朽败，门前有额，题着"智通寺"三字，门旁又有一副旧破的对联，曰："身后有余忘缩手，眼前无路想回头。"

雨村看了，因想到："这两句话，文虽浅近，其意则深。我也曾游过些名山大刹，倒不曾见过这话头，其中想必有个翻过筋斗来的亦未可知，何不进去试试。"想着走入，只有一个龙钟老僧在那里煮粥。雨村见了，便不在意。及至问他两句话，那老僧既聋且昏，齿落舌钝，所答非所问。

雨村不耐烦，便仍出来，意欲到那村肆中沽饮三杯，以助野趣，于是款步行来。将入肆门，只见座上吃酒之客有一人起身大笑，接了出来，口内说："奇遇，奇遇。"雨村忙看时，此人是都在古董行中贸易的号冷子兴者，旧日在都相识。雨村最赞这冷子兴是个有作为大本领的人，这子兴又借雨村斯文之名，故二人说话投机，最相契合。雨村忙笑问道："老兄何日到此？弟竟不知。今日偶遇，真奇缘也。"子兴道："去年岁底到家，今因还要入都，从此顺路找个敝友说一句话，承他之情，留我多住两日。我也无紧事，且盘桓两日，待月半时也就起身了。今日敝友有事，我因闲步至此，且歇歇脚，不期这样巧遇！"一面说，一面让雨村同席坐了，另整上酒肴来。二人闲谈漫饮，叙些别后之事。

雨村因问："近日都中可有新闻没有？"子兴道："倒没有什么新闻，倒是老先生你贵同宗家，出了一件小小的异事。"雨村笑道："弟族中无人在都，何谈及此？"子兴笑道："你们同姓，岂非同宗一族？"雨村问是谁家。

子兴道："荣国府贾府中，可也玷辱了先生的门楣么？"雨村笑道："原来是他家。若论起来，寒族人丁却不少，自东汉贾复以来，支派繁盛，各省皆有，谁逐细考查得来？若论荣国一支，却是同谱。但他那等荣耀，我们不便去攀扯，至今故越发生疏难认了。"子兴叹道："老先生休如此说。如今的这宁荣两门，也都萧疏了，不比先时的光景。"雨村道："当日宁荣两宅的人口也极多。如何就萧疏了？"冷子兴道："正是，说来也话长。"雨村道："去岁我到金陵地界，因欲游览六朝遗迹，那日进了石头城，从他老宅门前经过。街东是宁国府，街西是荣国府，二宅相连，竟将大半条街占了：大门前虽冷落无人，隔着围墙一望，里面厅殿楼阁，也还都峥嵘轩峻；就是后一带花园子里面树木山石，也还都有蓊蔚洇润之气，那里象个衰败之家？"冷子兴笑道："亏你是进士出身，原来不通！古人有云：'百足之虫，死而不僵。'如今虽说不及先年那样兴盛，较之平常仕宦之家，到底气象不同。如今生齿日繁，事务日盛，主仆上下，安富尊荣者尽多，运筹谋画者无一；其日用排场费用，又不能将就省俭，如今外面的架子虽未甚倒，内囊却也尽上来了。这还是小事。更有一件大事：谁知这祥钟鸣鼎食之家，翰墨诗书之族，如今的儿孙，竟一代不如一代了！"雨村听说，也纳罕道："这样的诗礼之家，岂有不善教育之理？别门不知，只说这宁、荣二宅，是最教子有方的。"

子兴叹道："正说的是这两门呢。待我告诉你：当日宁国公与荣国公是一母同胞弟兄两个。宁公居长，生了四个儿子。宁公死后，贾代化袭了官，也养了两个儿子：长名贾敷，至八九岁上便死了，只剩了次子贾敬袭了官。如今一味好道，只爱烧丹炼汞，余者一概不在心上。幸而早年留下一子，名唤贾珍，因他父亲一心想作神仙，把官倒让他袭了。他父亲又不肯回原籍来，只在都中城外和道士们胡羼。这位珍爷倒生了一个儿子，今年十六岁，名叫贾蓉。如今敬老爹一概不管。这珍爷那里肯读书，只一味高乐不了，把宁国府竟翻了过来，也没有人敢来管他。再说荣府你听，方才所说异事，就出在这里。自荣公死后，长子贾代善袭了官，娶的也是金陵世勋史侯家的小姐为妻，生了两个儿子：长子贾赦，次子贾政。如今代善早已去世，太夫人尚在，长子贾赦袭着官；次子贾政，自幼酷喜读书，祖父最疼，原欲以科甲出身的，不料代善临终时遗本一上，皇上因恤先臣，即时令长子袭官外，问还有儿子，立刻引见，遂额外赐了这政老爷一个主事之衔。令其入部习学，如今现已升了员外郎了。这政老爷的夫人王氏，头胎生的公子，名唤贾珠，十四岁进学，不到二十岁就娶了妻生了子，一病死了。第二胎生下一位小姐，生在大年初一，这就奇了；不想后来又生一位公子，说来更奇，一落胎胞，嘴里便衔下一块五彩晶莹的玉来，上面还有许多字迹，就取名叫作宝玉。你道是新奇异事不是？"

雨村笑道："果然奇异。只怕这人来历不小。"

子兴冷笑道："万人皆如此说，因而乃祖母便爱如珍宝。那年周岁时，政老爹便要试他将来的志向，便将那世上所有之物摆了无数，与他抓取谁知他一概不取，伸手只把些脂粉钗环抓来。政老爹便大怒了，说：'将来酒色之徒耳！'因此便大不喜悦。独那史老太君还是命根一样。说来又奇，如今长了七八岁，虽然淘气异常，但其聪明乖觉处，百个不及他一个。说起孩子话来也奇怪，他说：'女儿是水作的骨肉，男人是泥作的骨肉。我见了女儿，我便清爽；见了男子，便觉浊臭逼人。'你道好笑不好笑？将来色鬼无疑了！"

雨村罕然厉色忙止道："非也！可惜你们不知道这人来历。大约政老前辈也错过以淫魔色鬼看待了。若非多读书识事，加以致知格物之功、悟道参玄之力，不能知也。"

子兴见他说得这样重大，忙请教其端。

雨村道："天地生人，除大仁大恶两种，余者皆无大异：若大仁者，则应运而生。大恶者，则应劫而生。运生世治，劫生世危。尧、舜、禹、汤、文、武、周、召、孔、孟、董、韩、周、程、张、朱，皆应运而生者。蚩尤、共工、桀、纣、始皇、王莽、曹操、桓温、安禄山、秦桧等，皆应劫而生者。大仁者，修治天下；大恶者，挠乱天下。清明灵秀，天地之正气，仁者只所秉也；残忍乖僻，天地之邪气，恶者之所秉也。今当运隆祚永之朝，太平无为之世，清明灵秀之气所秉者，上至朝廷，下及草野，比比皆是。听余之秀气，漫无所归，遂为甘露、为和风，恰然溉及四海。彼残忍乖僻之邪气，不能荡溢于光天化日之中，遂凝结充塞于深沟大壑之内，偶因风荡，或被云摧，略有摇动感发之意，一丝半缕误而泄出者，偶值灵秀之气适过，正不容邪，邪复妒正，两不相下，亦如风水雷电，地中既遇，既不能消，又不能让，必至搏击掀发后始尽。故其气亦必赋人，发泄一尽始散。使男女偶秉此气而生者，在上则不能成仁人君子，下亦不能为大凶大恶。置之于万万人中，其聪俊灵秀之气，则在万万人之上；其乖僻邪谬不近人情之态，又在万万人之下。若生于公侯富贵之家，则为情痴情种；若生于诗书清贫之族，则为逸士高人；纵再偶生于薄祚寒门，断不能为走卒健仆，甘遭庸人驱制驾驭，必为奇优名倡。如前代之许由、陶潜、阮籍、嵇康、刘伶、王谢二族、顾虎头、陈后主、唐明皇、宋徽宗、刘庭芝、温飞卿、米南宫、石曼卿、柳耆卿、秦少游，近日之倪云林、唐伯虎、祝枝山，再如李龟年、黄幡绰、敬新磨、卓文君、红拂、薛涛、崔莺、朝云之流，此皆易地则同之人也。"

子兴道："依你说，'成则王侯败则贼'了。"

雨村道："正是这意。你还不知，我自革职以来，这两年遍游各省，也曾遇见两个异样孩子。所以，方才你一说这宝玉，我就猜着了八九亦是这一派人物。不用远说，只金陵城内，钦差金陵省体仁院总裁甄家，你可知么？"

子兴道："谁人不知！这甄府和贾府就是老亲，又系世交，两家来往，极其亲热的。便在下也和他家来往非止一日了。"

雨村笑道："去岁我在金陵，也曾有人荐我到甄府处馆。我进去看其光景，谁知他家那等显贵，却是个富而好礼之家，倒是个难得之馆。但这一个学生，虽是启蒙，却比一个举业的还劳神。说起来更可笑，他说：'必得两个女儿伴着我读书，我方能认得字，心里也明白；不然我自己心里糊涂。'又常对跟他的小厮们说'这女儿两个字，极尊贵、极清净的，比那阿弥陀佛、元始天尊的这两个宝号还更尊荣无对的呢！你们这浊口臭舌，万不可唐突了这两个字，要紧。但凡要说时，必须先用清水香茶漱了口才可；设若失错，便要凿牙穿腮'等事。其暴虐浮躁，顽劣憨痴，种种异常。只一放了学，进去见了那些女儿们，其温厚和平，聪敏文雅，竟又变了一个。因此，他令尊也曾下死笞楚过几次，无奈竟不能改。每打得吃疼不过时，他便'姐姐'、'妹妹'乱叫起来。后来听得里面女儿们拿他取笑：'因何打急了只管叫姐妹做甚？莫不是求姐妹去说情讨饶？你岂不愧些！'他回答的最妙。他说：'急疼之时，只叫姐姐妹妹字样，或可解疼也未可知，因叫了一声，便果觉不疼了，遂得了秘法；每疼痛至极，便连叫姐妹起来了。'你说可笑不可笑？也因祖母溺爱不明，每因孙辱师责子，因此我就辞了馆出来。如今在这巡盐御史林家做馆了。你看，这等子弟，必不能守祖父之根基，从师长之规谏的。只可惜他家几个姊妹都是少有的。"

子兴道："便是贾府中，现有的三个也不错。政老爹的长女，名元春，现因贤孝才德，选入宫中作女史去了。二小姐乃赦老爹之妾所出，名迎春；三小姐乃政老爹之庶出，名探春；四小姐乃宁府珍爷之胞妹，名唤惜春。因史老夫人极爱孙女，都跟在祖母这边一处读书。听得个个不错。"……

（魏令查编，摘自曹雪芹：《红楼梦》，岳麓出版社，1987）

第五十章　荷尔德林及《荷尔德林诗选》

第一节　荷尔德林简介

荷尔德林于 1770 年 3 月 20 日出生在德国小城劳芬。他的父亲早逝，但是在温柔、慈爱的祖母和母亲的关怀下，在那个风景优美的故乡，荷尔德林度过了一生中最快乐的童年时光。美好的日子总是短暂的，就在 14 岁那年，他离开家乡，承载着祖母和母亲无限的期望，前往修道院学习；18 岁时又到图宾根神学院学习神学。热爱自由的天性让他在充满束缚的学院中生活得很不顺心，性格也变得内向。他害怕与人交往，怀念童年的时光，这也成为荷尔德林后期许多诗歌的主题。值得庆幸的是，他在读书期间结识了年轻的黑格尔和谢林，思想上的碰撞让他们成为好朋友，一起"指点江山，激扬文字"，这对他后期的创作产生了深远的影响。1793 年他获得图宾根大学神学硕士学位，但他决定不做牧师，而要将自己的一生奉献给诗歌。

为了维持生计，他开始做家庭教师，历经坎坷。26 岁时，他来到法兰克福，成为银行家贡塔特家的家庭教师。也正是在这里，他与银行家的妻子苏赛特一见倾心。两人私下在一起度过了一段甜蜜的时光。但不幸的是，银行家发现了他们的私情，借故破坏一切让他们在一起的机会。各方面压力让荷尔德林开始出现失眠、头痛和晕眩等症状，本应及时脱身的他，却深陷爱情的泥潭无法自拔。最后，他被银行家当场抓住，惊恐之下，他匆忙逃到朋友家，连行李都没来得及收拾。此时，荷尔德林的疯病也渐露端倪。在家中休养一段时间后，1802 年他又出来做家庭教师。但他从朋友那得知苏赛特去世的消息，再加上朋友的被捕和自己遭受审讯，一系列的惊恐和折磨最终让荷尔德林疯了。1806 年，荷尔德林被关进图宾根的疯人院接受治疗。后来，好心的木匠收留了受尽折磨的荷尔德林，在他们一家的照顾下，荷尔德林平静地生活了 30 多年，直到 1843 年去世。

荷尔德林作为一位诗人，其文学成就被埋没了很多年，直到 20 世纪才受到许多现代思想家和文论家的重视，成为诗人广泛研究和探讨的焦点，对文学界产生了深远的影响。荷尔德林的作品现被认为是 18 至 19 世纪之交德国文学的最高成就，是连接古典主义和浪漫主义的桥梁。荷尔德林早期作品受到席勒等人的影响，主要歌颂革命精神；后期，他将人道主义思想与对于祖国的热爱相结合，达到创作的巅峰。他的诗歌代表作主要有：《自由颂》、《爱之颂》、《致苍穹》、《许佩里翁的命运之歌》、《梅农为迪奥蒂玛哀叹》、《为国捐躯》、《还乡曲》、《流浪者》、《莱茵河》和《伊斯特尔》等。除了诗歌之外，他还创作了一部书信体小说《许佩里翁》；同时，他还翻译了索福克勒斯的《安提戈涅》和《俄狄浦斯王》。

第二节 《荷尔德林诗选》简介

荷尔德林所创作的诗歌，超越了他的时代，因此当时并没有引起很大的轰动。但荷尔德林无疑是世界上最优秀的诗人之一，对德国的文学界产生了深远的影响。海德格尔曾称赞他为"诗人中的诗人"。荷尔德林的诗歌乡情浓郁，洋溢着亲近大自然的情怀。同时，他的诗歌充满了人生哲理，体现出诗人对祖国、对历史的关切之情。

荷尔德林早期的诗歌采用古典诗歌形式进行创作，到后来才慢慢转向自由韵律和古典希腊的诗歌形式，最终形成自己的特色，将内容、形式和音乐性融为一体，给读者带来心灵震撼的同时，也带来视听上的冲击。其中，《许佩里翁的命运之歌》就曾被多位作曲家谱写成曲，深受人们的喜爱。

《荷尔德林诗选》共收集了 40 首诗，因所选作品多创作于高峰期，仅《爱之颂》一首是早期作品，所以未按创作时间排序，而是按照题材分为六个部分，分别为：诗人集、故乡集、自叹集、爱情集、哲理集和祖国集，其中故乡集、自叹集、哲理集和祖国集所占篇幅较大，而诗人集和爱情集则仅选入两篇。但每一部分都选入诗人各个时期的代表作，让读者对诗人的创作有较深入的了解。

其中，故乡集中所选几首诗歌突出反映了诗人"还乡"这一永恒的创作主题。荷尔德林向往那个风景优美，充满诗意的童年乐园，希望返回到那可以自由自在、无拘无束的故土。同时，荷尔德林的"还乡"不仅仅是现实意义的返乡，也是精神的回归，而这里故乡已成为一种精神寄托和信仰。他还借"还乡"这一主题揭示人们精神家园的失落与寻找。《致命运女神》是自叹集中的一篇经典之作，再现了他对诗歌的痴迷与执着。荷尔德林淡然面对俗世纷争，一心追求诗歌上造诣，希望命运女神能够稍稍眷顾他，让他的诗歌获得成功。除此之外，荷尔德林的一些诗歌还体现了将古希腊神话人物同基督教中的耶稣相融合的文化历史观。祖国集中的《面包与葡萄酒》就是较为典型的代表。

荷尔德林生活的范围狭窄，缺少对人生了解和对人性的认知，他仅凭自己的想象力，遨游在虚无缥缈的世界，所以诗歌主题相对比较贫乏。但他凭借那份天生的热情，以及对上天怀有的原始憧憬进行创作，让一种天籁之音弥漫在他的诗歌之中，使他的诗歌独具特色，自成一格。弗里德里希·尼采就曾评价说，"荷尔德林的诗歌涌现出的是最纯粹、最柔美的情感，它出于自然之手，佳作天成，没有任何斧凿雕刻的痕迹。"

第三节 《荷尔德林诗选》选段

诗人集

诗人的胆识

富有生命的事物不都与你息息相关？
命运女神不是亲自培育了你的天职？
因而，就这样毫无戒备地

闯入生活吧，不用顾虑！

纷繁的世事都能成为你的素材，
请面对欢乐！又有什么能
挫伤你的心！你所到之处
会遇到什么意外？

因为，在静悄悄的海滨，或是在银色的
澎湃而去的浪波里，或是在默默的
深水区，活跃着游泳
健儿的身姿，而这也是我们的写照。

我们，人民的诗人，喜欢置身于生命
在呼吸与运动的地方，乐观，倾慕一切，
信任一切，不然，我们该怎样
向众人歌唱这位自己的神？

当谄媚的波涛最终也吞没
一位勇者，在他忠于职守的地方，
于是诗人的歌声
沉默在蔚蓝的殿堂；

他欢乐地死去，寂寞的人们痛惜
他的诗林，痛悼他们的心爱者之亡，
枝叶间常传出他那
献给少女的感人的歌。

晚间，如有我们中的某一位路过
他的诗兄沉沦的地方，想必若有所思，
面对这前人之鉴，
沉默之后，他步履更健。

致青年诗人

亲爱的弟兄，也许我们的艺术正在成熟，
因为它像少年的成长酝酿已久，
不久趋于静美；
但请心地纯正，如古希腊人一样

对诸神要热爱，对世人要心怀善意！
切忌自我陶醉，切忌冷若冰霜！勿流于说教，勿平铺直叙！
若是大师使你们怯步
不妨请教大自然。

故乡集

故乡吟

船夫快活地回到平静的内河，
他从遥远的岛上归来，如果他有收获；
我也会这样地回到故乡，要是我
收获的财产多如痛苦。

你们，哺育过我的可敬的两岸呵；
能否答应解除我爱的烦恼？
你们，我孩提时代玩耍过的树林，要是我
回来，能否答应再给我宁静？

在清凉的小溪边，我看过水波激荡，
在大河之旁，我望着船儿驶航，
我就要重返旧地；你们，守护过我的
亲爱的山峰，还有故乡的

令人起敬的安全的疆界，母亲的屋子
乃至兄弟姐妹们的亲爱的拥抱，
我就要向你们致候，你们的拥抱
像是绷带，会治愈我的心病。

你们旧情如故！但我知道，我知道
爱的烦恼不会那么快痊愈，
世人所唱的抚慰人的摇篮曲
没有一首唱出我内心的痛苦。

因为诸神赐给我们天国的火种，
也赐给我们神圣的痛苦，
因而就让它存在吧。我仿佛是
大地的一个儿子，生来有爱，也有痛苦。

还乡曲

你们，和煦的风！意大利的使者！
和你，白杨夹岸的亲爱的河流！
你们，连绵起伏的山峦！呵，你们，座座
阳光普照的山巅，你们还是这般模样吗？

你呵，宁静的家园！无望的日子过后，
你曾闯入远方思乡者的梦里，
你呵，我的家舍，和你们昔日的游伴——
山丘上的树木，对你们我记忆犹新！

悠悠岁月呵，岁月悠悠，童年的宁静
已逝，逝去了，青春，爱情和欢趣；
而你，我的祖国！神圣而又
坚韧的祖国，看吧，只有你永存！

为使他们与你同忧患
共欢乐，你，亲爱的，教育你的儿女们，
还在梦中告诫那些四处
漂泊彷徨的不忠之人。

每当年轻人火热的胸中
好高骛远的愿望得以平息，
并能正视自己的命运，
觉悟了的他会更乐意为你献身。

再见吧，青春的岁月！还有你，
爱意绵绵的花径，以及你们，条条流浪者的小路，
再见！故乡的天空呵，请重新
收容和祝福我的生活吧！

乡间行

——致 Landauer（朗岛厄尔）

来吧，朋友，去空旷旷的野外！今天虽只
透出一丝晴光，天空把我们封闭在里面。
既不见山峰矗立，也不见林木森森，
天不作美，四野里也听不到颂歌阵阵。
逢上这阴天，小巷小路都无精打采，我仿佛
觉得，这是个铅一般沉闷的时辰。
尽管如此，我们并未扫兴。有执着信念的人
一刻也不怀疑，白天将会是其乐无穷。
因为我们从天国获得的不算贫乏，
它一时不给的，最终还会恩赐给我们。
但愿我没枉费这番口舌，但愿我们不虚此一行，
但愿赏心悦目的东西并非海市蜃楼。
我继而甚至希望，倘若想做的事

我们已着手进行，倘若正想开口，
找到了要说的话，心灵的窗户已经打开，
从狂热的头脑里产生出远见卓识，
天上的花将与我们的花一起开放，
睁开的目光将感受到闪光的一切。
它虽然不很强大，却属于生活里
我们所需要的一部分，显得欢乐而又恰如其分。
但愿还会有几只吉祥的燕子
在夏日来到之前飞到这乡间
让它们在祝辞声中为那些土地举行落成典礼，
贤明的店主在这儿兴建旅店。
供客人品尝佳肴，观赏美景，即富庶的乡村，
都能如愿以偿，无拘无束地尽情地
品味，又歌又舞，使新店成为斯图加特市的欢乐之冠，
因而我们要带着美好的心愿攀上山岗。
愿五月的和煦春光勾勒出一幅更为美好的图画，
展示在有教养的客人面前，
或按惯例，如有人愿意，因为这是古老的习俗，
众神曾多少次微笑地观看着我们。
请建房大师从屋顶上作祈祷，
至于我们，已经尽了我们的本分。

这是块宝地，当新春佳节
敞开山谷的胸怀，当内卡河奔流而下，
一片片嫩绿的牧扬森林，一枝枝添了新翠的
树木，一朵朵洁白的花，在熏风中摇曳，
山腰上漂下白云朵朵，葡萄藤
朦朦胧胧，在芬芳的阳光下取暖生长。
（原文以下为分行排列的提示性短语或手稿断片，译文略。诗末并有下面两行短诗，为
本诗未能完稿作了注脚：
愿唱轻歌一曲，皆未成功，
只因我的幸福从不让我说出轻松之辞。
译者附记。）

海德尔堡

我爱你已久，多么想称你为
母亲，并献上一支朴实的歌，
你是我在祖国见过的
最具农村风味的城市。

好似林中的小鸟飞出树梢，

闪耀在你身旁的江上横跨着
那座轻盈而又坚实的大桥，
桥上人车喧闹不已。

一股神一般的魔力曾吸引我
登上大桥，那时我正路过
令人神往的远方照进
我置身的群山之间，

朝气蓬勃的大江向平原流去，
悲喜交集，恰似顾影自怜的心
恋恋不舍地
投入时间的大潮。

你为那位游子捧出股股清泉，
又送来凉爽的树荫，两岸
目送着他，浪波里
荡漾着它们的倩影。

饱经沧桑的巨大城堡
沉重地垂入山谷、山坳，
被风风雨雨侵蚀；
而永恒的太阳却用

返老还童的光芒浇铸着苍老的
巨人形象，四周有郁郁葱葱的
常春藤；阵阵悦耳的林涛
鸣响在城堡之上。

盛开的灌木丛毗连着欢快的山谷，
或背靠山崖，或偎依着河堤，
你那条条欢乐的小巷，
横卧在芬芳的园圃下。

内卡河之恋

我的心在你的山谷里醒来，
投入生活，你的波浪在我的周围荡漾，
所有认识你的可爱的山丘，
游子呵，没有一个使我感到陌生。

在群峰之巅，天上的微风

解除我奴隶般的痛苦；山谷里的
碧波银光闪闪，好似
欢乐之杯里闪耀着生活的光芒。

股股山泉迫不及待地投入你的怀抱，
也带走我的心，你带着我们
投入庄重的莱茵河，奔向
它的大小城市和欢乐的岛屿。

我仍觉得世界美好，目光在
贪婪地渴望地球上的魅力，
飞向金色的巴克托尔河，飞向斯米那
海岸，飞向伊奥尼亚森林。我还想

常在苏尼欧海岬上岸，向默默的小径
打听你的柱子，奥林匹斯呵，
在你一同被风景与岁月
葬身于雅典娜神殿

及你的神像的瓦砾之间，
因为你早就孤独无伴，呵，世界的骄傲！
而那个世界已不复存在。你们，美丽的
伊奥尼亚群岛，那儿有海风

吹散岸上的热浪，使桂树林
沙沙作响，在太阳温暖葡萄藤之时，
呵，那儿金色的秋天为穷苦的
民族化悲叹为歌声，

在那石榴树成熟的季节，深蓝的夜色中
闪烁着金黄的橙子，乳香树
滴着胶汁，定音鼓和木琴
为狂乱的舞步伴奏。

我的保护神有一天也许将带我
见你们，你们这些岛屿！而即使在那儿，
我也决不忘却我的内卡河
和它迷人的草地及岸柳。

流浪者

我孤独地站着，遥望阿非利加的

荒原，奥林匹斯火光炎炎，
上帝用光束掠去一切，势如当初
把高原制成山峰与低谷。
没有新绿的树林拔地而起，
郁郁葱葱地直指莺歌燕舞的长空。
山岳秃着额头，娓娓动听的小溪
与它无缘，泉水很少流到山谷。
不见牛羊正午在喷涌泉边消暑，
也不见从新绿树丛中探出好客的住家。
灌木丛下默默地停着一只神情严肃的鸟，
四处漂泊的鹳雀仓惶而逃。
大自然呵，我并不向你要水，沙漠中的
饮水，驯良的骆驼已为我贮备。
我请求你赐予小树林的鸣唱与父辈的家园呵，
家乡漂泊来的候鸟提醒了我。
你却对我说，即便是这里，也有神灵主宰，
他们的尺度大，而人却喜欢用区区的尺度衡量。

此番话驱使我去寻找另一片世界，
我登舟远上北国的极地。
被禁锢的生命静静地睡在雪被里，
长年累月的沉睡期待着白昼的来临。
奥林匹斯在这儿已过久地没有张臂拥抱大地，
像庇克玛利欧的手臂拥抱情人一样。
这儿他不用太阳的目光抚摸她的胸脯，
也不用雨露亲切地跟她说话；
这使我惊奇，我傻乎乎地问：大地母亲呵
你就这样长此守寡，蹉跎光阴？
没有新生命诞生，也就谈不上精心抚养，
老来后继无人，无异于死亡。
但有朝一日你也许取暖于天上的光芒，
他的气息会把你从寒睡中唤醒；
使你像一颗种子，砸碎坚硬的外壳，
挣脱出来，获得了自由的世界迎接光明
所有蕴藏的力量燃烧在蓬勃的春天里，
贫瘠的北国也盛开玫瑰花，酿出葡萄酒。

我说着说着，现又回到家乡的莱茵河畔，
青春时代的阵阵和风似当年拂面而来；
亲密无间的树木曾张开臂膀将我晃悠，
如今又抚慰我那颗勇于追求的心，
好一片神圣的绿色世界，世上欢乐而又充实之生命的见证，使我精神矍铄，返老还童。
这期间我已经苍老，冰封的极地染白了我的头，
在南国的酷热中我的鬓发脱落。
但谁要是在临终前的最后一天
远道而来，已精疲力尽，现在
再见一见这片土地，他的面颊必然会
再泛红晕，快要熄灭的眼神一定会重放光芒。
天堂般的莱茵河谷，没有一座小山不支着葡萄架，
葡萄藤的叶爬满了围墙和院落，
河上的船只满载琼浆玉液，
城市和岛屿都沉醉于葡萄酒和水果。
而上面的陶努斯山老人却庄重地微笑着，
这座橡树覆盖的自由之山低垂着头。

这时小鹿走出林子，日光穿透云层，
苍鹰在高高的晴空下环视。
在泉水滋润花草的山坳里，
小村庄舒坦地横卧在草地上。
这儿静静的，远处有忙碌不息的水车在鸣响，
钟声却报告我已是日暮时分。
镰刀割穗的沙沙声和谐地混杂着
欣然晚归的农夫赶牛的吆喝声，
坐在草丛中的母亲哼着动听的曲调，
怀里的幼儿看得睡着了，而云彩还是红红的，
在明晃晃的小湖旁，绿树簇拥下的
那扇院门敞开着，阳光为窗户镶上金色，
那儿正是迎候我的家和绿荫森森的庭院，
那儿慈祥的父亲曾为我培植庄稼；
那儿我曾像自由的飞鸟在有趣的枝间玩耍，
或是从树梢上仰望可爱的蓝天。
你也依然忠贞不渝，对流落他乡的人亦然，
故乡的天空，你一如既往，仍亲切地把我收容。

桃树还为我生长繁茂，繁花令我惊异，
宛如桃树，灌木丛也开满娇艳的蔷薇。
紫红的果子沉甸甸地挂满了我的樱桃树，
树枝趋身向前任凭伸手采摘。
院子中的小路仍像当初吸引我去树林，
去野外的凉亭，或去山下的小河边，
当年我躺在那里，津津乐道于男子汉——
富有想象力的船夫的荣誉；你们的传奇
使我不由自主地神游于大海与沙漠，你们这些强人！

呵，此间我却让双亲白白地寻找。
而他们在哪里？屋子的守护人，呵，你在沉默还是在迟疑？
我不是也迟疑过?! 我数了数脚步，
当我走近时，还朝拜似地默立了一会儿。
但请进屋吧，就说儿子从客地归来，
让我们开怀拥抱，让我聆听他们的祝愿，
接受祈祷，有幸又跨进自家的门槛！
但我已有预感，我的亲人，现在他们也要
撇下我，径奔彼岸的神仙世界，永不回头。

父母亲呢？倘若朋友们还健在，他们已
另有收获，他们已跟我疏远。
我会再来，像过去一样，叫出亲爱者的名字，
愿这颗心仍像当年似地跳动，
但亲人们也会湮没无闻。岁月就这样
使我们结合又分离。我以为他们死了，反之也一样。
于是我孤独一人。而你，高居云端的
祖国之父，强大的苍天，还有你
大地和光明，你们三位一体，主宰和热爱世界
永恒的神，我跟你们的联系从未中断。
我以你们为起点，在你们的陪伴下漫游，
阅世渐深后，又把欢乐的你们带回故国。
因而请递上满斟的葡萄酒，
它产于莱茵河畔的向阳坡，
让我先为诸神，为缅怀英雄和船夫干杯，
继而也为你们，我最亲爱的人干杯，
为父母亲和好友！让我忘却辛劳和所有的烦恼，
今天和明天就快快地与乡人打成一片。

斯图加特

—— 致西格弗里德·施密德

1

又一次逢凶化吉，旱情已化险为夷，
炽热的阳光不再烧烤着花卉。
天庭现又敞开大门，园林安然无恙，
雨水冲洗过的山谷山明水秀，流水潺潺
长满高高的植物，一条条小溪涨满了水，
系住的飞禽又敢于飞入歌乡。
空气中充满欢乐者，城市和小树林
到处充满天空满意的子女，

它们乐意交往，彼处随意穿飞，
无忧无虑，似乎既不缺少，也不过剩。
因为这是心之所愿，上天之灵使它们
呼吸这命运赐予的祥和之气。
游子也被引入坦途，他们有
足够的花冠和颂歌，有饰满葡萄和绿叶的
神圣旅杖和云杉投下的绿荫。
村村人欢马叫，日日不会沉寂，
像一辆辆野马带动的大车，群山
跃向前方，小路也这样，时而踌躇不前，时而加快步伐。

2

而现在你是否想让大门白白地打开，
让诸神白白地为道路染上欢乐的色彩？
让善神们白白地为丰盛的宴会献上
葡萄酒，并草莓、蜂蜜与鲜果？
让他们枉为这节日的歌声送来绯红的晚霞，
枉为倾心畅谈送来晚间的凉意与静谧？
若为要事累，何不留冬天?! 若要
娶娇妻，劝君且等待，五月时节好相爱。
现下另有当务之急，请来吧，欢度这秋节的
古老习俗，好传统随我们而经久未衰。
今日里，只有祖国至高无上，
火焰熊熊，各自都把自己的祭品投掷
于是，万民拥戴的神小声地为我们的头饰以花环，
葡萄酒像融化珍珠似的融化各自的私念
它体现在这一桌，庄严的一桌，我们
围坐着它唱起歌，像蜜蜂围着橡树，
这意味着觥筹交错，合唱声
使好斗的男人们也心平气和，握手言欢。

3

时近黄昏休大意，为了不误时辰，
我随即大步流星地迎上前去，
一直走到国界线，蓝蓝的河水
从我亲爱的诞生地与河心岛两旁流过。
那是我神圣的地方，河两岸，还有那山崖
连同房屋与田园，郁郁葱葱地突兀于波涛间。
我们相聚在那儿，和煦的阳光呵，在我率先
感受到你一缕光芒的地方。
那儿已经或正在重新开始美好的生活；
而一见到先父墓，眼泪便往下流？

泪儿流，泪儿止，与友晤面，听友一席话，
它们曾神奇地治愈了我受的痛苦。
另一种思绪在复苏！我不得不列举本乡的英雄谱，
红胡子大帝！还有你，大慈大悲的克里斯托夫，和你，
康拉丁！你的阵亡，为强者树立了楷模，常春藤
绿了山崖，酒醉似的树叶覆盖古堡，
而过去与将来对歌手一样神圣，
秋日里，我们将祭扫这些阴魂。

4

缅怀英雄豪杰和他们撼人肺腑的命运，
自己毫无作为，无足轻重，却头顶同一片
青天，同样虔诚，像古代受神灵启示的
豁达诗人，我们兴冲冲地往上走
这里气势磅礴，发源于边缘山岭的
许多涓涓细流，顺着山丘往下流。
泉水叮咚，成百条忙碌的小溪
不舍昼夜地奔流而下，就地垒土造田。
内卡河这位老农耕种在该田的中央，
牵引着条条犁沟，并带来福祉。
随它而来的有意大利的微风，大海借助它
遣来云朵和灿烂的阳光。
从而沉甸甸的庄稼才高过我们的头，
因为在这片平原上我亲爱的
乡亲们得天独厚，而那边的山坡上
却没有人会嫉妒他们的这些田园、葡萄
或是肥草、谷穗和茂密的树，
它们列队两旁为游子们遮荫。

5

正当我们目不暇接，喜出望外之时，
道路从脚下逝去，白日从沉醉的我们的身旁溜过。
绿叶扶疏的城市，令人夸耀的城市
赫然昂起它牧师般的头。
它巍然挺立，把酒神杖和杉树
高高地举入极乐的彩云间
别怠慢了来客和远归的游子，故乡的女侯爵！
幸福的斯图加特，请替我友好地款待这位不速之客！
在我看来，你一向赞同笛子和弦乐伴奏的颂歌
和孩子般咿呀学语似的歌，
陶然地忘却疲劳而兴致勃勃，
因而你也乐意愉悦歌者的心。

而你们，你们高出一筹，你们欢乐者，
长生不老，主宰万物，或是更为强大，
倘若你们在神圣之夜独自大显神威，
使一个正在觉醒的民族脱颖而出
直至年轻人回忆起上界的诸神，
善于思索的一代将老练地崛起在你们的面前——

6

祖国的天使呵，在你们面前
孤胆英雄也会两眼昏花，寸步难行，
于是他得求助于友人，恳求至爱亲朋
与他分担这幸福带给人的重负
善良的天使，感谢他，感谢其他各位友人，
他们是我在人世间的财产和生命。
时已垂暮须赶紧，欢度这秋日之节，
就在今日！内心充实，但生命短促，
这良辰吉日要我们说的话，
我的施密德，我俩力不从心。
我倒有个好主意，欢乐之火烧得正旺，
大胆的话要说得神圣些。
看吧，这是一片净土！上帝的馈赠之物
由我们分享，也只能由亲善者分享。
别无他哉——来吧！请把它变为现实！因为我
孤独一人，而没有人取走我脑海里的这个梦想！
来吧，亲人们，握一握手便已足矣，
且把更大的欢乐留给我们的子孙。

归乡

——致乡亲们

1

在阿尔卑斯山的丛山峻岭，夜色微明，云
凝聚着欢乐，覆盖着睡意惺忪的山坳。
逗趣的山风呼啸着吹来吹去，
一道光线在冷杉林中一闪而过。
在慢慢逼近，在拼搏，那令人又喜又恐的骚动，
还是雏形，但很强大，正热衷于不伤和气的争吵，
在千山万壑间，在这永恒的屏障里，这骚动
在酝酿，正一步一摇，
因为山里的早晨执意要崭露头角。
在那里，一年的延续比别处永无尽头，

时辰和日子的交替也比别处大手大脚，难以区分。
尽管如此，海燕还是报时，在
群山间，在高高的大气中盘旋，呼唤白天。
此刻，那山坳深处的小村醒了，缅怀着对上帝的虔诚，
毫无惧色地从山巅下仰望。
预感到新生，因为已有闪电般倾泻而下的
古泉注入水潭，激起浪花飞溅。
回声震荡，那座难以丈量的工场
日夜不停地挥臂，恩赐给人间。

2

这期间，银色的山峰在静静地闪耀，
玫瑰朵朵已缀满皑皑白雪。
再往高处，坐在光的金銮殿上，那纯洁、
快乐的上帝正兴高采烈地变幻光的把戏。

他单独而平静地生活，脸上容光焕发，
那苍天显得乐意播种生命，
创造欢乐，与我们在一起，多么经常，每当他把握分寸，
体察人情，考虑再三，又小心翼翼地
将福星普照座座城市和千家万户，普降喜雨，
敞开大地胸襟，为你们送来沉闷的云，
又送来舒适的微风，送来妩媚的春光，
用舒缓的手使不幸者转忧为喜，
每当他使时间不断更新，这位造物主，
焕发、激动起垂暮之年寂寞的心，
深入人世间，打开、照耀心灵的窗户，
按他的意愿，生活现又重新开始，
一派祥和如往常，当代的思潮风行，
欢乐的勇气重又鼓起希望的羽翼。

3

我对他已说过许多，因为作诗者的思考
与歌唱，多半是针对天使们和他；
我已多次请求，为了祖国，不要在
某一天未请求便突然把神灵强加于我们；
多次请求，也为了你们，在祖国忧虑的人们，
让神圣的谢意微笑着为你们带回难民，
父老乡亲呵，为了你们！这时，湖水把我轻轻摇晃，
桨手胸有成竹地坐着，夸耀着这次航行。
风帆欢乐地滑行在宽阔的湖面上，
此刻，那儿的城市在黎明中活跃、清晰

起来，顺利地从苍茫的阿尔卑斯山
驶来，现已平安泊港。
岸上春意融融，山谷敞怀欢迎，
小路穿过绿荫，明暗参差交错。
田园连着田园，蓓蕾已含苞欲放，
鸟儿用歌声邀请游子。
一切都显得亲切，连过路的问候也
仿佛出自友人，每种表情都显得亲热。

4

果然不假！这是出生之地，家乡的土地，
你的寻访之地近在咫尺，呈现在你的眼前。
那是因为漂泊者已儿子似地伫立在
波涛拍击的门槛，眼望着你，用歌声
为你寻找芳名，幸福的林道！
这是故国的一道好客之门，
走过这道门，远处风光更迷人，
那儿蔚为奇观，像匹神奇的野马，
莱茵河居高临下地向平原奔来，又夺路而去，
峡谷间和盘托出那人声鼎沸的山坞，
从那儿进山，穿过向阳坡，漫步去科摩，
或下山去，似日神漫游坦荡荡的湖
但更吸引我的是你，那神圣的山口，
踏上故乡路，有我熟悉的小路鲜花铺，
看望我的故土和内卡河畔美丽的山谷，
以及森林、相依为命的橡树、桦树和
山毛榉树神圣地泛绿波，
在群山环抱中，有一处友好地把我吸引住。

5

他们迎候在那里。呵，城市，我母亲的声音！
闻此声，久已忘却的往事心中升！
他们却依旧故我！太阳与欢乐仍照耀你们
呵，亲爱的人们，你们的目光似比往常更有神。
是的，这儿风情未改！它生长、成熟，
活着的和相爱的一切依然忠贞。
而最为可贵的是无论年老年幼，
阔别重逢在神圣和平的彩虹下
我在说傻话。这是欢乐。而明天和将来
我们到野外看看长势喜人的田野
横卧在花树下，春光烂熳的节日里
再跟你们乡亲们聊家常、谈希望。

从伟大的天父处我所闻甚多，我对他
沉默已久，他高居云端，使脚步匆匆的时代
不断更新，使山山岭岭俯首听命，
不久，他将为我们捎来天国的赠礼，唤来
嘹亮的颂歌，派来许多美好的精灵，呵，良机莫失，
来吧，我们生命的支柱！年岁的天使！和你们

6

家庭的天使，下凡吧，融进生命的每条血管，
让普天同乐，愿天国的恩赐得以分享，
愿灵魂净化，青春焕发！莫让人类的财富
失却欢乐，要让欢乐洋溢每个时辰，
现在这样的喜悦，在亲人重逢之时，
此乃天经地义，也能得到适当的尊重。
每当我们就餐前祈祷，我应呼谁之名？每当我们
忙完一天，说吧，我何以表达谢意？
呼唤那位天神？不合适者神不喜欢，
我们小小的欢乐几乎不足承受他的降临。
我们得常常沉默；找不到神圣的名字，
心儿在跳，话却说不上来？
而拨弦乐的演奏回响每个时辰，
也许会使神灵高兴，他们正向我们靠近。
奏响此乐吧，这样，此忧已近乎
排除，那潜入欢乐的忧愁。
如此这般的忧愁，不管是否乐意，须在
诗人心头常停留，而其他人则没有。

（刘彪编，摘自顾正祥译：《荷尔德林诗选》，北京大学出版社，1994）

第五十一章　华兹华斯及《华兹华斯诗歌》

第一节　华兹华斯简介

威廉·华兹华斯于 1770 年 4 月 7 日出生于英国西北部的科克茅斯，那儿属于风景优美的湖区。华兹华斯的父亲是个律师，家境殷实，生活幸福。他从小就受到父亲的熏陶，对诗歌产生了兴趣。不幸的是，他的母亲和父亲先后去世，留下年仅 13 岁的华兹华斯和兄妹一起寄养在亲戚家。1787 年，他前往剑桥大学圣约翰学院求学，并在大学期间与同学一起游历法国，深受法国大革命的震撼，但后来局势的变动又让他产生了失望之情。1791 年，他大学毕业，获得文学学士学位。1795 年，他先后获得两笔意外的财产，让他生活有了保障，因此，他和妹妹一起返回乡间居住，完成了他回归大自然的夙愿。1797 年，他与诗人柯尔律治一见如故，交往非常密切，并在 1798 年共同出版了《抒情歌谣集》。1802 年，他终于与相恋多年的玛丽·哈钦森喜结连理。从1797 年到 1807 年，华兹华斯达到创作的高峰期，完成了许多著名的诗作。随后，他的创作激情衰退，作品越来越少。1843 年，他凭借自己的成就获得英国桂冠诗人称号。

华兹华斯是英国早期著名诗人，是"湖畔派"的代表人物，成就最高，影响也最大。华兹华斯的诗歌宛若一股清泉，给一片沉寂的 18 世纪诗坛带来了新的生机和希望；他冲破了古典主义的重重束缚，开创了现代诗风，宣告英国浪漫主义时期的到来，为英国浪漫主义运动的发展作出了重要贡献。同时，他开创了英国诗歌的新纪元，被人们称为"第一个现代诗人"。华兹华斯不仅在诗歌创作上成就非凡，而且他的诗歌理论也对诗歌的发展产生了深远的影响。他在《抒情歌谣集》第二版的序言中指出，诗歌应用平常而生动的真实语言写成，表达诗人强烈的情感，他认为"人性的最坚强的保卫者，是支持者和维护者，他所到之处都播下人的情谊和爱"；同时，他还主张描写日常生活事件。这篇论著短小精悍，给英国古典主义带来巨大冲击，同时也被认为是浪漫主义文学的宣言。

华兹华斯的诗歌主要是描写美丽的大自然，语言纯朴有力，风格清新自然，意境高雅，因此他被称为"自然诗人"；同时，他还擅长从普通人身上汲取灵感，再现乡村生活质朴纯真的生活，也从侧面流露出对现实社会的不满情绪。华兹华斯在诗歌创作过程中还强调想象和幻想的重要性，通过想象，使无生命的东西变得栩栩如生，使平凡的实物变得不平凡，增加作品的感染力。

华兹华斯一生创作了大量诗歌，代表作主要包括，抒情诗《抒情歌谣集》，长诗《序曲》《漫游》，《露西·格瑞》和《两卷诗集》等。其中《两卷诗集》收录了许多传世之作，如《水仙》、《孤独的收割人》和《我心雀跃》等。

第二节 《华兹华斯诗歌》简介

华兹华斯一生创作了许多诗歌。他的诗歌就宛若一股清泉，冲破了古典主义的重重束缚，给一片沉寂的 18 世纪诗坛带来了新的生机和希望，引领诗人进入诗歌创作的新纪元；而且他的诗歌经过时间的洗涤，流传至今，依然深受读者的喜爱。

华兹华斯的诗歌主要描述美丽壮观的大自然。无论年幼之时，还是隐居之后，他都与大自然朝夕相处，他从自然中寻找力量、美感和智慧，来抚慰自己心灵的创伤。他寓情于景，借景抒情，将大自然的雄伟壮观，丰采多姿，深沉幽静蕴于诗句之间，又通过这些诗句表达自己强烈的情感。例如在《水仙花》中，美丽的水仙花在风中轻舞，他感到非常快乐，也感到无限慰藉。他认为大自然才是人类精神的家园，抚慰失意无助的心灵，让人忘却现实的苦恼，让人们在孤独中找到幸福。

同时，他还善于刻画 19 世纪初英国贫苦农民的生活以及残酷的现实给他们带来的痛苦和创伤。工业革命的到来，给英国农民带来了沉重的打击。很多农民失去了赖以生存的土地，不是家破人亡，就是携家带口去城市做廉价劳动力。华兹华斯通过细心地观察，切实地感受，借助几个画面、几个动作、几句对话，将农民的悲惨命运凝聚在他的字里行间。在《孤独的刈麦女》中，诗人描绘一个普通的苏格兰少女在田间边劳作边唱歌的景象。但诗人却借她的歌声诉说心中的痛苦，号召人们重回美好的精神家园；同时，也表达他对现实的不满和对资产阶级和封建阶级无情压迫的愤恨。

华兹华斯的诗歌读起来浅显易懂，用词简单朴实，贴近生活，以平凡的语句，通过诗人敏锐的洞察力和丰富的想象力，将平凡的事物染上一层幻想的色彩，向读者展现耐人寻味的非凡意义。华兹华斯还善于刻画内心的情感起伏，通过对自然环境和社会现实的描写，来反映人物的内心世界。此外，他的十四行诗别出新意，自成一格；他还开创了自我剖析的自传诗的新形式，长诗《序曲》就是典型的代表。

华兹华斯的诗歌在中国的传播历经波折。1914 年，陆志韦首次翻译介绍华兹华斯的诗歌，后逐渐得到中国新文学家的认同，并对中国的新文学运动产生了一定的影响。但新中国成立后，尤其是在"文化大革命"期间，华兹华斯被列为消极、反面的诗人，被打入冷宫，几乎多年无人问津。值得庆幸的是，自从 1978 年杨周翰和王佐良发表对华兹华斯肯定的评价以后，这位英国的杰出诗人又受到中国学者的关注。到目前为止，华兹华斯作品翻译有很多，其中主要包括：顾子欣翻译的《英国湖畔三诗人选集》，黄杲炘译的《华兹华斯抒情诗选》，谢耀文译的《华兹华斯抒情诗选》和杨德豫译的《湖畔诗魂》、《华兹华斯诗歌精选》等。

第三节 《华兹华斯诗歌》选段

致蝴蝶

别飞走，留下吧，留在我身边！
多留一会儿，多让我看几眼！
咱俩在一起，话儿说不尽，

你呀，我童年历史的见证人！
飞过来，别走！过去的时光
在你的身影中重现；
快乐的生灵！你在我心坎上
勾画出一幅庄严的图像——
我童年时代的家园！

那些日子啊，好快活，好快活，
我们孩子家，整天玩乐，
多少次，我和妹妹艾米兰，
两个人一起把蝴蝶追赶！
林子里，小树间，我东奔西跑，
向前猛一扑，活像个猎人，
追过来，追过去，连蹦带跳；
可她呢？老天爷！
她生怕碰掉蝶翅上面的薄粉。

1802 年 3 月 14 日夕

远见

那样做简直是破坏，是糟蹋——
来学学我和查理的做法！
瞧这儿开了这么多草莓花，
可是这种花我们不能采；
它们挺美的，比谁也不差，
可是你瞧——花儿小，枝子矮；
别动手，别碰它，安妮妹妹！
听我的，我好歹比你大两岁。

安妮妹妹啊！快来采樱草，
采得了多少你就采多少。
这儿有雏菊，由你尽量采；
还有三色堇，还有剪秋萝；
高高的水仙花，你也采些
来装扮你床铺，装扮你住所；
盛满你衣兜，插满你前襟；
只有草莓花，手下要留情！

樱草的好日子是在春天，
一到夏天它们就少见；
紫罗兰只开花不结果实，
到时候就枯了，倒在尘埃；

小小的雏菊花模样标致，
谢了，也没有果子留下来；
这些花你采吧，到了明年
它们照样开，一开一大片。

草莓够交情，有果子让人吃，
这是上帝给它的本事。
过不了多久，春天就溜啦，
你我和查理再到这儿来；
那时候，莓子都红啦，熟啦，
挂在枝子上，有叶子遮盖：
为了那一天吃个痛快，
草莓的花儿啊你可不能采！

1802 年

露西·格瑞

我多次听说过露西·格瑞；
当我在野外独行，
天亮时，偶然瞥见过一回
这孤独女孩的形影。

露西的住处是辽阔的荒地，
她没有同伴和朋友；
人世间千家万户的孩子里
就数她甜蜜温柔！

你还能瞧见嬉闹的小山羊，
草地上野兔欢跳；
露西·格瑞的可爱脸庞
却再也不能见到。

"今天夜里准会起暴风，
你得进城去一趟；
孩子，你得带一盏提灯，
雪地里给你妈照亮。"

"我很乐意走一趟，爸爸！
晌午刚过了不久——
教堂的大钟刚敲过两下，
月亮还远在那头。"

这时，她父亲便举起镰刀，
砍断柴捆的围箍；
他忙着干活，露西便趁早
提着那盏灯上路。

山上的小鹿哪有她活泼：
她步子变换不定，
脚儿扬起了白雪的粉末，
像一阵烟雾腾腾。

大风暴提前来到了荒原，
荒原上走着露西；
她上坡下坡，越岭翻山，
却没有走到城里。

整整一夜，焦急的爹娘
四下里奔跑喊叫；
听不到声音，看不到迹象，
上哪儿把她寻找！

天亮了，他们俩登上山头——
山头俯临着荒地；
那座桥（离家门两百米左右）
出现在他们眼底。

他们哭起来，往回走，哭叫：
"在天国再见吧，亲人！"
雪地里，那母亲忽然看到
露西的小小脚印。

他们走下陡峭的山崖，
紧跟着那一线脚印；
穿过残破的山楂篱笆，
傍着石头墙行进；

他们踏过那一片荒地，
脚印还历历可见；
他们紧跟着，寸步不离，
终于来到了桥边。

他们紧跟着，从积雪的河滨
直到木桥的中段；

那一个挨着一个的脚印
到此便陡然中断！

有人坚持说：直到如今，
露西还活在人间；
看得见她那美妙的形影
出没在幽静的荒原。

石块上，沙土上，她只顾前行，
从来不回头望望；
唱着一支歌，寂寞凄清，
歌声在风中回荡。

1799 年

我们是七个

——天真的孩子，
呼吸得那样柔和！
只感到生命充沛在四肢，
对死亡，她知道什么？

我碰到一个乡下小姑娘，
她说，她今年八岁；
拳曲的头发盘绕在头上，
密密丛丛的一堆。

她一身山林乡野气息，
胡乱穿几件衣衫；
眼睛挺秀气，十分秀气，
那模样叫我喜欢。

"你兄弟姐妹一共有几个？
说给我听听，小姑娘！"
"几个？一共是七个。"她说，
惊奇地向我张望。

"他们在哪儿？说给我听听。"
她说："我们是七个；
两个当水手，在海上航行，
两个在康韦住着。

"还有两个躺进了坟地——

我姐姐和我哥哥；
靠近他们，教堂边，小屋里，
住着我妈妈和我。"

"你说有两个在康韦住着，
有两个到了海上，
却又说你们还有七个！
是怎么算的，好姑娘？"

这位小姑娘随口回答：
"我们七兄弟姐妹，
有两个睡在那棵树底下——
那儿是教堂的坟堆。"

"你到处跑来跑去，小姑娘，
你手脚多么活泼；
既然坟堆里睡下了一双，
那你们还剩五个。"

"坟堆看得见，青绿一片，"
这位小姑娘答道，
"离我家门口十二步左右，
两座坟相挨相靠。

"那儿，我常常织我的毛袜，
把手绢四边缝好；
我常常靠近坟头坐下，
给他们唱一支小调。

"先生，只要碰上了好天气，
太阳下了山，还不暗，
我便把我的小粥碗端起，
上那儿吃我的晚饭。

"我姐姐珍妮先走一步：
她躺着，哼哼叫叫，
上帝解除了她的痛苦，
她便悄悄地走掉。

"她被安顿在坟地里睡下；
等她的墓草一干，
我们便在她坟边玩耍——

我和我哥哥约翰。

"等到下了雪，地下一片白，
我可以乱跑乱滑，
我哥哥约翰却又离开，
在姐姐身边躺下。"

"有两个进了天国，"我说，
"那你们还剩几个？"
小姑娘回答得又快又利索：
"先生！我们是七个。"

"可他们死啦，那两个死啦！
他们的灵魂在天国！"
这些话说了也是白搭，
小姑娘还是坚持回答：
"不，我们是七个！"

1798 年

路易莎

陪她游山之后写成

林荫里，路易莎与我相遇；
我见了这位可爱的少女，
怎能不连声赞美
她像仙女般轻灵矫健，
蹦蹦跳跳地奔下山岩，
好似五月的溪水？

她迷人的微笑世上难寻；
这微笑，以它独具的风韵
浮现，舒展，隐匿；
它忽来忽去，游戏不休，
有时消失了，其实仍旧
潜藏在她的眼底。

她喜爱她的村舍和炉火；
旷野荒山，她常常走过，
当真是风雨无阻；
狂风里，又见她奋然前进，
这时候，我啊，多想亲一亲

她脸上晶亮的雨珠！

沿着清溪，她曲折向前
去追寻瀑布；我啊，我情愿
把世间一切都舍弃——
只要在一处岩洞里，石壁下，
或一隅青苔地上，我和她
有片时坐在一起！

约 1801 年

无题

我有过奇异的心血来潮，
也敢于坦然诉说
（不过，只能让情人听到）：
我这儿发生过什么。
那时，我情人容光焕发，
像六月玫瑰的颜色；
沐着晚间的月光，我骑马
走向她那座茅舍。
我目不转睛，向明月注视，
越过辽阔的平芜；
我的马儿加快了步子，
踏上我心爱的小路。

我们来到了果园，接着
又登上一片山岭，
这时，月亮正徐徐坠落，
临近露西的屋顶。

我沉入一个温柔的美梦——
造化所赐的珍品！
我两眼总是牢牢望定
悄然下坠的月轮。

我的马儿啊，不肯停蹄，
一步步奔跃向前；
只见那一轮明月，蓦地
沉落到茅屋后边。

什么怪念头，又痴又糊涂，
会溜入情人的头脑！

"天哪！"我向我自己惊呼，
"万一露西会死掉！"

1799 年

无题

她住在达夫河源头近旁
人烟稀少的乡下，
这姑娘，没有谁把她赞赏，
也没有几个人爱她。

像长满青苔的岩石边上
紫罗兰隐约半现；
像夜间独一无二的星光
在天上荧荧闪闪。

露西，她活着无人留意，
死去有几人闻知？
如今，她已经躺进墓里，
在我呢，恍如隔世！

1799 年

无题

我曾在陌生人中间作客，
在那遥远的海外；
英格兰！那时，我才懂得
我对你多么热爱。

终于过去了，那忧伤的梦境！
我再不离开你远游；
我心中对你的眷恋之情
好像越来越深厚。

在你的山岳中，我才获得
称心如意的安恬；
我心爱的人儿摇着纺车，
坐在英国的炉边。

你晨光展现的，你夜幕遮掩的
是露西游憩的林园；
露西，她最后一眼望见的

是你那青碧的草原。

1801 年

致——

让别的歌手唱他们的天使
像明艳无瑕的太阳；
你何尝那样完美无疵？
幸而你不是那样！

没有人说你美，别放在心上，
由他们去吧，玛丽——
既然你在我心中的形象
什么美也不能比拟。

真正的美啊，在幕后深藏；
揭开这层幕，要等到
爱的，被爱的，互相爱上，
两颗心融融齐跳。

1824 年

致雏菊

那边的大世界热闹非凡，
这边没事做，没热闹可看，
我还是再来找你攀谈，
可敬的雏菊！
你是自然界平凡的草木，
神态谦恭，容颜也朴素，
却自有一派清雅的风度——
爱心所赋予！

时常，在你盛开的草地上，
我坐着，对着你，悠然遐想，
打各种不大贴切的比方，
以此为乐事；
定睛望着你，我想入非非，
用各种痴狂、虚妄的称谓
来把你赞扬，或把你责备——
全凭着兴致。

端庄的修女，举止谦和；

爱神宫苑里活泼的宫娥，
她那天真憨直的性格
经不起诱惑；
女王，戴一顶红宝石王冠；
瘦子，裹一件单薄的衣衫——
这些名称对于你，依我看，
还都挺适合。
小库克罗普斯，睁圆了独眼，
又像是威胁，又像是挑战——
这古怪念头啊，来得突然，
去得也仓促；
怪影消失，接着又瞧见
银铸金镶的盾牌一面——
作战的小仙子勇往直前，
全靠它防护。

我远远望见你闪闪发光，
好比一颗星，玲珑清爽；
却不如天上的群星那样
皎洁而晶莹；
还是像颗星，银盔闪耀；
你安稳自如，仿佛在睡觉；——
谁敢刁难你，便不得好报，
便不得安生！

烂漫的花儿啊！遐想都消散，
对你，我终于以"花儿"相唤，
这名称固定了，再不变换，
恬静的生灵！
你与我同享阳光和大气；
为滋补我的心，请一如往昔
赐我以欢乐，让我学到你
温良的品性

1802 年

致云雀

带我飞上去！带我上云端！
云雀啊！你的歌高昂强劲；
带我飞上去！带我上云端！
你唱啊唱啊，周围远近
天宇和云霓都悠然回响；

带着我飞升，领我去寻访
你那称心如意的仙乡！

我辛劳跋涉于旷野穷荒，
到如今已经神疲意倦；
此刻我若有仙灵的翅膀，
我就会凌空飞到你身边。
你的歌饱含神圣的欣喜，
周围的气氛是狂欢极乐；
带着我飞升，高入云霄，
到你的天国华筵上做客！

像晨光一样怡神快意，
你纵声欢笑，傲视尘寰；
有小小香巢，与爱侣同栖，
酣醉的灵禽！你何尝慵懒，
但你又怎肯像我这样
在寂寞旅途上奔波流浪？
快乐的生灵！你豪情激越，
似高山洪水，滔滔奔泻，
纵情歌颂着万能的主宰；
愿欢乐与你，也与我同在！
唉！我的征途坎坷而迂回，
一路上尘沙满目，荆棘遍野；
然而，只要听到你，或你的同类
来自天庭的自由愉快的仙乐，
我也就知足了，又奋力向前跋涉，
期待着生命终结后更高的欢乐。

1805 年

诗人和笼中的斑鸠

在这儿，每当我出声吟咏
还没有写完的诗章，
旁边的斑鸠，在柳条笼子中，
便应声咕咕低唱；
它本来像树叶一样静默，
这时却咕咕不停；
是教唱柔和的歌曲？是给我
贫乏的诗才助兴？

我却猜想：这温顺的鸣禽
咕哝着把我责备，
嗔怪我只会别的调门，
爱的歌曲却不会；
它嗔怪我这山野的歌手
歌唱时心中没有爱，
斑鸠、夜莺的情意与歌喉
都被我置之度外。

鸟儿啊！你若是这个意思，
可不该把我诬枉；
爱，崇高的爱，这主旨
贯穿我全部的篇章：
在宁静的炉边，在园林幽处，
爱拨动我的琴弦——
又咕咕叫了！——这回我听出
那不是责备，是嘉勉。

1830 年

有一个男孩

有一个男孩，是你们熟悉的伙伴，
你们——威南德湖的峭壁和岛屿！
多少次，傍晚，当最早露面的星星
在天边那一线青山之上，刚开始
悄悄移动——沉落或升起，这孩子
总是独个儿站在树下，要么
站在微光闪烁的湖水旁边，
十指交叉，两掌紧紧闭合，
往唇边一拢，就成了他的"口笛"，
向林间不声不响的猫头鹰，吹出
模拟的叫声，招引它们的回答。
它们果真叫起来，一声声，越过
潮湿的山谷，应答着他的呼唤：
颤音，长长的拖腔，尖利的调子，
再加上洪亮的回声，往复回旋，
汇成了一曲欢乐嘈杂的合唱！
有时候，它们不叫了，沉默了，仿佛
他的口技不灵了；一片寂静里，
他侧身倾听，不由得微微一震：
是远处山洪奔泻的音响，传入了
他的心间；要么，眼前的景色——

一幅幅庄严的图像，不知不觉地
印入了他的脑海：山岩，林木，
平静无波的湖面上依稀映现的
那变动不居、愈来愈暗的天空。
这孩子，他被死神夺走了，撇下了
伙伴们，死的时候还不满十二岁。
好一处秀丽的山乡！他生在这里，
长在这里。村庄的墓地就在
学校上面，那儿是一片斜坡；
夏天傍晚，我信步徐行，有时
经过那一片墓地，就会在那边
停留半个来钟头，默然无语，
向他安息的坟冢依依凝望。

1798 年

致杜鹃

欢畅的新客啊！我已经听到
你叫了，听了真快乐。
杜鹃啊！该把你叫作飞鸟，
或只是飘忽的音波？

我静静偃卧在青草地上，
听见你呼唤的双音；
这音响从山冈飞向山冈，
回旋在远远近近。

你只向山谷咕咕倾诉，
咏赞阳光与花枝，
这歌声却仿佛向我讲述
如梦年华的故事。

春天的骄子！欢迎你，欢迎！
至今，我仍然觉得你
不是鸟，而是无形的精灵，
是音波，是一团神秘。

与童年听到的一模一样——
那时，你们的啼鸣
使我向林莽、树梢、天上
千百遍瞻望不停。

为了寻觅你，我多次游荡，
越过幽林和草地；
你是一种爱，一种希望，
被追寻，却不露形迹。

今天，我还能偃卧在草原，
静听着你的音乐，
直到我心底悠悠再现
往昔的黄金岁月。

吉祥的鸟儿啊！这大地沃野
如今，在我们脚下
仿佛又成了缥缈的仙界，
正宜于给你住家！

1802 年 3 月 23 至 26 日

夜景

——掩蔽了浩浩长空的
是一片延续不断的浓密浮云：
低沉，绵软，月光里分外白净；
透过这一层帷幔而朦胧隐现的
月亮，仿佛变小了，变暗了，她的光
也变微弱了：山石、树木、楼台
都没有投下浓淡分明的影子。
一个沉思的行人，漫不经心地
低垂着两眼，在一条荒径上踯躅；
蓦然，一道柔美的清辉，在上空
霎时闪现，惊扰了他的幽思；
他仰望：浮云已经向两侧分开，
露出了皎洁的月亮，壮丽的天宇。
月亮正在靛青的苍穹上浮游；
无数星星跟在她后面：虽小，
却清晰，明亮，掠过幽冥的夜空，
跟着她向前游去，游得好快啊，
总也不消失！清风在树间低语，
星月却默默无言，只顾转动着，
奔向无穷无尽的远方；而苍穹
被大片大片的白云团团围绕，
显得越来越深了，深不可测……
终于，这庄严景象悄然隐没了，
而那打动了心灵的深沉愉悦

渐渐凝聚为一片静穆安详，
让心灵为这庄严景象而思索。

1798 年 1 月 25 日

无题

记得我初次瞥见她倩影，
恍如瞥见了欢乐的精灵；
似神奇幻象，姗姗而来，
给那个时刻增添异彩；
双眸炯炯，像黄昏的星辰，
棕褐色秀发也像黄昏；
可是她身上其余的一切
都来自黎明，来自五月；
翩跹的身影，欢愉的神色，
迎人，扰人，动人心魄。

走近她身边，我注目凝神：
是个精灵，也是个凡人！
一举一动都轻快自如，
少女的步态也无拘无束；
甜蜜的经历，甜蜜的前程，
融合于她那欣悦的面容；
明慧，温良，而并不过度，
符合于人性的正常路数；
有恩，有怨，有巧计，有烦恼，
有爱，有吻，有眼泪，有微笑。

此刻，凭我明净的双瞳，
俨然看见她血脉的搏动；
她是生死之间的客旅，
一呼一吸都饱含思虑；
清明的理智，谦和的心愿，
毅力与见识，坚强与干练；
是造化设计的完美女性，
给我们安慰、告诫和指令；
却也是精灵：请看，她身上
分明闪耀着天使的灵光！

1804 年

水仙

我独自漫游，像山谷上空
悠悠飘过的一朵云霓，
蓦然举目，我望见一丛
金黄的水仙，缤纷茂密；
在湖水之滨，树荫之下，
正随风摇曳，舞姿潇洒。

连绵密布，似繁星万点
在银河上下闪烁明灭，
这一片水仙，沿着湖湾
排成延续无尽的行列；
一眼便瞥见万朵千株，
摇颤着花冠，轻盈飘舞。

湖面的涟漪也迎风起舞，
水仙的欢悦却胜似涟漪；
有了这样愉快的伴侣，
诗人怎能不心旷神怡！
我凝望多时，却未曾想到
这美景给了我怎样的珍宝。

从此，每当我倚榻而卧，
或情怀抑郁，或心境茫然，
水仙啊，便在心目中闪烁——
那是我孤寂时分的乐园；
我的心灵便欢情洋溢，
和水仙一道舞踊不息。

1804 年

苏珊的梦幻

伍德街拐角，曙光已显现，
画眉高叫着，它叫了三年；
可怜的苏珊，她常常路过。
静静晨光里听画眉唱歌。

这调子真迷人；她怎么不舒服？
她仿佛望见了山峦和树木；
团团的白雾飘过洛伯里，

河水奔流在奇普赛谷底。

她望见谷地里青碧的牧场，
那儿，她常常提着桶奔忙；
孤零零的茅舍，像个鸽子窝，
是人间她喜爱的唯一住所。

她飘飘欲仙；幻像都消隐；
雾气与河川，山峦与树影；
水不再奔流，山不再耸峙，
眼前的色相都悠悠飘逝。

1797 年

坚毅与自立

整整一夜，狂风如野兽咆哮；
暴雨来势也凶猛，似滚滚洪流；
如今，风停了，雨住了，朝阳朗照；
远处林子里只听得鸟雀啁啾；
野鸽眷恋着自己甜美的歌喉；
喜鹊和樱鸟一声声互相应答；
空气里充溢着潺潺流水的嬉笑喧哗。

喜爱阳光的万物都来到外边；
天穹也因晨曦初现而欣喜；
草茵缀满了雨珠，光华闪闪；
野兔在旷野飞奔，舒心快意；
地上水汪汪，它一跑，脚儿便掀起
一线水花儿——阳光一照，亮晶晶，
不管到哪里，水花儿总跟它一路同行。

我是个过客，走在这片荒原上；
看得见野兔高高兴兴地跑着；
听得见树林和远处河水的喧响，
也有时听不见，像孩子一样快活；
这迷人的季节占据了我的心窝；
我便一股脑儿忘掉了纷纭的往事，
忘掉了世人的景况——悲惨而又愚痴。

这样的情形我们有时会碰到：
当欢乐达到饱和，便突然泄气，
欢娱尽兴时我们升举得越高，

颓唐失意时也就沉落得越低；
那天早上，我就有这样的经历；
忧惧和幻想都来了，密密稠稠；
陌生的、无以名之的昏乱思绪和哀愁。

我听见天空里宛转啼鸣的云雀，
想起旷野上欢腾嬉戏的野兔；
我也是大地之子，也幸福愉悦，
和这些生灵一样，把时光欢度；
与世隔绝，远离世间的愁苦；
可是，另一种日子也许会来临——
孤苦伶仃，内心痛楚，艰难贫困。

我回顾生平，一直是心情畅快，
仿佛人生永远是晴明长夏；
仿佛要什么有什么，都送上门来，
只要有善心，就有善行来报答；
可是，谁又能指望别人爱他，
听从他，给他盖房子，给他种地，
若是他自己全不操心，全不措意？

我想到奇才异禀的少年，查特顿，
他心神劳瘁，盛年便匆匆凋谢；
还想到那位躬耕陇亩的诗人，
他在山坡下犁地，豪迈而欢悦；
我们的心智使我们超越于凡界；
我们诗人，年少时心欢意畅；
到头来衰颓老大，只剩下沮丧癫狂。

在这荒僻的、渺无人迹的所在，
正当我排除这些不快的忧思，
这时，也许是出于慈惠的关怀，
也许是由于上天的指引和厚赐——
我突然看到：前边，一个老头子
在阳光映照的水池子旁边站着，
仿佛是所有白发老人中最老的一个。

像偶尔可以见到的巨石一块，
孑然横卧于一处光秃的高阜；
谁在无意中瞥见了，都不免奇怪：
它从何而来，又如何来到此处；
俨然是一个具有灵性的活物；

像一头海兽，爬到平坦的岩礁上
或者沙洲上，安然静卧着，晒着太阳——

这老头便像这般；偌大年纪，
没死，也不像活着，也不曾睡去；
走过了人生的长途，伛偻的背脊
向前低俯，头和脚几乎相遇；
看起来，多年以前，这一副身躯
便为苦难所磨损，疾病所摧伤，
力不胜任的重负。压垮了他的脊梁。

他用一根削过的灰白色木棍
支撑着上肢、躯干、苍白的瘦脸；
我步子轻轻的，渐渐向他走近，
这老头，仍然站在水池子旁边，
一动也不动，就像是浓云一片；
这浓云，听不见周遭呼啸的狂风；
它要是移动，便是整片整团地移动。

他终于动了；只见他摇摇晃晃，
把木棍探入池水，搅动一阵，
又仔细察看那一汪混浊的泥汤，
凝神注目，就像在捧读书本；
这时，我便以过路客人的身份
走到他身边，跟他打招呼，说道：
"从早晨光景看来，今天天气准好。"

老人客客气气地给我回话，
他说话声调舒缓，礼数周详；
我继续跟他攀谈，又这样问他：
"你在这地方，干的是什么行当？
对于你，这地方未免过于荒凉。"
他听了，那一双仍然有神的眸子里
微光一闪，稍稍流露出几分惊异。

他虚弱的胸腔吐出虚弱的声调，
却井然有序，词语一个跟一个；
从容的谈吐几乎有几分崇高，
妥帖的措词像经过一番斟酌，
不同凡俗，是堂堂正正的申说；
像庄重的教士按照苏格兰礼仪，
恰如其分地称道凡人，赞美上帝。

他说，只因他又老又穷，所以
才来到水乡，以捕捉蚂蟥为业；
这可是艰险而又累人的活计！
说不尽千辛万苦，长年累月，
走遍一口口池塘，一片片荒野；
住处么，靠上帝恩典，找到或碰上；
就这样，老实本分，他挣得一份报偿。

他在我身旁谈着；但他的声调
这时仿佛变成了喁喁的流泉，
低沉隐约，我简直难以听到，
连贯的词语也难以一一分辨；
他的形影，我恍若梦中曾见；
莫非他奉命而来，来自远地，
要以明智的箴言，授我以做人的毅力？

我先前的思虑一一重现在心中：
致命的忧惧；自立谋生的愿望；
风霜，苦难，辛劳，肉体的病痛；
一个个卓越诗人悲惨的死亡。
我惶惑不安，又渴望心神宽畅，
便迫不及待，向老人旧话重提：
"请问，你怎么过活？干的是什么活计？"

他笑了一笑，也向我重提旧话——
说他为捕捉蚂蟥，东奔西跑；
走进一口口池塘——蚂蟥的老家，
像眼前这样，把周围池水翻搅。
"从前，它们到处有，容易捉到；
这些年，它们变少啦，越来越少；
我还是干下去，哪儿找得着，就上哪儿找。"

老人就这样谈着；我听着他的话，
望着他佝偻的身影和这片荒原，
不由得感叹不已：仿佛看见他
无休无歇，把远近荒原踏遍，
孤零零四方飘泊，默默无言。
正当我心头奔涌着这些思绪，
只见老人停了一会儿，又接着说下去。

说着说着，又扯到别的话题；

他愉快，亲切，更有庄严的气派；
听他说完了，我不禁耻笑我自己，
因为我看出：他那把瘦骨残骸
藏着一颗心，却如此坚强豪迈。
"上帝啊！"我说，"扶助我，做我的后盾；
让我记挂着荒原上捕捉蚂蟥的老人！"

1802 年 5 月 3 日至 7 月 4 日

（刘彪编，摘自杨德豫译：《华兹华斯诗歌精选》，北岳文艺出版社，2010）

第五十二章　波德莱尔及《恶之花》

第一节　波德莱尔简介

　　夏尔·波德莱尔，法国最伟大的诗人之一，象征派诗歌先驱，现代派文学的奠基人。他 1821 年出生于巴黎，6 岁时丧父，母亲改嫁。他的生父弗朗索瓦·波德莱尔早年服务于神职，后来在参议院任职，在诗歌和绘画方面颇有才能。小波德莱尔幼年时代就受到了良好的艺术熏陶。继父欧比克是一位声名显赫的军官。波德莱尔随母亲一起生活，与母亲感情深厚，但憎恨继父的专制作风。这种不正常的家庭关系对波德莱尔的心理和创作情绪产生了很大影响。

　　波德莱尔遗传了父亲的文学基因，从小就具有诗人的气质，喜爱文学，且细腻敏感。1836 年，他成为路易大帝中学的寄宿生，在中学优等生会考中获得拉丁文诗歌一等奖，次年第二次参加会考，又获得拉丁文诗歌二等奖。1839 年，孤僻乖戾，桀骜不驯的波德莱尔因拒绝交出同学的纸条而被学校开除。他酷爱文艺，立志要当个艺术家，于是离家移居于巴黎左岸拉丁区，过了两年挥金如土的生活。他挥霍无度，一副"纨绔子弟"的形象，与继父关系紧张。1841 年 6 月，在家人的强烈要求下，波德莱尔远离巴黎，踏上了外出旅行之路，前往加尔各答，但他却半途而回。1842 年，他回到巴黎，继承了生父的遗产，但过着奢侈、放荡的生活。

　　1843 年，他结识了戈蒂耶、巴尔扎克、雨果和圣伯夫等文人，过着波希米亚式的浪荡生活。此时他已完成《恶之花》中的许多诗篇。他的内心充满了矛盾与苦闷，正是带着这种心情，完成了许多创作。此后几年，波德莱尔发表多篇文章，如评论让·德·法莱兹的《诺曼底故事集》、评论 L. 德·塞纳维尔的《被解放的普罗米修斯》、评论尚弗勒里的《故事集》、评论阿斯里诺的《双重生活》等，以及文章《有才能的人如何还债》、《福音市场的古典美术馆》和《给青年文人的忠告》等。1848 年波德莱尔带着极大的热情参加了巴黎工人武装起义，反对复辟王朝。这一年，他也开始翻译爱伦·坡的作品《磁气启示》。此后他连续翻译爱伦·坡的作品达 17 年之久，先后翻译了《乌鸦》、《黑猫》、《奇异故事集》和《新奇异故事集》等。

　　1857 年，《恶之花》出版。这部作品问世之初，饱受世人攻讦之苦，但也使他声名赫赫，同时也奠定了他在法国文学史上的重要地位。除诗集《恶之花》以外，他还发表了独具一格的散文诗集《巴黎的忧郁》和《人为的天堂》，他的文学和美术评论集《美学管窥》和《浪漫主义艺术》也在法国的文艺评论史上占有一席之地。

　　波德莱尔不但是法国象征派诗歌的先驱，而且是现代主义的创始人之一。针对浪漫主义的重情感，波德莱尔提出重灵性概念，这是他对象征主义诗歌的贡献之一。他在作品中总是围绕着一个思想组织形象，即使在某些偏重描写的诗中，也往往由于提出了某种观念而改变了整首诗的含义。在诗歌创作方面，波德莱尔开创了对美的不同理解。他认为，美同样存于恶与丑之中。在波德莱尔那个时代，当他将自己所创造的美展现给世人的时候，他甚至被称为"恶魔诗人。"历史证明，他是那个时代伟大的创新者。

1866 年波德莱尔在比利时参观教堂时突然跌倒，出现失语症及半身不遂等症状，1867 年病逝，享年 46 岁。

第二节　《恶之花》简介

《恶之花》是波德莱尔的代表作。这部作品于 1857 年 6 月在巴黎问世，虽然是只有 100 首诗的小书，但它的出现震动了法国诗坛。这一年福楼拜的《包法利夫人》引起诉讼，最后被判无罪。《恶之花》也遭受了相似的命运。这部作品一度被认为"有伤风化"，波德莱尔被法庭判决罚款 300 法郎，并删除其中的 6 首诗，包括《累斯博斯》、《入地狱的女子》、《首饰》、《忘川》、《致大喜过望的少妇》及《吸血鬼的化身》。但是这部作品却受到许多作家的肯定与高度评价。大文豪雨果曾在给波德莱尔的信中写道："你的《恶之花》如众星灿烂……我为你倔强的精神由衷喝彩。"4 年后，《恶之花》新增了 35 首诗再版，获得了空前的成功。

《恶之花》全书根据内容和主题分为六个诗组，分别为：《忧郁和理想》、《巴黎风貌》、《酒》、《恶之花》、《反抗》和《死亡》。其中《忧郁和理想》占了全书三分之二。按照诗人安排的顺序阅读，便能发现全书逻辑、有结构、有头有尾、浑然一体，并不是几首零散诗歌的集合。

波德莱尔之前的浪漫派作品中，歌颂山林田园及人与自然的和谐之美。但是波德莱尔在这部作品中，却做出了惊世骇俗的创新之举，提出了全新的美学观点。他认为恶既有邪恶的一面，又散发着一种特殊的美。他的诗歌字里行间散发出怪诞、诡异的氛围。他提倡写丑，从中"发掘恶中之美"。他描写了大城市的丑恶现象，如巴黎阴暗而神秘的风光，被社会抛弃的穷人、盲人、妓女，甚至不堪入目的横陈街头的女尸等。他对丑的描写，具有重要的美学意义。这种美学观点是 20 世纪现代派文学遵循的原则之一。现代主义认为，与一般世俗的美丑善恶概念不同，美学上的善恶美丑是指诗人用最适合于表现他内心隐秘和真实的感情的艺术手法，独特地完美地显示自己的精神境界。波德莱尔在诗歌中描写许多具体的丑的意象，如墓地、牢房、死尸、病夫、枢车等。这种象征性的手法也表现出苦闷、忧郁、悲观、绝望的生存状况与精神状态。

波德莱尔在这部作品中多次使用通感这一写作手法。如在《感应》一诗中，"有些芳香新鲜得像儿童肌肤一样，柔和得像双簧管，绿油油像牧场"，"具有一种无限物的扩展力量，仿佛琥珀、麝香、安息香和乳香，在歌唱着精神和感官的热狂。"这些诗句中多种感觉相通，这都是源自诗人特异的想象力与神秘的感受能力。波德莱尔认为通感是一种"联想的魔法"，属于"创作的隐蔽法则"。这种方式被雨果称为"创造了新的颤栗"。

作为法国象征派诗歌的先驱，与现代主义的创始人之一，波德莱尔在创作方法上，继承、发展并深化了浪漫主义。他的这部作品对后世的文学创作产生了极其深远的影响。

第三节 《恶之花》选段

感应

自然是一座神殿，那里有活的柱子，
不时发出一些含糊不清的语音；
行人经过该处，穿过象征的森林，
森林露出亲切的眼光对人注视。

仿佛远远传来一些悠长的回音，
互相混成幽昧而深邃的统一体，
像黑夜又像光明一样茫无边际，
芳香、色彩、音响全在互相感应。

有些芳香新鲜得像儿童肌肤一样，
柔和得像双簧管，绿油油像牧场，
——另外一些，腐朽、丰富、得意扬扬，

具有一种无限物的扩展力量，
仿佛琥珀、麝香、安息香和乳香，
在歌唱着精神和感官的热狂。

灯塔

鲁本斯，遗忘之河，懒散的花园，
新鲜的肉枕，虽不能让人抚爱，
却不停地涌流着那生命之泉，
像天空中的风，像海里的潮水；

列奥纳·达·芬奇，又深又暗的镜子，
那儿，映出的天使们，多么妖娆，
在遮蔽天国的冰河和松林荫里，
露着充满神秘的甘美的微笑；

伦勃朗，充满怨声的凄惨的医院，
一个大十字架是唯一的点缀，
那儿，从秽物中发出含泪的祈愿，
突然间透过冬季太阳的光辉。

米开朗基罗，辽阔的场所，看到一群

赫拉克勒斯之徒混入基督徒队伍，
直立起来的强力的幽灵，在黄昏时分
伸出他们的手指撕扯身上的尸布；

羊人的厚颜无耻，拳击师的气愤，
你，善于搜集这些贱民之美，
高傲的宽宏的心，虚弱的萎黄的人，
皮热，苦役囚犯们的忧郁的皇帝；

瓦托，这狂欢佳节，许多显赫的人，
仿佛蝴蝶一样，辉煌地来来往往，
被吊灯照亮的轻妙鲜艳的背景，
给这翩翩旋转的舞会注入了疯狂；
戈雅，充满无数陌生事物的噩梦，
在魔女宴会当中被烹煮的胎儿，
照镜子的老太婆，为邀恶魔之宠
而拉好长袜的、赤身裸体的女孩儿；

德拉克洛瓦，堕落天使出没的血湖，
掩映在常绿的枞树的阴影里，
在忧郁的天空下，吹奏乐队过处，
奇怪的乐音像韦伯的闷塞的叹气，

这些诅咒、亵渎之词、怨叹之声，
这些狂喜、叫喊、眼泪、赞美诗篇，
是从无数迷路处传来的回声，
对于凡人乃是一种神圣的鸦片。

这是无数哨兵所发出的问话，
这是由无数喇叭筒传出的命令；
这是在无数城堡上点着的灯塔，
这是在密林中迷路的猎人的叫声！

因为，主啊，这确实是我们能以
显示人类尊严的最有力的证明，
这种将要代代流传，而且将在你
永恒的岸边消逝的热烈的呻吟！

面具

具有文艺复兴风格的寓意的雕像
献给雕刻家
埃内斯特·克里斯托夫

瞧这佛罗伦萨式的优美的瑰宝；
在这丰满的肉体的曲线之中，
充满典雅和魄力，这神圣的同胞。
这尊女神，真是出于鬼斧神工，
窈窕得令人爱慕，而且非常壮健，
可以放在豪华的床上作为装饰，
可供一位主教或一位君王消遣。

——再瞧这漂浮着自鸣得意的狂喜、
非常微妙而又给人快慰的笑容；
这阴险、慵懒、讽刺、犀利的眼光；
这全用面纱蒙住的俊俏的面孔，
一颦一笑都像得意地对我们讲：
"快乐将我召唤，爱神给我奖励！"
看啊，这尊具有如许威严的雕像，
优雅赋予她何等迷人的魅力！
走近吧，在她的美的四周徜徉。

哦，对艺术的亵渎！哦，多令人惊骇！
这预示幸福的、神圣肉体的女郎，
瞧她的顶部，却是个双头的妖怪！

啊，不然！这装得很美的辉煌的面庞，
不过是一副面具，骗人的装饰，
仔细看吧，她的真头，却在这边
残酷地蜷缩，真正的面孔在仰视，
藏在那个欺骗人的面孔的下面。
——可怜的高贵的丽人！你眼泪涔涔，
流成大河，流进我忧郁的心坎，
你的假象使我陶醉，我的灵魂
酣饮你眼中被痛苦逼出的泪泉！

可是，她为何哭泣？她，完美的丽人，
她征服世人，使世人在她脚边下跪，
是什么神秘的苦痛咬她壮健的腰身？

——她在哭，发狂的女人，因为她活过来！
因为她活着！可是，使她特别叫苦、
使她觉得连膝头都在打颤的哀伤，
乃是明天，唉，她还要继续活下去，
明天、后天以至永远！——像我们一样！

异国的清香

当我闭上双眼，在暖秋的晚上，
闻着你那温暖的乳房的香气，
我就看到有幸福的海岸浮起，
那儿闪耀着单调的太阳光芒；

悠闲的海岛，获得自然的恩赏，
长满奇异的树木，美味的果实；
妇女的眼睛天真得令人惊异，
男子们身体瘦长而精力很旺。

你的香气领我到迷人的地方，
见一座海港，布满船帆和帆樯，
还露出海波颠簸后的余愠，

而那绿油油的罗望子的清香，
在大气中荡漾，塞满我的鼻孔，
在我心中混进水手们的歌唱。

腐尸

爱人，想想我们曾经见过的东西，
在凉夏的美丽的早晨：
在小路拐弯处，一具丑恶的腐尸
在铺石子的床上横陈，

两腿跷得很高，像个淫荡的女子，
冒着热气腾腾的毒气，
显出随随便便、恬不知耻的样子，
敞开充满恶臭的肚皮。

太阳照射着这具腐败的尸身，
好像要把它烧得熟烂，
要把自然结合在一起的养分

百倍归还伟大的自然。

天空对着这壮丽的尸体凝望，
好像一朵开放的花苞，
臭气是那样强烈，你在草地之上
好像被熏得快要昏倒。

苍蝇嗡嗡地聚在腐败的肚子上，
黑压压的一大群蛆虫
从肚子里钻出来，沿着臭皮囊，
像黏稠的脓一样流动。

这些像潮水般汹涌起伏的蛆子
哗啦哗啦地乱撞乱爬，
好像这个被微风吹得膨胀的身体
还在度着繁殖的生涯。

这个世界奏出一种奇怪的音乐，
像水在流，像风在鸣响，
又像簸谷者作出有节奏的动作，
用他的簸箕簸谷一样。

形象已经消失，只留下梦影依稀，
就像对着遗忘的画布，
一位画家单单凭着他的记忆，
慢慢描绘出一幅草图。

躲在岩石后面，露出愤怒的眼光
望着我们的焦急的狗，
它在等待机会，要从尸骸的身上
再攫取一块剩下的肉。

——可是将来，你也要像这臭货一样，
像这令人恐怖的腐尸，
我的眼睛的明星，我的心性的太阳，
你，我的激情，我的天使！

是的！优美之女王，你也难以避免，
在领过临终圣事之后，
当你前去那野草繁花之下长眠，
在白骨之间归于腐朽。

那时，我的美人，请你告诉它们，
那些吻你吃你的蛆子，
旧爱虽已分解，可是，我已保存
爱的形姿和爱的神髓！

吸血鬼

你，仿佛刀子那样一挥，
刺进我的忧愁的心里；
你，顽强得像一群魔鬼，
疯狂而又打扮得华丽，

来用我受凌辱的精神
做你的领地、你的床垫；
——我被你捆得紧紧，贱人，
就像囚犯挣不脱锁链，

就像酒鬼离不开酒盅，
就像惯赌者难以戒毒，
就像尸体逃不开蛆虫，
——你真该咒诅，真该咒诅！

我曾求助于快速的剑，
帮我将我的自由夺取，
也向阴险的毒物乞援，
来帮我克服怯懦。

可叹！不管利剑和毒物，
都瞧不起我，对我说道：
"我们不值得给你帮助，
帮你摆脱奴隶的镣铐，

"大傻瓜！——如果我们拼命
救你脱离了她的王国，
你又会用无数的亲吻
使吸血鬼的尸体复活！"

忘川

靠紧我的心，冷酷、固执的恋人，
钟爱的老虎，神态慵懒的怪物；
我要把战栗的手指长久伸入

你那深厚头发的茂密的丛林；

我要把疼痛的头深深藏在
你那充满香气的衣裙之下，
我要，仿佛闻一朵凋谢的花，
闻闻消逝的爱情留下的香味。

我要睡眠！我愿睡而不愿生！
进入死亡似的朦胧的睡乡，
我要在你光滑如铜的肉体上
撒遍我的毫无后悔的亲吻。

要吞没我消沉的啜泣余悲，
什么也不及你深渊似的床；
你的嘴上栖着强力的遗忘，
你的亲吻中流着忘川之水。

今后我要乐于服从命运，
就像一个命中注定的人；
像顺从的殉教者，无辜的囚人，
由于热狂而更加受到苦刑，

我要从这向无真心实意的、
尖乳房的迷人的奶头上面，
为了熄灭我的胸中的哀怨，
吸啜消愁药和毒芹的甜汁。

幻影

Ⅰ 黑暗

命运已将我深深地幽禁，
在无限哀愁的地窖里面；
照不过明亮的蔷薇色光线；
只伴着黑夜，阴郁的女主人，

我像个画家，被嘲笑的神，
强迫在黑暗的画布上画图；
像食欲可怕的大菜师傅，
我在烹食着我自己的心，

常有个幽灵，优美而华丽，

辉煌地探头探脑地进来。
当她的全身映入我眼中，

从她迷幻的东方的风采，
我认出这位美丽的来宾，
正是她！黝黑，却光彩照人。

Ⅱ芳香

读者，你可曾有那么一次
满怀着醉意去悠然品尝、
闻那香囊里陈年的麝香
或是弥漫全教堂的香粒？

深奇的魅力，过去的年华
又回到眼前使我们陶然！
就像是偎在情人的身边
亲手采摘那回忆的好花。

她这柔软的、密密的发丝，
乃是活香囊、闺中的香炉，
升起褐色的、野草的香气，

她那细布的、丝绒的衣服，
渗透着她的纯洁的青春，
像毛皮一样香喷喷熏人。

Ⅲ画框

就像配上个美丽的框子，
可以使任何画师的杰作
跟那无垠的大自然隔绝，
添上难言的奇妙和魅力，

金属和镀金，家具和首饰，
也如此适合她稀世之美；
一切都像是她的画框子，
增强她美的完璧的光辉。

有时，她好像还那样自信，
她认为一切都对她钟情；
她满怀快感，把她的裸体

沉浸在绫罗绸缎的吻中，

她那种或疾或徐的举动，
显出猴子般天真的优美。

Ⅳ肖像

疾病和死亡把那为我们
燃烧的情火都化成了灰。
这双热烈温柔的大眼睛，
这张使我心灵沉溺的嘴，

像白藓一样强烈亲吻，
比日光更加欢腾的欢笑，
还留下什么？可怕啊，灵魂！
只有褪色的三色的素描，

它像我，孤独而死气沉沉，
被时间，那个害人的老头，
每天用粗糙的翅膀磨损……

生命与艺术的黑心凶手，
你怎能从我的记忆之中
抹掉她，我的欢乐和光荣！

给一位太快活的女郎

你的面貌、举止和仪容，
美丽得就像美景一样；
微笑在你的脸上荡漾，
仿佛飘过晴空的凉风。

悒郁的人走过你身边，
看到你的双肩和臂膀
射出明光一样的健康，
会使他觉得眼花缭乱。

你把富有音响的色彩
在你的服装上面撒满，
使诗人心中浮想联翩，
像看到百花齐跳芭蕾。

你这光怪陆离的外衣，
象征你的花哨的精神；
使我要发狂的女狂人，
我既爱你，同时又恨你！

有时，我在美丽的园中，
拖着无力的身体徜徉，
我觉得冷嘲似的太阳
好像在撕裂我的心胸；

我又觉得阳春和绿草，
都是那样挫伤我的心，
我就采一朵花来泄愤，
惩罚那大自然的倨傲。

我也想在某一个夜晚，
等到淫乐的时钟敲响，
悄悄走近你玉体之旁，
像个卑鄙无耻的蠢汉，

刺穿你那仁慈的胸房，
惩罚你那快活的肌肤，
给你惊惶不定的腰部
造成巨大深陷的创伤，

然后，真是无比的甘美！
再通过你那分外晶莹、
分外美丽的新的双唇
输我的毒液，我的姐妹！

献给一位白裔夫人

在受太阳抚爱的芳香的国家，
在染成紫红的树和给人眼睛
洒下倦意的棕榈树华盖之下，
我认识个美无人知的白裔夫人。

面色苍白而暖热；这褐发美人，
颈部流露出故作高贵的神情；
高大而苗条，走起路来像猎人，
她的微笑很安详，目光很坚定。

如果你去真正的荣耀之邦，夫人，
前去塞纳河、碧绿的卢瓦尔河畔，
正好配那古色古香的园邸，美人，

在清静的浓荫之下栖身，你能使

诗人心中产生几千首十四行诗，
你的大眼会使诗人比黑奴更温驯。

忧伤与漂泊

请问，阿加特，你的心可有时高飞，
远离这污浊城市的黑暗的海洋，
飞往另一座充满壮丽的光辉、
碧蓝、明亮、深邃、处女似的海洋？
请问，阿加特，你的心可有时高飞？

大海，茫茫的大海，安慰我们的劳累！
由巨大的风琴，那哀怨的飓风
伴奏着，嘎声歌唱的大海，是什么魔鬼
赋予她催眠曲似的崇高的作用？
大海，茫茫的大海，安慰我们的劳累！

把我带走吧，马车！把我载去吧，快艇！
离开！离开！这儿的泥浆是我们的眼泪！
——难道这是真情？阿加特忧伤的心
常这样说："离开悔恨、痛苦和犯罪，
把我带走吧，马车！把我载去吧，快艇！"

芬芳的乐园，你跟我们远远隔开，
在你那碧空之下，全是爱与欢乐，
人们喜爱的一切，全都值得喜爱，
那儿，人心都沉湎于纯洁的享乐！
芬芳的乐园，你跟我们远远隔开！

可是，充满童稚之爱的绿色乐园，
那些赛跑、唱歌、亲吻，那些花束，
在山后颤动的小提琴的丝弦，
在黄昏的树林中的葡萄酒壶，
——可是，充满童稚之爱的绿色乐园，

充满秘密欢乐的纯洁的乐园，
是否已远得超过印度和中国？
能否用哀叹的叫喊召它回还，
能否用银铃的声音唤它复活，
充满秘密欢乐的纯洁的乐园？

幽灵

仿佛野兽眼光的天使，
我要回到你的闺房里，
趁着夜色昏昏的黑暗，
悄悄地走近你的身边；

我要给你，褐发的恋人；
像月亮一样冰冷的吻，
要给你像在墓穴周围
爬行的蛇一样的抚爱。

当那苍白的黎明到来，
你将发现留下的空位，
直到夜晚都冷冷冰冰。

别人会对你多情多意，
我却要实行恐怖统治，
统治你的青春和生命！

秋之十四行诗

你那明如水晶的眼睛向我询问：
"我对你有什么价值，奇怪的朋友？"
——快乐吧，不要作声！除了太古野兽
那样的单纯，我这恼怒一切的心，

不愿对你透露它的可怕的隐衷
和那用火焰写成的阴暗的奇闻，
摇着我的摇篮催我长眠的女人。
我憎恶热情，我的精神使我苦痛！

我们安然相爱吧！小爱神丘比特
暗藏在哨所里，张着运命的弓矢。
我知道他那古代武库里的武器：

罪恶、恐怖和疯狂！——哦，苍白的雏菊！
你我不都像秋季太阳已是迟暮？
哦，如此洁白而冷冷的玛格丽特！

月亮的哀愁

今晚，月亮进入无限慵懒的梦中，
像在重叠的垫褥上躺着的美人，
在入寐以前，用她的手，漫不经心
轻轻将自己乳房的轮廓抚弄，

在雪崩似的软绵绵的缎子背上，
月亮奄奄一息地耽于昏厥状态，
她的眼睛眺望那如同百花盛开，
向蓝天里袅袅上升的白色幻象。

有时，当她感到懒洋洋无事可为，
给地球上滴下一滴悄悄的眼泪，
一位虔诚的诗人，厌恶睡眠之士，

就把这一滴像猫眼石碎片一样
闪着虹光的苍白眼泪收进手掌，
放进远离太阳眼睛的他的心里。

破钟

又酸辛，又可爱，是在冬天夜里，
在噼啪冒烟的炉火旁边倾听，
随着排钟在雾中齐鸣的声音，
慢慢地升起那些遥远的回忆。

那声音洪亮的大钟最为幸运，
它尽管老迈，依旧灵活而健康，
忠实地发出无限虔诚的音响，
像一个在营帐下守夜的老兵。

而我，灵魂已破裂，在无聊之时，
它想用歌声冲破夜间的寒气，
可是它的声音常趋于微弱，
仿佛被遗弃的伤兵，气喘吁吁，
躺在大堆尸体之下，血泊之旁，
拼命挣扎，却动弹不得而死亡。

虚无的滋味

曾经酷爱斗争的阴郁的精神啊，
那曾用马刺激起你的热情的"希望"，
再不愿骑你！老着脸皮去躺在地上，
碰到障碍物步步要绊跤的老马！

死心吧，我的心；像畜生般睡吧！

惨败力竭的精神！对于你，年老的小偷，
爱情已没有滋味，也不想跟人争辩；
铜号的声音，笛子的吹奏，我们再见！
欢乐啊，别再将阴郁赌气的心引诱！

可爱的春天，它的香气已归于乌有！
时间一刻不停地老在吞噬着我，
仿佛大雪覆没一个冻僵的尸首；
我从上空观看这圆滚滚的地球，
我不再去寻找一个藏身的住所！

雪崩啊，你肯带我跟你一同坠落？

自惩者

赠J. G. F.

我要打你，没有憎怨，
没有恼怒，像屠夫一样！
像摩西击打磐石一样，
我要打得你眼皮里面

进出很多苦恼的水，
灌溉我的撒哈拉沙土，
让我的鼓着的希望的情欲
跳进你的咸苦的泪水，

像出海的船一样游泳，
在我被泪水灌醉的心里，
你那可爱的呜咽啜泣，
将像冲锋时擂鼓的声音！

我不是一个唱错的音符，
跟圣交响乐调子不合？
这不是由于摇我、咬我、
贪婪的冷嘲带来的好处？

冷嘲是我的尖叫的声音！
这种黑毒流进我血里！
我就是复仇女神自己
照看自己的不祥之镜。

我是伤口，同时是匕首！
我是巴掌，同时是面颊！
我是四肢，同时是刑车，
我是死囚，又是刽子手！

我是吸我心的吸血鬼，
——一个被处以永远的笑刑，
却连微笑都不能的人，
一个被弃的、重大的犯罪者！

风景

为了纯洁地作我的牧歌，我想
躺在天空之旁，像占星家一样，
而且靠近钟楼，让我醉梦沉沉，
听微风送来庄严的赞美钟声。
两手托着下巴，从我的顶楼上
眺望歌唱着的、喋喋不休的工场；
眺望烟囱和钟楼，都市的桅杆，
和那使人梦想永恒的大罗天。

透过雾霭观看：蓝天生出星斗，
窗上映着明灯，那煤烟的气流
升向穹苍，月亮把苍白的妖光
一泻千里，真个令人感到欢畅。
我将观看春夏秋的时节变更，
当冬季带着单调的白雪来临，
我将要关好百叶窗，拉好门帘，
在黑夜中兴建我妖精的宫殿。
那时，我将梦见青色的地平线、
花园、在白石池中啜泣的喷泉、
亲吻、早晚不停地唱歌的小鸟

和牧歌中最天真的一切情调。
骚乱徒然对窗玻璃大声怒吼，
我不会从写字台上抬我的头；
因为，我将在这种快乐中陶醉：
凭我的意志之力把阳春唤回，
从我的心房里拉出红日一轮，
用思想之火制造温暖的气氛。

太阳

沿着古老的市郊，那儿的破房
都拉下了暗藏春色的百叶窗，
当毒辣的太阳用一支支火箭
射向城市和郊野、屋顶和麦田，
我独自去练习我奇异的剑术，
向四面八方嗅寻偶然的韵律，
绊在字眼上，像绊在石子路上，
有时碰上了长久梦想的诗行。

这一位养父，萎黄病的敌视者，
在田间唤醒诗，仿佛唤醒蔷薇；
它使忧愁向太空中蒸发消逝，
它给头脑和蜂箱装满了蜂蜜。
是它，使扶拐杖的人返老还童，
使他们像少女一样快乐融融，
在永远想开花的不朽的心里，
谷物的生长成熟都听它指使！

当它像个诗人一样降临市内，
它使微贱者的命运顿时高贵，
它像个国王，悄悄地不带随从，
走进了一切病院和宫殿之中。

给一个赤发的女乞丐

赤发的白皮姑娘，
从你褴褛的衣裳
看出了你的寒微
和你的美。

你那充满雀斑的、
青春年少的病体，

使我，微末的诗人
喜不自胜。

你的沉重的木鞋，
比传奇中的王妃
穿天鹅绒的靴子
更加雅致。

如把太短的衣裳
换上宫廷的盛装，
让窸窣的长褶裙
拖到脚跟；

再换掉你的破袜，
让色鬼看得眼花，
在腿上佩一金剑，
亮光闪闪；

时把纽扣松开，
为了诱我们犯罪，
露出像明眸一样
两个乳房；

如果要求你解衣，
你却伸出了手臂，
推开调皮的指头，
拒不迁就，

就会有上等明珠，
贝洛大师的诗句，
由臣服你的情人
不断献呈，

还会有诗人奴隶
献上了处女诗集
在台阶之下参拜
你的女鞋，

许多猎艳的侍童，
许多沙龙和王公，
也要来造访幽居，
寻觅欢娱！

你在床上数不清
比百合还多的吻，
你会使许多王族
受你管束！

——可是，在十字街头，
某个酒家的门口，
如今你却在乞讨
残羹剩肴；

你斜着眼睛窥视
两三毛钱的首饰，
啊！请原谅！我不能
买来奉赠。

去吧，消瘦的裸体，
你没有别的装饰，
香水、钻石和珍珠！
我的丽姝！

破坏

恶魔老是在我身旁不断地蠢动，
像摸不到的空气，在我四周飘荡；
我把他吞了下去，觉得肺部灼痛，
充满了一种永远的犯罪的欲望。

他有时化作最娇媚的美女之姿，
因为他知道我对艺术非常爱好，
他以伪善者的似是而非的遁词
使我的嘴唇习惯于下流的媚药。

他就这样领我远离天主的视线，
把疲惫而喘气的我带到了一片
深沉而荒凉的"无聊"的旷野中央，
而且向我的充满混乱的眼睛里，
投入污秽的衣裳和劙开人创伤，
还有用于"破坏"的血淋淋的凶器！

被杀害的女人

一位不知名的大师的素描

在那些香水瓶、给人快感的家具、
金丝银丝的织锦花缎、
大理石像、油画、发出一股香气的
皱褶华丽的衣裙中间，

在那像温室一样，空气闷得要命，
藏身在玻璃棺椁里面
奄奄一息的花束吐出最后呻吟的
一间温暖的卧房里面，

躺着一具无头的尸体上，血流成渠，
流到要解渴的枕头上，
枕布吸着她的殷红而流动的血，
就像苦于干旱的牧场。

像在黑暗中出现的苍白的幻影，
吸引住了我们的星眸，
她那披着一头浓密乌黑长发的，
戴着珍贵的首饰的我，

不像毛茛似的搁在床头柜上面，
从她翻白的两眼之中，
露出无思无虑、苍茫灰白的眼光，
仿佛曙光一样地朦胧。

她那肆无忌惮的裸体躺在床上，
完全无拘无束的姿势，
显出自然赋予她的秘密的光辉
和那注定不变的美丽；

一只绣金花的暗玫瑰色的袜子，
像个纪念品留在腿上，
吊袜带就像炯炯的神秘的眼睛
射出钻石一样的光芒。

一幅画着本人慵态的巨幅肖像，
挑逗人的姿势和眼睛，
跟这种静寂合成的异样的光景，
揭示一种阴暗的爱情、

一种负罪的喜悦，充满了狂吻的
各种各样奇怪的欢乐，

漂浮在窗帘皱襞里的一群恶魔，
一定也看得非常快乐。

可是，看到她那瘦骨嶙峋的双肩，
是那样清癯，优美动人，
那稍尖的臀部，那像一条激怒的
蛇一样的苗条的腰身，

她一定还年轻！——她那激昂的灵魂
和那苦于厌倦的官能，
不是给那些逍遥猎艳的色鬼们
稍稍打开她自己的门？

你生前那样献媚，还未满足他的，
那个性情执拗的情夫，
可曾对这死后听凭摆布的肉体
弥补他的无限的兽欲？

告诉我？淫尸！他可曾用狂热的手
揪住你的硬发，提起你，
说吧，恐怖的头，他曾以最后一吻
印上你的冰冷的牙齿？

——离开那嘲笑的世界，猎奇的法官，
离开那些污浊的群众，
安睡吧，安睡吧，你这奇怪的女人，
在你这座神秘的墓中；

你丈夫逃到天涯，你不朽的形骸
总会在他的梦中出现；
他也将像你一样永远忠实于你，
一直到死都不会改变。

累斯博斯

拉丁式玩乐以及希腊式享乐之母，
累斯博斯，那儿，悒郁或愉快的亲吻，
像西瓜那样清凉，像太阳一般热乎，
使夜晚和白天都显得那样艳丽可人；
拉丁式玩乐以及希腊式享乐之母，

累斯博斯，那儿，亲吻像瀑布飞腾，

毫无畏惧地注入不见底的深渊，
发出一阵一阵的呜咽和叫喊之声，
奔流得那样狂暴、神秘、汹涌而深远，
累斯博斯，那儿，亲吻像瀑布飞腾！

累斯博斯，那儿，美人们互相吸引，
那儿，从没有得不到响应的叹气，
星辰像对待帕福斯一样对你崇敬，
维纳斯完全可以对萨福心怀妒忌！
累斯博斯，那儿，美人们互相吸引，

累斯博斯，夜晚暖热而倦人的地方，
它使眼睛深陷的少女们对着镜子
恋慕自己的肉体，徒然孤芳自赏！
抚爱自己已达婚龄的成熟的果实，
累斯博斯，夜晚暖热而倦人的地方，

让老柏拉图皱起他的谨严的眉头；
温柔乡的女王，高贵可爱的乐土，
尽管你有过度的亲吻，你的风流
永远地无穷无尽，你可以得到宽恕。
让老柏拉图皱起他的谨严的眉头。

你可以得到宽恕，尽管有无限痛苦
不停地折磨那些野心家们的心，
他们在天的另一边，离我们很远处，
醉眼蒙眬地被你喜悦的微笑吸引！
你可以得到宽恕，尽管有无限痛苦！

哪位神，累斯博斯，竟敢来将你问罪，
对你那忙得苍白的额头进行膺惩，
如果不把你的小河注入海中的泪水
先在他的黄金的天秤上称上一称？
哪位神，累斯博斯，竟敢来将你问罪？

公正和不公正的法律有什么用场？
心地高尚的处女们，多岛海的荣耀，
你们的宗教也庄严，像其他宗教一样，
爱情对天堂和地狱会同样加以嘲笑！
公正和不公正的法律有什么用场？

因为累斯博斯从世人中间选出了我，

让我歌颂它那些如花的处女的秘密，
在狂笑之中常有暗暗的眼泪混合，
这种悲惨的神秘，我从小就很熟悉，
因为累斯博斯从世人中间选出了我。

以后我就在琉卡第亚岩顶上察看，
就像一个眼光尖锐而准确的哨兵，
日夜监视着那些双桅杆帆船、小帆船，
或是快艇在碧空远处颤动的形影；
以后我就在琉卡第亚岩顶上察看，

想知道汪洋大海是否宽大而仁慈，
在回荡到岩边的波涛的呜咽声中，
可会在某个夜晚，萨福的尊贵的尸体
被送回宽容的累斯博斯，她跳入海中
想知道汪洋大海是否宽大而仁慈！

男子气概的萨福，多情的闺秀诗人，
她的阴郁的苍白比维纳斯更美艳！
——后者的蓝眼睛不及她乌黑的眼睛，
痛苦在她的眼睛的周围留下了黑圈，
男子气概的萨福，多情的闺秀诗人！

——比亭亭玉立在世上的维纳斯更美，
她把她那种安详宁静的稀世之珍
和她那金发上射出的青春的光辉
倾泻给那位迷恋爱女的海洋老人；
比亭亭玉立在世上的维纳斯更美！

——在她亵渎神明的那天死去的萨福，
她蔑视了人们创立的礼拜和仪式，
她把美丽的肉体献给傲慢的狂徒
充当高贵的牺牲，治她背教的罪孽，
在她亵渎神明的那天死去的萨福。

从那时以后，累斯博斯就独自哀伤，
尽管全世界的人都对它表示尊敬，
它每夜总沉醉于从它荒凉的岸旁
一直传向太空的阵阵狂风的凄鸣！
从那时以后，累斯博斯就独自哀伤！

（张淑霞编，摘自钱春绮译：《恶之花》，人民文学出版社，2011）

第五十三章 梭罗及《瓦尔登湖》

第一节 梭罗简介

在中国，说起陶渊明，人们就会想到归隐山林和桃花源；在美国，谈到梭罗，人们就会论及独居乡间和瓦尔登湖。陶渊明和梭罗，时空相隔，却都在为自己寻一片"淡泊明志"之境，为世人指一条"宁静致远"之道。

亨利·大卫·梭罗，19世纪美国最具世界影响力的作家和思想家，1817年出生于马萨诸塞州康科德市，家境贫寒，品学兼优，从哈佛大学毕业后，回乡教书两年，而后师从于大作家、思想家拉尔夫·沃尔多·爱默生，并开始尝试写作。

1845年，他手执一柄斧头，孤身一人，在瓦尔登湖边的山林间，就地取材，造起了一座小木屋，如陶渊明一般，过着"躬耕自资"的田园独居生活，追随导师爱默生，实践着他的超验主义思想，1847年重返他为之自豪的、风景如画的、名人辈出的康城。

1849年，他发表了一篇著名论文，题为《消极反抗》，又名《论公民的不服从权利》，以表示他"抗议"、"抵抗"、"不服从"那"不利于人民"、"干扰人民"、甚至蓄奴的美国政府。文中的思想对后人影响深远，首先是英国工党和费边主义者，然后是力行"非暴力不合作运动"的圣雄甘地、民权运动领袖马丁·路德·金，以及"勿以暴力抗恶"的托尔斯泰主义和罗曼·罗兰"非暴力主义"的人道主义思想。

梭罗的一生简单安静，馥郁芬芳。家境困难、念完大学的他放弃闯荡天下的机会，回乡执教；好好地教着书，师从爱默生，又独自一人跑到瓦尔登湖，离群索居，体味自然之韵，身体力行，寻觅人生之义，《瓦尔登湖》便是他这一特立独行、实践别样人生的生动写实和独特思辨；他追求真理，反对蓄奴，宁可坐牢，决不屈从，《消极反抗》横空出世，卓尔不群；他英年早逝，因患肺结核于1862年溘然长逝，平静安详地走到了生命尽头。

梭罗生前写有39卷手稿，在世时只有两本出版，即1849年的《康科德河和梅里麦克河上的一星期》和1854年的《瓦尔登湖》，都不曾引起什么反响。时光流逝，《瓦尔登湖》被愈来愈多的慧眼所识，以独特、卓越的品质跻身于美国文学的名著行列，被英国诗人托马斯·艾略特称为"超凡入圣"的书，与《圣经》、《小王子》等一起被美国国家图书馆评为"塑造读者心灵的二十五本书"。

梭罗，一位与孤独结伴、视思想为最爱、以寻觅人生真谛为己任的实践家，成就了《瓦尔登湖》，一部清新脱俗、返璞归真、纯洁心灵的启示录。

第二节 《瓦尔登湖》简介

"结庐在人境，而无车马喧。问君何能尔，心远地自偏。"陶渊明的诗句既是对梭罗独居瓦尔登湖最为贴切的注解，也是对其作品《瓦尔登湖》最为精到的勾勒。《瓦尔登湖》没有扣人心弦的情节，却有朴素自然的叙述；没有绚丽夺目的文辞，却有清新秀丽的白描；没有惊天动地的高谈阔论，却有精辟独到的远见卓识。

这本约 20 万字的散文集，以艰深晦涩、行文长达 64 页的"经济篇"开篇，又以深奥理性的"结束语"收尾，似乎无新意可言，那些寂寞难耐的读者也许会读不下去。倘若静下心来，聆听梭罗时而娓娓道来谈论人生的宗旨要义，时而家长里短闲话生活中的柴米油盐，我们就能渐入佳境，和梭罗一起住林间小屋，享湖上生活了。

在第三篇"我生活的地方；我为何生活"中，梭罗夹叙夹议，引领我们在"实拍"他独居生活的同时，又在"访谈"他对人生、对生活的评说，其生活有滋有味，令人向往，其思想精彩纷呈，发人深思。读第六篇"寂寞"和第十二篇"更高的规律"，我们似乎成了梭罗的"稀客"，在茶余饭后，听他漫谈"以自然为伴、以四季为友"的寂寞之趣，人类缘何徘徊于灵与肉之间求人生"更高的规律"。到最后的"结束语"，又好似他的门生，聆听他探索人生，批判人生，阐述人生的更高境界。

梭罗在感悟人生，批评现实时，字字珠玑，耐人寻味；在描绘自然，刻画景物时，美不胜收，妙趣横生。第十篇"湖"，犹如一幅徐徐展开的山水画卷，或静或动，或工笔，或写意，绘出了湖光山色、鱼虫飞鸟、林木山石之神韵；在第八篇"种豆"中，以"业余性质的农民"自诩的梭罗抢起锄头，辛勤耕耘，播种豆子，细数种豆的过程和经验，还列出了种豆前后的收支明细，不但"种豆得豆"，还颇有盈余。梭罗笔下的"禽兽"在瓦尔登湖的青山绿水间，"自由而奔放"，甚至被赋予了人性和灵性，连微不足道的蚂蚁也不例外，更不消说那神出鬼没的潜水鸟了，因而读第十三篇"禽兽为邻"，读者会发现动物与人一样，同是"大自然曾祖母"的孩子，人类完全可以与之和谐共处，如同梭罗与那些"禽兽"为邻，其乐融融。

《瓦尔登湖》是作者对两年又两个月又两天之林中、湖上生活的所见所闻、所思所想。不同于陶渊明的是，梭罗崇尚自然、回归自然、观赏自然，不是归隐山林，独享田园生活，而是实践自己对生活独特、深刻的思索，寻觅人生"更高的规律"。另外，身处 19 世纪的梭罗，其文笔既平铺直叙，简洁中肯，又细致优美，精辟深邃，更富有 20 世纪散文的气息，成为美国现代文学中的散文经典。梭罗的卓越，《瓦尔登湖》的不朽，由此而生。

第三节　《瓦尔登湖》选段

寂寞

这是一个愉快的傍晚，全身只有一个感觉，每一个毛孔中都浸润着喜悦。我在大自然里以奇异的自由姿态来去，成了她自己的一部分。我只穿衬衫，沿着硬石的湖岸走，天气虽然寒冷，多云又多风，也没有特别分心的事，那时天气对我异常地合适。牛蛙鸣叫，邀来黑夜，夜莺的乐音乘着吹起涟漪的风从湖上传来。摇曳的赤杨和白杨，激起我的情感使我几乎不能呼吸了；然而像湖水一样，我的宁静只有涟漪而没有激荡。和如镜的湖面一样，晚风吹起来的微波是谈不上什么风暴的。虽然天色黑了，风还在森林中吹着，咆哮着，波浪还在拍岸，某一些动物还在用它们的乐音催眠着另外的那些，宁静不可能是绝对的。最凶狠的野兽并没有宁静，现在正找寻它们的牺牲品；狐狸，臭鼬，兔子，也正漫游在原野上，在森林中，它们却没有恐惧，它们是大自然的看守者，——是连接一个个生气勃勃的白昼的链环。

等我回到家里，发现已有访客来过，他们还留下了名片呢，不是一束花，便是一个常春树的花环，或用铅笔写在黄色的胡桃叶或者木片上的一个名字。不常进入森林的人常把森林中的小玩意儿一路上拿在手里玩，有时故意，有时偶然，把它们留下了。有一位剥下了柳树皮，做成一个戒指，丢在我桌上。在我出门时有没有客人来过，我总能知道，不是树枝或青草弯倒，便是有了鞋印，一般说，从他们留下的微小痕迹里我还可以猜出他们的年龄、性别和性格；有的掉下了花朵，有的抓来一把草，又扔掉，甚至还有一直带到半英里外的铁路边才扔下的呢；有时，雪茄烟或烟斗味道还残留不散。常常我还能从烟斗的香味注意到六十杆之外公路上行经的一个旅行者。

我们周围的空间该说是很大的了。我们不能一探手就触及地平线。蓊郁的森林或湖沼并不就在我的门口，中间总还有着一块我们熟悉而且由我们使用的空地，多少整理过了，还围了点篱笆，它仿佛是从大自然的手里被夺取得来的。为了什么理由，我要有这么大的范围和规模，好多平方英里的没有人迹的森林，遭人类遗弃而为我所私有了呢？最接近我的邻居在一英里外，看不到什么房子，除非登上那半里之外的小山山顶去望，才能望见一点儿房屋。我的地平线全给森林包围起来，专供我自个享受，极目远望只能望见那在湖的一端经过的铁路和在湖的另一端沿着山林的公路边上的篱笆。大体说来，我居住的地方，寂寞得跟生活在大草原上一样。在这里离新英格兰也像离亚洲和非洲一样遥远。可以说，我有我自己的太阳、月亮和星星，我有一个完全属于我自己的小世界。从没有一个人在晚上经过我的屋子，或叩我的门，我仿佛是人类中的第一个人或最后一个人；除非在春天里，隔了很长久的时候，有人从村里来钓鳘鱼，——在瓦尔登湖中，很显然他们能钓到的只是他们自己的多种多样的性格，而钩子只能钩到黑夜而已——他们立刻都撤走了，常常是鱼篓很轻地撤退的，又把"世界留给黑夜和我"，而黑夜的核心是从没有被任何人类的邻舍污染过的。我相信，人们通常还都有点儿害怕黑暗，虽然妖巫都给吊死了，基督教和蜡烛火也都已经介绍过来。

然而我有时经历到，在任何大自然的事物中，都能找出最甜蜜温柔，最天真和鼓舞人的伴侣，即使是对于愤世嫉俗的可怜人和最最忧悒的人也一样。只要生活在大自然之间而还有五官的话，便不可能有很阴郁的忧虑。对于健全而无邪的耳朵，暴风雨还真是伊奥勒斯的音乐呢。什么也不能正当地迫使单纯而勇敢的人产生庸俗的伤感。当我享受着四季的友爱时，我相信，任什么也不能使生活成为我沉重的负担。今天佳雨洒在我的豆子上，使我在屋里待了整天，这雨既不使我沮丧，也不使我抑郁，对于我可是好得很呢。虽然它使我不能够锄地，但比我锄地更有价值。如果雨下得太久，使地里的种子，低地的土豆烂掉，它对高地的草还是有好处的，既然它对高地的草很好，它对我也是很好的了。有时，我把自己和别人作比较，好像我比别人更得诸神的宠爱，比我应得的似乎还多呢；好像我有一张证书和保单在他们手上，别人却没有，因此我受到了特别的引导和保护。我并没有自称自赞，可是如果可能的话，倒是他们称赞了我。我从不觉得寂寞，也一点不受寂寞之感的压迫，只有一次，在我进了森林数星期后，我怀疑了一个小时，不知宁静而健康的生活是否应当有些近邻，独处似乎不很愉快。同时，我却觉得我的情绪有些失常了，但我似乎也预知我会恢复到正常的。当这些思想占据我的时候，温和的雨丝飘洒下来，我突然感觉到能跟大自然做伴是如此甜蜜如此受惠，就在这滴答滴答的雨声中，我屋子周围的每一个声音和景象都有着无穷尽无边际的友爱，一下子这个支持我的气氛把我想象中的有邻居方便一点的思潮压下去了，从此之后，我就没有再想到过邻居这回事。每一支小小松针都富于同情心地胀大起来，成了我的朋友。我明显地感到这里存在着我的同类，虽然我是在一般所谓凄惨荒凉的处境中，然则那最接近于我的血统，并最富于人性的却并不是一个人或一个村民，从今后再也不会有什么地方会使我觉得陌生的了。

> 不合宜的哀恸消蚀悲哀；
> 在生者的大地上，他们的日子很短，
> 托斯卡尔的美丽的女儿啊。

我的最愉快的若干时光在于春秋两季的长时间暴风雨当中，这弄得我上午下午都被禁闭在室内，只有不停止的大雨和咆哮安慰着我；我从微明的早起就进入了漫长的黄昏，其间有许多思想扎下了根，并发展了它们自己。在那种来自东北的倾盆大雨中，村中那些房屋都受到了考验，女佣人都已经拎了水桶和拖把，在大门口阻止洪水侵入，我坐在我小屋子的门后，只有这一道门，却很欣赏它给予我的保护。在一次雷阵雨中，曾有一道闪电击中湖对岸的一株苍松，从上到下，划出一个一英寸，或者不止一英寸深，四五英寸宽，很明显的螺旋形的深槽，就好像你在一根手杖上刻的槽一样。那天我又经过了它，一抬头看到这一个痕迹，真是惊叹不已，那是八年以前，一个可怕的、不可抗拒的雷霆留下的痕迹，现在却比以前更为清晰。人们常常对我说，"我想你在那儿住着，一定很寂寞，总是想要跟人们接近一下的吧，特别在下雨下雪的日子和夜晚。"我喉咙痒痒的直想这样回答，——我们居住的整个地球，在宇宙之中不过是一个小点。那边一颗星星，我们的天文仪器还无法测量出它有多么大呢，你想想它上面的两个相距最远的居民又能有多远的距离呢？我怎会觉得寂寞？我们的地球难道不在银河之中？在我看来，你提出的似乎是最不重要的问题。怎样一种空间才能把人和人群隔开而使人感到寂寞呢？我已经发现了，无论两条腿怎样努力也不能使两颗心灵更相接近。我们最愿意和谁紧邻而居呢？人并不是都喜欢车站哪，邮局哪，酒吧间哪，会场哪，学校哪，杂货店哪，烽火山哪，五点区哪，虽然在那里人们常常相聚，人们倒是更愿意接近那生命的不竭之源泉的大自然，在我们的经验中，我们时常感到有这么个需要，好像水边的杨柳，一定向了有水的方向伸展它的根。人的性格不同，所以需要也很不相同，可是一个聪明人必须在不竭之源泉的大自然那里挖掘他的地窖……有一个晚上在走向瓦尔登湖的路上，我赶上了一个市民同胞，他已经积蓄了所谓的"一笔很可观的产业"，虽然我从没有好好地看到过它，那晚上他赶着一对牛上市场去，他问我，我是怎么想出来的，宁肯抛弃这么多人生的乐趣？我回答说，我确信我很喜欢我这样的生活；我不是开玩笑。便这样，我回家，上床睡了，让他在黑夜泥泞之中走路走到布赖顿去——或者说，走到光亮城里去——大概要到天亮的时候才能走到那里。

对一个死者说来，任何觉醒的，或者复活的景象，都使一切时间与地点变得无足轻重。可能发生这种情形的地方都是一样的，对我们的感官是有不可言喻的欢乐的。可是我们大部分人只让外表上的、很短暂的事情成为我们所从事的工作。事实上，这些是使我们分心的原因。最接近万物的乃是创造一切的一股力量。其次靠近我们的宇宙法则在不停地发生作用。再其次靠近我们的，不是我们雇用的匠人，虽然我们喜欢和他们谈谈说说，而是那个大匠，我们自己就是他创造的作品。

"神鬼之为德，其盛矣乎。"

"视之而弗见，听之而弗闻，体物而不可遗。"

"使天下之人，斋明盛服，以承祭祀，洋洋乎，如在其上，如在其左右。"

我们是一个实验的材料，但我对这个实验很感兴趣。在这样的情况下，难道我们不能够有一会儿离开我们的充满了是非的社会，——只让我们自己的思想来鼓舞我们？孔子说得好，"德不孤，必有邻。"

有了思想，我们可以在清醒的状态下，欢喜若狂。只要我们的心灵有意识地努力，我们就可以高高地超乎任何行为及其后果之上；一切好事坏事，就像奔流一样，从我们身边经过。我们并不是完全都给纠缠在大自然之内的。我可以是急流中一片浮木，也可以是从空中望着尘寰的因陀罗。看戏很可能感动了我；而另一方面，和我生命更加攸关的事件却可能不感动我。我只知道我自己是作为一个人而存在的；可以说我是反映我思想感情的一个舞台面，我多少有着双重人格，因此我能够远远地看自己犹如看别人一样。不论我有如何强烈的经验，我总能意识到我的一部分在从旁批评我，好像它不是我的一部分，只是一个旁观者，并不分担我的经验，而是注意到它；正如他并不是你，他也不能是我。等到人生的戏演完，很可能是出悲剧，观众就自己走了。关于这第二重人格，这自然是虚构的，只是想象力的创造。但有时这双重人格很容易使别人难于和我们作邻居，交朋友了。

大部分时间内，我觉得寂寞是有益于健康的。有了伴儿，即使是最好的伴儿，不久也要厌倦，弄得很糟糕。我爱孤独。我没有碰到比寂寞更好的同伴了。到国外去厕身于人群之中，大概比独处室内，更为寂寞。一个在思想着在工作着的人总是单独的，让他爱在哪儿就在哪儿吧，寂寞不能以一个人离开他的同伴的里数来计算。真正勤学的学生，在剑桥学院最拥挤的蜂房内，寂寞得像沙漠上的一个托钵僧一样。农夫可以一整天，独个儿地在田地上，在森林中工作，耕地或砍伐，却不觉得寂寞，因为他有工作；可是到晚上，他回到家里，却不能独自在室内沉思，而必须到"看得见他那里的人"的地方去消遣一下，照他的想法，是用以补偿他一天的寂寞；因此他很奇怪，为什么学生们能整日整夜坐在室内不觉得无聊与"忧郁"；可是他不明白虽然学生在室内，却在他的田地上工作，在他的森林中采伐，像农夫在田地或森林中一样，过后学生也要找消遣，也要社交，尽管那形式可能更加凝练些。

社交往往廉价。相聚的时间之短促，来不及使彼此获得任何新的有价值的东西。我们在每日三餐的时间里相见，大家重新尝尝我们这种陈腐乳酪的味道。我们都必须同意若干条规则，那就是所谓的礼节和礼貌，使得这种经常的聚首能相安无事，避免公开争吵，以至面红耳赤。我们相会于邮局，于社交场所，每晚在炉火边；我们生活得太拥挤，互相干扰，彼此牵绊，因此我想，彼此已缺乏敬意了。当然，所有重要而热忱的聚会，次数少一点也够了。试想工厂中的女工，——永远不能独自生活，甚至做梦也难于孤独。如果一英里只住一个人，像我这儿，那要好得多。人的价值并不在他的皮肤上，所以我们不必要去碰皮肤。

我曾听说过，有人迷路在森林里，倒在一棵树下，饿得慌，又累得要命，由于体力不济，病态的想象力让他看到了周围有许多奇怪的幻象，他以为它们都是真的。同样，在身体和灵魂都很健康有力的时候，我们可以不断地从类似的，但更正常、更自然的社会得到鼓舞，从而发现我们是不寂寞的。

我在我的房屋中有许多伴侣；特别在早上还没有人来访问我的时候。让我来举几个比喻，或能传达出我的某些状况。我并不比湖中高声大笑的潜水鸟更孤独，我并不比瓦尔登湖更寂寞。我倒要问问这孤独的湖有谁作伴？然而在它的蔚蓝的水波上，却有着不是蓝色的魔鬼，而是蓝色的天使呢。太阳是寂寞的，除非乌云满天，有时候就好像有两个太阳，但那一个是假的。上帝是孤独的，——可是魔鬼就绝不孤独；他看到许多伙伴；他是要结成帮的。我并不比一朵毛蕊花或牧场上的一朵蒲公英寂寞，我不比一张豆叶，一枝酢酱草，或一只马蝇，或一只大黄蜂更孤独。我不比密尔溪，或一只风信鸡，或北极星，或南风更寂寞，我不比四月的雨或正月的融雪，或新屋中的第一只蜘蛛更孤独。

在冬天的长夜里，雪狂飘，风在森林中号叫的时候，一个老年的移民，原先的主人，不时来拜访我，据说瓦尔登湖还是他挖了出来，铺了石子，沿湖种了松树的；他告诉我旧时的和新近的永恒的故事；我们俩这样过了一个愉快的夜晚，充满了交际的喜悦，交换了对事物的惬意的意见，虽然没有苹果或苹果酒，——这个最聪明而幽默的朋友啊，我真喜欢他，他比谷菲或华莱知道更多的秘密；虽然人家说他已经死了，却没有人指出过他的坟墓在哪里。还有一个老太太，也住在我的附近，大部分人根本看不见她，我却有时候很高兴到她的芳香的百草园中去散步，采集药草，又倾听她的寓言；因为她有无比丰富的创造力，她的记忆一直追溯到神话以前的时代，她可以把每一个寓言的起源告诉我，哪一个寓言是根据了哪一个事实而来的，因为这些事都发生在她年轻的时候。一个红润的、精壮的老太太，不论什么天气什么季节她都兴致勃勃，看样子要比她的孩子活得还长久。

太阳，风雨，夏天，冬天，——大自然的不可描写的纯洁和恩惠，他们永远提供这么多的康健，这么多的欢乐！对我们人类这样地同情，如果有人为了正当的原因悲痛，那大自然也会受到感动，太阳黯淡了，风像活人一样悲叹，云端里落下泪雨，树木到仲夏脱下叶子，披上丧服。难道我不该与土地息息相通吗？我自己不也是一部分绿叶与青菜的泥土吗？

是什么药使我们健全、宁静、满足的呢？不是你我的曾祖父的，而是我们的大自然曾祖母的，全宇宙的蔬菜和植物的补品，她自己也靠它而永远年轻，活得比汤麦斯·派尔还更长久，用他们的衰败的脂肪更增添了她的康健。不是那种江湖医生配方的用冥河水和死海海水混合的药水，装在有时我们看到过装瓶子用的那种浅长形黑色船状车子上的药瓶子里，那不是我的万灵妙药：还是让我来喝一口纯净的黎明空气。黎明的空气啊！如果人们不愿意在每日之源喝这泉水，那么，啊，我们必须把它们装在瓶子内；放在店里，卖给世上那些失去黎明预订券的人们。可是记着，它能冷藏在地窖下，一直保持到正午，但要在那以前很久就打开瓶塞，跟随曙光的脚步西行。我并不崇拜那司健康之女神，她是爱斯库拉彼斯这古老的草药医师的女儿，在纪念碑上，她一手拿了一条蛇，另一只手拿了一个杯子，而蛇时常喝杯中的水；我宁可崇拜朱庇特的执杯者希勃，这青春的女神，为诸神司酒行觞，她是朱诺和野生莴苣的女儿，能使神仙和人返老还童。她也许是地球上出现过的最健康、最强壮、身体最好的少女，无论她到哪里，那里便成了春天。

湖（节选）

一个湖是风景中最美、最有表情的姿容。它是大地的眼睛；望着它的人可以测出他自己的天性的深浅。湖所产生的湖边的树木是睫毛一样的镶边，而四周森林蓊郁的群山和山崖是它的浓密突出的眉毛。

站在湖东端的平坦的沙滩上，在一个平静的九月下午，薄雾使对岸的岸线看不甚清楚，那时我了解了所谓"玻璃似的湖面"这句话是什么意思了。当你倒转了头看湖，它像一条最精细的薄纱张挂在山谷之上，衬着远处的松林而发光，把大气的一层和另外的一层隔开了。你会觉得你可以从它下面走过去，走到对面的山上，而身体还是干的，你觉得掠过水面的燕子很可以停在水面上。是的，有时它们俯水到水平线之下，好像这是偶然的错误，继而恍然大悟。当你向西，望到湖对面去的时候，你不能不用两手来保护你的眼睛，一方面挡开本来的太阳光，同时又挡开映在水中的太阳光；如果，这时你能够在这两种太阳光之间，批判地考察湖面，它正应了那句话，所谓"波平如镜"了，其时只有一些掠水虫，隔开了同等距离，分散在全部的湖面，而由于它们在阳光里发出了最精美的想象得到的闪光来，或许，还会有一只鸭子在整理它自己的羽毛，或许，正如我已经说过的，一只燕子飞掠在水面上，低得碰到了水。还有可能，在远处，有一条鱼在空中画出了一个大约三四英尺的圆弧来，它跃起时一道闪光，降落入水，又一道闪光，有时，全部的圆弧展露了，银色的圆弧；但这里或那里，有时会漂着一枝蓟草，鱼向它一跃，水上便又激起水涡。这像是玻璃的溶液，已经冷却，但是还没有凝结，而其中连少数尘垢也还是纯洁而美丽的，像玻璃中的细眼。你还常常可以看到一片更平滑、更黝黑的水，好像有一张看不见的蜘蛛网把它同其余的隔开似的，成了水妖的栅栏，躺在湖面。从山顶下瞰，你可以看到，几乎到处都有跃起的鱼；在这样凝滑的平面上，没有一条梭鱼或银鱼在捕捉一个虫子时，不会破坏全湖的均势的。真是神奇，这简简单单的一件事，却可以这么精巧地显现，——这水族界的谋杀案会暴露出来——我站在远远的高处，看到了那水的扩大的圆涡，它们的直径有五六杆长。甚至你还可以看到水蝎（学名 Gyrinus）不停地在平滑的水面滑了四分之一英里；它们微微地犁出了水上的皱纹来，分出两条界线，其间有着很明显的漪澜；而掠水虫在水面上滑来滑去却不留下显明的可见痕迹。在湖水激荡的时候，便看不到掠水虫和水蝎了，显然只在风平浪静的时候，它们才从它们的港埠出发，探险似地从湖岸的一面，用短距离的滑行，滑上前去，滑上前去，直到它们滑过全湖。这是何等愉快的事啊。秋天里，在这样一个晴朗的天气中，充分地享受了太阳的温暖，在这样的高处坐在一个树桩上，湖的全景尽收眼底，细看那圆圆的水涡，那些圆涡一刻不停地刻印在天空和树木的倒影中间的水面上，要不是有这些水涡，水面是看不到的。在这样广大的一片水面上，并没有一点儿扰动，就有一点儿，也立刻柔和地复归于平静而消失了，好像在水边装一瓶子水，那些颤栗的水波流回到岸边之后，立刻又平滑了。一条鱼跳跃起来，一个虫子掉落到湖上，都这样用圆涡，用美丽的线条来表达，仿佛那是泉源中的经常的喷涌，它的生命的轻柔的搏动，它的胸膛的呼吸起伏。那是欢乐的震抖，还是痛苦的颤栗，都无从分辨。湖的现象是何等的和平啊！人类的工作又像在春天里一样的发光了。是啊，每一树叶、桠枝、石子和蜘蛛网在下午茶时又在发光，跟它们在春天的早晨承露以后一样。每一支划桨的或每一只虫子的动作都能发出一道闪光来，而一声桨响，又能引出何等的甜蜜的回音来啊！

在这样的一天里，九月或十月，瓦尔登是森林的一面十全十美的明镜，它四面用石子镶边，我看它们是珍贵而稀世的。再没有什么像这一个躺卧在大地表面的湖沼这样美，这样纯洁，同时又这样大。秋水长天。它不需要一个篱笆。民族来了，去了，都不能玷污它。这一面明镜，石子敲不碎它，它的水银永远擦不掉，它的外表的装饰，大自然经常地在那里弥补；没有风暴，没有尘垢，能使它常新的表面黯淡无光；——这一面镜子，如果有任何不洁落在它面上，马上就沉淀，太阳的雾意的刷子常在拂拭它，——这是光的拭尘布，——呵气在上，也留不下形迹，成了云它就从水面飘浮到高高的空中，却又立刻把它反映在它的胸怀中了。

空中的精灵也都逃不过这一片大水。它经常地从上空接受新的生命和新的动作。湖是大地和天空之间的媒介物。在大地上，只有草木是摇摆如波浪的，可是水自身给风吹出了涟漪来。我可以从一线或一片闪光上，看到风从那里吹过去。我们能俯视水波，真是了不起。也许我们还应该像这样细细地俯视那天空的表面，看看是不是有一种更精细的精灵，在它上面扫过。

到了十月的后半个月，掠水虫和水蝎终于不再出现了，严霜已经来到；于是在十一月中，通常在一个好天气里，没有任何东西在水面上激起涟漪。十一月中的一个下午，已经一连降落了几天的雨终于停止了，天空还全部都是阴沉沉的，充满了雾，我发现湖水是出奇地平静，因此简直就看不出它的表面来了；虽然它不再反映出十月份的光辉色彩，它却反映出了四周小山的十一月的阴暗颜色。于是我尽可能地轻轻静静，泛舟湖上，而船尾激起的微弱水波还一直延伸到我的视野之外，湖上的倒影也就曲折不已了。可是，当我望望水面，我远远地看到这里那里有一种微光，仿佛一些躲过了严霜的掠水虫又在集合了，或许是湖的平面太平静了，因此水底有涌起的泉源不知不觉也能在水面觉察到。划桨到了那些地方，我才惊奇地发现我自己已给成亿万的小鲈鱼围住，都只五英寸长；绿水中有了华丽的铜色，它们在那里嬉戏着，经常地升到水面来，给水面一些小小水涡，有时还留一些小小水泡在上面。在这样透明的、似乎无底的、反映了云彩的水中，我好像坐了氢气球而漂浮在空中，鲈鱼的游泳又是多么像在盘旋、飞翔，仿佛它们成了一群飞鸟，就在我所处的高度下，或左或右地飞绕；它们的鳍，像帆一样，饱满地张挂着。在这个湖中有许多这样的水族，显然它们要改进一下，在冬天降下冰幕，遮去它们的天光之前的那个短暂的季节，有时候那被它们激荡的水波，好像有一阵微风吹过，或者像有一阵温和的小雨点落下。等到我漫不经心地接近它们；它们惊慌起来，突然尾巴横扫，激起水花，好像有人用一根毛刷般的树枝鞭挞了水波，立刻它们都躲到深水底下去了。后来，风吹得紧了，雾也浓重了，水波开始流动，鲈鱼跳跃得比以前更高，半条鱼身已跳出水面，一下子跳了起来，成百个黑点，都有三英寸长。有一年，一直到十二月五号，我还看到水面上有水涡，我以为马上就会下大雨了，空中弥漫着雾，我急忙忙地坐在划桨的座位上，划回家去；雨点已经越来越大了，但是我不觉得雨点打在我的面颊上，其时我以为我免不了要全身湿透。可是突然间水涡全部没有了，原来这都是鲈鱼搅出来的，我的桨声终于把它们吓退到深水中去；我看到它们成群结队地消隐；这天下午我全身一直是干燥的呢。

（胡晓红编，摘自徐迟译：《瓦尔登湖》，上海译文出版社，2011）

第五十四章　爱伦·坡及《黑猫》

第一节　爱伦·坡简介

　　埃德加·爱伦·坡，1809 年生于波士顿，父母是巡回剧团演员，他本人在三兄妹中排行第二。爱伦·坡身世坎坷，幼年时父亲离家出走，三岁时母亲亡故，三兄妹被分别送至三户人家收养。虽然富有的养父使他受到了良好的教育，并且进入西点军校学习，但生性孤僻的他，不仅和养父决裂，而且被西点军校开除。在成为作家和编辑后，虽然才能出众，但经常酗酒，四处树敌。最后情感失意，穷困潦倒。由于生活和感情的挫折，他的作品里充满神秘、恐惧、死亡等情节，使读者对作者的愤怒、绝望、恐惧等心理状态感同身受。

　　爱伦·坡被认为是侦探小说的鼻祖，1841 年发表的《莫格街谋杀案》是公认的最早的侦探小说。从那开始，他一共写了五篇侦探小说，虽然数量不多，但他在小说中塑造了智慧超群、明察秋毫的侦探，忠诚可信的搭档，自负却又经常失误的警察，这些形象如此深入人心，以致后世的侦探小说或多或少带有他的作品的影子。

　　爱伦·坡大约写了 70 篇短篇小说，除了五篇侦探小说外，都是恐怖小说。爱伦·坡的贡献在于继承和发展了哥特式的恐怖小说。哥特式小说在 19 世纪的美国十分繁荣，它主要通过揭示社会、政治、道德上的邪恶，揭示人性中的阴暗来进行深入探索。爱伦·坡强调"效果论"，他注重每一事件、每一字句的描写，营造预定气氛，以达到恐怖无所不在的效果。他在《怪异故事集》序中称"自己的作品绝大部分都是深思熟虑的苦心经营"。为达到这种效果，他经常运用灰、白、黑、红等色彩描绘恐怖气氛。这些在《黑猫》这部小说中得到了充分地表现。同时，他擅长运用声、光、电等因素，给人的心理上造成焦虑、恐怖的感觉。因而，他被尊为哥特式恐怖小说的大师。

　　爱伦·坡认为文学创作是一种理性的过程，他强调小说发展的合理性、逻辑性。他在创作中注重前后文的呼应，即在前文中注意铺设伏笔，而为后文的发展提供依据，同时有意识的运用各种技巧，使得整个作品的发展不仅显得水到渠成，而且紧凑又富有节奏。他推崇短篇小说，因为这样能使作者更合理的安排作品结构。同时他认为，任何文学作品都应当"一次性读完"，否则会影响其整体的美感。他的短篇小说和短篇小说理论使短篇小说这一形式被提升成为独立的文体，这是他对世界文学的独特贡献。

　　爱伦·坡被奉为 19 世纪美国诗人、小说家和文学评论家。令人惋惜的是，在他英年早逝后，他的作品却被他信任的遗稿保管人篡改和伪造，以致声誉受损。直到近百年之后，才洗净冤屈。从此，爱伦·坡的作品重新得到了人们的重视，对他和他的作品研究至今方兴未艾。

第二节 《黑猫》简介

《黑猫》讲述了一个与黑猫有关的凶杀案。主人公"我"是个善良温顺的人，特别喜欢小动物，他喂养的黑猫"普路托"更是与他亲近。后来，"我"染上酗酒恶习，性情大变，虐待并且吊死了"普路托"。虐杀普路托的当晚，一场大火将他的房屋财产烧得一干二净，可唯一残立的墙上显出了套着绳索的黑猫浮雕。由于心存悔意，"我"又收养了一只极像"普路托"的黑猫，除了胸部长了一片模糊不清的白斑。可后来，这只黑猫长得越来越像"普路托"，而那块白斑则日益显出绞刑架的轮廓。因为心结未解，不堪内心的压力，他想砍死黑猫，当妻子欲阻止其暴行，却被盛怒下的他砍死。"我"把妻子砌入地窖的墙壁，在警察搜查一无所获之际，墙里黑猫凄厉的惨叫声使得案情大白于天下。

爱伦·坡的《黑猫》是其哥特小说的代表作之一。"哥特"是建筑风格，主要代表是中世纪圆锥尖顶、高拱窗的教堂建筑，内部环境神秘、阴森、恐怖。哥特式小说这一名称正是来源于此风格。

《黑猫》的篇幅不长，结构并不复杂，恐怖氛围贯穿其中。这正是爱伦·坡的小说特点。他描述了一些恐怖的场景，如眼珠剜掉的猫、灰白的墙、腐烂的死尸，但不限于此。作者更多地描述了主人公在一错再错之后那惴惴不安、大难临头、不可名状的心理。正如作者在他的《怪异故事集》的序言中所说："如果在我的许多作品中恐怖一直是主题，那我坚持认为那种恐怖不是日耳曼式的，而是心灵式的——我一直仅仅是从这种恐怖的合理源头将其演绎，并仅仅是将其趋向合理的结果。"而这种来自于内心深处彻骨的恐怖，令读者感到无法言说的恐惧。

在《黑猫》的创作手法上，象征手法也是制造心灵恐怖的一个重要工具。在西方文化中，黑猫本身就是神秘、邪恶的代表，而"普路托"原本就是地狱之王的意思，这种设计本身就预示着邪恶、死亡。第二只黑猫对主人公眷恋不已，以致他为之惊恐，成为自己内心煎熬的象征。胸前的白色斑记就像绕在猫脖子上的那根绳索，在不断给主人公施加心灵压力的同时，成了惩罚即将到来的象征。这种在心理上不断制造的恐怖预期，一直伴随读者，直到故事的结束。

《黑猫》是一部集中体现人类邪恶本能的力作。值得一提的是，恐怖小说的"恐怖"并不是目的，而是一种手段。文学中表现恐怖、惊险、黑暗、邪恶的内容，并非是宣扬庸俗、低级、感官刺激，而是通过那些令人惊悚的经历，使人震撼，激发读者对美好的向往，培养一种自由的、积极向上的人格力量。

第三节 《黑猫》

我要开讲的这个故事极其荒唐，却又极其平凡，我并不企求各位相信，就连我的心里都不相信这些亲身经历的事，若是指望人家相信，岂不是发疯了吗？但是我眼下并没有发疯，而且确实不是在做梦。不过明天我就要死到临头了，我要趁今天把这事说出来好让灵魂安生。我迫切打算把这些纯粹的家常琐事一五一十，简洁明了，不加评语地公之于世。由于这些事的缘故，我饱尝惊慌，受尽折磨，终于毁了一生。但是我不想详细解释。这些事对我来说，只有恐怖；可对大多数人来说，这无非是奇谈，没有什么可怕。也许，后世一些有识之士会把这种无稽之谈看作寻常小事。某些有识之士头脑比我更加冷静，更加条理分明，不像我这样遇事慌张。我这样诚惶诚恐，细细叙说的事情，在他们看来一定是一串有其因必有其果的普通事罢了。

我从小就以心地善良温顺出名。我心肠软得出奇，一时竟成为小朋友的笑柄。我特别喜欢动物，父母就百般纵容，给了我各种各样玩赏的小动物。我大半时间都泡在同这些小动物嬉玩上面，每当我喂食和抚弄它们的时候，就感到无比高兴。我长大了，这个癖性也随之而发展，一直到我成人，这点还是我的主要乐趣。有人疼爱忠实伶俐的狗，对于他们来说，根本用不着多费口舌来说明个中乐趣其味无穷了吧。你若经常尝到人类那种寡情薄义的滋味，那么对于兽类那种自我牺牲的无私之爱准会感到铭心镂骨。

我很早就结了婚，幸喜妻子跟我意气相投，她看到我偏爱饲养家禽，只要有机会物色到中意的玩物总不放过。我们养了小鸟、金鱼、良种狗、小兔子，一只小猴和一只猫。

这只猫个头特大，非常好看，浑身乌黑，而且伶俐绝顶。我妻子生来就好迷信，她一说到这猫的灵性，往往就要扯上古老传说，认为凡是黑猫都是巫婆变化的。我倒不是说我妻子对这点极为认真，我这里提到这事只是顺便想到而已。

这猫名叫普路托，原是我心爱的东西和玩伴。我亲自喂养它，我在屋里走到哪儿，它跟到哪儿。连我上街去，它都要跟，想尽法子也赶不掉它。

我和猫的交情就这样维持了好几年。在这几年工夫中，说来不好意思，由于我喝酒上了瘾，脾气习性都彻底变坏了。我一天比一天喜怒无常，动不动就使性子，不顾人家受得了受不了。我竟任性恶言秽语的辱骂起妻子来了。最后，还对她拳打脚踢。我饲养的那些小动物当然也感到我脾气变坏了。我不仅不照顾它们，反而虐待它们。那些兔子，那只小猴，甚至那只狗，出于亲热，或是碰巧跑到我跟前来，我总是肆无忌惮的糟蹋它们。只有对待普路托，我还有所怜惜，未忍下手。不料我的病情日益严重——你想世上哪有比酗酒更厉害的病啊——这时普路托老了，脾气也倔了，于是我索性把普路托也当做出气筒了。

有一天晚上，我在城里一个常去的酒寮喝得酩酊大醉而归，我以为这猫躲着我，就一把抓住它，它看见我凶相毕露，吓坏了，不由在我手上轻轻咬了一口，留下牙印。我顿时像恶魔附身，怒不可遏。我一时忘乎所以。原来那个善良的灵魂一下子飞出了我的躯壳，酒性大发，变得赛过凶神恶煞，浑身不知哪来的一股狠劲。我从背心口袋里掏出一把小刀，打开刀子，攥住那可怜畜生的喉咙，居心不良地把它眼珠剜了出来！写到这幕该死的暴行，我不禁面红耳赤，不寒而栗。

睡了一夜，宿醉方醒。到第二天一早起来，神智恢复了，对自己犯下这个罪孽才悔惧莫及。但这至多不过是一种淡薄而模糊的感觉而已。我的灵魂还是毫无触动。我狂饮滥喝起来，一旦沉湎醉乡，自己的所作所为早已统统忘光。

这时那猫伤势渐渐好转，眼珠剜掉的那只眼窠果真十分可怕，看来它再也不感到痛了。它照常在屋里走动，只是一见我走近，就不出所料地吓得拼命逃走。我毕竟天良未泯，因此最初看见过去如此热爱我的畜生竟这样嫌恶我，不免感到伤心。但是这股伤心之感一下子就变为恼怒了。到后来，那股邪念又上升了，终于害得我一发不可收拾。关于这种邪念，哲学上并没有重视。不过我深信不疑，这种邪念是人心本能的一股冲动，是一种微乎其微的原始功能，或者说是情绪，人类性格就由它来决定。谁没有在无意中多次干下坏事或蠢事呢？而且这样干时无缘无故，心里明知干不得而偏要干。哪怕我们明知这样干犯法，我们不是还会无视自己看到的后果，有股拼命想去以身试法的邪念吗？唉，就是这股邪念终于断送了我的一生。正是出于内心这股深奥难测的渴望，渴望自找烦恼，违背本性，为作恶而作恶，我竟然对那只无辜的畜生继续下起毒手来，最后害它送了命。有一天早晨，我心狠手辣，用根套索勒住猫脖子，把它吊在树枝上，眼泪汪汪，心里痛悔不已，就此把猫吊死了。我出此下策，就因为我知道这猫爱过我，就因为我觉得这猫没冒犯过我，就因为我知道这样干是在犯罪——犯下该下地狱的大罪，罪大至极，足以害得我那永生的灵魂永世不得超生，如若有此可能，就连慈悲为怀，可敬可畏的上帝都无法赦免我的罪过。

就在我干下这个伤天害理的勾当的当天晚上，我在睡梦中忽听得喊叫失火，马上惊醒。床上的帐子已经着了火。整栋屋子都烧着了。我们夫妇和一个佣人好不容易才在这场火灾中逃出性命。这场火灾烧得真彻底。我的一切财物统统化为乌有，从此以后，我就索性万念俱灰了。

我倒也不至于那么懦弱，会在自己所犯罪孽和这场火灾之间找因果关系。不过我要把事实的来龙去脉详细说一说，但愿别把任何环节落下。失火的第二天，我去凭吊这堆废墟。墙壁都倒坍了，只有一道还没塌下来。一看原来是一堵墙壁，厚倒不大厚，正巧在屋子中间，我的床头就靠近这堵墙。墙上的灰泥大大挡住了火势，我把这件事看成是新近粉刷的缘故。墙根前密密麻麻聚集了一堆人，看来有不少人非常仔细和专心地在察看这堵墙。只听得大家连声喊着"奇哉怪也"以及诸如此类的话，我不由感到好奇，就走近去一看，但见白壁上赫然有个浅浮雕，原来是只偌大的猫。这猫刻得惟妙惟肖，一丝不差。猫脖子还有一根绞索。

我一看到这个怪物，简直以为自己活见鬼了，不由惊恐万分。但是转念一想终于放了心。我记得，这猫明明吊在宅边花园里。火警一起，花园里就挤满了人，准是哪一个把猫从树上放下来，从开着的窗口扔进我的卧室。他这样做可能是打算唤醒我。另外几堵墙倒下来，正巧把受我残害而送命的猫压在新刷的泥灰壁上；壁间的石灰加上烈火和尸骸发出的氨气，三者起了某种作用，墙上才会出现我刚看到的浮雕像。

对于刚刚细细道来的这一令人惊心动魄的事实，即使良心上不能自圆其说，于理说来倒也平常，但是在我心灵中，总留下一个深刻的印象。有好几个月我摆脱不了那猫幻象的纠缠。这时节，我心里又滋生一股说是悔恨又不是悔恨的模糊情绪。我甚至后悔害死这猫，因此就在经常出入的下等场所中，到处物色一只外貌多少相似的黑猫来做填补。

有一天晚上，我醉醺醺地坐在一个下等酒寮里，忽然间我注意到一只盛放金酒或朗姆酒的大酒桶，这是屋里主要一件家什，桶上有个黑糊糊的东西。我刚才一直目不转睛地盯着大酒桶好一会儿，奇怪的是竟然没有及早看出上面那东西。我走近它，用手摸摸。原来是只黑猫，长得偌大，个头跟普路托完全一样，除了一处之外，其他处处都极相像。普路托全身没有一根白毛；而这只猫几乎整个胸前都长满一片白斑，只是模糊不清而已。

我刚摸着它，它就立即跳了起来，咕噜咕噜直叫，身子在我手上一味蹭着，表示承蒙我注意而很高兴。这猫正是我梦寐以求的。我当场向店东情商要求买下，谁知店东一点都不晓得这猫的来历，而且也从没见到过，所以也没开价。

我继续抟着这猫，正准备动身回家，这猫却流露出要跟我走的样子。我就让它跟着，一面走一面常常伛下身子去摸摸它。这猫一到我家马上很乖，一下子就博得我妻子的欢心。

至于我嘛，不久就对这猫厌恶起来了。这正出乎我的意料，我也不知道这是怎么回事，也不知道什么道理。它对我的眷恋如此明显，我见了反而又讨厌又生气。渐渐地，这些情绪竟变为深恶痛绝了。我尽量避开这猫，正因心里感到羞愧，再加回想起早先犯下的残暴行为，我才不敢动手欺凌它。我有好几个星期一直没有去打它，也没粗暴虐待它。但是久而久之，我就渐渐对这猫说不出的厌恶了，一见到它那副丑相，我就像躲避瘟疫一样，悄悄溜之大吉。

不消说，使我更加痛恨这畜生的原因，就是我把它带回家的第二天早晨，看到它竟同普路托一个样儿，眼珠也被剜掉了一个。可是，我妻子见此情形，反而格外喜欢它了。我在上面说过，我妻子是个富有同情心的人。我原先身上也具有这种出色的美德，它曾使我感到无比纯正的乐趣。

尽管我对这猫这般嫌恶，它对我反而越来越亲热。它跟我寸步不离，这股拧劲儿读者确实难以理解。只要我一坐下，它就会蹲在我椅子脚边，或是跳到我膝上，在我身上到处撒娇，实在讨厌。我一站起来走路，它就缠在我脚边，差点儿把我绊倒；再不，就用又长又尖的爪子钩住我衣服，顺势爬上我胸口。我虽然恨不得一拳把它揍死，可是这时候，我还是不敢动手，一则是因为我想起自己早先犯的罪过，而主要的原因还在于——索性让我说明吧——我对这畜生害怕极了。

这层害怕倒不是生怕皮肉受苦，可是要想说个清楚倒也为难。我简直羞于承认——唉，即使如今身在死牢，我也简直羞于承认，这猫引起我的恐惧竟由于可以想象到的纯粹幻觉而更加厉害了。我妻子不止一次要我留神看这片白毛的斑记，我上面提到过，这只怪猫想必各位还记得，我上面提过，这只怪猫跟我杀掉的那只猫，唯一明显的不同地方就是这片斑记。想必各位还记得，我说过这斑记大虽大，原来倒是很模糊的；可是逐渐逐渐地，不知不觉中竟明显了，终于现出一个一清二楚的轮廓来了。好久以来我的理智一直不肯承认，竭力把这当成幻觉。这时那斑记竟成了一样东西，我一提起这东西的名称就不由浑身发毛。正因如此，我对这怪物特别厌恶和惧怕，要是我有胆量的话，早把它干掉了。我说呀，原来这东西是个吓人的幻象，是个恐怖东西的幻象——一个绞刑台！哎呀，这是多么可悲，多么可怕的刑具啊！这是恐怖的刑具，正法的刑具！这是叫人受罪的刑具，送人死命的刑具呀！

这时我真落到要多倒霉有多倒霉的地步了。我行若无事地杀害了一只没有理性的畜生。它的同类，一只没有理性的畜生竟对我——一个按照上帝形象创造出来的人，带来那么多不堪忍受的灾祸！哎呀！无论白天还是黑夜，我再也不得安宁了！在白天里，这畜生片刻都不让我单独太太平平的；到了黑夜，我时时刻刻都从说不出有多可怕的噩梦中惊醒，一睁眼总看见这东西在我脸上喷着热气，我心头永远压着这东西的千钧棒，丝毫也摆脱不了这一个具体的梦魇！

我身受这般痛苦的煎熬，心里仅剩的一点善性也丧失了。邪念竟成了我唯一的内心活动，转来转去都是极为卑鄙龌龊的邪恶念头。我脾气向来就喜怒无常，如今发展到痛恨一切事，痛恨一切人了。我盲目放任自己，往往动不动就突然发火，管也管不住。哎呀！经常遭殃，逆来顺受的就数我那毫无怨言的妻子了。

由于家里穷，我们只好住在一幢老房子里。有一天，为了点家务事，她陪着我到这幢老房子的地窖里去。这猫也跟着我走下那陡峭的梯阶，差点儿害得我摔了个倒栽葱，气得我直发疯。我抡起斧头，盛怒中忘了自己对这猫还怀有幼稚的恐惧，对准这猫一斧砍下去，要是当时真按我心意砍下去，不消说，这猫就当场完蛋了。谁知，我妻子伸出手来一把攥住我。我正在火头上，给她这一拦，格外暴跳如雷，趁势挣脱胳膊，对准她脑壳就砍了一斧。可怜她哼也没哼一声就当场送了命。

干完了这件伤天害理的杀人勾当，我就索性细细盘算藏匿尸首的事了。我知道无论白天，还是黑夜，要把尸首搬出去难免要给左邻右舍撞见，我心里想起了不少计划。一会儿我想把尸首剁成小块烧掉，来个毁尸灭迹。一会儿我又决定在地窖里挖个墓穴埋了。一会儿我又打算把尸首投到院子中的井里去。还打算把尸首当作货物装箱，按照常规，雇个脚夫把它搬出去。末了，我忽然想出一条自忖的万全良策。我打定主意把尸首砌进地窖的墙里，据传说，中世纪的僧侣就是这样把殉道者砌进墙里去的。

这个地窖派这个用处真是再合适也没有了。墙壁结构很松，新近刚用粗灰泥全部刷新过，因为地窖里潮湿，灰泥至今还没有干燥。而且有堵墙因为有个假壁炉而矗出一块，已经填没了，做得跟地窖别的部分一模一样。我可以不费什么手脚的把这地方的墙砖挖开，将尸首塞进去，再照旧把墙完全砌上，这样包管什么人都看不出破绽来。

　　这个主意果然不错。我用了一根铁撬，一下子就撬掉砖墙，再仔仔细细把尸首贴着里边的夹墙放好，让它撑着不掉下来，然后没费半点事就把墙照原样砌上。我弄来了石灰、黄沙和乱发，做好一切准备，我就配调了一种跟旧灰泥分别不出的新灰泥，小心翼翼地把它涂抹在新砌的砖墙上。等我完了事，看到一切顺当才放了心。这堵墙居然一点都看不出动过土的痕迹来。地上落下的垃圾也仔仔细细收拾干净了。我得意洋洋地朝四下看看，不由暗自说，"这下子到底没有白忙啊！"

　　接下来我就要寻找替我招来那么些灾害的祸根；我终于横下一条心来，要把这畜生干掉。要是我当时碰到这猫，包管它就活不了。不料我刚才大发雷霆的时候，那个鬼精灵见势不妙就溜了，眼下当着我这股火性自然不敢露脸。这只讨厌的畜生终于不在了。我心头压着的这块大石头也终于放下了，这股深深的乐劲儿实在无法形容，也无法想象。到了夜里，这猫还没露脸；这样，自从这猫上我家以来我至少终于太太平平地酣睡了一夜。哎呀，尽管我心灵上压着杀人害命的重担，我还是睡着了。

　　过了第二天，又过了第三天，这只折磨人的猫还没来。我才重新像个自由人那样呼吸。这只鬼猫吓得从屋里逃走了，一去不回了！眼不见为净，这份乐趣就甭提有多大了！尽管我犯下滔天大罪，但心里竟没有什么不安。官府来调查过几次，我三言两语就把他们搪塞过去了。甚至还来抄过一次家，可当然查不出半点线索来。我就此认为前途安然无忧了。

　　到了我杀妻的第四天，不料屋里突然闯来了一帮警察，又动手严密地搜查了一番。不过，我自恃藏尸地方隐蔽，他们绝对料不到，所以一点也不感到慌张。那些警察命我陪同他们搜查。他们连一个角落也不放过。搜到第三遍第四遍，他们终于走下地窖。我泰然自若，毫不动容。平生不做亏心事，半夜敲门心不惊，我一颗心也如此平静。我在地窖里从这头走到那头。胸前抱着双臂，若无其事地走来走去。警察完全放了心，正准备要走。我心花怒放，乐不可支。为了表示得意，我恨不得开口说话，哪怕说一句也好，这样就更可以叫他们放心地相信我无罪了。

　　这些人刚走上梯阶，我终于开了口。"诸位先生，承蒙你们脱了我的嫌疑，我感激不尽。谨向你们请安了，还望多多关照。诸位先生，顺便说一句，这屋子结构很牢固。"我一时头脑发昏，随心所欲地信口胡说，简直连自己都不知道说了些什么。"这幢屋子可以说结构好得不得了。这几堵墙——诸位先生，想走了吗？——这几堵墙砌得很牢固。"说到这里，我一时昏了头，故作姿态，竟然拿起手里一根棒，使劲敲着竖放我爱妻遗骸的那堵砖墙。

　　哎哟，求主保佑，把我从恶魔虎口中拯救出来吧！我敲墙的回响余音未寂，就听得墓冢里发出一下声音！——一下哭声，开头瓮声瓮气，断断续续，像个小孩在抽泣，随即一下子变成连续不断的高声长啸，声音异常，惨绝人寰——这是一声哀号——一声悲鸣，半似恐怖，半似得意，只有堕入地狱的受罪冤魂痛苦的惨叫，和魔鬼见了冤魂遭受天罚的欢呼打成一片，才跟这声音差不离。

　　要说说我当时的想法未免荒唐可笑。我昏头昏脑，踉踉跄跄地走到那堵墙边。梯阶上那些警察大惊失色，吓得要命，一时呆若木鸡。过了一会儿，就见十来条粗壮的胳膊忙着拆墙，那堵墙整个倒下来。那具尸体已经腐烂不堪，凝满血块，赫然直立在大家眼前。尸体头上就坐着那只可怕的畜生，张开血盆大口，独眼里冒着火。它捣了鬼，诱使我杀了妻子，如今又用唤声报了警，把我送到刽子手的手里。原来我把这怪物砌进墓墙里去了！

　　　　　　（陈江华编，摘自陈良廷译：《黑猫》，人民文学出版社，1998）

第五十五章　亨利·詹姆斯及《一位女士的画像》

第一节　亨利·詹姆斯简介

亨利·詹姆斯，1843 年出身于纽约一个富裕的知识分子家庭，父亲是研究哲学和神学的学者，哥哥是著名的哲学家和心理学家，同时也是哈佛大学的教授。作为一个美国人，生长在欧洲，并在美国和欧洲两地求学和生活，他对 19 世纪末美国和欧洲上层社会的生活有细致入微的观察。自由独立的美国文化和悠久厚重的欧洲文明为他的文学创作积淀了深厚的底蕴。

亨利·詹姆斯从 1864 年起开始文学创作。1879 年，中篇小说《黛西·密勒》让他一举成名。之后，他又创作了《一位女士的画像》、《鸽翼》、《使节》和《金碗》等多部作品。他一生创作了 20 余部长篇小说，110 余部中短篇小说。詹姆斯长期在欧美两地生活，能深刻地观察剖析欧美文化之间的异同。他的许多作品常涉及美国人和欧洲人之间交往的问题，而这种国际文化的冲突，成为他的作品中最负盛名的主题。

亨利·詹姆斯善于创作女性题材的作品。在《黛西·密勒》、《一位女士的画像》、《鸽翼》、《使节》等多部作品中，作者通过对不同女性形象的塑造，生动地刻画了处于欧美文化冲突中的女性形象，真实地展示了不同文化冲击下的人的困惑，也凸显了美国文化的内涵。

他的文学创作还包括大量见解独特的文学评论以及传记、信札等，主要收录在"纽约版"小说集序言和论文《小说的艺术》中。他对自己的文学创作进行阐述和总结，在文学理论方面作出了杰出的贡献。一方面，亨利·詹姆斯把"真实"当作现实主义的基本原则，他说，"小说存在的唯一原因即它要试图表现生活"，"真实性是一部小说的最重要的优点"。他认为先前的现实是小说的根源，作者的工作就是充当一位历史学家去寻找这个真相，而对某一事件的真实描绘，才是用来衡量该作品质量的基本标准。另一方面，他注重对生活的观察，他认为小说如同一幢开有许多窗户的大厦，从不同的窗户可以看到不同的场景。同时，他认为，在客观世界中，人物心理上微妙的变化比人际关系更吸引人，而作者应当将这样微妙的心理表现出来。在这些思想的指导下，亨利·詹姆斯着重细腻、多层次的心理描写，对欧美现代小说有很大影响，被誉为英语文学大师。所以，詹姆斯被称为心理现实主义的代表者，他代表的心理现实主义被认为是现实主义向现代主义过渡的象征。

亨利·詹姆斯对人物心理的深刻发掘及对文学作品艺术形式的追求，推动了美国现实主义文学的产生，他成为了与威廉·迪安·豪威尔斯、马克·吐温并列的 19 世纪美国现实主义文学的三大倡导者之一。

第二节　《一位女士的画像》简介

　　《一位女士的画像》，1881 年出版，是亨利·詹姆斯早期创作中最具代表性，也是国际题材小说中最为成功的作品之一。小说中的女主人公伊莎贝尔·阿切尔是美丽善良、聪明自信、想象力丰富、敢于探索的美国女性。这么一个可爱的女性自然会得到很多优秀男士的青睐。受到姨母的邀请，她来到欧洲体验新的生活。因为向往欧洲的文化底蕴，伊莎贝尔拒绝了美国青年企业家戈德伍德的追求；又因为崇尚自由，追求独立，担心受到传统礼教的束缚，她拒绝了欧洲优秀贵族沃伯顿勋爵的爱情。后来她结识了一个长期侨居欧洲的美国人奥斯蒙德，迷惑于其趣味高雅、修养良好、超俗洒脱的表面现象，从而全身心地投入了自己的感情。因为在她的心中，奥斯蒙德是一个集欧洲文明与美国文明于一身的优秀男人。婚后，正当她以为找到了自己追求的生活时，却发现丈夫爱的是她的财产。在这场婚姻中，伊莎贝尔失去了自我，失去了自己所向往的自由。在经过一系列痛苦的思索之后，她勇敢地面对人生，决定承担自己选择的后果。

　　詹姆斯的小说因其创新的叙述技巧、独特的结构、精致的风格及语言而闻名。这部小说在写作风格上充分展现了詹姆斯细腻、生动的心理剖析的功底，也是其作为心理现实主义作家的代表作。

　　小说的结局未免让许多读者感到失望，因为伊莎贝尔并没有走出这场悲剧的婚姻。他们或许认为伊莎贝尔最后的选择是因为内在传统道德观念的束缚。其实伊莎贝尔婚姻的失败，并不在于其渴望自由、追求独立，也不在于其遵守的道德，而在于她错误地理解了自由的含义，高估了自己对社会的认识能力，这是很多有思想、有个性却涉世未深的年轻女孩容易犯的错误。即使经历了痛苦的婚姻，伊莎贝尔知道戈德伍德或沃伯顿勋爵仍然不是她理想的伴侣，如果她真的重新选择了他们，那就如同放弃了她所追求的独立，那和那些嫁入豪门的普通的女孩有什么区别呢？正是经过这次洗礼，她认识了社会，成熟起来。当她从绝望中解脱出来，也就开始了真正意义上的追求独立自由的人生。

　　詹姆斯在序里说："这一个向命运挑战的少女的形象，起先是《一位女士的画像》这幢大建筑物的全部材料。"他还引用乔治·爱略特的话说，"人类的爱的财富，正是由这些弱女子在一代代传下去"。可见，詹姆斯对伊莎贝尔是寄寓厚望的。在伊莎贝尔回罗马前，她再次拒绝了戈德伍德和沃伯顿勋爵的感情。"她一直不知道到哪里去，但是现在她知道了。一条康庄大道就在她的面前。"我们可以想象，回到罗马的"弱女子"伊莎贝尔，已经不是那个委曲求全的女孩，而是一个能够把握自己命运的成熟女性了。

第三节　《一位女士的画像》选段

　　她没有回答什么，因为他的话让她看清了自己的处境，它吸引了她的注意力。这些话包含的意义，使她的心一下子怦怦跳动起来，她感到惊慌，失去了说话的勇气。奥斯蒙德走后，她靠在椅背上，闭上眼睛，呆呆地坐在静悄悄的客厅里，直到午夜，直到午夜过去之后，她仍沉浸在思索中。一个仆人进来给炉子添了火，她吩咐他拿几支蜡烛来，然后去睡好了。奥斯蒙德要她考虑他说的话，她确实这么做了，还想到了许多别的事。她对沃伯顿勋爵有特殊的影响力，这句话出自别人口里，使她感到心惊胆战，但又不得不承认这是事实。难道他们中间真的还存在着什么，可以作为杠杆，推动他向帕茜提出求婚吗？这在他来说，是那种希冀得到她的好感的情绪，那种想做点什么来赢得她的欢心的愿望吗？在这以前，伊莎贝尔没有向自己提出过这个问题，因为她不觉得有这必要，但现在它直接提到她面前来了，她看到了答案，这答案使她吓了一跳。是的，存在着什么——在沃伯顿勋爵身上存在着什么。他当初来到罗马的时候，她相信，他们之间的纽带完全断了，但她逐渐意识到，它还存在着，还可以感觉得到。它已经像头发那么细，但有时她仍能听到它在颤动，从她来说，她什么也没有变，她过去怎么看沃伯顿勋爵，今天还是怎么看，那种情绪是不需要变的，相反，她认为它甚至比以前更为美好。但是他呢？他是不是仍保留着那个思想，认为她对他可以比其他女人具有更多的意义呢？他们一度经历过一些亲密的时刻，他是不是还想从这种往事中得到什么呢？伊莎贝尔知道，她发现过这种心情的一些迹象。但是他的希望，他的要求是什么呢？他对可怜的帕茜的好感显然是十分真诚的，那么这好感是以什么方式与它们奇怪地结合在一起的呢？难道他还在爱着吉尔伯特·奥斯蒙德的妻子，如果这样，他指望从中得到什么慰藉呢？如果他爱上了帕茜，他就不应该爱她的继母；如果他爱着她的继母，他就不应该爱帕茜。运用她所掌握的有利条件，促使他向帕茜求婚，尽管她知道，他是为她，而不是为那个女孩子这么做——这不就是她的丈夫要求她做的事吗？不管怎样，从她发现她的老朋友对她还藕断丝连、情意绵绵的那一刻起，她觉得她所面临的任务就是这样。这不是一件愉快的工作，事实上是令人厌恶的。她愁眉不展地问自己，沃伯顿勋爵是不是为了寻求另一种满足，寻求其他的所谓机会，才假装爱上帕茜的？不过她立即把这种巧妙的两面作风，从他的行为中排除了，她宁可相信，他是完全真诚的。但如果他对帕茜的爱慕只是自欺欺人的错觉，那么还不见得比弄虚作假好一些。伊莎贝尔在这种种丑恶的可能性中间来回徘徊，终于迷失了方向，其中有一些，她蓦然一见，不禁大惊失色。于是她冲出迷津，擦擦眼睛，对自己说，她的想象力无疑没有给她带来益处，她丈夫的想象力对他更其如此，沃伯顿勋爵是心口如一、毫无私心的，她对他的意义也没有超过她所希望的范围。她应该相信这是事实，除非相反的情况能够得到证明，而且这证明是实事求是的，不能由奥斯蒙德那厚颜无耻的嘴说了算。

然而今天晚上，这样的决定没有使她得到安宁，因为恐怖困扰着她的心灵，它们一有机会，立即从她的思想中跳了出来。为什么它们突然变得这么活跃，她不太清楚，除非这是由于她下午得到的那个奇怪的印象：她的丈夫和梅尔夫人有着她意料不到的更直接的关系。这个印象不时回到她的眼前来，现在她甚至奇怪，她以前怎么没发现这点。除此以外，半个小时以前，她跟奥斯蒙德的短暂谈话是一个显著的例子，证明他可以使他的手接触到的一切变得萎谢，可以使他的眼睛看到的一切在她眼前失去光彩。向他提供忠诚的证明，这自然很好，但实际情况是：知道他希望的是什么事，却往往引起一种意图要反对这件事。这就仿佛他生着一只毒眼，仿佛他的出现就会带来死亡，他的好感只会产生不幸。这过错是在他本身，还是只在于她对他怀着深刻的不信任？这不信任很清楚，是他们短短的婚后生活的结果。深渊已在他们之间形成，他们在它的两边互相观望，双方的眼神都表明他们都认为自己受了骗。这是一种奇怪的对峙，是她做梦也没想到过的，在这种对峙中，一方所重视的原则总成为另一方所鄙视的东西，这不是她的过错，她没有玩弄过欺骗手段，她对他只有钦佩和信任。她凭着最纯洁的信赖，总是在一切方面跨出第一步，但后来她突然发现，婚后生活的无限远景，实际只是一条又黑又小的胡同，而且是一条没有出路的死胡同。它不是通向幸福的高处，使人看到世界在自己脚下，他可以怀着兴奋和胜利的心情俯视着它，给予它裁判、选择和怜悯。它倒是通向下面，通向地底，通向受束缚、受压抑的领域，在那里，别人的生活，那更快乐、更自由的生活的声音，却从上面传来，因而更加深了失败的感觉。正是她对她丈夫的深刻的不信任，使世界变成一片漆黑。这是一种容易指出，但不容易解释的情绪，它的性质那么复杂，以致需要经历很长的时间，忍受更多的痛苦，才能真正得到解脱。对于伊莎贝尔，痛苦是一种积极的因素，它引起的不是沮丧，不是麻木，不是绝望，它是一种促使她思索、反省、对每一种压力做出反应的感受。然而，她认为她可以把失败的意识深深地藏在心底，除了奥斯蒙德，谁也不会猜到。是的，他是知道的，不仅知道，有时还感到得意，它是逐渐形成的，尽管他们的婚后生活开头是美好的，但到第一年结束的时候，她就发现了它，这使她吃了一惊。然后阴影开始增多，仿佛奥斯蒙德怀着幸灾乐祸的心情，在有意识地把灯一盏一盏吹灭。黑影起先是淡薄的，稀疏的，她还能看到自己的道路，但是它在不断变浓，如果有时它会偶尔显得稀薄一些，那么在她展望中的某些角落却终于变成了漆黑一片。这些阴影不是她自己心灵的产物，这是她完全清楚的，她曾经尽量公正，尽量不偏不倚，唯求了解真实情况。它们是她丈夫本身的一部分，是从他身上分泌和产生出来的，它们不是他的罪行、他的劣迹，她对他没有什么可以指责的，除了一件事，然而那却不是罪恶。她说不出他干过什么坏事，他并不粗暴，他也并不残酷，她只是相信他恨她。这是她唯一可以指责他的，而它之所以可悲，正在于它不是一种罪恶，因为对于罪恶，她是可以找到补救办法的。事实是结婚以后他发现，她跟他的想象不同，她不是他心目中想象的那个人，起先他以为他可以改变她，她也尽量满足他的要求。但是她毕竟是她自己，这是不以她的意志为转移的。现在已经没法掩饰，没法戴上假面具，扮演别的角色了，因为他了解她，他已经死了这条心。她并不怕他，她也并不担心他会伤害她，因为他对她的敌意不属于那种性质。只要可能，他决不给她任何借口，决不让自己有什么失招。相反，伊莎贝尔用冷漠、固执的目光展望未来的时候，却看到自己的处境很不利。她会给他许多口实，她会常常陷入错误。有时候，她几乎有些可怜他，因为虽然她没有存心欺骗他，但她完全明白，她事实上必然已经这么做了。他第一次跟她见面，她就掩饰着自己，她使自己显得很渺小，装得比实际的她更不足道，这是因为当时他尽量表现自己，她处在他迷人的光辉之下。他没有变，在他追求她的那一年中，他的伪装丝毫也不比她的大，但那时她只看到了他的个性的一半，正如人们只看到了没有给地球的阴影遮没的那部分月亮。现在她看到了整个月亮——看到了他的全貌。可以说，她始终保持着静止，让他可以有充分的活动余地，尽管这样，她还是错把部分当作了全体。

　　啊，她曾经那么陶醉在他的魅力下！它还没有消失，还存在着，她还知道得很清楚，使奥斯蒙德显得可爱的是什么——只要他愿意，他可以做到这点，在他向她求爱的时候，他是愿意这样的，而且由于她乐于陶醉在这种魅力下，因此毫不奇怪，他获得了成功。他成功是因为他的真诚，她从没想否认这点，他赞美过她，他曾经告诉她这是为什么——因为她是他知道最富于想象力的女人。这可能完全是真的，因为在那几个月里，她一直沉浸在幻想中，她看到的是一个虚无缥缈的世界。她对他有一个美妙的幻像，那是她在迷恋他的时候形成的，啊，那些充满着幻想的时刻！——但那不是真正的他。某些特点的综合打动了她，她在那里看到了一幅最动人的图画：他贫穷，孤独，然而又显得那么高贵——这一切引起了她的兴趣，似乎给她提供了一种机会。他的处境，他的智慧，他的脸，仿佛都包含着一种不可名状的美。同时她也看到，他一无所能，无所作为，但这种感觉却以温情脉脉的形态出现，因为温情是与尊敬一脉相承的。他像一个狐疑不定的航海家，漫步在沙滩上等待涨潮，他望着海洋，可是没有出海去。正是在这一切中，她看到了她出力的机会。她要帮他把船推进海里，她将改善他的命运，她觉得爱他是一种美好的事。于是她爱上了他，她急不可待地，热情洋溢地献出了自己——主要是为了她在他身上看到的一切，但同样也是为了她所赋予他的一切，为了她能给予他的一切。当她回顾这丰富的几个星期的热恋时，她在这中间看到了一种母亲的因素——一个女人在觉得自己有所贡献，呈上自己的一切时的幸福感。现在她发现，要是她没有钱，她就不可能那么做。于是她的思想岔到了已故的杜歇先生那儿，他如今已躺在坟墓里，他是她的大恩人，可是却成了无限忧伤的制造者！这是难以相信的，然而这也是事实。她的钱实际上成了负担，压在她的心头，她希望找到另一颗心，另一个更愿意接受它的容器来承担它的重量。那么，为了减轻良心的压力，把它交给具有世界上最高尚的情操的人，不是最有效的吗？除非把它捐给一家医院，她不能找到比这更好的处理办法。然而没有一个慈善机构像吉尔伯特·奥斯蒙德那样，使她感到兴趣。他会把她的钱用在她认为比较合理的方面，使这笔意外之财的侥幸性质不致显得那么刺目。继承七万英镑遗产这件事本身，并不包含什么美好的性质，美好的只是杜歇先生把它赠送给她的这种行动。那么，嫁给吉尔伯特·奥斯蒙德，把这部分财产带给他，这也将成为她的一个美好的行动。就他而言，这不太美好，这是事实，但那是他的事，如果他爱她，他就不应反对她是一个有钱的人。难道他没有勇敢地承认，她的富有使他感到高兴吗？

但是，当她问自己，她的结婚是否真的出于一种虚假的理论，是为了使她的钱得到合理的使用时，她的脸有些发烧了。不过，她赶快回答道，这只是事情的一半。她结婚是因为当时有一种感情支配了她，她对他的爱情的真诚深信不疑，对他的个人品质感到满意。在她眼里，他比任何人都好。这个至高无上的信念，几个月中充斥在她的心头，至今还没有完全消失，还可以向她证明，她当时不可能不这么做。他所知道的这个最美好的——也就是最精巧的——男性有机体，成了她的财富，她只要一伸手，就能接触到它，这个认识便构成了一种献身的行动。关于他的头脑的美好，她的认识并没有错，她现在对这器官已有充分地了解。她曾经跟它生活在一起，几乎可以说，生活在它中间，仿佛它成了她的寓所。如果说她是被俘虏了，那么这是它用它那坚强的手把她逮住的。这样的回顾也许不是毫无意义的，她没有遇到过更机灵、更敏锐、更有修养、更善于思考的头脑，她现在所要对付的，也正是这个高度发达的器官。她想起他的蒙骗的深广，便陷入了无限的忧郁。从这一点来看，他没有比现在更加恨她，也许倒是奇怪的，她记得很清楚，他在这方面发出的第一个信号——它打响了铃，给他们真实生活的戏剧拉开了幕。一天他对她说，她的想法太多了，她必须抛弃它们。在他们结婚以前，他已经对她说过这话，只是那时她没有重视，直到以后她才又回想起来。但这一次她不能不理会了，因为他是认真讲的。从表面上看，这些话算不得什么。但是随着她在这方面经验的加深，她看到了这是一种不祥的预兆。他这话是认真讲的，他的意思是要她丢掉她所有的一切，只剩下美丽的外表。她知道她的想法很多，多得超过了他的想象，比他向她求婚以前，她向他流露过的更多得多。是的，她曾经是虚伪的，因为她太爱他了。她把许多想法藏在心里，可是一个人结婚正是为了跟另一个人分享这些想法。一个人可以把它们压在心里，小心不讲出来，但不能把它们连根铲除。不过问题还不在于他反对她那些意见，那是算不得什么的。她没有自己的意见——她的任何意见，她都可以心甘情愿可以牺牲，只要她感到这是他爱她所必要的。但他要求的是全部——她的整个性格，她的感觉方式，她的判断方式。这正是她不愿意放弃的，也是他直到跟它们面对面的时候才发现的，可是这时门已经关上，没有退路了。她对生活有她自己的看法，而他认为这是对他个人的冒犯。天知道，至少从现在看来，那是多么微不足道，多么平易近人的看法！奇怪的是，她从来没有想到，他的看法会这么不同。她一直认为，那一定是非常开通，非常明朗，完全符合一个正直的人、高尚的人的身份的。他不是一再对她说，他没有迷信，没有愚蠢的偏见，没有落后过时的旧观念吗？他不是摆出一副样子，仿佛生活在广阔的天地中，无意于琐屑的俗务，只关心真理和知识，相信两个有文化的人应该一起从事这方面的探索，而且不论有无收获，至少这探索本身就是一种乐趣吗？当然，他也对她说过，他爱好公认的准则，但他的意思似乎表示这只是一种高尚的自白，那就是他爱好和谐、秩序、礼仪和生活中一切崇高的职责，从这个意义上说，她还是可以跟他和睦相处的，他的警告并没有包含任何不祥的征兆。但是随着岁月的过去，她跟着他愈走愈远，他把她带进了他居住的殿堂，于是，于是她才看清，她究竟来到了一个什么所在。

她还回想得起这一切，她当时怀着怎样惊疑不定的心情打量自己的住处。从此她便在这四堵墙壁里消磨岁月，它们要在她今后的一生中把她包围起来，这是一幢黑暗的房子，没有声音的房子，使人透不过气来的房子。奥斯蒙德那美好的头脑不能给它带来光和空气，事实上，这美好的头脑似乎又高又小的窗口在向她窥视，对她发出嘲笑。当然，这不是肉体上的痛苦，肉体上的痛苦还可以找到医治的办法。她可以随意来去，她有她的自由，她的丈夫是彬彬有礼的。他的态度那么严肃，甚至有些使人望而生畏。但在他的文化修养，他的聪明能干，他的优雅风度下，在他温和仪表，他的老成练达，他的生活阅历下，却隐藏着他的自私自利，就像在遍地鲜花中隐藏着一条毒蛇。她也曾认真地对待他，但她还从没这么认真过。他怎么能够呢——尤其是当她对他的印象还较好的时候？她愿意像他看他自己一样看他——把他当作欧洲第一名男子。这正是她开头对他的看法，事实上，这也是她嫁给他的原因。但是当她看到这件事所包含的意义时，她退缩了。这婚姻对她的要求超过了她打算给予的。它要求，除了他所羡慕的三四个地位极高的人以外，对每个人都采取极端傲慢的态度；它要求，对世上的一切事物，除了他所有的六七种想法以外，没有任何想法。但那也可以，她甚至愿意跟他走上这条路，走得很远很远，因为他向她指出过，生活中充满着卑鄙和丑恶，他让她睁开眼睛，看到了人类的愚蠢、腐败和无知，因此理所当然，她对外在世界的无限庸俗，对这个人洁身自好的崇高精神，获得了深刻印象。但是这个卑鄙丑恶的世界，原来归根结底是这个人向往的目标，他的眼睛永远朝着它，而且不是为了使它进步，或者改造它，或者拯救它，而是希图它承认他的高贵地位。一方面，它是卑鄙的；另一方面，它却给他的行动提供了一种规范。奥斯蒙德曾对伊莎贝尔大谈他的自我克制，他的超然物外，他对一切名利地位的无动于衷，视同等闲，这一切都在她眼中提高了他的身价。她认为这是一种可敬的清高思想，是不愿同流合污的独立精神。实际上，他从来不是一个不计名利地位的人，她从没看到一个人，像他这么念念不忘别人的成就。在她看来，世界始终包含着乐趣，对人生的探索始终为她所喜爱，然而她还是愿意为了个人的私生活，放弃她的一切探索精神和是非观念，只要跟她有关的这个人能够使她相信这是值得的！至少这是她目前的信念，比起像奥斯蒙德那样对社会耿耿于怀来，这当然还是比较容易做到的。

他不能生活在这个社会之外，她看到，他从没真正这么做过，哪怕他表面上装得远离尘嚣，其实他始终站在窗口，用眼睛盯住了它。他有他的理想，正如她也试图有她的理想一样，奇怪的只是人们会从这么不同的角度来看待是非曲直。他的理想是飞黄腾达，阔绰体面，过贵族式的生活。她现在看到，奥斯蒙德认为，他一生过的都是这种生活，至少实质上是这样。他从未一刻背离过这个轨道，如果他这么做了，他会永远认为这是他的耻辱。不过那还是没什么，在这一点上她也愿意追随他，问题是同样的用语在他们那里，却有完全不同的内容，完全不同的联想和要求。她心目中的贵族生活只是广博的知识和充分的自由相结合，知识将给人带来责任感，自由则使人感到心情舒畅。但在奥斯蒙德看来，这种生活只包含一些形式一种有意识的、深思熟虑的态度。他爱好旧的、神圣的、传统的一切，她也是这样，只是她认为，她可以按照自己的意愿对待它们。他却把传统看得至高无上，有一次他对她说，人生最重要的就是取得这种传统，如果一个人不幸而没有取得它，必须马上取得它。她知道，他的意思是她缺乏这种传统，而他比她幸运，但她怎么也不明白，他是从哪里获得他的传统的。他拥有大量的传统观念，这是毫无疑问的，不久她就开始看到了。但重要的是按照这些观念来行动，这不仅对他，对她也是重要的。伊萨贝尔有一个模糊的信念，认为传统观念不仅要为它们的所有者，也要为别人服务，因此它们必须是超越一切的。然而她还是愿意承认，她也应该随着她丈夫那种高尚的乐曲行进，这是他从他过去那个隐秘的时期继承下来的，尽管她一向是一个行动自由、随心所欲、不受约束、反对按部就班、照习俗行事的人。现在有一些事是他们必须做的，有一些姿态是他们必须表示的，有一些人是他们必须来往或者不来往的。伊莎贝尔看到，这个严峻的体系正在向她围拢过来，尽管它显得花团锦簇，五彩缤纷，我讲到过的那种黑暗和窒息的感觉还是笼罩着她的心灵，她觉得自己仿佛给关在充满霉烂和腐臭气味的屋子里。当然她挣扎过，开头还是以幽默诙谐的、讽刺的、温和的方式进行反抗，然而当情况越来越严重的时候，她就变得严峻、焦急、激动，提出申辩了。她提出，人应该享有自由，应该按照自己的意愿行动，不问他们的生活以什么面目和名称出现——这是跟他的不同的一些本能和愿望，一种判然不同的理想。

这时，她的丈夫站出来了，他屹立在她的面前，仿佛受到了从未有过的冒犯。她所说的一切只是遭到了他的嘲笑，她可以看到，他把她当作他的奇耻大辱。他对她怎么想——认为她下贱，庸俗，可耻？现在他终于知道，她跟传统毫无因缘！他从未料到，他会发现她这么平凡，她的情绪只配作急进派报纸和神体一位论派讲道的材料。真正触怒他的，正如她最后所看到的，是她有她自己的一套思想。她应该用他的头脑来思想，她的思想应该从属于他，就像一方小小的花圃应该从属于一片巨大的猎园一样。他会来轻轻翻土，浇水；他会来除草，偶然采摘几朵鲜花。它将成为已经拥有广大土地的主人的一个精巧玲珑的游憩地。他并不希望她愚蠢，相反，正因为她聪明，他才喜欢她，但是他要求她的智慧完全为他的利益效劳，他不指望她的头脑空洞无物，他倒是愿意她具有丰富的接受能力。但他要求他的妻子与他感觉相同，志趣相同，完全接受他的意见，抱负，爱好。伊莎贝尔被迫承认，从一个多才多艺的人来说，从一个至少本来还算温存体贴的丈夫来说，这种要求也是无可厚非的。但有些事，她无论如何不能同意。首先，它们是卑鄙龌龊的。她并非清教徒的女儿，尽管如此，她相信贞洁、甚至高尚这些观念。然而奥斯蒙德却不以为然，他的某些传统观念，使她退避三舍。难道所有的女人都有情夫？难道她们都要说谎，哪怕其中最好的也有自己的价格？难道只有三四个女人不欺骗她们的丈夫？伊莎贝尔听到这些话，觉得它们比市井小人的闲言闲语更加可恨——这是在污浊的空气中保持着清新气息的一种憎恨。这些话带有她的大姑子的臭味，难道她的丈夫跟格米尼伯爵夫人是一丘之貉吗？这位夫人经常撒谎，她的欺骗还不仅限于口头上。在奥斯蒙德的传统观念中有这些事实，已经够了，其他就可以不必谈了，她对他的自以为是表示的轻蔑，正是使他大为恼火的事。他一向以蔑视来对待一切，那么他把它的一部分奉送给他的妻子，是理所当然的，但是她居然也把她的轻蔑的烈火投向他的观念，这是他不能置之不问的危险。他本来以为，他能够在她的情绪形成之前，控制住它，但是现在，她可以想象得到，他会怎样老羞成怒，因为他发现他过于自信了。当一个妻子使丈夫产生了这种情绪以后，那么他对她除了憎恨，就不会有别的了。

（陈江华编，摘自项星耀译：《一位女士的画像》，人民文学出版社，1984）

比较文学与世界文学
学科建设教材系列

国家社会科学基金重点项目(项目编号12AZD090)"'世界文学史新建构'的中国化阐释"
教育部人文社科研究规划基金项目（项目编号12YJA751011）"世界文学史重构与中国话语创建"
阶段性成果

世界文学经典
WORLD CLASSICAL LITERATURE
下

主编　方华文
编委　张久全　郭京红　李笑蕊　陈江华　李新红
　　　胡晓红　颜海峰　方华文　魏令查

北京师范大学出版集团
BEIJING NORMAL UNIVERSITY PUBLISHING GROUP
北京师范大学出版社

目　　录

下卷　20 世纪到 21 世纪

下卷 20世纪到21世纪

第一章 杰罗姆·大卫·塞林格及《麦田里的守望者》

第一节 杰罗姆·大卫·塞林格简介

杰罗姆·大卫·塞林格，美国作家。1919年1月1日生于纽约，2010年1月27日，在位于美国新罕布什尔州的家中去世，享年91岁。他的著名小说《麦田里的守望者》被认为是20世纪美国文学的经典作品之一。

塞林格出生于美国纽约城一个富裕的犹太商人家庭。他在15岁时就被父亲送到宾夕法尼亚州的一所军事学校，据说《麦田里的守望者》中关于寄宿学校的描写，很大部分是以那所学校为背景的。1936年，塞林格在军事学校毕业，取得了他毕生唯一的一张文凭。1937年被做火腿进口生意的父亲送到波兰学做火腿。不久回国继续读书，先后进了3所学院，都未毕业。塞林格在纽约的时候就开始向杂志投稿，其中大部分都是为了赚钱，但也不乏一些好文章，其中包括了《香蕉鱼的好日子》。第二次世界大战中断了塞林格的写作。1942年从军，经一年多专门训练后，被派赴欧洲做反间谍工作。战争令塞林格恐惧，他之后写了多本以战争为题材的书。1946年复员回纽约，专心从事写作。1951年出版的第一本长篇小说《麦田里的守望者》获得了很大的成功，塞林格一举成名。《麦田里的守望者》获得成功之后，塞林格变得更孤僻。他在新罕布什尔州乡间的河边小山附近买下了90多英亩的土地，在山顶上建了一座小屋，过起了隐居的生活。他虽然从未放弃写作，但他在1951年之后，就很少公开出版自己的作品。

在这以后，几十年来，据说他每天在一间只有一扇天窗的斗室中辛勤写作，但迄今拿出来发表的只有编成两本中篇集的4部中篇小说和1个短篇，即中篇集《弗兰妮与卓埃》、《木匠们，把屋梁升高；西摩：一个介绍》。此外，还出版过一本从20多篇旧作中选出的短篇集《九个故事》，但都不像《麦田里的守望者》那么成功。从他的后期作品看，塞林格的宗教兴趣已日趋浓厚，越来越向往东方哲学和佛教禅宗，作品的社会意义和艺术魅力都不及《麦田里的守望者》。也有人说，他的退隐正是由于他自知"江郎才尽"。

1999年，塞林格在34年没有发表任何作品后终于发表了新的长篇小说《哈普沃兹16，1924》。《哈普沃兹16，1924》最早是以短篇的形式出现在1965年的《纽约客》上，塞林格将这部作品授权一个小的出版公司。

第二节 《麦田里的守望者》简介

《麦田里的守望者》是美国作家塞林格的一部长篇小说，被认为是20世纪美国文学的经典作品之一，也是50年代美国"成长小说"的标志性作品。虽然只有十几万字，它却在美国社会上和文学界产生过巨大影响。1951年，这部小说一问世，立即引起轰动。主人公的经历和思想在青少年中引起强烈共鸣，受到读者，特别是大中学生的热烈欢迎。他们纷纷模仿主人公霍尔顿的装束打扮，讲"霍尔顿式"的语言，因为这部小说道出了他们的心声，反映了他们的理想、苦闷和愿望。家长们和文学界也对这本书展开争论。有认为它能使青少年增加对生活的认识，对丑恶的现实提高警惕，促使他们去选择一条自爱的道路；成年人通过这本书也可增进对青少年的理解。可是也有人认为这是一本坏书，主人公读书不用功，还抽烟、酗酒、搞女人，满口粗话，张口就"他妈的"，因此应该禁止。经过30多年来时间的考验，证明它不愧为美国当代文学中的"现代经典小说"之一。现在大多数中学和高等学校已把它列为必读的课外读物，正如有的评论家说的那样，它"几乎大大地影响了好几代美国青年"。《纽约时报》的书评写道："在美国，阅读《麦田里的守望者》就像毕业要获得导师的首肯一样重要。"

小说主人公16岁的中学生霍尔顿·考菲尔德是当代美国文学中最早出现的反英雄形象之一，霍尔顿出生于纽约一个富裕的中产阶级家庭。学校里的老师和自己的家长强迫他好好读书，为的是出人头地，以便将来买辆凯迪拉克，而他在学校里一天到晚干的，就是谈女人和性。他看不惯周围的一切，根本没心思用功读书，因而老是挨罚，到他第四次被开除时，他不敢回家。他便只身在美国最繁华的纽约城游荡了一天两夜，住小客店，逛夜总会滥交女友。他在电影院里百无聊赖地消磨时光，糊里糊涂地召了妓女，情不自禁地与虚荣的女友搂搂抱抱，与此同时，他的内心又十分苦闷，企图逃出虚伪的成人世界去寻找纯洁与真理的经历与感受。这种精神上无法调和的极度矛盾最终令他彻底崩溃，躺倒在精神病院里。

第二次世界大战后，美国在社会异化、政治高压和保守文化三股力量的高压下，形成了"沉寂的十年"，而首先起来反抗的是"垮掉的一代"，本书主人公霍尔顿实际上也是个"垮掉分子"，是最早出现的"反英雄"，只是他还没有放纵和混乱到那样的程度罢了。《麦田里的守望者》之所以能产生如此重大的影响，很重要的一点还由于作者创造了一种新颖的艺术风格。全书通过第一人称，以一个青少年的口吻叙述了自己的所思所想、所见所闻和行为举止，也以一个青少年的眼光批判了成人世界的虚伪面目和欺骗行径。作者以细腻深刻的笔法剖析了主人公的复杂心理，不仅抓住了他的理想与现实冲突这一心理加以分析，而且也紧紧抓住了青少年青春期的心理特点来表现主人公的善良纯真和荒诞放纵。小说中既用了"生活流"，也用了"意识流"，两者得到了巧妙的结合。在语言的运用上，本书也独创一格。全书用青少年的口吻平铺直叙，不避琐碎，不讳隐私，使用了大量的口语和俚语，生动活泼，平易近人，达到了如闻其声、如见其人的效果，增加了作品的感染力，使读者更能激起共鸣和思索，激起联想和反响。

第三节 《麦田里的守望者》选段

第1节

你要是真想听我讲，你想要知道的第一件事可能是我在什么地方出生，我倒霉的童年是怎样度过，我父母在生我之前干些什么，以及诸如此类的大卫·科波菲尔①式废话，可我老实告诉你，我无意告诉你这一切。首先，这类事情叫我腻烦；其次，我要是细谈我父

---

① 狄更斯的同名自传体小说中的主人公。

母的个人私事，他们俩准会大发脾气。对于这类事情，他们最容易生气，特别是我父亲。他们为人倒是挺不错——我并不想说他们的坏话——可他们的确很容易生气。再说，我也不是要告诉你他妈的我整个自传。我想告诉你的只是我在去年圣诞节前所过的那段荒唐生活，后来我的身体整个儿垮了，不得不离家到这儿来休养一阵。我是说这些事情都是我告诉 DB 的，他是我哥哥，在好莱坞。那地方离我目前可怜的住处不远，所以他常常来看我，几乎每个周末都来，我打算在下个月回家，他还要亲自开车送我回去。他刚买了辆"美洲豹"，那是种英国小轿车，一个小时可以驶两百英里左右，买这辆车花了他将近四千块钱。最近他十分有钱。过去他并不有钱。过去他在家里的时候，只是个普通作家，写过一本了不起的短篇小说集《秘密金鱼》，不知你听说过没有。这本书里最好的一篇就是《秘密金鱼》，讲的是一个小孩怎样不肯让人看他的金鱼，因为那鱼是他自己花钱买的。

这故事动人极了，简直要了我的命。这会儿他进了好莱坞，当了婊子——这个 DB。我最讨厌电影。最好你连提也不要向我提起。

我打算从我离开潘西中学那天讲起。潘西这学校在宾夕法尼亚州埃杰斯镇。你也许听说过。也许你至少看见过广告。他们差不多在一千份杂志上登了广告，总是一个了不起的小伙子骑着马在跳篱笆。好像在潘西除了比赛马球就没有事可做似的。

其实我在学校附近连一匹马的影儿也没见过。在这幅跑马图底下，总是这样写着："自从一八八八年起，我们就把孩子栽培成优秀的、有脑子的年轻人。"完全是骗人的鬼话。在潘西也像在别的学校一样，根本没栽培什么人才。而且在那里我也没见到任何优秀的、有脑子的人。也许有那么一两个。可他们很可能在进学校时候就是那样的人。

嗯，那天正好是星期六，要跟萨克逊·霍尔中学赛橄榄球。跟萨克逊·霍尔的这场比赛被看作是潘西附近的一件大事。这是年内最后一场球赛，要是潘西输了，看样子大家非自杀不可。我记得那天下午三点左右，我爬到高高的汤姆孙山顶上看赛球，就站在那尊曾在独立战争中使用过的混账大炮旁边。从这里可以望见整个球场，看得见两队人马到处冲杀。看台里的情况虽然看不很清楚，可你听得见他们的吆喝声，一片震天叫喊声为潘西叫好，因为除了我，差不多全校的人都在球场上，不过给萨克逊·霍尔那边叫好的声音却是稀稀拉拉的，因为到客地来比赛的球队，带来的人总是不多的。

在每次橄榄球比赛中总很少见到女孩子。只有高班的学生才可以带女孩子来看球。这确实是个阴森可怕的学校，不管你从哪个角度看它。我总希望自己所在的地方至少偶尔可以看见几个姑娘，哪怕只看见她们在搔胳膊、擤鼻子，甚至在吃吃地傻笑。

赛尔玛·绥摩——她是校长的女儿——倒是常常出来看球，可像她这样的女人，实在引不起人多大兴趣。其实她为人倒挺不错。有一次我跟她一起从埃杰斯镇坐公共汽车出去，她就坐在我旁边，我们俩随便聊起天来。我挺喜欢她。她的鼻子很大，指甲都已剥落，像在流血似的，胸前还装着两只假奶，往四面八方直挺，可你见了，只觉得她可怜。我喜欢她的地方，是她从来不瞎吹她父亲有多伟大。也许她知道他是个假模假式的饭桶。

我之所以站在汤姆孙山顶，没下去看球，是因为我刚跟击剑队一道从纽约回来。我还是这个击剑队的倒霉领队。真了不起。我们一早出发到纽约去跟麦克彭尼中学比赛击剑。只是这次比赛没有比成。

我们把比赛用的剑、装备和一些别的东西一股脑儿落在他妈的地铁上了。这事也不能完全怪我。我得不住地站起来看地图，好知道在哪儿下车。结果，我们没到吃晚饭时间，在下午两点三十分就已回到了潘西。乘火车回来的时候全队的人一路上谁也不理我。说起来，倒也挺好玩哩。

我没下去看球的另一原因，是我要去向我的历史老师老斯宾塞告别。他患着流行性感冒，我揣摩在圣诞假期开始之前再也见不到他了。他写了张条子给我，说是希望在我回家之前见我一次。他知道我这次离开潘西后再也不回来了。

我忘了告诉你这件事。他们把我踢出了学校，过了圣诞假后不再要我回来，原因是我有四门功课不及格，又不肯好好用功。他们常常警告我，要我好好用功——特别是学期过了一半，我父母来校跟老绥摩谈过话以后——可我总是当耳边风。于是我就给开除了。他们在潘西常常开除学生。潘西在教育界声誉挺高。这倒是事实。

嗯，那是十二月，天气冷得像巫婆的奶头，尤其是在这混账的小山顶上。我只穿了件晴雨两用的风衣，没戴手套什么的。上个星期，有人从我的房间里偷走了我的骆驼毛大衣，大衣袋里还放着我那副毛皮里子的手套。潘西有的是贼。不少学生都是家里极有钱的，可学校里照样全是贼。学校越贵族化，里面的贼也越多——我不开玩笑。嗯，我当时一动不动地站在那尊混账大炮旁边，看着下面的球赛，冻得我屁股都快掉了。只是我并不在专心看球。我流连不去的真正目的，是想跟学校悄悄告别。我是说过去我也离开过一些学校，一些地方，可我在离开的时候自己竟不知道。我痛恨这类事情。

我不在乎是悲伤的离别还是不痛快的离别，只要是离开一个地方，我总希望离开的时候自己心中有数。

要不然，我心里就会更加难受。

总算我运气好。刹那间我想起了一件事，让我感觉到自己他妈的就要滚出这个地方了。我突然记起在十月间，我怎样跟罗伯特·铁奇纳和保尔·凯姆伯尔一起在办公大楼前扔橄榄球。他们都是挺不错的小伙子，尤其是铁奇纳。那时正是在吃晚饭前，外面天已经很黑了，可是我们照样扔着球。天越来越黑，黑得几乎连球都看不见了，可我们还是不肯歇手。最后我们被迫歇手了。那位教生物的老师，柴柏西先生，从教务处的窗口探出头来，叫我们回宿舍去准备吃晚饭。我要是运气好，能在紧要关头想起这一类事情，我就可以好好作一番告别了——至少绝大部分时间都可以做到。因此我一有那感触，就立刻转身奔下另一边山坡，向老斯宾塞的家奔去。他并不住在校园内。他住在安东尼·魏思路。

我一口气跑到大门边，然后稍停一下，喘一喘气。我的气很短，我老实告诉你说。我抽烟抽得凶极了，这是一个原因——那是说，我过去抽烟抽得极凶。现在他们让我戒掉了。另一个原因，我去年一年内竟长了六英寸半。正因为这个缘故，我差点儿得了肺病，现在离家来这儿作他妈的检查治疗那一套。其实，我身上什么毛病也没有。

嗯，等我喘过气来以后，我就奔过了第二〇四街。天冷得像在地狱里一样，我差点儿摔了一跤。我甚至都不知道自己为什么要奔跑——我揣摩大概是一时高兴。我穿过马路以后，觉得自己好像失踪了似的。那是个混账的下午，天气冷得可怕，没太阳什么的，在每次穿越马路之后，你总会有一种像是失踪了的感觉。

嘿，我一到老斯宾塞家门口，就拼命按起铃来。我真的冻坏了。我的耳朵疼得厉害，手上的指头连动都动不了。"喂，喂，"我几乎大声喊了起来，"快来人开门哪。"最后老斯宾塞太太来开门了。他们家里没有佣人，每次总是他们自己出来开门。他们并不有钱。"霍尔顿！"斯宾塞太太说。"见到你真高兴！进来吧，亲爱的！你都冻坏了吧？"我觉得她的确乐于见我。她喜欢我。至少我是这样觉得。

嘿，我真是三脚两步跨进了屋。"您好，斯宾塞太太？"我说。"斯宾塞先生好？"

"我来给你脱大衣吧，亲爱的，"她说。她没听见我问候斯宾塞先生的话。她的耳朵有点聋。

她把我的大衣挂在门厅的壁橱里，我随便用手把头发往后一掠。我经常把头发理得很短，所以用不着用梳子梳。"您好吗，斯宾塞太太？"我又说了一遍，只是说得更响一些，好让她听见。

"我挺好，霍尔顿。"她关上了橱门。"你好吗？"从她问话的口气里，我立刻听出老斯宾塞已经把我被开除的事告诉她了。

"挺好，"我说。"斯宾塞先生好吗？他的感冒好了没有？"

"好了没有！霍尔顿，他完全跟好人一样了——我不知道怎么说合适……他就在他自己的房里，亲爱的。进去吧。"

第 2 节

他们各有各的房间。他们都有七十左右年纪，或者甚至已过了七十。他们都还自得其乐——当然是傻里傻气的。我知道这话听起来有点浑，可我并不是有意要说浑话。我的意思只是说我想老斯宾塞想得太多了，想他想得太多之后，就难免会想到像他这样活着究竟有什么意思。我是说他的背已经完全驼了，身体的姿势十分难看，上课的时候在黑板边掉了粉笔，总要坐在第一排的学生走上去拾起来递给他。真是可怕极了，在我看来。不过你要是想他想得恰到好处，不是想得太多，你就会觉得他的日子还不算太难过。举例来说，有一个星期天我跟另外几个人在他家喝热巧克力，他还拿出一条破旧的纳瓦霍毯子来给我们看，那是他跟斯宾塞太太在黄石公园向一个印第安人买的。你想象得出老斯宾塞买了那条毯子心里该有多高兴。这就是我要说的意思。有些人老得快死了，就像老斯宾塞那样，可是买了条毯子却会高兴得要命。

他的房门开着，可我还是轻轻敲了下门，表示礼貌。我望得见他坐的地方。他坐在一把大皮椅上，用我上面说过的那条毯子把全身裹得严严的。

他听见我敲门，就抬起头来看了看。"谁？"他大声嚷道。"考尔菲德？进来吧，孩子。"除了在教室里，他总是大声嚷嚷。有时候你听了真会起鸡皮疙瘩。

我一进去，马上有点儿后悔自己不该来。他正在看《大西洋月刊》，房间里到处是丸药和药水，鼻子里只闻到一股维克斯滴鼻药水的味道。这实在叫人泄气。我对生病的人反正没多大好感。还有更叫人泄气的，是老斯宾塞穿着件破烂不堪的旧浴衣，大概是他出生那天就裹在身上的。我最不喜欢老人穿着睡衣或者浴衣。他们那瘦骨嶙峋的胸脯老是露在外面。还有他们的腿。老人的腿，常常在海滨之类的地方见到，总是那么白，没什么毛。"哈罗，先生，"我说。"我接到您的便条啦。多谢您关怀。"他曾写了张便条给我，要我在放假之前抽空到他家去道别，因为我这一走，是再也不回来了。"您真是太费心了。我反正总会来向您道别的。"

"坐在那上面吧，孩子，"老斯宾塞说。他意思要我坐在床上。

我坐下了。"您的感冒好些吗，先生？"

"我的孩子，我要是觉得好些，早就去请大夫了，"老斯宾塞说。说完这话，他得意的了不得，马上像个疯子似的咻咻笑起来。最后他总算恢复了平静，说道："你怎么不去看球？我本来以为今天有隆重的球赛呢。"

"今天倒是有球赛。我也去看了会儿。只是我刚跟击剑队从纽约回来，"我说。嘿，他的床真像岩石一样。

他变得严肃起来。我知道他会的。"那么说来，你要离开我们了，呃？"他说。

"是的，先生。我想是的。"

他开始老毛病发作，一个劲儿点起头来。你这一辈子再也没见过还有谁比他更会点头。你也没法知道他一个劲儿点头是由于他在动脑筋思考呢，还是由于他只是个挺不错的老家伙，糊涂得都不知道哪儿是自己的屁股哪儿是自己的胳膊弯儿了。

"绥摩博士跟你说什么来着，孩子？我知道你们好好谈过一阵，""不错，我们谈过。我们的确谈过。我在他的办公室里待了约莫两个钟头，我揣摩。"

"他跟你说了些什么？"

"哦……呃，说什么人生是场球赛。你得按照规则进行比赛。他说得挺和蔼。我是说他没有蹦得碰到天花板什么的。他只是一个劲儿谈着什么人生是场球赛。您知道。"

"人生的确是场球赛，孩子。人生的确是场大家按照规则进行比赛的球赛。"

"是的，先生。我知道是场球赛。我知道。"

球赛，屁的球赛。对某些人说是球赛。你要是参加了实力雄厚的那一边，那倒可以说是场球赛，不错——我愿意承认这一点。可你要是参加了另外那一边，一点实力也没有，那么还赛得了什么球？

什么也赛不成。根本谈不上什么球赛。"绥摩博士已经写信给你父母了吗？"老斯宾塞问我。

"他说他打算在星期一写信给他们。"

"你自己写信告诉他们没有？"

"没有，先生，我没写信告诉他们，因为我星期三就要回家，大概在晚上就可以见到他们了。"

"你想他们听了这个消息会怎么样？"

"嗯，……他们听了会觉得烦恼，"我说。

"他们一定会的。这已是我第四次换学校了。"我摇了摇头。我经常摇头。"嘿！"我说。我经常说"嘿！"这一方面是由于我的词汇少得可怜，另一方面也是由于我的行为举止有时很幼稚。我那时十六岁，现在十七岁，可有时候我的行为举止却像十三岁。说来确实很可笑，因为我身高六英尺二英寸半，头上还有白头发。我真有白头发。在头上的一边——右边，有千百万根白头发，从小就有。可我有时候一举一动，却像还只有十二岁。谁都这样说，尤其是我父亲。这么说有点儿对，可并不完全对。人们总是以为某些事情是完全对的。我压根儿就不理这个茬儿，除非有时候人们说我，要我老成些，我才冒起火来。有时候我的一举一动要比我的年龄老得多——确是这样——可人们却视而不见。

他们是什么也看不见的。

老斯宾塞又点起头来了。他还开始掏起鼻子来。他装作只是捏一捏鼻子，其实他早将那只大拇指伸进去了。我揣摩他大概认为这样做没有什么不对，因为当时房里只有我一个。我倒也不怎么在乎，只是眼巴巴看着一个人掏鼻子，总不免有点恶心。

接着他说："你爸爸和妈妈几个星期前跟绥摩博士谈话的时候，我有幸跟他们见了面。他们都是再好没有的人。"

再好没有，我打心眼里讨厌这个词儿。完全是假模假式。我每次听见这个词儿，心里就作呕。

一霎时，老斯宾塞好像有什么十分妙、十分尖锐——尖锐得像针一样——的话要跟我说。他在椅子上微微坐直身子，稍稍转过身来。可这只是一场虚惊。他仅仅从膝上拿起那本《大西洋月刊》，想扔到我旁边的床上。他没扔到。只差那么两英寸光景，可他没扔到。我站起来从地上拾起杂志，把它搁在床上。突然间，我想离开这个混账房间了。我感觉得出有一席可怕的训话马上要来了。我倒不怎么在乎听训话，不过我不乐意一边听训话一边闻维克斯滴鼻药水的味道，一边还得望着穿了睡裤和浴衣的老斯宾塞。我真的不乐意。

训话终于来了。"你这是怎么回事呢，孩子？"

老斯宾塞说，口气还相当严厉。"这个学期你念了几门功课？"

"五门，先生。"

"五门。你有几门不及格？"

"四门。"我在床上微微挪动一下屁股。这是我有生以来坐过的最硬的床。"英文我考得不错，"我说，"因为《贝沃尔夫》① 和《兰德尔我的儿子》② 这类玩意儿，我在胡敦中学时候都念过了。我是说念英文这一门我用不着费多大劲儿，除了偶尔写写作文。"

他甚至不在听。只要是别人说话，他总不肯好好听。

"历史这一门我没让你及格，因为你简直什么也不知道。"

"我明白，先生。嘿，我完全明白。您也是没有办法。"

"简直什么也不知道，"他重复了一遍。就是这个最叫我受不了。我都已承认了，他却还要重复说一遍。然而他又说了第三遍。"可简直什么也不知道。我十分十分怀疑，整整一个学期不知你可曾把课本翻开过哪怕一回。到底翻开过没有？老实说，孩子。"

"嗯，我约略看过那么一两次，"我告诉他说。我不愿伤他的心。他对历史简直着了迷。

"你约略看过，嗯？"他说——讽刺得厉害。

"你的，啊，那份试卷就在我的小衣柜顶上。最最上面的那份就是。请拿来给我。"

来这套非常下流，可我还是过去把那份试卷拿给他了——此外没有其他办法。随后我又坐到他那张像是水泥做的床上。嘿，你想象不出我心里有多懊丧，深悔自己不该来向他道别。

他拿起我的试卷来，那样子就像拿着臭屎什么的。"我们从十一月四日到十二月二日上关于埃及人的课。在自由选择的论文题里，你选了写埃及人，你想听听你说了些什么吗？"

"不，先生，不怎么想听，"我说。

可他照样念了出来。老师想干什么，你很难阻止他。他是非干不可的。

> 埃及人是一个属于高加索人种的古民族，住在非洲北部一带。我们全都知道，非洲是东半球上最大的大陆。

我只好坐在那里倾听这类废话。来这一套确实下流。

> 我们今天对埃及人极感兴趣，原因很多。现代科学仍想知道埃及人到底用什么秘密药料敷在他们所包裹的死人身上，能使他们的脸经无数世纪而不腐烂。这一有趣的谜仍是对二十世纪现代科学的一个挑战。

他不念了，随手把试卷放下。我开始有点恨他了。"你的大作，我们可以这么说，写到这儿就完了，"他用十分讽刺的口吻说。你真想不到像他这样的老家伙说话竟能这么讽刺。"可是，你在试卷底下还写给我一封短信，"他说。

"我知道我写了封短信，"我说。我说得非常快，因为我想拦住他，不让他把那玩意儿大声读出来。可你没法拦住他。他热得像个着了火的炮仗。

> 亲爱的斯宾塞先生（他大声念道）。我对埃及人只知道这一些。虽然您讲课讲得极好，我却对他们不怎么感兴趣。您尽管可以不让我及格，反正我除了英文一门以外，哪门功课也不可能及格。极敬爱您的学生霍尔顿·考尔菲德敬上。

他放下那份混账试卷，拿眼望着我，那样子就像他妈的在比赛乒乓球或者其他什么球的时候把我打得一败涂地似的，他这么把那封短信大声念出来，这件事我一辈子也不能原

① 英国著名史诗。
② 指英国民谣（兰德尔）(Lord Randal)，这民谣在美国特别流行。

谅他。要是他写了那短信，我是决不会大声念给他听的——我真的不会。尤其是，我他妈的写那信只是为了安慰他，好让他不给我及格的时候不至于太难受。

"你怪我没让你及格吗，孩子？"他说。

"不，先生？我当然不怪你，"我说。我他妈的真希望他别老这么一个劲儿管我叫"孩子"。

他念完试卷，也想把它扔到床上。只是他又没有扔到，自然啰。我不得不再一次起身把它拾起来，放在那本《大西洋月刊》上面。每两分钟起身给他拾一次东西，实在叫人腻烦。

"你要是在我的地位，会怎么做呢？"他说。

"老实说吧，孩子。"

呃，你看得出他给了我不及格，心里确实很不安。我于是信口跟他胡扯起来。我告诉他说我真是个窝囊废，诸如此类的话。我跟他说我要是换了他的地位，也不得不那么做，还说大多数人都体会不到当老师的处境有多困难。反正是那一套老话。

但奇怪的是，我一边在信口开河，一边却在想别的事。我住在纽约，当时不知怎的竟想起中央公园靠南边的那个小湖来了。我在琢磨，到我回家时候，湖里的水大概已经结冰了，要是结了冰，那些野鸭都到哪里去了呢？我一个劲儿琢磨，湖水冻严以后，那些野鸭到底上哪儿去了。我在琢磨是不是会有人开了辆卡车来，捉住它们送到动物园里去。或者竟是它们自己飞走了？

我倒是很幸运。我是说我竟能一边跟老斯宾塞胡扯，一边想那些鸭子。奇怪的是，你跟老师聊天的时候，竟用不着动什么脑筋。可我正在胡扯的时候，他突然打断了我的话。他老喜欢打断别人的话。

"你对这一切是怎么个感觉呢，孩子？我对这很感兴趣。感兴趣极了。"

"您是说我给开除出潘西这件事？"我说，我真希望他能把自己瘦骨嶙峋的胸脯遮盖起来。这可不是太悦目的景色。

"要是我记得不错的话，我相信你在胡敦中学和爱尔敦·希尔斯也遇到过困难。"他说这话时不仅带着讽刺，而且带着点儿恶意了。

"我在爱尔敦·希尔斯倒没什么困难，"我对他说。"我不完全是给开除出来的。我只是自动退学，可以这么说。"

"为什么呢，请问？"

"为什么？哎呀，这事说来话长，先生。我是说问题极其复杂。"我不想跟他细谈。他听了也不会理解。这不是他在行的学问。我离开爱尔敦·希尔斯最大的原因之一，是因为我的四周围全都是伪君子。就是那么回事。到处都是他妈的伪君子。举例说，学校里的校长哈斯先生就是我生平见的最最假仁假义的杂种。比老绥摩还要坏十倍。比如说，到了星期天，有些学生的家长开了汽车来接自己的孩子，老哈斯就跑来跑去跟他们每个人握手。

还像个娼妇似的巴结人。除非见了某些模样儿有点古怪的家长。你真该看看他怎样对待跟我同房的那个学生的父母。我是说要是学生的母亲显得太胖或者粗野，或者学生的父亲凑巧是那种穿着宽肩膀衣服和粗俗的黑白两色鞋的人，那时候老哈斯就只跟他们握一下手，假惺惺地朝着他们微微一笑。然后就一径去跟别的学生的父母讲话，一谈也许就是半个小时。我受不了这类事情。它会逼得我发疯，会让我烦恼得神经错乱起来。我痛恨那个混账中学爱尔敦·希尔斯。……

（张久全编，摘自施咸荣译：《麦田里的守望者》，译林出版社，2010）

第二章　帕斯捷尔纳克及《日瓦戈医生》

第一节　帕斯捷尔纳克简介

帕斯捷尔纳克，全名鲍利斯·列奥尼多维奇·帕斯捷尔纳克，苏联诗人、作家、翻译家。1890 年 2 月 10 日生于莫斯科的一个知识分子家庭，1960 年 5 月 30 日卒于莫斯科市郊。1909—1913 年就读于莫斯科大学哲学系，1912 年曾赴德国进修，就读于德国马尔堡大学。学生时代开始写诗，早期诗集有《云雾中的双子星座》和《在街垒上》，抒发对生、死及爱情的主观感受，富于哲理，艺术上接近象征派。十月革命前夕同马雅可夫斯基交往密切，赞赏未来派，但反对其对传统的偏激态度。十月革命后在苏维埃政府教育人民委员部图书馆任职，同时积极创作，先后出版了诗集《生活，我的姐妹》、《主题和变调》、叙事诗《施密特中尉》、《一九○五年》等；还发表了中篇小说《柳威尔斯的童年》、《空中路》和长诗《崇高的病》等，得到高尔基的好评。30 年代初出版自传体小说《旅行护照》、诗体长篇小说《斯波克托尔斯基》和诗集《重生》。1935 年赴巴黎出席反法西斯作家大会。反法西斯卫国战争期间出版《在早班列车上》和《冬天的田野》两部诗集，其中不少诗篇取材于当时的战斗现实，表现普通苏维埃人的战斗和劳动生活。他的最后一部诗集《待到天晴时》流露出凄凉哀伤的情调，是诗人晚年心情的写照。

1948—1956 年完成的长篇小说《日瓦戈医生》是他后期代表作。写一个外科医生兼诗人的主人公在十月革命前后约 40 年的坎坷经历，一方面赞美十月革命是"一举铲除……旧溃疡"的"空前壮举"，同时也渲染革命过程中的种种失误和偏激行为。它在国内遭拒绝后于 1957 年在意大利出版，并引起轰动。1958 年 10 月 27 日，帕斯捷尔纳克被苏联作家协会开除作协会籍。1986 年，苏联作家协会正式为帕斯捷尔纳克恢复名誉，并成立了帕斯捷尔纳克文学遗产委员会。

帕斯捷尔纳克还是一位出色的翻译家。他掌握多种语言文字，对格鲁吉亚文、英文和德文尤为精通，一生翻译了大量世界文学名著，如歌德的《浮士德》、《莎士比亚选集》以及雪莱、裴多菲、济慈、克莱斯特等人的许多作品。他翻译的莎士比亚四大悲剧和十四行诗、歌德的《浮士德》和席勒的《玛丽亚·斯图亚特》等许多名著，均以优美的文笔和对原文的独到理解，别具风采，在译界享有盛誉。

第二节　《日瓦戈医生》简介

《日瓦戈医生》是苏联作家帕斯捷尔纳克的长篇小说代表作，创作于 1948 年，完成于 1956 年。完稿后，帕斯捷尔纳克把手稿寄给苏联《新世界》杂志社，却遭到非常严厉的谴责："帕斯捷尔纳克玷污了苏联作家的荣誉和良心"。1957 年 11 月，《日瓦戈医生》的意大利文译本在米兰首次问世，引起轰动。此后不到一年时间内，法国、联邦德国、英国、美国、波兰、斯堪的纳维亚半岛诸国陆续用 15 种文字出版了这部小说。1958 年秋天，作者凭借本书获得当年的诺贝尔文学奖，获奖原因是"在现代诗和俄罗斯伟大叙事诗传统方面取得的重大成就"。随之而来的除了激动和荣耀外，还有恐惧和诽谤，面临灭顶之灾的帕斯捷尔纳克受到了不公正的待遇，险些被赫鲁晓夫驱逐出境。由于苏联国内舆论反对，他决定拒绝领取奖金。1988 年 1 月，苏联《新世界》杂志才正式刊登了这部小说。

这是一部以俄国十月社会主义革命后的知识分子为题材的长篇小说。主人公尤里•日瓦戈是西伯利亚富商的儿子，但很小便被父亲遗弃。10 岁丧母成了孤儿。舅父把他寄养在莫斯科格罗梅科教授家。教授一家待他很好，让他同女儿东尼娅一起受教育。日瓦戈大学医科毕业后当了外科医生，并同东尼娅结了婚。第一次世界大战爆发后日瓦戈应征入伍，在前线野战医院工作。十月革命胜利后日瓦戈从前线回到莫斯科。他欢呼苏维埃政权的诞生："多么高超的外科手术！一下子就娴熟地割掉腐臭的旧溃疡！直截了当地对一个世纪以来的不义下了裁决书。这是从未有过的壮举，这是历史上的奇迹！"但是革命后的莫斯科供应极端困难，日瓦戈一家濒临饿死的边缘，他本人又染上了伤寒症。这时他同父异母的弟弟叶夫格拉夫•日瓦戈劝他们全家搬到乌拉尔去，在那儿至少不至于饿死。1918 年 4 月瓦戈一家动身到东尼娅外祖父的领地瓦雷金诺村去。这里虽然能维持生活，但日瓦戈感到心情沉闷。他既不能行医，也无法写作。他经常到附近的尤里亚金市图书馆去看书。他在图书馆里遇见女友拉拉。拉拉是随同丈夫巴沙•安季波夫到尤里亚金市来的。巴沙•安季波夫参加了红军，改名为斯特列利尼科夫，成了红军高级指挥员。他躲避拉拉，不同她见面。日瓦戈告诉拉拉，斯特列利尼科夫是旧军官出身，不会得到布尔什维克的信任。他们一旦不需要党外军事专家的时候，就会把他踩死。不久，日瓦戈被游击队劫去当医生。他在游击队里待了一年多之后，逃回尤里亚金市。他岳父和妻子东尼娅已经返回到了莫斯科，从那儿又流亡到国外。随着红军的胜利，党外军事专家已成为镇压对象。首当其冲的便是拉拉的丈夫斯特列利尼科夫，他已逃跑。拉拉和日瓦戈随时有被捕的危险。他们躲到空无一人的瓦雷金诺去。坑害过他们两人的科马罗夫斯基律师来到瓦雷金诺，骗走了拉拉。斯特列利尼科夫也到这儿来寻找妻子，但拉拉已被骗走。斯特列利尼科夫悲痛欲绝，开枪自杀。瓦雷金诺只剩下日瓦戈一人。他为了活命，徒步走回莫斯科。他在莫斯科又遇见弟弟叶夫格拉夫。弟弟把日瓦戈安置在一家医院里当医生。日瓦戈上班的第一天心脏病发作，猝然死在人行道上。

《日瓦戈医生》以理想主义者日瓦戈医生与热情奔放的护士拉拉之间的爱情故事为主线，描写了日瓦戈医生及其亲友在十月革命前后的遭遇，讲述了俄罗斯人在大时代中的爱恨情仇、聚散离合，对历史、革命、人生从一个崭新的角度进行了沉重的反思，希望悲剧不再重演。小说涉及 20 世纪苏俄历史上一系列重大历史事件，触及了政治、经济、宗教、道德等各方面的问题，是一部描写知识分子的命运史。

第三节　《日瓦戈医生》选段

第二章　来自另一个圈子里的姑娘

一

同日本的战争还没有结束，另外的事件突然压倒了它。革命的洪流激荡着俄罗斯，一浪高过一浪。

在这个时候，一位比利时工程师的遗孀、已经俄国化的法国女人阿马利娅·卡尔洛夫娜·吉沙尔，带着儿子罗季翁和女儿拉里莎从乌拉尔来到莫斯科。她把儿子送进武备中学，女儿送到女子寄宿学校，正好和娜佳·科洛格里沃娃同校、同班。

吉沙尔太太从丈夫手里得到一笔有价证券，先前的行情曾经上涨，目前却正往下跌。为了财产不受损失和避免坐吃山空，吉沙尔太太从女裁缝的继承人手里买了一处不大的产业，就是坐落在凯旋门附近的列维茨卡娅缝纫作坊，取得了使用老字号的权利；照应先前的老主顾并留用了全体裁缝女工和学徒。

吉沙尔太太这么办，完全是听从了丈夫的朋友、自己的保护人科马罗夫斯基律师的劝告。此人是个精通俄国事务、沉着冷静的实干家。这次举家迁移，是她和他事先通过信商定的。科马罗夫斯基亲自来车站迎接，并且穿过莫斯科全城把他们送到在军械胡同"黑山"旅店租下的一套带家具的房间。把罗佳送进武备中学，是他的建议；拉拉入学的女子学校，也是经他介绍的。他以漫不经心的神气和这个男孩子开着玩笑，同时用令人脸红的目光盯着那个女孩子。

二

在搬进作坊三间一套的小小住宅去之前，她们在"黑山"住了将近一个月。

那一带是莫斯科最可怕的地方，聚居着马车夫，有整条街道专供寻花问柳，又是许多下等妓女穷困潦倒的所在。

不整洁的房间、屋里的臭虫和简陋的家具，这都不会让孩子们感到奇怪。父亲死后，母亲一直生活在贫困的恐惧当中。罗佳和拉拉已经听惯了说他们全家处于死亡的边缘之类的话。他们知道自己还算不上是流落街头的穷孩子，可是在有钱人的面前，总像是被孤儿院收留的孩子那样忐忑不安。

他们的母亲就是这样一个整天生活在提心吊胆之中的活榜样。阿马利娅·卡尔洛夫娜年已三十五岁，体态丰满，一头黄发，每当心血来潮的时候总要做些蠢事。她胆子小得出奇，对男人怕得要命。正因为是这样，才由于惊吓而张皇失措地从一个男人的怀抱投入另一个男人的怀抱。

在"黑山"，她家住的房间是二十三号，二十四号从一开始就住着一位大提琴手特什克维奇。这人是个好出汗的、秃顶上戴着扑粉假发的和事佬，每逢要说服别人，两手就像祈祷似的合起来放到胸前，在音乐会上演奏的时候，头向后仰着，兴奋地闪动着眼睛。他常常不在家，往往一连几天都留在大剧院或者音乐学院。这两家邻居已经彼此熟悉了，相互照应使他们接近起来。

有孩子们在跟前，科马罗夫斯基每次来访都让阿马利娅·卡尔洛夫娜觉得不方便，于是特什克维奇走的时候，就把自己房间的钥匙留给她接待朋友。对他这种自我牺牲的精神，吉沙尔很快也就习以为常，甚至有好几次为了逃避自己的保护人，她噙着眼泪敲他房门求他保护。

三

这是幢平房，离特维尔街的拐角不远。可以感觉得出布列斯特铁路干线就在附近，因为从隔壁开始就是铁路职工宿舍、机车修理厂和仓库。

奥莉娅·杰明娜每天回家就是往那个方向去。这个聪颖的女孩子是莫斯科商场一个职员的侄女儿。

她是个很能干的学徒，是当初的商场老板物色到的，如今很快要成为一名工匠了。奥莉娅·杰明娜非常喜欢拉拉。

一切还都保持着列维茨卡娅在世时的老样子。在那些满面倦容的女工脚踏或手摇之下，缝纫机发狂般地转动着。有些人坐在椅子上默默地缝纫，不时抬起拿着针的手，针上穿着长长的线。地板上乱丢着碎布头。说话必须用很大的力气才能压过缝纫机的嗒嗒声和窗拱下面笼子里的金丝雀的叫声。大家都管这只鸟叫基里尔·莫杰斯托维奇，至于为什么取了这么个名字，先前的主人已然把这个秘密带到坟墓里去了。

在接待室里，太太们都像图画中的人物似的围在一张放了许多杂志的桌子旁边。她们站的、坐的或是半倚半坐的姿势，都模仿着画片上的样子，一边翻看服装样式，一边品评着。在另一张桌子后面经理的位子上，坐着阿马利娅·卡尔洛夫娜的助手、老裁剪工出身的法伊娜·西兰季耶夫娜·费季索娃。她骨骼突出，松弛的两颊长了许多疣痣。

她用发黄的牙齿叼住一支装了香烟的象牙烟嘴，眯起一只瞳孔也是黄色的眼睛，从鼻子和嘴里向外喷着黄烟，同时往本子上记着等在那里的订货人提的尺码、发票号码、住址和要求。

在作坊里，阿马利娅·卡尔洛夫娜还是个缺少经验的新手。她还不能充分体会自己已经是这里的主人。不过大家都很老实，对费季索娃是可以信得过的。可是，正赶上这些让人操心的日子。阿马利娅·卡尔洛夫娜害怕考虑未来。绝望笼罩着她，事事都不如意。

科马罗夫斯基是这里的常客。每当维克托·伊波利托维奇穿过作坊往那一边走去的时候，一路吓得那些正在换衣服的漂亮的女人们躲到屏风后面，从那里戏谑地和他开着放肆的玩笑；成衣工就在他背后用不大看得起和讥讽的口气悄悄地说："又大驾光临了。""她的情人来了。""献媚的情人儿来了。""水牛！""色鬼！"

最让人恨的是他有时候用皮带牵来的那条叫杰克的巴儿狗。这畜生快步向前猛冲，扯得他歪歪斜斜地走着，两手前伸，好像是让人牵着的一个盲人。

春天，有一次杰克咬住了拉拉的脚，撕破了一只袜子。

"我一定把它弄死，这魔鬼。"杰明娜像孩子似的凑近拉拉的耳朵哑声说。

"不错，这狗真叫人讨厌。可是你这小傻瓜有什么办法？"

"小声点，别嚷，我教给你。复活节的时候不是要准备石头鸡蛋吗。就是你妈妈在五斗橱里放的……"

"对，有大理石的，还有玻璃的。"

"是呀，你低下点头，我悄悄跟你说。把它们拿来涂上猪油，弄得油糊糊的，这条跟撒旦一样坏透了的杂毛畜生这么一吞，就算大功告成！保准四脚朝天！"

拉拉笑了，同时带点羡慕地思量着：这个女孩子生活环境很穷困，自己要参加劳动。在平民当中有些人成熟得很早。不过，在她身上还保留着不少没有受到损害的、带着纯真的稚气的东西。石头鸡蛋，杰克，——亏她想得出来。"可是，我们的命运为什么这样？"她继续想下去，"为什么要让我看到这一切，而且要为这一切感到痛心呢？"

<h2 style="text-align:center">四</h2>

"对他来说，妈妈就是……他也就是妈妈的……这个丑字眼儿我可说不出口。既然如此，为什么他还用那种眼神看我呢？我可是她的女儿呀。"

虽然十六岁刚过，拉拉已经是个完全成熟的少女了。看上去像是十八岁或者更大一些。她头脑清晰，性格明快。她出落得非常标致。

她和罗佳都懂得，生活中的一切要靠自己用双手去挣。和那些花天酒地的人不同，她和他都来不及过早地学会钻营之术，也不会从理论上去辨别那些实际上还接触不到的事物。只有多余的东西才是肮脏的。拉拉是世界上最纯洁的。

姐姐和弟弟都很清楚，事事都有自己的一本账，已经争取到手的要万分珍惜。为了能够出人头地，必须工于心计，善于盘算。拉拉用心学习并非出于抽象的求知欲，倒是因为免缴学费就得做个优秀生，就得有好成绩。如同努力读书一样，拉拉也毫不勉强地干着洗洗刷刷之类的家务活，在作坊里帮帮忙，照妈妈的吩咐到外边去办些事。她的动作总是无声无息而又和谐轻快，她身上的一切，包括那不易觉察的敏捷的动作、身材、嗓音、灰色的眼睛和亚麻色的头发，都相得益彰。

这是七月中旬的一个礼拜日。每逢假日，清晨可以在床上懒散地多待一会儿。拉拉仰面躺着，双手向后交叉在枕头下。

作坊里异乎寻常地安静。朝向院子的窗户敞开着。拉拉听到远处有一辆四轮马车隆隆地从鹅卵石的大路走上铁轨马车的轨道，粗重的碰撞声变成了像是在一层油脂上滑行似的均匀的响动。"应该再睡一会儿。"拉拉这样想着。隐约的闹市声犹如催人入睡的摇篮曲。

透过左边的肩胛骨和右脚大趾头这两个接触点，拉拉能够感觉出自己的身材和躺在被子下面的体态。不错，就是这肩膀和腿，再加上所有其余部分——在一定程度上就是她本身、她的心灵或气质，这些加在一起匀称地形成了躯体和对未来的无限憧憬。

"该睡了。"拉拉这么想，脑海里浮现出车市商场向阳的一面、打扫得干干净净的车库附近的地上停放着的出售的马车、车灯的磨花玻璃、熊的标本和丰富多彩的生活。往下，拉拉的心里出现了另一个场面：龙骑兵正在兹纳敏斯基兵营操场上训练，绕圈走着井然有序的马队，一些骑手在跳跃障碍、慢步、速步、快跑。许多带着孩子的保姆和奶娘，站在兵营的篱墙外面看得目瞪口呆。

"再往下走，"拉拉继续想，"就该到彼得罗夫卡了，然后是彼得罗夫铁路线。拉拉，你这是怎么回事？哪儿来的这么多想象？原先只不过是要描绘出我的房子，它应该就在附近。"

科马罗夫斯基的一个住在车市商场的朋友，为小女儿奥莉卡庆祝命名日。于是成年人有了开心的机会，又是跳舞，又是喝香槟。这位朋友也邀请了妈妈，可是她身体不好，不能去。妈妈说："带拉拉去吧。您不是常告诫我说：'阿马利娅，要好好照看拉拉。'这回就让您好好地照看她吧。"他真照看了她，没得说，哈，哈，哈！

多么令人销魂的华尔兹！只管转啊，转啊，什么都用不着去想。只要乐声继续回荡，生活就像在小说中一样飞逝，一旦它戛然而止，就会产生一种丢丑的感觉，仿佛被人浇了一盆冷水或者赤身裸体被人撞见。除此之外，你允许别人放肆是出于夸耀，借此表示你已经是个大人啦。

她始终不曾料到他居然跳得这么出色。那两只乖巧的手，多么自信地拢住你的腰肢！

不过，她是决不会让任何人吻自己的。她简直不能想象，另一个人的嘴唇长时间贴在自己的嘴唇上，其中能够凝聚多少无耻！

不能再胡闹了，坚决不能。不要装作什么都不懂，不要卖弄风情，也不要害羞地把目光低垂。否则迟早是要出乱子的。可怕的界限近在咫尺，多跨一步就会跌入万丈深渊。忘记吧，别再想舞会了，那里边无非都是邪恶。不要不好意思拒绝，借口总是能够找到的：还没学过跳舞，或者说，脚扭伤了。

五

秋天，在莫斯科铁路枢纽站发生了骚动。莫斯科到喀山全线罢了工。莫斯科到布列斯特这条线也应当参加进去。已经作了罢工的决定，不过在罢工委员会里还没有议定什么时候宣布罢工日期。全路的人已然知道要罢工，就是还得找个表面的借口，那样才好说明罢工是自发的。

十月初一个寒冷多云的早晨。全线都是在这一天发薪金。账房那边好久不见动静。后来才看到一个男徒工捧着一叠表册、薪金登记表和一堆拣出来准备处罚的工人记录簿往账房走去。开始发薪了。在车站、修配厂、机务段、货栈和管理处那几幢木头房子中间，是一长条望不到头的空地。来领工钱的列车员、扳道工、钳工和他们的助手，还有停车场的那些女清扫工，在这块空地上排了长长的一队。

市镇的冬天已经来临，这是可以感觉到的。空气中散发着踩烂的椴树叶子的气味，还有机车煤烟的焦臭和车站食堂的地下室里刚刚烤出炉的热面包的香味。列车驶来驶去，一会儿编组，一会儿拆开，有人不住地摇晃着卷起或者打开的信号旗。巡守员的喇叭、挂车员的哨音和机车粗重的汽笛声，很协调地融合在一起，白色的烟柱仿佛顺着没有尽头的梯子向天空上升。机车已经停在那里升火待发，灼热的蒸汽炙烤着寒冷的冬云。

沿着路基的一侧，担任段长职务的交通工程师富夫雷金和本站的养路工长帕维尔·费拉蓬特维奇·安季波夫，前后踱来踱去。安季波夫对养护工作已经厌烦了，不住地抱怨给他运来换轨的材料质量不合格，比如说，钢的韧性不够，铁轨经受不住挠曲和破裂的试验。安季波夫估计，如果一受冻，就会断裂。管理处对帕维尔·费拉蓬特维奇的质问漠然置之。这里头可能有人捞到了油水。

富夫雷金穿的是一件外出时穿的皮大衣，敞着扣子，里面是一套新的哔叽制服。他小心翼翼地在路基上迈着脚步，一边欣赏着上衣前襟的折缝、笔挺的裤线和皮鞋的美观式样。

对安季波夫的话，他只是一只耳朵进，一只耳朵出。富夫雷金想的是自己的事，每分钟都要掏出表来看，似乎急于要去什么地方。

"不错，很对，老爷子，"他不紧不慢地打断了安季波夫的话，"不过这只是在某一个地方的正线上，或者是哪一段车次多的区间。可是请你想一想，你已经到手的是什么？有备用线，有停车线，万不得已的时候还可以空车编组，调用窄轨机车。怎么，还不满意！是不是发疯了！其实问题并不在于铁轨，换上木头的也没关系！"

富夫雷金又看了一次表，合上表盖，然后就向远处张望。一辆长途轻便马车正从那个方向朝铁路这边来。这时，大路的转弯处又出现了一辆四轮马车，这才是富夫雷金自己家的那辆，妻子坐车来接他。车夫在路基跟前才使马停住，两手仍然扯紧缰绳，一边不停地用女人似的尖嗓子吆喝着，好像保姆对待淘气的孩子。拉车的马像是有点怕铁路。车厢角落里一位漂亮的太太随便地倚在靠枕上。

"好啦，老兄，下次再谈吧，"段长说着摆了一下手，"现在顾不上考虑你说的这些道理。还有比这更要紧的事呢。"夫妇两个坐车离开了。

六

过了三四个小时，已经接近黄昏。路旁的田野里像从地底下冒出来似的出现了先前没见到的一对人影，不时回头张望着，一边快步向远处走去。这两个人是安季波夫和季韦尔辛。

"走快点，"季韦尔辛说，"我倒不是怕侦探跟踪。这个会开得拖拖拉拉，肯定快结束了。他们从地窖一出来就会赶上咱们。我可不愿见他们。都这么推来推去，又何必多此一举。当初成立什么委员会啦，练习射击啦，钻地洞啦，看来都是白费！你倒是真不错，还支持尼古拉耶夫斯卡娅街上的那个废物！"

"我的达里娅得了伤寒病，得把她送进医院。只要还没住上院，我什么都听不进去。"

"听说今天发工钱，顺路去一趟账房。看在上帝的面上，我敢说，今天要不是开支的日子，我就会朝你们这帮家伙啐上一口唾沫，紧接着一分钟也不多等，就结束这吵闹的局面。"

"那我倒要听听，你有什么法子？"

"没什么新奇的，到锅炉房把汽笛一拉，就算大功告成了。"

两个人分了手，各走各的路。

季韦尔辛走的是去城里的路。迎面不断遇到从账房领钱回来的人。人很多。季韦尔辛估计，车站区域内他几乎不欠任何人的账。

天色暗了下来。在空旷的广场上，账房旁边的灯光下聚了一些没上班的工人。广场的入口停着富夫雷金的马车。富夫雷金娜坐在车里，还是先前的那个姿势，似乎从早晨起就不曾下过车。她在等着到账房去取钱的丈夫。

骤然间下起了湿润的雨夹雪。车夫从座位上下来，支起皮车篷。他用一只脚撑住车厢的后帮，用力扯动篷架的横梁。坐在车里的富夫雷金娜却在观赏在账房的灯光辉映下闪烁飘过的、裹着无数银白色小珠子的水汽。她那一眨也不眨的眼睛向聚在一起的工人头上投去一瞥，带着期望的神色，如果有必要，这目光似乎可以像透过雾气或寒霜一样，洞穿这人群。

季韦尔辛无意中看到了她的神色，觉得非常厌恶。他没有朝富夫雷金娜鞠躬问好就退到一旁，决定过一会儿再去领钱，免得在账房见到她丈夫。他往前走了走，来到灯光较暗的修配厂这边。从这里可以看到黑暗中通向机务段去的许多支线的弯道。

"季韦尔辛！库普里克！"暗处有好几个声音朝他喊道。修配厂前边站了一群人。厂房里有谁在叫喊，夹杂着一个孩子的哭声。"基普里扬·萨韦利耶维奇，替孩子说说情吧。"人堆里有个女人这么说。

老工长彼得·胡多列耶夫又照老习惯在打他那个受气包——小学徒尤苏普卡。

胡多列耶夫原先并不这么折磨徒弟，不是酒鬼，手也不重。从前有个时候，莫斯科市郊工场作坊区的买卖人和神甫家里的姑娘们，见到这个仪表堂堂的有手艺的工人都要偷偷看上几眼。季韦尔辛的母亲当时还刚刚从教区学校毕业，拒绝了他的求婚，后来就嫁给了他的同伴、机车修理工萨韦利·尼基季奇·季韦尔辛。

萨韦利·尼基季奇惨死以后（在一八八八年一次轰动一时的撞车事故中被活活烧死），在她守寡的第六个年头上，彼得·彼得罗维奇再次向她求婚，马尔法·加夫里洛夫娜又拒绝了他。从此，胡多列耶夫喝上了酒，开始胡闹，固执地认为他之所以落到如此糟糕的地步，是整个世界的过错，一心要同整个世界算账。

尤苏普卡是季韦尔辛住的那个院子的看门人吉马泽特金的儿子。在厂子里，季韦尔辛总是护着这个孩子，这也让胡多列耶夫对他不大满意。

"你是怎么用锉刀的，你这个笨蛋！"胡多列耶夫吼着，抓住尤苏普卡的头发往后拖，使劲打他的脖梗儿。"铸工件能这么拆吗？我问你，是不是成心糟蹋我的活儿？你这个斜眼鬼！"

"哎哟，我下次不敢了，大爷！哎哟，我下次不敢了。啊，疼啊！"

"告诉他一千遍了，架子要往前推，拧紧螺栓，可是他根本不听。差一点断了大轴，这个狗娘养的。"

"大爷，主轴我可没动，老天爷，我真没动。"

"干吗要折磨一个孩子？"季韦尔辛从人堆当中挤进去问道。

"家狗咬架，野狗可别往前凑。"胡多列耶夫回了一句。

"我问你，为什么折磨孩子？"

"跟你说，趁早赶紧走开，少管闲事。打死他也算不了什么，下流坯，差点儿把大轴给我毁了。应该让他亲亲我的手，饶他一条活命，这个斜眼鬼。我只不过揪着他耳朵、头发教训教训。"

"还要怎么样，照你说是不是该把脑袋揪下来，胡多列耶夫大叔？应该懂得害臊。已经是老师傅啦，活到白了头发还不通情理。"

"走开，走开，我说，趁着你身子骨还是整个儿的。要不我打你个魂灵出窍。敢来教训我，你这个狗屁股！你是在枕木上造出来的，就在你爹眼皮子底下。你妈是只烂猫，这瞒不了我，破鞋！"

接着发生的事不超过一分钟。两个人都顺手从放着沉重的工具和铁锭的车床上头抄起了家伙。这时候要不是人们一下子上去把他们拉住，两个人都会把对方打死。胡多列耶夫和季韦尔辛站在原地，低着头，前额几乎碰到一起，脸色煞白，瞪着充血的眼睛。暴怒之下，谁都说不出话来。大家从后面紧紧抓住他们俩的手。几分钟的工夫缓过了气力，他们扭动身子要挣开，拖曳着吊在身后的伙伴。衣服领钩、扣子都挣脱了，上衣和衬衫从肩膀上滑了下来。乱糟糟的喊叫声在他们周围一直不停。

"凿子！把凿子夺下来。""这会把脑袋凿穿的！""平静一点吧，彼得大叔，不然把手给你扭脱臼！""干吗还跟他们废话？把他们拉开，锁起来就完了。"

突然，季韦尔辛以一股超人的力气甩掉了扑在身上的人，挣脱出来，几步就冲到了门口。人们刚要冲过去揪住他，可是看到他已经没有了那股发疯的劲头，就作罢了。他砰的一声关上门，头也不回地大步向前走去。秋夜的潮气和黑暗包围了他。"要想给大家办点好事，就有人往你肋上插刀子。"他自己嘟哝着，也不知道要干什么和往哪儿去。

在这个卑鄙、虚伪的世界上，养尊处优的太太竟然用那种眼光看着卖力气干活儿的人；可是在这个制度下受罪的人，却让酒灌得昏迷不醒，只能在方才这样的作践自己当中得到某种满足。对这样的世界，如今他比任何时候都更加憎恨。他走得很快，似乎急促的脚步可以使他发热的头脑里渴望的世上只有理智和安宁的时代更快到来。他懂得，最近一些日子他们的各种努力，铁路上的混乱，集会上的演说以及尚未执行、但也没有取消的罢工的决定，都是今后这条漫长道路的一部分。

但现在他兴奋得急不可耐地想要一口气跑完全程。他大步向前走着，心里还不大清楚究竟往哪里去，然而两只脚却知道应该把他送到什么地方。

季韦尔辛事后很久都不曾料到，就在他和安季波夫从地窖里出来走了以后，会议决定当晚罢工。委员们立刻分了工，规定了谁该到哪儿去和把谁从什么地方撤回。好像是从季韦尔辛心坎儿里发出来的一样，机车修理厂里响起了开始是暗哑的、随后逐渐变得嘹亮和整齐的信号声。这时候，从车库和货运站涌出的人群已经从进站的信号机那儿向城里走去，接着就同听见季韦尔辛的哨声而放下工作的锅炉房的人群汇合到一起了。

好多年来季韦尔辛都以为，那天晚上是他一个人让整条铁路停止了运行。只是在最后审讯过程中，根据全部事实审判的时候，没有添加上指使罢工这条罪名，他才明白过来。

人们纷纷跑了出来，不住地问："这是叫大家上哪儿去？"黑暗中有人回答说："你又不是聋子，没听见吗，这是警报，得救火。""什么地方着火了？""当然是着火了，要不为什么拉汽笛。"

门砰砰地响，又走出来一批人。传来另一些人的说话声。"真会说，着火了！乡巴佬！别听这傻话。这就叫歇工，懂不懂？你看，这是套具，这是笼头，可咱就是不上套。回家去吧，小伙子们。"

人越来越多。铁路罢工开始了。

（张久全编，摘自蓝英年、张秉衡译：《日瓦戈医生》，人民文学出版社，2007）

第三章 茨维塔耶娃及诗集《里程碑》

第一节 茨维塔耶娃简介

玛琳娜·伊万诺夫娜·茨维塔耶娃，俄罗斯白银时代杰出的女诗人、小说家、剧作家，被认为是 20 世纪俄罗斯最重要、最有影响的诗人之一。

1892 年 10 月 8 日，茨维塔耶娃出生于莫斯科一个知识分子家庭。父亲是莫斯科大学的艺术史教授，普希金国家造型艺术馆的创始人之一。母亲有德国和波兰血统，具有很高的音乐天赋，是著名钢琴家鲁宾斯坦的学生。茨维塔耶娃 6 岁就开始写诗，16 岁开始发表作品。18 岁时，她的第一本诗集《黄昏纪念册》出版。该书获得了当时著名诗人、评论家勃柳索夫、古米廖夫、沃洛申的一致好评。1912—1915 年间，她相继出版了诗集《魔灯》、《选自两本书》和《农少年诗篇·1912—1915》等。1916 年，诗集《俄里》问世。国内战争和十月革命使茨维塔耶娃生活和创作发生了巨大变化。她的丈夫谢尔盖·艾伏隆是白军军官，后杳无音信。由于她丈夫的影响，她不能理解也不能接受十月革命，所以写了很多美化白军的诗篇和剧本。十月革命后的最初几年，她创作了大量的诗篇，如《我的阁楼，我的宫殿》、《噢，我简陋的家》、《我坐着，没有说》、《天鹅群》等。1921 年，茨维塔耶娃出版了诗集《里程碑》，形成了一些重要的创作主题——爱情、俄罗斯和遐想。

1922 年，当她得知丈夫艾伏隆流亡国外后，便追随丈夫到了国外，先后在布拉格、柏林、巴黎侨居。在此期间，她的作品大多以祖国俄罗斯为主题，抒发诗人对祖国的思念和远离故土的痛苦，如《思念祖国》、《铁轨上的黎明》、《房子》、《好样的》等。1924 年，茨维塔耶娃完成了长诗《山之歌》和《终结之歌》。这些作品被收入诗人生前最后一本诗集《俄罗斯之后》，该诗集于 1928 年在巴黎出版。1926 年，她写就了讽刺抒情诗《捕鼠者》，并着手长诗《来自大海》、《楼梯之歌》、《空气之歌》的创作，这些作品充满了对资产阶级庸俗的市侩习气的嘲讽和鞭挞。1939 年，茨维塔耶娃同丈夫、儿女回国，主要从事诗歌翻译。1941 年 8 月 31 日，在孤立的极端痛苦中，诗人在鞑靼小城叶拉堡自缢身死，结束了一场永远令人感伤的悲剧。与她同时代的诗人爱伦堡曾经这样评价她："作为一个诗人而生，并且作为一个人而死"。

她的诗以生命和死亡、爱情和艺术、时代和祖国等大事为主题，被誉为不朽的、纪念碑式的诗篇，在 20 世纪世界文学史上占有重要地位。1910 年出版第一本诗集《黄昏纪念册》。随后发表诗集《魔灯》、《里程碑》、《离别》和长篇童话诗《少女沙皇》等。组诗《天鹅营》反映白军军官对国内战争的感受。流亡期间在白俄刊物上发表过反苏维埃政权的作品，出版了诗集《青年人》、《俄罗斯之后》和诗体悲剧《亚丽安娜》、《费德拉》等。后期写有怀念俄罗斯的诗篇《思念祖国》、《祖国》以及同情被法西斯占领的捷克的组诗《给捷克的诗》。她的诗创作题材丰富多样，常常表现出忏悔和一连串独白，其风格是音调铿锵、节奏快，诗的韵律、用词、结构都有独到之处。

第二节 《里程碑》简介

《里程碑》这本诗集主要收录了茨维塔耶娃在 1914—1921 年间所写的抒情诗，1921 年初版，1922 年再版。在这部诗集中，她的创作主题是：爱情、俄罗斯和遐想。不过，这些诗歌与其少女时代的作品相比，更多的是掺进了生活的苦涩，流露着对未卜前途的忧虑，以及灵魂深处冲撞不已的渴望、追求、欲望、困惑和矛盾，比如组诗《致勃洛克》、《致阿赫玛托娃》、《莫斯科》、《我知道，我将死在霞光中》、《青春》等。可以说，《里程碑》这部诗集中的诗歌是在十月革命后的大背景下，茨维塔耶娃对于战争、生死、生活、爱情、艺术和时代的感情宣泄。

值得一提的是，《里程碑》还集中体现了茨维塔耶娃 1916 年冬天彼得堡之行后的人生感悟。这次旅行成了她创作中的一个重要转折点。彼得堡作为诗歌之母，仿佛以阴柔的力量孕育了她在诗歌中歌颂"阳刚的"莫斯科的意识。她开始认识到自己作为莫斯科诗人的价值，决心要像勃洛克和阿赫玛托娃热爱彼得堡那样热爱自己的家乡莫斯科。为此，她写下了组诗《莫斯科》。而她对彼得堡诗人的敬仰则催生了组诗《致勃洛克》和《致阿赫玛托娃》，以及献给曼杰什坦姆的一系列诗歌。诗人甚至觉得怀揣着"你的名字"进入梦乡，是一件最为甜蜜的事情。在诗歌中，勃洛克已经不是一个现实中存在的诗人，而是被赋予了"温柔的幻影"、"无可挑剔的骑士"和"雪白的天鹅"等形象，成为一种诗歌的理想和象征，写作的标尺。她期盼自己的"手"能与勃洛克的"手"相握，就像"莫斯科河"与"涅瓦河"一般相汇合，尽管她觉得，那如同"朝霞"对"晚霞"的追赶，其中不难看出后来者潜伏于谦卑中的骄傲。同时，阿赫玛托娃在她的心目中，是"缪斯中最美丽的缪斯"，是"金嘴唇的安娜"（希腊神话中雅典娜式的智慧女性），她的名字就像"一个巨大的叹息"，她为此要献给阿赫玛托娃"比爱情更永恒"的礼物，亦即诗人自己的心灵，然后，像一名两手空空的乞丐似的离开。不过，与对勃洛克的崇拜不同的是茨维塔耶娃向阿赫玛托娃投去的是一位天才诗人对另一位天才诗人的敬意，她们之所以能成为"星星"、"月亮"和"天堂的十字架"，是因为都是"大地的女人"。

《里程碑》这部诗集就如同诗人的心灵独白，没有任何的矫揉造作，文笔细腻而又充满激情，展示了女诗人对爱情、生活、生命、死亡等的思考以及对诗歌艺术的探索。

第三节 《里程碑》选段

致彼得·艾伏隆①

八月的日子悄悄地消融
在黄昏金色的尘土里。

---

① 彼得·艾伏隆，茨维塔耶娃的丈夫谢尔盖的哥哥。

轰隆的有轨电车在飞驰，
人们在行走。

仿佛没有目标，我漫不经心地
踯躅在僻静的巷子里。
依稀记得，小铃铛儿悄悄地
在歌唱。

想象着您的姿态，
我决定着路上的一切：
不需要，或者需要
给您带一朵玫瑰。

我依然给您准备了诗句，
哦，那很快被遗忘的诗句！
突然，"完全出人意料！""马上！"
出现了那幢房子。

多层结构，外表郁闷……
我清点着窗子，喔，这是大门。
双手不由自主地
在脖子上寻找十字架。

我计算着灰色的楼梯，
它们把我带往炼狱之火。
啊，没有时间用来思考！
我已拿起了电话。

我清楚地记得隆隆的雷鸣，
自己的两只手掌像冰块一样。
我说出您的名字。"他在家，
马上就来。"

让青春的岁月流逝，
随身携带永志不忘的一切！
我将会记得彩色墙纸
那些所有的颜料。

还有灯罩的玻璃珠子，
某些声音的喧嚣，
还有旅顺港的所有外表，
还有钟表的嘀嗒声。

这一刻如此漫长，仿佛至少
有一个小时。就这么越走越远。
开门的声音吱吱嘎嘎响。
于是，您走了进来。

而很快就有一种魅力。
俯下身子，像王子一般单纯。
出现了两颗黑色的
星星恐怖的闪亮。

您眯缝起眼睛，认不出
它们，温柔的面孔，
在此，是怎样的风暴
游戏着这一刻。

我进行着英勇的斗争，
"我和您一起喝过汤！"
我记得暗哑的嗓子，
嘴唇的棱角；

比绒毛更柔软的头发，
还有"您内心最可亲的！"
大而长的眼睛因讥笑
而浮现出迷人的皱纹。

我记得，"您已经忘记！"
您坐在那里，我也坐在那里。
我花费了怎样的努力，
怎样的时间——

静坐着，任凭烟雾缭绕，
保持着完全的寂静……
如此静坐，我已感到
简直是忍无可忍！

您是否记得这场谈话，
关于天气，关于字母？
如此奇怪的午餐
已经不再存在。

在半明半暗中，我侧着身子，

自己也不曾料到，笑道：
"一对纯种狗的眼睛……
再见，伯爵！"

迷失了方向，我漫不经心地
踯躅在僻静的巷子里。
而，似乎，小铃铛儿
已经不再歌唱。

1914.6.17

战争，战争

"战争，战争！① 神龛摇散的香烟"
和靴刺的吱吱声。
可是，王室的开支和民族的争端
跟我都没有关系。

在似乎有裂口的钢丝绳上，
我是小小的舞蹈者。
我是影子的影子。我
是两个黑月亮的梦游症患者。

1914.7.16

女友②（组诗15 首）

1

您幸福吗？您不说！不见得！
最好是，随它去吧！
梦见，您吻过的人太多。
因此，感到忧伤。

我在您身上看见莎士比亚悲剧
所有的女主人公。
您是一个年轻的悲剧性太太，
无可救药。

您如此讨厌重复爱情的

---

① 该诗写于奥匈帝国向塞尔维亚宣战的第二天。

② 这组诗献给茨维塔耶娃的女友，诗人、批评家、翻译家索菲娅·巴尔诺克。据说，她俩曾发生同性恋情。

宣叙调。
在贫血的手中的生铁轮圈——
能言善辩。

我爱您！罪孽——仿佛
在您头顶上空的乌云！
因为您的刻薄和尖锐，
因为您比大家都好。

因为我们，因为我们的生活
在道路的黑暗中各不相同，
因为您充满灵感的诱惑
与黑暗的命运，

因为我要向您，前额凸起的恶魔，
说一声再见，
因为，尽管在坟墓之上来回奔忙，
也无法将您拯救。

因为这一战栗，莫非是因为我梦中
所见的一切？
因为这一讽刺性的魅力：
您并不是他。

1914.10.16

2

在绒毛方格毯的爱抚下，
我激发了昨天的梦。
那是怎么一回事？谁的胜利？
谁被击败？

我重新反复思考了一切，
我再度为一切所苦恼。
在我不知如何言说的事件中，
是否存在着爱情？

谁是那猎人？谁是那猎物？
一切都惊人地黑白颠倒！
西伯利亚雄猫，打着长呼噜，
你懂得了什么？

在那场任性的决斗中，

那手中只是拿着球的是谁？
谁的心脏，您的，抑或我的，
在疾速地飞翔？

不论怎样——究竟是怎么回事？
为什么这样想，为什么惋惜？
我也不知道：我是战胜者？
抑或是失败者？

1914.10.23

3

今天，冰已经融化，今天，
我伫立在窗旁。
头脑更加清醒，胸怀更加自由，
我重新感到心平气和。

我不知道为什么。灵魂
大概像平常一样疲倦，
不知怎么的，不希望碰动
那支暴乱的铅笔。

我就这样伫立——在雾中——
远远地离开善与恶，
用手指轻轻地扣击
发出脆响的玻璃。

与随便遇见的人相比，
与天穹泼洒在其中的
珍母色的水洼相比，
与一掠而过的鸟儿相比，

与四处奔跑的狗儿相比，
灵魂既不更好，也不更坏。
甚至最贫穷的歌手
也无法让我流下眼泪。

灵魂呀，已经充满了
亲爱的忘却艺术。
——今天，在灵魂中，
有某种大的感觉在融化。
……

1914.10.24

疯狂也就是理智

疯狂也就是理智，
耻辱也就是荣誉，
那引发思考的一切，
我身上过剩的

一切，所有灼人的欲望
蜷曲成一个欲望！
在我的头发中，所有的色彩
都引起战争。

我了解整个爱的絮语，
"唉，简直能倒背如流！"
我那二十二岁的体验
是绵绵不绝的忧郁。

可我的脸色呈现纯洁的玫瑰红，
"什么也别说！"
在谎言的艺术中，
我是艺人中的艺人。

在小球一般滚动的谎言中，
"再次被抓住！"
流淌着曾祖母的血液，
她是一名波兰女人。

我撒谎，是因为青草
沿着墓地在生长，
我撒谎，是因为风暴
沿着墓地在飞扬……

因为小提琴、因为汽车，
因为丝绸、因为火……
因为那种体验：并非所有人
都只爱我一个！

因为那种痛苦：我并非
新郎旁边的新娘。
因为姿态和诗行——为了姿态
和为了诗行。

为了脖子上温柔的围巾……
可我怎么能够不撒谎呢
——既然当我撒谎的时候，
我的嗓音会更加温柔……

1915.1.3

致安娜·阿赫玛托娃

纤长的、非俄罗斯的身材——
在皇皇巨册之上。
土耳其的纱丽
像斗篷一样垂下来。

您把自身托付给了
一条破碎的黑线。
快乐中有寒意，而您的
忧郁中又包含了暑热。

您整个一生——是寒热，
它将会有怎样的结局？
年轻的恶魔
额头布满了阴云。

对您而言，地球上所有事情
都不过是小事一桩。
赤手空拳的诗行
瞄准了我们的心脏。

在睡意蒙眬的清晨，
似乎四点一刻，
我已经爱上了您，
安娜·阿赫玛托娃。

1915.1.11

轻率！——可爱的过失

轻率！——可爱的过失，
可爱的旅伴和可爱的敌人！
你把讥笑泼向我的眼睛，
你把玛祖卡舞曲泼向我的脉管！

你教导我不去保存戒指，
多么希望我不曾举行过婚礼！
凑巧从结局开始，
而在开始前就已结束。

在我们的能力如此弱小的生活中，
像茎秆和钢铁一样存在……
——用巧克力来疗治悲伤，
对着过路人等微笑。

1915.3.3

莫斯科郊外的山岗一片蔚蓝

莫斯科郊外的山岗一片蔚蓝，
在微温的空气中是灰尘和焦油。
我睡一整天、我笑一整天——或许，
我正在从冬天里逐渐康复。

我尽可能放轻脚步声回家。
尚未写出的诗歌并不可惜！
我觉得，轱辘声和熟透的扁桃
要比所有的四行诗更加珍贵。

脑袋不可思议地空洞，
是因为心灵呀，过于充实！
我在桥上观望着我的岁月，
仿佛一朵朵小小的浪花。

在温柔到有点发热的空气中，
什么人的眼神过于温柔……
我勉强从冬天中康复，
却又患上了夏天病。

1915.3.13

在比神香更幽蓝的迷雾中

在比神香更幽蓝的迷雾中，
人行道银光闪闪。
出人意料地飞将上去——
一根飘散的羽毛。

哦，目光与目光相互接触，

战栗着，"在祈祷什么？"
你那波希米亚水晶一般
悦耳动听的声音。

忧伤和召唤的瞬间，
运动——仿佛悠长的呼喊，
轻盈的面容被围裹
在瓦蓝色的雾浪中。

一切延长，一个瞬间。
解开缆索……向外漂去……
我的对手！我等待着
同样漂亮的你！

1915.9.5

茨冈人不在乎什么离别

茨冈人不在乎什么离别！
相会不久又匆匆分离，
我用双手托着前额，
凝视黑夜，陷入了沉思：

任凭谁翻遍了我们的信札，
没有人能明白内中真情，
我们是那么背信弃义，却意味着——
我们又是那么忠实于自己。

1915.10

由于女人而毁灭①

由于女人而毁灭。这就是你
掌心的标志，年轻人！
眼睛向下！祈祷吧！注意！子夜，
敌人戒备森严。

无论是歌唱的天赋，
无论是最傲慢的唇角，都不能加以拯救。
你之所以可爱，
全是空幻的缘故。

———————————

① 这首诗和下一首诗献给奥·曼杰什坦姆。

啊，你的脑袋向后仰起，
眼睛半开半闭——什么？躲起来。
啊，你的脑袋将向后仰起——
否则。

用赤裸的手获取敏捷！执著！
边陲整夜响彻你的叫声！
你的翅膀被四面来风吹得蓬乱无比，
六翼天使！雏鹰！

1916.3.17

他染上了一种奇怪的病

他染上了一种奇怪的病，
一种甜蜜的惊慌找到了他。
依然站在高处，向下俯视，
少年用自己敏锐的眼睛
既看不到星星，也看不到晚霞。

而一旦打起了瞌睡——鸷鹰
就会鼓动着翅膀向他飞来，
进行着关于他的奇异争论。
其中一只高踞悬崖之上，
用尖喙啄散他的鬈发。

可是，紧闭瞌睡的眼睛，
嘴巴半开半阖沉沉入睡……
既听不见深夜的客人，
也看不到那只金眼睛的鸟儿
怎样磨锐自己的尖喙。

1916.3.21

莫斯科(组诗9首)

1

云彩在周围，
拱顶在周围。
在整个莫斯科上空
(如此众多的手呵!)
我举起你，更好的负担，
我无足轻重的

木头！

在这个神奇的边界上，
在这个和平的边界上，
那里，我非常乐意
成为一名死者——
给你荣耀，给你痛苦，
接受一顶荆冠，
啊，我的头生女！

你要守持着斋戒，
不要涂染眉毛，
数一下，总共是
一千六百座教堂。
迈着年轻的步伐——踏遍吧！
一切是自由自在的
七重山。

很快就轮到你：
同样是把女儿
贡献给莫斯科，
怀着温柔的悲伤。
我也将得到自由的梦，叮当的钟声，
万冈可夫墓地①的
早霞。

1916.3.31

2

从我的手中接受非人工的界限，
我奇怪的兄弟，出色的兄弟。

在小教堂中——总共一千六百座教堂，
它们的上空有鸽子在飞翔；

而司帕斯基大门②缀满了鲜花，
东正教的帽子已经被摘下；

星星的小教堂——远离恶的隐修所，

---

① 茨维塔耶娃的父母、外祖父母均埋葬在万冈可夫墓地。
② 位于克里姆林宫内。

那里的地板被亲吻擦拭干净。

我的老朋友，充满灵感的朋友，请接受
五教堂合成的无可比拟的圆环。

我把一位非人间的客人引进了
花园那意外的喜悦。

赤红的拱顶向上闪光，
不眠的钟声向上振响，

圣母从血红的云层里
向你扔下一块被单，

你站了起来，充满神奇的力量……
你不后悔你曾经爱过我。

1916.3.31

3

广场载着我们
经过夜晚的塔楼，
啊，年轻士兵的吼声，
在这夜晚多么恐怖！

高吼吧，嘹亮的心灵！
热烈地亲吻吧，爱情！
啊，这野兽般的吼叫！
啊！狂野的血液！

我的嘴唇为情欲所烧，
神圣表情只是徒然。
伊维尔斯克钟楼①在燃烧，
仿佛一只小巧的金匣子。

你请结束这恶作剧吧，
快把蜡烛点起来，
为的是如今不与你
在一起——我多么地渴望。

1916.3.31

---

① 位于克里姆林宫内，因纪念伊维尔的圣母而得名。

……

致勃洛克（组诗7首）

1

你的名字是手中的小鸟，
你的名字是舌尖上的冰块。
嘴唇绝无仅有的一个动作。
你的名字是五个字母。
是被在飞行中接住的小球，
是口中银质的铃铛。

石头掉入安静的池塘，
呜咽着，仿佛在呼唤你。
在深夜马蹄轻微的嗒嗒声中，
你响亮的名字惊雷般响起。
对准太阳穴扣动的扳机
也向我们呼喊着你的名字。

你的名字——唉，不可能！
你的名字是眼睛上的吻，
亲吻那合拢的眼帘温柔的寒意，
你的名字是轻触白雪的吻。
是一口幽蓝、冰结的泉眼。
怀揣着你的名字——入梦多甜蜜。

1916.4.15

2

温柔的幻影，
无可挑剔的骑士，
什么人把你召唤进
我年轻的生活？

你站立在瓦灰色的
雾中，穿着一身
雪白的法衣。

那么，不是风儿
满城将我驱赶，
唉，已经是第三个夜晚，
我发现有敌情。

蔚蓝眼睛的人儿，
浑身雪白的歌手，
瞥了我致命的一眼。

雪白的天鹅
在我的脚下铺满羽毛。
羽毛轻轻扬起，
慢慢地融入雪地。

就这样，踩着羽毛，
我向门走去，
门背后是死亡。

在蓝色的窗子后面，
他向我歌唱，
像远处一串串银铃，
他向我歌唱。

仿佛一声悠长的鸟鸣，
仿佛天鹅的哀鸣，
在呼唤。

亲爱的幻影！
我了解我梦见的一切。
请大发慈悲吧：
阿门，阿门，散落吧！
阿门。

1916.5.1

……

致阿赫玛托娃(组诗11首)

1

哦，哭泣的缪斯，缪斯中最美丽的缪斯！
哦，你，白夜肆无忌惮的怪物！
你让黑色的风暴席卷罗西，
你的哀号像箭矢一般扎进我们的身体。

我们纷纷躲闪，一声低沉的叹息：唉！——
成千上百个声音——向你发誓。——安娜·

阿赫玛托娃！——这个名字——是巨大的叹息，
它向一个无名的深渊掉下去。

我们得到了加冕，因为我和你脚踏的
是同一块土地，头顶同一个蓝天！
那个被你致命的命运所伤害的人儿
已经落入死亡的怀抱而不朽。

教堂的圆顶在我那悦耳的城市里闪光，
流浪的瞎子高歌赞美神圣的救主……
——我赐予你钟声齐鸣的城市
——阿赫玛托娃——附加我这颗心！

1916.6.19

2

我抱住脑袋，站在那儿，
"人们的诡计算得什么！"
我抱住脑袋，在歌唱，
从早晨直到太阳下山。

唉，狂暴的波涛高高地
把我抛到了浪尖上！
我歌唱你，我俩一体相连，
仿佛天上的月亮！

像渡鸦一般向心灵袭来，
扎入云霄。"鹰钩鼻子的女人"，
她的愤怒是那么致命，
她的仁善——也是那么致命。

在我红色的克里姆林宫之上，
你把自己的夜扩向四方，
悦耳的安乐——像皮带一样
勒紧了我的喉咙。

唉，我多么幸福！霞光
永远不会燃尽——更干净。
唉，我多么幸福，把一切献给你，
像一个乞丐一样离开。

哦，深渊，哦，迷雾，——你的声音
挤压着我的呼吸，

我第一次把你的名字
叫做皇村的缪斯。

1916.6.22

3

再一次用力猛挥一下——
眼睫毛还在沉睡。
啊，亲爱的肉体！啊，
最最轻盈的小鸟的遗骸！

在岁月的迷雾中做些什么？
等待和歌唱……
她的叹息是那么多，
肉体——又是那么少。

她的瞌睡呀，
有着迥异于人的可爱。
她身上有些东西
来自天使，来自鹞鹰。

安睡着，但合唱把她引向
伊甸的乐园。
仿佛酣睡的恶魔
尚未听够那些歌声。

天长日久。她不再记得
我们，我们的屋子。
也不再记得
在那儿生根的纪念碑。

扫帚已经闲置了很久，
在皇村的缪斯的头顶，
荨麻十字架
谄媚地弯下腰来。

1916.6.23

……

第一轮太阳

啊，第一个额头上方的第一轮太阳！
还有亚当这一双又大又圆的明眸——
径直瞄准着这轮太阳，

一如黑乎乎的双筒炮口。

啊，第一次忌妒，啊，第一滴蛇的毒汁——
隐藏在左边的胸口之下！
那紧紧盯着中天的谛视——
亚当直勾勾地望着夏娃！

啊，我的醋劲儿，啊，嫉妒——
那高傲的心灵的生就的创伤！
啊，我那让所有亚当黯然失色的丈夫——
古代人们的长着翅膀的太阳！

1921.5.10

没有人能够拿走任何东西

没有人能够拿走任何东西——
我俩分居让我感到甜蜜！
穿越了数百里的距离，
我给您我的热吻。

我知道：我们的天赋并不相等。
第一次，我的声音如此平静。
我那粗糙的诗歌，在您
又算得什么，年轻的杰尔查文！

我划着十字，为您开始恐怖的飞行：
"飞吧，我年轻的雄鹰！"
你抵受着太阳，不眯缝起眼睛——
我年轻的目光是否很沉重？

再没有人会目送您的背影，
有如此温柔，如此痴情……
穿越了数百年的距离，
我给您我的热吻。

1916.2.12

……

哪里来的这般温柔

哪里来的这般温柔？
并非第一次，我抚爱

这一头鬈发，我曾吻过
比你色泽更红的嘴唇。

星星点燃，旋即熄灭，
（哪里来的这般温柔？）
我眼睛里的一双双眼睛，
它们点燃，又复熄灭。

黑夜茫茫，我还不曾
听过这样的歌声
（哪里来的这般温柔？）
依偎着歌手的胸口。

哪里来的这般温柔？
你这调皮的少年，
睫毛长长的外地歌手，
如何应付这一腔柔情？

1916. 2. 18

镜子，——飞散成银色的

镜子，——飞散成银色的
碎片，目光——还在其中。
我的天鹅们，今天，
天鹅们飞回家！

一根羽毛从高高的云空
向我的胸口落下来。
今天，我在梦中播撒
细碎的银子。

银子的呼喊——多么响亮。
我要像银子一般歌唱。
我喂养的小家伙！小天鹅！
你是否飞得很好？

我即将出发，我不会
对妈妈说，不会对亲人说。
我即将出发，即将走进教堂，
我要向神的侍者祈祷，
为年幼的天鹅祈祷。

1916. 3. 1

一次又一次——您

一次又一次——您
为我的十字架编织歌曲！
一次又一次——您
吻着我手上的钻戒。

那样的事情在我身上发生：
冬天里响起了巨雷，
野兽懂得了怜悯，
而哑巴在和人交谈。

太阳照耀着我——在子夜！
正午我蒙受着星光灿烂！
我美妙的灾难——在我头顶
洗涤着一朵朵浪花。

死人从骨灰中向我站起来！
对我进行了最后的审判！
在警钟的怒吼声中，天使长
把我带到了断头台。

1916.3.16

在小教堂之上漂浮着蔚蓝的云彩

在小教堂之上漂浮着蔚蓝的云彩，
渡鸦的鸣叫……
走过革命的战士——
灰沙的颜色。
唉，你，老爷的忧伤，沙皇的忧伤！

他们没有特征，没有名字，
也没有歌声！
你迷了路，克里姆林宫的钟声，
在迎风招展的旗帜的森林中。
祈祷吧，莫斯科，进入永恒的梦乡吧，莫斯科！

1917.3.2

对您的记忆——像一缕轻烟

对您的记忆——像一缕轻烟，

像我窗外的那一缕轻烟；
对您的记忆——像一座安静的小屋，
您那上锁的安静的小屋。

什么在轻烟后？什么在小屋后？
看呀，地板——在脚下疾走！
门——带上了锁扣！上方——天花板！
安静的小屋——化作一缕轻烟。

1918.7.10

我将一把烧焦的头发

我将一把烧焦的头发
撒在你的杯子里。
既不能吃，也不能喝，
既不能唱歌，也不能睡觉。

青春呀，也没有什么欢乐，
糖块也没有什么甜味，
在漆黑的夜晚，也不能
与年轻的妻子亲热和温存。

正如我金色的头发
变成了一堆灰烬，
你青春的岁月
也变成了白色的冬天。

你将变得又聋又哑，
变得像苔藓一样干枯，
像一声叹息一样逝去。

1918.8.21

你的灵魂与我的灵魂是那样亲近

我的灵魂与你的灵魂是那样亲近，
仿佛一人身上的左手和右手。

我们亲密地依偎，陶醉和温存，
仿佛是鸟儿的左翼与右翅。

可一旦刮起风暴——无底深渊
便横亘在左右两翼之间。

1918.6.27

模样像天使的骑士

模样像天使的骑士——
义务！——天堂的警卫！
坟头白色的墓碑
竖立在我鲜活的胸口。

在我有翅膀的背脊后面，
是管理用具的牧师，
是每晚监视的密探，
是每天早晨的敲钟人……

激情、青春和骄傲——
一切都乖乖束手就擒，
因为，是你首先
向女奴说道：太太！

1918.7.1

勇敢与贞洁

勇敢与贞洁——这个联盟
就像死亡和荣誉一样古老和神奇。
我用自己殷红的鲜血发誓，
我以自己头发鬈曲的脑袋发誓——

我的肩膀上不再会有负担，
除了上帝的负担——世界的负担！
那只温柔的手握起了利剑：
竖琴那天鹅样弯曲的脖子。

1918.7.14

对你的记忆

对你的记忆——像一缕轻烟，
像我窗外的那一缕轻烟；
对您的记忆——像一座安静的小屋，
你是上锁的安静的小屋。

什么在轻烟后？什么在小屋后？
看呀，大地在脚下疾走！
门带上了锁扣！天空——搭起了顶棚！

安静的小屋隐入缕缕轻烟。

1918.7.10

爱情！爱情！在灵柩中，一阵痉挛

爱情！爱情！在灵柩中，一阵痉挛，
我警惕起来，着迷、发窘——冲动。
哦，亲爱的！无论是在墓穴中，
还是在云端，我都不会与你告别。

我拥有这一对出色的翅膀，
并不是让心灵增加沉重的负担。
我不想让可怜的小镇增加
不少没有声音、没有眼睛的婴儿。

不，我要腾出手来，——弹指一挥，
从你的遮蔽下，闪出矫健的身躯，
死神，滚开！方圆几千里
冰雪已经溶化——森林已成焦炭，

倘若把这一切——肩膀、翅膀和膝盖
攒在一起——被引向乡村墓地，——
那么，随便人们去笑话易朽的
诗行——或者像蔷薇花一样开放。

1920.11

我知道，我将死在霞光中

我知道，我将死在霞光中！早霞或晚霞，
与其中之一同时死，——无法预先决定！
唉，多么希望，让生命的火炬能熄灭两次！
在晚霞中熄灭，很快呀，又在早霞中熄灭！

踩着舞步走过大地！——天空的女儿！
穿着缀满玫瑰的裙子！毫发无损！
我知道，我将死在霞光中！——上帝
不会对我天鹅一般的灵魂遣送凶险的夜晚！

温柔的手移开尚未亲吻过的十字架，
为着最后的问候奔向宽宏的天空。
霞光的透孔——与回报笑容的切口……
直到咽气之前，我依然是一个诗人！

1920.12 莫斯科

致马雅可夫斯基

比十字架和烟囱更高，
在火焰与烟雾中受洗，
脚步沉重的六翼天使——
永远出色，弗拉基米尔！

他是赶车的，他又是驭马，
他是任性，他又是法律。
叹息着，往掌心啐口吐沫：
——拽住，拉车的荣誉！

下流奇迹的歌手，
真棒，肮脏的傲慢者，
重量级拳手迷恋的是
石头，而不是钻石。

你好，鹅卵石的雷霆！
打着呵欠，得意洋洋，——重新
驱动马车——张开
赶车的六翼天使的翅膀。

1921.9.5

青春（组诗2首）

1

我的青春，我那异己的
青春！我的一只不配对的靴子！
眯缝起一对红肿的眼睛，
就这样撕扯着一页页日历。

从你全部的收获中，
沉思的缪斯什么都没有得到，
我的青春！我不会回头呼唤，
你曾经是我的重负和累赘。

你常在夜半梳理着头发，
你常在夜半来磨快箭矢，
你的慷慨像石子似地硌着我，
我蒙受着别人的罪孽。

不曾到期我就向你交还权杖，
莫非是心里贪图美味佳肴？
我的青春，我迷惘的
青春！我的一块红色的布片！

1921.11.5

2

很快从燕子——变成女巫！
青春！我们马上将告别……
让我与你在风中小站片刻！
我黝黑的青春！请安慰你的姐妹！

让紫红的裙子像火苗一般闪烁，
我的青春！我肤色黝黑的
小鸽子！我的灵魂的碎片！
我的青春！安慰我，跳舞吧！

挥舞着天蓝色的纱巾，
喜怒无常的青春！我俩
尽情儿玩耍！跳吧，跳得热火朝天！
别了，我金色的青春，琥珀的青春！

我不无用意地握起你的双手，
像告别情人一般与你告别。
从内心深处迸发出来的青春——
我的青春！走吧，去找别人！

1921.11.7

（张久全编，摘自汪剑钊译：《茨维塔耶娃文集·诗歌》，东方出版社，2003）

第四章　哈谢克及《好兵帅克》

第一节　哈谢克简介

雅罗斯拉夫·哈谢克，是原捷克斯洛伐克优秀的讽刺小说作家，他的代表作《好兵帅克》被译成包括中文在内的近 30 种文字，受到世界各国人民的喜爱。

哈谢克 1883 年出生于奥匈帝国统治时期布拉格一个穷教员家庭，早年丧父，生活凄苦，甚至乞讨为生，当过药铺学徒。14 岁时，他参加了反对异族统治者的活动，多次遭拘留和被捕入狱。因家境艰难而中学辍学的哈谢克，16 岁时就读于一所中级商业学校。毕业后，他曾当过银行职员和贩狗商人，但更倾向于记者这种更加自由的职业，并开始了写作生涯。这位辛勤的作家，于 1900—1908 年间，写过 185 篇讽刺小品，1909 年开始写短篇小说，反映普通劳动者的悲惨境遇，发出反对压迫的呼声。《好兵帅克》最初也是以一组短篇小说的形式问世的。正如他所创造的帅克这个人物，哈谢克本人在现实生活中也做出过不少令奥匈帝国当局瞋目切齿、哭笑不得的妙举。

1915 年，即第一次世界大战爆发后的第二年，哈谢克应征入伍，参加第九十一步兵团，也就是帅克所属的那个部队。《好兵帅克》中大量的人物都是基于哈谢克在战争期间所遇到的各类人物。他没有在前线待太长时间，同年 9 月被俄军俘虏。在俘虏营里，他仍没有间断文学活动，继续写作《好兵帅克》。当时俄军在俘虏中间组织了臭名昭著的捷克斯洛伐克师团，哈谢克由于一时认识不清，报名参加并反对布尔什维克，随后逃走了。1918 年，他在俄国参加了红军，一个月后，成为布尔什维克党员。他积极参加宣传工作，动员在俄国的捷克士兵支援十月革命。1920 年，哈谢克返回布拉格，专门从事文学创作，希望能够完成《好兵帅克》，但是在一些圈子里，他并不受欢迎，可他不屈不挠，继续《好兵帅克》的写作。因为找不到出版社，1921 年，在朋友资助下，自费将第一卷刊印成书，并且同友人上街叫卖，竟然大获成功。哈谢克计划将《好兵帅克》写成四卷，但是在写第四卷时，他只能在病榻上，用口授的方式坚持创作。1923 年，刚写完第三章，哈谢克就在捷克的小城黎普尼采因病与世长辞，终年 40 岁。后来他的朋友卡尔·万尼克把全书续完，但因文笔迥异，近年来的版本多删去不用。

哈谢克生平爱好徒步旅行，喜欢深入布拉格下层社会。在 15 年的文学生涯中，他写了不下 1000 篇短篇小说、小品文、政论文等，对社会上种种丑恶现象进行了无情的鞭笞。在生命的最后几年中完成的长篇小说《好兵帅克》是哈谢克在文学创作上的最大成就，"是捷克有史以来的杰作之一"。

第二节　《好兵帅克》简介

　　《好兵帅克》是一部含义深刻而又妙趣横生的政治讽刺小说，以一个普通的捷克士兵帅克，在第一次世界大战中的经历为情节线索，深刻揭露了奥匈帝国统治者的凶恶专横及其军队的腐败堕落。哈谢克的《好兵帅克》传承了拉伯雷《巨人传》和塞万提斯《堂吉诃德》的艺术风格，为讽刺文学作出了卓绝贡献。

　　从某种意义上而言，《好兵帅克》是一部历史小说，它描写了欧洲近代史上一个最古老的王朝——奥匈帝国的崩溃。作品几乎严格按照第一次世界大战编年顺序而写，自第二卷起，战局、事件、路线都与当年的奥匈军队作战史基本吻合，甚至连帅克所在的部队番号以及作品中的卢卡什、万尼克、杜布等人物也非纯属虚构。不过，此书的价值更在于作者以忍俊不禁的漫画手法，用犀利辛辣的笔触，形象、深刻地剖析了奥匈帝国政府、军队、法院、警察以至医院、教会的残酷、肮脏、荒谬与丑恶，无情揭露了它们强加于捷克民族的种种灾难，塑造出帅克这个平凡可爱、大智若愚的不朽形象。

　　在帅克令人捧腹的冒险经历中，抨击最有力、最彻底的当然还是奥匈帝国的军队。"友"军之间的互相倾轧，蛮横专制的官兵关系，各级军官的道貌岸然、公报私仇，士兵中弥漫的临阵脱逃、消极怠工，在哈谢克笔下，被刻画得淋漓尽致，被暴露得一览无遗：

　　奥匈帝国战事吃紧，帅克应征入伍。此时正害风湿病的他坐着轮椅去投军，报纸便大肆渲染他的"残废人之爱国热忱"；但军医鲍茨认定他装病逃避兵役，帅克在军事监狱，每天被灌肠、洗胃，备受折磨；爱好酒色的卡茨神甫把他要来当了勤务兵，后来竟被一贯吃喝嫖赌的神甫当作赌注输给了卢卡什上尉；上尉对帅克丰富的狗知识产生了浓厚兴趣，让帅克给他弄条狗，帅克就把齐勒古特上校的狗偷来给上尉，不巧上尉在遛狗时被上校撞见，上校公报私仇，命令上尉即赴前线，帅克也跟随前往；在奔赴前线的火车上，帅克无意中冒犯了身穿便服视察部队纪律的秃头将军，倒霉的上尉又挨了一顿臭骂；帅克又无故拉动了火车紧急刹车器，被拘留在车站；帅克继续制造种种麻烦，一回又一回地捉弄老跟他过不去的杜布中尉；临近火线，上尉让帅克和军需上士万尼克为连队找宿营地，帅克在一个池塘边捡到一套俄军军服，好奇地穿在身上，被匈牙利人当作俄军俘虏给抓了起来，最后好不容易才弄清真相，帅克又大模大样地回到了先遣连，照样与伙伴们高谈阔论，一副和善卑微的样子，一脸天真无邪的表情。

　　生活中，捷克人常把帅克挂在嘴上，可见他在捷克已成为一个家喻户晓、人见人爱的形象。特定时代下的帅克形象，一定程度上满足了捷克人民对奥匈异族统治的反抗和嘲弄心理。而时过境迁，帅克还能引发我们的笑声，也许是他对官方和上司的捉弄，满足了我们对一切压制的反抗心理。作为一个纯粹的喜剧形象，帅克让我们从严峻的生活中解脱出来，感受笑声带来的愉悦和释怀。

第三节　《好兵帅克》选段

第二卷　在前线

第一章　帅克在火车上的厄运（节选）

在布拉格开往布杰约维策的快车二等车厢的一间包厢里，有三位乘客。一位是卢卡什上尉，一位是坐在他对面的年纪较大的秃顶先生，还有一位是帅克。帅克乖乖地站在门旁，洗耳恭听卢卡什上尉这一轮臭骂；卢卡什不顾秃顶先生在场，一路上对帅克大发雷霆，骂他是畜生等等。

其实只为了一点儿小事：帅克照看的行李，在件数上出了点差错。

"扒手偷了我们一口箱子！"上尉责备帅克说。"给我报告报告，那倒轻松，你这个混蛋！"

"报告，上尉先生，"帅克轻声地回答，"箱子确是被人偷走了。火车站上总是有很多小偷扒手荡来荡去。我想，他们中间有一个准是看中了您那口箱子。那家伙准是趁我离开这堆箱子去向您报告我们的行李完整无缺的机会下手的。他也只能在对他有利的那一刹那把我们的箱子偷去。他们总是在寻找这样的空子。两年前，西北车站有人把一位老太太的小孩推车连同躺在小被子里的女孩一块儿偷走了。他们这事儿干得很漂亮：把小女孩交给我们街上的警察所，说是人家扔在车站走廊上的。后来，报纸登了这件事，把那可怜的太太骂做狠心的母亲。"

帅克还强调说："火车站一向有人偷东西，今后也会如此，要不就不叫火车站了。"

"帅克，我坚决相信，"上尉说，"你准会没有好下场。我至今不明白，你是装傻呢，还是生下来就是这么一头笨牛。那口箱子里装的是什么？"

"差不多啥也没装，上尉先生，"帅克回答说，两眼直盯着坐在上尉对面的秃头先生，后者似乎对整个事件不感兴趣，只一心看他的《新自由报》。"箱子里只有从卧室里摘下来的一面镜子，从过厅里卸下来的一个铁衣架。实话说，我们啥损失也没有，镜子和衣架都是房东的嘛。"

看见上尉做了一个威胁的手势，帅克还是兴致勃勃地往下说："报告，上尉先生，我事先根本不知道箱子会被偷掉。至于镜子和衣架，我已经跟房东说了，等我们从部队回家时就还给他。反正在敌国领土上有的是镜子和衣架，所以房东和我们都不会受到损失。只要我们一攻占哪个城市……"

"住嘴，帅克！"上尉大吼一声打断了他的话，"总有一天我要把你送到战地法庭去的。你好好想一想，你是不是天字第一号的白痴。别人活一千年，也没有你在几个星期之内干出的蠢事多。我想，你自己也注意到这一点了。"

"是，上尉先生，我注意到了。我也有常言说的发达的观察才能，不过总是来得晚，发生了什么倒霉事了才事后聪明。我就跟常常上'母狗林'小酒店去的内卡参基人纳赫莱巴一样倒霉。他总想干点好事，决心从礼拜六起开始新的生活，可是到第二天又总是说：'朋友们，早晨我发现，我又躺在铺板上了。'他总是碰上倒霉事，比方说，他本来该好生生回家去的，可是结果证明：他不是在哪儿弄倒了一扇篱笆、给马车夫的马卸了套，就是想用警察帽子上的公鸡毛来清除他烟斗中的烟屎。他简直毫无办法。他特感遗憾的是，他家好几代都走着这股倒霉运。有一次他爷爷出门去流浪……"

"别再胡诌你那一套来烦我啦,帅克!"

"报告,上尉先生,我这儿讲的事儿绝对属实。他爷爷出门去流浪……"

"帅克!"上尉火了,"我再一次命令你:别再向我啰嗦了。你的话我什么也不要听。等我们到了布杰约维策,我再收拾你。我要把你关起来。你知道这个吗,帅克?"

"我不知道,上尉先生,"帅克温和地说。"您从来没对我提过这个哩。"

上尉不禁咬了咬牙,叹了口气,从大衣兜里掏出一份《波希米亚报》,开始读起德国"E"型潜水艇在地中海取得多次胜利的新闻来。正当他看到一段关于德国利用空投一种连续爆炸三次的特殊炸弹来摧毁一所城市的新发明时,被帅克的声音打断了。帅克对着那位秃顶先生说:

"请问,老板,您不是斯拉维银行的副经理普尔克拉贝克先生吗?"

秃顶先生没答理他,帅克便对上尉说:

"报告,上尉先生,有一次我在报上读到,一般人的脑袋平均有六万至七万根头发,而且黑头发总要长得稀一些,就像人们常见的那样。"

他毫不留情地接着往下说:"后来有个医士在'什皮列克'咖啡馆里说,掉头发是因为养孩子后的第六个星期精神上的激动所引起的。"

立刻发生了可怕的事:秃头先生跳了起来,冲着帅克嚷道:"滚出去,你这猪猡!"他一脚把帅克轰到过道之后,又回到包厢来,向上尉作了自我介绍,使上尉略微吃了一惊。

显然是帅克弄错了。秃头先生并不是斯拉维银行的副经理,也不姓普尔克拉贝克,而是陆军少将冯·施瓦茨堡。少将这次是穿着便服来视察部队纪律的,他事先没有通知,是突然前往布杰约维策的。

他是天底下最可怕的一位视察将官,他只要发现哪儿秩序不佳,就会跟驻防军司令官进行这样的谈话:

"您有手枪吗?"——"有。"——"那好,我要是处在您的地位,就准知道该用它干什么。因为我在这里看到的不是驻防区,而是个猪圈!"

真的,凡他视察过的地方,在他离开后,总有人开枪自杀。这时冯·施瓦茨堡少将便心满意足地认定说:"这才像个样!这才像个军人!"

似乎他对他视察之后的地方还有人活着并不感到快意。此外,他有一种把军官调到环境最差的地方去的癖好。一个军官因为一点鸡毛蒜皮的小事儿,就得与他的部队分手,被轰到黑山边境或是加里西亚一个肮脏的角落里的糟糕透顶的驻防军去。

"上尉先生,"他说,"您在哪儿进的军官学校?"

"布拉格。"

"你上过军官学校,连军官必须为他的下属负责的道理都不懂吗?你真行!再一点,你跟勤务兵扯淡扯得简直像知心朋友。不等你问他,你就让他说三道四,这就更妙了。第三,你还容许他侮辱你的上司,这就妙到头了!我将根据这一切来作出结论。你叫什么名字,上尉先生?"

"卢卡什!"

"哪个团的?"

"我曾经在……"

"得。我没问你曾经在哪儿服役,我只想知道你现在在哪儿服役。"

"在九十一步兵团,少将先生,我被调到……"

"调动你啦?调得很对。最近就同九十一团到战场上去看看,对你没有坏处。"

"这一点已经定了，少将先生。"

这时，少将大发宏论，说是据他的观察，近几年来，军官们常用亲昵的腔调和下属谈话，他认为这是一种危险倾向，会助长民主思想的扩散。士兵必须保持一种恐惧感，他在上司面前必须战战兢兢，害怕长官。军官则必须与普通士兵保持十步远的距离，不许士兵有自己的见解，甚至根本不许士兵动脑筋。近几年来的悲剧性的错误恰恰出在这上头。过去，士兵像怕火一样地怕军官，可如今……

少将绝望地摆了一下手说："如今大多数军官宠惯着他们的士兵，这就是我要说的话。"

少将重新拿起报纸，聚精会神地看着。上尉脸色苍白，到过道里去找帅克算账。

他在窗口旁找到帅克。帅克神情愉快、心满意足，像个喝足了水、吃饱了奶、正要美美地睡去的满月婴儿。

上尉站住了，招手叫帅克过来，给他指了一下一间空包厢。他紧跟着帅克走进去，随后把门关上。

"帅克，"他郑重其事地说，"这一下你可得挨我两下世上少有的大耳光了！你为什么要去碰那位秃头先生啊？你知道吗？他是冯·施瓦茨堡少将啊！"

"报告，上尉先生，"帅克带着一副殉道者的神情说，"我有生以来压根儿就没有想过要侮辱谁，我根本就没想到什么少将。他的的确确跟斯拉维银行的副经理普尔克拉贝克先生长得一模一样。那位副经理常去我们那儿的酒店，有一次，当他在桌边睡着了的时候，一位大好人用复写笔在他的秃脑袋上写了一句'谨送上保险章程第三项丙条，请借助本公司人寿保险为贵府儿女积攒嫁妆与供养费'。自然啰，人们都溜了，就剩下我一个人在那里，因为我总是走倒霉运。他一觉醒来，朝镜子里一照，就勃然大怒，以为是我给他弄的，也要给我两个大耳刮子。"

帅克讲的那个"也"字是那样感人地温柔，略带责备口气，上尉不禁把准备扇他耳刮子的手放了下来。

帅克接着说："这位先生犯不着为这么一星半点儿误会动肝火嘛。他的确该跟一般人一样有六万到七万根头发，就像报上那篇文章所说的。正常人该有的头发数量。我从来没有想到世界上还会有个什么秃头少将。这就是人们常说的'悲剧性的误会'。一个人说了个什么，另一个人马上就牛头不对马嘴地接上茬儿，这种误会谁都可能碰上。前几年，有个叫依乌尔的裁缝跟我们谈过一件事：他从他干活计的地方史迪尔斯柯到布拉格，途经莱奥本，身边还带了一只在马利博尔买的火腿。他坐在火车上，心想旅客中只他一个人是捷克人。车到圣摩希采时，他开始切火腿。坐在他对面的一位乘客开始对他的火腿投射出羡慕的目光，口水也从他嘴里流了出来。依乌尔裁缝发现这个，便大着嗓门自言自语说：'你也想饱餐一顿吧，讨厌鬼！'那位先生竟用捷语回答说：'当然啰！要是你肯给的话，我是想饱吃一顿的。'于是他们在火车到达布杰约维策之前，一块儿把火腿啃光了，这位先生叫沃依捷赫·洛斯。"

卢卡什上尉看了帅克一眼，从包厢里走了出来，重新坐到自己的位子上。不多一会儿，帅克那张天真无邪的脸庞又在门口出现了。

"报告，上尉先生，再过五分钟就到塔博尔了。火车在那儿停五分钟。您不想叫点什么吃吗？好多年前这儿可以吃到挺不错的……"

上尉气势汹汹地跳起来，在过道里对帅克说："我再提醒你一遍：你越少在我眼前露面，我越高兴。要是我根本看不见你，我就交好运了。请你相信，我关心的就是这个。你别在我跟前晃，离我远远的，你这畜生，白痴！"

"是，上尉先生！"

帅克敬了军礼，用军人的姿势来了个向后转，走到过道的尽头去了。他在角落里的乘务员座位上坐下，和一位列车管理员攀谈起来："劳驾！我可以向您提个问题吗？"

列车管理员对聊天毫无兴趣，只是冷冷地点了点头。

"有一个叫霍夫曼的蛮好的人常上我家作客，"帅克开言道。"他一口咬定说，这些刹车装置向来都不灵，说你即使扳了这个把手，它也不管用。说句实在话，我对这类玩意儿向来没去动过脑子，可是今天我既然见到了这套刹车设备，就很想知道，万一有一天忽然需要用它的时候，该怎么摆弄它。"

帅克站起来，随着列车管理员走到刹车器跟前，那上面写有"危险时动用"字样。列车管理员认为自己有责任向帅克说明一下这紧急制动机械设备的用法："他告诉你要扳这个把手，这点他说对了，可他说扳了也不灵，这可是胡扯。只要一扳这把手，火车准停，因为刹车器是通过列车所有车皮和车头相连接的。刹车器必须是灵的。"说话间两人的手都放在刹车器的臂杆上，可是不知怎么回事，臂杆被他们扳了下来，火车停了。

究竟是谁扳动臂杆，发出刹车信号，他们两人各执一词。

帅克坚持说，他又不是个爱胡闹的小孩子，不可能干这种事。

"我自己也觉得奇怪，"他还好心好意地对乘务员说，"火车怎么会突然停下来呢？走着走着，轰一家伙——停啦！对这事我比你还要着急。"

一位举止庄重的先生袒护列车管理员，说他听到是那个当兵的先谈起制动刹车器的。

可是帅克一个劲儿申述他绝对老实，火车误点对他毫无好处，因为他是开赴前线去打仗的。

"站长会给你讲清楚的，"乘务员说。"要了却这件事，你得破费二十克朗。"

这时，旅客们纷纷从车厢里爬出来，列车长吹着口哨，有一位太太吓得魂不附体，提着旅行包跨过铁轨朝田野奔去。

"这的确值二十克朗，"帅克一本正经地说，神态十分镇定，"这价钱实在太便宜了。有一次，皇上出巡日什科夫，一个叫弗朗达·史诺尔的人在大道当中对皇上跪下来，挡住了他的马车。后来这个地段的警察段长眼泪汪汪地责备这个史诺尔先生，说他不该在他所管辖的这个地段跪下来，应该到克劳斯段长辖区内的下一条街上去下跪、去向皇上表达敬意。后来这位史诺尔先生被关起来了。"

当列车长加入到听众行列时，帅克向四周环顾了一下。

"那么，咱们还是继续开车吧，"帅克说。"火车误点，没什么光彩。要是在太平年月，还不碍大事，可如今是在打仗啊。谁都该懂得，每列火车运的都是军人：少将啦、上尉啦、勤务兵啦。这种时候每误一次点，都是一件不幸的祸事。拿破仑在滑铁卢就因为晚到了五分钟，结果弄得身败名裂。"

此刻卢卡什上尉也挤到听众中来了。他脸色发青，嘴里只迸出一声："帅克！"

帅克敬了个举手礼，说："报告，上尉先生，他们诬赖我，说是我让火车停下的。铁路管理局在他们的紧急刹车器上装了一些奇怪的铅封。您千万别靠近它，要不就倒了霉，他们就要敲您二十克朗，就像敲我一样。"

列车长走去发了信号，火车又开动了。

帅克的听众都回到原来的座位上，卢卡什上尉也一声没吭地坐到包厢里去了。

只留下乘务员、帅克和列车管理员在过道上。乘务员把记事本掏出来，记下了整个事件的经过。列车管理员生气地看着帅克，帅克却若无其事地问道："您已经在铁路上干了很久吧？"

列车管理员没答理他。帅克又接着说，他认识一个什么叫姆里切克·弗朗季谢克的，是布拉格附近乌赫希涅维斯人，那人有一次也扳了紧急刹车器，把他吓哑了。过了两个礼拜，直到他上霍斯迪瓦什的一位花匠万尼克家串门，他跟人家打了一架，人家为他抽断了一根鞭子之后，他这才恢复了说话的本事。帅克接着补了一句："这件事儿发生在一九一二年五月。"

列车管理员打开厕所门，进到里面，随后把它关上了。

只剩下了乘务员和帅克。乘务员想敲他二十克朗罚款，威胁他说，他要不服，就得把他带到塔博尔车站交给站长去发落。

"那好啊，"帅克说，"我很愿意跟有学识的人谈话。要是我能会见一下塔博尔的站长，那我一定非常高兴。"

帅克从上衣里掏出烟斗，点燃吸着，吐出军用烟草刺鼻的烟味，接着说："许多年前，在斯威达瓦站的站长叫瓦格纳，那位老兄特别会折腾他的部下，处处指责他们，尤其是对一个叫容维尔特的扳道夫厉害到了家，使得那个可怜的只好跳河自杀；可是他在跳河之前给站长留了张便条，说是晚上要来吓唬他。我不是跟您扯淡，他还真这么干了。晚上这位可爱的站长先生坐在电报机跟前。铃响了，站长收到一份电报：'你好吗，流氓？容维尔特。'这么闹腾了一个礼拜，站长开始向各条线路发出如下公务电报，作为对这吓人妖怪的答复：'容维尔特，饶恕我吧！'深夜里电报机又哒哒哒敲响了，传来这样的回答：'可到桥边信号灯上去上吊，容维尔特。'站长先生照他的话做了。后来，为了这件事，人们还把邻站的报务员给逮捕了。您瞧，天地间什么怪事没有，我们连想都想不到哩。"

列车开进塔博尔站，帅克无须乘务员引路，就自个儿下了火车，以应有的礼貌向卢卡什上尉报告说："报告，上尉先生，他们要领我去见站长先生。"

卢卡什上尉没有答理。他现在对一切都无所谓了。他脑子里闪着这样的念头：帅克也好，他对面的秃头少将也好，最好是一概不理。自己安安稳稳坐着，到了布杰约维策就下车，到兵营去报到，然后跟随先遣连上前线。在前线，也可能阵亡，这样也就摆脱了让帅克这类怪物到处游荡的可怜的世界。

火车开动了。卢卡什上尉从窗口往外张望，只见帅克站在月台上，正聚精会神地同站长郑重其事地谈话。一群人围住帅克，其中有几个穿着铁路职工的制服。

卢卡什上尉叹了一口气。这叹气不是表示怜惜。当他看见帅克留在月台上，他心里感到松快了。连秃头少将也不再使他感到像个可恶的怪物。

第四卷　光荣败北续篇

第三章　帅克重返先遣连（节选）

正当杜布中尉和士官生比勒在楼梯上争辩着，不属于任何单位的士官生是否有权去领取各连军官应得的肝香肠时，楼下伙房里的人已经吃得饱饱的，一个个躺在四散的长椅上天南地北地聊天，抽着一百〇六号烟草。

伙夫约赖达宣布说："今天我给你们搞了一项重大发明。我想：这会在烹调艺术中引起天翻地覆的变化。你知道，万尼克，我在这该死的村子里哪儿也没找到做肝香肠用的马约兰。"

"Herba majoranae，"军需上士万尼克想起自己做过草药买卖，便这样说道。

约赖达接着说："还没研究出来的是，人类的理智怎样巧妙地在困境中找到各式各样的药方，新的地平线怎样在人类的理智面前呈现出来，人类的理智怎样发明所有至今人类连做梦也没梦见过的不可能的事物……我到各家各户去找那马约兰。我到处跑呀，找呀，跟他们说我要拿它干什么，它是个什么样……"

"你还应该把它的香味描述出来，"帅克躺在长椅上说，"你应该说，马约兰香得像你在盛开的洋槐林荫道上闻着小墨水瓶的味儿。在布拉格附近博赫达尔山岗上……"

"算了，帅克，"志愿兵马列克以请求的口吻打断他的话，"让约赖达说完吧。"

约赖达接着说："在一家庄园里，我碰到了一位占领波斯尼亚与黑塞哥维那时期的退伍老兵，他是在帕尔杜皮茨城服满骠骑兵的兵役的，至今还没忘记捷克话。他开始跟我争论，说在捷克往肝香肠里放的不是马约兰，而是甘菊。我，实话说，真不知道拿他咋办，因为每一个有理智的和客观的人都把马约兰作为肝香肠的香料之王。需要尽快找到这样一种特别的香料的代用品。于是我在一家人家挂在墙上的某位圣徒的圣像下面找到一个桃金娘花环，是结婚时用的。这还是对新婚夫妇，因为花环上的桃金娘枝子还相当新鲜。我就把桃金娘放在肝香肠里。当然，我首先得把这个结婚花环拿去放在开水里煮三次，让叶子变软，去掉那股辛辣味儿。不用说，在我把那结婚花环拿去做肝香肠时，他们流了不少眼泪。小两口在和我分手时断定说，我这样亵渎上帝（因为花环是行过祓除式的），不久就会挨炮弹打死。你们不是都喝了我的肝香肠汤吗？可你们谁也没吃出来我放的香料不是马约兰而是桃金娘。"

"在英德希赫城，"帅克开腔了，"很多年前有个叫约瑟夫·利涅克的腊肠铺老板。他在隔板上搁了两个盒子。一个装的是混合在一起的香料，供制作肝香肠和血肠调料用。另一个装的是杀虫药粉，因为那位腊肠铺老板已经好几次发觉，他的顾客不得不吃臭虫或蟑螂咬过的香肠。他总是说，臭虫有一股圆柱形甜面包里放的那种苦杏仁的辛香味儿。但腊肠里的蟑螂却臭得跟被蛀空发霉的旧《圣经》一样。所以他很注意保持作坊的清洁，到处撒些杀虫药粉。有一次做血肠时，赶上他伤风，把装杀虫药粉的盒子打翻了，药粉撒在用来灌血肠的馅儿上了。从此在英德希赫城的人要吃血肠的都找利涅克。人们都挤到他铺子里去买。他很聪明，想到这是那杀虫药粉起的作用。于是订购了整箱整箱的杀虫药粉。事先还叮嘱那个给他供货的药粉公司在箱子上写上'印度香料'几个字。这是他的秘密，他带着这个秘密进了坟墓。最有趣的是，凡是从他那儿买血肠吃的人家，他们家里的臭虫蟑螂都搬了家。打这个时候起，英德希赫城就成了整个捷克最清洁的城市之一。"

"你说完了吗？"志愿兵马列克问，他也忍不住要说几句了。

"这件事算是谈完了。"帅克回答说，"可我还知道贝斯基迪有件与这相似的事儿，等我们开火时，再给你们讲。"

志愿兵马列克便讲道："烹调手艺在战时、尤其是在前线能最好地表现出来。请允许我打个小小的比方。在和平时期，我们大家都读过、也听到过所谓的冰汤，就是往里面搁块冰的汤。这种冰汤在德国北部、丹麦、瑞典很流行。你们瞧，战争一来，今年冬天，在喀尔巴阡山的士兵们有那么多冻了冰的汤，他们连嘴都不沾，可是这玩意儿却是一种名菜。"

"冻了的酱肉丁可以吃，"军需上士万尼克提出异议，"可是时间不能太长，最多一个礼拜。为此我们的九连放弃了阵地。"

"还是在和平时期，"帅克带着一副特别严肃的神气说，"整个部队都围着伙房和各式各样的食物转。我们在布杰约维策有一位叫扎克莱斯的上尉，他一天到晚围着军官食堂转，要是哪个士兵闯了点什么祸，他就命令他'立正'站着，骂道：'你这浑小子，你要是再犯一次，我就把你这张丑脸剁成肉末做成肉饼，把你绞成肉馅拌到土豆泥里，然后统统吃掉。要不用你做鹅杂碎炒饭，把你变成用肥猪肉填的烤兔。你瞧，你要是不想要人家把你当作圆白菜烧肉饼，你就得改正错误。'"

这场把菜谱用于教育士兵的进一步描写和有趣的谈话被楼上结束宴会后的大叫大嚷声

打断了。

在一片喧闹声中，士官生比勒的尖叫声最为突出："士兵在和平时期就该知道，战争要求什么，在战争中不要忘记在操场上学会了的东西。"

然后又听见杜布中尉的叱骂声："请允许我指出，我已是第三次受辱了。"

楼上大闹了起来。

对士官生比勒怀有明显的阴险用意、渴望讨好上司的杜布中尉受到了军官们大轰大嗡的呵斥。犹太人卖的烧酒使他们全发酒疯了。

他们争先恐后地大声喊着，影射杜布中尉的骑马技术："没有马夫是不行的！"——"一匹受惊的野马，"——"朋友，你在西方的骑马牧童中待了多久？"——"马戏班的骑手！"

扎格纳大尉很快给他斟了一杯该死的烧酒，受辱的杜布中尉坐到了桌子边。他把那张破椅子拖得靠近卢卡什上尉，上尉友好地欢迎他说："我们什么都吃光了，朋友。"

士官生比勒严格地按照规定，向扎格纳大尉和所有的军官一一报到，每次都重复地说："士官生比勒到营部报到。"虽然大家都看见、都知道这个，但他这个卑微的人物还是不为人们所注意。

比勒端着满满一杯酒，谦恭地坐在窗旁，等待着方便的时机，显示一下自己从课本上学来的知识。

酒劲发作的杜布中尉用指头敲着桌子，把整个身子转向扎格纳大尉说：

"我总是跟县太爷说：'爱国主义、忠于职守、自我完善，这就是战争中的真正武器。'当我们军队最近将要越过边境之际，我要提请您注意的正是这个。"

（胡晓红编，摘自星灿译：《好兵帅克历险记》，人民文学出版社，2012）

第五章　埃德加·斯诺及《西行漫记》

第一节　埃德加·斯诺简介

美国著名记者、作家埃德加·斯诺，1905 年生于美国密苏里州堪萨斯城一出版印刷业主之家，就读于密苏里大学新闻系。1928 年到中国上海，先后担任多家英美大报驻华记者，曾在北平燕京大学（今北京大学）任新闻系教授，同时学习中文。而今看来如此寻常的一位美国记者，身处 20 世纪 30 年代的中国，本着新闻报道的使命，凭着对中国人民的热爱，冒着战乱纷争的危险，孤身一人穿越国民党封锁线，深入了解、采访并报道了中国共产党领导下的中华苏维埃共和国的建立和发展：上至领袖毛泽东、周恩来、朱德，下至红军战士、农民、"红小鬼"，都成为斯诺镜头的焦点，笔下的主角，《西行漫记》由此诞生。最为可贵的是，斯诺客观公正、如实生动的报道，在当时实行新闻封锁的中国和对中国疑虑重重的世界，不啻是一声春雷，揭开了"赤色中国"的神秘面纱，首次全面详细、不失公允地向世人展现了红色苏区党政军民决策、战斗、劳动和生活的诸多场景。斯诺这一有胆有识的惊世之举，为中国人民自由和平事业赢得世界人民的共识做出了卓著贡献。"一半属于中国，一半属于全人类"的盛赞，斯诺当之无愧。

23 岁的斯诺最初带着冒险心理来到中国，计划逗留 6 个星期，但是在目睹了中国人民的苦难生活，参与了"一·二九"学生运动，结识了鲁迅、宋庆龄等民主人士，深入了解了中国文化之后，其思想发生了巨大变化，对神秘苏区充满向往的斯诺希望为中国人民的幸福做出自己的努力，开始了他毕生的使命——用事实说话，向西方说明真实的中国。1936 年 6 月，在宋庆龄的协助下，斯诺冒着生命危险，经西安前往陕北苏区采访：他和毛泽东长谈，收集了有关二万五千里长征的第一手资料，长途跋涉于边区各地采访达 4 个月。离开苏区后，斯诺将其整理撰写的采访报道分期发表或转载于国内外各大报纸，在中国各界和世界各国引起强烈反响。1937 年 10 月，斯诺写成闻名于世的《红星照耀中国》（中译本题名为《西行漫记》），被世界各地译成多种文字。半年后，中译本在中国出版。在此前后，斯诺在中国待了 13 年之久，始终以一名正直的美国记者和中国人民的朋友之身份和责任，认识、报道、援助中国。斯诺对战时中国人民的苦难和中国共产党人领导的革命的如实报道，对国民党政府腐败战乱和消极抗日的揭露，加深了世界对中国的理解，扩大了中国共产党在国际上的影响，取得了美国对中国抗战的同情和支持。除《西行漫记》，斯诺著有《远东前线》、《漫长的革命》等 11 部书。新中国成立后，斯诺 3 次来华访问，受到毛泽东、周恩来的亲切接见，为中美关系的和解做出了贡献。1972 年，斯诺在日内瓦因病去世。遵其遗嘱，他的部分骨灰安葬于他曾生活过的北京大学未名湖畔，汉白玉墓碑上镌刻着中国人民对他饱含深情的赞誉——中国人民的美国朋友。

第二节　《西行漫记》简介

　　《西行漫记》（又名《红星照耀中国》）只是一部新闻报道作品，之所以成为经典，在于其成书的背景和方式。1936 年，年轻正直的美国记者斯诺，在战火纷飞的中国，不畏艰难险阻，只身深入中华苏维埃共和国红都保安，实地采访了苏区各界人士，亲历了那里鲜为人知的斗争和生活，收集了大量珍贵的史料和图片，客观公正地报道了被长期封锁的红色中国的事实真相，向全中国和全世界澄清了围绕"赤匪"的种种诬蔑和谜团，传达了中国人民的心声和中国共产党人的精神。

　　当时的国民党蒋介石政府对苏区实行了全面封锁和 6 次围剿。不仅外国人，中国人自己也不了解红色中国和共产党人，《西行漫记》这本书似爆炸性新闻，点燃了人们的兴趣，甚至引领很多人奔赴延安投身革命。区区一部报道中国共产党人的书籍，何以激起千层浪？除上文提到的因素，书中人物的传奇经历和远见卓识，作者尊重事实、诚恳倾听的姿态，以及与各类采访对象的直接对话和朝夕相处，深深吸引、打动了千千万万持不同政见的中外人士。斯诺以亲历的采访行程为线索，向外界描绘了苏维埃红区的全景和风貌：从那些著名中共领袖的传奇故事，到其基本纲领；从艰苦卓绝的二万五千里长征，到苏维埃政府的治国方略；从红军战士淳朴、昂扬的士气，到普通农民的新生活；从中共的抗日统一战线主张，到其与苏联和共产国际的关系；最后从震惊中外的西安事变，到众望所归的国共合作，都被斯诺敏锐地捕捉到、如实地记录下来，造就了《西行漫记》这一力作。到保安后不久，毛泽东邀请斯诺前去采访。一连数天，毛泽东与斯诺谈论了诸多重大问题，如反法西斯世界同盟、论持久战、统一战线、土地政策等。斯诺通过十几个晚上的交谈，获得了毛泽东个人历史的第一手资料，后经他撰写、翻译、修订而发表，这就是唯一存世的、由毛泽东自述的《毛泽东自传》。斯诺对其他共产党人，如周恩来、林伯渠、朱德、徐海东等，甚至是对普通红军战士和老百姓的采访和描述，使全书熠熠生辉，令人们感受到"一种不可征服的精神、一种力量、一种欲望、一种热情"。斯诺对西安事变、国共合作如实而又翔实的描述也使本书更具说服力和吸引力。

　　在中国，斯诺被视为中美沟通的桥梁；在美国，他的《西行漫记》成为美国政府了解中国的重要资料。罗斯福在由"扶蒋"到"扶蒋联共"的政策调整中，尼克松在1972 年访华前，以及克林顿访华前，都曾通过此书，来解读中国共产党人和中国政府。正是斯诺的对中国的热爱，"用事实说话"的气度和极具预见性的胆识，使《西行漫记》作为对历史的记录，作为对历史趋势的预见，都经受住了时间的考验，这是它成为经典的又一要素。

第三节　《西行漫记》选段

第八篇　同红军在一起

一　"真正的"红军

　　在甘肃和宁夏的山间和平原上骑马和步行了两个星期以后，我终于来到预旺堡，那是宁夏南部一个很大的有城墙的市镇，那时候是红军一方面军和司令员彭德怀的司令部所在地。

虽然在严格的军事意义上来说，所有的红军战士都可以称为"非正规军"（而且有些人会说是"高度非正规军"），但红军自己对于他们的方面军、独立军、游击队和农民赤卫队是作了明确的区分的。我在陕西初期的短暂旅行中，没有看见过任何"正规的"红军，因为它的主力部队那时候正在离保安将近二百英里的西部活动。我原打算到前线去，但蒋介石正在南线准备发动另一次大攻势的消息传来，使我想到兵力较强的一边去，趁还来得及越过战线去写我的报道的时候，及早离开这里。

有一天，我对吴亮平表示了这些犹豫的考虑。吴亮平是在我同毛泽东的长时间正式谈话中充当翻译的一位年轻的苏维埃官员。吴亮平虽然是个脸色红润的二十六岁青年，已写了两本关于辩证法的书。我发现他为人很讨人喜欢，除了对辩证法以外，对什么事情都有幽默感，因此我把他当作朋友看待，坦率地向他表示了我的担心。

他听了我说的话，惊讶得发呆。"你现在有机会到前线去，你却不知道该不该要这个机会？可不要犯这样的错误！蒋介石企图消灭我们已有10年了，这次他也不会成功的。你没有看到真正的红军就回去，那可不行！"他提出了证据说明我不应当这么做。最使我感动的是，光是提到要到前线去，就在他这个久经锻炼的老布尔什维克和长征老战士身上引起那样大的热情。我想大概总有什么东西值得一看，因此决定作此长途旅行，安然无事地到达了吴亮平的真正的红军作战的地点。

我幸亏接受了他的劝告。我要是没有接受他的劝告，我在离开保安时就仍旧不明白红军不可战胜的声誉从何而来，仍旧不相信正规红军的年轻、精神、训练、纪律、出色的装备、特别是高度的政治觉悟，仍旧不了解红军是中国唯一的一支从政治上来说是铁打的军队。

要了解这些所谓的"土匪"，最好方法也许是用统计数字。因为我发现红军对全部正规人员都有完整的数据。下面的事实，我觉得极有兴趣的意义，是一方面军政治部主任、能说俄语的29岁的杨尚昆从他的档案中找出来的。除了少数例外，这个统计材料限于我有机会进行观察核实的一些问题。

首先，许多人以为红军是一批顽强的亡命之徒和不满分子。我自己也有一些这样的模糊观念。不久，我就发现自己完全错了。红军的大部分是青年农民和工人，他们认为自己是为家庭、土地和国家而战斗。

据杨尚昆说，普通士兵的平均年龄是19岁。这很容易相信。虽然许多红军士兵已经作战七八年甚至10年，但大量还只是十多岁的青年。甚至大多数"老布尔什维克"，那些身经百战的老战士，现在也只有20刚出头。他们大多数是作为少年先锋队员参加红军的，或者是在15岁或16岁时入伍。

在一方面军中，共有38％的士兵，不是来自农业无产阶级（包括手工业者、赶骡的、学徒、长工等）就是来自工业无产阶级，但58％是来自农民。只有4％来自小资产阶级——商人、知识分子、小地主等的子弟。在一方面军中，包括指挥员在内的50％以上的人，都是共产党员或共青团员。

60％到70％的士兵是有文化的——这就是说，他们能够写简单的信件、文章、标语、传单等。这比白区中普通军队的平均数高得多了，比西北农民中的平均数更高。红军士兵从入伍的第一天起，就开始学习专门为他们编写的红色课本。进步快的领到奖品（廉价笔记簿、铅笔、锦旗等，士兵们很重视这些东西），此外，还作出巨大的努力来激励他们的上进心和竞赛精神。

像他们的指挥员一样，红军士兵是没有正规薪饷的。但每一个士兵有权取得一份土地和这块土地上的一些收入。他不在的时候，由他的家属或当地苏维埃耕种。然而，如果他不是苏区本地人，则从"公田"（从大地主那里没收而来）的作物收益中取出一份作报酬，公田的收益也用于红军的给养。公田由当地苏区的村民耕种。公田上的无偿劳动是义务的，但在土地重新分配中得到好处的农民，大多数是愿意合作来保卫改善了他们的生活的制度的。

红军中军官的平均年龄是 24 岁。这包括从班长直到军长的全部军官，尽管这些人是年轻，平均都有 8 年的作战经验。所有的连长以上的军官都有文化，虽然我遇见过几位军官，他们参加红军以前还不能认字写字。红军指挥员约有 1/3 以前是国民党军人。在红军指挥员中，有许多是黄埔军校毕业生、莫斯科红军大学毕业生、张学良的"东北军"的前军官、保定军官学校的学生、前国民军（"基督将军"冯玉祥的军队）的军人，以及若干从法国、苏联、德国和英国回来的留学生。我只见到过一个美国留学生。红军不叫"兵"（在中国这是一个很遭反感的字），而称自己为"战士"。

红军的士兵和军官大多数未婚。他们当中许多人"离了婚"——这就是说他们丢下了妻子和家人。在有几个人身上，我真的怀疑，这种离婚的愿望事实上可能同他们参加红军有些关系，但这也许说得太刻薄了。

从在路上和在前线的许多交谈中，我所得的印象是这些"红军战士"大多数依然是童男。在前线和军队在一起的女人很少，她们本人几乎全都是苏维埃干部或同苏维埃干部结了婚的。

就我所能看到或知道的，红军都以尊重的态度对待农村妇女和姑娘，农民对红军的道德似乎都有很好的评价。我没有听到过强奸或污辱农村妇女的事件，虽然我从一些南方士兵那里了解到丢在家乡的"爱人"的事情。红军很少有人吸烟喝酒；烟酒不沾是红军"八项注意"之一，虽然对这两种坏习惯没有规定特别的处罚，但我在墙报上的"黑栏"上看了好几宗对有吸烟恶习的人提出严厉的批评。喝酒不禁止，但也不鼓励。喝得酩酊大醉的事情，就我的见闻来说，却没有听到过。

彭德怀司令员曾任国民党将军，他告诉我说，红军极其年轻，说明它为什么能够吃苦耐劳，这是很可信的。这也使得女伴问题不太严重。彭德怀本人在 1928 年率领国民党军队起义参加红军后，就没有见过自己的妻子。

红军指挥员中的伤亡率很高。他们向来都同士兵并肩作战，团长以下都是这样。一位外国武官曾经说，单单是一件事情就可以说明红军同拥有极大优势的敌人作战的能力了。这就是红军军官习惯说的："弟兄们，跟我来！"而不是说："弟兄们，向前冲！"在南京发动的第一次和第二次"最后清剿"中，红军军官的伤亡率往往高达 50%。但红军不能经受这样的牺牲，因此后来采取了多少要减少有经验的指挥员的生命危险的战术。虽然这样，但在第五次江西战役中，红军指挥员的伤亡率还是平均在 23% 左右。关于这一点，在红区中，人们可以看到许多证据。通常可以看到，20 刚出头的青年就丢了一只胳臂或一条腿，或者是手指被打掉了，或者是头上或身上留有难看的伤痕——但是他们对于革命依然是高高兴兴的乐观主义者！

在红军的各支队伍里，几乎中国各省的人都有。在这个意义上，红军或许是中国唯一的真正的全国性军队了。它也是"征途最辽阔"的军队！老兵们走过 18 个省份。他们也许比其他任何军队更加熟悉中国的地理。在长征途上，他们发现大多数的旧中国地图了无用处，于是红军制图员重新绘制了许许多多英里的区域地图，特别是在土著居民地区和西部边疆地区。

　　一方面军约有 3 万人，南方人占的百分率很高，约有 1/3 来自江西、福建、湖南或贵州。将近 40％ 来自西部的四川、陕西和甘肃等省。一方面军包括一些土著居民（苗族和彝族），此外还有一支新组织起来的回民红军。在独立部队中，当地人的百分率还更高，平均占总数的 3/4。

　　从最高级指挥员到普通士兵，吃的穿的都一样。但是，营长以上可以骑马或骡子。我注意到，他们弄到美味食物甚至大家平分——在我和军队在一起时，这主要表现在西瓜和李子上。指挥员和士兵的住处，差别很少，他们自由地往来，不拘形式。

　　有一件事情使我感到迷惑。共产党人是怎样给他们的军队提供吃的、穿的和装备呢？像其他许多人一样，我原以为他们一定是完全靠劫掠来维持生活。我已经说过，我发现这种臆想是错误的，因为我看到，他们每占领一个地方，就着手建设他们自己的自给经济，单单是这件事实，就能够使他们守住一个根据地而不怕敌人的封锁。此外，对于中国无产阶级军队能够靠几乎不能相信的极少经费活下去，我也是没有认识的。

　　红军声称他们 80％ 以上的枪械和 70％ 以上的弹药是从敌军那里夺来的。如果说这是难以相信的话，我可以作证，我所看到的正规军基本上是用英国、捷克斯洛伐克、德国和美国机关枪、步枪、自动步枪、毛瑟枪和山炮装备起来的，这些武器都是大量地卖给南京政府的。

　　我看见红军使用的唯一俄国制步枪，是 1917 年造的产品。我直接从几个前马鸿逵将军的士兵口中听到，这些步枪是从马的军队那里夺来的。而宁夏省省主席马将军又是从冯玉祥将军那里把这些步枪接过手来的。冯将军在 1924 年统治过这个地区，曾从外蒙古得到一些武器。红军正规军不屑使用这些老武器，我看见只有游击队的手中才有这种武器。

　　我在苏区时，要想同俄国的武器来源发生任何接触，客观上是不可能的。红军为总数将近 40 万的各种敌军所包围，而且敌人控制着每一条通向外蒙古、新疆或苏联的道路。别人老是指责他们从俄国那里得到武器，我想，要是有一些这样的武器居然从天而降，他们是乐意得到的。但是，只要看一看地图就十分明白，在中国共产党人往北方和西方扩大更多的面积以前，莫斯科没法供应任何订货，姑且假定莫斯科有意这么做，但那是大可怀疑的。

　　第二，共产党没有高薪的和贪污的官员和将军，这是事实，而在其他的中国军队中，这些人侵吞了大部分军费。在军队和苏区中厉行节约。实际上，军队给人民造成的唯一负担，是必须供给他们吃穿。

　　实际上，我已经说过，西北苏区占地面积相当于英国，它的全部预算当时每月只有 32 万美元！这个惊人的数目中将近 69％ 是用来维持武装部队的。财政人民委员林祖涵老先生为此感到很抱歉，但是说“在革命获得巩固以前，这是不可避免的”。当时武装部队为数（不包括农民辅助部队）约 4 万人。这是在二方面军和四方面军到达甘肃以前的事情，此后红色区域大大扩大，西北的红军主力不久就接近 9 万人的总数了。

　　统计数字就说到这里。但是要了解中国红军为什么能在这几年中维持下来，必须对他们的内在精神、士气斗志、训练方法有所了解。而且，也许更重要的是，对他们的政治和军事领导要有所了解。

　　例如，南京悬赏要取红军司令员彭德怀的首级，为数之大足以维持他领导下的全军（如果财政人民委员林祖涵的数字是正确的）1 个多月，他究竟是怎样一个人？

三 为什么当红军？

彭德怀生于湘潭县的一个农村，离长沙约 90 里地，靠湘江的蓝色江水旁边的一个富裕的农村里。湘潭是湖南风景最好的一个地方，深深的稻田和茂密的竹林绣成一片绿色的田野。人口稠密，一县就有 100 多万人。湘潭土地虽然肥沃，大多数农民却穷得可怜，没有文化。据彭德怀说，"比农奴好不了多少"。那里的地主权力极大，拥有最好的地，租税高得吓人，因为他们许多人也是做官的。

湘潭有些大地主一年收入有四五万担谷子，湖南省有些最富有的米商就住在那里。

彭德怀自己的家庭是富农。他 6 岁那年死了母亲，他的父亲续弦后，后母憎嫌彭德怀，因为他使她想起了她的前任。她送他到一所老式私塾去念书，在那里常常挨老师打。彭德怀显然很有能力照顾自己：有一次挨打时，他举起一条板凳，揍了老师一下，就逃之夭夭。老师在本地法院告他，他的后母把他赶了出来。

他的父亲对这次吵架并不怎么在意，但是为了迁就妻子，把这个摔凳子的年轻人送去同他喜欢的一个婶母那里去住。这位婶母把他送进了所谓新学堂。他在那里遇到了一个"激进派"教师，是不信孝敬父母的。有一天彭德怀在公园里玩耍的时候，那个教师过来，坐下来同他谈话。彭德怀问他孝敬不孝敬父母，问他是否认为彭德怀应该孝敬父母？那位教师说，从他本人来说，他不相信这种胡说八道。孩子们是在他们父母作乐的时候诞生到这个世界上来的，正如彭德怀在公园里作乐一样。

"我很赞成这种看法，"彭德怀说，"我回家后便向婶母说了。她吓了一大跳。第二天就不让我去上学，受这种可恶的'外国影响'。"他的祖母——看来是个残酷的专制魔王——听到他反对孝敬父母的话以后，"每逢初一月半、逢年过节或者刮风下雨的日子"就跪下来祷告，祈求天雷打死这个不孝孽子。

接着发生了一件惊人的事，这最好用彭德怀自己的话来说：

"我的祖母把我们统统看做是她的奴隶。她抽鸦片烟很凶。我不喜欢闻鸦片烟，有一天晚上我再也忍受不住了，起身把她的烟盘从炉子上踢了下来。她大发脾气，把全族都叫来开了会，正式要求把我溺死，因为我是不孝的孩子。她对我提出了一大串罪状。

"当时族人已准备执行她的要求。我的继母赞成把我溺死，我的父亲说，既然这是一家的意见，他也不反对。这时我的舅舅站了出来，狠狠地责备我的父母没有把我教养好。他说这是他们的过失，因此孩子没有责任。

"我的命就得了救，但是我得离家。我当时才 9 岁，10 月里天气很冷，我除了一身衣裤外身无长物。我的继母还想把我身上的衣裤留下。但我证明这不是她的，是我生身的母亲给我做的。"

这就是彭德怀闯世界的生活的开始。他起先当放牛娃，后来又做矿工，一天拉 14 小时风箱。工作时间这么长使他吃不消，于是他就离开煤矿，去当鞋匠学徒，一天只工作 12 小时，这已是个大改善了。他没有工资，过了 8 个月他又逃跑了，这次去到烧碱矿做工。矿井歇业后，他再一次得去找工作。身上除了一身破烂以外仍一无长物。他去修水渠，终于有了个"好差使"，拿到了工资。二年攒了 1500 文——大约 12 元钱！但换了军阀后，原来的纸币成了废纸，他又一文不名。灰心丧气之下，他决定回家乡。

彭德怀现在 16 岁，他去找一个有钱的舅舅，就是那个救了他一命的舅舅。那人自己的儿子刚死，他过去一直很喜欢彭德怀，就欢迎他去，留他在家。彭德怀爱上自己的表妹，舅舅对婚事也颇赞同。他们请一个古文先生上课，在一起嬉戏，计划将来的共同生活。

但是这些计划被彭德怀的无法抑制的暴躁脾气所打断了。第二年，湖南发生大饥荒，成千上万的农民赤贫无依。彭德怀的舅舅救了许多农民，但是最大的一些米店是一个大地主开的，靠此大发横财。有一天有 200 多个农民拥到他家中，要求他把大米平价卖给他们——这是在饥荒之年一向要大善士做的事。但这个有钱人拒绝讨论，把人们赶走，闩上了大门。

彭德怀继续说："我正好走过他家，便停下来看示威。我看到有许多人都已饿得半死，我知道那个人的米仓里有 1 万担大米，可是他却一点也不肯帮穷人的忙。我生气起来，便带领农民攻打他的家，他们把他的存粮都运走了。我事后想起来也不知道自己为什么这样做。我只知道，他应该把米卖给穷人，要是不卖，他们把米拿走是应该的。"

彭德怀又得逃命，这次他已够年岁可以当兵。他的军人生涯由此开始。不久之后他就成了一个革命家。

他 18 岁当上了排长，参加了推翻当时统治该省的一个姓胡的督军的密谋。彭德怀当时受到军中一个学生领袖的很大影响，这个人遭到了督军的杀害。彭德怀负了刺杀督军的任务来到长沙，等他有一天上街时扔炸弹过去。这颗炸弹却是虎头蛇尾的，像中国小说中的情况一样：它没有爆炸，彭德怀逃走了。

不久之后，孙逸仙博士担任西南联军的大元帅，打败了胡督军，但后来又被北洋军阀赶出湖南。彭德怀同孙逸仙的军队一起南逃。后来他奉孙逸仙的一个将领程潜的命令从事谍报活动，到了长沙以后被叛徒出卖，遭到逮捕。当时湖南当权的军阀是张敬尧。彭德怀对他这段经历是这么叙述的：

"我每天受各种各样刑罚约 1 小时。有一天晚上我被手足反绑，在手腕上缚一根绳子吊在梁上。狱卒们在我背上堆上一块块大石头，站在周围踢我，要我招供——因为他们至今仍没有弄到我的证据。我昏过去了好几次。

"这样的刑罚继续了 1 个月。每次受刑后我常常想，下一次得招供了，因为我实在受不了这种刑罚。但每次我又决定不屈服，坚持到第二天再说。最后他们从我口中得不到什么东西，出乎意料地释放了我。我一生中最惬意的一件事是几年以后我们攻占长沙时把这个用刑室拆毁了。我们放了关在那里的好几百名政治犯——其中许多人由于挨打、虐待、挨饿已奄奄一息。"

彭德怀重获自由以后就回到他舅舅家去看他的表妹，他想同她结婚，因为他认为自己仍有婚约。他发现她已死了。他于是又去当兵，不久就第一次任军官，派到湖南军校学习。毕业后他在鲁涤平部下第二师当营长，到家乡驻防。

"我的舅舅死了，我听到消息以后就请假回去奔丧。路上我要经过童年时代的家。我的老祖母还活着，80 多了，身体还很健旺，她听说我回来，走了 10 里路来迎我，请我不要计较过去。她的态度非常谦恭。我对这一转变感到很奇怪。是什么原因呢？我马上想到这不是因为她个人感情有了什么转变，而是因为我在外面发了迹，从一个无业游民变成一个月挣 200 元大洋军饷的军官。我给老太太一些钱，她以后就在家里赞扬我是个模范'孝子'！"

我问彭德怀受到什么书籍的影响。他说，他年轻的时候读过司马光的《资治通鉴》，第一次开始对军人应对社会负有什么责任有了一些认真的考虑。"司马光笔下的战争都是完全没有意义的，只给人民带来痛苦——很像我自己的时代里中国军阀之间的混战。为了要使我们的斗争有一些意义，为了实现长期的变革，我们能够做些什么？"

彭德怀读了梁启超、康有为以及其他许多对毛泽东也发生过影响的作家的著作。有一个时期，他对无政府主义也有一些信仰。陈独秀的《新青年》使他对社会主义发生了兴趣，从此开始研究马克思主义。国民革命正在酝酿中，他当时任团长，觉得有必要用一种政治学说来激励他的部下的士气。孙逸仙的三民主义"比起梁启超来是个进步"，但彭德怀感到

"太含糊混乱"，虽然当时他已是国民党员。布哈林的《共产主义入门》使他觉得是"第一次提出了一个实际合理形式的社会和政府的一本书"。

到1926年彭德怀已读了《共产党宣言》、《资本论》简介、《新社会》（一个著名中国共产党员著）、考茨基的《阶级斗争》以及许多对中国革命作了唯物主义解释的文章和小册子。彭德怀说，"以前我只是对社会不满，看不到有什么进行根本改革的希望。在读了《共产党宣言》以后，我不再悲观，开始怀着社会是可以改造的新信念而工作。"

虽然彭德怀到1927年才参加共产党，他在自己的部队里吸收相信共产主义的青年，办马克思主义的政治训练班，成立士兵委员会。1926年，他同一个中学女生结了婚，她是社会主义青年团团员，但在革命期间，他们分了手。1928年以后彭德怀就没有见到过她。就是在那一年7月，彭德怀举行起义，占领了平江，开始了他的叛逆或土匪——看你怎么叫——的生涯。

他在把这些青年时代和斗争的情况告诉我时，他手里执着一个用蒙古马鬃做的苍蝇拂，为了强调语气，漫不经心地随手挥舞着，一边在屋子里踱来踱去，说说笑笑。这时有个通讯员送来了一束电报，他开始看电报时又突然成了一个严肃的司令员了。

"反正，要说的就是这么一些，"他最后说。"这可以说明一个人怎么变成'赤匪'的！"

（胡晓红编，摘自董乐山译：《西行漫记》，外语教学与研究出版社，2005）

第六章　赛珍珠及《大地》

第一节　赛珍珠简介

　　赛珍珠，原名珀尔·赛登斯特里克·布克，美国作家，1932 年获普利策小说奖，1938 年获诺贝尔文学奖。在获奖感言中，她坦言，"假如我同时不为中国人民说几句——尽管我完全以非官方的身份——的话，我也就不成为真正的我了，因为这么多年来我已经把中国人民的生活完全当作我自己的生活。"

　　赛珍珠生于美国弗吉尼亚州，不足半岁就随传教士父母来中国，先后在清江（现淮安）、镇江、宿州、南京、庐山等地生活和工作了近 40 年。1910 年曾回美国攻读心理学，毕业后重返中国。婚后迁居安徽宿州的生活经历成为日后其代表作《大地》的素材。随后，她随丈夫定居南京近 12 年，执教于金陵大学，在这里写出了长篇小说《大地三部曲》等小说。精通汉语的赛珍珠，对中国小说有着极高的评价，成为将《水浒传》推向世界的第一人。1934 年，她告别中国，回美国定居。回国后她笔耕不辍，积极参与美国人权和女权活动，创办"东西方协会"，致力于亚洲与西方的文化理解与交流，先后创立国际收养机构"Welcome House"与"赛珍珠基金会"，救助、收养了成千上万名无人收养的儿童。1972 年尼克松访华后，她曾积极申请访华，遭到拒绝，一年后抑郁而终，再也无法回到她热爱的"福地"——中国大地。遵其遗愿，她的墓碑上只镌刻"赛珍珠"三个汉字。

　　赛珍珠一生写有百余部作品，包括小说、传记、儿童文学、政论等。早年她曾著文抨击传教士在国外"喋喋不休的布道"，晚年的政论主要为美国政府的外交政策辩护，反对共产主义。她热爱中国和中国文化，被称为"中国通"，她的《大地三部曲》（《大地》、《儿子》和《分家》）讲述了中国农民的故事，描绘了当时中国社会的真实面貌。这一定程度上应归功于她的父母，他们坚持在贫苦人群中传教，使她自小就耳濡目染了当时中国底层人民的悲苦生活和命运，唤起了她对他们的同情，甘愿为他们"说几句"，甚至可能的话，"应该给中国人提供实实在在的服务，譬如教育、医疗和卫生"。除风行一时的《大地》外，她的著名作品还有《东风·西风》、《母亲》等，其独特而略带异国情调的人物无疑使作品十分畅销，为她赢得了声誉。赛珍珠的前半生几乎都在中国生活，写出了《大地》等多部表现中国、让世界认识中国的文学作品，也使她成为一位几乎只以中国为写作题材的作家。中美两国文坛都对她颇有争议，对她的作品颇有微词，但毫无疑问，赛珍珠是一位最具中国情结的美国作家，是"一座沟通东西方文明的人桥"。

第二节　《大地》简介

　　《大地》是赛珍珠《大地三部曲》中的第一部，写于 1931 年，最初名为《王龙》，出版商担心不被读者接受，才改为"大地"这一"扣人心弦，富有浪漫情调"的书名。而王龙正是书中的主人公，当时中国大地上一位普通贫穷农民的形象。《大地》以王龙的结婚和他的人丁兴旺、多子多福之梦开始。他娶了富家地主的女佣阿兰，两人夫唱妇随，日出而作，日落而息，孩子一个接一个地降生，小日子也慢慢宽裕起来，甚至买了家道中落的阿兰主人家的一块地，从此拥有置买越来越多田地的梦想。其间一家人遭遇了种种天灾人祸，曾经举家背井离乡，逃荒到南方一座富裕的城市。全家上下，上至老父亲，下至小孩子，终日靠行乞、吃救济粥度日，最后因王龙不愿以偷盗为生，念念不忘家中的田地，重返家乡。吃苦耐劳、善于耕作、勤俭持家的王龙夫妇又家道殷实起来，从贫农摇身一变成为有地有院的富家地主。这时，王龙开始嫌弃糟糠之妻阿兰，纳了小妾荷花，过起了花天酒地的悠闲日子。老实本分、积劳成疾的阿兰在精疲力竭和忧伤抑郁中死去，几个儿子也不成器，最终打算瞒着王龙卖掉他毕生的心血——田地。

《大地》行文简洁、流畅，节奏缓慢，格调庄重，以一个人的一生、一家人的命运沉浮为线索，向世人描绘了当时中国大地上的真实面貌，尤其是底层农民艰辛、悲惨的苦难生活以及他们为过上好日子而历尽艰辛、苦苦挣扎的辛酸史。这在 20 世纪 30 年代的中国乃至世界来看，确是不可多得的一部文学作品。即使在那时的中国，文学界以这样的视角去看中国和中国的农民，也为数不多。而且，作为一名外国人，作家以客观、人道的立场来观察中国的底层社会，来表现他们卑微而又坚强、赤贫而又乐观的人生命运，实在难能可贵，难怪会迅速畅销，受到各项文学大奖评委们的青睐。从现代的角度来审视《大地》，我们能从书名中感受到史诗的气概，作品本身确有平铺直叙、浮光掠影之嫌，正如鲁迅所言，"看她的作品，毕竟是一位在中国的女传教士的立场而已，……因为她所觉得的，还不过一点浮面的情形……"。赛珍珠的作品过于浅白，故事重连贯而少迂回，迎合大众口味，但不耐读。她对此有自己的见解，"所谓风格就是轻松流畅地写下去，简单清晰，用读者每天使用的短语，没有什么别的技巧，只是偶尔有几处描写，只能给某地或某人增加生动的色彩，但不致拖延故事的发展。绝对不能拖延故事。我们要的是故事。"这也是对其代表作《大地》最为客观、准确的勾画。

第三节 《大地》选段

四

孩子生下的第二天，阿兰就起床了，照常给他们做饭，只是不再跟王龙下田。王龙一个人一直做过了中午，换上他的蓝长衫进了城，到市集上买了五十个鸭蛋，鸭蛋不是新下的，但仍然很好，一个一文钱，他还买了红纸，是泡在开水里染蛋用的。他提着放鸭蛋的篮子，到杂货店买了一斤多红糖，他看着卖糖的用黄糙纸小心地把糖包好，又在包扎糖的纸绳下面塞了一方红纸。卖糖的一边包一边笑道：

"给刚生孩子的母亲买的？是吧？"

"头生儿子。"王龙得意地说。

"噢，好福气啊。"那人随随便便地回道，他的目光转向一个衣着很好的刚进来的顾客身上。

伙计这话对别人说过多次了，天天都对人说，但王龙听来觉得这是专门对他说的。他对这人的好意感到高兴，从店里走出来的时候一再鞠躬。他走到烈日下满是尘土的街上时，觉得没有一个人有他那样的好福气。

想到这点，他先是高兴，后来又恐慌这世道福气太好是不行的。天上地下到处是恶鬼，不会让凡人老享福，尤其是像他这样的穷人。他急忙转到卖香的蜡烛店，买了四股香，全家一人一股，然后带着这四股香赶到小土地庙，把香烧在他和妻子烧过的冷香灰里。他望着四股香燃尽，然后才走回家去，心里感到宽慰了一些。这两尊小小的保护神稳稳地坐在小屋顶下面——他们真能保佑啊！

大家几乎还不知道孩子这回事，这女人就下地和他一起干活了。收割完毕，他们在家门口的场院打谷脱粒。他和女人一起用连枷打谷。打下谷粒后他们就用大簸箕把谷粒扬进风里，谷粒落在簸箕里，杂物和秕子则一团团随风飘去。接下来田里又该种冬小麦了，他把牛牵出去套上犁耕地，这女人便拿着锄跟在后边，打碎犁沟里翻起来的颗粒。

她现在整天干活，孩子就躺在铺在地上的一条旧被子上睡觉。孩子哭的时候，女人就停下来，侧躺在地上解开怀给他喂奶。太阳照着他们二人；晚秋的太阳不减夏日的炎热，要到冬天热气才会驱散。女人和孩子晒成了土壤那样的褐色，他们坐在那里就像是两个泥塑的人。女人的头发上，孩子柔软乌黑的头顶上，都沾满了田里的尘土。

雪白的奶水从女人褐色的大乳房里涌了出来，孩子吮一个奶头时，另一个也像泉水一样喷涌而出，但她听任它那样流淌。虽然孩子很贪，她的奶还是吃不完，她真可以喂养很多孩子。她知道自己的奶水充足，流出来也毫不在意。奶水往往越来越多。有时候为了不把衣服弄脏，她撩起上衣让奶水流到地上；奶水渗入土里，形成一小块柔干、黑色的沃土。孩子长得很胖，性情也好，他吃的是母亲给他的永不枯竭的奶汁。

冬天到了，他们做了过冬的准备。这一年的收成比往年都好，这三间屋里到处都堆得满满的。房顶的屋梁上挂满了一串串干葱头和大蒜；在堂屋的四周，在老人的屋里，在他们自己屋里，都安放了用苇席团成的囤圈，装满了小麦和稻谷。这些大部分都要卖掉，但王龙很会过日子，他不像村里许多人那样，随便花钱赌博或买些奢侈的食物，他不必像他们那样在卖不出好价的收获季节把粮食卖掉。相反地，他把粮食保存下来，等下雪或过年的时候再卖，那时城里人会出高价。

他的叔父常常等不到庄稼全熟便去卖粮。有时候等现钱用，他站在田里把粮食卖掉，省得他费心收割、打场。他的婶母也是个荒唐的女人，又胖又懒，经常闹着要吃好东西，还要穿从城里买的鞋子。但王龙的女人做全家人的鞋子，王龙的、老人的、她自己的，也做孩子的。要是她也要买鞋穿他真不知道该怎么办！

在他叔父那间破旧的房子里，梁上从来没有挂过什么东西。他自己家的梁上，还挂了一刀猪腿肉，这是他在姓秦的邻居杀猪时买的。那口猪像是得了什么病，于是在还没有变瘦之前就杀了。阿兰把这条大猪腿挂起来风干。他们还把自己养的鸭杀了两只，取出内脏，肚子里塞盐，带着毛挂起来风干。

因此，当冬天凛冽刺骨的寒风从东北方的荒漠地带吹来时，他们安坐在家里，周围是一片富裕的景象。孩子很快就差不多能自己坐了。孩子满月那天，他们请吃面，表示孩子将来长命百岁。王龙请来吃过喜酒的人一个人分十个煮熟的红蛋；村子里来道喜的，一个人分两个。人人都羡慕他得了儿子，一个又大又胖的月圆脸孩子，高高的颧骨像他母亲。现在冬天又到了，他坐在屋里地下铺的被子上，不用坐在田里了；他们把朝南的门打开，让太阳照进来，而北风被房子的厚土墙挡住，根本吹不到他。

门前枣树上的树叶，田边柳树和桃树上的树叶，很快被风吹落了。唯有房子东边稀疏的竹丛上的竹叶还留着，即令狂风扭动竹子，竹叶也没有脱落。

天刮的是干风，播到地里的麦种发不了芽，王龙不安地等着下雨。接着，风渐渐停了，空气清静温暖，在平静而阴暗的一天，忽然间下起雨来。他们一家坐在屋里，心满意足，看着雨直泻下来，落到场院周围的地里，从屋檐上滴滴流下。小孩子感到惊奇，伸出小手去抓那银白色的雨线；小孩子笑了，他们跟着一起笑，老人坐在孩子身边的地上说：

"方圆十几个村子里也没有见过这样的孩子。我兄弟那几个臭小子在学会走路之前看什么也看不见。"

田里的麦种发芽了，在湿润的褐色土地上拱出了柔嫩的新绿。

这时候人们就互相串门儿，每个农民都觉得，只要老天爷下雨，他们的庄稼就能得到灌溉，他们就不必用扁担挑水，一趟趟来来去去地把腰累弯。他们上午不是上这家便是去那家喝茶，光着脚，打着油纸伞，穿过田间小路，一家家走来串去。会过日子的女人们就待在家里，做鞋缝补衣服，准备过年。

王龙和他的妻子却不常串门子。在这个由分散的小房子组成的村子里——他们家是六七户当中的一户——没有一家有他们家那样温暖富足，王龙觉得跟别人关系太近，别人就会来借钱。春节就要到了，谁有钱做新衣服、办年货？他待在家里，女人缝补衣服，他拿出竹耙进行检查，绳子断了的地方，他用自己种的麻搓成绳穿好，耙齿坏了，他就灵巧地用一片新竹子修好。

他修理农具，阿兰就修理家里用的东西。陶罐漏水，她不像别的女人那样把它扔掉，嚷嚷着买个新的，她不——她把土和黏土和成泥，补上裂缝，用火慢慢烤烧，结果跟新的一样好用。

他们坐在家里，很高兴彼此之间的默契，讲话不多，只是零零星星说些这样的家常话："你把种南瓜的籽留好了吗？"或者"我们把麦秸卖掉吧，烧火用豆梗。"王龙偶尔会说"这面条做得好吃"，阿兰会回答说"今年我们收的麦子好"。

今年好年成，王龙有了不少银元，一时用不完，他不敢把钱带在身里，除了他女人以外，也不敢告诉别人他有多少钱。他们计划着把这些银钱放在什么地方，最后他女人在床后面的内墙上巧妙地挖了个小洞，王龙把那些银钱塞进这个洞里，然后她用一团泥把洞抹好，外面一点也看不出来。这使王龙和阿兰两人都觉得暗藏了一笔财富。王龙知道自己钱多，走在同伙中间觉得愉快，事事都感到顺心。

十

他们把门关好，铁门环扣紧，再没有什么要做的事情。所有的衣服都穿在身上。阿兰在每个孩子手里放了一个饭碗和一双筷子，两个小男孩急切地拿过来紧紧握住，好像这是有饭吃的一种保证。他们就这样出发了，穿过原野，排成一个凄凉的小队慢慢地移动，他们走得慢极了，似乎连城墙那里也永远不会走到。

王龙把小女儿抱在怀里，后来见老人要倒，便把女孩递给阿兰，自己弯下身，把父亲背在身上，驮着老人又干又瘦的骨架子摇摇晃晃地朝庙前走。他们沉默无语地走着，走过了有两个庄严神像的小土地庙，两个神对发生的任何事情都毫不在意。尽管天寒风冷，王龙因为虚弱已经大汗淋漓。风不停地朝他们身上吹，而且正冲着他们，两个男孩冻得哭了。王龙哄他们说：

"你们是两个大人了，这是往南方走，南方暖和，天天有吃的，我们大家天天都有白米饭，你们会有吃的，一定会有吃的。"

他们走一段歇一会儿，但还是赶到了城门。王龙以前喜欢城门洞里的凉爽，现在他却要咬着牙来对抗冬天的寒风；那风猛烈地吹过城门，真像一道冰泉从悬崖间直冲过来。他们脚下是一层厚泥，上面布满了针尖似的冰碴儿。两个小男孩往前走不动了，阿兰背着小女孩，自己的身体也有些支撑不住。王龙挣扎着把老人背过去，放在地上，然后又走回来把孩子一个个抱过去，等到都过去了的时候，王龙已经浑身汗流如雨，耗尽了力气。他好长一会儿靠在潮湿的墙上，闭着眼睛，呼哧呼哧地直喘息；全家人围在他身边，颤抖着站在那里等他。

他们走近黄家大门，门关得死死的。包着铁皮的门高高地矗立着，两边灰色的石狮任风吹打。门口的台阶上，几个衣衫褴褛的男女缩着躺在那里，他们饥饿地望着那紧闭的大门。王龙可怜的一家人路过时，其中一个人疯狂地喊道：

"这些富人的心跟老天爷一样狠。他们还有米吃，吃不了的米还做酒，可是我们就要饿死了！"

另一个人也悲叹地说：

"唉，要是我这只手还有一点力气，我就放火把这门和里面的房院烧了，哪怕我自己也烧死在火里。我操他黄家的祖宗八代！"

但王龙一言不发，他们继续默默地向南方走去。

他们走得很慢，到城南的时候已经是黄昏时分，天差不多都黑了。他们发现有一群人也正在往南走。王龙正想找个墙角以便挤在一起睡一觉的时候，突然发现自己和家人走在一群人当中，于是他问一个靠近他的人：

"这些人到什么地方去？"

那人说：

"都是快要饿死的难民，准备赶火车到南方去。火车从那个房子旁边开出，有些座位是给我们这种人坐的，火车票价不到一块银钱。"

火车！王龙听说过。以前在茶馆里也听人说过这种车，车是一节一节地连起来的，既不用人拉也不用牲口拉，而是用一种像龙一样喷水吐火的机器拉着。那时他想过很多次，有空的时候他要去看看，但田里的活多得做不完，总没有时间，况且他还住在城的北面。再说人们对不知道或不了解的东西总是不信。除了过日子必须知道的事以外，知道得太多也没什么好处。

于是，他疑惑地转向他女人，对她说："是不是我们也去搭这种火车？"

他们把老人和孩子从走过的人群中拉到一边，又忧虑又恐惧地互相看看。就在这暂停的一瞬间，老人一下子坐到了地上，两个小男孩也倒在尘土中，顾不得周围到处有人乱踩。阿兰仍然抱着最小的女孩，但孩子的脑袋耷拉在她胳膊外边，紧闭着眼睛，露出了一种死色，王龙忘却一切，叫道：

"小丫头死了？"阿兰摇摇头。

"还没有。她的心还在跳动。但她挨不过今天夜里，全家人都难挨过去，除非……"

她望着他，好像再也说不出话来，她的方脸显得非常疲倦和憔悴。王龙没有回答，但心里却说，要是再这样走上一天，他们全都会死的。于是他用尽可能显得愉快的声音说：

"起来吧，我的孩子，把爷爷挽起来。我们要去乘火车，坐着到南方去。"

但是谁也不知道他们走不走得动，这时黑暗中传来雷鸣般的隆隆声，一声巨兽般的呼啸，还出现了两只巨大的喷火的眼睛，于是人们又喊又叫，奔跑起来。在混乱中，他们被挤到前面拥来拥去，但总是拼命地抓在一起。然后，在黑暗和嘈杂的喊叫声里，他们不知怎的被推进一扇开着的小门，进入一个像箱子似的房间。接着，随着一阵连续的呼叫，他们所乘坐的这个东西在茫茫的夜里奔驰起来，里面装着他们一家人。

十五

没过几天，王龙便觉得他好像从未离开过他的土地，而他的心也确实从未离开过。他用三块金子从南方买了些粮种——颗粒饱满的小麦、稻米和玉米，还毫不在乎地花钱买了些他以前从未种过的种子，例如芹菜，准备在池塘里种的莲藕，和猪肉烧在一起可以上台面的大红萝卜，以及一些红色的香豆荚。

还没有到家之前，他就从一个正在耕田的农夫手里用五块金子买了条耕牛。他看见那人正在耕田，便停了下来，老人、孩子和他的女人尽管归心似箭，也都停了下来。他们望着那条耕牛。王龙先是觉得那条牛脖子粗壮，然后马上看出了它那拉牛轭的双肩坚韧有力，于是他叫道：

"这条牛可不怎么样！你准备把它卖多少钱呢？你看，我没有牲口，走起来很困难，你出什么价我买下来。"

农夫回答说：

"我宁愿先卖老婆也不卖这条牛，它才三岁整，正是最好的时候。"他继续耕地，并没有为王龙而停下。

这时王龙仿佛觉得，在世界上所有的牛当中，他非要买这条不可。他对阿兰和他父亲说："这条牛怎么样？"

老人看了看说："看来这是条阉过的牛。"

接着阿兰说道："这牛比他说的要大一岁。"

王龙没有回答，他的心思集中到了这条牛身上，他看上它耕地的耐力，看上了它那光滑的黄毛和黑亮的眼睛。用这条牛他可以耕地，可以碾米磨面。因此他走向那个农夫，说道：

"我愿意给你再买一条牛的钱，多一点也行，因为这条牛我看中了。"

经过讨价还价终于说定了，农夫以比在当地买条牛高一半的价钱卖掉它。但王龙看到这条牛时突然觉得金子算不了什么，他把金子递给农夫，看着农夫把牛从轭上卸下来。他握住穿着牛鼻子的缰绳把牛牵走，新得了一条牛心里很激动。

他们到家的时候，发现门板已经拆走，房顶也不见了，屋里留下的锄、耙也都没了，唯一剩下的是几根光秃秃的桁条和土墙，土墙也因为冬雪春雨来得迟而遭到破坏。在一开始的惊愕过去之后，王龙觉得这一切都算不了什么。他到城里去买了一个硬木做的好犁，两把锄头和两把耙子，还买了一些盖屋顶用的席子——等新的收成下来再铺草。

晚上，王龙站在家门口观望他的田地，他自己的田地，经过冬天的冰冻，现在松散而生机勃勃地躺在那里，正好适合耕种。时值仲春，浅浅的池塘里青蛙懒洋洋地鸣叫着。房角的竹子在柔和的晚风中轻轻摇曳，在暮色中，他可以朦朦胧胧看到近处田边的簇簇树木。那是些桃树和柳树，桃树上粉红色的花蕾鲜艳欲放，柳树也已舒展开嫩绿的叶片。从静静地等待耕种的田地上升起了银白色的薄雾，宛如月光，在树木间缭绕不散。

在最初的好长一段时间里，王龙不想见任何人，只想一个人待在自己的土地上。他不去村里任何一家串门，当那些熬过冬天的饥荒而留下来的人碰到他时，他对谁都有气。

"你们谁拆走了我的门？谁拿走了我的锄头和耙子？谁把我的屋顶当柴烧了？"他这样对他们吼叫。

他们摇摇头，充满了善意的真诚。这个说，"那是你叔叔干的，"那个又说，"不，在这种饥饿和战争的倒霉时候，到处都是土匪盗贼，怎么能说谁偷了什么东西呢？饿慌了，谁都成了小偷。"

这时，姓秦的邻居蹒跚着从家里走出来看王龙，他说：

"整个冬天有一帮土匪住在你家里，他们把村里人和城里人都给抢了。听说你叔叔最清楚这帮人。不过在这种时候，谁知道？我可不敢说哪个人不好。"

姓秦的虽然还不满四十五岁，但头发已经稀稀落落，而且全都白了，他瘦得皮包骨头，整个人简直就像一个影子。王龙端详了他一会，然后带着同情的口气突然问道：

"你比我们还不如。你都吃些什么呀？"

那人叹着气用很低的声音说：

"我什么没吃过呢？我们吃过街上的垃圾，像狗一样。我们在城里讨过饭，还吃过死狗。有一次，我女人没死以前，她做过一种肉汤——我不敢问那是什么肉，我只知道她没有胆子杀任何东西，要是我们吃到肉，那一定也是她找来的。后来她死了，她太弱了，不如我能熬。她死了以后，我把女儿给了一个当兵的，我不能看着她也饿死呀。"他哽咽得说不出话来。过了一会儿他又接着说："要是我有一点粮种，我会再种点东西，可是我连一粒种子都没有。"

"到这儿来！"王龙粗声粗气地叫道，然后抓住他的手拉进家里。他让那人撩起破旧的外衣，把他从南方带回来的种子往里面倒了一些。他给了他一点麦种、稻种和菜种，对他说：

"明天我就来，用我的好牛给你耕地。"

姓秦的忍不住放声大哭起来，王龙也擦了擦自己的眼睛，仿佛生气似的喊道："你以为我忘了吗？你给过我几把豆子。"但姓秦的却说不出话来。他哭着走了，一路上还不停地哭着。

王龙发现他叔叔不住在村里，对他可是件喜事。谁也不知道他到什么地方去了。有人说他到一个城市里去了，也有人说他和他的老婆孩子住在很远的地方。但他在村里的家中是一个人也没了。王龙非常气愤地听说那些女孩子被卖了，那个长得最好看的大女儿第一个卖，卖了个高价，最小的麻脸，也卖给了一个去打仗路过的士兵，只卖了一把铜板。

王龙开始踏踏实实耕作，连回家吃饭睡觉的时间都算了进去。他宁愿把烙饼卷大葱带到田里，站在那里边吃边盘算："这里我得种点黑眼豆，那里做稻秧的苗床，"如果白天活干得实在太累了，他就躺下来睡在垄沟里，他的肉贴着他自己的土地，感到暖洋洋的。

阿兰在家里也不肯闲着。她用双手把席子牢牢地固定在屋顶的桁条上；从田里取来泥土，用水和成泥，修补房子的墙壁；她重新砌了一口锅灶，并且把雨水在地上冲出的凹处给填平。

有一天，她和王龙一起到城里去，买了一张桌子，六条凳子，一口大铁锅，为了享受，还买了一个刻着黑花的红泥壶和配套的六个茶碗。最后他们到香烛店买了一张财神爷的像，准备挂在堂屋，买了一对锡制的烛台，一只锡香炉和两根敬神的红烛，红烛是用牛油做的，又粗又长，中间穿过一根细苇秆做灯芯。

有了这些东西，王龙想到了土地庙里的两尊小菩萨，在回家的路上，他走过去看了看。他们看上去非常可怜，脸上的五官已经被雨水冲刷掉了，身体的泥胎裸露着，破烂的纸衣贴在上面。在这种可怕的年头，没有任何人会供奉他们，王龙冷峻而轻蔑地看看他们，然后像训斥孩子似的大声说：

"菩萨欺侮人，也有报应！"

王龙的家里又收拾得一干二净了，锡台上烛光闪闪，茶壶和碗放在桌上，床摆好了位置，上面铺了被褥，卧室里的洞已用新纸糊住，新的门板也安装到木门框上。然而，王龙却对他的福气害怕起来。阿兰又怀了孩子；他的孩子们像褐色的木偶似的在门口玩耍；他的老父亲靠南墙坐着打盹，睡觉时微笑着；他田里的稻秧长得碧绿如玉，豆子也破土拱出了新芽。他剩下的金子，如果俭省一些，可以供他们吃到收获季节。王龙看着头顶上的蓝天和飘过的白云，觉得他耕种的土地就像自己的肉体；他期望风调雨顺，于是不甚情愿地低声说道：

"我得去小庙，给土地菩萨上香，他们毕竟是管土地的。"

（胡晓红编，摘自王逢振等译：《大地三部曲》，人民文学出版社，2010）

第七章　萧伯纳及《华伦夫人的职业》

第一节　萧伯纳简介

萧伯纳，世界闻名的爱尔兰现实主义剧作家，擅长幽默与讽刺的语言大师，1925年因为"作品具有理想主义和人道主义"获诺贝尔文学奖。

萧伯纳 1856 年出生于都柏林一小公务员家庭，他的父母出身名门，却家道没落。他 15 岁就辍学，在一家地产公司当学徒。1876 年他随离异的母亲前往伦敦，后来他就职的电话公司和报纸先后倒闭、停刊。他想以写作为生，却屡屡受挫。人生和文学道路的坎坷没能击倒他，反而激发年轻的萧伯纳发愤苦读，辛勤笔耕，热衷社会活动，由一个羞于在大庭广众之下说话的小男孩成长为一名机智幽默的演说家，从一个屡遭退稿的年轻人一跃成为一名获诺贝尔奖的剧作家。1950 年萧伯纳在寓所因病逝世，终年 94 岁。因幽默著称的他，以幽默的笔触写下了自己的墓志铭："我早就知道无论我活多久，这种事情迟早总会发生的。"令人莞尔，催人奋进。

将自己划归于易卜生流派的萧伯纳，主张表现社会问题的新戏剧，反对"为艺术而艺术"之纯艺术观。他坚信：戏剧是"思想的工厂，良心的提示者，社会行为的说明人，驱逐绝望和沉闷的武器，歌颂人类上进的庙堂"，坚决反对以罗曼蒂克、尖锐情景和血腥结局来构筑的旧式悲剧——那些以巧合、误会和离奇情节吸引观众的所谓"佳构剧"。在艺术手法上，萧伯纳的剧作借人物对话与思想感情之交锋来展现人物的性格冲突、思想冲突和信念冲突，其语言尖锐泼辣，机敏睿智，妙语连珠。萧伯纳的文学创作始于小说，成就于戏剧，"他的戏剧使他成为我们当代最迷人的作家"。在1885 年至 1949 年近 64 个春秋中，他一共完成了 51 个剧本。19 世纪 90 年代是其创作鼎盛期，他完成了一系列名剧，共写了 3 个戏剧集——《不愉快的戏剧》、《愉快的戏剧》和《为清教徒写的戏剧》。他最著名的剧作有：《鳏夫的房产》、《华伦夫人的职业》、《武器与人》、《真相毕露》等，其中《圣女贞德》空前成功，被誉为其最佳历史剧，堪称"诗人创作的最高峰"。萧氏戏剧一扫 19 世纪末英国戏剧舞台的阴霾，萧伯纳本人亦被冠以"20 世纪的莫里哀"之美称。

1921 年，萧伯纳的《华伦夫人的职业》被搬上中国话剧舞台，但这次西洋戏剧的重要舞台实践遭遇失败。中国著名导演黄佐临亦曾从师于他。30 年代初，萧伯纳访问中国，在上海会见了宋庆龄、蔡元培、鲁迅等人，并和他们建立了友谊。

萧伯纳的戏剧观泾渭分明，其世界观则较为复杂，主张改良社会，反对暴力革命。遗憾的是，他赞同以大规模屠杀，按类别而非种族，剥夺那些没有存在价值的人群的生存权，并曾在媒体上公开支持希特勒，这是他一生最大的污点。

第二节　《华伦夫人的职业》简介

《华伦夫人的职业》讲述了发生在一对母女身上的现实故事：

年轻女子薇薇从小生活优越，受过良好教育，却对生父一无所知，与母亲华伦夫人也难得一聚，但生活来源全由母亲一人供给。一天晚上，在与女儿发生争执时，华伦夫人将自己的身世和盘托出：华伦夫人姊妹四个，两个相貌平平，拼命劳作，一生穷困，姐姐却凭着花容月貌闯入上流社会，享尽荣华富贵，深受启发的华伦夫人不甘身陷贫困，靠姿色挣钱，经营妓院，过上了体面的生活。母亲的心酸往事和艰苦挣扎打动了薇薇，母女间消除了隔阂，但得知母亲仍在从事这一营生之时，薇薇毅然决然离开母亲，自食其力，独立生活。

也许这不是萧伯纳最负盛名的作品，却是其最丰满生动的一部戏剧。这部作品人物关系错综复杂，剧情层层展开，波澜起伏，生动洗练的对话和独白，揭示了人物的内心世界和性格特征，母女心灵交锋的台词，揭示了人物思想情感的矛盾与冲突，折射出深刻、残酷的社会现实问题：遵守道德，正经做人，只会给你带来贫困或死亡；出卖肉体和灵魂，倒可以扭转命运，跻身上流社会。剧作家没有把人物表现得过于泾渭分明，用他的话说："剧中没有恶人，如果说有，那就是社会，我们都应该分摊些他的罪恶。"萧伯纳抨击的，正是造成这个严酷现实的社会。因此，此剧曾遭长达 30 年之久的禁演。

剧中人物性格单纯，但其真实、丰满的思想情感和信念追求，增强了作品的戏剧性、现实感和绵里藏针的冲击力。萧伯纳着力塑造薇薇这一现代女性形象，在她身上寄寓了社会改良的希望，希冀通过她与母亲、与社会的对抗与决裂，摆脱现实社会强加于女性身上的悲剧命运，走出一条特立独行的新女性之路——不结婚，不浪漫，享受职业女性自食其力的独立生活。在和母亲意志交锋中获胜的薇薇，保持了灵魂的纯洁和独立，但为此付出沉重的代价——剥夺了自己向往美好生活、寻觅浪漫爱情的权利。薇薇人物命运的这层悲剧色彩，使其形象更饱满，性格更鲜明。

华伦夫人的悲剧在于，她的体面生活是建立在出卖灵与肉的不体面之上，是黑暗现实的牺牲品。她试图掌握自身命运，却自甘堕落，不能自拔。她痛恨社会，又迎合社会，与社会同流合污，在失去肉体洁净的同时，不知不觉中丧失了灵魂的独立和纯洁。作为女人，她的成功只能证明她的失败。在华伦夫人身上，剧作家深刻揭露和批判了社会对个体灵魂的腐蚀，到了使她不能自已的地步，甚至在薇薇与之决裂之际，还想以上流社会的奢华生活诱惑女儿，企图让薇薇安于现状。华伦夫人是萧伯纳塑造的真实传神的传统女性形象，令人同情，耐人寻味，发人深思。

第三节　《华伦夫人的职业》选段

第二幕（节选）

华伦夫人　（几个男人都走了，她只好苦挨这个无聊沉闷的夜晚了）你长到这么大，有没有听到人这样唠唠叨叨过？他真是缠人。（她坐到大桌子旁）既然提到他了，亲爱的，你可千万不要怂恿他。我敢肯定他是个十足的废物。

薇　　薇　（站起来又去取几本书）恐怕是的。可怜的弗兰克！我早晚要摆脱掉他；不过我会为他感到难过的，尽管他不值得我难过。我觉得克洛夫茨那个家伙也不见得好多少，不是吗？（她暴躁地把书抛在桌子上）

华伦夫人　（对薇薇无所谓的态度感到恼恨）孩子，你对男人能有多少了解，就这样谈论他们？你得有思想准备，和乔治·克洛夫茨爵士见面的机会还多得很呢，因为他是我的朋友。

薇　　薇　（无动于衷）为什么？（她坐下，翻开一本书）你觉得我们会在一起很长时间吗？我是说你和我。

华伦夫人　（朝她瞪眼）那当然了，一直要到你结了婚不再回大学去的时候。

薇　　薇　你以为我的生活方式对你合适吗？我很怀疑。

华伦夫人　你的生活方式。这是什么意思？

薇　　薇　（用她挂链上的裁纸刀裁开一页书）母亲，难道你真的从来没有想过，我和别人一样也有一种生活方式？

华伦夫人　你都胡说些什么？你现在成了学校里一个小小的了不起的人物了，你想显示你可以独来独往不听管教了，是不是？不要犯傻，孩子。

薇　　薇　（欲擒故纵）在这件事上，你要说的就是这一些，是吗，母亲？

华伦夫人　（困惑，接着发怒）我不许你老是这样向我提问题。（凶狠地）闭上你的嘴。（薇薇抓紧时间继续看她的书，一言不发）你和你的生活方式，真是的！还有什么？（她又看看薇薇。没有反应）你的生活方式要由我来决定，就得这样。（又停顿了一会儿）自从你得了那个你叫它什么东西来着，那个荣誉学位考试名次，我就一直在注意你那副高傲的神气。如果你以为我会对它忍气吞声，那你就错了。你越早明白过来越好。（喃喃自语）什么"我要说的就是这些？"哼！（又愤怒地提高声音）你知道你是在对谁说话吗，小姐？

薇　　薇　（没有抬头，睥睨着她）不知道。你是谁啊？你是干什么的？

华伦夫人　（气急败坏地站起来）你这小魔鬼！

薇　　薇　每个人都知道我的名声、我的社会地位和我打算从事的职业。可是我对你一点也不了解。请问，你打算要我和你还有乔治·克洛夫茨爵士一起过什么样的生活方式？

华伦夫人　你当心。我会做出以后我将后悔的事情来的，你也会后悔的。

薇　　薇　（把书推到一边，冷静地下了决心）那好吧，我们把问题先搁一搁，等到你能有勇气面对它的时候再说。（很不满意地看看她母亲）你需要好好地散散步，打打草地网球，锻炼锻炼身体。你的体形叫人看得吃惊，今天你连二十码上坡路都走不动，老是停下来喘气；你的手腕都成了脂肪卷了。看看我的。（她伸出手腕）

华伦夫人　（无可奈何地看着女儿，呜咽起来）薇薇——

薇　　薇　（急速跳起身来）请你不要哭起来。除了哭做什么都行。哭鼻子我实在受不了。你再哭我就出去了。

华伦夫人　（可怜巴巴的样子）噢，我亲爱的，你怎么这样狠心对我啊？我对你就没有做母亲的权利吗？

薇　　薇　你是我的母亲吗？

华伦夫人　（惊愕）我是你的母亲吗！噢，薇薇！

薇　　薇　　那我们家里的人到哪里去了？我的父亲呢？我们家庭的亲友呢？你声称有
做母亲的权利，有叫我傻瓜和小孩的权利，有权利以这种腔调对我说话，
而大学里掌权的女人都不敢这样，有权利决定我的生活方式，有权利逼我
和一个畜生认识，谁都能看得出他属于伦敦花花公子中最邪恶的那一类。
我在费力抗拒这些权利之前，不妨先弄明白到底这些权利能不能成立。

华伦夫人　　（心慌意乱，双膝跪地）噢，别说了，别说了。停住，停住。我是你的母
亲，我发誓。噢，你可不能这样逼我——我亲生的孩子。这不合常情。你
相信我的话，对不对？说：你相信我的话。

薇　　薇　　我的父亲是谁？

华伦夫人　　你不知道你在问什么。我不能告诉你。

薇　　薇　　（毫不动摇）噢，不。只要你愿意，就能告诉我。我有权利知道，你很明白
我有这个权利。如果你不愿意，可以拒绝告诉我。但是如果你拒绝了，过
了明天早晨你就永远见不到我了。

华伦夫人　　噢，听到你这样讲话，太可怕了。你不要——你不能离开我。

薇　　薇　　（冷酷无情）不，如果你在这个问题上耍弄我，我不会有丝毫犹豫的。（厌
恶得全身颤抖）我怎么能确定我的血管里流的不是那个废物畜生的脏血？

华伦夫人　　不，不，我发誓，不是他，也不是你见过的任何其他一个人。至少这一点
我有把握。

　　　　当薇薇忽然明白了这句话的含义时，她的眼睛严厉地盯着她的母亲。

薇　　薇　　（缓慢地）至少这一点你有把握！啊！你的意思是说有把握的就只有这一
点。（思索着）我明白了。（华伦夫人用双手捂着脸）不要这样，母亲，你
自己清楚你一点也不感到难过。（华伦夫人放下手来，可怜地抬头看看薇
薇。薇薇掏出表来说）好了，今天晚上已经够了。你想在什么时候吃早餐？
八点半是不是太早？

华伦夫人　　（狂野地）我的上帝啊，你是哪一种女人啊？

薇　　薇　　（冷冷地）我希望是占全世界大多数的那一种。否则我就不知道世界上的事
情是怎样搞的了。来吧（抓住她母亲的手腕，坚决地把她拉起来），打起精
神来。这就对了。

华伦夫人　　（抱怨）你对我太粗暴了，薇薇。

薇　　薇　　不要说废话了。上床去怎么样？过了十点钟了。

华伦夫人　　（激动地）我上床去有什么用？你以为我还能睡得着觉？

薇　　薇　　为什么不能？我就能。

华伦夫人　　你！你没有心肝！（她突然被一种确定的看法和欲嘲讽女儿的冲动所左右，
用她过去的土话——一个普通妇女的语言——气势汹汹地讲起来，平时的
装腔作势及显示母亲对女儿的权威的拿腔拿调全都消失了）啊，我受不了
啦。我受不了这样的冤屈。你有什么权利，在我面前摆出这种高人一等的
神气？你对我自夸你今天成了什么样的人，可是不要忘记，是我给了你这
样的机会。我自己以前哪里有机会？你这个坏女儿、自命不凡的假正经，
真不知道害羞！

薇　　薇　　（耸耸肩，坐下来，已经不再有多少自信了，因为，她的回答，到目前为
止，听起来很理直气壮，此刻与她母亲改换了的新腔调对比之下，却显笨
拙和一本正经了）千万不要以为我是在你面前摆出高人一等的神气。你以

一个母亲的传统权威攻击我；我以一个应该受人尊重的女人的传统优势来保护自己。坦率地说，我不会再忍受你那些毫无道理的话；如果你不再说了，我也不会再指望你接受我说的那些。我将永远尊重你坚持自己的意见和你保持自己生活方式的权利。

华伦夫人　我自己的意见和我自己的生活方式！听听她说的！你以为我是像你那样受教养长大的？可以选择自己的生活方式？你以为我做那些事是因为我喜欢做，或是因为我觉得做得对？你以为我如果有机会去进大学和做上流社会女子，我不愿意去？

薇　薇　每个人都有选择的机会，母亲。现在活着的最穷的女孩也许不可能选择当英国女王或者当纽奈姆学院的院长，但是她可以根据自己的爱好选择捡废品还是卖花。人们老是责怪客观环境把他们造成了这个样子。我不相信环境的作用。在这个世界上发迹的都是那些挺身出来去寻找适合他们需要的环境的人。如果他们找不到，那就自己创造。

华伦夫人　哼，你说得到很轻巧。轻巧极了，是不是？喂！你愿意知道我的客观环境是什么样的吗？

薇　薇　愿意啊，你告诉我吧。你坐下来好吗？

华伦夫人　嗯，我会坐下的。你别害怕。（她以分外充溢的精力把椅子往前一放，坐下来。薇薇不由自主地觉得印象很深）你知道你的外祖母是干什么的吗？

薇　薇　不知道。

华伦夫人　你当然不知道了，可是我知道。她自称是个寡妇，在造币厂旁边开了一家炸鱼店，靠它养活自己和四个女儿；其中两个是亲姐妹，就是莉齐和我，两人脸蛋长得漂亮，身材也好看。我猜想我们的父亲大概吃得很好；母亲骗人家说他是一个绅士，可是我不知道到底是不是。另外两个和我们同母不同父的女儿长得又矮又难看，看上去老是挨饿的样子；她们是吃苦耐劳、老实巴交的可怜虫。要不是母亲把我和莉齐揍得半死，叫我们放开手，我们真想把她们两个揍个半死。她们是规规矩矩的老实人。可是她们的规矩老实对她们有什么好处呢？我来告诉你吧。一个在一家铅白厂里，一天干十二个小时的活，每星期拿九个先令，后来中了铅毒死了。原来她以为顶多会弄得一双手失去活动能力，没有想到送了命。母亲总是要我们学习另一个女儿的榜样，因为她嫁给德福海军军需厂的一个工人，每星期挣十八个先令，因此有能力把房子和三个孩子收拾得干干净净，直到后来她男人喝酒上瘾。这种规规矩矩的老实人值得尊敬，对不对？

薇　薇　（这时一边注意听着她母亲说话，一边思索）你和你姐姐当时是这样想的吗？

华伦夫人　我可以告诉你，莉齐并不这样想。她比我敢想敢干。我们两人都进了教会学校——因此我们有了一点小姐派头，可以在那些没有见过世面什么也不懂的孩子面前摆摆架子——直到有一天晚上莉齐出去后再也没有回来。我知道女校长以为我很快也要学莉齐的样子，因为那牧师老是警告我说莉齐的下场将会是从滑铁卢桥跳下去。可怜的傻瓜，他只知道这一点！可是比起跳河来我更怕铅白厂；你要是处于我的地位也会这样的。那牧师给我找了一份差事，在一家号称不卖酒实际上什么都卖的饭馆的厨房里干粗活。后来我当了女招待。再后来我在滑铁卢车站一家酒吧里端酒洗杯子，每天干十四个小时，一个星期挣四先令，在店里免费吃饭。这对我来说已经好得不得了了。唔，在一个冷得要命的夜里，我累得眼皮都睁不开的时候，你猜是谁进来要半品脱苏格兰威士忌？是莉齐。她穿着毛皮长大衣，文雅舒坦，钱袋里装了许多金币。

薇　　薇　（冷冰冰地）是我的姨妈莉齐！

华伦夫人　是的，而且是个非常好的姨妈。她现在住在温彻斯特，离大教堂不远，是那里最受人尊敬的上流女子之一。在当地举行舞会时她还是那些小姐的监护人呢！莉齐根本没有跳河，谢天谢地！我看你有一点像莉齐。她是个呱呱叫的生意人——一开头就积攒钱——从来不让人看出她是干什么的——从来也不慌乱或错过好机会。她看到我长成一个漂亮大姑娘了，就隔着柜台对我说，"你在这里干什么，你这小傻瓜！累坏了身子，糟蹋了脸子，替别人赚钱！"莉齐当时正在攒钱想在布鲁塞尔弄一所自己的房子；她觉得我们两个一起积攒比独自一人要快，所以她借给我一些钱帮我起个头。我一点点攒起钱来，先还清了她的债，然后就和她合伙做起生意来。我为什么不该这么干？布鲁塞尔的房子真是高级，一个女人住这种房子比住在安妮·洁恩中毒的那工厂里强多了。女孩子没有一个像我在那个饭馆里干粗活和在滑铁卢车站酒吧当女招待或是在老家那样受苦。难道你愿意让我还待在那些地方干苦活、不到四十岁就成了一个干瘪的老太婆？

薇　　薇　（这些话引起她极大的兴趣）不愿意，可是你为什么要选那一行生意呢？只要能积攒下钱来，又经营得法，干哪一行不行啊？

华伦夫人　对啊，要能积攒下钱来。可是一个女人干别的买卖怎么能挣到钱啊？你一个星期拿四个先令，能积攒下钱买好衣服吗？不能吧。当然啰，如果你长得不漂亮，也就只能挣那么多了。如果你有音乐或是演戏或是给报纸写文章的才能，那就不一样了。可是这些才能我和莉齐都没有。我们有的只是我们的脸蛋和讨男人喜欢的本领。你以为我们都是傻瓜吗？本来可以靠我们的漂亮脸蛋自己做买卖，挣的钱全归自己，却让别人雇我们当店员或是女招待，利用我们的漂亮脸蛋赚大钱，给我们一点吃不饱饿不死的工资，有这种道理吗？

薇　　薇　你讲的确实完全有道理——从做生意的观点来看有道理。

华伦夫人　是啊，从其他随便什么观点看也是这样嘛。一个很不错的姑娘长大了，除了招引一个有钱男人的喜欢，嫁给他，得到他的钱财的好处，还能干什么？——就好像有没有举行婚礼就是区别事情是非的界限似的！啊！这人世间的虚伪真叫我恶心。莉齐和我跟别人一样，得工作啊，挣钱啊，盘算啊，要不然我们就会穷得像那些喝得醉醺醺的、认为自己该永远受穷的废物女人一样。（格外来了精神）我看不起这种人，因为她们没有骨气；如果说一个女人有什么招我恨的，那就是没有骨气。

薇　　薇　好啦，母亲，坦率地说，非常讨厌这种挣钱方法不正是你所说的女人的骨气的一种吗？

华伦夫人　那当然了。每个人都讨厌被逼着去挣钱，可他们总还是非得那样干不可。我确实常常可怜那些女孩子，精疲力竭、情绪低落，仍然不得不去讨好她一点也不喜欢的男人。那家伙喝得半醉死缠着女人，使她烦恼，他还自以为她喜欢呢，其实女人恨死他了，再拿到多少钱也抵偿不了她所受的罪。

      可是她不得不忍受种种不满意的事情，就好像医院的护士或是其他人那逆来顺受。天知道，那种活并不是每个女人都乐意干的，尽管听一些没有说实话的人谈起来就好像那是称心如意的安乐窝似的。

薇　薇　不过你还是认为那个活值得干的。它能挣钱。

华伦夫人　对一个穷女孩来说，当然是值得的，只要她能顶得住人家的引诱，长得漂亮，规矩本分，明白事理就行。干这种活比她能找到的其他工作强多了。我以前总认为不应该这样，薇薇，不给女人更好的机会是不对的。我现在还是认为这样不对。可是不管它是对还是不对，世道就是这样；一个女孩只能勉为其难。对一个上流社会的女子来说当然是不值得的。要是你干这个，那你就是傻瓜。可是我当初要是干别的，那我就成了傻瓜了。

薇　薇　（越来越深深地被打动了）母亲，如果我们两个都像你当初在那个倒霉的年代里那么穷苦，你能肯定不会劝我到滑铁卢车站酒吧去试试或是嫁给一个工人，甚至进工厂做工吗？

华伦夫人　（发怒）当然不了。你把我看成什么样的母亲啦？就让你那样挨饿受冻，给人家当奴隶，你还怎么能保持自尊心！一个女人没有自尊心还有什么价值？生活还有什么价值？我为什么能自立自主，让我的女儿受第一流的教育，而其他有同样机会的女人却在贫民窟受苦？就因为我一直懂得怎样维护我的自尊心和控制住自己。为什么莉齐在一个教区总教堂所在的镇里受到人们的钦佩？也是这个原因。如果我们当初听了牧师的蠢话，我们现在会在什么地方？替人家擦地板一天拿一先令六便士，到头来除了进济贫院还有什么指望？你千万不要让那些没有见识的人把你引到邪路上去，我的孩子。一个女人只有对一个有钱供养她的男人有好处，她才能够过上体面的生活。如果她和她的男人地位相等，那就让男人娶了她。如果她的地位比男人低得多，那她就不要妄想了。她何必妄想呢？就是结了婚也不会给她带来幸福的。你去问问伦敦上流社会随便哪一个有女儿的女士好了，她告诉你的也就是这个。不过我是直截了当说出来，她是转弯抹角说出来罢了，就只有这一点不一样。

薇　薇　（听得着了迷，凝视着她母亲）我亲爱的母亲，你真是一个了不起的女人啊。整个英国还没有哪个比你强呢。你是不是千真万确，一点都不感到怀疑——或是，或是——难为情？

华伦夫人　唔，当然啰，亲爱的，表现出难为情不过是礼貌的需要罢了：人们期望女人能够这样。女人不得不装出感觉不到许多她们感受到的东西。莉齐以前总是冲着我发脾气，因为我脱口而出地讲了事情的真相。她常说，当每个女人都能从眼前世上发生的事情中学到足够道理，那就用不着对她说什么了。莉齐真是个十全十美的女士！她有天生当贵妇人的灵气，可我总也去不掉那点俗气。以前你寄照片来，我看到你长得很像莉齐，高兴极了，你有她那种贵妇人风度和有主见的样子。可是要我口是心非，我实在做不到。这样虚伪有什么好处？如果这个世界上给女人安排的命运就是这样，你偏要假装说不是这样的，那有什么用？不，我从来没有真正感到一点难为情。我觉得我有权利感到骄傲，因为我们把事情料理得这么妥帖，从来也没有人说过我们的不是。我们把女孩子们都照顾得好好的。有些女孩很有出息。有一个嫁给一个大使。不过现在我当然不敢谈这样的事：不管她们怎么看我们。（她打呵欠）噢，亲爱的，我想我真是倦了。（她伸伸懒腰，积压在心里的话全倒了出来之后，感到分外的轻松，准备好好睡它一觉了）

薇　薇　我看今晚睡不着觉的是我了。（她走到橱柜前去点蜡烛。接着熄了灯，使房间暗了许多）锁门之前最好放点新鲜空气进来。（她打开屋门，发现门外月光如水）多么美的夜晚啊！看！（她拉开窗帘，外面是沉浸在从布莱克高原上空洒下的皎洁月光之中的一片景色）

华伦夫人　（不经意地瞅了一下窗外的景色）是啊，亲爱的，可是你得小心，不要因为吸了晚上的冷空气得重感冒。

薇　薇　（轻蔑地）废话！

华伦夫人　（抱怨地）噢，是啊，依你看我不管说什么都是废话。

薇　薇　（迅速向她转过身来）不，根本不是这样，母亲。你今天晚上完全使我信服了，尽管我本来想使你信服我的。我们现在做好朋友吧。

华伦夫人　（苦笑着摇摇头）还是你使我信服了。不过我想我只好认输了。我以前老是吃莉齐的败仗，现在我看要吃你的败仗了。

薇　薇　噢，不要放在心上。走吧，晚安，亲爱的老妈。（她拥抱她母亲。）

华伦夫人　（温柔地）我把你培养得很好吧，亲爱的？

薇　薇　是的。

华伦夫人　那你得好好待你可怜的老妈了，你愿意吗？

薇　薇　我愿意，亲爱的。（吻她）晚安。

华伦夫人　（感到欣慰）亲爱的孩子我为你祝福！一个母亲的祝福！

　　她拥抱着薇薇，眼睛本能地向上望着天空，祈求上帝保护她的女儿。

第四幕（节选）

　　华伦夫人沉默片刻，伤心地看着薇薇。薇薇等着她讲话，暗自希望斗争已经结束。但是华伦夫人的脸上又现出诡诈的神情，她向桌子对面欠过身去，狡黠地小声急切地说。

华伦夫人　薇薇，你知道我有多富吗？

薇　薇　我毫不怀疑你很富有。

华伦夫人　可是你不懂得那是什么意思，你太年轻了。那意思就是每天都穿新衣服，就是每天晚上都去剧院和参加舞会，就是欧洲最拔尖的上流社会男子都跪倒在你的脚下；那就是一所可爱的房子和许多佣人，就是最精美的吃喝，就是你喜欢什么就有什么，想要什么就有什么。你在这里又怎么样呢？不过是卖苦力起早贪黑终日劳碌只够填饱肚子、一年买两套便宜衣服罢了。好好想想吧。（哄劝地）我知道，你吓坏了。我能体会你的心情，我想你有那样的心情说明你是好人。可是相信我，没有人会责备你，相信我的话。我了解年轻姑娘的心思。我知道，你仔细想想之后就会改变主意了。

薇　薇　照你这么说，问题都解决了，对不对？母亲，你一定对许多女人都这么说过了，背得滚瓜烂熟嘛！

华伦夫人　（激动地）我要你做什么有害的事情了吗？（薇薇轻蔑地转过身去。华伦夫人继续不顾一切地讲下去）薇薇，听我说，你不懂，人家故意把错的东西教给你了。你不知道这个世界真正是什么样。

薇　　薇　　（被这话吸引住了）故意教错了！你这是什么意思？

华伦夫人　　我的意思是你把你的所有机会都白白地抛弃了。你以为人们就是他们假装出来的那个样子？你以为你在小学中学大学学到的那些你认为是正确、正当的东西就是他们的本来面目？不是的，那全是装出来的假象，是为了塞住那些畏畏缩缩当奴隶的老百姓的嘴巴！你是想要和别的女人一样，到了四十岁才发现糟蹋了自己，失去了机会，还是现在就及时听你亲妈的话——她爱你，向你发誓她说的是真理，是福音书中的真理？（急切地）薇薇，凡是大人物，聪明的人，善于处事的人都懂得的。他们和我一样懂得，想的和我一样。我认识许多这样的人。我认识他们是为了和他们说话，为了把你介绍给他们和你做朋友。我的用心没有什么不对。你就是不懂得我的好心好意，你的头脑里全是对我的误解。那些教你的人对于生活懂得多少？对于我这样的人懂得多少？他们什么时候见过我，和我谈过话，或者听任何别人告诉他们我的情况？那些傻瓜！要不是我付钱给他们，他们会为你做任何事情？我不是告诉过你我要你受人尊敬吗？我不是把你培养成了受人尊敬的人吗？要是没有我的钱、我的人缘，还有莉齐的朋友们，你能保持受人尊敬吗？你看不出来吗？你不理我，就是在伤我的心！也是在害你自己！

薇　　薇　　我认得这种克洛夫茨人生哲学，母亲。那天我在加德纳家全部听他说了。

华伦夫人　　你以为我想把那个没用的老酒鬼强加给你？我不想，薇薇。我发誓，我不想。

薇　　薇　　你就是想也没关系，你不会成功的。（华伦夫人畏缩了。她的一片好心遭到女儿的冷漠反应，使她很伤心。薇薇既不认识到这一点，也不关心，只是平静地讲下去）母亲，你根本不了解我这种人。我反对克洛夫茨并不比反对其余的他那一类粗俗的人更多一些。对你说老实话吧，我还真佩服他那样很有主见呢；他按自己的方式享乐，他大把大把地赚钱，不像他那圈子里的其他人，通常都成天打猎、吃馆子、做新衣服、到处闲逛。我很清楚我如果处在莉齐姨妈的那个环境，我也会干她那一套。我认为我不像你那样带有偏见，那样古板。我认为我比你开通。我能肯定我不像你那样感情用事。我也很清楚现在流行的道德观都是虚伪的。如果我拿了你的钱，今后一生就按现在时新的生活方式来用这些钱，那我就会成为一个毫无价值的邪恶的人，就像最愚蠢的女人也许想成为的那样一种人，尽管她们对我一个字也不会提。但是我不想做没有价值的人。我不要享受在公园里乘着马车慢跑，给我的裁缝和马车制造者做广告，或是去看那烦死人的歌剧以显示自己的满身珠宝钻石。

华伦夫人　　（困惑）可是——

薇　　薇　　等一等，我还没有接完呢。你告诉我，既然你现在已经不依靠你的生意了，为什么还要继续做呢？你对我说过你姐姐已洗手不干了。你为什么不学她的样子呢？

华伦夫人　　噢，莉齐是很容易做到的：她喜欢过上等社会生活，而且她有贵妇人气派。设想一下我要是在一个教区总教堂所在的小镇会怎么样？即使我能忍受那里的沉闷生活，连树上的白嘴乌鸦也会认出我从前是什么人。我非要干点工作找点刺激不可，要不然我会闷得发疯的。我还能干什么别的呢？原来的生活对我很合适，我就只能那样生活下去，换个别的就不行了。我要是不干那一行，总会有别人要干的；所以我干了也真没有造成什么害处，而且还能赚钱。我喜欢赚钱。不行，没有办法，我不能放弃它——不管谁反对，都不能放弃它。不过有什么必要让你了解呢？我永远也不再提它了。我要让克洛夫茨走开。我不会常来麻烦你的，你看我经常要各处奔波。等到我死了你就永远摆脱我了。

薇　薇　　不，我是我母亲的女儿。我和你一样，我也非工作不可，必须挣钱，挣的要比花的多。不过我干的不是你那一行，我的生活方式也和你不一样。我们必须分手。分手对我们来说和以前也没有多大区别，无非过去是二十年内在一起过几个月，今后是我们永远不再见面，如此而已。

（胡晓红编，摘自贺哈定、吴晓园译：《华伦夫人的职业：萧伯纳剧作选》，

上海译文出版社，2006）

第八章 毛姆及《月亮和六便士》

第一节 毛姆简介

威廉·萨默塞特·毛姆，英国著名小说家、剧作家、散文家，1874 年 1 月 25 日生于巴黎，其律师父亲在英国驻法使馆供职。不满 10 岁时，父母先后离世，毛姆被送回英国由伯父抚养。因身材矮小、严重口吃而屡遭欺凌羞辱的孤寂凄清的童年经历，对他的世界观和文学创作产生了深刻影响。1892 年，他就读于德国海德堡大学，接触到费希尔的哲学思想和以易卜生为代表的新戏剧潮流。同年返回英国，进入伦敦圣托马斯医院。五年的习医生涯，让他目睹了底层人民的生活，也铸就了他擅长以解剖刀一样冷峻、犀利的目光来解剖人生和社会。

1897 年起，毛姆弃医从文，写了若干部小说，但是没能"使泰晤士河起火"。1903 年起，他转向戏剧，一举成功，成为与萧伯纳比肩的、红极一时的剧作家。对小说的钟爱和强烈的创作欲望使他随后决定暂时中断戏剧创作，潜心写作酝酿已久的长篇小说《人性的枷锁》。毛姆一生亲历了两次世界大战，上过前线，曾在伦敦情报部门工作，战后周游世界各地。所以两次大战的间隙期间，是他创作精力最旺盛时期。《周而复始》、《比我们高贵的人们》和《忠实的妻子》被公认为其剧作佳品。同期创作的小说代表作有：揭示天才、个性与现代物质文明之矛盾的长篇小说《月亮和六便士》；充满异国情调的短篇小说集《叶的震颤》；刻画当时文坛可笑可鄙现象的长篇小说《寻欢作乐》，以及表现主人公寻求精神家园、最终感悟人生真谛的长篇小说《刀锋》等。

第二次世界大战期间，毛姆在美国生活。1946 年，他回到法国，主要撰写回忆录、文艺评论和整理旧作。毛姆晚年享有很高的声誉：英国牛津大学和法国图鲁兹大学分别授予他显赫的名誉博士学位、"荣誉团骑士"称号；英王授予他"荣誉侍从"的称号；英国著名的嘉里克文学俱乐部专门设宴庆贺他 80 大寿（英国文学史上受此礼遇的，只有狄更斯、萨克雷和特罗洛普）；他的母校德国海德堡大学，授予他名誉校董称号。1965 年 12 月 15 日，毛姆在法国去世，享年 91 岁，被安葬于他曾就读的坎特伯雷皇家公学内。美国耶鲁大学设立了档案馆以资纪念。

毛姆以引人入胜的娓娓道来讲述故事，以令人莞尔的机智俏皮讽刺时弊，以医师惯有的超然冷静剖析人心，以周游列国的"世界公民"之开放开明看待异族，令人们在回味其自然流畅、轻松幽默、意蕴隽永和异国情调之际，寻求真实的自我和生活、真正的幸福与成功。毛姆是英国现代文学史上一位创作力旺盛的多产作家，是 20 世纪世界文坛最具影响力的英国文学家之一，其作品畅销欧美，并被译成多种文字传播到世界各国，他本人对自己的评价极为谦虚——我只不过是二流作家中排在前面的一个。

第二节　《月亮和六便士》简介

深受法国文化熏陶的毛姆，以法国印象派画家高更为原型，在长篇小说《月亮和六便士》中塑造了思特里克兰德这一极端反叛的艺术家形象，但比原型更怪异，更疯狂，也更富有个性魅力。思特里克兰德曾是英国一证券交易所经纪人，有着令人羡慕的职业、地位和家庭，却像"被魔鬼附了体"，迷恋上绘画，毅然离家出走，去巴黎追求绘画的理想。他的异端行为令人费解。在异国，贫穷、饥饿、疾病和寻觅艺术真谛所带来的精神痛苦让他身心备受折磨和煎熬。后来，他与世隔绝，与一土著女子定居在塔希提岛上，在灵魂的宁静和艺术的氛围中，创作出一幅幅惊世杰作。在他身染麻风病、双目失明前，在自己住房四壁画了一幅表现伊甸园的巨作，临终却命人在他死后将此壁画付之一炬。

毛姆在这部作品中，发挥其叙述故事的特长，有时直叙，有时追述，有时旁白，有时让第三者讲述轶事，来刻画人物形象，挖掘其个性魅力，而整部小说结构严谨，层次分明，剖析精辟，妙语连篇，触及了艺术与生活的矛盾、个性与社会的冲突。曾有评论家说，《人性的枷锁》中的主人公像很多青年人一样，终日仰慕月亮，却没有看到脚下的六便士银币。毛姆喜欢这个说法，就用《月亮和六便士》作为下一本小说的书名。思特里克兰德这个一心追求艺术、不通人情世故的旷世奇才，生性怪异，言行粗鲁，我行我素，薄情寡义，有时极端自私：竟然恩将仇报，与爱其才华、救其性命的荷兰画家施特略夫之妻私通，最终导致其家破人亡。这样一个不为社会所容的"惹人嫌的人"，在追求艺术真谛、寻求个性自由的漫漫征程中艰苦跋涉，不屈不挠，令人折服，令人艳羡，"是一个伟大的人"。只可惜在现实生活中，又有几人能拥有他那与生俱来的艺术天赋和执着精神，甘愿放弃尘世间的安逸舒适，沦为穷困潦倒的画家，视渺无人烟的汪洋小岛为世外桃源，自由自在地潜心作画，过着梦寐以求的原始生活，徜徉在亦真亦幻的艺术境界？可笑、可怜又不乏温情的荷兰画家施特略夫，可以称得上毛姆笔下另一独具一格的艺术家形象，与思特里克兰德形成鲜明的对照。他没有思特里克兰德超人的天才和禀性，只有可恼的俗气和懦弱，还有可贵的真诚和善良，更有敏锐的艺术眼光和识才胸襟。毕竟在现实世界，施特略夫们要远远多于思特里克兰德们。

《月亮和六便士》一经问世，即以独特的叙事风格、深刻的人性洞察、娴熟的语言艺术、旖旎的异国情调和迷人的传奇色彩，轰动一时，畅销全球，"月亮和六便士"从此象征着崇高的精神追求与卑微的现实生活。不论思特里克兰德、施特略夫、毛姆，还是芸芸众生，面对这对"鱼和熊掌"的矛盾，都必须做出抉择，走出各自的人生轨迹，这也许就是《月亮和六便士》畅销不衰、历久弥新的魅力所在吧。

第三节　《月亮和六便士》选段

十二

这会儿正是克里舍林荫路最热闹的时刻，只需要发挥一点儿想象力，就能够在过往行人中发现不少庸俗罗曼司中的人物。小职员和女售货员，宛如从巴尔扎克的小说中走出来的老古董，靠着人性的弱点赚钱糊口的一些行当的男女成员。在巴黎的一些贫穷地区，街道上总是人群熙攘，充满无限生机，使你血流激动，随时准备为你演一出意想不到的好戏。

"你对巴黎熟悉不熟悉？"我问。

"不熟悉。我们度蜜月的时候来过。以后我从来没有再来。"

"那你怎么会找到这家旅馆的？"

"别人介绍的。我要找一家便宜的。"

苦艾酒端上来了，我们一本正经地把水浇在溶化的糖上。

"我想我还是坦白对你讲我为什么来找你吧，"我有一些困窘地说。

他的眼睛闪闪发亮。

"我早就想迟早会有个人来的。阿美已经给我写了一大堆信来了。"

"那么我要对你讲的，不用我说你也知道得很清楚了。"

"她那些信我都没有看。"

我点了一支烟，为了给自己一些思索的时间。我这时候真不知道该怎样办理我承担下的这件差事了。我准备好的一套绝妙辞令，哀婉的也罢、愤激的也罢，在克里舍林荫道上似乎都不合拍了。突然，思特里克兰德咯咯地笑起来。

"交给你办的事很叫你头疼，对不对？"

"啊，我不知道，"我回答。

"听我说，你赶快把肚子里的事说出来，以后咱们可以痛快地玩一个晚上。"

我犹豫不定。

"你想到过没有，你的妻子痛苦极了？"

"事情会过去的。"

他说这句话的那种冷漠无情我简直无法描摹。我被他这种态度搞得心慌意乱，但是我尽量掩盖着自己。我采用了我的一位亨利叔叔说话的语调；亨利叔叔是个牧师，每逢他请求哪位亲戚给候补副牧师协会捐款的时候总是用这种语调。

"我说话不同你转弯抹角，你不介意吧？"

他笑着摇了摇头。

"你这样对待她说得过去吗？"

"说不过去。"

"你有什么不满意她的地方吗？"

"没有。"

"那么，你们结婚十七年，你又挑不出她任何毛病，你这样离开了她不是太岂有此理了吗？"

"是太岂有此理了。"

我感到非常惊奇，看了他一眼。不管我说什么，他都从心眼里赞同，这就把我的口预先钳住了。他使我的处境变得非常复杂，且不说滑稽可笑了。本来我预备说服他、打动他、规劝他、训诫他、同他讲道理，如果需要的话还要斥责他，要发一通脾气，要把他冷嘲热讽个够；但是如果罪人对自己犯的罪直认不讳，规劝的人还有什么事情好做呢？我对他这种人一点也没有经验，因为我自己如果做错了事总是矢口否认。

"你还要说什么？"思特里克兰德说。

我对他撇了撇嘴。

"没什么了，如果你都承认了，好像也没有什么要多说的了。"

"我想也是。"

我觉得我这次执行任务手腕太不高明。我显然有些冒火了。

"别的都不要说了，你总不能一个铜板也不留就把你女人甩了啊！"

"为什么不能？"

"她怎么活下去呢？"

"我已经养活她十七年了。为什么她不能换换样，自己养活自己呢？"

"她养活不了。"

"她不妨试一试。"

我当然有许多话可以答辩。我可以谈妇女的经济地位，谈男人结婚以后公开或默认地承担的义务，还有许许多多别的道理，但是我认为真正重要的只有一点。

"你还爱她不爱她了？"

"一点儿也不爱了，"他回答。

不论对哪方面讲，这都是一件极端严肃的事，可是他的答话却带着那么一种幸灾乐祸、厚颜无耻的劲儿；为了不笑出声来，我拼命咬住嘴唇。我一再提醒自己他的行为是可恶的。我终于激起自己的义愤来。

"他妈的，你得想想自己的孩子啊。他们从来没有做过对不起你的事。他们不是自己要求到这个世界上来的。如果你这样把一家人都扔了，他们就只好流浪街头了。"

"他们已经过了不少年舒服日子了。大多数孩子都没有享过这么大的福。再说，总有人养活他们。必要的时候，麦克安德鲁夫妇可以供他们上学的。"

"可是，你难道不喜欢他们吗？你的两个孩子多么可爱啊！你的意思是，你不想再同他们有任何关系了吗？"

"孩子小的时候我确实喜欢他们，可是现在他们都长大了，我对他们没有什么特殊的感情了。"

"你简直太没有人性了。"

"我看就是这样的。"

"你一点儿也不觉得害臊。"

"我不害臊。"

我想再变换一个手法。

"谁都会认为你是个没有人性的坏蛋。"

"让他们这样想去吧。"

"所有的人都讨厌你、鄙视你，这对你一点儿都无所谓吗？"

"无所谓。"

他那短得不能再短的回答使得我提出的问题（尽管我的问题提得很有道理）显得非常荒谬。我想了一两分钟。

"我怀疑，如果一个人知道自己的亲戚朋友都责骂自己，他能不能心安理得地活下去。你准知道你就一点儿无动于衷吗？谁都不能没有一点儿良心，早晚你会受到良心谴责的。假如你的妻子死了，你难道一点儿也不悔恨吗？"

他并没有回答我的问题，我等了一会儿，看他是不是开口。最后我不得不自己打破沉寂。

"你有什么要说的？"

"我要说的只有一句：你是个大傻蛋。"

"不管怎么说，法律可以强迫你抚养你的妻子儿女，"我有些生气地驳斥说，"我想法律会提出对他们的保障的。"

"法律能够从石头里榨出油来吗？我没有钱，只有百十来镑。"

我比以前更糊涂了。当然，从他住的旅馆看，他的经济情况是非常窘迫的。

"把这笔钱花完了你怎么办？"

"再去挣一点儿。"

他冷静得要命，眼睛里始终闪露着讪笑，倒仿佛我在说一些愚不可及的蠢话似的。我停了一会儿，考虑下面该怎么说。但是这回他倒先开口了。

"为什么阿美不重新嫁人呢？她年纪并不老，也还有吸引人的地方。我还可以推荐一下：她是个贤妻。如果她想同我离婚，我完全可以给她制造她需要的借口。"

现在该轮到我发笑了。他很狡猾，但是他谁也瞒不过，这才是他的真正目的呢。由于某种原因，他必须把自己同另外一个女人私奔的事隐瞒着，他采取了一切预防措施把那个女人的行踪隐藏起来。我斩钉截铁地说：

"你的妻子说，不论你用什么手段她也不同你离婚。她已经打定主意了。我劝你还是死了这条心吧。"

他非常惊讶地紧紧盯着我，显然不是在装假。笑容从他嘴角上消失了，他一本正经地说：

"但是，亲爱的朋友，我才不管她怎么做呢。她同我离婚也好，不离婚也好，我都无所谓。"

我笑了起来。

"噢，算了吧！你别把我们当成那样的傻瓜了。我们凑巧知道你是同一个女人一起走的。"

他愣了一下，但是马上就哈哈大笑起来。他笑得声音那么响，连坐在我们旁边的人都好奇地转过头来，甚至还有几个人也跟着笑起来。

"我看不出这有什么可笑的。"

"可怜的阿美，"他笑容未消地说。

接着，他的面容一变而为鄙夷不屑的样子。

"女人的脑子太可怜了！爱情。她们就知道爱情。她们认为如果男人离开了她们就是因为又有了新宠。你是不是认为我是这么一个傻瓜，还要再做一遍我已经为一个女人做过了的那些事？"

"你是说你不是因为另外一个女人才离开你妻子？"

"当然不是。"

"你敢发誓？"

我不知道为什么我这样要求他。我问这句话完全没有动脑子。

"我发誓。"

"那么你到底是为什么离开她的？"

"我要画画儿。"

我半天目不转睛地盯着他。我一点儿也不理解。我想这个人准是疯了。读者应该记住，我那时还很年轻，我把他看做是一个中年人。我除了感到自己的惊诧外什么都不记得了。

"可是你已经四十了。"

"正是因为这个我才想，如果现在再不开始就太晚了。"

"你过去画过画儿吗？"

"我小的时候很想做个画家，可是我父亲叫我去做生意，因为他认为学艺术赚不了钱。一年以前我开始画了点儿画。去年我一直在夜校上课。"

"思特里克兰德太太以为你在俱乐部玩桥牌的时间你都是去上课吗？"

"对了。"

"你为什么不告诉她？"

"我觉得还是别让她知道好。"

"你能够画了吗？"

"还不成。但是我将来能够学会的。正是为了这个我才到巴黎来。在伦敦我得不到我要求的东西。也许在这里我会得到的。"

"你认为像你这样年纪的人开始学画还能够学得好吗？大多数人都是十八岁开始学。"

"如果我十八岁学，会比现在学得快一些。"

"你怎么会认为自己还有一些绘画的才能？"

他并没有马上回答我的问题。他的目光停在过往的人群上，但是我认为他什么也没有看见。最后他回答我的话根本算不上是回答。

"我必须画画儿。"

"你这样做是不是完全在碰运气？"

这时他把目光转到我身上。他的眼睛里有一种奇怪的神情，叫我觉得不太舒服。

"你多大年纪？二十三岁？"

我觉得他提这个问题与我们谈的事毫不相干。如果我想碰碰运气做一件什么事的话，这是极其自然的事；但是他的青年时代早已过去了，他是一个有身份有地位的证券经纪人，家里有一个老婆、两个孩子。对我说来是自然的道路在他那里就成为荒谬悖理的了。但是我还是想尽量对他公道一些。

"当然了，也许会发生奇迹，你也许会成为一个大画家。但你必须承认，这种可能性是微乎其微的。假如到头来你不得不承认把事情搞得一塌糊涂，你就后悔莫及了。"

"我必须画画儿，"他又重复了一句。

"假如你最多只能成为一个三流画家，你是不是还认为值得把一切都抛弃掉呢？不管怎么说，其他各行各业，假如你才不出众，并没有多大关系；只要还能过得去，你就能够舒舒服服地过日子；但是当一个艺术家完全是另一码事。"

"你他妈的真是个傻瓜。"他说。

"我不知道你为什么这么说，除非我这样把最明显的道理说出来是在干傻事。"

"我告诉你我必须画画儿。我由不了我自己。一个人要是跌进水里，他游泳游得好不好是无关紧要的，反正他得挣扎出去，不然就得淹死。"

他的语音里流露着一片热诚，我不由自主地被他感动了。我好像感觉到一种猛烈的力量正在他身体里面奋力挣扎；我觉得这种力量非常强大，压倒一切，仿佛违拗着他自己的意志，并把他紧紧抓在手中。我理解不了。他似乎真的让魔鬼附体了，我觉得他可能一下子被那东西撕得粉碎。但是从表面上看，他却平平常常。我的眼睛好奇地盯着他，他却一点也不感到难为情。他坐在那里，穿着一件破旧的诺弗克上衣，戴着顶早就该拂拭的圆顶帽，我真不知道一个陌生人会把他当作什么人。他的裤腿像两只口袋，手并不很干净，下巴上全是红胡子茬，一对小眼睛，撅起的大鼻头，脸相又笨拙又粗野。他的嘴很大，厚厚的嘴唇给人以耽于色欲的感觉。不成，我无法判定他是怎样一类人。

"你不准备回到你妻子那里去了？"最后我开口说。

"永远不回去了。"

"她可是愿意把发生的这些事全都忘掉，一切从头开始。她一句话也不责备你。"

"让她见鬼去吧！"

"你不在乎别人把你当作个彻头彻尾的坏蛋吗？你不在乎你的妻子儿女去讨饭吗？"

"一点也不在乎。"

我沉默了一会儿，为了使我底下这句话有更大的力量。我故意把一个一个的字吐得真真切切。

"你是个不折不扣的混蛋。"

"成了，你现在把压在心上的话已经说出来了，咱们可以去吃饭了。"

五十七

这时候库特拉斯太太看朋友回来，我们的谈话暂时被打断了。库特拉斯太太像一只帆篷张得鼓鼓的小船，精神抖擞地闯了进来。她是个又高大又肥胖的女人，胸部膨脝饱满，却紧紧勒着束胸。她生着一个大鹰钩鼻，下巴耷拉着三圈肥肉，身躯挺得笔直。尽管热带气候一般总是叫人慵懒无力，对她却丝毫没有影响。相反地，库特拉斯太太又精神又世故，行动敏捷果断，在这种叫人昏昏欲睡的地带里，谁也想不到她有这么充沛的精力。此外，她显然还是个非常健谈的人；自踏进屋门的一分钟起，她就谈论这个、品评那个，话语滔滔不绝。我们刚才那场谈话在库特拉斯太太进屋以后显得非常遥远、非常不真实了。

过了一会儿，库特拉斯医生对我说：

"思特里克兰德给我的那幅画一直挂在我的书房里。你要去看看吗？"

"我很想看看。"

我们站起来，医生领着我走到室外环绕着这幢房子的阳台上。我们在外面站了一会儿，看了看他花园里争奇斗妍的绚烂的鲜花。

"看了思特里克兰德用来装饰他房屋四壁的那些奇异的画幅，很久很久我老是忘不掉，"他沉思地说。

我脑子里想的也正是这件事。看来思特里克兰德终于把他的内心世界完全表现出来了。他默默无言地工作着，心里非常清楚，这是他一生中最后一个机会了。我想思特里克兰德一定把他理解的生活、把他的慧眼所看到的世界用图像表示了出来。我还想，他在创作这些巨画时也许终于寻找到心灵的平静；缠绕着他的魔鬼最后被拔除了。他痛苦的一生似乎就是为这些壁画做准备，在图画完成的时候，他那远离尘嚣的受折磨的灵魂也就得到了安息。对于死他毋宁说抱着一种欢迎的态度，因为他一生追求的目的已经达到了。

"他的画主题是什么？"我问。

"我说不太清楚。他的画奇异而荒诞，好像是宇宙初创时的图景——伊甸园，亚当和夏娃……我怎么知道呢？是对人体美——男性和女性的形体——的一首赞美诗，是对大自然的颂歌；大自然，既崇高又冷漠，既美丽又残忍……它使你感到空间的无限和时间的永恒，叫你产生一种畏惧的感觉。他画了许多树，椰子树、榕树、火焰花、鳄梨……所有那些我天天看到的；但是这些树经他一画，我再看的时候就完全不同了，我仿佛看到它们都有了灵魂，都各自有一个秘密，仿佛它们的灵魂和秘密眼看就要被我抓到手里，但又总是被它们逃脱掉。那些颜色都是我熟悉的颜色，可是又有所不同；它们都具有自己的独特的重要性。而那些赤身裸体的男男女女，他们既都是尘寰的、是他们揉捏而成的尘土，又都是神灵。人的最原始的天性赤裸裸地呈现在你眼前，你看到的时候不由得感到恐惧，因为你看到的是你自己。"

库特拉斯医生耸了一下肩膀，脸上露出笑容。

"你会笑我的。我是个实利主义者，我生得又蠢又胖——有点儿像福斯塔夫，对不对？——抒情诗的感情对我是很不合适的。我在惹人发笑。但是我真的还从来没有看过哪幅画给我留下这么深的印象。说老实话，我看这幅画时的心情，就像我进了罗马西斯廷小教堂一样。在那里我也是感到在天花板上绘画的那个画家非常伟大，又敬佩又畏服。那真是天才的画，气势磅礴，叫人感到头晕目眩。在这样伟大的壁画前面，我感到自己非常渺小，微不足道。但是人们对米开朗基罗的伟大还是有心理准备的，而在这样一个土人住的小木房子里，远离文明世界，在俯瞰塔拉窝村庄的群山怀抱里，我却根本没想到会看到这样令人吃惊的艺术作品。另外，米开朗基罗神智健全，身体健康。他的那些伟大作品给人以崇高、肃穆的感觉。但是在这里，虽然我看到的也是美，却叫我觉得心神不安。我不知道那究竟是什么，但它确实叫我不能平静。它给我一种印象，仿佛我正坐在一间空荡荡的屋子隔壁，我知道那间屋子是空的，但不知为什么，我又觉得里面有一个人，叫我惊恐万状。你责骂你自己吧；你知道这只不过是你的神经在作祟——但是，但是……过一小会儿，你就再也不能抗拒那紧紧捕捉住你的恐惧了。你被握在一种无形的恐怖的掌心里，无法逃脱。是的，我承认当我听到这些奇异的杰作被毁掉的时候，我并不是只觉得遗憾的。"

"怎么，毁掉了？"我喊起来。

"是啊。你不知道吗？"

"我怎么会知道？我没听说过这些作品倒是事实，但是我还以为它们落到某个私人收藏家手里去了呢。思特里克兰德究竟画了多少画儿，直到今天始终没有人编制出目录来。"

"自从眼睛瞎了以后他就总是一动不动地坐在那两间画着壁画的屋子里，一坐就是几个钟头。他用一对失明的眼睛望着自己的作品，也许他看到的比他一生中看到的还要多。爱塔告诉我，他对自己的命运从来也没有抱怨过，他从来也不沮丧。直到生命最后一刻，他的心智一直是安详、恬静的。但是他叫爱塔作出诺言，在她把他埋葬以后——我告诉你没有，他的墓穴是我亲手挖的，因为没有一个土人肯走近这所沾染了病菌的房子，我们俩把他埋葬在那株芒果树底下，我同爱塔，他的尸体是用三块帕利欧缝在一起包裹起来的——他叫爱塔保证，放火把房子烧掉，而且要她亲眼看着房子烧光，在每一根木头都烧掉以前不要走开。"

半天半天我没有说话；我陷入沉思中，最后我说：

"这么说来，他至死也没有变啊。"

"你了解吗？我必须告诉你，当时我觉得自己有责任劝阻她，叫她不要这么做。"

"后来你真是这样说了吗？"

"是的。因为我知道这是一个伟大天才的杰作，而且我认为，我们是没有权利叫人类失去它的。但是爱塔不听我的劝告。她已经答应过他了。我不愿意继续待在那儿，亲眼看着那野蛮的破坏活动。只是事情过后我才听人说，她是怎样干的。她在干燥的地板上和草席上倒上煤油，点起一把火来。没过半晌，这座房子就变成了焦炭，一幅伟大的杰作就这样化为灰烬了。"

"我想思特里克兰德也知道这是一幅杰作。他已经得到了自己所追求的东西。他可以说死而无憾了。他创造了一个世界，也看到自己的创造多么美好。以后，在骄傲和轻蔑的心情中，他又把它毁掉了。"

"我还是得让你看看我的画，"库特拉斯医生说，继续往前走。

"爱塔同他们的孩子后来怎样了？"

"他们搬到马尔奎撒群岛去了。她那里有亲属。我听说他们的孩子在一艘喀麦隆的双桅帆船上当水手。人们都说他长得很像死去的父亲。"

走到从阳台通向诊疗室的门口，库特拉斯医生站住，对我笑了笑。

"我的画是一幅水果静物画。你也许觉得诊疗室里挂着这样一幅画不很适宜，但是我的妻子却绝对不让它挂在客厅里。她说这张画给人一种猥亵感。"

"水果静物会叫人感到猥亵？"我吃惊地喊起来。

我们走进屋子，我的眼睛立刻落到这幅画上。很久很久我一直看着它。

画的是一堆水果：芒果、香蕉、橘子，还有一些我叫不出名字的东西。第一眼望去，这幅画一点儿也没有什么怪异的地方。如果摆在后期印象派的画展上，一个不经心的人会认为这是张满不错的、但也并非什么杰出的画幅，从风格上讲，同这一学派也没有什么不同。但是看过以后，说不定这幅画就总要回到他的记忆里，甚至连他自己也不知道为什么。据我估计，从此以后他就永远也不能把它忘掉了。

这幅画的着色非常怪异，叫人感到心神不宁，其感觉是很难确切说清的。浓浊的蓝色是不透明的，有如刻工精细的青金石雕盘，但又颤动着闪闪光泽，令人想到生活的神秘悸动；紫色像腐肉似的叫人感到嫌恶，但与此同时又勾起一种炽热的欲望，令人模糊想到亥里俄嘉巴鲁斯统治下的罗马帝国；红色鲜艳刺目，有如冬青灌木结的小红果——一个人会联想英国的圣诞节，白雪皑皑，欢乐的气氛和儿童的笑语喧哗——，但画家又运用自己的魔笔，使这种光泽柔和下来，让它呈现出有如乳鸽胸脯一样的柔嫩，叫人神怡心驰；深黄色有些突兀地转成绿色，给人带来春天的芳香和溅着泡沫的山泉的明净。谁能知道，是什么痛苦的幻想创造出这些果实的呢？该不是看管金苹果园的赫斯珀里得斯三姐妹在波利尼西亚果园中培植出来的吧！奇怪的是，这些果实都像活的一样，仿佛是在混沌初开时创造出来的，当时任何事物还都没有固定的形体，丰实肥硕，散发着浓郁的热带气息，好像具有一种独特的忧郁的感情。它们是被施展了魔法的果子，任何人尝了就能打开通向不知道哪些灵魂秘密的门扉，就可以走进幻境的神秘宫殿。它们孕育着无法预知的危险，咬一口就可能把一个人变成野兽，但也说不定变成神灵。一切健康的、正常的东西，淳朴人们所有的一切美好的情谊、朴素的欢乐都远远地避开了它们；但它们又具有莫大的诱惑力，就像伊甸园中能分辨善恶的智慧果一样，能把人带进未知的境界。

最后，我离开了这幅画。我觉得思特里克兰德一直把他的秘密带进了坟墓。

"喂，雷耐，亲爱的，"外面传来了库特拉斯太太的兴高采烈的响亮的声音，"这么半天，你在干什么啊？开胃酒已经准备好了。问问那位先生愿意不愿意喝一小杯规那皮杜邦内酒。"

"当然愿意，夫人，"我一边说一边走到阳台上去。

图画的魅力被打破了。

（胡晓红编，摘自傅惟慈译：《月亮和六便士》，上海译文出版社，2011）

第九章　黑塞及其《荒原狼》

第一节　黑塞简介

赫尔曼·黑塞，诺贝尔奖得主，20世纪瑞士籍德裔著名诗人、作家，被誉为继歌德、席勒之后，和托马斯·曼齐名的德国最伟大的文学家。

黑塞1877年出生于德国西南部的卡尔夫小城。他的家具有浓厚的宗教色彩和东方精神，富有异国情调和国际化氛围。外祖父是传教士，曾长期在印度传教，是一位印度学者，博学多才，会多国语言，有丰富的藏书，对黑塞影响颇深，也深受黑塞的敬重和爱戴。外祖母是会法语的瑞士人。父亲是出生在爱沙尼亚的德国人，基督教新教牧师，聪慧，具有语言天赋，精通英语，拥有俄国国籍，曾在印度传教，后入瑞士籍。回德后，在卡尔夫城担任岳父即黑塞的外祖父的助手，从事出版业。母亲是出生于印度的法籍瑞士人，是虔诚的信徒，擅长唱歌、讲故事。黑塞是具有多国血统的混血儿，受家庭熏陶颇深，具有广泛的文化背景和开阔的思想意识。不同国度的人在他家里祈祷，诵读《圣经》，研学印度和中国的哲学，弹奏悠扬的音乐。这些情景是黑塞终生难忘的温暖回忆。黑塞结过三次婚，爱好音乐与绘画，性格孤独，喜爱隐逸生活，颇具浪漫的诗人气质。

黑塞天资聪颖，有叛逆倾向。僵化的经院式教育令少年黑塞不堪忍受，使其精神备受摧残，他中途辍学，15岁开始坚持独立谋生。期间，他游历过许多城市，先后当过工厂学徒，干过书店店员等工作。黑塞博览群书，对18、19世纪的欧洲文学和哲学研究甚精，深受歌德、叔本华等人影响，钦慕中国的老庄思想。黑塞对文学兴趣浓烈。他刻苦自学，勤于写作，20世纪初，开始陆续发表作品。1904年，长篇小说《彼得·卡门青特》使他一举成名。同年移居波登湖畔，潜心创作八年之久。欧洲局势不稳，为捍卫和平，黑塞被迫走出田园梦，并由此开启了与罗曼·罗兰的伟大友谊。1911年，黑塞游历印度，1912年返回德国，并于同年携家眷迁居瑞士。他在瑞士写诗、撰文，抨击沙文主义，支援德国流亡者刊物，坚持同军国主义、法西斯主义做斗争，直至第二次世界大战结束。1919年黑塞移居瑞士南部的蒙太格诺拉村，1924年入瑞士籍。1946年，黑塞获歌德奖金并于同年获诺贝尔文学奖。1962年于瑞士家中去世。

黑塞的创作可分为早期、中期和晚期三个阶段。早期创作始于富有乐感和民歌色彩的浪漫主义诗歌及田园诗般的抒情小说和流浪汉小说，贯穿着对儿时和乡土的思恋以及对大自然、对人类的热爱，也弥漫着青年人的孤独、感伤、苦闷、困顿与追求。第一次世界大战给黑塞的思想造成幻灭之痛，导致他在中期创作时改辙易弦，试图从宗教、哲学和心理学方面探索人类精神的解放。

黑塞一生勤奋，著述颇丰，《荒原狼》是其代表作，也是他创作生涯的里程碑。重要作品有长篇小说《德米昂》、《席特哈尔他》、《纳尔齐斯与戈尔特蒙》及《玻璃珠游戏》等，另外，《彼得·卡门青特》、《在轮下》、《盖尔特鲁特》等是黑塞发表于 20 世纪初的成名作。黑塞及其作品思想幽深，犹如暗夜飞舞的萤火虫，形影游离，远绝闹市，有淡淡的草香，有倏忽的灵动，有浓浓的迷幻色彩，耐人寻味，令人无法释怀、不忍释卷。

第二节　《荒原狼》简介

《荒原狼》发表于 1927 年 6 月，也是黑塞的代表作之一，是 20 世纪世界文学的重要著作之一，带有明显的自传性质。小说发表后，相继被译成 20 多种文字，世界为之哗然，在六七十年代的欧美日等许多国家掀起一股黑塞热，人们争相抢购。托马斯·曼称它为德国的《尤里西斯》。小说为黑塞赢得了诺贝尔文学奖——一个文学世界巅峰的荣誉。

《荒原狼》的主人公哈里·哈勒尔是个富有正义感和人道主义的作家，自称荒原狼，是"一个潦倒的隐世者"。他年轻时曾有远大抱负和崇高理想。但社会充斥着狭隘的民族主义和军国主义，人们追名逐利，结党营私，道德沦丧、文化堕落，金钱和权力狼狈为奸，小人横行，像他这样的正人君子丝毫无用武之地，反而遭到耻笑和谩骂，无处躲藏，一无所有，与周围环境格格不入。他感到痛苦孤独，烦躁迷惘，闭门不出，与世隔绝，最终导致精神分裂。一本《评荒原狼》的书使他赫然发现自己是一只"人性"与"狼性"并存的荒原狼。在一次聚会上他因反战言论遭人斥骂，更觉孤独难过，回家时遇到酒吧女赫尔米娜。后又经赫尔米娜介绍结识了音乐人帕勃罗和另一酒吧女玛丽亚，于是他迷失在音乐和感官享受里。但当他看到赫尔米娜和帕勃洛罗裸地躺在一起时，便"狼性"大发，妒火燃烧，将赫尔米娜杀死。

哈勒尔通过自我解剖，淋漓尽致地透析了自己的精神危机。他与外部世界无法协调，内心世界也矛盾重重：他既有人性，崇尚光明，又有兽性，粗俗晦暗。荒原狼的精神危机具有典型的时代性，是资本主义迈向帝国主义阶段的整整一代人的精神迷阵，也是黑塞本人的生活经历与精神状态的写照。黑塞刚刚经历了第一次世界大战，战争造成的创伤还历历在目，社会却又在酝酿下一场战争的梦魇，人们浮夸、好战、贪婪、虚妄，黑塞处于这样的环境中，他缺乏安全感，厌恶战争，并对人生产生怀疑，虽出淤泥而不染，却找不到洁净的空气，看不到未来和方向。再加上他家庭分裂，疾病缠身，知音难觅，致使他精神崩溃，几近自杀。主人公哈勒尔几乎就是另一个黑塞。黑塞希望通过寻求富于人性的高尚精神来改变现状，真诚呼唤和平，呼唤社会良知，但终究于事无补。他陷入矛盾、彷徨、苦闷的精神沼泽地。黑塞对荒原狼精神危机的分析、对当时道德没落的描写，展现了当时社会的发展状况及其对人性的压抑和扭曲。

《荒原狼》情节简单，人物不多。小说以《出版者序》、《论荒原狼——为狂人而作》的心理论文及《哈勒尔自述》三个层次来展现哈勒尔的灵魂世界及附着在灵魂上的一切外部形式。第三部分采用内心独白兼联想、回忆、梦境、幻觉等意识流的各种技巧，具有浓厚的幻想色彩和深奥的象征意义，具有超现实主义风格。《荒原狼》扑朔迷离，不易理解但却扣人心弦。问世以来，人们众说纷纭，褒贬不一。《荒原狼》至今仍笼罩着一层神秘面纱，给后人留下意犹未尽的悬念，东西方学者至今仍在孜孜以求其真意。

第三节 《荒原狼》选段

......

我们向他走过去。在门口他轻声对我说："哈里兄弟，我邀请你参加一次小小的娱乐活动。疯子才能入场，入场就要失去理智。您愿意去吗？"我点了点头。

我的老兄！他轻轻地小心地挽住我们的手臂，右边挽住赫尔米娜，左边挽住我，带我们走下一道楼梯，走进一间小小的圆形屋子，天花板上亮着淡蓝色的光，房子里几乎空空的，只有一张小圆桌，三把圈手椅。我们在椅子上坐下。

我们在哪儿？我在睡觉？我在家里？我坐在一辆汽车里奔驰？不对，我坐在一间亮着蓝色灯光、空气稀薄的圆形房间里，坐在一层已经漏洞百出的现实里。赫尔米娜脸色为什么那样苍白？帕勃罗为什么喋喋不休？也许正是我在让他说话，正是我通过他的嘴巴在说话？难道从他的黑眼睛里看着我的不正是我自己的灵魂，从赫尔米娜的灰色眼睛里看着我的不正是我自己的灵魂，那颓丧胆怯的小鸟？

我们的朋友帕勃罗有点像举行什么仪式似的非常友好地看着我们，并在滔滔不绝地讲着什么。我以前从未听他连贯地说过话，他对讨论和咬文嚼字不感兴趣，我几乎不曾相信他有思想。现在，他却用他优美的、温柔的嗓音侃侃而谈，非常流利，措辞恰到好处。

......

他又把手伸进他那件彩色绸衫的口袋，掏出一面圆形小镜。

"您看，以前您看见的自己是这样的。"

他把镜子举到我眼前，我忽然想起一首童谣："小镜子啊，手中的小镜子"。我看见一幅可怖的、在自身之内活动的、在自身之内激烈地翻腾骚动的图画，画面有点模糊，有点交错重叠。我看见了我自己——哈里·哈勒尔，在哈里的内部又看见了荒原狼，一只怯懦的、健美的、又迷惑害怕地看着我的狼，它的眼睛射出光芒，时而凶恶，时而忧伤，这只狼的形象通过不停的动作流进哈里的体内，如同一条支流注入大河时，被另一种颜色搅动掺杂一样，他们互相斗争着，一个咬一个，充满痛苦，充满不可解脱的渴望，渴望成型。流动的、未成型的狼用那双优美怯懦的眼睛忧伤地看着我。

"您看见的自己就是这样的，"帕勃罗又轻声细气地说了一遍，把镜子放回口袋。我感激地闭上眼睛。呷着那仙酒。

"我们休息过了，"帕勃罗说，"我们喝了点东西，也聊了一会儿。你们不再觉得疲乏的话，我现在就带你们去看我的万花筒，让你们看看我的小剧院。你们同意吗？"

我们站起身，帕勃罗微笑着在前头引路，他打开一扇门，拉开一块幕布。于是，我们发现我们站在一个剧院的马蹄铁形的走廊里，正好在走廊的中央，拱形走廊向两边展开，顺着走廊有不计其数的狭窄的包厢门。

"这是我们的剧院，"帕勃罗解释道，"娱乐剧院，但愿你们找到各种各样可笑的东西。"他一边说着一边大笑起来，虽然只笑了几声，但这笑声却强烈地震撼了我，这又是我先前在楼上听到过的爽朗的、异样的笑声。

"我的小剧院有无数的包厢门，比你们希望的还多，有十扇、一百扇、一千扇，每扇门后都有你们要的东西在等着你们。这是一间漂亮的画室，亲爱的朋友，但像您现在这样走马观花跑一遍，对您一点用也没有。您会被您习惯地称为您的人格的东西所阻滞，被它弄得头昏目眩。毫无疑问，您早就猜到，不管您给您的渴望取什么名字，叫做克服时间也好，从现实中解脱出来也好，还是其他什么名称，无非是您希望摆脱您的所谓人格。这人格是一座监狱，您就困在里头。假若您抱着老皇历进入剧院，您就会用哈里的眼睛、通过荒原狼的老花眼镜去观察一切。因此，请您放下这副眼镜，放下这尊贵的人格，把它们留在这里的存衣处，您可以随时取回，悉听尊便。您刚才参加过的漂亮的舞会，荒原狼论文以及我们刚才服用的兴奋剂大概已经让您做了充分准备。您，哈里，您在寄放您那尊贵的人格以后，剧院的左边任您去参观，赫尔米娜看右边，到了里面，你们又可以随便碰头。赫尔米娜，请您暂时退到幕布后面去，我先带哈里参观。

"好，哈里，现在跟我来，情绪要好。让您情绪好起来，教您笑，这是这次活动的目的。我希望，您会配合，不会让我感到为难的。您感觉良好吧？嗯？不感到害怕吧？那好，很好。按这里的习惯，您现在通过假自杀，就会毫不害怕、衷心喜悦地进入我们的虚假世界。"

他又取出那面小镜儿，举到我的面前。哈里又瞧着我，有一只零乱的、模糊的、争斗着的狼的形象不断往哈里身里挤。这是我非常熟悉的、确确实实不令人喜爱的画面，把它毁了一点不会使我忧虑。

"亲爱的朋友，现在请您去掉这幅已经变得多余的镜画，您不必做更多的事。如果您的情绪允许的话，您只要真诚地大笑着观看这幅画就行了。现在您在幽默的学校里，您应该学会笑。一旦人们不再严肃认真地对待自己，一切更高级的幽默就开始了。"

我直勾勾地瞧着小镜子，瞧着手中的小镜子。镜子里，哈里狼在颤抖着，抽搐着。有一会儿，我内心深处也抽搐了一下，轻轻地，然而痛苦地，像回忆，像乡思，像悔恨。然后，一种新的感觉取代了这轻微的压抑感。这种感觉类似人们从用可卡因麻醉的口腔中拔出一颗牙时的感觉；人们既感到轻松，深深地吸了一口气，同时又感到惊讶，怎么一点不疼呀。同时，我又感到非常兴高采烈，很想笑，我终于忍俊不禁，解脱似的大笑起来。

模糊的小镜画跳动了一下不见了，小小的圆形镜面突然像被焚毁一样，变得灰暗、粗糙、不透明了。帕勃罗大笑着扔掉碎裂的镜子，镜子向前滚去，在长长的不见尽头的走廊的地板上消失了。

"笑得很好，哈里，"帕勃罗嚷道，"你要继续像不朽者那样学笑。现在，你终于杀死了荒原狼。用刮脸刀可不行。你要注意，不能让他活过来！很快你就能离开愚蠢的现实。以后一有机会，我们就结拜为兄弟。亲爱的，你从来没有像今天这样让我喜欢过。如果你认为很重要，那我们可以讨论哲学问题，可以互相争论，谈论莫扎特、格鲁克、柏拉图和歌德，来个尽兴畅谈。现在你会理解，以前为什么不行。但愿你成功，祝你今天就能摆脱荒原狼。因为，你的自杀当然不是彻底的；我们是在魔剧院里，这里只有图画，而没有现实。请你找出优美有趣的图画，表明你真的不再迷恋你那可疑的人格！如果你渴望重新得到这种人格，那只要往镜子里瞧一眼就够了，我马上可以把镜子举到你面前。不过你知道那句给人智慧的老话：手里的一面小镜比墙上的两面大镜还好。哈哈哈！（他又笑得那么美、那么可怕）——好了，现在只需举行一下有趣的小小仪式。你已经扔掉了你的人格眼镜，来，现在对着一面真正的镜子瞧一瞧！它会让你高兴的。"

他大笑着，对我做了几个可笑的表示亲昵的小动作，把我转过身。这时，我面对的是一堵墙，墙上挂着一面大镜子。我在镜子里看着我自己。

在那短暂的一瞬，我看见了我如此熟悉的哈里，看见他那张明朗的脸，他情绪异常好，爽朗地笑着。可是，我刚认出他，他就四散分开了，从他身上化出第二个哈里，接着又化出第三个，第十个，第二十个，那面巨大的镜子里全是哈里或哈里的化身，里面的哈里不计其数，每个哈里我都只看见闪电似的一瞬，我一认出他，又出来一个。这数不胜数的哈里中，有的年纪跟我一样大，有的比我还大，有的已经老态龙钟，有的却又很年轻，还是个小伙子，小学生，孩子。五十岁和二十岁的哈里在一起乱跑，三十岁的和五岁的，严肃的和活泼有趣的，严肃的和滑稽可笑的，衣冠楚楚的和衣衫褴褛的以及赤身裸体的，光头的和长发的，都搅在一起乱跑，他们每个人都是我，每个人我都只看见闪电似的一瞬，我一认出他，他就消失了，他们向各个方向跑开，有的向左，有的向右，有的向镜子深处跑，有的从镜子中跑出来。有一个穿着雅致的年轻小伙子哈哈笑着跑到帕勃罗胸前，拥抱他，跟他一起跑开了。一个十六七岁的英俊少年使我特别喜欢，他像一道闪电似的飞快跑进走廊，急切地看着所有门上的牌儿。我跟他跑过去。在一扇门前他停住了脚步，我看到上面写着：

> 所有的姑娘都是你的！
> 投入一马克

可爱的少年一跃而入，头朝前，跳进投钱口，在门后消失了。

帕勃罗也不见了，镜子也消失了，那不计其数的哈里形象都无影无踪。我觉得，现在就只剩我自己和剧院，任我随意观看了。我好奇地走到每扇门前，挨个儿地观看，在每一扇门上我都看见一块牌儿，上面写的都是引诱或许诺的字样。

……

牌子无穷无尽。有一扇门上写着：

> 人物结构指导
> 保证成功

我觉得这个值得注意，于是走进门去。

这是一间幽暗而安静的房间，没有东方式的椅子，一个男人席地而坐，面前放着类似大棋盘的东西。乍一看，他好像是我的朋友帕勃罗，至少，他也穿着类似的彩色绸衣，同样有一双炯炯有神的黑眼睛。

"您是帕勃罗吗？"我问。

"我谁也不是，"他友好地解释。"我们这里没有名字，在这里，我们不是人。我是个棋手。您希望上一堂人物结构课吗？"

"是的，请赐教。"

"那就请您给我提供几十个您的形象。"

"我的形象……"

"您曾看见您的所谓人物分解为许多形象，我要的就是这个。没有形象我不能弈棋。"

他把一面镜子递到我面前。我又看见我这个人的统一体分解为许多我，数目好像还增加了。不过，现在这些形象都很小，跟棋子一般大，棋手不慌不忙地用手指拿出几十个，把它们放在棋盘边的地上。同时，他语气单调地说，就像一个人重复他已经做过的演说或讲课那样：

"人是永恒的整体这个观点是错误的，它会给人带来不幸，这您是知道的。您也知道，人由许多灵魂、由无数个'我'构成。把人的虚假的统一分解为这许多形象，被看作疯话，为此，科学还发明了'精神分裂症'这个名字。当然，没有主次，没有一定的秩序和安排，这种多样性就无法统制。在这个意义上，科学是对的。但另一方面，科学认为，这许多局部自我只能处在唯一的、互相制约的、持续一辈子的体系中，这就不对了。科学界的这个错误带来某些恶果，它的价值仅仅在于国家雇用的教员和教养员发现他们的工作简化了，无需思考和实验了。由于这个错误，许多本来难以治愈的疯人被看作是'正常的'，是对社会很有用的人。相反，有些天才却被看作疯子。因此，我们要用一个新概念补充科学界的漏洞百出的心理学，这个概念叫结构艺术。我们表演给经历过自我解体的人看，他随时都可以任意重新组合分解开的部件，从而达到生活之剧的多样性。像作家用少数几个角色创造剧本那样，我们用分解了的自我的众多形象不断地建立新的组合，这些组合不断表演新戏，不断更换新的情景，使戏始终具有新的引人入胜的紧张情节。请您观看！"

他毫无声响地用聪慧的手指抓住我的形象，抓住所有老头、小伙子、儿童、女人，抓住所有活泼愉快的和愁容满面的、强壮有力的和弱不禁风的、敏捷的和笨拙的小人，迅速地把他们放到他的棋盘上，安排成一场游戏。他很快地把他们组成集团和家庭，让他们比赛和厮杀，让他们相互间友好，相互间敌对，构成一个小小的世界。我快活地看着，他当着我的面，让这个生气勃勃而又井井有条的小世界活动起来，让他们比赛、厮杀、结盟、打仗，让他们互相求婚、结婚、生儿育女。这真是一出角色众多、生动紧张的戏剧。

……

"这是生活艺术，"他讲授道。"将来，您自己可以随意继续塑造您的生活游戏，使它具有生气，使它纷乱繁杂，使它丰富多彩，这是您的事。在更高一层意义上说，一切智慧始于疯癫，那么，我们也可以说，一切艺术、一切想象始干精神分裂症。甚至有的学者也稍微认识到了这一点，例如，在《王子的神奇号角》这本非常有趣的书里就能读到。这本书描写了一位学者辛苦勤奋的工作，是由于许多疯癫的、关在疯人院里的艺术家的天才合作才变得高贵起来的。——好，就这样，请您收起您的角色，这种游戏今后还会经常使您快乐。今天十分放肆、变成不可容忍的妖怪、败坏了您的兴致的角色，明天您可以把他贬为无关紧要的配角。一时似乎注定要倒霉、成为晦星的又可怜又可爱的角色，下一次您可以让她成为公主。祝您快活，我的先生。"

我感激地向天才的棋手深深一鞠躬，把小棋子装到口袋里，从狭窄的门中退了出来。

本来我想，我回到走廊里就坐到地上，用这些小角色玩它几个钟头，永远玩下去。但是，我刚回到明亮的圆形走廊里，新的强大潮流就把我带走了。一幅标语在我面前闪着耀眼的光。

荒原狼训练者的奇迹

看到这块牌子，我百感交集；各种各样的恐惧和害怕又从我以往的生活、从遗忘了的现实中涌出，使我揪心。我用颤抖的手把门打开，走进新年集市似的房间。我看见里面安了一道铁栏杆，把我和舞台隔开。舞台上站着一位驯兽者，这位先生装模作样，外表有点像市场上叫卖生意的商人。他留着宽大的上须，上臂肌肉发达，穿着花哨的马戏服。尽管如此，他却又很像我，像得阴险讨厌，这位强壮的汉子像牵一条狗那样，用绳子牵着一只又大又漂亮、瘦得可怕、眼神卑怯的狼，这光景真惨啊！观看残忍的驯兽人让这只高贵而又卑微听话的猛兽表演一系列花招和引起轰动的节目，让人既感到恶心又感到紧张，既感到可憎可恶又感到神秘有趣。

这位汉子是分身镜从我身上分出来的该死的孪生兄弟，他把狼驯得服服帖帖。那只狼非常注意地听从每一个命令，对每一声呼唤、每一声鞭响，都作出低三下四的反应，它双膝跪倒，装死，用两条后腿站立，乖乖地用嘴巴衔面包、鸡蛋、肉、小筐子，它甚至用嘴巴捡起驯兽人扔下的鞭子，给他送过去，一边还卑躬屈膝地摇着尾巴。一只兔子被送到狼的面前，接着又上来一只白色小羊羔，狼张大嘴巴露出牙齿，馋得浑身发抖，直流口水，但是它没有去碰兔子和羊羔的一根毫毛。兔子和羊羔浑身打颤，蜷缩着身子蹲在地上，狼按照命令以优美的姿势从它们身上一跃而过，它甚至在兔子和小羊羔之间坐下，用前爪拥抱它们，和它们组成一幅动人的家庭景象。这时，它从人手里舔吃一块巧克力。狼学会了否认自己的本性已经到了何等程度啊！看到这些，我感到这是一种折磨，是受罪，不禁毛骨悚然起来。

不过，在节目的第二部分。激动的观众和狼一起，为上述折磨而得到报偿。上述精美的驯兽节目表演完了，驯兽者为狼羊组合而感到骄傲，露出甜甜的微笑向观众鞠躬致谢，然后对换了角色。外貌酷似哈里的驯兽者突然深深一鞠躬，把鞭子放到狼的面前，跟先前的狼一样瑟缩发抖，样子非常可怜。狼却哈哈笑起来，舔了舔嘴巴，原先那种痉挛和虚伪的样子一扫而光，它的眼睛射出凶光，整个身体结实有力，它又获得了野性，精神抖擞起来。

现在是狼下命令，人听从狼了。人按照命令，双膝跪地，装成狼的样子，伸出舌头，用补过的牙齿撕碎身上的衣服。他按照驯人者的命令忽而用两条腿走路，忽而又用四肢爬行，他像动物那样坐立，装死，让狼骑在身上，给它送去鞭子。任何侮辱性的、反常的事情，他都低三下四地接受，做得非常出色，充满了幻想。一位漂亮的姑娘走上舞台，靠近被驯的男子，抚摸他的下巴，把脸颊挨近他的脸蹭着，但他却依然四肢着地，继续当畜生，摇摇头，开始向美女龇牙咧嘴，最后像狼那样露出一副凶相威胁她，把她吓跑了。给他递去巧克力，他轻蔑地闻了闻，把它推开。最后又让小白羊和又肥又嫩的小花兔上了舞台，容易训练的人表演最后一招：装狼。他觉得这是一种乐趣。他用手指和牙齿抓住惊叫的小动物，从它们身上撕下一块块皮和肉，狞笑着吞噬生肉，美滋滋地闭起双眼、津津有味地喝那冒着热气的鲜血。

我恐惧地赶紧逃出门来。我看见，这个魔剧院并不是圣洁的天堂，在它那漂亮的外表下全是地狱。噢，上帝，难道这里也不是解脱超生之所？

我害怕地来回乱跑，感到嘴巴里既有血腥味，又有巧克力味，两种味道都很可恶。我强烈地希望离开这个混浊的世界，热切地企图在自己身上回忆起更容易忍受、稍许友好一点的图景。我心中响起"噢，朋友，不要这种声调！"我恐惧地回想起战争期间有时看到的关于前线的可怕照片，想起那一堆堆横七竖八地堆在一起的尸体，这些尸体的头上戴着防毒面具，一张张脸都变成了狞笑的鬼脸。当时，我怀着对人类友好的感情，反对战争，看到这些图片非常惊骇。回想起来，这是多么愚蠢、多么天真可笑啊！现在我知道了，不管是驯兽者、部长、将军，还是疯子，他们头脑中的思想和图画也同样潜藏在我身上，它们是同样的可憎、野蛮、凶恶、粗野、愚蠢。

我舒了一口气，回忆起剧院走廊起点的一块牌子。先前，我看见那个漂亮的小伙子急不可待地钻进那扇门去。牌上写着：

所有的姑娘都是你的

我觉得，总而言之一句话，最值得追求的莫过于此了。我为又能逃脱该死的狼的世界而高兴，从门口走了进去。

……

我站在一座岩石小丘上，山脚下是我的家乡小城。春风和煦，飘来一阵早春的紫罗兰的清香，流经小城的河流闪闪发光，老家的窗户也似乎在向我仰视，所有这一切的目光、声音、气味都是那样使人陶醉地充实，那样清新，让人沉浸到创造中，一切都射出深沉的光彩，一切都在春风中神游飘忽。以前，在刚进入青春期的充实的、诗意般的岁月中，我所看到的世界就是这样的。我站在山丘上，春风抚弄着我长长的头发！我沉浸在梦幻般的爱情的渴望之中，用迷惑的手从刚刚发绿的灌木上摘下一张半开的嫩芽，把它举到眼前，闻它（闻到这种叶香，以往的一切又都清晰地涌现在我的眼前），接着，我用嘴唇含住这个小绿芽玩味着，咀嚼起来，我的嘴唇至今还没有吻过一位姑娘呢。尝到这种又酸又苦的味道，我突然很确切地知道我目前的处境了，一切又都回来了。我又在经历儿童时代的最后一年的一个镜头，这是早春的一个星期天的下午；这一天，我在独自散步时碰到了罗莎·克赖斯勒，羞答答地向她打招呼，如痴如呆地爱上了她。

那是我第一次看见这位美丽的姑娘。她独自一人，梦幻似的走上山来，并没有看见我。我战战兢兢地看着她上山。她的头发梳成两条粗辫子，两边的脸颊上垂下一绺绺散发，在微风中飘动。我有生以来第一次看见这么美丽的姑娘，她那随风飘动的发丝是多么优美潇洒，她穿着薄薄的蓝色长裙，裙子的下摆从腿上垂下，多么优美，多么引人遐想。正像我咀嚼的嫩芽发出又苦又香的味道，我看见春天就在面前，产生了一种不安而又甜蜜的欢乐和害怕的感情，看见这位姑娘，我全身心都充满了一种对爱情的致命的预感，对女性的预感。我预感到巨大的可能和各种允诺，预感到无名的欢乐、不可想象的迷乱、害怕和痛苦，预感到最深切的解救和最深重的罪责。噢，春天的苦味把我舌头烧灼！噢，戏耍的春风将她红通通的两颊边的散乱头发吹拂！然后她向我走近，抬起头来认出了我，脸上微微泛出红晕，转过脸看着别处；我摘下受坚信礼的青年帽，向她致意，罗莎很快就镇静下来了，她微微一笑，文静地还了礼，昂起头，缓慢、稳重、高傲地向前走去，我目送着她，向她投去千百种相思、要求和敬意。

这是三十五年前一个星期天的事。此刻，当时的情景又一一出现在我的眼前：山丘和城市，三月的春风和嫩芽的气息，罗莎和她棕色的头发，越来越强烈的渴望和甜蜜而使人窒息的害怕心情。一切都跟当时一样，我仿佛觉得，我一生中从来没有像爱罗莎那样爱过别人。这次，我想以不同的方式接待她。我看见，她认出我时脸上一下子泛起了红晕，竭力掩饰自己的羞涩，我立即明白，她喜欢我；这次重逢意味着什么，对她和我都是相同的。我不再像上次那样摘下帽子，那样庄重地站着让她从身边走过。这次，我克制了害怕和困窘，听从我的感情的命令，高声喊道："罗莎！你来了，啊，美丽漂亮的姑娘，感谢上帝！我多么爱你。"这也许不是此刻可说的最聪明的话，只是这里不需要才智，这几句话完全足够了。罗莎没有摆出一副贵妇人的样子，继续向前走去，她停住脚步，看了看我，脸色更红了。她说："你好，哈里，你真的喜欢我？"她健壮的脸上那双棕色眼睛熠熠有神，发出一种光彩。我感到，自从那个星期天让罗莎从身边跑掉那一刻起，我以往的整个生活和爱情都是错误的、混乱的，充满了愚蠢的不幸。现在，错误得到了更正，一切都不同了，一切又都变好了。

我们伸出手，紧紧握着，手拉手地慢慢向前走去，感到无比的幸福。我们都很窘，不知道该说点什么，于是就加快脚步跑起来，一直跑到喘不过气来才停下。我们始终没有松手。我们两人还是孩子，不知道互相之间该怎么做，那个星期天，尽管我们没有亲吻一下，但我们都觉得无比的幸福。我们面对面站着，喘了一会儿气，在草地上坐下，我抚摸她的手，她用另一只手羞答答地抚弄我的头发，我们又站起身，比试谁身体高，我比她高一指，但我不承认，说我们完全一般高，上帝决定了我们是一对，我们以后要结婚。这时罗莎说，她闻到了紫罗兰的花香，我们跪在春天矮矮的草地上找紫罗兰，我们找到了几枝短柄紫罗兰，每个人都把自己找到的紫罗兰送给对方。天渐渐凉了，阳光斜照在岩石上，罗莎说，她该回家了，我们两人都有凄楚的感觉，因为我不能陪她回去，可是我们心里都有一个秘密，这秘密是我们所占有的最可爱的东西。我仍站在上面的岩石上，闻着罗莎送给我的紫罗兰。我脸对着山下，在一块陡峭的岩石上躺下，看着下面的城市等待着，终于看见山岩下她那可爱的小小的身影出现了，看着她经过水井，走过小桥。我知道，现在她回到了家里，穿过各个房间，而我躺在这上面，离她远远的，但是有一条带子把我们连在一起，有一条河流从我这里通到她身旁，有一个秘密从我身上向她飘去。

整整一个春天，我们常常见面，时而在这里，时而在那里，有时在山上，有时在园子篱笆旁。丁香花开始开花时，我们羞怯地第一次接了吻。我们这些孩子能够给予对方的东西不多，我们只是轻轻地吻了一下，还缺乏激情烈火，我只敢轻轻地抚弄她耳边松软的头发。但是这一切都是我们的，都是我们在爱情和欢乐方面所能做的。我们小心地接触一次，说一句幼稚的情话，不安地互相等待一次，我们就学到一种新的幸福，我们就在爱情的阶梯上又攀登了一级。

……

（李新红编，摘自赵登荣、倪诚恩译：《荒原狼》，上海译文出版社，2011）

第十章　库切和《耻》

第一节　库切简介

　　约翰·马克斯韦尔·库切，南非当代著名白人小说作家，与纳丁·戈迪默并称南非文坛的双子星座，在世界文坛享有盛誉。他曾两度蝉联英国文学最高奖——布克奖（1983 年的《迈克尔·k 的生活和时代》，1999 年的《耻》），2003 年度荣获诺贝尔文学奖。

　　库切 1940 年 2 月 9 日出生于南非的开普敦市。他是南非白人殖民者的后裔，具有荷兰和英国的血统。当时的南非政府对外驱逐英国的殖民势力，对内实行种族隔离政策。在英国殖民者和当地黑人之间，还夹着白人土著，他们来自荷兰、德国、法国和北欧，17 世纪就来到非洲，比英国人资格要老。在抗击英国殖民统治时，他们自诩为正义的力量，然而他们还是排斥当地的黑人。身为 Afrikaner 的库切从小接受英文和 Afrikan 的双语教育，南非的本土文化和欧美文化在他身上留下了很深的烙印。由于无法忍受种族隔离政策，他于 60 年代大学毕业后前往英国，曾做过计算机的程序员。1965 年来到美国得州大学，1969 年获得文学博士学位。终因未拿到绿卡，他于 1972 年回到开普敦大学任讲师。2001 年，因为不喜欢开普敦，他移居澳大利亚。

　　库切从 32 岁才开始从事小说创作，历时两年，发表了第一部小说《幽暗之乡》。这部小说展现了他卓越的创作才华，一举夺得南非文学大奖。1976 年，小说《在国家的心脏里》，反映南非种族隔离制度，获得当年南非文学最高荣誉"中央新闻奖"。1980 年，长篇小说《等待野蛮人》成功塑造了一个帝国边境行政长官的形象，真正为库切带来了国际性声誉，该书入选英国企鹅出版社的"二十一世纪经典系列"丛书。他的第四部小说《迈克尔·k 的生活和时代》摘取了英国文学最高奖项"布克奖"。他还凭借这部作品夺得法国的"费米那奖"。自此库切成为英国文学界的明星作家。1986 年，小说《福》的发表使得他成为南非第一个获得以色列最高文学奖"耶路撒冷奖"的作家。1999 年，《耻》的轰动出世让他再次获得"布克奖"，创下该奖自 1969 年设立以来一人两次获得该奖的纪录。到目前为止，他仍是这一纪录的保持者。2003 年，库切获得全球最高文学奖项"诺贝尔文学奖"。

　　除创作小说外，库切还写下了大量的随笔和散文，如《双重视点：论文和访谈录》、《冒犯：论审查制度》。库切的绝大部分作品描写的是"反英雄"、"非英雄"式的人物，善于运用隐喻象征的手法，语言简洁、精致。他的作品植根于南非历史，又深受西方文化的影响，展现了南非种族隔离下人们的生活以及后种族隔离时代背景下人们的生活和心理状态。2005 年，库切的新作《迟缓人士》问世，一反以往的种族问题，转而思考更为深切的生命课题和文学课题。

第二节　《耻》简介

《耻》创作于 1999 年，于 2003 年获得了诺贝尔文学奖。小说讲述了在远离传统世界中心的非洲大陆——南非的一个白人及其女儿的生活经历。卢里是大学教授，由于与女学生的性丑闻而离开学校，回到住在农村的女儿露西那里生活。虽然一开始并不适应，但他渐渐地接受了这种生活。后来，几个黑人的入侵摧毁了这看似平静的生活。女儿被强奸，自己被毒打，财产被掠走，导致父亲和女儿在生活的各个方面不断发生冲突。最后，他们只能在生活的磨难中改变自己，接受社会的变革，并迎接新的生活。

是什么原因让这部谈不上长篇巨著的小说在短短数年内得到世界文坛的认可，并登上最高领奖台呢？这可能要从南非的历史背景来理解。

南非种族制度是 1948 年至 1991 年间在南非共和国实行的一种法律制度，名义上是保护原住民，实质上是白人剥削压迫其他人种的工具。这种制度是国际公认的"对人类的犯罪"。故事的主人公卢里出生在南非种族隔离制度刚刚建立并开始强化的年代，骨子里接受的是白人至上的观点。故事发生在种族隔离制度刚刚被推翻的年代，作为旧制度的代表，卢里必然会与新制度的代表露西、黑人农民佩特鲁斯等产生代沟和矛盾，并进而与新的制度发生冲突。作品通过对这对父女经历的讲述，揭示了南非种族隔离制度所导致的人的价值观和行为，以及人们如何对待这一历史问题。

"性"作为一个主线，贯穿于整部小说当中。最初，卢里对生活的满足，是建立在性满足的基础上；卢里离开大学，也是性丑闻的曝光；卢里和女儿生活的改变，和性直接相关；即便是卢里进行的学术研究，也和性有密切的关系。作者从"性"的角度反映了后种族隔离时期南非不同种族之间的冲突。因为性是人性中最本质的东西。在人类冲突的历史中，弱势的一方很容易在"性"上受到侵害，而反败为胜的一方往往会将对失败者进行的性侵害看成其应受的惩罚。从"性"的主动实施者变成了被动的接受者，正反映失去种族隔离制度保护的南非白人的社会、经济地位下降这一现实。

当然，白人并不都是心甘情愿地接受这种地位的下降的，卢里就是其中的典型。他在性丑闻曝光后，拒不道歉，那是因为生来具有的发自内心的白人的高傲在作怪。虽然他知道这种性关系是不正常的，但如果道歉了，就如同向弱者低头，向这一历史变革低头。另一方面，卢里的女儿被黑人强奸，这在种族隔离制度下是不可想象的，但她却接受了这个结果，那是因为在种族隔离制度摇摇欲坠时期成长起来的新的一代，已经认识到历史发展的不可拒绝，从而不再有对新种族制度的抵制。他们知道白人不再优越，同时因为历史（白人压迫黑人）和现实（黑人对白人不满，而白人不能保护自己）的原因，这种罪行是不可避免的，即使报仇也不能解决问题。历史问题的解决还在于自身的努力，和种族间的宽容。

当然，这部小说并不是宣传遇到不法侵害，为求一时平安而一味忍让的愚昧思想。这种忍让只能存在于后种族隔离这一特定的时期，更是对种族隔离制度的有力控诉。

第三节　《耻》选段

二

没有了星期四的插曲，整个一周就像一片沙漠般的枯燥乏味。有些日子他竟然不知道该拿自己怎么办了。

他在图书馆里泡的时间更长了，只要稍稍和拜伦有点关系的书他都拿来看一看，使劲往早已记录得厚厚的两大本资料簿上添材料。他很喜欢下午迟些时候跑图书馆，因为那时的阅览室十分安静，也喜欢看完书后步行回家，穿过冬季凛冽的寒气，走过潮湿、发亮的街道。

一个星期五下午，他回家时走了一条远路，走小径穿过从前的学院花园，不经意中看见他的一个学生正在前面走着。她叫梅拉妮·艾萨克斯，是他的浪漫诗人课上的。她不是最出色的学生，但肯定不是最差的。人挺聪明，但不卖力。

她正悠闲地踱步，他几下就赶了上去。"你好。"他打了声招呼。

她冲他微微一笑，上下点了点头。微笑中有几分狡黠，而不是害羞。她身材矮小瘦削，一头黑发修剪得极短，颧骨宽大得近乎中国人那样，一对又大又黑的眼睛。她的穿着总是引人注目。今天她穿着一条栗红色的超短裙，上身是芥末色的薄毛衣，下边套着黑色的连裤袜。腰带上金色的小挂饰倒正好配耳环上金色的小球。

他对那女孩稍稍有点迷恋。这没什么大不了，一学期下来，班上的那些女孩子他总能看上个把。开普敦哪，真是美景处处，美女芸芸。

她知不知道他对她小有注意呢？也许吧。女人对这一点最敏感，对颇有意味的注视的分量最为敏感。

天一直在下着小雨。小径两边浅浅的水沟里，细细地淌起了水流。

"这是我最喜欢的季节，一天中我最喜欢的时间，"他说道。"你就住在附近吗？"

"就在那边。和人同住一间公寓。"

"你老家就在开普敦吗？"

"不，我是在乔治长大的。"

"我就住在附近。能请你去喝点什么吗？"

打住了，很小心。"好吧。不过七点半我得赶回来。"

两人穿过花园，来到了安静的居住区。他在那里住了有十二年了，先是同罗萨琳住一起，离婚后就独自一人住那里。

他开了安全门，又打开房门，请女孩进了屋。他打开灯，接过女孩的书包。女孩头发上沾着些许雨珠。他直直地盯着她，并不掩饰自己迷恋的神情。她垂下眼睛，脸上又浮出刚才那种躲躲闪闪，甚至有些卖弄风情的微笑。

在厨房里，他开了一瓶米尔拉斯特酒，在盘子里摆好饼干和奶酪。他回来时，她正站在书架前，脑袋歪向一边，看着一排排的书名。他放起了音乐：莫扎特的黑管五重奏。

美酒加音乐：男女相互使出的老一套。老套没有什么不对头，它们发明出来，就是为了消除那令人尴尬的情景。但是他带回家的这个女孩子，不仅仅比他小了三十岁，她还是个学生，是他的学生，是他指导下的一个学生。不管他们之间现在发生了什么，他们总要以师生的关系再次见面。他对此有准备吗？

"你觉得上课有意思吗？"他问道。

"我喜欢布莱克。我喜欢关于翁德荷恩的那些玩意儿。"

"是温德荷恩。"

"我对华兹华斯不怎么样。"

"你可不该当我的面这么说。华兹华斯一直是我最看重的大师之一。"

此话不假。很久以来，他心里就回响着华兹华斯《序曲》诗行中那美妙的和弦。

"也许课程结束时我会喜欢他一点。也许他会让我喜欢的。"

"也许吧。不过依我的经验看，人对诗歌要么第一眼就喜欢上了，要么就永远也不会喜欢。就凭那启示刷地一闪，你的回应刷地一亮。就像闪电，就像爱上什么人一样。"

就像爱上什么人。现在的年轻人还能爱上什么人吗？还是说这种机制现在已经过时，无人需要，显得古怪，就像蒸汽机车那样？他根本不了解年轻人，也同这时代脱了节。就他所知，爱上什么人，可能让你在古板落伍和时髦新潮之间来回摆上数十回。

"你自己写不写诗？"他问道。

"上中学的时候写写。不过写不好。现在没时间了。"

"那激情呢？你对文学有没有激情？"

这话听来怪怪的，她皱了皱眉头。"二年级时我们读过阿德里娅娜·里奇和托妮·莫里森。还有艾丽丝·沃克。当时我读得挺认真的。不过我觉得准确地说，那还算不上什么激情。"

好吧：不是一个有激情的主儿。她是不是在用最最间接的方式让他躲远一点呢？

"我要去弄点晚饭，"他说道。"和我一起吃，怎么样？很简单的。"

她有些狐疑。

"好啦好啦！"他说。"就答应了吧。"

"好吧。不过我得先打个电话。"

打电话的时间比他预想的要长一些。从厨房里，他时而听见含混的低声细语，时而一阵无言的沉默。

"你将来打算干什么？"等她打完电话后他问道。

"舞台技术与设计。我正在攻读一个戏剧方面的证书。"

"那你干吗要选浪漫主义诗人的课程？"

她挤了挤鼻子，想了想。"我选它主要是想换换情调，"她说道。"我不想再读莎士比亚了。去年我上过莎士比亚课。"

他弄的晚饭的确很简单：铺着凤尾鱼的意式干面条，上面倒了些蘑菇酱。他让她去剁蘑菇。剁完了，她便坐在凳子上看他烧煮。两人就在厨房吃了晚饭，开了第二瓶酒。她吃饭时倒并不刻意节制。看她这么瘦小的一个人，胃口还挺好。

"你经常自己做饭吗？"她问道。

"我一个人过。我要是不做，就没人做了。"

"我最讨厌做饭了。不过我想也许我该学学。"

"干吗学？你要是真不愿做饭，就嫁个会做饭的男人。"

两人都在脑海里想象着这样一幅画面：年轻的妻子穿着很大胆的服装，戴着华丽的首饰，从前门踏着大步进了屋，边走边不耐烦地吸着空气；那做丈夫的好好先生，腰系围裙，在厨房里热气腾腾的锅上搅和着什么。颠倒的世界，完全是中产阶级戏剧的料子。

"结束了，"碗碟吃空之后他说道。"没有甜食，除非你想来个苹果或是酸奶什么的。不好意思了，我没想到会有客人来。"

"晚饭不错，"她边说边喝干了自己的杯子，站起身来。"谢谢。"

"别急着走啊。"他说着抓起她的手，把她拉到沙发边。"有件东西给你看。你喜欢跳舞吗？不是让你跳，是让你看。"他说着往录像机里塞了一盘带子。"这是一个叫诺曼·麦克拉伦的人主演的片子。是部老片子。我在图书馆里找到的。看看你对它有何评论。"

两人并肩坐下看起来。两个跳舞的在空无一物的舞台上迈着舞步。片子是由一架频闪摄像机拍的，两人的身形以及跳舞动作的影子，在他们身后一闪一闪的，活像鸟儿上下扑动的翅膀。他第一次看这部电影是在二十五年前，但现在看的时候依然深深为它吸引：眼前这一幕和过去那一幕，都如同昙花一现，此时混淆了起来。

他很希望那女孩子也被影片吸引住了。但他感觉到事实并非如此。

电影放完，女孩子站起身在屋子里走来走去。她掀起钢琴盖，敲了一下中央 C。"你弹琴吗？"她问道。

"弹一点。"

"古典的还是爵士乐？"

"恐怕从不弹爵士乐。"

"为我弹点什么，好吗？"

"现在不行。我好久没练琴了。改日吧，等我们更熟悉些。"

她探头看了看他的书房。"我能进去看看吗？"她问。

"把灯开开吧。"

他又放了些音乐：斯卡拉第的钢琴奏鸣曲，爵士乐。

"你这儿关于拜伦的书好多啊，"走出书房的时候她说。"他是你最喜欢的诗人吗？"

"我正在写关于拜伦的书。关于他在意大利那段时间的事。"

"他是不是很早就死了？"

"三十六岁。诗人死得都很早。有的文思枯竭，有的神经错乱给关了起来。不过拜伦不是死在意大利的。他死在希腊。他去意大利是为了逃避一件丑闻，就在那里定居了。定居下来。在那里他经历了一生中最后一次重要的恋爱。那时候，很多英国人都爱往意大利跑。他们认为，意大利人仍然保持着自己的天性，不像英国人那样处处受清规戒律的束缚，更富有激情。"

她绕着房间又转了一圈。"是你的妻子吗？"她在咖啡桌前停下脚步，指着镶在小相框里的照片问道。

"是我母亲。年轻时照的。"

"你结婚了吗？"

"结过。两次。不过现在是单身。"他没有说，现在我撞上谁就和谁在一起。他没有说，现在我常和妓女在一起。"喝点烈酒吗？"

她不想喝烈酒，但也没阻拦他往咖啡里加一点威士忌。她啜吸着加酒咖啡的时候，他弯下身，抚了抚她的脸。"你很可爱，"他说道。"我想请你干点冒险的事。"说着他又抚抚她的脸。"别走了。和我过一夜吧。"

她的目光从杯口的另一端朝他瞪过来。"为什么？"

"因为你应当这么做。"

"为什么我应当这么做？"

"为什么？因为女人的美丽并不属于她们自己。那是她带给这个世界的恩惠的一部分。女人有责任与别人分享这美丽。"

他的手依然贴在她脸上。她没有把脸扭开，但也没有让步的样子。

"要是我已经和人分享了呢？"她说话的声音中有一丝呼吸急促的味道。令人激动，有人求爱总是令人激动的，让人觉得愉悦。

"那你就该同更多的人分享。"

漂亮话，其历史同诱奸一样地悠久。可眼下，他真相信这样的话。她并不是自己的主人。美丽不是自己的主人。

"美丽的尤物使我们欲望倍增，"他说道，"愿美丽之玫瑰获得永生。"

一步败招。她笑容中的那种轻快的玩笑神情消失了。这两句五步诗的韵律曾经能使毒蛇的言语显得悦耳动听，可现在却增加了两人的距离。他又变成了老师，学者，文化宝藏的守护人。她放下杯子。"我得走了。有人在等我。"

乌云散开，星星在眨眼。"多美的夜晚，"他边说边开了院门的锁。她没有抬头。"要我送你回去吗？"

"不要。"

"很好。晚安。"他展开胳膊抱了抱她。一时间，他感觉到她小小的乳房贴在他胸口。女孩子很快就挣脱了他的拥抱，走了。

三

他本该到此为止，但他并没有这样做。星期天一早，他开车来到空荡荡的校园，走进了自己的办公室。他在文件柜里找出梅拉妮的课程登记卡，抄下了一些个人信息：家庭住址，在开普敦的住址，电话号码等等。

他拨了号码。对方是一个女人的声音。

"是梅拉妮吗？"

"我去叫她。请问是谁？"

"告诉她是戴维·卢里。"

梅拉妮——美妙的：这韵押得虽然华丽，却有点俗气。这名字用在她身上不好。把重音换个位置呢。梅腊妮：深肤色的。

"你好？"

从短短两个字中，他听出她完全不知所措。太年轻了。她肯定不知道该怎么同他打交道；他应当放了她。可有什么东西正紧紧抓着他。美丽之玫瑰：这首诗像箭一样直刺他的内心。她并不是自己的主人，也许连他也做不了自己的主。

"我想你大概愿意出去吃顿午饭，"他说道。"我来接你——就说好了十二点吧。"

她这时仍然来得及撒个谎，就此摆脱。可是她真不知该怎么办，撒谎的机会就这样错过了。

他到时，她正在公寓楼外面的人行道上等着。她穿着黑色的短衫，黑色的连裤袜。小小的臀部，像只有十二三岁的姑娘。

他开车带她去霍特湾，去了港口。一路上他努力想使她放松一些。他问起她其他课程的情况。她说自己在参加排演一出戏。那是她证书课程规定要上的。排练花了她很多时间。

在餐馆里她一点食欲都没有，只是闷闷地看着窗外的海水。

"出什么事了吗？想不想告诉我？"

她摇摇头。

"你是担心我们俩的事？"

"也许是吧，"她回答道。

"别担心。我会当心一点的。我不会让它发展过头。"

过头。在这种情况下，哪里是头，什么叫过头。她过头和他过头是不是一回事？

开始下雨了。一道道雨帘在空阔的港湾来回飘动。"我们走吧？"他问道。

他把她带回自己家中。就在起居室的地板上，和着雨点在窗上的拍击声，他和她做了爱。女孩的胴体线条清晰明快，自有一番完美之处。尽管在整个过程中她完全听任他摆布，他还是觉得这体验十分有快感，使他在高潮之后立刻昏昏然失去了知觉。

他醒过来时，雨已经停了。女孩双眼紧闭，躺在他身体下面，胳膊松软地伸展过头顶，脸上微露一丝不快的神情。他的双手插在女孩身上那件料子粗糙的短衫内，搭在她乳房上。

她的连裤袜和内裤皱成一团，丢在一旁地板上。他的裤子褪到脚踝边。他立刻想到了乔治·格罗茨的画：《暴风雨之后》。

女孩躲开他的目光，挣脱身子，收拾起自己的东西，离开了房间。一会儿工夫，她重新穿戴整齐，回到起居室，低声说："我得走了。"他没有做出任何要多留她一会儿的举动。

第二天一早他醒来时，体会到一阵深切的满足感，而且这感觉一直没有消失。梅拉妮没来上课。他从办公室给一家花店打电话。送玫瑰？还是不要吧。他订了康乃馨。"红的还是白的？"那女人问道：红的呢还是白的？"送十二枝粉色的吧，"他说。"我这儿没有十二枝粉色的。要不要送一半红一半白的？""那就半红半白吧，"他说道。

星期二整个一天都在下雨，从西边吹来的厚厚的乌云把城市蒙头罩定。全天课程结束时，他隔着传播学系大楼门厅，看见梅拉妮正和一群学生在一起，他们在等着阵雨停下来，好离开大楼。他从她身后赶上去，一只手搭在她肩膀上。"在这儿等我，"他说，"我开车送你回去。"

他回来时带了一把伞。穿过小广场去停车场的路上，他把她往自己身边拉拉，好用伞给她挡着。一阵突如其来的阵风把伞吹得翻了个面。两人狼狈地朝汽车跑过去。

她披着一件耀眼的黄色雨衣。她坐进车里，把雨帽往下拉了拉。她脸色绯红。他觉察到她胸部正在一起一伏。女孩一伸舌头，舔去了上嘴唇上的一颗雨珠。还是个孩子啊！他想道：还是个孩子啊！我这是在干什么？可是，他内心依然色欲翻腾。

他们驱车驶过黄昏时拥挤不堪的街道。"昨天我想你来着，"他说道。"你没事吧？"

她呆呆地望着那两支雨刷，没有回答。

遇上红灯时，他拉起她冰冷的手，紧紧攥住。"梅拉妮！"他竭力使自己说话的语气轻松一些。可他已经忘记了该怎样讨好女性。他听见的声音来自哄孩子的父母，而不是恋人。

他在梅拉妮的公寓楼前停下车。"谢谢。"她边说边打开车门。

"不请我进去坐坐？"

"我同屋在家。"

"今天傍晚怎么样？"

"今晚我要排演。"

"那我什么时候能再见到你？"

她没有回答。"谢谢。"她重复了一遍，下了车。

星期三课堂里，她坐在常坐的那个座位上。还在讲华兹华斯，讲到《序曲》的第六部，诗人在阿尔卑斯山的经历。

"从一条岩石裸露的山脊"，他念道，

> 我们首次看见
> 脱去了面纱的勃朗峰绝顶，心中一阵悲伤，
> 眼前这一片无灵魂的形象，
> 居然偷偷侵占了一种活生生的思想，
> 而这种思想决不会再生。

"好。宏伟壮观的白色大山，勃朗峰，居然让诗人扫兴。为什么？我们先看看那个不同寻常的动词'侵犯'。有谁在词典中查过这个词？"

沉默。

"如果你们查了，就会发现，'侵犯'意味着'闯入'、'侵蚀'。'侵占'就是'全部夺过去'，它是'侵犯'的完成。"

"华兹华斯说，云散了，顶峰凸现在人们眼前，而看着它却令人十分悲伤。对在阿尔卑斯山旅行的人来说，这种情感让人觉得难以理解。为什么要悲伤呢？他说，是因为那只是映在人们眼帘里的一个意象，一个没有灵魂的意象，而这个没有灵魂的意象却影响着到这时为止仍然是有生命力的思想。那有生命力的思想是什么？"

又是一阵沉默。他面对的是一片倦怠沉闷的空气。学生们是不是要抱怨：一个人瞅着一片大山，干吗要弄得如此复杂？他又能给他们什么样的答案呢？那第一个晚上他是怎么对梅拉妮说的？没有启示之光闪过，什么都不可能发生。此刻在这间屋子里，启示的闪光又在哪里呢？

他朝她投去一瞥。她正垂着脑袋，全神贯注地看着课本，或者说似乎是那样。

"侵占"这个词隔了几行又出现了。侵占是阿尔卑斯组诗中意义深远的主题之一。伟大的心灵原型，那纯粹的思想，发现自己被作用于感官的意象侵占了。

"不过，我们的日常生活不可能在一个纯粹思想的国度内进行，不可能像裹在蚕茧中那样与感官世界绝缘。问题不在于：我们如何才能保持想象力的纯洁性，使它免受现实的残害呢？问题在于：我们能否找到使这两者共处的方法？

"看看第 599 行。华兹华斯在这里写的是感官感知能力的极限。这一主题我们以前也谈到过。当感官能力达到极致时，它们开始发出亮光。而这亮光熄灭的一刹那，会像蜡烛的火焰那样最后跳一下，使我们得以短暂一见那原本是不可见的东西。这一段比较难，甚至可能同描写看见勃朗峰的那部分相矛盾。但不管怎样，华兹华斯似乎在摸索着走向平衡：既不是裹在云雾里的纯粹思想，也不是在视网膜上燃烧的视觉意象（那绝对的清晰让我们敬畏，也让我们失望），而是一种感觉和意象的混合体，让它尽可能迅速游动，使它成为搅动思绪、活跃思绪的方法，而这思绪本身则深藏在记忆的土壤之中。"

他停了下来。一片茫然，摸不着头脑。他讲得太深，讲得太快了。怎么才能使他们同他接近呢？怎么才能使她同他接近呢？

"就像在热恋中，"他说道。"要是什么都看不见，你首先就很难爱上什么人。但是仔细想想，你真的希望用冷漠而清晰的视觉器官去打量你的情人吗？也许给凝视的目光蒙上一片薄纱，这样对你更好一些，这样才能使她以活生生的原型，以女神的形象出现。"

这基本上不是华兹华斯的意思，不过至少唤醒了学生。原型？他们在自言自语。女神？他在说些什么呀？这老头懂什么爱情？

一阵回忆袭上心头：在地板上他用力把她的短衫往上掀，露出了她小巧、完美的乳房。这时，她第一次抬起头来，两人的目光碰到了一起，一瞬间，什么都看清楚了。她有些慌乱，垂下了目光。

"华兹华斯写的是阿尔卑斯山，"他说道。"我国没有阿尔卑斯山，但我们有德拉肯斯堡山脉，或再小一些，台布尔山，我们可以追随诗人的脚步去爬一爬，希望也能经历华兹华斯感受过的那种给人以启示的瞬间。"说到这里，他合上课本，嘴里还没有停下，"但这样的时刻，只有当我们的目光部分地转向我们内心伟大的想象原型时才可能出现。"

够了！他都讨厌起自己说话的声音了，同时也觉得有些对不起她，硬要她听这些遮着掩着的亲昵话。他宣布下课，但没有马上离开教室，指望能找机会同她说句话。但是她挤在同学中间溜走了。

一星期前，她还不过是班上众多漂亮脸蛋中的一个。现在，她成了他生活中的一个存在，一个活生生的存在。

学生会礼堂内一片漆黑。他悄悄在后排找了个座位坐下。除了他，前面几排还坐着一个身穿门房制服的秃顶男人，他是唯一的观众。

他们正在排演的戏名字叫《环球发型屋的日落时分》，一出描写新南非的戏剧，故事地点是约翰内斯堡希尔勃罗的一间美发厅。舞台上，一个兴高采烈的美发师在服侍两位顾客，一位黑人，一位白人。三人之间俏皮话不断：有开玩笑的，也有骂人的。宣泄似乎是这出戏的基本原则：往日让人不快的所有偏见都抖落了出来，在一阵阵笑声中被冲得一干二净。

第四个人物上了舞台，是个女孩子，她脚蹬高底鞋，头发一个小圈一个小圈地垂着。"请坐下，亲爱的，我立马就为您服务，"发型师说道。"我是来求职的，"女孩回答道，"就是你登广告的那个。"她说话带有明显的开普音。那是梅拉妮。"啊，那就去拿把扫帚，该干什么干什么吧，"发型师说。

她抄起一把扫帚，推着它在舞台上蹒跚地来回走动。扫帚同一根电线缠在了一起。这时应该有火花一闪，接着就是一声尖叫，一阵慌乱，但动作合成中出了点差错。女导演大踏步走上舞台，跟在她身后的穿黑皮夹克的年轻人立刻在墙上的电源插座上忙开了。"动作还要快一些，"女导演说，"多一些马克斯兄弟式的气氛。"她朝梅拉妮看看。"明白啦？"梅拉妮点点头。

他前面的门房站了起来，重重叹了口气，离开了礼堂，他也该走了。这么做真有失体面，坐在暗处盯一个女孩子的梢（不知怎么的，好色一词跳进了他的脑海）。他似乎很快就要加入老人的行列，一口残缺的假牙，耳孔覆着密密的毛发，身披泥点斑斑的雨衣，迈着沉重的脚步四处晃荡。但是，他们所有的人都曾经是上帝的孩子，四肢有力，目光明亮。他们竭力不愿离开自己在甜美的感官宴席上的位子，能为此责怪他们吗？

舞台上的动作又继续开始。梅拉妮推着扫帚。砰的一声，一道闪光，一声惊叫。"这不怪我，"梅拉妮高声抗议道。"天哪，为什么样样事情都是我的错？"他悄悄起身，跟着那门房走进了外面的一片暗黑之中。

第二天下午四点，他来到她住的公寓。她开了门。她身穿一件皱巴巴的 T 恤衫，运动短裤，脚蹬漫画书上的推销员常穿的那种拖鞋，他觉得她这样子傻里傻气的，没有品位。

他事先没有对她说要去，这使她很是吃惊，无法抗拒这位硬找上门来的人。当他把她拥进自己的怀抱里时，她的四肢就像牵线木偶般地奄拉着。他的话像大棒子一样砰砰地砸在她纤弱的耳蜗上。"不行。现在不行！"她边挣扎着边说。"我表姐马上要回来了！"

但怎么说也拦不住他了。他把她抱到床上，一把抹掉了那双式样荒唐的拖鞋，开始吻她的脚，对因此而起的那种感觉很是惊诧。大概同舞台上发生的事情有关：她戴的那头假发，不住摆动的屁股，粗俗的对话。真是奇特的情爱！然而，那泡沫翻腾的大海之女神、那情与爱的女神阿佛洛狄特正在颤抖，对这样的情爱还用怀疑吗？

她没有抵抗，只是尽量让开：让开嘴唇，让开目光。她听任他把自己在床上摊开，脱去衣服，甚至还帮了他一下：抬起胳膊，抬起臀部。她浑身因觉得冷而阵阵地颤抖，一脱完就鼹鼠拱地似的钻进缝着夹层的床罩，把身子别过去背对着他。

这不是强奸，不完全是，但不管怎么说也是违背对方意志的，完完全全违背了对方的意志。好像她决定让自己放松了，在整个过程中内心彻底地死了，就像一只脖子被狐狸的利牙咬住了的兔子。因此，此时想对她怎样，就能怎样，她处之漠然。

"鲍琳随时都会回来的，"完事后她说道，"你赶快走吧，好不好！"

他照办了。可是当他走到自己的车边，突然感到一阵沮丧和乏味，呆呆地坐在方向盘后面，动弹不得。

犯错误啦。犯了个天大的错误。此时，他丝毫不怀疑这女孩子，梅拉妮，是想从这样的事情中解脱出来，从同他的关系中脱身出来。他似乎看见她在拼命地冲澡，两脚踩着水，双眼像梦游人一样紧紧闭着。他真想自己也去冲澡。

一个大腿壮实、身穿整洁的上班制服的女人从车边走过，径直走进了公寓楼。这就是梅拉妮很担心会反对这件事的、与她同屋的表姐鲍琳？他从沉思中醒了回来，开车走了。

……

（陈江华编，摘自张冲译：《耻》，译林出版社，2010）

第十一章　杰克·凯鲁亚克及《达摩流浪者》

第一节　杰克·凯鲁亚克简介

　　杰克·凯鲁亚克，1922 年出生于马萨诸塞州洛厄尔城的一个工人家庭。他的自传体小说《在路上》奠定了其作为美国"垮掉的一代"代表人物的地位。其后，他又陆陆续续地出版了《达摩流浪者》、《荒凉天使》、《孤独旅者》等作品，成为美国 50 年代中期崛起的"垮掉的一代"的重要代表人物之一。

　　他一生追求自由，探索人生，但性格桀骜不驯。第二次世界大战期间，他曾在美国海军服役，当过水手，也从事过写作。他还当过铁路上的搬运工。作为自由"流浪者"，他游历过欧美各地，也曾去博物馆寻找人生的方向。作为天主教徒的后裔，他又深入研读了佛学经典。

　　第二次世界大战后的美国在军事、经济上得到了极大的发展，但同时由于"冷战"思维，国内出现了残酷的政治迫害、思想控制。这种物质上的极大丰富，精神上的苦闷和彷徨，使人们对人生和理想出现了普遍的困惑。

　　"垮掉的一代"就是在这种背景下出现的。他们追求自由，追求全面的心灵和精神的解放，却充斥着失去信仰的苦闷、彷徨和消极对抗情绪。于是他们行为怪诞，寻欢作乐，寄希望于离经叛道、惊世骇俗的生活方式与文学主张，通过流浪、酗酒、飙车，甚至吸毒、性乱等极端方式，以显示绝对自由、无政府主义和对现存体制的失望，撼动了 20 世纪五六十年代美国主流文化的价值观与社会观。

　　值得一提的是，杰克·凯鲁亚克在消极反抗的同时，也主动尝试寻找解脱。作为一名天主教徒，他自身的信仰并不能解答其对现实的失望和困惑。于是他研读了大量佛学经典，在其后的作品中出现了大幅对禅诗禅理的讨论、在自然中冥想静坐的情节。这一看似矛盾的外表下，体现的正是其积极的思考过程。

　　由于"垮掉的一代"的生活方式只是出于本能自发的行为，因而消极面更为突出，并不能为主流文化所接受，这一思潮注定不能成功。随着年龄增长，其他"垮掉的一代"的代表人物如艾伦·金斯伯格、吕西安·卡尔和尼尔·卡萨迪，逐渐走上常人的生活，而杰克·凯鲁亚克本人却逐渐消沉，最终因酗酒过度而死亡。

　　作为"垮掉的一代"的重要代表人物之一，杰克·凯鲁亚克的思想注定了他最终的失败。虽然在特定的历史条件下唤醒了美国公众自由、民主的意识，但这一思想却更多的停留在消极的一面。同"垮掉的一代"思想一样，以凯鲁亚克为代表的"垮掉派文学"颠覆了传统的写作风格，虽然在现代文学史上起到了开拓的作用，并能为当代文学所借鉴，但其中的随意性和挑衅性叙述和描写手法，以及脱离社会现实的情节构架也为当代文学带来了消极、负面的影响。

第二节　《达摩流浪者》简介

《达摩流浪者》是杰克·凯鲁亚克的一部代表作，讲述的是青年雷蒙不满足于安定的物质生活，如同"达摩流浪者"，云游四方，去寻找人生的真理的故事。

故事从雷蒙攀火车到旧金山开始。他遇到了另一个主人公，被称为"达摩流浪者"第一名的贾菲·赖德。这两个淡泊物质，志在追寻禅的真谛的青年人，一起参加无政府主义诗人的诗会，一起攀登马特峰，并在攀登中参禅。后来，雷蒙回到北卡罗来纳州落基山与家人过圣诞节。雷蒙参禅的古怪举动得不到家人的理解，他前往加州再次与贾菲相聚。在一处山间小屋，雷蒙、贾菲及一群同道一方面饮酒聚会、寻欢作乐，一方面寻求人生的真谛。数月后，贾菲去日本学禅理，而雷蒙去喀斯喀特山脉的孤凉峰当护林员，在60多天孤独的护林生活中，雷蒙感受到人生的真谛。

故事发生在20世纪50年代的美国社会，因为丰富的物质生活与困惑的精神状态的矛盾，使那一代的青年出现了对现实生活的反抗，并寻求自身的解脱。"达摩流浪者"就是这样一个群体。他们这群人不愿因为富足的物质生活而停止对真理的追求，他们自觉地抑制这种缺乏精神的富足生活，为此，他们的生活总是清贫的。作为"达摩流浪者"第一名的贾菲，向往寒山子那种孤独、纯粹和忠于自己的生活。他指陈那些安于物质生活的美国人不懂得怎样生活，他总是穿着慈善商店买来的二手货，饮食、住宿也极为简陋。他们从马特峰回来，"天不怕地不怕的贾菲，……竟然在餐厅的门前面露害怕犹豫之色"。他们旅行也不舒舒服服地乘坐交通工具，而是冒着被警察抓的风险攀火车，或是辛辛苦苦在路边搭顺车。

然而他们又是充实的。在去落基山的路上，雷蒙遇到一个卡车司机，他"在俄亥俄有一个温暖的家：有太太，有女儿，有圣诞树，有两部汽车，有车库，有草坪，但他却无法享受这一切，因为他是一个没有自由的人"。在孤独峰，雷蒙领悟到，"你一生的事业，不过是落在永恒觉之海洋里的一滴雨滴。那你又有什么好烦恼的呢？"

小说中也描述了"垮掉的一代"一些放纵情欲、纸醉金迷的生活，如在贾菲的住处玩"雅雍"、在山间小屋纵情聚会。但与《在路上》相比，这些描写少了许多，反之，对禅的思考和领悟贯穿整部小说。值得一提的是，该书在卷首语中明确地写道："谨以此书献给寒山子"。可见他们心灵深处并非真正肯定那种"垮掉"的生活，相信只是寻找解脱的一种方式吧。作者说："我有一个美丽的愿望，我期待着一场伟大的背包革命的诞生。届时，将有数以千计甚至数以百万计的美国青年，背着背包，在全国各地流浪……"当人类真正实现了自由解放，这个愿望应当能够实现了吧。

第三节　《达摩流浪者》选段

三

在伯克利这段期间，我和艾瓦·金德保同住在他那间覆盖着玫瑰的别墅式小屋。小屋位于梅尔街一栋大房子的后院，门廊已经朽坏，向地面下斜，围绕在一些藤蔓之间。门廊上摆着张摇椅。每天早上，我都会坐在摇椅上读《金刚经》。院子里除了长满即将成熟的西红柿以外，还有满眼的薄荷，让一切都沾上了薄荷的味道。院子里还有一棵优雅的老树，每天晚上，我都喜欢盘腿打坐于其下。在加州十月凉爽的星空下打坐的感觉，世界上别无他处堪与匹敌。屋里有一个小巧可爱的厨房，设有瓦斯炉，但却没有冰盒，但这没什么要紧的。我们还有一个小巧可爱的浴室，里面有浴缸，也有热水供应。除厨房和浴室外，没有其他的隔间。地板上铺着草席，放着很多枕头和两张睡觉用的床垫，除此以外就是书、书、书，一共有几百本之多，从卡图卢斯、庞德到布莱斯的书都有。唱片也是琳琅满目，除巴赫和贝多芬的全部唱片以外，甚至还有一张埃拉·菲茨杰拉德主唱、会让人闻歌摇摆的唱片（为它作喇叭伴奏的，则是乐在其中的克拉克·泰利）。此外还有一部三转速的韦伯考牌电唱机，音量大得足以把屋顶给掀掉。不过，屋顶只是三夹板的货色，墙壁也是。有一个我们喝得像禅疯子一样醉的晚上，墙壁饱受蹂躏：先是我一拳在墙上打出一个凹洞，继而库格林有样学样，一头撞向墙壁，撞出一个直径三英寸的窟窿。

贾菲住在离我们大约一英里远一条安静的街道上。顺着梅尔街走到底，再走上一条通向加大校园方向的斜坡路，就可以找到他所住的街道。他所租住的小木屋，位于房东的大房子后方的院子里，面积要比艾瓦的小上不知道多少，只有十二英尺见方。里面的陈设，是他的简朴苦修生活的具体见证：没有半张椅子，要坐，只能坐在铺着草席的地板上。在房子的一角，放着他著名的背包，还有他的诸多锅子和平底锅，全都洗得干干净净，井井有条地叠在一起，用一条蓝色的印花大手帕包住。再来就是一双他从来都不穿的日本木屐和一双黑色的日本袜。这种袜子，袜头是分叉的（脚拇指和另四根脚趾各在一边），穿着它在漂亮的草席上来去，最是舒服不过。屋里有很多橘色的柳条箱子，里面装的全是装帧漂亮的学术书籍，有关于东方语言的，有佛经，有经论，有铃木大拙博士的全集，也有一套四卷本的日本俳句的选集。他收藏的诗集非常多。事实上，如果有哪个小偷破门而入的话，他唯一找到的有价值的东西就只有书本。贾菲的衣物也全是从"善心人"或"救世军"商店买来的二手货：织补过的羊毛袜、彩色内衣、牛仔裤、工人衬衫、莫卡辛鞋和几件圆翻领毛线衣。这些毛线衣，是他在爬山的晚上穿的（他很喜欢爬山，加州、华盛顿州和俄勒冈州的高山都几乎被他爬遍，他爬山常常一爬就是几星期，背包里只带着几磅重的干粮）。他的书桌也是用柳条箱子拼成的，有一天下午，当我去到他家时，看到一杯热腾腾而使人心平气和的茶就放在这书桌上，而他则低着头，专心致志地读着中国诗人寒山子的诗。贾菲的地址是库格林给我的。来到贾菲的小屋时，我看到的第一样东西就是他停放在大房子（他的房东太太的住所）前面草坪上的自行车，然后是一些奇形怪状的石头和一些姿态怪异的小树。据贾菲说，这些石头和小树都是他爬山的时候从山上带回来的，因为他想把他的住处营造成一间"日本式的茶屋"。

当我推开他的屋门时，看到的是一幅我从未见过的静谧画面。他坐在小屋的尽头，盘着腿，低头看着一本摊开在大腿上的书，脸上还戴着眼镜，让他看起来要老一点，颇具学者风范和睿智风度。在他身旁那张用柳条箱拼成的书桌上，放着一个锡制的小茶壶和一个冒着热气的搪瓷茶杯。听到有人推门，他很平静地抬起头来。看到是我，他只说了句"进来吧，雷"，就再次把头低下去。

"你在干嘛？"

"翻译寒山子的名诗《寒山》，一千年前写成的。部分诗句是他在离人烟几百英里远的悬崖峭壁写成的，就写在岩壁的上面。"

"哇噻。"

"你进屋时，务必要脱鞋。看到地上的草席没有？不脱鞋的话，你会把它们踩坏的。"于是我就把脚上的蓝色软底布鞋脱掉，恭顺地把它们摆在门边。贾菲扔给我一个枕头，我把枕头放在木板墙壁旁边，盘腿坐下。然后他又递了一杯热茶给我。"你有读过《茶经》这本书吗？"他问。

"没有，那是什么玩意儿？"

"一本教人怎么用两千年累积下来的知识去泡茶的书。对你在啜第一口茶、第二口茶和第三口茶的时候的感觉，有些描述着实狂野而醉人。"

"难道除了靠喝茶，中国人就没有别的法子让自己 high 起来？"

"你先喝一口再说吧。这是上好的绿茶。"味道很好，我立时感到心平气和，一股暖意传遍全身。

"想听我念一些寒山子写的诗吗？想知道一些有关寒山子这个人的事情吗？"

"想。"

"寒山子是一个中国的士人，他由于厌倦了城市和这个世界，所以躲到深山去隐居。"

"唔，听起来跟你很像。"

"在那个时代，你是可以干这种事的。他住在离一座佛寺不远的一个山洞里，唯一的人类朋友是一个有趣的禅疯子，名叫拾得。拾得的工作就是在寺门外扫地。拾得也是个诗人，但写过和流传下来的诗并不多。每过一阵子，寒山子就会穿着他的树皮衣服，下山一次，到佛寺那暖烘烘的厨房里，等待吃饭。但寺里的僧人却不愿意给他饭吃，那是因为他不愿意出家的缘故。你晓得为什么在他的一些诗句里，像……来，我念给你听。"他念诗的时候，我从他肩膀旁边伸长脖子，看那些像乌鸦爪印一样的中国字。"'攀爬上寒山的山径，寒山的山径长又长。长长的峡谷里充塞崩塌的石头，宽阔的山涧边布满雾茫茫的青草。虽然没有下雨，但青苔还是滑溜溜的，虽然没有风吹，松树犹兀自在歌唱。有谁能够超脱俗事的羁绊，与我共坐在白云之中呢？'"

"哇，酷毙了！"

"我念给你听的，是我自己的翻译。你看，这首诗每一句本来都是由五个中国字组成的，但为了翻译的缘故，我不得不加入一些英语的介词和冠词，所以每一句就变长了。"

"为什么你不干脆把它译成五个英文字呢？头一句是哪五个字？"

"'爬'字、'上'字、'寒'字、'山'字、'径'字。"

"那好，把它翻成'爬上寒山径'不就得了？"

"话是没错，但你又要把'长长'、'峡谷'、'充塞'、'崩塌'、'石头'用五个字译出来呢？"

"它们在哪里？"

"在第三句，难道你要把它翻成'长谷塞崩石'吗？"

"为什么不可以，我觉得比你原来的译法还要棒！"

"好吧，我同意。事实上我有想过这样译，问题是我的翻译必须得到这大学里面的中国学者的认可，而且要用清晰的英语来表达。"

我打量了小屋四周一眼。"老兄，你真是了不起，这样静静地坐着，戴着副眼镜，一个人做学问……"

"雷，有没有兴趣跟我一起去爬爬山？爬马特峰。"

"好！它在哪里？"

"在塞拉县北方。我们可以坐亨利·莫利的车子去，到湖边之后再把装备背上，转为步行。我会用我的背包背我们需要的所有食物和衣物，你则可以借艾瓦的小背包，带些额外的袜子鞋子之类的。"

"这几个中国字是什么意思？"

"它们说寒山子在山上住了多年以后，有一天下山回故乡去看亲友。整首诗是这样的：

'直到最近，我都一直待在寒山上。昨天，我下山去看朋友和家人，却发现他们有超过一半都已经到黄泉去了，'——到黄泉去就是死了的意思——'这个早上，我对着自己的孤影怔怔发呆，满眼的泪水让我无法阅读。'"

"你也是这个样子，贾菲，常常满眼泪水在看书。"

"我才没有满眼泪水！"

"难道你看书看太久太久，泪水不会流出来的吗？"

"那……那当然会……你再听听这一首：'山上的早晨是很冷的，不只今年才是如此，一向都是如此。'看，他住的山显然是很高的，搞不好有一万二三千英尺那么高，甚至更高。'巉岩的悬崖上积满雪，雾在幽暗沟谷的树林里弥漫。草在六月尾还在吐芽，叶子会在八月初开始掉落。'而我在这里，爽得就像刚嗑过药的瘾君子——"

"爽得就像刚嗑过药的瘾君子？"

"这是我的翻译。它本来的意思是'我兴奋得像山下那些酒色之徒'。我为了让它有现代感，才译成这样。"

"好翻译。"我好奇贾菲为什么会这么迷寒山子。

我把这个问题拿来问他。"那是因为，"他解释说，"寒山子是个诗人，是个山居者，是个矢志通过打坐来参透万事万物本质的人，而且又是个素食主义者。我自己固然不是素食主义者，但我却景仰这样的人。顺带一说，我之所以不是素食者，是因为在现代世界要过纯吃素的生活太困难了，又况且，所有的'有情'都是吃他们能吃的东西的。我景仰寒山子，还有就是他过的是一种孤独、纯粹和忠于自己的生活。"

"哇，听起来都跟你很像呐。"

"也像你，雷。我迄今都忘不了你告诉我你在北卡罗来纳州树林里打坐沉思的事。"贾菲显得很忧郁、消沉，自我认识他以来，从未看过他像今天这样的安静、忧郁和若有所思。他的声音温柔得像个母亲，仿佛正在从一个很遥远的地方，向着一个如饥似渴想从他那里得到宝贵信息的可怜生物（我）说话。

……

三三

第二天早上，哇，是一个美极了的艳阳高照天。我走到院子里的时候，眼前所见的一切，跟贾菲告诉过我的没两样：方圆几百英里之内，举目都是覆雪的山岩、处女湖泊和参天大树。而在这一切的下面，我看到的可不是世界，而是一片平坦得像屋顶、白得像乳脂软糖的云海，它向四方八面绵延许多又许多英里，让所有河谷都被抹上一层奶油。这种被称为低层云的云，现在就在我的脚下，在我那站在海拔六千六百英尺高处的脚下。我泡了咖啡，走出屋外，让大太阳温暖我一身被雾气深入骨髓的骨头。我对一只又大又毛茸茸的穴兔说："嗒嗒。"它静静地跟我分享了云海的景观一分钟。吃过一顿培根蛋的早餐，我就到山径下方一百码的地方，挖了一个垃圾坑，然后拿出我的全景瞄准镜和林火寻视器，把附近每一座山的名字给找出来。这些名字，我早已从贾菲的口中耳熟能详：杰克山、恐怖山、愤怒山、挑战者山、绝望山，金牛角山、探矿者山、克雷特峰、红宝石山、贝克山、杰卡西山、弯拇指峰。溪涧的名字也一样引人入胜：三愚涧、肉桂涧、麻烦涧、闪电涧和淘汰涧。现在，它们全属于我一个人所有，这个世界没有第二双人类眼睛，此时此刻看得到这幅环形全景画。眼前的景象强烈地让我感到那是一个梦境。一整个夏天下来，我虽然对这个画面愈来愈熟悉，但梦境的感觉不但没有减退，反而愈来愈强，尤以做倒立的时候为然。每次我为了促进血液循环而垫着一个细麻布袋子做倒立时，都会看见群山像是在虚空中倒挂着的泡泡。这让我意识到，群山事实上真的是倒悬着的，我也一样！正因为引力的作用，世间的一切人事物，才会被吸在地球弧形的球面上，倒悬在广大无边的虚空中。霎时间，我真切地感受到，我现在是一个完完全全孤独的人，除了喂饱自己、休息和为自己找些娱乐以外，没有什么别的是需要做的，也没有人可以因此而批评我。小花开满岩石间的处处，它们都自生自长的，不应任何人的要求而生长——就像我一样。

乳脂软糖般的云海在下午被风吹散成为一团团，让罗斯湖得以进入我的视野中——好一个天蓝色的漂亮湖泊。不过，在这么远的距离，它就跟一个小水池无异，而载着游客在湖面上穿梭的船舶，则小得看不见，只能靠它们在镜面般的湖水所划开的尾流来辨位。湖面上倒映着头上脚下的松树，它们的尖顶指向四面八方的无限。下午稍晚，我躺在草地上，目视着眼前的一切辉煌，并开始感到有一点点无聊。"只要我不在乎，就没什么好无聊的！"想到这个，我就一跃而起，又是唱歌，又是跳舞，又向着远远的闪电谷吹口哨，但它离我太远了，不足以形成回声。在小屋后方有一片雪原，足以提供我喝到十月的新鲜饮用水。我每天只要铲一桶雪，拿到屋子里去，就尽够我一天的需要。要喝水，我只要把桶子里的雪水滴在锡杯里，滴成一杯就行。打从童年以来，我就从未有过如现在的快乐。我感到从容、高兴和孤独。"布叮布叮，噫叮，叮当叮，叮叮……"我绕着石头唱歌，一面唱一面踢石头。接着，我在孤凉山上的第一个日落就来到了，它的璀璨让人难以置信。群山现在都覆盖在粉红色的积雪中；云团镶着荷叶边，离我远远的，就像是古代的一些遥远小佛城；风吹个不停——呼呼，呼呼，偶尔是嘭嘭，把我的小船吹得摇摇晃晃。从罗斯湖所升起的一片淡蓝色的暮霭，让圆得像唱片的新月显得诡异而逗趣。从山坡后面尖凸而出的狰狞山岩，就像我小时候的涂鸦。看起来，在那里的哪个地方，有一场欢愉黄金节庆正在举行着。我在日记里记道："啊，我好快乐。"虽然已经是一天的傍晚，但我却从四周的景致里看到了希望。贾菲说的一点都没错。

随着黑暗慢慢在四周弥漫开，用不了多久，夜就会再一次降临，星星将会再一次闪耀，而雪怪也将会再一次踽踽独行于贺祖米山的山顶。我在炉灶里生了个劈啪响的火，烤了一些美味的黑麦薄饼和炖了一锅牛肉。小屋被急劲的西风摇晃得厉害，但我一点都不担心它会被吹走，因为它可是用钢筋水泥牢牢地固结在地里的。我感到心满意足。每次我望向窗外，看到的都是高山冷杉、依稀可辨的积雪的山峰、蔽人眼目的雾气和波光粼粼、小得像玩具浴缸的罗斯湖。我用羽扇豆花和山间野花做了一束小花束，插在加了水的咖啡杯里。杰克山的山顶此时已被银色的浮云所遮住。偶尔，在极远处会划过一道闪电，让空阔无边的天地一瞬间被照亮，看得人又敬又畏。

第二天（星期天）的早晨就像前一天一样，有平坦的云海在我脚下一千英尺的地方闪耀。每当我感到无聊，就会从我的阿尔伯特王子牌烟丝罐里，掏出烟丝，卷一根香烟来抽。在这个世界上，再没有比不慌不忙地抽一根自己卷的烟更惬意的事了。每天中午，世界上唯一的声音就是由百万只昆虫——他们都是我的朋友——合奏的交响乐。不过，也有一些白天，会热得让人透不过气来，没有风、没有云，有的只是炎热和倾巢而出的昆虫、飞蚁。我想不透，在美国北方，又是这么高的高山上，怎么会有这么热的天气。不过，晚上却是会带着月亮再回来的。每个晚上都静谧无比，昆虫都停止了鸣叫，仿佛是为了向月亮致敬。这时，我就会走到草地上，面向着西方打坐；望着眼前的大山大水，我只期盼，在这一切没有位格性的物质里，会住着一位位格神。有时，我也会到雪原去挖一桶紫色的果冻，观看反照在雪堆里的月亮。我可以感觉得到世界正旋转着朝月亮驰去。有时，我裹在睡袋里时，会听到鹿从低矮树木走到院子来，吃我盘子里的剩饭剩菜：有长着茸角的公鹿，有温柔的母鹿，也有可爱的幼鹿。在月光的照耀下，加上它们身后那块被照得银亮的大山岩，让它们看起来就像是来自另一个星球的外星哺乳类。

有时，风会从南方带来抒情的毛毛雨。这时候，我就会吟哦道："既有雨的滋味，何用下跪？"或者向着我那些想象出来的行脚僧同伴说："哥们儿，是喝杯热咖啡和抽根烟的时间了。"月亮变得又大又圆，而随它而来的，是从贺祖米山背后透出来的北极光（"看看那虚空，它更寂静了。"寒山子在贾菲的翻译里如是说。）事实上，我自己也是寂静无比，唯一的动静就是把盘着的双腿上下对调。我可以听得见，在远远的哪里，有鹿蹄奔跑的踢踏声。每天睡觉前，我都会在一块遍洒清辉的大岩石顶上做倒立，这时，我可以确确实实看到世界是颠倒的，看到人类只是古怪、自负的甲虫，满脑子奇怪幻想，走起路来趾高气昂，而不知道自己是倒悬着的。我的心情大部分时间都很平静，只有做了一些蠢事的时候例外，像把煎饼煎焦、在雪原上铲雪时滑一跤或不小心让铲子掉到峡谷里之类的。每当这些时候，我都会气得直想咬山顶一口，并气冲冲走回小屋，狠狠踢食物柜一脚，完全没考虑到脚趾会疼。不过应当警醒的是，尽管肉体是会被螫到的，但人类四周的生存环境却是极为荣美。

在孤凉峰上，除了要盯着四面八方有没有烟火的迹象以外，我唯一要做的，只是接接无线电和扫地。无线电会来烦我的时候并不多，而我也从未看到过任何近得需要我来报告的山火，加上我并没有参加林火瞭望员的无线电胡侃活动，所以基本上，我是大闲人一个。森林保护局用降落伞空投了一些无线电电池给我，这是多此一举，因为我的电池余电仍然很多。

有一个晚上，我在打坐时获得了一个异象。我看到有求必应的观世音对我说："你已经装备好了，可以出发去告诉每个人，他们都是彻底自由的。"我双手合抱在胸前，先把"每个人都是彻底自由的"这个重大信息告诉自己，只感到满心欢快，情不自禁地呐喊了一声："它。"张开眼睛的时候，我看到一颗流星在天际划过。银河上不可胜数的星星，它们不是别的，就是言语。我用来喝汤的是一些可怜兮兮的小碗，但我发现，这样喝起来的汤，味道要比用大汤碗喝更胜一筹……我喝的是贾菲教我煮的鹰嘴豆培根汤。我每天下午都会午睡两小时，醒来后，我环顾四周的山峦一眼，意识到："这一切其实都没有发生过。"世界是倒过来的，悬挂在一个无限虚空的海洋上，而世界里的所有人，不过都是电影院里的观众。黄昏时，我在院子里踱步，唱道："早早的凌晨时分……"但当我唱到"整个野世界都在昏昏沉睡"这一句，却不禁热泪盈眶。"好吧世界，"我说，"我会去爱你的。"晚上睡觉时，我温暖而快乐地裹在睡袋里，看着被月光照着的桌子和衣服，心里想："可怜的雷蒙小孩啊，他的日子是充满悲伤和忧虑的，他的理性是倏忽即逝的，这样的生活，何其可怜可叹！"难道我们不都是一些可怜的堕落天使，因为不愿意相信一切是空、是无，所以就注定只能看着挚爱的亲友一个一个逝去（最后是我们自己），来向我们证明这个真理吗？……但寒冷的早上却是会再回来的，而云则会从闪电谷的后面像浓烟一样滚滚窜出来，不过下方的湖却始终保持它天蓝色的超然，而虚空则永恒如昔。咬牙切齿的世间牙齿啊，这一切，除了可以把我们领到某些甜美的黄金永恒以外，又能把我们领到哪里呢？它会证明我们一直以来信以为真的事情都是错的，会证明就连这个证明自身也是空的……

三四

八月终于来了，以一场摇撼我小屋的狂风宣示它的驾临。现在，落日都红得像红宝石，足以用来酿造覆盆子果冻。每天黄昏，乱云都会在巉峻得超过想象的断崖的上空，像海浪泡沫般涌出，灿烂和苍凉得非笔墨所能形容，它们所带着的每一抹玫瑰红色，都蕴含着希望。到处都是令人望而生畏的冰原。一片草叶碰在岩石上，随着无限的风急速抖动。在东方，是一片灰蒙蒙；在北方，是一片令人心生敬畏的庄严；在西方，是狂暴的落日；在南方，弥漫着我父亲的雾。杰克山戴着它一千英尺高的岩石帽子，俯视着有一百个足球场那么大的冰原；肉桂涧宛如一只披着苏格兰雾的猛禽；沙尔在金角湾的苍凉中迷失了行踪。我的油灯在无限中燃烧。"可怜凡夫俗骨啊，答案是不存在的。"我终于明白了。我已经不再知道些什么，也不在乎，而且不认为这有什么要紧的，而突然间，我感到了真正的自由。之后就会来了些冷得死人的早上，我会生火，戴着有护耳的帽子劈些柴，然后懒洋洋地待在室内，任由冷冰冰的白雾把我包围。山脉间又是雨又是雷，但那都不关我的事，因为我只要坐在火炉前面看杂志就行。到处都是像雪一样冷冽的空气，弥漫着木烟的味道。最后，雪来了，像裹尸布一样从加拿大那边的贺祖米山旋卷而来。不过，它在还没有到达以前就先辐射出白光，从那里面，我看到了天使的窥视。之后，风就起了，把又黑又低、像是来自锻铁炉的乌云，驱过长空。此时的加拿大，已化成了无意义的云雾海洋。小屋里烟囱管的啸声，见证着像来自吊扇般的烈风的攻击。我所熟悉的蓝天和它那些若有所思的白云，此时都已荡然不存。远处，加拿大的雷在轰鸣。而在南面，一场更大更黑的风暴，就像根大鳌一样逼近过来。面对一切的攻击，贺祖米山的唯一响应就只是默然。不过，此时东北方远处的地平线，却是一派风和日丽的欢乐景象，不管你用什么条件，都休想说得动它跟孤凉峰交换位置。突然间，一道绿色和玫瑰色相间的彩虹出现在天际，其尾端宛如一根柱子，从骚动的云端斜插而下，落在离我的大门不超过三百英码远的山脊上。

彩虹是什么，主？

那是一个铁环箍，

给下面人滚的铁环箍。

铁环箍一路滚到了闪电涧，雨和雪同时下着，而在一英里下方的罗斯湖则笼罩在牛奶一样白的雾中。当我向山顶上走去的时候，彩虹忽然圈住了我的影子，这个谜样的光晕让我产生祈祷的冲动。"雷蒙啊，你一生的事业，不过是落在永恒觉之海洋里的一滴雨滴。那你又有什么好烦恼的呢？把你悟到的这个写信告诉贾菲吧。"风暴走得就跟它来时一样迅速，到了午后，罗斯湖又再次闪烁着万道炫目的金光。午后，我的拖把晾在了岩石上；午后，我的背冷冰冰的，因为我正在赤着背，站在世界之巅的雪原上挖一桶雪；午后，被改变了的是我而不是空。在温暖的玫瑰色暮色中，我坐下来打坐，头上是八月的黄色半月。任何时候听到雷声，我都觉得是我妈妈发自母爱的斥责声。"雷与雪，当效法！"我这样唱道。接着，就突然下起了瓢泼大雨，一下就是一整夜，把百万亩的菩提树冲了又冲，而在我的阁楼里，千年鼠精们正充满睿智地沉睡着。

早上，明确无疑的秋意向我透露，我瞭望林火的工作已接近尾声。现在，每天都是风狂云怒，中午的氤氲蕴积着金光。晚上，我会煮一杯热可可，坐在火旁唱歌。我向着群山呼唤寒山子，没有响应。我向着晨雾呼唤寒山子，它说：肃静。我呐喊，但燃灯佛却教我什么都不要说。雾气在吹，我闭起眼睛，倾听火炉的呢喃。"呜呃！"我叫喊，但在冷杉尖顶上保持绝对平衡的一只鸟儿只是动了一动尾巴，之后，它就飞走了，而远方突然变得庞然的白。在月黑风高的晚上，会有熊的行迹：我在垃圾坑里发现一些原来残留着牛奶的空罐子，已经被利齿咬烂、被巨爪撕裂。一定是观世音菩萨熊干的。迄今，我在日历上已经删掉了五十五个数字。

在镜子里，我的头发变长了，我的蓝眼珠子变得清澈，我的皮肤又黑又粗，就像鞣过的皮革。我很快乐。整个晚上又是一阵又一阵的滂沱大雨，但裹在睡袋里的我，却暖和得像片烤吐司，梦着自己在山脉里执行步兵侦察任务。早上变得寒冷而风大，雾与云竞相奔驰，偶然会有一阵阳光，把山岩照得斑斑驳驳。正当我坐在由三根圆木头所生起的熊熊火焰前取暖时，无线电里传来老伯尼的声音：他吩咐所有林火瞭望员在今天同一天下山。我心中一阵狂喜，火灾季节过去了。我大拇指勾着一杯咖啡，走到院子里踱步，唱道："胖嘟嘟啊胖嘟嘟，那草丛中的金花鼠。"可不是吗，我的金花鼠，此时就蹲坐在被太阳照得白亮的岩石上，瞪着我看，爪子里抓着些燕麦之类的粒粒。薄暮时，大团大团的乌云自北而来，我说："哇，不得了不得了!"，又唱道："挺过了挺过了挺过了，它一切都挺过了。"意指我的小屋历经多次狂风吹袭，都屹立不动，没有被风吹走。在这片垂直的山峦上，我已经见证过六十次的日落，而永恒的自由，将永远属我所有。金花鼠窜入了岩石间，与此同时，却飞出来一只蝴蝶。事情有时候就是可以这么简单。鸟儿兴高采烈打小屋屋顶上飞过，它们会这么乐是当然的，因为从小屋到树木生长线的沿路，长了一片绵延一英里的蓝莓，可以大快朵颐。我最后一次走到闪电谷的边缘上去，一间小小间的室外厕所就盖在这里。过去六十天，我每天都会来这里坐一坐，有时是在雾中，有时是在明月夜，有时是在艳阳天，有时是在黑漆漆的晚上。每一次，我总是可以看得见那些小棵扭曲结节的树木，它们看起来就像是从岩石上直接长出来的。

忽然间，我仿佛看到那个邋遢得无法想象的中国流浪汉，就站在前面，就站在雾里，皱纹纵横的脸上透着无法言诠的幽默表情。那并不是真实生活中的贾菲，不是背着背包、学佛和在派对上纵酒狂欢的贾菲，而是比现实更真实的那个贾菲，我梦想中的贾菲。他站在那里，不发一语。过了一会儿，他突然对着喀斯喀特山脉的山谷放声大吼："滚开吧，我心灵的窃贼!"我会来到这孤凉峰上，就是出于他的建议，而现在他虽然人在七千英里外的日本，应答着小木鱼的敲击声，却仿佛就站在孤凉峰这里，就站在一些结节老树的旁边，见证着我所做的一切（后来贾菲把他的小木鱼寄给了我妈妈，他会这样做，不为什么，而只是为了想让我妈妈高兴，只因为她是我妈妈）。"贾菲，"我大声喊道，"虽然我不知道我们什么时候会重聚或将来会有什么发生在我们各自身上，但我绝对不会忘记孤凉峰的，我欠它的太多太多了。我会永永远远感谢你指引我到这个地方来，弄懂一切的道理。现在，我已经长大了两个月，而我要回到城市去的忧郁时刻又已经到了。愿主赐福给所有身在酒吧、滑稽剧和坚定的爱之中的人，赐福给那倒悬在虚空中的一切。不过，贾菲，我们知道，我们俩是永永远远不变的——永远的年轻，永远的热泪盈眶!"此时，罗斯湖在散开的雾中现身，倒映着玫瑰色的漫漶天光。"上帝，我爱你。"我抬头望着天空，说出这句肺腑之言。"主啊，我真的已经爱上你了。请你照顾好我们每一个，不管是用什么样的方式。"

不管是小孩还是无知的人，都应该受到相同的对待。

贾菲每离开一处营地之前，都有跪下来做个小祷告的习惯，离开塞拉县时如此，离开马林县时如此，离开辛恩的小屋时也是如此。当我背着背包要走下山径时，因为想到这一点，觉得应该延续这个美好的传统，于是就转过身，跪在山径上说："谢谢你，小屋。"然后又补充了一声："呸!"我微微一笑，因为我知道，小屋和孤凉峰都会明白个中的含意。之后，我就转过身，走下山径，往世界回转去。

（陈江华编，摘自梁永安译：《达摩流浪者》，上海译文出版社，2008）

第十二章　卡尔维诺及《我们的祖先》

第一节　伊泰洛·卡尔维诺简介

伊泰洛·卡尔维诺，1923 年 10 月 15 日出生于古巴哈瓦那附近的圣地亚哥，年幼时回到意大利。父母都是植物学方面的专家，卡尔维诺自幼学到了很多自然科学知识。由于长期和大自然密切接触，他的作品显得与众不同，具有轻快、夸张、视角独特等特点，既有现实性，又包含了深刻的哲理性。

卡尔维诺对社会和现实一直怀有强烈的使命感。他早年投身政治，在第二次世界大战期间参加了意大利抵抗组织，并在很长时间里为左翼杂志撰稿。由于对战后的社会现实和政治感到失望，他开始致力于文学创作。他认为作家不应脱离现实，而应具有时代感、社会感、责任感，通过艺术的手段引导读者探索思考，寻求新的出路。在他看来，"那些看似远离政治的事物其实能够对国家和人民的历史（甚至政治）施以更强大的影响"。这和鲁迅先生从事文学创作的初衷不谋而合。

卡尔维诺的著作成果丰硕，题材多样。他的作品来源于现实，又不拘泥于现实。《我们的祖先》三部曲，反映了作者对在困境中追求自我、自由和完美的思考。《蛛巢小径》、《进入战争》反映了战争给社会留下的难以医治的创伤。《房产投机》、《马可瓦多》等描述了人与社会的矛盾冲突，引导读者去反思当时复杂的社会问题。童话集《意大利童话故事》表达了在严酷的社会环境中，作者对美好生活的向往。此外，还有杂文《向迷宫挑战》、《惶惑的年代》、《物质世界的海洋》，科幻小说《宇宙奇趣》和《零点起始》等。他的作品以小见大，举重若轻，通过类似童话、寓言的表现手法，关注社会矛盾和人的困惑，引导读者去思考。

他还致力于小说创作新道路的探索与开掘，形成了以《美国讲稿》为代表的小说美学理论。他主张通过轻逸的手法来承载厚重的内涵（轻和厚的关系）；述事要简洁明快（迅速）；写作要通过精确的语言引导人思考，而不是直接的说教（精确与不确定）。他还主张写作内容多样化，写百科全书式的小说。这些思想不仅在当时，而且对新世纪的文学创作也产生了很大的影响。

卡尔维诺说："我对于文学的前途是有信心的，因为我知道世界上存在着只有文学才能以其特殊的手段给予我们的感受。"正因为这个信念的存在，卡尔维诺塑造了一个又一个鲜活的形象，并将其创作经验留给了后人，被称为"作家中的作家"。

第二节　《我们的祖先》简介

《我们的祖先》包含了三部各自独立的小说，是伊泰洛·卡尔维诺在不同时间完成的，其内容互不相关，分别为：《分成两半的子爵》、《树上的男爵》、《不存在的骑士》。

　　《分成两半的子爵》讲述的是梅达尔多子爵在战争中被炮弹一劈为二，这两个半身人分别回到了故乡，但处事却完全不同，一个专做坏事，一个专门行善，被称为"坏人"、"好人"。两种不同人格针锋相对，"坏人"固然为人所痛恨，"好人"却过于追求完美，使人不敢亲近。最终，在偶然的情况下，两者合二为一，既不坏也不好，善与恶具备，过上了正常人的生活。

　　《树上的男爵》讲述的是 12 岁男孩柯希莫因与家人斗气，愤而上树并在树上度过一生的经历。树虽然是一个很小的范围，但在小说里，树却相当于一个世界。男孩在树上结识朋友，帮助乡邻，学习知识，感化强盗，组织民兵，领导群众保卫家园，打击海盗，最终获得父亲的认可，被授予家族的佩剑。但是，住在树上也使他失去了正常人的生活，男爵只能孤独地生活在那片树林中。

　　《不存在的骑士》讲述的是一个只有精神没有肉体的骑士努力去证明自我存在的故事。骑士做事一丝不苟，永不出错，英勇善战，战功卓著。他无须也无法吃饭，但他通过模仿别人的就餐动作，表现出自己与正常人一样。为了证明自己骑士的资格，他漂洋过海，寻找并解救了证人。但他无法摆脱必须不断证明自我存在的命运，最终选择了黯然离去。

　　这三部作品完成于第二次世界大战结束以后，反映了作者对在困境中追求自我、自由和完美的思考。作者对战后的社会现实和政治感到失望，但却无力去改变这一切。分成两半的子爵是"好"和"坏"的极端代表，但这在现实中是不存在的，如何把握自我，是每个人应当思考的。小孩赌气上树，是一件很普通的事，却因而能从另一角度来观察社会。住在树上的他得到了很多乐趣，也失去了很多正常人应有的生活。骑士为了消除别人的怀疑，证明自己的价值，寻找自己作为"人"存在的证据，不得不忍受压力，不断地挑战各种困难。可是，这种"怀疑"、"证明"的生活并不可能终结。最终，骑士选择了放弃。那困惑于各种社会矛盾和压力中的人，该如何选择呢？

　　这三部作品，与其说是小说，不如说是童话。这些故事中，主人公可以简单地分为好人和坏人；小男孩可以在树上生活，遇到各种惊险有趣的事情；骑士可以没有肉体，还能走过大海。故事没有复杂的情节，而且富有轻松、夸张和喜剧化的色彩，以及天马行空的想象和童话般的氛围。作者通过举重若轻的写作方法引导人们对深层社会问题产生思考，在文学创作上探索出了一条新路。

第三节　《我们的祖先》选段

一　分成两半的子爵

五

　　……

　　我们跑进老埃泽基耶莱家门时已被淋成了落汤鸡，身上还沾满了泥巴。胡格诺教徒们坐在一张桌子的四周，在一盏小油灯的光照之下，正竭力回忆《圣经》上的某一段内容，认真地复述着一些不大确切的意思和事实，看起来倒好像他们过去真是读过的。

　　"瘟神和灾星！"埃泽基耶莱看见他儿子埃萨乌和我在门洞里出现，就朝桌子上猛捶一拳，油灯震灭了。

我的上下牙开始磕碰不止。埃萨乌耸耸肩头。屋外仿佛全世界的雷电都集中到科尔·杰毕多来放射了。他们重新点亮油灯，老人挥动拳头，数落着儿子的过失，好像那些是人所能干出的最恶劣行径，其实他所知道的只是一小部分。他的母亲缄默不语，静静地听着。其他的儿子、女婿、女儿、儿媳和孙男孙女都勾着头，下巴抵着胸，双手捂住脸，聆听教诲。埃萨乌啃着一只苹果，简直就像那番说教与他毫不相干。而我呢，在雷声和埃泽基耶莱的训斥声中，像株灯芯草一样瑟瑟发抖。

几个站岗的人头顶着麻袋，湿淋淋地从外面进来了，他们打断了老头子的斥责。胡格诺教徒们通宵轮班守卫，手持猎枪、砍刀和草叉，防备着子爵的偷袭，他们已经宣布他是仇敌。

"大人！埃泽基耶莱！"那些胡格诺教徒说，"今夜天气这么坏。那瘸子肯定不会来了。大人，我们可以撤回家了吧？"

"附近没有那个独臂人的行踪吗？"埃泽基耶莱问。

"没有，大人，只闻到闪电留下的火焦气味。今夜可不是让瞎子乱跑的时候。"

"那么，你们留在家里，换掉湿衣服，暴风雨给那个半边人和我们都带来了安宁。"

瘸子、独臂、瞎子、半边人都是胡格诺教徒们用来称呼我舅舅的外号。我从来没有听他们叫过他的真名。他们在这些对话里显示出对子爵十分熟悉，好像他是他们的老对头。他们挤眉弄眼、嘻嘻哈哈地交谈着，只要三言两语就互相明白意思："嘿，嘿，独臂……就是这样，半聋……"似乎他们对于梅达尔多的一切丧心病狂的举动都了如指掌，而且可以事先料想得到。

他们正谈得热闹，听见风雨声中有一只拳头在捶大门。"谁在这个时候敲门呢？"埃泽基耶莱说，"快，去给他开门。"

他们打开门，门槛上是独腿站立的子爵，他缩在那件正在往下滴水的黑斗篷里，带羽毛的帽子已被雨水浸透。

"我把马拴在你们的马厩里了，"他说道，"请你们也收留我。今夜对于出门在外的人来说，天气太恶劣了。"

大家看着埃泽基耶莱。我躲到桌子下面，不让舅舅发现我到他的冤家对头的家里串门来了。

"您坐到火边来吧，"埃泽基耶莱说，"客人在这个家里总是受到欢迎的。"

门槛边有一堆收橄榄时用来铺在树下的布单，梅达尔多就在那上面躺下并睡着了。

在黑暗中，胡格诺教徒们都聚集到埃泽基耶莱身边来。"父亲，这下子，瘸子在我们手心里了！"他们叽叽咕咕地说开了，"我们应当放他跑掉吗？我们应当让他再去伤害无辜的百姓吗？埃泽基耶莱，还没到这个没屁股的人偿还血债的时候吗？"

老人举起拳头敲击到天花板："瘟神和灾星！"他声嘶力竭地喊道，如果一个人说话时使尽了全身的气力却几乎没有发出声来，人们也可以说他是在喊的话，此刻的埃泽基耶莱就是如此，"任何客人都不应当在我们家里受委屈。我要亲自站岗保护他的睡眠。"

他挎起猎枪站在躺着的子爵身边。梅达尔多的单眼睁开了。"您站在这里干什么，埃泽基耶莱先生？"

"我保护您睡觉，客人。很多人憎恨您。"

"我知道，"子爵说，"我不睡在城堡里，就是因为害怕仆人们趁我睡着了杀我。"

"梅达尔多先生，在我家里也许没有人爱您。但是今天夜里您会受到尊重。"

子爵沉默片刻，然后说道："埃泽基耶莱，我想皈依您的宗教。"

老人一言未发。

"我被不可信的人们包围着，"梅达尔多继续往下说，"我要把他们都遣散，把胡格诺教徒召进城堡。您，埃泽基耶莱先生，将是我的大臣。我将宣布泰拉尔巴为胡格诺教派的领地，开始同各天主教君主交战。您和您的家人来当头领。您同意吗，埃泽基耶莱？您能接纳我入教吗？"

老人挎枪挺胸站着岿然不动："关于我们的宗教我忘记得太多了，因此我怎敢劝化他人入教呢！我将守在我的土地上，凭我的良心生活。您在您的领地里坚持您的信仰吧。"

子爵单肘支撑着从地上坐起来："埃泽基耶莱，您可知道，我至今还没有考虑对出现在我的领地之内的异端进行裁判呢？我要是把你们的头颅送给我们的主教，就会立即得到教廷的恩宠。"

"我们的头还在脖子上长着哩，先生，"老人说道，"而且还有比脑袋更难从我们身上移动的东西！"

梅达尔多跳立起来并打开大门。"我不愿在敌人家里，宁肯睡在那棵栎树下面。"他冒雨蹒跚而去。

老人对大家说："孩子们，圣书上写着瘸子首先来拜访我们。现在他走了，来我们家的小路上空无一人了。孩子们，不要灰心，或许某一天会来一个更好的过客。"

所有留长胡子的胡格诺男教徒和披着头巾的女人都垂下了头。

"即使没有人来，"埃泽基耶莱的妻子补充说，"我们也永远留在自己的土地上。"

就在那时一道电光划破天空，雷声震动了屋顶上的瓦片和墙里的石头。托比亚惊呼："闪电落到栎树上了！现在烧起来了。"

他们提着灯笼跑出去，看到大树的半边从梢顶到根底都被烧得焦黑了，另外半边都完好无损。他们听见一匹马在雨中远去的蹄声，在一个闪电之下，看见裹着斗篷的骑士的细长身影。

"你救了我们，父亲，"胡格诺教徒们说道，"谢谢，埃泽基耶莱。"

东方天空泛白，已是拂晓时分。

埃萨乌把我叫到一旁："我说他们都是些蠢货。"他悄悄地对我说，"你看我在那时候干了什么。"他掏出一把亮晶晶的东西，"当他的马拴在马厩里时，我把马鞍上的金扣钩全都取下来了。我说他们是笨蛋，都没有想到。"

埃萨乌的这种做法我不喜欢，他家里的人的那些家规却令我敬畏，那么我宁愿自己一个人待着。我到海边去拾海贝和逮螃蟹。当我在一块礁石顶上起劲地掏洞里的一只小螃蟹时，看见我身下的平静的水面映出一把利剑，锋刃正对准我的头，我惊落海里。

"抓住这儿。"我舅舅说道。原来是他从背后靠拢了我。他想叫我抓住他的剑，从剑刃那边抓。

"不，我自己来。"我回答道。我爬上一块大石头，它与那堆礁石隔着一臂宽的水面。

"你去捉螃蟹吗？"梅达尔多说，"我逮水螅。"他让我看他的猎获物。那是一些棕色和白色的又粗又肥的水螅。它们全被一劈为二，触角还在不停地蠕动。

"如果能够将一切东西都一劈为二的话，那么人人都可以摆脱他那愚蠢的完整概念的束缚了。我原来是完整的人。那时什么东西在我看来都是自然而混乱的，像空气一样简单。我以为什么都已看清，其实只看到皮毛而已。假如你将变成你自己的一半的话，孩子，我祝愿你如此，你便会了解用整个头脑的普通智力所不能了解的东西。你虽然失去了你自己和世界的一半，但是留下的这一半将是千倍地深刻和珍贵。你也将会愿意一切东西都如你所想象的那样变成半个，因为美好、智慧、正义只存在于被破坏之后。"

"哟，哟，"我说，"这里螃蟹真多！"我假装只对找螃蟹这事情感兴趣，为的是远离舅舅的剑。我一直等到他带着那些水螅走远了才回到岸上。可是他的那些话老在我的耳边回响，搅得我心神不安。我找不到一个可以躲开他那疯狂地乱劈乱砍的避难处。不论我去找谁，特里劳尼，彼特洛基奥多，胡格诺教徒，还是麻风病人，我们大家统统都处于这个半边身子的人的威力之下，他是我们服侍的主人，我们无法从他手中逃脱。

二、树上的男爵

十五

在同律师骑士打交道的那些日子里，柯希莫发现他有些奇怪的举动，或许更恰当地说是异常的表现，因为弄不清他是比往常更古怪些还是更正常些。他还是那么呆头呆脑的，但似乎不再是丧魂落魄神不守舍的样子，倒像是一心一意琢磨着什么事情而有些走火入魔了。他一向说话啰嗦，但不常开口，现在却经常唠唠叨叨。他孤僻成性。过去从不进城，现在却成天泡在码头上，不是扎进叽叽喳喳的人堆里，就是同老慈善会会员和老海员一起坐在台阶上，指点进进出出的船只或议论海盗的恶行劣迹。

在我们这儿的远海里仍然有蛮族海盗的双桅帆船闯入，骚扰航程。从不久前开始，抢劫的情形已经与从前不一样了，过去遇上海盗的下场不是被卖到突尼斯或阿尔及尔当奴隶，就是被割掉鼻子和耳朵。现在呢，如果伊斯兰教徒们追上了翁布罗萨的一艘双桅三角帆船，他们抢走货物：一桶桶的鳕鱼干，一块块乳酪，一包包棉花，然后逃走。有时候，我们的人更机敏，把他们赶走，朝他们船上的桅杆开炮；那些野蛮人一边还击，一边啐痰，做出种种怪相丑态，发出狂呼乱叫。

总而言之，这是一种还算客气的抢法。海上拦劫不断发生是因为那些国家的帕夏们认为他们应当向我们的商人和船主索欠账——据他们说——有些供货合同没有被认真履行，甚至使他们上当吃亏了。所以他们要用抢劫的办法来一一清算。而与此同时，人们继续做生意，不断地争吵和谈判。因此双方都无意向对方做出致命的伤害。出海航行的旅程中意外事件和危险经常发生，但是还没有出现过人命案。

现在我要介绍的这个故事曾由柯希莫讲过许多不同的版本，我保留细节最丰富而且逻辑混乱最少的一种说法。虽然可以肯定我哥哥在讲述他的历险过程时添加了许多他的主观臆断，而我由于缺乏其他消息来源，总是尽量用他说的原话。

那么，有一次，柯希莫看见一盏灯在山谷里移动，他在守候火警时养成了夜间不睡觉的习惯。他悄悄地跟踪，踏在树上的脚步像猫一样地轻巧，他发现是头戴圆帽、身穿长袍的埃内阿·西尔维奥·卡雷加提着一只灯笼匆匆前行。

律师骑士平时和母鸡一样天黑就上床，这个时辰在外面转什么呢？柯希莫跟在他身后，他注意不弄出声响，虽然他知道，叔叔这么急急忙忙赶路像个聋子，他只照到他脚前的巴掌大的一块地方。

律师骑士沿着崎岖的小道抄近路来到海边，走上一片沙滩，开始摇动灯笼。天上没有月亮，除了近处的浪花泛起白沫之外，看不清海上的东西。柯希莫在一棵松树上，离海岸较远，因为草木只延伸到那里。在海边要从树上四通八达是不那么容易的事情，然而，他分明看见了那个戴着高高的圆筒帽的小老头儿站在荒凉的海滩上，朝黑茫茫的海上挥动灯笼，另一盏灯光从那黑暗处向他回应。突然间，好像是刚刚从水里冒出来似的，一只飞驶的小船在近处出现，这是只有一张深色方形帆并带船桨的小船，与本地的船很不相同，它靠岸了。

在灯光的晃动中柯希莫看见一些头上裹着穆斯林缠头巾的男人。有几个留在小船上，轻轻地划动船桨，使船靠近海岸停住，其余的人下了船。他们穿着肥大的红裤子，寒光闪闪的大刀插在腰里。柯希莫时而注目审视。时而侧耳细听。叔叔同那些野蛮人低声交谈，他们讲的语言让人听起来似懂非懂，一定是那有名的地中海东岸的混合语。柯希莫不时听出一句我们的话，埃内阿·西尔维奥把它混在其他听不懂的话里再三提起，说的是一些船名，一些大家所熟悉的单桅帆船和双桅帆船的名字，他们有的属于翁布罗萨的船主，有的是往返于这里和其他港口之间的。

不用费心思就可以明白骑士在说什么了！他正告诉那些海盗们翁布罗萨的船只到港和出港的日期、装载的货物、航向和船上的武器装备。此时老头子一定把他知道的情况全说完了，因为他转过身来很快地溜走了，同时海盗们爬上小船，消失在黑沉沉的大海里。从他们进行谈话的快速方式可以看出他们肯定是经常这样碰头的。真不知这些根据我们的叔叔提供的情报而发生的野蛮人的伏击进行多久了！

柯西莫留在树上，他无力离开那里，离开那空旷的海滩。风萧萧，树摇摇，浪花啃咬石头，我哥哥的牙齿在打架。不是因为天气冷，而是由于这可悲的发现使他的心冰凉了。

这个整天畏畏缩缩而神神秘秘的小老头，我们本来从小就一直认为他是一个危险人物。柯希莫后来认为逐渐地懂得了尊重和同情他，可是现在发现他竟是一个十恶不赦的内奸，一个恩将仇报的小人，他对把他从潦倒的穷途末路中接回来收养的故乡竟然怀恨在心……为什么？难道对于他一生之中大概是曾经幸福生活过的那些地方的国家和人民的怀念之情使他走到了这样的地步吗？或者说他对这个人人都知道他的不光彩历史的地方的怨恨和憎恶是如此之深吗？柯希莫既感到了要跑去揭发这个奸细的阴谋的冲动，又想到了我们的父亲将要承受的痛苦。知道他对这异母兄弟有着无法解释的深情，柯希莫的心被撕裂了，他想象到了那个场面：骑士戴着手铐走在警察中间，从旁边两行唾骂他的翁布罗萨居民中走过，被带到广场上。有人把绞索套上他的脖子，把他吊了起来……自从替贾恩·德依·布鲁基守灵之后，柯希莫对自己发誓他将永远不再观看死刑，而现在却要充当一个自己的亲属的死刑的主宰者！

他被这些想法折磨了一整夜和第二天一整天，他踢腿蹦脚，伸手攀吊，抱干下滑，焦躁不安地从一棵树转到另一棵树，每当他为某种思想所苦恼时就这么干。终于，他做出决定。他似乎找到了一条中间道路：去吓唬海盗和叔父。不需法律干涉地迫使他们中断不清不白的关系，他将在夜里埋伏在这棵松树上，带上三四支上好子弹的枪（他已经造好一个完整的武器库，以备打猎的各种需要）。假若骑士来同海盗接头，他将连发几枪，让子弹从他们的头上呼啸而过。听到枪声后海盗和叔叔都将各自逃散。骑士自然不是一个有胆量的人，会疑心自己被识破，认定海边的约会地点被监视，不敢轻易再出来同穆斯林武装分子联络。

事实上，柯希莫携带枪支在松树上守了两夜，不见任何动静。第三夜，那个戴高帽子的小老头儿磕磕绊绊地跑到了海边的沙地上，用灯笼打信号，小船载着缠头巾的海员靠岸了。

柯希莫的手指头搭在扳机上准备射击，但是他没开枪，因为这一次情况完全变了。商量了一会儿之后。两名海盗走到岸边向船上打手势，其他的人就开始卸东西：桶、箱、包、袋、细颈大肚的玻璃瓶子，装满奶酪的筐子。来的不是单独一艘船，而是许多艘，全都满载货物。一队缠头巾的搬运工分散到海滩上，由我们那位隔山叔叔带领着往前走，他摇头晃脑地一路小跑着，把他们引入礁石中的一个岩洞前。那些摩尔人把全部货物放进洞里，这些肯定是他们新近掳掠来的财物。

他们为什么把这些东西运上岸呢？这个故事的情节后来就很容易重新串联起来了：野蛮人的船队应当在我们某一港口抛锚停泊（做一项合法生意，这种生意一向是在他们对我们的抢劫活动中穿插进行的），他们应当接受海关检查，因此必须将抢来的货物藏在一个安全的地方，以便归途中取走。结果船队还将可以显示出他们同最近发生的抢劫案子无关，巩固国家之间的正常贸易关系。

这些背景是后来才弄清楚的，当时柯希莫满腹狐疑。海盗们的一批财宝藏在一个石洞里，海盗们乘船走了，把这批东西留在那里，必须尽快地把它们据为己有。我哥哥一时想去叫醒翁布罗萨的商人，他们应当是这些财物的合法主人，但是他旋即又想起了他的那些烧炭的朋友，他们正在森林里同他们的家人忍饥挨饿，他毫不犹豫，沿着树木直接向他们跑去。在一块夯实的灰色空地周围，贝尔加莫老乡们正在简陋的草棚里酣睡。

"快起来！你们都来！我发现了海盗们的财宝！"

在茅屋由树枝和雨布搭成的屋顶下响起了一阵哈欠声，一阵起床的响动声，一阵叽叽咕咕说话声，最后是惊喜的欢呼声，有人问道："有金子吗？有银子吗？"

"我没有看清楚……"柯希莫说，"从闻到的气味来看，我想是有不少鳕鱼干和山羊奶酪！"

听了他的这些话，森林里的男人们统统起身了。有火枪的带火枪，没有枪的就带斧头、梭镖、铁锹或铁铲。他们带得最多的是盛东西的器具，连破的炭篓和乌黑的袋子都拿上了。一支浩浩荡荡的队伍出发了，身上披袋子的孩子们举着火把。柯希莫在前面领路。他从山间的松树上跳到橄榄树上，从橄榄树上跳到海边的松树上。

一棵弯曲的松树顶上闪现出一个海盗的白色身影，他举起大刀，大声报警。这时他们正走到礁石的尖角上，拐过去就是山洞。柯希莫几步跳到他头上的另一根枝上，用剑顶住他的腰眼，逼着他一步步往前，最后从陡壁上摔落下去。

海盗的首领们正在洞里议事（而柯希莫，原先在海盗们卸货的来来往往之中，不曾发现他们留在洞中）。他们听到哨兵的喊声，走出洞来，发现已经被一群满脸烟尘、披着口袋、拿着铁铲的男男女女团团围住了。他们举起弯刀，向前冲杀，想要打开一个缺口。"呼啦，嗬达！""真主保佑！"战争开始了。

烧炭的工人人数众多，但是海盗们的武器装备比他们强。双方交手后的情况却是如此这般：他们懂得，对付弯刀，没有比铁铲更好的家伙了。当！当！那些摩洛哥大刀的刃全部变成了锯齿。火枪呢，正相反，除了响声大、冒烟多以外，不再起什么作用。有的海盗（看起来是头目）也有外观很漂亮的枪，全部镶嵌着金银花纹，但是发火石在岩洞里受了潮，打不响。最机灵的烧炭工用铁铲敲这些匪首们的脑袋，把他们打昏之后摘取枪支。只是他们头上裹着缠头巾，敲上去像是拍枕头似的。更好的办法是用膝盖去顶他们的上腹部，因为他们露着肚脐眼儿。

由于沙子是唯一取之不尽的东西，打开了沙仗。战场上的阵容终于变得整齐起来，烧炭工们开始掷沙子。那些摩尔人呢，他们也撒起沙来，烧炭工们越来越被鳕鱼干的香味吸引，急于进岩洞，而那些蛮汉们想要逃向停在岸上的小舢板，双方没有恋战的理由。

贝尔加莫老乡们冲开了一处，他们打开岩洞的门，"穆斯林"在沙石雨中继续抵抗，直到看见海上还有逃路，那么他们还抵抗什么呢？扯起船帆，溜之大吉，才是上策。

三名海盗，都是贵族军官，跑到小艇上，解开船帆。柯希莫从岸边的一棵松树上纵身一跃，跳到了船的桅杆上，抓住桅杆的横梁，他用膝盖夹紧在上面稳住身体，腾出手来抽剑。三个海盗举起大刀。我哥哥左劈右砍，同时招架住这三位，小船还停在陆地上，忽左忽右地倾斜，这时月亮升起来，男爵赠送给儿子的宝剑熠熠生辉，"穆斯林"的大刀也寒光闪闪。我哥哥顺着桅杆滑下去，将剑尖刺进一个海盗的胸膛，那匪徒跌出船外。他推挡开另外两柄砍过来的大刀，像一只蜥蜴那么灵活地重新爬上去，然后又下来刺中第二个海盗，再上升，同第三位交手较量了一阵子，再次滑下来扎死了他。

三个穆斯林军官躺在地上，身体一半泡在水里，一半露在外面，胡子上沾满海草，其余的海盗在沙石和铁铲的打击下倒毙在岩洞口上。柯希莫仍然攀缘在桅杆上，胜利地望着四周。这时律师骑士飞快地从岩洞里窜出来，活像一只尾巴上着了火的猫，他在那里面一直隐匿到此时。他勾着头沿着海岸跑来，猛地一使劲把小艇推下了水，跳上去抓起桨，拼全身力气划起来，小艇漂出海。

"骑士！您干什么？您疯了？"柯希莫抓着桅杆说道："回到岸上去！这是去哪里呀？"

唉，显然埃内阿·西尔维奥·卡雷加是想赶上海盗的大船去逃命。他的背叛行为已经无可挽回地被人发现了，如果他留在岸上，必将死于绞刑架下。他就这样划呀，划呀。柯希莫虽然手里还握着出鞘的剑，而老头子可能是赤手空拳并且年老体衰，他却不知如何是好。说到底，他不忍心对一个叔叔下手，此外，要接触到他就必须从桅杆上下来，这就产生了走到船上是否就等于踏上了地面的疑问，或者说他从有根的树干上跳到船的桅杆上是否已经违反了他自己心里定下的规矩呢？在那种时刻想到这个问题，实在是太复杂了，于是他没有动手，伸开两条腿，一只脚搭在这里，一只搭在那里，舒舒服服地坐好，随波逐流而去，虽然微风吹胀了船帆，老头子也没有停止划桨。

他听见一声狗叫，心中涌起喜悦。他在战斗中没有看到的狗佳佳，蜷缩在船头，安闲地摇着尾巴，好像什么事情也不曾发生过。柯希莫想来想去，觉得没有什么可着急的：他是在家里啊，同他的叔叔，他的狗，一起乘船，这是他多年的树上生活之后，一次愉快的消遣。

海上有一轮明月，老头子已经累了。他吃力地划着桨，哭泣起来，还开始念叨："啊，扎伊拉……啊，安拉，安拉，扎伊拉……阿，扎伊拉，真主保佑……"他就这样说着土耳其语，令人费解，他反复哭喊着这个柯希莫从来没有听说过的女人的名字。

"您在说什么呀，骑士？您有什么心事？我们去哪儿？"他问道。

"扎伊拉……啊，扎伊拉……安拉，安拉，……"老头子说着。

"谁是扎伊拉呀，骑士？您是想从这里到扎伊拉那里去吗？"

埃内阿·西尔维奥·卡雷加点头表示是，他在哭泣中夹进土耳其话，对着月亮呼喊那个名字。

对于这个扎伊拉，柯希莫的心里马上开始琢磨出种种猜想，也许他正在揭开这个又孤僻又神秘的老头儿隐藏得最深的秘密。既然骑士去投奔海盗船，想到这个扎伊拉那里去，那么说有一个女人在那边，在那些土耳其人的城市里。也许他的整个身心都被对这个女人的思念所占据；也许她就是他在养蜜蜂或者开凿水渠时要追寻的那种失掉了的幸福的象征；也许她是他在那边的一个情人，一个妻子，在大海对面的国度的花园里；或者说是一个女儿会更真实一些，一个他多年不见的女儿，当她还很小时，他就离开了，为了寻找她，他这些年来一直试图同某只驶进我们港口的土耳其人或是摩尔人的船建立联系，终于他们给他带来了她的消息。也许他得知她沦为了奴隶，为了赎回她，他们要求他提供翁布罗萨的船只航行的情报。或者说这是他为同她重新互通音讯和搭船去扎伊拉的城市而不得不付出的赎金。

如今，他的阴谋败露，他不得不逃离翁布罗萨，那些野蛮人已经不再拒绝带他一起走，把他带到她那里去。在他那急切而含糊不清的话语中混杂着希望之声、祈祷之声，也有恐惧之音。他害怕又不是一次好运，厄运又将把他同思念之人分开。

他不再摇动桨片了，这时小艇已靠近一个黑影，另一只野蛮人的小艇。他们可能在大船上听见了岸上激战的喧嚣声，派出一些侦察人员。

柯希莫下滑到桅杆的中间，让帆布遮住自己。那老头儿却开始用地中海混合语大声喊话，让他们来接他，带他上大船，并且向前伸张着双臂。他喊叫得声嘶力竭。最后是：两名缠头巾的土耳其近卫军士兵过来了，刚到手伸得着的地方，就一把抓住他的肩膀，轻飘飘地提起来，拽上了他们的小艇。柯希莫所在的小艇由于力的反作用而被推开了，船帆鼓满了风，本来已死到临头的我哥哥逃脱了被发现的危险。

在随风飘开的时候，一阵争吵声从海盗们的小船上传入柯希莫的耳朵里。摩尔人说的一个词，听起来好像是"奸贼！"而那老头子的声音，只听见像个傻子似的反复说："啊，扎伊拉！"他们怀疑由骑士安排了岸上的事情，他们一定认为他是造成岩洞遭袭击、赃物损失、人员死亡的罪魁祸首，指控他背叛了他们……他听见一声惨叫，一声扑通响，然后便归于沉寂。柯希莫想起他父亲在野地里追赶着异母兄弟时的呼唤声："埃内阿·西尔维奥！埃内阿·西尔维奥！"音犹在耳，清晰可辨，他用帆布蒙住脸。

他再次爬上桅杆顶，察看小船在向何处走。有个东西在海上漂浮，好像是被一股激流冲着走。一个物件，一块浮标，可能是一个带尾巴的浮标……一束月光照到那上面，他看见那不是一个物件而是一个人头，一个用带子系着一顶土耳其圆顶高帽的脑袋。他认出了律师骑士那朝上翻着的脸，仍旧带着平素那种惊恐不安的神情，嘴是张开着的，胡须以下的部分全部浸在水里看不见。柯希莫便大声喊："骑士！骑士！您在做什么呀？为什么不上来！您抓住小船呀！，我马上帮您爬上来！骑士！"

可是叔父没有回答。他飘着，荡着，他那双瞪大的眼睛朝上望着，好像什么也没看见。柯西莫说："来，佳佳跳下水去！咬住衣领把骑士接上来！去救他！去救他！"

狗顺从地跳入水中。它试图用牙咬住老头儿的衣领，不成，它咬住他的胡须。

"咬衣领，佳佳，我说过的！"柯希莫再三命令，可是那狗咬住胡子衔起人头，把它推到船舷边，这时看清没有衣领，没有躯体，什么也没有，只有一颗头颅——埃内阿·西尔维奥·卡雷加被弯刀砍下的头。

（陈江华编，摘自蔡国忠、吴正仪译：《卡尔维诺文集 我们的祖先》，译林出版社，2001）

第十三章　帕斯及《太阳石》

第一节　帕斯简介

奥克塔维奥·帕斯，墨西哥诗人、散文家、外交官，因其文学成就而闻名于世。曾获得诺贝尔文学奖和西班牙语文学的最高成就塞万提斯奖。

帕斯1914年3月21日生于墨西哥城，具有印第安和西班牙血统，他的祖父伊雷内奥·帕斯是位小说家和出版商，父亲是律师，曾经参与过墨西哥革命，是位有名望的政治家。幼年时期，帕斯就熟读西班牙语名著。1919年，墨西哥革命的头领萨巴达被杀害后，帕斯一家因为公开支持萨巴达而被流放到美国，几年后才回到墨西哥。14岁时，帕斯进入墨西哥大学学习哲学和法律。然而，帕斯的志向是要成为一名诗人。1931年，他与人合办了文学杂志《栅栏》。深受诗人聂鲁达的影响，帕斯从十几岁开始写作，一生出版著作40部。

1933年，他的处女诗集《狂野的月亮》出版。1935年，他在墨西哥的尤卡坦半岛梅里达的一所学校教书，学生主要是贫苦的农民和工人子弟，也就是在这里他接触了荒芜却伟大的玛雅文化，长诗《在石与花之间》在此期间创作，诗作描写了贫穷的墨西哥农民在贪婪的地主压迫下的艰难生活。帕斯早期的诗歌组织严谨，结构工整。

1936年，聂鲁达介绍他到西班牙参加第二届反法西斯作家代表大会，他是会上最年轻的诗人。西班牙内战期间，许多诗人、作家、音乐家组成国际纵队，以血肉之躯捍卫共和国，聂鲁达等拉美大师都参加了战斗，内战对帕斯造成深远的影响。在西班牙共和军领区，他目睹了马德里战争的残酷，内心受到极大的震撼，诗风因而有所转变，《在你清晰的影子下及其他西班牙的诗》在此期间出版，诗作中以反复的语言呈现破碎中存在的形体，同时流露出对自由和民主的向往。

1938年，回到墨西哥后帕斯创办了《车间》杂志。后来，在法国巴黎他结识了一些新诗人，受到法国超现实主义的深刻影响。此后，他作品中的超现实主义成分越来越显著。1945年，帕斯开始担任外交官，先后出使美国、法国、印度、日本、瑞士等国。外交官生涯使他更深刻地接触英美文学思潮，同时领略到东方文化的艺术魅力。因此，帕斯所受文学影响范畴很广泛，欧洲的超现实主义、日本俳句、中国道家哲学以及印度宗教文学都在他的创作中烙下深深的印迹。

1957年在回到墨西哥后，帕斯创作长诗《太阳石》，并把此前的诗作结集为《假释的自由》出版。1962年，他再次出使印度。在印度期间，帕斯完成了多部作品，其中包括《猴子文法家》和《东山坡》，同时他还接触到印度被称为"饥饿的一代"的作家们，他的创作观点深刻地影响着这一代作家。1968年，墨西哥政府镇压学生运动，并杀害学生和平民上百人，帕斯因此愤而辞去墨西哥驻印度大使一职，结束了他的外交生涯。此后，他在巴黎避难，1969 年回到墨西哥，与墨西哥的自由作家和其他拉丁美洲作家合伙创办了《多数》杂志。1970 年到 1974 年，他在哈佛大学讲学。1975 年，墨西哥政府关闭《多数》杂志后，帕斯创建月刊《回归》，此后直至去世他一直担任该杂志编辑。1998 年 4 月 19 日，帕斯因癌症在墨西哥城去世。

帕斯一生出版多部诗作，其中主要有《太阳石》、《假释的自由》、《火种》、《东山坡》、《清晰的过去》、《转折》、《向下生长的树》等。

此外，他还创作有多部散文作品：《孤独的迷宫》、《弓与琴》、《榆树上的梨》、《交流》、《连接与分离》、《仁慈的妖魔》、《人在他的世纪中》、《印度纪行》等。《孤独的迷宫》这本书探讨了墨西哥信仰及神话。《弓与琴》这本书则是有关诗学的论文集。其他各部散文涉及人类学、美学和政治学等方面，充分显示了帕斯渊博的学识。

另外，他还翻译过中国古代诗人如王维、李白、杜甫等的诗作，这些翻译作品出现在《翻译与消遣》一书中。

第二节　《太阳石》简介

《太阳石》写于 1957 年，是帕斯的巅峰力作，不仅是拉美诗歌的经典，也是世界现代派诗歌的佳作。

首先，《太阳石》的创作立足于墨西哥的土著文化，即墨西哥印第安文化中的阿兹特克文化。太阳石是阿兹特克太阳历石碑，是一块圆形巨石，据说雕刻于 13 世纪。中心是太阳神的头像，四周围绕着两条首尾相接的羽蛇，太阳历法石标记阿兹特克的纪元方式，其纪年年份共 584 年。帕斯这首诗歌的结构安排与太阳石暗合，长诗共计 584 行，诗歌首六行与尾六行重复，首尾重叠，如同太阳石的环形结构。诗歌开头的序诗引用热拉尔德·德·奈瓦尔的《阿尔特弥斯》，其中第一行是："第十三个归来……仍是第一个"，这体现了循环往复的意念。数字十三与太阳石上书写的"新纪元 13 日"（意为太阳神诞生于大地神再造世界的第 13 日）相对应。全诗结尾不用句号而用冒号，结尾与开头相同，如同循环往复、周而复始的一年四季，无始也无终。对于阿兹特克人来说，太阳是最重要的存在。而在帕斯的诗中，"太阳"这个字眼反复出现 16 次。除此之外，太阳还以光的形式反射在镜子中、河流上，照耀在树木、街道上，投射出影子。另外，月亮这个意象也几次出现，其中"月亮的竞技场"、"月亮的孪生姊妹"等字眼又让人联想到阿兹特克神话中关于太阳神诞生时的斗争场景。

《太阳石》植根于墨西哥的阿兹特克文化，运用现代派的创作手法，勾勒出一幅幅梦幻般的图景，是超现实主义的代表诗作。诗作通篇充满了隐喻、象征、拼贴、反复、蒙太奇和意识流等现代派创作技巧，时空不断变换，在神话与历史，梦幻与现实，古典与现代之间来回跳跃，诗作中融会了大量的历史和神话典故以及具有复杂象征意义的意象，如太阳、月亮、镜子、影子、水、火、石头等，诸般意象让人应接不暇。诗中叙述者口中的"我"、"你"和"他们"等的具体所指也难以界定，交替使用，你中有我，我中有你，主观与客观相互映衬，作者与读者合而为一，指称的不确定性体现了意念的不确定性、流动性，叙述从一个意象滑动到另一个意象，运用超现实、超理智构成了一幅幅梦境，有幻觉，有心理独白，有客观评议，多画面构成一条没有尽头的艺术长廊，多维的艺术空间派生出纷繁复杂的意念世界。

帕斯在《太阳石》中探讨了爱与死亡、存在与虚无、瞬间与永恒等重大问题。诗歌的叙述者一直在追寻，似乎是在追寻一个瞬间，然而这个瞬间倏忽不定，始终"寻而不见"，寻找过程中叙述者多次描述虚无与空虚的感觉"我面前一无所有"，"从今晚的空虚中提取的梦幻"，"当时间合拢它的折扇，/当它的形象后面一片茫然"这反映了诗人虚无主义的态度。虚无的人生、时间的无情流逝中却有着永恒不变的美丽，那就是人类之爱。诗中有个场景：在1937年的马德里，战争在继续，坍塌的废墟中，"两个人脱去衣服，赤身相爱/为捍卫我们永恒的权力"，他们"不受伤害并超越时间，/不受干扰，/返本归原"。诗人在时间中追寻，一个个人物湮没在历史长河中，这世界充满了罪行、伪善和愚蠢，但由于爱情的存在，"世界就会变样，欲望得到满足，/理想成为现实，/奴隶的脊背上生出翅膀"，世界才变得真实可感。从这个意义来理解，诗中探索追寻的目标可以说是爱的瞬间与永恒。但是，一直到诗的末尾，叙述者仍在追寻。所以，这个追寻过程有着更丰富的象征意义，它也许象征了诗人对人生意义的追寻，也可能象征着他对合适的改造社会路子的追寻。总之，它象征着对未来的不懈追求，而这样的追寻过程可能出现在任何人的生命里，因此，这首诗才成为人人喜爱的佳作。

第三节　《太阳石》

第十三个归来……仍是第一个，
　总是她自己——或唯一的时辰；
　　由于你是王后，啊，便是第一或最后一个？
　　因为你是国王，便是唯一或最后的情人？
　　　　　——热拉尔德·德·奈瓦尔《阿尔特弥斯》

一株晶莹的垂柳，一棵水灵的黑杨，
一股高高的喷泉随风飘荡，
一株笔直的树木翩翩起舞，
一条弯弯曲曲的河流
前进、后退、迂回，总能到达
要去的地方：
　　　　星星或者春光，
平静的步履毫不匆忙，
河水闭着眼睑
整夜将预言流淌，
在波涛中一齐涌来
一浪接一浪，
直至将一切掩盖，
绿色的主宰永不枯黄，
宛似天空张开绚丽迷人的翅膀，

在稠密的未来

和不幸的光辉中
旅行像一只鸣禽
在朦胧的枝头歌唱；
用歌声和岌岌可危的幸福
使树林痴呆
预兆逃离手掌
鸟儿啄食晨光，

一个形象宛似突然的歌唱，
烈火中歌唱的风，
悬在空中的目光
将世界和它的山峦、海洋眺望，
宛似被玛瑙滤过的光的身躯，
光的大腿，光的腹部，一个个海湾
太阳的岩石，彩云色的身躯，
飞快跳跃的白昼的颜色，
闪烁而又有形体的时光，
由于你的形体世界才可以看见，
由于你的晶莹世界才变得透亮，

我在声音的过道中行走，
我在响亮的现实中漂荡，
像盲人在光明中跋涉，
被一个映象抹去又诞生在另一个映象，
迷人的路标之林啊，
我从光的拱门
进入晴朗秋天的长廊，

我沿着你的躯体像沿着世界行走，
你的腹部是阳光明媚的广场，
你的胸脯上耸立着两座教堂——
血液在那里将平行的奥妙酝酿，
我的目光像常春藤一样笼罩着你
我是大海环抱的城市，
被光线分为两半的桃色的城墙，
在全神贯注的中午管辖下
一个海盐、岩石
和小鸟栖息的地方，

你身披我欲望的色彩
赤身行走宛如我的思想，
我在你的眼中行走宛如在水上，

虎群在那秋波上畅饮梦的琼浆，
蜂鸟在那火焰中自焚，
我沿着你的前额行走如同沿着月亮，
恰似云朵在你的思绪中飘扬，
我在你的腹部行走如在你的梦乡，

你的玉米裙在飘舞歌唱，
你水晶的裙子，水的裙子，
你的双唇、头发、目光，
你整夜在降雨，
整日用水的手指打开我的胸膛，
用水的双唇闭上我的眼睛，
在我的骨骼上降雨，一棵液体的树
将水的根扎在我的胸脯上，

我沿着你的腰肢行进
像沿着一条河流，
我沿着你的身躯行进
像沿着一座树林，
我沿着敏锐的思想行进
像沿着直通深渊的蜿蜒山路，
我的影子在你白皙前额的出口
跌得粉碎，我拾起一块块碎片，
没有身躯却继续摸索搜寻，

记忆那没有尽头的通道
开向空空的大厅的门廊，
所有的夏天都在那里霉烂，
渴望的珠宝在底部烧光，
刚一想起便又消失的脸庞

刚一抚摩便又解体的臂膀，
蓬乱的头发宛如蛛网
披散在多年前的笑脸上，

我在自己前额的出口寻找，
寻而未遇．我在寻找一个瞬间，
一张在夜间的树林里
奔驰的闪电和暴风雨的脸，
黑暗花园里的雨水的脸。
那是顽强的水，流淌在我的身边，

寻而不见，我独自伏案，
无人陪伴，日日年年，
我和那瞬间一起沉到底部，
无形的道路在一面面镜子上边，
我破碎的形象在那里反复出现，
我踏着岁月，踏着一个个时刻，
踏着自己影子的思想，
踏着自己的影子寻觅一个瞬间，

我寻找一个活的日期，
像鸟儿寻找下午五点钟的太阳
火山岩的围墙锻炼了阳光：
时间使它的串串果实成熟，
当大门打开，从它玫瑰色的内脏
走出来一群姑娘

分散在学校的石头院里，
高高的身材宛似秋天.
在苍穹下行走身披霞光，
当空间将她拥抱，为她披上
更加金黄、透明的皮的衣裳，

斑斓的老虎，棕色的麋鹿，
四周夜色茫茫，
姑娘倚在雨中绿色的阳台上幽会，
无数年轻的脸庞，
我忘记了你的姓名：
梅露西娜，劳拉，伊莎贝尔，
珀尔塞福涅，马丽亚，
你有一切人又无任何人的脸庞，
你是所有的又不是任何一个时光
你像云，你像树，
你是所有的鸟儿和一个星体，
你宛似剑的锋芒
和刽子手的盛血的杯子，
宛似使灵魂前进、将它纠缠
并使它与自身分离的常春藤一样，

玉石上火的字迹，
岩石的裂缝，蛇的女王，
蒸汽的立柱，巨石的源泉，
月亮的竞技场，苍鹰的山岗，

茴香的种子，细小的针芒——
生命有限却给人永恒的悲伤，
海沟中的女放牧者，
幽灵山谷的看守女郎，
吊在令人眩晕的峭壁上的藤蔓，
有毒的攀缘植物，
复活的花朵，茉莉的花坛，
长笛和闪电的夫人，
生命的葡萄，伤口上的盐，
献给被处决者的玫瑰花束，
八月的雪，断头台的月亮，
麦穗、石榴、太阳的遗嘱，
写在火山岩上的海的字迹，
写在沙漠上的风的篇章，

火焰的脸庞．被吞噬的脸庞，
遗受迫害的年轻的脸庞，
周而复始，岁月的梦乡，
面向同一座院落、同一堵墙，
那一个时刻在燃烧
而接连出现的火焰的脸庞只是一张脸庞，
所有的名字不过是一个名字，
所有的脸庞不过是一张脸庞，
所有的世纪不过是一个瞬间，
一双眼睛待世世代代
通向未来的闸门关上，

我面前一无所有，只有今晚
从众多形象的梦幻中
夺回的一个瞬间
顽强雕琢出来的梦幻，
高悬手腕，一字一字地
从今晚的空虚中提取的梦幻
时间在外面流逝，
世界在用吃人的时间
叩打我心扉的门环，

只是一个瞬间
当城市、姓名、味道、生命
在我盲目的前额上溃散，
当夜的沉闷
使我的身心

疲惫不堪，当岁月
将可怕的空虚积攒，
我牙齿松动，眼睛昏花，
血液放慢了循环，

当时间合拢它的折扇，
当它的形象后面一片茫然，
死神围困的瞬间
堕入深渊又浮回上面，
威胁它的是黑夜及其不祥的呵欠
还有头戴面具的长寿死神那难懂的语言
那瞬间堕入深渊并沉没下去
宛似一个紧握的拳，
宛似一个从外向里熟的水果
将自己吸收又将自己扩散，
那半透明的瞬间将自己封闭，
并从外面熟向里边，
它将我全部占据，
扎根、生长在我的心田，
繁茂的枝叶将我驱赶，
我的思想不过是它的鸟儿，
心灵之树，具有时间味道的果实，
它的水银在我的血管里循环，

啊，将要和已经生活过的岁月，
化做潮水
而且头也不回的时间，
过去的历史不曾是
而且现在却正变成并悄悄汇入
另一个模糊的瞬间：

面对岩石和硝石的傍晚——
它装着无形的刀片，
你将难以名状的红色字迹
写在我皮肤上面
而那些伤口像给我披上火的衣服，
我毫无损耗地燃烧，我寻找水源
而你的眼里没有水，你的眼睛，
你的下腹，你的臀部，你的乳房
都是岩石造就，
你口里散发的气息宛似灰尘和有毒的时间，
你的身体散发着枯井的味道，

渴望者的眼睛不停地闪烁
像一面面明镜的走廊，
它总是返回起点，
你盲目地牵着我的手臂
沿着那些固执的长廊走向圆心，
你昂首挺立
像凝聚在斧头上的火焰，
像光芒一样耀眼，
像囚徒的断头台一样令人胆寒，
像皮鞭一样柔软，
像月亮的孪生姊妹一样婀娜多姿，
你犀利的语言
在我的胸膛上挖掘，
使我空虚并将我的记忆驱散，
我忘却了自己的姓名，
我的朋友在猪群中嚎叫，
或由于被太阳吞噬而在山涧霉烂，

我只有一个长长的伤口，
一个无人涉足的深洞，
没有窗户的现在，
返回、重复的思想
反映并消失在自己的透明中，
被一只眼睛穿透的意识——
这眼睛注视着自己
直至沐浴光明：
　　　　　梅露西娜
我看到你粗大的鳞片
在晨曦中闪着绿色的光芒，
你蜷身睡在床单里
醒来时像鸟儿啼唱，
跌进无底深渊，洁白而遍体鳞伤，
只剩下叫嚷，千百年后我发现自己
咳嗽不止、老眼昏花，将古老的照片
弄得杂乱无章：
　　　　　　没有人，你不是任何人，
一堆灰烬和一把笤帚，
一把掸子和一把钝刀，
一根吊着几块骨头的皮绳，
一串干葡萄，一个黑色的坑，
在坑底有一双千年前
淹死的女孩的眼睛，

井底埋葬的目光，
从一开始就注视我们的目光，
年迈母亲的少女般的目光
在年长儿子身上看到一位年轻的父亲，
孤独少女母亲般的目光
在年长父亲的身上看到一位年幼的儿郎
从生命深处注视我们的目光
是死神的陷阱——
或是截然相反：陷入这双眼睛
便是返回真正的生命？

跌落，归来，作梦，
另一些未来的眼睛，另一个生命，
另外的云，梦见我另一次丧生！
对于我，今夜足矣，瞬间足矣，
尽管它没有展开并揭示
我曾到何地、曾是何人以及你的称呼
和我的姓名：
　　　　　　十年前我在克里斯托夫大街
为夏天——所有的夏天——将计划制订，
菲丽丝和我在一起，
她有两个酒窝儿——
麻雀在那里畅饮光明？
卡门常在改革大街上对我说
"这里永远是十月，空气很轻"？
或者是对我所失去的另外的人说
或者是我在杜撰而没人对我说过？
我曾沿着瓦哈卡的夜晚跋涉，
宛似一棵树，那墨绿的茫茫夜色，
我像发狂的风在自言自语，
当到达我那从未改变的房间
镜子已经认不出我？
从维尔内旅馆我看见黎明
和栗树一起翩翩起舞
"已经很晚了"，你边走边说
而我看见墙上的污痕无语沉默？
我们一同爬上顶楼
看见黄昏从礁石上降落！
我们在比达尔吃葡萄？
买栀子花？在佩罗特？

　　　　　　　　名字，地方，
大街，小巷，脸庞，广场，
车站，公园，孤零零的房间，
墙上的污痕，有人在梳妆，
有人在穿衣，有人在我身旁歌唱，
名字，房间，地方，街巷，

马德里，1937 年，
在安赫尔广场，妇女们缝补衣裳
和儿子们一起歌唱，
后来响起警报，人声嘈杂喧嚷，
烟尘中倒坍的房屋，
开裂的塔楼，痰迹斑斑的脸庞，
和发动机飓风般的轰响，
我看到：两个人脱去衣服，赤身相爱
为捍卫我们永恒的权利，
我们那一份时间和天堂，
为触摸我们的根、恢复我们的本性，
收回我们千百年来
被生活的强盗掠夺的遗产，
那两个人才脱去衣服互相亲吻
因为交叉的裸体
不受伤害并超越时间，
不受干扰，返本归原，
没有你我，没有姓名，也没有昨日明天，
两个人的真理结合成一个灵魂和躯体.
啊，多么美满完全……
　　　　　　　　房间漂浮在
将要沉没的城市中间，
房间和街巷，像创伤一样的姓名，
这房间，窗户开向其他的房间，
窗上糊着相同的褪了色的纸，
一个身穿衬衣的男人在那里将报纸浏览
或者一个女人在熨平衣衫；
那桃枝拜访的明亮的房间，
另一个房间；外面阴雨连绵，
三个生锈的孩子和一个庭院；
一个个房间宛似在光的海湾颠簸的轮船，
或者像潜水艇：寂静在蓝色波涛上扩散，
我们碰到的一切都闪着磷光，
辉煌的陵墓，破损的肖像，
磨坏的桌布；陷阱，牢房，

迷人的山洞，
鸟笼和有号码的房间，
一切都在飞，一切都在变，
每个雕花都是云，每扇门
都开向田野、天空、大海，
每张桌子都是一席筵宴；
一切都在合拢，宛似贝壳，
时间徒劳地将它们纠缠，
既没有时间，也没有围墙：空间，空间，
张开手掌，抓住这财富，
剪下果实，躺在树下
将水痛饮，将生命饱餐！

一切都很神圣，一切都在转变，
每个房间都是世界的中心，
都是第一个夜晚，第一个白天，
当两个人亲吻，世界就会诞生；
晶莹的内脏的光珠，
房间微微打开；像一个果实
或者突然爆炸，像一个沉默的星体
和被老鼠偷啮的法律；
银行和监狱的栅栏，
纸的栅栏，铁丝网，
电铃、警棍、蒺藜，
用单调的语言布道的武器，
戴着教士帽的温柔的蝎子，
戴着大礼帽的老虎，
素食俱乐部和红十字会的主席，
身为教育家的驴，
冒充救世主、人民之父的鳄鱼，
元首、鲨鱼、前途的缔造者，
身穿制服的蠢猪，
用圣水洗刷黑色牙齿
并攻读英语
和民主课程的教会的宠儿，
无形的墙壁
腐烂的面具——
使人与人类
并与自身分离，
　　　　　　　这一切
都从一个漫长的瞬间落下
而我们依稀看到自己失去的统一，

人的无依无靠，作为人并与人分享
面包、太阳、死亡的光荣
以及对活着的惊人的健忘，

爱是战斗，如果两个人亲吻
世界就会变样，欲望得到满足，
理想成为现实，
奴隶的脊背上生出翅膀，
世界变得实在，酒是酒，水是水，
面包又散发清香，
爱是战斗，是门户开放，
不再是身穿号衣的魔影
被没有面孔的主宰
锁在永恒的镣铐上；
　　　　　　　如果两个人
互相注视并心有灵犀，世界就会变样，
爱就是将名字丢弃："让我作你的娼妇"
这是艾洛伊莎的话语，
然而他屈从了法律，与她结为夫妻，
后来给他下了腐刑
作为对他的奖励；
　　　　　　不如去犯罪
不如自杀的情侣，兄妹的同居——
宛似两面与同类相爱的明镜，
不如吞食有毒的面包，
不如在落满灰尘的床上私通，
不如野性的爱恋、疯狂的痴情
和它那有毒的常春藤，
不如衣领上没有石竹花
却有痰迹的乱伦者，
与其使榨取生命汁液的水车转动
与其让永恒变成空洞的钟点
让分钟变成监狱
让时间变成铜币和抽象的粪便
还不如被绑在广场上
死于乱石中；

完美的贞操，无形的花朵
在寂寞的枝头摇晃，
圣者难得的宝石——它能满足时间
过滤欲望，静与动的婚礼
在花冠上将孤独歌唱，

每个时辰都是纯洁的花瓣，
世界摘下了面具，
它的中心晶莹闪光，
没有名字的人，我们所谓的上帝，
在虚无中自我欣赏，
人没有脸庞，在自己身上漂荡，
这是形象与名字的充分体现，
是太阳的太阳；

我继续胡思乱想，房间，衔巷，
在时间的走廊中摸索行进，
上下楼梯，手扶墙壁，原地未动
又回到最初的地方，寻找你的脸庞，
在没有年龄的太阳下面，
沿着自己的街道行走，
你就在我的身旁，像一棵树一样，
像一条河在身边流淌，
像一条河与我倾诉衷肠，
你像禾苗在我的手中生长，
像松鼠在我的手中跳荡，
像千百只鸟儿飞翔，
你的笑声像浪花洋溢在我的身上，
你的头像我手中一个小小的星体，
你如果吃着柑橘微笑，
世界就会披上更绿的盛装，
                              如果两个人
股肱相交、神醉魂迷、躺在草地上，
世界就会变样：天坍下来，树向上升，
空间只是寂静和光芒，
只对独眼雄鹰开放，
白云的部族飘过，
身躯冲破罗网
灵魂起锚远航，
我们失去姓名
并在绿色和蓝色中间漂荡，
任何事情也没发生
只有幸福地流逝的完美的时光，

什么也没发生，你沉默着，眨眨眼睛
（寂静：一位天使穿过这漫长的瞬间
犹如一百个太阳的生命），
什么也没发生，只眨了一次眼睛？

——筵席，流放，
驴的颌骨，忧郁的响声，
死人倒在灰色原野时
不肯轻信的眼神，
阿伽门农和他的吼叫，
卡珊德拉不停的呼唤
胜过波涛汹涌，
苏格拉底戴着镣铐（太阳诞生，
死亡就是睡醒："克里冬，给埃斯克拉庇俄斯
一只公鸡，便又获得健康的生命"）
在尼尼威废墟中徘徊的豺狼，
布鲁图在战前看到的阴影，
蒙德祖玛在夜不能寐的布满芒刺的床上
乘着开向死亡的囚车
作无休止的旅行，罗伯斯比尔
两手托着受伤的下巴数着：
一分钟又一分钟，
丘鲁卡乘着像红色宝座似的木船，
离开家去剧院的林肯
已经屈指可数的脚步，
托洛茨基的奄奄一息
和野猪似的呻吟，马德罗
和他那无人理睬的目光：
为什么要杀害我？
凶手、圣徒、可怜的魔鬼的谩骂、
叹息和沉默，
咬文嚼字的狗群扒着
语言和轶事的坟墓，
我们临死前发出的胡诌、
嘶叫和沉闷的声音，
生命诞生时的喘息
和在搏斗中厮打的骨骼的声音，
预言家喷着白沫的嘴巴
他的叫喊以及刽子手
和牺牲品的叫喊……
　　　　　　　眼睛是火焰，
看到的是火焰，耳朵是火焰，声音是火焰，
嘴唇是火焰，舌头是未烧透的木炭，
触觉和触到的、思想和想到的
以及思想着的人都是火焰，
一切都在燃烧，宇宙是火焰，
虚无也在燃烧，

它只是想着火焰的概念，
总之既没有刽子手也没有牺牲品：
一切终化作灰烟……
                而星期五
下午的叫喊呢？充满信号的沉默呢？
言而无声的寂静呢？
什么也没说吗？
人的叫喊什么也不是吗？
当时间流逝，什么也没发生吗？

——什么也没发生，只是太阳
眨一下眼睛，几乎没动，什么也没发生，
无可挽回，时间不会逆行，
死者已在死亡中固定，
不能接触，无法改变面容，
从他们的孤独和死亡中
无可奈何地注视我们却无法看见
死亡已化作他们生命的雕像，
永远存在又永远空洞，
每分钟都毫无内容，
一个魔王控制你脉搏的跳动
和最后的表情，坚硬的面具
将你可变的面孔加工：
我们是纪念碑——
它属于他人的、没有生活过的
几乎不是我们的生命，

——生命几时曾真正属于我们？
我们几时真的是我们？
凝眸细看，我们向来不过是空虚和眩晕，
镜中的鬼脸、恐怖和呕吐，
生命从不属于我们，而属于他人，
生命不属于任何人，我们都是生命——
他人太阳的面包，
所有的他人也就是我们——
当我是我的时候，同时是另一个人
我的行动如果属于所有的人
就会更属于我，
为了能够是我，我必须是另一个人，
摆脱自己，在他人中将自己找寻，
如果我不存在，赋予我充分存在的他人
也就不再是他人，

我不是我，没有我，永远是我们，
生命是他物，永远在更远的地方，
在你我之外，永远在地平线上，
生命使我们入迷和发狂，
为我们创造并消耗一张脸庞，
人的饥饿，大家的面包，啊，死亡，

艾洛伊莎，珀尔塞福涅，马丽亚，
终于露出你的面孔，为了看清
我真正的面孔，他人的面孔，
我的面孔总是我们大家的面孔，
树和面包师的面孔，
司机、云朵和海员的面孔，
太阳、小溪、佩德罗和巴勃罗的面孔，
集体的孤独者的面孔，
唤醒我吧，我已经诞生：
　　　　　　　生和死
在你身上妥协，夜夫人，
光辉的塔楼，黎明的女王，
月宫的少女，水之母的母亲。
世界的躯体，死神的家庭，
我从诞生就不停地坠落，
落在自己身上并未触及心灵，
请将我收容，用你的眼睛，
将散落的灰尘收集，重使我的骨灰和谐，
将我散落的骨骼捆起，在我身上吹拂，
将我葬入你的土地之中，
你的寂静会使怒气消散，
会给思想以和平；
　　　　　　　请张开手臂，
种子即岁月的女主人，
岁月是不朽的，生长，向上，
刚刚诞生，不会终止，
每天都是新生，每次诞生
都是一个黎明而我就在黎明诞生，
我们都在黎明诞生，
太阳带着他的脸庞在黎明升起，
胡安带着他的也就是大家的脸庞诞生，
生灵的门，唤醒我吧，天已发亮，
让我看看今天的脸庞，
让我看看今夜的脸庞，
一切都互相关联并在变化，

血液的拱门，脉搏的桥梁，
将我带往今夜的另外一方，
在那里我即是你，我们是你们，
那是人称交错的地方，

生灵的门：打开你的生灵，
请你唤醒并学作生灵，请将面部加工，
请修饰你的面孔，请有一张面孔，
为了你我互相观察。
也为了观察生命直到临终，
大海、面包、岩石和泉水的面孔，
将我们的面孔融进那没有姓名的面孔，
溶进那没有面孔的生灵
和无法形容的面貌中……

我想继续前进，去到远方，但却不能：
这瞬间已一再向其他瞬间滑行，
我曾作过不会作梦的石头的梦，
到头来却像石头一样
听见自己被囚禁的血液的歌声，
大海用光的声音歌唱，
一座座城墙互相退让，
所有的门都已毁坏，
太阳从我的前额开始掠抢，
翻开我紧闭的眼睑，
剥去我生命的包装，
使我脱离了我，脱离了自己
千年昏睡的石头的梦乡
而他那明镜的幻术却重放光芒。
一棵晶莹的垂柳，一棵水灵的黑杨
一股高高的喷泉随风飘荡，
一棵笔直的树木翩翩起舞，
一条弯弯曲曲的河流
前进、后退、迂回。总能到达
要去的地方。

（李笑蕊编，摘自赵振江译：《帕斯选集》，作家出版社，2006）

第十四章　庞德及《庞德诗选》

第一节　庞德简介

埃兹拉·庞德，美国著名诗人，因其意象派诗歌享誉国际诗坛，又因其独特的人生经历成为美国颇受争议的人物。他生于美国，后来旅居欧洲，曾险些被美国人定为叛国罪犯。他又是早期现代派诗歌运动的领军人物，所有这些经历都无疑使庞德成为美国诗坛的传奇人物。

1885 年 10 月，庞德出生于美国爱达荷州海利镇，后来全家迁往宾夕法尼亚州定居。庞德的早期教育是在当时很流行的家庭学校里完成的。他很早就显露了诗人天分，早在 11 岁时，他写的关于美国政客威廉姆·布莱恩的一首诗就发表了。14 岁时，他进入一所陆军军官学校，小庞德天赋聪颖，清高自傲，在严格的军队教育环境中自然显得格格不入。15 岁时，庞德进入宾夕法尼亚州大学学习。17 岁时，转入汉密尔顿大学，在那里学习古英语和法国普罗旺斯地区方言，在这里他读到了但丁的诗，并由此萌发了其后大作《诗章》的构思。1905 年，庞德大学毕业。其后，又学习了由拉丁语演变而来的罗曼斯语言。1906 年春，他获得宾夕法尼亚州大学的硕士学位。庞德学了大概 9 种外语，并且阅读了一些东方文学的译本，所有这些都为他日后写诗、译诗打下了基础。

1907 年，庞德在印第安纳州沃巴什大学教授罗曼斯语言，但是因为难以忍受该学校沉闷保守的校园氛围，触犯校规被解雇。20 世纪初的美国，在庞德看来是个文化贫乏落后，思想沉闷无趣的地方，离开之后他飞快地投向欧洲这个他心目中神圣的文化殿堂。

他先是在意大利短暂停留，后定居伦敦长达 12 年之久，就是在这里他真正开始了自己的诗歌生涯。庞德浸润在英国浓厚的文化氛围里，结识了他最为景仰的诗人叶芝，并由此进入伦敦文坛。1908 年 7 月，庞德自费出版他的第一部诗集《当灯火熄灭之时》。同年的 10 月，庞德就成为伦敦炙手可热的新诗人。1909 年，他的另一部诗集《人物》发表，销量很好，这是他第一部在商业上大获成功的诗集。之后，他发掘和培养新人，诗人艾略特和弗罗斯特，作家乔伊斯和海明威等都受过他的帮助。他仗义疏财，解救朋友于危难，把他们引见给伦敦名流，为他们撰文传名，并帮助他们出版书籍。

1912 年，"意象派"这个词诞生。意象派诗歌是庞德与诗人奥尔丁顿和诗人杜丽特尔一起创立的一种诗歌表现形式，目的是要反对抽象的、浪漫主义的诗歌语言，反对使用过分修辞、倒装语序和华丽的辞藻，倡导简约、直接的创作原则，以语言来直观鲜明地再现事物，并将诗人瞬间的感受定格于诗歌中。1913 年，庞德明确地提出来意象派诗歌的创作原则并付诸实施。

庞德曾出版多部译著，他翻译过古英语、拉丁语、意大利语、法语的著作。其中有古英语的《反驳》等，他还把中国的《诗经》以及儒家经典《大学》、《中庸》和《论语》从非汉语的外语译本再翻译成英语。这些译著或多或少的都存在误译，因为他对这些语言只是一知半解，另外对源语言的文化也不甚了解，但是在翻译过程中，他撷取了外国文化的精华，并增进了他原有的关于诗歌创作的想法，所以，在他后来的长诗《诗章》人们看到了很多国际主义的元素。

第一次世界大战爆发，在这场战争夺去了他的好友诗人胡尔默和很多其他人无辜的生命，他看到了战争的罪恶，并把它归结为资本主义制度。1920 年，他迁居巴黎后移居意大利。第二次世界大战的爆发彻底激怒了他，他认为这场战事是国际银行家的阴谋，他投靠法西斯主义，认为法西斯主义是解决问题的载体，他在罗马电台发表演说反对美国参与战争。战争中他被意大利的游击队员抓获。战争结束后，他被转交给美军押送回国，并被控诉犯有叛国罪。然而，精神医师诊断他犯有精神疾病，这一诊断使他免于终身监禁的刑罚，但是之后 12 年间他只能在精神病院中度过。精神病院中的庞德并没有放弃诗歌创作，就是在这里他继续着《诗章》的创作和翻译工作。1948 年，《诗章》发表。次年，他获得博林根奖。在朋友们的奔走游说下，1958 年，庞德终于结束了精神病院生活，重新成为自由身，返回意大利，在这里度过晚年，于 1972 年，病逝于威尼斯。

第二节　《庞德诗选》简介

庞德这位被历史铭记的美国诗人从一开始就具有锐意改革的精神，他首先通过名著英译熟悉多个国家的文化精髓。1911 年，他翻译了古英语《水手》一诗，1915 年，他翻译了中国古典诗歌《华夏集》，这些翻译加原创的诗歌给美国诗坛注入了新鲜血液。在此期间，他和其他诗人创立了意象派，意象派诗歌的出现一扫当时美国诗坛沉闷、无病呻吟的浪漫主义诗风。

1912 年，他创作了《地铁车站》这首短诗，全诗只有两行。这首诗最终成为英美诗歌史上最具代表性的意象派诗歌。虽然只有短短两行，却最能反映庞德的意象派诗学主张。庞德认为，意象是"在瞬间呈现出的一个理性和感情的复合体"，呈现这个意象时，诗人应该简洁、紧凑、精确、硬朗和不加修饰，表现方式应该直截了当，不加任何价值评判。语言上要采用日常语言但要力求精确，绝对不用无益于表现的词。诗歌的创新往往通过意象的并置和叠加来实现。

《地铁车站》这首诗简洁到只剩两行，不用任何多余的虚词，然而这些词却表现了多种意象，地铁站里一张张一闪即过的美丽面庞和美丽的花瓣并置叠加，使我们自然把两者等同融汇起来，漂亮的人脸就像一片片的花瓣。拥挤幽暗的地铁车站，黑压压的人群流过的意象与黑色树枝的意象并置叠加在一起，形成新颖而绝妙的类比。第一行"apparition"这个词（被汉译为"隐现"）表达得最为精确，这个词常指幽灵的闪现，就像在电影里常常看到的那种幽灵的闪现，期间往往有着光影的连续和叠加。地铁驶过时，车厢里的灯光使地铁站里出现忽明忽暗的光线，而整个地铁站的背景是幽暗的，此时此刻出现的事物自然有着幽灵般显现的方式。由流动灯光点亮的昏暗的地铁站，就像被雨水打湿的黑色树枝，流动的雨水在黑色树枝上的亮光，恰如其分地表达了地铁站的光亮。一张张一闪而过的美丽面孔，许许多多重重叠叠的影子，在人群中游动。如此，一段光影闪烁的影片就栩栩如生展现眼前，简简单单的几个字却精确地表达了这样一个复杂的场景。这首诗使人看到语言可以精确得就像一台录像机来客观真实地再现生活。这首诗又有中国水墨画的特点。色调的明与暗，颜色的白与黑，形成色差和调子上的明暗变化，浓墨与淡彩瞬间跃然纸上。庞德痴迷于东方文化，曾经通过日本文化专家间接接触过王维的诗，从这首诗中我们可以瞥见王维诗画结合的遗风。

意象派诗歌的风采我们从《地铁车站》这首小诗中可见一斑。然而，庞德对美国诗歌的创新并没有止步于此。意象派诗歌虽然具有诸多优势，但难以表达深沉的情感和复杂的思想内容。而在发表第一部诗集《当灯火熄灭之时》时，庞德就表露了要写一部史诗的决心。于是他另辟蹊径，开创了旋涡主义诗歌运动，旋涡主义主张诗歌不仅表现意象本身，而且应该暗示诗人构思和表现这一意象的过程。旋涡主义主张将各种思想旋风式抛出，然后让它们自己变得清晰，最终聚焦于某一中心点。对于一个史诗诗人来说，这种创作方式当然更实际一点。

1915 年，庞德开始创作他的史诗式长诗《诗章》，之后断断续续一直写到他去世，终于成为未完稿。他持续写作《诗章》800 多页。他企图构建这样一部诗，它不但对人生或他所看到的世界进行评论或者思索，而且将积极地参与改进西方文化和社会。

庞德这部长诗的主要创作手段是对历史的截取、挪移和分析。《诗章》诗行破碎、意象凌乱，思维跳跃、逻辑混乱，有多重声音、叙述经常有断裂，但是每一章似乎都围绕着一个主题，各种看似凌乱的因素都为了营造某一种感觉。

下一节节选庞德《诗章》中的《比萨诗章》第 74 章。《比萨诗章》1948 年发表，被公认为《诗章》的华彩部分。庞德饱读各国古典名著，因此在诗章中经常读到各个不同国家的地名和人物，用典广泛，所以对读者的要求很高。庞德对汉语言文字痴迷，在他的英文诗中突然会跳出汉语的繁体字。种种因素使《诗章》晦涩难懂，思维的大幅度跳跃又使人感觉内容不连贯。也许《诗章》的重要意义是在于竭力在无序的生活状态里理出条理来，但实际结果却只能是这样，庞德经常努力不做结论而只写过程，并使它成为诗歌的实质内容。

第三节　《庞德诗选》选段

地铁车站

群中这些脸庞的隐现；
湿漉漉、黑黝黝的树枝上的花瓣。

（引自裘小龙《意象派诗选》，漓江出版社，1986。）

《诗章》74

梦想的巨大悲剧在农夫弯曲的
双肩
梅恩斯！梅恩斯被抽打，塞满干草，

同样，本和克莱拉在米兰

被倒挂在米兰

蛆虫们该去啃死公牛

狄俄倪索斯呀，可是这死两回

古今何处能寻到？

不过这样对负鼠说：一声轰隆，不是一声呜咽，

以一声轰隆不以一声呜咽，

去建造迪奥切的城市，它的露台是群星的色彩。

温和的眼睛，安详，不含讥讽，

雨亦属道。

"人之为道而远人，不可以为道"

橄榄树在风中吹白

在长江和汉水里洗涤

这样的白色里你们还能添加什么白色？

多么率直？

"伟大的航行把群星带到我们的海岸。"

当太白金星坠落在北卡罗莱纳时，

你，已越过石柱，驶离赫剌克勒斯悬崖。

若和风让位给地中海的热风，

无人，无人？奥德修斯

我家族的名字。

风亦属道，

月亮妹妹

害怕神及民众的愚昧，

而孔子"诚"的确切定义

传递给西格斯蒙多，

再传递给杜乔、祖安·贝林，或传到罗马外台伯

区新娘教堂，

那有拼花图案的基督新娘教堂，

直传到我们的时代/神化的帝王

而对唐史一无所知的傲慢的野蛮人用不着骗谁

宋子文来路不明的贷款也骗不了人

说白了，我们觉得宋子文自己有些钱

在印度比价降为 18：100

而地方上放债的寄生虫借助外国银行

从印度农民身上榨取

以丘吉尔式辉煌上升的高利

如当他，尤其是当他

恢复腐败的金本位制时

如在 1925 年左右，哦，我的英格兰

没有广播言论自由的言论自由等于零

只需提醒斯大林一点

你不必，譬如说，不必夺取生产资料；
让钱体现完成的工作，在一个制度里
有尺度，受需求
"我没干什么不必要的手工劳动"
天主教牧师的手册这么说
（忏悔前的准备）
嘎嘎地叫，如同死囚笼上的云雀
战事向西线发展
西线无战事
由宪法濒临危机
现况亦无新动向
"蓝宝石者，此石能催眠"
不信于言
不果于行
唯鸟心之衡为木
依于土
劳斯发现他们讲奥德修斯的故事时
他们谈的是以利亚无人
无人
"我是无人，我的名字叫无人"
而旺吉那，应该说，是文人
或有教养之士
嘴巴被其父封上
因为他造了太多东西
撑破了林居人的旅袋
参阅弗罗贝尼斯的门徒在 1938 年左右的
澳洲探险
文人开口而给物命名
并造成混乱
人群迁移的灾祸
因而他的嘴巴被封
如同在画像中所见
太初有道
圣灵或至道：诚
从死囚室仰望比萨的泰山
如同仰望加多纳的富士山
当猫爬在栅栏顶上
水仍在西边流淌
朝着加都洛村庄流去
那里的水哗哗地流
在渐小的水声中
在比一切战争经久的死寂里

"那女人"尼可勒蒂说

"那女人，

那女人！"

"为何一定要继续？"

"若我倒下"白安卡·加贝洛说，

"也不下跪"

读书一日或可掌握诀窍

《加西尔琵琶曲》。嗬，发萨族人

一条狮纹小狗带来跳蚤

一只白斑鸟，一块垫脚石

在六座绞架下

宽恕，请您宽恕我们所有的人

躺在那儿是巴拉巴斯，两个贼躺在他身旁

巴拉巴斯身上的婴儿综合症

没有海明威，没有安西尔，

热情奔放

他名叫托马斯·威尔逊

K先生从不讲傻话，一个月都不讲傻话：

"若我们不蠢，也不会待在这儿"

还有雷恩团伙。

蝴蝶，薄荷，与莱斯比亚的雀群，

那沉默在闷鼓和幡子之中，

看守鸡棚构成的会意文字

伤怀遥寄

于塞尔。向旺达多尔

远托思绪，时光倒流

在利摩日年轻的推销员

以如此法国式的礼貌鞠躬："没有不可能。"

我忘了哪个城市

但那些山洞并不比邮票上的欧洲野牛

更能吸引无经验的探险者

我们将会重返旧道，询问，

或许

那没显得很不可能，

普居尔太太

篷翼下飘散着薄荷的气味

特别在雨后

一头白公牛站在通向比萨的路上

似乎仰面斜塔，

黑羊在操练场上，雨天云雾

弥漫在山中仿如在看守鸡棚下

一只蜥蜴吸引我

野鸟们不吃白色面包
从泰山到日落
从卡拉拉石头到斜塔
今日天高气爽
喜迎万福观音菩萨
利纳斯、克勒特斯、克莱门特
他们的祈祷，
神奇的圣甲虫匍匐在祭坛前
他的脊壳上散发着绿光
黎明在神圣的土地上耕耘，让春蚕吐丝
在柔韧的顯
在光之光中是*创造力*，
"*是光*"埃里吉那·司各脱斯说。
如舜在泰山上
在祖宗的庙堂里
如同自神迹初萌
尧的圣灵，舜的
真诚，禹这位治水者的怜悯

监狱四角伏着巨兽般四座守望塔
在门口的三位年轻人
他们在我周围挖了一条沟
以免潮气咬蚀我的骨头
以正义赎回锡安山，
以赛亚说。不是放出去收利息，大卫王说。
这个大畜生
光柔韧至纯
日线纯净无瑕
"*是光*"奥利希曼对卡罗勒斯王说，
"一切，
万物存在皆是光"
他们把他从墓中掘起
据说是搜寻摩尼教徒。
阿尔比教派，一个历史问题，
萨拉米斯岛的舰队是国家贷款给船匠建造的
"说话时正是沉默时。"
从不在国内提高生活水平
却总在国外增加高利贷者的利益，
列宁说，
枪支买卖导致更多的枪支买卖
他们不是为了枪炮技术而搅乱市场
不存在饱和供应

比萨，在努力的第 23 个年头在看得见塔的地方
昨天蒂尔被绞死了
罪名是花样谋杀和强奸　再加上科尔喀斯
再加上神话，以为他是宙斯的公羊或另一头羊
嘿，蒂尔，《圣经》里讲的啥？
《神经》有哪几本书？说说看，甭想糊弄我。
无人莫
日落西山的人
那母羊，他说，她的眼神多么迷人；
宁芙身披羽衣向我走来，
如同天使的花冠
一天，云雾缭绕着泰山
或在落日的辉煌里
同志无目的地祝福
夜间在雨沟里哭泣
是光这场戏完全是主观
石头知道雕刻者给予它的形式
石头知道形式
记不清是库忒瑞、伊索塔还是圣玛丽亚教堂？
彼埃特罗·罗马诺独创了它的基座
无人
日落西山的人
钻石将不会在雪崩中消逝
即便它脱离其氛围
在毁于他人之手以前他会先毁自己。
城市四次重建，嘀，发萨人！
加西尔，嘀，发萨人！被出卖的意大利
如今在不灭的心灵里，加西尔，嘀，发萨人！
四个大块头哨兵在哨楼的四角上
半墙上的四道门，嘀，发萨人！
露台有群星的色彩
苍白如黎明的云朵，月亮
细如德墨忒耳的发丝
嘀，发萨人！在舞蹈中重生
两只云雀对偶
在黄昏
那令人不禁的时分
在塔的左边
从两条裤腿间看去
他忘了，结果自己掉了下去
在纳库亚前后有阿尔克墨涅和提洛
卡律布狄斯漩涡

对着泰山的孤寂
女人，女人，她不愿被揪着头发拖进天堂
在地貌上的灰崖下
太阳拖着她的群星
日落西山的人
阳光下，风踏着树精的脚步而来
孤独者啊
从不孤独
在奴隶中学习奴役
蠢人被赶回丛林
从不孤独，太阳围绕着太阳
当光吮吸蒸汽
潮汐跟随路喀娜
那人看来是个硬汉子
度日如千年
如豹蹲坐在水盆边；
已宰了野牛和公牛，邦廷说
在一次大战结束后蹲了六个月的牢
当和平主义者被烤鸡诱惑，却拒不赞成
战争，《尿壶的花环》
自费出版
成为批评家们的耻辱
但是国家可以借钱
开到萨拉米斯岛的舰队
是用国家贷给船匠的钱建成
因而人们攻击古典研究
在这次战争里有乔·古尔德、邦廷和肯明斯
他们反对愚蠢与非正义

死于囚笼的黑豹
夜绿的瞳孔，如葡萄肉，如海浪
不死的亮光和通明

结束了，走吧；

夹在百姓和士兵中遥望泰山

可在丹吉尔我看到用枯黄的稻草点火
用蛇咬
使稻草着火
那托钵僧吹着
肮脏的稻草和一条长过手臂的蛇

它在僧士的舌头上咬出几个小孔
血从孔中流出
他把稻草塞进嘴里时火便点着了
他从路边捡的肮脏的稻草
先冒烟，然后是苍白的火苗
那应该是在莱斯·乌里时期
当我骑马去埃尔森家里
在珀迪卡里斯的别墅附近
或是再早四年
他认为若有童心，童心便是本质，
他为从西利亚徒步而来的旅行者
中的一些人，租了一顶帐篷
蝶蛹不是无缘无故地在风中交配
光的色彩
绿的绚丽，如同阳光漏过苍白的手指之间
世上多豪杰
下列都是我志趣相同的人：
写巨人的福特
梦想高贵的威廉
幽默大师詹姆斯唱道：
"布拉尔尼城堡我亲爱的
你如今只是一块石头"
谈数学的普拉尔
或爱玉器的杰普森
写历史小说的莫里斯
在浴缸中泡过两次的纽博尔特
世上多豪杰。
今日阴云蔽日
——"坐着别动，"科卡说，
"若你一动身上就叮当作响。"
年老的伯爵夫人还记得彼得堡的一个招待会
科卡认为或许还有一些（好的）交往留在
西班牙，他愿常去那里吗？天哪，不！
1924 年的观点
西尔达、布伊艾和里拉，
或迪俄多内伦敦，或瓦桑
乔治大叔俨然一位发言人　万物皆流
盈科而后进
聂夫斯基的糕饼店，舍内斯餐馆
更不用提波尔萨诺的格里夫旅馆　庇护人老了
去莫魁恩餐馆或罗伯特餐馆是在 40 年后
彼埃尔王公在此之前从未见过美国人

"他们整代人"
不，不是在那出歌舞剧里
赫迪走出来比谁都高一头
美好的时光哪里去了
詹姆斯先生把霍克斯比太太当作
自己的盾牌
如同一只碗把拐杖当自己的
盾牌一样
当他试图走出门时
那写教育的亚当斯先生说，
教书？在哈佛？
教书？这办不到。
我从纪念碑那里得知此事
这些都是节日
在泰山下 7 月 14 日
泰山以北的山丘火光通明

安贝尔·里夫斯死了，那一章的结束
见 6 月 25 日《时代》周刊，
肯定是格雷厄姆先生他自己，
骑在马上，一只耳朵和下巴胡须特别显眼
化工厂仍然完好无损
在利利泼勒罗曲声中
他们糟蹋了阿德尔菲旅馆
黑鬼们在不远处
爬栏杆
爱德华兹先生绝妙的棕绿肤色
在附近的 4 号房间，
戴着巴鲁巴面具："跟谁也甭提
是俺给你做的那张桌子"
乌洛托品有助排尿
最伟大的是在
不曾遵纪守法的人身上找到的
慈善
当然不是说我们支持——
但是小偷小摸
在一个以大偷大盗为本的制度里
只能算随大流，除此无它
并将被公正地赦免
出钱而不计利率者
经得起"度量衡"的测试，见
《利未记》第十九章或

《帖撒罗尼迦前书》第四章第十一节

整整三百年的文化被一把从房顶扔进来的

榔头所左右

浓云压山，大山压云

我拒不放弃帝国或一座座庙宇

或宪法，甚至迪奥切城

各以其神之名

从特拉契纳港边的大海里冉冉升起，西风神在她身后，

从她行走的姿态认出是她

如同安喀塞斯曾认出自己的母亲

直到神殿再次闪现大理石的洁白

直到石眼再次遥望大海

风属道之一部分

雨属道之一部分

七星座显在她的镜子中

观音的石像能带来心静；

献上一碗酒

青草无处不适时

"下界，母亲，"

沿着您的圣草薄荷百里香和松脂蜡膏，

来自谁，给谁，

永不多于今日

礼拜天得到一只新绿的蚱蜢

祖母绿，颜色比祖母绿淡，

它掉了右翼

这帐篷属于我和提托纳斯

葡萄肉的食者

在交媾中光芒四射

那年马奈在拉西加尔或莱福里餐馆画一幅酒吧油画

她头上扎着小发圈，像是 1880 年的款式，

头发染红，穿德勒科尔或兰万式服装

一位伟大的女神，埃涅阿斯一眼就认出她

以画不朽，因为唯此时代不朽

19 世纪法兰西

德加、马奈和盖伊斯令人难忘

一位伟大的野蛮人流出的汗都是油彩，

范德皮尔 40 年以后这样

评价弗拉曼克

因为这观音石像能催眠

它会沉睡，不再摇晃

在蒂勒尼安海的橄榄枝下，

柏树边，

拾起桉树果作为纪念

越过河边田野上的马尔麦逊别墅，

西尔达餐馆或阿尔芒农维尔餐馆的一排排

餐桌

或在旺塔杜尔，别墅的锁匙；

雨，于塞尔

在美丽的塔的左边　乌戈利诺之塔

在塔里，在塔的左边

他啃他儿子的头颅

枢密顾问利奥·弗罗贝尼斯

还有让先生不时写一个剧本或负鼠

穷困年迈　我从不读一个字

我不知道人性如何承受

有一个画好的天堂在其尽头

没有一个画好的天堂在其尽头

侏儒般的牵牛花

在草叶上缠绕

灵魂的巨核　有巴拉巴斯和两个贼在我身旁，

牢房像一艘奴隶船

爱德华兹、赫德森、亨利诸位先生

患难之交

难友克恩斯、格林和汤姆·威尔逊

上帝的使者怀特塞德

在……对面的看守

比囚犯低贱得多

"那些狗娘养的傻×将军们

全是法西斯分子"

"为了一包王公牌卷烟"

"俺说和干的事儿。"

我也在猪圈里

人们躺在喀耳刻的猪圈里

我走进猪圈

看见灵魂的尸体

"算了吧小薯条，"小黑鬼对大黑个说；

站在甲板间的奴隶贩子

和所有的总统

华盛顿、亚当斯、门罗、波尔克、泰勒

再加上出生在卡罗尔顿的卡罗尔，还有克劳福德

掠夺民众以谋私利　*蛊惑*

每一个贴现银行都是十足的罪恶

掠夺民众以谋私利

包括美发喀耳刻，啊！她让它们吃烈药

既没有狮子也没有豹子伴随
可是毒药，*毒药*
在每个国民的血管里
若被麻醉了，毒则流进这些血管里
若在普雷达皮奥的锻炉中又怎样？老厄普华
说：
"不是牧师而是受害者"
他的日神印章　这老斗士说："受害者，
在泰晤士河与尼日尔河边抵抗他们，在尼日尔河边用枪
抵抗，
在泰晤士河边用印刷局。"
直到我唱完歌
他开枪打死自己
出于对凹雕的赞美
马泰奥和皮萨内洛从巴比伦
他们留给我们
用滚式或平面的模子
或在玉块上切割四方形

灵魂的美妙夜晚来自帐篷中，泰山下
在被称为军中流氓的人里
看守们各持己见。宛若梦见
治丧者的女儿们边编织边欲火中烧
学而见时光之白翼飞驰而过
这不是我们的快乐吗
有朋友从远方的国土来
这不是欢乐吗
也不要计较自己是否见知于人？
孝弟之情乃
人性之本
道之本
也不巧言令色。
在适当的季节用人
而不是在他们忙于收获时
在三面的角落，库妮扎
和另一位女人："我是月亮。"
干燥疏松的泥土从尘埃化为更多的尘埃
败草烂至根茎
现在是不是更黑？还是以前更黑？灵魂的黑夜？
是否有更黑的，还只是圣约翰忍着腹痛
为后世写作
总之，我们应该寻找更深层的，还是这已到了底？

乌戈利诺，那树行间的塔
柏林　痢疾　磷
老实人的老婆
（你好凯西下士）两个叉还是搞官僚？
天堂不是人造的
却显然支离破碎
它只存在于支离破碎之中出乎意外的好香肠里，
薄荷的气息，譬如说，
拉德罗这只夜猫；
在内米，守候在山凹湖畔的山坡上
等待来自那座建在砂石上的旧午餐亭的决定，
琐罗亚斯德，现已过时

对着朱庇特，对着赫耳墨斯，如今城堡所在之处
已无影无踪除了在空中
石头里没有痕迹，灰色的墙不属任何时代
在橄榄树下
远古的雅典娜
小猫头鹰，闪亮的眼睛，
橄榄树
闪亮然后又不闪亮
当叶子在空中翻动
北风、东风、南风
"有妖怪，"年轻的母亲说
而沐浴者如小鸟在鹰眼下
缩回到悬崖底下，蒂古利奥的小井里
"要把，"看守说，"每一个狗娘养的傻×将军
搞死他们所有这些法西斯分子。"
俄狄浦斯，伟大的瑞摩斯的子孙们
于是布林顿先生仰卧着像一只猩猩
哼唱着："哦甜蜜又可爱，
哦女士好乖。"
我也走进了猪圈
罪犯不爱动脑筋？
三个月不知道饭菜的味道
在齐国听到韶乐
这是同太阳一道在其光辉下音阶偏高的歌
清越而嘹亮
一首题为影子的短歌
妖怪，或不吉利的
鹰翅，带有一个未来的名字
十足的罪恶，J. 亚当斯说

黄金价从 21.65 变成 35
无疑取决于他父亲在拜占庭的见闻
无疑取决于伟大的迈耶·安塞姆的子孙
那老 H 在拜占庭听驴耳的军事主义分子说：
"干嘛要停战？""等我们强大时卷土重来。"
小 H 的主意来自巴黎的奥革阿斯牛圈，
有西夫看护着，或者
并不是那么一回事，
就这样局限。
迈耶·安塞姆，一个罗罗罗曼司，是的，是的，当然
可你更傻，若你在 200 年后还为之倾倒
……
从他们的椅子上，那些金发兔崽子们，把他们
扔出去。
犹太人是兴奋剂，非犹太人大部分
是畜牲，乖乖地被宰了
很好卖。但如果
一块地被糟蹋了会怎么样？
凭正义，
据律法，从律法上讲或这本不在契约里，
禹比不过耶和华
受命于舜，舜向着
金秋的九天《韶》
和太阳一道在其旋律之下
向着感应的九天
同样在《利未记》第十九章。
"汝将以钱购地。"
耶利米签了字
从哈楠业楼到歌亚
一直到马门，付了 8.5 元买便雅悯
境内的亚拿突，花了 6.87 元
去买乔可鲁瓦山上的清新空气
在一片枫林地里
从律法，据律法，去造你的庙宇吧
凭着公正的度量衡
一只纤细的黑人之手
一只像火腿一样的白人之手
走过，在篷翼下可见
病号呼叫：急救员
急救员，病号呼叫急救员
而两个最大的骗局
是转换货币值

（货币的单位，转换货币）
以 60％的高利，或借贷
从无造有
国家可以贷款　就像
雅典人造萨拉米斯舰队一样
如果一大笔钱在流通中丧失了
就去问丘吉尔的支持者
钱到哪儿去了　国家不必借钱
退伍兵也不必有国家的担保
去借私人高利贷
其实那是猫躲在木柴棚里
国家不必借钱
以维戈尔的市长所作为例
他有一条牛奶发送线
妻子卖衬衣和短裤
他的书架上摆着《亨利·福特的生涯》
还有一本《神曲》
一本海涅诗集
一座位于宽阔平坦山谷里的蒂罗尔地区的美丽
小镇
靠近因斯布鲁克，
当一张发行于
维戈尔小镇的钞票出现在
因斯布鲁克的一家柜台上时
银行家瞅着它递进来
全欧洲的笨蛋们都吓呆了
"在这村庄，"市长夫人说，
"没有谁能写一篇报刊文章。
明知它是钱，却当作它不是，
以站在法律的安全的一边。"
可在俄国他们粗制滥造，
显然
不懂劳动证券的含义
实施新经济政策却陷于灾难
把人当机器的牺牲品
运河工程和大批伤亡
（或许如此）
故意低价倾销，以搅乱虚股
在高利贷者的鬼天堂里
这一切都通向死囚室
各以其神之名
或长寿，因为亚里士多德说过

哲学不适于年轻人
他们的共性无法充分地从他们的
个性中归纳出来
他们的个性无法从许多群集的个性中
派生出来
行之主，言之师
用词贴切，精雕细琢
尧立舜为王
舜抓住极端与相反
持其中正道
隐恶以新民
得一善则紧紧抱住
主天下却若与之无关
亦不以此炫耀
将老人，其父，放于背上
遁至某荒凉海滨
日本哨兵说：把桔普听在那里，
我们有一些最好的士兵上尉说
菲律宾人高叫日本万岁
想起影清："你的脖颈好硬啊。"
他们就各走各的路
"一位比我厉害的剑客，"熊坂的鬼魂说，
"我相信意大利的复兴"　因为这是不可能的
四次随着加西尔曲
如今在不朽的思绪里
……
女儿，盲人的光明
戴独镜的怀默斯在水中跋涉
从海浪中对木匠说
由于船尾栏杆有一处没钉好
我们海军并不如你想象的那么无知
格塞尔任职于只存在
不到五天的林德豪尔政府
却被当作无辜的陌生人赦免了
啊是的，钱是有的，
"钱是有的，" 佩莱里尼说
（在当时的处境中算非常特殊）
火枪手们在 20 多年以后
一位年老（或显老）的人却仍然活跃
用一把木板拍发射石子
珀耳塞福涅在泰山下
望着倾斜的塔

彭迪乌斯·彼拉多坐在这样的轿上
上面罩着这样的篷顶
在军队的屁股后面
只见两只红罐子上标着"火"字
冯·特皮茨对女儿说：小心他们的魔力
塞壬们，这副十字架随太阳而转
异邦人无疑大多为畜牲
而犹太人将获得信息
他会收集信息
代替……一些更实在的东西
可并不总是这样
塞壬们　喜欢跟他谈话
天恩或许在和风中
船桅抓在左手里
在这似观音的风里
谜忘记时光和季节
可这样的风把她带上海岸，*带上海岸*
巨大的贝壳在海波上生长
一只白色的贝壳
决不是但下式一步步地上升
而是随风转向
西南风吹着
如今源氏在须磨，西南风吹着
随风转向，木筏漂荡
声音嘈杂，提洛，阿尔克墨涅
和你们一起的是欧罗巴而不是贞洁的
帕西淮
东南风，东风，当风在地貌上转向
我是月亮。库妮扎
当风在地貌上转向
从塔培恩峭壁下面
沉醉于卡斯特里酒
"以其神之名"
"精灵闪现"
闪现/没有成形
"不适于年轻人"亚里士多德说，这位
斯达吉拉人
但如西风下的野草
如东风下的绿叶
时间不是，时间是罪恶。可爱的
可爱的时辰，粉红的手指

反映在半明的窗户上
远处的海成了一抹地平线
反衬光明，玉雕的线条
侧影"用来刻画阿黑亚"
一个梦在半明中闪过面前
维纳斯，库忒瑞或"罗得岛"
来吧，甜美的风
"美是困难的。"比亚兹莱先生说
凯特威尔先生从他的一幅
仿比亚兹莱新生作品中抬起头
对 W. 劳伦斯说：
"可惜你有机会时
却没完成任务。"
W. L. 曾撞了
未来的傀儡爱德华
在自行车上，都是新生
在 1910 年左右
美是困难的
在柏林—巴格达工程的年代和
汤姆·劳伦斯拍摄阿拉伯彼特拉石庙的年代
可他不愿谈及
LL. G 和青蛙大使，他（汤姆·劳伦斯）
想谈现代艺术
可只谈二流的，不谈一流的
美是困难的。
他说我有太多抗议　他想办一个出版社
印刷希腊古典……地貌
老态龙钟的斯诺制造
欢乐的气氛，引证"他在我看来"
以应答震颤的空气
美是困难的
可另一方面马格达伦的院长
（和多德伦一字押韵）说
他读过的一首现烟恩代诗
《天狗》字数太多
无疑教师们在大雪里
过得很好
若我记得没错，那是新生们对火烧与冰冷
无法理解
或只是想傻笑等等
无疑（在括号中）
教他们像猩猩一样嚎叫

比解读"他在我看来"更容易
低等的猩猩
当然,没有风袋
尽管西基很值得一看
我们还没有计算总数
猩猩＋刺刀
有一位好人名叫布尔
是一次大战中艾伦的后裔
他觉得英国人很有趣
不过他没持续多久
凯西下士告诉我斯大林
头脑简单的斯大林
没有一点幽默感(可爱的熊!)
老里斯,欧内斯特,是美的爱者
当他还在煤矿上当工程师时
有个人在煤道上从他身边飞驰而过
容光焕发,喜气洋洋,
"俺刚才……汤米·鲁夫。"
鲁夫的块头是那家伙的两倍,里斯被弄糊涂了
缪斯是记忆的女儿
克利俄,忒耳普西科瑞
格兰维尔是一位爱美者
三位女士都等着
"身后留名"
千秋万代

这片树丛需要一个祭坛
卢克雷齐娅女士来了
在切泽纳城门后面
还有,或曾有,一串缩写字母
幸福的一刻钟,(在马拉泰斯塔图书馆)
托尔夸托,你在哪里?
随着哒哒的马蹄声响在台伯河边的卵石上
"我最心爱的骑士倒下了"……或斯图亚特
"我的身边鬼影幢幢""缝满历史的补丁。"
但如同米德所说:若他们真存在过,
则他们在这期间干了些什么,
嗯,才转世回生达到……?
还有福特社的猜测
美是困难的……质
先于色
这篷翼下的野草或随便什么

无疑有竹枝的形象
代表性的笔划应是相似的
……颧骨，通过语言表达，
她的双眼如同名画《诞生》里维纳斯的
眼睛，
而孩子的面孔像在
卡波夸德里门口上方方形的壁画里
中央背景
形体在日神下抵达岸滩
柔光倾泻下来
某些意象在脑中形成
留在那里
在一处预备的地方
阿拉克涅带给我好运气
留在那里，
复活的形象
仍在罗马外台伯区新娘教堂
为了神化帝王
圆形浮雕
用来仿造阿黑亚
至于在如今是里茨—卡尔顿旅馆的一只圆桶上
和黑吉姆下跳棋
富克特先生的声音或奎肯波先生的
拿破仑三世山羊胡子，我曾以为他名叫
奎肯巴什，
奇坦登太太的傲慢神情
古老南方的残余
被冲刷到曼哈顿褐石高级住宅区
而（后来）屋外的前门台阶
通向穆坎餐馆
或是老特雷恩（弗兰西斯）坐在人行道旁他那张
简朴的木椅上
一个家伙在市场上扔出一把大折刀
飞过成篮成筐的桃子
桃子！美元！筐
42 街通道的阴凉（地貌）
石灰水和马车，莱克星顿街的电缆
雅致，传统的骄傲，雪花石膏制的
比萨斜塔
（雪花石膏，不是象牙）
欧罗巴的彩照
威尼斯木雕，威尼斯玻璃杯和茶壶

还有火桶，1806 年马萨诸塞州巴尔镇
康涅狄格州的恰特橡木
或从科洛格尼大教堂开始
托尔瓦德森的狮子和画家保洛·乌切洛
接着是爱尔汗布拉宫，狮子宫廷和
琳达拉哈女王的画廊
再到摩洛哥的丹吉尔，珀迪卡里斯别墅、悬崖
莱斯·乌里，地貌
乔依斯先生也沉迷于直布罗陀
与赫耳枯勒斯石柱
而不是我在杰文斯太太旅店里的天井
紫藤、网球场和虫子
或卖给水手的啤酒的质量
看看那不勒斯或罗马式的帕维亚
是值得的
通过类推，圣泽诺的形状
廊柱上有建造者的签名
在圣皮埃特罗的壁画和"圣母马利亚在花园"的油画
"使空气清晰得震颤"这行诗
在首图的卡瓦尔坎蒂手稿中
十二使徒小饭馆
"请用茶"领班招待说
在 1912 年给一个年轻的招待讲解它的种种奥秘
用从另一家旅馆拿来的茶壶
咖啡很晚才来到阿西西
就是说，人们才喝到它
当它在奥尔良消失时，法国几乎被糟蹋了
才有维也纳咖啡屋的事
而卡弗先生推广花生种植
值得称赞，
花生，大豆应该挽救欧洲
意大利移民不用槭糖浆
商业的有效运转
一座座美的石雕成了
真伪之辨留给寄生虫们
（雕塑于拉古萨）：你经营什么艺术？
"最好的"现代作品吗？"哦，没有现代的，
我们没法卖任何现代的艺术品。"
可巴克尔先生的父亲仍照传统制作圣母马利亚
像你能在任何大教堂看到的木雕
另一位巴克尔还在刻凹雕
如同伊索塔时代的萨卢斯蒂奥

面具从哪里来，在蒂罗尔
在冬季
搜寻每座房屋以驱除魔鬼。
安谧地，在水晶煤玉里
如同喷泉抛出的亮球
（魏尔伦）如钻石般清纯
泰山下风吹得多么轻柔
在那海被永久记忆的地方
远离那个地狱
远离尘埃与耀眼的邪恶
西风/东风
这液体肯定是
思维的一部分
不是象征　而是成分
在思维的构造里
是动因和功能　否则将如尘埃之与喷池
汝曾见铁尘中之玫瑰
（或天鹅绒？）
催促是如此的轻微，暗黑的铁瓣是如此的整齐
我们这些已渡过忘河的人

（李笑蕊编，摘自黄运特译：《庞德诗选——比萨诗章　大师诗选》，漓江出版社，1998）

第十五章 福克纳及《喧哗与骚动》

第一节 福克纳简介

威廉·福克纳，美国作家。1897 年 9 月 25 日生于密西西比一个庄园主后裔家庭，1962 年 7 月 6 日卒于密西西比贝克斯福。福克纳被认为是 20 世纪最伟大的作家之一，他是美国"南方文学"派的创始人，也是整个西方最有影响的现代派小说家之一，被西方文学界视作"现代的经典作家"。

福克纳 1925 年出版第一部小说《士兵的报酬》，描写参加第一次世界大战的青年的痛苦与幻灭感。后去欧洲游历，回到家乡后靠干各种杂活为生。1929 年出版的《沙多里斯》是以自己虚构的约克纳帕塔法县为背景的小说。30 年代初，福克纳的几部代表作已经出版，在美国文学界受到一些作家与批评家的高度推崇，但是除了《圣殿》之外，他的书销路都很差。为了维持生活，他不得不去好莱坞为电影公司写电影脚本。1946 年马尔科姆·考利编辑的《袖珍本福克纳文集》出版并附有考利所写长序，这使人们开始认识福克纳是个兼有深度、广度、历史感、乡土气与现代意识的大作家。以萨特、加缪为代表的法国文学界对福克纳的高度评价引起了诺贝尔文学奖评委们对这个蛰居美国边远南方的作家的注意，福克纳在 1950 年获得了 1949 年度的诺贝尔文学奖。此后，他多次接受美国国务院的委派，出访日本、瑞典、委内瑞拉等国。1962 年6 月福克纳在家乡骑马坠下受伤，7 月 6 日因心脏病发作而卒。

福克纳一共写了 19 部长篇小说与近百篇短篇小说，其中 15 部长篇与绝大多数短篇的故事都发生在约克纳帕塔法县，称为约克纳帕塔法世系。其主要脉络是这个县杰弗逊镇及其郊区的属于不同社会阶层的若干个家族的几代人的故事，时间从 1800 年起直到第二次世界大战以后。世系中共 600 多个有名有姓的人物在各个长篇、短篇小说中穿插交替出现。其中最有代表性的作品是《喧哗与骚动》（又译《声音与疯狂》）。批评家普遍认为，从发表《喧哗与骚动》的 1929 年到出版《去吧，摩西》的 1942 年，这 13 年是福克纳文学创作的全盛时期。《喧哗与骚动》与《沙多里斯》有类似之处，两本小说都反映了南方世家的没落。但《喧哗与骚动》已摆脱了传统的现实主义手法，通过人物的内心冲突、人与人之间的矛盾冲突，追溯蓄奴制种植园制度的消极影响。《我弥留之际》是福克纳的又一力作，写农妇艾迪·本德仑弥留至死后 10 天之内的事。《八月之光》写一个在社会里找不到自己位置的孤独者被不合理的社会法则支配，受到命运的拨弄，终于悲惨地死去。《押沙龙，押沙龙!》通过几个人的叙述来表现庄园主汤马斯·塞德潘的兴衰史。该作品是福克纳创作中最具史诗色彩的一部。它跌宕多姿，有声有色，悲壮激越，从中可看到古希腊与莎士比亚悲剧的影响。《去吧，摩西》是一部系列小说，由 7 篇作品组成。主人公艾萨克·麦卡斯林，是一个庄园主家庭的末代子孙。小说一方面是麦卡斯林家的族长老卡洛瑟斯的两个支系（白人，包括女儿的后裔；以及黑白混血儿的后裔）的种种辛酸、痛苦的故事。另一方面是有关打猎的几篇故事。其中最长的一篇《熊》尤为杰出，是美国文学史上写打猎，写大森林的最优美的作品，充满神话色彩，饶有象征意味。福克纳其他重要作品还有《圣殿》、《标塔》、《没有被征服的》、《野棕榈》、《坟墓的闯入者》、《修女安魂曲》、《寓言》、《掠夺者》等。斯诺普斯三部曲（《村子》、《小镇》、《大宅》）也很重要，塑造了弗莱姆·斯诺普斯这个精明、狡狯、由原来的穷光蛋变成地方上银行家的形象，他是南方新兴资产阶级的代表。

第二节　《喧哗与骚动》简介

《喧哗与骚动》是福克纳第一部成熟的作品，也是福克纳心血花得最多，他自己最喜爱的一部作品。书名出自莎士比亚悲剧《麦克白》第五幕第五场麦克白的有名台词："人生如痴人说梦，充满着喧哗与骚动，却没有任何意义。"小说讲述的是南方没落地主康普生一家的家族悲剧。老康普生游手好闲、嗜酒贪杯，其妻自私冷酷、怨天尤人。长子昆丁绝望地抱住南方所谓的旧传统不放，因妹妹凯蒂风流成性、有辱南方淑女身份而恨疚交加，竟至溺水自杀。次子杰生冷酷贪婪。三子班吉则是个白痴，33岁时只有3岁小儿的智能。本书通过这三个儿子的内心独白，围绕凯蒂的堕落展开，最后则由黑人女佣迪尔西对前三部分的"有限视角"作一补充，归结全书。

小说大量运用多视角叙述方法及意识流手法，是意识流小说乃至整个现代派小说的经典名著。福克纳采用"复合式"意识流的表现手法，通过不同性格、不同遭际、不同品质的人物在不同的时间段内的意识流动来叙述同一个故事的始末，造成了一种意识复合流动的效果。其中虽有部分重复，却毫无雷同之感，原因在于作者描写的重心不在凯蒂母女堕落的故事本身，而是该事件在不同人的内心产生的影响及其导致的心灵变化。故事化为三个人物意识流程的有机组成部分，把读者引入各种人物的内心世界。小说未按时序展开叙述，需要读者在阅读中参与创造，把事件的全过程拼装完整，这说明表面颠倒混乱的时序下发生的故事有着内在的秩序。作品的叙述角度是由内向外的，叙述者头脑思绪的不断变化成为作品内容延展的主线。文中跳跃变幻的思绪不用清晰的文字作交代，而是采用诸如变换字体、口气、称谓等手段，需要读者细心辨别。

从《喧哗与骚动》中，读者可以看到福克纳对生活与历史的高度的认识、概括能力。尽管他的作品显得扑朔迷离，有时也的确如痴人说梦，但是实际上还是通过一个旧家庭的分崩离析和趋于死亡，真实地呈现了美国南方历史性变化的一个侧面。我们可以看到，旧南方的确不可挽回地崩溃了，它的经济基础早已垮台，它的残存的上层建筑也摇摇欲坠。凯蒂的堕落，意味着南方道德法规的破产。班吉四肢发达，却没有思想的能力，昆丁思想复杂，偏偏丧失了行动的能力。另一个兄弟杰生眼睛里只看到钱，他干脆抛弃了旧的价值标准。但是他的新的，也即是资产者们的价值标准，在作者笔下，又何尝有什么新兴、向上的色彩呢？联系福克纳别的更明确谴责"斯诺普斯主义"（也就是实利主义）的作品，我们完全有理由认为《喧哗与骚动》不仅提供了一幅南方地主家庭（扩大来说又是种植园经济制度）解体的图景，在一定程度上，也包含有对资本主义价值标准的批判。

第三节　《喧哗与骚动》选段

一九二八年四月七日 *

* 这一章是班吉明（"班吉"）的独白。这一天是他三十三岁生日。他在叙述中常常回想到过去不同时期的事，下文中译者将一一加注说明。

透过栅栏，穿过攀绕的花枝的空当，我看见他们在打球。他们朝插着小旗的地方走过来，我顺着栅栏朝前走。勒斯特在那棵开花的树旁草地里找东西。他们把小旗拔出来，打球了。接着他们又把小旗插回去，来到高地①上，这人打了一下，另外那人也打了一下。他们接着朝前走，我也顺着栅栏朝前走。勒斯特离开了那棵开花的树，我们沿着栅栏一起走，这时候他们站住了，我们也站住了。我透过栅栏张望，勒斯特在草丛里找东西。

"球在这儿，开弟②。"那人打了一下。他们穿过草地往远处走去。我贴紧栅栏，瞧着他们走开。

"听听，你哼哼得多难听。"勒斯特说。"也真有你的，都三十三了，还这副样子。我还老远到镇上去给你买来了生日蛋糕呢。别哼哼唧唧了。你就不能帮我找找那只两毛五的镚子儿，好让我今儿晚上去看演出。"

他们过好半天才打一下球，球在草场上飞过去。我顺着栅栏走回到小旗附近去。小旗在耀眼的绿草和树木间飘荡。

"过来呀。"勒斯特说，"那边咱们找过了。他们一时半刻间不会再过来的。咱们上小河沟那边去找，再晚就要让那帮黑小子捡去了。"

小旗红红的，在草地上呼呼地飘着。这时有一只小鸟斜飞下来停歇在上面。勒斯特扔了块土过去。小旗在耀眼的绿草和树木间飘荡。我紧紧地贴着栅栏。

"快别哼哼了。"勒斯特说。"他们不上这边来，我也没法让他们过来呀，是不是。你要是还不住口，姥姥③就不给你做生日了。你还不住口，知道我会怎么样。我要把那只蛋糕全都吃掉。连蜡烛也吃掉。把三十三根蜡烛全都吃下去。来呀，咱们上小河沟那边去。我得找到那只镚子儿。没准还能找到一只掉在那儿的球呢。哟。他们在那儿。挺远的。瞧见没有。"他来到栅栏边，伸直了胳膊指着。"看见他们了吧。他们不会再回来了。来吧。"

我们顺着栅栏，走到花园的栅栏旁，我们的影子落在栅栏上，在栅栏上；我的影子比勒斯特的高。我们来到缺口那儿，从那里钻了过去。

"等一等。"勒斯特说。"你又挂在钉子上了。你就不能好好的钻过去不让衣服挂在钉子上吗。"

凯蒂把我的衣服从钉子上解下来，我们钻了过去。④ 凯蒂说，毛莱舅舅关照了，不要

---

① 指高尔夫球的发球处。

② "开弟"，原文为 Caddie，本应译为"球童"，但此指在原文中与班吉姐姐的名字，凯蒂（Caddy）恰好同音，班吉每次听见别人叫球童，便会想起心爱的姐姐，哼叫起来。

③ 康普生家的黑女佣迪尔西，她是勒斯特的外祖母。

④ 班吉的衣服被钩住，使他脑子里浮现出另一次他的衣服在栅栏缺口处被挂住的情景。那是在 1900 年圣诞节前两天，当时，凯蒂带着他穿过栅栏去完成毛莱舅舅交给他们的一个任务——送情书去给隔壁的帕特生太太。

让任何人看见我们，咱们还是猫着腰吧。猫腰呀，班吉。像这样，懂吗。我们猫下了腰，穿过花园，花儿刮着我们，沙沙直响。地绷绷硬。我们又从栅栏上翻过去，几只猪在那儿嗅着闻着，发出了哼哼声。凯蒂说，我猜它们准是在伤心，因为它们的一个伙伴今儿个给宰了。地绷绷硬，是给翻掘过的，有一大块一大块土疙瘩。

把手插在兜里，凯蒂说。不然会冻坏的。快过圣诞节了，你不想让你的手冻坏吧，是吗。

"外面太冷了。"威尔许说。① "你不要出去了吧。"

"这又怎么的啦。"母亲说。

"他想到外面去呢。"威尔许说。

"让他出去吧。"毛莱舅舅说。

"天气太冷了。"母亲说。"他还是待在家里得了。班吉明。好了，别哼哼了。"

"对他不会有害处的。"毛莱舅舅说。

"喂，班吉明。"母亲说。"你要是不乖，那只好让你到厨房去了。"

"妈咪说今儿个别让他上厨房去。"威尔许说。"她说她要把那么些过节吃的东西都做出来。"

"让他出去吧，卡罗琳。"毛莱舅舅说。"你为他操心太多了，自己会生病的。"

"我知道。"母亲说。"有时候我想，这准是老天对我的一种惩罚。"

"我明白，我明白。"毛莱舅舅说。"你得好好保重。我给你调一杯热酒吧。"

"喝了只会让我觉得更加难受。"母亲说。"这你不知道吗。"

"你会觉得好一些的。"毛莱舅舅说。"给他穿戴得严实些，小子，出去的时间可别太长了。"

毛莱舅舅走开了。威尔许也走开了。

"别吵了好不好。"母亲说。"我们还巴不得你快点出去呢，我只是不想让你害病。"

威尔许给我穿上套鞋和大衣，我们拿了我的帽子就出去了。毛莱舅舅在饭厅里，正在把酒瓶放回到酒柜里去。

"让他在外面待半个小时，小子。"毛莱舅舅说。"就让他在院子里玩得了。"

"是的，您哪。"威尔许说。"我们从来不让他到外面街上去。"

我们走出门口。阳光很冷，也很耀眼。

"你上哪儿去啊。"威尔许说。"你不见得以为是到镇上去吧，是不是啊。"我们走在沙沙响的落叶上。铁院门冰冰冷的。"你最好把手插在兜里。"威尔许说。"你的手捏在门上会冻坏的，那你怎么办。你干吗不待在屋子里等他们呢。"他把我的手塞到我口袋里去。我能听见他踩在落叶上的沙沙声。我能闻到冷的气味②。铁门是冰冰冷的。

"这儿有几个山核桃。好哎。蹿到那棵树上去了，瞧呀，这儿有一只松鼠，班吉。"

我已经一点也不觉得铁门冷了，不过我还能闻到耀眼的冷的气味。

"你还是把手插回到兜里去吧。"

凯蒂在走来了。接着她跑起来了，她的书包在背后一跳一跳，晃到这边又晃到那边。

"嗨，班吉。"凯蒂说。她打开铁门走进来，就弯下身子。凯蒂身上有一股树叶的香气。

---

① 同一天，时间稍早，在康普生家。威尔许是康普生家的黑小厮，迪尔西的大儿子。前后有三个黑小厮服侍过班吉。1905 年前是威尔许，1905 年以后是 T. P.（迪尔西的小儿子），"当前"（1928 年）则是勒斯特（迪尔西的外孙）。福克纳在本书中用不同的黑小厮来标明不同的时序。

② 班吉虽是白痴，但感觉特别敏锐，各种感觉可以沟通。

"你是来接我的吧。"她说。"你是来等凯蒂的吧。威尔许，你怎么让他两只手冻成这样。"

"我是叫他把手放在兜里的。"威尔许说，"他喜欢抓住铁门。"

"你是来接凯蒂的吧。"她说，一边搓着我的手。"什么事。你想告诉凯蒂什么呀。"凯蒂有一股树的香味，当她说我们这就要睡着了的时候，她也有这种香味。

你哼哼唧唧的干什么呀，勒斯特说。① 等我们到小河沟你还可以看他们的嘛。哪。给你一根吉姆生草②。他把花递给我。我们穿过栅栏，来到空地上。

"什么呀。"凯蒂说。③"你想跟凯蒂说什么呀。是他们叫他出来的吗，威尔许?"

"没法把他圈在屋里。"威尔许说。"他老是闹个没完，他们只好让他出来。他一出来就直奔这儿，朝院门外面张望。"

"你要说什么呀。"凯蒂说。"你以为我放学回来就是过圣诞节了吗。你是这样想的吧。圣诞节是后天。圣诞老公公，班吉。圣诞老公公。来吧，咱们跑回家去暖和暖和。"她拉住我的手；我们穿过了亮晃晃、沙沙响的树叶。我们跑上台阶，离开亮亮的寒冷，走进黑黑的寒冷。毛莱舅舅正把瓶子放回到酒柜里去，他喊凯蒂。凯蒂说，

"把他带到炉火跟前去，威尔许。跟威尔许去吧。"他说。"我一会儿就来。"

我们来到炉火那儿。母亲说，

"他冷不冷，威尔许。"

"一点不冷，太太。"威尔许说。

"给他把大衣和套鞋脱了。"母亲说。"我还得跟你说多少遍，别让他穿着套鞋走到房间里来。"

"是的，太太。"威尔许说。"好，别动了。"他给我脱下套鞋，又来解我的大衣纽扣。凯蒂说，

"等一等，威尔许。妈妈，能让他再出去一趟吗。我想让他陪我去。"

"你还是让他留在这儿得了。"毛莱舅舅说。"他今天出去得够多的了。"

"依我说，你们俩最好都待在家里。"母亲说。"迪尔西说，天越来越冷了。"

"哦，妈妈。"凯蒂说。

"瞎说八道。"毛莱舅舅说。"她在学校里关了一整天了。她需要新鲜空气。快走吧，凯丹斯④。"

"让他也去吧，妈妈。"凯蒂说。"求求您。您知道他会哭的。"

"那你干吗当他的面提这件事呢。"母亲说。"你干吗进这屋里来呢。就是要给他个因头，让他再来跟我纠缠不清。你今天在外面待的时间够多的了。我看你最好还是坐下来陪他玩一会儿吧。"

"让他们去吧，卡罗琳。"毛莱舅舅说。"挨点儿冷对他们也没什么害处。记住了，你自己可别累倒了。"

"我知道。"母亲说。"没有人知道我多么怕过圣诞节。没有人知道。我可不是那种精力旺盛能吃苦耐劳的女人。为了杰生⑤和孩子们，我真希望我身体能结实些。"

---

① 这一段回到"当前"。

② 一种生长在牲口棚附近的带刺的有恶臭的毒草，拉丁学名为"Datura stramonium"，开喇叭形的小花。

③ 又回到1900年12月23日，紧接前面一段回忆。

④ "凯蒂"是小名，正式的名字是"凯丹斯"。

⑤ 康普生先生的名字叫"杰生"，他的二儿子也叫"杰生"。这里指的是康普生先生。

"你一定要多加保重，别为他们的事操劳过度。"毛莱舅舅说。"快走吧，你们俩。只是别在外面待太久了，听见了吗。你妈要担心的。"

"是咧，您哪。"凯蒂说。"来吧，班吉。咱们又要出去啰。"她给我把大衣扣子扣好，我们朝门口走去。

"你不给小宝贝穿上套鞋就带他出去吗。"母亲说。"家里乱哄哄人正多的时候，你还想让他得病吗。"

"我忘了。"凯蒂说。"我以为他是穿着的呢。"

我们又走回来。"你得多动动脑子。"母亲说。别动了，威尔许说。他给我穿上套鞋。"不定哪一天我就要离开人世了，就得由你们来替他操心了。"现在顿顿脚，威尔许说。"过来跟妈妈亲一亲，班吉明。"

凯蒂把我拉到母亲的椅子前面去，母亲双手捧住我的脸，捞着把我搂进怀里。

"我可怜的宝贝儿。"她说。她放开我。"你和威尔许好好照顾他，乖妞儿。"

"是的，您哪。"凯蒂说。我们走出去。凯蒂说，

"你不用去了，威尔许。我来管他一会儿吧。"

"好咧。"威尔许说。"这么冷，出去是没啥意思。"他走开去了，我们在门厅里停住脚步，凯蒂跪下来，用两只胳膊搂住我，把她那张发亮的冻脸贴在我的脸颊上。她有一股树的香味。

"你不是可怜的宝贝儿。是不是啊。你有你的凯蒂呢。你不是有你的凯蒂姐吗。"

你又是嘟哝，又是哼哼，就不能停一会儿吗，勒斯特说。[1] 你吵个没完，害不害臊。我们经过车房，马车停在那里。马车新换了一只车轱辘。

"现在，你坐到车上去吧，安安静静地坐着，等你妈出来。"迪尔西说。[2] 她把我推上车去。T. P. 拉着缰绳。"我说，我真不明白杰生干吗不去买一辆新的轻便马车。"迪尔西说，"这辆破车迟早会让你们坐着坐着就散了架。瞧瞧这些破轱辘。"

母亲走出来了，她边走边把面纱放下来。她拿着几枝花儿。

"罗斯库司在哪儿啦。"她说。

"罗斯库司今儿个胳膊举不起来了。"迪尔西说，"T. P. 也能赶车，没事儿。"

"我可有点担心。"母亲说。"依我说，你们一星期一次派个人给我赶赶车也应该是办得到的。我的要求不算高嘛，老天爷知道。"

"卡罗琳小姐[3]，罗斯库司风湿病犯得很厉害，实在干不了什么活，这您也不是不知道。"迪尔西说。"您就过来上车吧。T. P. 赶车的本领跟随罗斯库司一样好。"

"我可有点儿担心呢。"母亲说。"再说还带了这个小娃娃。"

迪尔西走上台阶。"您还管他叫小娃娃。"她说。她抓住了母亲的胳膊。"他跟 T. P. 一般大，已经是个小伙子了，快走吧，如果您真的要去。"

"我真担心呢。"母亲说。她们走下台阶，迪尔西扶母亲上车。"也许还是翻了车对我们

---

[1] 回到"当前"。

[2] 下面一大段文字，是写班吉看到车房里的旧马车时所引起的有关坐马车的一段回忆。事情发生在1912年。康普生先生已经去世。这一天，康普生太太戴了面纱拿着花去上坟。康普生太太与迪尔西对话中提到的昆丁是个小女孩，不是班吉的大哥（这个昆丁已于1910年自杀），而是凯蒂的私生女。对话中提到的罗斯库司，是迪尔西的丈夫。

[3] 美国南方种植园中的黑女佣，从小带东家的孩子，所以到她们长大结婚后仍然沿用以前的称呼。

大家都好些。"母亲说。

"瞧您说的，您害臊不害臊。"迪尔西说。"您不知道吗，光是一个十八岁的黑小伙儿也没法能让'小王后'撒腿飞跑，它的年纪比 T．P．跟班吉加起来还大。T．P．，你可别把'小王后'惹火了，你听见没有。要是你赶车不顺卡罗琳小姐的心，我要让罗斯库司好好打你一顿。他还不是打不动呢。"

"知道了，妈。"T．P．说。

"我总觉得会出什么事的。"母亲说。"别哼哼了，班吉。"

"给他一枝花拿着。"迪尔西说："他想要花呢。"她把手伸了进来。

"不要，不要。"母亲说。"你会把花全弄乱的。"

"您拿住了。"迪尔西说。"我抽一枝出来给他。"她给了我一枝花，接着她的手缩回去了。

"快走吧，不然小昆丁看见了也吵着要去了。"迪尔西说。

"她在哪儿。"母亲说。

"她在屋里跟勒斯特一块儿玩呢。"迪尔西说。"走吧，就按罗斯库司教你的那样赶车吧。"

"好咧，妈。"T．P．说。"走起来呀，'小王后'。"

"小昆丁。"母亲说，"可别让她出来。"

"当然不会的。"迪尔西说。

马车在车道上颠晃、碾轧着前进。"我把小昆丁留在家里真放心不下。"母亲说。"我还是不去算了。T．P．。"我们穿过了铁院门，现在车子不再颠了。T．P．用鞭子抽了"小王后"一下。

"我跟你说话呢，T．P．。"母亲说。

"那也得让它继续走呀。"T．P．说。"得让它一直醒着，不然就回不到牲口棚去了。"

"你掉头呀。"母亲说。"把小昆丁留在家里我不放心。"

"这儿可没法掉头。"T．P．说。过了一会儿，路面宽一些了。

"这儿总该可以掉头了吧。"母亲说。

"好吧。"T．P．说。我们开始掉头了。

"你当心点，T．P．。"母亲说，一面抱紧了我。

"您总得让我掉头呀。"T．P．说。"吁，'小王后'。"我们停住不动了。

"你要把我们翻出去了。"母亲说。

"那您要我怎么办呢。"T．P．说。

"你那样掉头我可害怕。"母亲说。

"驾，'小王后'。"T．P．说。我们又往前走了。

"我知道得很清楚，我一走开，迪尔西准会让小昆丁出什么事的。"母亲说。"咱们得快点回家。"

"走起来，驾。"T．P．说。他拿鞭子抽"小王后"。

"喂，T．P．。"母亲说，死死地抱住了我。我听见"小王后"脚下的得得声，明亮的形体从我们两边平稳地滑过去，它们的影子在"小王后"的背上掠过。它们像车轴明亮的顶端一样向后移动。接着，一边的景色不动了，那是个有个大兵的大白岗亭①。另外那一边

①　指在小镇广场上的南方同盟士兵铜像。

还在平稳地滑动着，只是慢下来了。

"你们干什么去？"杰生说。他两只手插在兜里，一支铅笔架在耳朵后面。

"我们到公墓去。"母亲说。

"很好。"杰生说。"我也没打算阻拦你们，是不是。你来就是为了跟我说这一个，没别的事了吗？"

"我知道你不愿去。"母亲说。"不过如果你也去的话，我就放心得多了。"

"你有什么不放心的。"杰生说。"反正父亲和昆丁也没法再伤害你了。"

母亲把手绢塞到面纱底下去。"别来这一套了，妈妈。"杰生说。"您想让这个大傻子在大庭广众又吼又叫吗。往前赶车吧，T. P.。"

"走呀，'小王后'。"T. P. 说。

"我这是造了什么孽呀。"母亲说。"反正要不了多久我也会跟随你父亲到地下去了。"

"行了。"杰生说。

"吁。"T. P. 说。杰生又说，

"毛莱舅舅用你的名义开了五十块钱支票。你打算怎么办。"

"问我干什么。"母亲说。"我还有说话的份儿吗。我只是想不给你和迪尔西添麻烦。我快不在了，再往下就该轮到你了。"

"快走吧，T. P.。"杰生说。

"走呀，'小王后'。"T. P. 说。车旁的形体又朝后面滑动，另一边的形体也动起来了，亮晃晃的，动得很快，很平稳，很像凯蒂说我们这就要睡着了时的那种情况。

整天哭个没完的臭小子，勒斯特说。[1] 你害不害臊。我们从牲口棚当中穿过去，马厩的门全部敞着。你现在可没有花斑小马驹骑啰，勒斯特说。泥地很干，有不少尘土。屋顶塌陷下来了。斜斜的窗口布满了黄网丝。你干吗从这边走。你想让飞过来的球把你的脑袋敲破吗。

"把手插在兜里呀。"凯蒂说。"不然的话会冻僵的。你不希望过圣诞节把手冻坏吧，是不是啊。"[2]

我们绕过牲口棚。母牛和小牛犊站在门口，我们听见"王子"、"小王后"和阿欢在牲口棚里顿脚的声音。"要不是天气这么冷，咱们可以骑上阿欢去玩儿了。"凯蒂说。"可惜天气太冷，在马上坐不住。"这时我们看得见小河沟了，那儿在冒着烟。"人家在那儿宰猎。"凯蒂说。"我们回家可以走那边，顺便去看看。"我们往山下走去。

"你想拿信。"凯蒂说。"我让你拿就是了。"她把信从口袋里掏出来，放在我的手里。"这是一件圣诞礼物。"凯蒂说。"毛莱舅舅想让帕特生太太喜出望外呢。咱们交给她的时候可不能让任何人看见。好，你现在把手好好的插到兜里去吧。"我们来到小河沟了。

"都结冰了。"凯蒂说，"瞧呀。"她砸碎冰面，捡起一块贴在我的脸上。"这是冰。这就说明天气有多冷。"她拉我过了河沟，我们往山上走去。"这事咱们跟妈妈和爸爸也不能说。你知道我是怎么想的吗。我想，这件事会让妈妈、爸爸和帕特生先生都高兴得跳起来，帕特生先生不是送糖给你吃吗。你还记得夏天那会儿帕特生先生送糖给你吃吗。"

我们面前出现了一道栅栏。上面的藤叶干枯了，风把叶子刮得格格地响。

"不过，我不明白为什么毛莱舅舅不派威尔许帮他送信。"凯蒂说，"威尔许是不会多嘴

---

① 回到"当前"。

② 班吉看到牲口棚，脑子里又出现圣诞节前与凯蒂去送信，来到牲口棚附近时的情景。

的。"帕特生太太靠在窗口望着我们。

"你在这儿等着。"凯蒂说。"就在这儿等着。我一会儿就回来。把信给我。"她从我口袋里把信掏出来。"你两只手在兜里搁好了。"她手里拿着信，从栅栏上爬过去，穿过那些枯黄的、格格响着的花。帕特生太太走到门口，她打开门，站在那儿。

帕特生先生在绿花丛里砍东西。① 他停下了手里的活，对着我瞧。帕特生太太飞跑着穿过花园。我一看见她的眼睛我就哭了起来。你这白痴，帕特生太太说，我早就告诉过他②别再差你一个人来了。把信给我。快。帕特生先生手里拿着锄头飞快地跑过来。帕特生太太伛身在栅栏上，手伸了过来。她想爬过来。把信给我，她说，把信给我。帕特生先生翻过栅栏。他把信夺了过去。帕特生太太的裙子让栅栏挂住了。我又看见了她的眼睛。就朝山下跑去。

"那边除了房子别的什么也没有了。"勒斯特说。③"咱们到小河沟那边去吧。"

人们在小河沟里洗东西，其中有一个人在唱歌。我闻到衣服在空中飘动的气味，青烟从小河沟那边飘了过来。

"你就待在这儿。"勒斯特说。"你到那边去也没有什么好干的。他们会打你的，错不了。"

"他想要干什么。"

"他根本不知道自己要干什么。"勒斯特说。"他兴许是想到那边人们打球的高地上去。你就在这儿坐下来玩你的吉姆生草吧。要是你想看什么，就看看那些在河沟里玩水的小孩。你怎么就不能像别人那样规规矩矩呢。"我在河边上坐了下来，人们在那儿洗衣服，青烟在往空中冒去。

"你们大伙儿有没有在这儿附近捡到一只两毛五的镚子儿。"勒斯特说。

"什么镚子儿。"

"我今天早上在这儿的时候还有的。"勒斯特说。"我不知在哪儿丢失了。是从我衣兜这个窟窿里掉下去的。我要是找不到今儿晚上就没法看演出了。"

"你的镚子儿又是从哪儿来的呢，小子。是白人不注意的时候从他们衣兜里掏的吧。"

"是从该来的地方来的。"勒斯特说。"那儿镚子儿有的是。不过我一定要找到我丢掉的那一只。你们大伙儿捡到没有。"

"我可没时间来管镚子儿。我自己的事还忙不过来呢。"

"你上这边来。"勒斯特说。"帮我来找找。"

"他就算看见了也认不出什么是镚子儿吧。"

"有他帮着找总好一点。"勒斯特说。"你们大伙儿今儿晚上都去看演出吧。"

"别跟我提演出不演出了。等我洗完这一大桶衣服，我会累得连胳膊都抬不起来了。"

"我敢说你准会去的。"勒斯特说。"我也敢打赌你昨儿晚上准也是去了的。我敢说大帐篷刚一开门你们准就在那儿了。"

（张久全编，摘自李文俊译：《喧哗与骚动》，上海译文出版社，2004）

---

① 这一段写另一次班吉单独一个人送信给帕特生太太，被帕特生先生发现的情形。时间是1908年的春天或夏天，这时花园里已经有了"绿花丛"。在班吉的脑子里"花"与"草"是分不清的。

② 指她的情人毛莱舅舅。

③ 又回到"当前"。

第十六章　托妮·莫里森及《所罗门之歌》

第一节　托妮·莫里森简介

托妮·莫里森，非裔美国小说家，女，1931 年 2 月出生于美国俄亥俄州洛雷恩的一个工人家庭里，原名柯勒尔·安桑尼·威福尔德，家中四个孩子，莫里森排行老二，父亲曾做过焊接工，同时兼做其他工作以养家，母亲在白人家里做帮佣。莫里森幼时酷爱读书，受父母影响她也热爱黑人传统音乐和民间传说。初入学时，她就读于一所黑人和白人同校的学校，她是班上唯一一个识字的黑人孩子，学业上表现优异。莫里森熟读文学名著，其中尤为喜欢简·奥斯丁和列夫·托尔斯泰的作品。18 岁时，莫里森考入专为黑人开设的霍华德大学，四年后取得英语文科学士学位，两年后又在康奈尔大学获得同学科的硕士学位。研究生毕业后，莫里森在南得克萨斯大学任教，后又回到霍华德大学任教。在霍华德大学工作期间，她与牙买加裔建筑师哈罗德·莫里森相遇，1958 年结婚，1961 年他们的大儿子小哈罗德诞生。儿子出生后，莫里森加入霍华德大学的一个作家团体，就是在这个团体期间，她开始了文学创作。1963 年，莫里森决定离开霍华德大学，之后她与全家到欧洲旅行，后又带着儿子回到美国，而她的丈夫却决定搬回牙买加居住。1964 年，她与丈夫离婚，期间他们的二儿子斯莱德诞生，她搬回俄亥俄州的老家与父母同住。次年，她带着两个儿子搬到纽约州的锡拉丘兹，在一家出版社做高级编辑，后来在兰登书屋做编辑工作。

1970 年，莫里森的第一部小说《最蓝的眼睛》发表，讲述了一个想要拥有一双蓝眼睛的黑人小女孩的故事。之后，莫里森继续多角度跨时空地探讨非裔美国人的生活体验。1973 年，她的第二部小说《秀拉》发表，这部小说通过讲述性情迥异的两个好朋友秀拉和奈尔的成长历程，表现女性对于传统道德的两种不同态度：反叛抑或是屈从，从而探讨了善与恶的道德观主题。这部小说赢得好评如潮，莫里森非凡的叙事能力和她深刻的洞察力在这部小说里得到了最好的表达。《秀拉》获得美国书卷奖提名。1977 年，莫里森的第三部小说《所罗门之歌》则讲述了一个黑人男孩奶娃·戴德到南部寻找家族之根的历程。这部小说成为继理查德·怀特《土生子》之后的又一部进入美国每月图书俱乐部必选书目的非裔小说，也获得多项奖项，其中包括 1978 年的全美书评奖。

莫里森成为美国文坛的一颗新星，1980 年，她被任命为美国国家艺术委员会会员。次年，《柏油娃》发表，踞美国畅销书榜长达四个月之久。1983 年，莫里森离开兰登书屋，专心致力于写作和教学。1987 年，她的名作《宠儿》问世，这部小说讲述了一个叫塞斯的女奴隶获得自由后的故事。塞斯怕奴隶主把女儿抢走做奴隶，亲手杀死了女儿宠儿，18 年后，宠儿的鬼魂还魂人间与家人同住。全书充满悬念、气氛紧张，富有诗意，寓意深远，从而赢得全世界的广泛关注，1988 年获得普利策奖，并且在 1998 年被改编为电影，搬上银幕。

1989 年，莫里森被聘为普林斯顿大学的教授，1993 年，因为在文学领域的特殊贡献而获得诺贝尔文学奖，成为第一个获此殊荣的黑人女性。1994 年，小说《爵士乐》发表。在普林斯顿大学，莫里森创建了普林斯顿工作室，这是专门为作家和演员而创建的工作室，鼓励学生在各个艺术领域的创新。她在大学日常的学术工作之外，继续进行文学创作。1998 年，小说《天堂》问世，讲述了一个乌托邦式的黑人小镇——鲁比镇的故事。

1999 年，莫里森把写作拓展到儿童文学领域中去。她与儿子斯莱德共同创作《大盒子》、《小人之书》和《蚂蚁还是蚂蚱？》。她还尝试创作戏剧和诗歌，如 1985 年的戏剧《有梦想的艾米特》，1994 年为作曲家安德列·普列文所谱曲子填词而成的"四首歌"和 1997 年与作曲家理查德·丹尼波尔共创的歌曲"甜言蜜语"等。

2003 年，莫里森的小说《爱》问世。2006 年，莫里森从普林斯顿大学退休。此后，她创作歌剧《玛格丽特·加纳》，这部歌剧通过讲述一个黑人女性的故事展现了奴隶制所造成的悲剧。

除了文学类的作品外，莫里森还有不少非文学类作品，如《黑人之书》，《在黑暗中上演：白人性与文学想象》，《记忆：学校从种族隔离到黑白人同校》，和近作《移动在边缘的：非小说类文选》。

托妮·莫里森获奖众多，其中最重要的包括 1993 年的诺贝尔文学奖和 1987 年因小说《宠儿》而获得的普利策奖。2012 年 4 月，她被授予总统自由勋章，这是美国总统对于普通平民的最高奖励。

第二节　《所罗门之歌》简介

《所罗门之歌》创作于 1977 年，是托妮·莫里森的第三部长篇小说，曾获得全美书评奖，1993 年在为莫里森颁发诺贝尔文学奖时，瑞典皇家科学院也特别嘉奖这部小说。

《所罗门之歌》是一部史诗般的作品，它探寻了以戴德家族为代表的非裔美国人的历史。小说讲述了一个生活在美国北方城市、绰号叫"奶娃"的非裔美国男孩回南方寻找家族之根、重塑自我的故事。小说分上下两部，共 15 章，第一部写小说主人公奶娃在密歇根的生活，第二部写他的南方寻根之旅。

小说开头奶娃即将降生的医院楼顶，有个黑人深信"黑人会飞"的神话，企图从楼顶起飞，却不幸摔死，之后奶娃诞生了。奶娃生于富裕的黑人中产阶级之家，他的父亲拥有大量资产，因此可以提供给儿女衣食无忧的生活，然而奶娃却并不开心，他生活漫无目的。奶娃不像自己的父亲，他对钱没有实际的兴趣，因为他从来没缺过钱；他也不像自己的好友吉他，他对种族问题也不感兴趣。生活中他冷漠、没有责任感。对父母的争吵极度厌倦，对女友哈格尔始乱终弃，始终没有真正地快乐与悲哀过。最终，奶娃厌倦了自己的生活，想要过自己的生活，但父亲的教导根深蒂固，他认为只有金钱才能带来自由，于是决心去找到自己祖上留下的金子。在父亲的教唆下，他潜入姑妈派拉特的房子，偷走了吊在梁上的口袋，却发现里面并没有金子，而是一袋骸骨。然后，奶娃决定南下去父亲的家乡丹佛尔，继续寻找金子。在丹佛尔，奶娃受到了当地黑人热情的接待，并了解到了他祖先的故事，知道了自己家族的真正姓氏，它并不是被白人随便填下的"戴德"（英语"Dead"，"死亡"之意）。经指点，他来到一个岩洞，找到了祖先的遗物，但是并没有找到金子。这次旅程，奶娃似乎经过了人生中的第二次洗礼，他重新找回了属于家族的文化之根，填补了对于家族历史文化的记忆空白，最终，他真正融入了黑人群体，并且惊喜地发现自己竟是飞人所罗门的后代，真正明白了黑人民间传说关于"黑人会飞"的内涵。南方之行中，奶娃抛弃了父亲金钱至上的物质主义价值观，接受了姑妈派拉特所代表的黑人信仰，学会了爱和承担责任，懂得了黑人的历史和文化究竟是什么，从而完成了他人生意义上的飞翔。小说结尾处，奶娃站在所罗门之石上，张开双臂，纵身向前跃去。这象征了他最终接受了黑人的历史和文化，摆脱了拜金主义价值观的奴役，人生得以升华。

小说充满了深刻的隐喻，莫里森赋予古老的"黑人会飞"的神话以全新的时代意义。奶娃的寻金之旅隐喻了黑人探寻民族身份、寻求自我认同的过程，他的飞翔则是非裔美国人追求自由和独立的全新自我的隐喻。莫里森通过奶娃的寻金过程，重现了黑人的文化记忆。她认为，黑人的历史是黑人身份的核心，非裔美国人只有直面历史，才能认识自我，构建身份，才能避免在白人主流文化中迷失自我，丧失家园之根。

《所罗门之歌》像莫里森的其他小说一样，照例拥有魔幻现实主义的色彩。比如，对奶娃的姑妈派拉特的描写，派拉特出生之前母亲已经死亡，她自己居然从母亲的子宫里爬了出来，更奇怪的是她没有脐带，没有肚脐眼。她还具有超乎想象的能力，她可以和已故祖先的亡灵进行交流。

莫里森刻画的派拉特是自然的女儿，她拥有的物质财富并不多，有什么就吃什么，从来不计划一日三餐，她的身材就像是一棵树，身上散发着松树的气息，她不去干涉他人的生活，却随时随地奉献出无私的爱。她正是黑人传统文化的具体化，也是莫里森心中理想的女性。

在《所罗门之歌》中，莫里森突破了她前期只把黑人女性作为主人公的限制，生动细致地描写了黑人男性的成长经历。莫里森很少正面描写黑人和白人的冲突，而是极力描写黑人社区生活，关注黑人社会内部的阶级关系、男女关系、家庭关系，着力书写黑人独特的、丰富多彩的文化，以此来唤醒广大非裔美国人的民族自信心和自豪感。

第三节　《所罗门之歌》节选

第一部

第一章（节选）

……

第二天，在慈善医院里边诞生了第一个黑种婴儿。史密斯先生的蓝色丝质翅膀肯定留下了深刻的影响，因为当这个小男孩长到四岁时一发现史密斯先生早些时候已经弄懂的道理——只有飞禽和飞机才能飞——就对自己失去了全部兴趣。没有这样一种本领，可还得过日子，使他郁郁寡欢。由于他失去了想象力，即使那些不恨他母亲的妇女也觉得他呆笨迟钝。那些恨他母亲的接受他母亲的邀请来喝茶，羡慕医生这所有十二个房间的阴暗的大房子，羡慕那部绿色轿车，却还说他"乖僻"。而那些晓得这所房子与其说是宫殿不如说是监狱，晓得那部"道吉"轿车只能在星期天才开一开的人，为露丝·福斯特和她的两个干瘪的女儿感到十分难过，却称她这儿子"深不可测"，甚至认为他神秘。

"他生下来的时候有胎衣吗？"

"你得把那东西晾干，做成茶水让他喝掉。要不，他会看见鬼的。"

"你信这个？"

"我不信，可这是老人们说的呀。"

"唉，别管怎么说，他是个深不可测的人。看看他的眼睛就知道了。"

于是，她们从上颚抠下来一些没烤熟的糕饼屑，再一次盯着那男孩的眼睛。那男孩也尽量同她们的目光对视，后来，向他母亲投过祈求的一瞥，就获准离开了房间。

要走出客厅很需要动点脑筋。她们说话的嗡嗡响声还在向他的后背冲来，他要打开那两扇沉重的通向餐室的大门，悄悄走上楼梯，经过所有的卧室，还要不惊动姐姐莉娜和科林西安丝，她们俩正像一对大娃娃似的坐在堆满红色丝绒片的桌子跟前。她们在下午做绒玫瑰花。这些色彩鲜明但毫无生气的玫瑰花要在大篮子里放上几个月，直到杰哈尔茨百货商店的特产收购人派看门的弗雷迪来通知两个姑娘，他们可以再进一批货了。要是能溜过两个姐姐的门口而不引起她们一时的怨恨，他就会在自己房间的窗台前跪下来，想了又想而不明白他为什么得待在地平面上。这时弥漫于医生住宅中的沉寂就只是沉寂，偶尔被吃着靠太阳光烤出来的糕饼的女人叽里咕噜的低语所打破而已。这种沉寂并非平静，继之而来结束这沉寂的，便是麦肯·戴德的出现。

麦肯是一个脚踏实地、明察秋毫的人，经常在不动声色之中突然爆发一通脾气，全家人都因畏惧而惴惴不安。他对妻子的恼恨闪现在他对她说的每一个字眼里。他对女儿们感到的失望像筛灰似的倾撒在她们身上，把她们黄油色的面孔弄得阴阴沉沉，把她们本来是女孩子的轻快嗓音弄得阴郁喑哑。在他那使人发冷的目光的注视之下，她们在门槛上磕磕绊绊，还把盐瓶掉在水煮荷包蛋的蛋黄里。他对她们的体面、她们的才智和她们的自尊心肆意践踏，这种事情成了她们日常生活中唯一的刺激。要是没有他激起的这种紧张和冲突，她们简直不知道该拿自己怎么办。当他不在家的时候，他的女儿们把脖子弯到一块块血红色的丝绒上，急切地等待着与他相关的暗示。而他的妻子露丝，由于丈夫的鄙薄，总是胆战心惊乃至呆若木鸡地开始一天的生活，又在这种鄙薄之下手忙脚乱地结束一天。

她送走她的下午来的客人，把大门关上，那种恬静的笑意就在唇上消失了，这时她就开始准备令她丈夫感到难以下咽的食物了。她并非要使饭菜令人作呕，只是不知道怎样才不致令人作呕。她曾经留意到把糕饼摆到他面前确实乏味了，就决定改上苹果作为饭后甜食。可是，为了做肉面包得绞牛肉馅，花去了她太长的时间，不但忘掉了该用熏肉油浇汁的煎猪肉，而且根本没时间再准备甜食了。然后，她就匆匆忙忙地动手摆桌子。当她抖开白色亚麻桌布，让它垂下红木餐桌时，她得再看一眼那硕大的水花纹。她从来不会在安排餐桌或穿过餐室时不这么看上一眼。就像一个管灯塔的走近窗户再瞧一眼大海，或是一个囚犯走到院子里放风时要自然而然地看一看太阳一样，露丝一天总要把那水纹看上几眼。她明知道水纹就在桌面上，而且总会在那儿的，但还是需要证实一下它的存在。就像管灯塔的或囚犯似的，她把这看作是一种支撑物，一个检查站，某些使她确信整个世界依然如故的稳定的可见实体。这样她就可以相信，这就是生活而不是梦境，她在一个地方活着，仅仅由于她所熟知、备感亲切的东西摆在那里，在她之外存在着，她的内心也就坦然地相信了她是确确实实地活着的。

甚至在睡眠的洞穴里，既梦不到这桌面水纹也根本不去想它，她仍能感到它的存在。啊，她没完没了地向她的女儿们和客人们唠叨怎样设法去掉它——用什么办法可以使这块完美的木料掩饰起这唯一的瑕疵：凡士林、烟草汁、碘液、砂粒，还有亚麻油，她统统试过了。可是她的目光倒有一种滋养作用：年复一年，如果说那水纹斑有变化，也反而变得更加醒目了。

云状的灰色圆圈使那医生在世时每天放置装满鲜花的盆缸的地方更加显眼了。当年，那是每天从不中断的啊。没有花，也要插满草叶，一簇细枝和浆果、褪色柳、苏格兰松……反正总要有些东西把晚饭的餐桌点缀得优雅庄重。

对她父亲来讲，这是使他自己的家庭与周围的邻人相区别的一种格调。而对露丝来说，这是她认为她的孩子们所处环境的优雅温柔的总和。在麦肯同她结婚并搬进医生的这所住宅时，她保持了餐桌中央的这一装饰品。后来就是那次她穿过城市中最粗俗的地段走到湖畔，拿回了一些浮木。她在报纸的"自己动手"专栏内看到过一些浮木和风干海藻组成的图案。那是十一月里潮湿的一天，医生当时已经瘫在床上，只能躺在那儿吃流食。风把她的裙子从膝盖处卷起，吹透她系带的鞋子。回家之后，她只好用温热的橄榄油揉搓双脚。吃午饭的时候只有她和丈夫坐在桌边，她就问他喜不喜欢这个装饰品。"大多数人都忽略了这类东西。他们看见了它，但却看不出有什么内在的美，他们看不出美自天成到了尽善尽美的地步。你从侧面来看一看，多好看啊，是不是?"

她丈夫看了一眼浮木和上面的带状斜纹海藻，头也不动一下地说道："你做的鸡靠骨头的地方还是红的，而这盘土豆按理说应该是成块的，不应该弄成土豆泥。"

露丝让海藻分蘖，后来，海藻的枝蔓下垂并弯曲成褐色的斑点落到桌面上，她就挪开了缸盆，扫净了斑点。可是，多年来由缸盆遮盖着的水纹却显露了出来。而一旦暴露，这水纹就像本身就是一棵植物似的，还开出一朵硕大的鼠灰色的花，像热病一般地悸动，还像沙丘移动时一样地叹气；当然也有静心不动的时候，那时便是耐心、悠闲而宁静地一动不动。

然而，对于一个支撑物来说，你是无能为力的，除非你能洞悉它，把它用作你想使之清新生动的概念的证明。也还需要从日出到日落再得到些别的东西，诸如一种甜蜜的安慰、温柔的爱抚及舒服的倚靠之类。于是露丝站起身，摆脱了毫不掩饰的无能状态来要求做完晚饭后丈夫下班归来前的一段时间之内的安慰。这是她的两项秘密嗜好之——与她儿子有关的这项所给她的一部分愉快来自她办过这事的房间。那里有着紧挨到窗口并过滤了光线的常青藤造成的一种湿润的绿荫。这是一个过去被医生称作书房的小屋，里面除去角落里挨着陈列女服的人体模型放着的缝纫机之外，只有一把摇椅和一只小小的脚凳。她坐在这间屋里，把儿子抱在大腿上，瞅着他合拢的眼皮，听着他喝奶的声音，与其说盯着这种实实在在的欢愉，倒不如说是避免看到他的两腿几乎垂到地板上的希望。

黄昏之后，在她丈夫锁上办公室回家之前，她把儿子叫到跟前。他来到这小房间之后，她就解开上衣，微微笑着。他还太小，不会在她的乳房前感到眼花缭乱，可是他已经太大，对无味的母乳已经觉得厌倦，因此他别别扭扭地走进来，就像去干一件不顺心的工作，然后像以往一样，至少每天一次地把他的生命置于她的怀抱之中，从她身上吮吸那清淡微甜的乳汁而尽量不用他的牙齿咬痛她。

她感到了他的存在。他的谨慎、他的礼貌、他的冷漠，所有这一切都把她推向奇思异想。她独特地感受到，他的嘴唇从她身上吸出一束光线。似乎她就是一口能纺出金子的大锅。就像那个磨坊主的女儿，夜里在贮满麦草的房间里，由于侏儒怪赋予她的秘密权力而颤抖，眼见金线从她自己的梭子中缓缓流出。这就是她的另一部分愉快，她是绝对不肯放弃这一愉快的。所以，当看门人弗雷迪——他喜欢把自己装扮成这个家庭的朋友而不仅仅是他们的一名仆人或房客——一天下午带着他的房租来到医生的住宅，透过常青藤往窗子里看的时候，露丝的眼里流出一道恐惧的神色，因为她很快便意识到她马上就要彻底失去使她忍受日常生活的一半力量了。不过，弗雷迪把她的目光理解成一种纯粹的羞耻，当然这并没有使他不嬉笑起来。

"发发慈悲吧，我真该死！"

他扒开常青藤，想看得更清楚些，可是妨碍他的并不是那枝蔓而是他自己的嬉笑。露丝一下子跳起来，掩上前襟，把孩子撂到了地上，这就愈发使他相信原先已经开始怀疑的事情：这些个下午有点奇怪和不对头。

在母子俩来不及说话、重新整顿一下自己甚至交换一下眼色之前，弗雷迪已经跑着绕过住宅，跨上门廊的台阶，在强忍的笑声中呼唤他们了。

……

第一部

第五章（节选）

……

奶娃静静地在阳光下躺着，脑子里空空的，只是肺部非常想吸进几口烟。他对死的恐惧和渴望逐渐恢复了。他首先想摆脱他所了解的一切，摆脱他被告知的一切的含义。在这个世界里：他对这个世界所知道的一切全是别人告诉他的。他觉得自己是存放别人的行动和痛恨的一只垃圾箱。他本人任什么也没干过。除去那次他揍了他父亲，他从来没有独立行动过，而他那唯一的行动也给他带来了不曾想要的知识，以及对那些知识的某些责任。当他的父亲跟他讲了露丝的事以后，他跟父亲一起看不起她，不过，他感到自己受了欺骗，成了牺牲品；感到似乎有一个负担加之于他而他却不能胜任。这中间毫无他的过错，所以他不想被迫去进行思考、去充当一个角色或者采取什么行动，与此事相关的一切都不能干。

在这种懒洋洋的理所当然的情绪中，他在吉他的床上辗转反侧。大约一周之前，当他母亲离家外出时，正是这种理所当然的心情支配他像个密探似的悄悄跟在后边。

那天参加完一个酒会回家，他刚刚把麦肯的"别克"牌轿车开到马路边闭上车灯，这时看到他母亲在他前边不远的地方，正沿着非医生街走着。那是半夜一点半，除去那个钟点和她那竖起来的领子，她毫无鬼鬼祟祟的样子。在他看来，她走路的姿态像是决心蛮大的，不慌不忙，目标明确，完全是一个女人不紧不慢地走向一项普普通通但又值得尊敬的工作的那副样子。

当露丝转过街角时，奶娃稍候片刻就发动了车子。他不让引擎滑向高挡，只是轻轻蹓着，绕过了拐角。她在公共汽车站那儿站住了，奶娃只好在阴影里停车等候，后来汽车来了，她上了车。

这当然不是情人间的幽会。真是这样，那男人会在附近什么地方用车接她的。没有一个男人会让他心爱的女人在深更半夜乘公共汽车来同他会面，尤其像露丝这样上了点年纪的女人。况且，哪个男人会要一个六十出头的女人呢？

跟踪公共汽车不啻是一场噩梦；公共汽车老是停站，每一站又停得太长，要悄悄驾车尾随又要躲躲藏藏，还得注意她是否下了车，可真不容易。奶娃打开了车中的收音机，本想听听音乐来镇定一下自己的神经末梢，谁知那音乐反倒让他毛骨悚然了。他非常紧张，简直想开车转身回去了。

最后，汽车开到了区间火车站，也是公共汽车的终点站。他看到她和剩下的几位乘客走进了火车站大厅。他想这下可跟不上了，他不可能弄清她要乘哪次列车。他又一次想到要回家。夜已经深了，他已疲惫不堪，而且心里也不清楚到底他想不想进一步了解他母亲的什么情况。可是既然已经跟到这么远了，他意识到现在再回去而把一切留作疑案是愚蠢的。他在停车场上停了车，慢慢走近火车站。也许她没有乘火车，他想，也许他会在站里碰到她。

他先向四周仔细打量一番，然后才推开门。里边没有她。这是一座小小的普通建筑，虽然有些旧了，但灯光明亮，在那不起眼的候车室尽头，可以隐约看到一幅密执安人海豹的画图，色彩生动鲜明，可能是高中美术班学生的作品。两头粉红色的鹿用后腿直立，面面相对，在它们中间齐眼睛的高度上，栖息着一只鹰。鹰的两翼展开，就像耸起的肩膀。鹰头转向左边，一只凶猛的眼睛死盯着一头鹿的眼睛。紫色的拉丁文词句在海豹下面的一条长缎带上伸展着：真不如去找一个显得可爱的半岛。奶娃不懂拉丁文，并且也不明白为什么密执安人的这个貂熊之州，会把俄亥俄人的公鹿画在海豹上面？也许是母鹿吧？他想起吉他曾经杀死过一头母鹿的故事。"一个男子汉是不该杀一头母鹿的。"奶娃感到一种类似自责的情绪迅速地震撼了他一下，但他摆脱了这种情绪，重新寻找起他的母亲，他走到车站的背后，还是不见她的影子。后来他注意到一个高台，下面有几级台阶，还画着一个箭头，上面写着：费厄菲尔德及东北部。也许她到那儿去了。他小心地走近台阶，往上看了一眼，又往四周看了一圈，既怕看到她，又怕漏掉她。一个扩音器响起来，打破了沉寂，广播说两点十五分到费厄菲尔德高地的火车已经到达，将从上方站台出站。他一步步跨上台阶，刚好看到露丝走进一节车厢，他自己也就跳进了另一节车厢。

列车差不多每隔十分钟就停一站，前后已经停了十站。每到一站，他都要在两节车厢之间探身出去，看看她是不是下了车。停过六站之后，他问乘务员另一次列车返回城里的时间。"早晨五点四十五分，"他答道。

奶娃看了看手表。已经三点了。半小时以后，乘务员高喊，"费厄菲尔德高地，终点站。"奶娃再次往外看，这次瞧见她踏上了站台。他躲在三面木板墙背后的阴影里，那围墙是给候车的乘客挡风用的。后来听到她那宽宽的橡胶后跟鞋底踏着台阶下去的低沉的脚步声。

挡风板之外，沿着低低的街道是一排商店——售报亭，咖啡馆，文具店，全都关着门板，但是见不到一家住宅。费厄菲尔德的有钱人不住在车站附近，从站前马路上，几乎看不到几间他们的住房。然而，露丝还是迈着她那平稳的步子沿街走去，不消几分钟便来到了一条弯弯曲曲的宽街，直通费厄菲尔德公墓。

奶娃盯着进口上方拱起的铁制门楣，过去他母亲常常谈起如何非常仔细认真地去找一处公墓来埋葬医生的遗体，不是黑人共用的一块墓地，而是另外一个什么地方，现在他记起了其中的一些片断，四十年前，费厄菲尔德原是一片农田，那儿有一块县上的公墓，因为小得可怜，人们不去过问死者是白人还是黑人，奶娃倚在一棵树上，在门口等着。现在他明白了，如果他曾经有过什么怀疑的话，那他父亲原来告诉他的一切全是真的。她是个蠢笨、自私、古怪，还有点下流的女人。他又一次感到受了凌辱。为什么他全家不能有一个人稍微正常点呢？

他等了一小时，她才出来。

"喂，妈妈，"他说，尽量让声音听起来像他所感到的那样冷酷无情；就在同时，他突然从树后出来，想吓她一跳。

他成功了。她吓了一哆嗦，倒吸了一大口凉气。

"麦肯！是你吗？你跑这儿来啦？噢，我的老天爷。我……"她竭力想把局面弄得自然些，眨了眨眼，惨淡地笑一笑，一面搜寻着字眼，琢磨着举止和礼仪。

奶娃打断了她的话。"你跑这儿来趴到你父亲的坟上啦？这些年你是不是一直这么干来着？时常来和你父亲过上一夜？"

露丝的肩膀似乎陷了下去，但她却用镇静得令人吃惊的口气说，"咱们一块到火车站去吧。"

母子俩谁也没开口，就这样在挡风板里干等着回城的火车，足足待了四十五分钟。太阳升起来，照亮了墙板上涂的年轻情人的名字。几个男人走上了站台的台阶。

火车从岔道上掉头过来了，她俩还是都不说话。只是在车轮开始转动，引擎发出启动的声音时，露丝才开口。她是从一个句子的后半截开始的，似乎自从她和儿子离开墓地入口以来，她一直在沉思。

"……因为事实上我是一个小妇人。我不是指岁数小；我是说个子小，而我个子小是因为我给压小了。我住在一幢了不起的大宅第里，可那房子却把我压成了小包裹。我没有朋友，而只有想摸摸我的裙衫和白丝长袜的同学。但是我没想过需要朋友，因为我有他。我个子小，可他是大块头。他是唯一关心过我死活的人。很多人对我的死活只是感兴趣，但他是关心。他不是热诚而令人感到亲切的人，麦肯。当然，他是个傲慢的人，而且还常常是个愚蠢和有危害的人。可他关心我是不是活着，关心我活得怎么样。从过去到现在，这个世界上没有一个人曾经这样关心过我。为了这一点，我干什么都甘心。对我来说，重要的是待在他面前，待在他的那堆东西里边，那些他使用过、触摸过的东西里边。后来，我又有了同样重要的事可干，那就是我得知道他在这个世界上。在他离开这个世界之后，我从他身上得到的那种关心之情仍然左右着我。

"我不是个怪女人。我是个小女人。

"你爸爸和你整天待在一起，我不知道他在店里都对你说了我些什么。可是我知道，就像知道我自己的名字那样清楚地知道，他只会告诉你让他心满意足的事情。我知道他从来没对你讲过，是他杀了我父亲，他还想杀你。因为你们祖孙二人都把我的注意力从他身上引开。我知道他从来没有对你说过这些。我还知道，他从来没告诉你，他把我父亲的药物扔了，可这是真的。而我却救不了我的父亲。麦肯把他的药拿走了，我根本不知道。要不是派拉特，我也救不了你的命。你能生到这个世界上来，多亏派拉特帮忙。"

"派拉特？"奶娃开始清醒了。刚才他母亲讲的时候，他是带着那种等着受骗并且已经心中有数的迟钝的耳朵去听的。

"是派拉特。又老又怪又温柔的派拉特。自从我父亲死后，你父亲和我没有同过房。那会儿，莉娜和科林西安丝才刚刚学走路。我们大吵了一场。他威胁说要杀死我，我反过来威胁他说要到警察局告发他对我父亲的所作所为。我们俩谁也没真那么干。据我猜测，对他来说，我父亲的钱比杀死我所感到的满足更为重要。而我要不是因为我那两个小宝宝，倒宁可高高兴兴地死掉，不过，他当真搬到了另一个房间，事情就这么僵着，后来我再也不能忍受了。我当时想到，要是我非得这么过日子不可，我真的会死的，没人肯挨我一下，甚至没人看来肯挨我一下。就是从那时候起，我开始来费厄菲尔德。到这儿来谈一谈，跟一个只会愿意听而不会笑话我的人谈一谈。一个我信得过的人。一个信任我的人。一个……曾经对我感兴趣的人。这都是为了我自己的缘故。我不管那个人是不是在地下。你知道你父亲不跟我同床睡觉时，我才二十岁。那日子不好过，麦肯。非常不好过。到我三十岁的时候……我想我那会儿当真害怕我会那样死去。

"后来，派拉特来到城里。她来到这个城市时的那副神气，就像这城市属她所有似的。派拉特、丽巴、还带着丽巴的小女孩哈格尔。派拉特马上来看麦肯。她一见到我，就明白了我的苦恼是什么。一天，她问我，'你是不是需要他？''我需要一个人，'我告诉她。'他跟任何人一样顶用，'她说。'再说，你会怀孕而你的孩子理应是他的。他应该有个儿子，要不，我们这家就绝后了。'

"她让我做了些可笑的事。她给了我一点灰绿色的，像草一样的东西，让我放进他吃的东西里。"露丝笑了起来。"我觉得像个医生，像个做着一项重大科学试验的化学家。那玩意儿还真管用。麦肯一连四天来找我。甚至在白天上班休息的时间也从办公室回家来找我。他样子有点惶惑，但他确实来了。接着一切都过去了。两个月之后我怀孕了。等他发现了这件事，立即怀疑到派拉特，还告诉我要把胎儿流产。可我不肯干，派拉特也帮我阻挡他。没有她，我可没那么大本事。她救了我一命。也救了你一命，麦肯。她也救了你。她关心你，简直把你当成了她亲生的。后来你父亲把她赶走了。"

奶娃把头靠在前面座位的冰冷的铁扶手上。双手紧握，让那凉凉的铁环套住他的头。然后扭过脸来向着他母亲。"你父亲死的时候，你是不是跟他一起躺在床上？一丝不挂？"

"没有。可我确实跪在他的床边，穿着带背带的长衬衫，吻着他那漂亮的手指头。这些手指是他身上唯一没有……"

"你让我吃你的奶。"

"是的。"

"直到我……大了，太大了。"

露丝朝儿子转过身来。她抬起头，直视着他的眼底。"我还为你祈祷。每逢单日。单夜。两腿跪下。现在你来说说，我跪在那里对你干了什么伤天害理的事？"

事情就是这样开始的。现在一切都要结束了。过不多久，她就会走进大门，而这一次他会听凭她下手的。之后，就不会记得他是谁，曾经在哪里住过。不会记得叫作莉娜的玛格达琳和科林西安丝第一，不会记得他父亲在他出生之前就想弄死他。不会记得他父母之间的龃龉，像钢铁一样既光滑又牢固的龃龉。他也不会再有那些清醒的梦境．也不会再听到母亲对他说过的那些可怕的词句：什么伤天害理的事？我跪在那里对你干了什么伤天害理的事？

他能听到她的脚步声了，后来又听到门把转动，停住，又转动。他不必睁开眼睛就知道，她就在那儿，从窗户那儿看着他。

哈格尔。一心想杀人、挥舞碎冰锥的哈格尔。收到奶娃在圣诞节写的感谢信之后不久，她每月都要在木桶、碗橱和地下室的货架里搜寻一些轻便顺手的武器，用来谋杀她的真正的情人。

信上那句"谢谢你"促使她加速了行动，可还不是她匆忙跑到碗橱跟前去找武器的原因。火上浇油的是她看到奶娃的两条胳膊搂着一个女孩子的双肩，姑娘那古铜色的丝一般的柔发，瀑布似的披散在他上装的袖子上。他俩坐在玛丽酒家，冲着玻璃杯里浮在冰块上的"杰克·丹尼尔"美酒微笑着。从背影上看，那姑娘有点像科林西安丝或莉娜，当她回过头来冲着奶娃大笑时，哈格尔看到了她的灰色眼睛，自从圣诞节以来一直堵在哈格尔胸口的拳头，这时伸出了剥皮刀似的食指。就像新月搜寻潮汐一样，哈格尔也有规律地每月一次翻找武器，然后溜出家门，去寻找那个她自认为为了他她才降生到这个世界上来的男人。尽管她比他大五岁，她又是他的表甥女，这些都没有平息她的激情。事实上，她的年长和血亲关系反倒把她的激情变成了炽烈的狂热，因此也就比爱恋更折磨人。这种感情，在夜间把她——不折不扣地说——打倒在床上，而在清晨又把她拽起来，因为当她拖着身子躺到床上，想着又有一天过去了可没见上他一面，她的心跳就像一只戴手套的拳头在擂击她的肋骨。而在早晨，早在她醒明白之前，就已感到渴望的痛苦和窒息，直到这种感觉猛地拉住她，把她从梦境不断的睡眠中一下子惊醒。

她在家里走来走去，踏上走廊，步到街上，来到水果摊和肉铺跟前，像个鬼魂，在任什么地方和任什么东西里都找不到安宁。在刚摘下来的西红柿里找不到，那是切成薄片，稍微撒上点盐，由外祖母端到她跟前的。在六件一套的粉红色玻璃碟里找不到，那是丽巴在梯瓦里剧院得奖赚来的。在雕花的蜡烛里也找不到，那是外祖母和母亲为她做的：派拉特把烛芯浸在融蜡里，再由丽巴用指甲锉刮出小巧的花朵，然后插在一个真正在铺子里买回来的烛台上，放到她床边。甚至正午火辣辣的太阳和海洋般黑漆漆的夜晚也不成。没有任何东西能让她不去想自己那对奶娃不来吻的嘴唇，那双不往她那儿跑的脚，那对没有跟踪她的眼睛，那双没有抚摩她的手。

有时候，她摆弄着自己那没人来吮吸的乳房，但也有一阵子，她的懒散无聊由于自身的原因而消失了。代之而来的，是狂暴嗔怒，是那种大水泛滥或大雪崩山的肆无忌惮的总爆发——坐在救援用的直升飞机里飞行的旁观者冷眼看来，无非是不过如此的自然现象，可是对那些惨遭灭顶的牺牲者来说，在他们苟延残喘之际，却深知这是首当其冲和生死攸关的。一个残忍而老练的精心策划的暴力手段在她心中增长着，就像每个总是径直在夜间骑着扫帚，郑重其事地来杀害婴孩的女巫，为黑色的旋风和腿间的帚把而颤栗；就像每个吃到噪眼的新娘，在给丈夫撒粗燕麦粉时，为其浓度和拌进里边的碱汁的效力而担心；就像每个王后和名妓，在把祖母绿的指环浸进陈年红酒里放毒时，为其漂亮的外表所震惊；哈格尔也为她自己的使命的细节而振奋。她蹑足潜踪地追随着他。只要在她胸中跳动着的拳头还能把她引向他，同他的任何一点接触都聊胜于无的时候，她就要追踪他。她既然不能得到他的爱（无法容忍的是，他可能根本不想她），就只有从他的恐惧中得到满足。

在那些日子里，她的头发像暴风雨的乌云般从头上向前突兀着。她出没于城南和非医生街，直到找到他为止。有时要这么转上两三天，看到她的人就一个个传话，哈格尔"又去找奶娃了"。妇女们从窗口里边看她，男人们从棋盘上抬头看她，不知道这次她能否找到。失去的爱情把男男女女逼到这种程度，从来没有使他们大惊小怪。他们看过女人把衣裙拽到头上，像闹春的狗一样嚎叫，而男人们则坐在门口，嘴里含着硬币，为失去的爱情苦恼。"感谢上帝，"他们互相耳语着，"感谢上帝，我可从来没有过一个这样死缠着不放的情人。""纽约州"本人就是个好例子。他在法国和一个白人姑娘结了婚，把她带了回来。他像苍蝇一般快活和勤快，和她一起过了六年，直到一次他回家见到她和另一个男人在一起，也是个黑种男人。当他发现他的白人妻子不仅仅爱他，不仅仅爱那另一个黑人，而且爱整个黑人种族，他坐在那里，紧闭着嘴，再也没说一句话。后来"铁道"托米给他找了个看门的活计，才不致住进济贫院、教养所或疯人院之类地方。

因此，哈格尔要进行的袭击是由爱情"升华"而成的神秘事件的组成部分，而这一事件所表现出来的形式是他们重大兴趣的来源，至于结果如何却无所谓，话说回来，他也活该，谁让他和自己的表甥女厮混呢。

对奶娃来讲，值得庆幸的是，迄今事实证明，她是世界上最蹩脚的杀人凶手。一看到她的谋杀对象就感到敬畏（甚至在她处于愤怒时也不例外），她会全身猛烈颤抖，笨手笨脚地戳刀子、舞锤子、用碎冰锥捅去。只要有人从背后抓住她手腕，从面前把她拦腰抱定，或是在她下颏上干净利落地给上一拳，她马上就会自己垮掉，并且会在原地流出净化的泪水。事后在派拉特的抽打之下，她总是带着宽慰的心情屈服的。派拉特搂她，丽巴哭喊，哈格尔就此低头屈膝。直到下次再闹。就像这次这样，这时她转动着吉他的单身汉房间的门把。

门锁着。于是她把一条腿跨出外廊的栏杆，拨弄起窗户。奶娃听到了响声，听到了玻璃震动，但不想挪动身子，也没把胳膊从眼睛上移开。甚至在他听到窗玻璃嗒嗒响的时候，也没动弹一下。哈格尔把一只鞋重新穿上，然后把手伸进她在窗户上搞的那个洞，转动窗钩。把窗户提起来花了她最长的时间。她用一条腿支撑着体重，把身体跨出栏杆，斜斜地悬着。窗户在边框上歪歪扭扭地向上滑。

奶娃不去看。汗水从腋窝流出，经过体侧，聚集到腰背。然而恐惧已离开了他。他躺在那里一动不动，就像旭日似的；并且吸收着全世界的能量，充实自己的意志。用意志力置她于死地。要不她会杀死我，要不她会倒地而死。要么让我按自己的主张在这个世界上生活，要么让我为此而死。如果我该活着，那我就希望她死。二者必居其一。要么是我，要不就是她。听天由命吧。

死，哈格尔。死。死。死。

可是她没死；她爬进房间，走到小小的铁床跟前。手中拿着一把杀猪刀。她把刀举过头顶，重重地朝着衬衫领上裸露的光滑的颈肉上猛地一落。刀子碰到他的锁骨，向肩部滑了过去。皮肤上划的一个小伤口开始流血。奶娃猛地抽搐了一下，但是既没挪动胳膊，也没睁开眼睛。哈格尔又一次举起了刀，这次用的是双手，可是却没法让手落下来。也许她想让手落下来，可肩关节不肯动一动。十秒钟过去了。十五秒，麻木的女人和僵化的男人。

在第三十秒钟时，奶娃知道他已取得了胜利，他挪开胳膊，睁开了眼睛。他的目光移到她僵直、高举的手臂上。

在她看到他的面部时，她心想，噢，我已经忘记了他是多么英俊了。

奶娃坐了起来，又把两腿在床边一摆，站到了地上。

"要是你这么举着你的双手，"他说，"然后直直地往下一扎，又直又快地一扎，你会把刀子咔嚓一声一下子插到你的下身里去。你为什么不那么干一下？那样一来，你的一切问题就都解决了。"他点了点她的脸蛋，在她大睁着的，黑黑的，带着恳求目光的、空洞的两眼前转身走了。

……

（李笑蕊编，摘自胡允桓译：《所罗门之歌》，上海译文出版社，2007）

第十七章　海明威及《太阳照常升起》

第一节　海明威简介

美国作家海明威是世界文坛最为著名、最有个性的巨擘之一。他父亲是个医生，酷爱打猎、钓鱼等户外活动，他的母亲喜爱文学，这一切都对海明威日后的生活和创作产生了巨大影响。中学毕业后，海明威曾在堪萨斯的《星报》当了 6 个月的实习记者。这家报社要求新闻报道简洁明快，海明威深受其益，形成了洗练的文风。第一次世界大战爆发后，他加入美国红十字会战场服务队，奔赴意大利战场，曾多次负伤。战争结束后，他被意大利政府授予十字军功奖章、银质奖章和勇敢奖章。此后，他作为记者常驻巴黎，一面写新闻报道，一面写小说。在近 10 年的时间里他出版了许多作品，其中最有名的是《太阳照常升起》。1929 年，他的另一部小说《永别了，武器!》问世，以后又发表了《有的和没有的》、《丧钟为谁而鸣》和《过河入林》几部长篇小说。但真正使他留名世界文学史的是他的中篇小说《老人与海》。《老人与海》1952 年出版，翌年他便荣获普利策奖，1954 年获得了诺贝尔文学奖。

海明威虽然作品并不多，但他的小说思想性强，令人回味无穷，赢得了成千上万的读者。美国著名史学家威德勒·索普曾在《二十世纪美国文学》中写道："尽管海明威的小说要隔很长时间才出版一本，但是在一本新小说出版之前几个月就已经引起了人们的争论，并且这种争论在小说出版后几个月还在继续进行。"海明威的作品大受欢迎，还有一个原因，就是其中充溢着美国人所喜欢的"阳刚之气"。他以高超的艺术手段塑造了一个个敢作敢为的英雄好汉。正如我国学者于冬云在评论文章中所言："所谓海明威的文体风格，即赫·欧·贝茨所称道的简洁、干净、含蓄、凝练。这是一种'绝不矫饰'、'平易粗放、街头硬汉般的文风'，他尤其擅长用'那种公牛般的、出于本能的、缺少思想的语言'来陈述他故事中的那些猎人、渔夫、斗牛士、士兵、拳击者的思想和行为。福柯认为，影响和控制话语运动的最根本因素是权力。现代社会语言学研究也发现男性语体和女性语体是有区别的，男性语体是一种有力语体，女性语体则是一种无力语体。以此标准来重新审视贝茨一再称颂的海明威的文体风格，便不难发现在这种简洁粗硬的文风下掩盖的男性权力特征。从早期创作开始，海明威就有意识地选择了这样一种叙事文体，并坚持使用了一生。因此，我们完全有理由说海明威的叙事文体是一种典型的男性话语方式。"

获奖后的海明威患有多种疾病，给他身心造成极大的痛苦，没能再创作出很有影响的作品，这使他精神抑郁，形成了消极悲观的情绪。1961 年 7 月 2 日，蜚声世界文坛的海明威用自己的猎枪结束了自己的生命。整个世界都为此震惊，人们纷纷叹息这位巨人的悲剧。美国人民更是悲悼这颗美国文坛巨星的陨落。在这个总统死了都不会举国哀痛的国家，海明威何以能令全国上下"沉浸在哀痛之中"？就凭他独特的作品，就凭他那硬汉精神！海明威本人及其笔下的人物影响了整整一代甚至几代美国人，人们争相仿效他和他作品中的人物。他就是美国精神的化身。人们在为这种精神哭泣。

第二节 《太阳照常升起》简介

　　小说《太阳照常升起》中的主人公美国青年巴恩斯在第一次世界大战中脊椎受伤，失去性能力，战后在巴黎任记者时与英国人阿施利夫人（即布莱特）相爱。这位夫人一味追求享乐，而他只能借酒浇愁。两人和一帮男女朋友去西班牙潘普洛纳参加斗牛节，追求精神刺激。夫人拒绝了犹太青年柯恩的苦苦追求，却迷上了年仅十九岁的斗牛士佩德罗·罗梅罗。然而，在相处了一段日子以后，由于双方年龄实在悬殊，而阿施利夫人又不忍心毁掉这位纯洁青年的前程，于是这段恋情黯然告终。夫人最终回到了巴恩斯身边，尽管双方都清楚，彼此永远也不能真正地"结合"在一起。这是海明威的第一部长篇小说，作者借此成为"迷惘的一代"的代言人，并以此书开创了海明威式的独特文风。小说成功地塑造了杰克·巴恩斯这个人物形象。巴恩斯在混乱的社会价值和个人不幸之间保持人格的完整，他是海明威的第一个所谓"准则"主人公。这种经历战争仍然保持自我准则的人物形象就成了青年人推崇的榜样。他们需要重建的正是一套价值观。这部小说被奉为青年人的《圣经》。在写作风格方面，正如英国作家赫·欧·贝茨所说，他那简约有力的文体引起了一场"文学革命"，在许多欧美作家身上留下了痕迹。海明威所尊奉的是美国建筑师罗德维希的名言"越少，就越多"，使作品趋于精练，缩短了作品与读者之间的距离，提出了"冰山原则"，只表现事物的八分之一，使作品充实、含蓄、耐人寻味。海明威写作态度极其严肃，十分重视作品的修改。据说他每天开始写作时，先把前一天写的文稿读一遍，写到哪里就改到哪里。全书写完后又从头到尾改一遍；草稿请人打字誊清后又改一遍；最后清样出来再改一遍。他认为这样三次大修改是写好一本书的必要条件。他主张"去掉废话"，在修改时把一切华而不实的词句删去，每一句、每一段落都达到"精益求精"。还有人说，由于在第一次世界大战中膝盖被子弹打碎，海明威必须站着写作，久而久之形成了"永远站着"的"强硬"风格，字句也异常简练。自杀前他留下遗言，要人在他的墓碑上刻下"恕我再也不能站起来了"。不管原因如何，他惜墨如金，字字句句都是详细推敲的结晶。虽然没有开创一个新的文学流派，却是一位开了一代文风的语言艺术大师。

第三节 《太阳照常升起》选段

第十五章

　　七月六日是个星期日，中午时分，奔牛节突然"爆发"了。那种场面难以用别的字眼来形容。这一整天里，乡下人从四面八方纷至沓来，和城里人融为一处，隐没在人群里。广场上骄阳似火，跟往常一样宁静。乡民们坐在远离市中心的小酒馆里，在那里喝酒，准备参加节日活动。他们从平原和山区新来乍到，需要逐渐地改变关于钱的价值观念。他们不能一下子到那种昂贵的咖啡馆去，需要在小酒馆里喝些实惠的酒液。钱的具体价值仍然是以劳动时间的长短和卖粮数量多少来衡量的。稍后等到节日高潮时，他们就不在乎花多少钱，或者在什么地方花了。

这是盛大奔牛节启动的日子，偏街背巷的小酒馆里一大早就坐满了这些乡下人。上午，我穿过几条街道到大教堂去望弥撒，一路上我都听见从敞开着门的酒馆里传出他们的歌声。他们正在酝酿情绪。有很多人参加了十一点钟的弥撒，因为奔牛节也是个宗教节日。

出了大教堂，我走下山坡，顺着大街走到广场上的咖啡馆。这时几近中午。罗伯特·柯恩和比尔坐在一张桌子旁。大理石面餐桌和白色柳条椅已经撤走，换上了铸铁桌子和简朴的折叠椅。咖啡馆就像一艘精简了行装、时刻准备战斗的军舰。今天，服务员可不会让你坐在那儿消消停停地看报，一上午也不过问你需要点什么喝的东西。我屁股刚一落座，就有一个服务员走了过来。

"你们喝的是什么？"我问比尔和罗伯特。

"雪利酒。"柯恩说。

"给我来杯赫雷斯酒。"我对服务员说。

服务员还没有把酒送来，就见一颗烟火弹在广场上腾空而起，宣布奔牛节正式开始。随着一声爆炸，一团灰色的烟雾高悬在广场对面加雅瑞剧院上空，久久不散，像一枚开花的榴霰弹。正当我观赏之际，又升起一颗烟火弹，在耀眼的阳光下喷出缕缕青烟。一声爆炸，我眼前一闪，接着又出现了一团烟雾。这第二枚烟火弹爆炸时，一分钟前还空荡荡的拱廊里顿时便人头攒动了。送酒的服务员得把酒瓶高举过头顶，才好不容易从人群中挤过，来到我们的桌子跟前。人们从四面八方涌向广场，街上自远而近地传来吹奏簧管、横笛和击鼓的声音。那些人吹奏的是踢踏舞乐，簧管之声凄厉，锣鼓之声震耳，后边跟着舞姿翩翩的大人和小孩。笛声一息，大家伙便全都在街上蹲下来。等到簧管和横笛那凄厉的声音重新响起，单调、枯燥、空洞的鼓声又敲起来，他们全都一跃而起，翩翩起舞。在人海里，只见舞者的头和肩膀一起一伏的。

广场上有个人弯腰弓背，在使劲吹奏簧管。一群孩子跟在他身后，吵吵闹闹的，有的还拉扯他的衣服。他走出广场，屁股后面引着孩子，一路吹奏，打咖啡馆门前走过去，拐进一条偏街。就在他边吹边走，孩子们跟在后面叫啊闹啊，拉扯着他的衣服，从我们跟前经过时，我们看见他表情呆滞，一脸的疤痕。

"他大概是哪个村子里来的傻子。"比尔说。"我的上帝！你们看那边！"

一群跳舞的人从街头过来了，全都是男人，舞影婆娑，把街道塞挤得水泄不通。他们紧随笛手和鼓手之后，随着乐声起舞。他们肯定属于某个俱乐部，全都穿着蓝色工作服，脖子上围着红领巾，并用两条长杆撑着一块大横幅。当他们在人群的簇拥下走过来的时候，但见横幅随同他们的舞步上下晃动。

横幅上的标语是："美酒万岁！外宾万岁！"

"哪来的外宾呀？"罗伯特·柯恩问。

"咱们就是！"比尔说。

烟火弹一直不停地发射着。咖啡馆里座无虚席。广场上的人逐渐稀少起来，人群都涌进各家咖啡馆里去了。

"布莱特和迈克尔在哪儿？"比尔问。

"我去找找他们。"柯恩说。

"把他们带到这儿来。"

奔牛节已正式拉开序幕。庆祝活动将昼夜不停地持续七天。狂舞，纵酒，喧嚣，片刻也不停息。只有在奔牛节才会出现这种热闹情景。最后，一切都变得像做梦一样，仿佛你再放纵也不会引起严重的后果。狂欢期间，考虑后果似乎是不合时宜的。在节期的全过程中，哪怕在片刻安静的时候，你都有这种感觉：必须喊着说话，才能让别人听清。对于人们的一言一行，都有这种夸张的感觉。这就是奔牛节的气氛，它一连持续七天。

那天下午，举行了盛大的宗教游行。人们抬着圣佛明像，从一个教堂走到另一个教堂。游行队伍里净是些世俗高官以及宗教界名流。当时人山人海，我们看不清他们的脸。这支庄严的游行队伍，前后都有跳踢踏舞的人。在茫茫人海中，有许多人身穿黄衫，上下舞动，时隐时现。连所有的偏街支巷以及两边的人行道上，都熙熙攘攘的，我们只能瞧得见游行队伍里那些巨像：有高达三十英尺的雪茄店印第安人像，有摩尔人像，还有国王和王后像。那些巨像随着踢踏舞曲又是打旋，又是上起下伏，庄重地舞个不停。

游行队伍在一座礼拜堂门前停下，圣佛明像和要人们陆续进去，把卫队和巨像留在门外。本来钻在巨像肚子里跳舞的人，此时出来站在像架子旁；侏儒们手持硕大无比的气球，在人群里钻来钻去。我们步入礼拜堂，一股香火味扑鼻而来。人们挨个走进去，但是布莱特因为没有戴帽子，在门口就被拦住了。我们几个只得又出来，从礼拜堂顺着返城的街道走回去。街道两侧的路沿处站满了人，他们不愿挪窝，都在等候游行队伍返回。几个跳舞的人站成一个圆圈，围着布莱特跳了起来。他们脖子上套着大串大串的白蒜头，还拉起我和比尔的手臂，把我们也扯进了圆圈。比尔也开始翩翩起舞。大家嘴里都唱着歌。布莱特也想跳，但是他们不让，而要把她当作一尊偶像来围着她跳。歌曲以刺耳的踢踏舞曲结束。他们拥着我们，走进一家酒馆。

大伙儿围到吧台前。他们让布莱特坐在一个酒桶上。酒馆里光线昏暗，四处全是人，满屋子的人都在直着嗓门唱歌。在吧台后面，有人从酒桶的龙头放出一杯杯酒来。我放下酒钱，但是有个人捡起钱塞回我的口袋。

"我想要一个皮酒袋。"比尔说。

"街上有卖的，"我说，"我去买两个回来。"

那些跳舞的人不让我去。有三个人爬到高高的酒桶上，挨着布莱特坐下，教她如何用酒袋喝酒。他们在她脖子上挂了一串蒜头。有个人硬是要塞给她一杯酒。还有一人在教比尔唱歌，冲着他的耳朵一个劲地唱，同时在他的背上打着拍子。

我解释说还要回来的，他们才让我去了。到了街上，我沿街寻找制作皮酒袋的作坊。人行道上挤满了人，许多商店都上了铺板，我怎么也找不到那家作坊。我用眼睛搜寻着街道的两侧，一直走到教堂。这时，我向一个人打听，他拉住我的胳膊，把我领到了那儿去。作坊已经上好铺板，但是门还开着。

里面散发出一股新上硝的皮革味和热焦油味。有个人正往制好的酒袋上印字。房梁上挂着成捆成捆的酒袋。他取下一个来，吹足了气，旋紧喷嘴，然后猛地跳到上面去。

"瞧！一点不漏气。"

"再给我来一个。再拿个大的。"

他从房梁上又取下了一个大酒袋，能装一加仑或者更多的酒。他对着袋口，鼓起腮帮子，把酒袋吹足气，然后手扶椅背，站在酒袋上。

"拿这有什么用途？准备去巴约纳倒卖吗？"

"不。自己喝酒用。"

他拍了拍我的脊背。

"好样的！两个一共八比塞塔。最低价格。"

他在新皮袋上印完字，随手扔进大堆里，停下说："这是真的，八比塞塔是很便宜的了。"

　　我付了钱，出来顺原路返回酒馆。酒馆里面更暗了，拥挤不堪。一时不见布莱特和比尔的踪影，有人说他们在后堂里。吧台的女服务员给我把两个皮袋灌满了酒，一个装了两公升。另一个装了五公升。装满两袋酒花了三比塞塔零六十分。吧台前有个素昧平生的人要替我付酒钱，不过最后还是我自己掏了钱。于是，那个想替我付酒钱的汉子便请我喝了杯酒。他不让我买酒还他的情，却说想从我的新酒袋里喝一口漱漱嘴。他把容量为五公升的大酒袋倒过来，双手一挤，酒就丝丝地喷进他的喉管里。

　　"喝够了。"他说罢就把酒袋还给了我。

　　在后堂，布莱特和比尔坐在酒桶上，被跳舞的人团团围住。那些人围成一圈，彼此把手臂搭在旁边人的肩膀上，个个都在引吭高歌。迈克尔和几个穿衬衫的人坐在桌子边分享一碗金枪鱼，里面有洋葱碎片和醋汁。他们喝着酒，用面包片蘸着碗里的油花和醋汁。

　　"嗨，杰克。嗨！"迈克尔在叫我。"过来，认识一下我的朋友！我们正在享用美餐呢。"

　　我被引荐给了桌旁的那些人。介绍时，那些人向迈克尔自报着姓名。随后，他们唤服务员给我拿一把叉子。

　　"不要抢别人的饭吃，迈克尔！"布莱特在酒桶那边喊道。

　　"我可不想夺你们口中的食啊！"当有人把叉子递过来的时候，我说道。

　　"吃吧，"那人说，"有东西大家分享。"

　　我旋开大酒袋上的喷嘴，依次递给在座的人。每人伸直胳膊，把酒袋倒过来喝一口。

　　在一片歌声中，我们听见门外经过的游行队伍吹奏的乐曲声。

　　"是游行队伍过来了吧？"迈克尔问。

　　"管他呢，"有人说，"没什么看的。来，干杯。把酒瓶举起来。"

　　"他们在哪儿找到你的？"我问迈克尔。

　　"有人带我来的，"迈克尔说，"他们说你们在这里。"

　　"柯恩在哪儿？"

　　"他醉倒了。"布莱特大声说。"有人把他安顿在什么地方了。"

　　"哪个地方？"

　　"不清楚。"

　　"我们怎么能知道他在哪儿！"比尔说。"他大概死了吧。"

　　"他没有死。"迈克尔说。"我知道他没有死。他只不过喝了茴香酒醉倒了。"

　　他一提茴香酒，桌旁有个人抬头望望，从怀里掏出一瓶酒递给我。

　　"不，"我说，"不喝了，谢谢！"

　　"喝一口，喝一口，朋友！举起酒瓶来！"

　　我喝了一口。酒里一股甘草味，使周身都热了起来。我感到胃里暖丝丝的。

　　"柯恩到底在哪儿？"

　　"我不知道。"迈克尔说。"让我来问问。我们那位喝醉的伙伴在哪里？"他用西班牙语问。

　　"你想找他？"

　　"是的。"我说。

　　"不是我，"迈克尔说，"是这位先生想找他。"

　　给我喝茴香酒的那人抹抹嘴，站起来说："你随我来。"

　　在后边的一间屋内，罗伯特·柯恩静静地睡在几只酒桶上。屋里很暗，简直看不清他的脸。有人给他盖上了一件外衣，还叠起一件衣服枕在了他头下。他脖子上套着一个用蒜头拧成的大花环，直垂到胸前。

"让他睡吧，"那位引路人低声说，"他没事的。"

两个小时之后，柯恩露面了。他走进前堂，脖子上依然挂着那串蒜头。西班牙人看他进来都欢呼起来。柯恩揉揉眼睛，咧嘴一笑。

"我一觉就睡过去了。"他说。

"嗨，没关系的。"布莱特说。

"你睡得跟死猪一样。"比尔说。

"咱们是不是该去用点晚餐了？"柯恩问。

"想进食啦？"

"对。怎么啦？肚子饿了。"

"你就吃大蒜充饥吧，罗伯特。"迈克尔说。"就吃大蒜好啦。"

柯恩一副冷静的样子——睡了一觉，醉酒的劲儿全过去了。

"走，咱们吃饭去！"布莱特说。"我得洗个澡去。"

"走吧，"比尔说，"咱们把布莱特送到旅馆去。"

我们同在座的人告别，和他们一一握了手。出了酒馆，外面天色已黑。

"你们看现在几点钟了？"柯恩问。

"已经是第二天了。"迈克尔说。"你睡了两天。"

"不会的。"柯恩说。"几点钟啦？"

"十点。"

"这次喝得可真不少。"

"你该说我们喝得可真不少。你睡着了。"

大街上黑黢黢的。在回旅馆的路上，我们看见广场上在放焰火。从通往广场的小巷望过去，广场上人山人海，一些人在广场中央翩翩起舞。

旅馆提供的晚餐可谓丰盛。奔牛节的饭菜价钱加倍，而这是节日的头一餐，新添了几道菜。饭后，我们出去逛城。记得我曾决定熬个通宵，第二天早晨六点好看牛群过街的情景，但是到四点钟左右我实在太困了，就上床睡了。而他们几个都熬了下来。

我自己的房间是锁着的。我一时找不到钥匙，就上楼睡在了柯恩房间里的一张床上。街上的狂欢活动通宵达旦，而我呼呼大睡，一直未醒。直到烟火弹砰的一声爆炸把我惊醒了，这是城郊牛栏释放牛群的信号。那些公牛将在街道上狂奔，跑到斗牛场去。我睡得很沉，醒来的时候以为晚了。我披上柯恩的外衣，走到阳台上。下面的窄街空荡荡的。所有的阳台上都挤满了人。突然，从街头涌过来一群人，挤挤撞撞，拼命地跑着。他们从我们眼前经过，向斗牛场方向跑去，后面跟着一伙人，跑得更急。几个掉队的也狼狈逃窜。在人群后边隔着一小段距离，就是快如旋风、上下晃动着脑袋的公牛群了。这场景在街拐角一闪就消失了。有个人摔倒在地，滚进沟里，一动不动地躺着。而公牛群没有理会，只顾往前跑去，似潮水奔涌向前。

公牛从视野里消失了。斗牛场那边传来一阵狂呼乱叫，其声浪经久不息。最后有颗烟火弹砰的爆炸，表明牛群在斗牛场已经闯过人群，进入牛栏了。我回到屋里，上床躺下。我刚才一直光着脚在石头阳台上站着。我猜想我的伙伴们八成都到斗牛场去了。一沾床，我又睡着了。

后来柯恩进屋把我吵醒了。他动手脱衣服，走过去关上窗户，因为街对面房子的阳台上，有人正往我们屋里看。

"你们都去看啦？"我问。

"是的，我们都去啦。"

"有人受伤吗?"

"有头牛在斗牛场冲进人群,挑倒了七八个人。"

"布莱特害怕了吗?"

"事情发生得太突然,谁都来不及弄清是怎么回事。"

"可惜我不在场。"

"我们不知道你在哪里。到你房间去找过,但房门锁着。"

"你们是在何处欢度良宵的?"

"在一个俱乐部里跳了跳舞。"

"我当时太困了。"我说。

"老天!现在倒是我困极啦。"柯恩说。"庆祝活动一时没个完吧?"

"一星期内完不了。"

比尔推开门,探进头来。

"你到哪里去了,杰克?"

"我在阳台上观看牛群狂奔的场面。你觉得怎么样?"

"壮观得很。"

"你这是上哪儿去?"

"睡觉去。"

我们全都一觉睡到正午时分,然后坐到摆在拱廊下的餐桌边用餐。城里人满为患。我们得耐心等待,才能等到一张空桌。吃完饭,我们到伊鲁芙拉咖啡馆消遣。里面已经客满,离斗牛赛开始的时间越近,人就越多,桌边的人也坐得越挤。每天斗牛赛开始前,这里都挤得严严实实,一片低沉的嗡嗡声。咖啡馆在平时不管怎么挤,也不会这样嘈杂。嗡嗡声持续不停,我们置身于其中,成为当中不可分割的一部分。

每场斗牛赛,我都订购了六张票。其中三张是斗牛场看台的第一排座位,紧靠斗牛场的围栏,另外三张位于中间的入口处,是带有木头靠背的座位,在圆形看台的半坡上。迈克尔认为布莱特第一次看斗牛,最好坐在高处,而柯恩愿意陪他俩坐在一起。我和比尔准备坐在第一排围栏处,多余的一张票我让服务员拿去卖掉。比尔给柯恩说了注意事项,告诉他不要老把眼睛盯在斗牛士骑的马身上。比尔曾在一个赛季看过好几场斗牛赛。

"我倒不担心会经受不住血腥场面,只害怕乏味无聊。"柯恩说。

"你是这么想的?"

"牛抵了马之后,不要去看马。"我对布莱特叮咛道。"你光观察公牛的冲刺就是了,再看看斗牛士的助手是怎样吸引公牛注意力的。马被戳伤,不要去看它惨死的情状。"

"我有点儿紧张。"布莱特说。"只怕我不能好好地从头看到尾。"

"没事儿,没什么可害怕的。只有马被戳伤的情景让人揪心,别的就没啥了。每头牛上场只不过几分钟。如果场面太惨,你不看就是了。"

"她不要紧,"迈克尔说,"我会关照她的。"

"斗牛赛不会让你们感到无聊的。"比尔说。

"我回旅馆一下,去取望远镜和酒袋。"我说。"回头见。别喝醉了。"

"我陪你去吧。"比尔说。

布莱特冲我们嫣然一笑。

我们绕弯路顺着拱廊下面走,免得穿过广场挨晒。

"那个柯恩叫我讨厌。"比尔说,"看他那种不可一世的犹太佬的高傲劲,就好像斗牛赛一无是处,只会叫人感到无聊似的。"

"拿到望远镜，再看看他的反应。"我说。

"让他见鬼去吧！"

"他倒是舍得在布莱特身边花时间呦。"

"那就让他花吧。"

在旅馆的楼梯上，我们与蒙托亚撞了个满怀。

"你们好！"蒙托亚说。"二位想见见佩德罗·罗梅罗吗？"

"好呀，"比尔说，"那就认识认识吧。"

我们跟着蒙托亚上了一段楼梯，顺着走廊走去。

"他住在八号客房。"蒙托亚解释说。"他正在换装，准备出场斗牛。"

蒙托亚敲敲门，把门推开。这是一间幽暗的房间，只有朝着那条窄街的窗户透进一丝亮光。里面有两张床，中间以一扇修道院用的那种板壁隔开。屋里亮着电灯。小伙子穿着斗牛服，不苟言笑，笔直地站着。他的短上衣搭在椅背上。助手在给他缠腰带，已经快缠好了。他身穿白色亚麻布衬衫，一头黑发在灯光下闪闪发亮。助手为他缠好腰带后，站起来退到一旁。佩德罗·罗梅罗跟我们握手时，冲我们点了点头，显得心不在焉，但表情庄重。蒙托亚说了几句好听的话，说我们是斗牛迷，衷心祝愿他成功。罗梅罗听得非常认真，最后朝我转过身来。他是我平生所见过的最英俊的小伙子。

"你常去看斗牛喽。"他用英语说。

"原来你会讲英语！"话一出口，我就觉得自己像个傻瓜一样。

"其实我不会。"他说着莞尔一笑。

床上坐着三个人，其中有一个向我们走来，问我们是否会讲法语。

"要不要我给你们当翻译？你们有什么问题要问佩德罗·罗梅罗吗？"那人说。

我们向他表示了谢意。有什么好问的呢？这个年轻的斗牛士十九岁，除了一名助手和三名跟班的，便孤零零一人了，而再过二十分钟斗牛赛就要开始了。我们说了声"Mucha suerte"①，和他握了握手，然后就出来了。我们带上门的时候，他仍然站在那儿，如玉树临风般潇洒，但却显得孤独，只有几个跟班的相陪。

"他是个好小伙，你们看是不是？"蒙托亚问。

"模样儿长得很漂亮。"我说。

"他一看就是个斗牛士，"蒙托亚说，"他有斗牛士的风度。"

"他是个好小伙。"

"马上就可以看到他在斗牛场上的风姿了。"蒙托亚说。

进了我的房间，我们看见大皮酒袋靠墙根放着，就拿了它和望远镜，锁上门，走下了楼来。

这场斗牛赛很精彩。我和比尔为佩德罗·罗梅罗的风采激动不已。蒙托亚坐在离我们约莫有十个座位的地方。当罗梅罗杀死第一头牛之后，蒙托亚捕捉到我的目光，向我点点头。罗梅罗是位真正的斗牛士，一个难得一见的真正的斗牛士。此外还有两个斗牛士，一个也相当优秀，另一个亦看得过眼。别看跟罗梅罗较量的那两头牛并不怎么厉害，但是谁都无法跟罗梅罗争雄。

斗牛赛进行的过程中，我有好几次抬头用望远镜观察迈克尔、布莱特和柯恩。他们看上去都不错。布莱特的表情并不显得惊恐。他们仨人都趴在面前的水泥栏杆上观看。

---

① Mucha suerte（西班牙语）：祝你好运！

"让我用望远镜看看。"比尔说。

"柯恩看上去对斗牛赛感到无聊了吗?"我问。

"那个鬼犹太佬!"

斗牛赛结束后,来到斗牛场外面,挤在人群里简直没法动弹。我们挤不出去,只好随着整个人流像漂浮的冰川一样缓慢地向城里移动。我们心潮澎湃,这是人们观完斗牛赛之后常有的情绪,同时心里又充满喜悦,而这种心情是看精彩的斗牛赛后产生的。狂欢活动在继续。鼓声咚咚响,笛乐悠扬,人流里每隔一段距离就见一群舞者展现婆娑的舞姿。跳舞的人被围得里三层外三层,因此看不见他们那变化多端的舞步。你只见他们的脑袋和肩膀在上上下下不停地闪现。我们终于挤出人群,走到咖啡馆。服务员给我们以及我们的朋友都留了座位。我们俩每人要了杯苦艾酒,边喝边看广场上的人群和跳舞的人。

"你说那是什么舞呀?"比尔问。

"是一种霍塔舞①。"

"这种舞蹈可不是只有一种跳法。"比尔说,"伴奏的乐曲不同,跳法也就随之变化。"

"这种舞蹈真好看。"

我们面前有群男孩子在街上一块没人的地方跳舞,舞步令人眼花缭乱。他们一个个面色全神贯注,显得心无旁骛,跳的时候,眼睛都望着地面。绳底鞋在路面上踢嗒作响;足尖相碰;脚跟互撞;足掌相互击打。乐声戛然而止,这套舞步跟着结束,随后他们又舞着沿大街远去了。

"那几个大人物回来了。"比尔说。

只见布莱特他们从马路对面走了过来。

"嗨,伙计们!"我招呼道。

"你们好,先生们!"布莱特说,"给我们留座啦?太好了。"

"喂,"迈克尔说,"那个叫罗梅罗什么来着的小伙子可真棒。你们说对不对?"

"他太讨人喜欢了。"布莱特说。"他的那条绿裤子真帅。"

"布莱特一直都在盯着人家的裤子看呢。"

"哦,明天我一定要借你们的望远镜用一用。"

"你觉得比赛怎么样?"

"漂亮极了!简直无可挑剔。啊,真是大开眼界!"

"那些马儿可怜吧?"

"我情不自禁地要去观察它们。"

"布莱特不住眼地看,"迈克尔说,"是个了不起的巾帼。"

"它们的命运悲惨极了。"布莱特说,"虽惨不忍睹,但我的眼光还是无法别移。"

"你没有恐惧感吗?"

"我一点没有感到恐惧。"

"罗伯特·柯恩可就受不了了。"迈克尔插话说,"当时你的脸色发青,罗伯特。"

"第一匹马的那种情况的确叫人伤心。"柯恩说。

"你没有感到乏味吧?"比尔问。

柯恩哈哈一笑说:"是的。我没有感到乏味。希望你原谅我说过这种话。"

"没什么,"比尔说,"只要你不感到乏味无聊就好。"

---

① 霍塔舞:西班牙舞蹈,发源于西班牙东北部阿拉贡省。快速,用吉他和响板伴奏。

"他那时看上去并不是感到乏味，"迈克尔说，"而是眼看就要吓晕了。"

"还不至于到那种地步。一时的恐惧感，转眼便烟消云散了。"

"我可是觉得他吓坏了。反正你不是感到无聊乏味，对不对，罗伯特？"

"别提了，迈克尔。我已承认自己不该说那话了。"

"情况的确如此，他当时吓得脸色都发青了。"

"得啦，迈克尔，不要絮叨了。"

"第一次看斗牛你绝不应该感到乏味，罗伯特，"迈克尔说，"不然就糟了。"

"得啦，迈克尔，不要絮叨了。"布莱特说。

"他竟然指责布莱特是个虐待狂。"迈克尔说，"布莱特可不是个虐待狂，而是一个迷人可爱、健健康康的少妇。"

"你是个虐待狂吗，布莱特？"我问。

"但愿不是。"

"他指责布莱特，只是因为她肠胃好、食欲好。"

"要说肠胃，不能天天都好。"比尔转移了话题，不让迈克尔再揪着柯恩不放了。

服务员端来了几杯苦艾酒。

"你真的喜欢看斗牛？"比尔问柯恩。

"不，谈不上喜欢，只是觉得那是场精彩的表演。"

"是啊，的确很精彩喔！真叫人大开眼界！"布莱特说。

"要是没有马儿被戳伤那个场面就好了。"柯恩说。

"那个不是重要的情节。"比尔说，"过上一会儿，你就不会担惊受怕了。"

"一开始，实在让人受不了。"布莱特说，"当公牛向马冲去的那一刹那，我觉得可怕极了。"

"那些公牛都是好牛。"柯恩说。

"都是非常好的牛。"迈克尔说。

"下次我想坐到前面去。"布莱特喝着她杯中的苦艾酒说。

"她想在近处看斗牛士。"迈克尔说。

"他们值得一看。"布莱特说，"那个罗梅罗还是个孩子哩。"

"他是位非常漂亮的小伙子。"我说，"我们到他客房里去过，他的漂亮是无与伦比的。"

"你看他有多大年龄？"

"十九岁或者二十岁吧。"

"真是了不起啊！"

第二天的斗牛赛比第一天的要精彩得多。布莱特来到第一排，坐在我和迈克尔的中间，比尔和柯恩到后面去坐了。罗梅罗是这场比赛的主角。我觉得布莱特眼里就没有其他的斗牛士。除了那些观点偏执的人，别的观众也是如此。罗梅罗可谓独领风骚。出场的另还有两位斗牛士，但都比不上罗梅罗。我坐在布莱特身旁，给她解释看斗牛的常识。我告诉她，当公牛向骑马的斗牛士冲击的时候，要看牛而不要看马。我叫她注意斗牛士是怎样把长矛刺进牛体的，这样才能看出点门道，才能悟出整个斗牛过程有一定的目的，并不仅仅展现一些没名堂的恐怖场景。我要她细看罗梅罗怎样一甩斗篷把公牛从倒下的马身边引开，又怎样靠斗篷让牛停下来在原地打转，一招一式都轻松自如、温文尔雅，如此公牛就不会消耗体力。看得出，罗梅罗避免用任何激烈的动作，让牛养精蓄锐，避免它们在最后关键的时刻气喘吁吁、身躯摇晃，而是使它们一点点地垮下来。还看得出，罗梅罗老是不离公牛左右。我指给布莱特，让她看到别的斗牛士总是摆摆花架子，叫人错以为他们离公牛近在咫尺。这下布莱特就明白了，为什么罗梅罗甩甩斗篷便招人喜欢，而别的斗牛士却引不起她的青睐。罗梅罗从不矫揉造作，他的动作总是那么直截了当、干净利落、从容自然。其他的斗牛士则把身子扭得像麻花，将胳膊肘抬得高高的，等牛角擦过去以后才挨着牛的腹部，给人一种华而不实的惊险印象。这种花架子越摆越糟，让人望而生厌。罗梅罗的斗牛术能使人真正动情，因为他的动作绝对真实自然，每次都不动声色、镇定自若地让牛角擦身而过。他不必向观众强调牛角离他的身子有多近。布莱特看到，紧挨着牛体作出的动作极为漂亮，而远离牛体的表演便惹人耻笑了。我告诉她，自从何塞利托去世之后，斗牛士都逐渐掌握了一套技巧，弄得表面上险象环生，以期造成扣人心弦的虚假效果，实际上他们并无危险。而罗梅罗表演的是传统的技巧，动作干净利落，不惜将身体最大限度地暴露给公牛，同时控制住公牛，让公牛无法戳到他，最后瞅准机会一击毙命。

"从来就没见过他失手的时候。"布莱特说。

"吓破了胆才会失手哩。"我说。

"那是决不会发生的。"迈克尔说，"他在这方面知识太丰富了。"

"一起手，他就把所有的技巧都掌握了。他与生俱来的本事，是别人永远也无法学到手的。"

"老天，你们看他多俊啊！"布莱特说。

"依我看，她是爱上那个斗牛士喽。"迈克尔说。

"我并不感到意外。"

"行行好，杰克。不要再跟她多说那小伙子的事了。告诉她，说那帮家伙是连老妈都打的逆子。"

"再告诉我，说他们都是酒鬼。"

"想想有多可怕吧，"迈克尔说，"整天喝得醉醺醺的，动辄便出手痛打他们可怜的老妈。"

"他看上去有这种倾向。"布莱特说。

"不会吧？"我说。

有人用几头骡子套住被刺死的公牛。只听噼啪几声鞭响，先是甩鞭的人朝前跑，接着骡子身子前弓，一蹬后腿，突然飞跑起来。死牛的一只牛角向上竖着，牛头耷拉到一旁，躯体在沙地上犁出一道均匀的沟，被拖出了红色的大门。

"这次该出场的是最后一头牛了。"

"多遗憾啊！"布莱特说。说完，她探身向前，倚在围杆上。

罗梅罗挥手让骑手们各就各位，然后一个立正，用手把斗篷顶在胸口上，目光掠过斗牛场向公牛将要进场的地方望去。

斗牛赛结束后，我们走出场，紧紧地挟裹在人流里。

"看斗牛真累人呀，"布莱特说，"我全身都散了架了。"

"啊，那你就去喝一杯解乏吧。"迈克尔说。

第二天佩德罗·罗梅罗没有上场。参赛的净是些米乌拉公牛，一点劲都没有。第三天没有安排斗牛，但狂欢活动仍然整天整夜地进行着。

（魏令查编，摘自方华文译：《太阳照常升起》，译林出版社，2012）

第十八章　伍尔芙及《灯塔行》

第一节　伍尔芙简介

　　弗吉尼亚·伍尔芙，英国女作家，20世纪现代主义与女性主义的先锋之一，被誉为现代小说高贵的女祭司，意识流文学的创始人，伟大的女权主义者。

　　1882年1月25日，弗吉尼亚·伍尔芙生于伦敦，父亲莱斯利·斯蒂芬爵士是一位学识渊博、颇有声望的哲学家和评论家。弗吉尼亚自幼身体孱弱，未上学，在家跟着父亲读书。当时许多学者名流是她家的常客。家境的富裕、父亲的博学、家藏书籍的丰富以及学者名流的影响熏陶，使她具有丰富的精神世界和细腻敏感的性格。结婚以前她的名字是艾德琳·弗吉尼亚·斯蒂芬。1895年母亲去世之后，她第一次精神崩溃。后来她在自传《存在的瞬间》中道出她和姐姐瓦内萨·贝尔曾遭受同母异父的哥哥乔治和杰瑞德·杜克沃斯的性侵犯。1904年她父亲斯蒂芬爵士去世之后，她和瓦内萨迁居到了布卢姆茨伯里。后来以她们和几位朋友为中心创立了布卢姆茨伯里派文人团体。她在1905年开始职业写作生涯，刚开始是为《泰晤士报文学增刊》撰稿。1912年和伦纳德·伍尔芙结婚，丈夫是一位公务员、政治理论家。1915年，她的第一部小说《远航》出版，其后的作品都深受评论界和读者喜爱。1917年，夫妇俩在自己的寓所楼下创立了"霍格斯出版社"，出版了一些十分重要的作品，包括伍尔芙自己的大部分作品、T. S. 艾略特的一些早期诗集和凯瑟琳·曼斯菲尔德的一些短篇小说。

　　对于自己的婚姻，弗吉尼亚·伍尔芙曾大犯踌躇。她就像自己的代表作《灯塔行》里的莉莉，尽管认为爱情宛如壮丽的火焰，但因为必须以焚弃个性的"珍宝"为代价，因此视婚姻为"丧失自我身份的灾难"。一个女人抱持这样悲观的看法，又是在三十岁的"高龄"上才开始构筑"二人空间"，其困难是可想而知的。然而事后证明，弗吉尼亚的忧虑纯属多余，倒是她的心理症结落下的性恐惧和性冷淡，使婚姻生活从一开始就走上了歧路。弗吉尼亚婚后的"精神雪崩"给伦纳德适时地敲响了警钟，他决定从此认命，转而追求精神之爱这一更高远的境界。他这样做，仅需一条理由——"她是个天才"——就足够了。弗吉尼亚的感激之情也溢于言表，她明确地宣布伦纳德是自己生命中隐藏的核心，是她创造力的源泉。1930年，弗吉尼亚告诉一位朋友，没有伦纳德，她可能早就开枪自杀了。弗吉尼亚能以多病之身取得非凡的文学成就，伦纳德可谓居功至伟。

　　伍尔芙由于自幼精神比较脆弱，精神分裂症曾多次发作。进入30年代之后，病情日益恶化，但她仍奋力写作，经常在一本书写完之前就开始酝酿新作，但每写成一部作品总是感到不满意，情绪时常处于困惑和消沉的状态。1941年3月28日，伍尔芙由于对刚完成的小说《幕间》不满意，又因为第二次世界大战战火已燃烧到英国，更由于她确信自己的精神分裂症即将复发，便留下一纸绝命书，感谢丈夫多年对她的关怀和照顾，口袋里装满了石头，投入了位于罗德麦尔她家附近的欧塞河自尽。

在两次世界大战期间，伍尔芙是伦敦文学界的核心人物，她同时也是布卢姆茨伯里派的成员之一。伍尔芙的主要作品包括 11 篇小说和 9 篇随笔，其中最知名的是《达洛维夫人》、《灯塔行》和《雅各的房间》。

第二节　《灯塔行》简介

《灯塔行》（又译《到灯塔去》）是英国女小说家弗吉尼亚·沃尔芙的最具代表性的长篇小说，1927 年出版。这是一部作者倾注心血的准自传体意识流小说。小说以到灯塔去为贯穿全书的中心线索，写了拉姆齐一家人和几位客人在第一次世界大战前后的片段生活经历。拉姆齐先生的幼子詹姆斯想去灯塔，但却由于天气不好而未能如愿。后大战爆发，拉姆齐一家历经沧桑。战后，拉姆齐先生携带一双儿女乘舟出海，终于到达灯塔。而坐在岸边画画的莉莉·布里斯柯也正好在拉姆齐一家到达灯塔的时候，在瞬间的感悟中，向画幅中央落下一笔，终于画出了多年萦回心头的幻象，从而超越自己，成为一名真正的艺术家。

全书并无起伏跌宕的情节，内容分三个部分。第一部分《窗》描写度假时小儿子詹姆斯几次想划船到岛外灯塔去，但都遭到父亲反对未能如愿，因而产生了强烈的挫折感。第二部分《时间流逝》简洁地记叙了拉姆齐家几位家庭成员相继辞世的情况，暗示了人生的艰难。在小说的最后一部分《灯塔》中，詹姆斯在父亲等人的陪同下划小舟到达灯塔，多年的夙愿终于实现。小说中最主要的人物拉姆齐夫人后来死去，其实际活动仅限于小说的前半部分。关于她的一系列描述，是以作者本人的母亲为生活原型的，而拉姆齐先生则有作者父亲的影子。此外，作者着墨最多的是莉莉·布里斯柯。表面上看，莉莉语言寥寥，其主要行为主要是为拉姆齐夫人作画，但该人物的思想活动相当活跃，作者以自己为原型塑造了这个人物，并为小说结构安排了潜在的双重线索和复合层次。莉莉这个人物既在这部小说世界之中，又在它之外；拉姆齐一家的经历是第一层次的故事，莉莉所体现的"艺术—生命"主要是第二层次的故事，是包裹在小说外面的又一部小说。

《灯塔行》是意识流小说中的经典，人物的动作不多，主要通过拉姆齐一家人及客人的情感反应和心理活动表现主题和人物的性格。作者通过莉莉·布里斯柯对女性气质从抛却到认可再到超越的心路历程，揭示了女艺术家在男性占主导的社会中为实现自己的理想所经历的艰难和困惑，以及女性主义的真谛，指出只有培养双性头脑才是妇女解放的真正出路。

第三节　《灯塔行》选段

第三章

真是的，他挥舞双手，高喊着"我们勇敢地骑马冲去"向她直冲过来，差点儿撞翻了她的画架，但幸运的是，他突然急剧地掉转马头，疾驶而去，她想，好像到巴拉克拉瓦高地去光荣牺牲。从来没有谁像这样又可笑又吓人。但是只要他保持这样挥舞双手、大喊大叫，她就是安全的。他就不会站着不动看她的画，而这正是莉莉·布里斯柯不能忍受的。即使在她看着画布上的片片颜色、线条、色彩，看着和詹姆斯一起坐在窗口的拉姆齐夫人的时候，仍对周围的一切非常警觉，唯恐有人会悄悄走上前来，而她突然发现有人在看自己的画。但是现在她所有的感官都活跃了起来，端详、细看、直到墙和远处的珈曼那花的颜色深印在了她的眼中，正在这时她意识到有人从房子里走出，向她走来；从脚步声中她推测来人是威廉·班克斯，因此虽然她的画笔在颤抖，却没有把画翻过来放在草地上，仍让它立在那里。如果来的是坦斯利先生、保罗·雷勒、明塔·多伊尔，或几乎任何别的人，她一定会这样做的。威廉·班克斯现在站在她身旁。

他们住的房间是在村子里，因此同出同入，晚上在门垫边分手，常聊些汤啦、小孩啦、这样那样的小事，这使他们建立起了同伴的关系、所以现在当他以他那审视的态度站在她身旁时（再说他的年纪足以做她的父亲，是个植物学家，一个鳏夫，身上带着肥皂味儿，一丝不苟，非常干净），她就这么站着不动。他也这么站着不动。他注意到，她的鞋子非常好，使脚趾能自然伸展。他和她住在同一所房子里，所以也注意到她的生活是多么有规律，早饭前就起床出外画画，他相信，是独自一人：想来很贫困，当然没有多伊尔小姐的姿色或魅力，但她有头脑，使得她在他眼中胜于那位年轻姑娘。比如现在，当拉姆齐高声喊叫着、两手比画着向他们冲来时，他确信布里斯柯小姐心里明白：有人闯祸了。

拉姆齐先生瞪着他们。他瞪着他们却似乎没有看见他们。这倒着实让他们两个人感到有点别扭。他们一起目睹了一件本来不该他们看见的事。他们侵犯了人家的隐私。因此莉莉想，班克斯先生马上就说什么有点凉，建议他们走一走，可能是他想找个借口离开此地到听不见他说话的地方去。她愿意走一走，是的。但是她把目光从她的画上移开时是很不情愿的。

珈曼那花一片鲜艳的紫色；墙壁是耀眼的白色。既然她看到的是这样，篡改这鲜艳的紫色和这耀眼的白色，她认为就是不诚实的。尽管自从庞斯富特先生到过这里以后，把一切看成暗淡、雅致、半透明的做法成了时髦。而颜色之下还有形状。当她观察时，都能十分清楚地看到、而且不可能不看到所有这一切：只是在她手中拿起画笔时这一切就全变了。就在她要把画面搬上画布的那一刻，魔鬼开始折磨她，常常让她几乎掉下泪来，使这条从构想到创作的道路变得和小孩走黑路一样可怕。她常常感到需要在极其不利的情况下奋力斗争以保持自己的勇气；并且说出"但这是我看到的；这是我看到的呀"，从而把自己仅剩的那可怜的一点视觉形象紧抱在怀里，因为有千百种力量正竭尽全力要从她怀里将其夺走。也正是在这样的时候，当她开始作画时，其他事情还会冷酷地向她袭来：她能力不足、无足轻重、要在布罗普顿街的房子里为父亲管家、要费尽力气控制住自己的冲动（感谢老天，到目前为止她都控制住了），那就是扑到拉姆齐夫人膝下，并且对她说——但是又能对她说什么呢？"我爱上了你"？不，这不是实话。"我爱上了这一切"，一面挥动手，指着树篱、宅子、孩子们？这是荒唐的，这是不可能的。人不能说出自己真正的想法。于是现在她把画笔一支挨一支地整齐地放进了盒子里，对威廉·班克斯说：

"突然冷了起来，太阳好像没那么热了。"她说，一面环顾四周。天色还亮，草仍呈柔和的深绿色，房子在开放着紫色西番莲的绿叶丛中十分醒目，白嘴鸦从高高的蓝天送下苍凉的啼声。但是什么东西在移动，一闪，银色的翼在空中一转。毕竟已是九月了，九月中旬了，已经过了晚上六点。因此他们按习惯的方向漫步走去，穿过花园，经过草地网球场，经过蒲苇丛，来到茂密的树篱的缺口处，卫士般守卫在那里的是俗称火红拨火棍的开花芦苇，像一盆盆熊熊燃烧的煤炭，穿过开花芦苇望去，海湾里碧蓝的海水显得分外的蓝。

好像为某种需要所吸引，他们每天傍晚都要到这里来。似乎在陆地上变得僵化停滞的思想，会被海水漂起重新启航。海水甚至给他们的身体带来某种生理上的轻松。首先，有节奏的拍击着的色彩把蓝色涌满了海湾，心胸随之开阔，身体也逐浪沉浮，只是紧接着凶恶暴躁的浪涛便打断了这一切，使人倍感扫兴。其次，从那块巨大的黑色岩石背后，几乎每晚都会有泉水喷出，因为喷出的时间没有规律，所以得注意等待，它喷的时候真是好看极了，一股白色的泉水。而当你等着的时候，会看到层层波浪一次又一次地在灰白的半圆形的海滩上平平地留下一层薄薄的珠母色。

他们两个人站在那里，都笑了。他们感到同样的狂喜，先是因为涌动的波涛，后来是因为一艘破浪疾驶的帆船。帆船在海湾中划开一道弧线，停了下来，颠簸着，落下了帆。然后带着要使画面完整的自然本能，看过这一高速运动之后，两人便都把目光移到了远处的沙丘上。他们感到的不再是欢乐而是某种伤感——半是因为事情已经结束，半是因为这远处的景色似乎要比看景的人多活上一百万年（莉莉想道），并且当天空看着的还是一个沉睡的大地时，就已经和它进行交流了。

望着远处的沙丘，威廉·班克斯想起了拉姆齐：想起了威斯特摩兰的一条路，想起了拉姆齐独自行走在那条路上，一副似乎是天生的落寞神态。但是突然他被打断了，威廉·班克斯记得（这一定和某件实际发生过的事有关），是一只母鸡，张开了两只翅膀保护她那群小鸡，这时拉姆齐停了下来，用手杖指着说，"真漂亮——真漂亮"，当时班克斯认为这件事奇特地使人看到了拉姆齐的内心，表现了他的质朴，他对卑下事物的同情；但是他似乎觉得，就是在那里，在那条路上，仿佛他们的友谊停止了。那以后拉姆齐结了婚。再以后，由于这样那样的事情，他们的友谊失去了内涵。他也说不出来责任在谁，只是过了一段时期之后，他们的友谊中重复代替了新意，他们见面也正是重复旧谊。但是在和沙丘的这一无声交谈中，他坚持认为他对拉姆齐的感情没有任何减弱，而是仍旧在那里，就像一具年轻男人的尸体在泥炭中储放了一个世纪，嘴唇依然鲜红一样，他的强烈和真实的友谊储放在了海湾彼岸的沙丘之中。

他为了这份友谊而感到忧虑不安，也许还为了从心头清除自己已经干瘪萎缩的自责——因为拉姆齐生活在一群活泼喧闹的孩子之中，而班克斯却无儿无女。是个鳏夫——他忧虑不安，希望莉莉·布里斯柯不要蔑视拉姆齐（一个有自己特点的伟大人物），而应理解他们之间的关系。他们多年以前开始的友谊在威斯特摩兰的一条小路上逐渐消失，在那儿，那只母鸡张开翅膀保护她的小鸡；那以后拉姆齐结了婚，他们分道扬镳了，他们重逢时总有某种重复旧谊的倾向，这当然不是任何人的过错。

是的，事情就是这样。他思考完毕。他转过身去不再看那片景色。他回身沿另外那条路走回去，上了车道，班克斯先生注意到了周围的事物，如果那些沙丘没有向他揭示出他的友谊之遗骸仍嘴唇鲜红地储放在泥炭之中，他是不会注意到这些的——比方说卡姆，那个小女孩，拉姆齐最小的女儿。她正在边坡上采香茞蓿花。她又任性又厉害，不肯按保姆说的"给这位先生一朵花"。不给！不给！不给！她就是不给！她紧攥着拳头。她跺脚。班克斯先生觉得自己老了，很悲哀，她不知怎的误会了他对她的友好。他想必是已经干瘪萎缩了。

拉姆齐夫妇并不富有，他们怎样设法应付这一切的，真是个奇迹。八个孩子！靠搞哲学养活八个孩子！这又是一个，这回是贾斯珀，他溜达着走过，去打会儿鸟，他若无其事地说，经过莉莉时像晃动水泵的摇把一样晃动她的手，惹得班克斯先生尖酸地说，他可真是喜欢她。现在还必须考虑他们的教育问题（不错，拉姆齐夫人也许自己有点财产），更不用说每天这些"大家伙们"所需的鞋袜消耗了，他们都是身材高大、棱角分明、不管不顾的青少年。至于说弄清他们谁是谁和长幼次序，他可做不到。他私下用英国国王和女王的名字叫他们：邪恶的卡姆，冷酷的詹姆斯，正直的安德鲁，美丽的普鲁——因为普鲁会很美的，他想，她怎能不美呢？——而安德鲁则会非常聪明。他一面沿车道走着，而莉莉·布里斯柯在说着是或不是，对他的评论表示赞同（因为她爱他们大家，爱这个世界）的时候，一面心里在考虑拉姆齐的情况，同情他，羡慕他，仿佛看到他放弃了青年时期所拥有的一切孤独和质朴所赋予的辉煌，肯定无疑地被扑动的翅膀和咯咯叫的家务事拖累住了。他们是给了他一些什么——威廉·班克斯承认这一点；如果卡姆在他的大衣上插上一朵花，或者像她爬上她爸爸的肩膀那样爬上他的肩膀去看那张维苏威火山爆发的画，那会是很愉快的一件事；但是他的老朋友们也不可能不感到，他们也毁掉了些什么。一个陌生人会怎么想呢？这个莉莉·布里斯柯怎么想？谁能注意不到他现在沾染上了越来越深的习惯？也许是怪癖、弱点？一个像他这样有才智的人竟能把身份降低到他今天的地步——不过这话说得太刺耳了——像他这样如此依赖别人的赞扬。实在是太令人吃惊了。

"啊，可是，"莉莉说，"想想他写的书吧！"

每当她"想想他写的书"时，她的眼前就会清楚地出现一张大厨桌。这都是安德鲁造成的。她曾问他他父亲的书里写的是些什么，"主观和客观和现实的性质"，安德鲁答道，当她说天哪，她不懂那是什么意思时，他对她说道，"那你就在你不在厨房时想想里面的一张桌子。"

因此当她想到拉姆齐先生的书的时候。总会看到一张擦洗干净的厨桌。眼下它就停留在一棵梨树的枝桠上，因为他们已经来到了果园里。她作出巨大的努力集中思想，不去想梨树有银白色节疤的树皮，或鱼形的树叶，而要集中在一张厨桌的幻象上，那种擦洗干净的木板桌，露着木纹和节疤，经过多年使用仍然结实完整，它的优点似乎就在于此。现在它四条腿悬空架在那里。自然啦，如果一个人的日子总是在这种看到事物的生硬本质中度过，如果他把满天红霞、碧水银树的美丽黄昏全都简化为一张白松木板的四条腿的桌子（能做到这一点是具有最出色的头脑的标志），自然就不能用普通人的标准来判断他这个人。

班克斯先生因为她嘱咐他"想想他写的书"而对她有了好感。他想过这一点，经常这样想。他曾无数次说道，"拉姆齐是那种四十岁前成就最辉煌的人中的一个。"他在只有二十五岁的时候所写的一本小书就对哲学作出了肯定的贡献；此后的作品便或多或少是进一步的发挥和重复。但是能对任何事物作出肯定的贡献的人的数目是很小的，他说道，在梨树旁停了下来，话说得十分得体、极其精确、异常公正。突然，似乎他手的一动释放出了她对他的所有感觉，使聚集在她心中的对他的大量印象如雪崩般倾泻而下。这是令人激动的感觉。然后他生命的精华在烟雾中升起。那是又一种感觉。她感到自己被如此强烈的感受惊呆了；是他的严厉；他的善良。我尊敬你（她在心中默默对他说），全身心地尊敬你；你不自负；完全不计较个人；你比拉姆齐先生更为优秀；你是我认识的最优秀的人；你既无妻室又无子女（她不带任何性感情地渴望去爱抚那孤独），你为科学而活着（她眼前不由自主地浮现出马铃薯的切片）；赞扬对你是种侮辱；慷慨宽厚、心灵纯洁、英勇崇高的人啊！但是同时她也想起，他如何把一个贴身男仆大老远地带到这里；反对狗上椅子；一连几个小时（直到拉姆齐先生把门一摔离去）絮絮叨叨地述说蔬菜里的盐分以及英国厨子有多坏。

那么这一切又如何解释呢？一个人怎样判断别人，看待别人？怎样把这个那个因素加在一起得出结论：你感觉到的是喜爱，或者是厌恶？话又说回来了，这些字究竟包含什么意义？现在她一副呆愣的样子站在梨树旁，对于这两个男人的印象源源不断涌上心头，要跟上她的思路就像要跟上一个说话快得无法用笔记录下来的声音，而这就是她自己的声音，滔滔地说着不容否认、永远存在、相互矛盾的事情，这样一来就连梨树皮上的裂纹和鼓包都不可改变地、永恒地固定在了那里。你具有崇高的品质，她继续在心中说道，但拉姆齐先生毫无这种品质；他褊狭、自私、虚荣、利己；他被宠坏了；他是个专横的家伙；他把拉姆齐夫人折腾得筋疲力尽；但是他有你（这话是对班克斯先生说的）所没有的东西：强烈的出世精神；对琐事一无所知；他爱狗和他的孩子们。他有八个孩子。你一个也没有。他那天晚上难道不是穿了两件上衣下来，让拉姆齐夫人给他理发，把头发剪到一只做布丁的盆子里吗？所有这些念头在莉莉的头脑中上下跳动，像一群蚊子，各自飞动，但又都奇异地被控制在一张无形的、具有弹性的网中——在梨树的枝桠间跳动，枝桠间仍旧悬着那张擦洗干净的厨桌的幻象，这是她对拉姆齐先生之智慧的极为尊敬的象征。直到她那越转越快的思绪因强度过大而爆裂，她才感到一阵轻松；一颗子弹从身旁不远处飞过，一群欧椋鸟躲避弹片，惊恐地叽喳着四散乱飞。

"贾斯珀！"班克斯先生喊道。他们转向欧椋鸟越过平台飞去的方向，目光尾随着散布天空的疾飞的鸟群，在穿过高高的树篱的缺口时一头撞上了拉姆齐先生，他悲剧性地对他们瓮声瓮气地说道，"有人闯祸了！"

他的眼睛因感情冲动而蒙上了一层薄翳，因强烈的悲剧意识而充满挑战性，他的目光和他们的刹那间相遇，在将近认出他们时微微颤抖着；但这时，在气恼羞怒的痛苦中他向脸部半抬起手，像是要避开、要擦去他们正常的注视，像是在乞求他们暂时抑制他明知必然会出现的情况，像是要使自己在被打断时产生的孩子般的怨恨在他们心中留下深刻的印象；但是即使在被撞见的瞬间他也不会被彻底击溃，而是决心牢牢抓住一些这美妙的情感，这使他感到羞愧同时又令他着迷的粗野的吟诵——他突然转过身去，砰的一声在他们面前关上了属于他个人的那扇门；这时莉莉·布里斯柯和班克斯先生拘束不安地抬头看着天空，看到刚才被贾斯珀用枪惊散的那群欧椋鸟已经落在了榆树梢上。

第四章

"即使明天天气不好，"拉姆齐夫人说，一面抬眼看了看走过她身边的威廉·班克斯和莉莉·布里斯柯，"还有别的日子嘛。现在，"她说道，心里在想莉莉的可爱之处是她那双中国式的眼睛，斜嵌在她白皙的皱起的小脸上，但是只有聪明的男人才能赏识，"现在站起来，让我比比你的腿。"因为说不定他们明天还是有可能到灯塔去的，她得看看袜子筒是不是需要再织长一两英寸。

她微微一笑，因为此刻一个极妙的主意闪过她的心头——威廉和莉莉应该结婚——她拿起那只袜口上还带着交叉的钢针的混色毛袜，在詹姆斯的腿上比了比。

"亲爱的，站好别动。"她说，因为詹姆斯出于嫉妒，不愿为灯塔看守人的小儿子充当量尺，所以故意动来动去；他要是这样，她又怎么能看得出来袜子是太长了还是太短了？她问道。

她抬起眼睛——她最小、最宝贝的儿子，什么鬼迷住他了？——看见了房间，看见了椅子，觉得一切都寒酸透了。椅子里面的衬垫物，正如安德鲁那天所说的，掉得满地都是。但是，她问自己，买好椅子听任它们在冬天里坏掉，有什么好处？整个冬天这所房子只有一个老太婆照管，潮湿得简直滴水。没关系；房租是两个半便士整；孩子们喜欢这地方；而离开他的图书馆、讲课和三千弟子——如果一定要准确的话，三百英里、对她的丈夫有好处；这里也有地方待客。垫子、行军床、在伦敦结束了服务生涯的歪歪倒倒的桌椅——在这里还干得不错；还有一两张相片，还有书。书，她想道，会自动越积越多。她从来没有时间去读它们。哎呀！就连人家送她的书，诗人亲笔题了词的书也没有时间读："谨赠其意愿一定要得到服从的女士"……"比海伦幸福的当今绝代佳人"……说起来真是个耻辱，她从未读过它们。还有克鲁姆的《论理智》和贝茨的《论波利尼西亚的野蛮风俗习惯》（"亲爱的，站好别动"，她说）——这两本哪本也不能送到灯塔去。总有一个时候，她料想，这所房子会破旧到非收拾不可的地步。要是能教会他们进门前擦擦脚，不要把海滩上的沙石带回家——那就算大收获了。螃蟹，她不得不允许带回家，如果安德鲁真想解剖它们的话，如果贾斯珀相信可以用海草做汤，也不能加以阻止，或者萝丝的东西——贝壳、芦苇、石子儿；因为她的孩子们都很有天分，只是兴趣各不相同。其结果就是，她叹了一口气，举着袜子比詹姆斯的腿时把房间从地板到天花板整个看了一遍，一个夏天又一个夏天，一切变得越来越破旧寒酸。门垫颜色褪了；墙纸垂下拍打着。你无法再看得出那上面印的是玫瑰花的图案。再说如果一幢房子里所有的门老是开着，而在整个苏格兰也没有一个锁匠会修门上的插销，东西就非坏掉不可。往画框边上搭块绿色的开司米披巾有什么用？不消两个星期披巾就会变成豌豆汤的颜色。但是让她生气的是那些门；每扇门都敞开着。她侧耳细听。客厅的门开着；过道的门开着；听上去好像卧室的门也都开着；毫无疑问，楼梯平台上的窗子也开着，因为那是她自己打开的。窗子应该开着，门应该关着——就这么简单的事，难道就谁都记不住吗？夜里她常到女仆的房间里去，发现全像烤箱样关得严严的，只有那个瑞士姑娘玛丽的房间除外，她宁肯没有澡洗也不能没有新鲜空气，不过她说过，"在她家乡，大山是多么美啊。"昨晚她眼睛里含着泪水望着窗外时就这么说的，"大山是多么美啊。"她的父亲在大山那边快要死去了。拉姆齐夫人知道。他要使他们成为没有父亲的孩子了。她责骂女仆，教她们怎么做（怎么铺床，怎么开窗，像个法国女人那样双手一会儿合拢一会儿张开），但当那个女孩子说话时，她周围的一切都静悄悄地收拢起来，就像小鸟在阳光下飞翔后悄悄收起翅膀，蓝色的羽毛从明亮的钢蓝变成了柔和的紫色。她默默地站在那里，没有话可说。他患了喉癌。当她回想起这些——她怎样站在那里，那个姑娘怎样说"在家乡大山是多么美啊"，而已经没有希望了，没有任何希望了，她感到一阵烦躁，严厉地对詹姆斯说：

"站好别动。别讨人嫌。"于是他立刻知道她这回的严厉是当真的了，便把腿绷直。她比量了起来。

袜子短了至少半英寸，即便是把索利的小男孩长得没有詹姆斯高这个因素考虑在内，也不够长。

"太短了，"她说，"实在太短了。"

从来没有人显得这样悲哀、苦涩而阴郁，半蹲在那里，在黑暗中，在从阳光的光束照及之处到黑暗的深处，也许涌出了一滴泪珠；一滴眼泪落下；水面左右涌动，接下了它，又复归平静。从来没有人显得这样悲哀。

但是难道只是外表看去如此吗？人们问。在她的美貌和光彩背后——是什么呢？他是开枪打碎了自己的脑袋吗，他们问，他是在他们结婚前的那个星期死去的吗——早先的、另外那个情人？有关他的谣言到处流传。还是说什么事也没有？只不过因为她生活在一个无比美丽的外貌下，不能加以搅乱？因为在亲密无间的时刻，当她听到关于伟大的激情、失意的爱情、挫败的抱负之时，尽管她很容易就可以说她也曾知道或感受到或亲身经受过这一切，她却从未说过。她总是沉默不语。她那时就知道——不用学就知道。她的纯朴使她能够看清聪明人搞错的事情。她头脑的专一使她的思想如石头正正掉下、小鸟准确飞落一样扑到事物的真相上，令人快活、轻松、持久——这也许只是假象。

有一次班克斯先生在电话上听到了她的声音，虽然她只是在告诉他一列火车的行驶时刻，却大大地打动了他，他说道，"大自然用来塑造你的泥土是多么稀有啊。"他仿佛看到了电话线另一端的她，希腊式的脸、蓝蓝的眼睛、挺直的鼻梁。给这样的女人打电话，显得多么不合适啊。聚在一起的赐人以美丽欢乐的希腊三女神似乎联合起来，在开满了常春花的草地上创造出了那张脸。是的，他要到尤斯顿去乘十点半的那趟火车。

"但是她像个孩子一样，并没有意识到自己的美丽。"班克斯先生说，一面放下电话，穿过房间去看在他屋后盖旅馆的工人们的进展情况。他看着在尚未完工的墙旁的忙碌景象，心里想着拉姆齐夫人。因为，他想，总是有某种不协调的东西需要糅合进她面部的和谐中去。她往头上扣一顶前后翘起的布帽子；她穿着一双高筒橡皮套鞋跑过草坪，一把抓住一个正要捣蛋的孩子。所以，如果你想到的只是她的美丽外貌，就还必须记住那颤动着的、活生生的东西（当他看着工人的时候，他们正踩着一块小木板往上运砖头），并且把它糅进你看到的画面中去；或者，如果你只是把她看做一个女人，那就必须赋予她某种奇特的癖性；或者认为她有某种潜在的、想要摒弃自己高贵的外形的欲望，似乎她的美貌和男人们所谈到的一切关于美貌的话都使她感到厌倦，而她只希望和别的人一样，做个微不足道的平常人。他不知道。他不知道。他必须去工作了。

拉姆齐夫人织着那只毛茸茸的红棕色的袜子，镀金的画框、随手搭在画框边上的绿披巾和那幅经过鉴定是米开朗琪罗真迹的画把她的头的轮廓可笑地衬托了出来。她抹平了刚才态度中的严厉成分，托起小儿子的头，吻了吻他的前额。"咱们再找张图片来剪。"她说道。

（张久全编，摘自王家湘译：《到灯塔去》，译林出版社，2001）

第十九章　劳伦斯及《儿子与情人》

第一节　劳伦斯简介

戴维·赫伯特·劳伦斯，20世纪英国作家，是20世纪英语文学中最重要的人物之一，也是最具争议性的作家之一。劳伦斯生于一个煤矿工人家庭。年轻时当过教师，其文学创作深受弗洛伊德心理分析学影响。他的作品过多地描写了色情，受到过猛烈的抨击和批评。但他在作品中力求探索人的灵魂深处，并成功地运用了感人的艺术描写，因此，从他生前直到迄今为止，他的作品一直被世界文坛所重视。他的父亲是矿工，缺少教育；母亲出身上流社会，有良好的修养。这种文化上的差异，使夫妻俩经常吵吵闹闹。劳伦斯从父亲那里得到了丰富的社会经验，从母亲那里获得的则是至高无上的关怀。也许是由于母亲过分的溺爱，劳伦斯有严重的恋母情结。他在给朋友的信中说："我们相互爱着，几乎像丈夫跟妻子那样的爱，同时又是母亲与儿子的爱。我们俩就像一个人，彼此那样敏感，我们之间不要语言。这挺可怕，弄得我有些方面不正常。"他把性爱看成是一种带有神秘主义色彩的经验，尽管在他的作品中以性爱为主题是历经变化发展的。在第一次世界大战前夕，他把这场战争看成是爱与恨的战斗。因此，在1912年所写的《干草堆中的爱情》、《儿子与情人》以及1913年他着手写的两部长篇小说《虹》与《恋爱中的女人》等作品中对这一主题他都有所寓意。在这次战争后，他越发把"男性的柔情"看成是爱情的源泉。他使这一主题充满诗意，并表现于《羽蛇》和《查泰莱夫人的情人》等作品之中。劳伦斯的文学作品的主题是多样的，且互相关联。他早就宣称：血和肉比才智更高明。同时，他还自称对"心智"持怀疑态度。贯穿在他一切作品中的一条线是阶级意识。其特点是：一个下层阶级的男人和一个上层阶级的女人的结合。上层阶级的男人通常是萎靡不振，缺乏人性本能力量的。在劳伦斯的笔下，阶级差异在《儿子与情人》、《虹》、《羽蛇》以及《查泰莱夫人的情人》等长篇小说中显露出戏剧性的、强有力的效果。

主要成就包括：长篇小说《白孔雀》、《逾矩的罪人》、《儿子与情人》、《虹》、《恋爱中的女人》、《误入歧途的女人》、《亚伦的手杖》、《袋鼠》、《羽蛇》、《查泰莱夫人的情人》；诗集《爱情诗集》、《阿摩斯》、《瞧，我们走过来了》、《新诗集》、《海湾》、《乌龟》、《鸟、兽、花》、《劳伦斯诗集》、《三色紫罗兰》、《机器的胜利》、《荨麻》；剧本《孀居的霍尔罗伊德太太》、《一触即发》、《大卫》；短篇小说集《普鲁士军官》、《英格兰，我的英格兰》、《太阳》、《欢乐的幽灵》、《骑马出走的女人》、《干草堆中的爱情》；中短篇小说集《小甲虫》、《逃跑的鸡》、《少女与吉普赛人》；游记《意大利的黄昏》、《墨西哥的早晨》、《大海与撒丁岛》等。

第二节　《儿子与情人》简介

劳伦斯是一位天才的作家，他的作品洞察人类生命中最深层的领地——人的心理，生动描述人类诸如挣扎、痛苦、危机、欢娱等种种情感和感受。他致力于开启人类内心深处的"黑匣子"，"穿透意识的表面，触及隐藏的血肉的关联"，从而揭示原型的自我。劳伦斯通过对《儿子与情人》中的三种女性爱情心理模式的分析，阐述其局限性，揭示健康自然的女性爱情心理，对于成就完整的生命及女性的成功有重要作用。书中，莫瑞尔太太把自己身上涌动的激情，倾注到了自己的儿子身上，自己也从儿子的身上，获取从自己丈夫身上得不到的爱情感觉。对于这位莫瑞尔太太来说，在她心底里，早已把儿子当作自己理想中的爱人，她照顾他，抚养他，所做的一切，都超出了一位母亲职责范围。她的爱，不是单纯的亲情之爱，更大程度上来说是一种爱情的体现。而儿子保罗，也在心目中把自己的母亲当作了自己的爱人，以至于他觉得，只要他母亲在，他在此生就不可能找到自己的爱人。因为这个爱人就在他身边，那就是他的母亲。保罗只要跟别的女人在一起，灵魂就会被母亲那无形的精神枷锁控制着，感到左右为难，无法获得自由。在他和米莉安俨然像一对夫妇在亲戚家生活的日子里，保罗得到了米莉安的肉体，而在精神上，保罗仍然属于自己的母亲。米莉安只是带着浓厚的宗教成分，为了心爱的人做出了"牺牲"。所以，在那段日子里，他们也并没有能够享受青年男女之间本该享受到的愉悦。实际上，肉体间的苟合，只是加速了他们之间爱情悲剧的进程。在这一次次灵与肉的冲撞后，小说中的主要人物一个个伤痕累累，肉体和精神均遭受了巨大的摧残。保罗的父亲在家里、在亲人面前永远成为格格不入的"边缘人"。保罗的母亲在精神上从来没有过一个"真正的丈夫"，只能从儿子身上寻找情感的慰藉，而这种努力又常常被其他女人所挫败，后来心理、生理衰竭，得了不治之症，早早撒手人寰。米莉安虽然苦苦挣扎，忍辱负重，但并没有得到保罗的心，保罗直到摆脱母亲的精神羁绊，可以与她重归于好，永结良缘时，最终还是狠下心来，拒绝了她的婚求，孑然一人，继续做精神上的挣扎。只沉迷于肉体欲望的克拉拉也很快结束了与保罗的风流，回到性格粗俗、暴烈、无所作为的丈夫身边。可以说，在这些灵与肉的冲撞中，我们看到的是一个个沮丧、可悲的失败者，找不到一个最终的赢家。其实，在人们赖以繁衍生息的大自然被破坏，在人性被扭曲，在人类的和谐关系不断被威胁的社会中，灵与肉的争斗本来就是残酷无情的，到头来谁也成不了赢家，成不了一个完整的、有血有肉的人。反映这一主题的长篇小说《儿子与情人》可以称得上是劳伦斯最优秀的作品。

第三节　《儿子与情人》选段

第十五章　遭遗弃的人

克拉拉陪丈夫同归雪菲尔德，此后几乎再也没有跟保罗见面。沃尔特·莫瑞尔为心事所烦，又听之任之，只是在痛苦中拼命挣扎。父子俩除了相互照应着不要缺衣少食，天伦之情几近丧失。别的人谁都不愿待在这个家里，因为谁都耐不住这儿的寂寞。后来，保罗去诺丁汉寄宿，莫瑞尔则到贝斯伍德在一位友人家生活。

对于年轻的保罗，所有的一切都成了镜花水月。他无心作画。母亲的亡日完成的画品——那幅令他满意的画作，成为他的最后作品。上班的时候再也见不到克拉拉的身影，回到家中又拿不起画笔，世间万事都失去了意义。

所以他在城中东游西荡，跟熟人胡混，沉迷于醉乡。他萎靡不振，心灰意懒。他见了吧女就神聊，几乎遇上女人就搭讪，但眼里总有一种魂不守舍的阴郁表情，似乎若有所失。

周围的景物怪模怪样，成了虚无世界的海市蜃楼。街上走动的人群以及在日光下鳞次栉比的房屋都让他莫名其妙。眼前这林林总总的物与人似乎不该把空间占得满满当当，而应该把空间留出来。朋友们跟他说话，他只是闻声随便应答，全然不解对方的话中之意。

孤身独处或者在工厂里挥汗如雨机械地干活时，他才感到心情舒畅。劳动能使他忘掉一切，能使他的意识模糊。但好景不长，总有终结之时。万物都失去了真实性，这让他痛心。瑞雪初降，给灰蒙蒙的大地添了千万颗细小的珍珠粒。要是在过去，皑皑白雪会令他心潮澎湃，而现在却失去了意义，叫他无动于衷。用不了多长时间，雪花便会融化，露出原来的地面。在茫茫的黑夜里，高大宽敞明亮的电车在大街上行驶。它们为什么要不厌其烦地来回穿梭，让人百思不得其解。他实在不明白那些庞然大物的电车为何要轰轰隆隆朝特伦特桥开。它们大可不必到那儿去嘛。

最为真实的是夜间那厚厚的黑幕。黑暗无边无痕，是他能够理解的，给他以宽慰。他可以隐没在黑暗之中。蓦然，一片纸从他的脚旁飞起，被风刮得在人行道上滴溜溜地跑。他收住脚步，呆然若石像，握紧一双拳头，心头升腾起痛苦的感觉。他的眼帘里又出现了那间病室，出现了母亲的容貌和她的眸子。朦朦胧胧之中，他又跟母亲在一起了，依偎在她身旁。那片纸扑哧一声随风飘去了，使他想起母亲已成故人。但他刚才毕竟陪伴过她。他恨不得让所有的一切都凝固，好让他重新回到慈母的身旁。

时光在一天天，一星期一星期地流逝。但芸芸万物似乎都融化成了一个大圆球。他分不清东南西北，分不清昨天与今天，没有了时间的概念。所有的一切都模模糊糊，无法辨认。他常常走神，老半天都晕晕乎乎的，记不起来自己都干了些啥。

一天夜里，他很晚才回到寓所。屋里的炉火微弱待灭，所有的人都入睡了。他添了些煤，朝桌子上瞥了一眼，决定不吃晚饭了。随后，他在扶手椅上坐下来。四周静悄悄的。他意识不清，然而却看见淡淡的烟雾袅袅升入烟囱。片刻之后，两只老鼠鬼鬼祟祟钻出来，偷吃掉在地上的食物屑。他观望着它们，恍恍然宛如中间隔着很远的距离。教堂的大钟敲响了两点。远处可以听见货车在铁轨上行驶发出的震耳欲聋的哐当声。其实，那些车辆并非在遥远的地方，而是在它们应该处的地方，只不过他弄不清自己身在何处罢了。

时间在慢慢流逝。那两只老鼠疯狂地横冲直撞，竟然肆无忌惮地爬到了他的拖鞋上跳腾。他纹丝不动，因为他不想动。他心里什么都不想，这样对他而言省心省力，不必为了思考问题而烦恼。有时他心里会出现个小人，不受意识的控制，在疾言厉色地问他：

"你在搞什么鬼名堂？"

身处晕晕乎乎痴迷状态的他会这样回答：

"我在葬送掉自己。"

一种模糊但活跃的感觉在心头瞬间一闪，告诉他这是错误行为。过了一会儿，他脑海中突然出现这样一个问题：

"为什么是错误的？"

他仍未做回答，但他胸膛里有一种火热、执着的东西在跳动，不允许他寻短见。

一辆载重马车在街面上经过，哐当哐当地响了一阵。电灯突然熄灭了，投币自动电表咔哒咔哒响了两声，他没有动，只是茫然地呆呆望着前方。老鼠慌慌张张逃掉了，炉火在漆黑的屋子里散发出红光。

内心里的对白又开始了，完全是机械式的，但是却清晰了许多。

"她最后还是死了，那么苦苦地挣扎，不知图个啥？"

他绝望至极，真想随亡母而去。

"你可是个大活人呀！"

"她已经离开了人世。"

"她仍然活在你的心里呀。"

这种心理包袱突然让他感到一阵疲倦。

"为了她，你都应该继续活下去。"他心里的一种求生愿望在告诫他。

又一种阴沉沉的感觉出现了，硬是不肯振作起来。

"你必须使她的生命得到延续，保留她在世间留下的印迹，所以你要活下去。"

可他不想活下去了，只想撒手尘世。

"你可以继续绘画嘛。"他心里的求生愿望在鼓励他，"或者生儿育女嘛。这两点都能了却她的心愿。"

"绘画不能代表活着。"

"反正你活下去就是了。"

"和谁结婚呢？"那个恼人的问题又浮现了出来。

"找一个称心如意的佳偶呀！"

"米莉安吗？"

可是他不相信这样的命运。

他蓦然站起身，径直去睡了。走进卧室，随手关上房门，他握紧拳头站住不动了。

"妈妈呀，我亲爱的妈妈呀！"他的灵魂在声嘶力竭地呼唤着。随即他又敛声缄口，不肯再呼唤了。他不愿承认自己想寻死，想了结生命。他不愿承认自己在生活中是个失败者，不愿承认自己败在了死神的手中。他三步两步走到床前，倒头便睡，昏昏沉沉地进入了梦乡。

几个星期的时间过去了。他总是一个人待着，心里总是游移不定，忽而想一死了之，忽而又愿意顽强地活下去。真正令人苦恼的是，他什么地方都无心去，什么事都无心做，什么话都无心说，成了行尸走肉一般的人。有时他中了邪似的在街上疯跑，视物昏花，嘴里呼哧呼哧气喘如牛。他常常钻进酒馆，站在吧台前要酒喝。所有的东西突然都远远地向后退去。他看见吧女以及高谈阔论的酒徒犹如在遥远的地方，他的杯子放在酒液狼藉的红木吧台上，也隔得有八丈远。他与那些人和物中间隔着一道屏障，无法接近。他不想接近那些人与物，甚至连酒也不想喝了，于是猛地转身朝外走。来到门槛处，但见街上灯火如潮，然而自己却和那儿的景物毫无关系，中间像横着一条鸿沟。路灯下热闹非凡，却似与他相隔甚远。他无法接近，就是走到跟前去，恐怕也摸不着那些路灯杆。哪儿才是他的安身之处呢？在这偌大的一个世界，他竟无处可去，既不能返回酒馆，也无心再朝前走。他感到胸憋气闷，茫茫然不知到何处去。心里的压力不断增大，他觉得自己的身体就要破裂成碎片了。

"决不能消沉下去。"他告诫自己一声，然后不假思索便回到酒馆里畅饮。酒有时可以浇愁解闷，有时却愁上添愁。他在街上奔跑，心中得不到片刻的安宁，像只没头的苍蝇四处瞎撞。他拿定主意要绘画，可是没画上两笔就心生厌恶，把画笔掷在案上，起身就走。他会跑到俱乐部里玩牌或者打弹子球，还会钻进酒馆跟吧女调情，可同时又视吧女如无物，觉得她就跟她手中操控的酒桶铜柄相差无几。

他骨瘦如柴，下巴尖溜溜的。他不敢跟镜中的他对视，所以他从不照镜子。他渴望摒弃目前的嘴脸，然而却寻找不到救命的稻草。于绝望之中，他想起了米莉安。也许她还……也许……？

一个星期天的黄昏时分，他偶然来到了唯一神教派的教堂，当教徒们站起身唱第二首赞美诗时，他瞧见米莉安就在他的前边。她唱歌时，有一束光在她的下嘴唇上闪烁。不管怎样，她看上去是充实的，即便在尘世间寻找不到希望，到天堂上也会如愿以偿。她的慰藉以及生命似乎都寄托在来世。他心里一热，升腾起一种强烈的缱绻之情。米莉安唱歌的时候，似乎在憧憬着一个扑朔迷离的神秘世界，以寻求心灵的抚慰。他把希望寄托在了她身上，恨不得布道仪式赶快结束，他好跟她谈谈。

仪式一结束，人流竟当着他的面将米莉安裹出了教堂。她是那样近，他几乎都能用手摸得着，然而对方却没有瞧见他。他看到了米莉安那黑色鬈发遮盖下的晒黑了的脖颈。他信赖她，因为她比他优秀，比他强大。他将把她作为他的支柱。

她身不由己地夹杂在一小群善男信女中，在教堂外时隐时现。她一旦进入人群，总显得怅然若失，与周围的人格格不入。他趋步上前，把手搭在她的胳膊上。她吓了一大跳，惊恐得瞪圆了那双棕色的大眼睛，后来看见是他，便露出了疑问的神色。他略微朝后缩了缩身子。

"哪知道你会……"她欲言又止。

"我也不知道啊。"他说。

他将目光移开，心中突然升腾起的希望又熄灭了。

"你来城里有什么事？"他问。

"我来安妮表姐家住住。"

"噢！要长住下去吗？"

"不。明天就走。"

"你是必须要赶回家吗？"

她望望他，随后将面容隐没在帽檐下。

"不，"她说，"那倒不是，并不是必须回家。"

他转身离去，她也跟上了他。两人在那些善男信女的中间穿行着。圣马利亚教堂里的风琴仍在送出阵阵乐声，黑压压的人群经过灯火通明的大门，走下台阶。宽敞的彩色玻璃窗在夜色里亮光闪闪。教堂宛如一盏巨大的灯笼悬挂在那儿。他们两人走上空石街，保罗引着她搭乘电车前往特伦特桥。

"你跟我一起吃顿饭，然后我送你回去。"他建议道。

"好吧。"她回话的时候，声音很低，还有些沙哑。

他们在车上几乎没怎么说话。特伦特河黑茫茫的一片，汹涌澎湃地从桥下流过。向科尔威克那边望去，全是黑魆魆的夜色。他住在霍尔姆路，地处荒僻的城郊，隔着河可以望见斯宁顿修道院那儿的草坪以及科尔威克森林陡峭的斜坡。潮水已经退去，左侧的河水趋于平静，隐没在无边无际的黑暗之中。他们有点害怕，加快脚步从一幢幢房屋前经过。

回到寓所，晚饭已经摆好。他哧溜一声拉上了窗帘。桌子上放着一盆鸢尾花和血色的秋牡丹。她猫下腰赏花，用指尖摸摸花瓣，抬头看着他说：

"这些花真美啊！"

"是的。"他应了一声，"你喝什么？咖啡吗？"

"我喜欢喝咖啡。"她说。

"那就请你稍等片刻。"

他说完就到厨房里忙活去了。

米莉安脱下衣帽，环顾一眼四周。屋子里空空荡荡，布置得很朴素。她的照片，以及克拉拉和安妮的照片挂在墙上。她朝画板上望了望，想看他在画什么样的作品，结果看到的只是几根信手涂下的线条。她想了解他在读什么书，乍看一眼像是本普通的小说。再瞥一眼信架，见有的信是安妮来的，有的是阿瑟的手迹，还有一些是她所不认识的人写的。

凡是跟他有关系的物件，哪怕有着一丝一毫的联系，她都饶有兴趣地一一查看。他们久别重逢，她很想重新了解他，了解他目前的处境以及在干什么工作，然而屋子里找到的东西对她帮助不大。这儿给她的感觉只有凄凉，格调是那么生硬，缺乏舒适。

她正兴趣盎然地翻看他的写生本时，他端着咖啡走了回来。

"没有画新的画，"他说，"也没有十分有意思的作品。"

他放下托盘，凑过去隔着她的肩头观看。米莉安慢条斯理地翻着纸页，聚精会神地欣赏，每个细节都不放过。

在翻到一幅素描时，她端详良久。保罗在一旁说："噢，我把这幅都给忘了。画得还不错吧？"

"是的。"她说，"就是我不太看得懂。"

他从她手中取过写生本，细细翻来，嘴里啧啧作声，显得很惊讶和高兴。

"这里边有些作品还是不错的。"他说。

"而且还相当不错哩。"她一本正经地夸赞说。

他又一次感觉到了她对他的作品所怀有的兴趣。难道是有其他什么意思？他以画寄情寓意，为什么总会令她兴趣盎然呢？

两人落座共进晚餐。

"顺便问一下，"他说，"我听人讲起，你已经独立生活，自食其力啦？"

"是的。"她一边低下黑黑的脑袋喝咖啡，一边答道。

"怎么个自食其力法？"

"我要到布罗敦农学院进修三个月，而后也许就要留校当教师喽。"

"对你可谓正中下怀！你不是老想在生活上独立吗？"

"是的。"

"你为何对我从不漏口风呢？"

"我也是上星期才接到通知的。"

"可我一个月前就有所耳闻了。"他说。

"不错，但那时任何事情都还没有敲定呢。"

"我想也是的，"他说，"你有了这方面的举措，会跟我言语一声的。"

她吃着东西，一副慎重和拘谨的表情，对此事已传得沸沸扬扬感到局促不安，保罗非常了解她此刻的心情。

"我想你应该感到高兴吧？"他说。

"非常高兴。"

"是啊，这多多少少也算个喜事吧。"

保罗说到这里，心里产生了一阵惆怅。

"我认为这是天大的喜事。"米莉安说道，语气有点骄傲，也有点愤愤不平。

他不以为然地哈哈一笑。

"怎么？你觉得不是这样吗？"她问道。

"我并没有意思取笑你所说的话，只是觉得自食其力不是人生的极致。"

"不错，"她费力地咽下胸中的闷气说，"可我也没说是极致呀。"

"虽然对我应当别论，但工作对男人而言恐怕是至关紧要的。"他说，"女人则不然，她只分出一部分精力搞工作，却把真正充沛的精力投入到别的地方。"

"难道男人可以全力以赴地潜心工作？"她问。

"是的，大致如此。"

"女人只用微薄的一部分力量从事工作？"

"是这样的。"

米莉安抬起头来，气愤得瞪圆了眼睛瞧着他。

"如果真的是这么回事，那就是人间一大悲哀。"

"是啊。不过我并不一定说得全对。"他回答。

饭毕，二人凑到炉前烤火。他为她拉过一把椅子，他们面对面坐了下来。她穿一件深紫红色的衣服，跟她那晒黑了的肤色及浓眉大眼很相称。她的一头鬈发仍然细密和飘逸，但面容却苍老了许多，黑黑的脖颈也比以前细多了。她在他眼里显得老气横秋，比克拉拉看上去年纪还大呢。她那勃发的青春已是明日黄花，取而代之的是迟暮、呆滞的表情。只见她略微思索了几分钟，然后用眼睛望着他问：

"你的情况怎么样？"

"凑凑合合吧。"他回答。

她瞧着他，等着听下文。

"不会吧？"她最后说道，声音小得跟蚊子叫一样。

她的那双微黑的手紧张地抓住膝盖，仍然那般缺乏自信和镇静，甚至显得有点歇斯底里。他见状不由得心头一紧，然后哈哈大笑起来，笑声中没有丝毫的喜悦。她把手指噙在嘴里。而他那身着黑装、痛苦扭曲的消瘦的躯体坐在椅子上一动不动。蓦然，她把手指从口中移开，看着他问：

"你跟克拉拉分手了吧？"

"是的。"

他的身子像一摊烂泥一样堆放在椅子上。

"依我看，"她款款地说，"咱们俩应该结婚。"

这许多个月以来，他第一次认真地睁大了双眼，对她肃然起敬。

"为什么呢？"他问。

"看看吧，"她说，"你简直在消耗自己的生命！如此下去，很可能会一病不起，命归阴间。而我却一无所知，这不成了互不相识的陌路人吗？"

"如果咱们结了婚呢？"他问。

"那我无论如何都能够阻止你耗费生命，阻止你沦为克拉拉……那种女人的牺牲品。"

"牺牲品？"他念叨了一句，脸上盈盈含笑。

她垂首不语。他觉得原来的那种绝望感觉又从心底升腾起来。

"我不敢肯定，"他慢声慢语地说，"婚姻是否能给人带来十分大的好处。"

"我可是为你考虑的。"她说。

"我知道你关心我。不过，你爱得过于强烈，恨不得把我装入你的衣袋。那还不把我憋死！"

她低下头，将手指含到口中，一种酸楚的感觉油然而生。

"那么你有什么打算呢？"她问。

"说不清，反正过一天少两响呗。也许用不了多久，我要出国去走走。"

他语气伤心绝望，有一种破罐子破摔的味道，她听了不禁跪倒在炉火前的地毯上，那儿离他仅咫尺之遥。她蜷伏在地，犹如五雷轰顶，抬不起脑袋来。他的手软绵绵地搭在椅子的扶手上。她看到了那双手，觉得他现在唾手可得。她只要站起来用胳膊搂住他，说一声"你是我的"，他就会俯首帖耳地听命于她。可是她敢吗？让她挺身而出牺牲自己倒容易，但她敢于表白自己的感情吗？她看到他那穿着暗色衣服的瘦削的躯体半躺在她近旁的椅子上，像一幅写生画。她思索再三，不敢去拥抱那躯体，不敢对它说："你是我的，交给我照料吧。"她渴望这样做，女性的本能也在呼唤着她扑上前去，可是她不敢造次，仍蜷伏在地上。她生怕他会拒绝，生怕这是一种越轨行为。保罗就瘫坐在那里，宛若一堆烂泥。她知道应该去拥抱他，去表明态度，完全彻底地占有他，但却深感力不从心。保罗的身上散发出一种难以名状的强大的魅力，使她软弱无力，陷于窘迫的境地。她摆摆手，微微抬起头，眼神既胆怯又带着几分哀怨，甚至还有些迷乱，祈求地看着他。他顿生恻隐之心，抓起她的手把她拉到跟前，安慰着她。

"你愿意嫁给我做妻子吗？"他悄声低语地问。

这样明显的事情还用问吗？她的心早就属于他了。他为什么不拿走属于自己的东西呢？她害单相思已有些年头，可他却迟迟不挑破隔在中间的那层纸，让她受了许多煎熬。眼下，他又在折磨她了，这叫她怎么受得了。她仰起头，把他的脸捧在手中，痴痴望着他的眼睛。那双眼睛是那样无情，似乎渴望得到的是别的东西。她怀着满腔的爱暗示他主动些，不要让她落个单相思的下场。那会让她无法承受，让她无法再跟他相处。她心里一片茫然，胸口憋得都快要爆炸啦。

"你想结婚吗？"她非常严肃地问。

"倒不是十分想。"他苦涩地回答。

她将脸掉开，庄重地撑起身子，把他的头搂在胸前轻轻地摇晃。如此看来，她跟他难于成双配对，所以她应当抚慰抚慰他。她用秀指梳理着他的头发。在她看来，这是苦甜参半的自我牺牲。而保罗却觉得这是他的又一次失败，给他带来的是怨恨及痛苦。米莉安的胸脯温暖和舒适，却分担不了他的忧愁，这叫他承受不了。他非常想依偎在她的怀里以获得安宁，但表面的安宁只会增加他的痛苦。于是，他缩回了身子。

"倘若不结婚，咱们就不能在一起了吗？"他问道。

他痛苦得张开嘴，露出一口白牙。米莉安把小拇指噙在两片芳唇间。

"是的。"她说道，声音低沉得似丧钟一般，"是的，我认为是这样的。"

这就是他们两人之间的结局。她不能够得到他，无法解除他强加给自己的心理负担。她可以为他做出牺牲，哪怕每天牺牲一次都在所不惜，可这并非他所渴望得到的。他只希望她能抱住他，充满喜悦和不容置辩地说："不要再像没了魂似的寻死觅活了。你是我的终身伴侣。"然而，她缺乏这份勇气。再说，难道她真的需要找个终身伴侣？或者，她需要的是一个基督式的伴儿？

保罗感到离她而去会误了她一生。但他心里也明白，假如再跟她缠绵不断，自己那原本就绝望的心情会雪上加霜，非活活憋死不可，等于拱手放弃自己的生命。他可不愿以放弃自己的生命为代价去挽救她的一生。

她坐着纹丝不动。保罗燃起一支香烟，袅袅的烟雾在屋子里缭绕。他不由得又想起了亡母，把米莉安忘到了九霄云外。蓦然，她望了望他，心里涌起一股酸酸的感觉。看来，她的自我牺牲真是毫无价值。只见他冷冷地瘫坐在那儿，对她显得漠不关心。她突然又一次发现了他那不信神明、浮躁不安的天性。他就像一个任性的孩子，到头来只会毁了他自己。那好吧，就叫他自食其果吧！

"我想我该走啦。"她轻声说道。

听她的语气，保罗就明白她鄙视他，于是便悄然站起身说：

"走，我送送你。"

米莉安站在镜前戴好帽子，心里感到非常痛苦，痛苦得难于用语言表达，因为他竟然拒绝了她的自我牺牲！前边的人生道路死气沉沉，仿佛希望之光骤然熄灭。她低头看看那些摆在桌子上的鲜花——鸢尾花丰姿俏丽，带来了一片春色，血红的秋牡丹也毫不逊色，喷吐着缕缕芬芳。保罗是个有情趣的人，就喜欢养这种花。

他在屋里走动时，神态中添了几分自信，但见他步子敏捷，表情冷酷且镇静。她情知自己对付不了这个人，他早晚都会像黄鼠狼一样从她手里溜掉。可是，没有他相伴，她的生活会索然无味，缺乏生机。于苦思冥想之中，她不由得用手触摸了一下桌上的鲜花。

"你把花带走吧！"保罗说完，把花从花瓶中取出，水淋淋的，快步到厨房里去了。米莉安等他返回，接过鲜花，两人就一道出了门。一路上他喋喋不休说着话，而她心如死灰。

她就要跟他分道扬镳了。她为此痛不欲生，坐到电车上时紧紧依偎在他身上，他却毫无反应。真不知他将到何处去安身，会有什么样的结局。他走后，会给她的生活留下一片空白，这叫她怎么能承受得了？他简直愚蠢至极，白白地浪费青春，永远也过不上安宁的日子。这一别，他会到哪儿去呢？他耽误了她的大好年华，但他哪管这一套呢！他缺乏信念，干什么事都心血来潮，只凭着一时的兴致，胸无大志，不探寻事物的内涵。好嘛，她倒要等着看看他将怎样收场。待他折腾够了，他就一定会回心转意，跑来找她的。

到了她表姐家的门口，保罗跟她握了手，然后就走掉了。就在他转身离开时，他感到最后的一根救命稻草也被水卷走了。坐在电车上，他看见城市沿着铁路线铺展开去，呈现出一片灯海。出了城就是乡村，远处还有别的城镇，灯光若隐若现，另外还有茫茫的大海和无边的夜色。世界之大，竟无他的容身之地。他无论到何处，都孑然一身，与孤独相伴。他的心里以及眼前身后都是无边无际的孤独和空虚。街上步履匆匆的行人也没有打消他的这种孤独空虚感。行人只是些幻影，听得到他们的脚步声和说话声，但随后又是夜色和沉寂。他下了电车。野外万籁俱寂。点点繁星亮晶晶地高悬在空中，把它们的影子映在奔涌的河水里，汇集成一条星河，画出了一幅苍穹图。庞大的夜幕无处不及，到处都散播着恐怖，而白天只是短短的一瞬间，是一个小小的插曲，随后夜晚又会回来，成为永恒，把万物都包容在它那寂静无声、幽暗昏黑的怀抱里。这里没有了时间的概念，只存在着空间。谁都说不清他的母亲是否在这个世界上存在过，也说不清她是否已亡故。她只不过在一个地方留下了印迹，现在又到了别的地方罢了。不管母亲身在何方，他的心都无法离开她。如今她灵魂出窍，融入了茫茫的夜色里，他追随着她也来到了这里，母子二人仍在一起。不过，他那靠在台阶围栏上的身体和胸脯，以及放在横木上的手，却是实实在在的呀。他在宇宙间究竟处于一种什么样的位置呢？只不过是一具直立着的非常渺小的血肉之躯，还不如田野里的一个麦穗起眼呢。这让他无法接受。寂静无声的黑暗浩瀚辽阔，从四面八方向他逼来，非得熄灭这一星点生命的火花。他虽然微不足道，但决不能就此销声匿迹。夜色淹没了万物，向远处弥漫，把群星及太阳的四周都染成了一片黑色。在压倒一切的黑暗中，星星和太阳成了为数不多的些许亮点，一个个畏首畏尾，吓破了胆。相互拥抱在一起，惊慌失措地兜圈圈。世间一切的一切，连他自己也包括在内，都宛如纤尘细埃，说到底都是微不足道的，但并不等于说不存在。

"妈妈啊！"他喟喟低语，"妈妈啊！"

茫茫宇宙，唯有她才能令他振作起来，而现在她却消失了，与夜色融为一体。他真想让母亲再抚摸他一下，把他也带往天国。

可是不行，他决不能就此了结一生。只见他猛地转过身，向城里的那片金光奔去。他握紧拳头，坚毅地绷紧嘴。他决不去追觅亡母的足迹，到那一片黑暗中去。他甩开大步，朝着生意盎然、灯火辉煌的城市走去。

（魏令查编，摘自杜瑞清、方华文译：《儿子与情人》，译林出版社，2003）

第二十章　纪德及《伪币制造者》

第一节　纪德简介

安德烈·纪德，法国作家，因其小说和自传性文学作品而闻名于世。他的小说多专注于探索人类道德上的追求。纪德本人的生活经历就像是一场场的实验，他幼时笃信上帝，信奉禁欲主义；后来放弃禁欲主义，转而听从享乐主义，纵情享乐。他体验着各种各样不同的生活方式，从而探索道德成长和哲学等问题。

1869 年 11 月 22 日，纪德出生于法国巴黎一个严格的新教徒家庭，家境富裕，衣食无忧。父亲是巴黎大学法学教授，母亲是加尔文教徒。纪德的父亲过着书斋式的生活，在父亲又大又昏暗的书斋里，纪德接触到莫里哀的作品和《奥德赛》等不同语言的文学作品。纪德由三个女人共同抚养长大：他的姑妈克莱尔、终生未婚嫁的英国女佣安娜·沙克尔顿和母亲朱丽叶·隆度。这种女性化的成长环境教育他顺从、礼让、谦虚，遵从社会准则等。纪德童年时体弱多病，因此，他的早期教育是在家里进行的。13 岁时，他发现自己爱上了表姐玛德莱娜·隆度。他珍惜这种情感，在 20 岁时向表姐求婚，但遭到母亲和表姐的拒绝。1891 年，纪德匿名发表《安德烈·瓦尔特的手记》一书，这部书中描写一个青年人对自己表姐的思慕之情，很明显这部作品有很强的自传性，标志着纪德文学生涯的开端。

1893 年到 1895 年，纪德两次到北非游历，期间他冲破了巴黎的种种道德禁忌，尝试了不同的生活道路，发现了自己的同性恋倾向，结识了象征派诗人马拉美，从而接受了象征主义的影响。同时，他还结识了同样是同性恋者的英国诗人奥斯卡·王尔德，王尔德对纪德造成了深刻的影响。王尔德本人在道德和性倾向等问题上曾被指责为"有伤风化"，但在纪德看来，王尔德是个难得的天才，他幽默机智，玩世不恭，成为纪德效仿的对象。而纪德在王尔德的鼓励下，放浪形骸，打破清教徒的清规戒律，摒弃种种繁文缛节，在性问题上更是冲破藩篱，体验了种种当时为世人所不齿的关系，他不仅仅受俊美的男性吸引，同时还与另外一个男性共同包养一个女人。在此期间，纪德最重要的作品包括《论自恋》、《诗集》、《乌连之旅》、《恋人的尝试》等。1895 年，纪德回到巴黎，其时，母亲已经病逝，临终留下遗嘱，请求玛德莱娜接受纪德的求婚。同年，纪德和表姐玛德莱娜成婚，这是场有名无实的婚姻。重返巴黎后，纪德难以忍受法国上流社会的种种伪善、昏庸和腐朽，从而成就了他的寓言体小说《沼泽地》。婚后纪德挥之不去的感觉是：玛德莱娜是母亲的化身，因此始终无法亲近她。

1895 年，纪德当选法国诺曼底地区一个社区的市长。1897 年，纪德发表《人间食粮》，这部散文诗式作品在第一次世界大战后成为欧洲青年人热捧的作品之一。1902 年，纪德反思自己在非洲的种种离经叛道的行为，写成《背德者》一书，这是一部心理小说，照例具有很强的自传色彩，里面书写的大多数经历都是纪德本人在北非的经历。1908 年，纪德创办杂志《新法兰西评论》。1916 年，15 岁的少年马克·阿里格雷成了纪德的情人。他曾被纪德收养，在纪德的婚礼上做过伴郎。两人逃离巴黎来到伦敦，玛德莱娜愤而焚烧了纪德此前的所有信件。1918 年，纪德结识多萝西·布西，他们的友谊持续长达 30 多年，她曾把纪德的多部作品翻译成英语。1923 年，纪德与伊丽莎白·凡·里斯尔伯格生下女儿凯瑟琳。他的这段关系几乎毁了他与马克·阿里格雷的同性之爱，但是很快纪德就与里斯尔伯格决裂，挽救了他与马克的关系。1925 年，纪德出版了长篇小说《伪币制造者》。

　　1926 年，纪德发表自传《如果种子不死》，题目来自《圣经》，寓意一粒种子必须死掉才会结出更多籽粒，如果不死的话就永远只是一粒种子。这暗示着，人类的道德要达到较高的境界，必须首先充分经历罪恶和腐朽，这为纪德早年的放荡生活找到了注脚。纪德的自传大胆描写了自己的同性之爱，引起了很大争议。20 世纪 20 年代期间，纪德一直致力于为同性恋者辩护。从 1925 年起，纪德又开始为罪犯们争取权利。事实上，尽管生活上有过腐朽的经历，纪德始终没有放弃过对正义的追寻。

　　1926 年到 1927 年，他与情人马克·阿里格雷到非洲游历，撰写了两部游记《刚果之行》和《从乍得归来》，在这些游记中，他批判了法国殖民者掠夺非洲自然资源、压榨和盘剥非洲居民的罪行，对反对殖民主义的运动起到了巨大的推动作用。

　　30 年代期间，纪德成为共产主义运动的支持者。第二次世界大战期间，一些法国作家与德国法西斯合作，而纪德刚直不阿，始终不愿妥协。战争结束后，纪德受到各种各样的表彰。1947 年，纪德荣获诺贝尔文学奖。晚年的纪德主要致力于出版他的日记。1951 年 2 月 19 日，纪德在巴黎逝世。具有讽刺意味的是，1952 年，罗马天主教堂把纪德的作品列入禁书目录。

第二节　《伪币制造者》简介

　　《伪币制造者》出版于 1925 年，纪德把它当成是自己唯一的一部长篇小说。小说分为三卷，根据故事的发生地不同分别命名为：第一卷，巴黎；第二卷，沙费；第三卷，巴黎。小说叙述采用双重视角的叙述方式：首先有一个全知视角的叙述者存在，这个叙述者以传统的方式来展现众多人物的故事和他们的内心世界，其次穿插中心人物爱德华的日记，通过这本日记更清晰地展现人与人之间的微妙关系，尤其是心理世界。但日记更为重要的作用是通过讲述作家爱德华创作他自己的小说《伪币制造者》过程中的所思所想，来反映纪德本人的创作观点。通过这双重视角，小说呈现了一个极为复杂的人际关系网，其中几个中心人物是：中学生贝尔纳、他的朋友奥利维埃和小说家爱德华。围绕着这三个人物的周边人物又形成了各种各样的关系。纪德以此在有限的篇幅内刻画出鲜活的人物形象，浓缩了广阔的法国社会。小说还浓缩了纪德本人的各种生活体验，他的作家生活，他的同性恋情，同时还囊括了各种各样复杂的感情：婚外情、私生子，夫妻、父母与孩子之间的感情等。小说的情节还具有成长小说的元素，反映了年轻人刚刚步入社会的迷惘，以及对于自身认知的模糊和道德成长道路上出现的问题。

　　小说的题目"伪币制造者"似乎与小说的情节关联不大，因为小说中出现伪币的地方很少。《伪币制造者》也是中心人物作家爱德华正在创作的一部小说，这本小说他还没有写出来，具体情节也没有在小说中透露出来，但是爱德华的日记可能会成为小说的素材。爱德华曾谈到他本要想写一群文化界的投机分子。所谓"伪币"大概就指的是在文化界流行的看似新鲜、有噱头，实则空洞的创作和美学观念，在小说中此类人物的代表是帕萨旺伯爵，他的新作《铁杠》在爱德华看来是故作惊世骇俗，目的是哗众取宠。另外一个代表是斯特鲁维卢，这个反面人物影射的是企图解构一切秩序的达达主义分子。对这些反面的作家和知识分子的刻画，反映了纪德的创作态度，表现了他对法国当时流行的创作流派所激起的反文化风潮的反感。这群巴黎文艺界的领军人物也许就是"伪币制造者"，他们鼓吹的文艺理论和创作观点在文艺界流行起来，受到广泛追捧，而实际上这些文艺新风潮在纪德看来是虚假的，就如同伪币一旦进入流通环节，被人们当成真币来使用，就能起到真币的作用。小说用了大量的篇幅给爱德华来讨论他的创作观点，所以我们可以说纪德这部小说的主题之一是有关作家的创作，这里反映了纪德在创作理念上追求真理，不为流俗所左右的决心。

　　小说的情节安排上独具新意，以贝尔纳离家出走为开端，以爱德华为中心，首先刻画了人物的感情世界：同性恋、婚外情、师生情、朋友情等。最唯美的一小段当属对于爱德华和其外甥奥利维埃之间感情的刻画，他们二人在火车站相遇时，明明互相吸引，却因担心害怕而终不能表明心意，最终含恨告别。其次，贝尔纳出走的所见所闻和爱德华广泛的社交以及爱德华的日记为我们展现了更为广阔的社会图景：家庭、聚会、学校、度假村等场景中上演着一幕幕人间悲喜剧：贝尔纳离开养父；洛拉抛弃自己不爱的丈夫；樊尚放弃医学；萨拉藐视家教，成了贝尔纳的情人；奥利维埃沉浸在同性恋的幸福之中；莫里尼埃夫妇貌合神离，丈夫私通、妻子隐忍失望；拉贝鲁兹夫妇互相折磨；弗代尔牧师迷失在宗教信仰里，看不清真相。这些人物有的要求对自己的欲望真诚，反抗宗教信仰，反抗家庭的教育理念，反抗以异性恋为准则的社会，反抗流行的文艺理念；有的忠于自己的信仰，执着于社会习俗、教育理念，因而冲突不断，这些冲突就是纪德所有作品中，反复再现的主题。纪德认为，每个人的灵魂里都有一个"魔鬼"，这个"魔鬼"即人的另一面，它有时敦促人屈服于欲望，有时引领人走向世俗和规则的反面。

　　《伪币制造者》集爱情小说、侦探小说、教化小说之大成，表达着纪德复杂的哲学观、文艺观、社会观和道德观，情节互为穿插，小说中套小说的结构开创了"元小说"的先河，正如纪德所说：这部小说是为了读者反复阅读而写作的。

第三节　《伪币制造者》选段

第一部

九

　　如果爱德华和奥利维埃能在见面时把自己的喜悦更明显地表达出来，我们就不必对以后发生的事加以阐述。但是，他们的共同特点是无法看出自己在别人的心中和思想中受到的信任，所以这时都呆呆地站着，每个人都以为只有自己一人在激动，沉浸在自己的喜悦之中，因感到喜悦如此之大而局促不安，一心只想不要把这种喜悦过多地流露出来。

　　因此，奥利维埃没有对爱德华说，他是急急忙忙地赶来接舅舅的，以增添爱德华的喜悦，而是觉得他应该说，今天上午他正好到这个街区来买点东西，仿佛对他来到这里表示道歉。他疑虑重重，巧妙地使自己相信，爱德华也许觉得他来得不合时宜。他还没有把谎话说完，脸就红了。爱德华看到他脸红，但由于刚才他热情地抓住奥利维埃的胳膊，也是出于疑虑，他以为这是他使奥利维埃脸红的原因。

他首先开口：

"我尽量说服自己你是不会来的，但实际上，我相信你会来的。"

他认为，奥利维埃会觉得这句话有自负的味道。他听到奥利维埃用毫不拘束的神情回答说："我正好要在这个街区买点东西。"就放开了奥利维埃的胳膊，他的狂喜立刻消失得一干二净。他本来想问奥利维埃是否看出那张寄给他父母的明信片其实是为他而写的。他要想问，却没有勇气把话说出。奥利维埃担心他谈论自己会使爱德华感到厌烦或看不起他，就默不作声。他看着爱德华，惊讶地看到他嘴唇在微微颤动，就立刻垂下眼睛。爱德华希望看到这目光，同时又担心奥利维埃嫌他太老，他烦躁地用手指搓弄着一张纸片。这是行李寄存处刚才交给他的收据，但他不把它当一回事。

"如果这是他寄行李的收据，"奥利维埃看到他这样搓弄着纸片，然后漫不经心地把它扔掉，心里就这样想，"他就不会这样扔掉。"他只是回头看了一下，看到风把这纸片远远地吹到他们身后的人行道上。如果他看的时间再长一点，他就会看到一个青年把纸片捡了起来。这青年是贝尔纳，自从他们走出车站之后，他一直跟在他们后面……但是，奥利维埃感到失望的是，他想不出要对爱德华说什么话，他们之间的沉默使他感到无法忍受。

"当我们走到孔多塞中学门口时，"他心里反复想道，"我就对他说：'我要回去了，再见。'"但到了中学门口后，他又决定等走到普罗旺斯街的街角时再说。但是，爱德华也觉得这沉默难以忍受，认为他们不能就这样分手。他把年轻人带到一家咖啡馆里。也许喝一杯波尔图葡萄酒会帮助他们摆脱这种拘束。

他们碰了杯。

"祝你成功，"爱德华举起杯子说道，"什么时候考试？"

"十天之后。"

"你觉得自己准备好了？"

奥利维埃耸了耸肩。

"谁也没有把握。那天只要心情不好，就完了。"

他不敢回答说："准备好了"，担心这样说会显得过于自信。使他感到拘束的还有，他既想用"你"来称呼爱德华，又怕这样称呼他。他只好用转弯抹角的方法说出每一句话，并至少把"您"这个字排除在外，但这样一来，他却使爱德华不能如愿以偿，失去了用"你"来称呼的机会，不过他记得十分清楚，在他动身去英国的前几天，他曾得到过这种机会。

"你学习好吗？"

"不错。但还不是最好，就像我能够做到的那样。"

"勤奋的人总是感到自己能做更多的工作。"爱德华说出了格言般的话。

这话他是不由自主地说出来的，并立刻感到可笑。

"你还在写诗？"

"有时写……我很需要别人出的主意。"他朝爱德华抬起眼睛。"您出的主意"是他想说的话，"你出的主意"。他嘴里虽然没有说出来，但目光已清楚地表明这个意思，因此爱德华觉得他说这话是出于尊重或善意。但是，他有什么必要回答，而且又是这么生硬：

"主意嘛，应该要由自己来出，或者到同学那里去讨教，长辈出的主意毫无用处。"

奥利维埃心里在想："我又没有求他，他干吗要反对呢？"

　　他们俩都因自己说出的话既生硬又不自然而感到恼火，都认为自己是对方拘束的原因和恼火的对象。这种谈话不会有任何的结果，除非有人来解围。但没有人来。

　　今天早上，奥利维埃起床时不太舒服。他一觉醒来，看到贝尔纳已不在他的身边，没有告别就让他走了，感到十分伤心，但这种伤心一时间被再次见到爱德华的喜悦压了下去，这时又像阴郁的波涛涌上他的心头，淹没了他的所有思想。他很想谈起贝尔纳，把我也不知道的一切事情都告诉爱德华，使爱德华对他的朋友产生兴趣。

　　但是，爱德华只要微微一笑，就会使他感到不快，而他的表情只要不是显得过于夸张，就会展现出他心中热烈而又杂乱的感情。他默无一言，感到自己的脸色变得冷峻。他真想扑到爱德华的怀里痛哭。爱德华误解了这种沉默和这张紧绷着的脸的表情，他过于喜欢奥利维埃，所以才感到不太自在。他只要敢朝奥利维埃看一下，就准会把他抱在怀里，像哄小孩那样哄他，但他看到的是忧郁的目光。

　　"是这样。"他想道。"我使他厌烦……我使他感到没劲，感到疲倦。可怜的孩子！他只等我说一句话让他走。"这句话，爱德华因可怜对方而无法抑止地说了出来：

　　"现在，你应该和我分手了。你的父母在等你吃午饭，我敢肯定。"

　　奥利维埃也是这样想的，他也误解了。他急忙站了起来，伸出了手。他至少想对爱德华说："我什么时候可以再见到您？我什么时候可以再见到您？什么时候我们可以再次见面？……"爱德华等待着这句话。什么话也没说。只有平平常常的"再见"。

十

　　太阳把贝尔纳给晒醒了。他从长凳上爬了起来，感到头疼得厉害。他早晨的那股勇气已离他而去。他感到自己极为孤独，心里充满着我也不知是什么苦涩的感觉，但他不愿把这种感觉称为悲伤，虽说他眼睛里全是泪水。怎么办？到什么地方去？……他在奥利维埃应该去圣拉扎尔火车站的时候朝这个火车站走去，但并没有明确的意图，也没有再次见到自己朋友的任何欲望。他责备自己在早上突然离去：奥利维埃会因此而感到难受。他不是贝尔纳在人世间最喜欢的人吗？……他看到他挽着爱德华的手臂，产生了一种奇特的感受，既想跟在这两人后面，又不想让他们看到。他痛苦地感到自己是多余的，却又想钻到他们中间。爱德华在他看来是迷人的：个子比奥利维埃稍高，样子则稍微老一点。他决定上去和他搭讪，为此，他等奥利维埃和他分手。但用什么借口去和他搭讪呢？

　　正在这时，他看到揉皱的纸片从爱德华漫不经心的手中掉了下来。他捡起来一看，是寄行李的收据……啊，这正是他寻找的借口！

　　他看到这两个朋友走进咖啡馆，一时间感到不知所措，然后又开始自己的独白。

　　"一个平常的胖子准会急忙把这个纸片交还给他。"他心里在想。

> 世上的一切风俗人情，依我看来，
> 都是多么厌烦、扫兴，平庸而又无益！

　　我听到了哈姆雷特的话，贝尔纳，贝尔纳，什么思想在你心头一闪而过？昨天你在一只抽屉里寻找。现在你走上了什么道路？你要注意，我的孩子……你要注意，行李寄存处的职员，就是给爱德华寄行李的那个，到中午十二点要去吃饭，由另一个职员来接替。你不是对你朋友说过，说你什么都敢做吗？

　　然而，他又在想，过于急躁会把事情办砸。急忙去取，职员会产生怀疑，就会查阅寄存登记簿，看到一件行李在中午十二点缺几分钟时寄存，马上就要取出，会觉得不大正常。

再说，如果有个过路人、有个找碴的人看到他捡起这纸片……贝尔纳决定沿街下行，一直走到协和广场，走得不慌不忙，这段时间正是一个人吃午饭所需的时间。把行李寄掉，然后去吃午饭，吃完饭再去取，这不是常有的事吗？他不再感到头疼。他在一家餐厅的露天座前走过时，毫不客气地拿了一根牙签（牙签一束束地放在餐桌上），等走到行李寄存处前时用牙齿咬着，以装出吃得饱饱的样子。可喜的是他气色很好，服装雅致，微笑和目光真诚，总之有一种我也说不清的风度，使人感到他养尊处优，一无所需，应有尽有。但要是在长凳上睡过，这一切都会打个折扣。

当职员问他要十个生丁的寄存费时，他吓了一跳。他已身无分文。怎么办？手提箱就放在柜台上。只要稍有慌乱，就会引起怀疑，付不出钱也会如此。但魔鬼决不允许他慌张，他见贝尔纳的手急急忙忙地伸进一个个口袋，装出拼命在找钱的样子，就把一枚十个苏的硬币塞在他的手里，这枚硬币不知是什么时候忘记在他背心的小口袋里的。贝尔纳把硬币递给那个职员。他没有显露出丝毫的慌乱。他拿起手提箱，并爽爽快快、彬彬有礼地接过找给他的那几个苏。喔唷！他身上好热。他要去哪儿？他感到两腿发软，箱子沉重。他要把它如何处置？……他突然想到他没有箱子的钥匙。不，不行，不行，他决不会把锁撬开，他不是小偷，见鬼！……他要是知道里面有什么就好了。他的手觉得箱子很重。他浑身是汗。他停下来休息片刻，把这件重物放在人行道上。当然，他想把这个手提箱物归原主，但他首先想对它进行察看。他随手把锁按了一下。哦！奇迹！两个壳瓣微微开启，那颗珍珠依稀可见：一个皮夹子，可以看到里面的钞票。贝尔纳取出珍珠，把壳瓣重新合上。

现在，他有了需要的东西。快！找一家旅馆。阿姆斯特丹街，他知道附近有一家。他饿得要命。但在坐下吃饭之前，他要把手提箱藏好。一个侍者拿着手提箱给他带路，走上了楼梯。四楼，一条走廊，一扇门，他把门锁上，把他的宝物藏在里面……他又下了楼。

贝尔纳坐在餐桌旁，前面放着一块牛排，他不敢把皮夹子从口袋里掏出来（谁知道是否有人在注视着您？），但是，在里面这只口袋之中，他的左手正充满柔情地抚摸着它。"要让爱德华知道我并不是小偷，"他心里想道，"这就是关键。爱德华是怎样一种人？手提箱也许会告诉我们。有魅力，这是肯定的。但是，许多有魅力的人对开玩笑很不理解。如果他认为他的手提箱是被人偷的，他拿到时一定会很高兴。我给他送回去时，他会感谢我，否则他就没有教养。我会使他对我发生兴趣。咱们快把餐后点心吃完，然后上楼把情况研究一下。结账。咱们给堂倌留一笔激动人心的小费。"

片刻之后，他回到房间。

"现在，手提箱，只有咱们俩了！……一套替换的西装，穿在我身上也许太大了一点。面料合适、雅致。内衣，梳洗用品。我不是十分肯定，是否要把这些东西都还给他。但是，我不是小偷的证明，就是我对这些纸的兴趣更大。咱们先来看这个。"

这是爱德华把洛拉悲伤的信夹在里面的那本练习簿。我们已经知道前面几页的内容，下面是接续部分。

十一

爱德华日记

十一月一日

两个星期以前……——我没有把这事立刻记下来是不对的。这不是因为我没有时间，而是我的心当时还完全被洛拉占有——或者确切地说，我不想把她从我的思想中排除出去。另外，我不喜欢把任何次要的和偶然发生的事记在这里，而我也还没有看出我要叙述的事会有续篇，或者家人们所说的那样，会有严重后果。至少我当时不愿意接受它，而这在某种程度上是为了向自己表明，我不想在日记中谈论此事。但我现在清楚地感到，而且也无法不感到，奥利维埃的形象正吸引着我的思想，改变着我的思想，不考虑到他，我就无法十分清楚地表达自己的想法，也无法十分清楚地理解自己的想法。

我上午从佩兰出版社出来后回家，我去出版社是查看为我以前那本书再版用的赠阅本。由于天气好，我利用午饭前的这段时间沿着滨河街闲逛。

快要走到瓦尼埃书店时，我在一个旧书书架旁停了下来。我感兴趣的不是那些旧书，而是一个中学生。他大约十三岁，正在露天的书架上找书，一个看守坐在书店门口一把带草垫的椅子上，用平静的目光看着他。我装作在看书架上的书，但同时用眼角注视着那个孩子。他穿着一件绒毛磨光显出织纹的大衣，袖子太短，露出里面上衣的袖口。旁边的大口袋半开着，虽然看上去是空的，袋角的织物已经脱开。我想这件大衣想必已给好几个哥哥穿过，他和他哥哥都有个习惯，在口袋里放进过多的东西。我还想他母亲实在粗心大意，或者事情太多，所以没有把脱开的地方缝好。但在这个时候，孩子把身体稍稍转了过来，我看到另一个口袋全部缝补过，缝得很粗糙，是用很粗的黑线缝补的。我仿佛立刻听到那母亲的训斥："不要把两本书同时塞进你的口袋，你会把大衣弄坏的。你的口袋又撕破了。我警告你，下一次我不给你补了。你看看，你是什么模样！……"我可怜的母亲对我说的话，我也是一点都不听的。大衣敞开，可以看到他的上衣，我的目光被他挂在上衣翻领饰孔上的小勋章那样的东西吸引住了，那是一条饰带，或者不如说是黄色的玫瑰花结。我记下这些是工作的需要，而我恰恰讨厌做这种事。

这时，看守被店里叫了进去，他只进去了一会儿，然后又在他那把椅子上坐下来，但这一会儿的时间，孩子足以把他拿在手里的书塞进他大衣的口袋，然后又立刻开始在书架上寻找，仿佛什么事也没有发生。然而，他感到不安，抬起头来，发现我的目光，知道已被我看到。他至少在想，我可能看到了，他也许不是十分肯定，但在疑虑之中，他失去了镇静，脸也红了，并开始耍弄小小的手腕，竭力显出十分自在的样子，结果却极为拘束。我眼睛盯着他看。他从口袋里拿出那本偷偷地塞进去的书，又放了进去，往远处走了几步，在上衣里面的口袋里拿出一只破旧的小皮夹子，装出在里面找钱的样子，而实际上他明明知道里面是没有钱的。他做了个意味深长的鬼脸，像演戏那样噘了噘嘴，显然是做给我看的，意思是说："唉！我没钱"，还带有这种味道："真怪，我还以为有钱"，这一切都做得有点夸张，有点粗俗，就像一个演员担心别人不理解他的意思那样。最后，我几乎可以这样说：在我目光的逼迫下，他再次走到书架前面，从口袋里拿出那本书，突然把它放回原处。他的动作做得十分自然，所以那看守什么也没有发现。然后，那孩子重新抬起了头，希望这次我会放过他。不，我的眼睛仍然看着他，就像该隐①的眼睛，只是我的眼睛在微笑。我想跟他说话，我等他离开书架后再去和他搭讪，但他一动不动，仍站在书架前面，我明白只要我这样盯着他看，他是不会走的。于是，我像玩"抢四角"的游戏那样，设法让装扮猎物的孩子挪个窝，就走远几步，仿佛我已经看够了。他从他那边走了，他还没有走远，就被我追上了。

"那本是什么书？"我冷不丁地问他，但我的语气和脸色则尽量显得友好。

他朝我正面看了一下，我觉得他的怀疑已经消失。他也许长得并不漂亮，但他的目光

① 据《圣经·旧约》，该隐是亚当和夏娃的长子，亚伯的哥哥。该隐种地，亚伯牧羊。因耶和华看中了亚伯和他的供物，而看不中该隐和他的供物，他为此嫉妒，把弟弟杀死。

多么迷人！我看到其中有各种感情，犹如小溪底下的草在那里晃动。

"是一本阿尔及利亚导游手册。但价格太贵。我没有这么多钱。"

"要多少钱？"

"两法郎五十生丁。"

"如果你没有看到我看到你，你是会把书塞在口袋里走的。"

那孩子显出气愤的样子，粗声粗气地表示反对：

"不会，但是，也许……您是把我看做小偷了？……"说时十分自信，仿佛想使我怀疑我看到的事。我感到我要是坚持下去，就会把事情弄僵。我从口袋里拿出三枚硬币：

"来吧！去把书买下。我等着你。"

过了两分钟，他从书店里出来，翻阅着他要的那本书。我把书从他手里拿了过来。是一本老的若阿纳导游手册，是一八七一年出的。

"你要这个干什么？"我把书还给他时问道。"太老了。已经不能用了。"

他表示反对，说能用，再说比较新的导游手册价格要贵得多，还说"至于他要派的用场"，这本导游手册上的地图他一样可以用。我不想把他的原话记录下来，因为这些话要是失去了他说时特有的巴黎郊区口音，就失去了自己的特点，而我对郊区口音感到兴趣，还由于他这些话不乏优美之处。

这段插曲必然要删掉很多。确切性不应靠叙述的详细来取得，而应在恰到好处的地方勾勒两三笔，让读者自己想象出来。另外，我觉得这些事让孩子说出来更有意思，他的看法比我的看法更能说明问题。那孩子对我的关心是既尴尬又高兴。但我的目光对他有压力，使他的方寸有点乱。一种过于温柔、尚无判断力的个性会进行自卫，并用故作姿态来掩饰自己。最难观察的是成长中的青少年。必须从侧面对他们进行观察。

那孩子突然说，"他最喜欢的"是地理。我怀疑在这种爱好后面隐藏着一种流浪的本能。

"你想到那里去？"我问他。

"当然喽！"他耸了耸肩说道。

我脑中一闪而过的想法是，他在家人的身边并不幸福。

我问他是否和父母生活在一起。——是的。——他是否不喜欢和他们在一起？——他软弱无力地加以否定。他看来不想让别人过多地知道自己的私事。他补充道：

"您为什么要问我这个？"

"不为什么。"我立刻说道。然后，我用手指碰了一下他纽扣孔上挂着的黄饰带：

"这是什么？"

"是一条饰带，您看得清清楚楚。"我的问题显然使他厌烦。他突然朝我转过头来，仿佛怀有敌意，并用嘲笑和傲慢的语调——这种语调我决不会使用，我听到后不禁大惊失色——说道：

"您说说……您是否经常对中学生侧目相看？"

当我含糊不清地说些仿佛是回答的话时，他打开夹在腋下的书包，把买的书塞了进去。书包里放着教科书，还有几本封面均为蓝纸的练习簿。我拿出其中的一本，是历史课练习簿。那孩子在封面上用大字体写着自己的姓名。我看到是我外甥的姓名，心不禁跳了起来：

乔治·莫里尼埃

（贝尔纳看到这几行文字，心也跳了起来，这故事开始使他产生极大的兴趣。）

在《伪币制造者》中，很难使人接受的是，将在其中扮演我的人物的那位，虽说同自己的姐姐保持良好的关系，却不认识她的孩子。歪曲真相，一直是我最难做到的事。即使是改变头发的颜色，我也感到是在弄虚作假，会使真的东西变得不大像真的。事物之间都存在着联系，在生活向我提供的所有事实之间，我总是感到有着难以捉摸的依存关系，所以我们只要改变一个事实，就会使这个整体产生变化。我不能说出那孩子的母亲是我同父异母的姐姐，是我父亲第一次结婚时生的，不能说出我父母在世时我一直没能和她见面，只是继承遗产的事才使我们有了接触……然而，这一切又是必须说的，我也不知道我能编造出什么别的故事来搪塞过去，以便不披露这个内情。我知道我的异母姐姐有三个儿子，我只认识老大，就是在医学院读书的那个，但我对他只有模糊的印象，因为他得了肺病后只好辍学，到南方的什么地方去疗养。其他两个在我去看望波利娜时都不在家。我面前的那个肯定是老三。我丝毫也不显出自己的惊讶，但在得知小乔治要回家吃午饭后，我就突然离开了他，跳上一辆出租车，以赶在他之前来到田园圣母院街。我想我在这个时候到，波利娜会留我吃午饭，事实也是如此。我从佩兰出版社拿来的书，我可以送给她，作为我这次不合时宜的拜访的借口。

这是我第一次在波利娜家吃饭。我以前不应该对姐夫疑心重重。我不认为他是个十分出色的法学家，但我们在一起时，他和我一样，也不大谈论自己的职业，所以我们相处得十分融洽。

当然，那天上午我到了之后，只字不提我刚才遇到了外甥：

"我希望我这次能认识我的外甥，"我在波利娜请我留下来吃午饭时说道，"您知道，有两个我还不认识。"

"奥利维埃，"她对我说道，"要晚一点回来，因为他在补课，我们吃饭就不等他了。但我刚听到乔治回来。我去叫他。"说着她跑到隔壁房间的门口：

"乔治！来见见你的舅舅。"

孩子走了过来，把手伸给我。我吻抱了他……我欣赏孩子们隐瞒的能力：他丝毫没有露出惊讶的表情，使人相信他没有认出我。只是他满脸通红，但他母亲会以为他害羞。我想他再次见到刚才的密探，也许感到尴尬，因为他几乎马上就离开我们，回到隔壁的房间。那是餐厅，我知道在不吃饭的时候是给孩子们当自修室用的。当他父亲进入客厅后，他很快就出来了，并趁大家去餐厅的时候，走到我的旁边，抓住我的手，但没有给他父母看到。我起初认为这是友好的表示，感到高兴，其实并非如此：他让我把握住他的手的那只手张开，把他肯定是在刚才写的小纸条塞在我手里，然后让我把手指合上，把我的手紧紧握住。不用说，我玩起了这个游戏。我把纸条藏在一个口袋里，等吃完饭再拿出来看，只见上面写着：

"如果您把书的事告诉我父母，我就（他划掉了：恨您）说是您让我这样做的。"

又在下面写着：

"我每天十点从学校出来。"

昨天被×的来访打断……他的谈话使我心神不定。

对×跟我说的话想得很多……他对我的生活一无所知，但我详细地把我写《伪币制造者》的计划告诉了他。他的建议总是对我有益处，因为他处于的视点和我不同。他担心我过于矫揉造作，以致放弃了真实的主题，而只是抓住这主题在我脑中的影子。使我不安的是，感到生活（我的生活）在这里脱离了我的作品，感到我的作品脱离了我的生活。但是，这点我是不能对他说的。在此之前，我的爱好、我的感情和我个人的经验恰如其分地给我的作品提供养料，在我写得最好的那些句子之中，我还能感到我的心在跳动。从今以后，我思想的东西和我感觉的东西之间的联系已被切断。但我在怀疑，我的作品落到抽象和虚假的地步，是否正是因为我感到自己今天不让我的心说话。想到这点，我突然明白了阿波罗和达佛涅的神话传说的含义。我在想，能同时抱住桂冠和所爱之人才是幸福。

我已把我和乔治相遇的事说得这么多了，所以必须在奥利维埃上场时停下来。我开始讲这个故事只是为了谈他，我却只谈了乔治。但是，在谈到奥利维埃时，我知道我推迟这一时刻的愿望是我叙述缓慢的原因。我在这第一天看到他之后，他在家里的餐桌前坐下来之后，在我看了第一眼之后，或者更加确切地说，在他看了第一眼之后，我感到这目光控制着我，我无法再支配自己的生活。

波利娜一定要我经常去看她。她恳求我照顾一下她的孩子。她让我知道，他们的父亲不了解他们。我越是和她交谈，就越是觉得她可爱。我真不知道我怎么会有这样长的时间不去看她。那些孩子受的是天主教的教育，但她想起她最初接受的新教的教育。虽说她是在我母亲进入我们共同的父亲的家时离开这个家的，我发现在她和我之间仍有许多相似之处。她把她那些孩子送进洛拉的父母办的寄宿学校，我也在这所寄宿学校住过很长时间。另外，阿扎伊斯寄宿学校以没有特殊的宗教色彩而自鸣得意（我在那里时，甚至可以看到土耳其人），虽说创办该校、现在仍领导该校的老阿扎伊斯——他是我父亲以前的朋友——最初是牧师。

波利娜收到了樊尚的好消息，他已在疗养院康复。她对我说，她在信里跟他谈起了我，并希望我对他有更多的了解，因为我只见过他一面。她对长子抱有很大的希望，夫妻俩倾其所有，以便使他能很快自立——我的意思是说：有个独门独户的房子可以接待病人。现在，她已想出办法，把他们住的小套间的部分房间留给他，并把奥利维埃和乔治安置在他们套间下面的一个单独的空房间里。最大的问题是要知道，樊尚是否会因健康原因而必须放弃住院实习医生的课程。

说实在的，我对樊尚不大感兴趣，我跟他母亲谈他谈得很多，是为了让她高兴，是为了接下来能更多地谈论奥利维埃。至于乔治，他对我十分冷淡，我跟他说话时他不爱理，他同我交错而过时，就对我投以无法形容的怀疑目光。看来他是怪我没有到他学校门口去等他，或者是怪自己想接近我。

我见到奥利维埃的次数也不多。当我去他母亲那里时，我不敢到他房间里去找他，因为我知道他在那里用功，我偶然遇到他时，就会笨口拙舌、心慌意乱，想不出有什么话要对他说，这使我感到非常难受，所以我情愿在得知他不在家时去看望他的母亲。

（李笑蕊编，摘自徐和瑾译：《译林世界文学名著：纪德文集》，译林出版社，2001）

第二十一章　皮蓝德娄及《六个寻找剧作家的角色》

第一节　皮蓝德娄简介

　　路易吉·皮蓝德娄，意大利剧作家和小说家。1867 年，皮蓝德娄出生于意大利西西里岛南部阿格里琴托市一个村庄的上层阶级家庭，父亲是从事硫黄矿生产的商人，母亲也出身于富有的资产阶级家庭。皮蓝德娄的早期教育是在家里完成的，他从小就对故事、寓言和传说表现出极大的兴趣。据说他 12 岁时就写作了他人生中的第一部悲剧。父亲希望皮蓝德娄能够子承父业，因此把他送入一所技校学习，但是皮蓝德娄最终还是转而学习他一直倍感兴趣的人文专业。1880 年，皮蓝德娄一家迁往西西里首府帕勒莫，在这里完成高中学业后，他先后就读于巴勒莫大学、罗马大学和德国的波恩大学文学系。1891 年，波恩大学博士毕业时，他所著论文题目有关意大利阿格里琴托方言的发展变化。在德国波恩大学期间，皮蓝德娄的课余文化活动很丰富，同时也接触到了很多德国的文学经典。

　　回到意大利后，在罗马，经朋友介绍他结识了众多文学界人士，这奠定了他文学道路上的人脉资源。1893 年，皮蓝德娄创作他人生中第一部最重要的小说，即后来的《被抛弃的女人》。1894 年，在父亲的安排下，皮蓝德娄与腼腆、内向、出身良好、嫁妆颇丰的安托涅埃塔·波图拉诺成婚。这桩婚姻更催发了皮蓝德娄的创作热情，他在文学界的活动空前活跃。1897 年到 1922 年间，他在罗马师范学院教授文体学和意大利文学，同时发表随笔和长篇小说以及短篇小说。1901 年，他的长篇小说《被抛弃的女人》出版，引起广泛关注，皮蓝德娄在文坛崭露头角。

　　1903 年是皮蓝德娄一生中最灰暗的一年，一场洪水淹没了他家的硫黄矿，他的父亲在这座矿上投下巨资并且安托涅埃塔的嫁妆也全部押在上面，所以这场洪水冲走了他几乎全部的家产。安托涅埃塔精神受到强烈打击，至此患上精神病。皮蓝德娄绝望中也想到自杀，但是后来勇敢承担起家庭重担，通过上更多的课和撰写文章来尽量贴补家用。皮蓝德娄白天工作一天，晚上还要回家照顾生病的妻子，就是在这样艰难的情况下，他的长篇小说《已故的巴斯加尔》以连载的形式逐步发表，小说大获成功，一时间引起轰动。这部小说标志着皮蓝德娄创作上的转折点。他早期的创作受真实主义的影响，多以西西里为背景，生动而真实地描绘岛上的风土人情和社会面貌，岛民从农民到知识分子再到政府职员等的生活都刻画得细致入微。朴素的写实，抒情的风格成为早期作品的主要特色。然而从《已故的巴斯加尔》我们看到作家创作风格的突然转变。1903 年的家变使皮蓝德娄对命运产生了疑惑，他渐渐开始考虑更深刻的哲学问题：即人存在的意义和价值。怪诞的故事情节成为他后期作品的主要特点。《已故的巴斯加尔》中，巴斯加尔厌倦夫妻争吵，离家出走，在赌场上赢了一笔钱，想要回家时，却看到报纸上报道自己被淹死的消息，于是，他就化名梅斯到处漂泊，期间也试图重新组建家庭开始新生活，然而因为旧的身份已经丢弃，在现实中这个新的身份无非只是一场梦幻，他开始新生活的初衷最终未能如愿。于是，他淹死梅斯这个虚假"自我"，决心要回原来的真实"自我"，然而当他赶回家乡出现在妻子面前时，此时已改嫁的妻子却发出惊恐的尖叫。于是，他只能接受命运的安排，在一家图书馆里消磨时光，并且每日在自己的坟前放上一束鲜花，自嘲地对路人说自己就是已故的巴斯加尔。皮蓝德娄以这样怪诞的情节要表现给人们的是：生活是滑稽可笑的令人悲哀的片断，我们都生活在"自我"之中，戴着种种社会强加给我们的假面具，无法了解和掌握这变幻莫测的命运。

1898 年起，皮蓝德娄开始戏剧作品的创作，他最伟大的两部作品是：《六个寻找剧作家的角色》和《亨利四世》。然而 1921 年，《六个寻找剧作家的角色》在罗马首演时，却遭到观众唾骂，观众大声喧嚷表示抗议，逼得剧作家从剧场侧面紧急出口仓皇逃离。然而，当这部戏剧随后在米兰上映时，却大获成功。1922 年，《亨利四世》在米兰上演，再次大获成功，皮蓝德娄从此声名大噪。通过这两部戏剧的上演，皮蓝德娄的名声终于走出国门，享誉世界。

1934 年，因为"对戏剧和舞台做出大胆而杰出的创新"皮蓝德娄获得诺贝尔文学奖。他是个多产的作家，作品包括 7 部长篇小说、300 多篇短篇小说、7 本诗集、40 多个剧本以及其他文论和散文作品。

第二节　《六个寻找剧作家的角色》简介

《六个寻找剧作家的角色》1921 年在罗马上演，是一出戏中戏。情节如下：

一家剧院里，剧组人员正在准备排演皮蓝德娄的新戏《各尽其职》，这时传达向经理报告六个角色的到来，他们说是要来寻找一个剧作家，经理懊恼排演过程被中断，因此阻止他们上台，这六个人声称自己可以作为一出新剧的角色，不由分说开始讲述自己的遭遇。经理和其他演员渐渐被他们的讲述吸引。他们是一家人：母亲许多年前爱上了父亲的秘书，并有了私情，因此被父亲赶出家门。妻子离开后，父亲把他们的儿子寄养在乡下。此时，妻子有孕在身，与秘书迁往他乡后，妻子生下女儿，后又生育有一男一女。后来秘书病故，母亲领着三个孩子在附近当裁缝，不料中了圈套，最终大女儿只能沦为风尘女子。恰巧父亲来逛妓院，与并不相识的大女儿相遇，若非母亲及时出现，他们险些上演尴尬的一幕。事后，父亲把他们一家带回家，接回乡下的儿子。一家人就此团聚，然而真正的悲剧开始上演，大女儿即继女因为父亲过去的行为对他百般奚落，非常无礼；而大儿子因为早年遭父母抛弃，怀恨在心，对母亲和继女一家人更是心怀芥蒂；小男孩沉默寡言；只有四岁的小女儿，却是非常可爱。母亲对儿子也愧疚在心，总想找机会弥补，但儿子拒绝她的努力。一日，小女儿在花园玩耍，掉进池塘，小男孩躲在树后亲眼目睹这一切，却无动于衷。同时，母亲去找儿子谈天，儿子跑掉，走进花园，却发现了小女儿池塘里的尸体，这时小男孩从衣服里拔出一把手枪，扣动扳机自杀。舞台上乱作一团。

这出戏中之戏的剧情似乎老套，涉及男女私情、兄弟情仇、报复和自杀等常见的情节，但是重点不在这些情节上，而在于作者怎样在一出戏中嵌套另一出戏，调节艺术世界与虚拟世界、演员与角色、真实与幻想之间的关系。在这出剧中，皮蓝德娄跨越了真实与幻想之间的界限，六个寻找剧作家的角色的到来，使正在赶排《各尽其职》的演员们变成六个角色的客串和观众，而六个寻找剧作家的角色却变成了戏剧的主要角色。

皮蓝德娄的这部戏剧浓缩了他的主要创作理念：

一、非理性是戏剧创作的基础。在这部戏剧中，皮蓝德娄着力表现的是非理性的精神世界和剧作家在创作过程中潜意识的心理状态。正如剧中人物父亲所言："事实上一切反常的举动都被称做疯狂，疯狂使臆造出来的似是而非的东西变得像真的一样。请允许我提醒您注意，如果这就叫疯狂，它也就是你们职业（剧作家职业）中唯一的理性。"

二、角色一旦被剧作家创造出来就会成为一个独立的、有生命力的个体，他们就会脱离作者的主观意志，就如同这六个角色寻找剧作家来创造他们的故事所隐喻的那样，同时，角色一旦被创造出来就具有了永恒的生命力。

三、这部戏剧强调了两个艺术世界的差异：即剧作家头脑中幻想的艺术世界和真实的舞台上即将展现出来的艺术世界的差异，虚构的剧本由剧作家的非理想幻想创造出来，但是舞台上的演出并不能把这一虚构的世界丝毫不差地复制出来。

第三节　《六个寻找剧作家的角色》选段

观众们走进剧场时，看到舞台竟同白天没有演出时一样，幕布升起，没有边帷和布景，黑沉沉，空荡荡，因此从一开始就感到这是一出没有准备好的戏。

台口左右各有一架小梯，可供上下舞台用。

舞台的一侧，是提词员的厢座，在提词孔的旁边。

舞台另一侧的前方，背向观众，摆着经理兼导演的一张小桌子和一把靠背椅。

台上放着一大一小两张桌子和几把椅子，是供排演用的。两侧还散放着一些供演员们坐的椅子。舞台深处隐约地露出一架钢琴的一头。

剧场的灯光熄灭后，身穿土耳其式长衫、腰挂工具袋的布景员走上舞台。他从舞台后面的一个角落里搬出一些做布景的木板，放到台前，跪下来往上面钉钉子，在敲击声中，舞台监督上场。

舞台监督　喂！你在干什么呀？

布　景　员　我在干什么吗？钉钉子。

舞台监督　在这个时候？（看手表）已经十点半了。过一会儿经理就来这里看排演。

布　景　员　可是我说，也得有我干活的时间！

舞台监督　你会有的，但不是现在。

布　景　员　那在什么时候？

舞台监督　不排演的时候。你站起来，站起来，把东西都搬走吧，让我来布置《各尽其职》第二幕的场景。

布景员气喘吁吁地收拾起木板，嘴里嘟囔着走了。同时剧团的演员们三三两两地从台后走出，一共十来个人。他们将要开始当天预定进行的皮蓝德娄的《各尽其职》一剧的排演。他们走进来时，向舞台监督问好，并彼此招呼，互道早安。接着几个演员向自己的化装室走去；留在台上的演员等待着经理来开排；他们或坐成一圈，或站着交谈；一个点着烟抽起来，另一个在发牢骚，对分到的角色不满意，还有一个在大声地给同伴们念一张戏剧报上的消息。提词员也夹在他们中间，他的胳臂下夹着脚本。男女演员最好穿着鲜丽一些，以便使第一场的即兴表演具有极为活跃的气氛。后来有一个男演员坐到钢琴前面，弹起一支舞曲，青年男女演员们翩然起舞。

舞台监督　（拍手叫大家安静）停下，停下，别跳了！经理先生来了！

　　乐声和舞蹈马上停止。演员们都转脸向剧场望去，只见经理从剧场门口走进来。他戴着一顶硬壳帽子，腋下夹着一根手杖，嘴里衔着一支粗大的雪茄。他在演员们的问候声中穿过观众席之间的甬道，经小梯子登上舞台。秘书递给他邮件：几份报纸，一本包扎着的书籍。

经　　理　有信吗？

秘　　书　一封也没有，所有的邮件都在这里了。

经　　理　（把包扎着的书给他）放到办公室去吧。（然后四下看看，对舞台监督说）喂，这里看不见。请给点儿灯光。

舞台监督　马上开灯。

　　舞台上变得秩序井然。顷刻间，一道雪白耀眼的灯光照亮了演员们所在的舞台右侧。这时提词员坐到提词孔旁边，拧开小灯，摊开脚本。

经　　理　（拍手）来，来，我们开始吧。（向舞台监督）还缺人吗？

舞台监督　女主角没到。

经　　理　总是这样！（看表）已经晚了十分钟，请你把这事记下来。这样她才记得住应当准时参加排演。

　　他话音未落，女主角的声音从剧场后面传来。

女 主 角　别记了！我来啦！我来啦！

　　她一身雪白，头戴一顶神气的大帽子，怀抱一只漂亮的小狗，跑过观众席之间的甬道，匆匆踏上小梯。

经　　理　您发过誓让别人永远等您。

女 主 角　请原谅。为了及时赶到这里，我去找汽车，可是反而花去了更多的时间！我看你们还没有开始。而且一开头也没有我的戏。（叫舞台监督的名字，并把小狗交给他。）请你替我把它关在化装室里。

经　　理　（嘀咕）还把小狗带来！好像这里的狗还嫌少。（又拍手，并转向提词员）开始，开始，《各尽其职》第二幕。（在椅子上坐下）注意了，先生们。谁上场？

　　男女演员离开前台，坐到一旁。前台只剩下三个即将开始排演的演员和女主角。她没有听见经理的问话，在台前的一张桌子旁坐下。

经　　理　（向女主角）您有戏吗？

女 主 角　我，没有呀，先生。

经　　理　（不耐烦）那么请离开这里，神圣的上帝呵！

　　女主角起身，走到已经退到一旁的演员们旁边。

经　　理　（向提词员）开始吧，开始吧。

提 词 员　（朗读脚本）"莱奥内·伽拉的家。一间餐室兼书房的奇怪大厅"。

经　　理　（向舞台监督）我们把大厅布置成红色的。

舞台监督　（在一张纸上记下）红色的。好。

提 词 员　（继续念脚本）"餐桌上摆好了饭，书桌上堆着书本和纸张。几架书籍和一个放着贵重艺术品的玻璃橱。后边的门通莱奥内的卧室。左边的门通厨房。正门在右边"。

经　　理　（站起来指点）好，你们看：那里是正门。厨房在这里。（向扮苏格拉底的演员）您将从这里出入。（向舞台监督）在后边装上绒布面的门，挂上门帘。（又坐下）

舞台监督　（记录）好。

提　词　员　（继续如前往下念）"第一场。莱奥内·伽拉，奎多·维纳兹，菲利普，也就是苏格拉底"。（向经理）人物动作也要念吗？

经　　理　念！念！我已经向他讲过一百次了！

提　词　员　（如前念道）"幕启时，莱奥内·伽拉戴着厨师的帽子，系着厨师的围裙，正在用一柄木头小杓把一个鸡蛋敲破打入碗里。菲利普也在打鸡蛋，同样是厨师的打扮。奎多·维纳兹坐在那里听他们说话"。

男　主　角　（向经理）请问，我一定要在头上戴一顶厨师的帽子吗？

经　　理　（对抱怨表示厌烦）我想是吧。那上面是这样写着的！（指脚本）

男　主　角　对不起，这很可笑！

经　　理　（愤然起立）"可笑！可笑！"法国不再给我们好的喜剧，您叫我怎么办呢？我们只好把皮蓝德娄的剧本搬上台，这些戏写得谁都看不懂，简直存心让演员、评论家和观众生气。（演员们笑起来。他向男主角走去，大声嚷）是的，先生，您必须戴上厨师的帽子！还要打鸡蛋！您以为只是打鸡蛋而已？您可是遇到难题了！您还得扮演您打破的那个蛋壳！

　　演员们又笑起来，并且冷嘲热讽地议论着。

经　　理　别说话了！我解释时你们应当听着！（又转向男主角）真的，先生，理智没有盲目的本能来充实，那就只是一个空壳！根据剧中各个角色的作用，您代表理智，您的妻子代表本能。因此，您扮演这个角色时，应当有意识地使自己变成自我操纵的木偶。您懂了吗？

女　主　角　（摊开双臂）我不懂！

经　　理　（回到原位）我也是一样！我们往下排演吧，最终你们会满意我的！（以亲昵的语气）我求您多下点功夫，否则，台词这么晦涩难懂，您将吸引不住观众，那就垮台了！（又拍手）注意，注意！我们继续往下排！

提　词　员　对不起，先生，您允许我坐进厢座里去吗？这里风太大！

经　　理　当然同意，去吧，去吧！

　　这时剧场传达走进大厅，头戴有饰带的帽子，穿过观众席的甬道走到舞台前面，向经理通报六个角色的到来。角色们稍远地尾随着走进剧场，犹疑不安地打量四周。

　　要使这出戏取得舞台效果，必须用一切办法使这六个角色不与剧团的演员混淆。处理的办法已在脚本中加以说明，即当角色走上舞台时用灯光将一种色彩异常的光芒罩住他们，肯定会起作用。但是这里建议一个最有效和最妥当的办法，就是给角色戴上面具。用一种汗水不会浸湿的材料制成分量很轻的面具，并使演员的眼睛、鼻孔和嘴巴能够活动。这样也就表现出了本剧的含义。角色不应当作为幽灵出现，而应当代表人为的现实，它们由想象构思出来后便一成不变，因此它们的形象比有着活动多变的本性的演员们更真实更持久。面具有助于向人们提供表现每个人物基本感情色彩的不变的艺术形象：父亲的悔恨，继女的报复，儿子的轻蔑，母亲的痛苦。母亲的面具可在青灰色的眼眶和两颊挂上蜡制的泪珠，就像教堂里表情悲痛的圣母的塑像或画像那样。他们的服装料子和款式也不同寻常，但并不怪异，衣褶笔直，剪裁合身，总之不要让人觉得料子是城里普通的商店可以买得到，衣服是由一般缝纫店所制做的。

父亲大约50岁，两鬓稀少，但还不是秃顶，须发呈棕褐色，浓密的胡子之中露出一张仍然红润的嘴，经常隐约地浮现出自负的微笑。他脸色苍白，宽阔的前额尤为明显；蓝色的圆眼睛目光明亮而锐利，身穿一件深色的上衣和一条浅色的裤子。他的举止时而殷勤温柔，时而粗暴生硬。

母亲在沉重的羞耻感和自卑感的压抑下显得畏缩乏力。她穿简朴的黑衣服，戴寡妇的厚面纱。面纱撩开后，露出并不憔悴的脸，但脸色蜡黄，总是低垂两眼。

继女，是一个大胆得近乎冒失的姑娘。她18岁，长得很美，也穿着丧服，却引人注目地雅致。她蔑视弟弟——面色苍白的14岁男孩，也穿丧服——那又伤心又害怕，几乎魂不附体的模样，而对小妹妹则十分疼爱。女孩约4岁模样，穿着白色衣裙，腰里系一条黑带子。

儿子，22岁，高身量。他对父亲冷淡之中透出轻蔑，对母亲敛着眉头不理睬。他穿着紫色的大衣，脖子里系一条绿色长围巾。

传　达　（把帽子摘下来拿在手中）对不起，先生。

经　理　（粗鲁而急促地）有什么事？

传　达　（胆怯地）有几位先生找您。

经理和演员们转过脸惊奇地从台上往台下望。

经　理　（又生起气来）我在这里排戏！您知道排演时间闲人概不入内吗！（向剧场后面）诸位先生是什么人？有什么事情？

父　亲　（往前走到台边的小梯子旁，其余的人跟在他后面）我们到这里来找一个剧作家。

经　理　（又惊又气）一个剧作家？哪一个剧作家？

父　亲　任何哪一个普通的剧作家，先生。

经　理　但是这里没有剧作家，因为我们不是在排演新写的剧本。

继　女　（欣喜地急忙登上小梯）那更好！那更好，先生！我们就可以作您的新剧本。

演员之一　（在其他人的笑声和议论声中）哟，你们听哪！你们听哪！

父　亲　（跟着继女走上台）是这样，可惜剧作家不在！（向经理）也许您愿意充当……

母亲拉着女孩和男孩走上小梯子开头的几级，在那里等待着。儿子固执地留在下面。

经　理　诸位先生想开玩笑吗？

父　亲　不是，先生，请您别这样说！恰恰相反，我们带来的是一出痛苦的戏！

继　女　我们会使您赚钱的！

经　理　我请你们走开，我们没有时间跟疯子说废话！

父　亲　（伤心而低声下气地）哦，先生，您要知道，人生充满了无数的荒谬；这些荒谬甚至毫不害臊地不需要真实做外表，因为它们是真实的。

经　理　您在说些什么鬼话？

父　亲　我是说，事实上一切反常的举动都被称做疯狂，疯狂使臆造出来的似是而非的东西变得像真的一样。请允许我提醒您注意，如果这就叫疯狂，它也就是你们职业中唯一的理性。

演员们气愤地骚动起来。

经　　理　（站起身来看着他）噢，是这样？在您看来，我们的职业是疯子干的事情啰？

父　　亲　呃，把假的做得像真的；先生，这毫无必要，只是为了博得一笑……难道你们的使命不是在舞台上赋予虚构的人物以生命吗？

经　　理　（立即代表全体演员表示极大的愤慨）但是我请您相信，亲爱的先生，演员的职业是非常高尚的职业！虽然目前初出茅庐的剧作家先生们给我们的是蹩脚剧本，让我们演的是一些木偶而不是活生生的人，您可知道，值得我们骄傲的是我们曾经在这里，在这舞台上给许多不朽的作品以生命！

演员们满意地为经理鼓掌。

父　　亲　（迫不及待地插话）对！说得好极了！不朽的作品是有生命的东西，它们比呼吸空气、穿着衣服的人更有生命力！也许不太现实，可是更真实！我们的看法完全一致！

演员们惊讶地面面相觑。

经　　理　这怎么可能！您前面说过……

父　　亲　不，对不起，先生，那些话只是对您而言，因为您冲着我们直嚷没功夫同疯子讲废话。然而没有人能比您更懂得，大自然借助人类的幻想来推动她那至高无上的创造工程。

经　　理　不错，不错。可是，您由此得出了什么结论呢？

父　　亲　没有，先生。我只是向您说明，生命诞生的方式是各种各样的：树木或是石头，流水或是蝴蝶……或是女人。都可以诞生出剧中人。

经　　理　（故作惊讶地讽刺）那么，您和同您一起来的这些先生都是天生的剧中人了？

父　　亲　您说对了，先生。您看看我们，都是活人？

经理和演员们像听到笑话一样哄堂大笑。

父　　亲　（痛苦地）我对你们这样大笑感到遗憾。我再说一遍，我们带来了一出很苦的戏，诸位先生从这个蒙黑面纱的女人身上能够推测出来。

他一边说一边伸手帮助母亲从小梯子走上舞台，并且神色哀伤庄重地用手拉着她走向舞台另一侧。这时立即有一束表示幻觉的灯光照射他们。女孩和男孩跟在母亲身后，儿子远远地站到舞台后面。继女也离开前台，靠后一些站着。演员们开始时惊呆了，继而欣赏起他们的行动，爆发出掌声，仿佛欢迎他们来演出。

经　　理　（起初感到惊异，接着生气）够了！别闹了！（然后向角色们）你们走吧，离开这儿！（向舞台监督）看在上帝的面上，请你把他们撵出去！

舞台监督　（走上前去，然后又停步不前，仿佛被一种奇怪的恐惧吓住了）走开！走开！

父　　亲　（向经理）别这样，您听我说，我们……

经　　理　（高声）总之，我们应当在这里工作！

男 主 角　这样开玩笑是不正当的……

父　　亲　（决然地走上前）你们的多疑真令我吃惊！难道诸位先生还没有看惯剧作家创造的人物一个接一个地在这里活蹦乱跳起来吗？也许因为在那里（指提词员的座位）没有一个关于我们的现成的剧本？

继　　女　（向经理走去，脸上露出具有魅力的微笑）先生，请您相信，我们是六个很有趣的人物！当然，我们已经失去了归宿。

父　　亲　（推开她）是的，失去了归宿，这句话说得对！（马上向经理）您请听，就
　　　　　　是说那位创造了我们生命的剧作家后来不愿意，或者没有能力使我们成为
　　　　　　艺术世界里的实体。先生，这真是一桩罪过，因为幸运地降生为"角色"
　　　　　　的人，能够嘲笑死神！他是不死的！人，剧作家，作为创造的工具，是得
　　　　　　死去的；他的创造物却不会死！无须特殊的天赋或者奇迹出现，他就得到
　　　　　　了永恒的生命。桑丘·潘萨①是什么人？堂阿彭迪奥②是什么人？然而他
　　　　　　们却天长地久地永生着，因为他们像生命的细胞幸运地找到了一个富于生
　　　　　　殖力的子宫一样，找到了一个能够哺育和滋养他们的幻想，使他们与天地
　　　　　　共存！

经　　理　这些都非常正确。可是你们到这里来想要做什么？

父　　亲　先生，我们想获得生命。

经　　理　（讥讽地）永恒的生命吗？

父　　亲　不是，先生，只想附在你们身上生存一阵子。

某 演 员　哎唷，你们听听这话！你们听听这话！

女 主 角　他们要在我们身上复活！

青年男演员　（指继女）嘿，如果是她在我身上复活，我倒愿意。

父　　亲　听我说，听我说，剧本还没有写完。（向经理）如果您同意，而且您的演员
　　　　　　们也愿意的话，我们可以马上一起协作！

经　　理　（不耐烦）您要搞协奏曲！我们这里不开音乐会！这里演的是悲剧和喜剧！

父　　亲　很好！正因为如此，我们才来这里找您！

经　　理　剧本在哪里？

父　　亲　先生，在我们身上。

　　　　　众演员笑。

父　　亲　戏就在我们身上，我们就是戏；我们急不可待地要把戏演出来，内心有一
　　　　　　股热情在催促着我们！

继　　女　（讥讽地做出轻佻的媚态）先生，您知道吗，我的热情，我的热情是……献
　　　　　　给他的！（指父亲，做出几乎要拥抱他的姿态，然后尖声大笑。）

父　　亲　（恼怒地）你现在庄重一些！我请你不要这么笑！

继　　女　不笑？那么请听我说：虽然我的父亲去世才两个月，我现在请诸位先生看
　　　　　　我唱歌和跳舞！（轻佻地唱起由弗兰西斯·萨拉贝特改编成狐步舞的达维·
　　　　　　斯汤贝尔所作《当心周定周》的第一段，并配上舞步。）

　　　　　　　　中国人真精明，

　　　　　　　　从上海到北京，

　　　　　　　　到处都写着：

　　　　　　　　当心周定周。

　　在她载歌载舞时，演员们，尤其是青年演员们，被她那独特的魅力所吸引，向她
聚拢，并伸手去抓她，她逃脱；在演员们的鼓掌声中，满不在乎地对待经理的责备。

---

① 桑丘·潘萨，西班牙小说《堂吉诃德》中的人物。
② 堂阿彭迪奥，意大利小说《约婚夫妇》中的人物。

众男女演员　（笑着鼓掌）好！好样的！真棒！

经　　理　（生气地）别闹了！他们大概把这里当成咖啡馆了吧？（有些恐慌地把父亲略微拉到一旁）您可说实话，她是疯子吧？

父　　亲　不，不是！比疯子更坏！

继　　女　（马上奔向经理）更坏！更坏！先生，不是这样！请听我说：您赶快让我们演这出戏吧，因此您将看到我飞快地离去，那时候这个小宝贝（从母亲身边把女孩领到经理面前）——您看她不是很可爱吗？（把她抱起来，吻她）乖乖！乖乖！（不舍地将她放在地上，激动地说下去）是的，当这个可爱的小宝贝突然被上帝从母亲的怀里夺走时，而这个傻瓜（粗鲁地抓住男孩的一只衣袖，把他拉到前面来）做出只有他这么笨的人才做得出的蠢事时，那时您将看到我飞快地离去，先生，真会这样！我要插翅飞走！现在还不到那个时候，还不到那个时候！在我跟他（狠狠地瞪了父亲一眼）有过那次过分亲热的行为之后，我再也不能跟他们在一起了，不能再看着母亲为了那个阴阳怪气的家伙而痛苦（指儿子），您瞧瞧他！您瞧瞧他！他无情无义，冷若冰霜，因为只有他是合法的儿子！他蔑视我，蔑视他（指男孩），蔑视这个小女孩；因为我们是私生子。您懂了吗？私生子。（走向母亲并拥抱她）这可怜的母亲是我们大家的亲生母亲，他竟然不肯承认她也是他的母亲。他居高临下地把她当做只是生了我们三个私生子的母亲来看待。卑劣的小人！（这些话说得又急又快，在说到"私生子"时声音提高，最后"卑劣的小人"是缓慢地逐字吐出来的。）

母　　亲　（不胜悲哀地向经理）先生，我求您，看在这两个孩子的分上……（感到气力不支，跟跄一步）——哎呀，我的上帝……

父　　亲　（和几乎全体演员一起惊慌地跑过去扶住她）请拿把椅子来，拿把椅子给这可怜的寡妇！

众 演 员　（赶过来）真晕倒了？是真的吗？

经　　理　拿椅子来，快！

　　一个演员拿来一把椅子，其他演员关心地围在旁边。母亲坐到椅上，竭力阻止父亲揭开她那遮住脸的面纱。

父　　亲　先生，您看看她，看看她……

母　　亲　不行，上帝。你不要动！

父　　亲　让人们看看你吧！（揭下她的面纱）

母　　亲　（站起身，用双手捂住脸，拼命叫喊）啊，先生，我求您不要让这个人的阴谋得逞，那对我太可怕了！

经　　理　（困惑不解）真是莫名其妙；这是怎么回事！（向父亲）这是您的太太吗？

父　　亲　（立即）是的，先生，是我的妻子！

经　　理　既然您活着，她怎么变成寡妇了呢？

　　演员们由惊讶转为嬉笑。

父　　亲　（伤心至极，十分愤怒地）不要笑！求你们不要这样笑！她的悲剧就在这里，先生。她另外还有一个男人，他本来也应当来这里的。

母　　亲　（叫喊）不对！不对！

继　　女　他幸运地死了，死去两个月了，我已经对您说过。您看，我们还在为他服丧。

父　亲　　您听我说，他今天没有来，并不仅仅因为他死了。他不来是因为——请看
　　　　　看她，先生，您马上就可以理解！她的悲剧不是一场三角恋爱，她没有那
　　　　　样的本事。她心里根本就没有爱情，也许有的只是一丝感激之情，不是对
　　　　　我，是对那个男人！她不是一个女人，是一个母亲！实际上，她的悲
　　　　　剧——很动人的，先生，是很动人的！——全部表现在由她跟两个男人生
　　　　　的这四个孩子身上。

母　亲　　我，跟两个男人？你竟敢说我有两个男人，难道不是你故意造成的吗？是
　　　　　他，先生！是他把另一个男人硬塞给我的！他迫使我跟那个人一起出走！

继　女　　（突然忿忿不平地）这不是真话！

母　亲　　（愕然）为什么不是真话？

继　女　　不是真的，不是真的！

母　亲　　你知道什么呢？

继　女　　不是真的！（向经理）您不要相信她的话！您知道她为什么这么说吗？是
　　　　　为了那个家伙！（指儿子）因为那个做儿子的冷淡态度伤透了她的心，折
　　　　　磨着她的灵魂。她想让他相信那时扔下两岁的他出走，是他（指父亲）逼
　　　　　迫的。

母　亲　　（大声）他逼我，他逼我这样做，我请上帝做证。（向经理）您问他（指丈
　　　　　夫）是不是吧！让他说吧！……她（指女儿）不可能知道这件事情。

继　女　　我知道，我父亲在世时，你同他一直生活得和睦美满。你能否认吗？

母　亲　　我不否认，不……

继　女　　他对你始终满怀深情和体贴！（生气地向男孩）不是这样吗？你说呀！为什
　　　　　么不说话？你这傻瓜。

母　亲　　别逼这个可怜的孩子！女儿，你为什么要让人们把我看成一个忘恩负义的
　　　　　人呢？我并不是存心伤害你父亲的。我要驳斥他，说明我抛弃他的那个家
　　　　　和我的儿子出走，既不是因为我犯了什么过错，也不是因为我闹什么
　　　　　恋爱。

父　亲　　先生，她说的是实话。是我造成的。

　　　　　静默。

男主角　　（向他的同行）你们看，这是演的什么戏！

女主角　　让他们演给我们看，给我们看！

青年男演员　总算有这么一次了！

经　理　　（开始产生极大的兴趣）我们听他说！听他说！

　　　　　他说着就顺着小梯子走下舞台，站在剧场里，仿佛从观众的角度来看演出的效果。

儿　子　　（站在原地不动，冷冷地轻声讥诮）对啰，现在你们就要听他长篇大论地讲
　　　　　哲学了。他会对你们说那是出于"实验狂热"。

父　亲　　你是一个残忍的蠢货，我对你说过一百次了！（向站在剧场里的经理）先
　　　　　生，他讥笑我，说这是我用来开脱自己的一种措辞。

儿　子　　（不屑地）措辞。

父　亲　　措辞！措辞！对于一桩无法明言的事实，对于一件已经铸成的大错，找一
　　　　　种能够平心静气的含糊的措辞，岂不使大家心里都好受一些吗？

继　女　　当然，悔恨也是无法明言，无法直说的！

父　亲　　悔恨吗？不，我不仅仅用言语来消释我心中的悔恨。

继　　女　　还用一点儿金钱，是的，是的，还用一点儿金钱！先生，他那时用一百里拉收买我！

演员们反感地骚动。

儿　　子　　（憎恨地对同母异父的妹妹）这是胡说！

继　　女　　胡说？这些钱用一个淡蓝色的信封装着，放在帕奇夫人商店后屋里一张桃花心木的小桌子上。先生，您知道吗？帕奇夫人是一个借口出售"衣服和大衣"为名引诱我们良家女子入"罗网"的女人。

儿　　子　　你用他要付给你的这一百里拉买到了在大家面前称王称霸的权利吗？请注意，幸亏他并没有理由付钱给你。

继　　女　　嘿，我们可是在那种地方待过的，你懂吗！（大笑。）

母　　亲　　（反对地）丢人哪，女儿，丢人哪！

继　　女　　（冲动地）丢人？这是我在报复！我发抖，先生，我害怕，那一幕情景重现了！那间屋子……这里是挂大衣的橱窗，那里是沙发床、梳妆镜、一架屏风，窗子下面是那张桃花心木的小桌子，上面放着那个装一百里拉的淡蓝色信封。我看见信封了！我可以拿到它了！但是，请大家必须转过脸去，因为我几乎是一丝不挂的！我不再脸红了，因为现在应该脸红的是他！（指父亲）我肯定地跟你们说，他那时脸色苍白极了，苍白极了！（向经理）（……）

在他的指挥下，布置出一幅美妙的夜景，使得演员们恍若置身于月夜的花园里。他们像在花园里似的说话和走动。

经　　理　　（向继女）好了，您看吧！现在小男孩不躲在门后了，他可以在花园里走动，躲到树背后去。可是您知道很难找到一个小女孩来表演把小花朵儿指给您看的那段戏。（转向男孩）来，你往前来！我们试试看！（见男孩不动）来，来呀！（然后拉他出来，试图把他的头抬起来，但小男孩每次都把头又耷拉下去）唉，我说这个孩子也真是不幸……他怎么啦？……我的上帝，必须让他说两句话才好……（走近他，把一只手放在他的肩上，把他带到树后）走过来，再过来一点儿：让我看看！你藏在这里……像这样……试着把头伸出来四下张望……（退后看效果，男孩子立刻照做，演员们又惊奇又感动）啊，好极了……好极了……（向继女）我说，如果让小女孩向他跑过去，在他探头张望时吓唬他，他能张开口说两句话吗？

继　　女　　（站起身）只要有那位（指儿子）在，您甭指望他说话！您必须先把那一位打发走。

儿　　子　　（毅然向小梯子走去）我早就等着哩！高兴极了！真是求之不得！

经　　理　　（立即拦住他）不行！您去哪儿？等一等！

母亲怕他真的走掉，慌忙起身，本能地伸出双手拦他，但并没有离开原地。

儿　　子　　（走到舞台前沿，面向拉住他的经理）这里没有我的事！让我走吧，我求求您！让我走吧！

经　　理　　怎么没有您的事呢！

继　　女　　（平静地讥讽）不要拉他！他不会走的！

父　　亲　　他应当和母亲一起演出花园里发生的那悲惨的一幕！

儿　　子　　（横下一条心，粗暴地）我什么都不演！我早就说过了！（向经理）让我走吧！

继　　女　（走上前，向经理）先生，让我来吗？（她把经理张开阻拦儿子的手拉下来）您放他走！（经理让开，她马上对儿子说）好，你走吧！

　　　　儿子往小梯子伸腿，但是好像被某种神秘的力量拉住，不能跨下去。在演员们惊奇、失望和担心的神色中，他从舞台的前面走向另一边的小梯子，走到梯子前面，仍然伸着腿下不去。继女一直用冷冷的眼光追随着他的动作，这时放声大笑。

继　　女　您看，他走不掉！他走不掉！一条挣不脱的锁链拴住了他。先生，只要我还在这里忍受他的冷眼和监视，您应当想到他是不会离开的。当应该发生的事情发生时，我将插翅而飞——因为我恨他，我再也不愿看见他了。那时他就会真正地留下来，和他的好父亲，还有那失掉了其他的孩子，只剩下他一个孩子的母亲在一起……（向母亲）来，来，妈妈！你过来……（把母亲指给经理看）您看，她站起来了，要去阻拦他……（向母亲呼唤，仿佛在施魔法）——你来吧，来吧……（然后向经理）您看她多么不情愿在您的演员们面前显露出自己的感情，可是要接近儿子的愿望太强烈了——她走来了——您看见了吗？她同意演她的戏了！

　　　　母亲果然向儿子走去，当继女刚说完最后几句话时，她伸开双臂表示同意。

儿　　子　（立刻）啊，可是我不演！我不演！我走不开，我留在这里，但是我对您重说一遍，我什么都不演！

父　　亲　（气得发抖地向经理）先生，您可以强迫他演！

儿　　子　谁也不能强迫我！

父　　亲　我可以强迫你！

继　　女　你们等一等！等一等！首先，让小女孩走到水池边去！（跑到女孩面前，蹲下来用双手捧住她的小脸蛋）我可怜的小宝贝，你用美丽的大眼睛惊奇地张望，谁也不知道你觉得是到了什么地方！亲爱的，我们是在舞台上！什么是舞台呢？你知道吗？这就是认真地做游戏的地方，演戏的地方。现在我们就在演戏。认真地演，你懂吗？你也是……（搂住她，把她抱在胸前轻轻地摇晃）啊，我的宝贝，我的宝贝，你要演出的戏多坏！给你安排的结局多可怕！花园、水池……唉，都是假的，你知道吗？亲爱的，这里的一切都是假的，多么可恨哪！噢，也许你这小孩子更喜欢一个假的水池，因为你可以在里面玩耍，嗯？不行，对于别人，这是游戏，但对你却不是，对你是真的，宝贝，你确定在真的水池里玩，美丽的绿色水池，许多翠竹倒映在水里，一些鸭子在上面戏水，搅乱了倒影。你想捉住一只鸭子……（尖叫一声，惊动了大家）不，我的小玫瑰，不！妈妈为了混账的儿子，没有照看好你！我在胡思乱想……而那个……（放下小女孩，用惯常的恼怒态度对男孩）你总像一个乞丐似的待在这里做什么？小女孩落水也有你的责任。你这副样子，好像我让你们住进这个家，没有付出代价似的？（抓住他的一只胳臂，逼他从衣服口袋里伸出手来）你那里面有什么东西？你藏着什么东西吗？伸出手来，把这只手伸出来！（把他的手从口袋里抽出，只见她拿出一支手枪，众人大惊。她似乎高兴地瞧瞧手枪，然后阴沉地说）喂！你是从哪儿，怎么样弄到这支枪的？（男孩惊慌地瞪着大而无神的眼睛，不回答）你真蠢，我不自杀，我，却要杀死这两个人当中的一个，或者两个人一起：父亲和儿子！（把他赶回原来所在的柏树后面，然后抱起女孩，把她放进水池，让她平躺着不露出身体。最后双手托腮靠在水池边缘上，神色颓伤。）

经　　理　好极了！（向儿子）同时你……

儿　　子　（不屑地）什么同时！不行，先生！在我和她（指母亲）之间没有选！您让她自己说是怎么回事吧。

　　　　这时女配角和男青年演员离开众演员，一个开始很注意地观察母亲，另一个观察儿子。他们以后要扮这两个角色。

母　　亲　是的，是真的，先生！我那时到他的房间里去了。

儿　　子　在我的房间里，您明白吗？不是在花园里！

经　　理　这并不重要！必须把情节集中，我已经说过了！

儿　　子　（发觉男青年演员在看他）您有什么事情吗？

男青年演员　没事儿，我在观察您。

儿　　子　（转向女配角）哦——您在这里？为了演她的角色吗？（指母亲）

经　　理　对！对！我认为他们这样认真，您应当感谢才是！

儿　　子　对呀！太感谢了！可是您还不明白这出戏您是导演不成的？我们并没有活在您肚子里，能按您的旨意行事。您的演员又死死盯住我们看，您认为我们能在这样一面不是凝聚着我们自己表现出来的形象，而是反映出一种几乎找不见我们影子的装模作样的镜子面前生活吗？

父　　亲　这是实话！这是实话！他说得有道理！

经　　理　（向男青年演员和女配角）好，你们走开吧。

儿　　子　这也无济于事！我是不演的！

经　　理　请您不要说了，现在让我听您母亲说！（向母亲）好吗？您进去以后怎么样？

母　　亲　好，先生。我走进他的房间，因为我再也忍不住了，我要把积压在心头的苦水统统倒出来。可是，他一看见我进屋……

儿　　子　我一句话也没有说！我走开了，为了不吵架，我走开了。因为我从来没有吵过架，您明白吗？

母　　亲　这是真的！是这样！是这样！

经　　理　可是现在您和她的这一场戏却必须演出来！这是必不可少的！

母　　亲　先生，我听您的！您最好让我跟他谈一会儿，使我能够跟他说说心里话。

父　　亲　（走近儿子，极严厉地）你一定要演！为了你的母亲！为了你的母亲！

儿　　子　（以前所未有的坚决态度）我什么也不演！

父　　亲　（当胸抓住他，摇撼他）看在上帝的分上，听话！听话！你没有听见母亲的话吗？你这做儿子的没有心肝吗？

儿　　子　（也抓住母亲）不！不！收起你这一套吧！

　　　　双方都很冲动。母亲惊慌地劝解，竭力拉开他们。

母　　亲　（同上）算了吧！算了吧！

父　　亲　（不放手）你必须服从！你必须服从！

儿　　子　（与父亲搏斗，最后把父亲推倒在离梯子不远的地方，众人吃惊）你为什么这样发疯似的起劲？你不怕在大家面前丢人现眼！丢尽你我的脸面！我不演！我不演！我这样也是尊重剧作家的旨意，他不愿意我们登台！

经　　理　可是你们已经上台了！

儿　　子　（指父亲）那是他，没有我！

经　　理　您现在不也在这里吗？

儿　　子　他要这么做，他把我们都拉到这里来了。他和您在一起好像嫌发生过的真事还不够多，又编造出这些根本没有的事！

经　　理　那么您说，您说说发生过的事情！把它告诉我！您走出您的房间，是一言未发吗？

儿　　子　（犹豫了一下）一言未发。正是这样，为了避免吵架！

经　　理　（诱导他）好。然后呢？您做什么了？

儿　　子　（在众人焦虑的注视下，沿舞台踱几步）什么也没有做……当我经过花园时……

经　　理　（对他的态度感到兴趣，进一步追问）噢？经过花园时怎么样？

儿　　子　（激动地举起一条胳臂遮住脸）先生，您为什么要让我讲给您听呢？太可怕了！

　　　　　母亲浑身发抖，啜泣着朝水池望去。

经　　理　（看见母亲的神色，已经领悟，轻声对儿子说）看见小女孩啦？

儿　　子　（看着前方的观众席）她在那里，在那水池里……

父　　亲　（还倒在地上，同情地指着母亲）那时，她只顾着追他，先生！

经　　理　（焦急地问儿子）那么，您呢？

儿　　子　（还是望着前方，慢慢地说）我跑过去，跳下水去打捞她……但是我浑身瘫软了，因为在柏树后面有一件事情令我看了毛骨悚然：这个小男孩直挺挺地站在那里，两眼发疯似的瞪着淹死在水池里的小妹妹。

　　　　　继女俯身向水池，遮住小女孩，放声痛哭，好像有回音从水里传出。静默。

儿　　子　我想走过去，这时……

　　　　　在男孩藏身的树后响起手枪声。

母　　亲　（惨叫一声，和儿子以及众演员跑过去，舞台大乱）儿啊！我的儿啊！（在众人混乱的呼叫声中，听得出她在喊）救人哪！救人哪！

经　　理　（正要驱散众人，而人们已经用白布盖好男孩，抓住头脚把他抬走）他受伤了吗？真的受伤了吗？

　　　　　除了经理和还倒在地上的父亲外，大家低语着走到那块当天空的天幕后面。然后演员们又纷纷走出来。

女主角　（含悲地从右边走出）可怜的孩子死了！他死了！唉，这是怎么回事！

男主角　（笑着从左边走出）没有死！是假的！假的！您不要信以为真！

父　　亲　（爬起来，向他们高喊）不是假的！是真的，真的，先生们！是真的！（他绝望地走到天幕后面消失了）

经　　理　（按捺不住地）假的！真的！统统见鬼去吧！灯光！灯光！灯光！

　　　　　霎时间，台上台下灯火通明，光线强烈耀眼，经理如释重负地透了口气。众人面面相觑，疑惑不解。

经　　理　我从来没有遇到过这样的事情！他们浪费了我一整天的时间！（看表）你们都走吧，走吧！现在你们还能做什么呢？时间太晚，不能排演了。晚上再见吧！（演员与他告别；他刚要离开时）喂，灯光员，关掉所有的灯！（话音刚落，整个剧场霎时陷入一片漆黑之中）唉，上帝哟！你至少留一盏灯亮着，让我看清该朝哪里迈步伸腿啊！

　　　　　好像灯光员听错了话，在白色的天幕后面，一只绿色的聚光灯亮了，清晰地映出除了男孩和女孩以外的其他角色的巨大影子。经理看见后，惊恐地疾速退下。这时，聚光灯熄灭，台上出现原来的蓝色夜景。慢慢地，从白色天幕的右侧走出儿子，后面跟着向他伸着双臂的母亲，然后从左侧走出父亲。他们站在舞台中央，仿佛是梦幻中的人物。最后继女从左边走出来，跑向小梯子，她在梯子的第一级上停一会儿，望着台上的三人尖声大笑，然后匆匆走下梯子，跑到观众席之间的甬道上，再次停下来望着台上大笑。她走出剧场之后，还能听见她逐渐远去的笑声。片刻之后，幕落。

（李笑蕊编，摘自吴正仪译：《六个寻找剧作家的角色》，上海译文出版社，2011）

第二十二章 艾略特及《荒原》

第一节 艾略特简介

  T. S. 艾略特，诗人，剧作家和文学评论家。1888 年 9 月 26 日出生于美国密苏里州，后来加入英国国籍。因此，美国和英国都宣称艾略特是自己民族文化的重要部分。艾略特的祖先 17 世纪来到美国大陆，定居在新英格兰，后来举家迁往密苏里州圣路易市，艾略特的父亲是成功的商人，母亲写诗的同时也是一位社会工作者，艾略特兄妹六人，他排行老六。艾略特年幼时就酷爱文学，14 岁时就尝试写诗，18 岁时进入哈佛大学学习哲学。在哈佛学习期间，他结识了很多后来对他产生重要影响的作家，并与后来的小说家康拉德·艾肯结为挚友。艾略特只用三年时间就获得了哈佛的学士学位，毕业后在哈佛担任一年的哲学助教，后来他来到巴黎索邦大学读哲学，曾在课堂上亲耳聆听法国哲学家柏格森的教诲，与阿兰·浮尼叶共同研读诗歌。1911 年到 1914 年，艾略特重回哈佛学习印度哲学和梵文。1914 年，获得牛津大学莫顿学院的奖学金。后来，艾略特离开牛津定居伦敦，先后教过书并且做过银行职员。伦敦生活对他有着里程碑式的意义，因为在这儿他结识了庞德，当时庞德已是久负盛名的文学人物，庞德对艾略特的诗歌才能大为赏识，介绍他认识伦敦文学界的名流，为他修改诗歌并且协助他诗歌的出版。1915 年，艾略特结识了薇薇安·海伍德，两人于同年 6 月结婚。

  艾略特的诗歌最早以单首发表的形式刊在期刊上或者小册子上，后来他开始把它们结集出版。他最早的诗集是 1917 年的《普鲁弗洛克和其他诗作》，其中包括 1915 年发表的"J. 阿尔弗瑞德·普鲁弗洛克的情歌"，这首诗采用意识流的手法追踪了一个男子 J. 阿尔弗瑞德·普鲁弗洛克在去参加宴会的路上的心路变化历程，全诗是普鲁弗洛克的内心独白，这个男人的年龄不详，但已透露出衰老的迹象，也可能是未老先衰。暮色中，他走过一条条街道，思绪漫展开去。这个男子内心敏感，尽管对日益冷漠的工业化城市感到不满，但仍有自己的浪漫追求，但他渐渐看到了这种浪漫色彩的虚伪性。因此，他经历了幻灭，他自我嘲讽，期间透露出无可奈何，最终只能选择怯懦地忍受现实。这首诗名为"情歌"，实际上不是唱给任何一个具体的女人听的情歌，却更像是首唱给自己的哀歌。"J. 阿尔弗瑞德·普鲁弗洛克的情歌"一反当时英国流行的浪漫主义的乔治亚诗风，为现代派诗歌的发展做出了重要的贡献，这首诗歌的发表使艾略特成为先锋派诗人的代表，奠定了他的诗歌地位。

  艾略特婚后早期的生活很幸福，但很快这场婚姻就成为一场灾难，薇薇安长期生病，精神不稳定，鉴于她以往的精神病史，她需要长期的照顾，但是由于生活的重担，艾略特不能给予她很好的照料，很快二人发展成为互相折磨的关系，婚姻濒临崩溃。在这种精神状态下，艾略特创作长诗《荒原》。1922 年，《荒原》发表，他把这首诗献给庞德，以感谢他在这首诗创作过程中的编辑和修改工作，这首诗影响深远，至今仍被认为是 20 世纪最重要的诗歌。人们普遍认为，诗歌中弥漫的绝望情绪反映了第一次世界大战后人们精神上的幻灭感。

作为一个有世界地位的诗人，艾略特发表的诗集数量相对不多，然而每一部的地位都举足轻重。他的其他诗作包括：《空心人》、《灰星期三》、《老负鼠谈世上的猫》、《四个四重奏》，最后一部诗集《四个四重奏》为他赢得 1948 年的诺贝尔文学奖。

艾略特还是位剧作家，他创作的戏剧作品有：《力士斯温尼》、《教堂谋杀案》、《合家团圆》、《鸡尾酒会》《机要秘书》和《政界元老》等。

除了文学作品外，艾略特还撰写批评论文，他的主要的批评论文集有《圣林：诗歌及批评理论文集》、《传统与个人才能》、《论文选集：1917—1932》、《诗歌的用途和批评的用途》、《诗歌和戏剧》等等。

第二节　《荒原》简介

《荒原》创作于 1922 年，被认为是西方诗歌史上具有里程碑意义的诗篇，标志着象征主义诗歌的顶峰，同时为英美现代主义文学的发展做出了卓越贡献。

《荒原》以西方神话、宗教传说为原型，大量引经据典，将历史与现实相结合，描述了第一次世界大战后西方世界虽生犹死、信仰坍塌后的荒原景象，是处于精神危机中的西方世界的真实写照。

艾略特曾在他的《传统与个人才能》中表明了他的"非个人化理论"，他认为，诗人应该避免个人感情的直接流露，这种情感应包含在更为深厚的历史传统之中，其中最重要的方法是把思想和情感寄寓在典故中。这与当代的原型批评理论不谋而合，因为那浓缩的典故代表着集体性的体验，诗人的个人情感也是这普遍的集体体验中的一部分。

《荒原》是以这样一个中世纪的神话故事为原型：原初时代灾难遍野，山野荒芜，动物濒临灭绝，万物包括女人都失去了生育能力，传说是主生育之神渔王生病，失去性能力而导致万物失去了繁衍生息的功能，解决办法就是要骑士进入渔王的宫殿，并准备好解释各种各样显现给他的现象，解答各种谜一样的难题，从而解除诅咒，消除灾难。

《荒原》序诗引用的是女先知西尔比的神话故事：太阳神阿波罗爱上了女先知西尔比，她请求阿波罗使她永生，可是忘了求他给青春不老，结果西尔比日渐老去，衰老萎缩到一只蚂蚱那么大小，被人关在笼子里，求死不能，痛苦万分。艾略特的序诗就点明了西尔比想要死去的愿望：

> 因为我在古米亲眼看见西比尔吊在
> 笼子里。孩子们问她：你要什么，西比尔？
> 她回答道：我要死。

序诗部分即开宗名义，点出死亡将是贯穿全诗的主导意象。

全诗共分五章，第一章"死者的葬礼"由五个互相不联系的场景组成，第一个场景提出"四月最残忍"、"冬天保我们温暖"和"夏天来的太突然"的悖论，让人深思，四月本是春回大地万物复苏的季节，但是春雨混杂着回忆和欲望，让荒原人更加痛苦，因为他们精神枯竭，无法真正地享受。所以，只有把"回忆和欲望"深埋在"忘怀的雪里"来保得"温暖"。第二场景中，对风信子女郎的短暂美好回忆后，叙述者称：

> 我说不出话来，两眼看不见，我
> 不生也不死，什么都不知道，
> 看进光的中心，那一片沉寂。
> 荒凉而空虚是那大海。

"不生也不死"象征着荒原人精神的荒芜，人活着如同死了。第三个场景里，女相士预言诗歌的主人公将淹死在水里。而诗歌的主人公是不确定的人物，是很多个人物形象的混合，指里面出现的多个男性形象：腓尼基水手、提瑞西士等等，但鉴于提瑞西士雌雄同体，所以这个形象不光指男人，更可能也指代女人，或可以说，是所有人的抽象。第四个场景中一座"不真实的城"，上班的伦敦人走过伦敦桥，就如同一群行尸走肉流过街头，其中出现了一个很重要的意象，一个人问道：

> 去年你种在你的花园里的尸首，
> 它发芽了吗？今年能开花吗？

种尸首用的是另一个神话原型，即"死而复活"的原型，但是这次死而复活的只是一具肉体的空壳，因为精神已经僵死了。第五个场景指向读者，连读诗的人也同说话者一样，丧失了最可贵的灵魂。第一章给我们呈现了一个荒原的景象，其中用了很多象征，比如原本作为生命之源的水，在这里却不能提供再生的力量，"春雨"、"大海"，"死在水里"，这里的水是情欲之水，泛滥成灾的情欲之水将要将荒原淹没。

第二章"一局棋戏"开始描写了上流社会妇人考究的室内陈设，紧接着描写她和丈夫的对话，丈夫心不在焉地敷衍，"什么也不知道，什么也没看见，什么也不记得"，豪华的室内陈设，在丈夫眼里却都只是"虚空"，这里似乎反映了艾略特婚姻失败后的精神状态，被婚姻折磨得筋疲力尽的他，现在看什么应该都是一片荒芜，"死人丢的骨头"，循规蹈矩的生活，充分反映了这样一种幻灭感。接下来酒吧里两个女人间的对话让人看到了另一场无聊的婚姻：丽尔拒绝丈夫，因为害怕怀孕，她已经数次打胎，这让她显得衰老。这里的主题是婚姻的失败，上流社会女人引不起丈夫的兴趣，下层的女人们谈着私情、打胎，怎么对付退伍归来的丈夫等等，无论是上流社会女人和还是酒吧间里的下层男女，他们的生活同样无趣。

第三章"火的说教"贯穿了河水的意象和性的描写，或者说以河水为背景的性的描写。先是"温柔的泰晤士河"边上"仙女都走了"，因为"公司大亨的公子哥们"在与她们过了一夜后，"走了，也没有留下地址"，这暗示着这些"仙女"确切的所指是城市里以出卖肉体为生的妓女。下一个场景是在白骨乱丢的城市河边，汽车带来了力士斯温尼来光顾鲍特太太的妓院，鲍特太太和女儿在月光下洗脚，然后他们进入角色，"逼得这么粗暴"，显示这儿的两性游戏是粗暴的游戏，就如第二章里提到的菲罗美的典故，她被当国王的姐夫强奸后变成夜莺倾诉自己的故事。接下来是另一个有关男女之爱的场景：雌雄同体的提瑞西士目睹了女打字员和长满酒刺的年轻人的情事，他们之间并没有感情，似乎完全出于生理机能，除此之外没有任何意义。"美人儿做了失足的蠢事"用到了哥尔斯密斯的诗"当美人儿做了失足的蠢事"中的典故，但是女打字员并没有丝毫的恐惧和悔恨，她只是"机械地用手理了理头发，并拿一张唱片放上留声机"。这里对比上文提到菲罗美的典故，菲罗美遭强奸后，却变成夜莺唱出最美丽的声音。因而，女打字员的情事更显得没有意义，它没有欢乐，也没有痛苦，人们麻木的情感在这里被极端地表达出来。第三章是全诗的高潮部分，第三章结尾处呼唤大火来燃烧掉这一切，此处"火"有复杂的象征意义，既指将吞没世界的情欲之火，又可能暗指"浴火重生"的前景。

　　第四章"水里的死亡"这一章只有十行，这里女相士预言的"水里的死亡"发生了，腓尼基水手死在了海底，他忘了利润和损失，这一切不再烦扰他，这里与上一章形成对照，"海底的一股洋流低语着啄着他的骨头"，恰如一首低缓的抒情曲，曾经的繁华和荣耀，大起大落都随着死亡一道归于沉寂。

　　第五章"雷说的话"中场景移到一片荒漠中，展现了一幅幅如噩梦般的景象。第一小节中，"岩石间的受难"指的是耶稣受难，他经历了牢狱、审判最后被钉死在十字架上。"那一度活着的如今死了/我们曾活过而今却垂死"，这两行指出对于没有信仰的人来说，耶稣永远地死去再也没有复活过来，同时也指出荒原人虽生犹死的生存状态。从第二小节起，诗歌描写干旱的土地上，干渴的人们和他们在呓语中的幻象。他们幻想总有一个第三人的存在，这个隐身人暗指《圣经》中的耶稣：在耶稣被钉上十字架之后，有两个门徒总觉得自己旁边有个隐身人的存在，后来这个隐身人显形为耶稣，他复活了。然而，本诗中这个隐身人并没有显形。干打的雷，恒河干枯，盼望的雨始终没有下来，主人公坐在海边垂钓，背后的原野干枯，天上的雷依然打着，一幕幕的景象如同梦魇，这场梦魇中人们的渴望终究无法满足。雷说的话是用梵文表达的，意为：给予、同情和节制，这里暗藏着的是消灾灭难的秘密。全诗在雷说的话中结束。

　　《荒原》是一首及其艰涩难懂的长诗，因为其用典丰富，意象繁杂，更因为各个意象复杂的象征意义。诗中充满了零碎的字段，诗行间弥漫的是空虚、无奈、绝望和百无聊赖的情绪，是西方世界精神危机的写照，整首诗反映了作者试图寻找走出危机途径的努力。

第三节　《荒原》

*"因为我在古米亲眼看见西比尔吊在
笼子里。孩子们问她：你要什么，西比尔？
她回答道：我要死。"*

献给艾兹拉·庞德
更卓越的巧匠

一、死者的葬礼

　　四月最残忍，从死了的

土地滋生丁香，混杂着
回忆和欲望，让春雨
挑动着呆钝的根。
冬天保我们温暖，把大地
埋在忘怀的雪里，使干了的
球茎得一点点生命。
夏天来得意外，随着一阵骤雨
到了斯坦伯吉西；我们躲在廊下，
等太阳出来，便到郝夫加登
去喝咖啡，又闲谈了一点钟。
我不是俄国人，原籍立陶宛，是纯德国种。
我们小时候，在大公家做客，
那是我表兄，他带我出去滑雪橇，
我害怕死了。他说，玛丽，玛丽，
抓紧了呵。于是我们冲下去。
在山中，你会感到舒畅。
我大半夜看书，冬天去到南方。

这是什么根在抓着，是什么树杈
从这片乱石里长出来？人子呵，
你说不出，也猜不着，因为你只知道
一堆破碎的形象，受着太阳拍击，
而枯树没有阴凉，蟋蟀不使人轻松，
干石头发不出流水的声音。只有
一片阴影在这红色的岩石下，
（来吧，请走进这红岩石下的阴影）
我要指给你一件事，它不同于
你早晨的影子，跟在你后面走，
也不像你黄昏的影子，起来迎你，
我要指给你恐惧是在一撮尘土里。
风儿吹得清爽，
吹向我的家乡，
我的爱尔兰孩子，
如今你在何方？
"一年前你初次给了我风信子，
他们都叫我风信子女郎。"
——可是当我们从风信子花园走回，天晚了，
你的两臂抱满，你的头发是湿的，
我说不出话来，两眼看不见，我
不生也不死，什么都不知道，
看进光的中心，那一片沉寂。
荒凉而空虚是那大海。

索索斯垂丝夫人，著名的相命家，
患了重感冒，但仍然是
欧洲公认的最有智慧的女人，
她有一副鬼精灵的纸牌。这里，她说，
你的牌，淹死的腓尼基水手，
（那些明珠曾经是他的眼睛。看！）
这是美女贝拉磨娜，岩石的女人，
有多种遭遇的女人。
这是有三根杖的人，这是轮盘，
这是独眼商人，还有这张牌
是空白的，他拿来背在背上，
不许我看见。我找不到。
那绞死的人。小心死在水里。
我看见成群的人，在一个圈里转。
谢谢你。如果你看见伊奎通太太，
就说我亲自把星象图带过去：
这年头人得万事小心呵。

不真实的城，
在冬天早晨棕黄色的雾下，
一群人流过伦敦桥，呵，这么多
我没有想到死亡毁灭了这么多。
叹息，隔一会短短地嘘出来，
每个人的目光都盯着自己的脚。
流上小山，流下威廉王大街，
直到圣玛丽·乌尔诺教堂，在那里
大钟正沉沉敲着九点的最后一响。
那儿我遇到一个熟人，喊住他道：
"史太森！你记得我们在麦来船上！
去年你种在你的花园里的尸首，
它发芽了吗？今年能开花吗？
还是突然霜冻搅乱了它的花床？
哦，千万把狗撵开，那是人类之友，
不然他会用爪子又把它掘出来！
你呀，伪善的读者——我的同类，我的兄弟！"

二、一局棋戏

她所坐的椅子，在大理石上
像王座闪闪发光；有一面镜子，
镜台镂刻着结葡萄的藤蔓，
金黄的小爱神偷偷向外窥探，

（还有一个把眼睛藏在翅膀下）
把七支蜡的烛台的火焰
加倍反射到桌上；她的珠宝
从缎套倾泻出的灿烂光泽，
正好升起来和那反光相汇合。
在开盖的象牙瓶和五彩玻璃瓶里
暗藏着她那怪异的合成香料，
有油膏、敷粉或汁液——以违乱神智，
并把感官淹没在奇香中；不过
受到窗外的新鲜空气的搅动，
它们上升而把瘦长的烛火加宽，
又把烛烟投到雕漆的梁间，
使屋顶镶板的图案模糊了。
巨大的木器镶满了黄铜
闪着青绿和橘黄，有彩石围着，
在幽光里游着一只浮雕的海豚。
好像推窗看到的田园景色，
在古老的壁炉架上展示出
菲罗美的变形，是被昏王的粗暴
逼成的呵；可是那儿有夜莺的
神圣不可侵犯的歌声充满了荒漠，
她还在啼叫，世界如今还在追逐，
"唧格，唧格"叫给脏耳朵听。
还有时光的其他残骸断梗
在墙上留着；凝视的人像倾着身，
倾着身，使关闭的屋子默默无声。
脚步在楼梯上慢慢移动着。
在火光下，刷子下，她的头发
播散出斑斑的火星
闪亮为语言，以后又猛地沉寂。

"我今晚情绪不好。呵，很坏。陪着我。
跟我说话吧。怎么不说呢？说呵。
你在想什么？想什么？什么呀？
我从不知你想着什么。想。"

我想我们是在耗子洞里，
死人在这里丢了骨头。
"那是什么声音？"
是门洞下的风。
"那又是什么声音？风在干什么？"
虚空，还是虚空。

"你
什么也不知道？什么也没看见？什么
也不记得？"
我记得
那些明珠曾经是他的眼睛。
"你是活是死？你的头脑里什么也没有？"
可是
呵呵呵呵那莎士比希亚小调——
这么文雅
这么聪明
"我如今做什么好？我做什么好？"
"我要这样冲出去，在大街上走，
披着头发，就这样。我们明天干什么？
我们究竟干什么？"
十点钟要热水。
若是下雨，四点钟要带篷的车。
我们将下一盘棋
揉了难合的眼，等着叩门的一声。

丽尔的男人退伍的时候，我说——
我可是直截了当，我自己对她说的，
快走吧，到时候了
艾伯特要回来了，你得打扮一下。
他要问你他留下的那笔镶牙的钱
是怎么用的。他给时，我也在场。
把牙都拔掉吧，丽尔，换一副好的。
他说，看你那样子真叫人受不了。
连我也受不了，我说，你替艾伯特想想，
他当兵四年啦，他得找点乐趣，
如果你不给他，还有别人呢，我说。
呵，是吗，她说。差不多吧，我说。
那我知道该谢谁啦，她说，直看着我。
快走吧，到时候了
你不爱这种事也得顺着点，我说。
要是你不能，别人会来接你哩。
等艾伯特跑了，可别怪我没说到。
你也不害臊，我说，弄得这么老相。
（论年纪她才三十一岁）
没有法子，她说，愁眉苦脸的，
是那药丸子打胎打的，她说。
（她已生了五个，小乔治几乎送了她的命。）
医生说就会好的，可是我大不如从前了。

你真是傻瓜，我说。
要是艾伯特不肯罢休，那怎么办，我说。
你不想生孩子又何必结婚？
快走吧，到时候了
对，那礼拜天艾伯特在家，做了熏火腿，
他们请我吃饭，要我趁热吃那鲜味——
快走吧，到时候了
快走吧，到时候了
晚安，比尔。晚安，娄。晚安，梅。晚安。
再见。晚安。晚安。
晚安，夫人们，晚安，亲爱的，晚安，晚安。

三、火的说教

河边缺少了似帐篷的遮盖，树叶最后的手指
没抓住什么而飘落到潮湿的岸上。风
掠过棕黄的大地，无声的。仙女都走了。
温柔的泰晤士，轻轻地流，等我唱完我的歌。
河上不再漂着空瓶子，裹夹肉面包的纸，
绸手绢，硬纸盒子，吸剩的香烟头，
或夏夜的其他见证。仙女都走了。
还有她们的朋友，公司大亨的公子哥们，
走了，也没有留下地址。
在莱芒湖边我坐下来哭泣……
温柔的泰晤士，轻轻地流，等我唱完我的歌。
温柔的泰晤士，轻轻地流吧，我不会大声，也说不多。
可是在我背后的冷风中，我听见
白骨在碰撞，得意的笑声从耳边传到耳边。
一只老鼠悄悄爬过了草丛
把它湿黏的肚子拖过河岸，
而我坐在冬日黄昏的煤气厂后，
对着污滞的河水垂钓，
沉思着我的王兄在海上的遭难。
和在他以前我的父王的死亡。
在低湿的地上裸露着白尸体，
白骨抛弃在干燥低矮的小阁楼上，
被耗子的脚拨来拨去的，年复一年。
然而在我的背后我不时地听见
汽车和喇叭的声音，是它带来了
斯温尼在春天会见鲍特太太。
呵，月光在鲍特太太身上照耀
也在她女儿身上照耀
她们在苏打水里洗脚

哦，听童男女们的歌声，在教堂的圆顶下！

嘁喳嘁喳
唧格，唧格，唧格，
逼得这么粗暴。
特鲁

不真实的城
在冬日正午的棕黄雾下
尤金尼迪先生，斯莫纳的商人
没有刮脸，口袋里塞着葡萄干
托运伦敦免费，见款即交的提单，
他讲着俗劣的法语邀请我
到加农街饭店去吃午餐
然后在大都会去度周末。

在紫色黄昏到来时，当眼睛和脊背
从写字台抬直起来，当人的机体
像出租汽车在悸动地等待，
我，提瑞西士，悸动在雌雄两种生命之间，
一个有着干瘪的女性乳房的老头，
尽管是瞎的，在这紫色的黄昏时刻
（它引动乡思，把水手从海上带回家）
却看见打字员下班回到家，洗了
早点的用具，生上炉火，摆出罐头食物。
窗外不牢靠地摊挂着
她晾干的内衣，染着夕阳的残辉，
沙发上（那是她夜间的床）摊着
长袜子，拖鞋，小背心，紧身胸衣。
我，有褶皱乳房的老人提瑞西士，
知道这一幕，并且预见了其余的——
我也在等待那盼望的客人。
他来了，那满脸酒刺的年轻人，
小代理店的办事员，一种大胆的眼神，
自得的神气罩着这种下层人，
好像丝绒帽戴在勃莱弗暴发户的头上。
来的正是时机，他猜对了，
晚饭吃过，她厌腻而懒散，
他试着动手动脚上去温存，
虽然没受欢迎，也没有被责备。
兴奋而坚定，他立刻进攻，
探索的手没有遇到抗拒，

他的虚荣心也不需要反应，
冷漠对他就等于是欢迎。
（我，提瑞西士，早已忍受过了
在这沙发式床上演出的一切；
我在底比斯城墙下坐过的，
又曾在卑贱的死人群里走过。）
最后给了她恩赐的一吻，
摸索着走出去，楼梯上也没个灯亮……

她回头对镜照了一下，
全没想到还有那个离去的情人；
心里模糊地闪过一个念头：
"那桩事总算完了；我很高兴。"
当美人儿做了失足的蠢事
而又在屋中来回踱着，孤独地，
她机械地用手理了理头发，
并拿一张唱片放上留声机。

"这音乐在水上从我的身边流过，"
流过河滨大街，直上维多利亚街。
哦，金融城，有时我能听见
在下泰晤士街的酒吧间旁，
一只四弦琴的悦耳的怨诉，
而酒吧间内鱼贩子们正在歇午，
发出嘈杂的喧声，还有殉道堂：
在它那壁上是说不尽的
爱奥尼亚的皎洁与金色的辉煌。

油和沥青
洋溢在河上
随着浪起
游艇漂去
红帆
撑得宽宽的
顺风而下，在桅上摇摆。
游艇擦过
漂浮的大木
流过格林威治
流过大岛
喂呵啦啦　咧呀
哇啦啦　咧呀啦啦

伊丽莎白和莱斯特
划着桨
船尾好似
一只镀金的贝壳
红的和金黄的
活泼的水浪
泛到两岸
西南风
把钟声的清响
朝下流吹送
白的楼塔
喂呵啦啦　　咧呀
哇啦啦　　咧呀啦啦

"电车和覆满尘土的树，
海倍里给我生命。瑞曲蒙和克尤
把我毁掉。在瑞曲蒙我跷起腿
仰卧在小独木舟的船底。"

"我的脚在摩尔门，我的心
在我脚下。在那件事后
他哭了，发誓'重新做人'。
我无话可说。这该怨什么？"

"在马尔门的沙滩上。
我能联结起
虚空和虚空。
呵，脏手上的破碎指甲。
我们这些卑贱的人
无所期望。"
啦啦

于是我来到迦太基

烧呵烧呵烧呵烧呵
主呵，救我出来
主呵，救我

烧呵

四、水里的死亡

扶里巴斯，那腓尼基人，死了两星期，

他忘了海鸥的啼唤，深渊里的巨浪，
利润和损失。
海底的一股洋流
低语着啄他的骨头。就在一起一落时光
他经历了苍老和青春的阶段
而进入旋涡。
犹太或非犹太人呵，
你们转动轮盘和观望风向的，
想想他，也曾像你们一样漂亮而高大。

五、雷说的话

在汗湿的面孔被火把照亮后
在花园经过寒霜的死寂后
在岩石间的受难后
还有呐喊和哭号
监狱、宫殿和春雷
在远山的回音振荡以后
那一度活着的如今死了
我们曾活过而今却垂死
多少带一点耐心

这里没有水只有岩石
有石而无水，只有沙石路
沙石路迂回在山岭中
山岭是石头的全没有水
要是有水我们会停下来啜饮
在岩石间怎能停下和思想
汗是干的，脚埋在沙子里
要是岩石间有水多么好
死山的嘴长着蛀牙，吐不出水来
人在这里不能站，不能躺，不能坐
这山间甚至没有安静
只有干打的雷而没有雨
这山间甚至没有闲适
只有怒得发紫的脸嘲笑和詈骂
从干裂的泥土房子的门口
如果有水
而没有岩石
如果有岩石
也有水
那水是
一条泉

山石间的清潭
要是只有水的声音
不是知了
和枯草的歌唱
而是水流石上的清响
还有画眉鸟隐在松林里作歌
淅沥淅沥沥沥沥
可是没有水

那总是在你身边走的第三者是谁？
我算数时，只有你我两个人
可是我沿着白色的路朝前看
总看见有另一个人在你的身旁
裹着棕色的斗篷蒙着头巾走着
我不知道那是男人还是女人
——但在你身旁走的人是谁？

那高空中响着什么声音
好似慈母悲伤的低诉
那一群蒙面人是谁
涌过莽莽的平原，跌进干裂的土地
四周只是平坦的地平线
那山中是什么城
破裂，修好，又在紫红的空中崩毁
倒下的楼阁呵
耶路撒冷、雅典、亚历山大、
维也纳、伦敦
呵，不真实的

一个女人拉直她的黑长的头发
就在那丝弦上弹出低诉的乐音
蝙蝠带着婴儿脸在紫光里
呼啸着，拍着翅膀
头朝下，爬一面烟熏的墙
钟楼倒挂在半空中
敲着回忆的钟，报告时刻
还有歌声发自空水槽和枯井。

在山上这个倾坍的洞里
在淡淡的月光下，在教堂附近的
起伏的墓上，草在歌唱
那是空的教堂，只是风的家。

它没有窗户，门在摇晃，
干骨头伤害不了任何人。
只有一只公鸡站在屋脊上
咯咯叽咯，咯咯叽咯
在电闪中叫。随着一阵湿风
带来了雨。

恒河干涸，疲萎的叶子
等待下雨，乌黑的云
在远方集结，在喜马万山上。
林莽蜷伏着，沉默地蜷伏着。
于是雷说话了
哒
哒塔：我们给予了什么？
我的朋友，血激荡着我的心
一刹那果决献身的勇气
是一辈子的谨慎都赎不回的
我们靠这，仅仅靠这而活着
可是我们的讣告从不提它
它也不在善意的蜘蛛覆盖的记忆里
或在尖下巴律师打开的密封下
在我们的空室中
哒
哒亚德万：我听见钥匙
在门上转动一下，只转动了一下
我们想着钥匙，每人在囚室里，
想着钥匙，每人认定一间牢房
只在黄昏时，灵界的谣传
使失意的考瑞雷纳斯有一刻复苏
哒
哒密阿塔：小船欢欣地响应
那熟于使帆和摇桨的手
海是平静的，你的心灵受到邀请
会欢快地响应，听命于
那节制的手
我坐在岸上
垂钓，背后是一片枯干的荒野，
是否我至少把我的园地整理好？
伦敦桥崩塌了崩塌了崩塌了
于是他把自己隐入炼狱的火中
何时我能像燕子——呵燕子，燕子
阿基坦王子在塌毁的楼阁中

为了支撑我的荒墟，我捡起这些碎片

当然我要供给你。海若尼莫又疯了。

哒嗒。哒亚德万。哒密呵塔。

善蒂，善蒂，善蒂。

1922

（李笑蕊编，查良铮译：《现代英国诗选》，湖南人民出版社，1981）

第二十三章　尤金·奥尼尔及《毛猿》

第一节　尤金·奥尼尔简介

尤金·奥尼尔，1888 年出生于纽约的一个演员家庭。1912 年担任《电讯报》记者。1916 年加入普罗文斯顿剧团，从事编剧工作。他一生写作 45 个剧本，题材广泛，戏剧风格多样。其主要作品有《琼斯皇帝》、《毛猿》、《天边外》、《悲悼》等。他曾 4 次获普利策奖，并于 1936 年获诺贝尔文学奖。可以说，奥涅尔是美国戏剧史上的一道丰碑，也是 20 世纪世界文学史上的悲剧大师。他曾说过，他对于写人与人之间关系的戏剧不感兴趣，"感兴趣的只是人与上帝的关系"，人与灵魂、人与他的自觉不自觉的要求、愿望的关系。由于他的努力，美国的戏剧事业得以在 20 世纪 20 年代发展起来，成为美国文化领域中堪与小说、绘画、音乐作品相提并论的艺术形式。因而他被公认为美国最重要的戏剧作家。他创作的初期主要写航海生活的独幕剧，以自然主义手法，如实地描写海上生活的艰辛单调，特别是刻画了海员孤苦无望、自暴自弃的心态。风格上近似抒情散文。这一时期的主要作品还有《渴》、《遥远的归途》和《加勒比斯之月》等。1920 年，奥尼尔的《天边外》在百老汇上演，并获普利策奖，由此奠定了他在美国戏剧界的地位。该剧描写一个美国农民家庭的不幸的生活。罗伯特·马约和安德罗兄弟二人同时爱上邻女露芝，露芝决定和罗伯特结婚，罗伯特本幻想去天边外生活，结了婚就只得留在家中务农；他的哥哥安德罗本想在家务农，只好去天边外。罗伯特不会经营农业，家境日益困难，露芝婚后不久就与他感情不和。他最后死于肺病，临死前对安德罗说，他和露芝都是生活中的失败者，而安德罗则是他们三人中最大的失败者，因为他放弃了他应该从事的农业去经营商业投机。马约一家的生活理想都被无情的现实所破坏。《天边外》被认为是一部标准的现代悲剧。《琼斯皇帝》和《毛猿》也是奥尼尔最为重要的作品，其中《毛猿》是他的代表作。《琼斯皇帝》是一部表现主义的剧作。它描写一个岛上的黑人首领琼斯的悲剧故事。他背叛了自己的种族，遭到黑人群众的反对，企图穿过一座森林逃走，结果被追捕者杀死。这个剧本不分幕，只分场，许多场面只是描写琼斯一个人在森林里的活动，他的紧张的心情、恐惧的心理，精神恍惚和下意识的行动以及在这种情况下出现的种种幻象等，都是表现主义的创作特征。剧中用节奏不断加快的鼓声一步步加紧催促琼斯在艰难的环境中走向死亡，具有强烈的戏剧效果。这部剧作还包含着象征主义、浪漫主义、神秘主义和情节剧的多种特征。《毛猿》广泛运用了象征手法，以邮船象征社会，大炉间象征牢笼，扬克象征人类，使作品的思想内涵更为丰富。奥尼尔运用许多现代手法成功地挖掘了他所认识、体验、理解的人类精神世界。他深受古希腊悲剧命运观念的影响，他所塑造的人物总是被一种不可把握的力量所驾驭，最终走进失败、幻灭和死亡。这些人物的内心世界充满了可怕的冲动和不可知的力量，人不是自己理想的主人，同时也不是外在世界的主人。奥尼尔的戏剧不仅影响了与他同时代的人，而且影响了整个美国的戏剧以及后世的世界文坛。美国著名戏剧评论家约翰·加斯纳教授称："在奥尼尔之前，美国只有剧院；奥尼尔以后，美国才有了戏剧。"1976 年马丁·西摩·司密斯编的《20 世纪文学辞典》中，将奥尼尔同贝尔托·布莱希特、路伊吉·皮兰德娄和约翰·米林顿·辛格并称为 20 世纪四大剧作家，称他是美国的一流作家。

第二节　《毛猿》简介

《毛猿》是奥尼尔的代表作。剧中主人公扬克是一艘远洋邮船上的司炉工。他身强力壮、精神饱满，认为自己是世界上最强大的人。但是，有一天，上流社会的阔小姐米尔德里德到船舱观光时，看到袒胸露臂、满身煤黑的扬克，吓得大叫了一声："这个肮脏的畜生！"从那以后，扬克丧失了自信心，内心的那种平静和乐观被击得粉碎。他怒火中烧，决心向上流社会报复。他下了船后，闯上纽约街头，寻找那些有钱的太太绅士们挑衅。报复未果，他被抓进了监狱。在狱中的那些日子，他做了一番思考，认识到正是阔小姐米尔德里德的父亲——钢铁托拉斯总经理那种人，把自己压在下面。出狱后，他跑到工人组织世界产联的分会，自告奋勇要去炸平一切。不料他反被认作资方的密探扔到了街上。扬克走投无路，最后来到动物园，向笼子中的大猩猩诉苦，并打开铁笼，试图和大猩猩握手，却被大猩猩猛力一抱，折断筋骨死在铁笼子里。扬克是现代产业工人的代表，他的遭遇反映了现代资本主义社会中劳动人民的悲惨遭遇。同时，他又是人类的象征。奥尼尔曾经说过："扬克是你，也是我自己，他代表整个人类。"扬克一开始拥有过分的自信，这正如现代人在创造世界时也拥有过分的自信一样。以后扬克意识到自己地位低下、无足轻重，开始幡然醒悟。这也就像人类在创造世界后，这个世界反过来变成了主人，人却变成了机器的齿轮。扬克的失落，标志着人类的失落；扬克的无所归属标志着现代人的无能、无力，找不着自身位置的处境。作为该剧的总体背景，笼子是一个非常重要的意象。剧终时扬克死在大猩猩的笼子里，这一结局意味深长。剧中船舱、监狱、动物园也是明显的笼子构造，而产联的办公室和纽约大街，则是隐形的笼子。这些地方是扬克的活动场所，同时意味着一种生存空间、一种秩序，它也是现代人的生活环境。奥尼尔认为，在现代社会"旧的上帝已经死去，科学和物质主义在提供新的信仰方面也已失败"，戏剧应该挖掘时代的病根，"以便找到生活的意义，安抚对死亡的恐惧"。因此，他的作品带有浓厚的主观色彩，表现现代人的困惑和心理世界，是"灵魂的戏剧"。他的作品中展示了诸如人生的悲剧性、美和精神价值遭到破坏、人性完美发展的不可能、人与自己的生存条件的疏离、人类内心世界的本能冲突等等现代人类所面临的困境，蕴含着深邃的哲理。

第三节　《毛猿》选段

——关于古代和现代生活的八场喜剧

人物

罗伯特·史密斯，绰号扬克

迪昂

派勒

米尔德里德·道格拉斯

米尔德里德·道格拉斯的姑妈

轮机师二副

一个团体的秘书

烧火工人们，太太们，绅士们等等

场景

第一场　一艘远洋邮船上烧火工人们的前舱

　　　　从纽约启航一个钟头之后。

第二场　甲板上，两天以后——上午。

第三场　炉膛口，几分钟之后。

第四场　和第一场一样，半小时以后。

第五场　纽约五马路。三个星期以后。

第六场　城旁边一个岛上。第二个晚上。

第七场　城里。大约一个月以后。

第八场　城里。第二天傍晚。

第一场

　　一条横渡大西洋的邮船离开纽约作远洋航行的一个钟头之后，船上烧火工人的前舱。一排排窄窄的铁架子床，上下三层，四面都有。入口在后面。铁床前面地板上有一些长凳子。屋里挤满了人，他们喊呀、骂呀、笑呀、唱呀——一种混乱的、刚开始的吵闹逐渐高涨为一种统一体、一种意义——关在笼子里一个野兽的疯狂而愤怒的挣扎与反抗。几乎所有的人都喝醉了。许多只酒瓶手手相传。所有的人都穿着斜纹布裤子，笨重难看的鞋子。有几个人穿着背心，但绝大多数光着上身。

　　本剧的这一场或其他诸场的处理方法决不应该是自然主义的。我们追求的效果是，被白色钢铁禁锢的、一条船腹中的一种压缩的空间。一排排的铺位和支承它们的立柱互相交叉，像一只笼子的钢铁结构。天花板压在人们的头上。他们不能站直。这就加重了由于铲煤而引起的背部和肩部肌肉过分发达所赋予他们的那种天然伛偻的姿态。工人们本身要跟图片里所设想的旧石器时代中期尼安德特人的模样儿相类似。所有的人胸脯上都是毛茸茸的，长臂，力大无穷，凶恶、忿恨的小眼睛上面额头低低的向后削去。所有的文明的白色民族都全了，这些人除了头发、皮肤、眼睛的颜色稍有差别之外，都很相像。

　　幕启时一片吵闹声。扬克坐在前台上。他好像比其余的人更健壮、更凶猛、更好斗、更有力、更自信。他们尊重他的强大的体力——因为畏惧，不得不表示的那种尊重。同时，对于他们，他也代表着一种自我表现、他们身份的最后评价、他们的最高度发展的个性。

七嘴八舌的声音　喂！给我喝一口！

　　　　　　　　　来一口威士忌！

　　　　　　　　　敬礼！

Gesundheit！①

干杯！

醉得像个老爷，上帝叫你挺尸去！

祝您身体健康！

祝您交好运！

把那瓶酒传过来，你他妈的！

一口一口灌他！

嘿，虾蟆！你究竟到哪儿去啦？

La Touraine。②

老天爷作证，我猛击了他的下巴！

詹金斯——那个轮机长——是个臭猪——

警察抓住了他——我就逃走——

我还是喜欢啤酒。它不叫你头晕。

一个蛾子，我说！她趁我睡熟，抢了我的东西——

让她们全见鬼去！

你是个该死的撒谎鬼！

再说一遍！（骚动。两个要打起来的人被拉开了。）

现在别打架！

今儿晚上——

看谁是最棒的人！

该死的德国佬！

今儿晚上到船头空场上去。

我把赌注下在德国佬身上。

我告诉你，他的拳头可厉害呐！

闭上嘴，意大利佬！

别打架，伙计。我们都是好朋友，是不是？

（一个声音开始高唱起来。）

"啤酒啊！啤酒啊！真叫好！

你们自己灌吧，灌个饱。"

扬　克　（好像第一次注意到周围的吵吵闹闹，掉转身，威胁地——带着一种傲慢的权威腔调）刹住那种闹声！你们打哪儿弄到那啤酒歌的？啤酒，混账！啤酒是姑娘们——还有德国佬——喝的。我呀，要喝点带劲儿的！给我喝一口，你们哪一位。（许多酒瓶都急急忙忙地送了上去。他拿起一个，喝了一大口，随后，手里抓住酒瓶不放，横眉竖眼地盯住瓶主，瓶主默认了这一次的掠夺说："得，扬克。拿去吧，再喝一口。"扬克傲慢地转过身去，又一次背对群众。暂时尴尬的冷场。随后——）

---

① 德文：祝你健康！

② 法国佬。

七嘴八舌的声音　我们准是过海岬了。

船正向海岬驶去。

还要在地狱里受六天的罪，然后才是骚安普顿。

耶稣，我希望有人替我打头班①。

晕船啦，德国佬？

喝干，别去管它！

你的瓶里是什么？

杜松子酒。

那是黑鬼喝的。

艾酒吗？那是加了药料的。你喝了会昏头的，虾蟆！

Cochon!②

威士忌，那才过瘾！

派迪在哪儿？

睡着啦。

派迪，给我们唱唱那支威士忌歌。（他们全都转身望着一个干瘪的老爱尔兰人，他喝得太醉了，正坐在前面的长凳上打盹哩。他的面孔极像猴子，他的一对小眼睛里饱含着那种动物的悲哀的、忍受痛苦的神情。）

唱那支歌，爱尔兰的卡鲁索③！

他上了年纪，那酒他受不了。

他醉得太厉害啦。

派　　迪　（四下眨眼，忿然站起来，摇晃着，抓住一张床铺的边缘）我从来没有醉到不能唱歌。只是在我对这世界已经毫无感觉的时候，我才不想唱歌。（带着一种悲哀的轻蔑）《威士忌，约翰尼》，你们要听吗？一支劳动号子歌，你们要听吗？真是怪事，像你们这帮丑八怪，居然想听歌，上帝保佑你们。不过没关系。（他开始用一种微弱、带鼻音、悲哀的调子唱起来。）

啊，威士忌是人的性命！

威士忌！啊约翰尼！（唱到这句，大家都参加进来合唱。）

啊，威士忌是人的性命！

威士忌是给我的约翰尼喝的！（又合唱）

啊，威士忌喝得我的老头子发狂！

威士忌！啊约翰尼！

啊，威士忌喝得我的老头子发狂！

威士忌是给我的约翰尼喝的！

扬　　克　（又一次转过身来，嘲笑地。）噢，见鬼！帆船时代的古老玩意儿，别唱啦！所有那一切胡说八道全完蛋了，懂吗？你也完蛋了，你这个该死的老爱尔兰人，只不过你不知道罢了。松一口气吧。让我们休息一下。别那么大声乱嚷嚷，（带着一种尖刻的冷笑）你没看见我正在思想吗？

---

① 晚上八点到夜里十二点的一班。

② 法文：猪猡。

③ 意大利的著名歌唱家。

大　伙　（跟着他重复一遍那个字眼，好像那个字眼带有同样尖刻有趣的讽嘲意味。）思想！（这个众口同声的词发出一种刺耳的金属音响，仿佛他们的喉咙就是留声机的喇叭。接着是一片冷酷、辛辣的哄堂大笑。）

七嘴八舌的声音　别伤脑筋啦，扬克。

哎呀，你会头疼的！

恰好有一样——这个字眼跟灌黄汤倒是押韵咧：

哈，哈，哈！

灌黄汤，别思想！

灌黄汤，别思想！

灌黄汤，别思想！（大家齐声合力唱起这个叠句，在地板上跺脚，用拳头敲打长凳。）

扬　克　（从瓶子里大喝了一口——温和地。）好啦，别大喊大叫啦。我第一次听到你们的话了。（吵闹声平息下来。一个烂醉的伤感的男高音开始唱起来：

远远地隔着大海，

远远地在加拿大，

有一个姑娘痴心等待

要跟我成家——）

扬　克　（极轻蔑地）闭上嘴，你这个讨厌的笨蛋！你从哪里搞来那些废话？家吗？家，去它的！我来替你成个家！我揍死你。家！见鬼去吧！你从哪里搞来那种废话？这就是家，懂吗？你要家干什么？（夸耀地）我还是个小娃儿，我就离开家，逃走了。能走开，太高兴啦，我就是那样的。对我说，家不是别的，就是挨揍。不过你可以拿你的衫子打赌，从那以后，从来没有谁揍过我！你们有谁想试试吗？嘿！我想没有吧。（带一种更为和解，但依然轻蔑的腔调。）姑娘们等着你，咳？噢，见鬼！那全是胡说八道。她们谁也不等。她们为了一个五分镍币就会出卖你。她们全都是婊子，懂得我的意思吗？对待她们要狠狠的，我就是那么干的。见她们的鬼去。婊子，就是那么回事，她们全都是那一号的。

勒　昂　（醉得很了，兴奋地跳到长凳上，手里拿着一只酒瓶，指手划脚地。）听着，同志们！扬克说得对。他说，这只臭船就是我们的家。他还说，家就是地狱。他说对啦！这儿就是地狱。我们生活在地狱里，同志们——没错，我们也要死在这里。（发火）怪谁呢？我问你们。不能怪我们。我们不是生来就这么糟糕的。所有的人生来都是自由平等的。那是他妈的《圣经》里说的，伙计们。可是那些坐头等舱的、懒惰的肥猪，他们在乎《圣经》吗？就怪他们。他们死拖我们，弄得我们只有在这条该死的船舱里当工资奴隶，流汗呀，熬煎呀，吃煤灰呀！就怪他们——那些该死的资产阶级！（人们中间早就有一种逐渐高涨的轻蔑而忿恨的窃窃私语声，这时，他的话被一阵猛烈的猫叫声、嘘声、呸声、大笑声所打断。）

各种声音　关掉吧！

住口！

坐下！

把那张脸收起来！

混蛋！（等等。）

扬　克　（站起来，瞪着勒昂。）坐下，要不，我就把你打趴下！（勒昂连忙销声匿迹地坐下。扬克傲慢地说下去。）《圣经》嘛？资产阶级嘛？不要那种救世军——社会主义那一套空话。搞一只肥皂箱子！租一个会堂，大家都来得救嘛！把我们拉到耶稣那里去嘛？全是白费。像你们这帮家伙的话，我听过的可多啦。你们全都错啦。想知道我是怎么想的吗？你们是一群废物。你们说的是废话。你们没有胆量，懂得我的意思吗？你们是孬种，就是这么回事。孬种，你们就是那号人。喂！头等舱里的那批笨蛋跟我们有什么相干？我们比他们更像人样，是不是呢？当然是！我们这些人，不论哪一个都能一举手就把他们一整帮收拾干净。把他们哪一个放在这里炉膛口上值一班，会怎样呢？就得有人用担架把他抬下去。那些家伙不顶事。他们只不过是臭皮囊。开动这条大船的是谁？难道不是我们吗？那么，我们顶事，不是吗？我们顶事，他们不顶事。就是这样。（大家齐声赞成。扬克继续说下去。）说这里是地狱——啊，瞎说！你吓掉了胆，就是那么回事。这是一个男子汉干的工作，明白我的意思吗？这种工作是顶事的。它能开动这条船。浪荡汉干不了。可是你就是一个浪荡汉，懂吗？你是孬种，你就是那号人。

七嘴八舌的声音　（怀着强烈的自尊心）

　　　　　　　　对呀！
　　　　　　　　一个男子汉干的活！
　　　　　　　　耍嘴皮子不费事，勒昂。
　　　　　　　　他从来没有干好过他自己份内的活。
　　　　　　　　见他的鬼去！
　　　　　　　　扬克是对的。开动这条船的是我们。
　　　　　　　　上帝，扬克说得正确！
　　　　　　　　我们不需要什么人替我们流眼泪。
　　　　　　　　作报告。
　　　　　　　　把他扔出去！
　　　　　　　　孬种！
　　　　　　　　把他扔到海里去！
　　　　　　　　我要打碎他的下巴颏！
　　　　　　　　（人们拥到勒昂的身边，威胁地。）

扬　克　（脾气又好了——轻蔑地。）噢，不要紧张。让他去好了。他值不得一拳头。喝干吧。不管这个瓶子是谁的，祝您身体健康。（他从他的瓶子里大喝了一口。大家都跟着喝起来。霎时间全都又兴高采烈和和气气的了，互相拍打肩膀，大声谈笑，等等。）

派　迪　（他一直坐在那里，带着一种惊愕而忧郁的茫然之感——突然大叫起来，声音中充满了往日的悲哀。）你是在说，这是我们的天下？你是在说，开动这条船的是我们？天呐，那么万能的上帝可怜我们吧！（他的声音变成一种尖叫。他在凳子上摇来晃去。人们瞪着他，情不自禁地感到惊讶。）噢，真想回到我青年时代的那些美妙的日子里去啊！噢，那时候有许多漂亮的船——桅杆高耸入云的快船——船上都是好样的、健壮的人——那些人都是海的儿子，就好像海是他们的亲娘。噢，他们的干净皮肤，他们的明朗眼睛，他们的笔直的背和丰满的胸膛！他们都是勇敢的人，又确实是大胆的人。我们航行出去，也许要绕过海角去。我们趁着好风，天亮开航，无忧无虑地唱一支劳动号子歌。船后面，陆地沉没下去，消失了，可是我们不在意，只不过笑笑，从来不回头看一眼。就那时来说，就够了，因为我们都是自由人——我是在想，只有奴隶才关心过去的日子或将来的日子——直到他们老得和我一样。（带着一种宗教的狂热）噢，真想又一次向南飞奔，顺着贸易风，连天带夜，继续南进——船上的帆扯得满满地！连天带夜里！夜里，船后面的浪花发着闪闪火光，那时，天上会冒出火焰，星星眨眼。有时也许是一轮满月。那时你就会看见那船穿过灰蒙蒙的夜，许多面帆挂得高高的，全是银白色，甲板上没有一点声音，我们大伙儿都在做梦，你会相信，你坐的不是真船，而是一条鬼船，就像人们说的那条"荷兰飞人号"，在海上漂流，永远不靠一个港口。还有白天。干干净净的甲板上温暖的太阳。太阳温暖了你的血，千万里闪闪发光的绿色海洋上，风像烈酒一样吸到肺里。活儿吗——是呀，硬活儿——可是谁在乎那个呀？当然，你是在天空下面干活，而且那是需要技术和胆量的活儿。一天完了，在六点到八点的那一班里，悠闲地抽着烟斗，瞭望到的也许是鼓起的陆地，我们会看见南美的群山，落日把白色的山顶染成火红色，云彩飞驶过它们！（高兴的调子消失了。他继续说下去，悲哀地。）天呐，光说有什么用？那只是一个死人的低语。（对扬克，忿恨地。）只有在那些日子里，人们在船上才算数，不是这会儿。只有在那些日子里，一条船才算得上海洋的一部分，一个人才算得上船的一部分，大海把一切都联结起来，结成一体。（嘲讽地）这就是你所要求的那种一体，扬克——烟囱里喷出的黑烟污染了海，污染了甲板——该死的机器敲打呀、跳动呀、摇晃呀——看不见一道阳光，呼吸不到一口新鲜空气——煤灰塞满了我们的肺——在这个地狱一般的炉膛口里，我们的脊梁断了，我们的心碎了——喂这个该死的炉子——随着煤一道，把我们的性命也喂进去了，我是在想——就像关在铁笼子里、不见天日的动物园里那些该死的人猿（一声厉笑）哈哈，魔鬼保佑你，你所希望的就是当那种家、作那种主吗？你愿意拿血肉给机器作齿轮吗？

扬　克　（他一直带着轻蔑的讥笑倾听着，现在怒气冲冲地喊出他的回答。）一点不错！那就是我。怎么样呢？

派　迪　（好像自言自语——带着深沉的悲哀。）我过时啦。但愿有一天正当我梦想着那过去了的日子的时候，一股饱含阳光的巨浪会把我从船边冲下海去！

扬　克　噢，你这个爱尔兰糊涂虫！（他跳起来，气势汹汹地朝派迪走去——随后停下，跟内心里某种奇怪的冲动作斗争——让他的两只手耷拉下去——轻蔑地。）噢，不用紧张。就那样吧，没关系。你真蠢，就是那么回事——傻得像个呆瓜。你在搬弄的那一切垃圾——噢，没有关系。只是都过时啦，明白我的意思吗？你不再算数啦，懂吧。你没有胆子。你太老啦。（厌恶地）不过，喂，偶尔也上去换换空气，光发牢骚不行，也要看看出了什么变化。（他突然感情冲动地说起来，越说越激动。）喂！当然，我当然是那个意思！他妈的——让我说！咳，咳，你这个老爱尔兰人！咳，你们这些家伙！喂，听我说——等一下——我一定得说说。我顶事，他不顶事。他死了，可是我还在活着。听我说！我当然是机器的一部分！他妈的为什么不是呢！它们运动，是不是？它们就是速度，是不是？它们能突破一切，是不是？一点钟走二十五海里！那不简单！那是新玩意儿！它顶事。可是他呀，他太老啦。他发晕。

喂，听呐。所有那些关于白天和黑夜的昏话；所有那些关于月亮和星星的昏话；所有那些关于太阳和风的昏话，还有新鲜空气等等——噢，全是白天作梦！吹的是过时的曲子，那就是他搞的名堂。他老啦，不再顶事啦。可是我，我年轻呀！我身体棒！我跟世道前进！世道，明白我的意思吗！我说的才是那一切的根本。世道戳穿他说的那些废话。打碎了老一套，要了它的命，把它从地球上抹掉——世道，明白我的意思吗！机器、煤、烟和那一切！他呼吸不了，咽不下煤灰，可是我行，懂吗？那就是我的新鲜空气！那就是我的食物！我是新人，明白我的意思吗？炉膛口是地狱吗？当然！要在地狱里工作就得是一条好汉。地狱，不错，那就是我喜欢的气候。我能吃下去！我吃胖了！使它发热的是我！使它发出吼声的是我！使它转动的是我！不错，没有我，一切都要停顿。一切都要死亡，懂得我的意思吗？开动这个世界的那些声音、烟和所有的机器都要停顿。什么都没有了！那就是我要说的。必须有个什么人推动这个世界，其他的一切事物才会使它转动。没有个别人，它是不会动的，懂吗？那么你就会追到我身上来了。我是原动力，懂吗？明白我的意思吗？除此以外，什么都没有了。我是结尾！我是开头！我开动了什么东西，世界就转动了！世道——那就是我！——新的改造旧的！我就是使煤燃烧的东西；我就是喂机器的蒸气和石油；我就是使你听得见的噪音里的那种东西；我就是烟、特别快车和轮船和工厂的汽笛；我就是使金子能铸成钱的那种东西！我就是炼铁使它成钢的东西！钢，代表一切！而我就是钢——钢——钢！我就是钢里面的肌肉，钢背后的力量！（他说这话时，用拳头猛击床铺。所有的人都给他的话鼓动起来，如痴如狂，自以为了不起，同样敲起铁床来。一片震耳欲聋的金属轰响中，可以听见扬克的咆哮声。）奴隶，鬼话！管事的是我们。那些有钱的家伙，他们自以为了不起，他们算个屁！他们不顶事。可是我们这些人，我们在前进，我们是基础，我们是一切！（从扬克开始说话时，派迪就一直从瓶子里一大口一大口地喝酒，最初是惊慌地，好像不敢去听，随后拼命地，好像要麻木他的感觉，最后达到了完全无所谓的，甚至觉得有趣的沉醉状态。扬克看见他的嘴唇翕动。他大喊大叫，压倒那一片喧哗。）嘻，大伙，别着急！等一等！这个疯癫的爱尔兰人在说话呐。

派　迪　（现在可以听见他的话音了——他仰起头来，发出嘲笑声。）哈——哈——哈——哈——哈——

扬　克　（攥紧拳头，猎猎地。）噢！当心你是在嘲笑谁！

派　迪　（开始唱起《迪河上的磨坊主》，脾气非常温和。）
　　　　"谁我都不管，咳，管不着，
　　　　谁也不管我。"

扬　克　（他自己的脾气也一下子变得温和了，朝着派迪的光脊梁上啪地拍了一巴掌，打断了他的话头。）可叫你说着了！现在你学得乖点啦。谁都不管，就是那句话！让他们全都见鬼去吧！不要什么人管我。我能管我自己，懂我的意思吧！（钟敲了八下，低沉的声音，在四面的钢墙中震响，就像包藏在船心里一面大铜锣一样。所有的人都机械地跳了起来以囚徒的步伐，一个紧跟一个，默默地鱼贯走出门去。扬克在派迪的背上拍了一下。）我们的班，你这个老爱尔兰人！（嘲讽地）下到地狱里去。吃掉煤灰。喝下热气。就是那么回事，懂吧！

你最好装出你喜欢那个调调的样子——要不然，你就挺你的尸去。

派　迪　（带着快活的满不在乎的神气。）见它的鬼去！这一班我不去上啦。让他们在航海日记上给我记下一笔，去他妈的。我可不是你们这一号的奴隶。我要从从容容地坐在这儿，喝酒、想心事和作梦。

扬　克　（傲慢地）想心事和作梦，那会给你带来什么好处？那和想心事有什么相干？我们前进，是不是？速度，是不是？雾，那就是你所代表的一切。但是我们要冲过它去，是不是？我们突破它猛冲过去——一个钟头二十五海里！（轻蔑地转过身，背对派迪。）噢，你叫我感到恶心！你不顶事！（他大步走出后方的门。派迪独自哼着曲子，昏昏沉沉地眨巴着眼——）

〔幕落〕

第二场

　　船开出去两天之后。上层甲板的一部分。米尔德里德·道格拉斯和她的姑妈正躺在甲板的躺椅上。前者是个二十岁的姑娘，苗条、纤弱，有张苍白、标致的脸，脸上明摆着一种瞧不起人的优越感。她显得烦躁、不安和不满，为她自己的贫血症而感到厌烦。她姑妈是个浮夸自负的胖老太太。她是这么一种类型的人，甚至已发展到双下巴颏并且要用长柄眼镜的程度了。她的衣着装腔作势，好像害怕单靠一副面孔显示不出她的社会地位似的。米尔德里德穿了一身白色衣服。这一场要表达的印象是四下里的海洋风光美丽鲜明，甲板上的太阳光汹涌如潮，新鲜的海风吹过甲板。就在这一切中间，这两位不合时宜、矫揉造作的人物，显得既无生气又不协调。年长的一位像一块搭了口红的白面团，年轻的一位好像她那个家族的生命力，在她受胎成形之前早就枯竭了。所以她表现的不是它的生命力，而只是在消耗那种精力的过程中所获得的浅薄的东西。

米尔德里德　（带着一种造作的迷迷糊糊的神情仰望天空）那黑烟盘绕在天上，拖得多有意思！不是很美吗？

姑　妈　（没有抬头）不管是哪种烟我都讨厌。

米尔德里德　我祖奶奶抽烟斗——一个陶土制的烟斗。

姑　妈　（气恼）俗气！

米尔德里德　她这位亲戚太远了，谈不上俗气。时间越久，烟斗就会变得越有光彩。

姑　妈　（假装厌烦，实际上是给激恼了。）这一套是你在学院里读的社会学教你的吧？只要一有机会，就扮演吃死尸的怪物，把陈年骨头挖掘出来。为什么不让你老祖奶奶躺在坟墓里休息呢？

米尔德里德　（作梦似的）身边放着她的烟斗——在天堂里抽烟。

姑　妈　（怀恨地）真的，你是个天生的吃死尸的怪物。甚至你长得也越来越像那个怪物了，亲爱的。

米尔德里德　（腔调冷冷地）我厌恶你，姑妈。（用一种批判的眼光望着她）你知道你使我想起什么来吗？一块冷猪肉布丁，放在漆桌布上，在厨房里，在一个——要把所有可能发生的情况都说出来，就叫人厌烦了。（她闭上眼）

姑　妈　（冷笑）谢谢你的坦率。不过，我既然是，又不得不作——至少，在表面上——你的伴护人，让我们来拼凑一场停战协议吧。对我来说，你想摆出一副什么古怪架势，你就摆出一副什么古怪架势，你有完全自由——

只要你讲点社交礼貌——

米尔德里德 （拖长腔）讲些胡说八道吧？

姑　　妈 （好像没听见，继续说下去）。纽约东区的社会服务工作耗尽了你那种病态的激情——顺便说一句，你搞的那一套，使得那些贫穷的人，在他们自己的眼里，显得格外贫穷，他们是多么恨你啊！——现在你又一心要访问国际贫民窟。哼，我倒希望伦敦东区会提供必需的神经镇定剂。不用叫我陪你到那里去。我已经告诉过你爸爸，我不愿意去。我讨厌丑恶的东西。我们可以雇一大批侦探，你想考查什么就考查什么——只要他们允许你去看。

米尔德里德 （抗辩中流露着一丝真诚）请你不要嘲笑我吧，我是真想知道另一半人是怎样生活的。相信我，我作这种探讨，至少是有点诚意的。我想帮助他们。我愿意在这个世界上有点用处。我不知道怎么办才好，难道那是我的过错吗？我愿意真诚待人，能在什么地方接触生活。（带着消沉的苦恼）不过我恐怕，我既没有那种活力，又没有那种毅力。那一切，在我们家里，在我出世以前，早就熬光了。爷爷的鼓风炉，火焰冲天，熔化钢铁，挣了几千万——爸爸让那些炉子继续燃烧下去，又挣了几千万——排在末尾的就是我这个小丫头。我和成千上万的人一样，是贝氏转炉法里的一个废品。或者不如说，我承继了那种副产品，财富的后天特性，而创造财富的钢铁的能量和力量我却没有承继下来。像人们在赛马场上所说的那样，生我的种马是黄金，毁掉我的也是它，而且不止从一方面毁了我。（她苦笑了）

姑　　妈 （一点也没有受到感动——傲慢地。）你今天好像跟真诚干上了。那除了作为一种明显的姿态，跟你是不相称的。我劝告你，还是尽量装模作样吧。你要知道，装模作样里也有某种真诚。你终究得承认，你更喜欢装模作样。

米尔德里德 （又造作和厌烦起来）是的，我想我是那样。我刚才发了一通脾气，请原谅。当一只豹子埋怨它的斑点的时候，它一定显得很怪。（带一种嘲讽的腔调）咪呜吧，小豹，咪呜吧、抓吧、撕吧、咬吧，塞饱你的肚子、快活吧——只不过要待在森林里，待在你的斑点能成为伪装的地方。在一个笼子里，它们就使你显眼了。

姑　　妈 我不知道你在说些什么。

米尔德里德 跟你说任何事情都会是无礼的。让我们说说闲话吧。（她望望手表）哼，谢天谢地，是他们来接我的时候了。那一定会给我一种新的刺激，姑妈。

姑　　妈 （故作为难）难道说你真去吗？那个脏劲——那种热度一定是可怕的——

米尔德里德 爷爷是当搅炼工人起家的。我身上应该有那种不怕热的遗传性，那会使得一条火蛇都打起冷战来。试验一下倒也有趣。

姑　　妈 你去参观炉膛口，总要取得船长——或者什么人——的允许吧？

米尔德里德 （带着胜利的微笑）我得到了，船长的和总机师的都得到了。啊，尽管我有社会服务的证件，他们一上来并不想让我去。他们对于我要调查另外一半人在船上怎样生活和工作的事，似乎一点也不积极。所以我只好告诉他们，我爸爸，纳札若斯钢铁公司总经理，这个轮船公司的董事长，告诉我可以调查。

姑　　妈	他并没有告诉过你。
米尔德里德	时代把人们变得多么天真啊！可是我说他告诉过我，姑妈，我甚至还说，他还给了我一封写给他们的介绍信——那信我给弄丢了。他们不敢冒险去证实我可能撒谎。（兴奋地）所以行啦！到炉膛口去定啦。机师二副陪我去。（又望望表）是时候了。我想，他已经来了。（机师二副上。他是一个健壮、漂亮的人，三十五岁左右。他走到两人面前停下，举手碰碰帽檐，显然有点局促不安。）
机师二副	道格拉斯小姐吗？
米尔德里德	是的。（推开毛毯，站起身来。）我们都准备好了，这就出发吗？
机师二副	稍候一会儿，小姐。我正在等四副。他就来。
米尔德里德	（带着一种嘲讽的微笑）你不愿一个人担负这个责任，是不是？
机师二副	（勉强作出微笑）两个人总比一个人好。（她的眼光使他不安，他望望大海——脱口说出。）今天天气很好。
米尔德里德	是吗？
机师二副	温和的微风——
米尔德里德	我可觉得冷。
机师二副	但是在太阳光下面是够热的——
米尔德里德	对我来说可不够热。我不喜欢大自然。我的身体从来就不健壮。
机师二副	（勉强作出微笑）哎，你会发现你要去的那个地方热得很。
米尔德里德	你是说地狱吗？
机师二副	（目瞪口呆地，决定笑出声来。）哈——哈！不，我说的是炉膛口。
米尔德里德	我爷爷是个搅炼工人。他就是拿沸腾的钢水当游戏的。
机师二副	（莫名其妙——不安地）是吗？哼，请原谅，小姐，你打算穿身上这件衣服吗？
米尔德里德	为什么不能穿呢？
机师二副	你会蹭上油和脏东西的。免不了的。
米尔德里德	没有关系。我有许多套白衣服。
机师二副	我有一件旧外衣，你可以罩上——
米尔德里德	我有五十套像这样的衣服。等我回来的时候，我就把这一身扔到大海里去。那就会把它洗得干干净净，你想是不是？
机师二副	（固执地）要走下很多层不太干净的梯子——还有许多黑暗的小巷子——
米尔德里德	我就穿这件衣服，不穿别的。
机师二副	请不要见怪。穿什么衣服跟我不相干，我只不过警告你——
米尔德里德	警告？那听起来倒新鲜。
机师二副	（望甲板下面看——宽慰地舒一口气。）现在四副在那边。他正在等候我们。要是你愿意走——
米尔德里德	走吧。我跟着你。（他走下。米尔德里德回过头来投给她姑妈一个嘲笑。）傻瓜——不过是一个漂亮的、精力充沛的傻瓜。
姑　　妈	（轻蔑地）装腔作势！
米尔德里德	当心啊。他说那里有许多黑暗的小巷子——
姑　　妈	（同样的腔调）装腔作势！
米尔德里德	（愤怒地咬着嘴唇）你说得对。要是我的万贯家财不那么贫血、干净，该

多好！

姑　　妈　对，为了一个新的姿态，我不怀疑，你会把道格拉斯家的声名拖到臭水沟里去的！

米尔德里德　它就是从那里发迹的。再见，姑妈。不要为我会掉进火炉，祷告得太过分了。

姑　　妈　装腔作势！

米尔德里德　（恶意地）老妖怪！（对她姑妈的脸侮辱性地刷了她一下，然后笑嘻嘻地走开）

姑　　妈　（在她身后尖叫）我说装腔作势！

〔幕落〕。

（方华文编，摘自荒芜译：《奥尼尔剧作选》，上海文艺出版社，1982）

第二十四章　乔伊斯及《尤利西斯》

第一节　乔伊斯简介

詹姆斯·乔伊斯，爱尔兰小说家。1882 年 2 月 2 日，乔伊斯出生于都柏林郊区，母亲笃信天主教，父亲是政府的税务专员，同时也是坚定的爱尔兰民族主义者。乔伊斯很早就显露出在音乐和文学方面的天赋。1891 年，年仅 9 岁的乔伊斯作诗悼念爱尔兰政治领袖帕奈尔，他的父亲由于不满罗马天主教对待帕奈尔的态度，同时憎恶它在爱尔兰自治问题上的立场，愤而将这首诗印刷出版。1893 年，老乔伊斯被解公职，至此他酗酒挥霍，家里经济状况每况愈下，甚至连乔伊斯的学费都付不起，为此，他曾一度辍学。16 岁时，乔伊斯放弃天主教信仰。1898 年，他进入都柏林大学攻读英语、法语和意大利语等语言。大学期间，他对易卜生戏剧的评论刊登在《双周评论》期刊上，引起易卜生本人的关注。1903 年，都柏林大学毕业后，乔伊斯赴巴黎攻读医学，但因家境困难未能完成学业。后来，母亲身患癌症，弥留之际，乔伊斯父亲电报召唤他回家。然而，在母亲病床前，他和弟弟因不信天主教，拒绝下跪祈祷，母亲恳求无果，终于含恨而终。母亲临终前发生的这一幕令乔伊斯始终不能释怀，在他后来的小说《尤利西斯》中，他借斯蒂芬这个角色表达了对母亲的悔恨之情。母亲去世后，家里的情况越来越糟，乔伊斯依靠教书、演唱和撰写书评来谋生。

1904 年，他与女招待诺拉·巴纳克尔邂逅，6 月 16 日两人首次约会。1904 年 6 月 16 日也成为小说《尤利西斯》故事发生的日期，并最终成为爱尔兰非常有纪念意义的节日，人们以小说的主人公布卢姆来命名，把它称为布卢姆日。乔伊斯作品中的很多人物都来源他在都柏林时生活中的真人真事。有一天，他醉酒后与人在公园打架，然后被父亲的一个朋友扶起送回家，这个人据说是个犹太人并且有个不忠的妻子。后来，他成为布卢姆的原型。

由于不满爱尔兰的闭塞和压抑，乔伊斯与巴纳克尔相爱后，二人相约逃离爱尔兰，开始海外的流亡生活。他们先去了瑞士的苏黎世，然后辗转去往的里亚斯特、普拉，一般都以教授英语和为报刊撰写文章为生。1905 年，普拉的奥地利人将所有外国人驱逐出境，因此，乔伊斯再次回到的里亚斯特。此后，乔伊斯一生几乎都在欧洲大陆度过，期间曾两次回爱尔兰短暂停留。在的里亚斯特，乔伊斯罹患眼疾，后经过十多次手术，仍然不见好转，到晚年他几近失明。经济状况也始终不见起色，长期借债为生，女儿露西亚又患有精神分裂症，一家人在第一次世界大战的战火中颠沛流离，然而，就是在这样的条件下，乔伊斯笔耕不辍，写出了众多流传于世的名作。

1904 年，乔伊斯开始长篇小说《青年艺术家画像》的创作，这部小说的创作前后历经十年，具有强烈自传色彩，描写了都柏林青年斯蒂芬·迪达勒斯的艺术追寻过程。短篇小说集《都柏林人》的创作始于 1904 年，命运多舛，曾被 22 家出版社退稿。多亏庞德的帮助，1914 年，《都柏林人》终于出版，但是销量极小。

1914 年，乔伊斯开始着手《尤利西斯》的创作，最早的单行本出现于 1922 年。《尤利西斯》曾被英国列为"禁书"，因为它被指控含有"淫秽描写"和大量的"脏词"。1932 年，这本小说在英国解禁，但当美国兰登出版公司打算把《尤利西斯》引入美国，仍遭到联邦政府的起诉。对该书进行整体评估后，法庭承认，《尤利西斯》不是"淫秽作品"，其中"露骨的描写"也并非出于什么猥亵的动机。最终判决该书为：一部具有原创性的作品，一部真诚创作的作品，它并没有起到刺激淫欲的作用。

1939 年，乔伊斯出版他的最后一部长篇小说《芬尼根守灵夜》，这部小说把乔伊斯的意识流创作技巧推到极致，书中无数处隐喻、双关和典故，完全没有情节，充满了梦中呓语，暗喻了《圣经》、莎士比亚戏剧、宗教以及爱尔兰的历史和整个人类文明。

乔伊斯虽然一生旅居海外，但他的作品里描写的无一例外是都柏林的生活，在作品中他对民族和国家的热爱自然流露出来。

除小说外，乔伊斯还著有诗集《室内乐集》和剧本《流亡者》。

第二节　《尤利西斯》简介

小说《尤利西斯》于 1922 年出版，是西欧意识流小说的开山之作，标志着现代派文学运动的高潮。

小说描述了 1904 年 6 月 16 日一昼夜之内青年艺术家斯蒂芬、广告推销员利奥波德·布卢姆和他的妻子玛莉恩在都柏林的种种经历及心理活动。

全书共分为三部分十八章，展现发生在都柏林 1904 年 6 月 16 日清晨八点到第二天凌晨两点这 18 个小时内的故事，每一个小时的故事成一章。每一章节都有其独特的写作技巧和风格，内容涉及宗教、哲学、医学、文学、音乐、天文、法律等方面。全书使用了多种语言的字词——古英语、法语、德语、意大利语、希腊语、拉丁语、希伯来古文字甚至梵文，有时为了表达的需要，几个字词连在一起，不设空格和标点，例如，第八章中出现：smiledyawnednodded，三个动词的过去式连写在一起，可能是为了表现三个动作的连贯性。另外，第十八章全文没有标点符号，都是布卢姆妻子玛莉恩的胡思乱想，她想到周围的人和事，并加以判断评论，更多的是对往日风流韵事的遐想，意识流动如石涧小溪，蜿蜒曲折，又如天上浮云，浮想联翩。全书文体风格更是变幻无穷，以第十四章为例，乔伊斯用英国散文的发展史来象征婴儿从胚胎到分娩的发育过程。文中使用了古盖尔文、拉丁文和古英语等多种古雅的语言，并模拟了班扬、笛福、德·昆西、狄更斯等十多位文学名家的文体和写作风格，后面还掺有新闻体、布道文体和科学论文体等文体，从这一章开头的艰深难懂的古雅文体写到后面的方言、俚语，文体越来越通俗。

全书标题"尤利西斯"是荷马史诗《奥德修纪》中大英雄奥德修斯的罗马名字，这暗示了全书与荷马史诗的对应关系，《奥德修纪》的故事是小说《尤利西斯》的神话原型。每一章节对应一个《奥德修纪》的故事主题，角色和情节也有不同程度的呼应。如，第一章最后斯蒂芬决定离开自己与另外两个朋友同住的圆形炮塔，其中一个朋友即医学生穆利根对斯蒂芬说："雅弗在寻找一位父亲哪！"此处穆利根把斯蒂芬比作《圣经》中寻找父亲挪亚的雅弗，这与《奥德修纪》中帖雷马科寻父的主题暗合。小说中三个主要人物斯蒂芬、布卢姆和玛莉恩分别对应《奥德修纪》中的帖雷马科、尤利西斯和潘奈洛佩。然而，在《尤利西斯》中，伟大的英雄人物却蜕变成了现实世界中的"反英雄"形象，布卢姆游荡在都柏林的大街上，他明知妻子与人偷情却试图逃避这个现实，与返乡后杀掉妻子众多求婚者的尤利西斯形成鲜明对照。潘奈洛佩对丈夫忠贞不渝，而玛莉恩则红杏出墙，沉溺于肉欲。斯蒂芬则孤独失落、精神空虚。古时伟大的英雄降格为街头游荡的芸芸众生，而乔伊斯要展现的就是小人物的悲哀与欢乐。历来被人们忽视的平凡庸俗的小人物，乔伊斯却给予他们史诗般的高度，这里真正反映了乔伊斯作为现代派作家反传统的一面。

乔伊斯运用意识流的写作技巧深入普通市民的内心深处，来展示他们的思想是多么的猥琐、复杂，同时又是多么的亲切和可爱。以布卢姆这个人物为例，他是一名犹太裔都柏林人，尽管在这个城市生活了很久，却依然被基督教社会所排斥，他在街头的漫游象征了精神的流放状态。他恼恨妻子的不忠，但他的防御措施大多是精神胜利法，在心理上战胜了妻子的情人们。他热爱生活，喜欢吃带点骚味的羊腰子，沉湎于各种感官享受；这个小人物又是善良的、博爱的，他对家里的宠物友好，悉心照顾妻子的生活，主动帮盲人过马路，又对萍水相逢的斯蒂芬产生同情之心。布卢姆在都柏林街头的种种公共场合出现：图书馆、博物馆、酒吧、墓地、教堂等，然而乔伊斯展现的却是布卢姆的内心世界，同时，通过他的眼睛，熟悉都柏林的人们也可以看到外部世界的种种映像。这部小说语言幽默，把爱尔兰人的言说方式演绎得淋漓尽致，据说爱尔兰人读这部小说常常会开口大笑。

另外，乔伊斯对女性心理的把握也恰到好处，最后一章关于玛莉恩的幻想虽然引来颇多非议，但人们不得不承认，它的描写很真实。荣格曾称"只有魔鬼的奶奶才可能如此透彻地洞察女性的心理"。

《尤利西斯》采用了现代派的多种风格和技巧，创造性地改革了小说写作，极大地开拓了人物内心世界刻画的深度和广度，为后世树立了光辉的典范，同时，它真实展现了20世纪初都柏林的城市生活，直到今天，每年的布卢姆节上爱尔兰人还会扮成书中的人物走上街头来庆祝这个因小说《尤利西斯》而来的节日。

第三节　《尤利西斯》选段

第五章

布卢姆先生沿着停在约翰·罗杰森爵士码头上的一排货车稳重地走去，一路经过风车巷、利斯克亚麻籽榨油厂和邮政局。要是把这个地址也通知她就好了。走过了水手之家。他避开了早晨码头上的噪音，取道利穆街。一个拾破烂的少年在布雷迪公寓旁闲荡，臂上挎了一篮子（提梁是用绳子绑的）碎肉，吸着人家嚼剩的烟头。比他年纪小、额上留有湿疹疤痕的女孩朝他望着，懒洋洋地擦着个压扁了的桶箍。告诉他，吸烟可就长不高了。算啦，随他去吧！他这辈子反正也享不到什么荣华富贵。在酒店外面等着，好把爹领回家去。爹，回家找妈去吧。酒馆已经冷清下来，剩不下几位主顾啦。他横过汤森德街，打绷了面孔的伯特厄尔前面走过。厄尔，对，"之家"。阿列夫、伯特。接着又走过尼科尔斯殡仪馆。葬礼十一点才举行，时间还从容。我敢说准是科尼·凯莱赫替奥尼尔殡仪馆揽下今天这档子葬事的。科尼这家伙总是闭着眼睛唱歌，"有一回在公园里，我和她不期相遇，摸着黑儿真有趣。给警察盯上了哩，问她姓名和住址，她就哼唱了一通：我的吐啦噜，吐啦噜，呔。"哦，肯定是他兜揽下来的。随便找个地方花不几个钱把他埋掉算啦。"我的吐啦噜，吐啦噜，吐啦噜，吐啦噜。"

他在韦斯特兰横街的贝尔法斯特与东方茶叶公司的橱窗前停了下来，读着包装货物的锡纸上的商标说明：精选配制，优良品种，家用红茶。天气怪热的。红茶嘛，得到汤姆·克南那儿去买一些。不过，在葬礼上不便跟他提。他那双眼茫然地继续读着，同时摘下帽子，安详地吸着自己那发油的气味，并且斯文地慢慢伸出右手去抚摩前额和头发。这是个炎热的早晨。他垂下眼皮，瞅了瞅这顶高级帽子衬里上绷着的那圈鞋皮的小小帽花。在这儿哪。他的右手从头上落下来，伸到帽壳里。手指麻利地掏出鞣皮圈后面的名片，将它挪到背心兜里。

真热啊，他再一次更缓慢地伸出右手，摸摸前额和头发，然后又戴上帽子，松了口气。他又读了一遍，精选配制，用最优良的锡兰品种配制而成。远东。那准是个可爱的地方，不啻是世界的乐园；慵懒的宽叶，简直可以坐在上面到处漂浮。仙人掌，鲜花盛开的草原，还有那他们称作蛇蔓的。难道真是那样的吗？僧伽罗人在阳光下闲荡，什么也不干是美妙的。成天连手都不动弹一下。一年十二个月，睡上六个月。炎热得连架都懒得吵。这是气候的影响。嗜眠症。怠惰之花。主要是靠空气来滋养。氮。植物园中的温室。含羞草。睡莲。花瓣发蔫了。大气中含有瞌睡病。在玫瑰花瓣上踱步。想想看，炖牛肚和牛蹄吃起来该是什么味道。我在什么地方看到过一个人的照片，是在哪儿拍的呢？对啦，他仰卧在死海上，撑着一把阳伞，还在看书哪。盐分太重，你就是想沉也沉不下去。因为水的重量，不，浮在水面上的身体的重量，等于什么东西的重量来着？要么是容积和重量相等吧？横竖是诸如此类的定律。万斯在高中边教着书，边打着榧子。大学课程，紧张的课程。提起重量，说真的，重量究竟是什么？每秒三十二英尺，每秒钟。落体的规律，每秒钟，每秒钟。它们统统都落到地面上。地球。重量乃是地球引力。

他掉转方向，溜溜达达地横过马路。她拿着香肠，一路怎样走来着？是照这样走的吧。他边走边从侧兜里掏出折叠起来的《自由人报》，打开来又把它竖着卷成棍状。每踱一步便隔着裤子用它拍一下小腿，做出一副漫不经心的样子，像是只不过顺路进去看看而已。每秒钟，每秒钟。每秒钟的意思就是每一秒钟。他从人行道的边石那儿朝邮政局门口投了锐利的一瞥。迟投函件的邮筒。倒可以在这儿投邮。一个人也没有。进去吧。

他隔着黄铜格栅把名片递过去。

"有没有给我的信？"他问。

当那位女邮政局长在分信箱里查找的时候，他盯着那征募新兵的招贴。上面是各兵种的士兵在列队行进。他把报纸卷的一端举起来按在鼻孔上，嗅着那刚印刷好的糙纸的气味。兴许没有回信。上一次说得过火了。

女邮政局长隔着黄铜格栅把他的名片连同一封信递了过来。他向她道了谢，赶快朝那打了字的信封瞟上一眼：

> 亨利·弗罗尔先生
> 本市
> 韦斯特兰横街邮政局转交

总算来了回信。他把名片和信塞到侧兜里，又望了望行进中的士兵。老特威迫的团队在哪儿？被抛弃的兵。在那儿，戴着插有鸟颈毛的熊皮帽。不，那是个掷弹兵。尖袖口。他在那儿哪。都柏林近卫步兵连队。红上衣。太显服了。所以女人才追他们呢。穿军装。不论对入伍还是操练来说，这样的军服都更便当些。莫德·冈内来信提出，他们给咱们爱尔兰首都招来耻辱，夜间应当禁止他们上奥康内尔大街去。格里菲思的报纸如今也在唱同一个调子。这支军队长了杨梅大疮，已经糜烂不堪了。海外的或醉醺醺的帝国。他们看上去半生不熟，像是处于昏睡状态。向前看！原地踏步！贴勃儿：艾勃儿。贝德：艾德。这就是近卫军。他从来也没穿过消防队员或警察的制服。可不是嘛，还加入过共济会哩。

他慢慢腾腾地踱出邮政局，向右转去。难道靠饶舌就能把事情办好吗！他把手伸进兜里，一只食指摸索到信封的口盖，分几截把信扯开了。我不认为女人有多么慎重。他用指头把信拽出，并在兜里将信封揉成一团。信上用饰针别着什么东西，兴许是照片吧。头发吗？不是。

麦科伊走过来了。赶紧把他甩掉吧。碍我的事。就讨厌在这种时刻遇上人。

"喂，布卢姆。你到哪儿去呀？"

"啊，麦科伊。随便溜溜。"

"身体好吗？"

"好。你呢？"

"凑合活着呗，"麦科伊说。

他盯着那黑色领带和衣服，关切地低声问道：

"有什么……我希望没什么麻烦事儿吧。我看到你……"

"啊，没有，"布卢姆先生说，"是这样的，可怜的迪格纳穆，今天他出殡。"

"真的，可怜的家伙。原来是这样。几点钟呀？"

那不是相片。也许是一枚会徽吧。

"十一点钟，"布卢姆先生回答说。

"我得想办法去参加一下，"麦科伊说，"十一点钟吗？昨天晚上我才听说。谁告诉我来着？霍罗翰。你认识'独脚'吧？"

"认识。"

布卢姆先生朝着停在马路对面格罗夫纳饭店门前的那辆座位朝外的双轮马车望去。脚行举起旅行手提箱，把它放到行李槽里。当那个男人——她的丈夫，也许是兄弟，因为长得像她——摸索兜里的零钱时，她静静地站在那儿等候着。款式新颖的大衣还带那种翻领，看上去像是绒的。今天这样的天气，显得太热了些。她把双手揣在明兜里，漫不经心地站在那儿，活像是在马球赛场上见过的那一位高傲仕女。女人们满脑子都是身份地位，直到你触着她的要害部位。品德优美才算真美。为了屈就才那么矜持。那位可敬的夫人……而布鲁图是个可敬的人。一旦占有了她，就能够使她服帖就范。

"我跟鲍勃·多兰在一块儿来着，他犯了老毛病，又喝得醉醺醺的了，还有那个名叫班塔姆·莱昂斯的家伙。我们就在那边的康韦酒吧间。"

多兰和莱昂斯在康韦酒吧间。她把一只戴着手套的手举到头发那儿。"独脚"进来了，喝上一通。他仰着脸，眯起眼睛，看见颜色鲜艳的鹿皮手套在强烈的阳光下闪烁着，也看见镶在手套背上的饰钮。今天我可以看得一清二楚了。兴许周围的湿气使人能望到远处。这家伙还在东拉西扯。她有着一双贵夫人的手。到底要从哪边上车呢？

他说："咱们那个可怜的朋友帕狄真是可惜呀！""哪个帕狄？"我说。"可怜的小帕狄·迪格纳穆。"他说。

要到乡间去，说不定是布罗德斯通吧。棕色长筒靴，饰带晃来晃去。脚的曲线很美。

他没事儿摆弄那些零钱干什么？她发觉了我在瞅着她，那眼神儿仿佛老是在物色着旁的男人——一个好靠山。弓上总多着一根弦。

"怎么啦？"我说。"他出了什么事？"我说。

高傲而华贵，长筒丝袜。

"唔，"布卢姆先生说。

他把头略微偏过去一点，好躲开麦科伊那张谈兴正浓的脸。马上就要上车了。

"'他出了什么事？'他说。'他死啦，'他说。真的，他就泪汪汪的了。'是帕狄·迪格纳穆吗？'我说。乍一听，我不能相信。至少直到上星期五或星期四，我还在阿奇酒店见到了他呢。'是的，'他说，'他走啦。他是星期一去世的，可怜的人儿。'"

瞧哇！瞧哇！华贵雪白的长袜，丝光闪闪！瞧啊！

一辆沉甸甸的电车，叮叮当当地拉响警笛，拐过来，遮住了他的视线。

马车没影儿了。这吵吵闹闹的狮子鼻真可恶。觉得像是吃了闭门羹似的。"天堂与妖精"。事情总是这样的。就在关键时刻。那是星期一，一个少女在尤斯塔斯街的甬道里整理她的吊袜带来着。她的朋友替她遮住了那露出的部位。互助精神。喂，你张着嘴呆看什么呀？

"是啊，是啊，"布卢姆先生无精打采地叹了口气说，"又走了一个。"

"最好的一个，"麦科伊说。

电车开过去了。他们的马车驰向环道桥，她用戴着考究的手套的手握着那钢质栏杆。闪烁，闪烁，她帽子上那丝质飘带在阳光下闪烁着，飘荡着。

"你太太好吧？"麦科伊换了换语气说。

"啊，好，"布卢姆先生说，"好极了，谢谢。"

他随手打开那卷成棍状的报纸，不经意地读着：

> 倘若你家里没有，
> 李树商标肉罐头，
> 那就是美中不足，
> 有它才算幸福窝。

"我太太刚刚接到一份聘约，不过还没有谈妥哪。"

又来耍这套借手提箱的把戏了。倒也不碍事。谢天谢地，这套手法对我已经不灵啦。

布卢姆先生心怀友谊慢悠悠地将那眼睑厚厚的眼睛移向他。

"我太太也一样，"他说，"二十五号那天，贝尔法斯特的阿尔斯特会堂举办一次排场很大的音乐会，她将去演唱。"

"是吗？"麦科伊说，"那太好啦，老伙计。谁来主办？"

玛莉恩·布卢姆太太。还没起床哪。王后在寝室里，吃面包。没有书。她的大腿旁并放着七张肮脏的宫廷纸牌。黑发夫人和金发先生。来信。猫蜷缩成一团毛茸茸的黑球。从信封口上撕下来的碎片。

> 古老
> 甜蜜的
> 情
> 歌，

听见了古老甜蜜的……

"这是一种巡回演出，明白吧，"布卢姆先生若有所思地说，"甜蜜的情歌。成立了一个委员会，按照股份来分红。"

麦科伊点点头，一边揪了揪他那胡子茬儿。

"唔，好，"他说，"这可是个好消息。"

他移步要走开。

"喏，你看上去蛮健康，真高兴，"他说，"咱们说不定在什么地方又能碰见哩。"

"是啊，"布卢姆先生说。

"话又说回来啦，"麦科伊说，"在葬礼上，你能不能替我把名字也签上？我很想去，可是也许去不成哩。瞧，沙湾出了一档子淹死人的事件，也许会浮上来。尸体假若找到了，验尸官和我就得去一趟。我要是没到场，就请你把我的名字给签上好不好？"

"好的，"布卢姆先生说着就走开了。"就这么办吧。"

"好吧，"麦科伊喜形于色地说，"谢谢你啦，老伙计。只要能去，我是会去的。喏，应付一下，写上 C. P. 麦科伊就行啦。"

"一准办到，"布卢姆先生坚定地说。

那个花招没能使我上当。敏捷地脱了身。笨人就容易上当。我可不是什么冤大头。何况那又是我特别心爱的一只手提箱，皮制的。角上加了护皮，边沿还用铆钉护起，并且装上了双锁。去年举办威克洛艇赛音乐会时，鲍勃·考利把自己那只借给了他。打那以后，就一直没下文啦。

布卢姆先生边朝布伦斯威克街溜达，边漾出微笑。"我太太刚刚接到一份。"满脸雀斑、嗓音像芦笛的女高音。用干酪削成的鼻子。唱一支民间小调嘛，倒还凑合。没有气势。你和我，你晓得吗，咱们的处境相同。这是奉承话。那声音刺耳。难道他就听不出其中的区别来吗？想来那样的才中他的意哩。不知怎地却不合我的胃口。

我认为贝尔法斯特那场音乐会会把他吸引住。我希望那里的天花不至于越闹越厉害。她恐怕是不肯重新种牛痘了。你的老婆和我的老婆。

不晓得他会不会在盯梢？

布卢姆先生在街角停下脚步，两眼瞟着那些五颜六色的广告牌。坎特雷尔与科克伦姜麦酒（加了香料的）。克勒利的夏季大甩卖。不，他笔直地走下去了。嘿，今晚上演班德曼·帕默夫人的《丽亚》哩。巴不得再看一遍她扮演这个角色。昨晚她演的是哈姆莱特。女扮男装。说不定他本来就是个女的哩。所以奥菲利娅才自杀了。可怜的爸爸！他常提起凯特·贝特曼扮演的这个角色。他在伦敦的阿德尔菲剧场外面足足等了一个下午才进去的。那是一八六五年——我出生前一年的事。还有里斯托里在维也纳的演出。剧目该怎么叫来着？作者是莫森索尔。是《蕾洁》吧？不是的。他经常谈到的场景是，又老又瞎的亚伯拉罕听出了那声音，就把手指放在他的脸上。

拿单的声音！他儿子的声音！我听到了拿单的声音，他离开了自己的父亲，任他悲惨忧伤地死在我的怀抱里。他就这样离开了父亲的家，并且离开了父亲的上帝。

每句话都讲得那么深沉，利奥波德。

可怜的爸爸！可怜的人！幸而我不曾进屋去瞻仰他的遗容。那是怎样的一天啊！哎呀，天哪！哎呀，天哪！嗬！喏，也许这样对他最好不过。

布卢姆先生拐过街角，从出租马车停车场那些耷拉着脑袋的驽马跟前走过。到了这般地步，再想那档子事也是白搭。这会子该给马套上秣囊了。要是没遇上麦科伊这家伙就好了。

他走近了一些，听到牙齿咀嚼着金色燕麦的嘎吱嘎吱声，轻轻地咀嚼着的牙齿。当他从带股子燕麦清香的马尿气味中走过时，那些马用公羊般的圆鼓鼓的眼睛望着他。这才是它们的理想天地。可怜的傻瓜们！它们一无所知，对什么也漠不关心，只管把长鼻头扎进秣囊里。嘴里塞得那么满，连叫都叫不出来了。好歹能填饱肚子，也不缺睡的地方。而且被阉割过，一片黑色杜仲胶在腰腿之间软软地耷拉下来，摆动着。就那样，它们可能还是蛮幸福的哩。一看就是些善良而可怜的牲口。不过，它们嘶鸣起来也会令人恼火。

他从兜里掏出信来，将它卷在带来的报纸里。说不定会在这儿撞上她。巷子里更安全一些。

他从出租马车夫的车棚前走过。马车夫那种流浪生活真妙。不论什么样的天气，也不管什么地点、时间或距离，都由不得自己的意愿。我要，又不。我喜欢偶尔给他们支香烟抽。交际一下。他们驾车路过的时候，大声嚷出一言半语。他哼唱着：

> 咱们将手拉着手前往。
> 啦啦啦啦啦啦。

他拐进坎伯兰街，往前赶了几步，就在车站围墙的背风处停下了。周围一个人也没有。米德木材堆放场。堆积起来的梁木。废墟和公寓。他小心翼翼地踱过"跳房子"游戏的场地，上面还有遗忘下的跳石子儿。我没犯规。一个娃娃孤零零地蹲在木材堆放场附近弹珠儿玩，用灵巧的大拇指弹着球。一只明察秋毫的母花猫，俨然是座眨巴着眼睛的斯芬克斯，待在暖洋洋的窗台上朝这边望着，不忍心打搅他们。据说穆罕默德曾为了不把猫弄醒，竟然将斗篷剪掉一块。把信打开吧。当我在那位年迈的女老师开的学校就读时，也曾玩过弹珠儿，她喜爱木樨草。埃利斯太太的学校。她丈夫叫什么名字来着？用报纸遮着，他打开了那封信。

信里夹的是花。我想是。一朵瓣儿已经压瘪了的黄花。那么，她没生我的气喽？信上怎么说？

亲爱的亨利：

　　我收到了你的上一封信，很是感谢。遗憾的是，你不喜欢我上次的信。你为什么要附邮票呢？我非常生气。我多么希望能够为这件事惩罚你一下啊。我曾称你作淘气鬼，因为我不喜欢那另一个世界。请告诉我那另一个字真正的含意。你在自己家里不幸福吗？你这可怜的小淘气鬼？我巴不得能替你做点什么。请告诉我，你对我这个可怜虫有什么看法。我时常想起你这个名字有多么可爱。亲爱的亨利，咱们什么时候能见面呢？你简直无法想象我多么经常地想念你。我从来没有被一个男人像被你这么吸引过。弄得我心慌意乱。请给我写一封长信，告诉我更多的事情。不然的话我可要惩罚你啦，你可要记住。你这淘气鬼，现在你晓得了，假若你不写信，我会怎样对付你。哦，我多么盼望跟你见面啊。亲爱的亨利，请别拒绝我的要求，否则我的耐心就要耗尽了。到那时候我就一股脑儿告诉你。现在，再见吧，心爱的淘气鬼。今天我的头疼得厉害，所以一定要立即回信给苦苦思念你的玛莎。

　　附言：一定告诉我，你太太使用哪一种香水。我想知道。

他神情严肃地扯下那朵用饰针别着的花儿，嗅了嗅几乎消失殆尽的香气，将它放在胸兜里。花的语言。人们喜欢它，因为谁也听不见。要么就用一束毒花将对方击倒。于是，他慢慢地往前踱着，把信重读一遍，东一个字、西一个词地念出声来。对你郁金香　生气亲爱的　男人花　惩罚　你的　仙人掌　假若你不　请　可怜虫　勿忘草　我多么盼望紫罗兰　给亲爱的　玫瑰　当我们快要　银莲花　见面　一股脑儿　淘气鬼　夜茎太太玛莎的香水。读完之后，他把信从报纸卷里取出来，又放回到侧兜里。

他心中略有喜意，咧开了嘴。这封信不同于第一封。不知道是不是她亲笔写的。装出一副生气的样子：像我这样的良家少女，品行端正的。随便哪个星期天，等诵完玫瑰经，不妨见见。谢谢你，没什么。谈恋爱时候通常会发生的那种小别扭。然后你追我躲的。就跟同摩莉吵架的时候那么麻烦。抽支雪茄烟能起点镇静作用，总算是麻醉剂嘛。一步步地来。淘气鬼。惩罚。当然喽，生怕措辞不当。粗暴吗，为什么不？反正不妨试它一试，一步步地来。

他依然用指头在兜里摆弄着那封信，并且把饰针拔下。这不是根普通的饰针吗？他把它扔在街上。是从她衣服的什么地方取下来的，好几根饰针都别在一起。真奇怪，女人身上总有那么多饰针！没有不带刺的玫瑰。

单调的都柏林口音在他的头脑里响着。那天晚上在库姆，两个娘子淋着雨，互相挽着臂在唱：

　　　　哦，玛丽亚丢了衬裤的饰针。
　　　　她不知道怎么办，
　　　　才能不让它脱落，
　　　　才能不让它脱落。

饰针？衬裤。头疼得厉害。也许她刚好赶上玫瑰期间。要么就是成天坐着打字的关系。眼睛老盯着，对胃神经不利。你太太使用哪一种香水？谁闹得清这是怎么回事！

　　　　才能不让它脱落。

玛莎，玛丽亚。如今我已忘记是在哪儿看到那幅画了。是出自古老大师之手呢，还是为赚钱而制出的赝品？他坐在她们家里，谈着话。挺神秘的。库姆街的那两个姨子也乐意听的。

　　　　才能不让它脱落。

傍晚的感觉良好。再也不用到处流浪了。只消懒洋洋地享受这宁静的黄昏，一切全听其自然。忘记一切吧。说说你都去过哪些地方和当地的奇风异俗。另一位头上顶着水罐，在准备晚饭：水果，橄榄，从井里打来的沁凉可口的水。那井像石头一样冰冷，像煞阿什汤的墙壁上的洞。下次去参加小马驾车赛，我得带上个纸杯子。她倾听着，一双大眼睛温柔而且乌黑。告诉她，尽情地说吧。什么也别保留。然后一声叹息，接着是沉默。漫长、漫长、漫长的休息。

他在铁道的拱形陆桥底下走着，一路掏出信封，赶忙把它撕成碎片，朝马路丢去。碎片纷纷散开来，在潮湿的空气中飘零。白茫茫的一片，随后就统统沉落下去了。

亨利·弗罗尔。你蛮可以把一张一百英镑的支票也这么撕掉哩。也不过是一小片纸而已。据说有一回艾弗勋爵在爱尔兰银行就用一张七位数的支票兑换成百万英镑现款。这说明黑啤酒的赚头有多大，可是人家说，他的胞兄阿迪劳恩勋爵依然得每天换四次衬衫，因为他的皮肤上总繁殖虱子或跳蚤。百万英镑，且慢。两便士能买一品脱黑啤酒，四便士能买一夸脱，八便士就是一加仑。不，一加仑得花一先令四便士。二十先令是一先令四便士的多少倍呢？大约十五倍吧。对，正好是十五倍。那就是一千五百万桶黑啤酒喽。

我怎么说起桶来啦？应该说加仑。总归约莫有一百万桶吧。

入站的列车在他的头顶上沉重地响着，车厢一节接着一节。在他的脑袋里，酒桶也在相互碰撞着，黏糊糊的黑啤酒在桶里迸溅着，翻腾着。桶塞一个个地崩掉了，大量混浊的液体淌出来，汇聚在一起，迂回曲折地穿过泥滩，浸漫整个大地。酒池缓缓地打着漩涡，不断地冒起有着宽叶的泡沫花。

他来到诸圣教堂那敞着的后门跟前。边迈进门廊，边摘下帽子，并且从兜里取出名片，塞回到鞣皮帽圈后头。唉呀，我本可以托麦科伊给弄张去穆林加尔的免费车票呢。

门上贴的还是那张告示。十分可敬的耶稣会会士约翰·库米布道，题目是：耶稣会传教士圣彼得·克莱佛尔及非洲传道事业。当格莱斯顿几乎已人事不省之后，他们仍为他皈依天主教而祷告。新教徒也是一样。要使神学博士威廉·詹·沃尔什皈依真正的宗教。要拯救中国的芸芸众生。不知道他们怎样向中国异教徒宣讲。宁肯要一两鸦片。天朝的子民。对他们而言，这一切是十足的异端邪说。他们的神是如来佛，手托腮帮，安详地侧卧在博物馆里。香烟缭绕。不同于头戴荆冠、钉在十字架上的。"瞧！这个人！"关于三叶苜蓿，圣帕特里克想出的主意太妙了。筷子？康米。马丁·坎宁翰认识他。他气度不凡。可惜我不曾在他身上下过功夫，没托他让摩莉参加唱诗班，我却托了法利神父。那位神父看上去像个傻瓜，其实不然。他们就是被那么培养出来的。他总不至于戴上蓝眼镜，汗水涔涔地去给黑人施洗礼吧，他会吗？太阳镜闪闪发光，会把他们吸引住。这些厚嘴唇的黑人围成一圈坐着，听得入了迷。这副样子倒蛮有看头哩，活像是一幅静物画。我想，他们准是把他传的道当作牛奶那么舐掉了。

圣石发出的冰冷气息呼唤着他。他踏着磨损了的台阶，推开旋转门，悄悄地从祭坛背后走进去。

正在进行着什么活动，教友的聚会吧。可惜这么空空荡荡的。要是找个不显眼的位子，旁边有个少女倒不赖。谁是我的邻人呢？听着悠扬的音乐，挤在一起坐上一个钟头。就是望午夜弥撒时遇见的那个女人，使人觉得仿佛上了七重天。妇女们跪在长凳上，脖间系着深红色圣巾，低看头。有几个跪在祭坛的栏杆那儿。神父嘴里念念有词，双手捧着那东西，从她们前边走过。他在每个人面前都停下来，取出一枚圣体。甩上一两下（难道那是浸泡在水里的不成？），利利索索地送到她嘴里。她的帽子和头耷拉下去。接着就是第二个。她的帽子也立即垂下来。随后是旁边的那个：矮个子的老妪。神父弯下腰，把圣体送进她的嘴里，她不断地咕哝着。那是拉丁文。下一个。闭上眼，张开嘴。是什么来着？Corpus：body。Corpse。用拉丁文可是个高明的主意。首先，那就会使这些女人感到茫然。收容垂死者的救济院。她们好像并不咀嚼：只是把圣体吞咽下去。吃尸体的碎片，可谓异想天开，正投食人族之所好。

他站在一旁，望着蒙起面纱的她们，沿着过道顺序走来，寻找各自的座位。他走到一条长凳跟前，靠边儿坐下，帽子和报纸捧在怀里。我们还得戴那种活像是一口口深锅的帽子。我们理应照着头型缝制帽子。这儿，那儿，周围那些系着深红色圣巾的女人们依然低着头，等待圣体在她们的胃里融化。真有点像是无酵饼，那种上供用的没有发酵的饼。瞧瞧她们。这会子我敢说圣体使她们感到幸福。就像是吃了棒糖似的。可不是嘛。对，人们管它叫作天使的饼子。这背后还有个宏大的联想，你觉得，心里算是有了那么一种神的王国。初领圣体者。那其实只不过是一便士一撮的骗人的玩意儿。可这下子她们就都感到是家族大团聚。觉得像是在同一座剧场里，同一道溪流中。我相信她们是这样感觉的，因而也就不大孤独了。因为大家都属于"咱们的教团"了。多余的精力发泄个够，然后，像是狂欢了一场般地走了出来。问题在于，你得真心笃信它。卢尔德的治疗，忘却的河流，诺克的显圣，淌血的圣像。一位老人在那个忏悔阁子旁边打盹儿哪，所以才鼾声不断。盲目的信仰。安然待在那即将降临的天国怀抱里，一切痛苦都止息了。明年这个时候将会苏醒。

　　他望到神父把圣体杯收好，放回尽里边，对着它跪了片刻，身上那镶有花边的衣裙下边，露出老大的灰色靴底。要是他把里头的饰针弄丢了呢？他就不知道该怎么办啦。后脑勺上秃了一块。他背上写的是 I. N. R. I. 吗？不，是 I. H. S.。有一回我问了问摩莉，她说那是："I have sinned."要么就是："I have suffered."另外那个呢？是："Iron nails ran in."

　　随便哪个星期天诵完玫瑰经之后，都不妨去见见。请别拒绝我的要求。她蒙着面纱，拎上一只黑色手提包，背着光，出现在暮色苍茫中。她在脖颈间系着根丝带进堂，却暗地里干着另一种勾当，就是这么个性格。那个向政府告密、背叛"常胜军"的家伙，他叫凯里，每天早晨都来领圣体。就在这个教堂里。是啊，彼得·凯里。不，我脑子里想的是彼得·克拉弗。唔，是丹尼斯·凯里。想想看。家里还有老婆和六个娃娃哪。可还一直在策划着那档子暗杀事件。那些"假虔诚"——这个绰号起得好——他们总是带着那么一副狡猾的样子。他们也不是正经的生意人。啊，不，她不在这里。那朵花儿，不，不在。还有，我把那信封撕掉了吗？可不是嘛，就在陆桥底下。

　　神父在涮圣爵儿，然后仰脖儿把剩下的酒一饮而尽。葡萄酒。这要比大家喝惯了的吉尼斯黑啤酒或是无酒精饮料——惠特利牌都柏林蛇麻子苦味酒或者坎特雷尔与科克伦姜麦酒（加了香料的）都要来得气派。这是上供的葡萄酒，一口也不给教徒喝，只给他们面饼。一种冷遇。这是虔诚的骗局，却也做得十分得体。不然的话，一个个酒鬼就都会蜂拥而至，全想过过瘾。整个气氛就会变得莫名其妙了。做得十分得体。这样做完全合理。

　　布卢姆先生回头望了望唱诗班。可惜不会有音乐了。这儿的管风琴究竟是由谁来按的呢？老格林有本事让那架乐器响起来，发出轻微颤音。大家说他在加德纳街每年有五十英镑的进项。那天摩莉的嗓子好极了，她唱的是罗西尼的《站立的圣母》。先由伯纳德·沃恩神父讲道：基督还是彼拉多？基督，可是不要跟我们扯上一个晚上。大家要听的是音乐。用脚打拍子的声音停下了。连掉根针都能听见。我曾关照她，要朝那个角落引颈高唱。我感觉到那空气的震颤，那洪亮的嗓门，那仰望着的听众。

　　什么人……

　　有些古老的圣教音乐十分精彩，像梅尔卡丹特的《最后七句话》。莫扎特的《第十二弥撒曲》，尤其是其中的《荣耀颂》。以前的教皇们热衷于音乐、艺术、雕塑以至各种绘画。帕莱斯特里纳就是个例子。他们生逢盛世，享尽了清福。他们也都健康，准时吟诵《圣教日课》，然后就酿酒。有本笃酒和加尔都西绿酒。可是让一些阉人参加唱诗班却大煞风景。他们唱出什么调调呢？听完神父们自己洪亮的男低音，再去听他们那种嗓音，会觉得挺古怪吧。行家嘛。要是被阉后就毫无感觉了呢？从某种意义上来说，是无动于衷。无忧无虑。他们会发福的，对吧？一个个脑满肠肥，身高腿长。兴许是这样的吧。阉割也是个办法。

　　他看见神父弯下腰去吻祭坛，然后转过身来，祝福全体教友。大家在胸前画了十字，站起来。布卢姆先生四下里打量了一下，然后站起身，隔着会众戴起的帽子望过去。朗诵福音书时，自然要起立喽。随即又统统跪下。他呢，静悄悄地重新在长凳上落座。神父走下祭坛，捧着那东西，和助祭用拉丁文一问一答着。然后神父跪下，开始望着卡片诵读起来：

"啊，天主，我们的避难所和力量……"

布卢姆先生为了听得真切一些，就朝前面探探头。用的是英语。丢给他们一块骨头。我依稀想起来了。上次是多久以前来望过弥撒？光荣而圣洁无玷的圣处女。约瑟是她的配偶。彼得和保罗。倘若你能了解这个中情节，就会更有趣一些。这个组织真了不起，一切都接班就绪，有条不紊。忏悔嘛，人人都想做。那么我就一股脑儿对您说出来吧。我悔改，请惩罚我吧。他们手握大权，医生和律师也都只能甘拜下风。女人最渴望忏悔了，而我呢，就嘘嘘嘘嘘嘘嘘。那么你喳喳喳喳喳喳了吗？为什么要这么做？她低头瞧着指环，好找个借口。回音回廊，隔墙有耳。丈夫要是听见了，会大吃一惊的。这是天主开的一个小小的玩笑。然后她就走出来了。其实，所忏悔的只不过是浮皮潦草。多么可爱的羞耻啊。她跪在祭坛前祷告，念着《万福玛利亚》和《至圣玛利亚》。鲜花，香火，蜡烛在融化。她把羞红的脸遮起。救世军不过是赤裸裸的模仿而已。改邪归正的卖淫妇将当众演说：我是怎样找到上主的。那些坐镇罗马的家伙们想必是顽固不化的，他们操纵着整套演出。他们不是也搜刮钱财吗？一笔笔遗赠也滚滚而来，教皇能够暂且任意支配的圣厅献金。为了我灵魂的安息，敞开大门公开献弥撒。男女修道院。弗马纳的神父站在证人席上陈述。对他吹胡子瞪眼睛是不灵的。所有的提问他都回答得恰到好处。他维护了我们神圣的母亲——教会的自由，使其发扬光大。教会的博士们编出了整套的神学。

神父祷告道：

"圣米迦勒总领天使，请尔护我于攻魔，卫我于邪神恶计。（吾又哀求天主，严儆斥之！）今魔魁恶鬼，遍散普世，肆害人灵。求尔天上大军之帅，仗主权能，麾入地狱。"

神父和助祭站起来走了。诸事完毕。妇女留下来念感谢经。

不如溜之乎也。巴茨修士。他也许会端着募款盘前来：请为复活节捐款。

他站了起来。咦，难道我背心上这两颗纽扣早就开了吗？女人们喜欢看到这样。她们是决不会提醒你的。要是我们，就会说一声，对不起，小姐，这儿（哦）有那么一点儿（哦）毛毛。要么就是她们的裙子腰身后边有个钩子开了，露出一弯月牙形。倘若你不提醒一声，她们会气恼的：你为什么不早点儿告诉我？可她们喜欢你更邋遢一些。幸而不是更靠下边的。他边小心翼翼地扣上纽扣，边沿着两排座位之间的通道走去。穿出正门，步入阳光中。他两眼发花，在冰凉的黑色大理石圣水钵旁边伫立片刻。在他前后各有一位信徒，悄悄地用手蘸了蘸浅浅的圣水。电车，普雷斯科特洗染坊的汽车，一位身穿丧服的寡妇。因为我自己就穿着丧服，所以马上会留意到。他戴上帽子。几点钟啦？十点一刻。时间还从容。不如去配化妆水。那是在哪儿来着？啊，对，上一次去的是林肯广场的斯威尼药房。开药铺的是轻易不会搬家的。他们那些盛着绿色和金色溶液作为标志的瓶子太重了，不好搬动。汉密尔顿·朗药房，还是发大水的那一年开的张呢。离胡格诺派的教会墓地不远。赶明儿去一趟吧。

他沿着韦斯特兰横街朝南踱去。

……

天气真是再好不过了。要是一辈子都能像这样该有多好。这正是宜于打板球的天气。在遮阳伞下坐成一圈儿，裁判一再下令改变掷球方向。出局。在这里，他们是没有希望打赢的。六比零。然而主将布勒朝左方的外场守场员猛击出一个长球，竟把基尔达尔街俱乐部的玻璃窗给打碎了。顿尼溪集市更合他们的胃口。麦卡锡一上场，我们砸破了那么多脑壳。一阵热浪，不能持久。生命的长河滚滚向前，我们在流逝的人生中所追溯的轨迹比什么都珍贵。

　　舒舒服服地洗个澡吧。一大浴缸清水，沁凉的陶瓷，徐缓地流着。这是我的身体。

　　他预见到自己那赤裸苍白的身子仰卧在温暖的澡水之内，手脚尽情地舒展开来，涂满溶化了的滑溜溜的香皂，被水温和地冲洗着。他看见了水在自己那柠檬色的躯体和四肢上面起着涟漪，并托住他，浮力轻轻地把他往上推，看见了状似肉蕾般的肚脐眼，也看见了自己那撮蓬乱的黑色鬈毛在漂浮，那撮毛围绕着千百万个娃娃的软塌塌的父亲——一朵凋萎的漂浮着的花。

　　　　　　　　　　　（李笑蕊编，摘自萧乾、文洁若译：《尤利西斯》，译林出版社，2005）

第二十五章 普鲁斯特及《追忆似水年华》

第一节 普鲁斯特简介

马塞尔·普鲁斯特，法国小说家，文学评论家，代表作为长篇小说《追忆似水年华》。

1871 年 7 月 10 日，普鲁斯特生于法国巴黎南部奥特伊镇，父亲是医学院的教授，很有名望的流行病学家，致力于霍乱的防治研究，母亲来自于家境富裕的犹太家庭，她很有教养，精通文学，同时有很深厚的英语功底，这为她的儿子普鲁斯特将来翻译罗斯金的作品提供了很宝贵的帮助。普鲁斯特童年的大部分时光都是在伊利耶的乡间度过，伊利耶成为他小说中贡布雷的原型。后来，巴黎在纪念普鲁斯特一百周年诞辰时，将伊利耶这个地名改为伊利耶-贡布雷，虚构的地名最终成为现实。9 岁时，普鲁斯特患上哮喘病，这种间歇性发作的疾病伴随他终生，哮喘病使他不能够自由地呼吸户外空气，树木花草的香味都可能使他窒息，情绪激动、过度疲劳都可能导致发病。于是，童年时代的普鲁斯特就失去了很多男孩子的乐趣，只能缩在自己的狭小天地里，经常独自一人，忍受寂寞，这造就了他多疑、敏感的个性，他比常人要求更多情感上的照顾，母亲的悉心照料使他在感情上对她过度依赖，家人的宠爱使他俨然成了一个"小暴君"。因为无法领略外界的许多乐趣，他就躲进虚构的天地里来打发时光，他阅读了很多文学名著，这些书本激发了他的幻想能力，他丰富的感情于是寄托在书中构建的虚幻王国里。1882 年，普鲁斯特 11 岁时，他进入贡多塞中学，但是他的教育因为疾病的原因中断，虽然如此，他因为文学和哲学上表现优秀，最后还是顺利毕业。通过同学雅克·比才的关系，他结识了比才的母亲施特劳斯夫人，进入了法国上层阶级的社交圈子——巴黎的沙龙，这为他日后写作提供了丰富的资源，同时在这些文化沙龙里，他结识了一些文学界的名流，其中就有阿纳托尔·法朗兹。

尽管身体虚弱，1889 年到 1890 年，普鲁斯特还是参军一年，他的部队驻扎在法国奥尔良，这段经历被写进《追忆似水年华》的第三卷"在盖尔芒特家那边"。1890 年 11 月，普鲁斯特作为二等兵退伍，然后在巴黎大学法学院及政治科学自由学院注册入学。巴黎大学柏格森的哲学讲座与他的思想产生了深刻的共鸣。柏格森的生命哲学认为世界在本质上是一个不间断的"生命之流"，他认为，只有直觉才能把握川流不息的世界本质即"绵延"，分析却把时间空间化，也就是把"绵延"的时间分割开来，从而使活动中的实在僵化为静止的事态。他指出，直觉是使人得以认识事物本身运动的精神状态和洞察终极实在的非概念性认识，是人类获得情感和美感的更现实的手段。柏格森把时间和空间分离开来，取消了两者之间的渗透关系，把"心理时间"定义为真正的时间。柏格森的这种直觉主义与普鲁斯特的思想不谋而合，普鲁斯特认为现实的世界是三维空间，人对现实世界的感受构成一个四维空间，时间就是第四维。没有人的第四维空间，三维空间即现实世界的美是没有意义的，幸福是没有价值的。人的感受存在于时间里，只有回忆才能建构成四维空间，使过去的感觉重现并与现在的感觉互相印证，从而产生更为真实的情感。他后来的作品《追忆似水年华》就是基于这样的创作理念。活跃在贵族文化沙龙里的普鲁斯特开始了他的写作实践，他为1892年新创刊的杂志《宴饮》撰稿，并且完成作品《暴力或贪恋名利》，1895年，他获得了文学学士学位，同年，他被马扎然图书馆录为馆员。后来，暂调到国民教育部。然而，他很少真正从事工作上的事宜，因为病魔缠身，他获准长假。1895年9月开始，他开始撰写他的第一部长篇小说，《让·桑德伊》，但从未发表。1896年，他出版《欢乐与时日》，但是读者和评论界反应很冷淡。1900年，英国艺术评论家罗斯金逝世，普鲁斯特撰文悼念。不久在母亲和他英籍表姐玛丽·诺林格的帮助下从事罗斯金作品的法译工作。1903年，普鲁斯特的父亲去世，他继承了父亲的全部遗产，生活有了保障，可以专事写作。1905年，母亲去世，普鲁斯特神经深受刺激，哮喘病急剧发作，从此一蹶不振，闭门写作，用他书写来唤醒沉睡的逝去的美好时光。1908—1909年间，他创作阐述美学观点的论文《驳圣伯夫》，该论文在他去世后直到1954年才发表手稿的片断。1913年，普鲁斯特完成《追忆似水年华》中的三部，即《在斯万家那边》、《盖尔芒特家那边》和《重现的时光》，并自费出版第一部《在斯万家那边》。1918年，第二部《在少女们身旁》在新法兰西评论社出版，并荣获龚古尔文学奖。1920年，《盖尔芒特家那边》的第一卷出版；1921年4月，第二卷及《索多姆和戈摩尔》第一卷出版；1922年，《索多姆和戈摩尔》第二卷出版。这期间，普鲁斯特夜以继日地工作，身体每况愈下，到了后期双眼几乎失明，然而他把生命的全部意义寄托在写作这部长篇巨著上，终于在去世前完成了全部作品。1922年11月18日，普鲁斯特因病在巴黎去世。《追忆似水年华》的第五部《女囚》、第六部《女逃亡者》和第七部《重现的时光》在作者去世后陆续出版。

第二节　《追忆似水年华》简介

《追忆似水年华》的创作历时17年，耗尽普鲁斯特的后半生，这部皇皇巨著共分七部十五卷，全书翻成汉语后长达4000多页，300多万字。这七部分别为：《在斯万家那边》、《在少女们身旁》、《盖尔芒特家那边》、《索多姆和戈摩尔》、《女囚》、《女逃亡者》和《重现的时光》。

围绕这部小说的主题是时间，这部书以"时间"作为标题关键词，以"时间"开端又以"时间"结束。普鲁斯特认为：就像空间有几何学一样，时间有心理学。人类毕生都在跟时间做抗争。徒劳的想要留住青春韶华的努力、祈望永恒不变的真爱、刻骨铭心的痛苦、真理、信念等等所有那些美好，所有那些以为过不去的沟沟坎坎都会在时间的流逝中最终失色或消逝。我们周围的一切都处在永恒的销蚀过程中，自我也会在时间的流动中逐渐变形和解体。似乎遗忘总会发生，然而成年后偶然间尝到的一块玛德莱娜蛋糕和椴花茶却激起童年的记忆，本以为早已经遗忘的童年往事又突然被唤醒。小说中的主人公分析："气味和滋味却会在形消之后长期存在，即使人亡物毁，久远的往事了无陈迹"，它们"坚强不屈地支撑起整座回忆的大厦"。因此，时间看起来消逝，实则不然，它已经与人的自我融为一体。这就是普鲁斯特小说的根本思想，即通过回忆来追寻似乎已经失去，其实仍在那里，随时会重生的时间。然而这种回忆往往不是主动地通过有意识的求证再现过去的真实，更多的是无意识间发生的回忆，通过一杯茶，一阵铃响，一幅图等等。一点点的刺激魔法般地唤起头脑中神秘的机构，过去的闸门一触即开，过去的时间重现为现实的时间。这种再现往往是通过直觉、主观性的再现，与考古学家的再现方式不同。这里体现了普鲁斯特作为一名艺术家与考古学家和侦探等的不同之处。

《追忆似水年华》这部小说具有很强的自传色彩，小说中的叙述者"我"，马塞尔，既是小说的主人公同时又是一个全知型的叙事者。他的回忆被唤醒之后，童年时在贡布雷乡下的生活展现出来，晚上睡觉前对妈妈的吻的渴望、外祖母和姨祖母们的闲谈、斯万先生的到访。然后，叙述者又变成一个全知的叙述者开始讲述自己出生前的斯万与奥黛特的恋爱故事，期间斯万头脑里的所思所想描写得极为精彩，斯万莫名其妙爱上奥黛特，爱情由平淡到疯狂、由爱进而产生嫉妒的心理变化过程堪称经典。这构成第一部《在斯万家那边》的主要情节。

第二部《在少女们身旁》中，叙述者马塞尔进入青年时代，常常光顾斯万家，在斯万夫人的沙龙里结交了作家和女演员，后来他爱上了斯万的女儿，对希尔贝特·斯万的爱恋使他深陷矛盾和痛苦之中。在海滨的别墅区巴尔贝克，叙述者注意到一群少女，其中就有后来跟他产生爱情纠葛的阿尔贝蒂娜。

第三部《盖尔芒特家那边》中，马塞尔私下爱慕盖尔芒特公爵夫人，一心想要进入她的沙龙，终于被接纳后又对这个沙龙感到失望。然后，外祖母突然去世，他遇到了阿尔贝蒂娜并吻了她。

第四部《索多姆和戈摩尔》中大胆地描写了同性恋情，他发现德·夏吕斯先生是同性恋，他跟做背心的裁缝朱皮安是恋人。同时描写了德雷福斯案在上流社会沙龙里引起的讨论。叙述者与阿尔贝蒂娜的关系越来越密切，但是对阿尔贝蒂娜的猜忌和怀疑让他不能够开心起来，他将接近阿尔贝蒂娜的一切女人视为与她有染的同性恋人，这让他痛苦不堪。

第五部《女囚》中，马塞尔与阿尔贝蒂娜同居，将她关闭在自己家里，每天与世隔绝，把她变成了一个女囚，同时他对阿尔贝蒂娜也感到了厌倦，因为她耽误了自己工作，但是一旦她想要离开，或者像是在期盼别的什么人，他就会妒火中烧。

第六部《女逃亡者》中，马塞尔在一天早上醒过来时被通知阿尔贝蒂娜离开了他，他试图对这个事件保持冷淡，但内心却备受煎熬。前一秒还表达对她已厌倦，下一秒又希望她赶快回来，明明是刻骨铭心的眷恋偏偏却要表现得冷酷不在乎。他脆弱、敏感、不能正视本心、自欺欺人，企图在精神上战胜阿尔贝蒂娜。实际上，这里重演了斯万之恋和他与希尔贝特恋爱的情节。后来，他得知阿尔贝蒂娜在骑马时摔死，悲伤难抑。再后来，他又了解到她离开他这段时间的同性恋行为，心灵伤害更进一步加深。

第七部《重现的时光》叙述多年以后第一次世界大战爆发后发生的事情，他在疗养院住了几年之后，在战争期间重返巴黎。他的朋友圣卢在前线作战英勇，最后在战争中阵亡。夏吕斯思想堕落，是个亲德派。战争结束后，马塞尔去参加盖尔芒特新王妃举办的晚会。音乐使他产生无意识回忆，然后，他发现在客厅里早已认识的那些客人面目有很大改变。许多人的地位发生了改变，昔日的贵族没落了，新兴的大资产阶级地位上升了。昔日的恋人希尔贝特嫁给圣卢·盖尔芒特后生的女儿已经十六岁了，她的身上汇集了斯万家和盖尔芒特家的特征。最后，叙述者决定在有生之年，完成自己的作品，把自己生命中这么多的人物安置在"时间"之中。

以上是这部小说的大概情节，事实上，这部小说尽管长，但情节很少，除叙事感情经历外，主要描述的是叙述者的内心活动，含有大量的感想和评论。它关注的中心是人的精神活动，其中的现实世界是经过人的主观想象后的世界，因此，这部小说常常被称为"意识流小说"。

第三节　《追忆似水年华》选段

第一部　在斯万家那边

第一卷　贡布雷

一

……

在贡布雷，每当白日已尽黄昏将临，我就愁从中来，我的卧室那时成为我百结愁肠的一个固定的痛点，虽然还不到该我上楼睡觉的钟点，离开我同妈妈和外祖母分手、即使不睡也得回房去独自待着的时间还差一大截。家里的人发觉我一到晚上就愁眉苦脸，便挖空心思设法让我开心。他们居然别出心裁地给我弄来一盏幻灯，趁着我们等待开晚饭的当口，把幻灯在我的房内的吊灯上套好，这东西跟哥特时代初期的建筑师和彩画玻璃匠那样，也是用捉摸不定的色光变幻和瑰丽多彩的神奇形象来取代不透光的四壁。绘上了传奇故事的灯片，就等于一面面彩画玻璃窗，只是它们光影不定，忽隐忽现。可是我的悲愁却有增无减。因为我对房内的一切早已习惯，一旦照明发生变化，习惯也就受到破坏。过去除了睡觉使我苦不堪言之外，其他一切倒还过得去，因为我已经习惯。如今房内被照得面目全非，我一进去，就像刚下火车第一次走进山区"客栈"或者异乡旅馆的房间一样，感到忐忑不安。

心怀叵测的戈洛①从覆盖着小山坡的绿荫团团的三角形的森林中，一蹦一跳地骑马走来，又朝着苦命的热纳维耶夫·德·希拉特②居住的宫堡，一蹿一跃地走去。椭圆形的灯片镶嵌在框架中，幻灯四角有细槽供灯片不时地插换。弧形的边线把灯片上的宫堡的其余部分切出画外，只留下宫堡的一角；楼前是一片荒野，热纳维耶夫站着发愣。她系着蓝色的腰带，宫堡和荒野则是黄澄澄的。我不看便知它们必定是黄颜色，因为幻灯尚未打出之前，单凭布拉邦特这一字字铿锵的大名，就已经预示了这种颜色。戈洛驻马片刻，愁眉苦脸地谛听我的姨祖母夸张其辞地大声解说。他看来都听懂了，他的举止神情完全符合姨祖母的指点：既恭顺又不失庄重。听罢，他又蹦跳着继续赶路，没有任何东西能阻挡他不慌

---

① 戈洛和热纳维耶夫是中世纪欧洲传说中的人物。戈洛是传奇英雄齐戈弗里特的宫廷总管。

② 热纳维耶夫是齐戈弗里特的妻子。齐戈弗里特听信谣传，冤枉其妻与戈洛通奸，戈洛便乘机诱使热纳维耶夫充当他实现野心的工具。但热纳维耶夫忠于齐戈弗里特；可惜冤情大白时她因悲痛过度而死。

不忙地策马前行。即使幻灯晃动，我照样能在窗帘上分辨出戈洛继续赶路的情状：在褶凸处，戈洛的坐骑鼓圆了身体；遇到褶缝，它又收紧肚子。戈洛的身体也像他的坐骑一样，具有神奇的魔力，能对付一切物质的障碍，遇到阻挡，他都能用来作为赖以附体的依凭，即使遇到门上的把手，他的那身大红袍、甚至他的那副苍白的尊容，便立刻俯就，而且堂而皇之地飘然而过；他的神情总是那么高贵，那么忧伤，但是对于这类拦腰切断的境遇，他却面无难色，临危不乱。

当然，我从这些光彩熠熠的幻灯画面中，感受到迷人的魅力，它们像是从遥远的中世纪反射过来的昔日景象，让一幕幕如此古老的历史场面，在我的周围转悠着重现。但是，这种神秘、这种美，闯进了我的卧室，究竟引起我什么样的不安，我却说不清楚。我已经慢慢地把自我充实了这间卧室，以至于对房间本身早已置诸脑后，我总先想到自我，然后才会念及房间。如今习惯的麻醉作用既然停止生效，我于是动起脑筋来，开始有所感触，真要命！我的房门的把手，同天下其他房门把手不同之处，仿佛就在于它看来不需要我去转动便能自行开启，因为对我说来，把手的运行已经成为无意识的举动，它现在不是在权充戈洛的星体吗？晚饭的铃声一响，我赶紧跑进饭厅；饭厅里的大吊灯既不知有戈洛其人，也从未结识过蓝胡子①，它只认得我的父母和列位长辈，以及桌上的罐焖牛肉；它每天晚上大放光芒，把光芒投入我妈妈的怀抱。热纳维耶夫·德·布拉邦特的不幸遭遇，更使我感到妈妈怀抱的温暖；而戈洛造下的种种罪孽，则触动我更诚惶诚恐地检查自己的意识。

用罢晚饭，唉！我得马上同妈妈分手了；她要留下陪大家聊天。遇到好天气，他们在花园里闲谈；若天公不作美，大家也只好待在小客厅里。我说的大家，其实不包括外祖母。她认为，"人在乡下，居然闭门不出，简直是罪过。"每逢大雨滂沱的日子，她都要同我的父亲争论，因为父亲不让我出门，偏要把我关在屋里读书。"你这种做法，"她说，"没法让他长得身体结实，精力充沛；而这小家伙尤其需要增强体力和锻炼意志。"我的父亲耸耸肩膀，聚精会神地审视晴雨表，因为他爱研究气象。而我的母亲呢，这时尽量蹑手蹑脚地少出声响，唯恐打扰了我的父亲。她温柔而恭敬地看着他，但并不盯住看，并不想看破他自命清高的秘密。我的外祖母却不然，无论什么天气，她都爱去室外，即使风雨大作，即使弗朗索瓦丝生怕名贵的柳条椅被淋湿，匆忙地把它们往屋里搬，外祖母也会独自在花园里，听凭风吹雨淋，而且还撩起额前凌乱的灰白头发，好让头部更加领受到风雨的保健功用。她说："总算痛痛快快透一口气！"她还沿着花园里的小路，兴致勃勃地踩着小步，连蹦带跳地跑起来。那些小路新近由一位才来不久的园丁按照自己的设想拾掇得过分规整对称，足见他毫无自然感；我的父亲今天居然一早就请教此人，问会不会变天。外祖母的跑步动作，轻重缓急自有调节，这得看暴风雨癫狂的程度、养生学保健的威力、我所受的教育的愚昧性以及花园内对称的布局等因素在她心中所激起的各不相同的反应来决定。她倒根本不在乎身上那条紫绛色的长裙会不会溅上泥水，她从来没有这样的顾虑，结果她身上泥点的高度，总让她的贴身女仆感到绝望，不知如何才好。

倘若我外祖母的这类园内跑步发生在晚饭之后，那么只有一件事能让她像飞蛾扑火一样立刻回来。小客厅里亮灯的时候，准是牌桌上已经有饮料侍候，这时姨祖母大叫一声："巴蒂尔德！快来，别让你的丈夫喝白兰地！"在园内转圈儿跑步的外祖母就会争分夺秒地赶回来。为了故意逗她着急（外祖母把一种完全不同的精神带进了我们的家庭中来，所以

---

① 蓝胡子：民间传说中的人物。他杀死了六位妻子，第七位妻子在他尚未下手前发现了他前面六位妻子的尸体，骇极；后来幸亏她的两位兄弟及时赶到，杀死蓝胡子；救了她的性命。

大伙儿都跟她逗乐，存心作弄她），我的姨祖母还当真让我的外祖父喝了几口他不该喝的酒。可怜的外祖母走进小客厅，苦口婆心地求他放下酒杯；外祖父一赌气，索性仰脖喝了个涓滴不剩。外祖母碰了一鼻子灰，伤心地走开了，不过她脸上依然带着微笑，因为她待人向来宽厚，从不计较面子得失，这种对人对己的胸怀在她的目光中化为微笑，同我们在别人脸上见到的微笑绝然相反，它除了自我解嘲之外毫无嘲讽的意味。这一笑对我们大家来说，等于是用目光代替亲吻；她的那双眼睛，见到她所疼爱的亲人，从来都只以目光传递她怀中热切的爱怜。姨祖母狠心作弄她，她苦口婆心劝说外祖父不要贪杯，偏偏她又心肠仁慈，落得自讨没趣。这种场面我后来是习以为常了，甚至还当作笑柄，嘻嘻哈哈地、毫不犹豫地同作弄她的人沆瀣一气笑话她，还硬让自己相信这不算作弄。可是，当初我是气得要命的，恨不能去打姨祖母。然而那时我已经学得像个小大人，跟懦怯的大人一样，听到"巴蒂尔德，快来，别让你的丈夫喝白兰地"这样的叫声，我采取了我们长大成人后的惯常态度，也就是见到苦难和不平，扭过脸去以求得眼不见为净。我爬上书房隔壁紧挨着屋顶的那个小房间，躲在那里抽抽搭搭地哭起来。房间里有一股菖蒲花的香味，窗外还传来墙根下那株野生的醋栗树的芳香，有一枝开满鲜花的树梢居然伸进了半开半掩的窗户。凭窗远望，能一直望到鲁森维尔宫堡的塔楼；这间小屋原来派的用场更特殊也更平常，可是那些年里长期成为我的避难所，大概是因为它地处偏僻，我又可以把自己反锁在里面，所以一旦需要孤身独处，不容他人打扰的事要做时，我就躲到这里来，有时读书，有时胡思乱想，有时偷偷哭泣，有时自寻欢乐。唉！我当时哪里知道，我的外祖父在忌口方面往往不拘小节地出点差错，我又偏偏缺乏意志，身体娇弱，以至于一家人对于我的前途都感到渺茫，这些事儿着实让我的外祖母操了多少心。她在下午或者晚上没完没了地跑个不停，我们只见她跑来跑去，偏着脑袋仰望苍天，她那清秀的脸庞，鬓角下肤色焦黄，皱纹密布，年复一年地变得像秋后翻耕过的土地泛出紫色。她出门时，半遮的面纱挡住了她的腮帮，上面总挂着几滴由于寒风或忧思的刺激而不自觉地流下的眼泪，又渐渐让风吹干。

　　我上楼去睡，唯一的安慰是等我上床之后妈妈会来吻我。可是她来说声晚安的时间过于短促，很快就返身走了，所以当我听到她上楼来的脚步声，当我听到她的那身挂着几条草编装饰带的蓝色细麻布的裙子窸窸窣窣走过有两道门的走廊，朝我的房间走来的时候，我只感到阵阵的痛苦。这一时刻预告着下一个时刻妈妈就会离开我，返身下楼，其结果弄得我竟然盼望我满心喜欢的那声晚安来得越晚越好，但愿妈妈即将上来而还没有上来的那段空白的时间越长越好。有几次，妈妈吻过我之后，开门要走，我居然想叫她回来，对她说："再吻我一次吧。"可是，我知道，这样一来她马上会一脸不高兴，因为她上楼来亲我，给我平静的一吻，是对我的忧伤、我的不安所作出的让步，已经惹得我的父亲不高兴了。父亲认为这类道晚安的仪式纯属荒唐。妈妈也恨不能让我早日放弃这种需要，这种习惯。她决不会让我滋生新的毛病，也不会允许我等她走到门口之后再请她回来亲亲我，况且，只要见到她面有愠色，她在片刻前给我带来的宁静也就受到彻底破坏。她刚才像在领圣体仪式上递给我圣饼似的，把她的温馨的脸庞俯向我的床前。我的嘴唇感受到她的存在，并且吸取了安然入睡的力量。总的说来，比起客人太多，妈妈不能上来同我说声晚安的那些晚上，她能在我房内待上一会儿，哪怕时间很短，也总算不错了。

　　……

第一部

第二卷　斯万之恋

……

　　奥黛特的卧室位于高出于街面的底层，面临着与跟前街平行的一条狭窄的后街；卧室右边是一道陡直的楼梯，两旁是糊着深色壁纸的墙，墙上挂着东方的壁毯、土耳其的串珠、一盏用丝线绳吊起的日本大灯（为了避免来客连一点西方文明的现代化起居设备都享受不到，点的是煤气）。这道楼梯一直通到楼上的大小客厅。两间客厅前面有个狭小的门厅，墙上装着花园里那种用板条做的格子架，沿着它的整个长度摆着一个长方形的木箱，里面像花房里那样种着一行盛开的大菊花，这在那年月还是比较罕见的，虽然还没有日后的园艺家培植的那样巨大。斯万看了虽然有些不快，因为种大菊花是头年才在巴黎流行开的风尚，但这回看到这些在冬季灰暗的阳光中闪烁的短暂的星辰发出的芬芳的光芒，在这间半明半暗的小屋中映出一道道粉红的、橙黄的、白色的斑纹，心里还是很高兴的。奥黛特穿着粉红色的绸晨衣接待他，脖颈和胳膊都裸露着。她请他在她身边坐下，那是在客厅深处的许多神秘的隐秘角落之一，有种在中国大花盆里的大棕榈树或者挂着相片、丝带和扇子的屏风挡着。她对他说："您这么坐着不舒服，来，我来给您摆弄一下。"她面带那种行将一显身手的得意的微笑，拿来几个日本绸面垫子，搓搓揉揉，仿佛对这些值钱东西毫不在乎，然后把它们垫在斯万脑袋后面和脚底下。仆人进来把一盏盏灯一一放好，这些灯几乎全都装在中国瓷瓶里，有的单独一盏，有的两盏成双，都放在不同的家具上（也可以说是神龛上），在这冬季天已近黄昏的苍茫暮色中重现落日的景象，却显得更持久，更鲜艳，更亲切——这种景象也许可以使得伫立在马路上观赏橱窗中时隐时现的人群的一个恋人遐想不已。奥黛特这时一直盯着她的仆人，看他摆的灯是不是全都摆在应有的位置。她认为，哪怕只有一盏摆得不是地方，她的客厅的整体效果就会遭到破坏，她那摆在铺着长毛绒的画架上的肖像上的光线就会不对劲儿。所以她急切地注视这笨家伙的一举一动，当他挨近她那唯恐遭到损坏而总是亲自擦拭的那对花瓶架时，就严厉地申斥他，赶紧走上前去看看花是否被他碰坏。她觉得她那些中国小摆设全都有"逗人"的形态，而兰花，特别是卡特来兰，也是一样，这种花跟菊花是她最喜爱的花，因为这些花跟平常的花不同，仿佛是用丝绸、用缎子做的一样。她指着一朵兰花对斯万说："这朵兰花仿佛是从我斗篷衬里上铰下来似的"，话中带着对这种如此雅致的花的一番敬意；它是大自然赐给她的一个漂亮的、意想不到的姐妹，在实际生活中难以觅得，而它又是如此优雅，比许多妇女都更尊贵。因此她在客厅中给它以一席之地。她又让他看画在花瓶上或者绣在帐幕上的吐着火舌的龙、一束兰花的花冠，跟玉蟾蜍一起摆在壁炉架上的那匹眼睛嵌有宝石的银镶单峰驼，一会儿假装害怕那些怪物的凶相，笑它们长得那么滑稽，一会儿又假装为花儿的妖艳而害臊，一会儿又假装忍不住要去吻一吻被她称之为"宝贝"的单峰驼和蟾蜍。这些做作的动作跟她对某些东西的虔诚恰成鲜明的对比，特别是对拉盖圣母的虔敬。当她在尼斯居住时，拉盖圣母曾把她从致命的疾病中拯救过来，因此她身上总是带着这位圣母的金像章，相信它有无边的法力。奥黛特给斯万递上一杯茶，问他："柠檬还是奶油？"当他回答是"奶油"的时候，就笑着对他说："一丁点儿？"一听到他称赞茶真好喝的时候，她就说："您看，我是知道您喜欢什么的。"的确，斯万跟她一样，都觉得这茶是弥足珍贵的，而爱情也如此需要通过一些乐趣来证实它的存在，来保证它能延续下去（要是没有爱情，这些乐趣就不成其为乐趣，也将随爱情而消失），以致当他在七点钟跟她分手，回家去换上晚间的衣服时，他坐在马车上一直难以抑制这个下午得到的欢快情绪，心想，"能在一个女子家里喝到这么难得的好茶，该多有意思！"一个钟头以后，他接到奥黛特的一张字条，马上就认出那写得大大的字，她由于要学英国人写字的那种刚劲有力，字写得虽不成体，却还显出是下了功夫的；换上一个不像斯万那样对她已有好感的人，就会觉得那是思路不清、教育欠缺、不够真诚、缺乏意志的表现。斯万把烟盒丢在她家里了。她写道："您为什么不连您的心也丢在这里呢？如果是这样的话，我是不会让您收回去的。"

他的第二次访问也许对他来说更加重要。跟每次要见到她时一样，他这天在到她家去的途中，一直在脑子里勾勒她的形象；为了觉得她的脸蛋长得好看，他不得不只回忆她那红润鲜艳的颧颊，因为她的面颊的其余部分通常总是颜色灰黄，恹无生气，只是偶尔泛出几点红晕；这种必要性使他感到痛苦，因为这说明理想的东西总是无法得到，而现实的幸福总是平庸不足道的。他那天给她带去她想看的一幅版画。她有点不舒服，穿着浅紫色的中国双绉梳妆衣，胸前绣满了花样。她站在他身旁，头发没有结拢，披散在她的面颊上，一条腿像是在舞蹈中那样屈着，以便能俯身看那幅版画而不至太累；她低垂着头，那双大眼睛在没有什么东西使她兴奋的时候一直现出倦怠不快。她跟罗马西斯廷小教堂一幅壁画上耶斯罗的女儿塞福拉是那么相像，给斯万留下了深刻的印象。斯万素来有一种特殊的爱好，爱从大师们的画幅中不仅去发现我们身边现实的人们身上的一般特征，而且去发现最不寻常的东西，发现我们认识的面貌中极其个别的特征，例如在安东尼奥·里佐所塑的威尼斯总督洛雷丹诺的胸像中，发现他的马车夫雷米的高颧骨、歪眉毛，甚至发现两人整个面貌都一模一样；在基兰达约的画中发现巴朗西先生的鼻子；在丁托列托的一幅肖像画中发现迪·布尔邦大夫脸上被茂密的颊髯占了地盘的腮帮子、断了鼻梁骨的鼻子、炯炯逼人的目光，以及充血的眼睑。也许正是由于他总是为把他的生活局限于社交活动，局限于空谈而感到悔恨，因此他觉得可以在大艺术家的作品中找到宽纵自己的借口，因为这些艺术家也曾愉快地打量过这样的面貌，搬进自己的作品，为作品增添了强烈的现实感和生动性，增添了可说是现代的风味；也许同时也是由于他是如此深深地体会到上流社会中的人们是这么无聊，所以他感到有必要在古代的杰作中去探索一些可以用来影射今天的人物的东西。也许恰恰相反，正是因为他具有充分的艺术家的气质，所以当他从历史肖像跟它并不表现的当代人物的相似中看到那些个别的特征取得普遍的意义时，他就感到乐趣。不管怎样，也许是因为一些时候以来他接受了大量的印象，尽管这些印象毋宁是来自他对音乐的爱好，却也丰富了他对绘画的兴趣，所以他这时从奥黛特跟这位桑德洛·迪·马里阿诺（人们现在多用他的外号波堤切利来称呼他，但这个外号与其说是代表这位画家的真实作品，倒不如说是代表对他的作品散布的庸俗错误的见解）笔下的塞福拉的相像当中得到的乐趣也就更深，而且日后将在他身上产生持久的影响。现在他看待奥黛特的脸就不再根据她两颊的美妙还是缺陷，不再根据当他有朝一日吻她时，他的双唇会给人怎样的柔软甘美的感觉，而是把它看作一束精细美丽的线，由他的视线加以缠绕，把她脖颈的节奏和头发的奔放以及眼睑的低垂联结起来，连成一幅能鲜明地表现她的特性的肖像。

他瞧着她，那幅壁画的一个片段在她的脸庞和身体上显示出来；从此以后，当他在奥黛特身畔或者只是在想起她的时候，他就总是要寻找这个片段；虽然这幅佛罗伦萨画派的杰作之所以得到他的珍爱是由于他在奥黛特身上发现了它，但两者间的相像同时也使得他觉得她更美、更弥足珍贵。斯万责怪自己从前不能认识这样一个可能博得伟大的桑德洛爱慕的女子的真正价值，同时为他能为在看到奥黛特时所得的乐趣已从他自己的美学修养中找到根据而暗自庆幸。他心想，当他把奥黛特跟他理想的幸福联系起来的时候，他并不是像他以前所想的那样，是什么退而求其次地追求一个并不完美的权宜之计，因为在她身上体现了他最精巧的艺术鉴赏。他可看不到，奥黛特并不因此就是他所要得到手的那种女人，因为他的欲念恰恰总是跟他的美学鉴赏背道而驰的。"佛罗伦萨画派作品"这个词在斯万身上可起了很大的作用。这个词就跟一个头衔称号一样，使他把奥黛特的形象带进了一个她以前无由进入的梦的世界，在这里身价百倍。以前当他纯粹从体态方面打量她的时候，总是怀疑她的脸、她的身材、她整体的美是不是够标准，这就减弱了他对她的爱，而现在他有某种美学原则作为基础，这些怀疑就烟消云散，那份爱情也就得到了肯定；此外，他本来觉得跟一个体态不够理想的女人亲吻，占有她的身体，固然也是顺理成章的事，可是也并不太足道，现在这既然像是对一件博物馆中的珍品的爱慕饰上花冠，在他心目中也就成了该是无比甘美、无比神妙的事情了。

正当他要为几个月来把全部时间都用来看望奥黛特而后悔的时候，他却心想在一件宝贵无比的杰作上面花许多时间是完全合乎情理的事情。这是一件以另有一番趣味的特殊材料铸成的杰作，举世无双；他有时怀着艺术家的虔敬、对精神价值的重视和不计功利的超脱，有时怀着收藏家的自豪、自私和欲念加以仔细观赏。

他在书桌上放上一张《耶斯罗的女儿》的复制品，权当是奥黛特的相片。他欣赏她的大眼睛，隐约显示出皮肤有些缺陷的那张纤细的脸庞，沿着略现倦容的面颊上的奇妙无比的发鬓；他把从美学观点所体会的美运用到一个女人身上，把这美化为他乐于在他可能占有的女人身上全都体现出来的体态上的优点。有那么一种模糊的同感力，它会把我们吸引到我们所观赏的艺术杰作上去，现在他既然认识了《耶斯罗的女儿》有血有肉的原型，这种同感就变成一种欲念，从此填补了奥黛特的肉体以前从没有在他身上激起的欲念。当他长时间注视波堤切利这幅作品以后，他就想起了他自己的"波堤切利"，觉得比画上的还美，因此，当他把塞福拉的相片拿到身边的时候，他仿佛是把奥黛特紧紧搂在胸前。

然而他竭力要防止的还不仅是奥黛特会产生厌倦，有时同时也是他自己会产生厌倦。他感觉到，自从奥黛特有了一切便利条件跟他见面以后，她仿佛没有多少话可跟他说，他担心她在跟他在一起时的那种不免琐碎、单调而且仿佛已经固定不变的态度，等到她有朝一日向他倾吐爱情的时候，会把他脑子里的那种带有浪漫色彩的希望扼杀掉，而恰恰是这个希望使他萌生并保持着他的爱情。奥黛特在他心目中的形象已经到了固定不变的地步，他担心他会对它感到厌倦，因此想把它改变一下，就突然给她写了一封信，其中充满着假装出来的对她的失望和愤懑情绪，在晚饭前叫人给她送去。他知道她将大吃一惊，赶紧给他回信，而他希望，她在失去他的这种担心而使自己的心灵陷入矛盾之时，她会讲出她还从来没有对他说过的话。事实上，他也曾用这种方式收到过她一些前所未有的饱含深情的信，其中有一封是一个中午在"金屋餐厅"派人送出的（那是在救济西班牙木尔西亚水灾灾民日），开头写道："我的朋友，我的手抖得这么厉害，连笔都抓不住了，"他把这封信跟那朵枯萎的菊花一起收藏在那个抽屉里。如果她没有工夫写信，那么当他到维尔迪兰家时，她就赶紧走到他跟前，对他说："我有话要对您讲，"他就好奇地从她的脸，从她的话语中捉摸她一直隐藏在心里没有对他说出的是什么。

每当他快到维尔迪兰家，看到那灯火辉煌的大窗户（百叶窗是从来不关的），想到他就要见到的那个可爱的人儿沐浴在金色的光芒之中时，他就心潮澎湃。有时候，客人们的身影映照在窗帘上，细长而黝黑，就像绘制在半透明的玻璃灯罩上的小小的图像，而灯罩的另一面则是一片光亮。他试着寻找奥黛特的侧影。等他一进屋，他的眼睛就不由自主地闪发出如此愉快的光芒，维尔迪兰对画家说："看吧，这下可热闹了。"的确，奥黛特的在场给这里添上了斯万在接待他的任何一家都没有的东西：那是一个敏感装置，一个连通各间房间，给他的心带来不断的刺激的神经系统。

　　就这样，这个被称之为"小宗派"的社交机构的活动就为斯万提供跟奥黛特每天会面的机会，使他有时能以假装对跟她见面不感兴趣，甚至是假装以后不想再跟她见面，但这些都不会产生什么严重后果的，因为尽管他在白天给她写了信，晚上一准还是会去看她，并且把她送回家去的。

　　可是有一回，当他想起每晚总少不了的伴送时忽然感到不快，于是就陪他那小女工一直到布洛尼林园，好推迟到维尔迪兰家去的时间。就这样，他到得太晚，奥黛特以为他不来了，就回家了。见她不在客厅，斯万心里感到难过；在此之前，当他想要得到跟她见面的乐趣时，他总是确有把握能得到这种乐趣的，现在这种把握降低了，甚至使我们完全看不到那种乐趣的价值（在其他各种乐趣中也是一样），而今天才是第一次体会到了它的分量。

　　……

　　（李笑蕊编，摘自李恒基、徐继曾译：《追忆似水年华》，译林出版社，2001）

第二十六章　萨特及《禁闭》

第一节　萨特简介

让·保罗·萨特，法国著名作家、哲学家和评论家，存在主义哲学的主要代表，20 世纪西方思想史上里程碑式的人物。1905 年 6 月 21 日生于巴黎的一个海军军官家庭，1924 年进巴黎高等师范学院攻读哲学。1929 年后任中学哲学教师。1933 年至 1935 年在柏林法兰西学院进修哲学。1939 年第二次世界大战爆发后应征入伍，1940 年被德军俘虏，1941 年获释，之后参加法国地下抵抗运动。自 1936 年起发表哲学著作。1945 年主持创办《现代》杂志，传播存在主义的思想。1955 年与女作家波伏瓦一起访问过中国。1964 年瑞典皇家学院决定授予他诺贝尔文学奖，但他予以拒绝，因为他表示"谢绝一切来自官方的荣誉"。萨特于 1973 年濒于双目失明，1980 年 4 月 15 日在巴黎逝世，葬于蒙巴那斯公墓。对于他的逝世，法国总统德斯坦曾说："仿佛我们这个时代陨落了一颗明亮的智慧之星。"

萨特一生著述甚丰，共有五十卷左右，涉及文学、哲学、神学、文论等多个领域。主要哲学著作有：《存在与虚无》、《辩证理性批判》、《存在主义是一种人道主义》、《想象》和《方法问题》等。"人"的问题是萨特哲学思想的中心。他只研究现实中具体的人的具体存在，不研究物质世界的存在；否认普遍的人性。他认为，人与物不同，物的本质是先天决定的，而人则先有自身的存在，通过意识的活动才确定自身的本质。他指出"人类的自由先于人的本质，并使人的本质成为可能"。他强调个人存在、个人自由。萨特哲学思想的核心"自我选择"已发展成为一种生活哲理，对第二次世界大战后的一代青年影响极大，除法国国内，还波及西欧、东欧、美国及亚洲的一些国家，其生命力强盛不衰。

萨特的主要文学作品有：日记体哲理小说《恶心》、短篇小说集《墙》、长篇小说《自由之路》，剧本《苍蝇》、《禁闭》（又译《间隔》、《密室》）、《死无葬身之地》、《可敬的妓女》、《肮脏的手》、《魔鬼与上帝》等。另外，萨特还写有文学传记《家庭白痴：福楼拜》、文论著作《什么是文学》、文学自传《词语》和文集《境况》等多种。在以上作品中，《恶心》是萨特早期最著名的作品，也是最具代表性的存在主义小说之一，作品通过对主人公洛根丁的恶心、迷惘、荒谬感和孤独等心理状态的描述，表现了萨特对人的无根的生存状况和世界的荒诞性及存在的虚无本质的看法。《自由之路》是对"自由选择"这一存在主义哲学观点的诠释。在萨特的一系列享有盛誉的、被称为"境遇剧"的剧本中，《苍蝇》通过俄瑞斯忒斯铲除暴君、为父复仇的古希腊神话故事，阐明了自由选择以及选择的主动权在于人而不在于神的存在主义哲理。《魔鬼与上帝》的主人公格茨既否定上帝的存在，也弃绝绝对的恶，最后选择投入具体的社会斗争，该作品可称为萨特 20 世纪 50 年代以后走向时代、进行社会"介入"的一个宣言。

第二节　《禁闭》简介

　　《禁闭》（又译《间隔》、《密室》）是萨特1944年创作的一出独幕剧，是萨特的文学代表作之一。该剧成功地将存在主义哲学观念呈现于文学作品和戏剧舞台，是存在主义文学的典范之作，同时也是一部荒诞剧的经典。作品通过主人公在虚拟的地狱这一离奇的生存环境中去历练和受苦的荒诞情节，描绘出"世界是荒诞的，人生是痛苦的"这一人类生存境遇和生存状态，展示了处在自由选择过程中的人类所不可避免地遭遇的意志冲突和矛盾纠葛，提出了萨特对于地狱概念的新的理解，阐述了"他人就是地狱"的存在主义哲学命题，揭示出自由主义盛行的西方现代社会中人与人之间的敌对关系。

　　剧中故事发生的时间是第二次世界大战期间，地点是地狱里的一间具有第二帝国时代风格的客厅。全剧分为五场，从第一场到第四场，主要写一男二女三位主人公加尔散、伊内丝和艾丝黛尔的出场过程，第五场为全剧重点，主要展示三位主人公的生前经历和在地狱中发生的纠葛。剧中设置了一个地狱，但这个地狱不是但丁那种有着沥青火焰和冰湖的地狱，仅仅是一间平常的屋子，人物只有四个，除了地狱的招待员外，还有一个男人加尔散和两个女人伊内丝、艾丝黛尔。他们死后相遇在这个地狱里。加尔散生前是报社编辑，极端自私，对妻子不忠，胆小怕死，在反法西斯战争爆发时，拒绝上前线，做了可耻的逃兵而被处死。伊内丝生前是邮政局职员，女同性恋者，擅长挑拨离间。她唆使表嫂抛弃表哥，跟自己同居。表嫂为这不正常的恋情所困，打开煤气毒死自己和伊内丝。艾丝黛尔是个杀人犯，生前是个热恋男性的色情狂，犯下溺婴的罪行。她在婚后与情夫私通，生了孩子，却仇视这个小生命，不顾丈夫的恳求叫喊，把孩子投入湖中淹死，情夫也在绝望中自杀，她自己昨天刚死于肺炎。他们三人死后被囚禁在地狱的密室，准备面对地狱的煎熬。然而煎熬还没到来，他们自己倒相互追逐残杀，彼此折磨起来。由于他们已不会再死，因此，这种折磨永无尽头。加尔散的"他人就是地狱！"这句话表明了全剧的中心思想，精辟地概括了现代社会里人与人之间的异化关系，令所有人反思自己的处境和行为。

　　《禁闭》的艺术特色十分突出。一是题材的荒诞性。萨特从人生的非理性和社会的荒诞性出发，将现实内容转化为地狱情节，以地狱中的荒诞事件来展示人间的生存状态，使现实生活中个体生命面临的处境和人与他人的关系"荒诞"地揭示出来，具有更加动人心魄的艺术打动力。二是境遇的极限性。《禁闭》中的地狱密室是环境的绝境，三个人物各自的欲望是人性的绝境，三人之间的相互追逐残杀是人际关系的绝境。三重绝境的设置为主题思想的表达和人物形象的刻画以及作品悲剧气氛的渲染提供了淋漓尽致的展示平台。三是哲理的深刻性。《禁闭》透过三个人物的矛盾纠葛，充分揭示出个人与他人的意识在本体层面既有群体性的相互依赖又有个体性的相互超越的双重性，使作品具有透视人性与人际关系本质的深刻力度。

第三节　《禁闭》选段

第五场

　　　伊内丝，加尔散，艾丝黛尔。

伊 内 丝　您很漂亮，我真想拿一束花来欢迎您。

艾丝黛尔　花？是的，我非常喜欢花。不过，在这儿花也会枯萎的，这儿太热了。算
　　　　　了！最主要的是得身心愉快，是吗？您是……

伊 内 丝　对，是上星期死的。你呢？

艾丝黛尔　我？我是昨天。葬礼都还没有结束哩。（讲话时十分自然，但仿佛看见了自
　　　　　己所描述的情景）风吹动了我姐姐的面纱。她竭力想挤出一点眼泪来。加
　　　　　油！加油！再使把劲。好了！终于挤出了两滴眼泪，两滴小小的眼泪在黑
　　　　　纱下面闪光。奥尔加？雅尔黛这天早上难看极了。她扶着我姐姐的胳膊。
　　　　　她因为睫毛上化了妆，没有哭泣。我得说，我要是她……她是我最要好的
　　　　　朋友。

伊 内 丝　您受过许多痛苦吧？

艾丝黛尔　没有。我那时是迷迷糊糊的。

伊 内 丝　您生的是……？

艾丝黛尔　肺炎。（跟刚才的表情相同，似乎又看见了阳间）好了，这会儿丧事办完
　　　　　了，他们纷纷散去。您好！您好！人们频频地在握手。我丈夫悲痛欲绝，
　　　　　他守在家里。（对伊内丝）您呢？

伊 内 丝　煤气中毒死的。

艾丝黛尔　您呢，先生？

加 尔 散　十二颗子弹穿进了皮肉。（艾丝黛尔愕然）对不起，我可不是一个十分体面
　　　　　的死人。

艾丝黛尔　噢，亲爱的先生，您最好不要用这种生硬的字眼。这……这很刺耳。况且，
　　　　　说到底，这字眼又能说明什么呢？可能我们从来没有像现在这么有活气。
　　　　　如果一定要给这……这种事取个名儿，我建议大家称呼我们为"不在世的
　　　　　人"好了，这样比较准确。您不在世很久了吗？

加 尔 散　大约有一个月了。

艾丝黛尔　您是什么地方人？

加 尔 散　里约人。

艾丝黛尔　我是巴黎人。你那边还有亲人吗？

加 尔 散　我妻子。（叙述的表情跟艾丝黛尔刚才的一样）她跟往常一样到军营里来；
　　　　　人家不让她进门，她往门栅的空隙里张望着。她还不知道我已经不在世，
　　　　　但她已经意识到了。现在，她离开了。她全身穿着丧服。这倒好了，她用
　　　　　不着再换服装。她不哭，她从来没有哭过。阳光是那样的明媚，她穿一身
　　　　　黑衣服走在冷冷清清的街道上，两眼忧伤。啊！她真叫我受不了。

　　　静场。加尔散走过去坐在中间的椅子上，双手抱着头。

伊 内 丝　艾丝黛尔！

艾丝黛尔　先生，加尔散先生！

加 尔 散　什么事？

艾丝黛尔　您坐在我的躺椅上了。

加 尔 散　对不起。（站起来）

艾丝黛尔　您的神情多么专心致志。

加 尔 散　我正在把我的一生理出个头绪来。（伊内丝笑起来）有些人笑尽管笑，可做起来还不是跟我一样！

伊 内 丝　我的一生很有条理，完全有条有理。它自然而然就有条理了，在人世间，我用不着为生活操心。

加 尔 散　真的吗？您以为生活就那么简单吗？（用手擦擦额头）好热啊！你们允许我脱掉外衣吗？（准备脱掉外衣）

艾丝黛尔　啊，不！（稍缓慢）不要脱。我讨厌不穿外套、光穿衬衫的男人。

加 尔 散　（又穿上外衣）行。（稍停）我那时是在编辑部过夜的，那儿总是热得要命。（稍停，同样的语气）就是这会儿都热得吓人。现在是黑夜了。

艾丝黛尔　瞧，真的，已经是黑夜了。奥尔加正在脱衣服。在世上光阴过得真快。

加 尔 散　他们把外衣搁在椅背上，把衬衫的袖子卷到肘弯上。那儿散发着一股男人味和雪茄味。（稍停）我喜欢生活在光穿衬衫的男人群里。

艾丝黛尔　（生硬地）那么，我们没有共同的爱好，您要说的就是这个意思喽。（向伊内丝）您，您喜欢光穿衬衫的男人吗？

伊 内 丝　不管是不是光穿衬衫，男人我都不太喜欢。

艾丝黛尔　（带着惊愕的神情注释他们俩）可是，为什么，到底为什么我们要凑在一起呢？

伊 内 丝　（抿住嘴笑）您说什么？

艾丝黛尔　我看着你们俩，心里想，我们几个人以后要住在一起了……我本来还巴望着重新和朋友们、家里人团聚。

伊 内 丝　他脸孔中间有个窟窿，真是个出众的朋友。

艾丝黛尔　那个男人还不是一样。他跳起探戈舞来像个职业舞蹈家。可我们呢，我们，为什么人家把我们拉扯在一起呢？

加 尔 散　那有什么，这是机缘嘛。他们根据到达的先后次序，只要能够把人往一个地方就尽量塞。（问伊内丝）您笑什么？

伊 内 丝　因为您那个机缘把我逗乐了。您就那样急于要使自己心安理得吗？他们可一点儿都不讲什么机缘。

艾丝黛尔　（怯生生地）我们这几个人也许以前见过面吧？

伊 内 丝　从来没有。否则，我不会记不得你们的。

艾丝黛尔　或者，我们可能有共同的熟人吧？你们认识不认识迪布瓦·塞穆尔一家？

伊 内 丝　您说这话，我感到挺奇怪。

艾丝黛尔　谁上他们家，他们都接待。

伊 内 丝　他们是干什么的？

艾丝黛尔　（惊奇地）他们什么也不干。他们在科雷兹有座别墅，并且……

伊 内 丝　我么，以前在邮局里当职员。

艾丝黛尔　（略往后退）啊！那么，真的吗？……（稍停）您呢，加尔散先生。

加 尔 散　我从来没有离开过里约。

艾丝黛尔　这样看来，您完全说对了。我们是碰巧相聚在一起的。

伊 内 丝　好一个碰巧。那么这些家具也是碰巧放在这儿的喽。右边的椅子是墨绿的，左边的椅子是波尔多式的，这也是碰巧喽。反正都是碰巧，对不对？那么，请你们设法把它们的位置换一下，你们又会说我这个主意怪好的。那么这个青铜像呢？也是碰巧吗？还有这大热天呢？这大热天呢？（静默片刻）我告诉你们，他们把一切都安排好了，甚至连细微末节的东西，都精心安排好了。这个房间早在盼我们来了。

艾丝黛尔　可是有什么办法呢？所有东西都那么难看，那么硬邦邦的，有那么多棱角。我最讨厌棱角。

伊 内 丝　（耸耸肩）您以为我们在第二帝国时代款式的客厅里生活过不成？

稍停。

艾丝黛尔　这么说来，一切都是预先安排好的喽？

伊 内 丝　全都安排好了。我们几个也是先搭配好了的。

艾丝黛尔　那么，您，您坐在我对面也不是偶然的啦？（稍停）他们究竟有什么打算呢？

伊 内 丝　我不知道，反正他们有他们的打算。

艾丝黛尔　要是别人在我身上打什么主意，我可不答应，这样，我马上就会对着干的。

伊 内 丝　那么，干吧！您就干吧！可您甚至还不知道他们脑子里打的是什么主意呢。

艾丝黛尔　（跺脚）真叫人受不了。他们大概还会利用你们两人在我身上打什么主意吧？（注视他俩）就是利用你们两人。有些人，我一看他们的脸，马上就知道他们在想什么。而在你们的脸上，我可什么都看不出来。

加 尔 散　（突然对伊内丝）您倒说说看，为什么我们要在一块儿呢？您已经讲得太多了，干脆讲到底吧。

伊 内 丝　（惊奇）我们为什么在一起，我可一点儿也不知道呀。

加 尔 散　您得知道。（思索了一会儿）

伊 内 丝　只要我们每个人都敢于说出……

加 尔 散　说出什么？

伊 内 丝　艾丝黛尔！

艾丝黛尔　您说什么？

伊 内 丝　您干过什么事？为什么他们把您送到这儿来？

艾丝黛尔　（激动地）可是我不知道，我一点儿都不知道！我甚至想，这是不是弄错了。（对伊内丝）请您别笑。您想想每天有多少人……去世。他们成千上万地到这儿来，他们只跟下级办事员，一些没有受过教育的职员打交道。怎么可能不出差错呢？但请您别笑。（对加尔散）您倒说说看，他们要是把我的情况弄错了，也会把您的情况弄错的。（对伊内丝）您也是一样。我们到这儿来，是别人弄错了，难道这样想不更好吗？

伊 内 丝　您要跟我们说的就是这番话吗？

艾丝黛尔　您还想知道些什么呢？我没有什么好隐瞒的。我从前是个孤儿，很穷困，我抚养我弟弟。我父亲的一位老朋友来向我求婚。他有钱，人品也好，我就答应了。处在我的地位您会怎么做呢？我弟弟病了，他需要极其精心的治疗。我同丈夫和和睦睦地生活了六年。两年前，我遇到一个人，后来我爱上了他，我们立即就心心相印了。他要求我跟他私奔，我没有答应。这以后，我便生了肺炎。我要讲的就是这些。有些人也许满口讲什么原则，责备我把青春献给了一个老头子。（向加尔散）您认为我做错了吗？

加 尔 散　当然没有错。（稍停）那么您呢，您认为一个人按照自己的原则处世就是错误吗？

艾丝黛尔　您这样做，谁又能责怪您呢？

加 尔 散　我办了一家和平主义的报纸。战争爆发了。怎么办呢？他们全把眼睛盯在我身上。"他有胆量么？"好吧，我就敢，我偏袖手旁观，他们把我枪毙了。我错在哪儿？错在哪儿？

艾丝黛尔　（把手搁在他手臂上）您没有错，您是……

伊 内 丝　（讽刺地接过话头）一位英雄。那么您妻子呢，加尔散？

加 尔 散　啊，什么？我把她从堕落的泥坑里拯救了出来。

艾丝黛尔　（对伊内丝）您瞧！您瞧！

伊 内 丝　我看明白了。（稍停）你们这场戏是演给谁看的？我们都是自己人呐。

艾丝黛尔　（傲慢地）什么自己人？

伊 内 丝　是一伙杀人犯。我们是在阴曹地府里，小娘们，这绝对没有弄错，他们决不会无缘无故地把人打入地狱的。

艾丝黛尔　住口！

伊 内 丝　是在阴曹地府里！我们都是地狱里的罪人！罪人！

艾丝黛尔　住口！您住口不？我不许您说粗话。

伊 内 丝　小圣女，您是地狱里的罪人。完美无缺的英雄，您也是罪人。我们也曾有过快乐的时日，是不是？有些人一直到死都在受苦，还不是我们干的好事！那时，我们还以此为乐。现在，我们得付出代价了！

加 尔 散　（举起手）您住口不住口？

伊 内 丝　（看着他，毫不害怕，但非常惊讶）啊！（稍停）等一等！我明白了，我知道他们为什么把我们搞到一块来。

加 尔 散　当心，您别说漏了嘴。

伊 内 丝　你们会明白这道理是多么简单。简单得不能再简单了。这儿没有肉刑，对吧？可我们是在地狱里呀。别的人不会来了，谁也不会来了。我们得永远在一起。可不是这样吗？总之一句话，这儿少一个人，少一个刽子手。

加 尔 散　（低声地）我看也是的。

伊 内 丝　喏，他们是为了少雇几个人。就是这么回事。顾客自己侍候自己，就像在自助餐厅里一样。

艾丝黛尔　您想说什么呀？

伊 内 丝　我们当中的每一个人，都是另外两个人的刽子手。

停顿。他们咀嚼着这番话的涵义。

加 尔 散　（温和地）我不会做你们的刽子手的，我一点儿也不想害你们，我跟你们毫无牵涉，毫无牵涉。这是明摆着的事。那我们这样好了：各人都待在自己的角落里，以便防一手。您在那儿，你在那儿，我在这儿。大家都别做声，别说一句话。这并不困难，是吧？我们每个人都有自己的事要操心。我相信我可以一万年不开口。

艾丝黛尔　我也得不开口吗？

加 尔 散　是的。这样我们……我们就有救了。别做声，自己在心里反省反省，永远

　　　　　　　不要抬起头来，好吗？

伊 内 丝　好。

艾丝黛尔　（犹豫片刻）好。

加 尔 散　那么，再见。

　　　　他回到躺椅上，把头埋在两手中。静场。伊内丝独自唱起来：

　　　　　　　在布朗芒托街上，

　　　　　　　他们竖起木架，

　　　　　　　木桶里放了砻糠①；

　　　　　　　这就是断头台，

　　　　　　　架在布朗芒托街。

　　　　　　　在布朗芒托街上，

　　　　　　　刽子手很早起床，

　　　　　　　因为他有活儿干，

　　　　　　　要把将军们的脑袋砍，

　　　　　　　再砍主教和海军上将，

　　　　　　　在布朗芒托街上。

　　　　　　　在布朗芒托街上，

　　　　　　　来了些尊贵的太太，

　　　　　　　穿着美丽的衣裳，

　　　　　　　但是没有脑袋，

　　　　　　　脑袋连同帽子，

　　　　　　　已从颈部滚下来，

　　　　　　　掉进布朗芒托河。

　　　　这时，艾丝黛尔正在抹脂搓粉。她一面扑粉，一面带着焦急的神情在寻找镜子，
她在包里搜寻了一番，然后转向加尔散。

艾丝黛尔　先生，您有没有镜子？（加尔散不回答）一面大镜子，或者一面小镜子。随
　　　　　　您的便。（加尔散不回答）您要是让我一个人待着，至少得给我一面镜
　　　　　　子呀。

　　　　加尔散始终把头埋在手中，不答腔。

伊 内 丝　（殷勤地）我包里有一面镜子。（在包里寻找，气恼地）我的镜子没有了。
　　　　　　大概在法院办公室里，他们就把镜子拿走了。

艾丝黛尔　真讨厌。

　　　　停顿。她闭上眼睛，身子摇晃起来，伊内丝奔过去，扶住她。

伊 内 丝　您怎么啦？

艾丝黛尔　（睁开眼睛，微笑）我觉得自己怪滑稽的。（摸自己的身体）不知您有没有
　　　　　　这种感觉：当我不照镜子的时候，我摸自己也没有用，我怀疑自己是否真

---

① 木桶里放糠，疑是为了吸收受刑者流下的血。

的还存在。

伊　内　丝　您真有福气。可我呢，我内心里总是感觉自己的存在。

艾丝黛尔　啊！是的，从内心里……在脑子里闪过的东西都那么模糊，真叫人昏昏欲睡。（稍停）在我的卧室里有六面穿衣镜。我看得见镜子，可是镜子照不见我。镜子里面映着双人沙发、地毯、窗户……镜子里照不见我，显得多么空洞无物！当我讲话时，我总设法在一面镜子中看到自己。我一边说话，同时看到自己说话。就像别人看见我一样，我看见了我自己。这样我就头脑很清醒。（绝望地）我的口红！我可以肯定我把口红涂歪了。我总不能老是没有镜子啊。

伊　内　丝　要不要我来当您的镜子？来吧，我请您上我这儿来，坐在我的躺椅上。

艾丝黛尔　（指着加尔散）可是……

伊　内　丝　我们别管他。

艾丝黛尔　您不是说过，我们会互相伤害的。

伊　内　丝　我难道有存心伤害您的样子？

艾丝黛尔　这，我就不知道了……

伊　内　丝　倒是你会加害于我，但这又怎么样呢？既然得受折磨，让你来折磨我还不是一样。坐下来，挨近点儿。再挨近点儿。看我的眼睛，你在我瞳仁里看得到你自己吗？

艾丝黛尔　我在您的瞳仁里显得那么小，我看不清自己。

伊　内　丝　我可看得见你，整个身子都看见了。你问我好了，哪一面镜子也没有我这样忠实。

　　艾丝黛尔感到拘束，像加尔散转过身去，似乎想叫他来帮忙。

艾丝黛尔　先生！先生！我们这样叽叽喳喳讲话，您不讨厌吗？

　　加尔散不答理。

伊　内　丝　随他去！就当没他这个人，只有我们两人。你向我提问题吧。

艾丝黛尔　我的口红是不是涂得恰到好处？

伊　内　丝　让我看看，涂得不太好。

艾丝黛尔　我早就料到了。幸亏（向加尔散瞥了一眼）没有人看见我。我重新涂一下。

伊　内　丝　好多了。顺着嘴唇轮廓涂。这儿，这儿，这就好多了。

艾丝黛尔　是不是跟我刚才进来时一样好？

伊　内　丝　比刚才更好。这样显得更浓，更残忍。您这张嘴巴完全是地狱里的。

艾丝黛尔　咳！这样行吗？真叫人受不了，我自己无法辨别。您能向我担保，这样行吗？

伊　内　丝　你不愿我们之间用"你"相称吗？

艾丝黛尔　您向我担保，这样行吗？

伊　内　丝　你很美。

艾丝黛尔　您有审美力吗？您的审美力与我的一样吗？这真叫人受不了。

伊　内　丝　既然我喜欢你，我的审美力肯定与你一样。好好看着我，对我笑一笑。我也并不丑。难道我不比一面镜子更好吗？

艾丝黛尔　我不知道。您使我害怕。我在镜子里面的形象是很温厚的。我多么熟悉它呀……我要笑了，我的微笑将映在您的瞳仁里，天知道我的笑容将会是什么样。

伊 内 丝　谁叫你不让我顺着你呢？（她们互相注视。艾丝黛尔微笑着，有点被迷住了）你真不愿意用"你"来称呼我吗？

艾丝黛尔　用"你"称呼女人，我可不大习惯。

伊 内 丝　用"你"称呼邮局的女职员，我想你更加不习惯。你脸颊下面是什么？一抹口红？

艾丝黛尔　（惊跳起来）一抹口红，真可怕！在哪儿？

伊 内 丝　那儿！那儿！我是面百灵鸟镜①。我的小百灵鸟，我逮住你了！没有口红了，一点儿都没有了。嗯？要是镜子也骗人呢？或者，要是我闭上眼睛，要是我不肯看你，你长得这样美又有什么用呢？不要顾虑，我一定会看你的，我的眼睛将睁得大大的。我会对你很和气，非常非常和气。但你要用"你"称呼我。（稍停）

艾丝黛尔　你喜欢我吗？

伊 内 丝　喜欢极了。（稍停）

艾丝黛尔　（用头指指加尔散）我希望他也能看看我。

伊 内 丝　哈！就因为他是个男人呗。（对加尔散）您赢了。（加尔散不理睬）您倒是看看她呀！（加尔散仍不理睬）别装模作样了；其实我们说的每句话，您都听见了。

加 尔 散　（突然抬起头）您可以这么说，每句话我都听见了。我用手指塞着耳朵，又有什么用，你们就像在我的脑袋里谈话一样。现在你们让我安静一会儿，好不好？我跟你们没有关系。

伊 内 丝　您是说跟这个小娘们的关系吗？我早就看出您那一手了：您正是为了勾引她，才摆出一副正人君子的样子来。

加 尔 散　我跟你们说让我安静安静。报社有人正在谈论我，我想听听他们说什么。我才不管什么小娘们呢，这样您总可以放心了吧。

艾丝黛尔　多谢。

加 尔 散　我并不愿意显得粗鲁……

艾丝黛尔　粗胚子！

停顿。他们面对面站着。

加 尔 散　又来了！（稍停）我早就恳求你们静一静了。

艾丝黛尔　是她起的头。她来给我镜子，而我什么也没向她要。

伊 内 丝　什么也没要。你只是靠在他身上蹭来蹭去，摆出种种媚态让他来看你。

艾丝黛尔　您还有什么话没有？

加 尔 散　你们疯了吗？你们就不明白我们何去何从吗？你们住嘴！（稍停）我们去安安静静地坐着吧，闭上眼睛，每个人都尽量忘掉别人的存在。

停顿。他重新坐下。她俩犹豫不决地回到自己的座位上，伊内丝猛地转身。

伊 内 丝　啊！忘掉！多么天真！我浑身都能感到您的存在。您的沉默在我耳边嘶叫，您可以封上嘴巴，您可以割掉舌头，但您能排除自己的存在吗？您能停止自己的思想吗？我听得见您的思想，它像闹钟一样滴答滴答在响。我知道

---

① 一种镶了许多面小镜子的仪器，当它在太阳下转动时，发出的闪光会把无数百灵鸟吸引过来，猎人用这种方法来捕获百灵鸟。

您也听得到我的思想。您蜷缩在椅子上有什么用，您无处不在，声音到达我的耳朵时已经污浊了，因为它传过来时，您已经先听到了它。您窃取了我的一切，甚至我的脸庞，因为您熟悉我的脸，而我自己却不熟悉。至于她呢？她呢？您把她也从我手中抢走了：如果只有我们两人，您想她敢像现在这样对待我吗？不会的，不会的。您把手从您脸上拿开吧，我不会让您安静的，这太便宜您了。您麻木不仁地坐在那儿，像个菩萨似的在冥想。我闭着眼睛，就能感到她在向您倾吐她生命的全部款曲，甚至她裙子摩擦的窸窣声也是献给您的，她在向您频频微笑，而您却视而不见……不能这样！我要选择我的地狱，我要全神贯注地盯着您，我要撕破情面跟您斗。

加尔散　　好吧。我预料到会有这一步的：他们像耍弄小孩一样耍弄我们。要是他们让我与男人住在一起就好了……男人们可以熬住不说话。但不应当要求过多，（走向艾丝黛尔，用手托着她的下巴）那么，小娘子，你喜欢我了？你好像老向我做媚眼。

艾丝黛尔　别碰我。

加尔散　　得了！让我们随便些吧！我从前很喜欢女人，你知道吗？女人们也非常喜欢我。你别扭扭捏捏了，我们什么也不会失去的，为什么还要讲礼貌呢？为什么还要来客套？我们都是自己人，不一会儿，我们就会像虫子那样一丝不挂的。

艾丝黛尔　放开我！

加尔散　　像虫子那样！啊！我早就告诉过你们。我没有向你们要求什么，但求能和和平平，稍微有一点儿安静，所以我才把手指塞在自己的耳朵里。瞧，戈梅正在几张桌子之间说话，报社的全体同事都在听他讲话。大家都只穿衬衫。我想弄清他们在说什么，然而，这很困难，因为人世间的事情稍纵即逝。你们难道不能不讲话吗？现在完了，戈梅不说话了，他对我的看法又收回到他的脑子里。好吧，我们只好一不做，二不休了。像虫子那样一丝不挂，我想弄明白我是跟谁在打交道。

伊内丝　　您明白了，现在您明白了。

加尔散　　我们为什么被罚下地狱呢，在各人没有坦白说出这点之前，我们什么都是稀里糊涂的。你，金发女郎，你先说吧，为什么？你坦率讲出来，就可以免遭厄运；要是我们能认识自己的魔鬼……说吧，为什么？

艾丝黛尔　我告诉你们我不知道。他们不愿意把情况告诉我。

加尔散　　我明白。他们也不愿意告诉我。但我了解自己。你害怕第一个开口吗？很好，那就我先说吧。（稍停）我这个人并不很光彩。

伊内丝　　您说下去呀。大家知道您当过逃兵。

加尔散　　别提了。永远不要再提这件事。我到这儿来是因为我折磨过我的妻子。就是这么回事。折磨她有五年之久。当然，现在她仍在受苦。她就在那儿，我一讲到她，就看见她了。我关心的是戈梅，而我看见的却是她。现在戈梅在哪儿呢？事情达五年之久。这下好了，他们把我的东西还给她了；她坐在窗户旁边，把我的上装放在膝盖上。有十二个枪眼的上装，血迹斑斑，就像沾了铁锈一样，枪眼的边缘变得焦黄了。哈！这件具有历史意义的上装，可以进博物馆了。我可穿过它！你要哭了吧？你会哭一场吧？我像猪一样醉醺醺地回到家，身上散发着一股酒味和女人味，她等了我整整一夜；

她没有哭。当然，她一句责备话都没有说，只是她的眼睛，她的一双大眼睛流露出责备的神色。我什么都不懊悔。我将付出代价，可我毫无悔恨。外面下雪了。你要哭了吧？这真是一个具有殉道者！

伊 内 丝 （几乎温柔地）您为什么要折磨她呢？

加 尔 散 因为折磨她太容易了，你只要说一句话，她就会变脸，这是个多愁善感的女人。啊！连一句责备的话她都没说过！我喜欢逗弄人，我等待着，一直在等待着。可是她没有一滴眼泪，一滴都没有，也没有责备过我一句。当初是我把她从堕落中拯救出来的，懂吗？她现在用手抚摸着我的上衣，眼睛却不看它一眼。她的手指在摸索着衣服上的弹痕。你在等待什么？你希望什么呢？我告诉你，我毫无悔恨。她太崇拜我了。就是这么回事。你们明白吗？

伊 内 丝 不明白。别人可并不崇拜我。

加 尔 散 那再好没有了。这对您来说太好了。这一切对您来说大概是难以理解的。好吧，举一件小事：我把一个混血女人留在我房间里，我们度过了多少个甜蜜的夜晚！我妻子睡在二楼，她大概能听到我们的谈话。她总是最早起床，我们还在睡懒觉，她就把早饭送到我们的床头了。

（张久全编，摘自冯汉津、张月楠译：《萨特戏剧集下》，人民文学出版社，1985）

第二十七章 加缪及《局外人》

第一节 加缪简介

阿尔贝·加缪，法国散文家、小说家、哲学家、戏剧家，有神论存在主义的代表人物，曾获 1957 年诺贝尔文学奖。1913 年 11 月 7 日，加缪出生于阿尔及利亚蒙多维的一个农场工人家庭。自幼丧父，童年时代生活困苦，他依靠奖学金进入阿尔及尔的中学学习，并在亲友的资助和半工半读中读完大学，取得哲学学士学位。毕业后从事过各种职业，包括当《阿尔及尔共和报》记者和左翼的劳工剧院的业余导演等。

加缪从 1932 年起开始发表作品，早期主要著作有散文集《反与正》、《婚礼集》、《夏天》等。第二次世界大战时，他在法国出版了哲学随笔《西叙福斯的神话》和第一部小说《局外人》，并一举成名。这两部作品都表达了作者关于人类生存荒诞的观点。1942 年，加缪参加法国抵抗运动并任该运动的报刊《战斗报》编辑。1947 年，他的长篇小说《鼠疫》获得法国批评奖，进一步确立了他在西方当代文学中的重要地位。1951 年，他在论文集《反抗者》中运用哲学术语讨论了革命的思想体系，指责共产主义，要寻求更合乎人道主义的理想，结果导致 1952 年他与萨特进行了一场激烈的公开论战。加缪的人道主义还使得他与奥尔图尔·凯斯特勒合写文章，主张废除死刑。作为一位哲学家，加缪以"荒诞"作为其哲学的核心概念，认为荒诞就是世界的无理性同人的心灵深处竭力追求的清晰之间的冲突。在他看来，世界是荒诞的，人生是孤独的，人的存在缺乏理性，人处于苦闷和朦胧之中。人在自身的存在中处处体验到世界的荒谬性。他提出以"反抗"的手段来对待荒诞，从反抗中创造出新的道德意识，寻找出合乎人性的存在和价值。但他说的反抗只限于精神和道德领域，认为反抗既要超越虚无主义，又要尊重个人价值。他反对资本主义，但也不赞成社会主义。

加缪从 1935 年开始从事戏剧活动，曾创办过剧团，写过剧本，当过演员。戏剧在他一生的创作中占有重要地位。主要剧本有《误会》、《卡利古拉》、《戒严》和《正义者》。他还将威廉·福克纳的《修女安魂曲》与陀思妥耶夫斯基的《着魔的人》改编为剧本。他的其他著作包括：半自传性的小说《堕落》和短篇小说集《流放和王国》。1957 年，加缪因为"作为一个艺术家和道德家，通过一个存在主义者对世界荒诞性的透视，形象地体现了现代人的道德良知，戏剧性地表现了自由、正义和死亡等有关人类存在的最基本的问题"，被授予诺贝尔文学奖。1960 年 1 月 4 日，加缪因车祸过早地去世。此后，他的三卷《记事录》陆续出版。

第二节 《局外人》简介

《局外人》是法国作家加缪的成名作和代表作，也是存在主义文学的杰出作品之一，凭借这部小说，加缪获得了 1957 年的诺贝尔文学奖。该书以一种客观记录式的"零度风格"，粗线条地描述了主人公默而索在荒谬的世界中经历的种种荒谬的事，以及自身的荒诞体验。从参加母亲的葬礼到偶然成了杀人犯，再到被判处死刑，默而索似乎对一切都无动于衷，冷漠地理性地而又非理性地存在着，他像一个象征性的符号，代表了一种普遍的存在，又像是一个血红色的灯塔，具有高度的警示性。

小说的主人公默而索是阿尔及利亚一家法国公司的小职员，因无力赡养母亲而把她送进了养老院，一个人过着独居生活。母亲去世了，他在灵堂里和送葬时都表现得无动于衷。他与女友玛丽同居，但对爱情感到无所谓。公司老板提供给他一个优惠的职位，他觉得去不去都可以。邻居莱蒙要他帮助写信侮辱自己的女友，他不问是非就照办。一个星期天，默而索和莱蒙去郊游，碰到莱蒙女友的弟弟及其一帮人。默而索糊里糊涂地开枪杀了人并被捕入狱。后来他逐渐习惯了监狱的生活，一天能睡 16～18 小时，对于自己是否会被处死他感到无所谓。他想到只要在行刑时，"有很多看热闹的人，他们用仇恨的叫喊来欢迎我，也就行了"。

全书分为两个部分，第一部分从默而索的母亲去世开始，到他在海滩上杀死阿拉伯人为止，是按时间顺序叙述的故事。这种叙述毫无抒情的意味，而只是默而索内心自发意识的流露，因而他叙述的接二连三的事件、对话、姿势和感觉之间似乎没有必然的联系，给人以一种不连贯的荒谬之感，因为别人的姿势和语言在他看来都是没有意义的，是不可理解的。唯一确实的存在便是大海、阳光，而大自然却压倒了他，使他莫名其妙地杀了人。在第二部分，牢房代替了大海，社会的意识代替了默而索自发的意识。司法机构以其固有的逻辑，利用被告过去偶然发生的一些事件把被告虚构成一种他自己都认不出来的形象：即把始终认为自己无罪、对一切都毫不在乎的默而索硬说成一个冷酷无情、蓄意杀人的魔鬼。因为审讯几乎从不调查杀人案件，而是千方百计把杀人和他母亲之死及他和玛丽的关系联系在一起。所以在读者看来有罪的倒不是默而索，而是法庭和检察官，这充分表现了加缪对当代社会的不满和抗议。

总之，《局外人》形象地体现了存在主义哲学关于"荒谬"的观念：由于人和世界的分离，世界对于人来说是荒诞的、毫无意义的，而人对荒诞的世界无能为力，因此不抱任何希望，对一切事物都无动于衷。

第三节 《局外人》选段

第一部

一

今天，妈妈死了。也许是昨天，我不知道。我收到养老院的一封电报，说："母死。明日葬。专此通知。"这说明不了什么。可能是昨天死的。

养老院在马朗戈，离阿尔及尔八十公里。我乘两点钟的公共汽车，下午到，还赶得上守灵，明天晚上就能回来。我向老板请了两天假，有这样的理由，他不能拒绝。不过，他似乎不大高兴。我甚至跟他说："这可不是我的错儿。"他没有理我。我想我不该跟他说这句话。反正，我没有什么可请求原谅的，倒是他应该向我表示哀悼。不过，后天他看见我戴孝的时候，一定会安慰我的。现在有点像是妈妈还没有死似的，不过一下葬，那可就是一桩已经了结的事了，一切又该公事公办了。

我乘的是两点钟的汽车。天气很热。跟平时一样，我还是在赛莱斯特的饭馆里吃的饭。他们都为我难受，赛莱斯特还说："人只有一个母亲啊。"我走的时候，他们一直送我到门口。我有点儿烦，因为我还得到艾玛努埃尔那里去借黑领带和黑纱。他几个月前刚死了叔叔。

为了及时上路，我是跑着去的。这番急，这番跑，加上汽车颠簸，汽油味儿，还有道路和天空亮得晃眼，把我弄得昏昏沉沉的。我几乎睡了一路。我醒来的时候，正歪在一个军人身上，他朝我笑笑，问我是不是从远地方来。我不想说话，只应了声"是"。

养老院离村子还有两公里，我走去了。我真想立刻见到妈妈。但门房说我得先见见院长。他正忙着，我等了一会儿。这当儿，门房说个不停，后来，我见了院长。他是在办公室里接待我的。那是个小老头，佩戴着荣誉团勋章。他那双浅色的眼睛盯着我。随后，他握着我的手，老也不松开，我真不知道如何抽出来。他看了看档案，对我说："默而索太太是三年前来此的，您是她唯一的赡养者。"我以为他是在责备我什么，就赶紧向他解释。但是他打断了我："您无须解释，亲爱的孩子。我看过您母亲的档案。您无力负担她。她需要有人照料，您的薪水又很菲薄。总之，她在这里更快活些。"我说："是的，院长先生。"他又说："您知道，她有年纪相仿的人作朋友。他们对过去的一些事有共同的兴趣。您年轻，跟您在一起，她还会闷得慌呢。"

这是真的。妈妈在家的时候，一天到晚总是看着我，不说话。她刚进养老院时，常常哭。那是因为不习惯。几个月之后，如果再让她出来，她还会哭的。这又是因为不习惯。差不多为此，近一年来我就几乎没来看过她。当然，也是因为来看她就得占用星期天，还不算赶汽车、买车票、坐两小时的车所费的力气。

院长还在跟我说，可是我几乎不听了。最后，他说："我想您愿意再看看您的母亲吧。"我站了起来，没说话，他领着我出去了。在楼梯上，他向我解释说："我们把她抬到小停尸间里了。因为怕别的老人害怕。这里每逢有人死了，其他人总要有两三天工夫才能安定下来。这给服务带来很多困难。"我们穿过一个院子，院子里有不少老人，正三五成群地闲谈。我们经过的时候，他们都不作声了；我们一过去，他们就又说开了。真像一群鹦鹉在叽叽喳喳低声乱叫。走到一座小房子门前，院长与我告别："请自便吧，默而索先生。有事到办公室找我。原则上，下葬定于明晨十点钟。我们是想让您能够守灵。还有，您的母亲似乎常向同伴们表示，希望按宗教的仪式安葬。这事我已经安排好了。只不过想告诉您一声。"我谢了他。妈妈并不是无神论者，可活着的时候也从未想到过宗教。

我进去了。屋子里很亮，玻璃天棚，四壁刷着白灰。有几把椅子，几个 X 形的架子。正中两个架子上，停着一口棺材，盖着盖。一些发亮的螺丝钉，刚拧进去个头儿，在刷成褐色的木板上看得清清楚楚。棺材旁边，有一个阿拉伯女护士，穿着白大褂，头上一方颜色鲜亮的围巾。

这时，门房来到我的身后。他大概是跑来着，说话有点儿结巴："他们给盖上了，我得再打开，好让您看看她。"他走近棺材，我叫住了他。他问我："您不想？"我回答说："不想。"他站住了，我很难为情，因为我觉得我不该那样说。过了一会儿，他看了看我，问道："为什么？"他并没有责备的意思，好像只是想问问。我说："不知道。"于是，他捋着发白的小胡子，也不看我，说道："我明白。"他的眼睛很漂亮，淡蓝色，脸上有些发红。他给我搬来一把椅子，自己坐在我后面。女护士站起来，朝门口走去。这时，门房对我说："她长的是恶疮。"因为我不明白，就看了看那女护士，只见她眼睛下面绕头缠了一条绷带。

在鼻子的那个地方，绷带是平的。在她的脸上，人们所能见到的，就是一条雪白的绷带。

她出去以后，门房说："我不陪你了。"我不知道我做了个什么表示，他没有走，站在我后面。背后有一个人，使我很不自在。傍晚时分，屋子里仍然很亮。两只大胡蜂在玻璃天棚上嗡嗡地飞。我感到困劲儿上来了。我头也没回，对门房说："您在这里很久了吗？"他立即回答道："五年了。"好像就等着我问他似的。

接着，他滔滔不绝地说了起来。如果有人对他说他会在马朗戈养老院当一辈子门房，他一定会惊讶不止。他六十四岁，是巴黎人。说到这儿，我打断了他："噢，您不是本地人？"我这才想起来，他在带我去见院长之前，跟我谈起过妈妈。他说要赶快下葬，因为平原天气热，特别是这个地方。就是那个时候，他告诉我他在巴黎住过，而且怎么也忘不了巴黎。在巴黎，死人在家里停放三天，有时四天。这里不行，时间太短，怎么也习惯不了才过这么短时间就要跟着柩车去下葬。这时，他老婆对他说："别说了，这些事是不能对先生说的。"老头子脸红了，连连道歉。我就说："没关系，没关系。"我觉得他说得对，很有意思。

在小停尸间里，他告诉我，他进养老院是因为穷。他觉得自己身体还结实，就自荐当了门房。我向他指出，无论如何，他还是养老院收留的人。他说不是。我先就觉得奇怪，他说到住养老院的人时（其中有几个并不比他大），总是说："他们"，"那些人"，有时也说"老人们"。当然，那不是一码事。他是门房，从某种程度上说，他还管着他们呢。

这时，那个女护士进来了。天一下子就黑了。浓重的夜色很快就压在玻璃天棚上。门房打开灯，突然的光亮使我眼花目眩。他请我到食堂去吃饭。但是我不饿。他于是建议端杯牛奶咖啡来。我喜欢牛奶咖啡，就接受了。过了一会儿，他端着一个托盘回来了。我喝了咖啡，想抽烟。可是我犹豫了，我不知道能不能在妈妈面前这样做。我想了想，认为这不要紧。我给了门房一支烟，我们抽了起来。

过了一会儿，他对我说："您知道，令堂的朋友们也要来守灵。这是习惯。我得去找些椅子，端点咖啡来。"我问他能不能关掉一盏灯。照在白墙上的灯光使我很难受。他说不行。灯就是那样装的：要么全开，要么全关。我后来没有怎么再注意他。他出去，进来，摆好椅子，在一把椅子上围着咖啡壶放了一些杯子。然后，他隔着妈妈的棺木在我对面坐下。女护士也坐在里边，背对着我。我看不见她在干什么。但从她胳膊的动作看，我认为她是在织毛线。屋子里暖洋洋的，咖啡使我发热，从开着的门中，飘进来一股夜晚和鲜花的气味。我觉得我打了个盹儿。

一阵窸窸窣窣的声音把我弄醒了。乍一睁开眼睛，屋子更显得白了。在我面前，没有一点儿阴影，每一样东西，每一个角落，每一条曲线，都清清楚楚，轮廓分明，很显眼。妈妈的朋友们就是这个时候进来的。一共有十来个，静悄悄地在这耀眼的灯光中挪动。他们坐下了，没有一把椅子响一声。我看见了他们，我看人从来没有这样清楚过，他们的面孔和衣着的任何一个细节都没有逃过我的眼睛。然而，我听不见他们的声音，我真难相信他们是真的在那里。几乎所有的女人都系着围裙，束腰的带子使她们的大肚子更突出了。我还从没有注意过老太太会有这样大的肚子。男人几乎都很瘦，拄着手杖。使我惊奇的是，我在他们的脸上看不见眼睛，只看见一堆皱纹中间闪动着一缕混浊的亮光。他们坐下的时候，大多数人都看了看我，不自然地点了点头，嘴唇陷进了没有牙的嘴里，我也不知道他们是向我打招呼，还是脸上不由自主地抽动了一下。我还是相信他们是在跟我招呼。这时我才发觉他们都面对着我，摇晃着脑袋坐在门房的左右。有一阵，我有一种可笑的印象，觉得他们是审判我来了。

不多会儿，一个女人哭起来了。她坐在第二排，躲在一个同伴的后面，我看不清楚。

她抽抽答答地哭着，我觉得她大概不会停的。其他人好像都没有听见。他们神情沮丧，满面愁容，一声不吭。他们看看棺材，看看手杖，或随便东张西望，他们只看这些东西。那个女人一直在哭。我很奇怪，因为我并不认识她。我真希望她别再哭了，可我不敢对她说。门房朝她弯下身，说了句话，可她摇摇头，嘟囔了句什么，依旧抽抽答答地哭着。于是，门房朝我走来，在我身边坐下。过了好一阵，他才眼睛望着别处告诉我："她跟令堂很要好。她说令堂是她在这儿唯一的朋友，现在她什么人也没有了。"

我们就这样坐了很久。那个女人的叹息声和呜咽声少了，但抽泣得很厉害，最后总算无声无息了。我不困了，但很累，腰酸背疼。现在，是这些人的沉默使我难受。我只是偶尔听见一种奇怪的声响，不知道是什么。时间长了，我终于猜出，原来是有几个老头子噏腮帮子，发出了这种怪响。他们沉浸在冥想中，自己并不觉得。我甚至觉得，在他们眼里，躺在他们中间的死者算不了什么。但是现在我认为，那是一个错误的印象。

我们都喝了门房端来的咖啡。后来的事，我就不知道了。一夜过去了。我现在还记得，有时我睁开眼，看见老头们一个个缩成一团睡着了，只有一位，下巴颏压在挂着手杖的手背上，在盯着我看，好像他就等着我醒似的。随后，我又睡了。因为腰越来越疼，我又醒了。晨曦已经悄悄爬上玻璃窗。一会儿，一个老头儿醒了，使劲地咳嗽。他掏出一块方格大手帕，往里面吐痰，每一口痰都像使尽了全身的力气。其他人都被吵醒了，门房说他们该走了。他们站了起来。这样不舒服的一夜使他们个个面如死灰。出乎意料的是，他们出去时竟都同我握了手，好像过了彼此不说一句话的黑夜，我们的亲切感倒增加了。

我累了。门房把我带到他那里，我洗了把脸，我又喝了一杯牛奶咖啡，好极了。我出去时，天已大亮。马朗戈和大海之间的山岭上空，一片红光。从山上吹过的风带来了一股盐味。看来是一个好天。我很久没到乡下来了，要不是因为妈妈，这会儿去散散步该多好啊。

我在院子里一棵梧桐树下等着。我闻着湿润的泥土味儿，不想再睡了。我想到了办公室里的同事们。这个时辰，他们该起床上班去了，对我来说，这总是最难熬的时刻。我又想了一会儿，被房子里传来的铃声打断了。窗户后面一阵忙乱声，随后又安静下来。太阳在天上又升高了一些，开始晒得我两脚发热。门房穿过院子，说院长要见我。我到他办公室去。他让我在几张纸上签了字。我见他穿着黑衣服和带条纹的裤子。他拿起电话，问我："殡仪馆的人已来了一会儿了，我要让他们来盖棺。您想最后再见见您的母亲吗？"我说不。他对着电话低声命令说："费雅克，告诉那些人，他们可以去了。"

然后，他说他也要去送葬，我谢了他。他在写字台后面坐下，又起两条小腿。他告诉我，送葬的只有我和他，还有值勤的女护士。原则上，院里的老人不许去送殡，只许参加守灵。他指出："这是个人道问题。"不过这一次，他允许妈妈的一个老朋友多玛·贝莱兹参加送葬。说到这儿，院长笑了笑。他对我说："您知道，这种感情有点孩子气。他和您的母亲几乎是形影不离。在院里，大家都拿他们打趣，他们对贝莱兹说：'她是您的未婚妻。'他只是笑。他们觉得开心。问题是默而索太太的死使他十分难过，我认为不应该拒绝他。但是，根据医生的建议，我昨天没有让他守灵。"

我们默默地坐了好一会儿。院长站起来，往窗外观望。他看了一会儿，说："马朗戈的神甫来了。他倒是提前了。"他告诉我至少要走三刻钟才能到教堂，教堂在村子里。我们下了楼。神甫和两个唱诗童子等在门前。其中一个手拿香炉，神甫弯下腰，调好香炉上银链子的长短。我们走到时，神甫已直起腰来。他叫我"儿子"，对我说了几句话。他走进屋里，我随他进去。

我一眼就看见螺钉已经旋进去了，屋子里站着四个穿黑衣服的人。同时，我听见院长说车子已经等在路上，神甫也开始祈祷了。从这时起，一切都进行得很快。那四个人走向棺材，把一条毯子蒙在上面。神甫、唱诗童子、院长和我，一齐走出去。门口，有一位太太，我不认识。"默而索先生，"院长介绍说。我没听见这位太太的姓名，只知道她是护士代表。她没有一丝笑容，向我低了低瘦骨嶙峋的长脸。然后，我们站成一排，让棺材过去。我们跟在抬棺材的人后面，走出养老院。送葬的车停在大门口，长方形，漆得发亮，像个铅笔盒。旁边站着葬礼司仪，他身材矮小，衣着滑稽，还有一个态度做作的老人，我明白了，他就是贝莱兹先生。他戴着一顶圆顶宽檐软毡帽（棺材经过的时候，他摘掉了帽子），裤脚堆在鞋上，大白领的衬衫太大，而黑领花又太小。鼻子上布满了黑点儿，嘴唇不住地抖动。满头的白发相当细软，两只耷拉耳，耳轮胡乱卷着，血红的颜色衬着苍白的面孔，给我留下了强烈的印象。司仪安排了我们的位置。神甫走在前面，然后是车子。旁边是四个抬棺材的。再后面，是院长和我，护士代表和贝莱兹先生断后。

天空中阳光灿烂，地上开始感到压力，炎热迅速增高。我不知道为什么要等这么久才走。我穿着一身深色衣服，觉得很热。小老头本来已戴上帽子，这时又摘下来了。院长跟我谈到他的时候，我歪过头，望着他。他对我说，我母亲和贝莱兹先生傍晚常由一个女护士陪着散步，有时一直走到村里。我望着周围的田野。一排排通往天边山岭的柏树，一片红绿相杂的土地，房子不多却错落有致，我理解母亲的心理。在这个地方，傍晚该是一段令人伤感的时刻啊！今天，火辣辣的太阳晒得这片地方直打颤，既冷酷无情，又令人疲惫不堪。

我们终于上路了。这时我才发觉贝莱兹有点儿瘸。车子渐渐走快了，老人落在后面。车子旁边也有一个人跟不上了，这时和我并排走着。我真奇怪，太阳怎么在天上升得那么快。我发现田野上早就充满了嗡嗡的虫鸣和簌簌的草响。我脸上流下汗来。我没戴帽子，只好拿手帕扇风。殡仪馆的那个伙计跟我说了句什么，我没听见。同时，他用右手掀了掀鸭舌帽檐，左手拿手帕擦着额头。我问他："怎么样？"他指了指天，连声说："晒得够呛。"我说："对。"过了一会儿，他问我："里边是您的母亲吗？"我又回了个"对"。"她年纪大吗？"我答道："还好，"因为我也不知道她究竟多少岁。然后，他就不说话了。我回了回头，看见老贝莱兹已经拉下五十多米远了。他一个人急忙往前赶，手上摇晃着帽子。我也看了看院长。他庄严地走着，没有一个多余的动作。他的额上渗出了汗珠，他也不擦。

我觉得一行人走得更快了。我周围仍然是一片被阳光照得发亮的田野。天空亮得让人受不了。有一阵，我们走过一段新修的公路。太阳晒得柏油爆裂，脚一踩就陷进去，留下一道亮晶晶的裂口。车顶上，车夫的熟皮帽子就像在这黑油泥里浸过似的。我有点迷迷糊糊，头上是青天白云，周围是单调的颜色，开裂的柏油是黏乎乎的黑，人们穿的衣服是死气沉沉的黑，车子是漆得发亮的黑。这一切，阳光、皮革味、马粪味、漆味、香炉味、一夜没睡觉的疲倦，使我两眼模糊，神志不清。我又回了回头，贝莱兹已远远地落在后面，被裹在一片蒸腾的水汽中，后来干脆看不见。我仔细寻找，才见他已经离开大路，从野地里斜穿过来。我注意到前面大路转了个弯。原来贝莱兹熟悉路径，正抄近路追我们呢。在大路拐弯的地方，他追上了我们。后来，我们又把他拉下了。他仍然斜穿田野，这样一共好几次。而我，我感到血直往太阳穴上涌。

以后的一切都进行得如此迅速、准确、自然，我现在什么也记不得了。除了一件事，那就是在村口，护士代表跟我说了话。她的声音很怪，与她的面孔不协调，那是一种抑扬的、颤抖的声音。她对我说："走得慢，会中暑；走得太快，又要出汗，到了教堂就会着凉。"她说得对。进退两难，出路是没有的。我还保留着这一天的几个印象，比方说，贝莱兹最后在回村追上我们时的那张面孔。他又激动又难过，大滴的泪水流上面颊。但是，由于皱纹的关系，泪水竟流不动，散而复聚，在那张形容大变的脸上铺了一层水。还有教堂，路旁的村民，墓地坟上红色的天竺葵，贝莱兹的昏厥（真像一个散架的木偶），撒在妈妈棺材上血红色的土，杂在土中的雪白的树根，又是人群，说话声，村子，在一个咖啡馆门前的等待，马达不停的轰鸣声，以及当汽车开进万家灯火的阿尔及尔，我想到我要上床睡它十二个钟头时我所感到的喜悦。

二

醒来的时候，我明白了为什么我向老板请那两天假时他的脸色那么不高兴，因为今天是星期六。我可以说是忘了，起床的时候才想起来。老板自然是想到了，加上星期天我就等于有了四天假日，而这是不会叫他高兴的。但一方面，安葬妈妈是在昨天而不是在今天，这并不是我的错，另一方面，无论如何，星期六和星期天总还是我的。当然，这并不妨碍我理解老板的心情。

昨天一天我累得够呛，简直起不来。刮脸的时候，我一直在想今天干什么，我决定去游泳。我乘电车去海滨浴场。一到那儿，我就扎进水里。年轻人很多。我在水里看见了玛丽·卡多娜，我们从前在一个办公室工作，她是打字员，我那时曾想把她弄到手。我现在认为她也是这样想的。但她很快就走了，我们没来得及呀。我帮她爬上一个水鼓。在扶她的时候，我轻轻地碰着了她的乳房。她趴在水鼓上，我还在水里。她朝我转过身来，头发遮住了眼睛，她笑了。我也上了水鼓，挨在她身边。天气很好，我开玩笑似的仰起头，枕在她的肚子上。她没说什么，我就这样待着。我两眼望着天空，天空是蓝的，泛着金色。我感到头底下玛丽的肚子在轻轻地起伏。我们半睡半醒地在水鼓上待了很久。太阳变得太强烈了，她下了水，我也跟着下了水。我追上她，伸手抱住她的腰，我们一起游。她一直在笑。在岸上晒干的时候，她对我说："我晒得比您还黑。"我问她晚上愿意不愿意去看电影。她还是笑，说她想看一部费南代尔①的片子。穿好衣服以后，她看见我系了一条黑领带，显出很奇怪的样子，问我是不是在戴孝。我跟她说妈妈死了。她想知道是什么时候，我说："昨天。"她吓得倒退了一步，但没表示什么。我想对她说这不是我的错，但是我收住了口，因为我想起来我已经跟老板说过了。这是毫无意义的。反正，人总是有点什么过错。

晚上，玛丽把什么都忘了。片子有的地方挺滑稽，不过实在是很蠢。她的腿挨着我的腿。我抚摸她的乳房。电影快结束的时候，我吻了她，但吻得很笨。出来以后，她跟我到我的住处来了。

我醒来的时候，玛丽已经走了。她跟我说过她得到她姊姊家去。我想起来了，今天是星期天，这真烦人，因为我不喜欢星期天。于是，我翻了个身，在枕头上寻找玛丽的头发留下的盐味儿，一直睡到十点钟。我一根接一根地抽烟，一直躺着，直到中午。我不想跟平时那样去赛莱斯特的饭馆吃饭，因为他们肯定要问我，我可不喜欢这样。我煮了几个鸡蛋，就着盘子吃了，没吃面包，我没有了，也不愿意下楼去买。

吃过午饭，我有点闷得慌，就在房子里瞎转悠。妈妈在的时候，这套房子还挺合适，现在我一个人住就太大了，我不得不把饭厅的桌子搬到卧室里来。我只住这一间，屋里有几把当中的草已经有点塌陷的椅子，一个镜子发黄的柜子，一个梳妆台，一张铜床。其余的都不管了。后来，没事找事，我拿起一张旧报，读了起来。我把克鲁申盐业公司的广告

---

① 费南代尔，法国著名喜剧演员。

剪下来，贴在一本旧簿子里。凡是报上让我开心的东西，我都剪下贴在里面。我洗了洗手，最后，上了阳台。

　　我的卧室外面是通往郊区的大街。午后天气晴朗。但是，马路很脏，行人稀少，却都很匆忙。首先是全家出来散步的人，两个穿海军服的小男孩，短裤长得过膝盖，笔挺的衣服使他们手足无措；一个小女孩，头上扎着一个粉红色的大花结，脚上穿着黑漆皮鞋。他们后面，是一位高大的母亲，穿着栗色的绸连衣裙；父亲是个相当瘦弱的矮个儿，我见过。他戴着一顶平顶窄檐的草帽，扎着蝴蝶结，手上一根手杖。看到他和他老婆在一起，我明白了为什么这一带的人都说他仪态不凡。过了一会儿，过来一群郊区的年轻人，头发油光光的，系着红领带，衣服腰身收得很紧，衣袋上绣着花儿，穿着方头皮鞋。我想他们是去城里看电影的，所以走得这样早，而且一边赶电车，一边高声说笑。

（张久全编，摘自郭宏安译：《局外人》，译林出版社，1998）

第二十八章　阿斯图里亚斯及《总统先生》

第一节　阿斯图里亚斯简介

米格尔·安赫尔·阿斯图里亚斯，是危地马拉著名的现实主义小说家、诗人，拉美现代文学的卓越代表及最早步入国际文坛的杰出作家之一，被称为魔幻现实主义第一人，在拉美乃至世界文坛上享有盛誉。1967 年"由于出色的文学成就"，"作品深深植根于拉丁美洲的民族气质和印第安人的传统之中"而荣获诺贝尔文学奖，从而成为拉丁美洲诺贝尔文学奖得主第一人。

1899 年，阿斯图里亚斯生于首都危地马拉城，卒于马德里。父亲是知名法官，母亲是小学教师。1898 年，卡夫雷拉篡取国家政权，成为近代危地马拉最大的独裁寡头。阿斯图里亚斯的父母因对其不满而遭到迫害，举家迁居内地。阿斯图里亚斯自幼受到父母进步思想的熏陶，并得以与印第安土著居民亲密接触。他的童年和少年时代是听着玛雅-基切印第安民族的神话故事和民间传说度过的，美丽的大自然和印第安民族的部落生活、古老文化、奇特的语言及风俗习惯都给他留下永不磨灭的记忆，使他对印第安民族怀有深厚情谊，也为他积累了丰厚的创作素材，成为他取之不竭的创作源泉，激发了他独特的创作灵感。这种根深叶茂的民族传统和自由精神被他嫁接到他日后几乎全部的文学作品中，并开出绚烂花朵，在拉美乃至世界的文学天地大放异彩。他在大学攻读法律，毕业后成为律师。1920 年参加反独裁起义。1923 年受当局迫害流亡，侨居法国多年，在那里研究古印第安文化，并接触超现实主义思想，开始尝试小说与诗歌的文学创作。1933 年回国，继续进行政治活动。1946 年至 1953 年间，是危地马拉民主的春天，阿斯图里亚斯在民主政府中多次担任外交官，他的创作也进入巅峰状态。1954 年阿本斯民主政府被受到美国支持的反革命政变推翻，阿斯图里亚斯被剥夺国籍，再度流亡，在国外度过 10 年之久的漂泊生活。期间他一边从事文学创作，一边参加世界和平运动。1956 年应邀来我国参加鲁迅逝世 20 周年纪念大会。1966 年出任危地马拉驻法国大使。

阿斯图里亚斯的文艺创作绚丽多彩，包括《总统先生》在内，他一生共著十二部小说、四部诗集和一些剧本，在小说方面成就尤其辉煌。1930 年，发表处女作短篇小说集《危地马拉传说》，开创了拉丁美洲魔幻现实主义文学的先河，在欧洲引起轰动。1949 年，发表长篇小说《玉米人》，1950 年、1954 年、1960 年分别发表揭露美国垄断资本对危地马拉人民掠夺、盘剥以及反映人民为之斗争的三部曲《疾风》、《绿色教皇》和《死不瞑目》，1956 年发表短篇小说集《危地马拉的周末》，全面谴责和控诉 1954 年美国武装干涉危地马拉、扼杀民主政权的罪行。他的作品还有后期小说《珠光宝气的人》、《混血姑娘》、《利达·萨尔的镜子》、《马拉德龙》、《多洛雷斯的星期五》，以及诗集《十四行诗集》、《云雀的鬓角》、《贺拉斯主题习作》、《博利瓦尔》，戏剧集《戏剧全集》等。

阿斯图里亚斯兼容并蓄印第安文化、西班牙文学传统及欧洲超现实主义创作方法，使其作品独具魅力，自成一体。他主张"文艺为人民服务"、作家应忠实反映"现实生活，应投身于人民的斗争"。阿斯图里亚斯一生风云变幻，但他始终心系祖国和人民，以拳拳之心与祖国人民风雨同舟、并肩战斗，为祖国的独立、自由和民主做出了卓越贡献。

第二节　《总统先生》简介

长篇小说《总统先生》是阿斯图里亚斯的成名作，发表于 1946 年，是拉美魔幻现实主义早期的代表作，它开创了一个独特的文学流派，引领了拉美文学的繁荣。此后，以反对寡头政治为题材的小说、电影和戏剧，在拉美各国层出不穷，涌现出许多优秀作品，然而却鲜有胜出者。《总统先生》至今魅力不减，被译成多种文字，屡次再版。

阿斯图里亚斯早在 1922 年就以危地马拉独裁统治者卡夫雷拉为原型，创作出小说雏形《政治乞丐》。在流亡巴黎期间，他常与秘鲁作家塞萨尔·巴列霍和委内瑞拉小说家阿图罗·乌斯拉尔一起探讨拉美独裁政治问题，视野逐渐开阔，最终决定把《政治乞丐》扩充为具有拉美各国普遍特征的《总统先生》。作者经过长期酝酿和多达 19 遍的修改，使小说的背景得以扩大、情节和主题得以充实和升华，并于 1933 年完稿。由于当时危地马拉正处于独裁者乌维科将军的独裁统治之下，加之法西斯势力蔓延猖獗，小说无法发表，直到 1946 年才在墨西哥出版。小说从孕育到脱胎，前后历时 23 年。据说小说早在出版前，就已秘密流行于危地马拉进步知识分子和大学生之间。小说的创作曾受到巴列·因克兰的《暴君班德拉斯》的启示，"但却在思想性和艺术性上都青出于蓝"。

小说讲述了总统的走狗松连特上校被一傻子乞丐意外打死。总统借此嫁祸于政敌卡纳莱斯将军。他命亲信米格尔故意泄密，诱使将军出逃，以造成畏罪潜逃的铁证。将军中计逃走后，举起了起义大旗。米格尔蒙骗并劫持了将军的女儿卡米拉，后又戏剧性地爱上了她。遭到飞来横祸的卡米拉，病重命危，为了拯救她，米格尔毅然与她结了婚。米格尔因此失去总统宠信，并遭到总统的猜忌和报复。总统故意报载二人结婚的消息，并假称自己为证婚人。卡纳莱斯将军见报后被气死，起义就此失败。总统密令米格尔前往美国求援，途中却将他秘密逮捕。总统派密探化装成囚犯，故意接近米格尔，骗取了他的信任。密探欺骗米格尔说其妻卡米拉做了总统的情妇。在狱中备受肉体摧残的米格尔精神支柱轰然倒塌，卒于地牢。至此，总统再次达到了杀人不见血的目的。狱外的卡米拉多方寻觅丈夫的消息而不得，在生下她与米格尔的孩子后，到农村度过了余生。在这场政治阴谋中，各色人物粉墨登场，上自总统、亲臣、法官、将军，下至密探、狱卒、老鸨、妓女，他们有意无意地进行着谋杀和诬陷。作家通过对他们的精神与心理状态、卑鄙行径和罪恶勾当等的描述，勾勒出一个群魔乱舞的可怖世界，塑造了一个拉美专制暴君的文学典型。作家对小说背景不事渲染，刻意淡化，以漫画式的夸张手法和抒情诗般的描述，对拉美的军政独裁统治进行了淋漓尽致的暴露与抨击，把独裁统治下的社会面貌解剖得细致入微、深刻透彻，并独具匠心地揭露了独裁者的法西斯狰狞面目和寡头政治的国际环境。作家一方面对暴政义愤填膺，给予血泪控诉，一方面对人民的贫弱无助寄予无限同情。作家还难能可贵地指出人民应该"设法冲破牢门，出去闹革命"，小说激发了人们的革命意志，唤起了人们的反抗意识。

《总统先生》具有强烈的现实气息，气势恢宏，寓意深刻，想象丰富，语言优美。小说融入了印第安民族的神话意境和电影技巧，并糅合了梦境、联想、譬喻等超现实主义和表现主义手法，绮丽魔幻，神秘诡异，具有非凡的艺术感染力。

第三节　《总统先生》选段

十八　敲　门

砰！砰！砰！……砰！砰！砰！

敲门声震天地响，整幢楼房都能听得见。看家狗醒了，它被吵得睡意全无，于是冲着街上，汪汪地吠叫。卡米拉站在胡安叔叔家门口，感到什么都不再害怕，就回头看了一下卡拉·德·安赫尔，颇为得意地对他说道：

"这狗汪汪地叫，是因为它没有听出是我。鲁比，鲁比！"她喊着那只狂吠不止的狗，说道。"鲁比，鲁比，是我来了！听不出我啦，鲁比？快去，叫他们马上来开门……"

她又转身对卡拉·德·安赫尔说道：

"我们稍等一下吧！"

"好的，好的，不必为我费心，我们等着就是！"

他说话的语气十分淡漠，好像一个失去了一切的人，对什么都感到无所谓。

"也许屋里的人还没有听见，得再敲重些。"

她一次又一次地拿起门锤敲门；门锤是青铜镀金的，形状像只手。

"想必女仆们都睡熟了，要不然，这么长时间早该出来开门了！难怪那时候常失眠的爸爸，只要睡不着觉就总是说：'要是能像女仆那样贪睡就好了！'"

整幢房子像是除了鲁比以外，没有一点生命。狗吠声一忽儿来自门厅，一忽儿来自庭院。每敲一次门，狗都乱跑乱叫一阵，打破了房屋的寂静，这使卡米拉很纳闷。

"真奇怪！"她说着，仍然一动不动地站在门口。"毫无疑问，他们全都睡熟了；我再敲重一点，看他们出来不！"

砰，砰，砰！……砰，砰，砰！

"现在该出来了！显然，刚才他们还没有听见……"

"邻居们反倒先出来了！"卡拉·德·安赫尔说道。在昏暗中虽然看不见，但是听得见邻居们开门的声音。

"你没有事吧？"

"你只管敲门就是。敲吧，敲吧，别管我！"

"我们再等一会儿，看他们出不出来……"

卡米拉为了消磨时间，心里默默数着：一，二，三，四，五，六，七，八，九，十，十一，十二，十三，十四，十五，十六，十七，十八，十九，二十，二十一，二十二，二十三，……二十四……二十五……

"没有人出来！"

……二十六，二十七，二十八，二十九，三十……三十一，三十二，三十三，三十四……三十五……——她害怕数到五十——……三十六……三十七，三十八……

不知怎的，她猛然间意识到，卡拉·德·安赫尔对她讲的关于胡安叔叔的话全都是事实。她焦急得喘不过气，于是一次又一次地使劲敲门。砰，砰，砰！她抓住了门锤不放……砰，砰，砰，砰，砰，砰！这决不可能！砰，砰，砰，砰，砰，砰砰砰砰砰砰……

依然是同样的回答：一片狗吠声。她无法理解，她究竟做了什么对不起他们的事，以至于把她拒绝于家门之外？她重又敲起门来；她每敲一下，就寄托一线希望。如果他们存心让她流落街头，她该怎么办？她一想到这一点，浑身都凉了。于是她又敲着，敲着。她满腔愤恨地敲着门，好像在用锤子敲打敌人的脑壳。她感到两腿沉重，嘴里发苦，舌头麻木，由于恐惧，牙齿也在格格地发响。

一扇窗户嘎吱一声打开了，还听到了说话的声音。她全身顿时又暖和起来。感谢上帝，总算要出来开门了！多么高兴呀，马上要离开这个男人的身边。他那双猫儿似的黑眼睛闪烁着鬼火样的磷光。这是个讨人厌的家伙，别看他长得像天使一样漂亮！这一会儿工夫，隔开一道门，这迥然不同的两个世界——家里的世界和街上的世界——像两颗无光的星球似的，就要互相接触了。在家里，可以不当着外人吃饭，安安静静地吃的面包特别香甜，而且增长智慧；在家里，可以充分享有社会舆论赋予的安全感；在家里，可以尽情享受天伦之乐，就像那张全家照片表示的那样：爸爸精心地打着蝴蝶领结，妈妈戴着她最好看的首饰，孩子们头发梳得平整光滑，还洒上了真正的花露香水。而街上却不是这样，那是一个动荡不安的尔虞我诈的世界，一切都虚假得犹如镜花水月，肮脏得好像公共洗衣池。

童年时候，有多少次她在这扇门前嬉戏玩耍！有多少次她爸爸和胡安叔叔说着话告别时，她兴致勃勃地站在这里眺望蓝天之下邻舍的栉比鳞次的屋檐！

"有人开窗了，你没有听见吗？是真的开窗了？怎么不来开门呢？难道……我们走错了人家……真要是敲错了门，那才笑话哩！"

她放下门锤，走下台阶，仔细看了看这幢房子的正面。没有弄错，这就是她叔叔胡安的家。"胡安·卡纳莱斯，建筑师"，大门的铜牌上写得清清楚楚。于是，她像孩子似的放声大哭，不禁泪如泉涌，原来卡拉·德·安赫尔走出"杜斯特普"酒馆时对她说的话全是事实。虽然这是千真万确的事实，但她还是不愿意相信。

街道上弥漫着浓浓的夜雾，像是涂抹着一层厚厚的奶油，呈现出龙舌兰汁的颜色，散发着马齿苋的气息。

"请你陪我上另外几个叔叔家去。如果你同意，我们先去找路易斯叔叔。"

"你说上哪儿就上哪儿……"

"那么，走吧……"她说着，泪如雨下。"这里，他们是不愿意给我开门了……"

他们往前走着。卡米拉一步一回头——还没有放弃最后为她开门的希望——而卡拉·德·安赫尔则脸色阴沉，默不作声。堂胡安·卡纳莱斯，等着瞧吧，你欺人太甚，决不会有好报！他们越走越远，但是还听得见汪汪的狗叫。很快，一切希望都破灭了，连狗叫声也听不见了。他们走到铸币厂前面，遇到了一个醉醺醺的邮差。这个人像睡着了一样，把信件撒得满街，自己还不知道，走起路来东倒西歪，几乎连步子都迈不开。他不时举起双臂，发出格格的笑声，好像母鸡在叫。嘴角流下的一道道口水，挂到制服的铜扣子上。卡米拉和卡拉·德·安赫尔不约而同地走上前去，捡起了地下的信件，替他装进邮袋，提醒他别再乱丢。

"非……常……感……谢……我是……说……非……常……感……谢！"醉汉斜靠在墙角上，断断续续地说道。过了一会儿，他们两人走开后，他也提起邮袋走了，嘴里唱着：

想要登天也容易，
得有两架好扶梯，
一架大一点，
一架小一点！

他半像唱歌，半像自语，换了一个曲调继续唱道：

登天，登天，登天，
圣母要登天；
登天，登天，登天，
登上她的天堂！

"只要圣约翰的手指头这么点一下，我，嗝儿……嗝儿……古梅尔辛多·索拉莱斯，就不用再当穷邮差啰！就不用再当穷邮差啰！……"

接着又唱了起来：

等到我一命归阴，
谁来把我埋葬，
只有善良的嬷嬷，
肯发慈悲之心！

"唉，哎呀呀！你想到哪里去了！你想到哪里去了！"

他跟跟跄跄地走着，消失在夜雾之中。这个人五短身材，却长了个特大脑袋，身上的制服又肥又大，头上的帽子却显得太小。

就在这时候，堂胡安·卡纳莱斯正在设法和他的兄弟何塞·安东尼奥打电话。可是电话局怎么也不答理，只听得一阵阵令人心烦的嘟嘟声。最后总算打通了，对方的声音微弱得像是从阴间地府来的。他要求接堂何塞·安东尼奥·卡纳莱斯家的电话，出乎意外，话筒里立即传来他哥哥的声音。

"……是，是，我是胡安……我以为你没有听出我的声音……嗯，你想吧……她跟那个家伙在一起，是的……那还用说，那还用说……当然……是的，是的……你说什么？……没有没有，我们没有给她开门！……这你可以想象……不用说，他们离开这里后，上你那里去了……什么？什么？……果然不出我之所料……他们可把我们吓坏了！……你们也吓得够呛吧！你太太是吓不起的；我那一位都快想出去开门了，可是我没有让！……那当然……那当然，你算是卸了个大包袱！……哎，你那边的邻居对你……，那当然……，在我这里闹得更凶。他们大概都气得七窍冒烟了……在你家吃了闭门羹后，肯定上路易斯那里去了……啊！是吗？已经去过啦？……"

他们两个人在街上奔波了一整夜。星光惨淡的天空开始出现一点鱼肚白，东方渐渐地呈现柠檬色的微光，继而转为橘红色，最后好像燃起了一堆篝火……天色快要大亮时，他们又回到堂何塞·安东尼奥家的门口，再一次毫无结果地敲了一阵门。

卡米拉每走一步，嘴里就重复一句：

"天无绝人之路！"

她冷得牙齿咯咯地厮打，满眼泪水，哀伤地望了望满天的朝霞。她像所有精神上受到了致命打击的人那样，步履踉跄，举止失常。

在公共花园和私人庭院里，鸟儿在枝头欢唱，迎接黎明；它们那美妙的歌声，汇成一支婉转动听的奏鸣曲，在清晨的碧空下回荡。同时，玫瑰花已从睡梦中苏醒，教堂里响起了钟声，仿佛在向上帝叩问早安，肉铺里传来了劈肉的斧声，公鸡又开始引吭高唱，还扑动着翅膀，好像在打拍子，面包房里新出炉的面包一个接一个地滚进大盆，值夜班的人匆匆地赶回家去，几户人家发出嘎吱的开门声，那是因为老太婆忙着要出去领圣餐，或者因为女仆要去买面包，给赶早班火车的主人准备早餐。

天渐渐地亮了……

几只兀鹰争着啄一只死猫。一群两眼闪着馋光、拖着长舌的公狗，气喘吁吁地追逐着几条母狗，其中有一条公狗夹着尾巴，一瘸一拐地走过，几乎连头都不回，耷拉着脑袋，呲着长牙，沿着各家的门边和墙脚哗哗地洒下它过路的印记。

天渐渐地亮了……

夜间在市中心扫街的印第安清道夫，一个跟一个地走回自己的茅屋。他们活像一群游荡的幽灵，穿着粗布号衣，边走边说，声音听来像蝉鸣，"知了知了"地打破了黎明的宁静。他们把扫帚夹在腋下，好像夹着把雨伞，古铜色的脸上露出一口杏黄色的牙齿。他们都赤着脚，衣衫褴褛，还不时有人在人行道旁边停住脚步，弯下身子，用大拇指和食指捏着鼻子，大声地擤鼻涕。他们走过教堂的门口时，都脱下了帽子。

天渐渐地亮了……

枝叶扶疏的南洋杉，好像是绿色的细网，要去兜住寥落的晨星。天空中飘动着几片浮云。远方传来了几声火车的笛鸣。

玛莎夸塔看见他们两人双双回来，高兴得什么似的。她忧心忡忡，一夜没有合眼。现在她正要出门，到监狱里去给卢西奥·巴斯克斯送早饭。

卡米拉为了这场飞来横祸哭得正伤心，而卡拉·德·安赫尔却告辞要走了。

"再见吧！"他说着，自己也不知道为什么这样说；他觉得在这里他已无事可做。

走出门时，他感到心里一阵难过，眼泪不禁夺眶而出，这是他从母亲去世以来第一次伤心落泪。

三十八 旅 途

在她收拾行李的时候，外面正下着滂沱大雨，雨水汇成河流，从屋顶上倾泻而下。这条河流不只流到这里，流到这家人家，而且流向远方广漠的原野，也许还流向浩瀚的海洋。一阵狂风吹来，像有人猛击一拳，打开了窗户，雨点宛如粉碎的玻璃碴子，撒进了屋里，窗帘吹得卷了起来，纸片四散乱飞，房门砰嘭作响。但是，卡米拉毫不在意，依然整理着丈夫的行装，好像这几只箱子总也装不满似的。虽然头顶上电闪雷鸣，她却什么也感觉不到，只感到世界上没有一样东西是圆满无缺的，或者是和别的东西有什么不同的；在她看来，万物都是一个样，都像她这样，空虚，心碎，既无躯体，又无灵魂。

"……我们在这里生活下去和远远地离开这头野兽，这有多么的不同！"卡拉·德·安赫尔一面关上窗户，一面重复着说道。"你说呢？……这实在是个难得的机会！我真想从此逃之夭夭！"

"可是，你昨晚对我讲的，在他家里看到的那些印第安巫师跳的舞蹈，算是怎么回事呢……"

“这你大可不必介意！……”一阵隆隆的雷声盖过了他说话的声音。“你说，这些能预示什么呢？你想一想，是他亲自派我到华盛顿去的，是他替我出的旅费……事情就是这样，叫他见鬼去吧！我只要一离开这里，就另打主意，一切都好办了。你可以托辞你有病，或我有病，前来找我，到那时候，让他到天涯海角去寻找我们吧！……”

“要是他不让我离开这里呢？……”

“那我就装作没事那样再回来，虽无所得，可也无所失，你说不是吗？凡事都得随机应变……”

“你总是把一切都看得那么容易！……”

“凭我们手头现有的这点家财，我们远走高飞，到哪儿也能生活。活着就得像个活着的样子，犯不着像现在这样，整天低三下四地唠叨什么：‘我的想法跟总统先生完全一样，我拥护；我的想法跟总统先生完全一样，我拥护……’”

卡米拉抬起泪汪汪的眼睛默默地望着他，嘴里像被一团乱发堵住，说不出一句话，耳朵里仿佛灌满了雨水，什么都听不见。

“你哭什么呢？……别哭了……”

“那你要我做什么？……”

“唉，女人总是这样！”

“你别管我！……”

“你老是这么哭，要病倒的；看在上帝面上，别哭了！……”

“不，你别管我！……”

“为什么哭哭啼啼的，好像我是去送死，或者有人要把我活埋了似的！”

“你别管我！”

卡拉·德·安赫尔把她紧紧地搂在怀里。在他那铁石心肠不惯于哭泣的男子汉的面颊上，弯弯曲曲地淌下了两行热泪，好像两串永远拔不掉的钉子。

“你可要给我写信……”卡米拉喃喃地说。

“那当然……”

“我恳求你务必做到这一点！要知道我们两人从来没有分离过。千万要给我常写信；我要是一天天盼望着，得不到你的音讯，那我一定会难过死的……你自己要多加小心！不要轻信别人，听见了吗？谁说的话你都不要轻易相信，尤其不能听信本国人的话，这些人坏透了……我特别要叮嘱你的是……”丈夫的亲吻打断了她的话。“……我要你……要你……要你……给我常写信！”

卡拉·德·安赫尔关上了行李箱，目不转睛地望着妻子温存而显得有点呆滞的眼睛。倾盆大雨下个不停，雨水沿着檐沟哗哗地直往下流，像一条沉重的锁链。一想到天快亮了，离分别的时刻愈来愈近，两个人都悲伤得说不出话来。一切都准备就绪，于是，两人默默无言地脱衣就寝，只听得时钟嘀嗒嘀嗒地响着。这嘀嗒声在一分一秒地扣除着他们临别前的最后时刻——嘀嗒，嘀嗒！嘀嗒，嘀嗒！嘀嗒，嘀嗒！……蚊子的嗡嗡叫声，烦得人难以入睡……

“哎呀，现在我才想起，我把‘门窗关得紧，蚊蝇飞不进’这句俗话都忘掉了！天呀，我真糊涂！”

卡拉·德·安赫尔没有答话，只是紧紧地把她搂在怀里；他觉得，她简直像只纤弱的连叫都不会叫一声的小绵羊。

他们不敢熄灯，不敢闭眼，也不敢说话。他们觉得在亮光下彼此格外亲切，一说话反而会疏远，而闭上眼睛会使他们分离……黑暗中，两个人会感到相距遥远，更何况这是最后一个夜晚，要说的话如此之多，不管说多久，也总嫌不够，好像两个人是在通过电报交谈，千言万语，不知从何说起。

女仆们在菜地里追逐一只小公鸡，嘈杂声响彻了整个庭院。雨已经停了，积存的雨水顺着檐沟一点一滴地往下落，好像古代计时的滴漏。小公鸡拍打着翅膀，在地上乱跑乱飞，拼命想逃避一死。

"我可爱的人儿……"卡拉·德·安赫尔在她耳旁悄声地说，一面用手掌温柔地抚摸着她那微微隆起的腹部。

"亲爱的……"她说着，蜷缩双腿，紧贴着他的身子。她的脚在褥单上不停地移动，好像双桨在一条深不可测的河面上划着。

女仆们还在追捕小鸡，奔跑着，喊叫着。小公鸡从她们手里挣脱了出来，浑身哆嗦，声嘶力竭，瞪大了眼睛，张着尖嘴，展开了翅膀，气喘吁吁地向前狂奔。

他们两个紧紧地搂抱，相互用颤抖的手指抚爱，又像睡着了，又像失去了神志，飘飘荡荡，恍恍惚惚……"亲爱的！"她对他说。"……我可爱的人儿！"他对她说……"我的亲爱的！"她对他说……

小公鸡撞到了墙上，或者说，墙压倒在小公鸡身上……对小公鸡来说这两件事反正都一样……小公鸡被宰了，快要断气时，它还使劲扇动翅膀，像要飞跑。"这倒霉的东西，临死还拉屎！"厨娘嚷道，一面抖落着粘在围裙上的鸡毛，一面跑到积满雨水的石槽里去洗手。

卡米拉闭上眼睛……感到了丈夫的体重……好像翅膀在扇动……有什么东西粘在她的身上……

时钟走得更慢了，嘀嗒！嘀嗒！嘀嗒！嘀嗒！……

卡拉·德·安赫尔急忙翻阅总统特派一名军官送到火车站来给他的文件。深灰色的屋顶越来越快地向后退去，仿佛城市伸出了肮脏的指甲在抓挠天空。他看完文件，心定下来了。他感到，远远离开那个家伙，坐在服侍周到的头等车厢里，既没有人盯梢，也没有人窃听，钱包里还装着支票簿，这有多么幸运！他眯缝着眼睛，想要好好品味一下内心的欢乐。火车在奔驰，田野好像也在跟着飞跑，两旁的树木、房屋、桥梁，像顽童似的在飞奔追逐，一个跟着一个在奔跑……

……坐在头等车厢里，远远离开那个家伙，这有多么幸运！……

……一个跟着一个，一个跟着一个，一个跟着一个……房屋在追赶树木，树木在追赶篱笆，篱笆在追赶桥梁，桥梁在追赶道路，道路在追赶河流，河流在追赶山丘，山丘在追赶云彩，云彩在追赶庄稼，庄稼在追赶农夫，农夫在追赶牲口……

……坐在服侍周到的头等车厢里，既没有人盯梢，也没有人窃听……

……牲口在追赶房屋，房屋在追赶树木，树木在追赶篱笆，篱笆在追赶桥梁，桥梁在追赶道路，道路在追赶河流，河流在追赶山丘，山丘在追赶云彩……

……一个小村庄的倒影，在一条浑浊发黑的小河河面上一掠而过。

……云彩在追赶庄稼，庄稼在追赶农夫，农夫在追赶牲口，牲口在……

……既没有人盯梢，也没有人窃听，钱包里还装着支票簿……

……牲口在追赶房屋，房屋在追赶树木，树木在追赶篱笆，篱笆在……

……钱袋里装着很多支票！……

……一座桥梁像一把中提琴，在车窗口一闪而过……车窗外一会儿明，一会儿暗，一会儿闪过一排排铁栏杆，一会儿掠过一双双燕子的翅膀……

……篱笆在追赶桥梁，桥梁在追赶道路，道路在追赶河流，河流在追赶山丘，山丘在……

卡拉·德·安赫尔坐在藤编的靠背座位上，仰头眺望窗外的景色：海岸那边是一片低洼、平坦、炎热而又色彩单调的土地。他看着看着，困倦起来，脑子变得模糊了。明明自己是坐在火车里，觉得又没有坐在火车里，而是落在火车后面，愈来愈落后，愈来愈落后，愈来愈落后，愈来愈落后，愈来愈，愈来愈，愈来愈，愈来愈，尸体，尸体，尸体，尸体……

他忧心如焚，忐忑不安，甚至觉得连呼吸的空气中都渗透着危险。他昏昏然地打了个瞌睡。忽然，睁开眼睛，发现自己依然安坐在座位上，好像是从一个看不见的窟窿里跳上了火车。他感到颈背酸痛，脸上沁出了冷汗，眼前金星乱飞。

在葱绿的丛林上空，凝聚着吸足了海水的云团；灰色的丝绒般的乌云里，隐藏着闪电的利爪。

蓦地前面出现了一座村庄，由远而近，在车窗外闪过。看上去像是一座无人居住的村庄。杏仁圆饼似的房舍散布在一堆堆干枯的玉米叶垛之间。村子的一端有一座教堂，另一端有一座公墓。"但愿我虔诚的信仰能比得上修建这座教堂和公墓的村民！"卡拉·德·安赫尔心里感叹道。"世界上只有信仰和死亡是永存的！"他一想到自己将要远走高飞，不禁悲喜交集，两眼湿润。这一片春意盎然的土地，正是自己可爱的家乡，哺育自己生长的地方。尽管远离这些村庄会使自己获得新生，但离乡背井的人毕竟是活人中的死人而已。再想到自己可能要流落异国，葬身他乡，凄怆之情，难以排遣。

过了一个车站又一个车站。列车不停地奔驰着，在衔接不良的铁轨上左右摇晃。机车的汽笛发出一声声长鸣，制动器时而发出刺耳的刹车声，车头的烟囱喷出一团团的浓烟，萦绕在山丘的上空。旅客们都用帽子、报纸和手帕当扇子扇着风，在炽热的空气里，人人都闷得喘不过气来，汗流浃背，仿佛浑身都挂满了泪珠。不舒适的座位，嘈杂的声音和汗湿的衣服，使每个人都烦躁不安。衣服里像有无数只小虫在蠕动，头皮奇痒难受，嗓子渴得冒烟，心里充满了忧郁。

阳光绚丽的白昼渐渐消逝，下了一场闷热的阵雨之后，黄昏降临。地平线变得模糊了。远处出现了一片灯火，宛如一盒浸泡在蓝色油脂里的亮晶晶的沙丁鱼。

列车上的侍者走来点亮了车厢里的灯。卡拉·德·安赫尔整了整衬衣的硬领，打好了领带，看了看手表……再过二十分钟就要到达港口了，可是对他来说，好像还得等待一个世纪。他是多么焦急地期望着平安无事地登上轮船呀！他把脸贴在车窗上，想要看清楚黑暗中的景物。他闻到了植物吐出的新鲜空气。他听出火车正从一条河上驶过，也许就是他早想看到的那条河吧？……

火车减低了速度，正在驶过市镇的街道，在黑暗中看去，就像轮船上一排排的吊床。列车慢慢地停了下来，二等车厢里匆忙而喧哗的旅客纷纷下车之后，车轮重又转动，缓缓地向码头驶去。已经听得到海浪拍打海岸的回声，看得见散发着沥青味的海关大楼里昏暗的灯火，闻得出码头上人群身上又甜又咸的气息……

卡拉·德·安赫尔老远就向站在月台上等候他的港口警备司令打了招呼。"法尔范少校！"他惊呼了起来。在这困难的时刻，能遇见受过自己救命之恩的朋友，该有多高兴呵！"法尔范少校！……"

法尔范少校也老远就向他敬了个礼，并从车窗口告诉他说，不必操心行李，过一会儿兵士们就会来替他送上船去的。列车一停下，少校就走上车来，恭恭敬敬地同他握手问候。其余的旅客都匆匆忙忙地走下车去……

"你一向都好？……旅途顺利吧？……"

"你一向可好，亲爱的少校？其实用不着问，一看你的气色，就知道……"

"先生，总统先生给我发了个电报，叫我听从你的调遣，不让你感到有一点儿不方便之处。"

"多承关照，少校！"

不多一会儿，车厢里已空荡无人。法尔范把头伸出车窗，大声喊道：

"中尉，快叫他们上来取行李。拖拖拉拉的，在干什么？"

话音刚落，车门口便出现一群手持武器的兵士。卡拉·德·安赫尔这时才恍然大悟，自己中了圈套，可是已经太晚。

"我奉总统先生之命，"法尔范手执左轮枪对他说道，"宣布你被捕了！"

"少校，你听我说！……要是总统先生……这怎么可能呢？……那么好吧，请你跟我来，允许我发个电报……"

"堂米格尔，命令断然无误，你还是老实点为好！"

"那你看着办吧；反正我不能耽误了船期，我有要任在身，我不能……"

"不必多说，请你把随身携带的所有物品立即交给我！"

"法尔范！"

"听见没有，快把东西交出来！"

"不，少校，你听我说！"

"不得违抗，听见没有，不得违抗！"

"少校，你还是听我说！"

"不必多费口舌！"

"我持有总统先生的密令……你要负责任！……"

"上士，搜查这位先生！……瞧着吧，咱们究竟谁厉害！"

这时有一个人，用手帕蒙着脸，从阴暗处走了出来。他的个子和卡拉·德·安赫尔一样高，脸色和卡拉·德·安赫尔一样苍白，头发和卡拉·德·安赫尔一样浅黄。此人把上士从真正的卡拉·德·安赫尔身上搜出来的所有东西（护照，支票簿，结婚戒指——这是上士吐了一口唾沫才从他手指上捋下来的，戒指上还刻着他妻子的名字——袖扣·手帕……）全都拿了过去，一转身，人就不见了。

过了好长时间，传来了轮船的汽笛声。这个刚被捕的囚犯连忙用两手捂住耳朵，泪水蒙住了他的眼睛。他想，他要是早点破门而逃就好了，跑呀，飞呀，横渡海洋，就不至于束手就擒。——他脑子里的思绪犹如江河奔腾，全身都像伤口发作似的难受！——可恨那个冒名顶替的人竟带着他的行李，坐上十七号客舱，直奔纽约去了。

（李新红编，摘自黄志良、刘静林译：《总统先生》，外国文学出版社，1980）

第二十九章　肖洛霍夫及《静静的顿河》

第一节　肖洛霍夫简介

　　米哈依尔·肖洛霍夫，苏联著名小说家，20世纪苏联文学的杰出代表。肖洛霍夫1905年5月24日出生于顿河地区维辛斯卡亚镇附近的克鲁日林村，母亲出嫁前是地主家的女仆，生父是哥萨克的下级军官，继父是平民知识分子，爱读书，为培养肖洛霍夫的文学爱好提供了良好环境。肖洛霍夫是纯洁高尚的顿河之子，哥萨克多滋多味的生活孕育出他的睿智，顿河静静的流水和滚滚的波涛给予他丰富的灵感和创作源泉。

　　第一次世界大战中断了肖洛霍夫的学业，他仅受过4年教育，是自学成才的奇人。国内革命战争时期，顿河地区的斗争异常惨烈，肖洛霍夫是这场斗争的目击者和亲历者。1919年至1922年间，肖洛霍夫当过装卸工人、会计员、办事员和扫盲教员，参加过顿河地区武装征粮等工作，1920年参加红军。1923年他开始以写作为生，成为莫斯科年轻的无产阶级作家组织的一员。同年，与一位哥萨克女教师结婚。1926年，肖洛霍夫开始创作《静静的顿河》，1940年，全书完稿，整个创作历时14年。《静静的顿河》使肖洛霍夫声名鹊起，并为他赢得国际声誉。肖洛霍夫人生的起起落落，和斯大林不无关系。肖洛霍夫1932年加入苏联共产党。他曾奔走呼告，救助过顿河地区遭受饥荒及政治清洗的父老兄弟。1938年，肖洛霍夫本人受到政治迫害，斯大林的出面使他幸免于难。

　　肖洛霍夫于1939年获得列宁勋章，1941年获斯大林奖金。1941年6月，肖洛霍夫参加反法西斯的卫国战争，亲临前线，积极从事战地宣传报道工作。1945年9月获一级卫国战争勋章。第二次世界大战期间，他还两次被授予"社会主义劳动英雄"的称号，1960年获得列宁文学奖金，并获得其他多种荣誉。1961年，肖洛霍夫被选为中央委员。1965年，他的长篇巨著《静静的顿河》因其"在描写俄国人民生活各历史阶段的顿河史诗中所表现出来的艺术力量和正直品格"而荣获诺贝尔文学奖。1984年，肖洛霍夫在家乡与世长辞。

　　肖洛霍夫的创作时间延续60年之久，一生笔耕不辍。他的作品被译成80多种语言，誉满全球。代表作《静静的顿河》是他最高的文学成就。其主要作品还有长篇小说《被开垦的处女地》，短篇小说《一个人的遭遇》，未竟之作《他们为祖国而战》等。其中，《一个人的遭遇》被称为当代苏联军事文学新浪潮的开篇之作。肖洛霍夫在苏联文学史中占有非常重要的地位，他不仅在本国人民中间享有盛誉，而且在众星云集的世界文坛上也备受瞩目。

第二节　《静静的顿河》简介

　　《静静的顿河》是肖洛霍夫的代表作，是一部让世人惊叹的史诗性现实主义长篇小说。全书共分四部八卷，成书于1928年至1940年间，并先后获得斯大林奖金和诺贝尔文学奖。卷一出版时，作者年仅23岁，颇有剽窃之嫌。1991年作者的亲笔手稿被发现，这一文坛公案才得以昭雪。小说曾遭受猛烈攻击，但却得到斯大林的格外青睐。小说发表后，引起世界各国文学大家如鲁迅、高尔基、海明威、罗曼·罗兰等的高度评价。小说先后被译成世界多种文字，一路畅销不衰。

　　小说规模恢宏、气象万千，采用纺锤性网络结构，让历史与人物的命运在战火纷飞的背景中交错编织。小说叙及四百多个芸芸众生，塑造了个性鲜活、立体生动的哥萨克艺术群像。他们不是政治或社会形象的符号，而是真实可感的"人"。主人公葛利高里是特殊的军人阶层哥萨克的代表和缩影。他向往自由，同时又是沙皇镇压自由的工具，他桀骜不驯，有哥萨克的群体归属感和荣誉感，却动摇于白军与红军之间；他追求爱，却在妻子与情人之间难做决断；他有责任感和独立意识、痛恨滥杀无辜，自己却被迫杀人，此后又放声大哭；他厌倦战争，想放下武器，但又不得不重新拿起。一个渴望独立、自由与真理的灵魂漂泊在一个胶着的世界里。他在穷途末路时抛下武器，回到故居，却家破人亡，幸存的儿子成为他与世界的唯一联系。小说恰如其分地表现了"人"的矛盾、无奈与伤痛，以悲悯的情怀，描写"人"与时代、与历史潮流的复杂关系。葛利高里不是英雄，不高大，不完美，然而他对土地、对女人、对儿子的深挚之爱是人类古老的自然情怀，是亚当夏娃神话的延续。

　　小说开创了悲剧史诗的独特艺术风格。滚滚的时代洪流淹没了沧海一粟的个体，波澜壮阔的革命毁灭了个体的美梦。作者从普通的个人视角反观大时代的大变动。"其伟大之处在于他是写'白军对红军的斗争'，而不是红军对白军的斗争'，是从'人'的角度来审视革命，而不是从革命的角度来评判'人'。"作者自己与小说人物融为一体，与他们同命运、共呼吸，既生活在现实里，又置身历史中，个体命运与历史相交织。作者把良知与审美意识相结合，坚持艺术的实事求是，深怀高贵的人道主义，极富独创性地谱写了一部大气的悲剧史诗。他不粉饰、不拔高，再现历史原貌，这在当时万马齐喑的苏联文坛是极具勇气的。

　　小说时空广瀚、内容丰富、主题深沉。小说纵贯第一次世界大战到1922年苏联国内战争，历经二月革命、十月革命等历史时期，期间有声势浩大的战争及重大历史事件，有常人琐事和情感变奏，也有复杂激荡的峥嵘故事。小说描写的爱情凄迷生动。葛利高里和阿克西妮亚备受争议的爱与痛，达丽亚的背叛与悲情等，都是个体命运的真实再现，因其真实而感人，因其触及心灵而弥足珍贵。葛利高里因其坎坷、复杂的经历，为世界文学人物画廊增添了一幅十分动人的画像。哥萨克特有的风土人情和精神风尚，浓厚的顿河草原气息，无不透出无穷的魔力。《静静的顿河》气势磅礴，又委婉细腻，语言抒情，格调沉郁，具有非凡的文学价值，是不可多得的文学佳作，值得珍藏于书架，品吟于案头，值得掩卷深思，抱读为养。

第三节　《静静的顿河》选段

卷一　第一章

麦列霍夫家的院子在村子的尽头。牲口圈的两扇小门朝着北面的顿河。在长满青苔的灰绿色白垩巨石之间有一条八沙绳长的坡道，下去就是河岸：遍地是珠母贝壳，河边被水浪冲击的鹅卵石形成了一条灰色的曲岸。再过去，就是微风吹皱的青光粼粼的顿河急流。东面，在用红柳树编成的场院篱笆外面，是黑特曼大道，一丛丛的白艾，马蹄践踏过的、生命力顽强的褐色车前草；岔道口上有一座小教堂；教堂后面，是飘忽的蜃气笼罩着的草原。南面，是白垩的山脊。西面，是一条穿过广场、直通到河边草地去的街道。

参加倒数第二次土耳其战争的哥萨克麦列霍夫·普罗珂菲回到了村子。他从土耳其带回个老婆，一个裹着披肩的娇小女人。她总是把脸遮掩起来，很少露出她那忧郁、野性的眼睛。丝披肩散发着一种远方的神秘气味，那绚丽的绣花令女人们艳羡。被俘虏的土耳其女人总是回避普罗珂菲家的亲属，所以麦列霍夫老头子不久就把儿子分了出去，一直到死也没有到儿子家去过，因为他不能忘掉这种耻辱。

普罗珂菲很快就安排好了家业：木匠给他盖起了房子，自己围起了养牲口的院子。秋初，就把驼背的外国老婆领到了新家。他俩跟在装着家产的大板车后头，走出村子；全村老少都涌上街头来观看。哥萨克们克制地用大胡子掩饰自己的嘲笑，女人们却在大声地议论，一群肮脏的孩子跟在普罗珂菲后面咿咿呀呀地乱叫；但是他敞开外衣，缓慢地，好像是顺着犁沟走一样，把老婆的一只柔软的小手紧握在黑手巴掌里，倔强地昂起那微白的、多额发的脑袋，只有颧骨下面凸起的肌肉在颤抖，两道总是死板板的、仿佛僵化了的眉毛中间渗出了汗珠。

从那时起，村子里就很少见到他了，他也不去哥萨克聚会的广场，孤独地生活在村头顿河边上的小房子里。村子里流传着有关他的故事，说得神乎其神。在牧道外放牧牛犊的孩子们说，他们好像看见，每到黄昏，当霞光黯淡下去的时候，普罗珂菲就抱着老婆，走到鞑靼村外墓地的土岗上，把她放在土岗顶上，背朝着一块千百年来被风吹雨打得千疮百孔的巨石；然后自己坐到她身旁，就这样，他们久久地向草原眺望着，一直眺望到霞光完全消失的时候。这时，普罗珂菲把妻子裹在羊皮大衣里，又抱回家去。全村的人都在猜测这种奇怪的行径，可是谁也说不出个所以然来，女人们为此忙得连拉家常的工夫都没有了。关于普罗珂菲的妻子有各式各样的说法：有些人证明说，她是空前未有的美人，另一些人的看法却恰恰相反。直到天不怕、地不怕的玛夫拉——一个正在服役的哥萨克的妻子——假装到普罗珂菲家去讨新鲜酵母回来以后，一切才算弄明白了。普罗珂菲到地窖里去取酵母，玛夫拉就趁这个工夫偷偷瞧了一眼，原来落到普罗珂菲手里的土耳其女人是个丑八怪……

过了一会儿，红涨着脸的玛夫拉，头巾歪到了一边，站在胡同里对一群娘儿们添油加醋地说道："亲爱的人们，真不明白，她哪点儿迷住了他，哪怕是个普通娘儿们倒也罢了，可是她，……肚子不像肚子，屁股不像屁股，简直丑死啦。咱们的姑娘们可比她长得水灵多啦。至于身段，简直像马蜂一样，一折就断；两只眼睛，又黑又大，眼睛一瞪，活像个妖精，老天爷饶恕我吧。一定是怀了孩子了，真的！"

"怀了孩子啦？"婆娘们惊讶地问道。

"我也不是黄毛丫头啦，已经养过三个孩子啦。"

"那么相貌呢？"

"相貌吗？黄脸膛。眼睛混澄澄的，大概在外国过得并不舒服。还有，姐儿们，她穿着……普罗珂菲的裤子。"

"是吗？……"婆娘们都惊骇地同声叫道。

"我亲眼看见的——穿着裤子，只是没有裤绦，准是把他的便服裤子穿上啦。上身穿一件长布衫，从布衫下面露出掖在袜筒里的裤子。我一看，吓得我心惊胆战……"

村子里悄悄地传开了，说普罗珂菲的老婆会使妖法。阿司塔霍夫家的儿媳妇（阿司塔霍夫家住在村头上，紧挨普罗珂菲家）起誓说，好像是在三一节的第二天，她在黎明前看见，普罗珂菲的老婆头巾也没有戴，光着脚，在他们家院子里挤牛奶。从那以后，母牛的奶头就干瘪成小孩子拳头一样大；奶也断了，而不久牛就死了。

那一年，发生了空前罕见的畜疫。顿河边布满牛栏的沙滩上，每天都要出现一些母牛和小牛的尸体。牛疫又传染到马身上。在村镇牧场上牧放的马群越来越少了。于是流言蜚语立刻在大街小巷传播开来……

哥萨克们开了个会，然后来到普罗珂菲家。

主人走到台阶上来，向大家行礼。

"诸位老人家，你们有什么事光临舍下啊？"

人群默默地向台阶边移动着。

最后，一个喝得醉醺醺的老头子首先喊道："把你那妖婆给我们拖出来！我们要审判她！"

普罗珂菲窜回屋子，但是他们在门洞里追上了他。身材高大的炮兵——绰号叫"牛车杆子"——把普罗珂菲的脑袋向墙上撞着，劝道："别吵，别吵，这没有什么可吵的！……我们绝不动你，但是我们要把你的老婆踩进地里去。把她弄死，总比全村的人因为没有牲口都饿死好得多啊。你别吵，不然我把你的脑袋在墙上撞碎！"

"把她，把那母狗，拖到院子里来！……"人们在台阶旁边叫喊道。一个和普罗珂菲同团当过兵的哥萨克，把土耳其女人的头发缠在一只手上，用另外一只手揾住她那拼命喊叫的嘴，一溜烟似的穿过门洞，把她拖了出来，扔到人们的脚边。一声尖叫划破吼叫的人们的喧嚣。普罗珂菲推开六个哥萨克，冲进内室，从墙上扯下马刀。哥萨克互相拥挤着，从门洞里退出去。普罗珂菲在头顶挥舞着闪闪发光、嗖嗖响的马刀，从台阶上冲下来。人群哆嗦了一下，在院子里四散开去。

在仓库的附近，普罗珂菲追上那个跑动困难的炮兵"牛车杆子"，从后面斜着把他从左肩一直劈到腰部。哥萨克们撞倒篱笆桩子，穿过场院，向草原逃去。

过了半个钟头，重新鼓起勇气的人群才又走近院子。两个侦察畏缩着身子，走进了门洞。全身都浸在血泊里的普罗珂菲的妻子，难看地仰着脑袋，横在厨房的门坎上。咬得尽是伤口的舌头，在痛苦地龇着牙张开的嘴里抽动。普罗珂菲脑袋颤抖着，目光呆滞，正在把一个哇哇哭着的肉团子——早产的婴儿——包到羊皮袄里。

普罗珂菲的妻子当天晚上就死了。孩子的祖母，普罗珂菲的母亲，可怜这个不足月的孩子，就把他抱回家去。

家人把他放在蒸热的锯末里，喂他马奶吃，过了一个月，认定这个黝黑的土耳其长相的孩子能够活下去的时候，就把他抱到教堂里去受了洗礼。跟祖父一样，也叫潘苔莱。过了十二年，普罗珂菲刑满归来。剪得短短的、杂有几根银丝的红胡子和一身俄罗斯式的衣服，使他变成了异乡人，不像个哥萨克了。他把儿子领回去，又重整起家业来。

潘苔莱长成了一个肤色黝黑、天不怕地不怕的小伙子。面貌和匀称的身材都像母亲。

普罗珂菲给他娶了个哥萨克姑娘，是邻居的女儿。从那时起，土耳其血统就和哥萨克血统交融了。从这儿开始，高鼻子、带点野性、漂亮的哥萨克麦列霍夫家族——村里都叫他们土耳其人——就在村子里繁衍起来了。

潘苔莱埋葬了父亲以后，便埋头经营起家业：重新翻盖了房子，宅院扩大了，又圈进了半俄亩荒地，盖了几间洋铁皮顶的新贮藏室和仓房。铺房顶的工匠按主人的要求，用剩下的铁片剪了一对铁公鸡，安装在仓房的屋顶上。这对公鸡的那副逍遥自在的样子，使麦列霍夫家的院子平添了几许欢快的气氛，显得自足而富裕。

岁月流逝，到了晚年，潘苔莱·普罗珂菲耶维奇发福了：往横里长起来，背略微驼了些，但是看上去依然还是个体态匀称的老头子。他身板儿硬实，走起路来一瘸一拐（年轻的时候，参加沙皇阅兵的御前赛马，把左腿摔伤），左耳朵上戴着一只半月形的银耳环，一直到老年，他的胡须和头发依然是乌黑的；发起脾气能气得死去活来；这显然使他那曾经是很漂亮的妻子提前衰老了，现在已经成了个满脸蛛网般皱纹的胖老太太了。

大儿子彼得罗已经娶了亲，他很像母亲；个子不高，翘鼻子，生着一头麦色乱蓬蓬的头发，褐色的眼睛；可是小儿子葛利高里却像父亲：虽然比彼得罗小六岁，但个头却比哥哥高半个脑袋，他也像父亲一样，生着下垂的鹰鼻子，稍稍有点斜的眼眶里，嵌着一对淡蓝色的、扁桃仁似的热情的眼睛，高高的颧骨上紧绷着一层棕红色的皮肤。葛利高里也和父亲一样，有点儿驼背，甚至连笑的时候，爷俩的表情也是一样的粗野。

父亲宠爱的女儿杜妮亚什卡是个长胳膊、大眼睛的姑娘。加上彼得罗的妻子达丽亚和她的一个小孩——这就是麦列霍夫家的全部成员了。

第十章

女人的晚来的爱情并不是紫红色的花朵，而是疯狂的，像道旁的迷人的野花。

自从割草以后，阿克西妮亚完全变了一个人。好像有人在她的脸上作了个记号，烫了个烙印。婆娘们一遇到她就狡狯地笑着，在她背后不以为然地直摇头，姑娘们都嫉妒她，而她却骄傲地、高高地仰着幸福的、但是耻辱的脑袋。

不久，葛利高里的艳史便人皆知了。起初只是悄悄地谈论着这件事，——将信将疑，——但是在一天黎明时分，村里的牧人"蒜头鼻子"库济卡，看见他们俩在朦胧西沉的月光下，躺在风车旁长得不高的黑麦田里，这以后，事情就像汹涌浑浊的波浪一样，迅速传开了。

这事也传到了潘苔莱·普罗珂菲耶维奇的耳朵里，有一个星期天，他来到莫霍夫的商店里。人多得简直挤不进去。他一走进铺子——大家像是有意似的让开一条路，脸上都露出了笑容。他挤到柜台边，那里正在卖布。掌柜的——谢尔盖·普拉托诺维奇——亲自动手来给他拿货物。

"怎么好久不见你啦，普罗珂菲奇？"

"总有些乱七八糟的事情。家里的事简直忙不过来。"

"怎么能这样？你的儿郎都那么能干，照样忙不过来。"

"儿子有什么用呀：彼得罗野营去啦，只有我和葛利高里两个人在家瞎忙活。"

谢尔盖·普拉托诺维奇把棕色的大胡子向两旁一分，意味深长地朝围拢来的哥萨克们斜睨了一眼。

"我说，亲爱的，你干吗还瞒着不说啊？"

“什么事？”

“怎么什么事？要给儿子娶媳妇啦，可是你一字也不提。”

“给哪个儿子娶媳妇？”

“你的葛利高里还没有娶亲嘛。”

“眼下还不打算给他娶亲。”

“可是我听说，好像你要娶她来作儿媳妇……要把司捷潘·阿司塔霍夫的阿克西妮亚娶过来。”

“我？娶活人的妻来作儿媳妇……说的是什么话呀，普拉托诺维奇，你好像是在说笑话，是吧？”

“说什么笑话呀！我是听大伙说的。”

潘苔莱·普罗珂菲耶维奇摸了摸摊在柜台上的一块布料子，猛地转过身子，一瘸一拐地往门口走去。他径直走回家去。像牛一样地低着脑袋，把青筋暴起的手指头紧握成拳头；那条瘸腿显得更瘸了。走过阿司塔霍夫家院子的时候，他隔着篱笆往里边瞅了一眼；打扮得花枝招展、显得年轻了的阿克西妮亚手里拿着一个空水桶，正扭着屁股往屋里走。“喂，等等！……”

潘苔莱·普罗珂菲耶维奇像魔鬼似的闯进了篱笆门。阿克西妮亚站住了，等待着他。他们走进了屋子，打扫得干干净净的土地上铺了一层红沙子，在正对着门口地方的板凳上放着从炉子里拿出来的馅饼。从内室里散发出了旧衣服的气味，不知道为什么闻着像茴香苹果味儿。

一只大脑袋的花猫走到潘苔莱·普罗珂菲耶维奇的脚边，想要跟他亲热亲热。它弓起背，友爱地往他靴子上撞了一下。潘苔莱·普罗珂菲耶维奇一脚把它踢得撞在木凳上，然后直盯着阿克西妮亚的眼睛，喊道：“你这是干什么？……啊？你汉子的脚印上还有热气呢，你已经在旁边翘尾巴啦！我要为了这件事把葛利高里揍得鲜血直流，还要给你的司捷潘写信……叫他知道知道！……你这个骚娘儿们，把你打得还是太轻啦！……从今天起不许你进我的院子！跟小伙子勾勾搭搭，等司捷潘回来，叫我怎么……”

阿克西妮亚眯缝起眼睛听着。她突然毫不害羞地扭摆了一下裙子，把一股女人衣裙的气味散到潘苔莱·普罗珂菲耶维奇的身上，然后扭着身子，龇着牙，挺起胸脯朝他走去。

“你是我的什么人，公公吗？啊？是公公吗？……你有什么资格来教训我？去教训自己的大屁股娘儿们吧！到你自家的院子里去发威风吧！……你这个四肢不全的瘸鬼我看都不愿看你一眼！……打这儿滚出去，你吓唬不住我！”

“等着吧，混蛋娘儿们！”

“没有什么可等的，我不会给你生孩子的！……滚，打哪儿来的还滚到哪儿去！至于你的葛利高里——只要我高兴，就把他连骨头都吃了，而且什么责任我也不负！……哪！你咬吧！怎么样，我爱葛利高里。你要打我吗？……给我男人写信吗？……你就是给皇上封的阿塔曼写信，葛利高里也是我的！我的！我的！现在他是我的，将来也是我的！”

阿克西妮亚挺起胸脯（鼓起的乳房在她那紧裹在身上的短上衣里抖动着，就像是在网里乱冲的野鸡），向已经撒了气的潘苔莱·普罗珂菲耶维奇身边凑过去，火焰般的两只黑眼睛紧盯着他，说出来的话一句比一句更难听，一句比一句更不要脸。潘苔莱·普罗珂菲耶维奇眉毛颤抖着，向门口退去，摸到放在墙角的拐杖，一只手招架着，用屁股顶开了房门。阿克西妮亚把他从门廊里挤出去，大喘着气，发疯似的喊道：“为了我过去受的那些罪，我要爱个够……哪怕将来你们把我打死也罢！葛利高里是我的！我的！”

潘苔莱·普罗珂菲耶维奇自言自语地嘟哝着，一瘸一拐地走回家去。

他在内室里找到了葛利高里。他一句话也没有说，就抢起拐杖照他背上打去。葛利高里把身子一弯，架住父亲的胳膊。

"这是为什么，爸爸？"

"当然有原因，狗——崽——子！"

"什么原因？"

"别侮辱街坊！别叫你老子丢人！别勾搭娘儿们，小公狗！"潘苔莱·普罗珂菲耶维奇嘶哑地喊着，拖着葛利高里在内室里打转转，拼命要把拐杖夺出来。

"我不许你打我！"葛利高里闷声说道，然后咬紧牙关，把拐杖夺了下来，往膝盖上一磕——咔嚓一声，折成了两截！

潘苔莱·普罗珂菲耶维奇攥紧拳头，照着儿子的脖子上打去。

"我要在村民大会上抽你！……唉，你这个孬种，该死的畜生！"他乱蹬乱踹，想踢儿子一脚。"我给你把那个傻丫头玛尔宫高里娶来！……我就去张罗！……你瞧着吧！"

母亲听见吵闹声就跑了过来。

"普罗珂菲奇，普罗珂菲奇！你先消消气吧！……你等等！

但是老头子气得可真非同小可：给了老婆子一下子，又把放缝纫机的小桌子掀了，折腾够了，便奔到院子里去了。葛利高里还没来得及把那件扭打时撕破袖子的衬衣脱下来，门又猛地响了，潘苔莱·普罗珂菲耶维奇重又满面怒气地站在门坎儿上。

"给狗崽子娶亲！……"他像马一样跺着脚，目光紧盯着葛利高里的筋肉发达的脊背。"我给你娶亲！……明天我就请人去说媒！活到了这把年纪，倒因为儿子不孝，叫人家当面嘲笑！"

"让我先穿上衣服，然后你再给我娶媳妇。"

"我要给你娶！……给你娶个傻丫头！……"他砰地一下关上了门，咚咚的脚步声在台阶上响了一阵，消失了。

第二十章

小麦长出了尖尖的绿芽儿，天天见长；一个半月以后，连乌鸦的脑袋都能藏进去了，麦子吮吸着土壤里的养料，抽了穗；然后开花，麦穗罩上了一层金黄的花粉；麦粒灌满了香喷喷、甜丝丝的乳浆。当家人来到麦地里一看，真是心花怒放，可是突然不知道从什么地方闯来了一群牲口，在麦地里乱踩一阵；可怜那沉甸甸的麦穗全被踩烂在田垅上。凡是牲口践踏过的地方，到处是一片片踩坏了的麦子……真是惨不忍睹，伤透了心。

而阿克西妮亚的心情正是这样的：葛利高里用笨重的生皮靴子踩在她那开着金黄色花的、成熟了的爱情上；把它烧成了灰烬，糟蹋够了——扬长而去。

阿克西妮亚从麦列霍夫家的向日葵园里回来以后，她的心就像被人遗忘了的、长满了胭脂菜和艾蒿的场院一样，变得空虚而又荒凉。

她走着，嘴里嚼着头巾的尖角，哭叫声在喉咙里直往上冲。一进门，就倒在地板上，眼泪、痛苦涌进头脑里的一片黑洞洞的空虚，憋得她喘不过气来……后来这些都过去了；只有心灵深处好像有什么锋利的东西在隐隐地刺她，折磨着她。

被牲口踩倒的麦子又立起来了。雨露阳光，使踩倒在地上的麦茎又挺立起来；起初，就像一个被不能胜任的重负压得弯着身子的人一样，后来就挺直身子，抬起头来，白昼又照样照耀着它，风又照样吹得它摇曳多姿了……

夜里，阿克西妮亚一面狂热地抚爱着丈夫，一面却在思念着另一个人，憎恨和热爱交织在心头。这个女人的脑子里又产生了重操旧业、进行新的犯罪的念头：她决心把葛利高里从幸福的、既未受过苦、又未尝过爱情欢乐的娜塔莉亚·科尔舒诺娃手里夺回来。每天夜里她想出一大堆主意，在黑暗中眨着干枯的眼睛。司捷潘睡熟了，他那好看的脑袋沉重地压在她的右臂上，卷曲的长额发歪到了一边。他半张着嘴呼吸，一只黑手放在妻子的胸膛上，干活磨得粗糙的铁一样硬的手指头在抖动。阿克西妮亚想着，盘算着，不断地改变着主意。只有一点是毫不动摇地决定了的，那就是要把葛利高里从一切人的手里夺回来，像从前一样，用爱情把他浸起来，占有他。

在心灵深处，仿佛有什么尖利的、像没有拔出来的黄蜂刺，扎得她像挑脓一样疼痛难忍。

这是夜里，可是白天，阿克西妮亚却把全部思绪沉没到照料家业和忙乱中去了。有时，在什么地方碰上葛利高里，她总是脸色苍白，扭着那夜夜思念他的、丰美的身段走过去，诱惑、卖弄地直盯着他那野气十足的黑眼睛。

葛利高里每次跟她碰面以后，就会产生一种刺心的相思。他无缘无故地发脾气，向杜妮亚高里，向母亲发脾气，常常拿起马刀，跑到后院，去砍插到地里的粗树枝，累得汗流满面，脸上凸起的肌肉在不停地颤动。一星期的工夫，竟砍了一大堆。潘苔莱·普罗珂菲耶维奇闪动着耳环和黄色的白眼珠，骂道："混账东西，你砍的足够编两道篱笆啦！瞧，原来是砍木头的能手，真是他妈的怪物。等去砍树枝的时候，有你砍的……等着吧，小伙子，等你去服役的时候，会让你砍个够！……在那里，你们这号人，很快就会叫你们服服帖帖……"

卷七　第一章

……

阿克西妮亚脱掉靴子，用左手撩起裙襟（树林子里的草上还有露水），轻松地走在林中荒芜的道路上。湿润的土地凉丝丝的，使她的光脚很舒服，但是旱风却用到处乱伸的热嘴唇亲吻着她那丰满的光腿肚和脖颈。

在一片开阔的林间空地上，她在一丛盛开的野蔷薇旁坐下来休息。几只野鸭在不远地方的一片还没有干涸的池沼里的芦苇丛里呱呱叫着，一只公鸭正在沙哑地呼唤母鸭。顿河对岸，虽然不是连续地，然而几乎是不停顿地打着机枪，偶尔还有大炮的轰鸣声。炮弹在这边岸上的爆炸声像回声一样轰隆轰隆地响着。

后来，枪炮的射击声减弱了，时有时无，一片充满了神秘声音的世界展现在阿克西妮亚眼前：背面白色的白蜡树绿叶和像铁铸的、镂花的橡树叶子被风吹得哆哆嗦嗦地沙沙作响；从小白杨树林里飘来混杂的嗡嗡声；远处有一只布谷鸟正在模糊不清地、伤心地对谁诉说着自己未来的凄凉岁月；一只从池沼上空飞翔的凤头田凫不停地叫着，仿佛是在问："您是哪家的媳妇儿？您是哪家的媳妇儿？"离阿克西妮亚有两步远，一只灰色的小鸟在喝路边沟里的水，它仰着小脑袋，甜蜜地眯缝着眼睛；像落满尘土的天鹅绒似的黄蜂嗡嗡飞舞；黝黑的野蜜蜂在草地上的花瓣上飞来飞去。它们采下芳香的花粉，并把后肢上的"花粉团"送到荫凉的树洞里。从杨树枝上往下滴着树浆。从山楂树丛里透出阵阵腐烂的去年树叶的辛辣气味。

阿克西妮亚一动不动坐在那里，贪婪地呼吸着树林中的各种气味。充满各种各样的奇妙声音的树林过着富有生命力的原始生活。春汛淹过的草地浸透了春水，长出了种种奇花异草，它们绣出的美妙的景色，简直使阿克西妮亚眼花缭乱，目不暇接。

　　她含笑，默默地翕动着嘴唇，小心翼翼地拨弄着一些朴素的浅蓝色无色小花的枝茎，然后弯下丰满的身腰，去闻这些小花，忽然闻到了铃兰花醉人的芳香。她用手拨开别的花草，找到了这棵铃兰花。原来就长在这一片浓重的树荫下面。宽大的、曾是碧绿的树叶子还在费尽心机地保护着低矮的、弯弯的花梗，使它不受太阳的烤晒，花梗上还残留着枯萎的、雪白的花萼。但是沾满露水和黄色锈斑的树叶子正在死去，就是这棵小花自身也接近死亡的边缘：下面的两个花萼已经皱了起来，变成黑色，只有顶端上——全都闪着泪珠般的露水——在阳光下突然显得那么耀眼、迷人。

　　不知道为什么在这短短的一瞬间，当阿克西妮亚热泪盈眶，看着花朵和闻着它那忧郁的芳香时，她想起了自己的青春年华和她那苦多欢少的全部漫长的生涯。无可奈何，老啦，阿克西妮亚红颜已逝……难道年轻的女人会为偶然袭上心头的回忆而痛哭吗？

　　她就这样趴在地上，把泪痕纵横的脸捧在手里，哭肿的、泪汪汪的脸颊紧贴在揉皱的头巾上，哭着睡熟了。

　　风越刮越大，杨柳树梢都向西倒去。白蜡树的苍白色树干，被像白色的滚滚旋风似的、上下飞舞的树叶子扯动着，在不住地摇晃。风吹到下面来，吹到花期将尽的野蔷薇丛上，阿克西妮亚就睡在这丛花下；于是，花叶就像一群神话里受惊的青鸟，振翅高飞，发出沙沙的响声，弄得红叶满地。阿克西妮亚睡在那里，身上落满了枯萎的野蔷薇花瓣，既没有听见树林忧郁的喧声，也没有听见顿河对岸重又响起的射击声，当头的太阳正烤着她那无遮无盖的脑袋，也毫无感觉。直到听见头顶有人语和马嘶声，才大梦初醒，急忙坐了起来。

　　……

　　　　　　　　　　（李新红编，摘自金人译：《静静的顿河》，人民文学出版社，1988）

第三十章　卡夫卡及《审判》

第一节　卡夫卡简介

弗朗茨·卡夫卡，奥地利作家、表现主义文学先驱，他与法国作家马塞尔·普鲁斯特、爱尔兰作家詹姆斯·乔伊斯并称为西方现代派文学大师，享有极高的世界声誉。美国作家 W. H. 奥登曾说："就作家与其所处时代的关系而论，当代能与但丁、莎士比亚和歌德相提并论的第一人是卡夫卡。"

卡夫卡于 1883 年 7 月 3 日诞生于奥匈帝国统治下的布拉格一个犹太商人家庭。1889 年入读公立德语男校。1893 年就读于布拉格国立文科中学，开始早期创作。1901年考入布拉格日耳曼大学，先后学习化学、日耳曼语言文学和艺术史，后屈从于父亲的意志而转修法律。求学期间撰写了现留存于世的最早一部短篇小说《一场战争的描写》。1906 年获得法学博士学位后，在律师事务所和法院实习一年。1907 年 10 月在布拉格一家意大利私人保险公司供职。1908 年 7 月进入布拉格波西米亚王国工人工伤事故保险公司。1922 年 6 月因肺结核病退休，辗转各地疗养。1924 年 6 月 3 日，41 岁的卡夫卡在维也纳基尔林疗养院英年早逝。他一生中数次订婚，但终身未娶。

卡夫卡视写作为"性命攸关"的事情，虽为"非职业作家"，但作品文体丰富，涉足长篇小说、短篇小说、速写、寓言、警句、日记等，散发着智慧的火花，蕴含着深邃的哲理。卡夫卡的主要文学成就是小说创作，仅有的三部长篇小说《美国》、《审判》和《城堡》被公认为 20 世纪世界文学经典。小说中所展现的资本主义社会中人性的异化、难以排遣的孤独感和危机感、无法克服的荒诞与恐惧，成为那个时代的精神写照。无论是《美国》中不谙世事、孤独无助的少年，还是《审判》中蒙冤被捕、投诉无门的被告，抑或是《城堡》中颠沛流离的异乡客，都在不停地努力、奋斗、抗争，却终究以失败而告终，成为社会的无辜的牺牲品。

卡夫卡在创作鼎盛时期还撰写了近 80 篇中短篇小说，其中著名的有《乡间的婚礼筹备》、《判决》、《变形记》、《在流放地》、《在建造中国长城时》、《乡村医生》、《饥饿的艺术家》、《小妇人》和《地洞》等。

卡夫卡的主要创作时期是哈布斯堡王朝统治下的第一次世界大战的前后十年。当时外表庞大、本质腐朽虚弱的奥匈帝国危机重重，风雨飘摇，新旧矛盾复杂交织，社会动荡不安。卡夫卡恰是那个时代的见证人，他憎恨精神空虚、丧失人道的世界，沉闷窒息的社会和残酷战争的浩劫使他对人类社会感到极度悲观、失望。他在文学史上第一次深刻而逼真地书写了人性的异化、孤独与危机感以及世界的荒诞与非理性。卡夫卡笔下的下层社会的小人物们内心矛盾、扭曲变形，终日惶恐不安、孤寂迷惘，遭受压迫时不敢反抗，也无力反抗。他们憧憬未来，却看不到出路，作品中所反映的困境实为现代人精神与生活上的困境，作家仿佛在为人类的前途和未来敲响警钟。

卡夫卡以独特的艺术手法、奇妙的故事构思勾勒出一幅幅夸张而荒诞的文学画面，把现实与梦幻、理性与悖论、常人与非常人兼容并蓄，并把虚妄而离奇的现象与现实的本质有机地结合在一起。作家语言简练、流畅，文笔明净，想象奇诡，惯用寓言体、象征、隐喻、夸张等曲折迂回、不带有个人感情色彩的纯客观性描述。作品主题曲折晦涩，情节支离破碎，故事怪诞离奇，但人物心理刻画逼真，寓意深刻，哲理性强。小说大多无确定时间和地点，不交代前因后果，思路断续、跳跃，给人以梦幻、晦涩、冷峻、奇特之感。

卡夫卡的作品以别具一格的艺术魅力和震撼人心的感染力，对后世文学产生了难以估量的影响。他留下的文学遗产是不朽的，留给人们的人生思考和感悟是永恒的。他那"对现代人及现代社会的巨大的洞察力，他那源于犹太血统、动乱年代和炎凉世态的无家可归感，他那对人类苦难的战栗的眺望，他那对人生崩溃的现场目击，都使他的作品成为一部现代启示录，构成现代人文景观的一个重要组成部分"。

第二节　《审判》简介

《审判》是奥地利作家弗朗茨·卡夫卡最著名的代表作，是卡夫卡形成自己风格的第一部长篇小说，被誉为"后世无法逾越，必读不可的小说经典"。《审判》描绘了西方现代国家机器的残酷与腐朽，挖掘了人们生存困境中无处逃避的困惑与恐惧，以高度的艺术性从社会现实、精神道德和哲学角度对现代资本主义社会法律体制进行了拷问，是一部"寓言性"作品。

《审判》是虚幻而不可抗拒的社会现实的艺术写照。约瑟夫·K是一位银行襄理，一个普通平凡、循规蹈矩而又兼有官僚气息的小市民。他在三十岁生日那天莫名其妙地突然被捕，却仍可照常生活与工作，只需在审讯时出庭辩护。K自恃清白无罪，极力搜索证据，然而一切努力均毫无意义，他所接触的每一个人都与"法庭"——迫害公民的权威机构，保持着千丝万缕的关系，整个社会如同一张无形的法网笼罩着他。统治者为了维护其阶级利益，豢养了一大批大大小小的官吏和帮凶，依靠代表自己意志的法律，任意主宰人民的命运。事实上，统治者的法律不过是把"谎言变成普遍的准则"。K的案子历经一年却毫无进展，可他的内心却发生了质的变化，他感悟到自己不可能获得真相，于是放弃了挣扎与抗辩，接受了荒诞与死亡。对于K来说，生与死其实并没有绝对的界限，生即死，死即生。这位既没有过去、也没有未来的主人公以浓缩的生命方式展开，又以狼狈不堪的结局收尾。小说明确表明：在法的大门前，一切抗争均徒劳无益。对K的审判就像一场闹剧，主人公从个人生活到社会生活的各个环节，均失去了支配自己生活的主动权，他惶惑迷茫，找不到内心向往的最高真理，终日被各种异化的力量追逐、控制与压抑，在孤独和无名的恐惧中不断本能地挣扎，结果却陷入了更深层的"非人化"：变形，甚至死亡。

在卡夫卡眼里，"法"包括三个方面：法律、道德、精神，但他故意模糊了它们之间的界限。《审判》的全部魅力在于罪与法之间若即若离的关系所呈现出来的一种"飘逸状态"，K就是在这种状态下感受到一个没有根基的存在和社会现实的全部真相。"罪"成为K与世界交流的平台，K一方面对资本主义社会的法律及其机构表示出极大的轻蔑和愤恨；另一方面又把它看成是强大而神秘的超现实力量，认为孤独、渺小的人类根本无法与之抗衡，因而 K 的主导思想便从轻蔑、愤恨转为顺从、妥协，再转为自我怀疑，甚至主动配合刽子手行刑。可见，社会中每一个人都可能成为这种无法逆转的势力的帮凶，同时也都有可能成为下一个 K。卡夫卡始终相信"有一个绝对概念的、无罪孽的、完美的世界存在着"，但作家借助于 K 的追寻，到死也没有找到出路。通过卡夫卡令人不寒而栗的、自我虐杀式的嘲笑，读者可以感受到世人前途暗淡、无路可走，处于绝望、彷徨、痛苦与孤独的境地，这恰恰是欧洲中小资产阶级知识分子因信仰危机而普遍产生的"现代人的困惑"的集中体现。

《审判》标志着卡夫卡独特艺术风格的形成。作品寓意淳厚、深刻，情节扑朔迷离，象征主义色彩浓重。作家以平静、冷淡、客观的叙述风格，通过嘲讽、夸张的创作手法，把人与社会、人与法、人与人、人与自我的全面异化表现出来，凸显了人类存在的"被抛入性"，以此来影射当时看似有法，实则无法的社会现实，这正是卡夫卡创作风格的主要特色——把生活加以歪曲和变形，使人们洞悉到它的真实本质。

《审判》影射了奥匈帝国黑暗的司法制度的内幕，讽刺了当时法律的荒诞，揭露了资本主义社会官僚机构的腐败。同时，小说中所隐含的诸多不确定性因素和空白，为读者营造了更为广阔的诠释空间。《审判》不仅使人关注现代人的即时处境，而且还深入思索了人类的命运与世界的未来。《审判》是对现代人性的"审判"，也是对人类道德的"审判"。

第三节　《审判》选段

K 思忖着是否应该立即离开；要是现在不走，等礼拜一开始，就没机会走了，就得一直待到结束；到办公室去上班已嫌太迟，再等意大利人，也已经没有必要；他看看表，十一点了。可是，真的要布道吗？K 一人能代表全体会众吗？如果他只是一个来参观大教堂的外地人，那又会怎么样？他现在的情况与此相仿。在天气这么坏的一个周日里，上午十一点开始布道，这种想法委实荒谬。教士——那人无疑是教士，他是一位面部线条柔和、肤色黝黑的青年——走上讲坛，显然只是为了去吹熄那盏灯，点燃它是个错误。

然而，事情并非如此；教士看了看圣灯，把它转得更高一些，然后慢慢转过身，双手扶着石栏的棱角状边缘。他这么站了一会儿，眼睛环视四周，头却不动。K 后退了一大段距离，双肘支在最前面的一条长凳上。他不知道堂守在什么地方，但朦朦胧胧地感到那位背部略驼的老人正在恬静地休息，似乎他已经完成了自己的分内事。大教堂里此时此刻多么寂静啊！可是，K 不得不打破这片寂静，因为他无意在此久待。如果这位教士的责任是不管环境条件如何，非要在此时此刻布道，那就让他讲好了；用不着 K 的配合，他也能布完道，就像 K 的在场也肯定不会提高他布道的效果一样。所以 K 开始慢慢挪动双脚，踮起脚尖，沿着长凳的方向走去，一直走到宽敞的中廊里；没有任何东西阻碍他行走，只听见他双脚轻轻踏着石砖发出的声音和拱顶上传出的微弱、然而持久的回声，回声交织在一起，越来越响。K 向前走去，他有一种被人遗弃的感觉，空空如也的长凳之间，只有他一个人，也许教士的目光正追随着他；大教堂的宽敞使他吃惊，已经接近人类可以容忍的极限了。他走过刚才撂下画册的地方，不待停步，便一手拿起了画册。他差不多已经走到长凳尽头，正要踏进他与门口之间的一块空地时，忽然听见教士抬高了嗓门——教士的嗓音洪亮，训练有素。它在这个期待着声音的大教堂里回荡！但是，教士并不是对会众讲话，他的话毫不含糊、一清二楚，他在喊着："约瑟夫·K!"

　　K 吃了一惊，呆视着眼前的地板。他暂时还是自由的，可以继续走自己的路，可以溜进前面不远处那些暗黑色的小木门中跑掉。这将表明，他没有听懂这喊声，或者虽然听懂了，却并不当一码事。但是，如果他转过身去，就会被逮起来，因为这等于承认，他确实听懂了，他就是教士招呼的人，他愿意俯首听命。假如教士再一次喊出 K 的名字，他准会继续往前走；不过，尽管他站住等了很久，却一直没有任何声音；他忍不住稍稍转过头，看看教士在干什么。教士和先前一样，静静地站在讲坛上，他显然已经发现 K 转了一下脑袋。如果 K 不调过身，不正面对着他，他们就会像小孩子玩捉迷藏游戏一样。K 转过身，教士招呼他走近一些。既然现在已经没有必要回避了，K 便三步并作两步，匆匆朝着讲坛往回走——他很好奇，并且急于缩短这次会见的时间。他走到前几排座位面前停下，但教士觉得相距还太远，便伸出一只胳膊，伸直食指，指着讲坛跟前的一个地方。K 也照办了；当他站到指定的地方后，不得不使劲往后仰头，才能看见教士。"你是约瑟夫·K?"教士说，他从石栏上举起一只手，随随便便地做了个手势。"是的"，K 说。他想道，以前自己通名报姓时是何等坦然，最近自己的姓名却成了一个莫大的负担，现在，那些素昧平生的人似乎都已经知道他的称谓。在被别人辨认出来之前先作自我介绍，该是多么愉快啊！"你是个被告"，教士说，他把嗓门压得很低。"是的"，K 说，"别人是这样对我说的。""那么你就是我要找的人"，教士说，"我是狱中神父。""噢"，K 说。"我把你叫到这儿来"，教士说，"是想跟你谈谈。""我事先并不知道"，K 说，"我上这儿来，为的是陪一个意大利人参观大教堂。""这是离题话"，教士说，"你手里拿的是什么？祈祷书吗？""不是，"K 答道，"是介绍本市值得一看的那些风景点的画册。""放下，"教士说。K 使劲把画册扔出去，画册在空中打开，随即带着散乱的画页掉落在地上，还向前滑了一段。教士问道："你知道你的案子情况很糟吗？""我自己也这么想"，K 说，"我能做的都做了，但至今毫无成效。当然，我的第一份申诉书还没有递上去。""你认为结果将会怎么样？"教士问。"起初我想准会有个好结果，"K 说，"但是，现在我常常充满疑虑。我不知道结果会怎么样。你知道吗？""不知道"，教士说，"不过我担心会很糟。人家认为你有罪。你的案子也许将永远只由低级法庭审理，不会往上转。你的犯罪事实据说已经核实，至少现在如此。""但是我并没有罪"，K 说，"这是一个误会。何况，事情真到了那种地步，又怎么能说某人有罪呢？我们不过是普通人，彼此都一样。""这话很对"，教士说，"可是，一切有罪的人都是这么说的。""你也对我有偏见吗？"K 问。"我对你没有偏见"，教士说。"谢谢你"，K 说，"然而，所有与此案诉讼有关的人都对我怀有偏见。他们甚至影响了局外人。我的处境正变得越来越困难。""你曲解了案情"，教士说，"判决是不会突然作出的，诉讼的进展会逐渐接近判决。""原来是这样，"K 说，他低下了头。"你下一步准备怎么办？"教士问。"我要争取更多的帮助"，K 说，他重新抬起头，看看教士对这句话会有什么反应。"有几种可能性我还没有探索过。""你过多地寻求外部帮助"，教士不以为然地说，"特别是从女人那儿。你不觉得这种帮助并不正当吗？""在有些案子里，甚至有许多案子里，我可以同意你的看法"，K 说，"但并非永远如此。女人有很大的影响，如果我能动员我认识的几位女人，一齐为我出力，那我就肯定能打赢官司。特别是在这个法庭面前，它的成员几乎全是好色之徒。预审法官只要远远瞧见一个女人，就会把案桌和报告统统撞翻在地，迫不及待地跑到她跟前去。"教士把身子探出石栏外，显然他已经第一次感到位于头部上方的拱顶的压迫。外面的天气肯定糟糕透顶，现在教堂里连一点微弱的亮光也没有了，黑夜已经降临。大窗子上的彩色玻璃没有一块能透过一丝光线来照亮黑暗的墙壁。就在这时，堂守开始把神坛上的蜡烛一支支吹灭。"你生我的气吗？"K 问教士，"你很可能不了解你为之服务的法庭的性质。"他没有得到回答。"这些只是我个人的体会，"K 说。上面还是没有回答。"我并不想冒犯你"，K说。听到这儿，教士在讲坛上厉声嚷道："你的目光难道不能放远一点吗？"这是忿怒的喊声，同时又像是一个人看到别人摔倒、吓得魂不附体时脱口而出的尖叫。

他们两人沉默了好久。在一片黑暗中，教士当然看不清K的模样，而K却能借着小灯的亮光把他看得很清楚。他为什么不走下讲坛？他没有布道，只告诉K几则消息；K考虑了一下，这些消息只会对自己有害，而不会有什么帮助。然而K觉得，教士的好意是毋庸置疑的。只要教士离开讲坛，他们就有可能达成一致的意见；K就有可能从他那儿得到决定性的、可以接受的忠告，比如说，他可能给K指出途径，当然并非让K去找有权有势的人物，为他的案子斡旋，而是避免K涉嫌，使他从这件案子中彻底脱身，完全游离于法庭管辖之外自由生活。这种可能性应该存在，近来K对此想了很多。如果教士知道这种可能性，那么只要K央求他，他可能便会把自己知道的情况告诉K，尽管他本身属于法庭，而且，一听到法庭受到指责，便会忘记自己温和的天性，对K大叫大嚷起来。

"你不想下来吗？"K说，"你不必布道了。下来吧，到我这儿来。""现在我可以下来了"，教士说，他可能后悔自己刚才太感情用事了。他从灯架上取下圣灯，说道："我首先得从远处对你说话。否则，我太容易受影响，会忘记我的职责。"

K在梯级底下等着他。教士还没有从梯级上走下来，就朝K伸出手。"你能抽点时间跟我谈谈吗？"K问道。"你愿谈多久，就谈多久"，教士说，他把小圣灯交给K提着。他俩虽然已经挨得很近，教士却仍旧保持着某种矜持的神情。"你对我很好"，K说。他们肩并肩地在昏暗的中堂里来回踱步。"在属于法庭的人当中，你是个例外。我对你要比对其他人信任得多，虽然我熟悉他们中的许多人。在你面前，我愿意畅所欲言。""你可别受骗"，教士说。"我怎么会受骗呢？"K问道。"关于法庭这件事，你是自己骗自己"，教士说，"法律的序文中，是这样描绘这种特殊的欺骗的：一个守门人在法的门前站岗。一个从乡下来的人走到守门人跟前，求见法。但是守门人说，现在不能让他进去。乡下人略作思忖后问道，过一会儿是不是可以进去。'这是可能的'，守门人回答说，'但是现在不行。'由于通向法的大门像往常一样敞开着，守门人也走到一边去了，乡下人便探出身子，朝门里张望。守门人发现后，笑着说：'你既然这么感兴趣，不妨试试在没有得到我许可的情况下进去。不过，你要注意，我是有权的，而我只不过是一个级别最低的守门人。里边的大厅一个连着一个，每个大厅门口都站着守门人，一个比一个更有权。就是那第三个守门人摆出的那副模样，连我也不敢看一眼。'这些是乡下人没有料到的困难。他本来以为，任何人在任何时候都可以到法那儿去；但是，他仔细端详了一下这位穿着皮外套、长着一个又大又尖的鼻子、蓄着细长而稀疏的鞑靼胡子的守门人以后，决定最好还是等得到许可后才进去。守门人给他一张凳子，让他坐在门边。他就在那儿坐着，等了一天又一天，一年又一年。他反复尝试，希望能获准进去，用烦人的请求缠着守门人。守门人时常和他聊几句，问问他家里的情况和其他事情，但是提问题的口气甚为冷漠，大人物们提问题便是这个样子；而且说到最后总是那句话：现在还不能放他进去。乡下人出门时带了很多东西；他拿出手头的一切，再值钱的也在所不惜，希望能买通守门人。守门人照收不误，但是每次收礼时总要说上一句：'这个我收下，只是为了使你不至于认为有什么该做的事没有做。'在那些漫长的岁月中，乡下人几乎在不停地观察着这个守门人。他忘了其他守门人，以为这个守门人是横亘在他和法之间的唯一障碍。开始几年，他大声诅咒自己的厄运；后来，由于他衰老了，只能喃喃自语而已。他变得稚气起来；由于长年累月的观察，他甚至和守门人皮领子上的跳蚤都搞熟了，便请求那些跳蚤帮帮忙，说服守门人改变主意。最后他的目光模糊了，他不知道周围的世界真的变暗了，还是仅仅眼睛在欺骗他。然而在黑暗中，他现在却能看见一束光线源源不断地从法的大门里射出来。眼下他的生命已接近尾声。离世之前，他一生中体验过的一切在他头脑中凝聚成一个问题，这个问题他还从来没有问过守门人。他招呼守门人到跟前来，因为他已经无力抬起自己那个日渐僵直的躯体了。守门人不得不低俯着身子听他讲话，因为他俩之间的高度差别已经大大增加，愈发不利于乡下人了。'你现在还想打听什么?'守门人说。'你没有满足的时候。''每个人都想到达法的跟前'，乡下人回答道，'可是，这么多年来，除了我以外，却没有一个人想求见法，这是怎么回事呢?'守门人看出，乡下人的精力已经衰竭，听力也越来越不行了，于是便在他耳边吼道：'除了你以外，谁也不能得到允许走进这道门，因为这道门是专为你而开的。现在我要去把它关上了。'"

"就这样，守门人欺骗了乡下人。"K马上说。他被这个故事深深吸引住了。"别忙，"教士说，"不能不假思索便接受一种看法。我按照文章里写的，一字一句地给你讲了这个故事。这里并没有提到欺骗不欺骗。""可是，这是显而易见的"，K说，"你对它的第一个解释十分正确，守门人只是在拯救的消息已经对乡下人无济于事的时候，才把这个消息告诉他。""乡下人在这以前并没有向守门人提这个问题"，教士说，"另外，你还应该注意到，他只不过是一个守门人而已，作为守门人，他已尽到了自己的责任。""是什么使你认为，他已尽到了自己的责任?"K问，"他没有尽到责任。他的责任应该是把所有外人轰走，但应该放这个人进去，因为门就是为这个人开的。""你不大尊重原文，在篡改故事情节了，"教士说，"这个故事中，关于是否可以走进法的大门，守门人讲了两句重要的话，一句在开头，一句在结尾。第一句话是：他现在不能放乡下人进去；另一句话是：门是专门为乡下人而开的。如果两者有矛盾，你就说对了，守门人是骗了乡下人。不过，这里并没有矛盾。相反，第一句话里甚至包含了第二句话。人们几乎可以说，守门人在暗示将来有可能放乡下人进去的时候，已越出了自己的职责范围。当时，他的职责显然是不让人进去；许多评论家见到这个暗示确实很惊讶，因为守门人看来是个严守职责、一丝不苟的人。那么些年来，他从来没有擅离岗位，直到最后一分钟，他才把门关上；他明白自己的职务的重要性，因为他说过：'我是有权的。'他尊敬上级，因为他曾讲过：'我只不过是一个级别最低的守门人。'他并不多嘴，因为那么些年来，他只提了几个不带感情色彩的问题；他不会被贿赂，因为他在收礼时声明：'这个我收下，只是为了使你不至于认为有什么该做的事没有做。'只要是和他的职责有关，苦苦哀求也好，暴跳如雷也好，他都无动于衷，因为我们知道，乡下人曾经'用烦人的请求缠着守门人'。最后，甚至他的外貌——那个又大又尖的鼻子，那把细长而稀疏的鞑靼胡子——也让人联想到，他的性格一定很迂腐守旧。谁还能想象出一个比他更忠于职守的守门人呢?然而，守门人的性格中也包含着其他方面，这些方面似乎对所有求见法的人都有利，这也使我们易于理解，他为什么会越出自己的职责范围，向乡下人暗示将来有可能获准走进法的大门。我们不能否认，正因为他头脑有点简单，他也就必然有点自负。例如，他提到自己是有权的，其他守门人更有权，那些人的模样连他也不敢看一眼时，说过几句话。这几句话我觉得是符合事实的，但是，他讲这几句话的方式却表明，头脑简单和自负把他的理解力搞乱了。评论们就此指出：'对同一件事情的正确理解和错误理解并不是完全互相排斥的。'不管怎么说，我们应该承认，这种简单和自负尽管表现得不很突出，但很可能削弱了他守门的能力；它们是守门人性格中的缺陷。还得附带说明一件事实：守门人看上去是位天生和蔼可亲的人，并非一直摆出盛气凌人的官架子。刚开始的时候，他就开玩笑似的建议那人不妨在严格禁止入内的情况下闯进去；后来他也没有把那人撵走，而是像我们所知道的，给他一张凳子，让他坐在门边。这么多年来他耐着性子听那人的苦苦哀求，和那人作些简短的交谈，接受那人的馈赠，客客气气地允许那人当着他的面大声责骂应由他自己负责的命运——所有这些都使我们推断出，他具有同情心理。并非每个守门人都会这样做。最后，那人对他作了个手势后，他就低低俯下身去，让那人有机会最后提一个问题。守门人知道一切就此结束了，他讲的那句话'你没有满足的时候'只是一种温和的嗔责。有人甚至把这种解释方式再向前推进一步，认为这句话表达的是一种由衷钦仰的心情，虽然其中并非没有某种恩赐的口气。总之，守门人的形象与你所可以想象的很不相同。""对于这个故事，你比我研究得仔细，花了更多的时间。"K说。他俩沉默了一阵子。然后K讲话了："这么说，你认为那人没有受骗?""别误解我的意思"，教士说，"我只是向你介绍了关于那件事的各种不同看法。你不必予以过分重视。白纸黑字写着的东西是无法篡改的；评论则往往不过是反映了评论家的困惑而已。在这件事中，甚至有一种说法认为，真正受骗的是守门人。""这种说法太牵强附会了，"K说，"它有什么根据?""根据在于"，教士回答道，"守门人的头脑简单，理由是他不明了法的内部，他只知道通向法的道路，他在路上来回巡逻。他的关于法的内部的想法是幼稚的。而且他自己也害怕其他守门人，认为他们是拦住那人去路的妖怪。实际上他比那人更怕他们，因为那人听说里边的守门人模样可憎以后，还是准备进去，而守门人却不想进去了，至少据我们所知是这样。还有的人说，他一定已经到过里头，因为不管怎么说，他已受雇为法服务，这项任命只能来自里头。这种说法遭到了反驳，理由是，很可能是里头传出来的一个声音任命他当守门人；无论怎么说，他在里头不可能进得很深，因为第三个守门人的模样就已经使他不敢看一眼了。此外，这么多年来，除了有一次提到那些守门人外，没有任何迹象表明，他讲过什么话，能表明他了解里头的情况。也许禁止他这么做，但是关于这一点也没有提及。有鉴于上述种种，人们得出的结论是，他对里头的情况和重要性一无所知，因此他处于一种受骗状态。在看待他和乡下人的关系方面，他也是受骗的，因为他从属于乡下人，而自己却不知道他反把乡下人当作自己的下属来对待，许多细节可以说明这点，你一定还记得。根据对故事的这种解释，十分明显，他是从属于乡下人的。首先，奴隶总是从属于自由人的。乡下人确实是自由的，愿上哪儿就上哪儿，只有法的大门对他关着，只有一个人——守门人——禁止他走进法的大门。他接过凳子，坐在门边，待在那儿，一直到死，完全是自愿的；故事里从来没有讲起有谁强迫他。可是，守门人却被职责强制在岗位上，他不敢走到乡下去，显然也不能走进法的门里去，即使他想进去也不行。另外，虽然他为法服务，但他的岗位只是这一道门；换句话说，他只为这个乡下人服务，因为这道门是专为乡下人而开的。从这方面讲，他也从属于乡下人。我们可以设想得出，乡下人从小到大的那些年间，守门人的工作从某种意义上说只是走过场，因为他必须等待一个人的到来，也就是说，要等一个人长大；因此，他必须长期等待，以便实现自己的工作目的；此外，他还得等那人高兴，因为那人只有当自己想来时才来。守门人职责的期限也取决于那人的寿命，所以，归根结底，他是从属于那人的。故事里始终强调，守门人对所有这些显然一无所知。这本身并不奇怪，因为根据这种解释，守门人在一件重要得多的、直接影响到他的职责本身的事情上，同样也是受骗的。例如在故事末尾，他提到法的大门时说：'现在我要去把它关上了。'但是，故事开头部分却说，通向法的大门一直敞开着；如果它一直是开着的，这就意味着不管乡下人是死是活，这门在任何时候都应敞开着；既然这样，守门人就不能把它关上。至于守门人说这话有什么动机，有几种不同看法，有人认为，他说要去关门，只是为了回答乡下人而已；有人说这是他强调自己是忠于职守的；也有人断言，这是为了使那人在弥留之际感到懊丧不已。不过，人们还是同意这个观点：守门人没有能力去关门。很多人认为，在智力上他也不如乡下人，至少在故事结尾部分是如此，因为乡下人看见法的大门里射出了光线，而守门人站岗的位置却决定他要背对着门；何况他也没有讲任何话，证明他发现了这种变化。""说得有理。"K低声向自己复述了教士讲的几个理由以后说道，"说得有理，我倾向于同意这种观点：受骗的是守门人。不过，这不能使我抛弃原先的看法，因为这两个结论在某种意义上是并行不悖的。守门人精明也罢，受了骗也罢，无关大局。我说过，乡下人受骗了。如果守门人头脑精明，也许有人会对此起疑；但是，如果守门人自己受了骗，那他的受骗必然会影响到乡下人。这就使守门人实际上不可能成为骗子，而是一个头脑简单的人，真是这样的话，就必须立即解除他的职务。你不应该忘记，守门人的受骗对他自己固然无害，但会给乡下人带来无穷无尽的危害。""对这种看法也有反对意见"，教士说，"许多人断言，故事本身不能使任何人有权来评论守门人。不管他会给我们留下什么印象，他终究是法的仆人；这就是说他属于法，因此他完全超出人们所能评论的范围。在这种情况下，我们不敢相信，他从属于乡下人。虽然他受职守的制约，必须守在法的门前，但是他却比世界上任何人都要伟大得多，别人无法和他相比。乡下人只能求见法，守门人却已经固定在法的身边。是法把他安置在守门人的位置上；怀疑他的尊严就等于怀疑法本身。""我不同意这种看法"，K 摇摇头说，"因为，我们如果接受这种看法，那就必须承认守门人讲的每一句话都是真的。可是，你自己也已充分证明，这样做是不可能的。""不"，教士说，"不必承认他讲的每句话都是真的，只需当作必然的东西而予以接受。""一个令人沮丧的结论"，K 说，"这会把谎言变成普遍准则。"

K 用下断语的口气讲了这句话，但这不是他的最后论断。他太疲倦了，无力逐一分析从这个故事中引出的各个结论；由此产生的这一大堆思想对他来讲是陌生的，是不可捉摸的；对法官们来说，这是一个合宜的讨论题目，但对他来讲并非如此。这个简单的故事已经失去了它清晰的轮廓，他想把这个故事从头脑中驱赶出去；教士现在表现得情感细腻，他听凭 K 这样说，默默听取他的评论，虽然无疑地并不同意他的观点。

他们默默无言，来回踱了一阵；K 紧挨着教士，不知自己身在何处。他手里提着的灯早就熄灭了。几位圣徒的银像由于银子本身的光泽在他前面很近的地方闪烁了一下，立即又消失在黑暗中。K 为了使自己不至于太依赖教士，便问道："我们离大门口不远了吧？""不对"，教士说，"我们离大门口还远着哩。你想走了吗？"虽然 K 当时没想到要走，但是他还是马上回答道："当然，我该走了。我是一家银行的襄理，他们在等着我，我到这里来，只是为了陪一位从外国来的金融界朋友参观大教堂。""好吧"，教士说，他朝 K 伸出手，"那你就走吧。""可是，这么黑，我一个人找不到路"，K 说。"向左拐，一直走到墙跟前"，教士说，"然后顺着墙走，别离开墙，你就会走到一道门前。"教士已经离开他一两步了，K 又大声嚷道："请等一等。""我在等着呢，"教士说。"你对我还有别的要求吗？"K 问道。"没有。"教士说。"你一度对我很好"，K 说，"给我讲了这么多道理，可是现在你却让我走开，好像你对我一点也不关心似的。""但你现在必须离开了"，教士说。"好吧，这就走"，K 说，"你应该知道，我这是出于无奈。""你应该先知道，我是谁。"教士说。"你是狱中神父嘛。"K 说。他摸索着又走到教士跟前；他并不像刚才说的那样，必须立即赶回银行，而是完全可以再待一会儿。"这意味着我属于法院"，教士说，"既然这样，我为什么要向你提各种要求呢？法院不向你提要求。你来，它就接待你；你去，它就让你走。"

（郭京红编，摘自钱满素、汤永宽译：《审判·城堡》，北京燕山出版社，2000）

第三十一章　马尔克斯及《百年孤独》

第一节　马尔克斯简介

　　加布里尔·加西亚·马尔克斯，哥伦比亚作家、记者和社会活动家，20世纪拉丁美洲魔幻现实主义文学代表人物。1982年获诺贝尔文学奖。写作语言为西班牙语，曾用笔名"塞提莫斯"。作为一位才华横溢的、赢得广泛赞誉的小说家，马尔克斯将现实主义与幻想世界融为一体，创造出一部关于哥伦比亚、乃至整个南美大陆风云变幻的、神话般的历史。

　　1927年3月6日，马尔克斯出生于哥伦比亚马格达莱纳省的加勒比海滨小镇阿拉卡塔卡，父亲是一名乡镇报务员兼顺势疗法医生。他是16个孩子中的长子，8岁前与外祖父母一起生活。6岁时进入蒙台梭利学校，9岁转入阿拉卡塔卡的公立学校。同年随父母迁居辛瑟，入读美洲卡塔赫纳小学。13岁进巴兰基雅读中学。16岁在首都波哥大考入西帕基拉国立男子学校，加入"十三诗社"。1947年2月考入波哥大国立大学法律系，翌年因哥伦比亚内战，中途辍学。不久进入报界，任《观察家报》记者。后经人介绍供职于《先锋报》，为"长颈鹿"专栏撰稿。1950年开始为《纪事》周刊供稿，并担任周刊主任。1954年重返波哥大《观察家报》，为"每一日"专栏撰文，并涉足影评。

　　1955年，马尔克斯发表了第一部自传体浓厚的长篇小说《枯枝败叶》。1955年7月，被《观察家报》派遣为驻欧洲记者，足迹遍及欧洲意大利、法国等国，撰写了大量游记。1958年在哥伦比亚《传奇》杂志上刊登了长篇小说《没有人给他写信的上校》。1959年受古巴革命鼓舞，就职于古巴拉丁美洲通讯社，1961年任该社驻联合国记者。1961年至1967年，移居墨西哥，从事文学、新闻和电影工作。1962年马尔克斯以小说《恶时辰》的手稿参赛，获得1961年哥伦比亚文学奖——埃索奖。同年，发表短篇小说《格兰德大妈的葬礼》。1967年《百年孤独》出版，旋即震惊了拉丁美洲文坛及整个西班牙语世界，马尔克斯一跃成为炙手可热的世界级作家。1967年马尔克斯一家人移居西班牙巴塞罗那。19世纪70年代期间，作家的注意力从欧洲转向拉丁美洲，从文学转向政治。他关注拉美各国革命，支持人权运动，谴责独裁与迫害。1974年在哥伦比亚主编了政治性刊物《抉择》，旨在为讨论和促进社会改革提供论坛。次年发表一部关于独裁者统治的长篇小说《家长的没落》。

　　1974年马尔克斯为抗议智利军人政权举行"文学罢工"，搁笔近6年。1975年迁居墨西哥城。随后又陆续创作了典型的新闻体小说《一桩事先张扬的凶杀案》和"一个老式的幸福的爱情故事"——《霍乱时期的爱情》。1982年12月10日诺贝尔奖评选委员会主席拉尔斯·吉伦斯坦在颁奖辞中强调：加西亚·马尔克斯"在世界范围内取得了非同寻常的成功，他善于从他的经历、想象、民间文化和记者生活中提取素材，并将它们结合起来。"此后,世人开始关注拉丁美洲广袤土地上可与神话相媲美的故事,作家的小说销售量创造了拉丁美洲出版史上的最高纪录。1982 年马尔克斯应法国总统密特朗的邀请,担任法国—西班牙语国家文化交流委员会主席。1989 年描绘拉美叱咤风云的独立战争领袖西蒙·玻利瓦尔的小说《迷宫中的将军》问世。1999 年马尔克斯患淋巴癌,文学产量骤减。2004 年发表了最后一部小说《苦妓追忆录》。2006 年 1 月宣布封笔。

马尔克斯在创作生涯中荣获多种奖项,如意大利基安恰诺奖、法国最佳外国作品奖、拉丁美洲文学最高奖——加列戈斯文学奖、法国政府颁发的荣誉军团勋章和诺贝尔文学奖。此外,还获得美国哥伦比亚大学名誉文学博士和哥伦比亚语言科学院名誉院士称号。

马尔克斯无疑是世界文坛上杰出的魔术大师,其作品包罗万象的程度让人叹为观止。作家数十年文学创作所表现的重大而永恒的主题是拉丁美洲的孤独以及拉美各国人民多舛的命运。他把拉美小说与西方现代派技法、本地传统文化糅合在一起,"以丰富的想象编织了一个现实与幻想交相辉映的世界,反映了一个大陆的生命与矛盾的象征"。马尔克斯是"哥伦比亚的莎士比亚"。

第二节 《百年孤独》简介

《百年孤独》是哥伦比亚作家加西亚·马尔克斯的巅峰之作,也是拉丁美洲魔幻现实主义文学代表作,被誉为"再现拉丁美洲社会历史图景的鸿篇巨著"。小说因"汇集了不可思议的奇迹和最纯粹的现实生活"而荣获 1982 年诺贝尔文学奖。

20 世纪六七十年代是拉丁美洲"文学爆炸"时期,加西亚·马尔克斯被视为"爆炸"中的核心人物。在《百年孤独》中,马尔克斯基于个人现实经历,以其出生地阿拉卡塔卡为原型,虚构了马孔多这个淳朴的小镇。作品酝酿时间长达十余年,1965 年在墨西哥城起笔,1967 年一面世即在拉丁美洲乃至全球引起了巨大轰动,堪称是这一时期最重要且最流行的小说。

《百年孤独》以百余年来马孔多这个与世隔绝的小镇从兴建、发展、鼎盛直至衰落、消亡的历史变迁为背景,描绘了布恩迪亚一家七代人充满神奇色彩的坎坷经历——家族的荣辱、兴衰、爱恨、福祸,以及文化与人性中根深蒂固的孤独。小说内容纷繁庞杂,人物个性鲜明,情节曲折离奇。在这部家庭编年史中,家族首领是性格冲动、好奇心强的何塞·阿尔卡蒂奥·布恩迪亚。在他众多的男性后代中,一部分桀骜不驯、我行我素、放荡不羁;另一部分则性格内敛、孤独寂寥,潜心钻研。其女性后代中亦不乏性格独特、行为怪异之人,如肆无忌惮、蛮横无理的梅梅,古朴刻板、一本正经的费尔南达。布恩迪亚家族给各代男性和女性所起的名字仅各有两三个,暗示出人性的不可改变性,表明布恩迪亚家族不断处于循环往复的轮回之中。

在《百年孤独》中,布恩迪亚家族浸没的孤独感表现为父母与子女、夫与妻以及同辈手足之间感情沟通匮乏,缺少了解和信任。尽管多人欲打破这种孤独,却无从找到一种良方来聚集分散的力量,最终归于失败。这种孤独具有传染性,从布恩迪亚家族弥漫到整个马孔多镇,甚至整个国家,且渗透、融合了狭隘思想,成为阻碍民族向上、国家进步的羁绊。布恩迪亚这个古老家族在世界文明的冲击下,尽管有过畏惧和退缩，最终仍抛弃了传统的外衣，去追寻崭新的世界。然而外来文明以一种侵略者的姿态吞噬了这个家族，他们在一个开放的文明世界中依旧持续着自己的"孤独"。作家诉诸于笔端的是对被排斥在现代文明世界进程之外的、苦难的拉丁美洲的愤懑与抗议，他以一种精神上的孤独批判了外来者对拉美大陆的侵略与掠夺和西方文明对拉美的歧视与排斥。

加西亚·马尔克斯遵循"变现实为幻想而又不失其真"的魔幻现实主义创作原则，凭借巧妙的构思和想象，把触目惊心的现实与源于神话、传说的虚构情景巧妙融合，描绘出一幅色彩斑斓、风格奇异的画面，使读者在似是而非的情境中，获得一种似曾相识而又略感陌生的印象。书中所描述的 19 世纪外部文明对马孔多的入侵、外国香蕉公司的进驻与剥削、自由党与保守党之间的血腥战争、20 世纪不断重演的暴力事件等虽是现实的，但又被幻化与夸张了。与此同时，印第安传说、阿拉伯神话、《荷马史诗》和《圣经》典故的运用，激发了魔幻的敏感性，烘托了小说在蒙昧状态下的神秘气氛。作家似乎在不断变换着手中的镜头，让读者看到一幅幅亦真亦假、虚实交错的画面，具有强烈的艺术效果，美妙地展示了拉丁美洲的混血文化。

《百年孤独》既气势恢宏又奇幻诡丽；轻灵厚重，兼而有之。粗犷处寥寥数笔即勾勒出内战的血雨腥风；细腻中又见热恋情人如慕如诉；奇异处人间鬼界、时间穿梭皆变幻莫测。马尔克斯受美国作家威廉·福克纳等现代派文学家的影响至深，他以全知叙述者的身份隐匿在"现在"的叙事视角中，把集体无意识与个性化叙述融为一体，借助象征主义手法和新颖的从未来角度回忆过去的倒叙方法，以绚丽而无羁的想象力把现实与超现实统一起来。

《百年孤独》是拉丁美洲特有的五彩缤纷的历史与文化的浓缩，展现了哥伦比亚乃至拉丁美洲的历史演变和社会现实，揭示了传统文化与现代意识之间的矛盾冲突，"具有骇世惊俗的艺术力量和思想力量"。马尔克斯在"用一颗悲怆的心灵，去寻找拉美迷失的温暖的精神家园。"

第三节 《百年孤独》选段

马孔多人被诸多神奇发明弄得眼花缭乱，不知该从哪里开始惊叹。他们彻夜观看发出惨白光芒的电灯泡，电力是由奥雷里亚诺·特里斯特第二次坐火车带来的发电机所提供，机器发出的无休无止的嗡嗡声他们过了很长时间才渐渐习惯。生意兴隆的堂布鲁诺·克雷斯皮在他那狮头状售票窗的剧院里放映的活动人影戏，引发了市民的愤慨，因为他们刚刚为一个人物不幸死亡并被下葬而抛洒伤心之泪，转眼间那人又变成阿拉伯人，生龙活虎地出现在下一部影片里。付过两个生太伏与剧中人共悲欢的观众无法忍受这种闻所未闻的嘲弄，遂将座椅砸个稀烂。市长应堂布鲁诺·克雷斯皮之请，特意发布公告解释，称电影不过是一种造梦机器，不值得观众如此激情投入。听到这一令人沮丧的解释，不少人认为自己成了吉卜赛人又一新奇发明的牺牲品，决定再也不来剧院，因为自家已经有够多烦恼，不必再为那些虚幻人物装出来的不幸落泪。手摇唱机也遭遇了类似的命运。那些法国卖笑女郎带来唱机取代了过时的手摇风琴，令乐队的收入一度受到严重影响。开始的时候，好奇心使光顾花街柳巷的寻欢作乐者人数激增，据说一些可敬的女士化装成乡民男子，特意跑去就近观看新奇的唱机，但经过反复的近距离观察，她们很快得出结论：那并不是所有人想象的，或是那些女郎宣传的什么魔法音乐轮，而不过是个机器把戏，远不如乐队那样富于感染力、人性化又充满日常真实感。人们深感失望，因此到后来唱机变得普遍，家家户户都有一台的时候，也没有用来供成人消遣，而是当作给儿童拆卸的玩具。然而，当市镇上有人在火车站亲身体验了电话这一惊人事物——因为也有手柄，一度被视为简易唱机——连最不肯轻信的人也陷入了困惑。上帝仿佛决心要试验人类惊奇的极限，令马孔多人时时摇摆于欢乐与失望、疑惑与明了之间，结果再没有人能确切分清楚何处是现实的界限。真实与幻境错综纠结，引得栗树下何塞·阿尔卡蒂奥·布恩迪亚的鬼魂也按捺不住，大白天在家中四处游荡。铁路正式开通之后，火车于每个星期三上午十一点定时抵达，于是一座简易的木屋小站盖起来了，配有一张写字台、一部电话和一个售票窗口。从那以后，马孔多的街巷间出现了许多男男女女，他们装作平常人模样，其实却像马戏团的演员。这些走街串巷、巧舌如簧的商贩以同等泛滥的热情推销高压锅和宣扬第七日使灵魂得救的修行法则，按说他们在这个受过卜普赛人愚弄的市镇上前景并不乐观，但仍从那些耐不住反复游说以及容易上当的人身上获得了不菲的收入。在这些夸夸其谈的演员中，有一位身穿马裤加护腿，头戴软木帽，鼻上架着一副钢框眼镜，眼镜呈黄玉色，皮肤如斗鸡的人物，在一个星期三来到马孔多并在布恩迪亚家用了午饭。他就是身材矮胖、一脸笑容的赫伯特先生。

　　他吃完第一把香蕉之前，并没有引起桌上任何人的注意。奥雷里亚诺第二只是偶然遇见了他，当时雅各酒店已客满，他正费劲地用西班牙语抗议。奥雷里亚诺第二就像平常对待陌生人那样，将他带回家里。他经营系留气球生意，已经游遍半个世界，一向收入可观，但在马孔多却没有一个人愿意乘坐气球升空，因为人们曾经见识并坐过吉卜赛人的飞毯，不免把这项发明视为一种倒退。他正打算赶下一趟火车离开。午饭时，平日挂在饭厅里的虎纹香蕉端上了桌，他心不在焉地掰下一根。他边说边吃，慢慢品尝，细细咀嚼，不像是食客在享受美味，倒像是学者在借此消遣。他吃完一把又要了一把。这时他从一直带在身边的工具箱里取出一套精密仪器，以丝毫不逊于钻石买家的谨慎专注态度仔细检查了一根香蕉，又用专门的探针切割，再用药剂师的天平称重，用军械师的卡尺测长。随后他又从箱子里拿出一系列仪器，依次测量温度、湿度和光照强度。面对这一令人困惑的仪式，没有人还能安心吃饭，都在等待赫伯特先生最后发布重大结论，但他却守口如瓶，丝毫没有透露自己的意图。

　　此后的日子里，人们看见他带着网罩和小筐在市镇周边捕捉蝴蝶。星期三的时候来了一群人，有工程师、农艺师、水文专家、地形测绘员和土地测量员，他们在几星期内将赫伯特先生捕捉蝴蝶的地方都考察了一遍。晚些时候，杰克·布朗先生乘坐挂在黄色火车后面的专用车厢来到，那车厢整体包银，配有紫色天鹅绒安乐椅和蓝色玻璃车顶。乘坐专用车厢一道赶来的还有神情肃穆的黑衣律师，当年他们曾四处追随奥雷里亚诺·布恩迪亚上校的脚步，如今又簇拥在布朗先生左右。人们不禁由此猜想，那些农艺师、水文专家、地形测绘员和土地测量员，包括赫伯特先生和他的系留气球、彩色蝴蝶，以及布朗先生和他带轮子的陵墓、凶猛的德国犬，都与战争不无关联。然而疑心重重的马孔多人根本来不及思忖，他们刚开始纳闷究竟发生了什么事，市镇已经变成一片锌顶木屋的营地，住满了从世界各地乘火车——不光有坐在座位和平台上的，还有坐在车顶上的——赶来的外乡人。美国佬带来了他们身披麦斯林纱、头戴薄纱大礼帽、神情慵懒的女人，在铁路另一侧建起一座城镇。街道上棕榈树荫掩映，家家户户装有金属纱窗，阳台上摆着白色小桌，天花板上挂着吊扇，宽广的绿草地上有孔雀和鹌鹑漫步。整个城区被一圈金属网环绕，仿佛电网保护下的巨大鸡笼。在夏天凉爽的清晨，网上缀满烧焦的燕子，远远望去黝黑一片。仍然没有人知道他们目的何在，或者真的只是些慈善家，然而这些人已经闹得天翻地覆，令当初吉卜赛人造成的混乱相形见绌，而且更持久也更难以索解。他们掌握了往昔唯有造物主才拥有的力量，能调节水量，加速收获周期，令河流从亘古不变的路线改道，将河中巨大的白石连同冰冷的激流都移到了市镇另一端的墓地后面。就是这一次，他们在何塞·阿尔卡蒂奥褪色的墓上加筑了一层层混凝土，以免尸体散发的火药味污染水源。为那些缺乏爱情滋润的外乡人考虑，他们将柔情万种的法国女郎们所在的街道扩建成大得多的集镇，并在一个值得铭记的星期三运来一火车不可思议的妓女大军。这些淫靡放荡的风月高手，古老技艺无一不精，药膏器具无所不备，能够使无能者受振奋，腼腆者获激励，贪婪者得餍足，节制者生欲望，纵欲者遭惩戒，孤僻者变性情。灯火辉煌的舶来品商号取代了五色杂陈的破旧店铺，令土耳其人大街愈加繁华。每到星期六夜晚街上人声鼎沸，众多冒险者在赌桌上、打靶摊前、专营算命解梦的小巷里、摆着油炸食品和饮料的餐桌间互相推操拥挤。到星期天清早一片狼藉，四下横躺的常有快乐的酒鬼，但总少不了斗殴时被子弹、拳头、刀子、酒瓶殃及的围观者。外来人潮不合时宜地涌入，最初街上几乎无法行走，堆满了家具和箱笼。有人未经批准就随便在空地上自行盖房，大张旗鼓地干起木工活。也有人在巴旦杏树林间拉起吊床，支起遮阳篷，光天化日众目睽睽之下寻欢做爱。唯一保持安宁的角落是来自安的列斯群岛生性平和的黑人的居住区，他们把木屋搭在桩子上，在市郊建成一条街道。每到傍晚，他们便坐在家门口，用含混的帕皮亚门托语唱起忧伤的赞美诗。短短时间内发生了如此多的变化，在赫伯特先生来访后八个月，马孔多的老居民每天都要早早起来重新认识自己的家乡。

"瞧瞧我们自找的麻烦，"那阵子奥雷里亚诺·布恩迪亚上校常常说，"就因为请个美国佬吃香蕉。"

奥雷里亚诺第二对外乡人的潮涌而至兴奋不已。家里突然间挤满了陌生的来宾、世界各地的酒肉豪客，不得不在院中加盖卧室，扩建饭厅，换上一张可供十六人就餐的新餐桌，并配上成套的新餐具，即使如此仍需排出班次轮流进餐。费尔南达压下疑虑，像款待国王一样招待最卑劣的客人，但他们却穿靴踩脏长廊地板，在花园里随地小便，到处铺席子午睡，言语间全然不顾女士的感受，毫无绅士风度可言。阿玛兰妲对入侵家中的人潮愤慨不已，恢复了旧时习惯回到厨房吃饭。奥雷里亚诺·布恩迪亚上校认定大多数人来作坊探访他并非出自善意或敬意，而是抱着瞻仰历史遗迹、观赏博物馆化石的猎奇心态，因此决定紧闭房门，此后便很少再见他坐在大门口。乌尔苏拉却不同，即使在步履蹒跚扶墙行走的日子里，每当火车驶来仍像孩童般兴奋。"鱼和肉都得做。"她下令给四个厨娘，他们在桑塔索菲亚·德拉·彼达的沉着指挥下忙碌着将一切准备到位。"什么都得做一些，"她说，"你永远不知道外乡人爱吃什么。"火车在一天中最炎热的时刻到达。午饭时，整个家在集市般的喧闹中震颤。那些汗流浃背的客人甚至不知道主人是谁，你推我搡地抢占餐桌上的有利位置，与此同时厨娘们忙不迭端上大锅大锅的汤、一罐罐炖肉、一瓢瓢蔬菜、一盘盘米饭，并用长柄勺不停地将整桶整桶的柠檬水舀进杯里。家里乱成一片，费尔南达一想到不少人吃了两回便气恼不已，而且不止一次恨不得用市井小贩才说的粗话来发泄怒火，因为竟有昏了头的客人要找她结账。赫伯特先生来到马孔多已经一年多，人们只知道美国佬想在何塞·阿尔卡蒂奥·布恩迪亚当年带人寻找伟大发明时穿越的着魔之地上种植香蕉。奥雷里亚诺·布恩迪亚上校的另外两个儿子，额头上仍带着灰烬十字的印记，也被这热潮吸引而来。他们说明来意的一句话或许能代表所有人的心声。

"大家都来，"他们说，"我们也来了。"

美人儿雷梅黛丝是唯一不为香蕉热潮所动的人。岁月流逝，她却永远停留在天真烂漫的童年，对各样人情世故越发排斥，对一切恶意与猜疑越发无动于衷，幸福地生活在自己单纯的现实世界里。她不明白女人为什么要费事穿胸衣和衬裙，便为自己缝制了一件麻布长袍，往头上一套就简单解决了穿衣服的麻烦，并且感觉上仍像没穿一样。按照她的想法，在家里赤身露体才是唯一体面的方式。她本有一头瀑布般垂至腿肚的长发，但她厌烦了家人总要她修剪，还要用发卡束成发髻，或用彩色绳圈编出辫子，便索性剃了个光头，拿头发去给圣徒像做假发。她简化事物的本性有个惊人之处：她越是抛开时髦只求舒适，越是罔顾成规仅凭感觉行事，她那不可思议的美貌就越发动人心魂，对男人也越有诱惑力。奥雷里亚诺·布恩迪亚上校的儿子们第一次来到马孔多时，乌尔苏拉一想到他们和曾孙女的血管里流淌着同样的血液，立刻因久远的恐惧而战栗。"你得睁大眼睛，"她提醒蕾梅黛丝，"跟他们中间的任何一个搞上，都会生出长猪尾巴的孩子。"她毫不理会这提醒，穿上男人的衣服，在沙地上打了个滚就去爬杆。十七个堂兄弟见此景象都难以自持，险些酿成一场悲剧。正因如此，他们逗留期间都没住在家里，其中四人留下后也都按乌尔苏拉的安排租房另住。如果美人儿蕾梅黛丝得知这样小心防范的理由，一定会觉得十分好笑。直到羁留尘世的最后一刻，她都丝毫不曾察觉自己红颜祸水的宿命意味着日常生活中的灾难。每一次她不顾乌尔苏拉的命令出现在饭厅，总会在外乡人中激起惊恐和骚乱。显而易见，她在肥大的外袍下全然赤裸，而且所有人都会把她线条完美的光头当作挑逗，把她天热时肆无忌惮露出的大腿，用手吃饭后吸吮手指的习惯视为罪恶的诱惑。家里从没人注意，外乡人却很快发觉，美人儿蕾梅黛丝能散发撩人心魄的气息、扬起令人断肠的微风，所过之处几小时后仍然余香袅袅。在世界各地历经沧桑的情场老手一致认定，像美人儿蕾梅黛丝天生香气所催发出的这般强烈的渴望，他们平生从未体验过。凭着这种气息，他们在秋海棠长廊，在客厅、在家中任何一处，都能判断出她驻足的确切位置以及她离开了多长时间。这是一种特征明显、不易混淆的踪迹，很久以前就已融入家中其他气味因而家里人无从察觉，但外乡人却能立刻辨认出来。因此，只有他们能理解那位年轻的警卫队队长为何殉情，另一位来自远方的绅士为何陷入绝望。美人儿蕾梅黛丝对身边的紧张氛围毫无察觉，对自己所到之处引发的可怕的情感灾难一无所知。她对男人没有丝毫恶意，可最终她那无辜的和善态度却使他们陷入狂乱。乌尔苏拉为了让她不被外乡人看到，强迫她和阿玛兰妲在厨房里吃饭，她反倒觉得更轻松自在，终于从一切束缚中解放出来。实际上，她对在哪儿吃饭无所谓，也没有固定时间，而是视自己的胃口而定。有时她凌晨三点起床吃午饭，然后睡上一整天，如此日夜颠倒过上几月，直到某个偶然事件让她恢复正常。情形好的时候，她上午十一点起床，接下来的两个小时赤身露体关在浴室里杀蝎子，慢慢从漫长而昏沉的梦境里清醒过来。然后她用加拉巴木果壳瓢从池里舀水沐浴。沐浴过程漫长且细致，充满仪式感，不了解她的人会以为她在专注地欣赏自己的胴体，而那胴体也的确值得这样欣赏。其实对她而言，这一独自进行的仪式毫无肉欲的意味，仅仅是打发时间的方式，直到自己有了吃饭的胃口。一天，她刚开始沐浴，有个外乡人掀开屋瓦偷窥，看到她惊人的裸体顿时透不过气来。她从屋瓦的缝隙间发现了那双凄楚的眼睛，但并没有害羞，只是惊慌。

"当心，"她喊道，"会掉下来的。"

"我只想看看你。"外乡人嗫嚅道。

"好吧，"她说，"不过要当心，瓦片都烂了。"

外乡人的脸上浮现出惊愕又痛苦的表情，似乎正在与自己的本能冲动展开无声斗争，不愿打破眼前的幻梦。美人儿蕾梅黛丝以为他害怕压碎屋瓦，于是比平时洗得更快，想让他尽早脱离险境。她一边从水池里舀水冲洗身子，一边告诉他屋顶的状况是个问题，想必是铺的落叶淋雨腐烂才招来满浴室的蝎子。外乡人把这样的闲谈当作了纵容，终于在她开始打肥皂的时候没能抵制住诱惑，迈进一步。

"让我给你打肥皂吧。"他嗫嚅道。

"谢谢你的好意，"她回答，"我用自己的手就够了。"

"哪怕只是背上也行。"外乡人恳求道。

"没那个必要，"她说，"从没见过谁往背上打肥皂。"

后来，她擦干身子的时候，外乡人双眼含泪地恳求她嫁给自己。她直截了当地答道，自己绝不会嫁给就为了看女人洗澡而浪费将近一小时，甚至错过了午饭的傻男人。最后，当她穿上外袍，他证实了她里面的确什么也没穿，就像所有人猜测的那样。他再也无法忍受，感觉这秘密像灼热的铁已经在自己身上留下永远的烙印。于是他又揭去两片屋瓦，准备跳进浴室。

"这很高，"她吓坏了，赶忙提醒他，"你会摔死的！"

腐坏的屋顶在巨响中四分五裂，那男人来不及发出一声惊恐的叫喊，就已摔得头破血流，当即死在水泥地面上。从饭厅闻声赶来的外乡人匆忙抬走尸体，他们在死者的皮肤上闻到了美人儿蕾梅黛丝那令人窒息的气息。那气息深深渗入尸体，连头颅裂缝里涌出的都不是鲜血，而是一种饱含那神秘香气的琥珀色液体。于是他们明白美人儿蕾梅黛丝的气息仍在折磨死者，直到尸骨成灰也不放过。然而，他们并没有将这桩恐怖的事件与其他两个为美人儿蕾梅黛丝而死的男人联系起来。要等到另一个牺牲者出现，外乡人以及马孔多的许多老住户才会相信美人儿蕾梅黛丝的传说，即她发出的不是爱情的气息，而是死亡的召唤。证实这一点的机会出现在几个月后，那天下午美人儿蕾梅黛丝和一群女友一起去见识那些新奇的种植园。对马孔多的居民来说，这是一种新兴的消遣：在香蕉林中弥漫着湿润气息又杳无尽头的小径间漫步，那里的寂静仿佛刚刚从别处迁来，崭新未用，因此还不能正常传递声音。有时候在半米的距离内听不清别人说话，但在种植园另一头却能听得清清楚楚。这个新游戏为马孔多的少女带来欢笑和惊奇，引发惊恐与戏嘲，直到晚上她们还会谈起恍如梦境的散步经历。那里的寂静如此出名，乌尔苏拉也不忍剥夺美人儿蕾梅黛丝的乐趣，便同意她那天下午出门，但要衣着得体并戴上帽子。从少女们走进种植园的那一刻起，空气中便有致命的芳香满溢。在沟垄间劳作的男人感到自己被奇异的魔力所控制，面临着无形的危险，很多人甚至忍不住想要痛哭一场。美人儿蕾梅黛丝和她受惊的女友们险些落入一群凶暴的男人手中，好不容易才躲进附近的一户人家。没过多久四个奥雷里亚诺将她们救出，他们额上的灰烬十字引发某种对神明的敬意，仿佛那是门第等级的标志、免受伤害的印记。美人儿蕾梅黛丝没跟任何人说起有个男人趁着混乱在她腹部摸了一把，那只手更像是攫在悬崖边缘的鹰爪。那一瞬她惊愕地望着袭击者，那双绝望的眼睛像灼人的炭火印在她的心里。当晚，那男人在土耳其人大街吹嘘自己的勇气，炫耀自己的幸运，可几分钟后一匹马就从他胸前踏过，众多外乡人看着他在街上垂死挣扎，直到在自己吐出的鲜血里窒息。

四桩无可置疑的事例证实了美人儿蕾梅黛丝拥有致命力量这一猜测。尽管不乏言语轻薄的男人乐于宣称与这样令人心动的女人过上一夜死了也值，可实际上没人敢去尝试。或许想要征服她乃至祛除她带来的危险，只需一种最自然最简单、被称为"爱"的情感，但从没有人想过这一点。乌尔苏拉不再为她费心。曾几何时，她尚未放弃挽救她令她融入现实的努力，试图让她对家务产生兴趣。"男人比你想的要求更多。"她故作神秘地说道，"有很多饭要做、很多地要扫，还有很多小事要忍耐，不是你想的那么简单。"乌尔苏拉试图训练她为家庭幸福作准备的想法不过是自我欺骗，因为她早已确信一旦欲望得到满足，没有任何男人能忍受哪怕一天她这种不可思议的懒散。最后一个何塞·阿尔卡蒂奥降生后，她一心要将他培养成教皇，也就不再为曾孙女操心。她任由她自生自灭，相信早晚会有奇迹发生，在这个无奇不有的世界上总会有一个耐性足够的男人接受她。很早以前，阿玛兰妲就放弃了将她改造成贤妻良母的一切努力。在缝纫间那些被遗忘的午后，她这个侄女连对帮忙摇缝纫机摇柄都不大感兴趣，那时她便得出明确的结论：她脑子有问题。阿玛兰妲奇怪她竟会对男人的甜言蜜语完全无动于衷，便对她说："看来我们得卖彩票才能把你推销出去。"后来，乌尔苏拉坚持要美人儿蕾梅黛丝用头巾蒙脸去望弥撒，阿玛兰妲认为这样平添了神秘感，很快就能吸引某个好奇的男人耐下性子来寻索她内心的弱点。然而当阿玛兰妲看到蕾梅黛丝对那个在各方面都胜过一位王子的追求者竟愚蠢地不屑一顾时，便不再抱任何希望。费尔南达从未试图去理解她。她在血腥狂欢节上见到美人儿蕾梅黛丝一身女王打扮，觉得她真是个出众的美人。可看到她用手抓饭吃，说出的话没有一句不显天真，费尔南达只有在心里哀叹，家里这些傻子都活得太久了。尽管奥雷里亚诺·布恩迪亚上校依然相信并再三宣扬，美人儿蕾梅黛丝实际上是他平生见过最有智慧的人，这一点从她不时嘲弄众人的惊人能力上就可以看出，但他们还是对她不闻不问，任其自然。美人儿蕾梅黛丝独自留在孤独的荒漠中，一无牵绊。她在没有恶魔的梦境中，在费时良久的沐浴中，在毫无规律的进餐中，在没有回忆的漫长而深沉的寂静中，渐渐成熟，直到三月的一个下午，费尔南达想在花园里叠起她的亚麻床单，请来家里其他女人帮忙。她们刚刚动手，阿玛兰妲就发现美人儿蕾梅黛丝变得极其苍白，几近透明。

"你不舒服吗？"她问道。

美人儿蕾梅黛丝正攥着床单的另一侧，露出一个怜悯的笑容。

"正相反，"她说，"我从来没这么好过。"

她话音刚落，费尔南达就感到一阵明亮的微风吹过，床单从手里挣脱并在风中完全展开。阿玛兰妲感到从裙裾花边传来一阵神秘的震颤，不得不抓紧床单免得跌倒。就在这时美人儿蕾梅黛丝开始离开地面。乌尔苏拉那时几近失明，却只有她能镇定自若地看出那阵不可阻挡的微风因何而来，便任凭床单随光芒而去，看着美人儿蕾梅黛丝挥手告别，身边鼓荡放光的床单和她一起冉冉上升，和她一起离开金龟子和大丽花的空间，和她一起穿过下午四点结束时的空间，和她一起永远消失在连飞得最高的回忆之鸟也无法企及的高邈空间。

外乡人想当然地认为美人儿蕾梅黛丝终于屈从于成为蜂后的宿命，而她的家人不过是编出升天的鬼话来挽救名誉。费尔南达尽管妒火中烧，最终还是承认了这一奇迹，很长一段时间内都在恳求上帝归还那些床单。大多数人相信这一奇迹，甚至点起蜡烛念诵经文，举行九日祭。如果不是奥雷里亚诺兄弟惨遭屠杀使恐怖代替了惊诧，或许人们在很长时间内都不会有其他的话题。奥雷里亚诺·布恩迪亚上校从未认为自己事先感知过预兆，但他的确在某种程度上早料到了儿子们的悲惨结局。当随着人潮赶来的奥雷里亚诺·塞拉多和奥雷里亚诺·阿卡亚表示愿意留在马孔多，父亲曾试图让他们打消这个念头。他看不出他们留在这个一夜之间就变为危险地带的市镇上有什么可做。但奥雷里亚诺·森特诺和奥雷里亚诺·特里斯特得到奥雷里亚诺第二的支持，在自己的厂子里给他们安排了工作。奥雷里亚诺·布恩迪亚上校当时出于尚说不清楚的理由反对这一决定。自从见到布朗先生坐着马孔多的第一辆汽车登场——那是辆橙色的翻篷轿车，喇叭声把市镇上的狗吓得不轻——这位老军人就对众人大惊小怪的样子气恼不已，他意识到人性发生了变化，现在已不再是那个抛下妻儿肩扛猎枪上战场的时代。自从尼兰迪亚停战协定签订以来，先后上任的都是些从马孔多温和乏味的保守派中选出的庸庸碌碌的市长、沦为摆设的法官。"这是一帮可怜虫的政府。"奥雷里亚诺·布恩迪亚上校看着配有警棍的赤足警察走过时评论道，"我们打了那么多仗，就争取到没让人把房子漆成蓝色。"但自从香蕉公司到来，当地官员被外来势力取代，布朗先生还把他们接进电网鸡笼里生活，据他说是去那里享受与他们地位相称的待遇，不用再忍受酷热、蚊虫以及市镇上各种不便和匮乏。昔日的警察换成了手持砍刀的雇佣兵。奥雷里亚诺·布恩迪亚上校关在作坊里，思考着这些变化，在沉寂的孤独岁月中第一次痛苦地确信没将战争进行到底是个错误。就在那些天里，已被遗忘的马格尼菲科·比斯巴勒上校的兄弟带着他七岁的孙子去广场买饮料，孩子不小心撞上一个警察小头目，把饮料洒到了他的制服上，那个暴徒就挥起砍刀将他剁成肉酱。孩子的爷爷试图上前阻止，也被一刀砍下脑袋。市镇上所有人都看见一群人如何将无头的尸体送回家里，看见那脑袋被一个女人揪住头发拎着，还看见鲜血模糊的袋子里装着孩子的碎尸。

这一事件结束了奥雷里亚诺·布恩迪亚上校的赎罪心境。蓦然间他内心又充满了年轻时的愤怒，当年他面对那个因被疯狗咬伤就惨遭乱棍打死的女人的尸体时也曾这般怒火中烧。他望着家门口好奇围观的人群，因着对自己的深深蔑视又恢复了当年的洪亮嗓音，向他们发泄胸中再也无法忍受的愤恨。

"等着瞧，"他喊道，"我要领着我的人拿起武器，干掉这些该死的美国佬！"

（郭京红编，摘自范晔译：《百年孤独》，南海出版公司，2011）

第三十二章　夏目漱石及《我是猫》

第一节　夏目漱石简介

　　夏目漱石，近代日本批判现实主义文学的先驱之一。他的创作对日本文学的发展产生了很大影响，被称为"国民大作家"。中学时代，他非常喜欢中国古典文学。他于1888年进入东京帝国大学英文专业，专攻英国文学。1893年，大学毕业后从事教学工作，期间创作了许多汉诗文，后结集为《木屑录》。1900年，他被文部省派赴英国留学。在英留学期间，他一方面接受了英国现实主义作家斯威夫特等人的影响，另一方面又切身感受到了资本主义社会的丑恶与黑暗，从而确立了创作的批判方向。1903年，夏目漱石回到日本，在东京第一高等学校和帝国大学任教，着手创作小说。1905年，发表了他的第一部长篇小说《我是猫》。这部作品以强烈的批判现实主义精神，为日本近代文学带来了崭新的气息，也使他一举成名。1906年，夏目漱石发表了《哥儿》、《一百二十天》、《疾风》等作品。这些作品是《我是猫》的批判现实主义精神的继续和发展。中篇小说《哥儿》批判了资本主义社会的教育。《一百二十天》、《疾风》则表现了作家大胆干预社会生活和热切希望改革社会的精神。夏目漱石在十几年的时间里总共创作了十五部中长篇小说和一系列短篇作品，一般被分为三个时期。早期创作了《我是猫》、《旅宿》等作品。1907年他辞去教师职务成为专业作家后的四年，是他小说创作的第二个阶段。而这一时期最重要的作品是三部以中青年知识分子恋爱为主题的长篇小说《三四郎》、《从此以后》及《门》。《三四郎》以进入东京一所大学学习的三四郎恋爱失败为中心，概括了日本一代青年知识分子追求新生活的过程中所产生的迷茫和困惑。《从此以后》中的代助曾与同学平冈同时爱上了三千代。出于朋友的义气，代助退出了竞争，并撮合他们俩结成夫妻。三年后，代助发现自己还在深爱着三千代，而且三千代与平冈在一起生活得也不幸福，通过一番痛苦的挣扎之后，终于冲破强大的社会世俗压力，听从自己心灵的呼唤，选择了夺回实际上一直深爱着自己的三千代。《门》也是一部爱情小说，里面的宗助夺得了好友的情人阿米，但一直孤独地生活在沉重的道德罪恶感之中。1910年后是夏目漱石创作的后期，发表了《过了春分时节》、《行人》和《心》三部长篇小说。夏目漱石的小说创作一开始就密切地注视着现实生活。他向人们展示了明治时代十几年间社会生活的方方面面，诸如乡村青年进城生活的艰难、都市知识青年的工作学习和恋爱婚姻、家庭生活的各种矛盾、旧式家庭的衰败、市民生活的平庸、工人生活的贫困、学校教育体制的问题，等等。作家不仅广泛地揭露现实生活中各种日益严重的社会问题，更是旗帜鲜明地批判了地主资产阶级联合的专制统治下整个明治社会的黑暗与罪恶。可以说，夏目漱石小说的社会批判性所达到的高度与广度，在日本近代文学中是无人能比拟的。

第二节　《我是猫》简介

《我是猫》是夏目漱石的代表作，也是日本批判现实主义文学的优秀代表作。该作品以一只猫为故事的叙述者。通过它的感受和见闻，描写了它的主人及其一家平庸、琐碎的生活。作品还通过猫的眼光，观察和评论了日本社会的弊病，表达了作家对黑暗现实强烈的不满。小说围绕金田小姐的婚事引起的风波，有力地揭露了资产阶级，批判了社会拜金主义风气。金田老爷是靠高利贷起家的、"穷凶极恶，又贪又狠"的大资本家，拥有大量的财产。他的"堂皇富丽的公馆"，与贫穷的主人公苦沙弥的"暗黑的洞窟"恰成鲜明对比。他发财致富的"秘诀"是"要精通三缺"，即缺义理、缺人情、缺廉耻。他的观点是"把鼻子、眼睛都盯在钞票上"，"只要能赚钱，什么事也干得出来"，把金钱看得比生命还重要。主人公苦沙弥安贫、正直，教书十年，与他素不相识，只是慢待了他的老婆，他便兴师动众进行打击，致使苦沙弥的身心受到严重摧残。近代日本社会是金钱统治一切，金田老爷就是社会的"无冕之王"，他有叫人"生就生死就死的本领"。"猫"一针见血地说："我现在明白了使得世间一切事物运动的，确确实实是金钱。能够充分认识金钱的功用，并且能够灵活发挥金钱的威力的，除了资本家诸君之外，再没有其他的人物了。"以此表现作者对金钱势力和资本家的深恶痛绝。作品还用较大的篇幅描写了以主人公苦沙弥为首的明治时期的知识分子，他们正直、善良，鄙视世俗、不与败坏的社会时尚同流合污。穷教师苦沙弥对金钱、资本家的仇恨甚至达到"顽固不化"的程度。理学士寒月不慕时尚，没作财主金田家的乘龙快婿。他们不满现实，揭露时弊，挖苦世俗，在他们尖刻、讥讽的语言中，却也表达了处在黑暗之中的人民愤懑的情绪。《我是猫》是以讽刺小说著称的。作者继承了日本俳谐文学和西欧讽刺文学的传统，善于运用风趣幽默、辛辣讽刺的手法进行揭露和批判。他的描写既夸张、又细腻，语言诙谐有趣。例如对金田夫妇的面容的描写用夸张的手法，达到讽刺的效果。金田夫人的鼻子"大得出奇，好像是硬把别人的鼻子抢来安置在自己的面孔正中似的"；而金田则不同，不仅"鼻梁很低"，而且"整个面庞也很扁平"。这种夸大、对照突出了他们面容的丑陋，也收到令人发笑的效果。鲁迅对夏目漱石以及《我是猫》有着很高的评价，曾在《〈现代日本小说集〉附录》中写道："夏目的著作以想象丰富，文词见称……《我是猫》诸篇，轻快洒脱，富于机智，是明治文坛上新江户艺术的主流，当世无与匹者。"

第三节　《我是猫》选段

咱家近来开始运动了。有人笼而统之大肆冷讽热嘲："一个小猫，还搞什么运动，真是逞能！"愿对这些家伙聊进一言。即使说这番话的诸公，难道不是几年前尚且不知运动之为何物，只把傻吃傻睡奉为天职吗？应记得，正是他们，从前提倡什么"平安即是福"，把袖手闲坐、烂了屁股也不肯离席视为权贵们的荣誉而洋洋自得。至于连连提出无聊要求——什么运动吧，喝牛奶吧，洗冷水澡吧，游海吧，一到夏天，去山间避暑，聊以餐霞饮露吧……这是近来西方传染到神国日本的一种疾病，可以视之为霍乱、肺病、神经衰弱等疾病的同宗。

的确，咱家去年才降生，今年才一周岁。因此，记忆中并不存在当年人类染上这种疾病时是什么样子。而且，完全可以肯定，当时我还没有卷入尘世的风波，然而可以说，猫活一岁，等于人活十年。猫的寿命尽管比人要短促一半以上，而猫在短暂的岁月里却发育得很成熟。依此类推，将人增岁月与猫度星霜等量齐观，就大错而特错了。不说别的，且看咱家才一岁零几个月，就有这么多的见识，由此可见一斑。主人的三女儿，虚年已经三岁了吧？若论智育发展，哎哟，可慢啦。除了抹眼泪，尿床，吃奶以外，什么也不懂。比起咱家这愤世嫉俗的猫来，她简直微不足道。那么咱家的心灵之中，贮有运动、海水浴以及转地疗养等知识，也就毫不足怪了。对这么明摆着的事，假如有人质疑，他一定是凑不上两条腿的蠢材。

　　人类自古就是些蠢材。因此，直到近来才大肆吹嘘运动的功能，喋喋不休地宣传海水浴的效益，仿佛一大发现似的。可我，这点小事没等出生就了解得一清二楚。首先，若问为什么海水可以治病？只要到海边去一趟，不就立见分晓了吗？在那辽阔的大海中，究竟有多少条鱼？这可不知道；但是，我了解没有一条鱼害病找医生，无不健壮地遨游。鱼儿假如害病，身子就会失灵；假如丧命，一定会漂上水面。因此才把鱼死称为"漂"，把鸟亡称为"落"，人类谢世称为"升天"。不妨去问横渡印度洋去西方旅游的人们，问他们可曾见过鱼死？任何人都肯定会说不曾见过，也只能这么回答。因为不论在海上往返多少次，也没有人看见任何一条鱼在波涛之上停止呼吸——不，"呼吸"二字，用词不当。鱼嘛，应该说停止"吞吐"，从而漂在海面。在那茫茫浩瀚的大海，任凭你昼夜兼程、燃起火把、查遍八方，古往今来也没有一条鱼漂出水面。依此类推，不费吹灰之力，立刻就可以得出结论：鱼，一定是非常结实的。假如再问：为什么鱼那么结实？这不待人言而自明。很简单，立刻就懂，就是因为吞波吐浪，永远进行海水浴。对于鱼来说，海水浴的功效竟然如此显著。既然对鱼功效显著，对于人类也必然奏效。一七五〇年，理查德·拉赛尔①博士大惊小怪地动用广告宣称："只要跳进布莱顿②海，四百零四种疾病保您当场痊愈。"

　　这话说得太迟了，令人贻笑大方。时机一到，我们猫也要全体出动，奔赴镰仓海岸的。但是，目前还不行。万事都有个时机。正像明治维新以前的日本人从生到死一辈子都能受到海水浴的功效，今天的猫也还没有机会裸体跳进大海。心急吃不上热豆腐。今天，我们猫只要被扔到荒郊漫野，就不可能平安地回家。在这种条件下，还想胡乱跳进大海，那是使不得的。遵照进化的法则，我们猫类直到对狂涛巨澜有一定抵抗力的那一天，换句话说，在不再说猫"死"，而普遍用猫"漂"这个词汇以前，轻易进行不得海水浴的。

　　那么，海水浴就推迟进行吧！决定第一步先开展"运动"。已经是二十世纪的今天，不搞运动，会像贫民似的，名声不大好。假如不运动，就不会认为你是不运动，而是断定你不会运动，没有时间运动，生活窘迫。正如古人嘲笑运动员是奴才，而今天把不运动的人看成下贱。世人褒贬，因时因地而不同，像我的眼珠一样变化多端。我的眼珠不过忽大忽小，而人间的评说却是颠倒黑白，颠倒黑白也无妨，因为事物本来就有两面和两头。只要抓住两头，对同一事物就可以翻手为云，覆手为雨，这是人类通权达变的拿手好戏。将"方寸"二字颠倒过来，就成了"寸方"。这样才好玩。从胯下倒看"天之桥立"③，定会别有一番风趣的。假如千年万载，始终只有一个莎士比亚，那就太乏味。假如没有人一旦从胯下倒看一眼哈姆雷特，并且否定他，文学界就不会有进步。因此，贬斥运动的人突然变

---

　　①　拉赛尔：英国医生。

　　②　布莱顿：英格兰东南部城市，滨于英吉利海峡，是英国最大的海水浴场。

　　③　天之桥立：日本京都府与谢郡风景区，被称为日本三景之一。系一狭长沙滩，伸入大海，滩上青松，倒映水中，宛如天桥入海。

得喜好运动，就连女子也手拿球拍往来于长街之上，这就毫不足怪。只要不讥笑我们猫搞运动"太逞能"，也就罢了。

却说，也许有人纳闷儿：咱家的运动属于哪一类？那就交代一下吧！众所周知，十分不幸，咱家不会拿任何器具，因而，不论对球还是球棒，无不运用无术。其次因为没钱，也就不可能去买。由于这两种原因，咱家所选择的运动，属于可谓分文不花、不用器具的那一种。于是，说不定有人以为咱家无非迈迈方步，或是叼着金枪鱼片奔跑而已。然而，只是根据力学原则动转四足，服从地心引力而横行于大地，这未免太简单、太没趣。像主人经常进行的那种读书啊等字面上的所谓运动，他们终归是有辱于运动的神圣感的。

当然，在单纯运动的刺激下，也未必没有人干钓木松鱼和捕大马哈鱼竞赛等，固然很好，但这是由于有猎物所致。如果除却猎物的刺激，便索然无味了。假如没有悬赏的兴奋剂，我宁愿做一点讲求技艺的运动。我做了各种探索。例如：如何从厨房的檐板跳上屋脊，如何四条腿站在屋顶的梅花形脊瓦上，如何走晾衣竿啦——这件事终于不成功。竹竿滴溜溜地滑，站也站不住。只好抽冷子从小孩身后扑上去——这些倒是饶有风趣的运动；但是，常干就要倒霉。因此，顶多一个月玩那么两三回。

再就是让人把纸袋扣在咱家头上——这种玩法很不好受，也是十分无聊的一种游戏。尤其没有一个人搭伴就不可能成功，所以，不行。

再次，是在书本的封面上挠着玩——这若是被主人发现，不仅必有暴拳临头的危险，而且比较来说，这只能表现爪尖的灵敏，而全身肌肉却使不上劲儿。以上，都是我所说的旧式运动。

新式运动当中，有的非常有趣。最有意思的是捉螳螂。捉螳螂虽然没有拿耗子那么大的运动量，但也没有那么大的风险。从仲夏到盛秋的游戏当中，这种玩法最为上乘。若问怎么个捉法，就是先到院子里去，找到一只螳螂。碰上运气好，发现它一只两只的不费吹灰之力。且说发现了螳螂，咱家就风驰电掣般扑到它的身旁。于是，那螳螂妈呀一声，扬起镰刀型的脑袋。别看是螳螂，却非常勇敢，也不掂量一下对方的力气就想反扑，真有意思。咱家用右脚轻轻弹一下它的镰刀头，那昂起的镰刀头稀软，所以一弹就软瘫瘫地向一旁弯了下去。这时，螳螂仁兄的表情非常逗人。它完全怔住。于是咱家一步蹿到仁兄的身后，再从它的背后轻轻搔它的翅膀。那翅膀平常是精心折叠的。被狠狠一挠，便刷的一下子展开，中间露出类似棉纸似的一层透明的裙子。仁兄即使盛夏也千辛万苦，披着两层当然很俏皮的衣裳。这时，仁兄的细长脖子一定会扭过头来。有时面对着咱家，但大多是愤怒地将头部挺立，仿佛在等待咱家动手。假如对方一直坚持这种态度，那就构不成运动。所以又延长了一段时间，咱家又用爪扑了它一下，这一爪，若是有点见识的螳螂，一定会逃之夭夭。可是在这紧急之刻，还冲着咱家蛮干，真是个太没有教育的野蛮家伙。假如仁兄这么蛮干，悄悄地单等它一靠近，咱家狠狠地给它一爪，总会扔出它二三尺远吧！但是，对方竟文文静静地倒退。我觉得它怪可怜的，便在院里的树上像鸟飞似的跑了两三圈，而那位仁兄还没有逃出五六寸远。它已经知道咱家的厉害，便没有勇气再较量，只是东一头、西一头的，不知逃向哪里才好。然而，咱家也左冲右撞地跟踪追击。仁兄终于受不住，扇动着翅膀，试图大战一场。原来螳螂翅膀和它的脖子很搭配，长得又细又长。听说根本就是装饰品，像人世的英语、法语和德语一样，毫无实用价值。因此，想利用那么个派不上用场的废料大战一场，对于咱家是丝毫不见功效，说是大战，其实，它不过是在地面上爬行而已。这一来，咱家虽然有点觉得它怪可怜的，但为了运动，也就顾不上这许多了。对不起！咱家抽冷子跑到它的身前。由于惯性原理，螳螂不能急转弯，不得已只好依然向前。咱家打了一下它的鼻子。这时，仁兄肯定会张开翅膀一动不动地倒下。咱家用前爪将它按住，休息一会儿，随后再放开它，放开以后再按住它，以诸葛孔明七纵七擒的战术制服它。按程序，大约反复进行了三十分钟，看准了它已经动不得，便将它一口叼在嘴里，晃了几下，然后又把它吐了出来。这下子它躺在地面上不能动了，咱家才用另一只爪推它，趁它往上一蹿的工夫再把它按住。玩得腻了，最后一招，狼吞虎咽地将它送进肚里。顺便对没有吃过螳螂的人略进一言：螳螂并不怎么好吃，而且，似乎也没有多大营养价值。

除了捉螳螂，就是进行捉蝉运动。飞蝉并不只是一种⋯⋯

谨向列位声明：既然小名叫飞蝉，就不是在地面上爬行，假如落在地面上，蚂蚁一定叮它。咱家捕捉的，可不是在蚂蚁的领土上翻滚的那路货色，而是那些蹲在高高枝头、"知了知了"叫的家伙。再一次顺便请教博学多识的方家，那家伙到底是"知了知了"地叫？还是"了知了知"地鸣？见解各异，会对蝉学的研究产生很大的影响。人之所以胜于猫，就在这一点，人类自豪之处，也正是这一点。假如不能立刻回答，那就仔细想想好了。不错，作为捉蝉运动来说，随便怎样都无妨，只要以蝉声为号，爬上树去，当它拼命叫喊时猛扑过去便妥。这看来是最简单的运动，但却很吃力。我有四条腿，敢说在大地上奔跑比起其他动物毫不逊色。两条腿和四条腿，按数学常识来判断，长着四条腿的猫是不会输给人类的。然而，若说爬树，却有很多比我们更高明的动物。不要说专业爬树的猿猴，即使属于猿猴远孙的人类，也很有些不可轻视的家伙。本来爬树是违反地心引力的蛮干行为，就算是不会爬树，也不觉得耻辱，但是，却会给捉蝉运动带来许多不便。幸而咱家有利器猫爪，好好歹歹总算能爬得上去；不过，这可不像旁观者那么轻松。不仅如此，蝉是会飞的。它和螳螂仁兄不同，假如它一下子飞掉，最终就白费力气，和没有爬没什么两样，说不定就会碰上这种倒霉事的。最后，还时常有被浇一身蝉尿的危险。那蝉尿好像动不动就冲咱家的眼睛浇下来。逃掉就逃掉，但愿蝉兄千万不要撒尿。蝉兄起飞时总要撒尿，这究竟是何等心理状态影响了生理器官？不知是痛苦之余而便，还是为了有利于出其不意地创造逃跑时机？那么，这和乌贼吐墨、瘟三破口大骂时出示文身以及主人卖弄拉丁语之类，应该说是同出一辙了。这也是蝉学上不可掉以轻心的问题。如果仔细研究，足足够写一篇博士论文。

这是闲话，还是书归正传。蝉最爱集结——如果"集结"二字用得太怪，那就改成"集合"；"集合"，二字又过于陈腐，还是叫"集结"吧！蝉最爱集结的地方是青桐，据说汉文叫做梧桐。青桐叶子多，而且都像团扇那么大，如果长得里三层外三层的，就会茂密得几乎看不见树枝，这构成捉蝉运动的极大障碍。咱家甚至疑心："但闻其声，不见其身"这句民谣，是否很早以前就专为咱家而作。没办法，只好把蝉叫声当做目标，从树下往上爬五六尺远。于是梧桐树很可心，枝分两杈。在这儿聊以小栖，从树叶下侦察蝉在什么地方。不错，也有过这样的事：咱家爬上树的工夫，已经有个性急的家伙嗡嗡地飞走了。只要飞走一只，那就下不得手。在擅长模仿这一点，蝉几乎是不次于人类的蠢货，它们会接连着飞走。好歹爬上树杈，这时，满树静悄，了无声息。咱家曾经爬到此处，不论怎么东张西望，任你怎么晃动耳朵，也不见个蝉影。再爬一次吧，又嫌麻烦，因而想歇息片刻，便在树杈上安营扎寨，等待第二次机遇的来临。谁料，不知不觉困倦起来，终于走进黑色的甜蜜梦乡。忽然惊醒时，咱家已从两棵树杈的梦乡中，扑通一声跌落在院子里的石板地面上了。

不过，大体说咱家每次上树都会捉到一只蝉的。扫兴的只是必须在树上把蝉叼在嘴里。因此，待叼到地上吐出它来时，它大多已经毙命。再怎么逗它，挠它，都没有丝毫反应。而捉蝉的妙趣在于悄悄地溜过去，在蝉兄不要命地将尾巴一伸一缩时，忽地用前爪逮住它。这时，蝉兄唧唧地哀号，将薄薄透明的羽翼不住地左右乱晃。其速度，其优美，无不空前绝后，实为寒蝉世界的一大壮观。每当咱家按住"知了"时总要请求蝉兄给咱家露一手这套艺术表演。玩得腻了，那就对不起，把它塞到嘴里吃掉。有的蝉直到进嘴，还在继续表演哪。

捉蝉以外所进行的运动是滑松。这无须赘言，只略述几句。提起滑松，也许有人以为是在松树上滑行。其实不然，也是爬树的一种。不同的只是，捉蝉是为了捉蝉而爬树，滑松却是为了爬树而爬树。原来松树常青，自从北条时赖①最明寺饱餐之后，松树便长得粗糙不平，因此，再也没有像松干那么不光滑的了。无处下手，也无处落脚。换句话说，就是无处搭爪。需要找一个便于搭爪的树干一口气爬上去。爬上去，再跑下来。跑下来有两种方法：一是倒爬，即头朝下往地面上爬；一是按爬上时的姿势不变，尾巴朝下倒退。试问天下人，谁知道哪一种下法最难？按人们肤浅的见识，一定认为既然是往下爬，还是头朝下舒服吧？这就错了。这些人恐怕只记得源义经翻下鵯越古栈②的故事，以为既然源义经都头朝下下山，那么，猫嘛，自然充其量不过是头朝下爬树罢了。不能这么小瞧，你猜猫爪是冲哪边长的？都是口朝后。因此，像鹰嘴钩一样，钩住什么东西便于往身前拽，往后推就使不上力气。假如咱家现在飞快地爬树，由于咱家是地上的动物，按理，肯定不可能在松树之巅久留。停一会儿，必然要下来。如果头朝下地往下落那就太快；所以，必须采取什么办法使这自然的快速缓解几分，这便是降。落与降，似乎出入很大，其实，并不像想象那样有多么大的差别。将落的速度减缓些就是降，将降的速度加快些就是落。落与降，只是毫厘之差。咱家不喜欢从松树上往下落，因此，定要减缓落下的速度以便降下来。就是说，要用一点什么抵制落下的速度。咱家的爪如上所述，都是口朝外的。假如头部在上，爪在下，那么就能够利用脚爪的力量顶住下落的力量；于是，下落便一变而为下降，这实在是极其浅显的道理。然而，不妨反过来，学习源义经头朝下爬松树试试看。虽然有爪，却不顶用，会哧溜溜地滑下来，处处没有力量能够支撑住自己的体重。这时，虽然满心想降，却一变而成为落。想学源义经翻越鵯越古栈是困难的。在猫当中会这套本事的恐怕只有咱家。因此，咱家才把这叫做滑松。

最后，对跑墙再略进一言。主人家的院子是用竹篱围成个四方形，和檐廊平行的那一边，大约有五六丈长吧！左右两侧总共不过两丈五。刚才咱家所说的跑墙运动，就是说沿着篱笆跑上一圈，不要掉下去。虽然有时也有掉脚的时候。如果顺利完成，那可十分开心。尤其到处立着烧断根的松木杆，这便于咱家随处歇气儿。今天成绩很不错，从早到晚跑了三圈，越跑越熟练，越熟练就越有趣，终于反复跑了四圈。当跑到四圈半时，从邻舍的屋脊飞来三只乌鸦，在对面六尺多远的地方排队站得刷齐。这是些冒失鬼，妨碍别人运动！尤其这些乌鸦家居何处？还来历不明，身份不清，怎能随便落在别人家的墙上？想着想着喊道："咱家要过去！喂，闪开！"

最前边的乌鸦瞅着咱家，嬉皮笑脸的。第二只乌鸦在向主人院里张望。第三只在用墙根的竹子蹭嘴，一定是飞来吃了些什么？咱家站在篱笆墙上，为了等待它们的回答，给它们三分钟的考虑时间。据说都管乌鸦叫做"丧门神"，一点不假。咱家再怎么等，它们也既不搭话，更不起飞。没办法，我只得慢慢走去。于是，头一名乌鸦忽地张开翅膀，还以为它总算惧怕咱家的威风，想要逃走哩！不料，它只是改变了一下姿势，把面朝右改为面朝左。这些杂种。若是在地面上，那副熊样，咱家不会置之不理。怎奈，正处于光走都很

---

① 北条时赖：日本13世纪（镰仓时期）的执政官。传说他出家后冒雪遍游。在佐野源左卫门的家里时，主人烧了珍藏的梅、松、樱盆栽为他取暖饱餐。

② 鵯越古栈：神户兵库区横断六甲山地的古道。当年源义经协助其兄源赖朝，灭乎家军于一谷。这里路险，义经曾摔下古道。

疲乏的半路上，没有精力和丧门神较量！话是这么说，咱家又不甘心继续站在这里等待三只乌鸦自动退却！第一，这么等起来腿也站不住。而对方因为有翅膀，在这种地方是站得惯的，因而愿意逗留多久都可以。可咱家已经跑了四圈，光是蹲着就够累的，何况玩的是不亚于走钢丝绳的技艺加运动。就算没有任何障碍，也难保一定不会摔下去！偏偏又有这么三个黑衣歹徒挡住去路，真是险恶的难关。

等来等去，只好咱家自动停止运动，跳下篱笆。一定难缠，索性就这么办吧！一方面敌人过多，尤其都是此地眼生的扮相，尖尖嘴怪里怪气地高高耸立，活像天狗的私孩子！反正一定不是些好东西。还是退却安全。如果太靠近，万一摔下去，那就更加耻辱。想到这，面朝左的那只乌鸦叫了一声"阿——愚"，第二只也学舌似的叫声"阿——愚"，第三只郑重其事地连叫两声"阿愚，阿愚"。咱家再怎么厚道，也不能视而不闻。首先，在自己家居然受起乌鸦的侮辱，这与咱家的名声有关。如果说咱家还没名没姓，谈不上与名声有关，那么就说与颜面有关吧！决不能退却！俗语也说"乌合之众"嘛，它们虽然三只，说不定意外地无能。咱家壮起胆子，力争能进便进，慢慢地走去。乌鸦却佯做不知，仿佛在相互谈话。这更惹恼了咱家。假如墙头再宽五六寸，一定叫它们大祸临头。遗憾的是，不论怎么恼火，也只能慢腾腾地走路。总算走到距离乌鸦的排头大约五六寸的地方。刚想歇上一气儿，那些机灵鬼忽然不约而同地扇动起翅膀，飞了一二尺高。一阵风突然扑到咱家的脸上，咱家一惊，一脚踩空，啪地摔了下去。这下子糟了，从篱下仰目望去，三只乌鸦又站在原处，长嘴并列，居高临下地瞧着咱家。真是些不要脸的东西！咱家瞪了它们一眼，却毫无效果。咱家又弓起背来，轻轻吼了一声，也越来越无济于事。正像俗人不懂神奇的象征诗，咱家对乌鸦表示愤怒，也毫无反响。思量起来，倒也不无道理。咱家一直拿它们当猫，这很不好。假如是猫，来那么一手肯定有效。可偏偏它们是乌鸦。想到它们是机灵鬼乌鸦，又怎能奈何它们？这正如实业家焦急地要制服咱家的主人苦沙弥；正如源赖朝①送给西行和尚②一只银制猫；正如乌鸦在西乡隆盛③的铜像上拉屎。咱家可会看风头。约觉于己不利，干净利落，嗖的一下子溜进檐廊去了。

已经是吃晚饭的时候。运动固然好，过度也不行。身子像散了架子似的，已经拿不成个。何况恰是初秋，运动中咱家日晒下的毛皮大衣，大概吸饱了夕照的阳光，身子烤得受不住。从毛孔里渗出的汗珠，盼它流下去，可它却像油腻似的黏在毛根上。后背痒得慌，出汗发痒和跳蚤钻进毛丛里发痒，咱家是能够辨别清楚的。本也知道：大凡嘴能够得到的地方可以咬它，爪能伸得到的部位可以挠它；但是，现在痒在脊梁骨竖向的正中，可就力所不逮了。这时节，不是见到一个人在他身上乱蹭，便是利用松树皮大演一场摩擦术。如不二者择其一，就难受得睡不着。

人嘛，全是些蠢货。娇声娇气地叫几声就行。按理，娇声媚气应是人们为咱家而发。假如设身处地地为咱家着想，自然会明白那不是猫在献媚，而是猫被人的娇声所诱发的媚气——反正人嘛，都是些蠢货。咱家被诱发出娇媚声，往人们的腿上一靠。人们大抵误以为是爱上了他或她。不仅任咱家亲昵，常常还爱抚咱家的头部。然而近来，咱家的皮毛里繁殖着一种号称跳蚤的寄生虫，偶一靠近人，肯定要被掐住脖子远远扔出去。仅仅因为那么个肉眼不一定看得见的微不足道的小虫便厌弃咱家，这正是所谓"翻手为云、覆手为雨"。顶多那么一二千只跳蚤呗！人们竟然这么势利眼。据说人世上爱的法则，头一条是：

---

① 源赖朝：镰仓初期将军，武家政治和镰仓幕府创始人。

② 西行：镰仓时期歌人，23岁出家。传说源赖朝送他一个银制猫，他出门就送给小孩了。

③ 西乡隆盛：日本明治维新时的政治家，维新后任参议，1877年叛乱未成，自杀。

"于己有利时，务须爱人。"

既然人们对咱家风云突变，身上再怎么痒，也不能指望靠人力解决。因此，只好采取第二种方法——松树皮摩擦，再也没有别的好主意。那就去摩擦一会儿吧！咱家刚要从檐廊跳下去，又一想，这可是个得不偿失的笨法子。理由倒也无他：松树有油。松油的黏着力特别强，一旦黏在毛梢上，哪怕雷轰，哪怕波罗的海舰队①苦战得全军覆没，它也绝不肯脱落。而且，如果黏上了五根毛，很快就蔓延到十根。刚刚发现黏上了十根，已经黏住了三十根，咱家可是个酷爱恬淡的风雅之猫，非常讨厌这种腻腻歪歪、狠狠歹歹、黏黏糊糊、磨磨叽叽的玩意儿。纵然绝代美猫咱家都不睬，何况松脂乎？松脂和车夫家大黑眼里迎着北风流下的眼眵不相上下，让它来糟蹋咱家这身浅灰色毛皮大衣，太岂有此理！松脂稍微想想，就会明白。但是，那家伙没有一点思量的意思。只要将脊背往树皮上一靠，肯定立刻被它黏住。和这种不知好歹的蠢货打交道，不仅有损于咱家的颜面，而且也有害于咱家的皮毛。再怎么痒得难受，也只得忍着点儿。然而，这两种方法却进行不得，又令人担忧。不赶快想个办法，总这样又痒又黏，结果说不定会害病的。应该如何是好呢？正弯着后腿打主意，忽然想起一件事来。

我家主人常常带上毛巾和肥皂，不知悠然去到什么地方。过三四十分钟回来以后，只见他阴沉的面色有了生气，显得那么光艳。假如对主人那么脏里脏气的人都能产生那么大的作用，对咱家就会更有效验。咱家自来就这么漂亮，又不想当个花花公子，本可以不去；万一身染重病，享年一岁零几个月而夭折，那将何以告慰天下苍生！

听说那个地方也是人类为了消磨时光而设计出来的澡塘。既是人类所造，肯定不含糊。反正没事儿，进去试试有何不可！干这么一次，即使不奏效，顶多洗手不干到头。不过，还不知人类是否那么宽宏大量，肯在人类为自己设计的澡塘里容纳异类的猫，这还是个问号。但是，连主人都大模大样地跨入，料想也没有理由将咱家拒之于门外。但是，万一吃点什么苦头，传闻可就不大好听。最好还是先去侦察一下，约莫情况良好，再叼条毛巾窜进去看看。主意拿定，便徐步向澡塘进发。

出小巷，向左拐，迎面耸立着个东西，好像竹筒，筒尖上冒着淡淡的烟雾，那里便是澡塘。咱家从后门蹑手蹑脚地溜进去。说什么"从后门溜进是胆小"，"是外行"等等，这都是那些非从正门拜访不可的人们有点嫉妒，才七嘴八舌地发牢骚。自古聪明人，无疑都是从后门出其不意而闯入。据说《绅士养成法》的第二卷第一章第五页就是这么写的。下一页中在绅士的遗书上，有"后门乃绅士之遗书，亦修身明德之门也"之类的话。咱家是二十世纪的猫，这么点教育还是受过的，不要把咱家瞧扁了！

却说，咱家溜进去，一看，左边锯成八寸长的松木棒堆积如山，旁边有煤，堆积似岭。也许有人要问："为什么松木为山，黑煤似岭呢？"这倒没什么重大意义，不过临时将山岭二字分而用之罢了。人类又是吃米，又是吃鸟兽虫鱼，吃尽种种恶食，结果，落得吃起煤炭来。好惨哪！

往尽头一瞧，只见六尺多宽的房门大敞着。室内空空荡荡，悄然无声。对面却有人语频频。可以断定所谓的澡塘子，一定就在发出语声的那一带，便穿过木炭和煤堆中间形成的深谷，再往左拐。走着走着，发现右侧有玻璃窗，窗外有圆形小桶堆成三角形，也便是金字塔形。那圆形小桶堆成三角形，该是何等地忍辱负重啊！咱家暗暗地同情起圆桶诸兄了。

---

① 波罗的海舰队：俄国三大舰队之一，日俄战争时败于日本海。

小桶南侧剩有四五尺宽的地板，好像专为欢迎咱家而设。地板约高于地面三尺，若想跳上去，它可是个上等跳台，咱家边说："好嘞！"边纵身一跳。所谓澡塘子，就在鼻下、眼下和面前动荡。若问天下什么最有趣儿？莫过于吃没吃过的东西、看没看过的光景更开心的了。列位如果像我家主人那样，一周三次到这个澡塘来混三十乃至四十分钟，那就没的说；假如像咱家这样从未见过澡塘，最好快来看看。宁肯爹妈临死不去送终，这番情景也非来观赏不可。都说世界大着哪！但是，如此奇观却绝无仅有。

"什么奇观？"咱家几乎没法说出口。人们在玻璃室里咕咕唧唧，吵吵嚷嚷，都赤条条的，简直像台湾的土人，是二十世纪的亚当。翻开人类服装史——这要扯得太远，还是不谈这些，让给托尔夫斯德吕克①翻去吧——人类全靠衣着提高身价。十八世纪英国的理查德·纳什，对于巴斯温泉制定了严格的规则：在浴池内，不论男女，从肩到脚都要着装。距今六十年前，曾在英国的古都设立绘图学校。既是绘图学校，那么，买些裸体画、裸体像的素描与模型，四下陈列起来，这本是件好事。可是当举行开学典礼时，以当权者为首直到教职员，都曾非常尴尬。开学典礼嘛，总要邀请市内的名媛淑女。然而，按当时贵妇人的观点：人是服饰的动物，不是披一身毛皮的猴子猴孙。人不穿衣，犹如大象没有鼻子，学校没有学生，军人没有勇敢，完全失去了人的本性。既然失去了人的本性，那就不能承认是个人，是野兽。纵然是素描或模型，但与兽类为伍，自然有损于女士的品格。因此，妻妾们说"恕不出席"。

教职员们都认为这是些不可理喻的女人。然而东西各国无不相通，女人是一种装饰品。她们虽然一不会春米，二不当志愿兵，但在开学典礼上却是少不得的化装道具。因此，也就没有办法，只好跑到布店去买了一丈二尺八分七厘的黑布，给那些被咒为野兽的人像穿上了衣服。又生怕冒犯哪一位，煞费苦心地将脸儿遮掩了。于是，开学典礼总算顺利举行。服装之于人，竟然如此重要。

近来还有些老师，不断地强调画裸体画，但他们错了。依咱家有生以来从未裸体的猫来看，这肯定是错了。裸体本是希腊、罗马的遗习，乘文艺复兴时期的淫靡之风而盛行于世。在希腊与罗马，对于裸体，人们已经司空见惯，大概丝毫也没想到裸体与风纪有什么利害关系。然而，北欧却是个寒冷的地方。就连在日本都常说："不穿衣服怎能出远门。"如果是在德国或英国光着身子，只有冻死。死了白搭一条命，还是穿衣服为好。大家都穿起衣服来，人就成了服饰的动物。一旦成为服饰的动物，偶然遇上裸体，就不能承认他是人，认为他是兽。因此欧洲人，尤其北欧人将裸体画、裸体像视为兽，这是可以理解的。视为不如猫的兽，也是无可厚非的。美？美就美吧！不妨视为"美丽的野兽"好了。

如此说来，也许有人要问："你见过西方妇女的礼服吗？"

不过是一只猫呗，哪里见识过西方妇女的礼服？据说，她们袒胸裸肩，露着胳膊，就把这样的衣裳叫做礼服。真是荒谬绝伦！直到十四世纪，女人们的衣着打扮并不这么滑稽，穿的还是普通人的装束。为什么变得像个下流的杂技演员似的呢？说来繁琐，略而不述。反正知之为知之，不知为不知，也就算了吧！关于历史，暂且不提。却说她们尽管打扮得这么怪里怪气，只在夜间得意洋洋，但是内心里似乎多少还有点人味。一到白天，她们就盖上肩头，遮住胸脯，包紧胳膊，不仅全身不外露，而且哪怕被人看见一个脚趾，也认为是奇耻大辱。由此可见，她们的礼服只起了掩耳盗铃的作用，简直是傻子跟混蛋想出来的主意。如果有人觉得这话说得叫人委屈，那么，何不大白天露出肩膀、胸脯和胳膊来试试？

① 托尔夫斯德吕克：英国历史学家卡莱尔的《拼凑的裁缝》一书中虚构的人物。

裸体崇拜者也不例外。既然裸体那么好，何不叫女儿赤身露体，顺便你自己也脱得精光，到上野公园去走走？做不到？不，不是做不到，大概是因为西洋人不这么干，你才不肯的吧？现在不是正有人穿着这样别别扭扭的礼服耀武扬威地跨进帝国饭店吗？若问是何道理，倒也简单：无非西洋人穿，他们也便穿穿罢了。大概认为西洋人优秀，哪怕生硬、愚蠢，也觉得不模仿就不舒服。常言道："见了长的必须短，见了硬的必须软，见了重的必须扁。"按这一连串的"必须"，岂不成了傻瓜！如果认为当傻瓜也没法子，那就忍着点吧！那就别再以为日本人怎么了不起。学问也是如此，只因与服装无关，下文略去。

（方华文编，摘自于雷译：《我是猫》，译林出版社，2010）

第三十三章　川端康成及《雪国》

第一节　川端康成简介

川端康成，20 世纪日本最有影响力的作家之一，是"新感觉派"文学代表人物，也是继泰戈尔之后亚洲第二位获得诺贝尔文学奖的作家。1968 年，在瑞典皇家文学院诺贝尔文学奖的颁奖辞中称川端康成"以卓越的感受性和高超小说技巧，表现了日本人心灵的精髓"。

1899 年 6 月 14 日，川端康成出生于大阪市的一个医生家庭。幼时父母双亡，由祖父母抚养。少年时代，祖母、姐姐、祖父的相继过世在他稚幼心灵里投下了恐惧的阴影，逐渐形成了感伤与孤独的性格。1912 年进入茨木中学读书，开始尝试撰写新体诗、短歌、绯句和短文。1917 年考入东京第一高等学校。1920 年 7 月，入读东京帝国大学文学系英文科，翌年转入国文系。川端康成大学期间参与创办《新思潮》杂志，并热衷于文学创作，小说《招魂节一景》尤其获得广泛好评。此后，川端康成的名字第一次出现在《文艺年鉴》上，标志着他正式步入文坛。

1924 年大学毕业后，川端康成与横光利一等人共同创办杂志《文艺时代》，发起"新感觉派"文学运动。1926 年发表了成名作《伊豆的舞女》。《文艺时代》停刊后，先后参与了《近代生活》、《文学界》和《文艺恳谈会》等杂志的创办活动。1930 年 4 月，接受文化学院文学部部长菊池宽的聘请，担任创作讲师，并兼任日本大学讲师。1935 年 1 月，连载发表小说《雪国》。1936 年，因反战而宣布停笔，过着半隐居式的生活。1940 年 10 月，发起创立日本文学会。1944 年 4 月，以《故园》、《夕阳》等作品获得菊池宽奖。1946 年 10 月，迁居镰仓长谷。1948 年 6 月，担任日本笔会长。1949 年 5 月，另一部重要小说《千羽鹤》开始连载发表。由于在创作方面不断取得成果，战后陆续获得了多种荣誉头衔和奖励，诸如艺术院奖、野间文艺奖、歌德奖章、每日出版文化奖、第 21 届文化勋章等。1953 年被选为日本文学艺术最高荣誉机关——艺术院的会员。1961 年前往京都写作《古都》，同年获得文化勋章。1968 年 10 月 17 日，《雪国》、《千羽鹤》及《古都》三部作品以惊世骇俗的气魄获得诺贝尔文学奖。1972 年 4 月 16 日，川端康成在极度忧郁、极其矛盾之中自杀。

川端康成一生撰写了 500 余部（篇）小说以及众多的散文、随笔、演讲、评论、诗歌、书信和日记等。早期作品以《精通葬礼的人》、《十六岁的日记》和《致父母的信》为代表，大多描写对已故亲人的深切哀思及恋爱的曲折经历，情调感伤哀怨，思想虚无颓废。中后期作品则呈现出复杂化和多样化趋势，《舞姬》、《古都》和《雪国》等作品深切关注社会下层妇女的不幸命运，表现出积极健康的审美情趣；《千羽鹤》、《山音》和《睡美人》等作品则以表现感官刺激和病态情感享受为基调，情节离奇、荒诞而又颓废。

来源于日本传统文学中的感伤情怀以及对自然美景陶醉的基调贯穿于川端文学的创作始终。在作家眼中，世界呈现出截然相反的两极状态：美丽与悲哀，纯粹与残缺。他的作品大多流露出日本古典文学传统中的"物哀"色彩，又渗透着佛教禅宗的影响力，呈现出一个自我凝望、自我对话的虚拟世界。风雅、物哀与幽玄是作家最主要的美学观念，虚无感和无常感亦作为美学特征而存在于作品之中。

川端康成突出的文学成就表现在以西方文学技巧发展与深化了日本传统文学，使世人重新感知东方文化的独特魅力。他的作品既凸显了民族性和特殊性，又表现出世界性和普遍性，堪称世界文学殿堂中的一道凝重而亮丽的风景线。

第二节 《雪国》简介

《雪国》是日本作家川端康成的第一部中篇小说和代表作，也是1968年获得诺贝尔文学奖的三部小说之一。从1935年1月起分别以《暮景的镜》、《白昼的镜》为题名，陆续连载于《文艺春秋》和《改造》两本文学杂志上，相互之间并没有紧密衔接的情节。历经13年的修改之后，才于1948年汇集成单行本，并冠之以《雪国》的书名出版发行。

《雪国》是一部具有深层次象喻、充满神秘虚幻色彩和艺术穿透力的杰出作品。"雪国"这个高洁而凄凉的名词象征着清雅、超脱与圣洁的东方之美。"雪国"是男主角岛村的解脱之地，使之远离了现实的失意和污浊，同时也暗示着雪国女性濯清涟而不妖，像雪一般纯净。故事以远离东京的雪国及温泉旅馆为背景，描写了一位东京舞蹈艺术研究家岛村前后三次前往多雪的北国山村，与当地一名叫驹子的艺妓由邂逅而情爱，同时又与萍水相逢的纯情少女叶子之间所发生的感情纠葛。两位女性形象的塑造有如两面镜子，一虚一实，相互照应。如果说驹子是现实的化身，是世俗的、官能的和肉体的一面；那么，叶子就是非现实的幻影，是虚无的、纯真的和精神的一面。驹子迷恋岛村，不能自持；但岛村却认为驹子对爱情的追求是理想化的、虚幻的和徒劳的。他倾心于叶子，然而叶子却可望而不可即。作品并没有扣人心弦的情节，也没有深刻复杂的社会主题，但是岛村人生虚无的喟叹，驹子顽强而徒劳的追求，叶子对意中人生死两茫茫的忆念，以及雪国山村清寒而纯净的景色，共同构建了一个哀婉、唯美的艺术境界。

《雪国》既是美的颂歌，也是悲的礼赞。小说的结尾把悲与美的合奏曲推向了高潮。叶子在蚕房火灾中为救孩子而献出了生命，但岛村并没有表现出应有的悲伤，相反从叶子升天般的死亡中得到了心灵的彻悟和精神的升华，体悟出前所未有的平静、超脱与自由。此时岛村眼中壮丽的"银河""哗啦一声，向他的心坎上倾泻了下来"，幻境旋即在雪与火的交融和冲突中破灭了，岛村同大自然融为一体。小说到此戛然而止，诸般形象都隐遁于无形。作家以艺术手法把"银河"化作一种进化与救赎的象征，"银河"的浩渺、宁静与恒久与战时的践踏、毁灭和生命的短暂形成了鲜明的对比。"银河"压倒了火势，暗示人类心灵的最终归宿。

川端康成忠实地立足于日本古典文学，维护并继承了纯粹的日本传统文学模式。在《雪国》中，作家既吸收了西方文学的写作技法，同时也赋予作品以浓厚的日本色彩和唯美主义倾向。他继承了日本古典文学中重视人物心理刻画的传统，结合"新感觉派"写作技法，以纯粹的个人官能为出发点，依靠直觉描绘人物纤细的情感和心理活动，达到了炉火纯青的艺术境界。在结构上则借鉴了西方"意识流"的创作手法，通过人物的自由联想推动情节发展，进而突破时空的连贯性，扩大联想与回忆的空间，并以传统工整而严谨的结构加以制约，使作品波澜起伏。此外，自然世界给川端康成带来纯美柔和的生命感受，作家巧妙地采用雪国独特的景致烘托人物，创造出美不胜收的境界与情趣，雪景、夕阳、月色、甚至叶子的死，都展现出闲寂的虚无，流露出淡淡的物哀情愫，折射出心灵与自然、主体与客体的完美融合。

川端康成以禅宗式的"虚无"在纷乱不已的心灵深处寻找到寂静与安详的境界，进而探索生命与宇宙的本真。作家超越了世俗成规，在朦胧中展示故事，创造出一种超越现实的虚幻之美。在清冷静寂、简古淡朴的禅境中，使心灵得以启悟，逐渐冰释那隐藏于雪境深处的虚无的质感。

第三节　《雪国》选段

这场初雪，使得枫叶的红褐色渐渐淡去，远方的峰峦又变得鲜明起来。

披上一层薄雪的杉林，分外鲜明地一株株耸立在雪地上，凌厉地伸向苍穹。

在雪中缫丝、织布，在雪水里漂洗，在雪地上晾晒，从纺纱到织布，一切都在雪中进行。有雪始有绉纱，雪乃是绉纱之母也。古人在书上也曾这样记载过。

在估衣铺里，岛村也找到了一种雪国的麻质绉纱，拿来做夏装。这是村妇们在漫长的冬雪日子里用手工织成的。

由于从事舞蹈工作的关系，他认识了经营能乐旧戏服的店铺，拜托过他们：如有质地好的绉纱，请随时拿给他看看。他喜欢这种绉纱，也用它来做贴身的单衣。

据说，从前到了撤下厚厚的雪帘、冰融雪化的初春时分，绉纱就开始上市了。三大城市的布庄老板也从老远赶来买绉纱，村里甚至为他们准备了长住的客栈。姑娘们用半年心血把绉纱织好，也是为了这首次上市。远近村庄的男男女女都聚拢到这儿来了。这儿摆满了杂耍场和杂货摊，就像镇上过节一样，热闹异常。绉纱上都系有一张纸牌，记着纺织姑娘的姓名和地址，根据成绩来评定等级。这也成为选媳妇的依据。要不是从小开始学纺织，就是到了十五六岁乃至二十四五岁也是织不出优质绉纱来的。人一上岁数，织出来的布面也失去了光泽。也许姑娘们为了挤进第一流纺织女工的行列而努力锻炼技能的缘故吧，她们从旧历十月开始缫丝，到翌年二月中旬晾晒完毕，在这段冰封雪冻的日子里，别无他事可做，所以手工特别精细，把挚爱之情全部倾注在产品上。

在岛村穿的绉纱中，说不定还有江户末期到明治初期的姑娘织的吧。

直到如今，岛村仍把自己的绉纱拿去"雪晒"。每年要把不知是谁穿过的估衣送去产地曝晒，虽说麻烦，但想到旧时姑娘们在冰天雪地里所花的心血，也还是希望能拿到纺织姑娘所在的地方，用地道的曝晒法曝晒一番。晨曦泼晒在曝晒于厚雪上的白麻绉纱上，不知是雪还是绉纱，染上了绮丽的红色。一想起这幅图景，就觉得好像夏日的污秽都被一扫而光，自己也经过了曝晒似的，身心变得舒畅了。不过，因为是交由东京的估衣铺去办，古老的曝晒法是否会流传至今，岛村就不得而知了。

曝晒铺自古以来就有。纺织姑娘很少在自己家里曝晒，多半都是拿给曝晒铺去晒的。白色绉纱织成后，直接铺在雪地上曝晒；有色绉纱纺成纱线后，则挂在竹竿上曝晒。因为在一月至二月间曝晒，据说也有人把覆盖着积雪的水田和旱地作为曝晒场。

无论是绉纱还是纱线，都要在碱水里泡浸一夜，第二天早晨再用水冲洗几遍，然后拧干曝晒。这样要反复好几天。每当白绉纱快要晒干的时候，旭日初升，燃烧着璀璨的红霞，这种景色真是美不胜收，恨不能让南国的人们也来观赏。古人也曾这样记载过。绉纱曝晒完毕，正是预报雪国的春天即将来临。

绉纱产地离这个温泉浴场很近。它就在山峡渐渐开阔的河流下游的原野上，因此从岛村的房间也可以望见。昔日建有绉纱市场的镇子，如今却修了火车站，成为闻名于世的纺织工业区。

不过，岛村没有在穿绉纱的仲夏，也没有在织绉纱的严冬来过这个温泉浴场，从而也就没有机会同驹子谈起绉纱的事。再说，他这个人也不像是去参观古代民间艺术遗迹的。

然而，岛村听了叶子在浴池放声歌唱，忽然想到：这个姑娘若生在那个时代，恐怕也会守在纺纱车或织布机旁这样放声歌唱的吧。叶子的歌声确实像那样一种声音。

比毛线还细的麻纱，若缺少雪天的天然潮湿，就很难办了。阴冷的季节对它似乎最合适。古时有这样一种说法：三九寒天织出来的麻纱，三伏天穿上令人觉得特别凉爽，这是由于阴阳自然的关系。

倾心于岛村的驹子，似乎在根性上也有某种内在的凉爽。因此，在驹子身上迸发出的奔放的热情，使岛村觉得格外可怜。

但是，这种挚爱之情，不像一件绉纱那样能留下实在的痕迹。纵然穿衣用的绉纱在工艺品中算是寿命最短的，但只要保管得当，五十年或更早的绉纱，穿在身上照样也不褪色。而人的这种依依之情，却没有绉纱寿命长。岛村茫然地这么想着，突然又浮现出为别的男人生了孩子、当了母亲的驹子的形象。他心中一惊，扫视了一下周围，觉得大概是自己太劳累了吧。

岛村这次逗留时间这么长，好像忘记了要回到家中妻子身边的样子。这倒不是离不开这个地方，或者同驹子难舍难分，而是由于长期以来自然形成了习惯于等候驹子频频前来相会。而且驹子越是寂寞难过，岛村对自己的苛责也就越是严厉，仿佛自己不复存在。这就是说，他明知自己寂寞，却仅仅一动不动地待在那里。驹子为什么闯进自己的生活中来呢？岛村是难以解释的。岛村了解驹子的一切，可是驹子却似乎一点也不了解岛村。驹子撞击墙壁的空虚回声，岛村听起来有如雪花飘落在自己的心田里。当然，岛村也不可能永远这样放荡不羁。

岛村觉得这次回去，暂时是不可能再到这个温泉浴场来了。雪季将至，他靠近火盆，听见了柔和的水沸声。这种沸水声是客栈主人特地拿出来的京都出产的古老铁壶发出来的。铁壶上面精巧地镶嵌着银丝花鸟。水沸声有二重音，听起来一近一远。而比远处水沸声还稍远些的地方，仿佛不断响起微弱的小铃声。岛村把耳朵贴近铁壶，听了听那铃声。驹子在铃声不断的远处，踏着同铃声相似的细碎的脚步走了过来。她那双小脚，赫然映入岛村的眼帘。岛村吃了一惊，不禁暗自想道：已经到该离开这里的时候了。

于是，岛村想起要到绉纱产地去看看。这个行动固然也含有为自己找个机会离开温泉浴场的意思。

但是，河流下游有好几个小镇，岛村不晓得到哪个镇上去才好。他又不是想去看正在发展成纺织工业区的大镇，因此索性在一个冷落的小站下了车。走了一会儿，就到了一条像是古代驿站集中的市街上。

家家户户的房檐直伸出去，支撑着它一端的柱子并排立在街道上。好像江户城里叫"店下"的廊檐，旧时在这雪国把它叫"雁木"。积雪太厚时，这廊檐就成为往来的通道。通道一侧，房屋整齐，廊檐也就连接下去。

　　房檐紧接房檐，屋顶上的雪除了弄到马路当中以外，别无他处可以弃置。实际上是将雪从大屋顶上高高抛起来扔到马路正中的雪堤上。要到马路对过，就得挖通雪堤，修成一条条隧道。这些地方叫做"钻胎内涵洞"。

　　同样是在雪国，但驹子所在的温泉乡，房檐并不相连。岛村到了这个镇子，才头一回看到这种"雁木"。好奇心促使他走过去看了看，只见破旧的房檐下十分昏暗。倾斜的柱脚已经腐朽，令人觉得仿佛是在窥视世世代代被埋没在雪里的忧郁的人家。

　　在雪里把精力倾注在手工活上的纺织女工，她们的生活可不像织出来的绉纱那样爽快。这个镇子自然而然地给人一个相当古老的印象。在记载绉纱的古书里，也引用了唐代秦韬玉的诗。但据说纺织商之所以不愿雇佣纺织女工，是因为织一匹绉纱相当费工，在经济上划不来。

　　这样呕心沥血的无名工人，早已长逝。他们只留下了这种别致的绉纱。夏天穿上有一种凉爽的感觉，成了岛村他们奢华的衣着。这事并不稀奇，但岛村却突然觉得奇怪。难道凡是充满诚挚爱情的行动，迟早都会鞭挞人的吗？岛村从"雁木"底下，走到了马路上。

　　笔直的长长的市街，很像当年旅馆区的街道。这大概是从温泉乡直通过来的一条旧街吧。木板葺的屋顶上的横木条和铺石，同温泉乡也没有什么不同。

　　房檐的柱子投下了淡淡的影子，不知不觉地已近黄昏。

　　没有什么可观赏的，于是岛村又乘火车来到了另一个镇子。那里也和先前那个镇子不相上下。岛村在那里也只是悠然漫步，然后吃了一碗面条，暖和暖和身子。

　　面食店在河岸上。这条河大概也是从温泉浴场流过来的。可以看到尼姑三三两两地先后走过桥去。她们穿着草鞋，其中有的背着圆顶草帽，像是化缘回来的样子，给人一种小鸟急于归巢的感觉。

　　"有不少尼姑打这儿路过吧？"岛村问面食店的女人。

　　"是啊。这山里有尼姑庵。过些时候一下雪，从山里出来，路就不好走了。"

　　在薄暮中，桥那边的山峦已经是一片白茫茫的景色。

　　在这北国，每到落叶飘零、寒风萧瑟的时节，天空老是冷飕飕，阴沉沉的。那就是快要下雪了。远近的高山都变成一片茫茫的白色，这叫做"云雾环岳"。另外，近海处可以听见海在呼啸，深山中可以听到山在呜咽，这自然的交响犹如远处传来的闷雷，这叫做"海吼山鸣"。看到"云雾环岳"，听见"海吼山鸣"，就知道快要下雪了。岛村想起古书上有过这样的记载。

　　岛村晚起，躺在床上听那赏枫游客唱谣曲的那天，下了第一场雪。不知今年是否已经海吼山鸣了？也许由于岛村一个人旅行，在温泉乡同驹子接连幽会，不觉间听觉变得特别敏锐起来，只要想起海吼山鸣，耳边就仿佛回荡着这种远处的闷雷声。

　　"尼姑们这就要深居过冬。她们有多少人呢？"

　　"哦，大概很多吧。"

　　"这么多尼姑聚到一起，在冰天雪地里待几个月，不知都在干些什么呢？这一带旧时织绉纱，她们在尼姑庵里要是也织织就好啦。"

　　对岛村这席好奇的话，面食店的女人只是报以微笑。

　　岛村在车站等了将近两个小时回程的火车。微弱的阳光已沉下去，一股寒意袭来，犹如星星的寒光，冷飕飕的。脚板也觉得透心凉。

　　岛村漫无目的地跑了一趟，又回到了温泉浴场。车子驶过那个岔口，一直开到守护神的杉林边上，眼前出现一间透着亮光的房子，岛村不禁松了一口气。这是"菊村"小饭馆。三四个艺妓站在门前闲聊天。

他刚想不知驹子在不在，驹子就出现了。

车子突然放慢了速度。显然是司机早已了解岛村和驹子的关系，有意无意地把车子放慢了。

岛村无端回过头，朝着与驹子相反的方向望去。岛村坐来的那辆汽车的车辙，清晰地留在雪地上，在星光下，意外地拖到很远很远的地方。

车子来到了驹子跟前。只见驹子刚闭了闭眼睛，冷不防地向汽车扑上来。车子没有停下，仍按原先的慢速爬上了坡道。驹子弓着腰，抓住车门上的把手，跳到车门外的踏板上。

驹子就像被吸引住似的猛扑了上来，岛村觉得仿佛有一种温暖的东西轻轻地贴近，因而他对驹子的这种举动并没有感到不自然或者危险。驹子像要抱住车窗，举起了一只胳膊。袖口滑落下来，露出了长衬衣的颜色。那色彩透过厚厚的窗玻璃，沁入岛村冻僵了的眼睑。

驹子把额头紧贴在窗玻璃上，尖声喊道：

"到哪儿去了？喂，你到哪儿去了？"

"多危险呀，简直是胡闹！"岛村虽也高声回答，但却是一种甜蜜的戏谑。

驹子打开车门，侧身倒了进去。但是，这时车子已经停住，来到山脚下了。

"我说，你到哪儿去了啊？"

"嗯，这个……"

"哪儿？"

"也说不上到哪儿。"

驹子理了理衣裳下摆，那举止十足是艺妓的派头，岛村突然觉得有点新奇。

司机坐着一动也不动。车子已经走到街的尽头，停了下来。岛村觉得就这样坐在车上，实在滑稽，于是说道："下车吧。"

驹子把手放到岛村那只放在膝头的手上。

"唉呀，真冷啊！瞧，多冷啊！你为什么不带我去呢？"

"对，应该带你去……"

"这时候说带我去，你这人真有意思。"

驹子欢快地笑着，爬上了有陡峻石磴的小路。

"我是看着你出去的。大概是两三个钟头以前，对吧？"

"唔。"

"听见汽车声，我就出来看了。到外面来看了。你连头也没回，对吧？"

"嗯。"

"你没看后面，为什么不回头看看呢？"

岛村有点惊讶。

"真不知道我在送你吗？"

"不知道。"

"瞧你。"驹子还是高兴得笑眯眯的。然后，她把肩膀靠了过来。"为什么不带我去？你变得冷淡了。讨厌！"

报火警的钟声突然响了起来。

两人回头望去。

"着火，着火啦！"

"着火啦！"

火势从下面村子的正中央蹿了上来。

驹子喊了两三声，一把抓住了岛村的手。

火舌在滚滚上升的浓烟中若隐若现。火势向旁边蔓延，吞噬着周围的房檐。

"是什么地方？不是在你原来住过的师傅家附近吗?"

"不是。"

"是在哪一带呢?"

"在上头一点，靠近火车站那边。"

火焰冲过屋顶，腾空而起。

"你瞧，是蚕房呀。是蚕房呀！你瞧，你瞧，蚕房着火了。"驹子把脸颊压在岛村的肩上，接连地说："是蚕房，是蚕房呀！"

火势燃得更旺了。从高处望下去，辽阔的星空下，大火宛如一场游戏，无声无息。尽管如此，她却感到恐惧。有如听见一种猛烈的火焰声逼将过来。岛村抱住了驹子。

"没什么可怕的。"

"不，不，不！"驹子摇摇头，哭了起来。她的脸贴在岛村的手掌上，显得比平时小巧玲珑。绷紧的太阳穴在突突地跳动着。

看见着火，驹子就哭了起来。可是她哭什么呢？岛村并没怀疑，还是搂抱着她。

驹子突然不哭了，她把脸从岛村肩上抬了起来。

"哎哟，对了，今晚蚕房放电影，里面挤满了人，你……"

"那可就不得了啦！"

"一定会有人受伤，有人烧死啊！"

两人听见上面传来一片骚乱声，就慌慌张张地登上石磴。抬头一看，高处客栈二三楼房间的拉窗差不多都打开了，人们跑到敞亮的走廊上观看着火场面。庭院一个角落里，一排菊花的枯枝，说不清是借着客栈的灯光还是星光，浮现出轮廓来，令人不禁感到那上面映着火光。就在那排菊花后面，也站着一些人。三四个客栈伙计从岛村他俩头顶上跌跌撞撞地滚落了下来。驹子提高嗓门问：

"喂，是蚕房吗?"

"是蚕房。"

"有人受伤吗？有没有人受伤?"

"正一个个地往外救呢。来电话说是电影胶片呼啦一声烧着了，火势蔓延得很快。喏，你瞧。"伙计迎头碰上他们两人，只挥了挥一只胳臂，就走了。

"听说人们正把孩子一个个从二楼往下扔呢。"

"唉，这可怎么得了。"

驹子好像追赶着伙计似的走下石磴。后来下楼的人都跑到她的前头去了。她不由自主地跟着跑了起来。岛村也随后跟上。

在石磴下面，火场被房子挡住，只能看见火舌。火警声响彻云霄，令人越发惶恐，人们四外乱跑。

"结冰了，请留神，滑啊！"驹子停住了脚步，回头看了看岛村，趁机说："对了，你就算了，何必一块去呢。我是担心村里的人。"

她这么说，倒也是的。岛村感到失望。这时才发现脚底下就是铁轨，他们已经来到铁路岔口的跟前。

"银河，多美啊！"

驹子喃喃自语。她仰望着太空，又跑了起来。

啊，银河！岛村也仰头叹了一声，仿佛自己的身体悠然飘上了银河当中。银河的亮光显得很近，像是要把岛村托起来似的。当年漫游各地的芭蕉，在波涛汹涌的海上所看见的银河，也许就像这样一条明亮的大河吧。茫茫的银河悬在眼前，仿佛要以它那赤裸裸的身体拥抱夜色苍茫的大地。真是美得令人惊叹。岛村觉得自己那小小的身影，反而从地面上映入了银河。缀满银河的星辰，耀光点点，清晰可见，连一朵朵光亮的云彩，看起来也像粒粒银沙子，明澈极了。而且，银河那无底的深邃，把岛村的视线吸引过去了。

"喂，喂。"岛村呼唤着驹子，"喂，来呀！"

驹子正朝银河下昏暗的山峦那边跑去。

她提着衣襟往前跑，每次挥动臂膀，红色的下摆时而露出，时而又藏起来，在洒满星光的雪地上，显得更加殷红了。

岛村飞快地追了上去。

驹子放慢了脚步，松开衣襟，抓住岛村的手。

"你也要去？"

"嗯。"

"真好管闲事啊！"驹子提起拖在雪地上的下摆，"人家会取笑我的，你快回去吧！"

"唔，我就要到前边去。"

"这多不好，连到火场去也要带着你，在村里人面前怪难为情的。"

岛村点点头，停了下来。驹子却轻轻地抓住岛村的袖子，慢慢地起步走了。

"你找个地方等着我，我马上就回来。找什么地方好呢？"

"什么地方都行啊。"

"是啊。再过去一点吧。"驹子直勾勾地望着岛村的脸，突然摇摇头说："我不干，我再也不理你了。"

驹子抽冷子用身子碰了碰岛村。岛村晃悠了一下。在路旁薄薄的积雪里，立着一排排大葱。

"真无情啊！"驹子挑逗说。"喏，你说过我是个好女人的嘛。一个说走就走的人，干吗还说这些话呢，难道是向我表白？"

岛村想起驹子用发簪哧哧地扎铺席的事来。

"我哭了。回家以后还哭了一场。就害怕离开你。不过，你还是早点走吧。你把我说哭了，我是不会忘记这件事的。"

岛村一想起那句话虽然引起了驹子的误会，然而却深深印在她的心坎上，就油然生起一股依恋之情。瞬间，传来了火场那边杂沓的人声。新的火舌又喷出了火星。

"你瞧，还烧得那么厉害，火苗又蹿上来了。"

两人得救似的松了一口气，又跑了起来。

驹子跑得很快。她穿着木屐，飞也似的擦过冰面跑着。两条胳膊与其说前后摆动，不如说是向两边伸展，把力量全集中在胸前了。岛村觉得她格外小巧玲珑。发胖的岛村一边跑一边瞧着驹子，早就感到疲惫不堪。而驹子突然喘着粗气，打了个趔趄倒向岛村。

"眼睛冻得快要流出泪水来啦。"

她脸颊发热，只有眼睛感到冰冷。岛村的眼睛也湿润了。他眨了眨眼，眸子里映满了银河。他控制住晶莹欲滴的泪珠。

"每晚都出现这样的银河吗？"

"银河？美极了。可并不是每晚都这样吧。多明朗啊。"

他们两人跑过来了。银河好像从他们的后面倾泻到前面。驹子的脸仿佛映在银河上。

但是，她那玲珑而悬直的鼻梁轮廓模糊，小巧的芳唇也失去了色泽。岛村无法相信呈弧状横跨太空的明亮的光带竟会如此昏暗。大概是星光比朦胧的月夜更加暗淡的缘故吧。

可是，银河比任何满月的夜空都要澄澈明亮。地面没有什么投影。奇怪的是，驹子的脸活像一副旧面具，淡淡地浮现出来，散发出一股女人的芳香。

岛村抬头仰望，觉得银河仿佛要把这个大地拥抱过去。

犹如一条大光带的银河，使人觉得好像浸泡着岛村的身体，漂漂浮浮，然后伫立在天涯海角上。这虽是一种冷冽的孤寂，但也给人以某种神奇的媚惑之感。

"你走后，我要正经过日子了。"驹子说罢，用手拢了拢松散的发髻，迈步就走。走了五六步，又回头说："你怎么啦？别这样嘛。"

岛村原地站着不动。

"啊？等我一会儿，回头一起到你房间去。"

驹子扬了扬左手就走。她的背影好像被黑暗的山坳吞噬了。银河向那山脉尽头伸张，再返过来从那儿迅速地向太空远处扩展开去。山峦更加深沉了。

岛村走了不一会儿，驹子的身影就在路旁那户人家的背后消失了。

传来了"嘿嗬，嘿嗬，嘿嗬嗬"的吆喝声，可以看见消防队拖着水泵在街上走过。人们前呼后拥地在马路上奔跑。岛村也急匆匆地走到马路上。他们两人来时走的那条路的尽头，和大马路连成了丁字形。

消防队又拖来了水泵。岛村让路，然后跟随在他们后头。

这是老式手压木制水泵。一个消防队员在前头拉着长长的绳索，另一些消防队员则围在水泵周围。这水泵小得可怜。

驹子也躲闪一旁，这人将这些水泵拉过去。她找到岛村，两人又一块走起来。站在路旁躲闪水泵的人，仿佛被水泵所吸引，跟在后面追赶着。如今，他们两人也不过是奔向火场的人群当中的成员罢了。

"你也来了？真好奇。"

"嗯。这水泵老掉牙了，怕是明治以前的家伙了。"

"是啊。别绊倒。"

"真滑啊。"

"是啊。往后要是刮上一夜大风雪，你再来瞧瞧，恐怕你来不了了吧？那种时候，野鸡和兔子都逃到人家家里呢。"驹子虽然这么说，然而声音却显得快活、响亮，也许是消防队员的吆喝声和人们的脚步声使她振奋吧。岛村也觉得浑身轻松了。

火焰爆发出一阵阵声音，火舌就在眼前蹿起。驹子抓住岛村的胳膊肘。马路上低矮的黑色屋顶，在火光中有节奏地浮现了出来，尔后渐渐淡去。水泵的水，向脚底下的马路流淌过来。岛村和驹子也自然被人墙挡住，停住了脚步。火场的焦煳气味里，夹杂着一股像是煮蚕蛹的腥气。

起先人们到处高声谈论：火灾是因为电影胶片着火引起的啦，把看电影的小孩一个个从二楼扔下来啦，没人受伤啦，幸亏现在没把村里的蚕蛹和大米放进去啦，如此等等。然而，如今大家面对大火，却默然无言。失火现场无论远近，都统一在一片寂静的气氛之中。只听见燃烧声和水泵声。

不时有些来晚了的村民，到处呼唤着亲人的名字。若有人答应，就欢欣若狂，互相呼唤。只有这种声音才显出一点生机。警钟已经不响了。

岛村顾虑有旁人看见，就悄悄地离开了驹子，站在一群孩子的后面。火光灼人，孩子们向后倒退了几步。脚底下的积雪也有点松软了。人墙前面的雪被水和火融化，雪地上踏着杂乱的脚印，变得泥泞不堪。

这里是挨着蚕房的旱田。同岛村他们一起赶来的村民，大都闯到这里来了。

火苗是从安放电影机的入口处冒出来的，几乎大半个蚕房的房顶和墙壁都烧坍了，而柱子和房梁的骨架仍然冒着烟。木板屋顶、木板墙和木板地都已荡然无存。屋内不见怎么冒烟了。屋顶被喷上大量的水，看样子再燃烧不起来了。可是火苗仍在蔓延不止，有时还从意想不到的地方冒出火焰来。三台水泵的水连忙喷射过去，那火苗就噗地喷出火星子，冒起黑烟来。

这些火星子迸散到银河中，然后扩展开去，岛村觉得自己仿佛又被托起飘到银河中去。黑烟冲上银河，相反的，银河倏然倾泻下来。喷射在屋顶以外的水柱，摇摇曳曳，变成了蒙蒙的水雾，也映着银河的亮光。

不知什么时候，驹子靠了过来，握住岛村的手。岛村回过头来，但没有作声。驹子仍旧望着失火的方向，火光在她那张有点发烫的一本正经的脸上，有节奏地摇曳。一股激情涌上了岛村的心头。驹子的发髻散了，她伸长了脖颈。岛村正想出其不意地将手伸过去，可是指头颤抖起来。岛村的手也暖和了。驹子的手更加发烫。不知怎的，岛村感到离别已经迫近。

入口处的柱子什么的，又冒出火舌，燃烧起来。水泵的水柱直射过去，栋梁吱吱地冒出热气，眼看着要倾坍下来。

人群"啊"的一声倒抽了一口气，只见有个女人从上面掉落下来。

由于蚕房兼作戏棚，所以二楼设有不怎么样的观众席。虽说是二楼，但很低矮。从这二楼掉落到地面只是一瞬间的事，可是却让人有足够的时间可以用肉眼清楚地捕捉到她落下时的样子。也许这落下时的奇怪样子，就像个玩偶的缘故吧，一看就晓得她已经不省人事了。落下来没有发出声响。这地方净是水，没有扬起尘埃。正好落在刚蔓延开的火苗和死灰复燃的火苗中间。

消防队员把一台水泵向着死灰复燃的火苗，喷射出弧形的水柱。在那水柱前面突然出现一个女人的身体。她就是这样掉下来的。女人的身体，在空中挺成水平的姿势。岛村心头猛然一震，他似乎没有立刻感到危险和恐惧，就好像那是非现实世界的幻影。僵直了的身体在半空中落下，变得柔软了。然而，她那副样子却像玩偶似的毫无反抗，由于失去生命而显得自由了。在这瞬间，生与死仿佛都停歇了。如果说岛村脑中也闪过什么不安的念头，那就是他曾担心那副挺直了的女人的身躯，头部会不会朝下，腰身或膝头会不会折曲。看上去好像有那种动作，但是她终究还是直挺挺的掉落了下来。

"啊！"

驹子尖叫一声，用手掩住两只眼睛。岛村的眼睛却一眨不眨地凝望着。

岛村什么时候才知道掉落下来的女人就是叶子呢？

实际上，人们"啊"的一声倒抽一口冷气和驹子"啊"的一声惊叫，都是在同一瞬间发生的。叶子的腿肚子在地上痉挛，似乎也是在这同一刹那。

驹子的惊叫声传遍了岛村全身。叶子的腿肚子在抽搐。与此同时，岛村的脚尖也冰凉得痉挛起来。一种无以名状的痛苦和悲哀向他袭来，使得他的心房激烈地跳动着。

叶子的痉挛轻微得几乎看不出来，而且很快就停止了。

在叶子痉挛之前，岛村首先看见的，是她的脸和她的红色箭翎花纹布和服。叶子是仰脸掉落下来的。衣服的下摆掀到一只膝头上。落到地面时，只有腿肚子痉挛，整个人仍然处在昏迷状态。不知为什么，岛村总觉得叶子并没有死。她内在的生命在变形，变成另一种东西。

叶子落下来的二楼临时看台上，斜着掉下来两三根架子上的木头，打在叶子的脸上，燃烧起来。叶子紧闭着那双迷人的美丽眼睛，突出下巴颏儿，伸长了脖颈。火光在她那张惨白的脸上摇曳着。

岛村忽然想起了几年前自己到这个温泉浴场同驹子相会、在火车上山野的灯火映在叶子脸上时的情景，心房又扑扑地跳动起来。仿佛这一瞬间，火光也照亮了他同驹子共同度过的岁月。这当中也充满一种说不出的苦痛和悲哀。

驹子从岛村身旁飞奔出来。这与她捂住眼睛惊叫差不多在同一瞬间，也正是人们"啊"的一声倒抽一口冷气的时候。

驹子拖着艺妓那长长的衣服下摆，在被水冲过的瓦砾堆上，踉踉跄跄地走过去，把叶子抱回来。叶子露出拼命挣扎的神情，耷拉着她那临终时呆滞的脸。驹子仿佛抱着自己的牺牲和罪孽一样。

人群的喧嚣声渐渐消失，他们蜂拥上来，包围住驹子她们两人。

"让开，请让开！"

岛村听见了驹子的喊声。

"这孩子疯了，她疯了！"

驹子发出疯狂的叫喊，岛村企图靠近她，不料被一群汉子连推带搡地撞到一边去。这些汉子是想从驹子手里接过叶子抱走。待岛村站稳了脚跟，抬头望去，银河好像哗啦一声，向他的心坎上倾泻了下来。

（郭京红编，摘自叶渭渠、唐月梅译：《雪国》，南海出版公司，2010）

第三十四章　井上靖及《敦煌》

第一节　井上靖简介

井上靖，日本当代著名作家、诗人和评论家，也是日本纯文学派和大众文学派的代表。他与川端康成、三岛由纪夫被并称为日本"现代文学三大家"。

1907年5月6日，井上靖出生于北海道旭川郡一个军医家庭。1914年进入伊豆汤之岛小学。1922年考入静冈县立沼津中学，其间酷爱文学，尤其对中国历史文化倾慕不已。1927年进入金泽市第四高等理科学校。1932年考入京都大学哲学系美学专业。1936年7月，发表处女作《流转》，获得千叶龟雄奖，并以此为契机，就职于大阪《每日新闻》报社任记者。次年9月，因中日战争爆发应征入伍，作为士兵来到中国河北省，4个月后因病回国，同年退伍，继续从事新闻工作。1951年辞去《每日新闻》书籍部副部长之职，专事文学创作。

井上靖一生作品颇丰，小说创作尤为突出。此外还撰写了大量的诗集、散文、剧本、电影脚本和美术评论等。其早期小说触及日本战后众生的精神面貌与社会现实，辛辣地针砭、揭露了日本社会弊端，凝聚了作家的政治主张和理想愿望。1949年，发表小说《猎枪》和《斗牛》，名噪文坛。翌年，《斗牛》获得日本文学最高奖——芥川文学奖。《暗潮》、《比良山的石楠花》以及随后获得艺术院奖的《冰壁》等皆被视为力作。后期作品《城堡》、《夜声》等进一步深化了现实主义思想内涵。

20世纪40年代末，井上靖开始以中国古代历史文化为题材进行创作，蜚声文坛的代表作有《天平之甍》、《苍狼》、《杨贵妃》、《孔子》等。其中《天平之甍》获日本文部大臣奖；《孔子》被誉为"历史小说明珠"，获野间文艺奖。这些脍炙人口之作巩固了其"历史小说家"的地位。井上靖亦怀有浓郁的西域情结，凭借对史料的严谨解读，以中国古代西域风情、历史掌故为蓝本，创作了《漆壶樽》、《异域之人》、《楼兰》、《敦煌》等优秀历史小说，后两部作品荣获"每日艺术奖"。井上靖以独特的视野开启了尘封的历史，抖落了岁月的尘埃，通过一望无垠的荒凉沙漠、金戈铁马的激烈战场和异域情调的世风民俗，倾诉着历史的兴盛衰亡，聆听着古代人物的心灵回声，演绎着历史人生的沧海变迁，引领读者徜徉在远古的遐想之中。

井上靖另有一部分作品涉足"私小说"，即自我小说或心境小说，如《翠柏的故事》、《台风中的看望》、《白蜉蝣》、《夏草冬涛》等。这些作品以描写个人经历及身边故事为主，透过小说表层可令人领悟到超越人性的原始存在。

井上靖一生中历任日本艺术院会员、日本文艺家协会理事长、日本笔会会长、日中文化交流协会会长等职务。1976年荣获文化勋章。作为日中友好的社会活动家，他曾20余次访华，成为第一位由北京大学授予"荣誉博士"称号的日本人。1991年1月29日，井上靖病逝于东京。

井上靖使"由私小说垄断的抒情和由大众文学作品垄断的故事性综合了起来，成功地创造出一种新型的小说"。作家采用非小说手法，淡化情节与人物刻画，渲染意境，烘托时代气息，以古朴幽深、严谨流畅的文笔将抒情和叙事糅合为一体。他的作品具有深厚的日本传统文化意蕴，贯穿着凄婉、苍凉、深沉、孤独的基调，表露出"遁世之志"；随后又将历史、自然与美学概念相融合，升华了文学艺术境界。

作为"置于文坛最高峰的大师"，井上靖开辟了以中国历史文化为小说题材之先河，揭示了华夏母体文化的深刻内涵，拓展了日本文学的岛国视野，把浓烈的、广袤无垠的大陆性风格引入日本文学领域。其作品享誉国外，被译成多国文字。井上靖以独树一帜的文学风格和历史小说观，成为日本文坛上的常青树。

第二节　《敦煌》简介

《敦煌》是井上靖挑战敦煌石窟千古之谜的一部历史小说。作家以非凡的想象力描述了 11 世纪中国西北边疆的民族史、开拓史与战争史。透过岁月的残骸，作品描绘了河西走廊寂静浩渺的大漠中气势磅礴的昔日战争，展现了广阔的历史舞台，塑造了众多栩栩如生的历史人物，凝练出残垣断壁中凄婉幽怨的往日故事。

《敦煌》于 1959 年 1 月至 5 月分五回首次连载于日本《群象》杂志上。1961 年由东京讲谈社出版。故事的时间跨度为宋仁宗天圣四年（1026）到景佑二年（1035）。小说通过主人公赵行德曲折传奇的人生经历，展示出绚烂鲜明的历史画卷。赵行德是北宋仁宗年间一位命运多舛的湖南举人，在万般皆下品、唯有读书高的封建时代，他背井离乡，进京赶考，却因一梦而意外落第。机缘巧合之下，拯救了一位西夏女子。因感怀于奇特的异域文化，远赴塞外，被收编充军。昔日舞文弄墨的孱弱书生便驰骋于异域大漠，终日面对刀光剑影、血雨腥风。在亲眼目睹回鹘女子殉情之后，彻悟人生，皈依佛门，于乱兵中拯救经卷，藏于千佛洞中，为后世留下了无价珍宝。大漠风沙吹过千年之后，时间悄无声息地埋葬了所有的爱恨情仇与血泪辛酸，一切精彩与庸碌皆化为过眼云烟，而敦煌依然屹立不动，一睹其下，万缘皆空。

《敦煌》映现着作家对人世、社会和自然的终极体验。井上靖在谈及《敦煌》的写作初衷时曾说："将历史看作人与人的剧场，历史演变本身是被时间、空间限制的单纯的舞台。"他巧妙地将人物、事件纳入自然、社会与历史的怀抱之中。随着情节的发展，人物与事件逐渐淡出舞台，自然力和社会力却如同滚滚洪流，奔腾而出。在历史时空无限流转的过程中，人类的存在显得无比渺小与孤独，一切短暂的悲欢离合都被历史的长河吞噬。这种对人生偶然性和命运无常性的独特感悟经过作家的理性过滤，表现为对人类自身局限性的超越，并最终升华为一种基于人类命运的悲剧意识。

《敦煌》的艺术构思独特，一方面作家以严谨的史学态度，借鉴中国史传文学的叙事模式，创造出一种"学究式的文体"；另一方面又追求艺术与客观史实的和谐统一，以大胆丰富的想象力虚构情节，填补历史的空隙，为埋没在层层黄沙之下的历史与人物赋予了鲜活的生命，呈现出强烈的通俗性与传奇性，使小说创作臻于圆熟。与近代传统小说相比，《敦煌》在表现手法、人物选取、性格刻画和题材组织等方面具有较大的突破与创新。

《敦煌》被日本文学家评价为"浪漫的叙事史诗"。小说时而泼墨写意，时而工笔细描，既有苍凉、悲壮的审美取向，也夹杂着纤细、哀婉的情愫，同时还带有一种神秘、宿命的佛教色彩。这一特点同日本传统美学"物哀"相融合，发展为朦胧、幽玄的意境。这种意境使人类的最终行为都转化为超自然的态势，使作品充满了穿越历史时空的虚无意识。井上靖对历史洪流中瞬间出现而又消失殆尽的人类命运流露出极大的关注与眷恋，赵行德、朱王礼、尉迟光、李元昊等文学形象都在"历史"这个无法逃脱的宿命中画出各自不同的命运轨迹。

《敦煌》是井上靖西域小说的代表作。作品展现了宋代中国边疆各民族政治、经济、宗教、文化与风俗习惯的激烈冲荡与交融，其悲凉苍茫、含蓄深沉而又富有浪漫色彩的历史与现实交融的场景令人荡气回肠。通过体味历史风云，感受人生际遇，捕捉民族命运的脉搏，读者可对西域及西域小说产生一种崭新的认知。

第三节　《敦煌》选段

翌年明道元年（1032），西夏王德明崩，年五十一，其子元昊继承王位。德明性情温和，终其一世，夹在契丹与宋两大国之间，采取观望政策，是西夏中兴历程中无大功也无大过之人。

元昊个性与其父迥异，凡事积极主动，在对宋和契丹的政策上，经常与父亲对立。年轻时便受父王之托掌握兵权，东征西讨，实战经验丰富，加上每战必胜，养成他放眼凉、甘、肃各州，一无所惧的自信。元昊一向主张西夏应保有自身的文化风俗，传言他甚至曾以此力谏接受宋朝所赐锦衣的父王。

元昊即位后，形势似乎有意与其对立，吐蕃统治者角厮罗，自宗河城移师青唐（西宁），以防范西夏。

元昊并不怕与宋交战。他打算先同与宋通好的吐蕃决战，破其势力，除去后顾之忧，再一举并吞沙洲。偏偏角厮罗和元昊都在等候时机成熟，不肯轻易动兵。

在战事一触即发的紧张气氛中，朱王礼和赵行德于肃州城送走明道元年，迎来了第二年的春天。其间，赵行德一直浸淫于佛教经典，最近半年则在涉猎所有能到手的教义理论方面的经典。

三月，朱王礼部忽然奉命移驻瓜州。在此之前，瓜州无一兵一卒进驻，虽其当政者向西夏称臣，两国间有使臣往来，但瓜州既为一独立地区，便不宜驻军。李元昊这种强硬作风异于往昔，人人为之胆寒。

朱王礼以五千汉军将领身份，离开了驻守两年半的肃州城。此时大漠长满可做骆驼食粮的白草。

赵行德与朱王礼领先策马前行。"酒泉西望玉门道，千山万碛皆白草。"行德想起多年前于故国读过的一首诗，并念给朱王礼，又说如此诗所言属实，他们脚下这片白草，应该会一直延绵到瓜州。

对此，朱王礼没说什么，倒感慨良多地对赵行德道："你这人怎么会跑到这种地方来？当初到兴庆，就该直接从那儿回宋土。"

"可既然已经来了，又有什么办法？"行德笑笑。

"是啊，既然来了，也就没法回头了。你小子本来就抱定决心要老死在这片白草里，不是吗？"朱王礼说。

行德感到朱王礼在有意无意影射回鹘郡主之死。从甘州行军到肃州的第一夜，队伍宿营在一条干涸的河之畔时，两人曾谈及回鹘郡主，并各怀心绪悼念她。自那以后，两人就不约而同地再也不提她。

行德如今已很少想起那回鹘女子，并非刻意要忘掉她，只是想起她的时候越来越少了。但这并不意味着对她的情意已淡漠，虽不像从前那么常想起，但每次忆及，那女子的情影都如此鲜明，甚至一次比一次鲜明。行德记得她的明眸、俏鼻和樱唇，也记得最后一次相逢时，她那抹交织着惊讶于悲喜的浅笑，还有甘州城高高的城墙上一个小黑点化作一道细小弧线坠落下去的画面，都历历如绘地重现眼前。

每忆起那回鹘女子，行德就感到一种持久的静谧充溢五内，那已不是对故人的情爱或伤情，而是一种摈除七情六欲之后对某种近乎纯粹完美事物的赞叹。

"一切皆是因缘。"行德引用佛教用语，尽管他认为朱王礼未必理解这句话，但除此以外他再也找不到更加恰当的说法。

朱王礼没将他这句话听进耳中，只管说："这回进驻瓜州，你最好去瓜州太守手下做事，一定大有可为。管他因缘不因缘，你跑到西夏前军里厮混，一定是哪里出错了，这一点是肯定的。瓜州是你我一样的汉人的地盘，只要耐心等候，迟早会有办法回到宋土。"

赵行德听着这番话，无动于衷，对他来说，有朝一日果真离开军队，到瓜州太守手下任职，也没有什么特殊意义。至于那一天是否会到来，都在因缘。他固然并不排斥返回宋土，但其心不切，反倒对这位统领内心所想很感兴趣。

"先别管我如何，大人打算怎么办？"行德问道。

"我嘛，我还有很多事情等着做呢。"

"什么事？"

"不明白？你难道不知道我每日心中所想？"朱王礼豪迈地大笑，接着语气强硬地断然道："有件事情我非做不可。"

朱王礼并没有说非做不可的事究竟是什么，行德尽管不明所以，却相信朱王礼终有一天会达成目的，因为他向来言出必行，行定有果。

瓜州距肃州六百二十里，行程十天。沙漠中的路大都被冰层覆盖。第二日，队伍遥望着白雪皑皑的山岭行军一整天，随后一连四日都在风雪交加的沙漠中行进。第六日，越过几条干涸的疏勒河支流后，他们终于走出沙漠，来到久违的草地，这儿也是冰雪一片。第七日和第八日，再度置身寒风呼啸的沙漠，第九日才又来到草原。

第十日午时，朱王礼部顶着天边烈风，进入瓜州城。瓜州城东、西、南均有城门，队伍由东门进城，各族士兵组成的瓜州军队列队出迎。小小城邑因五千士兵和众多马匹骆驼立时拥挤起来。这是一座完全建筑在沙漠上的城邑，城里各条道路都堆积着沙土，与行走在沙漠里毫无二致。

朱王礼部进城后，狂风连刮了三天三夜，古老城墙的上部因而崩塌。据闻此地一年三百六十五日，绝少有不刮风的时候。

赵行德受不了肆虐狂风，但来到此地后，总算重享了违隔多年的安稳。大街上贩卖羊毛兽皮的商人、出售甘草杂粮的农夫多为汉人。肃州也有不少汉人，但习俗与汉族不同。相形之下，瓜州就大为不同了。此地汉人的语言、习俗、衣着，都让他想起故国。城墙与城门尽管较诸所见城邑都古老荒凉，却是他熟悉的。有很长一段时间，赵行德每天都在漫天风沙的大街小巷徜徉。

太守延惠的府邸气派恢弘。延惠四十五六岁，身材肥胖，一副城府极深，不动声色的表情，不愧是一度统治河西的节度使曹氏后裔，一看便知出身良好，只是也不大可能有何作为。

延惠对来客表示，兄长贤顺所居沙洲是座大都邑，佛教兴盛，来来往往的西域商旅很多，城内极为繁荣，多是殷富人家。相反，瓜州是个小城，奉兄长之命驻守。此地没什么值得一观。不过，在信奉佛教方面，自信不亚于任何人，比较贵重的经典分别藏于两三座寺庙。各位来客如有意一观，随时奉陪。

然而，一行人中对佛教经典感兴趣的只有赵行德一人。行德遂向延惠表示改日再专程参观。

延惠说："听说西夏近来有了自己的文字，我倒有意将所持经典译成西夏文送予西夏。兴庆已在着手这种译经工作，我也很想一为，聊表对佛祖的感恩之情。工作所需花费全部由我负担，能否请诸位加以协助？"

这次同样除了行德无人作答。朱王礼似乎对这个不以酒筵相待的瓜州主人很不满，兀自板着面孔，沉默寡言地闷坐一旁。

可要忙着对延惠下论断，认为他头脑欠灵通，那就未免过早了。正当一行人准备结束这场不甚愉快的造访，告辞离去时，延惠表示愿为每位访客提供府邸和于阗玉，统领朱王礼外加一名侍妾。朱王礼大快，顿时恢复了统领的威严和生气，向延惠保证，不论何事西夏军都愿协助，尽管提出。

接着朱王礼重新介绍身旁的赵行德："佛教方面的事我懂得不多，这个人大概可以派上用场，就请太守多跟他商量吧。"

延惠提供给朱王礼的府邸坐落在城东，从前是回鹘商人的宅第，拥有一个宽敞的庭院和一座方形泉池，非常气派。屋内家具设备极尽奢华，到处悬挂着匾额、对联。朱王礼算是在这里度过了一生中最美好的日子。

分配给赵行德的宅子也在城东，还没有朱王礼府邸的几分之一大，却与往昔阿育王寺所在地毗连。不远的疏林里，还可以看到古塔遗迹，附近还有若干废寺的残垣断壁。自己居处的所在地如此富有来历，行德感到非常满意。在两名随从侍候下，他起居于此，三餐则由士兵送来。

移往新居后，行德数次造访延惠，并很快跟他亲近起来。有一次看到行德的书法，延惠赞不绝口，表示当今沙洲、瓜州，只怕无一人能及行德。此外，在经典和教义知识方面，行德也足以令这位笃信佛教的瓜州掌权者深感佩服。

不知第几次造访太守府时，延惠再度提出初次见面时谈到的有关译经的话题。他说，兴庆那边也许正在从事这方面的工作了，他也预备将之作为自己信仰上的工作，奉献佛祖。行德认为兴庆方面并未开始译经，西夏文字创制未久，兴庆拥有的经典又寥寥可数，何况西夏建国大业未竟，有更多更重要的事要做。因此对西夏来说，延惠的提议当应者颇多才对，可尽管统领满口答应予以协助，真要做起来，却也相当艰难。

"阁下的长官不是说愿意协助我们做这件事吗？"延惠说。

不知为何，行德对延惠这人颇具好感。不错，就政治上来说，他的确很无能，看着西夏强盛起来，一受威胁，就屈身称臣以求苟安，胆小而神经质。但另一方面，他却也有纯粹而执着之处。行德喜欢看他的笑容：松弛的皮肤缓缓动了动，良久才从眉眼和嘴角间流露出内心的欢悦，使人联想到婴儿圣洁无邪的微笑。单为了让延惠展露这副欢颜，也该答应帮他这个忙才好，行德不觉这样想。

行德回到队伍，将此事禀报朱王礼。朱王礼立刻言道："那就去做吧，我不大懂那究竟是什么工作，如果不是什么太坏的事，你就他帮他一把好了。"

"可如果真要做，单靠我一人成不了事，必须要好几个学养深厚的人通力合作才能完成。"

"那就找几个好了。"

"只有在兴庆才能找到这种人才。"行德说。

"那你就到兴庆去找吧。"朱王礼若无其事地应道。

前往兴庆可不是件易事，但行德知道只要到了那里，便能找到若干有能力将汉译经典译成西夏文的人才。他马上想起了好几张面孔，都是曾经跟他一起从事过西夏文字整理工作的汉人。

五月初，行德打点完毕，准备前往西夏京都兴庆。由朱王礼或延惠具名的好几份文书也拟好了，只差出发的日子尚未决定。他得耐心等候有军队从瓜州向东开拔。

五月中旬某日，延惠找来赵行德，说："有个沙洲来的商旅，叫尉迟光，要去兴庆，你跟他一起走如何？"

行德不知这尉迟光何许人物，但在西夏和吐蕃持续交战的今日，编组商队从瓜州前往兴庆，无论如何都是欠考虑的。行德还是决定见一见这位商旅，延惠对这人也所知不多。

第二日，行德前往南门附近的客栈造访尉迟光。那尉迟光正好外出，听说他很快就会回来，行德便站在拥挤的窄巷一角等候。

不久，尉迟光终于出现了。此人身材修长，皮肤黝黑，目光锐利，是个三十开外的年轻人。起先，他好似不明白赵行德为什么找他，说话态度谨慎。

"你是驻军那边的人吧？找我有什么事？"

"我从太守那里听说了你。"

对方立刻没好气地答道："你搬出太守来也吓不着我，我已名正言顺地弄到了通关文书。有什么事快说，我现在正忙得不可开交呢。"

行德看出对方是个急性子，便简单说明来意，表示希望加入开赴兴庆的商队。

"这是西夏还是太守的命令？"年轻人问道。

"双方都有。"

"我的商队一向不带外人，如果下令的只是太守或西夏军一方，我绝对拒绝，但既然是双方共同下令，也就不便拒绝了。虽然麻烦，还是带你一起走吧。后天一大早出发，明晚月出时分准备停当，赶到这里会合。"

接着尉迟光以粗暴的口气补充说，既然要加入商队，一切都得听他的命令行事。

第二日，赵行德到朱王礼府邸辞行。朱王礼一见面就说为了他要送出二十件兵器，行德不明其意，最后才得知尉迟光曾来找过朱王礼，要求借二十件兵器，作为让赵行德同行的代价。

"我看中了那个不要命的小伙子，答应了他的要求。这下你可以大摇大摆地加入他们了。"朱王礼说。

紧接着行德前往延惠那里，得知尉迟光也到过这里，只不过向延惠要求的不是兵器，而是借调五十头官用骆驼。延惠答应了，还帮他办好了必要手续。

和朱王礼一样，延惠也对行德说："这样，你就可以大模大样地加入他们的商队，顺顺利利到兴庆去了。尉迟光本来就有五十头骆驼，这回又凭空得了这么多，肯定会对你很恭敬。"

然而，行德想起尉迟光那副冷峻的面孔，心想，即或付出再大代价，只怕也不能令这人的眼神柔和一点。

是晚，赵行德让两名士兵带着行李，前往约定地点。不久，尉迟光出现了，从士兵手里接过行李，转交给驮夫。只对行德说了句："跟我来，"便先走了。行德打发了那两名士兵回去，随即跟在尉迟光背后，深一脚浅一脚地走在沙地上。时已五月，夜气却仍凛冽地裹住行德全身。

赵行德边走边寻思这个尉迟光究竟何方人氏。他长相独特，既不像汉人、回鹘人、吐蕃人，也不像行德所见西域诸国任何一种人，口音又是夹带土腔的汉语。当两人沿着城墙边那条黑暗道路前行时，行德忍不住说出了心中疑团。

"敢问足下何方人氏？"

尉迟光止步，回头，唯恐行德听不清似的，一字一顿道："我、叫、尉、迟、光。"

"我知道你叫尉迟光，我问你出生于何方。"

尉迟光忽然粗声大嚷起来："蠢蛋！说尉迟你还不明白？告诉你，除了于阗的尉迟王朝，没有人用这个姓氏，我父亲是王族。"说着，他再度转身向前走去，并怒吼道："尉迟一门和李氏相争不幸落败，于阗目前是李氏当政，可我们尉迟家怎能跟那种小人相提并论！"

如果尉迟光所言属实，他父亲就应是于阗人，但他跟行德见过的任何于阗人都大为不同。

"敢问令堂是哪里人氏？"行德再问。

"我母亲？她出身于沙洲名门世家汜氏。我外祖父在沙洲鸣沙山开凿过几个佛洞。"

"你说开凿佛洞，那是怎么回事？"

尉迟光停步，回过头来，两手一把抓住行德衣领，一点点勒紧说："告诉你，开凿鸣沙山佛洞可不是件易事，除非有权有势或富甲天下，否则办不到，你给我好生记着！"

行德只觉脖颈被勒紧，透不过气来，上半身被狠狠地摇晃了几下。他想嚷，却发不出声音，忽然两脚腾空，整个身子轻飘飘地浮起，瞬间又仰面倒在沙地上，奇怪的是好像被抛在一个软绵绵的东西上，一点也不觉得疼。

行德掸掸身上的沙子，慢慢爬起来。也许因为不觉得疼，他对尉迟光并没有怨恨。

行德不再开口，默默地跟在尉迟光身后。从尉迟光所言推测，他应该有汉和于阗两种血统。且不说父系方面，河西一带汉人多混杂其他民族的血统，尉迟光必也通过母系遗传，拥有了若干不同民族的血统，怪不得他的相貌与其他民族的人都不同。

走了很久，这条黑暗漫长的路依然没有尽头，行德止不住想，只怕就要这样没完没了地走下去了。可不久两人便来到了光亮处，但光亮只是行德自己的感觉，并非有什么灯火，只是周围建筑的轮廓朦胧地浮现在微亮中。

眼前一条笔直的窄巷，两旁排列着样子不同于普通民居的建筑物，屋顶低矮。各以围墙环绕，屋前有许多庞大的牲口，三三两两地在那里走动，数目绝不止五六头。行德兀立在那里观望，忽然回过神来环视四方，发现刚才还同行的尉迟光，不知何时已消失不见。不一会儿，赵行德察觉到自己必须离开这里：路上的牲口越来越多，多半是从那些建筑物里走出来的，大群大群的牲口慢慢向他这边移动。

赵行德被这群牲口赶向了城墙下的大广场。他不知道城里居然还有一个这么大的广场。只见大批骆驼被牵到广场，十几个相貌异样的汉子正在那里忙碌着，将行李装到骆驼背上。

不久，行德听到了熟悉的声音，尉迟光那独特而短促的怒喝，不时掠过人畜传入行德耳中。行德快步走过去，贴近尉迟光，以免再跟他走散。各种各样的语言从尉迟光口中进出，回鹘语、吐蕃语、西夏语，行德都能听懂，其余就完全不懂了。每当陌生语言跑出来时，他就盯住尉迟光问那是哪一族语言，尉迟光开始还告诉他是于阗语、龙族语或亚夏语，后来许是被问烦了，大喝一声："吵死了，给我闭嘴！"说着他伸手又去勒行德脖颈。同先前一样，行德再次身子腾空，又被轻易摔在沙地上。

不觉间，月光笼罩了整个广场。上百头骆驼和十几个汉子墨黑的影子投在灰色的沙土上，装载彻夜进行着。

行德无所事事。他离开尉迟光，漫步于人畜之间，四下检查装载的货物，想打听那些货物到底是什么。有时轻易就能沟通，有时则用遍了他知道的各种语言，也沟通不了。即便如此，行德还是弄清了这支商队准备运往东方的东西，有玉、波斯织锦、兽皮、西域各国的香料、布匹、种子，以及其他各色各样的杂货。

四周的喧闹暂时结束了，货物似乎已经装完，只听尉迟光一声令下，命众人出发。商队打开紧闭的南门，向城外开拔。上百头骆驼排成一列长长的纵队，每隔一段距离便配备一名全副武装的骑士。

赵行德骑着骆驼，在队尾摇晃着前行。

"我的行李在什么地方？"他问前面骆驼上的尉迟光。

"就在你屁股底下的骆驼身上。你要是再问我你的东西，当心我不饶你！"尉迟光吼道。

离拂晓还有点时间，当空的月亮将淡淡的亮光洒遍原野。

尉迟光率领的商队自瓜州出发后，花了将近五十天时间才抵达兴庆。行德发现河西一带处处都会发生西夏军与吐蕃军之间的小规模冲突，这是在瓜州没法想象的。每逢两军交战，商队就得停下来静候战事结束，或绕远路躲避，以致平白耗费了不少时日。

最令行德惊讶的，是尉迟光在面对吐蕃军和西夏军时都很从容。战事正在进行时，固然得远远避开战场，但当两军对峙，还未发生战斗时，尉迟光却能够满不在乎地穿越两军阵营，甚或高举象征尉迟家族的大偈字旗幡，堂而皇之地亮明身份。每逢此时，两军似也有意等商队通过之后再开战。

尉迟光并不在乎吐蕃和西夏之间的小战斗，使他倍感头疼的反倒是如何通过各城邑。经过肃州、甘州和凉州时，行德都看到尉迟光变得非常不悦，甚至恼火，几乎一直吼叫着。因为通行税，商队被迫停留两三天。据尉迟光说，西夏占领该地之前，只需向回鹘政府缴税即可，可如今，除了缴税给西夏外，还得照样支付给依旧掌握实权的回鹘政府。为此，商队损失了骆驼背上约莫五分之一的玉胚。

在这段漫长的旅途中，赵行德完全了解了这位年轻商人的为人和性情，而踏上旅途之前，他对此一无所知。尉迟光是一个为了钱不择手段的人。他固然是一个商人，但有时称他盗贼或土匪也不为过。

每遇其他小商队，尉迟光就带着两三名部下前往交涉，势必把对方所持货物通通讹来。行德看来，他这本领倒也厉害。他所带汉子中，有好几名是盘踞在沙洲以南山地的龙族人及以西的亚夏族人，以凶悍抢劫闻名。

尉迟光看似是一个天不怕地不怕的莽汉。在这世上，或许有令他恼火愤怒的东西，但很难找到什么能令他恐惧。他绝不会认为自己也有撒手西归的一天，除非死亡降临的瞬间，此人就是这么倨傲。

行德明白，左右这个桀骜不驯青年的一切正是他荣耀的身世。

如今已从世上消失的"尉迟王朝"，这于阗王族曾经的荣耀，足以使他转眼之间发生任何变化，可以变得无比勇敢，也可以变得无比冷酷。即使是在沙漠中袭击其他商队，无疑也是尉迟王朝的荣耀在他内心发生着作用，为了祖先的荣耀，他也得把对方洗劫一空才肯甘休。

今日的兴庆与三年前（天盛八年）行德在此时相比，有了极大变化。城内人口增加，街市极其繁荣，新兴的大商号如雨后春笋，只是那份古老城邑应有的沉稳已不复存在。城里住满了人，甚至蔓延到城外，就连十一层北塔附近，也正在形成一个新居民区，西塔所在的城西和行德住过的那座寺院所在的西北角亦复如此。

正如西夏骤然变成了一个大国，兴庆也急剧膨胀。可行德觉得人们的穿着普遍显得寒酸，或许由于与吐蕃交战，邑民都被课以重税。当年行德在这里时，就常听说城西八十里的贺兰山脚下即将兴建大批寺院，而三年后重临此地，却未见任何寺院的踪影，想必建寺经费均已化作军费。

与前次一样，行德这回仍寄居于城西北那座有大批精舍的寺院。这里已然更具规模，师生众多，汉籍教师也增多了，有几位还和行德一起从事过西夏文字工作。住进寺院后最令行德惊讶的，乃是他制作的汉夏文字对照表已被装订成册，并拥有若干誊抄本，得到推广。一位一直从事西夏文字工作、年近六旬的索姓老人，拿了其中一本找行德，要求题名。尽管老人也参加了西夏文字工作，但与其说他是学者，倒不如说是官员，在这里资格最老，官位最高。想来，老人偶然得知行德归来，便想到请他给这本小册子题名。按理应由相关西夏人题名，只因行德在此事中出力最多，遂有此举。

行德翻开小册子，他选择的若干词汇立即跳入眼帘：霹雳、火焰、甘露、旋风之类有关自然现象的词汇书成一行，右邻排列着与这些词汇相对应的西夏文，西夏文注有汉语发音，汉文则附带西夏语发音。小册子上的书法不甚高明，不知是否出自学生之手。但无论如何，对行德来说，这小册子值得纪念。

翻开另一页，是一连串动物的名字：猫、狗、猪、骆驼、牛、马。下一页则是与身体有关的词：头、眼、脑、鼻、舌、齿、唇。

行德翻开几页看了良久，才执笔饱蘸墨汁，在封面上贴着细长白纸的地方写上"番汉合时掌中珠"几字。

行德搁下笔，请老人过目："这样行不行？"

看到老人点头，行德遂又把同样的文字写到若干张纸上，好让老人贴到其他小册子上。

一到兴庆，行德就通过这位索姓老上司，办理了必要手续，以便达成千里迢迢来此的目的。约莫一月之后，他收到了许可。他希望带走的六名汉人将以受聘延惠的名义被派往瓜州，其中两名是僧侣，都精通汉夏两国文字，且具佛学修养。两名僧侣五十开外年纪，其他几人都四十上下，曾与行德共事。延惠的提议之所以立刻被接受，是因为兴庆至今也未曾翻译佛经，甚至连可以拿来翻译的经典都没有几卷，据说西夏准备最近遣使者到大宋取经。

事情谈妥之后，行德决定先行返回瓜州。和其他人同行固然最好，无奈众人都表示出发之前需要准备，希望延至初秋再成行。

（郭京红编，摘自刘慕沙译：《敦煌》，北京十月文艺出版社，北京出版集团公司，2010）

第三十五章　泰戈尔及《吉檀迦利》

第一节　泰戈尔简介

拉宾德拉纳特·泰戈尔，印度著名诗人、作家、哲学家、艺术家和民族主义者。泰戈尔于 1861 年 5 月出生于西孟加拉邦加尔各答市一个具有深厚文化艺术修养的贵族家庭，属婆罗门种姓。青少年时期分别就读于东方学院、师范学院和孟加拉学院。在良好的教育环境和浓厚的文化氛围熏陶下，才华横溢的泰戈尔从小就踏上了文学之路。他 8 岁开始习文作诗，并崭露头角。13 岁时就能创作长诗和颂歌体诗集，15 岁时发表了第一首长诗《野花》，随后又发表了叙事诗《诗人的故事》。1878 年泰戈尔远赴英国伦敦大学留学，攻读英国文学和西方音乐。两年后回国正式步入文坛。1886 年诗集《新月集》问世，并被录用为印度大中小学指定的文学教材。20 世纪 90 年代是泰戈尔文学创作的活跃期，先后创作了脍炙人口的短篇小说《人是活着，还是死了?》、《摩诃摩耶》、《素芭》等堪称世界文学杰作的作品。

1884—1911 年，泰戈尔担任梵社秘书。1901 年，他在位于西孟加拉邦境内的圣地尼克坦创办了一所专门从事儿童教育实验的学校，后发展为致力于亚洲文化交流的印度国际大学。

泰戈尔生活的时代恰逢英国殖民统治时期。祖国的沦亡、民族的屈辱和殖民地人民的悲惨生活在他心灵深处都留下了深深的烙印。1905 年起泰戈尔投身于民族独立运动。其间创作的长篇小说《戈拉》及《家庭和世界》热情颂扬了爱国主义精神和民族解放与独立运动。1912 年，抒情诗《吉檀迦利》荣获诺贝尔文学奖，泰戈尔是亚洲首位诺贝尔文学奖的获得者。《园丁集》和《飞鸟集》的发表使人们不仅体会到诗句中所隐含的深刻人生哲理，而且也引领世人探索真理、追求自由、寻找智慧的源泉。这些诗歌早已成为印度人民喜闻乐见、广为传诵的不朽诗篇。泰戈尔在民族独立运动高潮时期，曾书写抗议信，领导示威游行，拒绝英国国王授予的爵位和特权，与世界各国文化名人组织反战和平团体，被印度人民尊称为"印度的灵魂"。1924 年，泰戈尔访华，回国后撰写了《中国的谈话》等多篇文章，表达了对中国人民的深情厚谊。

在漫长的近 70 年文学创作生涯中，泰戈尔撰写了 50 余部清新隽永的诗集，14 部中长篇小说，100 余部多彩纷呈的短篇小说，大量寓意深刻的剧本，众多的游记、书简、回忆录等，学识涉猎文学、历史、哲学、艺术、政治等范畴。泰戈尔在思想上受到印度传统哲学和西方哲学的影响，但其世界观的核心部分却是印度传统的泛神论，即"梵我合一"。泰戈尔的作品既洋溢着爱国主义和民主主义精神，同时又富有民族风格与特色。他的诗歌糅合了西方诗歌、印度古典文学和孟加拉民间抒情诗歌的精华，作品多为不甚押韵，形散意合的自由诗和散文诗，诗中蕴含了深刻的宗教和哲学见解，并显现出深厚的西方象征主义和唯美主义印记。泰戈尔在小说中则把西方现实主义小说创作理念与自己独特的创作风格合二为一，在作品中融入了大量的诗情画意般的描写，几乎每一篇都闪耀着作者人道主义精神的光辉。

泰戈尔不仅在文学范畴造诣很深，在艺术领域也成就斐然。他一生中创作了两千余首振奋人心而又优美动听的歌曲，其中包括反抗殖民主义者统治的爱国歌曲，如《人民的意志》这首歌曲被定为印度国歌。泰戈尔在 70 岁高龄时开始学习绘画。他绘制的约 1500 帧美术作品作为艺术珍品曾在世界各地许多著名城市展出。

泰戈尔是印度现实主义文学的开拓者。他以丰富多彩的作品开创了印度文学的新时代，对印度民族文学的发展与传承起到了极大的推动和促进作用。在他的作品中，真与假的搏击，善与恶的斗争，美与丑的对立，爱与恨的抗衡比比皆是。泰戈尔与黎巴嫩 20 世纪阿拉伯现代文学的主要奠基人纪·哈·纪伯伦并称为"站在东西方文化桥梁的两位巨人"。泰戈尔不愧为印度文坛的泰斗和具有巨大世界影响的伟大诗人，他给印度和整个世界留下了一笔极为丰厚的文化遗产。

第二节　《吉檀迦利》简介

《吉檀迦利》是泰戈尔于 1910 年创作的一部著名的英文诗集。该诗集是泰戈尔从孟加拉语诗作《吉檀迦利》、《奉献集》、《儿童集》和《渡船》中节选部分诗歌加以再创作，并把收录的 103 首诗歌有机地结合在一起的崭新的整体。虽然孟加拉文原作均为押韵的格律诗，译成英文时却采用了自由诗的形式，阐释了诗人在特定时期的思想感情，体现了诗人新的艺术创造成就。

1912 年泰戈尔以《吉檀迦利》为名在英国伦敦出版诗集，顿时引起巨大反响。1913 年，瑞典文学院授予他诺贝尔文学奖这一最高荣誉奖项，泰戈尔成为首位获此殊荣的亚洲作家。该诗集在评奖会上被评委们争相传阅，其获奖的理由是"由于他那至为敏锐、清新与优美的诗；这诗出之于高超的技巧，并由于他自己用英文表达出来，使他那充满诗意的思想也已成为西方文学的一部分"。泰戈尔从此声名鹊起、蜚声世界。

在孟加拉语和印地语中，"吉檀"意为"歌曲"，"迦利"表示"双手合十"。诗集题名"吉檀迦利"即为"献给神的赞歌"之意。这是一部宗教抒情诗集，诗人以颂歌的形式向给予人以自由、平等、博爱的神敬献，表达了对爱和完美人格的追求。这又是一首流淌着的生命之歌，诗人以欢畅、轻快的笔触描绘了现实世界中的欢乐与悲哀，憧憬与彷徨，心曲的拨动与倾诉，生命的滋润与枯萎。泰戈尔笔下的"神"，能给人带来"甘露"、"欢歌"和"宁和"，飘洒在"我荒裂的心上"，同时又能清除"日夜迷惑我的欲望"。印度自古以来就有许多颂神诗，《吉檀迦利》中的"神"作为诗歌中的一种意象，像一枚折射人类心灵的镜子，敛入与吐露一切美好和谐的事物与情感，引导世人考问生命的价值。实际上，诗集的主旋律无时无刻不在回旋着时代脉搏的跳动。透过一种超凡脱俗的外衣，诗人表达出对人生理想的思索与追求，进而表露出诗人对祖国前途的关切之情。因此它又是一部抒情哲理诗。

《吉檀迦利》将深奥和抽象的人生哲理融入诗歌这种抒情言志的文学体裁当中，以意象化手法呈现出诗人的宗教与哲学思想。诗人描写了一个人孜孜追求的完整一生，即历经追寻、迷惑、动摇与回归这个精神觉醒、回归梵天的过程。同时，诗人掌握了英文的玄妙之处，以优美、清丽、自然、纯净的文笔，结合诗歌的形式和韵味，配以浓厚的宗教色彩，给人留下一种前所未闻的奇花异葩的印象，恰似诉诸笔端的天籁之音，净化心灵的梵圣之曲。

《吉檀迦利》是"亚洲第一诗人"泰戈尔中期的巅峰之作，最能代表他主要的创作思想和艺术风格。这一经典名作对冰心、郑振铎、徐志摩等中国作家和诗人也产生了深刻的影响。英国诗人叶芝亦曾说："《吉檀迦利》是一部具有高度文化价值的艺术作品"。可以说《吉檀迦利》是世界文化宝藏中当之无愧的文学瑰宝。

第三节　《吉檀迦利》选段

1

你已令我无尽，这是你的愿望。这易碎的器皿，被你一次次清空，又一次次地汲满新鲜的生命。

这细小的芦笛，你已带着它翻过山岭、涉过溪间，拿着它吹出永远常新的曲调。

在你双手不朽的触抚中，我卑微的心儿在欢乐里融化，勃发出神圣的乐声。

你无穷的赠予仅放到我这双局促的手上。多少世代过去了，你仍在赠予，而我的手还有余地可以盛下。

2

当你命令我去歌唱，我这颗心骄傲得几近进裂；我仰望着你的容颜，泪水盈满眼眶。

我生命中所有的粗陋和纷乱都融入那甜美的和声——我的颂歌像一只快乐的鸟儿舒展羽翅，翱翔在大海上。

我知道在我的歌声中你感到了愉悦。我知道我只有作为一名歌者，才能来到你的面前。

我用我颂歌那远飏的翅膀触抚你的双足，那本是我绝难达到的奢望。

痛饮颂歌的欢畅，我难以自已，称呼本是主人的你为我的朋友。

3

我不知道你如何歌唱，我的主！我一直在寂静中惊奇地倾听。

你乐音的光芒普照世界。你乐音的声韵回荡诸天。你乐音的圣洁之流冲决所有无情的屏障，奔腾向前。

我的心渴望汇入你的歌声，但哽咽着发不出一个音节。我希望倾诉，凝噎的言辞却不成腔调，难以为继。啊，你已用音乐的天网虏获了我的心，我的主！

4

我生命中的魂灵啊，我一定会保持身体的洁净，因为知晓你正触抚我的肢体。

我会从我的思想中清除所有的虚幻不实，因为明白你已在我胸怀里点燃智慧之光。

我会从我的心底驱除所有邪恶，保有我爱的花朵，因为知道你已在我心最深处放置了你的圣堂。

我会在行动中将你极尽地彰显，因为是你的神威赐予我行动的力量。

5

请容我在你身边稍坐片刻。我手中的工作随后就会完成。

看不到你的面庞，我的心便难以体味安宁休憩，我的工作成了茫茫苦海里无尽的劳役。

今天，夏日已带着叹息嘟哝来到我的窗前；蜜蜂正在繁花的殿堂中欢吟。

现在恰是禅坐的时间，与你相对，在这宁静悠远中诵唱出生命的献词。

6

折下这朵小花，拿走吧，不要犹豫！我唯恐它凋谢，零落成泥。

或许它配不上你的花环，但请以你的亲手采摘之劳赋予它荣耀。我唯恐在醒来之前，白日已尽，错过了献祭的时间。

虽然它的颜色并不浓艳，香气也不馥郁，但请仍用它来作奉献，趁着时间还早把它采摘。

7

我的歌去掉她的饰品。她没有了霓裳和珠宝的傲气。修饰会玷污我们的友谊；它们会阻隔在你我之间；环佩叮当会湮灭你的低语。

在你的注视下，我这诗人的虚夸羞得无地自容。噢，诗人之父，我坐在你的脚下。只容我把自己的生命归作率真坦荡，像一支芦笛被你盈满乐音。

8

那穿起王子的袍服、颈上缠绕着珠宝锁链的孩子，会在游戏中尽失欢乐；他的袍服让他每一步都磕磕绊绊。

担心袍服被弄坏，或者害怕泥污，他把自己隔在世界之外，以致不敢挪动脚步。

妈妈，如果一个人脱离大地生机勃勃的泥土，如果一个人堵住了与人世众生亲近的入口，那么这样做一无所获，只能成为华美衣饰的奴仆。

9

噢，傻子，想把自己扛在自己的肩膀上！噢，叫花子，跑到自己的门上行乞！

把你负担的都卸到他能承担一切的手中去，决不要在懊悔中回顾。

你欲望的气息会立刻熄灭灯盏的明焰。那是不圣洁的——不要从它不洁的手中接受赠品。只能接受圣爱所赠予的一切。

10

这里是你的足榻，你歇脚的地方是那生活着最贫穷、最卑微和最迷茫者的处所。

当我向你倾力鞠躬时，我的虔敬无法达到那个深度——你驻足在最贫穷、最卑微和最迷茫的人群中。

骄傲绝不能走进那里，在那里你穿着朴素的衣服在最贫穷、最卑微和最迷茫者间穿行。

我的心绝不能找到通向那里的道路，在那里你同最贫穷、最卑微和最迷茫的人中的孤独者为伴。

11

离开这赞美诗、颂歌和默祷的念珠吧！在这重门深锁的庙宇深处的角落，你在向谁独自礼忏？睁开你的双眼，瞧，神不在你眼前！

他在耕种贫瘠土地的农夫那里，在开凿岩石的筑路工那里。他和他们一起日晒雨淋，他的衣服落满尘土。脱掉你的袈裟，甚至像他一样踏足到泥土地上！

解脱？从哪里寻找解脱？我们的主已经欣然承担起造物的责任，他就永远和我们连在了一起。

从冥想中走出来，弃绝你祭献的鲜花和熏香！如果你的衣服弄得褴褛肮脏那又有何妨？迎接他吧，在劳动中带着额上的汗水站到他身旁。

12

我旅行花费的时间是那样长，路途也是那样长。

乘着第一缕晨光的车辇我穿过尘世的广漠，在星月争辉的天穹上留下我的踪迹。

最远的距离是到达你自己，要弹奏最真纯的曲调需要经受最繁复的训练。

旅人必须敲遍异乡所有的大门，才能找到自己的归宿；一个人只有走尽外面的世界，才能抵达内在的圣殿。

我的眼看过万水千山，然后我才闭目说道："原来你在这里！"

"你在哪里呀？"的询问呼喊声融入了百川的泪流，和着"我在这里！"的承诺的洪水一同在天地间泛滥奔腾。

13

我要唱的歌至今还没有唱出。

我一直在调校琴弦中度过我的时光。

时辰还没有真正到来，歌词还在酝酿，只有渴望的痛苦在我心中回荡。

花儿还未开放，掠过的仅是风的叹息。

我没有见过他的容颜，也不曾探闻他的清音；只是听到屋前小路上有他柔缓的足声。

漫长的白昼消磨在为他在地板上铺设坐席；但灯盏还未点燃，我不能邀他进屋。

我生活在和他相会的希望当中；但这相会还没有来临。

14

我的欲望繁多，我的哭喊悲凄，但你始终以坚定的拒绝来拯救我；这强大的慈爱已和我的生命层层交融。

一天又一天你使我与你主动赐予的简朴伟大的礼物相匹配——这天空和光明，这躯体和生命，还有心灵——将我从纵欲的深渊中拯救。

有时我浑浑噩噩混日子，有时清醒过来又慌乱地寻找方向；但在我面前你却狠心地把自己隐藏。

一天又一天你不断地拒绝我，将我从软弱变幻的欲望深渊中拯救，以配领受你完全的接纳。

15

我来这里为你唱诵诗谣。在你的殿堂里，我拥有一角席位。

在你的世界里我无事可做；我无用的生命只能迸发散乱的音调。

当黑暗的庙堂在午夜敲响了为你默祷的钟磬，命令我吧，我的主，让我站在你面前放声而歌。

当早晨的空气中响起了金色竖琴的缕缕清音，恩宠我吧，允许我的出席。

16

我已接到这世界庆典的请柬，这样我的生命获得了祝福。我的双眼已看到，我的双耳已听见。

在这庆典上我的工作是高歌低吟，我已竭尽所能。

现在，我问，我终于可以觐见了吗？可以瞻仰你的圣颜，献上我默默的敬意？

17

我只是在等待着爱，最终要把自己交到他手上。这就是如此迟缓的原因，而且我为这迟缓内疚。

他们带着他们的律法和道德来捆绑我；但我总是躲开他们，因为我只是在等待着爱，最终要把自己交到他手上。

人们斥责我，称我为呆子；我并不怀疑他们责斥的正确。

集市的日子已过，忙碌的事情已做完。那些徒劳唤我的人已含怒归家，我只是在等待着爱，最终要把自己交到他手上。

18

云朵堆积着云朵，天色渐暗。噢，爱，为何你让我孤零零地伫立在这扇门外？

正午繁忙的时分，我和众人一起劳作，但阴郁孤寂的日子里我只盼望着你。

如果你不向我展现容颜，如果你把我完全地弃置在一旁，那我不知该如何度过这些漫长的愁雨时光。

我凝望着远方惨淡的天空，我的心随着不定的悲风哀泣徘徊。

19

如果你一声不发，我将用你的静默充斥我心并接纳它。我会安静地等候，就像缀满星光的夜隐忍俯首。

清晨注定会到来，黑暗必将消融，你的声音也会冲破天空随着金光倾泻而下。

那么你的言辞将从我的鸟巢里依次飞起、在颂歌中展翅翱翔，你的旋律将在我的林野间的繁花中摇曳生香。

20

莲花盛开的那个日子呀，我的心不自觉地从流飘荡，任意东西。我的花篮空空，这花儿就那么被忽略。

只是不时有一阵幽怨袭来，将我从梦中惊起，感觉到南风里有丝丝异香的踪迹。

这朦胧的甜美企盼得让我心颤，它仿佛是夏日在寻求它的完满的渴望的气息。

我那时不知它是如此贴近，它是我的，这纯然的甜美已在我的心灵深处绽放。

21

我必须令我的小船出航。慵懒的时光在岸边流逝——让我感叹！

春天催开它的花朵，又匆匆离去。现今我在满地的落花中伫立徘徊。

涛声四起，河滩朦胧的小径上，黄叶飘坠。

你凝望的是怎样的虚空！你是否感到一阵悸动，正穿过空气随着歌声从遥远的对岸飘过来？

22

在霪雨七月的重重阴影里，你秘密的步履犹如午夜船静谧，避开所有窥视的眼睛。

今天，早晨已瞑合双眸，不理会东风嚎啕不休的纠缠，一道厚重的帘幕遮盖了总是清醒的蓝天。

林野停息了歌声，家家门户紧闭。你是荒街上孤寂的赶路人。噢，我唯一的朋友，我的最爱，我家中的大门已打开——不要像梦一般从门前飘过。

23

在这风暴之夜，你正在远方爱的旅程中吗，我的朋友？这天空像一个绝望者在嚎哭。

今夜无眠。我时而打开门户，向深浓的暗夜张望，我的朋友！

我的眼前什么也看不见。我忖度着你的路途在何处伸展！

它是在墨色的河水那昏朦的岸旁？它是在阴郁的森林的那一边？从怎样黑暗的深处，你的小径向我蜿蜒而来，我的朋友？

24

如果白日已尽，如果鸟儿不再啁啾，如果风儿已经吹倦，那么请用黑夜的帷幕将我盖上，正如你给大地裹上睡梦的被褥，又在薄暮时分温柔地合上睡莲垂下的花瓣。

从这位路途未尽粮袋已空、衣衫褴褛精疲力竭的旅人身上解除羞涩和困顿吧，让他的生命犹如一朵花儿在夜色温柔地裹护之下焕然一新。

25

在这慵懒的夜中，让我自己顺从地进入梦乡，把信任托付给你。

我不能强打起精神，来敷衍应付你的礼赞。

是你为白昼倦怠的眸子拉下夜的帘幕，让这眼神在醒来之时清新愉悦。

26

他来了，在我身旁坐下，但我没有醒来。这该诅咒的睡眠，噢，可怜的我啊！

他在夜静时来临；他手执竖琴，于是我的梦和着琴声产生共鸣。

唉，为何良宵就这样虚度？唉，为何我总是错失了他那一直触抚着我睡眠的目光？

27

灯，噢，这盏灯在何方？用熊熊的愿望之火点燃它！

灯在这里，但绝无火焰闪动——这是你的命运，我的心呀！死亡对你更加适合！

苦难敲击着你的门，她传示你的主人已醒来，他唤你穿越暗夜去作爱的赴会。

云天沉沉，霪雨霏霏。我不知道心灵中有何骚动——我不明白他有何意蕴。

刹那间闪电划过，在我眼中掷下了更深的黑暗，我的心在小径上摸索着，去应和夜的音乐的召唤。

灯，噢，这灯盏在何方！用熊熊的愿望之火点燃它！雷声轰鸣，风狂啸着在空中放浪。这夜黑得就像是一块乌岩。不要让时光在黑暗中消逝。用你的生命去点燃这爱之灯火。

28

罗网重重，但要挣脱时我感到心在痛楚。

自由是我想要的全部，但在盼望时我感到羞愧。

我确信无价之宝在你那里，而你是我最好的朋友，但我不忍心清除满屋的虚饰。

裹着我的丧服是灰烬和死亡之衣；我憎恶它，却又充满爱怜地裹紧它。

我负债累累，我失魂落魄，我的罪孽隐秘深重；但当我祈福时，我又颤栗，唯恐我的祈祷得到应允。

29

我以我的名号幽禁的他在塔狱里叹息。我一直在修筑围墙；这围墙一日日地升入青天，在它昏暗的阴影下，我已看不见真实的自己。

我在这宏伟的围墙里自高自大，我用泥灰粉饰墙面，唯恐我的名号上留有些许瑕疵；我用尽心思，但我已看不见真实的自己。

30

我独自出门踏上赴约之路。但谁在暗中跟随我？

我走到一旁去躲避他，但我却摆脱不掉。

他趾高气扬，弄得大地上尘土飞扬；我说的每句话中都夹杂着他的粗声大气。

他是那个渺小的自我，我的主呀，他不知道羞耻；但由他伴着来到你的门前，我却羞愧无言。

31

"囚徒，告诉我，是谁将你捆缚？"

"是我的主，"囚徒说，"我认为自己在世上的财富和权力无人能敌，我把应付给我王的钱财推进自己的金库。当睡意涌上，我躺倒在为我的主人准备的床榻上，一觉醒来，发觉自己已成了金库的囚徒。"

"囚徒，告诉我，是谁锻造了这坚不可摧的锁链？"

"是我自己，"囚徒说，"是我精心打造了这条锁链。我以为我无敌的权力可以随意支配世界。于是我不分昼夜地用烈火重锤锻造这锁链。最后当大功告成，锁链坚固无缺，我发现它已把我紧控牢抓。"

32

尘世上爱我的人们用尽方法把我抓牢。但你伟大的爱，与他们不同，你尽力让我自由。

唯恐我将他们遗忘，他们决不冒险容我独处。但日子一天天地流走，你却没有出现。

即使我不在祈祷中呼唤你，即使我不把你放在我心上，你对我的爱仍然在等待着我的爱。

33

在白天时，他们走进我的宅子说："我们在这里只需要一间小屋。"

他们说："我们会帮助你礼拜你的神，卑顺地接受我们应得的恩赐。"然后他们退到屋角，温柔安宁地坐下来。

但在暗夜里，我发现他们冲进我的圣堂，豪强狂暴，在神坛上贪卑地攫取着祭品。

34

只要我一息尚存，我就会称你是我的一切。

只要我一念不灭，我就会感觉到四处里都有你，并为每一件事向你祷告，时刻献上我的爱恋。

只要我一息尚存，我就绝不会把你隐匿。

只要那锁链还有些许剩余，我就接受你意旨的牵制，你的意旨会充满我的生命——你的爱就是这锁链。

35

在那里，意识中没有恐惧，头颅高扬；

在那里，知识自由无碍；

在那里，世界不会被狭隘的国家之墙分割得支离破碎；

在那里，言辞发自真理的内在；

在那里，不倦的奋斗全力指向完美；

在那里，理智的清流不会在陈规陋习的沙漠中迷失踪迹；

在那里，心灵跟从你的领导，进入不断拓展的思想和行动——

进入自由的天堂，我的父，让我的国家醒来吧。

36

这是我对你的祈祷，我的主——掘吧，掘出我心中的困顿之根。

赐我以力量，让我能轻松地承受自己的欢乐和苦痛。

赐我以力量，让我的爱在奉献中果实累累。

赐我以力量，让我永不抛弃穷人或向强权屈服。

赐我以力量，让我的心灵能超越世俗。

赐我以力量，让我的力量带着爱皈依你的意旨。

37

我想我的旅程已到终点，这是我能力的极限——在我面前道路已断绝，粮袋已空，归隐于幽寂的时辰已来临。

但我发现你的意旨在我身上没有终点。当旧词在舌尖上完结，新的曼妙之音又从心中涌出；在旧途将断之处，新境界又奇迹般地铺展开。

38

我要你，只要你——让我的心重复这句话，永不停息。所有日夜迷惑我的欲望，都浸透了谬误和虚无。

正如夜晚隐藏在期盼光明的幽暗中，在我潜意识的深处也迸发出呼喊声——我要你，只要你。

就像暴风雨倾尽全力去粉碎安宁，但最终却归于安宁；我的反叛冲撞着你的爱，但它的呼喊还是——我要你，只要你。

39

当心灵困苦干渴时，请带着仁慈的甘露向我走来。

当生命失去祝福时，请随着欢歌而至。

当喧嚷的工作在四方震耳欲聋令我幽闭时，我的寂静之主，请伴着宁和憩息靠拢我。

当我赤贫的心灵蹲伏在屋角紧闭时，击破大门吧，我的王，请以王者的威严踏进来。

当欲望带着诱惑和尘沙来迷乱心灵时，噢，你这圣人呀，你始终警醒，请携着你的闪电和雷鸣一同降临。

40

我的神，在我荒裂的心田里，已有漫长的时日未降甘露。可怖的赤瘠连绵到天际——没有些许柔云的遮掩，没有丝毫远雨的清凉。

如果这是你的意愿，那么就吹来愤怒的暴风雨，昏暗中带着死亡，让闪电的鞭痕震彻诸天。

但请唤回，我的主，唤回这弥漫四野的无声热浪，它沉寂、强烈、残酷，以极尽的绝望来炙烤心灵。

让惠慈的云朵从高天降临，犹如严父狂怒时母亲含泪的凝望。

41

你躲藏在他们身后何处的阴影里，我的爱人？在满是尘埃的路上，他们将你推开走过去，视你为虚无。我在这里苦苦迎候，将我给你的献礼铺摆，而过往的路人一朵朵地拿走我的花儿，我的篮中几尽空无。

清晨已过，然后是正午。现在在薄暮的朦胧中，我的双眸昏昏欲眠。归人们微笑着瞧我，让我满心羞愧。我坐在那里像个女乞，拉起裙子将脸儿遮住，当他们问我想要什么，我垂下眼睛，一语不答。

唉，真的，我怎能告诉他们我在等你，而你已应允前来。我又怎能羞愧地说我的嫁妆就是贫穷。啊，我把这份殊荣在心底里深藏。

我坐在草地上凝望天空，梦想着你来临时突现的辉煌——光华缭乱，金旗在你的华车上猎猎飞扬。路边众人在惊诧中看着你从宝座上走下，将我从尘埃中挽起坐到你的身旁，这褴褛的女乞带着羞喜颤栗，像是夏日里的藤蔓在清风中摇曳。

但时光消逝，而你的车辇却悄无声息。众多的队列在喧嚣夺目中走过。难道你只愿无声地立在他们身后的阴影里？而我只能等待和哭泣，在徒劳的热望中耗尽心思？

42

清晨低语说我们应去泛舟，只有你和我，而且这世间永远无人明了我们的远游没有边际。

在茫茫的大海上，在你静听的微笑中，我的歌声将飞扬成律，自由如波涛，不受词句的羁绊。

难道时机还未来临？你的劳作仍在进行？看，夜幕已降落海滨，黄昏中海鸟们正飞向窝巢。

谁知道这锚链何时能解开，而这小船，能像斜阳的最后一丝余晖，消融入暗夜？

43

那天我没有为迎候你做好准备；你就像一个不相识的普通人，随意地进入我心房，我的王，在我生命飞逝的众多瞬间，你都盖上了永恒的印记。

今天我与它们邂逅，看到了你的印记，发现它们与我那些被遗忘的平凡日子里的欢乐和忧愁的记忆混杂，散落在尘埃中。

你从不曾在轻视中转身离开我玩泥巴的童年游戏，而我在游戏室里听到的足音和那在群星中回荡的原本相同。

44

这是我的快乐，就像这样在路边等候守望，在随夏而至的云光闪变和阵雨初来的地方。

信使们带着从奥妙诸天传来的旨意向我致意，然后又绝尘而去。我的心儿裹满欢乐，拂面和风的气息甜美。

从清晨到黄昏我坐在我的门前，我明白在我应当看到时那喜悦的时刻就会突然降临。

此刻我独自歌吟浅笑。此刻虚空里弥漫着允诺的暗香。

45

你不曾听到他轻轻的步履？他来了，来了，不停地前来。

每一刻和每一世，每一日和每一夜。他来了，来了，不停地前来。

在纷繁的心境里我唱出了纷繁的歌，但它们所有的词语都只宣告着一件事："他来了，来了，不停地前来。"

在阳光四月的芬芳日子里，穿过密林的小径，他来了，来了，不停地前来。在阴雨朦胧七月的夜里，驾着雷声滚滚的云霄飞车，他来了，来了，不停地前来。

在忧愁相继中，他的步履走过我的心上，他双足黄金般的触抚，让我的欢乐迸发出灿烂光芒。

46

我不知道从多么久远的时候，你就曾走上前来要与我相会。你的日月星辰永远不能在我面前把你掩藏。

多少个清晨黄昏，你的足音已被闻听，你的信使已来到我心上悄悄呼唤我。

我不知道为何今天我的生命完全沸腾，颤栗的快感击穿我的心房。

仿佛结束劳作的那一刻来临，我感到空气里有你惠顾的暗香。

47

长夜将尽，我徒然等待。唯恐自己清晨疲倦入睡时他突至我门前。噢，朋友们，让开来路——不要阻挡他。

如果他的足音没有唤醒我，请不要设法把我叫起。我不希望在睡眠中被鸟儿嘈杂的鸣啾声呼唤，不希望被风儿庆典晨光的喧闹所打扰。即使是我的君主突然降临门前，也让我安睡吧。

啊，我的睡眠，宝贵的睡眠，只等他的触抚而消融。啊，我闭合的双眼只有在他微笑的光芒中才打开眼帘——当他站在我面前，就像睡眠的黑暗中涌出的一个梦影。

让他作为第一道光明和最初的形象显现在我眼前。让我觉醒的灵魂感受到的第一阵惊喜是来自他的一瞥。让我回归于自身，也就在瞬间回归于他。

48

清晨的寂静之海激荡起鸟语的涟漪；路边的花朵也随风轻舞；灿烂的金色透过云的缝隙播撒，而我们此刻行色匆匆无暇顾及。

我们既无欢歌又无嬉戏；我们也不是去村镇赶集；我们一言不发又无微笑；我们不在路途上流连。时光消逝，我们的脚步愈来愈快。

太阳升到中天，鸽子在凉阴中咕咕鸣叫。枯叶在炎热的正午飘舞盘旋。在榕树荫里，牧童酣然进入梦乡，而我在水边躺下，在芳草上舒展我乏倦的四肢。

同伴们对我轻蔑地嘲笑；他们昂起头匆忙前行；他们从不回首往事也不歇息反省；他们消融在远方碧蓝的雾霭中。他们翻山越岭，经过遥远陌生的地方。所有的敬意归于你们，这些漫漫长路的英雄！嘲弄和斥责要激励我奋起，但我却无反应。在欣然接受羞辱的内心深处，在懵懂快乐的阴影里，我已绝望。

镶绣着阳光的绿荫的宁静慢慢浸润了我的心田。我已忘掉我曾游历何方，我的心灵陶然忘情于幽凉和歌吟的迷宫。

最终，当我从沉睡中醒来睁开双眼，我看见你站在面前，用你的微笑溢满了我的酣眠。我曾经多么害怕那通向你的路悠长艰辛，害怕挣扎到你的身边是何等困难！

49

你从宝座上下来站在我寒舍的门前。

我正在屋角独自吟唱，乐声被你听到。你走下来站在我寒舍的门前。

众多大师云集在你的殿堂里，无时不在欢歌。但这初学者的咿呀之音惹起了你的爱怜。一曲忧伤的小调汇入这人世的壮丽之乐。拈起一朵花儿当作奖品，你走下来站在我寒舍的门前。

50

我已在村路上沿门乞讨，当你的金辇像一个华丽的梦在远方突现时，我诧异谁是这万王之王！

我的希望高高升起，我以为苦难的日子到了尽头，我站着等候不用乞求的施舍和那抛撒在尘埃中的财宝。

金辇在我站立处停下来。你的目光落在我身上，带着微笑你走下车。我感到自己生命中的幸运终于降临。接着你突然伸出你的右手说："你有什么要给我？"

啊，这是个怎样的皇家玩笑，伸出你的手掌向一个乞丐讨要！我困惑着犹疑地站在那里，然后从口袋中慢慢地摸出最小的一粒玉米递给了你。

但是我多么吃惊——当一天将尽，我在地上把布囊清空，发现那堆破烂里有一小粒金子。我悲号着，希望我当时已把自己的所有都奉献给了你。

51

天色已暗，白昼的工作结束。我们以为最后的客人都已抵达，于是关闭村庄里的门户。

只有几个人说，国王将会到来。我们大笑起来说："不，这不可能!"

门上仿佛传来叩击声，我们说这不是别的只能是风。我们吹熄了灯盏躺下睡觉。只有几个人说："这是信使!"我们大笑起来说："不，这只会是风!"

死寂的夜里传来一声响动，我们困乏地认为那是远方的轰雷。地动墙摇，袭扰了我们的酣眠。只有几个人说："这是轮辇的声音。"我们睡意蒙眬地嘟哝，"不，它定是云中的雷鸣。"

鼓声响起时夜依旧黑暗。一个声音传来："醒来! 不要耽搁!"我们用手捂住心口惊恐乱颤。有人说："看，国王的旌旗!"我们站起来大喊："再没有时间耽搁!"

国王已来了——但灯盏在哪里? 花环在哪里? 安置他的宝座在哪里? 哦，羞耻呀，哦，太过羞耻! 殿堂在哪里，饰品在哪里? 有人说："叫喊也没用! 空手去迎接他吧，把他迎进你们那徒有四壁的房屋!"

打开门户，让法螺响起! 在深夜里，国王来到我们昏暗阴沉的屋内。滚雷在天上炸响! 黑暗随着闪电颤栗。拿出你缀满补丁的席子铺展到院中。在这惊心动魄的夜里，我们的国王带着风暴突然降临。

52

我想我应该向你索求——但我不敢——那挂在你颈间的玫瑰花环。这样我等到天明，当你离去，我到床前收罗几片残瓣。像一个乞儿，我在熹微的晨光中寻觅，只是为了一两片散落的花瓣。

噢，我啊，我找到了什么? 你的爱留下了怎样的印记? 它不是香花，不是香料，不是一瓶香露。它是你的青锋宝剑，像火焰般闪亮，像雷霆般沉重。微弱的晨光跳进窗前，扑散在你的榻上。晨鸟啁啾着询问，"女人，你得到了什么?"不，它不是香花，不是香料，不是一瓶香露——它是你冷森森的宝剑。

我坐下来惊奇地思忖，这是你怎样的赠品。我找不到隐藏它的地方。娇弱如我，佩戴它太过羞怯，而把它放在胸前又会将我压伤。但我的心仍会为这苦痛的重负而荣耀，这是你的赠品。

从此以后在这世上我不再恐惧，在我的全力奋斗中你将无往不胜。你已留下死神作我的同伴，我会用我的生命给他戴上冠冕。你的宝剑伴随我的身躯，它将斩断我的种种羁绊，从今以后在这世上我不再恐惧。

从今以后我会扔掉那些琐碎的饰品。我心灵的主宰，我不再等待，不再向隅低泣，不再腼腆娇弱。你已把宝剑给我佩带。我不再要那些玩偶的花饰!

（郭京红编，摘自深幻、王立译：《吉檀迦利》，中国画报出版社，2010）

第三十六章　纪伯伦及散文诗集《先知》

第一节　纪伯伦简介

19世纪末20世纪初，奥迪曼帝国封建专制渐趋土崩瓦解，大批不堪忍受政治压迫宗教歧视的黎巴嫩、叙利亚基督教徒迁居美洲大陆寻求发财致富的机遇，并在那里创办报刊成立社团，形成一个在阿拉伯近现代文学史上乃至世界文学史上都有巨大影响的流派——"叙美派"（或称"旅美派"）。1920年，叙美派主要文学家在纽约成立笔会，公推纪伯伦为会长。

纪伯伦·哈利勒·纪伯伦，1883年出生于黎巴嫩北部的山村贝什里。父亲哈利勒·纪伯伦是负责征收牲畜费的乡官。母亲卡米莱第三次婚姻嫁给了哈利勒，之后诞下了纪伯伦和他的两个妹妹玛尔雅娜和苏尔丹娜。5岁时，他就在修道院小学接受读写规则训练，然而他对绘画却最先显示出过人天分，12岁的时候受到艺术家法里德·荷兰德·戴伊的提携和器重，14岁的时候就被人称作"小画家"，并为美国女诗人约瑟芬·布鲁斯顿画像。在戴伊的帮助下，21岁的纪伯伦在波士顿首次举行个人画展，也为自己登上文学创作的殿堂打开了大门。在画展上结识了他的"女伯乐"玛丽·哈斯凯勒，在后者的鼓励下来到巴黎艺术学院学习绘画和雕塑，拜于罗丹门下。罗丹赏慕纪伯伦的才华，不吝盛赞，称其为"20世纪的威廉·布莱克"。终其一生，纪伯伦共创作了700余幅绘画精品，其中多收藏于美国艺术馆和黎巴嫩纪伯伦纪念馆。

因绘画蜚声本不足为奇，难能可贵的是纪伯伦是西方文艺史上屈指可数的诗画双绝的文豪，恰如罗丹赞誉，纪伯伦在绘画和文学上的成就丝毫不亚于布莱克。且比肩泰戈尔。他的文名在世界文艺之碑上的刻画之深尤胜于其画名。

他青少年时期就能通读较高难度的英文小说。1898年，纪伯伦进入黎巴嫩的希克玛学校读书，在胡里·尤素福·哈达德的教诲下掌握了阿拉伯语和法语，并受其指导在校刊发表了很多文章。1903年纪伯伦开始在阿拉伯文《侨民报》上发表文学小品，至1908年共发表50多篇散文诗，后来结集成册为《泪与笑》，使他成为阿拉伯近代文学史上第一个散文诗体作家，这时候的纪伯伦已经像一颗新星冉冉升起在阿拉伯世界的天空。

1908年（一说1907年）他发表小说《叛逆的灵魂》，遭当局迫害再赴美国，6月赴法国学习绘画，三年后重返波士顿并定居下来，潜心于诗文画创作。进入20世纪20年代，纪伯伦渐渐转向散文诗和散文的创作，陆续发表散文诗集《先驱者》、《先知》、《沙与沫》、《人之子耶稣》、《先知园》、《流浪者》等，以及诗剧《大地诸神》、《拉撒路和他的情人》等。代表作《先知》甚至被称为"小圣经"，迄今已被译成五六十种文字，发行量超过七百万册。

1983年，联合国教科文组织将其与马克思等7人列为"具有世界意义"的人物之一，足以说明纪伯伦的世界影响之彰。

第二节　《先知》简介

长篇哲理散文诗《先知》被视为纪伯伦的代表作，是他的呕心沥血之作、巅峰之作。1923 年，该书在美国纽约出版，旋即使得"纽约纸贵"，短短数年，即被译成近二十种文字，在世界范围内刮起一股不小的旋风。因其构思用词均效圣经，芝加哥传媒甚至冠之以"小圣经"的美誉。《纽约时报》评其为"东方赠给西方最好的礼物"。迄今为止，这本小圣经的发行量全球累计一亿册，出版累计 163 次，被译成逾 40 种文字，且仍不失其出版号召力。

《先知》是纪伯伦的第三本英文散文诗集，或许作者有意模仿圣经体裁，预先设定了一个情节：在西方阿法利斯城，住着一位来自远方的客人阿勒穆斯塔法，他在这座城中已经住了 12 年，在第 12 年绮露收获之月的第 7 天，他出城登上山顶看到家乡的船远远的向他驶来，心中满载着喜悦，忽然一阵悲哀又不断地袭来。因为他知道在离开这座城时，他无法在精神上不带任何创伤地离去。正在这时，阿法利斯的居民们闻知他将离开的消息，纷纷从远方赶来，恳求他继续留下来，只有一名叫爱尔美察的女子祝贺他即赴征程。她是在穆斯塔法入城的第一天就成为他忠实的信徒的，在阿勒穆斯塔法离别之际，爱尔美察请求他披露真理，于是先知回答了送别有关于爱、婚姻、孩子、施与、饮食、工作、哀乐、居室、衣服、买卖、罪与罚、法律、自由、理性与热情、苦难、自知、教授、友谊、谈话、时光、善恶、祈祷、逸乐、美、宗教、死 26 个问题。这些问题涉及了人生和社会的各个方面，是一个历尽沧桑、饱经忧患、品尝过人间种种不幸的过来人的经验之谈。纪伯伦用诗一般的优美语言，反复比喻的词句，讲了许多平易入情的真理，很值得人们仔细体味。

纪伯伦生前深受德国哲学家尼采的"超人"哲学思想的影响，因此《先知》在构思、布局甚至某些内容也和尼采的谶语式格言著作有很多相似之处。但不论其胎脱于何，《先知》都向我们展示了典型的"纪伯伦风格"。其文笔灵秀而凝练，其用词旖旎而斑斓，其寓意深邃而铭心，其想象丰富而婉约，加之预言式的格调、跳跃式的节奏，让读者一见倾心再读展颜。

据说《先知》早在纪伯伦 18 岁的时候即开始动笔，定居美国之后，用英文重写，并五易其稿，足见他的用心用情之至极、之肃严。他的严肃和用情，下感染平民读者，上感染一些国家的领袖，比如罗斯福和里根。在我国，他感染了茅盾和冰心等，前者在《先知》出版之年翻译了纪伯伦《先行者》中的 5 篇散文，是最早介绍纪伯伦到中国的。而 1931 年冰心躺在病榻上也用一颗博爱严肃的心翻译出了他的《先知》，这才使纪伯伦渐为中国人熟悉起来。

第三节　《先知》选段

船的来临

当代的曙光，被选而被爱戴的亚墨斯达法，在阿法利斯城等候了十二年，等他的船到来，好载他归回他生长的岛上去。

在第十二年绮露收获之月的第七天，他出城登上山顶，向海凝望，他看见了他的船从烟雾中驶来。

他的心扉蓦然地开了，他的喜悦在海面飞越。他合上眼，在灵魂的严静中祷告。

但当他上山的时候，忽然一阵悲哀袭来，他心里想：

我怎能这般宁静地走去而没有些忧哀？不，我要精神上不受创伤地离此城郭。

在这城围里，我度过了悠久的痛苦的日月和孤寂的深夜；谁能撇下这痛苦与孤寂，而没有一些惋惜？

在这街市上，我曾撒下过多的零碎的精神，在这山中，也有过多的赤裸着行走的我所爱惜的孩子，离开他们，我不能不觉得负担与痛心。

这不是今天我脱弃了一件衣裳，乃是我用自己的手撕下了一块自己的皮肤。

也不是我遗弃了一种思想，乃是遗弃了一颗用饥和渴做成的甜蜜的心。

然而，我不能再迟留了。

那召唤万物来归的大海，也在召唤我，我必须登舟了。

因为，若是停留下，我的归思，在夜间虽仍灼热奋发，渐渐地却要冰冷变石了。

我若能把这里的一切都带了去，何等的快乐啊！但是我又怎能呢？

声音不能把付给他翅翼的舌头和嘴唇带走。他自己必须寻求"以太"。

鹰鸟也必须撇下窝巢，独自地飞过太阳。

现在他走到山脚，又转面向海，他看见他的船徐徐地驶入湾口，那些在船头的舟子，正是他的故乡人。

于是，他的精魂向着他们呼唤，说：

弄潮者，我老母的孩儿，

有多少次你们在我的梦中浮泛。现在你们在我更深的梦中，也就是我苏醒的时候驶来了。

我已预备好要走了，我的热望和帆篷一同扯满，等着风来。

我只要在这静止的空气中，再呼吸一口气，我只要再向后抛掷热爱的一瞥。

那时，我要站在你们中间，一个航海者群中的航海者。

还有你，这无边的大海，无眠的慈母，

只有你是江河和溪水的宁静与自由。

这溪流只还有一次的转折，一次林中的潺湲，

然后我要到你这里来，无量的涓滴归向无量的海洋。

当他行走的时候，他看见从远处有许多男女离开田园，急速地赶到城边来。

他听见他们叫着他的名字，在阡陌中彼此呼唤，报告他船的来临。

他对自己说：

别离的日子能成为会集的日子么？

我的薄暮实在可算是我的黎明么？

那些放下了耕田的犁耙，停止了榨酒的轮儿的人们，我将给他们什么呢？

我的心能成为一棵实果累累的树，可以采撷了分给他们么？

我的愿望能奔流如泉水，可以倾满他们的杯么？

我是一架全能者的手可以弹奏的琴，或是一管全能者可以吹弄的笛么？

我是一个寂静的寻求者，在寂静中，我发现了什么宝藏，可以放心地布施呢？

倘若这是我收获的日子，那么，何时何地我曾撒下了种子呢？

倘若这确是我举起明灯的时候，那么，灯内燃烧着的火焰，不是我点燃的。

空虚黑暗的我将举起我的灯，

守夜的人将要添上油，也点上火。

这些是他口中说出，还有许多没有说出的存在心头，因为他说不出自己心中更深的秘密。

他进城的时候，众人都来迎接，齐声地向他呼唤。

城中的长老走上前来说：

你不要再离开我们。

在我们的朦胧里，你是正午的潮音，你青春的气度，予我们以梦想。

你在我们中间不是一个异乡人，也不是一个客人，乃是我们的儿子及亲挚的爱者。

不要使我们的眼睛因渴望你的脸面而酸痛。

一班道人和女冠对他说：

不要让海波在这时把我们分开，把你在我们中间所度的岁月成了一个回忆。

你曾是一个在我们中间行走的神灵，你的影儿曾明光似的照亮我们的脸。

我们深深地爱着你。不过我们的爱没有声响，而又被轻纱蒙着。

但现在他要对你呼唤，要在你面前揭露。除非临到了别离的时候，"爱"永远会知道自己的深浅。

别的人也来向他恳求。他没有答话。他只低着头；站近他的人看见他的泪落在袜子上。

他和众人慢慢地向殿前的广场走去。

有一个名叫爱尔美差（Almitra）的女子从圣殿里出来，她是一个预言者。

他以无限的温蔼注视着她。因为她是在他第一天进这城里的时候，最初寻找他相信他的人中之一。

她庆贺他，说：

上帝的先知，至高的探求者，你曾常向远处寻望你的航帆。

现在你的船儿来了，你必须归去。

你对于那回忆的故乡，和你更大愿望的居所的渴念，是这样的深切；我们的爱，不能把你系住，我们的需求，也不能把你拘留。

但在你别离以前，我们要请你对我们讲说真理。

我们要把这真理传给我们的孩子，他们也传给他们的孩子，绵绵不绝。

在你的孤独里，你曾守卫我们的白日，在你的清醒里，你曾倾听我们睡梦中的哭泣和欢笑。

现在请把"真我"披露给我们，告诉我们你所知道的关于生和死中间的一切。

他回答说：

阿法利斯的民众啊，除了现时在你们灵魂里鼓荡的之外，我还能说什么呢？

论爱

于是爱尔美差说：请给我们谈爱。

他举头望着民众，他们一时静默了。他用洪亮的声音说：

当爱向你们召唤的时候，跟随着他，

虽然他的路程是艰险而陡峻。

当他的翅翼围着你们的时候，屈服于他，

虽然那藏在羽翮中间的剑刃也许会伤害你们。

当他对你们说话的时候，信从他，

虽然他的声音会把你们的梦魂击碎，如同北风吹荒了林园。

他虽升到你的最高处，抚惜你在日中颤动的枝叶，

他也要降到你的根下，摇动你的根柢的一切关节，使之归土。

如同一捆稻粟，他把你束聚起来。

他舂打你使你赤裸。

他筛分你使你脱壳。

他磨碾你直至洁白。

他揉搓你直至柔韧。

这些都是爱要给你们做的事情，使你知道自己心中的秘密，在这知识中你便成了"生命"心中的一屑。

假如你在你的疑惧中，只寻求爱的和平与逸乐，

那不如掩盖你的裸露，而躲过爱的筛打，

而走入那没有季候的世界，在那里你将欢笑，却不是尽量的笑悦；你将哭泣，却没有流干眼泪。

爱除自身外无施予，除自身外无接受。

爱不占有，也不被占有。

因为爱在爱中满足了。

不要想你能导引爱的路程，因为若是他觉得你配，他就导引你。

爱没有别的愿望，只要成全自己。

但若是你爱，而且需求愿望，就让以下的做你的愿望吧：

溶化了你自己，像溪流般对清夜吟唱着歌曲。

要知道过度温存的痛苦。

让你对于爱的了解毁伤了你自己；

而且甘愿地喜乐地流血。

清晨醒起，以喜飏的心来致谢这爱的又一日；

日中静息，默念爱的浓欢；

晚潮退时，感谢地回家。

然后在睡时祈祷，因为有被爱者在你的心中，有赞美之歌在你的唇上。

论婚姻

爱尔美差又说：夫子，婚姻怎样讲呢？

他回答说：

你们一块儿出世，也要永远合一。

在死的白翼隔绝你们的岁月的时候，你们也要合一。

不过在你们合一之中，要有间隙。

让风在你们中间舞荡。

彼此相爱，却不要做成爱的系链：

只让他在你们灵魂的沙岸中间，做一个流动的海。

彼此斟满了杯，却不要在同一杯中啜饮。

彼此递赠着面包，却不要在同一块上取食。

快乐地在一处舞唱，却仍让彼此静独，

连琴上的那些弦也是单独的，虽然他们在同一的音调中颤动。

彼此赠献你们的心，却不要互相保留。

因为只有"生命"的手，才能把持你们的心。

要站在一处，却不要太密迩：

因为殿里的柱子，也是分立在两旁，

橡树和松柏，也不在彼此的荫中生长。

论孩子

于是一个怀中抱着孩子的妇人说：请给我们谈孩子。

他说：

你们的孩子，都不是你们的。

乃是"生命"为自己所渴望的儿女。

他们是借你们而来，却不是从你们而来。

他们虽和你们同在，却不属于你们。

你们可以给他们以爱，却不可给他们以思想，

因为他们有自己的思想。

你们可以荫庇他们的身体，却不能荫庇他们的灵魂，

因为他们的灵魂，是住在"明日"的宅中，那是你们在梦中也不能想见的。

你们可以努力去模仿他们，却不能使他们来像你们，

因为生命是不倒行的，也不与"昨日"一同停留。

你们是弓，你们的孩子是从弦上发出的生命的箭矢。

那射者在无穷之中看定了目标，也用神力将你们引满，使他的箭矢迅疾而遥远地射了出去。

让你们在射者手中的"弯曲"成为喜乐吧；

因为他爱那飞出的箭，也爱了那静止的弓。

论施予

一个富人说：请给我们谈施予。

他回答说：

你把你的产业给人，那只算给了一点。

当你以身布施的时候，那才是真正的施予。

因为你的财产，岂不是你存留保守着的东西，恐怕"明日"或许需要它们么？

但是"明日"，那过虑的犬，跟着香客上圣城去，却把骨头埋在无痕迹的沙土里，"明日"能把什么给它呢？

除了需要的本身之外，需要还忧惧什么呢？

当你在井泉充溢的时候愁渴，那你的渴不是更难解么？

有人有许多财产，却只把一小部分给人——他们为求名而施予，那潜藏的欲念，使他们的礼物不完美。

有人只有一点财产，却全部都给人。

这些相信生命和生命的丰富的人，他们的宝柜总不空虚。

有人喜悦地施予，那喜悦就是他们的酬报。

有人无痛地施予，那无痛就是他们的洗礼。

也有人施予了，而不觉出施予的无痛，也不寻求快乐，也不有心为善；

他们的施予，如同那边山谷里的桂花，香气浮动在空际。

因请求而施予的，固然是好，而未受请求，只因默喻而施予的，是更好了：

对于乐善好施的人，去寻求需要他帮助的人的快乐，比施予还大。

有什么东西是你必须保留的呢？

必有一天，你的一切都要交付出来；

趁现在施予吧，这施予的时机是你自己的，而不是你的后人的。

你常说："我要施予，却只要舍给那些配受施予者。"

你果园里的树木和牧场上的羊群，却不这样说。

他们为要生存而施予，因为保留就是毁灭。

凡是配接受白日和黑夜的人们，都配接受你施予的一切。

凡配在生命的海洋里啜饮的，都配在你的小泉里舀满他的杯。

还有什么德行比接受的勇气、信心和善意还大呢？

有谁能使人把他们的心怀敞露，把他们的狷傲揭开，使你能看出他们赤裸的价值和无惭的骄傲？

先省察你自己是否配做一个施予者，是否配做一个施予的器皿。

因为实在说，那只是生命给予生命——你以为自己是施主，其实也不过是一个证人。

你接受的人们——你们都是接受者，——不要负起报恩的重担，恐怕你要把轭加在你自己和施者的身上。

不如与施者在礼物上一同展翅飞腾；

因为过于思量你们的欠负，就是怀疑了那以慈悲的大地为母的仁心。

论饮食

一个开饭店的老人说：请给我们谈饮食。

他说：

我恨不得你们能借着大地的香气而生存，如同那"空气植物"受着阳光的供养。

既然你们必须杀生为食，且从新生的动物口中，夺他的母乳来止渴，那就让它成为一个敬神的礼节吧，

让你的肴馔摆在祭坛上，那是丛林中和原野上的纯洁清白的物品，为更纯洁清白的人们而牺牲的。

当你杀生的时候，心里对他说：

"在宰杀你的权力之下，我同样地也被宰杀，我也要同样地被吞食。

那把你送到我手里的法律，也要把我送到那更伟大者的手里。

你和我的血都不过是浇灌树的一种液汁。"

当你咬嚼着苹果的时候，心里对他说：

"你的子核要在我身中生长，

你来世的嫩芽要在我心中萌苗，

你的芳香要成为我的气息，

我们要终年地喜悦。"

在秋天，你在果园里摘葡萄榨酒的时候，心里说：

"我也是一座葡萄园，我的果实也要摘下榨酒，

和新酒一般，我也要被收存在永生的怀里。"

在冬日，当你斟酒的时候，你的心要对每一杯酒歌唱：

让那曲成为一首纪念秋天和葡萄园以及榨酒之歌。

论工作

一个农夫说：请给我们谈工作。

他回答说：

你工作为的是要与大地和大地的精神一同前进。

因为惰逸使你成为一个时代的生客，一个生命大队中的落伍者，这大队是庄严的，高傲而服从的，向着无穷前进。

在你工作的时候，你是一管笛，从你心中吹出时光的微语，变成音乐。

你们谁肯做一根芦管，在万物合唱的时候，你独痴呆无声呢？

你们常听人说，工作是祸殃，劳力是不幸。

我却对你们说，你们工作的时候，你们完成了大地的深远的梦这一部，他指示你那梦是何时开头，

而在你劳力不息的时候，你确爱了生命。

从工作里爱了生命，就是通彻了生命最深的秘密。

倘然在你的辛苦里，将有身之苦恼和养身之诅咒，写上你的眉间，则我将回答你，只有你眉间的汗，能洗去这些字句。

你们也听见人说，生命是黑暗的，在你疲瘁之中，你附和了那疲瘁的人所说的话。

我说生命的确是黑暗的，除非是有了激励；

一切的激励都是盲目的，除非是有了知识；

一切的知识都是徒然的，除非是有了工作；

一切的工作都是虚空的，除非是有了爱；

当你仁爱地工作的时候，你便与自己、与人类联系为一。

怎样才是仁爱的工作呢？

从你的心中抽丝，织成布帛，仿佛你的爱者要来穿此衣裳。

热情地盖造房屋，仿佛你的爱者要住在其中。

温存地播种，喜悦地刈获，仿佛你的爱者要来吃这产物。

这就是用你自己灵魂的气息，来充满你所制造的一切。

要知道一切受福的古人，是在你上头看视着。

我常听见你们仿佛在梦中说："那在蜡石上表现出他自己灵魂的形象的人，是比耕地的人高贵多了。

那捉住虹霓，传神地画在布帛上的人，是比织履的人强多了。"

我却要说：不在梦中，而在正午极清醒的时候，风对大橡树说话的声音，并不比对纤小的草叶所说的更甜柔；

只有用他的爱心，把风声变成甜柔的歌曲的人，是伟大的。

工作是眼能看见的爱。

倘若你不是欢乐而是厌恶地工作，那还不如撒下工作，坐在大殿的门边，去乞那些欢乐地工作的人的周济。

倘若你无精打采地烤着面包，你烤成的面包是苦的，只能救半个人的饥饿。你若是怨望地压榨着葡萄酒，你的怨望，在酒里滴下了毒液。

倘若你像天使一般地唱，却不爱唱，你就把人们能听到白日和黑夜的声音的耳朵都塞住了。

论哀乐

一个妇人说：请你给我们讲欢乐与悲哀。

他回答说：

你的欢乐，就是你的去了面具的悲哀。

连你那涌溢欢乐的井泉，也常是充满了你的眼泪。

不然，又怎样呢？

悲哀的创痕在你身上刻得越深，你越能容受更多的欢乐。

你的盛酒的杯，不就是那曾在陶工的窑中燃烧的坯子么？

那感悦你的心神的笛子，不就是曾受尖刀挖刻的木管么？

当你欢乐的时候，深深地内顾你的心中，你就知道只不过是那曾使你悲哀的，又在使你欢乐。

当你悲哀的时候，再内顾你的心中，你就看出实在是那曾使你喜悦的，又在使你哭泣。

你们有些人说：欢乐大于悲哀。也有人说：不，悲哀是更大的。

我却要对你们说，他们是不能分开的。

他们一同来到，当这个和你同席的时候，要记住那个正在你床上酣眠。

真的，你是天平般悬在悲哀与欢乐之间。

只在盘中空洞的时候，你才能静止，持平。

当守库者把你提起来，称他的金银的时候，你的哀乐就必须升降了。

论居室

一个泥水匠走上前来说：请给我们谈居室。

他回答说：

当你在城里盖一所房子之前，先在野外用你的想象盖一座凉亭。

因为你在黄昏时有家可归，而你那更迷茫更孤寂的漂泊的精魂，也有个归宿。

你的房屋是你的较大的躯壳。

他在阳光中发育，在夜的寂静中睡眠，而且不能无梦。你的房屋不做梦么？不梦想离开城市，登山入林么？

我愿能把你们的房子握在手里，撒种似的把他们洒落在丛林中与绿野上。

愿山谷成为你们的街市，绿径成为你们的里巷，使你们在葡萄园中相寻相访的时候，衣袂上带着大地的芬芳。

但这个一时还做不到。

在你们祖宗的忧惧里，他们把你们聚集得太近了。

这忧惧还要稍为延长，你们的城墙，也仍要把你们的家庭和你们的田地分开。

告诉我吧，阿法利斯的民众啊，你们的房子里有什么？你们锁门是为守护什么呢？

你们有"和平"，不就是那呈露好魄力的宁静和鼓励么？

你们有"回忆"，不就是那联跨你心峰的灿烂的弓桥么？

你们有"美"，不就是那把你的心从木石建筑上引到圣山的么？

告诉我，你们的房屋里有这些东西么？

或者你只有"舒适"和"舒适的欲念"，那诡秘的东西，以客人的身份混了进来渐做家人，终作主翁的么？

噫！他变成一个驯兽的人，用钩镰和鞭笞，使你较伟大的愿望变成傀儡。

他的手虽柔软如丝，他的心却是铁打的。

他催眠你，只须站在你的床侧，讥笑你肉体的尊严。

他戏弄你健全的感官，把他们塞放在蓟绒里，如同脆薄的杯盘。

真的，舒适之欲，杀害了你灵性的热情，又哂笑地在你的殡仪队中徐步。

但是，你们这些"太空"的儿女，你们在静中不息，你们不应当被网罗，被驯养。

你们的房子不应当做个锚，应当做个桅。它不应当做一片遮掩伤痕的闪亮的薄片，应当做那保护眼睛的睫毛。

你不应当为穿走门户而敛翅，也不应当为恐触屋顶而低头，也不应当为怕墙壁崩裂而停止呼吸。

你不应当住在那死人替活人筑造的坟墓里。

无论你的房屋是如何地壮丽与辉煌，也不应当使它隐住你的秘密，遮住你的愿望。

因为你里面的"无穷性"，是住在天宫里，那天宫是以晓烟为门户，以夜的静寂与歌曲为窗牖的。

论衣服

一个织工说：请给我们谈衣服。

他回答说：

你们的衣服掩盖了许多的美，却遮不住丑恶。

你们虽在衣服里可寻得隐秘的自由，却也寻得撅饰与羁勒了。

我恨不得你们多用皮肤，而少用衣服去逢迎太阳和风。

因为生命的气息是在阳光中，生命的把握是在风里。

你们中有人说：那纺织衣服给我们穿的是北风。

我也说：对的，是北风，

但他的机杼是可羞的，那使筋肌软弱的是他的线缕。

当他的工作完毕时，他在林中喧笑。

不要忘却"羞怯"只是遮挡"不洁"的眼目的盾牌。

在"不洁"完全没有了的时候，"羞怯"不就是心上的桎梏与束缚么？

也别忘了大地是欢喜和你的赤脚接触，风是希望和你的头发相戏的。

论买卖

一个商人说：请给我们谈买卖。

他回答说：

大地贡献果实给你们，如果你们只晓得怎样独取，你们就不应当领受了。

在交易着大地的礼物里，你们将感到丰裕而满足。

然而若非用爱和公平来交易，则必有人沦为饕餮，有人沦为饿殍。

当在市场上，你们这些海上、田中和葡萄园里的工人，遇见了织工、陶工和采集香料的——

就应当祈求大地的主神，临到你们中间，来圣化天平，以及那较量价值的核算。

不要容游手好闲的人来参加你们的买卖，他们要以言语来换取你们的劳力。

你们要对这种人说：

"同我们到田间，或者跟我们的弟兄到海上去撒网；

因为海与陆地，对你们也和对我们一样的慈惠。"

倘若那吹箫的和歌舞的人来了，你们也应当买他们的礼物。

因为他们也是果实和乳香的采集者，他们带来的物事，虽系梦幻，却是你们灵魂上的衣食。

在你们离开市场以前，要看有没有人空手回去。

因为大地主神，不到你们每人的需要全都满足了以后，他就不能在风中宁静地睡眠。

论罪与罚

本城的法官中，有一个走上前来说：请给我们谈罪与罚。

他回答说：

当你的灵性随风飘荡的时候，

你孤零而失慎地对别人也就是对自己犯了过错。

为着所犯的过错，你必须去叩那受福者之门，就被怠慢地等候片刻。

你们的"神性"像海洋；

他永远是纯洁不染，

又像"以太"，他只帮助有翼者上升。

你们的"神性"也像太阳；

他不知道田鼠的径路，也不寻觅蛇虺的洞穴。

但是你们的"神性"，不是独居在你们里面。

在你们里面，有些仍是"人性"，有些还不成"人性"。

他只是一个未成形的侏儒，睡梦中在烟雾里蹒跚，自求觉醒。

我现在所要说的，就是你们的人性。

因为那知道罪与罪的刑罚的，是他，而不是你的"神性"，也不是烟雾中的侏儒。

我常听见你们论议到一个犯了过失的人，仿佛他不是你们的同人，只像是个外人，是个你们的世界中的闯入者。

我却要说连那圣洁和正直的，也不能高过于你们每人心中的至善，

所以那奸邪和懦弱的，也不能低过于你们心中的极恶。

如同一片树叶，除非得了全树的默许，方能独自变黄。

所以，那作恶者，若没有你们大家无形中的怂恿，也不会作恶。

如同一个队伍，你们一同向着你们的"神性"前进。

你们是道，也是行道的人。

当你们中有人跌倒的时候，他是为了他后面的人而跌倒，是一块绊脚石的警告。

是的，他也为他前面的人而跌倒，因为他们的步履虽然又快又稳，却没有把那绊脚石挪开。

还有这个，虽然这些话会重压你的心：

被杀者对于自己的被杀，不能不负疚，

被劫者对于自己的被劫，不能不受责。

正真的人，对于恶人的行为，也不能算无辜，

清白的人，对于罪人的过犯，也不能算不染。

你们不能把至公与不公，至善与不善分开；

因为他们一齐站在太阳面前，如同织在一起的黑线和白线，

黑线断了的时候，织工就要视察整块的布，也要察看那机杼。

你们中如有人要审判一个不忠诚的妻子，

让他拿天平来称一称她丈夫的心，拿尺来量一量他的灵魂。

让鞭挞"扰人者"的人，先察一察那"被扰者"的灵性。

你们如有人要以正义之名，砍伐一棵恶树，让他先察看树根；

他一定能看出那好的与坏的，能结实与不能结实的树根，都在大地的沉默的心中，纠结在一处。

你们这些愿持公开的法官，

你们怎样裁判那忠诚其外而盗窃其中的人？

你们又将怎样刑罚一个肉体受戮，而在他自己的心灵遭灭的人？

你们又将怎样控告那在行为上是刁猾、暴戾，

而在事实上也是被威逼、被虐待的人呢？

你们又将怎样责罚那悔心已经大于过失的人？

忏悔不就是你们所喜欢奉行的法定的公道么？

然而，你们却不能将忏悔放在无辜者的身上，也不能将他从罪人心中取出。

不期然地他要在夜中呼唤，使人们醒起，反躬自省。

你们这些愿意了解公道的人，若不在大光明中视察一切的行为，你们怎能了解呢？

只在那时，你们才知道直立与跌倒的，只是一个站在"侏儒性的黑夜"，与"神性的白日"的黄昏中的人。

也要知道那大殿的角石，并不高于那最低的基石。

（颜海峰编，摘自冰心译：《纪伯伦散文诗选》，安徽文艺出版社，2005）

第三十七章 马哈福兹及《两宫间》

第一节 马哈福兹简介

2006 年，阿拉伯文学的天空上陨落一颗巨星，而金字塔的国度——埃及则为它的一座宏伟的"金字塔"的崩塌而扼腕。这就是纳吉布·马哈福兹。1988 年，他以其"洞察一切的现实主义"和流畅精巧的"阿拉伯语言艺术"获得诺贝尔文学奖，使其成为荣膺此奖的第一位也是迄今为止唯一一位阿拉伯作家。他把阿拉伯语的小说艺术提升到世界水平，因此被誉为"阿拉伯小说之父"；他的现实主义作品批判力度之深还为其赢得了"埃及的狄更斯"之誉。

马哈福兹于 1911 年降生于开罗的一个虔诚的穆斯林家庭。在开罗大学时他以哲学为专业，很早就接触到西方的民主思想和社会主义思想。毕业后又攻读了硕士学位。曾先后供职于政府部门、宗教基金部和文化部，直至担任文化部顾问，1972 年退休，被埃及总统萨达特授予共和国一级勋章。退休后成为《金字塔报》专职作家，编委会成员，笔耕不辍，一直到 2005 年以《第七天堂》唱完了他的"天鹅之歌"。

纵观马哈福兹一生，他总共出版了 34 部中长篇小说，超过 350 个短篇故事，上百个电影剧本和五部戏剧。大致来看，他的创作生涯可以分为三个阶段：

第一阶段，20 世纪 30 年代末至 40 年代初，受到反英殖民运动的影响，在爱国心的驱使下，开始创作浪漫主义爱国题材的历史小说。比如《命运的嘲弄》、《拉杜比斯》和《塔伊拜战争》等，均取材于埃及历史传说，以春秋笔法反映了埃及人民摆脱外族统治的愿望。

第二阶段，20 世纪 40 年代中期至 50 年代末，转向现实生活描述。1945 年发表了他的第一部现实主义作品《新开罗》，深刻揭露了法鲁克王朝的腐败统治。之后还发表了《哈利利市场》、《梅达格胡同》和《始末记》等以开罗都市生活为素材的针砭时弊之作。而此间使其饮誉整个阿拉伯世界的是他在埃及革命之前就完成的长达 1500 页的巨著《开罗三部曲》：《两宫间》（又译《宫间街》）、《思宫街》、《甘露街》）。这三部曲是阿拉伯长篇小说发展的里程碑，与侯赛因同获埃及国家文学一等奖。其篇章布局与我国作家巴金的"激流三部曲"异曲同工。

第三阶段，自 20 世纪 70 年代初至 2006 年。用马氏自己的话来说，这个阶段是他开始"新现实主义"创作的阶段。这期间，他超越单一的现实主义手法，承继阿拉伯文学传统的同时借鉴并糅合西方现代派艺术，如表现主义、象征主义、内心独白、时空交错和荒诞主义。比如至今仍备受争议的《我们街区的孩子》以象征主义见长，其得意之作和代表作之一《平民史诗》在布局立意上都具有一定的魔幻现实主义色彩。

在他近 70 年的创作生涯中，马哈福兹从来都是与时俱进，勇于创新和变革，因此总能使其作品富于崭新的魅力。他的小说背景大多设置在开罗，被人称作"开罗作家"，而这位开罗作家则因其长篇小说建树成为了阿拉伯世界的"长篇小说之柱"，永远昂然擎立。

第二节　《两宫间》简介

《两宫间》是马哈福兹《开罗三部曲》之第一部。这部长篇小说发表于 1956 年，是中文译法的由来。马哈福兹获得诺贝尔文学奖之后两年，被翻译成英文版本"Palace Walk"，而发表于 1957 年的其他两部小说也同时被绍介到西方，很快即为其赢得国际盛誉，被称为"极为真实的历史性作品"。

三部曲通过描述埃及中产阶级商人阿卜杜·贾瓦德一家三代的生活发展和变迁展示了埃及近代史上一些重大事件以及社会的巨大变化。《两宫间》讲的是第一代贾瓦德在外德高望重慷慨富有，在内却刚愎自用唯我独尊，他的妻子艾米娜未经其同意而外出朝拜，归途中被车撞伤。贾瓦德得知此事后，勃然大怒，竟然把她送回娘家，以示惩罚。在儿女婚姻上，他也专行独断，先拆散了次子和幼女的恋爱，又包办长子的婚事，制造了一幕幕人间悲剧。他道貌岸然，苛以待人而却以"真主是宽容的"名义在外声色犬马。不过，他经商倒也诚实，还是一个有反帝爱国思想的民族主义者。第一次世界大战后，他开始关注民族解放运动。二儿子法赫米积极投入反对英国殖民统治的政治运动，连他自己也激荡着一股激情。在一次大规模的游行示威中，法赫米不幸牺牲，贾瓦德悲痛得几乎昏厥过去，从此之后他就收敛了他的颐指气使，不再荒唐无度纵情声色了。贾瓦德的妻子艾米娜谦恭、慈爱、宽厚，作品对她也有出色描写。

《两宫间》的情节围绕反帝反封建的线索展开，真实地反映了 20 世纪初叶埃及人民饱受英国殖民统治压迫奴役的社会现实。马哈福兹以凝练老道的笔法将社会世相浓缩到一个七口之家，以小见大地再现了时代风貌。

作品精于人物的塑造，作者巧用对比或相互烘托的人物事件性格等把各个人物都描写得形象鲜明，即使是次要人物也各有其特色，使作品产生了强烈的艺术效果。从艺术手法上讲，《两宫间》胜于现实主义手法的运用，作者一反阿拉伯古代文学的浪漫主义传统，大胆借鉴模仿西方现实主义写作手法，把埃及人民生活的各个层面描画得淋漓尽致。其次是作品体现出强烈的历史感，马哈福兹以编年体顺序将虚拟人物的生活经历安排到真实的社会历史事件之中，使小说具有史诗的厚重。最后是他那细致的笔触将夫妇之间不平等的家庭地位和主从关系描写得极其清楚。作品通过描述 20 世纪上半叶埃及社会生活的各个方面，为读者绘制了一幅波澜壮阔的历史画卷，标志着马哈福兹小说创作的顶峰。埃及著名文学评论家穆罕默德·哈桑誉其为"阿拉伯现实主义小说的顶峰之作"，阿拉伯文学泰斗塔哈·侯赛因也说这是他读到的"最精彩的埃及小说"。

第三节　《两宫间》选段

一

午夜，她醒了。她已经习惯每天夜里这个时候醒来，不必用闹钟或其他的东西，在她心里的一种希望的灵感，一直忠实地准时催醒她。刚才，她还似醒非醒，迷迷糊糊地做着乱梦，感觉到梦中的声音，直到怕睡过头的担忧袭上心头，她才惊醒过来。她轻轻地晃了晃脑袋，睁开眼睛。屋子里漆黑一团，无法判断究竟是什么时间。窗下那条马路彻夜不安宁；几家咖啡馆里顾客的喧哗声和商店老板的招呼声不时传来，入夜时如此，半夜里如此，凌晨还是如此。因此，能够判断时间的只有她那像时针一样忠于职守的内心感应。家里寂静无声，这说明丈夫还没有进门，他的手杖还未点击到楼梯上。

这个时候醒来已经是她的老习惯。夫妻生活的礼教告诉她应该半夜醒来，等候丈夫消夜回家，然后一直伺候他睡下。这种习惯伴随了她整个青春年华，人到中年依然如此。为了摆脱温暖被窝的诱惑，她毫不犹豫地从床上坐了起来，念完"奉真主之名"后，便掀开被子下床，摸着床头和窗台，一直走到门口，打开房门。客厅内落地支架上的煤油灯发出的微弱光线立刻透进卧室，她小步走过去，端起灯回到卧室；玻璃灯罩口射出暗淡的光线，在天花板上映出一个镶着黑边的摇曳不定的光圈。她把煤油灯放在沙发前面的茶几上，卧室顿时被照亮了。这是一个四四方方的大房间，高高的墙上几根平行的横梁支撑着天花板。室内陈设豪华：地上铺着波斯希拉兹绣花地毯，一张有四条铜腿的大床，高大的衣柜，长沙发上覆盖着一条五彩花纹的小毯子。

她走到镜子跟前，向镜里的影子瞥了一眼，发现自己皱巴巴的咖啡色头巾缩到了后面，几绺栗色的头发披散在前额上，便伸手解开头巾，整了整，重新蒙在头上，并小心翼翼地系住两端。她用双手摸摸两颊，仿佛想抹去未尽的睡意。她已经四十岁了，中等身材，看起来略显瘦削，身体的架子虽小，却长得细嫩、丰满、匀称。清秀的瓜子脸上高高的额头，一双漂亮的小眼睛闪烁着梦幻般甜蜜的目光，精巧的鼻子只在鼻翼处才略大，一张小嘴巴薄薄的双唇下长着尖圆的下巴。淡淡的麦色脸庞上，颧骨处点缀着一颗黑色的美人痣。她好像有点急，匆匆戴上面纱，走到窗式阳台门前，打开门走了进去。她站在封闭阳台里，脸左右转动着，透过窗格子间的小圆孔朝马路望去。

阳台下面就是大街，向南去的是纳哈辛街，往北去的是两宫间街，它们在这里相接。左边的马路狭窄弯曲，大楼上的住家已经进入梦乡，窗户里漆黑一片，底层因为被手推车的油灯、咖啡馆和通宵营业商店的煤气灯的光线照亮，还不太暗。右边的马路被黑暗笼罩着，那里没有咖啡馆，几家大商店天未黑就关了门；只有格拉文和贝尔古格两座清真寺的宣礼塔，宛如守夜巨人的身影屹立在灿烂的星光下格外引人注目。这就是她熟悉了二十五年的景色，可是从来没有看厌过。也许，她的一生是单调的，却还不知道什么是厌烦。相反，由于孤独，这么多年来，她对这些反而感到亲切，仿佛从没得到过真正的温存和慰藉。

孩子们出生之前，在这个有着院子、深井、两层楼房和许多宽敞高大房间的住宅里，一整天的大部分时间里只有她一个人。结婚时她还是个不到十四岁的少女。婚后不久，公婆相继去世，她便成了这所大宅院的女主人，只有一个老女仆帮她料理家务。一到晚上，女仆回院子里的厨房去睡觉，留下她孤零零的一个人，独守那幽灵出入的长夜。她打盹一阵，清醒一阵，一直要熬到壮实的丈夫消夜归来。

她养成了每晚由女仆陪着巡视各个房间的习惯，只有这样她才感到放心。女仆掌灯走在前面，她提心吊胆地跟着从楼下到楼上，仔细查看房间的每个角落，然后一间间锁好。一路上，她背诵着《古兰经》的章节，以便驱除魔鬼。最后，她才走进自己的卧室，关上房门，钻进被窝，嘴里还不停地念诵着经文，直到进入梦乡。刚住进这大宅院时，她是多么害怕黑夜啊！这个对精灵世界的了解远远超过对人类世界了解的女人，始终相信自己不是单独住在这所大宅院里的，魔鬼不可能长期不光顾这些空旷的旧房间，也许在她还没有嫁过来之前，甚至在她出生以前，它们就早已经住进来了。她不知有多少次听到过它们的窃窃私语，不知多少次被它们阵阵的气息弄醒。唯一能解救她的就是诵念"开端章"和

"忠诚章"，或者干脆跑到阳台上，透过小窗孔向外窥视咖啡馆和手推车上的灯光，倾听人们的欢笑声、咳嗽声，来恢复自己的情绪。

后来，孩子们相继出世。但是，刚刚离开娘胎的孩子只是一团嫩肉，不但不能为她驱散恐惧，让她安心，反倒由于心灵的虚弱而对他们产生怜爱，生怕他们会遭到不幸，内心更加不安。无论是醒着还是在梦中，她总是双臂搂紧孩子，倾注了无限的母爱，老是用经文和咒语在他们周围构筑防护墙。在夜游的丈夫回来之前，她根本不能真正安心。常常有这样的情况，她独自一人在家爱抚地哄着孩子睡觉时，会突然把孩子抱到怀里，惊恐不安地倾听片刻，然后仿佛面对眼前出现的人似的，大声惊呼：

"走开！这儿不是你待的地方，我们是信仰唯一真主的穆斯林。"说完，便赶紧慌乱地诵念"忠诚章"。

天长日久，她天天跟幽灵打交道，可是它们并没有伤害过她，只是和她开开玩笑。时间一长，她就不再那么害怕了，对它们的恶作剧也不那么惊惶失措了。当她感到幽灵在巡游时，便会壮起胆子劝说道：

"你敢不尊重真主的奴仆！真主就在你我之间，你还是知趣地走开吧。"

虽然如此，在丈夫回来之前，她依然无法真正放下心来。是的，只要他在家里，不管他睡没睡、门有没有锁上、灯点不点上，她的心里都十分踏实。刚结婚那年的有一次，她对丈夫天天去外面寻欢作乐到深夜想用委婉的方式表示不满，可是刚一张口，丈夫就揪住她的耳朵，厉声呵斥：

"我是个男人，可以发号施令。我的行为谁也不能说三道四，对你来说只有服从。你给我小心点，别惹得我来教训你。"

通过这一次和以后的数次教训，她终于明白了：她对一切都得逆来顺受，包括与幽灵相处，千万不能让丈夫对她怒目而侧。她应该无条件地服从，确实她也做到了，服从得忘了自己，甚至感到自己不应该责怪丈夫整夜不归，哪怕心里有这种想法也不行。她相信，真正的男子气概、蛮横霸道、玩乐到深更半夜……这些都是男人的本性。随着岁月的流逝，她彻底变了，她变得以丈夫的所有行为而自豪，尽管这些行为有的让她高兴，有的让她悲伤。这样，在任何情况下，她都是一个顺从、贤惠的妻子。她满足于这种平和、安分的生活，从未感到过遗憾。任何时候回忆起自己生活的往事，她总感到美满和幸福。即使恐惧和悲伤梦魇般地出现在眼前时，她也只是报以凄楚的苦笑。她不是已经和这样性格的丈夫生活了二十五年吗？在这些岁月里，她不是已经生养了几个视为掌上明珠的孩子，建立了吉祥如意的家庭，过上了幸福美满的生活吗？是啊，与幽灵为伍的每个夜晚都平安地过去了。它们并没有伸出魔爪伤害过她或她的任何一个子女。真主啊，它们只是开玩笑逗逗乐而已，有什么可抱怨的呢。不过，一切赞美得归于真主，多亏真主的言词才使她安下心来，凭着真主的仁慈，她的生活才顺心如意。

即使是中断她甜蜜的睡眠，半夜起来等候丈夫归来，然后还要些理应随着白天的消逝而结束的服侍工作，她的内心深处还是心甘情愿的，何况这已成了她生活中不可分割的一部分，并和许多的回忆交织在一起。这种情况过去是、现在仍然是她恪守妇道、为丈夫的幸福而作出牺牲的活生生标志。在夜复一夜之后，丈夫感觉到了她的牺牲精神。正因为如此，她站在阳台上透过小圆孔向外张望的时候，内心充满了喜悦。她移动着目光，不时看看两宫间街，瞧瞧赫兰富什胡同，望望哈马姆·苏尔坦门，瞅瞅清真寺尖塔，最后又扫视着道路两旁鳞次栉比的房屋。这些房子排列凌乱，宛如一队经过紧张训练正稍息放松的士兵。这个令人心醉的夜景，使她露出了微笑。周围的大街小巷都在沉睡中，唯独眼前这条街彻夜不眠。多少个夜晚，这条街在她失眠时给了她慰藉，在她孤寂时为她解闷，在她恐惧时让她坚强。黑夜并未使它发生变化，只是让周围的街区笼罩在沉寂里，使它的喧闹声变得更加响亮和清晰而已，这就像涂在画板四周的黑色，会让画面显得更加深沉和清晰，因而一到夜里，街上的笑声好像就在她卧室里发出的；平常声音的谈话，句句清晰可辨；粗重的咳嗽声，连呻吟般的尾音全都传入她的耳际。"上等水烟一支！"堂倌扯着嗓子的吆喝声像宣礼员的呼叫声一样响亮。"天哪，都几点啦，这帮人还要水烟！"她感叹地自言自语道。这时，她不由得想起了还没回家的丈夫，心想："唉，他现在在哪里呢？……他在干什么呢？……但愿他一切平安。"

是啊，有一次她听人说，像艾哈迈德·阿卜杜·贾瓦德这样富有、健壮、英俊、又喜欢夜生活的男人，一定会乱搞女人的。听到这话的那一天，她顿生妒意，十分伤心，却鼓不起勇气去和丈夫说什么，只好向母亲倾诉苦衷。母亲总是尽量好言相劝，解除她的苦闷。母亲对她说：

"他是休了第一个妻子后才娶的你，他要是愿意的话，还可以把她叫回来的，或者再娶二房、三房、四房。他的父亲就是个经常结婚的人。感谢我们的真主吧，他毕竟只娶了你一个妻子。"

她深陷痛苦的时候，母亲的这番话并没有起多大作用，但是随着时间的推移，她终于接受了母亲的说教。就算别人说的话是真的，也许这种事情和他那喜欢夜生活和蛮横霸道一样，都是属于男人的本色。不管怎么说，只有一件坏事总比有许多坏事强。不能轻易地让流言蜚语来破坏她那安逸舒适的生活。况且，人们的议论或许只是捕风捉影，或者是恶意中伤。她发现自己对待妒嫉的态度，就如同对待生活道路上所遇到的一切麻烦一样，不过是听天由命，把它当作是不可抗拒的命运。她无能为力，唯有忍耐和恪守妇道。这是她与一切讨厌的事情相抗衡的唯一办法。这样，就像容忍丈夫的脾气和与幽灵共处一样，妒嫉和产生妒嫉的原因也就算不了什么。

她注视着大街，倾听着从那里传来的谈话声。忽然，一阵马蹄声响起，她转过头去看纳哈辛街，发现一辆轻便马车正徐徐驶来，两盏车灯在深沉的夜色中闪烁着亮光。她如释重负地吐了一口气，喃喃自语道：

"到底回来了。"

果然，一位朋友的马车把消夜后的丈夫送到家门口，然后像往常一样，载着车主和住在这一带的几个朋友驶向赫兰富什胡同。马车在大宅前停下时，只听见丈夫提高嗓门笑着说道：

"再见，愿真主保佑你们……"

她倾听着丈夫向朋友们告别的声音，那声音既亲切，又十分异样。假如不是每夜这个时候听到，她还真不敢相信这是丈夫的声音。她和孩子们所熟悉的那个声音是那么粗暴、威严和专横，他怎么会有这么温和、谈笑风生的语调呢？车主似乎想开个玩笑，对她丈夫说：

"你有没有听到这匹马在你下车时自言自语什么吗？它说：真遗憾，每夜我都要送这个只配骑毛驴的人回家……"

车上的人哈哈大笑，丈夫等笑声一停住，立即反唇相讥道：

"你没有听见它怎样回答自己的吗？它说：要是你不送那个贝克，他就要骑着我家主人回家了……"

又是一阵哄笑。然后，车主说道：

"好吧，有话明天晚上再说……"

马车朝着两宫间街驶去。艾哈迈德走向大门，女人赶紧离开阳台走回卧室，端起灯穿过客厅，来到外面过道的楼梯口上站着。外面传来关门上闩的声音，她揣摩着他正穿过庭院，收敛起刚才那副风趣、嬉笑的神色，恢复了冷峻和威严的样子。要不是亲耳偷听到那一切，她绝不相信丈夫还会开玩笑。不一会儿，她听到了手杖敲在楼梯上的声音，便从栏杆上方伸出端着的灯，为他照亮路。

二

丈夫走到妻子站着的地方，妻子立刻端着灯走在前面。丈夫紧跟在后，轻声说道：

"晚安，艾米娜！"

艾米娜恭恭敬敬地低声回答：

"晚安，先生！"

不一会儿，两人走进卧室。艾米娜走到桌前放好灯；丈夫把手杖挂到床头边窗台上，摘下红毡帽，放在沙发中间的靠垫上。妻子随即走上前来帮他脱衣服。

丈夫站在那儿，高高的个子，宽宽的肩膀，强壮的身体，腆着一个结实的大肚子，穿着长袖衫和肥敞的大袍。他穿着讲究，足以证明他是个品味高雅、出手阔绰的人。他那头从中间分开、精心梳理过的两边的黑发，以及手上戴着的大钻石戒指和金表，无一不肯定了他的不凡风度和殷实家业。他长着一张长脸庞，皮肤光润，轮廓分明。这张脸配上一双蓝的大眼睛、长得很大但和脸盘十分相称的高鼻梁、大嘴巴、丰满的嘴唇、两端修得恰到好处的粗黑的胡子，显示了他突出的个性和潇洒的风度。

艾米娜走到丈夫身边，丈夫抬起双臂，她把他的大袍脱下，仔细地叠好放在沙发上，然后又转身过来给他解开长袖衫的腰带，脱下后小心翼翼地折好放在外套上面。这时，丈夫拿过阿拉伯大袍换上，戴上小白帽，伸了个懒腰，打完呵欠，一下子倒在沙发上，后脑勺靠在墙上，伸出两条腿。女人整理好衣服，过来坐在他脚前，给他脱鞋袜。一脱掉右脚的袜子，这个高大英俊的身躯上的第一个缺点就暴露出来了：小脚趾上多年长老茧的地方，因为不断用刀刮留下了伤痕。艾米娜离开卧室几分钟后，拿来了脸盆和水壶。她把脸盆放在丈夫跟前，手提着水壶站在那儿侍候。丈夫坐直身子，伸出两手，用她从水壶里倒出的水洗了脸，擦了擦头发，还仔细地漱了口，然后从沙发靠背上拿起毛巾，擦干头、脸和手。这时，她又端起脸盆去盥洗室。这是她在这个大家庭里每天的最后一件工作，二十五年来天天如此，毫不厌倦，从不懈怠，干得满心愉快。她从早到晚，还以同样的热情承担了家里的一切家务。由于她始终精神饱满地勤勉干活，当之无愧地获得了女邻居们送给她的"蜜蜂"的称号。

她回到卧室，关上房门，从床下拿出一个坐垫，放在沙发前，盘腿坐下。她认为自己无权和丈夫平起平坐。时间一分一秒地过去，她一直保持沉默，要等丈夫跟她说话她才能开口。丈夫懒洋洋地靠在沙发上，喘着粗气，满嘴酒气。他玩了半夜，现在已经疲惫不堪，由于酗酒，两只通红眼睛的眼皮沉甸甸的。他贪杯，每夜必喝酒，有时喝得酩酊大醉。不过，为了维护自己的威严和在家中的形象，他总是等到酒力消失、自己能够回家后才起身。他深夜归来时，家里唯一能见到他的是他的妻子，可是她除了能闻到他身上的酒气外，还没有发现他酒醉的迹象，更没察觉他有什么令人生疑的出轨行为。刚结婚时发生的事情早被她忘得一干二净了。和通常的预料相反，她在这个时候陪伴着他，倒可以亲近他，听他海阔天空地聊天，而在他完全清醒时，很难做到这一点。记得有一晚，他喝得醉醺醺地回来，她是多么惊恐啊！一看到他这种醉态，她脑海里立即联想到撒野、撒酒疯和做出严重违背宗教的丑恶行为，她感到厌恶和恐惧。在像往常那样服侍他的时候，她受着从未有过的巨大痛苦的煎熬。过了些日子，她终于明白了，他每次深夜饮酒后回家，都要比任何时候和蔼可亲，不再那么严峻，话也多了，语气也随和了，这让她感到宽慰和放心。当然，她没有忘记祈求真主宽恕丈夫的罪过并让他悔过。她多么希望丈夫在清醒时也有这种温存的脾气。这种罪过竟能改变丈夫的坏脾气，她惊奇极了。她一方面出于传统的宗教观念而对丈夫的这种罪过十分厌恶，另一方面又从丈夫暂时的温存中得到慰藉和安宁，她长期在这两种矛盾的心理中不知所措。但她把自己的想法深埋在心底，把它当作连自己也不敢承认的隐私藏在心里。

至于艾哈迈德，他千方百计地维护自己的威严和专横，他的温存都是悄悄流露出来的。他坐在那里，也许回想起了夜生活令人陶醉的场面，唇边不由得浮起一丝明显的微笑，可是他马上意识到了，赶紧闭住嘴，偷偷地瞥了妻子一眼，发现她像往常一样低垂着眼睛坐在面前，这才放下心来，继续他那美好的回忆。说真的，他虽然回到了家里，但他的夜生活并没有结束，它还在他的回忆中继续着。在他那强烈追求享乐的心理，存在着对醉生梦死生活的永不满足的贪欲。眼前仿佛依然是他们那些莫逆之交欢聚一堂、举觞相庆的场面，席间正坐着一位美若明月的佳人，这是在他生活的天空中不时出现的"明月"之一。他的耳边依然回荡着打骂调情声和欢歌笑语声；当他酒醉亢奋时，他精于此道的才智更是发挥得淋漓尽致。他特别有兴趣地回味着那些妙语连珠的俏皮话，重温那些话在人们心里的刺激效果，欣赏它们使他成为最受欢迎人物的成功与欢乐。因此毫不奇怪，他常常感到自己在这种寻欢作乐的场合中扮演着举足轻重的角色，仿佛这就是那种花天酒地生活的希望。仿佛他的全部现实生活中必须每天留出几个小时和这些酒肉朋友一起开怀畅饮、放声高歌、欢笑调情。在这些回忆中，他的心里还响起了欢乐场面中反复回荡的那些美妙动听的旋律。当时，他心醉神迷地欣赏着这些歌曲，一曲终了，他发自肺腑地喊道：

"啊，真主至大！"

他喜欢这些歌声，正像他喜欢饮酒、欢笑、朋友和美人一样，聚会中少了这些歌声他会受不了。他不在乎路远，会不辞辛劳地前往开罗各处的高级别墅区去听哈慕利、奥斯曼或曼尼拉维的演唱会，让歌声进入他那广袤的心田，犹如夜莺飞上了枝叶繁茂的大树。他竟然在听歌中获得了旋律和流派方面的知识，同时使他在欣赏和演唱上颇有点名气。他用自己的精神和肉体热爱着歌唱：在精神上，他感到心荡神怡；在肉体上，他会手舞足蹈，尤其是头和双手晃动得更起劲。因此，某些歌曲的片断在他心灵里留下了不可忘却的精神上的和肉体上的回忆，例如"你为何郁郁寡欢不近人"、"明天会相识，今后能相见"、"请留下，过来听我说"……他只要听到这些歌曲，甜蜜的回忆立即浮上心头，不由得如痴如醉地摇头晃脑，嘴角泛出怡然自得的微笑，两手按照节奏打着榧子，如果没有人时，还会纵声歌唱起来。虽然如此，唱歌并不是唯一的使他心驰神往的爱好。唱歌只是他那束鲜花中的一朵，鲜花因他而鲜艳。在真诚的朋友、忠贞的情人、醇香的美酒、风趣的妙语中间，歌曲是大受欢迎的。独自欣赏歌曲，比如在家里听唱片，无疑是一种美好的享受，但是没有气氛、环境和场合，根本不过瘾。他渴望的是在两首歌曲的间歇时，来上几句令人捧腹的俏皮话和在重复歌词时的碰杯豪饮，他喜欢在朋友的脸上和情人的眼中看见兴奋的迹象，喜欢大家齐声喝彩。

夜生活不仅留给他种种美好的回忆，而且回家后能享受舒适的生活，这也是夜生活的一个优点。他那顺从的妻子会发觉面前是个和蔼可亲的男人在和她促膝谈心，向她倾诉内心的秘密，并让她感到，哪怕只是一时感到，自己并不是个女仆，而是他的生活伴侣，便会更加体贴她。在这样的气氛中，他与她谈家事，告诉她已经委托几个熟悉的商人为他购买家里要储备的黄油、小麦和奶酪。他抨击这三年来使世界遭难的战争所引起的物价飞涨和日用品的匮乏。如同往常一样，只要一提起战争，他就会诅咒那些澳大利亚士兵，说他们像蝗虫似的遍布开罗，到处胡作非为。其实，他怨恨这些澳大利亚人有一个特别的原因，那就是他们以势压人，使他去不成艾兹贝基亚区的娱乐场所。那些士兵公开抢劫，随意迫害和侮辱当地人，并以此取乐。对于那些士兵他无能为力。所以，除了偷偷溜过去几次外，大多数时间他只好垂头丧气地退了回来。接下来，他询问孩子们的情况，不管是对在纳哈辛学校当文书的大儿子，还是对在海利勒·阿加小学念书的小儿子，他都一概称为"孩子"。他意味深长地说：

"凯马勒怎么样？这孩子，尽调皮捣蛋，你可别祖护他！"

妻子想起自己的小儿子。对于那些毫无危险的正当游戏，她确实祖护他，不过她的丈夫却把任何形式的游戏和娱乐都看成是不正当的。她谦恭地回答道：

"他很遵守父亲的嘱咐。"

丈夫沉默了片刻，显得心不在焉，他又去获取那甜蜜夜生活的记忆片断了。他再往前想去消夜前白天发生的事情，猛然感到这是个多事的一天。他不打算向妻子隐瞒外面人人皆知的事情，于是自言自语似的说道：

"凯马勒丁·侯赛因太子真是个高尚的人！你不知道他怎么做的吧？他拒绝了在英国的保护下继承已故父亲的王位。"

妻子虽然昨天就听说侯赛因·卡米勒国王已经逝世。但是她还是第一次听到太子的名字，不知道该说些什么。出于对丈夫的尊敬，她得对他的每句话给予满意的回答，她怕办不到，只好咕哝道：

"祈求真主怜悯国王，赐他儿子尊荣。"

丈夫继续说：

"艾哈迈德·富阿德亲王已经接受了王位，不，从今以后应称富阿德国王了。他今天已经举行了登基大典，将由布斯坦宫迁往阿比丁宫了……赞美永恒的真主。"

艾米娜饶有兴趣高兴地听着这一切。她对外面世界几乎一无所知，外面世界的任何消息都让她产生兴趣。丈夫与她谈论这么重大的事件时，高兴地向她投来慈祥的目光，这使她感到骄傲。再说，他的话里有知识，她常常将这些知识津津有味地转述给孩子们听，特别是那两个与她一样对外面世界一无所知的女儿。报答丈夫的仁爱，最好的办法就是多说几句祝愿的话，她知道丈夫喜欢听，就像她心里也喜欢听一样。于是，她说道：

"我们的主一定能让阿拔斯先生回来的。"

丈夫摇摇头，咕哝道：

"回来？……什么时候回来？……只有真主才知道。我们从报纸上看到的尽是英国人胜利的消息。到底是他们真的胜利了，还是德国人和土耳其人最后获胜呢？真主啊，昭示我们吧！"

丈夫疲倦地阖上双眼，打着呵欠，然后伸伸懒腰吩咐说：

"把灯拿到厅里去吧。"

妻子随即站起身，走到桌子前，端起灯朝门口走去。她刚要迈过门槛，就听到丈夫打了一个饱嗝，于是她轻声说道：

"愿您健康！"

（颜海峰编，摘自陈中耀译：《两宫间》，上海译文出版社，2003）

第三十八章　博尔赫斯及《小径分岔的花园》

第一节　博尔赫斯简介

他没有获得过诺贝尔文学奖，但他却被诺奖获得者聂鲁达誉为"影响欧美文学的第一位拉丁美洲作家"。他是"南美洲的卡夫卡"，他的名字叫博尔赫斯。

博尔赫斯于 1899 年出生在阿根廷布宜诺斯艾利斯，全名为豪尔赫·弗朗西斯科·伊西多罗·路易斯·博尔赫斯·阿塞维多。他的父亲才华出众，兼律师、学者、翻译家等于一身，他的母亲也是一个文学爱好者。5 岁起他就在祖母和家庭教师的教导下学习阅读英语读物，7 岁时就用英语写了一篇希腊神话的短文，又用西班牙语写下了他的第一个文学故事《致命的护眼罩》。1907 年，他写出第一部剧本。1909 年，10 岁的他在阿根廷的《国家报》上发表了译自王尔德的《快乐王子》。1912 年，用笔名"内摩"发表了一篇叙事散文《森林之王》，到 1919 年他发表了第一篇长诗《大海进行曲》……

然而这些文字仅仅是这个早慧天才的粼光碎影，据我国评论家张洪浩爬梳，博尔赫斯一生共发表过 50 多部诗歌、散文、随笔、短篇小说和文学评论集。其主要作品有《布宜诺斯艾利斯的激情》、《面前的月亮》、《圣马丁牌练习簿》、《阴影颂》、《老虎的金黄》、《深沉的玫瑰》，短篇小说集《恶棍列传》、《小径分岔的花园》、《阿莱夫》、《死亡与罗盘》、《布罗迫埃的报告》等。

在这些作品中，他的第一部诗集《布宜诺斯艾利斯的激情》于 1923 年正式出版，连同之后出版的《面前的月亮》、《圣马丁牌练习簿》使博尔赫斯作为诗人崭露头角登上阿根廷文坛。这些诗歌与其晚年的其他诗歌被视为阿根廷诗歌的转折点，也使其成为与帕斯、聂鲁达齐名的拉美三大诗人之一。出版这些诗集时，博尔赫斯风华正茂，与阿根廷"极端主义"文人交游广泛，一度成为其领军人物，甚至因其发表的《极端主义宣言》而被冠以"阿根廷极端主义之父"的称号。1930 年后，博尔赫斯思想发生了转折，弃极端主义而转向幻想主义，发表了很多幻想短篇小说。1935 年，他发表了第一本短篇小说集《世界性丑闻》，从此奠定了其在阿根廷文坛上的地位。而其后发表于 1941 年的《小径分岔的花园》（又译《交叉小径的花园》）才使他受到拉丁美洲文坛的注意。50 年代其作品被译介到西方，逐渐为其赢得世界声誉。1961 年，博尔赫斯获得他的第一个国际文学奖"福门托"奖，之后他的作品便"像蘑菇一样"复兴于世界文坛了。

博尔赫斯一生获奖无数，两次获得诺贝尔奖提名却颗粒无收，他视若不见，其实他也无法看见。这位从小就埋头在自家图书馆的少年英才到晚年被任命为阿根廷国家图书馆馆长的时候双目已近乎失明，他只能从书籍中而非生活中寻找写作素材，因此被称为"作家中的作家"。然而，诗人正如盲人，即使在黑暗中也可以看得见，何必苛求多余的光明呢！

第二节 《小径分岔的花园》简介

外国小说家笔下出现了中国元素，如果是在当代，不足为奇。但如果这位小说家从未踏足中国，对笔下中国人事的描述却如到过中国一般，这就不能不为人称奇了。此处所论的小说便是"图书馆作家"博尔赫斯 1941 年出版的侦探小说《小径分岔的花园》。

小说讲述一个名叫俞琛的中国人在战争中为德国人当间谍，其同伙身份暴露，被英军间谍理查·马登击毙，俞琛不得不乘火车到他的朋友阿尔贝家避难。不料马登跟踪来到阿尔贝家。正当马登冲进客厅时，俞琛趁阿尔贝转身往抽屉取信那一瞬间，开枪打死了他，结果俞琛被捕并被处以绞刑。在同一天报纸上登载了阿尔贝被暗杀和英军袭击法国市镇的消息。俞琛袭击阿尔贝显然不是出于报私仇，而是蓄意制造一件谋杀案，以便通过报纸的报道，向柏林暗示英军所要袭击的目标，而阿尔贝被杀，纯属偶然。

小说的主人公是一个中国人形象，如果不是对中国的风土人情有一定的了解，他肯定不敢提笔。但对于"做梦也想去中国"的博尔赫斯来说，他一直感觉自己"身在中国"。长时间生活在图书馆寂寥的环境中，近水楼台，博尔赫斯阅读了大量有关中国的图书，这便是他敢于让一个中国人"整饬"他"花园"的原因之一。加之早年受到欧洲各派哲学思想的影响，他便浸淫在阅读时触发的各种幻想之中，一诉其对时间相对性的深奥探求。

在《小径分岔的花园》中，主人公其实既不是俞琛，也不是阿贝尔，而是时间，他们都陷入了时间的迷雾中。博尔赫斯把时间和空间当作作品里的主角，这正是小说的独特之处。就好像小径的分岔似乎蜿蜒向每个不同的可能性，你不清楚它究竟是把你带向出口，还是更巨大的纠缠中。这篇小说很典型地表现了博尔赫斯的人生哲学——时间和空间不可穷尽，时间和空间广阔无限，好像宙斯手中不断增殖的王者金环。世界是一团混乱，时间是循环交叉的，空间是同时并存的，充满着无穷无尽的偶然性和可能性。人生活在世界上，就像走进了迷宫，既丧失了目的，也找不到出路。他自己就是一个"迷失在形而上学迷宫中的阿根廷人"。

以此小说为代表，博尔赫斯的幻想小说对美国后现代派作产生了深刻影响，开创了文学史上"迷宫小说"的先河。1981 年《世界文学》杂志刊出了王永年先生翻译的博尔赫斯的三个短篇小说，使博尔赫斯的作品首次与中国读者见面。之后中国当代先锋小说家便如饥似渴地吸吮着来自异域的乳液，茁壮成长，乃至视老博为"精神导师"。而玄想当初，博氏一入庄周的蝴蝶梦境，而今他又成了中国新一代作家梦里的蝴蝶，正印证了其迷宫的哲学魅力吧。

第三节 《小径分岔的花园》选段

心狠手辣的解放者莫雷尔

源远流长

1517 年，巴托洛梅·德拉斯卡萨斯神甫十分怜悯那些在安的列斯群岛金矿里过着非人生活、劳累至死的印第安人，他向西班牙国王卡洛斯五世建议，运黑人去顶替，让黑人在安的列斯群岛金矿里过非人生活，劳累至死。他的慈悲心肠导致了这一奇怪的变更，后来引起无数事情：汉迪创作的黑人民乐布鲁斯，东岸画家文森·罗齐博士在巴黎的成名，亚伯拉罕·林肯神话般的伟大业绩，南北战争中死了五十万将士，三十三亿美元的退伍军人养老金，传说中的法鲁乔的塑像，西班牙皇家学院字典第十三版收进了"私刑处死"一词，场面惊人的电影《哈利路亚》，索莱尔在塞里托率领他部下的肤色深浅不一的混血儿，白刃冲锋，某小姐的雍容华贵，暗杀马丁·菲耶罗的黑人，伤感的伦巴舞曲《花生小贩》，图森特·劳弗丢尔，像拿破仑似的被捕监禁，海地的基督教十字架和黑人信奉的蛇神，黑人巫师的宰羊血祭，探戈舞的前身坎东贝舞，等等。

此外，还有那个好话说尽、坏事做绝的解放者拉萨鲁斯·莫雷尔的事迹。

地　点

世界上最大的河流，诸江之父的密西西比河，是那个无与伦比的恶棍表演的舞台（发现这条河的是阿尔瓦雷斯·德比内达，第一个在河上航行探险的是埃尔南多·德索托上尉，也就是那个征服秘鲁的人，他教印加王阿塔华尔帕下棋来排遣监禁的岁月。德索托死后，水葬在密西西比河）。

密西西比河河面广森，是巴拉那、乌拉圭、亚马孙和奥里诺科几条河的无穷无尽而又隐蔽的兄弟。它源头混杂；每年夹带四亿多吨泥沙经由墨西哥湾倾注入海。经年累月，这许多泥沙垃圾积成一个三角洲，大陆不断溶解下来的残留物在那里形成沼泽，上面长了巨大的柏树，污泥、死鱼和芦苇的迷宫逐渐扩展它恶臭而阒寂的疆界和版图。上游阿肯色和俄亥俄一带也是广袤的低隰地。生息在那里的是一个皮肤微黄、体质孱弱、容易罹热病的人种，他们眷恋着石头和铁矿，因为除了沙土、木材和混浊的河水之外，他们一无所有。

众　人

19世纪初期（我们这个故事的时代），密西西比河两岸一望无际的棉花地是黑人起早摸黑种植的。他们住的是木板小屋，睡的是泥地。除了母子血缘之外，亲属关系混乱暧昧。这些人有名字，姓有没有都无所谓。他们不识字。说的英语拖字带腔，像用假嗓子唱歌，音调很伤感。他们在工头的鞭子下弯着腰，排成一行行地干活。他们经常逃亡；满脸大胡子的人就跨上高头大马，带着凶猛的猎犬去追捕。

他们保持些许动物本能的希望和非洲人的恐惧心理，后来加上了《圣经》里的词句，因此他们信奉基督。他们成群结伙地用低沉的声音唱"摩西降临"。在他们的心目中，密西西比河正是污浊的约旦河的极好形象。

这片辛劳的土地和这批黑人的主人都是些留着长头发的老爷，饱食终日，贪得无厌，他们住的临河的大宅第，前门总是用白松木建成仿希腊式。买一个身强力壮的奴隶往往要花一千美元，但使唤不了多久。有些奴隶忘恩负义，竟然生病死掉。从这些靠不住的家伙身上当然要挤出最大的利润才行。因此，他们就得在地里从早干到黑；因此，种植园每年都得有棉花、烟草或者甘蔗收成。这种粗暴的耕作方式使土地受到很大损害，没几年肥力就消耗殆尽：种植园退化成一片片贫瘠的沙地。荒废的农场、城镇郊区、密植的甘蔗园和卑隰的泥淖地住的是穷苦白人。他们多半是渔民、流浪的猎户和盗马贼。他们甚至向黑人乞讨偷来的食物；尽管潦倒落魄，他们仍保持一点自豪：为他们的纯粹血统没有丝毫羼杂而自豪。拉萨鲁斯·莫雷尔就是这种人中间的一个。

莫雷尔其人

时常在美国杂志上出现的莫雷尔的照片并不是他本人。这样一个赫赫有名的人物的真面目很少流传，并不是偶然的事。可以设想，莫雷尔不愿意摄影留念，主要是不落下无用的痕迹，同时又可以增加他的神秘性……不过我们知道他年轻时其貌不扬，眼睛长得太靠拢，嘴唇又太薄，不会给人好感。后来，岁月给他添了那种上了年纪的恶棍和逍遥法外的罪犯所特有的气派。他像南方老式的财主，尽管童年贫苦，生活艰难，没有读过《圣经》，可是布道时却煞有介事。"我见过讲坛上的拉萨鲁斯·莫雷尔，"路易斯安那州巴吞鲁日一家赌场的老板说，"听他那番醒世警俗的讲话，看他那副热泪盈眶的模样，我明知道他是个色鬼，是个拐卖黑奴的骗子，当着上帝的面都能下毒手杀人，可是我禁不住也哭了。"

另一个充满圣洁激情的绝妙例子是莫雷尔本人提供的。"我顺手翻开《圣经》，看到一段合适的圣保罗的话，就讲了一小时二十分钟的道。在这段时间里，克伦肖和伙计们没有白待着，他们把听众的马匹都带跑了。我们在阿肯色州卖了所有的马，只有一匹烈性的枣红骡，我自己留下当坐骑。克伦肖也挺喜欢，不过我让他明白他可不配。"

行 径

从一个州偷了马，到另一个州卖掉，这种行径在莫雷尔的犯罪生涯中只是一个微不足道的枝节，不过大有可取之处，莫雷尔靠它在《恶棍列传》中占了一个显赫的地位。这种做法别出心裁，不仅因为决定做法的情况十分独特，还因为手段非常卑鄙，玩弄了希冀心理，使人死心塌地，又像一场噩梦似的逐渐演变发展。阿尔·卡彭和"甲虫"莫兰拥有雄厚的资本和一批杀人不眨眼的亡命徒，在大城市活动。他们的勾当却上不了台面，无非是为了独霸一方，你争我夺……至于人数，莫雷尔手下有过千把人，都是发过誓、铁了心跟他走的。两百人组成最高议事会发号施令，其余八百人唯命是从。担风险的是下面一批人。如果有人反叛，就让他们落到官方手里，受法律制裁，或者扔进滚滚浊流，脚上还拴一块石头，免得尸体浮起。他们多半是黑白混血儿，用下面的方式执行他们不光彩的任务：

他们在南方各个大种植园走动，有时手上亮出豪华的戒指，让人另眼相看，他们选中一个倒霉的黑人，说是有办法让他自由。办法是叫黑人从旧主人的种植园逃跑，由他们卖到远处另一个庄园。卖身的钱提一部分给他本人，然后再帮他逃亡，最后把他带到一个已经废除黑奴制的州。金钱和自由，叮当作响的大银元加上自由，还有比这更令人动心的诱惑吗？那个黑人不顾一切，决定了第一次的逃亡。

逃亡的途径自然是水路。独木舟、火轮的底舱、驳船、前头有个木棚或者帆布帐篷的大木筏都行，目的地无关紧要，只要到了那条奔腾不息的河上，知道自己在航行，心里就踏实了……他给卖到另一个种植园，再次逃到甘蔗地或者山谷里。这时，那些可怕的恩主（他已经开始不信任他们了）提出有种种费用需要支付，声称还需要把他卖一次，最后一次，等他回来就给他两次身价的提成和自由。黑人无可奈何，只能再给卖掉，干一个时期的苦力活，冒着猎犬追捕和鞭打的危险，做最后一次逃亡。他回来时带着血迹、汗水、绝望的心情，只想躺下来睡个大觉。

最终的自由

这个问题还得从法学观点加以考虑。在黑人的旧主人申报他逃亡、悬赏捉拿之前，莫雷尔的爪牙并不将他出售。因为谁都可以扣留逃亡奴隶，以后的贩卖只能算是诈骗，不能算偷盗。打官司只是白花钱，因为损失从不会得到补偿。

这种做法再保险不过了，但不是永远如此。黑人有嘴能说话。出于感激或者愁苦，黑人会吐真情。那个婊子养的奴隶胚子拿到他们给得很不情愿的一些现钱，在伊利诺斯州埃尔开罗的妓院里胡花，喝上几杯黑麦威士忌就泄露了秘密。那几年里，有个废奴党在北方大吵大闹；那帮危险的疯子不承认蓄奴的所有权，鼓吹黑人自由，唆使他们逃跑。莫雷尔不想跟那些无政府主义者平起平坐。他们不是北方扬基人，而是南方白人，祖祖辈辈都是白人。这门子买卖他打算洗手不干了，不如当个财主，自己购置大片大片的棉花地，蓄养一批奴隶，让他们排成一行行的，整天弯腰干活。凭他的经验，他不想再冒无谓的危险了。

逃亡者向往自由。于是拉萨鲁斯·莫雷尔手下的混血儿互相传递一个命令（也许只是一个暗号，大家就心领神会），给他们来个彻底解放：让他不闻不问，无知无觉，远离尘世，摆脱恩怨，没有猎犬追逐，不被希望作弄，免却流血流汗，同自己的皮囊永远诀别。只消一颗子弹，小肚子上捅一刀，或者脑袋上打一棍，只有密西西比河里的乌龟和四须鱼才能听到他最后的消息。

大祸临头

靠着心腹的帮助，莫雷尔的买卖必然蒸蒸日上。1834年初，七十来名黑人已得到"解放"，还有不少准备追随这些"幸运"的先驱。活动范围比以前大了，需要吸收新的人手。参加宣誓效忠的人中间有个名叫弗吉尔·斯图尔特的青年，阿肯色州的人，不久就以残忍而崭露头角。他的叔父是个财主，丢了许多黑奴。1843年8月，斯图尔特违背了自己的誓言，检举了莫雷尔和别人。警方包围了莫雷尔在新奥尔良的住宅。不知是由于疏忽或者受贿赂，被莫雷尔钻了空子逃脱了。

三天过去了。莫雷尔一直躲在图卢兹街一座院里有许多攀缘植物和塑像的古老的宅第里。他似乎吃得很少，老是光着脚板在阴暗的大房间里踱来踱去；抽着雪茄烟，冥思苦想。他派宅第里的一个黑奴给纳齐兹城送去两封信，给红河镇送去一封。第四天，来了三个男人，和他谈到次晨。第五天傍晚，莫雷尔睡醒起身，要了一把剃刀，把胡子刮得干干净净，穿好衣服出去了。他安详地穿过北郊。到了空旷的田野，在密西西比河旁的低地上，他的步子轻快多了。

他的计划大胆得近乎疯狂。他想利用对他仍有敬畏心理的最后一些人——南方驯顺的黑人。他们看到逃跑的伙伴们有去无回，因此对自由还存奢望。莫雷尔的计划是发动一次大规模的黑人起义，攻下新奥尔良，大肆掳掠，占领这个地方。莫雷尔被出卖后摔了个大跟头，几乎身败名裂，便策划一次遍及全州的行动，把罪恶勾当拔高到解放行动，好载入史册。他带着这个目的前往他势力最雄厚的纳齐兹。下面是他自己对于这次旅行的叙述：

"我徒步赶了四天路，还弄不到马。第五天，我在一条小河边歇歇脚，打算补充一些饮水，睡个午觉。我坐在一株横倒的树干上，正眺望着前几小时走过的路程，忽然看见有个人走近，胯下一匹深色的坐骑，真俊。我一看到就打定主意夺他的马。我站起身，用一支漂亮的左轮手枪对着他，吩咐他下马。他照办了，我左手抓住缰绳，右手用枪筒指指小河，叫他往前走。他走了两百来步停下。我叫他脱掉衣服。他说：'你既然非杀我不可，那就让我在死之前祷告一下吧。'我说我可没有时间听他祷告。他跪在地上，我朝他后脑勺开了一枪。我一刀划破他肚皮，掏出五脏六腑，把尸体扔进小河。接着我搜遍了衣服口袋，找到四百元零三角七分，还有不少文件，我也不费时间一一翻看。他的靴子还崭新崭新，正合我的脚。我自己的那双已经破损不堪，也扔进了小河。

"就这样，我弄到了迫切需要的马匹，以便进纳齐兹城。"

中　断

莫雷尔率领那些梦想绞死他的黑人，莫雷尔被他所梦想率领的黑人队伍绞死——我遗憾地承认密西西比河的历史上并没有发生这类轰动一时的事件。同一切富有诗意的因果报应（或者诗意的对称）相悖，他的葬身之处也不是他罪行累累的河流。1835 年 1 月 2 日，拉萨鲁斯·莫雷尔在纳齐兹一家医院里因肺充血身亡。住院时用的姓名是赛拉斯·巴克利。普通病房的一个病友认出了他。1 月 2 日和 4 日，有几个种植园的黑奴打算起事，但没有经过大流血就被镇压了下去。

作恶多端的蒙克·伊斯曼

南美的打手

在寥廓天幕的衬托下，两个身穿黑色衣服、脚蹬高跟鞋的打手在跳一个性命攸关的舞，也就是一对一的拼刀子的舞蹈，直到夹在耳后的石竹花掉落下来，因为刀子捅进其中一个人的身体，把他摆平，从而结束了没有音乐伴奏的舞蹈。另一个人爱莫能助，戴好帽子，把晚年的时光用来讲述那场堂堂正正的决斗。这就是我们南美打手的全部详尽的历史。纽约打手的历史要芜杂卑鄙得多。

北美的打手

纽约黑帮的历史（赫伯特·阿斯伯里 1928 年出版的一本八开四百页装帧体面的书里作了披露）像野蛮人的天体演化论那样混乱残忍而庞杂无章，织成这部历史的是：黑人杂居的废弃的啤酒店的地下室；多为破败的三层楼建筑的纽约贫民区；在迷宫般的下水道系统里出没的"沼泽天使"之类的亡命徒帮派；专门收罗十来岁未成年杀手的"拂晓少年"帮；独来独往、横行不法的"城郊恶棍"帮，他们多半是彪形大汉，头戴塞满羊毛的大礼帽，衬衫的长下摆却飘在裤子外面，右手握着一根大棒，腰里插着一把大手枪，叫人看了啼笑皆非；投入战斗时用长棍挑着一头死兔当作旗帜的"死兔"帮；"花花公子"约翰尼·多兰，油头粉面，夹着一根猴头手杖，大拇指套着一个铜家伙，打架时专门剜对手的眼珠；"猫王"彭斯能一口咬下一只活耗子的脑袋；"瞎子"丹尼·莱昂斯，金黄色头发、大眼睛失明的妓院老板，有三个妓女死心塌地为他卖笑；新英格兰七姐妹经营的红灯区一排排堂子，她们把圣诞夜的盈利捐赠慈善事业；饿老鼠和狗乱窜的斗鸡场；呼卢喝雉的赌场；几度丧夫的"红"诺拉，"田鼠"帮的历届头子都宠爱她，带她招摇过市；丹尼·莱昂斯被处决后为他服丧的"鸽子"利齐，结果被争风吃醋的"温柔的"马吉割断了喉管；1863 年疯狂一周的骚乱，烧掉了一百所房屋，几乎控制全市；会把人踩死的街头混战；还有"黑鬼"约斯克之类的盗马贼和投毒犯。他们之中鼎鼎大名的英雄是爱德华·德莱尼，又名威廉·德莱尼，又名约瑟夫·马文，又名约瑟夫·莫里斯，又名蒙克·伊斯曼，是一千二百条汉子的头目。

英雄

那些扑朔迷离的假姓名像累人的假面游戏一样，叫人搞不清楚究竟谁是谁，结果反倒废了他的真姓名——假如我们敢于设想世上真有这类事。千真万确的是，布鲁克林威廉斯堡的户籍登记所里的档案表明他的姓名是爱德华·奥斯特曼，后来改成美国化的伊斯曼。

奇怪的是那个作恶多端的坏蛋竟是犹太人。他父亲是一家饭馆的老板，饭馆按照犹太教规调制食品，留着犹太教博士胡子的先生们可以在那家饭馆放心吃按规矩屠宰、放净血水、漂洗三遍的羊肉。1892 年，他十九岁，在父亲的帮助下开了一家兼卖猫狗的鸟店。他探究那些动物的生活习惯，观察它们细小的决定和捉摸不透的天真，这种爱好终生伴随着他。他极盛时期，连纽约民主党总部满脸雀斑的干事们敬他的雪茄都不屑一顾，坐着威尼斯平底船似的豪华汽车去逛最高级的妓院时，又开了一家作为幌子的鸟店——里面养了一百只纯种猫和四百只鸽子——再高的价钱都不出售。他宠爱每一只猫，巡视他的地盘时，往往手里抱一只猫，背后跟着几只。

他的模样像是一座有缺损的石碑。脖子短得像公牛，胸膛宽阔结实，生就两条善于斗殴的长手臂，鼻梁被打断过，脸上伤疤累累，身上的伤疤更多，罗圈腿的步态像是骑师或者水手。他可以不穿衬衫，不穿上衣，但是他大脑袋上总是有一只短尾百灵鸟。他的肩膀给人留下深刻印象。从体型来说，电影里常规的杀手都是模仿他，而不是模仿那个没有男子汉气概的、松松垮垮的卡彭。据说好莱坞之所以聘请沃尔汉姆是因为他的形象叫观众马上想起那个声名狼藉的蒙克·伊斯曼……他巡视他的亡命徒帝国时肩头栖息着一只蓝色羽毛的鸽子，正如背上停着一只伯劳鸟的公牛。

1894 年，纽约市有许多公共舞厅，伊斯曼在其中一家负责维持秩序。传说老板不想雇他，他三下五除二打趴了舞厅原先雇用的两个彪形大汉，显示了他的实力。他一人顶替了两人的位置，无人敢招惹，直到 1899 年。

他每平息一次骚乱就用刀子在那根吓人的大棒上刻一道。一晚，一个贼亮的秃头喝得酩酊大醉，引起了他的注意，他一棍子就打昏了秃头。"我的棍子正好差一道，就凑成五十整数！"他后来说。

霸据一方

从 1899 年开始，伊斯曼不仅是一个赫赫有名的人物。他成了一个重要选区的把头，向他管辖范围内的妓院、赌场、街头野雉和流氓小偷收取大笔孝敬。竞选委员会和个人经常找他干些害人的勾当。他订有酬劳价目表：撕下一只耳朵十五美元，打断一条腿十九美元，用手枪打伤一条腿二十五美元，身上捅一刀二十五美元，彻底解决一百美元。伊斯曼曲不离口、拳不离手，有时候亲自出马执行委托任务。

由于地盘问题（这是国际法尽量拖延的微妙而伤和气的问题之一），他同另一个黑帮的头目保罗·凯利正面冲突起来。巡逻队的枪战和斗殴确定了地界。一天凌晨，伊斯曼越境，五条大汉扑了上来。他凭猿猴般敏捷的手臂和大棒打翻了三个对手，但是肚子上挨了两颗枪子，对方以为他已经毙命，呼啸而散。伊斯曼用大拇指和食指堵住枪眼，像喝醉酒似的摇摇晃晃自己走到医院。他发着高烧，在生死线上挣扎了好几星期，但守口如瓶，没有举报任何人。他出院后，火拼已成定局，枪战愈演愈烈，直到 1903 年 8 月 19 日。

里文顿之役

百来个同照片不太相像、逐一从罪犯登记卡上消失的英雄，浸透了酒精和烟草烟雾，头戴彩色帽箍的草帽，或多或少都有花柳病、蛀牙、呼吸道疾患或肾病，像特洛伊或胡宁战争的英雄们一样微不足道或者功勋彪炳，这百来个英雄在纽约高架铁路拱形铁架的影子下面展开了那场不光彩的武装斗争。起因是凯利手下的泼皮向一家赌场老板，蒙克·伊斯曼的同伙，勒索月规钱。一个枪手毙命，紧接而来的是无数手枪参加的对射。下巴刮得很光洁的人借着高大柱子的掩护不声不响地射击，满载手握科尔特左轮枪、迫不及待的援军的出租汽车接连不断地赶到现场，增添了吓人的气氛。那场战斗的主角们是怎么想的呢？首先，（我认为）百来支手枪震耳欲聋的轰响使他们觉得马上就会送命；其次，（我认为）他们错误地深信，只要开头的一阵枪弹没有把他们撂倒，他们就刀枪不入了。事实是他们借着铁架和夜色的掩护打得不可开交。警方两次干预，两次被他们打退。天际刚露鱼肚白，战斗像是淫秽的勾当或者鬼怪幽灵、突然销声匿迹。高架铁路的拱形支架下面躺着七个重伤的人、四具尸体和一只死鸽子。

咬牙切齿

蒙克·伊斯曼为之服务的本区政客们一贯公开否认他们的地区有帮派存在，他们解释说那只是一些娱乐性的社团。里文顿肆无忌惮的火并使他们感到惊慌。他们召见了两派的头目，吩咐他们必须和解。凯利知道，为了稳住警方，政客们比所有的科尔特手枪更起作用，当场就表示同意；伊斯曼凭自己一身蛮力，桀骜不驯，希望在枪头上见高低。他拒不从命，政客们不得不威胁他，要送他进监狱。最后，两个作恶多端的头目在一家酒吧里谈判，每人嘴里叼着一支雪茄，右手按在左轮枪上，身后簇拥着各自的虎视眈眈的打手。他们作出一个十分美国式的决定：举行一场拳击比赛解决争端。凯利是个出色的拳击手。决斗在一个大棚子里举行。出席的观众一百四十人，其中有戴着歪歪扭扭的大礼帽的地痞流氓，也有发型奇形怪状的妇女。拳击持续了两小时，结果双方都打得筋疲力尽。一星期后，枪战又起。蒙克被捕，这次也记不清是第几回了。保护人如释重负地摆脱了他，法官一本正经地判了他十年徒刑。

伊斯曼对抗德国

当蒙克莫名其妙地从辛辛监狱里出来时，他手下一千二百名亡命徒早已树倒猢狲散。他无法把他们重新召集拢来，只得单干。1917 年 9 月 8 日，他在公共场所闹事。9 日，他决定参加另一场捣乱，报名参加了一个步兵团。

我们听说了他从军的一些事迹。我们知道他强烈反对抓俘虏，有一次单用步枪枪托就阻挡了这种不解气的做法。我们知道他从医院里逃出来又回到战场。我们知道他在蒙特福松一役表现突出。我们知道，他事后说纽约波威里街小剧院里的舞蹈比欧洲战争更带劲。

神秘而合乎逻辑的结局

1920 年 12 月 25 日凌晨，纽约一条繁华街道上发现了蒙克·伊斯曼的尸体。他身中五弹。一只幸免于难的、极普通的猫迷惑不解地在他身边逡巡。

杀人不眨眼的比尔·哈里根

亚利桑那的土地比任何地方都更壮阔：亚利桑那和新墨西哥州的土地底下的金银矿藏遐迩闻名，雄伟的高原莽苍溟濛、色彩炫目，被猛禽叼光皮肉的动物骨架白得发亮。那些土地上还有"小子"比来的形象：坐在马背上纹丝不动的骑手，追命的枪声惊扰沙漠，玩魔术似的老远发出不可见的、致人死命的子弹的青年人。

金属矿脉纵横交错的沙漠荒凉而闪烁发光。二十一岁就送命的、几乎还是孩子的比来为人所不齿，他欠了二十一条人命——"墨西哥人还不计在内"。

早年

那个日后成为威震一方的"小子"比来的人于 1859 年出生在纽约一个大杂院的地下

室。据说他母亲是个子女众多的爱尔兰女人，但他在黑人中间长大。混杂在那些散发汗臭、头发鬈曲的黑孩子中间，满脸雀斑、一头红发的比来显得鹤立鸡群。他为自己是白人而自豪；但他也羸弱、撒野、下流。十二岁时，他加入了在下水道系统活动的"沼泽天使"帮。

在散发雾气和焦煳味的夜晚，他们从恶臭的下水道迷宫里出来，尾随着一个德国水手，当头一棒把他打昏，连内衣都扒得精光，然后回到下水道。他们的头目是一个头发花白的黑人，加斯·豪泽·乔纳斯，在给赛马投毒方面也小有名气。

有时候，河边一座东倒西歪的房子的顶楼上，有个女人朝过路人头上倒下一桶炉灰。那人手忙脚乱，呛得喘不过气。"沼泽天使"们立刻蜂拥而上，把他拖到一个地下室门口，抢光他的衣物。

那就是比尔·哈里根，也就是未来的"小子"比来的学徒时期，他对剧院演出不无好感；他喜欢看牛仔的闹剧（也许并没有预先感到那是他命运的象征和含义）。

（颜海峰编，摘自王永年译：《小径分岔的花园》，浙江文艺出版社，2002）

第三十九章 略萨及《世界末日之战》

第一节 略萨简介

巴尔加斯·略萨成名甚早，他的一生似乎都要在性爱与政治两个极端之间游走，并以此来滋养创作：前者以先娶姨妈后娶表妹为代表，后者则以 22 年前竞选秘鲁总统为顶峰。在人欲横行的拉丁美洲，巴尔加斯·略萨的"欲望写作"打开了自己在世界文学领域的一片天地。

1936 年 3 月 28 日，马里奥·巴尔加斯·略萨生于秘鲁南部的亚雷基帕，拥有秘鲁与西班牙双重国籍。他创作过小说、剧本、散文随笔、诗、文学评论、政论杂文，也曾导演舞台剧、电影和主持广播电视节目及从政。2010 年，他因"对权力结构的制图般的描绘和对个人反抗的精致描写"而被瑞典皇家学院授予当年诺贝尔文学奖，声名大噪。

略萨自幼沐浴在母爱之河，10 岁之后才得见亲生父亲，这就种下他的"恋母情结"，这也是其很多作品都展现情爱这一主题的原因之一。恋母的他对文学情有独钟，早在 1952 年读军校时就写出了他的第一个剧本《印加王的逃遁》，并自行导演，获得秘鲁教育部文艺创作奖。但是其父却不喜欢他搞文学创作而把他送进军校。逆反的巴尔加斯反其道而行之，在与其姨妈相爱并秘密结婚受到世俗阻挠之后，他很快就以短篇小说《挑战》获得法国杂志社征文奖，也一挑与其父的文武之战。这篇小说与其他 5 篇于 1959 年结集为《首领们》出版，是目前为止所能读到的略萨青少年期最早的作品集，也为其赢得了西班牙当年的雷奥波多·阿拉斯文学奖。

进入军校是略萨的早年梦魇，但也成了他日后写作的素材来源。1963 年，他的第一部长篇小说《城市与狗》出版了。这一反映其军校黑暗生活的小说折射的是秘鲁整个社会的问题，自然被当局查禁。但略萨的名声已势成燎原，燃遍整个西班牙文坛，因此这部小说先后为其赢得西班牙简明丛书奖、法国福明托文学奖，还被评论家视为"拉丁美洲文学爆炸"的发轫之作。也许是巴黎的文艺之风强劲，略萨此时文思泉涌，之后又创作出《绿房子》。这部作品为其赢得更多文学奖项，也是其作为"结构现实主义大师"的经典之作。接着，1968 年发表中篇小说《幼兽》，翌年发表其第三部长篇小说《大教堂咖啡馆里的谈话》，1973 年发表第四部长篇小说《潘达雷翁上尉与劳军女郎》，1973 年以其姨妈前妻为原型创作出半自传《胡利娅姨妈与作家》，一震当世文坛，并招致各种非议，后来还被改编为电视剧，影响深远。1981 年发表的《世界末日之战》是略萨甚为自得的作品。其他作品如《酒吧长谈》、《塔克纳小姐》、《凯蒂与河马》、《利图马在安地斯山》和《情爱笔记》等都为略萨赢得相当的赞誉，不再赘述。

除小说戏剧创作之外，略萨在其他文类上也游刃有余并有《加西亚·马尔克斯——弑神者的故事》等名论。他先与马尔克斯结下深交，后又大打出手反目成仇，至今仍是一段文坛趣话。

第二节 《世界末日之战》简介

《世界末日之战》是巴尔加斯·略萨的第六部长篇小说，是他本人认为最好最有代表性的作品，素以严厉著称的拉美文学著名评论家桑切斯评其为略萨最优秀的小说，而美国著名文学评论家哈罗德·布卢姆也将其归为"西方经典"。作品于 1981 年 10 月在西班牙出版，全书译文（据赵德明译本）约 50 万字。

小说描绘了 1896 年发生在巴西腹地的卡奴杜斯农民起义的过程。主要内容是 19 世纪末期，在巴西东北地区的腹地，劳苦的农民大众备受恶劣的自然环境和封建统治阶级的剥削双层折磨，宗教信仰是他们唯一的精神寄托。值此之际，神秘的传教士"劝世者"来到卡奴杜斯，宣扬末日的考验和天国的来临，旋即受到广大群众的拥戴。越来越多的人响应了"劝世者"的号召，纷纷投奔卡奴杜斯以建立理想中的乐园。农民起义受到了统治阶级的无情镇压，巴西政府派兵围剿卡奴杜斯，起义者誓死反抗，要进行一场世界末日之战。经过悲壮的四轮斗争，起义最终被镇压，但这场起义已对巴西民族的觉醒产生了深远的影响。

这部小说是略萨第一部写秘鲁之外国家的作品，是在历史事实基础上进行的文学虚构，"为我们提供了一个充满活力、丰富多彩、热情激荡的 1890 年的巴西形象——一个从君主制向共和制过渡的形象。"对于写作这部小说的动机，略萨曾说："我构思这本书的主要兴奋点来自欧克里德斯·达·库尼亚的《腹地》，他对卡奴杜斯事件做了精辟的历史和社会的分析，他的书是拉美文学的经典著作，可以帮助我们了解这个十分复杂的大陆。"而略萨写作是鉴于 20 世纪拉丁美洲广泛存在的社会矛盾，用当代眼光来重新打量那场意义重大的农民起义，以此借古讽今。

《世界末日之战》全书分为 4 章 23 节，以现实主义手法描绘了卡奴杜斯起义的全貌，并且生动地塑造了安东尼奥·贡赛也罗、加利雷奥、西塞上校、卡尼亚布拉沃男爵等一系列人物。在写作手法上，它着重塑造人物性格，不同于库尼亚的名著《腹地》的新闻纪事的手法，因此虚构了不少情节，多是略萨对历史题材进行艺术加工。为创作此书，略萨一人"虎穴"直接访问巴西腹地深入调查获取第一手资料，历时四年进行原始素材的积累，足见其治学写作的严谨。全书结构简洁，尽管有 50 万字之长，却只四章开列，在每一章中，按人物故事分若干小节，在各小节中略萨文笔收放自如，状百余人物之栩栩在读者面前。难怪秘鲁著名作家、评论家、历史学家、语言科学院院士路易斯·阿尔贝托·桑切斯评价说："《世界末日之战》是巴尔加斯·略萨已出版的十部作品中的最佳之作，它的结构完整，情节曲折，语言生动，以经过锤炼的艺术风格将魔幻与历史结合起来，成功地塑造了一个充满活力、丰富多彩、热情激荡的 1890 年的巴西形象，即一个从君主制向共和制过渡的形象。"

第三节 《世界末日之战》选段

第一章

他身材高大，但十分瘦削，似乎让人看到的只是他的侧面；他肤色黝黑，虽然瘦骨嶙峋，双眼里却燃烧着永不熄灭的火花。他脚踏牧师们穿的麻鞋，身着深蓝色的长袍，这一切令人想起那些在腹地走街串巷，给儿童洗礼、为已同居的情侣主持结婚仪式的教士们。很难猜出他的年龄、出身与来历，但是在他那平静的面庞上，在他那俭朴的生活习惯上，在他那冷漠、严峻的神情里，总有某种东西吸引着人们，即使他没有说出劝诫的话。

起初他是单独一人，总是突然来到，徒步行走，一路风尘，每隔三五个月出现一次。他那细长的身影常常出现在晨曦或黄昏中，总是匆匆走过村里唯一的长街，脚步有些急促。他迈坚定的步伐在响着铃铛的山羊、狗群和为他让路但好奇地注视着他的孩子们中间走着，并不回答那些认识他而且敬重他的妇女们的问候，也不理睬赶忙给他送来羊奶、面条和菜豆的女人。在走到村里的教堂之前，在反反复复、仔仔细细查明核实它的确房梁断裂、油漆剥落、钟塔破损、墙壁洞穿、地砖凸起、祭坛生虫之前，他是既不吃也不喝的。一片悲伤的阴云笼罩了他的脸庞，他难过得像逃荒的人一样。干旱夺走了他们的儿女、牲畜和家产，现在只好离乡背井、抛下亲人的尸骨去逃荒，逃荒，而不晓得究竟奔向何方。他往往伤心地哭起来；在泪眼中，那燃烧的火花越发可怕地闪烁着。他随即祷告起来，可祈祷的方式不同于一般的善男信女。他匍匐在地，或在石头上，或在破瓷砖上，面朝着祭坛的方向，或者祭坛曾经可能待过的方向，时而默祷，时而高诵，一两个小时地趴在那里；居民们在一旁观看着，脸上露出敬佩的神情。他祈祷圣灵、圣父和祝福玛丽亚，以及一些别人从未听过、但是后来日复一日、年复一年人们也就死记硬背下来的祷词。"教堂的牧师在什么地方？"时常可以听到他这样发问，"这里为什么不给羊群安排一个牧人？"村子里没有牧师和上帝的住所受到破坏，二者都使他万分难过。

只是在乞求善心的耶稣饶恕人们把他的住所弄成这副模样之后，他才肯接受少量的饮食，有时仅仅做做样子，尽管在饥馑之年，村民们还是极力端出有限之物。他只肯睡在屋檐下，或者腹地居民为他安排的住室，很少有人看到他睡在吊床、木床或者房东为他铺设的褥垫上。他席地而卧，连毯子也不要，乌黑蓬乱的脑袋枕在臂肘上，略睡上几小时而已。他睡得很少，总是最后一个躺下，而第二天起得最早的牧人看见他时，他已经在修补教堂的墙壁或者屋顶了。

他讲道的时间是在黄昏以后，这时男人们已从野外归来，女人们也做完了家务，孩子们都上床睡了。他讲道的地点就在每个腹地村庄都有的村中空场和十字街头。那里没有树木，只有遍地碎石，要不是天灾人祸加上人们懒惰的话，那里本可以建有花园、凉亭和长椅，从而可以称作是街头广场了。他开讲的时间是在夜幕降临之前、群星尚未闪烁的时候，那里巴西北部的天空呈现出五彩缤纷的晚霞，仿佛在那无限的苍穹之上正在燃放着大批的礼花。他开讲的时间正是人们点燃篝火以便驱赶蚊虫和烧烤食物的时候，那里凉风开始吹来，令人窒息的热气开始下降，这使得人们的心绪较为好些，否则更难以忍受疾病、饥饿和生活中的种种痛苦。

他讲述一些简单而重要的事，对于围在他身旁的人群，并不特别注视某人，或更确切地说，那火热的目光绕过一圈男女老少的头顶，注视着只有他才能看到的某物或某人。他讲的那些事人们是明白的，因为早在那遥远的、刚学会吃奶的儿时，他们就已经朦胧地知道了。他讲的那些事是当前存在的，可以感知的，每日发生的，无法回避的，比如像世界的末日和最后的审判，也许在村民尚未修复倾斜的教堂之前就已经发生了。当慈悲的耶稣看到他的住所被人们弄得如此零落不堪，那会发生什么事情呢？对于那些不仅不帮助穷人，反而为了教会的开销将穷人的腰包搜刮一空的神父们，又该如何制裁呢？上帝的话难道是可以出卖的吗？上帝的话难道不应该恩赐给穷人吗？那些曾经发誓终生操守的神父竟然与人通奸，他们在基督面前将如何申辩呢？当着那位洞察人们的思想如同猎手识破虎豹足迹的人面前，难道能够撒谎吗？他讲的事是实际的，每日发生的，众所周知的，比如像死亡，如果心灵纯洁地去死，仿佛去过节日一样，那么死亡带来的就是幸福。难道他们是衣冠禽兽吗？如果不是，就应该穿戴起他们最好的服装，踏过生死之门，向遇到的基督鞠躬致意。他讲到天堂，也讲到地狱——那魔鬼的住所里充满了火与蛇，还讲到魔鬼怎样千方百计地装出一副无害的面孔。

腹地的放牛汉和雇工们静静地听他讲着，心里充满了好奇、恐惧和激动；沿海的奴隶和甘蔗园里获得自由的奴隶，以及他们的妻子儿女，也是如此。有时某个人为澄清一个问题——但是这种情况极少，因为他那严肃的神情、低沉的声音、满腹的经纶把大家给吓住了——打断了他的话：这个世纪能够结束吗？世界能进入二十世纪吗？他看也不看，摆出一副沉着自信的样子，往往是高深莫测的样子，回答说：到一九〇〇年，大地的光将熄灭，群星陨落；但是在这之前将会发生罕见的事情。他讲完以后便是一片肃静，只听见篝火噼叭作响和蚊虫被火焰吞噬的吱吱声；村民则屏住呼吸，绞尽脑汁去苦思那未来的世界。一八九六年，会有成千上万的畜群从沿海向腹地移动；大海将变成洼地，洼地将变成大海。一八九七年，沙漠将被牧草所覆盖，牧人与畜群将混成一体，以后就只有一群羔羊和一位牧人。一八九八年，帽子增加，头颅减少。一八九九年，河水将变成红色；一个新星将运行在天空。

因此，应该有所准备。应该修复教堂和墓地，后者是仅次于基督住所的重要建筑，因为它是进入天堂或地狱的前厅。其余的时间就该用到最关键的地方去：心灵里。难道男人或女人还要穿戴慈悲的耶稣从未穿过的绫罗绸缎，诸如长裙、礼帽、皮革之类的奢侈品吗？

这是些实际而又简明的劝告。他走后，人们还在谈论他：这是位圣徒，他显现出奇迹；他曾看见沙漠里长出了火红的草莓；他同摩西一样，一个声音把上帝不可言传的名字透露给他了。人们在议论他那些劝告。就这样，在巴西帝国结束之前和共和国成立以后，杜卡诺、索雷、安马罗和本巴尔的村民先后听到了这些劝告；月复一月，年复一年，庞孔赛霍、海雷莫勃、马萨卡拉和因安布贝的教堂又从断壁颓垣中崛起；按照他的教诲，圣多山、河谷峪、阿巴底亚和巴拉索的公墓全都加修了围墙和壁龛；在依达比古鲁、贡贝、纳杜洼、莫坎波，死人时也举行隆重的葬礼了。月复一月，年复一年，在阿拉戈因哈、乌亚乌亚、赫戈维纳、依达巴依那、坎波斯、依达巴依宁赫、海鲁、里雅索、拉卡多、西莫底亚期，夜里人们都在传颂那些劝告。大家都认为是对的；因此，起初是一个村庄，接着又有一个村庄，最后在整个北部的乡村里，人们称这位发出劝告的人为"劝世者"，虽然他的真名实姓是：安东尼奥·维生特·门台斯·马西埃尔。

一道木栅栏把《消息日报》——这四个字用哥特体赫然写在入口处——的编辑和职员同前来登广告和送新闻的人截然分开。记者们只不过四五个人：一个正在查阅插在墙上的档案袋；另外两个兴致勃勃地在谈论什么，他俩没穿外衣，身着硬领衫，打着蝴蝶结，身旁挂着日历，上面写着年月——一八九六年十月二日星期一；第四个是个其貌不扬的年轻人。戴着一副厚厚的近视眼镜，手持鹅毛笔正伏案书写着什么，完全不理睬周围发生的一切。他们身后远些地方，穿过一道玻璃门是社长办公室。一个头戴鸭舌帽、臂套护袖的男人正在贴有"付费广告"的柜台后面接待一排顾客。一位太太刚刚递给他一张硬纸卡。他蘸湿了食指在计算广告上的字数："清闲牌洗涤液——主治淋病、痔疮、白浊以及任何泌尿系统疾病——阿·德·戈尔娃霍夫人配治——三月一日大街八号"，最后，报出价钱。那位太太交了款，接过找头，转身离去。排在她身后的一个男人立刻向前一步，递给出纳员一张纸片。这个男人身穿藏青色燕尾服，头戴一顶圆形礼帽，衣和帽显然用过多时；金黄色的鬈发盖住了双耳；中等偏高的身材，宽宽的脊背，显得结实而持重。出纳员用手指点着字数，一行行开始数起来。突然，他皱起眉头，竖起手指，两眼极力凑近那段文字，仿佛担心没有看对。终于，他困惑不解地望望顾客，后者好似一尊塑像般地站在那里不动。出纳员不高兴地眨眨眼，然后告诉对方稍等片刻。他慢吞吞地挪动双脚，穿过房间，手里晃着那张纸片，走到社长办公室门前，他敲敲玻璃门，走了进去。一两分钟后，出纳员从门里出来，他打了个手势，请那位顾客进去，然后就回工作岗位去了。

穿藏青色衣服的那个人穿过《消息日报》的办公室，脚后跟发出的嗒嗒声，好像钉有马蹄铁似的。走进小办公室，他看到四处堆放着纸张、报刊和进步共和党的宣传品——"建立统一的巴西，强大的国家"，那里有个男人正好奇地望着他，唇边挂着笑意，似乎在望着什么怪物，并且显然是在等着他。那人坐在唯一的一张写字台后面，他身着浅灰西装，脚踏皮靴，肤色发黑，一副年富力强的样子。

"我是埃马米农达·贡萨尔维斯，报社社长。"他说，"请过来。"

那人微微一躬身，一手举到帽檐旁，但是既没摘帽也没有开口。

"您打算要我们刊登这个吗？"社长晃晃纸片问道。

那穿藏青色衣服的人点点头。他的胡须也像头发一样是金黄色的，目光深邃而又明亮，嘴角长长地撇向两边，露出坚毅的神态，鼻孔张开得很大，好像要吸入更多的空气。

"只要不超过两千瑞耳，这是我的全部资本。"他低声说道，那葡萄牙语讲得很费力。

埃巴米农达·贡萨尔维斯觉得又好气又好笑。那人却依旧站在那里，十分严肃地注视着他。社长于是拿起那张纸片，缓缓地念道：

"'谨定于十月四日下午六时在自由广场召开热爱正义的人们声援卡奴杜斯的理想主义者及世界上所有起义者的群众大会。'您能告诉我谁来召开这个大会吗？"

"眼下是由我。"那人马上答道，"如果《消息日报》愿意赞助，那可 wonderful（英语：好极了）。"

"您知道那些人在卡奴杜斯都干了些什么吗？"埃巴米农达·贡萨尔维斯敲敲写字台，轻声说，"强占别人的土地，像动物一样杂居在一起。"

"这两件事都值得赞颂。"穿藏青服的人连连点头道，"所以我决定花钱登这份广告。"

社长沉默了片刻，在重新开口之前，他干咳了一声：

"先生，可以知道您是谁吗？"

那人不卑不亢、颇为郑重地这样自我介绍说：

"先生，我是一个自由战士。这个通知可以登出去吗？"

"不行，先生，"埃巴米农达·贡萨尔维斯回答道，这时他已心中有数，"巴伊亚州当局正找借口要封闭我的报社呢。尽管他们口头上对外讲是赞成共和制，可实际上仍旧是保皇派。我们是州里唯一真正的共和派报纸，我想这一点您是明白的。"

穿藏青服的人傲慢地点点头，从牙缝里挤出一句："果不出我所料。"

"我奉劝您不要把这份通知送到《巴伊亚日报》去。"社长一面补充说，一面把那张纸递过去，"那家报社是德·卡纳布拉沃男爵的，他是卡奴杜斯那片土地的主人。弄不好，您会进监狱的。"

穿藏青服的人一句告辞的话也不说，把通知装进口袋里就转身离去。穿过外间办公室时，他既不张望也不招呼任何人，脚下发出重重的响声。屋内的记者和交广告费的顾客们都斜眼瞧着他那悲凉的身影和金黄的鬈发。他走出门以后，那个戴近视眼镜的年轻记者从办公桌那里站起，手里拿着一页发黄的纸片，向社长办公室走去。埃巴米农达·贡萨尔维斯还在那里注视着远去的陌生人。

"'遵照巴伊亚州州长、尊敬的路易斯·比亚纳先生的指令，步兵第九营一个连在皮雷斯·费雷拉中尉指挥下，今日从萨尔瓦多出发，其任务是将强占庄园的匪徒从卡奴杜斯驱散并逮捕匪首、塞巴斯蒂安派教徒安东尼奥·贡塞海罗。'"他站在门坎上念罢，问道，"先生，登第一版还是后面其他几版？"

"登在殡葬和弥撒那一栏下面。"社长回答说，接着他指指大街上那个即将消失的穿藏青服的人问道，"你知道那家伙是什么人吗？"

"他叫加利雷奥·加尔，"近视记者回答说，"是苏格兰人，他整天要巴伊亚的人让他摸脑壳。"

他出生在本巴尔，是一个鞋匠和他残废的情妇所生。这个女人虽然残废却在他之前生过三个男孩，在他以后又生下一个女孩，这么一个娃娃居然逃过了大旱而活下来。鞋匠和他残废的情妇给他起名叫安东尼。世界上若是真有逻辑推理学，那么安东尼就不会活下来，因为当他刚会满地爬的时候，那场大旱出现了，那真是毁灭整个地区，将庄稼、人和牲畜斩尽杀绝的浩劫。几乎整个本巴尔镇的人都因为干旱而逃向沿海地区去了。可是迪布尔休达·穆塔这位鞋匠却逢人便说，他绝不离开家园，因为在他生活经历的这半个世纪中，一步也没离开过这个镇子——家家户户没有人不穿他制作的鞋。他实现了自己的诺言，果然同一二十口人在本巴尔留下来，而当时甚至连拉萨路教派的神父们都走光了。

一年以后，逃出本巴尔的人获悉河水已经重新流进了洼地，田里已经可以播种粮食的时候，他们便开始返回家园。可是迪布尔休·达·穆塔同他那残废的情妇和三个大孩子却已经长眠于地下了。他们把一切能够吃的东西全部吃光以后，又吃掉了一切绿颜色的东西，最后是牙齿可以咀嚼的任何东西。教区神父堂·卡西米罗——是他将他们——安葬的——认为，他们并非死于饥饿，而是死于愚昧，因为他们吃了鞋铺里的皮革又去喝牛湖的水，那湖水蚊虫孳生臭气熏天，连羊群都远远躲开。堂·卡西米罗收养了安东尼和他的小妹妹，凭借空气和祷词使兄妹俩幸免于难。当镇子里的家家户户又住满了人的时候，教区神父为他俩分别找到了住所。

小女孩被教母接走了，这位教母后来迁到德·卡柏布拉活男爵的一座庄园里干活去了。安东尼呢，当时五岁，本巴尔另外一个鞋匠、人称"独眼龙"的——与人斗殴时弄瞎了一只眼，在迪布尔休·达·穆塔的鞋铺里学的手艺，重返本巴尔后继续接待师傅的老主顾——将他收为义子。他是个性情暴躁的人，经常喝得烂醉，倒卧街头，浑身散发着臭气。他没有女人，使唤起安东尼来，就像使用一头牲口，整天让他扫地、刷碗、拿鞋钉、找剪刀、递楦头、搬皮靴，要么就派他去鞣皮作坊。他让安东尼睡在一张牛皮上，靠近"独眼龙"不喝酒时同伙计们消磨时光的小桌旁边。

这个孤儿，矮小温顺，一身皮包骨，一双怯生生的眼睛使本巴尔的女人们十分怜爱他。这些女人只要有可能就送给他一些食物或者自己孩子不穿的衣服。一天，她们之中有七八个女人——都是认识那残废女人并同她一道多次参加过命名礼、坚信礼、葬礼、婚礼的同伴——到"独眼龙"的作坊里，要求他让安东尼去学启蒙教义，以便为第一次领圣餐做准备。她们吓唬他说，假期这孩子不领圣餐，上帝就要跟他算账；结果鞋匠极不情愿地表示同意安东尼每天下午到天黑以前去参加教会办的教义班。

于是，某种重要的事在这孩子的生活里发生了。由于拉萨路教派宣读的教义在他身上引起了变化，不久，他就被人称为"虔诚的小信徒"。学完教义之后，他的目光不再注视尘世的一切，仿佛他已经超凡净化。据"独眼龙"说，他多次发现安东尼夜里跪在暗处，为基督的苦难而痛哭流涕，这孩子是那样的忘情，以至于来回摇晃他好几次，他才重返人间。还有些夜里，"独眼龙"听到他在说梦话，那口气很激动，说的是犹大的背叛行为、玛格达莱娜的忏悔和荆棘冠冕；一天夜里，"独眼龙"听到安东尼在发誓，他要像圣·弗朗西斯科·德·萨莱斯那样，一满十一岁就终身出家侍奉上帝。

安东尼找到了一个可以侍奉上帝的办法。他仍然顺从地完成"独眼龙"的各项吩咐，但是做事情的时候总是半闭着眼睛，翕动着嘴唇。人们终于明白了，不管他在扫地时或是到皮匠那里去，或是拉住"独眼龙"正在敲打的鞋底皮时，实际上都在祷告。这孩子的神态使他的养父感到不知所措，心里十分害怕。"虔诚的小信徒"在自己睡觉的角落里逐渐搭起一座供神用的祭坛。神像是教会送给他的，十字架则是他自己用契克契克树雕刻、油绘而成的。每天起床后和睡觉前，他都要面对祭坛，点燃蜡烛，祈祷一番；他跪在那里，双手合拢，满脸忧伤地耗去全部空闲时光，而绝不像本巴尔镇上别的孩子那样跑到牧马场上，骑上一匹光背野马，到处追捕野鸽，或者去看大人阉割公牛。

自从第一次领过圣餐以后，他就当上了堂·卡西米罗的侍童。堂·卡西米罗死后，他继续帮助拉萨路教派的教士们做弥撒，尽管要这样做他每天必须往返走上五公里半的路。在举行宗教游行的时候，他管焚香，并且帮忙装饰圣母和基督准备在街头休息的木架和祭坛。这位小信徒不仅十分虔诚，而且心地极其忠厚善良。本巴尔镇上的居民经常看到这样的场面：安东尼给瞎子阿代尔夫当领路人，时常陪伴瞎子去费雷依拉上校的牧场，因为阿代尔夫从前在那里工作，患了白内障才被辞退出来，现在他一想起牧场来就很伤心。安东尼挽着他的胳臂穿过田野，用另一只手拿着木棍，一路上打探着地面，以防毒蛇的袭击，一面耐心地听瞎子讲家史。安东尼还为身患麻风病的西梅翁募集食物和衣服，因为自从居民们禁止这个病人走近本巴尔以来，他生活得简直像头野兽。"虔诚的小信徒"每星期给西梅翁送一包面包屑、腊肉和粮食，这是安东尼为他乞讨来的；街坊邻里经常看到安东尼出没在西梅翁住的山洞附近的岩石中间，看见他领着那个赤着脚、头发蓬乱、只披着一张黄色牛皮的老人向水井走去。

"虔诚的小信徒"第一次见到"劝世者"的时候，已有十四岁，而在那几周之前，他曾经极度悲观。因为拉萨路教派的神父莫拉埃斯告诉他，由于他是私生子所以不能当神父。这等于是迎头被泼了一瓢冷水。为了安慰他，莫拉埃斯神父解释说，不领圣职同样可以侍奉上帝；同时答应他到一家卡普青教派的修道院去商量一下，也许那里可以把他作为世俗兄弟接纳入院。当天夜里，"虔诚的小信徒"噿晞不已，哭得那样动情，使得"独眼龙"大为生气，多年以来第一次将安东尼痛打了一顿。自那以后又过了二十天，在本巴尔镇的街道上，顶着下午火热的阳光，走着一个身材瘦长、皮肤黝黑的人；他披着黑发，长着一双目光炯炯的眼睛，身穿深蓝色长袍；他身后跟着六七个衣着像乞丐但是喜气洋洋的人。他们簇拥着"劝世者"穿过村镇，向破旧的砖瓦教堂走去。自从堂·卡西米罗去世后，这座教堂荒废得连雀鸟都飞到神像上筑巢了。像本巴尔镇上的许多居民一样，"虔诚的小信徒"也来看"劝世者"祷告，后者同他的追随者们匍匐在地大声祈祷。那天黄昏，安东尼听了"劝世者"的讲道，听了他关于拯救灵魂的话，听了他对不敬神现象的批评，听了他对未来的预言。

那天夜里，"虔诚的小信徒"没有回鞋铺睡觉，他同那群流浪者一起，围在那位圣徒身旁，就在本巴尔的广场上席地而卧。次日的上、下午以及"劝世者"随后在镇上停留的时间里，安东尼同那位圣徒及其追随者们一道参加劳动。他们修好教堂的桌椅板凳，填平地面，筑起一道将公墓单独隔开的石头围墙。这块墓地是伸入水洼的长条陆地，站在村头便可隐约看到。每天晚上，安东尼都蹲在"劝世者"身旁，听他宣读世上的真谛。

但是，到了"劝世者"在本巴尔镇停留的倒数第二夜，"虔诚的小信徒"安东尼请求那位圣徒让他陪伴他周游世界的时候，那位圣徒先是用目光——锐利而又严峻——随后用嘴唇吐出一个"不行"。安东尼跪在"劝世者"面前，伤心地痛哭起来。这时夜已经深了，本巴尔镇已进入梦乡，那群衣衫褴褛的人们，互相依偎蜷缩着也沉沉地睡去了。篝火已经熄灭，只有满天的星斗在头顶上闪烁，远远近近传来一阵阵蝉的鸣唱。"劝世者"任凭安东尼去哭，去亲吻袍角。当安东尼再次恳求他同意自己永远跟随他，因为他的心声在说，只有这样才能更好地服侍基督，"劝世者"依然不动声色。那少年紧抱着"劝世者"的脚腕，亲吻着那些饱经风寒的脚趾。等到安东尼哭得精疲力竭的时候，"劝世者"用双手捧住那少年的面颊，命令他注视他的眼睛。他凑近安东尼的面孔，极为庄严地问道，他是否为了热爱上帝而甘愿忍受痛苦。"虔诚的小信徒"连连点头。"劝世者"的腰部缠绕着一圈铁丝，它深深地勒进皮肉。"现在你把这个系上！"安东尼听到这样的声音。那圣徒亲手帮"虔诚的小信徒"解开衣裤，挨着皮肤勒紧那条苦行带，并帮他打好结子。

七个月以后，当"劝世者"和他的追随者们（人员有变化，数量有增加，其中有个魁梧高大、半裸着上身的黑人；他们依然穿得破烂不堪，但是脸上仍旧喜气洋洋）再度回到本巴尔镇的时候，在尘土飞扬的街道上，"虔诚的小信徒"仍然腰间系着那条苦行带；现在那根铁丝已变成酱紫色，勒住的皮肉已经变成一道深沟⋯⋯

（颜海峰编，摘自赵德明译：《世界末日之战》，时代文艺出版社，1996）

第四十章　帕慕克及《白色城堡》

第一节　帕慕克简介

　　向往伊斯坦布尔，甚于向往西安、南京，因为在其异国风情之下还有对其新旧文化的痴迷。2006年，这座古城以一颗新星点缀沧桑，诺贝尔文学奖花落于此，举世哗然。其文化之"旧"在于有长达七百年的古典文学历史，19世纪开始土耳其模仿西流，逐渐摆脱阿拉伯文学伊朗文学的影响，一开现代文学之门。而这枝繁叶茂的土耳其现代文学之树的"最高枝"于2006年10月12日伸出世界之林——帕慕克因"在追求他故乡忧郁的灵魂时发现了文明之间冲突和交错的新象征"而上林折桂。

　　帕慕克1956年出生在这土耳其第一大城市，因此他是第一个获得诺贝尔奖的土耳其作家，也是当世最年轻的诺贝尔奖获得者。在获得诺贝尔奖之前，他就因其特立独行而闻名于世界文坛。他曾被当局起诉，也曾被民族分子辱骂为"卖国贼"，然而他仍然秉持自己的良知，以笔为刀，一割东西文明的恶性肿瘤。迄今，他的书被翻译成60种文字，销售累计已达1100万册。

　　他出身于一个中产家庭，父亲从事建筑行业，家境优裕，高中时父母离异，随母亲生活，较为拮据，此时帕慕克迷上了写作，遭到反对。他突破阻挠，甚至在大学辍学转修新闻，并于1979年发表他的第一部小说《黑暗与光明》，一举获得《土耳其日报》小说奖，1982年更名为《塞夫得特州长和他的儿子们》，正式出版后翌年获得奥尔罕·凯马尔小说奖。这时他再也没有受到过来自家庭的质疑。

　　凭第一部小说获奖的1983年，帕慕克出版了他的第二本小说《寂静的房子》，时隔8年之后为其摘得欧洲发现奖。而1985年出版的《白色城堡》作为他的第一本历史小说，使其享誉全球，当时的《纽约时报》不吝盛誉地称"一颗新星正在东方升起"。1990年此书摘得"独立外国小说奖"。好事不断，同年《黑书》出版，获得法兰西文学奖，虽然使其备受争议，也让一般读者深深地记住了帕慕克这个名字。另一本描述土耳其大学生活的重要作品《新人生》在1997年一出版即使得"土邦纸贵"，成为土耳其历史上销售速度最快的书籍。

　　但真正奠定帕慕克在国际文坛上地位的却是他于1998年出版的《我的名字叫红》，这部作品思考了东西方文化的冲突与融合，为其获得全世界奖金最高的都柏林文学奖。帕慕克继续思索，探究土耳其政治宗教冲突，以《雪》把自己推向土耳其政坛、宗教的风口浪尖。

　　文学生涯至此已近40年，帕慕克成就有目共睹，他于2005年被诺贝尔文学奖提名，尽管因其激进的立场和声音而一度落选，但他作为一代既善于继承又勇于创新的文学大师的地位已岿然难撼，有评论家甚至将其誉为"欧洲当代文坛三巨头"之一。2006年，他终于实至名归，夺回本就属于他的丰碑。

　　诺贝尔再次突破了欧美语言主导的局限而将文学奖授予一个突厥语作家，着实令人欣慰，不知道它何时能再一次登临另一座"灵山"？

第二节　《白色城堡》简介

《白色城堡》是帕慕克的第一部历史小说。故事讲述两个外貌神似而来自不同国家的人——来自威尼斯的意大利学者和奥斯曼帝国的一个叫霍加的年轻奴隶主——为了给苏丹制造一个攻打欧洲的重型武器，开始通力合作。在共事过程中，两个人日渐熟悉起来，同时也因为各自不同的价值观和信仰而冲突不断。作为奴隶的意大利学者在西方科技、医药和天文等各个方面指导他的主人霍加，而霍加则开始思考他们各自的身份。最后，两个人彼此交换身份前往对方的国家。威尼斯的奴隶选择了奥斯曼学者的生活，而奥斯曼学者则去了威尼斯过上了意大利人闲适的生活。

帕慕克通过这个故事探讨了身份认同和文化差异的观念，并借用两个不同文化背景的人物身份彼此交换的象征，探讨了不同文明相互借鉴与融合、共同存在的可能性。此书所绘的土耳其并不在现实中，作家将他的叙述放在了梦境般的场景中，卡夫卡式的白色城堡就是在现实中永远不会存在的东西。

《白色城堡》是帕慕克写作风格的奠基之作，在他业已出版的所有作品中都占着十分重要的位置。正是这部小说让帕慕克为国际读者所熟知。小说于 1990 年被翻译成英文，获得英国《独立报》颁发的第一届"独立外国小说奖"。诺贝尔文学奖评委会提到，在这部小说中，帕慕克将西方小说叙事方式与东方文化神秘主义和象征主义融为一体，奠定了自己在国际文坛的地位。

关于此书的主题一直众说纷纭，有论家认为它是一部"关于写作行为的小说"，有的认为它具有鲜明的"元小说"、"元历史"特征，是一部"新奥斯曼主义"的"后现代寓言"。美国当代作家斯格沃特兹则认为小说是多重主题的。恰如帕慕克本人一样，他的这部小说引起争议也是十分正常的了。

《白色城堡》首先通过两位主人公的身份探求揭示出这么一个道理：身份是记忆碎片的拼贴，记忆是幻想性的认知，身份本质不过是人为的构造，这体现了帕慕克精神心理学的探索诉求。其次，这两位不同身份的主人公所体现的却是两种不同文化的混合杂交，这是帕慕克以文学为工具对现今世界文化复杂表征的积极探索。最后是他在创作艺术上的探索和创新，他畅饮欧洲与美国文学的甘露，对现代主义和后现代主义技巧驾轻就熟，体现在小说中就是他能把经典的伊斯兰文学技巧设置在当地的叙事文学传统之下，又创造出绝妙的讽刺。小说优雅而充满异国情调，《独立报》说，它"与卡夫卡、卡尔维诺相提并论也不为过；他们的严肃、优雅和敏锐，处处明显可见"。

其实，读竟此书，不难看出帕慕克是在向卡夫卡和博尔赫斯致敬，在某种程度上，他已经超越了后者，并在理想的多频堡（白色城堡真名 Doppin）中升为永恒。

第三节　《白色城堡》选段

1

我们正从威尼斯航向那不勒斯，土耳其舰队截住了我们的去路。我们总共才三艘船，而对方的木船纵列不断从雾中浮现，似乎不见止境。我们心里发慌，船上一阵恐惧与混乱，大多是土耳其人和摩洛哥人的划桨手们却发出了欢喜的尖叫。像其他两艘船一样，我们的船也往陆地划去，朝西前行，但无法像他们那样加快速度。船长害怕被抓后会遭受处罚，因而也无力下达鞭打执桨奴隶的命令。后来几年，我常想，我整个的人生就因为当时船长的怯懦而改变了。

而现在我却认为，如果我们的船长没有突然被恐惧征服，我的人生就会从那一刻开始转变，许多人相信，没有注定的人生，所有故事基本上是一连串的巧合。然而，即使抱持如是信念的人也会有这样的结论：在生命中的某一段时期，当他们回头审视，发现多年来被视为巧合的事，其实是不可避免的。我也有了这样的一个时期——现在，坐在一张老旧的桌子旁写作，回想着在雾中鬼魅般现身的土耳其舰队的色彩时，我已进入了这个时期。我想这应该是说故事的最佳时机。

看见其他两艘船逃离土耳其舰队并消失在雾中后，船长重新振作起来，终于敢鞭打执桨手了，只是，为时晚矣。当奴隶受到获得自由的激情鼓舞，即使鞭子也不能让他们顺从。十多艘土耳其船只划过令人胆怯的浓雾屏障，猝然出现在了我们的面前。我们的船长现在终于决定放手一搏，而我相信，他努力克服的不是敌人，而是自身的恐惧与羞愧。他命人无情地鞭打奴隶，下令备妥大炮，但奋战的热情燃起得太慢，而且很快就熄灭了。我们遭受到了猛烈的舷炮齐射，如果不马上投降，船就要被打沉。我们决定竖白旗。

我们停在宁静的海面上，等着土耳其船只靠近船侧。我回到自己的舱房，把东西归位，仿佛不是在等待将改变我整个人生的敌人，而是等候前来探访的友人。接着，我打开小行李箱，翻寻书本，沉浸在了思绪里。打开一本我在佛罗伦萨花大价钱购买的书时，我的眼眶盈满了泪水。我听到了外边传来的哀号声，来来往往的急促脚步声。我脑子里想着的是一会儿就会有人从手中把这本书夺走，但我不愿想这件事，只是思考书里的内容，仿佛书中的思想、文句及方程式中有着我所害怕失去的所有过往人生。我轻声念着随意看到的文句，仿佛在吟诵祈祷文。我拼命想把整本书铭记在记忆中，这样当他们真的来了，我就不会想到他们，也不会想到他们将带给我怎样的苦难，而是记起自己过去的模样，有如回想我欣喜诵记的书中的隽言。

那些日子里，我是一个全然不同的人，甚至母亲、未婚妻和朋友称呼我的名字也不一样。有一段时间，我仍时不时会梦见那个曾经是我的男子，或者说我现在相信是我的男子，然后汗流浃背地醒来。记忆中的那个人已经褪色，就像早已不存在的国度，或者像从未存在过的动物，又或者像那些令人难以置信的武器一样，其色彩梦幻般虚无缥缈。当时，他二十三岁，在佛罗伦萨和威尼斯研读过"科学与艺术"，自认懂得一些天文学、数学、物理和绘画。当然，他是自负的。对于在他之前别人所做过的一切，他都不放在眼里，嗤之以鼻；他毫不怀疑自己会有更好的成就；他无人能敌；他认为自己比任何人都更聪明、更具创造力。简单地说，他是个普通的年轻人。这个与挚爱的人谈论他的激情、他的计划以及这个世界和科学，并把未婚妻崇敬自己视为理所当然的年轻人，其实就是我。当我必须为自己编造一个过去，而想到这一点时，我感到痛苦。但是，我这样来安慰自己：有朝一日会有一些人耐心地看完我现在所写的一切，他们会了解，那个年轻人不是我。而且，或许这些耐心的读者会像我现在所想的那样的，认为这位在读着他珍贵书籍之际放弃自己人生的年轻人，他的故事会从它中断的地方继续。

土耳其水手登上我们的船时，我把书放进行李箱，走了出去。船上爆发了大混乱。他们把所有人都赶到了甲板上，将大家剥得精光。我心中一度闪过趁乱跳船的念头，但又猜想，他们可能会在我身后射箭，或是抓我回来立刻处死，况且我也不知道我们离陆地还有多远。起初没人找我麻烦。穆斯林奴隶解开了锁链，欣喜呼喊，一群人立刻对曾鞭打他们的人展开报复。他们很快就在舱房找到了我，冲进来把我的财物抢了个精光，翻找行李箱搜寻黄金。当他们拿走一些书和我所有的衣服，而我苦恼地翻着遗下的几本书时，有人抓住了我，将我带到一名船长面前。

我后来得知，这位待我不错的船长，是改变了宗教信仰的热那亚人。他问我是做什么的。为了避免被抓去划桨，我马上声称自己具有天文学和夜间航行的知识，但没什么效果。接着，凭着他们没拿走的解剖书，我宣称自己是医生。当他们带来一名断了手臂的男子时，我说自己不是外科医生。这让他们大为不快，正当他们要把我送去划桨时，船长看到了我的书，问我是否懂得化验尿和号脉。我告诉他们我懂，因此我既避免了去划桨，也拯救了我的一两本书。

但这项特权让我付出了沉重的代价。其他被带去划船的基督徒，马上恨我入骨。如果可以的话，夜里他们会在囚禁我们的牢房杀掉我，但他们不敢，因为我非常迅速地和土耳其人建立了关系。而我们懦弱的船长遭到了火刑处死。那些曾鞭打奴隶的水手，则被割下耳鼻，放上木筏任其漂流，作为一种警告。我用常识而非解剖学知识治疗的几名土耳其人，在他们的伤自行复元之后，大家都相信了我是医生。即使那些因嫉妒心而告诉土耳其人我根本不是医生的人，晚上也在牢房要我治伤。

我们以壮观的仪式开进了伊斯坦布尔。据说，年幼的苏丹也在看着我们。他们在每支桅杆上升起了自己的旗帜，并在下面倒挂上我们的旗子、圣母玛利亚的肖像及十字架，让地痞流氓们朝上面射箭。接着，大炮射向天际。和日后那些年我怀着哀伤、厌恶及欢欣的复杂心情从陆地上观看的许多仪式一样，这个典礼持续了很长时间，甚至有人都被晒昏过去了。接近傍晚时分，我们才在卡瑟姆帕夏下了锚。他们用链条铐住我们，让我们的士兵可笑地前后反穿盔甲，把铁箍套在了我们的船长和军官们的脖子上，并且耀武扬威、喧嚣地大吹从我们船上拿走的号角和喇叭。我们被带往皇宫来到苏丹面前。城里的人们成群结队地站在街头巷尾，兴致勃勃、好奇地看着我们。苏丹隐身在我们的目光未及之处，挑出他的奴隶，并把这些苏丹奴隶与其他人隔开。他们把我们送到加拉塔，关进了沙德克帕夏的监狱。

这个监狱是个悲惨的地方。在低矮、狭小、潮湿的牢房中，数百名俘虏在肮脏之中腐烂。我在那里遇到了许多人，得以实习我的新职业，而且真的治愈了其中一些人，还为守卫开了些治背痛或腿疼的处方。所以，我在这里受到与其他人不同的待遇，获得了一间有阳光的囚室。看到其他人的遭遇，我试着对自己的境遇心怀感激。但一天早晨，他们把我和其他犯人一起叫醒，要我外出劳动。我抗议说自己是医生，有医药及科学知识，却换来一顿讪笑：帕夏的庭园要增高围墙，需要人手。每天清晨，太阳还未升起，我们就被铁链铐在一起带出城。搬了一整天的石头之后，傍晚我们依旧被铐着跋涉返回监狱。我心想，伊斯坦布尔的确是美丽的城市，但是人在这里必须是主人，而不是奴隶。

然而，我仍然不是寻常的奴隶。现在我不只照料狱中衰弱的奴隶，也给其他一些听说我是医生的人看病。我必须从行医所得中拿出一大部分，交给把我带到外面的奴隶管事和守卫。靠逃过他们眼睛的那些钱，我得以学习土耳其语。我的教师是一个和蔼可亲的老人家，掌理帕夏的琐事。看到我的土耳其语学得很快，他非常高兴，还说我很快就会成为穆斯林。每次收学费他都扭扭捏捏的。我还给他些钱，让他替我买食物，因为我决心好好照顾自己。

一个雾气弥漫的夜晚，一位管事来到我的牢房，说帕夏想见见我。怀着惊讶与兴奋的心情，我立即打理好了自己。我心想，一定是家乡的阔绰亲戚，或者是父亲，也可能是未来的岳父，为我送来了赎金。穿过大雾，沿着蜿蜒狭窄的街道行走，我觉得仿佛会突然回到自己的家，或者如大梦初醒，见到我的家人。或许，他们还设法找人来当中介让我获释；或许，就在今夜，同样的浓雾中，我会被带上船送回家。但进入帕夏的宅邸后，我明白了，自己不可能如此轻易获救。那里的人走路都是蹑手蹑脚的。

他们先把我带进一处长廊等待，然后引领我进入其中一个房间。一个和善的瘦小男子盖着毛毯，舒展着身子躺在一张小睡椅上，一个孔武有力的魁梧男子站在他的旁边。躺着的男人就是帕夏，他招手示意我近身。我们谈了话。他问了一些问题。我说自己学过天文学、数学，还有一点工程学，也有医学知识，并且治疗了许多病人。他不断问我问题，当我正打算告诉他更多的事时，他说，我能这么快学会土耳其语，必定是个聪明人。他说起自己有个健康上的问题，其他医生束手无策，听到关于我的传闻后，希望让我试试。

他开始描述自己的问题，我不由得认为这是一种只会侵袭世上唯一一位帕夏的罕见疾病，因为他的敌人以流言欺骗了神。但是，他抱怨时听上去只是呼吸急促。我仔细询问，听了听他的咳嗽声，然后去厨房找了些材料，制作了薄荷口味的绿含片。我也准备了咳嗽糖浆。由于帕夏害怕被人下毒，所以我先在他面前啜饮一小口糖浆，吞下了一粒含片。他告诉我，我必须悄悄地离开宅邸返回监狱，小心不要被人看见。后来管事解释说，帕夏不希望引起其他医生的嫉妒。第二天我又去了帕夏宅邸，听了听他的咳嗽声，并给了同样的药。看到我留在他掌心的那些色彩鲜艳的含片，他高兴得像个孩子。走回牢房时，我祈祷他能够尽快康复。翌日吹起了北风，温和凉爽，我想即使自己没有意愿，这样的天气也将利于改善健康。但却没有人来找我。

一个月后，我被再次召唤，同样正值午夜。帕夏精神奕奕地自行站起。我很宽慰地听见，他在斥责一些人时呼吸仍旧顺畅。见到我，他很高兴，说自己的病已经痊愈，我是个良医。帕夏问我想要什么回报。我知道他不会马上放我回家，因此，我抱怨自己的牢房，还有狱中的处境。我解释说，如果是从事天文学、医学或者科学工作，我对他们会更有用处，但是沉重的劳役让我精疲力竭，无法发挥长处。我不知道他听进去了多少。他给了我一个装满钱的荷包，但大部分都被守卫们拿走了。

一个星期后的一个晚上，一名管事来到我的牢房，要我发誓不企图逃跑后，他解开了我的锁链。我仍被叫出去工作，但是奴隶工头现在给了我较好的待遇。三天后，那名管事给我带来了新衣服，我知道我已得到了帕夏的保护。

我仍会在夜间被召至不同宅邸。我为老海盗的风湿症、年轻水手的胃痛开药，还替身体发痒、脸色苍白或头痛的人放血。有一次，我给一个口吃的仆人之子一些糖浆，一周后他就开始张口说话了，还朗诵了一首诗给我听。

冬天就在这样的情况下过去了。春天到来时，我听说数月没有召见我的帕夏，现在正带舰队在地中海。夏季炎热的日子里，注意到我的绝望与沮丧的人对我说，我实在没有理由抱怨，因为我靠行医赚了不少钱。一名多年前改信伊斯兰教并结了婚的前奴隶劝我不要逃跑。他说，就像留着我一样，他们总会留下对他们有用的奴隶，始终不会允许他们回国的。如果我跟他一样，改信伊斯兰教，可能会为自己换来自由，但也仅此而已。我觉得他说这些只是想试探我，所以告诉他，我无意逃跑。我不是没有这个心，而是缺乏勇气。所有逃跑的人都未能逃得太远，就被抓了回来。这些不幸的家伙遭受鞭打后，夜间在牢房替他们的伤口涂药膏的人，就是我。

随着秋天的脚步接近，帕夏和舰队一道回来了。他发射大炮向苏丹致敬，努力想像前一年一样鼓舞这座城市，但他们这一季显然不如人意，只带回了极少的奴隶关进监狱。后来我们得知，威尼斯人烧掉了他们六艘船。我找寻机会和这些大多是西班牙人的奴隶说话，希望得到一些家乡的讯息，但他们沉默寡言、无知又胆怯，除了乞求帮助或食物，无意开口说话。只有一个人引起了我的兴趣。他断了一只手臂，却乐观地说，他有一位祖先遭遇了同样的灾难却存活了下来，用仅存的手臂写下了骑士传奇。他相信自己会获救，去做同样的事情。后来的日子，当我编写着生存的故事时，常忆起这个梦想活着写故事的男子。不久，狱中爆发了传染病，这个不吉利的疾病最后夺去了逾半数奴隶的性命。这段期间，我靠着买通守卫保住了自己。

存活下来的人开始被带出去干新的活。我并未加入。晚上他们谈论着如何一路赶去金角湾顶，在木匠、裁缝与漆匠的监督下，干着各种手工活。他们制作船只、城堡和高塔的纸模。我们后来得知，原来是帕夏要为他儿子娶大宰相的女儿举行一场壮观的婚礼。

一天早晨，我被传唤至帕夏的宅邸。我到了大宅，想着可能是他呼吸急促的老毛病复发。他们说帕夏有事正忙，把我带到一个房间坐下等待。过了一会儿，另一扇门打开，一个约比我大五六岁的男子走了进来。我震惊地看着他的脸，立刻感到恐惧不已。

2

我和进屋男子的相似程度令人难以置信！我竟然在那里……这是跃入我心中的第一个想法。就好像有人在戏弄我，从我方才进来的门对面的那扇门里，再次带我入内，然后说，听着，你应该像这样，你应该像这样进门，手和胳膊应该这样摆动，应该这样看着坐在屋里的另一个你。当眼神交会，我们彼此致意。但是，他看来一点也不惊讶。因此，我判定他其实不是那么像我。他留着胡子，而且我似乎已经忘记自己的脸长啥样了。当他坐下来面对我时，我想起自己有一年没照镜子了。

过了一会儿，我刚才走过的那扇门又开了。他被叫了进去。等待期间，我想这必定只是出自混乱心智的想象，而不是一个精心设计的玩笑。因为那些日子里我一直在幻想，我回家了，受到了大家的欢迎，他们将立刻释放我；或是我其实仍睡在船上的舱房里，所有这一切只是一场梦——类似这类慰藉人心的想法。我几乎要认定这也是其中一个白日梦了，只是栩栩如生，或者说是个讯号：一切将突然改变、重回原来状态。就在这时，门开了，我被传召入内。

帕夏起身，站在模样和我相似的男子身边。他让我亲吻了他的衣衫下摆。当他向我表示问候时，我想要说说自己在狱中的苦难，以及希望回国的想法。但他连听都没听。帕夏说，似乎记得我对他说过，我有科学、天文学及工程学的知识，那么，我是否知道关于射向天空的烟火及火药的事？我马上回答知道。但当我看着另一名男子的眼神时，刹那间，我怀疑他们为我准备了陷阱。

帕夏说，他筹划的婚礼将无与伦比，会让人准备一场烟火表演，但它必须相当与众不同。以前苏丹诞生时，一名如今已经去世的马耳他人和玩火魔术师们一起准备了一场表演。那位面貌和我相似的人——帕夏只简单地称他为"霍加"，意指："大师"——也和他们一起干过，对这些事务略知一二。帕夏认为我可以协助他，说我们能彼此互补。如果表演出色，帕夏会给我们奖励。我觉得时机已经成熟，便大胆地提出我希望回国。帕夏问我，来到这里之后，是否和女人睡过觉。听到我的回答后，他说，如果连那种事都不做，那自由对我又有何用？他说着守卫用的粗俗言语。而我看起来肯定很傻乎乎的，因为他爆出了笑声。然后，他转向他称为"霍加"的我的相像人：由他负责。我们随之离开了。

上午时分，当我走向与我相似之人的家时，我以为自己没有什么可以教他的。但是，他的知识显然不比我强。此外，我们的看法都一样：调配出好的樟脑混合物是整个问题的关键所在。因此，我们所要做的就是仔细备妥按比例与分量调配的实验性混合物，在苏尔迪比的高大城墙附近向夜空发射，再观察推衍出结论。当工人点燃我们准备的火箭时，孩子们带着敬畏的眼神观看着，我们则站在阴暗的树下，焦虑地等待结果——数年后，我们在白天测试那个不可思议的武器时，也是这样的情景。后来有些实验在月光下进行，有些则在漆黑的夜里。我用一本小册子记下观察结果。天亮前，我们会回到霍加面朝金角湾的房子，仔细讨论实验结果。

他的屋子很小又有压迫感，平凡乏味。房子大门在一条弯曲的街道上，这条街被一道肮脏的水流弄得泥泞不堪，而我一直未能找到这道水流的源头。屋内几乎没有家具，但每次进屋，我总有一种紧迫感觉，并被奇怪的忧虑感淹没。或许，这种感觉是源自这名男子：他在监视我，似乎想从我这里学到点什么，但还不确定那是什么。他要我叫他"霍加"，因为他不喜欢和祖父有同样的名字。由于我不习惯坐在沿墙排列的低睡椅上，所以站着和他讨论我们的实验，有时烦躁地在屋内来回踱步。我相信霍加享受这个情景。只需借着油灯的微弱光芒，他便能尽情地坐着观察我。

当我感受到他看着我的目光时，我感到更加不自在，因为他并未察觉我们的相像。我曾几度认为，他其实发现了，只是假装没有，就好像他正在玩弄我，正在我身上从事一个小小的实验，获取我不明白的一些讯息。因为开始几天，他总是那样端详着我，仿佛在学些什么，而他学得愈多，就愈好奇。但是他似乎有点犹像是否要采取下一步行动，进一步深究这种奇怪的知识。就是这种悬而未决让我感到压迫，使这栋房子如此令人窒息！确实，我从他的迟疑中得到些许信心，但是这并未让我安心。有一次我们讨论实验时，还有一次他问我为何仍未改信伊斯兰教时，我发觉他正悄悄地试着把我引进某种争论之中，所以我忍住了。他察觉到了我的压抑，我知道他因此看不起我，这种想法让我生气。那段日子，我们两个达成一致的问题可能就是：我们互相轻视。我克制住自己，心想如果我们能毫无意外地成功交出烟火表演，他们或许会准许我返乡。

一天晚上，一支烟火成功飞升到不寻常的高度。受到鼓舞，霍加说，有一天他会制造出可以飞到像月亮那么高的烟火，唯一的问题是找出适当的火药比例，并且铸造出能容纳这个混合物的匣子。我说，月亮可是非常远。他却打断我说，他和我一样清楚这件事，但它不也是离地球最近的星球吗？当我承认他说的没错时，他并没有如我预期的那样放松心情，反倒变得更加激动，只是没再说什么。

两天后的午夜，他重提这个问题：我怎么能这么确定月亮是最近的星球？或许，我们都被某种视力的错觉给欺骗了。那是我第一次和他谈及我学过的天文学，并且简单地向他解释托勒密的宇宙志原理。我发现他很感兴趣地听着，却不愿说出任何可能显现好奇心的话。我谈完不久，他说，他对巴特拉姆尤斯也略有所知，只是那并未改变他认为可能有一个星球比月球还近的想法。直到凌晨，他都是在谈着这样一个星球，仿佛已取得其存在的证据。

第二天，一份翻译得很糟糕的手稿塞到我的手里。尽管我的土耳其语不好，但还是能看明白。我认为它并不是《天文学大成》一书的内容摘要，而是根据该内容摘要改写成的。只有星球的阿拉伯名字引起了我的兴趣，但我当时实在没有心情为此感到兴奋。见我反应冷淡，而且很快把书放到了一旁，霍加觉得很生气。他为这本书花了七枚金币，他说我唯一该做的就是抛却我的自大，翻开书埋首研读。我像个听话的学生，再度打开这本书，耐心翻阅了起来。这时我看到一幅简略的图表。图中的星球是粗糙绘制的球体，依照与地球的关系来安排位置。虽然球体的位置正确，绘制者对众星球的顺序却一无所知。接着，我注意到月球与地球之间的一颗小星球。略微仔细审视，从颇为清晰的墨汁可以看出，它是后来才加进手稿的。看完整份手稿后，我把它还给霍加。他告诉我，他会找到这颗星球的。神情一点都不像是在开玩笑。我一言不发。随即产生了沉默，这种沉默让他和我都感到烦躁。由于我们再也没能制作出高飞到足以引出天文学对话的另一支烟火，也就没有再重提这个话题。我们小小的成功仍只是一个巧合，对于它的神秘，我们没能作出解答。

但是，就火焰的炽烈与明亮程度来说，我们取得了非常好的效果，而且也明白了这项成功的秘诀。霍加在伊斯坦布尔众药草店中逐一搜寻，在其中的一家找到了一种连店家也不知道名字的药粉。我们认为这种可以产生超高亮度的微黄粉末，是硫黄与硫酸铜的混合物。后来，我们把各种可能增强亮度的物质，与这种粉末混合，却顶多得出一种咖啡色调的棕色，以及几乎无法区分的淡绿色。根据霍加的说法，这样就已经非常好了，已经是伊斯坦布尔前所未见的了。

我们在庆典第二晚进行的表演也是如此，大家都说非常好，甚至包括背着我们密谋的对手。得知苏丹从金角湾远岸抵达观看时，我非常激动、紧张，害怕出差错而导致必须再等许多年才能回家。接令开始演出时，我作了祷告。首先，为了欢迎来宾并宣布表演开始，我们发射了直入天际的无色烟火，随后立即展开我与霍加称为"磨坊"的圆圈表演。伴随惊人的轰隆爆炸声浪，天空旋即变成红色、黄色和绿色。甚至较我们预期的更美丽。

（颜海峰编，摘自沈志兴译：《白色城堡》，上海人民出版社，2006）

第四十一章　君特·格拉斯及《铁皮鼓》

第一节　君特·格拉斯简介

君特·格拉斯，1927 年出生于但泽（现波兰格但斯克）的一个小贩家庭。格拉斯的命运是和德国的一系列重大历史阶段密切联系在一起的。幼年时，德国尚处于相对稳定的时期，由于家庭的影响，他从小受到了文学艺术的熏陶。童年时代，希特勒当上了国务总理，纳粹获得了政权。第二次世界大战期间，因为战局变化，17 岁的他被征入法西斯军队，先后在海军和纳粹党卫军等部队服役，并亲身经历了前线作战，负伤后在战地医院成了盟军的俘虏。在战俘营期间，他逐渐认识到纳粹的罪恶本质，思想上产生了转变。战争结束后，他从战俘营被释放出来。当面对从物质到精神都处于崩溃状态的德国，他和普通德国民众一样，看不到希望。在经历种种困惑之后，他走上了文学的道路。

纳粹统治时期，也是德国文学的黑暗时期。纳粹政权对非纳粹的思想也进行了严酷的迫害和彻底的毁灭。他们销毁书籍，残害共产党、社会民主党以及反法西斯的资产阶级作家。他们将原先德国的传统语言文化彻底清除，代之以从语言形式、词汇到语言内容都完全不一样的一套法西斯式的蛊惑人心的煽动性的语言模式。

战后的德国，终于从战争和死亡的阴影下解脱出来。但是无论是物质还是精神，基本上都被战争摧残殆尽。而人们还习惯于长期纳粹统治形成的纳粹词汇和语言，所以战后德国的重建，不仅仅是城市和家园等物质上的重建，在精神上，必须进行文学的重建，使德国彻底走出法西斯的影响。在这种情况下，"需要新的塑造方法，新的创作风格，需要一种新的文学"。

由于这些原因，对战争的反思、对语言文化的重新建立成为许多有责任感的德国作家追求的目标。格拉斯即是这些有责任感作家中的佼佼者。他创作过多部诗集和荒诞剧，如《风信鸡之优点》、《三角轨道》、《洪水》、《叔叔、叔叔》等，而小说则是他最主要的成就。在这些小说中，由《铁皮鼓》、《猫与鼠》、《狗的年月》组成的《但泽三部曲》影响最大。在这些小说中，他深刻反思了纳粹的根源，他认为战争不仅仅应归罪于希特勒为首的纳粹分子，普通德国人也是这场战争的推手。虽然战争开始时他只是个少年，而卷入战争也并非出于他的本意，但他对战争的罪责感一直持续了数十年，他认为战争的"罪行不会随着时间而减轻"。

格拉斯亲历了第二次世界大战和战后德国的分裂，因而他反对重新武装军队，支持德国重新统一，并不断对第二次世界大战和战后德国分裂统一的进程进行思考和反思，这使得他在晚年出版回忆录《给洋葱剥皮》中，披露他曾经参加纳粹党卫军的经历。虽然引起了很大争议，但赢得了多数人的尊重。正如美国作家约翰·欧文所说：格拉斯一直是英雄，他既是作家英雄，也是道德英雄。无论是作为作家，还是作为德国公民，他所表现出来的大无畏精神，都是人们学习的榜样。

第二节　《铁皮鼓》简介

作为战后德国文学、语言重建者中的杰出人物的格拉斯著有近十部小说，但其中分量最重的，仍是他的处女作，出版于 1958 年的《铁皮鼓》，并以此获得了 1999 年的诺贝尔文学奖。这部小说通过一个智商超常的侏儒奥斯卡的自述，通过描述威廉帝国、希特勒上台、第二次世界大战和第二次世界大战后的德国小市民的生活，展示了第二次世界大战前后德国市民的真实生活，从而启发人们对战争进行反思。

作为一名亲历战争的德国人，格拉斯完成的这部小说从小处着手，除了波兰邮局保卫战，其他并没有花很多笔墨去直接渲染战争的残酷。作者描写集会时群众的狂热，对犹太人的迫害，火烧犹太人教堂，枪杀海边捡螃蟹的修女，战后货币改革，经济复苏等事件，体现了纳粹德国的野蛮血腥的统治和战争带来的伤害。同时，作者通过很多小事来反思这场灾难造成的原因。比如，马策拉特本是一个善良懦弱的父亲，但因为身处在当时的历史潮流中，却一点点成为了纳粹党的成员，并最终死在了苏联士兵的枪下。从这一点来说，德国的普通民众既是战争的受害者，同时也是战争的推动者。

这部小说通过对"小事"的描述，对历史进行了反思。作为战争的亲历者，作者反对轻视、淡化德国战争罪行的倾向。同时，他还认识到，把德国的战争罪行完全归罪于恶魔希特勒及其追随者，并不能真正认识战争的根源。他通过这部小说，提醒人们当个体的主体意识被狂热的政治所融化，丧失了人类的本性，道德的底线，就会只剩下对纳粹的顺从和追随。他说："奥斯威辛属于我们，在我们的历史上留下永远的烙印。"

作为一名作家和新语言的提倡者和实践者，格拉斯在这部小说的写作风格上作了很大的创新。首先，整个作品叙事共有两条线索，一条线索是回忆从奥斯卡祖父母的故事开始，到关入疗养院的整个过程。另一条线索是奥斯卡在疗养院的生活。当整部小说结束时，两条线索合二为一。其次，整部小说写作手法独特，比如人称转换频繁，即"我"和"奥斯卡"交替出现，甚至前后没有丝毫过渡。比如对同一件事，"我"和"奥斯卡"的叙述可能是矛盾的。另外，小说加入了很多超自然的神奇因素，像奥斯卡出生前即具备了思考的能力，还能自主控制自己的生长，还有更神奇的唱碎玻璃的能力。这种写作方法，形式多变，飘逸不羁，现实与虚幻并存。作者通过这些看似杂乱的写作来表达对纳粹语言的抛弃，同时引发读者的思考，从而理解作者的真实意图。

《铁皮鼓》这部小说以新颖的主题和艺术表现手法，对纳粹的统治进行深刻的反思，成为德国当代文学的标志。

第三节　《铁皮鼓》节选

演讲台

……

这是我第三次同剧院打交道。回家后，妈妈便把瓦格纳歌剧里的歌配上简单的伴奏，在钢琴上弹奏。这还使她生出一个念头来，要带我去见识见识马戏团表演的气氛。到了一九三四年春，这件事果真实现了。

奥斯卡不想谈那些像道道银光破空而过的荡高秋千的女人、马戏团丛林里的老虎以及灵巧的海豹。没有人从帐篷圆顶上摔下来。没有驯兽者被咬坏。海豹耍的无非是它们学到的那些玩意儿：顶彩球，接住别人作为犒赏扔过来的活鲱鱼。我感谢马戏团使我开心地度过了几个小时，还结识了贝布拉，那个站在瓶子上演奏《老虎吉米》并指挥一队矮子的音乐小丑。同他结交，是我一生中的一件大事。

我们是在马戏团囚野兽的笼子前相遇的。妈妈和她的两位先生站在猴子笼前让它们胡闹取笑。这次破例一同来的黑德维希·布朗斯基，领着她的两个孩子在看矮种马。我看罢狮子打呵欠，轻率地同一只猫头鹰冲突起来。我想盯得它不敢再看我，结果反倒被它盯得垂下了目光。奥斯卡垂头丧气地溜走了，耳朵红得发烫，内心受了伤害，躺到可用汽车拖的蓝白色活动房屋之间，那里除去几头拴住的矮种羊以外，没有别的动物。

他穿着背带裤和拖鞋，拎着一桶水，从我身旁走过。我们的目光刚一接触，便都认出了对方。他放下水桶，歪着大脑袋，朝我走来。我估计，他比我高大约九厘米。

"瞧，瞧！"他粗声粗气地怀着妒意冲着我说，"现在才三岁的孩子就不愿再长大了。"由于我没有回答，他便接着说下去，"我的名字叫贝布拉，我是欧仁亲王的直系子孙，他的父亲是路易十四，而不是人家所说的某个萨沃耶人。"我还是沉默不语，他又说，"我是十岁生日那天不再长个儿的，晚了点儿，但毕竟是不长了嘛！"

由于他这样开诚相见，我便作了自我介绍，但没有胡诌什么家谱世系，只说我叫奥斯卡。"请告诉我，亲爱的奥斯卡，您有十四岁或者十五岁了吧！也许十六岁了。什么，才九岁半？不可能的事！"现在轮到我来猜他的年纪。我故意说得很小。

"您真会奉承人，我的年轻朋友。三十五岁，那是过去的事了。今年八月，我就要过五十八岁生日了。我可以当您的爷爷！"

奥斯卡对他的小丑技艺恭维了几句，说他音乐才能高超，随后，在虚荣心的驱使下，稍稍露了一手。马戏场上三个电灯泡碎了。贝布拉先生大声叫好，好极了，他当即表示要聘请奥斯卡入伙。

我拒绝了。这件事我今天有时还感到遗憾。我心中劝自己不要干，并说："贝布拉先生，不瞒您说，我宁愿当观众，宁愿私下里磨炼我这点微不足道的技艺，而不愿去博得别人的掌声，但我是少不了要为您的表演热烈鼓掌的。"贝布拉先生竖起皱皮的食指，劝我说："亲爱的奥斯卡，请您相信一个有经验的同行。像我们这样的人，在观众中是没有容身之地的。像我们这样的人必须登台，必须上场。像我们这样的人必须表演，必须主持演出，否则就会被那些人所摆布。那些人主演，是不会让我们好受的！"

他的眼睛一下子变得十分苍老，几乎凑到了我的耳边，悄悄说道："他们来了！他们将占据节庆场所！他们将举行火炬游行！他们将建造演讲台，坐满演讲台，从演讲台上说教，宣扬我们的毁灭。留神哪，年轻朋友，留神演讲台上将要发生的事情，您要想方设法坐到演讲台上去，千万不要站在演讲台前面！"

这时，有人在喊我的名字，贝布拉先生便拎起水桶。"他们在找您，亲爱的朋友。后会有期。我们太矮小了，不会失之交臂的。"贝布拉有一句老话：像我们这样的小人物，甚至在挤得没有插足之地的演讲台上，也总能找到立身处的。如果演讲台上找不到地方，演讲台底下总能找到的，只是千万别在演讲台前面。这是贝布拉讲的话，欧仁亲王的嫡系后裔贝布拉。

妈妈喊着奥斯卡，从一座活动房屋后面转出来，正好看见贝布拉先生吻我的额头，然后他提着水桶，肩膀一扭一歪地向一座活动房屋走去。

"你们不想想，"妈妈事后对着马策拉特和布朗斯基一家大发脾气说，"他跑到矮人堆里去了。一个侏儒亲了他的前额。但愿没有任何含义！"

贝布拉亲我的额头，对我来说，含义很多。此后几年的政治事件证实了他的话：在演讲台前举行火炬游行和阅兵式的时期开始了。

我听取了贝布拉先生的劝告，妈妈也部分地听取了西吉斯蒙德·马库斯的劝告；那天他在军火库巷向我妈妈进言，此后，每逢星期四我们到他的店里去时，他又一再提出。虽说她没有跟马库斯一同赴伦敦——倘若迁居，我也不会有多少异议——然而她仍同马策拉特待在一起，和扬·布朗斯基见面的次数则较少，这就是说，她偶尔去木匠胡同扬出钱租的房间，要么就在我家玩施卡特牌，这对扬来说代价更高，因为他总是输牌。妈妈虽然仍将赌注压在马策拉特身上，但根据马库斯的劝告，并没有把赌注加倍。马策拉特呢，他比较早地认识到秩序的力量，一九三四年就入了纳粹党，不过并没有因此而青云直上，只混上了一个支部领导人。这次提升，同其他不寻常的事情一样，又使他们三人聚在我家玩施卡特牌。对于扬·布朗斯基在波兰邮局任职一事，马策拉特一再提出劝告，但这一回，他第一次用了比较严厉却又比较忧虑的语调。

除此而外，变化不大。唯有钢琴上方目光忧郁的贝多芬像——这是格雷夫送的礼物——被马策拉特从钉子上取了下来，在同一颗钉子上挂上了同样目光忧郁的希特勒像。对于严肃音乐丝毫不感兴趣的马策拉特，要把这个几乎聋了的音乐家的画像彻底烧掉。可是妈妈却非常喜欢贝多芬钢琴奏鸣曲里的慢乐章，她练过那么两三个，有时也在琴上拨弄，但速度比规定的要慢得多。她坚持要把贝多芬像挂在长沙发或者碗橱上方，结果造成了那种最最阴森可怕的对抗局面：希特勒和这位天才的像相向挂着，他们对视着，互相看透了对方的用心，因此不能愉快地相处。

马策拉特逐渐把制服一件件地买齐全了。如果我记忆无误，他先戴上了"党帽"，即使在晴朗的日子里，他也爱把冲锋帽带勒在下巴底下。有一段时间，他身穿白衬衫，系着黑领带，来配这顶帽子，或者穿一件皮茄克，戴着臂章。接着他买了第一件褐色衬衫，一星期以后，他又要添置屎褐色的马裤和皮靴。由于妈妈反对，又拖了几个礼拜，马策拉特终于穿戴上了全套制服。

一周之内，穿这种制服的机会有好几次，但是马策拉特每周只穿一次就满足了，那是在星期日去体育馆旁边的五月草场参加集会的时候。参加这一集会，他是风雨无阻的，而且不肯带雨伞。"任务是任务，喝酒是喝酒！"马策拉特说。这句话很快就成了他的口头禅。每个星期天早晨，他准备好午餐烤肉，就离开我妈妈，使我陷入了尴尬的境地，因为扬·布朗斯基利用这种新的政治局势，抓住星期天这个好机会，一色平民服装，来看我的被遗弃在家的妈妈，而这时，马策拉特正站在队伍里。

三十六计走为上。我只好悄悄溜走。我不想打扰和观察沙发榻上的这两个人。因此，等我穿制服的父亲一走，在穿平民服的扬——我当时已经认为，他可能是我的生身之父——踏进门之前，我便敲起鼓，离开家门，朝五月草场走去。

您会问，非去五月草场不可吗？请您相信我的话，星期天港口码头歇工，我也不会拿定主意到森林里去散步，而圣心教堂的内景当时对我还没有吸引力。当然还有格雷夫先生的童子军，但是，在童子军集会上那种受压抑的性爱和五月草场上那种喧闹的场面这两者之间，我宁愿选择后者，尽管您现在会把我说成是他们政治上的同路人。

在那里讲话的，不是格赖泽尔就是区训导主任勒布扎克。格赖泽尔从未特别引起过我的注意。他过于温和，后来他的区长之职被一个巴伐利亚人取而代之，此人名叫福斯特尔，大胆泼辣得多。照理应当由勒布扎克来取代福斯特尔。是啊，如果勒布扎克不是驼背，那个菲尔特就很难在我们这个港口城市称王称霸。纳粹党看出勒布扎克的驼背里蕴藏着高度的智慧，因此量材录用，任他为区训导主任。勒布扎克精通他所干的那一行。福斯特尔只会用他那种令人作呕的巴伐利亚腔大喊大叫"回归帝国"，勒布扎克却能详加发挥。他会讲各种但泽方言，谈关于博勒曼和武尔苏茨基的笑话，懂得如何同席哈乌的码头工人，奥拉的市民，埃马乌斯、席德利茨、比格尔维森和普劳斯特的市民讲话。他身上的褐色制服使他的驼背显得更加突出。逢到他对付过分认真的共产党人和答复几个社会党人有气无力的诘问时，听这个矮小子讲话，在当时被认为是一种乐趣。

勒布扎克很机智，会讲俏皮话，这他可以从驼背里信手拈来。他自称驼背勒布扎克，群众一听就乐。勒布扎克说，他宁肯失去驼背，也不能让共产党上台。显而易见，他不会失去驼背，隆肉是不可动摇的。因此，驼背是正确的，纳粹党也是正确的——由此可以得出结论说，一种思想的理想的基础就是隆肉。

无论格赖泽尔和勒布扎克还是后来的福斯特尔，都是站在演讲台上向大家讲话的。这是小贝布拉先生倍加赞扬的那些演讲台中的一个。因此，有很长一段时间，我把站在演讲台上、显得很有天才的驼背勒布扎克当成了贝布拉派来的使者。他身穿褐色制服，站在演讲台上，捍卫贝布拉的事业，从根本上说，也等于捍卫我的事业。

演讲台是干什么用的？建造演讲台的时候，根本不考虑将来登台的是谁，站在台前面的又是谁，但是不管怎么说，它必须是对称的。体育馆旁五月草场上的演讲台，也是以对称为显著特点的。且让我们由上往下看：六面"卍"字旗一字儿排开。下面是大旗、小旗、锦旗。台底下是一排党卫军，黑制服、冲锋帽，帽带勒在下巴底下。接着是一排冲锋队，在唱歌和讲演时，他们用手捏着腰带扣。随后坐着几排一身制服的党员同志。在小讲坛后面，坐着的又是党员同志，一副慈母面容的妇女同盟领袖，穿平民服的市参议院代表，来自德国的宾客，警察局长或他的副手。

演讲台台基前，站着希特勒青年团，确切地说，是本地少年队的军号队和本地希特勒青年团的军鼓队，使前台显得青春焕发。在某几次集会时，还有队伍左右对称的混声合唱队，或者喊口号，或者唱深受欢迎的《东风之歌》，据歌词中说，旗帜招展，需借东风，至于其他风向，统统不及东风能使旗帜充分展开。

吻过我额头的贝布拉还说过："奥斯卡，切莫站在演讲台前。像我们这样的人，应当站在演讲台上！"

我多半能在妇女同盟领袖中间找到一个座位。遗憾的是，这些太太在集会期间出于宣传的目的，不停地抚摩我。由于军鼓队不要我的鼓，所以我不得加入到台基前定音鼓、小鼓和军号的队伍里去。我想同区训导主任勒布扎克搭讪，可惜没成功。我完全把他搞错了。他既非如我所希望的那样是贝布拉的使者，对我身材真正的大小也一无所知，尽管他自己的隆肉大有见长的希望。

一次星期天集会时，我在演讲台上走到台前，对勒布扎克行了纳粹党的举手礼，先是目光炯炯地望着他，随后眨巴着眼睛低声向他说："贝布拉是我们的元首！"勒布扎克并没有恍然大悟，而是像纳粹党妇女同盟的领袖们一样地抚摩我，末了，他让人把奥斯卡从演讲台上领走，因为他得继续演讲。德国女青年团的两个领导人把我夹在中间，在整个集会过程中，一直问我"爹娘"的情况。

因此，毫不足怪，我在一九三四年夏还没有受到勒姆政变影响之前，就已经开始对党感到失望。我越是长久地从正面去观察演讲台，越是怀疑那种对称——虽有勒布扎克的驼背，但未能充分将它衬托出来。我的批评首先针对那些鼓手和军号手，这是不难理解的。一九三五年八月一个闷热的星期天，我在集会时同演讲台台基前的青年鼓手和军号手进行了一番较量。

马策拉特九点离家。为让他准时出门，我还帮他擦亮褐色皮绑腿。尽管时间这么早，天气已经热得难以忍受，马策拉特还没到户外，他的汗水已把党衫袖子下面都渍成深褐色了，汗迹越来越大。准九点半，扬·布朗斯基身穿透风的浅色夏装，脚登穿孔的浅口便鞋，头戴草帽跨进门来。扬同我玩了一会儿，眼睛却一刻也不离开我妈妈，她昨晚刚洗过头发。我马上察觉，待在此地有碍他们两人谈话，不仅妈妈举止僵硬，扬的动作也受拘束。他显然觉得身上那条夏天穿的轻薄裤子太紧了。于是，我溜走了，跟着马策拉特的足迹，可是并不把他看做自己的榜样。我不走大街，因为那里满是向五月草场蜂拥而去的穿制服的人群。我第一次穿过体育馆旁边的网球场到集会地点去。这样一绕，使我看到了演讲台背面的全貌。

您可曾从背面看过演讲台吗？我想提个建议，所有的人在他们聚集于演讲台正面之前，应当先了解一下演讲台背面是什么模样。不论是谁，只要从背面看过演讲台，而且看个仔细的话，他就立刻被画上了护身符，从此不会再受演讲台上任何形式的魔术的诱惑。从背面看教堂的祭坛，其结果也类似。这个，下文再叙。

早已具备穷根究底的性格的奥斯卡，并不满足于只看到毫无修饰、丑陋毕露的支架。他想起了自己的老师贝布拉的话。演讲台本来只是供人从正面看的，他却朝它的背面走去。他抱着出门必带的鼓，穿过立柱，脑袋撞上一根凸出的横木，膝盖被一枚恶狠狠地穿透木头的钉子划破，头顶上先是党员同志的皮靴咯咯声，随后是妇女同盟成员小皮鞋的擦地声，终于来到了八月的天气使人闷热得透不过气来的地方。他在台基内部一块胶合板后找到一个藏身之处，既能安安稳稳地享受一次政治集会的音响魅力，又不会被旗帜惹得分心，或者被制服刺伤眼睛。

我蹲在演讲台底下。在我的左、右、上方，站着少年队年纪较小的鼓手和希特勒青年团年纪较大的鼓手。他们又开着腿，在阳光照射下眯缝着眼睛。再就是群众。我从演讲台木板缝里闻到了他们的气味。他们摩肩接踵，身穿假日盛装；有的步行而来，有的搭乘电车；部分人望完早弥撒，感到在那里不能令人满意；有的挽着未婚妻，带她来见见世面；有的想在创造历史的时刻亲临现场，尽管这一来整个上午就泡汤了。

不，奥斯卡对自己说，不能让他们白跑。他把眼睛贴在木板节孔上，发现从兴登堡林荫大道传来了喧闹声。他们来了！乐队队长高喊口令，挥动指挥棒，队员们举起军号，嘴唇对准吹口，用糟糕透顶的军乐吹奏技法，吹响了他们擦得锃亮的铜管乐器，使奥斯卡听了感到悲痛，他自言自语地说道："可怜的冲锋队员布兰德，可怜的希特勒青年团员克韦克斯，你们白白地倒了下去！"

紧接着，在小牛皮蒙的鼓上敲出了密集的咚咚声，仿佛他们要证实奥斯卡为运动的牺牲者发出的这道讣告。从人群中央留出的通道望去，我隐约见到穿制服的人们向演讲台走来。于是，奥斯卡大声喊道："现在，我的人民，注意了，我的人民！"

我的鼓已经放端正，两手松弛地拿着鼓棒，运用柔软的手腕，巧妙地敲出了欢快的圆舞曲节奏，使人联想起维也纳和多瑙河。我越敲越响，先把第一和第二小鼓手吸引到我的圆舞曲上来，又让年纪大一点的定音鼓手也灵巧程度不一地跟着我给的节奏敲起来。其中当然也不乏死脑筋的，他们毫无审音力，继续"砰砰"地敲着，而我心中想的却是"砰砰砰"，是普通老百姓喜闻乐见的四三拍子。奥斯卡已经绝望了，正在这当口，军号手们开了点窍，横笛手们吹出了："啊，多瑙河，蓝色的河。"只有军号队队长以及军鼓队队长不肯向圆舞曲之王低头，高喊讨厌的口令。但是，我已经把他们两个给罢免了。现在奏我的音乐，老百姓感谢我。演讲台前响起了笑声，一些人跟着唱了起来："啊，多瑙河，蓝色的河。"歌声越过整个广场，传到兴登堡林荫大道，传到斯特芬公园。"啊，多瑙河，蓝色的河。"我的节奏跳跃着传开了，我头顶上的麦克风用最大的音量把它传出去。我一边使劲地击鼓，一边从木板的节孔向外窥视，只见群众正在欣赏我的圆舞曲，欢快地跳着，他们都有这种腿上功夫。已经有九对男女在那儿跳舞，又增加一对，圆舞曲之王把他们撮合在一起。勒布扎克来了，带着县长和冲锋队旗官，带着福斯特尔、格赖泽尔和劳施宁，后面还有一条褐色长尾巴——市党部人员。群众堵住了通往演讲台的通道。勒布扎克站在人群中，七窍生烟，火冒三丈。令人惊异的是圆舞曲节拍并不适合他。他习惯于前呼后拥之下，合着一板一眼的进行曲笔直向演讲台走去。这种轻快的乐音使他失去了对人民的信任。我由木板上的节孔看到了他的烦恼。一股气流穿过节孔，差点儿使我的眼睛发炎，然而我仍看着他，替他惋惜。接着，我改奏一首查尔斯顿舞曲《老虎吉米》，敲出了小丑贝布拉在马戏场里站在喝空了的塞尔查矿泉水瓶上敲击的那种节奏。可是，演讲台前的年轻人根本不知道什么是查尔斯顿舞。他们是另一代人了。他们自然对查尔斯顿舞和《老虎吉米》一无所知。啊，好友贝布拉，他们敲响的不是吉米和老虎的节奏，而是乱砸一气，军号吹的也不成个调子。横笛手则认为怎么吹都一样。军号队队长暴跳如雷，大声骂娘。可是，军号队和军鼓队的孩子们照旧拼命地擂鼓，吹横笛，吹军号。在秋老虎的炎热下，演奏吉米其乐无穷。在演讲台前，数以千计的人民同志你推我挤，他们终于听出来了：这是《老虎吉米》，它召唤人民，跳起查尔斯顿舞来吧！

在五月草场上，那些还没有跳舞的男人都争先恐后地去抓还能找到的女舞伴。唯有勒布扎克只好驮着他的隆肉跳舞，因为他周围都是穿男上装的人，而且都有了舞伴。至于妇女同盟的那些太太们，本来可以帮他摆脱困境，却一个个从演讲台硬邦邦的木板凳上溜了下来，跑得远远的，扔下勒布扎克一个人，孤零零的。但他还是跳起舞来了，这是那块隆肉给他出的主意。吉米音乐尽管可恶，他脸上却装出了喜欢的样子。能挽回他还是要尽力挽回嘛。

但是已经没有挽回的余地了。人民跳着舞离开了，五月草场撤空了，虽然被踩得一团糟，但仍旧是葱绿一片。人民连同老虎吉米进入毗邻的斯特芬公园，逐渐消失在这广阔的园林里。那里有吉米曾经许诺过的热带丛林，天鹅绒爪子的老虎在爬行，还有人造原始森林，可供方才在草场上你拥我挤的人民藏身。法律与秩序的观念烟消云散。比较热爱文明的人，可以到兴登堡林荫大道的街心公园去，那些树木是在十八世纪首次栽种的，一八〇七年拿破仑的大军围城期间被砍伐了，一八一〇年为向拿破仑表示敬意又重新栽上。在这片有历史意义的土地上，跳舞的人可以听到我的音乐，因为在我头顶上的麦克风并没有关掉，因为我的鼓声一直传到了奥利瓦城门，因为演讲台下的我，这个勇敢正直的孩子，毫不松劲，他借助吉米那只解脱了锁链的老虎，撤空了五月草场的人群，只留下丛丛雏菊。

甚至在我给予自己的鼓早该得到的安宁之后，那些年轻鼓手还敲个没完。我的音乐对他们所产生的影响，要过一段时间才能消失。

还需提一笔的是，奥斯卡未能立即从演讲台底下离开，因为冲锋队和党卫军人员还在台上待了一个多小时，皮靴把木板踩得咯咯响。他们钻到一个个角落里，刮破了身上的褐色和黑色制服。他们好像在台上寻找什么，可能在寻找某个社会党人或者某个共产党破坏小组。我不想详述自己使用了哪些妙计来迷惑他们，总而言之，他们没有找到奥斯卡，他们不是奥斯卡的对手。

这个木板搭的迷宫终于安静下来。这个迷宫同先知约拿在它腹内待过并弄了一身油脂的鲸鱼一般大。不，不，奥斯卡可不是先知，他觉得肚子饿了。此地也没有上帝在说："你起来，往尼尼微大城去，向其中的居民宣告我所盼咐你的话。"这里也没有上帝为我安排一棵蓖麻，使其生长得高过我，尔后，却又安排一条虫子，咬这蓖麻，以致枯槁。我既不为《圣经》上的蓖麻，也不为尼尼微大城（即使它叫做但泽也罢）悲泣。我将自己那面不是

《圣经》上所载的鼓，藏在毛衣里，集中注意力，从台底钻了出去，既没有撞了脑袋，也没有再被钉子划破。我离开了这个演讲台，它是为举行各种集会搭起来的，大小碰巧相当于吞过先知的那条鲸鱼。

有谁会注意到这个似三岁孩子的少年，他吹着口哨，沿着五月草场的边缘，慢吞吞地朝体育馆的方向走去呢？在网球场背后，我的孩儿们背着军鼓和定音鼓，拿着横笛和军号，在那里蹦蹦跳。我敢断定，他们在进行惩罚性操练。对于这些按着地区领导人的哨声蹦蹦跳的人们，我只感到有那么点儿歉意。勒布扎克离开了他的大批党部人员，独个儿驮着那块隆肉踱来踱去。走到一定的距离，他便用靴子后跟着地向后转，把那儿的草和雏菊统统踩死。

奥斯卡回到家里，午餐已经端上桌子：长面包形烤肉饼、盐水土豆、红甘蓝，餐后小吃有巧克力布丁加香草调味汁。马策拉特一声不吭。奥斯卡的妈妈吃着饭思想却开了小差。下午，家庭争吵，因为嫉妒和波兰邮局，闹得不可开交。傍晚时分，凉爽的阵风，突如其来的暴雨，擂鼓似的冰雹，出色地表演了好一阵子。奥斯卡的精疲力竭的鼓边休息，边欣赏。

（陈江华编，摘自胡其鼎译：《铁皮鼓》，上海译文出版社，2006）

第四十二章　耶利内克及《钢琴教师》

第一节　耶利内克简介

埃尔夫丽德·耶利内克，奥地利犹太裔女小说家、剧作家、诗人和社会批评家，被视为同时代奥地利文学创作的领路人。2004 年荣膺诺贝尔文学奖，成为奥地利历史上第一位问鼎此项大奖的作家，也是世界上第十位获得诺贝尔文学奖的女作家。

1946 年 10 月 20 日，耶利内克出生于奥地利施蒂利亚州的米尔茨楚施拉格市，在名城维也纳长大。其父具有捷克和犹太人血统，是一位化工专家，后精神失常；其母出身于维也纳名门望族，严厉专横，一心想把女儿驯化成音乐神童。耶利内克幼年时开始学习钢琴、管风琴和长笛等乐器。1960 年进入维也纳音乐学院。1964 年就读于维也纳大学，主修戏剧和艺术史。1971 年被维也纳大学授予管风琴专业硕士学位。20 世纪 60 年代中期，耶利内克以诗歌写作步入文坛。1967 年发表了处女作——诗集《丽莎的影子》，在文坛上崭露头角。70 年代初辗转于柏林、罗马等地。同一时期参加了欧洲爆发的学生运动。1974 年加入奥地利共产党。同年与戈特弗里德·许恩斯贝格结婚，先后居住在德国的慕尼黑和奥地利的维也纳。随后文风开始发生变化，逐渐形成个性反叛的创作特色和尖刻嘲讽的语言风格。讽刺小说《宝贝，我们是诱饵》、《女情人们》皆充满叛逆精神，矛头直指大众流行文化及其标榜的虚假的美好生活。

耶利内克共创作约 50 部文学作品，涉及小说、戏剧、散文、诗歌、影视脚本等文体，其中英语作品 4 部，法语作品 9 部，其余作品的创作语言均为德语。耶利内克的代表作是带有半自传体性质的长篇小说《钢琴教师》。2001 年同名电影被搬上银幕，并获得 2001 第 54 届夏纳电影节多项大奖。主要长篇小说还有《情欲》、《死者的孩子们》、《贪婪》；主要剧作有《克拉拉 S》、《城堡戏剧》、《在阿尔卑斯山上》、《死亡与少女 I-V》等。

20 世纪 70 年代耶利内克初登奥地利文坛即成为文学界及众多媒体关注的对象，其犀利的批判揭露、叛逆的否定精神与惊世骇俗的写作风格在公众舆论中一再掀起波澜。她因摄取马克思主义阶级分析理论和辩证唯物论思想而被视为"激进主义者"；又因直面两性关系的描写而被指责为伤风败俗。她把目光投向隐藏在表面繁荣的社会背后的丑恶，深入到人类心灵深处，揭示出社会现实中人性所受到的压抑、摧残、扭曲、变形，甚至毁灭。她用"恶毒"的目光审慎着周围的一切，拿着锋利的"解剖刀"划开了西方社会"美的表象"，显露出内在肮脏、丑恶的实质。耶利内克在作品中寻找女性自我，突破固化模式，挑战男权社会传统道德和价值观念。在她的笔下，一个个性格迥异、孤独求索的妇女形象栩栩如生地呈现在读者面前。作品中强烈的女权主义色彩和社会批判意识经常触发广泛的社会争议，她本人亦被媒体称为"激进的女权主义者"，而女权主义者却把她排斥在外，不予认同。

耶利内克的文学作品体裁丰富多彩，既有散文、诗歌，又有小说、广播剧和影视剧本等，其写作风格"介于散文与诗歌之间，在咒语与颂歌之间摇摆"，兼有戏剧场景和电影叙事特点。她摈弃传统对话形式，采用曲式化对位独白，使人聆听到不同音符的心灵交响曲。读者从字里行间中既能品尝到她那穆西尔式的忧郁，也可以领略到卡夫卡式的幽默。

耶利内克先后获得了 21 项文学奖，包括因利希·伯尔奖、施蒂利亚州文学奖、奥尔格·毕希纳奖，不来梅施罗德文学奖、柏林戏剧奖、缪尔海姆戏剧奖、莱辛文学批评奖和诺贝尔文学奖等。

耶利内克既是奥地利最重要的现代文学翘楚，又是一位极富争议的文学作家。她特立独行，思想前卫，艺术创新，敢于直面现实，抨击时弊，至今能及者仍寥寥无几，表现出极大的勇气和深邃的思想内涵。

第二节　《钢琴教师》简介

《钢琴教师》是奥地利女作家埃尔夫丽德·耶利内克的半自传体长篇小说和代表作，也是她最具争议的一部女性主义文学经典。2004 年 10 月问鼎诺贝尔文学奖，获奖理由为："在她的小说和戏剧中，声音和与之相对抗的声音构成一条音乐的河流，以独特的语言激情揭露了社会庸常中的荒谬与强权。"

《钢琴教师》出版于 1983 年，是一部让世人触目惊心的另类爱情故事。小说讲述了年届不惑的女钢琴教师埃里卡自幼在母亲极端变态的压抑和钳制下，心灵扭曲、情爱变异的痛苦历程。母女两人犹如复杂、畸形的共生体，既相互排斥又相互依靠。怀有典型小市民心理的母亲把女儿当成私有财产，使女儿成为打入上流社会的工具，以实现自己的夙愿。女儿埃里卡貌不出众，但料峭的孤独和不懈的艺术追求锻造出她凛冽、冰冷和傲慢的气质，她对学生亦无比严厉冷峻，这一切都源自于母亲无休止的、专横无理的控制，令她不能越雷池一步，各种欲望无法发泄，青春期变成了"禁猎期"。她的内心因长期压抑和囚禁而发生了极大的扭曲和偏差，畸形的环境导致她靠偷窥和自虐来发泄情绪。年轻英俊的学生克雷默尔的强力追求打破了母女间死一般刻板、沉寂的幽闭生活，但随后年轻学生却发现自己陷入了一个可怕的情爱陷阱：母亲固执而变态地抢夺埃里卡；埃里卡在情欲上则表现出受虐狂的疯狂举动。克雷默尔最终选择了逃离，而埃里卡则在愤怒和羞辱中用刀子刺进了自己的身体，给痛苦切开一个明晰的出口，让肉体的疼痛暂时覆盖精神上的绝望。

在《钢琴教师》中，耶利内克把与外界隔绝、令人窒息的狭小空间对人性发展的严重摧残，乃至毁灭推到极致，具有触及心灵的艺术震撼力。那些赤裸裸的欲望借助"爱"的光环在阳光下招摇，三个主人公其实都在把对方撕成碎片，以餍足自己的需求：母亲索要女儿的青春以填补自己的孤独和期望；埃里卡索取变态情欲来满足自己；克雷默尔则以占有埃里卡为目的，挽回因拒绝而被伤害的自尊，但最终那些无助而又痛苦的灵魂却在夜幕低垂时挣扎于绝望的边缘。

耶利内克总是游走于两性边缘，深刻揭示复杂、隐蔽的人性，寻找女性独特的人格与个性。在男权占统治地位的社会中，男性话语权禁锢了女性的发展，女性在两性关系中处于受压抑、被损害的地位。在她的笔下，一切规则都分崩离析，她以犀利的笔锋揭露了被掩盖的人性中的丑陋一面，揭露了在被压抑与被禁锢状态下人性的扭曲和变态。

《钢琴教师》体现了耶利内克独具匠心的语言艺术风格。她是少数被称作为"散文语言大师"的现代德语作家之一。耶利内克以天才般另类的笔触使人感受到异样的美学效果：语言强劲凌厉，犹如"语言雪崩"。她借助象征、隐喻、双关等写作手法启发读者展开联想，对经典作品语句及音乐作品的戏仿和揶揄体现出现代主义文学作品的离间手法。同时又采取集体无意识的类似意识流式叙事方式，使作者随处都在，又无处可寻，在故事的铺展中与人物心理活动描写水乳交融，难解难分。作家对人性的观察可谓洞烛幽微，对人性的揭露可谓鞭辟入里，切入肌肤。

从温顺的音乐神童到享誉全球的女作家，耶利内克以令人惊叹的成长轨迹和矛盾丛生的现实生活向世人描绘了"一个无情的世界"。"在这个世界里，读者面对的是强权与压抑，是猎者与猎物之间的根深蒂固的秩序。"作为一位目光敏锐的时弊针砭者，耶利内克对压迫心灵、摧残人性的现象进行了微观的社会学研究，勇敢地为奥地利树立了一面"对于我们的社会和政治生活不可缺少的"镜子。

第三节　《钢琴教师》选段

瓦尔特·克雷默尔上课时，埃里卡发了无名火，她自己也弄不明白，因为有一种感觉攫住她。她几乎还没碰他，学生就明显地退步了。如今克雷默尔凭记忆演奏时，总出错，被不爱的人逼着，他在演奏中途停顿，甚至找不着调！瞎转调毫无意义。他离应该演奏的 A 大调越来越远。埃里卡感到裹挟着有尖角的碎屑、废料的一次雪崩向她袭来。对于克雷默尔来说，这堆废料是令人高兴的，是压在他身上的女人的重量。他那与能力不同步的音乐愿望被引开了。埃里卡几乎不张嘴地警告他说，他正好亵渎了舒伯特。为了补救和鼓励这个女人，克雷默尔想到奥地利的高山和深谷，想到这个国家具有的自称可爱的东西。舒伯特，这个学究，虽然没有研究，然而已经隐约感到了这一点。然后他又开始演奏。那是一首超越他所处的那个时代的毕德麦耶尔风格的一首 A 大调奏鸣曲，是同一位大师的一首德意志舞曲中某种狂热的东西。不一会儿他又中断了，因为他的女教师讥笑他，说他还没看到过一处特别陡峭的岩石，一个特别深的峡谷，一条特别湍急的溪流奔腾穿过峡谷，或俯瞰一个宏伟壮丽的新拓荒的湖泊。舒伯特表达出的是如此强烈的对比，特别是在这个无与伦比的奏鸣曲中，不是表现，比如说，在午后柔和的阳光下，喝下午茶时宁静的瓦绍。如果是涉及莫尔多瓦地区的话，那更多的是由斯美塔纳表现出来的。现在问题不是关系到她，埃里卡·科胡特，这位音乐障碍的克服者，而是关系到奥地利广播乐团的星期日上午音乐会的听众。

克雷默尔生气地咆哮起来，如果谁能一般地了解一条山涧的话，那就是他。而女教师只是一直留在昏暗的屋子里，身旁是年迈的母亲，再也干不了什么事，只是用一架望远镜朝远方眺望。半地下还是半地上，对于母亲来说已经没有什么区别。埃里卡·科胡特回忆起舒伯特的音乐符号，心情激动。她的血液沸腾。这些符号从叫喊到耳语，而不是从大声说到小声说。无政府状态不是您的强项，克雷默尔。因为水上运动员与规则联系太密切了。

瓦尔特·克雷默尔希望得到允许吻她的脖子。他还从来没干过，只是听说过可以这样做。埃里卡希望她的学生吻她的脖子，但她并不为此对他付出。她感到内心升起一种委身的愿望，但是在她的头脑中，这种愿望碰到了纠结成一团的旧的和新的仇恨，首先是对那些比她生活经历少而且也年轻的女人的仇恨。埃里卡委身的愿望没有一点与她献身于母亲的愿望相似。她的仇恨在每一点上都与她一般通常有的仇恨相同。

为了掩饰这种感觉，她顽固地反对她迄今为止用音乐公开表示出来的东西。她说：在对一部音乐剧的解释中有某一点，精确性在那里终结，真正的创造物的精确性由此开始。阐释者不再为别人服务，他提出要求！他向作曲家索取最后一点东西。也许开始一种新的生活对埃里卡来说还不晚。提出新命题现在也不会有伤害。埃里卡文雅地讽刺道，克雷默尔的技巧如今上了一个台阶，因为他把感觉和情绪合理地摆到技巧旁边。女人说着立即朝学生的脸上打去，她没有权力要求他悄悄地把技巧当做先决条件。她也许是自己骗自己，作为教师她想必知道得更清楚。克雷默尔应该去游泳，这时候如果他在树林遇见舒伯特的灵魂，他会避开。这个讨厌的人，舒伯特。艺术大师的学生受到好一顿责骂，同时埃里卡在她充满仇恨的重负哑铃上又在左右两边各拧上一片。她只能费力地把她的仇恨举到胸前的高度。"由于您沉浸在对完美外貌的炫耀中，您就是掉进深渊也认识不到，"埃里卡对克雷默尔说，"别冒险！为了不把鞋弄湿，您从小水坑上跨过去。假如您在山涧划水时，因为船歪了，有一次把头埋到水中的话，就我所理解，会立即抬起来。您甚至怕深水，在您的头潜下去时，在唯一一次可能任您支配的东西面前，您也怕！最好在潜水中划吧，人们看着您！岩石仁慈地绕开您，还没等您发现它们，就好心地躲开了。"

埃里卡气喘吁吁，克雷默尔绞着双手，想把现在还不是爱人的女教师拦住，离开这条路。"您别永远堵住和我接近的道路。"他好意地劝说。他似乎以少有的强硬从运动决赛以及两性之间的斗争中走出来。一个正在变老的妇女在地上蜷缩着，狂犬病的口水挂在下巴上。这个妇女往音乐里看，就像往一个野外望远镜中看一样，她把望远镜举到眼前，却拿倒了，音乐在远方显得很小，如果她认为，必须说出音乐使她想起了什么的话，她就刹不住闸，一直说下去。

埃里卡觉得自己被这种不公正撕得粉碎，竟没有人爱过肥胖矮小的酒徒舒伯特·弗兰茨。看着学生克雷默尔，她感到那种不一致特别强烈：舒伯特和女人们，艺术的色情杂志中阴郁的一页。舒伯特不符合天才的形象，不管是作为创作者，还是作为技艺精湛的演奏者，这样的人有一批，克雷默尔是其中的一个。这群人富于想象，他们只有在任其想象自由驰骋时才满意。舒伯特连一架钢琴都没有，相反，您倒过得很好，克雷默尔先生！克雷默尔活着，而且练习得不够，而舒伯特已经死了。埃里卡侮辱每一个希望从她那里得到爱的男人。埃里卡·科胡特不聪明地乱敲打他，恶毒的字眼从她嗓子里涌到舌头上。她的脸整夜肿胀着，而母亲在旁边打鼾，毫无预感。清晨，由于脸上都是褶子，埃里卡在镜子里几乎看不见眼睛。她费尽心机收拾自己的这张脸，但容貌没有变得好看一点。在争吵中男人和女人又一次被冰冻住似的对峙着。

在埃里卡的公文包里的乐谱中间，有一封给学生的信在沙沙作响，她在取笑完他之后给他写了一封信。她心里的怒气和恶心在有规律的痉挛中交替上升。舒伯特虽然曾是一个伟大的天才，那是因为没有教师，比如说莱奥波德·莫扎特可以相比，但是舒伯特不是一个成熟的能手。克雷默尔从牙缝中挤出一句刚刚想出来的话回答，他把这句话像将一条刚刚填上料的思想香肠放到一个纸盘上递给女教师，还挤上点芥末：那人只活这么短，不可能成为有经验的能手！我已经过了二十岁，能做的多么少，每天我都发现这一点，克雷默尔说。舒伯特三十岁也只能做到这么一点儿！这个令人费解、来自维也纳的乡村教师之子！女人们借助梅毒把他杀了。

女人们还将把我们带入坟墓，年轻的男子狡猾地开玩笑，说起一点女性的任性、乖张。女人们摇摆不定，一会儿朝这个方向，一会儿又朝另一个方向，从中看不出规律性。埃里卡对克雷默尔说，他没有一次预感到发生了什么悲惨的事。他是一个外表中看的年轻男子。克雷默尔在他健康的牙齿中间咔吧一声咬裂了女教师扔给他的一条大腿骨。她曾说起过，他对舒伯特的那种突出特点没有预感。我们要提防，别矫揉造作，这是埃里卡·科胡特的意见。学生以极快的速度顺着思路说下去。

在舒伯特的钢琴作品中，不是总慷慨大方地使用乐器信号，比如金属管乐器。克雷默尔，在您能把一切毫无遗漏地背下来之前，先提防错误的乐谱和过多使用踏板。但也别太少！不是每个声音都像他记录下来的那么长，而且不是每个音都必须严格按照响的时间长短记录下来。

作为附加任务，埃里卡又给左手加了必要的练习。她想以此使自己安心。她让自己的左手补偿男人让她忍受的苦难。克雷默尔不希望通过钢琴演奏技巧平息自己的激动，他寻找在埃里卡面前也无法停止的肉体与情感的斗争。他坚信，他只要一次成功地熬过艰苦的斗争，在最后一局棋之后分手时，结果就会是：他多几个子，埃里卡少几个子。而他今天已经很高兴了。埃里卡将变大一岁，他在自己的成长中将比别人领先一年。克雷默尔紧紧抓住舒伯特这个题目。他破口大骂，他的女教师突然令人吃惊地来了个一百八十度大转弯，把一切本是他克雷默尔的观点说成是她自己的。也就是说，不可衡量、叫不出名字、说不出来、无法表现、无法触摸、无法把握的比抓得住的更重要。技巧，技巧，还是技巧。我是不是在什么地方逮住了您，女教授？

埃里卡的脸变得滚烫，他说的是不可把握的，而实际上可能是指他对她的爱。她心中感到温暖、敞亮。很长时间以来消失的充满激情的爱的阳光，现在又出现了。他昨天和前天也对她产生过同样的感情！克雷默尔显然爱她，尊敬她，就像他温柔地说出的那样。埃里卡垂下眼睑，意味深长地低语道，她只是认为，舒伯特喜欢纯粹用钢琴表达管弦乐的效果。人们必须能认出这个效果和象征它的乐器并演奏它。但是正如已经说过的，不要矫揉造作。埃里卡温柔和蔼地安慰道：一定会的！

女教师和学生面对面站着，像男人对女人那样。在他们之间的情欲是一堵不可逾越的墙。这墙阻碍了一个人越过去吸干另一个人的血液。女教师和学生被爱欲驱使，被追求更多爱的渴望煎熬着。在他们的脚下，从没有煮熟过的文化之粥在沸腾。这是一种她一小口一小口吞咽的粥，他们每天的营养。没有这种营养，他们不能生存。这种粥泛起闪亮的气泡。

埃里卡·科胡特处于皮肤没有光泽，角质化的年龄阶段，没有人愿意，也没有人能够为她除去这层壳。这层东西不会自己剥落。许多事已经耽误了，特别是埃里卡的青春时光，比如十八岁。一般民间称为甜蜜的十八岁的年月，只持续了一年，然后就过去了。现在其他人早已在埃里卡原来的位置上享受这花季岁月。今天埃里卡已经比十八岁少女大了一倍！她不停地计算，在这种情况下，埃里卡和一个十八岁姑娘之间的距离从来不会缩小，自然也不会加大。埃里卡对于每一个这个年龄的姑娘感到的反感还不足以扩大这种距离。夜里，埃里卡浑身是汗地架在热烈的母爱之火愤怒的炙叉上辗转反侧。她被音乐艺术香喷喷的烤肉汁浇了一身。没有什么改变得了这该死的区别：衰老/年轻。对于已经写下来的音乐，死去的大师在乐谱上什么也不会再改变，就像它应该的那样。埃里卡从小就被装进这个乐谱体系中。这五条线控制了她。自从她会思考起，她只能想这五条黑线，别的什么都不能想。这个纲目体系与她母亲一道把她编织进一个由规定、精确的命令和规章构成的撕不开的网中，就像屠夫斧子上红色的火腿卷一样。这保证安全，而由安全产生出对不安全的恐惧。埃里卡怕一切都永远照老样子，可她也怕有一天什么会可能改变了。她像哮喘病人那样张大嘴喘气，但不知道吸这些空气干什么。她喉咙里呼呼作响，嗓子却发不出声音来。克雷默尔吓得要命，问他的情人怎么了，要拿杯水来吗？他，骑士公司的业务代表，充满关爱又有点尴尬地问。女教师拼命咳嗽。她用咳嗽使自己摆脱比咳嗽的刺激更糟糕的处境。她的感受没法用口头表达，只能用钢琴。

埃里卡从她的公文包中抽出一封为了安全起见封口的信递给他。这个情景她在脑子里已经千百次描绘过。信中写到一种可靠的爱情应该如何继续进行。埃里卡把她不愿意说出来的一切都写下来了。克雷默尔想，这里面大概写着某些只能记下来却无法说出的奇妙话语，好像山顶上空闪亮的月光。他完全弄错了！他，克雷默尔根据自己在感情上和表现力上的不断努力，今天终于到达了幸福的境地，只要能想出来的一切，在任何时候都能大声说出来了！是的，他发现，如果他到处出风头，第一个说出什么来，那就会给大家一个新鲜的好印象。只是别害羞，那将一事无成。就他来说，如果必要，他将把他的爱大声喊出来。幸好不必如此，因为没有人会听。克雷默尔向后靠在他的电影院座椅上，大嚼冰点心，同时也心满意足地观看银幕上的自己。银幕上正播放出真人大小的年轻男子和变老的女人的故事。配角是一个可笑的老母亲，她热切盼望整个欧洲大陆、英国、美国都被她的孩子多年以来就能够奏出的美妙声音所吸引。母亲特别希望，她的孩子宁愿拴在母亲的裤带上，也不在性爱激情的锅里煨熟。感情在蒸汽压力下会更快成熟，维他命可以保存得更好，克雷默尔用这样一个好建议回答母亲。最好半年后他就把埃里卡贪婪地挥霍掉，可以转向下一个目标。

克雷默尔热烈地吻着埃里卡递给他信的那只手。他说：谢谢，埃里卡。这个周末他已经打算完全献给这位女士了。女人吃了一惊。克雷默尔想要进入她最最神圣、完全封闭的周末，她拒绝了。她临时想出一个又一个借口，为什么这次？也许下一次、再下次都不行。我们可以随时通电话，女人大胆撒谎。她心中实际上有两种矛盾的想法。克雷默尔意味深长地把充满秘密的信揉得沙沙作响，透露出的意思是，埃里卡不会有恶意，好像没有深思熟虑就冒出这个念头。"不要让男子过久地等待。"戒律上这样说。

埃里卡不该忘记，每一年对于克雷默尔只是简单地数一下，而她在这个年纪至少是要翻三倍。埃里卡应该迅速抓住时机，克雷默尔好心地劝她。他把信在汗湿的手掌中揉皱，用另一只手犹豫地抚摸女教师，就像摸他实际上想买，却必须看看价钱与岁数是否相当的一只鸡似的。克雷默尔不知道，别人根据什么辨认一只煮汤的鸡和一只烤的小鸡是老还是嫩。但是在他的女教师身上他看得很清楚，他头上长着眼睛哪。女教师已经不够年轻，但相对来说保养得还不错，假如她眼中的目光不是已有点暗淡的话，几乎可以说她还是年轻迷人的。然后还有不会减弱的刺激，即她无论如何毕竟是他的女教师！这刺激他想把她当学生，至少一周有一次。埃里卡躲避她的学生。她把自己的身体从学生那儿挪开，尴尬地擦了好久鼻子。克雷默尔在她面前描绘一番自然风光。他描述说，当初怎样学会认识她，爱她。不久他将和埃里卡到大自然中散步谈心，感到十分轻松愉快。他们两将在浓密的树丛中歇息，吃带来的食物。在那里没人看见，一个已经进入竞争的年轻运动员兼艺术家和一个因已经衰老而必然害怕与年轻少女竞争男人的女人如何在地上搂抱翻滚。克雷默尔预料，在这即将出现的关系中，最激动人心的将是他的秘密。

埃里卡沉默不语，既没感动，也没往心里去。克雷默尔感到，现在是时候了，女教师所说的关于舒伯特使他耿耿于怀的一切，现在可以彻底纠正了。他关爱地纠正埃里卡心中舒伯特的形象，将自己移到显著的位置上。他对恋人预言，从现在起争论将越来越多，而他在争论中总是胜者。他爱这个女人是因为在音乐剧方面她有着丰富而宝贵的经验，而这一点不能永远掩盖这样的情况，即他知道的比她多得多。这将给他带来最大的快乐。埃里卡企图反驳他。这时，他抬起一个手指强调，他是胜利者。女人在接吻前躲到钢琴后边去了。一旦话说完了，感情凭着持久和激烈取得了胜利。

埃里卡感到得意，她不了解感情。如果她有一天不得不承认感情的话，那她将不让感情战胜理智。她还把第二架钢琴搬到她和克雷默尔之间。克雷默尔责怪亲爱的上司胆小。某个人，比如说克雷默尔恋爱了，必定嚷嚷得全世界都知道，而且大声说出来。克雷默尔不想让这事儿在音乐学院到处传播，因为通常他在更嫩的草地上吃草。爱情只有能让别人对爱恋的对象羡慕时才感到快乐。在这种情况下，以后的结婚被排除了。幸好埃里卡有一个不会应允婚事的母亲。

克雷默尔站在天花板下，在对他有利的位置上径直想下去。在这方面他是行家里手。他把埃里卡对舒伯特的奏鸣曲的最后评价撕得粉碎。埃里卡咳嗽着，难为情地像一片百合叶似的来回扭动身子。克雷默尔，那个身躯灵活的小伙子从没在另一个人身上看见过这种情况。埃里卡·科胡特拼命想掩饰自己。克雷默尔既像受了惊吓，又像吓人似的感到一阵轻微的恶心，但很快又过去了。如果人们愿意，就合适。只是不能这么宣扬。埃里卡把她的指节掰得咔吧咔吧响，这既不利于她的健康，对她的游戏也没有用。她固执地望着远处的角落，尽管克雷默尔要求她大胆坦然地注视他，别偷偷摸摸的，反正没人在这儿看着。

克雷默尔受到那令人恶心的样子的鼓励，试探着问：我可以要求你做从没有做过、没有听说过的事吗？然后立刻要求进行爱情试验。作为新的爱情生活的第一步，她应该做一种没有把握的事，即立刻跟他一道来，让今天最后一个女学生的课取消。当然埃里卡应小心地找个借口，恶心或者头疼，使学生不起疑心，不说什么。埃里卡在这个简单的任务面前退缩了，一匹野马，终于用蹄子踏进了马厩的门，然后就留下来，因为他想好了。克雷默尔给这个亲爱的女人解释，别人是如何把条约和习俗的枷锁脱下来的。他引用瓦格纳的歌剧《指环》作为无数例子中的第一例。他把艺术当做既是一切事物的范例，又什么也不是的例子递给埃里卡。假如人们用混凝土浇固的镰刀尖把艺术这个陷阱只要彻底箟一下的话，就可以发现足够多的无政府主义行为的例子。比如说莫扎特，这个摆脱了有侯爵封号的大主教的枷锁的例子。如果大多数人都热爱，而我们却不特别高看的莫扎特能够做的话，您大概也能做到，埃里卡。我们不是已经常常一致认为，不管是积极还是消极地从事艺术的人，都特别受不住监督和管辖。艺术家愿意像躲避规则的束缚那样避开真理的痛苦压力。我也奇怪，别生我的气，你这些年怎么能忍受你母亲的？不是你不是艺术家，就是你感觉枷锁本身不是桎梏，虽然你在底下已经窒息了。克雷默尔称呼他的女教师"你"了。科胡特妈妈很高兴，她幸福地立在他和这个女人之间，作为一个缓冲器。这个母亲要操心，以防他在这个不很年轻的女人身底下憋死！这个母亲不停地成为谈话素材，被当做灌木丛、当做阻止得到各种满足的障碍；另一方面，她也经常把女儿抓牢在一个地方，使女儿不能到处追随着克雷默尔。"我们怎么能定期，不定期地会面，不让别人知道，埃里卡？"克雷默尔建议找一个共同的秘密房间，随便什么地方，可以放他那老式双唱片唱机和他本来就有的许多唱片。他毕竟了解埃里卡的音乐口味，因为克雷默尔也有同样强烈的兴趣！他已经有几张肖邦的双面密纹唱片和一张灌有帕黛莱夫斯基罕见作品的唱片。这个人因肖邦而黯然失色，他和埃里卡都认为这不公平。他自己已经买了一张，埃里卡又送他一张。克雷默尔几乎坚持不到最后再读信。人们说不出口的，往往写信。坚持不了的就不该做。我很高兴阅读和理解你的信，亲爱的埃里卡。如果说我故意误解这封信的话，我同样为此高兴，那我们吵架之后会和解。克雷默尔立刻述说他自己，述说关于他自己的一切。她给他写了这封长信，那就是说，他也有权稍稍释放一点儿他的心里话。他本来必须用在读信上的时间，现在已经可以用在说话上，以便在两人的关系中别让埃里卡占优势。克雷默尔对埃里卡讲，他心中有两个极点相互斗争，运动（竞争性的）和艺术（有规律的）。

埃里卡严格禁止学生哪怕只是摸一下信，可他的手已经朝着信移动了一下。您最好在舒伯特研究上下工夫，埃里卡嘲笑克雷默尔昂贵的名字和舒伯特昂贵的名字。

克雷默尔堵着气。整整一秒钟都在想着在全世界面前大声嚷出和一个女教师的秘密。这是在一间厕所！发生的。因为这对他来说不是什么露脸事，他这会儿没说。以后他可以对后世撒谎说，他在斗争中赢了。克雷默尔怀疑，他是否在女人、艺术和运动之间的选择中不会选择艺术和运动。他在女人面前还隐藏了这样古怪的想法。他开始感觉出，把一个陌生自我的不稳定因素引入自己精心编织的游戏中意味着什么。运动中也有风险，比如日常的形式可能大大动摇。我如此年轻，却总知道我想要什么。信在克雷默尔的口袋里沙沙作响。克雷默尔的手指在抽动，他几乎坚持不住了。这个优柔寡断的享乐主义者决定到外边一个安静的地方，安心地通读这封信，并立即做笔记，为了做出结果必然比信长的回答。也许在城堡花园？在棕榈咖啡馆，他会订一客牛奶咖啡和一份苹果卷。两个有分歧的东西，艺术和科胡特将使信的刺激无限上升。在此期间仲裁法官克雷默尔借用围棋说明，谁胜了这一轮，外界自然，或是他心中的埃里卡。克雷默尔身上一阵冷，一阵热。

克雷默尔从钢琴教室消失了。跟在克雷默尔身后的女学生几乎还没开始练习，女教师就撒谎说，我们今天的课可惜得停了，因为我突然头疼。女学生像一只仙鹤般轻盈一跃跑掉了。

埃里卡没得到答复，心情不安，害怕又担忧地蜷缩着身子。现在她依赖克雷默尔仁慈的输液点滴。他真的能跨过高栅栏，涉过湍急的河流吗？她是不是能相信克雷默尔一再声明的，他还从来没怕过冒险，风险越大爱得越强烈？在埃里卡的教学生涯中还是第一次，没上课就把学生打发走。母亲警告她，别走上邪路。假如母亲不是用向上攀登的成功阶梯招手示意的话，那她就借助道德上的失误在墙上画可怕的魔鬼。宁可要艺术的顶峰，也不要性的堕落。母亲认为，艺术家必须与关于他们无节制、纵欲的一般看法相反，忘记性，如果他做不到，他就是个凡人，但不该这样。可他不是神啊！可惜艺术家的传记常常记录了太多的主人公的风流韵事，一般说来传记对艺术家来说是十分重要的。它引起错误的印象，仿佛只有性事的肥料堆才是纯洁悦耳声音的苗床。

孩子在艺术上已经绊了一跤，母亲在争吵时常常这样责骂她。但是一次失足不算失败，埃里卡将会看到的。

埃里卡从音乐学院跑回家。

（郭京红编，摘自宁瑛，郑华汉译：《钢琴教师》，北京出版集团公司、北京十月文艺出版社，2010）

第四十三章　鲁迅及《阿Q正传》

第一节　鲁迅简介

鲁迅，中国现代文学家、思想家和革命家，原名周樟寿，字豫才，"鲁迅"为其笔名。1881年9月出生于浙江绍兴的官宦之家。1898年改名为周树人，字豫山、豫亭。鲁迅11岁时，就读于当地的私塾"三味书屋"。在此期间，祖父因罪被革职下狱，同时其父亲也患重病过世，家道衰落，他被迫出入于当铺及药店。17岁入江南水师学堂、矿路铁路学堂读书。21岁时，鲁迅考取公费留学生，留学日本。因为父亲的病故，鲁迅产生了学习医术，治病救人的想法，于是选择了到仙台医学专门学校学习。留学期间，因为祖国的羸弱，在日本的中国人经常受到歧视，鲁迅也不例外，因而鲁迅的世界观和人生观发生了一些转变。特别有一次，在时事片中，一名中国人因为被当作俄国侦探而被日军处死，"围着看的也是一群中国人"（见《藤野先生》），于是鲁迅产生了弃医从文的思想，立志从精神上唤醒国人。他"觉得医学并非一件紧要事，凡是愚弱的国民，即使体格如何健全，如何茁壮，也只能做毫无意义的示众的材料和看客"（见《呐喊·自序》）。28岁时，他回国任教，先后在杭州、南京、北京的学校及教育部门任职。但国内沉滞落后的现状，使他感到苦闷、压抑。1918年5月15日，他在《新青年》杂志上首次以"鲁迅"为笔名发表了中国文学史上第一篇白话小说《狂人日记》，猛烈抨击"吃人"的旧社会制度，揭开了新文化运动的序幕。

他的作品有小说、杂文、散文、翻译作品等，代表作有：小说集《呐喊》、《彷徨》、《故事新编》等，散文集《朝花夕拾》、《野草》，杂文集《坟》、《热风》、《华盖集》、《华盖集续编》、《南腔北调集》、《三闲集》、《二心集》、《而已集》、《且介亭杂文》等。他的作品被译成英、日、俄、西、法、德等50多种文字。

鲁迅的小说取材"自病态社会的不幸人们中"，塑造了阿Q、孔乙己、祥林嫂、华老栓、单四嫂子等社会底层的人物形象以及他们周围存在的更多麻木的普通民众，"意思是在揭出病苦，引起疗救的注意"（见《南腔北调集·我怎么做起小说来》）。鲁迅的杂文，反抗国民党政府的独裁统治和政治迫害，支持青年学生和进步力量。鲁迅称自己的文字"是匕首、是投枪"，希望以此唤醒国人，"慰藉那在寂寞里奔驰的猛士，使他不惮于前驱"（见《呐喊·自序》）。

鲁迅以笔为武器，战斗一生。去世后，他的灵柩上覆盖着一面旗帜，上面写着"民族魂"三个字。毛泽东评价他是文化革命的主将、文化新军的旗手、文化革命的伟人。"横眉冷对千夫指，俯首甘为孺子牛"是鲁迅先生一生的写照。

第二节　《阿Q正传》简介

《阿Q正传》，中篇小说，写于1921—1922年，最初发表于北京《晨报副刊》，后收入小说集《呐喊》，是鲁迅小说的代表作。

这部小说以辛亥革命前后的农村为背景，描写了贫农阿Q的悲惨经历。阿Q具备典型的中国农民的特征：能做各种农活，割麦、春米、撑船；但保守、愚昧。虽然生活在未庄，但没有地，没有家，甚至连住处也没有，只能在土谷祠栖身。他没有固定的职业，靠打短工为生。他大事自然不敢去碰的，但对琐事斤斤计较，遇到不满意的，就"估量了对手，口讷的他便骂，气力小的他便打"，结果总是自己"吃亏的时候多"；他嗜赌如命，"假使有钱，他便去押牌宝"，然后输入别人的腰间。每次吃了亏，他或者用自己的"精神上的胜利法"安慰自己，或者去欺负更弱小的人。于是，他不仅受到地主的压迫，还受到村民的嘲弄。当然他也对现实不满，所以当发现未庄的人都害怕革命党时，他立即想要"投降革命党"了。可是，最终不仅未能当上革命党，反而糊里糊涂地被杀害了。

阿Q的悲剧是由自身内部和外部双重因素造成的。阿Q饱受欺凌与摧残，却不知道抗争，既是道德淫威的受害者，同时又是道德淫威的施行者。同时，作为辛亥革命领导者的资产阶级不能彻底打击和镇压封建势力，采取了妥协、宽容和姑息态度，使得封建地主、官吏在"咸与维新"的幌子下钻进了革命阵营，最终被压迫的阶级不能得到解放。

鲁迅认识到在国民中普遍存在的"精神胜利法"严重阻碍了中华民族的觉醒与振兴，通过对阿Q的不幸遭遇的描述，表现了"哀其不幸，怒其不争"的感情；同时通过对阿Q"精神胜利法"进行了痛切的批判，表达了力图唤醒国民觉悟的强烈愿望。

虽然这篇小说写于20世纪20年代，但在21世纪的今天，仍然有强烈的现实意义。阿Q的精神胜利法不仅是农民的弱点，而且是超时代、超国界的人类的普遍弱点。这种思想至今仍时有表现，如自欺欺人、欺软怕硬、忌讳缺点等。一定程度的精神胜利法有利于解除学习、工作的压力，保持良好的精神状态。但如果一味的精神胜利，而不思进取，自甘堕落，那就和阿Q无异了。

正因为如此，鲁迅先生80年前塑造的阿Q形象不但没有落伍，反而促使当代人反思。一部伟大的作品，总能超越时空而魅力不朽。正因为如此，《阿Q正传》被誉为中国现代文学史上最杰出的作品之一，也是世界公认的名作。

第三节　《阿Q正传》选段

第二章　优胜记略

阿Q不独是姓名籍贯有些渺茫，连他先前的"行状"也渺茫。因为未庄的人们之于阿Q，只要他帮忙，只拿他玩笑，从来没有留心他的"行状"的。而阿Q自己也不说，独有和别人口角的时候，间或瞪着眼睛道：

"我们先前——比你阔的多啦！你算是什么东西！"

阿Q没有家，住在未庄的土谷祠里；也没有固定的职业，只给人家做短工，割麦便割麦，春米便春米，撑船便撑船。工作略长久时，他也或住在临时主人的家里，但一完就走了。所以，人们忙碌的时候，也还记起阿Q来，然而记起的是做工，并不是"行状"；一闲空，连阿Q都早忘却，更不必说"行状"了。只是有一回，有一个老头子颂扬说："阿Q真能做！"这时阿Q赤着膊，懒洋洋的瘦伶仃的正在他面前，别人也摸不着这话是真心还是讥笑，然而阿Q很喜欢。

阿Q又很自尊，所有未庄的居民，全不在他眼睛里，甚而至于对于两位"文童"也有以为不值一笑的神情。夫文童者，将来恐怕要变秀才也；赵太爷，钱太爷大受居民的尊敬，除有钱之外，就因为都是文童的爹爹，而阿Q在精神上独不表格外的崇奉，他想：我的儿子会阔得多啦！加以进了几回城，阿Q自然更自负，然而他又很鄙薄城里人，譬如用三尺三寸宽的木板做成的凳子，未庄人叫"长凳"，他也叫"长凳"，城里人却叫"条凳"，他想：这是错的，可笑！油煎大头鱼，未庄都加上半寸长的葱叶，城里加上切细的葱丝，他想：这也是错的，可笑！然而未庄人真是不见世面的可笑的乡下人呵，他们没有见过城里的煎鱼！

阿Q"先前阔"，见识高，而且"真能做"，本来几乎是一个"完人"了，但可惜他体质上还有一些缺点。最恼人的是在他头皮上，颇有几处不知于何时的癞疮疤。这虽然也在他身上，而看阿Q的意思，倒也似乎以为不足贵的，因为他讳说"癞"以及一切近于"赖"的音，后来推而广之，"光"也讳，"亮"也讳，再后来，连"灯""烛"都讳了。一犯讳，不问有心与无心，阿Q便全疤通红的发起怒来，估量了对手，口讷的他便骂，气力小的他便打；然而不知怎么一回事，总还是阿Q吃亏的时候多。于是他渐渐的变换了方针，大抵改为怒目而视了。

谁知道阿Q采用怒目主义之后，未庄的闲人们便愈喜欢玩笑他。一见面，他们便假作吃惊的说：

"哙，亮起来了。"

阿Q照例的发了怒，他怒目而视了。

"原来有保险灯在这里！"他们并不怕。

阿Q没有法，只得另外想出报复的话来：

"你还不配……"这时候，又仿佛在他头上的是一种高尚的光荣的癞头疮，并非平常的癞头疮；但上文说过，阿Q是有见识的，他立刻知道和"犯忌"有点抵触，便不再往底下说。

闲人还不完，只撩他，于是终而至于打。阿Q在形式上打败了，被人揪住黄辫子，在壁上碰了四五个响头，闲人这才心满意足的得胜的走了，阿Q站了一刻，心里想，"我总算被儿子打了，现在的世界真不像样……"于是也心满意足的得胜的走了。

阿Q想在心里的，后来每每说出口来，所以凡是和阿Q玩笑的人们，几乎全知道他有这一种精神上的胜利法，此后每逢揪住他黄辫子的时候，人就先一着对他说：

"阿Q，这不是儿子打老子，是人打畜生。自己说：人打畜生！"

阿Q两只手都捏住了自己的辫根，歪着头，说道：

"打虫豸，好不好？我是虫豸——还不放么？"

但虽然是虫豸，闲人也并不放，仍旧在就近什么地方给他碰了五六个响头，这才心满意足的得胜的走了，他以为阿Q这回可遭了瘟。然而不到十秒钟，阿Q也心满意足的得胜的走了，他觉得他是第一个能够自轻自贱的人，除了"自轻自贱"不算外，余下的就是"第一个"。状元不也是"第一个"么？"你算是什么东西"呢!？

阿Q以如是等等妙法克服怨敌之后，便愉快的跑到酒店里喝几碗酒，又和别人调笑一通，口角一通，又得了胜，愉快的回到土谷祠，放倒头睡着了。假使有钱，他便去押牌宝，一堆人蹲在地面上，阿Q即汗流满面的夹在这中间，声音他最响：

"青龙四百！"

"咳～～开～～啦！"桩家揭开盒子盖，也是汗流满面的唱。"天门啦～～角回啦～～！

人和穿堂空在那里啦～～！阿Q的铜钱拿过来～～！"

"穿堂一百——一百五十！"

阿Q的钱便在这样的歌吟之下，渐渐的输入别个汗流满面的人物的腰间。他终于只好挤出堆外，站在后面看，替别人着急，一直到散场，然后恋恋的回到土谷祠，第二天，肿着眼睛去工作。

但真所谓"塞翁失马安知非福"罢，阿Q不幸而赢了一回，他倒几乎失败了。

这是未庄赛神的晚上。这晚上照例有一台戏，戏台左近，也照例有许多的赌摊。做戏的锣鼓，在阿Q耳朵里仿佛在十里之外；他只听得桩家的歌唱了。他赢而又赢，铜钱变成角洋，角洋变成大洋，大洋又成了迭。他兴高采烈得非常：

"天门两块！"

他不知道谁和谁为什么打起架来了。骂声打声脚步声，昏头昏脑的一大阵，他才爬起来，赌摊不见了，人们也不见了，身上有几处很似乎有些痛，似乎也挨了几拳几脚似的，几个人诧异的对他看。他如有所失的走进土谷祠，定一定神，知道他的一堆洋钱不见了。赶赛会的赌摊多不是本村人，还到那里去寻根柢呢？

很白很亮的一堆洋钱！而且是他的——现在不见了！说是算被儿子拿去了罢，总还是忽忽不乐；说自己是虫豸罢，也还是忽忽不乐：他这回才有些感到失败的苦痛了。

但他立刻转败为胜了。他擎起右手，用力的在自己脸上连打了两个嘴巴，热剌剌的有些痛；打完之后，便心平气和起来，似乎打的是自己，被打的是别一个自己，不久也就仿佛是自己打了别个一般，——虽然还有些热剌剌，——心满意足的得胜的躺下了。

他睡着了。

第三章　续优胜记略

然而阿Q虽然常优胜，却直待蒙赵太爷打他嘴巴之后，这才出了名。

他付过地保二百文酒钱，忿忿的躺下了，后来想："现在的世界太不成话，儿子打老子……"于是忽而想到赵太爷的威风，而现在是他的儿子了，便自己也渐渐的得意起来，爬起身，唱着《小孤孀上坟》到酒店去。这时候，他又觉得赵太爷高人一等了。

说也奇怪，从此之后，果然大家也仿佛格外尊敬他。这在阿Q，或者以为因为他是赵太爷的父亲，而其实也不然。未庄通例，倘如阿七打阿八，或者李四打张三，向来本不算口碑。一上口碑，则打的既有名，被打的也就托庇有了名。至于错在阿Q，那自然是不必说。所以者何？就因为赵太爷是不会错的。但他既然错，为什么大家又仿佛格外尊敬他呢？这可难解，穿凿起来说，或者因为阿Q说是赵太爷的本家，虽然挨了打，大家也还怕有些真，总不如尊敬一些稳当。否则，也如孔庙里的太牢一般，虽然与猪羊一样，同是畜生，但既经圣人下箸，先儒们便不敢妄动了。

阿Q此后倒得意了许多年。

有一年的春天，他醉醺醺的在街上走，在墙根的日光下，看见王胡在那里赤着膊捉虱子，他忽然觉得身上也痒起来了。这王胡，又癞又胡，别人都叫他王癞胡，阿Q却删去了一个癞字，然而非常渺视他。阿Q的意思，以为癞是不足为奇的，只有这一部络腮胡子，实在太新奇，令人看不上眼。他于是并排坐下去了。倘是别的闲人们，阿Q本不敢大意坐下去。但这王胡旁边，他有什么怕呢？老实说：他肯坐下去，简直还是抬举他。

阿Q也脱下破夹袄来，翻检了一回，不知道因为新洗呢还是因为粗心，许多工夫，只捉到三四个。他看那王胡，却是一个又一个，两个又三个，只放在嘴里毕毕剥剥的响。

阿 Q 最初是失望，后来却不平了：看不上眼的王胡尚且那么多，自己倒反这样少，这是怎样的大失体统的事呵！他很想寻一两个大的，然而竟没有，好容易才捉到一个中的，恨恨的塞在厚嘴唇里，狠命一咬，劈的一声，又不及王胡的响。

他癞疮疤块块通红了，将衣服摔在地上，吐一口唾沫，说：

"这毛虫！"

"癞皮狗，你骂谁？"王胡轻蔑的抬起眼来说。

阿 Q 近来虽然比较的受人尊敬，自己也更高傲些，但和那些打惯的闲人们见面还胆怯，独有这回却非常武勇了。这样满脸胡子的东西，也敢出言无状么？

"谁认便骂谁！"他站起来，两手叉在腰间说。

"你的骨头痒了么？"王胡也站起来，披上衣服说。

阿 Q 以为他要逃了，抢进去就是一拳。这拳头还未达到身上，已经被他抓住了，只一拉，阿 Q 跄跄踉踉的跌进去，立刻又被王胡扭住了辫子，要拉到墙上照例去碰头。

"'君子动口不动手'！"阿 Q 歪着头说。

王胡似乎不是君子，并不理会，一连给他碰了五下，又用力的一推，至于阿 Q 跌出六尺多远，这才满足的去了。

在阿 Q 的记忆上，这大约要算是生平第一件的屈辱，因为王胡以络腮胡子的缺点，向来只被他奚落，从没有奚落他，更不必说动手了。而他现在竟动手，很意外，难道真如市上所说，皇帝已经停了考，不要秀才和举人了，因此赵家减了威风，因此他们也便小觑了他么？

阿 Q 无可适从的站着。

远远的走来了一个人，他的对头又到了。这也是阿 Q 最厌恶的一个人，就是钱太爷的大儿子。他先前跑上城里去进洋学堂，不知怎么又跑到东洋去了，半年之后他回到家里来，腿也直了，辫子也不见了，他的母亲大哭了十几场，他的老婆跳了三回井。后来，他的母亲到处说，"这辫子是被坏人灌醉了酒剪去的。本来可以做大官，现在只好等留长再说了。"然而阿 Q 不肯信，偏称他"假洋鬼子"，也叫作"里通外国的人"，一见他，一定在肚子里暗暗的咒骂。

阿 Q 尤其"深恶而痛绝之"的，是他的一条假辫子。辫子而至于假，就是没有了做人的资格；他的老婆不跳第四回井，也不是好女人。

这"假洋鬼子"近来了。

"秃儿。驴……"阿 Q 历来本只在肚子里骂，没有出过声，这回因为正气忿，因为要报仇，便不由的轻轻的说出来了。

不料这秃儿却拿着一支黄漆的棍子——就是阿 Q 所谓哭丧棒——大踏步走了过来。阿 Q 在这刹那，便知道大约要打了，赶紧抽紧筋骨，耸了肩膀等候着，果然，拍的一声，似乎确凿打在自己头上了。

"我说他！"阿 Q 指着近旁的一个孩子，分辩说。

拍！拍拍！

在阿 Q 的记忆上，这大约要算是生平第二件的屈辱。幸而拍拍的响了之后，于他倒似乎完结了一件事，反而觉得轻松些，而且"忘却"这一件祖传的宝贝也发生了效力，他慢慢的走，将到酒店门口，早已有些高兴了。

但对面走来了静修庵里的小尼姑。阿 Q 便在平时，看见伊也一定要唾骂，而况在屈辱之后呢？他于是发生了回忆，又发生了敌忾了。

"我不知道我今天为什么这样晦气，原来就因为见了你！"他想。

他迎上去，大声的吐一口唾沫：

"咳，呸！"

小尼姑全不睬，低了头只是走。阿 Q 走近伊身旁，突然伸出手去摩着伊新剃的头皮，呆笑着，说：

"秃儿！快回去，和尚等着你……"

"你怎么动手动脚……"尼姑满脸通红的说，一面赶快走。

酒店里的人大笑了。阿 Q 看见自己的勋业得了赏识，便愈加兴高采烈起来：

"和尚动得，我动不得？"他扭住伊的面颊。

酒店里的人大笑了。阿 Q 更得意，而且为了满足那些赏鉴家起见，再用力的一拧，才放手。

他这一战，早忘却了王胡，也忘却了假洋鬼子，似乎对于今天的一切"晦气"都报了仇；而且奇怪，又仿佛全身比拍拍的响了之后轻松，飘飘然的似乎要飞去了。

"这断子绝孙的阿 Q！"远远地听得小尼姑的带哭的声音。

"哈哈哈！"阿 Q 十分得意的笑。

"哈哈哈！"酒店里的人也九分得意的笑。

第七章　革命

宣统三年九月十四日——即阿 Q 将搭连卖给赵白眼的这一天——三更四点，有一只大乌篷船到了赵府上的河埠头。这船从黑魆魆中荡来，乡下人睡得熟，都没有知道；出去时将近黎明，却很有几个看见的了。据探头探脑的调查来的结果，知道那竟是举人老爷的船！

那船便将大不安载给了未庄，不到正午，全村的人心就很动摇。船的使命，赵家本来是很秘密的，但茶坊酒肆里却都说，革命党要进城，举人老爷到我们乡下来逃难了。惟有邹七嫂不以为然，说那不过是几口破衣箱，举人老爷想来寄存的，却已被赵太爷回复转去。其实举人老爷和赵秀才素不相能，在理本不能有"共患难"的情谊，况且邹七嫂又和赵家是邻居，见闻较为切近，所以大概该是伊对的。

然而谣言很旺盛，说举人老爷虽然似乎没有亲到，却有一封长信，和赵家排了"转折亲"。赵太爷肚里一轮，觉得于他总不会有坏处，便将箱子留下了，现就塞在太太的床底下。至于革命党，有的说是便在这一夜进了城，个个白盔白甲：穿着崇正皇帝的素。

阿 Q 的耳朵里，本来早听到过革命党这一句话，今年又亲眼见过杀掉革命党。但他有一种不知从那里来的意见，以为革命党便是造反，造反便是与他为难，所以一向是"深恶而痛绝之"的。殊不料这却使百里闻名的举人老爷有这样怕，于是他未免也有些"神往"了，况且未庄的一群鸟男女的慌张的神情，也使阿 Q 更快意。

"革命也好罢，"阿 Q 想，"革这伙妈妈的命，太可恶！太可恨！……便是我，也要投降革命党了。"

阿 Q 近来用度窘，大约略略有些不平；加以午间喝了两碗空肚酒，愈加醉得快，一面想一面走，便又飘飘然起来。不知怎么一来，忽而似乎革命党便是自己，未庄人却都是他的俘虏了。他得意之余，禁不住大声的嚷道：

"造反了！造反了！"

未庄人都用了惊惧的眼光对他看。这一种可怜的眼光，是阿 Q 从来没有见过的，一见之下，又使他舒服得如六月里喝了雪水。他更加高兴的走而且喊道：

"好，……我要什么就是什么，我欢喜谁就是谁。

得得，锵锵！

悔不该，酒醉错斩了郑贤弟，

悔不该，呀呀呀……

得得，锵锵，得，锵令锵！

我手执钢鞭将你打……"

赵府上的两位男人和两个真本家，也正站在大门口论革命。阿Q没有见，昂了头直唱过去。

"得得，……"

"老Q，"赵太爷怯怯的迎着低声的叫。

"锵锵，"阿Q料不到他的名字会和"老"字联结起来，以为是一句别的话，与己无干，只是唱。"得，锵，锵令锵，锵！"

"老Q。"

"悔不该……"

"阿Q！"秀才只得直呼其名了。

阿Q这才站住，歪着头问道，"什么？"

"老Q，……现在……"赵太爷却又没有话，"现在……发财么？"

"发财？自然。要什么就是什么……"

"阿……Q哥，像我们这样穷朋友是不要紧的……"赵白眼惴惴的说，似乎想探革命党的口风。

"穷朋友？你总比我有钱。"阿Q说着自去了。

大家都怃然，没有话。赵太爷父子回家，晚上商量到点灯。赵白眼回家，便从腰间扯下搭连来，交给他女人藏在箱底里。

阿Q飘飘然的飞了一通，回到土谷祠，酒已经醒透了。这晚上，管祠的老头子也意外的和气，请他喝茶；阿Q便向他要了两个饼，吃完之后，又要了一支点过的四两烛和一个树烛台，点起来，独自躺在自己的小屋里。他说不出的新鲜而且高兴，烛火像元夜似的闪闪的跳，他的思想也迸跳起来了：

"造反？有趣，……来了一阵白盔白甲的革命党，都拿着板刀，钢鞭，炸弹，洋炮，三尖两刃刀，钩镰枪，走过土谷祠，叫道，'阿Q！同去同去！'于是一同去。……

这时未庄的一伙鸟男女才好笑哩，跪下叫道，'阿Q，饶命！'谁听他！第一个该死的是小D和赵太爷，还有秀才，还有假洋鬼子，……留几条么？王胡本来还可留，但也不要了。……

东西，……直走进去打开箱子来：元宝，洋钱，洋纱衫，……秀才娘子的一张宁式床先搬到土谷祠，此外便摆了钱家的桌椅，——或者也就用赵家的罢。自己是不动手的了，叫小D来搬，要搬得快，搬不快打嘴巴。……

赵司晨的妹子真丑。邹七嫂的女儿过几年再说。假洋鬼子的老婆会和没有辫子的男人睡觉，吓，不是好东西！秀才的老婆是眼胞上有疤的。……吴妈长久不见了，不知道在那里，——可惜脚太大。"

阿Q没有想得十分停当，已经发了鼾声，四两烛还只点去了小半寸，红焰焰的光照着他张开的嘴。

"荷荷！"阿Q忽而大叫起来，抬了头仓皇的四顾，待到看见四两烛，却又倒头睡去了。

第二天他起得很迟，走出街上看时，样样都照旧。他也仍然肚饿，他想着，想不起什么来；但他忽而似乎有了主意了，慢慢的跨开步，有意无意的走到静修庵。

庵和春天时节一样静，白的墙壁和漆黑的门。他想了一想，前去打门，一只狗在里面叫。他急急拾了几块断砖，再上去较为用力的打，打到黑门上生出许多麻点的时候，才听得有人来开门。

阿Q连忙捏好砖头，摆开马步，准备和黑狗来开战。但庵门只开了一条缝，并无黑狗从中冲出，望进去只有一个老尼姑。

"你又来什么事？"伊大吃一惊的说。

"革命了……你知道？……"阿Q说得很含胡。

"革命革命，革过一革的，……你们要革得我们怎么样呢？"老尼姑两眼通红的说。

"什么？……"阿Q诧异了。

"你不知道，他们已经来革过了！"

"谁？……"阿Q更其诧异了。

"那秀才和洋鬼子！"

阿Q很出意外，不由的一错愕；老尼姑见他失了锐气，便飞速的关了门，阿Q再推时，牢不可开，再打时，没有回答了。

那还是上午的事。赵秀才消息灵，一知道革命党已在夜间进城，便将辫子盘在顶上，一早去拜访那历来也不相能的钱洋鬼子。这是"咸与维新"的时候了，所以他们便谈得很投机，立刻成了情投意合的同志，也相约去革命。他们想而又想，才想出静修庵里有一块"皇帝万岁万万岁"的龙牌，是应该赶紧革掉的，于是又立刻同到庵里去革命。因为老尼姑来阻挡，说了三句话，他们便将伊当作满政府，在头上很给了不少的棍子和栗凿。尼姑待他们走后，定了神来检点，龙牌固然已经碎在地上了，而且又不见了观音娘娘座前的一个宣德炉。

这事阿Q后来才知道。他颇悔自己睡着，但也深怪他们不来招呼他。他又退一步想道："难道他们还没有知道我已经投降了革命党么？"

第八章　不准革命

未庄的人心日见其安静了。据传来的消息，知道革命党虽然进了城，倒还没有什么大异样。知县大老爷还是原官，不过改称了什么，而且举人老爷也做了什么——这些名目，未庄人都说不明白——官，带兵的也还是先前的老把总。只有一件可怕的事是另有几个不好的革命党夹在里面捣乱，第二天便动手剪辫子，听说那邻村的航船七斤便着了道儿，弄得不像人样子了。但这却还不算大恐怖，因为未庄人本来少上城，即使偶有想进城的，也就立刻变了计，碰不着这危险。阿Q本也想进城去寻他的老朋友，一得这消息，也只得作罢了。但未庄也不能说是无改革。几天之后，将辫子盘在顶上的逐渐增加起来了，早经说过，最先自然是茂才公，其次便是赵司晨和赵白眼，后来是阿Q。倘在夏天，大家将辫子盘在头顶上或者打一个结，本不算什么稀奇事，但现在是暮秋，所以这"秋行夏令"的情形，在盘辫家不能不说是万分的英断，而在未庄也不能说无关于改革了。

赵司晨脑后空荡荡的走来，看见的人大嚷说，

"嚄，革命党来了！"

阿Q听到了很羡慕。他虽然早知道秀才盘辫的大新闻，但总没有想到自己可以照样做，现在看见赵司晨也如此，才有了学样的意思，定下实行的决心。他用一支竹筷将辫子盘在头顶上，迟疑多时，这才放胆的走去。

他在街上走，人也看他，然而不说什么话，阿Q当初很不快，后来便很不平。他近来

很容易闹脾气了；其实他的生活，倒也并不比造反之前反艰难，人见他也客气，店铺也不说要现钱。而阿Q总觉得自己太失意：既然革了命，不应该只是这样的。况且有一回看见小D，愈使他气破肚皮了。

小D也将辫子盘在头顶上了，而且也居然用一支竹筷。阿Q万料不到他也敢这样做，自己也决不准他这样做！小D是什么东西呢？他很想即刻揪住他，拗断他的竹筷，放下他的辫子，并且批他几个嘴巴，聊且惩罚他忘了生辰八字，也敢来做革命党的罪。但他终于饶放了，单是怒目而视的吐一口唾沫道"呸！"

这几日里，进城去的只有一个假洋鬼子。赵秀才本也想靠着寄存箱子的渊源，亲身去拜访举人老爷的，但因为有剪辫的危险，所以也中止了。他写了一封"黄伞格"的信，托假洋鬼子带上城，而且托他给自己介绍介绍，去进自由党。假洋鬼子回来时，向秀才讨还了四块洋钱，秀才便有一块银桃子挂在大襟上了；未庄人都惊服，说这是柿油党的顶子，抵得一个翰林；赵太爷因此也骤然大阔，远过于他儿子初隽秀才的时候，所以目空一切，见了阿Q，也就很有些不放在眼里了。

阿Q正在不平，又时时刻刻感着冷落，一听得这银桃子的传说，他立即悟出自己之所以冷落的原因了：要革命，单说投降，是不行的；盘上辫子，也不行的；第一着仍然要和革命党去结识。他生平所知道的革命党只有两个，城里的一个早已"嚓"的杀掉了，现在只剩了一个假洋鬼子。他除却赶紧去和假洋鬼子商量之外，再没有别的道路了。

钱府的大门正开着，阿Q便怯怯的蹩进去。他一到里面，很吃了惊，只见假洋鬼子正站在院子的中央，一身乌黑的大约是洋衣，身上也挂着一块银桃子，手里是阿Q曾经领教过的棍子，已经留到一尺多长的辫子都拆开了披在肩背上，蓬头散发的像一个刘海仙。对面挺直的站着赵白眼和三个闲人，正在必恭必敬的听说话。

阿Q轻轻的走近了，站在赵白眼的背后，心里想招呼，却不知道怎么说才好：叫他假洋鬼子固然是不行的了，洋人也不妥，革命党也不妥，或者就应该叫洋先生了罢。

洋先生却没有见他，因为白着眼睛讲得正起劲：

"我是性急的，所以我们见面，我总是说：洪哥！我们动手罢！他却总说道No！——这是洋话，你们不懂的。否则早已成功了。然而这正是他做事小心的地方。他再三再四的请我上湖北，我还没有肯。谁愿意在这小县城里做事情。……"

"唔，……这个……"阿Q候他略停，终于用十二分的勇气开口了，但不知道因为什么，又并不叫他洋先生。

听着说话的四个人都吃惊的回顾他。洋先生也才看见：

"什么？"

"我……"

"出去！"

"我要投……"

"滚出去！"洋先生扬起哭丧棒来了。

赵白眼和闲人们便都吆喝道："先生叫你滚出去，你还不听么！"

……

（陈江华编，摘自鲁迅：《阿Q正传》，花城出版社，2009）

第四十四章　曹禺及《雷雨》

第一节　曹禺简介

　　曹禺，中国现代话剧史上杰出的左翼剧作家和戏剧教育家，中国现代话剧的奠基者之一。曹禺及其代表剧作使中国现代话剧剧场艺术得以确立，并在中国观众中扎根立足，中国的现代话剧由此走向成熟，曹禺亦被誉为"中国的莎士比亚"。

　　1910 年 9 月 24 日曹禺出生于天津一个旧式封建官僚家庭，原名万家宝，字小石，祖籍湖北潜江。他自幼天资聪慧，酷爱文学和戏剧。1922 年考入南开中学，曾师从著名戏剧教育家张彭春先生，获得戏剧"启蒙"，并加入南开新剧团，很快展露戏剧表演天赋。1926 年首次以"曹禺"为笔名在天津《庸报》副刊《玄背》上发表《今宵酒醒何处》，随后又陆续在《南开周刊》、《国闻周报》等报刊上发表诗歌、杂文及小说译文。1929 年曹禺考入清华大学西洋文学系。在相对封闭的象牙塔里心无旁骛地广泛涉猎莎士比亚、萧伯纳、契诃夫、奥尼尔等世界著名剧作家的作品以及戈登·克雷的戏剧理论，深入探索欧美戏剧文学的艺术渊源和精神内涵，同时成为西洋戏剧舞台上的活跃分子，并深刻感悟到了"对话"这一艺术形式的真谛。继钱钟书被称为"清华之龙"之后，曹禺被誉为"清华之虎"。

　　1933 年大学毕业后，曹禺前往河北保定育德中学任教。1934 年 7 月曹禺的四幕话剧《雷雨》经巴金推荐，在郑振铎任主编的《文学季刊》上刊载，并一鸣惊人，该剧作被公认为中国话剧艺术的经典之作。1935 年曹禺完成《日出》的创作，这是曹禺的第二个"生命"创造，剧本揭露和批判了"损不足以奉有余"的为人之道。同年，曹禺赴河北女子师范大学任教。1936 年 8 月应聘到南京国立戏剧专科学校教授戏剧，其间撰写了他唯一涉及农村题材的三幕话剧《原野》。抗战爆发后，曹禺转赴重庆，专事戏剧写作与编导工作，独立创作了《蜕变》、《北京人》等剧作。此外，还以墨西哥剧作家君格里的《红色丝绒外套》为蓝本创作了独幕剧《正在想》，根据巴金小说改编了话剧《家》，翻译了莎士比亚名剧《罗密欧与朱丽叶》，自编自导了电影《艳阳天》。1946 年 3 月应美国国务院邀请赴美讲学。1949 年 7 月在第一次全国文学艺术工作者代表大会上，曹禺被选为主席团成员。1950 年和 1952 年先后担任中央戏剧学院副院长和北京人民艺术剧院院长。新中国成立后，曹禺创作了《明朗的天》、《胆剑篇》、《王昭君》三部剧作。1988 年 11 月在中国文学艺术界联合会第五次代表大会上被推选为执行主席。1992 年，"全国优秀剧本创作奖"更名为"曹禺戏剧文学奖"。

　　《雷雨》、《日出》、《原野》、《北京人》是曹禺著名的四大悲剧剧作，这些作品开拓了悲剧文学的表现领域和精神刻画的深度，塑造了繁漪、陈白露、愫芳等卓越的悲剧女性，创造了周萍、鲁侍萍、曾文清等优秀艺术典型，为现代戏剧的人物画廊雕塑了一系列光彩夺目的悲剧艺术形象，展现出缠绵抑郁、忧愤深沉的美学风格。曹禺把中国话剧艺术提升到一个崭新高度，他的每一部经典剧作都是对现实人生和多样人性如何与现代话剧形式完美结合的新实验和新创造。时至今日，读者已能更多地从文化、美学等现代性角度理解曹禺戏剧创作的多元化内涵，探讨他对现代人生存命运的关注、对纷繁人性的深彻洞察和对文化传统的超越与反叛。这些艺术观念的先锋性特质使曹禺的剧作为广大读者所喜爱。目前曹禺的多部剧作已被译成日、俄、英等国文字出版发行，为更多的世界文学爱好者所熟知。曹禺的话剧既是中国话剧界的瑰宝，也是世界戏剧宝库中的精品。

第二节　《雷雨》简介

四幕剧《雷雨》是曹禺的处女作，也是他的成名作和代表作，更是中国现代话剧史上具有划时代意义的力作。《雷雨》中复杂的戏剧冲突和卓越的艺术魅力赋予作品以经久不衰的盛名。《雷雨》主要描写了一个带有浓厚封建色彩的资产阶级家庭的生活悲剧。周朴园是整个悲剧事件的肇始者；繁漪是作家满怀激情塑造的具有"最雷雨"性格的女性形象；周萍徘徊于繁漪和周朴园之间，性格复杂而矛盾；鲁侍萍是一个被侮辱和被损害的劳动妇女形象；而鲁大海则代表毁灭周公馆封建统治的外部力量；四凤和周冲亦为具有鲜明特点的悲剧性人物。这部暴露封建家庭罪恶、揭示旧制度必然崩溃的剧作使《雷雨》成为一场具有深刻思想内涵和巨大精神震撼力的家庭悲剧、人生悲剧和社会悲剧。

《雷雨》真正开启了中国现代戏剧结构的创新，曹禺曾谈及《雷雨》受古希腊戏剧"三一律"观念的影响，即时间、地点、事件均需整一（时间一致：一天之内；地点一致：一个地方；剧本表现的动作、事件一致：一个故事），这种结构有利于制造戏剧情境和集中戏剧冲突。全剧通过一天时间（从上午到午夜两点）、两个场景（周家客厅和鲁家住房），密集地展开了周、鲁两家前后三十年错综复杂的矛盾纠葛与冲突。全剧剧情纵横交错，借助"回顾"的方式交织着"过去的悲剧"（周朴园对鲁侍萍的"始乱终弃"，繁漪与周萍的缠绵恋爱）和"现在的悲剧"（繁漪与周朴园的冲突，繁漪、周萍、四凤、周冲之间的感情纠葛，鲁侍萍与周朴园的重逢，鲁大海与周朴园和周萍的抗衡）。八个人物构成了复杂的社会关系：亲子、血缘、性爱、阶级，显示出作者严谨而精湛的戏剧驾驭能力。

曹禺注重个体生命的主观刻画与升华，而非社会现实的客观描写；他创作的起点是情节、人物与情绪，而非科学的理性原则。正是这种"悖逆"与"反叛"产生了曹禺作品的独特价值。他将内在"性情"外化或戏剧化，形成了"雷雨"式的"郁热"，同时暗示着一种情绪、心理与性格，更表示一种生命的存在方式，即不可抑制的欲望与追求以及对欲望超常态的压抑，两者互相冲撞而激起近乎疯狂的一种生命形态。

曹禺在《雷雨》中追求"大融合"的戏剧艺术境界，广泛借鉴和吸收中国传统戏剧艺术的美学思想与西方现代戏剧的表现形式，使之完美地融合为一体。曹禺受到了易卜生"社会悲剧"、莎士比亚"性格悲剧"和古希腊"命运悲剧"等西方戏剧理念和创作方式的影响，并将它们有机地结合起来，集中体现在对周朴园、繁漪、侍萍等人物形象的塑造上。同时，在西方基督教文化和现代悲剧观的影响下，作者既渲染了悲悯的宗教思想和神秘的命运色彩，同时也强调了戏剧的时空距离感所带来的审美效果。

曹禺善于把握戏剧冲突，构建戏剧结构，刻画人物心理，透过意象使主观情感与客观形象高度统一。作品中富有动感而精美的个性化语言和戏剧氛围的诗化处理使剧作独树一帜，充分展示了话剧这门"说话的艺术"的魅力。

《雷雨》自发表至今的半个多世纪中，始终保持着经久不衰的鲜活的生命力，其原因不仅在于纯艺术因素，还在于它深刻地揭示了历史的真实与生活的真谛，把一种具体的人性、苦难和命运上升到人本源性的存在困境，使戏剧进入了一个崇高的境界。《雷雨》是中国现代第一部真正的悲剧，它的出现使话剧这种外来艺术形式完全中国化，成为我国新文学中独特的艺术样式，并一举将中国话剧推上了历史上最受人欢迎的顶峰时期，在中国现代戏剧史上具有最崇高的地位。

第三节　《雷雨》选段

第四幕

……

外面远处口哨声。

周　萍　（以手止之）不，你不要嚷。（哨声近，喜色）她，她来了！我听见她！

鲁大海　什么？

周　萍　这是她的声音，我们每次见面，是这样的。

鲁大海　她在哪儿？

鲁大海　大概就在花园里？

周萍开窗吹哨，应声更近。

周　萍　（回头，眼含着眼泪，笑）她来了！

中门敲门声。

周　萍　（向大海）你先暂时在旁边屋子躲一躲，她没想到你在这儿。我想她再受不得惊了。

忙引大海至饭厅门，大海下。

外面的声音：（低）萍！

周　萍　（忙跑至中门）凤儿！（开门）进来！

四凤由中门进，头发散乱，衣服湿透，眼泪同雨水流在脸上，眼角粘着淋漓的鬓发，衣裳贴着皮肤，雨后的寒冷逼着她发抖，她的牙齿上下地震战着。她见周萍如同失路的孩子再见着母亲，呆呆地望着他。

鲁四凤　萍！

周　萍　（感动地）凤。

鲁四凤　（胆怯地）没有人吧。

周　萍　（难过，怜悯地）没有。（拉着她的手）

鲁四凤　（放胆地）哦！萍！（抱着周萍抽咽）

周　萍　（如许久未见她）你怎样，你怎么会这样？你怎么会找着我？（止不住地）你怎么进来的？

鲁四凤　我从小门偷进来的。

周　萍　凤，你的手冰凉，你先换一换衣服。

鲁四凤　不；萍，（抽咽）让我先看看你。

周　萍　（引她到沙发，坐在自己一旁，热烈地）你，你上哪儿去了，凤？

鲁四凤　（看着他，含着眼泪微笑）萍，你还在这儿，我好像隔了多年一样。

周　萍　（顺手拿起沙发上的一床紫线毯给她围上）我可怜的凤儿，你怎么这样傻，你上哪儿去了？我的傻孩子！

鲁四凤　（擦着眼泪，拉着周萍的手，周萍蹲在旁边）我一个人在雨里跑，不知道自己在哪儿。天上打着雷，前面我只看见模模糊糊的一片；我什么都忘了，我像是听见妈在喊我，可是我怕，我拼命地跑，我想找着我们门口那一条河跳。

周　萍　（紧握着四凤的手）凤！

鲁四凤　——可是不知怎么绕来绕去我总找不着。

周　萍　哦，凤，我对不起你，原谅我，是我叫你这样，你原谅我，你不要怨我。

鲁四凤　萍，我怎样也不会怨你的，我糊糊涂涂又碰到这儿，走到花园那电线杆底下，我忽然想死了。我知道一碰那根电线，我就可以什么都忘了。我爱我的母亲，我怕我刚才对她起的誓，我怕她说我这么一声坏女儿，我情愿不活着。可是，我刚要碰那根电线，我忽然看见你窗户的灯，我想到你在屋子里。哦，萍，我突然觉得，我不能这样就死，我不能一个人死，我丢不了你。我想起来，世界大的很，我们可以走，我们只要一块儿离开这儿。萍啊，你——

周　萍　（沉重地）我们一块儿离开这儿？

鲁四凤　（急切地）就是这一条路，萍，我现在已经没有家，（辛酸地）哥哥恨死我，母亲我是没有脸见的。我现在什么都没有，我没有亲戚，没有朋友，我只有你，萍（哀告地）你明天带我去吧。

　　　　　半晌。

周　萍　（沉重地摇着头）不，不——

鲁四凤　（失望地）萍。

周　萍　（望着她，沉重地）不，不——我们现在就走。

鲁四凤　（不相信地）现在就走？

周　萍　（怜惜地）嗯，我原来打算一个人现在走，以后再来接你，不过现在不必了。

鲁四凤　（不信地）真的，一块儿走么？

周　萍　嗯，真的。

鲁四凤　（狂喜地，扔下线毯，立起，亲周萍的一手，一面擦着眼泪）真的，真的，真的，萍，你是我的救星，你是天底下顶好的人，你是我——哦，我爱你！（在他身下流泪）

周　萍　（感动地，用手绢擦着眼泪）凤，以后我们永远在一块儿了，不分开了。

鲁四凤　（自慰地，在周萍的怀里）嗯，我们离开这儿了，不分开了。

周　萍　（约束自己）好，凤，走以前我们先见见一个人。见完他我们就走。

鲁四凤　一个人？

周　萍　你哥哥。

鲁四凤　哥哥？

周　萍　他找你，他就在饭厅里头。

鲁四凤　（恐惧地）不，不，你不要见他，他恨你，他会害你的。走吧，我们就走吧。

周　萍　（安慰地）我已经见过他。——我们现在一定要见他一面，（不可挽回地）不然我们也走不了的。

鲁四凤 （胆怯）可是，萍，你——

周萍走到饭厅门口，开门。

周　萍 （叫）鲁大海！鲁大海！——咦，他不在这儿，奇怪，也许他从饭厅的门出去了。（望着四凤）

鲁四凤 （走到周萍面前，哀告地）萍，不要管他，我们走吧。

（拉他向中门走）我们就这样走吧。

四凤拉周萍至中门，中门开，鲁妈与大海进。

两点钟内鲁妈的样子另变了一个人。声音因为在雨里叫喊哭号已经暗哑，眼皮失望地向下垂，前额的皱纹很深地刻在上面，过度的刺激使她变成了呆滞，整个激成刻板的痛苦的模型。她的衣服像是已烘干了一部分，头发还有些湿，鬓角凌乱地贴着湿的头发。她的手在颤，很小心地走进来。

鲁四凤 （惊惧）妈！（畏缩）

略顿，鲁妈哀怜地望着四凤。

鲁侍萍 （伸出手向四凤，哀痛地）凤儿，来！

四凤跑至母亲面前，跪下。

鲁四凤 妈！（抱着母亲的膝）

鲁侍萍 （抚摸四凤的头顶，痛惜地）孩子，我的可怜的孩子。

鲁四凤 （泣不成声地）妈，饶了我吧，饶了我吧，我忘了您的话了。

鲁侍萍 （扶起四凤）你为什么早不告诉我？

鲁四凤 （低头）我疼您，妈，我怕，我不愿意有一点叫您不喜欢我，看不起我，我不敢告诉您。

鲁侍萍 （沉痛地）这还是你的妈太糊涂了，我早该想到的。（酸苦地）然而天，这谁又料得到，天底下会有这种事，偏偏又叫我的孩子们遇着呢？哦，你们妈的命太苦了，我们的命也太苦了。

鲁大海 （冷淡地）妈，我们走吧，四凤先跟我们回去。——我已经跟他（指周萍）商量好了，他先走，以后他再接四凤。

鲁侍萍 （迷惑地）谁说的？谁说的？

鲁大海 （冷冷地望着鲁妈）妈，我知道您的意思，自然只有这么办。所以，周家的事我以后也不提了，让他们去吧。

鲁侍萍 （迷惑，坐下）什么？让他们去？

周　萍 （嗫嚅）鲁奶奶，请您相信我，我一定好好地待她，我们现在决定就走。

鲁侍萍 （拉着四凤的手，颤抖地）凤，你，你要跟他走？

鲁四凤 （低头，不得已紧握着鲁妈的手）妈，我只好先离开您了。

鲁侍萍 （忍不住）你们不能够在一块儿！

鲁大海 （奇怪地）妈，您怎么？

鲁侍萍 （站起）不，不成！

鲁四凤 （着急）妈！

鲁侍萍 （不顾她，拉着她的手）我们走吧。（向大海）你出去叫一辆洋车，四凤大概走不动了。我们走，赶快走。

鲁四凤 （死命地退缩）妈，您不能这样做。

鲁侍萍 不，不成！（呆滞地，单调地）走，走。

鲁四凤　（哀求）妈，您愿您的女儿急得要死在您的眼前么？

周　　萍　（走向鲁妈前）鲁奶奶，我知道我对不起您。不过我能尽我的力量补我的错，现在事情已经做到这一步，您——

鲁大海　妈（不懂地）您这一次，我可不明白了！

鲁侍萍　（不得已，严厉地）你先去雇车去！（向四凤）凤儿，你听着，我情愿你没有，我不能叫你跟他在一块儿。——走吧！

　　　　大海刚至门口，四凤喊一声。

鲁四凤　（喊）啊，妈，妈！（晕倒在母亲怀里）

鲁侍萍　（抱着四凤）我的孩子，你——

周　　萍　（急）她晕过去了。

　　　　鲁妈按着她的前额，低声唤"四凤"，忍不住地泣下。

　　　　周萍向饭厅跑。

鲁大海　不用去——不要紧，一点凉水就好。她小时就这样。

　　　　周萍拿凉水洒在她面上，四凤渐醒，面呈死白色。

鲁侍萍　（拿凉水灌四凤）凤儿，好孩子。你回来，你回来。——我的苦命的孩子。

鲁四凤　（口渐张，眼睁开，喘出一口气）啊，妈！

鲁侍萍　（安慰地）孩子，你不要怪妈心狠，妈的苦说不出。

鲁四凤　（叹出一口气）妈！

鲁侍萍　什么？凤儿？

鲁侍萍　我，我不能不告诉你，萍！

周　　萍　凤，你好点了没有？

鲁四凤　萍，我，总是瞒着你；也不肯告诉您（乞怜地望着鲁妈）妈，您——

鲁侍萍　什么，孩子，快说。

鲁四凤　（抽咽）我，我——（放胆）我跟他现在已经有……（大哭）

鲁侍萍　（切迫地）怎样，你说你有——（受到打击，不动）

周　　萍　（拉起四凤的手）四凤！怎么，真的，你——

鲁四凤　（哭）嗯。

周　　萍　（悲喜交集）什么时候？什么时候？

鲁四凤　（低头）大概已经三个月。

周　　萍　（快慰地）哦，四凤，你为什么不告诉我，我，我的——

鲁侍萍　（低声）天哪。

周　　萍　（走向鲁）鲁奶奶，你无论如何不要再固执哪，都是我错了：我求您！（跪下）我求您放了她吧。我敢保我以后对得起她，对得起您。

鲁四凤　（立起，走到鲁妈面前跪下）妈，您可怜可怜我们，答应我们，让我们走吧。

鲁侍萍　（不做声，坐着，发痴）我是在做梦。我的儿女，我自己生的儿女，三十年的功夫——哦，天哪，（掩面哭，挥手）你们走吧，我不认得你们。（转过头去）

周　　萍　谢谢您！（立起）我们走吧。凤！（四凤起）

鲁侍萍　（回头，不自主地）不，不能够！

　　　　四凤又跪下。

鲁四凤　（哀求）妈，您，您是怎么？我的心定了。不管他是富，是穷，不管他是谁，我是他的了。我心里第一个许了他，我看得见的只有他，妈，我现在到了这一步：他到哪儿我也到哪儿；他是什么，我也跟他是什么。妈，您难道不明白，我——

鲁侍萍 （指手令她不要向下说，苦痛地）孩子。

鲁大海 妈，妹妹既然是闹到这样，让她去了也好。

周　萍 （阴沉地）鲁奶奶，您心里要是一定不放她，我们只好不顺从您的话，自己走了。凤！

鲁四凤 （摇头）萍！（还望着鲁妈）妈！

鲁侍萍 （沉重的悲伤，低声）啊，天知道谁犯了罪，谁造的这种孽！——他们都是可怜的孩子，不知道自己做的是什么。天哪，如果要罚，也罚在我一个人身上；我一个人有罪，我先走错了一步。（伤心地）如今我明白了，我明白了，事情已经做了的，不必再怨这不公平的天；人犯了一次罪过，第二次也就自然地跟着来——（摸着四凤的头）他们是我的干净孩子，他们应当好好地活着，享着福。冤孽是在我心里头，苦也应当我一个人尝。他们快活，谁晓得就是罪过？他们年轻，他们自己并没有成心做了什么错。（立起，望着天）今天晚上，是我让他们一块儿走，这罪过我知道，可是罪过我现在替他们犯了；所有的罪孽都是我一个人惹的，我的儿女都是好孩子，心地干净的，那么，天，真有了什么，也就让我一个人担待吧。（回过头）凤儿，——

鲁四凤 （不安地）妈，您心里难过，——我不明白您说的什么。

鲁侍萍 （回转头。和蔼地）没有什么。（微笑）你起来，凤儿，你们一块儿走吧。

鲁四凤 （立起，感动地，抱着她的母亲）妈！

周　萍 去！（看表）不早了，还只有二十五分钟，叫他们把汽车开出来，走吧。

鲁侍萍 （沉静地）不，你们这次走，是在黑地里走，不要惊动旁人。（向大海）大海，你出去叫车去，我要回去，你送他们到车站。

鲁大海 嗯。

大海由中门下。

鲁侍萍 （向四凤哀婉地）过来，我的孩子，让我好好地亲一亲。（四凤过来抱母；鲁妈向周萍）你也来，让我也看你一下。（周萍至前，低头，鲁妈望他擦眼泪）好，你们走吧——我要你们两个在未走以前答应我一件事。

周　萍 您说吧。

鲁侍萍 你们不答应，我还是不要四凤走的。

鲁四凤 妈，您说吧，我答应。

鲁侍萍 （看他们两人）你们这次走，最好越走越远，不要回头。今天离开，你们无论生死，永远也不许见我。

鲁四凤 （难过）妈，那不——

周　萍 （眼色，低声）她现在很难过，才说这样的话，过后，她就会好了的。

鲁四凤 嗯，也好，——妈，那我们走吧。

四凤跪下，向鲁妈叩头，四凤落泪，鲁妈竭力忍着。

鲁侍萍 （挥手）走吧！

周　萍 我们从饭厅里出去吧，饭厅里还放着我几件东西。

三人——周萍，四凤，鲁妈——走到饭厅门口，饭厅门开。繁漪走出，三人俱惊视。

鲁四凤 （失声）太太！

周繁漪 （沉稳地）咦，你们到哪儿去？外面还打着雷呢！

周　萍　　（向繁漪）怎么你一个人在外面偷听！

周繁漪　　嗯，不只我，还有人呢。（向饭厅上）出来呀，你！

　　　　　周冲由饭厅上，畏缩地。

鲁四凤　　（惊愕）二少爷！

周　冲　　（不安地）四凤！

周　萍　　（不高兴，向弟）弟弟，你怎么这样不懂事？

周　冲　　（莫明其妙地）妈叫我来的，我不知道你们这是干什么。

周繁漪　　（冷冷地）现在你就明白了。

周　萍　　（焦燥，向繁漪）你这是干什么？

周繁漪　　（嘲弄地）我叫你弟弟来给你们送行。

周　萍　　（气愤）你真卑——

周　冲　　哥哥！

周　萍　　弟弟，我对不起！——（突向繁漪）不过世界上没有像你这样的母亲！

周　冲　　（迷惑地）妈，这是怎么回事？

周繁漪　　你看哪！（向四凤）四凤，你预备上哪儿去？

鲁四凤　　（嗫嚅）我……我？……

周　萍　　不要说一句瞎话。告诉他们，挺起胸来告诉他们，说我们预备一块儿走。

周　冲　　（明白）什么，四凤，你预备跟他一块儿走？

鲁四凤　　嗯，二少爷，我，我是——

周　冲　　（半质问地）你为什么早不告诉我？

鲁四凤　　我不是不告诉你；我跟你说过，叫你不要找我，因为我——我已经不是个好
　　　　　女人。

周　萍　　（向四凤）不，你为什么说自己不好？你告诉他们！（指繁漪）告诉他们，说
　　　　　你就要嫁我！

周　冲　　（略惊）四凤，你——

周繁漪　　（向周冲）现在你明白了。（周冲低头）

周　萍　　（突向繁漪，刻毒地）你真没有一点心肝！你以为你的儿子会替——会破坏
　　　　　么？弟弟，你说，你现在有什么意思，你说，你预备对我怎么样？说！哥哥
　　　　　都会原谅你。

　　　　　周冲望繁漪，又望四凤，自己低头。

周繁漪　　冲儿，说呀！（半晌，急促）冲儿，你为什么不说话？你为什么不抓着四凤
　　　　　问？你为什么不抓着你哥哥说话呀？（又顿，众人俱看周冲，周冲不语）冲儿
　　　　　你说呀，你怎么，你难道是个死人？哑巴？是个糊涂孩子？你难道见着自己
　　　　　心上喜欢的人叫人抢去，一点儿都不动气么？

周　冲　　（抬头，羊羔似的）不，不，妈！（又望四凤，低头）只要四凤愿意，我没有
　　　　　一句话可说。

周　萍　　（走到周冲面前，拉着他的手）哦，我的好弟弟，我的明白弟弟！

周　冲　　（疑惑地，思考地）不，不，我忽然发现……我觉得……我好像并不是真爱四
　　　　　凤；（渺渺茫茫地）以前——我，我，我——大概是胡闹！

周　萍　　（感激地）不过，弟弟——

周　冲　　（望着周萍热烈的神色，退缩地）不，你把她带走吧，只要你好好地待她！

周繁漪　　（整个幻灭，失望）哦，你呀！（忽然，气愤）你不是我的儿子；你不像我，

你——你简直是条死猪！

周　冲　（受侮地）妈！

周　萍　（惊）你是怎么回事？

周蘩漪　（昏乱地）你真没有点男子气，我要是你，我就打了她，烧了她，杀了她。你
　　　　真是糊涂虫，没有一点生气的。你还是父亲养的，你父亲的小绵羊。我看错
　　　　了你——你不是我的，你不是我的儿子。

周　萍　（不平地）你是冲弟弟的母亲么？你这样说话。

周蘩漪　（痛苦地）萍，你说，你说出来；我不怕，你告诉他，我现在已经不是他的
　　　　母亲？

周　冲　（难过地）妈，您怎么？

周蘩漪　（丢弃了拘束）我叫他来的时候，我早已忘了我自己（向周冲，半疯狂地）你
　　　　不要以为我是你的母亲，（高声）你的母亲早死了，早叫你父亲压死了，闷死
　　　　了。现在我不是你的母亲。她是见着周萍又活了的女人，（不顾一切地）她也
　　　　是要一个男人真爱她，要真真活着的女人！

周　冲　（心痛地）哦，妈。

周　萍　（眼色向周冲）她病了。（向蘩漪）你跟我上楼去吧！你大概是该歇一歇。

周蘩漪　胡说！我没有病，我没有病，我神经上没有一点病。你们不要以为我说胡话。
　　　　（揩眼泪，哀痛地）我忍了多少年了，我在这个死地方，监狱似的周公馆，陪
　　　　着一个阎王十八年了，我的心并没有死；你的父亲只叫我生了冲儿，然而我
　　　　的心，我这个人还是我的。（指周萍）就只有他才要了我整个的人，可是他现
　　　　在不要我，又不要我了。

周　冲　（痛极）妈，我最爱的妈，您这是怎么回事？

周　萍　你先不要管她，她在发疯！

周蘩漪　（激烈地）不要学你的父亲。没有疯——我这是没有疯！我要你说，我要你告
　　　　诉他们——这是我最后的一口气！

周　萍　（狼狈地）你叫我什么？我看你上楼睡去吧。

周蘩漪　（冷笑）你不要装！你告诉他们，我并不是你的后母。

　　　　大家俱惊，略顿。

周　冲　（无可奈何地）妈！

周蘩漪　（不顾地）告诉他们，告诉四凤，告诉她！

鲁四凤　（忍不住）妈呀！（投入鲁妈怀）

周　萍　（望着弟弟，转向蘩漪）你这是何苦！过去的事你何必说呢？叫弟弟一生不
　　　　快活。

周蘩漪　（失了母性，喊着）我没有孩子，我没有丈夫，我没有家，我什么都没有，我
　　　　只要你说：我——我是你的。

周　萍　（苦恼）哦，弟弟！你看弟弟可怜的样子，你要是有一点母亲的心——

周蘩漪　（报复地）你现在也学会你的父亲了，你这虚伪的东西，你记着，是你才欺骗
　　　　了你的弟弟，是你欺骗我，是你才欺骗了你的父亲！

周　萍　（愤怒）你胡说，我没有，我没有欺骗他！父亲是个好人，父亲一生是有道德
　　　　的，（蘩漪冷笑）——（向四凤）不要理她，她疯了，我们走吧。

周蘩漪　不用走，大门锁了。你父亲就下来，我派人叫他来的。

鲁侍萍　哦，太太！

周　萍　你这是干什么？

周蘩漪　（冷冷地）我要你父亲见见他将来的好媳妇你们再走。　（喊）朴园，朴园！……

周　冲　妈，您不要！

周　萍　（走到蘩漪面前）疯子，你敢再喊！

　　　　蘩漪跑到书房门口，喊。

鲁侍萍　（慌）四凤，我们出去。

周蘩漪　不，他来了！

　　　　朴园由书房进，大家俱不动，静寂若死。

周朴园　（在门口）你叫什么？你还不上楼去睡。

周蘩漪　（倨傲地）我请你见见你的好亲戚。

周朴园　（见鲁妈，四凤在一起，惊）啊，你，你，——你们这是做什么？

周蘩漪　（拉四凤向朴园）这是你的媳妇，你见见。（指着朴园向四凤）叫他爸爸！（指着鲁妈向朴园）你也认识认识这位老太太。

鲁侍萍　太太！

周蘩漪　萍，过来！当着你父亲，过来，给这个妈叩头。

周　萍　（难堪）爸爸，我，我——

周朴园　（明白地）怎么——（向鲁妈）侍萍，你到底还是回来了。

周蘩漪　（惊）什么？

鲁侍萍　（慌）不，不，您弄错了。

周朴园　（悔恨地）侍萍，我想你也会回来的。

鲁侍萍　不，不！（低头）啊！天！

周蘩漪　（惊愕地）侍萍？什么，她是侍萍？

周朴园　嗯。（烦厌地）蘩你不必再故意地问我，她就是萍儿的母亲，三十年前死了的。

周蘩漪　天哪！

　　　　半晌。四凤苦闷地叫了一声，看着她的母亲，鲁妈苦痛地低着头。周萍脑筋昏乱，迷惑地望着父亲，同鲁妈。这时蘩漪渐渐移到周冲身边，现在她突然发现一个更悲惨的命运，逐渐地使她同情周萍，她觉出自己方才的疯狂，这使她很快地恢复原来平常母亲的情感。她不自主地愧恨地望着自己的冲儿。

周朴园　（沉痛地）萍儿，你过来。你的生母并没有死，她还在世上。

周　萍　（半狂地）不是她！爸，您告诉我，不是她！

周朴园　（严厉地）混账！萍儿，不许胡说。她没有什么好身世，也是你的母亲。

周　萍　（痛苦万分）哦，爸！

周朴园　（尊严地）不要以为你跟四凤同母，觉得脸上不好看，你就忘了人伦天性。

鲁四凤　（向母痛苦地）哦，妈！

周朴园　（沉重地）萍儿，你原谅我。我一生就做错了这一件事。我万没有想到她今天还在，今天找到这儿。我想这只能说是天命。（向鲁妈叹口气）我老了，刚才我叫你走，我很后悔，我预备寄给你两万块钱。现在你既然来了，我想萍儿是个孝顺孩子，他会好好地侍奉你。我对不起你的地方，他会补上的。

周　萍　（向鲁妈）您——您是我的——

鲁侍萍　（不自主地）萍——（回头抽咽）

周朴园　跪下，萍儿！不要以为自己是在做梦，这是你的生母。

鲁四凤　（昏乱地）妈，这不会是真的。

鲁侍萍　（不语，抽咽）

周蘩漪　（笑向周萍，悔恨地）萍，我，我万想不到是——是这样，萍——

周　萍　（怪笑，向朴园）父亲！（怪笑，向鲁妈）母亲！（看四凤，指她）你——

鲁四凤　（与周萍相视怪笑，忽然忍不住）啊，天！（由中门跑下）

　　　　周萍扑在沙发上，鲁妈死气沉沉地立着。

周蘩漪　（急喊）四凤！四凤！（转向周冲）冲儿，她的样子不大对，你赶快出去看她。

　　　　周冲由中门跑下，喊四凤。

周朴园　（至周萍前）萍儿，这是怎么回事？

周　萍　（突然）爸，您不该生我！（跑，由饭厅下）

　　　　远处听见四凤的惨叫声，周冲狂呼四凤，过后周冲也发出惨叫。

鲁侍萍　四凤，你怎么啦！

　　　　（同时叫）

周蘩漪　我的孩子，我的冲儿！

　　　　二人同由中门跑出。

周朴园　（急走至窗前拉开窗幕，颤声）怎么？怎么？

　　　　仆人由中门跑上。

仆　人　（喘）老爷！

周朴园　快说，怎么啦？

仆　人　（急不成声）四凤……死了……

周朴园　（急）二少爷呢？

仆　人　也……也死了。

周朴园　（颤声）不，不，怎……么？

仆　人　四凤碰着那条走电的电线。二少爷不知道，赶紧拉了一把，两个人一块儿中电死了。

周朴园　（几晕）这不会。这，这，——这不能够，不能够！

　　　　朴园与仆人跑下。

　　　　周萍由饭厅出，颜色惨白，但是神气沉静地。他走到那张放着鲁大海的手枪的桌前，抽开抽屉，取出手枪，手微颤，慢慢走进右边书房。

　　　　外面人声嘈乱，哭声，叫声，吵声，混成一片。鲁妈由中门上，脸更呆滞，如石膏人像。老年仆人跟在后面，拿着电筒。

　　　　鲁妈一声不响地立在台中。

老　仆　（安慰地）老太太，您别发呆！这不成，您得哭，您得好好哭一场。

鲁侍萍　（无神地）我哭不出来！

老　仆　这是天意，没有法子。——可是您自己得哭。

鲁侍萍　不，我想静一静。（呆立）

　　　　中门大开，许多仆人围着蘩漪，蘩漪不知是在哭在笑。

仆　人　（在外面）进去吧，太太，别看哪。

周蘩漪　（为人拥至中门，倚门怪笑）冲儿，你这么张着嘴？你的样子怎么直对我笑？——冲儿，你这个糊涂孩子。

周朴园　（走在中门中，眼泪在面上）蘩漪，进来！我的手发木，你也别看了。

老　仆　太太，进来吧。人已经叫电火烧焦了，没有法子办了。

周蘩漪　（进来，干哭）冲儿，我的好孩子。刚才还是好好的，你怎么会死，你怎么会死得这样惨？（呆立）

周朴园　（已进来）你要静一静。（擦眼泪）

周蘩漪　（狂笑）冲儿，你该死，该死！你有了这样的母亲，你该死！

　　　　外面仆人与鲁大海打架声。

周朴园　这是谁？谁在这时候打架。

　　　　老仆下问，立时另一仆人上。

周朴园　外面是怎么回事？

仆　人　今天早上那个鲁大海，他这时又来了，跟我们打架。

周朴园　叫他进来！

仆　人　老爷，他连踢带打地伤了我们好几个，他已经从小门跑了。

周朴园　跑了？

仆　人　是，老爷。

周朴园　（略顿，忽然）追他去，给我追他去。

仆　人　是，老爷。

　　　　仆人一齐下。屋中只有朴园、鲁妈、蘩漪三人。

周朴园　（哀伤地）我丢了一个儿子，不能再丢第二个了。

　　　　三人都坐下来。

鲁侍萍　都去吧！让他去了也好，我知道这孩子。他恨你，我知道他不会回来见你的。

周朴园　（寂静，自己觉得奇怪）年轻的反而走我们前头了，现在就剩下我们这些老——（忽然）萍儿呢？大少爷呢？萍儿，萍儿！（无人应）来人呀！来人！（无人应）你们给我找呀，我的大儿子呢？

　　　　书房枪声，屋内死一般的静默。

周蘩漪　（忽然）啊！（跑下书房，朴园呆立不动，立时蘩漪狂喊跑出）他……他……

周朴园　他……他……

　　　　朴园与蘩漪一同跑下，进书房。

　　　　鲁妈立起，向书房颠踬了两步，至台中，渐向下倒，跪在地上，如序幕结尾老妇人倒下的样子。

　　　　舞台渐暗，奏序幕之音乐若在远处奏起，至完全黑暗时最响，与序幕末尾音乐声同。幕落，即开，接尾声。

（郭京红编，摘自曹禺：《雷雨》，人民文学出版社，1994）

第四十五章 张爱玲及《金锁记》

第一节 张爱玲简介

张爱玲，中国现、当代文坛最具影响力的作家之一，具有较高文学成就的上海知名女作家。张爱玲原名张煐，笔名梁京，1930年更名为张爱玲。祖籍河北丰润，出身望族，家世显赫，外曾祖父李鸿章与祖父张佩纶皆为清末重臣。张爱玲自幼习诵古典诗文，广泛涉猎中外文学。10岁时父母离异，从小就陷入紧张敌对的家庭关系之中，支离破碎的家庭生活使她深切感受到人类情感的残缺不全和人生旅途的孤寂苍凉，促成她形成敏感与怀疑的个性。1931年入读上海教会学校圣玛利亚女中，1938年进入香港大学主修文学，打下了扎实的中英文化与语言基础。1942年，因太平洋战争爆发，中断学业返回上海，开始从事文学创作活动。

1943年张爱玲在周瘦鹃所办的《紫罗兰》创刊号上发表《沉香屑·第一炉香》，从此正式步入文坛，迅速红遍上海。此后两年连续发表多篇具有轰动效应的佳作，奇迹般地以其令人耳目一新的"传奇"小说和"流言"散文成为上海沦陷区新起作家中最耀眼的一位。《沉香屑·第一炉香》讲述了一个香港中国人和欧亚混血儿群落中的故事；《心经》引入了弗洛伊德的精神分析，在挖掘人物变态心理方面达到较高成就；《封锁》对当代人的情感体验作了细致的体察；《倾城之恋》是香港传奇中最负盛名的一篇，反讽地翻转了中国古代传奇中美女倾城倾国的故事，展现了人在战争和金钱面前的脆弱与无奈。同年发表的《金锁记》更是张爱玲小说代表作。1944年作家发表了《红玫瑰与白玫瑰》，出版了小说集《传奇》和散文集《流言》。1947年，《传奇》的增订本汇集了张爱玲发表过的15篇优秀小说，代表了张爱玲的最高艺术成就。1948年长篇小说《十八春》面世，后更名为《半生缘》。近几年流行的张爱玲短篇小说《色·戒》初创于1950年，历经30年修改，于1978年发表。2009年，被称为张爱玲最为神秘的自传体遗作《小团圆》与世人见面。

20世纪50年代初，张爱玲辗转于香港和美国之间，此间创作的小说《秧歌》与《赤地之恋》涉及对当时大陆社会状态的描写，但却与主流格调不合拍。1955年旅居美国后，应美国雷德克里芙学校之邀任驻校作家，并着手英译清朝韩邦庆的长篇吴语小说《海上花列传》。1957年，张爱玲开始为香港懋业电影公司编写《情场如战场》等10部剧本，其中8部被拍摄成电影。1969年移居加州，受聘于柏克莱加州大学中文研究中心，从事翻译与小说考证工作。1973年定居洛杉矶，进行中国文学评价和《红楼梦》研究。1977年文学评论《红楼梦魇》问世。1995年9月，张爱玲在其公寓内孤独离世。

张爱玲的一生充满了神秘与传奇的色彩。作为一位具有"旷世奇才"的女作家，她的作品总是以"衰落中的文化，乱世中的文明"作为文化背景，取材于上海、南京和香港的上流社会，以婚恋为主题，在荒凉和颓废的大城市中铺叙着旷男怨女，演绎着凄美、堕落与繁华。作家既以中国古典小说为根底，又凸显了西方现代派的心理描写技艺，"旧小说情调"与"现代趣味"达到了完美的统一，形成独具特色的艺术风格。她的小说精致、圆熟，笔触冷静又充满世俗情趣，可谓亦雅亦俗。她塑造了丰富多彩的女性形象，作品中繁复的意象具有鲜明的都市特征，为现代小说创作提供了有益的借鉴。

由于张爱玲的思想背离于时代发展的主潮流，题材狭窄，基调冷艳苍凉，影响了其小说创作的思想倾向和审美价值，有其明显的局限性。尽管如此，张爱玲在创作鼎盛时期留下了众多流光溢彩、"收得住，泼得出的文章"，形成了她独有的文学"传奇"世界。

第二节　《金锁记》简介

中篇小说《金锁记》是张爱玲最成功、最具有代表性、也最受关注的一部作品，可以称之为"女性情欲的研究"。1943 年在《杂志》月刊上刚发表，傅雷先生就誉之为"我们文坛最美丽的收获"。

《金锁记》是一个关于借物欲报复情欲，又因情欲长期被禁锢而变异为更为疯狂的物欲的故事。主人公曹七巧是曹家麻油店的门面姑娘，被攀高枝的兄长嫁到了望族姜府，给患有"骨痨"的姜二爷作妾。置身于死气沉沉、钩心斗角的封建大家庭，她处处受到排斥。十年的青春熬到了分家大典，此时她已性格扭曲，行为乖戾，只知敛财，了无亲情。几年后，她从失意的少妇变成一个刻毒的婆母，不仅葬送了生命中仅有的一点点情爱，还气死了儿媳，断送了女儿的婚姻。老年的七巧油尽灯枯，镯子能"一直推到腋下"，这金镯子好比一把黄金的枷锁，把三十年的压抑、苍凉与无奈在这一推之间纤毫毕现。这个不幸的悲凉女人体味着人生的五味瓶，终于在重重的黄金枷锁下过完了自己悲苦、苍凉的一生。

曹七巧是一个极端变态的人物形象，是《金锁记》中塑造得最成功的人物形象，也是张爱玲所说的"最彻底"的人物形象，作家曾称曹七巧为她小说世界中唯一的"英雄"。七巧拥有"一个疯子的审慎和机智"，为了报复曾经伤害过她的社会，她用最为病态的方式——"她那平扁而尖利的喉咙四面割着人"。她疯狂、恶毒、残忍，同时又令人同情与辛酸。七巧是封建遗老家庭里的牺牲品，正是姜家老少的歧视与侮辱和昏暗沉寂的畸形婚姻加速了七巧的心理失衡与变态。她用黄金的枷锁套住了自己，在畸形的抗争中断送了青春与幸福。与此同时，故事中几个重要人物也都被这把金锁缠绕住了：七巧与季泽，七巧与丈夫，七巧与儿女之间都在冥冥之中纠葛在一起，彼此牢不可分地牵绊着。事实上，七巧对黄金守财奴式的狂热正是女性凄惶不安的生存心态的写照，七巧的心理变态历程隐含了数千年中国女性孤苦无靠的血泪人生。

张爱玲在塑造小说人物形象时无意识地契合了亚里士多德关于悲剧人物的美学理论。她以一种近乎冷酷的悲剧感叙述着一个悲凉的传奇，成为中国文学史上一道奇异的风景线。《金锁记》中弥漫着浓郁的悲剧色彩，作品中人物的内省、自恋、优越感与孤独感交织在一起，形成了以"苍凉"为特色的心理感受。在叙述体貌上作品借鉴了民族传统小说的经验，明显反映出类似《红楼梦》的侧面描写方式，即借助旁人的眼睛，由表及里、从侧到正地刻画七巧的出身与性格和姜府错综复杂的人物关系。此外，小说中还显露出不少意象化的描写。"月亮"本是女性的象征，但在《金锁记》中，月亮不再是似水柔情，而是阴冷、苍凉、寂寞的象征，是人物内心变迁的见证和人物命运的象征。作品中不同的人在不同时期去看月亮，皆有不同感受。张爱玲笔锋犀利、尖刻冷峻，她从女性的眼光与心理出发，以女性特有的敏锐与古典的美感进行写作，使作品增添了细腻和温柔敦厚的特色。

在《金锁记》中，张爱玲把笔触伸入到人的灵魂深处，把隐含在内心的欲望和渐失的人性揭露得淋漓尽致，深刻表现了现代社会两性心理的基本意蕴，将中国现代心理分析小说推向了极致，产生了令人震撼的艺术效果。

第三节　《金锁记》选段

姜季泽的女儿长馨过二十岁生日，长安去给她堂房妹子拜寿。那姜季泽虽然穷了，幸喜他交游广阔，手里还算兜得转。长馨背地里向她母亲道："妈想法子给安姐姐介绍个朋友罢，瞧她怪可怜的。还没提起家里的情形，眼圈儿就红了。"兰仙慌忙摇手道："罢！罢！这个媒我不敢做！你二妈那脾气是好惹的？"长馨年少好事，哪里理会得？歇了些时，偶然与同学们说起这件事，恰巧那同学有个表叔新从德国留学回来，也是北方人，仔细攀认起来，与姜家还沾着点老亲。那人名唤童世舫，叙起来比长安略大几岁。长馨竟自作主张，安排了一切，由那同学的母亲出面请客。长安这边瞒得家里铁桶相似。

七巧身子一向硬朗，只因她媳妇芝寿得了肺痨，七巧嫌她乔张做致，吃这个，吃那个，累又累不得，比寻常似乎多享了一些福，自己一赌气便也病了。起初不过是气虚血亏，却也将阖家支使得团团转，哪儿还能够兼顾到芝寿？后来七巧认真得了病，卧床不起，越发鸡犬不宁。长安乘乱里便走开了，把裁缝唤到她三叔家里，由长馨出主意替她制了新装。赴宴的那天晚上，长馨先陪她到理发店去用钳子烫了头发，从天庭到鬓角一路密密的贴着细小的发圈。耳朵上戴了二寸来长的玻璃翠宝塔坠子，又换上了苹果绿乔琪纱旗袍，高领圈，荷叶边袖子，腰以下是半西式的百褶裙。一个小大姐蹲在地上为她扣揿钮，长安在穿衣镜里端详着自己，忍不住将两臂虚虚的一伸，裙子一踢，摆了个葡萄仙子的姿势，一扭头笑了起来道："把我打扮得天女散花似的！"长馨在镜子里向那小大姐做了个眉眼，两人不约而同也都笑了起来。长安妆罢，便向高椅上端端正正坐下了。长馨道："我去打电话叫车。"长安道："还早呢！"长馨看了看表道："约的是八点，已经八点过五分了。"长安道："晚个半个钟头，想必也不碍事。"长馨猜她是存心要搭点架子，心中又好气又好笑，打开银丝手提包来检点了一下，藉口说忘了带粉镜子，径自走到她母亲屋里来，如此这般告诉了一遍，又道："今儿又不是姓童的请客，她这架子是冲着谁搭的？我也懒得去劝她，由她挨到明儿早上去，也不干我事。"兰仙道："瞧你这糊涂！人是你约的，媒是你做的，你怎么卸得了这干系？我埋怨过你多少回了——你早该知道了，安姐儿就跟她娘一样的小家子气，不上台盘。待会儿出乖露丑的，说起来是你姐姐，你丢人也是活该，谁叫你把这些是是非非，揽上身来，敢是闲疯了？"长馨咕嘟着嘴在她母亲屋里坐了半响，兰仙笑道："看这情形，你姐姐是等着人催请呢。"长馨道："我才不去催她呢！"兰仙道："傻丫头，要你催，中甚么用？她等着那边来电话哪！"长馨失声笑道："又不是新娘子，要三请四催的，逼着上轿！"兰仙道："好歹你打个电话到饭店里去，叫他们打个电话来，不就结了？快九点了，再挨下去，事情可真要崩了！"长馨只得依言做去，这边方才动了身。

　　长安在汽车里还是兴兴头头，谈笑风生的，到了菜馆子里，突然矜持起来，跟在长馨后面，悄悄掩进了房间，怯怯地褪去了苹果绿鸵鸟毛斗篷，低头端坐，拈了一只杏仁，每隔两分钟轻轻啃去了十分之一，缓缓咀嚼着。她是为了被看而来的。她觉得她浑身的装束，无懈可击，任凭人家多看两眼也不妨事，可是她的身体完全是多余的，缩也没处缩。她始终缄默着，吃完了一顿饭。等着上甜菜的时候，长馨把她拉到窗子跟前去观看街景，又托故走开了，那童世舫便踱到窗前，问道："姜小姐这儿来过么？"长安细声道："没有。"童世舫道："我也是第一次，菜倒是不坏，可是我还是吃不大惯。"长安道："吃不惯？"世舫道："可不是！外国菜比较清淡些，中国菜要油腻得多。刚回来，连着几天亲戚朋友们接风，很容易的就吃坏了肚子。"长安反覆地看她的手指，仿佛一心一意要数数一共有几个指纹是螺形的，几个是簸箕……

　　玻璃窗上面，没来由开了小小的一朵霓虹灯的花——对过一家店面里反映过来的，绿心红瓣，是尼罗河祀神的莲花，又是法国王室的百合徽章……

　　世舫多年没见过故国的姑娘，觉得长安很有点楚楚可怜的韵致，倒有几分喜欢。他留学以前早就定了亲，只因他爱上了一个女同学，抵死反对家里的亲事，路远迢迢，打了无数的笔墨官司，几乎闹翻了脸，他父母曾经一度断绝了他的接济，使他吃了不少的苦，方才依了他，解了约。不幸他的女同学别有所恋，抛下了他，他失意之余，倒埋头读了七八年的书。他深信妻子还是旧式的好，也是由于反应作用。

　　和长安见了这一面之后，两下里都有了意。长馨想着送佛送到西天，自己再热心些，也没有资格出来向长安的母亲说话，只得央及兰仙。兰仙执意不肯道："你又不是不知道，你爹跟你二妈仇人似的，向来是不见面。我虽然没有跟她红过脸，再好些也有限。何苦去自讨没趣？"长安见了兰仙，只是垂泪，兰仙却不过情面，只得答应去走一遭。妯娌相见，问候了一番，兰仙便说明了来意。七巧初听见了，倒也欣然，因道："那就拜托三妹妹罢！我病病哼哼的，也管不得了，偏劳了三妹妹。这丫头就是我的一块心病。我做娘的也不能说是对不起她了，行的是老法规矩，我替她裹脚；行的是新派规矩，我送她上学堂——还要怎么着？照我这样扒心扒肝调理出来的人，只要她不疤不麻不瞎，还会没人要吗？怎奈这丫头天生的是扶不起的阿斗，恨得我只嚷嚷：多咱我一闭眼去了，男婚女嫁，听天由命罢！"

　　当下议妥了，由兰仙请客，两方面相亲。长安与童世舫只做没见过面模样，只会晤了一次。七巧病在床上，没有出场，因此长安便风平浪静的订了婚。在筵席上，兰仙与长馨强行拉着长安的手，递到童世舫手里，世舫当众替她套上了戒指。女家也回了礼，文房四宝虽然免了，却用新式的丝绒文具盒来代替，又添上了一只手表。

　　订婚之后，长安遮遮掩掩竟和世舫独出去了几次。晒着秋天的太阳，两人并排在公园里走着，很少说话，眼角里带着一点对方的衣服与移动着的脚，女子的粉香，男子的淡巴菰气，这单纯而可爱的印象便是他们身边的阑干，阑干把他们与众人隔开了。空旷的绿草地上，许多人跑着，笑着，谈着，可是他们走的是寂寂的绮丽的回廊——走不完的寂寂的回廊。不说话，长安并不感到任何缺陷。她以为新式的男女间的交际也就"尽于此矣"。童世舫呢，因为过去的痛苦的经验，对于思想的交换根本抱着怀疑的态度。有个人在身边，他也就满足了。从前，他顶讨厌小说上的男人，向女人要求同居的时候，只说："请给我一点安慰。"安慰是纯粹精神上的，这里却做了肉欲的代名词。但是他现在知道精神与物质的界限不能分得这么清。言语究竟没有用。久久的握手，就是妥帖的安慰，因为会说话的人很少，真正有话说的人还要少。

　　有时在公园里遇着了雨，长安撑起了伞，世舫为她擎着。隔着半透明的蓝绸伞，千万粒雨珠闪着光，像一天的星。一天的星到处跟着他们，在水珠银烂的车窗上，汽车驰过了红灯，绿灯，窗子外营营飞着一窠红的星，又是一窠绿的星？

长安带了点星光下的乱梦回家来，人变得异常沉默了。时时微笑着。七巧见了，不由得有气，便冷言冷语道："这些年来，多多怠慢了姑娘，不怪姑娘难得开个笑脸。这下子跳出了姜家的门，称了心愿了，再快活些，可也别这么摆在脸上呀——叫人寒心！"依着长安素日的性子，就要回嘴，无如长安近来像换了个人似的，听了也不计较，自顾自努力去戒烟。七巧也奈何她不得。

长安订婚那天，大奶奶玳珍没去，隔了些天来补道喜。七巧悄悄唤了声大嫂，道："我看咱们还是在外头打听打听哩，这事可冒失不得！前天我耳朵里仿佛刮着一点，说是乡下有太太，外洋还有一个。"玳珍道："乡下的那个没过门就退了亲。外洋那个也是这样，说是做了几年的朋友了，不知怎么又没成功。"七巧道："哪还有个为什么？男人的心，说声变，就变了。他连三媒六聘的还不认账，何况那不三不四的歪辣货？知道他在外洋还有旁人没有？我就只这一个女儿，可不能糊里糊涂断送了她的终身，我自己是吃过媒人的苦的！"

长安坐在一旁用指甲去掐手掌心，手掌心掐红了，指甲却挣得雪白。七巧一抬眼望见了她，便骂道："死不要脸的丫头，竖着耳朵听呢！这话是你听得的吗？我们做姑娘的时候，一声提起婆婆家，来不迭的躲开了。你姜家枉为世代书香，只怕你还要到你开麻油店的外婆家去学点规矩哩！"长安一头哭一头奔了出去。七巧拍着枕头嗳了一声道："姑娘急着要嫁，叫我也没法子。腥的臭的往家里拉。名为是她三婶给找的人，其实不过是拿她三婶做个幌子。多半是生米煮成了熟饭了，这才挽了三婶出来做媒。大家齐打伙儿糊弄我一个人……糊弄也好！说穿了，叫做娘的做哥哥的脸往哪儿放？"

又一天，长安托辞溜了出去，回来的时候，不等七巧查问，待要报告自己的行踪，七巧叱道："得了，得了，少说两句罢！在我前面糊什么鬼？有朝一日你让我抓着了真凭实据——哼！别以为你大了，订了亲了，我打不得你了！"长安急了道："我给馨妹妹送鞋样子去，犯了法了？娘不信，娘问三婶去！"七巧道："你三婶替你寻了个汉子来，就是你的重生父母，再养爹娘！也没见你这样的轻骨头！……一转眼就不见你的人了。你家里供养了你这些年，就只差买个小厮来伺候你，哪一处对你不住了，你在家里一刻也坐不稳？"长安红了脸，眼泪直掉下来。七巧缓过一口气来，又道："当初多少好的都不要，这会子去嫁个不成器的，人家拣剩下来的，岂不是自己打嘴？他若是个人，怎么活到三十来几，飘洋过海的，跑上十万里地，一房老婆还没弄到手？"

然而长安一味的执迷不悟。因为双方的年纪都不小了，订了婚不上几月，男方便托了兰仙来议定婚期。七巧指着长安道："早不嫁，迟不嫁，偏赶着这两年钱不凑手！明年若是田上收成好些，嫁妆也还整齐些。"兰仙道："如今新式结婚，倒也不讲究这些了。就照新派办法，省着点也好。"七巧道："什么新派旧派？旧派无非排场大些，新派实惠些，一样还是娘家的晦气！"兰仙道："二嫂看着办就是了，难道安姐儿还会争多论少不成？"一屋子的人全笑了，长安也不觉微微一笑。七巧破口骂道："不害臊！你是肚子里有了搁不住的东西是怎么着？火烧眉毛，等不及的要过门！嫁妆也不要了——你情愿，人家倒许不情愿呢！你就拿准了他是图你的人？你好不自量。你有哪一点叫人看得上眼？趁早别自骗自了！姓童的还不是看中了姜家的门第！别瞧你们家轰轰烈烈，公侯将相的，其实全不是那么回事！早就是外强中干，这两年连空架子也撑不起了。人呢，一代坏似一代，眼里哪儿还有天地君亲？少爷们是什么都不懂，小姐们就知道霸钱要男人——猪狗都不如！我娘家当初千不该万不该跟姜家结了亲，坑了我一世，我待要告诉那姓童的趁早别像我似的上了当！"

自从吵闹过这一番，兰仙对于这头亲事便洗手不管了。七巧的病渐渐痊愈，略略下床走动，便逐日骑着门坐着，遥遥向长安屋里叫喊道："你要野男人你尽管去找，只别把他带上门来认我做丈母娘，活活的气死了我！我只图个眼不见，心不烦。能够容我多活两年，便是姑娘的恩典了！"颠来倒去几句话，嚷得一条街上都听得见。亲戚丛中自然更将这事沸沸扬扬传了开去。

七巧又把长安唤到跟前，忽然滴下泪来道："我的儿，你知道外头人把你怎么长怎么短糟蹋得一个钱也不值！你娘自从嫁到姜家来，上上下下谁不是势利的，狗眼看人低，明里暗里我不知受了他们多少气。就连你爹，他有什么好处到我身上，我要替他守寡？我千辛万苦守了这二十年，无非是指望你姐儿俩长大成人，替我争回一点面子来，不承望今日之下，只落得这等的收场！"说着，呜咽起来。

长安听了这话，如同轰雷掣顶一般。她娘尽管把她说得不成人，外头人尽管把她说得不成人，她管不了这许多。唯有童世舫——他——他该怎么想？他还要她么？上次见面的时候，他的态度有点改变吗？很难说……她太快乐了，小小的不同的地方她不会注意到……被戒烟期间身体上的痛苦与种种刺激两面夹攻着，长安早就有点受不了，可是硬撑着也就撑了过去，现在她突然觉得浑身的骨骼都脱了节，向他解释么？他不比她的哥哥，他不是她母亲的儿女，他决不能彻底明白她母亲的为人。他果真一辈子见不到她母亲，倒也罢了，可是他迟早要认识七巧。这是天长地久的事，只有千年做贼的，没有千年防贼的——她知道她母亲会放出什么手段来？迟早要出乱子，迟早要决裂。这是她的生命里顶完美的一段，与其让别人给它加上一个不堪的尾巴，不如她自己早早结束了它。一个美丽而苍凉的手势……她知道她会懊悔的，她知道她会懊悔的，然而她抬了抬眉毛，做出不介意的样子，说道："既然娘不愿意结这个亲，我去回掉他们就是了。"七巧正哭着，忽然住了声，停了一停，又抽搭抽搭哭了起来。

长安定了一定神，就去打了个电话给童世舫，世舫当天没有空，约了明天下午。长安所最怕的就是中间隔的这一晚，一分钟，一刻、一刻，啃进她心里去。次日，在公园里的老地方，世舫微笑着迎上前来，没跟她打招呼——这在他是一种亲昵的表示。他今天仿佛是特别的注意她，并肩走着的时候，屡屡的望着她的脸。太阳煌煌的照着，长安越发觉得眼皮肿得抬不起来了。趁他不在看她的时候把话说了罢。她用哭哑了的喉咙轻轻唤了一声"童先生"。世舫没听见。那么，趁他看她的时候把话说了罢。她诧异她脸上还带着点笑，小声道："童先生，我想——我们的事也许还是——还是再说罢。对不起得很。"她褪下戒指来塞在他手里，冷涩的戒指，冷湿的手。她放快了步子走去，他愣了一会，便追上来，问道："为什么呢？对于我有不满意的地方么？"长安笔直向前望着，摇了摇头。世舫道："那么，为什么呢？"长安道："我母亲……"世舫道："你母亲并没有看见过我。"长安道："我告诉过你了，不是因为你。跟你完全没有关系。我母亲……"世舫站定了脚。这在中国是很充分的理由了罢？他这么略一踌躇，她已经走远了。

园子在深秋的日头里晒了一上午又一下午，像烂熟的水果一般，往下坠着，坠着，发出香味来。长安悠悠忽忽听见了口琴的声音，迟钝地吹出了 Long Long Ago——"告诉我那故事，往日我最心爱的那故事。许久以前，许久以前……"这是现在，一转眼也就变了许久以前了，什么都完了。长安着了魔似的，去找那吹口琴的人——去找她自己。迎着阳光走着，走到树底下，一个穿着黄短裤的男孩骑在树桠枝上颠颠着，吹着口琴，可是他吹的是另一个调子，她从来没听见过的。不大的一棵树，稀稀朗朗的梧桐叶在太阳里摇着像金的铃铛。长安仰面看着，眼前一阵黑，像骤雨似的，泪珠一串串的披了一脸，世舫找到了她，在她身边悄悄站了半晌，方道："我尊重你的意见。"长安举起了她的皮包来遮住了脸上的阳光。

　　他们继续来往了一些时。世舫要表示新人物交女朋友的目的不仅限于择偶，因此虽然与长安解除了婚约，依旧常常的邀她出去。至于长安呢，她是抱着什么样的矛盾的希望跟着他出去，她自己也不知道——知道了也不肯承认。订着婚的时候，光明正大的一同出去，尚且要瞒了家里，如今更成了幽期密约了。世舫的态度始终是坦然的。固然，她略略伤害了他的自尊心，同时他对于她多少也有点惋惜，然而"大丈夫何患无妻？"男子对于女子最隆重的赞美是求婚。他割舍了他的自由，送了她这一份厚礼，虽然她是"心领璧还"了，他可是尽了他的心。这是惠而不费的事。

　　无论两人之间的关系是怎样的微妙而尴尬，他们认真的做起朋友来了。他们甚至谈起话来。长安的没见过世面的话每每使世舫笑起来，说道："你这人真有意思！"长安渐渐的也发现了她自己原来是个"很有意思"的人。这样下去，事情会发展到什么地步，连世舫自己也会惊奇。

　　然而风声吹到了七巧耳朵里。七巧背着长安吩咐长白下帖子请童世舫吃便饭。世舫猜着姜家许是要警告他一声，不准他和他们小姐藕断丝连，可是他同长白在那阴森森高敞的餐室里吃了两盅酒，说了一会话，天气，时局，风土人情，并没有一个字沾到长安身上。冷盘撤了下去，长白突然手按着桌子站了起来。世舫回过头去，只见门口背着光立着一个小身材的老太太，脸看不清楚，穿一件青灰团龙宫织缎袍，双手捧着大红热水袋，身旁夹峙着两个高大的女仆。门外日色昏黄，楼梯上铺着湖绿花格子漆布地衣，一级一级上去，通入没有光的所在。世舫直觉地感到那是个疯子——无缘无故的，他只是毛骨悚然，长白介绍道："这就是家母。"

　　世舫挪开椅子站起来，鞠了一躬。七巧将手搭在一个佣妇的胳膊上，款款走了进来，客套了几句，坐下来便敬酒让菜。长白道："妹妹呢？来了客，也不帮着张罗张罗。"七巧道："她再抽两筒就下来了。"世舫吃了一惊，睁眼望着她。七巧忙解释道："这孩子就苦在先天不足，下地就得给她喷烟。后来也是为了病，抽上了这东西。小姐家，够多不方便哪！也不是没戒过，身子又娇，又是由着性儿惯了的，说丢，哪儿丢得掉呢！戒戒抽抽，这也有十年了。"世舫不由得变了色，七巧有一个疯子的审慎与机智。她知道，一不留心，人们就会用嘲笑的，不信任的眼光截断她的话锋，她已经习惯了那种痛苦。她怕话说多了要被人看穿了。因此及早止住了自己，忙着添酒布菜。隔了些时，再提起长安的时候，她还是轻描淡写的把那几句话重复了一遍。她那平扁而尖利的喉咙四面割着人像剃刀片。

　　长安悄悄的走下楼来，玄色花绣鞋与白丝袜停留在日色昏黄的楼梯上。停了一会，又上去了，一级一级，走进没有光的所在。

　　七巧道："长白你陪童先生多喝两杯，我先上去了。"佣人端上一品锅来，又换上了新烫的竹叶青。一个丫头慌里慌张站在门口将席上伺候的小厮唤了出去，叽咕了一会，那小厮又进来向长白附耳说了几句，长白仓皇起身，向世舫连连道歉，说："暂且失陪，我去去就来。"三脚两步也上楼去了，只剩下世舫一人独酌。那小厮也觉过意不去，低低的告诉他："我们绢姑娘要生了。"世舫道："绢姑娘是谁？"小厮道："是少爷的姨奶奶。"

　　世舫拿上饭来胡乱吃了两口，不便放下碗来就走，只得坐在花梨炕上等着，酒酣耳热。忽然觉得异常的委顿，便躺了下来。卷着云头的花梨炕，冰凉的黄藤心子，柚子的寒香……姨奶奶添了孩子了。这就是他所怀念着的古中国……他的幽娴贞静的中国闺秀是抽鸦片的！他坐了起来，双手托着头，感到了难堪的落寞。

　　他取了帽子出门，向那个小厮道："待会儿请你对上头说一声，改天我再面谢罢！"他穿过砖砌的天井，院子正中生着树，一树的枯枝高高印在淡青的天上，像磁上的冰纹。长安静静的跟在他后面送了出来，她的藏青长袖旗袍上有着浅黄的雏菊。她两手交握着，脸上显出稀有的柔和。世舫回过身来道："姜小姐……"她隔得远远的站定了，只是垂着头。世舫微微鞠了一躬，转身就走了。长安觉得她是隔了相当的距离看这太阳里的庭院，从高楼上望下来，明晰、亲切，然而没有能力干涉，天井、树、曳着萧条的影子的两个人，没有话——不多的一点回忆，将来是要装在水晶瓶里双手捧着看的——她的最初也是最后的爱。

芝寿直挺挺躺在床上，搁在肋骨上的两只手蜷曲着像宰了的鸡的脚爪。帐子吊起了一半。不分昼夜她不让他们给她放下帐子来。她怕。

外面传进来说绢姑娘生了个小少爷。丫头丢下了热气腾腾的药罐子跑出去凑热闹。敞着房门，一阵风吹了进来，帐钩豁朗朗乱摇，帐子自动的放了下来，然而芝寿不再抗议了。她的头向右一歪，滚到枕头外面去。她并没有死——又挨了半个月光景才死的。

绢姑娘扶了正，做了芝寿的替身。扶了正不上一年就吞了生鸦片自杀了。长白不敢再娶了，只在妓院里走走。长安更是早就断了结婚的念头。

七巧似睡非睡横在烟铺上。三十年来她戴着黄金的枷。她用那沉重的枷角劈杀了几个人，没死的也送了半条命。她知道她儿子女儿恨毒了她，她婆家的人恨她，她娘家的人恨她。她摸索着腕上的翠玉镯子，徐徐将那镯子顺着骨瘦如柴的手臂往上推，一直推到腋下。她自己也不能相信她年轻的时候有过滚圆的胳膊。就连出了嫁之后几年，镯子里也只塞得进一条洋绉手帕。十八九岁做姑娘的时候，高高挽起了大镶大滚的蓝夏布衫袖，露出一双雪白的手腕，上街买菜去。喜欢她的有肉店里的朝禄，她哥哥的结拜弟兄丁玉根，张少泉，还有沈裁缝的儿子。喜欢她，也许只是喜欢跟她开开玩笑，然而如果她挑中了他们之中的一个，往后日子久了，生了孩子，男人多少对她有点真心。七巧挪了挪头底下的荷叶边小洋枕，凑上脸去揉擦了一下，那一面的一滴眼泪她就懒怠去揩拭，由它挂在腮上，渐渐自己干了。

七巧过世以后，长安和长白分了家搬出来住。七巧的女儿是不难解决她自己的问题的，谣言说她和一个男子在街上一同走，停在摊子跟前，他为她买了一双吊袜带。也许她用的是她自己的钱，可是无论如何是由男子的袋里掏出来的。……当然这不过是谣言。

三十年前的月亮早已沉了下去，三十年前的人也死了，然而三十年前的故事还没完——完不了。

（郭京红编，摘自张爱玲：《倾城之恋》，北京出版社出版集团、北京十月文艺出版社，2009）

第四十六章　老舍及《四世同堂》

第一节　老舍简介

"人民艺术家"老舍，原名舒庆春，字舍予，满族，北京正红旗人。是中国现、当代著名作家、小说家、戏剧家、杰出的语言大师，笔名有老舍、絜青、絜予、鸿来、非我等。老舍以现实主义长篇小说和剧作闻名于世，塑造了一系列不朽的典型艺术形象。

1899 年 2 月 3 日，老舍出生于北京西城小羊圈胡同一个贫穷的旗兵家庭。1 岁半丧父，9 岁得人资助始入私塾，14 岁考入京师第三中学，数月后因家境窘迫而退学。1913 年考入公费的北京师范学校。1918 年任京师公立第 17 高等小学校长，后晋升为京师教育局北郊劝学员。随后在天津南开中学、北京一中任教，老舍从小生活在北京大杂院内，熟知车夫、小商贩、手工业者、下等艺人及娼妓等挣扎在社会底层的城市贫民的辛酸生活与喜怒哀乐，脑海里储满了浓郁的"京味儿"素材，为日后许多作品提供了原型。

五四"新文化"运动促使老舍"醉心新文艺"。1921 年发表了处女作《她的初恋》。1924 年夏老舍应邀远赴英国伦敦大学东方学院任汉语教师，并开始文学创作。1926 年，老舍加入文学研究会。同年，初次以"老舍"为笔名在《小说月报》上发表了第一部长篇小说《老张的哲学》，并以现实主义笔力震动文坛。随后小说《赵子曰》和《二马》问世，三部作品共同奠定了老舍作为新文学开拓者之一的重要地位。

1929 年夏老舍回国滞留途中在新加坡华侨中学任教，创作了反映殖民地被压迫民族觉醒的中篇童话故事《小坡的生日》。1930 年 7 月回国，先后在齐鲁大学、山东大学任教。业余时间撰写了《离婚》、《牛天赐》、《月牙儿》等中篇小说，这些作品题材广阔、倾向鲜明，艺术风格趋于圆熟，老舍成为人情事态的风俗画师和市井文化的展现者与批判者。1936 年辞去教职工作，专事创作，陆续发表了《骆驼祥子》和《我这一辈子》等小说。《骆驼祥子》是中国现代文学史上第一部以血与泪深刻描绘城市劳动人民苦难生活和奋斗历程的长篇小说，标志着老舍现实主义风格的形成。

"七七事变"后，老舍只身奔赴武汉，投入到文艺界抗日洪流之中。1938 年春任"中华全国文艺界抗敌协会"常务理事兼总务部主任。同年随"文协"迁到重庆。此间，他热心倡导通俗文艺，撰写了大量宣传抗战救国的通俗作品，包括京戏、鼓词、相声、数来宝、坠子等，供艺人吟唱演出。随后又连续发表了《国家至上》等十几个话剧剧本。1944 年开始创作鸿篇巨制《四世同堂》的前两部《惶惑》和《偷生》。1946 年 3 月，应邀赴美国访问讲学，旅美期间历经数年完成了《四世同堂》的第三部《饥荒》和长篇小说《鼓书艺人》。

1949 年老舍回国后，一系列歌颂新中国欣欣向荣局面的作品陆续问世。1951 年因创作优秀话剧《龙须沟》，被北京人民政府授予"人民艺术家"的光荣称号。50 年代末期，老舍转而描绘近代历史风云。话剧《茶馆》是我国戏剧艺术殿堂的一颗璀璨明珠，被誉为"中国话剧的经典"。新中国成立后老舍曾任北京市文联主席、中国作家协会副主席，中国民间文学研究会副主席等职务。1966 年 8 月 24 日，因受"文化大革命"冲击，含冤投湖自尽，文坛巨星不幸陨落。

在 40 余年的文学创作生涯中，老舍撰写了 1000 多部（篇）作品，约计 800 万字。作品大多以普通市民生活为题材，以俗而通雅，清浅而又韵味十足的北京方言叙述故事，细致刻画了人物的鲜明个性与环境特色。作品中所呈现的自然风光、习俗时尚、三教九流与各种人物的喜怒哀乐和微妙心态都浓缩在一起，构成了世相百态的社会生活画卷。

老舍是现代中国文坛上杰出的风俗世态作家，其作品所散发出来的独特的讽刺色彩、浓郁的地方色彩和强烈的生活气息，与作家人生步履和主观情愫水乳交融，调配出老舍小说中别具一格的"京味儿"世界。通过以日常平凡的场景映射出普遍的社会冲突，作家的笔触延伸到挖掘民族精神和思考民族命运上，让读者从讽刺诙谐中品味出生活的严峻与沉重。老舍的许多作品是中外文学史上不可或缺的、无法逾越的经典。老舍是中国的，也是世界的。

第二节 《四世同堂》简介

《四世同堂》是一部现实主义长篇杰作。老舍在中国现代文学史上第一次正面描写了抗日风云，展现了中国人民在反法西斯战争中的精神风貌，讴歌了中华儿女坚强不屈的崇高气节，沉痛反思了中华民族的曲折命运，1944 年至 1946 年，老舍完成了作品的前两部《惶惑》和《偷生》；1946 年至 1948 年旅美期间，又创作了第三部《饥荒》。全书近百万言，主题意义深刻重大、结构宏伟严谨、笔力深厚精湛，堪称经典名著。

小说以"七七事变"、北平沦陷为背景，以祁家四世同堂的生活为主线，以小羊圈胡同各个阶层、各色人等的荣辱浮沉、生死存亡为辐射，真切地描绘了北平沦陷后畸形世态中广大平民的悲惨遭遇，描摹了古城人民在日寇铁蹄下勇敢与懦弱、崇高与卑微的复杂社会心态，再现了他们在苟安的幻想破灭之后逐渐觉醒、走向反抗，最终迎接胜利的艰难历程，蕴含了作家强烈的忧患意识以及对民族性问题的深刻思考。

虽然书中抗日斗争的线索略显单薄和模糊，但却以浓烈的油彩涂抹出在民族存亡的历史关头时这座古老城市迥然不同的众生相。作品塑造了一系列血肉丰满、个性迥异的艺术典型，折射出战争时期的人生百态，如"四世同堂"的守望者祁太爷、纠结于忠孝两难全的瑞宣、象征民族希望的瑞全、温厚贤良的韵梅、具有强烈国家意识的钱诗人、与世无争的小文夫妇、乐于助人的李四爷以及借乱世上位的大赤包、投机钻营并趋炎附势的瑞丰和无耻汉奸蓝东阳等众多栩栩如生的艺术形象。虽然人物遭际各有不同，但其命运却随着时代的脉搏一起跳动，揭示出民族存亡、生死攸关之际，真善美与假恶丑的斗争，使崇高的民族气节与苟且偷安、助纣为虐、卖国求荣的无耻行径形成了鲜明的对照。这条胡同所发生的一切，成为中华民族英勇不屈的缩影，昭示着中华民族的浩然正气和无畏气概。

《四世同堂》浓厚的文化反思色彩是作品独特的审美价值所在。老舍以明确的批判意识揭露了浮游在北平市民中的民族劣根性，以理性审视的目光对民族遗传病进行了穿透性剖析。"四世同堂"是中国人伦世界里最温馨的词汇，但在国破家亡的年代里，"四世同堂"逐渐变成支离破碎的梦。老舍在揭露逆来顺受、人性堕落的劣根性的同时，把问题指向了偷生的思想根源，即中国传统的家族文化，并对其消极性因素进行了理性的批判。家，这个封建礼教的堡垒容纳了等级观念、宗法思想、伦理道德、风俗习惯等诸多家族文化因素，如果不改变这种中国传统家族理想和多子多福的文化心态，国人最终只能做毫无意义的看客和屈辱生活的亡国奴。牢记民族被征服的惨痛历史，反思被征服状态下的国民心理弱势，是这部作品彼此相依的双重主题。

《四世同堂》处处流露出国破家亡的刻骨之痛和"笔尖上能滴出血与泪来"的艺术风格。作品架构宏大，布局匀称，聚散适度，气骨凝重。老舍以对古老京城的细腻观察，镂绘了上百个人物形象，原汁原味地展现了古城风貌，并运用现实主义手法浓缩了历史兴衰，写尽了国人百态，涵盖了地域文化特质，显示出老舍作品的民族化、大众化倾向以及中国传统的、浓厚的地方特色。徜徉在北平斑驳的历史之中，犹如在观一地之民俗画卷，看一地之生活原生态。

《四世同堂》是老舍生前自认为最满意的作品，是"从事抗战文艺的一个较大的纪念品"。三部曲所组成的壮阔史诗蕴含着丰富的内涵。作品像一部人类灵魂的扫描仪，扫视到北平城内众生的心灵深处。《四世同堂》是当时整个中国的写照和缩影，是一幅让人无法忘却的、流动着的历史画卷和生活画卷，是中国抗战文学乃至现代文学的历史丰碑。《四世同堂》属于那个时代，又超越那个时代，它是值得每一代人精读的文学经典，更是值得每一个中国人珍藏的民族记忆。

第三节　《四世同堂》选段

如果孩子的眼睛能够反映战争的恐怖，那么妞子的眼睛里就有。

因为饿，她已经没有力气跑跑跳跳。她的脖子极细，因而显得很长。尽管脸上已经没有多少肉，这又细又长的脖子却还支撑不起她那小脑袋。她衣服陈旧，又太短，然而瞧着却很宽松，因为她瘦得只剩了一把骨头。看起来，她已经半死不活了。

她说不吃共和面的时候，那眼神仿佛是在对家里人说，她那小生命也自有它的尊严：她不愿意吃那连猪狗都不肯进嘴的东西。她既已拿定主意，就决不动摇。谁也没法强迫她，谁也不会为了这个而忍心骂她。她眼睛里的愤怒，好像是代表大家表达了对侵略战争的憎恨。

发完了脾气，她就半睁半闭着小眼，偷偷瞟家里的人，仿佛是在道歉，求大家原谅她。她不会说："眼下这么艰难，我不该发脾气。"她的眼神里确实有这个意思。然后，她就慢慢闭上眼睛，把所有的痛苦都埋在她那小小的心里。

虽说是闭上了眼，她可知道，大人常常走过来看她，悄悄地叹上一口气。她知道大人都可怜她，爱她，所以她拼命忍住不哭。她得忍受痛苦。战争教会她如何忍受痛苦。

她会闭上眼打个小盹，等她再睁开眼来，就硬挤出一丝笑容。她眨巴着小眼，自个儿骗自个儿——妞妞乖，睁眼就知道笑。她招得大家伙儿都爱她。

要是碰巧大人弄到了点儿吃食给她，她就把眼睛睁得大大的，以为有了这点儿吃的，就能活下去了。她的眼睛亮了起来，仿佛她要唱歌——要赞美生活。

　　吃完东西，她的眼睛像久雨放晴的太阳那样明亮，好像在说："我的要求并不多，哪怕吃这么一小点儿，我也能快乐地活下去。"这时候，她能记起奶奶讲给她听的故事。

　　然而她眼睛里的笑意很快就消失了。她没吃够，还想吃。那块瓜，或者那个烧饼，实在太小了。为什么只能吃那么一丁点儿呢？为什么？可是她不问。她知道哥哥小顺儿就连这一小块瓜也还吃不上呢。

　　瑞宣不敢看他的小女儿。英美的海军快攻到日本本土了，他知道，东方战神不久也会跟德国、意大利一样无条件投降。该高兴起来了。然而，要是连自己的小闺女都救不了，就是战胜了日本，又怎么高兴得起来呢？人死不能复生，小妞子犯了什么罪，为什么要落得这么个下场？

　　祁老人，现在什么事都没有力气去照应，不过还是挣扎着关心妞妞。最老的和最小的总是心连心的。每当韵梅弄了点比共和面强的吃食给他，老人看都不看就说："给妞子吃，我已经活够了，妞子她——"接着就长叹一口气。他明白妞子就是吃了这口东西，也不见得会壮起来。他想起死了的儿子，和两个失了踪的孙子。要是四世同堂最幼小的一代出了问题，那可怎么好！他晚上睡不着的时候，老是祷告："老天爷呀，把我收回去，收回去吧，可是千万要把妞子留给祁家呀！"

　　韵梅那双作母亲的眼睛早就看出了危险，然而她只能低声叹息，不敢惊动老人。她会故意做出满不在乎的样子说："没事儿，没事儿，丫头片子，命硬！"

　　话是这么说，可她心里比谁都难过。妞子是她的闺女。在她长远的打算里，妞子是她一切希望的中心。她闭上眼就能看见妞子长大成人，变成个漂亮姑娘，出门子，生儿育女——而她自个儿当然就是既有身分又有地位的姥姥。

　　小顺儿当然是个重要的人物。从传宗接代的观点看，他继承了祁家的香烟。可他是个男孩子，韵梅没法设身处地仔细替他盘算。妞子是个姑娘，韵梅能根据自己的经验为妞子的将来好好安排安排。母女得相依为命哪。

　　妞子会死，这她连想都不敢想。说真的，要是妞子死了，韵梅也就死了半截子。说一句大不孝的话吧——即便祁老人死了，天佑太太死了，妞子也必须活下去。老人如同秋天的叶子——时候一到，就得落下来，妞子还是一朵含苞未放的鲜花儿呢。韵梅很想把她搂在怀里，仿佛她还只有两三个月大。在她抚弄妞子的小手小脚丫的时候，她真恨不得妞子再变成个吃奶的小孩子。

　　妞子总是跟着奶奶。那一老一少向来形影不离。要是不照看，不哄着妞子，奶奶活着就一点儿用处也没有了。韵梅没法让妞子离开奶奶。有的时候，她真的妒忌起来，恨不得马上把妞子从天佑太太那儿夺过来，可她没那么办。她知道，婆婆没闺女，妞子既是孙女，又是闺女。韵梅劝慰婆婆："妞子没什么大不了的，没有大病。"仿佛妞子只是婆婆的孙女，而不是她身上掉下来的肉。

　　当这条小生命在生死之间徘徊的时候，瑞宣打老三那儿得到了许多好消息，作为撰稿的材料，且用不完呢。美国的第三舰队已经在攻东京湾了，苏美英缔结了波茨坦协定，第一颗原子弹也已经在广岛投下。

　　天很热。瑞宣一天到晚汗流浃背，忙着选稿、编辑、收发稿件。他外表虽然从容，可眼睛放光，心也跳得更快了。他忘了自己身体软弱，只觉得精力无限，一刻也不肯休息。他想纵声歌唱，庆祝人类最大悲剧的结束。

　　他不但报导胜利的消息，还要撰写对于将来的展望。经过这一番血的教训，但愿谁也别再使用武力。不过他并没有把这意思写出来。地下报刊篇幅太小，写不下这么多东西。

　　于是他在教室里向学生倾诉自己的希望。人类成了武器的奴隶，没有出息。好在人类也会冷静下来，结束战争，缔结和议。要是大家都裁减军备，不再当武器的奴隶，和平就有指望了。

然而一见妞子，他的心就凉了。妞子不容许他对明天抱有希望。他心里直祷告："胜利就在眼前，妞子，你可不能死！再坚持半年，一个月，也许只要十天——小妞子呀，你就会看见和平了。"

祈求也是枉然，胜利救不了小妞子。胜利是战争的结束，然而却无法起死回生，也无法使濒于死亡的人不死。

当妞子实在没有东西可吃，而只能咽一口共和面的时候，她就拿水或者汤把它冲下肚里去。共和面里的砂子、谷壳卡在阑尾里，引起了急性阑尾炎。

她肚子阵阵绞痛，仿佛八年来漫长的战争痛苦都集中到这一点上了，痛得她蜷缩成一团，浑身冒冷汗，旧裤子、袄都湿透了。她尖声叫喊，嘴唇发紫，眼珠直往上翻。

全家都围了来，谁也不知道该怎么办。打仗的年头，谁也想不出好办法。

祁老人一见妞子挺直身子不动了，就大声喊起来："妞子，乖乖，醒醒，妞子，醒醒呀！"

妞子的两条小瘦腿，细得跟高粱秆似的，直直地伸着。天佑太太和韵梅都冲过去抱她，韵梅让奶奶占了先。天佑太太把孙女抱在怀里不住地叫："妞子，妞子！"小妞子筋疲力竭，只有喘气的份儿。

"我去请大夫。"瑞宣好像大梦初醒，跳起来就往门外奔。

又是一阵绞痛，小妞子在奶奶怀里抽搐，用完了她最后一点力气。天佑太太抱不动她，把她放回到床上。

妞子那衰弱的小身体抗不住疾病的折磨，几度抽搐，她就两眼往上一翻，不再动了。

天佑太太把手放在妞子唇边试了试，没气儿了。妞子不再睁开眼睛瞧奶奶，也不再用她那小甜嗓儿叫"妈"了。

天佑太太出了一身冷汗，伸出去的手停在半空。她动不了，也哭不出。她迷迷糊糊站在小床前，脑子发木，心似刀绞，连哭都不知道哭了。

一见妞子不动了，韵梅扑在小女儿身上，把那木然不动，被汗水和泪水浸湿了的小身子紧紧抱住。她哭不出来，只用腮帮子挨着小妞子的胸脯，发狂地喊："妞子，我的肉呀，我的妞子呀。"小顺儿大声哭了起来。

祁老人浑身颤抖，摸摸索索坐到在一把椅子里，低下了头。屋子里只有韵梅的喊声和小顺儿的哭声。

老人低头坐了许久，许久，而后突然站了起来，他慢慢地，可是坚决地走向小床，搬着韵梅的肩头，想把她拉开。

韵梅把妞子抱得更紧了。妞子是她身上掉下来的肉，她恨不得再和小女儿合为一体。

祁老人有点发急，带着恳求的口吻说："一边去，一边去。"

韵梅听了爷爷的话，发狂地叫起来："您要干什么呀？"

老人又伸手去拽她，韵梅一屁股坐在了地上，老人抱起小妞子，一面叫："妞子，"一面慢慢往门外走。"妞子，跟你太爷爷来。"妞子不答应，她的小腿随着老人的步子微微地摇晃。

老人跟跟跄跄地抱着妞子走到院里，一脑门都是汗。他的小褂只扣上了两个扣，露出了硬绷绷干瘪瘪的胸膛。他在台阶下站定，大口喘着气，好像害怕自己会忘了要干什么。他把妞子抱得更紧了，不住的低声呼唤："妞子，妞子，跟我来呀，跟我来！"

老人一声声低唤，叫得天佑太太也跟着走了出来。她直愣愣朝前瞅着，僵尸一样痴痴地走在老人后面，仿佛老人叫的不是妞子，而是她。

韵梅的呼号和小顺儿的哭声惊动来了不少街坊。

丁约翰是里长，站在头里。从他那神气看来，到了该说话的时候，他当然是头一个张嘴。

四大妈的眼睛快瞎了，可她那乐于助人的热心肠，诚恳待人的亲切态度，还和往日一样。她拄着一根拐棍儿，忙着想帮一把手，好像自从"老东西"死了以后，她就得独自个承担起帮助四邻的责任来了。

程长顺抱着小凯，站在四大妈背后。他如今看着像个中年人了。小凯子虽说不很胖，可模样挺周正。

马老寡妇没走进门来。祁家的人为什么忽而一齐放声大哭起来，她放心不下。然而她还是站在大门外头，耐心等着长顺出来，把一切告诉她。

相声方六和许多别的人，都静悄悄站在院子里。

祁老人迈着坚定的步子，走得非常慢。他怕摔，两条腿左一拐，右一拐地，快不了。

瑞宣领着大夫忙着闯进院子。他绕过影壁，见街坊四邻挤在院子里，赶紧用手推开大家，一直走到爷爷跟前。大夫也走了过来，拿起妞子发僵了的手腕。

祁老人猛然站住，抬起头来，看见了大夫。"你要干什么？"他气得喊起来。

大夫没注意到老人生气的模样，只悄悄对瑞宣说，"孩子死了。"

瑞宣仿佛没听见大夫说的话，他含着泪，走过去拉住爷爷的胳臂。大夫转身回去了。

"爷爷，您把妞子往哪儿抱？她已经——"那个"死"字堵在瑞宣的嗓子眼里，说不出来。

"躲开！"老人的腿不听使唤，可他还是一个劲儿往前走。"我要让三号那些日本鬼子们瞧瞧。是他们抢走了我们的粮食。他们的孩子吃得饱饱的，我的孙女可饿死了。我要让他们看看，站一边去！"

祁老人挣扎着走出院子的时候，三号的日本人已经把院门插上，搬了些重东西顶住大门，仿佛是在准备巷战呢！

他们已经知道了日本投降的事。

他们害怕极了。日本军阀发动战争的时候，他们没有勇气制止。仗打起来了，他们又看不到侵略战争的罪恶，只觉着痛快，光荣。他们以为，即便自己不想杀人，又有多少中国人没有杀过日本兵呢？

他们把大门插好，顶上，然后一起走进屋去，不出声地哭。光荣和特权刷地消失了，战争成了噩梦一场。他们不得不放弃美丽的北平，漂亮的房子与优裕的生活，像囚犯似的让人送回国去。要是附近的中国人再跑来报仇，那他们就得把命都丢在异乡。

他们一面不出声地哭泣，一面倾听门外的动静。如果日本投降的消息传到中国人耳朵里，难道中国人还不会拿起刀枪棍棒来砸烂他们的大门，敲碎他们的脑袋？他们想的不是发动战争的罪恶，而是战败后的耻辱与恐惧。他们顶多觉得战争是个靠不住的东西。

一号的日本老婆子反倒把她的两扇大门敞开了。门一开，她独自微笑起来，像是在说："要报仇的就来吧。我们欺压了你们八年，这一下轮到你们来报复了。这才算公平。"

她站在大门里头瞧着门外那棵大槐树，日军战败的消息并不使她感到愉快，可也不觉着羞耻。她自始至终是反对战争的。她早就知道，肆意侵略的人到头来准自食其果。她静静地站在门里，悲苦万分。战争真是停下来了，然而死了成千上万的该怎么着呢！

她走出大门来。她得把日本投降的消息报告给街坊邻居。投降没有什么可耻，这是滥用武力的必然结果。不能因为她是日本人，就闭着眼睛不承认事实。再说，她应当跟中国人做好朋友，超越复仇和仇恨，建立起真正的友谊。

一走出大门，她自然而然地朝着祁家走去。她认为祁老人固然代表了老一辈的尊严，而瑞宣更容易了解和接近。瑞宣能用英语和她交谈，她敬重、喜爱他的学识和气度。她的足迹遍及全世界，而瑞宣没有出过北平城；但是凡她知道的，他也全明白。不，他不但明白天下大势，而且对问题有深刻的认识，对人类的未来怀有坚定的信心。

她刚走到祁家大门口，祁老人正抱着妞子转过影壁。瑞宣搀着爷爷。日本老太婆站住了，她一眼看出，妞子已经死了。她本来想到祁家去报喜，跟瑞宣谈谈今后的中日关系，没想到看见一个半死的老人抱着一个死去了的孩子——正好像一个半死不活的中国怀里抱着成千上万个死了的孩子。胜利和失败有什么区别？胜利又能带来什么好处？胜利的日子应该诅咒，应该哭。

投降的耻辱并不使她伤心，然而小妞子的死却使她失去自信和勇气。她转过身来就往回走。

祁老人的眼睛从妞子身上挪到大门上，他已经认不得这个他迈进迈出走了千百次的大门，只觉得应当打这儿走出去，去找日本人。这时，他看见了那个日本老太婆。

老太婆跟祁老人一样，也爱好和平，她在战争中失去了年轻一辈的亲人。她本来无需感到羞愧，可以一径走向老人，然而这场侵略战争使黩武分子趾高气扬，却使有良心的人惭愧内疚。甭管怎么说，她到底是日本人。她觉得自己对小妞子的死也负有一定的责任。她又往回走了几步。在祁老人面前，她觉得自己有罪。

祁老人，不假思索就高声喊起来："站住！你来看，来看看！"他把妞子那瘦得皮包骨的小尸首高高举起，让那日本老太婆看。

老太婆呆呆地站住了。她想转身跑掉，而老人仿佛有种力量，把她紧紧地定住。

瑞宣的手扶着爷爷，低声叫着："爷爷，爷爷。"他明白，小妞子的死，跟一号的老太婆毫不相干，可是他不敢跟爷爷争，因为老人已经是半死不活，神志恍惚了。

老人仍然蹒跚着朝前走，街坊邻居静静地跟在后面。

老太婆瞧见老人走到跟前，一下子又打起了精神。她有点儿怕这个老人，但是知道老人秉性忠厚，要不是妞子死得惨，决不会这样。她想告诉大家日本已经投降了，让大家心里好受一点。

她用英语对瑞宣说："告诉你爷爷，日本投降了。"

瑞宣好像没听懂她的话，反复地自言自语："日本投降了？"又看了看老太婆。

老太婆微微点了点头。

瑞宣忽然浑身发起抖来，不知所措地颤抖着，把手放在小妞子身上。

"他说什么？"祁老人大声问。

瑞宣轻轻托起小妞子一只冰凉的小手，看了看她的小脸，自言自语地说："胜利了，妞子，可是你——"

"她说什么来着？"老人又大声嚷起来。

瑞宣赶快放下小妞子的手，朝爷爷和邻居们望去。他眼里含着泪，微微笑了笑。他很想大声喊出来："我们胜利了！"然而却仿佛很不情愿似的，低声对爷爷说："日本投降了。"话一出口，眼泪就沿着腮帮子滚了下来。几年来，身体和心灵上遭受的苦难，像千钧重担，压在他心上。

虽说瑞宣的声音不高，"日本投降"几个字，就像一阵风吹进了所有街坊邻居的耳朵里。

大家立时忘记了小妞子的死，忘了对祁老人和瑞宣表示同情，忘了去劝慰韵梅和天佑太太。谁都想做点什么，或者说点什么。大家都想跑出去看看，胜利是怎样一幅情景，都想张开嘴，痛痛快快喊一声"中华民族万岁！"连祁老人也忘了他原来打算干什么，呆呆地，一会儿瞧瞧这个，一会儿瞧瞧那个。悲哀，喜悦和惶惑都掺和在一起了。

所有的眼光一下子都集中在日本老太婆身上。她不再是往日那个爱好和平的老太婆，而是个集武力，侵略，屠杀的化身。饱含仇恨怒火的眼光射穿了她的身体，她可怎么办呢？她无法为自己申辩。到了算账的日子，几句话是无济于事的。她纵然知道自己无罪，可又说不出来。她认为自己应当分担日本军国主义者的罪恶。虽说她的思想已经超越了国家和民族的界限，然而她毕竟属于这个国家，属于这个民族，因此她也必须承担罪责。

看着面前这些人，她忽然觉着自己并不了解他们。他们不再是她的街坊邻居，而是仇恨她，甚至想杀她的人。她知道，他们都是些善良的人，好对付，可是谁敢担保，他们今天不会发狂，在她身上宣泄仇恨？

韵梅已经不哭了。她走到爷爷身边，抱过妞子来。胜利跟她有什么关系？她只想再多抱一会儿妞子。

韵梅紧紧抱住妞子的小尸体，慢慢走回院子里。她低下头，瞅着妞子那灰白，呆滞，瘦得皮包骨的小尖脸，低声叫道："妞子！"仿佛妞子只不过是睡着了。

祁老人转回身来跟着她。"小顺儿他妈，听见了吗？日本投降了。小顺儿他妈，别再哭了，好日子就要来了。刚才我心里憋得难受，糊涂了。我想抱着妞子去找日本人，我错了。不能这么糟践孩子。小顺儿他妈，给妞子找两件干净衣服，给她洗洗脸。不能让她脸上带着泪进棺材。小顺儿他妈，别伤心了，日本鬼子很快就会滚蛋，咱们就能消消停停过太平日子了。你和老大都还年轻，还会再有孩子的。"

韵梅像是没有听见老人的劝慰，也没注意到他是尽力在安慰她。她一步一步慢慢朝前挪，低声叫着："妞子。"

天佑太太还站在院子里，一瞧见韵梅，她就跟着走起来。她好像知道，韵梅不乐意让她把妞子抱过去，所以在后面跟着。

李四大妈本来跟天佑太太站在一块儿，这会儿，也就不假思索地跟着婆媳俩。三个妇女前后脚走进屋里去。

影壁那边，相声方六正扯着嗓门在跟街坊们说话，"老街坊们，咱们今儿可该报仇了。"他这话虽是说给街坊邻居们听的，可眼睛却只盯着日本老太婆。

大家都听见了方六的话，然而，没明白他的意思。北平人，大难临头的时候，能忍，灾难一旦过去，也想不到报仇了。他们总是顺应历史的自然，而不想去创造或者改变历史。哪怕是起了逆风，他们也要本着自己一成不变的处世哲学活下去。这一哲学的根本，是相信"善有善报，恶有恶报。"——用不着反击敌人。瞧，日本人多凶——可日本投降了！八年的占领，真够长的！然而跟北平六、七百年的历史比起来，八年又算得了什么？……谁也没动手。

方六直跟大家说："咱们整整受了八年罪，天天提溜着脑袋过日子。今儿个干嘛不也给他们点儿滋味儿尝尝？就说不能杀他们，还不兴啐口唾沫？"

一向和气顺从的程长顺，同意方六的话。"说的是，不打不杀，还不兴冲他们脸上啐口唾沫？"他嚷嚷着鼻子，大喊一声："上呀！"

大家冲着日本老太婆一哄而上。她不明白大家说了些什么，可看出了他们来得不善。她想跑，但是没有挪步。她挺了挺腰板儿，乍着胆子等他们冲过来。她愿意忍辱挨打，减轻自己和其他日本人的罪过。

瑞宣到这会儿一直坐在地上，好像失去了知觉。他猛然站起，一步跨到日本老太婆和大家中间。他的脸煞白，眼睛闪着光。他挺起胸膛，人仿佛忽地拔高了不少。他照平常那样和气，可是态度坚决地问道："你们打算干什么？"

谁也没敢回答，连方六也没作声。中国人都尊重斯文。瑞宣合他们的口味，而且是他们当中唯一受过教育的。

"你们打算先揍这个老太婆一顿吗？"瑞宣特别强调了"老太婆"三个字。

大家看看瑞宣，又看看日本老太婆。方六头一个摇了摇头。谁也不乐意欺侮一个老太婆。

瑞宣回过头来对日本女人说："你快走吧。"

老太婆叹了一口气，向大家深深一鞠躬，走开了。

老太婆一走，丁约翰过来了。

方六一见丁约翰过来，觉着自己有了帮手。自从德国战败以后，丁约翰就跟大家说过，只要日本一战败，就好好收拾收拾北平的日本人。

"约翰，你是什么意思？咱们该不该上三号去，教训教训那帮日本人？"

"出了什么事？"丁约翰还不知道胜利的消息。

"日本鬼子完蛋了，投降了。"方六低声回答。

丁约翰像在教堂里说"阿门"那样，把眼睛闭了一闭。二话不说，回头就跑。

"你上哪儿去？"瑞宣问他。

"我——我上英国府去。"丁约翰大声回答。

在重庆，成都，昆明，西安和别的许多城市里，人们嚷呀，唱呀，高兴得流着眼泪；北平可冷冷清清。北平的日本兵还没有解除武装，日本宪兵还在街上巡逻。

一个被征服的国家的悲哀和痛苦，是不能像桌子上的灰尘那样，一擦就掉的。然而叫人痛快的是：日本人降下了膏药旗，换上了中国的国旗。尽管没有游行，没有鸣礼炮，没有欢呼，可是国旗给了人民安慰。

北海公园的白塔，依旧傲然屹立。海子里的红荷花，白荷花，也照常吐放清香。天坛，太庙和故宫，依然庄严肃穆，古老的琉璃瓦闪烁着锃亮的光彩。

北平冷冷清清。在这胜利的时刻，全城一点动静都没有。只有日本人忙于关门闭户，未免过于匆忙。

（郭京红编，摘自老舍：《四世同堂》，北京出版集团公司，北京十月文艺出版社，2008）

第四十七章　纳博科夫及《洛丽塔》

第一节　纳博科夫简介

弗拉基米尔·纳博科夫，1899 年出生于圣彼得堡的一个贵族家庭。从青年时代起，他就开始了漫长的流亡生活。因为逃避即将爆发的十月革命，他和家人流亡欧洲，先后居住在英国、德国、捷克等地。这段时间，他娶了犹太裔俄国女子为妻。后来，为逃避纳粹的迫害，又被迫移居法国。可是纳粹很快占领了法国，法国也不是久居之处，于是纳博科夫逃到了美国。在美国，他从事了 20 年的俄罗斯文学研究、欧洲文学研究、文学创作工作和教学工作。后来，他移居瑞士，并在那儿终老。

纳博科夫是 20 世纪世界文学史上最有影响力的文学家之一，被称为"当代小说之王"。著名的作品有《庶出的标志》、《洛丽塔》、《普宁》、《微暗的火》、《说吧，记忆》、《阿达》、《透明》、《劳拉的原型》等。其中，《洛丽塔》影响最大，英国小说家格林称其为当年最优秀的三部小说之一。

长期颠沛流离的流亡生活对纳博科夫的创作产生了深远的影响。他塑造了很多流亡者的形象，其中有些是肉体上的流亡者，更多的是精神上的流亡者。他们往往行事反常，性格古怪，难以被常人理解和接受。然而，纳博科夫通过这些精神流亡者，反映了自己独特的观点。在他看来，孤独对作家来说是最好的派系，他不关注作品的内容和主题，不关注是否迎合别人的喜好，只是通过自己的文字表达出那种失落。

纳博科夫的创作风格还表现在咬文嚼字以及对细节描写的钟爱上。他追求的是纯文学，他认为："文字风格和结构是一本小说的精华，伟大的思想都是空洞的废话。"他关注的是一个个句子、一个个细节，痴迷于时间和回忆的变形。为了使艺术创作显得真实，他不厌其烦，用一种丝丝入扣、绵密细致的文字来达到一种繁复的精致。

同时，纳博科夫还是一位有独特个性的文学评论家。他认为，"文学是创造，小说是虚构。说某一篇小说是真人真事，这简直是辱没了艺术，也辱没了真实"，"任何一部杰出的艺术作品都是幻想，因为它反映的是一个独特个体眼中的独特世界"。所以，他不仅自己注重细节的描写，在阅读其他人的作品时，也是带着侦探般敏锐的眼光，通过作者的文字，去理解作者的情感。他在讲授文学课时，甚至通过考察作品的细节描述，要求学生阅读时去仔细研读，反复揣摩。

他还是一位严肃的翻译家，他对不能准确翻译原著的译本深恶痛绝，以至于尽可能去校阅自己作品的外文译本，以避免自己的作品被误译。

纳博科夫学识渊博，才华横溢，作品丰富多样，他运用形式上复杂纷繁的语言来构造一个扑朔迷离的世界，让人难以看透。所以，他的作品经常具有争议性。用心去体会一篇作品，这是他对自己，也是对读者的要求。

第二节　《洛丽塔》简介

《洛丽塔》，是纳博科夫作为一个俄裔移民，用英语写作的一部小说，也是世界文坛上争议最大的小说之一。

《洛丽塔》以死囚亨·亨伯特自白的形式，讲述了一个中年男人与一个小女孩之间畸形的情感故事。亨·亨伯特是一名从法国移民美国的中年男子，在少年时曾与一名14岁少女初恋，后来少女因病去世，但亨伯特从此只痴迷于9～14岁的女孩。后来亨伯特遇上了女房东12岁的女儿洛丽塔，加之洛丽塔的挑逗，于是这个成年男人迷上了这个女孩。为了接近、控制洛丽塔，亨伯特娶女房东为妻。当女房东发觉自己的丈夫对女儿的不良企图后，气愤至极，跑到屋外，却被车撞死。于是这个男人就以继父的身份和洛丽塔生活在一起，并发生了乱伦关系。随着洛丽塔的长大，她逐渐对这种乱伦关系产生厌恶，于是她和剧作家男友奎迪逃离了亨伯特。可是，洛丽塔刚出虎口，又入狼穴。奎迪强迫她在他面前和其他男人拍色情电影，洛丽塔因为不同意而被奎迪赶出了家门。后来，洛丽塔结婚并怀孕了，她向继父请求金钱援助。亨伯特倾尽其所有资助她，以挽回洛丽塔的心。然而洛丽塔拒绝了。亨伯特伤心欲绝，于是杀死了奎迪，并被判死刑。在狱中，他写下了这篇自白，后因血栓病死于狱中。而十七岁的洛丽塔则因难产而死。

这部书讲述的是性变态的中年男子对年幼的性感少女的迷恋并为之付出生命的故事。同时，由于书中有不少对病态情欲的描写，因此完成之初就备受争议。最初曾被数家出版商拒绝，即便出版后，也在近30年的时间里，被不同的国家归入禁书之列。

本书精心描述了亨伯特的那种畸形的情欲，并通过其自白的形式来为其辩护，使读者可以深刻地体会到那种可恶可鄙的心理，并建立起正常的道德观念。其中备受争议的性爱描写，则是为了达到揭示丑恶的目的。因为纳博科夫认为文学作品中的有关性爱的描写是内容与题材的需要，而不是为了仅仅刺激读者感官的需要。虽然《洛丽塔》让人难以读懂，但其积极的道德主题，使这部小说最终得到了全世界的认可。

《洛丽塔》另一个为人称道的地方是纳博科夫作为一个非英语国家的后裔，却用细致、优雅，有时又隐讳、难懂的英语，构造了一个非常逼真的美国社会和文化背景。这种背景具有强烈的真实感，以致让亨伯特的畸形的故事都有了虚幻的真实感。这也是纳博科夫一种独特的写作风格。

纳博科夫借助畸形恋者的眼光构建了一个与众不同的世界，而通过这个世界所引出的对社会、道德以及人生的思考，却是非常沉重的。纳博科夫认为每个人眼中的世界都是不一样的，那么每个读者对《洛丽塔》可能都会有不同的感悟吧。

第三节　《洛丽塔》选段

三

安娜贝尔和作者本人一样，也是混血儿：不过她具有一半英国、一半荷兰的血统。今天，我对她的容貌远远没有几年以前，在我认识洛丽塔以前，记得那么清楚。有两种视觉方便的记忆：一种是睁着眼睛，在你头脑这个实验室中巧妙地重现一个形象（于是我看到了安娜贝尔，如一般词汇所描绘的："蜜黄色的皮肤"，"细胳膊"，"褐色的短发"，"长睫毛"，"鲜亮的大嘴"）；另一种是你闭着眼睛，在眼睑的阴暗内部立刻唤起那个目标：纯粹是视觉复制出的一张可爱的脸庞，一个披着自然色彩的小精灵（这就是我所见到的洛丽塔的样子）。

　　因此，在描绘安娜贝尔时，请允许我先严肃地只说，她是一个比我小几个月的可爱的孩子。她的父母是我姨妈的老朋友，也跟姨妈一样古板乏味。他们在离米兰纳大饭店的地方租了一所别墅。秃顶的、褐色皮肤的利先生和肥胖、搽粉的利太太（原来叫范内莎·范·内斯）。我多么厌恶他们！起初，安娜贝尔和我谈了一些无关紧要的事情。她不停地捧起一把把细砂，让它们从指缝里漏下去。我们的思路跟如今欧洲青春前期的聪明孩子的思路一样，也定了型；我很怀疑是否应当把个人的天才分配到下面这样一些兴趣上：我们对芸芸众生的世界的兴趣、对富有竞争性的网球比赛的兴趣、对无限的兴趣、对为我论的兴趣，等等。幼小动物的软弱无力引起我们同样强烈的痛苦。她想到亚洲一个闹饥荒的国家去当护士，我却突然想成为一个出名的间谍。

　　突然之间，我们彼此疯狂、笨拙、不顾体面、万分痛苦地相爱了，而且我还应当补充说，根本没有希望；因为那种相互占有的狂热，只有凭借我们实际吸收、融合彼此全部的灵魂和肉体，才能得到缓解。可是我们，甚至不能像贫民区的孩子那样轻而易举地就找到机会交欢，有一次，我们不顾一切地试图趁黑夜在她的花园里幽会（关于这件事往后再谈）。后来，我们得到的唯一不受干扰的情况就是在游人众多的那片海滩上，待在他们可以看见我们、但无法听到我们谈话的地方。在松软的沙滩上，离开我们的长辈几英尺远，整个上午我们总摊开手脚躺在那儿，在欲望的勃发下浑身发僵，利用空间和时间的任何一个天赐良机互相抚摸：她的一只手半埋在沙里，总悄悄伸向我，纤细的褐色手指梦游般地越移越近，接着，她乳白色的膝盖便开始小心翼翼地长途跋涉。有时候，别的年岁更小的孩子偶然堆起的壁垒为我们提供了充分的遮蔽，使我们可以轻轻吻一下彼此咸津津的嘴唇。这种不彻底的接触弄得我们那健康却缺乏经验的幼小身体烦躁到了极点，就连清凉碧蓝的海水——我们在水下仍然彼此紧紧揪着——也无法缓解。

　　在我成年后四处漂泊的岁月中，我丢失了好些珍藏的东西，其中有我姨妈拍的一张快照。照片上有安娜贝尔、她的父母和那年夏天追求我姨妈的那个年长、稳重、瘸腿的先生，一位库珀医师。他们围坐在一家路边餐馆的餐桌旁。安娜贝尔照得不好，因为拍的时候，她正低头望着 chocolat glacé。在强烈的阳光下，她的妩媚可爱的神态渐渐模糊，（在我记得的那张照片上）只可以看清她那瘦削、裸露的肩膀和头发间的那道分缝。而我坐在离开其余的人稍远一点的地方，照得倒特别清晰：一个闷闷不乐、眉头紧皱的男孩，穿一件深色运动衫和一条裁剪合体的白色短裤，两腿交叉，侧身坐在那儿，眼睛望着旁边。那张照片是在我们诀别的那年夏天的最后一天拍的，而且就在我们第二次也是最后一次作出挫败命运尝试的前几分钟。我们找了些最站不住脚的借口（这是我们最后一次机会，实际上什么也顾不了），逃出餐馆，来到海滩，找了一片荒凉的沙地，就在那儿，在堆成一个洞穴的那些红石头的浅紫色阴影下，短暂、贪婪地抚爱亲热了一番，唯一的见证就是不知哪个人失落的一副太阳眼镜。我跪着，正要占有我的宝贝，两个留着胡须的洗海水澡的人，海上老人和他的兄弟，从海水里冒出来，喊着一些下流、起哄的话。四个月后，她在科孚死于斑疹伤寒。

五

　　在我回顾自己的青年时代的时候，那些日子好像许多暗淡的、反复出现的纸片，一阵风似的都从我眼前飞走了，如火车旅客清早看到跟在游览车厢后面翻飞的一阵像用过的薄绵纸的风雪。在我和女人的那种有益身心的关系方面，我讲求切合实际、诙谐、轻快的格调。在伦敦和巴黎念大学的时候，卖笑女郎就满足了我的需要。我的学习非常细致，十分紧张，虽然并不特别富有成效。起初，我计划像许多 manqué 才子那样拿到一个精神病学学位，不过我甚至比他们还 manqué，我感到非常压抑，大夫，有一种特殊的疲惫不堪的感觉。于是我改念英国文学。那么许多潦倒的诗人都在这个领域里最终成为身穿花呢服装、抽烟斗的教师。巴黎很合我的口味。我和流亡国外的人一起讨论苏联电影。我和一些同性恋者坐在"双偶"里面。我在一些默默无闻的刊物上发表了几篇委婉曲折的小品文。我还创作过一首拼凑而成、模仿他人风格的诗歌：

> ……冯·库尔普小姐
> 可能会回转身，她的手放在房门上，
> 我不会跟着她走，弗雷斯也不会。
> 那个傻瓜也不会

我的一篇题为《济慈致本杰明·贝利的信中的普鲁斯特式主题》的文章，六七位学者念了都格格直笑。我替一家著名的出版公司着手写了一部 Histoire abrégée de la poésie anglaise，接着又开始为讲英语的学生编纂那本法国文学手册（附有取自许多英国作家的比较文章），这项工作使我在整个四十年代一直不得空闲——到我被捕的时候，这本手册的最后一卷也差不多就要付印了。

我找了一份工作——在奥特伊尔教一群成年人英语，后来，一所男校聘用了我两三个冬天。偶尔，我也利用我在社会服务人员和精神疗法专家中的熟人，请他们陪我去参观各种机构，比如孤儿院和少年管教所。在那儿，有些到达发育期的女孩，脸色苍白，睫毛缠结在一起，可以任你泰然自若地端详，她们叫我回想起梦中赐给我的那个女孩。

现在，我希望提出这样一种观点。在九岁至十四岁这个年龄段里，往往有好些少女在某些比她们的年龄大两倍或好几倍的着迷的游客眼里，显露出她们的真实本性，那种本性不是人性而是仙性（也就是说，是精灵般的）。我提议把这些精选出来的人儿称作"性感少女"。

需要注意的是，我用时间术语代替了空间术语。事实上，我要请读者把"九岁"和"十四岁"看作界限——那些镜子般的海滩和玫瑰色的岩石——一座上面时常出现我的那些性感少女的魔岛的界限，岛的四周是雾霭迷蒙的茫茫大海。在这个年龄段里，所有的女孩儿是否都是性感少女呢？当然不是。否则，我们这些深谙内情的人，我们这些孤独的旅客，我们这些贪花好色之徒早就变得精神错乱了。容貌漂亮并不是衡量的标准；而粗俗，或者至少一个特定社区称作粗俗的种种表现，并不一定就会损害某些神秘的特性：那种超逸的风度，那种使性感少女有别于他们同年龄的女孩的难以捉摸、变幻不定、销魂夺魄、阴险狡黠的魅力。因为那些同年龄的女孩对同时出现种种现象的这个空间世界的依赖性，远远超过了洛丽塔和她同类的少女在上面玩耍的那座叫人神魂颠倒的时间的无形岛屿。在同一年龄段里，真正性感少女的人数，明显低于那些暂时显得平常的、只是好看的、"娇小可爱的"，甚至"甜蜜动人的"、平凡的、丰满的、未成形的、肌肤冰冷的以及本质上富有人性的小女孩的人数。这些小女孩梳着辫子，鼓着肚子，成年后也许会也许不会出落得美艳动人（看看那些穿着黑色长筒袜、戴着白帽子、又矮又胖的丑八怪，长大后却成了银幕上了不起的明星）。你拿一张女学生或女童子军的团体照给一个正常的男人看，请他指出其中最标致的女孩，他未必就选中她们当中的那个性感少女，你一定得是个一个艺术家，一个疯子，一个无限忧郁的人，生殖器官里有点儿烈性毒汁的泡沫，敏感的脊椎里老是闪耀着一股特别好色的火焰（噢，你得如何退缩和躲藏啊!），才能凭着难以形容的特征——那种轮廓微微显得有点儿狡黠的颧骨、生着汗毛的纤细的胳膊或腿以及绝望、羞愧和柔情的眼泪、使我无法罗列的其他一些标志——立刻就从身心健康的儿童中辨别出那个销魂夺魄的小精灵。她并没有被他们识别，自己对自己的巨大力量也并不知晓。

此外，既然时间的观念在这件事里起着如此神奇的作用，学者们应当毫不奇怪地知道一个少女和一个男人之间得有好几岁的差距，我得说，这种差距决不能少于十岁，一般总是三四十岁，而在几个大家都知道的实例中，竟然高达九十岁，这样才能使男人受到一个性感少女的魅惑。这是一个调节焦距的问题，是内在的目光兴奋地超越的某段距离跟心里幸灾乐祸地喘息着觉察到的某种差异的问题。我是一个孩子，安娜贝尔也是一个孩子的时候，我的小安娜贝尔在我眼里并不是性感少女。我跟她地位相同，是一个堂堂正正的小牧神，待在那同一座时间的魔岛上，但是经过二十九年后，今天，在一九五二年九月，我想我可以在她身上辨认出我这辈子最初那个决定命运的小精灵。我们怀着尚不成熟的爱彼此相爱，表现出那股热和劲儿往往把成年人的生活毁掉。我是个身强体壮的小伙子，活了下来，但是毒汁却在伤口里，伤口也一直没有愈合。不久，我发现自己在一种文明中成熟起来，这种文明允许一个二十五岁的男人向一个十六岁而不是十二岁的女孩求爱。

因此，我在欧洲那段时期的成年生活竟然双重到了荒谬的地步，这一点也不奇怪。公开处，我跟好多生着南瓜或梨子形状乳房的世俗女子保持着所谓正常关系；私下里，我对每个经过我身边的性感少女都怀有一股地狱烈火凝聚起的淫欲，饱受折磨，可是作为一个守法的胆小鬼，我从不敢接近这类少女。我可以支配的那些具有人性的女人，只是一些治标的药。我几乎要相信，我从普通的苟合中得到的感觉，和正常伟男子在震撼世界的那种惯常的节奏中跟他们正常的伴侣结合时所领略到的感觉几乎一般无二。问题是那些先生并没有发现一种无可比拟的更为舒畅的快乐，而我却发现了。我的最最模糊，引起遗精的美梦也比最富有阳刚之气的天才作家或最有才华的阳痿作家所设想出的私通苟合之事要灿烂夺目一千倍。我的世界分裂了。我注意到不是一种而是两种性别，可都不是我的性别；两者都被解剖学家称作女性。可是在我看来，透过我的感官三棱镜，"她们就像薄雾和桅杆一样大不相同"。所有这一切，现在我全据理来加以说明。在我二十多岁和三十出头的那些年里，我并不那么清楚地明白我的苦闷。虽然我的身体知道它渴望什么，但我的头脑却拒绝了身体的每项请求。一会儿，我感到羞愧、惊骇；一会儿，我又变得盲目乐观。我受到清规戒律的遏制。精神分析学家用伪性欲的伪释放来劝说我，对我来说，在性爱方面叫我冲动的唯一对象，就是安娜贝尔的姐妹、她的侍女和小丫头；这个事实有时在我看来，就是精神错乱的前兆。别的时候，我会告诉自己，这完全是一个态度问题，给女孩儿弄得神思恍惚，实在并没什么不正常的地方。让我提醒我的读者，在英国，一九三三年《儿童和青少年法案》通过以后，"女孩"这个词被定义为"八岁以上、十四岁以下的少女"（其后，从十四岁到十七岁，法律上的定义是"青年"）。另一方面，在美国的马萨诸塞州，一个"任性的孩子"，从法律上讲，是一个"七岁到十七岁之间的孩子"（而且，他们习以为常地跟邪恶淫乱的人混在一起）。詹姆斯一世时期的一位引起争议的作家休·布劳顿已经证明雷哈布十岁就当了妓女。这一切都很有意思。你大概看见我已经在一阵发作中口吐白沫了，但没有，我没有。我只不过眨眨眼，让快乐的思想落进一个小小的杯子。这儿还有好几幅画。这是维吉尔，他会用单纯的音调歌唱性感少女，但大概更喜欢一个小伙子的会阴。这是阿克纳坦王和内费蒂蒂王后的两个未到婚龄的尼罗河女儿（国王夫妇有六个女儿），身上除了戴了许多串亮闪闪的珍珠项链，没有其他饰物，娇嫩的褐色小身子从容地倚在靠垫上；她们留着短发，生着乌黑的长眼睛，经过三千年依然完好无损。这幅画上有几个十岁的小新娘，被迫坐在 fascinum 上，那是古典文学圣堂里代表着男性生殖力的象牙。青春期到来前就结婚同房在印度东部的某些省份仍旧相当普通。雷布查人里八十岁的老头和八岁的女孩交媾，谁都不会在意。别忘了，在但丁狂热地爱上他的比阿特丽斯时，比阿特丽斯只有九岁，是一个光彩焕发的小姑娘，她傅粉施朱，戴着珠宝，十分可爱，穿着一件深红色连衣裙；那是一二七四年五月那个欢乐的月份，在佛罗伦萨的一次私人宴会上。当彼特拉克狂热地爱上她的劳丽恩时，劳丽恩也不过是一个十二岁金发的性感少女，在风中、在花粉和尘土中奔跑着，是一朵飞行的花儿，如他所描写的从沃克卢思的山岗飞到了那片美丽的平原。

还是让我们规规矩矩地文雅一点吧。亨伯特·亨伯特竭力想安分守己。说真的，他确实这么做了。他对纯洁、软弱的普通儿童十分尊重。不管在什么情况下，即使几乎没有多少惹起吵闹的危险，他也不会去玷污这类孩子的天真无邪。可是当他在那群天真无邪的小孩子中发现一个小精灵时，他的心跳得有多厉害啊，那个 "enfant charmante et fourbe"，生着朦胧的眼睛，艳丽的嘴唇，你只要让她知道你在望着她，就会受到十年监禁，生活就这样继续下去。亨伯特完全有能力跟夏娃交欢，但他渴望的却是莉莉思。胸部发育的萌芽阶段在青春期带来的一系列身体变化的初期（10.7 岁）就出现了。而下一个可以见到的成熟项目，就是含有色素的阴毛的初次出现（11.2 岁）。我的小杯子里盛满了琐碎无聊的念头。

一次船只失事。一个环状珊瑚岛。单独跟一个淹死了的旅客瑟瑟发抖的孩子待在一起。亲爱的，这只是一场游戏！我坐在公园里一张硬邦邦的长椅上，假装全神贯注地在看一本微微颤动的书，这时我想象的冒险经历有多神奇美妙啊！在这个不动声色的学校四周，好些性感少女自由自在地嬉戏玩耍，仿佛他是一个熟悉的塑像或是一棵老树的光与影的一部分。有一次，有个穿着格子呢连身裙的理想的小美人儿啪的一下把一只穿得很厚重的脚放到长椅上我的身旁，接着朝我伸下两条纤细的光胳膊，把她的四轮溜冰鞋鞋带系紧，我就在阳光下融化了，手里的那本书成了无花果树叶子；她那赤褐色的鬈发披垂到她的擦破皮的膝盖上，那条发出光泽的腿就伸在我的颜色变幻不定的脸颊旁边，我头上的那片树叶的阴影也在她腿上晃动、消散。另一次，有个红头发女学生在 métro 里倚在我的身旁，我瞥见了她的黄褐色腋毛，一连激动了好几个星期。我可以列出好些这种一厢情愿的小小韵事。有几次在一种浓郁的地狱风味中结束，比如，我碰巧在阳台上看到街对面一扇亮着灯的窗户里有个看去很像性感少女的姑娘正在一面相当配合的镜子前脱衣。跟外界如此隔绝，显得如此遥远，这种景象产生了一种勾魂摄魄的魔力，使我全速跑向叫我心满意足的那个孤独的人儿。可是我喜爱的那个娇美的裸体形象却突然恶魔似的变成了一个男人给灯光照亮的，令人厌恶的光胳膊，他在那个炎热、潮湿、没有希望的夏夜穿着内衣裤坐在敞开的窗口看报。

跳绳，跳房子。那个穿着黑衣服、挨着我坐在我的长椅上，坐在我的欢乐之椅上（有个性感少女在我脚下寻找一个失落了的弹子）的老婆子问我是不是肚子疼、这个不懂礼貌的母夜叉。啊。别来跟我搅和，让我独自待在我的生机旺盛的公园里，待在我的长满青苔的花园里，让她们永远在我四周玩耍，永远不要长大。

一○

……

一个黑人女佣给我开了门——接着就让我站在擦鞋垫上，径自跑回厨房，因为那儿有什么不该烧焦的东西烧焦了。

前面门厅里装着一只声音和谐的门铃，一个白眼睛的木头玩意儿，是墨西哥产品，另外还有附庸风雅的中产阶级喜爱的那幅平庸之作——凡·高的《阿尔的女人》。右手的一扇门开了一条缝，可以看见起居室里有一些情景，一个三角处里摆了更多的一些墨西哥无聊的玩意儿，沿墙摆着一张条纹花的沙发。门厅尽头有道楼梯。我站在那儿抹去额头上的汗水（这时我才发觉室外天气有多么的热），同时为了有件可以观赏的东西，就把眼睛盯着一个放在橡木橱上的灰色旧网球。就在这当口，从上面的楼梯口传来黑兹太太的女低音。她伏在楼梯栏杆上，悦耳动听地问道："是亨伯特先生吗？"一小撮香烟灰也跟着从那儿落了下来。不一会儿，这位太太本人——凉鞋、绛紫色的宽松长裤、黄绸衬衫、四四方方的脸依次出现——走下楼梯，她的食指仍在弹着香烟。

我想最好马上描摹一下她的样子，就此了结这件事儿。这位可怜的太太年纪大约三十五六，额头显得十分光亮，眉毛都修过了，容貌长得相当平凡，但并不是没有什么吸引人的地方，那种类型可以说是经过冲淡的马琳·黛德丽。她轻轻拍了拍盘在后脑的红褐色的发髻，领我走进客厅。我们谈了一会儿，话头是麦库家遭到的火灾和居住在拉姆斯代尔的好处。她那双分得很开的海绿色眼睛十分滑稽地一边上下打量着你，一边又小心避开你的眼睛。她的笑容只是古怪地扬起一边眉毛，她一边说着话，一边在沙发上舒展开身子，一边又不时起身凑向三个烟灰缸和近旁的火炉围栏（那上面放着一只苹果的褐色果心），随后身子又靠到沙发上，把曲起的一条腿压在身子下面。显然，她是那种谈吐优雅的女人，她们的话语可以反映一个读书俱乐部、桥牌俱乐部或任何其他死气沉沉的传统组织的看法，却根本不反映她们自己的心灵；这种女人一点没有幽默感，心里对于客厅谈话可能涉及的那十二三个话题全然不感兴趣，但对这种谈话的规矩却很讲究。我们透过这种谈话其乐融融的玻璃纸外表，轻而易举地就能看出一些并不怎么叫人感到兴趣的失意挫折。我完全清楚万一荒唐地我成了她的房客，她就会有条不紊地着手对我做出接受一位房客对她可能意味的一切。我就又会陷入我十分熟悉的那种令人厌倦的私情之中。

可是我不可能住在那儿。在这种家庭里，每张椅子上都放着翻脏了的旧杂志，还有一种叫人厌恶的杂交气氛：一面是所谓"实用的现代家具"这种喜剧因素，一面又是破旧的摇椅和上面放着开不亮的台灯的摇摇晃晃的灯桌这种悲剧因素。我在那儿决不会感到快乐。我给领上楼去，往左进了"我的"房间。透过完全抵触的雾霭，我把房间仔细察看了一下，倒确实看到"我的"床头上挂着一幅勒内·普里内的《克鲁采奏鸣曲》。她把女佣的那间房称作"小工作室"！我一边假装仔细盘算着我那急切的女主人对我的食宿收取低的荒谬而不祥的价钱，一边坚定地对自己说，还是让我们马上离开这儿吧。

可是，老派的斯文有礼的习惯使我不得不继续接受这场痛苦的考验。我们穿过楼梯平台，到了房子的右边（"我和洛的房间"就在这儿——洛大概是那个女佣）。这个爱好房客的太太让我这么一个喜爱挑剔的男人先去看看房子里那唯一一间浴室。这时，她几乎掩饰不住地打了一个寒颤。浴室是一个长方形的小房间，就在楼梯口和"洛的"房间之间；好些软绵绵的潮湿的衣服悬挂在那个有问题的浴缸上面（里面有一根弯成问号的毛发），还好早就料到会有的那一圈橡皮管以及其他附属设备——一块淡红色的罩布羞涩地盖在马桶盖上。

"我看出来你并没有得到什么太好的印象，"那位太太说，让她的一只手在我的袖子上搁了一会儿：她把一种不顾脸面的急切——我认为是被人称作"沉着自信"那种品质的泛滥——跟一种腼腆和忧伤结合起来。这种腼腆和忧伤使她选词用字的超脱方式显得像一位"语言学"教授的语调一样做作。"我承认这屋子里面不很整洁，"那个注定倒霉的可爱的人儿接着说道，"但我向你保证（她望着我的嘴唇），你管保会很舒服，真的很舒服的，我带你去看看花园。"（最后这个词说得比较欢快，嗓音媚人地往上一扬）

我勉强地又跟着她走下楼去，随后穿过房子右边门厅尽头那儿的厨房——饭厅和客厅也在这一边（在左边，"我的"房间下面，就只有一个汽车房）。在厨房里，那个黑人女佣，一个相当丰满的年轻女人，从那扇通到后面门廊的房门把手上取下她的闪闪发光的黑色大钱包，说道，"我这就走了，黑兹太太。""好吧"黑兹太太叹了个口气说。"我星期五和你结算。"我们往前穿过一间很小的食品储藏室，走进饭厅，饭厅和我们已经欣赏过的客厅是平行的。我发现地板上有一只白色短袜。黑兹太太表示歉意地咕哝了一声，也不停下脚步就弯下身子，把它捡起扔进食品储藏室隔壁的一间小房。我们草草察看了一张中间摆着一个水果盆的桃花心木桌子，水果盆里只有一个还在闪闪发亮的李子核。我摸索着口袋里的火车时刻表，偷偷掏出来，想要尽快找到一班可以坐的火车。穿过饭厅的时候我仍跟在黑兹太太后面，突然眼前出现了一片苍翠——"这是外面的门廊，"在前面给我领路的那个女人大声说。接着，事先一点没有预兆，我心底便涌起一片蓝色的海浪。在布满阳光的一个草垫上，半光着身子，跪着转过身来的，正是从黑眼镜上面瞅着我的我那里维埃拉的情人。

那是同一个孩子——同样娇弱的、蜜黄色的肩膀，同样柔软光滑、袒露着脊背、同样的一头栗色头发。她的胸口扎着一条圆点花纹的黑色围巾，因而我的苍老而色迷迷的双眼无法看到胸前两只幼小的乳房，可是我在一个不朽的日子抚摸过的那对乳房仍然无法躲过我少年时记忆的目光。同时，好像是我是神话中一个（迷失路途、受到劫持、被人发现穿着吉卜赛人的破衣烂衫，赤裸的身体从破衣服里对着国王和他的猎狗微笑）小公主的奶妈，我一下子认出了她肋上的那个深褐色小痣。怀着惊惧而喜悦的心情（国王快乐地哭起来，喇叭嘟嘟地吹着，奶妈完全陶醉了）我又看到了她可爱的、收缩进去的肚子，我的往南伸去的嘴曾经短暂地在上面停留；还有那幼小的臀部，我曾经吻过短裤的松紧带在她臀部留下的那道细圆齿状的痕迹——就是在 Roches Roses 后面那个最后的狂热、不朽的日子。自那以后我生活的二十五年逐渐变细，成了一个不断颤动的尖梢，最后消失不见了。

我发觉要用足够的说服力表现出那一刹那的情景，那阵战栗，以及在情绪激动地识别出她以后所感受到的那种冲击，真是极其困难。在我的目光掠过跪着的孩子那个充满阳光的瞬间（她的眼睛在那副令人生畏的黑眼镜后面不住地眨着——那个会医治好我所有的病痛的小 Herr Doktor），虽然我披着成年人的伪装（一个电影界里的高大英俊，富有魅力的男子形体）从她身旁走过，但我空虚的灵魂却设法把她的鲜明艳丽的姿色全都吸收进去，又拿每个细微之处去和我死去的意中人的容貌核对比照。当然，过了一会儿工夫，她，这个 nouvelle，这个洛丽塔，我的洛丽塔，就完全超越了她的原型。我想强调的是，我对她的发现不过是在我饱受痛苦的过去"海滨那个小王国"的必然后果，在这两件事之间的一切不过是一系列的摸索和失误，以及虚假的欢乐萌芽，她们所共同具有的一切使她们成为一个人。

可是，我并不抱有幻想。我的法官会把这一切看作一个对 fruit vert 有着下流爱好的疯子所作的哑剧表演。Au fond, ça m'est bien égal. 我所知道的就是，在那个姓黑兹的女人和我走下台阶，步入哪个叫人透不过气来的花园时，我的两个膝盖就像在微波荡漾的水面上一双膝盖的倒影，我的嘴唇就像沙子而——

"这是我的洛，"她说，"这些是我的百合花。"

"噢，"我说，"噢，看上去很美，很美，很美！"

（陈江华编，摘自主万译：《洛丽塔》，上海译文出版社，2005）

第四十八章 杜拉斯及《情人》

第一节 杜拉斯简介

　　玛格丽特·杜拉斯，法国作家。1914 年生于印度支那嘉定市（即后来越南的西贡，现胡志明市）的一个教师家庭。年幼时父亲去世，留下母亲、她和两个哥哥。18 岁时返回法国求学，并逐渐走上文学创作的生涯。

　　杜拉斯创作了 40 多部小说和 10 多部剧本，她的作品很多都与自身经历有关。作为一个以女性视角为出发点写作的作家，她的作品更多反映的是女性内心的心理状态，以及对自由爱情的追求。如《抵挡太平洋的堤坝》、《情人》、《华北情人》。其中，最著名的就是《情人》，并荣获了 1984 年龚古尔文学奖，使她成为当今世界上最负盛名的法语作家。

　　杜拉斯的写作风格自成一体，她善于打破传统的叙述模式，把虚构与现实融为一体。与传统的叙事方式不同，她的作品结构是松散的、跳跃式的，甚至是将不同的事穿插在一起，因而被归入"难懂的作家"之列。然而她的作品总是具有内在的张力，虽然结构松散，但能融为一个整体。同时，她的作品也不是孤立的，在不同作品之间经常会存在交互。像《情人》中小哥哥、母亲、情人，都以不同的方式出现。在杜拉斯看来，写作并不是讲故事，而是讲一个主线，是讲的故事内存的东西。她的作品的发展总是围绕着一个主线变幻游离，因此被认为具有诗性、音乐性的特点。

　　爱情、欲望和激情伴随着杜拉斯的一生，而不断地对爱情的追求，成为她作品的重要主题。同时，对男权主义的抗争，也形成了她另外一种大胆、热情的写作风格。她作品中的主人公向往绝对的爱情，或者说是不可能的爱情，因而在对爱情、性的问题上，往往有叛逆、甚至混乱的表现。这甚至影响了当代的中国文坛，导致了"美女作家""用身体写作"风格的出现。但必须指出，"用身体写作"并不能体现杜拉斯的内涵。杜拉斯笔下的女性，她们表面上追求情欲的宣泄，实际上是追求内心纯粹的情感表白，背后反映的是那个时代女性对追求自由、追求独立、追求女性解放的渴望。这也使得杜拉斯笔下的爱情具有深邃的感染力。这和当代的"美女作家"的作品手法有些类似，但主题是不一样的。

　　杜拉斯一生是追求爱情、激情的一生，也是反叛的一生，她用性爱、酗酒、写作来解脱心中的苦闷。当 70 岁的杜拉斯遇上了不到 30 岁的情人，并一起生活时，有人问："这总是您最后一次爱情了吧？"她笑着回答："我怎么知道呢？"或许，因为她一直没有找到她心中理想的爱情和自由，并一直为之痛苦着，这种痛苦也为世界文学史创造了一位伟大的作家。

第二节 《情人》简介

《情人》是杜拉斯的自传体小说，讲述了一个叛逆的女孩和一个软弱的男人之间的爱情。故事发生在 20 世纪初期，生活在西贡的法国殖民者后裔中，有一个小姑娘与母亲和两个哥哥生活在一起。此时父亲已经病死，经济情况及社会地位逐渐恶化，困境中的母亲顽强地支撑整个家庭。小哥哥性格软弱，而受母亲偏爱的大哥哥生性嗜赌，冷酷无情，赌输了全部家产。小姑娘备受母亲冷落，体验不到家庭的关爱。这种环境中的小姑娘孤独、失望、迷茫，想脱离那个家族，从而与一个家境优越的中国男人，产生了一段没有前途的爱情。

这段爱情注定没有前途，白人社会视之为另类，加以耻笑；女孩家庭对这个男人的接受仅限于经济的利益。母亲和两个哥哥，乐于用男人的钱去享受，却不愿和男人讲话。所以，对这段爱情，社会鄙视，家族漠视，甚至自己都不抱希望。他们看得很清楚，两个人注定走不到一起。

可这段没有前途的感情却发生了。除了女孩子的美，她"另类"背后反抗的内心，是吸引男人的最主要的地方。男人为什么吸引了女孩子？文中好像看不出什么让女孩子一见倾心的地方，吸引她的可能只是男人对她的爱。因为男人爱她，让她感到了温暖。更重要的一点，是男人的体面的社会经济地位后面的软弱，让女孩子知道自己能吸引他，能够掌控他，能够使自己从孤独迷茫中得到解放。这就是原因了：两个孤独、迷茫的人，一个对自身的处境绝望，但敢于反抗，渴望爱，追寻爱；另一个受累于自身的束缚，想反抗而不敢反抗。前者爱上后者，是其反抗的本性所致；后者爱上前者，则因为自己内心的反抗欲望得到了部分的满足。

这部作品充分体现了杜拉斯的写作风格。整部作品叙述断断续续，虚构和现实常常融为一体，情节看起来杂乱无章，支离破碎。另外作者对性爱的描述大胆张扬，又显得另类低俗。在这种风格之下，作品处处弥漫着一种压抑、无望、孤独的氛围。但女孩和男人之间的故事，经济、肉体、精神上的满足，却不显得香艳和势利。不仅如此，对性爱的描写，使女孩从经常处于的传统的承受地位的被动者变成了主导两性关系的主动者，更体现了女孩内心对反抗的渴望。这种描述具有深刻的感染力和强烈的震撼力，使读者不得不为这种凄美的爱情而感动。

这段爱情在传统的观念里是反叛的，走不到尽头的。但正是因为这段爱情出现在绝望中，所以这段爱情是最发自内心的，最没有一丝心机的，最纯粹的爱情。通过这段爱情，女孩找到了自我，走向了独立和自由。这段爱情让女孩怀念，而且这种怀念一直持续到老年，那个男人一直在她心底，"却从来不曾说起"。在她的相册中心，为此留下了一片空白，留给那天渡河时的不存在的照片。

第三节 《情人》选段

那是在湄公河的轮渡上。

在整个渡河过程中，那形象一直持续着。

我才十五岁半，在那个国土上，没有四季之分，我们就生活在唯一一个季节之中，同样的炎热，同样的单调，我们生活在世界上一个狭长的炎热地带，既没有春天，也没有季节的更替嬗变。

　　我那时住在西贡公立寄宿学校。食宿都在那里，在那个供食宿的寄宿学校，不过上课是在校外，在法国中学。我母亲是小学教师，她希望她的小女儿进中学。你嘛，你应该进中学。对她来说，她是受过充分教育的，对她的小女儿来说，那就不够了。先读完中学，然后再正式通过中学数学教师资格会考。自从进了小学，开头几年，这样的老生常谈就不绝于耳。我从来不曾幻想我竟可以逃脱数学教师资格会考这一关，让她心里总怀着那样一份希望，我倒是深自庆幸的。我看我母亲每时每刻都在为她的儿女、为她自己的前途奔走操劳。终于有一天，她不需再为她的两个儿子的远大前程奔走了，他们成不了什么大气候，她也只好另谋出路，为他们谋求某些微不足道的未来生计，不过说起来，他们也算是尽到了他们的责任，他们把摆在他们面前的时机都一一给堵死了。我记得我的小哥哥学过会计课程。在函授学校，反正任何年龄任何年级都是可以学的。我母亲说，补课呀，追上去呀。只有三天热度，第四天就不行了。不干了。换了住地，函授学校的课程也只好放弃，于是另换学校，再从头开始。就像这样，我母亲坚持了整整十年，一事无成。我的小哥哥总算在西贡成了一个小小的会计。那时在殖民地机电学校是没有的，所以我们必须把大哥送回法国。他好几年留在法国机电学校读书。其实他并没有入学。我的母亲是不会受骗的。不过她毫无选择余地，不得不让这个儿子和另外两个孩子分开。所以，几年之内，他并不在家中。正是他不在家的这几年时间，母亲购置下那块租让地。真是可怕的经历啊。不过，对我们这些留下没有出去的孩子来说，总比半夜面对虐杀小孩的凶手要好得多，不那么可怕。那真像是猎手之夜那样可怕。

　　人们常常说我是在烈日下长大，我的童年是在骄阳下度过的，我不那么看。人们还常常对我说，贫困促使小孩多思。不不，不是这样。长期生活在地区性饥馑中的"少年—老人"，他们是那样，我们不是那样，我们没有挨过饿，我们是白人的孩子，我们有羞耻心，我们也卖过我们的动产家具之类，但是我们没有挨过饿，我们还雇着一个仆役，我们有时也吃些乌七八糟的东西，水禽呀，小鳄鱼肉呀，确实如此，不过，就是这些东西也是由一个仆役烧的，是他伺候我们吃饭，不过，有的时候，我们不去吃它，我们也要摆摆架子，乌七八糟的东西不吃。当我到了十八岁，就是这个十八岁叫我这样的面貌出现了；是啊，是有什么事情发生了。这种情况想必是在夜间发生的。我怕我自己，我怕上帝，我怕。若是在白天，我怕得好一些，就是死亡出现，也不那么怕，怕得也不那么厉害。死总是缠着我不放。我想杀人，我那个大哥，我真想杀死他，我想要制服他，哪怕仅仅一次，一次也行，我想亲眼看着他死。目的是要当着我母亲的面把她所爱的对象搞掉，把她的儿子搞掉，为了惩罚她对他的爱；这种爱是那么强烈，又那么邪恶，尤其是为了拯救我的小哥哥，我相信我的小哥哥，我的孩子，他也是一人，大哥的生命却把他的生命死死地压在下面，他那条命非搞掉不可，非把这遮住光明的黑幕布搞掉不可，非把那个由他、由一个人代表、规定的法权搞掉不可，这是一条禽兽的律令，我这个小哥哥的一生每日每时都在担惊受怕，生活在恐惧之中，这种恐惧一旦袭入他的内心，就会将他置于死地，害他死去。

　　关于我家里这些人，我已经写得不少，我下笔写他们的时候，母亲和兄弟还活在人世，不过我写的是他们周围的事，是围绕这些事下笔的，并没有直接写到这些事本身。

　　我的生命的历史并不存在。那是不存在的，没有的。并没有什么中心。也没有什么道路，线索。只有某些广阔的场地、处所，人们总是要你相信在那些地方曾经有过怎样一个人，不，不是那样，什么人也没有。我青年时代的某一小段历史，我过去在书中或多或少曾经写到过，总之，我是想说，从那段历史我也隐约看到了这件事，在这里，我要讲的正是这样一段往事，就是关于渡河的那段故事。这里讲的有所不同，不过，也还是一样。以前我讲的是关于青年时代某些明确的、已经显示出来的时期。这里讲的是同一个青年时代一些还隐蔽着不曾外露的时期，这里讲的某些事实、感情、事件也许是我原先有意将之深深埋葬不愿让它表露于外的。那时我是在硬要我顾及羞耻心的情况下拿起笔来写作的。写作对于他们来说仍然是属于道德范围内的事。现在，写作似乎已经成为无所谓的事了，事情往往就是这样。有的时候，我也知道，不把各种事物混为一谈，不是去满足虚荣心，不是随风倒，写作就什么也不是了。我知道，每次不把各种事物混成一团，归结为唯一的极坏的本质性的东西，那么写作除了可以是广告以外，就什么也不是了。不过，在多数场合下，我也并无主见，我不过是看到所有的领域无不是门户洞开，不再受到限制，写作简直不知到哪里去躲藏，在什么地方成形，又在何处被人阅读，写作所遇到的这种根本性的举措失当再也不可能博得人们的尊重，不过，关于这一点，我不想再作进一步的思考了。

现在，我看我在很年轻的时候，在十八岁、十五岁，就已经有了以后我中年时期因饮酒过度而有的那副面孔的先兆了。烈酒可以完成上帝也不具备的那种功能，也有把我杀死、杀人的效力。在酗酒之前我就有了这样一副酗酒面孔。酒精跑来证明了这一点。我身上本来就有烈酒的地位，对它我早有所知，就像对其他情况有所知一样，不过，说来奇怪，它竟先期而至。同样，我身上本来也具有欲念的地位。我在十五岁就有了一副耽于逸乐的面目，尽管我还不懂什么叫逸乐。这样一副面貌是十分触目的。就是我的母亲，她一定也看到了。我的两个哥哥是看到的。对我来说，一切一切就是这样开始的，都是从这光艳夺目又疲惫憔悴的面容开始的，从这一双过早就围上黑眼圈的眼睛开始的，这就是 experiment。

我才十五岁半。就是那一次渡河。我从外面旅行回来，回西贡，主要是乘汽车回来。那天早上，我从沙沥乘汽车回西贡，那时我母亲在沙沥主持一所女子学校。学校的假期已经结束，是什么假期我记不得了。我是到我母亲任职的学校一处小小住所去度假的。那天我就是从那里回西贡，回到我在西贡的寄宿学校。这趟本地人搭乘的汽车从沙沥市场的广场开出。像往常一样，母亲亲自送我到车站，把我托付给司机，让他照料我，她一向是托西贡汽车司机带我回来，唯恐路上发生意外，火警，强奸，土匪抢劫，渡船抛锚事故。也像往常一样，司机仍然把我安置在前座他身边专门留给白人乘客坐的位子上。

这个形象本来也许就是在这次旅行中清晰地留下来的，也许应该就在河口的沙滩上拍摄下来。这个形象本来可能是存在的，这样一张照片本来也可能拍摄下来，就像别的照片在其他场合被摄下一样。但是这一形象并没有留下。对象是太微不足道了，不可能引出拍照的事。又有谁会想到这样的事呢？除非有谁能预见这次渡河在我一生中的重要性，否则，那个形象是不可能被摄取下来的。所以，即使这个形象被拍下来了，也仍然无人知道有这样一个形象存在。只有上帝知道这个形象。所以这样一个形象并不存在，只能是这样，不能不是这样。它是被忽略、被抹煞了。它被遗忘了。它没有被清晰地留下来，没有在河口的沙滩上被摄取下来。这个再现某种绝对存在的形象，恰恰也是形成那一切的起因的形象，这一形象之所以有这样的功效，正因为它没有形成。

这就是那次渡河过程中发生的事。那次渡河是在交趾支那南部遍布泥泞、盛产稻米的大平原，即乌瓦洲平原永隆和沙沥之间从湄公河支流上乘渡船过去的。

我从汽车上走下来。我走到渡船的舷墙前面。我看着这条长河。我的母亲有时对我说，我这一生还从来没有见过像湄公河这样美、这样雄伟、这样凶猛的大河，湄公河和它的支流就在这里汹涌流过，注入海洋，这一片汪洋大水就在这里流入海洋深陷之处消失不见。这几条大河在一望无际的平地上流速极快，一泻如注，仿佛大地也倾斜了似的。

汽车开到渡船上，我总是走下车来，即使在夜晚我也下车，因为我总是害怕，怕钢缆断开，我们都被冲到大海里去。我怕在可怕的湍流之中看着我生命最后一刻到来。激流是那样凶猛有力，可以把一切冲走，甚至一些岩石、一座大教堂、一座城市都可以冲走。在河水之下，正有一场风暴在狂吼。风在呼啸。

我身上穿的是真丝的裙衫，是一件旧衣衫，磨损得几乎快透明了。那本来是我母亲穿过的衣衫，有一天，她不要穿了，因为她觉得这件裙衫色泽太鲜，于是就把它给我了。这件衣衫不带袖子，开领很低。是真丝通常有的那种茶褐色。这件衣衫我还记得很清楚。我觉得我穿起来很相宜，很好。我在腰上扎起一条皮带，也许是我哪一个哥哥的一条皮带。那几年我穿什么样的鞋子我记不清了，只记得几件常穿的衣服。多数时间我赤脚穿一双帆布凉鞋。我这是指上西贡中学之前那段时间。自此以后，我肯定一直是正式穿皮鞋的。那天我一定是穿的那双有镶金条带的高跟鞋。那时我穿的就是那样一双鞋子，我看那天我只能是穿那双鞋。是我母亲给我买的削价处理品。我是为了上中学才穿这样一双带镶金条带的鞋的。我上中学就穿这样一双晚上穿的带镶金条带的鞋。我本意就是这样。只有这双鞋，我觉得合意，就是现在，也是这样，我愿意穿这样的鞋，这种高跟鞋还是我有生以来第一次穿，它好看，美丽，以前我穿那种平跟白帆布跑鞋、运动鞋，和这双高跟鞋相比都显得相形见绌，不好看。

在那天，这样一个小姑娘，在穿着上显得很不寻常，十分奇特，倒不在这一双鞋上。那天，值得注意的是小姑娘头上戴的帽子，一顶平檐男帽，玫瑰木色的，有黑色宽饰带的呢帽。

她戴了这样的帽子，那形象确乎暧昧不明，模棱两可。

这顶帽子怎么会来到我的手里，我已经记不清了。我看不会是谁送给我的。我相信一定是我母亲给我买的，而且是我要我母亲给我买的。唯一可以确认的是：削价出售的货色。买这样一顶帽子，怎么解释呢？在那个时期，在殖民地，女人、少女都不戴这种男式呢帽。这种呢帽，本地女人也不戴。事情大概是这样的，为了取笑好玩，我拿它戴上试了一试，就这样，我还在商人那面镜子里照了一照，我发现，在男人戴的帽子下，形体上那种讨厌的纤弱柔细，童年时期带来的缺陷，就换了一个模样。那种来自本性的原形，命中注定的资质也退去不见了。正好相反，它变成这样一个女人有拂人意的选择，一种很有个性的选择。就这样，突然之间，人家就是愿意要它。突然之间，我看我自己也换了一个人，就像是看到了另一个女人，外表上能被所有的人接受，随便什么眼光都能看得进去，在城里大马路上兜风，任凭什么欲念也能适应。我戴了这顶帽子以后，就和它分不开了。我有了帽子，这顶帽子把我整个地归属于它，仅仅属于它，我再也和它分不开了。那双鞋，情况应该也差不多，不过，和帽子相比，鞋倒在其次。这鞋和这帽子本来是不相称的，就像帽子同纤弱的体形不相称一样，正因为这样，我反而觉得好，我觉得对我合适。所以这鞋，这帽子，每次外出，不论什么时间，不论在什么场合，我到城里去，我到处都有穿它戴它，和我再也分不开了。

我儿子二十岁时拍的照片又找到了。那是他在加利福尼亚和他的女朋友埃丽卡和伊丽莎白·林那德合拍的。他人很瘦，瘦得像乌干达白人似的。我发现他面孔上有一种妄自尊大的笑容，又有点自嘲的神色。他有意让自己有这样一种流浪青年弯腰曲背的形象。他喜欢这样，他喜欢这种贫穷，这种穷相，青年人瘦骨嶙峋这种怪模样。这张照片拍得与渡船上那个少女不曾拍下的照片最为相像。

买这顶平檐黑色宽饰带浅红色呢帽的人，也就是有一张照片上拍下来的那个女人，那就是我的母亲。她那时拍的照片和她最近拍的照片相比，我对她认识得更清楚，了解得更深了。那是在河内小湖边上一处房子的院子里拍的。她和我们，她的孩子，在一起合拍的。我是四岁。照片当中是母亲。我还看得出，她站得很不得力，很不稳，她也没有笑，只求照片拍下就是。她板着面孔，衣服穿得乱糟糟，神色恍惚，一看就知道天气炎热，她疲惫无力，心情烦闷。我们作为她的孩子，衣服穿成那种样子，那种倒霉的样子，从这里我也可以看出我母亲当时那种处境，而且，就是在拍照片的时候，即使我们年纪还小，我们也看出了一些征兆，真的，从她那种神态显然可以看出，她已经无力给我们梳洗，给我们买衣穿衣，有时甚至无法给我们吃饱了。没有勇气活下去，我母亲每天都挣扎在灰心失望之中。有些时候，这种绝望的心情连绵不断，有些时候，随着黑夜到来，这绝望心情方才消失。有一个绝望的母亲，真可说是我的幸运，绝望是那么彻底，向往生活的幸福尽管那么强烈，也不可能完全分散她的这种绝望。使她这样日深一日和我们越来越疏远的具体事实究竟属于哪一类，我不明白，始终不知道。难道就是她做这件蠢事这一次，就是她刚刚买下的那处房子——就是照片上照的那处房子——我们根本不需要，偏偏又是父亲病重，病得快要死了，几个月以后他就死了，偏偏是在这个时候，难道就是这一次。或者说，她已经知道也该轮到她，也得了他为之送命的那种病？死期竟是一个偶合，同时发生。这许多事实究竟是什么性质，我不知道，大概她也不知道，这些事实的性质她是有所感的，并且使她显得灰心丧气。难道我父亲的死或死期已经近在眼前？难道他们的婚姻成了问题？这个丈夫也成了问题？几个孩子也是问题？或者说，这一切总起来难道都成了问题？

天天都是如此。这一点我可以肯定。这一切肯定是来势凶猛，猝不及防的。每天在一定的时间，这种绝望情绪就要发作。继之而来的是一切都告停顿，或者进入睡眠，有时若无其事，有时相反，如跑去买房子，搬家，或者，仍然是情绪恶劣，意志消沉，虚弱，或者，有的时候，不论你要求她什么，不论你给她什么，她就像是一个王后，要怎么就怎么，小湖边上那幢房子就是在这样的情况下买下来的，什么道理也没有，我父亲已经气息奄奄快要死了，还有这平檐呢帽，还有前面讲到那双有镶金条带的鞋，就因为这些东西她小女儿那么想要，就买下来了。或者，平静无事，或者睡去，及至死掉。

有印第安女人出现的电影我没有看过，印第安女人就戴这种平檐呢帽，梳着两条辫子垂在前胸。那天我也梳着两条辫子，我没有像惯常那样把辫子盘起来，不过尽管这样，那毕竟是不同的。我也是两条长辫子垂在前身，就像我没有看见过的电影里的印第安女人那样，不过，我那是两条小孩的发辫。自从有了那顶帽子，为了能把它戴到头上，我就不把头发盘到头上了。有一段时间，我总是拼命梳头，把头发往后拢，我想让头发平平的，尽量不让人看见。每天晚上我都梳头，按我母亲教我的那样，每天晚上睡前都把辫子重新编一编。我的头发沉沉的，松软而又怕痛，红铜似的一大把，一直垂到我的腰上。人家常说，我这头发最美，这话由我听来，我觉得那意思是说我不美。我这引人注意的长发，我二十三岁在巴黎叫人给剪掉了，那是在我离开我母亲五年之后。我说：剪掉。就一刀剪掉了。全部发辫一刀两断，随后大致修了修，剪刀碰在颈后皮肤上冰凉冰凉的。头发落满一地。有人问我要不要把头发留下，用发辫可以编一个小盒子。我说不要。以后，没有人说我有美丽的头发了，我的意思是说，人家再也不那么说了，就像以前，在头发剪去之前，人家说我那样。从此以后，人家宁可说：她的眼睛美。笑起来还可以，也很美。

看看我在渡船上是怎么样吧，两条辫子仍然挂在身前。才十五岁半。那时我已经敷粉了。我用的是托卡隆香脂，我想把眼睛下面双颊上的那些雀斑掩盖起来。我用托卡隆香脂打底再敷粉，敷肉色的，乌比冈牌子的香粉。这粉是我母亲的，她上总督府参加晚会的时候才搽用。那天，我还涂了暗红色的口红，就像当时的樱桃的那种颜色。口红我不知道是怎么搞到的，也许是海伦·拉戈奈尔从她母亲那里给我偷来的，我记不得了。我没有香水，我母亲那里只有古龙香水和棕榄香皂。

在渡船上，在那部大汽车旁边，还有一辆黑色的利穆新轿车，司机穿着白布制服。是啊，这就是我写的书里写过的那种大型灵车啊。就是那部莫里斯·莱昂-博来。那时驻加尔各答法国大使馆的那部朗西雅牌黑轿车还没有写进文学作品呢。

在汽车司机和车主之间，有滑动玻璃窗前后隔开。在车厢里面还有可以拉下来的折叠式坐椅。车厢大得就像一个小房间似的。

在那部利穆新汽车里，一个风度翩翩的男人正在看我。他不是白人。他的衣着是欧洲式的，穿一身西贡银行界人士穿的那种浅色柞绸西装。他在看我。看我，这在我已经是习以为常了。在殖民地，人们总是盯着白人女人看，甚至十二岁的白人小女孩也看。近三年来，白种男人在马路上也总是看我，我母亲的朋友总是很客气地要我到他们家里去吃午茶，他们的女人在下午都到体育俱乐部打网球去了。

我也可能自欺自误，以为我就像那些美妇人、那些招引人盯着看的女人那样美，因为，的确，别人总是盯着我看。我么，我知道那不是什么美不美的问题，是另一回事，是的，比如说，是另一回事，比如说，是个性的问题。我想怎么表现就怎么表现，你愿意我美，那就美吧，或者说漂亮也行，比如说，在家里，觉得我漂亮，就漂亮吧，仅仅限于在家里，也行，反正希望我怎样我就怎样就是了。不妨就相信好了。那就相信我是很迷人的吧。我只要信以为真，对那个看到我的人来说，就是真的，他想让我符合他的意趣，我也能行。所以，尽管我心里总是想着杀死我的哥哥，这种想法怎么也摆脱不掉，但是，我仍然可以心安理得地觉得我是迷人的、可爱的。说到死这一点，只有一个唯一的同谋者，就是我的母亲。我说迷人这两个字，同别人总围着我、围着一些小孩说迷人可爱一样，没有什么不同。

我早已注意到，早已有所觉察。我知道其中总有一点什么。我知道，女人美不美，不在衣装服饰，不在美容修饰，不因为施用的香脂价钱贵不贵，穿戴珍奇宝物、高价的首饰之类。我知道问题不在这里。问题究竟何在，我也不知道。反正我知道一般女人以为问题在那里，我认为不是。我注意看西贡街上的女人，偏僻地区的女人。其中有一些女人，十分美丽，非常白净，在这里她们极其注意保养她们姿容娇美，特别是住在边远僻静地区的那些女人，她们什么也不做，只求好好保养，洁身自守，目的是为了那些情人，为了去欧洲，为了到意大利去度假，为了每三年有六个月的长假，到那个时候她们就可以大谈在这里的生活状况，殖民地非同一般的生活环境，这里这些人、这些仆役的工作，都是那样完美无缺，以及这里的花草树木，舞会，白色的别墅，别墅大得可以让人在里面迷路，边远地区的官员们就住在这样的别墅里。她们在等待。她们穿衣打扮，毫无目的。她们彼此相看，你看我，我看你。她们在别墅的阴影下彼此怅怅相望，一直到时间很晚，她们以为自己生活在小说世界之中，她们已经有了长长的挂满衣服的壁橱，挂满衣衫罗裙不知怎么穿才好，按时收藏各种衣物，接下来便是长久等待的时日。在她们中间，有些女人发了疯。有些被当作不说话的女仆那样抛弃了。被遗弃的女人。人们听到这样的字眼落到她们身上，人们在传布这样的流言，人们在制造这种污辱性的谣传。有些女人就这样自尽，死了。

这些女人自作、自受、自误，我始终觉得这是一大错误。

就是因为没有把欲念激发起来。欲念就在把它引发出来的人身上，要么根本就不存在。只要那么看一眼，它就会出现，要么是它根本不存在。它是性关系的直接媒介，要么就什么也不是。这一点，在 experiment 之前，我就知道了。

只有海伦·拉戈奈尔在这个法则上没有犯过错误。她还滞留在童年时期。

很久以来我都没有自己合身的连衫裙。我的连衫裙像是一些口袋，它们是我母亲的旧连衫裙改的，它们本来就像是一些口袋。我母亲让阿杜给我做的不在此列。阿杜是和我母亲形影不离的女管家，即便母亲回到法国，即便我的大哥在沙沥母亲工作的住处企图强奸她，即便不给她发工钱，她也是不肯离开我的母亲的。阿杜是在修女嬷嬷那里长大成人的，她会刺绣，还会在衣衫上打褶，手工针线活几个世纪以来已经没有人去做了，但是她依然拿着头发丝那样细的针做得一手好针线。她因为会刺绣，我母亲就叫她在床单上绣花。她会打褶，我母亲就让我穿她做的打褶连衫裙，有绉边的连衫裙，我穿起来就像穿上布袋子一样，早就不时兴了，像小孩穿的衣服，前身两排褶子，娃娃领口，要么把裙子拼幅缝成喇叭形，要么有镶斜边的飘带，做成像"时装"那样。我穿这种像口袋似的边衫裙总要系上腰带，让它变化出一个样子来，所以这种衣服就永远穿下去了。

（陈江华编，摘自王道乾译：《情人》，上海译文出版社，2004）

第四十九章　里尔克及《杜伊诺哀歌》

第一节　里尔克简介

赖内·马利亚·里尔克，奥地利诗人、小说家，西方现代派文学奠基人之一，现代德语诗歌象征派代表人物，与叶芝、艾略特并称为"欧洲现代最伟大的三位诗人"，对 19 世纪末欧洲诗歌的体裁、风格和颓废派文学的发展具有深远的影响。

1875 年 12 月 4 日，里尔克出生于奥匈帝国布拉格市的一个铁路职员家庭。1882 年入读布拉格天主教主办的德语小学。1884 年父母离异，随母亲生活。1885 年就读于圣波尔藤初级军校；1890 年考入梅里希·维斯基尔欣高级军校。1891 年因病转入林茨商业学校，次年退学。1895 年在伯父资助下入读巴拉格大学；翌年转入慕尼黑大学。大学期间主修哲学、艺术史和文学史，并致力于文学创作。

里尔克的早期文学创作思想深受德国哲学家叔本华和尼采的影响，笔下多为感伤的模仿性作品，《生活与诗歌》、《祭神》、《梦中加冕》、《耶稣降临节》等诗集情调忧伤缠绵、纤丽婉转，内容神秘、梦幻，过度抒发主观情怀，捕捉瞬间模糊印象，兼具新浪漫主义和印象主义风格，表现出鲜明的布拉格地方色彩和波希米亚民歌特色。1897 年里尔克初访威尼斯，邂逅鲁·安德烈亚斯·莎乐美，一位年长而博学、对其创作生涯产生巨大影响的女性。随后相携游历意大利、俄罗斯等国，曾会见俄罗斯文豪列夫·托尔斯泰。

1900 年里尔克在不莱梅的沃尔波斯维德结识女雕刻家克拉拉·威斯特霍夫，次年 4 月结婚。1902 年夏旅居巴黎。同年出版诗集《图像集》，诗歌开始转向精确而客观的抒情风格。成名作《祈祷书》通过感受与认知的"现实"和"存在"抒发了诗人对单纯心灵的倾慕。1905 年至 1906 年担任欧洲现代雕塑家罗丹的秘书，并深受法国象征主义诗人波德莱尔、魏尔伦、马拉梅的影响，逐渐形成独特而成熟的艺术观念。诗人聚焦于视觉艺术，借助绘画、雕塑等有形之物，使外部现实从偶然性、模糊性和流变性中解脱出来。诗作以"客观的描述"为艺术原则，以直觉形象象征人生，使流动的、音乐的诗歌变为凝固的、雕塑的诗歌，形成语言洗练、意味隽永、自成一体的"咏物诗"。此间诗作以"咏物诗"之物来表现外化的自我，均收入《新诗集》和《新诗续集》。诗作鞭挞了资本主义社会的"异化"现象，呈现了人类平等互爱的乌托邦式的憧憬，体现了诗人创作思想的重大飞跃。随后发表了《安魂曲》和《布里格手记》。1909 年旅居意大利，游历埃及、北非诸国、西班牙等文化圣地。

里尔克一生中除诗歌外，还创作了大量散文、剧本、杂文、书信集和小说等。散文诗集《旗手克里斯多夫·里尔克的爱和死亡之歌》借一名旗手的初恋和阵亡的故事，抒发了诗人对"英雄业绩"的向往。长篇日记体小说《马尔特·劳里茨·布里格随笔》是里尔克唯一一部长篇小说，被誉为 20 世纪"现代主义小说"先锋作品。

1911 年里尔克应邀前往亚得里亚海边的杜伊诺堡，在该堡开始创作著名的《杜伊诺哀歌》。1916 年应征入伍，任军事档案馆文书。第一次世界大战期间颠沛流离于德国和奥地利。1919 年迁居瑞士，在瓦利斯州的穆佐堡完成了《杜伊诺哀歌》和《献给奥尔甫斯的十四行诗》。两部诗集借用了诸多比喻和隐晦、离奇的象征性词句，达到了诗人诗歌艺术创作的顶峰。诗人晚年因资本主义经济危机和第一次世界大战而倍感悲观，作品回归到形而上的哲学思想，字里行间拷问个体存在的意义，充满了孤独、痛苦的情绪和虚无缥缈的思想，流露出神秘主义倾向。1926 年 12 月 29 日，里尔克因白血病病逝于瑞士穆佐堡。里尔克少年早慧，敏感而柔弱，狂热而忧郁，但精神上却充溢而深邃。他的诗歌上承浪漫主义的传统，下开现代主义之先河。里尔克诗歌的艺术纵深度和撞击心灵的震撼力令人惊叹不已、回味无穷，放射着穿透时空的光辉，对 20 世纪上半叶西方文学界和知识界产生了重大而深远的影响。

第二节　《杜伊诺哀歌》简介

《杜伊诺哀歌》是奥地利诗人赖内·马利亚·里尔克晚期的一部巅峰诗作，与《致奥尔弗斯的十四行诗》共同被公认为里尔克最重要和最具有影响力的作品。两部诗集是里尔克人生经验和哲学思辨的结晶，诗歌中对人生和宇宙的深奥阐释以及悲剧般的韵味与美感使里尔克赢得了"桂冠诗人"之名。

1911 年伯爵夫人马利·封·屠恩·塔克西斯——里尔克的忠实读者，盛情邀请里尔克前往意大利亚得里亚海滨的杜伊诺堡作客，居住期间里尔克开始构思和创作最卓越的精神产物——古体长篇组诗《杜伊诺哀歌》。这部组诗的创作并未一气呵成，诗人因第一次世界大战而搁笔十载。1922 年 2 月里尔克在瑞士瓦利斯州穆佐堡短暂居住的 20 天内灵感迸发，完成了《杜伊诺哀歌》的全部创作。《杜伊诺哀歌》共收录 10 首诗歌，由一行六音步句接一行五音步句组成对句体诗。意境阔大流转、磅礴厚重。如果说里尔克的中期诗歌是"咏物诗"，那么后期诗作则可称之为"思想诗"。从唯物诗歌向唯心诗歌的创作转变形成了《杜伊诺哀歌》中的表现手法。

《杜伊诺哀歌》属于哲理抒情象征诗歌，犹如以高度象征性意象演绎的哲学论文。在诗歌中里尔克含蓄地表达了探索人生意义时迷惘、彷徨与苦闷的心情。《杜伊诺哀歌》几乎处处流露出对人生的哀叹。这固然源于诗人对人生的热爱，对物欲的无限膨胀使人类降格为野兽的忧虑，同时也蕴含着对哀叹的呼吁，呼吁人类肩负起无愧于万物之灵的使命。里尔克情系苍生，在诗歌中力图借助诗歌探索人与世界存在的合理性、人的使命以及人与物、生与死、幸福与痛苦的关系等发人深省的问题，以揭示在"世界空间"中孤军奋战的人类的人生真相、人生意义以及人与永恒的关系，俨然是一篇写给全人类的诗歌。

在《杜伊诺哀歌》中，里尔克以"生"之另一端"死"作为出发点进一步思考了死亡问题。依他所见，生与死本质上是一体的，须臾不离。"生与死统一"时，人便会在生命中实现一个完满的、整体性的存在。诗人认为世界充满苦难，人生空虚渺茫，只有"死亡"才是"快乐的源泉"，死即永生。他始终把"死"与"爱"联系在一起思考，"爱"是一种"无对象的"、"不占有的"爱。这种"无对象的爱"意味着自由、敞开和向深远的召唤。只有洞察了"死"的意义和"爱"的本质，才能为人与万物的生命转化确立更为广阔的空间。人和物不是剥夺与被剥夺的关系，不仅人需要和使用物，物也召唤和需要人。《杜伊诺哀歌》第九首中明确表达出大地上的一切都"似乎需要我们"，然而现代工业生产销蚀了"物"所具有的"无穷意味"，使"物"变为"可替代品"，不再具有"人性"的意蕴。大地上迅速消失的"不可替代的可见物"只有进入内心，成为"不可见的"，才能获得永恒。可以说，大地和内心世界无穷无尽的隐形才是诗人心灵的归宿和栖息地，才能赋予诗人深入到广阔无垠的空间去的力量。

在《杜伊诺哀歌》中，里尔克以明确而不模糊、具体而不抽象、集中而不散漫的诗风回答了"存在"这个问题。诗人激情澎湃的畅想犹如高速旋转的魔棒，通过弹作连珠的象征以引导思路的神来之笔，不断涌现出虚拟的情境和涵盖深广的人生见地。同时也不免流露出神秘主义色彩与意蕴，诗人追求如大自然般的神秘感以展现诗歌的艺术美。

《杜伊诺哀歌》是诗与哲学的完美结合。就深刻的思想内涵和精湛的诗歌艺术而言，《杜伊诺哀歌》代表了 20 世纪西方诗坛所取得的最高成就。里尔克在诗歌中对人类心灵的挖掘和撞击使他像俄罗斯作家陀思妥耶夫斯基一样，成为伟大的"灵魂的审判者"。

第三节　《杜伊诺哀歌》选段

第一首

如果我哭喊，各级天使中间有谁
听得见我？即使其中一位突然把我
拥向心头：我也会由于他的
更强健的存在而丧亡。因为美无非是
我们恰巧能够忍受的恐怖之开端，
我们之所以惊羡它，则因为它宁静得不屑于
摧毁我们。每一个天使都是可怕的。
于是我控制自己，咽下了隐约啜泣之
诱唤。哎，还有谁我们能
加以利用？不是天使，不是人，
而伶俐的牲畜已经注意到
我们在家并不十分可靠
在这被解释的世界里。也许我们留下了
斜坡上任何一株树，我们每天可以
再见它；给我们留下了昨天的街道
以及对于一个习惯久久难改的忠诚，
那习惯颇令我们称心便留下来不走了。
哦还有夜，还有夜，当充满宇宙空间的风
舔食我们的脸庞时——被思慕者，温柔的醒迷者，

她不会为它而停留，却艰辛地临近了
孤单的心。难道她对于相爱者更轻松些吗？
哎，他们只是彼此隐瞒各自的命运。
你还不知道吗？且将空虚从手臂间扔向
我们所呼吸的空间；也许鸟群会
以更诚挚的飞翔感觉到扩展开来的空气。

是的，春天需要你。许多星辰
指望你去探寻它们。过去有
一阵波涛涌上前来，或者
你走过打开的窗前，
有一柄提琴在倾心相许。这一切就是使命。
但你胜任吗？你可不总是
为期待而心烦意乱，仿佛一切向你
宣布了一个被爱者？（当伟大而陌生的思想在你
身上走进走出并且夜间经常停留不去，这时
你就想把她隐藏起来。）
但你如有所眷恋，就请歌唱爱者吧；他们
被称誉的感情远不是不朽的。
那些人，你几乎嫉妒他们，被遗弃者们，你发现
他们比被抚慰者爱得更深。永远重新
开始那绝对达不到的颂扬吧；
想一想：英雄坚持着，即使他的毁灭
也只是一个生存的借口：他的最后的诞生。
但是精疲力竭的自然却把爱者
收回到自身，仿佛这样做的力量
再用不到第二回。你可曾清楚记得
加斯帕拉·斯坦帕，记得任何一个
不为被爱者所留意的少女，看到这个爱者的
崇高范例，会学得"我也可以像她一样"吗？
难道我们这种最古老的痛苦不应当终于
结出更多的果实？难道还不是时候，我们在爱中
摆脱了被爱者，战栗地承受着：
有如箭矢承受着弓弦，以便聚精会神向前飞跃时
比它自身更加有力。因为任何地方都不能停留。

声音，声音。听吧，我的心，就像只有
圣者听过那样：巨大的呼唤把他们
从地面扶起；而他们却一再（不可能地）
跪拜，漠不关心其他：
他们就这样听着。不是你能忍受
神的声音，远不是。但请听听长叹，

那从寂静中产生的、未被打断的信息。
它现在正从那些夭折者那里向你沙沙响来。
无论何时你走进罗马和那不勒斯的教堂，
他们的命运不总是安静地向你申诉吗？
或者一篇碑文巍峨地竖在你面前，
有如新近在圣玛丽亚·福莫萨见到的墓志铭。
他们向我要求什么啊？我须悄然抹去，
不义的假象，它常会稍微
妨碍他们的鬼魂之纯洁的游动。

的确，说也奇怪，不再在地面居住了，
不再运用好不容易学会的习惯了，
不给玫瑰和其他特地作出允诺的
事物赋予人类未来的意义；
不再是人们在无穷忧虑的双手中
所成为的一切，甚至抛弃
自己的名字，不啻一件破损的玩具。
说也奇怪，不再希望自己的希望。说也奇怪，
一度相关的一切眼见如此松弛地
在空中飘荡。而死去是艰苦的
并充满补救行为，使人们慢慢觉察到
一点点永恒。——但是，生者都犯了
一个错误，他们未免泾渭过于分明。
天使（据说）往往不知道，他们究竟是
在活人还是死人中间走动。永恒的激流总是
从两个区域冲走了一切世代
并比两者的声音响得更高。

他们终于不再需要我们，那些早逝者，
他们怡然戒绝尘世一切，仿佛长大了
亲切告别母亲的乳房。但是我们，既然需要
如此巨大的秘密，为了我们常常从忧伤中
产生神圣的进步——我们能够没有他们吗？
从前在为林诺的悲悼中贸然响过的
第一支乐曲也曾渗透过枯槁的麻木感，
正是在这战栗的空间一个几乎神化的青年
突然永远离去，空虚则陷于
现在正迷惑我们、安慰我们、帮助我们的
那种振荡——这个传说难道白说了吗？

第二首

每个天使都是可怕的。但是，天哪，
我仍然向你歌唱，几乎致命的灵魂之鸟，
并对你有所了解。托拜阿斯的时日
到哪儿去了，当时最灿烂的一位正站在简朴的大门旁，
为了旅行稍微打扮一下，已不再那么可怕了；
（少年面对着少年，他正好奇地向外张望着）。
唯愿大天使，那危险的一位，现在从星星后面
向下只走一步，走到这里来：我们自己的心将高高
向上一击而把我们击毙。你们是谁啊？

早熟的成就，你们是创造的骄子，
一切制作的顶峰，晨曦映红的
山脊——繁华神祇的花粉，
光的关节，走廊，阶梯，宝座，
本质构成的空间，喜悦构成的盾牌，暴风雨般
迷醉的情感之骚动以及突然间，个别出现的
镜子：它们把自己流出来的美
重新汲回到自己的脸上。

因为我们在感觉的时候蒸发了；哦我们
把自己呼出来又呼开去；从柴焰到柴焰
我们发出更其微弱的气息。这时有人会告诉我们：
是的，你进入了我的血液，这房间，春天
被你充满了……这管什么用，他并不能留住我们，
我们消失在他的内部和周围。而那些美丽的人们，
哦谁又留得住他们？外貌不停地浮现在
他们脸上又消失了。有如露珠从晨草身上
我们所有一切从我们身上发散掉，又如一道蒸腾菜肴
的热气。哦，微笑，那儿去了？哦，仰视的目光：
新颖、温暖、正在消逝的心之波——；
悲哉，我们就是这一切。那么，我们化解于其中的
宇宙空间是否带有我们的味道？天使们是否真正
只截获到他们的所有，从他们流走的一切，
或者有时似乎由于疏忽，其中还剩下一点点
我们的本质？我们是否还有那么些被掺和在
他们的特征中有如孕妇脸上的
模糊影子？他们在回归于自身的
漩涡中并未注意这一点。（他们本应注意到。）

如果天使懂得他们，爱者们会在夜气中
交谈一些奇闻。因为看来万物都在
隐瞒我们。看哪，树木存在着；我们所住的
房屋还立在那儿。我们不过是
经过一切有如空气之对流。
而万物一致迫使我们缄默，一半也许
出于羞耻，一半出于不可言说的希望。

爱者们，你们相互称心如意，我向你们
询问有关我们的问题。你们伸手相握。你们有所表白吗？
看哪，在我身上也可能发生，我的双手彼此
熟悉或者我的饱经风霜的
脸在它们掩护下才得到安全。这使我多少有
一点感觉。可谁敢于为此而存在？
但是你们，你们在另一个人的狂喜中
不断扩大，直到他被迫向你
祈求：别再——；你们在彼此的手中
变得日益富裕有如葡萄丰收之年；
有时你们消逝了，只因为另一个人
完全占了上风：我向你们询问我们。我知道，
你们如此沉醉地触摸，是因为爱抚在持续，
因为你们温存者所覆盖的地方并没有
消失；因为你们在其中感觉到纯粹的
绵延。于是你们几乎向自己允诺了
拥抱的永恒。但是，当你们经受住
初瞥的惊恐，窗前的眷恋
和第一次、仅仅一次同在花园里散步：
爱者啊，你们还是从前的自己吗？当你们彼此
凑近对方的嘴唇开始啜饮——饮了一口又一口：
哦，饮者会多么不寻常地规避这个动作啊。

在阿提喀石碑上人类姿势的
审慎难道不使你们惊讶吗？爱与别离可不是
那么轻易地置于肩头，仿佛是由别的
什么质料做成的，而不是发生在我们身上？记住那双手，
它们是怎样毫无压力地歇着，纵然躯干中存在着力量。
这些自制者们由此而知：我们走得多么远，
我们这样相互触摸，这就是我们的本色；诸神则
更强劲地抵住我们。可这是诸神的事。
唯愿我们能够发现一种纯粹的、抑制的、狭隘的
人性，在河流与岩石之间有属于我们的
一小片果园。因为我们自己的心超越了我们

正如当初超越那些人。而我们不再能够
目送它成为使人宽慰的图像，也不能成为
它在其中克己有加的神圣的躯体。

第三首

歌唱被爱者是一回事。唉，歌唱
那个隐藏的有罪的血之河神是另一回事。
他是她从远方认识的，她的小伙子，他本人
对于情欲之主宰又知道什么，后者常常由于孤寂，
（少女在抚慰情人之前，常常仿佛并不存在，）
唉，从多么不可知的深处流出，抬起了
神头，召唤黑夜从事无休的骚乱。
哦，血之海神，哦，他的可怕的三叉戟。
哦，他的由螺旋形贝壳构成的胸脯的阴风。
听呀，夜是怎样变凹了空了。你们星星，
爱者的欢悦难道不是从你们发源而上升到
被爱者的脸上么？他不正是从纯洁的星辰
亲切地审视她纯洁的面庞么？

你并没有，唉，他的母亲也没有
使他将眉头皱成期待的弧形。
他的嘴唇弯出丰富的表情，
不是为了凑向你，对他有所感触的少女，不是为了你。
你果真认为，你轻盈的步态会那么
震撼他么，你，像晨风一样漫游的你？
诚然你惊吓了他的心；但更古老的惊愕
却在那相撞击的接触中冲入了他体内。
呼唤他吧……你完全不能把他从玄秘的交游中呼唤出来。
当然，他想逃脱，他逃脱了；他轻松地安居于
你亲切的心，接受自己并开始自己。
但他可曾开始过自己呢？
母亲，你使他变小，是你开始了他；
他对你是崭新的，你在崭新的眼睛上面
拱起了友好的世界，抵御着陌生的世界。
当年你干脆以纤细的身材为他拦住
汹涌的混沌，那些岁月到哪儿去了？
你就这样向他隐瞒了许多；你使那夜间可疑的
房屋变得无害，你从你充满庇护的心中
将更富于人性的空间和他的夜之空间混在一起。
你并没有将夜光放进黑暗中，不，而是放进了
你的更亲近的生存，它仿佛出于友谊而闪耀。

哪儿都没有一声吱嘎你不能微笑着加以解释，
似乎你早就知道，什么时候地板会表现得……
于是他聆听着，镇静下来。你的出现，温柔地，
竟有许多用途；他的命运穿着长袍踱到
衣柜后面去了，而他的不安的未来恰好
与那容易移动的布幔皱褶相称。

而他，那被安慰者，躺着时分，在昏然
欲睡的眼睑下面将你的轻盈造型
之甜蜜溶化于被尝过的睡前迷离之中——
他本人仿佛是一个被保护者……可是在内心：谁会
在他内心防御、阻挡那根源之流？
唉，在睡眠者身上没有任何警惕；睡着，
但是梦着，但是在热昏中：他是怎样着手的。
他，那新生者，羞怯者，他怎样陷入了圈套，
并以内心事件之不断滋生的卷须
与模型，与哽噎的成长，与野兽般
追逐的形式交织在一起。他怎样奉献了自己——爱过了。
爱过他的内心，他的内心的荒芜，
他身上的这个原始森林，在它缄默的倾覆上面
绿油油地立着他的心。爱过了。把它遗弃了，从自己的
根部走出来走进强有力的起始，
他渺小的诞生在这里已经被超越。爱着，
他走下来走进更古老的血液，走进峡谷，
那儿潜伏着可怕的怪物，饱餐了父辈的血肉。而每一种
怪物都认识他，眨着眼，仿佛懂得很多。
是的，怪物在微笑……你很少
那么温柔地微笑过，母亲。他怎能不
爱它呢，既然它对他微笑过。在你之前
他就爱过它，因为，既然你生了他，
它就溶入使萌芽者变得轻飘的水中。

看哪，我们并不像花朵一样仅仅
只爱一年；我们爱的时候，无从追忆的汁液
上升到我们的手臂。少女啊，
是这么回事：我们在我们内心爱，不是一个，一个未来者，而是
无数的酝酿者；不是仅仅一个孩子，
而是像山脉废墟一样安息在
我们底层深处的父辈们；而是往昔母辈的
干涸的河床——；而是在多云或
无云的宿命下面全然
无声的风景——这一切都先你一着，少女。

而你自己，你知道什么——你将
史前时代召遣到爱者身上来。是什么情感
从逝者身上汹涌而上。是什么女人
在那儿恨你。你在青年人的血管中
煽动起什么样的恶人啊？死去的
孩子们希望接近你……哦，轻点，轻点，
给他安排一项可爱的，一项可靠的日课——把他
引到花园附近去，给他以夜的
优势……
留住他……

第四首

哦，生命之树，何时是你的冬天？
我们并不一条心。并不像候鸟那样
被体谅。被超过了而且晚了，
我们于是突然投身于风中并
坠入无情的池塘。我们同时
领悟繁荣与枯萎。
什么地方还有狮子在漫步，只要
它们是壮丽的，就不知软弱为何物。

但如我们专注于一物，我们就会
感觉到另一物的亏损。敌意是我们
最初的反应。爱者们相互允诺
幅员，狩猎和故乡，难道不是
永远在接近彼此的边缘么。
于是，为了一瞬间的素描
辛苦地准备了一层反差的底色，
好让我们看得见它；因为人们
对我们十分清楚。我们并不知道
感觉的轮廓，只知道从外部使之形成的一切。
谁不曾惶恐地坐在他的心幔面前？
心幔揭开来：布景就是别离。
不难理解。熟悉的花园，
而且轻轻摇晃着：接着来了舞蹈者。
不是他。够了。不管他跳得多么轻巧，
他化了装，他变成一个市民
从他的厨房走进了住宅。
我不要这些填满一半的面具，
宁愿要傀儡。它填满了。我愿忍受
它的躯壳和铁丝和外表的

面貌。在这里！我就在它面前。
即使灯火熄灭了，即使有人
对我说：再没有什么——即使空虚
带着灰色气流从舞台吹来，
即使我的沉默的祖先再没有
一个人和我坐在一起，没有女人，甚至
再没有长着棕色斜眼的儿童：
我仍然留下来。一直观看下去。

我说得不对吗？你，品尝一下我的、
我的必然之最初混浊的灌注，父亲，
你就会觉得生活对我是多么苦涩，
我不断长大，你便不断品尝，且忙于
回味如此陌生的未来，检验着
我的朦胧的凝视——
你，父亲，自你故世以来，常常
在我的希望中为我感到忧惧，
并为我的一小片命运而放弃了
恬静，尽管死者是多么恬静，放弃了
恬静的领域，我说得不对吗？而你们，
我说得不对吗？你们会为我对你们的爱
的小小开端而爱我，可我总是脱离那开端，
因为你们脸上的空间，即使我爱它，
变成了你们不复存在的宇宙空间……当我高兴
等待在傀儡舞台面前，不
如此全神关注着，以致最后
为了补偿我的凝望，那边有一个天使
抓起傀儡躯壳，不得不扮角出场了。
天使和傀儡：接着终于演出了。
接着由于我们在场而不断使之
分离的一切团圆了。接着从我们的季节
首先出现整个变化的轮回。于是天使
从我们头上扮演下去。看哪，垂死者们，
他们难道揣测不到，我们在此所完成的
一切是多么富于托词。一切都
不是真的。哦，童年的时光，
那时在外形后面不仅只有
过去，在我们前面也不是未来。
我们确实长大了，有时迫不及待
要快些长大，一半是为了奉承
另一些除了长大便一无所有的人们。
而且在我们孤独时我们

还以持久不变而自娱，伫立在
世界和玩具之间的空隙里，
在一个一开始就为
一个纯粹过程而创建的地点。
谁让一个孩子显示他的本色？谁把它
放在星宿之中，让他手拿着
距离的尺度？谁使孩子死
于变硬的灰色面包——或者让死
留在圆嘴里像一枚甜苹果
噎人的果核？……凶手是
不难识破的。但是这一点：死亡，
整个死亡，即使在生命开始之前
就那么温柔被包含着，而且并非不吉，
却是无可描述的啊。

第五首

献给赫尔塔·柯尼希夫人

但请告诉我，他们是谁，这些江湖艺人，比我们自己
还要短暂一些的人们，他们从早年起就被一个
不知取悦何人而永不满足的愿望紧迫地绞榨着？它绞干
他们，弄弯他们，缠绕他们，摆动他们，
抛掷他们，又把他们抓回来；他们仿佛从
抹了油的、更光滑的空气里掉下来，掉到
破烂的、被他们无止尽的
跳跃跳薄了的地毯上，这张遗失在
宇宙中的地毯。
像一块膏药贴在那儿，似乎郊外的
天空撞伤了地球。
而且勉强在那儿
直立着，在那儿被展示着：像几个站在那儿的
词首大写字母……，甚至那一再来临的手柄，为了开心，
又把最健壮的男人滚转起来，有如
强者奥古斯特在桌上
滚转一个锡盘。

唉，围着这个
中心，凝视的玫瑰：
开放了又谢落了。围着这个
捣杵，这片为自己的
花粉所扑击的雌蕊，一再孕育出
厌恶之伪果，他们自己
从不知觉的厌恶——以微微假笑的厌恶

之最薄的表面闪闪发光。

那边是憔悴的满脸皱纹的举重人，
他而今老了，只能打打鼓，
萎缩在他庞大的皮肤里，仿佛以前它曾经
装过两个男人，另一个已经
躺在墓地里，这一个却活得比他更久，
耳已聋，有时还不免
错乱，在这丧偶的皮肤里。

但那年轻的，那个男人，他似乎是一个脖颈儿
和一个尼姑的儿子：丰满而壮实地充塞着
肌肉和单纯。

哦，你们，
曾经收到一片
淡淡的哀愁有如一件玩具，在它一次
久久的复元期中……

你，砰然一下，
只有果实知道，还没有成熟，
每天却上百次地从共同
构筑的运动之树（那比流水还快，在几分钟
之内包括春夏和秋季的树）坠落——
坠落下来又反弹到坟墓上：
有时，在半晌中，一阵爱慕试图
掠过你的脸，迎向你颇不
慈祥的母亲；可那羞怯的
几乎没有试投过的目光，就在你的
表面已经磨损的身上消失了……于是又一次
那人拍掌示意让你跳下来，每当你不断腾跃的
心脏明显感到一阵痛苦之前，你的脚掌
就有了烧灼感，比那痛苦的根源更占先，于是
你的眼里迅速挤出了一两滴肉体的泪水。
虽然如此，却盲目地
出现了微笑……

天使！哦，采它吧，摘它吧，那开小花的药草。
弄一个瓶来保存它！把它插进那些还没有
向我们开放的欢悦里；用秀丽的瓮坛
来颂扬它，上面有龙飞凤舞的铭文：
"Subrisio Saltat."

然后你，亲爱的，
为最诱人的欢乐
悄然忽略的你。也许你的
流苏为你而完美——
或者在那年轻的
丰满胸脯之上绿色的金属般绸衣
令人感觉无限地奢侈，什么也不缺乏。
你
经常以不同方式放在一切颤动的天平上的
恬静的市场水果
公开地展示在众多肩膀中间。

是哪儿，哦，那个地方在哪儿——我把它放在心里——
他们在那里还远不能，还在彼此
脱落，有如试图交尾、尚未正式
配合的动物——
那里杠铃仍然很重；
那里碟子仍然从它们
徒然旋转的杆子上
摇晃开去……

于是突然间在这艰苦的无何有之乡，突然间在
这不可名状的地方，那儿纯粹的"太少"
不可思议地变成——转化
成那种空虚的"太多"。
那儿多位数
变成了零。
方场，哦，巴黎的方场，无穷尽的舞台，
那儿时装设计师，拉莫夫人，
在缠绕在编结人间不停歇的道路，
无尽长的丝带，从中制作崭新的
蝴蝶结，绲边，花朵，帽徽，人造水果——都给
涂上虚假色彩——为了装饰
命运的廉价冬帽。

················

天使：假如有一个我们一无所知的处所，在那儿，
在不可名状的地毯上，爱者们展现了他们在这儿
从不能做到的一切，展现了他们大胆的
心灵飞翔的高尚形象，

他们的欲望之塔，他们
早已离开地面、只是颤巍巍地彼此
倚靠着的梯子——假设他们能够做到这一切，
在四周的观众、那数不清的无声无息的死者面前：
那么他们会把他们最后的、一直珍惜着的、
一直藏匿着的、我们所不知道的、永远
通用的幸福钱币扔在
鸦雀无声的地毯上那终于
真正微笑起来的一对情侣面前吗？

第六首

无花果树，长久以来我就觉得事关重大，
你是怎样几乎完全错过花期
未经夸耀，就将你纯粹的秘密
催入了及时决定的果实。
像喷泉的水管你弯曲的枝丫
把汁液驱下又驱上：它从睡眠中
几乎还未醒来，就跃入其最甜蜜成就的幸福。
看哪，就像大神变成了天鹅。
……但是我们徘徊着，
唉，我们以开花为荣，却无可奈何地进入了
我们最后的果实之被延宕的核心。
在少数人身上行动的紧迫感如此强烈地升起
以致他们已经站近，并燃烧于心灵的丰富之中，
当开花的诱惑如同柔和的夜气
触抚到他们嘴巴的青春，触抚到他们的眼帘：
也许只是在英雄身上，以及那些注定夭亡的人们身上
从事园艺的死亡才以不同方式扭曲了血管。
这些人向前冲去：他们先行于
自己的微笑，正如凯尔奈克的微凹浮雕上的
马车先行于凯旋的国王。

说来奇怪，英雄竟接近于夭亡者。持久
与他无缘。他的上升就是生存。经常
他走开去，步入他的恒久风险之
变换了的星座。那里很少人能发现他。但是，
对我们阴郁地缄默着的命运，突然间热烈起来，
把他唱进了他的呼啸世界的风暴中。
我还没有听说谁像他。他的沉闷的音响
突然挟着涌流的空气从我身上穿过。

于是我多么愿意回避憧憬：哦，我多么希望
成为、也许还可能成为一个儿童，静坐着
支撑着未来的手臂，读送参孙的故事，
他的母亲开初怎样不孕，后来却分娩了一切。

哦，母亲，他在你的体内难道不已经是英雄吗，
他的威风凛凛的选择难道不是在你体内开始的吗？
成千上万人曾在子宫里酝酿，希望成为他，
但是看哪：他掌握并舍弃，选择并得以完成。
如果他曾经捣毁圆柱，那就是他从
你的肉体的世界里进出来，来到更狭窄的世界的时候，
他在那里继续选择并得以完成。哦，英雄的母亲们，
哦，奔腾河流的源头！你们就是峡谷，
少女们已经高高地从心灵边缘，悲泣着，
冲了进来，将来为儿子而牺牲。
因为英雄一旦冲进爱的留难，
每个为他而跳的心都会使他出人头地，
这时他转过身来，站在微笑的终点，一改常态。

（郭京红编，摘自绿原译、李永平编选：《里尔克精选集》，北京燕山出版社，2010）

第五十章　布莱希特及《大胆妈妈和她的孩子们》

第一节　布莱希特简介

贝托尔特·布莱希特，德国剧作家、诗人、导演和戏剧理论家，曾任德意志民主共和国艺术科学院副院长。1893 年 2 月 4 日出生于巴伐利亚州的奥格斯堡。1917 年进入慕尼黑大学学习文学，兼攻医学。1918 年德国十一月革命爆发，他被派往战地医院服务。革命失败后，继续大学学习，对戏剧发生浓厚兴趣。同年写出第一部短剧《巴尔》，攻击资产阶级道德的虚伪性。1920 年完成剧作《夜半鼓声》。1922 年写出《城市丛林》，并撰写剧评。1922 年被慕尼黑小剧院聘为戏剧顾问兼导演。1924 年应著名导演莱因哈特邀请赴柏林任德意志剧院戏剧顾问，创作剧本《人就是人》。1926 年，布莱希特开始研究马列主义，形成自己的独特艺术见解，初步提出史诗（叙事）戏剧理论与实践的主张。他创作有《马哈哥尼城的兴衰》、《三分钱歌剧》、《屠宰场里的圣约翰娜》、《巴登的教育剧》、《措施》、《例外与常规》等教育剧。1931 年，将高尔基的小说《母亲》改编为舞台剧。1933 年希特勒上台，他带着家人逃离德国，开始了长达 15 年的流亡生活。1948 年 10 月返回东柏林定居。1949 年与汉伦娜一起创建和领导柏林剧团，并亲任导演，全面实践他的史诗戏剧演剧方法。1951 年因对戏剧的贡献而获国家奖金。1955 年获列宁和平奖金。1956 年 8 月因心脏病突发在东柏林逝世。

他的主要剧作有《圆头党和尖头党》、《第三帝国的恐怖与灾难》、《卡拉尔大娘的枪》、《伽利略传》、《大胆妈妈和她的孩子们》、《四川好人》、《潘蒂拉老爷和他的男仆马狄》以及改编的舞台剧《在第二次世界大战中的帅克》、《高加索灰阑记》等。他还以演说、论文、剧本的注释形式，阐述史诗戏剧的理论原则和演剧方法，其中较重要的有《中国戏剧表演艺术的间离方法》、《论实验戏剧》、《买黄铜》、《表演艺术新技巧》等。1948 年后，剧作有《公社的日子》、《杜朗多》等。理论与著作有《戏剧小工具篇》、《戏剧小工具篇补遗》、《大胆妈妈和她的孩子们》等剧的导演分析。

布莱希特戏剧是 20 世纪德国戏剧的一个重要学派，他对世界戏剧发生着很大影响。这个学派在它的形成过程中，一方面继承和革新欧洲及德国的现实主义传统，另一方面借鉴东方文化，尤其是日本古典戏剧和中国戏曲。他对中国戏曲艺术给予很高评价。对斯坦尼斯拉夫斯基体系持肯定态度，曾多次谈论这个体系对现实主义表演艺术所做的贡献。布莱希特演剧方法推崇"间离方法"，又称"陌生化方法"，是他提出的一个新的美学概念，又是一种新的演剧理论和方法。它的基本含义是利用艺术方法把平常的事物变得不平常，揭示事物的因果关系，暴露事物的矛盾性质，使人们认识改变现实的可能性。但就表演方法而言，"间离方法"要求演员与角色保持一定的距离，不要把二者融合为一，演员要高于角色、驾驭角色、表演角色。

第二节　《大胆妈妈和她的孩子们》简介

《大胆妈妈和她的孩子们》是布莱希特的代表作，是一部为反法西斯斗争服务的历史剧，创作于1939年底布莱希特流亡瑞典期间。那时，希特勒正横行霸道，叫嚣战争，而作为德国"普通劳动人民喉舌"的布莱希特在这个时期创作了这个剧本，其目的是借历史故事深刻地暴露现代战争的残酷性，揭发战争贩子的本质，从而唤起人民起来反对战争，争取和平。当时，布莱希特结识了瑞典女演员纳伊玛·维夫斯特朗。她给布莱希特朗读了芬兰诗人约翰·路德维格·鲁内贝里的一首叙事诗《洛塔·斯维尔德》。这首叙事诗以19世纪瑞俄战争为背景，描写了一个随军女商贩的遭遇。这个故事唤起了布莱希特的写作灵感，他要写一个剧本让维夫斯特朗主演。于是，布莱希特的最佳作品《大胆妈妈和她的孩子们》诞生了。

《大胆妈妈和她的孩子们》中的故事发生在17世纪欧洲30年战争时期。剧中女主人公安娜·菲尔琳，号称"大胆妈妈"。这个称呼来源于德国17世纪小说家格里美尔豪森的流浪汉小说《女骗子和女流浪者库拉舍》，并直接取材于格里美尔豪森的另外一部作品《痴儿西木传》。"大胆妈妈"带着两个儿子，一个哑女，拉着货车随军叫卖，把战争视为谋生的依靠，发财的途径。剧中一个士兵望着她的大篷车预言："谁要想靠战争过活，就得向它交出些什么。"这个把生活希望完全寄托于战争的女人，最终落得家破人亡。这是一个在战争中为谋生不怕冒险，不计后果的女人的悲剧。作品的副标题是"30年战争纪事"，可以说是一段"编年史"的剧作。作为"编年史"，作品所写的人物和事件理应在编年史中占有一定的地位，如莎士比亚剧中的"亨利四世"或约翰王等人的事业及其命运。但是，该剧所展现的却是些名不见经传的"庶民""小人物"，他们完全以另外一种眼光看待历史。大胆妈妈和她的孩子们凄惨、辛酸的遭遇可以拿来重新评价30年"伟大"的宗教战争。布莱希特就是从小人物的立场出发，揭示出这场战争是"上头"和"下面"之争。剧作家之所以选择"大胆妈妈"这个随军女商贩的小人物形象来作为戏剧的主人公，是因为"大胆妈妈"是一个极具象征色彩的人物形象。

该剧在艺术特色上具有以下特点：一是歌唱性因素。剧中穿插的歌唱具有打断故事情节进行的功能，这是史诗剧为了调动观众的思维能力而采取的一种特殊手段。歌唱既对剧情起着评论作用，也是刻画人物性格的手段，有时甚至是理解全剧基本布局的一把钥匙。例如贯穿全剧的《大胆妈妈之歌》，就是这出戏的主题歌。二是开放形式。在结构上，该剧并未采取亚里士多德式悲剧模式，无论在时间或情节构筑方面，剧本均未遵循环环相扣的规则，而是呈现一种无头无尾的"松散"状态，整个剧情的发展，颇似大胆妈妈那辆时走时停的大篷车。三是共时性场景。观众在这种共时性场景中能看到剧中人物看不到的事物，它的效果就像全剧结束时，观众知道哀里夫的死，而剧中人对此却一无所知一样。布莱希特的意图是，借这种手法让观众以清醒的头脑有意识地看戏，而不要像剧中人那样陷入盲目性。剧中这些新的表现手法，对于认识布莱希特史诗剧的艺术特点，具有典型意义。

第三节 《大胆妈妈和她的孩子们》选段

9

巨大的宗教战争已经延续了十六年之久。德国损失了一半以上的居民。厉害的瘟疫吞食着那些在屠杀中得以幸免的生命。在流过血的地区饥饿盛行。在烧毁了的城市里遍地是狼群。一六三四年秋天，我们遇见大胆妈妈在德国菲希特尔山地的一条大路旁，瑞典军队正在这条路上行军。这一年的冬天来得很早，而且十分严寒。大胆妈妈的生意不好，以致只能行乞。厨师接到一封从乌特勒希特寄来的信，他和大胆妈妈分手而去。

在一所已一半倾圮的牧师住宅前。在初冬的一个灰色的早晨、风刮着。大胆妈妈和穿着磨损了的羊皮衣的厨师站在车旁。

厨　师　天黑黑的，还没有人起来。

大胆妈妈　这儿住的是牧师。钟一响，他就得从被窝里爬出来。然后他就要喝一碗热汤。

厨　师　不见得，要是全村就像我们看见的那样，烧光了，哪儿还会有汤喝。

大胆妈妈　这里还是有人住着的，刚才还听见狗叫呢。

厨　师　就算这个牧师有什么吃的，他也不会给我们的。

大胆妈妈　也许会的，要是我们唱一支……

厨　师　我真感到够受的了。（突然）我接到了一封从乌特勒希特寄来的信，说我母亲生霍乱病死了，那爿客店就归我了。要是你不信的话，你就看这封信吧。虽然我姑母信里胡写些我生活品行的事情，跟你没有关系，你还是可以看看。

大胆妈妈　（读信）朗泼，我对这种到处游荡的生活也已经感到厌倦了。我就像是屠夫养着的狗，给顾客拉肉，可自己倒得不到一根骨头。我已经没有东西可卖了，别人反正也没有钱来买。在萨克森曾经有个穿得破破烂烂的人抱了一大堆羊皮书要跟我换两个鸡蛋，在瓦敦堡有人要用他们的犁换我的一小袋盐。要犁干什么用？田里除了一些蓬蓬松松的荆棘以外，什么东西也不生长了。波美尔的村民已经把小孩都吃光了，他们抢劫的时候，连尼姑也抢跑了。

厨　师　世界已经完了。

大胆妈妈　有时候，我觉得我好像和我的篷车走在地狱里贩卖着沥青，有时候，就像是走在天堂里，向那些漂泊着的灵魂招卖干粮。要是我能和剩下来的孩子找到一个没有炮火侵袭的地方，我真愿意过几年安静的日子。

厨　师　我们可以把那爿客店开出来。安娜，你考虑考虑吧。昨晚上我考虑了很久，我跟你一起走呢，还是我一个人回乌特勒希特，今天就得决定。

大胆妈妈　我得跟卡特琳商量。事情来得太突然，再说我也不愿意在冷风里，空着肚子来作决定。卡特琳！

卡特琳从车里爬下。

大胆妈妈　卡特琳，我要告诉你一个消息。厨师和我想去乌特勒希特。他在那边承继了一爿客店。在那儿你可以找一个立足点，结识些人。一个冷静沉着的女人是会受到别人尊敬的，外表不起决定作用。我打算去。我和厨师处得很好。我得承认：他是个会做生意的人。以后我们绝不必担心吃饭问题了，这不是很好吗？你呢，也可以有一个舒适的睡觉的地方，怎么样？在路上漂泊不是长久之计。久而久之，会堕落下去。你身上不是已长了虱子吗！我们得决定一下，要不然，我们也可以跟瑞典人到北方去，他们要在那边驻扎下来。（用手指指向左方）我想，我们还是决定下来吧，卡特琳。

厨　　师　安娜，我想单独和你说句话。

大胆妈妈　卡特琳，回车子里去吧，

卡特琳爬回车去。

厨　　师　我所以要打断你的话，这是因为我发现你误会了我。本来我想用不着我自己说的，因为这是很明白的。但是既然你还不明白，那我就得把话说清楚，你要带她一起走，那是决不可能的。我相信，你是懂得我的意思的。

卡特琳在他们后边从车子里伸出头来，偷听。

大胆妈妈　你认为我应该把卡特琳留下？

厨　　师　那你想怎么样呢？那爿客店没有多余的地方。一共才不过三间小房。如果辛苦一点，我们俩还可以勉强谋生，三个人，那就办不到。你可以把车子留给卡特琳。

大胆妈妈　我是那样想的，她可以在乌特勒希特找到一个丈夫。

厨　　师　这真叫人发笑！她怎么找一个丈夫呢？哑巴还加上个伤疤！她的年纪又是这么大了！

大胆妈妈　不要说得那么响！

厨　　师　不管说得轻还是响，是怎么样，就是怎么样。而且这也是个原因，我为什么不能让她去客店。客人们不愿意老看见这么一个人。这点你是不能怪他们的。

大胆妈妈　闭嘴。跟你说，不准那么大声。

厨　　师　牧师家里有灯光了。我们可以唱了。

大胆妈妈　厨师，她一个人怎么能拉车呢？她怕战争。她受不了战争。她做了一些什么梦呀！夜里我总听到她呻吟。尤其是在每次战役后。我不知道她在梦里看见什么。她的心肠太软了。最近我发现她又藏着一只被我们的车子辗过的刺猬。

厨　　师　客店实在太小了。（叫）尊敬的先生，仆人和乡邻们！我们演唱一支关于所罗门、凯撒和一些大人物一无所获的歌曲吧。这样你们可以知道，我们也是些奉公守法的老百姓，碰上倒霉的事情，特别是碰上这里的冬天。

（他们唱）

你们看那智慧的所罗门，

你们知道，他遭到什么样的命运。

他看一切都了如指掌，

他诅咒他诞生的时辰，

他认为，人生无非是幻梦一场。

多么伟大、智慧的所罗门呀！

可是瞧吧，黑夜尚未来到，

这样的结论众人已经看到：

智慧使他到了这种地步！

谁能解脱智慧，真值得羡慕！

世界上所有的道德都是危险的，就像这支歌所证明的那样，人最好不要有什么道德，只要舒舒服服地过活，有一顿早饭，比如说一碗热汤就可以满足。譬如我就没有热汤喝，但很想喝一碗，我是一个兵，但是我在打仗时所表现的勇敢对我有什么用，一点用处也没有，我挨着饿，倒不如还是做个胆小鬼待在家里要好得多。原因何在？

你们看那勇敢的凯撒，

你们知道，他遭到什么样的命运。

他坐着像个神坛上的上帝，

死时正当他最显赫的时辰，

你们知道，他被人所杀死。

他大声喊道：是你，我的孩子①！

瞧吧，黑夜尚未来到，

这样的结论众人已经看到：

勇敢使他到了这种地步，

谁能解脱勇敢，真值得羡慕！

（放低声音）他们向外边连望都不望一下。（大声）尊敬的先生，仆人和乡亲们，你们可能会说，对呀，勇敢没有什么了不起，它又不能养活人，那么，诚实呢！也许你们以为它会叫人吃饱或者至少不叫人空着肚子。那么，来看看它到底是怎么一回事吧？

你们知道那正直的苏格拉底，

他总是谈论着真理：

啊，不，他们不知道感谢他，

那些上层的人们对他怀着恶意，

给他服了加毒药的饮料。

多么正直呀，这人民的伟大的儿子！

可是，瞧吧，黑夜尚未来到，

这样的结论众人已经看到：

诚实使他到了这种地步！

谁能解脱诚实，真值得羡慕！

对了，还有那所谓的无私，也就是把自己的东西分给别人，可是如果自己两袖清风呢？做善事可能并不这样容易，这是大家都看得清楚的，但是，人毕竟还是要生活下去。对的，无私是稀有的道德，因为从它身上是无利可图的。

你们知道那位圣徒马丁，

他不能忍受别人的苦难。

他看见雪地里有一个穷人，

就把他的大衣分给他一半，

---

① 凯撒为人谋害而死，凶手中有他的朋友布鲁图斯，此话是凯撒向他说的。

最后两人都在雪里冻死。

尘世的报酬他并不希冀！

瞧吧，黑夜尚未来到，

这样的结论众人已经看到：

无私使他到了这种地步！

谁能解脱无私，真值得羡慕！

我们自己就是这样！我们都是些奉公守法的老百姓，大家聚在一起，不偷，不杀人，不放火！正因为这样，人们说，我们正在愈来愈堕落下去了，这首歌里所讲的在我们身上应验了，汤是稀奇的，但如果我们不这样，而去做贼或做凶手，也许肚子里就会吃得饱饱的！因为道德是不会给人带来好处的，除非邪恶，世界就是这样，但它并不是非这样不可的！

这里你们看到奉公守法的百姓，

他们遵守摩西的十条诫言。

我们至今没有得到半点好处。

你们，坐在温暖的火炉边，

帮助我们减轻一下苦难！

我们都是正直的人们！

瞧吧，黑夜还未来到，

这样的结论众人已经看到：

敬畏上帝使我们到了这种地步！

谁能从中解脱，真值得羡慕！

声　音	（从上面发出）下边的人哪！上来吧！你们可以喝一碗热汤。

声　音 （从上面发出）下边的人哪！上来吧！你们可以喝一碗热汤。

大胆妈妈 朗泼，我什么也咽不下去。我不敢说你讲的话是没有道理的，但是否就是你最后的决定呢？我们彼此是很了解的。

厨　师 这是我的最后决定。你考虑考虑吧。

大胆妈妈 我再用不着考虑了，我不能把她一人留下。

厨　师 这也许真是没有道理，可是我可不能改变主意。我不是个不通人情的人，实在因为客店太小了，现在我们必须上去，否则我们就吃不到东西了，这样，我们岂不白喝了一通冷风。

大胆妈妈 我叫一下卡特琳。

厨　师 倒不如在上边藏一点东西带给她，要是我们突然去三个人，会把他们吓一跳的。

两人下。

卡特琳从车里爬出来，带了一卷行李。她打量四周，看看是否那两人走了。然后她把厨师的一条旧裤子和她母亲的一条裙子并列地放在车轮上，放得很触目，叫人一下就可看到。做完了这事后，拿了她的包袱想走掉，这时正好她母亲从牧师家里回来。

大胆妈妈 （端了一盆汤）卡特琳，站住！卡特琳！你想上哪儿去，带着包袱？你发昏啦？（检查包袱）都是她自己的东西！你偷听了我们的说话？我已经跟他说过了：不去乌特勒希特，不上他那爿肮脏的客店去，我们干吗要去呢？客店对你和我都是不合适的。在战争里我们还可以得到很多东西。（看见裤子和裙子）你真笨。如果你走掉了，让我看见了这副景象，你以为我会怎样？（卡特琳想走，她把卡特琳抓住）你不要以为我是因为你的关系才让他走。

实在是因为这辆车子的关系。我不能离开这辆我在上边住过的车子，完全不是因为你，倒是为了这辆车子。我们走另一个方向吧，我们把厨师的东西拿出来，这笨蛋，他会找到它们的。（爬上车去，拿了几件东西扔在裤子旁边）好吧，他就不算是我们的人了，我也再不要什么人来了。现在我们两人继续走路吧。冬天就像往常一样也总要过去的，你套上车吧，可能会下雪。

　　她们在车前套紧车子，把它转过头来，拉着它走。当厨师回来的时候，愕然地看到了他的东西。

10

　　一六三五年整整一年中，大胆妈妈和她的女儿卡特琳一直跟随着愈来愈破烂的军队，拉着车子在德国中部的大路上。

　　大路上。大胆妈妈和卡特琳拉着车。她们经过一户农家，里边传出歌声。

声　　音　（唱）在花园的中心，

　　　　　　　一棵玫瑰真可爱，

　　　　　　　它开得十分美丽，

　　　　　　　他们在三月把它栽，

　　　　　　　他们没有白费力，

　　　　　　　它开得这样地美，

　　　　　　　有花园的人多么愉快。

　　　　　　　严寒的风雪刮起来，

　　　　　　　呼啸着吹过大森林，

　　　　　　　我们却不受它侵犯；

　　　　　　　我们用稻草和藓苔

　　　　　　　已经铺厚了房屋顶。

　　　　　　　这样的风雪刮起来，

　　　　　　　有屋顶的人，多么愉快。

　　大胆妈妈和卡特琳倾听，然后又继续拉着车走。

11

　　一六三六年一月。皇家军队威胁着新教城市哈勒。石头开始讲话啦。大胆妈妈失去了她的女儿，一个人独自继续拉车。战争还是长久不能结束。

　　破烂不堪的篷车停在一所农民的茅屋旁边，茅屋紧紧挨近一块岩石。正值深夜。

　　从小丛林里走出一个准尉和三个带着武器的兵士。

准　　尉　不准出声。谁叫喊，就给他一矛枪。

兵　　士　但是我们要找一个向导，就得敲他们的门呀。

准　　尉　敲门是一种自然的声响。牛在墙上擦痒也能发出这种声音来的。

　　兵士敲农家的门。一个农妇开门。他们按住她的嘴巴。两个兵士进去。

　　　　里边发出男人声音　这是干什么？

　　兵士带出了一个农民和他的儿子。

准　　尉　（指着车子，车上出现卡特琳）那边还有一个呢。

一个兵士把卡特琳从车上拖出来。

准　　尉　你们住在这里的人都在这儿了吧？

农 民 们　这是我们的儿子。——这是一个哑巴。——她的母亲进城买东西去
　　　　　了。——她去办货。因为有许多人要逃跑，出卖便宜东西——他们是随着
　　　　　军队作生意的。

准　　尉　我警告你们，你们得保持安静，只要发出一小点声音，胸口就会挨到矛头。
　　　　　现在我需要一个带路进城的人。（指青年农民）你，过来！

青年农民　我不认得路呀！

兵 士 二　（狞笑）他不认得路。

青年农民　我不为天主教效劳。

准　　尉　（向兵士二）拦腰给他一矛枪！

青年农民　（被迫跪下，受着矛枪的威胁）杀掉我的头也不干。

兵 士 一　我知道怎样才能叫他聪明些。（他走向厨房）两头乳牛，一头牡牛。听着：
　　　　　要是你再不识相，我就刺死这些牲畜。

青年农民　不要动我的牲畜！

另一个农妇　（哭）上尉先生，饶了我们的牲畜吧，要不，我们就饿死了。

准　　尉　要是他再顽固不化，牲口就得完蛋。

兵 士 一　我先弄死那条牡牛！

青年农民　（向老农）到底要不要给他们带路呢？

　　　　　农妇点头。

青年农民　我带吧。

农　　妇　求求您，军官大老爷，饶了我们吧！永远感谢您，阿门！

　　　　　农民阻止她再作感谢。

兵 士 一　我早就知道，牛对你们比一切更重要！

　　　　　青年农民领着准尉和兵士上路。

农　　民　我倒想知道他们在打什么算盘。我看不会有好事情。

农　　妇　也许他们只是些侦察兵——你干什么？

农　　民　（拿了一张梯子靠住屋檐，爬了上去）我看看是不是就是这么些人。（在上
　　　　　边）丛林里有人在动呢。一直到采石场那边全是人。在林里空地上是些穿
　　　　　戴铁甲的部队。还有一门大炮。有一团多人呢。愿上帝大发慈悲，保佑这
　　　　　个城市，保佑那些住在里边的人吧。

农　　妇　城里有灯火吗了？

农　　民　没有。现在大家正睡得熟呢。（爬下来）要是他们攻进城里，他们会把所有
　　　　　的人都刺死。

农　　妇　瞭望哨会及时发现他们的。

农　　民　他们准是在山坡上把瞭望塔中的守兵弄死了，不然他一定会吹起号来的。

农　　妇　要是我们人多的话……

农　　民　这里就只有耽在车上的那个废物……

农　　妇　我们是一点办法也没有，你是不是认为……

农　　民　毫无办法。

农　　妇　在夜里我们走不下去呀！

农　　民　下面山坡上全是他们的人。我们给城里人连打个信号也不可能。

农　　妇　　他们会把我们这里的人全部杀死吗？

农　　民　　会的，我们一点办法也没有。

农　　妇　　（向卡特琳）祈祷吧，可怜的东西，祈祷吧，我们对阻止流血是无能为力的。你不能说话，可是你总能祈祷呀。别人听不见你的话，上帝是可以听见的。来，我帮你。

　　　　　　大家跪下，卡特琳在他们后边。

农　　妇　　主呀——我们天上的父，听我们的祈祷吧，不要让这座城市，让那些还在里面睡觉、毫无所知的人们遭到灾难。唤醒他们，让他们起来到城墙上看看，让他们知道敌人在深夜里带着长矛和大炮从山坡上下来，经过草地正向他们进发。（回过头向卡特琳）保护我们的母亲吧，不要叫守望着的哨兵睡觉，让他醒来，否则就太晚了。救救我们的内弟，他和他的四个小孩在城里，不要叫孩子们遭难，他们都是无罪的，还一点什么也不懂呢。（向呻吟中的卡特琳）一个还不到二岁，最大的七岁。

　　　　　　卡特琳激动地站起来。

农　　妇　　我们的天父，请听我们的祈祷，只有你才能帮助我们，否则我们都会完蛋的，因为我们都软弱无能，我们没有长矛，什么也没有，我们什么也不敢做，我们的牲畜和全部财产都掌握在你手里，还有那座城市，它也在你手里，墙外的敌人是强大的。

　　　　　　卡特琳乘着别人不注意爬进了车子，拿了一件东西出来，把它藏在围裙里边，然后爬上梯子一直爬到牛厩的屋顶上。

农　　妇　　保佑那些受到生命威胁的小孩，特别是那些还在襁褓中的孩子，保佑那些不能动弹的老人，还有一切其他的生灵！

农　　民　　宽恕我们的罪孽吧，就像我们饶恕我们的罪人一样。阿门。

　　　　　　卡特琳坐在屋顶上，开始敲那只她藏在围裙里带上来的鼓。

农　　妇　　天哪，她在干什么呀？

农　　民　　她在发昏啦！

农　　妇　　赶紧把她拉下来。

　　　　　　另一个农民向梯子跑去，可是卡特琳把梯子拿了上去。

农　　妇　　她要连累我们遭殃了。

农　　民　　快停止敲鼓，你这个残废的人！

农　　妇　　皇帝的兵会来找上我们的！

农　　民　　（在地上找石头）我用石头砸你！

农　　妇　　你怎么没有同情心呀？你有没有心肝？要是他们跑来，我们就完啦，他们会把我们一个个刺死。

　　　　　　卡特琳凝视着远方，看着城市。继续敲鼓。

农　　妇　　（向农民）我早跟你说过：不要放这些亡命之徒到院子里来。如果我们的牲口被抢得精光也不会关他们的事。

准　　尉　　（同他的兵士及青年农民跑着过来）我砍死你们！

农　　妇　　军官大人，我们是无罪的，我们实在没有办法。是她自己偷偷地爬上去的。她是一个外地人。

准　　尉　　梯子在哪儿？

农　　妇　　上边。

准　　尉　（向上）我命令你，把鼓扔下来！

　　　　　卡特琳继续敲鼓。

准　　尉　你们都是勾结在一起的。这里的人一个也活不了。

农　　民　他们在树林里砍了很多杉树。我们拉些树干，把她赶下来……

兵 士 一　（向准尉）请允许我出个主意。（他凑近准尉的耳朵说话，准尉点头）你听
　　　　　着，我们给你想个好主意。你下来，马上跟我们一起进城去。你可以指给
　　　　　我们看，哪个是你的母亲，我们饶她的命。

　　　　　卡特琳继续敲鼓。

准　　尉　（粗鲁地推开他）她不相信你，在你嘴里反正出不了什么奇迹。（往上叫喊）
　　　　　我跟你说话怎么样？我是一个军官，说话是算数的。

　　　　　卡特琳敲得更响。

准　　尉　她什么人也不相信。

青年农民　军官大人，她不光是为了她的母亲在敲鼓呀！

兵 士 一　不能再让她敲下去了。城里的人会听见的。

准　　尉　我们得搞出些可以盖住鼓声的闹声来。我们用什么东西呢？

兵 士 一　可是我们不能搞出声响来的。

准　　尉　笨蛋，只要不发出军事性的声音来，弄一些普通的声音是没有关系的。

农　　民　我们可以用斧头劈木材。

准　　尉　对，砍吧。

　　　　　农民一起用斧头砍树枝。

准　　尉　重点砍！再重点！为了保全你一条命，你好好地砍！

　　　　　卡特琳听见砍木声，敲得轻了一点。不安地察看着周围，然后又继续敲鼓。

准　　尉　（向农民）声音太轻了。（向士兵一）你也来砍。

农　　民　我只有一把斧头。（停止了砍木。）

准　　尉　我们放火烧房子。把她熏下来。

农　　民　这不行，上尉先生。城里的人看见这儿起火，他们就什么都知道了。

　　　　　卡特琳敲着鼓听他们说话。她笑了起来。

准　　尉　瞧，她在笑我们。我受不了。不管一切，我要把她打下来。拿枪来！

　　　　　两个兵士跑去。卡特琳继续敲鼓。

农　　妇　我想起来了，上尉先生。她的车子在那边。我们打碎她的车子，她就不敲
　　　　　了。她们就有这一辆车子。

准　　尉　（向青年农民）打碎它。（向上边）你再不住手，我们就打碎你的车子。

　　　　　青年农民轻轻打了几下车子。

农　　妇　不要敲了，畜生！

　　　　　卡特琳绝望地凝视着她的车子，发出悲号。但她还是继续敲鼓。

准　　尉　那些混蛋怎么还不把枪拿来？

兵 士 一　城里的人大概还没有听见，否则我们会听到他们放大炮了。

准　　尉　（向上）他们压根儿就没有听见你打鼓。现在我们可要把你射死。这是我最
　　　　　后一句话。把鼓扔下来！

青年农民　（突然扔掉手里的木板）继续敲吧！不然大家全完啦！继续敲！敲吧……

　　　　　兵士把他打倒并用矛枪打他。卡特琳开始哭泣，但她继续敲下去。

农　　妇　不要打他的背脊！上帝呀，你们打死他啦！

兵士带着枪跑来。

兵　士　二　准尉，上校激动得满口吐白沫。我们要上军事法庭啦。

准　　尉　架起来！架起来！（向上。）

这时枪已经放在架子上。

准　　尉　这是我最后一句话：停止敲鼓！

卡特琳哭泣着，用尽全力敲鼓。

准　　尉　开枪！

兵士开枪，卡特琳中弹，但是继续敲了几下，然后慢慢倒下。

准　　尉　总算没有声音了！

可是卡特琳的最后一下鼓声为城里的大炮声所接替。远处传来混乱的警钟和大炮声。

兵　士　一　她终于达到目的了。

12

天亮前。传来部队开拔时的鼓声和哨声。在车子前边，大胆妈妈蹲在她女儿身旁。农民们站在旁边。

农　　民　（敌意地）您得走，太太。后边只有一个联团了。一个人是走不了的。

大胆妈妈　也许她睡着了。（唱）

　　　　　　嗳，快睡吧，小宝宝！
　　　　　　草里沙沙响的是什么？
　　　　　　邻家的孩子在啼哭，
　　　　　　我的孩子在欢乐。
　　　　　　邻家的孩子穿破烂，
　　　　　　你却穿的是绸缎，
　　　　　　用一个天使的衣裳，
　　　　　　改制成你的新衣。

　　　　　　邻家孩子得不到面包皮，
　　　　　　你却吃的是大蛋糕，
　　　　　　你若觉得它太干，
　　　　　　说句话儿就行了。
　　　　　　嗳，快睡吧，小宝宝，
　　　　　　什么在草里沙沙地响？
　　　　　　一个长眠在波兰，
　　　　　　一个谁知在什么地方。
　　　　　　您真不应该对她讲起您内弟的小孩。

农　　民　要是您不进城去抢买东西，也许什么都不会发生。

大胆妈妈　现在她睡了。

农　　妇　她不是在睡，您要看清楚，她是死啦。

农　　民　您自己也该走啦。这儿都是些狼，碰上抢劫为业的匪兵就更糟了。

大胆妈妈　对。（走到车里拿来一块遮布，把死人盖起来。）

农　　妇　您还有什么人吗？您准备上哪儿去呢？

大胆妈妈　有，有一个人，哀里夫。

农　　民　（在大胆妈妈用布盖死人的时候）您去找他吧。至于这个人可以由我们来管，我们把她好好埋掉。您可以完全放心。

大胆妈妈　那么，给你们这些钱作费用。（把钱放在农民手里。）

农民和他儿子跟她握手，抬了卡特琳走掉。

农　　妇　（同样鞠着躬跟她握手。在走的时候）您赶快走吧！

大胆妈妈　（把自己套在车子前面）但愿我一个人拉得了这辆车子。行，里面东西装得不多了。我又得去做买卖了。

又走过来一个联团吹着哨子、打着鼓从后边走过去。

大胆妈妈　（拉车）带我一起走！

从后边传来歌声。

> 带着幸福，带着危险，
> 战争，它一直在延续。
> 战争，它延续一百年，
> 小人物哪能得到利益。
> 满嘴肮脏，破烂的上衣，
> 联团偷掉军饷的一半。
> 也许会发生什么奇迹：
> 可是仗还没有打完！
> 春来到！基督徒！你醒醒吧，
> 雪已融化！死者已安息！
> 凡是没有死去的，
> 赶紧开步打仗去！

——剧终

（张久全编，摘自孙凤城译：《布莱希特戏剧选上》，人民文学出版社，1980）

第五十一章　胡利奥·科塔萨尔及《跳房子》

第一节　胡利奥·科塔萨尔简介

胡利奥·科塔萨尔，阿根廷后先锋派作家、短篇小说大师，20世纪60年代拉美"文学爆炸"时期的杰出代表，被认为是"拉丁美洲的乔伊斯"。

1914年8月26日，科塔萨尔出生于比利时首都布鲁塞尔，其父为阿根廷驻比利时外交官。4岁时随家迁回阿根廷，随即父亲离家出走，由母亲抚养成人。小学毕业后，进入首都布宜诺斯艾利斯的马丽亚诺·阿科斯达师范学校学习。三年后在布宜诺斯艾利斯大学学习哲学与文学专业，一年后因家庭经济困难而辍学，去了一个偏僻的小镇当中学教师，直到1937年。1938年以笔名胡利奥·丹尼斯出版十四行诗集《出现》，崭露头角。1944年，应邀赴门多萨省的库约大学讲授法国文学，并参加了反对庇隆主义的政治斗争。1946年庇隆竞选总统获胜，他主动辞去大学教职，在首都的阿根廷图书委员会找到了一份工作。1949年，在阿根廷作家豪尔赫·路易斯·博尔赫斯的直接影响下出版第一个剧本《国王们》。1951年移居法国，在联合国教科文组织中任译员。他一面为联合国教科文组织工件，一面从事文学创作，他的主要作品都是侨居巴黎期间完成的。1951年出版的第一本短篇小说集《动物寓言集》，使他成为拉丁美洲乃至世界幻想文学大家之一。1963年以长篇小说《跳房子》震惊文坛。1974年获梅迪齐文学奖。1981年加入法国籍，同时保留原国籍。1984年出版文集《如此暴烈而可爱的尼加拉瓜》；完成诗集《也许是黄昏》的创作。由于白血病病情恶化，科塔萨尔于1984年2月12日在巴黎逝世。

科塔萨尔的主要作品有：短篇小说集《动物寓言集》、《游戏的结局》、《秘密武器》、《克罗诺皮奥人和法马人的故事》、《一切火都是火》、《八十世界环游一日》、《八面体》、《有人在此》、《一个叫卢卡斯的人》、《我们那么热爱加伦达》、《不合时宜》等；长篇小说《彩票》、《跳房子》、《装备用的62型》和《曼努埃尔之书》等。他的短篇小说多写动物化的人物故事、神话幻想和心理问题，具有幻想色彩和神奇怪诞风格。其角色有活人有死人，有魔鬼有动物；背景有人世有幻境，有迷宫有魔穴；情节有的充满恐怖，有的荒唐可笑。他自己就说："我写的任何东西都具有幻想成分，怪诞成分。"他借助神话幻想、心理剖析来表现流亡和孤独的主题。但他的"幻想"与博尔赫斯的幻想不同，博尔赫斯的幻想往往缺乏现实的根茎，大多是逻辑思辨、观念演绎、苦思冥想和借题发挥的产物，是想象的结果。而科塔萨尔的小说，尤其在短篇小说中，尽管不乏幻想、神奇和荒诞的成分，但却和现实保持着密切的联系。他的幻想来自于生活和现实，来自于经验和感知，而不是来自思想和纯粹的想象。

第二节　《跳房子》简介

《跳房子》（又译《踢石游戏》）是科塔萨尔最重要的作品，也是当代拉美小说中的非凡之作。原著长达 635 页，可谓鸿篇巨制。小说发表后立即在拉丁美洲和欧美各国引起强烈反响，同时也奠定了他在拉美乃至国际文坛上的地位。有的评论家称它为"一股旋风"、"一部爆炸性的'反小说'小说"。

小说的书名取自儿童游戏"跳房子"。小说并没有贯穿始终的中心情节，只有一个中心人物奥利维拉，主要描写他在巴黎和布宜诺斯艾利斯两个城市的生活和遭遇。全书分为三大部分。第一部分描写奥利维拉在"那边"即在巴黎的生活。奥利维拉是阿根廷移民，40 多岁，是个思想家，某种目标的追求者。在巴黎，他同迷人的姑娘玛伽过了一段幸福生活。在他身处逆境时，她总是给他力量，鼓励他坚强地生活下去。他有一些朋友，常和他们在长蛇俱乐部聚会，欣赏爵士音乐。后来，他在街头目睹一起车祸，一位老人身受重伤，此人就是小说中的作家莫雷利。最后，奥利维拉和玛伽分手，因和一个女流浪汉共枕而被警察拘捕，逐出法国。第二部分写奥利维拉在"这边"，即在布宜诺斯艾利斯的生活。回到祖国后，奥利维拉仿佛换了一个人，他把在巴黎的朋友聚会和空泛无聊的争论忘在脑后，把兴趣完全放在翻阅皇家词典和钉子、长木板、马戏团的猫等东西上。他把"那边"的事情藏在心中，什么也不对新朋友们讲。但是他忘不了玛伽，竟至把朋友的妻子塔利塔当成了玛伽，梦中吻她。但是塔利塔还是回到了丈夫的怀抱，留给他的只是孤独、空虚和精神失常。第三部分是可以省略不谈的章节，其中包括若干作家和学者的引文，关于文学和哲学的注释，还有前两部分的故事片断。三个部分和"跳房子"游戏中的人间、天堂和其他房间相对应："这边"是人间，"那边"是天堂，"其他地方"是其他房间。作者以跳房子作隐喻，表现主人公无望的追求。

显然，小说主人公奥利维拉是个悲剧人物，他是某种目标的追求者。他到巴黎去追寻他的人生和理想，但处处碰壁。事实上，塑造这个人物并不是作者的用意所在，他只是串联情节的一根引线。通过他在巴黎的活动，小说展示了人们理想中的天堂在繁华和文明的外衣下掩藏着的腐败、糜烂的本质。同时，通过他在阿根廷的生活，揭示了拉美社会知识分子信仰和精神的危机。当然，《跳房子》的重要地位，更体现在它的艺术创新上。小说在语言结构上别出心裁，尤其引人注目的是，小说给读者提供了非常奇特的阅读方式。作者提供了近百个互不连贯的章节，由读者随意挑选、穿插阅读。从不同的章节开始阅读，可以读到不同的故事。

第三节　《跳房子》选段

1

我能找到玛伽吗？以前许多回，我只要沿着塞纳路走过来，在面对孔蒂滨河道的拱门下一出现，在塞纳河面荡漾着的灰漾漾的微光刚一使我看清周围事物的时候，她那纤细的身影就会镶嵌在艺术桥上，她有时在桥上来回漫步，有时则停在铁栏上俯望河水。于是我穿过马路，走上桥阶，进入那细细的桥身，向玛伽走去，这一切显得那么自然。玛伽微笑着，并不觉得奇怪。同我一样，她也认为，一次偶然的相遇在我们的生活中最不具有偶然性，她也认为，准时按期赴约就跟写字非要用带格子的纸张或是挤牙膏非从底部挤起可不一样。但此时她不会待在桥上，她那皮肤透明、清秀的面庞也许会出现在马雷区，也许正在同卖炸土豆片的妇人闲谈，或许正在塞瓦斯托波尔大道上吃着热腾腾的香肠。不管怎样，我还是上了桥；玛伽果然不在，也没有向我走来。以前，我们都熟悉对方的住所，对我们那两间冒牌留学生宿舍中每个墙洞，包括镶在廉价镜框或是花里胡哨的纸片上的那些明信片上印的普拉克①、吉兰达约②域马克斯·恩斯特③的作品都了如指掌。尽管如此，我们是不会互相找到对方家里去的，而宁可在桥上，在咖啡馆的街座上，在电影俱乐部里相会，或是在拉丁区某个庭院里弯腰跟小猫亲热时相遇。啊，玛伽，此时每当一个与你相像的女人走过，我就感到愕然，心如刀绞，好一会儿才能恢复过来，就像收起来的湿伞。对，正是那把伞。玛伽，你大概还记得，在三月一个寒冷的黄昏，我们在蒙苏里公园里牺牲在山坡下的那把旧伞吧。我们把那把伞扔掉，是因为你在协和广场捡到它时已经有些破了，可你又使用了很久。尤其是在地铁和公共汽车上，当你头脑里想着彩色的小鸟，或是出神地凝视着车顶上两只苍蝇在飞旋着画出的图案的时候，你就笨拙地，心不在焉地用伞戳人家的肋骨。一天下午下了一场大雨，在我们走进公园的时候，你想骄傲地把伞撑开，结果在你手中出现了一场灾难。犹如闪电、乌云，伞布撕得一条条地从闪光的破架上落了下来。我们俩浑身淋得精湿，发疯似的大笑着。我们想，一把在广场上捡来的伞应该体面地在公园里寿终正寝，不应该被扔进垃圾桶，或抛在路边，而形成一种卑贱的恶性循环。我尽量把伞卷紧，走到公园中架在铁道上方的小桥附近的高地上，使尽全力把伞扔到草地中那已经湿透了的谷地深处。你发出了一声大叫，在你的叫喊声中我觉得隐约听出了瓦尔吉莉娅④的诅咒。那破伞仿佛在风暴中沉入了谷底，犹如一艘船沉入绿色的海水之中，沉入汹涌澎湃的绿色海水之中，沉入在夏天比在冬天更加汹涌的海水之中⑤，沉入凶恶的浪涛之中。与此同时，玛伽，我俩像是两棵淋湿了的树木，也像是某部蹩脚的匈牙利影片中的演员那样拥抱着。我俩仿佛迷恋着儒安维尔⑥的作品和迷恋着公园的情侣那样，一面拥抱着，一面缓缓地谈着话，看着雨伞落在草地上，变成了一个被踩扁了的小小的黑色昆虫。它一动不动，任何弹簧也不能像以前那样伸展了。完了，一切都完了。啊，玛伽，可我们并不高兴。

　　但我到这艺术桥上来干什么？今天好像是十二月的一个星期四，我本来想过河到右岸去，到隆巴尔路那家咖啡馆去喝酒，雷奥尼厄太太经常在那里给我看手相，她告诉我何时宜外出，会发生什么令人惊奇之事。我从来没带你去让雷奥尼厄太太给你也看看手相，也许是我怕她会在你的手上看出我的某些真实情况，因为你是一面可怕的镜子，一台可怕的复制机器。我们所谓的相爱，也许仅仅是我手拿一朵黄花，站在你的面前，而你，则手中拿着两支绿色的蜡烛，时间从我们的面孔上慢慢流逝，我们相对无言，接着就是告别，各自去购买地铁车票。我从来没带你去过雷奥尼厄太太那儿，玛伽，有一点我是知道的，因为你对我说过，那就是你已不喜欢让我看到你经常去位于韦纳伊路的那家小书店，那里一

---

①　普拉克：法国画家，立体主义绘画的倡导者之一。
②　吉兰达约：文艺复兴早期佛罗伦萨重要画家。以擅画教堂壁画著称。
③　马克斯·恩斯特：德裔法国画家，达达主义和超现实主义主要画家之一。
④　古斯堪的纳维亚神话中奥丁神的众女侍，生性好战。
⑤　原文为法文。
⑥　儒安维尔：法国历史学家。

位疲惫不堪的老人在做卡片，他精通历史编纂学。你到那里去是为了同一只小猫玩耍。老人同意你进去，不向你提任何问题，有时你从最高的书架上取下一本书递给他，他就心满意足了，你就可以在他那装有黑色烟筒的火炉旁取暖。可你并不愿意让我看见你在炉旁取暖。这一切我早就应该在适当的时候说出来，只是确定干一件事的时间是很困难的。就是在现在，我俯身桥上，望着一艘褐色的机动船在驶过，船身擦得干干净净，美丽得就像一只闪光的蟑螂；一个扎着白色围裙的女人正在船头的铁丝上晾衣服；舱窗漆成绿色，上面挂着两分式的窗帘，玛伽，就是在现在，我都怀疑我的这种舍近求远的绕路是否有意义。到隆巴尔路去，本来最好是穿过圣米歇尔桥和交易桥。如果你像以前许多次那样，今晚也在桥上，我就会明白这种绕远是有意义的了。而现在我就只得把这种失败称为可悲的绕远了。我把大衣领子竖起来，沿着滨河道朝前走，进入满布大商店、尽头是夏洛特河的那带城区，穿过圣雅克塔那紫色的阴影，来到我居住的街上，对未能找到你一直放心不下，同时也想着雷奥尼厄太太。

我记得，我是于某日来到巴黎的。我还记得，有一段时间我是靠借债过日子的，干干别人干的事，看看别人看的事物。我也记得，你正从谢尔歇-米迪路上的咖啡馆走出来，于是我们就交谈起来。那天下午一切都糟糕透了，因为我这阿根廷人的习惯不允许我在大街上穿来穿去，在一些我记不起名字来的大街上张望那照明极坏的橱窗里陈设的微不足道的商品。我极不情愿地跟在你的身后，发现你既夸夸其谈，又无教养。直到你对身体不累而感到厌烦时，我们才走进布尔米希路上的一家咖啡馆。吃完一个面包，在吃第二个之前，你突然对我讲述了你生活中的一大段经历。

看起来令人难以置信的事却是千真万确的，我怎么能加以怀疑呢？画了黄昏中的紫罗兰的费加里①怎么能面色青紫，受着饥饿与肾病的折磨呢？后来我相信了你，你是有道理的，再后来，雷奥尼厄太太也看着我那抚摩过你乳房的手说出了同你一样的话："她在某地吃过苦，她备受折磨，但她性格活泼，她喜欢的颜色是黄色，她喜欢的鸟儿是乌鸦，她喜欢的时光是黑夜，她喜欢的桥是艺术桥。"（一艘褐色的机动船，玛伽，为什么我们不在还来得及的时候乘船回国呢。）

你瞧，我俩刚刚认识，生活就策划了一切必要的条件让我们一点一点地分开了。你不会装模作样（我立即就发觉了这一点），但为了看到我意愿中的你，我必须从闭上眼睛开始。我首先看到的是一些犹如黄色星辰的东西（在天鹅绒般的果冻中动来动去），接着是脾性与时光的红色跳动，然后我才能慢慢进入那笨拙与混乱的玛伽世界，其中还混杂着带有克勒②那蛛网般签字的羊齿草，米罗③的马戏团，维拉·达·西尔瓦④那灰烬般的镜子。在这个世界里，你就像象棋中的马在棋盘上驰骋，但却按照车的走法走，而车又按照象的走法在走。那些日子里，我俩还经常去电影俱乐部看无声影片，因为我有这种文化修养，不是吗？而你，可怜的人儿，对这种在你出生之前就出现的充满刺耳的音响和黄色斑点的影片，动作僵挺的人在有凹纹的乳剂中奔跑的影片，却一点也看不懂。突然，哈罗德·劳埃德⑤出现了，于是你从梦中醒了过来，最后你信服了，影片很好，接着就大谈帕布斯

---

① 佩德罗·费加里：乌拉圭著名律师、政治家、画家。
② 保尔·克勒：瑞士抽象派画家，其书法犹如儿童写字。
③ 热安·米罗：西班牙超现实主义画家，画面欢快活泼。
④ 维拉·达·西尔瓦：葡萄牙抽象派女画家，常把坚固的东西画成具有气体、灰烬性质的东西。
⑤ 哈罗德·劳埃德：美国喜剧电影演员及导演。

特①和弗里茨·朗②。你愿意一切都十全十美，这成了你的怪癖，但你又穿着破鞋，拒绝接受可以接受的事物，这一切都使我感到有点厌烦。我俩经常到奥德翁剧院附近去吃汉堡包，骑自行车去蒙帕尔纳斯玩，随便投宿于某个旅店，随便睡什么样的枕头，但有时候我们也去奥尔良门，对于这个土地贫瘠的地方我们愈来愈熟悉了，它比儒尔当林荫大道还要远一点。有时我们"蛇社"的成员午夜在那里集合，去跟一个盲人占卜者（瞎子能看到未来，真是一个鼓舞人心的矛盾）交谈。我们把自行车放在街上，缓步进去，这中间我们不时地停下来仰望天空，因为这里是巴黎很少几个天空比土地值钱的地方之一。有时我们坐在垃圾桶上吸一会儿烟。玛伽③一面抚摩着我的头发，一面哼唱着连瞎编都编不出来的旋律和荒谬的小曲，中间还夹杂着几声叹息和回忆。我则利用这个时机思索一些琐事，这是几年前我在一所医院开始实践并且越来越有效、越来越有必要的一种办法。我以巨大的努力集中了一些辅助性的形象，想着某些人的气味和面孔，最后终于从无到有地记起了一双我从 1940 年在奥拉瓦利亚④开始穿的褐色鞋子，鞋后跟是橡胶的，鞋底却很薄，一下雨就进水，渗满了水。有了这双鞋子在记忆这只手里，其他的事情就自然而然地想起来了。譬如玛努埃拉夫人的面孔，譬如诗人埃内斯托·莫罗尼。但我马上就把这两个人排除掉了，因为我的这个游戏在于仅仅回忆那些微不足道、不显眼和已经死去了的事物。我记忆力上的障碍使我显得很迟钝，我一面担心无力进行回忆，一面傻乎乎地亲吻时间，最后终于在那双鞋子的旁边看到了一听太阳牌茶叶的罐头，那是我在布宜诺斯艾利斯时妈妈给我买的。还有那把茶匙，上面画有老鼠的图案，黑色的小老鼠在水杯中仿佛被活活烫死，冒出啵啵作响的泡沫。我相信记忆这东西能保存一切，不光只能保存阿尔贝蒂娜⑤和心灵与肾脏中的大事记。于是我顽固地想重新记起我在弗洛列斯塔⑥时课桌上都有些什么东西，名叫赫克列普顿⑦的姑娘那难以记起的面庞是什么样的，以及我那五年级学生的铅笔盒里有多少支小型钢笔。结果我失望了，失望得浑身发抖（因为我一直想不起那些小型钢笔是多少支，我知道它们是放在铅笔盒里的一个专用格子里，但怎么也想不起有几支了，更确定不下来何时应该是两支，何时应该是六支）。直到玛咖吻我，把香烟喷到我脸上时，我才醒过劲来。我俩笑了，开始在一个个垃圾桶中间漫步，去寻找蛇社成员。

在此之前我早就知道寻求是代表我本人的符号，寻求就是那些夜间外出、毫无目标的漫游人的标记，寻求就是毁掉指南针的人的理由。我同玛伽谈论着例外论⑧，直到二人都感到厌倦为止，因为她也经历过不断跌落到各种例外中的事情（我们的相遇就是这样的事，许多事情都像火柴一样一闪即灭），经历过钻入并非属于常人的格子中的事⑨。

---

① 乔治·威廉·帕布斯特：奥地利电影导演。

② 弗里茨·朗：奥地利电影导演。

③ 此处"玛伽"变成了第三人称。

④ 阿根廷地名。

⑤ 法国作家普鲁斯特的作品《追忆似水年华》中的一部《阿尔贝蒂娜失踪》（又译《女逃亡者》）中的人物。

⑥ 布宜诺斯艾利斯西部区名。

⑦ 主人公在阿根廷的女友，将在第二部分出现。

⑧ 根据法国作家雅利的说法，例外是与一般、整体相对而言，"例外论"是研究个别、个体、特殊、例外、偶然的科学，其所描述的对象是看得见的眼前宇宙。

⑨ 第一次提到（跳房子的）格子。

　　但我们并不蔑视任何人，不自认为是廉价处理的马尔多罗①，也不是拥有流浪特权的梅尔莫斯②。我不认为萤火虫能以自己是这个世界上最精彩的奇迹之一这一无可争辩的事实而感到自负，但如果我们设想它是一种有意识的动物的话，我们就会理解，每当肚皮发光的时候，这一发光的昆虫就可能有一种类似拥有特权的愿望那样的感觉。同样，玛伽也很喜欢某种不可信的事物，她本人就总是由于生活规律失败而卷入这种不可信的事物中去。她就是那种只要一过桥，桥就散架的人，就是那种又哭又叫地回忆曾看到展览在橱窗中的那张赢得五百万元的彩票的人。从我这方面讲，反正我已经习惯了发生在我身上的种种不大不小的例外事件。有时在我摸索着走进房间，伸手去拿唱片集的时候，却感到一个活生生的物体在我手掌上蠕动，原来那是一只钻到唱片集脊背上睡觉的大蜈蚣，然而对此我并不觉得非常可怕。还有，我也曾发现过一包香烟中长满了灰绿色的长毛。也有时当我专心欣赏着路德维希·范③的一首交响曲的时候，突然一声机车汽笛响了起来，刚好同那一乐段的调性和速度相吻合。有一次我走进梅迪奇斯路上的一个公厕，看见一个人正在专心地撒尿。在离开他那个隔间的时候，他向我亮出了他那硕大无比、颜色难以确定的阴茎，还用手托着，仿佛是件使之顶礼膜拜的珍物。正在此时，我发现这个人跟另外一个人简直是一模一样（虽说不是同一个人），那另外一个人就在二十四小时之前还在地理会堂中大讲图腾和禁忌呢。当时他手里小心翼翼地托着象牙权杖、琴鸟羽毛、典礼用的钱币、神奇的化石、海星、干鱼、皇家嫔妃的照片、猎人的供品，还有那使得那些每场必到的太太们喜得陶醉、吓得发抖的涂有防腐剂的大甲虫，向众人展示。

　　总之，谈论玛伽是不容易的。此刻，她大概正行走在贝尔维尔或庞丹一带，专注地盯着地面，想找到一块红布。如果找不到，她可能就会这样漫步一整夜，会目光呆滞地到垃圾桶里去翻找。她确信，如果找不到赎罪的红布这一取得宽恕、推迟受惩的象征，就会发生某种可怕的事。我明白这是怎么回事，因为我也相信这种预兆，有几次我也捡到过这种破红布。小时候，无论什么东西掉在地上，我总是要拾起来，因为要是不拾起来，就会发生不幸的事，不是发生在我身上，而是发生在我亲爱的某人身上，这个某人名字的头一个字母必然是落地之物名称的头一个字母。糟糕的是，只要有东西掉在地上，什么也不能阻止我去拾它，连别人去拾都不行，否则坏事仍会发生。为此，好几次我都被人看成了疯子。实际上也是如此。每当我捡东西，把落在地上的铅笔或纸片捡起来的时候，我都像发了疯一样。那天晚上在斯克利布路上的餐馆里捡糖块的情形就是如此。那是一家很考究的餐馆，是许多老板、经理、穿银狐皮大衣的妓女、体面人家的夫妇经常光顾的地方。我当时正同罗纳德和艾蒂安在一起，一块方糖从我手中滑落，滚到了离我们很远的一张桌子底下。首先引起我注意的是，那块方糖竟会滚得这么远，一般说来，由于明显的原因，平行六面体的糖块一落地就会立即停止不动，可这块糖却像樟脑球似的滚了开去。这就更增加了我的疑惧感，我甚至认为是真的有人从我手中夺走的。罗纳德很了解我。他朝那糖块滚去的方向看了一眼就笑了起来，他这一笑使得我又怕又怒。一位侍者以为我掉了某种珍贵的物品，譬如一支派克笔或是假牙什么的，于是他走了过来。实际上他这样一来只能使我感到讨厌。于是我也没有请求允许就趴到地上，开始在人们的鞋子中间寻找糖块。这些人很好奇（这也不无道理），也以为我掉了什么贵重的东西。那张桌旁坐着一位红发胖女人，还有一位，不那么胖，但同样一副婊子相，还有两位像是经理的人。我首先发现那块方糖不见了，可

---

① 指法国作家洛特雷阿蒙的作品《马尔多罗之歌》的主人公。在第十七和五十六章也曾提及。
② 指英国作家查理·罗伯特·马图林的作品《漫游者梅尔莫斯》的主人公。
③ 即贝多芬。

我刚刚还看到它滚进了人们那像母鸡一样不停地摆动着的鞋子中间。尽管地毯已经踩得破损，但那糖块还是藏到了地毯毛里，果真如此，那当然就很难找到了。那位侍者也趴到了桌子另一边的地上。我们两个仿佛四脚动物在母鸡般的鞋子中间爬来爬去。母鸡上面的人仿佛发了疯，呱呱地叫了起来。那位一直以为我掉的是支派克笔或一枚金路易的侍者在同我一起钻到桌子底下那亲切的暗影中的时候，问我到底是什么东西，我作了回答。顿时，他的面孔板了起来，仿佛被喷了一层定型发胶一样。但我没有心思去笑，恐惧感好像在我的胃门上上了两道锁，最后我绝望了（此时侍者已经气恼地站了起来），于是就抓起两个女人的鞋子，想看看糖块是否躲在鞋底弓弯处。母鸡在咕咕地叫，公鸡经理们就用鞋尖踢我的背部。我一面听着罗纳德和艾蒂安的笑声，一面一张桌子一张桌子地爬着寻找，最后在一张第二帝国式的桌腿后面找到了那块糖，所有的人都恼火极了，我也很恼火。我把糖块紧紧攥在手掌里，感到糖块正在同我手上的汗水融合在一起。糖块化了，作为一种报复，它惹厌地黏乎乎地粘在我的手上。类似的事件几乎天天发生。

2

仿佛一种体内出血，内心的敲打，在这里首先你必须感到在上衣口袋里装着那愚蠢的蓝皮护照，感到在旅馆木牌上挂着的那把房间钥匙。这就叫做恐惧、无知、惶惑，这里要求你有这种感觉。那女人要笑了，在街的那边就是动物园。巴黎也印在明信片上，就像一张印着克勒的作品的明信片一样，贴在一面肮脏镜子的旁边。一天黄昏，玛伽出现了，出现在谢尔歇-米迪路上，当时她正在走向我那位于绮瑟墓路的房间。她手里总是拿着一朵花，一张印有克勒或是米罗作品的明信片。要是没有钱，她就去公园摘一枝芭蕉叶。在那段时间里，我总是一大早就在街上收集铁丝和空盒子，用来制造饰物，如在壁炉上可以转来转去的物件、毫无用处的机器，而玛伽也总是帮助我涂上油漆。我们并未倾心相爱，我们做爱时，技巧既冷淡又恰到好处，接着就陷入了可怕的沉默。啤酒杯中的泡沫渐渐变成了拖把的颜色，变热了，收缩了，我们互相望着，感到这就是时间。最后玛伽从床上起来，在房间里毫无目的地转着圈，有好几次我看到她用手托着乳房，仿佛一尊叙利亚雕像，在镜子前欣赏自己的肉体，用目光在自己的皮肤上扫来扫去，仿佛在进行缓慢的抚玩。我从来抗拒不了把她唤到自己身边的欲望，在她长时间地独自欣赏自己那永恒的肉体之后，我需要让她慢慢地压在我的身上，再次展开她的肉体。

那时，关于罗卡玛杜尔我们谈得并不多，因为欢娱是自私的，但我们仍然好像看到罗卡玛杜尔那狭窄的前额，他不停地呻吟着，用他那盐渍渍的双手束缚着我们。作为每时每刻都发生的情况，我终于自然而然地接受了玛伽那无条理的生活习惯。我们谈论着罗卡玛杜尔，接着就吃起重新热过的通心粉，把葡萄酒、啤酒和柠檬汁混起来喝，随后又跑下楼去，请街角的老太婆剥开两打的蚝壳；要么就在诺格太太那架漆皮斑驳的钢琴上弹奏舒伯特的曲子和巴赫的序曲，或是一面吃着牛排和酸黄瓜，一面不耐烦地听着《波吉和贝丝》①。我们生活在混乱之中，也就是说，一只坐浴盆自然而然地逐渐变成了唱片架或是该复之信和文件夹，这种"秩序"，对我来说，仿佛是一种必修的课程，尽管我不愿对玛伽点破这点。我很快就明白了，对玛伽不能以有条有理的方式提出现实的问题。夸奖她的无条理和斥责她的无条理都会使她感到吃惊，对她来说根本不存在混乱不混乱的问题，这一点我是在一次发现她手提包中的东西时看出来的（那是在雷阿莫路上的一家露天咖啡座上，

_____

① 美国作曲家乔治·格什温的歌剧作品。

天在下雨，我们开始对对方产生了欲望），我接受了她的混乱，并在看出她的混乱之后还助长了她的混乱。在同所有人的关系中我几乎都处在这种不利的地位。有好几回，我躺在几天未整理的床上，听着玛伽的哭泣声，原来她在地铁看到的一个小孩使她想起了罗卡玛杜尔；或是看着她在阿基坦的雷奥诺尔①的画像前度过整个下午才开始梳理头发，因为她很希望自己跟雷奥诺尔长得很像。于是，仿佛从内心打了一个嗝，我忽然觉得我的生活一开始就是一种痛苦的愚蠢，因为它总是处在辩证的运动之中，总是选择无为而不是行动，总是选择一种体面的放肆，而不是普通的体面。玛伽梳头时，总是梳了弄乱，然后再梳。她思念罗卡玛杜尔，她哼唱（唱得很糟）沃尔夫②的某个曲子，她吻我，问我她的发式怎么样，接着又在黄色纸片上画起画来。这就是整个的她，而我，则躺在故意弄得很脏的床上，喝着故意温热了的啤酒。这永远是我和我的生活，面对他人生活的我和我的生活。反正我对自己成为一个自觉的流浪汉这点感到自豪，为自己在月光下经历的数不清的事件感到自豪。玛伽、罗纳德、罗卡玛杜尔；蛇社、街道、我在伦理上的病痛和其他种种脓疱；贝尔特·特雷帕③、时而必须忍受的饥饿，还有那在窘境中拉我一把的特鲁耶老人，都在这些事件中出现过。我在那充满音乐和烟草味，充满各式各样的卑劣行径和交易的夜幕下流浪，不管怎样，我从不愿意像一个顺应世俗的流浪汉那样，装模作样地认为手提包中那乱七八糟的样子是一种更美丽境界的秩序并给它贴上一个随便什么样子的、但同样是腐朽的标签，我也不愿意认为只要有一点点的体面（体面，姑娘！）就足以使我摆脱那些污秽的棉花球④。……

（张久全编，摘自孙家孟译：《跳房子》（最新修订版），重庆出版社，2008）

---

① 阿基坦的雷奥诺尔：法国王后，以美丽著称。
② 沃尔夫：奥地利作曲家，其歌曲创作达到很高的成就。
③ 见第二十三章。
④ 玛伽为罗卡玛杜尔治病时用的棉花球。

第五十二章　罗伯特·穆齐尔及《没有个性的人》

第一节　罗伯特·穆齐尔简介

罗伯特·穆齐尔，20 世纪上半叶奥地利文坛贡献给世界文学的一位杰出小说大师。在奥地利文学史上，是与里尔克、霍夫曼斯塔尔齐名的作家。

1880 年 11 月 6 日，穆齐尔出生于奥地利克恩滕州克拉根福的一个颇有名望的知识分子家庭，父亲当过工程师、校长、教授。17 岁进维也纳军事技术学院，1903 年进柏林大学攻读哲学、心理学、数学和物理。1906 年出版长篇小说《学生特尔莱斯的困惑》，并获得普遍好评。1908 年获哲学博士学位，他放弃了在大学任教的机会，选择了作家的职业。1913—1915 年间，他担任《自由之鸟》、《行动》、《白色小报》、《新评论报》等刊物的编辑工作。1916 年在意大利前线任上尉，同时编辑《士兵报》。1921 年开始戏剧评论、政论和小说创作，开始写长篇小说《没有个性的人》。这一年发表的剧本《醉心的人们》给他赢得了德国文学的最高荣誉"克莱斯特奖"。1924 年出版短篇小说集《三个女人》。1930 年出版潜心 10 年创作的巨著《没有个性的人》的第一卷。1933 年出版《没有个性的人》第二卷的一部分。1936 年因中风险些丧命，由于疾病缠身，终未完成这部巨著。1936 年出版散文集《生前的遗言》。1938 年因希特勒上台而流亡瑞士苏黎世。1939 年迁居日内瓦。1942 年 4 月 15 日在日内瓦逝世，他的妻子和几位朋友把他的骨灰撒在一片小树林里。

穆齐尔的创作深受尼采的思想以及爱默生和梅特林克的影响，主要作品有小说《学生特尔莱斯的困惑》、剧本《醉心的人们》、代表作长篇小说《没有个性的人》。《没有个性的人》是一部未完成的巨著，被认为是最重要的现代主义小说之一。其他作品有短篇小说集《协会》、《三个女人》，中短篇小说《爱的完成》、《文静的维罗妮卡的诱惑》、《格里吉亚》、《彤卡》、《葡萄牙女人》、《乌鸫》，戏剧《温岑茨》等。他生前未得到应有的重视。20 世纪 50 年代后，随着《没有个性的人》重新出版，他才引起西方文学界的广泛关注。80 年代，西方掀起穆齐尔热。他的未能终稿的长篇小说《没有个性的人》被誉为堪与爱尔兰作家詹姆斯·乔伊斯的《尤利西斯》、法国作家普鲁斯特的《追忆逝水年华》、德国作家托马斯·曼的《魔山》并驾齐驱的现代派巨著。

穆齐尔是一位终生游离于主流文学社会之外，同时又勤奋多产的严肃作家。他的生平波澜不惊，除了写作和一项发明专利以及获得过一次"克莱斯特奖"之外再没有其他事迹值得大书特书。换言之，这位纯粹的知识分子的生存方式就是思想和写作，属于没有生平的作家。海德格尔用来总结亚里士多德的精辟之言在他身上也非常适用："他活过，他工作，他死了。"

第二节　《没有个性的人》简介

《没有个性的人》是奥地利小说家罗伯特·穆齐尔的代表作，被认为是最重要的现代主义小说之一。从 1923 年到他去世的 1942 年这 20 年中，他几乎不间断地写这部"毕生之作"。因此有人说这是他的"第一部，也是最后一部作品"，甚至有人说这是他"唯一的作品"。这部作品他最后仍未完成。但完成的章节（包括他身后由妻友整理出版的第三卷《遗作残稿》）已达 2000 多页（合中文近 200 万字），已发表的前两卷分别为：《向可能到达的边缘之旅》和《进入千年王国》（部分）。小说以杂文式的风格，科学分析式的语言，单元结构式的叙述，开辟了小说创作的新途径，但最初并没有引起文学界的重视。到了 1952 年，随着阿道夫·弗里泽编辑校勘的版本问世，人们才普遍认识到这部小说在表现历史和现实中的艺术价值所在，从而确立了穆齐尔在德语文学中应有的地位。

小说第一卷的中心事件是一个虚构的社会事件：1918 年，卡卡尼帝国（这是作者用奥匈帝国的首字母发明的称号）为了不落后于德国庆祝威廉二世登基 30 年的活动，也准备为弗朗西斯·约瑟夫皇帝在位 70 周年举行庆祝活动，并称之为"平行行动"。这个事件本身就具有强烈的讽刺意味；到 1918 年，这两个帝国都不存在。在这一卷中，作者围绕活动的准备过程，生动地描写了当时社会中上层形形色色的人物：资本家阿恩海姆、贵族莱恩斯多夫、艺术家瓦尔特等。而贯穿其中的"没有个性的人"——乌尔里希在这里基本上表现为一个"社会人"。从第二卷开始，"平行行动"突然隐退了，第一卷中从未提到过的乌尔里希的妹妹阿伽特突然出现，"兄妹恋"成了中心事件。在他父亲的葬礼上，他对久别的妹妹阿伽特产生了爱意。在现实生活中感到空虚和颓唐的他企图从对妹妹的恋情中体验"另一种状态"，在这种感觉中最终抵达"千年王国"。在"兄妹恋"中，乌尔里希越来越体现为一个宏观的"思索的公民"。在这里，作者作出了将"宇宙人"与"社会人"结合起来的尝试。除此之外，还有一根副线时隐时现地穿过全书，即莫斯布鲁格——克拉莉瑟的故事。这是一条描写精神病患者的虚线，给全书赋予了另一层深刻的含义。

《没有个性的人》虽然是一部未完成的小说，作家穆齐尔没有也不可能提供一个完整的模式。但他以辛辣讽刺的笔触画出了战前维也纳社会的众生相，特别是知识分子千奇百怪的精神状态。穆齐尔在设想这部小说结尾部分的随笔中写道："所有的情节线索都汇流于战争之中，人人以各自的方式为战争欢呼。战争爆发时的宗教因素、行为、情感和另外的状态融为一体。"不言而喻，这部小说是对战前奥地利各种非理性情绪的揭露。作者虽然寻求不到任何可以赖以依存的现实，却以敏锐的观察和卓越的艺术表现"为在精神上克服现实世界"，提供了富有创新的启示。

第三节 《没有个性的人》选段

第一卷

第一部 一种序言

1 显然没有任何结果

　　大西洋上空有一个低压槽；它向东移动，和笼罩在俄罗斯上空的高压槽相汇合，还看不出有向北移避开这个高压槽的迹象。等温线和等夏温线对此负有责任。空气温度与年平均温度，与最冷月份和最热月份的温度以及与周期不定的月气温变动处于一种有序的关系之中。太阳、月亮的升起和下落，月亮、金星、土星环的亮度变化以及许多别的重要现象都与天文年鉴里的预言相吻合。空气里的水蒸气达到最高膨胀力，空气的湿度是低的。一句话，这句话颇能说明实际情况，尽管有一些不时髦：这是 1913 年 8 月里的一个风和日丽的日子。

　　汽车从狭窄、深邃的街道急速驶进明亮、平坦的场所。片片纤云给步行者送来阴影。速度表上的指针有力地晃动，后来在经过不多几次振荡后便又恢复其均匀的跳动。成百个声音被缠绕成一个金属丝般的噪声，个别极高的声音从这个噪声里凸显出来，沿着其劲头十足的边缘伸展出来并重新舒平，清晰的声音从这个噪声分裂出来并渐渐消逝。虽然这个噪声的特征难以描绘，但从这个噪声上，一个数年不在此地的人闭上了眼睛也能听得出，他是置身在帝国首都维也纳了。城市和人一样都可以从其步态上分辨出来。一睁开眼睛，他就会从街上运动行进的方式上看出这同样的结果，远比他通过某一个有特色的细节发现这一情况要早得多。如果他只不过是自以为有这个能力，这也没什么关系。对于人们置身于何地这个问题的过高估计源出于游牧时代，那时人们必须记住饲料场。也许重要的是要知道为什么人们碰上一个红鼻子便笼统地满足于晓得这鼻子是红的，而从不过问这鼻子有哪种特殊的红色，虽然这完全可以用微毫米波长表述出来；而人们若遇到某些一如人们逗留于一座城市这样错综复杂得多的事情则总想完全精确地知道，这是哪座特殊的城市。这转移对更重要的事情的注意力。

　　所以还是不要特别注重这城市的名字吧。和所有的大城市一样，它也由不规则、更替、预先滑动、跟不上步伐、事物和事件的碰撞、穿插于其间的深不可测的寂静点，由道路和没有被开出的道路，由一种大的有节奏的搏动和全部节奏的永远的不和谐和相互位移组成，并且总的说来像一个存放在一个容器里的沸腾的水泡，那容器由房屋、法律、规定和历史沉积的经久的材料组成。这两个人在这座城市里顺着一条宽阔、繁华的大街向上走去，他们自然丝毫没有这样的印象。他们显然属于一个特权阶层，衣着考究，举止和相互谈话的方式优雅，身穿的内衣上意义深远地绣着他们的名姓的首字母，并且同样地，这就是说不朝外翻出去，但在他们意识的精致内衣上，他们知道他们是谁，知道他们置身在一个大都会的广场上。假定他们叫阿恩海姆和埃尔梅琳达·图齐，可这不对呀，因为图齐夫人，因为图齐夫人 8 月在她丈夫陪同下正在巴特奥斯塞度假，阿恩海姆博士则还在伊斯坦布尔，所以人们猜不透他们是谁。生性活跃的人经常会在街上感觉到这样的谜团。值得注意的是这些谜团以这样的方式解开：人们会忘记他们，如果人们不能在此后的五十步内回忆起人们曾在哪儿见过这两个人的话。如今这两个人突然停住脚步，因为他们发现前方聚集起了一堆人，已经在先前的一个瞬间就出了什么乱子了，一种横向的窜动；什么东西一旋转，滑向一边，现在看出来了，那是一辆载货很重、突然刹车的载重卡车，它和一辆自行车一道，搁浅在人行道的镶边石上。顿时，人群就像蜜蜂附着在蜂房出入口四周那样附着在这一小块地方的四周，他们把这块地方团团围住。从他的车上下来后，那位司机便站在人群中间，脸色像包装纸一样灰白，打着粗重的手势解释事故的经过。刚刚来到的人们把目光盯住他，随后便小心翼翼低垂头朝这窟窿的纵深望去，看到人们已经在那儿把一个像死人般躺着的男子安放在人行道边上。他是由于自己不小心才出事的，大家普遍都这样认为。人们交替着在他身旁跪下，和他搭讪着什么；人们打开他的上衣，又给他系上，人们试图扶起他来或相反，让他重新躺下；其实人们做这些不为别的，就为度过救护队派来负责的专门救护人员之前的这段时光。

那位女士和她的陪同者也已走近过来并从头顶和弯下的后背的上方看了看在那躺着的那个人。然后他们退回，迟疑着。女士觉得心窝里有某种不舒服的感觉，她有权认为这种感觉是同情；那是一种拿不定主意的、折磨人的感觉。男士在沉默片刻后对她说："这些在这里投入使用的重型载重卡车制动距离太长。"女士听了这话感到宽心并投以关切的一瞥以示感谢。她大概已经听过几次这句话．但是她不知道制动距离是什么．并且也不想知道它；她满足了，这个可怕的事件反正会处理好的而且变成为一个不再与她直接相干的技术问题。现在人们也已经听见一辆救护车的哨子发出尖锐刺耳的声音，这辆救护车的快速到达令所有等候的人们感到满意。这些社会公益机构值得钦佩。人们把出事的人抬上担架并把他连着担架一起推进救护车。穿一种统一制服的男人在他四周照看他。一眼可以瞥见的救护车的内部看上去像一间病房那样干净和井然有序。人们几乎带着这样合理的印象离去：发生了一件合法的、按照规章制度办的事件。"按照美国的统计数字，"男士这样说道，"那里每年因汽车致死 190000 人，致伤 450000 人。"

"您以为他死了吗？"他的同伴问，她还一直有一种没有什么道理的感觉，好像经历了什么特殊的事。

"我希望，他活着，"男士回答，"人们抬他进车的时候，看上去情况完全就是这样。"

2 没有个性的人的房屋和寓所

发生了这起小小事故的那条街属于那些长长的、迂回曲折的交通要道之一，这些街道从市中心四散辐射出去，通过外侧各市区并进入各郊区。这一对高雅的男女若顺着那条街继续朝前走一会儿，那他们就会看到某种准保会中他们的意的东西。那是一座部分还保存完好的十八世纪或甚至十七世纪建成的花园，倘若人们从它那锻钢栅栏旁边走过，那么人们就会透过树林，看到在精心修剪过的草坪上有某种宛如一座短窗扇的小宫殿般的建筑，一座过去年代里的狩猎或风月小行宫。准确地说，它的主体拱形始建于十七世纪，公园和上部结构则是十八世纪的建筑风貌，正面在十九世纪修缮过并且已经有些毁坏，所以这整个儿给人一种有些被搞模糊了的感觉，就像重叠拍摄的照片；但它却会使人不容置疑地站住脚并说"啊！"当这座白色、低矮、漂亮的小宫殿打开它的窗户，人们就会看见一所雅致、安静的学者寓所内部沿墙摆着的书柜。

这个寓所和这幢房子是没有个性的人的。

他站在一扇窗户的后面，透过花园空气的嫩绿滤色镜望着那带褐色的街道，自十分钟以来一直对着表在数小卧车、汽车、电车和步行人那被这距离冲洗得模糊不清的面孔，它们快速旋转着进入他的视野；他估算着从一旁移动过去的群体的速度、角度、活力，它们像闪电一样快地把视线吸引、抓住、松开，它们在一段没有尺度可以衡量的时间里强迫注意力抵制这段时间，扯断，跳向下一个目标并全力以赴追踪它；简短说，他在头脑里盘算了一会儿之后，便笑着把表塞进口袋并断定自己是干了傻事了。——若是人们可以测量注意力的跳跃，可以测量眼部肌肉的功能、心灵的摆动和一个人为了在街道的流动中直起身子来而必须付出的种种辛劳，那么也许会出现——他曾这样想过并像玩耍似的试图计算出这不可能计算出来的东西——一个数值，与这个数值相比，地图册为托起世界所需的力量是微不足道的，人们就可以估计出，今天一个人什么事也不干就可以做出多么巨大的成绩来。

因为没有个性的人眼下便是一个这样的人。

是一个干事的人吗？

"人们可以从中得出两个结论。"他暗自思忖。

一个平平静静行走了一整天的人，他的肌肉功效比一个一天把一个很重的杠铃举起来一次的运动员的大得多；这是已经在生理学上得到了证实了的，所以日常平凡的小成绩因其社会总量并因其适宜于这个总和大概也比英雄行为将多得多的能量投入这个世界；是呀，英的业绩简直显得微不足道，像一粒沙子，被人怀着巨大的幻想放到一座山上。这个想法颇中他的意。

但是必须补充说明，这个想法之所以中他的意，并不是因为他喜欢市民生活；相反，他只不过是爱给自己那以往曾经不同于此的爱好制造点麻烦罢了。也许恰恰正是那市侩，是他预感到一个崭新的、集体的、似蚁类的英雄主义即将开始？人们将会把这称之为合理的英雄主义并觉得这很美好。这种事今天谁会知道?! 但这样的没有得到答复的极重要的问题当时有成百个。它们正在酝酿之中，它们让人坐立不安。时光在移动。当初还没生存过的人将不会愿意相信这一点，但当初时光就已移动得像一头骑乘的骆驼那样快；并非现在才如此。人们仅仅是不知道移向何方而已。人们也不太会区分什么是上和下，什么是前进什么是后退。"人们想干啥就能干啥，"没有个性的人耸耸肩膀心想，"在这团杂乱粘连在一起的力量中这根本就没有什么重要意义。"他像一个学会了放弃的人那样，甚至简直是像一个惧怕任何强烈碰触的病人那样转过身去，当他迈步走在他那间毗邻的穿衣间、从挂在那儿的拳击球旁走过，他极快速、极猛烈地一击那个球，一个人怀着顺服的心境或处在虚弱的状态一般是不会做出这样的动作来的。

3　一个没有个性的人也有一个有个性的父亲

没有个性的人一些时候以前从国外回来时，其实只是出于任性和由于他讨厌寻常的寓所才租了这座小宫殿，它一度曾是坐落在城外的一座避暑别墅，当这座大城市越出它向外扩展，它便失去了预定的用途，最后竟无非只是一块被闲置着的、等待地价上涨的地皮而已，没有人在这里居住。所以租金是低的，但是为了将一切重新修缮好并使之符合现代生活的要求，这却出乎意料地花去了许多的钱；这变成了一桩冒险活动，其结果就是他被迫去向他父亲求援，这对他来说可不是件舒服的事，因为他喜爱自己的独立性。他 32 岁，他父亲 69 岁。

老先生惊愕了。倒不是因为这突然袭击，虽然也有这方面的原因，因为他讨厌做事欠考虑；也不是因为他不得不提供捐款，因为从根本上来说他赞成自己的儿子对家庭生活和自己的条理显示出了一种需求。但是占有这样一幢房屋，即便只用了缩小词，人们还是不得不把它说成一座宫殿嘛，这伤害了他的感情，使他感到害怕，觉得这是一种预兆不祥的无理要求。

他自己是从在上层贵族家庭里当家庭教师开始的；当过大学生，接下去还当过年轻的律师助理并且毫无困难，因为他父亲就已经是一个富有的人。——当后来他当上了大学讲师和教授，他却觉得自己因此而得到了酬报，因为这些关系的悉心维护如今使他渐渐擢升为几乎是他家乡的全体封建贵族的法律顾问，尽管他如今实在是不再需要一份兼职。是的，在他自己凭本事挣得的财产与他的儿子的早逝的母亲结婚时从一个莱茵地区工业家家庭带来的嫁妆旗鼓相当之后很久，这些在青年时代获得并在成年时期得到加强的关系也没有冷落下来。虽然这位声誉鹊起的学者如今不再过问真正的法律事务，只是偶或还从事一项高报酬的鉴定活动，然而所有涉及他的前保护人圈里的事件仍还由他自己亲手仔细记录在案，极准确地由父辈传至儿孙辈，没有哪次嘉奖，没有哪个婚礼，没有哪个生日或命名日会不发去一份信函，怀着细腻地掺和着恭敬和共同纪念的感情向收信人表示祝贺。随即也每一回都会同样准时地寄来简短的回信，向这位亲爱的朋友和受人尊敬的学者表示感谢。就这样，他的儿子从青年时代起便领教到了这种高贵的禀赋，这种禀赋带有一种几乎无意识、但却有把握地权衡着轻重的高傲，它恰好正确地测定一种亲善的尺度，而一个无论如何总算是属于精神贵族的人对马匹、耕地和传统的拥有者们的这种低三下四的态度则曾一直引起他的兴趣。但并不是工于计算使他的父亲对此不敏感了；他完全是出于天然本能用这样的方式为自己安排下了一个锦绣前程，他不仅当上了教授，各学会和许多学术的和国家的委员会的成员，而且也当上了骑士、骑士团首领，甚至还成了高级骑士团大十字勋章获得者，最后国王陛下竟提升他进入世袭的贵族阶级并且在这之前就已经认命他为上院议员。在那里，这位受表彰的人加入了自由思想的资产阶级的一翼，这一翼有时与高级贵族对立，但是颇为奇特的是，他的贵族保护人里竟没有一个因此而见怪他或哪怕只是对此感到惊讶的；人们从来也没有把他看作别的什么，只把他看作上升时期的资产阶级的英才。老先生积极参与立法的专门工作，甚至当一次势均力敌的表决中他站在资产阶级的一边，另一边的人也没有对此感到恼怒，而是反倒觉得他没受到邀请。他当时在政治上所做的无非是尽了自己的职责罢了，无非就是把一种卓越的、有时起着温和改良作用的知识和这样的印象结合在一起：尽管如此人们还是可以对他个人的忠诚坚信不疑；据他儿子声称，他便是这样没作根本的变动从家庭教师升迁至上院议员的。

当他得知租宫殿这档子事，他便觉得这侵犯了一个法律上未经划定、但却因此越加应该受到尊重的界限，于是他责备他的儿子，这些责备比他在迄今各时期已经向他所进行过的众多责备更严厉，甚至听起来简直像是预言险恶的结果，这种结果已经露出端倪。他的生活的基本情感受到了伤害。像在许多有所作为的人物身上那样，他的这种基本情感，毫无利己的打算，由对几乎可以说是普遍和超个人有用的东西的一种深切的爱所组成，换句话说，由一种对构成人们利益基础的东西的真诚敬重所组成。人们之所以这样做，并不是因为人们谋取利益，而是由于一般的原因。这具有重要意义；连一条纯种的狗也在餐桌下寻找自己的位置，不受脚踢的干扰，并不是出于卑贱的狗性，而是出于依恋和忠诚，而那些工于计算的人在生活中所取得的成功还不及有着适当混合情感的人的一半，这些人对给他们带来利益的人和关系确实能够深切感受得到。

4 如果有现实感，那就一定也有虚拟感

如果人们正经八百从开启的门里进来，人们就必须尊重门有一个结实的门框这个事实：老教授过日子一直遵循着的这个原则简简单单是一个现实感要求。但是如果有现实感，那么就没有人会怀疑它有其存在的理由，而且一定也会有某种人们可以称之为虚拟感的东西。

谁有了它，谁譬如就不说：这里已经发生、将会发生、必定会发生这样或那样的事；

而是他虚设：这里可能、也许、一定会发生；如果人们向他解释什么事，说是这是这么这么一回事，他就会想：唔。事情也可能是另外一个样子。所以不妨可以把虚拟感说成是一种能力，能够料想得到一切可能会发生的事物，能够不把存在的事物看得比不存在的事物更重要。人们看到，这样的创造性资质的作用可能是值得注意的，可惜它们往往让人类所赞赏的东西显得虚假并让人类所禁止的东西显得是被允许的，或者大概也会让二者都显得无关紧要。据人们所说，这样的虚拟人物生活在一片轻柔的织物，一片雾气、想象、幻想和虚拟的织物之中；人们着重让有这种爱好的孩子们改掉这种爱好并当着他们的面称这样的人为空想家、梦想家、懦弱的人和自以为是的人或爱挑剔的人。

倘若人们愿意称赞他们，人们也称这些傻瓜为理想主义者，但是所有这一切显然只包括这些人中的弱者，这部分人不能领悟现实或者在缺乏现实感却是意味着一种缺陷的时候苦恼地躲避它。然而，这种虚拟的东西不仅包括了神经虚弱的人的梦，而且也包括了还没萌生出来的上帝的愿望。一桩虚拟的经历或一桩虚拟的实情不等于现实的经历和现实的真实，更不等于现实存在的价值，而是至少按照它们的追随者的观点来说，它们包含着某种很有神性的东西，一团火，一次飞翔，一个建筑意愿和一种有意识的不害怕现实、但却把现实当作任务和虚构对待的空想主义。说到底，地球根本就不古老，看来还从不曾处于这种幸福喜悦的状态。如果人们想不费什么力气就把现实感的和虚拟感的人互相加以区别，那么，人们只需想到某一笔款项便可。譬如一千马克压根儿所包含的种种虚拟性，不管人们拥有还是不拥有它，这一千马克毫无疑问是包含着的；某甲或某乙拥有这笔钱，这个事实就像不会给一朵玫瑰和一个女人添上什么一样，也不会给这笔钱添上什么的。但是，现实主义者们这样说道，一个傻瓜把这笔钱塞进袜子里，而一个聪明人则用它们创造出价值来；甚至连一个女人的美丽容貌也不可否认地会让她所拥有的东西添上点或拿走点什么。这是现实，它唤醒种种可能性，没有什么比否认这一点更错误的了。尽管如此，在总量上或平均而言，仍将是那些同样的可能性在重复出现，直至一个人到来，对于此人来说一桩现实的事情比一桩想到的事情更具有重要性。是他，是他才使这些新的可能性有了自己的意义和使命，他在唤醒这些可能性。

但一个这样的人并不是一件很明确的事情。只要他的思想不是凭空幻想，这些思想就无非只是还没产生出来的现实，所以他自然也有现实感；但是这是一种对虚拟的现实的感觉，比大多数人特有的那种对其现实的可能性的感觉达到目的的速度要慢得多。他似乎是要森林，而别人是要树木；森林，这是某种难以表述的东西，而树木则是一定数量、一定质量的实积立方米木材。或者我们不妨用另一种说法来表述，那个有寻常现实感的人像一条鱼，它咬钓钩，没看见那根线，而那个有那种也可以被人们称之为虚拟感的现实感的人则从水里把一根线拉起来而浑然不知线上是否有钓饵。与一种对咬那钓饵的生命的极端冷漠态度相对应的，是他有着做出十分古怪的事情来的危险。一个不讲实际的人——他不仅给人以这样的印象，他也就是这样的人——在与人的交往中仍然是不可靠和难以捉摸的。他会做出某些行动来，这些行动于他具有某种不同于别人的含义，但一旦事情可以总括为一个异乎寻常的思想，便又会对一切感到放心。此外，今天他还离前后一致性远着呢。很可能会有这样的事：他会觉得一桩使别人受损的罪行仅仅是一种责任不在罪犯而在社会机制的社会性失误。而他是否会觉得他自己挨着的一记耳光是一种社会的耻辱或至少像被狗咬了那样不带个人特色，那是成问题的；也许他会先回报人家一记耳光，然后便认为自己本不该这样做。再者，如果人们夺走他的一个情人，那么他今天还不能完全撇开这个事件的现实并用一种使人惊异的新的情感来补偿自己。这种发展眼下正在进行之中，对个人既意味着一种弱点也意味着一种力量。

由于个性的拥有以对其现实存在的某种乐趣为前提，这就让人预见到，某个对自己也不具有现实感的人会突然遭遇到这样的事：有一天，他觉得自己是一个没有个性的人。

5 乌尔里希

这里所讲述的没有个性的人叫乌尔里希，而乌尔里希——对一个才这么初识一面的人一个劲儿称呼其教名，这是不令人愉快的！但是顾及到他的父亲我们应该把他的姓氏隐去——则刚到青少年年龄就在一篇课堂作文里对自己的品性进行了头一次检验，那篇作文要求论述一个爱国主义思想。爱国主义在奥地利是一个完全特殊的题目。因为德国人的子孙简直是在学习蔑视奥地利人子孙的战争，人们教导他们说，法国孩子是神经衰弱的浪荡子们的孙子，一旦一个蓄着一大把络腮胡子的德国后备军士兵朝他们走去，他们便会成千成百地一哄而逃。那些也常常曾得胜的法国、俄国和英国子孙们把角色互换并作些合意的改动，学习着这完全同样的东西。如今，孩子们是爱吹牛的人，喜欢玩强盗和警察游戏并随时准备把某某大街的某某家族——如果他们偶然属于这个家族的话——看作是世界上最大的家族。所以他们是容易被争取过来赞成爱国主义的。但在奥地利情况有一点复杂。因为奥地利人在其历史上的，所有战争中虽然也胜利了，但在大多数此类战争之后他们都不得不割让点什么。这发人深省，乌尔里希在他的论述爱祖国的文章里写道，一个严肃的爱祖国的人从来也不会觉得自己的祖国十全十美；他突然一闪念，他觉得这个念头特别精彩，虽然他只是迷惑于它的光彩并非看到了其中的真谛，他还给这句可疑的话添上第二句话：也许上帝也最喜欢用虚拟语谈论自己的世界（hic dixerit quispiam＝这里有人可能会反对……），因为上帝创造世界并暗想，这完全可以是另外一个样子嘛。——他曾对这句话感到很骄傲，但是他也许没有把自己的意思表述得十分清楚，因为这句话引起了轩然大波，人们差点儿没有把他从学校里撵出去，尽管人们下不了决心，因为人们决断不了他的这句放肆的话应该被理解成为亵渎祖国还是亵渎上帝。当初他在特蕾西亚骑士学院高级文理中学就读，这是一所向国家输送栋梁人才的学校，他的父亲对自己不肖儿让自己丢人现眼大为恼火，便将乌尔里希送到国外，送进一所小规模的比利时寄宿学校，这所学校在一座不知名的小城市里，由于经营管理得聪明得法，它只收取廉价的学费。却照样吸引大批行为失常的学生来就读。乌尔里希在那儿学习用国际的眼光扩大他对别人的理想的藐视。

（张久全编，摘自张荣昌译：《没有个性的人（上）》，作家出版社，2000）

第五十三章　策兰及《策兰诗选》

第一节　策兰简介

保罗·策兰，原名保罗·安切尔，被誉为 20 世纪中期以后在世界范围内产生最重要影响的德语诗人，继里尔克之后最有影响的德语诗人。策兰的作品题材多为战争期间的悲惨经历，人的自我异化、孤独和沉默。创作受法国超现实主义和象征主义影响，喜用隐晦的比喻和典故。诗句无韵，节奏性强，作品中具体事物与梦幻想象交替出现，以唤起读者的联想。著名诗篇《死亡赋格》（又译《死亡赋格曲》）模拟音乐中的对位法，用比喻控诉法西斯屠杀犹太人的罪行。主要诗集有《骨灰瓮之沙》、《罂粟与记忆》、《从门槛到门槛》、《话语之栅》、《无人的玫瑰》、《一丝丝阳光》等。

策兰 1920 年 11 月 23 日生于泽诺维奇（原属奥匈帝国，帝国瓦解后归属罗马尼亚，今属乌克兰）一个讲德语的犹太家庭。1938 年 11 月 9 日，他动身去法国上医学预科。在巴黎学医时，接触到法国超现实主义和象征派诗歌：他读歌德、海涅、席勒、荷尔德林、特拉克尔、尼采、魏尔伦、兰波、卡夫卡等人的作品；他特别钟爱里尔克——对隐喻、典故、梦境及各种意象的迷恋几乎成了他早期所有作品的显著标记。1942 年，策兰的父母被驱逐到纳粹集中营，并相继惨死在那里。策兰在朋友的掩护下幸免于难，后被强征为苦力修筑公路，历尽磨难。战后，策兰才得以回到已成废墟的故乡。

从 1945 年 4 月到 1947 年 12 月，策兰在布加勒斯特住了将近两年，从事翻译和写作。他开始以 Ancel 为笔名，后来又将其音节前后颠倒，以 Celan（策兰）作为他本人的名字，这在拉丁文里的意思是"隐藏或保密了什么"。而这一改动是决定性的：此后不仅他的身世，他的以"晦涩"著称的诗、他的悲剧性的内心、甚至还有他的死，都将被置于这个痛苦而又扑朔迷离的背景下。策兰 1945 年发表的《死亡赋格》一诗以对纳粹邪恶本质的强力控诉和深刻独创的艺术力量震动了战后德语诗坛，这首诗在德国几乎家喻户晓，成为"废墟文学"的象征。策兰一举成为战争废墟之上最受欢迎的诗人。之后，他又相继出版了《罂粟与记忆》等多部诗集，达到令人瞩目的艺术高度，作为第二次世界大战后欧洲"见证文学"的最主要的代表。他还积极将法国、英国等许多国家的诗歌译成德语，把勃洛克、叶赛宁等俄国诗人的作品介绍到国内来。1948 年，以色列建国后，欧洲的很多犹太人都迁移过去；但策兰还是决定留在欧洲，定居巴黎。

1958 年年初，策兰获得不莱梅文学奖；1960 年，他又获得了德语文学大奖——毕希纳奖。但他的后期作品变得愈加阴暗晦涩，诗集《无人的玫瑰》、《一丝丝阳光》集中表现了对世事百态的失望情绪，反映了策兰背负的沉重的集中营生活阴影和激烈的内心矛盾冲突。1970 年 4 月 20 日左右，策兰从巴黎塞纳河桥上投河自尽。

第二节　《策兰诗选》简介

策兰的诗选，很多诗人和翻译家都译介过，如北岛、王家新、张枣、肖开愚、李魁贤、孟明等，其中影响比较大有王家新、芮虎的《保罗·策兰诗文选》以及孟明翻译的《保罗·策兰诗选》。但是理解策兰、通过汉语来理解策兰，其难度之大超乎想象，于是有了译者之间的较量，也有读者之间的争论。悉数策兰的作品，他早期的诗歌有 11 首，包括《母亲》、《异乡兄弟之歌》、《夜曲》、《美丽的十月》和《伤逝》等；诗集《骨灰瓮之沙》有 12 首，包括《梦之占有》、《催眠曲》、《阿耳忒弥斯之箭》、《夏至之歌》等；诗集《罂粟与记忆》有 29 首，包括《满手时间》、《杨树》、《死亡赋格曲》、《旅途上》等；诗集《从门槛到门槛》有 27 首，包括《弄斧》、《发绺儿》、《来自大海》、《在一盏烛火前》、《带一把可变的钥匙》等；诗集《话语之栅》有 22 首，包括《声音》、《带着信和钟》、《在一幅画下面》、《今天和明天》等；诗集《无人的玫瑰》有 30 首，包括《大地就在他们身上》、《苏黎世，鹳屋》、《小屋的窗》、《城墙》、《带着一本来自塔鲁莎的书》等，以及诗集《换气》有 38 首；诗集《棉线太阳》36 首；诗集《暗蚀》15 首；诗集《光明之迫》有 30 首；诗集《雪之部》有 32 首；诗集《时间山园》有 21 首；还有《散诗与遗稿》有 34 首等。

《策兰诗选》里的诗多是大屠杀的产物。具体的历史事实和个人遭遇，让诗人无法从中解脱出来，无法开始新的生活。写诗是企图摆脱命运重厄的过程，然而诗只能在某种程度上，有限的时间内减轻痛苦。其结果不仅不能摆脱痛苦，而且痛苦程度有增无减。就如吸鸦片烟一般，越陷越深，越写也就越痛苦；诗人以"罂粟"来隐喻这一内在之现象。摆脱苦难乃是生命的必需，而明知摆脱不了又不得不做努力。这样的"恶性循环"让诗人濒临绝望，最后走上自杀之路。策兰觉得自己还生活在这个世界上是一件荒诞的事，活着没有理由。心理学的报告告诉我们，纳粹集中营的幸存者多有严重的负罪感，觉得自己苟且偷生，出卖了被害者，没有为死者做什么事。为了赎这些所谓的罪，这些幸存者就自我封闭，自我隐匿，以这种象征性的死亡不断证明自己的无奈和无能。在策兰的哀歌中，我们可以读到这样的自责，并到了相当严重的程度，类似的抑郁和忧伤形成他诗歌的基本色调。

第三节　《策兰诗选》选段

死亡赋格

清晨的黑色牛奶我们在傍晚喝它
我们在正午喝在早上喝我们在夜里喝
我们喝呀我们喝
我们在空中掘一个墓那里不拥挤
住在那屋里的男人他玩着他的蛇他书写
他写着当黄昏降临到德国你的金色头发呀
玛格丽特

他写着步出门外而群星照耀他
他打着呼哨就唤出他的狼狗
他打着呼哨唤出他的犹太人在地上让他们掘个坟墓
他命令我们开始表演跳舞

清晨的黑色牛奶我们在夜里喝
我们在早上喝在正午喝在傍晚喝
我们喝呀我们喝
住在屋子里的男人他玩着蟒蛇他书写
他写着黄昏降临到德国他的金色头发呀
玛格丽特
你的灰色头发呀苏拉米斯我们在风中
掘个坟那里不拥挤

他叫道到地里更深地挖你们这些人你们另一些
现在喝呀表演呀
他抓去腰带上的枪他挥舞着它他的眼睛
是蓝色的
更深地挖呀你们这些人用你们的铁锹你们另一些
继续给我跳舞

清晨的黑色牛奶我们在夜里喝
我们在正午喝我们在早上喝我们在傍晚喝
我们喝呀我们喝
住在那屋子里的男人你的金发呀玛格丽特
你的灰色头发呀苏拉米斯他玩着蟒蛇

他叫道更甜蜜地和死亡玩吧死亡是从德国来的大师
他叫道更低沉一些现在拉你们的琴尔后你们就会
化为烟雾升在空中
尔后在云彩里你们就有一个坟你们不拥挤
清晨的黑色牛奶我们在夜里喝
我们在正午喝死亡是一位从德国来的大师
死亡是一位从德国来的大师他的眼睛是蓝色的
他用子弹射你他射得很准
住在那屋子里的男人你的金发玛格丽特
他派出他的狼狗扑向我们他赠给我们一个空中的坟墓
他玩着蟒蛇做着美梦死亡是一位从德国来的大师

你的金色头发玛格丽特
你的灰色头发苏拉米斯

我是这第一个

我是第一个喝蓝色的人，它仍在寻找
它的眼睛
我从你的足印喝并看见：
你把我卷过手指，珍珠，而你成长！
你成长，像这所有的以往
你卷过：这黑色的悲痛之冰雹
掉进一张变白的围巾，因那告别的
挥动。

雾角

隐匿之镜中的嘴
屈向自尊的柱石
手抓囚笼的栅栏
把你自己献给黑暗
说出我的名字
把我领向他。

水晶

不要在我的唇上找你的嘴
不要在门前等陌生人
不要在眼里觅泪水
七个夜晚更高了红色朝向红色
七颗心脏更深了手在敲击大门
七朵玫瑰更迟了夜晚泼溅着泉水。

你的手

你的手充满时间，你走向我——而我说：
你的头发并非褐色
于是你把它轻轻地举在悲哀的天平上：它
重过了我……

他们上船走向你将它载走，然后
放在欲望的市场里出售——
你从深处对我微笑，我从轻盈停驻的贝壳
里向你哭泣
我哭着：你的头发并非褐色，他们从海里

提供苦水而你给他们鬈发……
你低语：他们正以我填充世界，于是，我
在心里留出一条狭隘的路！
你说：放下岁月的叶子在你身边——是更亲密
地贴近并吻我的时候了！

岁月的叶子是褐色的，而你的头发
并非如此。

岁月，从你到我

你的头发再度飘动当我哭泣。随着你
眼中的蓝色
你用我们的爱摆出餐桌：一张床从夏到秋。
我们喝着某人既非你我也不是
一个第三者酿造的什么
我们摊开一个空洞和仅有。

我们从深海之镜里观看我们自己并
更快地把食物传递给对方：
当夜是夜，它和早上一起开始，
挨着你它把我安顿下来。

眼睛

眼睛：
随着倾盆的雨一起闪光
当上帝命令我喝。

眼睛：
黄金，被夜晚点数着进入我的手掌
当我采摘着荨麻
并铲去谚语的阴影。

眼睛：
黄昏在我的上空点燃当我破门而入
并用我鬓角的冰越冬
我疾驰穿过永恒的小村庄。

夜的光线

最明亮时燃烧我夜的情人的头发：

我送给她最轻的木头棺椁。
它波浪汹涌，就像我们在罗马的梦床；
它戴着白色假发，像我一样，并嘶哑地说着：
它像我一样谈着，当我被允许进入内心。它知道
一支法国的情歌，我在秋天时曾唱起它，
当我作为一个旅人在夜地驻留并给黎明写着信。

一只漂亮的船，那棺椁，用情感之木做成。
我在血液中划着它，仿佛比你的眼睛年轻。
现在你像一只死鸟一样年轻，在三月雪中，
现在它走向你，对你唱它的法国情歌。
你是光：你将在我的春天里睡着直到它过去。
而我是光明的使者：
在陌生人面前我唱。

哑默的秋之气息

哑默的秋之气息。这
雏菊，未摘的，曾经
走在家乡与深谷之间，在
你的记忆里。

一个陌生的遗失曾是
伸手在即的赠礼，几乎
你将
拥有生命。

阿西西①

翁布里安的夜。
翁布里安的夜带来寺钟的银色和橄榄叶。
翁布里安的夜带着石头——你搬来的。
翁布里安的夜带着石头。

　　哑默，那生命载运的，哑默
　　再注入壶中。

陶制的壶。
陶制的壶，陶工的手在加速涂封。

----

① 意大利中部翁布里安地区的一个城市，圣方济的出生地。

陶制的壶，被一只阴影的手永远罩住。
陶制的壶，带上一道阴影的印封。

　　石头，无论你从哪里看，石头。
　　让灰色的动物进来。

慢跑的动物。
慢跑的动物在雪中，那最赤裸的手所撒播。
慢跑的动物，在那关闭的字词前。
慢跑的动物，从喂食的手中吞吃着睡眠。

　　光亮，那不去安慰谁的，光亮。
　　死者——他们仍在行乞，圣方济！

赞美诗

没有人再从大地和黏土捏塑我们，
没有人给我们的尘埃施法。
没有人。
赞美你的名字，没有人。
为了取悦你
我们将绽放。
向着
你。

一个虚无
我们曾是，现在是，将来
永远是，绽放成花朵：
这虚无，这空无其主的
玫瑰。

以
我们明亮灵魂的雌蕊
我们废毁天国的雄蕊，
以我们的红花冠
和这深红的词，我们所唱的
关于哦关于
那刺。

夜骑上他

夜骑上他，他已苏醒过来，

孤儿的上衣是他的旗帜，

不再陷入歧途，
它笔直地骑着他——

这是，仿佛橘子立在水贞树上，
仿佛如此的骑着虚无
只有他的
最初的
出生印记，那带着
秘密斑点的
皮肤。

骨灰瓮之沙

像霉一样绿，是那忘却的家。
在每一扇吹动的门前你的被斩首的乐师变蓝。
为你，他击动用青苔和粗砺的阴毛制成的鼓；
并以一只化脓的足趾在砂中勾画出你的眉毛。
他画得比它本身更长，和你的嘴唇的红润。
在此你注满骨灰瓮，并喂养你的心房。

布满骨灰瓮的风景

布满骨灰瓮的风景。
对话
从冒烟的嘴到冒烟的嘴。

他们吃：
疯人院病人的地菌，一块
未埋葬的诗，
找出它的舌和牙齿。

一滴泪滚回它的眼睛。

左手，孤儿般的
半个朝圣者的
贝壳——他们送给你，
尔后他们捆住你——
倾听，把天空照得透明：

对抗死亡的砖石游戏

可以开始。

寿衣

那种你用轻盈织就的
我穿上以背负石头为荣。
当我在黑暗中叫醒
呐喊，便传递给它。

常常，当我应该嘀嘀咕咕时，
它便起着遗忘的皱褶，
而那个我所原谅的
他，正是过去的我。

而这山神
在击打他的最沉闷的鼓，
正好在皱纹荡平时
这阴沉的人皱起了眉。

白昼

野兔皮毛的天空，甚至现在
一片清晰的翅仍在书写。

我亦如此，回忆你，
尘埃的
色彩，到达时
如一只鹤。

你曾是

你曾是我的死亡：
你，我可以握住
当一切从我这里失去的时候。

那是一个

那是一个
把我们抛掷在一起，
使我们相互惊恐的，

巨石世界，太阳般遥远，

哼着。

高门

一个天使漫步走过这个房间——
你，靠近未打开的书
赦免我
再一次地。

两次发现石楠可吃。
两次褪去颜色。

我仍可看到你

我仍可看到你：一个回声，
可用感觉的词语
触摸，在告别的
山脊。

你的脸略带羞怯
当突然地
一个灯一般的闪亮
在我心中，正好在那里，
一个最痛苦的在说，永不。

我听见斧头开花

我听见斧头开花，
我听见一个不可命名的地方，

我听见那只正瞧着他的面包
治愈被吊死的男人，
这面包，为妻的已为他焙好，

我听见他们呼唤生活
这唯一的庇护。

现在

现在，既然教堂的膝垫燃烧，
我吃这书
和它所有的
荣耀。

在福兰库斯，我们俩

如果一个人向这些石头

泄露，
对他隐瞒的东西：
这里，附近，
在一个跛行老人手杖上，
它会打开，像一个伤口，
你会沉没在内，
孤独地，
远离我的尖叫，它已经
随之凿好，白色。

空洞的生活庄园

空洞的生活庄园。在走廊里
肺
吹空了
绽放出花朵。一把
沉睡的谷粒
从真实的结巴
之口中吹出，
要去与雪——
对话。

永恒带他

永恒带他
进入幻境，并
越过。

慢慢地扑灭所有
烛燃的火灾。

一种绿，不生于此地，
用绒毛覆盖了岩石的
下颌，孤儿在那里
埋葬并被
再次埋葬。

作品

作品弄空了自己，那种
被说出来的，海绿，
在海湾里燃烧。

在这
流动的名字里

海豚跃过，

在永恒的无地，这里
在这喧响着钟声的
记忆里——但，何处？

谁
在这阴影的四方里
打响鼻？谁
在它的下面
闪光，闪光，闪光？

坐在蛇形四轮马车里

坐在蛇形四轮马车里，经过
白色的柏树，
穿过洪水
他们载送了你。

但在你的内心，
自诞生那一刻，
另外的泉水就已涌起，
在乌黑闪光的
记忆中
你曾爬露出来。

在河流里

在这北方未来的河流里
我投下一张网，那是你
犹豫而沉重的
被石头写下的
阴影。

风景速写

圆形的墓地，在下。在
岁月进行的四节拍里
沿陡峭的石级环绕而上。
熔岩，玄武岩，炽热
穿过地心的石类。
沉积凝灰岩
光在那里为我们增长，就在
呼吸之前。

油绿，透过大海飞溅，这
不可走入的一刻。向着
中心，灰色。
一个石头的鞍座，上面
凹进并炭化了，动物的前额带着
光彩夺目的白斑。

碎石驳船

水的时刻，碎石驳船
把我们携带向黄昏，我们
如它，并不仓促，一个死亡的
"为何"站在船尾。

…… …… ……

卸下了，这肺，水母
使自己膨胀成钟，一个褐色的
灵魂肿块到达
一个呼吸清晰的"不"。

直到

直到
我将你作为一个影子触摸
你才信任
我的嘴，

它攀升着
带着后来才想起的事物
攀上时间的庭院，
无处不在。

你撞向大群
二手利用者
在天使之中，

沉默狂
如星。

长号乐章

长号乐章
深入到这炽热的
空白台词

在火炬的高处
在时间的洞中：

聆听你自己
以你的嘴。

极地

极地
在我们身内
不可逾越
在警醒时，我们长眠，在
仁慈的大门前，

我在你中失去你，那是
我雪白的安慰，

说，那是耶路撒冷，

说它，仿佛我曾是
你的白色，
仿佛你
曾是我的，
仿佛没有我们我们也可以成为我们

我翻阅你，直到永远。

你祈告，你安顿
我们的自由。

图宾根，一月

眼睛说服了
盲目。
他们的——"一个谜是
纯粹的
原始"——他们的
漂移不定的
荷尔德林塔，盘旋着海鸥的
记忆，

醉溺的木匠访问
这些
淹没的词：

会来，
会来一个人，
会有一个人步入世界，今天，带着
族长的那种
稀疏胡须，他可以
如果他谈论这个
时代，他
可以
只是咿咿呀呀地
总是，总是，
加点什么。

（"Pallasch，Pallaksch"）①

苍白声部

苍白声部，从
深处剥取：
无言，无物
而它们共用一个名字，

你可以坠落，
你可以飞翔，

一个世界的
疼痛收获。

风中的掘井者

有人将在傍晚演奏中提琴，在小酒店，
有人将在足够的词上倒立，
有人将双腿交叉绞死在架上，紧挨这旋花。

这一年
不呼啸而过，
它掷回到十二月，十一月，
它翻掘自己创伤的沃土，
它向你打开，年轻的
坟墓般的
井

---

① 意即"哇啦哇啦，哇啦哇啦"。

十二个张开的嘴。

一片叶子

一片叶子，无树，
献给贝托尔特·布莱希特：

那是什么时代，
那儿一场对话
几乎是一场犯罪，
因为它包含了
太多的流言？

小小的夜

小小的夜：当你
把我接纳，接纳，
向上
三英寸痛苦在
地板上：

所有这些沙砾的死亡披风，
所有这些无能为力，
所有这些仍在
笑
以它们的舌头——

当白色袭击我们

当白色袭击我们，在夜间；
当从捐助罐子里溢出的
不止是水
当剥了皮的祭钟之膝
给了暗示：
飞！——

因为
我曾
是完整的。

你可以

你可以充满信心地
用雪来款待我：
每当我与桑树并肩
缓缓穿过夏季，

它最嫩的叶片
尖叫。

发生了什么？

发生了什么？石头离开了山坡。
谁醒来了？你和我。
语言，语言。下一个地球，相随的行星。
更为贫穷。打开，属于家乡。

去哪？向着那没有忘却。
与那石头通行，只有你和我。
心和心。感觉更沉重。
渐渐地更沉。渐渐地更轻松。

我砍下了竹子

我砍下了竹子：
为你，我的儿子。
我活过来了。

这茅屋明天
将被运走，它
挺立。

我不曾参与建这房子：你
不知道，多年前，
用什么样的容器
我使沙围绕我，按照
命令与戒律。而你的家
来自旷野——它的大门
敞开。

竹节在这里扎下了根，明天
它将仍然站立，无论你去哪里
它的魂灵与你无拘无束地
嬉戏。

下午，和马戏团及城堡在一起

在布列希特，在火圈前，
那儿老虎越过，在大帐篷里，
那儿没有限性，我听见你歌唱，
那儿，曼德尔斯塔姆，我看见你。

天空悬在停泊场上，
海鸥悬在起重机之上。
有限在歌唱，那稳定——
你，叫做"猴面包树"，炮艇。

我向着法国的三色旗致礼
用一个俄国词——
失败曾是不失败，
心，是一个设了防的地区。

示播列①

连同我的石头，
号啕大哭者
在监栏的后面。

他们把我拖出来，进入
市场中央，
那里
旗帜卷起，
我没有向它宣誓效忠。

笛子，
夜的双重笛音：
记住这黑暗的
红色孪生子
在维也纳和马德里。
把你的旗帜降到半桅
纪念。
降到半桅
为了今天，并永远。

心：
在这里你暴露出你是什么
这里，市场中央。
说，示播列，去
进入你家乡的外邦人：
二月。NO PASARAN②。

_____

　　①　SCHIBBOLETH，语见《旧约·士师记》第二十章第五节，基列人战败以法莲人，以法莲人偷走被抓，叫他说："示播列"，以法莲人因咬不准字音，便说"西播列"，基列人就将其拿住杀掉。后来，人们将"示播列"比喻为暗语。
　　②　西班牙语：没有车来。

独角兽：
你知道石头，
你知道流水，
来吧，我将把你引向
这厄斯特雷马都拉①的
声音。

在一盏烛火前

用冷轧的金子，如你
所教育我，母亲，
我打碎烛台，由此
它在碎裂的时间中
使我变暗：
你的死者之躯的女儿。

苗条的恶体态，
一道修长的，杏仁眼的影子，
嘴和性器
被微睡得动物包围跳舞
她拂去裂开的金子
升上
现在的山顶。
以被夜笼罩的
嘴唇
我祝福：
以三者的名义
他们互相结仇，直到
天堂降落金情感的坟墓，
以三者的名义，他们的戒指
在手指上使我发光，每当
我在峡谷里松开树木和毛发，
山洪沙沙流动，穿过深处——
以三者中的第一个的名义，
他呼喊了出来
仿佛那里关系着生命，他的话语比他先
出现，
以第二个的名义，他观看并哭泣，
以第三个的名义，他在——

---

① ESTREMADULA，西班牙西部地区名。

中心堆出白色的石头，——
我宣告你们无罪
用阿门，它盖过我们的声音，
用冰光，给它镶上边，
那里，如同塔一样高，它进入海，
那里，这灰色的，鸽子
啄起这些名字
在死亡的这边和那边：
你留下，你留下，你留下
一个死去的孩子，
奉献我渴望的"不"，
嫁给一个时间的裂隙
我母亲的教诲把我引向前去
哪怕只有一次
手的颤抖，
时时把我抓到那心上。

在一幅画下面

大乌鸦的蜂拥掠过麦浪。
哪一种天堂的蓝色？上面的？或下面的？
灵魂弹出晚来的箭簇。
更强烈的嗡嗡声。更近的燃烧。两个世界。

紧缩

*
驶入此
地带
以准确无误的路线：

青草，被分开书写。石头，白色，
上有草叶的阴影：
不要再去读——看！
不要再去看——走！

走，你的时刻
没有姐妹，你是在——
在家里。一个轮子，渐渐
从它自己转出，辐
在攀爬
攀向黑色的田野，这夜
无需星光，无处
有人探问你。

*

无处
有人探问你——

他们躺下的地方，曾拥有
一个名字——它什么
也没有。他们不会躺在那里。有东西
躺在他们中间。他们
不曾看透它。

不曾看见，不，
说出这个
词。无人
醒来，
睡眠
降临他们。

*

来，来。无处
有人问

这是我，我
我在你们之中躺下，我曾
敞开，曾
可听见，和你们滴滴答答，顺着你们的
呼吸，这依然
是我，你们
仍在沉睡。

*

这依然是

岁月
岁月，岁月，一根手指
上上下下触摸
四周：
接缝处，可触摸，这里
相互撕得大开，这里

它再次生长到一起——谁
把它缀连了起来？

*

缀连起来
谁？

到来，到来。
一个词到来，到来，
穿过夜晚而来，
想要发光，想要发光。
灰烬。
灰烬，灰烬。
夜。
夜——和——夜，——走
走向眼睛，走向潮湿。

*

走
走向眼睛，
走向潮湿。

飓风。
飓风，向来。
飞舞尘埃者，而其他
你
是知道的，我们
在书中读到它，曾是
看法。

曾是，曾是；
看法。如何
我们相互
触摸——相互用
这些
手？
那也曾是书写，那是。
哪里？我们
用沉默覆盖了它，
用毒药使它寂灭，很好，

一种
绿色的
沉默，萼片，一种
植物性的观念依附于它——

绿色，是的，
依附，是的，
在诡计多端的
天空之下。

依附——是的，
植物性。
是的。
飓风，飞舞——
尘埃者，曾有时间
留下，留下，
曾用石头尝试——它
曾是殷勤的，它
不曾谈起。我们曾是，它
多么幸运：

多籽
多籽而且多筋。梗节
密集；
葡萄般光彩四溢；豆角似的
光滑并且
结成小块；松散，分——
了枝——：他，它
不曾谈起，它
言说
乐意对干枯的眼睛言说，在合上它们之前。

言说，言说。
曾是，曾是。

我们
将不让走开，站着
在这中央，一个
多孔砖楼，而它
走来。
走向我们，走来
穿过我们，补缝着

不可见地，补缝
和这最后的薄膜
和
这个世界，千面水晶
结晶，结晶。

*

结晶，结晶
然后——

夜，分解，循环。
绿或蓝，鲜红的
方块：这个
世界在它内心深处插入
游戏，随着新的
时代，——循环。

红或蓝，明亮的
方块，无
飞行的阴影，
无
平板仪，无
冒烟的灵魂升起或加入进来。

*

升起或
进来加入——

在黄昏，接近
石化的麻风，
接近
我们逃离的手，进入
这最后的扭曲
盘旋在
防弹壁之上，接近
这掩埋的墙：

可悲看见，再
一次：这
槽沟，这

唱诗班，那时，这
赞美诗。嚯，嚯——
塞安呐①。

于是
仍有庙宇出现。一颗
星
也许仍在发光。
没有
没有任何事物失去。

嚯——
塞安呐。

在黄昏，这里，
对话，白昼发灰，
地下水的痕迹。

*

（——白昼发灰，
地下水的痕迹。

被带入
一块土地
以准确无误的
路线：

青草。
青草，
被分开书写。）

冰，伊甸园

那是一个失去的故乡，
月亮在它的芦苇间变圆，
那些和我们死于霜寒的事物
处处发出白热，并且看见。

---

① 　HOSIANNA，《圣经》中的祷词助语，相当于"拯救我们，主啊！"

它看见，因为它拥有眼睛，
那时明亮的大地。
夜，夜，碱液。
它看见，眼睛的孩子。

它看见，它看见，我们看见，
我看见你，你看见我。
就在这一时刻结束之前
冰将从死者中复活。

致一位亚洲兄弟

这自我美化的
炮火
升向天空，

十个
轰炸机打呵欠，

一次速射绽开了花，
与和平一样肯定的

一捧稻米
如你的朋友那样消失。

水井

水井
的形式
深入诅咒，
白日梦以它双重的屋脊
坐于其上，

方石
镶口
围住每一次呼吸：

那个我把你留下的卧房，蹲伏
拥握着你，

心指挥着
那轻柔地迷惑我们的霜寒
在分开的
前沿

你不愿成为花朵
在骨瓮墓园
而我，文学携带者，没有
矿砂从原木泥屋中
取用，没有
天使。

爱尔兰

给我路的权利
越过谷粒的山道进入你的睡眠，
这路的权利
越过入睡的小径，
有哪权利，我可以砍削泥炭
在心的斜坡，
明天。

政权，暴力

政权，暴力。

在它们后面，在竹内：
犬吠的麻风，交响。

文森特赠给的
耳朵
已经抵达它的目的地。

我们曾躺在

我们曾深深地
躺在常绿丛林立，那时
你终于攀爬过来。
但我们不能
过去以黑暗遮住你：
光的强制
统治。

国王的狂怒

国王的狂怒，石制的督促，在前。

而充满烟雾的
祈祷——
雄马，更加

使之痛苦，那
不可驯服，顺从的
志愿兵的军种：

赞美诗的蹄铁，唱过
开，开，开
了页的《圣经》之山，
在那清晰的，相互
共鸣地发出叮当声，
去海的强大的起点。

大提琴进入

大提琴进入
从痛苦的背后：

这权力，从高处
往下排列等级，
卷出暧昧
在抵达跑道和驶入之前，

这个
攀升的夜晚
带着肺的枝桠。

两团
冒烟的云的呼吸
伸进书里，
书被睡之嘈杂碰撞，

一些事物变得真实起来，

十二次发红
这被箭簇射中的对面，

这黑色
血液的女人在喝
黑色血液的男人的精液，

所有事物更少，比
它自己，
所有事物更多。

万灵节

我究竟做了
什么？
夜繁殖，仿佛
那里还有别的，比它
更加晦暗。

鸟飞，石飞，千次
描画出路径。目光一瞥
被窃取，采摘。海
被品尝，喝掉，梦掉，以小时的
灵蚀。接着，一阵秋光
献给一个盲目的
感情，它已离去。其他的，许多
无所依归，并有来自自己的沉重：瞥见并
避开。
弃儿，星宿，
黑色，充满言语：以
打破沉默的誓约命名。

而一旦（何时？这也被忘了）：
感到了倒钩
就在脉搏敢于反节奏之处。

从乌鸫的注视中

从乌鸫的注视中，傍晚
透过没有栅栏的门，它
围绕着我，

我许诺我自己以武器。

从武器的注视中——双手，
从双手的注视中——长久以前
被那锋利，平展
卵石写下的字行

——波浪，你
把它带到这里，磨砺，
给你自己，不可——
丢失的，入内
岸沙，你拿，

拿起
喜沙草，痛
加上你自己的——

字行，字行
我们游泳，穿过它们的缠绕。
两次千年期，
所有歌唱在手指里，
还有那通过我们活着的
妙不可言的
洪水不信任我们。

给福兰绪①的墓志铭

世界的两扇门
一直敞开着
是在黄昏
被你打开
我们听见他们碰呀撞呀
带着不可捉摸
带着绿色进入你的总是。

1953 年 10 月

同样今夜

更满，
既然雪也降到这上面
太阳游过的海，
冰花开在这篮子里
你携带进城。

沙子
你要求它，
因为最后的
玫瑰已回到家里
也将在今夜
用簌簌流淌的时间喂养。

离岛

离岛，紧紧挨着死者
他娶了这边树林的独木舟，

---

① Francois，策兰之子，出生后几日即夭折。

从空中伸下凶猛的臂，
呲牙咧嘴锁住了灵魂：

异乡人自由人如此划船
冰冻石硬的大师：
从沉落的浮标发出变音，
从鲨鱼蓝的海发出咆哮。

他们划，他们划，他们划——
你们死者，你们泳者。领先！
这也被捕鱼网网住！
而明日我们的海干涸！

你也说

你也说，
跟在后面说，
开始你的言说。
说——
却不要从里挑错，
给你的言说以感觉，
给它以阴影

给它足够的阴影，
给它这样多
好像你已知在午夜与正午与午夜之间
怎样给自己分配。

看看四周：
看它多么活跃地围绕着——
死亡！活跃！
唯有那言说阴影，说着真实。

但是现在收缩你所在之地：
此时去哪里，脱去阴影者，你将何往？
向上。摸索着向上。
你将更瘦，更不可辨认，更好！
更好：一条线，
他将缘此下来，星：
在下面漂流，下面，
在那里它瞧着自己漂流：在
流浪词语的余波中。

信心

那里将有另一只眼睛，
陌生的一只，挨着
我们的眼，哑默
在石头眼睑之下。

来吧，钻出你们的洞！

那里将有一副睫毛，
向内化入岩石，
被不哭者包上钢铁，
是最棒的纺锤。

在你们面前它造工具，
因为是石头，仿佛它们还有兄弟。

带着信与钟

蜡
封印在那没写出的
将你的名字
猜测，
将你的名字
编成密码。

飘浮的光亮，你现在来吗？

手指，也被蜡化
从那陌生的
痛苦的指环中拔出来。
融向指尖。

飘浮的光亮，你来吗？
时间的空洞，钟的蜂巢，
成千的蜜蜂新娘，
准备上路。

飘浮的光亮，来吧。

回家

雪降下来，愈渐密集，
鸽子的白色，一如昨日，

雪降下来，仿佛你仍在梦中。

白色，继续堆积。
在上面，漫无边涯，
是消失者的雪橇的痕迹。

下面，藏着
向上翻卷
如此刺痛眼睛的一切，
山坡起伏连绵，
看不见的。

将每一个人
在他的今天带回家
一个我滑进了哑默：
木呆呆的，一个标桩。
那里，一种感知
被冰风吹过来，
固定了他的鸽灰——他的雪白——
色的旗。

白与轻

镰弯的沙丘，未曾数过。

风的阴影中，千个你。
你和我赤裸的
伸向你的胳膊，
失落者。

光柱。把我们吹打到一起。
我们带着明亮，疼痛和名字。

白色
在移动我们，
没有重量
我们用来交换。
白色和轻盈：
让它漂移。

遥远，月样临近，像我们。它们筑积。
它们筑起礁石
在漂移的断隙处，

它们继续
筑积：
用光沫和溅成尘粉的波浪。

那召唤礁石的漂移。
那额壁
唤它移近，
这些别人借给我们的额壁，
欲成为镜像。

额壁
我们和它们在那儿卷在一起。
额壁之岸。

你睡着了吗？

睡。

海洋之磨转动
在我们眼中，
冰亮而恬静。

雪床

眼睛，在死亡的裂隙里不见世界：我来，
心里艰难地成长。
我来。

月镜，峭壁。倾斜向下。
（光斑随呼吸闪耀。血成条纹。
灵魂再次接近云状。
十指的阴影被夹住。）

眼睛不见世界，
眼睛在死亡的裂隙里，
眼睛眼睛：
雪床在我俩之下，雪床。
水晶连绵，
像时间一样深深网住，我们坠落，
我们坠落，躺在那里，坠落。

而坠落：
我们曾是。我们是。

和夜一起，我们结合为一体。
流逝。流逝。

夜

砾石和岩屑。而一个音律片断，细弱，
作为时间的抚慰。

眼神的交换，终于，不合时宜：
不变的——影像，
木化的
眼膜——：
这永恒的标记。

可以想象：
上面，在世界的传动杆上，
像星宿，两张嘴的红色。

可听见（在黎明?）：一个石头
把其他石头作了它的目标。

一只眼，睁开

时间，五月的色彩，凉爽。
没有可以再命名的，热。
嘴里有声可听。

再次，无人的声音。

疼痛的眼球深处：
眼睑
没有挡路，睫毛
不再计数，那进入的事物。
而泪，半珠
清晰易动的晶体，
给你带去影像。

（张久全编，摘自王家新、芮虎译：《保罗·策兰诗文选》，河北教育出版社，2002）

第五十四章　奥登及《奥登诗选》

第一节　奥登简介

　　奥登，20世纪继艾略特之后最重要的英美诗人，是用诗歌报道战争的第一人。W. H. 奥登，1907年生于英国约克郡，父母均为医生。奥登自幼聪敏好学，15岁开始写诗，22岁入牛津大学攻读文学，并在一批青年才俊中头角峥嵘。1928年肄业于牛津大学基督学院，之后到德国学习德语和德国文学，1930年回国后，在中学从教5年。30年代的奥登思想激进，反对法西斯，积极参与社会活动，成为左翼青年作家领袖。他和戴·刘易斯、斯彭德、麦克尼斯等一批牛津学子形成一支凌厉的文学力量，被称为"奥登派"或"奥登一代"，成为30年代英国"新诗"的代表。1937年，奥登奔赴马德里支持西班牙人民反法西斯斗争，当过担架员和救护车驾驶员。1938年，奥登来到战火纷飞的中国，此举在英国文化界引起震动，同时也鼓舞了无数中国人，在中英文学史上谱写出动人篇章。奥登辗转中国七省，历时四个月，广泛接触并采访了中国抗战各界军政要人及社会各阶层人员，亲临惊心动魄的徐州前线。1939年奥登移居美国，1940年后皈依基督教，1946年入美国国籍。1947年至1962年间，主编耶鲁大学青年诗丛。1956年至1960年间，任牛津大学诗学教授。晚年常在纽约和奥地利乡居。1971年返回英国。1973年9月28日于维也纳病逝。

　　奥登多才多艺，一生作品丰富。代表作有《西班牙》、《在战争时期》、《新年书信》等，另外还著有《诗集》、《雄辩家》、《看吧，陌生人》、《另一次》、《暂时》、《海与镜》、《忧虑的时代》、《阿基琉斯的盾牌》、《向克莱奥女神致敬》、《在屋内》、《无墙的城市》，以及轻体诗《学术涂鸦》、电影解说诗《夜邮》、文学评论集《染匠的手》、《次要的世界》等。奥登还和衣修午德合著有三部诗剧《皮下之狗》、《攀登F6》和《在边界上》；和麦克尼斯合著了《冰岛书简》；和切斯特合作过几个歌剧的歌词。奥登分别于1948年、1954年、1956年获普利策奖、伯林根奖和国家图书奖。奥登一生没有宏篇巨制，但他的深奥博大、丰富多面、幽默机智却是有目共睹的。1965年奥登获诺贝尔文学奖提名，并进入最后一轮的角逐，证明了他文学成就的瞩目与辉煌。

　　他在诗歌技巧上的实验为英美诗坛做出非凡贡献，他"兼有理性之光和爱的勇敢"，被誉为现代的但丁。在中国饱受日本蹂躏的危难关头，奥登曾以惊人的胆识、无畏的气概、宽广的胸怀亲临中国进行战地采访。他在中国经受了狂烈的炮火洗礼，并一度身染重病。他以实际行动和卓越的诗文展示了中国乃至人类的灾难，反映了抗日战争早期烽火与硝烟的峥嵘岁月，声援了中国乃至世界反法西斯的正义斗争。他对中国当代诗人及诗歌创作产生过深远影响，他让阿什伯利、布罗茨基等很多重要诗人深深折服，连大诗人叶芝都自叹不如。

第二节 《奥登诗选》简介

　　奥登于晚年将其所有诗作按时间顺序编成《短诗结集 1927—1957》和《长诗结集》。其创作分为四个阶段，各阶段风格明显不同。奥登的诗总的来说体裁多样、技法纯熟、思想深邃、富有哲理、长于讽刺、巧用双关，且诗体灵活，从十四行诗、催眠曲、电影解说诗到轻体诗等无不精彩。

　　第一时期（1927—1932）主要作品为其第一部《诗集》及政治讽刺诗《雄辩家》。《诗集》受马克思主义、弗洛伊德精神分析以及艾略特、庞德的现代主义影响，以英国经济大萧条时期的社会政治问题为题材，并对人的心理及道德进行剖析，采用现代工业性语言，象喻新奇，意境独特，风格俏皮，富有明快爽朗的现代气息，且思想激进，锐气逼人，在内容、方向和技巧上都标新立异，使整个英语诗坛焕然一新。《雄辩家》采用诗与散文交替的形式，是奥登诗歌技巧试验的开始。奥登早期还写过一些可称为城市志和人物志的短诗，由若干充满现代敏感的警句组成。他早期的头韵诗法，也给人以深刻印象。

　　第二时期（1933—1938）的作品思想激进，"具有鲜明的左翼政治观点，反映当代重大的现实社会政治问题"。奥登擅长采用戏剧性的对照来突出现实感，在描写战争等宏大场景方面出类拔萃。《西班牙》和《在战争时期》为其杰出代表。《西班牙》把军事冲突描写为在历史颓败与寻求正义间的抉择，是声援西班牙人民反法西斯斗争的力作，曾经传诵一时。《在战争时期》包括 27 首十四行诗和《诗解释》，于 1939 年发表在与衣修午德合著的《战地行》中。该诗记录了奥登的中国战地见闻，概括和介绍了中日战争局面以及西安事变后国共合作的抗日形势，揭示了日本侵略者的残忍及其给中国人民带来的痛苦、恐惧和灾难。诗歌高度关注战争中随时都会失去生命的士兵、缺少给养和照顾的伤员、流离失所的难民等最底层的普通人民的命运及绝望处境；对中国普通士兵给予无限同情和高贵的尊敬。更为重要的是，诗歌是"关于战争本质和含义的寓言，是一种理论、一种伦理，而不是关于某一段具体的历史"，不是"区域性的事件"。它是基于整个人类文明而进行的思考和综合评价，被称为"奥登的《人论》"。该诗被斯彭德称为奥登到那时为止最好的一部分诗。评论家认为这是奥登诗歌中的一座丰碑，"是 30 年代奥登诗歌中最深刻、最有创新的篇章，也许是 30 年代中最伟大的英语诗篇"。毫无疑问，《在战争时期》在 20 世纪的英诗中是无与伦比的。当时一些中国青年诗人，"呼吸着同样的战争的气氛，实践着同样的诗歌革新，完全为奥登所作倾倒了，以至于学他译他"，有人至今还保持着同样的感情。

　　第三时期（1939—1946）的作品《另一次》和《新年书信》标志着奥登第二次世界大战前后思想右倾的重大转折。其他几部诗歌反映出奥登的基督教信仰和政治态度。《忧虑的时代》为他赢得普利策诗歌奖。

　　第四时期（1948 年后）的作品宗教色彩浓厚，情绪悲观。1971 年 11 月在纽约出版的轻体诗杰作《学术涂鸦》却值得一提。诗歌幽默睿智，节奏优雅，有巧设的双关和轻松的调侃，可心之愉跃然纸上，溢于字间。

　　奥登的作品似暗夜群星，从遥不可及、深不可测的幽邃之处跳跃着明亮的欢乐，透射着理性和智慧的光辉。

第三节　《奥登诗选》选段

在战争时期

一

从岁月的推移中洒落下种种才赋，
芸芸众生立刻各分一份奔进生活：
蜜蜂拿到了那构成蜂窠的政治，
鱼作为鱼而游泳，桃作为桃而结果。

他们一出手去尝试就要成功了，
诞生一刻是他们仅有的大学时期，
他们满足于自己早熟的知识，
他们安守本分，永远正确无疑。

直到最后来了一个稚气的家伙，
岁月能在他身上形成任何特色，
使他轻易地变为豹子或白鸽；

一丝轻风都能使他动摇和更改，
他追寻真理，可是不断地弄错，
他羡慕少数的朋友，并择其所爱。

二

他们不明白那为什么是禁果。它没有
教什么新知识。他们藏起了自傲感，
但在受责备时并不肯听取什么，
并确切地知道在外面该怎么来。

他们离去了：立刻，过去所学的一切
都从记忆里隐退；现在，他们不再能
理解那些一向帮助过他们的狗，
那常和他们策谋的溪水哑然无声。

他们哭泣，争吵：自由真是奔放不羁
在前面，"成熟"，当儿童向上攀登的时候，
却像地平线从他们眼前退避。

危险增加了，惩罚也日渐严刻；

而回头路已由天使们把守住，
不准诗人和立法者通过。

三

只有嗅觉能有感情让人知道，
只有眼睛能把一个方向指出；
泉水的说教本身是孤立的；飞鸟
并无意义，只有谁把它作为食物。

猎取和命名，它便成了谁的投影。
他在喉咙里感到兴趣，并且发现，
他能够派他的仆人去到树林中，
或仅以声音吻得他的新娘狂欢。

它们繁殖得像蝗虫，遮盖了绿色
和世界的边沿：他感到沮丧，因为
他终于被他创造的一切所支配；

对他没见过的事物他恨得发火，
他懂得爱，却没有爱的适当对象，
他感到的压迫远远超过了以往。

四

他留下来，于是被囚禁于"占有"中。
四季像卫兵一样守卫他的习性，
山峰为他选择他孩子的母亲，
像一颗良心，太阳统治着他的日程。

在远方，城市里他年轻的弟兄
过着他们高速度的反常的生涯，
他们无所信仰，却很悠游自在，
对待外乡人像对待一匹爱马。

而他的变化不多，
他只从土地获得他的色泽，
而且长得越来越像他的牛羊。

城里人认为他吝啬、单纯而土气，
诗人哭了，在他身上看到真理，
压迫者则把他奉为一个榜样。

五

他的举止大方是一个新发明：
因为生活是迁缓的，大地需要豪放，
他便以骏马和刀吸引少女的注目，
他成了富豪、慷慨和无畏的榜样。

对于年轻人，他来得有如救星，
他们需要他以摆脱母亲的牢笼，
从长途的迁移中他们变得机智，
在他的营火旁看到人人是弟兄。

但大地突然变了：人们不再需要他。
他成了寒酸和神经错乱的人，
他开始饮酒，以鼓起勇气去谋杀；

或者坐在办公室里偷窃，
变成了法律和秩序的赞颂者，
并且以整个的心憎恨生活。

六

他观察星象，注意雁群的飞翔，
江河的泛滥或帝国的覆没，
他作过预言，有时尚能应验，
只要幸而言中，报酬倒很不错。

在认识真理前，他就爱上真理，
于是一马冲进了幻想之邦，
意欲以孤独和斋戒向她求爱，
并嘲笑那以手侍奉她的情郎。

然而真理——他绝无意去蔑视她，
他总在倾听她的声音；而当她
朝他召唤时，他就俯首听命，

跟着她走去，并注视她的眼睛；
其中看到人的一切弱点的反映，
也看到自己和别人没有两样。

七

他是他们的仆人——有人说他是瞎的——
并且在他们的面容和财物间服役；

他们的感情集中于他像一阵风
发出歌唱：他们便叫道："歌者是上帝。"

于是崇拜他，并把他另眼看待，
这使他虚荣起来，终于变得狂妄：
竟把他的心和脑对每件内部的暴政
所发的小小颤抖都错认是歌唱。

歌声不再来了：他不得不制造它。
他是多么精心构制着每节歌曲！
他拥抱他的悲哀像一块田地，

并且像一个杀人凶手过闹市；
他注视着人群只引起他的厌腻，
但若有人皱眉而过，他就会战栗。

八

他把他的领域变为一个汇合点，
并且培养出一只宽容的冷眼，
又形成兑换钱币者的灵活面容，
从而找到了平等的概念。

对他的时钟说，陌生人都是兄弟，
他以他的楼塔构成人的天空；
博物馆像箱子贮藏着他的学识，
报纸像密探把他的钱跟踪。

它增长得太快了，布满他的生活，
以致他忘了一度要挣钱的意图，
他凑到人群里只感到孤独。

他过得豪奢，没有钱也应付得了，
却不能找到他为之付款的泥土，
虽知到处是爱，他却无法感到。

九

他们死了，像尼姑进入关闭的生活，
连最穷的都失掉些什么；迫害
不再是事实；自我中心的人们
采取一种甚至更极端的姿态。

那些类似王者和圣徒的人

也分布到远洋外和树林里，
他们到处触及我们公开的悲哀，
空气，江河，地域，我们的性别和道理；

当我们选择时，就以这些为营养。
我们带回他们，答应把他们解放，
可是既然我们不断地背叛他们，

从我们的声音中，他们听到他们的
死亡的哀悼，但从我们的知识中知道
我们能恢复他们自由，他们将欢笑。

十

他幼年时能受到最智慧的人宠爱，
他感到和他们熟稔得像夫妻一般，
穷苦人把积存的分文都拿给他，
殉道者则把生命当作礼物奉献。

然而谁能够坐下来整天和他玩耍？
还有其他迫切的需求：工作和床；
于是他们建立了美丽的岩石宫殿，
把他留在那儿去受膜拜和宴飨，

但是他跑了。他们竟盲目得不知道
他来这里是为了和他们一起劳作，
一起谈话和成长，有如一个邻舍。

那些宫殿成了恐惧和贪婪的中心；
穷人在那里看到了暴君的城堡，
而殉道者看到重现的刽子手的面貌。

十一

他从他的宝座上，以深邃的智慧
俯视着那看守羊群的卑微少年，
并派遣一只鸽子；鸽子独自飞回。
那少年虽爱这乐调，却很快就困倦。

但他为少年规划了远大的前程：
现在，当然，他的责任是要强迫；
因为以后少年将会爱上真理，
并且知道该感激谁。于是鹰降落。

这却不成功：他的谈话很腻人，
使少年听得打呵欠，呼哨，做鬼脸，
终于从严父般的拥抱中挣脱了身；

但少年却愿意随着鹰的指引
走到任何地方去；他崇拜它
并从它学到许多杀戮的门径。

十二

一个时代结束了，那最后的救世主
懒散不欢而寿终正寝；他们感到轻松：
那巨人的大腿肚不再在黄昏时分
突然投下影子在那户外的草坪。

他们平静地睡着；当然，在沼泽地带
随处都有不传种的龙在奄奄待毙。
但不过一年，野径就在荒原上消失了，
山中精灵的敲山声也归于沉寂。

只有雕刻家和诗人有一些忧伤，
还有魔术团里精明的一班人马
也埋怨地走开了。那被击溃的力量

却喜于自己化为无形而自由活动：
它冷酷地把迷途走来的男儿击倒，
奸污着女儿们，并把父辈逼得发疯。

十三

当然要歌颂：让歌声一再扬起
歌唱那在古瓶或脸上的生命，
歌颂那植物般的耐性，动物般的优美，
有些人快乐过，曾经诞生过伟人。

但听听早晨底伤痛的哭泣，你就明白：
城市和人纷纷沉落；不义者的意愿
从没有丧失威力；而一切王子仍旧
必须使用相当高贵的团结的谎言。

历史用它的悲哀来对抗我们的高歌，
"乐土"从未有过；我们的星只暖育出
一个尚未证明其价值的有希望的民族；

快速的新西方落了空；巨大，然而错误
这默默的花一般的人民已经很久
在这十八个行省里建设着地球。

十四

是的，我们要受难，就在此刻；
天空像高烧的前额在悸动，痛苦
是真实的；探照灯突然显示了
一些小小的自然将使我们痛哭。

我们从来不相信它们会存在，
至少不存在我们这里。它们突地
像丑恶的、久已忘却的记忆涌来，
所有的炮像良心一样都在抗击。

在每个爱社交、爱家庭的眼睛后
一场私下的屠杀在进行摧毁
一切妇女，犹太人，富翁和人类。

山峦审判不了我们，若我们说了谎。
我们是地面的居民；大地听从着
智慧的邪恶者直到他们死亡。

十五

引擎载运他们横越天空，
他们自由而孤立得有如富豪；
又像学者般淡漠，他们只能
把这呼吸的城市当作需要

他们施展技能的目标，而从未想到
飞行是由他们憎恨的思想产生，
更没有看到他们自己的飞机
总是想推进到生命的领域中。

他们选择的命运并不是他们的岛
所强加的。尽管大地教给了我们
适当的纪律，但任何时候都可能

背离自由而使自己受到束缚，
有如女继承人在母亲的子宫里，
并像穷人的处境那样孤苦无依。

十六

这儿战争像纪念碑一样单纯：
一个电话机在对一个人讲话；
地图插着小旗说明已派去军队；
一个仆役端进牛奶。有一个规划

专为让活人恐惧生活而制定：
该中午渴的，却在九点就渴了，
还能既失踪又存在，想念着妻子，
而且，和观念不同，能过早地死掉。

但人虽死了，观念可能是对的，
我们能看到成千个面孔
为一个谎言所燃烧和鼓动，

而地图真能指出一些地方，
那儿的生活如今十分不幸：
南京，达豪集中营。

十七

他们存在，受苦，不过如此而已。
一条绷带掩盖着每人活力之所在；
他们对于世界的知识只限于
器械以各种方式给他们的对待。

他们各自躺着，彼此相隔如世纪；
真理对他们来说，就是能受多少苦；
他们忍住的不是我们的空谈，而是呻吟，
他们遥远如植物，我们是站在他处。

因为，谁在健康时能成为一只脚？
连一点擦伤，只要一旦治好了，
我们就忘却，但只喧腾一会儿，

并相信那不受伤者的共同世界，
而不能想象孤独。唯有幸福能分享，
愤怒也可以，还有那爱之思想。

十八

他被使用在远离文化中心的地方，
又被他的将军和他的虱子所遗弃，

于是在一件棉袄里他闭上眼睛
而离开人世。人家不会把他提起。

当这场战役被整理成书的时候，
没有重要的知识在他的头壳里丧失。
他的玩笑是陈腐的，他沉闷如战时，
他的名字和模样都将永远消逝。

他不知善，不择善，却教育了我们，
并且像逗点一样加添上意义；
他在中国变为尘土，以便在他日

我们的女儿得以热爱这人间，
不再为狗所凌辱；也为了使有山、
有水、有房屋的地方，也能有人烟。

十九

然而在晚间，重压之感消失了，
下过了一阵雨，顶峰聚向焦点；
在草坪和培植的花朵上飘浮过
有高度教养的人士的会议。

园丁们见他们走过，估计那鞋价；
一个汽车夫在车道上拿着书本瞧，
等待他们把要交换的意见说完；
看来这正是一幅私生活的写照。

在远方不管他们如何蓄意为善，
军队拿着一切制造痛苦的器械
正等待着他们一句失误的语言；

一切有赖于他们迷人的举止：
这年轻人遍遭杀害的一片焦土，
这些哭泣的妇女和惶恐的城市。

二十

他们携带恐怖像怀着一个钱包，
又畏惧地平线仿佛它是一门炮，
所有的河流和铁路像逃避诅咒，
都从近邻的情谊向各方逃跑。

他们紧紧拥聚在这新的灾祸中，

像刚入学的儿童，轮流地哭叫；
因为空间有些规则他们学不会，
时间讲的语言他们也掌握不了。

我们活在这里，在"现在"的未打开的
悲哀中；它的范围就是我们的内容。
是否囚人应该宽恕他的囚居，

是否未来的时代能远远逃避开
但仍感到它源于每件发生过的事情，
甚至源于我们？甚至觉得这也不坏？

二一

人的一生从没有彻底完成过，
豪迈和闲谈将会继续存在；
但是，有如艺术家感到才尽，
这些人行走世间，自知已经失败。

有些人既难忍，又驯服不了青年，
不禁悼念那曾治世的受了伤的神话，
有些人失去了他们从未理解的世界，
有些人很清楚人一生应受的惩罚。

"丧失"是他们的影子和妻子，"焦虑"
像一个大饭店接待他们，但只要
他们有所悔恨，那也是无可规避；

他们的一生就是听禁城的召唤，
看陌生人注视他们，愉快而好奇，
而"自由"则在每家每棵树上为敌。

二二

单纯得像一切称心的梦呓，
他们使用心灵幼稚的语言
告诉臂力需要欢乐；那些临死的
和即将告别的情人把话听完

必然呼哨起来。他们从不过时，
而反映着我们处境的每一变化，
他们是我们一切行动的证据，
他们直接和我们的迷惘对话。

试想今年在台上的人最喜欢什么：
当奥地利灭亡，中国已被遗弃，
当上海在燃烧，特鲁埃失而复得，

法国向全世界申诉她的立场：
"到处都有欢乐。"美国向地球说：
"你是否爱我像我爱你一样？"

二三

当通讯的一切工具和手段
都证实我们的敌人的胜利；
我们的堡垒被突破，大军已后撤，
暴力流行好似一场新的瘟疫，

而虐政这个魔术师到处受欢迎；
当我们懊悔何必出生的时候，
让我们记起所有似乎被遗弃的。
今晚在中国，让我想着一个朋友：

他默默工作和等待了十年，
直到他的一切才能体现于米索，
于是一举把他的整个奉献，

怀着完成者的感激之情，
他在冬夜里走出，像一个巨兽，
去抚摸了那小小的钟楼。

二四

不，不是他们的名字，而是后继者
建造了每条强制的大道和广场，
以便使人只能够回忆和惊讶；
是真正孤独的，负有罪疚在心上，

而要一切永远如此继续下去：
不被爱的总得留下物质遗迹。
但前者要的只是我们的好脸色，
并定居其中，知道我们将不会记起

我们是什么人，或我们为何被需要。
土地滋生他们有如海湾滋生渔夫，
或山坡滋生牧人；他们结子而成熟。

那种子附着我们，甚至我们的血
都能使他们复活；他们又成长起来，
抱着对花和潮的愿望，温和而愉快。

二五

没有恩赐：我们得寻找自己的法律。
巨厦在阳光下互相争夺着统治；
在它们背后，像一片悲惨的植物
蔓延着穷人矮小的萎缩的房子。

没有任何命运指定给我们，
除了这身体，一切都不确定；
我们计划改善自己；唯有医院
使我们想到人的平等。

这里确实爱孩子，甚至警察也如此；
孩子体现着大人变为孤独
以前的年代，而且也将迷途。

只有公园里军乐咚咚的震响，
预告着未来的安乐的王朝。
我们学会了怜悯和反抗。

二六

总是在远离我们的名字的中心
是那小小的爱情工厂：是的，但我们
关于古代的庄园，久已抛弃的愚蠢
和儿童的游戏又想得如何天真。

只有贪利的人才预见一种奇特的
不能销售的产品，一种能迎合
风雅少年的什物；只有自私的人
才把每个不实际的乞丐看做圣者。

我们不相信是我们自己设计了它，
它是我们雄伟计划的一个枝节，
不费什么事，我们并没有注意它。

灾祸来了，于是我们惊异地发现
自工厂开工后，它是唯一的设计
在整个循环中呈现持续的盈利。

二七

游荡和失迷在我们选择的山峦中，
我们一再叹息，思念着古代的南方，
思念着那温暖赤裸的时代，本能的平衡，
和天真无邪的嘴对幸福的品尝。

睡在茅屋中，呵，我们是如何梦想着
参加未来的光荣舞会；每个曲折的迷途
都有个规划，而心的熟练的动作
能永远永远跟踪它无害的道路。

我们羡慕那些确切的溪水和房舍，
但我们已订约要给"错误"做学徒，
从没有像大门那样安详而赤裸，

也永不能像泉水那样完美无缺；
我们为需要所迫，生活在自由中，
是一族山民卜居在重叠的山峰。

探索

美术馆

关于痛苦他们总是很清楚的，
这些古典画家：他们深知它在
人心中的地位；深知痛苦会产生，
当别人在吃，在开窗，或正作着
　　　无聊的散步的时候；
深知当老年人热烈地、虔敬地等候
神异的降生时，总会有些孩子
并不特别想要它出现，而却在
树林边沿的池塘上溜着冰。
他们从不忘记：
即使悲惨的殉道也终归会完结
在一个角落，乱糟糟的地方，
在那里狗继续着狗的生涯，
　　　而迫害者的马
把无知的臀部在树上摩擦。

在勃鲁盖尔的"伊卡鲁斯"里，比如说；
一切是多么安闲地从那桩灾难转过脸：

农夫或许听到了堕水的声音
　　和那绝望的呼喊，
但对于他，那不是了不得的失败；
太阳依旧照着白腿落进绿波里；
那华贵而精巧的船必曾看见
一件怪事，从天上掉下一个男童，
但它有某地要去，仍静静地航行。

悼念叶芝

一

他在严寒的冬天消失了：
小溪已冻结，飞机场几无人迹，
积雪模糊了露天的塑像；
水银柱跌进垂死一天的口腔。
呵，所有的仪表都同意
他死的那天是寒冷而又阴暗。

远远离开他的疾病
狼群奔跑过常青的树林，
农家的河没受到时髦码头的诱导；
哀悼的文辞
把诗人的死同他的诗隔开。

但对他说，那不仅是他自己结束，
那也是他最后一个下午，
呵，走动着护士和传言的下午；
他的躯体的各省都叛变了，
他的头脑的广场逃散一空，
寂静侵入到近郊，
他的感觉之流中断：他成了他的爱读者。

如今他被播散到一百个城市，
完全移交给了陌生的友情；
他要在另一种林中寻求快乐，
并且在迥异的良心法典下受惩处。
一个死者的文字
要在活人的腑肺间被润色。

但在来日的重大和喧嚣中，
当交易所的掮客像野兽一般咆哮，

当穷人承受着他们相当习惯的苦痛，
当每人在自我的囚室里几乎自信是自由的，
有千把个人会想到这一天，
仿佛在这天曾做了稍稍不寻常的事情。
呵，所有的仪表都同意
他死的那天是寒冷而又阴暗。
……

三

泥土呵，请接纳一个贵宾，
威廉·叶芝已永远安寝：
让这爱尔兰的器皿歇下，
既然它的诗已尽倾洒。

时间对勇敢和天真的人
可以表示不能容忍，
也可以在一个星期里，
漠然对待一个美的躯体，

却崇拜语言，把每个
使语言常活的人都宽赦，
还宽赦懦弱和自负，
把荣耀都向他们献出。

时间以这样奇怪的诡辩
原谅了吉卜林和他的观点，
还将原谅保尔·克劳德，
原谅他写得比较出色。

黑暗的噩梦把一切笼罩，
欧洲所有的恶犬在吠叫，
尚存的国家在等待，
各为自己的恨所隔开；

智能所受的耻辱
从每个人的脸上透露，
而怜悯底海洋已歇，
在每只眼里锁住和冻结。

跟去吧，诗人，跟在后面，
直到黑夜之深渊，
用你无拘束的声音

仍旧劝我们要欢欣;

靠耕耘一片诗田
把诅咒变为葡萄园,
在苦难的欢腾中
歌唱着人的不成功;

从心灵的一片沙漠
让治疗的泉水喷射,
在他的岁月的监狱里
教给自由人如何赞誉。

西班牙

昨天是陈迹,是度量衡的语言
沿着通商的途径传到中国,是算盘
　　　　和平顶石墓的传播;
昨天是在日照的土地上测量阴影。

昨天是用纸牌对保险作出估计,
是水的占卜;
昨天是车轮和时钟的发明,
是对马的驯服;
昨天是航海家的忙碌的世界。

昨天是对仙灵和巨怪的破除,
是古堡像不动的鹰隼凝视着山谷,
是树林里建筑的教堂;
昨天是天使和吓人的魔嘴沟口的雕刻。

是在石柱中间对邪教徒的审判;
昨天是在酒店里的神学争论
和泉水的奇异的疗效;
昨天是女巫的欢宴。但今天是斗争。

昨天是装置发电机和涡轮机,
是在殖民地的沙漠上铺设铁轨;
昨天是对人类的起源
作经典性的讲学。但今天是斗争。

昨天是对希腊文的价值坚信不疑,
是对一个英雄的死亡垂落戏幕;

昨天是向落日的祈祷
和对疯人的崇拜。但今天是斗争。

诗人在低语，他在松林中感到震惊，
或处身在瀑布歌唱的地方，或直立
在山崖上的斜塔旁：
"噢，我的幻像。送给我以水手的好运！"

观测者在瞄着他的仪器，观望到
无人烟的区域，有活力的杆菌
或巨大的木星完了：
"但我朋友们的生命呢？我要问，我要问。"

穷人在不生火的陋室里放下晚报说：
"我们过一天就是一天的损失。噢，让我们
看到历史是动手术者，
是组织者，时间是使人苏生的河。"

各族人民集起了这些呼声，召唤着
那塑造个人口腹的，并安排私自的
夜之恐怖感的生命：
"你岂不曾建立过海绵的城邦？

"岂不曾组织过鲨鱼和猛虎的
大军事帝国，成立过知更雀的英勇小郡？
干涉吧，降临吧，作为鸽子，
或严父，或温和的工程师。但请降临。"

然而生命不予回答，或者它的回答
是发自心眼和肺，发自城市的商店
和广场："呵，不，我不是动力，
今天我不是，对你们不是；对于你们

"我是听差遣的，是酒馆的伙计和傻瓜，
我是你们做出的任何事情，你们的笑话，
你们要当好人的誓言；
我是你们处事的意见；我是你们的婚姻。

"你们想干什么？建立正义的城吗？好，
我同意。或者立自杀公约，浪漫的死亡？
那也不错，我接受，因为
我是你们的选择和决定：我是西班牙。"

许多人听到这声音在遥远的半岛，
在沉睡的平原，在偏僻的渔岛上，
在城市的腐败的心脏，
随即像海鸥或花的种子一样迁移来。

他们紧把着长列的快车，蹒跚驶过
不义的土地，驶过黑夜，驶过阿尔卑斯的
山洞，漂过海洋；
他们步行过隘口：为了来奉献生命。

从炎热的非洲切下那干燥的方块土地
被粗糙地焊接到善于发明的欧洲：
就在它江河交错的高原上，
我们的热病显出威胁而清楚的形象。

也许，未来是在明天：对疲劳的研究
包装机运转的操纵，对原子辐射中的
八原子群的逐步探索，
明天是用规定饮食和调整呼吸来扩大意识。

明天是浪漫的爱情的重新发现；
是对乌鸦的拍照，还有那一些乐趣
在自由之王的荫蔽下，
明天是赛会主管和乐师的好时刻。

明天，对年轻人是：诗人们像炸弹爆炸，
湖边的散步和深深交感的冬天；
明天是自行车竞赛，
穿过夏日黄昏的郊野。但今天是斗争。

今天是死亡的机会不可免的增加，
是自觉地承担一场杀伤的罪行；
今天是把精力花费在
乏味而短命的小册子和腻人的会议上。

今天是姑且安慰，一支香烟共吸；
在谷仓的烛光下打牌，乱弹的音乐会，
男人们开的玩笑；
今天是
在伤害别人面前匆忙而不称心的拥抱。

星辰都已消失，野兽不再张望：
只剩下我们面对着今天；时不待人，
历史对于失败者
可能叹口气，但不会支援或宽恕。

歌

——第 28 曲

据说这个城市有一千万人口，
有的住在大厦，有的住在鄙陋的小楼；
可是我们没有一席之地，亲爱的，我们没有一席之地。

我们曾有过一个祖国，我们觉得它相当好，
打开地图你就会把它找到；
现在我们可无法去，亲爱的，现在我们可无法去，

在乡村教堂的墓地有一棵老水松，
每一年春天它都开得茂盛：
旧护照可办不到，亲爱的，旧护照可办不到。

领事官拍了一下桌子说道，
"如果你得不到护照，对官方说你就是死了；"
但是我们还活着，亲爱的，但是我们还活着。

去到一个委员会，他们要我坐下；
有礼貌地告诉我明年再来找它；
但我们今天到哪儿去，亲爱的，但我们今天到哪儿去？

参加一个集会；演说人站起来说道：
"要是收容他们，他们将偷去我们的面包；"
他指的是你和我呀，亲爱的，他指的是你和我。

我想我听到了天空中一片雷响，
那是希特勒驰过欧洲，说："他们必须死亡；"
噢，我们是在他心上，亲爱的。我们是在他心上。

看到一只狮子狗裹着短袄，别着别针，
看到门儿打开，让一只猫走进门；
但他们不是德国犹太人，亲爱的，但他们不是德国犹太人。

走到码头边，站在那里面对着水流，

看见鱼儿游泳，仿佛它们很自由；
只不过十呎相隔，亲爱的，只不过十呎相隔。

走过一座树林，看见小鸟在树上，
它们没有政客，自在逍遥地歌唱；
它们并不是人类，亲爱的，它们并不是人类。

在梦中我看见一座千层高的楼
它有一千个窗户和一千个门口；
却没有一个是我们的，亲爱的，却没有一个是我们的。

站在一个大平原上，雪花在纷飞，
一万个士兵操练着，走去又走回；
他们在寻找你和我，亲爱的，他们在寻找你和我。

（李新红编，摘自查良铮译：《英国现代诗选》，湖南人民出版社，1985）

第五十五章　贝克特《等待戈多》

第一节　贝克特简介

塞缪尔·贝克特，原籍爱尔兰，后定居法国，是著名剧作家、诗人、小说家。他被公认为荒诞派戏剧创始人和领军人物之一，是 1969 年的诺贝尔文学奖得主。他是出色的板球运动员，热爱和平，悲天悯人，是反法西斯主义的坚强战士；他具有杰出的语言才华，擅于交际；他思想深邃，头脑理智，行事低调，心胸旷达，他的思维脱离了民族的狭隘，把柔情洒向欧洲和整个世界；他的剧"具有希腊悲剧的净化作用"，使他成为文坛上名声大噪的风云人物，他呈现出人类精神的山穷水尽，却使戏剧艺术柳暗花明。

1906 年 4 月 13 日，贝克特出生于爱尔兰都柏林郊区的福克斯罗克的一个犹太家庭，自幼就读于法国人创办的学校。1923 年进入著名的都柏林三一学院学习，1927 年获得法语和意大利语学士学位。1928 年被选派到巴黎高等师范学院教授英语，在那里结识了他的同乡、意识流小说大师乔伊斯，成为他的挚交与秘书，并在文风上深受其影响。他与人合作把乔伊斯的作品译成法文，并与乔伊斯携手翻译很多爱尔兰文学作品。1930 年，贝克特返回都柏林三一学院讲授法语，其间获得哲学硕士学位。1932 年辞职后漫游欧洲，专注创作，1937 年定居巴黎。第二次世界大战期间，他因反对法西斯而受追捕，被迫长期隐居，做过打字员和农工。战后他曾为红十字会做过翻译。1945 年底返回巴黎，专事文学创作。

贝克特亲历两次世界大战，心系人类的命运和生存状态。他的文学创作始于 20 年代末，先后用英、法两种语言进行创作。贝克特强调创作形式与内容的统一，他摈弃传统的现实主义手法，始终如一地选择了超现实主义的文学之路，作品带有明显的意识流特点。1952 年，名剧《等待戈多》的问世成为贝克特创作的分水岭。前期作品主要是小说兼诗作，小说《莫菲》、《瓦特》、《马洛易》、《马尤涅之死》、《无名的人》等是其主要著作。这些作品内容荒诞，风格迥异，在结构上独树一帜，故事和情节被彻底淡化，人物抽象成生命符号，但含义深刻，不易被人理解和接受。后期主要以戏剧形式延续荒诞主题。《等待戈多》是使其名震西方、誉满全球的代表作。《最后的一局》、《快乐的日子》、《哑剧》等是其重要名作。此外，他还著有许多电影、电视、广播剧。他的剧作通过生活的碎片和幻象，着力表现人类的尴尬与窘迫、孤独与无助、困惑与焦虑，以及丧失自主意识与尊严的深度悲哀。剧中人物通常都是流浪汉、残疾人和精神病患者，在荒诞环境中，在孤独、绝望、无奈、凄切的深渊里消磨生命。时间失去意义，生与死没有区别，灵魂沉睡，精神荒芜。贝克特对西方戏剧产生了不可估量的影响。

贝克特是荒诞派戏剧的集大成者，有 20 多个剧本被拍成电影或电视剧。他的剧作被译成 20 多种语言，在许多国家轮番上演。贝克特及其剧作一起使荒诞派戏剧成为一个独立、繁荣的文学流派，对荒诞派戏剧的发展做出了奠基性贡献，他的作品至今仍备受争议，但却丝毫无损于他作为 20 世纪一流文学大师的地位和声誉。

第二节　《等待戈多》简介

　　《等待戈多》是荒诞派戏剧的奠基之作、经典之作，它标志着荒诞派戏剧的兴起，成为 20 世纪最重要的剧本之一，是静态戏剧的一种成功尝试。剧作写于 1952 年，1953 年分别在伦敦和巴黎演出，在伦敦的首演，引发了激烈争议，甚至遭到评论家的围攻。然而在巴黎，剧作获得巨大成功，连续上演 300 多场，在第二次世界大战后的法国其叫座率首屈一指。剧作一反传统常态，给人们的心灵带来莫大的震撼和冲击。主人公莫名其妙、毫无指望而又欲罢不能的等待，被赋予无限深意，引发了思想上的强烈共振。整个欧洲为之躁动，西方文学评论界给予高度关注。

　　《等待戈多》不按常理出牌，怪诞不经却似曾相识，不伦不类，捉摸不定，却让人们从中看到自己的影子。它的成功不仅在于它是对传统戏剧的彻底革命，还在于贯穿全剧的人物戈多，始终不曾露面，他神秘地躲在幕后，却萦绕于人们的心田，人们如此渴望知道他的真正身份，纷纷猜测其象征意义：有人认为他是神、是上帝，也有人认为他是死亡、是虚无、是"某种被追求的超验"，或是"生活在惶恐不安的现代社会的人们对未来若有若无的期盼"。人们曾问及作者本人，贝克特的回答是："我要是知道，早就在戏里说出来了。"这个回答无法拂去人们心头的疑虑，人们挖空心思继续探寻，绕来绕去，终于明白，作者的回答其实就是答案的本质：人们对自身、对命运、对环境的无知。它像是一面哈哈镜，照出了人们在常态之下看不到的荒诞形象，它用荒诞诠释了人类的尴尬境遇。

　　《等待戈多》是两幕剧，共出场五个人物：两个身份不明、浑身发臭、衣衫褴褛、无处寄身的流浪汉，奴隶主波卓和被他百般折磨的老奴隶幸运儿，一个小孩。他们胡言乱语、丑陋不堪、个性破碎。场景只有一个：黄昏乡间的一条路，一棵枯树，一个土墩。剧的主题是"等待"，两幕剧中，两个流浪汉都在焦灼不安、无聊难耐地等待戈多。期间，说些语无伦次的话，做些机械重复的动作，一个不停地摆弄帽子，另一个没完没了地玩弄靴子，没事找事地打发时光，他们没有默契，无法沟通。他们不认识苦苦等待的戈多，戈多也不认识他们。在等待的过程中，奴隶主用绳子拉着老奴隶经过；流浪汉错把奴隶主当作戈多。两幕剧的结尾都有一个小孩报告戈多今天不来了，但明天会来。两幕剧几乎是复制性的重复，只是在第二幕里，树上多了几片叶子，奴隶主成了瞎子，奴隶成了哑巴。但戈多始终没有出现。两个流浪汉约定明天还来等待，这就是他们全部的生活。

　　《等待戈多》剧情简单而悲戚，舞台简陋而荒凉，氛围阴暗而没落，没有冲突，没有高潮，没有完整的人物形象，整个剧只是一片生活的马赛克。剧本形式荒谬，内容荒谬，两个主人公既是流浪汉，也是精神的漂泊者，他们的思想枯竭萎靡，心灵失去家园、无所皈依。两幕剧的重复，人物动作和时间、空间的重复，构成了人生的重复，这重复是持续无望的、压抑痛苦的、不可思议的、无以名状的。人们精神与道德之沦落，追求及生存之无趣，人之孤立与隔膜，环境之恐怖与荒凉，意识、尊严及自我之丧失，一切都是那么无可救药、不可自拔。剧作以非理性寓言着理性和深邃，以悲观和绝望探寻着兴许还存在的美好。第二天树上新生的几片叶子不仅仅是时间流逝的见证，应还是作者微薄的希望吧。

第三节　《等待戈多》选段

第一幕

乡间一条路。一棵树。

黄昏。

爱斯特拉冈坐在一个低土墩上，脱靴子。他两手使劲拉，直喘气。他停止拉靴子，显出精疲力竭的样子，歇了会儿，又开始拉。

如前。

弗拉季米尔上。

爱斯特拉冈　（又一次泄气）毫无办法。

弗拉季米尔　（叉开两腿，迈着僵硬的、小小的步子前进）我开始拿定主意。我这一辈子老是拿不定主意，老是说，弗拉季米尔，要理智些，你还不曾什么都试过哩。于是我又继续奋斗。（他沉思起来，咀嚼着"奋斗"两字。向爱斯特拉冈）哦，你又来啦。

爱斯特拉冈　是吗？

弗拉季米尔　看见你回来我很高兴，我还以为你一去再也不回来啦。

爱斯特拉冈　我也一样。

弗拉季米尔　终于又在一块儿啦！我们应该好好庆祝一番。可是怎样庆祝呢？（他思索着）起来，让我拥抱你一下。

爱斯特拉冈　（没好气地）不，这会儿不成。

弗拉季米尔　（伤了自尊心，冷冷地）允不允许我问一下，大人阁下昨天晚上是在哪儿过夜的？

爱斯特拉冈　在一条沟里。

弗拉季米尔　（羡慕地）一条沟里！哪儿？

爱斯特拉冈　（未作手势）那边。

弗拉季米尔　他们没揍你？

爱斯特拉冈　揍我？他们当然揍了我。

弗拉季米尔　还是同一帮人？

爱斯特拉冈　同一帮人？我不知道。

弗拉季米尔　我只要一想起……这么些年来……要不是有我照顾……你会在什么地方……？（果断地）这会儿，你早就成一堆枯骨啦，毫无疑问。

爱斯特拉冈　那又怎么样呢？

弗拉季米尔　光一个人，是怎么也受不了的。（略停。兴高采烈地）另一方面，这会儿泄气也不管了，这是我要说的。我们早想到这一点就好了，在世界还年轻的时候，在九十年代。

爱斯特拉冈　啊，别啰唆啦，帮我把这混账玩意儿脱下来。

弗拉季米尔　手拉着手从巴黎塔顶上跳下来，这是首先该做的。那时候我们还很体面。现在已经太晚啦。他们甚至不会放我们上去哩。（爱斯特拉冈使劲拉靴子）你在干嘛？

爱斯特拉冈　脱靴子。你难道从来没脱过靴子？

弗拉季米尔　靴子每天都要脱，难道还要我来告诉你？你干嘛不好好听我说话？

爱斯特拉冈　（无力地）帮帮我！

弗拉季米尔　你脚疼？

爱斯特拉冈　脚疼！他还要知道我是不是脚疼！

弗拉季米尔　（忿怒地）好像只有你一个人受痛苦。我不是人。我倒是想听听你要是受了我那样的痛苦，将会说些什么。

爱斯特拉冈　你也脚疼？

弗拉季米尔　脚疼！他还要知道我是不是脚疼！（弯腰）从来不忽略生活中的小事。

爱斯特拉冈　你期望什么？你总是等到最后一分钟的。

弗拉季米尔　（若有所思地）最后一分钟……（他沉吟片刻）希望迟迟不来，苦死了等的人。这句话是谁说的？

爱斯特拉冈　你干嘛不帮帮我？

弗拉季米尔　有时候，我照样会心血来潮。跟着我浑身就会有异样的感觉。（他脱下帽子，向帽内窥视，在帽内摸索，抖了抖帽子，重新把帽子戴上）我怎么说好呢？又是宽心，又是……（他搜索枯肠找词儿）……寒心。（加重语气）寒——心。（他又脱下帽子，向帽内窥视）奇怪。（他敲了敲帽顶，像是要敲掉沾在帽上的什么东西似的，再一次向帽内窥视）毫无办法。

　　爱斯特拉冈使尽平生之力，终于把一只靴子脱下。他往靴内瞧了瞧，伸进手去摸了摸，把靴子口朝下倒了倒，往地上望了望，看看有没有什么东西从靴里掉出来，但什么也没看见，又往靴内摸了摸，两眼出神地朝前面瞪着。

　　　　　　　嗯？

爱斯特拉冈　什么也没有。

弗拉季米尔　给我看。

爱斯特拉冈　没什么可给你看的。

弗拉季米尔　再穿上去试试。

爱斯特拉冈　（把他的脚察看一番）我要让它通通风。

弗拉季米尔　你就是这样一个人，脚出了毛病，反倒责怪靴子。（他又脱下帽子，往帽内瞧了瞧，伸手进去摸了摸，在帽顶上敲了敲，往帽里吹了吹，重新把帽子戴上）这件事越来越叫人寒心。（沉默。弗拉季米尔在沉思，爱斯特拉冈在揉脚趾）两个贼有一个得了救。（略停）是个合理的比率。（略停）戈戈。

爱斯特拉冈　什么事？

爱斯特拉冈　我们要是忏悔一下呢？

爱斯特拉冈　忏悔什么？

弗拉季米尔　哦……（他想了想）咱们用不着细说。

爱斯特拉冈　忏悔我们的出世？

　　弗拉季米尔纵声大笑，突然止住笑，用一只手按住肚子，脸都变了样儿。

弗拉季米尔　连笑都不敢笑了。

爱斯特拉冈　　真是极大的痛苦。

弗拉季米尔　　只能微笑。（他突然咧开嘴嬉笑起来，不断地嬉笑，又突然停止）不是一
　　　　　　　码子事。毫无办法。（略停）戈戈。

爱斯特拉冈　　（没好气地）怎么啦？

弗拉季米尔　　你读过《圣经》没有？

爱斯特拉冈　　《圣经》……（他想了想）我想必看过一两眼。

弗拉季米尔　　你还记得《福音书》吗？

爱斯特拉冈　　我只记得圣地的地图。都是彩色图。非常好看。死海是青灰色的。我一
　　　　　　　看到那图，心里就直痒痒。这是咱俩该去的地方，我老这么说，这是咱
　　　　　　　们该去度蜜月的地方。咱们可以游泳。咱们可以得到幸福。

弗拉季米尔　　你真该当诗人的。

爱斯特拉冈　　我当过诗人。（指了指身上的破衣服）这还不明显？（沉默）

弗拉季米尔　　刚才我说到哪儿啦……你的脚怎样了？

爱斯特拉冈　　看得出有点儿肿。

弗拉季米尔　　对了，那两个贼。你还记得那故事吗？

爱斯特拉冈　　不记得了。

弗拉季米尔　　要我讲给你听吗？

爱斯特拉冈　　不要。

弗拉季米尔　　可以消磨时间。（略停）故事讲的是两个贼，跟我们的救世主同时被钉死
　　　　　　　在十字架上。有一个贼——

爱斯特拉冈　　我们的什么？

弗拉季米尔　　我们的救世主。两个贼。有一个贼据说得救了，另外一个……（他搜索
　　　　　　　枯肠，寻找与"得救"相反的词汇）……万劫不复。

爱斯特拉冈　　得救，从什么地方救出来？

弗拉季米尔　　地狱。

爱斯特拉冈　　我走啦。（他没动）

弗拉季米尔　　然而……（略停）……怎么——我希望我的话并不叫你腻烦——怎么在
　　　　　　　四个写福音的使徒里面只有一个谈到有个贼得救呢？四个使徒都在
　　　　　　　场——或者说在附近，可是只有一个使徒谈到有个贼得了救。（略停）
　　　　　　　喂，戈戈，你能不能回答我一声，哪怕是偶尔一次？

爱斯特拉冈　　（过分地热情）我觉得你讲的故事真是有趣极了。

弗拉季米尔　　四个里面只有一个。其他三个里面，有两个压根儿没提起什么贼，第三
　　　　　　　个却说那两个贼都骂了他。

爱斯特拉冈　　谁？

弗拉季米尔　　什么？

爱斯特拉冈　　你讲的都是些什么？（略停）骂了谁？

弗拉季米尔　　救世主。

爱斯特拉冈　　为什么？

弗拉季米尔　　因为他不肯救他们。

爱斯特拉冈　　救他们出地狱？

弗拉季米尔　　傻瓜！救他们的命。

爱斯特拉冈　　我还以为你刚才说的是救他们出地狱哩。

弗拉季米尔	救他们的命，救他们的命。
爱斯特拉冈	嗯，后来呢？
弗拉季米尔	后来，这两个贼准是永堕地狱、万劫不复啦。
爱斯特拉冈	那还用说？
弗拉季米尔	可是另外的一个使徒说有一个得了救。
爱斯特拉冈	嗯？他们的意见并不一致，这就是问题的症结所在。
弗拉季米尔	可是四个使徒全在场。可是只有一个谈到有个贼得了救。为什么要相信他的话，而不相信其他三个？
爱斯特拉冈	谁相信他的话？
弗拉季米尔	每一个人。他们就知道这一本《圣经》。
爱斯特拉冈	人们都是没知识的混蛋，像猴儿一样见什么学什么。

　　他痛苦地站起来，一瘸一拐地走向台的极左边，停住脚步，把一只手遮在眼睛上朝远处眺望，随后转身走向台的极右边，朝远处眺望。弗拉季米尔瞅着他的一举一动，随后过去捡起靴子，朝靴内窥视，急急地把靴子扔在地上。

弗拉季米尔	呸！（他吐了口唾沫）

　　爱斯特拉冈走到台中，停住脚步，背朝观众。

爱斯特拉冈	美丽的地方。（他转身走到台前方，停住脚步，脸朝观众）妙极了的景色。（他转向弗拉季米尔）咱们走吧。
弗拉季米尔	咱们不能。
爱斯特拉冈	干嘛不能？
弗拉季米尔	咱们在等待戈多。
爱斯特拉冈	啊！（略停）你肯定是这儿吗？
弗拉季米尔	什么？
爱斯特拉冈	我们等的地方。
弗拉季米尔	他说在树旁边。（他们望着树）你还看见别的树吗？
爱斯特拉冈	这是什么树？
弗拉季米尔	我不知道。一棵柳树。
爱斯特拉冈	树叶呢？
弗拉季米尔	准是棵枯树。
爱斯特拉冈	看不见垂枝。
弗拉季米尔	或许还不到季节。
爱斯特拉冈	看上去简直像灌木。
弗拉季米尔	像丛林。
爱斯特拉冈	像灌木。
弗拉季米尔	像——。你这话是什么意思？暗示咱们走错地方了？
爱斯特拉冈	他应该到这儿啦。
弗拉季米尔	他并没说定他准来。
爱斯特拉冈	万一他不来呢？
弗拉季米尔	咱们明天再来。
爱斯特拉冈	然后，后天再来。
弗拉季米尔	可能。
爱斯特拉冈	老这样下去。

弗拉季米尔　问题是——

爱斯特拉冈　直等到他来了为止。

弗拉季米尔　你说话真是不留情。

爱斯特拉冈　咱们昨天也来过了。

弗拉季米尔　不，你弄错了。

爱斯特拉冈　咱们昨天干什么啦？

弗拉季米尔　咱们昨天干什么啦？

爱斯特拉冈　对了。

弗拉季米尔　怎么……（愤怒地）只要有你在场，就什么也肯定不了。

爱斯特拉冈　照我看来，咱们昨天来过这儿。

弗拉季米尔　（举目四望）你认得出这地方？

爱斯特拉冈　我并没这么说。

弗拉季米尔　嗯？

爱斯特拉冈　认不认得出没什么关系。

弗拉季米尔　完全一样……那树……（转向观众）……那沼地。

爱斯特拉冈　你肯定是在今天晚上？

弗拉季米尔　什么？

爱斯特拉冈　是在今天晚上等他？

弗拉季米尔　他说是星期六。（略停）我想。

爱斯特拉冈　你想。

弗拉季米尔　我准记下了笔记。

他在自己的衣袋里摸索着，拿出各式各样的废物。

爱斯特拉冈　（十分恶毒地）可是哪一个星期六？还有，今天是不是星期六？今天难道
　　　　　　不可能是星期天！（略停）或者星期一？（略停）或者星期五？

弗拉季米尔　（拼命往四周围张望，仿佛景色上写有日期似的）那决不可能。

爱斯特拉冈　或者星期四？

弗拉季米尔　咱们怎么办呢？

爱斯特拉冈　要是他昨天来了，没在这儿找到我们，那么你可以肯定他今天决不会再
　　　　　　来了。

弗拉季米尔　可是你说我们昨天来过这儿。

爱斯特拉冈　我也许弄错了。（略停）咱们暂时别说话，成不成？

弗拉季米尔　（无力地）好吧。（爱斯特拉冈坐到土墩上。弗拉季米尔激动地来去踱着，
　　　　　　不时煞住脚步往远处眺望。爱斯特拉冈睡着了。弗拉季米尔在爱斯特拉
　　　　　　冈面前停住脚步）戈戈！……戈戈！……戈戈！

爱斯特拉冈一下子惊醒过来。

爱斯特拉冈　（惊恐地意识到自己的处境）我睡着啦！（责备地）你为什么老是不肯让
　　　　　　我睡一会儿？

弗拉季米尔　我觉得孤独。

爱斯特拉冈　我做了个梦。

弗拉季米尔　别告诉我！

爱斯特拉冈　我梦见——

弗拉季米尔　别告诉我！

爱斯特拉冈　（向宇宙做了个手势）有了这一个，你就感到满足了？（沉默）你太不够朋友了，狄狄。我个人的噩梦如果不能告诉你，叫我告诉谁去？

弗拉季米尔　让它们作为你个人的东西保留着吧。你知道我听了受不了。

爱斯特拉冈　（冷冷地）有时候我心里想，咱俩是不是还是分手比较好。

弗拉季米尔　你走不远的。

爱斯特拉冈　那太糟糕啦，实在太糟糕啦！（略停）你说呢，狄狄，是不是实在太糟糕啦？（略停）当你想到路上的景色是多么美丽。（略停）还有路上的行人是多么善良。（略停。甜言蜜语地哄）你说是不说，狄狄？

弗拉季米尔　你要冷静些。

爱斯特拉冈　（淫荡地）冷静……冷静……所有的上等人都说要镇静。（略停）你知道英国人在妓院里的故事吗？

弗拉季米尔　知道。

爱斯特拉冈　讲给我听。

弗拉季米尔　啊，别说啦！

爱斯特拉冈　有个英国人多喝了点儿酒，走进一家妓院。鸨母问他要漂亮的、黑皮肤的还是红头发的。你说下去吧。

弗拉季米尔　别说啦！

　　　　弗拉季米尔急下。爱斯特拉冈站起来，跟着他走到舞台尽头。爱斯特拉冈做着手势，仿佛作为观众在给一个拳击家打气。弗拉季米尔上，他从爱斯特拉冈旁边擦身而过，低着头穿过舞台。爱斯特拉冈朝他迈了一步，煞住脚步。

爱斯特拉冈　（温柔地）你是要跟我说话吗？（沉默。爱斯特拉冈往前迈了一步）你有话要跟我说吗？（沉默。他又往前迈了一步）狄狄……

弗拉季米尔　（并不转身）我没有什么话要跟你说。

爱斯特拉冈　（迈了一步）你生气了？（沉默。迈了一步）原谅我。（沉默。迈了一步。爱斯特拉冈把他的一只手搭在弗拉季米尔的肩上）来吧，狄狄。（沉默）把你的手给我。（弗拉季米尔转过身来）拥抱我！（弗拉季米尔软下心来。他们俩拥抱。爱斯特拉冈缩回身去）你一股大蒜臭！

弗拉季米尔　它对腰子有好处。（沉默。爱斯特拉冈注视着那棵树）咱们这会儿干什么呢？

爱斯特拉冈　咱们等着。

弗拉季米尔　不错，可是咱们等着的时候干什么呢？

爱斯特拉冈　咱们上吊试试怎么样？

　　　　弗拉季米尔向爱斯特拉冈耳语。爱斯特拉冈大为兴奋。

弗拉季米尔　跟着就有那么多好处。掉下来以后，底下还会长曼陀罗花。这就是你拔花的时候听到吱吱声音的原因。你难道不知道？

爱斯特拉冈　咱们马上就上吊吧。

弗拉季米尔　在树枝上？（他们向那棵树走去）我信不过它。

爱斯特拉冈　咱们试试总是可以的。

弗拉季米尔　那就试吧。

爱斯特拉冈　你先来。

弗拉季米尔　不，不，你先来。

爱斯特拉冈　干嘛要我先来？

弗拉季米尔　你比我轻。

爱斯特拉冈　正因为如此！

弗拉季米尔　我不明白。

爱斯特拉冈　用你的脑子，成不成？

　　　　　弗拉季米尔用脑子。

弗拉季米尔　（最后）我想不出来。

爱斯特拉冈　是这么回事。（他想了想）树枝……树枝……（愤怒地）用你的头脑，成不成？

弗拉季米尔　你是我的唯一希望了。

爱斯特拉冈　（吃力地）戈戈轻——树枝不断——戈戈死了。狄狄重——树枝断了——狄狄孤单单的一个人。可是——

弗拉季米尔　我没想到这一点。

爱斯特拉冈　要是它吊得死你，也就吊得死我。

弗拉季米尔　可是我真的比你重吗？

爱斯特拉冈　是你亲口告诉我的。我不知道。反正机会均等，或者差不多均等。

弗拉季米尔　嗯？咱们干什么呢？

爱斯特拉冈　咱们什么也别干。这样比较安全。

弗拉季米尔　咱们先等一下，看看他说些什么。

爱斯特拉冈　谁？

弗拉季米尔　戈多。

爱斯特拉冈　好主意。

弗拉季米尔　咱们先等一下，让咱们完全清楚咱们的处境后再说。

爱斯特拉冈　要不然，最好还是趁热打铁。

弗拉季米尔　我真想听听他会提供些什么。我们听了以后，可以答应或者拒绝。

爱斯特拉冈　咱们到底要求他给咱们做些什么？

弗拉季米尔　你当时难道没在场？

爱斯特拉冈　我大概没好好听。

弗拉季米尔　哦……没提出什么明确的要求。

爱斯特拉冈　可以说是一种祈祷。

弗拉季米尔　一点不错。

爱斯特拉冈　一种泛泛的乞求。

弗拉季米尔　完全正确。

爱斯特拉冈　他怎么回答的呢？

弗拉季米尔　说他瞧着办。

爱斯特拉冈　说他不能事先答应。

弗拉季米尔　说他得考虑一下。

爱斯特拉冈　在他家中安静的环境里。

弗拉季米尔　跟他家里的人商量一下。

爱斯特拉冈　他的朋友们。

弗拉季米尔　他的代理人们。

爱斯特拉冈　他的通讯员们。

弗拉季米尔　他的书。

爱斯特拉冈　他的银行存折。

弗拉季米尔　然后才能打定主意。

爱斯特拉冈　这是很自然的事。

弗拉季米尔　是吗？

爱斯特拉冈　我想是的。

弗拉季米尔　我也这么想。（沉默）

爱斯特拉冈　（焦急地）可是咱们呢？

弗拉季米尔　你说什么？

爱斯特拉冈　我说，可是咱们呢？

弗拉季米尔　我不懂。

爱斯特拉冈　咱们的立场呢？

弗拉季米尔　立场？

爱斯特拉冈　别忙。

弗拉季米尔　立场？咱们趴在地上。

爱斯特拉冈　到了这么糟糕的地步？

弗拉季米尔　大人阁下想要知道有什么特权？

爱斯特拉冈　难道咱们什么权利也没有了？

　　　　弗拉季米尔大笑，像先前一样突然抑制住，改为咧开嘴嬉笑。

弗拉季米尔　你真叫我忍不住笑，要是笑不算违法的话。

爱斯特拉冈　咱们已经失去了咱们的权利？

弗拉季米尔　咱们已经放弃啦。

　　　　沉默。他们一动不动地站在那里，胳膊耷拉着，脑袋低垂着，两只膝盖在往下沉。

爱斯特拉冈　（无力地）难道咱们没给系住？（略停）难道咱们没——

弗拉季米尔　（举起一只手）听！

　　　　他们倾听，显出可笑的紧张样子。

爱斯特拉冈　我什么也没听见。

弗拉季米尔　嘘！（他们倾听。爱斯特拉冈身体失去平衡，险些儿摔在地上。他攥住弗拉季米尔的一只胳膊，弗拉季米尔摇晃了两下。他们挤在一起静听）我也没听见。

　　　　如释重负的叹气声。他们松弛下来，彼此分开。

爱斯特拉冈　你吓了我一跳。

弗拉季米尔　我还以为是他哩。

爱斯特拉冈　谁？

弗拉季米尔　戈多。

爱斯特拉冈　呸！是风吹芦苇响。

弗拉季米尔　我简直可以发誓说我听到了吆喝声。

爱斯特拉冈　他干嘛要吆喝呢？

弗拉季米尔　吆喝他的马。（沉默。）

爱斯特拉冈　我饿啦。

弗拉季米尔　你要吃一个胡萝卜吗？

爱斯特拉冈　就只有胡萝卜了吗？

弗拉季米尔　我也许还有几个萝卜。

爱斯特拉冈　给我一个胡萝卜。（弗拉季米尔在他的衣袋里摸了半天，掏出一个萝卜递给爱斯特拉冈。爱斯特拉冈咬了一口，愤怒地）这是萝卜！

弗拉季米尔　哦，请原谅！我简直可以发誓说我给你的是胡萝卜。（他又在衣袋里摸索，只找到萝卜）全都是萝卜。（他摸衣袋）你一定已把最后一个胡萝卜吃掉了。（他摸索衣袋）等一等，我找着了。（他掏出一个胡萝卜递给爱斯特拉冈）拿去，亲爱的朋友。（爱斯特拉冈用衣袖擦了擦胡萝卜，吃起来）把最后一个吃了吧；这样就把它们全部消灭掉啦。

爱斯特拉冈　（咀嚼着）我刚才问了你一个问题。

弗拉季米尔　啊！

爱斯特拉冈　你回答了没有？

弗拉季米尔　胡萝卜的滋味怎样？

爱斯特拉冈　就是胡萝卜的滋味。

弗拉季米尔　好得很，好得很。（略停）你刚才问的是什么问题？

爱斯特拉冈　我已经忘了。（咀嚼着）就是这事伤我脑筋。（他欣赏地瞅着胡萝卜，用拇指和食指拎着它摆动）我决不会忘掉这一个胡萝卜。（他若有所思地吮吸着胡萝卜的根）啊，对了，我这会儿想起来啦。

弗拉季米尔　嗯？

爱斯特拉冈　（嘴里塞得满满的，出神地）难道我们没给系住？

弗拉季米尔　你说的话我一个字也没听出来。

爱斯特拉冈　（咀嚼着，咽了一下）我问你难道我们没给系住？

弗拉季米尔　系住？

爱斯特拉冈　系——住。

弗拉季米尔　你说"系住"是什么意思？

爱斯特拉冈　拴住。

弗拉季米尔　拴在谁身上？被谁拴住？

爱斯特拉冈　拴在你等的那个人身上。

弗拉季米尔　戈多？拴在戈多身上？多妙的主意！一点不错。（略停）在这会儿。

爱斯特拉冈　他的名字是叫戈多吗？

弗拉季米尔　我想是的。

爱斯特拉冈　瞧这个。（他拎着叶子根部把吃剩的胡萝卜举起，在眼前旋转）奇怪，越吃越没滋味。

弗拉季米尔　对我来说正好相反。

爱斯特拉冈　换句话说？

弗拉季米尔　我会慢慢地习惯。

爱斯特拉冈　（沉思了半晌）这是相反？

弗拉季米尔　是修养问题。

爱斯特拉冈　是性格问题。

弗拉季米尔　是没有办法的事。

爱斯特拉冈　奋斗没有用。

弗拉季米尔　天生的脾性。

爱斯特拉冈　挣扎没有用。

弗拉季米尔　本性难移。

爱斯特拉冈　毫无办法。（他把吃剩的胡萝卜递给弗拉季米尔）还有这点儿吃不吃？

　　一阵恐怖的喊声，离他们很近。胡萝卜从爱斯特拉冈手中落下。他们发愣，站着不动，随后突然一起向舞台边厢狂奔。爱斯特拉冈中途煞住脚步，奔回原处，捡起胡萝卜塞进衣袋，向等着他的弗拉季米尔奔去，又煞住脚步，奔回原处，捡起他的靴子，奔到弗拉季米尔身边。他们拱肩缩背挤作一堆等着，若有所畏。

　　波卓及幸运儿上。波卓用绳子拴住幸运儿的脖子，赶着他在前头走，因此幸运儿最先在台上出现，跟着是那绳子，绳子很长，在波卓露面之前可以让幸运儿一直走到台中央。幸运儿两手提着一只沉重的口袋、一个折凳、一只野餐篮和一件大衣。波卓拿着一根鞭子。

波　　　卓　（台后）走！（鞭子声。波卓出现。他们穿过舞台。幸运儿在弗拉季米尔和爱斯特拉冈跟前走过，下。波卓一眼看见弗拉季米尔和爱斯特拉冈，一下子煞住脚步。绳子拉紧了。波卓使劲抖动一下绳子）回来！

　　幸运儿和他所提的行李倒地的声音。

　　弗拉季米尔和爱斯特拉冈朝他转过身去，又想上前帮助他，又害怕多管闲事。弗拉季米尔朝幸运儿迈了一步，爱斯特拉冈搂住他的袖子，把他拉了回来。

弗拉季米尔　放我走！

爱斯特拉冈　别动！

波　　　卓　小心！他心眼儿很坏。（弗拉季米尔和爱斯特拉冈转向波卓）对待陌生人。

爱斯特拉冈　（低声）是他吗？

弗拉季米尔　谁？

爱斯特拉冈　（想不起名字）嗯……

弗拉季米尔　戈多？

爱斯特拉冈　不错。

波　　　卓　我来自我介绍一下：我叫波卓。

弗拉季米尔　（向爱斯特拉冈）决不是！

爱斯特拉冈　（怯生生地向波卓）您不是戈多先生，老爷？

波　　　卓　（用可怕的声音）我是波卓！（沉默）波卓！（沉默）这名字你们听了难道毫不在乎？（沉默）我说，这名字你们听了难道毫不在乎？

　　弗拉季米尔和爱斯特拉冈面面相觑。

爱斯特拉冈　（假装思索）波卓……波卓……

弗拉季米尔　（也假装思索）波卓……波卓……
　　　　　　　波卓　波卓！

爱斯特拉冈　啊！波卓……我想想……波卓……

弗拉季米尔　到底是波卓呢还是布卓？

爱斯特拉冈　波卓……不……我怕我……不……我好像并不……

　　波卓威胁似的向前迈了几步。

弗拉季米尔　（讨好似的）我过去认识一家叫戈卓的。他家的母亲脸上长满了瘊子——

爱斯特拉冈　（急急地）我们不是您这地方的人，老爷。

波　　　卓　（止步）你们不管怎样总是人。（他戴上眼镜）照我看来。（他摘下眼镜）是跟我一样的人。（他哈哈大笑）是跟波卓一样的人！都是照着上帝的模样儿造的！

弗拉季米尔　　嗯，您瞧——

波　　　卓　　（专横地）戈多是什么人？

爱斯特拉冈　　戈多？

波　　　卓　　你们刚才错把我当作戈多了。

爱斯特拉冈　　哦，不，老爷，一点儿也没有这意思，老爷。

波　　　卓　　他是什么人？

弗拉季米尔　　哦，他是……可以说是个相识。

爱斯特拉冈　　哪儿说得上，我们简直不认得他。

弗拉季米尔　　不错……我们跟他并不熟……可是不管怎样……

爱斯特拉冈　　就我个人来说，我就是见了他的面也认不得他。

　　　　　　　……

（李新红编，摘自施咸荣、屠珍等译：《荒诞派戏剧集》，上海译文出版社，1980。）